烟 处女地

Дым Новь

屠格涅夫文集

高惠群 译

上海译文出版社

屠格涅夫照片（1865年）
（摄影家：А.И.Шпаковский）

屠格涅夫照片（1867 年）
（摄影家：М.М.Панов，摄于莫斯科）

奥廖尔的屠格涅夫纪念雕像

（雕刻家：Г.П.Бессарабский；设计师：А.И.Свирдов и А.И.Атанов）

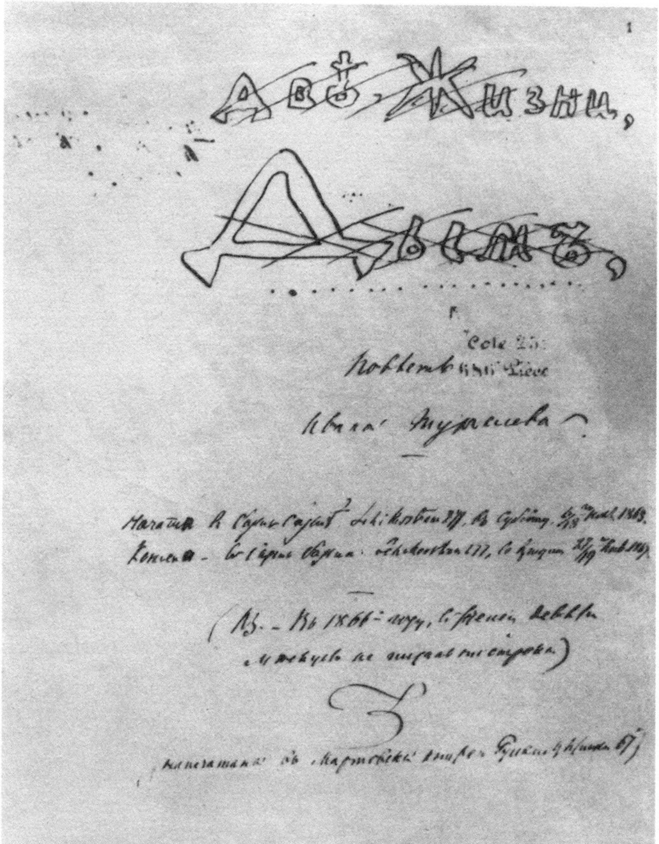

屠格涅夫手迹：《烟》
（1876 年）

下诺夫哥罗德（1877 年）
（画家：А.П.Боголюбов）

长满草的池塘（1879 年）
（画家：В.Д.Поленов）

白桦林（1879 年）
（画家：А.И.Куинджи）

第聂伯河的月夜（1880 年）
（画家：А.И.Куинджи）

利特维诺夫与伊莲娜在火车站（1933 年）
（画家：П.Ф.Строев）

涅日丹诺夫在农民中进行政治宣传（1933 年）
（画家：П.Ф.Строев）

目 录

烟 1

处女地 199

烟

一

一八六二年八月十日，下午四点多钟，在巴登-巴登[①] 著名的“Conversation[②]”前面聚集着许多人。天气特别的好。周围的一切，那葱茏的树木、起伏的山峦、这座安乐城里一幢幢颜色明亮的房屋，都喜气洋洋地完全展现在和煦的阳光下。似乎万物都在微笑，都在无缘无故、亲切动人地微笑着。人们不分老少妍媸，一个个脸上都露出这种莫名其妙的和蔼笑容。一班浓妆艳抹的巴黎荡妇的出现，对于这里人人踌躇满志皆大欢喜的景象倒也无伤大雅，她们帽子上、面纱上五颜六色的丝带和羽毛、闪闪发光的金银珠翠，看起来就像是春天里缤纷绚烂的花朵和翩翩飞舞的彩翼。只是到处都有人在叽叽喳喳地说着法国话，喉音很重，刺耳难听。这种声音可不能代替百鸟的鸣啭，两者是不能相比的。

不过一切都在照常进行着。乐队在亭子里时而演奏歌剧《**茶花女**》的集成曲，时而是施特劳斯的圆舞曲，或者是那首由一位热心的乐队指挥改编成器乐曲的俄罗斯情歌《**请对她说**》。在赌厅里，挤在一张张绿色赌案边的，依旧是大家熟悉的那些人物，他们脸上的表情依旧是呆板中透着急切，说不上是惊骇还是凶狠，这其实是赌牌的狂热使得人人脸上，就连那十足贵族气派的脸上都一律会表现出来的贪得无厌。那个衣着非常时髦、从坦波夫来的胖胖的地主，眼睛瞪得老大，胸脯趴在赌案上，也不理会“庄家”的冷笑，总是在喊“Rien ne va plus![3]”的一刹那间，用他那只汗津津的手飞快地把金路易圆币向轮盘的四角猛撒过去，结果他非但不可能赢，即便是押中了也不算数。不过这决不会妨碍他就在当天晚上满怀义愤、深有同感地对科科公爵的高论随声附和。这位公爵是有名的贵族反对派领袖，他曾在巴黎马蒂尔达公主的沙龙里，当着皇帝的面很精彩地说了一句：“Madame, le principe de la propriété est profondément ébranlé en Russie.[4]”我国亲爱的男女同胞们照例是到“俄罗斯之树”——á l'Arbre russe——下面来聚会。他们衣着华丽，时髦潇洒，寒暄起来既文雅又庄重也很随便，这正是居于当代教育顶峰的人物所应有的仪态。当他们相聚而坐，彼此全然不知道说什么好，于是就用废话来消磨时光，或者搬出某个早已江郎才尽的法国过时作家，抖搂他那些老掉牙的下流而乏味的荒唐故事，而这个一脸流气、蓄着山羊胡子的作家，瘦小的脚上套着一双犹太人的矮靿皮鞋，其实是个饶舌的家伙和小丑。他把过期的《沙里瓦里》和《坚塔马拉》周刊上各种枯燥的无稽之谈拿来对他们，à ces princesrusses[5]信口胡扯，引得 ces princesrusses 感谢不止地哈哈大笑，不禁对这位异国智者的打诨本领心悦诚服，自愧弗如。然而这里几

---

① 德国南部城市，疗养胜地。
② 法语：谈话厅，疗养者聚会处。
③ 法语：停止下注！
④ 法语：夫人，私有制在俄国彻底动摇了。
⑤ 法语：对这些俄国公爵们。

乎荟萃着我国社会的全部“fine fleur[①]”，“所有的显贵和时髦人物”。这里有X.伯爵，无与伦比的音乐爱好者，一个极赋音乐气质的人，他能绝妙地“说出”浪漫曲，而实际上他不知道两个音符之间的区别，甚至不会用食指胡乱弹几下钢琴，唱起歌来就像个蹩脚的吉卜赛人或者巴黎的理发匠。这里还有我们迷人的Z.男爵，他可是个多面手，把文学家、演说家、行政长官和赌棍集于一身。这里还有Y.公爵，宗教和人民之友，在包税制的黄金时代靠出卖掺了麻醉剂的劣质白酒大发横财。还有杰出的O.O.将军，他征服过什么地方，镇压过什么人，可是现在无所事事，不知道如何表现自己。还有滑稽可笑的胖子P.P.，他认为自己病入膏肓又绝顶聪明，其实他体壮如牛，蠢得像块木疙瘩……这个P.P.几乎是当今唯一保持着四十年代即《当代英雄》和沃罗滕斯卡娅伯爵夫人时代社交界雄狮们的传统习俗的人物了。他还保持着用鞋跟摇摇摆摆走路的步态，保持着“le culte de la pose[②]”（简直无法用俄语表达），保持着不自然的慢吞吞的动作，保持着似乎受了委屈而板着的面孔上那种懒洋洋的高傲表情，以及喜欢打着呵欠打断别人的话，仔细察看自己的手指和指甲，在鼻子里发出笑声，突然把帽子从后脑勺上推到眉毛上的习惯等等。这里甚至还有国家栋梁、外交家、享誉欧洲的名流巨子，有智囊人物——他们认为黄金文书是罗马教皇颁布的，而英国的“poor tax[③]”其实是向穷人征税。最后，这里还有劲头十足却带着几分腼腆的茶花女崇拜者，这些社交界的年轻雄狮，梳着从脑后分缝的极讲究的分头，蓄着漂亮的下垂

---

① 法语：上层人物，精华。
② 法语：姿态崇拜。
③ 法语：济贫税。

式颊须，身穿正牌伦敦服装，看来他们毫不困难就能成为像那个声名狼藉的法国饶舌家一样的鄙俗之徒。可是，不！须知我们这里是不流行本国货的。所以，那位著名的时装和风雅潮流的执牛耳者，被人刻薄地冠以“黄蜂女王”和“戴睡帽的墨杜萨”雅号的 Ш 伯爵夫人，只要那个法国饶舌家不在场，她宁可马上去找那些就在近旁转来转去的意大利人、摩尔达维亚人、美国的“关亡术家”、活泼的外国使馆秘书、一脸女人相却不苟言笑的德国男人等等。起而效法伯爵夫人的有 Babette 公爵夫人，据说肖邦就是在她的照看下死去的（在欧洲照看肖邦咽气的女士可以千计）；还有 Annette 公爵夫人，若非她时不时突然流露出那种乡村洗衣妇的俗态，就像龙涎香的幽香里透出一股白菜味儿那样，她一定是可以艳冠群芳的；还有 Pachette 公爵夫人，她出了件不幸的事：丈夫刚谋到一个显要职位，可是忽然，Dieu sait pourquoi①，他竟把市长毒打一顿，还盗走了两万银卢布公款；还有爱笑的济济公爵小姐和爱哭的佐佐公爵小姐——这些人都爱理不理地把自己的同胞撇在了一边……让我们也撇下这班迷人的太太小姐，离开这棵著名的树吧，让她们穿着那身有些俗气的昂贵服装端坐在树边，愿上帝帮她们排解一下那难堪的寂寞吧！

二

距“俄罗斯之树”仅几步之遥，在韦贝尔咖啡馆门前一张小桌子边，坐着一位将近三十岁的漂亮男子，他中等个头，清癯黝黑，有一张

① 法语：天知道为什么。

刚毅而可爱的脸。他向前弯着身体，双手撑在手杖上，安安静静、随随便便地坐着，根本想不到会有人注意到他，或者来找他说话。他那双富有表情的淡褐色大眼睛缓缓地扫视着四周，时而在太阳底下眯缝起来，时而牢牢盯住一个怪模怪样的过路人，一丝近乎天真的微笑掠过他的嘴唇、细细的唇髭和向前凸出的下颏。他穿着一件宽大的德国式外套，高高的前额被一顶软料子灰色礼帽遮去了一半。乍一眼的印象，他是个诚实、能干、颇为自信的人，像这样的人天底下倒也有的是。他仿佛是经过长期劳作之后来这里休息的，并且因为他所系念的那个世界离这里很远，跟此刻他身边的这个世界又完全不同，所以他就实心实意地来欣赏展现在他眼前的这一派景物。他是俄国人，名叫格里戈里·米哈伊洛维奇·利特维诺夫。

我们要跟他认识，就得简单说一说他那并不复杂的过去。

他是一个出身于商人的退职官员的儿子，因此他自然是在乡下而不是在城市里受的教育。母亲是贵族，上过贵族女子中学，为人很善良也很热情，但也是个个性挺强的女人。她比丈夫年轻二十岁，就极力对他施行再教育，迫使他从官场转到地主生活的轨道上，并且软硬兼施改变了他那乖张倔强的脾气。多亏了妻子，他变得穿戴整齐、举止得体，也不骂人了。他虽然手不持卷，却很尊重学问和有学问的人，时时处处尽量不失身分，甚至走路也放轻脚步，讲话也压低嗓门，而且总要多谈些高尚的事情，这一切可费了他不少力气。有时他在心里想：“嘿！看我拿鞭子抽你！”可嘴里说出来的是：“对，对，这……还用说嘛，这倒是个问题。”利特维诺夫的母亲也学欧洲人那样持家，对仆人称呼“您”，不准任何人在用餐时发出呼哧声。她拥有一片领地，可是她和丈夫都不懂得如何管理它。田庄早已荒芜，但它的土地面积很大，可以用作各种经营，还有树林和湖泊。曾经有个热心却不善料理的地主在湖边开办过一座工厂，后来这家工厂被一个狡猾的商人买去兴旺过一阵，但终于在一位诚实的德国生意人手里彻底垮掉了。利特维诺夫太太没有损失财产，没有债台高筑，她已经满足了。不幸她的健康状况不佳，就在儿子进莫斯科大学那一年，她因肺病去世了。由于某些情况（读者在下面就会知道）利特维诺夫未能完成学业，回到了外省，他无所事，无交游，几乎连一个熟人也没有地闲散了一段时日。他所在那个县的贵族对他没有好感，他们倒并非满脑子都是西方的“缺席主义”有害论，他们只是更相信本乡本土的一条道理：“自己的衬衫更贴身。”所以他在一八五五年就进了后备军，在克里木得了伤寒症险些死掉，他在腐海[①]边的土窑里驻扎了六个月，连个“盟友”的影子也没有见到。后来他被选进了贵族会议，难免也碰到不愉快的事情，他在乡下住了些日子，就对经营农业着了迷。他知道，风烛残年的父亲把母亲的田庄管理得很马虎，很糟糕，田庄的收入不及应有的十分之一，但如果掌握在有经验的内行人手里，它就会变成一座聚宝盆。他当然也知道，他所缺少的正是这方面的经验和知识，于是他就跑到国外来学习农艺学和工艺学，一点一点从头学起。他在梅克伦堡、西里西亚和卡尔斯鲁厄先后待了四年有余，还去过比利时和英国。他刻苦攻读，积累知识，这对他并非易事，但他终于坚持到完全学成。现在他对自己和未来都充满信心，深信他能造福于自家的田庄甚至泽及整个乡里，他要回祖国去，更何况父亲每封来信都苦苦哀求他回家，说什么农奴解放呀，重新划分土地呀，赎买契约呀，总之是种种新制度把人都完全搞糊涂

① 即克里木半岛东部的锡瓦什湾。

了……可是，他现在为什么待在巴登呢？

他待在巴登，是因为他的表妹，也就是他的未婚妻，塔季扬娜·彼得罗夫娜·舍斯托娃日内就要到这里来。他俩几乎自小青梅竹马，而且今年的春天和夏天，她跟姑母搬到德累斯顿时，他们是在一起度过的。他真心爱着并很尊重这位年轻的表妹。现在他已经完成了艰苦的准备工作，马上就要投身新的天地，开始干一番不同于普通公职的真正事业，这时他向他心爱的女人、同志和朋友提出把他俩的生命结合在一起，此后甘苦共尝，劳逸分享，就像英国人所说的："for better for worse[①]"。她同意了。于是他就到卡尔斯鲁厄去取他留在那儿的书籍、文件和行李……不过您又要问了，他到底为什么待在巴登呢？

他待在巴登，是因为塔季扬娜的姑母，她的养育者卡皮托利娜·马尔科夫娜·舍斯托娃的缘故。这位五十五岁的老处女，脾气古怪但为人非常善良、正直，她爱好自由，具有火热的忘我牺牲精神，是一位esprit fort[②]（她读施特劳斯的哲学著作，当然是背着她的侄女）。她还是民主主义者、贵族政治和上流社会的激烈反对者，但是她仍然抵挡不住强烈的诱惑，想在巴登这么时髦的地方哪怕只看一眼这里真正的上流社会……卡皮托利娜·马尔科夫娜从不穿钟式裙，把一头白发剪成圆圈式，然而奢华的生活仍在暗暗激动着她，她乐得痛痛快快把这种生活斥骂和鄙薄一番……怎能不满足一下这位善良老太太的心愿呢？

利特维诺夫如此安静而随便地坐在这里，如此充满自信地望着周

---

① 英语：休戚与共。
② 法语：自由思想者。

围的景物，是因为他今后的生活已经清清楚楚展现在面前，他的命运已经决定，他为这样的命运感到自豪，为把它掌握在自己手中而充满了喜悦。

三

“哎呀！哎呀！哎呀！原来他在这儿呢！”突然在他耳边响起了一个尖细的声音，一只浮肿的手拍了拍他的肩膀。他抬头一看，认出是他在莫斯科时为数不多的旧交之一。此人姓巴姆巴耶夫，人倒是个好人，就是老没正经，岁数也不小了，他的两颊和鼻子都软绵绵的像是煮过了似的，头发蓬乱油腻，身体肥胖松弛。这位罗斯季斯拉夫·巴姆巴耶夫总是身无分文，总是为了什么事情兴高采烈，他咋咋呼呼，漫无目标，在我们忍辱负重的大地母亲身上东游西逛。

“这可真叫巧遇！”他又说道，睁大了浮肿的小眼睛，撅了撅肥厚的嘴唇，他那撇染过的小胡子显得怪里怪气的挺不顺眼。“哈！好一个巴登！大家都跟蟑螂似地爬到这儿来。你是怎么来的呀？”

巴姆巴耶夫对世上所有的人一律以“你”相称。

“我三天前到这里的。”

“从哪儿来？”

“这你何必要知道？”

“什么何必！且慢，且慢，你也许不知道还有谁到这儿来了！古巴廖夫！他本人亲自来了！是昨天从海德堡乘车来的。不用说你认识他吧？”

“听说过此人。”

“只是听说过？得了吧！我们马上，我们这就带你去见他。连这样的人物都不认识！正好，还有这位沃罗希洛夫……且慢，你大概也不认识他吧？在下有幸介绍二位认识一下。你们这两位学者！这一位简直是只凤凰！请接吻吧！”

巴姆巴耶夫说罢，就转身招呼站在他身边的一个漂亮青年，这个人脸色红润而有精神，但表情一本正经。利特维诺夫欠起身，当然没有去接吻，只是跟“凤凰”彼此略一点头，从对方严肃的样子来看，像是不太喜欢这突如其来的介绍。

“我说他是凤凰，我不收回这句话，”巴姆巴耶夫接着说，“你到彼得堡某武备学校去看一下，荣誉榜上是谁的名字排在第一？是谢苗·雅科夫列维奇·沃罗希洛夫！哦，古巴廖夫，古巴廖夫，弟兄们！！要赶快去，赶快去见这个人！我非常崇拜这个人！不止我一个，所有的人都崇拜他。他正在写一部大作，啊……啊……啊！……”

“是什么内容的大作？”利特维诺夫问。

“无所不包，我的老弟，知道吧，就像巴克尔[1]那样的……不过更深刻，更深刻……一切问题都在里面迎刃而解，写得明明白白。”

“你自己读过这部大作吗？”

“没有，没读过。这还是个秘密，不可以随便张扬。不过古巴廖夫是无所不能的！他无所不能！是的！”巴姆巴耶夫叹了口气，敛起了双手。“要是俄罗斯再出两三个这样的人才，情况会怎么样呢，我的老天！格里戈里·米哈伊洛维奇，我只告诉你一点：不管你最近在从事

① 巴克尔·亨利·托马斯（1821—1862）：英国社会学家，著有《英国文明史》。

什么——当然，我不知道你平时干些什么；也不管你有哪些信仰——这我也不清楚；总之你一定会从他那儿，从古巴廖夫那儿得益匪浅！可惜他在此地不能久留。我们要抓住机会，一定要去。去见他，去见他！”

这时一个满头棕红鬈发、低筒礼帽上系着浅蓝色缎带的纨绔子从旁边走过，他转过身来，带着挖苦的冷笑从单眼镜片里打量了一下巴姆巴耶夫。利特维诺夫恼火了。

“你嚷什么呀？”他说，“就像唤猎狗追踪野兽似的！我还没有吃中饭呢。”

“这有什么！可以现在就到韦贝尔那里……三个人一块儿……好极了！你有钱为我付账吗？”他又小声问了一句。

“钱倒是有；不过我，老实说，我不知道……”

“请你别说了。你会感谢我的，他也会高兴的……啊，我的天！”巴姆巴耶夫自己打断了自己的话，“他们在演奏《欧那尼》的最后乐章。多么美妙！……A som……mo Carlo……①可是你瞧我这个人！马上就要流泪了。好了，谢苗·雅科夫列维奇！沃罗希洛夫！一块儿去吧，怎么样？”

沃罗希洛夫仍然一动不动地挺立着，保持着几分傲慢的自尊，他煞有介事地低下眼睛，皱起眉头，从牙缝里咕哝出一句什么话……但没有表示拒绝。利特维诺夫则在想：“好吧！就去吃顿饭，反正还有时间。”巴姆巴耶夫挽起了他的胳膊，在去咖啡馆之前，巴姆巴耶夫又朝那个人人认识的赛马俱乐部卖花姑娘伊莎贝拉勾勾手指示意她过

① 意大利语：致伟大的卡尔。

来，他想买她一束花。可是这个贵族派头的卖花女站在那里动也不动；她凭什么要走到一位不戴手套、打花领带、穿肮脏横条上衣和歪跟儿皮靴的先生面前去呢？ 这样的人她在巴黎还从来没见过呢。这时沃罗希洛夫也向她勾了勾手指。卖花女走过来了。他从花箱里挑了很小的一束紫罗兰，丢给她一个盾银币。他想慷慨得让她大吃一惊，可是她连眉毛也没有动一下，等他转过身去，她轻蔑地咬牙切齿撇了撇嘴。沃罗希洛夫穿着很时髦，可以说十分讲究，但是巴黎姑娘老练的眼光马上就能看出，在他的装束打扮和姿势中，在他走路时还有些早年行伍习惯的步态中，缺少那种真正纯粹的“阔”味儿。

三位相识在韦贝尔咖啡馆的大厅里坐定，点好饭菜就交谈起来。巴姆巴耶夫高谈阔论大讲了一通古巴廖夫的崇高意义，随后就不言不语，喘着粗气咀嚼食物，一杯接着一杯地喝酒。沃罗希洛夫吃喝得很少，似乎没有胃口，他详细询问了利特维诺夫的职业，就开始发表自己的见解……他谈的主要不是职业，而是一般的各种各样的“问题”……他忽然兴致勃发，犹如骏马奔驰，又像武备学堂的高材生在毕业考试上那样，威武雄壮、斩钉截铁地说出每一个字，使劲而不合节奏地挥舞着双手。他的话越来越多，越说越起劲，好在也没有人打断他：他好像在宣读论文，又像是在讲课。许多现代学者的名字加上他们各人的生卒年份，一连串刚出版的小册子的大小标题，总之是名字、名字，一大堆名字从他嘴里一齐喷泻而出，给他带来了无上的享受——这一点从他那火辣辣的眼神里可以看出。沃罗希洛夫蔑视一切旧事物，只推崇文明精华和最先进的科学；对他来说，真正的快乐和幸福莫过于能够列举出（即使有些文不对题）某一位绍尔边格尔博士论述美国宾夕法尼亚州监狱的著作，或者在头一天的《亚洲杂志》上刊出的关于古印度吠陀经和《往世书》的文章（尽管他不懂英语，他还是用英语说了“杂志”这个词）。利特维诺夫在听他讲，听了半天也弄不明白他学的究竟是哪种专业。他一会儿讲克尔特人部族在历史上的作用，一会儿大谈古代世界，评论埃吉纳的大理石雕，使劲介绍菲狄亚斯以前的雕塑家奥纳塔斯。不过他把奥纳塔斯说成了约纳坦，使得他这套高论听起来有点像圣经故事或者美洲开发史。他忽然又跳到政治经济学的题目上来，骂巴师夏是傻瓜、木头，“不亚于亚当·斯密和所有的重农学派……”“重农学派！”巴姆巴耶夫跟着他小声说……“是贵族吗？……”这时沃罗希洛夫又随便点评了几句麦考莱，说他是过时作家，已被科学淘汰，这又使巴姆巴耶夫的脸上露出了惊骇的表情。至于海因斯特和黎尔，他说这两个人只要提一下名字就够了，说罢耸了耸肩膀。巴姆巴耶夫也跟着耸耸肩膀。“怎么一下子全搬出来了，无缘无故的，当着外人的面，又是在咖啡馆里，”利特维诺夫望着这位新相识的淡黄头发、浅色眼睛和雪白的牙齿寻思道（特别使他困惑的是他那雪白的大牙和乱挥乱舞的双手），“而且他一次也没开过笑脸。不过他也许是个善良的人，只是太没有经验……”沃罗希洛夫终于讲完了，他那少年人的嗓子，像小公鸡似的响亮而带些嘶哑，都快接不上气来了……这时巴姆巴耶夫开始朗诵诗歌，他又差一点痛哭流涕，惹得邻座上的一家英国人以为他在酗酒闹事，而另一张桌上，两名荡妇正陪着一位戴雪青色假发的老小子在吃饭，他们都嘻嘻地笑起来。堂倌拿来了账单，朋友们付清了钱。

“好了，”巴姆巴耶夫大声道，在椅子上抬起他那笨重的身子，“现在喝一杯咖啡就走！可是你瞧，这就是我们的俄罗斯啊，”他走到门口停下来，几乎欣喜若狂地用他那只柔软而通红的手指着沃罗希洛夫和利特维诺夫说……“它怎么样啊？”

“是啊，俄罗斯。”利特维诺夫心里想。这时沃罗希洛夫已经在脸上摆出一副专注的表情，他大度地笑了笑，轻轻碰了一下鞋跟。

约五分钟后，三人一同登上斯捷潘·尼古拉耶维奇·古巴廖夫下榻旅馆的楼梯……一位身材苗条的高个子夫人，戴一顶围着黑色短面纱的帽子，也从这道楼梯上快步往下走，她看到利特维诺夫，突然向他转过身来，止住了脚步，像是万分惊愕的样子。隔着细密的面纱，她的脸一下子涨得通红，又很快变成苍白。利特维诺夫没有注意到她，这位夫人便加快脚步从宽敞的梯级上跑了下去。

四

“我来介绍，这位是格里戈里·利特维诺夫，一个爽快人，一颗俄罗斯的心灵，”巴姆巴耶夫大声说，把利特维诺夫领到一个身材不高、地主模样的人跟前。此人穿一件敞开领子的短上衣和一条灰色晨裤，脚上是一双便鞋，他站在光线充足、收拾得十分整洁的房间中央。“而这一位，”巴姆巴耶夫又对利特维诺夫说，“这就是他，就是他本人。你明白吗？总而言之，他就是古巴廖夫。”

利特维诺夫用好奇的眼光注视着“他本人”。第一眼倒也看不出他有什么与众不同之处。面前的这位先生外貌可敬但略带几分笨拙，大脑门，大眼睛，厚嘴唇，大胡子，粗脖颈，眼睛老是斜望着下面。这位先生咧嘴笑了笑，说：“嗯……是啊……好的……我很高兴……”他把手举到自己的脸旁边，随即转身背对着利特维诺夫，在地毯上走了几步，奇怪地缓缓摇摆着身体，就像在偷偷溜走似的。古巴廖夫有个习惯，他总是来回不停地走，并不时用又长又硬的指甲扯一扯或梳一梳他的大胡子。除了古巴廖夫，房间里还有一位太太，年纪五十岁上下，穿一件很旧的绸料子衣服。她有一张表情丰富、像柠檬样焦黄的脸，嘴唇上长着黑黑的绒毛，一对眼球滴溜乱转，仿佛要夺眶而出。在房间的角落里还弓身坐着一个体格结实的男人。

“好了，尊敬的马特廖娜·谢苗诺夫娜，”古巴廖夫对那位太太说，看来他不认为有必要把她跟利特维诺夫介绍一下，“您刚才说起什么来着？”

这位太太的全名叫马特廖娜·谢苗诺夫娜·苏汉奇科娃，是个寡妇，无儿无女，也不富有，她在各地漫游已经是第二个年头了。她特别愤慨、特别起劲地讲了起来：

“嗯，他于是就去见公爵，他说：公爵大人，他说，以您这样的身分和高位，救我一难算得了什么呢？ 您，他说，可不能不尊重我信仰的纯洁性！ 难道可以，他说，在当今之世因为信仰问题来迫害人吗？ 可是你们想想，这位有教养的公爵，这位身居高位的大官，他竟干出什么事来了？”

“嗯，他干了什么啦？”古巴廖夫说，一面若有所思地吸燃一支烟卷。

太太直起身，把翘起食指的瘦骨嶙峋的右手伸了出来。

“他叫来听差，对他说：‘把这个人的礼服扒下来拿去吧。这件礼服就送给你了！’”

“听差扒了吗？”巴姆巴耶夫把两手一拍问道。

“扒下来就拿走了。这就是巴尔纳乌洛夫公爵，有名的达官巨富，大权在握的政府代表人物干的好事！ 这往后还有什么可指望呢？”

苏汉奇科娃太太孱弱的身体由于愤怒而颤抖，脸上一阵阵抽搐，干瘪的胸脯在平平的紧身衣下剧烈地起伏，眼睛更不用说了，当然是滴溜溜乱转。不过，无论她说什么事情，眼睛总是这样乱转的。

“骇人听闻，骇人听闻的案件！”巴姆巴耶夫嚷道。“把他千刀万剐都不解恨！”

“唔……唔……从上到下都是腐败，”古巴廖夫说，并没有提高声音。“这不是处死刑的问题……这需要采取……另外的措施。”

“得了吧，真有这回事吗？”利特维诺夫说了一句。

“没有这回事？”苏汉奇科娃太太马上接过去说。“这是绝对不容置疑的，绝……对不容……”这句话她说得太用劲了，连身体都抽搐起来。“这是一个非常可靠的人告诉我的。这个人您也认识，斯捷潘·尼古拉耶维奇，他叫叶利斯特拉托夫·卡皮通。是他亲耳听见那些目击者，也就是这件丑事的证人们说的。”

“哪个叶利斯特拉托夫？”古巴廖夫问。“是不是在喀山的那个？”

“就是他。我知道，斯捷潘·尼古拉耶维奇，有人散布流言，说他拿了一些承包商和酿酒商的钱。这话是谁说的？是佩利卡诺夫！可是怎么能相信佩利卡诺夫的话呢，谁不知道他简直就是个密探！”

“不，对不起，马特廖娜·谢苗诺夫娜，”巴姆巴耶夫插进来说，“佩利卡诺夫是我的朋友，他怎么会是密探呢？”

“是的，是的，他就是密探！”

“等一等，话可不能这么说……”

“就是密探，就是密探！”苏汉奇科娃嚷道。

“不，不，等一等，听我对您说，”巴姆巴耶夫也嚷起来。

“密探，密探！”苏汉奇科娃坚持说。

“不，不！要说是坚捷列耶夫，那倒另当别论！”巴姆巴耶夫扯开嗓门吼道。

苏汉奇科娃马上不吭声了。

“这位老爷的事我倒确实清楚，”巴姆巴耶夫用平常的声音接着说，“第三厅要传讯他，他就趴在布拉津克拉姆普弗伯爵夫人的脚下尖声哭叫：‘请救救我，替我说个情吧！’佩利卡诺夫可没有堕落到如此卑鄙的地步。”

“唔……坚捷列耶夫……”古巴廖夫嘟哝道，“这件事……这件事要注意。”

苏汉奇科娃轻蔑地耸了耸肩膀。

“他俩都是好东西，”她又开口道，“这个坚捷列耶夫，我还知道他一个更大的笑话。众所周知，他冒充农奴解放者，可是对自己的农奴残暴极了。有一次他在巴黎朋友家里做客，斯陀夫人突然走了进来，你们当然知道《**汤姆叔叔的小屋**》了。坚捷列耶夫是个自命不凡的人，他请主人把他介绍一下。斯陀夫人一听到他的名字就说：‘什么？居然还敢来认识《汤姆叔叔》的作者？’顺手就给了他一个嘴巴！叫他‘马上就滚！’你们猜怎么着？坚捷列耶夫抓起帽子就夹着尾巴溜走了。”

“我觉得，这有点言过其实，”巴姆巴耶夫说。“她确实叫他‘滚！’这是真的，但是没有打他耳光。”

“打了耳光，打了耳光！”苏汉奇科娃连声说，又激动得抽搐起来，“我决不说瞎话。可是您竟跟这种人交朋友！”

“对不起，对不起，马特廖娜·谢苗诺夫娜，我从来就没有把坚捷列耶夫当成好朋友，我说的是佩利卡诺夫。”

“好吧，就不说坚捷列耶夫，说说另一个人，比如米赫涅夫吧。”

“这个人又干了什么啦？”巴姆巴耶夫问道，他已经先怯了阵。

“干了什么？好像您不知道似的。他在沃兹涅先斯基大街上当众高呼，要把自由主义者全都关进监牢。还有一次，一个寄宿学校的老同学，当然是穷人，跑来找他说：‘能在您这儿吃顿饭吗？’他回答他：‘不，不行，今天有两位伯爵在我家用餐……你滚吧！’”

“这是诽谤，您得了吧！”巴姆巴耶夫大叫起来。

“诽谤？……诽谤？首先，瓦赫鲁什金公爵，他也在您那位米赫涅夫家里吃过饭……”

“瓦赫鲁什金公爵，”古巴廖夫插进来厉声说道，“他是我表兄，不过我从来不让他登门……所以不必再提他了。”

“其次，”苏汉奇科娃顺从地向古巴廖夫那边点点头，继续说下去，“这些都是普拉斯科维娅·雅科夫列夫娜亲口对我说的。”

“看您把什么人的话也搬过来了！她和那个萨尔基佐夫都是最会捏造的人。”

“好吧，先生，对不起。萨尔基佐夫爱撒谎，这个不假，他父亲死时盖在身上的锦缎褥子也叫他偷走了，这些我都不跟人争辩。可是普拉斯科维娅·雅科夫列夫娜怎能和他相提并论！您还记得吧，她多么深明大义地跟丈夫离了婚！而您，我知道，您总是准备……”

“够了，够了，马特廖娜·谢苗诺夫娜，”巴姆巴耶夫打断了她的话。“让我们停止这种无谓的争吵，飞向高尚的境界吧。我是个头脑守旧的老家伙。您读过 Mademoiselle de la Quintinie①。真是绝妙的小说！跟您的信念完全一致！”

“我再也不看小说了，”苏汉奇科娃冷淡而生硬地说。

“为什么？”

“因为现在不是时候；现在我头脑里只有一件事：缝纫机。”

“什么机？”利特维诺夫问道。

“缝纫机，缝纫机。全体、全体妇女都应该备有缝纫机，组成一个个团体，这样她们才能自食其力，一举成为独立自主的人，否则她们决不能获得自由。这是重要又重要的社会问题。我们跟博列斯拉夫·斯塔德尼茨基争论过这事。博列斯拉夫·斯塔德尼茨基原是极好的人，可是他对这种事情的看法非常轻率。他一直在嘲笑我们……这个傻瓜！”

“到头来人人都有一本账，谁也逃不了，”古巴廖夫慢吞吞地说出这句话，那口吻像是导师，又像是预言家。

“对呀，对呀，”巴姆巴耶夫连连说，“谁也逃不了，真是谁也逃不了。怎么样，斯捷潘·尼古拉耶维奇，”他压低声音问道，“大作进展如何？”

“正在搜集资料，”古巴廖夫皱起眉头答道，就转向利特维诺夫，问他从事什么工作；利特维诺夫此时已经被乱糟糟一大堆陌生的名字和狂热的搬弄是非搞得头昏脑涨了。

他满足了古巴廖夫的好奇心。

“啊！这么说，是研究自然科学了。作为一个学派这是有益的。

① 法语：《昆提尼小姐》，法国女作家乔治·桑的小说。

作为学派，而不是目标。目标应该是……唔……应该是……另外的。请问您持有何种观点？”

“何种观点？”

“对，其实就是说，您有什么政治信仰？”

利特维诺夫微微一笑。

“其实我没有什么政治信仰。”

坐在角落里那个体格结实的男人，听到这句话突然抬起头来，注意看了看利特维诺夫。

“怎么会这样？”古巴廖夫用一种奇怪的温和语气说。“没有考虑好还是已经厌倦了？”

“怎么对您说呢？ 我觉得，我们俄国人现在就有政治信仰，或者认为自己有政治信仰，都还为时过早。请您注意，我指的是‘政治’这个词的真正含义，而且……”

“啊哈！ 您还不很成熟，”古巴廖夫仍然用那种温和的语气打断了他，随即走到沃罗希洛夫跟前，问他有没有读完他给他的那本小册子。

令利特维诺夫惊奇的是，沃罗希洛夫自打来到这里就一言不发，只是哭丧着脸，意味深长地翻翻眼睛（他向来是要么慷慨陈词，要么沉默不语）。沃罗希洛夫照军人那样挺起胸脯，咔地一碰鞋跟，点了点头。

“怎么样？ 还满意吗？”

“在主要论据方面还满意，不过对结论不敢苟同。”

“唔……可是安德烈·伊万内奇还对我夸奖了这个小册子呢。以后请把您的疑点告诉我。”

“您要书面的吗？”

古巴廖夫显然吃了一惊，他没有料到这个。他想了想，说：

“好，那就书面的吧。顺便也请您陈述一下您对……对联合会的意见。”

“您想知道关于拉萨尔式的还是舒尔采-德里奇式的？”

“呣……两种方式的吧。您知道，对于我们俄国人来说，财政问题尤其重要。还有，劳动组合……作为核心……这些都要了解清楚。要深入研究。再说还有农民分地的问题……”

“斯捷潘·尼古拉耶维奇，您对现行什一税的数额有什么高见？”沃罗希洛夫恭恭敬敬地问道。

“呣……那么村社呢？”古巴廖夫含有深意地说，他咬着一绺胡须，两眼盯住一条桌腿。“村社……您明白吗？这是一个伟大的字眼！还有，那些纵火案……那些……那些反对开办主日学校、阅览室和杂志的政府措施都意味着什么？农民为什么不同意在法定文书上签字？最后还有，在波兰究竟发生了什么事？难道您看不出来，所有这一切都在导致怎样的后果吗？难道您看不出来……呣……

我们……我们现在就是要和民众打成一片，了解……了解民众的意见吗？”古巴廖夫突然充满了一种沉痛的、几乎是恶狠狠的激情，他甚至涨紫了面孔，喘着粗气，但仍然没有抬起眼睛，嘴里照样嚼着胡须。“难道您就看不出来……”

“叶夫谢耶夫是卑鄙小人！”苏汉奇科娃冷不丁冒出一句话来。巴姆巴耶夫出于对主人的尊重，压低声音对她说了些什么。古巴廖夫猛地一旋鞋跟转过身子，又在房间里踱起步来。

又有新客人来了。到这次晚间聚会快结束时人已经相当多了。来客中就有被苏汉奇科娃骂作傻瓜的叶夫谢耶夫先生，她跟他十分友好地交谈，并请他送她回家。来了某个叫皮夏尔金的人，一位理想的调停官，他也许正是俄国当前所需要的那种人：目光短浅，缺乏知识，没有才能，但办事认真，吃苦耐劳，老老实实；他那个区的农民简直对他敬爱有加，他也自命为理应受到尊敬的人物。来了几名青年军官，是到欧洲短期休假的，他们很高兴有机会跟这班聪明的、甚至有点危险的人物打打交道，当然言行要谨慎，对团长还得防一手。还来了两个海德堡的文弱大学生，其中一个带着不屑的神气老是东张西望，另一个则突然哈哈大笑……他俩都显得很别扭。随后又钻进来一个法国人，是那种所谓**无足轻重的年轻人**，邋里邋遢、呆头呆脑，一副穷酸相……他在干商品推销员的同道中颇有些名气，因为有几位俄国伯爵夫人爱上了他，而他自己则更关心怎么能不花钱吃上一顿晚饭。最后出现的是一位季特·宾达索夫，看样子是个喜欢吵闹的高年级大学生，实际上是个富农加骗子，听言谈他是恐怖主义者，按天赋他该是城市警察分局长，是俄国老板娘和巴黎荡妇之友，他秃顶，无牙，成天醉醺醺的。他进来时满脸通红，样子狼狈，对人说他把最后一个戈比都输给了那个“滑头的别纳泽特”，其实他赢了十六个盾……总之，来了许多的人。引人注目，确实引人注目的是所有客人都把古巴廖夫当作导师或首领的那种恭恭敬敬的态度。大家请他解惑释疑，作出裁断。他回答问题时……或者咕哝几声，扯扯胡须，翻翻眼珠，或者断断续续说几句无足轻重的话，大家就忙不迭地把这些话奉为大智大慧的格言。古巴廖夫自己很少参加争论，让别人在那里起劲地大吵大嚷。有几次是三四个人一齐叫喊达十分钟之久，最后才心满意足，彼此理解。谈话一直持续到下半夜，照例有大量的各式各样的话题。苏汉奇科娃谈到加里波第，谈到某个卡尔·伊万诺维奇让自家的仆人鞭打了一顿；谈到拿破仑三世、妇女劳动；谈到商人普列斯卡切夫，他明明把十二名女工累死，却因此获得了“造福”奖章；谈到无产阶级，谈到用大炮轰死妻子的格鲁吉亚公爵丘克切乌利泽夫，以及俄国的未来。皮夏尔金也谈了俄国的未来，谈到赎金以及各民族的意义，以及他最痛恨的就是庸俗。沃罗希洛夫的话匣子突然打开了，他一口气差点没憋死地报出了许多人名，什么德列佩尔、费尔霍夫、舍尔古诺夫先生、比沙、格利姆戈利茨、斯塔尔、斯图尔、雷蒙特、生理学家约翰·米勒和历史学家约翰·米勒（他显然把这两位搞错了）、泰恩、列南、沙波夫先生，还有托马斯·纳沙、皮尔、格林……等等。“这都是些什么角色呀？”巴姆巴耶夫惊异地嘟哝道。“都是莎士比亚的先驱者，他们之于莎士比亚，如同阿尔卑斯山的支脉之于勃朗峰那样！”沃罗希洛夫斩钉截铁地答道，接着他也谈了一下俄国的未来。巴姆巴耶夫也谈到了俄国的未来，甚至还为它描绘出一幅光明前景，不过最令他鼓舞的是一种关于俄国音乐的想法，他从音乐中发现了某种“啊！ 巨大的东西”，为了证明这一点，他唱起了瓦尔拉莫夫的浪漫曲，但很快就被一片嘘声打断：“他唱的是《流浪诗人》的咏叹调，唱得糟透了。”一位军官趁人不注意把俄国文学骂了一顿，另一位军官举出了《火星》杂志上的一首诗。季特·宾达索夫则更干脆，他说把这班骗子的牙齿统统打掉就完事了！ 但也没有说明这班骗子到底是谁。雪茄烟的烟雾呛得人透不过气来，大家又热又困，嗓音嘶哑，人人眼睛混浊无光，个个脸上汗流如雨。冰啤酒刚送进来，转眼就剩下了空瓶。“刚才我说什么来着？”一个人不住地嘀咕；“刚才我跟谁争论什么问题了？”另一个不住地问别人。在这一片吵嚷声和乌烟瘴气之中，古巴廖夫依然扯着胡须，摇摆着身体，不知疲倦地来回踱步，时而侧耳细听某个人的高论，时而插上一两句话。人人都不禁感到，他古巴廖夫才是众人的领袖，他是这里的主人，也是这里的首席人物……

将近十点钟时，利特维诺夫头疼欲裂。这时苏汉奇科娃又想起了巴尔纳乌洛夫公爵的另一桩不义行为：他差点下令把一个人的耳朵咬掉了；于是大家发出了一阵哄叫，利特维诺夫便乘机悄悄溜走了。

清凉的夜气轻拂着利特维诺夫发烫的脸颊，一股芬芳的气流注入他干燥的唇间。“这是怎么回事呢，”他在幽暗的林荫道上边走边想，“为什么我要在场呢？为什么他们要聚在一起？为什么他们大喊大叫，使劲骂人？这一切都是为什么呢？”利特维诺夫耸了耸肩膀，向韦贝尔咖啡馆走去。他买了张报纸，要了一份冰激凌。报上讲的是罗马问题，冰激凌又难吃极了。他正打算回去，这时突然有个戴宽檐礼帽的陌生人走到他跟前，用俄语说了一句“不打搅您吧？”就在桌边坐了下来。利特维诺夫仔细看了看这位陌生人，这才认出他就是在古巴廖夫那儿坐在角落里的那位体格结实的先生，当时说到政治信仰，他那样注意地打量了利特维诺夫一眼。整整一晚这位先生没有开过口，现在他坐到了利特维诺夫的身边，摘下帽子，用一种友善的又有些困惑的眼光望着他。

五

“今天在古巴廖夫先生那儿我有幸见过您，”陌生人开口道，“他没有为我们作介绍，所以，要是您允许的话，我就来自我介绍一下：波图金，退职七品文官，曾在彼得堡财政部供职。希望您不会见怪……我一般没有冒昧与人相识的习惯……不过和您……”

波图金有点踌躇了，他向堂倌要了一小杯樱桃露酒。“壮壮胆子，”他笑笑说。

利特维诺夫特别仔细地打量了一下今天他所碰到的最后这一位新人物，心里马上想道：“这个人跟那些人不一样。”

确实不一样。坐在面前的这个人，低垂着鬈发的脑袋，不住地用细长的手指抚摸着桌边，他身体粗壮，肩宽腿短，浓眉底下有一对非常聪明也非常忧伤的眼睛，他口大而端正，牙齿长得不好，鼻子是纯粹俄罗斯式的所谓土豆鼻。此人外表笨拙，甚至有点粗野，但看来定非庸常之辈。他穿着很随便，一件老式常礼服像口袋似的套在身上，领结也歪到了一边。利特维诺夫对对方这种突然表现出来的信任感非但不觉得厌烦，反而因此暗暗有些得意，因为他不会看不出来，这个人并没有纠缠陌生人的习惯。他给利特维诺夫的印象是奇特的：他引起了他的尊敬、同情，还有一种油然而生的怜惜之情。

“我不会打扰您吧？”他又说，声音不高，有点沙哑但很柔和，跟他整个人的模样十分相称。

“哪儿的话，”利特维诺夫答道，“正相反，我很高兴。”

“真的吗？ 那么我也很高兴。我听说过您的许多情况。我知道您在从事什么，您有哪些打算。是好事情嘛。难怪您今天晚上没有说话。”

“您好像话也不多，”利特维诺夫说。

波图金叹了口气。

“别人都在大发议论，先生，我就洗耳恭听。怎么样，”他沉默了一会儿说，把眉毛拧了起来，样子有些滑稽，“您喜欢我们那种乱做一团的场面吗？”

“真是乱做一团。您说得太对了。我一直想问问那班先生，他们干吗要那样忙忙碌碌？”

波图金又叹了口气。

“问题就在这里，先生，连他们自己也不知道为什么。要是在从前，人家会说‘他们是高尚目标的盲目工具’，今天我们形容起他们来就不这样客气了。请您注意，我其实一点也没有责怪他们的意思，我甚至还想说，他们全都是……或者几乎全都是很好的人。比如说苏汉奇科娃太太，我确实知道她做过许多好事，她把自己最后的一点钱都给了两个穷苦的侄女。就算是她想出风头，炫示一下，可是您得承认，这个并不有钱的女人却有着舍己为人的好品格！ 皮夏尔金先生就更不用说了。他那个区的农民将来一定会献给他一个西瓜形状的银奖杯，或许还有一幅把他画成天使的圣像，尽管他在答谢词里会说愧不敢当如此殊荣，这却不是真话，因为他的确当之无愧。还有您的朋友巴姆巴耶夫先生，心地非常之好，他确实会莫名其妙地兴高采烈，就像诗人亚济科夫那样，捧着书本，喝着凉水，还要歌颂纵酒狂欢，毕竟也算是自得其乐吧。那位沃罗希洛夫先生也极其善良，就像他所有的同学、所有登上荣誉榜的同学一样，都是科学和文明的传令兵，就连他的沉默也显得那样雄辩，而他还那么年轻！ 是啊，是啊，这些人个个优秀，然而毫无出息，都是上等材料，却做不出一道菜来。”

听了波图金这番话，利特维诺夫越来越暗暗称奇：此人说话从容而自信，表达的方式和用语都显示出他不但善于辞令而且相当健谈。

波图金确实健谈而善谈，作为一个被生活淘尽了自尊的人，他以一种哲学家的淡泊心怀等待着一遇知音。

“是啊，是啊，”他带着他特有的那种凄凉的但并不痛苦的幽默感又开口说，“先生，这一切都非常奇怪。还有一点我要请您注意。比如说，十个英国人聚到一起，他们立刻就会谈论水下电报、棉花税、鼠皮鞣制法，总之是谈一些有益的和明确的事情。若是十个德国人聚到一起，不用说，关于石勒苏益格一荷尔斯泰因及德意志统一的议论就要登场。十个法国人聚到一起时，说来说去最后必然要扯到“风流韵事”。要是十个俄国人聚到一块儿，马上就会有人提出问题（今天您有机会亲自证实了），关于俄国的意义和前途的问题，而且是泛泛而谈，从神话中列达的蛋讲起，既无论据，也无结论。他们翻来覆去讨论这个倒霉的问题，就像小孩子咀嚼一块橡皮，淡而无味，徒劳无益。不用说这时候又要把腐朽的西欧痛斥一顿。想想看，竟有这样的怪事！ 西欧处处都在打击我们，还要说它腐朽！ 要是我们当真蔑视西欧倒也罢了，”波图金接着说下去，“然而我们只会空谈和撒谎。骂只管骂，人家的意见还是照样尊重，实际上是尊重那班巴黎浪荡子的意见。我有一位熟人，看来人也不坏，是一家之主，年纪不小了，他一连好几天垂头丧气的，因为他在一家巴黎餐馆里点了 une portion de biftek aux pommes de terre[①]，可是有个真正的法国佬当场就叫了一声：‘Garçon! biftek pommes![②]’我这位朋友羞得满脸通红！ 以后他到哪儿都叫：‘Biftek pommes!’并且教别人也这样做。我们一班草原子弟走进巴黎荡妇们的污秽客厅时那副诚惶诚恐的样子，连她们看了也惊愕不已……‘我的天哪！’他们想，‘我这是在哪儿呀？ 是在 Annah

① 法语：一客牛排加土豆。
② 法语：来人！ 牛排土豆！

Deslions 本人家里啊！！’”

“请您告诉我，”利特维诺夫问道，“古巴廖夫对他周围的人有着无庸置疑的影响力，这是因为什么呢？因为他的天赋，还是能力呢？”

“不，不，先生，这些他都谈不上……”

“那就是因为他的性格，对吧？”

“也不对，先生，而是因为他的非凡毅力。谁都知道，一般来说，毅力这种好东西我们斯拉夫人并不富有，对它甘拜下风。古巴廖夫先生想当首领，大家就承认他是首领。有什么办法呢？！政府把我们从农奴制的依附地位解放出来，这要谢谢政府。可是奴性的积习已在我们身上深深扎根，一时难以摆脱它。我们事事处处都需要一位主子。这主子大抵是一位活人，有时也可能是某种所谓的思潮来控制我们……譬如当前吧，我们大家都以自然科学的奴隶自命……要问我们为什么，凭什么道理要自甘为奴呢，这可是桩糊涂公案，足见我们的天性如此。最重要的，就是我们要有一位主子。好了，现在我们有主子了，这一位就是我们的主子，其余的一切都去他娘！地地道道的奴才！奴才的骄傲，奴才的谦卑。新主子诞生了，老主子就得滚蛋！过去是雅科夫，现在是西多尔。给雅科夫一记耳光，向西多尔连忙下跪！请您回想一下我们搞过的这一类把戏吧！我们常常谈到否定，说否定是我们的一种特性。然而我们否定时并不像自由人那样拔剑猛刺，而像奴才们那么挥拳乱打，并且大抵是奉了主子之命去干的。可是，先生，我们又是软弱的民族，容易让别人捏在手心里。古巴廖夫就是因为这个当上了主子的。他看准了一点就不断地去啄，最后就啄穿了。大家看见此人自命不凡，很自信，会发号施令，主要是会发号施令，大概错不了，自然就应该听他的。我们所有的分裂教派，奥努弗里耶夫派也好，阿库利娜派也好，都是这样形成的。谁抄起棍子，谁就是军曹。”

波图金的脸颊涨红了，眼睛失去了光彩。真是怪事！他的话语饱含着痛苦，甚至是辛辣刻薄的，但听起来并不使人恼怒，反而让你有些悲哀，由衷地、真正地悲从中来。

“您和古巴廖夫是怎么认识的？”利特维诺夫问道。

“我早就认识他，先生。您瞧，我们这儿还有一种咄咄怪事。例如有一位作家，他一辈子写诗撰文骂别人酗酒，抨击包税专卖……可是他自己忽然买下了两家酿酒厂，承租了上百家小酒馆，居然太平无事！换了别人早已被彻底消灭，可是他甚至没有受到谴责。古巴廖夫先生正是这样。他既是斯拉夫主义者，又是民主主义者、社会主义者，或者随便什么主义者，可是他的田庄至今还由他的兄弟，一个以爱揍人著称的旧式老爷管理着。还有那位硬要说斯托夫人打了坚捷列耶夫耳光的苏汉奇科娃太太，她自己差不多就要跪倒在古巴廖夫脚下。他这个人只不过读了几本圣贤书，喜欢钻钻牛角尖罢了。他的口才如何，您今天自己就能判断。幸亏他说话不多，吞吞吐吐；若是他高兴起来畅所欲言，连我这样有耐性的人也无法忍受。起先他开几句玩笑，接着就讲一些污秽不堪的趣闻。是的，是的，我们伟大的古巴廖夫先生居然讲污秽的趣闻，一边讲一边还恬不知耻地笑着……”

“您真的很有耐性吗？”利特维诺夫道。“相反，我倒以为……可以请教您的大名和父称吗？”

波图金呷了一小口樱桃露酒。

“我名叫索宗特……索宗特 · 伊万内奇。给我取这个好名字是为了纪念一位当修士大司祭的亲戚，我对他感恩戴德的也只有这一点了。斗胆地说，我出身于一个东正教司祭世家。您大可不必怀疑我的忍耐性，我确是有耐性的。我在我的亲叔父、四品文官伊里纳尔赫·波图金手下干了二十二年。您认识他吗？”

“不。”

“我得为这个祝贺您。是的，我有耐性。还是‘让我们回到原先吧’，就像我那位被判火刑烧死的同行、大司祭阿瓦库姆所说的那样。先生，我对自己的同胞感到惊讶。他们个个无精打采，垂头丧气，然而又充满着希望，可是一有风吹草动便又惶惶不安。就拿古巴廖夫把自己列在其中的斯拉夫派来说吧，他们都是最出色的人，但同样也是绝望与激情的混合物，对一切都抱着走着瞧的态度。他们总是说，将来会有的，一切都会有的。可是现实中什么都没有，俄国在整整十个世纪里毫无成就，管理、司法、科学、艺术，甚至手工制作方面都是如此……你们等一等吧，忍耐一下吧，一切都会有的。那么请问，为什么一切都会有呢？ 因为我们这些有教养的人固然都是废物。但是人民……啊，这是伟大的人民！ 看见这件农民穿的粗呢上衣吗？ 一切都是从这儿来的。别的偶像统统打倒了。我们就来信仰粗呢上衣吧。那么，要是粗呢上衣让我们失望呢？ 不会，它不会令我们失望的，你们读一下科哈诺夫斯卡娅的小说就会恍然大悟！ 确实，我要是个画家，我就画这样一幅油画：一个有教养的人站在一个庄稼汉面前并向他深深鞠躬，说：救救我吧，庄稼汉老兄，我病得快要死啦！ 庄稼汉也向有教养的人深深鞠躬说：教教我吧，老爷，我愚昧得快完蛋了！ 不用说他俩谁也没有动。其实，只要真正地而不是口头上谦虚一点，向老大哥学习他们在我们之前想出来的更好的东西，事情就好办了！ 堂倌，

нох эйн глэзхен кирщ![1]您别以为我是酒鬼，酒精能打开话匣子呢。”

“听您说了这番话，”利特维诺夫笑着说，“我也用不着问您属于哪一派，对欧洲是什么看法了。不过恕我向您提一点意见。刚才您说，我们应该学习借鉴老大哥，可是，这种学习能不考虑气候、土壤条件和地域、民族特点吗？ 记得我父亲向布特诺普订购了一台当时厂家极力推荐的生铁簸谷机，确实是台很好的簸谷机。结果怎么样呢？ 它在柴棚里放了整整五年，一点也用不上，直到后来有了美国造的木制簸谷机，就像所有的美国机器一样，才比较适合我们的生活方式和习惯。不能盲目照搬啊，索宗特·伊万诺维奇。”

波图金扬起头来。

“尊敬的格里戈里·米哈伊洛维奇，没料到您会有这样的异议，”他停顿了一下，又说下去。“谁强迫您盲目照搬呢？ 您把别人的东西拿来，并非因为它是别人的，而是因为它对您合适，也就是说，您是经过考虑，经过选择的。至于结果，您不必担心，正是由于您所说的地域、气候等等条件，才能在结果中体现出特点来。您只管提供好食品，人民的肠胃会按自己的方式消化它。将来机体强壮了，就会自己制造养分。拿我们的语言来说吧，彼得大帝在俄语中引进了成千上万个外来语，有荷兰语，德语，法语，俄国人民必须熟悉它们所表达的概念，彼得老实不客气地把这些词语大桶小桶一古脑儿倒进了我们肚子里。起初确实一团糟，后来就开始了我所说的那种消化过程。新概念被吸收、掌握了，外来的形式逐渐消失，语言在自身内部找到了替代的形

① 德语的俄语音译：再来一小杯樱桃露酒!

式，所以现在即便是我，您恭顺的仆人，一个不高明的文体家，也能翻译黑格尔……是的，先生，黑格尔著作的任何一页，而且不用一个非斯拉夫词语。希望在语言中发生的变化，同样会发生在其他领域。全部问题在于本性是否坚强？ 我们的本性很好，承受得起，它没有出过大麻烦。只有神经不健全的衰弱民族才担心自己的健康、自己的独立。同样，也唯有那些无所事事之徒，一讲到我们是俄国人就唾沫四溅欣喜若狂。我很关心自己的健康，但并不为它欣喜若狂，因为这令人惭愧，先生。”

“您说的都不错，索宗特·伊万内奇，”这时利特维诺夫开口道，“可是为什么一定要让我们经受这种考验呢？ 你自己不是说，起初情况一团糟吗！ 要是糟糕的情况一直延续下来又怎么办呢？ 而情况恰恰就是这样，您自己也知道。”

“不过语言要除外，这里就大有文章！ 我不是国人的造物主，国人注定要经受这种磨炼也非我之罪。斯拉夫派在大声疾呼：‘德国人能正确发展，让我们也正确发展吧！’可是从哪儿能获得正确发展呢，我们这个民族最初的历史行为就是为自己召来了海外王公，这已经是不正确、不正常了。而至今我们人人都还在重复这种情况，一生中至少会有一次对某种外来的、非俄国的事物说：‘你来主宰我、统治我吧！’我也承认，我们把舶来之物装进身体里的时候，事前决不一定知道它是一块面包还是一团毒药？ 众所周知：由坏变好总是要经过一个更坏的而不是更好的阶段。毒药在医学上也会有用的。只有笨伯或者狡猾之徒才会得意洋洋地指出，农奴解放后农民们反而更穷，废除了专卖制他们倒越发酗酒了……经过更坏才能变好！”

波图金伸手抹了把脸。

“您问我对欧洲有什么看法，”他又说起来，“欧洲使我惊奇，我笃信它的原则，这一点我丝毫也不打算隐瞒。我早已……不，从不久前什么时候起……我已经不再害怕表明自己的见解……您不是也毫不迟疑地向古巴廖夫先生说出了自己的想法吗。谢天谢地，现在我不必考虑谈话对方的观点、见解和习惯了。实际上，无谓的怯懦和无耻的奉承同样都是最坏的东西。您瞧，当大官的会讨好一个他不屑一顾的大学生，甚至向他胁肩谄笑，兔子似地跑过去看他。要说当大官的这样做是为了博得好名声，那么我们这位平民知识分子为什么要敷衍应酬他呢？是啊，是啊，先生，我是西欧派，我崇尚西欧，说得准确些，我崇尚它的教养，就是国人常常亲切调侃的那种欧洲教养，也就是文明——对，对，这个词更准确，我全心全意地热爱文明，信仰它，我没有也不会有别样的信仰。文——明这个词（波图金抑扬顿挫、清晰有力地说）清楚、明白而神圣，不像其他的词，什么民族呀，光荣呀，都带着血腥气……去它们的吧！”

“那么，俄罗斯呢，索宗特·伊万内奇，您爱自己的祖国吗？”

波图金又抹了一把脸。

“我热爱它又痛恨它。”

利特维诺夫耸了耸肩膀。

“这是老调子，索宗特·伊万内奇，老生常谈了。”

“这怎么啦？有什么大不了？您别大惊小怪！老生常谈！我知道许多挺不错的老生常谈。比如，‘自由与秩序’就是一句有名的老生常谈。您是否认为，我们那儿的‘官阶与混乱’更好些呢？还有年轻人为之陶醉的这些词句：卑鄙的资产阶级，souveraineté du peuple①，工作权等等，难道不也是老生常谈吗？ 至于说到爱离不开恨……"

"拜伦主义，"利特维诺夫打断了他，"三十年代的浪漫主义。"

"对不起，先生，您弄错了。第一个指出这种感情混合的是古罗马诗人卡图尔，是他在两千年前说的。我在他的作品中读到了这段话，因为我懂得一点拉丁语，斗胆地说，这也得益于我的司祭世家。是的，先生，我对俄罗斯，对我那古老、可爱、可憎又可贵的祖国既爱又恨。现在我离开了它，因为我在衙门公事桌边坐了整整二十年，也该出来散散心了。我离开了俄国，在这里过得惬意快活，但是不久我还会回去的，我有这个感觉。花园里土壤虽好……可不是长云莓果的地方！"

"您快活而惬意，我在此地感觉也不错，"利特维诺夫道，"我是为求学而来，但这并不妨碍我看到这一类玩艺儿……"他指了指两名过路的荡妇及跟在她们身边拿腔捏调、搔首弄姿的几位跑马俱乐部成员，还有那边的赌厅，尽管天色已晚依然人满为患。

"谁告诉过您，我对这些东西视而不见呢？"波图金忙接过去说。"不过请原谅，您的话使我想起克里木战争时我们有些倒霉的杂志兴高采烈地指摘英军指挥的缺点，其实这是《泰晤士报》早已揭露过了的。我本人不是个乐观主义者，我并不把人类的一切，我们的整个生活，这场以悲剧结局的人生喜剧看得多么美满，但是为什么现在硬要把某些可能是人类劣根性的东西强加在西欧身上呢？ 这种赌场确实不像话，可是我们本乡本土的赌博骗局难道比这个更雅观吗？ 不，亲爱的格里戈里·米哈伊洛维奇，请稍安勿躁，好学生发现老师的错误会

① 法语：人民统治。

恭敬地保持沉默，因为这些错误对他有教益，能使他少走弯路。要是您非常想聊一聊腐朽的西欧这个话题，那么您瞧，科科公爵迈着小快步走过来了。看样子，他在一刻钟内把他从一百五十户人家勒索来的代役金都输在绿台子上了，他正恼火着呢。不过今天我看见他在马尔克斯书店翻阅韦尔约的小册子……他是您极好的谈话对手！”

“对不起，对不起，”利特维诺夫见波图金要起身，连忙说。“我跟科科公爵不熟，而且，我当然更愿意和您谈话……”

“非常感谢您，”波图金打断了他的话，站起来鞠躬告别，“我和您谈得已经够多了，其实只是我一个人在说。您自己也看到，一个人独个儿说话太多，他总有点不好意思，不自在。尤其是初次见面：瞧，我就是这么个人！ 下次再见吧……再说一遍，认识您我非常高兴。”

“等一等，索宗特 · 伊万内奇，至少请您告诉我，您住在哪儿，是否打算在此久留？”

波图金的身子似乎微微抽搐了一下。

“我在巴登还要待一个星期。我们可以就在这儿见面，在韦贝尔咖啡馆或者马尔克斯书店。要不然我就上您那儿去。”

“总之我也该知道您的住址吧。”

“说得对。不过您瞧：我不只是一个人。”

“您结婚了？”利特维诺夫突然问了一句。

“不，瞧您说的……为什么问这种不相干的话？ ……不过有个姑娘跟我在一起。”

“啊！”利特维诺夫做出礼貌的样子，抱歉似地应了一声，垂下了眼睛。

“她只有六岁，”波图金接着说。“是个孤儿……是一位太太的……我的一位好朋友的女儿。我们最好就在这儿会面吧。再见了，先生。”

他把礼帽低压在鬈发的脑袋上，迈着快步离去，在通向利赫坚塔尔林荫道的大路上，他的身影在暗淡的瓦斯灯光下闪现了两次就不见了。

六

“真是个怪人！”利特维诺夫走向下榻的旅馆，心里在想。“真是个怪人！ 要设法找到他。”他走进自己房间时，桌上的一封信映入他的眼帘。“啊！ 是塔尼娅[①]的！”他想道，预先就高兴起来。然而这是从乡下寄来的信，是父亲写的。利特维诺夫扯掉印有纹章的大块封漆，刚开始看信……一股浓郁的、非常好闻而又熟悉的香气令他吃了一惊。他举目四望，发现窗台上水杯里插着一大束新鲜的天芥菜花。利特维诺夫有些惊愕地俯过身去，伸手触了触花朵，闻了一会儿……他仿佛回忆起什么，那是在遥远的过去……究竟是什么，他却想不起来了。他打铃叫来了仆人，问他花是从哪儿来的。仆人回答，花是一位太太送来的，她不愿留下姓名，只说您看见这花就准能猜到她是谁。利特维诺夫似乎又回想起什么……他问仆人那位太太的外貌。仆人说高高的个子，穿着很讲究，戴着面纱。

“像是一位俄国伯爵夫人，”仆人加上一句。

“您何以见得？”利特维诺夫问。

① 塔季扬娜的小名。

“她赏了我两个盾呢，”仆人答道，咧嘴笑了。

利特维诺夫打发仆人走了，站在窗前沉思良久，最后他挥了挥手，重又去看乡下来的信。父亲照例是满纸的抱怨，说粮食简直白送人都没有人要，人人都不听话了，看来世界末日就要到了。“你想想看，”他在信中顺便提到，“还记得我最后用的那个车夫，那个卡尔梅克小伙子吗？ 他给毁啦，差一点就不中用了，我就没有人赶车了。幸亏好心人出主意，劝我把病人送到喀山找神父看一看，那可是一位著名的驱邪大师。果然经他一治，妙手回春，现将神父亲笔信附此，足以证明。”利特维诺夫好奇地把这份证明浏览了一遍。其中说：“家仆尼卡诺尔·德米特里耶夫身患医学不治之疾。此疾系恶人所致。尼卡诺尔本人即为肇病之因，为其对某姑娘诺而无信，彼女即假手于人致其成为废物，若非吾知情相助，尼卡诺尔如菜中之小虫必死无疑。吾借上帝洞察万物之慧眼始得全其性命，吾用之术，乃天机不可泄露。请大人务令彼女今后不得施行此种妖术，大人不妨胁迫之，否则彼女复将加害于他也。”利特维诺夫对着这篇证明沉思起来。它向他散发出一股荒僻草原的气息和愚昧无知生活的霉味儿，他觉得很奇怪，居然在巴登这种地方读到这样的一封信。时间早已到了下半夜。利特维诺夫躺到床上，吹灭了蜡烛。但他久久不能入睡：他所见过的人脸、听到的话语，不时地萦回浮现，在他那发烫的、被烟草熏得胀疼的脑袋里奇怪地搅成了一团。恍惚中他忽而听见古巴廖夫哞哞的说话声，仿佛看到他那双望着地下的眼睛和那种迟钝而固执的目光；忽而这双眼睛闪出热烈的亮光，滴溜溜乱转起来，他认出这是苏汉奇科娃，听见她聒噪刺耳的嗓音，他不觉也小声跟着她说：“打了耳光，打了耳光”；忽而他眼前又出现了波图金笨拙的身影，他便十次二十次地回忆波图金说过的每一句话；忽而又冒出了沃罗希洛夫，仿佛从鼻烟壶里蹦出来的小玩偶，穿着件紧身的大衣就像新制服一样；还有皮夏尔金在睿智而傲慢地频频点着他那剪得很漂亮、确实充满着善良愿望的脑袋瓜；而宾达索夫在高声喊叫、破口大骂，巴姆巴耶夫欣喜若狂、眼泪汪汪……最主要的是这股香气，挥之不去地缠绕着他，甜腻腻的令人难受，使他不得安宁；这香气在黑暗中越来越浓，越来越迫使他回想起什么，而他却怎么也想不起来……利特维诺夫忽然悟到，夜间卧室里的花香有害健康，就爬下床来，摸索到那束花，把它拿到隔壁房里去了。可是醉人的香气依然从那边沁入他的枕头和被褥里，恼得他在床上辗转反侧。他隐隐地发起寒热来。他看见那位神父“驱邪大师”变成了一只长大胡子拖小辫子的兔子，活蹦乱跳地从他面前的路上跑过去又蹿过来。他又看见沃罗希洛夫变成了一只夜莺，栖在灌木丛似的一蓬特大的将军帽缨上啾啾啼叫……他突然一骨碌从床上坐起来，两手一拍，惊呼道：“莫非是**她**？ 这不可能！”

为了交代利特维诺夫何以发出这一声惊呼，要请宽容的读者随我们一同回到几年以前……

七

五十年代初，莫斯科曾有个奥西宁公爵的多口之家。这家人生计窘促，几近贫窭。他们是纯正血统的留里克王族后裔，而不像那些鞑靼和格鲁吉亚的公爵。在俄国编年史上，奥西宁家族成员的名字常常见诸最早的莫斯科大公即俄国疆土开拓者时代的史册中。他们曾拥有大片世袭领地和许多庄园，曾多次因“勤王和伤残”受到封赏，有资格出席大贵族杜马会议，其中一人甚至特许在署名时带上“维奇”字尾。后来仇家诽谤他们“佞巫蛊之术”，遂遭贬黜。他们的家产被“彻底抄没”，封号爵位悉予褫夺，人也一个个流放到远乡绝域去了。奥西宁家族自此元气大伤，一蹶不振。虽然他们后来被赦免召回，归还了“莫斯科宅第”和“家什器物”，但已无济于事。这个世家变穷了，“败落”了，到了彼得、叶卡捷琳娜两朝也未能东山再起。它日渐衰微，每况愈下，族人中甚至有人去当了私人管家、酒业办事处主任和警察分局长。我们说起的奥西宁这一家，有夫妇俩和五个孩子，住在狗市广场附近的一套木头平房里。漆着条纹的门廊正朝大街，大门上有绿色的雄狮及其他显示贵族门第的绘饰。一家人勉强维持生计，在蔬菜铺里赊账，冬天经常短缺生火的木柴，也点不起蜡烛。公爵本人是个萎靡不振、傻头傻脑的人，从前也曾是漂亮的花花公子，如今变得完全不修边幅了。人家多半看在他妻子当过宫廷女官的面子上，而并非出于敬重他的名望，总算为他在莫斯科安插了一个过时的闲差，薪水不多，名称古怪，也没有任何公干。他便从早到晚不问世事，只管抽烟，始终穿着件睡袍，不住地长吁短叹。他夫人是个有病的、凶巴巴的女人，她成天操心的是家务琐事，以及怎样把孩子们送进官费学校，如何跟彼得堡的熟人保持联系，她无论如何也不愿苟安现状，不习惯离开宫廷。

利特维诺夫的父亲当年在莫斯科曾与奥西宁一家相识，帮过他们一点忙，有一回还借给他们约三百卢布。当时还是大学生的利特维诺夫常去看望这家人，恰好他的住所离他们也不远。倒不是这种邻近关系吸引了他，也并非对方很不舒适的生活方式对他有一种诱惑。他对奥西宁家经常的造访，是从他爱上了他家长女伊琳娜之后开始的。

伊琳娜那年才十七岁，刚从贵族女子中学辍学，因为跟女校长发生了不愉快，母亲便让她回家了。这场不快的起因是，原定由伊琳娜在结业典礼上用法语朗诵一首欢迎督学的诗，不想临场竟让另一名女生，某个包税巨头的女儿取代了她。公爵夫人哪里受得了这种当众丢脸的事，伊琳娜自己更是不能饶恕女校长的不公。伊琳娜事前就在梦想，她怎样在大庭广众之下登台献辞，吸引所有人的注意，然后莫斯科的人就会开始谈论她……确实如此，莫斯科的人很可能会谈论她伊琳娜的。她是个高个儿、身材苗条的姑娘，有着柔嫩的窄窄的肩膀和略嫌扁平的胸脯，她的皮肤浑白如玉，又像细瓷那样光滑洁净，这在同龄女孩儿中是很少见的。她长着浓密的淡黄头发，一绺绺颜色深浅相间，别具风韵。她的容貌可以说端正秀雅，但还没有完全脱去少女天真无邪的表情。然而从她缓缓俯下她那漂亮脖子的动作里，从她那慵困的、又像是漫不经心的微笑中，可以看出这是一位神经质的小姐。那薄薄的含笑的嘴唇和不大而略细的鹰钩鼻，使人觉得其中有一种专横和激情，一种对她自己和旁人都很危险的东西。令人吃惊，真正令人吃惊的是她的一对眼睛：泛着微绿的铁灰色眸子脉脉含情，细长的眼梢就像埃及女神那样，睫毛闪亮，双眉高挑。这对眼睛的神情也是怪异的，它们仿佛从某个不可知的深渊和远方凝眸沉思地望着你。伊琳娜在学校里是个聪明能干的优等生，但她性格反复无常，喜欢发号施令，而且天不怕地不怕。一位班级女训导曾预言她的激情会毁了她（“vos passions vous perdront”）。另一位女训导则骂她冷酷无情，是个“une jeune fille sans coeur[①]”。同学们认为伊琳娜骄傲自大，城府很深。弟妹们都有些怕她，母亲不信任她，父亲每每在她那神秘莫测的眼光注

① 法语：没心肝的姑娘。

视下感到不自在。然而父母都不自觉地在心里尊重她，这倒不是由于她的品德，而是因为她在他们心中唤起了——天知道为什么——一种特别的、模模糊糊的期望。

“您等着瞧吧，普罗斯科维娅·达尼洛夫娜，”有一次老公爵从嘴里抽出烟袋杆，对妻子说，“阿琳卡[①]会让我们摆脱困境的。”

公爵夫人生气了，说丈夫“des expressions insupportables[②]”，但后来她想了想，嘟哝道：

“是啊……能摆脱困境就好了。”

伊琳娜在家里几乎享有无限的自由，家人对她并不娇惯，甚至有点疏远她，也不跟她争辩，这倒正合了她的心意。有时家里会出现很丢人的吵闹场面，蔬菜铺老板跑来满屋乱嚷，说他讨账都讨得厌烦了；下人们也敢当面辱骂主人，说你们算什么公爵，不过是穷光蛋罢了。每逢这种场合她总是一动不动坐在那里，连眉毛也不抬一下，阴沉的脸上带着刻毒的冷笑，这笑容使她的双亲比受责挨骂还要难过，觉得他们在这个女儿面前有罪，是无辜的罪人，因为她一生下来似乎就应该享受荣华富贵和受人崇拜。

利特维诺夫对伊琳娜一见钟情（他比她只大三岁），但久久得不到她的回报，甚至根本引不起她的注意。她对他简直抱着一种敌意，似乎她受了他的欺侮，把委屈深深隐忍在心里，就是不肯原谅他。当时他年轻又单纯，不明白在这种带着敌意甚至鄙夷的严厉外表下隐藏着什么。有时他忘记带上课的讲义和笔记本，枯坐在奥西宁家没有快乐气

① 伊琳娜的爱称。
② 法语：这话岂有此理。

氛的客厅里，偷眼去看伊琳娜：他的心在痛苦中慢慢紧缩，胸口觉得发堵。她像是在生气，又像是厌烦，忽然站起来在屋里踱一圈，冷眼望望他，仿佛在望一张桌子或一把椅子，然后耸耸肩膀，交叉地抄起双手。或者整整一晚上她对他不屑一瞥，即使跟他谈话时也不肯垂顾他一眼。再不然她就拿起一本书，盯在上面但并不阅读，皱起眉头，咬着嘴唇，或者冷不丁大声问她父亲或弟弟：德语“忍耐”这个词怎么说？他像网罗中的小鸟不停地苦苦挣扎，他想尝试从这个魔圈里挣脱出来，便离开莫斯科到外地去了一个星期。谁知寂寞和苦闷使他几乎发疯，他病了一场，消瘦了许多，又回到了奥西宁家……真是怪事！这几天伊琳娜也明显瘦了，她脸色发黄，两颊削陷……但对他态度更加冷淡，几乎带有一种幸灾乐祸的侮慢，仿佛他在暗中愈加欺负了她似的……她就这样折磨了他两个月。后来忽然在一天内一切都改变了。爱情像烈火突然熊熊燃起，似乌云挟着雷雨呼啸而至。那一天（他久久记得这个日子）他照旧坐在奥西宁家客厅的窗口，傻望着外面，感到懊丧而无聊，他鄙视自己，但又舍不得离开……假如窗下是一条河，他会一头跳下去，纵然害怕，也无遗憾。伊琳娜坐在他不远处，奇怪地不声不响也不动。她已经一连好几天没和他说过一句话，也没跟任何人说过话。她只是坐在那儿，两手托腮，一副困惑不解的样子，偶尔抬眼慢慢环顾一下四周。利特维诺夫终于无法忍受这种冷漠的痛苦，他站了起来，也不告辞，就去拿他的帽子。“请您留下，”他突然听见一声低语。利特维诺夫的心颤抖了一下，他没有立刻听出这是伊琳娜的声音，因为这短短的话音里有一种异乎寻常的调子。他抬起头来，顿时愣住了：伊琳娜正柔情地，是的，柔情地望着他。“请您留下，”她又说了一次，“您别走。我想和您在一起。”她的声音更轻了。“我要您……

别走。”他茫茫然不由自主地走到她面前，向她伸出双手……她立刻把自己的双手给了他，然后嫣然一笑，飞红了脸，一扭身，笑嘻嘻地走出了房间……几分钟后她带着她的妹妹回来了，又用温柔的目光望了他好一会儿，请他坐到自己身边来……起先她说不出话，只是叹息和脸红，后来才开始怯生生地询问他的学业，她还从来没有这样问过他。那天晚上她好几次向他道歉，说此前一直没有看重他的人品，并要他相信，现在她完全变成了另一个人。她这突如其来的共和派式的反常行为让他感到吃惊（当时他正崇拜罗伯斯庇尔，对马拉也不敢妄加訾议）。这样过了一星期，他才弄明了：她爱上了他。是啊，他久久记得那一天……也忘不了随后的那些日子，当时他抱着疑团，不敢相信，他喜出望外、诚惶诚恐地看到的事实：一种意想不到的幸福在萌芽、生长，不可抗拒地占据了一切，终于向他奔涌而来。这是初恋的欢乐瞬间来临了，在人的一生中它不可能也不应该有第二次的。伊琳娜忽然变得像羔羊般驯顺，丝绸样温柔，而且非常善良。她给她的妹妹们上课，不是钢琴课（她不是音乐家），而是法语和英语课，跟她们一起诵读课本。她过问家务，对一切都觉得有趣好玩。有时她唠唠叨叨说个没完，有时又沉思默想含情脉脉。她有各种各样的计划，无穷无尽的设想，她憧憬着将来嫁给利特维诺夫以后会做些什么（他俩毫不怀疑会结为夫妇），他们两人将怎样开始……“开始工作？”利特维诺夫提示她说。“对，工作，”伊琳娜重复道，“要读书……不过最重要的是去旅行。”她特别想尽快离开莫斯科。每当利特维诺夫提醒她，他还没有念完大学，她总是沉吟一下说，他可以在柏林……或别的什么地方完成学业。伊琳娜并不羞于流露自己的感情，故而她属意利特维诺夫的事不久便为公爵夫妇所知。他们并不为此高兴，但考虑再三，认为也无需立即加以“veto[1]”。利特维诺夫虽然饶有家产……“但是门第，门第！……”公爵夫人指出这一点。“当然，算不上门当户对，”公爵回答，“不过他也不是平民知识分子，主要是伊琳娜不会听我们的话。她什么时候不是为所欲为？ Vous connaissez sa voilence![2] 何况现在还什么都没有定下来。”公爵嘴上这样议论，心里马上又在想：“就只当个利特维诺夫太太吗？ 我还指望别的呢。”伊琳娜完全控制了她未来的新郎，他也心甘情愿地任她摆布。他就像掉进了漩涡，身不由已……既怀着恐惧，又感到幸福，他对一切已无所顾惜。他思量着夫妇生活的意义和义务，他这样一往情深能否成为一个好丈夫，伊琳娜将会是怎样的妻子，他们之间的关系是不是正常——他对这些都不得其解。他的热血沸腾了，他只知道一点：跟着她走，和她在一起，一往无前，不管以后会发生什么事！ 虽然利特维诺夫百依百顺，伊琳娜柔情万种，他们之间仍难免有一些误会和龃龉。有一天，他直接从学校里来到她家，穿着件旧礼服，两手都是墨水污渍。她像平时一样跑过来亲热地问候他，却突然停住了脚步。

“您没有戴手套，”她一字一顿地说，立刻又加上一句：“呸！ 瞧您……这个大学生！”

“您太敏感了，伊琳娜，”利特维诺夫道。

“您……真是个地道的大学生，”她又说了一遍，“vous n'êtes pas distingué。[3]”

说罢她一扭身背对着他，从房里走了出去。当然，一小时后她又回

---

① 法语：禁止。
② 法语：您知道她那犟脾气！
③ 法语：您外表粗俗。

来请求他的原谅……总之，她很愿意在他面前认错悔过。但也真是怪事！她常常几乎噙着眼泪责骂自己动机不良（其实她没有那样的动机），相反，对于自己确实存在的缺点她却矢口否认。另一次，他看到她眼泪汪汪、两手捧头、鬈发散乱的样子，就十分担心地问她为什么悲伤，她默默地指了指自己的胸口。利特维诺夫不禁打了个寒颤。“肺病！”他脑中一闪念，连忙抓住她的手。

“你病了吗？”他问，嗓音都哆嗦了（他俩在紧要场合已开始以“你”相称）。“我这就去请大夫……”

伊琳娜不等他说完，没好气地跺了跺脚。

“我一点病也没有……可是这身衣裳……难道您还不明白吗？”

“是怎么回事？……这衣裳……”他一时摸不着头脑。

“怎么回事？是这么回事，我只有这一件衣裳，又旧又难看，可是我每天得穿着它……就在你……您来的时候也得穿……你看见我这副邋遢样，迟早有一天会不爱我的！”

“得了，伊琳娜，你这是什么话！这件衣裳非常可爱……我第一次见到你时你就穿着它，所以我觉得它很珍贵。”

伊琳娜脸红了。

“格里戈里·米哈伊洛维奇，请您不必提醒我：当时我就没有第二件衣裳。”

“伊琳娜·帕夫洛夫娜，请您相信，您穿这件衣裳很美。”

“不，它难看，难看，”她连连说，神经地揪着她那又长又软的鬈发。“唉，这贫穷，贫穷，愚昧！怎样才能摆脱贫穷！怎样才能走出，走出愚昧啊！”

利特维诺夫不知道说什么好，就微微转过脸去……

伊琳娜突然从椅子上霍地站起来，把双手搭在他肩膀上。

“你说你爱我是吗？ 你爱我吗？”她把脸凑近他说，泪水盈眶的眼睛里闪出了欢乐幸福的光彩。“我穿着这件难看的衣裳你也爱我吗？”

利特维诺夫一下子跪倒在她面前。

“啊，爱我，爱我吧，我亲爱的，我的救星，”她向他俯下身子，悄声说。

日子飞快地逝去，过了一周又一周。虽然还没有正式的表白，虽然利特维诺夫还迟迟未开口求婚——当然不是他不愿意，他是在等待伊琳娜的指令，因为有一次她说他俩都年轻得可笑，哪怕再添上几个星期的年纪也好，——尽管如此，一切都在走向圆满的结局，一幅即将展现的前景越来越清晰可见。然而就在这时，突然发生了一件事情，使得所有设想和全部计划就像大路上的轻尘，被一阵风吹散了。

八

这一年冬天，皇室驾幸莫斯科。庆典活动接连不断，这一次轮到贵族会议举办常规盛大舞会。以公告形式刊登在《警署新闻》上的舞会消息，也传到了狗市广场边这幢小宅子里。公爵第一个躁动不安了。他当即决定必须去参加舞会而且带上伊琳娜，认为错过觐见君主的机会是不可饶恕的行为，因为这简直是世袭贵族特有的一种义务。他以一反常态的特大热情坚持己见。公爵夫人倒也有些赞同，只是考虑到这笔花费又叹起气来。伊琳娜则表示坚决反对。她对父母列出的种种理由只有一句回答：“不需要，我不去。”她万分固执，老公爵最后决意请利特维诺夫说服她，给她讲些别的“道理”，诸如年轻姑娘回避社交界是不体面的，她也应该去“体验体验”，否则就不会有任何人在任何地方发现她这个人了，等等。于是利特维诺夫就来跟她摆这些“道理”。伊琳娜目不转睛地凝视了他一会儿，这种逼视的目光看得他都有些窘了。然后她抚弄着腰带梢儿，心平气和地说：

“这是您愿意的？ 您？”

“是的……我想，是的，”利特维诺夫结结巴巴地说。“我同意令尊大人……您干吗不去呢……去看看别人，也让别人看看您嘛，”他嘿嘿一笑。

“让别人看看我。”她慢慢地重复道。“那好吧，我去……不过请您记住，这可是您自己愿意的。”

“也就是说，我……”利特维诺夫张口想说。

“您自己愿意的，”她打断了他。“还有一个条件：您得答应我，您不参加这个舞会。”

“这是为什么？”

“我愿意这样。”

利特维诺夫摊开两手。

“我遵命……不过老实说，要是能目睹您雍容华贵的风姿，亲眼看到您一定会博得的好印象，我会非常高兴……我会为您感到自豪的！”他叹了口气说。

伊琳娜冷笑一声。

“所谓雍容华贵也就是一件白连衣裙，至于好印象……好了，总之我愿意这样。”

“伊琳娜，你好像在生气吧？”

伊琳娜又是一声冷笑。

“哦，不！ 我没有生气。只是你……（她的眼睛死死盯住他，他觉得他从未见过她这样的眼神。）也许，需要这样做，”她低声说。

“可是，伊琳娜，你爱我吗？”

“我爱你，”她几乎趾高气扬地答道，然后像男人那样紧紧握了一下他的手。

以后几天里伊琳娜忙着精心打扮，做发式。舞会前一天她感到身体不适，坐立不安，还独自哭过两回，所以利特维诺夫见到她时，她脸上始终挂着呆板的笑容……不过她对他依旧那样温柔，只是有些心不在焉，时不时地去照镜子。舞会的当天，她异常沉默，脸色苍白，但是人很平静。晚上八点多钟利特维诺夫前来看她。她穿着透明的白纱连衣裙，微微高耸的发髻上插着一枝蓝色小花，她走出来时他不禁惊呼了一声：她显得那样美丽高贵，跟她的年龄都不相称了。他心里想：“是啊，从今早起她就长大了，真是仪态万方！ 不愧为名门闺秀！”伊琳娜垂手站在他面前，脸上没有笑容，也不扭捏作态，她的眼睛并不看他，而是决然地、甚至大胆地直视着远处的前方。

“您真像童话里的公主，”利特维诺夫终于说，“要不您就像一位临阵快要打胜仗的统帅……既然您不让我去参加这次舞会，”他继续说下去，她则依然一动不动地站着，对他的话似听非听，只顾想着自己内心的另一种话语，“那么您一定不会拒绝带上我献的这束花吧？”

他把一束天芥菜花递给她。

她飞快地瞥了他一眼，突然伸手抓住插在头上的那枝小花，说：

“愿意吗？ 只要你说一声，我就把这些都扯下来，待在家里不去了。”

利特维诺夫的心猛一沉。伊琳娜的手已经在扯花了……

“不，不，这是为什么，”他急忙道，内心涌起了一种慷慨崇高的感情，“我不是自私自利的人，为什么要限制别人的自由……既然我知道你心里……”

“好吧，那您就别靠近我，免得弄皱了我的衣裳，”她匆忙说。

利特维诺夫有点不知所措了。

“这束花，您带去吗？”他问。

“当然。它很可爱，我很喜欢这种香味。Merci[①]……我把它留作纪念……”

“纪念您初登社交界，”利特维诺夫道，“和您的第一次胜利。”

伊琳娜略略俯下身子，回过头朝镜子里照了照。

“我真的有这么漂亮吗？ 不是因为您的偏爱吧？”

利特维诺夫又讲了许多赞美之词。伊琳娜已经不在听他了，她把花束凑到脸上，用她那双奇怪的、似乎变得更大而暗淡的眼睛望着远方，一阵微风吹来，她身上细细的绦带在背后飘动起来，就像她的翅膀似的。

公爵出来了，他卷了头发，系着白领结，穿一件褪了色的黑燕尾服，胸襟儿上别着挂贵族奖章的弗拉基米尔绶带。跟在他后面的公爵夫人穿一件老式绸连衣裙，脸上带着做母亲的通常借以掩饰心中不安的那种严肃关切的表情。她从后面替女儿整了整装，也就是毫无必要地扯了几下衣褶。一辆四座位的驿站轿式马车，由两匹毛茸茸的驽马套着，车轮嘎嘎地滚过没有扫清的雪堆，驶到了台阶下。一名瘦弱的听

① 法语：谢谢。

差穿着不像样子的制服，从前厅跑过来，声嘶力竭地禀报道：马车备好了……公爵夫妇向留在家的孩子们道过晚安，穿上皮大衣就向台阶走去。伊琳娜套着一件又薄又短的斗篷，默默地跟在父母身后。她恨死这件小斗篷了！利特维诺夫送他们出来，指望临别时伊琳娜再看他一眼，然而她径自坐进了马车，连头也没有回。

夜半时分，他在贵族会议厅的窗下徘徊了一圈。巨大的枝形吊灯从红色窗幔后面透射出无数的光点，一阵阵施特劳斯华尔兹舞曲的乐声招摇放肆地响彻了停满轻便马车的广场。

第二天将近下午一点钟，利特维诺夫来到奥西宁家。他只看到公爵一个人。公爵马上告诉他，伊琳娜头疼，要躺到傍晚才起来，并说第一次参加舞会后有些心烦意乱是一点也不奇怪的。

“C'est très naturel，vous savez，dans les jeunes filles，[①]”公爵又用法语加上一句，这使得利特维诺夫有些惊讶，而且他同时发现，公爵不像平时那样身穿睡袍，而是穿着常礼服。“再说，”奥西宁继续道，“昨天晚上发生了那么些事情，她焉能不病！”

“发生了事情？”利特维诺夫嘟哝道。

“是呀，是呀，发生了事情，发生了 de vrais événements[②]。您无法想象，格里戈里·米哈伊洛维奇，quel suseès elle a eu![③] 整个宫廷都注意到她了！亚历山大·费奥多罗维奇公爵说，这里可不是她待的地方，说她让他想起了杰翁希尔斯卡娅伯爵夫人……嗯，您知道，就是那位……著名的……而老伯爵布拉津克拉姆普夫还大声向全场宣布，伊

---

① 法语：您知道吧，这对年轻姑娘来说是很自然的。
② 法语：真正的大事情。
③ 法语：她取得了多么大的成功！

琳娜就是 la reine du bal[①]，他表示愿意自我介绍认识她一下。他也向我作了自我介绍，他对我说，他还记得我当骠骑兵时候的样子，还问我如今住在哪儿。这位伯爵太有趣了，他真是个 adorateur du beau sexe[②]! 别说我了，连我的夫人……她也不得安宁。纳塔利娅·尼基季什娜都亲自跟她谈话了……还能怎么样啊？ 伊琳娜 avec tous les meilleurs cavaliers[③] 都跳了舞；不断有人把他们介绍给我……人多得我都数不过来了。您信不信：简直所有的人都成群结队围着我们打转转；大家都来找她跳马祖卡舞。有个外国外交官听说她是莫斯科人，就对皇上说：'Sire décidément c'est Moscou qui est le centre de votre empire! [④]' 另一位外交官补充了一句：'C'est une vraie revolution, sire[⑤]'，他说的是 révélation 还是 révolution[⑥]... 反正就是这一类字眼。对，对……这，这……我告诉您：这可是非同寻常啊。"

"那么，伊琳娜·帕夫洛夫娜自己怎么样？"利特维诺夫问道，他听公爵这番话时，手脚都发凉了，"她快乐吗？ 她满意了吗？"

"岂有不乐之理！ 她还能不满意！ 哦，您知道吧，你简直一时弄不懂她是怎么回事。昨天所有的人都对我说：这太令人惊讶了！jamais on ne dirait que mademoiselle votre fille est à son premier bal. [⑦] 还有，那位雷津巴赫伯爵……您大概认识他吧……"

"不，我根本不认识他，从来就不认识。"

---

① 法语：舞会皇后。
② 法语：女性崇拜者。
③ 法语：跟所有最出色的舞伴。
④ 法语：陛下，莫斯科无疑是贵帝国的中心！
⑤ 法语：这是真正的革命，陛下。
⑥ 法语：发现（还是）革命。
⑦ 法语：谁都不会认为，令嫒是第一次出来参加舞会。

“他是我太太的表兄……”

“我不认识他。”

“他是大富翁，宫廷高级侍从，住在彼得堡。这个人现在很得势，他在利夫兰[1]权力很大。至今他都看不起我们……当然我也不会去巴结他。J'ai l'humeur facile，comme，vous savez.[2]就是这个人，他坐到伊琳娜身边，跟她谈了一刻钟的话，不超过一刻钟，他就对我夫人说：‘Ma cousine，votre fille est une perle；c'est une perfection；[3]大家都祝贺我有这么一位外甥女呢……’后来我见他走到……一位大人物跟前，对他说了些什么，自己还不住地朝伊琳娜这边看……那位大人物也朝她看……”

“这么说，伊琳娜·帕夫洛夫娜今天一整天都不会出来了？”利特维诺夫又问。

“是的；她头疼得厉害。她让我向您致意，感谢您送的那束花，qu'on a trouvé charmant[4]。她需要休息一下……公爵夫人出门拜客去了……这不，我自己也要……”

公爵咳嗽起来，两脚踏着小碎步，像是不知道还要说些什么好。利特维诺夫拿起帽子说，他不想打搅公爵了，晚些时候他再来看看她身体如何，说罢就走了。

利特维诺夫看见，在离奥西宁家很近的一个警察岗亭前面停着一辆华丽的双座四轮轿式马车。一个制服时髦的听差，从驭座上歪下

① 爱沙尼亚南部、拉脱维亚北部地区的旧称。
② 法语：您知道，我是个性格随和的人。
③ 法语：表妹，您女儿是颗明珠；她完美无瑕。
④ 法语：人家都说那花美极了。

身子，问那个芬兰人岗警，帕维尔·瓦西里耶维奇·奥西宁公爵家住在哪儿。利特维诺夫向马车内望了一眼：里面坐着一个中年男人，体型像个痔疮患者，满脸皱纹，神情傲慢，长着希腊式的鼻子和一张形状凶狠的嘴，身子裹在貂皮大衣里，处处显示出他是一位达官贵人。

九

利特维诺夫没有如约晚些时候去，他想还是等到第二天为好。次日中午十二点钟左右，他走进那间再熟悉不过的客厅，只看到两位年幼的公爵小姐——维克托琳卡和克列奥帕特琳卡。他道过好，就问她们，伊琳娜·帕夫洛夫娜是否好些了，能不能见她。

“伊琳诺奇卡跟妈妈出去了，”维克托琳卡回答，她说话有点口齿不清，但比妹妹胆大些。

“怎么……出去了？”利特维诺夫跟着问道，顿觉得胸口深处有个东西微微颤抖起来。“难道……难道她这个时候不跟你们做功课，不教你们了？”

“伊琳诺奇卡以后不给我们上课了，”维克托琳卡答道。

“她不上课了，”克列奥帕特琳卡跟着说。

“你们爸爸在家吗？”利特维诺夫问。

“爸爸不在家，”又是维克托琳卡说，“伊琳诺奇卡不舒服，她哭了，哭了一整夜……”

“她哭了？”

“是哭了……叶戈罗夫娜对我说的，她的眼睛都红了，都哭肿了……”

利特维诺夫在房里走了几圈，身体怕冷似地微微颤栗着，然后他回到了自己的住所。他此时的感觉就像一个人从高塔上朝下看，吓得五内俱僵，头晕如醉。他隐隐地感到困惑，又觉得心乱如麻，莫名的恐惧、无言的期待、几乎有点幸灾乐祸的古怪好奇心、饮泣吞声泪哽在喉的痛苦、嘴唇上勉强浮起的茫然冷笑、没有任何对象的无谓的祈求——这些统统都搅在了一起……啊，这一切是多么残酷、屈辱而荒唐啊！“伊琳娜不愿意见我，”这个念头始终在他心里打转，“这是明摆着的。可是究竟为什么？ 在这场倒霉的舞会上能出什么事情呢？ 怎么能这样突然变卦？ 这么突如其来……（人们总是看到死亡突然降临，对这种突然性却怎么也不习惯，觉得它是无谓的。）既不叫人告诉我一声，也不想和我解释清楚……”

“格里戈里 · 米哈伊洛维奇，”一个紧张的声音在耳畔呼唤他。

利特维诺夫打了个哆嗦，看见他的仆人拿着一封信站在面前。他认出了伊琳娜的笔迹……还没拆信他就有了不幸的预感，他垂下了头，缩起了肩膀，像是害怕挨打似的。

他终于鼓足勇气一下子撕开信封。一张不大的信笺上写着下面的话：

“请原谅我，格里戈里 · 米哈伊洛维奇。我们之间一切都结束了：我即将迁往彼得堡。我非常难过，但事已至此。看来我命中……不，我不想为自己辩解。我的预感应验了。原谅我吧，忘了我吧：我不值得您爱。

伊琳娜”

“请宽宏大量：别再来找我。”

利特维诺夫读罢这几行字，仿佛被人当胸推了一把，缓缓坐倒在沙发上。信纸落在地上，他拾起来，又看了一遍，轻轻说了声："迁往彼得堡"，手中信纸又掉了，便不再去拾。他心里反倒平静下来，他甚至伸手向后把头底下的靠枕弄得舒服些。"人打死了就不再受折磨了，"他想道，"来也匆匆，去也匆匆……一切都很自然；我早已料到了……（自欺之谈：他从来丝毫也不曾料到过。）她哭了？……哭了吗？她哭什么呢？她根本就不爱我！再说，这原也可以理解，正符合她的性格。她，她不值得我爱……原来如此！（他苦笑了一下。）原先她不知道自身潜在的力量，在舞会上她确信这潜力发挥了作用，她还怎么能满足一个微不足道的大学生呢……这些都是明明白白的。"

但是他马上又回忆起她的那些窃窃情话，她的微笑，那双令人难忘、从此再也看不到了的眼睛——当她和他四目相遇时它们曾是那样的明亮和温柔。他还想起了他俩羞怯而火热的匆匆一吻——于是他突然失声痛哭，抽抽搭搭地痛哭起来。他疯狂地、恶狠狠地哭着，转过身子背过脸去，哽咽得上气不接下气，哭了个死去活来、痛快淋漓，仿佛要把自己和周围的一切都扯成碎片，他把火辣辣的脸埋进沙发枕头里，用牙齿撕咬着……

唉！利特维诺夫昨天在马车里看见的那位先生，正是奥西宁公爵夫人的表兄，富翁和宫廷高级侍从雷津巴赫伯爵。这位伯爵是个精力充沛、善于逢迎的人，他发现伊琳娜引起了一些上层人物的注意，立刻就想到，怎样"mit etwas Accuratesse①"从中捞取好处，而且马上就有

① 德语：略施小计。

了一个计划。他决心采取拿破仑式的快速行动。“把这个与众不同的姑娘接到我家里去，”他寻思道，“接到彼得堡去，我要让她，见鬼！我要让她哪怕成为我一部分财产的继承人。正好我又没有子女，她毕竟算是我的外甥女，我夫人独个儿也怪寂寞的……客厅里有一张漂亮小脸蛋儿，总会叫人感到愉快些……对，对，就这样办：es ist eine Idee, es ist eine Idee[①]。”至于她的父母，要让他们昏昏然，飘飘然，大吃一惊。“他们连饭都吃不上了，”伯爵坐在马车里驶向狗市广场时还在这样想，“大概不会太死心眼的。他们又不是特别重感情的人。甚至可以给他们一笔钱。她呢？她也会同意的。蜜总是甜的……她昨天尝到甜头了。就算是我心血来潮，让他们钻个空子吧……这些傻瓜。我就对他们说：如此这般，你们拿定主意吧。不然我就要别的姑娘，找个孤儿更方便些。愿不愿意，限在二十四小时内答复，und damit Punctum[②]。”

伯爵想好了这些话来见公爵，昨晚在舞会上他就说好要来拜访他的。关于这次来访的结果也无需赘述。总之伯爵的打算没有落空：公爵夫妇确实没有死心眼，而且收下了一笔钱，伊琳娜也真的同意了，不超过二十四小时期限事情都解决了。对伊琳娜来说，同利特维诺夫斩断情丝并非易事，她爱他，派人送信给他后她差些一病不起，她终日哭泣，人也憔悴了……尽管如此，一个月后公爵夫人把她送到了彼得堡，安顿在伯爵家，托付给伯爵夫人，这是一位心地非常善良，但外表像小鸡，智力也像小鸡似的妇人。

这时利特维诺夫已经辍学回到了乡下父亲老家。他的创伤慢慢愈

---

① 德语：这是个好主意，这是个好主意。
② 德语：一言为定。

合了。起初他不知道伊琳娜的任何消息，他也避而不谈彼得堡和彼得堡社交界。后来渐渐听到些关于她的传闻，不是坏消息，但有些离奇，风言风语多了起来。奥西宁公爵小姐的名字带着荣耀和特别的印记，甚至在外省社交圈里也越来越经常地为人称道。人们提起她的名字时带着好奇、尊敬和妒忌，就像往年提到沃罗滕斯卡娅伯爵夫人的大名那样。终于传来了她出嫁的消息。不过利特维诺夫没有怎么注意这条新闻：他已经是塔季扬娜的未婚夫了。

现在读者大约明白了，利特维诺夫惊呼一声“莫非是她！”时，他心里究竟想起了什么。那就让我们重新回到巴登，把我们中断了的故事线索再继续下去吧。

十

利特维诺夫很晚才睡着，只睡了不多会儿，太阳刚出来他就起床了。从他卧室的窗户里，可以看见幽暗的群峰在晴明的天空下渐渐染上一抹湿润的殷红色。“那边树荫下面一定很凉爽！”他想道。就匆忙穿好衣服，随便瞟了一眼夜来更加盛开的那束鲜花，拿起手杖，径向“古堡”后面的“峭崖”那边走去。清晨以它强烈而恬静的气息爱抚着他。他精神饱满地呼吸，精神饱满地走路。他的每条血管里都充满着青春健康的活力。仿佛大地自己在向上抛举着他那步履矫捷的双足。每走一步路他就愈觉欢快舒畅：他走过了露水瀼瀼的树荫，走过了大粒砂土的小径，走过了枝头缀满春天翠绿嫩叶的云杉林。“啊，多么惬意！”他不时自语道。他忽然听到有人在说话，声音耳熟，举目一望，只见沃罗希洛夫和巴姆巴耶夫正朝他走过来。他感到一阵厌恶，便像小学生躲开老师那样，闪进旁边的灌木丛中藏了起来……“主啊！”他暗暗祈祷，“快把这两位同胞带过去吧！”此刻只要不让这两个人看见，他似乎花多少钱都在所不惜……他们真的没有发现他，主把两位同胞带过去了。沃罗希洛夫操着他那自鸣得意的士官生腔调，正在向巴姆巴耶夫阐述哥特式建筑的各个不同“阶段”，巴姆巴耶夫只是嘟哝着连声说好。看样子他已经被沃罗希洛夫的各个阶段折磨了很久，这位好心肠的热心家也开始腻烦了。好一阵子利特维诺夫咬着嘴唇，伸长脖子，聆听他们远去的脚步声。那喉音和鼻音时高时低的教诲之声还回响了很久，终于完全沉寂下来。利特维诺夫这才叹了口气，从埋伏处钻出来，接着往前走。

他在山间转悠了大约三个小时。有时他离开小径，从一块岩石跳到另一块岩石上，偶尔在光滑的苔藓上溜一溜，或者坐到橡树或山毛榉下面的断崖上，耳听着长满野蕨的小溪的淙淙流水声、使人宁静忘忧的树叶沙沙声，还有一只百舌鸟的清脆啼啭，这时他心中浮起种种愉快的思绪。一阵轻微而舒适的睡意向他悄悄袭来，仿佛从身后将他拥抱，他就要悠然入梦……他忽然微微一笑，向四下里看了看，金碧辉煌的森林和林中的空翠流光柔和地映射到他的眼里，他又微笑着闭上了眼睛。他想吃早饭了，于是站起身朝古堡走去，在那儿花几文钱就能买到一杯不错的牛奶咖啡。古堡前面的平台上摆着些白漆小桌子，他刚要在一张桌边坐下来，忽然听见一阵沉重的马打响鼻声，三辆马车驶了过来，从车上走下一大帮女士和她们的男伴……利特维诺夫马上看出他们都是俄国人，尽管他们说着法国话……也正因为他们都说着法国话。女士们一个个打扮得非常时髦。男伴们穿着簇新的常礼服，身腰都箍得很紧，这种式样当今已不大常见，他们下面是雪花点的灰色裤子，头上是城市人戴的那种锃亮的礼帽。每人脖子上都紧紧扎着个小黑领结，但整个体态中总透出一股赳赳之气。他们确实是一帮军人。利特维诺夫正好碰上这班年轻将军、上流社会举足轻重的人物前来野餐。他们的尊贵处处都能显示出来：那种带着矜持的无拘无束，满脸傲气的漂亮微笑，不自然的悠闲目光，娇里娇气的扭动肩膀，一摆体，一屈膝，还有他们说话的声调，就像是在感谢一群部下，客气得叫人讨厌。这些军人全都盥洗得干干净净，脸上刮得溜光，周身散发出一种真正贵族和近卫军的香气，这是上等雪茄烟加上名贵广藿香香精的混合气味。他们的手也都是贵族的手，又白又大，长着象牙般的结实指甲。所有人的小胡子都油光光的，牙齿闪亮，皮肤细嫩，两颊泛出红晕，下巴微微发青。这些青年将官有的人活跃，有的人沉静，但全都显得彬彬有礼。似乎他们个个深知自己的尊严，深知自己未来对国家的重要作用，所以他们的举止虽然随便却又一本正经，他们那种略带戏狎的神情仿佛在说："我真该死！"这是人们在国外旅行时自然而然会有的一副姿态。这伙人聒噪着，大模大样地坐下来，招呼几个忙不迭的堂倌过去伺候。利特维诺夫三两口喝完杯中牛奶，把帽子拉到额头上，正要从将军们的野餐席边快步走过去……

"格里戈里 · 米哈伊洛维奇，"一个女人声音叫他，"您不认识我了？"

他不禁站住了。这声音……这声音在往年曾那样频频使他心跳……他转过身来，看见了伊琳娜。

她坐在小桌边，双手交叉撑在一张挪开的椅子背上，侧着脑袋，面带微笑，亲切地、几乎是欣喜地在望着他。

利特维诺夫马上就认出了她，虽然自从十年前那最后一面，她的样子有了改变，从少女变成了妇人。她那纤弱的腰身发育丰满了，原先瘦削的肩膀，现在看起来使人想到意大利古代宫殿穹顶画里的女神。只有她的眼睛依然如故，利特维诺夫觉得它们还像当年在莫斯科那幢小宅里那样望着他。

“伊琳娜·帕夫洛夫娜……”他有些踌躇地说。

“您认出我来了？ 我太高兴了！ 我太……（她欲言又止，微微涨红了脸，直起身来。）这真是幸会，”接着她说起了法语。“请让我把您介绍给我的丈夫。Valérien，这位是 Mcbë 利特维诺夫，un ami d'enfance[①]；瓦列里安·弗拉基米罗维奇·拉特米罗夫，我丈夫。”

青年将军中的一人，差不多是其中穿着最优雅的，从桌边欠起身，极有礼貌地朝利特维诺夫鞠躬致意。他那些伙伴们则微微皱起了眉头，或者无宁说，他们此刻各人更加专心于自己的事情，像是预先表明他们反对以任何形式接近不相干的老百姓。其余参加野餐的贵妇们，此刻感到有必要稍稍眯起眼睛，发出一声冷笑，乃至在脸上做出困惑不解的表情。

“您……您到巴登很久了吗？”拉特米罗夫将军问道，一面用非俄国式的动作理了理衣服，他显然不知道跟妻子的童年朋友谈些什么好。

“不久，”利特维诺夫回答。

“您打算久待吗？”彬彬有礼的将军又问。

“我还没有决定。”

“啊！ 这很好……很好。”

---

① 法语：童年时代的朋友。

将军一时无话。利特维诺夫也沉默不语。两人都把帽子拿在手里，身体前倾，咧嘴微笑，彼此看着对方的眉毛。

“Deux gendarmes un beau dimanche，[①]”一位高度近视、面色灰黄的将军唱了起来，当然是跑了调的，我们迄今还没碰到过唱歌不跑调的俄国贵族。此人脸上始终带着忿忿不平的表情，仿佛他自己也不能原谅他的这副尊容。所有这些伙伴中唯独他的脸色不像玫瑰花。

“您怎么不坐下呀，格里戈里·米哈伊洛维奇，”伊琳娜终于说。

利特维诺夫顺从地坐下了。

“I say，Valérien，give me some fire，[②]”另一位将军说。此人虽也年轻，但已相当肥胖，一双呆滞的眼睛仿佛始终盯着半空中。他蓄着浓密的、丝绸般发亮的颊须，总爱缓缓地把雪白的手指插到颊须里去。拉特米罗夫将一个银制火柴盒递了过去。

“Avez-vous de papiros?[③]”一位太太问道，她发音不太准。

“De vlais papelitos，commtese.[④]”

“Deux gendarmes un beau dimanche，”高度近视的将军几乎咬牙切齿地又唱了起来。

“您一定要来看我们，”伊琳娜对利特维诺夫说。“我们住在Hôtel de l'Europe[⑤]。下午四点至六点我都在家。我俩很久没见面了。”

利特维诺夫看了看伊琳娜，她没有垂下眼睛。

---

① 法语：两个宪兵在星期天。
② 英语：我说瓦列里安，把火递给我。
③ 法语：您有香烟吗？
④ 法语：真正的好烟，伯爵夫人。
⑤ 法语：欧洲大饭店。

“是的，伊琳娜·帕夫洛夫娜，很久了。从莫斯科那个时候起。”

“从莫斯科那个时候，从莫斯科那个时候，”她慢慢地、一字一句地说。“您来吧，我们一起聊聊天，忆忆旧。您知道吧，格里戈里·米哈伊洛维奇，您的变化不大。”

“真的吗？ 您倒是变了，伊琳娜·帕夫洛夫娜。”

“我老了。”

“不，我不是那个意思……”

“Irène?①”一位戴黄帽子的黄头发太太发出疑问道，她跟坐在旁边的男伴说了一阵悄悄话，不时嘻嘻地笑着。“是 Irène 吗？”

“我老了，”伊琳娜接着说，并不理会黄头发太太，“但我没有变。没有，没有，我一点也没有变。”

“Deux gendarmes un bea dimanche!”又传来歌声。忿忿然的将军只记得这首著名歌曲的第一句词。

“还是有点儿刺疼呢，公爵大人，”蓄颊须的胖将军学着某人的腔调大声说，大概在暗示一桩传遍上流社会的趣闻，说罢干巴巴地笑了几声，重又把眼睛盯住空中。其余的人也都笑了。

“What a sad dog you are, Bòris!②”拉特米罗夫低声道。他说鲍里斯这个名字也是按照英国人的称呼习惯。

“Irèe?”戴黄帽子的太太第三次问道。伊琳娜猛地朝她转过身去。

“Eh bien, quoi? que me voulez-vous?③”

---

① 法语：伊琳娜。
② 英语：鲍里斯，您真会开玩笑！
③ 法语：怎么啦？ 您要我做什么？

“Je vous le dirai plus tard，[1]”太太装腔作势地答道。她虽然其貌不扬，却总爱装模作样，扭扭捏捏。有人俏皮地说她“minaudait dans le vide”（“在空旷无人的地方也要扭扭捏捏”）。

伊琳娜皱起眉头，不耐烦地耸了耸肩膀。

“Mais que fait donc monsieur Verdier? Pouquoi ne vient-il pas?[2]”一位太太大声问道，她把每个字的重音都拖得很长，这种独特的大俄罗斯口音让法国人听起来受不了。

“哎呀，唯，哎呀，唯，莫歇韦尔季叶，莫歇韦尔季叶，[3]”另一位太太哼哼唧唧地说，她是个土生土长的阿尔扎马斯人。

“Tranguillisez-vous， mesdames，”拉特米罗夫插进来说，“monsieur Verdier m’ a promis de venir se mettre à vos pieds.[4]”

“嘻，嘻，嘻！”女士们舞动起扇子。

堂倌端来了几杯啤酒。

“巴伊雷什　比尔？[5]”颊须将军问道，故意压低嗓门，装出惊奇的样子。“古滕　莫尔根。[6]”

“怎么？ 帕维尔伯爵还一直在那儿？”一位年轻将军冷冷地、懒懒地问另一位。

“在那儿，”另一位也冷冷地答道。“Mais c’est provisoire.[7]听说

① 法语：我以后再告诉您。
② 法语：韦尔季叶先生在做什么？ 为什么他没来？
③ 法语（音）：哎呀，对，对，韦尔季叶先生，韦尔季叶先生。
④ 法语：请放心吧，女士们，韦尔季叶先生答应过我一定拜倒在你们脚下。
⑤ 德语（音）：是巴伐利亚啤酒吗？
⑥ 德语（音）：早上好。
⑦ 法语：不过这是暂时的。

Serge[1] 要来取代他。”

“嘿！”头一位从牙缝里挤出一声。

“嗯！”另一位也挤出一声。

“我真不明白，”唱歌的将军开口道，“我不明白，帕维尔何苦要替自己辩解，找出种种理由……就算他欺负了那个商人，il lui a fait rendre gorge……[2]那又怎么样？ 他可能有自己的想法。”

“他是害怕……怕有人在报刊上揭露，”不知是谁嘟哝了一句。

忿忿不平的将军光火了。

“这可是最糟糕的事！ 报刊！ 揭露！ 要是让我来掌管，我就只准这些报刊登载肉类、粮食的定价和皮衣、皮靴的销售广告。”

“还有拍卖贵族地产的广告。”拉特米罗夫又插了一句。

“也许，在目前这种情况下……不过，我们在巴登谈这些干什么，这是 an Vieux Château！ ……[3]”

“Mais pas du tout！ pas du tout！[4]”戴黄帽子的太太嘟嘟囔囔地说。“J'adore les questions politiques.[5]”

“Madame a raison，[6]”一位长着如花似玉少女脸蛋的将军插进来说。“我们为什么要回避这些政治问题……即使是在巴登？”他说这句话时彬彬有礼地望了利特维诺夫一眼，宽容大度地笑了笑。“一个正派人在任何地方、任何场合下也不应该放弃自己的观点。不是吗？”

---

① 法语：谢尔盖。
② 法语：逼他退还原物。
③ 法语：在古堡！
④ 法语：根本不对！ 根本不对！
⑤ 法语：我很喜欢谈政治问题。
⑥ 法语：女士是对的。

“那当然，”忿忿不平的将军答腔道，也望了利特维诺夫一眼，有点指桑骂槐的样子，“不过我并不认为有必要……”

“不，不，”宽容大度的将军仍然语气温和地打断了他。“刚才令友瓦列里安·弗拉基米罗维奇已经提到了拍卖贵族地产的问题。怎么？难道这不是事实？”

“不过现在地产根本卖不掉。没有人要了！”忿忿不平的将军大声说。

“也许是吧……也许是吧。所以就来宣告这个事实……到处宣告这个可悲的事实。我们破产了，好极了；我们屈辱了，这也无可争辩；然而我们是大地主，我们毕竟代表一种原则……unprincipe①。我们的义务就是支持这种原则。Pardon，madame，②好像是您的手帕掉了。如果说，现在连智慧精英们都有点丧失理智的话，我们就应该指出来，就应该恭恭敬敬用公民的手指（将军伸出一个指头）指出来：一切正在滑向深渊。我们应该预先警告，应该恭而敬之、坚定不移地进上一言：‘退回去吧，退回去吧……’这才是我们应该说的话。”

“不过，完全退回去是不可能了，”拉特米罗夫沉吟道。

宽容大度的将军只是咧嘴笑了笑。

“完全，完全退回去，mon très cher③。越往后退越好。”

将军又彬彬有礼地看了利特维诺夫一眼。利特维诺夫实在忍不住了。

“要我们退回到七领主执行时代吗，阁下？”

---

① 法语：原则。
② 法语：对不起，女士。
③ 法语：亲爱的。

“何尝不可！我直截了当表示自己的看法。必须改造……是的……改造过去所做的一切。”

“也包括二月十九日[①]吗？”

“只要有可能，也包括二月十九日。On est patriote ou on ne l'est pas[②]都一样。那么自由呢？——有人会问我。您以为这种自由对老百姓是甜蜜的吗？您问问老百姓吧……”

“您不妨一试嘛，”利特维诺夫接过话头说，“试试去剥夺老百姓的这种自由……”

“Comment nommez-vous ce monsieur?[③]”将军悄声问拉特米罗夫。

“你们在那儿议论什么呀？”胖将军忽然开腔了，看样子他在这伙人当中扮演宠儿的角色。“尽讲些报刊杂志和蹩脚作家的事吗？那就让我给你们讲一个蹩脚作家的笑话吧。真是妙不可言！人家告诉我，有个folliculaire[④]写了一篇诽谤我的文章。我当然马上找他追究责任。那宝贝给带来了……我说：‘folliculaire，朋友，你怎么写文章诽谤起我来了？是不是爱国主义热情冲动呀？’他说：‘是的。’我说：‘好吧，folliculaire，你喜欢钱吗？’他说：‘喜欢。’于是，先生们，我就叫他闻一闻我手杖的镶头。‘那么你喜欢这东西吗，我亲爱的？’‘不，’他说，‘这东西我不喜欢。’我说：‘你好好闻一闻吧，我的手可是干净的。’他就是一句话：‘不喜欢。’我就对他说：‘亲爱

① 一八六一年二月十九日俄国宣布解放农奴。
② 法语：当不当个爱国主义者。
③ 法语：这位先生您怎么称呼他？
④ 法语：报刊堕落文人。

的，可是我很喜欢这东西，不过不是为了自己享受。这意思你明白吗，我的宝贝儿？’‘我明白，’他说。‘那你往后就当心点儿，做个乖孩子，现在给你一个卢布，你滚吧，日夜为我祝福吧。’folliculaire 就滚蛋了。”

胖将军笑起来，大家也跟着笑起来。只有伊琳娜除外，她脸上没有一丝笑容，还闷闷不乐地望了望讲故事的人。

宽容大度的将军拍拍鲍里斯的肩膀。

“这都是你杜撰的，我亲爱的朋友……你怎么会拿手杖吓唬别人……你连手杖都没有。C’est pour faire rire ces dames。[①]说说俏皮话吧。问题并不在这里。刚才我说了，要完全倒退回去。明白我的意思吧。我不是所谓进步的敌人。然而所有这些大学和师范学校，平民小学，这班大学生、牧师的儿子、平民知识分子，这一切小人物，tout ce fond du sas， la petite propriété， pire que le prolétariat[②]（将军的声音很柔弱，几乎是有气无力的），voilà ce qui m’effraie... [③]我们就该在这里停下来……也让别人停下来。

（他又亲切地看了利特维诺夫一眼。）是啊，应该停下来。请别忘记，我们谁也没有提出要求和请求。比如说自治吧，难道有谁请求自治吗？**你们**请求自治吗？你呢？还有你？或者是你们，mesdames[④]？你们不但已经在治理自己，而且在治理我们大家呢。（将军俊俏的脸上露出滑稽的笑容。）亲爱的朋友们，何必像兔子似的朝前跑呢？民主

① 法语：这是为了逗女士们发笑。
② 法语：所有这些渣滓，小私有者，比无产阶级还要坏。
③ 法语：这正是令我害怕的。
④ 法语：女士们。

在欢迎你们，奉承你们，它准备为你们的目的服务……可它是一柄双刃剑啊。最好还是一切照旧，和从前一样……那就会牢靠得多。不可让平民百姓自作聪明，要信赖贵族，唯独贵族才有力量……真的，这样会好些的。至于进步……其实我一点也不反对进步。但是别给我们弄来什么律师、陪审员、地方自治局官员，还有纪律，你们可千万别去碰纪律。至于桥梁啦，滨河大街啦，医院啦，你们尽可以去建设，而且干吗不装上瓦斯灯给街道照明呢？”

“彼得堡四面八方都有人纵火，这就是你们说的进步！”忿忿不平的将军嘟哝道。

“瞧你这么厉害，”胖将军懒懒地摇晃着身子说，“最好提升你当检察长，照我看，avec Orphée aux enfers le progrés a dit son demier mot.[①]”

“Vous dites toujours des bêtises,[②]”阿尔扎马斯来的太太说，嘻嘻地笑了。

胖将军顿时威风起来。

“Je ne suis jamais plus sérieux, madame, que quand je dis de bêtises.[③]”

“这句话韦尔季叶先生说过好几次了，”伊琳娜低声说。

“De la poigne et des formes![④]”胖将军大声道，“de la poigne surtout![⑤] 翻译成俄国话就是：彬彬有礼，揍你嘴巴！”

---

① 法语：当个地狱歌手——这就是最新的进步。
② 法语：你总是说蠢话。
③ 法语：夫人，我说蠢话的时候，才是最认真的。
④ 法语：强权加怀柔。
⑤ 法语：尤其是强权。

“唉，你这淘气鬼，不可救药的淘气鬼！”宽容大度的将军接过去说。“女士们，请别听他的。他连一只蚊子也打不死。他只是满足于折磨别人的心。”

“不过，鲍里斯，你的话也不对，”拉特米罗夫说，跟妻子交换了一下眼色，“淘气归淘气，你也太夸大其词了。进步是社会生活的一种现象，这一点不可忘记。这就是一种征兆，应该引起我们的关注。”

“可不是嘛，”胖将军皱起鼻子反驳道。“事情明摆着，你一心想当国家要人！”

“根本不是当什么国家要人……这跟国家要人联得上吗！ 是真理就不能不承认。”

鲍里斯又把手指伸进颊须里，两眼盯住半空中。

“社会生活，这很重要，因为一个民族的发展，可以说还有祖国的命运都……”

“瓦列里安，”鲍里斯毫不客气地打断他，“il y a de dames ici.[①] 没料到你竟会这样说话。你是想进委员会吧？”

“谢天谢地，现在所有的委员会都关门了，”忿忿不平的将军也跟着说，他又唱起来：“两个宪兵在星期天……”

拉特米罗夫拿出麻纱手绢捂到鼻子上，姿态优雅地沉默了。宽容大度的将军还在连连说：“淘气鬼！ 淘气鬼！”鲍里斯则找上了那位“在空旷无人的地方也要扭扭捏捏”的太太，他既不压低嗓门，甚至也不改变面部表情，絮絮地追问她何时才能“给他的爱情之火戴上花环”，因为他惊喜万分地爱上了她，而且为此非常痛苦。

---

① 法语：这儿有女士们在座。

随着这场谈话的每分每秒，利特维诺夫越来越感到不自在。他的自尊心，一个平民的纯洁自尊心，受到了深深的刺激。他一个小官员之子，跟这班彼得堡贵族军人有什么共同之处呢？凡是他喜欢的，他们都仇恨，而他憎恶他们所喜爱的一切。他非常明白这一点，全身心地感受到这一点。他觉得他们的笑话平淡无味，他们的腔调使人无法忍受。他们的一举一动都带着虚伪，从他们那些软绵绵的话语中透出一种令人愤慨的轻蔑。可是他似乎在他们这帮人，这帮敌人面前感到有些畏怯……“呸！可恶！我让他们受拘束了，他们觉得我很可笑，”这个想法萦回在他的脑际。“我为什么还要待在这里？我走，马上就走！”伊琳娜的在场并不能使他留下来，因为她也在他心中引起了不快。他从椅子上站起身，开始告辞。

“您这就要走吗？”伊琳娜说，她沉吟了一下，没有挽留他，只是要他答应一定去看望她。拉特米罗夫将军依旧十二分礼貌地向他鞠躬，握握他的手，并把他送到平台边……利特维诺夫在大路上刚刚拐弯，身后就传来了一阵哄笑声。这笑声并不是对他，而是对那位姗姗来迟的韦尔季叶先生——他头戴蒂罗尔帽，身穿蓝色短衫，骑着毛驴突然出现在平台上。但是利特维诺夫感到血一下子涌上双颊，心中泛起一阵苦涩，他咬紧牙关，仿佛嘴里充满了苦艾的气味。“一帮卑鄙下流之徒！”他喃喃地说，并不考虑他在这伙人当中短暂的逗留还不足以使他作出如此严厉的评断。伊琳娜，他过去的伊琳娜，竟也堕入了这伙人的世界！她在其中周旋，生活，主宰别人，为它牺牲自己的尊严和内心美好的情感……事情显然就是这样。她显然也不会有更好的命运！他很高兴她当时没想到询问他今后的打算！否则他就得在“他们”那个场合，当着“他们”的面说出自己的想法……“绝对不行！绝不！”利特维诺夫悄声自语道，一面深深呼吸着新鲜的空气，顺着下山的大路疾步向巴登走去。他想念他的未婚妻，他那可爱、善良、圣洁的塔季扬娜。他觉得她是那样纯洁，高尚，那样真诚！ 他怀着由衷的感动想起了她的面容，她的话语，她的习惯……他是多么急切地翘盼她的到来啊！

快步疾行使他的神经安静下来。他回到了旅馆，在桌边坐下来，拿起一本书，忽然脱手把书掉在了地上，他甚至哆嗦了一下……他出了什么事？ 他没有出事，不过伊琳娜……伊琳娜……他突然觉得，他和她的邂逅令人惊讶、奇怪又非同寻常。这可能吗？ 他遇见的当真就是那个伊琳娜，他还跟她说过话……为什么在她身上没有那种讨厌的上流社会印记，而所有其余的人却明显带着这种印记呢？ 为什么他觉得她似乎寂寞无聊，郁郁寡欢，或者在为自己的处境而苦恼呢？ 她在他们的营垒中，但她不是敌人。是什么促使她对他那样亲切，还叫他去看她呢？

利特维诺夫浑身猛地一颤。

“啊，塔尼娅，塔尼娅！”他心驰神往地大声说，“唯有你才是我的天使，我的福星，我只爱你一个人，永远爱你一个人。我不会去找那个女人。彻底不去管她了！ 让她跟她那帮将军们去寻欢作乐吧！

利特维诺夫重又开始看书。

十一

利特维诺夫开始看书，可是他看不进去。他便走出旅馆，在外面溜达一阵，听听音乐，观观赌局，又回到房间里，再一次展卷试读，结果还是不行。时间过得非常之慢。皮夏尔金来了，这位好心肠的调停官一坐就是三个小时。他说东道西，提出问题，议论杂出，时而大谈崇高的话题，时而涉及实用的事物，没完没了，无聊至极，可怜的利特维诺夫差一点就大叫起来。若论使人无聊的本领（这是一种冷漠、愁闷、走投无路、令人绝望的无聊），皮夏尔金即便在那些德高望重、精于此道的名流中间也所向无敌。单是他那留着短发、梳得溜平的脑袋，那双失神的浅色眼睛和那只好鼻子就足以使你油然地感到沮丧；他那副男中音嗓子，说起话来慢条斯理，像是刚刚睡醒似的，大概天生就用来讲那些名言箴语，讲得雄辩有力，深入浅出，诸如：二乘二等于四而不等于三和五；水是湿的；做善事诚可嘉；事关钱财，国家也像个人一样，个人也像国家一样，务必恪守信用等等。尽管如此，皮夏尔金不失为一个极好的人！ 俄罗斯岂非命中注定：我们极好的人物都是些无聊乏味的人。皮夏尔金走了。代之而来的是宾达索夫，他马上就觍着脸向利特维诺夫借一百个盾。利特维诺夫对宾达索夫不感兴趣，甚至厌恶他，明知道这笔钱要不回来，而自己又正需要钱用，尽管如此，还是如数借给了他。读者不禁要问，为什么他要把钱给他呢？ 鬼才知道为什么！ 在这种事情上俄国人也是好样的。读者不妨扪心自问，您在一生中是否也做过许多实在说不清理由的事情呢？ 而宾达索夫甚至没向利特维诺夫说个谢字，又要了一杯巴登红酒，喝完后连嘴唇都不抹干净，厚颜无耻地把皮靴踩得咚咚响，就这样扬长而去。利特维诺夫望着这个吝啬鬼通红的脖梗，在心里对自己懊恼极了！ 傍晚时他接到塔季扬娜的信，她告知他，由于姑妈身体不适，五六天内她是来不了巴登了。这消息使利特维诺夫感到不快，更加重了他的烦恼，他带着很坏的心情早早上床睡觉了。第二天并不比头一天好些，甚至还更糟。一大早他的房间就挤满了俄国同胞。巴姆巴耶夫、沃罗希洛夫、皮夏尔金、两名军官和两名海德堡大学生一起蜂拥而至，他们很快就说了个够，露出百无聊赖的样子，但硬是一直磨蹭到快吃午饭时才肯离去。这班人就是不知道上哪儿打发时间，所以到了利特维诺夫这里，就像通常所说的，“卡住”不走了。起先他们谈到古巴廖夫又回了海德堡，大家应该到他那儿去；后来议论了一阵哲学，说到波兰问题；后来开始探讨赌博和妓女，讲起种种丑闻笑话；最后谈话涉及到大力士、大胖子和吃喝大肚汉。他们搬出那些陈旧的笑料来，说有个叫鲁金的助祭跟人打赌一下子吃了三十三条咸鲱鱼，有个叫伊兹叶季诺夫的枪骑兵上校因为肥胖而出了大名，有个士兵用自己的额头撞断了一头牛的骨头；接下去就完全是胡说八道了。皮夏尔金打着呵欠说，他在小俄罗斯认识一位妇人，她临死时的体重还有二十七普特若干俄磅；他还认识一位地主，此人一顿早饭就吃了三只鹅和一条鲟鱼。巴姆巴耶夫突然大为激动，宣布他也能吃掉一头全羊，“当然是带调料的”。沃罗希洛夫讲了他的一个武备学堂同学力大无朋的离奇故事，大家听了都不再说话，沉默了一会儿，互相看了一眼，然后拿起帽子，四散而去。剩下了利特维诺夫独个儿，他想做点事情，可是头脑里一片浑茫，什么正事也做不了，那天晚上也光阴虚度了。第二天早晨，他正要去吃早餐，有人敲他的房门。“天哪，”利特维诺夫心想，“别又是昨天的哪一位朋友，”他简直有些不寒而栗地应了一声：

“Herein! ①”

房门轻轻地打开，波图金走了进来。

---

① 德语：请进！

利特维诺夫一见是他，简直高兴极了。

“这可太好了！”利特维诺夫说着，紧紧握住不速之客的手，“真是谢谢您！本该我去拜望您的，可是您不愿意告诉我住址。请坐，请放下帽子。请坐呀。”

波图金没有回答利特维诺夫亲切的寒暄，站在房间中央，两脚倒换着，笑嘻嘻地不时摇摇头。利特维诺夫的热情欢迎显然感动了他，但他脸上的表情好像有些不自然。

“这里……有一点小小的误会……”他吞吞吐吐地开口道。“当然，我随时都高兴……不过，我其实是……是奉命前来找您的。”

“您的意思是，”利特维诺夫用抱怨的语气说，“您自己就不上我这儿来了？”

“啊，不，瞧您说的！……不过我……若不是有人求我来找您，我也许不会下决心在今天来打扰您。总之，我是受人之托而来。”

“受谁之托，能告诉我吗？”

“一位您认识的女士，伊琳娜·帕夫洛夫娜·拉特米罗娃。两天前您答应过去看她，结果您没有去。”

利特维诺夫用惊愕的眼光注视着波图金。

“您认识拉特米罗夫太太？”

“这您看得出来。”

“你们很熟吗？”

“在某种程度上我算是她的朋友。”

利特维诺夫沉默了一会儿。

“请问，”他终于又开口，“您知道伊琳娜·帕夫洛夫娜为什么要见我吗？”

波图金走到窗户边。

“多少知道一点。据我看，她遇见您非常高兴，自然是想恢复过去的关系。”

“恢复，”利特维诺夫跟着说，“恕我冒昧，我还想请问一下。您知道这过去的关系是什么性质吗？”

“老实说，不，不知道。但是我想，”波图金说，突然转过身来用友善的目光望着他，“我想，那是一种良好的关系。伊琳娜·帕夫洛夫娜对您极口称赞，所以我答应她把您请过去。您去吗？”

“什么时候？”

“现在……这就去。”

利特维诺夫惊讶得把两手一摊。

“伊琳娜·帕夫洛夫娜，”波图金接着说，“她觉得，您前天遇见她时，她周围的那个……怎么说呢……那个环境吧，一定不会引起您多大的好感。不过她要我告诉您，鬼并不像人描绘得那样可怕。”

“嗯……这句名言是专指那个……环境吗？”

“是的……也可以一概而论。”

“嗯……那么您，索宗特·伊万内奇，对鬼是什么看法呢？”

“我认为，格里戈里·米哈伊雷奇，鬼至少不像人们把它描绘的那样。”

“它要好些？”

“好些还是坏些，这很难说，不过它不是描绘的那个样子。怎么样，我们走吧？”

“您先坐一会儿。老实说，我还是觉得有点奇怪……”

“请问，您指什么？”

“您，您本人怎么成了伊琳娜·帕夫洛夫娜的朋友呢？”

波图金自己打量了自己一下。

“以我的外表，我的社会地位，这确实难以令人置信。可是您知道，莎士比亚说过：‘霍拉旭，我的朋友，天地间有许多事情’这样一些话。生活也不是闹着玩的。给您打个比方吧：您面前有一棵树，现在没有起风，低枝的叶子怎么能碰到高枝的叶子呢？ 绝不可能。但是如果刮起了风暴，一切就搅乱了，上下枝的叶子就能碰到一起了。”

“啊哈！ 看样子起过风暴了？”

“可不是！ 人的一生怎能没有风风雨雨？ 好了，别谈哲理了。该走了。”

利特维诺夫还是踌躇不决。

“啊，天哪！”波图金做出滑稽的鬼脸大声道，“如今年轻人都变成什么样子啦！ 一位迷人的夫人请他们上家里去，还专门派信使来接他们，可是他们居然推三阻四！ 这多难为情，先生，多难为情啊。这是您的帽子，您拿好，就照我们热情洋溢的德国朋友所说的那样：‘福尔韦尔茨！’①”

利特维诺夫站在那里又考虑了片刻，最后还是拿起帽子，跟波图金一起走出了房间。

十二

他们来到巴登一家最好的旅馆，说要见拉特米罗夫将军夫人。看

① 德语（音）：前进！

门人问过他们的姓名，立刻就说：“die Frau Fürstin ist zu Hause.①”还亲自带他们上楼，亲自敲了房门，禀报客人已到。公爵夫人马上说有请。她独自一人在家，丈夫到卡尔斯鲁厄拜会一位打那儿路过的官场“头面人物”去了。

波图金和利特维诺夫跨进门时，伊琳娜正坐在小桌边，在一块十字布上面绣花。她急忙把女红扔在一边，推开小桌站了起来，一种真诚的欣慰表情在她的脸上漾开来。她穿着件封领口的晨衣，肩膀和手臂的优美线条透过薄纱隐约可见，头发随意挽成一条粗辫，松散地低垂在秀美的脖子上。伊琳娜向波图金投去飞快的一瞥，用法语小声说了句“谢谢”，就向利特维诺夫伸过手去，很客气地责备他的健忘。“还算是老朋友呢，”她说。

利特维诺夫刚开始道歉，她就忙说：“C'est bien, C'est bien.②”一面亲切地从他手中夺过帽子，命他坐下来。波图金也坐下了，但马上又站起来，说他还有急事要办，午饭后再过来，说罢就鞠躬告辞。伊琳娜又很快瞥了他一眼，朝他友好地点点头，并没有挽留他，等他消失在门帘后面，就急不可待地迅速向利特维诺夫转过身来。

“格里戈里·米哈伊雷奇，”她用俄语说，嗓音柔和清亮，“我俩终于单独在一起了，现在我能告诉您，我非常高兴我们的重逢，因为这……这使我有机会……（伊琳娜直瞪着他的脸看了一会儿）请求您的宽恕。”

利特维诺夫不禁浑身一颤。他没料到如此的突然袭击，没料到她

① 德语：公爵夫人在家。
② 法语：好了，好了。

自己会把旧事重提。

“宽恕……什么……”他嘟哝道。

伊琳娜脸红了。

“宽恕什么？ ……这您知道的，”她说着，微微掉过脸去。“我对不起您，格里戈里·米哈伊雷奇……尽管，当然了，这是我命中注定（利特维诺夫想起了她那封信），而且我也不后悔……至少是悔之已晚。可是，我竟然意外地遇见了您，我就对自己说，我们一定要成为朋友……否则我将会非常痛苦……所以我想，为了这件事我俩应该彻底谈一谈，不能拖延，一劳永逸地解释清楚，免得以后再有丝毫的……gêne①，丝毫的尴尬，一劳永逸，格里戈里·米哈伊雷奇。您应该对我说，您宽恕我了，不然我会以为您还……de la rancune。Voilà!② 对我来说，这可能是一种奢望，因为您也许早就把一切都忘了。不过无论如何，请您对我说一声，您已经宽恕了我。”

伊琳娜一口气说完了这番话。利特维诺夫看见她眼睛里闪着泪花……是的，这是真的眼泪。

“您可别这样说，伊琳娜·帕夫洛夫娜，”他连忙道，“您怎么好意思赔礼道歉，请求宽恕……那件事已经过去了，无影无踪了，只是我觉得奇怪，您现在如此荣华富贵，怎么还记得您少女时代那个愚钝的伙伴呢……”

“这使您奇怪？”伊琳娜轻声问。

“这令我感动，”利特维诺夫紧跟着说，“因为我怎么也没想

① 法语：拘束。
② 法语：记仇。是的！

到……”

“可是您仍然没有说，您宽恕了我，”伊琳娜打断了他。

“我由衷地为您的幸福而高兴，伊琳娜·帕夫洛夫娜，我全心全意祝愿您万事如意……”

“也不记恨我吗？”

“我只记得我曾经为之感激您的那些美妙瞬间。”

伊琳娜向他伸出了双手。利特维诺夫紧紧攥住它们，没有马上松开……从这温柔的一握中，像是有一种睽违已久的东西在他心里悄悄悸动了一下。伊琳娜又直瞪瞪地看着他的脸，这一次她微笑了……这时他也第一次面对面地端详了她一会儿……他又认出了他曾十分珍爱的那副面庞，那一对深沉的眼睛，独特的睫毛，脸上的小痣，别具风韵的额发，还有这可爱又可笑地撇着嘴唇和微微颤动眉毛的习惯，这一切，这一切他全都认出来了……她出落得比从前更美了！这女性青春的身体多么迷人，多么富有魅力啊！朱颜玉洁，不敷胭脂粉黛，不加任何矫饰……是啊，这才是真正的美人儿！

利特维诺夫陷入了沉思……他的眼睛一直望着她，神思却已翩然远去……伊琳娜也觉察到了。

“这真是太好了，”她大声说，“现在我的良心安宁了，我可以满足一下我的好奇心了……”

“好奇心，”利特维诺夫跟着她说，有些摸不着头脑。

“对，对……我一定要知道，整个这一段岁月您都做了些什么，您有哪些打算。我想知道一切，怎么样，做什么，在什么时候……等等，一切的一切。您要对我说实话，我可预先告诉您，我一直在留意您的消息……只要有可能。”

“您留意我的消息，您……在那儿……在彼得堡？”

“在荣华富贵之中，照您的说法。正是这样，不错，我一直留意。关于这种荣华富贵我们以后再谈。现在该由您来讲，讲得越多越好，越长越好，没有人来打搅我们。啊，这真是好极了！”伊琳娜说着，高高兴兴地在安乐椅上坐下来，一边把衣服理理好。“好了，请开始吧。”

“在开始之前，我先要向您表示谢意，”利特维诺夫说。

“谢什么？”

“谢谢那束鲜花，插在我房间里的。”

“什么鲜花？ 我一点也不知道。”

“怎么？”

“告诉您，我一点也不知道……我等着……等着听您讲呢……啊，这个波图金真是聪明人，把您给带来了！”

利特维诺夫警觉起来。

“您跟这位波图金先生很早就认识了吗？”

“很早……您快讲吧。”

“您对他很熟悉？”

“哦，是的！”伊琳娜叹了口气。“这里有些特殊原因……您当然听说过伊丽莎·别利斯卡娅的事了……就是前年惨死的那个女人……嗐，我忘了，您还不知道我们的事……幸好，幸好您不知道。Oh, guelle chance![1] 终于有一个人，一个活人对我们的事情毫无所知！ 而且我可以跟他说俄国话，就算说得不好，总是俄语，而不用讲那种永远装腔作势、叫人恶心的彼得堡法语了！”

---

① 法语：啊，真走运！

“您是说，波图金也跟……”

“这事我现在想起来就很难过，”伊琳娜打断他说。“伊丽莎是我在女子中学时的好朋友，后来在彼得堡我们也经常见面。她把她的全部秘密都告诉了我：她很不幸，受了许多苦。波图金在这件事上做得非常好，像个真正的骑士！他作了自我牺牲。那时候我才看重他这个人的。瞧我们又扯远了。我等着听您讲呢，格里戈里·米哈伊洛维奇。”

“其实我的故事一点也不会使您感兴趣的，伊琳娜·帕夫洛夫娜。”

“这就不关您的事了。”

“请您回想一下，伊琳娜·帕夫洛夫娜，我们已经十年没见了，整整十年了。真是似水流年啊！”

“何止是似水流年！何止是似水流年！”她带着一种异样的、痛苦的表情连连说，“所以我想听听您的叙说。”

“可是我真的不知道，该从哪儿说起。”

“从头说起。就从您……从我迁往彼得堡那个时候说起。当时您离开了莫斯科……您知道吧，打那时起我再也没有回过莫斯科！”

“真的吗？”

“先是不可能回去，后来我出嫁了……”

“您早就出嫁了？”

“三年前。”

“您有孩子吗？”

“没有，”她冷冷地答道。

利特维诺夫有一会儿没说话。

“您出嫁之前是不是一直住在那个，他叫什么来着，那个雷津巴赫伯爵家里？”

伊琳娜盯住他看了看，似乎想弄明白，他为什么要问这个……

“不……”她终于说。

“这么说，您的双亲……我还没有向您问起过他们。他们……”

“他们都健在。”

“他们仍然住在莫斯科吗？”

“仍然住在莫斯科。”

“您的弟妹们呢？”

“他们很好。我把他们都安置好了。”

“唉！”利特维诺夫蹙起额头望了伊琳娜一眼。“说真的，伊琳娜·帕夫洛夫娜，应该讲的不是我，而是您，只要……”

他突然想起了什么，又不作声了。

伊琳娜把手凑到脸跟前，转了转手指上的结婚戒指。

“是吗？我可以讲，”她终于说。“等什么时候……也许……不过还是您先讲……因为我……您瞧，我虽然一直在注意您，可是几乎对您一无所知。而关于我……我的情况，您大概听到的。够多了。对吧？您听到了，您说是吗？”

“伊琳娜·帕夫洛夫娜，您在社交界的地位过于引人注目，难免会招来议论……特别是在我待的那种外省地方，什么样的飞短流长都有人相信。”

“您相信这些传闻吗？它们是属于哪一类的？”

“说实在话，伊琳娜·帕夫洛夫娜，这些传闻很少传到我耳朵里。我大抵过着离群索居的生活。”

“怎么会这样？您不是去过克里木，当过后备军吗？”

“这您也知道？”

“可不是。跟您说了，人家在留意您的消息嘛。”

利特维诺夫又一次感到愕然。

“既然不用我说您都知道了，为什么还要我来讲呢？”利特维诺夫轻声道。

“为了……为了满足我的请求。我不是在求您吗，格里戈里·米哈伊洛维奇。”

利特维诺夫低下头来，开始……开始不太连贯地向伊琳娜大致讲述他那并不复杂的生活经历。他不时停下来，向她投去询问的眼光，像在说，够了吗？ 而她执意要他讲下去。她把头发撩到耳后，臂肘支在坐椅扶手上，像是全神贯注地聆听着他说出的每一个字。但是别人从旁边看来，注意到她脸上表情的变化，大概会觉得她根本不在听利特维诺夫的叙说，而是自己沉浸在静观冥想之中……尽管利特维诺夫在她逼视的目光下有些发窘和脸红，她却并不在观察他。在她的眼前浮现出另一幅完整的生活图景，不是他的，而是她自己的生活。

利特维诺夫没有讲完就沉默了，这是他心中越来越不自在的一种不快之感所使然。这一次伊琳娜没有对他说什么，也没有请求他继续讲下去，而是拿手掌捂住自己的眼睛，样子很疲倦地慢慢靠到椅背上，坐着一动也不动。利特维诺夫等了一会儿，想到他的拜访已经超过两小时，便伸手去拿帽子，这时隔壁房间里突然响起一阵精制漆皮靴子快步走动的吱吱声，随之就闻到了贵族近卫军所特有的那种气味，瓦列里安·弗拉基米罗维奇·拉特米罗夫走了进来。

利特维诺夫从椅子上站起来，跟这位相貌堂堂的将军互鞠一躬。伊琳娜不慌不忙把手从脸上拿开，冷冷地看了丈夫一眼，用法语说：

“啊！ 您已经回来了！ 现在几点钟了？”

“快四点了，ma chère amie[1]。你还没换好衣服，公爵夫人要等我们了，”将军答道，向利特维诺夫那边优雅地弯下他那勒得紧紧的身躯，以他特有的雅谑口气说：“显然是可爱的客人使你忘记了时间。”

请读者允许我们在此说一点有关拉特米罗夫将军的情况。他的父亲是个私生子……您怎么想？ 您没有猜错，不过我们并不愿意说出这件事……是亚历山大时代一位著名大官跟一位漂亮的法国女演员的私生子。大官让儿子有了社会地位，但没有留给他财产。这个儿子（即本书人物的父亲）自己也没能发财，结果他死时军衔不过是上校，职位是警察局长。在死前一年，他娶了一位求他庇护的年轻美貌的寡妇为妻。他和寡妇生的儿子，就是瓦列里安·弗拉基米罗维奇，后来经人说情进了贵胄军官学校。倒不是瓦列里安的功课有多么好，主要是他的军人风度、潇洒举止和良好品德博得了上司的赏识（尽管他也有过旧时国立军校学生不可避免的种种遭遇），他被擢拔到近卫军中任职。他官运亨通，青云直上，这得力于他那谦和乐天的性格，灵巧优美的舞姿和精湛无比的骑术（他常在检阅时担任传令官，大多是骑在别人的马上），以及一套对待上层人物的独特本领：恭敬，亲昵，惆怅，温情，近乎孤苦无告地讨好巴结中夹杂着一点轻似鸿毛的泛泛的自由主义……而这种自由主义并不妨碍他奉命到白俄罗斯村庄镇压暴动时，对五十个农民施以鞭笞之刑。他一表非凡，招人喜爱，显得异常年轻：面色光鲜而红润，躯体富有弹性和黏性。他在女人中间颇有惊人建树，一班尊贵老妇为他神魂颠倒。拉特米罗夫将军一贯行事谨慎，工于心

① 法语：我亲爱的朋友。

计而沉默寡言，像一只勤劳的蜜蜂，连最差的花朵他也要吸去它们的蜜汁。他出入于上流社会，虽然寡德无行，不学无术，却有着精明强干的名声，凭着他识时务知人心的本领，尤其是不屈不挠为自己谋福利的宏愿，他终于看到在他面前的条条道路匀已畅通无阻……

利特维诺夫勉强笑了笑，伊琳娜只是耸耸肩膀。

“怎么。”她仍然用冷淡的语气说，“您见到伯爵了？”

“当然是见到了。他命我向您致意。”

“啊！ 您的这位保护人还像从前那么蠢吗？”

拉特米罗夫将军没有回答，只在鼻孔里轻轻一笑，像是不计较这等轻率的妇人之见。仁厚长者们常常以这样的笑声对待小孩子的胡闹。

“是啊，”伊琳娜又说，“您这位伯爵简直蠢得惊人，我算是看够了。”

“是您自己叫我去看他的，”将军嘟哝道，转而用俄语问利特维诺夫：“您在用巴登矿泉水治疗吗？”

“谢天谢地，我身体健康，”利特维诺夫回答。

“这最好不过了，”将军说，客气地咧嘴笑了笑，“但凡到巴登来的人，都不是为了治病的。不过这里的矿泉水很有效，Je veux dire efficaces①；比如像我这样患有神经性咳嗽的人……”

伊琳娜霍地站了起来。

“我们还会见面的，格里戈里·米哈伊洛维奇，希望很快能再见到您，”她轻蔑地打断了丈夫的话，用法语说。“现在我得去换衣服了。

① 法语：我是想说，有益健康。

这位老公爵夫人总要搞她那些 parties de plaisir[1]，真让人受不了，除了无聊还是无聊。”

“今天您对所有的人都过于严厉，”她丈夫嘟囔道，溜到隔壁房里去了。

利特维诺夫向房门口走去……伊琳娜叫住了他。

“您把什么都告诉了我，”她说，“可是隐瞒了主要的东西。”

“您指的是什么？”

“听说您要结婚了？”

利特维诺夫的脸一下子红到了耳根……他确实故意没提到塔尼娅；他感到老大不快，一是伊琳娜已经知道了他的婚事，二是她仿佛在揭穿他隐瞒此事的意图。他简直不知道说什么才好，而伊琳娜还在目不转睛地望着他。

“是的，我就要结婚了，”他终于说出口，随即走了出去。

拉特米罗夫又回到这边房里来。

“你怎么没换衣服呀？”他问。

“您自己去吧，我头疼。”

“可是公爵夫人……”

伊琳娜从头到脚打量了丈夫一眼，一扭身，背对着他，径自到她的书房里去了。

---

① 法语：娱乐性郊游。

十三

利特维诺夫对自己很不满意，像是在轮盘赌上输了钱，又像是对别人食了言。内心有个声音在对他说，他是个快要结婚的、有身分的人，不是小孩子了，他不该受到好奇心的驱使，也不能沉醉于往事的回忆。“我真不该去的！”他寻思道。“在她不过是卖弄风情，耍刁任性……因为她寂寞无聊，吃腻了山珍海味，就抓住了我……好像美食者忽然想尝尝黑面包的滋味……这好极了。可是我干吗要跑过去呢？难道我不该……鄙视她吗？”“鄙视”这个词他在心里也是狠劲才说出来的。“当然，这里也没有什么危险，不可能有什么危险，”他继续思忖着。“因为我知道在跟谁打交道。不管怎么说，不能玩火了……我不会再踏进她的门了。”利特维诺夫不敢或不能向自己承认，他觉得伊琳娜有多么美，她在他心里激起了多么强烈的感情。

一天又沉闷乏味地过去。吃中饭时，利特维诺夫恰巧坐在一个染了小胡子、威风凛凛的胖子身边。那人一声不吭地吃着，瞪大眼睛，喘着粗气……他忽然打了个饱嗝，露出了同胞的本相，马上用俄语发脾气说：“我说，就是不该吃甜瓜嘛！”这天晚上也无可告慰。宾达索夫当着利特维诺夫的面赢了钱，四倍于他所借之数，可是他非但没有还债，反而威胁似地朝利特维诺夫脸上望望，好像赢钱被他看到了，为此他要更加厉害地惩罚他。第二天早晨，又是一大帮同胞蜂拥而至。利特维诺夫好不容易摆脱掉他们，动身到山里去。起先他碰到了伊琳娜，他装作没认出她来，快步走了过去，后来又遇见了波图金。他想跟波图金攀谈，可是后者有点爱答不理的样子。波图金搀着一个衣着华丽的小姑娘，她长着一头几乎是白色的蓬松鬈发，病态苍白的小脸上有一对深色大眼睛，带着一副特别的、爱使唤人的不耐烦神气，跟所有娇惯的小孩一样。利特维诺夫在山里留连了约两小时，就顺着利赫坚塔尔林荫道往回走……坐在长椅上的一位戴蓝面纱的太太迅速站起来，走到他跟前……他认出了是伊琳娜。

“您为什么躲着我，格里戈里 · 米哈伊洛维奇？”她的声音有些发颤，通常只有内心充满愤怒的人才这样说话。

利特维诺夫窘了。

“您说我躲着您，伊琳娜 · 帕夫洛夫娜？”

“是的，您……您……”

伊琳娜显得很激动，甚至很生气的样子。

“请您相信，是您弄错了。”

“不，我没有弄错。难道今天早晨，就是我碰到您那会儿，难道我没有看见，您已经认出了我吗？说呀，难道您没认出来是我吗？您说呀？”

“我，其实……伊琳娜 · 帕夫洛夫娜……”

“格里戈里 · 米哈伊洛维奇，您是爽快人，您总是说真话的。说呀，告诉我，您认出了我，是吗？您故意转过身走了？”

利特维诺夫看了看伊琳娜。她的眼睛里闪着异样的光，脸颊和嘴唇透过细密的面纱显得像死人一般惨白。在她的面部表情里和急促的低语声中，有一种挥不去的悲哀和祈求……利特维诺夫再也假装不下去了。

“是的……我认出了您，”他费劲地说出这句话。

伊琳娜微微哆嗦了一下，轻轻地垂下了双手。

“当时您为什么不朝我走过来呢？”她悄声问道。

“为什么……为什么！”利特维诺夫离开了小道，伊琳娜默默跟着他走。“为什么？”他又说了一次，突然涨红了脸，一种类似仇恨的感情使他的胸口和喉咙里堵得难受。“您……您在我们之间发生了那些事之后，还要问为什么？ 不是说现在，当然，不是现在，而是在那边……那边……在莫斯科。”

“当时我和您都做出了决定，您不是答应……”伊琳娜开口说。

“我什么也没有答应！ 请原谅我出言不逊，既然您要听真话，您就自己想一想吧：我怎么能不把您的这种……我真不知道该叫做什么……您的这种纠缠看成是卖弄风情——老实说，令我莫名其妙的卖弄风情，——看成是您想试验一下对我还有多大的控制力呢？ 我俩早就分道扬镳了！ 我把一切都忘了，所有的痛苦早已成为过去，我完全变成另一个人了。您嫁了人，得到了幸福，至少外表看来是如此，您在上流社会地位尊崇令人羡慕。又何必，又为什么要来找我呢？ 我对您有何用？ 您对我又有何用呢？ 如今我们彼此无法理解，我俩之间绝无丝毫共同之处，无论是在过去还是现在！ 尤其……尤其是在过去！”

利特维诺夫急促地、断断续续地说了这一番话，连头也没有回。伊琳娜一动不动地站着，时而向他稍稍伸过手去，像是恳求他停下来让她也说一说。听到他最后几句话时，她轻轻咬住了下嘴唇，仿佛在忍受一阵突然发作的剧烈的刺痛。

“格里戈里·米哈伊雷奇，”她终于开口说，声音已比较平静，她又向前走了一段，离开那条偶尔有行人经过的小道更远了……

现在是利特维诺夫跟在她后面。

“格里戈里·米哈伊雷奇，请相信我，如果我认为我对您哪怕还有一丝一毫的控制力，我会首先避开您的。既然我没有这样做，既然我决心不顾……不顾我往日的过错来跟您重续旧交，那是因为……因为……”

“因为什么？”利特维诺夫几乎用粗鲁的口气问道。

“因为，”伊琳娜突然有力地紧接着说，“因为我在这个上流社会，在您所谓的令人羡慕的地位上已经不堪忍受，快要闷死了；因为我看透了这班行尸走肉——三天前您在古堡见过他们的标本，——现在遇到您这个活生生的人，我高兴得就像在沙漠里看见一道清泉。可是您却说我卖弄风情，怀疑我，厌弃我，您的借口是我过去确实对不起您，而我更对不起的是我自己！”

“您的命运是您自己选择的，伊琳娜·帕夫洛夫娜，”利特维诺夫闷闷不乐地说，仍然头也不回。

“我自己，我自己……我并不抱怨，我无权抱怨，”伊琳娜急忙说，利特维诺夫的严厉态度像是使她暗暗感到一种快慰，“我知道，我应该受到您的谴责，我不会为自己辩解，我只是想对您诉说一下我的感情，想让您相信，我现在哪儿还有心思卖弄风情……我怎么会向您卖弄风情！那也太无聊了……当我遇见了您，我心中一切美好的、青春的回忆都苏醒了……十年前的那些岁月，当时我还没有选择自己的命运，在那一段欢乐的时光里留下来的一切，全都苏醒了……”

“您可别这么说，伊琳娜·帕夫洛夫娜！据我所知，您生活中的欢乐时光正是从我们分手之后才开始的……”

伊琳娜把手绢凑到嘴唇上。

“您这样说太残酷了，格里戈里·米哈伊雷奇。不过我也不生您的气。啊，不，那不是欢乐的时光，离开莫斯科并不是我的福气，我没有享受过一分、一秒、一瞬间的幸福……请相信我的话，别管旁人对您怎么说。如果我幸福，我能像现在这样跟您说话吗？……我再次告诉您，您哪里知道，这都是一些什么样的人……他们什么也不懂，没有一点同情心，他们甚至没有头脑，ni esprit，ni intelligence[①]，有的只是狡猾奸诈和投机取巧。实际上他们跟音乐、诗歌、艺术都一概格格不入……您会说，我自己对这些东西也相当淡漠，但是我还不到这种程度，格里戈里·米哈伊雷奇……不到这种程度！现在您面前的不是一个上流社会女人，您只要看我一眼就知道了，我不是什么交际花……人家好像这样称呼我们……我是个可怜的、值得人同情的可怜虫。我这样说您别奇怪……我现在顾不上什么面子了！我像乞丐似的向您伸手乞讨，这您总该明白，像乞丐似的……我在乞求您的施舍，”她说，突然情不自禁地、抑制不住地冲动起来，“我在乞求您的施舍，而您……”

她语不成声。利特维诺夫抬头看了看伊琳娜，只见她呼吸急促，嘴唇颤抖。他怦然心跳起来，仇恨的感情随之消失了。

“您说，我们已经分道扬镳了，”伊琳娜又接着说下去，“我知道，现在您由于爱情而结婚，您对自己的整个生活有了一个打算，是的，这些都没错，但是我俩并没有成为陌路之人，格里戈里·米哈伊雷奇，我们还可以彼此理解。或许您认为我已经麻木不仁，陷进泥沼不能自拔了？啊，不，请您别这么想！您让我排解一下心中的郁闷吧，我求您了，就算看在往日的分上，如果您不想忘记那一段日子的话。不要让我们白白相逢一场，那样就太痛苦了，何况这次相逢本来就不会长久……我不知道怎样把话说清楚，不过您会明白我的意思，因为我的

① 法语：没有头脑，没有智力。

要求很少，非常之少……只要一点同情，只要您不嫌弃我，让我排解一下心中的郁闷……”

伊琳娜不语了，她的话音里带着眼泪。她叹了口气，用探寻的目光怯生生地从侧面望着利特维诺夫，然后向他伸出一只手……

利特维诺夫慢慢接住她的手，轻轻握了一下。

“让我们成为朋友吧，”伊琳娜悄声说。

“成为朋友，”利特维诺夫若有所思地跟着她说。

“是的，朋友……如果这个要求太过分，至少也算是老相识吧……让我们无拘无束地相处，就像从来没有发生过任何事一样……”

“就像没有发生过任何事……”利特维诺夫又跟着她说。“刚才您不是说，伊琳娜·帕夫洛夫娜，我不想忘掉过去的日子……那么，要是我不可能忘掉那些日子呢？”

一丝欣慰的微笑从伊琳娜脸上一掠而过，马上就换成了一副关切的、甚至是惊惧的表情。

“那您就照我这样，格里戈里·米哈伊雷奇，只记住美好的东西。最重要的是，您现在要答应我……您要保证……”

“保证什么？”

“不再躲着我……不要无缘无故让我伤心……您答应吗？说呀！”

“好吧。”

“把头脑里各种不好的念头都抛开，好吗？”

“好吧……不过，我对您还是不能理解。”

“这用不着……不过，以后您会理解我的。您答应我吗？”

“我说过了，是的。”

"谢谢。您瞧，我向来就相信您的话。今天和明天我都等您来，我不出门。不过这会儿我得离开您。公爵夫人从林荫道上过来了……她看见我了，我不能不到她那儿去……再见……把您的手给我，vite，vite①。再见吧。"

伊琳娜紧紧握了一下利特维诺夫的手，就朝一个中年妇人走去。那位威风凛凛的女人在两位太太和一个仪态优雅的穿制服听差的伴随下，正迈着沉重的步子从铺沙的小道上走过来。

"Eh boujour， chèr madame，②"那女人说，这时伊琳娜恭恭敬敬向她行了个屈膝礼。"Comment allezvous aujourd'hui? Venez un peu avec moi. ③"

"Votre Altesse a trop de bonté，④"听见伊琳娜在甜蜜蜜地说。

十四

等公爵夫人及其全体随从走远了，利特维诺夫也来到林荫道上。他弄不清楚自己此时心中的感受：他觉得羞愧，甚至害怕，但自尊心得到了满足……同伊琳娜这场突如其来的剖白使他手足无措；她那热烈而急促的话语宛如一阵雷暴雨从他头顶上呼啸而过。"这班上流社会妇女都是些怪人，"他想，"她们没有任何理性可言……她们的生活环境使她们变坏了，而自己又明明感觉到这种环境的恶劣！……"其实

① 法语：快点，快点。
② 法语：您好，亲爱的。
③ 法语：您今天感觉好吗？ 陪我走会儿吧。
④ 法语：殿下，您真是太好了。

他心里想的并不是这些，他只是机械地重复这几句陈词滥调，仿佛借此来摆脱另一些更可怕的念头。他知道此刻他无需认真思考，他怕是难免要自责一番的，于是他缓步前行，强使自己去注意迎面的景物……不知怎么他来到了一条长椅跟前，看见椅子下面有两只脚，他顺着脚往上看……原来是一个人坐在长椅上看报纸，这个人是波图金。利特维诺夫不禁发出一声轻微的惊呼。波图金把报纸放到膝上，面无笑容，注视了他一会儿。利特维诺夫也注意地望望他，也不带笑容。

“可以坐在您旁边吗？”他终于问道。

“坐吧，请。不过我预先告诉您：如果您想跟我谈话，请您别见怪，现在我情绪极坏，厌恶人类，一切事物在我看来都糟透了。”

“这没关系，索宗特·伊万内奇，”利特维诺夫道，在长椅上坐下来，“这甚至很合适……可是您为什么会有这种心情呢？”

“其实我也犯不着生气，”波图金说。“刚才我在报上读到一篇俄国司法改革的草案，我非常满意地看到，国人终于聪明起来了，终于不再借口什么自主性、人民性或者独特性，把清清楚楚的欧洲逻辑来个画蛇添足，而是相反，全盘接受了别人的好东西。在农民问题上只要肯让步就行了……搞什么地产共管呢！……真是，真是，我也犯不着生气。算我倒霉，碰上了一位俄国天生的才子，跟他谈了一席话，这班天生才子和无师自通者怕是叫我在坟墓里也不得安宁了！”

“什么天生才子！”利特维诺夫问。

“这儿有一位先生跑来跑去，以天才音乐家自命。他说：‘我固然微不足道，一无所长，因为我没有学习过，但是我的旋律和构思要比梅耶贝尔丰富得多多。’首先，我想对他说：你干吗不学习呢？其次，别说是梅耶贝尔，就拿一支末流德国乐队的末流长笛手来比，一个老老实实吹奏声部的长笛手的构思，也要比我们所有的天生才子丰富二十倍。这位长笛手会把他的构思藏在心里，而不是带着它到莫扎特们和海顿们的祖国去乱闯。可是我们这位天生才子，叮叮咚咚弄出一首华尔兹曲或者浪漫曲，就歪起嘴巴，两手插在裤兜里，瞧他那副模样，意思说：我呀，是个天才。美术界情况也如此，到处都一样。这班天生才子真是够呛！谁都知道，只有在缺乏真正科学和艺术的地方，人家才拿出他们来炫耀。难道还不该把这种炫耀，这种污七八糟的废物，连同这些陈词滥调，什么俄国没有饿死一个人呀，俄国的道路最为迅捷通畅呀，我们克敌制胜犹如探囊取物呀等等，一古脑儿都抛到一边去吗？有人喜欢在我面前出风头，吹嘘俄国人的天生才具，天才本领，例如库利宾啦什么的……得了，先生们，这算什么才具呢？这不过是没睡醒的胡话，不然就是一种类似野兽的机灵。本能！这有什么可夸耀的！你把树林里的蚂蚁带到离蚁穴一里外的地方，它也能找到回家的路。人可没有这种本领。这能说明什么呢？难道说人不如蚁吗？本能，即便是超凡绝伦的本能，也不足以说明人类。只有理性，普普通通的健全的理性，这才是我们直接的财富，我们引以自豪的东西。理性可不会去搞那些把戏，所以理性是一切的基础。说到库利宾，他不懂力学，造出了一架糟糕透顶的时钟，我想叫人把这个钟挂在耻辱柱上，对大家说，看啊，善良的人们，别照这样做！库利宾本人没有罪，但是他的作品糟透了。捷卢什金受人夸奖，说他爬上了海军部大厦的尖顶，勇敢又灵活，可以夸奖他。为什么不夸奖呢？但是不值得大叫大嚷，说他把德国建筑师们都愚弄了！建筑师有什么用？他们光会捞钱……建筑师们根本没有被愚弄，后来尖顶四周还得搭起脚手架，按常规进行维修。看在上帝面上，别在我们俄罗斯鼓励那种不学习就能干成事的想法！ 不行，即使你绝顶聪明也不行，要学习，要从头学起！不然就闭上嘴坐在那儿，把尾巴夹起来！ 嘀！ 真热呀！”

波图金摘下帽子，用手帕扇扇风。

“俄国的造型艺术，”他又说了起来，“俄国艺术！ ……我了解俄国人的努力，也了解俄国人的软弱，可是对不起，我还没见到过俄国人的艺术。一连二十年人们拜倒在布留洛夫那种轻飘飘的贫乏之作的脚下，居然以为我们创立了一个学派，比各家各派都强……俄国艺术，哈哈哈！ 嘀嘀！”

“可是，对不起，索宗特·伊万内奇，”利特维诺夫道。“这么说，您也不承认格林卡了？”

波图金搔了搔耳根。

“您知道，例外只能更加证实规律，即便如此，我们也难免要吹一通牛皮！ 比如说，格林卡确实是杰出的音乐家，但内部和外部的条件妨碍他成为俄国歌剧的奠基人，这一点恐怕谁也不会有异议。但是这可不够，这哪儿能行！ 应该马上把格林卡晋升为上将，让他担任主管音乐的首席宫廷事务大臣，同时顺便要把别的民族贬低一番，说它们根本比不上我们，再举出另一位‘强有力的’本国天才来证明。殊不知此公的作品不过是对外国二流作曲家的拙劣模仿——正是二流作曲家，这样模仿起来要容易些。根本比不上我们吗？ 啊，贫穷愚昧的野蛮人，他们没有艺术的继承性，他们的艺术家就像拉波那样，所谓：外乡人一手能举起六普特重量，我们的人就能举起整整十二普特！ 根本比不上我们？？！ 恕我冒昧，向您讲一件难忘的往事。今年春天我参观了伦敦附近的那座水晶宫。您知道的，这座宫就像是人类发明展览馆，可以说是人类的百科全书。我从那些机器、工具、伟人塑像旁边走过时心里在想，假如颁布一道命令，哪个民族从地球上消亡，这个民族的一切发明成果必须立即撤出水晶宫的话，那么我们的母亲，信奉正教的俄罗斯就会无地自容了。亲爱的母亲带不走那儿的一颗钉和一枚针，她的全部展品会安然无恙地留在原处，因为就连茶炊、树皮鞋、车轭和鞭子这些我国的名产也都不是我们自己发明的。就是桑德维切夫群岛也不会发生这样的事，那里的居民还发明了某种船和梭镖，参观者会注意到他们的展品不在了。您大概说这是诽谤！这太偏激了！……可是我要说，第一，我不善于悄声细语地指摘别人；第二，显然，每个人不光是不敢正视魔鬼，也不敢正视自己，而且不仅仅是我们的小孩子喜欢人家哄他睡觉。我国的古老发明都传自东方，近代发明不过是马马虎虎照搬西方，可是我们还在大谈什么独立的俄国艺术！某些好汉甚至发现了俄国的科学，说在我们这里二乘二也等于四，而且算得更快。”

“等一等，索宗特·伊万内奇，”利特维诺夫道。“请等一等！我们也有展品送到世界博览会上，欧洲国家也在收购我们的东西。”

“不错，那是原料，半成品。请注意，先生，我们的原料好，主要是由其他方面很坏所决定的。例如我们的猪鬃又粗又硬，因为猪太差了；牛皮厚实，因为牛太瘦了；脂油肥腻，因为把一半牛肉都熬进去了……这些东西何需我对您多说，您是研究工艺学的，应该比我更清楚。有人对我讲：要发明创造！俄国人有发明创造精神！我们的地主老爷叫苦连天，损失惨重，因为没有令人满意的谷物烘干机，他们只得照留里克时代的老办法，把一捆捆麦子放在炕房里烘干。这种炕房太赔本，跟树皮鞋子和蒲席一样差劲，动不动就着火烧起来。地主们只管叫苦，谷物烘干机还是没有。为什么没有呢？因为德国人不需要它，他们把谷物割下来就直接脱粒，用不着发明什么烘干机，而我们……又不行！ 不行，就这么回事！ 怎么说也不行！ 我保证从今天起，只要碰到哪位天生才子或者无师自通者，我就对他说，且慢，尊敬的先生！ 谷物烘干机在哪儿？ 把它拿出来呀！ 他们只能干瞪眼！ 不过，要说把圣西门或傅立叶早已穿旧的破鞋子捡起来，恭恭敬敬顶在头上，奉若神明地四处宣扬，这种事情我们倒能行。不然就写一篇论述法国大城市无产阶级的历史意义和现实意义的文章，这个我们也行。有一次，我遇到一位像您那位沃罗希洛夫先生一样的作家兼政治经济学家，我请他说出二十个法国城市的名称，您知道结果如何吗？ 结果这位政治经济学家万般无奈，竟把蒙菲尔梅利也算作了法国城市，大概当时他想到了波尔·德·科克的小说吧。这倒让我回忆起一件可笑的事。有一天，我带着猎枪和狗在森林里转游……”

“您喜欢打猎？”利特维诺夫问。

“偶尔打一下。我要到沼泽地里去打田鹬。别的猎人向我讲了不少这个沼泽地的情况。我一看，空地上一幢小木屋前坐着一位店家伙计，白白胖胖像个去了壳的核桃，他坐在那儿，不知为什么事得意地笑着。我问他：‘沼泽地在哪儿，那里有田鹬吗？ “请吧，请吧，’他马上用悦耳的声音说，脸上的表情十分可爱，仿佛我给了他一个卢布赏钱似的，‘我们很满意，先生，沼泽地可是上等的。至于说到各种野禽，我的老天！ 那简直多极了。’我去了，结果非但没看到一只野禽，连沼泽地也早已干涸了。请您告诉我，为什么俄国人要扯谎？ 为什么政治经济学家要扯谎，他也是在说野禽吗？”

利特维诺夫没有回答，只是同情地叹了口气。

“您要是跟这种政治经济学家谈话，”波图金继续说，“谈一些社会科学的大难题，只是泛泛而谈，不着实际……嚯！ 他就像鸟，像雄鹰腾空展翅。有一回，让我捉住了一只这样的鸟。您会看到，我用的诱饵既好又显眼。我跟一位时下的‘青年’谈到他们所谓的各类问题。他照例是怒火满腔，要小孩子脾气似地把婚姻制度否定一通。我向他举出这样那样的理由……简直是对牛弹琴！ ……我看无计可施，忽然急中生智！‘请允许我奉告您，’我说，对‘青年’们说话永远要恭而敬之，‘先生，您使我感到惊讶，您既然研究自然科学，怎么至今无视这样一个事实：所有的肉食类动物，猛兽猛禽，都要出来寻找猎物，努力为自己和幼崽掠取活食……您是否把人也算作这一类动物呢？’‘那还用说，人也算，’‘青年’紧接着道，‘一般而言，人就是肉食类动物。’‘而且是猛兽，’我补充道。‘是猛兽，’他肯定道。‘说得好，’我说。‘那我倒又奇怪了，您怎么没注意到，这种肉食类动物全都是一夫一妻制呢？’当代青年打了个寒噤。‘这是什么意思？“就是这个意思。您想，狮子、狼、狐狸，还有那些鹞鹰，它们有什么别的办法吗？ 敬请您考虑一下。就是两口儿怕也养不活自己的孩子呢。’这位青年沉吟起来。后来他说：‘在这种情况下人不能学野兽。’我说他是理想主义者，他老大不高兴，差点没哭鼻子！ 我只好安慰他，答应不把这事告诉他的朋友。理想主义者的头衔可是轻易戴不得的！ 当今的青年人打错了算盘，问题就在这里。他们以为，从前那种在地下埋头苦干的时代已经过去了，父辈们适合像鼹鼠挖土那样工作，而对我们这一代来说，鼹鼠的角色是卑微的，我们要在光天化日之下采取行动……亲爱的年轻人！ 到您的儿女一代怕也不能采取行动。您是不是钻回地洞去，继续跟着老一辈的足迹前进呢？”

一阵短暂的沉默。

“先生，我有这样的观点，”波图金又说起来，“我们不但把知识、艺术和法律归功于文明，就连美感和诗情也是在文明的影响下发展和产生效应的，所谓民间天真无意的创作不过是荒谬的无稽之谈。在荷马史诗里已经发现高雅而丰富的文明的痕迹。爱情也因为文明而变得高尚。斯拉夫派若不是慈悲为怀，听到这种异端邪说一定乐于把我吊死的。但我仍然坚持我的观点，不管别人怎样劝我拜读科哈诺夫斯卡娅的大作，看她那部《**费奥多西·萨维奇一窝子安静了**》，我可不打算领教这位 triple extrait de mougik russe①，因为我不属于上流社会，而这个上流社会有时必须让自己相信它还没有完全法国化，所以就有人特地写出这种 en cuir de Russie② 的文学作品给它看。您试试把《一窝子》里面最带劲、最‘通俗’的章节念给真正的平民百姓听，他们准会以为您在传授什么治疟疾或戒酒的新咒语呢。我再说一遍，没有文明就没有诗。您想搞清楚俄国人开化之前诗的理想吗？ 您就打开我们的壮士歌和传奇故事看一看吧。且不说其中的爱情每每是魔法和蛊术的结果，喝了‘迷魂汤’才产生爱情，虽然甚至也有了情人和心上人的称呼；也不说在全部欧、亚文学中，唯独我国的所谓史诗文学没有描写过任何一对典型情侣（除了什么万卡-坦卡），而神圣俄罗斯的勇士刚一认识自己的未婚妻就‘毫不留情地’狠揍她那洁白的身体，这样‘女人就会好好过日子’，——这一切我都不想多说了，我只想请您注意，未开化的原始斯拉夫人把翩翩年少的‘让-普列米叶③’想象成什么模样。请看：让-普列米叶来了，他身穿缝工精细的貂皮大衣，七色

① 法语：俄国农民的精华之精华。
② 法语：披着俄罗斯皮。
③ 法语（音）：第一个情人。

丝腰带一直束到腋下，戴着手套，皮衣领子高过头顶，从前面看不到红润的脸蛋，从后面看不见白净的脖子，他歪戴皮帽，脚蹬上等山羊皮靴，靴头尖如锥，靴跟细又窄，靴头上放不住鸡蛋，靴跟下飞得过麻雀。年轻人迈着小碎步走过来了，凭着这著名的、'微妙的'小碎步，楚里洛·普林科维奇·阿尔基维阿德几乎是妙手回春地医治过多少老妇少女，这种小碎步流传到今天，成为跑堂伙计们独一无二的步伐，扭得他们全身关节都散了架；这是国粹，俄国时髦之精华，这是 nec plus ultra① 俄国风味。我这样说并非开玩笑：笨拙的剽悍——这就是我们的艺术理想。怎么样，形象不错吧？ 它里面有很多绘画和雕塑的素材吧？ 至于迷住年轻人的那位美女，她'脸上的血色就跟兔子一样？……'您好像，好像不在听我讲吧？"

利特维诺夫身子一颤。他确实没听见波图金在说什么。他在想，一直在想着伊琳娜的事，想着这次跟她的见面……

"请原谅，索宗特·伊万内奇，"他说。"我还是想问您原先那个问题，关于……关于拉特米罗夫太太的。"

波图金折起报纸，揣进口袋里。

"您还是想知道，我怎么认识她的？"

"不，不是这个。我是想听听您的意见……关于她在彼得堡所扮演的角色。说实在的，那是一种什么样的角色？"

"其实我也不知道对您说什么好，格里戈里·米哈伊雷奇。我跟拉特米罗夫太太一度相当亲近……不过纯属偶然，而且为时不久。我没有窥探过她的世界，其中发生的事情我一概不知。有人在我面前也说

① 拉丁语：上等。

过是非，可是您知道，不光在民主主义圈子里才盛行流言蜚语的。何况我也并不想打听什么。我看得出来，”他沉默了一会儿说，“您对她感兴趣。”

“是的。我们相当坦率地谈过一两次话。但我还是在问自己：她真诚吗？”

波图金低下了头。

“当她忘情的时候是真诚的，跟所有充满激情的女人一样。有时候傲气也妨碍她扯谎。”

“她傲慢吗？ 我倒觉得她任性。”

“她像魔鬼样傲慢；不过这倒没什么。”

“我觉得，她有时候过于夸大……”

“这也没什么；总之她还算真诚。一般而言，您想从谁那儿听到真话呢？ 这班太太，即使是最优秀的也彻头彻尾变坏了。”

“可是，索宗特·伊万内奇，还记得吧，不是您自称是她的朋友吗？ 不是您几乎硬把我拖去见她的吗？”

“这有什么奇怪？ 她求我带您去；我想干吗不呢？ 我的确是她的朋友。她也并非没有长处：她很善良，或者说很大方，也就是肯把自己不太需要的东西送给别人。其实您对她的了解应该不亚于我。”

“我认识伊琳娜·帕夫洛夫娜还是在十年前，可从那时候起……”

“唉，格里戈里·米哈伊雷奇，瞧您这话说的！ 难道人的生性会改变吗？ 在摇篮里是什么样，到坟墓还是什么样。或许……”波图金说到这里把身子弯得更低了，“或许，您是害怕落在她的手里！ 这倒也是……不过，人总归也逃不出什么人的手心的。”

利特维诺夫勉强地笑了。

“您这样认为吗？”

“在数难逃啊。男人软弱，女人强大，一念之差就决定一切；平淡的生活过不下去，完全忘我又不可能……而这里有美色和同情，这里有温暖和光明——怎么能抗拒呢？你就像孩子见到保姆那样跑了过去。后来呢，当然是冷淡、黑暗、空虚……就不用说了。结果你必定对一切都敬而远之，对一切都不可理喻。先是弄不懂怎么可以去爱，后是不明白怎样才能活下去。”

利特维诺夫望了望波图金，觉得从未遇到过比他更孤独、更潦倒……更不幸的人。这一次他没有畏怯，没有拘束；他神情沮丧，脸色苍白，脑袋垂到胸前，两手放在膝上，一动不动地坐着，只是不时凄凉地笑笑。利特维诺夫对这个爱动肝火的不幸的怪人起了怜悯之心。

“伊琳娜·帕夫洛夫娜顺便向我提起过，”他低声道，“她有一位老相识，记得好像叫别利斯卡娅，或是多利斯卡娅……”

波图金抬起他那双忧伤的眼睛望了望利特维诺夫。

“啊！”他哑声道。“她提起过……又怎么样呢？”说着不自然地打了个哈欠，“不过，我也该回去吃午饭了。请原谅。”

他霍地从椅子上站起来，没等利特维诺夫说一句话就快步走掉了……利特维诺夫心中的怜悯变成了懊恼，自然是恼他自己。他决不是不讲礼貌的人，他想对波图金表示一点同情，结果却弄成了某种令人不快的暗示。他揣着一肚子不满意回到了旅馆。

“彻头彻尾变坏了，”过了一会儿他又在想……“像魔鬼样傲慢！她，这个差点没跪倒在我面前的女人，她傲慢吗？是傲慢而不是任性？”

利特维诺夫试图把伊琳娜的影像逐出脑海，但他做不到。既然如此，他只好不去想自己的未婚妻。他觉得这个影子今天是不肯让位了。他拿定主意不再担忧，干脆等到整个这场“奇遇”谜底的揭晓。很快就会揭晓的，而且他相信那谜底将是于人无损、顺理成章的。他这样想着，不仅伊琳娜的影子始终没有离开他，连她说过的每一句话也依次不断地回响在他的脑际。

侍者给他送来一封便函，又是伊琳娜写的。

“今晚您若无事，请来我处。我不是一人在家，我有客人，这样您就能进一步看清我们这些人，我们的社交圈。我很希望您见见他们，我想，他们都会使出浑身解数的。您也应该了解一下我呼吸的是怎样的空气。您来吧，见到您我会很高兴，而您也不至于寂寞了。（伊琳娜想说：您一定会感到寂寞的。）请您向我证实，我俩今天的谈话将会永远消除我们之间的任何误解。

您忠实的　伊”

利特维诺夫穿上燕尾服，系好白领结，就向伊琳娜的住处走去。“这都没有什么大不了，”一路上他在心里念叨着，“去看看**他们**……干吗不看呢？这挺有意思。”几天前正是这些人在他心中引起了另一种感情：他们曾使他愤怒。

他把礼帽直压到眼睛上，嘴上挂着勉强的微笑，加快了脚步。这时巴姆巴耶夫正坐在韦贝尔咖啡馆前面，他远远地指着利特维诺夫，兴高采烈地对沃罗希洛夫和皮夏尔金大声说：“你们看见那个人了吧？那是块石头！那是山岩！！那是花岗岩！！！”

十五

利特维诺夫在伊琳娜那儿见到许多客人。坐在角落里牌桌边的是三位上次参加野餐的将军：肥胖的、忿忿不平的和宽容大度的。他们正在玩惠斯特牌戏，他们发牌、吃牌、打梅花、出方块时那副不可一世的样子，简直无法用人类语言来形容……俨然就是国家要人的派头！通常在玩牌时，平民知识分子或 aux bourgeois[1] 都会说开场白和俏皮话，而将军们则只在最必要的时候才吐出几个字。不过胖将军竟然在发过牌后清清楚楚地骂了一句："Ce satané as de pique![2]"女宾中，利特维诺夫认出了几位参加野餐的太太，也有他不曾见过的。其中一位老得都快要散架了，还在扭动她那暗灰色的可怕的裸肩。她用扇子掩着嘴，一双全然像死人般的眼睛懒洋洋地瞟着拉特米罗夫。他正在向她献殷勤，因为她曾是叶卡捷琳娜女皇的最后一名女官，在上流社会备受尊敬。窗户边坐着一身牧女打扮的"黄蜂女王"Ш伯爵夫人，身旁围着一群年轻人。其中有著名的富翁兼美男子菲尼科夫，此公盛气凌人，长着扁平的颅顶，脸上带着野兽般冷酷的表情，比得上布哈拉可汗或罗马暴君格利奥加巴尔。另一位太太，也是伯爵夫人，有一个尽人皆知的法语短名字：Lise（丽莎）。她正在跟那位脸色苍白、留着长长的淡黄头发的"召魂师"谈话。旁边还有一位也是脸色苍白、头发淡黄而长的先生，他不时发出意味深长的笑声。这位先生除信奉召魂术外，兼

① 法语：资产者。
② 法语：这个鬼黑桃爱司！

能预卜吉凶，根据圣经启示录和犹太教法典预言各种惊人事件，尽管没有一次灵验过，他还是厚着脸皮当他的预言家。坐在钢琴边的，就是惹得波图金怒不可遏的那位天生才子，他心不在焉地弹着和弦，d'une main distraite[①]，不经意地朝四下里张望着。伊琳娜坐在沙发上，一边是科科公爵，另一边是X太太——她曾是著名的美人儿，俄国家喻户晓的才女，如今早已变成丑陋干瘪的老太婆，身上散发出植物油和走了味的鼠药味儿。伊琳娜一见到利特维诺夫，顿时飞红了脸，站起身来，等他走到跟前，紧紧握了握他的手。她穿着黑色绉纱连衣裙，上面点缀着隐约可见的金饰。她的双肩呈玉白色，同样白皙的脸庞刹那间泛起红潮，显得无与伦比的美，不仅仅是美，还有隐隐的喜悦，一种似乎带着嘲弄意味的喜悦在她那半睁的眼里闪现，在她的嘴唇和鼻孔边颤动着……

拉特米罗夫来到利特维诺夫跟前，和他客套了几句，但已经没有了平时的戏谑口吻，然后把他介绍给几位夫人：骨头架子老妇、黄蜂女王、丽莎伯爵夫人……她们对他相当感兴趣。利特维诺夫虽不是她们圈子里的人，但他的相貌不错，甚至很不错，他那张年轻生动的脸引起了她们的注意。不过他不善于吸引住这股注意力，他对社交已经生疏，感到有些不好意思，何况胖将军正在盯着他看。那死死的、让人难受的目光仿佛在说："啊哈！ 师爷！ 自由思想家！ 居然爬到我们这儿来了，把你的小手伸过来吧。"伊琳娜过来替利特维诺夫解了围。经她巧妙安排，他的位置调到了靠近门口的一角，在她身后不远的地方。每当她找他说话，她都要向他转过头来，这样，他每次都能欣赏到她那漂亮

---

① 法语：心不在焉。

脖子的优美曲线，闻到她的秀发漾过来的幽香。她的脸上始终带着感激的神情，这是一种深邃而平静的谢忱。他不会不明白，她的微笑和顾盼正是表达出这种谢忱，于是他也怀着对她的感谢而深深激动起来，这使他觉得既羞愧，又甜蜜，又恐惧……这时，仿佛她总是想说："嗯，怎么样？ 他们怎么样？"尤其是客人当中有谁做出鄙俗之举的时候（晚会上这种事情发生过不止一次），利特维诺夫就更清楚地听到这个无声的问题。有一次她竟忍不住哈哈大笑起来。

伯爵夫人丽莎，人很迷信，喜欢不寻常的事物，她跟淡黄头发的召魂大师讲了一通尤姆先生的事，以及自己会转的桌子、自己会拉的手风琴等等，最后问他，有没有哪些动物可以接受催眠术。

"至少有一种动物是可以的，"科科公爵从远处答道，"您认识米利万诺夫斯基吧？ 我当面看见他被催眠，还打呼噜呢，真的！"

"您太刻毒了，mon prince①，我是说真正的动物，je parle des bêtes。②"

"Mais moi aussi，madame，je parle dúne bete . . . ③"

"也有真正的动物，"召魂师插进来说，"譬如说虾吧，它很敏感，容易进入僵死状态。"

伯爵夫人惊奇了。

"怎么？ 虾！ 是真的？ 啊，这太有意思了！ 我可真想看看呢！卢任先生，"她对一位年轻人说。此人长着一副僵硬呆板的面孔，好像新买的洋娃娃，他的衣领也是僵硬的（这张脸和这些衣领曾被尼亚加

① 法语：公爵。
② 法语：我说的是动物。
③ 法语：夫人，我说的也是一种动物。

拉河和努比亚尼罗河的水花溅湿过，他由此而闻名，不过他丝毫不记得自己游历过的地方，而只对俄国的双关语俏皮话感兴趣……），“卢任先生，劳您驾，给我们拿一只虾来。”

卢任先生咧嘴一笑。

“夫人，要活的，还是要快些？[①]”他问道。

伯爵夫人没懂他的意思。

“Mais oui，虾，”她重复道，“une écrevisse.[②]”

“怎么回事？ 要虾？ 要虾？”Ш伯爵夫人厉声问道。韦尔季叶先生的缺席令她恼火，她不明白为什么伊琳娜不邀请这位最可爱的法国人。骨头架子老妇早已糊里糊涂，而且耳朵也聋了，只在那里摇晃了几下脑袋。

“Oui， oui， vous allez voir.[③]卢任先生，请吧……”

年轻的旅行家鞠了一躬走出去，不多会儿就回来了。他身后跟着一名侍者，笑嘻嘻咧着大嘴，手持托盘，上面放着一只黑色大虾。

“Voici，madame，[④]”卢任大声道，“现在可以给它动手术了。[⑤]哈，哈，哈！”（俄国人说俏皮话总是自己第一个笑。）

“嘿，嘿，嘿！”科科公爵报以宽厚的笑声，他是一切国产事物的庇护人。

（敬请读者勿惊，勿恼：就是坐在亚历山大剧院的池座里，由于气氛的感染，谁能保证不会为更无聊的俏皮话鼓掌呢？）

---

① 俄语：“活的”和“快些”两词音近。
② 法语：是的，一只虾。
③ 法语：是的，是的，您就会看到的。
④ 法语：拿来了，夫人。
⑤ 俄语“虾”和“癌”两词同音。

“Merci, merci,”伯爵夫人道。“Allons, allons, monsieur Fox, montrez nous ça.①”

侍者把盘子放到小圆桌上。客人中起了一阵小小的骚动，好几个人伸长了脖子，只有牌桌上的将军们不动声色，保持着洋洋得意的姿势。召魂师抓乱了自己的头发，皱紧眉头走到圆桌边，开始用双手在空中比划。那只虾弓起身子直向后退，并且举起双螯。召魂师加快手势，反复比划，虾仍然弓着身子。

“Mais que doit elle donc faire?②”伯爵夫人问。

“Elle doârester immobile et se dresser sur sa quiou, ③”福克斯先生带着浓重的美国腔答道，一面使劲在盘子上面甩动手指，然而催眠术不起作用，虾还在动弹。召魂师宣布他今日兴致不佳，嗒然地离开了小圆桌。伯爵夫人忙来安慰他，说即使是尤姆先生也难免会有这种失败……科科公爵证实她的话不错。这时，启示录和犹太教法典专家悄悄走到小桌边，迅速伸出手，猛地一指那虾，他想试试运气，结果也不行，虾没有出现僵死的迹象。于是只好把侍者叫来，命他把虾拿走。侍者照办时，依旧笑嘻嘻咧着大嘴，有人听见他在门外噗嗤一笑……后来厨房里的人把 über diese Russen④ 着实取笑了一阵。拿虾做试验的时候，天生才子仍在弹着调子忧伤的和弦，所以也显不出什么效果来，于是他就奏起了一贯拿手的华尔兹舞曲，不用说博得了一片恭维声。争强好胜的 X 伯爵，我们这位无与伦比的业余音乐家（见第一章），这时

① 法语：谢谢，谢谢。来，来，福克斯先生，做给我们看看吧。
② 法语：它应该怎么样呀？
③ 法语：它应该用尾巴站着，一动不动。
④ 德语：这帮俄国佬。

也把他自己创作的，其实是整个儿从奥芬巴赫那里剽窃来的一首小调拿出来“讲”了一通。其中一句俏皮的叠唱“Quel oeuf? quel boeuf?①”几乎使所有太太的脑袋开始左摇右晃，一位太太甚至发出了轻轻的呻吟，最后大家便异口同声说出了那句不可避免一定要说的话：“Charmant! charmant!②”伊琳娜跟利特维诺夫交换了一下眼色，她的唇边又露出了隐隐的嘲弄表情……过了一会儿，这种表情变得更加明显，甚至带有几分幸灾乐祸的意味，因为这时身为贵族利益的代表和卫士的科科公爵，忽然想起要把自己的观点对召魂师阐述一番，不用说他立刻就讲出了他关于私有制已经在俄国动摇的那句名言，同时当然也把民主主义者痛斥了一顿。美利坚的热血在召魂师身上沸腾了，他开始争辩。公爵照例大喊大叫，他没有任何论据，只是一个劲儿地说：“c'est absurde! cela n'a pas le sens commun!③”富翁菲尼科夫不分清红皂白地说起粗话来，犹太教法典专家开始尖声抱怨，Ш伯爵夫人也叽叽喳喳亲自出马了……总之是乱糟糟嚷成了一团，就像在古巴廖夫那儿一样，只不过这里没有啤酒和烟草的烟雾，这里人们的衣着比较好些罢了。拉特米罗夫试图恢复安静（将军们表示了不满，听见鲍里斯喊了一句：“Encore cette satanée politique!④”），但没有成功。这时站出来一位属于软刀子类型的显贵人物，他要 le résumé de la question en peu de mots⑤，结果也失败了。他说话既慢，又喜欢重复，

① 法语：怎样的鸡蛋？ 怎样的公牛？
② 法语：妙极了！ 妙极了！
③ 法语：这简直荒谬！ 这毫无道理！
④ 法语：又是这该死的政治！
⑤ 法语：三言两语就点明问题的本质。

对别人的意见也听不明白，不用说连他自己也不知道 la question① 在哪里，自然不可能有别的结果了。何况伊琳娜还在暗中煽风点火，挑逗他们彼此攻击，她不时回头看看利特维诺夫，向他微微颔首……利特维诺夫坐在那里，就像中了魔法似的，他什么也听不见，一心只盼着再看见那双闪亮的明眸，那张时时浮现的苍白、温柔、凶狠而又迷人的脸庞……吵到最后，太太们都起来抗议，要求停止这场争论……拉特米罗夫遂请业余音乐家再“讲”一次他的小调，而天生才子又弹了一遍他的华尔兹……

利特维诺夫直坐到下半夜，是最后离开的一个。整个晚上的谈话涉及到许多方面，但凡是稍有意义的内容都巧妙地避开了。将军们不可一世地打完了牌，又不可一世地来参加谈话，国家要人的作用马上就显示出来。话题转到了巴黎半上流社会的名媛们，她们的姓名和才艺大家都是一清二楚的。于是他们谈起了萨尔杜新写的剧本、阿布的长篇小说以及帕季在《茶花女》中的表演。然后有人提议玩一玩“秘书”游戏(au secrétaire)，结果没有玩成，因为说出来的答案都平淡无奇，甚至还有语法错误。胖将军告诉大家，有一次别人问他：“Qu'est ce que l'amour?②”他就回答：“Uue colique remontée au coeur. ③”说罢自己马上大声干笑起来。骨头架子老妇挥扇打了一下他的手，由于这个剧烈动作，她额上的白粉都掉下来一块。干瘪老太婆谈起了古代斯拉夫公国，说必须在多瑙河对岸地区宣传东正教，她的话没有得到反响，她便嘟嘟囔囔不作声了。实际上谈得最多的还是关于尤姆先生

① 法语：问题的本质。
② 法语：爱是什么？
③ 法语：是心绞痛。

的事。黄蜂女王甚至说，有一次她亲眼看见有几只手摸到她身上来，她就把自己的戒指戴到了其中的一只手上。伊琳娜确实应该满意了。纵使利特维诺夫更加注意去听周围人的谈话，他也不可能从这种东拉西扯的无聊空谈中听到一句肺腑之言、一个有价值的想法或一条实在的新消息。他们叫嚷、欢呼而没有热情，他们谴责、批评却毫不激动。只是偶尔有人假借公民的义愤，或者故作淡漠和轻蔑，说到他们的利益可能受到损失，那带着哭腔的尖声抱怨暴露出他们内心的惊恐不安；他们咬牙切齿说出几个人的姓名，要后代永志不忘……在这堆糟粕和垃圾下面哪儿还有丝毫的生气可言！ 充斥于他们头脑和心灵的，只是些陈年古董、无稽之谈和卑微琐事，这乱糟糟的一切不只是在今夜，也不仅在社交场合，甚至在家庭里，在生活的方方面面，每日每时都占据了他们的全部生命！ 说到底，这些人多么愚昧无知！ 他们根本就不明白人生的基础和美之所在！

利特维诺夫告别时，伊琳娜又紧握他的手，并意味深长地悄声问道："怎么样？ 您满意吗？ 看够了？ 好不好？"利特维诺夫没有回答她，只是平静地、深深地鞠了一躬。

只剩下伊琳娜和她丈夫了，她想回到自己的卧室去……他叫住了她。

"Je vous ai beaucoup admirée ce soir, madame, ①"他说，燃起一支香烟，身子靠在壁炉上，"vous vous êtes parfaitement moquée de nous tous. ②"

① 法语：今天晚上您真叫我佩服，夫人。
② 法语：您把我们取笑得够了。

“Pas plus cette fois-ci que les autres, ①” 她冷淡地答道。

“此话怎讲？” 拉特米罗夫问。

“随便。”

“嗯. C'est clair. ②” 拉特米罗夫道，用小指上的长指甲小心翼翼地弹去烟灰，动作就像猫一样。“哦，还有！ 您这位新交……他叫什么？ ……利特维诺夫先生，想必有聪明过人的好名声吧。”

听到利特维诺夫的名字，伊琳娜猛地转过身来。

“您想说什么？”

将军冷笑一声。

“他一直不说话……看样子是怕有损他的声誉吧。”

伊琳娜也冷笑一声，但与她丈夫的笑完全不同。

“常言道，说话不如不说话……”

“Attrapé! ③” 拉特米罗夫将军装作顺从的样子说。“不开玩笑了，他的相貌很不错。一副……专心致志的表情……总的来说，很精神……是的。” 将军整了整领结，仰起头来看看自己的小胡子。“我看他是个共和派，就像您的朋友波图金先生，那一位也是不声不响的聪明人。”

伊琳娜的眉毛慢慢竖起来，她睁大了那对浅色的眼睛，微微撇起了紧闭的嘴唇。

“您说这话是什么意思，瓦列里安 · 弗拉基米雷奇？” 她似乎关切地问道。“不过您这是放空炮……我们不是在俄国，谁也不会听

① 法语：这一次也不比以往更厉害。
② 法语：明白了。
③ 法语：我认输！

您的。”

拉特米罗夫的身子抽搐了一下。

“这不只是我的看法，伊琳娜·帕夫洛夫娜，”他忽然换成一种喉音说，“别人也认为，这位先生看起来像个烧炭党人。”

“真的吗？ 这些别人是谁？”

“鲍里斯，譬如说……”

“怎么？ 他这种人也要来表示一下看法？”

伊琳娜怕冷似地扭了扭肩膀，用手指头在肩上轻轻抹了一把。

“他这种人……是的，这种……这种人。请允许我告诉您，伊琳娜·帕夫洛夫娜，您好像生气了，可是您自己知道，生气的该是谁……”

“我生气了？ 这是从何说起？”

“我不知道；也许我冒昧说了几句让您不高兴的话，因为我提到了……”

拉特米罗夫踌躇起来。

“提到了什么？”伊琳娜追问道。“行了，别讽刺挖苦了，快说吧。我累了，想睡觉。”她从桌上拿起蜡烛。“提到了什么呀？ ……”

“提到了那位利特维诺夫先生。现在已经毫无疑问，您对他很感兴趣……”

伊琳娜举起那只拿着烛台的手，烛焰正好照到她丈夫的脸。她仔细地，几乎是好奇地看了看他的眼睛，突然哈哈大笑。

“您怎么啦？”拉特米罗夫皱起眉头问道。

伊琳娜仍然笑个不停。

“您这是怎么回事嘛？”他又问，还跺了跺脚。

他感到自己受了侮辱和伤害，而这个女人如此轻松大胆地站在他面前，她的美貌不禁使他倾倒……也令他苦恼万分。他看见她所有的迷人之处；她的纤指紧握着重甸甸的、颜色发暗的青铜烛台，那小巧玲珑的指甲上的淡红色闪光也没有逃过他的眼睛……受辱的痛苦便更加深深地啃啮着他的心。而伊琳娜还在不停地笑。

“怎么？ 您，您吃醋了？”她终于说出这句话，扭转身背朝着丈夫，走出了房间。“他吃醋了！”听见她在门外说，接着又是一阵笑。

拉特米罗夫闷闷不乐地目送妻子走出去，即便此刻，他也注意到她那袅袅婷婷的迷人的身段和步态，他狠劲在大理石炉壁上揿灭了香烟，把烟头扔得老远。他的脸色突然变得苍白，下巴一阵痉挛，眼光呆滞而凶狠地移过地面，好像在寻找什么……一切儒雅斯文从他脸上消失净尽。当年他鞭打白俄罗斯农民时想必就是这样一张脸。

利特维诺夫回到自己房间里，坐在桌边的椅子上，两手抱住脑袋，久久不动。最后他站了起来，打开抽屉，拿出钱夹，从里面取出了塔季扬娜的照片。放在他面前的是一张神情忧伤的脸，因为相片总是不及真人，她的脸显得老了，难看了。利特维诺夫的未婚妻是个大俄罗斯血统的姑娘，淡褐色头发，略胖，脸部线条稍粗，然而她那双聪明的浅褐色眼睛显得异常善良而温柔，她的额头洁白细嫩，好像总是被阳光照耀着。利特维诺夫久久凝视着这张照片，然后轻轻把它推到一边，又用两手抱住了脑袋。“一切都完了！”他终于悄声说。“伊琳娜！ 伊琳娜！”

只是到了现在，此刻，他才终于明白了，他已无可挽回地、疯狂地爱上了她，从第一次在古堡相遇的那天起就爱上了她，而且从未停止过对她的爱。可是，假如有人在几小时前对他这样说，他大约会吃惊，会不相信，甚至哈哈大笑的！

“可是塔尼娅，塔尼娅，我的天！ 塔尼娅！ 塔尼娅！”他痛心疾首地反复念叨着。然而伊琳娜的身影又浮现在他面前，她穿着一件丧服似的黑衣裳，大理石般洁白的脸上静静地闪耀着胜利的光辉。

十六

利特维诺夫彻夜未眠，也没有脱衣服。他的心情非常沉重。他是个诚实、正直的人，他明白责任的重要和义务的神圣，认为自欺欺人、掩饰自己的软弱和过失是可耻的。起先他陷入了麻木状态，久久不能从一种下意识的蒙眬感觉的重压下挣脱出来；后来他想到他的未来，那几乎已在把握之中的未来重又被黑暗笼罩，他刚刚建造起来的坚固家屋突然间摇摇欲坠，他就被恐惧攫住了……他开始无情地自责，但马上又抑制住冲动的情绪，心想：“为什么这样怯弱呢？ 现在不是自责的时候，而应该立即采取行动。塔尼娅是我的未婚妻，她相信我爱她，相信我诚实，我们已经永远结合在一起，不能也不应该分开了。”他马上想到了塔季扬娜的全部优点，在心里一遍又一遍历数她的好处，竭力要激发起对她的感念和柔情。“现在只有一条路，”他又想，“赶快走，马上就走，不等她前来就去迎接她；和塔尼娅在一起我会不会痛苦，会不会受罪（这简直不可思议），但至少用不着为此煞费心机。我只要履行我的义务，而后哪怕去死也罢！”“但是你没有权利欺骗她，”这时另一个声音在悄悄对他说，“你没有权利对她隐瞒你的感情已发生变化；也许她知道你爱上了别的女人，就不愿意做你的妻子了？”“胡说！ 胡说！”他反驳道，“这全是诡辩，是可耻的花招，虚情假意。我没有权利不履行诺言，就应该这么办。那好极了……必须离开此地，跟那一位不辞而别……”

想到这里，利特维诺夫突然感到心头一紧，身上发冷，一个寒颤掠过全身，上下牙轻轻磕碰了一下。他伸了伸懒腰，打个哈欠，就像在发疟子一样。最后这个念头他不愿再想下去了，他要把这个念头压下去，避开它的纠缠。令他困惑和惊讶的是，他怎么会重新……重新爱上这个上流社会的堕落女人，她的生活环境是那样可厌而可憎。他试着反躬自问：得了吧，你还当真爱上了她吗？ 他挥了挥手。可是，就在他惊讶莫名和困惑不解之际，仿佛从一片芬芳的轻烟薄霭中浮现出一张迷人的脸庞来；闪亮的睫毛慢慢抬起时，那充满魔力的目光平静地、然而不可抗拒地直射入他的心扉；他听见了甜蜜的嗓音，看到了肌肤亮泽的肩膀，这年轻女皇的玉肩在散发着清新的气息和怡人的温馨……

凌晨时利特维诺夫终于打定了主意。他决心当天就去迎接塔季扬娜，行前跟伊琳娜见最后一面，如果没有别的办法，只好对她说出全部实情，就此跟她永远分手。

他拾掇好行装，等到敲过十二点，就上她那里去了。利特维诺夫一看到那帘幔半卷的窗户，顿时就觉得心慌意乱……他没有勇气迈进那家旅馆，就在利赫坚塔尔林荫道上溜达，走了好几个来回。“您好哇，利特维诺夫先生！”突然从一辆飞驰而过的马车上传来一个带嘲弄口气的声音。利特维诺夫举目一看，只见马车上并排坐着拉特米罗夫将军和 M 公爵。这位公爵是有名的运动家兼英国车马爱好者。公爵执辔驾车，将军侧过身子，咧嘴笑着，把礼帽高高举过头顶。利特维诺夫向他鞠了一躬，随即鬼使神差地朝伊琳娜的住所奔去。

她在家。他叫仆役通报一声。主人马上说请。他走进门时，她正站在房间中央，穿着件袖口宽敞的短晨衣，脸色还像昨天一样苍白，但不如昨天精神，有点疲倦的样子。她迎接客人时那慵困的一笑更加显出她的倦容。她向他伸出一只手，亲切而又有些心不在焉地望了望他。

“谢谢您来看我，”她怨声怨气地说，在沙发椅上坐下来。“今天我不太舒服，一夜没睡好。哦，您看昨晚的聚会怎么样？ 我没说错吗？”

利特维诺夫坐下了。

“伊琳娜 · 帕夫洛夫娜，我来找您，”他欲言又止……

她一下子直起身来，转过脸，两眼直愣愣地望着他。

“您怎么啦？”她大声道。“您脸色发白，像死人一样，您病了。您这是怎么啦？”

利特维诺夫有些不知所措。

“我吗，伊琳娜 · 帕夫洛夫娜？”

“您得到坏消息了吗？ 发生了不幸是吧，您说呀，说呀……”

利特维诺夫对伊琳娜望了一会儿。

“我没有得到什么坏消息，”他有点费劲地说，“可是，真的发生了不幸，很大的不幸……我正是为此而来。”

“不幸？ 什么不幸？”

“就是……就是……”

利特维诺夫想说，却说不下去。他把两手攥得关节咯咯作响。伊琳娜向前俯着身子，像是僵住了。

“啊！ 我爱您！”这句话终于从利特维诺夫胸中吐出来，就像一声低沉的叹息；他扭过头去，似乎想藏起他的脸。

“怎么，格里戈里 · 米哈伊雷奇，您……”伊琳娜也说不下去了，她靠到椅背上，用双手捂住了眼睛。“您……爱我？”

“是的……是的……是的，”他狠劲地连声说，越发把脸扭过去。

房间里鸦雀无声。一只蝴蝶飞了进来，在窗帘和玻璃之间扑打着翅膀，挣扎着。

还是利特维诺夫先开了口。

“这就是，伊琳娜·帕夫洛夫娜，”他说，“这就是我……突然遭到的不幸。倘若能像从前在莫斯科时那样，我不马上卷进漩涡的话，我就会预料到并且避免这场不幸。看来命运又要强迫我，而且又是通过您来强迫我，再体验一回那本来不该重复的痛苦……我反抗过……尽力反抗过，可是要知道，在劫难逃啊。我对您说这些，只是为了赶快结束掉这场……这场悲喜剧，”说罢他又感到一阵恼恨和羞惭。

利特维诺夫又不作声了。那只蝴蝶还在扑翅挣扎。伊琳娜仍然用手捂着脸。

“不会是您的错觉吧？”她从那双白得没有血色的手下面悄声问道。

“这不是我的错觉，”利特维诺夫哑声说。“我爱您，除了您，我从没爱过任何人。我不会责怪您，那岂不荒唐可笑。我也不会反复告诉您：要是您换一种态度对待我，这事也许就不会发生了……不用说这是我一个人的错，我的过分自信毁了我自己。我咎由自取，这是您万万没有料到的。当然，您也不会想到，要是您不那样痛感自己的过失……您臆想中对我的过失，不那样盼望弥补这个过失的话，对我来说也许会太平得多……事情既然做了，也就无法挽回了。我只想对您说明我的处境：它本来就够糟的……现在我们至少不会有什么误会了，正如您说的那样。但愿我的坦白能减轻一些您难免会产生的屈辱心理。”

利特维诺夫说这些话时没有抬起眼睛。即使他去看伊琳娜，也看不到她面部表情的变化，因为她始终没有把手从脸上拿下来。这张脸上的表情也许会让他吃惊：有恐惧，有欣喜，有陶醉，也有惊慌。她的眼睛在低垂的眼睑下闪着微光；张开的嘴唇似在忍受焦渴，她断断续续地深呼吸，带给它一点凉气……

利特维诺夫沉默着，等待回答，等待听到声音……然而只有一片死寂！

“我只剩下一条路可走，”他又开口道，“就是离开这里。我是来向您告别的。”

伊琳娜慢慢把手移下来，放到膝盖上。

“可是我记得，格里戈里·米哈伊雷奇，”她说，“那一位……您对我说起过的那位女士，她不是要到这儿来吗？您是在等她吧？”

“是的。不过我可以写信给她……让她半路上停下来……譬如说在海德堡。”

“啊！在海德堡……是啊……那边很好……不过这样一来您的计划就打乱了。格里戈里·米哈伊雷奇，您是否确信，您没有过甚其词，et que ce n'est pas une fausse alarme?[①]”

伊琳娜说话声音很轻，语气几乎是冷冰冰的，她一字一顿地说，眼睛望着别处，望着窗户那边。利特维诺夫没有回答她最后这个问题。

“您为什么要提到屈辱呢？”她继续说。“我没有受屈辱……啊，没有！如果我俩中间谁有过错，那无论如何也不是您，不是您一个人……记得我们最近的谈话吧，您会明白这不是您的错。”

---

① 法语：这不会是一场虚惊吧？

“我从不怀疑您的宽宏大量，”利特维诺夫嘟哝道，“不过我想知道：您是否赞成我的想法？”

“离开这里吗？”

“是的。”

伊琳娜的眼睛依然望着别处。

“一开始我觉得您的想法为时过早……刚才我考虑了您说的话……如果您确实没有弄错，我想您应该离开。这样会好些……对我俩都好些。”

伊琳娜的声音越来越轻，话也说得越来越慢。

“拉特米罗夫将军真的会觉察到的，”利特维诺夫刚要说……

伊琳娜的眼睛又垂下来，她的唇边奇异地闪动了一下，一闪即止。

“不，您没有明白我的意思，”她打断他。“我考虑的不是我丈夫。这谈得上吗？他也没有什么可觉察的。我再说一遍：分手对我俩都是必要的。”

利特维诺夫把掉在地下的帽子捡起来。

“一切都结束了，”他想，“该走了。”于是他说：“那么，伊琳娜·帕夫洛夫娜，我就跟您告别了。”他的声音很响，他突然感到一阵恐惧，仿佛他就要对自己宣判似的。“我唯一的希望是您不要记恨我……还有，如果哪一天我们……”

伊琳娜又打断了他。

“等一等，格里戈里·米哈伊雷奇，请别跟我告别。这也太匆忙了。”

利特维诺夫的心猛地一颤，顿时感到一阵火辣辣的剧痛。

“我不能留下来！”他大声说。“何必呢？何必要拖延这种苦恼呢？”

“暂时不要跟我告别，”伊琳娜再次说。“我要再见到您一次……又是这么不声不响地分别，就像在莫斯科那样，不，我不愿意。现在您可以走，不过您要答应我，要向我保证，您跟我再见一面之后才离开这里。”

“您希望这样？”

“我要求这样。如果您跟我不辞而别，我永远、永远都不会原谅您这一点，听到吗：永远不！ 多奇怪！”她好像自言自语地说，“真难想象我这是在巴登……我总觉得，我还在莫斯科……您可以走了。”

利特维诺夫站起身。

“伊琳娜·帕夫洛夫娜，”他说，“请把您的手伸给我。”

伊琳娜摇摇头。

“我对您说了，我不想跟您道别……”

“这不是和您道别……”

伊琳娜伸出一只手，可是她看了利特维诺夫一眼，这是听过他的表白后第一次这样看他，她又把手缩了回去。

“不，不，”她悄声说，“我不把手给您。不……不。您走吧。”

利特维诺夫鞠了一躬，走了出去。他不明白，何以伊琳娜拒绝跟他最后一次友好地握手……他不知道她害怕什么。

他走了。伊琳娜又坐回到沙发椅上，又拿手捂住了脸。

十七

利特维诺夫没有回到旅馆，而是上山去了。他钻进一片浓密的树林，脸朝下扑在地上，就这样躺了约一个小时。他并不痛苦，也不哭泣，只觉得心头沉重和烦闷得有些麻木了。他从未体验过这样的感受，这是一种折磨人的、钻心彻腑的空虚之感，他的内心，周围，无处不是一片空虚……他没有想伊琳娜，也不想塔季扬娜。他只有一个感觉：生活受到了突如其来的打击，就像缆绳被砍成两段，一种神秘莫测的冰冷的东西把他紧紧抓住，向前面拖去。有时他又仿佛被一阵旋风袭击，那黑色的风翼飞快旋转着，没头没脸地向他扑打过来……但是他的决心并没有动摇。留在巴登……这是绝对不可能的。他在想象中已经走了，他已经坐在轧轧作响、烟雾弥漫的车厢里，向那荒凉阒寂的远方驶去，驶去。他终于坐了起来，把头靠在一棵树上，一动也不动，只是下意识地用一只手抓住一株高高的蕨草，有节奏地摇晃着它的梢头。一阵越来越近的脚步声将他从木然中惊醒。两个烧炭工人扛着大袋东西从陡峭的小路上走过来。“该走了！”利特维诺夫悄声说，就跟着烧炭工人下山回城。他顺便折到火车站大楼，给塔季扬娜的姑母卡皮托利娜·马尔科夫娜发了一封电报。他在电报中告诉她，他马上启程赴海德堡，并约她在施拉杰罗旅馆见面。“要结束就得快刀斩乱麻，”他心里想，“不必再拖到明天。”然后他又转到赌场，随意瞅了瞅两三个赌客的脸，远远望见宾达索夫那可憎的后脑勺和皮夏尔金那无可指责的脑门子，又在柱廊里伫立了片刻，就不慌不忙地向伊琳娜的住处走去。他去找她，并非由于一时迷惑心血来潮；既然他去意已决，他同样也决意遵守诺言，跟她再见一面。他走进旅馆时看门人没有发现，上楼梯时也不曾遇到一个人，他没有敲门，不自觉地排闼直人走进了房间。伊琳娜还坐在房里那张沙发椅上，还是那身衣裳，还是那个姿势，一切悉如三小时之前……看样子，这么长的时间她没有挪过地方，身子也没有动一下。她慢慢抬起头来，看见是利特维诺夫，浑身打了个哆嗦，连忙抓住椅子的扶手。“您吓了我一跳，”她小声道。

利特维诺夫吃惊地望着她，没有说话。她脸上的表情和失神的眼睛把他惊呆了。

伊琳娜勉强一笑，拢了拢散开的头发。

“这没什么……我，其实，我不知道……好像我在这儿睡着了。”

“请原谅我，伊琳娜·帕夫洛夫娜，”利特维诺夫开口道，“我没有通报就进来了……我是想履行您对我提出的要求。因为我今天就要走了……”

“今天？可是您好像对我说过，您打算先写一封信……”

“我拍了电报。”

“啊！您认为必须赶快走。您什么时候动身？也就是说几点钟？”

“晚上七点。”

“啊！七点！您是来告别的？”

“是的，伊琳娜·帕夫洛夫娜，来告别。”

伊琳娜沉默了。

“我要感谢您，格里戈里·米哈伊雷奇，大概您来这一趟不容易吧。”

“是的，伊琳娜·帕夫洛夫娜，很不容易。”

“生活本不是件容易的事，格里戈里·米哈伊雷奇。您以为如何？”

“要看对谁了，伊琳娜·帕夫洛夫娜。”

伊琳娜又不语了，好像沉思起来。

“您来了，这就向我证明了您的友情，”她终于又开口说。“谢谢您。总之我赞成您的想法，尽快结束这一切……因为稍有迟疑的话……因为……因为我，就是被您指责卖弄风情、装腔作势的我，好像您是这样说我的吧？……”

伊琳娜一下子站起来，坐到另一张沙发椅上，紧紧靠在桌子边上，双手捂着脸……

“因为我爱您……”从捂紧的指缝间听见她悄声说。

利特维诺夫身子摇晃了一下，仿佛当胸挨了人一拳。

伊琳娜忧伤地掉过头去，似乎这一次是她要对他藏起自己的脸，她把头贴在桌子上。

“是的，我爱您……我爱您……这您是知道的。”

“我？我知道？我？”利特维诺夫终于说话了。

“好了，现在您看，”伊琳娜接着说，“您确实应该离开，不能迟疑……您和我都不能再迟疑了。这会很危险，很可怕……别了！”她突然从椅子上站起来说，“别了！”

她向书房门那边走了几步，把一只手伸到背后，匆忙摆动着，似乎想拉住利特维诺夫的手握一握。可是他远远地站着，动弹不得……她又说了一声：“别了，忘了我吧！”就头也不回地奔到书房里去了。

利特维诺夫独自站在那里，还没有清醒。后来他终于回过神来，连忙跑到书房门口，一遍、两遍、三遍地呼唤伊琳娜……他已经抓住了锁钮……这时从旅馆门廊那边传来了拉特米罗夫响亮的说话声。

利特维诺夫把帽檐拉到眼睛上面，走到楼梯上。风度优雅的将军正站在传达室前，用蹩脚的德语告诉看门人，明天他要雇一辆马车用一整天。看到利特维诺夫时，他又不自然地高高举起帽子，再一次表示

“敬意”，他显然是在取笑他，但利特维诺夫顾不上这些了。拉特米罗夫鞠躬时，他随便答了个礼，回到下处后，他在那只已经整理好锁好的手提箱前面站住了。他脑袋发晕，心像琴弦似地颤抖不已。现在怎么办？ 他会料到是这样的结果吗？

是的，他料到了，尽管这看来不可思议。这对他犹如晴天霹雳，但他确实是料到了，只不过不敢承认而已。然而此刻他对什么都糊涂了，他心乱如麻，理不出一条思绪来。他又想起了莫斯科，想起“那一回”也如同急风暴雨突然袭来。他感到胸口被挤压和撕扯着，这是狂喜，是一种凄凉的、绝望的狂喜在使他喘不过气来。他无论如何也不怀疑，伊琳娜说出的那句话千真万确就是她亲口所说的……可是这又能怎样呢？ 这句话毕竟不能改变原有的决定。决定仍然不可动摇，就像抛下水的铁锚那样坚定不移。利特维诺夫的方寸已乱……是的；不过他暂时还没有失去毅力，他还能支配自己，他把自己当作别的手下人那样来使唤。他打铃叫来侍者，命他马上结账，并在晚间公共马车上为他预订一个座位，总之他是有意断绝自己的一切退路。“以后就是死了也罢，”他反复这么说，就像昨夜失眠时那样；这句话很合他的心意。“以后就是死了也罢，”他一边念叨着，一边在房里缓步来回走着，只是偶尔情不自禁地闭上眼睛，屏住呼吸，因为这时另一句话——伊琳娜说的那句话又火烧火燎地涌上了他的心头。“显然，一个人是不能爱两次的，”他想道，“你让另一种生活进入你的心，你就不可能彻底摆脱它的毒害，不可能斩断情丝！ 就是这样。但这又能证明什么呢？ 幸福……难道可能有幸福吗？ 你爱她，就算是……她……她也爱你……”

此刻，他不得不再次控制住自己。就像一个黑夜中的旅人，看到前方有一点火光，因为害怕迷路而目不转睛地盯住它，利特维诺夫就是这样，他要时刻把全部的注意力都集中在一点，一个目标上。现在他面前坚定不移的目标和指路灯火就是：去见自己的未婚妻（甚至不是特地去看她，他尽量不想她），去到海德堡那家旅馆的那个房间里。接下去会怎样，他不知道，也不想知道……但有一点是不容置疑的：他不会再回来了。“就是死了也罢，”他不下十次地重复了这句话，并看了看怀表。

六点一刻！还要等很长时间！他又开始来回踱步。夕阳西下，染红了林边的天际，昏红的斜晖从狭长的窗户照进幽暗的房间里来。利特维诺夫突然觉得他背后的房门很快地轻轻打开，又很快关上了……他转过身来，看见门边站着一个身裹黑披肩的女人……

“伊琳娜！”他两手一拍，惊叫了一声……

她抬起头，扑进他的怀里。

两小时后，利特维诺夫坐在自己房间里的沙发上。打开的空提箱放在角落里，桌上一摊散乱的物件中有塔季扬娜的一封信，是他刚刚收到的。她在信中告诉他，她决定提前离开德累斯顿，因为姑母的身体已经大好，要是一路畅行无阻，她俩将于次日十二时抵达巴登，望他届时到车站去迎接。她们的房间就在利特维诺夫下榻的旅馆，他原先就订好了的。

当晚他给伊琳娜写了封便函，第二天早晨收到了她的回信。她写道：“或早或迟，这件事总是不可避免的。我向你重复一遍昨晚说过的话：我的生命在你手中，你可以任意支配我。我不想限制你的自由，但你可知道，一旦需要的话，我会抛弃一切跟你到天涯海角。明天我们不是还要见面吗？你的伊琳娜。”

最后的署名用粗大字体，写得奔放有力。

十八

八月十八日，许多人聚集在车站月台上，等候十二点钟那趟火车，其中就有利特维诺夫。这之前不久，他遇到了伊琳娜，她跟她丈夫，还有一位半老的先生坐在一辆敞篷马车上。她看见利特维诺夫时，他也觉察到了，因为她眼睛里掠过了一道阴影，而且她马上就用阳伞遮住了他的视线。

从昨天起，他身上，无论是整个外貌，行为举止还是脸部表情，都发生了奇异的变化。他自己也感到他变成了另一个人。自信心消失了，镇静与自尊也没有了，素日的心境业已荡然无存。不久前那个抹不去的印象把一切都遮蔽了。他产生了一种从未有过的感觉，又强烈、又甜蜜的不祥之感。仿佛有个神秘客人钻进并占领了神圣的殿堂，不声不响、大模大样地躺在里面，俨然就是新居的主人。利特维诺夫已不再觉得羞耻，他只是胆怯，但同时又鼓起了不顾一切的勇气，战败的俘虏会有这种逆反复杂的心态，初次行窃的偷儿恐怕也是这样。利特维诺夫被打败了，突如其来被打败了……他的诚实品格到哪儿去了呢？

火车晚点了几分钟。利特维诺夫的烦恼变成了难堪的苦闷。他无法一直站在原地，他面色苍白，在人群中挤来挤去。“天哪，”他想道，“哪怕再晚一昼夜也好……”他怎样看塔尼娅第一眼，塔尼娅第一眼怎样看他……这使他心里害怕，这一关要赶快熬过去……那么以后呢？以后就听其自然吧！……他已经作不出任何决定，他已经不能对自己负责。昨天说的那句话令人痛苦地闪过了他的脑际……他就是这样来迎接他的塔尼娅……

终于传来了汽笛的长鸣和越来越响的低沉的隆隆声，机车从铁道拐弯处慢慢驶了过来。人群拥上前去，利特维诺夫跟在后面，吃力地挪着两腿，就像一个犯人。一张张脸孔和女人的小帽从车厢里露出来，其中一个窗口有一块白色手帕在闪动……那是卡皮托利娜·马尔科夫娜在挥舞它……当然，她看见了利特维诺夫，他也认出了她。火车停了下来。利特维诺夫奔向车门，把门打开，塔季扬娜站在姑母身旁，愉快地微笑着，把手伸给他。

他扶她俩下了车，含糊其词、有头没尾地说了几句欢迎的话，马上就忙着帮她们拿车票、旅行包、毛毯，跑去找搬运夫，叫马车。别人也在他周围忙忙碌碌。有这些人在场，他们喧阗呼叫，反而使他心里高兴些。塔季扬娜稍稍让到一旁，始终带着微笑，静静等候他匆忙安排好一切。卡皮托利娜·马尔科夫娜则相反，她可不愿老站在一个地方，她简直难以置信，她终于到巴登来了。她忽然嚷了起来："阳伞呢？ 塔尼娅，阳伞在哪儿？"不知道两柄阳伞就夹在她的腋下。随后她又没完没了地跟一位在海德堡至巴登途中结识的太太大声话别。这位太太不是别人，就是我们熟悉的苏汉奇科娃。她是到海德堡去拜见古巴廖夫，并且带了"指示"回来的。卡皮托利娜·马尔科夫娜披着一条怪里怪气的花哨披肩，戴一顶蘑菇似的圆旅行帽，剪短的白头发从帽子底下散乱出来。她身材瘦小，由于旅途兴奋而满脸通红，她用刺耳的、唱歌似的嗓子说着俄语……马上就引起了别人的注意。

利特维诺夫终于让她和塔季扬娜上了马车，自己坐在她们对面的位子上。马跑了起来。大家开始问这问那，重新握手，相互微笑和寒暄……利特维诺夫轻松地吁了口气：短暂的第一关算是顺利通过了。看来他身上没有什么东西引起塔尼娅的惊疑，因为她的目光仍是那样明亮和充满信任，她脸红时还是那样可爱，笑得还是那样善良。他终于决心要看她一眼，不是匆匆一瞥，而是面对面仔细地看看她：直到此刻他的眼睛都不听他的使唤。一阵油然而起的怜惜之情使他的心揪紧了，这张真诚开朗的脸上带着如此安详的表情，在他心中唤起了痛苦的自责。“瞧，你到这儿来了，可怜的姑娘，”他想，“我等待过你，呼唤过你，曾想和你白头到老，你来了，你相信了我……而我……而我……”利特维诺夫低下了头。可是卡皮托利娜·马尔科夫娜不让他有思考的空儿，连珠炮般向他提出了各种问题。

“这个带圆柱的是什么建筑呀？赌场在哪儿呀？这个人是谁？塔尼娅，塔尼娅，你瞧那些钟式裙啊！这又是什么人？这儿多半是从巴黎来的法国女人吧？天哪，那是什么帽子？这儿什么都能买到，跟在巴黎一样吧？不过我想价钱都贵极了？啊，我认识了一个出色的聪明女人！您也认识她，格里戈里·米哈伊雷奇。她对我说，她在一个也是绝顶聪明的俄国人那儿见过您。她答应来看我们。她把那些贵族一个个骂得狗血喷头，真是妙极了！这位花白胡子的先生是什么人？是普鲁士国王吗？塔尼娅，塔尼娅，你看，这是普鲁士国王。不是？他不是普鲁士国王？他是荷兰公使？我听不见，车轮子太响了。啊，多美的树啊！”

“是的，姑妈，树很美，”塔尼娅也跟着说，“这儿一片翠绿，真好看！是不是，格里戈里·米哈伊雷奇……”

“好看……”他嘟哝道。

马车终于在旅馆门前停下来。利特维诺夫把两位女客领到为她们预订好的房间里，答应一小时后再来，就回到了自己的房间。刚一踏进门，那暂缓了片刻的魔力便立即攫住了他。从昨天起，这里，这个房间的主宰就是伊琳娜了。这儿的一切都让人想起她，连空气里也保留着她秘密造访的气息……利特维诺夫重又感到自己是她的奴隶了。他把藏在怀里的她那块手帕拿出来，紧紧捂在嘴唇上，炽热的回忆便像不留痕迹的毒药注满了他周身的血管。他明白，现在一切已无法挽回，无可选择。塔季扬娜在他心中引起的痛惜之情，像雪花在烈火中融化了。悔恨之心已经麻木……他不再因为悔恨而激动。他想到他可能要在人前虚伪做作，也并不因此而烦恼……爱，伊琳娜的爱，如今这就是他的真理，他的法律和良心……一向谨慎而有先见之明的利特维诺夫，现在甚至不考虑如何摆脱困境，他对这种极不光彩的可怕处境淡然处之，就像一个旁观者。

还不到一个小时，侍者就奉两位新到的女士之命来找利特维诺夫，她们请他到大厅里碰头。他跟侍者来到大厅，只见两位女士均已衣帽整齐。她俩都表示要马上游览巴登，既然天气如此之好。特别是卡皮托利娜·马尔科夫娜显得急不可待，她听说上流人士在交谈厅雅集的时间还没有到，甚至都有点发愁了。利特维诺夫挽起她的胳膊，观光就正式开始了。塔季扬娜跟姑母并排走着，安详地、饶有兴趣地观赏四周。卡皮托利娜·马尔科夫娜继续问这问那。她看到了轮盘赌，看到了那些威风凛凛的庄家，若是在别处，她也许会把他们当成政府部长的，他们手里的小铲子摆弄得多么灵活啊；还有那绿呢赌案上一堆堆的金币银币，那些赌钱的老太婆，打扮得花枝招展的卖笑女人，这一切把卡皮托利娜·马尔科夫娜气得说不出话来。但她压根儿忘记了发作雷霆之怒，只顾瞪大眼睛傻看着，偶尔在赌徒们一阵阵的呼喊声中直打哆嗦……象牙球在轮槽里滚动的嗡嗡声听得她骨软筋麻。后来到了外面新鲜空气里，她才费劲地长吁了一口气，说赌博这东西真是贵族阶级一项缺德的发明。利特维诺夫的唇边露出一种呆板难看的微笑；他说话断断续续，慢慢吞吞，好像一肚子不高兴或觉得无聊似的……这时他向塔季扬娜转过脸来，不由得心里一慌：她正在注视他，那副神情似乎在问她自己，她得到了怎样的观感？ 他忙向她点了点头，她也向他点点头，又用疑问的眼光，而且有些紧张地望着他，仿佛他是站在老远的地方。利特维诺夫领着两位女士离开了谈话厅，经过“俄罗斯之树”时，见树下已端坐着两位女同胞，他们向利赫坚塔尔林荫道走去。刚一踏上林荫道，他就远远看见了伊琳娜。

她跟她丈夫还有波图金一起，正迎面走过来。利特维诺夫脸色变得刷白，但没有放慢脚步，从她身边经过时默默地向她鞠了一躬。她客气而冷淡地还了礼，飞快打量了塔季扬娜一眼，迅速走了过去……拉特米罗夫高高举起礼帽，波图金咕哝了一句什么话。

“那位太太是谁？”塔季扬娜突然问道。直到此刻她几乎没开过口。

“那位太太？”利特维诺夫说。“那位太太吗？ ……她是拉特米罗夫夫人。”

“是俄国人吗？”

“是的。”

“您在这儿认识她的？”

“不，我早就认识她了。”

“她真美！”

“你注意到她的打扮吗？”卡皮托利娜·马尔科夫娜插进来说。“光是她身上的花边就值很多钱，足够十个家庭吃一年的。跟她一块儿的是她丈夫吗？”她问利特维诺夫。

“是的。”

“他一定非常非常有钱吧？”

“其实，我也不知道；我想未必吧。”

“他是什么官衔？”

“将军。”

“瞧她那双眼睛！”塔季扬娜说。“那种眼神好奇怪，像是在深思，又能一眼看穿你……我从来没见过这样的眼睛。”

利特维诺夫没有答腔；他觉得塔季扬娜疑问的目光又在注视着他的脸，但他错了，她这时正看着脚下小路上的沙子。

“我的天！这个丑八怪是什么人啊？”卡皮托利娜·马尔科夫娜突然嚷起来，她指着一辆低矮的敞篷马车，里面伸开四肢、不顾体面地躺着一个红头发翘鼻子女人，衣衫十分华丽，还穿着一双雪青色的长统袜。

“什么丑八怪！瞧您说的，这可是有名的科拉小姐！”

“谁？”

“科拉小姐……巴黎的……名流。”

“怎么？就是这个丑鬼？她简直难看极了！”

“看样子，丑并不碍事的。”

卡皮托利娜·马尔科夫娜只得把两手一摊。

“好你个巴登！”她终于说了一句。“可以在这个长椅上坐下来吗？我有点累了。”

“当然可以，卡皮托利娜·马尔科夫娜……长椅就是给人坐的。”

“天晓得你们是怎么回事！听说在巴黎的街心花园也有长椅，可是坐在那儿是不体面的。”

利特维诺夫没有答理卡皮托利娜·马尔科夫娜；这时他想起来了，离这张长椅几步远就是他跟伊琳娜倾诉衷肠而决定了一切的地方。随后他又想到，今天他发现她脸颊上有一小块淡红色的印痕……

卡皮托利娜·马尔科夫娜在长椅上坐下来，塔季扬娜坐在她旁边。利特维诺夫仍站在小路上。在他和塔季扬娜之间正不知不觉地、渐渐地发生着什么事情……或许这只是他的感觉？

“唉，她真是个小丑，小丑，”卡皮托利娜·马尔科夫娜惋惜地摇着头说。“要是把**她的**那身打扮卖了，岂止是十家人，简直可以养活上百个人家。你们看见没有，她帽子底下的红头发上那些钻石？大白天戴钻石，啊？”

“她不是红头发，”利特维诺夫道，“红色是她染上去的，如今这是时髦。”

卡皮托利娜·马尔科夫娜又把两手一摊，甚至想起心思来。

“嗯，”她终于开口道，“我们德累斯顿那儿，还不至于像这样丢人现眼，因为它毕竟离巴黎远些。您也这样看吧，对不对，格里戈里·米哈伊雷奇？”

“我？”利特维诺夫答道，心想：“她指的是什么呀？”只好说：“我吗？当然……当然……”

这时听见一阵不急不慢的脚步声，波图金走到长椅跟前来。

“您好啊，格里戈里·米哈伊雷奇，”他说，又是点头又是笑。

利特维诺夫马上抓住他的手。

‘您好，您好，索宗特·伊万内奇。好像我刚才遇见您跟……就是刚才，在林荫道上。”

“不错，是我。”

波图金向坐着的两位女士恭敬地鞠了一躬。

“让我给你们介绍一下，索宗特 · 伊万内奇。这两位是我的好友，亲戚，刚刚到巴登来。这位波图金，索宗特 · 伊万内奇，我们的同胞，也在巴登作客。”

两位女士欠身还礼。波图金再次鞠躬。

“这儿真是一场盛大的招待会，”卡皮托利娜 · 马尔科夫娜尖声细气地说。这位好心肠的老姑娘容易胆怯，却又死要面子，“大家都认为到此一游是一种愉快的义务。”

“巴登确实是个愉快的地方，”波图金答道，瞟了塔季扬娜一两眼，“巴登是非常令人愉快的地方。”

“是啊；不过照我看，就是贵族气味太重了。我跟她一向住在德累斯顿……一座很有意思的城市。可是这儿简直就是盛大招待会。”

“她喜欢上这个词儿了，”波图金心想，就大声道：“您这话说得一点不假，不过这儿的自然风光太美了，像这样的地理位置是很难找到的。您的旅伴一定会特别重视这一点。对不对，小姐？”他单刀直入地问塔季扬娜。

塔季扬娜向波图金抬起她那对明亮的大眼睛。她像是有些迷惑不解，人家需要她做什么，为什么她们到此第一天利特维诺夫就把她介绍给这个陌生人（这个人脸相聪明善良，正用亲切友好的目光看着她）。

“是的，”她终于开口说，“这地方非常好。”

“你们应该去看看古堡，”波图金接着说，“我特别建议你们去伊堡。”

“萨克森瑞士山，”卡皮托利娜 · 马尔科夫娜刚想说……

突然从林荫道上传来一阵管乐声：这是从拉什塔德来的普鲁士军乐队（1862 年拉什塔德还是联邦的要塞）在亭子里开始它每周一次的音乐会。卡皮托利娜·马尔科夫娜马上站了起来。

"音乐！"她说。"à la Conversation[①] 的音乐！……要到那边去看看。现在三点多钟了吧？上流聚会已经开始了吧？"

"是的，"波图金答道，"现在是社交界最风光的时刻，而且音乐也极好。"

"那就别磨蹭了。塔尼娅，我们走吧。"

"允许我陪你们一块儿去吗？"波图金问道，这使利特维诺夫好生惊奇：他哪里想到，波图金是奉伊琳娜之命而来的。

卡皮托利娜·马尔科夫娜咧开嘴笑了。

"非常高兴，先生……先生贵姓是……"

"波图金，"他说着就把胳膊伸给她。

利特维诺夫挽起塔季扬娜，这两对人就向谈话厅走去。

波图金继续和卡皮托利娜·马尔科夫娜高谈阔论。利特维诺夫却一路无话，只是有两次莫名其妙地笑了笑，把塔季扬娜的手臂往自己身上稍稍贴得紧些。这个贴紧的动作带着虚情假意，塔季扬娜没有作出反应，而利特维诺夫自己也明知其假。这个动作并不像通常那样，表达出两颗相许的心灵紧紧贴合时的彼此信赖，却只能暂时取代一下他俩无话可说的尴尬。两人之间业已开始的无言的隔阂在逐渐扩大，越来越难以弥合了。塔季扬娜又注意地，几乎目不转睛地凝视了他一会儿。

到了谈话厅前面，四人围坐在一张小桌边，情况依旧没有改变。所

① 法语：谈话厅。

不同的只是，在熙来攘往的喧闹人群和音乐的轰鸣声中，利特维诺夫的沉默显得情有可原罢了。卡皮托利娜·马尔科夫娜像通常所说的，已进入极度兴奋状态。波图金几乎不遑应对，满足不了她的好奇心。算他幸运，这时在川流的人群中突然出现了苏汉奇科娃瘦小的身影，她那对老是骨碌碌打转的眼睛也随之闪现。卡皮托利娜·马尔科夫娜一眼就认出了她，忙把她叫到小桌边，请她坐下来，一阵狂风暴雨式的谈话就此开场。

波图金转向塔季扬娜，柔声慢气地跟她攀谈起来，微微俯向她的脸上带着亲切的表情。塔季扬娜轻松自如地应答他，对此她自己都觉得奇怪，跟这个陌生的外人谈话她反而感到愉快。利特维诺夫仍然僵坐在那里，嘴上照旧挂着呆板难看的微笑。

终于到了午餐的时候。音乐停止了，人群开始散去。卡皮托利娜·马尔科夫娜跟苏汉奇科娃依依惜别。她对后者佩服得五体投地，虽然后来她告诉侄女，这位女士的脾气可真凶。不过对别人的事情她无所不知！ 还说缝纫机确实应该买，一结婚就要买。波图金鞠躬告辞了。利特维诺夫送两位女士回去。刚走进旅馆，有人塞给他一封便函。他退到一旁，急忙撕开信封。在一小张道林纸上用铅笔写着下面的话：“今晚七时请来我处片刻，求您。伊琳娜”。利特维诺夫把纸条塞进口袋，转过身来又笑了笑……对谁笑？ 为什么笑？ 这时塔季扬娜正背朝他站在那儿。三人在餐厅里共进午餐。利特维诺夫坐在两位女士中间，有些奇怪地突然活跃起来，他跟她们交谈，讲笑话，不停地给自己和她俩斟酒。他的举止如此随便，以致坐在对面的一位法国陆军军官也乘机来加入谈话。这位来自斯特拉斯堡、留着 à la Napoléon Ⅲ①西班牙式小尖胡子的军官，最后甚至提议 à la santé des belles moscovites② 干杯！吃完午饭，利特维诺夫送两位女士回到她们的房间，他在窗口站了一会儿，突然皱着眉头说，他有事要出去一下，傍晚时一定回来。塔季扬娜没有说话，脸色发白，垂下了眼睛。卡皮托利娜·马尔科夫娜有午饭后小睡的习惯。塔季扬娜知道利特维诺夫了解她姑母的这个习惯。她等他利用这个机会留下来，因为自打来到这里他俩还不曾单独待在一起说说知心话。可是他竟然要走！ 这叫人如何理解？ 而且这一天来他的全部行为……

利特维诺夫没等对方表示意见就匆匆走了。卡皮托利娜·马尔科夫娜躺到沙发上，长吁短叹了几声就安然入睡。塔季扬娜走到房间的一角，在圈椅里坐下来，双手交叉，紧紧抱在胸前。

十九

利特维诺夫快步登上欧洲大饭店的楼梯……一个十三四岁的小姑娘，长着一张卡尔梅克人狡黠的小脸蛋，看样子是在那儿守候他；小姑娘叫住了他，用俄语说："请这边来，伊琳娜·帕夫洛夫娜马上就到。"他看看她，有点莫名其妙。她笑了笑，又说："请吧，请吧，"就把他带到伊琳娜卧室对面的一个小房间里，那儿堆满了大大小小的旅行箱笼。小姑娘轻轻带上门，立刻不见了。利特维诺夫还没回过头

① 法语：拿破仑三世那样的。
② 法语：为美丽的莫斯科女士们的健康。

来，房间就一下子打开，伊琳娜走了进来。她穿着粉红色的舞会装，头发和脖子上都戴着珍珠。她奔到他跟前，抓住他的双手，一时说不出话来。她两眼发亮，胸脯起伏，就像是快步爬到高处的样子。

“我不能……在那边接待您，”她小声急急地说，“我们就要去赴宴，可是我一定得见您……今天我遇到您跟那位姑娘，她就是您的未婚妻吧？”

“是的，她曾是我的未婚妻，”利特维诺夫把“曾是”说得很重。

“我想匆匆见您一面，就是为了告诉您，您应该认为自己是完全自由的。昨天发生的一切丝毫也不能改变您的决定……”

“伊琳娜！”利特维诺夫大声道，“您为什么这样说呀？”

他说这话嗓门很高……声音里带着一种不顾死活的激情。伊琳娜不由得闭了一下眼睛。

“啊，我亲爱的！”她的声音更轻了，但充满着难以抑制的热情，“你不知道我是多么爱你，昨天我不过偿还了我的夙债，弥补一下从前的过失……唉！我没能按自己的心愿把青春献给你，但我也没有让你承担任何义务，没有解除你对别人的任何诺言，我亲爱的！你想怎样做就做吧，你像空气一样自由，没有任何束缚，你要知道这一点，要知道！”

“可是没有你我活不下去呀，伊琳娜，”利特维诺夫悄声打断她，“从昨天起我永远，一辈子都是你的……只有在你的脚下我才能呼吸……”

他颤栗着扑到她的手臂上。伊琳娜看了看他俯下的脑袋。

“那你也该知道，”她说，“我也做好了一切准备，我可以不惜任何东西和任何人。你怎么决定就怎么办。我也永远是你的……你的。”

有人轻轻敲门。伊琳娜弯下身，又悄悄说了一句：“我是你的……再见！”利特维诺夫在头发里感觉到她的呼吸和嘴唇的接触。他直起身时，她已不在房间里，只听见她的衣裙在走廊上发出一阵窸窣声，还有拉特米罗夫远远的说话声：“Eh bien! Vous ne venez pas?①”

利特维诺夫坐在一个高高的箱子上，用手捂着脸。他闻到一阵清幽的女人气息……伊琳娜刚才握过他的双手。“这也太……太……”他想。小姑娘走进房来，再次用微笑回答他那担忧的目光，说：

“您走吧，先生，趁现在……”

他站起身，走出了饭店。现在就回旅馆是不可想象的，需要让心情平稳下来。他的心还在颤悠悠七上八下地跳着，脚底下的土地仿佛在慢慢移动。利特维诺夫又来到利赫坚塔尔林荫道上。他明白，决定性的时刻已经到了，再拖延下去、隐瞒和回避都不可能，跟塔季扬娜说明实情已不可避免。他设想她正坐在那里，一动不动地等着他……他能预感到，她会对他说出什么话来。可是这件事怎么开始，怎么启齿呢？他也顾不得什么光明正大的美好前程了，他知道他在鲁莽地跳下那看都不该看一眼的万丈深渊……不过使他为难的并不是这个。生米已经煮成熟饭，问题是他怎样去面对良心的审判？ 倘若真有那举着火剑的天使来审判他，他这颗罪恶之心也许会感到轻松些……否则他要自己拿刀刺进……真是岂有此理！ 那么，回头是岸吧，拒绝另外的那一边，去行使别人给你的、人们公认你拥有的自由吧……不！ 宁死也不！ 不，不需要那份讨厌的自由……宁可此身灰飞烟灭，只要那一对秋波充满怜爱的垂青……

① 法语：怎么了？ 您不去吗？

“格里戈里·米哈伊雷奇！”一个忧伤的声音在唤他，随即一只手重重地扶在他的身上。

他吃了一惊，回过头来，认出是波图金。

“对不起，格里戈里·米哈伊雷奇，”他做出他一贯的愁眉苦脸的样子说，“也许我打搅您了，我远远看到了您，就想……不过，要是您现在顾不上和我……”

“正相反，我很高兴，”利特维诺夫咕哝道。

波图金和他并肩而行。

“多好的夜晚啊，”他说，“多么温暖！您逛了很久了吗？”

“不，不久。”

“其实我也用不着问。我看见您从欧洲大饭店出来的。”

“原来您在跟踪我？”

“是的。”

“您有话要对我说？”

“是的，”波图金答道，声音低得几乎听不见。

利特维诺夫停住脚，望望这位不请自来的交谈者。波图金面色苍白，目光游移不定，他那变得难看的脸上流露出一种像是往昔岁月的旧痛。

“您到底想对我说什么呢？”利特维诺夫慢吞吞地问道，又举步向前走去。

“请允许……好，我这就说。您不介意的话，我们坐在这张长椅上吧。这儿说话方便些。”

“这像是有点神秘吧，”利特维诺夫说，在他旁边坐下来。“您好像心情不好，索宗特·伊万内奇。”

“不，我没事儿。也没有什么神秘可言。我只是想告诉您……您的未婚妻给我留下的印象……她好像是您的未婚妻吧？ ……总之就是您今天介绍我认识的那位姑娘。我要说，有生以来我还没遇到过比她更可爱的姑娘。她有金子般的心，真正的天使心肠。”

波图金说这些话时仍是一副悲痛的表情，连利特维诺夫都觉察到他的言语和面部表情奇怪地自相矛盾。

“您对塔季扬娜·彼得罗夫娜的评价十分公允，”利特维诺夫说，“不过我很惊讶，首先，您怎么会知道我和她的关系；其次，您这么快就能看清楚她的为人。她确实有一副天使心肠。请问，您想跟我谈的就是这个吗？”

“她的为人是一目了然的，”波图金附和道，好像故意回避对方的问题，“只要看一下她的眼睛就明白了。人世间的一切幸福她都当之无愧。那个能给她带来幸福的人也是值得羡慕的。希望那个人不要辜负了这种福分。”

利特维诺夫微微皱起眉头。

“对不起，索宗特·伊万内奇，”他说，“老实说，我认为我们的谈话很特别……我想知道，您话里的暗示是针对我的吗？”

波图金没有立即回答，看样子他内心正在斗争。

“格里戈里·米哈伊雷奇，”他终于开口道，“如果我没有完全看错您这个人，您一定愿意听别人对您说真话，不管是谁对您说，也不管他的话有多么逆耳。刚才我告诉您了，我看见您从哪儿出来。”

“是呀，从欧洲大饭店。这怎么啦？”

“我知道您跟谁在那儿见面！”

“怎么？”

“您是跟拉特米罗夫太太见面。”

“是呀，我去过她那儿。还有什么？”

“还有什么？……您，塔季扬娜·彼得罗夫娜的未婚夫，您跟拉特米罗夫太太约会，您爱她……她也爱您。”

利特维诺夫霍地从椅子上站起来，他觉得血直往头上涌。

“这是什么话？”他忍不住说，声音里憋着一股怒气，“您是开无聊的玩笑，还是在当密探？请说说清楚。”

波图金神情忧郁地望了他一眼。

“唉！我这话您别见怪，格里戈里·米哈伊雷奇。我也不会生您的气。我不是为这个来找您谈话的，现在我没有心情开玩笑。”

“也许如此，也许如此，我可以相信您纯洁的动机，不过还要请问，您有什么权利干涉别人的家事和感情生活，又有什么根据把您的……臆想自以为是地当成真实呢？”

“我的臆想！如果这只是我的臆想，您就不会生气了！至于说到权利，我还闻所未闻，人们伸手去救一个溺水者，还要问问自己有没有这个权利。”

“万分感谢您的关怀，”利特维诺夫急躁地接过去说，“不过我并不需要这个。所谓社交界女人引诱涉世未深的青年人失足毁灭，所谓上流社会道德沦丧之类的漂亮话，我认为都只是一种空谈，在某种意义上甚至不屑一提。所以不劳您伸出您的救命之手，还是让我安安静静地淹死吧。”

波图金又抬眼望了望利特维诺夫。他费劲地喘着气，他的嘴唇在抽搐。

“您看看我吧，年轻人，”他终于迸出这句话来，并捶了捶自己的胸口，“难道我像一个平庸自负的道学先生，像一个说教者吗？难道您还不明白，如果只出于对您的同情，不管这同情有多么强烈，我是决不会向您说出一个字，决不会让您指责我自以为是和死气白赖——我自己就最讨厌这样的人。难道您还看不出来，这完全是另一码事。坐在您面前的这个人，曾经被一种感情打击、摧残以至于彻底毁了，他不过想劝阻您不要重蹈这种感情的覆辙，而且是……是由于同一个女人！”

利特维诺夫向后趔趄了一步。

“这怎么可能！您说什么呀？……您……您……索宗特·伊万内奇？可是，别利斯卡娅太太……那个小孩……”

“唉，您不必盘问我……请相信我吧！我不想对您讲述那个阴暗可怕的故事。别利斯卡娅太太我几乎不认识，那个孩子也不是我的，可是我把一切都承担了下来……只因为……**她**希望这样，因为**她**需要这样。我何苦要待在这里，待在你们这个可厌的巴登呢？说到底，难道您以为，难道您一下子就会以为，我是出于同情您而决心来警告您吗？我是可怜那个善良的好姑娘，您的未婚妻。其实，您的前途与我何干，你们两个人又与我何干？……我不过是替她担心……替她。”

“太荣幸了，波图金先生，”利特维诺夫说，“既然照您说，我们两人处境相同，为什么您不照样自我开导一番呢？我是否应该把您的这些忧虑归之于另一种情感呢？”

“您想说嫉妒是吗？唉，年轻人，年轻人，您装模作样耍滑头，不明白我苦口婆心说出来的莫大悲哀，真应该感到害臊。不，我和您的处境不一样！我，我既老又可笑，是个对别人丝毫无害的怪家伙……而您！不必多说了！把我的角色让给您，哪怕只演一秒钟，您也决不会同意的，可是我得扮演它，而且是感激涕零地扮演它！嫉妒吗？一个完全绝望的人是没有嫉妒心的，何况这种情感对于我，也不是今天才第一次体验它。我只是害怕……替她害怕，您该明白这一点。上次她派我去找您的时候，我怎么能料到，她对您的负疚感竟会使她走得这么远？”

“对不起，索宗特·伊万内奇，您好像知道……”

“我什么都不知道，也什么都知道。我知道，”他说着把脸调了过去，“我知道她昨晚在什么地方。她现在已经不可阻止了，就像扔出去的石头，会一直滚到底的。要是我以为我的几句话马上就能阻止您……而那样一位女人又对您……我岂不是大大发疯了吗！好了，不说这些了。我没能克制自己，这要请您原谅。不过，说到底，怎么知道就不行，干吗不试一试呢？或许您会改变主意，或许我的哪句话打动了您的心，您就不想毁掉她和您自己，还有那位无辜的好姑娘了……唉！您别生气，也别跺脚！我还有什么可顾忌，可客套的？我并非出于嫉妒，也不是由于怨恨……我甚至能跪在您的脚下，向您哀求……好了，再见吧。别担心，这一切都会保密的。我是为您好。”

波图金顺着林荫道走去，不久就消失在渐渐浓重的暮色里……利特维诺夫没有挽留他。

“阴暗可怕的故事……”波图金对利特维诺夫说，却又不愿告诉他详情……那就让我们来略略提一下这个故事吧。

约在八年前，波图金从部里被临时派到雷津巴赫伯爵手下公干。那是在夏天。波图金带着文件到别墅去见伯爵，并在那里逗留了一些日子。当时伊琳娜正住在伯爵家。她从来不嫌弃地位低下的人，至少不回避他们，因为这种过分不拘礼节的习气，伯爵夫人不止一次责怪过她。伊琳娜很快就发现，这个身穿燕尾制服、钮扣直扣到下巴的谦卑小吏是个聪明人。她时常喜欢找他谈话……而他……他热烈地、深深地、偷偷地爱上了她……偷偷地！　当时**他**这样想。夏天过去了，伯爵不需要外来的助手了。波图金无法再见到伊琳娜，但却忘不了她。三年之后，他十分意外地接到一位他不很熟悉的中等人家太太的邀请。起先这位太太有些难以启齿，后来她让他发誓绝对严守秘密，这才提出要他……娶一位小姐为妻，这位小姐在社交界很有地位，但现在她不得不结婚。对于事件的主要人物，太太只作了含糊的暗示，并当即答应给波图金一笔钱……一大笔钱。波图金没有感到十分委屈，因为惊愕大大超过了气忿，但不用说，他断然拒绝了。于是太太交给他一封便函，是伊琳娜写给他的。"您是一位高尚、善良的人，"她写道，"我知道，为了我您什么都能办到。我请求您做出这次牺牲。您一定能救出我珍爱的人。您救她，也就救了我……您不必问是怎么回事。我决不敢向任何人提出这样的请求，可是我现在向您伸出双手，对您说：为我做了这件事吧。"波图金考虑了一会儿说，他确实愿为伊琳娜·帕夫洛夫娜做许多事，但是他想听她亲口说出她的意愿。当天晚上他俩见了面，时间并不长，除了那位太太谁也不知道这回事。其时伊琳娜已不住在雷津巴赫伯爵府上了。

"您为什么恰恰想到了我呢？"波图金问她。

她开始大讲他的品格如何如何好，可是突然不说下去了……

"不，"她说，"对您应该讲真话。我过去知道，我现在也知道，您爱我，所以我就决心……"接着她就把事情的始末全都告诉了他。

伊丽莎·别利斯卡娅是个孤女。亲戚们不喜欢她，都在觊觎她的遗产……她只有死路一条。为了挽救她，伊琳娜确实对那个祸首人物有所效劳，那人当时跟伊琳娜的关系已至为密切……波图金默默地望着伊琳娜，望了好久，最后他答应了。她哭了，泪流满面地扑过去抱住他的脖子。他也哭了……但是两人的眼泪是不一样的。后来秘密结婚的准备眼看就绪，一位铁腕人物为此扫除了所有障碍……不想一场大病临头……女儿生下来了，母亲就……服毒自尽了。孩子怎么办呢？波图金只好领养她，还是从那双手——伊琳娜的手里把她接了过去。

阴暗可怕的故事……略过去吧，读者，略过去吧！

又过了一个多小时，利特维诺夫才决意回旅馆去。他快要走到了，忽然听见背后有脚步声。像是什么人在紧紧跟着他，他加快步子，那人也快步跟上来。经过路灯下时，利特维诺夫回头一看，认出那个人是拉特米罗夫将军。他打着白领结，穿着时髦的外套，衣襟敞开，燕尾服的金链子上挂着一排星章和十字章，他是赴罢午宴后独自回家。他放肆地直盯着利特维诺夫，眼光里充满轻蔑和仇恨，浑身摆出一副坚决挑战的架势，以致利特维诺夫认为此刻必须咬咬牙迎上前去，准备应付一场“偶然事件”。但是，当他俩走齐时，将军霎时就换了一副嘴脸，恢复了平时那种风雅轻佻的表情，用他那戴着淡紫色手套的手高高举起锃亮的礼帽。利特维诺夫也默默摘下帽子，之后两人各走各的路。

“想必他发现了什么！”利特维诺夫想。

“换个别人……倒也罢！”将军想。

利特维诺夫回到塔季扬娜房里时，她和姑母正在玩牌。

“好你这位爷！”卡皮托利娜·马尔科夫娜把纸牌往桌上一扔，大声说。“才第一天，你就整晚上不见人影儿！我俩等呀等呀，把你骂了又骂……”

“姑妈，我可什么也没说，”塔季扬娜道。

“得了，谁不知道你脾气好！你真不害臊，先生！还算是未婚夫呢！”

利特维诺夫搪塞了几句表示歉意，在桌边坐下来。

“你们干吗不玩了？”他沉默了一会儿，问。

“瞧这弄的！我跟她玩牌是混混寂寞，无事可做……这不您回来了。”

“要是你们想听听晚场音乐，”利特维诺夫道，“我非常乐意奉陪。”

卡皮托利娜·马尔科夫娜看了她侄女一眼。

“去吧，姑妈，我行，”塔季扬娜说，“不过，还不如待在家里好吧？”

“这倒也是！我们来喝茶吧，按我们莫斯科的习惯，摆上茶炊，好好聊聊天。我们还没有怎么唠过嗑呢。”

利特维诺夫吩咐人摆上了茶，但聊天却没有聊好。他总是感到良心有愧。无论他说什么话，都觉得是在撒谎，塔季扬娜能识破它。不过她好像没有什么改变，还是那副从容不迫的样子……只是她的眼光一次也没有注视过利特维诺夫，而是温和地、怯生生地从他身上一掠而过。她的脸色比平时更苍白些。

卡皮托利娜·马尔科夫娜问她是不是头疼。

塔季扬娜先想说不，后来又改口道：“是的，有一点。”

“旅途劳顿，”利特维诺夫说了一句，甚至脸都羞红了。

“是路上疲劳了，”塔季扬娜也跟着说，眼光又从他身上掠过。

“你要休息一下，塔涅奇卡。”

“我本来就想早点睡了，姑妈。”

桌上放着一本Guide des Voyageurs[①]。利特维诺夫开始朗读其中关于巴登郊外景物的介绍。

“这些都不错，”卡皮托利娜·马尔科夫娜打断他说，“有件事可别忘了。听说这儿的亚麻布很便宜，要买些来做嫁妆。”

塔季扬娜垂下了眼睛。

“来得及，姑妈。您从来就不考虑自己，您一定得给自己做件衣裳。您看见这儿的人都穿得很漂亮。”

“哎，亲爱的！这是为什么？我还打扮什么！要是我长得漂亮些也罢，就像您的那位熟人，格里戈里·米哈伊雷奇，她叫什么来着？”

“哪位熟人？”

“就是今天我们遇到的那一位。”

“啊，她！”利特维诺夫故意淡淡地说，心里又感到一阵厌恶和羞愧。“不行！”他想，“决不能再这样下去了。”

他坐在他未婚妻的身边，而离她只有几寸远，就在他侧面衣袋里却揣着伊琳娜的手帕。

这时卡皮托利娜·马尔科夫娜要到隔壁房间去一会儿。

“塔尼娅……”利特维诺夫费劲地说。今天他是第一次叫她的小名。

她向他转过脸来。

“我……我想跟您说一件很重要的事。”

“啊！真的吗？什么时候说？现在？”

---

① 法语：旅行指南。

“不，明天吧。”

“啊！ 明天。那好吧。”

利特维诺夫心中顿时充满了无限的怜悯。他拿起塔季扬娜的一只手，像罪人那样恭顺地吻了吻它。她的心微微揪起来，这一吻并没有使她快乐。

深夜一点多钟，跟侄女同睡一室的卡皮托利娜·马尔科夫娜忽然抬起头来，侧耳细听。

“塔尼娅！”她说，“您在哭吗？”

塔季扬娜没有马上回答。

“不是的，姑妈，”传来她轻柔的声音，“我伤风了。”

二十

“为什么我对她那样说呢？”第二天早晨利特维诺夫坐在自己房间的窗口这样想。他懊恼地耸了耸肩膀：他对塔季扬娜那样说，就是为了断绝自己的一切退路。窗台上放着伊琳娜写给他的字条：叫他十二点钟去见她。他不断回想起波图金说的话，那些不祥的话语，声音虽然微弱，却像是从地下轰鸣而来。他很恼火，但总也摆脱不掉它们。这时有人敲房门。

“Wer da?①”利特维诺夫问。

“啊！ 您在家！ 开门！”传来宾达索夫沙哑的低音。

门钮咔咔地响起来。

---

① 德语：是谁呀？

利特维诺夫脸都气白了。

"我不在家，"他没好气地说。

"怎么不在家？ 这搞的什么名堂？"

"对您说了，不在家。滚吧。"

"真是怪事！ 我来想找您借点儿钱，"宾达索夫咕哝道。

不过他还是走了，照旧把鞋跟踩得橐橐响。

利特维诺夫差点没跟着扑上去，他真想照这个不要脸家伙的脖子上狠揍几下。几天来的一连串事情弄得他六神无主，再有点什么，他真的要哭了。他喝了一杯凉水，自己也不知为什么把橱柜的抽屉全都锁上了，然后就去找塔季扬娜。

他见到她时只有她一个人。卡皮托利娜·马尔科夫娜到商店买东西去了。塔季扬娜坐在沙发上，两手捧着一本书，可是她并不在看书，甚至也许连书名都不知道。她的身体一动也不动，但她的心却跳得厉害，只见她脖子上的一圈白色衣领在一下一下有节奏地颤动着。

利特维诺夫窘住了……不过还是在她旁边坐了下来，向她问过好，还笑了笑，她也对他默然一笑。他走进房间时，她朝他客气地点点头，并不像对老朋友那样，而且也不看他一眼。他向她伸出一只手，她把她那冰凉的手指递给他，马上就抽了回去，又拿起书本。利特维诺夫感到，若是从次要的话题谈起，就意味着对她的侮辱；塔季扬娜像平时一样，不提出任何要求，但她整个内心都在说："我在等着，等着……"必须履行诺言。可是他，尽管整整一夜都在考虑这件事，却连开场白的几句话都没有准备好，现在简直就不知道怎样打破这要命的沉默。

"塔尼娅，"他终于开口道，"昨天我说有重要的事情告诉您（在德累斯顿和她单独一起时他已开始对她称“你”，这会儿根本不可能了）。现在我可以说了，不过我先请求您不要埋怨我，请您相信，我对您的感情……”

他停住了。他喘不过气来。塔季扬娜仍然一动不动，眼睛也不看他，只是把书攥得更紧。

“我俩之间，”利特维诺夫没有把上面的话说完，就接下去说，“我俩之间向来就是充分坦诚的。我敬重您，所以不应该对您说假话。我想向您证明，我会珍惜您心灵的高尚和自由，虽然我……虽然，当然……”

“格里戈里·米哈伊雷奇，”塔季扬娜用平静的声调说，她的整个脸像死人一样惨白，“让我来帮您一下吧：您不再爱我了，您不知道怎么对我说这句话。”

利特维诺夫不禁打了个哆嗦。

“为什么？……”他说，声音轻得几乎听不见。“为什么您这样想？……我真不明白……”

“怎么，这不是真的吗？这不是真的吗，您说？您说？”

塔季扬娜整个身体向利特维诺夫转过来，她把头发朝后一甩，脸和他的脸凑得很近，她的眼睛，长时间一直没有看过他，现在死死地盯住了他的眼睛。

“这不是真的吗？”她又问了一次。

他什么也没有说，没有吐出一点声音。此刻他不能说谎，即使知道她会相信他的话，谎言会救了她，也不能那样做。他甚至受不了她注视的目光。利特维诺夫不说话，她也无需他回答了。她从他的沉默中，从他负疚低垂的眼睛里已经得到了答案。她身子向后一仰，手里的书掉在地上……这之前她还在怀疑，利特维诺夫也知道这一点，知道她还在怀疑。他所做的这一切多么荒唐，实在太荒唐了！

他跪倒在她面前。

“塔尼娅，”他喊道，“你要知道，看见你这样我多么难受，想起来我就害怕，这都是因为我……我！我的心撕碎了，我自己都认不出自己了。我失去了自己，失去了你，失去了一切……一切都毁了，塔尼娅，一切！我怎能料到，我……居然会给我的好友，我的保护天使带来这样的打击！……我怎能料到，我会跟你这样见面，跟你一起度过昨天和今天这样的日子！……”

塔尼娅想站起来离去。他拉住了她的衣角。

“不，你再听我说一句。你看见，我跪在你面前，但我不是来求你宽恕，你不能也不该宽恕我，我是来告诉你，你的朋友毁了，他掉进了深渊，他不想把你也拖下去……救我吗……不！连你也救不了我。我自己会把你推开的……我毁了，塔尼娅，不可救药地毁了！”

塔季扬娜看了看他。

“您毁了？”她说，像不大明白他的话。“您毁了？”

“是的，塔尼娅，我毁了。从前的一切，我珍爱的一切，迄今为止我的全部寄托，对我来说统统毁灭了；全都崩溃了，碎裂了，我也不知道前途是祸是福。刚才你说我不爱你了……不，塔尼娅，我不是不爱你了，而是因为另一种可怕的、无法抗拒的感情猛烈地袭击了我。我也尽力反抗过。”

塔季扬娜站了起来。她双眉紧锁，苍白的脸色变得阴沉了。利特维诺夫也站起身。

“您爱上了别的女人，”她说，“我能猜到她是谁……我昨天碰到她了，不对吗？……那好吧！我知道我现在该怎么办。既然您自己说了，这种感情在您心里会始终不渝……（塔季扬娜停顿了一下，也许她还希望利特维诺夫对她最后这句话有所分辩，然而他什么也没有说）那么我只好把您……许下的诺言奉还给您。”

利特维诺夫垂下了头，似乎听天由命准备接受他应得的打击。

“您有权愤恨我，”他说，“您完全有权谴责我意志薄弱……和欺骗。”

塔季扬娜又看了看他。

“我没有谴责过您，利特维诺夫，我现在也不怪罪您。我同意您的看法：最痛苦的真实也比昨天的做法要好。现在我们还有什么生活可言！”

“今后我还有什么生活可言！”利特维诺夫在心里悲痛地回答她。

塔季扬娜走到卧室门口。

“请您让我单独待一段时间，格里戈里·米哈伊雷奇。我们还会见面，我们还要谈谈的。这一切发生得太突然了。我需要稍稍集中一下精力……请离开我……体谅我的自尊心。我们还会见面的。”

塔季扬娜说完这话就快步走进卧室，把门锁上了。

利特维诺夫从旅馆出来，懵懵懂懂，茫然若失，仿佛有个阴暗沉重的东西钻进了他的内心深处。一个人杀了人之后该就是这种感觉吧，但同时他又觉得轻松了些，似乎终于扔掉了一个讨厌的包袱。塔季扬娜的宽宏大量使他无地自容。他痛感到他正在失去的一切……那又怎么样呢？他的懊悔中掺杂着懊恼。现在伊琳娜是他唯一的避风港，他急于见她，却又恼她。从什么时候起，利特维诺夫的感情日益变得复杂而混乱，乱得令他痛苦，令他愤怒，他在这片纷乱中惶惶然不知所措。

他唯有盼望最终找到一条路，不管是什么样的路，只要不在这莫名其妙的昏暗中继续晕头转向就行。像利特维诺夫这种正派人切不可惑于情欲，它能毁坏他们的生活真谛……人的本性不能支配逻辑性，不能支配我们人类的逻辑；本性也有它自身的逻辑，当它像车轮要把我们碾死时，我们才会理解和承认它的逻辑。

离开塔季扬娜后，利特维诺夫心中只有一念：见到伊琳娜。于是他就去找她。不巧拉特米罗夫将军在家，至少看门人是这样说的。他不想进去了，因为他觉得实在没有力量装模作样，就步履蹒跚地向谈话厅那边走去。利特维诺夫不会装模作样，这一点今天也让沃罗希洛夫和皮夏尔金尝到了滋味。这两位迎面碰到他时，他竟没头没脑地说他们一个人腹内空空像只鼓，另一个简直无聊透顶。幸好宾达索夫没有露面，否则肯定会弄出一场 grosser Scandal①。两位年轻人惊诧莫名，沃罗希洛夫甚至对自己提出一个问题：要不要跟对方决斗以捍卫军官荣誉？ 不过他就像果戈理小说里的庇罗果夫中尉那样，后来在咖啡馆吃了几块夹肉面包也就不生气了。利特维诺夫远远看见了卡皮托利娜·马尔科夫娜，她披着那条花哨的披肩忙忙地从一家店铺跑到另一家店铺……在这位高尚、善良又有些可笑的老妇人面前他感到惭愧。后来他又想起了波图金和昨天的谈话……这时他忽然觉得有一缕气息轻轻漾来，幽微得难以捉摸，但他无疑是感觉到了。如果她的身影飘映在他面前的地上，这气息不会如此难以捕捉，然而他确乎立即就感到，这是伊琳娜走过来了。伊琳娜果然出现在离他几步远的地方，她正挽着另一位太太，他俩的目光顿时相遇。伊琳娜像是发现利特维诺夫脸上的

① 德语：大丑闻。

表情有些特别，她在一家专卖黑林山小木钟的店铺前站住了。她点点头招呼他过去，拿起一只小木钟，让他欣赏那顶端带有彩绘杜鹃的漂亮表盘。她并不悄声说话，而是用平常的声音，好像接着说完一句话的下半句那样，不致引起旁边人的注意：

“一小时后来吧，我一个人在家。”

这时，以讨好女人著称的韦尔季叶先生朝伊琳娜飞奔而来。他马上就喜不自胜地开始赞美她那身 feuille morte① 颜色的衣服，她那顶戴到眉毛上的扁扁的西班牙小帽……利特维诺夫混进人群中不见了。

二十一

“格里戈里，”两小时后，伊琳娜挨着他坐在卧榻上，双手搭在他的肩上说，“你怎么啦？ 快告诉我，趁现在只有我俩。”

“我怎么了？”利特维诺夫道。“我幸福，幸福，就是这样。”

伊琳娜低下头，笑了笑，又叹了口气。

“这不算回答我的问题，亲爱的。”

利特维诺夫沉吟起来。

“你要知道……既然你一定要我说（伊琳娜睁大眼睛，身子稍微挪了一下），今天我把一切都告诉了我的未婚妻。”

“什么一切？ 你提到我了？”

利特维诺夫急得把两手一拍。

“伊琳娜，看在上帝面上，你怎么会有这种想法！ 难道我……”

---

① 法语：枯叶。

“原谅我……原谅我。你究竟说了什么？”

“我对她说，我不再爱她了。”

“她问为什么了吗？”

“我没有瞒她，我爱上了别的女人，我要跟她分手。”

“那么……她怎么样？她答应吗？”

“唉，伊琳娜！这是多好的一位姑娘啊！她整个儿就是自我牺牲和高尚的化身。”

“我信，我信……不过，她也没有别的办法。”

“对于我这个毁了她的整个生活、欺骗她、无情抛弃她的人，她竟没有一声责备，没有一句诉苦……”

伊琳娜仔细察看自己的手指甲。

“告诉我，格里戈里……她爱过你吗？”

“是的，伊琳娜，她爱过我。”

伊琳娜沉默了一会儿，理了理衣服。

“老实说，”她开口道，“我不太理解，你怎么会想到跟她把事情说开呢？”

“怎么会想到，伊琳娜！难道你要我对她，对这个纯洁的心灵撒谎和假装吗？或者你认为……”

“我什么也不认为，”伊琳娜打断了他。“很抱歉，我很少考虑到她……我不会同时考虑到两个人。”

“你的意思是……”

“那又怎么样呢？她会离开这里吗，这个纯洁的心灵？”伊琳娜再次打断他的话。

“我什么也不知道，”利特维诺夫答道。“我还要见她一面。不过她不会留下来的。”

“啊！ 一路顺风！”

“是的，她不会留下来。不过，我现在也不考虑她了。我考虑的是你对我说的话，你答应过我的事。”

伊琳娜蹙起额头望了望他。

“你这忘恩负义的！ 你还不满足吗？”

“不，伊琳娜，我不满足。你给了我幸福，但我不满足，你明白我的意思。”

“就是说，我……”

“是的，你明白我指的是什么。想一想你说过的话，想一想你写给我的信吧。我不能与别人共享，不，不，我不能答应扮演秘密情夫的角色；我不光是把我自己的，还把另一个人的生活都扔到了你的脚下，我舍弃了一切，打碎了一切，毫不顾惜，决不回头；我相信，我坚信你会信守诺言，把你我的命运永远结合在一起……”

“你想我跟你私奔吗？ 我愿意……（利特维诺夫激动地把脸贴到她的手上。）我愿意，我不食言。可是，你是否考虑过那些困难……钱准备好了吗？”

“我吗？ 我还没来得及考虑和准备，只要你说一声行，就让我采取行动，不出一个月……”

“一个月！ 两周后我们就到意大利去了。”

“有两周时间我也够了。啊，伊琳娜！ 你对我的建议似乎很冷淡，也许你觉得这是异想天开，但我不是小孩子，我从来不会痴心妄想，我知道这是可怕的一步，知道我的责任有多重，可是我看不到别的出路呀。最后，你也要想一想，我必须跟过去所有关系永远一刀两断，这样，我在为你牺牲的那个姑娘的心目中才不致留下一个骗子的恶名！”

伊琳娜突然直起身来，两眼炯炯发亮。

“真对不起，格里戈里·米哈伊雷奇！如果我下定决心，如果我要私奔，那么跟我私奔的男人必须是为了我，专一为了我这样做，而不是为了在某个黏黏糊糊的小姐眼睛里不失身分，这位小姐血管里流的不是血，而是水和牛奶，du lait coupé[①]！我还要告诉您，我第一次有幸听到，我所倾慕的男人如此让人怜悯，他在扮演一个可怜的角色！我知道还有更可怜的角色：一个人他自己都不知道自己心里在发生什么事！”

这一次是利特维诺夫直起了身子。

“伊琳娜，”他刚想说……

这时她突然把两只手掌捂到额头上，猛一下扑到他的怀里，用超过女人的力气紧紧搂住了他。

“原谅我，原谅我，”她用颤抖的声音说，“原谅我吧，格里戈里。你看我变得多坏了，我多么可恶，嫉妒，凶狠！你看，我多么需要你的帮助，你的宽宏大量啊！是啊，你要救救我，趁我还没有完全毁掉把我拉出这个火坑吧！对，我们要逃走，逃离这些人，逃离这个世界，到一个遥远的、美好自由的地方去！也许，你的伊琳娜终于会无愧于你为她做出的牺牲！别生我的气，原谅我吧，亲爱的，往后你叫我做什么我就做什么，任凭你带我到哪儿我都跟着你！”

利特维诺夫的心里如翻江倒海一般。伊琳娜那青春柔韧的身体在

---

① 法语：加水的牛奶。

他身上偎得更紧了。他俯向那一头披散的芳香的秀发，陶醉在感激和狂喜中，轻轻地抚摩和吻着它。

“伊琳娜，伊琳娜，”他反复地唤着，“我的天使……”

她突然抬起头来，侧耳细听……

“这是我丈夫的脚步声……他进自己屋里去了，”她悄声说，赶快挪开身体，坐到一张沙发椅上。利特维诺夫想站起来……“你往哪儿去？”她仍然悄语道，“留下来别走，他本来就在怀疑你了。你还怕他不成？”她眼睛盯着房门。“不错，是他，他马上就会过来。你对我讲点什么事情，跟我说话。”利特维诺夫一时找不出话来，没吭声。“您明天不上剧院去吗？”她大声道。“正在上演《le Verre d'eau》[1]，一出老掉牙的戏，而且普列西做作得要命……我俩真像是热昏，”她又压低嗓子说，“这样可不行，这事要考虑周到。我得预先告诉你，我的钱都在他那儿，mais j'ai mes bijoux[2]。我们去西班牙，好吗？”她又提高了嗓门。“怎么这些女演员一个个都在发胖呢？就说马德琳娜·布罗欣吧……你说话呀，别这么闷坐着。我觉得头晕。你不要怀疑我……我会让你知道，明天你该上哪儿去。不过你本不必告诉那位小姐……Ah, mais c'est charmant!”[3]她突然高呼道，神经质地笑起来，把手帕的花边都扯掉了。

“可以进来吗？”拉特米罗夫从隔壁房间问道。

“可以……可以。”

房门打开了，将军出现在门口。一看见利特维诺夫他就皱起了眉

① 法语：《一杯水》。
② 法语：不过我还有珠宝首饰。
③ 法语：啊，这太妙了！

头，但他仍然向客人鞠躬致意，其实也就是把上半身略略倾一下。

“我不知道你有客人，”他说，“je vous demande pardon de mon indiscretion.[①]您仍然觉得巴登很有趣吗，利特……维诺夫先生？”

拉特米罗夫称呼利特维诺夫的名字总是结结巴巴，像是每次都忘记了，一下子想不起来似的……他用这种方式，还有在行礼时故意把帽子高高举起的动作，存心侮辱利特维诺夫。

“我在这儿并不感到寂寞，le général[②]先生。”

“真的吗？我可是对巴登腻味透了。我们很快就要离开这儿了，不是吗，伊琳娜·帕夫洛夫娜？ Assez de Bade comme ça.[③]哦，今天托您的福，我赢了五百法郎。”

伊琳娜卖弄风情地向他伸出一只手。

“在哪儿？拿来呀。脂粉钱。”

“跟我来，跟我来……您不是要走了吗，利特……维诺夫先生。”

“是的，先生，您看见，我这就要走了。”

拉特米罗夫又把上半身略略一倾。

“再见！”

“再见！格里戈里·米哈伊雷奇，”伊琳娜说。“我会遵守诺言的。”

“什么诺言？我可以知道吗？”她丈夫问道。

伊琳娜莞尔一笑。

“不，这是……我们之间的事。C’est à propos du voyage ... où il

① 法语：请原谅我的冒失。
② 法语：将军。
③ 法语：我在巴登待够了。

vous plaira. [1]你知道斯塔尔的作品吗？”

“啊！ 当然，当然知道。插图美极了。”

拉特米罗夫像是跟妻子和好如初，因为他对她称“你”了。

二十二

“最好不去想它了，真的，”利特维诺夫暗自念叨着，他在街上一边走，一边觉得心里头又乱起来。“事情已经决定了。她不会食言的，我只要采取一切必要的措施……不过她好像有点犹豫不决……”他使劲晃了晃脑袋。现在他自己对自己的打算都感到奇怪，这些打算显得有些勉强和难以置信。人不能老在一些念头里面兜圈子，想得久了，它们就像万花筒的玻璃片渐渐移动位置……眼看着就完全改变了图像。利特维诺夫有一种深沉的困倦感……哪怕让他休息一小时也好……可是塔尼娅？ 他哆嗦了一下，不再考虑别的事情，老老实实朝回旅馆的方向走去，这时他只有一个想法：今天他奔忙于两个女人之间，就像一只被人抛来抛去的皮球……横竖都一样，事情必须了结。他回到了旅馆，毫不犹豫拖延，同样老老实实、几乎是麻木不仁地去见塔季扬娜。

迎接他的是卡皮托利娜·马尔科夫娜。他第一眼就看出来，她什么都知道了。这位可怜的老姑娘哭肿了眼睛，绺绺蓬乱的白发衬着她那张通红的脸，脸上的表情是恐惧、忧愤、悲伤和极度的惊愕。她刚向利特维诺夫冲出一步，马上就站住了，紧紧咬住发颤的嘴唇，两眼直盯着他，仿佛想哀求他，又像想杀死他，又像想弄个明白，这一切会不会

---

① 法语：这是关于游览……想去一个什么地方。

是梦，是发疯，是绝不可能的吧？

“您这……您来了，来了，”她刚开口说……隔间的门立即打开了，塔季扬娜迈着轻快的步子走出来，她的脸色苍白透了，但神情镇定。

她用一只手轻轻搂住姑母，让她挨着自己坐下来。

“您也坐下，格里戈里·米哈伊雷奇，”她对惶惶然站在门口的利特维诺夫说。“我很高兴能再次见到您。我把您的决定，我俩共同的决定，对姑妈说了，她完全同意，赞成……没有双方的相爱就不会有幸福，仅仅相互尊重是不够的（说到“尊重”这个词时，利特维诺夫不觉垂下了头），与其日后后悔，还不如现在分手。是不是，姑妈？”

“是的，当然，”卡皮托利娜·马尔科夫娜道，“当然，塔纽莎，那种不会珍惜你的人……他竟敢……”

“姑妈，姑妈，”塔季扬娜打断了她，“记得您怎么答应我的吗？您自己常对我说：真理，塔季扬娜，真理是第一位的，还有自由。可是真理并不总是甜蜜的，自由也一样。否则还要我们有什么用呢？”

她温柔地吻了吻卡皮托利娜·马尔科夫娜的白发，然后继续对利特维诺夫说：

“我和姑妈决定离开巴登……我想这对我们大家都好些。”

“你们打算什么时候走？”利特维诺夫哑着嗓子问道。他想起来，不久前伊琳娜也问过同样的话。

卡皮托利娜·马尔科夫娜把身体往前一倾，但塔季扬娜温和地碰碰她的肩膀，阻止了她。

“我想快了，很快。”

“可否允许我问一句，你们打算到哪儿去？”利特维诺夫仍然哑声说。

“先到德累斯顿，然后也许回俄国。”

“您现在有什么必要知道这个呢，格里戈里·米哈伊雷奇？……”卡皮托利娜·马尔科夫娜大声说。

“姑妈，姑妈，”塔季扬娜又插进来打断她。

随后是一阵短暂的沉默。

“塔季扬娜·彼得罗夫娜，”利特维诺夫开口道，“您明白，此刻我的心情该是多么沉痛和悲哀……”

塔季扬娜站了起来。

“格里戈里·米哈伊雷奇，”她说，“我们不谈这个了……我请求您，就算不是为了您，也请为了我这样做。我认识您并非一朝一夕，我能够想象您此刻的心情。何必去谈它，何必去触痛伤口呢……（她说不下去了，显然在等内心的激动平息下来，强忍住就要夺眶而出的泪水，她做到了。）何必要触痛那无法治愈的创伤呢？我们把这些留给时间去医治吧。现在我求您一件事，格里戈里·米哈伊雷奇。我马上给您一封信，劳驾您亲自拿到邮局去寄一下，信很重要，我和姑妈又没有时间……非常感谢您。请稍等……我这就去拿……”

塔季扬娜走到房门口时，不放心地回头望望卡皮托利娜·马尔科夫娜。后者正襟危坐在那里，神情严肃地皱着眉头，紧闭嘴唇，塔季扬娜朝她点点头，走了出去。

房门在塔季扬娜背后刚一关上，卡皮托利娜·马尔科夫娜脸上傲慢严肃的表情顿时消失了。她站起来，踮着脚跑到利特维诺夫跟前，佝偻着身子，使劲盯住他的眼睛，用发颤的哭声轻轻对他说：

“我的老天啊，”她开口说，“格里戈里·米哈伊雷奇，这到底是怎么回事：是做梦不是？ 您拒绝了塔尼娅，您不爱她了，您背弃了自己的诺言！ 您，格里戈里·米哈伊雷奇，我们一直认为非常可靠的您，居然做出这种事情来！ 是您吗？ 您？ 您？ 你，格里沙[①]？ ……”卡皮托利娜·马尔科夫娜停了停。“您可要了她的命了，格里戈里·米哈伊雷奇，”她又接着说，不等对方回答，小颗的泪珠就从她的双颊滚落下来。“您别看她现在硬充好汉，您知道她的脾气！ 她从来不知道抱怨；她不顾惜自己，那么别人就应该顾惜她！ 这会儿她对我说：‘姑妈，要保持我们的尊严！’可是我预见到死亡，预见到死亡的时候，还有什么尊严可谈……”这时塔季扬娜在隔壁房里弄得椅子咚地一响。“是的，我预见到死亡，”老太婆把声音压得更低了。“怎么会出这样的事？ 您中了邪不成？ 曾几何时，您还写给她那些柔情蜜意的信？说到底，难道一个诚实的人能干出这种事吗？ 您知道，我是个不带任何偏见的女人，esprit fort[②]，我给塔尼娅受的就是这种教育，她的思想也是自由的……”

“姑妈！”塔季扬娜在隔壁房里唤了一声。

“但是，诺言就是义务，格里戈里·米哈伊雷奇。对于您这样的、我们这样的规矩人尤其如此！ 我们要是不承认义务，那还能剩下什么呢？ 诺言是不可违背的，不可以随心所欲，不考虑对别人造成什么后果！ 这是昧良心……是的，这是犯罪；这可不是什么自由！”

“姑妈，请你过来一下，”隔壁又在叫了。

“就来，亲爱的，就来……”卡皮托利娜·马尔科夫娜抓住了利特

---

① 格里戈里的小名。
② 法语：自由思想的女人。

维诺夫的手。“我看您在生气，格里戈里·米哈伊雷奇……（“我吗？！ 我生气？！”他真想大声说，可是舌头僵住了。）我并不想故意惹您生气，啊，天哪！ 我哪还有那份心思！ 正相反，我想恳求您：回心转意吧，趁现在还有时间，不要毁了她，不要毁了自己的幸福，她还会相信您的，格里沙，她会相信你，趁现在还没有丢掉什么。她爱你，任何人任何时候也不会像她这样爱你！ 离开这个可恶的巴登-巴登，跟我们一起走吧，只要摆脱这里的邪气就好了，主要的是，可怜她，可怜她……”

“我说姑妈，”塔季扬娜的声音有些不耐烦。

可是卡皮托利娜·马尔科夫娜并不理会她。

“只要你说一声‘好！’”她还在劝说利特维诺夫，“一切由我来安排……哪怕你对我点点头也行！ 就点一下，就像这样！”

利特维诺夫此刻真宁愿死掉，但他没有说“好！”也没有点头。

塔季扬娜手里拿着一封信出来了。卡皮托利娜，马尔科夫娜连忙从利特维诺夫身边闪开，扭过脸去，把身子低低俯在桌子上面，像是在看桌上的账单和文件。

塔季扬娜走到利特维诺夫跟前。

“这就是我对您说的那封信……”她说，“您马上就到邮局去，是不是？”

利特维诺夫抬起眼睛……站在他面前的确实就是他的审判者。此刻塔季扬娜在他的眼里显得更高、更端庄，她的脸焕发出从未有过的美丽容光，凝然不动的庄严神态宛如一尊雕像。她的胸脯没有激动地起伏，单色的紧身连衣裙好像古希腊人穿的长衫，一直垂到脚面，一道道细长笔直的衣褶如同大理石刻成的一般。塔季扬娜两眼直视前方，不只是看着利特维诺夫，她的目光稳定而冷漠，也跟雕像的目光一样。利特维诺夫从这目光中看到了对他的判决。他弯下腰，从那只伸在他面前一动不动的手里接过了信，默默无言地走了。

卡皮托利娜 · 马尔科夫娜扑过去拥抱塔季扬娜，被她推开了。她垂下眼睛，脸上泛出一片红晕，说了声："好了，现在赶快！"就回到卧室里去，卡皮托利娜 · 马尔科夫娜低着头跟在她后面。

塔季扬娜交给利特维诺夫的那封信上，写着她在德累斯顿的女友的地址，收信人是一位专门出租带家具小套住宅的德国女人。利特维诺夫把信投进了邮筒，他觉得，随同这一方小纸他把自己的全部过去、全部生活都投进了坟墓。他信步走到郊外，在葡萄园之间的羊肠小径上久久徘徊，一种自我轻蔑的感觉老是挥之不去，就像讨厌的嗡嗡叫的夏天苍蝇一样：他在这次最后的见面中扮演了极不光彩的角色……回到旅馆后，过了一会儿，他找人询问两位女士的情况，得到的回答是：他刚一出门她们就叫车前往火车站，搭上了一趟邮车不知去向。她们一早就收拾好行李结清了账。塔季扬娜请利特维诺夫到邮局去寄信，显然是为了把他支开。他又去问看门人，两位女士有否留条给他。看门人说没有，还很惊讶，怎么订了一个星期的房间一下子人就走了，看来这事连他也觉得蹊跷可疑。利特维诺夫背转身回到房里，把门锁上了。

直到第二天早晨他不曾离开过房间，他在桌边坐了大半夜，不停地写，写了又撕……朝霞升起的时候他终于写完了，那是给伊琳娜的一封信。

二十三

给伊琳娜的信中这样写道：

“我的未婚妻昨天走了：我和她永无再见之日了……我甚至都不清楚她日后的住址。她带走了迄今为止我曾希冀和珍视的一切；我所有的打算、计划和意愿都随同她消失了；我的辛劳都算白费，多年的工作化为乌有，我的全部学业成为无谓无用之物；这一切都死去了，连同我的自我，往日的自我，从昨天起都已经死亡并被埋葬了。我明明感觉到、看到、知道这一点……但我对此毫不惋惜。我向你说这些并不是抱怨……有你爱我，伊琳娜，我还抱怨什么！我只是想告诉你，往日的一切都死了，创业和希望统统灰飞烟灭，剩下来唯一有生命而坚不可摧的，就是我对你的爱。除了这个爱我已一无所有了。爱是我唯一的宝藏，这样说还不够。我已完全溶入这爱中，这爱便是整个的我；这爱中有我的未来，我的使命，我的圣地，我的祖国！你了解我，伊琳娜，你知道我不喜欢、厌恶一切空话大话，但是为了尽量表达出我的感情，我的措词无论多么强烈，你也不要怀疑它的真诚，认为我是在夸大其词。现在不是一个小男孩一时冲动在向你胡乱发誓，而是一个饱经沧桑的男人真诚、直率地，几乎是诚惶诚恐地在说出他认为无庸置疑的真理。是啊，对我来说，你的爱取代了一切，一切！请你自己判断：我能把这一切留在别人手里，我能容许那个人来支配你吗？如果你，你将来属于他，我的整个身心、全部心血都属于他，那么我自己呢……我在哪儿？ 我是什么？ 我成了旁观者……自己生命的旁观者！ 不，这不可能，绝不可能！ 仅仅作为参与者，偷偷摸摸地分享那完全属于我的，舍此我便无需也无法**活下去**的东西……那将是虚幻和死亡。我知道，我是在要求你作出巨大的牺牲，我丝毫没有这个权利。再说什么东西能赋予我要求别人牺牲的权利呢？ 我这样做并非出于利己主义：利己主义者完全不必如此反躬自问而心安理得。是的，我的要求非同小可，它使你害怕我也不会感到奇怪。你憎恶那些你必须与之共同生活的人。上流社会使你苦恼，但是你是否能够抛弃上流社会，把它戴在你头上的桂冠践踏在脚下，挺身反对社会舆论，反对那些可憎的人对你的訾议呢？ 你要问问自己，伊琳娜，你不必去挑那力不胜任的重担。我并不想责怪你，不过你要记住，你曾经有一次未能抵挡住魔力的诱惑。你将失去许多，而我给你的回报很少！ 听我最后说一句话吧：如果你觉得自己不能就在明天，就在今天，抛下一切跟我走（你看我这话多么大胆，我对自己无所顾惜），如果你害怕前途未卜，害怕落寞孤独及人言可畏，总之，如果你对自己没有期求的话，就请你毫不迟疑地直言相告，我一定离开你，带着一颗破碎的心离你而去，并为你对我说了真话而感谢你。如果你，我美丽的、光彩照人的女皇，果真爱上了我这默默无闻的小人物，果真愿意跟我患难与共的话，那就把你的手伸给我，让我们一同踏上我们的艰难旅程吧！ 你要知道，我的决定是毫不含糊的：要么拥有一切，要么丧失一切！ 这很狂妄……但我没有别的办法，没有，伊琳娜！ 我对你的爱实在太强烈了。

你的　格·利”

这封信利特维诺夫自己都不太满意。它没能十分准确细致地表达出他想说的意思。有些说法显得很别扭，华而不实，文绉绉的。这封信自然不比他撕掉的那许多封信强。不过这是最后的一封，好歹把主要的意思都说出来了，而且利特维诺夫已累得精疲力竭，脑汁也绞尽了。他本不擅长用文学语言表达思想，因此他跟所有不惯此道的人一样，在咬文嚼字上下了一番工夫。看来他的第一封信是写得最好的：它更热烈地发自内心。不管怎么说，利特维诺夫把这封信给伊琳娜送去了。

她回了他一封短函。

“今天可来我处，**他**整日不在家。你的信令我非常激动。我一直在想，想……想得头都晕了。我很痛苦，但有你爱我，我又是幸福的。你来吧。

你的　伊·”

利特维诺夫来到她那儿，她正坐在自己书房里。还是头天在楼梯上等候他的那个十三岁小姑娘带他进来的。伊琳娜面前的桌子上放着一个打开的半圆形硬纸盒，里面全是些花边。她一只手漫不经心地扒拉着花边，另一只手里拿着利特维诺夫的信。她刚刚哭过，睫毛湿润，眼泡微肿，脸颊上还留着泪痕。利特维诺夫在门口站住了，她没有发觉他进来。

“你在哭？”他惊讶道。

她哆嗦了一下，伸手理了理头发，微微一笑。

“你为什么哭？”利特维诺夫问。她默默地指了指手中的信。“你是为这个……”他一字字慢慢地说。

“你过来，坐在这儿，”她说，“把手伸给我。是的，我哭了……你有什么好奇怪的？ 难道这是轻而易举的事吗？”她又指了指信。

利特维诺夫坐下了。

“我知道，这不容易，伊琳娜，我给你的信里也是这样说的……我理解你的处境。可是，如果你相信你的爱对我多么重要，如果我的话能使你信服，那么你同样也能理解，现在我看到你流泪时心中是什么滋味。我来到这里就像一名被告，在等候对我的宣判。是死还是生？ 你的回答将决定一切。不过你不要用这种眼光看着我……它使我想起了从前在莫斯科时的那双眼睛。”

伊琳娜突然飞红了脸，扭过脸去，似乎她自己也感到她的眼光有些不妥。

“你在说什么呀，格里戈里？ 你真不害臊！ 你想知道我的回答……难道你对它还有怀疑不成！ 我的眼泪使你不安……可是你不明白我为什么流泪。我的朋友，你的信引起了我的思考。你说，我的爱取代了你的一切，甚至你过去的全部学业现在都搁置不用了。我不禁要问自己，一个男人能够只靠爱情生活吗？ 爱情不会最终使他厌倦？ 他不会再想有所作为？ 他不会怨恨那个使他一事无成的罪魁吗？ 这个想法把我吓坏了，我害怕的正是这个，而不是像你设想的那样。”

利特维诺夫注意地望望伊琳娜，伊琳娜也凝视了他一会儿，似乎他俩都想更深更透地看清对方的心思，更深更透地了解那非言语能够表达的涵义。

“你不必害怕这个，”利特维诺夫说，“大概是我的表达能力太差了。你说厌倦！ 一事无成？ 当你的爱使我获得新的力量的时候？ 啊，伊琳娜，你要相信，你的爱就是我的整个世界，现在我自己都无法预料，将来会有什么从这个世界中发扬光大！”

伊琳娜沉思起来。

“我们能到什么地方去呢？”她悄声说。

“到什么地方？这个我们再商量。这么说……这么说你同意了？你同意了，伊琳娜？”

她看了他一眼。

“将来你会幸福吗？”

“啊，伊琳娜！”

“将来你一点也不后悔？永不后悔？”

她俯下身去，又开始扒拉硬纸盒里的花边。

“亲爱的，在这种时候我摆弄这无聊的东西，你可别生气……我不得不去参加一位夫人的舞会，他们给我送来这些破东西，今天我一定要挑选好。唉！我心里难受极了！”她突然大声说，把脸贴到纸盒边上，泪珠又扑簌簌落了下来……她掉过脸去，免得眼泪滴在花边上。

“伊琳娜，你又哭了，”利特维诺夫不安地说。

“是啊，又哭了，”伊琳娜跟着说。“唉，格里戈里，别折磨我，别折磨自己！……让我们做自由的人吧！我哭又有何妨！连我自己也不明白，为什么要流这些眼泪！你知道，你听见我说了我的决心，你相信这决心是不会改变的，我答应你……你是怎么说的？……要么拥有一切，要么一无所有……还需要什么呢？让我们享受自由吧！何必互相套上枷锁呢？现在只有我和你，你爱我，我也爱你。难道我们只会一味地彼此追问对方的看法吗？请你看着我，我并不想在你面前装模作样，我丝毫也不曾向你暗示过，说我也许不能轻易地破坏夫妻义务……我不想骗自己，我知道我是有罪的女人，**他**有权杀死我。那又怎么样呢！ 听我说，让我们享受自由吧。一天属于我们，一辈子就属于我们。”

她从圈椅上站起来，微笑着，眯起眼睛，从头到脚打量着利特维诺夫，同时伸出她那裸露到臂弯的手，把脸上一绺长长的鬈发撩开，那发绺上还沾着几颗晶莹的泪珠。一条钩花的贵重围巾从桌上滑了下来，掉在伊琳娜脚边的地板上，她轻蔑地把它踩在脚下。

“是不是你今天不喜欢我了？ 从昨天起我变丑了吗？ 告诉我，你经常看见比这更漂亮的手臂吗？ 这头发怎么样？ 说呀，你爱我吗？”

她用双臂拥抱着他，把他的头贴在自己的胸口，她的发梳叮的一声掉落了，她的秀发披散了，那郁郁的发香便轻浪似地向他涌来。

二十四

利特维诺夫低头沉思，在旅馆的房间里走来走去。现在他必须立即把理论付诸实践，为私奔筹措钱款，确定逃跑方式，准备迁居到未知的他乡异域……可是，也真奇怪！ 他考虑得更多的并不是钱和方式，而是他再三坚持的这个主张是不是真正毫不含糊地决定下来了？ 是不是一言既出驷马难追了？ 不过，伊琳娜临别时对他说了：“去做吧，做吧，准备好了就告诉我一声。”一言为定！ 不必怀疑了……应该开始行动。于是眼下利特维诺夫就开始动脑筋。首先是钱的问题。利特维诺夫身边现有一千三百二十八盾，折合二千八百五十五法国法郎，数目不大，但可以维持最初的开销。必须马上写信给父亲，让他尽可能多汇些钱来，哪怕卖掉树林和一部分土地……找个什么借口呢？ ……借口总是能找到的。不错，伊琳娜提到过她的 bijoux，可是决不能把这个也算在里面，说不定遇到倒霉的日子它能派上点用场。再说他还有一只精制的日内瓦怀表，至少也值……四百法郎吧。利特维诺夫去找一位银行家，转弯抹角地问他，可否在需要的时候向银行贷一点钱。巴登的银行家都是些饱经世故的谨慎人，听到这种绕弯子的话，马上就做出一副老气横秋的样子，活像一支被镰刀刃碰折了的野花。有的银行家会当面对你呵呵大笑，仿佛很欣赏你这个天真的玩笑。利特维诺夫甚至不顾脸面到轮盘赌上去碰运气，他不怕丢人，在三十号上只押了三马克银币，暗合他今年三十岁之数，他想赢点钱为他的资本凑个整数，结果真的凑成了，他把二十八个盾的零头输掉了。第二个问题也相当重要，就是护照怎么办。不过女人并非一定得持有护照，有些国家根本就不要求，例如比利时和英国，何况也可以不办俄国护照。利特维诺夫十分认真地考虑着这些事，他决心很大，毫不动摇，可是，与他的意愿相反，或者说不由自主，他的这些深谋远虑仿佛都带着一种轻佻可笑的意味；他的做法形同儿戏，似乎在实际生活中从未有人真正私奔过，这些都不过是喜剧和小说的虚构，而且大抵发生在外省的什么楚赫洛姆县或瑟兹兰斯克县，照一位旅行家的说法，那种地方的人有时候会无聊得上吐下泻。利特维诺夫这时想起了他的一位朋友，退伍骑兵少尉巴措夫，此人曾用一辆带铃铛的驿站三套马车拐跑了某商人的女儿，他事先把女方父母包括未婚妻本人都灌醉了，可是后来发现他上了别人的当，还差点给人家用刀子捅死。利特维诺夫对自己十分恼火：现在回忆这种事太不合时宜了。他马上又想起了塔季扬娜，想到她的突然离去，所有这些悲哀、痛苦和羞耻，遂更加深切地感到，他要做的事情并非儿戏，他对伊琳娜说的那句话是对的：为了他的名誉他已经别无出路……一想到伊琳娜的名字，顿时又有一种火辣辣的既甜蜜又痛楚的感觉萦绕并凝滞在他的心头。

这时他背后响起了一阵马蹄声……他闪到路旁……伊琳娜骑着马赶过了他，和她并辔而行的是胖将军。她认出了利特维诺夫，朝他点点头，在马肋上加了一鞭，让马撒开大步，突然纵辔飞奔起来，只见她的黑面纱在风中上下飘舞……

“Pas si vite! Nom de Dieu! pas si vite![①]”胖将军叫了起来，跟在她后面也疾驰而去。

二十五

第二天上午，利特维诺夫又和那位银行家谈论了一通我国汇率的变化莫测，以及最好用什么办法汇款到国外，他刚刚回到旅馆，看门人就交给他一封信。他认出是伊琳娜的笔迹，不知为什么，还没有启封他就有不祥的预感，他回到了自己的房间。利特维诺夫看到的信（用法语写的）全文如下：

“我亲爱的！对于你提出的办法我考虑了一整夜……我不想欺瞒你。你既坦诚待我，我也坦诚直言：我**不能**跟你逃走，我**力不从心**。我感到对你有罪，这第二次罪过更甚于第一次。我鄙视自己，鄙视我的懦弱，万般责骂我自己，但我无法改变自己。是我毁了你的幸福，现在你确实有权把我看作水性杨花的女人，是我自己主动找你，向你许下了郑重的诺言……现在我

① 法语：别这么快！ 看在上帝面上！ 别这么快！

向自己证明这些又有什么用呢。我很害怕，我痛恨自己，然而我没有别的办法，我没有，没有。我不打算为自己辩解，不想对你说我也曾一往情深……这些都毫无意义；不过我要告诉你，再三再四地告诉你：我是你的，永远是你的，只要你愿意，你随时都可以占有我，无需回报，不受约束，我属于你……但是要我逃走，抛弃一切……不！不！不！我曾恳求你挽救我，我曾希望消除一切旧恶，犹如将它们付之一炬……看来我已经不可救药了；看来我中毒太深了；看来这是多年来呼吸乌烟瘴气不可避免的恶果！我犹豫了很久，要不要给你写这封信；想到你可能会采取什么决定我就感到恐惧，我只能寄希望于你对我的爱了。我认为，就我而言，不对你说真话是可耻的，特别是你也许为实现我们的计划已经走出了第一步。唉！计划虽然美好，只是无法实现。啊，我的朋友，你可以把我当作一个轻浮而软弱的女人，你可以看不起我，只是不要抛弃我，不要抛弃你的伊琳娜！……我离不开这个上流社会，而生活在其中我又不能没有你。我们不久就要回彼得堡了，你也上那儿去吧，就住在那儿，我们为你找个职业，你以往的心血不会白费，一定会有用武之地的……只要你生活在我的身边，只要你爱我，爱这个一身毛病和弱点的原来的我。你要知道，没有一个人的心会像你的伊琳娜的心这样温柔地忠于你。快到我这儿来吧，见不到你，我不会有片刻的安宁。

你的、你的、你的 И.”

利特维诺夫感到一股热血猛地冲向头部，有如铁锤的重击，然后它慢慢地、沉重地流到心脏，石块似地凝结在那里了。他把伊琳娜的信又看了一遍，就像上次在莫斯科那样，疲惫地往沙发上一倒，就不动弹了。黑暗的深渊突然从四面八方将他包围，他茫然地、绝望地看着这一片黑暗。原来这又是，又是一场欺骗，不，比欺骗更坏。这是谎言，是卑劣……生活破灭了，一切都连根拔起，干净彻底，那唯一可以抓住的，那最后的支柱，也打得粉碎了！“你跟着我们上彼得堡去，”他在心里发出几声苦笑说，“我们在那儿为你找个职业……”“要提升我当个科长吗？这个**我们**是谁？这是她又旧病复发了！这是她的丑恶隐私，是我所不了解的、而她却想完全消除和付之一炬的隐私！这就是那个充满阴谋诡计、秘密瓜葛的世界，什么别利斯卡娅、多利斯卡娅们的风流韵事的世界……多么好的前程，多么光彩的角色在等着我啊！生活在她的身边，时时拜访她，分担这位时髦贵妇荒淫无度害上的忧郁症，她厌恶上流社会，离开了它却又活不成；你就去当她的，当然也是那位大人的……家庭之友吧，直到……直到她的任性得到满足，平民朋友失去了吸引力，由那位胖将军或者菲尼科夫先生取而代之为止——这都是可行的，愉快的，也许还是有益的……她不是大谈我的才干需要有用武之地吗？而我的计划却无法实现！无法实现……”利特维诺夫的心中犹如雷雨前的阵风，突然起了一阵疯狂的冲动……伊琳娜信里的每一句话都激怒着他，她信誓旦旦地说她的感情始终不渝，更使他觉得受了侮辱。“绝不能就此罢休，”他大声道，“我不许她这样无情地玩弄我的生活……”

利特维诺夫霍地站起来，一把抓过帽子。怎么办？到她那儿去吗？回她一封信吗？他站住了，垂下了双手。

是啊，怎么办呢？

不是他要她作出那个致命的选择吗？她的选择没有如他的心愿……任何选择都可能遭此不测的。她改变了自己的决定，这是事实；是她自己首先表示要抛弃一切跟他走，这也是事实。但她并没有否认她的过错，她直截了当地说自己是个软弱女人，她不想欺骗他，她只是自欺自惑罢了……这有什么可非议的呢？至少她没有假装，没有说谎……她对他倒是坦诚相待，坦诚得如此无情无义。没有什么东西迫使她现在就吐露实情，没有什么东西妨碍她对他许愿安慰，拖延搪塞，直到她离开巴登……跟她丈夫前往意大利的那一天！但是她毁掉了他的生活，她断送了两个人的一生！……这还不够吗！

对塔季扬娜有罪的不是她，而是他，是他利特维诺夫一个人，他无权摆脱这铁锁加身一般的罪责……既然如此，现在还能怎么办呢？

他又扑倒在沙发上，时间又在昏暗沉寂中了无痕迹地一分一秒地飞逝……

“要不，就听她的吧？”他脑中一闪念。“她爱我，她是我的，我俩心心相印，这激情在时隔多年之后又如此强烈地迸发出来，其中是否有一种类乎自然规律的不可避免、无法抗拒的因素呢？住在彼得堡……难道我是第一个处在这种地位的人吗？我和她或许能找到一个栖身之所……”

他沉思起来。伊琳娜的身影又悄悄浮现在眼前，这是在他最后的回忆里永远铭刻于他心中的形象……

但为时不久……他醒悟过来，又怒不可遏地驱走了这些回忆和这迷人的倩影。

“你用金杯给我饮酒，”他大声说，“可是酒中有毒，你洁白的翅膀也玷污了……滚开吧！ 我……赶走了自己的未婚妻之后……跟你留在这里……这是可耻的，可耻的事情！”他痛苦地握紧了双手。这时另一张脸庞从幽暗的深处浮现了，这张凝然不动的脸上还留着痛苦的痕迹，它那临别的目光里饱含着无声的谴责……

利特维诺夫这样折磨了很久，他心乱如麻，首鼠两端，久久地辗转反侧，就像一个危重病人……最后他终于平静下来，作出了决定……其实从最初的一瞬他就预感到这个决定……只是当初它显得那么遥远，在内心斗争的旋风与昏暗中像个隐约可见的亮点。后来这亮点越来越近了，终于如一把冰凉的利刃刺进了他的心。

利特维诺夫又把手提箱从角落里拖出来，不慌不忙地，甚至带着一种麻木感仔细收拾好行装，打铃叫来侍者，结清了房钱，然后命人给伊琳娜送去一封用俄文写的信，内容如下：

> “我不知道，现在您对我的罪过是否更胜于那一次；但我知道，这一次的打击要沉重得多……这是了结。您告诉我：‘我不能’；我也同样告诉您：‘我不能’……不能按照您的意思去做。我不能，也不愿意。您不必回信。您不可能作出唯一令我能接受的答复。明早我乘头班火车离开这里。别了，祝您幸福……我们大概永远不会再见面了。”

直到夜晚利特维诺夫都没有出过房门。他是否期待着什么，只有天知道！ 当晚七时左右，一位披黑披肩、戴面纱的太太曾两次走近他那家旅馆的台阶。后来她退到一旁，向远处望了望，突然做了个坚决的手势，第三次向台阶走去……

“您上哪儿去，伊琳娜·帕夫洛夫娜？”从她身后传来一个紧张的声音。

她猛一回头……看见波图金向她跑过来。

她停住脚，想了想，就向他奔过去，挽住他的胳膊，把他拉到旁边。

“带我走，带我走吧，”她气喘吁吁地说。

“您怎么啦，伊琳娜·帕夫洛夫娜？”波图金惊讶道。

“带我走吧，”她再一次更吃力地说，“如果您不愿意我永远留在……那边！”

波图金顺从地低下头，两人就匆匆走了。

第二天一清早，利特维诺夫已经整装待发，这时忽然走进一个人来……还是那位波图金。

波图金默默走到他跟前，默默握了握他的手。利特维诺夫也不说话。他俩都拉长了脸，都徒然地想装出笑容。

“我是来祝您一路平安，”波图金终于开口道。

“您怎么知道我今天要走？”利特维诺夫问。

波图金左顾右盼地望望脚下的地板……

“您看……这个我已经知道了。到头来，我俩最后的一次谈话变得这样奇怪……我要对您表示我由衷的同情，否则我不想和您分别。”

“现在我要走的时候……您同情我？”

波图金忧伤地望望利特维诺夫。

“唉，格里戈里·米哈伊雷奇，格里戈里·米哈伊雷奇，”他轻轻叹了口气说，“我们现在哪儿有心思抠字眼斗嘴皮啊。据我看您对祖国文学不大感兴趣，所以也许您不知道瓦西卡·布斯拉耶夫的故事吧？”

“您说谁？”

“瓦西卡·布斯拉耶夫，诺夫哥罗德的好汉……在基尔沙·达尼洛夫的文集里有他的故事。”

“哪个布斯拉耶夫？”利特维诺夫道，对这突然的一说有些摸不着头脑。“我不知道。”

“噢，没关系。我不过想请您注意这样一个故事。瓦西卡·布斯拉耶夫带领他的诺夫哥罗德同胞们到耶路撒冷去朝圣，令他们大吃一惊的是，他竟然赤身裸体在约旦圣河里洗了一把澡，因为他‘既不迷信打喷嚏，也不迷信梦和乌鸦叫’。这位讲逻辑的瓦西卡·布斯拉耶夫爬上了法沃尔山，山顶上有一块巨石，无论谁都别想从上面跳过去……瓦西卡也想试试运气。他在半路上碰到一个死人骷髅头，就踢了它一脚。骷髅头对他说：‘你干吗踢我？ 我能活在人世上，也能躺在尘土里，将来你也一样。’果然不错：瓦西卡去跳巨石，整个身子跳过去了，但鞋后跟绊了一下，他就摔死了。我在这里要顺便提一下，我的那些斯拉夫派朋友特别喜欢去踢各种各样的死人头骨和腐朽民族，他们倒不妨多想一想这个民间壮士歌的故事。”

“您说这些是什么意思？”利特维诺夫终于不耐烦地打断了他。“我该走了，对不起……”

“我的意思是，”波图金答道，他的眼睛里闪露出一种友好的神情，竟出乎利特维诺夫的意料之外，“我的意思是，您不去踢那种死人头骨，而且由于您的善良，您或许能够跳过那块致命的巨石。我不再耽搁您了，不过请允许我在临别时拥抱您。”

“我并不打算去跳那块石头，”利特维诺夫说罢跟波图金吻了三次，此刻在他万分伤感的心中又掺进了一缕对这个孤独不幸者的怜悯之情。“该走了，该走了……”他在房间里忙乱起来。

“我帮您拿点东西好吗？”波图金表示愿意帮忙。

“不，谢谢，不必费心了，我自己……”他戴上帽子，提起旅行袋。“那么，您说，”他走到房门口又问道，“您见到她了？”

“是的，见到了。”

“那么……她怎么样？”

波图金沉默了一会儿。

“她昨天等过您……今天还会等您。”

“啊！那就请您告诉她……不，不必了，一切都不必了。别了……别了！”

“别了，格里戈里·米哈伊雷奇……请让我对您再进一言。您还来得及听我说完。离火车开还有半个多小时。现在您回到俄国去……您在那里……渐渐地……会有所作为……请允许我这饶舌的老家伙（我，唉！我充其量只是个饶舌者）给您一句临别赠言。每当您着手一件事业时，先要问一问自己：您是否在为文明服务（我说的是准确、严格意义上的文明），您是否在实践一种文明的理念，您的工作是否带着那种有教育意义的欧洲性质——这在我们当代是唯一有用而有效的。如果是这样，您就勇往直前吧，因为您的路走对了，您的事业是美好的事业！谢天谢地！如今您不是单枪匹马。您不会是‘沙漠上的播种者’。我们已经有了一批劳动者……先驱者……不过，这会儿您顾不上听这些了。别了，不要忘了我！”

利特维诺夫快步奔下楼梯，一头钻进马车，驶到了火车站，一路上他没有回顾过一眼这座留下了他的许多生活痕迹的城市……他仿佛投身于一股浪潮，凭其挟持，任其所之，他咬定牙关随波逐流……决不表示出任何个人的不同意向。

他正要走进车厢。

“格里戈里 · 米哈伊洛维奇……格里戈里……”他听见背后有人用恳求的声音轻轻唤他。

他打了个寒颤……莫非是伊琳娜？果然就是她。她裹着一条女仆的披巾，蓬乱的头发上戴着旅行帽，她站在月台上，用一对失神的眼睛望着他。“回去吧，回去吧，我是来接你的，”仿佛她的眼睛在说。这对眼睛里充满了多少许诺啊！她一动不动站着，再也说不出一句话。她的全副内心，那衣着不整的外表，似乎都在请求他的宽恕……

利特维诺夫勉强站稳了脚，差一点没向她扑过去……但是他投身其中的那股浪潮占了上风……他纵身跨进车厢，回过头对伊琳娜指了指他旁边的空位子。她明白了他的意思。时间还没有消逝。只要迈出一步，只需一个动作，两个生命就会永远结合在一起，一同驰向那未知的远方……她正在犹豫不决，忽听得汽笛一声响亮长鸣，火车开动了。

利特维诺夫向座位上一靠，伊琳娜则摇摇晃晃走到一条长椅前，瘫倒在上面，一位偶然转到火车站来的低级外交官见状大为惊讶。他跟伊琳娜不太熟悉，但对她很感兴趣，看见她好像晕倒了，以为她是une attaque de nerfs①，顿觉得应该帮助她一下，这是他这位d'un galand chevalier②义不容辞的责任。但使他更加惊讶的是，他刚刚开口对她说话，她突然站了起来，一把推开他的手，跑出了火车站，不多会儿她的身影就消失在黑林山初秋时节常见的乳白色的雾气中。

---

① 法语：神经病发作。
② 法语：殷勤男士。

二十六

记得有一次，我们偶然走进一家农妇的木屋，她刚刚失去了她的宝贝独生子，我们看见她泰然自若，甚至乐呵呵的样子，着实感到吃惊。她丈夫像是觉察到我们的惊讶，就说："别管她，这会儿她在发愣。"利特维诺夫正是处在这种"发愣"的状态。在旅途最初的几小时里，他也显得相当平静。万分不幸、一蹶不振的他，倒可以趁此稍事休息，在经历了一周来的忧患、折磨，遭受了一次接一次落在他头上的打击之后暂且休息一下。他生来经不起这样的风暴，所以他受到的震撼就更加剧烈。如今他确实没有了任何指望，他也尽量不去回忆往事，回忆是最可怕的了。现在他要回俄国去……总得有个地方去吧！ 但他此行丝毫不抱有个人打算。他已经认不出自己，不理解自己的所作所为，他仿佛丧失了真正的"我"，对这个"我"压根儿就很少关心。有时他觉得自己不过是一具行尸走肉。只有当那无法医治的心灵创伤偶尔引起一阵痛苦痉挛时，他才想起来他还是个活人。有时他又觉得不可索解，怎么一个男人（一个男子汉！）竟会被一个女人，被爱情左右到如此地步呢……"懦弱可耻！"他小声道，一面抖了抖外套，把身子坐得更稳当些，仿佛想说：旧的结束了，让我们开始新的吧……可是才过了一分钟，他又只好面带苦笑，对自己感到惊讶了。于是他向车窗外望去。天气阴沉潮湿：虽没有下雨，但雾气不消，天空布满了低低的云层。风从列车迎面吹来，白蒙蒙的蒸汽有时和黑烟搅在一起，一团团组成无尽的长串，从利特维诺夫的窗口疾驰而过。他开始注意这蒸汽，这烟。只见它们不断盘旋起落，翻卷飘荡，忽而粘在草丛间，忽而挂在灌木上，或扭曲，或伸延，或消散，成团成串地飞驰不已，它们不断地改变形状却万变不离其宗……这是多么单调、匆忙而乏味的游戏啊！ 当风向转变或铁路拐弯时，这些烟气便突然消失，马上就出现在对面的窗口，然后长大的尾巴重又卷回来，重又在利特维诺夫的眼前遮蔽了辽阔的莱茵河平原。他看着，看着，不禁生出一个奇怪的想法……车厢里只有他一个人，谁也不会来打搅他。“烟，烟，”他反复念叨着，忽然觉得世间万事皆如烟，他个人的生活，俄罗斯的生活，一切人间的，特别是俄国的东西无不如此。一切都像这烟和蒸汽，他想。似乎一切都在不停地变化，新的形象处处可见，新的现象层出不穷，其实永远都是老一套。一切都在急急忙忙奔向什么地方，但总是达不到任何目标，最后消失得无影无踪；另一股风吹来时，一切就奔向相反的方向，再去重复那无休无止、纷扰不安、毫无必要的游戏。他想起了近些年他亲眼目睹的许多轰动事件……烟，他悄声说，烟。他想起了在古巴廖夫那里，在进步的、落后的、老少尊卑各色人等那里所听到的热烈争论、交谈和叫喊……烟，他又说，烟和蒸汽。最后，他想起了那次著名的野餐，想起了另一些国家要人的另一些高谈阔论，甚至还想起了波图金的一整套说教……烟，烟，如此而已。那么，什么是他自己的意向、情感、尝试和梦想呢？ 他认为也都不屑一提了。

火车不住地奔驰，奔驰。拉什塔德、卡尔斯鲁厄、布鲁赫扎尔均已远远抛在后面。铁路右侧的群山，先是向远方退去，后来又向火车逼近，但已不那样高峻，林木也不那么葱茏了……火车转了个急弯……就到达了海德堡。车身徐徐驶进站台。耳边响起了报贩们的吆喝声，他们叫卖各种报刊，甚至也有俄国的。旅客们在座位上忙碌起来，走到月台上去。利特维诺夫没有离开他的角落，仍旧低着头坐在那儿。突然有人叫了一声他的名字，他抬起眼睛，只见宾达索夫的嘴脸伸进车窗里来，在宾达索夫的背后（是他看花了眼吗？ 不，是千真万确）竟是巴登的全体熟人：瞧，那是苏汉奇科娃，那是沃罗希洛夫，那是巴姆巴耶夫。大家都朝他走过来，宾达索夫扯起嗓子喊道：

“皮夏尔金在哪儿呀？ 我们在等他。算了吧。快下来呀，你这没出息的，我们大伙到古巴廖夫那儿去。”

“是呀，老弟，是呀，古巴廖夫在等我们，”巴姆巴耶夫挤到前面来附和道，“下车吧。”

利特维诺夫若不是心头沉重麻木，怕是会发起脾气来。他看了宾达索夫一眼，默默地掉过头去。

“对您说，古巴廖夫在这里！”苏汉奇科娃嚷道，她的眼珠子差些就迸出来了。

利特维诺夫纹丝不动。

“你听着，利特维诺夫，”巴姆巴耶夫最后说，“这儿不只是古巴廖夫一个人，这儿还有整整一大帮最聪明最优秀的青年人，都是俄国人。他们全都从事自然科学，全都具有最崇高的信仰！ 你得了吧，就是为了他们你也该留下来。这儿还有一位，比如说……嗐！ 忘记他姓什么了！ 简直就是一位天才！”

“您别管他了，别管他了，罗斯季斯拉夫·阿尔达利奥内奇，”苏汉奇科娃插进来说，“别管他！ 您看见他是什么样的人，他家祖祖辈辈全都是这样的。他有个姑妈，起先我当她是个明白人，前天跟我坐同一趟车到这儿来的，她是三天前才到的巴登，你瞧！ 这么快就往回赶了。既然跟她同路，我就一再问她为什么要这样……你们信不信，从这个傲慢女人的嘴里简直掏不出一个字来。讨厌的女贵族！”

可怜的卡皮托利娜·马尔科夫娜竟然变成了女贵族！她会料到这样的奇耻大辱吗？！

利特维诺夫始终不说话，只管把脸别过去，把帽子拉到眼睛上。火车终于开动了。

“连一句告别的话也不说，你这个石头人！”巴姆巴耶夫叫喊道。“怎么可以这样呀！”

“废物！笨蛋！”宾达索夫吼道。列车的速度越来越快，他就放心大胆地骂起来。“守财奴，软骨头，不起眼的小东西！！”

最后这个称呼，不知是宾达索夫的即兴发明，还是从别人那儿传来的二手货，看样子，当时在场的两位研究自然科学的高尚青年对它非常欣赏，因为几天后这个称呼就见诸海德堡的一家俄文期刊，刊名为：《上帝不说，猪都不食》，德文是：《A tout venant je crache!》

利特维诺夫重又念叨起那个字来：烟，烟，烟！他想，海德堡现有一百多名俄国大学生，他们清一色学的是化学、物理和生理学，对别的一概不感兴趣……可是五六年之后，同是那些名牌教授的课堂上，恐怕连十五个学生也剩不下来了……风向一转，烟就会涌向别处……烟……烟……烟！

入夜，车过卡塞尔。难耐的愁闷挟着黑暗，像一只老鹰袭上他的心头。他躲在车厢的角落里哭了。他流泪流了很久，但泪水并不使他心里轻松些，他反而感到一阵阵的揪扯和刺痛。就在此时，在卡塞尔的一家旅馆里，卧病不起的塔季扬娜正发着高烧。卡皮托利娜·马尔科夫娜守护在她身旁。

“塔尼娅，”她说，“看在上帝面上，让我发电报给格里戈里·米哈伊洛维奇吧。让我去吧，塔尼娅。”

“不，姑妈，”她答道，“不必了，你别害怕。给我喝点水，很快就会好的。”

一星期后她果然康复了，两位女友便又继续她们的旅程。

二十七

利特维诺夫没有在彼得堡和莫斯科作停留，就回到了自家的庄园。他见到父亲衰老憔悴已极的样子，简直吓坏了。儿子回来，老人自然高兴，不过他已是风烛残年。他当即把乱糟糟的一堆家业交给了儿子，又勉强撑持了几个星期，就与世长辞了。利特维诺夫独自一人留在老爷住的破旧小厢房里，怀着沉重的心情，没有希望，没有热忱，也没有钱，开始经营农务。在俄国经营农业并非乐事，这是尽人皆知的。利特维诺夫怎样为此犯难，我们就无需赘述了。关于推陈出新的改革自然无从谈起，把外国的知识学以致用也无限期推迟。穷困迫使他苦苦度日，对别人作出种种让步——有物质上的也有精神上的。新事物难以接受，旧事物衰弱腐朽；能力不济碰上敷衍塞责；整个生活动荡紊乱，就像沼泽的泥淖，唯有“自由”这个伟大的字眼，仿佛上帝之灵飞扬在江湖之上。首先需要的是忍耐，但不是苦打苦熬，而是积极主动、坚持不懈的忍耐，当然也少不了圆通练达，有时还得要一点滑头……利特维诺夫由于心境不佳，自然是双倍的艰难。他既生趣无多……哪儿还有心思去奔走和工作呢?

然而一年过去，又过了一年，第三年开始了。宏伟的设想稍稍见诸实施，变得有血有肉，播下的种子已经发芽，无论是公开的还是暗藏的敌人，都不能将它粗暴地践踏了。利特维诺夫最后虽然把大部分土地按对分制租给了农民，也就是搞起了一种粗糙原始的经营，但是他毕竟有所成就，他恢复了工厂，开办了一个只有五名雇工的小小农场（往年雇工曾多达四十人），偿清了大头的私人债务……他的精神也振作起来，又开始像原先的那个利特维诺夫了。诚然，深藏在心底的郁悒感从来不曾离开过他，按年龄他过早地变得寡言少语，自闭在狭小的圈子里，断绝了一切故交旧友……但是那心如死灰的冷漠已经消失，他重又像一个活人在活人中间奔走忙碌而有所事事了。昔日的痴迷也已无影无踪，巴登的那些往事恍如梦幻一般……伊琳娜怎样了？……她的形象也暗淡了，消隐了，利特维诺夫只是模糊感到，有一片雾气渐渐把她笼罩，那雾气里面暗藏着某种危险。关于塔季扬娜偶尔有消息传来。他知道她跟姑母一起住在自家的田庄上，离此地约两百俄里，过着恬静的生活，很少外出，几乎不见客，但身体健康，心境平和。有一天，那是五月的一个晴朗日子，利特维诺夫坐在书房里随手翻阅新出的一期彼得堡杂志，仆人进来禀报说，他年迈的舅舅驾到。这位舅爷算来是卡皮托利娜·马尔科夫娜的表兄，不久前曾去过她那里。他在利特维诺夫家附近买了一座田庄，现在要到那儿去看看。他在外甥家一连住了好几天，讲了许多关于塔季扬娜日常生活的情况。舅舅走后第二天，利特维诺夫给她发出了他们分手以后的第一封信。他请求对方允许哪怕只是恢复文字之交，并希望知道，他是否应该永远打消跟她见面的念头？他有些激动地等待回音……回信终于来了。塔季扬娜友好地答复了他的询问。“如果您想来看我们，”她在信末说，“我们欢迎您来：常言道，两个病人在一起也比单独好。”卡皮托利娜·马尔科夫娜附笔问候他。利特维诺夫高兴得像个孩子，很久很久没有什么事情令他如此快乐地心跳了。他突然觉得心里轻松而亮堂，宛如太阳升起，驱散黑夜，晨风挟着阳光轻快地拂过苏醒的大地。这一整天利特维诺夫都在笑，甚至当他巡视农场、吩咐下人的时候也如此。他立即开始打点行装，两个星期后，他踏上了造访塔季扬娜的旅程。

二十八

他乘坐的马车在乡间土道上走得挺慢，没有碰到什么特别意外之事，只是有一次，后轮的轮箍绷断了。铁匠锻接了半天，又骂轮箍又骂自己，最后还是把它扔了。幸好在我们这里，就是轮箍断了也照样可以旅行，特别是走“软道”，亦即在泥泞中行车。不过利特维诺夫还是有过两三次相当有趣的邂逅。在一个驿站上，他恰巧碰上调停官会审法庭在开庭，庭长就是皮夏尔金。他给利特维诺夫的印象，似乎他就是古代的梭伦执政官或所罗门大帝，他的演说充满了高深的智慧，无论地主还是农民，都对他无比崇敬……他的外貌也可以直追前贤：颅顶已经童童然，发胖的脸蛋像肉冻似地凝聚着一种无上美德的庄严神情。他欢迎利特维诺夫光临“敝县——恕我斗胆自负地这样说”。说罢马上被一阵善良的激情所冲动，愣住了好半天。不过他还是通报了一条消息，是关于沃罗希洛夫的。这位金榜题名的勇士又回去担任军职，并且已经为本团的军官们上了一堂《论佛教》还是《力本论》什么的，总之是诸如此类的课……皮夏尔金记不清楚了。到了第二个驿站，利特维诺夫等套车的马匹等了好久。那是凌晨时分，他坐在车里打盹，有个似乎耳熟的声音把他吵醒了：他睁开眼睛……

天哪！那个穿灰色上衣和宽大睡裤、站在驿站木屋的台阶上骂人的，不就是古巴廖夫先生吗？……不，那不是古巴廖夫先生……可是简直像极了！……这位老爷的嘴巴更阔，牙齿更露，无神的眼光显得更凶狠，而且鼻子也更大，胡须也更多，整个外形更加笨重而可憎。

“下—流坯，下—流坯！”他张开豺狼般的大口，慢吞吞、恶狠狠地骂着。“坏极了的乡巴佬……这就叫做自由……牛皮吹破了的自由……连马都弄不到……下—流坯！”

“下—流坯，下—流坯！”木屋里传出另一个声音，台阶上又站出来一个人，同样穿着灰色上衣和宽大睡裤，这一回千真万确就是古巴廖夫先生本人，斯捷潘·尼古拉耶维奇·古巴廖夫了。“坏极了的乡巴佬！”他也学他哥哥的腔调接着骂道（原来第一位先生是他的大哥，就是替他掌管地产的“那位爱动拳头的”旧式老爷）。“他们真欠揍，就这么回事。抽他们大嘴巴，就是给他们的自由，给他个够……叫他们胡说八道……好个乡长！……真想给他们几下！……这位麦歇[①]罗斯通上哪儿去啦？……他能管什么用？……这是他的事，这个吃白饭的……不该让我们心烦……”

“我对您说过，老弟，”古巴廖夫大哥道，“他一点用处也没有，就是个吃白饭的！您不过是念在旧情上……麦歇罗斯通，麦歇罗斯通！……你跑到哪儿去啦？”

“罗斯通！罗斯通！”伟大的古巴廖夫小弟叫了起来。“您得好好地唤他，多里梅东特·尼古拉伊奇老哥。”

“我正在唤他呢，斯捷潘·尼古拉伊奇老弟。麦歇罗斯通！”

“我来了，我来了，我来了！”一个人急急忙忙地答应着，从木屋

---

① 法语（音）：先生。

后面窜了出来，原来是巴姆巴耶夫。

利特维诺夫不禁惊叫了一声。这个倒霉的热心人穿着一件肥大破旧的骠骑兵式上衣，袖子都绽了线，一副寒酸样。他的相貌倒变化不大，只是五官歪斜，像是攒到了一起，惊慌不安的小眼睛露出奴性的惶恐和一种巴不得俯首帖耳的神气，只有那撇染色的小胡子依旧翘在厚厚的嘴唇上。台阶上面的古巴廖夫兄弟立刻同声斥责起他来。他站在他们脚下的泥泞里，低三下四地弓着腰，赔着笑脸让主人息怒，他把帽子攥在通红的手指里揉着，在原地跺着脚，嘴里喃喃地说，马匹这就准备好……但是兄弟俩还不肯罢休，直到古巴廖夫小弟终于抬起眼睛看见了利特维诺夫为止。不知道他是否认出了他，还是看到有生人在场不好意思了，只见他突然把脚后跟一旋，像头熊似地转过身子，把胡须咬在嘴里，一瘸一拐地走进了驿站的木屋。他大哥马上也不作声了，也像熊似地转过身去，跟在他后面走了。看样子，伟大的古巴廖夫在祖国也依然享有威望。巴姆巴耶夫正要跟随哥俩进去……利特维诺夫叫了他的名字。他回过头，仔细瞅了瞅，认出是利特维诺夫，就向他伸出双手直奔过来，他跑到马车跟前，抓住车门，把胸脯扑在上面，号啕大哭。

“好了，好了，巴姆巴耶夫，”利特维诺夫连连说，一面俯下身子，拍拍他的肩膀。

巴姆巴耶夫痛哭不止。

“瞧我……瞧我……弄到什么地步……”他抽抽搭搭地说。

“巴姆巴耶夫！”哥俩在木屋里吼叫起来。

巴姆巴耶夫抬起头，赶紧擦去眼泪。

“你好，亲爱的，”他小声说，“你好，再见吧！……你听，他们在叫了。”

“你怎么会到这儿来的？”利特维诺夫问，“这一切都是怎么回事？ 我以为他们在叫一个法国人呢……”

“我给他们……当管家，管事，”巴姆巴耶夫答道，向木屋那边指了指。“我变成法国人是为了逗乐。有什么法子呢，老弟！ 没有饭吃，身无分文，走投无路不得已啊。也顾不上脸面了。”

“**他**早就回俄国了吗？ 他怎么把过去的同道都甩了呢？”

“嗐，老弟！ 现在又不兴这些了……气候变了……苏汉奇科娃，就是马特廖娜·库兹明尼什娜，简直让他给叉着脖子撵走了。她伤心地去了葡萄牙。”

“怎么去了葡萄牙？ 这不荒唐吗？”

“是啊，老弟，她带着两个马特廖娜分子到葡萄牙去了。”

“带着谁？”

“马特廖娜分子，人家这么称呼她那个党的党员。”

“马特廖娜·库兹明尼什娜有一个党？ 党员多吗？”

“就这两个人。**他**回国快有半年了。别人都受到监视，惟独他没事儿。如今跟他哥哥住在乡下，你听听他现在说什么吧……”

“巴姆巴耶夫！”

“来了，斯捷潘·尼古拉伊奇，来了。亲爱的，你现在挺阔气，在享福了！ 谢天谢地！ 你这是上哪儿去呀？ ……真是没想到，没猜到……还记得巴登吗？ 唉，那是一段好日子啊！ 哦，你还记得宾达索夫吗？ 想不到吧，他死了。他当上了征税官，有一次在小饭店里打架，让人家拿棍子打碎了脑袋。是啊，是啊，艰难时世就要开始了！不过我还要说：俄罗斯……这是个什么样的俄罗斯啊！ 你就瞧瞧这一对笨鹅吧，全欧洲也找不到像他们这样的。地地道道的阿尔扎马斯种！”

巴姆巴耶夫用这几句话最后满足了一下心中不可抑制的兴奋感，就向驿站小屋跑去，于是又听见那边在叫他的名字，寒碜他。

这天傍晚，利特维诺夫抵达塔季扬娜居住的村庄。他从前的未婚妻的小屋，坐落在小山岗上，下临一条小河，屋子周围是一片新开辟的花园。小屋刚刚建好，也是崭新的，隔着小河和田野远远就能望见。利特维诺夫从两里外就看到了它那尖尖的阁楼和一排映照着火红夕阳的小窗户。他从最后一个驿站就开始暗暗感到不安，现在简直慌了神，这慌乱里带有喜悦，也带有恐惧。“她们会怎样接待我，”他想，“我可怎么见她们？……”为了排遣一下心思，他就跟车夫攀谈起来。车夫是个花白胡子的稳重的庄稼汉，不过他赶了不到二十五里路，却要了三十里的车钱。利特维诺夫问他是否认识舍斯托夫家的女东家。

“舍斯托夫家？怎么不认识！两位女主人心肠好，没说的！还给咱们治病呢。说真的，她们是医生！这十里八乡的人都来找她们看病。真的，都上这儿来。好比说，有人得了病，哪儿割破了什么的，马上就来找她们，她们马上给你敷一敷，抹上药膏，再吃点药粉，就没事了，真灵。你可别拿钱感谢她们，她们说这个不能答应，我们又不是为了钱。她们还办了一所学校……不过这是件吃力不讨好的事！”

车夫说话时，利特维诺夫一直目不转睛地望着那幢小屋……他看见有个穿白衣服的女人走到阳台上，站了一会儿又不见了……“莫非是她？”他的心剧烈地跳起来。“快！快！”他对车夫喊道。车夫加了几鞭，不多会儿，马车就驶进了敞开的大门……卡皮托利娜·马尔科夫娜已经站在台阶上了。她情不自禁地拍手喊道：“我认出来了，是我先认出来的！就是他！就是他！……我认出来了！”

利特维诺夫没等跑过来的小厮帮他打开车门，自己就一跃而下，他匆匆拥抱了一下卡皮托利娜·马尔科夫娜，就奔进屋去，穿过前堂，直入客厅……塔季扬娜羞答答地站在他面前，用她那双善良亲切的眼睛看了看他（她消瘦了些，这对她倒更合适），然后向他伸出手去。他没有握她的手，却一下跪倒在她跟前。她没料到会是这样，一时不知道说什么和怎么办……她不禁热泪盈眶。她吓了一跳，但脸上洋溢着喜悦……“格里戈里·米哈伊雷奇，这是怎么啦，格里戈里·米哈伊雷奇？”她说……而他仍在吻着她衣服的下沿……此刻他感慨万千地回忆起他在巴登也曾这样跪在她面前的情景……彼一时——此一时啊！

“塔尼娅，塔尼娅，”他反复说，“你饶恕了我吗，塔尼娅？”

“姑妈，姑妈，这是怎么啦？”塔季扬娜对走进来的卡皮托利娜·马尔科夫娜说。

“随他去，随他去吧，塔尼娅，”善良的老太婆答道，“你瞧，他是负荆请罪来了。”

故事也该结束了。无需赘言，读者自能猜到下文……不过，伊琳娜怎么样了？

她依旧那样迷人，虽然她已经三十岁了。无数的年轻人爱恋着她，还会有更多的人爱上她，要不是……要不是……

读者可否拨冗片刻，随同我们去彼得堡，到当地一座头等府第中一游？请看：您面前是一间宽敞的内厅，且不说它布置得多么阔气——这个词儿太鄙俗了，——它是那样富丽堂皇，气派非凡。您是否有些自惭形秽呢？ 您知道吧，您现在踏进了一座殿堂，一座最讲礼仪的、博爱美德的殿堂，总之，这是一座迥非凡俗的圣殿。一种神秘的，真正神秘的寂静笼罩着您。丝绒的门帘，丝绒的窗帘，松软的地毯，这一切都是为了抑制和减轻各种粗犷的声音和强烈的感觉。精心张挂的灯烛给人以庄重之感，沉闷的空气里浮动着恰如其分的香味；就连桌上茶炊发出的咝咝声，也是那样的有节制和不温不火。府第的女主人是彼得堡社会的大人物，她说话的声音轻得几乎听不见，任何时候都是如此，就好像房间里有人病得快要死了似的。别的太太也学她的样，一个个悄声细语，隐约可闻。而她那位正在给人斟茶的妹妹，更是光动嘴唇不出声。一位偶然来到这座礼仪之府、端坐在她面前的年轻人心里直纳闷儿，不明白她究竟要他做什么。其实这位令妹已经问他到第六遍了："Voulez-vous une tasse du thé?[①]"角落里还有一些仪表优雅的青年男人，他们的眼光里流露出讨好的神色，看似安详的脸孔上总透着几分谄媚。他们的胸前挂着许多亮闪闪的勋章。谈话自然也是轻声慢气地进行，内容涉及到精神世界和爱国主义，诸如格林卡的宗教诗《神水》、俄国在东方国家的使命、白俄罗斯的修道院和宗教集团等等。偶尔有穿制服的听差从柔软的地毯上悄无声息地走过，他们肥大的小腿肚穿着紧绷的长统丝袜，每走一步就无声地颤抖一下。这种强健肌肉的恭敬抖动，越发烘染出整个气氛的华丽、亲善和虔敬……这是一座殿堂！ 这是一座殿堂！

"今天您见到拉特米罗夫太太了吗？"一位女士柔声问道。

"今天我在丽莎家里碰见她了，"女主人用埃奥洛斯竖琴般悦耳的

---

① 法语：您不要一杯茶吗？

声音回答，“我真替她可惜……她的心太狠……elle n'a pas la foi. [①]”

“是啊，是啊，”女士连连称是……“记得彼得·伊万内奇这样说过，他说得太对了，qu'elle a . . . qu'elle a[②] 太狠心了。”

“Elle n'a pas la foi，”女主人的声音像香炉里的轻烟袅袅飘散。“C'est une âme égarée. [③]她的心太狠。”

“她的心太狠，”妹妹跟着她动了动嘴唇。

所以年轻人才没有全部爱上伊琳娜……他们怕她……他们怕她“心太狠”。对她的这句评语后来成了人们的口头禅，像所有这类传言一样，它也含有真实的成分。不仅年轻人怕她，就连成年人，达官显贵，甚至某些女人都怕她。谁也不能像她那样准确入微地看破别人性格中可笑或猥琐的方面，并且用一种令人难忘的字眼无情地羞辱它……尤其是这种字眼出自美人芗泽之口，就更使人如芒在背……很难说清楚她内心究竟是怎么回事。传说在她的一群崇拜者中，没有一个称得上是她的意中人。

伊琳娜的丈夫在法国人所谓的光荣之路上平步青云。胖将军超过了他，宽容大度的将军则落后于他。在伊琳娜居住的那座城市里，也住着我们的朋友索宗特·波图金。他很少和她见面，而她也没有太多的必要跟他保持联系……托他扶养的那个小女孩不久前死了。

---

① 法语：她没有信仰。
② 法语：说她……说她。
③ 法语：这是一个迷途的灵魂。

处女地

第一部

“翻耕处女地，不能用浅耕的木犁，而要用深翻的铁犁。”

——摘自一位农场主的笔记

一

一八六八年春季的一天，午后十二点多钟光景，一个衣衫寒酸不整，年龄约二十七八岁的青年人，正沿着彼得堡军官街一幢五层楼房后门的扶梯朝上走。这人穿一双很旧的套鞋，啪嗒啪嗒迈着沉重的步子，慢吞吞摇晃着他那笨重的身体，终于爬到了楼梯顶端，在一扇半开着的破门边停下来。他没有拉门铃，只是大声喘了口气，就闯进那不大的阴暗的前堂里。

“涅日丹诺夫在家吗？”他声音隆隆地问道。

“他不在，是我，您进来吧，”从隔壁房间传来一个也是粗声大气的女人的嗓音。

“是马舒琳娜吗？”来人又问道。

“正是我。您是奥斯特罗杜莫夫吗？”

“皮缅·奥斯特罗杜莫夫。”那人答道，一面用力脱下套鞋，把破旧大衣挂在钉子上，走进女人说话的房间。

这间房间低矮又不整洁，墙壁刷成暗绿色，有两扇积满灰尘的小窗。房间里仅有的家具是角落里一张小铁床，中间一张桌子，几把椅子和一个堆满书籍的书架。桌边坐着一位三十岁上下的女人，没戴头巾，穿一件黑色毛料连衣裙，抽着烟卷。看见奥斯特罗杜莫夫走进来，她向他默默地伸出一只宽大、红润的手。后者同样默默地握了握她的手，坐到一张椅子上，从侧面衣袋里掏出一支快要折断的雪茄烟。马舒琳娜递过火去，他点燃了烟。两人不说话，甚至不看对方一眼，就开始吞云吐雾，把一缕缕青烟喷向本来就雾气弥漫的昏暗的房间里。

这两个吸烟者长相虽然各异，却有着某些共同点。两人外貌都邋遢，嘴唇、牙齿和鼻子都生得阔大（奥斯特罗杜莫夫脸上还有麻子），显示出一副诚实、坚忍和勤劳的样子。

“您见到了涅日丹诺夫吗？”奥斯特罗杜莫夫终于开口问道。

“见到了；他就回来。他到图书馆还书去了。”

奥斯特罗杜莫夫朝旁边啐了口吐沫。

“他干吗老是跑来跑去的？ 人家怎么也找不到他。”

马舒琳娜又掏出一支烟。

“他是闷得慌，”她细心地点燃烟卷，一边说。

“他闷得慌！”奥斯特罗杜莫夫用责备的口气说。“真是娇惯坏了！ 好像我们和他都无事可干。愿上帝保佑我们能把所有的事情办好，可是他却闷得慌！”

“莫斯科那边有信来吗？”过了一会儿马舒琳娜问道。

“有的……两天前。”

“您看过了？”

奥斯特罗杜莫夫点点头。

“嗯……要怎么样呢？”

“怎么样？ 不久就该坐车过去了。”

马舒琳娜从嘴里取下烟卷。

“这是为什么？ 听说那边一切顺利。”

“还算正常。只是发现有个人不可靠。那就……该把他弄走，或者干脆除掉他。还有些别的事情。他们叫您也去。”

“是信里说的吗？”

“是的，信里说的。”

马舒琳娜甩了甩她那一头厚重的头发。她在脑后随便编了个不大的发辫，头发搭在前额和眉毛上。

“那好吧！”她说，“既然有指示，就没什么可说了！”

“当然，没说的。可是没有钱万万不成；打哪儿弄到钱，弄到这笔钱呢？”

马舒琳娜沉思起来。

“涅日丹诺夫应该能弄到钱，”她仿佛自言自语地低声说。

“我就是来找他的，”奥斯特罗杜莫夫说。

“您把信带来了吗？”马舒琳娜突然问道。

“带来了。您想看一下吗？”

“拿给我……不，不必了。大家一起看吧……等等再说。”

“我说的是真的，”奥斯特罗杜莫夫嘟哝道，“您不必怀疑。”

“我并不怀疑。”

两人又默不作声，只有一缕缕青烟依然从无言的口中吐出，在两颗毛发浓密的脑袋上面袅袅升腾。

前堂里传来套鞋的响声。

“是他！”马舒琳娜悄声说。

门稍稍打开一条缝，一个人的脑袋伸了进来，但不是涅日丹诺夫。

这是一颗圆溜溜的小脑袋，长着粗硬的黑发、宽阔多皱的前额，浓眉下面是一双非常灵活的褐色小眼睛，鼻子扁平上翘，绯红色的小嘴巴形状显得可笑。小脑袋环顾四周，点点头，笑起来，露出一排细碎的白牙，随后就连同他那瘦弱的躯干、短短的胳膊和两条有点罗圈又有点瘸的细腿走进房间里来。马舒琳娜和奥斯特罗杜莫夫一看见这颗小脑袋，两人的脸上同时露出类似不屑的表情，仿佛各自在心里说："啊！是这个人！"他俩一言不发，连身子也没有动一下。然而，这种冷遇不仅没有使来客难堪，反而似乎令他感到高兴。

"这是什么意思呀？"他用尖细的嗓音说。"是二重唱吗？为什么不来个三重唱？主角男高音在哪儿呀？"

"您是问涅日丹诺夫吗，帕克林先生？"奥斯特罗杜莫夫正色道。

"正是他，奥斯特罗杜莫夫先生。"

"他大概快回来了，帕克林先生。"

"您这话让我高兴，奥斯特罗杜莫夫先生。"

瘸腿人转向马舒琳娜。她坐在那里，眉头紧锁，依旧不紧不慢地抽着烟。

"您过得怎么样，最亲爱的……最亲爱的……这真是太遗憾啦！我总是忘记您的大名和父名！"

马舒琳娜耸耸肩膀。

"这完全不必要知道！您知道我的姓氏就足够了！您干吗要问：您过得怎么样？难道您没看见我还活着吗？"

"完全、完全正确！"帕克林高声道，他的鼻孔翕动着，眉毛在抽搐，"假如您不健在的话，您忠顺的仆人就无缘在此得睹尊颜，并且和您交谈！您把我的问题权当是一种劣根性的坏习惯吧。至于您的名字和父称……您知道，总不便直呼其姓地叫：马舒琳娜！我也清楚，您写信时在末尾的署名都是波拿巴！哦，不不，是马舒琳娜！不过，在谈话的时候毕竟……”

“谁请您来跟我谈话？”

帕克林像给噎住了似的神经质地笑起来。

“好了好了，亲爱的，可爱的人，把您的手伸过来，别生气了，我知道您的心肠顶好，我也是好心肠……来呀！……”

帕克林伸出一只手……马舒琳娜闷闷不乐地望望他，只好伸出自己的手。

“既然您一定要知道我的名字，”她依旧闷闷不乐地说，“那就请叫我菲奥克拉。”

“我叫皮缅，”奥斯特罗杜莫夫用低嗓门跟着说。

“哎呀呀！这真是……多蒙赐教！那么，啊，菲奥克拉，还有您，啊，皮缅，请告诉我，你们二位为什么对我这样不友好，老是这样不友好，而我……”

“马舒琳娜认为，”奥斯特罗杜莫夫打断他说，“也不光她一个人认为，您总是从可笑的方面看待一切事物，所以您不可信赖。”

帕克林用鞋后跟旋过身子来。

“这正是评论我的人常犯的错误，皮缅老兄！首先，我并非成天嘻嘻哈哈，其次，这也并不妨碍任何事情，我是可以信赖的，我曾不止一次受到你们的人的高度信任，这就是证明！我是一个诚实的人，皮缅老兄！”

奥斯特罗杜莫夫从牙缝里咕噜了一句什么话，帕克林摇摇头，完全敛住笑容说：

“不！我不是成天嘻嘻哈哈！我绝不是个快活的人！你们瞧瞧

我吧！”

奥斯特罗杜莫夫瞅了他一眼。果然，帕克林在不笑和沉默的时候，他脸上的表情差不多是凄凉的和怯懦的；但只要他一张开嘴，他的表情就变得滑稽可笑，甚至是恶狠狠的。奥斯特罗杜莫夫对此什么也没有说。

帕克林又对马舒琳娜说：

“您的学业进展如何？ 您那真正人类之爱的艺术有了什么成绩吗？ 帮助毫无经验的公民初次降临人世，看来是件难办的事吧？”

“难倒也不难，只要那公民的个头儿不比您大多少，”马舒琳娜答道，并得意地冷笑一声。她不久前考上了助产士。

大约一年半前，马舒琳娜离别了俄国南方那个并不富裕的贵族老家，衣袋里揣着六个卢布来到彼得堡；她进了助产士学校，通过不懈努力，如愿以偿地获得了一张文凭。她还是个大姑娘……而且守身如玉。有个怀疑论者认为“此事不足为奇！”因为他想起了前面关于她外貌的那些话。而我们却要说：“这是令人惊奇的，也是难能可贵的！”

帕克林碰了她的钉子，又笑起来。

“亲爱的，您真是好样的！”他大声道。“您把我顶得够戗！ 我活该！ 谁叫我生得这么矮小呢！ 不过，我们的主人到底上哪儿去啦？”

帕克林有意转换了话题。他无论如何也不甘心自己身材短小，其貌不扬。因为他迷恋女人，这就更加使他痛苦。为了博得女人的欢心，他可以不惜一切！ 他出身寒微，社会地位低下，但这些都远不及外表的猥琐令他心里难受。帕克林的父亲本是一芥小市民，后来不择手段做到九品文官，常常代人诉讼，又是个奸商，他还替人管理房地产，好歹赚了些钱。但他晚年嗜酒贪杯，身后不剩分文。小帕克林（他的名字和父称是西拉·萨姆松内奇，他认为这也是一个自嘲[①]）在一所商业学校求学，德语学得很好。毕业后经过种种波折磨难，他终于在一家私营事务所谋得一个年薪一千五百银卢布的职位。他用这笔钱自给之外，还要养活生病的姑母和驼背的妹妹。在本书故事中他刚满二十七岁。帕克林跟许多大学生、年轻人有往来。他们喜欢他那恬不知耻的伶牙俐齿、乐呵呵自以为是的尖酸刻薄和虽然偏执却绝无学究气的博学多识。不过，他们有时候也使他难堪。例如，有一次政治性聚会他迟到了，一进门就连忙赔礼道歉……“可怜的帕克林胆小如鼠，”有人在角落里吟唱起来，引得哄堂大笑。这话虽然刺痛了他的心，但最后他自己也笑了。“让他说对了，这个骗子！”他心里想。他跟涅日丹诺夫是在一家希腊小饭馆里认识的。他常去那儿吃午饭，有时还发表一些相当激烈的自由言论。他要人家相信，这种民主情绪主要是因为糟糕的希腊菜刺激肝火上扬所致。

“是呀……真是的……我们的主人上哪儿去啦？”帕克林又说。“我发现他近来心绪不佳。不会是在恋爱吧，那可怎么好！”

马舒琳娜皱起了眉头。

“他上图书馆借书去了，他没有工夫也没有对象可恋爱。”

“要是爱上您呢？”帕克林差一点脱口而出。

“我想见他，”他大声说，“因为我有要事相商。”

“什么要事？”奥斯特罗杜莫夫插进来问道，“是我们的事吗？”

“也许是你们的……总之，是我们的，我们大家的事。”

奥斯特罗杜莫夫在鼻子里哼了一声。他心有疑窦，但马上又想：

---

① “西拉”俄文意为“力量”，“萨姆松”即《圣经》中大力士“参孙”。

“鬼才知道他！瞧他这无孔不入的家伙！”

“他终于来了，”马舒琳娜突然说，她那双不漂亮的小眼睛紧盯着前堂的门，眼中闪现出一丝柔情，一种明亮而深邃的光点……

门打开了，这次走进来的，是一个头戴便帽、腋下夹着一捆书的二十三四岁的年轻人，他就是涅日丹诺夫。

二

涅日丹诺夫见房间里有客人，就站在门口环视了他们一眼，然后扔掉帽子，把书直接丢在地板上，默默无言地走到床边，坐在床沿上。他那白皙俊俏的脸庞，衬着一头暗红带波纹的头发显得更加苍白，流露出不满和懊丧的样子。

马舒琳娜稍稍掉开脸去，咬住了嘴唇。奥斯特罗杜莫夫埋怨道：

“到底算是来了！”

帕克林第一个走到涅日丹诺夫跟前。

“你怎么啦，阿列克谢·德米特里耶维奇，俄罗斯的哈姆雷特？谁让你伤心了？要不，就是无缘无故愁上心头？”

“请你住嘴，俄罗斯的靡非斯特，”涅日丹诺夫恼火地回敬道。“我没工夫跟你斗这些无聊的俏皮话。”

帕克林笑起来。

“你这话说得不准确：既然俏皮，就不无聊，如果无聊，便不俏皮。”

“好好好……都知道你是聪明人。”

“你的神经过于紧张，”帕克林抑扬顿挫地说。“莫非真的出了什么事吗？”

“也没有出什么特别的事，只是在这龌龊的城市里，在彼得堡，简直不能在大街上露面，否则就会碰到种种卑鄙愚蠢的事、丑恶不公的事、荒唐无聊的事！ 这地方实在没法住下去了。”

“难怪你要登报启事，想找一个临时家庭教师的职业离开这里，”奥斯特罗杜莫夫又怨声怨气地说。

“可不是嘛，我太想离开这儿了！ 就盼着找到个傻瓜能给我一个职位！”

“首先要在这里尽好自己的责任，”马舒琳娜眼睛仍望着别处，意味深长地说。

“什么责任？”涅日丹诺夫问道，猛地朝她转过身来。马舒琳娜使劲抿了抿嘴唇。

“奥斯特罗杜莫夫会告诉您的。”

涅日丹诺夫又转向奥斯特罗杜莫夫。后者干咳一声，清了清嗓子说：“等一等吧。”

“不，说正经的，”帕克林插进来说，“你到底听到了什么不愉快的消息？”

涅日丹诺夫就像被什么东西向上抛起，霍地从床上坐了起来。

“你还要听什么不愉快的消息？”他用突然变得响亮的声音喊道。“俄国人一半都快饿死了，《莫斯科新闻》正在欢庆胜利，有人要推行古典教育制度，大学生互助储蓄会被查禁了，到处是密探、压制、告密、谎言、欺诈——我们一步也动弹不得……可是你还总嫌不够，你要等待更新的不愉快消息，你认为我是在开玩笑……巴萨诺夫被捕了，”他稍稍压低嗓门说，“人家在图书馆告诉我的。”

奥斯特罗杜莫夫和马舒琳娜一齐扬起了头。

“亲爱的朋友，阿列克谢 · 德米特里耶维奇，”帕克林开口道，“你太激动了，这可以理解……可是难道你忘了，我们生活在怎样的国家和怎样的时代？ 在我们这里，溺水的人得自己准备救命稻草，好抓住它活命！ 多愁善感又管什么用？！ 老弟，要敢于直面正视魔鬼，而不是耍小孩子脾气……”

“哎，行了，行了！”涅日丹诺夫厌烦地打断了他，甚至疼痛似地蹙起了额头。“你显然是个刚毅的男子汉，对一切人和事都毫无畏惧……”

“难道我谁都不怕吗？！”帕克林开始讲。

“出卖巴萨诺夫的能是谁呢？”涅日丹诺夫继续说，“我真不明白！”

“显然是一位朋友干的。那班朋友干这种事情很在行。可得提防着他们！ 比如说，我就有过一位朋友，而且看样子是好人：他多么关心我，爱护我的名誉！ 你瞧，他来找我了……他大声疾呼地说：‘您真想不到，有人在愚蠢地诽谤您，说您毒死了您的亲叔父；说您曾经被引荐给一个人家，可是如今您背对着那家女主人坐下来，这样整整坐了一个晚上！ 女主人哭了，委屈地哭了！ 真真是一派胡言！ 荒谬之极！ 哪个傻瓜会相信这些呢！’后来怎么样了？ 一年后我和这位朋友闹翻了……他在绝交信里这样写道：‘您这个弄死自己亲叔父的人！ 您竟恬不知耻地羞辱一位可敬的女士，背朝着她坐下来！ ……’如此等等。这就是所谓的朋友！”

奥斯特罗杜莫夫同马舒琳娜交换了一下眼色。

“阿列克谢 · 德米特里耶维奇！”奥斯特罗杜莫夫用他厚重的低嗓门突然唤道，他显然想制止这场打开了话匣子的无谓空谈，“瓦西里 ·

尼古拉耶维奇从莫斯科有信来。”

涅日丹诺夫身子微微一颤，垂下了眼睛。

“他说什么了？”他终于问道。

“说……要我和她……”奥斯特罗杜莫夫朝马舒琳娜那边扬了扬眉毛，“到那边去。”

“怎么？也叫她去吗？”

“也叫她去。”

“事情为什么停顿下来？”

“当然是因为……因为钱。”

涅日丹诺夫从床边站起来，走到窗前。

“需要很多钱吗？”

“五十卢布……不能再少了。”

涅日丹诺夫沉默了片刻。

“我手头没有钱，”他低声说，用手指敲着窗上的玻璃，“不过，我能弄到钱，一定能弄到。信在你那儿吗？”

“信吗？信……就是说，当然……”

“你们干吗老是对我遮遮掩掩的？”帕克林大声说道。“难道我不值得你们信赖吗？即便是我不赞同……你们的做法，难道你们就认为我会背叛和泄密吗？”

“无意之中……有可能！”奥斯特罗杜莫夫声音低沉地说。

“不管有意还是无意，都不会的！瞧，马舒琳娜女士在望着我笑呢……我要说……”

“我一点也没有笑，”马舒琳娜忿然地说。

“可是我要说，”帕克林接着说下去，“诸位先生的嗅觉好生不灵；你们不善于鉴别谁是真正的朋友！一个人爱开点玩笑，你们就以为他为人轻浮……”

“难道不是这样吗？”马舒琳娜再次忿忿地说。

“比如，就拿您来说吧，”帕克林抖擞精神接过话头，这一次甚至对马舒琳娜未加反驳，“您需要钱……涅日丹诺夫手头又没有钱……而我倒可以给您钱。”

涅日丹诺夫马上从窗口回过头来。

“不……不……这是干吗？我能弄到钱……我预支一部分生活费……记得我还剩下了一点钱。好了，奥斯特罗杜莫夫，把信给我看看吧。”

奥斯特罗杜莫夫起先坐着没动，过了一会，他四下里望望，站了起来，弯下整个上半身，卷起裤管，从靴筒里抽出一张仔细折好的蓝色纸片，不知为什么对它吹了口气，才递给涅日丹诺夫。

涅日丹诺夫接过纸片，展开后仔细看了，把它递给马舒琳娜。她从坐椅上站起来，也看了一遍，不顾帕克林伸手来要，又还给了涅日丹诺夫。涅日丹诺夫耸耸肩膀，把密信递给了帕克林。后者眼睛迅速扫过纸面，意味深长地抿紧嘴唇，郑重其事地把它轻轻放到桌子上。奥斯特罗杜莫夫拿起信，擦燃一根粗大的火柴，房间里顿时充满了强烈的硫磺味；他把纸片高高举过头顶，似乎让在场的人都看清楚，然后在火柴上把信烧完，直到烧疼手指，才将灰烬丢进炉子里。在做这件事时，谁都没有说话，甚至没有动弹一下。所有的人都垂下了眼睛。奥斯特罗杜莫夫神情专注、动作干练，涅日丹诺夫脸露凶相，帕克林神态紧张，马舒琳娜则是一副煞有介事的模样。

这样过了一两分钟……后来大家都觉得有些不自在。帕克林第一个感到必须打破沉默。

“怎么样啊？”他开口道。“能否接受我在祖国的祭坛上贡献一点牺牲呢？能否允许我为了共同事业拿出五十卢布，或者哪怕是二十五卢布，三十卢布呢？”

涅日丹诺夫突然冒起火来。看来他心中懊悔已极……庄严的焚信仪式并不能减轻这种心绪，它一有机会就要迸发出来。

“我已经对你说过，不要这样，不要……不需要！我不允许也不接受。我能弄到钱，马上就能弄到钱。我不需要任何人帮忙！”

“唉，老弟，”帕克林说，“我看你虽然是革命者，却不是民主派！”

“你照直说吧，我是个贵族！”

“你的确是贵族……在某种程度上。”

涅日丹诺夫勉强地笑了。

“你想暗示我是个私生子。亲爱的，别费心了……你不说我也不会忘记这一点。”

帕克林把两手一拍。

“阿廖沙[①]，得了吧，你怎么啦！怎么可以这样理解我的话！今天你变得让我认不出来了。”涅日丹诺夫扭头耸肩显得不耐烦，帕克林却继续说，“巴萨诺夫被捕使你心情不好，不过他自己的行动也太欠谨慎……”

“他并没有隐瞒自己的信仰，”马舒琳娜闷闷不乐地插言道，“我们无权谴责他！”

---

① 阿列克谢的小名。

“不错。但是他也该为别人着想，现在他可能损害到别人的声誉。”

“您为什么这样看他？……”奥斯特罗杜莫夫也声音隆隆地说。“巴萨诺夫是性格坚强的人，他不会出卖任何人。至于小心谨慎……您知道吗？不是每个人天生就小心谨慎的，帕克林先生！”

帕克林不高兴了，正想分辩，涅日丹诺夫阻止了他。

“先生们！”他大声道，“劳驾诸位，我们暂时不谈政治吧！”

沉默。

“今天我碰见了斯科罗皮欣，”帕克林终于又开了口，“我们这位誉满全俄的批评家、美学家兼热心家，此人实在讨厌！他活像一瓶变质发酵的馊菜汤，老是咝咝的鼓着气泡……一个伙计边跑边用手指头当塞子堵住瓶口，瓶颈里还卡着一颗胀大了的葡萄干，尽管如此，瓶子里还吱吱地往外喷，泡沫喷完了，瓶底就剩下了几滴肮脏的液体，谁也不能拿去解渴，喝了只会闹肚子疼……这是一个对青年人十分有害的人物！”

尽管帕克林的比喻十分恰当，却没有一个人为之解颐。只有奥斯特罗杜莫夫发表意见说，对于那些居然对美学发生兴趣的年轻人，即使他们让斯科罗皮欣搞得晕头转向，也没有什么可惜。

“得了吧，您且住，”帕克林激动地嚷道，越是没有人赞同他，他就越着急，“这个问题虽然不属于政治性质，却也相当重要。照斯科罗皮欣说，一切古老的艺术作品，惟其古老陈旧，都已毫无价值……这样一来，整个艺术不外乎是一种时髦，不值得认真谈论它！既然艺术没有丝毫的稳固性和恒久性，那就让它见鬼去吧！但是，比如说，在科学中，在数学界，您不会认为艾勒、拉普拉斯和豪斯都是过了时的庸才吧？ 您愿意承认他们的权威。而拉斐尔或者莫扎特，他们是不是傻瓜？ 您的傲气会让您反对他们的权威性吗？ 艺术的规律比科学的规律更难掌握……这我同意；但艺术的规律确实存在，谁看不见它，谁就是瞎子；自觉或者不自觉，全都一样！”

帕克林缄默了……谁都没说一句话，就像嘴巴里含着水，又像是大伙儿有些替他难为情似的。唯有奥斯特罗杜莫夫怨声怨气地说：

“那班让斯科罗皮欣搞昏了头的年轻人，我还是一点也不可惜。”

“算了，祝您好运！”帕克林在心里说，“我可是要走了！”

帕克林来找涅日丹诺夫，原本想对他说说关于从国外运进《北极星》杂志（《钟声》已经停刊）的想法，谁知话题转换了，他觉得这个问题还是不提为好。帕克林准备去拿帽子，可是突然间，预先没有动静，也没有敲门声，从前堂传来了一个男人的浑厚有力、圆润悦耳的中音，这嗓音里透出一种高尚、文雅甚至是馨香的气息。

“涅日丹诺夫先生在家吗？”

大家惊讶地交换了一下眼色。

“涅日丹诺夫先生是否在家？”男中音再次问道。

“在，”涅日丹诺夫终于答了腔。

门缓缓地、轻轻地打开了，一个将近四十岁的男人，从他理着短发的漂亮脑袋上慢慢摘下锃亮的礼帽，走进房间里来，他身材高大匀称，很有派头。虽然四月将尽，这男子还穿着一件上等海龙皮领的名贵厚呢大衣，他那雍容高雅的姿态和安详亲切的问候，使涅日丹诺夫、帕克林，甚至马舒琳娜和奥斯特罗杜莫夫无不大为惊异！ 当他走进来时，大家都不由自主地站了起来。

三

文雅男子走到涅日丹诺夫跟前，带着赏识的神情咧开嘴微笑着，对他说：“涅日丹诺夫先生，我曾有幸和您见面，甚至谈过话，如果您还记得，那是两天前，在剧院里。（客人停顿了一下，仿佛在等待回答；涅日丹诺夫微微点头，脸红了。）对了吧！……今天我来，是因为在报上见到您的启事……我想和您谈谈，要是不影响在场的诸位先生（客人向马舒琳娜鞠了一躬，并用他那戴着浅灰色瑞典手套的手指了指帕克林和奥斯特罗杜莫夫那边），不妨碍他们的话……”

“不……哪里哪里……”涅日丹诺夫有点费劲地答道。“这几位先生不会介意……您请坐好吗？”

客人愉快地弯下身子，礼貌地抓住椅背，把椅子拉到跟前，但没有坐下来，因为房间里的人都还站着，他用那双半睁着的明亮有神的眼睛向周围看了一下。

“再见，阿列克谢·德米特里耶维奇，”马舒琳娜突然说，“我以后再来吧。”

“我也走了，”奥斯特罗杜莫夫跟着说。“我也……以后来。”

马舒琳娜经过客人身边时，仿佛故意挖苦他，抓起涅日丹诺夫的手使劲摇了摇，跟谁也不告别就走了。奥斯特罗杜莫夫追随其后，毫无必要地跺着靴子，甚至在鼻孔里嗤了两声，意思说：“竟是这样，海龙皮领子！”客人用彬彬有礼、略带好奇的眼光目送他俩走出去。然后他转眼望着帕克林，似乎在等他效法离去的两位，但是帕克林面带生客一进门时就露出来的特别拘谨的微笑，走到旁边去，在房间的一角坐了下来。这时客人才在椅子上落座，涅日丹诺夫也坐下来。

“我姓西皮亚金，也许您听说过，”客人用一种带着高傲的谦逊语气开始说。

不过首先要交代一下，涅日丹诺夫是怎样在剧院里遇到他的。

那一天因为著名演员萨多夫斯基从莫斯科来到彼得堡，剧院里上演奥斯特罗夫斯基的剧作《各守本分》，谁都知道，剧中鲁萨科夫一角是这位名伶爱演的。午饭前涅日丹诺夫来到售票处，那儿的人很多。他打算买一张池座票。当他排到小窗口时，站在身后的一个军官把三卢布钞票伸过他的头顶，对售票员喊道：“他（指涅日丹诺夫）大概需要找零钱，而我不需要，请给一张第一排的票，快点……我有急事！”“对不起，军官先生，”涅日丹诺夫厉声道，“本人正要第一排的票。”他马上把三个卢布扔进了小窗口，这是他囊中全部的现金。售票员给了他票。于是那天晚上，涅日丹诺夫就出现在亚历山大剧院的贵族席上。

他衣着不好，没戴手套，皮鞋也没擦过。他能感觉到自己的窘态并为此生自己的气。右边邻座上是一位胸前缀满星章的将军。坐在左边的正是那位文雅男子，三品文官西皮亚金，两天后他的出现令马舒琳娜和奥斯特罗杜莫夫情绪激动不安。将军间或向涅日丹诺夫投来一瞥，仿佛在看一种有失体面、出乎意料，甚至带有侮辱性的东西。西皮亚金则不然，他的睨视中并不包含敌意。首先，涅日丹诺夫周围的这些人看来都是显要而非一般人士；再则，这班人彼此都十分熟悉，他们互道寒暄，大声问候，甚至越过涅日丹诺夫的头顶交谈；而他却像个印度贱民坐在宽大舒适的沙发椅上，一动不动，别扭极了。他又痛苦，又羞愧，情绪很坏，已经没有多少心思去欣赏奥斯特罗夫斯基的喜剧和萨多夫斯基的演技。可是，也算是咄咄怪事吧，幕间休息时，他左边的邻座——不是那位戴星章的将军，而是另一位，胸前没有特别标志的——竟跟他攀谈起来。其人态度温和，彬彬有礼，甚至还有点讨好迁就的意思。他谈起奥斯特罗夫斯基的剧本，说很想知道作为“年轻一代的一员”的涅日丹诺夫对它有什么看法。涅日丹诺夫吃了一惊，几乎吓了一跳，起先回答得结结巴巴……心也怦怦地跳起来。他对自己很恼火：干吗要慌成这样？ 我不是跟大家一样的人吗？ 于是他不再拘束，开始直言不讳地陈述己见，最后甚至提高了嗓门，有些忘乎所以，惹得邻座那位戴星章的将军都不高兴了。涅日丹诺夫是奥斯特罗夫斯基的热烈崇拜者。他很敬重《各守本分》的作者在这部喜剧中所展现的才华，但是他却不敢苟同剧本要通过维霍列夫这个漫画式人物来贬低文明的明显意图。礼貌的邻座非常注意地洗耳恭听。到了下一次幕间休息时，他们又交谈起来，但不再是关于奥斯特罗夫斯基的喜剧，而是一般地议论日常生活、科学乃至政治方面的问题。邻座显然对滔滔雄辩的年轻交谈者发生了兴趣。涅日丹诺夫照样毫不拘束，甚至像人们常说的，越来越上劲儿了。“既然你想听，就叫你听个够！”现在他已经让邻座的将军不只是感到厌烦，而且是义愤填膺，疑窦丛生了。散场后，西皮亚金相当怀有好感地跟涅日丹诺夫告别，但未曾问及对方姓名，也没有自荐。他在楼梯上等候马车时碰见了一位好友——侍从武官格公爵。“我从厢座里望见你了，”公爵从洒过香水的小胡子下面嘿嘿笑着说，“你知道跟你谈话的那人是谁吗？”“不，不知道；你知道吗？”“他不蠢，是不是？ 他一点儿也不蠢；知道他是谁吗？”公爵凑到他耳边，用法语悄声说：“是我弟弟。是的，他是我的兄弟。我父亲的私生子……他叫涅日丹诺夫。我以后和你细说……父亲当时万万没有料到，所以就叫他涅日丹诺夫①。父亲对他的命运作了安排……il lui a fait un sort②... 我们支给他生活费。是个聪明的小伙子……也是父亲发善心，让他受到了良好的教育。可是他误入歧途，变成了共和分子……我们将他拒之门外……Il est impossible!③ 不过，再见吧；叫到我的马车了。”公爵走了。次日，西皮亚金在《警方新闻》杂志上看到涅日丹诺夫刊登的启事，就驱车来找他……

“我姓西皮亚金，”他对涅日丹诺夫说，坐在他面前一把麦秆编的椅子上，用威严的目光打量着他，“我从报上得知，您想当一名临时家庭补习教师，所以就来和您谈谈条件。我结婚了，有个九岁的儿子；坦率地说，这孩子很有天赋。我们夏秋两季的大部分时间是在乡下度过，在斯省，距省城五俄里。那么，您是愿意利用假期时间和我们一道去乡下，为我儿子教授俄语和历史，也就是您在启事中提到的两门课程？我敢认为，您会对我、我的家庭及庄园的环境感到满意。那里有座漂亮的花园，一条河，空气新鲜，房屋宽敞……您同意吗？现在只需要了解一下您提出的条件，虽然我并不认为，”西皮亚金略微有点作态地说，“在这方面我们会遇到什么难题。”

西皮亚金说话时，涅日丹诺夫一直目不转睛地望着他，望着他微微后仰的不大的脑袋，那又低又窄然而聪明相的前额，清癯的罗马式鼻子，和悦的眼睛，滔滔不绝说着甜言蜜语的端正的嘴唇，还有那副英国式下垂的长长的颊须——他一边望着，一边在心里纳闷。“这是怎么回事？”他想。“为什么这个人像是来和我套近乎？这位贵族——和

① “涅日丹诺夫”，俄文意近“不速之客”。
② 法语：他安排好他的命运。
③ 法语：他叫人无法忍受！

我？！ 我俩怎么会扯到一起来了？ 他来找我的动机是什么呢？”

他想得出了神，以致西皮亚金说完话，默然等待他回答时，他还张不了口。西皮亚金朝角落里扫了一眼，只见帕克林坐在那里，同样以贪婪的目光注视着他。“是否这位第三者的在场，使得涅日丹诺夫不便明言？”西皮亚金把眉毛拧得老高，似乎在努力适应他自己陷进来的这种奇怪局面，接着，他又提高了嗓门，把自己的问题再重复了一遍。

涅日丹诺夫猛地一颤。

“当然，”他有些慌乱地说，“我……同意……愿意……虽然我承认……我不禁有些惊奇……因为还没有任何人替我介绍……而且两天前我在剧院里说的那些意见，可能会使您改变主意……”

“这您可完全错了，亲爱的阿列克谢……阿列克谢·德米特里奇！是这样称呼您，对吧？”西皮亚金咧嘴笑着说。“斗胆地说，我是个知名的具有自由主义进步信仰的人；正好相反，您的那些见解，除了其中年轻人爱犯的一点夸大其词的毛病——我这样说，请别见怪！——同我的观点没有任何矛盾，我甚至很喜欢那种青春的热情！”

西皮亚金口若悬河地说着，他的话犹如一滴滴蜂蜜从油面上徐徐滚过。

“我妻子也同意我的想法，”他继续说道，“她的观点甚至可能更接近于您的，而不是我的；这可以理解：她比我年轻嘛！ 和您见面后的第二天，我在报纸上看到大名，顺便说说，您一反常规，把姓名连同住址一起见了报（我在剧院里已经知道了您的名字），这……使我很吃惊。您非同一般的做法，让我觉得其中有某种……请原谅我说句迷信的话……某种所谓命中注定的缘分！ 您提到介绍，我可不需要什么介绍。您的外表、您的个性引起了我的好感。这对我就够了。我向来相信自己的眼睛。那么，我不会失望吧？ 您同意吗？”

“同意……当然……”涅日丹诺夫答道，“我会努力不辜负您的信任。只是有一点，请允许我预先向您说明：我愿意教令郎，但是不当家庭教师。我干不了那一行，况且也不想束缚自己，不想失去自由。”

西皮亚金向空中一摆手，仿佛赶走一只苍蝇似的。

“请您放心，我亲爱的……您岂是当家庭教师的材料，何况我也不需要家庭教师。我正在找一位老师，我找到了。好，条件怎么样？ 钱方面的条件呢？ 铜臭吗？”

涅日丹诺夫有些不好启齿……

“请听我说，”西皮亚金道，把整个身体向前俯过去，亲切地用手指头碰碰涅日丹诺夫的膝盖，“正派人谈这种事，一两句话就可以解决。我给您月薪一百卢布，往返路费自然也由我支付。您同意吗？”

涅日丹诺夫脸又红了。

“这比我想要的多得多……因为……我……”

“好极了，好极了……”西皮亚金打断了他。“我看这事就算定下来了……您也就算我家里的一员了。”他从椅子上直起身，忽然变得又快活又轻松，就像收到了礼物似的。他的一举一动里透出一种愉快的亲热劲儿，甚至有些戏谑的意味。“我们过两天就动身，”他以随便的口气说。“我喜欢在乡下迎接春天，可是按照工作类别我是个庸庸碌碌的人，困在城里脱不开身……所以，请允许我把今天就作为您第一个月的开始。我妻子和儿子已经在莫斯科了，她先行一步。我们将在乡下见到他们……在大自然的怀抱里。我们两人一起走吧……两个光棍……嘿嘿！”西皮亚金卖弄地在鼻孔里笑了两声。“现在嘛……”

他从大衣口袋里掏出一个乌银小皮夹，从里面抽出一张名片。

“这是我在本地的住址。您来吧，明天来也行。嗯……十二点钟左右吧。我们再谈一谈。我想向您阐述一下我在教育方面的某些想法……还有，把我们出发的日子也定下来。”西皮亚金握住了涅日丹诺夫的手。“您知道吗，”他把头一偏，压低了嗓音又说。“如果您需要付定金的话……请不必客气！预支一个月薪水也成！”

涅日丹诺夫简直不知如何回答。他仍然纳闷地望着这张开朗可亲，同时又相当陌生的脸，这张脸就凑在他的面前，向他露出宽厚的笑容。

“您不需要吗？啊？”西皮亚金悄声问。

“这一点请容我明天再告诉您，”涅日丹诺夫终于说。

“好极了！那么，再见吧！明天见！”西皮亚金放开了涅日丹诺夫的手，打算离去……

“请问您，”涅日丹诺夫突然说道，“刚才您说，您在剧院里就知道了我的姓名，是吗？从谁那里知道的？”

“谁？是您的一位老相识，好像是亲戚，一位公爵……格公爵。”

“侍从武官吗？”

“对，正是他。”

涅日丹诺夫脸红了，比上一次红得更厉害，他张大了嘴巴，但一句话也没有说。西皮亚金重又握了握他的手，但这一次只是默默地；他先向涅日丹诺夫，再向帕克林鞠了一躬，到门口才戴上礼帽，走了出去。西皮亚金脸上带着得意的微笑，说明他意识到他的来访肯定给别人留下了深刻的印象。

四

西皮亚金刚刚跨出门槛，帕克林就从椅子上跳起来，冲到涅日丹诺夫跟前，向他表示祝贺。

“你可钓到一条大鱼！”他连连说，一边跺脚，一边嘻嘻地笑。“你知不知道他是谁呀？大名鼎鼎的西皮亚金，宫廷高级侍从，在某种程度上算是一位社会栋梁，未来的大臣！”

“我对他一无所知，”涅日丹诺夫愁眉苦脸地说。

帕克林绝望地把手一挥。

“这正是我们的不幸，阿列克谢·德米特里奇，我们谁也不认识！我们想行动，想把整个世界翻个个儿，可是我们却生活在这个世界之外，只跟两三个朋友交往，原地踏步不前，局限在狭小的圈子里……”

“对不起，”涅日丹诺夫打断他，“你这话不对。我们只是不愿跟我们的敌人交往；对民众和意气相投的人，我们保持经常的联系。”

“且慢，且慢！”帕克林也打断了他。“首先，至于谈到敌人，请允许我提醒你歌德的两句诗：

Wer den Dichter will versteh'n,
Muss in Dichter's Lande geh'n . . . ①

而我要说：

① 德语：谁想了解诗人，就要去诗人的国度……

Wer die Feinde will versteh'n,

Muss in Feindes Lande geh'n ... ①

回避自己的敌人，不了解他们的习俗和生活，这是多么荒唐！真—荒—唐！是的！是的！我想在森林里用枪打狼，我就得知道狼出没的所有路径……其次，你刚才说：接近民众……亲爱的！一八六二年波兰人纷纷‘到森林里去’；今天，我们也纷纷到同一片森林，也就是民众中去，他们的闭塞和愚昧无知不亚于任何一片黑暗的森林！”

“那么，依你看该怎么办？”

“印度人扑向贾格尔纳乌特的马车，”帕克林忧郁地说，“他们被车轮轧死，却引以为无上幸福。我们也有自己的贾格尔纳乌特……他也轧死我们，但却没有带来幸福。”

“那么，依你看该怎么办哪？”涅日丹诺夫几乎嚷着又问道。“是不是该去写‘新潮’小说呢？”

帕克林两手一摊，头向左肩上一歪。

“小说嘛，至少你可以写，因为你有文学天赋……好了，别生气，我不说了！我知道你不喜欢人家暗示这一点；我也同意你的看法：写这种‘带馅儿’的玩意儿和那些时髦腔调，什么‘啊呀呀！我爱您！——她**扑了过去**……’，‘我顾不得那些了！——他**急了眼**’——真是太无聊了！所以我要再说一遍：同各阶层的人接近吧，就从上层开始！不要总是依靠奥斯特罗杜莫夫一类人！他们是诚实的好人，但是愚蠢！愚蠢！！看看我们这位朋友吧。他的靴掌都跟聪

① 德语：谁想了解敌人，就要去敌人的国度……

明人脚上的不一样！ 他刚才为什么要离开这里？ 他是不愿意和一名贵族在同一个房间呼吸同样的空气！”

“请你别在我面前这么议论奥斯特罗杜莫夫，”涅日丹诺夫急躁地接过来说。“他穿粗笨的靴子，是因为它便宜。”

“我不是那个意思，”帕克林刚开口……

“如果他不愿同一个贵族待在一间屋里，”涅日丹诺夫提高声调继续说，“我倒要赞扬他；主要是，他具有自我牺牲精神，必要的时候他会去死，而我和你却永远做不到这一点！”

帕克林做了个可怜的鬼脸，并指指他那双细瘦的瘸腿。

“我哪儿能去战斗呀，我的朋友，阿列克谢·德米特里奇！ 你得了吧！ 我们先不谈这些了……我再说一遍：由衷地高兴你结交西皮亚金先生，我甚至预感到这会大大有利于我们的事业。你将进入上流社会！ 见识那班交际界名媛，如同《西班牙书简》里所说的那些有着弹簧般强韧肌肉、丝绒般柔软身体的女人；去研究她们吧，老弟，研究她们！ 你若是个贪图享受的人，我倒替你担心……真的！ 不过你并非为了享乐才去当家庭补习教师的！”

“我去当家庭补习教师，”涅日丹诺夫接下去说，“是为了不饿肚子……”“也是为了暂时离开你们各位，”他自言自语地加上一句。

“那是！ 那是！ 所以我才对你说：去研究吧！ 哎，这位老爷走后留下的气味好香啊！”帕克林往鼻子里吸了吸气。“没错，是正宗的‘龙涎香’，就是《钦差大臣》里市长太太梦寐以求的那种香水！”

“他向格公爵了解过我的情况，”涅日丹诺夫重又凝视着窗口，闷声闷气地说。“现在他大概知道我的全部历史了。”

“不是大概，而是一定！ 这是怎么回事呢？ 我敢打赌，正因为这一点他才想起来雇你当教师。不管别人怎么说，你本人按血统是一位贵族。也就是说，你是自己人！ 哦，我在你这儿坐得太久了，该回事务所去了，回到剥削者那边去了！ 再见吧，老弟！”

帕克林快走到门口时又停住脚，走了回来。

“听我说，阿廖沙，”他用一种曲意逢迎的腔调说，“刚才你拒绝了我。现在你能弄到钱了，我知道。不过还是请允许我为共同事业捐助一小笔钱吧！ 我不能干别的，就让我解囊相助吧！ 你瞧，我把十卢布钞票放在桌上了！ 能收下吗？”

涅日丹诺夫没有回答，也没有动弹。

“沉默就是同意！ 谢谢！”帕克林高兴地大声说，这才走了。

剩下涅日丹诺夫一个人……他仍然从玻璃窗里望着那阴暗狭小的院子，那里甚至在夏天也照不到阳光。他的脸色也是阴沉沉的。

我们已经知道，涅日丹诺夫的生父是侍从将官、富有的格公爵；生母是公爵女儿的家庭教师，一位容貌娇好的贵族女子中学毕业生，在生他的当天就死了。涅日丹诺夫在一个能干而严格的瑞士人开办的寄宿学校里接受了初等教育，后来他进了大学。他自己想学法律，但是他的将军父亲憎恨虚无主义者，硬要他去念他苦笑地称之为“美学”的历史语文系。父亲和他一年只见三四次面，但是关心他的命运，临死时为了“纪念娜斯坚卡”（他母亲），留给了他六千银卢布遗产，其利息以“赡养费”名义，由他的异母兄弟，年轻的格公爵们支付给他。帕克林称他为贵族自有道理；他身上的一切都显示出贵族血统：小巧的耳朵、手、脚，细秀的脸部线条，柔嫩的皮肤，柔软蓬松的头发；嗓音不很清亮但很悦耳。他极其神经质，非常爱面子、敏感，甚至任性；自小所处的尴尬地位养成了他心胸狭窄和容易动怒的脾气，但是他天性宽厚，为人还不至于猜忌多疑。涅日丹诺夫的矛盾性格正是由他的尴尬处境所造成的。他爱整洁几近于洁癖，吹毛求疵得令人厌烦，然而他却竭力要说些下流粗话；他是天生的理想主义者，有激情却又洁身自好，有胆量却又畏怯不前，他自愧这洁身和畏怯都是丢脸的缺陷，遂以嘲笑理想为己任。他心肠很软，却与人落落寡合；容易发火却从不记仇。父亲要他学“美学”令他非常气愤；在众人面前，他显然只谈政治和社会问题，发表一些极端的见解。（并非漂亮的空话！）背底下，他却欣赏艺术、诗歌，欣赏诗歌的一切美妙……甚至自己写诗。他珍藏着一本小小练习簿，那是他的诗钞。彼得堡朋友当中，只有帕克林凭其独特的嗅觉揣测到它的存在。涅日丹诺夫认为写诗是他不可原谅的弱点，别人对此即使稍有暗示也会令他感到委曲和侮辱。多亏了那位瑞士恩师，让他领略了许多世事，学会了不辞劳苦；他甚至很乐意工作，当然，他有点冷热病，不能持之以恒。同伴们喜欢他……被他的真挚、善良、纯洁所吸引。然而，涅日丹诺夫没有降生在幸福星辰之下，他的生活并不轻松。他自己对此深有感受，因此，尽管朋友们乐于接近他，他仍然感到孤独。

他依旧站在窗口，在考虑着，愁闷地考虑着即将开始的旅行，考虑他命运中这突如其来的新转折……他对彼得堡并不留恋，这里没有留下他特别珍惜的东西；何况他知道，到秋天他就会回来。但是思绪仍然纠缠着他，他不禁感到一丝凄凉。

“我算什么教师！”他想道，“算什么教育者？！”他真想责备自己接受了这份教职。其实这种责备有失公允。涅日丹诺夫具有相当丰富的知识，尽管他有些喜怒无常，孩子们对他并不拘束，他自己也容易亲近他们。涅日丹诺夫的愁悒心情，是大凡性格忧郁的人在迁居离徙之际所常有的。活泼豪爽的人则不是这样，他们大抵会乐于日常环境的变化，打破一下生活的常规。涅日丹诺夫陷入了深深的思索，他甚至情不自禁地、渐渐地要把这些思绪诉诸文辞；萦于脑际的感触已经在形成有节奏的谐音……

“呸，见鬼！”他大声说，“我好像要做诗呢！”他一抖身，离开了窗口；看到桌上帕克林留下来的十卢布钞票，把它揣进衣袋，在房里踱起步来。

“还是要拿定金，”他自忖道，“这是那个老爷给予我的福利。一百卢布……加上我兄弟公爵大人那儿的一百卢布……用五十卢布还债，五十或七十卢布做旅费……剩下来的交给奥斯特罗杜莫夫。还有帕克林留下的，也交给他……再从梅尔库洛夫那里弄一些……”

他正在心里盘算的当儿，那些谐音又开始在脑际萦回。他驻足沉吟……眼睛盯住一个方向，忽然僵立不动……然后双手摸索似地找到桌子抽屉，把它打开，从最里边拿出一个写得满满的练习本……

他坐到椅子上，目光依然凝视不动，拿起笔，鼻子里哼哼着，偶尔把头发甩向后面，在纸上涂涂抹抹，一行接一行地写下去……

通前堂的门打开了一半，马舒琳娜的头伸了进来。涅日丹诺夫没有发现她，仍然埋头写作。马舒琳娜注视了他好久，向右边，又向左边摇了摇头，正要退回去……这时涅日丹诺夫忽然直起身来，朝后看了一眼，扫兴地说：

“啊！ 是您！”他随手把本子扔进了抽屉。

马舒琳娜这才步伐坚定地走进了房间。

“奥斯特罗杜莫夫叫我来找您，”她一字一顿地说，“问一下，什么时候能拿到钱。要是今天拿到，我们晚上就走。”

“今天不行，”涅日丹诺夫皱眉道，“您明天来吧。”

“几点钟？”

“下午两点。”

“好吧。”

马舒琳娜沉默了一会儿，突然把手伸给涅日丹诺夫。

“我好像妨碍您了，请原谅。而且……我就要走了。谁知道，我们还会不会见面？我想跟您告个别。”

涅日丹诺夫握了握她那发红的、冷冷的手指。

“您在我这里不是见过那位先生吗？”他说。“我跟他谈妥了，上他家去当家庭补习教师。他的庄园在斯省，离斯城不远。”

马舒琳娜脸上掠过一丝喜悦的微笑。

“离斯城不远！那么我们就可能再见面。也许会把我们派到那里去。”马舒琳娜叹了口气。“唉，阿列克谢·德米特里奇……”

“什么事？”涅日丹诺夫问。

马舒琳娜脸上显出神情专注的样子。

“没什么。再见吧！没什么。”

她再次紧握一下涅日丹诺夫的手，就走了。

“整个彼得堡谁也没有她对我亲近，这个……怪女人！”涅日丹诺夫心想。“她真不该来打搅我……不过，一切正在好转！”

第二天早晨，涅日丹诺夫前往西皮亚金的城内寓所。富丽堂皇的书房里布满了老式家具，很符合一位自由主义政治家兼绅士的尊严；硕大的老式写字台上整齐堆放着谁也不看、毫无用处的公文，摆着几把从来就没割过任何东西的特大象牙刀；涅日丹诺夫就坐在这张写字台前象牙刀旁边，花了整整一小时聆听有自由思想的主人的高论，从他那睿智的和亲切温厚的话语里得到安慰。最后，涅日丹诺夫拿到了一百卢布定金。过了十天，他就和这位睿智的自由派政治家并肩靠在头等车厢特别包间的天鹅绒沙发上，沿着尼古拉铁路颠簸不平的路轨朝莫斯科方向疾驰而去。

五

这幢石结构的大屋，带有圆柱和西腊式三角楣饰，是一位著名农学家、“好打人的主子”——西皮亚金的父亲在本世纪二十年代建造的。这时，在大屋的客厅里，西皮亚金的妻子瓦莲京娜·米哈伊洛夫娜，一位非常漂亮的太太，接到丈夫电报后，正在等待他的到来。客厅的陈设时新讲究，处处显得亲切可人；所有的东西，从五彩悦目的珠布呢壁布和帷幔，到散置在桌子和格架上的各式细瓷、青铜和水晶小摆设，一切都显得柔和协调，并且与高高敞开的窗户外面畅然射入的五月白昼的明媚阳光融合在一起了。客厅里充满了铃兰花香（这美丽洁白的春花大束地点缀在客厅四处），微风吹拂在草木繁盛的花园上面，轻风徐来时，客厅里便觉有香气荡漾。

多么美妙的图画！这幅图画是屋子的女主人瓦莲京娜·米哈伊洛夫娜·西皮亚金娜逐步完成并赋予它意义和生命的。她是个高个子女人，三十左右年纪，头发褐色；微黑的脸庞上，面色清新纯净，就像西斯廷圣母像那样；她的眼睛温柔、深邃，令人惊异。她的嘴唇稍宽而苍白，肩膀稍高，手也嫌大些……尽管如此，只要看到她优美自如地在客厅里走来走去，时而弯下那束得细细的腰肢，笑容可掬地嗅嗅花朵；时而把一只中国小花瓶换个位置；时而在镜子前迅速整理一下光泽的秀发并微微眯起她那美妙的眼睛，那么，每个人都会在心里或者对人大声说，像这样迷人的尤物真是前所未见！

一个九岁左右的鬈头发漂亮男孩，身穿苏格兰服装，头上梳着许多发卷还抹了许多油，赤着脚飞快地跑进客厅里来，一看见瓦莲京娜·米哈伊洛夫娜就突然站住了。

“你有什么事，科利亚？”她问道。她的嗓音也像眼睛那般温柔。

“是这样的，妈妈，”男孩慌慌张张地说，“姑奶奶叫我来……叫我拿点铃兰花去……给她的房间……她那儿没有……”

瓦莲京娜·米哈伊洛夫娜托住儿子的下巴，把他油光光的小脑袋稍稍抬起来。

“告诉姑奶奶，请她叫人到园丁那儿去拿；这些铃兰是我的……我不想别人碰它。你对她说，我不喜欢打乱我的秩序。你能重复我的话吗？”

“我能……”男孩轻声说。

“那就说说看。”

“我就说……我就说……说你不愿意。”

瓦莲京娜·米哈伊洛夫娜笑起来。她的笑声也是柔和的。

“我看，还不能托你办事。算了，反正一样，想到什么你就说什么吧。”

男孩匆忙吻了一下母亲那戴着各式各样戒指的手，飞快地跑走了。

瓦莲京娜·米哈伊洛夫娜目送孩子走后，叹了口气，走到一个镀金铁丝笼子边，一只绿毛小鹦鹉喙爪并用地在笼格上小心攀缘着；她用指头逗了逗它，然后坐到矮沙发上，从雕花小圆桌上拿过一本最近一期的《Revue des Deux Mondes》[1]，随手翻阅起来。

一声礼貌的咳嗽使她回过头来。门口站着一个穿燕尾制服、系白领结的文雅仆人。

“你有什么事吗，阿加丰？”瓦莲京娜·米哈伊洛夫娜依然嗓音柔和地问道。

“谢苗·彼得罗维奇·卡洛梅伊采夫来了。您见他吗？”

“请吧，当然啦，有请。再让人告诉玛丽安娜·维肯季耶夫娜，请她到客厅来。”

瓦莲京娜·米哈伊洛夫娜把杂志丢在小桌上，身子往沙发上一靠，二目仰视，陷入沉思，这副样子对她倒很合适。

谢苗·彼得罗维奇·卡洛梅伊采夫是个三十二三岁的青年男子，他懒懒散散、没精打采地走进来之后，忽然变得容光焕发。鞠躬行礼时他故意稍稍偏向一边，然后以轻盈的动作伸直身体。他用甜腻腻的嗓音，又像是一种鼻音开口说话；恭恭敬敬、威风十足地吻了吻女主人的手。从这一系列动作就可以猜到，来客并不是外省居民，不是那偶尔有钱的乡村邻居，而是一位飞黄腾达的真正的彼得堡“格朗然尔”[2]。此外，他的穿戴也是纯粹英国气派：颜色花哨的上装侧袋里露出一角白色细麻布花手绢；宽宽的黑丝带上吊着一只单目眼镜；一副灰白色的瑞典手套，配上浅灰的花格子长裤，色调显得十分和谐。卡洛梅伊采夫先生头发理得短短的，胡子刮得光光的；他的脸有点女性化，长着一对不大的、彼此离得很近的眼睛，细窄的凹鼻梁，丰满的红嘴唇，脸上带

① 法语：《两个世界评论》杂志。
② 法语（音）：“要人”。

有一个学富五车的贵族无拘无束的愉快表情。这张脸孔和蔼可亲……但也很容易变得凶相毕露甚至粗野无礼：一旦有谁触犯了他谢苗·彼得罗维奇，触犯了他那保守主义的、爱国主义的和宗教信仰的原则——啊！他就会变成一个严酷无情的人！他全部的风流儒雅顷刻间化为乌有，温柔的小眼睛里射出凶光，美丽的小嘴巴里吐出粗话，而且尖声怪叫地要诉诸上司！

谢苗·彼得罗维奇出身于普通的菜园主世家。曾祖父以出生地科洛缅措夫为姓氏……到了祖父一辈就改成了科洛梅伊采夫；父亲又改为卡洛梅伊采夫；最后，谢苗·彼得罗维奇居然在姓氏中换了一个字母，煞有介事地把自己算成纯血统的贵族；他甚至暗示说，他的家族是冯·加连梅伊耶夫男爵世家的嫡嗣，其中一位男爵曾在三十年战争中担任奥地利军队元帅。谢苗·彼得罗维奇在宫廷某部担任低级侍从官；是爱国主义妨碍了他去外交部门，而他的一切条件似乎更适于去那里工作：他所受的教育，他对交际的擅长，女人们的垂青，他本人的仪表……maisquitter la Russie? ——jamais![①] 卡洛梅伊采夫颇有家财，交游广阔，以为人忠诚可靠著称，只是“un peu trop ... féodal dans ses opinions”[②]——彼得堡一位官场巨擘、著名的布公爵曾这样评论他。卡洛梅伊采夫此次获准两个月的假期来斯省料理他的产业，也就是下来“把一些人吓唬一下，把另一些人催逼一下”——没有这两下子是办不成事的！

“我原以为，在这里已经能见到鲍里斯·安德烈伊奇了，”他开口

① 法语：但是，要离开俄国吗？——绝不！
② 法语：他发议论有些太……太像一个封建主。

说，一边愉快地把身体从一只脚摇晃到另一只脚，并且突然向旁边一望，他这是在模仿某某要人的动作。

瓦莲京娜·米哈伊洛夫娜微微眯起眼睛。

“不然您就不会来了？”

卡洛梅伊采夫甚至把头朝后一仰，他觉得西皮亚金太太的问题提得太不公平、太不得当了！

“瓦莲京娜·米哈伊洛夫娜！”他高声道，“哪能呢，怎么可以这样认为……”

“好了，好了，请坐吧，鲍里斯·安德烈伊奇马上就到。我派马车上车站接他去了。请稍等……您会见到他的。现在几点钟了？”

“两点半，”卡洛梅伊采夫从西装背心口袋里掏出一只珐琅大金表，说。他让西皮亚金娜看了看表。“您见过我这只表吗？是米哈伊尔送给我的，您知道吧……他是塞尔维亚公爵……奥布列诺维奇。这儿有他签名的花字，您看。我跟他是至交了。在一起打过猎。他是个很出色的人！有铁的手腕，正是一位统治者所需要的。噢，他可不爱开玩笑！不……嘿嘿……不行！”

卡洛梅伊采夫在沙发椅上坐下来，跷起二郎腿，慢慢拉下左手的手套。

“在我们这里，我们这个省，就缺少一个米哈伊尔！”

“怎么啦？难道您对什么事情不满意吗？”

卡洛梅伊采夫皱起了鼻子。

“老是这个地方自治局！这个地方自治局！要它有什么用？它只会削弱政府，还会引起……一些不必要的想法（卡洛梅伊采夫把左手从很紧的手套里抽出来后，悬空甩了几下）……和不能实现的愿望

（卡洛梅伊采夫吹了吹手）。我在彼得堡说过这事……mais, bah![1] 风向不对。就连您丈夫也……您瞧！ 不过，他是有名的自由主义者！”

西皮亚金娜从小沙发上直起身来。

“怎么？ 卡洛梅伊采夫先生，您也对政府持反对立场吗？”

“我？ 持反对立场？ 永远不会！ 决不可能！ Mais j'ai mon franc parler[2]。我有时提出批评，但永远服从！”

“而我正相反：不批评，也不服从。”

“Ah! mais c'est un mot![3] 要是您允许，我把您的高见告诉我的朋友——Ladislas, vous savez,[4]他正在写一部上流社会小说，已经给我念过几个章节。此书妙不可言！ Nous aurons enfin le grand monde russe peint par lui-même。[5]”

“小说在哪儿发表？”

“当然是在《俄国通报》。这是我们自己的《Revue des Deux Mondes》。我看您在读这份杂志。”

“是的，不过，它越来越变得十分乏味了。”

“也许吧……也许吧……大概《俄国通报》也从什么时候起——用时兴的话说——有一丁点儿差劲了。”

卡洛梅伊采夫咧大嘴巴笑起来；他觉得这话说得很有趣：“差劲”还加上“一丁点儿”。

---

① 法语：可是，唉！
② 法语：不过，我直言不讳地发表意见。
③ 法语：啊！ 这是句俏皮话儿！
④ 法语：弗拉季斯拉夫，您认识的。
⑤ 法语：我们终将有一个俄国人自己描绘的俄国上流社会。

“Mais c'est un journal, qui se respecte, [①]”他接着说。“而这是主要的。告诉您，我……对俄国文学兴趣不大；现在都是些平民知识分子在文学界出风头；最后弄成小说女主人公是个厨娘，普通的厨娘，parole d'honneur![②] 但是，弗拉季斯拉夫的小说我一定要看。Il y aura le petit mot pour rire ... [③]还会讲到时尚潮流！时尚潮流！叫虚无主义者丢脸——按照弗拉季斯拉夫的思维方式，我保证他一定会这样写，qui est très correct[④]。”

“可是，此人的过去并非无可指摘，”西皮亚金娜说。

“Ah! jetons un voile sur les erreurs de sa jeunesse![⑤]”卡洛梅伊采夫大声道，脱下了右手的手套。

西皮亚金太太又微微眯缝起眼睛。她那美丽的秋波略有些卖弄风情。

“谢苗·彼得罗维奇，”她说道，“请问，为什么您说俄国话要用那么多的法语呢！我觉得……请原谅……这种习惯已经陈旧了。”

“为什么？为什么？并非所有人都能像，比方说像您这样精通俄语。至于我，我承认那种颁布政府法令和决议的俄语；我珍视它的纯洁性！卡拉姆津令我折服！……可是俄罗斯的，比如说，日常语言……难道存在这种语言吗？举个例子，您怎样翻译我这句感叹语，de tout à l'heure：‘C'est un mot?!’[⑥]——‘这是一句话’吗？！得了吧！”

---

① 法语：然而，这是一家受人尊敬的杂志。
② 法语：说真的！
③ 法语：里面会有些滑稽可笑的事情。
④ 法语：他完全是无可指摘的。
⑤ 法语：让我们把他年青时代的迷误遮盖起来吧！
⑥ 法语：刚才说过的：“这是句话儿！”

“我宁可说：这是一句贴切的话。”

卡洛梅伊采夫笑了起来。

“‘贴切的话’！ 瓦莲京娜·米哈伊洛夫娜！ 难道您不觉得这……有点师范学校课堂的味道……毫无风趣可言了……”

“好了，您不能使我信服。玛丽安娜这是怎么了？！”她打了一下铃，一个小厮走进来。

“我让人请玛丽安娜·维肯季耶夫娜到客厅来，难道没有去通报吗？”

小厮刚要回话，在他身后的门口就出现了一位身穿深色宽松短上衣、留着齐额短发的年轻姑娘，她就是玛丽安娜·维肯季耶夫娜·西涅茨卡娅，西皮亚金的外甥女。

六

“请原谅，瓦莲京娜·米哈伊洛夫娜，”她走到西皮亚金娜跟前说，“我有事耽搁了一下。”

说罢她向卡洛梅伊采夫鞠了一躬，稍稍退向一旁，坐到鹦鹉笼旁边一张小软凳上，那鹦鹉一见到她，拍拍翅膀就凑了过来。

“你干吗这么老远地坐着，玛丽安娜，”西皮亚金娜目送她走到小软凳边，说。“你是想靠近自己的小朋友吗？ 您瞧，谢苗·彼得罗维奇，”她对卡洛梅伊采夫说，“这只小鹦鹉简直爱上了我们的玛丽安娜……”

“这不使我感到惊讶！”

“可是它讨厌我。”

“这倒奇怪了！ 也许您戏弄它了？”

“从来没有；相反，我喂它糖块。它就是不吃我手里的任何东西。不……这是对人的好感……和反感……”

玛丽安娜蹙着额头望了望西皮亚金娜……西皮亚金娜也看了她一眼。

这两个女人谁也不喜欢谁。

玛丽安娜和舅妈相比，几乎是个“不好看的姑娘”。她有一张圆圆的脸，大大的鹰钩鼻，也是大大的而且非常明亮的灰色眼睛，细眉毛，薄嘴唇。她把一头淡褐色的浓发剪得很短，平时与人落落寡合。可是，在她身上散发着一种力量和勇气，一种热情奔放的气息。她的手脚都生得纤小玲珑；结实而柔韧的小小身体就像一座十六世纪佛罗伦萨的小雕像。她走路时显得端庄而轻盈。

西涅茨卡娅在西皮亚金家里的处境相当艰难。她的父亲有一半波兰血统，为人聪明果敢，曾经做到将军，不想被人举告盗窃巨额公款而一落千丈；他受到审判……被定了罪并褫夺官衔和贵族身份，流放西伯利亚。后来他遇赦被召回，未能东山再起，死于极度的贫困中。他的妻子，即西皮亚金的亲姊妹，玛丽安娜的母亲（她只有她一个孩子），经受不起毁家破业的打击，在丈夫死后不久也离开了人世。舅舅西皮亚金在自己家里收留了玛丽安娜。但寄人篱下的生活使她厌恶，性格倔强的她要尽力奔向自由，所以她和舅妈之间经常在暗暗地进行斗争。西皮亚金娜把她看作虚无主义者和不信神的人；玛丽安娜则痛恨西皮亚金娜自然而然地成了她的压迫者。她对舅舅敬而远之，就像对所有别的人一样。她对人们只是疏远，而非害怕；她的性格并不畏怯。

“反感，”卡洛梅伊采夫重复道，“是呀，这可是个奇怪的东西。比方说，谁都知道我是虔信宗教的人，名副其实的东正教徒，但是我一看见神父头上的小辫儿和发髻，心里就不是滋味：有个东西在心里翻腾，猛烈地翻腾！”

卡洛梅伊采夫说这番话时，甚至举了两下拳头，做出他胸中在翻腾的样子。

“总之，头发会使您不自在，谢苗·彼得罗维奇，”玛丽安娜说，“我相信，要是您看见谁的头发剪得像我这样，一定也不是滋味吧。”

西皮亚金娜慢慢扬起眉毛，又把头低下来，好像很惊讶现在的年轻姑娘都这么放肆地加入谈话。卡洛梅伊采夫却宽容地咧开嘴巴笑了。

“当然，”他说，“玛丽安娜·维肯季耶夫娜，像您这样漂亮的卷发在无情的剪刀下纷纷散落，我不能不觉得可惜；但我心里没有反感；至少……您的例子也许能够使我……使我……变更[①]！”

卡洛梅伊采夫没找到合适的俄语词汇，而他在女主人提了意见后也不再想说法语了。

“谢天谢地，我家玛丽安娜还不戴眼镜，”西皮亚金娜插话道，“暂时还没有去掉领子和手套；不过我真是十分遗憾，她竟然在研究自然科学，对妇女问题也感兴趣……是不是啊，玛丽安娜？”

说这些话都是为了窘迫玛丽安娜，但是她毫无窘态。

“是的，舅妈，”她回答，“我阅读这方面的各种著作，想弄个明白，问题究竟何在。”

“年轻人就是这样！”西皮亚金娜对卡洛梅伊采夫说，“我和您已经不做这种事了，不是吗？”

---

① 意为：改变自己的意见（来自法语 convertir）。

卡洛梅伊采夫附和地莞尔一笑：必须支持一下这位可爱夫人的逗乐玩笑。

“玛丽安娜·维肯季耶夫娜还充满着理想主义，”他开口说，“……和那种青春浪漫主义……而它……随着时间的推移……”

“其实，我也是自欺之谈，”西皮亚金娜打断他，“我对这些问题同样感兴趣。我还不算太老嘛。”

“我对这一切也都有兴趣，”卡洛梅伊采夫连忙大声道，“不过我会禁止谈论这些事的！”

“您想禁止谈论这些事？”玛丽安娜问道。

“对！我要对公众说：你们感兴趣我不管……可是要谈论……嘘！”他把一根手指放在嘴唇上。“至少是禁止**在刊物上公开**谈论！绝对禁止！”

西皮亚金娜笑起来。

“照您看怎么办？莫非要成立一个部属委员会来解决这个问题？”

“委员会也行。您以为，我们解决这种问题还不如那帮饥不择食的文字匠吗？他们个个鼠目寸光，还自以为是……一流的天才呢。我们可以让鲍里斯·安德烈耶维奇担任主席。”

西皮亚金娜笑得更厉害了。

“您可要当心点；鲍里斯·安德烈伊奇有时候还是个雅各宾派呢……”

“扎科，扎科，扎科，”小鹦鹉叫了起来。

瓦莲京娜·米哈伊洛夫娜向它挥了一下手帕。

“别打搅聪明人谈话！……玛丽安娜，让它别吵。”

玛丽安娜朝笼子转过身去，开始用手指甲替鹦鹉挠脖子，那小鸟马上将脖子伸了过去。

“是呀，”西皮亚金娜继续说，“鲍里斯·安德烈伊奇有时候也让我吃惊。他有天赋……天赋……政论家的天赋。”

“C’est parce qu’il est orateurt! ①”卡洛梅伊采夫一激动，又用法语跟着说。“您丈夫比谁都有口才，又擅长出头露面……ses propres paroles le grisent ... ②，何况他爱出名……不过，最近他有些恼火，对吧？ Ilboude? Eh?③”

西皮亚金娜瞥了玛丽安娜一眼。

“我丝毫没有觉察，”她沉默了一会儿，说。

“是呀，”卡洛梅伊采夫若有所思地接着说，“复活节后他有点被冷落了。”

西皮亚金娜再次用眼睛向他示意玛丽安娜。

卡洛梅伊采夫笑笑，眯起了眼睛，意思是：“我明白了。”

“玛丽安娜·维肯季耶夫娜！”他毫无必要地提高嗓门说，“今年您还打算在学校教课吗？”

玛丽安娜从鸟笼边回过头来。

“您对**这个**也感兴趣吗，谢苗·彼得罗维奇？”

“当然，甚至非常感兴趣。”

“您不想禁止**这种事**吗？”

“我要绝对禁止虚无主义者染指学校；如果由神职人员来领导学

① 法语：因为他是个演说家！
② 法语：他被他自己的话所陶醉。
③ 法语：他生气了？ 啊？

校，同时对神职人员进行监督，这样的话，我自己都想办学呢！”

“原来如此！ 我还不知道今年自己要做什么。去年一切都是乱糟糟的。而且，夏天办什么学校！”

玛丽安娜说话的时候，脸渐渐红起来，好像她说话很费劲，好像她在迫使自己把话说下去。她的自尊心还很强。

“你的知识修养不够吗？”西皮亚金娜问道，声音里含有嘲弄的意味。

“可能是。”

“怎么！”卡洛梅伊采夫又高声说。“这是什么话呀？！ 天啊！教教农家女孩子识字母，还需要什么修养吗？”

这当儿，科利亚叫喊着跑进客厅里来：“妈妈，妈妈！ 爸爸回来啦！”随后走进来的是一位花白头发的太太，戴着包发帽，披着黄披巾，蹒跚着两条肥胖的小腿，对大家说，鲍连卡[①]马上就到！

这位太太是西皮亚金的姑母，名叫安娜·扎哈罗夫娜。客厅里所有的人霍地从座位上站起来，奔向前厅，从那里下楼梯来到正门的台阶上。长长的林荫道，两旁的枞树都经过修剪，从大路直接通向台阶，一辆四匹马拉的四轮马车正从上面辚辚地驶过来。瓦莲京娜·米哈伊洛夫娜站在众人前面挥起了手帕；科利亚尖声大叫；车夫猛地勒住跑得燥热的马匹；仆人像陀螺似的从驭座上跳下来，使劲地拉开车门，差点没把门扣和锁一起扯掉——这时，鲍里斯·安德烈耶维奇嘴边、眼睛里、整个脸上带着宽厚的微笑，一扭肩膀脱下外套，从车里走了下来。瓦莲京娜·米哈伊洛夫娜以敏捷优美的动作双手搂住他的脖子，和他

① 鲍里斯的昵称。

亲吻了三下。科利亚跺着脚，扯住父亲常礼服的后摆……但是西皮亚金先从头上脱下那顶既不舒服又难看的苏格兰旅行帽，同安娜·扎哈罗夫娜接吻；然后跟也来到台阶上的玛丽安娜、卡洛梅伊采夫问好（跟卡洛梅伊采夫来了个有力的英国式 shakehands①，即“摇摆式”——就像打钟似的）——直到这时他才转向儿子；托着儿子的腋窝把他举起来，凑到自己的脸上。

当这一切正在进行时，涅日丹诺夫就像个做错了事的人，悄没声地走下马车，站在前轮旁边，也不摘帽，只是皱着眉头四下张望……瓦莲京娜·米哈伊洛夫娜同丈夫拥抱时，从他肩膀上机警地望了一眼这个新来的人；西皮亚金预先告诉过她，同车要带一位教师来。

这一群人，一边继续跟回来的主人寒暄握手，一边顺着楼梯往上走，楼梯两侧排列着家里主要的男女仆人。他们不必近前吻主人的手（这种“不文明方式”业已废除），只须鞠躬致敬，西皮亚金则点头答礼，其实他只要动动眉毛和鼻子就可以了。

涅日丹诺夫也踏上宽阔的梯级慢慢往上走。他刚走进前厅，已在用眼睛找他的西皮亚金，就把他向妻子、安娜·扎哈罗夫娜及玛丽安娜一一作了介绍，并对科利亚说：“这是你的老师。请你听他的话！把手伸给他呀！”科利亚怯生生地把手伸给涅日丹诺夫，然后目不转睛地望着他，看来没有在对方身上发现什么特别的和有趣的东西，便又去缠住“爸爸”了。涅日丹诺夫感到不大自在，就像上次在剧院里那样。他穿着一件式样颇不好看的旧大衣；满脸满手都是旅途上的尘土。瓦莲京娜·米哈伊洛夫娜对他说了句客气话，他没听清楚也没有回

① 英语：握手。

答，只是看到她异常高兴和亲昵地望着和偎依着自己的丈夫。对科利亚，他不喜欢他头上那一撮抹了油的卷发；他看到卡洛梅伊采夫时心里想："好一副光溜溜的嘴脸！"至于其他人，他压根儿就没有注意。西皮亚金神情庄重地左顾右盼，像是在察看他的老家，他那下垂式的长颊须和稍微凸出的小小后脑勺显得格外引人注目。然后他用那响亮悦耳、旅途上丝毫不曾嘶哑的嗓音吩咐一个仆人："伊万！ 领教师先生去绿色房间，把他的箱子也拿去。"并告知涅日丹诺夫，现在他可以稍事休息，归置行李，盥洗一下，家里五时整准时开中饭。涅日丹诺夫点点头，随伊万去二楼的"绿色"房间。

这一群人走进客厅，又寒暄了一阵。视力不好的老乳母进来请安。西皮亚金敬她年老，让她吻了吻自己的手。然后他向卡洛梅伊采夫道了声对不起，就由夫人陪伴着径往卧室去了。

七

仆人把涅日丹诺夫领到一个窗户朝着花园、宽敞整洁的房间里。微风从敞开的窗口吹进来，轻轻拂动白色的窗帷，使它像船帆一样稍稍鼓起又瘪下来。几道金色反光在天花板上缓缓移动。整个房间里充满着有点潮湿的清新的春天气息。涅日丹诺夫遣走仆人，从箱子里拿出东西，盥洗，更衣。旅行使他十分劳顿；整整两天同陌生人在一起，讲了许多各种各样徒劳无益的话，令他神经过于兴奋；有一种痛苦感觉，像是寂寞，又像是恼恨，悄悄钻进他内心的深处。他忿忿于自己的意志薄弱，但是心里仍然充满忧伤！

他走到窗前，向花园望去。这是一座祖传的黑土壤花园，在莫斯科这一带已很难见到。它坐落在一个低缓山岗的长长的斜坡上，明显地由四部分组成。宅子前面约二百步的地方，是一片花圃，有笔直的铺沙甬道，栽着一丛丛金合欢和丁香，还有几个圆形“花坛”；左面，从马厩过去直到打谷场，是一片果园，密密麻麻地栽着苹果树、梨树、李树、穗醋栗和悬钩子；宅子正对面，几条交叉连片的椴树林荫道构成一大块高耸的四边形。右面的景色，被银白杨夹道遮护的一条大路隔断了。从一蓬桦树的垂枝间，露出了温室拱起的屋顶。整个花园呈现出春天花木初荣时那种柔和美丽的绿色；现在还听不到夏日喧闹的虫鸣；只有嫩叶在簌簌作声，苍头燕雀在啁啾鸣啭，两只斑鸠老在一棵树上啼唤，一只杜鹃叫了一声就换个地方；还有从远处，磨坊的池塘那边，传来的白嘴鸦的喧叫声，就像许多辆大车轮子在一齐轧轧作响。而在这一切青春的、幽谧的生命活动上空，宛如懒洋洋的大鸟鼓着胸脯，悠悠地飘过一团团明亮的云彩。涅日丹诺夫在看着，听着，在两片张大的发凉的嘴唇之间吸纳着空气……

他仿佛觉得轻松了些，心情也渐渐平静下来。

这时，在楼下的卧室里，谈话的内容也是关于他的。西皮亚金对妻子讲述，他怎样认识涅日丹诺夫，格公爵对他说了什么话，一路上他和涅日丹诺夫谈些什么。

“是个聪明人！”他又说，“有知识；虽说是个赤色分子，可是在我家里，你知道，这毫无意义；至少这种人都有自尊心。何况科利亚年龄很小，不会学他干什么蠢事的。”

瓦莲京娜·米哈伊洛夫娜听丈夫讲述，脸上露出了带嘲弄意味的温柔笑容，似乎丈夫在向她追悔一桩乖常可笑的行为；她甚至感到某种快乐，因为她的“seigneur ef maître”①，如此体面的人物和显要官员，居然还能突发奇想做出淘气之举，不亚于一个二十岁的小伙子。西皮亚金穿着雪白的衬衫，吊着浅蓝丝质背带，站在镜子前面梳头，他用两把刷子梳成英国发式。瓦莲京娜·米哈伊洛夫娜穿着鞋爬上一张土耳其卧榻式矮沙发，开始向丈夫通报各种情况：关于田庄的，关于造纸厂的（唉！ 它的状况不理想），关于重新雇厨师，关于教堂墙上的泥灰脱落，关于玛丽安娜、卡洛梅伊采夫……

这一对夫妇的关系是真诚信任而和谐的。他们真正做到古话所说的“相亲相爱”。西皮亚金打扮完毕后，带着骑士风度请求妻子伸出“玉手”。她向他伸出了双手，用温柔、骄傲的眼神看着他反复亲吻它们，这时，两人脸上流露出来的感情是美好而真诚的，只是闪现出这种感情的，在她是一对值得拉斐尔一画的美目，在他则不过是两只普通的“将军眼”罢了。

五时整，涅日丹诺夫下楼吃午饭。他听到的甚至不是开饭的钟声，而是一面中国“铜锣”悠长的鸣声。所有的人都已到了饭厅。西皮亚金再次向他问好时，头只低到领结上面的位置，并让他坐在安娜·扎哈罗夫娜和科利亚中间。安娜·扎哈罗夫娜是个老处女，西皮亚金先父的姊妹；她身上带着点樟脑味儿，就像她自己是一件在箱子里压久了的衣裳。她显得心神不定和郁郁不乐。她在家里担任的角色，相当于“科利亚的大爷”或者家庭教师。当涅日丹诺夫被指定坐在她和她培养的人之间时，满是皱纹的脸上露出了不高兴的样子。科利亚从一旁不时望望身边这个新来的人；聪明的男孩子不久就猜到了老师有些不自

① 法语：主宰和统治者。

在和难为情，因为老师始终垂着眼睛，几乎不吃不喝。这倒叫科利亚心里欢喜，直到刚才他还害怕老师是个严厉又爱生气的人呢。瓦莲京娜·米哈伊洛夫娜也不时地望望涅日丹诺夫。

"他看起来像个大学生，"她心里想，"不曾出入过社交界，不过他的脸部蛮好看，头发的颜色也很不俗，好像古代圣徒的头发，意大利的画师们总是把它画成棕红色；手也是白净的。"其实，席间所有的人都在观察涅日丹诺夫，却又像是体谅他的处境，一开始并不去打搅他。他感觉到这一点，暗自高兴，但不知为何又很恼火。席间谈话以卡洛梅伊采夫和西皮亚金为主。内容涉及地方自治局，省长，筑路差役，赎买契约，彼得堡和莫斯科的共同熟人，卡特科夫先生刚刚办起来的贵族学校，招募工人的困难，罚款以及牲畜对庄稼的损坏；还谈到俾斯麦，一八六六年的战争，以及卡洛梅伊采夫称之为了不起的人物的拿破仑三世。年轻的低级侍从官发表了一些非常顽固守旧的见解，最后，他甚至于开玩笑地借用他认识的某位地主在某某人命名日宴会上的祝酒词说："为我承认的仅有的几条原则干杯！"酒酣耳热的地主当时这样喊道，"为鞭子和廖杰列尔干杯！"

瓦莲京娜·米哈伊洛夫娜皱起了眉头，说他引用的这话 de très mauvais goût[①]。西皮亚金则不然，他发表了自由主义味道很浓的意见，彬彬有礼之中不经意地反驳卡洛梅伊采夫，甚至还取笑了对方几句。

"亲爱的谢苗·彼得罗维奇，您对解放农奴的恐惧心理，"他顺便告诉对方说，"使我想起可敬而善良的阿列克谢·伊万内奇·特韦里

① 法语：趣味很粗俗。

季诺夫在一八六〇年呈交的一份报告，他在彼得堡所有的沙龙朗读过这篇报告。其中有一句话写得特别精彩，意思是说，我国获得解放的农夫一定会手执火把在祖国大地上奔走相告。真该看一看我们可爱的阿列克谢·伊万诺维奇鼓腮瞪眼的那副模样，他用他那孩子般的小嘴巴喊道：‘火把！ 火把！ 拿着火把奔走相告！’好了，农奴解放完成了……举火把的农夫又在哪儿呢？”

“特韦尔季诺夫错就错在，”卡洛梅伊采夫闷闷地说，“不是农夫举着火把奔走，而是别的人。”

听到这番话时，几乎一直没有注意到玛丽安娜（她坐在他斜对面）的涅日丹诺夫，忽然同她交换了一下眼色，而且立刻就感到，他们俩，他和这位神情忧郁的姑娘，是见解相同、气味相投的人。西皮亚金把他介绍给她时，她并没有给他留下什么印象；现在他为什么恰恰和她交换眼色呢？ 他立即向自己提出一个问题：坐听这些谬见而不加以反驳，让人觉得你持默许的态度，这难道不可耻吗？ 涅日丹诺夫又望了玛丽安娜一眼，觉得在她的眼神里看到了问题的答案：“等一等，现在还不是时候……不值得……以后吧；总会来得及……”

他愉快地想道，她明白他的意思。他重又去听别人的谈话。瓦莲京娜·米哈伊洛夫娜取代丈夫，发表了比他更自由而激进的见解。她不能理解，“简直不……能……理……解”，一位有教养的青年人怎么会抱有如此陈腐的观念！

“不过，”她补充道，“我相信您说这番话只是为了华丽的词藻！至于您，阿列克谢·德米特里奇，”她笑容可掬地对涅日丹诺夫说（他暗暗惊奇，她怎么知道他的名字和父称），“我知道您并不赞同谢苗·彼得罗维奇的忧虑：鲍里斯把你们在路上的谈话告诉我了。”

涅日丹诺夫脸红了，俯在碟子上面嘟哝了一句什么话，他并非怯场，而是不习惯跟这些头面人物交谈。西皮亚金娜仍在对他微笑；她丈夫也帮腔附和……但是，卡洛梅伊采夫却不慌不忙把单眼镜片夹在眉毛和鼻子之间，不转瞬地凝视着这个竟敢不同意他的“忧虑”的小大学生。不过，这一招很难窘住涅日丹诺夫；他反而立即直起身来，也把眼睛盯住了这位上流社会官员：正如忽然感到玛丽安娜是同志那样，他突然觉得卡洛梅伊采夫是敌人！ 卡洛梅伊采夫也感觉到这一点，松开了眼镜片，扭过脸去想冷笑一声……但没有笑出来；只有内心景仰他的安娜·扎哈罗夫娜暗暗站在他一边，更加愤恨这个把她和科利亚分开来的不速之客。

随后不多久，午饭就结束了。大家来到凉台上喝咖啡。西皮亚金和卡洛梅伊采夫抽起了雪茄烟。西皮亚金请涅日丹诺夫抽一支真正的上等雪茄，他谢绝了。

“哟，对了！”西皮亚金高声道，“我倒忘了，您只抽自己的烟卷！”

“奇怪的嗜好，”卡洛梅伊采夫从牙缝里挤出这句话。

涅日丹诺夫差点冒起火来。“上等雪茄和烟卷的差别我很清楚，但我不想欠别人的情，”这句话他几乎脱口而出……他强忍住了，但他马上把这第二次无礼记在了敌方的“账”上。

“玛丽安娜！”西皮亚金娜忽然大声说，“你在生人面前也不必拘礼……只管抽你那玉米叶子烟卷吧。何况我听说，”她对涅日丹诺夫道，“你们那些人里边小姐们都抽烟的？”

“确实如此，太太，”涅日丹诺夫冷淡地答道。这是他对西皮亚金娜说的第一句话。

“可是我不抽烟，”她继续说，亲切地眯起她那天鹅绒般温柔的眼睛……“赶不上时代了。”

玛丽安娜像是有意顶撞舅妈，慢慢地、小心地掏出一支玉米叶子卷的细烟卷和一盒火柴，点火吸了起来。涅日丹诺夫向玛丽安娜借了火，也抽起了自己的烟卷。

夜晚很美。科利亚随安娜·扎哈罗夫娜到花园里去了。其余的人都留在凉台上呼吸新鲜空气，又坐了大约一个小时。谈话相当活跃……卡洛梅伊采夫攻击文学；西皮亚金在这一方面也是自由派，他捍卫文学的独立性，论证文学的益处，甚至提到了夏多勃里昂，说亚历山大·帕夫洛维奇皇帝曾赐给夏多勃里昂一枚圣安德烈一级勋章！涅日丹诺夫没有介入他俩的唇枪舌剑；西皮亚金娜不时望望他，她脸上的表情似乎在赞许他的谦逊克制，但同时又对此感到惊讶。

喝茶时间到了，大家又回到客厅里。

“阿列克谢·德米特里奇，”西皮亚金对涅日丹诺夫说，“我们有个坏习惯，每晚要打牌，而且是玩一种禁止的牌戏——‘斯图科尔卡’……您瞧瞧！我就不请您参加了……不过，玛丽安娜心肠好，会为我们弹弹钢琴。您大概喜欢音乐吧，啊？”西皮亚金没等回答就拿起了一副纸牌。玛丽安娜坐到钢琴边，弹了几首门德尔松的《无词歌》，既不算好听，也不算难听。“Charmant! Charmant! quel touché![①]”坐在远处的卡洛梅伊采夫像给开水烫了似的喝起彩来；这彩声更多是出于礼貌。至于涅日丹诺夫，他对音乐毫无兴趣，真是有负西皮亚金的一番希望。

---

① 法语：妙！妙！指法真好！

这时，西皮亚金夫妇、卡洛梅伊采夫和安娜·扎哈罗夫娜已经坐上牌桌……科利亚前来道晚安，接受了双亲的祝福并喝了一大杯牛奶以代替茶，他就去睡觉；父亲在他背后大声说，从明天起他就跟阿列克谢·德米特里奇上课。过了一会儿，西皮亚金见涅日丹诺夫无所事事呆在房间当中，神情很不自然地翻着相片册，就叫他不必客气，回房去休息，因为他想必也旅途劳顿了，还说这个家庭的主要家训就是：自由！

涅日丹诺夫既经许可，便向众人鞠躬告辞，走了出去。他在门口碰到了玛丽安娜，又看了一下她的眼睛，再次相信自己是跟她志同道合，虽然她不仅没有朝他微笑，甚至还皱起了眉头。

他回到了自己的房间。由于窗户整天敞开，房间里充满了清香。正对窗口的花园里，夜莺发出短促响亮的啼声；在椴树的圆形林梢上面，夜空泛着朦胧温暖的红光：月亮就要升起来了。涅日丹诺夫点燃蜡烛。灰色的夜蛾纷纷从黑暗的花园里飞来，旋舞着、碰撞着扑向火光，夜风把它们驱散，吹得泛着青光的黄色烛焰摇曳不已。

“怪事！”涅日丹诺夫躺在床上后，心想，“这家主人像是好人，他们是自由派，甚至是仁慈的……可是，我总有点儿打不起精神。宫廷高级侍从……低级侍从……得了，一日之计在于晨……不必多愁善感。”

此刻，更夫在花园里使劲地连声敲起木梆，传来一声长长的呼叫：“听——啊——！”

“留——神——！”另一个凄凉的声音应答着。

“嘿，天哪！简直像在一座古堡里！”

八

涅日丹诺夫一早就醒来，不等仆人到来他就穿好衣服，走到花园里去了。这座花园又大又漂亮，料理得井井有条：几个雇工正在用铁铲平整小径；翠绿的灌木丛中，不时闪现拿着草耙的农家姑娘的红头巾。涅日丹诺夫走到池塘边：晨雾已从池面上飘散，只在岸边水限的浓荫里，还有几处雾气升腾。旭日把淡淡的红光，照射在灰色丝绸般光滑的、宽阔而平静的水面上。四五名木工正在木埠头边忙碌着；那儿泊着一条漆上各种颜色的崭新的小船，船身轻微摇晃，在水面荡起了细细的漪纹。偶尔听到有人说话，声音也压得很低；这里一切都散发出早晨的气息，充满着宁静和清晨劳作的畅快，同时也显示出一种既定生活方式的秩序和规范。在林荫道的拐弯处，涅日丹诺夫遇见了这一秩序和规范的化身——西皮亚金。

他穿着类似睡衣那样的灰黄色常礼服，戴一顶花花绿绿的便帽，拄着根英国式竹手杖，刚刚刮干净的脸上带着满意的表情。他正在巡视自己的家业。西皮亚金亲切地向涅日丹诺夫问好。

“啊哈！”他大声说，“我看，您是年轻人，却是早起人！（他大概想用这句不太得体的老话来表示对涅日丹诺夫的赞许，意思是对方也像他一样不睡懒觉。）我们八点钟在餐厅喝全家茶，十二点早餐；十点您给科利亚上第一堂俄语课，下午两点上历史课。明天，五月九号，是科利亚的命名日，不上课；不过今天请您开个头！”

涅日丹诺夫一低头，西皮亚金向他来了个法国告别式，一连几次把一只手很快地举到自己的嘴唇和鼻子边，然后敏捷地舞动手杖，吹着口哨，往前走去，那样子全然不像一位高官显贵，倒更像个脾气温和的俄国 country-gentleman[①]。

涅日丹诺夫在花园中流连，享受清新的空气、古木的荫凉和鸟雀的鸣唱，直到八点钟锣声呼唤他回屋去，他走进餐厅时大家都已经到齐了。西皮亚金娜对他非常亲切；他觉得，穿着晨装的她是个十足的美人儿。玛丽安娜的脸上仍是平时那种专注而严肃的表情。十点整开始，由西皮亚金娜旁听，上了第一堂课。她事先问过涅日丹诺夫，会不会妨碍他？ 她在课堂上始终表现得很谦逊。科利亚这孩子挺有悟性。起初难免有些犹豫和羞涩，后来就好了，一堂课上得很顺利。西皮亚金娜显然对涅日丹诺夫十分满意，几次亲切地和他攀谈。他仍然固执……但不过分。西皮亚金娜也听了第二堂课——俄国历史。她笑着说，她自己也跟科利亚一样需要老师讲这门课，并且也像第一堂课那样安静礼貌地坐着。两点到五点这段时间，涅日丹诺夫坐在自己房里给彼得堡那边写信，他感到自己……还过得去：不寂寞，也不苦恼，绷紧的神经稍稍松弛了些。然而，吃中饭的时候，松弛的神经重新又紧张起来。尽管卡洛梅伊采夫已不在场，女主人也依旧亲切殷勤，但是这种殷勤本身已有些令涅日丹诺夫生气。况且，他邻座的老姑娘安娜·扎哈罗夫娜紧绷着脸，对他明显地怀有敌意，而玛丽安娜又是一本正经的样子，就连科利亚这孩子也居然过分放肆地拿脚碰他。西皮亚金的心情似乎也欠佳。他对自家造纸厂的管理人，一个用重金雇来的德国人非常不满意。西皮亚金开始骂所有的德国人，并声称自己在某种程度上是斯拉夫派——虽说不是狂热分子；他还提到某个年轻的俄国人，叫索洛明

① 英语：地主。

的，传说此人把邻近一位商人的工厂管理得非常出色；他很想结识一下这个索洛明。傍晚时卡洛梅伊采夫来了。他的庄园距离西皮亚金的“阿尔扎诺”村仅十俄里之遥。同来的还有一位担任调停官的地主，莱蒙托夫曾有两句著名的诗恰当地描绘了他这样的地主：

脑袋埋进领结，燕尾服拖到脚跟……

留着小胡子，说着童音，眼神混浊不清。

同来的另一位邻居是个相貌忧郁、掉了牙齿、衣着整洁的人。县城的医生也来了。这位蹩脚医生倒挺喜欢卖弄科学术语，例如他对人家说，他认为普希金比不上库科利尼克，因为后者身上有大量的“原生质”。他们坐下来玩“斯图科尔卡”。涅日丹诺夫就回到自己房间里，又读又写直到下半夜。

第二天，五月九号，是科利亚的命名日。全家“主子们”分乘三辆敞篷四轮马车，后踏板上站着仆人们，浩浩荡荡驶向不足四分之一俄里外的教堂去做日祷。全部仪式进行得十分豪华排场。西皮亚金戴上了肩带。西皮亚金娜穿一件极漂亮的雪青色巴黎连衣裙。日祷时，她照一本深红色丝绒封面的极小的书做祷告。这本小书使一些老年人莫名其妙，有人忍不住问旁边的人：“上帝饶恕，她这是在搞什么名堂呀？”教堂里充满了花香，这香味中混合着经过硫熏的厚呢上衣、涂了焦油的皮靴和暖鞋的强烈气味，而压倒这一切气味的，是那好闻而又令人窒闷的神香。执事和圣堂工友们在唱诗班席位上唱得异常卖力。后来又有工厂的工人加入，简直比得上一台音乐会！ 但是，有一会儿，在场的人几乎全都吓坏了。男高音（它由患严重肺病的工厂工人克利姆担任）竟然无人帮腔单独唱出了降半音的短音变调，声音难听极了，一旦他接不上气来，整个合唱就要垮掉……幸好……没有出事，总算挨过去了。基普里安神父是个外表令人肃然起敬的司祭，头戴法冠，法衣上佩有长方锦章，他照着小本本作了一番大有教益的讲道。遗憾的是，这位卖力的神父认为必须列举一些佶屈聱牙的古代亚述帝王的名字，结果自讨苦吃，结结巴巴，虽然显示了一点学问，却弄得汗流浃背！ 涅日丹诺夫好久没有进过教堂了，这时他躲在角落里，和村妇们在一起。她们偶尔瞟他一眼，规规矩矩地划着十字，把身子弯得很低，同时不失体面地给小孩子擦去鼻涕。可是，那些身穿新粗呢上衣，额上戴着珠翠的农家小姑娘，那些系着腰带，衬衫肩上绣花、腋下有红色镶条的男孩子们——他们却在仔细打量这个新来的祈祷人，都把脸转过来直接望着他……涅日丹诺夫也望着他们，心中升起了种种思绪。

日祷持续了很长时间。接下来是向显灵者尼古拉祈祷，如所周知，这大概是东正教所有祈祷中最为冗长的。这之后，全体神职人员应西皮亚金之邀来到主人家，临场又搞了些应景仪式，甚至给房间洒了圣水，最后他们得到了一顿丰盛的早餐。吃饭时的谈话不外乎日常老套，有些令人厌倦。主人夫妇平时从不在这个时间吃早餐，现在也免不了吃一点喝一点。西皮亚金甚至讲了个笑话，是个得体而又逗乐的笑话，从他这位佩着红色肩带的大官嘴里讲出来，给人留下了愉快的印象，这使得基普里安神父既感激又惊奇。为了“回敬”一下主人，为了显示自己遇到这种场合也能说一点有知识的话，基普里安神父讲述了他跟“大主教”的一次交谈，当时主教正在巡视教区，叫全县所有的神父都到城里修道院去见他。“他很严格，非常严格，”基普里安神父说，“他先询问教区的情况，又问规章制度，然后就考我们……他也问我了。‘你的教堂的命名节是什么节？’‘主易圣容节，’我说。‘你知道这一天的祭祷歌吗？’‘怎会不知道呢！’‘唱吧！’我马上唱了起来：‘你在山上改变了圣容，我们的主啊基督……’‘停！什么是主易圣容，应当怎样解释？’我说：‘一句话：基督想让门徒看到他的荣光！’‘很好，’他说，‘这尊小圣像送给你做个纪念。’我朝他跪下说：‘感谢大主教！……’就这样，我没有空着手从他那儿出来。”

“我个人有幸认识主教大人，”西皮亚金颇为自负地说。“他是一位最可尊敬的神父！”

“最可尊敬的！”基普里安神父肯定地说，“只是对那班监督祭司过分信任了……”

西皮亚金提到了农民学校的事，并指着玛丽安娜说，她就是未来的教员。这时，一位助祭（他被委任学监）——这个大力士般魁梧的人，梳着一条有点像奥廖尔大走马尾巴那样的波纹状长辫子——想对此表现赞同，但是喉咙没有提足劲儿，只发出了低沉的咯咯声，结果自己没敢说话，把别人也吓了一跳。不久，神父们都走了。

科利亚穿一件带金纽扣的新上装，他是今天的主角。人们向他送礼、祝贺，人前人后地来吻他的手，这些人是工厂工人、仆人、老太婆和农家姑娘们。农民们大抵还是照农奴制时代的旧俗，乱哄哄地挤在宅前，围着那些摆满了大馅饼和一俄升装伏特加酒瓶的桌子。科利亚既害羞又高兴，既骄傲又胆怯，一会儿跟父母亲热一下，一会儿又从房里跑出去。吃中饭时，西皮亚金吩咐上香槟酒，在为儿子健康干杯前，发表了一通祝词。他说到“报效国家”的含义，说到希望他的尼古拉（他就这样称呼儿子）走什么样的道路，说到他有权向儿子提出以下的期望：其一，要有家庭；其二，不离开阶层和社会；其三，不离开人民

（诸位先生，人民！）；其四，不离开政府！ 西皮亚金越说越激昂，终于真正展示了一下自己的口才；他像罗伯特·皮尔[1]那样把一只手贴在燕尾服的后襟上，提到“科学”一词时显得十分动容，最后他用一句拉丁语口号结束演说词：Laboremus！[2] 并随口把这句话译成了俄语。科利亚拿着高脚酒杯，顺着桌子走过去感谢父亲，并同大家接吻。

涅日丹诺夫又有机会同玛丽安娜交换了一次眼色……他俩的感受大概是相同的，但彼此没有说话。

不过，涅日丹诺夫目睹这一切，与其说感到扫兴和讨厌，无宁说觉得可笑甚至好玩；而殷勤的女主人西皮亚金娜，在他看来倒是个聪明女人。她知道自己是在逢场作戏，并暗暗高兴还有一个同样聪明机灵的人了解她的实情……涅日丹诺夫也许自己都未料到，女主人对他的态度在何种程度上使他的自尊心得到了满足。

第二天恢复上课，生活又忙忙地走上了常轨。

一个星期不知不觉地过去……从涅日丹诺夫写给他的好友和中学时代同学，一个叫做西林的人的信中撷取一个片断，很能说明他的亲身体验和内心思考。这个西林不住在彼得堡，而在某个边远省城，全靠他的一位有钱亲戚养活着。他的处境决定了他不可能考虑从那里挣脱出来。他身体孱弱、胆小怕事、智力平平，但是心地非常纯洁。他不过问政治，有时候读读书，闷了就吹吹长笛，怕跟小姐们打交道。西林热爱涅日丹诺夫——他容易对人产生依恋心理。涅日丹诺夫无论对谁也没有像对弗拉基米尔·西林这样无所顾忌地倾吐心曲。当他给他写信

---

① 罗伯特·皮尔（1788—1850），英国保守派政治家。
② 拉丁语：让我们工作吧！

时，他总觉得在跟一个亲近而熟稔、然而住在另一个世界的人，或者是跟自己的良心在谈话。涅日丹诺夫甚至无法想象，他还能跟西林像两个老同学似的住在同一个城市里……他大概会对他冷淡下来：他俩的共同点实在太少；然而，他还是乐意给他写信，写得很多而且直言不讳。他跟别人——至少在书面上如此——似乎总在说假话好卖弄，但对西林绝不会这样！西林不善文笔，回信简单，只有短短几句笨拙的话。涅日丹诺夫也不需要长篇大论的回答：他知道朋友会像大路尘土吸收雨点那样，贪婪地记下他的每一句话，会像对待圣物那样为他保守秘密，而且，西林离群索居，处境闭塞又没有出路，便把他的生活当成了自己生活的重要内容。涅日丹诺夫从未对任何人提起他俩的关系，他非常珍惜这种关系。

"好了，朋友，纯洁的弗拉基米尔！"他在信中写道，总是称呼他纯洁的，并非没有道理！"祝贺我吧：我找到了寄食的机会，现在可以休息一下，养精蓄锐了。我在有钱的大官西皮亚金家里当家庭补课教师，教他的小儿子，伙食好极了（平生从未吃过这么好！），睡觉也香，周围环境美丽，可以尽情散步，而最主要的是：暂时脱离了彼得堡朋友们的照顾；起初苦闷难当，现在似乎好些了。不久就得背上你知道的那根纤索，是蘑菇就得让人家采（正是为此他们才让我到这里来）；不过眼下我还能过一种优厚的动物生活，长长肚子，确有兴致的话，大概还能做诗。所谓观感，以后再谈吧。我看这座庄园的设施是完善的，只是工厂没有办好；赎了身的农民有点难于接近；雇用的家仆全都彬彬有礼。这些我们以后都会搞清楚的。主人夫妇待人以礼，是自由派；老爷总是一副宽容大度的样子，要不就突然大放厥词：是个受过良好教育的男子！太太是个如画美人，想必也很有头脑；她就那样守候着你，可是多么温柔！ 周身没有骨头似的！ 我有点怕她；你是知道的，我可不善于给太太们做男伴！ 此处有几位邻居，都是些可憎的人；还有个老太婆在排挤我……最引起我兴趣的是一位姑娘，是主人的亲戚还是伴当——天知道！ 我跟她没说过两句话，但我觉得她是我同气相求的人……”

以下是描写玛丽安娜的外貌及其癖性，然后他继续写道：

“她不幸，高傲，自尊，内向，特别是她不幸——我对此毫不怀疑。但我至今还不知道，她究竟为何不幸。她天性诚实——这我清楚；她是否善良——这还是个问题。完全善良的女人是否存在——如果她们不愚蠢的话？ 需要这样吗？ 不过，我对女人知之甚少。女主人不喜欢她……她也还以颜色……她们俩谁对——不知道。我猜大抵是女主人不对……因为女主人对她过于客气，而**那一位**跟自己的女保护人说话时，连眉毛都神经质地拧了起来。没错。她是个非常神经质的人，这一点也像我。她和我一样，都‘**脱轨**’了，只是方式也许不同罢了。

“等这些事稍许弄清楚些，我再写信告诉你……

“我对你说过，她几乎从不和我交谈；但是，在她对我所说的很少几句话里（她总是突如其来，出人意料地说），有一种泼辣的坦率劲儿……这使我高兴。

“顺便问问，你那位亲戚还在供给你粗茶淡饭，不打算死吗？

“你看过《欧洲通报》上关于奥伦堡省最后几名僭称王的那篇文章吗？ 这事发生在一八三四年，老弟！ 这本杂志我不喜欢，作者又是个保守分子；但文章有些意思，能启发人的思想……”

九

五月到了后半月，初夏炎热的日子就开始了。涅日丹诺夫上完历史课，来到花园里，又从这里走到紧靠花园一边的一座桦树林里。这林子的一部分，约在十五年前被商人们砍去，如今砍伐之处又长起了一片桦林。密集的树干宛如一根根带有灰色圈痕的暗银色柱子；细小的叶片儿一齐泛出翠绿，就像有人把它们洗干净后又涂上了清漆；春草已经用它尖尖的舌头，顶穿了均匀覆盖的一层土黄色旧年落叶。一条条羊肠小径穿林而过；几只黄嘴鸫鸟，突然受惊似的尖叫着，几乎擦着地面飞过这些小径，拼命扑进树林里。涅日丹诺夫溜达了约半小时，最后坐到一个砍伐的树墩上，周围尽是些灰色的旧木片：这些碎木仍是当年被斧头砍下来时那样堆积在地上。冬雪覆盖它们已经许多次，春天雪又化去，但是没有人碰它们。涅日丹诺夫背后是一堵墙似的幼桦林，他就坐在那短短的、浓重的荫影里。他什么也没有想，只是完全沉浸在对春天的一种特殊感受中，无论年轻还是年老的心灵，这种感受总是掺杂着一缕愁绪……年轻人心里充满了期待的焦愁，老年人心里则是静静的惋惜的愁情……

涅日丹诺夫忽然听到有脚步声渐渐接近。

走过来的不是一个人，不像穿树木鞋或笨重靴子的农民，也不像光脚板的农妇。好像有两个人迈着均匀的步子，不急不慢地走着……传来一阵女人衣裙轻微的窸窣声……

这时，突然听见一个男人的低沉嗓音说：

“那么，这就是您的最后一句话？ 永远不？”

“永远不！”另一个声音，是女人的声音，重复道，涅日丹诺夫觉得有些耳熟。少顷，从绕过这片幼桦林的一条小径的拐弯处，玛丽安娜由一个皮肤黑黑的黑眼睛男人陪伴着走了出来，这男人涅日丹诺夫在此刻以前从未见过。

两个人看到涅日丹诺夫，突然站住了。涅日丹诺夫惊奇得甚至没有从树墩上站起来……玛丽安娜的脸直红到发根，但她马上轻蔑地冷笑了一声……这声笑不知是对谁，因为脸红对自己，还是对涅日丹诺夫呢？……她的同伴皱起了浓眉，神色不安的眼睛里只见发黄的眼白闪了一下。然后，他和玛丽安娜彼此看了一眼，两人掉转身，背对着涅日丹诺夫，默默地、仍旧不急不慢地走了。涅日丹诺夫诧异地目送他们远去。

半小时后，他回到自己的房间。当他被锣声招进餐厅时，他又看见了那个在树林里碰上他的皮肤黝黑的陌生人。西皮亚金把涅日丹诺夫带到那人跟前，向涅日丹诺夫介绍了自己的 beau-frère'a①，瓦莲京娜·米哈伊洛夫娜的兄长，谢尔盖·米哈伊洛维奇·马尔克洛夫。

“先生们，请两位互相关照！”西皮亚金大声说道，脸上带着他特有的既高傲又亲切，又有些漫不经心的微笑。

马尔克洛夫默然一鞠躬。涅日丹诺夫也一样……西皮亚金微微一仰他那玲珑的脑袋，耸耸肩膀走开了。他在心里说：“我让你俩认识了，是否真的互相关照，我可没有多大兴趣！”

瓦莲京娜·米哈伊洛夫娜走到这两个站着不动的人面前，又将他俩相互介绍一番，带着一种特别温柔明亮的眼神——这美妙的眼神似乎

① 法语：内兄。

招之即来——和哥哥说起话来。

“你这是怎么啦，cher Serge①，把我们全忘了！ 连科利亚的命名日也没有来。是不是你的事情又堆了许多呢？ 他在跟自己的农民实行一种新制度，”她对涅日丹诺夫说，“真是突发奇想：农民得到总数的四分之三，自己只拿四分之一；他还认为，自己所得够多了。”

“妹妹爱说笑话，”马尔克洛夫对涅日丹诺夫说，“不过我也同意她的讲法，一个人获取属于整整一百人所有的四分之一，确实够多的了。”

“而您，阿列克谢·德米特里耶维奇，是否发现我爱说笑话呢？”西皮亚金娜仍然露出亲切温柔的眼神，用亲切温柔的声音问道。

涅日丹诺夫不知何言以对；这时有人报告说卡洛梅伊采夫来到。女主人前去迎接他。几分钟后，管家进来用悦耳的嗓音宣称：午饭准备好了。

午餐席上，涅日丹诺夫不禁频频去望玛丽安娜和马尔克洛夫。他俩坐在一起，都低下眼睛，紧闭嘴唇，脸上的表情阴沉严肃，几乎是恶狠狠的样子。涅日丹诺夫特别感到奇怪：马尔克洛夫怎么会是西皮亚金娜的哥哥呢？ 他俩相似之处实在太少了。除非有一点：两人的皮肤都较黑；但是西皮亚金娜脸、手、肩的暗淡色调是她美丽动人的一部分……而她哥哥的肤色只是一种黑色，有礼貌的人把它誉为青铜色……在俄国人眼里就像是皮靴靴筒的颜色。马尔克洛夫头发卷曲，鼻子略钩，嘴唇阔大，脸颊下陷，腹部内瘪，双手青筋突起，整个人显得干瘦有力；他说起话来多不连贯，声音洪亮而刺耳。他目光慵怠，神

① 法语：亲爱的谢尔盖。

情阴郁，十足是个肝火旺盛的人！ 他吃得很少，多半在用面包搓小球儿，只是偶尔抬眼望望卡洛梅伊采夫。刚刚从城里回来的卡洛梅伊采夫，是为一件不大愉快的事情去找省长的，现在他绝口不提此事，只顾天花乱坠地吹起牛来。

西皮亚金像往常一样，只是当卡洛梅伊采夫离题万里时，才叫他适可而止，虽然认为“qu'il est un affreux réactionnaire①”，但被他的俏皮话和笑料逗得笑个不停。卡洛梅伊采夫顺便提到，他听说农民——oui, oui! les simples mougiks②——送给律师们一个雅号，简直乐不可支。“扯谎精！ 扯谎精！”他连声赞赏道，“Ce peuple russe est délicieux!③”接着他又讲起，有一次他参观平民学校，向学生提了个问题：“鸵鸟是什么？”没有一个人能回答，连教师也答不上来。于是他提了另一个问题：“猴子是什么？”并且举出赫姆尼采尔的一句诗：“猴子真是低能，只会模仿野兽的脸型！”同样无人能答。④这就是所谓的平民学校！

“对不起，”西皮亚金娜说，“我也不知道，这是些什么野兽？”

“太太！”卡洛梅伊采夫高声道，“您不需要知道这个！”

“那么，平民为什么需要知道？”

“为了让他们知道猴子和鸵鸟，总比知道什么蒲鲁东，甚至亚当·斯密要好！”

这时，西皮亚金又请卡洛梅伊采夫打住，并声称亚当·斯密是人

---

① 法语：他是个可怕的反动家伙。
② 法语：对，对！ 普通的农民。
③ 法语：这些俄国老百姓真妙极了！
④ 此处“鸵鸟”、“猴子”两词，卡洛梅伊采夫说的是希腊语。

类思想的巨擘之一，最好是把他的原理（他给自己斟了杯甜葡萄酒）……同母亲的乳汁（他把酒凑在鼻子底下闻了闻）……一起吸吮！——他把酒一饮而尽。卡洛梅伊采夫也喝了一杯，称赞酒好。

马尔克洛夫没有特别注意听彼得堡低级侍从官的高谈阔论，倒是用疑问的眼光看了涅日丹诺夫一两次，他弹出的小面包球差点打到那位雄辩家客人的鼻子上……

西皮亚金没有打搅他的内兄；西皮亚金娜也不和哥哥交谈；看样子，夫妇俩已经习惯把马尔克洛夫当作怪人，知道不去惹他为好。

午饭后，马尔克洛夫到台球室去抽烟斗，涅日丹诺夫回自己房间。他在走廊里碰到了玛丽安娜。他想走过去……她突然用手势止住了他。

"涅日丹诺夫先生，"她语气不太坚决地说，"您对我是何想法，我其实无所谓；不过我仍然以为……我以为（她找不到恰当的词儿）……我以为最好还是对您说，今天您在树林里碰见我和马尔克洛夫先生的时候……请告诉我，您大概在想，为什么他们俩不好意思了，他们到这儿来做什么——像是约会吧？"

"我确实感到有些奇怪……"涅日丹诺夫开口说。

"马尔克洛夫先生，"玛丽安娜把话头接了过去，"向我求婚，我拒绝了他。这就是我想告诉您的一切；现在，再见吧。对我您爱怎么想就怎么想吧。"

她蓦地掉转身，顺着走廊快步走去。

涅日丹诺夫回到房间里，坐在窗前陷入了沉思。"这姑娘多奇怪，为什么有这个古怪举动，不打自招呢？这是怎么回事，想标新立异，还是夸夸其谈，还是一种傲气呢？看来最像是傲气。她不能容忍对她有丝毫的怀疑……想到别人会冤枉她就受不了。奇怪的姑娘！”

涅日丹诺夫兀自思索着；而在下面凉台上，人们正在谈论他，被他听得一清二楚。

“我的鼻子能嗅出来，”卡洛梅伊采夫肯定地说，“嗅出这个人是赤党。我在莫斯科总督手下当特务官的时候——是跟弗拉季斯拉夫一道——就监视过这帮先生，赤色分子，还有分裂派教徒。我从空气里就能闻出这种人的气味。”卡洛梅伊采夫“顺便”讲了一件事：有一次，他在莫斯科郊区**“前脚跟后脚”**盯上了一个分裂教派老家伙，就带领警察突然冲上去，“那老家伙差点从木屋的窗口跳了下去……原先他还静静地坐在长凳上，游手好闲的家伙！”

卡洛梅伊采夫忘记补充一句，这老家伙被关进监狱后，不吃不喝，绝食而死。

“你们这个新来的教师，”勤于职守的低级侍从官接着说下去，“是赤党无疑！ 你们是否注意到，他从不先向人行礼？”

“为什么他要先行礼？”西皮亚金娜说，“我倒恰恰喜欢他这一点。”

“我是府上的客人，而他是来服务的，”卡洛梅伊采夫高声道，“对，对，服务，为了钱，comme un salarié...①所以，我的地位比他高。他就**应该**先向我行礼。”

“您太挑剔了，我最亲爱的，”西皮亚金插进来说，把“最”字说得很重，“对不起，您这些话好像太陈旧了。我花钱买他的服务，买他的劳动，但他的人身是自由的。”

① 法语：作为一名雇工。

“他没有约束感，”卡洛梅伊采夫继续说，“约束就是：lefrein！所有赤色分子都是这样的。告诉您：我对这种人嗅觉灵敏极了！在这方面，只有弗拉季斯拉夫能跟我一争高下！要是他，这个教师，落到我的手里，看我怎么收拾他！他就得换一副腔调和我说话，就得对我脱帽鞠躬……那可真妙！”

“坏蛋，牛皮大王！”涅日丹诺夫差点向下边喊起来……就在这时，房间的门打开了，涅日丹诺夫好生惊奇地看到，马尔克洛夫走了进来。

十

涅日丹诺夫从座位上朝他欠起身来。马尔克洛夫既不行礼，也没有笑容，径直走到涅日丹诺夫面前，问他是不是圣彼得堡大学学生阿列克谢·德米特里耶夫·涅日丹诺夫？

“是的……正是我，”涅日丹诺夫答道。

马尔克洛夫从侧面衣袋里掏出一封拆了封口的信。

“既然这样，看看这封信吧。是瓦西里·尼古拉耶维奇写来的，”他把声音压得很低，说。

涅日丹诺夫展开信纸，看完。这封信又像是一份半正式的通知，其中介绍送信人谢尔盖·马尔克洛夫是“自己人”，完全可以信任；还指示说，必须毫不耽搁地开始配合行动，并推广已知的某些体制。涅日丹诺夫是这份通知的收件人之一，也属于可靠的人。

涅日丹诺夫把手伸给马尔克洛夫，请他坐下，自己也坐到椅子上。马尔克洛夫的第一个动作是默默地抽起烟卷。涅日丹诺夫也照他的样子做。

“您已经接近这里的农民了吗？”马尔克洛夫终于开口问道。

“不，暂时还没有。”

“您到这里时间很久了吗？”

“快有两个星期了。”

“教课很忙吗？”

“不太忙。”

马尔克洛夫愁闷地咳嗽了一声。

“哼！这里的百姓真没有用，”他接着说，“愚昧无知。需要开导。他们穷得要命，可是谁也不肯听人讲一讲，为什么会这样穷。”

“您妹丈家过去的那些农民，可以说现在并不穷，”涅日丹诺夫说。

“我妹丈是个滑头，他极会转移视线。这里的农民确实不算穷，不过他有一座工厂。应该在那里努一把力。只要刨一下土，蚂蚁窝里就会乱动起来。您身边有小册子吗？”

“有……不过不多。”

“我给您送过来。您怎么会这样！”

涅日丹诺夫没有回答。马尔克洛夫也不响了，只有他的两个鼻孔在朝外冒烟。

“这个卡洛梅伊采夫真是坏蛋，”他突然说道。“吃午饭时我在想：站起来，走到这个老爷跟前，把他的无耻嘴脸打个稀巴烂，叫他下次再敢对别人这样！可是，不行！现在还有比揍低级侍从官更要紧的事情。现在不是对说蠢话的傻瓜生气的时候；现在是阻碍傻瓜们干蠢事的时候。”

涅日丹诺夫点点头，马尔克洛夫又抽起烟来。

“在这些家仆当中有一个能干人，”他又开口说，“不是伺候您的那个伊万……他是个懒洋洋的家伙；而是另外一个……他叫基里尔，是管餐柜的。（这个基里尔是有名的酒鬼。）您要注意他。他是个不要命的……我俩也不必讲客套了。您觉得我妹妹怎么样？”他突然抬起头来，用发黄的眼睛盯住涅日丹诺夫，说。“她比我妹丈更加滑头。您对她有什么想法？”

“我想，她是一位非常和蔼可亲的太太……而且她也非常漂亮。”

“哼！你们这班彼得堡的先生们，讲起话来多么婉转……我真奇怪！那么……关于……”他刚要说，却突然皱起了眉头，沉下脸来，没有把话说完。“我看，我俩得好好谈一谈，”他又开口道，“在这里不行。鬼才知道他们！说不定会躲在门后偷听。知道我对您有个什么建议吗？今天是星期六，明天您大概不给我外甥上课吧？……是不是？”

“明天下午三点我要和他排练。”

“排练！又不是演戏。大概这又是我妹妹想出的词儿。算了，反正一样。您愿不愿意，现在就一起上我家去？我的村子离这儿十俄里。我的马好，一气就跑到了。您在我那儿过夜，再待一个上午，明天下午三点前我把您送回来。同意吗？”

“好吧，”涅日丹诺夫说。从马尔克洛夫一进来，他就处在一种既兴奋又窘迫的状态下。同马尔克洛夫的突然接近，既让他感到困惑，也使他受到吸引。他觉得，他也明白，他面前的这个人也许愚钝，但肯定是诚实而强有力的。此外还有树林中的奇遇，玛丽安娜出人意料的解释……

“那好极了！”马尔克洛夫大声说。“您先准备一下，我去叫人套好马车。我看，您不必征求这里主人的许可吧？”

“我要事先告诉他们一声。否则，我想我不能离开这里。”

“我会对他们说的，”马尔克洛夫接过来道。“您不用担心。他们这会儿牌兴正浓，不会发现您离开的。我妹丈一直想成为国家栋梁，可是他不过能打一手好牌而已。据说，不少人还就靠这一手发了迹！……您准备好，我这就去安排。”

马尔克洛夫走了。一小时后，涅日丹诺夫和他并肩坐在一辆宽敞舒适、虽然很旧但很平稳的四轮马车的大皮垫子上。矮小敦实的马车夫在驭座上不停地吹着口哨，吹出非常悦耳的鸟鸣声。套车的三匹花斑马，黑色的鬃毛和尾巴都编成辫子，在平坦的大路上飞奔着。一棵棵树木、一丛丛灌木、田野、草场、峡谷沐浴在刚刚落下的夜色里（出发时已敲过十点钟），由于距离远近不同，有的向前，有的向后，从马车旁很快地飘过去。

马尔克洛夫的小村子共有两百俄亩土地，每年收入七百卢布左右。这个名叫博尔江科沃的小村距省城只有三俄里，而西皮亚金的庄园离省城有七俄里。到博尔江科沃去需要从省城里穿过。两位新交没有谈上多少话，在他们的前方已经隐约可见城郊市民破烂的小屋，那些倾塌的木板屋顶和歪歪斜斜小窗户里的昏暗光点。随后，省城的石块马路在车轮下隆隆作响，四轮马车颠簸起来，左右摇晃……随着马车的每一次颠簸，两边跳荡地闪过商人们居住的形状呆板、带有山墙的两层砖石房屋，带圆柱的教堂，小饭馆……时间是在周末；街上已不见行人，只有小酒馆里还挤满了人。从那里传来嘶哑的说话声，醉汉们的歌声和带鼻音似的手风琴声。酒馆的门突然打开，冲出一股臭烘烘的热气、刺鼻的酒精味和一道红色灯光。几乎每一家酒馆前都停着农民的大车，套车的是一些毛蓬蓬的大肚子驽马，它们驯服地低垂着毛茸茸的脑袋，好像睡着了。一个农民从酒馆里走出来，衣衫褴褛，腰带解开，后脑勺上像口袋似的吊着一顶冬天的皮帽子，他把胸脯抵在车辕上，一动不动地站着，双手无力地摸索着什么，摸来又摸去。又有一个工厂工人走出来，他身体瘦削，歪戴一顶有檐便帽，敞开着蓝土布衬衫，赤着脚——靴子丢在酒馆里了。他犹豫地走了几步，站在那里，搔搔后背，突然“啊”了一声，又返身走了回去……

“俄国人要被酒打倒了！”马尔克洛夫忧郁地说。

“借酒浇愁啊，谢尔盖·米哈伊洛维奇老爷！”车夫头也没回地说，每到一家酒馆前他都停止吹口哨，好像在想自己的心思。

“走吧！走吧！”马尔克洛夫回答他，气呼呼地抖了抖大衣领子。四轮马车穿过充满烂白菜和破席子臭味的集市广场，驶过了大门口有涂得花花绿绿的岗亭的省长官邸、带塔楼的区警察局、刚种上树树就要死的街心花园、狗叫声和铁链声混成一片的商场，马车驶出城门不多久，就超过了一支趁着夜凉赶路的长长的大车队，重又来到了郊外的清新空气里，来到柳树夹道的宽阔大路上，重又更快更平稳地疾驰起来。

现在该讲一讲马尔克洛夫了。他比她妹妹西皮亚金娜年长六岁。曾在炮兵学校学习，毕业后成为军官。他只当到中尉，因为同指挥官——一个德国人——不和而打了退伍报告。从那时起他就痛恨德国人，特别是俄籍德国人。为了退伍的事他跟父亲吵翻了，直到父亲去世两人没有再见面。他继承了父亲的小村庄，就在这里定居下来。在彼得堡那一阵，他和各类聪明进步人士时相过从，对他们敬仰有加。是那些人最终确定了他的思维方式。马尔克洛夫读书不多，而且大抵是与事业有关的书，尤其爱读赫尔岑的著作。他至今仍保持着军人姿态，过严格的苦行僧式生活。数年前他热恋过一位姑娘，她却以极其无礼的方式背弃了他，嫁给了一个副官，而那副官也是德国人。所以马尔克洛夫也痛恨副官。他曾尝试写一些关于俄国炮兵缺点的专题论文，可惜不具备阐述才能，没有一篇文章能够写到头。尽管如此，他仍然把他那粗大笨拙的儿童体字迹密密麻麻写满一张又一张灰色的大稿纸。马尔克洛夫为人固执，天不怕地不怕，喜欢记仇，无怜悯心，总是为自己和所有被压迫者忍辱含恨而准备不惜一切。他那有限的智力只集中在一点上：对他来说，不理解的东西就是不存在的东西；但是他蔑视和憎恨虚伪和谎言。对于身居高位者，即他所谓的“反动家伙”，他态度生硬甚至粗鲁；对普通百姓他平易近人；对农民他和和气气有如兄弟。他是个平庸的东家：各种不同的社会主义方案在脑子里打转转，就是不能付诸实现，就像他把讲炮兵缺点的文章开了头却写不完一样。他总是不走运，时时事事都如此。在炮兵学校时他有个绰号叫“倒霉蛋”。他为人真诚、直爽，天性热情但易招不幸，因此，他能够变得冷酷无情、凶狠残暴，称得上是个恶棍，但他同样也能够义无反顾、毫不动摇地牺牲自己。

到了离城三俄里处，马车突然驶进一片幽暗的山杨树林。看不见的杨树叶子在颤动着发出簌簌声；空气里有一股清新苦涩的森林味儿；头顶上只看见几线朦胧的亮光，脚下是杂乱斑驳的树影。月亮升上天际，又红又大的光盘像一面赤铜的盾牌。马车钻出树林后，驶到一个不大的地主庄园前面。正面靠前的地方，有一幢低矮的屋子遮住了初升的月轮，三个长方形窗户灯火通明。大门敞开着，好像从来就不用上锁。在昏暗的院子里，隐约看见停着一辆高座带篷马车，两匹驿站的白马拴在车后的横木上。两只小狗，也是白色的，不知从哪儿窜了出来，发出刺耳但不凶恶的尖叫声。屋里开始有人走动。马车驶近台阶。马尔克洛夫费劲地钻出车，用一只脚探到那块照例由本家铁匠安装在最不方便处的铁踏板，对涅日丹诺夫说：

“我们到家了。您在这里会见到几位客人，您很熟悉他们，但决没想到会见到他们。请进吧！”

十一

两位客人原来就是我们的老相识奥斯特罗杜莫夫和马舒琳娜。他俩正坐在马尔克洛夫家陈设极简陋的小客厅里，在一盏煤油灯的照明下喝着啤酒，抽着烟草。涅日丹诺夫的到来并不使他们惊讶；他们知道马尔克洛夫打算把他带回家来。倒是涅日丹诺夫见到他俩着实吃了一惊。他进屋后，奥斯特罗杜莫夫只说了句：“你好，兄弟！”便不吭气了。马舒琳娜先是满脸飞红，后来向他伸出了手。马尔克洛夫对涅日丹诺夫解释说，奥斯特罗杜莫夫和马舒琳娜被派来此地，是为了即将付诸实现的一项“共同事业”；他俩大约是一星期前离开彼得堡的；奥斯特罗杜莫夫就留在斯城做宣传工作，马舒琳娜则要到克地去见一个人。

马尔克洛夫忽然激愤起来，虽然并没有人同他发生意见分歧。他目光炯炯，咬着小胡子，开始用一种激动、低沉但很清晰的声音讲起当前正在发生的种种丑恶现象，讲到必须毫不拖延地采取行动，一切已经准备就绪，只有胆小鬼才延误时机；讲到暴力在某种程度上不可缺少，就像用柳叶刀割脓疮，不管脓疮多么熟，总是要割掉的！他好几次用柳叶刀打比方，显然很喜欢这个比喻，这不是他自己想出来的，而是从哪本书上读到的。看样子，他对玛丽安娜感情的指望已完全破灭，现在一无所措，只想尽快着手干他的“事业”。他的语气斩钉截铁，不兜任何圈子，干脆、生硬而愤激：单调然而有力的话语从他那发白的嘴唇里一句句吐出来，就像一条又老又凶的看家狗在断断续续地吠叫着。他说他很熟悉这一带的农民和工厂工人，其中有些能干人，例如戈洛普廖克村的叶列梅，像这种人会毫不犹豫地赴汤蹈火。他在讲话中总是不断提到这个戈洛普廖克村的叶列梅。每说十句话他就用右手，不是用手掌，而是用掌侧劈打桌面，同时左手翘起食指戳向空中。这多毛而干瘦的手，这手指，这低沉的嗓音，这火辣辣的眼睛，都对人产生了强烈印象。一路上马尔克洛夫和涅日丹诺夫很少说话，他的火气一直在酝酿着……现在终于迸发了出来。马舒琳娜和奥斯特罗杜莫夫用微笑、眼神，有时是短短一声感叹来对他表示赞许。涅日丹诺夫则好像发生了奇怪的情况。起先他试图提出异议；他说到了匆忙行动、为时过早和考虑不周的危害性，尤其是，他很惊讶这一切已经决定下来，不容置疑，不弄明情况，甚至不了解民众的需要怎么就作出了决定呢？……但是后来，他的全部神经像琴弦一样绷紧了，颤抖起来，他怀着一种绝望心情，几乎噙着愤怒的眼泪，忍不住大声叫嚷着也像马尔克洛夫那样说起话来，甚至比他有过之而无不及。是什么原因促使他这样，还很难说：是他近来似乎有些松劲而感到后悔？是他对自己和别人都感到懊丧？是要压制内心的不宁？是想在新来的密使面前表现一下自己……还是因为马尔克洛夫的一番话确实打动了他，使得他热血沸腾呢？他们的谈话持续到黎明。马舒琳娜和奥斯特罗杜莫夫一直坐在椅子上，马尔克洛夫和涅日丹诺夫则始终站着。马尔克洛夫活像一名哨兵老是站在一个位置上；涅日丹诺夫则迈着不均匀的步子，或快或慢地在房间里不停地走来走去。他们谈到目前需要采取的措施和办法，谈到每个人要担当的角色；他们把各种小册子和单张印件分开捆扎；他们提到某个叫戈卢什金的商人，是分裂派教徒，虽然没有受过什么教育，但为人可靠；又提到年轻的宣传员基斯利亚科夫，说他知识渊博但机灵过头，对自己的才能评价过高；他们也提到了索洛明的名字……

“就是管理棉纺厂的那个人吗？”涅日丹诺夫问道，想起在西皮亚金家吃饭时说到过此人。

“正是他，”马尔克洛夫说，“您应该跟他认识一下；我们对他还不十分了解，不过他是个能干人，很能干。”

戈洛普廖克村的叶列梅又被提起，还加上了西皮亚金家的基里尔，以及一个绰号叫做“噘嘴儿”的缅杰列伊。只是这个“噘嘴儿”难以信赖：清醒的时候勇敢，喝醉的时候胆小，而他几乎总是醉醺醺的。

“那么，您自己的人当中，”涅日丹诺夫问马尔克洛夫，“有谁可以信赖吗？”

马尔克洛夫说有，但没有说出任何人的名字。接着就讲起了城里的小市民和师范学校毕业生，说这些人更有用些，因为他们身强力壮，动起拳头来可厉害呢！涅日丹诺夫问到贵族的情况。马尔克洛夫告诉他，有五六个年轻的贵族，其中一个甚至是德国人，数他最激进了；不过谁都知道：德国人靠不住……他就是会骗你、出卖你！现在要等基斯利亚科夫带回新情报来。涅日丹诺夫又问军人的情况。马尔克洛夫有些语塞，他扯了扯长长的颊须，终于说，暂时还没有确切消息……除非基斯利亚科夫有什么发现。

“这个基斯利亚科夫究竟是何许人？”涅日丹诺夫不耐烦地高声问道。

马尔克洛夫意味深长地笑了笑说，这是一个……这样的人……

“不过，我对他也不太了解，”他补充道，“总共和他只见过两面；可是这个人写的那些信多么好，多么好啊！！我拿给您看……您会感到惊讶的！简直就是一团火！他的活动能力太强了！他已经有五六次把俄国跑了个遍……每到一个驿站就写十到十二张纸的信来！！”

涅日丹诺夫疑惑不解地望望奥斯特罗杜莫夫；他泥塑木雕般坐在那儿，连眉毛都没动一下。马舒琳娜的嘴唇做出苦笑的样子，竟也一声不吭！涅日丹诺夫想起来要详细问问马尔克洛夫有关他的社会改造计划，在庄园产业方面……但这时奥斯特罗杜莫夫插话了。

“现在讲这些有什么用？”他说，“反正将来一切都得改造。”

谈话重又回到政治方面。内心隐蔽的不安仍在折磨、啃啮着涅日丹诺夫。这种不安越是强烈，他说话的声音就越高，语气就越坚决。他只喝了一杯啤酒，但有时他觉得自己真的醉了——脑袋晕眩，心脏在病态地抽搐。下半夜三点多钟，辩论终于结束了。谈话者们从睡在前厅的小厮身边走过，各去自己的住处。涅日丹诺夫在上床前，两眼直瞪瞪望着面前的地板，一动不动地站了很久。耳边仿佛回响着马尔克洛夫说话时那种揪心痛苦的调子。他想：这个人的自尊心必定是受了伤的，他**理当**受苦，他个人幸福的希望破灭了；可是他多么具有忘我精神，为了自己认定的真理敢于献身！他是个眼光狭小的人……但是，做这种眼光狭小的人，难道不比譬如说**我**自认为这样的人强上一百倍吗？！

但他马上又忿忿于这种自我贬低。

“为什么是这样？ 难道我不能自我牺牲吗？ 等一等，先生们……还有你，帕克林，日后你也会信服，我虽然搞美学，虽然写诗……”

他生气地用手把头发向上一撩，牙齿咬得格格响，急忙脱掉衣服，一头倒在又冷又湿的床上。

“晚安！”门外传来马舒琳娜的声音，“我住在您隔壁。”

“再见，”涅日丹诺夫回答，马上想起来，这一晚上她的眼睛始终都在盯着他。

“她要干什么呢？”他悄声自语道，觉得有些害臊。“唉，还是快点睡着吧！”

但是，紧张的神经难以让它松弛下来……直到太阳升得老高时，他才进入郁郁沉沉的梦乡。

这天早晨他起得很晚，觉得头疼。他穿好衣服，走到他住的阁楼房间的窗口，看到马尔克洛夫的庄园实在也不像什么庄园：他那栋小厢房坐落在离树林不远的开阔高地上。厢房的一边有个小谷仓，以及马厩、地窖和一间草顶快要塌落的小木屋；另一边是小池塘、菜园、大麻地和屋顶同样快塌的另一间木屋；远处则是仓房、打谷棚和一个空荡荡的打谷场——这些就是放眼所及的全部“财富”。处处显得寒酸简陋，但也不是那种荒芜废弃的景象，而像是一棵没有扎好根的小树，从来就不曾枝繁叶茂过一样。涅日丹诺夫走下阁楼。马舒琳娜坐在餐厅的茶炊边，像是在等他。她告诉他，奥斯特罗杜莫夫外出办事，两周后才能回来，主人去张罗长工干活了。时令将近五月底，也没有太急的农活，马尔克洛夫心血来潮，要自己花钱雇工砍掉一小片桦树林，所以一早就出去了。

涅日丹诺夫有一种奇怪的心神困顿的感觉。昨天夜里谈了那么多绝不容许拖延、唯有立即“动手”的话。可是，如何动手，动手干什么——而且是毫不拖延地动手干呢？ 不必询问马舒琳娜：她不知道犹豫；她不怀疑她要做的事：到克地去。下一步怎么办她并不关心。涅日丹诺夫不知道对她说什么好。他喝罢茶，戴上帽子，朝桦树林那边走去。路上碰到一些赶粪车回来的农民，他们过去是马尔克洛夫的人。他跟这些人攀谈……也聊不出什么名堂来。这些人的样子也很疲倦，但只是通常身体上的疲倦，和他的感受是完全不同的。据他们说，过去的地主是个普通的老爷，只是人有些古怪；他们预料到他会破产，因为他不知道按章办事，而是一味随心所欲，不像他的先人。他有时叫你莫名其妙，怎么也捉摸不透！ 他的心肠可好呢！ 涅日丹诺夫又往前走，他碰见了马尔克洛夫。

他正走过来，身边围着一大群工人。远远看见他在向他们解释和说明什么，后来把手一挥……意思好像是：不干了！ 他的管家从他身边走出来，这是个形容委琐、眼睛极度近视的年轻人。管家不住地重复说：“您看怎么办就行，老爷。”东家对这句话十分扫兴，他本来是要管家自己多拿点主张的。涅日丹诺夫走到马尔克洛夫跟前，发现他脸上的表情也流露出自己所感受到的那种内心的困倦。他俩问过好。马尔克洛夫立即谈起（当然是大概）昨天讨论的那些“问题”，谈到大转变的时刻已经临近；但是疲倦的表情并没有从他脸上消失。他浑身尘土，汗流满面，衣服上粘着木屑和青苔，嗓子也沙哑了……围着他的人都不作声了：他们也许是胆怯了，也许是在暗暗讥笑他……涅日丹诺夫望着马尔克洛夫，脑中又响起了奥斯特罗杜莫夫的那句话：“讲这些有什么用？ 反正将来一切都得改造！”一个犯了过失的工人开始恳求马尔克洛夫免除对他的罚款……马尔克洛夫起先大发雷霆，咆哮起来，后来还是原谅了他……“反正将来一切都得改造……”涅日丹诺夫请马尔克洛夫给他准备马和轻便马车，他该回去了。马尔克洛夫似乎对他的想法感到惊讶，但还是答应立刻把一切准备好。

他和涅日丹诺夫一起回到家……由于极度疲惫，他走路有些踉跄。

“您怎么啦？”涅日丹诺夫问道。

“我累坏了！！”马尔克洛夫怒不可遏地说。“你跟这班人苦口婆心地讲，他们就是一窍不通，也不照你的吩咐去办……他们连俄国话都听不懂了：‘一块地’这个词儿他们熟悉……可是‘股份’……股份是什么东西？他们不明白！这也是俄国话呀，真见鬼！他们捉摸，我是想送给他们一块地！（马尔克洛夫打算对农民们详细解释联合的原则，在自己庄园里实行起来，可是他们执意不肯。对这件事有个农民甚至说：‘坑已经够深了……可是现在连底儿也看不见了……’其余的农民不约而同地深深叹了口气，把马尔克洛夫弄得束手无策。）”

进屋后，他把随从的人打发走，开始吩咐备车备马，安排早饭。他的仆役总共有一名小厮、一名厨娘、一名车夫，还有一个身穿杂毛棉布长袍、连耳朵上都长满毛发的耄耋老汉——他祖父生前的侍仆。这老汉总是愁眉苦脸地望着自己的老爷，什么事也不做，也未必能做什么事情，但是他必定蜷曲着身子坐在门廊的平台上，从不缺席。

早饭上的是煎老了的鸡蛋，罐头鲱鱼和冷杂拌汤（小厮送上用旧香膏盒装的芥末，用香水瓶装的醋）。涅日丹诺夫吃过早饭，坐到昨晚他乘来的那辆四轮马车上。但套车的马不是三匹，而是两匹，因为另一匹在钉马掌时伤了蹄——它跛了。

早饭时马尔克洛夫很少说话，不吃东西，呼吸很费劲……后来讲了几句有关庄园的丧气话，随即又挥了挥手……“反正将来一切都得改造。”马舒琳娜请涅日丹诺夫捎她进城，她要去买几件东西；“从城里回来我步行，也可以搭乡下人回家的大车。”马尔克洛夫送两人到台阶口，说不久还要请涅日丹诺夫再来，到那时……那时候（他身子一振，又打起了精神）商量的事情要最后定下来；那时候索洛明也来；而他，马尔克洛夫，只需要等到瓦西里·尼古拉耶维奇的消息，然后就剩下一件事：立即“动手”，因为民众（就是不明白“股份”词儿的民众）不答应再等下去了！

“您不是要给我看看那个人的信……他叫什么来着？基斯利亚科夫？”涅日丹诺夫问道。

“以后再说……以后吧，”马尔克洛夫匆忙道。“到那时所有的事情一并了结。”

马车启行了。

“您要准备好！”马尔克洛夫最后叮嘱道。他站在台阶上，身旁站着那个“模范仆人”、祖父生前的侍仆——他伸着佝偻的身子，背着双手，老态龙钟，什么也听不见，眼光里始终是愁闷的神色，身上散发出黑麦面包和杂毛棉布的气味。

车到省城之前马舒琳娜一直沉默，只顾抽烟。快到城门口时她忽然大声叹了口气。

“我可怜谢尔盖·米哈伊洛维奇，”她脸色阴郁地说。

“他忙坏了，”涅日丹诺夫说，“我觉得他经营得很糟。”

“我不是为那个可怜他。”

“为了什么呢？”

“他是个不幸的人，倒霉人！……他最好是去……唉，不！他不行！”

涅日丹诺夫看了看他的旅伴。

“莫非您知道些什么？”

“我什么也不知道……各人凭自己的感觉。再见，阿列克谢·德米特里奇。”

马舒琳娜下了四轮马车。一小时后涅日丹诺夫驶进了西皮亚金家的院子。他觉得身体不大舒服……昨夜没有睡觉……还有那些争论……那些道理……

窗口露出一张美丽的脸蛋，朝他和善地笑笑……这是西皮亚金娜在欢迎他归来。

“她的眼睛多美！”他想。

十二

中饭时来了许多人。饭后，涅日丹诺夫趁大伙忙乱之际，溜回自己房间里。他想独自待一会儿，哪怕只是为了把这次旅行的印象清理出一个头绪来。吃饭时瓦莲京娜·米哈伊洛夫娜有好几次注意地看他，但显然没有机会跟他谈话。玛丽安娜自从那次使他大吃一惊的意外举动后，像是感到难为情而躲着他。涅日丹诺夫拿起笔，想跟他的朋友西林在纸上谈谈心，但是对这位朋友他也不知道说什么好。也许是因为，在他脑子里积聚了太多互相抵触的念头和感受，他没有去解开它们，只好把一切都留到明天再说。吃饭的人当中也有卡洛梅伊采夫先生。他表现出从未有过的傲慢和绅士式的不屑。但他的放肆言论对涅日丹诺夫不起作用：他根本没有去理会它。他仿佛包裹在一团云雾中；在他和世界之间隔着一道半透明的帷幕，真是怪事！ 透过这层帷幕他只看到三张脸孔——三张全是女人的脸，脸上的三双眼睛全都直勾勾地望着他。它们是：西皮亚金娜、马舒琳娜和玛丽安娜。这是什么意思？ 为什么恰恰是这三张脸？ 它们之间有什么共同处？ 它们要他怎样呢？

他早早躺下睡觉，但睡不着。一些好像是忧伤的，但更像是阴暗的念头向他袭来……他想到不可避免的结局，想到了死。这些想法是他熟悉的。他反复思量着，时而为可能降临的死亡而战栗，时而又想去迎接死亡，几乎为死亡而欣喜。他终于感受到一种他熟悉的异样的激动……他从床上爬起来，坐到写字台边，沉吟了一会儿，几乎一字不改地在他珍藏的小本子里写下了这首诗：

亲爱的朋友，我留下遗嘱，
在我将死之际。
请把我的文稿
立即全部毁去！
在我周围摆上鲜花，
让阳光照进屋里。
请把乐师关在门外，
不许那乐声如怨如泣！
要像在盛宴的时光，
将华尔兹舞曲高亢地奏响！
我在用慢慢失聪的双耳
聆听着弦音的消亡，

我将随之而死，
如同进入梦乡……
不要无谓地呻吟，
扰破那临终的静谧，
陶醉于人间欢快的乐声，
我向另一世界中走去！

当他写下“朋友”这个词时，他想到的还是那个西林。他把诗低声吟诵了一遍，对写出的东西自己也吃了一惊。这怀疑，这冷漠，这轻率的无信仰——这一切怎么能跟他信奉的原则相协调？怎么能跟他在马尔克洛夫家里所说的话相一致呢？他把小本子扔进抽屉，又躺回到床上。天将大亮时他才睡着，这时第一批云雀已经在晨曦泛白的天空里呖呖鸣啭了。

第二天刚上完课，他坐在弹子房里，西皮亚金娜走了进来。她四面一望，笑嘻嘻地走到他跟前，叫他到她的书房去。她穿一件轻薄的巴勒吉纱罗连衣裙，显得非常素雅：镶褶纹的袖子仅及肘部，宽宽的带子束紧腰身，浓密的秀发一绺绺垂落在脖子上。她身上的一切都显得和蔼可亲，这是一种对人关爱、令人振作的亲切神情，包括她那目光温存的半睁半闭的眼睛，以及从她的嗓音、动作、步履中流露出来的软绵绵的慵怠神态。西皮亚金娜把涅日丹诺夫带到她的书房。这里布置得舒适宜人，充满了鲜花和香水的香味，女人衣裳的清洁味和女人时常逗留的那种气味。她请他坐在沙发椅上，自己坐到他旁边，开始询问他这次旅行以及马尔克洛夫日常生活的情况。她出言谨慎，语气温和，使人感到舒服！她对哥哥的命运表示了由衷的关切，在这以前她从未在涅日丹诺夫面前提起过他。从她另一些话里还可得知，她也注意到玛丽安娜在哥哥心中激起的感情。她甚至有些发愁……不知是因为玛丽安娜没有答应她哥哥，还是因为哥哥选择了一个实际上和他不相配的姑娘——这一点她没有说明。主要的是：她显然在努力使涅日丹诺夫丢掉陌生感，唤起他对她的信任，迫使他不再腼腆。瓦莲京娜·米哈伊洛夫娜甚至有点埋怨他对她产生了误解。

涅日丹诺夫在听她说话，望着她的手臂、肩膀，偶尔瞥一眼她的绯唇和微微漾动的一缕缕鬈发。起先他答话很简短，他觉得喉咙和胸部有些发紧……后来虽然还略感不安，但已渐渐体验到一种惬意；他万万没有料到，如此高傲美貌的太太，一位贵妇人，竟会对他这个普通大学生发生兴趣，甚至还不止是兴趣，她似乎有点儿向他卖弄风情。涅日丹诺夫在问自己，她干吗要有这些举动？ 他不得其解。其实，他也无需去寻找答案。西皮亚金太太这时谈起了科利亚。她甚至要涅日丹诺夫相信，她想和他接近纯粹是为了认真谈谈她的儿子，总之也是为了了解他对俄国儿童教育的想法。她的愿望来得如此突然，显得有些奇怪。但是，问题完全不在于西皮亚金娜说的这些话，而在于她忽然产生了一种类似肉欲的冲动，她一定要征服这颗倔强的头颅，叫它俯伏在自己的脚下。

这里有必要回溯一些往事。

瓦莲京娜·米哈伊洛夫娜的父亲是个目光短浅又不机敏的将军，供职五十载只获得一枚星章和一枚奖章。母亲则是个会钻营、工心计的小俄罗斯人，像她的许多女同胞一样，天生一副老实巴交甚至傻乎乎的相貌，却善于利用这种外表尽量捞取好处。瓦莲京娜·米哈伊洛夫娜的双亲不是有钱人，但还是让女儿进了斯莫尔尼贵族女子学校。

她在校时虽被目为共和派，但引人注意，口碑良好，因为她学习努力，品行端方。学校毕业后她和母亲住在一起（哥哥搬到乡下住，戴星章和奖章的父亲已故）。她们的住宅很整洁，但非常冷：在这里说话能看见口中呼出的热气。瓦莲京娜·米哈伊洛夫娜笑着说，这“跟在教堂里一样”。她勇敢地承受了穷困生活的种种艰苦：她具有惊人的镇定性格。靠母亲帮助她得以维系旧交，结识新知。所有的人包括上流人士谈到她时，都说这是一位彬彬有礼、很有教养、非常可爱的姑娘。瓦莲京娜·米哈伊洛夫娜有好几位求婚者。她在其中挑选了西皮亚金，非常简单、迅速而巧妙地让他坠入情网……而西皮亚金自己不久也就明白，他找不到更合适的妻子了。她聪明，不凶悍……甚至善良，其实她为人冷漠……而又不容许别人漠视她。瓦莲京娜·米哈伊洛夫娜风姿优雅，这是“可爱的”利己主义者别具的一种优雅，其中没有诗意和挚切的情愫，但是有温和、喜爱，甚至柔情。这些迷人的利己主义者是不可违拗的：她们都有支配欲，容不得别人自作主张。像西皮亚金娜这样的女人会使无经验而有热情的男人受到招惹而激动，但她们自己却喜欢过规范和安宁的生活。她们容易做到美德懿行——她们娴静贤淑；但是，总想支配、吸引和取悦别人的愿望使得她们灵活善变、喜欢炫耀；她们意志坚强，正是这种意志力部分地决定了她们的魅力……当温情的火花仿佛不自觉地在如此开朗纯洁的人儿身上隐约闪现的时候，男人是很难自持的，他等待着坚冰就要融化的那一时刻；然而，晶莹的冰块闪闪有光，却不会融化，它决不会晕头转向！

卖弄风情对西皮亚金娜不是什么大不了的事：她很清楚，她没有也不会有危险。迫使别人的眼睛时而暗淡时而闪光，脸颊泛出欲望和恐惧的红晕，声音颤抖起来和突然中断，迫使别人心慌意乱——啊，这使她的心里舒服极了！当她深夜躺到清洁的床上准备安然入梦时，回想起那些激动的话语、眼神和叹息声，又是何等的快乐！她带着满意的微笑完全陷入沉思，清楚地感觉到自己的高不可攀、不可企及，便以一种宽容的心情委身于她那有教养的丈夫的合法爱抚之中！这是多么令人愉快，有时她甚至为此生出恻隐之心，想做一件善事，帮助别人……有一次，一位大使馆秘书疯狂地爱上了她并试图自杀，此事发生后，她开办了一所小小养老院！她真心为他祈祷，虽然她的宗教感情自小就很淡薄了。

总之，她和涅日丹诺夫谈话，千方百计要把他征服在自己"脚下"。她让他接近自己，像是在对他倾吐衷情，怀着亲切的好奇心和类似母性的温柔，看着这个容貌相当不错、有趣而又严厉的激进分子在慢慢地、笨拙地迎合她。一天，一小时，甚至一分钟之后，这一切都会消失得无影无踪，但是眼下她觉得开心，觉得有些可笑，有些恐惧，甚至有些忧愁。瓦莲京娜·米哈伊洛夫娜一时忘记了涅日丹诺夫的出身，况且她知道孤独伶俜的人多么看重她这样的关怀，于是就问起他的少年时代和家庭情况……对方尴尬而生硬的回答使她立刻意识到自己碰了钉子。为了尽力弥补这个错误，瓦莲京娜·米哈伊洛夫娜向他进一步敞开心扉……就像在苦热的夏日中午，盛开的玫瑰张开了芬芳的花瓣，到了夜晚寒气加重时，花瓣很快又会闭合和收卷起来。

然而，她终于未能完全弥补自己的失误。被触到痛处的涅日丹诺夫不再像原先那样信任她了。他时时背负的痛苦，一直深藏在他的心底，现在重新抬头了。他那民主派的怀疑心和自责感也苏醒了。"我不是为这个才到这儿来的，"他想道，不禁回想起帕克林对他那番带嘲弄意味的开导……谈话刚一冷场，他就趁机站了起来，微微一鞠躬，从书房里走出去，并悄悄对自己说了声："真蠢。"

他的窘状没能逃过瓦莲京娜·米哈伊洛夫娜的眼睛……从她目送他出去时脸上的笑容来看，她把他的窘态看成了对自己有利的表现。

涅日丹诺夫在弹子房里碰见了玛丽安娜。她紧紧交叉双手，背朝窗户，站在离书房门不远的地方。一片几乎是漆黑的阴影遮住了她的脸，但是她那双大胆的眼睛带着疑问神色死死地盯住他，紧闭的嘴唇上流露出轻蔑和使人难受的怜悯表情；涅日丹诺夫莫名其妙地站住了……

"您有什么话对我说吗？"他不禁问道。

玛丽安娜没有马上答腔。

"不……哦，是的；我有话。不过不是现在。"

"什么时候呢？"

"您等着吧。也许明天，也许永远不说。我还很不了解，您究竟是什么人？"

"不过，"涅日丹诺夫说道，"有时候我觉得……我们两人之间……"

"您对我还一无所知，"玛丽安娜打断了他。"您等着吧。明天，也许。现在我该去见我的……女主人。明天见。"

涅日丹诺夫走了两步，忽然又回来。

"哦，对了！ 玛丽安娜·维肯季耶夫娜……我一直想问您，是否允许我跟您一起到学校去，趁学校还没有关闭，看看您的工作情况。"

"好吧……不过，我不是要跟您谈学校的事。"

"那是什么事呢？"

"明天见。"玛丽安娜再次道别。

但她没有等到第二天。她和涅日丹诺夫的谈话当天晚上就进行了，地点是在一条从凉台不远处开始的椴树林荫道上。

十三

她主动走到他跟前。

“涅日丹诺夫先生，”她用急匆匆的声调说，“您好像完全给瓦莲京娜·米哈伊洛夫娜迷住了吧？”

不待对方回答，她就转身顺着林荫道走去；他和她并排走着。

“您为什么这样想？”过了一会儿，他问道。

“难道不对吗？所以今天她做了不怀好意的安排。我能想象她怎么张罗，怎么布下她那小小的罗网！”

涅日丹诺夫一言不发，只是从侧面望望这位奇怪的交谈者。

“您听我说，”她接着道，“我不会装模作样：我不喜欢瓦莲京娜·米哈伊洛夫娜。这您也很清楚。您可能觉得我为人不公正……但您首先要想一想……”

玛丽安娜突然不吭声了。她飞红了脸，激动起来……她激动的样子总是像在发怒似的。

“您也许在问自己，”她又开口了，“为什么这位小姐把这些事情都对我说呢？上回我把……马尔克洛夫先生的情况告诉您，您大概也是这样想的。”

她忽然弯下腰，采了一个小蘑菇，把它捏成两半，扔到一边去。

“您错了，玛丽安娜·维肯季耶夫娜，”涅日丹诺夫说，“我反而认为，是我让您产生了信任感，这种想法当时使我很高兴。”

涅日丹诺夫说的不全是实话，因为这种想法他是刚刚才有的。

玛丽安娜飞快瞥了他一眼。她一直是扭开着脸的。

“您并非使我产生什么信任感，”她若有所思地说，“您对我完全是个陌生人。不过，您的处境和我非常相似。我俩同样不幸，就是这一点把我们联系了起来。”

“您不幸吗？”涅日丹诺夫问道。

“您呢，您不是？”玛丽安娜回答。

他不说话。

“您知道我的身世吗？”她动情地说，“知道我父亲的遭遇？ 他的流放？ 不知道？ 那么我告诉您，他被抓去受审，定罪，削去官职，剥夺了一切，流放到西伯利亚。后来他死了……我母亲也死了。舅舅西皮亚金先生，就是我母亲的弟弟，收养了我。我吃住在他家，他是我的恩人，瓦莲京娜·米哈伊洛夫娜也是我的恩人。可是我对他们忘恩负义，大概因为我是铁石心肠吧；别人的饭可不好吃，我不能忍受那种宽大为怀的侮辱，寄人篱下叫我受不了……我也不会忍气吞声，别人在讽刺挖苦你，就像不断在用针扎你，只是因为太骄傲我才没有叫喊出来。”

玛丽安娜断断续续地说着这些话，脚步越来越快。

她突然停了下来。

“您可知道，舅妈一心要把我推销出去，想我……嫁给这个可恶的卡洛梅伊采夫！ 她知道我的信仰，在她眼里我是个虚无主义者。而他！ 他当然不喜欢我，我长得又不漂亮，但是可以把我卖给他。这也是恩赐嘛！”

“那您为什么……”涅日丹诺夫欲言又止。

玛丽安娜又飞快地瞥了他一眼。

“您想说，我为什么没有答应马尔克洛夫先生的求婚？ 对吧？ 是的。这有什么办法呢？ 他是个好人。但我并没有错，我不爱他。”

玛丽安娜又举步向前走去，仿佛以此告诉对方，对于她这个出乎意料的表白他没有义务一定要作出回答。

两人走到了林荫道的尽头。玛丽安娜迅速拐到一条从云杉林中穿过的狭窄小径上，继续向前走。涅日丹诺夫跟在她后面，心里有两点纳闷：一则他诧异这个古怪姑娘怎么忽然对他如此坦露心曲，再则他更奇怪自己对这种坦诚毫不感到奇怪，反而觉得是很自然的事。

玛丽安娜突然回过身来，站在小径当中，她的脸和涅日丹诺夫的脸相距不过一俄尺，她的眼睛死死盯住了他的眼睛。

“阿列克谢·德米特里奇，”她开口说，“您别以为我舅妈是恶人……不！ 她从里到外充满了虚伪，她是个假好人，她装腔作势，要人家都来宠爱她这个美人儿，把她当作圣徒来崇拜！ 有时候她想出一句知心话，对一个人说了，然后再对第二个、第三个重复这句话，还假装刚刚想到这句话的样子，而那双迷人的眼睛正好可以大送秋波！ 她对自己非常了解，知道自己有圣母之貌，但是不爱任何人！ 她装出成天为科利亚操心的样子，而她所做的不过是跟几个聪明人谈谈科利亚罢了。她自己并不对任何人抱有恶意……她多么仁厚待人！ 然而，即使她当场目睹您全身的骨头被人打断……她也会无动于衷！ 她不可能动一动手指头去救您的；但是，如果她觉得有必要或者有利可图……那么，啊，那么！”

玛丽安娜不作声了。怒火使她窒息，她决意让它迸发出来，她忍无可忍，但她的话语不由自主地时时中断。在不幸者当中玛丽安娜属于特别的一类（俄国现在常常会碰到这类人）……他们对公正感到满意，但并不为之欢喜；他们对不公正极其敏感，并为之深深激怒。当她说话时，涅日丹诺夫注意地望着她。她的脸涨红了，短头发有些散开，薄薄的嘴唇在颤动和抽搐着，他觉得她的脸相有些咄咄逼人，但显得庄重深沉，甚至很好看。阳光透过枝叶交织的密网，在她额头上洒下一个斜斜的金色斑点，就像一条火舌，衬托着她脸上的激动表情，那双定神圆睁、闪闪发亮的眼睛及热切的说话声，显得倒很协调。

“请告诉我，”涅日丹诺夫终于问道，“为什么您说我是不幸的人？ 莫非您了解我的过去？”

玛丽安娜点点头。

“是的。”

“那么……是怎样了解的？ 有谁跟您谈到过我吗？”

“我了解……您的身世。”

“您了解……是谁告诉您的？”

“还是那个人，那个让您着迷的瓦莲京娜·米哈伊洛夫娜。她不放过我在场的机会，像平时那样顺便提了一句。但听得很明白，她没有同情，不抱任何成见，以一个女自由主义者的口吻说：我们这位新教师的生活中竟有这等意外之事！ 请您不必惊奇，瓦莲京娜·米哈伊洛夫娜也是这样顺便提到我的；几乎每逢一个客人来，她都用惋惜的语气说：我这位外甥女的生活中……竟有这等意外之事，父亲因为受贿被流放到西伯利亚去了！ 不管她自视多么高贵，她不过是个播弄是非和装腔作势的人，您的这位拉斐尔圣母！”

“对不起，”涅日丹诺夫说，“为什么说她是‘我的’呢？”

玛丽安娜扭转身，又顺着小路走去。

“您跟她谈了那么多的话，”她闷声闷声地说。

“我几乎没说一句话，”涅日丹诺夫答道，“全是她一个人在说。”

玛丽安娜默默朝前走。小径拐了弯，云杉树仿佛向两旁闪开，前面露出了一小片林边草地。草地当中长着一棵有窟窿的垂枝桦树，一条环形长凳围绕在老树干的四周。玛丽安娜在长凳上坐下来，涅日丹诺夫坐到她旁边。一簇簇下垂的桦树长枝，缀满细小的绿叶，在头顶上轻轻摇曳。嫩草丛中到处开着白色的铃兰花。整个草地上升起一股嫩草的清香，使两人吸够了云杉树脂气味的胸膛，这时感到一阵舒畅。

“您想和我去看看这里的学校，”玛丽安娜又开口道，“那又怎么样？我们去看吧。只是……我不知道。您不会很满意的。您已经听说了，我们的主要教师是一位助祭。他是个好人，但是您无法想象他跟学生们竟谈些什么！学生里面有个男孩子……他叫加拉谢伊，是孤儿，才九岁，您可知道！他的学习成绩最好！”

玛丽安娜突然改变了话题，自己仿佛也随之改变了：她面色苍白，情绪平静下来，脸上显出难为情的样子，像是因为说了那么多的话而感到愧疚似的。她似乎想把涅日丹诺夫引到某个“问题”上。譬如谈谈学校问题或农民问题，只要不再用原先的腔调说话就行。然而此时涅日丹诺夫却顾不上谈什么“问题”。

“玛丽安娜·维肯季耶夫娜，”他开口道，“坦白地对您说，我无论如何没有料到……我们之间目前发生的这一切。（听到“发生”这个词，她有些警觉起来。）我觉得，我们突然变得非常……非常接近了。这是理所当然的。我们早已在互相接近，只不过没有说穿罢了。所以，现在我要对您直言不讳。您在这个家里感到沉闷和厌烦；您舅舅虽然目光短浅，但是我多少还能看出，他是个仁慈的人吧？难道他不明白您的处境，不站在您一边吗？”

“我舅舅？ 首先，他压根儿不是一个人，而是一位官，是参政员还是大臣……我不清楚。其次……我不想无端抱怨和中伤别人：我在这里一点儿也不感到沉闷和厌烦，也就是说，这里没有人欺侮我。舅妈挖苦我几句实在也算不得什么……我完全是自由的。”

涅日丹诺夫惊奇地望了她一眼。

“这样看来……刚才您对我所说的一切……”

“随便您怎么笑话我，”她接过去说，“要说我不幸，那也不是我个人的不幸。有时我觉得，我在为俄罗斯一切受压迫者、穷人和可怜的人而痛苦……不，不是痛苦，而是为他们感到气愤不平……我准备为他们……抛头颅洒热血。我不幸，因为我是一位小姐，因为我寄人篱下，我什么也不能做、也不会做！ 当年我父亲在西伯利亚时，我和母亲留在莫斯科，我多么想到父亲那儿去！ 倒不是因为我爱他，尊敬他，而是想亲自了解、亲眼目睹一下那些流刑犯和受迫害者是怎样生活的……我对自己，也对这班饱食终日、悠闲富足的人十分恼火！ ……后来父亲回来了，他意志消沉、筋疲力尽，开始低三下四地奔走逢迎……唉，那是多么艰难啊！ 幸好他死了……母亲也死了！ 可是我还活着……为了什么？ 为了感知一下我这个人有一副坏脾气，我这个人忘恩负义，无法对付，而且不论为了什么事和什么人我都一无所能！”

玛丽安娜把身体侧向一边，她的一只手滑落在长凳上。涅日丹诺夫很可怜她，触了一下这只悬垂的手……玛丽安娜马上把手缩了回去，倒不是因为她觉得对方举动欠妥，而是为了对方千万别以为她是在寻求同情。

这时，透过云杉林的枝柯看见远处有女人的衣服一闪。

玛丽安娜坐直了身子。

“瞧，您的圣母派密探来了。这个侍女要监视我的行动，向太太报告我在什么地方，跟谁在一起！舅妈大概想到了我会和您在一起，认为这有失体统，尤其是在她向您表演了一场温情戏之后。我们也确实该回去了。走吧。”

玛丽安娜站起身；涅日丹诺夫也从坐处站了起来。她回头望了他一眼，脸上忽然露出一种近乎稚气的表情，样子有些腼腆，但挺可爱。

“您不生我的气吧？您不认为我也在对您装模作样吧？不，您不会这样想的，”不等涅日丹诺夫回答，她就继续说。“您和我一样，是不幸的人，您的脾气也……很坏，和我一样。明天我们一起去学校，因为我俩现在是好朋友了。”

玛丽安娜和涅日丹诺夫走近屋子时，瓦莲京娜·米哈伊洛夫娜从凉台上用单柄眼镜望了望他们，带着她素有的温柔笑容轻轻地摇摇头。经过敞开的玻璃门回到客厅里，西皮亚金已经跟那位顺路来喝茶的掉了牙的邻居在玩朴烈费兰斯牌了，这时她用拖长的音调一字一顿地大声说：

“外面太潮湿了！这可有害健康！”

玛丽安娜和涅日丹诺夫交换了一下眼色。西皮亚金刚刚使对手输了牌，他用真正大臣派头的目光先是从侧面，然后仰起脸由下而上地望望他的妻子，再把这种带着睡意的冷淡而有洞察力的目光投向正从昏暗花园里走进来的一对年轻人。

十四

又过了两个星期。诸事如常。西皮亚金分派每日事务，就像一位大臣，至少也像个司长，仍旧是那样高傲，仁慈，还带一点厌恶的样子。科利亚学习功课。安娜·扎哈罗夫娜总是那么怒火中烧。客人们不断地来，谈话、斗牌，显然不感到寂寞。瓦莲京娜·米哈伊洛夫娜继续跟涅日丹诺夫调情，只是她的殷勤里又掺入了像是善意嘲弄的成分。涅日丹诺夫和玛丽安娜终于彼此亲近了。他惊奇地发现，她的性格相当平和，跟她可以无话不谈，而不会碰到过分激烈的抵触。他和她到学校去过一两次，第一次参观时他就很清楚，他在这里无可作为。神父助祭事无巨细地控制着这所学校，唯西皮亚金之命是听。神父助祭教法陈旧，但识字课上得不错。可是他出的考试题却相当离奇，例如有一次他问加拉夏："你怎么解释'惑然不解'这句俄语？"按照神父助祭的意思，加拉夏应该回答："这不可解释。"不过，学校不久就停课放暑假了，要到秋天再开学。涅日丹诺夫还记得帕克林等人的嘱咐，便努力去接近农民，但很快发现，他不过是凭自己的观察去了解他们，谈不上进行宣传！他几乎有生以来都身居城市，与乡下人之间有着不可逾越的鸿沟。涅日丹诺夫曾经找醉鬼基里尔，甚至跟"噘嘴儿"缅杰列伊说过几句话。真奇怪！在他们面前他好像感到胆怯，除了短短几句通常的骂人话，他们什么也没有对他说。还有个叫菲秋耶夫的庄稼汉，简直弄得他一筹莫展。这个人相貌强悍，几乎有些匪气……"此人也许可靠！"涅日丹诺夫当时想……结果呢？菲秋耶夫原是个孤苦伶仃的人，但是米尔[1]没收了他的土地，理由是：他是健康有力气的人却**不能够**干活。“我不能够！”菲秋耶夫长长地叹着气，用发自内心深处的呻吟声说。“我不能够干活！你们打死我吧！不然我自己弄死自己！”最后他去讨饭，要几个小钱糊口……而他那张脸长得真像里纳尔多·里纳尔季尼[2]！至于工厂的工人们，涅日丹诺夫也无法接近。他们不是过于大胆就是过于忧郁……跟他们同样搞不出名堂来。关于这些情况，他给朋友西林写了一封长信，痛怨自己的无能，并归咎于自己所受的糟糕教育及美学劣根性。他忽然想到，他做宣传工作的使命不在于借助生动的口语，而在于运用书面语言，然而他构思的几本小册子却写得很不顺手。他试图形诸笔墨的那些东西，他自己都觉得虚假、牵强、言不由衷、词不达意。有一两次（啊，可怕！）他甚至不知不觉做起诗来，或者无意中流露出他那怀疑论的真实心理。他竟然决心跟玛丽安娜（这是信任和亲近的重要标志！）谈谈自己的失败……令他惊奇的是，他再次获得了她的同情——当然，不是同情他的消遣性作品，而是同情他因之痛苦而她也并不陌生的那种心病。玛丽安娜攻击美学并不比他逊色；但是她不爱马尔克洛夫，不嫁给他，又恰恰因为他身上没有一点美学气味！当然，玛丽安娜甚至不敢对自己承认这一点。可是在我们身上，只有我们自己都若明若暗的那种隐秘的东西，才是最强有力的。

日子就这样过去——过得不痛快，不安稳，但也不寂寞。

涅日丹诺夫身上发生了某种奇怪的变化。他对自己不满意，对自

---

① 米尔：俄国的农村公社。
② 德国作家乌尔庇乌斯(1762—1827)同名小说中的侠盗。

己的活动，也就是无所作为感到不满；说起话来几乎总是自怨自艾，挖苦自己；但是在内心，在深深的内心，他有一种良好感觉，甚至体验到某种程度的慰藉。是不是因为村居幽寂，因为空气、夏天、可口的饮食、舒适的生活，抑或因为他生平第一次品尝到接触女性心灵的愉悦所使然呢？ 这些都难说。不过他的心情确实可以说是轻松的，尽管他在致友人西林的信中仍然坦诚地大发牢骚。

不过，涅日丹诺夫的这种心境有一天忽然被粗暴地破坏了。

那天上午，他接到瓦西里·尼古拉耶维奇一封便函，其中命他和马尔克洛夫在等待下一步指示的同时，立即一起去面见以下两个人并与之建立联系：一个是上文提到的索洛明，另一个是住在斯城的古老派教徒、商人戈卢什金。这封便函使涅日丹诺夫惶恐不安；他咂摸出其中有责备他无所作为的意思。这些时候他仅仅用语言表达的苦恼，现在又从他的心底升腾起来了。

吃中饭时卡洛梅伊采夫来了，一副气急败坏的模样。

“你们看看，”他几乎带着哭腔嚷道，“刚才我从报纸上看到一条多么可怕的消息：我的朋友，我亲爱的米哈伊尔，塞尔维亚公爵，在贝尔格莱德被歹徒杀害了！ 要是不坚决制止这班雅各宾派和革命党，不知道他们还会闹到什么地步！”

西皮亚金“斗胆地指出”，这一卑鄙暗杀事件看来决非雅各宾派所为，“在塞尔维亚估计不会有他们的人”，这一定是奥布连诺维奇派的敌人卡拉格奥尔吉耶维奇党人干的……卡洛梅伊采夫哪里听得进去，依旧带着哭腔再一次讲起了已故公爵如何喜爱他，送给他一支多么好的猎枪！ ……卡洛梅伊采夫说得兴起，慷慨激昂，从外国的雅各宾派讲到本国的虚无主义者和社会主义者，最后干脆痛骂起来。他按照时兴的样子，双手抓起一个大白面包，在汤盘上面把它掰成两半，就像地道的巴黎人在 Café Riche[1] 所做的那样，接着就宣称他要把一切敢于反抗任何人任何事的分子通通砸烂，叫他们化为齑粉！！ 他就是这么说的。“是时候了！ 是时候了！”他连连说，一面把汤匙送进嘴里，“是时候了！ 是时候了！”他重复道，一面伸过杯子，让仆人为他斟满白葡萄酒。他满怀景仰地提到了几位伟大的莫斯科政论家，还有那一位 Ladislas， notre bon et cher Ladislas[2]，也时刻挂在嘴边。他的眼睛不时逼视涅日丹诺夫，好像在用眼光刺他，意思说：“你活该！ 给难住了吧！ 我这是冲着你的！ 还有这个！”涅日丹诺夫终于忍无可忍，开始反驳，他的声音有些发颤（当然不是因为胆怯），还有点嘶哑；他要为青年一代的愿望、原则和理想作辩护。卡洛梅伊采夫立刻尖叫起来——他动怒时总是用假嗓子说话——并开始出言不逊。西皮亚金俨然表示支持涅日丹诺夫；瓦莲京娜·米哈伊洛夫娜同意丈夫的意见；安娜·扎哈罗夫娜尽力想转移科利亚的注意，从戴得很低的包发帽下面向所有人投出愤怒的目光；玛丽安娜一动不动地坐着，就像是泥塑木雕。

涅日丹诺夫不下二十次听到 Ladislas’a 这个名字，不禁勃然大怒，他用手掌猛拍一下桌子，叫了起来：

“好一个权威人物！ 好像我们不知道这个 Ladislas 是什么东西！他是个天生的走狗，如此而已！”

“啊……啊……原来如此……原来这……这样！”卡洛梅伊采夫气

---

① 法语：“利席”咖啡店。
② 法语：弗拉季斯拉夫，我们亲爱而善良的弗拉季斯拉夫。

得哼哼唧唧、结结巴巴地说……“您竟敢如此评论一位连布拉津克拉姆普夫伯爵和科夫里日金公爵这些要人都很尊重的人士！”

涅日丹诺夫耸耸肩膀。

“亏您这一番介绍，科夫里日金公爵，这个卖力的奴才……”

“Ladislas 是我的朋友！”卡洛梅伊采夫叫喊道，“他是我的同道，而且我……”

“这对您更糟，”涅日丹诺夫打断他，“就是说，您赞同他的思想方式，那么我的话也是针对您的。”

卡洛梅伊采夫简直气得半死。

“怎……怎么？ 什么？ 您竟敢如此？ 我要……要把您……立即……”

“足下要把我**立即**怎么样呀？”涅日丹诺夫以嘲弄的礼貌口吻再次打断了他的话。

若不是西皮亚金从一开始就加以制止，天晓得这两个仇敌的争斗如何收场。西皮亚金端出一副姿态，说不上更像一位威风的政要，还是一位尊严的家主，他提高了嗓音，以镇静而坚决的口气宣称，他不希望在用餐时再听见这一类不加克制的言论；他早就给自己定下一条规矩（他更正说：神圣不可侵犯的规矩），要尊重各种不同的信仰，但有一个条件（说到这里，他竖起了他那戴着族徽戒指的食指），就是不得伤及体面，有违礼仪：一方面，他不能不指责涅日丹诺夫先生言词有所放纵，不过他毕竟年轻，情有可原；另一方面，他也不能赞许卡洛梅伊采夫先生猛烈攻击敌对阵营的人士，不过这也是由于他急公好义的缘故。

“在我的家里，”他结束道，“在西皮亚金氏的家里，既没有雅各宾派，也没有走狗，只有诚实认真的人们，他们一旦彼此了解，最后一定会握手言和的！”

涅日丹诺夫和卡洛梅伊采夫都不吭声了，但是他们并没有握手，两人彼此了解的时刻显然还没有到来。相反，他俩从来没有像现在这样强烈地彼此憎恨过。中饭在令人不快的尴尬沉默中结束了。西皮亚金试图讲一个外交界的笑话，但半道而止。玛丽安娜只顾盯着自己面前的盘子。涅日丹诺夫的话唤起了她的同情，但她不愿表露出来，倒不是因为胆怯，啊，不是！ 主要是不能让西皮亚金娜看出破绽来。她觉得西皮亚金娜洞悉的目光一直在死死盯着她。确实，西皮亚金娜始终目不转睛地在望着她和涅日丹诺夫。他出人意料的发怒先是使这位聪明的太太吃了一惊，后来她似乎恍然大悟，不禁轻轻叫了一声：啊！ ……她突然猜到了，涅日丹诺夫已经撇开了她，这个不久前快要到手的涅日丹诺夫已经撇开了她。“这里面有什么名堂……莫非是玛丽安娜？ 对了，一定是玛丽安娜……她喜欢他……他也……”

“要采取措施，”想到此她这样决定。而卡洛梅伊采夫此时还在喘吁吁地生气。甚至两小时以后，他玩纸牌叫“不要！”或“我买！”时，心里都还在痛苦，尽管他装做“不屑一顾”的样子，他的嗓音都气得变成了一种低沉的颤音。只有西皮亚金一个人对刚才发生的一幕甚至感到非常满意。他得到了一个机会展示其能言善辩的力量，平息风暴于甫起之时……他懂拉丁文，熟悉维吉尔的那句诗：Quos ego！（我把你们！）[1]他并非有意自比海神尼普顿，只是油然地想起了它。

---

① 古罗马诗人维吉尔诗中海神对风暴的威胁语。

十五

涅日丹诺夫一等到机会，就回到自己房间里，闭门不出。他不想见任何人，只除了玛丽安娜。她的房间在一条贯穿整个第二层楼的长廊的尽头。涅日丹诺夫只到她那儿去过一次，而且只待了几分钟。现在他觉得，要是他去敲她的房门她也不会生气，她甚至还愿意跟他谈谈。时间已是十点左右，相当晚了。经过了吃中饭时的那一出，主人不想再打搅他，就跟卡洛梅伊采夫继续玩牌。瓦莲京娜·米哈伊洛夫娜有一两次问到玛丽安娜，因为饭后不久她也没影儿了。“玛丽安娜·维肯季耶夫娜在哪儿呀？”她用俄语，又用法语问道，并不专对什么人，而像是对墙壁发问，通常人们在十分诧异的时候都是如此。不过她很快就去专心打牌了。

涅日丹诺夫在房里踱了几圈，然后顺长廊走到玛丽安娜的房门前，轻轻敲了几下。没有回应。他又敲了一次，想推开门……门是锁着的。他刚回到自己的房间，在椅子上坐下来，他的房门吱地轻轻一响，传来玛丽安娜的声音：

“阿列克谢·德米特里奇，是您去过我那儿吗？”

他霍地站起来，奔到走廊里；玛丽安娜站在房门口，手里拿着蜡烛，面色苍白，伫立不动。

“是的……我……”他悄声道。

“我们走，”她说着，径向走廊里走去，但没有走到尽头就停下来，推开了一扇低矮的门。涅日丹诺夫看见一个不大的、几乎空无一物的房间。“还是到这儿来好，阿列克谢·德米特里奇，没有人打搅我们。”涅日丹诺夫顺从地跟着进去。玛丽安娜把蜡烛放到窗台上，回过身来面对着涅日丹诺夫。

“我能理解，您为什么一定要见我，”她开口道，“住在这个家里您感到很痛苦，我也是一样。”

“是的，我想见您，玛丽安娜·维肯季耶夫娜，”涅日丹诺夫回答，“不过，自从和您接近以后，我在这里就不痛苦了。”

玛丽安娜若有所思地笑笑。

“谢谢，阿列克谢·德米特里奇。不过请您告诉我，发生了这些乱七八糟的事情，难道您还打算留在这里吗？”

“我想，他们不会再留我，会辞退我的！”涅日丹诺夫答道。

“您不自己辞职吗？”

“自己……不。”

“为什么？”

“您想听真话吗？ 是因为**您**在这里。”

玛丽安娜低下头，在房间里走了几步。

“而且，”涅日丹诺夫接着说，“我**必须**留在这里。您还什么都不知道，可是我想，我感到，我应该把一切都告诉您。”他走到玛丽安娜跟前，抓住她的手。她没有把手缩回去，只是望了望他的脸。“请听我说！”他大声道，突然冲动起来。“请您听我说！”他没有在房间里两三张椅子中选一张坐下来，仍然站在玛丽安娜面前，抓住她的手，马上兴致勃勃地、热情洋溢地、连他自己也没有料到那样口若悬河地向她讲述起他的计划、意图、被迫受聘于西皮亚金的原因，还有他的熟人、关系、往日生活，以及他迄未告人、隐忍在心的一切，他都和盘托出了！ 他讲到捎来的信件，讲到瓦西里·尼古拉耶维奇，毫无保留，连西林也讲出来了！ 他急匆匆地说着，没有停顿，毫不犹豫，好像在责怪自己至今没有把全部秘密告诉玛丽安娜，现在要请求她原谅似的。她注意地、贪婪地听着；起先她很吃惊……但这种感觉马上消失了。她心里充满了感激、自豪、忠诚和决心。她的脸和眼睛焕发出光彩；她把另一只手放在涅日丹诺夫的手上，她的嘴唇兴奋地张开着……她忽然变得非常美丽！

他终于住了口，朝她望了望，仿佛第一次见到**这张**脸，这张亲爱而熟悉的脸似的。

他重重地、深深地叹了口气……

“啊，把一切都告诉您，这样做多好！”他勉强翕动着嘴唇低声说。

“是啊，多好……多好！”她也连连悄声说，不知不觉在模仿他，说话也失去了嗓音。“这就是说，您是知道的，”她继续说，“我愿听从您的吩咐，我想帮助您的事业，我准备做一切需要我做的事，到任何派我去的地方去，我一直全心全意和您抱着同样的愿望……”

她也不说话了。只要再说一句，感动的泪水就会夺眶而出。她的整个坚强的身心忽然像蜡一般软化了。她多么渴望行动，渴望牺牲，马上去作出牺牲。

这时听见门外有谁的脚步声——走得很快，很轻，很小心。

玛丽安娜突然挺直身子，把手抽了回来，整个人顿时改变了模样，显得很快活。她脸上闪现了一种轻蔑和无畏的表情。

“我知道这会儿是谁在偷听我们说话，”她故意大声说，让每个字都清楚地在走廊里回响，“是西皮亚金太太在偷听我们……可我根本不在乎。”

沙沙的脚步声没有了。

“怎么样？”玛丽安娜对涅日丹诺夫说，“我应该做什么呢？ 怎样帮助您？ 您说吧……您快说！ 做什么？”

“做什么？”涅日丹诺夫说。“我还不清楚……我接到马尔克洛夫一封便函……”

“什么时候？ 什么时候？”

“今天傍晚。明天我要和他到工厂里找索洛明。”

“是的……是的……他也是极好的人，马尔克洛夫！ 是真正的朋友！”

“像我一样吗？”

玛丽安娜盯住他的脸望了一下。

“不，不一样。”

“怎么？ ……”

她转过脸去。

“唉！ 难道您还不明白，您对我意味着什么，现在我有怎样的感受……”

涅日丹诺夫的心剧烈跳动，目光不由得垂了下来。这个姑娘爱上了她，爱上了他这无家可归的不幸者；她信赖他，准备跟他走，和他一起去追求共同的目标；这个好姑娘玛丽安娜，此刻在涅日丹诺夫心目中成了世上一切真诚美好事物的化身，成了他未曾体验过的家庭、姊妹、女性之爱的化身，成了祖国、幸福、斗争和自由的化身！

他抬起头，看见她的眼睛正望着他……

啊，这明净美好的目光直透入他心灵的深处！

“好了，”他用不很稳定的嗓音说，“我明天走……等我从那边回来，就告诉……您……（他忽然觉得对玛丽安娜称呼“您”有点别扭），告诉您我了解到的情况和我们做出的决定。从今往后，我要做的和想的一切事情，所有的事情，第一个知道的……就是你了。”

“啊，我的朋友！”玛丽安娜高声说，又抓住他的手。“我也同样答应你！”

这个“你”从她嘴里说得如此简单容易，就像理所当然，就像朋友同道之间的称呼一样。

“可以看看信吗？”

“信在这儿，在这儿。”

玛丽安娜很快把信看了一遍，几乎怀着敬仰的心情抬起眼睛望着他。

“交给你这么重要的任务吗？”

他笑笑作为回答，把信放回衣袋里。

“真奇怪，”他说，“我们表白了爱情，我们彼此相爱，可是我们没有说过一个爱字。”

“为什么要说呢？”玛丽安娜悄声道，突然扑过去搂住他的脖子，把头紧偎在他的肩上……他们甚至没有接吻——至少两人都觉得那样做未免庸俗，不知何故还有点可怕——他们只是紧紧握了一下对方的手，马上就分开走了。

玛丽安娜把蜡烛忘在了空房间的窗台上，她独自回来取蜡烛时，才有了一种类似困惑的感觉。她吹灭了蜡烛，在一片漆黑中快步穿过长廊，回到自己房里，脱掉衣服，躺到床上，眼前这片黑暗不知为什么反使她感到愉快。

十六

第二天早晨，涅日丹诺夫醒来，想起昨夜发生的事，他非但不感到些微的不安，反而有一种清醒而舒畅的快乐心情，像是他完成了一件早就该好好完成的工作。他向西皮亚金请了两天的假，后者虽然立即答应了，但态度显得严肃。之后他就坐车到马尔克洛夫家里去了。涅日丹诺夫在动身前跟玛丽安娜见了一面。她也毫无羞涩窘促之态，反而神情泰然而决然地望着他，大大方方地称他为：“**你**”。她有些不安的是，他会从马尔克洛夫那里知道什么情况，她请他把一切都告诉她。

“那还用说，”涅日丹诺夫回答。

“确实如此，”他想道，“我们有什么好担心呢？在我们的交好中个人感情是……第二位的，而我们结合在一起永不分离是为了事业吗？对，为了事业！”

涅日丹诺夫这样思忖着；他自己也没有想到，在他的思考中有多少是真，多少是假。

他见到马尔克洛夫时，后者的表情还是那么困顿和阴沉。他们凑合着随便吃了顿中饭，坐上我们已知的那辆四轮马车（拉边套的二马牙口太嫩，从没套过车，只因为马尔克洛夫家的那一匹腿还瘸着，就把它从一个农民那儿租来暂用），就到商人法列耶夫的大棉纺厂去找索洛明。涅日丹诺夫的好奇心被激了起来：他很想当面结识一下最近已听得耳熟的这个人。索洛明事先接到了通知。两位来客刚刚在工厂大门边停车，通名报姓之后，立即就有人把他们领到一间不起眼的侧屋里，这儿是“主管机械师”办公室。索洛明本人还在工厂的主楼里，一个工人跑去叫他，涅日丹诺夫和马尔克洛夫就走到窗口向外望去。工厂看样子十分兴旺，生产异常繁忙；一切都在不停地活动着，到处传来喧闹声和隆隆声：机器在嗤嗤喷气、咚咚锤打，织机在轧轧转动，轮子嗡嗡叫，皮带啪啪响；手推车、大木桶、装货大车推来滚去；不断听到铃声、哨声和发号施令的叫喊声；男工们穿着衬衫扎着腰带，头发用皮条束起来，女工们穿着印花布衣服，他们都急匆匆地从前面跑过去；那些套好的马匹也把车拉起来……人头攒动的这股上千人的力量，就像一根紧绷的弦在发出轰轰的鸣声。一切都在合理有序地全力运转着；这里看不到任何排场、工整，就连整洁也谈不上。相反，只有满目的零乱、垃圾和烟子；这儿窗户的玻璃打碎了，那儿墙上的灰泥剥落了，板壁倾塌，门扇洞开；大院子里有个大水洼，积满了泛着五颜六色的肮脏黑水。远处乱堆着些砖块；烂席子、破箱子、断绳子狼藉遍地。几条瘪肚皮的乱毛狗到处游荡，连叫也不叫一声；围墙下的一角坐着个三四岁大的男孩子，他头发蓬乱，肚皮很大，浑身被烟子弄得污黑，他哭得很伤心，就像世上的人都不理睬他了。就在他的旁边，一只身上也蹭满了黑烟子的母猪，带着一群泥污斑驳的猪崽，正在大吃卷心菜根。绳子上晾着谁的一件破衬衣，在风中轻轻飘摆。到处都是臭烘烘的，熏得人透不过气来！俄国的工厂就是这副样子，可不像德国和法国的那种手工作坊。

涅日丹诺夫望了望马尔克洛夫。

“我听许多人说索洛明才能非凡，”他开口道，“可是，老实说，这种乱糟糟的景象真叫我吃惊，我可没料到这个。”

“这不是什么乱糟糟，”马尔克洛夫愁眉苦脸地答道，“这是俄国式的邋遢。不管怎么说，这可是百万家私的大买卖！他也要入乡随俗：既要适应老习惯，也要照顾到经营，还得顺着老板的意思。您了解法列耶夫这个人吗？”

“一无所知。”

“莫斯科的头号吝啬鬼。一句话，是个资本家！”

这时索洛明走进屋来。涅日丹诺夫对他就像对工厂一样感到失望。第一眼的印象是，索洛明像个芬兰佬，或者更像个瑞典人。他是个高个儿，淡黄头发，宽肩膀，身体干瘦；他有一张皮肤发黄的长脸，短而阔的鼻子；灰绿色的眼睛相当小，但目光镇定；两片厚嘴唇向前突出；牙齿很白也很大；当中有凹沟的下巴上长了些茸毛。他的一身打扮就像个手艺人或者司炉工：身上穿一件口袋吊在外边的旧上衣，头戴一顶皱巴巴的漆布带檐便帽，脖子上围着条羊毛围巾，脚上是一双涂了焦油的长靴子。陪同索洛明进来的，是一个身穿普通厚呢长外衣的四十岁左右的男人，他有一张表情极生动的茨冈人脸和一对黑漆漆的十分锐利的眼睛，一进屋他就用这对眼睛打量了涅日丹诺夫一下……马尔克洛夫他是认识的。他叫帕维尔，据说是索洛明的代理人。

索洛明不慌不忙走到两位来访者跟前，用他那瘦骨嶙峋、布满老茧的手默默握过两人的手，从桌子里拿出一个封好的公文袋，也是默默无言地把它交给帕维尔，后者接过后马上从屋里走了出去。他欠伸一下，咳嗽一声，一挥手扔掉戴在后脑勺上的帽子，在一把油漆的小木椅上坐下来，并向马尔克洛夫和涅日丹诺夫指了指同样的一把长椅，说：

“请坐！”

马尔克洛夫先介绍索洛明和涅日丹诺夫认识。两人又握了一次手。接着他就开始谈“事业”，并提到瓦西里·尼古拉耶维奇的信。涅日丹诺夫把信递给索洛明。索洛明仔细看信，不慌不忙地把眼睛从一行字移到另一行，涅日丹诺夫在一旁望着他。索洛明坐在靠近窗口的地方，低低的斜阳明亮地照着他那张有些出汗的晒黑的脸，在他那落满灰尘的淡黄色头发上闪耀着许多金色光点。他看信时，鼻孔在颤动和翕张，嘴唇也在动，像是在念信中的每一个字；他紧紧捏住信纸，两手擎得很高。所有这些，天知道为什么，让涅日丹诺夫觉得喜欢。索洛明把信还给涅日丹诺夫，朝他笑笑，再听马尔克洛夫说下去。马尔克洛夫说了又说，终于说完了。

"你们知道吧，"索洛明开口道，他的声音有点嘶哑，但充沛有力，这也让涅日丹诺夫喜欢，"我这里不大方便；还是上您家去吧，到您那儿只有七俄里。你们不是坐四轮马车来的吗？"

"是的。"

"那么……有我的位子。一小时后工厂下班，我就有空了。我们可以谈谈。您也有空吗？"他问涅日丹诺夫。

"直到后天都有空。"

"那好极了。我们就在他家过夜。可以吗，谢尔盖·米哈伊雷奇？"

"不成问题！ 当然可以。"

"我马上就好。等我把身上弄弄干净。"

"您厂里的情况怎么样？"马尔克洛夫有所指地问。

索洛明朝旁边望了望。

"我们可以谈谈，"他又一次说。"请等一下……我马上好……我忘了件事儿。"

他走出去了。要不是他给涅日丹诺夫留下了好印象，涅日丹诺夫也许会想，甚至也许会问马尔克洛夫：“他是不是想溜？”但他脑子星根本没有起这样的念头。

一小时后，从大楼各层的楼梯上向各个出口开始涌出喧闹的工人群，这时候马尔克洛夫、涅日丹诺夫和索洛明已坐在四轮马车上，出了厂门，驶上外面的大路。

“瓦西里·费多特奇，要开动吗？”帕维尔把索洛明送到大门口，末了向他喊道。

“悠着点儿干……”索洛明回答。“这是一个夜班的工序，”他向两位朋友解释道。

他们到了博尔江科沃，多半是出于礼貌吃了一顿晚饭，随后就燃起雪茄烟，开始了不知疲倦的俄国式夜间谈话，这种方式的冗长谈话在别的民族中恐怕少见。不过，即使在这样的谈话里，索洛明也让涅日丹诺夫感到意外。他绝少讲话……少到几乎可以说始终沉默；但是他听别人讲话却很专注，偶尔发表一点看法和意见，总是很有道理，很有分量，也极简短。看来，索洛明并不相信俄国近期就会发生革命；但他不愿把自己的意见强加给别人，也不想妨碍别人去尝试，只是从旁边（不是远远地）观察他们。他熟悉彼得堡的革命者，在某种程度上同情他们，因为他自己就来自民众；他明白民众为什么不能自觉参与他们的事业，而离开了民众，“你什么事也干不成”，应该对民众做长期的工作，但不是像**那些人**用那种办法去做。现在他采取旁观态度，并非耍滑和敷衍，他是个有头脑的人，不想白白断送自己和别人。至于听听意见……为什么不听一下呢？ 有这种机会，还能长长见识。索洛明是一位教堂执事的独生子；他有五个姐妹，全都嫁给了牧师和助祭；他得到了他那稳重而有头脑的父亲的许可，离开了宗教学校，转而研究数学，并且特别迷上了力学；他到了一家英国人办的工厂，那厂主爱他如子，拿钱让他到曼彻斯特留学两年，也学会了英语。他来这家莫斯科商人的工厂时间不长，虽然他对手下人很严厉（在英国学到的严格管理制度），他们还是喜欢他，称他是“自己人！”父亲对他十分满意，说他“慎重可靠”，只是对儿子不肯结婚感到缺憾。

上面说过，在马尔克洛夫家的夜谈中，索洛明几乎一直没有说话。后来马尔克洛夫谈到寄希望于工厂的工人，索洛明仍旧简单扼要地说，我们俄国工人不同于外国工人，都不爱说话。

“农民怎么样？”马尔克洛夫问。

“农民？ 他们当中现在出了好多富农，而且一年比一年多，富农们只顾自己捞好处；其余的人都是绵羊，愚昧无知。”

“那么上哪儿去找人呢？”

索洛明笑笑。

“要找，就能找到。”

他几乎一直面带笑容，他的笑容就像他整个人一样朴实，但也并非无意识。他对涅日丹诺夫的态度有些特别：这个年轻大学生在他心里唤起了同情，甚至是温情。

就在这夜的谈话中，涅日丹诺夫突然热情迸发，变得非常激动；索洛明不声不响站起来，迈着摇摆的步伐穿过整个房间，把涅日丹诺夫头顶上那扇打开着的小窗户关上了……

“您可别着凉，”他看到涅日丹诺夫惊异的目光，好意地对他说。

涅日丹诺夫开始询问索洛明，他试图在所管的工厂里实行怎样的社会主义思想，是否打算设法让工人们参加分红？

“亲爱的！”索洛明答道，“我们开办了一所学校和一所小医院，就这样老板也死活反对，固执得像头熊！”

只有一次索洛明当真生了气，用他的重拳头猛击桌面，把桌上所有的东西，包括放在墨水瓶旁边的一只一普特重的哑铃，通通打得跳了起来。人家告知他，关于工人劳动组合被压制的那个案子法庭审理不公……

涅日丹诺夫和马尔克洛夫开始谈论怎样“动手”，怎样实行他们的计划；索洛明依然带着好奇心乃至几分敬意听他们讲，自己始终未置一词。这场谈话持续到凌晨三点多钟。他们真是无所不谈！ 马尔克洛夫带着神秘意味顺便提到那个不知疲倦的旅行家基斯利亚科夫，以及他那些越来越有趣的信；他答应拿几封信给涅日丹诺夫看，甚至可以带回家去看，因为信写得很长，字迹又潦草，而且其中有许多学问，甚至还有诗——不是那种轻薄无聊之作，而是带有社会主义思想倾向的诗！ 马尔克洛夫从基斯利亚科夫说到士兵，说到副官、德国人，最后说到自己的炮兵论文；涅日丹诺夫则谈到海涅和别尔纳的观点对立，谈到蒲鲁东，谈到艺术中的现实主义。索洛明只是听他们讲，边听边琢磨，不时抽抽烟，脸上始终带着笑，他没有说一句漂亮话，好像他比谁都明白全部问题实质的所在。

四点钟敲过了……涅日丹诺夫和马尔克洛夫累得快要站不住了，索洛明却毫无倦意！ 朋友们分开去休息；他们约好第二天进城去找旧派教徒商人戈卢什金，这是宣传工作的需要，因为戈卢什金不但自己热心，还答应发展一些新信徒！ 索洛明本想说，他怀疑是否值得去拜访戈卢什金，但后来他也同意了，认为值得一去。

十七

马尔克洛夫的客人还在睡觉，他妹妹西皮亚金太太的信使就到了。瓦莲京娜·米哈伊洛夫娜在信中对哥哥说了些家务琐事，请他归还一本他借去的书，最后在“又及”里顺便告诉他一桩“趣闻”：他过去的恋人玛丽安娜爱上了家庭教师涅日丹诺夫，后者也爱上了她；这不是她瓦莲京娜·米哈伊洛夫娜在传播流言飞语，而是她亲眼所见、亲耳所闻之事。马尔克洛夫的脸变得比夜色还要阴暗……他没有说一句话，吩咐把书交给送信人，这时他看见涅日丹诺夫走下楼来，仍像平时那样跟他问过好，还把他答应过的一包基斯利亚科夫的书信交给了他，但他没有留下来和涅日丹诺夫待在一起，而是去料理他的“事务”了。涅日丹诺夫回到自己房间里，粗粗翻阅了一遍交给他的信件。那位年轻的宣传家在信里一个劲儿讲他自己，讲他那些忙乱的活动；据他说，一个月来他乘车马跑了十一个县，到过九个城市、二十九个乡镇、五十三个村庄、一个田庄和八个工厂；他在干草棚里过了十六夜，马厩里过了一夜，有一夜甚至睡在牛圈里（此处他在括弧里标明**注意**：跳蚤也奈何不得他）；他去过乡间土屋，到过工人集体宿舍，处处开导人、教育人，散发小册子，匆忙地搜集资料，有的资料当场采录，有的则用最新记忆术记在脑子里；他写下了十四封长信，二十八封短信，十八张便条（其中四张用铅笔写，一张用血写，一张用烟子和水写）；他能做到这一切，是因为他取法昆丁·约翰逊、斯韦尔利茨基和卡列利乌斯等政论家和统计学家，学会了系统地支配时间。接下去他还是谈他自己，谈他的命运，谈他在哪方面并且怎样补充了傅立叶的欲望论；

他肯定是他终于第一个找到了“依据”，说他“不会不留痕迹地走过人世”，说他自己也感到惊奇，他一个二十二岁的青年人竟然解决了生活和科学的**全部**问题——他能把俄国翻个个儿，甚至“抖搂”它一下！Dixi！！[1]——他在这一行的最后加上这个词。Dixi 这个词常常出现在基斯利亚科夫的信里，而且总是带有两个惊叹号。在一封信里看到一首社会主义的诗，是写给一位姑娘的，开头是：

不要爱我，去爱主义吧！

使涅日丹诺夫暗暗惊讶的，倒不是基斯利亚科夫先生的自我吹嘘，而是马尔克洛夫的忠厚老实……但他马上又想：“丢掉美学！基斯利亚科夫先生也许还有用处。”喝茶时三个朋友都来到餐室；他们不再像昨夜那样争论不休。谁也不愿意讲话，但只有索洛明一个人显得心平气和，涅日丹诺夫和马尔克洛夫像是内心都很激动。

喝过茶三个人动身进城；马尔克洛夫的老仆坐在台阶的平台上，依旧用那种愁闷的眼光送他往日的老爷。

涅日丹诺夫将要结识的商人戈卢什金，是个靠杂货生意发了财的商人的儿子，父亲是费多谢耶夫派旧教徒。戈卢什金没能扩大父亲的资产，因为他是所谓图快活的人，俄国式的伊壁鸠鲁主义者，对经商之道一窍不通。此人约四十岁年纪，相当肥胖，其貌不扬，脸上有麻子，眼睛不大，像猪眼；他说话很急，有些颠三倒四，并且手舞足蹈，不时打几声哈哈……总之，他给人的印象是：傻乎乎，娇生惯养，自尊心很

① 拉丁语：我说！！

强。他自认为是有教养的人，因为他穿着像德国人，家里虽不干净，但很好客，他结交富人，常去剧院，给一些轻歌剧女优捧场作靠山，跟她们讲洋泾浜的法国话。想出名是他最大的欲望，他在心里说：戈卢什金，去名扬天下吧！ 既然有苏沃洛夫和波将金，就会有卡皮通·戈卢什金！ 正是这种欲望战胜了他天生的悭吝，正如他自诩的那样，把他抛到了反对派立场上（原先他只说：抛到了“立场上”，后来经人指正），使他跟虚无主义者搞到了一起：他发表最极端的见解，取笑他自己的旧教派，在斋戒期吃荤，玩纸牌，喝香槟酒就像喝水一样。他诸事顺行无阻，因为，据他说，必要时他能买通所有的上司，弥补一切破绽，让所有的人闭目塞听。他是个鳏夫，没有子女；几个外甥讨好卖乖、心惊胆战地围着他转……他骂他们是些不开化的糊涂虫、野蛮人，几乎不肯见他们。他住在一幢很大的石结构宅子里，屋内很不整洁，有些房间里摆着外国家具，另一些房间里却空荡荡的只有几把油漆的椅子和一张漆布面长沙发。到处都张挂着画，全是些拙劣之作：火红色的风景，淡紫色的海景，莫列尔的《接吻》，膝部和肘部都通红的肥胖裸女。戈卢什金虽然没有家室，在他家里却养着一大帮婢仆和食客。他收留这些人并非出于慷慨，而同样是为了出名，他可以对人家发号施令和摆摆架子。“我的客户们，”这是他遮人耳目的说法。他从不读书，却把一些文绉绉的话记得很牢。

三个年轻人在书房里见到戈卢什金。他穿一件长襟大衣，嘴里叼着雪茄烟，装作在看报的样子。一见来人他霍地站起来，忙着张罗，脸也红了，嚷着叫人送些小吃来，然后问了几句什么话，不知对什么事情笑了起来——这些动作都是一气呵成的。马尔克洛夫和索洛明他认识，涅日丹诺夫却面生。听说他是一位大学生，戈卢什金又笑起来，第二次跟他握手，说：

“太好了！ 太好了！ 我们的队伍扩大了……学则明，不学则愚——我本人没有受过多少教育，但我明白这个道理，所以我也能做到！”

涅日丹诺夫觉得戈卢什金先生有些忸怩不安……事实上正是如此。“当心啊，卡皮通老兄！ 别丢脸！”这是他每见到生人时的第一个念头。不过他很快就恢复了常态，用他那急促不清、颠三倒四的语言谈起了瓦西里·尼古拉耶维奇，谈到他的性格，谈到宣……传的必要性（他熟悉宣传这个字眼，但说得很慢）；谈到他戈卢什金又发现了一位新好汉，此人极其可靠；谈到他认为时机已经迫近，已经成熟，该使用……使用柳叶刀了（说到这里他瞥了马尔克洛夫一眼，后者脸上毫无表情）；接着他就开始向涅日丹诺夫自卖自夸，毫不亚于那位伟大的通讯员基斯利亚科夫。他说他早已摆脱了那班恣意妄为的人，他很了解无产者（这个名词他记得很牢）的权利，说他丢下买卖从事银行业务就是想积攒更多的资本，但这些资本只是为了现在能用来帮助……帮助共同的运动，也就是说，帮助人民；而他戈卢什金对于资本其实是不屑一顾的！ 这时候仆人端小吃进来了。戈卢什金故意咳了两声，问客人要不要来一小杯？ 说罢自己就带头把满满一小杯胡椒酒“灌”下了肚。

客人们吃起来。戈卢什金把大块的压实黑鱼子酱塞进嘴巴里，起劲地喝着酒，一边招呼客人：“请吧，先生们，请吧，很好的马公葡萄酒！”他又找涅日丹诺夫说话，问他从何处来，来多久，住在哪里；听说他住在西皮亚金家，戈卢什金嚷道：

“我认识这位老爷！ 微不足道的人！”随后他开始大骂斯省的所

有地主，骂他们不但完全没有公民意识，甚至对自身的利益也木然无知……不过，也真奇怪！ 他一边在骂，一边又在东张西望，眼睛里露出不安的神色。涅日丹诺夫弄不明白，这究竟是怎样的一个人，他们为什么需要他？ 索洛明照例不声不响；马尔克洛夫一副愁眉不展的样子，涅日丹诺夫不禁问他怎么了？ 马尔克洛夫回答说没有什么，但他的语气像是告诉对方，是有一点事，但和你无关。戈卢什金又骂起什么人来，旋即又开始夸奖年轻人，说现在的年轻人多么聪明！真聪明！ 啊！ 索洛明提出一个问题打断了他：他说的那位可靠的好汉是谁，他是在哪儿找到他的？ 戈卢什金哈哈大笑，连连说："您就会见到的，就会见到的。"然后就问起索洛明工厂里的情况，问它那"滑头"老板现在怎么样，索洛明极简短地回答了他。这时戈卢什金为大家斟上了香槟酒，他凑到涅日丹诺夫耳朵边悄声说："为共和国干杯！"说罢将酒一饮而尽。涅日丹诺夫抿了一口。索洛明说他上午不喝酒。马尔克洛夫愤然而决然地把他的一杯酒喝干。看样子他实在忍耐不住了：大伙都这么不紧不慢的，正经事都还没有谈呢……他拍了一下桌子，语气严厉地说："先生们！"他正要说下去……

就在这当儿，从外边走进一个人来。这人头发梳得溜光，长着张瓦罐儿脸，像个痨病鬼，身穿一件买卖人常穿的土布长袍，两只胳膊离开身体远远地伸着。他对大家鞠了一躬，然后小声向戈卢什金报告了什么事。

"就去，就去，"戈卢什金匆忙答道。"先生们，"他对客人说，"请原谅我……我的伙计瓦夏报告了一件'使'（他故意把"事"念错，开个玩笑），我不得不马上离开一会儿；不过先生们，我希望诸位今天能在舍下吃一顿便饭，时间是下午三点；那时候我们更可以畅谈！”

索洛明和涅日丹诺夫都不知道怎样回答好。马尔克洛夫仍然声色俱厉地脱口答道：

“当然，我们会来的；要不，这岂不是一场笑话？”

“谢谢赏光，”戈卢什金接着说，又俯下身子对马尔克洛夫补充道：“我至少要为事业捐献‘千把’卢布……你放心！”

他说这话时，把翘着拇指和小指的右手摇了几摇，意思是：“说话算数！”

他把客人送到门口，站在门边大声说：

“三点钟我等你们！”

“等吧！”马尔克洛夫一个人答道。

“各位！”三个人刚来到街上，索洛明就说，“我雇辆马车回工厂去。午饭前我们在这儿做什么？ 闲逛吗？ 我们这位商人……我看他像头山羊，挤不出奶也没有毛。”

“毛倒是有一些，”马尔克洛夫闷闷不乐地说。“刚才他答应给钱了。你们讨厌他这个人吗？ 我们不能样样都管。我们又不是大姑娘找女婿，挑三拣四的。”

“我讨厌他！”索洛明平静地说。“我只是在问自己，我待在这儿有什么用处。不过，”他看了看涅日丹诺夫，笑笑说，“好吧，我留下来。常言道，有人做伴不怕灾难。”

马尔克洛夫抬起头来。

“我们到市区公园去吧；天气不错。去看看热闹。”

“走吧。”

三个人朝公园走去，马尔克洛夫和索洛明打头，涅日丹诺夫跟在后面。

十八

他陷入一种奇怪的心境。这两天来有这么多新的感受，新的人……他生平第一次同一位姑娘亲近，很可能已经爱上了她；他参加了事业的开创工作，很可能要为之全力以赴……那么，怎么样呢？他高兴吗？不。他动摇了吗？害怕了？困惑了？啊，当然不是。他至少有一种身心紧张的感觉，就像战斗临近时战士们争先恐后那样吧？也不是。那么，他到底相信不相信这个事业？相信不相信自己的爱情？“啊，该死的美学信徒！怀疑论者！”他的嘴唇无声地低语道。为什么他感到这样疲倦，除了大喊大叫发脾气，就连话也不想说呢？他想用这种喊叫压倒内心的什么声音呢？玛丽安娜，这位出色的、忠诚的同志，心地纯洁而热烈，这么美好的姑娘，难道她不爱他吗？他能遇上她，得到她的友谊和爱情，不是一大幸福吗？还有这两个人，现在就走在他的前面，这个马尔克洛夫，这个他还不太了解但对之已有了好感的索洛明，都是地地道道俄罗斯的、来自俄国生活的优秀典型，能够认识和接近他们不也是一种福气吗？那么，为什么会有这种恍惚、模糊和恼人的感觉呢？为什么又何必要如此忧愁呢？“既然你是个没有主见的、害忧郁症的人，”他的嘴唇又在低语着，“还算得什么革命者？你不如去写诗，去混日子，去忙你自己那些琐碎的念头和感受，去钻研各种心理学理论和奥妙，最重要的是，别把你那种病态的、神经质的发怒任性当作是义愤填膺，当成一个有信仰者真诚的仇恨！啊，哈姆雷特，哈姆雷特，丹麦王子，怎样才能走出你的阴影？怎样才能不再事事模仿你，甚至模仿你那乐于自怨自艾的丢脸行为呢？”

“阿列克西斯！ 朋友！ 俄国的哈姆雷特！”忽然听到一个熟悉的尖细的声音，就像是这些思绪的回声。“我看到的是你吗？！”

涅日丹诺夫抬眼一望，惊异地发现帕克林站在他面前！ 帕克林一身牧童打扮，穿着肉色的夏装，不打领结，后脑勺上扣着一顶系有浅蓝色带子的大草帽，脚上是一双漆皮鞋！

他一瘸一拐地走到涅日丹诺夫跟前，一把抓住他的双手。

“首先，”他说，“虽然是在公园里，我们也得按老习惯，拥抱……接吻……一！ 二！ 三！ 其次，你要知道，倘若今天没有碰到你，大概明天你也会看见我，因为我知道你的地址，甚至可以说，我是特意来到这个城市的……至于我是怎么来的，这个以后再谈；第三，介绍我认识一下你的朋友。对我简单讲讲他们是谁，对他们讲讲我是谁，然后就一同来享受生活的乐趣！”

涅日丹诺夫满足朋友的要求，介绍三个人认识了，说了说各人的情况：谁是什么人，住在哪里，从事什么，等等。

“好极了！”帕克林大声道，“现在让我带你们远离人群——其实这里也没有许多人——到一个僻静的坐椅那边去，我幻想的时候就坐在那儿欣赏大自然。那儿的景致非常好：省长官邸，两座漆条纹的岗亭，三名宪兵，竟没有一条狗！ 不要对我的话过分惊奇，我说这些话逗你们发笑真是白费劲！ 据朋友们说，我体现了俄国式的俏皮……也许就因为这个，我瘸了一条腿。”

帕克林把朋友们带到“僻静的坐椅”边。他赶走了在那儿的两个要饭女人，请大家坐下来。几个年轻人彼此“交流思想”……这桩活动大抵相当乏味，尤其在人们刚刚认识的时候，所以也谈不出什么名堂来。

“且慢！”帕克林忽然对涅日丹诺夫大声说，“我该对你们说说，我为什么到这里来。你知道，每年夏天我都要带妹妹外出旅行；听说你要到这个城市附近来，我就想起有两个极好的人也住在这座城里，这是一对夫妇，是我们的亲戚……母亲方面的。我父亲是小市民（涅日丹诺夫知道这一点，帕克林是说给**另外两位**听的），但母亲是贵族。他们早就一再邀请我们去作客！我想——要得！……这对我很合适。他们都是心肠极好的人，我妹妹到他们那儿也会鸿运高照；这还不够吗？所以我们就坐车来了。我们在这儿怎么舒服……倒也说不上！可是他们是多好的人啊！多好的人啊！诸位一定要去结识他们！你们在这儿做什么？你们在哪儿吃午饭呢？你们到底为什么上这儿来？”

“今天我们在一个叫戈卢什金的人那儿吃午饭……是此地的一位商人，”涅日丹诺夫答道。

“几点钟？”

“三点。”

“你们跟他见面是为了……为了……”帕克林打量了索洛明和马尔克洛夫一眼，索洛明面带微笑，马尔克洛夫的脸色却越来越阴沉……

“阿廖沙，你告诉他们……你打个共济会式的暗号也行……叫他们用不着对我这样拘谨……我是你们的人……你们团体的一员……”

“戈卢什金也是自己人，”涅日丹诺夫说。

“那就太好了！离三点钟还早着呢。你们就听我的，一同上我亲戚家去吧！”

“你疯了不成！这怎么可以……”

“这你尽可放心！一切由我担待。你想想：那可是沙漠里的一片绿洲！ 政治也好，文学也好，任何现代的东西都不会光顾那里。一幢又矮又宽的小屋子，如今哪儿也见不到这样的屋子了；屋里的气氛是古旧的；人是古旧的，空气是古旧的……件件东西都古气迎人，叶卡捷琳娜二世朝代，发粉，撑架式裙子，十八世纪！ 屋主人……你想想：夫妇二人，老两口儿，很老很老的一对同龄人，脸上甚至没有皱纹；圆乎乎，胖乎乎，干干净净，真正是一对小鹦鹉；善良到了愚蠢，到了圣洁的地步，无限的善良！ 人家告诉我，'无限的'善常常缺乏道义感……我不解其中奥妙，只晓得我这两位老人是好心肠的人！ 他们未曾生儿育女。真是福人！ 城里的人就叫他们'福人'。两人穿着一样，都是一件带条纹的宽袍子，衣料质地很好，如今上哪儿也找不到这种料子了。老两口长得几乎一模一样，只是一个人戴包发帽，另一个戴尖顶小帽，小帽上和包发帽一样有褶边，要不是包发帽上多了根带子，你就分不出谁是谁，何况那老头儿又是没有胡须的。他们一个叫福穆什卡，另一个叫菲穆什卡。你听我说，真值得花钱买票去看看这两个人。他俩彼此爱恋到了无以复加的地步；要是有人作客探访，他们也非常欢迎！ 他们是很随和的人，会马上向你展示自己所有的小玩艺儿。只是有一条：在他们家不许吸烟。并非由于他们是分裂派教徒，只因为他们十分讨厌烟草味……在他们那个时代有谁吸烟呢？ 就连金丝雀他们也不养的，因为当时这种鸟还不大时兴……这真是一大幸福，你们会同意我的看法！ 怎么样？ 你们去不去呀？"

"老实说，我不知道，"涅日丹诺夫说。

"且慢：我还没有说完呢。他们的嗓音也是一样的：你闭上眼睛就不知道是谁在说话。只是福穆什卡的话语似乎更有感情些。各位先生，你们现在准备干大事业，也许要进行一场险恶的斗争……你们在投入狂风巨浪之前，何不先去浸泡一下身体呢……”

“到死水里去泡吗？”马尔克洛夫打断他说。

“何尝不可呀？ 那水确是死水，但不是腐水。草原上就有这样的小水塘，虽然不是活水，但从来不长绿苔，因为塘底下有泉水。我这两位老人那里也有泉水，在他们的心底，是清洁的，非常清洁的泉水。你们想知道一百年、一百五十年前的人是怎样生活的吗？ 光凭这一点就请赶快随我去吧。说不定突然有一天，在某个时辰——他俩必定是在同一时辰——我那两只鹦鹉从笼架上倒下来，一切古旧之气顿时随之不见，那座矮而宽的屋子也要消失，在原先的屋址上，就会长出我祖母所说的那种在有过‘人迹’的地方总会长出来的东西：荨麻，牛蒡，苦苣菜，艾蒿，马蹄叶；整个那条街也将不复存在，人们来到那里，永远也找不到任何原来的东西了！ ……”

“怎么样？”涅日丹诺夫大声说，“我们就去一趟吧？”

“我甚至非常乐于从命，”索洛明说，“这事与我无关，不过倒有些意思；既然帕克林先生确实能保证我们前去不会给别人添麻烦，那么……为什么不……”

“您不必怀疑！”帕克林也大声道，“你们只会让人家高兴，而不会有别的。还讲什么客气！ 告诉你们：他们为人很憨厚，硬叫他们唱歌都行。马尔克洛夫先生，您也同意去吗？”

马尔克洛夫气呼呼地耸了一下肩膀。

“我总不能单独留在这儿！ 您请带路吧。”几个年轻人从椅子上站了起来。

“你们这位老爷挺吓人的，”帕克林指指马尔克洛夫对涅日丹诺夫悄声说，“活像圣经里那个吃蝗虫的先知约翰……光吃蝗虫，不加野蜂蜜！ 而那一位，”他朝索洛明那边点点头，“人很不错！ 瞧他的笑容多好！ 我发现，只有自己比别人强而并不觉得这一点的人才这样微笑。”

“难道有这种人吗？”涅日丹诺夫问。

“很少，但是有，”帕克林答道。

十九

福穆什卡和菲穆什卡的全名是：福马 · 拉夫连季耶维奇 · 苏博切夫和叶夫菲米娅 · 帕夫洛夫娜 · 苏博切娃。两人同属本地一个俄罗斯贵族世系的后裔，几乎算得是斯城最古老的居民。他们结婚很早，在很久以前就住进了位于城边的这套祖传木屋里，始终不曾搬迁过，也始终丝毫没有改变自己的生活方式和习惯。时光对于他们似乎停止不动，没有任何“新事物”进入他们的“绿洲”。他们的家产并不大，可是庄户人每年照旧要给他们送几次粮食和家禽来。庄头儿在规定的日子前来缴租钱，还带来一对松鸡，说是在老爷的林场里打到的，其实那林场早就不存在了。他们让庄头儿在客厅门口喝茶，送给他一顶羊皮帽子和一副绿色麂皮手套，然后就打发他回家。苏博切夫家里照旧有不少婢仆。老仆卡利奥佩奇穿一件用极粗的呢子缝制的、带小钢钮扣的直领无袖上衣，照旧拖腔拖调地报告：“饭菜摆好了，”然后就站在太太的安乐椅后面打瞌睆。家里的餐柜由他负责；他掌管“各种茶糖干果、豆蔻和柠檬”。人家问他听说过农奴全部解放的事没有，他每次都回答说，总有人爱胡扯八道，这是土耳其人要解放，感谢上帝，他总算是免了。农女普弗卡是个侏儒，养在家里供主人开心的。老奶妈瓦西里耶夫娜常在午饭时走进来，她系一块深色的大头巾，口齿不清地讲述各种新闻，讲拿破仑，讲一八一二年战争，还有反基督者和白种黑人；或者她用手支着下颏，像是伤心的样子，讲她做了一个什么梦，是什么兆头，又用纸牌算出了什么卦。苏博切夫家的屋子跟城里别的房屋都不同，它整个是用橡木建造的，窗子都是正方形；双层的窗框从来不曾启动过！ 这套木屋里有各式各样的门斗、上房、堂屋、大木房、带栏杆的阶梯平台、细木柱上的鸟舍，以及大大小小后屋的通道和小贮藏室。屋前有个小花园；屋后是大花园，园子里还有一些小屋、谷仓、酒窖、冷窖等等……真是一大堆！这套屋子里并没有留下许多旧物，有的房舍已经倒塌，只因为这里的一切是自古就有的，所以便依样保存了下来。苏博切夫家只有两匹很老的马，都是塌腰瘪肚、毛茸茸的，其中一匹老得身上都现出了白斑点，它的名字就叫“懒动”。这两匹马每月至多只套一次车，马车的样式很奇特，全城的人都认得，它像一个从前面挖掉四分之一的地球仪，车内蒙着一种黄色的外国布料，上面鼓着许多大圆泡，就像瘤子一样。这种布料早在伊丽莎白女皇时代就在乌得勒支和里昂织完了最后一尺而不再生产了！ 苏博切夫家的马车夫也是很老的，而且身上总带一股鱼油和焦油的气味；他的大胡子从眼睛边上就长起，眉毛像小瀑布似的垂挂到胡须上。他的一切动作都非常之慢，嗅一下鼻烟要五分钟，把马鞭插进腰带要两分钟，光给“懒动”套车就得花上两个多小时。他的名字叫佩尔菲什卡。苏博切夫夫妇偶尔坐车出门，即使马车要上一个小小的坡，他们都很害怕（下坡时也同样害怕），两人紧紧抓住车内的皮带，嘴里连声诵道：“马儿啊……马儿力大如萨穆伊尔先知，我们啊……我们比毛比气还轻！！ ……”斯城的人都视这对夫妇为怪人，差点没把他们当成疯子；他们也知道自己不合时宜……但并不为此发愁：他们曾在怎样的生活环境里出生、长大、结婚，现在依旧保持着原样。只是在旧日的生活中，有一种习俗他们未曾沾染：他们有生以来没有惩罚过和逼迫过任何人。倘若他们的仆人是个臭名在外的酒鬼或小偷，他们先是尽量容忍好一阵，就像人们忍受坏天气一样；最后他们才设法摆脱他，打发他到别的主人家去，“让别人也尝一点苦头！”不过他们极少碰到这样的倒霉事，它少得简直可以成为他们一生中某个时代的标志。例如，他们常说：“这是很久以前的事了，是在淘气鬼阿尔多什卡还住在我们家的时候。”或者：“是在我家爷爷那顶带狐尾的皮帽子失窃的那年……”苏博切夫家至今还有这种皮帽子。还有一种古老生活的特征在他们身上也看不到：菲穆什卡和福穆什卡都不是笃信宗教的人。福穆什卡甚至遵奉伏尔泰的准则；菲穆什卡则对教会里的人怕得要命，她觉得他们都拿毒眼看人。她常说：“教士只要在我家坐一会儿，瞧！乳脂就变酸了。”他们不大上教堂去，而且按天主教规矩持斋，吃鸡蛋、黄油和牛奶。这些事城里的人都知道，这对他们的名声自然没有好处。但是他们的善良可以掩盖一切；尽管苏博切夫两口儿被人当成怪人来嘲笑，当成一对自得其乐的老糊涂，实际上大家还是尊敬他们的。

是的，他们受人尊敬……不过谁也不上他们家去，而他们也并不为此发愁。他俩在一起从来不感到寂寞，所以彼此总是形影不离，也不愿跟外界的人交往。福穆什卡和菲穆什卡都从来不生病；要是有一个人略感不适，他们就双双喝菩提花汁，用温油揉擦腰部，或在脚掌上滴几滴滚热的脂油，很快就会一切如常。他们过着千篇一律的日子。早上迟迟才起床，然后用两只研钵样的小盏子喝可可；他们肯定地说："喝茶是在我们那个时代以后才流行的。"他们相对而坐，或者聊天（总能找到话题！），或者读读《消闲乐》、《世界镜览》、《缪斯》这样的杂志，或者翻翻那本红色山羊皮封面镶金边的古旧纪念册，从上面的题词来看，是某位 M-me Barbe de Kabyline ①的遗物。这本纪念册是在什么时候和怎样落到他们手里，他们自己也不知道。纪念册中有诗也有散文，一些是用法文写的，但许多是用俄文写的，例如下面这一篇关于西塞罗②的"简短"感想：

"西塞罗就任度支官时之心情，其本人尝作如下之说明：既往受任各级官吏，清心寡欲，神明可鉴，此番务以最神圣之约束自律而不致陨越；不惟徇私枉法之享乐，即常人视为必需之娱事，彼西塞罗亦未敢沉溺而回避之。"下面注明："识于西伯利亚饥寒中"。一首题为《季尔西斯》的诗写得也不错，其中有句云：

宇宙充满了宁静，
朝露的闪光多么悦人，
它给大自然温馨和清凉，
还带来新的生命！

季尔西斯独自伤心，
他悲哀痛苦又愁闷……

① 法语：瓦尔瓦拉·卡贝利娜夫人。
② 西塞罗：古罗马雄辩家，政治家。

亲爱的阿涅塔已不在身边，
还有什么能让他高兴！

还有一首《五月六日》，是一七九〇年一位路过的上尉的即兴之作：

我绝不会忘怀
你这可爱的村庄！
我永远会记住
那欢乐流逝的时光！
我曾多么荣幸，
在你女主人家中盘桓，
与可敬的人士相处，
在许多夫人小姐中间，
和那些有趣的人们
度过了平生美好的五天！

纪念册的末页上写的不是诗，而是一些单方，有治胃病的，治痉挛的，甚至——唉！ 还有打蛔虫的。苏博切夫夫妇在十二点整准时吃午饭，总是一色的老式饭菜：奶渣饼、酸味黄瓜汤、牛肉白菜汤、腌黄瓜汤、面粉粥、鸡蛋面包、果子羹、果酱、番红花烤鸡、蜂蜜油饼。午饭后小憩一小时，不多睡。醒来复相对而坐，喝越橘水，有时也喝一种叫做“四十分之一桶智慧”的汽水，这玩意儿几乎每次全都喷出瓶外，惹得老爷太太笑个不止，而卡利奥佩奇却很恼火：他得把“四处”擦拭干净。他把女管家和厨子埋怨了好一阵，就像是他俩发明了这种饮料……“这东西有什么好？只会弄脏了**架具**[①]！”这之后苏博切夫夫妇又读点书报之类，或者跟女侏儒普弗卡逗逗笑，或者两人一同唱起古老的情歌（他们的嗓音完全一样，尖细发颤还带点嘶哑，尤其在午睡之后，但并不难听），要不然，他们就玩玩纸牌，也都是老式的玩法：“克列勃斯”，“拉穆什”，或者甚至打双梦家的“波士顿”！而后仆人端出茶炊；他们晚上要喝茶……他们对时代精神作出了**这一点**让步；不过他们总认为这是一种放任，俄国人被“这种中国草药”弄得身体越来越差了。一般来说，他们并不想谴责新时代而赞颂旧时代，有生以来他们就是如此过活，别人尽可去过不同的生活，甚至过得更好，他们无可厚非，只要不强迫他们改变生活方式就行。到八点钟卡利奥佩奇送上晚餐，必定有一道冷杂拌汤；九点钟时，高高膨起的条纹绒毛褥子已经把福穆什卡和菲穆什卡的肥胖身躯纳入它松软的怀抱，恬梦便立即落到他们的眼皮上。老屋里一切都静下来，圣像前长明灯发着微光，闻到一股麝鼹皮和蜜蜂花的气味，一只蟋蟀在曜曜地叫——这一对善良、纯朴而可笑的老夫妇睡着了。

帕克林正是把他的朋友们带到这一对老糊涂，或者用他的话说，这两只留他妹妹暂住的老鹦鹉家里来。

帕克林的妹妹是个聪明的姑娘，相貌长得不差，眼睛特别动人，只是她那不幸的驼背令她痛苦万分，失去了一切自信和快乐，变成一个多疑的、几乎是恶狠狠的女孩子。碰巧她又取了个莫名其妙的名字：斯南杜利娅！帕克林想叫她改成索菲娅，可是她认定了这个怪名字，说

① “家具”的口误。

驼背的女子就该叫做斯南杜利娅。她是个很好的演奏家，钢琴弹得挺不错。“多亏我的手指长，”她有些凄苦地说，“驼子的手指都是这样的。”

客人到来时，福穆什卡和菲穆什卡刚好午睡起床，在喝越橘水。

“我们进入十八世纪！”帕克林一跨进苏博切夫家的门槛就嚷起来。

确实，十八世纪在前厅里就迎接了他们。这是几张蓝色的矮屏风，上面剪贴着一些脂粉贵妇及其男伴的黑色影像。拉法捷尔的这种剪影像上世纪八十年代在俄国十分流行。如此之多（整整四位！）来访者的突然出现，在这所平日少有人至的宅子里引起了骚动。听到一阵杂沓的脚步声，有穿鞋的，也有赤足的；几张女人脸很快地探出来又消失了；什么地方有人被推搡着，有人啊呀一声，有人噗嗤一笑，有人着急地小声说：“去你们的！”

最后，卡利奥佩奇穿着他那件粗呢无袖上衣走了出来，他打开“大厅”的门，大声禀报：

“老爷，这是西拉·萨姆松内奇和别的几位先生到！”

主人夫妇比他们的仆人要镇静得多。不过，尽管家里的客厅相当宽敞，一下子闯进来四条男子汉，也着实令他们有些吃惊。但帕克林马上就让他们放了心。他说着各种俏皮话，依次向主人介绍了涅日丹诺夫、索洛明和马尔克洛夫，说这三位都是温和人士，并非“官府上的”。

福穆什卡和菲穆什卡很瞧不起官府上的，也就是官场上的人。

斯南杜利娅被哥哥唤了出来，她显得比苏博切夫夫妇更加拘谨不安。主人夫妇异口同声、异口同词地请客人坐下来，问他们想用点什么：茶，可可，还是汽水加蜜饯？ 听客人说什么也不用了，因为他们刚才在商人戈卢什金家吃过早饭，一会儿还上他那里吃中饭，老两口也就不再相劝，而把各自的两只手完全同样地叠放在肚子上，开始跟客人谈话。

起先他们谈得不大起劲，不过很快就活跃起来。帕克林讲了果戈理作品中那个有名的笑话，说一位市长拼命挤进了已经挤得水泄不通的教堂里，那市长原来是一块大馅饼，逗得老两口哈哈大笑，眼泪都流出来了。他俩笑起来也完全一样：嗓子十分尖锐，最后是咳嗽，满脸通红和流汗。帕克林一向发现，对于苏博切夫夫妇这种人，引用果戈理作品会产生相当强烈的，甚至是突发性的效果。不过他现在主要不是想逗二老开心，而是要把他俩展示给他的朋友们，所以他改换了老一套做法，让老两口很快就变得毫无拘束，神气起来。福穆什卡把他心爱的木制雕花鼻烟壶拿给客人们看，那上面曾经刻绘有三十六个形态各异的人物，现在早已磨去，但福穆什卡还能看见，至今还能看出他们，数清他们的人数，向客人一一指点。“您瞧，”他说，“这一个在从窗户里朝外看，您瞧呀，他把头伸出来了……”他那指甲上翘的胖指头指着的地方，跟整个壶盖上一样光溜溜一无所有。接着他让客人注意挂在他头顶上的一幅油画，画的是一位猎人的侧身像，骑着一匹也是侧面的黄骠马在雪野上奔驰。猎人头戴一顶蓝帽舌的白羊皮高筒帽，身穿丝绒滚边的驼毛高加索式长袍，束一条镀金锻嵌的腰带，腰带上别着一只丝绒绣花手套，还吊着一把刀鞘用白银和乌银镶嵌的匕首。猎人长相年轻，身体丰腴，一手拿着一把带红穗子的大号角，另一只手握着缰绳和马鞭。马的四蹄全部腾空，画家仔细画出了每只蹄上的蹄铁，连钉子都描得很清楚。“请注意看，”福穆什卡仍然用他那根胖指头指着马腿后面白色背景上四个半圆形的点子说，“这是雪地上的蹄印，连这也画出来了！”为什么只有四个蹄印，再远一些连一个蹄印也看不到呢，对于这一点福穆什卡避而未谈。

“这画的就是我！”稍停了一会，他不好意思地笑着说。

“怎么？”涅日丹诺夫大声问道，“您过去是猎人吗？”

“曾经是……但时间不长。有一次，马跑得飞快，我从马头上面栽了下来，把我的库尔佩摔伤了。菲穆什卡吓得不轻……她禁止我打猎，从那时起我就歇手了。”

“您把什么摔伤了？”涅日丹诺夫问。

“库尔佩，”福穆什卡低声道。

客人们默然交换了一下眼色。谁也不晓得“库尔佩”是什么东西；大概只有马尔克洛夫知道，哥萨克人和切尔克斯人帽子上那团毛茸茸的缨子就叫做“库尔佩”。福穆什卡是不可能把**这东西**摔伤的！然而谁也没问他一下所谓“库尔佩”究竟是指何物。

“好吧，既然你夸起了海口，”菲穆什卡突然插进来说，“我也要来摆一摆呢。”

她从一张叫做“博涅尔久茹尔”的小小写字台（这是一种老式书桌，桌腿小而弯曲，桌面上有圆盖，可以掀起来推入桌背）里，拿出一幅配有椭圆形青铜框子的小型水彩画，画的是一个赤条条的四岁小孩，肩膀上挎着箭袋，胸前有一道浅蓝色带子，正在用小小的指头试着箭镞。小孩满头鬈发，眼睛微斜，笑嘻嘻的样子。菲穆什卡把画拿给客人们看。

“这就是……我……”她说。

“您？”

“不错，是我。我小的时候。当时有个法国写生画家来看望先父，是个出色的画家！他为先父的命名日给我画了这幅像。多好的一个法国人！以后他就常上我们家来。他一进门就碰鞋跟，蹬脚，然后吻你的手，走的时候就亲亲自己的手指头，是真的！他还左鞠躬，右鞠躬，前后都鞠躬！真是个很好的法国人！”

客人们夸奖了法国人的作品。帕克林甚至还说，画像和本人现在都还有相像的地方。

福穆什卡紧接着就谈起现在的法国人，他发表意见说，如今法国人想必都变得很凶了！“怎么会是这样呢，福马·拉夫连季耶维奇？”“得了吧！……看看他们起的些什么名字！”“能举个例子吗？”“例如这一个：诺然·岑特·洛兰！简直就是强盗的名字！”福穆什卡顺便问了一句，现在巴黎是谁在主政？客人告诉他是拿破仑。这个消息似乎让他吃惊又发愁。“怎么能这样？……叫这么一个老人……”他欲言又止，不好意思地朝四下望望。福穆什卡的法语很糟，伏尔泰的书他只能看译本（他床头的秘藏的匣子里放着一部《老实人》的手抄本）。不过他有时也会冒出一两句类似这样的话：“老兄，这是‘福斯帕尔克’！”（意思是：“这是可疑的”，“不确实的”。）结果惹出许多笑话，后来有个博学的法国人告诉他，这是法国最高法院的古老用语，一七八九年以后已不再使用。

既然话题转到了法国和法国人，菲穆什卡便决意提一个问题，好解开憋在她心里的疙瘩。起先她想问马尔克洛夫，但是他一脸的怒气；又想问索洛明……“算了！”她想，“这个人普普通通，想必不懂法语。”最后她找到了涅日丹诺夫。

“这位爷，我想问您一件事，”她开口道，“请您原谅！我的亲戚西拉·萨姆松内奇常常取笑我这老太婆，说我妇道人家没有见识。”

“什么事？”

“是这样。要是有人想用法国话问：‘这是什么？’他是不是该说：‘凯塞—凯塞—凯塞—利雅？’”

“不错。”

“他也可以说：‘凯塞—凯塞—利雅’是吗？”

“可以。”

“简单地说：‘凯塞—利雅’也行？”

“这也行。”

“所有这些都是一个意思？”

“是的。”

菲穆什卡沉思起来，然后把两手一摊。

“喂，西卢什卡[1]，”她终于说，“我错了，你是对的。不过这些法国人啊！……够厉害的！”

帕克林请求老两口儿唱一首情歌……他俩笑起来，并感到奇怪，他怎么会有这种念头，但很快就同意了，只是提出一个条件，要斯南杜利娅用拨弦古钢琴为他们伴奏——她知道弹什么。在客厅的角落里有一架很小的钢琴，客人们起先谁也不曾注意到它。斯南杜利娅坐到这架拨弦古钢琴边，弹出几个和弦……涅日丹诺夫平生从未听到过像这样软绵绵、酸溜溜、萎靡而衰老的琴声。老两口儿马上就唱了起来。

福穆什卡领先唱道：

苍天赐给我们

① 帕克林的爱称。

一颗爱人之心，
难道这是为了
让爱情遭到不幸？

菲穆什卡对唱：

没有艰难苦恨，
没有恶运灾星，
人间可有这样的爱情？

福穆什卡接唱：

没有，没有，没有！

菲穆什卡重复：

没有，没有，没有！

两人合唱：

爱情无处不是苦酒，
到处一样，一样，一样！

福穆什卡单独拖腔重复：

一样，一样，一样！

“好啊！”帕克林叫起来。“这是第一段，还有第二段呢？”

“好吧，”福穆什卡答道，“只是，斯南杜利娅·萨姆松诺夫娜，怎么没有颤音？我唱的那节诗后面应该奏颤音。”

“好的，”斯南杜利娅回答，“我给您弹颤音。”

福穆什卡又唱起来：

普天下恋爱的人
谁不尝够了苦难？
哪一个痴情的种
未曾哭泣和长叹？

菲穆什卡马上接下去：

心在苦水中漂泊，
像小船沉没在大洋……
这颗心给我们为了什么？

“不祥，不祥，不祥！”福穆什卡高唱道，他稍停了一下，等待斯南杜利娅弹出颤音。

斯南杜利娅给了颤音。

菲穆什卡又重复一次：“不祥，不祥，不祥！”

最后二人合唱：

请你收回这颗心吧，
收回去，收回去，收回去！
收回这颗心吧，上苍！

结束时又是颤音。

“好啊！ 好啊！”除马尔克洛夫外大家都叫好，还鼓了掌。

“他们是否觉得，他们就像在扮演……小丑的角色？”掌声一停，涅日丹诺夫就这样想，“也许他们并不觉得；也许他们觉得，不过他们认为：‘这有什么不好？ 我们又不害人，甚至还能让别人开心！’仔细想一想，他们倒是对的，百分之百对的！”

有了这种想法，涅日丹诺夫忽然对他们说起恭维话来，老两口坐在安乐椅上，只是欠欠身子作为回答……这当儿，女侏儒普弗卡和老保姆瓦西里耶夫娜突然从隔壁房间（那里像是卧室或女仆的下房，早就有人在低声说话和弄得簌簌响）跑了出来。普弗卡开始尖叫和做怪相，老保姆在旁边又是劝又是逗。

马尔克洛夫早已露出不耐烦的样子。索洛明不过比平时更多了些笑容。马尔克洛夫蓦地对福穆什卡说：

“想不到您，”他的态度照例很生硬，“您这样的文明人，——听说您还是伏尔泰的信徒吧？ ——居然把别人值得怜悯的东西，也就是残疾，拿来取乐……”这时他想起了帕克林的妹妹，把话咽了下去。福穆什卡涨红了脸说：“不过……不是我……是她自己……”可是普弗卡却冲着马尔克洛夫嚷起来：

“你怎么想起来欺负我们家主人？”她口齿不清、叽里呱啦地说，“他们收养了我这残废人，给吃又给喝，你忌妒吗？ 你看见别人的面包眼红吗？ 哪儿跑出来你这个黑家伙，不要脸，讨厌，小胡子跟蟑螂似的……”普弗卡说着就用她粗短的手指比划马尔克洛夫小胡子的样子。瓦西里耶夫娜张开没牙的嘴哈哈大笑，从隔壁房间传来一阵回音。

“当然，我不想对您妄加评判，”马尔克洛夫对福穆什卡道，“收养穷苦残疾人是件好事。可是我要告诉您，自己过好日子，要什么有什么，虽然没有侵占别人，却不肯为别人出一点力气……这就算不得什么好心肠；至少我把这种所谓的好心肠看得一钱不值！”

普弗卡刺耳地尖叫起来。她一点听不懂马尔克洛夫说些什么，但是她看出来“黑家伙”在骂她的主人……他好大胆！ 瓦西里耶夫娜也嘟哝了些什么，而福穆什卡把两手叠在胸前，转过脸来几乎呜咽着对他妻子说：“菲穆什卡，亲爱的，听到这位先生的话吗？ 我和你都是罪人，恶人，伪君子……我们要什么有什么，啊！ 啊！ ……你我该从家里给赶出去，流落街头，每人给一把扫帚，叫我们去自谋生路。啊，呵——呵！”普弗卡听到这些伤心话尖叫得更厉害了。菲穆什卡挤挤眼睛，歪歪嘴唇，胸中吸足一口气，准备使劲哭诉一番……

要不是帕克林插进来解围，真不晓得如何收场。

“这是怎么回事！ 好了好了，”他摇着手哈哈大笑说，“你们不害臊吗？ 马尔克洛夫先生不过想开开玩笑罢了。他这人相貌很严肃，说笑话就像当真似的……你们还真信了不成？ 得啦！ 叶夫菲米娅·帕夫洛夫娜，亲爱的，我们这会儿就要走了。您听我说，在离别的时候为我们大家算一卦吧……这事儿您可是行家。妹妹！ 拿纸牌来！”

菲穆什卡看了丈夫一眼，见他坐在那儿一点也不激动了，自己也就平静下来。

“纸牌，纸牌……”她开口道，“我都生疏了，这位爷，忘记了，好久没有摸过了……”

可是她已经伸手从斯南杜利娅手里接过一副样子奇怪的玩龙勃勒牌戏的古老纸牌。

“给谁算呢？”

“给所有人都算一下，”帕克林答道，心里一边在想：这老太婆多听使唤！任你怎么拨弄……这真太妙了！“给所有的人算，奶奶，所有的人，”他又大声说。“讲讲我们的命运，我们的性格、前程……等等一切！”

菲穆什卡刚刚动手分牌，忽然又把纸牌扔下了。

“我不用算了！”她大声说，“不算我也知道你们每个人的性格。有什么样的性格就有什么样的命运。就说这一位吧（她指指索洛明），他是个冷静而坚定的人。而这一位（她对马尔克洛夫做了个吓唬的手势）是个急躁的、闯祸的人（普弗卡朝他吐了一下舌头）。至于你（她望望帕克林），不用我说，你知道你自己：是个轻浮的人！而这一位……”

她指着涅日丹诺夫，一时口讷。

“怎么样？”他说，“请告诉我，我是怎样的人？”

“你是怎样的人嘛……”菲穆什卡拖长声音说，“你是可怜的人，就这样！”

涅日丹诺夫打了个寒噤。

“可怜的人！为什么是这样？”

“正是！我觉得你可怜——就这样！”

“因为什么呢？”

“因为这个！我的眼睛很准。你以为我是傻瓜？别看你长着红头发，我可比你精着哪。我觉得你可怜……这就是我要告诉你的！”

大家都不作声了……彼此望望，还是沉默着。

“好吧，朋友们，我们告辞了，”帕克林忽然大声说。“在你们这儿坐得太久，让你们讨厌了吧。这几位先生该走了……我也一起走。再见吧，谢谢款待。”

“再见，再见，不嫌弃的话请再来寒舍，”福穆什卡和菲穆什卡异口同声地说……福穆什卡突然唱道：

“祝你们长命百岁，长命……”

“长命，长命，”卡利奥佩奇完全出人意料地用他的男低音跟着唱起来，一边给几位年轻人打开了门……

四个人一下子就来到了街上，站在这幢矮而宽的木屋前面；从窗户里传来了普弗卡尖厉的声音。

“他们是傻瓜……”她在叫喊，“傻瓜！……”

帕克林哈哈大笑，但没有一个人理会他。马尔克洛夫甚至逐个儿望望所有的人，似乎想听到谁说两句气愤的话……

只有索洛明笑容如故。

二十

“好吧！”帕克林首先开口说。“既然我们到过了十八世纪，现在就让我们直接进入二十世纪吧！戈卢什金是进步人士，把他算在十九世纪成何体统呀。”

“难道你了解他？”涅日丹诺夫问。

“风闻其人。我说：去吧！因为我想跟你们一道去。”

“怎么能这样？你并不认识他呀！”

“瞧你说的！ 难道你们认识我那一对‘鹦鹉’吗？”

“你介绍我们认识的！”

“你也介绍我吧！ 你们不可能对我保密，戈卢什金也是个大方人。他见到新来的人还会高兴呢！ 何况斯城这个地方不大拘礼节的！”

“不错，”马尔克洛夫嘟哝道，“你们这里的人是不讲礼貌。”

帕克林摇摇头。

“您大概是指我吧……真没办法！ 我该当受责。不过请听我说，我的新相识，把您肝火太旺引起的那些忧郁念头暂时搁在一边吧！ 主要的是……”

“我的新相识先生，”马尔克洛夫急躁地打断他，“我也告诉您……就算是警告吧：我对开玩笑从来就丝毫不感兴趣，尤其是在今天！ 您怎么会知道我的脾气呢？ （他把“脾气”两个字说得很重）我俩初次见面好像才刚刚不久吧。”

“等一等，等一等，别生气，也别发誓，我本来就相信您说的话，”帕克林道，他又大声对索洛明说：“哦，您，未卜先知的菲穆什卡说您是个冷静的人，您也确实能使人心平气和。您倒说说，我是不是存心要让人家不高兴？ 或者存心不分场合地开玩笑呢？ 我只不过要求跟你一道去戈卢什金家，何况我这个人对别人从不抱恶意。马尔克洛夫先生的脸色发黄也不是我的过错。”

索洛明先耸了耸一边肩膀，然后又耸耸另一边，他不马上回答别人的问话时，有这个习惯动作。

“毫无疑问，”索洛明终于开口道，“您，帕克林先生，不会让别人不高兴，您也不愿意那样做；您为什么不该上戈卢什金先生家去呢？

我想，我们会过得很愉快，就跟在您的亲戚家一样，而且同样会得益匪浅的。”

帕克林竖起指头做出吓唬他的样子。

“啊！ 我看您是个不怀好意的家伙！ 您也上戈卢什金家去，是吗？”

“我当然去。反正今儿一整天时间算是完了。”

“那就 en avant， marchons！[①] ——向着二十世纪！ 向着二十世纪！ 涅日丹诺夫，你是先进的人，你带路！”

“好吧，开步走；不过你别老是重复那些俏皮话，让人家觉得你的俏皮话快说完了。”

“对你们这种人绰绰有余呢，”帕克林快活地答道，一面迈步向前走，他的步伐如他自己所说，不是一跳一跳的，而是“一瘸一瘸的”。

“这位先生太有意思了！”索洛明挽着涅日丹诺夫的胳膊，跟在帕克林后面，说。“要是把我们全体（千万别有这一天！）流放到西伯利亚，还会有人逗我们开心呢！”

马尔克洛夫一声不吭地走在最后面。

这时候，商人戈卢什金的家里正在千方百计安排一顿“阔气的”或者“讲究的”午餐。鱼汤已经煮好，油腻腻的，味道糟透了；各种“热馅饼和酱汁肉”也准备就绪（戈卢什金是受过欧洲教育的人，虽然属于旧教派，却喜欢吃法国菜，他雇了一名因为不爱干净被俱乐部赶出来的厨师），最重要的是备下了好几瓶冰镇香槟酒。

主人以他惯有的那种笨拙的装腔作势、手忙脚乱，笑哈哈地迎接

---

① 法语：让我们前进！

了这几位年轻人。不出帕克林自己所料，戈卢什金见到他高兴极了。戈卢什金问了一句："他是我们的人吗？"没等别人回答就大声说："当然是的，那还用说！"随后他就告诉客人，他刚刚从省长家里回来，那个"怪物"省长老是拿什么，真见鬼，什么慈善机构的事情把他缠住不放……实在让人摸不着头脑，他戈卢什金感到得意的究竟是什么：是省长接见了他，还是他能当着几位进步青年骂一骂省长？接着他就向大伙介绍了他提到过的那个新信徒。这个新信徒到底是谁呢？原来就是早上进来禀事的那个头发油光光、一副痨病相的瓦罐脸儿，戈卢什金家的管事，戈卢什金叫他瓦夏。"他不善辞令，"戈卢什金张开五根指头指着他说，"但是对我们的事业忠心耿耿。"瓦夏只是鞠躬，脸红，眨眼睛，咧嘴笑，这副样子又叫人摸不着头脑：他是什么人，是个不大不小的傻瓜，还是个彻头彻尾的骗子？

"好了，还是请入席吧，诸位请入席吧，"戈卢什金忙着招呼道。大家就座，先吃了许多小吃。刚上过鱼汤，戈卢什金就吩咐开香槟。结了冰的酒像一块块脂油从细颈瓶口倒进接在下面的高脚杯里。"为了我们的……我们的事业干杯！"戈卢什金大声说，同时眨了眨一只眼睛，向仆人摆摆脑袋，像是告诫他们外人在场时小心伺候！新信徒瓦夏依然默不作声，尽管他坐在椅子边上，整个一副奴颜婢膝的模样，跟他老板所说的忠于信仰绝不相称，但是他灌起酒来可厉害极了！……不过别的人都在谈话，其实也就是主人和帕克林两个人在说话，而主要是帕克林在说。涅日丹诺夫心里懊丧；马尔克洛夫怒不可遏，虽然愤怒的形式不一样，其程度却不下于在苏博切夫家；索洛明冷眼旁观。

帕克林好不开心！他的伶牙俐齿叫戈卢什金非常高兴。戈卢什金哪里想到，这个"小跛子"不时向坐在旁边的涅日丹诺夫咬耳朵讲了他戈卢什金好多恶毒的坏话！ 他甚至认为帕克林是个老实头，可以任他“瞧不起”……正因为如此他才喜欢他。要是帕克林坐在他身边，他早就用手指捅他的肋部，拍拍他的肩膀了；而现在他只好隔着桌子朝帕克林点头晃脑……因为在他和涅日丹诺夫中间高踞着一片“乌云”——马尔克洛夫，其次还有索洛明。帕克林每说一句话，戈卢什金就大笑不止，甚至不等他说出口就先笑起来，用手拍着肚皮，露出他那发青的牙床。帕克林很快就明白了对方需要他说什么，于是就开始大骂一切（他正长于此道）——骂一切事和一切人：保守派、自由派、官吏、律师、行政官员、地主、地方自治局议员、杜马议员、莫斯科、彼得堡！

“对，对，对，”戈卢什金附和道，“不错，不错，不错！ 譬如我们的市长，就是一头十足的蠢驴！ 头号的笨蛋！ 我对他说这说那……他却一窍不通；跟我们的省长不相上下！”

“你们的省长是笨蛋？”帕克林问。

“告诉您，他是蠢驴！”

“您是否注意到，他说话时声音沙哑还是带鼻音？”

“怎么？”戈卢什金有些莫名其妙。

“您还不知道吗？ 我们俄国的高等文官说话时声音沙哑，高等武官说话时带鼻音；只有最高等级的大官说话才同时声音沙哑和带鼻音。”

戈卢什金纵声大笑，眼泪都流出来了。

“是的，是的，”他嘟囔道，“他带鼻音……带鼻音……他是武官！”

“哼，瞧你这傻瓜！”帕克林心想。

“我们这里一切都腐败不堪，到哪儿都一样！”戈卢什金稍停片刻又吼叫起来。“一切，一切都腐败不堪！”

“最尊敬的卡皮通·安德烈伊奇，”帕克林郑重其事地说，——他一面又对涅日丹诺夫悄声道：“他干吗老是张开胳膊，好像上衣的腋下太紧了？”——“最尊敬的卡皮通·安德烈伊奇，请相信我的话：治标不治本的办法在这里是无济于事的！”

“什么治标不治本！”戈卢什金突然止住笑，露出恶狠狠的样子大吼道，“这里只有一个办法：连根除掉！ 瓦西卡，喝！ 连根……连……！”

“我在喝呢，卡皮通·安德烈伊奇，”管事答道，又把一杯酒灌进肚里。

戈卢什金也把一杯酒“咕嘟”了下去。

“他可别撑破了肚子！”帕克林对涅日丹诺夫低声说。

“他习惯了！”涅日丹诺夫答道。

现在不只是管事一个人在喝了。渐渐的大家都有了酒意。涅日丹诺夫，马尔克洛夫，甚至索洛明都相继加入了谈话。

涅日丹诺夫起先对自己怀着一份轻蔑和懊恼，觉得自己习性难改，做事徒劳无益，但最后他忍不住又发起议论来。他说现在已不是光讲空话的时候，现在到了“行动”的时候；他甚至提到，行动的基地已经找到了！！ 可是他立刻就不知不觉地自相矛盾了，他要求有人指给他看看，那些可以依靠的现实因素究竟在哪里，他看不到它们。“得不到社会的同情，民众没有觉悟……你怎么费劲也不行！”对于他这番话，不用说，没有人作出回答，倒不是因为别人无可对答，而是因为各人都在发表自己的意见。马尔克洛夫说起话来犹如打鼓，嗓音低沉、愤怒、固执而单调（帕克林说，“就跟剁白菜的声音一样”）。他究竟说些什么，谁也听不大明白；当他停顿的时候，他说的“炮兵”这个词清晰可闻……也许他想起了他在炮兵装置中发现的那些缺点吧。他自然又把德国人和副官骂了一通。就连索洛明也发表意见说，有两种等待的方式：一种是无所事事地等待；一种是一面等待，一面把事业推向前进。

“我们不需要渐进主义者，”马尔克洛夫闷闷地说。

“以前的渐进主义者都是自上而下，”索洛明说，“我们要由下而上地试一试。”

“不需要，见他的鬼！ 不需要，”戈卢什金起劲地说，“要一举成功，一举成功！”

“就是说，您想从窗口一下子跳下去吗？”

“我就跳！”戈卢什金大声疾呼。“我就跳！ 瓦西卡也跳！ 我一声令下，他就会跳！ 啊？ 瓦西卡？ 你跳吗？”

管事把杯子里的香槟酒喝干。

“卡皮通 · 安德烈伊奇，您上哪儿，我们就上哪儿。我们敢有二话吗？”

“啊！ 这才是！ 不然我就把你扭成羊角一样！”

不多久，就开始了酒徒们称之为“巴比伦混乱”的那种场面。一阵“巨大的”喧阗叫嚣之声轰然而起。这时在戈卢什金家餐厅的炽烈气氛里，各种各样的话语交错混杂，就像在温暖的秋空飘起初雪的雪花，回旋飞舞，闪闪发光，挤挤插插，闹成一片：进步、政府、文学；捐税问题、教会问题、妇女问题、司法问题；古典主义、现实主义、虚无主义、共产主义；国际派、教权派、自由派；资本、行政、组织、协会，甚至结晶！ 好像正是这片喧闹声让戈卢什金兴高采烈；在他看来这似乎就是本质之所在……他多么洋洋得意！“瞧我们多么厉害！ 闪开道！不然我要你的命！ ……卡皮通·戈卢什金来了！”瓦夏管事终于喝得大醉，鼻子里发出嗤嗤声，并且对着盘子说话，他突然发疯似的叫喊起来：“**不完全**中学——是个什么鬼东西呀？！”

戈卢什金突然站起来，把涨得通红的脸往后一仰，那张脸上的表情，除了粗暴专横和盛气凌人，又奇怪地掺进了一种像是暗怀畏惧乃至害怕得发抖的神态，只听他一声大吼：“我再牺牲一千！ 瓦西卡，拿钱来！”瓦西卡轻轻答了声：“好极了！”帕克林面色苍白，满脸是汗（在这一刻钟里他喝得不比管事少），他从座位上一跃而起，把双手举过头顶，用抑扬顿挫的语调说道：“我牺牲！ 他说：我牺牲！ 啊！这是对你这神圣字眼的亵渎！ 牺牲！ 谁敢自比你的崇高，谁也无力实现你赋予的义务，至少在场的我们没有人能够做到。可是这个刚愎自用的家伙，这个浑透了的酒囊饭袋，他抖抖他的大肚皮，漏下几个卢布子儿来，就大喊大叫：我牺牲！ 他要人家对他感恩戴德，等着人家替他戴上桂冠，好个下流东西！！”戈卢什金或许没有听见，或许没有听懂帕克林说的话，要不然就把帕克林的话当成了笑话，所以他又作了第二次宣布：“没错！ 一千卢布！ 卡皮通·戈卢什金说一不二！”他突然把手伸进侧面的衣袋里。“瞧，钱在这儿，是现钱！ 你们拿去吧，扯扯看，是真钱；要记住卡皮通！”他这个人激昂起来，就像小孩一样用第三人称称呼自己。涅日丹诺夫把扔在酒水狼藉的桌布上的钞票拣了起来。这之后已没有逗留的必要，况且时候也不早了。他们站起身，各人拿了帽子就走了。

来到露天，大家脑袋发晕，帕克林晕得特别厉害。

“嗯？ 现在我们上哪儿去？”他吃力地说。

“不知道你们要上哪儿，”索洛明答道，“我可要回家去了。”

“回工厂吗？”

“回工厂。”

“就现在，夜晚，步行吗？”

“这有什么？ 这一带没有狼，也没有强盗，我的腿又好好的。夜晚走路更凉快。”

“有四俄里路呢！”

“五俄里也不妨的。再见，诸位先生！”

索洛明扣好衣服，把帽子拉到脑门上，点了根雪茄烟，迈开大步顺着大街走了。

“你上哪儿？”帕克林问涅日丹诺夫。

“我上他家去，”他指了指双手抱在胸前、一动不动站着的马尔克洛夫。“我们这儿有车也有马。”

“那好极了……我嘛，老弟，就上绿洲，回到福穆什卡和菲穆什卡那边去。老弟，知道我要对你说句什么话吗？ 那边是扯淡。这边也是扯淡……只是十八世纪的那种扯淡比这二十世纪的扯淡更加接近俄罗斯的本质。再见，先生们；我醉了……请别见怪。听我说，我还要告诉你们一件事！ 世上再找不到比我妹妹……斯南杜利娅……更善良更好的女人了；然而她是个驼子，还叫做斯南杜利娅。世上的事总是这样！不过，她的确应该叫这个名字。你们知道圣斯南杜利娅是谁吗？ 她是一位道德高尚的女人，经常到监狱里为囚犯和生病的人治病疗伤。 好了，再见吧！ 再见，涅日丹诺夫，可怜的人！ 还有你这军官……啊！孤僻的人！ 再见！”

他摇摇晃晃、一瘸一拐地向“绿洲”蹒跚而去。马尔克洛夫和涅日丹诺夫找到那家寄放马车的客栈，吩咐套好马，半小时后他们就驶上了大道。

二十一

天空布满了低垂的乌云，天色尚未全黑，路前方还看得见道道白亮的车辙，但两旁已经是一片昏暗，所有的东西失去了轮廓，混合成一个个模糊的大块。这是一个晦暗的、变幻不定的夜晚；扑面的阵风夹着股股潮气，吹来了雨的气息和大片田地的庄稼气味。马车驶过了作为路标的小橡树丛，拐上一条乡间土路，情况更不好了；车道很窄，有时简直分辨不出来……车夫放慢了速度。

“我们可别迷路！”一直沉默不语的涅日丹诺夫开口说。

“不会！ 我们不会迷路！”马尔克洛夫道。“一天总不会有两件倒霉事。”

“第一件倒霉事是什么？”

“什么？ 我们浪费了一整天时间，您无所谓吗？”

“是的……当然……这个戈卢什金啊！！ 本不该喝那么多酒。这会儿头疼得……要命。”

“我不是说戈卢什金，他至少给了些钱，我们总算没有白找他一趟！”

“您是不是后悔随帕克林到他的……他叫他们什么……那一对鹦鹉家里去了？”

“这没有什么可后悔……也没有什么可高兴。我这人对那种小玩艺儿不感兴趣……我说倒霉不是指这个。”

“那是指什么呢？”

马尔克洛夫没有回答，身子在座位角上扭动了一阵，像是要把衣服裹得严实些。涅日丹诺夫看不清他的脸，只见他的小胡子伸在前面呈一条横的黑线；从今天一早涅日丹诺夫就觉得马尔克洛夫心里似乎有一种隐忍的恼怒情绪，最好不要去触犯它。

“听我说，谢尔盖·米哈伊洛维奇，”涅日丹诺夫稍停又开口道，“今天您给我看了那位基斯利亚科夫先生的信，您真的很欣赏那些信吗？恕我不客气地说，那只是一堆废话！”

马尔克洛夫挺直了身子。

“首先，”他忿忿地说，“我根本不同意您对这些信的看法，我认为信写得非常出色……非常认真！其次，基斯利亚科夫先生在劳动，在工作，并且最重要的是：他**有信仰**；他相信我们的事业，相信革——命！有句话我要对您说，阿列克谢·德米特里耶维奇，我发现，**您**，您对我们的事业越来越冷淡，您对它没有信心！”

“您根据什么得出了这个结论？”涅日丹诺夫慢吞吞地说。

“根据什么？根据您的整个言行！！今天在戈卢什金家是谁说他见不到可以依靠的因素？是您！是谁要求人家把那些因素指给他看？也是您！当您的朋友，那个爱插科打诨、取笑别人的帕克林先生两眼朝天，断言谁也不能够作出牺牲的时候，是谁在不住地点头赞成呢？不又是您吗？您爱怎么说您自己、想您自己，都悉听尊便……那是您的事……可是我知道有些人能够把生活中美好的东西，把爱情的幸福都完全抛开，只是为了服务于自己的信仰，绝不背叛这种信仰！好了，**您**今天……自然是顾不上这些了！”

“今天？为什么恰恰是今天呢？”

“看在上帝面上，别装模作样了，您这幸运的唐璜，情场的胜利者！”马尔克洛夫嚷了起来，全然忘记了驭座上的车夫，他不回头也能听清楚每一句话。但实际上车夫这会儿更关心的是路况，而不是背后两位先生的争论；他小心翼翼，甚至有些害怕地吆喝着辕马，那马摇摆着脑袋，蹲下后腿，带着车子慢慢滑下一个斜坡，而车道上本不该有这个斜坡的。

“对不起，我不大明白您的意思，”涅日丹诺夫说。

马尔克洛夫不自然地、恶狠狠地纵声大笑。

“您不明白我的意思！ 哈哈哈！ 阁下，我全都知道了！ 我知道您昨天跟谁谈情说爱；我知道您用您讨人喜欢的外貌和口才迷住了谁；我知道谁让您走进了她的房间……在晚上十点钟以后！”

“老爷！”车夫忽然对马尔克洛夫说。“您把缰绳握一下……我下去看看……我们像是走岔道了……这儿好像有个水沟呢……”

马车确实已经歪倒在一边了。

马尔克洛夫抓住车夫递给他的缰绳，仍然大声地接着说：

“我一点也不怪罪您，阿列克谢·德米特里耶维奇！ 您抓住了机会……您是对的。我只是想说，您对共同事业的冷淡态度并不使我感到奇怪，因为您，我再说一遍，您心不在焉。顺便讲一点我自己的想法：哪里会有这样的人，他预先就能猜到姑娘心里喜欢什么，或者能了解她们的愿望是什么呢！！”

“现在我明白您的意思了，”涅日丹诺夫开口说，“我明白您的苦恼，猜到是谁在暗中监视我们，并且赶快向您通风报信……”

“在这方面不是靠个人的长处，”马尔克洛夫装作没有听见涅日丹诺夫的话，继续往下说，故意像唱歌似地把每个字音拖得很长，“不是靠身体或精神上的非凡品质……不！　这里只不过是……一切……一切私生子那种可诅咒的幸运！”

马尔克洛夫匆匆地、不连贯地说出了最后这句话，突然噤声，好像愣住了。

涅日丹诺夫在黑暗中也感到自己脸色刷白，两颊发麻。他勉强忍住才没有扑过去掐住马尔克洛夫的喉咙……“这个侮辱必须用血来偿还，用血……”

“路找到了！”车夫从右前轮旁边冒出来，大声说，“只错了一点儿，朝左偏了……现在没事了！　还剩下不到一里路，一口气就赶到了。请坐好！”

他爬上驭座，从马尔克洛夫手里接过缰绳，让辕马调转方向……马车猛烈地颠簸了两次，就比较平稳而快速地向前驶去，黑暗好像闪开了，上升了，空中飘起一股烟雾，前方出现了一座山丘。一点灯火闪了一下就消失了……又一点灯火闪烁……传来了狗吠声……

“我们的村子到了，”车夫说。“喂，快跑，可爱的小猫崽！”

越来越多的灯光迎面而来。

“您这般侮辱了我，”涅日丹诺夫终于开口说，“您就一定能理解，谢尔盖·米哈伊洛维奇，我不可能在您家里过夜，所以，尽管我很不情愿，也只好请您到家后把马车借给我，载我到城里；明天我自有办法回家；然后我会让您收到一份您大概正在盼望的通知。”

马尔克洛夫没有马上回答。

“涅日丹诺夫，”他突然说，声音不高，几乎含着绝望，“涅日丹诺夫！　看在上帝面上，请到我家里来，哪怕就让我跪下来求您饶恕吧！　涅日丹诺夫！　请您忘记……您就忘掉，忘掉我那些蠢话吧！

唉，谁能体会到我是多么不幸啊！”马尔克洛夫捶了一下胸口，胸中像有呻吟声。“涅日丹诺夫！ 你要宽宏大量！ 把手伸给我……不要拒绝宽恕我！”

涅日丹诺夫犹豫不决地，但还是把手伸给了他。马尔克洛夫使劲握涅日丹诺夫的手，痛得他差点儿叫起来……

四轮马车在马尔克洛夫家的台阶前停下来。

“你听我说，涅日丹诺夫。”一刻钟后马尔克洛夫在自己的书房里对涅日丹诺夫说。“你听我说！”（他对涅日丹诺夫完全以“你”相称；用这个突如其来的“你”亲密称呼他发现的幸运情敌，一个他想杀死、想碎尸万段的人，在这个“你”中就包涵了一种彻底的放弃，一种谦卑而痛苦的恳求以及一种权利……涅日丹诺夫承认了这种权利，便也开始用“你”称呼马尔克洛夫。）

“你听我说！ 刚才我告诉你，我拒绝爱情的幸福，放弃这种幸福，只求为我的信仰服务……这是胡说，是吹牛！ 从来就没有人给我这样的幸福，我也没有什么可以放弃！ 我生下来就是不幸的人，现在还是不幸的人……也许命该如此吧。我的手伸错了地方——我应该干别的事！ 既然你能把两者结合起来……爱别人和被人爱……同时还能为事业服务……这就证明你是好样的！ 我羡慕你……可是我自己不行。我办不到。你是幸运儿！ 你是幸运儿！ 而我办不到。”

马尔克洛夫说这番话时声音很轻，他坐在一把矮椅子上，低着头，两只手臂鞭子似的下垂着。涅日丹诺夫站在他面前，神情专注，若有所思。虽然马尔克洛夫叫他幸运儿，他看起来却不像，而且他自己也不觉得幸运。

“我在年轻时被一个女子骗了……”马尔克洛夫继续说，“她是个极好的姑娘，可还是对我变了心……为了谁呢？为了一个德国人！为了一个副官！！而玛丽安娜……”

他停顿了一下……这是他第一次说出她的名字，仿佛这名字灼痛了他的嘴唇。

“玛丽安娜没有骗我；她照直对我说，她不喜欢我……有什么可喜欢呢？好吧，她已经委身于你……又怎么样呢？难道她没有自由吗？”

“等一等，等一等！”涅日丹诺夫惊叫道，“你说的是什么话呀？！什么委身！我不知道令妹给你写了些什么，但请你相信……”

“我不是说肉体，而是指精神上——心，心灵，”马尔克洛夫马上接过去说，不知为什么，涅日丹诺夫这一叫显然倒让他高兴了。“她做得很好。而我妹妹……当然，她并不想使我难过……也就是说，这件事其实对她是无所谓的；不过她想必是恨你的，也恨玛丽安娜。她没有说假话……由她去吧！”

“是的，她恨我们俩。”涅日丹诺夫心想。

“一切都在好转，”马尔克洛夫接着说，并未改变坐着的姿势。“现在我摆脱了最后的束缚，现在没有什么可以妨碍我了！你不必介意戈卢什金那个刚愎自用的家伙，这无关紧要。还有基斯利亚科夫的信……也许可笑……确实；但是应该注意主要的方面。据他说……各地都已经准备好了。也许你不相信是这样吧？”

涅日丹诺夫没有答腔。

“也许你是对的；但如果要等到一切都完完全全准备就绪，那就永无动手之日。要是事先就考虑一切后果的话，其中一定会有某些不良的后果。例如，我们的先驱者促成了农奴解放，那又如何？他们能够预见到解放农奴的后果之一是产生一个放高利贷的地主阶级吗？这些地主把腐烂的黑麦以六卢布一俄石卖给农民，却从农民那儿得到（马尔克洛夫屈起一个指头）：第一、价值六卢布的劳动，再加上（马尔克洛夫屈起第二个指头）一俄石好的黑麦，此外还有（马尔克洛夫屈起第三个指头）剩余的补偿！这就是说，他们吸干了农民的最后一滴血！这些都是我们的解放者前辈所不能预见的，你得承认这一点！即使他们预见到这些，而没有对全部的后果加以权衡，就去解放了农奴，他们也算是做了好事！所以我……下定了决心！”

涅日丹诺夫疑惑不解地看看马尔克洛夫，后者却把眼睛移开，望着房间的一角，他的眉毛蹙在一起，遮住了眼珠；他咬着嘴唇，嚼着小胡子。

“是的，我下定决心了！”他又说，并挥起他那多毛的黝黑拳头捶了一下膝盖。“我生性固执……难怪我是半个小俄罗斯人。”

然后他站起来，像是两腿无力地拖着脚步，走进他的卧室，从那里拿出一幅罩在玻璃框下的玛丽安娜小像。

“你拿去吧，”他用悲伤然而平稳的声调说，“这是我从前做的。我画不好；不过你看看还是像的（这张铅笔画的侧面肖像确实挺像）。拿去吧，老弟；这就是我的遗书。随同这幅小像一起，我不是把自己的权利……我没有这个权利……而是，你知道，把一切全交给你了！我一切交给你，连她在内。老弟，她是个好姑娘……”

马尔克洛夫沉默了；只见他的胸膛在起伏。

“拿去吧。你不是不生我的气了吗？那就拿去吧。现在……这一类东西……我已经完全不需要了。”

涅日丹诺夫接过了画像，但胸中有一种奇怪的压迫感。他觉得他无权接受这个礼物；要是马尔克洛夫了解他涅日丹诺夫此刻的心情，也许就不会把画像送给他了。小小的圆形纸板装着黑框，上面细心地用金纸镶了一道窄边，涅日丹诺夫拿在手里不知如何是好。他想，他手里捏着一个人的性命呢。他明白马尔克洛夫作出了怎样的牺牲，可是为什么，为什么偏偏要对他呢？ 把画像退回去？ 不能！ 那会是最可怕的侮辱……更何况，他珍视这张脸，他爱她！

涅日丹诺夫心里有些恐惧地抬眼去望马尔克洛夫……对方是不是在望他，在捉摸他的心思呢？ 但马尔克洛夫又把眼睛注视着角落里，一边咬着他的小胡子。

老仆人擎着蜡烛走进屋来。

马尔克洛夫一惊。

“该睡觉了，阿列克谢老弟！”他大声说。“一日之计在于晨嘛。明天我给你马，你坐车回家去，那就告别了！”

“跟你也告别了，老头儿！”他又突然对老仆人说，并拍了一下他的肩膀。“有什么对不起你的地方，请原谅吧！”

老头吃了一惊，差点把蜡烛掉在地上，眼睛直盯着他的老爷，眼神显得有些异样，比平时的忧郁又多了点什么。

涅日丹诺夫回到自己的房间里。他感到不舒服。脑袋因为喝酒还一直在痛，耳朵里嗡嗡响，虽然闭起眼睛，也觉得眼睛发花。戈卢什金、管事瓦西卡、福穆什卡、菲穆什卡的影子在他面前晃来晃去；远远地出现了玛丽安娜的形象，她似乎不相信他，不敢走近前来。他觉得过去所做的事、所说的话，全都是虚伪、捏造，是多余而肉麻的无稽之谈……而那应该去做的，应该去追求的，却不知道在哪里，深锁重隔，埋之地狱，遥不可及……

好几次他都想爬起来，走到马尔克洛夫那边对他说：把你的礼物收回去吧。

“呸！生活糟透了！”他终于大声说出来。

第二天上午他走得很早。马尔克洛夫早已站在台阶上，身边围着些农民。是他召集他们，还是他们自己来的，涅日丹诺夫不得而知；马尔克洛夫很简单很冷淡地同他道了别……他像是有什么要紧事要告诉那些农民。老仆人兀立在近旁，依旧是那样的眼神。

马车很快就从城边驶过，驶上田野之后就欢跑起来。马还是那几匹马，倒是车夫，也许因为涅日丹诺夫住在有钱人家里，也许因为别的缘故，他想多得到些酒钱……我们知道：大凡车夫喝了酒，或者他相信准能喝上一杯的时候，那马总是跑得飞快的。天气虽然还有些凉意，毕竟已到了六月：高高的云彩在蓝天轻快地飘动，劲风持续地吹着，经过宿雨的道路上尘埃不起，爆竹柳在喧响、闪光、随风飘荡——一切都在动，都在飞；从远处小山那边穿过草木青青的沟壑传来了鹌鹑细弱的鸣叫声，这叫声仿佛自己长着翅膀飞过来似的；一群白嘴鸦的羽毛在太阳底下闪闪发亮；平直无遮的地平线上，有些跳蚤似的人影在移动着……那是农民在复耕他们的休闲地。

可是涅日丹诺夫把这些景物都一幕幕忽略了过去……他甚至没有注意到马车已经驶抵西皮亚金庄园——他想得出了神……

当他看到屋顶、楼上层和玛丽安娜房间的窗户时，他哆嗦了一下。“是啊，”他自语道，心里觉得热乎乎的，“**他**说得对，她是个好姑娘，我爱她。”

二十二

他匆匆换好衣服，就去给科利亚上课。他在餐厅里遇到西皮亚金，后者礼貌而冷淡地向他鞠躬致意，从牙缝里挤出一句话来：“这一趟去得顺利吗？”说罢径往书房里去了。这位治国之才已经用他大臣的头脑作出决定，只等假期一结束，就把这个“确实非常赤化的”教师打发到彼得堡去，眼下还得对他加以监视。“Je n'ai pas eu la main heureuse cette fois-ci，”他自忖道，“不过……j'aurais pu tomber pire。[①]”瓦莲京娜·米哈伊洛夫娜对涅日丹诺夫的情绪则要强烈和明确得多。她对他已经忍无可忍……他，这个毛孩子！他竟然侮辱了她。玛丽安娜没有说错：正是她瓦莲京娜·米哈伊洛夫娜在走廊里偷听了她和涅日丹诺夫的谈话……这位贵妇人倒不嫌弃干这种勾当。他不在家的这两天，她虽然没有对“轻佻的”外甥女说些什么，但每每向其暗示，她已经全都知道了；要不是她有些瞧不起她又有些可怜她的话，她简直要气死了……当她望着玛丽安娜或者跟她说话时，她的双颊由于内心隐忍着轻蔑而变得气鼓鼓的，同时两条眉毛也带着嘲弄和怜悯的神态扬了起来；她那美妙的眼睛含着憎恶，又有些愕然和悒然地注视着这个太自以为是的姑娘，心想她依着自己的“妄想和怪癖”，到头来居然在黑暗的房间里跟一个没有完成学业的大学生接……吻！

可怜的玛丽安娜！她那庄重而高傲的嘴唇至今还没有尝过跟男人接吻的滋味呢。

---

① 法语：这一次我不走运……总算没有弄得太糟。

瓦莲京娜·米哈伊洛夫娜并没有对丈夫暗示她的发现，只是当他在场时，她对玛丽安娜说上三言两语，总要意味深长地冷笑一声，大有其弦外之音。瓦莲京娜·米哈伊洛夫娜甚至有点后悔给哥哥写了那封信……不过最后她还是觉得，与其不写信也不后悔，倒不如写了信再后悔。

涅日丹诺夫吃早饭时在餐厅跟玛丽安娜匆匆见了一面。他发现她瘦了，脸色也黄了些：她今天的样子并不漂亮；他走进餐厅时她向他飞来一瞥，那目光洞彻了他的心。瓦莲京娜·米哈伊洛夫娜则不时望望涅日丹诺夫，像不断在暗暗地说："恭喜您！好极了！太高明了！"同时她又想从他的脸上看出来，马尔克洛夫是否给他看过她的信。结果她断定是看过了。

西皮亚金得知涅日丹诺夫去过索洛明掌管的工厂，就向他打听那家"在各方面都使人感兴趣的工业企业"；但不久他从年轻人的答话中断定他在那里其实什么情况也没有看到，就傲然地闭口不语了，似乎在责怪自己指望从这种稚嫩之辈的嘴里得到什么有用的消息！玛丽安娜离开餐厅时悄声对涅日丹诺夫说："你在花园尽头老桦树林等我，得空我就去。"他想："她也对我称'你'，跟那个人一样了。"他感到高兴，但也有几分害怕！……要是她忽然又称呼他"您"，要是她和他疏远呢……那就很奇怪了，那是不可能的。

那样的话，他觉得将是自己的不幸。他究竟是否爱上了她，他还不能确定；但是她已经成为他珍重、亲近和不可缺少的人……最重要的是，不可缺少的人——他全身心地感到了这一点。

玛丽安娜约他去的那片树林，长着百来株高大的老桦树，大部分是垂枝桦。风不停地吹着；长长的枝条像散开的发辫，一绺绺随风飘拂；云彩和先前一样，在天空高高地、飞快地移动着；要是有一片云遮住了太阳，周围不是黑暗下来，而是变成了一样的颜色。云片飞过去了，四下里又突然晃动起缭乱耀眼的光点。这些光点五光十色，搅成一团，掺杂在斑驳的阴影里……周围的喧响和纷动和原先一样，但其中新添了一种快乐。激情正是带着这种快乐闯进苦闷不堪的心扉……涅日丹诺夫此时就怀着这样的一颗心。

他倚在一棵桦树干上开始等待。他其实并不清楚自己内心的感受，他也不想知道。他觉得比在马尔克洛夫家里时更害怕，但却更轻松些。他的第一个愿望就是见到她，跟她谈话；一道绳扣突然把两个活人套在一起，他已经被拴住了。涅日丹诺夫想起了轮船靠岸时从船上抛出来的那根缆绳……现在缆绳已经套在桩上，船停下来了……

泊码头了！ 谢天谢地！

他突然打了一颤。远处小路上有女人的衣裙在闪动。是她。他看见斑驳的光影**由下而上**地在她身上滑动，断定她是朝他走来而不是离他而去，否则那光和影的点子一定是**由上而下**地移动。不大一会儿工夫她已经来到他身边，站在他的面前，她的面容兴奋而亲切，目光里闪现出温柔，嘴唇上浮着一丝愉快的微笑。他抓住她伸过来的双手，一时说不出话来；她也没有说话。她刚才走得急了，有些喘吁吁的。他见到她时这种高兴的样子，分明也令她十分欢喜。

她先开了口。

“怎么样，”她说，“你快说，你们决定了什么事情？”

涅日丹诺夫感到惊讶。

“决定……难道现在就要做什么决定吗？”

“你明白我的意思。告诉我，你们谈了些什么？ 你见过什么人？

你和索洛明认识了吗？把一切……一切都告诉我！等一等，我们到那边去，再远一点。我知道一个地方……那儿隐蔽些。”

她牵着他朝前走。他顺从地跟着她，踏进了一片高而稀疏的枯草。

她把他领到她想去的地方。那儿横着一棵被风暴刮倒的大桦树。两人在树干上坐了下来。

“你说吧！”她又说，但马上自己接着道：“啊！见到你我多么高兴！我觉得那两天长得没完没了。你知道，现在我确信瓦莲京娜·米哈伊洛夫娜偷听了我们的谈话。”

“她把这事写信告诉了马尔克洛夫，”涅日丹诺夫说。

“告诉他了？！”

玛丽安娜不作声了，微微涨红了脸——不是由于害臊，而是由于另一种更强烈的感情。

“这个歹毒的坏女人！”她慢慢地低语道，“她没有权利这样做……好吧，反正都一样！你说吧，说吧！”

涅日丹诺夫开始讲述……玛丽安娜呆呆地、入神地听着，只是在他讲得太快、不注意细节的时候才打断他。不过，也并非他这趟出门的所有细节都使她发生兴趣：福穆什卡和菲穆什卡的故事令她好笑，但不能吸引她。他们的生活离她太遥远了。

“你就像给我讲尼布甲尼撒二世①的故事呢，”她说。

当时马尔克洛夫说了什么话，甚至戈卢什金有什么想法（她马上明白了此公系何许人），尤其是索洛明持什么见解乃至他是怎样一个人，这些事情才是她想知道，她急切难耐地想知道的。“到底什么时

① 巴比伦国王（公元前 605—前 562 年），在位时兴建巴比伦塔和空中花园。

候？ 什么时候呀？”听涅日丹诺夫讲述时，这个问题一直萦回在她的脑际，好几次话都到了嘴边。然而他像是故意绕来绕去，对这个问题不作肯定的答复。连他自己也觉察到他在特意讲那些玛丽安娜不大感兴趣的细节……讲来讲去总是离不开它们。幽默风趣的描述令她不耐烦；忧伤失望的语调使她不痛快……她需要始终如一地只谈“情况”和“问题”。谈的再多她也会百听不厌。涅日丹诺夫想起了他在上大学前，有一年夏天住在好友的别墅里，忽然想给朋友的孩子们讲故事，那些孩子也是不管你如何绘声绘色地描述，你如何表达你个人的感受……他们却只要求你讲情况，讲事实！ 玛丽安娜虽不是小孩，她的直爽和单纯倒颇像一个孩子。

涅日丹诺夫由衷地、热情地称赞了马尔克洛夫；怀有特别好感地提到了索洛明，几乎对之赞不绝口，他不禁暗暗问自己：是什么原因使他如此看重这个人呢？ 索洛明没有发表过任何高明的意见，他说的一些话甚至跟他涅日丹诺夫的信仰有些背道而驰……“稳健的性格，”他想道，“这就是原因；细心周到，头脑清醒，就像菲穆什卡所说，是个大度的人；沉着冷静，坚强有力，他知道自己需要什么，有自信心，也得到别人的信任；不急不躁……镇定！ 镇定！ ……这是最重要的，也正是我缺少的。”涅日丹诺夫想得出神，沉默不语了……他突然觉得有一只手搭到他的肩上。

他抬起头：玛丽安娜关切、温柔的目光正注视着他。

“朋友，你怎么了？”她问。

他把她的手从肩上拉下来，头一次吻了吻这只小巧有力的手。玛丽安娜轻轻地笑了，像是奇怪他怎会有这种殷勤的念头。接着她自己也沉思起来。

“马尔克洛夫把瓦莲京娜·米哈伊洛夫娜的信给你看了吗？”她终于开口问道。

“是的。”

“那么……他怎么样？”

“他？ 他是最高尚、最有自我牺牲精神的人！ 他……”涅日丹诺夫本想把画像的事告诉玛丽安娜，但他忍住了，只是又说了一遍：“他是最高尚的人！”

“哦，是的，是的！”

玛丽安娜又陷入了沉思。两人仍坐在桦树干上，她蓦地转过身，兴奋地问涅日丹诺夫：

“那么，你们作出了什么决定呀？”

涅日丹诺夫耸了耸肩膀。

“我已经对你说了，目前还没有任何决定；还需要等一等。”

“还要等……等什么呢？”

“等最近的指示。”（“我在撒谎，”涅日丹诺夫心想。）

“谁的指示。”

“那个人的……你知道……瓦西里·尼古拉耶维奇的。并且还要等奥斯特罗杜莫夫回来。”

玛丽安娜疑问地望了望涅日丹诺夫。

“告诉我，你是否见过这位瓦西里·尼古拉耶维奇？”

“见过一两次……匆匆一面。”

“那么，他……是个出色的人物吧？”

“怎么对你说呢？ 现在他是头儿，自然由他来管了。我们的事业没有纪律可不行；应该服从。”（“这些也是胡扯，”涅日丹诺夫想。)

“他长的什么样?”

“什么样? 胖墩墩的,黑头发……高颧骨,一张卡尔梅克人的脸……相貌粗鲁。只有一对眼睛很精神。”

“他谈起话来怎么样?”

“他不大谈话,而是发号施令。”

“为什么他当上了头儿?”

“他是性格坚强的人。他一往无前。必要的时候他敢杀人。所以别人都惧怕他。”

“那么,索洛明是什么长相?”过了一会儿玛丽安娜又问。

“索洛明也不很漂亮;不过他的脸相很好,淳朴而诚实。他这样的面孔在宗教学校的好学生里边可以见到的。”

涅日丹诺夫详细描述了索洛明的外貌。玛丽安娜对涅日丹诺夫凝视了好一阵子……然后自语似地说:

“你的脸相也很好。我想,跟你在一起生活能行。”

这话使涅日丹诺夫受了感动;他又拉起她的手送到嘴唇边……

“先别这么献殷勤,”玛丽安娜笑着说,人家吻她的手时她总要发笑,“你不知道:我有件事情对不起你。”

“什么事啊?”

“是这么回事。你不在家时我进过你的房间,在你那张桌子上看到一个写了诗的笔记本。(涅日丹诺夫哆嗦了一下:他想起他确实把笔记本忘在房里桌子上了。)我向你认错,我禁不住好奇心翻看了它。那些诗是你写的吗?”

“我写的。你知道吧,玛丽安娜? 我几乎不生你的气,这是我喜欢你和信任你的最好证明。”

“几乎？就是说还有一点生气，是不是？哦，你不是叫我玛丽安娜吗，我可不能叫你涅日丹诺夫！我就叫你阿列克谢吧。有一首诗的开头是‘亲爱的朋友，在我将死之际……’也是你写的吗？”

“我写的……我写的。不过请你别说这个了……别来折磨我。”

玛丽安娜摇了摇头。

“太伤感了。这首诗……我想，是你在认识我以前写的吧。不过据我看，诗是好诗。我觉得你本可以当一名文学家，可是我**十分**清楚，你有着比文学更好、更高的使命。先前没有别的事情可干时，从事文学倒也不错。”

涅日丹诺夫飞快瞥了她一眼。

“你这样认为吗？是的，我同意你的想法。与其在此成就，不如在彼灭亡。”

玛丽安娜霍地站了起来。

“是啊，亲爱的，你说得对！”她大声道，慷慨激昂的情绪使她整个脸上焕发出热烈的光辉。“你说得对！不过我们也许不会马上灭亡；我们能做出成绩来，你看吧，我们会有用处的，我们的生命不会虚掷，我们要到民间去……你会什么手艺吗？不会？没关系，我们可以干活，竭尽所能帮助我们的同胞，需要的话，我就去当厨娘、裁缝、洗衣工……你看吧……这里没有功劳可言，却有幸福，幸福……”

玛丽安娜不说话了，她的眼睛注视着远方，不是从她面前延伸出去的远方，而是另一个未知的、未曾有过的，而她却能看见的远方——她的眼睛在闪闪发亮……

涅日丹诺夫朝她的身躯弯下腰去……

“啊，玛丽安娜！”他悄声说，“我配不上你！”

她浑身猝然一抖。

“该回家了，到时候了！”她说，“不然他们马上就要来找我们。不过看样子，瓦莲京娜·米哈伊洛夫娜对我已经不屑一顾。我在她心目中是个不可救药的女人了。”

说到“不可救药”，玛丽安娜一脸高高兴兴的神气，涅日丹诺夫望着她，不禁也微笑着重复道：“不可救药的女人！”

“她感到莫大的侮辱，”玛丽安娜接着说，“因为你居然没有拜倒在她的脚下。不过这一切都无所谓了，现在的问题是……我在这里无法待下去了……要设法逃走。”

“逃走？”涅日丹诺夫问。

“是的，逃走……你也不会留下来，是吧？我们一起离开这里。我们应该在一起工作……你愿意跟我一起走吧？”

“哪怕到天涯海角！”涅日丹诺夫大声说，由于激动和一种突发的感激之情，他的嗓音忽然变得铿锵有力了。“哪怕到天涯海角！”此刻他确实准备头也不回地跟她一起到她愿去的任何地方！

玛丽安娜明白了他的心意，轻轻地、幸福地舒了一口气。

“你拉住我的手……不要吻它，像跟同志跟朋友那样，紧紧地握手吧……就这样！”

他俩一起走回家去，一路上沉思着，充满了幸福感。脚底下是柔和的嫩草地，四周传来嫩叶的喧嚷声；斑驳的光影迅速移动，灵巧地滑过他们的衣衫；他们为这嬉闹的光和影微笑，为这爽人的阵风微笑，为闪着清辉的树叶，为他们自己的青春，为他们彼此而微笑着。

第二部

二十三

索洛明在戈卢什金家里吃过午饭，抖擞精神趁夜步行了五六俄里，当他走到工厂的高围墙边叩打那扇小门时，朝霞已经升上天际。看门人马上开门放进，跟在他身旁的三条拴链子牧羊犬使劲地摇着毛茸茸的尾巴，他张罗着，恭恭敬敬地把索洛明送到那幢侧屋里。他看见上司平安回来，显然感到高兴。

“您怎么夜里回来了，瓦西里·费多特奇？我们以为您明天才到。”

“没关系，加夫里拉；夜里溜达更舒服些。”

索洛明跟工人的关系虽然有些不同寻常，但他们相处得很好。工人们尊他为头儿，把他当作自己人平等对待，只是认为他是个很有学问的人！他们常说：“凡是瓦西里·费多特奇说的，那就千真万确！什么为难事儿也难不住他。没有哪个英国人比得上他！”确实有一回，一位英国纺织厂的大老板前来参观工厂，也许因为索洛明用英语跟他交谈，也许因为他的确敬佩对方的学识，只见他一个劲儿拍着索洛明的肩膀，又说又笑，请他一同到利物浦去；他还用洋泾浜俄语对工人说：“你们这个人好的！啊，好的！”这事让工人们觉得十分好笑和自豪："瞧瞧咱们的人怎么样啊！ 咱们的人！"

索洛明确实是他们的人，他们的自己人。

第二天一大早，索洛明宠信的帕维尔就到他屋里叫醒了他，张罗他洗了脸，跟他说了些情况，又问了一些事情。然后他们一起匆匆喝罢早茶，索洛明便穿上他那件油腻腻的灰色工作服到厂里去上班，他的生活又像大飞轮似的转动起来。

然而，他的这种生活不得不再一次中断。

索洛明回工厂后刚过了四五天，一辆四匹骏马拉的红色敞篷四轮小马车驶进了工厂大院，一个穿灰黄色制服的听差由帕维尔领到侧屋，郑重其事地向索洛明递交了一封封口盖有纹章的信件——是"鲍里斯·安德烈耶维奇·西皮亚金阁下"吩咐送来的。信封上的气味不是一般的香水味——呸！ 而是一种特别高雅的英国怪味儿；信的语气虽然用第三人称，但并非秘书手笔，而是长官大人的亲书；在这封信里，阿尔扎诺耶村的文明庄主首先请求对方恕他冒昧写信给一个素不相识但已久仰大名的人，接下去说他西皮亚金"斗胆"邀请索洛明先生到他敝庄作客，说他西皮亚金有一宗可观的工业企业正待索洛明先生不吝赐教，现特派来马车一乘，尚祈索洛明先生俯允光临。若索洛明先生当日不便离厂，则敬请指定另一适当日期，他西皮亚金乐于再派此乘马车供索洛明先生之用。下面又说了些客套话。信的末尾还有 post scriptum①，已经换成第一人称口气："望您不弃来舍下**便**饭，可穿常礼服。"（"便"字底下加了着重号。）穿灰黄制服的听差在递交这封信的同时，有些不好意思地把另一封没有封印、只是随随便便粘起来的

① 拉丁语：附言。

普通信件交给了索洛明，这是涅日丹诺夫写来的便函，只有短短几句话："请来吧，这里很需要您，您能够帮大忙，当然不是对西皮亚金先生。"

索洛明看过西皮亚金的信，心里想："不穿便服去还能怎么去；我在工厂里又没有燕尾服……我何苦要跑到那儿去呢……只能浪费时间！"可是他看了涅日丹诺夫的便函，搔搔后脑勺，走到窗户边，犹豫起来。

"您有什么回话吗？"灰黄制服的听差恭敬地问道。

索洛明在窗口又站了一会儿，最后甩了甩头发，用手在额头上摸了一把，说：

"我去。等我换身衣服。"

听差很知趣地走了出去，索洛明叫人把帕维尔找来，对他吩咐了一通，自己又往厂里跑了一趟，然后穿上他那件省城裁缝做的腰身很长的黑色常礼服，戴上那顶使他的面容顿显得呆板的褪色发红的高筒礼帽，坐上了小四轮马车，又突然想起来忘记拿手套了。他叫"无所不在的"帕维尔立即取来那副刚刚洗过的白色麂皮手套，手套的指端都胀鼓鼓的，就像饼干一样。索洛明把手套揣进衣兜里，说了声，可以走了。只见那听差用毫无必要的英勇动作跃上了驭座，训练有素的车夫尖着假嗓子吆喝一声，马就跑了起来。

马车载着索洛明渐渐驶近西皮亚金庄园时，这位政治家正坐在自家客厅里，膝上摊着一本裁开一半的政治小册子，跟妻子谈论着他。西皮亚金对妻子说，他写信叫索洛明来，试试看能否把他从商人的工厂吸引到自家厂里来，现在厂里的情况糟透了，非进行彻底改革不可！至于索洛明可能拒绝前来或者另择日期，他想都不愿去想，但在信中他只好提请对方定一个日子。

“可是我们的厂是造纸厂，不是纺纱厂，”瓦莲京娜·米哈伊洛夫娜道。

“都是一回事，亲爱的：纸厂用机器，纱厂也用机器……而他是个机械师！”

“也许他是个专家呢！”

“亲爱的，首先，俄国没有专家；其次，我再对你说一遍：他是机械师！”

瓦莲京娜·米哈伊洛夫娜不觉莞尔。

“当心点，我的朋友：你跟年轻人打交道上过一回当，这一次可别再出错啊！”

“你是指涅日丹诺夫吗？我觉得我的目的已经达到：他对科利亚倒是个好教师。何况你知道：non bis in idem！请原谅我的学究气……这话的意思是：一种事情不会接连重复的。”

“你以为如此吗？而**我**认为，世上一切事情都是重复发生的……特别是那种本性难移的事情……又特别是在年轻人之间。”

“Que voulez-vous dire?①”西皮亚金问道，用一个划圆的手势把小册子扔到桌上。

“Ouvrez les yeux — et vous verrez!②”西皮亚金娜答道；他们讲法语时自然彼此要称呼“您”。

“哼！”西皮亚金说。“你是指那个大学生吧？”

---

① 法语：您这是什么意思？
② 法语：您睁开眼睛就会看到！

“那位大学生先生。”

“哼！ 难道他这儿（他在额头边做了个转动的手势）……有了什么名堂？ 啊？”

“你睁开眼睛吧！”

“是玛丽安娜？ 啊？”（这个“啊”比前一个鼻音更重。）

“我告诉你，睁开你的眼睛！”

西皮亚金皱起眉头。

“这事我们以后会弄个水落石出。现在我只想告诉你一点……这个索洛明也许会有些腼腆，这可以理解，他还不习惯嘛。所以要对他和气一些，免得吓着他了。我不是说你；你可是我的宝贝儿，只要你高兴，一转眼就能叫人家着迷的。J'en sais quelque chose madame![1] 我是指别人而言，比如那一位……”

他指了指格架上一顶时髦的灰色礼帽，那是卡洛梅伊采夫先生的帽子，他一早就到阿尔扎诺耶村来了。

“Il est très cassant,[2]这你知道；他很轻视老百姓，这一点我非常……不以为然！ 而且，这一向我发现他容易动怒，爱找茬儿……是不是他**那边**的事情（西皮亚金含糊地朝一个方向摆摆脑袋……妻子明白他的意思）进展不顺利？ 啊？”

“你睁开眼睛吧……我还是这句话。”

西皮亚金抬起了身子。

“啊？ （这个“啊？”全然是另一种性质，另一种腔调……低得多

---

① 法语：关于这一点我略有所知，太太！
② 法语：他太粗鲁。

的调子。）原来如此？！ 好像当时我把眼睛睁得还不够大！”

“那是你的事。至于你那位新的年轻人，今天他果真来了，你也不必担心，我会预先安排好一切。”

其实呢，根本就不需要什么预先安排。索洛明一点儿也不腼腆，也没有被吓着。西皮亚金一听仆人通报他驾到，马上就站了起来，大声嚷得前厅里也能听见：“有请！ 当然，有请！”说着就走到客厅门口，站在门边等候。索洛明刚跨过门槛，差点没给他撞着的西皮亚金马上向他伸出双手，咧开嘴殷勤地笑着，一边摇头晃脑，亲热地说：“您如此……赏光……我十分感谢！”就把他领到了瓦莲京娜·米哈伊洛夫娜跟前。

“这是内子，”他边说边用手掌轻按索洛明的背，像是把他推到妻子面前，“亲爱的，这位是本地首屈一指的机械师和工厂主管，瓦西里……费多谢耶维奇·索洛明。”

西皮亚金娜欠了欠身子，美丽的睫毛动人地向上一扬，她像见到熟人那样对他和气地一笑，然后掌心向上伸出她的小手，把胳膊肘收到腰间，朝手的方向垂下头去……那模样好像一个向人求告的女子。索洛明等夫妇俩对他表演完他们的小把戏，握了握他俩的手，听到一声请坐立刻就坐了下来。西皮亚金关心地问他是否要点什么？ 索洛明说什么也不需要，这一路他一点也不劳累，现在他悉听西皮亚金先生的调遣。

“那么，可否请您光临一下我的工厂？”西皮亚金有些不好意思地问道，似乎不敢相信客人会如此大度。

“可以现在就去，”索洛明答道。

“啊，您如此乐于助人！ 您要套车吗？ 或许您喜欢步行……”

“您的工厂像是离这儿不远吧？”

“不超过半俄里！”

“那还套车做什么？”

“好极了。来人！拿我的帽子，手杖，快！而你，女主人，吩咐给我们备下午饭！帽子！”

西皮亚金的激动大大超过他的客人。他又喊了声：“我的帽子在哪儿？”这位高官显贵竟像个欢蹦乱跳的小学生一下子蹿了出去。西皮亚金和索洛明说话的当儿，瓦莲京娜·米哈伊洛夫娜不时偷眼细看这个“新的年轻人”。他泰然地坐在安乐椅上，把光着的两只手（他终于没戴手套）放在膝盖上，从容地，又有点好奇地浏览着室内的家具和绘画。“这是个什么人？”她想，“平民……显然是个平民……可是他的举止很大方！”索洛明的举止确实很大方，但不像某种人虽然大方却爱摆架子：“看看我吧，就知道我是怎样的人！”而是像那种思想感情都很坚强却又不复杂的人。西皮亚金娜想跟他攀谈，令她自己吃惊的是，她竟一时找不出适当的话来。

“天哪！”她想，“难道我被这个工人镇住了？”

“鲍里斯·安德烈伊奇非常感激您，”她终于开口道，“您居然肯为他牺牲一部分宝贵的时间……”

“我的时间并不那么宝贵，太太，”索洛明答道，“我到府上也不会待多久的。”

“Voilà où l'ours a montré sa patte,[①]”她用法语想道；这当儿她丈夫来到了敞开的门边，头戴礼帽，手拿“司迪克”，他半转过身，用

---

① 法语：现在狗熊露出爪子来了。

随随便便的口气说：

“瓦西里·费多谢伊奇！ 可以动身了吗？”

索洛明起身，向瓦莲京娜·米哈伊洛夫娜一鞠躬，跟着西皮亚金走出去。

“随我来，这边走，这边走，瓦西里·费多谢伊奇！”西皮亚金连连说，仿佛他在穿过一片密林，给索洛明当向导。“这边来！ 这儿有台阶，瓦西里·费多谢伊奇！”

“既然您愿意称呼我的父名，”索洛明不慌不忙地说，“我不叫费多谢伊奇，而叫费多特奇。”

西皮亚金几乎吃了一惊，回头朝后面望了望。

“哎呀，真是对不起，瓦西里·费多特奇！”

“没关系，先生，不用客气。”

他们刚走到室外，迎面就碰到了卡洛梅伊采夫。

“你们这是上哪儿呀？”他问道，睃了索洛明一眼。“上工厂吗？C’est là l’individu en question?①”

西皮亚金瞪大眼睛，微微一摇头，算是警告的表示。

“是的，上工厂……请这位机械师先生看看我的毛病和纰漏。我来介绍一下：这位是本地的地主卡洛梅伊采夫先生；这位是索洛明先生……”

卡洛梅伊采夫极含糊地点了两下头，而且全然不是朝着索洛明，眼睛也不看对方。可是索洛明却在审视他，在索洛明那半睁半闭的眼睛里有什么东西闪了一下……

① 法语：这就是早先提到的那个人吗？

“我能跟你们一起去吗？”卡洛梅伊采夫问道。“您知道，我喜欢学点东西。”

“当然可以。”

他们从院子里走上大路，还没走上二十步远，就看见本教区的神父，把长袍的下摆掖在腰里，正在吃力地赶回他那“牧师区”的家。卡洛梅伊采夫马上撇下两个同伴，毫不犹豫地大踏步走到神父跟前，冷不丁把神父弄得有些惶然，他请神父为他祝福，又在神父那汗涔涔的发红的手上声音很响地吻了一下，然后转身对索洛明投来挑衅的目光。他显然“知道一点”索洛明的底细，想借此来炫耀自己和愚弄一下这个“有学问的无赖”。

“C'est une manifestation, mon cher?①”西皮亚金从牙缝里挤出这句话来。

卡洛梅伊采夫鼻子里嗤了一声。

“Oui, mon cher, une manifestation nécessaire par le temps qui court!②”

他们来到了工厂。一个留着一部特大胡子、装了一嘴假牙的小俄罗斯人来迎接他们，西皮亚金把德国佬坚决赶走后，就由此人接任工厂主管。这个小俄罗斯人也只是临时代理；他其实什么也不懂，只会不停地说：“说不定……”和“就是这样”，此外就是叹气。

他们开始视察工厂。工人有认识索洛明的，向他鞠躬致意。他还对一个工人说：“啊，你好，格里戈里！你在这儿？”他很快就看出来，

---

① 法语：这是示威吗，亲爱的？
② 法语：对，亲爱的，这是当今不可缺少的示威！

工厂管理得很糟。白白花了许多钱。机器质量低劣；许多设备是多余的，不必要的，而许多需要的设备却没有。西皮亚金不住地看索洛明的眼睛，想揣测他的意见，又小心翼翼地提出些问题，想了解他至少是不是满意工厂的秩序。

“秩序倒是有的，”索洛明答道，“可是有没有收益呢？我表示怀疑。”

不仅西皮亚金，连卡洛梅伊采夫都感到索洛明在工厂就像在家里一样，他对这儿的一切连细枝末节都了如指掌，他是这儿的主人。他把手放在机器上，就像骑手把手放在马脖子上那样；他用手指捅捅轮子，轮子就停下来或者转起来；他从大桶里取一点纸浆放在手心里，纸浆的毛病就一目了然。索洛明很少说话，对大胡子小俄罗斯人连看都不看一眼；他走出工厂时也是默默，无言。西皮亚金和卡洛梅伊采夫紧随其后。

西皮亚金没叫人送他出来……他顿了顿脚，牙齿咬得咯咯响！他太扫兴了。

“我从您脸上看出来。”他对索洛明说，“您对我的工厂不满意，我自己也知道它状态不佳，不能赢利；然而其实……请您不必客气……它最大的缺点究竟在哪儿？怎样做才能把它搞好呢？”

“造纸业不是我的本行，”索洛明答道，“不过有一点我可以告诉您：办工业不是贵族们的事。”

“您认为贵族办这种事有失体面吗？”卡洛梅伊采夫插进来说。

索洛明开朗地笑了笑。

“哦，不！哪能呢！这有什么好丢面子的？就算是丢点面子，贵族们也不见得在乎它。”

“怎么，先生？ 什么意思，先生？”

“我只是想说，”索洛明平静地接着说，“贵族不习惯做这一类事情。这里需要商业方面的核算；完全要另搞一套；还要有耐心。贵族们并不考虑这些。我们到处看见他们在开办制呢厂、造纸厂等等，最后这些工厂都落在谁手里了？ 落在商人们手里了。很可惜；因为商人是吸血鬼，这也是没有办法的事。”

“听您这样说，”卡洛梅伊采夫嚷了起来，“我们贵族在财政方面竟是一窍不通了！”

“啊，恰恰相反！ 贵族在这方面倒是行家。他们取得建筑铁路的租让合同，开办银行，为自己争到某些优惠条件以及诸如此类的好处，在这种事情上谁也比不上贵族！ 他们能积攒大量的资本。刚才我指的就是这个意思，可是您却生气了。现在我是说正规的工业企业，所谓正规的，就不是开私人小酒馆和易货铺，不是像如今许多贵族地主那样，以百分之一百甚至一百五十的暴利把粮食和钱借给农民，我认为这些都不是真正的财政事业。”

卡洛梅伊采夫没有答腔。他正是马尔克洛夫同涅日丹诺夫最近一次谈话中提到的那种新型地主高利贷者，并且他的勒索手段更加残忍——他从不和农民当面交涉，不许农民跨进他那洒了香水的欧式书房，而是通过管家跟他们打交道。他听着索洛明不紧不慢，像是不偏不倚的这番话，直觉得五内如焚……但这一次他默然以对，只有面颊上的肌肉由于紧咬颌骨而不住地颤动，才泄露出他内心的愤怒。

“可是，可是，瓦西里·费多特奇，”西皮亚金说，“您阐述的这一切，对于旧时代来说是合情合理的，那时候贵族们享有……完全不同的权利，所处的地位根本不一样。可是现在，经过许多次有效的改革，到了工业时代，贵族为什么不能把注意力和自己的才干用到这种企业上来呢？ 普通人，甚至大字不识的商人都明白的道理，为什么贵族就弄不懂呢？ 贵族们并不缺乏教养，甚至可以十分肯定地说，在某种意义上他们就是文明和进步的代表！”

鲍里斯·安德烈耶维奇说得很动听；他的口才在彼得堡，在他的司里甚至更高的机关里都能博得上好的效果，然而索洛明丝毫不为所动。

“贵族们管不好这些事情，”他仍然这样说。

“到底因为什么？ 因为什么呀？”卡洛梅伊采夫差点叫了起来。

“因为贵族和官僚是一回事。”

“官僚？”卡洛梅伊采夫恶毒地哈哈大笑。“索洛明先生，您大概不知道您在说什么吧？”

索洛明依然面带微笑。

“您怎么有这种想法，卡洛缅采夫先生？ （卡洛梅伊采夫听见人家如此“歪曲”他的姓氏，不觉浑身一颤。）不，我向来就知道自己说的是什么话。”

“那就请您解释一下，您刚才的话是什么意思！”

“好吧：我认为所有的官僚都是外行，一直是外行；现在贵族也成了外行。”

卡洛梅伊采夫笑得更厉害了。

“对不起，先生，我简直一点儿也不明白！”

“这对您就更不好了。您加把劲儿……也许会弄明白的。”

“先生！”

“先生们，先生们，”西皮亚金连忙插进来说，眼睛由上而下地张望着，像在寻找什么人似的。“请二位，请……kallomeïtzeff，je vous prie de vous calmer．[1]午饭快要准备好了。先生们，请跟我来吧！”

“瓦莲京娜·米哈伊洛夫娜！”五分钟后，卡洛梅伊采夫跑到西皮亚金娜的书房里大喊大叫，“您丈夫做事也太不像话了！你们家里来了一个虚无主义者，现在他又带来了另一个！这一个更坏！”

“怎么会这样？”

“可不是！鬼知道他在宣传些什么；还有一点您要注意：他跟您丈夫谈了整整一个小时话，竟然一次也没有，**一次也没有**称呼他‘阁下’！La vagabond！[2]”

二十四

午饭前，西皮亚金把妻子叫到自己的藏书室。他想跟她单独谈谈。他看起来忧心忡忡的样子。他告诉她，工厂的情况糟透了，他觉得索洛明是个极有见识的人，虽然有点……生硬，对此人仍然要 aux petits soins[3]。“唉，要是能把他吸引过来该多好！”他反复念叨着说。卡洛梅伊采夫的在场让西皮亚金非常扫兴……谁想到他会来！他满眼都是虚无主义者，一心一意要消灭他们！好啊，你可以在你自己家里消灭他们嘛！他就是管不住他那条舌头！”

瓦莲京娜·米哈伊洛夫娜说，她乐意对这位新客 aux petits soins，只是他对这种殷勤似乎不需要也不经意；不是他粗鲁无礼，而是他对

① 法语：卡洛梅伊采夫，请您安静下来。
② 法语：这个流浪汉！
③ 法语：殷勤周到。

什么都毫不在乎，一个 du commun① 人能够这样是很令人惊奇的。

“不管怎么样……你尽力而为吧！”西皮亚金央求道。

瓦莲京娜·米哈伊洛夫娜答应尽力，也确实这样做了。她先跟卡洛梅伊采夫 en tête -à -tête② 谈了一次。不知道她对他说了什么，他入席时的样子，像是“保证过”无论听到什么话都一定保持谦和忍让。这种预先准备好的“听天由命”态度使他整个人看起来有些忧郁，然而却充满了尊严……啊！他的一举一动显得多么尊严！瓦莲京娜·米哈伊洛夫娜把索洛明介绍给全体家人……（他特别注意地看了一眼玛丽安娜）并安排他坐在自己右首的席位上。卡洛梅伊采夫坐在她的左边。他打开餐巾时笑眯眯的样子像是在说：“好吧，太太，就让我们来演一出喜剧吧！”西皮亚金坐在他对面，带着几分担心注视着他的举动。按照女主人的重新安排，涅日丹诺夫的座次不是挨着玛丽安娜，而在安娜·扎哈罗夫娜和西皮亚金之间。玛丽安娜从餐巾上的纸条上（因为这是一顿盛宴）看到自己的座位在卡洛梅伊采夫和科利亚中间。饭菜十分丰盛，每套餐具旁边还摆了一张绘有花纹的 menu③。吃过汤之后，西皮亚金马上又谈起他的工厂，谈到俄国工厂一般的生产状况；索洛明的回答照例十分简短。他一开口说话，玛丽安娜就注视他。坐在旁边的卡洛梅伊采夫对她讲起了种种恭维话（既然人家请求他“不要引起争论”），她也没有去听。其实他无精打采地讲这些恭维话，只不过为了自己心安理得：他也知道，在他和这个年轻姑娘之间存在着不可逾越的障碍。

---

① 法语：普通身份的。
② 法语：两人单独。
③ 法语：菜单。

至于涅日丹诺夫，现在他跟这家主人的关系突然变得更糟了……在他西皮亚金的眼里，涅日丹诺夫简直就成了一件家具，或者是他压根儿不去留意的一片空间！这种新关系迅速地、无庸置疑地确定下来，以至涅日丹诺夫在席间对邻座安娜·扎哈罗夫娜的问话作了几句回答时，西皮亚金竟然惊愕地回头张望，仿佛在问自己："这说话声是从哪儿来的？"

看来西皮亚金确实很有些俄国达官显贵的派头。

吃过鱼之后，瓦莲京娜·米哈伊洛夫娜向坐在她右边的索洛明施展其十二分的魅力和诱惑，她隔着餐桌用英语对丈夫说："我们的客人不喝葡萄酒，也许他喜欢啤酒……"西皮亚金立刻高声吩咐：拿"ale[①]"来！索洛明心平气和地对瓦莲京娜·米哈伊洛夫娜说："太太，您大概不知道，我在英国待了两年多，能够听懂也会说英语；我向您打个招呼，免得您在我面前说话泄露了秘密。"瓦莲京娜·米哈伊洛夫娜笑了，说没有必要打这个招呼，因为他听到的只会是说他好的话。她觉得索洛明此举虽然有点奇怪，却也是他独特的一种委婉态度。

卡洛梅伊采夫终于忍无可忍。

"这么说您到过英国，"他开腔了，"想必您注意到那边的风俗习惯。请问，您认为那些习俗值得人仿效吗？"

"有的值得，有的不。"

"回答简洁，但是不明了，"卡洛梅伊采夫说，对西皮亚金对他做出的暗示装作没看见。"今天您谈到过贵族……想必您有机会在当地

---

① 英语：麦酒。

研究过英国人所谓的 Landed gentry[①] 吧！”

“不，没有这种机会。我生活在完全不同的圈子里；不过对这班先生我也有一个概念。”

“怎么样呢？ 您认为我们这儿不可能有这种 Landed gentry 吗？或者至少是不必希望有这种人，是吗？”

“首先，我确实认为不可能有；其次，也不值得抱那个希望。”

“先生，这是为什么呢，先生？”卡洛梅伊采夫说。这两声“先生”是为了安抚西皮亚金——他已经十分着急，在椅子上坐立不安了。

“这是因为，再过二三十年您所谓的 Landed gentry 本身就不存在了。”

“可是先生，对不起，先生，这又是为什么呢，先生？”

“因为到那时候，土地只属于它的占有者，而不论他们是怎样的出身。”

“属于商人吗，先生？”

“恐怕大部分要属于商人。”

“通过什么方式呢？”

“方式就是商人们买下它，买下这些土地。”

“从贵族手里？”

“从贵族老爷手里。”

卡洛梅伊采夫做出大度的样子咧开嘴笑了。

“记得您不久前说到过工厂，也是同样的情形；现在说的是全部土地吧？”

---

① 英语：中等贵族。

“现在我说的正是全部土地。”

“您对这个大概非常高兴吧？”

“一点也不，我已经奉告过您了；老百姓得不到好处。”

卡洛梅伊采夫稍稍扬起一只手。

“多么关心老百姓啊，真了不起！”

“瓦西里·费多特奇！”西皮亚金扯开嗓子叫道，“给您上啤酒了！”随即小声对卡洛梅伊采夫说：“Voyons，Siméon！①”

然而卡洛梅伊采夫不肯罢休。

“据我看，”他又对索洛明说，“您对商人的评价并不高。可是以出身而论，商人不也来自老百姓吗？”

“那又怎样呢，先生？”

“我觉得，凡是属于老百姓的，或者跟老百姓有关的，您都认为是美好的。”

“哦，不，先生！您的感觉不对。我们的老百姓有许多地方可以指摘，虽然并不都是他们的错。我们的商人直到如今都是强盗，他们就连支配自己的财产也像强盗那样……你有什么办法！人家抢你的……你也抢人家的。而老百姓……”

“老百姓怎么样？”卡洛梅伊采夫尖起嗓子问道。

“老百姓醉生梦死。”

“您想唤醒他们吗？”

“这倒不是一件坏事。”

“啊哈！啊哈！原来如此，先生……”

① 法语：够了，谢苗！

“对不起！ 对不起！”西皮亚金用命令的语气说。他明白，该是所谓掌握限度、适可而止的时候了！ 于是他划定了限度，终止了争论！ 他把胳膊肘仍然支在桌上，轻轻挥动右手，发表了一通冗长而繁琐的议论。他一方面夸奖保守派，另一方面又赞扬自由派，对后者表示某种偏爱，把自己视为其中一员；他十二分地称颂老百姓，却又指出他们的某些缺点；他表示完全信赖政府，但是又提出疑问：它的各级下属是否都能够实施它的福利计划呢？ 他承认文学有益而且重要，但又说必须绝对小心谨慎以事之，否则文学是不可思议的！ 他展望西方：先是兴高采烈，继而疑云满怀；他再展望东方：始而低回叹息，终于振作精神！ 最后，他提议为宗教、农业、工业三方联合的繁荣昌盛干杯！

“在当局的保护之下！”卡洛梅伊采夫郑重补充道。

“在英明宽容的当局保护之下，”西皮亚金纠正他。

大家默默地干了杯。西皮亚金左边那块名叫涅日丹诺夫的空间，确实发出过一点不赞成的声音，但未曾引起任何人的注意，也就平息下去；午宴没有再起争端，终于顺利结束了。

瓦莲京娜·米哈伊洛夫娜带着极迷人的微笑递给索洛明一杯咖啡。索洛明喝完了咖啡，用眼睛寻找他的帽子……可是他又被西皮亚金轻轻挽住手臂，马上带到书房里去了。西皮亚金向索洛明奉上一支上等雪茄烟，接着就提出优厚的条件聘请他转到自己的工厂来任事。“完全由您主宰，瓦西里·费多特奇，完全由您主宰！”索洛明接受了雪茄烟，但拒绝了双方的聘请，尽管西皮亚金一再坚持，他始终没有同意。

“请您不要马上讲‘不！’亲爱的瓦西里·费多特奇！ 您至少得

想一想，等到明天再说吧！”

“反正都一样，我不能接受您的聘请。”

“等到明天！瓦西里·费多特奇！这对您不算一回事。”

索洛明承认这对他倒也无妨……从书房里出来后，他又要找帽子。直到现在跟他未交一语的涅日丹诺夫这时走到他跟前，急忙小声对他说：

“您可千万别走！否则我们想谈一谈都不行了！”

索洛明不再找帽子了，西皮亚金见他在客厅里进退两难的样子，便大声说：

“不用说，您就在舍下住一宿吧！”

“遵命，”索洛明答道。

站在客厅窗前的玛丽安娜向他投过来感谢的一瞥，这倒令他思忖起来。

二十五

索洛明来此之前，玛丽安娜把他想象成全然不同的另一种人。她对他的第一眼印象是不鲜明和没有个性……确实，像他这样瘦削有力的淡黄头发男人她平生见过许多！可是，她越仔细地看他，越聆听他的讲话，她心中对他的信任——正是一种信任感——就越加强烈。这个态度安详、不很灵活但并不笨拙的人非但不说谎，不吹牛，还让人觉得十分稳实可靠……他不会出卖别人，而且善解人意，乐于助人。玛丽安娜甚至觉得，不止她一个人，在座所有的人都对索洛明有这种感觉。她对他讲话的内容并不特别重视，关于商人和工厂的那些道理引不起她多大兴趣；可是他讲话的样子，他讲话时那副看人和微笑的神气令她非常喜欢……

他是个诚实的人……这是最重要的！她深有感触的正是这一点。人人都知道，并不完全明白：俄国人是世界上最会说谎的人，但他们最尊重的是真理，最同情也是真理。况且，在玛丽安娜眼中，索洛明身上还有一个特别荣耀的印记，他可是瓦西里·尼古拉耶维奇亲自推荐给信徒们的一个人。在午宴上玛丽安娜和涅日丹诺夫“关于他”交换了几次眼色，后来她忽然不由自主地把他们两人加以比较，觉得涅日丹诺夫比不上他。涅日丹诺夫的相貌确实比索洛明漂亮悦人得多，但他脸上的表情里混合着种种不安的心绪，如烦恼、困窘、焦躁……甚至沮丧；他在席上如坐针毡，欲言又止，时而神经质地冷笑几声……索洛明则相反，他给人的印象是，他似乎对周围有些腻烦，但仍然可以安之若素；他这样的人在任何时候任何场合都不会受别人的左右。玛丽安娜心想：“一定要征求这个人的意见，他会提出有益的看法的。”午饭后叫涅日丹诺夫来找他的正是她。

晚间时光过得无精打采；幸而宴席很迟才结束，不久就夜深了。卡洛梅伊采夫保持礼貌地生着闷气不说话。

“您怎么啦？”西皮亚金娜带点揶揄的口气问他。“您没丢什么东西吧？”

“丢了，太太，”卡洛梅伊采夫答道。“有人告诉我，某位近卫军长官抱怨他的士兵们丢掉了‘步伐’……命令他们：‘把步伐给我找回来！’我倒要说：把‘先生’这个词给我找回来！‘先生’丢掉了，一切官纪和尊敬也随之斯文扫地了！”

西皮亚金娜告诉卡洛梅伊采夫，说她不打算帮助他去找。

由于午宴上“演说”成功而兴致勃勃的西皮亚金，又发表了两次讲话，并且就当前某些必要的举措摆出了几条官方意见；他还动用了某些字眼——des mots——虽不算十分俏皮，却也颇有些分量，这是他特意准备好在彼得堡使用的。其中有一句他甚至重复再三，还要预先声明：“如果可以这样表达的话。”他说的是当时一位大臣，此公心思不定，常作无谓的空想云云。另一方面，西皮亚金没有忘记他在跟一个出身平民百姓的俄国人打交道，因此他不失时机地卖弄一些民间俗谚，以证明他本人不仅是俄国人，还是个“地道的俄罗斯人”，并且熟悉民间生活中最本质的东西！例如他听见卡洛梅伊采夫说下雨会影响收割干草，马上就答道：“干草黑，荞麦白。”还有诸如：“货无主，妻子孤；”“量十次，剪一次；”“有粮才有斗；”“叶戈尔节的桦树叶子铜钱大，喀山圣母节的谷子用桶扒。”他确实有时候也会说错，例如：“水鸟认得自家灶头！”或者“木屋好看在屋角！”不过，听见他出错的那班人士多半不曾想到，“notre bon①地道俄罗斯人”居然也弄错了；而且多亏了科夫里日金公爵，这班人士对于俄国人的此类“口误”已经习以为常。西皮亚金说这些俗谚时使用一种特别的、近乎嘶哑的粗大嗓门——d'une voix rustique②。这些俗谚倘使在彼得堡适时适地的说将出来，定会叫那些名媛贵妇为之赞叹：“Comme il connait bien les moeurs de notre peuple!③”而那些高官大吏们还会加上一句：“Les moeurs et les besoins!④”

① 法语：我们这位很好的。
② 法语：憨厚朴实的声音。
③ 法语：他多么了解我们百姓的风俗！
④ 法语：风俗和需求！

瓦莲京娜·米哈伊洛夫娜向索洛明大献殷勤，显然没有取得什么效果，这令她很是扫兴；她从卡洛梅伊采夫身旁走过时，不禁低声说了一句：“Mon Dieu， que je me sons fatiguée！①”

卡洛梅伊采夫嘲弄地向她一鞠躬，用莫里哀剧中人物的话答道：

“Tu l'as voulu，Georges Dandin！②”

通常人们相聚得太久而感到厌倦，在告别的时候脸上突然出现亲切客气的表情，彼此匆匆握手，微笑，鼻子里发出友好的哼哼声，客人累了，主人也累了，于是大家散去。

索洛明被安排在楼上像是最好的一个房间里，有英国式的盥洗用具和洗澡间。这时他过来找涅日丹诺夫。

涅日丹诺夫非常感谢他答应留下来。

“我知道……您作出了牺牲……”

“哎，得了！”索洛明不慌不忙地说。“这算什么牺牲！何况我可不能拒绝您。”

“为什么？”

“因为我喜欢您。”

涅日丹诺夫又喜又惊，索洛明握握他的手。索洛明骑在一把椅子上，把双肘支在椅背上，抽起了雪茄烟，说：

“好，您说吧，是怎么回事？”

涅日丹诺夫也骑在索洛明对面的椅子上，但没有抽雪茄。

“您问是怎么回事吗？……是这么回事，我想逃出这个地方。”

---

① 法语：天哪，我累坏了！
② 法语：你自己愿意的，乔治·唐丹！

“就是说，您想离开这个人家？ 怎么说呢？ 上帝保佑吧！”

“不是离开……是逃走。”

“难道他们不让您走？ 您不是……预支了工钱吗？ 您只要说一声走……我很乐意……”

“您不明白我的意思，亲爱的索洛明……我说逃走而不是离开，因为不止我一个人走。”

索洛明扬起了头。

“还跟谁？”

“跟您今天在这儿见过的那位姑娘……”

“跟她！ 她的相貌很好。怎么？ 你们相爱了？ ……或者只是你们俩在这一家待不下去，决定一起离开吗？”

“我们相爱。”

“啊！”索洛明沉默了一会儿。“她是这家主人的亲戚吗？”

“是的。但是她完全赞同我们的信仰，而且准备去做一切。”

索洛明笑了笑。

“您呢，涅日丹诺夫，也准备去做吗？”

涅日丹诺夫皱了皱眉。

“为什么问我这个？ 我会用行动向您证明的。”

“我不是怀疑您，涅日丹诺夫；我问您这个是想，除了您之外，恐怕谁也没有做准备。”

“那么马尔克洛夫呢？”

“对了！ 还除了马尔克洛夫。他好像一生下来就做好了准备。”

这当儿有人急促地轻轻敲门，没等到回答就把房门推开了。

这是玛丽安娜。她马上走到索洛明跟前。

“我相信，”她说，“您在这个时候在这里见到我不会感到奇怪。他（她指了指涅日丹诺夫）当然把一切都告诉您了。请把您的手伸给我，您要知道，站在您面前的是个诚实的姑娘。”

“是的，这我知道，”索洛明敛容答道。玛丽安娜一进门他就从椅子上站了起来。“吃饭的时候我望着您就在想：这位小姐的眼睛多么诚实。涅日丹诺夫确实把你们的意图对我说了。不过，你们到底为什么要逃走呢？”

“您问为什么吗？ 因为我所同情的事业……您不用吃惊：涅日丹诺夫丝毫没有对我隐瞒……因为那桩事业马上就要开始了……而我却要留在这个充满谎言和欺骗的地主家庭里吗？ 我所爱的人们要去冒危险，而我……”

索洛明做手势打断了她的话。

“您别激动。坐下吧，我也坐下。涅日丹诺夫，您也坐下来。

请听我说：如果你们没有别的理由，那就没有必要从这里逃走。

那桩事业并不如你们所想很快就会开始的。还得慎重考虑一下。不能冒失行事，没有好处。请相信我吧。”

玛丽安娜坐了下来，把披在肩上的大的厚毛围巾拉下来裹住身体。

“我在这儿可是再也待不下去了！ 这儿人人都在欺负我。今天那个愚蠢的安娜·扎哈罗夫娜竟当着科利亚的面对我说：苹果落不远，总在树旁边；是暗示我的父亲！ 科利亚很奇怪，问这话是什么意思。更不必说瓦莲京娜·米哈伊洛夫娜了！”

索洛明再次打断了她的话，这一次是带着微笑。玛丽安娜明白，他有些笑话她，但是他的微笑绝不会使人有受辱的感觉。

"您这是怎么啦，亲爱的小姐！我不知道安娜·扎哈罗夫娜是什么人，也不知道您说的是什么苹果树……您不可能那样：一个蠢女人对您说几句蠢话，您就受不了？您以后还怎么生活呢？世界上到处都有蠢人。不，这一点不成为理由。还有别的理由吗？"

"我确信，"涅日丹诺夫闷声闷气地插进来说，"这一两天西皮亚金先生自己就会把我扫地出门。大概有人向他告状了：现在他看我……简直一钱不值。"

索洛明向涅日丹诺夫转过脸来。

"既然赶您走，您又何必逃呢？"

涅日丹诺夫一时找不出话来回答。

"我告诉过您，"他说……

"他这样说，"玛丽安娜接过话头道，"是因为我要跟他一起走。"

索洛明看看她，好意地摇摇头。

"是啊，是啊，亲爱的小姐；不过我还得告诉您，如果你们实在想离开这个人家，是以为革命马上就会爆发……"

"我们正是为这个才写信请您来，"玛丽安娜打断了他，"我们想确切知道，事情究竟进展到了哪一步？"

"要是这样的话，"索洛明接下去说，"我再说一遍：你们还可以坐在家里等待很久。如果你们因为相爱而逃走，否则就不能结合的话，那么……"

"那么怎样呀？"

"那么我只有祝贺你们，像古话所说的，祝你俩相亲相爱；倘如需要和可能的话，我会尽力帮助你们，因为您，亲爱的小姐，还有他，我从第一眼见到就很喜欢，像见到亲人似的。”

玛丽安娜和涅日丹诺夫都走到他跟前来，一左一右每人拉住他的一只手。

“请告诉我们，我们该怎么办？”玛丽安娜说。“就算是革命还很遥远……但是要做准备工作，要为它出力，在这种家庭、这种环境里这些都不可能，而我们多么想去做这些工作，两人一块儿……请您告诉我们，有哪些工作，告诉我们该上哪里去……您派我们去吧！您会派我们去，是吗？”

“去哪儿？”

“去民间……不到民间去还能上哪儿？”

“去森林，”涅日丹诺夫想……他记起了帕克林说的话。

索洛明谛视了玛丽安娜一眼。

“您想了解民众吗？”

“是的，不过不只是想了解民众，还想行动……为民众出力。”

“那好，我答应您，您会了解他们的。我为您提供行动的机会，为民众出力的机会。涅日丹诺夫，您也准备去吗……跟随她……为了民众？”

“当然，我去！”他连忙说。这时他又想起了帕克林的另一句话：“贾格尔纳乌特的马车。它轧过来了，巨大的马车……我听到了车轮的嘎嘎声和隆隆声。”

“那好，”索洛明沉吟道。“你们打算什么时候逃走？”

“哪怕是明天，”玛丽安娜大声说。

“好。上哪儿去？”

“嘘……轻点儿声……”涅日丹诺夫悄悄说。“走廊里有人走动。”

大家一时都不说话了。

“你们想逃到哪儿去呢？”索洛明压低了声音又问道。

“我们不知道，”玛丽安娜回答。

索洛明转眼望望涅日丹诺夫。涅日丹诺夫否定地摇摇头。

索洛明伸手小心地掐去烛花。

“这样吧，孩子们，”他终于说。“到我的工厂去吧。那儿虽不起眼……但是没有危险。我把你们藏起来。我有一个小房间。谁也找不到你们。只要到了那边……我们就不让人家发现你们。你们会说：工厂里人多。其实这反而好。人多的地方才好藏身。怎么样，行不行？”

“我们只有感谢您了，”涅日丹诺夫说；玛丽安娜想到工厂起先有些不好意思，但她马上接着说：“当然！ 当然！ 您真是好人！ 不过，您不会叫我们在那儿待很久吧？ 您会派我们到什么地方去吗？”

“那要看你们自己……一旦你们想结婚了，在工厂里办也很方便。离那儿不远有个邻居，是我的表兄弟，他是牧师，名叫佐西马，是个好好先生。他会很快给你们举行婚礼的。”

玛丽安娜暗自笑了，涅日丹诺夫再次紧握索洛明的手，过了一会儿，他问索洛明：

“告诉我，您的工厂老板不会找麻烦吗？ 他不会跟您过不去吧？”

索洛明瞟了他一眼。

“您不必为我担心。完全不必要。只要工厂生产正常，其余的事老板都无所谓。他不会给您和您亲爱的小姐添任何麻烦。对工人们也用不着害怕。你们只须事先告诉我，你们什么时候到就行了。”

涅日丹诺夫和玛丽安娜交换了一下眼色。

“后天一早，或者大后天，”涅日丹诺夫终于说。“不能再拖延了。说不定明天就把我扫地出门呢。”

“好吧……”索洛明说着从椅子上站起身。

“我每天早晨都等着你们。这个星期我不出门了。一切都会安排就绪。”

玛丽安娜走到他跟前来……（她本来是向门口走去的。）

“再见，亲爱的，好心肠的瓦西里·费多特奇……是这样称呼您吗？”

“是的。”

“再见……还是说：回见吧！谢谢，谢谢您了！”

“再见……晚安，我亲爱的！”

“也跟您再见了，涅日丹诺夫！明天见……”她又加上一句。

玛丽安娜快步走了出去。

两个年轻人好一阵子站着不动，也不说话。

“涅日丹诺夫……”索洛明终于开口，但马上又不说了。“涅日丹诺夫……”他重又开始道，“跟我谈谈这位姑娘吧……凡是您能够告诉我的。这以前她的生活怎么样？……她是怎样一个人？……为什么她会在这里？……”

涅日丹诺夫把他知道的情况简略地告诉了索洛明。

“涅日丹诺夫……”索洛明最后说。“您要爱护这位姑娘。因为……如果……出了什么事……您就太罪过了。再见吧。”

他走了。涅日丹诺夫在房间中央站了一会儿，小声自语道：“唉！别去想它了！”就脸朝下扑倒在床上。

玛丽安娜回到自己房间里，在小桌上发现一张小字条，上面写着：

“我可怜您。您在毁掉自己。放明白些吧。您闭着眼睛投向什么样的深渊？ 为了谁，又为了什么？

瓦”

房间里有一股特别清新的幽香，瓦莲京娜 · 米哈伊洛夫娜显然刚刚离开这里。玛丽安娜拿起笔，在纸条下端加了一段话：

“别可怜我。天知道我俩谁更可怜；我只知道我不想落到您这步田地。

玛”

玛丽安娜把纸条留在小桌上，她相信瓦莲京娜 · 米哈伊洛夫娜会收到她的回答。

第二天早晨，索洛明见过涅日丹诺夫，并最终拒绝了接管西皮亚金的工厂，就坐车回家去。一路上他都在想心事，这在他是很少有的，因为一般情况下马车的颠簸只会使他微微瞌睡。他在想玛丽安娜，也在想涅日丹诺夫；他觉得，假如是**他**索洛明坠入情网的话，他的神态、言谈和眼光都会不一样。“不过，”他想，“我从没经历过这种事情，不知道我会是个什么样子。”他想起了有一次在一家商店柜台后面看到一个爱尔兰姑娘；她有一头近乎乌黑的漂亮头发，蓝眼睛，浓睫毛，她用疑问和忧伤的眼光望了望他，后来他久久地在她窗前的街头徘徊，心情激动地不断问自己：要不要跟她认识一下？ 那一次他是路过伦敦。老板派他出来采购物品，给了他一笔钱。索洛明差点没把钱寄还给老板，留在伦敦不走了。美丽的波莉（他知道了她的名字：她的一个女同事这样叫她）给他的印象太强烈了……然而他终于控制住自己，回到了老板那儿。波莉长得比玛丽安娜漂亮；可是玛丽安娜的眼光也带着同样的疑问和忧伤……而且她是个俄国姑娘……

“可是，我这算什么呀？”索洛明小声自语道，“为人家的未婚妻操心！”他把大衣领子抖了抖，像是要抖掉这些无谓的念头。这时候马车已经驶近工厂，在他的侧屋门口已经闪现出忠实的帕维尔的身影。

二十六

索洛明的拒绝使西皮亚金很丢面子：他甚至突然发现，这个土生土长的司蒂芬森并不是什么出色的机械师，作为地道的平民，他虽然不怎么装模作样，却倔强得可以。“像这种俄国人，自以为懂得点什么，通通坏极了！ Au fond[①] 卡洛梅伊采夫是对的！”由于心里怀着憎恶和窝着火，这位 en herbe[②] 政治活动家用更加冷漠疏远的眼光看了看涅日丹诺夫。然后他对科利亚说，今天不必跟老师上课了，要养成独立自主的习惯……西皮亚金并未如涅日丹诺夫所料将他辞退，而是继续对他不屑一顾！ 然而瓦莲京娜 · 米哈伊洛夫娜却没有忽视玛丽安娜。她们两人大吵了一场。

离午饭大约还有两小时，客厅里忽然只剩下她们两个人。她俩谁

---

① 法语：其实。
② 法语：前程远大的。

都立即感到，势不可免的一场冲突就要爆发，故而略略迟疑之后，彼此轻轻地向对方走近。瓦莲京娜·米哈伊洛夫娜面带微笑；玛丽安娜嘴唇紧闭；两人的脸色都是苍白的。瓦莲京娜·米哈伊洛夫娜穿过房间时左顾右盼，扯下一片天竺葵的叶子……玛丽安娜两眼直勾勾地盯住向她移动过来的这张微笑的脸。

西皮亚金娜先停下来，用几根指头敲敲椅背说：

"玛丽安娜·维肯季耶夫娜，"她的语气很随便，"我们好像通起信来了……住在同一个家里，够奇怪的了；您知道，我这个人是不喜欢怪事情的。"

"通信不是我开的头，瓦莲京娜·米哈伊洛夫娜。"

"是的……您说的对。这一次怪事是我的错。不过我找不出别的办法来唤起您的……感觉……这怎么说呢？……一种感觉……"

"您照直说吧，瓦莲京娜·米哈伊洛夫娜，别不好意思，别怕我受委屈。"

"一种……顾体面的感觉。"

瓦莲京娜·米哈伊洛夫娜不说话了；房间里听得见她用手指轻轻敲了一下椅背。

"您认为我什么地方没有顾及体面呢？"

瓦莲京娜·米哈伊洛夫娜耸了耸肩膀。

"Ma chère, vous n'êtes plus un enfant,[①]您完全明白我的意思。难道您以为，您的所作所为能够对我保密吗？能够对安娜·扎哈罗夫娜和全家人保密吗？况且您对保不保密也不大在乎的。您简直是在硬

① 法语：亲爱的，您已经不是小孩子了。

充好汉。大概只有鲍里斯·安德烈伊奇一个人没有注意您的举止……他有别的更重要、更有意义的事情要做。除他之外，所有的人都清楚您的行为，所有的人！”

玛丽安娜的脸色变得越来越苍白。

“瓦莲京娜·米哈伊洛夫娜，我想请您讲得更明确些。您到底对什么事情不满意？”

“L'insolente![1]”西皮亚金娜心想，但她还是忍住了没说。

“您想知道我对什么不满意吗，玛丽安娜？好吧！我不满意您跟那个年轻人长时间约会，论出身、教育和社会地位他都比您要低得多。我不满意……不！这个词儿不够有力，我对您晚上……您深更半夜去找这个人感到气愤。而且是在什么地方？就在我家里！难道您以为这是理所当然的，我必须保持沉默，还要为您的轻佻行为提供掩护吗？我是个清白的女人……Oui, mademoiselle, je l'ai été, je le suis et le serai toujours![2] 我不能不感到愤怒！”

瓦莲京娜·米哈伊洛夫娜一屁股坐到沙发椅上，仿佛被这股愤怒压垮了似的。

玛丽安娜第一次微笑了。

“我并不怀疑您过去、现在和将来都是清白女人，”她说，“这完全是我的真心话。可是您用不着这样愤怒。我丝毫没有辱没您的家声。您所说的那个年轻人……不错，我真的是……爱上他了……”

“您爱上了涅日丹诺夫先生？”

---

① 法语：无礼的女人！
② 法语：是的，小姐，我过去、现在、将来永远是。

“我爱他。”

瓦莲京娜·米哈伊洛夫娜在沙发椅上直起了身子。

“算了吧，玛丽安娜！他才是个大学生，无亲无故的，比您还年轻呢！（她说后面这句话时不免有些幸灾乐祸。）这会有什么结果呢？您这样聪明的人在他身上发现了什么呢？他不过是个微不足道的小孩子。”

“您对他可不是一直这样看的，瓦莲京娜·米哈伊洛夫娜。”

“啊，天哪！我亲爱的，请不要把我扯进去……Pas tant d'ésprit que ça，je vous prie。[①]我们是在谈您，谈您的前途。您想想吧！他是您门当户对的配偶吗？”

“老实说，瓦莲京娜·米哈伊洛夫娜，我还没想过配偶的事。”

“怎么？您说什么呀？您这话是什么意思？就算您只顾自己称心如意……可是最后还得要结婚，不是吗？”

“我不知道……我没想过这个。”

“您没想过这个？！您真是发疯了！”

玛丽安娜稍稍扭过脸去。

“我们不谈这些了，瓦莲京娜·米哈伊洛夫娜。谈不出什么结果来。我们不可能相互理解的。”

瓦莲京娜·米哈伊洛夫娜霍地站了起来。

“我不能不谈，我不得不谈！这件事至关重要……我要为您对……”她本想说“对上帝负责！”但她难以启齿，便改口道：“对天下负责！听到您讲这些疯话，我不能沉默！为什么我就不能理解您

---

① 法语：请您少卖弄聪明。

呢？你们这班年轻人都这么傲气，真让人受不了！不……我对您太理解了；我明白，您满脑子的这些新思想一定会把您引上绝路的！到那时候就悔之晚矣。”

“也许会那样吧；不过请相信我的话，我们在走上绝路的时候也决不会伸出一根指头向您求救的！”

瓦莲京娜·米哈伊洛夫娜把两手一拍。

“又是这种傲气，可怕的傲气！您听我说，玛丽安娜，听听我说吧，”她忽然换了一种口气……她想把玛丽安娜拉到身边来，可是玛丽安娜朝后面一闪。“Ecoutez-moi，je vous en conjure!① 我毕竟还不太老也不太蠢，我们俩会取得一致的！je ne suis pas une encroutée.②年轻的时候人家甚至把我当成共和党……并不比您差。听我说，我不想装模作样，我对您从来就没有过母爱那样的感情，而照您的性格，您也不会为此感到遗憾……但是，不论过去还是现在我都知道，我对您承担着某种义务，并且我一直在努力履行它。我想为您挑选一位配偶，为了这个我和鲍里斯·安德烈伊奇会不惜一切牺牲……也许这个配偶不能完全符合您的理想……可是打我内心深处……”

玛丽安娜望着她，望着她那美丽的眼睛，那略施口红的绯唇，那白皙的双手和戴着几枚钻戒而微微叉开的手指（这位优雅的太太富有表情地把手放在绸衣服的腰带上）……突然打断了她的话：

“您是说配偶吗，瓦莲京娜·米哈伊洛夫娜？您把您那位庸俗无聊、冷酷无情的朋友卡洛梅伊采夫先生叫做‘配偶’吗？”

---

① 法语：听我说完吧，恳求您！
② 法语：我并不是一个落后的女人。

瓦莲京娜·米哈伊洛夫娜把手指从腰带上移了下来。

“不错，玛丽安娜·维肯季耶夫娜！ 我说的正是卡洛梅伊采夫先生，那位有教养的优秀青年，他准保会给他的妻子带来幸福，哪个姑娘不肯嫁给他一定是疯了！ 一定是疯了！”

“有什么办法呢，ma tante![1] 看来我就是这样的疯子！”

“你当真看到他有哪些毛病吗？”

“啊，没有！ 我鄙视他……就算完了。”

瓦莲京娜·米哈伊洛夫娜不耐烦地向两边摇摆着脑袋，又在沙发椅上坐下来。

“我们不说他了。Retournons à nos moutons.[2]这么说，你爱的是涅日丹诺夫先生了？”

“是的。”

“你还打算……跟他约会吗？”

“是的，我打算。”

“那么……要是我不准你这样做呢？”

“我不会听您的。”

瓦莲京娜·米哈伊洛夫娜从椅子上跳起来。

“啊！ 您不听我的！ 原来如此！ ……这就是一个受了我的恩惠，被我收养在家里的姑娘对我说的话，这就是一个……对我说的……”

“一个身败名裂的父亲的女儿对您说的，”玛丽安娜闷闷不乐地接

---

① 法语：舅妈。
② 法语：我们回到原先的话题上去吧。

过来道，“说下去呀，您不必客气！”

“Ce n'est pas moi qui vous le fait dire，mademoiselle！[1] 不过无论如何，**这一点**并不值得骄傲！ 一个吃我家饭的姑娘……”

“别怨我吃了您家的饭，瓦莲京娜·米哈伊洛夫娜！ 您给科利亚请个法国家庭女教师还得多花些钱呢……现在是**我**在给科利亚上法语课！”

瓦莲京娜·米哈伊洛夫娜举起了一只手，手里拿着一条洒了夷兰香水的麻纱手绢儿，绢角上绣着很大一个白色花体字母，她想说话，但是玛丽安娜很快地接着说下去：

“要是您不数落那些事情，不提那些虚假的恩惠和牺牲，而能够说一句：‘那个我曾经爱过的姑娘……’那么您倒是做对了，百分之百做对了。然而您很诚实，说不出**这种**假话来！”玛丽安娜发疟子似地浑身颤抖着。“您向来就恨我。甚至现在，像您刚才说的，您内心的深处还为我丢人现眼、应了您一贯的预言而暗暗高兴；叫您感到不痛快的只有一点，就是这耻辱的一部分应该落到你们这个**清白的**贵族之家。”

“您在侮辱我，”瓦莲京娜·米哈伊洛夫娜低声说，“请您出去！”

玛丽安娜已经无法控制自己。

“您的家人，您说了，您全家的人，包括安娜·扎哈罗夫娜和所有的人都知道我行为不端！ 大家都感到可怕又可恨……可是难道我有求于您，有求于他们和所有的人吗？ 难道我会重视他们的意见吗？ 难道你们家的面包是好吃的吗？ 我宁可受穷也不贪图你们家的富贵！ 难

① 法语：我可没逼您这么说，小姐！

道在我和你们一家之间不横着一道无底深渊，一道无法掩盖的深渊吗？ 难道您——您也是个聪明人——您就没有意识到这一点吗？ 既然您对我怀恨在心，难道您还不明白我对您怀着怎样的感情，而这种感情又是不言自明的吗？”

“Sortez，sortez，vous dis-je...[1]”瓦莲京娜·米哈伊洛夫娜再次说，并用她那只娇小漂亮的脚在地上跺了一下。

玛丽安娜朝门口跨了一步……

“我这就离开您；可是您知道吗，瓦莲京娜·米哈伊洛夫娜？ 据说拉舍莉演拉辛的悲剧《巴雅节》都没有念好‘Sortez! [2]’这句台词，您就更不用说了！ 哦，还有，您刚才说什么来着……Je suis une bonnête femme，je l'ai été et le serai toujours 是吗？ 您可知道：我相信我比您要清白得多！ 再见！”

玛丽安娜匆匆走了出去，瓦莲京娜·米哈伊洛夫娜霍地从椅子上站起来，她想叫，她想哭……可是叫什么，她不知道，而眼泪也不听她的指挥。

她只好拿手绢扇扇脸，可是扇出来的香水味儿更加刺激了她的神经……她觉得自己是不幸者，被人欺侮了……她承认刚才听到的那番话里含有真实的成分。可是怎么能如此不公正地评判她的为人呢？“难道我是那样的恶女人吗？”她一边想，一边朝对面两扇窗子之间的镜子里照照自己。镜中映出一张美丽的脸，虽然稍稍变了点样，面颊上泛出了一些红斑点，但仍然非常迷人；还有那双天鹅绒般的温柔漂亮

---

① 法语：出去，出去，我对您说。
② 法语：出去！

的眼睛……“我？ 我是恶女人？”她又暗问自己……“还会有这样的眼睛吗？”

这当儿她丈夫走了进来，她便用手绢盖住脸。

“你怎么啦？”他关切地问。“怎么啦，瓦利娅？”（他给她起的这个小名，只有他俩单独在一起，大抵是村居时才用。）

起先她支支吾吾，只说她没事儿……末了她以非常优美动人的姿势在沙发椅上转过身来，双手搭在丈夫肩膀上（他正朝她俯下身子），把脸埋在他背心的开襟里面，对他讲了事情的全部经过。她既不花言巧语，也不指桑骂槐，即使不能原谅玛丽安娜，也在某种程度上替她开脱几句，把一切归咎于她的年少气盛和自小失去家教；同时，她也在某种程度上——也没有指桑骂槐——责备了自己。“若是我的女儿就不会出这种事！ 我可不会像这样管教不严！”西皮亚金带着体谅、关心和严肃的神情听完了她的陈述；他一直弯着身子，直到她从他肩膀上把手移开和仰过头去；他称呼她天使，吻她的前额，声称他现在明白了作为一家之主应该采取怎样的行事方式，然后他走了出去，他那副样子显得他是个具有仁爱胸怀而又刚强有力的人，就要去履行一项不愉快的却又无法避免的职责……

午饭后，七点多钟光景，涅日丹诺夫坐在自己房间里给他的朋友西林写信。

“弗拉基米尔老友，在我一生紧要的转折关头我给你写这封信。我被这家人辞退了，我就要离开这里。这倒没有什么……我不是一个人走。我曾在信中向你提到的那位姑娘与我同行。我们命运相似，信仰相同，目标一致，情投意合——这一切把我俩联系在一起。我们彼此相爱；至少我相信，除了目前这种形式的爱，我不可能感受到别的爱情。要说我没有一点暗暗的恐惧，没有一种内心奇怪的麻木感，那就是对你撒谎……前途一片黑暗——我俩正朝着这黑暗奔去。我无需对你解释，我们去干什么和选择了怎样的工作。我和玛丽安娜不是去寻找幸福；我们不想寻欢作乐，而要并肩奋斗，互相支持。我们的目标很明确，但是从什么途径达到它，我们不知道。我们能否得到同情和帮助，或者至少能找到工作的机会吗？玛丽安娜是个正派的好姑娘；如果我们注定要灭亡，我也不会责怪自己引诱了她，因为她已经没有别的活路。但是，弗拉基米尔，弗拉基米尔！我很苦恼……怀疑在折磨着我——当然不是怀疑我对她的感情，而是……我不知道！不过现在回头已为时太晚。把你的手从远方伸给我俩，祝愿我们忍耐和敢于自我牺牲，祝愿我们相爱……更加相爱吧！而你，俄罗斯人民，我们虽然不了解你，但是全身心地、用我们的全副心血热爱着你，请接纳我们吧，不要过于冷漠，并且教导我们懂得，应该对你抱有怎样的期望？

别了，弗拉基米尔，别了！”

涅日丹诺夫写完了这封不很长的信，就到一个村庄里去了。第二天下半夜，天光微白时，他已经伫候在距西皮亚金家花园不远的桦树林边上。离他稍稍靠后些，在大片榛子灌木的杂乱绿叶中隐约可见一辆农家马车，套车的是两匹不戴嚼子的马；车上绳兜下面的一束干草上，睡着一个灰白头发的瘦小老汉，头上蒙着件打补钉的袍子。涅日丹诺夫两眼始终盯着大路，盯着花园边沿的那一丛爆竹柳：周围仍是一片灰暗静谧的夜色，高旷的深空里，孤寂的星星竞相闪烁着微光。这时，顺着几条乌云的圆形下缘，由东方射来一道淡淡的红光，随之也吹来了一阵拂晓的寒气。涅日丹诺夫突然哆嗦了一下，警觉起来：他听见近处有人“吱”地打开了篱笆门又“砰”地关上了；一个女人的小小身影出现了，她用披巾连头裹着身体，裸出的一只手里提着个小包袱，她不慌不忙从静静的柳树影下走到尘土松软的大路上，然后像是踮起脚尖斜穿过大路，朝树林这边走来。涅日丹涅夫向她奔了过去。

“玛丽安娜吗？”他小声问。

“是我！”披巾底下轻轻应了一声。

“这边，跟我来！”涅日丹诺夫说，挺别扭地抓住她提包袱的那只裸臂。

她怕冷似地瑟缩了一下。他领她来到马车边，叫醒了农夫老汉。老汉一骨碌爬起来，坐到驭位上，把胳膊伸进长袍袖子里，抓起了缰绳……马走动起来；农夫用熟睡后变得嘶哑的嗓音轻轻吆喝着它们。涅日丹诺夫把自己的外套垫在座位的绳兜上，让玛丽安娜坐下来，再用毯子包好她的腿（底下的干草有些湿），自己就坐在她旁边，他弯身对农夫小声说：“走吧，你知道去哪儿。”农夫一抖缰绳，马匹打着响鼻，瑟缩着离开了树林；大车颠颠簸簸，破旧窄小的轮子发出咚咚声响，顺着大路向前驶去。涅日丹诺夫一只手搂住玛丽安娜的腰；她用冰凉的手指撩起披巾，朝他转过脸来，微笑着说：

“多么清凉爽快啊，阿廖沙！”

“没错，”农夫说，“露水会很重的！”

露水够重的了，大车的轮毂不时绊到高高的路边杂草，从草尖上碰下来成串的小水珠，露水下的草色由翠绿变成了青灰。

玛丽安娜又冷得瑟缩了一下。

“凉快，凉快，”她快活地连声说。“自由，阿廖沙，自由了！”

二十七

有人跑来告诉索洛明，一位先生和太太坐着马车来说要见他，他立刻就朝工厂大门口奔去。他没有跟客人寒暄，只向他们点了几下头，就叫赶车的农夫把车子赶进大院，直接停在他那幢侧屋前面。他扶玛丽安娜下了车，涅日丹诺夫随后也跳下来。索洛明领着他俩穿过一道狭长暗黑的走廊，顺着弯弯曲曲的窄楼梯来到侧屋后部的二层楼上。他在这儿打开一扇矮门，三个人走进一个虽然不大，但很整洁，有两扇窗子的房间里。

“欢迎光临！”索洛明带着他惯常的笑容说，这一次他笑得似乎比平时更开朗更高兴。“这就是你们的住宅。这一间房和隔壁的另一间。不算漂亮，这没关系，住是可以住的？ 这地方没有人来看你们热闹。就在你们的窗户底下，老板说那儿是个花圃，依我看是个菜园子，紧连着墙根，左右都有围墙。多么安静的地方！ 再次向您问好，亲爱的小姐，还有您，涅日丹诺夫，您好！”

他握握他俩的手。两人一动不动地站着，也不脱下外衣，心中又惊又喜，只是默默地凝视着前面。

“你们怎么啦？”索洛明又说。“脱衣服吧！ 你们有些什么行李？”

玛丽安娜扬了扬一直拎在手里的小包袱。

“我就带了这个。”

“我有个旅行包和一个袋子在车上。这就去拿……”

“您不用去，不用去。”索洛明打开门朝楼梯暗处喊道：“帕维尔！跑一趟，老弟……车上还有些行李……去搬过来。”

“就去！”传来那个无所不在的人的声音。

玛丽安娜取下了披巾，动手解短斗篷。索洛明朝她转过身去。

“一切都顺利吗？”他问。

“都顺利……没有人看见我们。我给西皮亚金先生留下一封信。瓦西里·费多特奇，我没有带外衣和衬衣，因为您可能要派我们……（不知为什么她没能说出口：“到民众中去”。）反正那些衣服也没有用了。我身边带着钱，需要什么可以买。”

“诸事我们以后再安排……现在，”他指着帮涅日丹诺夫搬行李进来的帕维尔说，“让我向你们介绍我在这里最好的朋友：你们可以充分信任他……就像对我本人一样。”他小声问帕维尔：“你叫塔季扬娜准备茶炊了吗？”

“马上就好，”帕维尔答道，“还有奶油和所有的东西。”

“塔季扬娜是他妻子，”索洛明接着说，“跟他一样诚实可靠。您还没有……还没有太习惯的时候，小姐，就让她来伺候您。”

玛丽安娜把短斗篷扔到屋角的小皮沙发上。

“您就叫我玛丽安娜吧，瓦西里·费多特奇，我不要当小姐了！我不要女仆……我不是为了有仆人伺候才从那边跑出来的。您别看着我的衣服；我在那边没有别样的衣服。这些通通要换掉的。”

玛丽安娜这件衣服是德拉德达姆呢的料子，式样很朴素，然而是彼得堡女裁缝的活计，肩膀、腰身都非常合式，看起来挺时髦。

“好吧，不叫仆人，就照美国人那样叫帮手吧。您总得把茶喝了。

现在时间还早，你们俩大概也累了。我马上去料理些厂里的事情，回头再见。需要什么的话就叫帕维尔或者塔季扬娜。”

玛丽安娜连忙向他伸出双手。

“我们怎样感谢您呢，瓦西里·费多特奇？”她感动地望着他。

索洛明轻轻抚摸了一下她的手。

“我想说：不值得一谢……这话不对。最好还是这样对您说吧：您的感谢使我非常高兴。现在我们俩持平了。再见！帕维尔，我们走吧。”

房间里只剩下玛丽安娜和涅日丹诺夫两个人。

她跑到他跟前，用她刚才看索洛明那样的眼神看着他，只是更多些欣喜，更多些感动和舒畅：

“啊，我的朋友！”她说。“我们开始了新生活……终于如愿了！终于如愿了！你不会相信，这样简陋的住房，我们总共才住几天，我觉得它既亲切又可爱，岂是那些可恨的豪门大宅能比得上的！告诉我，你高兴吗？”

涅日丹诺夫抓住她的双手贴在自己胸前。

“我感到幸福，玛丽安娜，因为我和你一起开始了这种新生活！以后你就是我的指路明星，我的依靠，我勇气的来源……”

“亲爱的阿廖沙！等一等，我要稍微弄得干净些，梳洗一下。我到自己房间里去……你就待在这儿。我马上好……”

玛丽安娜走进另一个房间，关上了门，不多会儿她把门稍稍打开，伸出头来说：

“索洛明真好！”说罢又关上了门，听见钥匙转动的声音。

涅日丹诺夫走到窗前，向小花园望去……一棵很老很老的苹果树不知为什么特别引起了他的注意。他抖了抖身子，伸了个懒腰，把旅行包打开，但并没有向外拿东西；他沉思起来……

一刻钟后玛丽安娜走了出来，她的脸刚洗过，显得有生气，整个人又活泼又快乐。过了一会儿帕维尔的妻子塔季扬娜端着茶炊、茶具、白面包和奶油进来了。

这是个地道的俄罗斯女人——跟他那长得像茨冈人的丈夫正相反，身高马大，淡褐头发，没有戴帽子，阔大的辫子紧紧盘在一把牛角梳上，她相貌粗气但并不难看，而且有一对非常和善的灰色眼睛。她穿一件褪了色却很整洁的印花布连衣裙；她的手大了些，但白净而好看。她不慌不忙地鞠了一躬，用清晰有力、毫不悠扬的口音说了声“你们好”，就动手摆茶炊茶碗等等东西。

玛丽安娜走到她跟前来。

“让我帮帮您，塔季扬娜。把小桌布给我吧。”

“没事儿，小姐，我们做惯了的。瓦西里·费多特奇说了，您要什么只管吩咐，我们很高兴去做。”

“塔季扬娜，请您别叫我小姐……别看我是太太小姐打扮，其实我……我完全……”

在塔季扬娜机警的目光的注视下，玛丽安娜不好意思说下去了。

“那您是什么人呢？”塔季扬娜不紧不慢地问道。

“既然您想……我嘛，确实……我是个贵族；不过我情愿抛弃这一切，变成跟所有的……所有的普通妇女一样。”

“啊，是这么回事！ 现在我明白了。看样子，您也是一个要平民化的。如今这种人可真不少。”

“您说什么，塔季扬娜？ 平民化？”

“是的……现在我们这儿作兴这么说。就是跟平民百姓合得来。平民化。好不好？这是件好事，教老百姓懂得道理。不过这事可难着呢！啊呀，够难办的！祝您顺利！”

“平民化！”玛丽安娜重复道。“你听见了吗，阿廖沙，我和你现在是平民化的人了！”

涅日丹诺夫笑了起来，也跟着说：

“平民化！平民化的人！”

“他是您什么人，是丈夫还是兄弟？”塔季扬娜问道，一边用她那灵巧的大手小心地洗着碗盏，带着亲切的微笑望望涅日丹诺夫，又望望玛丽安娜。

“不是，”玛丽安娜答道，“他不是我丈夫，也不是兄弟。”

塔季扬娜抬起了头。

“那么，是自由相好一块儿过了？如今这种事情是常有的。从前多半是分裂派教徒这么做，今天别的人也做了。只要上帝保佑，就能过到一块儿！连牧师都不用找。我们厂里也有这种人。都不是坏人。”

“您讲得多么好，塔季扬娜！……‘自由相好……’我很喜欢这种说法。听我说，塔季扬娜，我有件事要求您。我想给自己做一件衣服，或者买一件，就像您身上穿的，哪怕再差些都行。还有鞋子、袜子和三角头巾，全都跟您用的一样。买东西的钱我有。”

“好的，小姐，这都能办到……哦，您别生气，我不叫您小姐了。可是我该怎么称呼您呢？”

“玛丽安娜。”

“您的父名呢？”

“您要知道父名做什么？就叫我玛丽安娜吧。我就叫您塔季扬娜。”

“这也行，不过还是不太好。您最好告诉我。”

“好吧。我父亲名叫维肯季。您父亲呢？”

“我父亲叫奥西普。”

“那么我就叫您塔季扬娜·奥西波夫娜。”

“我就叫您玛丽安娜·维肯季耶夫娜。这真太好了！”

“塔季扬娜·奥西波夫娜，您和我们一块儿喝杯茶好吗？”

“初次见面也罢，玛丽安娜·维肯季耶夫娜。我喝一小杯。不过叶戈雷奇要骂我的。”

“叶戈雷奇是谁？”

“帕维尔，我丈夫。”

“请坐，塔季扬娜·奥西波夫娜。”

“好吧，我坐，玛丽安娜·维肯季耶夫娜。”

塔季扬娜在椅子上坐下，就着糖块喝起茶来，她捏着糖块不停地转动，从哪边咬一口糖，就把哪一边的眼睛眯起来。玛丽安娜跟她攀谈，她应答很大方，她自己也打听了一些事和讲述了一些事。她对索洛明佩服得五体投地，认为除了瓦西里·费多特奇就该数到她丈夫了。不过她过不惯工厂里的生活。

“这地方城不城乡不乡的……要不是瓦西里·费多特奇，我连一个钟点也待不下去！”

玛丽安娜聚精会神地听着她讲。坐在一旁观察的涅日丹诺夫见女友如此专注，倒也不感到奇怪。这一切对玛丽安娜都很新鲜，可是他觉得，像塔季扬娜这样的女人他见过好几百个，跟她们谈话也有几百次了。

“是这样，塔季扬娜 · 奥西波夫娜，”玛丽安娜终于说了，“您以为我们想去教导老百姓；不，我们要去为老百姓服务。”

“怎么服务？ 去教他们，这就是服务。比方说我吧。我嫁给叶戈雷奇的时候，大字儿不识也不会写。现在我会了，这得谢谢瓦西里 · 费多特奇。他不亲自教我，而是花钱请了个老头儿。那老头儿教会了我。别看我长得又高又大，我年纪还轻呢。”

玛丽安娜沉默了一会儿。

“塔季扬娜 · 奥西波夫娜，”她开口说，“我想学一门手艺……这件事我还要跟您商量一下。我的针线活儿很糟糕；要是能学会做饭的话，我可以去当厨娘。”

塔季扬娜思忖起来。

“怎么去当厨娘呢？ 有钱人和商人家里才用厨娘；穷人都是自己烧饭。要不就给干活班子的工人们烧饭……这可是最寒碜的活儿！”

“我可以住在有钱人家跟穷人们来往。要不然怎么能接近他们呢？像跟您这样的机会不是常有的。”

塔季扬娜把空茶杯扣在茶碟上。

“这件事挺难，”最后她叹了口气说，“不是三两下就能办到的。只要我会的我都教给您，可是许多东西我自己也不懂。还得跟叶戈雷奇商量一下。他这人怎么样？ 他什么书都读！ 大事小事立马就能明白。”这时她瞥了一眼正在卷烟卷的玛丽安娜……“哦，还有，玛丽安娜 · 维肯季耶夫娜，请原谅，要是您真的想平民化，就该丢掉这东西。”她指了指烟卷说。“那种身分的人，比如说厨娘吧，是不该抽烟的，因为人人都会一眼认出来您是一位小姐。没错。”

玛丽安娜把烟卷扔出窗外。

“我不抽烟了……这容易戒掉。普通妇女都不抽烟，看来我也不应该抽。”

“您说的不错，玛丽安娜·维肯季耶夫娜。我们这儿只有男人好这个，女人可不。是这样的！ 哎！ 这是瓦西里·费多特奇来了。是他的脚步声。您问问他吧，他马上会帮您把一切安排好，他有好办法。”

门外果然传来了索洛明的声音。

“可以进来吗？”

“请进！ 请进！”玛丽安娜喊道。

“这是我在英国养成的习惯，”索洛明边走进来边说。“您感觉怎么样？ 还没觉得无聊吧？ 我看见您在和塔季扬娜喝茶。您要听她的：她是个聪明人……我的老板今天来了……真不是时候！ 他还要留下来吃午饭。有什么办法！ 他是老板嘛。”

“他是什么样的人？”涅日丹诺夫从角落里走出来说。

“人还可以……不傻。是个新派人物。彬彬有礼，还戴着套袖，可是眼睛滴溜溜到处转，一点不比那些老的差。他要亲自剥你的皮，还对你说：‘劳驾您转过身来，这边还有块皮连着肉呢……得把它剥干净！’不过他对我言听计从，他需要我！ 我这会儿来是告诉你们，今天我们也许不能再见面了。午饭有人送过来。你们不要到外面去。玛丽安娜，您看西皮亚金家的人会到处找您，追踪您吗？”

“我看不会吧，”玛丽安娜道。

“我看一定会的，”涅日丹诺夫道。

“好吧，不管怎么样，”索洛明接着说，“头一阵子总得小心些。过后就没事了。”

“对，不过还有件事，”涅日丹诺夫说，“我在什么地方应该让马尔克洛夫知道；要通知他一下。”

“为什么？”

“只能这么做；为了我们的事业。让他随时都知道我在哪儿，这是约定好的。况且他绝不会泄露出去！”

“好的。我们叫帕维尔去。”

“我的衣服准备好了吗？”涅日丹诺夫问。

“你是说一套服装么？当然……当然。就跟化装舞会似的。亏得还不算贵。再见，你们休息吧。塔季扬娜，我们走。”

房间里又剩下玛丽安娜和涅日丹诺夫两个人。

二十八

起先他们彼此又紧紧握手，过后玛丽安娜大声道：“等一等，我帮你把房间收拾好，”——就着手从旅行包和袋子里往外拿东西。涅日丹诺夫打算帮忙，她说她一个人全包了，“因为要养成为人服务的习惯。”她当真从桌屉里找到一些小钉，没有锤子就用刷子背亲手把钉子钉在墙上，然后把外衣挂上去；又把衬衣放进两扇窗子之间的一张旧五斗橱里。

“这是什么？”她突然问道，“手枪？装子弹了吗？你要它做什么用？”

“没装子弹……拿过来给我。你问做什么用吗？我们这种身分的人没有手枪怎么行？”

她笑了起来，继续收拾东西，把每一件东西都抖搂开来，拍打几下；把两双靴子放到沙发下面；又把几本书、一摞纸还有那个写诗的小本子郑重其事地摆在一张三条腿的拐桌上，她称之为写字台和工作台，以区别于另一张被她叫做餐桌和茶桌的圆桌子。然后她双手拿起那个诗本子，把它举到脸跟前，从它的边缘线上望着涅日丹诺夫，微笑着说：

“我们在闲暇的时候把它看完！好吗？”

“把本子给我！我烧掉它！”涅日丹诺夫嚷道。“它只配给烧掉！”

“既然如此，你为什么要带在身边？不行，不行，我不给你烧。听说当作家的不过用这话吓唬人，他们从来不烧自己的东西。不过，最好还是拿到我那边去吧！”

涅日丹诺夫刚想说不，玛丽安娜已经拿着本子跑进隔间房间，不一会儿又空着手回来了。

她在涅日丹诺夫身边坐下，但马上又站了起来。

“你还没有到过……我的房间。想看一下吗？并不比你的差。来吧，我让你看看。”

涅日丹诺夫也站起来，随玛丽安娜走了过去。她说**她的**房间比**他的**略小些；但家具似乎干净些，新一些；窗台上的水晶小花瓶里插着鲜花；墙角里摆着张小铁床。

“你看，索洛明多么叫人喜欢，”玛丽安娜大声说，“不过我们也不能太娇惯自己了，以后不会常有这种房子住的。我这样想：最好我俩不要分开，想办法一块儿到什么地方去！这事不好办，”她稍停又说，“我们过后再想想吧。无论如何，你大概不会回彼得堡了？”

“我在彼得堡能干什么？上大学，或者当教师？绝对不行。”

“听听索洛明怎么说吧，”玛丽安娜说，“他会有更好的主意。”

他们回到外面房间，又挨着坐了下来。他们夸奖索洛明、塔季扬娜和帕维尔；他们谈起了西皮亚金，谈到从前的生活忽然远远离开他们，晃若隐入雾中；然后他们又彼此握手，相视而喜；然后又聊了一阵他们应该深入到什么人当中，应该怎样表现，以免引起人家的怀疑。

涅日丹诺夫告诉她，越是少想这些，越是平常表现就越好。

“可不是！”玛丽安娜大声道。“塔季扬娜说了，我们要平民化嘛。”

“我不是这个意思，”涅日丹诺夫说。“我是想说，不要勉强自己……”

玛丽安娜忽然笑了起来。

“阿廖沙，记得我把我们俩叫做平民化的人！”

涅日丹诺夫也笑了，跟着说了声：“平民化的人”……便沉思起来。

玛丽安娜也想起了心思。

“阿廖沙！”她说。

“什么？”

“我觉得，我俩在一起都有点不好意思。新婚夫妇，就是 des nouveaux mariés，”她解释道，“在结婚旅行的第一天会有这种感觉。他们很幸福……他们非常愉快，也有点不好意思。”

涅日丹诺夫微微一笑，笑得很勉强。

“你很清楚，玛丽安娜，我们不是你所说的新婚夫妇。”

玛丽安娜从座位上站起来，面对着涅日丹诺夫。

“这要取决于你。”

“怎么？”

“阿廖沙，你知道，要是你作为一个诚实的人告诉我——我会相信你说的话，因为你的确是诚实的人——只要你告诉我，你爱我是那样一种爱情……嗯，就是使一方有权利分享另一方生活的那种爱情，只要你对我这么说，我就是你的人了。”

涅日丹诺夫的脸一红，他把脸微微掉过去。

“只要我对你这么说……”

“对，我就……！ 可是你自己看到，你现在并没有对我这么说……啊，是的，阿廖沙，你真是诚实的人。好了，我们来谈点更重要的事情吧。”

“可是我爱你，玛丽安娜！”

“这我并不怀疑……我会等待的。等等，你的写字台我还没有整理好呢。这一包是什么东西，硬硬的……”

涅日丹诺夫从椅子上一跃而起。

“别碰它，玛丽安娜……请你别碰它。”

玛丽安娜回过头来望着他，惊讶地扬起了眉毛。

“这是机密吗？ 是秘密？ 你有秘密？”

“对……对，”涅日丹诺夫说，又很尴尬地解释道：“这是……一幅画像。”

他脱口而出地说了出来。玛丽安娜手中那个纸包里确实就是她的画像，是马尔克洛夫送给涅日丹诺夫的。

“画像？”她拉长声调问道。“女人的吗？”

她把纸包递给他，他没有接好，险些从手里滑落，纸包打开了。

“这是……我的画像！”玛丽安娜兴奋地大声说……“那么，我有权拿回自己的画像。”她从涅日丹诺夫手里把像夺了过去。

“这是你画的？”

“不……不是我。”

“是谁呢？ 是马尔克洛夫吗？”

“你猜着了……是他。”

“画像怎么会在你手里呢？”

“他送给我的。”

“什么时候？”

涅日丹诺夫告诉她在什么时候，如何送给他的。他讲话的当儿，玛丽安娜不时看看他又看看画像……她和涅日丹诺夫的脑中闪过同样一个念头：“倘若**他**在这间屋里，**他**有权要求……”但他俩谁也没有大声说出自己的想法……也许因为彼此都很清楚对方正在想什么。

玛丽安娜用纸把画像小心包好，放到桌子上。

“他是好人！”她小声说。“现在他在哪儿？”

“你问在哪儿？ ……在家，在自己家里。明天或者后天我要到他那儿拿些书和小册子来。他说过给我的，可是上次我离开他家的时候他显然给忘了。”

“阿廖沙，你是不是也认为，他把画像交给你的时候已经万念俱空……彻底地万念俱空了？”

“我有这个感觉。”

“你希望能在他家里见到他吗？”

“当然。”

“啊！”玛丽安娜垂下眼睛，把手也放下来。“塔季扬娜给我们送午饭来啦！”她突然嚷起来。“她是个多么好的女人啊！”

塔季扬娜拿着餐具、餐巾和调料瓶进来了。她一边摆饭，一边讲工厂里发生的事。

“老板从莫斯科坐火车来了，疯子似的楼上楼下乱跑一气：他什么也不懂，不过装装样子给人看。瓦西里·费多特奇对他就像对待小娃娃似的。老板若是想胡来，瓦西里·费多特奇马上就能降伏他，说从现在起什么事都撂挑子不管了，老板马上就夹起尾巴蔫了。这会儿正在一起吃饭呢；老板还带了个伙伴来……这个人对什么都觉得新鲜。点头晃脑的，不大说话，像是个有钱人。他还是个胖子，大胖子！莫斯科的大财主！俗话说得好：俄国是山莫斯科是根，什么东西都往那儿滚！”

“您真是样样事都留心！”玛丽安娜大声说。

“我眼睛尖着呢，”塔季扬娜答道。“你们的午饭摆好了。请用吧。我在这边坐一会儿，看看你们。”

玛丽安娜和涅日丹诺夫开始吃饭；塔季扬娜倚在窗台上，一只手托着腮。

“让我看看你们，”她又说，“你们俩都这么年轻，身子骨这么单薄……看着你们叫人喜欢，又叫人心疼！唉，亲爱的！你们要挑的担子太重了，挑不动啊！沙皇警察就想把你们这些人抓去坐牢呢！”

“不要紧的，大婶，您别吓唬我们，”涅日丹诺夫说。“您该知道，俗话说：是蘑菇就得让人家装进篮子里。”

“我知道……知道；如今装蘑菇的篮子口都小，进去就出不来了！……”

“您有孩子吗？”玛丽安娜问道，想改变一下话题。

“有；是个儿子。上小学了。我也有过一个女儿，她不在了，我那心肝宝贝！她遭了不幸，给车轮碾了。一下子轧死倒也罢了！可是她受了好久的折磨。打那时候起我的心就变软了；从前我可是铁石心肠的人！”

“从前您难道不爱您的帕维尔·叶戈雷奇吗？”

“哎！那是另一码事，姑娘家的事。您不也是，您爱您的那一位吗？还是不爱？”

“我爱。”

“很爱吗？”

“很爱。”

“好像……”塔季扬娜望望涅日丹诺夫，又望望玛丽安娜，没有说下去。

玛丽安娜只得再一次改变话题。她告诉塔季扬娜，她已经戒烟了；塔季扬娜夸奖了她。然后玛丽安娜又为衣服的事情求她：又提醒她别忘了教她怎么做饭……

“哦，还有！能不能帮我弄一些本色粗毛线来？我要织一双长袜子……普通的。”

塔季扬娜说这些事情都能办妥，就收拾好餐桌，迈着从容稳当的步子从房间里走了出去。

“哎，我们现在做什么呢？”玛丽安娜问涅日丹诺夫，没等他回答就说：“你愿意吗？既然明天才开始办正事，今晚我们就来搞点文学吧。我们来读你的诗！我可是个严格的评论家。”

涅日丹诺夫好半天没有答应……但终于让了步，开始念他小本子里的诗。玛丽安娜紧挨着他坐下来，一边听他念，一边望着他的脸。她说得没错：她确实是严格的评论家。令她喜欢的诗只有为数不多的几首，而且是那种纯粹的抒情诗、短诗，以及她所谓的非说教式的诗。涅日丹诺夫念得不大好，他没有勇气高声朗读，又不想念得干巴巴的，结果弄得不伦不类。玛丽安娜突然打断了他，问他是否知道杜勃罗留波夫有一首好诗，开头是："我纵然死去，又何足悲痛"[①]，说罢她背诵了这首诗，念得也不太好，有点像小孩子背诗。

涅日丹诺夫说这首诗太悲怆了，又说他涅日丹诺夫写不出这样的诗，因为他不必害怕人家在他的坟头落泪……不会有人那么做的。

"会有人的，如果我活得比你长久，"玛丽安娜慢慢地说出这句话，她抬眼望着天花板，沉默了一会儿，自言自语似地悄声问道：

"他怎么画出我的肖像来？凭记忆吗？"

涅日丹诺夫一下子向她转过脸来……

"是的，凭记忆。"

玛丽安娜对他的回答很惊奇，她觉得这只是她心里在想的一个

---

① 杜勃罗留波夫是十九世纪俄国革命民主主义文学批评家。诗的全文是：

我纵然死去，又何足悲痛；
有件事却令我心中惶恐：
但愿死神莫要把我
难堪地捉弄。

我怕在我僵冷的遗骸上
人们把热泪串串抛洒，
我怕有人热心到愚蠢，
给我的棺木拿来鲜花；

我怕朋友们大公无私，
成群结队地为我送葬，
我怕我在葬身之地
倒成了爱的偶像。

我怕我在生前
徒然期盼的一切
这时候才来到墓边
给我愉快的笑颜。

问题。

“这真奇怪……”她仍然悄声说。“他本没有绘画的才能。刚才我想说什么来着……”她大声道，“对了！是说杜勃罗留波夫的诗。写诗就要写普希金那样的诗，或者写杜勃罗留波夫这样的诗：好像不是诗……却也不亚于诗。”

“像我这样的诗就完全不应该写了？对不对？”涅日丹诺夫问。

“朋友们喜欢你这样的诗，并不是因为诗很好，而是因为**你**人好，诗如其人。”

涅日丹诺夫微微一笑。

“你毁了我的诗，捎带连同我一起！”

玛丽安娜在他手上打了一下，说他挖苦人……过了一会儿她说困了，要去睡觉了。

“顺便说说，你知道吧，”她甩了甩一头浓密鬈曲的短发，说，“我有一百三十七卢布，你呢？”

“九十八卢布。”

“啊！我们够有钱的了……对于平民化的人来说。好了，明天见！”

她走了；但是不大一会儿她的房门微微打开，从窄缝里传出来一声“再见！”随后是更轻的一声“再见！”接着是钥匙锁门的声音。

涅日丹诺夫坐到沙发上，用一只手捂住眼睛……他又突然站起来，走到里屋的门边，敲了敲门。

“你有事吗？”里面问道。

“玛丽安娜，不是**到**明天再见……而是明天再见！”

“明天，”回答的声音很轻。

二十九

第二天一大早，涅日丹诺夫又去敲玛丽安娜的门。

“是我，”他听见她问“是谁呀？”就说，“你能到我这儿来一下吗？”

“等一等……马上就来。”

她从房间里走出来，不禁惊叫了一声。起先她没有认出是他。他穿一件长腰身、小钮扣、灰黄土布的破旧长袍；头发梳成了俄国式的中分头；脖子上系着条蓝手帕；手里拿着一顶帽檐折坏了的便帽；脚上是一双没有擦干净的小牛皮靴子。

“天哪！”玛丽安娜叫道，“你这样子……多难看啊！”说着匆忙地拥抱了他一下，又更匆忙地吻了他一下。“你干吗要**这一身**打扮呢？ 你就像个俗气的小市民……或者小商贩……或者像以前的那种听差。干吗要穿这样的袍子，而不穿一件紧腰的长外衣，要不就穿普通农民的粗呢上衣呢？”

“确实如此，”涅日丹诺夫说；他穿这身服装真的像一个贩卖牲口的小市民，他自己也有这种感觉，心里很是懊恼和不自在：他不住地用叉开手指的双手摸摸胸口，像是要擦去脏东西似的……“帕维尔说，穿紧腰外衣或者农民上衣，人家马上就能识破我；而穿这身衣服，照他说……就像我生来没穿过别的衣服似的！ 我要说明一下，他这话可有点伤了我的自尊心。”

“难道你马上要去……开始吗？”玛丽安娜兴奋地问道。

“是的；我去试一试；虽说……要真正地……”

“你是幸运的人！”玛丽安娜打断了他。

“帕维尔这个人真不简单，”涅日丹诺夫接着说。“他无所不知，一眼就能把你看透；可是他又愁眉苦脸地装作毫不相干，对什么事都不插手的样子！ 他自己出力效劳，又总是要笑话自己。他从马尔克洛夫家里给我把书拿来了；他也认识他，还称呼他谢尔盖·米哈伊洛维奇。为了索洛明他可以赴汤蹈火。”

“塔季扬娜也是，”玛丽安娜说。“为什么人家对索洛明这样忠心耿耿呢？”

涅日丹诺夫没有回答。

“帕维尔给你拿来哪些书？”玛丽安娜又问。

“嗯……一般的。《四兄弟的故事》……那边还有一些……一般常见的和著名的。不过这些是比较好的。”

玛丽安娜着急地四面张望了一下。

“塔季扬娜这是怎么啦？ 她答应一早就来的……”

“我这不是来啦，”塔季扬娜提着个小包袱走进房间，说道。她在门口听见玛丽安娜在大声说话。

“您还来得及……这可是件稀罕东西！”

玛丽安娜忙朝她奔过去。

“您带来了？”

塔季扬娜拍拍手里的包袱。

“全都在这儿……一样不少……只要试一试……就能穿出来让人家开开眼了！”

“啊，我们走，我们走，塔季扬娜·奥西波夫娜，亲爱的……”

玛丽安娜把她带到自己的屋里去了。

只剩涅日丹诺夫一个人，他用一种特别的、匆匆忙忙的脚步在房里走了两圈（不知为什么他设想小市民就是这样走路），把鼻子小心地凑到袖子上和帽子里闻了闻，皱起了眉头；他朝嵌在窗边墙上的小镜子里瞅了一眼，摇摇头：他这模样太不雅观了。（“不过这样倒更好些，”他想。）他拿了几本小册子揣进裤子后袋里，轻声念叨着：“咋样儿……哥们儿……没辙儿……敢情……”“我看是像了，”他又想道，“其实也不用装模作样！我这身装束就顶事。”这时涅日丹诺夫想起了一个被流放的德国人，当时他要穿过整个俄国逃出国境，但他的俄语说得很糟，多亏了他在某个小县城买了一顶商人戴的猫皮帽圈的皮帽子，所到之处人皆以为他是商人，就这样顺利混出了国境。

这当儿索洛明走了进来。

“啊哈！”他嚷道，“你像那么回事了！对不起，兄弟，冲你这身打扮我可不能称呼‘您’。”

“请您……请你……我正想请你改个称呼呢。”

“这会儿时间还早；不过你想先习惯一下也行。但总得等一等，老板还没有走，他在睡觉。”

“我晚些时候出去，”涅日丹诺夫说，“在接到指示之前先到附近这一带走一走。”

“好主意！不过有一条，阿列克谢老弟……我就叫你阿列克谢，好吗？”

“就叫阿列克谢吧。只要你愿意，叫利克谢都行，”涅日丹诺夫笑着说。

“不，不要太过分。你听我说，常言道：事先约好不吃亏。我看你这儿有些书；你想发给谁都可以，就是不能在工厂里散发，绝对不行！”

“为什么？”

“因为，第一，这对你有危险；第二，我向老板保证过工厂里不会有这等事，这工厂毕竟是他的；第三，我们已经着手在办一些事情，例如学校之类等等……你可能会把事情弄糟的。你自己看着办吧，我不妨碍你，可是你不要碰我的工人。”

“小心谨慎总不是坏事……是吧？”涅日丹诺夫有点挖苦地笑笑说。

索洛明照例开朗地一笑。

“正是，阿列克谢老弟；不是坏事。啊，我看见谁了？我们是在什么地方？”

他的后两句话是大声对玛丽安娜说的。她站在里屋的门口，穿着一件洗旧了的花花绿绿的印花布连衣裙，肩上披着块黄帕子，头上扎着红头巾。塔季扬娜在她背后向外张望，一面好心地欣赏着她的装束。穿着朴素的玛丽安娜显得更年轻、更有朝气，她这身打扮比涅日丹诺夫的长袍子更合适些。

“瓦西里·费多特奇，请您别笑我，”玛丽安娜央求道，脸红得像罂粟花似的。

“多好的一对儿！”塔季扬娜拍手喝彩道。“不过你，亲爱的小伙子，我说了你别生气：你人漂亮，挺漂亮，可是比起我这小媳妇来，身段就不行啦。”

“她确实很迷人，”涅日丹诺夫心想，“啊！我多么爱她！”

“瞧呀，”塔季扬娜接着说下去，“她跟我把戒指也换了。她把自己的金戒指给了我，把我的银戒指拿去了。”

“普通人家的姑娘不戴金戒指，”玛丽安娜说。

塔季扬娜叹了口气。

“我替您把戒指保存好，亲爱的，您别担心。”

“好了，坐下吧，你们俩都坐下吧，”索洛明开口道，刚才他一直微微低着头在注视玛丽安娜，“你们记得吧，以前人们出门的时候总要在一起坐一会儿。你俩面前的这条路又长又艰难啊。”

玛丽安娜仍旧涨红着脸，坐了下来；涅日丹诺夫和索洛明都坐下来；塔季扬娜也在一个柴墩子上将就坐下了。索洛明挨个儿看看大家，眯缝起眼睛说：

> 我们要走了，我们瞧一瞧，
> 我们在一起坐着多么好……

说罢忽然哈哈大笑，他笑得那样爽朗，大伙谁也没有生气，反倒觉得很高兴。

涅日丹诺夫突然站了起来。

“我得走了，”他说，“现在就走；这里一切都让人很愉快，只是有点像那种换装的轻松喜剧。你放心，”他对索洛明说，“我不会碰你的工人。我到附近各处去逛逛，回来以后，玛丽安娜，要是有什么可谈的内容，我把我的漫游经历告诉你。把手伸给我，祝我好运吧！”

“喝完茶再走吧，”塔季扬娜说。

“不，还喝什么茶！要喝我可以进小饭馆，或者干脆上小酒馆去。”

塔季扬娜摇了摇头。

“现在大路上开的小饭馆，就跟羊皮袄上的跳蚤那么多。村庄的地方大着呢，就拿巴尔马索沃来说……”

“再见，回头见……哦，祝你们在家平安！”涅日丹诺夫改口道，他现在已进入小市民的角色。他刚走到门口，帕维尔从走廊里跑来，仿佛从他鼻子底下钻了出来。帕维尔把一根从上到下都刻着螺纹的细长手杖递给他，说：

“您拿着吧，阿列克谢·德米特里奇，走路时好拄着它，拄得离身子越远就越舒服。”

涅日丹诺夫默默接过手杖就走了。帕维尔也跟在他后面走了。塔季扬娜也想走，玛丽安娜站起来叫住了她。

“请等一下，塔季扬娜·奥西波夫娜，我有事找您。”

“我去拿茶炊，马上就回来。您的同伴没喝茶就走了，我看他也太着急了……你们何苦要折磨自己呢？日子长了就会明白的。”

塔季扬娜走出去了，索洛明也站了起来。玛丽安娜一直背朝他站着，因为好久没听见他说过一句话，便向他转过身来，这时在他的脸上，在他那双一直谛视着她的眼睛里，她看到了一种她以前不曾发现的疑问、不安甚至是好奇的表情。她不好意思了，又涨红了脸。索洛明似乎因为脸上的神色让对方察觉而有些难为情，便故意提高了嗓门说话。

“是啊，是啊，玛丽安娜……您这就算开始了。”

“说什么开始，瓦西里·费多特奇！这算什么开始？现在我忽然感到很不自在。阿列克谢说的不错：我们像是在演一出喜剧。”

索洛明又在椅子上坐下来。

“对不起，玛丽安娜……您对这种**开始**是什么想法？总不会去堆筑街垒，插上红旗，高喊‘乌拉！为共和国战斗！，这可不是妇女的事情。您现在不如去找一个叫卢克里娅什么的女人，教会她一点有用的东西；您做这事会遇上困难，因为卢克里娅不容易明白道理，她会疏远您，还会以为您想教给她的东西毫无用处；过两三个星期之后，您又得和另一个卢克里娅打交道伤脑筋；这中间您还可以给娃娃洗澡，或者教娃娃识字，或者为病人发药……这就是您的开始。”

“这是护士们做的事，瓦西里·费多特里！为什么还要我……做这些呢？”玛丽安娜用不明确的手势指指自己，又向周围比划了一下。“我有另一种理想。”

“您是想牺牲自己吗？”

玛丽安娜的眼睛发亮了。

“是的……是的……是啊！”

“那么涅日丹诺夫呢？”

玛丽安娜耸了耸肩膀。

“不关涅日丹诺夫的事！我俩可以一起去干……我也能单独去干。”

索洛明盯着她看了一会儿。

“听我说，玛丽安娜……请原谅我说句不文雅的话……照我看，给癞痢头小子梳梳头也是牺牲，是许多人都做不到的大牺牲。”

“这种事我也愿意做的，瓦西里·费多特奇。”

“我知道您不会拒绝！是的，**您**能够做这种事。您暂时就先做这个，以后或许还有别的事。”

“这得先跟塔季扬娜学一学呢！”

“那好极了……您就学吧。您要像女佣人那样洗盆子、拔鸡毛……

谁知道，也许您会拯救祖国呢！”

“您在笑话我，瓦西里·费多特奇。”

索洛明慢慢地摇了摇头。

“亲爱的玛丽安娜，相信我，我没有笑话您，我刚才说的是朴素的真理。如今你们俄国妇女，全都比我们这班男人更能干，更高尚。”

玛丽安娜抬起了低垂的眼睛。

“我努力不辜负您的期望，索洛明……即使去死！”

索洛明站了起来。

“不，您要活下去……活下去！这是最重要的。顺便问一下，您想不想知道您逃走后家里发生的情况？那边有没有采取什么措施？只要对帕维尔轻轻说一声，他马上就能打听得一清二楚。”

玛丽安娜感到很惊讶。

“他这个人真是非同寻常！”

“是的……相当了不起。要是您和阿列克谢几时想办婚事，他也能跟佐西马把事情安排好……记得吧，我对你们说过的，本地有一位牧师……不过暂时还用不着他吧？是不是？”

“用不着。”

“也罢。”索洛明走到隔开玛丽安娜和涅日丹诺夫两人房间的那道门边，弯腰察看门锁。

“您瞧什么呢？”玛丽安娜问。

“钥匙好锁吗？”

“好锁，”玛丽安娜小声道。

索洛明朝她转过身来。她没有抬起眼睛。

“那么，用不着去打听西皮亚金家的意图了？”他快活地说，“用不着了，是吗？”

索洛明打算离去。

“瓦西里·费多特奇……”

“您有什么吩咐？”

“清告诉我，您平时沉默寡言，为什么跟我这样健谈？ 您想不到这叫我多么高兴。”

“为什么？”索洛明把她一双柔软的小手握在自己坚硬的大手里。“为什么？ 是啊，也许是因为我非常喜欢您。再见了。”

他走了……玛丽安娜站在那里目送他离去，若有所思。塔季扬娜还没有把茶炊拿来，她就去找她。玛丽安娜真的在她那儿喝完了茶，还像女佣那样洗了盆子，拔了鸡毛，甚至帮一个男孩子梳理好他那乱蓬蓬的头发。

快到午饭的时候，她回到自己的小房间里……她没有等多久，涅日丹诺夫就回来了。

他疲惫不堪，满身尘土，一下子瘫倒在沙发上。她马上坐到他身边来。

“怎么样？ 怎么样？ 快告诉我！”

“你还记得这两句诗吧，”他有气无力地说：

“要不是如此可悲，
这一切真是可笑……

“还记得吗？”

“当然记得。”

“用这两句诗形容我的第一次出动倒很合适。哦，不！我这一次显得更加可笑。首先，我确信扮演一个角色再容易不过，谁也不会怀疑我。只是有一点我不曾想到：你得事先编好一套故事……否则别人问你从哪儿来？为什么？你答不上来。其实这也不尽然。你只要在小酒馆里请谁喝一小杯伏特加，你就尽管去撒谎吧。”

“你也……撒谎了吗？”玛丽安娜问。

“尽可能地……撒谎。其次，所有跟我谈过话的人，个个都怀着不满情绪，但是谁也不想知道怎样来解决这种不满！我做宣传工作看来不行，干脆就偷偷把两本小册子放在农舍里，一本塞在大车上……结果会怎样，只有上帝知道！我向四个人送过小册子。一个人问这是不是宗教书籍，结果没有要；另一个说他不识字，拿回家给孩子看，因为封面上有图画；第三个起先连声说好，后来突然翻脸臭骂我一顿，也不要了；第四个人终于接过小册子，对我千恩万谢，但是看样子我说的话他一句也没有听懂。除此之外，一条狗咬了我的腿；一个婆娘拿着炉叉站在木屋，门口吓唬我：‘呸！讨厌的家伙！你们这些莫斯科来的二流子！你们不得好死！’还有一个休长假的士兵一直跟在我背后喊叫：‘等一等，你别走！老弟，看我们来收拾你！’他可是用我的钱灌足了黄汤的！”

“还有什么呢？”

“还有什么？还有我的脚上蹭出了趼子：一只靴子太大了。现在我饿了，伏特加使我头疼欲裂。”

“你喝了许多酒吗？”

“不，不多，只是做个样子，可是我进了五家小酒馆。伏特加这讨厌的东西简直让我受不了。我们的民众怎么偏要喝它，真是不可理解！

要是为了平民化就得喝伏特加，在下实在无法从命！”

“就没有一个人怀疑你吗？”

“没有。只有一个酒店掌柜，是个脸色苍白、眼珠也发白的胖子，他用怀疑的眼光望了望我。我听见他对他老婆说：‘你盯住那个红头发……斜眼睛的家伙。（我至今还不知道自己是斜眼。）他是个骗子。瞧他喝酒那副神气！’在这种场合下‘神气，是什么意思，我不明白，不过这未必是在夸奖我。大概我有点像果戈理《钦差大臣》里那个‘有失体统的人’，你还记得吧。或许是因为我总想把酒偷偷泼到桌子底下去的缘故。唉，一个搞美学的人来接触实际生活真是困难，困难啊！”

“下一次会顺利些的，”玛利安娜安慰他，“我很高兴你能用幽默的眼光看待自己的第一次尝试……当时你真的不觉得苦恼吗？”

“不，不苦恼，甚至还觉得好玩。不过我确实知道，现在再回想起这一切，我会感到厌恶和丧气的。”

“不！ 不！ 我不准你再想了，我要告诉你我做了些什么。我们的午饭马上就要送来了；我把……塔季扬娜为我们煮菜汤的罐子洗得很干净。我要告诉你一切……一切，每一件事情。”

她原原本本地全都说了。涅日丹诺夫听她讲述时，老是盯着她看，看得她有好几次停下来，想等他说为什么这般看着她……可是他一言不发。

吃罢午饭，她提出给他朗读几段施皮尔哈根[①]的作品。她刚刚念完第一页，他霍地站了起来，走到她跟前，扑倒在她的脚下。她欠起身

① 施皮尔哈根（1829—1911）：德国作家，其社会政治小说《寡不敌众》曾在俄国民粹派中流传。

子，他双手抱住了她的膝头，开始断断续续地说出些激情和绝望的话来！他说他愿意去死，他不久就要死了……她一动不动，没有抵拒，一任他突发的拥抱，安详地，甚至温柔地从上面望着他，把两只手放在他埋进她衣褶里的脑袋上。倒是这种安详比推开他对他更起作用。他站了起来，对她说："玛丽安娜，为了今天和昨天的事原谅我吧；对我再说一次，你愿意等到我配得上你爱的那一天，并且请你原谅我。"

"我答应了你……就不会改变。"

"那就谢谢你，再见。"

涅日丹诺夫走出去了；玛丽安娜回到自己房里，锁上了门。

三十

两个星期后，还是在这幢小屋里，三条腿的小桌子上燃着根脂油蜡烛，涅日丹诺夫俯在昏暗微弱的烛光下给他的朋友西林写信。（早已是后半夜了。沙发上和地板上乱扔着泥污的衣服：小雨不停地下着，雨点敲打着窗玻璃；四下里吹来的暖风仿佛大声叹息着从屋顶上刮过。）

"亲爱的弗拉基米尔，我给你写这封信不留地址，甚至信要派专人到远地驿站去寄发，因为我在此地居留必须保密，否则受害的将不止我自己。我只能告诉你，我跟玛丽安娜一起住在一家大工厂里，已经两个星期了。就在上次写信给你那一天，我俩从西皮亚金家逃了出来。一位朋友收留了我们，此人我就叫他瓦西里吧。他是这里的主事，很出色的一个人。我们在这个工厂只是暂住，在这儿等待行动时机的到来，虽然照至今的情形来看，这种时机未必能够到来！弗拉基米尔，我现在非常、非常苦恼。首先我要告诉你的是，我和玛丽安娜虽说一同逃出，但我俩迄今形同兄妹。她爱我……对我说，只要……我感到自己有权利向她提出要求时，她便属于我。

“弗拉基米尔，我并不感到自己有这种权利！她相信我，相信我的诚实，我不会欺骗她。我知道，我不曾也绝不会爱任何人更甚于她（这一点确定无疑！）可是这也不行！我怎能把她的命运与我的命运永远联结在一起呢？把活人跟死尸联结在一起？即便不是死尸，能和一个半死的人联结在一起吗？天良何在？你一定要说：激情强烈时良心就会沉默。问题就在于我是死尸一具，你也可以说，是一具诚实、善良的死尸。请你不必大呼我这个人总爱夸大其词……我说的全都是真话！真话！玛丽安娜生性非常矜持，可是她现在完全投身于她所信仰的活动中……而我呢？

“好了，我们不要谈爱情及个人幸福这一切了。我‘到民间去’已有两个星期。真真没有比这种事更愚蠢的了。当然，这要怪我，而不是工作本身。好比说，我不是一个斯拉夫主义者，不是那种口口声声把民众以及接触民众作为**治病良方**的人；我不会把民众当成法兰绒肚兜系在我闹病的肚子上……我要亲自去影响民众；可是怎样影响？？怎样才能做到这一点呢？跟民众在一起的时候，我总在了解和倾听他们，可是轮到我自己说话，那就糟透了！我觉得我不中用，就像蹩脚演员在演生角色一样。不论怎么卖力也无济于事，你的怀疑论也好，自我作践的那点可怜的幽默感也罢……统统变得一文不值了！ 现在想起来都感到厌恶。看看我穿的这套破衣烂衫，看看瓦西里所说的这种假面舞会，怎不叫人厌恶！ 有人说，必须先学会民众的语言，了解民众的风俗习惯……胡扯！ 胡扯！ 胡扯！ 必须先**相信**自己要说的话，然后想说什么就说什么！ 有一次我听见一个分裂教派的先知在布道。鬼知道他胡说些什么，他讲的是教堂语和半文言半白话的大杂烩，而且不是俄语，像是白俄罗斯语什么的……把‘你’说成‘内’，‘有’说成‘油’，叨叨不停说着同样的话，就像一只松鸡在咕咕叫！ ‘圣灵下凡……圣灵下凡……’可是他两眼放光，嗓音低沉而坚定，紧紧攥着拳头，整个人像铁铸的一般！ 听道的人听不懂他的话，可就是崇拜他！ 愿意追随他。而我说起话来倒像个做错了事的人，总要请求别人原谅。真不如去当个分裂派教徒，他们没有多少聪明智慧……但是让你有信仰，信仰！ 玛丽安娜就是有信仰的。她一大早就开始工作，跟塔季扬娜一块儿忙活。塔季扬娜是这里的一个妇人，心肠好，人也不蠢。她说我们这些人想平民化，就把我们叫做平民化的人；玛丽安娜就跟这个妇人成天忙忙碌碌，一刻也不闲着，只像是一只蚂蚁！ 她高兴自己的双手变红了，粗糙了，她在等待着，一旦需要她就立即走上断头台！ 断头台何足惧哉！ 她甚至尝试脱掉鞋子走路，光着脚出去，光着脚回来。后来我听见她洗脚洗了好久；她光脚走时很小心，因为还不习惯，很痛；可是她喜形于色，容光焕发，如获至宝，仿佛全身都沐浴在阳光里。是啊，玛丽安娜真是好样的！要是我想跟她谈谈我的感情，我首先会觉得羞愧，好像我在伸手拿别人东西似的；其次就是她的眼神……啊，那忠诚、柔顺、让我害怕的眼神……仿佛在说：‘你可以占有我……但你要**记住**！……这都是为了什么？难道世上没有更美好更高尚的事情吗？’换句话就是说：穿上你那臭烘烘的长衫到民间去吧……于是我就来到这个民间……

“啊，当时我真诅咒我的神经质、多愁善感和爱挑剔的毛病，诅咒我那贵族父亲遗传给我的这一切！他有什么权利把我推进人世，却给予我一副不能适应生活环境的器官呢？他生了一只飞鸟，为什么把它扔到水里？他培养了一个美学家，却把他抛进了泥坑！他生下的这个民主派，爱民者，一闻到讨厌的伏特加气味就会恶心和呕吐起来，这都是为了什么呢？

“看我扯得多远，居然骂起我父亲来了！民主派是我自己当上的，不关他的事。

“是的，弗拉基米尔，我心境恶劣。我脑子里起了些阴暗的、糟糕的念头！你一定会问，这两周来难道我没有碰到过一件高兴的事、一个哪怕是愚昧无知却也好好的有生气的人吗？怎么对你说呢？我遇到过类似……甚至是一个很好的、有朝气的、出色的人。可是我磨破了嘴皮也不顶用，他对我和我的小册子一概不感兴趣，真是毫无办法！这儿有个叫做帕维尔的工人（他是瓦西里的得力助手，未来的‘头儿，……我好像对你提到过的），他有个农民朋友，名叫叶利扎尔……也是个头脑清醒、思想自由、无拘无束的人，可是他一见到我，我俩之间就像隔着一堵墙！压根儿就‘不成，！我还碰上这样一个……是个火气大的家伙。他说：‘别东拉西扯了，老爷，你就照直说吧，你肯不肯把你的土地全交出来？’我说：‘瞧你说的，我算什么老爷！’（记得当时我还加了一句：.愿基督保佑你！’）末了他说：‘既然你是个老百姓，那你能顶什么用？行行好，别缠着我啦！’

“竟然还有这样的事。我发现，要是有人很乐意听你说，并且马上就把小书拿了过去，这号人大抵轻浮孟浪，并非良善之辈。你还会碰到夸夸其谈的家伙，算是有教养的人，反反复复只会说他那几句口头禅。例如其中的一位，简直弄得我苦不堪言，他老是说‘实行！’不管你对他说什么事情，他照例都是：‘这种事嘛，就是说，要实行！’啊！真见鬼！还有一种情况……你还记得很久以前有人谈论过‘多余的’人，谈论过哈姆雷特式的人物吧？你知道吗，现在农民里面也有这种‘多余的人’了！当然，他们带有自身的特点……而且多半是痨病鬼样的身材。这些人蛮有意思，喜欢上我们这儿来，不过他们对事业毫无用处，就像过去那班哈姆雷特们一样。现在能做些什么呢？建立秘密印刷厂吗？现有的书已经够多的了。有叫人‘划个十字，拿起斧头来’的书，也有叫人‘干脆拿起斧头来’的书。写反映老百姓生活的小说夹带些宣传内容吗？恐怕没有人帮你印出来。要不然就当真抄起一把斧头来？……可是去砍谁呢？跟谁一起去砍，为什么要去砍呢？

为了让官兵用官府的枪把你打死吗？ 这样的自杀也太复杂了！ 倒不如让我自行了断。至少我知道在什么时候，用什么方法，并且自己选择朝什么部位开枪。

“说真的，我想，假如现在什么地方爆发人民战争，我就上战场去，倒不是为了解放什么人（本国的同胞没有自由，谈什么解放别人！！），而是为了结束自己的生命……

“我们的朋友瓦西里，就是收留我们的那一位，他是个幸运的人。他也属于我们的阵营，但为人相当沉稳。他总是不慌不忙。换了别人我会痛骂一顿的……对他我却不能。看来根本问题不在于信仰，而在于性格。瓦西里的性格真叫你挑不出一点儿毛病。而且他显然是对的。他常常和我们，和玛丽安娜待在一起。这也真奇怪。我爱她，她也爱我（我知道你看到这里会微笑，但这是千真万确的！）；可是我跟她在一起几乎无话可谈。她倒是跟他时常争辩，闲聊，听取他的意见。我不是吃他的醋。他正打算把她安排到一个地方去，至少是她求他这样做的。只是看着他们俩，我内心感到痛苦。你想，只要我一提结婚二字，她马上就会同意，然后佐西马牧师出场高唱‘以赛亚，欢喜吧！’于是一切如仪。然而，这不会使我觉得轻松些，也**不会带来任何变化**……前途茫茫，走投无路！ 生活的剪刀把我裁短了，亲爱的弗拉基米尔，你还记得我们认识的那个酒鬼裁缝埋怨他老婆时说的这句话吧？

“不过，我感到这种状况不会持续多久，感到有什么事情就要发生了……

“难道不是我自己要求过，而且证明过应当‘动手’的吗？好，现在我们就要动手了。

“我不记得是否对你讲过我的另一位相识，西皮亚金家那个皮肤黝黑的亲戚？此人也许会惹出难以收拾的大麻烦来。

“早就想结束这封信了，可是不成！偶尔我也胡乱写几行诗。我不想念给玛丽安娜听，她不太喜欢这种诗，而你……有时还称赞几句，特别是你决不会对别人乱说的。在俄国有一神普遍现象使我感到震惊……好吧，我把这首诗抄录如下：

沉　　睡

阔别故乡已经多年……
故乡的面貌没有改变。
依旧是死气沉沉，满目萧条，
房舍无顶，断壁颓垣。
还是那样泥泞、腐臭、贫穷和苦恼！
还是那副粗野和沮丧的奴颜……
获得自由的百姓把自由的手臂空垂
就像那无用的细细皮鞭。
一切悉如从前……只有一件，
我们超过了欧、亚，名列世界之先……
不！我的亲爱的同胞
何曾像这般可怕地睡眠！

周围一切都在沉睡：所到之处，乡村，城镇，
在大车上，雪橇上，白天，黑夜，坐着，站着……
睡着官吏，睡着商人；岗位上睡着哨兵，
无论冰雪严寒，不管暑热蒸腾！
犯人睡在被告席上，法官老爷打着鼾；
庄稼汉昏然入梦，收割、耕种、脱粒……
都在睡梦中进行；爹在睡，娘在睡，全家在睡……
人人都在沉睡！打人的人在睡，还有挨打的人！

只有沙皇的小酒馆大睁着它的眼睛；
腾出五个手指紧紧捏住酒瓶，
额头顶着北极，脚跟抵住高加索，
我的祖国，神圣的俄罗斯啊，
你就是这样沉睡不醒！

“请原谅，我不愿把如此忧伤的信寄给你，所以在末尾给你来了点笑料，（你大概能找到几处生硬的押韵……还有别的毛病！）何时再给你写下一封信？我还会写吗？不管我发生什么情况，我相信你不会忘记

你忠实的朋友　阿·涅

“又及：是的，我国人民在沉睡……但我觉得，如果有什么东西能惊醒他们，那也不是**我们**所想的东西……”

涅日丹诺夫写完最后一行，扔下笔，自言自语道："好了，现在去睡一觉，忘掉这些胡说八道吧，你这蹩脚诗人！"他躺到床上……但久久没有睡意。

第二天早晨，玛丽安娜经过他的房间去找塔季扬娜，把他叫醒了。他刚穿好衣服，她又回来了。她脸上露出喜悦又惊慌的表情，样子很激动。

"你知道吗，阿廖沙，听说离这儿不远的特县已经开始了！"

"怎么？ 什么开始了？ 这是谁说的？"

"帕维尔。据说农民都起来了，抗缴人头税，他们成群结队的。"

"你亲耳听到的？"

"是塔季扬娜告诉我的。瞧，帕维尔来了，你问他。"

帕维尔走了进来，他证实了玛丽安娜的话。

"特县出乱子了，这是真的！"他抖了抖胡须，眯起他那亮晶晶的黑眼睛，说。"十有八九这是谢尔盖·米哈伊洛维奇干的。他已经五天不在家了。"

涅日丹诺夫伸手去拿帽子。

"你上哪儿？"玛丽安娜问。

"嗯……上那边，"他没有抬起眼睛，皱着眉头答道。"到特县去。"

"我跟你去。你一定会带上我吧？ 我只要扎一条大头巾就行了。"

"这不是女人家的事，"涅日丹诺夫阴沉地说，眼睛依然看着下面，像是很恼火的样子。

"不……不！ 你去这很好，不然马尔克洛夫会当你是胆小鬼……

我也要跟你去。”

“我不是胆小鬼，”涅日丹诺夫仍然阴沉地说。

“我是想说，他会当我们俩都是胆小鬼的。我要跟你一块儿去。”

玛丽安娜回自己房里去拿头巾，帕维尔倒抽了口气似地暗暗“嘿！”了一声，马上就溜走了。他跑去报告索洛明。

玛丽安娜还没有出来，索洛明就来到了涅日丹诺夫房里。涅日丹诺夫面对窗户站着，把额头贴在手上，手贴在窗玻璃上。索洛明碰碰他的肩膀，他马上转过身来。他蓬头垢面，一副粗野的怪模样。不过索洛明近来也变了，他黄瘦了，脸拉长了，上排牙齿都露了点出来……他那颗“四平八稳”的心也显得有些慌乱了。

“马尔克洛夫还是沉不住气，”索洛明说。“这件事的结局可能很糟，首先对他本人……当然还牵连到别人。”

“我去看看那边的情况……”涅日丹诺夫道。

“还有我，”玛丽安娜从里屋出来，在门口说。

索洛明慢慢朝她转过身来。

“我倒劝您别去，玛丽安娜。您会暴露自己，也暴露了我们，不知不觉地，而且毫无必要。既然涅日丹诺夫要去，就让他去嗅嗅那边的气氛……也只能稍微嗅一嗅！ 而您又何必去呢？”

“我不想让他一个人去。”

“您会妨碍他的。”

玛丽安娜瞥了一眼涅日丹诺夫。他僵立在那儿，面容呆板而阴郁。

“要是那边有危险呢？”她问。

索洛明微微一笑。

“别担心……要是有危险我就让您去。”

玛丽安娜默默取下头巾，坐了下来。

索洛明便对涅日丹诺夫说：

“你呀，老弟，倒确实要去看一看。也许这些事情都被人夸大了。不过请你还是小心点为好。会有人赶车送你去的。你要快些回来。你答应我吗，涅日丹诺夫？　答应吗？”

“好吧。”

“一定吗？”

“是的，既然在这儿大家都服从你，从玛丽安娜开始！”

涅日丹诺夫没有告别一声就到走廊里去了。帕维尔从暗处钻了出来，抢先奔下楼去，皮靴的铁掌敲得楼梯咚咚响。该**他**去套车送涅日丹诺夫。

索洛明在玛丽安娜身边坐下来。

“您听见涅日丹诺夫最后那句话吗？”

“听见了；我听您的话比听他的更多，他就不高兴了。这是真的。我爱**他**，可是我听**您**的。他对我更可贵……而您对我更可亲。”

索洛明小心地摩摩她的手。

“这件事情……很麻烦，”他终于说。“要是马尔克洛夫搅了进去，他就毁了。”

玛丽安娜打了个哆嗦。

“毁了？”

“是的。他做事从不半途而废，而且不会躲在别人后面。”

“毁了！”玛丽安娜又小声说，眼泪顺着面颊流了下来。“唉，瓦西里·费多特奇！　我很替他难过。为什么他就不能成功？　为什么他一定会毁了呢？”

“因为，玛丽安娜，干这种事业第一批人总是牺牲者，即使他们成功了也难免牺牲……何况**他**要做的这件事，不但第一批和第二批人会毁掉，甚至第十批……第二十批……”

“这么说，我们指望不到了？”

“指望您想看到的结果吗？决不可能。我们的眼睛看不到这一天；我说的是这副肉眼。要是用心灵的眼睛……那是另一回事。你现在就可以尽情观赏。这儿没有人限制你。”

“那您为什么，索洛明……”

“什么？”

“您为什么要走这条路？”

“因为没有别的路。其实也就是说，我和马尔克洛夫目标一致，但道路不同。

“可怜的谢尔盖·米哈伊洛维奇！”玛丽安娜伤心地说。索洛明又小心地摩摩她。

“好了，不说了。现在还没有一点确实消息。看看帕维尔带什么消息回来。我们这种……身份的人要坚强。英国人说：‘Never say die.[①]’这句俗话真好。比俄国的俗话‘灾难来了开大门！’更好。犯不着事先就伤心。”

索洛明从椅子上站起来。

“您打算给我找个工作地点的，怎么样了？”玛丽安娜突然问道，脸颊上还带着晶亮的泪水，但眼睛里已没有悲伤。

索洛明又坐下来。

---

① 英语：永远不要说死。

“您这么想尽快离开这儿吗？”

“哦，不！　我只是想做个有用的人。”

“玛丽安娜，您在这儿也很有用处。别离开我们，等等再说吧。您有什么事？”索洛明问这时走进屋来的塔季扬娜。（他只对帕维尔一个人称“你”，那也只是因为，索洛明对他称“您”，他会非常伤心的。）

“来了个女的，说要见阿列克谢·德米特里奇，”塔季扬娜把两手一摊，笑着说，“我说，他不在我们这儿，根本就没有这个人。我们不知道他是什么样的人。可是那爷们儿……”

“谁是那爷们儿？”

“就是那个女的。他马上就把名字写在这张纸上，叫我拿给人看，放他进来；说要是阿列克谢·德米特里奇当真不在家，他就等他。”

纸上用粗大的笔触写着：马舒琳娜。

“让她进来，”索洛明说。“玛丽安娜，要是她上这儿来，您不介意吧？　她也是我们的人。”

“一点也不，我不会的。”

过了不大工夫，马舒琳娜就来到了房门口，她仍然穿着我们在第一章开始时见到的那身衣服。

三十一

“涅日丹诺夫不在家吗？”她问道；她看见索洛明，就走过去向他伸出手。“您好，索洛明！”对玛丽安娜她只是瞟了一眼。

“他快回来了，”索洛明答道。“不过请问，您是从谁那儿知道……”

“从马尔克洛夫那儿。不过，这事在城里……也有两三个人知道了。”

“真的吗？”

“是的。有人说漏了嘴。而且听说涅日丹诺夫本人也让人家认出来了。”

“乔装打扮得好！”索洛明嘟哝道。“让我给你们介绍一下，”

接着他又大声说。“西涅茨卡娅女士，马舒琳娜女士！ 请坐。”

马舒琳娜略一点头，坐了下来。

“我给涅日丹诺夫带来了一封信；给您，索洛明，带来的是口头询问。”

“什么询问？ 谁询问？”

“您知道的那个人……怎么样，您这边……都准备好了吗？”

“我这儿什么也没有准备。”

马舒琳娜使劲睁大了她那双小眼睛。

“什么也没有？”

“没有。”

“就是说，一点也没有？”

“一点也没有。”

“我就这样回去说？”

“您就这样说吧。”

马舒琳娜想了想，从衣兜里掏出一支烟。

“给个火可以吗？”

“给您火柴。”

马舒琳娜抽起了香烟。

“‘他们’盼望的可不是这个，”她说。“而且周围的情况都不像你们这里。不过这是您的事。我到您这儿来不会待多久。我只想见到涅日丹诺夫，把信交给他。”

“您要到哪儿去？”

“离这儿很远的地方。”（她其实要去日内瓦，但她不愿告诉索洛明，认为他不太可靠，何况还有个“外人”在场。勉强懂两句德语的马舒琳娜被派到日内瓦去，是为了向一个她不认识的人递交半块画有葡萄藤的硬纸板和二百七十九个银卢布。）

“奥斯特罗杜莫夫在哪儿？跟您一起吗？”

“不。他就在附近……陷住了。不过他会有消息的。皮缅决不会出事。用不着担心。”

“您是怎么到这儿来的？”

“坐大车……还能怎么来？再给我一根火柴……”

索洛明把擦燃的火柴递给她……

“瓦西里·费多特奇！”突然从门外传来轻轻的呼唤声。“请您出来一下！”

“谁呀？有什么事？”

“请您出来。”那声音坚持道。“外面来了些不认识的工人，七嘴八舌的，帕维尔·叶戈雷奇又不在。”

索洛明说了声对不起，站起来走了。

马舒琳娜开始端详玛丽安娜，看了好一会儿，玛丽安娜都不好意思了。

“请原谅我，”马舒琳娜突然用她那生硬的粗嗓门说道，“我是个粗人，不会……那一套。您别生气；要是您不愿意，可以不回答我。您就是从西皮亚金家出走的那个姑娘吗？”

玛丽安娜有点吃惊，但还是回答道：

“是的。”

“跟涅日丹诺夫一块儿？”

“是啊。”

“请……把手伸给我。请您原谅我。既然他爱上了您，看来您是个好姑娘。”

玛丽安娜握了握马舒琳娜的手。

“您跟涅日丹诺夫很熟吗？”

“我认识他。在彼得堡时跟他常见面。所以我才跟您谈到他。谢尔盖·米哈伊洛维奇也对我说过……”

“啊，马尔克洛夫！ 您不久前见到他了？”

“不久前。现在他已经走了。”

“到哪儿？”

“到叫他去的地方。”

玛丽安娜叹了口气。

“唉，马舒琳娜女士，我真替他担心。”

“首先，我算什么女士？ 丢掉这些客套吧。其次，您说您‘担心’。这也不合适。不为自己担心，也就不为别人担心。不必考虑自己，不必担心自己，这些都不必。除非……现在我在想：我菲奥克拉·马舒琳娜这样说说很容易。我长相难看。而您……您是个美人儿。这些对您就比较困难了。（玛丽安娜垂下眼睛，扭过头去。）谢尔盖·米哈伊洛维奇对我说……他知道我要交给涅日丹诺夫一封信……他对我说：‘你不要到工厂去，不要把信带去，这封信会把一切都弄糟的。你别管了！ 他们俩在那边很幸福……让他们去吧！ 不要妨碍他们！’我倒乐得不妨碍你们……可是信怎么办？”

“信一定要交给他，”玛丽安娜接着说。“谢尔盖·米哈伊洛维奇真是好人！ 他会牺牲吗，马舒琳娜……或者会流放西伯利亚？”

“那又怎么样？ 难道不能从西伯利亚逃出来？ 丢掉性命吗？！有的人命好，有的人命苦。他的生命也不是精制的糖块。”

马舒琳娜又用探询的目光凝视了她一会儿。

“您的确是个美人儿，”她大声道，“真正是只小鸟儿！ 我想，阿列克谢这会儿回不来……不能把信交给您吗？ 还等什么？”

“我一定转交给他，请您放心。”

马舒琳娜一只手托着腮，半天没有说话。

“告诉我，”她终于开口……“请原谅我……您很爱他吗？”

“是的。”

马舒琳娜甩了甩她那沉甸甸的脑袋。

“好了，用不着问他是不是爱您了！ 我想我该走了，不然怕来不及了。您对他说，我到这儿来过……向他问好。告诉他：马舒琳娜来过。您不会忘记我的名字吧？ 不会吧？ 马舒琳娜。这封信……等一等，我把它放到哪儿去啦？”

马舒琳娜站起来，转过身，装作在衣兜里摸索的样子……同时迅速把一个小纸卷儿放进嘴里，咽了下去。

“哎呀，老天！ 我真蠢！ 难道把它弄丢了？ 当真丢掉了。哎呀，倒霉！ 谁捡到没有……没有；哪儿也没有。真是如了谢尔盖·米哈伊洛维奇的愿了！”

“再找找吧，”玛丽安娜小声说。

马舒琳娜挥了挥手。

“不！ 还找什么！ 丢掉了！”

玛丽安娜便走到她跟前。

“那就吻我一下吧！”

马舒琳娜一下子搂住玛丽安娜，用超过一般女人的力气把她偎在胸前。

“我决不会为任何人做这种事的，”她嗄声说，“违背良心……这还是第一次！ 告诉他，要他小心点……您也一样。要当心！ 这地方大家很快就会有危险，很危险！ 你俩还是趁早离开……再见！”她决然地大声道别。“不过还有一件事……您告诉他……不，什么也别说了。别说了。”

马舒琳娜走了，门砰的一声带上了，剩下玛丽安娜独自站在房间中央陷入了沉思。

“这是怎么回事呢？”她终于自语道，“这个女人比我更爱他！ 她那些暗示是什么意思？ 索洛明为什么突然走了就不回来呢？”

她在房间里走来走去。一种奇怪的感觉——恐惧、懊丧和惊讶混杂在一起攫住了她。她为什么不跟涅日丹诺夫一起去呢？ 是索洛明劝阻了她……可是现在他自己在哪儿？ 周围发生了什么事情？ 马舒琳娜一定是同情涅日丹诺夫而没有把那封危险的信交给她……马舒琳娜怎敢如此违抗命令？ 想表示她的宽宏大量吗？ 凭什么权利她这样做？ 而**她**，玛丽安娜，为什么被这种行为感动了？ 她是否真的被感动了？一个不漂亮的女人喜欢一个年轻男人……其实这有什么异乎寻常之处？ 为什么马舒琳娜把玛丽安娜对涅日丹诺夫的恋情看得比责任心还要重呢？ 也许玛丽安娜根本就不需要这种牺牲！ 这封信的内容是什么？ 号召立即行动吗？ 那又会怎么样！！

“马尔克洛夫怎样了？ 他处境危险……可是我们在于什么？ 马尔克洛夫怜悯我们俩，让我们享受幸福而不拆散我们……这是为什么？ 也是宽宏大量……或者是轻蔑？

“难道我们就为了这个逃出那可恨的家庭，就为了能待在一起卿卿我我吗？”

玛丽安娜这样思索着，心中的焦躁和懊恼变得越来越强烈。而且她的自尊心也受了伤害。为什么大家都弃她而去，**大家**？ 那个“胖”女人称她是小鸟儿，美人儿……干吗不干脆叫她洋娃娃呢？ 涅日丹诺夫为何不一个人走，而要跟帕维尔一块去呢？ 就像他需要人监护似的！ 索洛明的信仰究竟是什么？ 他根本不是个革命者！ 难道有人会以为，她对待这一切都不是认真其事吗？

一个个念头争先恐后、彼此纠缠，在玛丽安娜发热的头脑里萦回不已。她终于在窗口坐下来，咬紧牙关，双手像男人那样交叉抱着，坐着一动也不动，身子没有靠在椅背上，整个姿势显得很紧张，像在提防着什么，随时准备一跃而起似的。她不想到塔季扬娜那儿去干活了；现在她唯一想做的就是等待！ 她固执地、几乎是气呼呼地在等待着。有时她自己也觉得她的这种情绪古怪而不可理喻……不过反正一样！ 有一次她甚至在想：这一切莫非由于嫉妒心在作怪？ 但一想起可怜的马舒琳娜的身影，她便耸了耸肩，挥了挥手……实际上她不过在心里做了做这个手势罢了。

玛丽安娜等了很久。终于，她听见了两个人爬楼梯的咚咚响声。她转眼朝门口望去……脚步声更近了。房门打开了，涅日丹诺夫由帕维尔搀扶着来到了门边。他面色惨白，帽子没有了；散乱的头发湿漉漉的，一绺绺搭在额头上；两眼木然地直瞪着前面。帕维尔扶着他穿过房间（他脚打软，走不稳），让他坐到沙发上。

玛丽安娜从座位上猛地站起来。

“这是怎么回事？他怎么了？他病了吗？”

正在扶涅日丹诺夫坐下来的帕维尔，半扭过身子回头笑嘻嘻地说：

“您别担心，一会儿就好了……他只是还不习惯。”

“究竟是怎么回事啊？”玛丽安娜追问道。

“喝多了点儿。空肚子喝酒，容易醉！”

玛丽安娜俯下身来看涅日丹诺夫。他横着半躺在沙发上，头垂在胸前，两眼失神……身上有伏特加酒味，他喝醉了。

“阿列克谢！”她不由得叫道。

他费劲地睁起沉重的眼皮，勉强笑了笑。

“啊！玛丽安娜！”他嘟哝道，“你总在说，什么平……平民化的人。现在我真正是平民化的人了。因为全体平民百姓成天都醉醺醺的……所以……”

他不吭声了；后来他又咕哝了几句含糊不清的话，就闭上眼睛睡着了。帕维尔小心地安顿他在沙发上睡好。

“您别担心，玛丽安娜·维肯季耶夫娜，”帕维尔说，“让他睡个把时辰，起来就没事了。”

玛丽安娜本想问问事情的经过，但这一问帕维尔就走不了，而她只想一个人待着……也就是不想让帕维尔继续看见涅日丹诺夫在她面前的这副狼狈样。她向窗口走去，帕维尔立刻心领神会，把涅日丹诺夫的腿用长袍的下襟盖好，在他脖子底下塞了个小枕头，又说了声“没事儿！”就踮着脚尖走出去了。

玛丽安娜回过头来。她看见涅日丹诺夫的脑袋深深埋在枕头里，苍白的脸上带着一种凝滞的紧张表情，好像危重的病人那样。

“这到底是怎么回事呢？”她想。

三十二

事情的经过是这样的。

涅日丹诺夫坐上帕维尔的大车，突然进入一种亢奋状态。他们刚出工厂大院，驶上到特县去的大道，涅日丹诺夫就开始高声喊叫，要那些过往的农民停下来，对他们发表他那很不得当的简短演说。“喂，你们睡觉了吗？ 快起来啊！ 是时候了！ 打倒苛捐杂税！ 打倒地主！”有些农民惊讶地望着他；另一些只顾走路，大车经过时他们对他的呼喊并不理睬，只当他是醉汉。有个农民回家后还对人说，他在路上碰到一个法国佬，那家伙“叽里咕噜不知道嚷些什么”。涅日丹诺夫不至于糊涂到不知道他的行为有多愚蠢乃至荒唐，然而他不断“激奋”自己，渐渐地连好和歹都分辨不出来了。帕维尔想使他安静下来，说这样干可不行，前面不远就有个大镇子，是特县境内最大的，叫做“女泉”镇，到那里能打听到些消息……可是涅日丹诺夫不肯罢休……当时他哭丧着脸，脸上的表情近乎绝望。给他们拉车的是一匹活蹦乱跳的胖乎乎的小马，剪得短短的鬣毛披在它那有皱褶的脖子上；它急急忙忙迈着结实的小腿，不断向前曳紧缰绳，像是拉着两个重要人物去办什么急事似的。还没有到达“女泉”镇时，涅日丹诺夫看见路边一座仓门大开的谷仓前面站着七八个农民。他马上跳下车，跑到他们跟前，突然大喊大叫、手舞足蹈地匆匆讲了四五分钟话。他的好些话听不大明白，只听见他那嘶哑的嗓音在高叫："为了自由！ 前进！ 挺起胸膛向前进！"这些农民聚集在谷仓前，是来商量用什么办法再把谷仓装满，哪怕做做样子也行（这是村社的公仓，自然是空的）。他们目不转睛地望着涅日丹诺夫，洗耳恭听他的演说，但是未必听出什么名堂来，因为涅日丹诺夫最后高呼"自由！"离开了他们之后，其中一个见多识广的农民意味深长地摇摇头说："这个人多厉害啊！"另一个农民说："看样子是一位长官！"见多识广的农民又说："可不是，人家不会白白喊破喉咙的，这会儿就要咱们掏腰包啦！"涅日丹诺夫爬上大车，坐到帕维尔身边，自己在想："天哪！ 真是胡说八道！ 可是我们谁也不清楚老百姓究竟该怎么造反，是不是就像这样干？ 来不及多考虑了！ 快干吧！ 心烦意乱吗？ 随它去吧！"

他们驶到了镇子的大街上。小酒馆前面的街心里挤着许多人。帕维尔刚想阻拦涅日丹诺夫，谁料他一翻身跳下了车，大叫着"弟兄们！"就冲进人群中去了……人群稍稍闪开，涅日丹诺夫又开始宣传，他眼睛不看任何人，像是在发怒，又像在哭诉。这里的宣传效果比谷仓前有所不同。一个身材硕大的年轻人，长着一张没有胡须、凶相毕露的脸，穿一件满是油腻的短皮袄，脚蹬高统靴，头戴羊皮帽，走到涅日丹诺夫跟前，挥手猛拍了一下他的肩膀说："好！ 好小子！"他用刺耳的嗓音嚷道，"等一等！ 你不知道吗，没汤的勺子扎破嘴？ 这边来！在这儿谈话方便多了。"他把涅日丹诺夫拖进了小酒馆，人群跟着一拥而入。"米赫伊奇！"年轻人喊道，"快，十戈比一杯！ 我爱喝的！我要请朋友喝酒！ 他是什么人，什么出身，鬼才知道！ 可是他把贵族们臭骂了一顿。喝！”他对涅日丹诺夫说，递给他满满一大杯酒，杯子挺沉，外面湿乎乎的像出汗一样。“你要真的为咱们这些人难受，就喝！”“喝吧！”众人嚷道。涅日丹诺夫一把抓过酒杯（他已经昏昏然），叫喊道：“弟兄们，为你们干杯！”就一饮而尽。嘿！他奋不顾身地喝下了这杯酒，就像奋不顾身冲向敌人的炮垒，扑向一排排刺刀那样……可是，他发生了什么事啊！像是有个东西猛击他的背部直到两腿，烧灼他的喉咙、胸口和胃，让眼泪流出来……一阵厌恶的痉挛传遍了全身，他勉强忍住它……他拼命大叫，想借此减轻它。昏暗的小酒馆里忽然变得燥热、黏湿和窒闷；哪儿来的这么许多人！涅日丹诺夫开始讲话，他讲了很久，他愤怒地叫喊，他拍打什么人的粗大手掌，他亲吻什么人的黏乎乎的胡须……穿短皮袄的高大年轻人也跟他接吻，差点没勒断了他的肋骨。这家伙简直是个魔鬼。“我要掐断他的喉咙！”他吼道，“谁欺负咱们弟兄，我就掐断他的喉咙！不然我就捏扁他的脑袋……让他吱吱叫！这对我不算一回事：我当过屠户，干这个我在行！”说着他就伸出满是斑点的大拳头给人看。……天知道这时候又有谁喊了声：“喝呀！”于是涅日丹诺夫再把一杯可憎的毒液灌下了肚。这第二次的情形实在可怕！仿佛有许多钝钩子在扯拉他的五脏六腑，脑袋开始发飘，眼前绿圈飞舞，耳朵里一阵轰鸣，叮冬乱响……啊，太可怕了！……第三杯……难道他又喝下去了？一些紫红色的鼻子向他凑过来，还有满是尘土的头发，晒黑的脖子和皱纹纵横的后脑勺。几只粗硬的手抓住了他。“加油干啊！”一些声音在狂吼。“快讲呀！前天也有个外乡人来，他可真会吹。你快讲吧，没出息的！……”土地在涅日丹诺夫脚下摇晃起来。他觉得自己的讲话声像是别人的声音，从外边传进来的……莫非这是死神来了？

突然……他感到有一阵新鲜空气吹到脸上来，不再有人拥挤，那些涨红的脸孔，难闻的酒气，羊皮袄、焦油和皮革的臭味儿通通消失了……他重又跟帕维尔一起坐在大车上。起先他挣扎，他喊叫："上哪儿去！停下来！我还没来得及告诉他们，要解释清楚……"后来他问帕维尔："你这个滑头鬼，你自己有什么看法？"帕维尔回答说："要是没有老爷，土地全都归咱们，那敢情好，还有比这更好的吗？可是这样的命令还没有发布呢。"这时他悄悄掉转马头，拿缰绳在马背上猛抽了一下，马拼命跑起来，离开了嘈杂和喧嚣……向工厂方向疾驰而去……

涅日丹诺夫打起瞌睡来，他的身体微微摇晃着；凉风惬意地吹着他的脸，使他不去想那些糟糕的事……

只有一点他感到懊丧，就是人们没让他把话说完……这时风又抚爱地吹拂着他发烧的脸颊。

霎时间浮现出玛丽安娜的身影，他突然感到一阵难堪的羞愧，后来他睡着了，像死人般沉沉地睡去了……

这一切都是后来帕维尔告诉索洛明的。帕维尔也没有隐瞒，当时他不阻止涅日丹诺夫喝酒……是因为他没有别的办法把他从酒馆里弄出来，那班人不放他走。

"我看他实在支持不住了，就向他们鞠躬求情：'诸位正直的先生们，放了这个小伙子吧，瞧他年纪还太轻……'他们这才肯放他，只是还要我拿出五十戈比来请客，我只好给了他们。"

"你做得好，"索洛明夸奖了他。

涅日丹诺夫还在睡。玛丽安娜坐在窗户边，望着外面的小花园。说也奇怪，在涅日丹诺夫和帕维尔回来之前令她不安的那些不好的甚至不祥的感觉和念头，现在一下子都没有了。她一点也不憎恶涅日丹诺夫本人，反倒很怜悯他。她很清楚，他绝非花天酒地之徒；她在想，等他醒过来她要说些友爱的话，以免他过分难堪和伤心。“应当这样做；要让他自己讲讲这场灾祸是怎样临头的。”

她不再激动了；她只感到忧伤……黯然神伤。仿佛她向往的那个世界果真向她吹来了一阵气息……它的粗暴和黑暗令她战栗。她要为怎样的魔怪牺牲她自己啊？

可是，这不对！ 这不可能！ 这不过是一种偶然，很快就过去了。瞬间的印象，因为突如其来，才使她感到惊愕。她站起来，走到涅日丹诺夫躺着的沙发前，用手绢揩了揩他在梦中仍然皱着的苍白的前额，朝后理了理他的头发……

她又可怜起他来，就像母亲可怜生病的孩子，但她又有些怕看他这副样子，便轻轻走回自己的房间，只是没有锁上房门。

她无所事事，又坐了下来，种种思绪重又涌上她的心头。她感到时间在慢慢消逝，一分钟一分钟的过去，她甚至觉得这样倒好，可是她的心又开始剧烈地跳动，她好像又在期待着什么了。

索洛明到哪儿去了？

门轻轻一响，塔季扬娜走了进来。

“您有什么事吗？”玛丽安娜几乎扫兴地问道。

“玛丽安娜·维肯季耶夫娜，”塔季扬娜低声说，“听我说。您别难过，这种事情是常有的；而且，谢天谢地……”

“我一点也不难过，塔季扬娜·奥西波夫娜，”玛丽安娜打断她。“阿列克谢·德米特里奇只是不太舒服，不要紧的！ ……”

“那太好了！ 刚才我还在想，玛丽安娜·维肯季耶夫娜怎么不来了，她出了什么事吗？ 我没过来看您是因为，在这种时候第一条规矩就是：不要去干涉和麻烦别人！ 可是现在有一个人到工厂里来了，谁知道他是什么人？ 小矮个儿，腿有点瘸，马上非要见到阿列克谢·德米特里奇不可！ 真是怪事：今天早晨那个女人来找他……这会儿又是这个瘸子。他说要是阿列克谢·德米特里奇不在家，就让他见瓦西里·费多特奇！ 不然他就不走，说是有一件顶要紧的事。我们像对待那个女人一样赶他走，说瓦西里·费多特奇真的不在家……出去了；那瘸子说：'我不走，等到半夜也不走……'他就在院子里来回转悠。请您过来，到走廊里来，从窗户里能看见……您认得这位男士是谁吗？"

玛丽安娜跟着塔季扬娜走出来，她还得从涅日丹诺夫身边经过，她又看到他那病态的紧皱的额头，又拿手绢替他揩了一把。她从满是灰尘的玻璃窗里看见了塔季扬娜所说的来访者。这个人她不认识。恰好这时索洛明从屋子拐角处走了出来。

瘸腿矮个儿快步走到他跟前，向他伸出手。索洛明握住了他的手。看来他认识这个人。两人一同走了……

现在听见他们上楼梯的声音……他们到这边来了……

玛丽安娜连忙回到自己房里，在房间当中站住，她有点喘不过气来。她害怕……怕什么呢？ 她自己也不知道。

索洛明从门外探进头来。

"玛丽安娜·维肯季耶夫娜，请让我进来。我带来一个人，您一定要见一下。"

玛丽安娜点点头作为回答，于是那个人随索洛明走了进来。他是帕克林。

三十三

“我是您丈夫的朋友，”帕克林说，向玛丽安娜深深一鞠躬，像是怕她看见他那张恐惧不安的脸。“我也是瓦西里·费多特奇的朋友。阿列克谢·德米特里奇睡着了，听说他不舒服。很遗憾，我带来了坏消息，有些我已经告诉了瓦西里·费多特奇，因此我们要采取某些果断措施。”

帕克林的声音时断时续，好像一个干渴难忍的人在说话。他带来的消息确实很糟。马尔克洛夫被农民们扭送县城。戈卢什金因为那个笨蛋管事的出卖而被捕。戈卢什金又供出了所有的人和事；他现在要改信东正教，向中学捐赠一幅菲拉列特都主教的画像，并且已经拿出五千卢布救济“残废军人”。毫无疑问，是他出卖了涅日丹诺夫。警察随时会突然来到工厂。瓦西里·费多特奇也会有危险。

“至于我嘛，”帕克林说，“我很惊奇我还能自由地四处转游；不过其实我从来不问政治，没有参与过任何策划！我利用了警方的健忘和疏忽，来预先告诉你们一声，想想看能用什么办法……避免种种不愉快的事情。”

玛丽安娜听完了帕克林的话。她并不惧怕，甚至显得很镇静……确实如此：要采取某种措施！她的第一个动作就是抬眼去望索洛明。

他也很镇静，只是嘴唇边的肌肉在微微抽动，不像他平时的笑容。

索洛明领会了玛丽安娜眼光里的意思：她在等他说出应当怎样行动。

“情况的确很微妙，”他说，“我认为涅日丹诺夫最好先躲避一时。不过您怎么会知道他在这儿，帕克林先生？”

帕克林挥了挥手。

“有个人告诉我的。那人看到他在这一带转游作宣传，就盯上了他，并没有恶意。这是一位同情人士。对不起，”他又对玛丽安娜说，“我们的朋友涅日丹诺夫实在也太……太不谨慎了。”

“现在责备他有什么用，”索洛明又说。“可惜我们无法跟他商量一下；不过他的病到明天就好了，而警察的行动也不像您估计的那样快。何况您，玛丽安娜·维肯季耶夫娜，还得跟他一块儿走。”

“一定，”玛丽安娜声音低沉，但很坚决。

“对！”索洛明说道。“要考虑一下；要找到一个可去的地方。还有怎么个去法？”

“我倒有个想法要告诉你们，”帕克林道，“我坐车来的时候就有了这个想法。先说明一下，我走到离这儿一俄里的地方，就把从城里雇的马车打发走了。”

“是什么想法？”索洛明问。

“是这样。请您现在就给我几匹马……我要到西皮亚金家去。”

“到西皮亚金家！”玛丽安娜道。“为什么？”

“您马上就会明白的。”

“莫非您认识他们？”

“素昧平生！ 您且听我说。请把我的想法好好斟酌一下。我觉得这简直是个天才的想法。马尔克洛夫是西皮亚金的大舅子，他妻子的哥哥，不是这样吗？ 难道这位老爷会袖手旁观不救他？ 还有涅日丹诺夫！ 就算西皮亚金先生对他还有气……可是涅日丹诺夫娶了您，毕竟成了他家的亲戚呀。所以，我们这位朋友面临的危险……”

“我还没有结婚，”玛丽安娜说。

帕克林甚至哆嗦了一下。

“怎么？！ 这么长时间都没有办！ 不过没关系，”他补充说，“可以扯个谎。反正都一样：你们就要结婚的。老实说，想不出别的办法了！ 请注意，直到如今西皮亚金都没有下决心捉拿你们。这就是说，他还有几分……宽大为怀。我看您不喜欢这个讲法，不妨这样说：有一点放不下脸面。现在我们为什么不利用它一下呢？ 您想想吧！”

玛丽安娜抬起头，伸手抹了抹头发。

“帕克林先生，您可以为马尔克洛夫……或者为您自己随便利用什么都行；可是我和阿列克谢既不需要西皮亚金先生的袒护，也不需要他的照顾。我们离开了他家，不是为了再回去敲门乞讨。西皮亚金先生的或者他妻子的肚量和脸面，都跟我们毫无关系！”

“这种情感很值得称赞，”帕克林答道（他心里却在想：“好你的！ 给我来了个冷水浇头！”），“虽然从另一方面来看，考虑到……算了，我遵命就是。现在我只要为马尔克洛夫，为我们善良的朋友马尔克洛夫一个人斡旋就行了！ 不过我要说一句，他不是和西皮亚金，而是和西皮亚金的妻子有血缘关系，可是您……”

“帕克林先生，我求您了！”

“遵命……遵命！ 我不得不表示遗憾，因为西皮亚金是很有势力的人物。”

“您就不为您自己担心吗？”索洛明问。

帕克林把胸脯一挺。

“在这种关头不应该考虑自己！”他骄傲地说。其实他此刻正在想自己的事。他打算（这可怜的弱小者！）如俗语所说溜之大吉。西皮亚金可能会因为他的效劳，在必要时替他说一句好话。不管怎么说，他也被牵连进来了，他听到过一些情况……自己也饶过舌！

“我看您这个想法不坏，”索洛明最后说，“虽然我对它不抱多少成功的希望。至少可以试一试。说坏事您也不会坏什么事的。”

“当然，不会坏事的。最坏的打算是：他们把我掐着脖子赶出来……有什么大不了！”

“确实没有什么大不了……（帕克林在心里用法语说了声“谢谢”，索洛明接着说，）现在几点钟了？ 四点多。不必耽搁了。这就叫人给您备马。帕维尔！”

在门口出现的不是帕维尔，而是涅日丹诺夫。他站立不稳，一手扶着门框，虚弱地张着嘴，两眼浑浊无光。他还什么都不明白。

帕克林第一个走到他跟前。

“阿廖沙！”他大声说，“你认得我吗？”

涅日丹诺夫望望他，眨巴着眼睛。

“帕克林？”他终于说。

“对，对，是我。你不舒服吗？”

“是的……我不舒服。可是……你干吗到这儿来？”

“我干吗……”这时玛丽安娜悄悄碰了一下帕克林的胳膊肘，他回头看见她在做手势……“啊，对了！”他嘟哝道。“对……不错！ 你瞧，阿廖沙，”他高声道，“我上这儿来有件要紧的事，马上还得继续赶路……索洛明会告诉你的，还有玛丽安娜……玛丽安娜·维肯季耶夫娜。他俩都赞成我的想法。事情关系到我们大家，哦，不，不，”他看见玛丽安娜的眼光和手势，连忙改口……“关系到马尔克洛夫，我们共同的朋友马尔克洛夫，只是他一个人的事。现在我要告辞了！ 每一分钟都很宝贵，告辞了，朋友……我们还会见面的。瓦西里·费多特奇，您和我一块儿去叫人备马吧？”

“请吧。玛丽安娜，我本想对您说：要坚强！ 看来用不着了。您是好样的！”

“正是！ 正是！”帕克林附和道。“您就像加图[①]时代的罗马女公民！ 小加图时代！ 走吧，瓦西里·费多特奇，我们走吧！”

“您来得及，”索洛明懒懒地笑着说。

涅日丹诺夫闪身让他俩走过去……他眼睛里仍带着茫然的神色。后来他向前跨了两步，不声不响坐到椅子上，面对着玛丽安娜。

“阿列克谢，”她对他说，“事情全败露了。马尔克洛夫想发动农民，反而被他们抓住了；他就囚在县城里，还有跟你吃过饭的那个商人也一样。警察也许就会来抓我们。帕克林到西皮亚金家去了。”

“为什么？”涅日丹诺夫问，声音低得几乎听不见，但他的眼睛发亮了，脸上恢复了平日的表情，顿时醉意全消。

“为了去试探，看他会不会出来说情……”

涅日丹诺夫直起了身子……

“替我们吗？”

“不，替马尔克洛夫。他原来打算求他也替我俩说情……我不答应。我做得对吗，阿列克谢？”

“对吗？”涅日丹诺夫说，没有从椅子上站起来，向她伸出了双手。“对吗？”他又说，把她拉到身边来，将脸贴在她身体上，突然泪

---

① 即小加图(前 95—前 46)：古罗马共和派政治家。

如雨下。

“你怎么啦？ 您怎么啦？”玛丽安娜大声道。就像上次那样，当他跪倒在她面前，冲动得喘不过气来，她就把双手放在他颤抖的头顶上，然而这一次她的感觉与上次完全不同了。当时她对他委心顺从，只等他对她说句什么话。而现在她对他充满了怜悯，只想着怎样才能安慰他。

“你怎么啦？”她又问。“你为什么哭了？ 是不是因为你回家来……样子有些古怪？ 这不可能！ 要不然你就是可怜马尔克洛夫，替我也替你自己害怕？ 或者你是为我们所抱的希望惋惜吗？ 其实，你也并不指望事事都一帆风顺的！”

涅日丹诺夫突然抬起头来。

“不，玛丽安娜，”他止住了哭声说，“我不为你也不为我自己害怕……可是我真的……可怜……”

“可怜谁？”

“你，玛丽安娜！ 可怜你竟把自己的命运跟一个当之有愧的人联系在一起。”

“为什么这样说？”

“哪怕就因为这个人在这种时刻竟然会哭泣！”

“这不是你在哭，是你的神经在哭。”

“是我的神经还是我，反正都一样！ 你听我说，玛丽安娜，看着我的眼睛：难道你现在能对我说你不后悔吗？ ……”

“后悔什么？”

“后悔你跟我一起逃出来。”

“不！”

“你还能跟我一起走下去？ 无论走到哪里？”

“是的！”

“是的？ 玛丽安娜……你说是的？”

“是的。既然我答应了你，只要你还是我爱上的那个人，我决不反悔。”

涅日丹诺夫仍然坐在椅子上；玛丽安娜站在他面前。他搂着她的腰，她的双手支在他肩上。“她说是的；不，”涅日丹诺夫心想，“从前我拥抱她，就像现在这样，至少她的身体一动也不动；可是现在我觉得，她的身体也许不由自主地在避开我！”

他松开手臂……玛丽安娜果真微微后退了一下。

“听我说！”他大声道。“既然我们要逃走……在警察抓住我们之前……我想，我们先举行婚礼也好。别处恐怕找不到像佐西马这么方便的牧师了！”

“我同意，”玛丽安娜说。

涅日丹诺夫盯住她看了看。

“古罗马女公民！”他带着不友善的微笑说。“义务感！”

玛丽安娜耸了耸肩膀。

“应该告诉索洛明。”

“是啊……索洛明……”涅日丹诺夫拖长声音说。“不过他恐怕也有危险。警察也会抓他的。我觉得，他参加的活动和了解的情况比我更多。”

“这个我不清楚，”玛丽安娜道。“他从来不谈他自己。”

“可不像我！”涅日丹诺夫心想。“这正是她想说的。”他沉默了好一阵，又接着说：“索洛明……索洛明！ 我说，玛丽安娜，假如有一个人，就像索洛明这样……或者就是索洛明本人，你能和他终生结合在一起的话，我就不可怜你了。”

玛丽安娜也盯着涅日丹诺夫看了一会儿。

“你没有权利这样说，”她终于说。

“没有权利！ 怎么理解你这句话的含义呢？ 是说你爱**我**吗？还是说我根本就不该谈这个问题？”

“你没有权利，”玛丽安娜又说。

涅日丹诺夫垂下了头。

“玛丽安娜！”他用有些变调的嗓音说。

“什么？”

“要是我现在……要是我向你提出那个问题，你知道！ ……不，我什么也不问你了……再见。”

他站起来，走了出去；玛丽安娜没有拦阻他。涅日丹诺夫在外间的沙发上坐下来，双手捂住脸。他对自己的念头害怕起来，不敢再想下去。他有一种感觉，仿佛冥冥中有一只黑手紧紧抓住了他的生命之根，再也不肯松开。他知道，留在隔壁房间的那个美好亲爱的人不会来到他身边，而他也没有勇气前去找她。何况为什么还要去？ 对她说什么好呢？

一阵急促有力的脚步声使涅日丹诺夫睁开眼睛。只见索洛明从房间中走过，他敲了敲玛丽安娜的房门，走进她房里去了。

“敬请就座！”涅日丹诺夫苦涩地悄声说。

三十四

已经是夜晚十点钟了，西皮亚金夫妇和卡洛梅伊采夫还坐在阿尔扎诺耶村的客厅里打纸牌，听差进来禀报：来了一位叫帕克林的陌生先生，说有极要紧的事面见鲍里斯·安德烈伊奇。

“这么晚了！”瓦莲京娜·米哈伊洛夫娜惊讶道。

“什么？”鲍里斯·安德烈伊奇皱起他那漂亮的鼻子问道。“你说那位先生姓什么？”

“他说姓帕克林，老爷。”

“帕克林！”卡洛梅伊采夫大声说。“简直就是乡下人的姓。帕克林……索洛明……De vrais noms ruraux, hein?①”

“你还说，”鲍里斯·安德烈伊奇又问听差，鼻子仍然皱着，“他有要紧的事？”

“他是这样说的，老爷。”

“哼……是个乞丐，要不就是无赖。（“或许二者兼之，”卡洛梅伊采夫插言。）很有可能。请他到书房去。”鲍里斯·安德烈伊奇站起来。“Pardon, ma bonne.②你们先打两人赌的吧。要不就等我一下……我马上回来。”

“Nous causerons ... allez!③”卡洛梅伊采夫说。

西皮亚金来到书房里，看见帕克林弱小的身体规规矩矩靠在壁炉

---

① 法语：地道的乡下姓，嗯？
② 法语：对不起，我的好人儿。
③ 法语：我们聊会儿天……您去吧！

和房门之间的墙上，心中顿时充满了彼得堡显贵们特有的那种垂怜、嫌恶而宽容的真正内阁大臣式的情感。“天哪！多么可怜的小矮子！”他想，“好像还是个瘸子！”

“请坐，”西皮亚金亮起他那十分亲切的男中音说，同时愉快地扭了扭朝后仰的脑袋，不等客人就座，自己先坐了下来。“我想您一路劳累了，坐下来说吧。您有什么要紧事这么晚跑来找我？”

“阁下，”帕克林小心地坐到一张沙发椅上，说，“我冒昧到您府上……”

“等一等，等一等，”西皮亚金打断了他。“我以前见过您。我只要见人一面，就决不会忘记的；我全都记得。可是……可是……说实在的……我在哪儿见过您呢？”

“您说得不错，阁下。我有幸在彼得堡见过尊面，是在一个人家里，这个人……后来……很遗憾……惹您动怒了……”

西皮亚金霍地从椅子上站起来。

“在涅日丹诺夫家里！我想起来了。您是不是从他那儿来？”

“决不是，阁下；相反……我……”

西皮亚金又坐了下来。

“您做得对。不然我就要请您马上离开。我不允许任何人调解我和涅日丹诺夫先生之间的事。涅日丹诺夫先生对我的侮辱是叫人忘不了的……我不屑于报复；现在我根本不想管他的事，也不想管那个姑娘的事，她的思想腐化更甚于她的情感堕落（玛丽安娜逃走后西皮亚金讲这句话都有三十遍了），她居然背弃了收养她的家庭，去当一个出身卑微的骗子手的情妇！我把他们从记忆中抹去，这就够了！”

西皮亚金说最后这句话时，转动手腕由下而上地朝外摆了摆手。

“我要忘记他们，先生！”

“阁下，我已经告诉过您，我不是代表他们上这儿来的，不过我要顺便通报阁下，他俩已经合法结婚了……”（“啊！ 反正一样！”帕克林想，“我说过要扯个谎……真的扯了。管它呢！”）

西皮亚金的后脑勺在椅背上左右摆动了几次。

“我对这件事毫无兴趣，先生。世上又多了一桩愚蠢的婚姻而已。请问您光临舍下究竟为了什么紧急大事呢？”

“啊！ 该死的内阁大臣！”帕克林又在想。“别装模作样了，瞧你这副英国佬的嘴脸！”

“您夫人的兄长，”他大声说，“马尔克洛夫先生，他想煽动农民造反，让农民抓住了，眼下就关在省长公署里。”

西皮亚金再次霍地站起来。

“什么……您说什么？”他嘟哝道，不是大臣派头的男中音，而是喉咙里发出的一种怪声。

“我说，您的内兄给抓去坐牢了。我一得到消息就坐车来告诉您。我想，这也算为您，为您能搭救的那个不幸的人出点儿力吧！”

“非常感谢您，”西皮亚金仍然有气无力地说，一挥手按响了那个蘑菇形状的叫人铃，整个屋子里顿时充满了铿然的金属声。“非常感谢您，”他又说，这一次声音有些生硬了，“可是您要知道，若有人胆敢践踏天理国法，纵然他是我的亲上加亲，在我看来他也不是什么不幸者，他就是罪犯！”

听差奔到书房里来。

“您有什么吩咐？”

“备车！套四匹马的，快！我要进城。菲利普和斯捷潘跟我去！”听差飞奔而去。“是的，先生，我的内兄是个罪犯；我进城可不是去营救他！啊，不！”

“可是，阁下……”

“这是我奉行的原则，先生；请不要和我争辩！”

西皮亚金在书房里来回踱步，帕克林对他瞠目而视。“呸！见你的鬼！”帕克林在心里骂道，“人家都说你是自由主义者，你倒像头咆哮的狮子！”

书房门打开了，快步走进两个人来：瓦莲京娜·米哈伊洛夫娜在前，卡洛梅伊采夫随其后。

“这是怎么回事，鲍里斯？你吩咐套车？你进城吗？出了什么事啊？”

西皮亚金走到他妻子跟前，扶着她的右前臂。

“Il faut vous armer de courage, ma chère.[①]您哥哥被捕了。”

“我哥哥？谢廖扎？为什么？”

“他向农民宣传社会主义！（卡洛梅伊采夫发出一声轻轻的尖叫。）是的！他向他们宣传革命，他煽动！他们抓住了他，供出了他。现在他关在……城里。”

“他这疯子！是谁告诉您的？……”

“是这位先生……先生……姓什么来着？……科诺帕京先生带来的消息。”

瓦莲京娜·米哈伊洛夫娜瞥了帕克林一眼。他沮丧地鞠了个躬。（“这女人真好看！”他想。即使在这种艰难时刻……唉，帕克林也能

① 法语：亲爱的，您要勇敢些。

为美色所动！）

“你要进城去吗，这么晚了？”

“我想趁省长还没有睡觉。”

“我早已说过，必然是这种结果，”卡洛梅伊采夫插进来说。“不可能有别的结局！我们俄国庄稼汉太出色了！妙极了！Pardon, madame, c'est votre frère! Mais la vérité avant tout![①]”

“你当真要去吗，鲍里亚[②]？”瓦莲京娜·米哈伊洛夫娜问。

“而且我确信，”卡洛梅伊采夫接着说下去，“还有那一位，那位**教师**，涅日丹诺夫先生，与这事也有牵连。J'en mettrais ma main au feu.[③]他们全是一伙的！没有抓他吗？您知道吗？”

西皮亚金又转动手腕摆了摆手。

“不知道，我也不想知道！顺便告诉你，”他又对他妻子说，“il paraît qu'ils sont maries.[④]”

“谁说的？还是那位先生吗？”瓦莲京娜·米哈伊洛夫娜又望了望帕克林，这一次她眯起了眼睛。

“对，还是他。”

“这么说，”卡洛梅伊采夫接过来道，“他肯定知道他们在哪儿。您知道他们在哪儿？知道他们在哪儿吗？啊？啊？啊？知道吗？”卡洛梅伊采夫在帕克林面前来回疾走，仿佛要挡住他的去路，尽管帕克林丝毫没有要逃之夭夭的样子。“您说呀！请回答！啊？啊？您

---

① 法语：对不起，夫人，这是令兄！但是真理至上！
② 鲍里斯的爱称。
③ 法语：我可以把手放在火上担保。
④ 法语：看样子，他们结婚了。

知道吗？ 知道吗？”

“就算我知道，先生，”帕克林恼火地说。他终于动气了，小眼睛也闪闪有光，“就算我知道，我也不告诉您，先生。”

“哦……哦……哦……”卡洛梅伊采夫喃喃道。“你们听见了吧……听见了吧！ 这家伙也是，一定也是他们那个匪帮的！”

“车套好了！”听差进来高声禀报。

西皮亚金用一个灵活漂亮的手势取过礼帽；瓦莲京娜·米哈伊洛夫娜一再劝他明天早晨再去，并举出了几条有说服力的理由：夜深了，城里的人都睡觉了，他只能是扫兴而回，并且可能着凉感冒。结果西皮亚金还是答应了她，大声说：

“我遵命就是！”他又用一个漂亮但不灵活的手势把礼帽放回到桌子上。

“马车卸套！”他命听差道，“明天早晨六点整备好车！ 听到没有！ 去吧？ 回来！ 打发……先生……客人先生的马车回去！ 付钱给车夫！ 啊？ 您好像有话要说，科诺帕京先生？ 明天我带您一起去，科诺帕京先生！ 您说什么？ 我听不见……您要喝伏特加吗？ 给科诺帕京先生拿伏特加来！ 不要？ 您不喝？ 那么……费奥多尔！ 你领他老到绿色房间去！ 晚安，科诺……”

帕克林终于忍无可忍。

“帕克林！”他大喊道。“我的姓氏是：帕克林！”

“对……对；不过反正都一样。声音相近，知道吧。可是您这么瘦小的身体怎么会有如此洪亮的声音！ 明天见，……帕克林……先生……这回我说对了？ Siméon， vous viendrez avec nous?①”

“Je crois bien!②”

于是帕克林被人带到绿色房间，干脆给锁在里面了。他躺下睡觉时，听见钥匙在那把英国响锁里“咔哒”转了一下。他着实把自己的“天才”想法痛骂了一顿。这一夜他睡得糟透了。

第二天一大早，才五点半钟，他就被叫醒了。仆人送来了咖啡。他喝咖啡时，那个制服上带有花哨肩饰的听差托着盘子在旁伺候，不停地倒换着两只脚，好像在催他：“快点儿喝，老爷们等着呢。”然后他被带到楼下。马车已经停在屋前。卡洛梅伊采夫的车子也停在那儿。西皮亚金穿一件圆领条纹呢的外套来到台阶上。他这样的外套早已没有人穿，只除了一位极显赫的人物，西皮亚金竭力要讨好并处处摹仿这个人，故每逢官方重大场合总是穿这样的外套。

西皮亚金相当客气地向帕克林鞠躬致意，用一个有力的手势指了指马车，请他坐进去。“帕克林先生，您跟我一起去，帕克林先生！把帕克林先生的旅行包放在车架上！ 帕克林先生坐我的车，”西皮亚金故意把帕克林三个字叫得很响，特别强调“帕”字！ 心想：“像你这样的姓，别人替你换一个，你还不高兴？ 那就把你叫个够！ 让你吃不了噎死！”帕克林先生！ 帕克林！！ 这个倒霉的姓氏在清晨的寒气中一声声格外响亮。袭人的寒气使得跟在西皮亚金后面走出来的卡洛梅伊采夫用法语发出好几声“Brr!”他连忙裹紧外套，坐进他那辆时髦的敞篷马车里。（他那位可怜的朋友，塞尔维亚公爵米哈伊尔·奥布连

① 法语：谢苗，您和我们一起走吗？
② 法语：当然！

诺维奇看到这辆马车后，也在边杰尔那里买了一辆一模一样的…… “Vous savez, Binder, le grand carrossier des Champs Elysées?[①]”）这时瓦莲京娜·米哈伊洛夫娜“戴着寝帽，系着睡帕”[②]，从卧室里半开的百叶窗后面向外张望。

西皮亚金坐上车，朝她挥挥手。

“您坐好了吗，帕克林先生？ 走吧！”

“Je vous recommande mon frère! épargnez-le![③]”传来瓦莲京娜·米哈伊洛夫娜的声音。

“Soyez tranquille![④]”卡洛梅伊采夫大声说，从他自制的那顶带帽徽的旅行帽的帽檐下很神气地望了她一眼…… “C'est surtout l'autre, qu'il faut pincer![⑤]”

“走吧！”西皮亚金又说。“帕克林先生，您不冷吗？ 走吧！”

两辆马车启动了。

起初十分钟里西皮亚金和帕克林都不说话。倒霉的西卢什卡穿着他那件不雅观的大衣，戴一顶皱巴巴的帽子，在包着富丽堂皇的深蓝色绸缎的车厢里显得越发寒酸。他默默地望着那精致的浅蓝色窗帘，只要轻轻按一下弹簧它就会很快卷上去；脚下是洁白柔软的羊毛车毯；他前面的车壁上安装着一个红木匣子，带有活动的抽板可以写字，甚至还带一个小小书架。（并非鲍里斯·安德烈伊奇爱在车上工作，他

---

① 法语：您知道吗，边杰尔是爱丽舍大街上有名的马车制造匠？
② 引自普希金的长诗《努林伯爵》。
③ 法语：我把哥哥交给您了，宽恕他吧！
④ 法语：请放心吧！
⑤ 法语：最该抓的倒是另外一个！

是要别人以为他也像梯也尔①那样喜欢在旅途中办公。）帕克林心里有点发憷了。西皮亚金从刮得光光的脸颊上斜睇了他两眼，然后架子十足慢吞吞地从旁边衣袋里掏出一个镂刻着斯拉夫文连体花字姓氏的银质雪茄烟盒，用他那戴着英国黄狗皮手套的食指和中指轻轻夹出一支雪茄烟，敬给……确实敬给了帕克林。

“我不抽烟，”帕克林咕哝道。

“啊！”西皮亚金应道，自己点上了那支绝好的上等雪茄。

“我要告诉您……亲爱的帕克林先生，”他说，一面温文尔雅地一口口吸着雪茄，吐出喷香的细细的烟圈儿……“我……其实……非常……感谢您。昨天……我对您……可能有点……不太客气……那可不是我的性格。（西皮亚金故意把话说得断断续续。）这一点请您相信我。不过，帕克林先生！请您设身处地……替我想一想。（西皮亚金把雪茄烟从一边嘴角转到了另一边。）我的职位使我……可以说……引人注目，可是忽然间……我的内兄……竟以这种不可思议的方式败坏了他自己……也败坏了我的名声！啊？帕克林先生！也许您想，这没有什么大不了，是吗？”

“我没有这样想，阁下。”

“您是否知道，他到底因为什么……在什么地方被捕的？”

“我听说，是在特……县。”

“您听谁说的？”

“听……听一个人说的。”

“当然不是听一只鸟说的。是听什么人说的呢？”

---

① 梯也尔（1797—1877），曾任法国总统，镇压巴黎公社的刽子手。

“是……是听省长办公室主任的一位助理说的……”

“他叫什么名字？”

“主任吗？”

“不，助理。”

“他……他叫乌利亚舍维奇。他是一位很好的官员，阁下。我一听到这件事，马上就赶来见您了。”

“对，对！ 我再说一遍，非常感谢您。这真是疯狂！ 这岂不是疯狂吗？ 啊？ 帕克林先生？ 啊？”

“彻底的疯狂！”帕克林大声说，汗水像一条热乎乎的小蛇从他脊背上流下来。“这就是说，完全不了解俄国农民。据我所知，马尔克洛夫先生心地善良而高尚，可是他从来就不了解俄国农民。（帕克林瞥了西皮亚金一眼，后者向他微微侧过身体，冷眼望着他，但眼光里没有敌意。）即使要煽动俄国农民造反，也得利用他们对最高当局，对皇族的一片忠心，除此之外没有别的办法。需要编造传奇故事。还记得伪德米特里吗？ 就得用五戈比铜币烧红了，在胸口烙下什么王室的标记给他们看。”

“是呀，是呀，就像普加乔夫那样，”西皮亚金打断了他的话，仿佛要说：“我们还没有忘记历史……你就别吹啦！”西皮亚金又说：“这真是疯狂！ 这真是疯狂！”就盯住从烟头上很快冒起来的一缕缕青烟出了神。

“阁下！”帕克林斗胆说，“刚才我对您说我不抽烟……那不是真话。我是抽烟的。您的雪茄又这么香……”

“啊？ 什么？ 您说什么？”西皮亚金如梦初醒地问道，但不等帕克林再说一遍就把打开了的烟盒递到对方面前，这证明他清清楚楚听见了帕克林的话，他这么一迭连声地发问，不过是为了摆摆官架子罢了。

帕克林小心翼翼、敬谢不敏地抽起了雪茄烟。

“看来说话的时机到了，”他想；可是被西皮亚金抢了先。

“我记得，您还对我说过，”他用随随便便的口气说，有时停顿一下，看看雪茄烟，或者把帽子从后脑勺向前额上拉一拉，“您说过……啊？ 您说是……说是您的朋友他娶了我的……亲戚。您平时见到他俩吗？ 他们住的地方离这儿不远吧？”

（“嘿嘿！”帕克林想，“西拉，当心点！”）

“我只见过他们一次，阁下！ 他们住的地方确实……离这儿不很远。”

“您一定明白，”西皮亚金还是用那种腔调和方式说话，“我已经对您说过，我不把那个轻佻的姑娘和您的朋友当一回事。天啊！ 我没有偏见，可是您得承认，这件事也太不像话了。这是愚蠢，您知道吧。而且我想，把他们结合起来的多半是政治……（“是政治！！”他又说了一遍，并耸了耸肩膀）而不是别的什么感情。”

“我也是这样想的，阁下！”

“是啊，涅日丹诺夫先生完全是个赤色分子。不过说句公道话，他并没有隐瞒自己的观点。”

“涅日丹诺夫，”帕克林豁出来了，“他可能是误入歧途，不过他心地……”

“善良，”西皮亚金接过来说，“当然……当然，就像马尔克洛夫一样。他们的心地都善良。看来这回他也是参加了的，也要牵连进去……只好也替他说说情了！”

帕克林把双手抱在胸前。

“啊，对，对，阁下！ 请您关照他！ 说实话……他也值得……值得您的同情。”

西皮亚金冷笑一声。

“**您**这样认为吗？”

“说到底，不为他……也为了您的外甥女，也就是他的太太！（“天哪！ 天哪！”帕克林想，“我扯的什么谎啊！”）

西皮亚金眯起了眼睛。

“我看您是个很忠实的朋友。这很好，这很可嘉，年轻人。那么，您说他们就住在附近咯？”

“是的，阁下，在一家大企业……”帕克林赶紧把话咽住了。

“哦，哦，哦……在索洛明那儿！ 原来在那儿！ 其实我已经知道了；有人告诉过我，对我说过……没错！”（西皮亚金先生其实一无所知，没有人告诉过他这件事；他不过回想起索洛明上次的来访，他们在夜里的会面，便抛出这个诱饵，谁知帕克林一下子就上钩了。）

“既然您已经知道了……”他刚开口又忙把话咽住，但为时已晚……他从西皮亚金看他的眼色里就明白了，对方一直在跟他玩猫捉老鼠的游戏。

“不过，阁下，”这个倒霉蛋嘟哝道，“我得告诉您，我自己其实一点也不知道……”

“我并没有问您什么呀，哪能呢！ 瞧您说的！ 您把我和您自己都当成什么人了？”西皮亚金口气傲慢地说，顿时就端起了大臣的架子。

这时帕克林重又觉得自己猥獕渺小，他陷入了圈套……刚才他还把雪茄烟衔在离西皮亚金远些的那个嘴角，悄悄地向旁边喷吐烟雾，这会儿他索性把雪茄从嘴里拔了出来，一口也不抽了。

“我的老天！”他在心里暗暗叫苦，身上的热汗比刚才淌得更多了。“我这是怎么搞的！我把什么事、什么人全都供出来了……我被愚弄了，一支上等雪茄烟就把我收买了！！我是告密者……现在快想办法补救吧！天哪！”

补救已经来不及了。西皮亚金裹着他那件“高品级”外套，大臣派头十足地打起了瞌睡……过了不到一刻钟，两辆马车就在省长公署门前停了下来。

三十五

斯省的省长是一位秉性温厚、无忧无虑的上流社会将军，像这一类将军都有一具洗得异常白净的躯体，心地几乎也是异常的纯洁，他们都是贵族血裔，受过良好教育，就像是精白面粉捏成的；他们从来没打算好好当一任“治民之牧伯”，却也能表现出相当不错的行政才干；他们并不做多少工作，老是长吁短叹的怀念彼得堡，追逐漂亮的外省太太小姐，倒也能无可非议地造福一方，留下个好名声。省长刚刚起床，穿着绸睡袍和敞开的衬衫坐在梳妆镜前，他先把挂在脖子上的一大堆圣像和护身香囊取下来，然后用掺着香水的水擦洗脖子和脸。这时候有人向他禀报，西皮亚金和卡洛梅伊采夫两位有紧急要事来见。省长跟西皮亚金熟稔，以“你”相称，他们年轻时就认识，过去常在彼得堡人家的客厅里见面，近来他每每想到西皮亚金的名字时，总把他当成未来的达官显贵，会尊敬地暗暗叫一声“啊！”相比之下他对卡洛梅伊采夫的熟悉程度要差些，尊重的程度更弗如远甚，因为不久前开始收到一些针对此人的“不好的”控状。不过他还是把他当作一个 qui fera son chemin[1] 人物——蛇有蛇路，鳖有鳖路嘛。

省长吩咐把来客带到他的书房，马上就出来见他们。他仍然穿着绸睡袍，并没有因为穿这身便装会客而道歉，很亲切地跟他们握了手。到书房里来的只有西皮亚金和卡洛梅伊采夫；帕克林留在客厅里了。下马车时帕克林就咕咕哝哝说他家里有事，打算溜走，却被西皮亚金礼貌而坚决地拦住（卡洛梅伊采夫跑过来对西皮亚金耳语道：Ne le lachez pas！ Tonnerre de tonnerres！[2]），带他一同进来了。西皮亚金没有领他到书房来，仍然礼貌而坚决地请他待在客厅里等候传唤。帕克林还是想溜……不料卡洛梅伊采夫叫一个身高马大的宪兵把住门口……帕克林只好留了下来。

“沃尔德马尔，你大概能猜到我的来意吧？”西皮亚金开口道。

“不，亲爱的，我猜不到，”可爱的伊壁鸠鲁主义者答道，亲切的笑容涨圆了他那红扑扑的双颊，从光洁如丝的小胡子的掩映下露出一排发亮的牙齿。

“怎么？ ……不是马尔克洛夫吗？”

“你说什么？ 马尔克洛夫？”省长反问道，表情没有改变。首先，他不大记得昨天逮捕的那个人是否叫马尔克洛夫；其次，他压根儿忘记了西皮亚金还有个姓马尔克洛夫的妻舅。“干吗站着呀，鲍里斯，快坐下，要喝茶吗？”

此时西皮亚金顾不上喝茶。

---

① 法语：将来能找到自己路子的。
② 法语：您别放他走！ 见鬼！

等他说明了事情的原委及他和卡洛梅伊采夫两人的来意后，省长一拍额头，长长地“嗐”了一声，脸上露出难过的样子。

“是呀……是呀……是呀！”他连连说，“真是不幸！他就关在我这里，今天暂时关一下；你知道，我们拘留**这种**犯人从不超过一夜，可巧宪兵长官不在城里，所以你内兄就留下来了……明天他就要押走的。天哪，这真糟糕！你妻子一定太难过了！！你想怎么办呢？”

“要是不违法的话，我想在你这儿跟他见一面。”

“瞧你说的，亲爱的！法律不是针对你这种人的。我**非常**同情你……C'est affreux tu sais![①]”

他用一种特别的手势按了按铃。副官进来了。

“亲爱的男爵，请您去吩咐一下。”他告诉副官如此这般，男爵领命去了。“你想想，mon cher ami，[②]农民们差些没把他打死。反绑了他的双手，往大车上一扔就拉走了！可是你想不到，他竟然一点也不生他们的气！是真的！瞧他那副冷静的样子……我都吃惊了！一会儿你自己会看到的。C'est un fanatique——tranquille.[③]”

“Ce sont les pires，[④]”卡洛梅伊采夫有所指地说。

省长蹙起额头看了他一眼。

“哦，谢苗·彼得罗维奇，我正要和您谈谈呢。”

“谈什么啊？”

“可以说，情况不妙。”

---

① 法语：这真可怕，你自己知道！
② 法语：我亲爱的朋友。
③ 法语：这是个冷静的狂热分子。
④ 法语：这种人最坏。

“究竟是什么事？”

“您知道吧，您的债户，就是那个来向我控告的农民……”

“怎么样？”

“他上吊死了。”

“什么时候？”

“什么时候倒无所谓，只是这件事情不妙。”

卡洛梅伊采夫耸了耸肩膀，神气活现地摇晃着身体向窗户边走去。这当儿副官把马尔克洛夫带了进来。

关于他省长说得没错：他显得异乎寻常的平静。他素有的那种忧郁神情也从脸上消失了，换成了一副淡漠的倦容。他看见妹夫时，面部的表情没有变化；只是在他抬眼去看那个押解他来的德国佬副官时，眼光里才闪露出对这种人的一丝残留旧恨。他身上的大衣撕破了两个口子，用粗线草草缭了起来。额头上、眉毛上面和鼻梁上有几处不大的破伤，血已经凝固了。他没有洗脸，但头发梳过了。他把两只手深深塞在袖管里，站在离门不远的地方。他呼吸平稳。

“谢尔盖 · 米哈伊洛维奇！”西皮亚金激动地说，向他跨近两步，并伸出右手，在这种距离上要是对方有什么向前的动作，他可以碰到或阻止他。“谢尔盖 · 米哈伊洛维奇！ 我来这里不仅仅是向你表示我们如何吃惊和深感痛心，这种沉痛心情你是不能怀疑的！ 你自己**愿意**毁掉你自己！ 你毁掉了！！ 我想来看你，是要对你说……嗯……嗯……要给你……是要让你能听到理智的声音、诚实和友谊的声音！现在你还能改善你的命运。相信我，我会尽力而为的！ 尊敬的本省省长会向你证实我的话。”说到这里西皮亚金提高了嗓门。“要真心诚意地忏悔自己的迷误，毫不隐瞒地向有关当局承认……”

“阁下，”马尔克洛夫突然开口对省长说，他的声音有些沙哑，但很平静，“我以为您要见我，是想重新审问我……如果您叫我来是根据西皮亚金先生的意思，那就请您叫人把我带走，因为我和他无法彼此理解。他所说的一切，我听起来就像是拉丁语。”

“瞧瞧……像拉丁语！”卡洛梅伊采夫用他尖细的嗓子插进来傲慢地说，“煽动农民造反是不是拉丁语？ 这是拉丁语吗？ 啊？ 是拉丁语吗？”

“阁下，这是您的什么人，秘密警察官员吗？ 怎么这样卖力啊？”马尔克洛夫问道，苍白的嘴唇上露出一丝满意的微笑。

卡洛梅伊采夫骂骂咧咧的直跺脚……省长阻止了他。

“是您自己不好，谢苗·彼得罗维奇。干吗多管闲事呢？”

“管闲事……管闲事……我看这像是大家的事……我们大家，所有贵族的事……”

马尔克洛夫冷冷地、慢慢地，仿佛最后一次打量了卡洛梅伊采夫一眼，就侧转身对西皮亚金说：

“妹夫，既然**您**要我对您说明**我的**想法，那您就听好了：我承认，既然农民不喜欢我对他们讲的道理，他们就有权利抓我和供出我。他们尽可以这样做。是**我**去找他们的，而不是他们来找我。至于政府嘛，要是把我流放到西伯利亚……我也没有怨言，即使我不认为自己有罪。政府做了它该做的事，这样它就可以保平安了。您看我说得够明白了吗？”

西皮亚金把两手朝上一举。

“够明白了！！ 这是什么话！ 问题并不在这里，而且不应该由我们来评论政府的行动。我想知道的是，您是否觉得……谢尔盖，**你**是否觉得（西皮亚金决意触动对方的心弦）你做的事情是轻率狂妄之举？你是否打算用行动来证明你愿意**悔过**？ 我能不能为你担保，即使在某种程度上为你担保呢，谢尔盖？”

马尔克洛夫皱起他那双浓眉。

“我已经说过了……我不想重复。”

“可是悔过呢？ 哪儿有悔过的意思呀？”

马尔克洛夫身子突然抽搐了一下。

“哼，收起您那套‘悔过’吧！ 您还想试探我的心？ 这就让我自己来管吧。”

西皮亚金耸了耸肩膀。

“你总是这样的，听不进理智的声音！ 你现在还有机会不声不响地、体体面面地脱掉干系……”

“不声不响，体体面面……”马尔克洛夫闷闷地重复道。“这种话我们知道！ 要人家干卑鄙勾当的时候都是这么说的。这种话的意思就在这里！”

“我们可怜你们，”西皮亚金继续开导马尔克洛夫，“而你们却恨我们。”

“好一个可怜我们！ 把我们流放到西伯利亚去服苦役，你们就是这样可怜我们的！ 哼，您别烦我了……别再烦我了，看在上帝份上！”

马尔克洛夫垂下了头。

别看他外表上很平静，他心里却是乱糟糟的。最使他痛心和苦恼的是他被人出卖了，而且不是别人，正是那个戈洛普廖克村的叶列梅！正是那个他盲目相信的叶列梅！ “噘嘴儿”缅杰列伊没有跟他走，这其实倒不足为怪……缅杰列伊喝醉了，所以胆小了。可是叶列梅！！马尔克洛夫曾认为叶列梅就是俄国人民的化身……然而他却背叛了他！看来他马尔克洛夫忙死忙活的一切都不对头，都不是那么回事了？难道基斯利亚科夫在撒谎；难道瓦西里·尼古拉耶维奇的指示都一钱不值；难道这些社会主义者和思想家的论文、书籍等等著作，被他奉为圭臬的这些信条，统统都是胡说八道了？难道竟是这样的吗？？难道用柳叶刀开脓疮的生动比喻也只是一句空话吗？"不！不！"他喃喃自语道，他那古铜色的脸颊上泛起了一点红褐色，"不，这一切都是真理，一切……都是**我的**错，是**我**没有搞好；**我**说的和做的都不对头！其实只要发号施令就行了，有谁胆敢阻拦和反抗，就朝他脑袋上开一枪！不必多费口舌。谁不跟我们走他就没有权利活……杀奸细就像杀条狗，奸细比狗还不如！"

马尔克洛夫回想起他被人抓住的经过……一开始谁都不吭声，他们互相使眼色，后排的人叫起来……这时有个人从侧面走近他，像是朝他鞠躬。后来一下子就乱了营！他被掀翻在地……他喊："弟兄们……弟兄们……你们干什么？"他们叫："拿腰带来！捆住他！……"他的骨头快要断裂了……他愤怒却无可奈何……嘴里和鼻孔里都是臭烘烘的尘土味……"把他扔到，扔到……大车上去！"有人呵呵大笑……呸！

"不对头……是我做得不对头……"

这正是令他痛心和苦恼的一点。至于他本人遭了难，这只是他个人的不幸，与共同事业无关，是可以忍受的……但是叶列梅！叶列梅！

马尔克洛夫站在那儿，把头低垂在胸前。这时西皮亚金把省长拉到一旁小声说话。他稍稍摊开双手，又用两个指头弹弹自己的前额，意思说倒霉的马尔克洛夫脑子有毛病；他想使省长对这个狂人产生同情心，或者至少能宽容一点。省长耸耸肩膀，时而抬眼，时而闭目，抱歉自己无能为力，但最后他还是答应帮忙…… “Tous les egards ... certainement, tous égards... [①]”从他那洒了香水的小胡子底下轻轻吐出这些发音不清但很悦耳的法国话来…… “不过你知道，这可是法律呀！”西皮亚金马上用恭顺而严肃的口气附和道：“当然，法律嘛！”

他俩在角落里交谈时，卡洛梅伊采夫简直坐立不安，他来回走动，又是咂嘴，又是哼哼，做出各种不耐烦的样子。他终于走到西皮亚金跟前，急匆匆地对他说：

“Vous oubliez l'autre! [②]”

“啊，对了！”西皮亚金大声道。“Merci de me l'avoir rappelé. [③]我还有一件事要禀告阁下，”他对省长说……（他这样尊称他的朋友沃尔德马尔，不过是为了在一个暴乱分子面前维护当局的威严。）“我有充分理由认为，我 beau-frère'a[④] 的狂悖行为一定有同党参加，其中的一伙，也就是说，其中有一个嫌疑人就住在城外不远的地方。我带来一个人，”他压低声音说，“就在你的客厅里……你叫人把他带进来吧。”

省长看了看西皮亚金，不由得暗暗佩服他：“他可真行！”当即命人去了。一分钟后，上帝的仆人西拉·帕克林被带到省长面前。

西拉·帕克林首先向省长深深一鞠躬，他一眼看见马尔克洛夫，

① 法语：尽一切可能……当然，尽一切可能。
② 法语：您把另一个人忘记了！
③ 法语：谢谢您的提醒。
④ 法语：内兄。

躬鞠到一半就停住了，半弯着身子站在那里，两手不住地揉着帽子。马尔克洛夫漫不经心地望了他一眼，未必认出来是他，便又去想自己的心思了。

“这个就是同党？”省长用他那戴着绿松石戒指的又白又粗的手指指着帕克林，问道。

“哦，不是！”西皮亚金似笑非笑地回答。“不过！”他想了想又说。“阁下，”他重又大声说，“站在您面前的这个人是帕克林先生。据我所知，他是彼得堡居民，是某个人的亲密朋友，这个某人曾是我的家庭教师，说来惭愧，他离开我家时把我的亲戚——一位年轻姑娘给拐走了。”

“Ah! oui, oui,①”省长嘟哝道，由上而下地点点头，“我略有所闻……是伯爵夫人告诉我的……”

西皮亚金提高了嗓门。

“这个某人就是涅日丹诺夫先生，我非常怀疑他有不轨的思想和言论……”

“Un rouge à tous crins,②”卡洛梅伊采夫插进来说……

“……他有不轨的思想和言论，”西皮亚金更清楚地又说了一遍，“当然，他也宣传所有这些东西；据帕克林先生告诉我，他就住在……躲在商人法列耶夫的工厂里……”

马尔克洛夫听到“帕克林先生告诉我”这句话时，又看了帕克林一眼，只是缓缓地、漠然地一笑。

---

① 法语：啊，对，对。
② 法语：彻头彻尾的赤色分子。

“对不起，对不起，阁下，”帕克林叫了起来，“还有您，西皮亚金先生，我从来没有……从来没有……”

“你说是商人法列耶夫吗？”省长问西皮亚金，同时用手指头朝帕克林那边点了几下，意思是：别嚷，老弟，别嚷。“这些可敬的大胡子商人，他们到底是怎么啦？昨天也抓到一个，是同案犯。你也许听说过他的名字：戈卢什金，是个富商。这家伙不会搞革命了，他跪下来求饶了。”

“商人法列耶夫与此案无关，”西皮亚金一字一句、清清楚楚地说，“我并不了解此人的观点，我只说他的工厂，据帕克林先生说，涅日丹诺夫先生现在就住在他的工厂里。”

“这不是我说的！”帕克林又大叫起来。“这是**您**说的！”

“对不起，帕克林先生，”西皮亚金依然毫不留情、斩钉截铁地说道。“您为了友情而矢口否认，这令我钦佩。（“好一个……基佐[①]！”省长心里想。）不过我要斗胆拿自己作为一个例子。您是否认为，我的亲情不如您的友情深厚呢？可是，亲爱的先生，还有另一种更强烈的感情，它应该主导我们的一举一动、一言一行，这就是责任感！”

“Le sentiment du devir，[②]”卡洛梅伊采夫解释道。

马尔克洛夫打量了一眼这两个说话者。

“省长先生，”他说，“我重申我的请求：请您叫人把我从这两个饶舌家伙的身边带走。”

---

① 弗·基佐(1787—1874)：曾任法国政府部长、总理。
② 法语：责任感。

这一回省长也有点火了。

“马尔克洛夫先生！”他大声道，“以您现在的处境，我奉劝您说话要谨慎些，对职位高的人要尊重些……尤其是在他们表达爱国感情的时候，就像刚才您听见您妹夫说那番话的时候！　亲爱的鲍里斯，”他对西皮亚金说，“我将荣幸地把您的高尚行为向大臣禀报。那么，涅日丹诺夫先生在那家工厂里究竟住在谁那儿呢？”

西皮亚金皱起了眉头。

“住在一个叫索洛明的先生那儿，他是那家正厂的总机械师。这也是帕克林先生对我说的。”

折磨可怜的西卢什卡似乎给西皮亚金带来莫大的快慰：他在马车里给过他一支雪茄烟，又亲热又礼貌地对待过他，甚至还有点讨好他，现在这一切都要从对他的报复中得到补偿。

“这个索洛明，”卡洛梅伊采夫接过话来说，“毫无疑问是个激进分子，共和派。阁下不妨对此人也多加注意。”

“您认识这些先生吗？　……索洛明……还有叫做什么来着！　那个……涅日丹诺夫？”省长操着鼻音，带着点官腔问马尔克洛夫。

马尔克洛夫张大了鼻孔，幸灾乐祸地反问道：

“阁下，您认识孔夫子和利维乌斯[①]吗？”

省长扭过身去。

“Il n'y a pas moyen de causer avec cet homme，[②]”他耸耸肩膀说。“男爵先生，请到这边来。”

---

① 利维乌斯（公元前59—17）：罗马历史学家。

② 法语：跟这个人无法说话。

副官快步走到他跟前。帕克林瞅准空儿一瘸一拐地走到西皮亚金身边。

“您做的什么事啊，”帕克林悄声道，“干吗要毁掉您的外甥女呀？她跟他，跟涅日丹诺夫在一起！……”

“我没有毁掉任何人，先生，”西皮亚金大声说，“我办事只听从我的良心和……”

“和您的太太，我的妹妹，您对她唯命是从，”马尔克洛夫也大声插话道。

西皮亚金如常言所说，连眉毛也没有动一下……对此他不屑一哂！

“请听我说，”帕克林仍然小声说，不知由于激动还是害怕，他浑身直打哆嗦，他眼睛里闪着怒火，泪水使他的喉咙哽咽，他流泪是可怜**他们**也恼恨自己，“听我说：我告诉您他们已经结婚，这不是真的，我对您撒了谎！但是他们肯定是要结婚的，如果您阻碍这场婚事，如果警察到那儿去抓他们，您的良心上就会留下永远洗不掉的污点，您就……”

“您告诉我的这条消息，”西皮亚金打断了他，声音比刚才更高，“我有权怀疑它的真实性，如果它是真的，那也只会促使我加快实行我认为必要的那些措施；至于我的良心是否清白，先生，就请您不必操心了。”

“老弟，您的良心上过光，”马尔克洛夫又插嘴道，“用彼得堡的油漆漆过了，什么液体都沾不上！而你，帕克林先生，只管在那儿嘀嘀咕咕，你没完没了地嘀咕也无济于事！”

省长觉得不能让他们再吵下去了。

“我认为，”他开口道，“各位先生都充分表达了自己的意思，所以，亲爱的男爵，请把马尔克洛夫先生带下去。N’est ce pas，Boris?①你用不着再……”

西皮亚金把两手一摊。

“能说的我都说了！……”

“好极了！……亲爱的男爵！……”

副官走到马尔克洛夫跟前，“咔”地一碰马刺，朝水平方向一挥手说：“请！”马尔克洛夫转身走了出去。帕克林怀着同情和怜悯的痛苦心情在想象中跟他握了握手。

“我们把我们的棒小伙子派到工厂去，”省长接着说。“不过，鲍里斯，我好像听见这位先生（他用下巴朝帕克林那边示意）对你说了些什么，关于你那位女亲戚的事……她好像就在那边，在那个工厂里……既然是这样……”

“无论如何不能逮捕她，”西皮亚金深思熟虑地说，“也许她能回心转意，再回家去的。要是你允许的话，我给她写张字条。”

“请写吧。你尽管放心……Nous coffrerons le quidam ... mais nous sommes galants avec les dames ... et avec celle-là donc!②”

“你们对那个索洛明没有作任何处置呀，”卡洛梅伊采夫大声抱怨道，他一直竖起耳朵在听省长和西皮亚金两人简短的 à parte③。“请你们相信，他是主谋！我对这种事情嗅觉……嗅觉非常灵敏！”

---

① 法语：对不对，鲍里斯？

② 法语：我们要关一些人……但是对太太小姐我们彬彬有礼……特别是对这一位！

③ 法语：单独谈话。

“Pas trop de zèle，[1]亲爱的谢苗·彼得罗维奇，”省长咧嘴笑着说。“还记得塔列兰[2]吧！ 有什么风吹草动，他也逃不出我们手心的。您最好还是想想您的那个……哧——！”省长做了个勒脖子的手势……“哦，还有，”他又对西皮亚金说，“et ce gaillard-là，（他又用下巴朝帕克林那边示意）Qu'en ferons nous?[3] 他不像是个危险人物。

“你把他放了，”西皮亚金轻声说，又用德语加上一句：“Lass'den Lumpen Laufen![4]”

不知为什么，他觉得这句话是引自歌德的《铁手骑士葛兹》。

“您可以走了，先生！”省长大声说。“我们不再麻烦您了。以后见吧！”

帕克林对大家鞠了一躬，走出了省长公署，他疲惫不堪，灰心丧气。天哪！ 天哪！ 这场侮辱真把他毁了。

“这算是怎么回事啊？”他怀着难以言表的绝望心情想道，“我是懦夫加告密者吗？ 不……不，我是个诚实的人，先生们，我并不是毫无勇气的！”

有个熟悉的身影站在省长公署门前的台阶上，用一种满含责备的忧郁的眼光望着他，这人是谁呢？ 这是马尔克洛夫的老仆。他显然是进城来接他的主人，现在不愿离开主人囚禁的地方……可是他为什么要这样看着帕克林呢？ 又不是他帕克林出卖了马尔克洛夫！

“我何必要管那些跟我们不相干的事呢？”他又带着绝望的情绪想

---

① 法语：您不要过分卖力了。
② 塔列兰（1754—1838）：法国外交家，“不要过分卖力！”是他的名言。
③ 法语：对这位好汉……我们拿他怎么办呢？
④ 德语：放这个下流坯滚蛋吧。

道。“我不能安分守己！现在他们会说，保不定还会写下来：有个帕克林先生把什么都讲出来了，他出卖了他们……向敌人出卖了朋友！”这时他想起了马尔克洛夫看他的那种眼光，想起了他最后说的那句话：“你没完没了地嘀咕也无济于事！”现在这里还有一双忧伤绝望的老人眼睛在望着他！他就像圣经中所说的彼得那样“痛哭”起来，一面蹒跚着向那片绿洲，向福穆什卡、菲穆什卡和斯南杜利娅的住处走去……

三十六

就在那天早晨，玛丽安娜从里屋出来，看见涅日丹诺夫穿着衣服坐在沙发上。他一手支着脑袋，另一只手无力地、一动不动地放在膝盖上。她走到他跟前。

“你好，阿列克谢……你没脱掉衣服？没睡？瞧你脸色多苍白！”

他缓缓抬起沉重的眼皮。

“我没脱衣服，我没睡。”

“你不舒服吗？还是因为昨天的酒吗？”

涅日丹诺夫摇摇头。

“从索洛明进你房间那会儿我就没睡了。”

“什么时候？”

“昨天晚上。”

“阿列克谢，你吃醋了？这真新鲜！这种时候还有心思吃醋！他在我屋里总共才待了一刻钟……我们在谈他的表哥，就是那个神父，还有关于给我俩举行婚礼的事。”

“我知道他只待了一刻钟，我看见他走出来的。我不是吃醋，啊，不！ 可是从那会儿起我怎么也睡不着了。”

“到底因为什么呢？”

涅日丹诺夫沉默了一会儿。

“我一直在想……想……想！”

“想什么？”

“想你……想他……想我自己。”

“你想出什么结果来了吗？”

“要我告诉你吗，玛丽安娜？”

“你说吧。”

“我想，是我妨碍了你……他……还有我自己。”

“妨碍我！ 妨碍他！ 尽管你说你不吃醋，我也知道这话是什么意思。可是，怎么说妨碍你自己呢？”

“玛丽安娜，我身上有两个人，他们彼此不共戴天。所以我想，最好还是让他俩都活不成。”

“得了，阿列克谢，请你别说了。你何苦要折磨自己，折磨我呢？现在我们得想出些办法来……他们肯定不会放过我们的。”

涅日丹诺夫温存地握住她的手。

“玛丽安娜，坐到我身边来，就像朋友那样我们聊聊天吧。趁现在还有时间。把你的手给我。我想我们不妨把话说说明白，虽然据说一切说明常常是越说越不明。不过你聪明又善良，你什么都能明白，我没有说透的话你也一定能悟透的。坐下来吧。”

涅日丹诺夫的声音很轻；他的眼睛注视着玛丽安娜，流露出一种特别的温情脉脉的友情和祈求的神情。

她随即顺从地坐到他身边，拉住他的手。

“谢谢你，亲爱的，听我说吧。我不会耽搁你很久的。昨天夜里我把要对你说的话都想好了。现在你就听我说。别以为昨天发生的事情使我非常不安。当时我的样子大概很可笑，甚至有些可恶，但你一定不会把我想得很坏或者很下流……你是了解我的。不过，要说昨天的事丝毫没有使我不安，这也不是真话，这是胡说……它使我不安，但并非因为我喝醉酒让人用车拉了回来，而是因为这件事彻底证明了我的无价值！不光是我不能像一般俄国人那样喝酒，而是我一无所能！一无所能！玛丽安娜，我必须告诉你，是事业把我俩结合在一起并促使我俩逃出了那个人家，然而我已经不再相信这桩事业了；说句真话，当你像火焰般温暖我、燃烧我的时候，我的事业心却在渐渐地冷却。我不相信它了！不相信它了！”

他用空着的那只手捂住眼睛，沉默了片刻。玛丽安娜也一言不发，垂下了头……她觉得他对她说的话里并没有新的内容。

“以前我想，”涅日丹诺夫接着说，把手从眼睛上拿下来，但不再望着玛丽安娜，“我相信事业本身，只是怀疑我自己，怀疑自己的力量和能耐；我想是我的才能配不上我的信仰……可是，这两样东西显然是不可分割的，何必自欺欺人呢！不，我已经不相信**事业本身**了。玛丽安娜，你相信吗？”

玛丽安娜直起身子，抬起了头。

“是的，阿列克谢，我相信。我全心全意地相信，我要把一生都献给这桩事业！直到最后一息！”

涅日丹诺夫向她转过脸来，用感动和羡慕的眼光从头到脚打量了她一下。

“是啊，是啊，我料到你会这样回答的。现在你瞧，我俩在一起已经没有什么可做的了：你亲自挥手斩断了我们之间的联系。”

玛丽安娜默然不语。

“还有索洛明，”涅日丹诺夫又说，“虽然他也不相信……”

“什么？”

“不！他不相信……他也不需要这个。他只是不慌不忙地朝前走。就像一个人在进城的大路上走着，他不需要问自己：有没有这座城？他只顾走他的路。索洛明就是这样。他不需要别的什么了。可是我呢……前进我不能，后退我不想，待在原地又没劲。我怎么敢要别人做我的伙伴呢？你知道，俗话说：‘一人抬一头，担子轻悠悠。’要是有一个人抬不动了，另一个人该怎么办呢？”

“阿列克谢，”玛丽安娜犹豫不决地说，“我觉得你说得过于严重了。我们不是彼此相爱吗？”

涅日丹诺夫深深叹了口气。

“玛丽安娜……我敬佩你……而你怜悯我。我俩都确信对方是诚实的，这是千真万确的事实！可是我们之间没有爱情。”

“等一等，阿列克谢，你在说什么呀！就在今天，马上就有人来追捕我们……我俩要一块儿逃走，而不是分离。”

“是的，去找佐西马牧师为我们举行婚礼，这是索洛明的建议。我很清楚，在你看来，这个婚姻不过是一张避免警察找麻烦的护照……不过它毕竟在某种程度上责成我们……共同生活，在一起……即便不是责成，它至少也可以表明我们有共同生活的愿望。”

“你这是什么意思，阿列克谢？你要留在这里不走了？”

涅日丹诺夫差些脱口而出："是的。"但他改变了主意，说：

"嗯……不。"

"那么，你要去的地方不是和我一路了？"

涅日丹诺夫一直攥着她的手，这时他紧紧握了它一下。

"把你丢下来没有人照顾和保护，那是罪过，我这个人再坏也绝不会那样做的。你会有一个保护人的……你尽管放心吧！"

玛丽安娜朝涅日丹诺夫弯过身去，关心地将自己的脸贴近他的脸，她想看看他的眼睛，窥视他的内心，看到他内心的深处。

"你怎么啦，阿列克谢？ 你有什么心思吗？ 告诉我！ ……你让我不安了。你说的话好叫人费解，好奇怪……还有你的脸色！ 我从来没见过你这样的脸色！"

涅日丹诺夫轻轻推开她，轻轻吻了一下她的手。这一回她没有拒绝，也没有笑，仍然关切而不安地望着他。

"请你别担心！ 没有什么好奇怪的。我的全部不幸就在这里。听说马尔克洛夫挨了农民的揍，他饱尝了一顿老拳，他们把他的肋骨打伤了……农民没有揍我，甚至还跟我一起喝酒，喝坏我的身体……他们打伤了我的灵魂，比马尔克洛夫的肋骨伤得更惨。我像一个天生关节脱臼的人……我本想使它复位，结果反而弄得更加脱了臼。你在我脸上看到的就是这些。"

"阿列克谢，"玛丽安娜慢慢地说，"你不和我坦诚相见就太不应该了。"

他紧紧攥了一下自己的手。

"玛丽安娜，在你面前我没有半点隐私。现在我预先告诉你：不管我做出什么事来，实际上你丝毫也不会感到意外！"

玛丽安娜想叫他把这些话解释明白，但没有启齿……这当儿索洛明走了进来。

他的动作比平时显得更加敏捷和干脆。他眯缝着眼睛，紧闭着宽厚的嘴唇；他的整个脸变得尖削了，脸上的表情冷淡、坚决，甚至带有几分粗野。

“朋友们，”他说，“我来告诉你们，别磨蹭了，准备准备……

你们该走了。一小时后你们要准备好。你俩去举行婚礼。帕克林没有任何消息；他的马车先是给扣在阿扎诺耶村，后来又给打发回来了……人留在那边。大概把他带进城去了。他当然不会告密，可是天晓得，他也许会信口乱说的。而且那两匹马就是线索。我已经通知我表哥了。帕维尔跟你们一起去。他也是你们的证婚人。”

“那么您……你呢？”涅日丹诺夫问。“难道你不走吗？我看你也是上路的打扮，”他用眼睛示意索洛明穿了一双高统沼地靴。

“我穿这个……只是因为外面路烂。”

“你不会替我们承担责任吧？”

“我不打算……不管怎样，这是我的事。好了，一小时后动身。玛丽安娜，塔季扬娜要见您，她为您准备了一点东西。”

“啊！对了！我正想到她那儿去……”

玛丽安娜向门口走去……

涅日丹诺夫脸上露出一种像是恐惧又像是忧伤的古怪表情……

“玛丽安娜，你要走了吗？”他突然压低了声音问道。

她站住了。

“我半小时后回来。我收拾行李要不了多少时间。”

“是的。你到我这儿来一下……”

“好吧。有什么事？”

“我想再看你一眼。”他盯着她看了好久。“别了，别了，玛丽安娜！”她愕然。“哦，不对……我这是怎么啦？ 我这是……说溜嘴了。你不是过半小时就回来吗？ 是吧？”

“当然。”

“好，对……对……原谅我吧。我失眠，脑子里乱糟糟的。我马上也要……收拾好行装。”

玛丽安娜走了出去。索洛明随后也要走。

涅日丹诺夫叫住了他。

“索洛明！”

“什么？”

“把手伸给我吧。我要感谢你的款待。”

索洛明笑了笑。

“你怎么有这种想法！”他说，但还是把手伸给了他。

“还有一件事，”涅日丹诺夫接着说，“如果我出了什么事情，我能指望你不撇下玛丽安娜吗？”

“你未来的妻子？”

“是的，玛丽安娜。”

“首先，我相信你不会出事；其次，你尽可放心，因为我和你一样珍视她。

“啊！ 这个我知道……知道……知道！ 那就好极了。谢谢你。你说一小时后吗？”

“一小时后。”

“我会准备好的。再见！”

索洛明出去了，他在楼梯上赶上了玛丽安娜。他想对她说一下涅日丹诺夫的情况，但没有开口。玛丽安娜也知道索洛明有话想对她说，想说涅日丹诺夫的事而欲言又止，所以她也就没有说话。

三十七

索洛明刚一走出去，涅日丹诺夫霍地从沙发上站起来，来来回回从房间的一角走到另一角，他走了两趟又在房间当中站住，一动不动地陷入了沉思；他猝然一抖身，匆匆脱掉身上那件"化装舞会"衣裳，把它踢到角落里，取出自己原来的衣服换上。然后他走到三足小桌边，从抽屉里拿出两封封好的信和一个小物件，他把小物件揣进衣袋里，信放在桌子上。他又在火炉跟前蹲下来，拉开炉门……炉膛里有好大一堆灰烬。涅日丹诺夫的书函文件还有那本秘藏的诗集全在这儿了……昨天夜里他把所有这些东西都付之一炬。但是在炉子里，一边炉壁上还靠着马尔克洛夫送给他的那幅玛丽安娜画像。他显然没有勇气烧掉这幅画像！ 涅日丹诺夫小心地把它拿出来，放到小桌上那两封信旁边。

随后他决然地一把抓起帽子，向门口走去……他又停住脚，走了回来，他走进了玛丽安娜的房间。他在这里站了一会儿，环视了一下屋内，走到她那张窄小的床边，俯下身去，独自饮泣吞声，把嘴唇紧紧贴在褥子的脚头而不是枕头上……然后他陡然直起身子，把帽子拉到前额上，跑出了房间。

涅日丹诺夫在走廊、楼梯和楼下都没有碰到人，他悄悄来到小花园里。这是一个阴暗的白昼，天空低垂，潮湿的微风拂动草尖，摇曳树叶；工厂的喧响比平日这个时候要小些；从厂院那边吹来了煤烟、焦油和脂油的气味。涅日丹诺夫机警地看看四周，径直向那棵老苹果树走去，刚来那天他第一次从小楼的窗口眺望，这棵树就吸引了他的注意。苹果树的树干上长满了发干的青苔；光秃粗糙的枝条还挂着些红绿斑驳的残叶，弯弯曲曲地伸向空中，就像许多胳膊肘弯起的老人手臂，在哀哀乞求着什么。涅日丹诺夫把一只脚稳稳踩在苹果树下盘根的黑土上，从衣袋里掏出那个他原来放在桌屉里的小物件。然后他注意地望了望侧屋的窗口……“要是有人此刻看见我，”他想，“也许我会改个时间……”然而四下里看不到一张人脸……仿佛一切都死绝了，一切都弃他而去，永不再回，撇下他任凭命运的摆布。只有工厂在发出隆隆的声响，散发着臭气。这时天空中飘起了银针似的冷冷的小雨。

涅日丹诺夫站在树底下，从弯曲的枝柯间仰望天空，低垂的天穹灰暗而潮湿，冷漠无光如同瞎子一样。他打了个呵欠，身体瑟缩了一下，心里想：“没有别的路可走了，总不能回彼得堡去坐牢吧。”他扔掉了帽子，预先感觉到浑身充满了一种强烈的、甜蜜醉人的想欠伸一下的愿望，他把手枪对准胸膛，扣动了扳机……

有个东西撞击了他一下，甚至并不很重……他已经仰倒在地，他想弄明白自己怎么了，而且刚才他怎么会看见塔季扬娜了？……他甚至想叫她一声，对她说：“喂，不必！”可是他已全身麻木，在他的脸孔上面、眼睛里、额头上和脑袋里刮起了一阵浑浊的绿色旋风，他被一个极重的扁平东西压倒在地上，永远起不来了。

涅日丹诺夫恍惚中看见塔季扬娜倒是真的。就在他扣动枪机的那一瞬间，她恰巧走到侧屋的一个窗口，看见他站在苹果树下。她正觉得纳闷：“他干吗在这种天气站在苹果树底下，也不戴个帽子呢？”突然她看见他像一捆干草似的仰面栽倒在地上。枪声很轻微，她没有听见，但她立刻感到事情不妙，慌忙奔下楼去，跑进了小花园……她跑到涅日丹诺夫身边……“阿列克谢·德米特里奇，您怎么啦？”这时黑暗已经笼罩了他。塔季扬娜弯下腰，看见了血……

“帕维尔！”她大叫起来，嗓音都变了。“帕维尔！”

不一刻工夫，玛丽安娜、索洛明、帕维尔还有两名工人都到了小花园里。他们马上把涅日丹诺夫抬起来，把他抬进了侧屋，放到他在上面度过最后一夜的那张长沙发上。

他仰卧在那里，两眼一动不动地半睁着，脸色已经发青。他发出拖长的、艰难的呼哧声，有时抽噎一下，好像快要断气，但生命还没有离开他。玛丽安娜和索洛明站在沙发两边，两人的脸色几乎跟涅日凡诺夫一样惨白。他们两人，尤其是玛丽安娜，感到非常震惊和沮丧，但并不觉得十分意外。“我们怎么没料到会这样呢？”他们在心里想，但同时又觉得他们已经……是的，他们已经料到了。涅日丹诺夫曾对她说：“我预先告诉你：不管我做出什么事来，实际上你丝毫也不会感到意外！”他还告诉她，在他身上有两个人彼此不共戴天。难道当时她心里就没有一种朦胧的预感吗？ 为什么她没有立刻静下来思索一下这些话的含义，考虑一下心中的预感呢？ 为什么她现在不敢抬眼去看索洛明，似乎他是她的同谋……似乎他此刻也在受到良心的谴责呢？ 为什么她不只是近乎绝望地无限怜悯涅日丹诺夫，而且自己同时还怀有一种恐惧甚至是羞愧的心理呢？ 也许，她本来是能够救他一命的？ 为什么她和索洛明现在都不敢说一句话？ 他们俩几乎屏住呼吸在等待着……等待什么呢？ 天哪！

分明没有希望了，索洛明还是派人去叫医生。塔季扬娜拿一大块浸了凉水的海绵敷在涅日丹诺夫那小小的、已经发黑的无血的伤口上，又用凉水加些醋抹湿了他的头发。涅日丹诺夫忽然止住了呼哧声，微微动了一下。

“他恢复知觉了，”索洛明悄声说。

玛丽安娜在沙发边跪了下来……涅日丹诺夫看了她一眼……直到刚才他的眼睛一直像垂死的人那样定住不动。

“我还……活着，”他说，声音轻微得几乎听不见。“这一次又没做好……耽搁你们了。”

“阿廖沙，”玛丽安娜呻唤道。

“你瞧……现在……还记得吧，玛丽安娜，我那首诗里……‘在我周围摆上鲜花’……鲜花在哪儿？……不过有你在这儿……那边，我的信里……”

他突然浑身颤抖起来。

“哦，手在这儿……你们俩都把手……伸给……对方……当着我的面……快……伸呀……”

索洛明抓住了玛丽安娜的手。她的头贴在沙发上，脸朝下，就靠在伤口旁边。

索洛明笔直地肃立在一侧，脸色像黑夜一样阴沉。

“对……好的……对……”

涅日丹诺夫又开始抽噎，这一次的样子很特别……他的胸腔胀了起来，肋部瘪陷下去……

他显然想把自己的手放到他俩握在一起的手上面，但他的手已经死亡。

“他快离开人世了，”塔季扬娜站在门口悄声说，一面开始划十字。

抽噎声越来越短，越少了……他还在用眼睛寻找玛丽安娜……然而他的眼睛里面已开始布满一种可怕的灰白色……

“好了……”这是他最后的话。

他死了……索洛明和玛丽安娜握在一起的手还放在他的胸口上。

下面是他留下来的两封短信。一封是写给西林的，只有寥寥数行：

“别了，兄弟，朋友，别了！你收到这张纸条的时候，我已经不在人世。别问我怎么了和为什么，也不要难过；你要知道，我现在好了。请你拿出我们不朽的普希金的诗来，念一念《叶甫盖尼·奥涅金》里面描写连斯基死的那一节。记得吧：‘窗户已经粉白，女主人已经不在’等等。就写这些吧。我没有什么可对你说了……因为要说的话太多而又没有时间。我不想不告诉你一声就离去，那样你会以为我还活着，我就有负于我们的友谊了。永别了；你好好活下去吧。

你的朋友　阿·涅”

另一封信略长一些，是写给索洛明和玛丽安娜的。信文如下：

“我的孩子们！

“（这句话后面像是有些字被涂抹过，给擦掉了，似乎有泪水溅在纸上。）

“你们也许会奇怪，我怎么这样称呼你们，我自己几乎是个孩子，而你，索洛明，不用说比我年长。但是我就要死了，我站在生命的尽头，把自己看作老人。我对你们感到非常歉疚，尤其是对你，玛丽安娜，因为我让你们如此悲伤（我知道，玛丽安娜，你会伤心的），而且给你们添了这么多麻烦。有什么办法呢？我找不到别的出路。**平民化**我做不到，就只好把自己一笔勾销。玛丽安娜，我会成为你的和我自己的包袱。你宽宏大量，你会接受这个包袱，作为你新的牺牲……但我无权把这种牺牲强加给你：你还有更好、更重大的工作要去做。我的孩子们，让我用这一只像是冥间之手把你俩结合起来吧。你俩在一起会幸福的。玛丽安娜，你最终会爱上索洛明的，而他……他在西皮亚金家一见到你时就爱上了你。这对我不是秘密，虽然几天后我和你从那里逃了出来。啊，那天的早晨！那是多么清新、欢畅、充满生机的早晨啊！现在我觉得，那个早晨就是你们，你和他共同生活的预兆，当时我不过偶然占据了他的位置罢了。话也该说完了。我并不想引起你们的怜悯……我只是想做一点剖白而已。明天会有一段痛苦的时刻……有什么办法呢？不是没有别的出路吗？别了，玛丽安娜，我的清白的好姑娘！别了，索洛明！我把她托付给你了。愿你们幸福地活下去，活着造福于别人。而你，玛丽安娜，当你幸福的时候再想起我吧。想起我也是个清白的好人，不过这个人活着还不如死了的好。我是否真正爱过你，我不知道，亲爱的朋友，但我知道我从未体验过比这更强烈的感情，而且倘如我不带着这份感情进坟墓的话，那么死对我将是更加可怕的事。

“玛丽安娜！要是你日后碰到一个叫马舒琳娜的姑娘

（索洛明认识她，你好像也见过她），你就对她说，我临终前不久怀着感激的心情想起过她……她会明白的。

“也该搁笔了。刚才我向窗外望了一下：在飞快飘动的乌云中间有一颗美丽的星星。不管乌云飘得多快，它们总也遮不住它。这颗星星就像是你，玛丽安娜！此刻你正在隔壁房间里安睡，你还什么都不知道呢……我曾走到你的门边，贴耳倾听，好像听见了你那清纯、平静的呼吸声……

别了！别了！我的孩子们，我的朋友们，永别了！

你们的　阿”

“哎呀，哎呀，哎呀！我怎么在**临终的**信里一点也没有提到我们的伟大事业呢？也许这是因为，人到临死的时候已经不必再撒谎了……玛丽安娜，请原谅我这个附言……谎言曾在我的心中，而不在你的信仰里！

“对了！还有一点：玛丽安娜，也许你会以为，我因为害怕坐牢（他们一定会让我坐的），才用**这种**手段来逃避，是吗？不，牢房并没有什么可怕，但是为了自己并不相信的事业去坐牢，那就毫无意义了。我自尽并非因为怕坐牢。

“别了，玛丽安娜！永别了，我的纯洁无瑕的好姑娘！”

玛丽安娜和索洛明轮流看了这封信。她把自己的画像和这两封信都放进衣袋里，就僵立在那里一动也不动。

索洛明对她说：

“都准备好了，玛丽安娜，我们走吧。应当实现他的意愿。”

玛丽安娜走到涅日丹诺夫身边，吻了一下他已经变冷的额头，转身对索洛明说：

“我们走吧。”

他拉住她的手，两人一同走出了房间。

几小时后，警察突然来到工厂，不消说他们找到的涅日丹诺夫已经是一具尸体。塔季扬娜把它收拾干净了，在脑袋下面垫了一个白枕头，把两只手交叉叠放在胸前，甚至还在它旁边的小桌子上放了一束鲜花。帕维尔早就被吩咐好了，他十分奴颜婢膝又极尽讽刺挖苦地接待了那些警官，弄得他们不知道感谢他好呢还是把他也抓起来？他一五一十告诉他们自杀事件的详细经过，请他们吃瑞士干酪，喝马德拉葡萄酒；至于瓦西里·费多特奇和外来的小姐眼下到底在什么地方，他就是一问三不知；他只对他们说，瓦西里·费多特奇因为厂里事忙从不在外边多耽搁，这一两天准会回来，等他一回工厂他就一分钟也不拖延，马上向城里报告，他帕维尔可是个钉是钉卯是卯的人。

官员先生们只好空手而回，临走时留下几个人看守尸体，并说还要派一名法院侦查员来。

三十八

这些事情发生后过了两天，一辆马车驶进了“好好先生”佐西马牧师家的院子。乘车的一男一女是我们所熟悉的，他俩到达这里的第二天就举行了婚礼。随后不久这对男女就不知去向，好心肠的佐西马对他所做之事也一点不感到后悔。索洛明离开了工厂，他给老板留下一封信，由帕维尔转交。他在信里把工厂的情况报了一本明细账（经营状况极好），并请了三个月的假。这封信写于涅日丹诺夫死前两天，据此可以断定，索洛明当时就认为他应该跟涅日丹诺夫和玛丽安娜离开这里暂避一时。警方对自杀事件的侦查没有新的发现。尸体被掩埋了。西皮亚金也不再找他的外甥女了。

大约过了九个月后，马尔克洛夫出庭受审。他在审讯时的表现也像在省长那里一样，态度平静而不失尊严，只是神情有些郁闷。他平日的粗鲁作风有所缓和，倒不是因为他畏怯，而是由于他有了另一种更崇高的感情。他不替自己作任何辩护，毫不表示悔过，也不指控任何人；他两眼失神，消瘦的脸上始终保持着一种表情：听天由命，决不动摇。他的回答简短、直截、真实可信，令那些法官们都快要起恻隐之心。就连那些抓他和指证他的农民们也人同此心，说他是个“老实的”、慈善的老爷。然而他的罪行实在昭著，难免要受到惩罚，对此他自己好像也认了。剩下来为数不多的几名同案犯中，马舒琳娜去向不明；奥斯特罗杜莫夫在鼓动一个小市民起义时被那个人“失手”打死了；戈卢什金因为“诚心悔过”（他又害怕又伤心，差点疯了）得到从轻发落；基斯利亚科夫被监禁一个月就释放了，居然又让他在各省之间往返“驰骋”；涅日丹诺夫以死免刑；索洛明虽然可疑，因证据不足免于处分。（他如期到庭，并未逃避审讯。）玛丽安娜的名字法庭根本没有提到……帕克林完全摆脱了干系，他也没有引起什么特别的注意。

一年半过去了，到了一八七〇年的冬天。在彼得堡，还是从前那个彼得堡，三级文官兼宫廷高级侍从西皮亚金正准备担当重任；他妻子忙着庇护各种艺术，举行音乐晚会，开办简便食堂；而卡洛梅伊采夫先生则成了部里前程无量的官员之一——就在这个彼得堡，有一天在瓦西里岛的一条大街上，一个身穿廉价猫皮领子大衣的小矮个儿在一瘸一拐地走着。这个人就是帕克林。近来他的变化不小：从毛皮帽底下露出来的鬓角上已有了丝丝白发。这时人行道上迎面走过来一位太太，个子挺高，人很丰满，身上紧紧裹着一件深色呢斗篷。帕克林随便看了她一眼，就走了过去……他突然停住脚，想了想，把两臂一张，猛地转身跑回去追上她，朝她帽檐下面的脸上看了看。

“马舒琳娜？”他轻声说。

那位太太高傲地打量了他一眼，一言不发，继续走路。

“亲爱的马舒琳娜，我认出您来了，”帕克林接着说，一瘸一拐地跟她并排走着，“请您别害怕。我决不会出卖您。遇见您真叫我太高兴了！我是帕克林，西拉·帕克林，知道吗，我是涅日丹诺夫的朋友……请上我家去；我家离这儿很近……请吧。”

“约·索诺·孔泰萨·罗卡·季·桑托—菲乌梅！[1]”太太答道，她声音低沉，带着纯粹的俄国腔。

“说什么‘孔泰萨’……哪儿有什么‘孔泰萨’……上我家去，我们聊聊天吧……”

“您住在哪儿？”意大利伯爵夫人突然用俄语问道。“我没工夫。”

“我就住在这条街上，那就是我的屋子，灰色的，三层楼房。您真好，不再跟我打哑谜了！请把胳膊伸给我，我们走吧。您到这儿很久了吗？您怎么变成了伯爵夫人？您嫁给什么意大利的‘孔泰’了？”

马舒琳娜根本没有嫁给什么‘孔泰’，而是人家帮她弄到一本不久

---

① 意大利语（音）：我是罗卡·季·桑托—菲乌梅伯爵夫人。

前过世的菲乌梅伯爵夫人的护照，尽管她一点不懂意大利语，长着一张地道的俄国人的脸，她居然拿着它大摇大摆地回到俄国来了。

帕克林把她带到他那简朴的住所。跟他住在一起的驼背妹妹，从一间小小厨房和一间小小前堂之间的隔板后面迎了出来。

“哎，斯娜波奇卡[1]，”他说，我来介绍一下，这位是我的好朋友；快点给我们上茶。”

要不是帕克林提起了涅日丹诺夫的名字，马舒琳娜不会到他家里来；她摘下帽子，用她那男人般的手理了理依旧剪得短短的头发，鞠了一躬，默默地坐下来。她完全没有变样，甚至还穿着两年前的那件连衣裙，但她的眼睛里有一种凝结的悲哀，给她平时严厉的面容增加了一点感人的神色。

斯南杜利娅连忙去生茶炊，帕克林在马舒琳娜对面坐下来，轻轻拍了一下她的膝盖，就垂下了头。他在讲话前不得不咳嗽几声，他声音哽咽，眼睛里闪着泪花。马舒琳娜僵坐在那里，身子挺得笔直，没有靠在椅背上，闷闷不乐地把眼睛望着别处。

“是啊，是啊，”他开口道，“有多少往事啊！我看见您就想起了……许多事和许多人。有死去的，也有活着的。我的那一对‘小鹦鹉’已经死了……您或许不认识他们。就像我预言的那样，是在同一天死的。涅日丹诺夫……可怜的涅日丹诺夫！……您大概已经知道了……”

“是的，我知道，”马舒琳娜说，眼睛仍然望着别处。

“奥斯特罗杜莫夫的事也知道了？”

---

① 斯南杜利娅的小名。

马舒琳娜只是点点头。她希望帕克林接着讲涅日丹诺夫的事，却不好意思启齿求他。帕克林明白了她的心思。

“我听说，他在临死前写的信里提到过您。这是真的吗？”

马舒琳娜没有马上回答。

“是真的，”她终于说。

“真是个大好人！可惜他走错了路！他哪儿是什么革命者，他和我一样！您知道他到底是什么人吗？是个现实主义的浪漫主义者！您明白我的意思吗？”

马舒琳娜很快瞥了他一眼。她不明白他的意思，也不想费那个劲。她觉得，他敢拿自己跟涅日丹诺夫相比也太不合适，太奇怪了。她想：“这会儿让他吹牛吧。”（帕克林倒不认为他在吹牛，反而有些自我贬低的感觉。）

“有个叫西林的人在这儿找到了我，”帕克林继续说，“涅日丹诺夫临死前也给他写了信。这个西林问我能不能帮他找到一点死者留下来的文稿？可是阿廖沙的东西全给查封了……其中没有文稿。他把什么都烧掉了，包括他的诗稿。您也许不知道他写诗吧？我真可惜那些诗。我相信有几首写得相当不错。所有这些都随同他一起消失了，一切都沦入那周而复始的大循环，永远死去了！只有朋友们还保留着往事的回忆，直到他们自己逝去的那一天！”

帕克林沉默了一会儿。

“可是西皮亚金夫妇，”他又接着说下去，“您还记得吧，那一对貌似宽容却傲慢讨厌的名流，他们现在正煊赫一时呢！”马舒琳娜根本不“记得”西皮亚金夫妇，但帕克林恨透了这两个人，尤其是西皮亚金，忍不住要把他俩“痛斥”一顿。“据说他们在家里大唱高调！老是讲什么高尚品德！！我发现，要是什么地方有人大谈美德，那就等于在病房里面使劲熏香，大概那儿刚才弄出什么臭气来了！这是很可疑的！就是**他们**毁掉了可怜的阿列克谢，就是这一对西皮亚金夫妇。”

“索洛明怎么样了？”马舒琳娜问道。现在她突然不想听**这个人**谈**他**了。

“索洛明！”帕克林大声道。“他可是好样的。他巧妙地脱了身。离开了原来那家工厂，把得力的人手都带走了。那儿有个……工头，听说可厉害啦！他叫帕维尔……索洛明把他也带走了。据说他现在有了自己的工厂，不很大，在彼尔姆的什么地方，实行合伙经营的原则。他这个人不会丢下自己的事业！他像啄木鸟那样锲而不舍！嘴巴又尖又硬，一定能啄出个洞来。他真是好样的！主要是，他并不指望一切社会创伤会一下子药到病除。可是我们俄国人是怎样的民族啊？我们时刻在盼望，有朝一日有个什么东西或者什么人一下子就能治好我们，让所有的伤口全部愈合，就像拔掉一颗蛀牙那样一下子祛除百病。谁是这样的巫医呢？达尔文主义？农村？阿尔希普·佩列片季耶夫？对外战争？什么都行！老兄，只要你能拔掉牙齿！！这是懒惰、消极和肤浅的想法！索洛明可不是这样的，不，他不拔牙齿，他是好样的！”

马舒琳娜做了个手势，仿佛想说：“看来这个人应该除名。”

“还有，那个姑娘呢，”她问道，“我忘了她的名字，就是当时跟他，跟涅日丹诺夫一块儿逃走的？”

“玛丽安娜？她现在就是这个索洛明的妻子。嫁给他有一年多了。起初只是名义上的妻子，听说现在是真的了。是啊。”

马舒琳娜又做了刚才那个手势。

她曾为涅日丹诺夫妒忌过玛丽安娜，现在则愤愤于她背叛了他的旧情！

“大概有小孩了吧，”她轻蔑地说。

“或许吧，我不知道。您这是上哪儿，要上哪儿去呀？”帕克林见她要拿帽子，连忙说。“请等一等，斯娜波奇卡马上就给我们拿茶来。”他倒并非一定要挽留马舒琳娜，主要是不想放过机会把自己胸中的块垒一吐为快。帕克林自打回彼得堡后就很少见人，尤其是年轻人。涅日丹诺夫的事把他吓坏了，他变得异常小心，尽量避免社交场合，那些年轻人也向他投来怀疑的眼光。有个年轻人甚至当面骂他是告密者。他又不喜欢接近老年人，所以有时他一连好几个星期无人说话。他有话也不跟他妹妹说，倒不是认为她听不明白。啊，不！ 他对她的智力评价很高……不过跟她谈话必须认认真真，符合实际。只要他一开始吹牛和卖弄，她马上就用一种异样的怜悯的目光注视他，使他感到羞愧。可是，人不吹点牛皮怎么过日子呢？ 哪怕小吹一下也罢！ 因此之故，彼得堡的生活开始让帕克林觉得厌烦，他都想搬到莫斯科去了，又有何不可？ 种种意见、构想、点子、笑话、咒骂都郁积在他心里，就像磨坊里的水给闸住了，闸门不能打开，水会变成死水而发臭一样。现在忽然碰到了马舒琳娜……他便拉开闸门，滔滔不绝地讲了起来……

他骂彼得堡，骂彼得堡的生活，骂整个俄国！ 对任何人、任何事都毫不留情！ 马舒琳娜对这些兴趣都不大，她不置可否，也不打断他的话……而帕克林对她也没有更高的要求。

“是啊，女士，”他说，“告诉您吧，如今真是到了欢乐时代！ 社会生活完全停滞，人人都苦闷得要死！ 文坛上一片空白，简直能在上面滚球！ 就说批评界……如果哪位年轻的进步评论家想讲讲‘母鸡生来会下蛋’的道理，你给他二十页纸论述这个伟大真理怕还不够呢！告诉您吧，这帮先生们白白胖胖，就像绒毛褥子，黏黏糊糊，就像面包渣汤，他们唾沫飞溅，说的都是老生常谈！ 再看学术界……哈哈哈！我们这里也有个**博学的康德**，不过那是在工程师衣服的领子上吧！① 艺术界同样如此！ 您今天想不想去听音乐会？ 您会听到民族歌唱家阿格列曼茨基的演唱……他正在走红呢……假如一道鳊鱼粥，我是说，一条**配上粥的鳊鱼**也有好嗓子的话，它一定唱得跟这位先生一样棒！ 连那位斯科罗皮欣，您知道吧，就是我们这儿土生土长的阿里斯塔尔赫，就连他也对他赞不绝口呢！ 他说，这可不是西方艺术能比的！ 可是斯科罗皮欣对我们那班下流画家也同样赞赏有加！ 说他本人就曾非常欣赏欧洲，非常欣赏意大利人；他听了罗西尼的音乐就想：哎！ 哎！ 他看了拉斐尔的绘画……哎！ 哎！ ……对我国年轻人来说，他这两声哎哎就足够了。他们跟着斯科罗皮欣不住地哎哎便心满意足，您瞧瞧！ 与此同时，老百姓的生活却困苦不堪，苛捐杂税使他们一贫如洗，所谓改革，不过是庄稼人现在都戴有檐的便帽，而他们的老婆在节日里不戴那种双角帽子了……还有饥饿！ 酗酒！ 斗殴！”

这时马舒琳娜打了个哈欠，帕克林知道该换换话题了。

“您还没有告诉我，”他对她说，“这两年您在什么地方，到这儿很久了吗，您在干什么，怎么变成了意大利人，又为什么……”

“这些您都不必知道，”马舒琳娜打断了他，“为什么要知道呢？

---

① 俄语“康德”的同音异义是“镶边”。

现在这些都不关您的事了。”

帕克林像给什么东西扎了一下，为了掩饰窘态，他干笑了两声。

“好吧，随您的便，”他说，“我知道，在现在这一代人眼里我是落伍者；确实如此，我已经不能算是……那个队伍中的……”他没有把这句话说完。“斯娜波奇卡给我们拿茶来了。您喝杯茶，再听我说两句……也许我的话里面还有使您感兴趣的东西。”

马舒琳娜拿起茶杯和一块方糖，一面喝茶一面咬着糖块。

帕克林不由得开怀大笑。

“幸好这儿没有警察，不然您这位意大利伯爵夫人……叫什么来着？”

“罗卡·季·桑托—菲乌梅，”马舒琳娜不慌不忙、一本正经地说，一面喝着热茶。

“罗卡·季·桑托—菲乌梅，”帕克林跟着说了一遍，“居然喝茶的时候啃糖块！这也太不像了！警察马上就会起疑心的。”

“可不是嘛，”马舒琳娜说，“入境的时候，一个穿制服的家伙就缠住我问个没完，我实在忍不住了，就说：‘看在上帝面上，你别老缠着我！’”

“您是用意大利语对他说的？”

“不，用俄语。”

“他怎么样了？”

“怎么样？当然是走开了！”

“棒极了！”帕克林大声道。“‘孔泰萨’真有您的！再来一杯吧！还有一点我想跟您说。您不大喜欢索洛明这个人。您知道我要告诉您什么吗？像他这样的人才是真正的人物。他们这些人你一下子捉摸不透，可是相信我，他们是真正的人物。未来是属于他们的。这种人并非英雄豪杰，甚至也不是有个美国佬还是英国佬怪家伙，为了教育我们这班庸人在一本书里所写的那种‘劳动英雄’；他们都是结结实实、普普通通、默默无闻的老百姓。现在只需要这样的人！您瞧瞧索洛明吧：他头脑非常清楚，身体健康像条活蹦乱跳的鱼……这不是奇迹吗！在我们俄国直到今天都是这样的：如果你是有思想有情感的活人，你就必定是个病人！看来索洛明也和我们一样为一些事情痛心，我们仇恨的东西他也一样仇恨，但是他的神经非常镇静，他的身体并不失控……所以他是好样的！您要想想：他是有理想的人，却不讲空话；他有教养，却来自民间；他老老实实，却精明强干……您还需要什么样的人呢？”

“您别只看另一个方面，”帕克林继续说，而且越说越兴奋，没有注意到马舒琳娜早已不在听他，她的眼睛又望着别处了，“别只看到我们俄国现在冒出来的各色人等，什么斯拉夫派，各种官吏，一般的和双料的将军，伊壁鸠鲁主义者，模仿派和各式各样的怪物（我认识一位哈弗罗尼娅·普雷晓娃太太，她无缘无故突然变成了正统王权拥护者，并且对大家说，等她死了，只要剖开她的遗体，就会看见她的心上铭刻着亨利五世的名字……哈弗罗尼娅·普雷晓娃太太居然会这样！）。别只看到这些吧，尊敬的女士，您要知道，真正有我们自己特色的道路是在索洛明那种人的脚下，在普普通通、默默无闻、精明强干的索洛明们的脚下！请记住我是在**什么时候**对您说这番话的，这是一八七〇年的冬天，德国正打算消灭法国的时候……这时候……”

“西卢什卡，”斯南杜利娅在帕克林背后轻声说，“我觉得你在评论未来的时候，忘记了我们的宗教和它的影响……而且，”她忙又加上一句，“马舒琳娜女士也不在听你讲话……你最好再请她喝一杯茶吧。”

帕克林这才醒悟过来。

“啊，对了，尊敬的女士，您是不是再来一杯？ ……”

马舒琳娜慢慢转过她那深色的眸子望着帕克林，若有所思地说：

“我想问问您，帕克林，您这儿有没有涅日丹诺夫留下来的字条什么的，或者他的照片？”

“照片倒有一张……有的；好像照得还挺不错。放在桌子里。我马上给您找出来。”

他去翻他的桌屉找照片。斯南杜利娅走到马舒琳娜跟前，用关切的眼光注视了她好久，像同病相怜的人那样握了握她的手。

“就是这一张！ 找到了！”帕克林大声说，把照片拿来递给马舒琳娜。她几乎没看一眼照片，也不说声谢谢，满脸通红，迅速把它揣进衣袋里，然后戴上帽子，朝门口走去。

“您这就走了？”帕克林道。“至少请告诉我，您住在哪儿？”

“碰到哪儿就住哪儿。”

“明白了；您不愿意我知道您的住址。那么，请您只告诉我一点：您还是遵照瓦西里·尼古拉耶维奇的命令办事吗？”

“您干吗要知道这个？”

“要不然就是听另外一个人，西多尔·西多雷奇的命令吧？”

马舒琳娜没有回答。

“再不然就是某个无名氏在指挥你们吧？”

马舒琳娜已经迈过了门槛。

“也许真的是一位无名氏！”

她砰的一声带上了门。

帕克林站在关闭的门前，一动不动地站了好久。

“无名的俄罗斯！”他最后说。

前夜 父与子

Накануне　Отцы и Дети

屠格涅夫文集

丽尼 巴金 译

上海译文出版社

病中的屠格涅夫（1883 年）
（画家：Ю.С.Барановский）

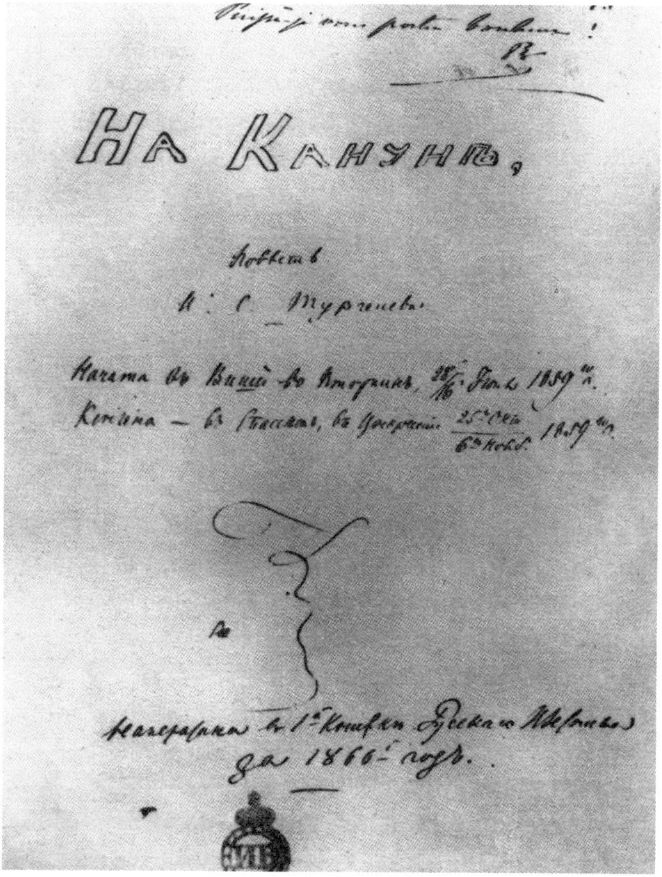

屠格涅夫手迹：《前夜》

（1860 年）

莫斯科小院（1878 年）

（画家：В.Д.Поленов）

深深的池塘（1881 年）
（画家：Я.П.Полонский）

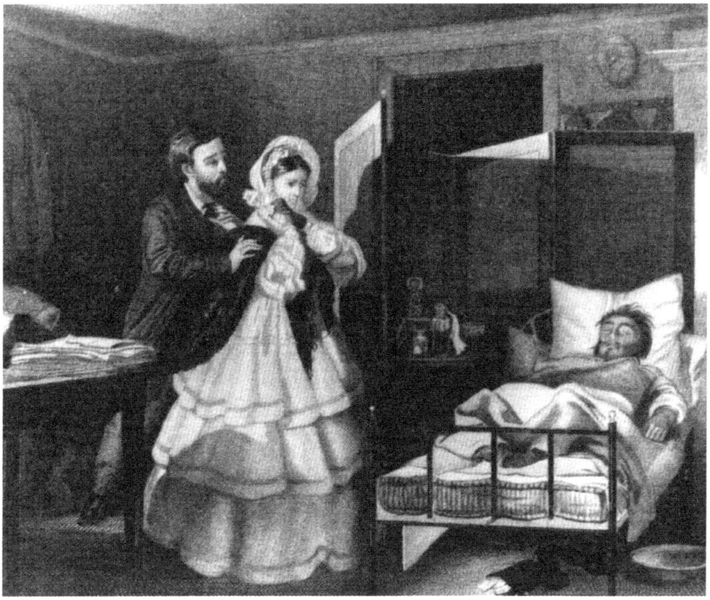

叶莲娜和别尔谢涅夫在英沙罗夫病床前
（画家：Н.Д.Дмитриев-Оренбургский）

巴扎罗夫像

（画家：П.М.Болкевский）

译本序

在世界文学中，也许很少有人像屠格涅夫那样，作为一个小说家，却不愧为抒情诗人；而作为抒情诗人，他又是现实主义者。他的诗神，温文尔雅，但却不是高居于奥林帕斯山上，不食人间烟火。他的笔端倾泻的不只是“爱情、人世的悲哀、淡淡的哀愁、自由的热烈颂歌、生之欢乐的陶醉”，而主要是“飞驰中”的社会生活的重大现象，是这些现象的艺术反映。

从十九世纪四十年代到六十年代的俄国，正处于资本主义关系逐渐茁壮和封建农奴制面临崩溃的时代。与这个社会经济条件相适应，贵族活动家已丧失其历史作用，代替他们，民主主义平民知识分子出现在社会舞台的前景。屠格涅夫在这段时期的创作，正好是当时历史的纪录。他以反农奴制倾向的特写集《猎人笔记》进入文学之林，接着他以《罗亭》宣告了贵族知识分子成为“多余的人”的判决，又以《贵族之家》唱出了贵族阶级“黄金时代”消逝的挽歌。在这以后，社会上在等待着，屠格涅夫下一部小说将以什么人为主人公呢？ 果然，屠格涅夫不负所望，在自己新作中，塑造了平民知识分子的“新人”形象，反映了当时社会运动由新的活动家来推动的历史趋向。这就是放在我们面前的《前夜》(1859)和《父与子》(1861)。就思想内容和艺术成就来说，两者可算是他创作中的双璧。

遵循形象思维的艺术规律，以生活为“艺术的永恒渊源”，是屠格涅夫的创作原则。他从不“从观念出发”来“创造形象”，总要有“活人来做依据”，但又不是依样葫芦，而是把生活“升华为诗的理想”。他力求把握生活的“运动规律”，透过“偶然性的变幻”捉摸到时代的典型。《前夜》中英沙罗夫的原型，是一个姓卡特拉诺夫的保加利亚爱国者，他曾在莫斯科大学读书，一个少女爱上了他，跟他一起去保加利亚，后来他们一度回到俄国，不久他在威尼斯病故①。屠格涅夫从友人那里得到关于他的记载，敏锐地从他身上看到自己“要找寻的主人公”，自己在构思中的那个“对自由怀着朦胧而又强烈的渴望的叶莲娜愿意为之委身的主人公”。那是在一八五五年。但只有到了农奴制改革的“前夜”，当他在俄国生活中看到英沙罗夫那样的人物的时候，才在作品中塑造他的形象，使之成为“新时代的预言者”。《父与子》里巴扎罗夫的原型是某县医生德米特里耶夫。屠格涅夫一次在旅行中与他邂逅，深深为他的锋利独到的见解而吃惊，从这里敏锐地感觉到那时“刚刚产生、还在酝酿之中、后来被称为‘虚无主义’的因素”，抓住了六十年代民主主义平民知识分子的特性。他心中孕育着这个形象，并不断地概括“巴扎罗夫们”以及所熟悉的贵族友人的品性，终于创造

① 这里根据《屠格涅夫全集》第8卷有关的考证。屠格涅夫自己在为1880年版的长篇小说集的《前言》中谈到这件事，但比较简略。

出“父”与“子”的典型，反映了当时两种历史力量的斗争。可以说，凝视当前现实的现象，深入了解其底蕴，敏捷地抓住时代的脉搏，艺术地加以反映：这一切正是屠格涅夫之所以成为大作家的主要原因。

下边谈谈《前夜》和《父与子》写作时期的作者的思想状况。屠格涅夫属于贵族自由主义者，这是众所周知的。贵族自由主义者是资产阶级化了的贵族，在四十年代刚出现时尚有其进步的意义。一直到五十年代中期，在消灭农奴制问题上，他们同民主主义者还是基本一致的。一八五五年以后才开始发生了变化。克里木战争的失败，暴露了俄国专制农奴制度的腐朽性。于是，“被活埋了的俄国”“睁开眼睛”从坟墓里走了出来(斯塔索夫语)，社会上各个阶层都感到改革的必要，农民起义的浪潮也日益高涨。新皇亚历山大二世被迫宣布准备实行农奴制改革，并且稍稍放宽书刊的审查。社会上出现了空前活跃的气氛，当时舆论的大胆曾使刚从流放回来的谢德林感到惊奇。但是，如果说在尼古拉一世(他死于一八五五年)的高压统治下，自由主义者对沙皇政府还抱着对抗的情绪，那么现在，在表面上“自由”的氛围中，在新的革命形势下，却渐渐趋向同政府妥协了。面对农奴制改革的方法和道路的问题，他们同革命民主主义者产生了分歧。革命民主主义者主张把土地无偿地分给农民，寄希望于农民革命。自由主义者虽然也同意分配土地，却要收取大量赎金；他们害怕革命，拥护沙皇“自上而下”的改革。到了一八六一年二月农奴制改革法令颁布，其欺骗性质暴露以后，两派“越来越清楚地、明确地、坚决地分开”①，形成了壁垒分明的两大阵营，而自由主义者也开始变成一种保守的以至反动的力

① 《列宁全集》，第 17 卷第 105 页。

量了。这个历史的交界，也是屠格涅夫思想创作的转折点。

一般说来，屠格涅夫的思想演变同自由主义者可说是亦步亦趋的。但是正像个性不能完全包括于共性一样，屠格涅夫也不能**完全**归结为自由主义者。而且作为作家，他在创作中所表现的思想又有其矛盾的地方。的确，屠格涅夫像有人指出的那样，具有启蒙者的**某些**特点。例如，“强烈仇视”农奴制，“热烈拥护”全盘欧化，“衷心相信”农奴制废除“就会有普遍幸福”并“促进这一事业”[①]。但是，屠格涅夫只是“温和的启蒙者”，他的出发点是资产阶级人道主义，他只是同情人民而不是站在人民一边，带有明显的人道主义双重性。一方面，在他看来，农奴“应该享有人权”（加里宁语），他同情农奴制下农奴备受欺压的无权地位，揭露压迫农奴的贵族地主，包括自由主义者（从《猎人笔记》到《前夜》、《父与子》）；另一方面，他看不到人民的力量，在谈到改革前夜需要的英雄人物时，特地注明“不是指的人民”，他认为革命的因素不存在于人民身上，而“只存在于有教养阶级的少数人之中”。一方面，他“真诚地”希望农奴制改革与一般自由主义者不同，他看到贵族地主在“表面上情愿（改革）的后面隐藏着极度顽固——既恐怖又吝啬”，他庆幸农奴制改革“不会后退”，他忧心忡忡，唯恐贵族农奴主阻挠改革，希望通过科学和文学唤起俄国进步力量支持政府实现这个“皇上的高尚意图”；另一方面，他畏惧农民革命，深恐“革命发生，全部贵族都将被绞死”，认为“我们不应通过这条道路前进”。思想立场上的这些矛盾，终于导致了他同革命民主主义者及其刊物《现代人》的彻底决裂。

---

① 参阅《列宁选集》，人民出版社，第 1 卷第 127 页。

《前夜》和《父与子》正好写成于作家思想创作转折的前夕，从这里可以看到他当时的思想矛盾的折射。一般认为，屠格涅夫在《父与子》里取得现实主义的胜利，但这也只是因为他的矛盾的思想中积极因素占了上风。作为作家，屠格涅夫不同于他的文学界自由主义的友人德鲁日宁、安宁科夫、包特金等人。他们都受过别林斯基的熏陶。德鲁日宁等人在五十年代，早就成为纯艺术的鼓吹者；而屠格涅夫，特别在创作中，仍然基本上遵循别林斯基的遗教，忠实地反映客观现实。固然，在一八六二年以后，屠格涅夫也有过唯美主义的倾向（如《够了》和《幻影》），也公开诽谤过革命民主主义者（如《烟》），但他的立场是动摇的、矛盾的。他始终没有陷入反动阵营，也没有像皮谢姆斯基、冈察洛夫、列斯科夫以及陀思妥耶夫斯基那样卷入"反虚无主义小说"的逆流。

如果说，评价作家的立场，不能离开他的作品，那么，分析作品的思想，则主要应着眼于艺术形象。

杜勃罗留波夫关于《前夜》曾经写道："他（屠格涅夫）意识到，以前的英雄已经完成了自己的事业……就决定放弃他们，从某些片断现象中抓住生活新要求的趋势，试行站上今天进步运动所循以实现的道路上。"[①]小说的布局正好体现"以前的英雄"为"新人"所代替的过程。

我们首先看到的是舒宾和伯尔森涅夫。舒宾具有艺术家的气质和才华，机智而乐观。但是他玩世不恭，沉湎于个人的幸福。对于艺术，他也只是随兴之所至，当作玩乐，而不愿下苦功夫。与他不同，伯

① 引自《真正的白天何时到来？》，见《杜勃罗留波夫文集》，第 6 卷第 105 页。下文提到的他的话均引自这篇文章。

尔森涅夫严肃、好学、锲而不舍。他不为世俗的乐趣而动心，热烈追求学术上的成就。他常常感到个人幸福同责任感的矛盾，但他善良，他可以为责任而牺牲个人的幸福。不过，伯尔森涅夫也只是不能高飞的燕雀，他的可怜的理想无非是当一名教授，他脱离生活而遁入古代文化。饶有意思的是，在《前夜》初稿中，他谈到过“人民”、“真理”等字眼，在定稿时作家都给删掉了。

在俄国十九世纪三十年代，许多人曾醉心于艺术，而在四十年代，则曾迷恋于学术。舒宾和伯尔森涅夫所向往的正好一个是纯艺术，一个是纯学术。他们作为五十年代的贵族优秀人物，已经没有他们前辈罗亭那样追求崇高理想的激情了。他们不是农奴制改革“前夜”所需要的。时代的英雄只能是平民知识分子的代表，这就是英沙罗夫。

英沙罗夫是保加利亚富商的儿子，他的祖国被土耳其人占领，父母都遭土耳其人杀害。他立誓要洗雪国耻家仇，内心燃烧着为解放祖国而献身的感情的火焰。他坚强果断，沉着寡言，讲究实际，言行一致。他目标明确，心不旁骛。他外表羸弱，却蕴藏着勇士般的力量。他将整个身心献给祖国解放事业，准备为此牺牲一切，包括爱情，如果它妨碍他的事业的话。他能团结同胞，并在他们中间享有信任和威信。如果说舒宾恣纵感情而猎逐幸福，伯尔森涅夫遵循理智而有强烈责任感，那么对英沙罗夫说来，个人追求和社会责任是和谐一致的。这是社会地位使然，他的国耻家仇是连结在一起的。

《前夜》反映的是改革的“前夜”。社会必须改革，这个问题深深激动着屠格涅夫。改革有赖于“**自觉的**英雄性格”①。他清醒地看到，

---

① 《屠格涅夫全集 · 书信集》，第3卷第368页。

在贵族中，即使是优秀分子，也不能肩任这样的历史任务。要寻找“新人”。这种“新人”，车尔尼雪夫斯基在一八五八年曾在文章中提到，他们在生活中也确实已经出现，虽然还是罕见现象，其代表就是车尔尼雪夫斯基和杜勃罗留波夫等民主主义平民知识分子。屠格涅夫从生活中得到启示，就以平民知识分子代替贵族活动家作为文学的主人公，明确地表达了历史发展的要求和趋向，并在俄国文学史上打开崭新的一页。这是他在思想上和艺术上的不朽成就。但是这种成就不仅仅由于他的艺术敏感，而主要由于他的“艺术上的自我否定”，他“强迫自己的审美感，迁就于固执的……高尚的心灵倾向”，而使贵族的优秀代表在精神上为英沙罗夫所战胜。①

可是事情还有另一个方面。英沙罗夫是保加利亚人，目标是解放祖国，他要与之斗争的是外部的敌人，是土耳其占领者。而当时俄国社会，像杜勃罗留波夫说的，需要的是**俄国的**英沙罗夫，要反对的是内部的敌人，即以沙皇为首的农奴主和专制农奴制度。因此可以说，英沙罗夫同当时俄国的需要还是有一定距离的。这也不是屠格涅夫艺术上的失算，而是由于他的思想立场的限制。屠格涅夫以人道主义来反对农奴制，他只渴望“自上而下”的改革，而不赞成革命。他所隐忧的不是这种改革的有名无实，而是贵族顽固派的阻挠改革，因而认为，俄国需要团结有教养阶级一切进步力量同农奴制斗争，而人民则只能跟随前进；这就需要像英沙罗夫那样的人物，团结包括“最贫苦的农民和乞丐在内”的“保加利亚人”以争取“整个民族的解放”。这也就是幻想

① 这是当时一个否定《前夜》的批评家说的话，参见《屠格涅夫全集》，第8卷第537页。

以民族解放代替社会革命，以各阶级的联合来代替农奴反农奴主的斗争。不仅如此。对于英沙罗夫，他的态度也是矛盾的。他推崇他的高尚和爱国主义，却不完全同情他的革命理想和行动。他把英沙罗夫看作堂吉诃德[①]，也就是虽然忠于理想，但却是徒劳无补的。因此，不仅没有表现英沙罗夫的行动，使其在那“恋爱应当让位给公民活动的地方”就中断了生命；而且通过舒宾所塑造的两个英沙罗夫塑像，表明作家自己对他又爱又憎的两种感情。正因如此，作家不能渗透到这个人物的心灵：英沙罗夫做的是什么？ 想的是什么？ 希望的是什么？ ……都是一个没有答案的谜，以致这个艺术形象的轮廓有点模糊。

从形象丰满来说，应推女主人公叶莲娜。她是中心人物，不仅情节围绕她而展开，所有人物的优缺点也由她来衡量——“自觉的英雄性格”就是通过她来选择的。她有性格形成的历史。父亲是空虚的却不严厉的自由主义者，使她能养成自由的性格；母亲多愁善感，因丈夫不忠实长期感到压抑，又孕育了叶莲娜同情心的幼芽。但这种同情心主要还是由社会培养出来的。她常常梦见贫苦的人，正像杜勃罗留波夫指出，当时俄国社会中“一切优秀事物不都是在这一类印象中成长和得到锻炼的吗”？ 她渴望积极的行动，不仅做好人，还要做好事。她单独成长，习惯于冷静分析，具有独立思考的能力。庸俗无聊的家庭使她感到孤独和苦闷。她早就憧憬冲出这个无形的樊笼，缺乏的只是一个可以信赖的理想人物给她指明道路。舒宾虽有才华却华而不实，伯尔森涅夫虽然渊博却目光短浅，更不用说库尔纳托夫斯基，此人虽然干

① 屠格涅夫的《堂吉诃德和哈姆莱特》一文发表于《前夜》之后几个月，但开始写作于1856年。在这两个作品发表后不久，有人就认为英沙罗夫体现了屠格涅夫所理解的堂吉诃德的精神。

练而讲实际，但却那么庸俗！她所倾心的只能是英沙罗夫那样既有崇高理想又能脚踏实地的实践家。“解放自己的祖国！”她从这句“伟大”的话里看到自己所探求的理想的体现。屠格涅夫以描写少女著称，而叶莲娜则是他笔下最完美的形象。要知道他的少女形象是以理想见胜，但是娜达莎（《罗亭》）或丽莎（《贵族之家》）所憧憬的却只有理想的形式，而叶莲娜的理想才获得具体的内容。英沙罗夫像磁石那样吸引了她，她多年潜伏的感情像春潮那样奔涌出来。通过日记作家缕述了她的隐秘的心理活动，让她弄清了自己的情感。她果敢坚决，主动地三次访问了英沙罗夫。社会的舆论只配受她蔑视，家庭父母是她早要挣脱的羁绊；英沙罗夫要回祖国，等待着他们的是贫困、艰险和屈辱……这些丝毫也不能阻挠她前进。她爱上他，就无保留地把自己同他的命运连在一起。可以说，到此为止，这个形象是鲜明的、完整的。而下文却稍稍有了变化。“欢乐极兮哀情多！”在他们结合后，作品的情节急转直下。但是，作家似乎不忍他们这么匆匆地喝完了人生的苦酒，给他们安排了威尼斯之行。在这水都，作家以其诗意盎然的抒情笔触抒写了他们甜蜜的可却是昙花一现的幸福，马上又以神秘的悲观主义的语调暗示了他们不幸的未来。“我有什么权利得到幸福呢？”“我们凡人，可怜的罪人”……面对上帝、大自然而感到软弱无力，这给叶莲娜的形象蒙上不协调的色彩：须知她不同于丽莎，没有宗教的情绪。但叶莲娜仍然是坚定的，她忠于爱情，矢志不移。在英沙罗夫病故以后，还到保加利亚去当起义者的志愿看护，“忠于他的终生事业”。

应该指出，叶莲娜的形象，不是作家的杜撰，而是时代的典型。在她身上，洋溢着当时俄国革命形势形成前夜的社会气氛，表达了当时俄国妇女解放运动的要求，概括了当时前赴塞瓦斯托波尔担任志愿看护的贵族妇女的忘我精神；而她同贵族环境的脱离又反映了俄国进步青年的转向民主力量。屠格涅夫从这些现实基础出发，使其同改革的“前夜”联系起来，从而使这个形象更为充实，更有意义。但是，叶莲娜在威尼斯突然袭来的哀愁的预感，她的相信宿命论和怀疑自己幸福的权利等等，不是来自形象发展的逻辑，而是作家所素有的悲观哲学的表现。这种悲观哲学不仅像有人认为的那样，是由于作家“对他周围现实的不满”，而且是没有前途的阶级的思想的反映。而在这里，还表现了作家对妇女解放和参加政治生活的权利的怀疑。

叶莲娜和英沙罗夫的形象是交相辉映的。他们的爱情的基础是崇高的理想，远远超出了男女之爱。不过，叶莲娜的理想是有赖于英沙罗夫而得到明确化并付之行动的。因此只有英沙罗夫才是当时俄国所需要的“新人”、英雄。这就是为什么杜勃罗留波夫寄希望于他，说随着叶莲娜的出现，俄国的英沙罗夫也很快出现了。

小说引起了当时两个阵营的不同反响。上流社会攻击叶莲娜形象轻浮、“不知羞耻”，“体现了破坏因素”，并主要因作品的“政治主题”而加以根本否定，说它“从头到尾都是虚假和错误的”，有人还讥笑说，这个“前夜”“任何时候也不会有明天”。屠格涅夫因此几乎要“付之一炬”。[①]而在另一阵营那里，杜勃罗留波夫在他写的《真正的白天何时到来？》一文里，却很欢迎英沙罗夫和叶莲娜形象。他只是惋惜英沙罗夫不是俄国人，固然他知道这是由于俄国的政治条件妨碍这种人物发展。但却仍然认为，俄国要有自己的英沙罗夫，并且他也行将

① 这些意见分别参见《屠格涅夫全集》，第 8 卷第 530 页、第 505 页和第 524 页。

出现了。“前夜离开随之而来的白天总是不远的”。

杜勃罗留波夫这里作出的是革命的结论，暗示俄国处于革命的“前夜”，并且必须同专制农奴制度作斗争。这是屠格涅夫所害怕而不能接受的。他从审查官那里看到此文的手稿后，强烈要求《现代人》不刊登它。但后者没有听从他而把文章发表出来。他同《现代人》杂志社在农民解放问题上久已分歧，这件事以及随之发生的一些误会，促使了彼此间的最后决裂。屠格涅夫多年以来作品都给《现代人》发表，而《前夜》和后来的《父与子》，在写作过程中就预定交给《俄国通报》。这是自由主义保守派的刊物，从六十年代初起，代表反动的农奴主利益，同《现代人》激烈论战。为这个刊物撰稿，是屠格涅夫思想立场重要变化的表现。

《父与子》写于农奴制改革法令颁布前后。身经激烈的思想斗争，作家的头脑更清醒了。各阶级协调一致的幻想已经消散，革命民主主义者同自由主义者两个阵营间的鸿沟终于展现在眼前。这也就是“父”与“子”的冲突的社会内容。

小说一开始，屠格涅夫就把主人公放到同他格格不入的环境里，使他的性格以至作品的冲突迅速地展开。巴扎罗夫是平民知识分子，“祖父种过地”，他的一双红色的手说明他自幼劳动过。他同阿尔卡狄是彼得堡大学的同学，现在到后者的贵族庄园里去度暑假。在科学、艺术、哲学、道德……以至社会制度和一般的原则等问题上他和巴威尔都有正相对立的看法。很快就争论开了，但这是对方挑起的，他却为此打呵欠，觉得无聊。他不是热中于宣传的罗亭，他重视的是实际行动，现在则是做科学实验。他冷静、自信，在论争中只用简单几句话，准确有力地击败对方，又能不动声色，不像巴威尔那样失去自持。这是因为他有坚定的信念，从高处俯视对手，显示出他的优越性。这种优越性在后来决斗的场面里表现得最为充分。他是一个虚无主义者。他否定一切，对一切持批判态度。当巴威尔问他是否"不仅(否定)艺术、诗歌，而且有……"的时候，他沉着地肯定说"一切。"以致巴威尔说："说得多可怕。"由于审查制度，屠格涅夫不能说得更清楚些，但却已经意味深长地表明，所反对的是整个社会制度了。当然，虚无主义的价值是相对的，视所否定的对象而定。巴扎罗夫否定专制农奴制度，因此这否定是含有积极意义的。他也不光是否定，尤其不是为否定而否定。他破坏一切，只是因为首先得"把地面打扫干净"。也就是说，他破坏是为了建设，这破坏也是建设性的。当然，可能性不等于现实性，破坏本身还不就是建设。巴扎罗夫说：建设，"那不是我们的事情了"。可见他没有积极的纲领。[①]因此，作为虚无主义者，他并没有像作家说的那样，就意味着是"革命家"。他只是过渡的典型。这并不是说，他们的论争就没有政治意义了。上面说过，巴威尔因对方否定一切而感到可怕。他另一次又问：巴扎罗夫是否也否定日常生活中"公认的法则"？这无疑暗示着国家、财产、法律以至教会等等。巴扎罗夫不直接回答而反问道：这是"在审问吗"？ 巴威尔的脸色不禁为之变白，因为其中含有政治的潜台词。这场斗争已达到剑拔弩张的地步，它是当时社会上两个阵营斗争的鲜明反映。在基尔沙诺夫庄园里两个阵营具体而微

---

① 在《父与子》初稿中，巴扎罗夫曾对奥津左娃谈到："必须从消灭一切旧事物开始"。要烧掉"无用的宿草"，"如果土壤里力量没有消耗完了，它就会使其双倍地成长"(见《屠格涅夫全集》，第 8 卷第 458 页)。这是巴扎罗夫唯一的有建设性的话，屠格涅夫后来把它删掉了。

地呈现出来：一方面是巴扎罗夫，还有家仆和农民孩子们，巴扎罗夫以民主态度赢得他们的喜爱；这里也包括费涅奇卡，她喜欢他平易近人，并因他在“吵架”中把巴威尔“弄得团团转”而悄悄高兴。另一方面则是巴威尔兄弟、卜罗科菲奇，以至阿尔卡狄。

的确，巴扎罗夫是被作为革命民主主义者的代表人物来描写的。他的一些观点，例如反对僵死的“原则”；否定责任感和内心追求的矛盾；批评人民的消极面；认为人与人“就像一座林子里的树木”彼此相似；认为精神上的病来自不健全的社会，随社会的改造而消失等等，都可以从车尔尼雪夫斯基和杜勃罗留波夫那里找到类似的表述。另一些观点固然概括自别的人，例如只相信感觉而不相信理论概括，来自庸俗唯物论者；否定普希金以至整个艺术，来自民主主义作家尼·乌斯宾斯基；而这两者又都接近皮萨烈夫的观点。不过，屠格涅夫客观地反映这些观点，却并不完全赞成。最明显的如他在书简中谈到，尼·乌斯宾斯基否定普希金几乎是“发了疯”，他显然是抱着反感把这些论点概括在巴扎罗夫形象上的。这是很自然的。屠格涅夫在生活中虽然也承认车尔尼雪夫斯基等人的某些优点，但却因政治观点不同，而同他们决裂；在小说中，他也不能完全同情巴扎罗夫。他的态度是矛盾的。他让巴扎罗夫取得对巴威尔的精神上的胜利，但却把巴扎罗夫看作虚无主义者，在他身上只看到破坏因素。尽管如此，由于上述观点符合于巴扎罗夫的性格，没有破坏形象的完整性；而这些观点又大都是革命民主主义者的，在当时是进步的，因此不以作家的意志为转移，并没有贬低形象。这也正是屠格涅夫的现实主义的胜利。遗憾的是，事情还不限于此。

《父与子》可以分为两个部分。在后一部分，在巴扎罗夫和奥津左娃的关系上，他这个形象是被歪曲了的。我们并不认为，作家不应让他爱上贵族夫人，更不同意说这一爱情是为了表现他的爱的能力，即人性。问题也不在于屠格涅夫总爱把人物放到爱情中考验。问题在于这个形象的变化是反常的，不符合其发展的逻辑的。巴扎罗夫开头以其观点大胆独特而吸引奥津左娃，但渐渐却迁就她，屈服于她的影响，改变了否定一切的态度，动摇了自己的信念。他为此苦恼，感到诧异并引以自嘲。他过去以出身人民而自豪，为他们斗争，现在却怅惘地感到，人民即使住上白净房子，他自己身上已经长满牛蒡了。他过去认为，要是因为失去“女人的爱”而灰心丧气，就算不得“男子汉”，而现在却因爱情挫折，失去意志力而陷入颓唐的境地。他的死是偶然的，却有其必然性。固然，这种必然性的社会原因是当时历史条件不能让他有所作为；但其心理原因却是因身死之前，早已“心死”了。他后来的狂热工作，只是为的填补心灵的空虚。他甚至怀疑俄国是否需要他。儿女情长，英雄气短！ 回忆他否定一切、凌厉无前的气概，几乎成了银样镴枪头。他认为自己是“巨人”，要“干一番事业”，但这“巨人”的事业却只是要死得像样些，悲壮些！

在《父与子》的长期修改过程中，屠格涅夫是举棋不定的。他受到各方面的影响，主要则因卡特科夫(《父与子》发表在他主编的《俄国通报》上)的压力而贬抑巴扎罗夫[①]。但有关奥津左娃的爱情这一重要情节却出自原来的构思。通过这个情节，作家企图揭示巴扎罗夫的理

---

① 有人认为，屠格涅夫害怕两方面的攻击，动摇于两者之间，时而对这方，时而对那方作些让步。但总的倾向是贬低巴扎罗夫。这也不仅由于卡特科夫的压力。以后在出版单行本时，虽曾作过一些有利于巴扎罗夫的修改，但有些地方却一仍其旧。

论观点经不起生活的考验，证明他作为一种社会力量，没有前途。这是作家的阶级心理的局限，在他看来，革命运动前途渺茫，注定是悲剧性的。也正因此，他不能了解巴扎罗夫的心理，也不认为其后继有人。我们看到，巴扎罗夫一如英沙罗夫，内心是封锁着的，不为我们所窥见的；他遭到农民的奚落；他在全书的形象体系中是孤军作战，没有志同道合的战友，他说的“我们人数并不……那么少”也只是句空话：要知道，阿尔卡狄这个门徒很快就改了宗，西特尼科夫和库克希娜则只是“子辈”的漫画化而已。所以总的说来，屠格涅夫是不喜欢巴扎罗夫的，①虽则他多次为自己辩解，说决非诋毁子辈，说自己热爱巴扎罗夫，同意他的许多观点，并曾为他的死哭过，这一切只能说明其思想深刻矛盾，巴扎罗夫形象的矛盾就是其具体体现。

与巴扎罗夫对垒的是巴威尔。他不是贵族的败类，而是他们中的翘楚。这样，意义深刻得多。作家说：“我的整个中篇小说是反对作为先进阶级的贵族的”，“奶油尚且不好，何况牛奶。”②巴威尔是贵族保守派。他内心空虚，年轻时追逐一个由娇纵而变得反复无常的公爵夫人，失败后就终身萎靡不振。他不仅蔑视人民，心目中也没有祖国。从谈吐到服饰，都在炫示英国气派。他自负贵族身份，维护所谓原则，即贵族和旧制度的精神支柱。他强烈感到巴扎罗夫的威胁和同他的不可调和的矛盾，有意挑起论争。他平时看起来很正直，俨然一个骑士，而在决斗中，从动机到行动，他的卑劣渺小暴露得淋漓尽致。同巴威尔

① 《父与子》原有题词：中年人对年青人说，“您具有没内容的力量”，后来删去。屠格涅夫在 1861 年 10 月致卡特科夫的信，也不无同情地引用了后者关于巴扎罗夫的贬词。在 1862 年 4 月致费特的信中，说自己也不知道，是爱巴扎罗夫，还是恨他。

② 《屠格涅夫全集 · 书信集》，第 4 卷第 380 页。

的好斗不同，尼可拉是温和的自由主义者。他缺乏自信、软弱、多愁善感，喜爱诗歌和音乐，为大自然景色而陶醉。他在农业中实行一些改革，但他庄园中仍然是一片败落景象。他希望接近青年人，承认他们有些优越，为自己一代人的过时而惆怅。他害怕巴扎罗夫的观点，却并不持敌对态度，常以调解者身份出现。在这些方面，带有屠格涅夫的某些成分，所以作家说：尼可拉“就是我……”[①]然而作为农奴主，他同农民在利害关系上是对立的。如所周知，“父”与“子”的矛盾并不发生在父辈和子辈之间。阿尔卡狄是农奴主的孝子。他在听到尼可拉因土地将要分给农民而把森林出卖时，惋惜的是森林而不是农民。青年人的热情曾使他受到巴扎罗夫的吸引，但这是外铄的、暂时的。他参与论争，多半是炫耀新观点，并不怎么理解其深刻涵义。他很快就为卡契雅所“改造”，也就是还他本来面目。他乐于“摆脱”他青年导师的影响，正像卡契雅乐于摆脱姐姐的控制那样。比较复杂的是奥津左娃。她聪明、优雅、大方，阅历很深而并不世故，独立自主而不依傍别人。她又冷又热，主要是冷静自持。她兴趣很广，但却没有为特殊的兴趣而迷醉。她并非没有激动的刹那，她的想象有时也能越出日常道德许可的范围，但这只是一闪即熄的火花。她像蜗牛一样，总是爱缩回到自己的安乐窝里。她同巴扎罗夫之所以暂时互感兴趣，是因为那上流社会太庸俗太空虚了，以致相形之下，他们却有某些共同之处，例如都厌恶庸俗，都是“怪物”。然而她是“悠闲的”、“享乐主义的太太”[②]，最怕打乱生活中的安宁，决不会爱上巴扎罗夫。巴扎罗夫的父母是一对好

① 《屠格涅夫全集 · 书信集》，第 4 卷第 380 页。
② 分别参见《屠格涅夫全集 · 书信集》，第 4 卷第 381 页和第 5 卷第 12 页。

人。通过他们，表现了巴扎罗夫性格的一个侧面。他同父亲的“小人物”的处世态度格格不入，他对双亲冷漠生硬，但却怀着炽热的深沉的爱。他离家之前不敢贸然告别，踌躇了一整天，唯恐父母感到伤心。就在弥留时刻，他还叮咛奥津左娃说：“还请安慰我的母亲……”小说在《俄国通报》发表时，卡特科夫就因这句话有利于巴扎罗夫而给删去了。全书以这对衰老的双亲恸哭于巴扎罗夫的墓前而结束。作家施展其擅长的抒情之笔表示了对自己主人公的哀悼和爱抚，同时又重弹了他那面对大自然无能为力的悲观论调：“啊，不！不管那颗藏在坟里的心是怎样热烈，怎样狂暴，怎样反抗”，坟上的花却“宁静地”叙说“那个‘冷漠的’大自然的伟大的安息”，以及“永久的和解同无穷的生命”！

不，“永久的和解”只是作家的幻想！当时现实中的斗争是那么激烈，《父与子》对它的反映是那么及时，作家的态度又是那么矛盾，以致小说问世，“像火上浇油”①，激起了席卷俄国思想界的空前激烈的论争，而且像梅里美说的，两边都不讨好，两边都予以责难。在反动阵营，早就有人建议把手稿烧掉，指责作家“在极端分子面前降下旗帜”②；而现在则有人说巴扎罗夫的形象是“对《现代人》的崇拜”③，有人说作家身上“完全没有骨头”④。而在另一阵营，大部分青年对作家表示愤慨，《现代人》的安东诺维奇认为小说是对革命民主主义者的恶毒诽谤。由于巴扎罗夫的早死同刚刚逝世的杜勃罗留波夫巧合，而

---

① 分别参见《屠格涅夫全集·书信集》，第4卷第381页和第5卷第12页。
② 安年科夫《文学回忆录》，第477页。
③ 《屠格涅夫全集·书信集》，第4卷第382页。
④ 《屠格涅夫全集》，第8卷第606页。

他们的思想观点又多类似，当时也确实有人把杜勃罗留波夫叫做“虚无主义者中的虚无主义者”，因此包括车尔尼雪夫斯基在内很多人都认为小说是在攻击杜勃罗留波夫。对《父与子》表示欢迎的只有皮萨烈夫及他所主办的《俄国言论》。在《巴扎罗夫》一文中，皮萨烈夫肯定巴扎罗夫是“我们年青一代的代表”，说“巴扎罗夫们既有知识又有意志，思想和行动熔成坚实的统一体”。他及其同仁因为不寄希望于最近期间的农民起义，因而认为，巴扎罗夫之死也是因为在当时条件下无法表现其怎样生活和行动，而只能“表现他是怎样死的”。他指出作家的思想同创作之间的矛盾：“在创作巴扎罗夫时，屠格涅夫想粉碎他，结果却充分地给他以公正的敬意。”①这同后来的赫尔岑的看法完全一致。赫尔岑说：屠格涅夫原意不是夸奖巴扎罗夫，而是想给“父辈做点有益的事”。结果却“不是鞭挞儿子，而是抽打了父辈”②。也就是说，这是艺术真实的胜利。

如果说作家屠格涅夫，在思想上是瑕瑜并见，瑕不掩瑜；那么在艺术上则是独步一时③，别开生面。他的小说艺术，表现于性格塑造、环境描写、情节结构和语言风格上的共同特点，可以说是简洁和朴素。但这么概括却未免笼统了些。显然，屠格涅夫的简洁，不是粗犷，是细腻而又不流于纤巧；他的朴素不是古拙，是淡雅而又保持其深度。他的作品不像宝石那样璀璨夺目，而像水晶那样清澈而很少杂质，像碧玉那

① 参见《皮萨烈夫文集》，第2卷第8页、第21页、第45页、第48页。
② 《赫尔岑全集》，第20卷第1分册第339页。
③ 在《前夜》成书以前，屠格涅夫已是公认的俄国最著名作家。车尔尼雪夫斯基称他为“俄国文学的荣誉”，赫尔岑称他为“当代俄国最伟大的艺术家”。

样温润而饶有含蓄。

屠格涅夫与冈察洛夫适成鲜明的对比。如果说后者擅长工笔画，那他就是用勾勒法。在人物刻画上，冈察洛夫爱作详尽的但却是静态的描述，屠格涅夫则主要借助于对照与反衬。在《前夜》里，英沙罗夫和舒宾、伯尔森涅夫以至库尔纳托夫斯基都是互相烘托出来的；同时他们又在同叶莲娜的关系以及叶莲娜在对他们的不同态度中各自显出自己的特色。《父与子》写对立的阵营，主要是用反衬法。巴扎罗夫和巴威尔的反衬不仅见于思想观点、言论举止、待人接物方面，而且也见于外表和服饰上。借助于这些方法，并抓住典型特点，因而着墨不多，勾勒出鲜明的性格。他刻画个性的另一特色是不作琐碎的心理分析。他对列夫·托尔斯泰过于细致的心理描写，是颇有微词的。一般说来，托尔斯泰写心灵辩证过程；屠格涅夫则只写心理变化的结果，而且往往还不是心理本身，而是在行动上的表现。叶莲娜听到英沙罗夫失踪的消息，“沉到了椅子里”，可又“竭力装作冷淡”，这写出了她已爱上英沙罗夫，但又怕被人发现的复杂心情。巴扎罗夫同奥津左娃采集植物归来，向阿尔卡狄说声：“早安！”事实上当天他们已见过面，这说明他心不在焉，而且反映了他同阿尔卡狄和奥津左娃的微妙关系。巴威尔单独在费涅奇卡房间里，仔细观察四壁的一切，当听到隔壁有人声时，却随手拿起一本残书，这表明他对费涅奇卡很感兴趣而又加以掩饰。奥津左娃同巴扎罗夫谈话后，在入睡前想到他，自言自语地说了“这个医生是个古怪的人”和“这个医生真是个怪人”两句话，“伸一伸腰，微微一笑”，就睡着了。足见她很冷静，没有什么激情。这些都可说是传神之笔，主要在于抓住人物在刹那间心理变化的基本特点。当然，屠格涅夫不像有些人说的，不会直接写心理演变过程。像叶莲娜的日记(这里的心理描写是断断续续的)、她等待英沙罗夫来告别以及向英沙罗夫表白了爱情后回家等几段描写都很出色。在第三十三章末，叶琳娜的思想进展，使人想起了车尔尼雪夫斯基所赞赏的托尔斯泰的《两个骠骑兵》那个片段。描绘肖像，屠格涅夫力求平淡，力求符合性格，不加以虚假的美化。前者如奥津左娃：鼻子“略有点儿肥大”，肤色“并不十分白净”；后者如叶莲娜：“嘴唇紧闭”，“下颏稍显尖削”，“步履迅速”等等。而且他避免单纯的叙述，常常表现于人物的观感之中，从而同时表明人物间的关系。叶莲娜的肖像最初由舒宾谈到，巴威尔的外表首先是巴扎罗夫注意到，奥津左娃的体态主要是阿尔卡狄看到，费涅奇卡的外表描写，一次是出现在巴威尔之前，另一次是谈到巴扎罗夫喜欢她的时候。

人物在其中活动的生活环境的描写，在屠格涅夫确是惜墨如金，主要还是视性格而定。我们没有看到叶莲娜房间是怎么样的，虽则作家写到“强烈的阳光射入她的房里”。要知道她厌恶自己的家，不会关心房间的陈设。作家写到英沙罗夫的房间：“宽大，几乎空无所有……房间里的一隅放着一架小床，另一隅则有一座小小的沙发”，几乎只占一行，写出了主人俭朴和讲究实际的性格。费涅奇卡的房间写得比较详细，这主要为了写巴威尔对她的注意，一切陈设是通过他的眼睛看到的。

屠格涅夫是世界文学中的风景画大师。《前夜》第一章里的景色，的确是色、声、香兼而有之。察里津诺和威尼斯的画面更显得清奇、轻灵而迷人。但是，也正好在风景描写上，最显示出作家的艺术分寸感。他使这些描写严格服从于性格刻画或情节开展的需要。在《父与子》里，尼可拉从凉亭里看到的景色就是为了这二者。巴扎罗夫不爱艺术美，也不爱自然美，把自然看作“工厂”，因此在他出场的时候，作家几乎搁下了画笔。甚至在他拜访奥津左娃时，庄园前的参天古木和夹道枞树也只作了干巴巴的交代。只有当他坐在奥津左娃的房间里，传染上“一种隐秘的激动”时，他才感到“柔和的”黑夜里“那清爽的露天空气的芬芳”，“一阵阵沁人肌肤的清凉夜气”，听到“夜的神秘的细语声”。还有一次，那就是在决斗前，“清凉的早晨”、“晶莹的露珠”和“百灵的歌声”，这些自然景色之所以映入他的眼帘，只是由于他心情坦然，很像毕巧林赴决斗时欣赏曙光的心境：“我记不得有比那天更蔚蓝、更清新的黎明了。”①

作为社会心理小说，屠格涅夫的长篇的特色之一是写思想冲突，写人物论争。这些长篇结构相当简单，主要由几次产生重大后果的论争构成，《父与子》特别如此。屠格涅夫的小说，情节进展特别迅速。在几乎相同的篇幅里，冈察洛夫的奥勃洛莫夫还没有从沙发上起来，《父与子》的冲突已经全面展开了。屠格涅夫从不追求表面的效果：不写复杂紧张的情节，不写引人入胜的故事，不写过分感伤的甜腻的场面，不写回肠荡气的哀伤的插曲。写爱情主要是理想的激情，写决斗却带有喜剧味道，写死也显得平平常常。总之，屠格涅夫有其独特的韵致，可以说是妙质天生，淡雅宜人。

作为现实主义作家，屠格涅夫对语言的基本要求是“简洁、确切和朴素”。但他的成就不止于此。他不乞灵于奇僻的词汇，不追求鲜明的色彩，他摈弃雕琢的表现法，避免冗长的复合句。他的语言是那么平易近人，而又那么生动、优美和清新。在俄罗斯文学中，屠格涅夫是首屈一指的语言大师。列宁在赞叹俄罗斯语言时，决非偶然地首先提到他。

① 见《当代英雄》，上海译文出版社，第149页。

屠格涅夫的抒情笔触可说是独擅胜场，不过他也很有分寸。他绝不作过多的不必要的抒情旁涉，没有浪漫主义那么高昂的调子，始终保持其客观的态度。他也不随处使用抒情，例如，在人物中，洋溢着抒情气息的，不是英沙罗夫和巴扎罗夫等形象，而是“屠格涅夫的少女”，像叶琳娜就闪耀着诗意的光辉。在自然画面中，他的抒情也总是同人物的感受密切相关。总的说来，他的抒情的特色是带有一种淡淡的哀愁，一种悲观的情调。

屠格涅夫有一句名言：“米罗的维纳斯也许比罗马法或(一七)八九年的原则更要无疑得多。”①他显然错了。他自己的创作就是明证。难道《前夜》和《父与子》不是因其反映当代社会斗争而为我们所欣赏，而他的《够了》或《幻影》等作品，不是因其为唯美主义而早已消失在忘津吗！ 当然，这不是说，屠格涅夫的艺术就不值得重视了。显然，《前夜》和《父与子》的不朽仍有赖于其艺术力量，有赖于思想和艺术的统一。否则，我们今天就不去读它们，而单单研究车尔尼雪夫斯基和杜勃罗留波夫的论文了，这里的真理比屠格涅夫的小说确实“要无疑得多”。不，我们是需要借鉴屠格涅夫的艺术的。加里宁很幽默地说：“凡是不想使自己作品产生社会影响的人，他自然就不需要屠格涅夫。”②愿我们的无产阶级作家三复斯言！

陈　燊

① 《屠格涅夫全集》，第9卷第119页。
② 《加里宁论文学》，人民文学出版社，第90页。

目 录

前夜 001
父与子 203

前　夜

丽尼　译

一

一八五三年夏天一个酷热的日子里，在离昆采沃不远的莫斯科河畔，一株高大的菩提树的树荫下，有两位青年人在草地上躺着。其中一位，看来约莫二十三岁，身材高大，面色微黑，鼻子尖而略钩，高额，厚嘴唇上浮着矜持的微笑，正仰身躺着，半睁半闭的灰色小眼睛沉思地凝望着远方；另一位，则俯身趴着，长着鬈曲的浅黄头发的脑袋托在两只手上，也正向着远处凝望。比起他的同伴来，他其实年长三岁——可是，看起来却反而年轻很多；他的胡须才不过刚刚茁出，颏下仅有些许鬈曲的软毛。在那红润的、圆圆的小脸上，在那温柔的褐色眼睛里，在那美丽地突出的唇边和白白的小手上，全有着一种孩子似的爱娇和动人的优美。他身上的一切全都焕发着健康的幸福和愉快，洋溢着青春的欢欣——无忧无虑、得意洋洋、自爱自溺和青春的魅力。他转动着眼珠，微笑着，偏着脑袋，好像小孩子们明知别人爱看自己就故意撒娇似的。他穿着一件宽大的白色上衣，几乎像一件罩袍；一条蓝色的围巾绕着他的纤细的颈项，一顶揉皱的草帽扔在他身旁的草地上。

和他一比，他的同伴就似乎是位老人了；看着他那呆板的身体，谁也想不到他也正自感觉着幸福，也正享受着自己的生活。他笨拙地躺着；上阔下削的大脑袋拙笨地安置在细长的脖子上；就是他的手、他的紧裹在太短的黑上衣里的身体、他的翘着膝盖的蚱蜢似的长腿，所有它们的姿态也无一不显着拙笨。虽则如此，却也不能不承认他是一个颇有教养的人；他整个朴拙的身体都显示着“可敬”的迹印，而他的面孔，果然是不很美的，甚至有点儿滑稽可笑，可是却表现着深思的习惯和善良的天性。他的名字叫作安德烈 · 彼得罗维奇 · 伯尔森涅夫；他的同伴，那位浅黄头发的青年，则名叫巴维尔 · 雅可夫列维奇 · 舒宾。

“你干么不像我这么样趴着呢？”舒宾开始说，“这样可好多啦。尤其当你把脚这么跷起来，把脚跟并拢的时候——像这么的。青草就在你鼻子底下；要是老看着风景觉得无聊，也可以看看肥大的甲虫在草叶上不慌不忙地爬，或者看一只蚂蚁那么忙忙碌碌地奔波。真的——这样可好多啦。可你瞧你，却摆出了那么个拟古的架势，活像个芭蕾舞里的舞娘，一个劲儿靠着纸糊的岩壁。你可得记住：你现在完全有休息的权利啦……第三名毕业，这可不是闹着玩儿的！ 请休息吧，老兄；请不用那么紧张，请舒展舒展你那疲倦的肢体吧！”

舒宾用一种半慵懒、半玩笑的声音，从鼻孔里哼出了他的整个演说来（娇养惯了的孩子对于给他们带了糖果来的父执们，就是像这样说话的），而不等回答，就又继续说道：

“蚂蚁诸君、甲虫诸君以及别种可尊敬的昆虫先生们，它们挺教我奇怪的就是它们那一份惊人的严肃劲儿：它们那么俨乎其然地跑来跑去，好像它们的生命真有什么了不起似的！ 怎么着，我的天！ 人为万物之灵，至高的存在呀，可是，你尽管给它们瞪眼吧，它们可睬也不睬你；你瞧，小小的蚊子竟也可以跑到万物之灵的鼻尖儿上来，居然把万物之灵当作面包来享用啦。这真是绝大的侮辱。可是，话说回来，它们的生命又有哪一点不如我们的呢？我们要是可以俨乎其然，它们又为什么不可以俨乎其然呢？喏，这儿，哲学家，请给我解决这个问题！——你怎么默然不语呀？呃？”

“什么？……”伯尔森涅夫怔了一怔，说。

“什么！”舒宾重复道。“你的朋友把自己最深奥的思想披沥在你的面前，可是你竟是充耳不闻啦。”

“我在欣赏风景呢。瞧，阳光底下的田野，是多么灼热，多么光辉啊！”（伯尔森涅夫说话有点儿大舌头。）

“那不过是些明丽的色彩罢了，”舒宾回答说。“总而言之，那是大自然！”

伯尔森涅夫摇了摇头。

“对于这，你该比我更受感动才对。那是你的本行：你是艺术家呢。”

“对不起，老兄；这可不是我的本行，”舒宾回答着，把帽子戴到后脑勺上。“我是个屠夫呢，老兄；肉才是我的本行——我塑着肉呀，肩呀，手臂呀，大腿呀，可是，在这儿，却没有形态，没有个完整的东西，乱七八糟……你试试看能捕捉到什么呀？”

“可是，要知道，在这儿也有美呢，”伯尔森涅夫说。“啊，说起来，你那个浮雕完成了么？”

“哪一个？”

“《孩子与山羊》。”

“去它的！去它的！去它的吧！”舒宾唱歌似地叫起来，“我看一看真货色，看一看前人的名作，看一看古董，就不由得把我那一块废料给摔得粉碎啦。你给我指出自然，还说什么‘这儿也有美’。当然啊，无论什么里面，全有美，哪怕是尊驾您的鼻子，‘也有美’——可是，你总不能把各种的美都追求遍吧？ 古人——他们就不刻意求美；可是美却不知从哪儿——天知道，也许是从天上吧——自然而然地掉到他们的作品里来啦。整个世界都是属于他们的；可我们的网就不能撒得这样宽：我们的手太短啦。我们只是在一个小池子里垂钓，干瞪着眼。要是碰上那么一个上钩呢，那可是托天之福！ 要是碰不上……”

舒宾于是把舌头一伸。

“得啦，得啦，”伯尔森涅夫回答说，“这全是似是而非的议论。要是你对美没有共鸣，随时随地遇见美却并不爱它，那么，就是在你的艺术里，美自然也不会来的了。如果美的风景、美的音乐，全不能感动你的灵魂，我是想说，如果你没有共鸣……”

“哈，你呀，好一个共鸣家！”舒宾打断了他的话，对自己新造的字，不禁得意地大笑起来，可是，伯尔森涅夫却又坠入了沉思。“不呢，我的老兄，”舒宾继续说道，“你是个聪明人、哲学家，莫斯科大学第三名优秀毕业生，跟你争论可困难哩，尤其像我这么个中途退学的大学生；可是，我告诉你吧：除了我的艺术以外，我所爱的美只在女人身上……在少女身上；就是这，也还是近来的事呢……”

他翻过身来，扣紧了两手，枕在头下。

几分钟沉默地过去了。酷热的午昼的静寂，重压着燃烧的、沉倦的大地。

“啊，说到女人，”舒宾又开始道，“为什么就没有人管管那个斯塔霍夫呢？ 你在莫斯科见过他么？”

“没有。”

“老家伙简直昏了头。他整天坐在他那奥古斯汀娜·赫利斯奇安诺芙娜家里，无聊得要死，可是还是坐。你看着我，我望着你，笨透啦！……那样子简直叫人作呕。你想想吧，上帝赐给了这人怎样的一个家庭；可是，不，他还非找个奥古斯汀娜·赫利斯奇安诺芙娜不可！我真没有见过比她那副尊容还要讨厌的东西了，活像一只鸭子！前天，我给她塑了个漫画像，丹唐①式的。倒很不错。待一会儿我给你瞧吧。”

“叶莲娜·尼古拉耶芙娜的胸像呢？”伯尔森涅夫问道，“有进展么？”

“没有，我的老兄，搞不下去啦。就是那脸庞儿，也够叫我没有一点办法。你一眼望过去，那些线条全是那么纯洁、严肃、端正；想着，弄像总不难吧。可是，完全不是那么回事……就像神话里的珠宝，可望而不可即。你可注意到她是怎样来听人说话的？脸上一丝神色也不动，可是那双眼睛的表情却在不断变化，而整个面孔，也就跟着变化了。一个雕塑家，尤其像我这么个低能的雕塑家，对于那样的脸，能怎么办呢？她真是个不可思议的人……奇怪的人。”沉默一会儿以后，他又补充说。

“是的；她真是个不可思议的姑娘。”伯尔森涅夫也同样说。

“可她竟是尼古拉·阿尔吉米耶维奇·斯塔霍夫的女儿！要说血统，要说族系，这又从哪儿说起呢？有趣的是，她正是他的女儿，她像他，也像她母亲安娜·华西里耶芙娜。我从心坎儿里尊敬安娜·华西里耶芙娜，她是我的恩人；可是，她简直是一只母鸡。叶莲娜是从哪儿得来那么美丽的灵魂的呢？是哪一个点燃了她那心灵的火把的呢？

---

① 丹唐(1800—1869)，法国雕塑家、漫画家。

哪，哲学家，这儿又给你提出了个问题！”

可是“哲学家”却仍和先前一样，一言不答。一般说来，伯尔森涅夫是决不会失于多言的，就是当他说话的时候，他也说得很拙讷、不流畅，加上不必要的手势；尤其在此刻，他更感觉着一种奇特的平静落到他的灵魂上来了，有如倦怠，也像忧愁。在城里，他经过了长久的艰苦工作，每天用功好几小时，是新近才搬到城外来的。生活的闲适，空气的温柔和清洁，达到了目的地的感觉，友人的奇想的、无拘无束的放谈，一个突然浮现的可爱的面影，所有这些印象，不同而又好像相同，在他心里溶成了一种总的情绪，既使他安慰，又使他兴奋，而终于，使他感觉着疲倦……他本来就是一个非常神经质的青年人。

菩提树下，清凉而且寂静；蝇和蜂飞到荫下时，它们的嗡嗡声也似乎变得分外地温柔；油绿色的青草，不杂一点金黄，鲜洁可爱，一望平铺着，全无波动；修长的花茎兀立着，也不动颤，似乎已经入了迷梦；菩提树的矮枝上面悬着无数黄花的小束，也静止着，好像已经死去。每一呼吸，芳香就沁入了肺腑，而肺腑也欣然吸入芳香。远远的地方，在河那边，直到地平线上，一切都是灿烂辉煌；不时有微风掠过，吹皱了平野，加强着光明；一层光辉的薄雾笼罩着整个田间。鸟声寂然：在酷热的正午，鸟向来是不歌唱的；可是，纺织娘的唧唧鸣声却遍于四野。听着这热烈的生之鸣奏，使得安静地坐在清幽的荫下的人们感觉着十分的愉悦：它使人们沉倦欲睡，同时，又勾引着深幻的梦想。

“你可注意到，”伯尔森涅夫突然开始说，用手势辅助着自己的话，“自然在我们心里所唤起的，该是多么奇妙的感情啊！ 在自然里，一切都是那么完全，那么明确，我的意思是说，一切都是那么满足于自己；我们明白这一点，也赞美它，可是，同时，至少在我，它也往往引起一种不安，引起一种惶惑，甚至忧郁。这是什么意思呢？ 是不是在自然面前，和自然相对的时候，我们就更明白地感觉到自己的不完全、自己的不明确呢？ 或者是，自然所有的那种满足，我们却没有，而另一方面，我的意思是说，我们所需要的，自然却正缺乏呢？”

“嗯，”舒宾回答说，“我告诉你吧，安德烈·彼得罗维奇，我告诉你那是怎么个来由。你所描写的，就是一个孤独的人的感觉，这种人并不是在活着，却只在出神地观望着。观望有什么意思呢？ 生活吧，生活起来，那就好极啦！ 任你怎样叩着自然的门，它总不会用清楚的言语回答你的，因为它是个哑子。好像竖琴的弦，它会发出一个音响或者一声呻吟，可是，别想它会唱出一支歌。惟有一颗活着的心——特别是女人的心——喏，它才会给你真的回答。所以，我亲爱的朋友，我劝你还是给自己找个心坎儿上的人儿吧，那么，你的什么苦恼，什么忧愁，马上都会烟消云散啦。我们‘需要’什么？ 就‘需要’这个。你可知道，所有这种惶惑，这种忧郁，都不过是一种饥饿。给你的肚皮装进真正的食物去，那么所有一切就马上不成问题啦。我的老兄，放胆生活，得其所哉，这就成啦。再说，‘自然’到底是个什么东西呢？ 自然有什么用处呢？ 你听听：爱情……多么有力、多么热烈的字眼儿！ 自然……这可多么冷酷、多么学究气呢！ 那么，来吧，”（舒宾唱了起来）“‘万岁呀，玛丽亚·彼得罗芙娜，’哦，不，”他又说，“不是玛丽亚·彼得罗芙娜，可是，什么全是一样！ Vous me comprenez.①”

伯尔森涅夫抬起身来，把紧握着的手支着下巴颏。

“有什么可以嘲笑的呢？”他说，并不望他的同伴，“为什么要揶

① 法语：你会了解我的。——原注

揄人呢？ 是的，你说得对：爱情是个伟大的字眼，是种伟大的感情……可是，你说的是哪一种爱情呢？”

舒宾也抬起身来。

“哪一种爱情？ 你高兴哪种就是哪种吧，只要有。我老实跟你说吧，照我看，就根本不会有几种几样的爱情。如果你爱……”

“就得一心一意地爱，”伯尔森涅夫插嘴说。

“当然，那是不待言的了；心，可不比苹果：它是分割不开的。如果你爱，那你就对啦。我可也没有揶揄人的意思。就说现在，我心里可真有一份柔情，简直柔得要化啦……我只想解释一下，自然对我们究竟为什么有你所说的那种影响。那就是因为它在我们心里唤起了爱情的欲望，可又不能满足它。自然把我们轻轻地向别的活人的怀抱里推，可是，我们不了解它，却只是向它本身去寄托我们的要求。啊，安德烈，安德烈，瞧这阳光，这天空，该多美呀，所有一切，我们周围的这一切，也全都多美呀，可你还忧愁；可是，如果说，在此刻，你手里牵着的是你心爱的女人的手，如果那只手和那整个女人全是属于你的，如果你不是用你自己的眼睛看，却用**她**的眼睛来看，不是用自己的孤寂的心情去感受，却用**她**的心情来感受——那么，安德烈，自然就不会叫你忧郁，也不会叫你惶惑，而你也就不会来观察自然的美了；自然它自己就会欢乐起来、歌唱起来的；它自己就会来应和你的歌声，因为，在那时节，你自己就会给它——给那哑口的自然赋予生花的舌头啦！”

舒宾一跃而起，来回走了两次，可是伯尔森涅夫却垂着头，脸上浮出一抹淡淡的红晕。

“我可不能完全同意你的话，”他开始说，“自然可并不往往把我们指向……爱情。（他不能一口气说出“爱情”这个字眼来。）自然也威胁着我们；它也使我们想起那种可怕的……是的，不可解的神秘。它难道不是终于要吞掉我们，从古以来就一直要把我们吞掉的么？在自然里，有生，也有死；在自然里，死亡的声音也正和生活的声音一样强烈呢。”

“在爱情里，一样有生也有死。”舒宾插嘴说。

“那么，”伯尔森涅夫继续道，“当我，比方说，站在春天的森林里，站在翠绿的灌木丛里的时候，当我似乎听到了奥白龙[①]的仙角的神秘的鸣奏的时候(伯尔森涅夫，当他说着这样的话的时候，觉得有点儿害羞)。难道那也是……”

“那也不过是爱情的渴慕，幸福的渴慕，如此而已！”舒宾打断了他的话。“那种仙乐，我也知道的；在林荫里，在森林深处，或者在田野里，当黄昏来到，夕阳沉落，河上的轻雾从矮林后面升起的时候，我的灵魂也同样感觉着柔情和期待。可是，无论是森林，是河流，是田野，是天空，或是每一朵云，每一根草，都不外使我期待着幸福，要求着幸福，在这一切里，我所感觉的只是幸福的临近，听见的只是幸福的呼声！‘啊，我的上帝呀，光明而愉快的上帝！’我就用这样的句子构思出我生平唯一的一首诗；你得承认，这开头的第一句可够伟大的啦，可是我怎么也诌不上第二句来。幸福！幸福！只要我们还在有生之年，只要我们的肢体还能运动，只要我们还在走上坡路，不是在走下坡路！去它的吧！”舒宾怀着突如其来的热情继续说道，“我们还年轻，我们不是怪物，也不是傻子：我们自己来争取自己的幸福吧！”

他摇了摇他的鬈发，以一种自负的、几乎是挑战的神气望了望天

① 奥白龙，法国古代传说中的仙王，居于森林中。

空。伯尔森涅夫也抬起眼睛来，望着他。

“难道就没有什么比幸福还崇高的么？”他轻轻地说。

“比方说？”舒宾问道，又打住了。

“比方说，你和我，像你所说的，都还年轻；大概也可以说，我们都是好人；我们各人都在追求各人的幸福……可是，‘幸福’这个字眼，难道是一个能使我们团结、给我们鼓舞、让我们互相握起手来的字眼吗？它难道不是一个自私的字眼，我是说，难道不是一个使人分裂的字眼么？”

“你难道还知道有什么使人团结的字眼？”

“有的；还很不少；你自己当然也知道它们的。”

“有哪些？无妨试说一二吧。”

“就说艺术吧——因为你是个艺术家——还有祖国、科学、自由、正义。”

“爱情呢？”舒宾问。

“爱情，当然，那也是个使人团结的字眼，可是，那却不是你现在所渴望的那种爱情；不是那种为了享乐的爱情，却是一种要求自我牺牲的爱情。”

舒宾皱了皱眉。

“对于德国人，这是很好的，可是我需要的只是为我自己的爱情；我需要的是做第一号。”

“第一号，”伯尔森涅夫重复说。“可是，依我看，我们的生命的整个意义倒是应该把自己放在第二位呢。”

“如果每个人都照着尊驾您的高见做去，”舒宾说着，做出了一个可怜相的怪脸，“那么，世界上谁也不会吃菠萝蜜啦；谁都会把它们奉献给别人啦。”

“那也就是说，菠萝蜜本来也不是非吃不可的，可是，别吃惊吧：也有不少爱吃菠萝蜜的人，为了菠萝蜜甚至不惜把别人口里的面包也给掏出来的呢。”

两位朋友暂时沉默不语。

“前不久我又碰见英沙罗夫了，”伯尔森涅夫开始说。“我约过他到我这儿来；我很想把他介绍给你……和斯塔霍夫家族。”

“英沙罗夫是谁呀？哦，是啦，就是你跟我说过的那个塞尔维亚人，或者保加利亚人？就是那个爱国志士？就是他把这些个哲学思想灌到你的脑子里来的？”

“也许是吧。”

“是个了不起的人物吗？”

“是的。”

“聪明？有才能？”

“聪明？……是的。有才能？……我不知道，那可很难说。”

“不是吗？那么，有什么了不起呢？”

“你将来会看见的。可是，现在，我想我们该走了吧。安娜·华西里耶芙娜也许在等着我们。几点钟了？”

“三点了。咱们走吧。多闷热！这一回谈话叫我的血都沸腾起来了。曾经有一个时候你也……我可不是白白地做了艺术家的；什么我都观察到的。照直说吧，你心里可有了一个女人？……”

舒宾本想窥探一下伯尔森涅夫的脸，可是他却已经转过身去，走出菩提树荫了。舒宾紧跟在后面，潇洒地迈着他的那双小脚。伯尔森涅夫走路十分拙笨，耸着肩膀，颈项也向前伸着；可是，虽则如此，看起来，他却比舒宾显得有教养得多；也可以说，绅士得多，假如“绅士”这个称呼在我们中间没有变得如此庸俗。

二

两个年轻人走下莫斯科河，沿着河岸走着。河水散发出清凉的气息，微波的温柔的私语使人感受着爱抚。

“我真想再洗一回澡，”舒宾说道，“可是我怕来不及了。瞧这河水：它像在朝我们招手呢。要是古希腊人，一定会以为那里面有个仙女吧。可是我们不是希腊人。啊，仙女！……我们不过是厚皮的西徐亚人[①]罢了。”

“我们也有美人鱼[②]呢。”伯尔森涅夫说。

“得了吧，你那露萨尔卡！那些恐怖的、冷冰冰的想象的产物，那些从闷窒的茅屋、从黑暗的冬夜里所产生的幻象，对于我，一个雕塑家，有什么用呢？我所要的是光明，是空间……我的上帝呀，什么时候我才到得了意大利？什么时候……”

“你是想说，才到得了小俄罗斯[③]么？”

“你不害羞么，安德烈·彼得罗维奇，来责备你的朋友一时的糊涂！就是你不这样，也够我痛悔的了。当然，我的行为也真傻透啦：安娜·华西里耶芙娜，所有女人里最仁慈的女人，给我钱让我到意大

---

① 西徐亚人，古希腊作家对公元前7世纪至公元3世纪居住在黑海沿岸草原各部族的总称；转义为粗野不文的人。

② 俄国神话中的水中仙女。

③ 即乌克兰。

利旅行去，可是我却跑到那些顶髻毛儿们[①]那儿去啦，去吃汤团，去……”

“请别往下说了吧。”伯尔森涅夫打断了他的话。

“可是，老实说，钱也没有白花。我在那儿看见了那么美的典型，尤其是，女人的典型……当然，我也知道：除了到意大利，再也没有救的！”

“你就是到意大利去，”伯尔森涅夫说，并不回过头来，“也不会做出什么事来的。你只会拍拍翅膀，可是，总也不飞。我们是知道你的。”

“斯塔瓦赛尔[②]可飞啦……还不只他一个。如果我不飞，那就证明我不过是一只企鹅，没有翅膀罢了。这儿把我闷死啦，我要到意大利去，”舒宾继续说，“那儿有阳光，那儿有美……”

正在这时，一个年轻的女郎，戴着宽边草帽，肩上扛着一柄粉红色的小阳伞，出现在两位朋友走着的小路上。

“我看见了什么呀？ 就是在这儿，也有美来迎接我们来啦！ ——一个卑微的艺术家给迷人的卓娅姑娘敬礼！”舒宾忽然喊叫起来，演戏似地挥了挥自己的帽子。

被欢呼的少女停下脚步，向舒宾威吓地伸了伸手指，等到两位朋友走近了来，就以响亮的、微带喉音的声音说道：

“怎么啦，先生们，怎么还不来吃饭呢？ 早都摆好啦。”

“啊！ 我听见了什么呀？”舒宾又说道，扬起手来，“难道是您，

① 乌克兰人的绰号。
② 斯塔瓦赛尔(1816—1850)，俄国著名雕塑家。

娇滴滴的卓娅姑娘，在这么老热天冒暑出来，亲自来找我们来吗？ 我可以这样大胆地来领会您的意思吗？ 告诉我，是这样的吗？ 哦，不，请别说‘不是’；说出来，会叫我当场就难过死啦。”

“哟，您得了吧，巴维尔·雅可夫列维奇，”女郎微嗔地回答，“您怎么从来就不肯正正经经地跟我讲话？ 我要生气啦。”她补充说，卖俏似地耸了耸眉毛，撅了撅嘴唇。

“您不会生我的气的，我的天使般的卓娅·尼基吉什娜：您怎么能忍心把我扔到黑暗的绝望的深渊里去！ 我不会跟您正正经经地讲话，因为我就不是个正经人。”

女郎耸了耸肩膀，转向了伯尔森涅夫：

“瞧，他老是那样的：老把我当作小孩子；我已经十八岁啦。我已经是大人呢。”

“我的天哪！”舒宾喃喃地说，翻了个白眼；伯尔森涅夫却默默地微笑了。

女郎顿了一顿她的小脚。

“巴维尔·雅可夫列维奇，我真会生气啦！ ……爱伦[1]原来也跟我一道儿来的，”她继续说，“可是在花园里就留下啦。她怕热，可是我就不怕热。来吧。”

她沿着小路走了，每一步都轻轻摇曳着她那苗条的身体；她那戴着黑手套的美丽的小手，不时从脸上把那柔软的长鬈发掠到鬓后去。

两位朋友跟着她（舒宾一会儿默默地按了按自己的心房，一会儿又高高地扬了扬手），一刻以后，就来到环绕着昆采沃的许多别墅中的一

---

① 叶莲娜的法语变音。

家别墅门前了。一座带着粉红色阁楼的木造小住宅立在花园中央，从碧绿的浓荫后面天真地露出头来。卓娅第一个推开园门，跑进花园里去，高声叫道："我把流浪的人们给找回来啦！"一个脸庞苍白而富于表情的少女从小路旁边的椅子上站了起来，门槛上则出现了一位穿着紫红色绸衣的太太，她用一条细麻布绣花手绢搭在头上遮着阳光，慵懒地、倦怠地微笑了。

三

安娜·华西里耶芙娜·斯塔霍娃，本姓舒宾，在七岁上就成了孤女，可是却继承了相当大的家产。她有极富的亲戚，也有极穷的亲戚：穷的属于父方；富的则属于母系：例如，枢密顾问官伏尔金和契库拉索娃公爵夫人。她的法定保护人阿尔达利昂·契库拉索夫公爵把她送进了莫斯科一家最优良的女塾，而在她离开女塾以后，又把她接到他自己家里来。他交游广阔，每到冬天必开盛大的舞会。安娜·华西里耶芙娜的未来丈夫，尼古拉·阿尔吉米耶维奇·斯塔霍夫，就是在某次这样的舞会里把她的心俘获了的。那晚上，她穿的是一件"玫瑰色的漂亮晚礼服，还扎了一束小朵玫瑰花的花环"。这花环她是一辈子都珍藏着的。……尼古拉·阿尔吉米耶维奇·斯塔霍夫是一位在一八一二年①负过伤、在彼得堡干过优差的退役上尉的儿子，十六岁就进了士官学校，卒业后就参加了近卫军。他相貌英俊，身材魁伟，在中流人家的晚会上可以算得几乎是最风流的美男子，他也多半只能出入于中流社会；上

① 指1812年俄国抵御拿破仑入侵的卫国战争。

流社会可还没有他的份儿。从青年时代起，他就抱有时刻难忘的两种理想：其一，是作一位侍从武官；其二，是发一笔妻财。第一种理想，他不久就放弃了，可是对于第二种，却抓得更紧。就是怀着这种目的，他每年冬天才必到莫斯科来。尼古拉·阿尔吉米耶维奇，法文说得不坏，并且还有哲学家的美誉，那就是说，因为他并不纵饮作乐。就是当他还不过是个准尉的时候，他就已经爱好辩论，固执地讨论着各种问题，例如：一个人一生能不能够把整个地球游遍？或者，人能不能够知道海底下究竟是怎样的情形呢？——而他的一贯的主张则是：决不可能。

尼古拉·阿尔吉米耶维奇“钓上”安娜·华西里耶芙娜的时候，正是二十五岁；他于是就退了役，到乡下来经营产业。可是，乡下生活他不久就讨厌了，而且，农民的劳役既已折成了地租，他就决心迁到莫斯科来，住在他妻子的家里。在年轻的时候他什么牌也不爱玩，可是现在却变得热衷于罗托①了，当罗托被禁以后，则又热爱叶拉拉什②。在家里他感觉无聊，因此，就和一个德国血统的孀妇发生了关系，几乎经常和她在一起。在一八五三年他没有随家来到昆采沃，却留在莫斯科，口里说的是为了便于洗矿泉浴，实际上却是不愿和他那孀妇离开。其实，他和她也并没有多少话可谈，所谈的多半也不过是能否预测天气之类的问题。有一次，不知谁说他是一个 frondeur③——这头衔可使他大为雀跃。“对啦，”他想了想，满心高兴地拉下嘴角，并且晃了晃脑袋，“我可是不容易对付的；你别想随便唬我。”其实，尼古拉·阿尔吉米

① 罗托，一种抽对数字的游戏或赌博。
② 叶拉拉什，古时一种牌戏。
③ 法语：反对党。源出路易十四时法国的 Fronde 党。

耶维奇的 frondeur 主义也不过如此：比方，如果别人说到神经，他就说："什么是神经呀？"或者，如果有人和他谈起天文学上的成就，他就说："你相信天文学呀？"而当他想要彻底粉碎他的论敌的时候，他就说道："那都不过是废话罢咧！"我们得承认，诸如此类的论证，在某些人看来(在过去，并且直到现在)，倒好像真是难以驳倒的，可是，尼古拉·阿尔吉米耶维奇怕是做梦也没有料到，他的奥古斯汀娜·赫利斯奇安诺芙娜，在给自己的表妹费奥多琳达·彼德哲留斯写的信里，却竟然把他叫作了："Mein Pinselchen.①"

尼古拉·阿尔吉米耶维奇的妻子安娜·华西里耶芙娜是一位瘦弱的小妇人，玲珑娇小，善感而又多愁。在女塾里上学的时候，她曾经热衷于音乐，爱读小说，但不久以后却把这些全都舍弃，开始来讲求装饰了，而再不久之后，连装饰也不再讲求；有个时期，她确曾致力于女儿的教育，可是，这也使她厌倦，于是，就把女儿交给了家庭女教师；结果，她就只好终日困坐在感伤和沉默的忧郁里了。生叶莲娜·尼古拉耶芙娜损坏了她的健康，使她再也不能生育；尼古拉·阿尔吉米耶维奇就往往暗示着这一事实，来维护自己和奥古斯汀娜·赫利斯奇安诺芙娜之间的私情。丈夫的不忠使得安娜·华西里耶芙娜深深伤心，而最使她伤心的就是他曾用欺骗的手段把她安娜·华西里耶芙娜自己马厩里的一对灰色马送给了他那德国婆娘。她从不当面责难他，可是私下里，却轮流地向家里的每个人，甚至向自己的女儿，埋怨他。安娜·华西里耶芙娜不爱出门，却高兴有客人来陪她坐坐，跟她谈天；当她独自一人的时候，她马上就会病倒了。她的心地非常温柔慈爱，可是生活

① 德语：我的小傻瓜。——原注

却很快就把她轧垮了。

巴维尔·雅可夫列维奇·舒宾原来是她远房的内侄。他父亲曾在莫斯科干过公事。他哥哥们都已进了士官队；只有他年纪最小，又是他母亲的爱子，加之生得娇弱，所以留在家里。他们预备将来让他进大学，费尽心力，好容易才维持他念完了中等学校。他从小就表现了对于雕塑的兴趣；那位肥胖的枢密顾问官伏尔金，有一天在舒宾的姑母家里看见了这位小雕塑家塑的一座小塑像(那时，舒宾还不过十六岁)，不禁大为赞赏，当时就宣称他要来保护这位青年的天才。可是，舒宾的父亲的突然死去，几乎把这青年人的未来命运完全改变。枢密顾问官，就是那位天才的保护者，仅仅给天才送来一座半身的荷马石膏像，这就完了；幸而安娜·华西里耶芙娜帮了他不少的钱，而在十九岁那一年，巴巴结结，他总算进了大学医科。巴维尔对于医学原也没有什么兴趣，但是依照当时的大学分科制度，他实在也进不了什么别的科系，况且，在医科里，他反正还可以学学解剖。可是，他到底没有学完解剖；只在第一学年终了，不等考试，他就离开了大学，来专一地献身于自己的事业了。他热忱地工作，可是时曝时寒；他常在莫斯科近郊闲荡，素描或塑造农女们的肖像，结识了各种各样的朋友，不论年龄的老少或地位的高低，有意大利模型制造者，也有俄罗斯艺术家；他极端讨厌学院，也不愿有所师承。他有着不可否认的才能；在莫斯科，也渐渐知名起来了。他的母亲出身巴黎名门，生性善良而且贤慧，教会了他精通法语；她昼夜为他奔忙、操心，引他为自己的骄傲；还在盛年，她就不幸死于肺病，临死时她请求安娜·华西里耶芙娜代她照顾她的儿子。那时，他正是二十一岁。安娜·华西里耶芙娜执行了他母亲的最后的嘱托：而他于是就在那家族的别墅里享有了一个小小的房间。

四

“来吧，我们吃午饭去吧。”主妇用怨诉似的声音说，于是，大家来到了餐室。“你挨着我坐，卓叶[①]，”安娜·华西里耶芙娜又说，“你，爱伦，你陪着我们的客人；你呀，保尔[②]，我请你别闹，别跟卓叶淘气。我今儿个头痛！”

舒宾又把眼睛翻向了天上；卓叶却抿抿嘴回答了他。这个卓叶，或者更准确地说，卓娅·尼基吉什娜·缪莱，是一个漂亮的俄德混血的黄发女郎，眼睛稍稍对视，鼻子小而鼻端微阔，嘴小唇红，身体非常丰美。她唱俄国歌唱得很不坏，在钢琴上能弹各种小曲，无论轻快的或者伤感的，都弹得很正确；装束俏皮，可是打扮得往往有些孩子气，甚至过分整洁。安娜·华西里耶芙娜本来是要她来作女儿的女伴的，可是，却几乎总是让她伴着她自己。叶莲娜对这也并不抱怨：当她和卓娅单独相对的时候，她反倒不知道和她说什么的好。

食事经过了不少的时间；伯尔森涅夫和叶莲娜谈大学生活，谈他自己的计划和希望；舒宾一言不发地听着，做着夸张的贪馋嘴脸，不时还对卓娅装出毫无办法的滑稽怪相来，而卓娅，则和先前一样，只是报他以浅笑。食事过后，叶莲娜陪着伯尔森涅夫和舒宾到花园里去；卓娅目送着他们，微微耸了耸肩，就坐到钢琴边来。安娜·华西里耶芙娜问道：“您怎么不也去散散步呢？”可是，不等回答，就又补充说：“给

---

① 卓娅的法语变音。
② 巴维尔的法语变音。

我弹点儿什么吧，要忧郁的……"

"《La dernière pensée》de Weber？"[1]卓娅提议。

"啊，对啦，韦伯[2]。"安娜·华西里耶芙娜回答，于是就坠入了一张安乐椅里，而眼泪就开始浮闪在她的睫毛上了。

同时，叶莲娜已把两位朋友引到了一座刺槐树亭子里，亭子中央有一个小小的木桌，四围则安着椅子。舒宾转眼四顾，跳了几跳，于是细声说道："等一等！"就连跑带跳跑回了自己的房里，拿来了一块黏土，开始塑着卓娅的肖像，一面摇着头，一面对自己喃喃着，高声大笑。

"又是他那套老把戏。"望望他的作品以后，叶莲娜说着，转向伯尔森涅夫，和他继续谈午餐的时候已经开始的谈话。

"我那套老把戏，"舒宾重复道，"这简直是个取之不尽的题材呢。特别是今儿，她真叫我忍无可忍啦。"

"那为什么呢？"叶莲娜问，"别人会以为您说的是个什么可恶的、讨厌的老怪物呢。她可是一个漂亮的年轻姑娘呀……"

"当然，"舒宾插嘴说，"她漂亮，很漂亮；我相信无论什么过路人，只要把她瞟上那么一眼，就会不自主地想道：这姑娘，真好……真好跟我跳个波利卡舞啊；我也相信，她自己也知道这一点，并且还自以为得意呢……那么，干吗还装出那种羞答答的浅笑，还要来那么一套淑女经呢？哪，您自然明白我的意思，"他从牙齿缝里又加了一句，"可是，这会儿，您心里可有别的心事，顾不上啦。"

---

① 法语：韦伯的《最后的思想》好么？——原注
② 韦伯(1786—1826)，德国作曲家。著有歌剧《魔弹射手》《优兰蒂》《奥伯龙》，这些作品确定了德意志民族浪漫派歌剧的方向。

于是，舒宾把卓娅的胸像捻碎，可是，马上又把黏土死命地揉着，塑着，好像很生气。

“那么，您的志愿就是做个教授么？”叶莲娜问伯尔森涅夫。

“是的，”他回答说，把通红的手夹在膝间。“这是我多年的梦想。当然，我很清楚，我还差得远，还够不上那么崇高的……我是说，我的造诣还不够，可是，我希望能得到许可，出国去留学，如果必要，我打算留学三四年，以后……”

他止住了，垂下了眼睑，可是很快又抬起眼睛来，露出困惑的微笑，理了理自己的头发。伯尔森涅夫在和女人谈话的时候，说话就尤其缓慢，发音也更不清楚了。

“您想做个历史教授么？”叶莲娜问。

“是的，或者哲学教授，”他补充说，声音低下来，“如果可能的话。”

“他已经是个哲学精啦，”舒宾插嘴说，一面用指甲在黏土上划出深深的线痕，“还要到外国去干什么呀？”

“您会完全满足那种地位么？”叶莲娜又问，把头依着臂肘，直视着他的面孔。

“完全满足，叶莲娜 · 尼古拉耶芙娜，完全满足的。还有什么比这更高尚的事业呢？ 啊！ 追随着季莫菲 · 尼古拉耶维奇[①]的足迹……只要一想到这样的一种事业，我就充满了欢喜和惶惑……是的，惶

① 指格朗诺夫斯基教授（1813—1855），俄国历史学家和教育家，在 19 世纪 40 年代任莫斯科大学世界史（主要是中世纪史）教授，公开传播进步思想和人道主义，揭露农奴制，与当时进步思想家如别林斯基、赫尔岑等均有交往，亦为屠格涅夫的好友。

惑……其所以惶惑，就由于意识到我自己不行。我亲爱的先父就祝愿过我，要我献身给这样的事业……我永远也不能忘记先父的遗言。”

“您父亲是去年冬天去世的么？”

“是的，叶莲娜·尼古拉耶芙娜，在二月间。”

“听说，”叶莲娜继续说道，“他留下一部很出色的遗稿，是真的么？”

“真的。先父是个了不起的人。您一定会喜欢他的，叶莲娜·尼古拉耶芙娜。”

“我相信我会的。那部著作的内容是什么呢？”

“要用几句话把那内容告诉您，叶莲娜·尼古拉耶芙娜，确实是不大容易的。先父是一个很有学问的人，一个谢林①派；他所用的术语有时是不大明白的……”

“安德烈·彼得罗维奇，”叶莲娜打断了他的话，“请原谅我的无知；所谓谢林派到底是什么意思呢？”

伯尔森涅夫微微笑了。

“谢林派，就是德国哲学家谢林的信徒；谢林的学说就是……”

“安德烈·彼得罗维奇！”舒宾忽然叫了一声，“看在上帝的份上！你可是要给叶莲娜·尼古拉耶芙娜来上一堂关于谢林的讲座呀？饶了她吧！”

“一点儿也不是讲课，”伯尔森涅夫嘟嘟哝哝地说着，涨红了脸，“我是想……”

“讲课又怎样呢？”叶莲娜插嘴道，“您和我，巴维尔·雅可夫列

① 谢林（1775—1854），德国唯心主义哲学家。

维奇，我们全都大大地需要讲课呢。”

舒宾瞪眼望着她，忽地迸出一声大笑来。

“您笑什么？”她冷冷地、几乎是严厉地说。

舒宾呆住了。

“得啦，别生气吧，”他停顿了一下，终于说，“是我的不是。可是，老实说，这是什么瘾头啊，我的天，在这样的时刻，这样的天气里，在这样的树下，怎么还有心谈哲学哟？不如谈谈夜莺，谈谈玫瑰，谈谈美丽的眼睛和青春的笑颜吧。”

“嗯，还有法国小说，和女人的打扮，”叶莲娜接了下去。

“那可不，”舒宾回答说，“要是打扮得漂亮，有什么不可以谈？”

“那可不！可是，万一别人不高兴谈女人的打扮呢？您一向自命为自由艺术家，那么，为什么要来妨害别人的自由呢？让我问问您：您的趣味既然是这些，那您为什么还攻击卓娅呢？跟她去谈打扮，谈玫瑰，难道不是特别合适？”

转眼之间，舒宾变得满脸通红，从椅子上跳了起来。

“啊，是这样的吗？”他开始说，声音颤抖着，“我明白您的用意；叶莲娜·尼古拉耶芙娜，您是要把我撵到她那儿去。换一句话说，我在这儿是多余的？”

“我可没想撵您走。”

“您可是说，”舒宾激动地继续说，“我不配跟别人攀交情，我只配跟她比高低，我也跟那个腻人的德国姑娘一样空虚、一样愚蠢、一样浅薄。是不是呀，小姐？”

叶莲娜皱眉了。

“您往常可不是像这样说她的，巴维尔·雅可夫列维奇。”她说。

“啊，您责骂吧，只管责骂！”舒宾叫道，“是的，我不隐瞒，曾有那么一刹那，的的确确，不过是一刹那，她那鲜艳庸俗的脸庞儿……可是，如果我回敬您两句，也给您提醒提醒……回头见，”他突然加了一句，“我怕我会胡说八道起来啦。”

于是，他把已经塑成一个脑袋的黏土狠命打了一拳以后，就跑出花亭，一直回到自己的房里去了。

“真是小孩子。”叶莲娜说着，目送着他。

“一位艺术家呢，”伯尔森涅夫默默含笑地说，“所有的艺术家都是这样的。人们得原谅他们的任性。那是他们的特权。”

“是的，”叶莲娜回答，“可是，无论从哪一方面看，巴维尔还不能说就有权利享受这种特权。直到此刻，他做出了什么成绩来呢？让我挽着您的手，我们沿着这林荫路走下去吧。他把我们的谈话都扰乱了。我们刚才谈的，是您父亲的著作。”

伯尔森涅夫挽住叶莲娜的手臂，傍着她走过花园，可是，那中途夭折的谈话却再也不能复活了；伯尔森涅夫于是又从头开始叙述他对于教授的事业和自己的前途的意见。他傍着叶莲娜缓缓走着，笨拙地移动着自己的身体，笨拙地挽着她的手臂，有时自己的肩甚至碰上了她的肩头，可是，却一次也不曾望她；他的话，如果还不能说完全自由地、至少也可以说是比较流畅地流涌着，谈得简单、明确，而他的眼睛，当它们徐缓地掠过树干、沙路和草叶的时候，也闪烁着从崇高的心情所生出的宁谧的感动；而他的沉静的声音，也显示着一种到底在所爱的人面前倾吐了自己的积愫的喜悦。叶莲娜非常关切地听着他，微微侧身向他，眼睛一直注视着他的面孔，这张面孔此刻已经稍显苍白；

她也注视着他的眼睛，这眼睛，现在也变得温柔而且亲切了，虽然它们却闪避着她的视线。她的心灵渐渐开展了；一种温柔、公正、善良的情感，似乎沉入了她的深心，又好像正从她的心底萌芽。

五

直到夜间，舒宾一直不曾离开自己的小房间。天已经很暗了；月亮还没有圆，高高地悬在天空，银河粲然闪耀，繁星密布在天空；这时，伯尔森涅夫，在告辞了安娜·华西里耶芙娜、叶莲娜和卓娅之后，就来到他的友人的门前。他发现门已经锁了，于是，在门上敲了两下。

“谁？”舒宾的声音响了。

“我。”伯尔森涅夫回答。

“你有什么事？”

“让我进来吧，巴维尔，别古怪了吧；你难道不害羞？”

“我一点儿也不古怪；我睡觉啦，我正梦着卓娅呢。”

“别来那一套吧，我求你。你又不是个小孩子。让我进来。我要跟你谈谈。”

“你难道还没有跟叶莲娜谈够？”

“好啦，好啦；让我进来！”

舒宾只回报了他一阵假装的鼾声。伯尔森涅夫耸了耸肩膀，于是转到回家的路上。

夜是温暖的，似乎异样的静寂，好像宇宙万汇都在谛听着，期待着，而伯尔森涅夫，被包围在这无边的静夜里，就不自主地站住了；他也开始谛听，期待。从近处的树梢不时有轻微的飒飒声传来，有如女人的裙裾的窸窣声，在伯尔森涅夫的心里唤起一种似甜而又似难受的感觉，几乎近于恐怖。他的面颊感觉着微微的痉挛，一丝眼泪使他的眼睛感觉着寒凉：他宁愿完全无声地走过，在黑暗中蹑足摸索。一阵冷风忽然从侧面向他袭来——他微微抖了一下，于是，悚然伫立；一只沉睡的甲虫从枝头跌下来了，铿然落在路径上；伯尔森涅夫不禁低低“哦”了一声，于是，又一次站住了。可是，当他一想起叶莲娜，所有这些瞬间的感觉就立刻消逝了；所留下的只是由暗夜的清静和夜行的寂寞所产生的新鲜的印象，而一个少女的面影就浮现在他的整个灵魂里来了。伯尔森涅夫低头前行，回忆着她的话语、她的询问。忽然，他觉得在他身后传来急促的脚步声。他谛听着：是有谁在他身后奔跑，追赶他；他听见喘息的声音，猛然间，从一株大树的一团黑影中间，舒宾突然出现在他的眼前了，蓬乱的头发上不曾戴帽子，面孔在月光下面显得异常苍白。

“我真高兴你也走这条路，”他喘息着说道，“如果我追不上你，我会整晚都睡不着的。把你的手给我吧。你是回家去吗？”

“是的。”

“那么，我送你。”

“可是，你连帽子也没有戴，怎么行呢？”

“没有关系。我连领带也没有打呢。今晚上很暖和。”

两位朋友向前走了几步。

“我今儿真有些傻，是不是？”突然，舒宾问。

“坦白说，是的。我真不了解你。我从没有见过你像那样的。你究竟恼些什么呢，呃？不过是些小事！”

“哼，”舒宾喃喃道，“你以为是小事吧？可是，在我看来，才不是小事呢。你瞧，”他继续说道，“我不能不告诉你，我……任你把我想作个什么吧……我……啊，我爱着叶莲娜！”

“你爱着叶莲娜！”伯尔森涅夫重复说，突然停下脚步。

“是的，”舒宾装出满不在乎的样子，继续说，“那叫你吃惊吗？我还得告诉你：直到今晚，我还希望着，也许，有一天她会爱我。可是，今天，我看清楚了：我没有一点希望。她已经爱了别人。”

“别人？ 谁？”

“谁？ 就是你呀！”舒宾喊道，拍了拍伯尔森涅夫的肩膀。

“我？”

“你呀。”舒宾又说了一遍。

伯尔森涅夫倒退一步，呆然木立了。舒宾目光炯炯地注视着他。

“那又叫你吃惊么？ 你是个老成的青年。可是她就爱你……请你放心好啦！”

“你尽扯些多么无稽的话呀！”终于，伯尔森涅夫以一种困恼的神情抗议了。

“不，一点儿也不无稽。可是，我们这么呆站着干什么呀？ 咱们往前走吧。边走边谈，那轻松得多。我认识她，不算不久，难道我还不清楚她？ 我不会错的。你这种人就正合她的心意。曾经有过一个时候，她也喜欢过我来的，可是，第一，在她看来，像我这样的青年到底太轻浮啦，可是你呢，你却是个老成持重的人，无论在心理上，在生理上，都是规规矩矩的脚色，你——等着，我还没说完呢，你就是天生的忠厚热忱，真正典型的科学祭司，那种人——啊，不是那种人，是那种性格——就正是俄国中层贵族公正地引以自豪的呀！ 其次，有一天，叶莲娜撞见我在吻卓娅的手膀儿！”

“卓娅的？”

“可不是，卓娅的。你可叫我怎么办？她那肩膀儿漂亮不漂亮？”

“肩膀儿？”

“哼，不错，肩膀儿、手膀儿，不全都一样？这种不检点的行为，在饭后给叶莲娜撞见了，恰好就在饭前我还当着她骂过卓娅来。真不幸，叶莲娜竟不懂得这种矛盾该有多么自然。就在这个节骨眼上，你就上场来啦：你有信念……谁知道你信个什么鬼……你会红脸，会难为情，会和人家谈席勒[①]，讲谢林（她就老是搜索着鼎鼎大名的人物的），这么一来，你就成了胜利者啦，只苦了我这可怜的倒楣鬼，尽管在别人面前装丑角，可是……终归……”

舒宾突然迸出眼泪来，转过身去，坐在地上，抓住自己的头发。

伯尔森涅夫走到他身边。

“巴维尔，”他开始道，“你这该多么孩子气！真的！你今儿是怎么回事？上帝才知道你那脑袋里装进了什么样的糊涂思想，你还哭呢！老实说，我似乎觉得你在装假。”

舒宾抬起头来。在月光下面，他颊上的泪珠的确在闪烁，可是，脸上却浮着一抹微笑。

“安德烈·彼得罗维奇，”他说道，“任你把我想做个什么吧。我甚至可以承认我此刻的确有点儿歇斯底里；可是，上帝见证，我爱着叶莲娜，叶莲娜却爱你。不过，我答应过送你回家，我还是履行我的诺言。”

---

① 席勒（1759—1805），德国大戏剧家、诗人。

于是，他站了起来。

“是怎样的夜呀！ 银灰的、暗黑的、青春的夜！ 对于有了爱情的人，这是多甜蜜的夜呀！ 对于他们，不去睡觉，该是多么快乐呀！ 你要睡觉吗，安德烈 · 彼得罗维奇？”

伯尔森涅夫一言不答，只把脚提得更快。

“你这么急着往哪儿去呀？”舒宾继续说道，“相信我的话吧：这样的夜，在你的一生是不会再来的。可是，你家里有谢林等着呢。老实说，他今天可给你帮忙不小，可是，你还是不用这么急。你唱歌吧，如果你会唱，就唱得比平日更响些吧；不会唱么？ ——那么，就把帽子摘下来，抬起头来，望着星星笑吧。它们都望着你呢，就望着你一个人，星星都只会望着有了爱情的人，所以，它们才能那么美丽……你难道不是有了爱情吗，安德烈 · 彼得罗维奇？ ……你不回答我……你干吗不回答我呢？”舒宾又说道。“哦，如果你觉得自己幸福，那就别响吧，别作声！ 我所以这么乱嚷嚷，不过因为我是个倒楣鬼罢了，没有人爱我，我不过是个要把戏的、卖艺的、丑角儿，可是，要是我知道有人爱了我呀，那么，在这样良夜的清风里，在这样灿烂的星光下，我就会畅饮着怎样不可言说的欢情啊！ ……喂，伯尔森涅夫，你幸福么？”

伯尔森涅夫仍然沉默，只在平坦的路上快步走着。从前面树林中间，他居留的小村里，开始有灯光闪射出来；那村里有约莫十来幢小小的消夏别墅。在村头，道路右侧两株华盖似的桦树底下，有一间小小的客店；店窗已经全都关闭，可是，从那开着的门口却有一条宽阔的光带成扇形地射了出来，落在被人踏坏的草上；光带射向树间，分明地照映着密叶的灰白的底面。有一个好像是谁家婢女的少女，站在店内，背靠着门柱，正在和店主讲着价钱；从她搭在头上、用光光的手指扣在颏下的红色头巾底下，可以隐隐地看见她的圆圆的面颊和纤细的颈项。两个青年走进光带里来；舒宾朝店里望了一眼，于是突然站住，叫了一声："安奴什卡！"少女急忙掉转身来，他们于是瞧见一副稍觉宽阔然而十分红润的漂亮脸儿，配着一对快乐的褐色眼睛和两道浓黑的眉毛。"安奴什卡！"舒宾又叫了一声。那少女瞧见他，不禁露出吃惊和害羞的样子，不等买卖做成，就跑下阶沿，飞也似地溜过去，几乎头也不回，从通向左边的路上跑掉了。店主人是个大胖子，正和所有的乡村小店主们一样，对一切世事全都无动于衷，只是望着她的背影哼了两声，打了一个大呵欠，可是舒宾却转向伯尔森涅夫，一边说道："这个……这个……你瞧……这儿我认识一个家庭……就在他们家里……你可别以为……"不等说完，就跑去追那个已经逃走的少女去了。

"至少，把你的眼泪先揩干了吧，"伯尔森涅夫在他身后叫着，自己也不禁笑了。可是，当他回到家里，他的脸上却没有愉快的表情；他不再笑了。他一刻也不曾相信过舒宾对他说的话，可是，舒宾说的话却深深地浸入了他的灵魂。"巴维尔是在愚弄我呢，"他想……"可是，总有一天，她会爱个什么人的……她会爱谁呢？"

在伯尔森涅夫的房里有一架钢琴，这琴不大，也不新，音调虽不十分纯，然而，却很柔和动听。伯尔森涅夫坐在琴边，试敲了几个和弦。正和所有俄国贵族一样，他从小就学过音乐，也正和几乎所有俄国贵族一样，他也弹得很不高明，可是，他却热爱音乐。严格说来，他并不爱音乐这门艺术和它的表现形式（交响乐、奏鸣曲、甚至歌剧，都很使他感到沉闷），他所爱的只是音乐里的诗：他爱那些由音响的组合和流溢在人的心灵里所唤起的模糊而又甜蜜的、无定型而又无所不蔽的情绪。一点多钟之久，他不曾离开过钢琴；他把同样的和弦再三再四地重复着，笨拙地寻觅新的和弦，然后，停下来，让那些音响在短调第七音上缓缓消逝。他心里觉着苦恼，眼里不只一次充满了眼泪。他并不感觉羞耻；他让眼泪在黑暗里流着。“巴维尔是对的，”他想道，“我已经预感到：这样的夜晚是不会再来的。”终于，他站起来，燃起一根蜡烛，穿上寝衣，从书架上取下罗墨尔①的《霍亨斯托芬家的历史》的第二卷——在叹息了两次之后，就开始勤勉地研读起来。

六

同时，叶莲娜则已回到自己的私室，坐在开着的窗前，把头托在手上。每晚，在自己的私室里，凭窗坐上一刻时光，这已经成了她的习惯。在这时候，她就自己对自己默省着，将过去的一日省察一下。只在不久以前她才满了二十岁。她身材修长，面色苍白带暗，弯弯的眉毛下面闪着一对灰色的大眼睛，眼周略有细小的雀斑，前额和鼻子全都端正，嘴唇紧闭，下颏稍显尖削。栗色的发辫低垂在她的纤细的颈上。在她的全身，从那专注而微似惊怯的面部表情，那清澈而变幻莫测的目光，以至那似乎勉强的微笑和那柔和而又似急促的声音，全可感到一些神经质的、电似的、匆遽而又激烈的什么，总之，是决不能使人人都心爱、甚至还会使某些人发生反感的什么。她的手是纤细的，作蔷薇色，手指很长；她两足纤小，步履迅速，甚至可以说急骤，行动时身体

---

① 罗墨尔(1781—1873)，德国自由主义派历史学家。《霍亨斯托芬家的历史》为其巨著之一。按：霍亨斯托芬为日耳曼的著名王室。

微向前倾。她是很奇怪地成长起来的；在最初，她崇拜她的父亲，其后，则热烈地依恋母亲，而最后，则对于父母都变冷淡了，尤其对于父亲。近年来，她对待母亲好像对待一个病弱的祖母；而她的父亲，在她幼年，当她被称赞为杰出的孩子的时候，他也曾以她为自己的骄傲，及至她成长起来，他却渐渐地害怕她了，甚至称她为一个狂热的共和党人，天知道是学的谁的样！软弱使她反感，愚昧令她愤怒，而欺骗，则是“从永远到永远”她也不能饶恕的；她的严格是超乎一切的，甚至在祈祷时，她也不只一次地夹杂着斥责。一个人一旦失却了她的尊敬——她下判断是十分迅速的，往往过于迅速——那人在她心里就永远不再存在了。所有的印象全都深深地沉入她的心底，人生对于她，是绝不同于儿戏的。

她的家庭女教师，就是受安娜·华西里耶芙娜委托来完成她女儿的教育的——那教育，我们可以在括弧里面夹叙一句，甚至不曾被那百无聊赖的贵妇人开始过——是一个俄国人，一位因受贿撤职的官员的女儿，公立女塾的毕业生，一个多情善感而又善于撒谎的女人；她一辈子都在闹恋爱，结果是在她五十岁上(那时叶莲娜已经十七岁了)嫁给了一位什么军官，可是，这位军官即刻就把她丢掉了。这位家庭女教师很爱文学，自己也写写小诗；她给叶莲娜培养了读书的兴趣，可是，仅仅读，是不能满足这位姑娘的：从儿时起，她就渴慕着行动，积极的善行；贫乏的、饥饿的、病弱的人们，使她思念，使她不安，使她苦恼；她常常梦见他们，也向她所有的相识的人询问关于他们的事；她诚心诚意地布施，感到不自主的庄严，甚至情绪的悸动。所有被虐待的动物，饥饿的狗、要死的猫、从巢里颠覆出来的麻雀以至昆虫和爬虫，全可从叶莲娜得到支持和保护：她亲自饲养它们，一点也不感觉嫌憎。母亲从不干预她，可是，父亲对于她那种——用他自己的话说——庸俗的婆心，却往往非常生气，并且宣称道：猫猫狗狗的挤满了一屋子，连个转身的地方都没有了。“列诺奇卡[①]，”他对她叫道，“快来，这儿有蜘蛛吃苍蝇啦；快来救救这可怜的小命吧！”而列诺奇卡，果真就慌慌忙忙跑过来，救出了苍蝇，还把那纠结着的蝇腿也给解开了。“哪，现在，让它咬咬你吧，你既然那么慈悲，”父亲就这么讽刺地说，可是，她却全不在意。在十岁的时候，叶莲娜结识了一个小乞女卡嘉，常常偷偷地到花园里去会她，带糖果给她吃，送给她手巾和十戈比的银币——玩具，卡嘉是不要的。她常常和她并坐在茂密的荨麻背后、灌木丛中的干土上，以一种喜悦的、谦虚的感动，啃着她的陈面包，听着她的故事。卡嘉有个婶母，是个凶狠的妇人，常常责打她；卡嘉恨她，总说有一天她会从她婶母那里逃走，去**完全听凭上帝的意旨生活**；叶莲娜以隐秘的崇敬和惊愕，谛听着那些新奇的、不曾听过的话语，睁大眼睛注视着她的同伴，而在那种时候，卡嘉身上所有的一切——她那乌黑的、灵活的、近似野兽的眼睛，她那黝黑的手，她那粗哑的声音，甚至她那破烂的衣裳——对于叶莲娜全都变为神奇的、甚至是神圣的了。叶莲娜回到家里，许久许久还梦想着乞人的生活和上帝的意旨；她梦想着她将怎样给自己砍来一根榛木的手杖，背上一个行乞者的口囊，和卡嘉一同逃走；她将怎样戴上野菊的花冠，流浪在村野的路上：她有一次看见卡嘉戴过那种花冠的。在这种时候，要是她家里有什么人忽然闯进房来，她就会张皇起来，并且显得羞怯。一天，她冒雨去会卡嘉，将衣服溅得满是污泥；父亲瞧见了她，就管她叫邋遢小孩、乡下妞儿。她满

---

① 叶莲娜的爱称。

脸都涨红了，心里生出了恐怖的、不可思议的感觉。卡嘉爱哼一曲兵士们常唱的粗野小调；叶莲娜也从她那里把它学会了……安娜·华西里耶芙娜有一天偶然听见她正在唱那支小调，登时就十分生气。

“你从哪儿拾来的那种下流东西呀？”她问她的女儿。

叶莲娜只是瞪眼看着母亲，一言不发；她觉得宁可让自己碎尸万段，也不能把自己的秘密宣泄出来，而同时，在她心里，她又不自主地感觉恐怖和甜蜜了。然而，她和卡嘉的友谊却不曾长久：那可怜的小女孩患了恶性热病，几日之间就死去了。

听到卡嘉的死讯，叶莲娜感到十分悲哀，有许多夜晚，她都不能入睡。那幼小乞女的最后的话语在她的耳边不断回响，她感觉那声音正在向她召唤……

岁月流逝，年复一年；迅速地，无声地，有如雪下的水，叶莲娜的青春暗暗流着，从外表看来，似乎是平静无事，但在内心里，却经历着不安和苦斗。她没有朋友；所有到斯塔霍夫家来的姑娘们，她一个也合不来。父母的权威从来也没有使叶莲娜感到重压，到十六岁，她就几乎绝对独立了；她开始过着她自己的生活，然而，是多么寂寞的生活啊！她的灵魂在寂寞里燃烧，而火焰又在寂寞里熄灭；她像笼中的鸟儿似地苦斗着，而笼，其实是没有的：没有人压迫她，也没有人拘束她，可是，在内心里，她却感到烦恼和苦闷。有时，她连自己对自己也不能了解了，甚至对自己感觉着害怕。在她周围的一切，她觉得全是无意义的，不可理解的。“没有爱，怎么能活呢？ 可是，就没有一个人可以爱！”她想着；而一想到这一点，感到这一点，她又不自主地感觉恐怖了。十八岁的时候，她染上了恶性热病，几乎死去；她本来健壮的整个肌体，因此受到了严重的影响，许久许久还不能完全恢复；最后的病象终于消失了，可是，叶莲娜·尼古拉耶芙娜的父亲却还是时常多少带着恶意地说她神经质。有时，她感到：她所要求的也许在整个俄国就不会有一个人要求，不会有一个人梦想到。这时，她就平静下来了，甚至自己笑自己，于是，日子一天又一天地过去，她对于一切就全都漠然，不闻不问，可是，突然间，一种无名的、不可控制的力，却又在她的心底沸腾起来，大声要求着自己的出路。一阵风暴过去了，疲乏的翅膀，在未曾飞升之前，又低垂了，可是，这些情感的风暴却使她的心灵受尽了煎熬。虽然她多方隐瞒自己的心情，可是，那受尽折磨的灵魂的苦恼，就是在她那外表的平静里，也不自主地显露出来，因此，她的双亲不时耸耸肩膀，感觉惊讶，而终于还是不能明白她的“奥妙”，那也就不是偶然的了。

在我们的故事开始的那一天，叶莲娜直到比往日更晚还不曾离开窗前。她的思想萦绕着伯尔森涅夫，回忆着她和他所谈的话。她喜欢他；她相信他的感情的温暖和志向的纯洁。在这以前，他从来没有像在那天傍晚那样和她谈过话。她回忆着他那胆怯的眼神和他的微笑——而她自己也微笑了，于是，沉入了深思，可是，这深思却不再是关于他的了。她凭着开着的窗，注视着窗外的黑夜。许久许久，她凝望着那暗黑的、低沉的天空；于是，她站起来，摇摇头，把头发从脸旁甩到脑后，而同时，自己也不知道为什么，把自己的裸露的、冰冷的手臂伸出去，伸向天空，接着，她把手臂垂下来，跪在床边，把脸偎在枕上，尽管在汹涌着的激情之前她极力想要抑制自己，但是，奇异的、不可思议的、燃烧似的热泪，却不由自主地从她的眼里流出来。

七

次日午间十二时，伯尔森涅夫坐着回程马车到莫斯科去。他要到邮局取点钱，买点书，并且，还想趁这机会和英沙罗夫见见面，和他谈谈。在前次和舒宾谈话的时候，伯尔森涅夫就想起要把英沙罗夫接到自己的别墅里来，在一处住。可是，费了许多周折，他才找到了他；英沙罗夫已经从旧寓迁到另外的地方去了，而这地方却很不容易找：它原来是在阿尔巴特街和波瓦尔斯卡雅街之间、一所彼得堡式的颇难看的石屋的后院里。伯尔森涅夫从这个污秽的门前跑到那个肮脏的过道，询问了司阍者，又来请教陌生的过路人，可是完全没人理会。就是在彼得堡，司阍者对于来客的问讯，也照例是装作没有听见的，而在莫斯科，情形则尤甚：谁也不来回答伯尔森涅夫的呼唤；只有一个好事的裁缝，穿着坎肩，肩上搭着一缕灰线，从高悬的窗洞里不动声色地探出毫无表情的、没有刮过的脸和一对睁得大大的黑眼睛来；此外，也还有一只正在攀着垃圾堆的无角的黑山羊，这时也回过头来，哀哀地咩了两声之后，就更起劲地继续反刍去了。一个穿着破旧外衣和后跟已经磨平的皮靴的女人终于对伯尔森涅夫发了慈悲，给他指点了英沙罗夫的寓所。伯尔森涅夫发现他正在家里，寓所的房东原来就是刚才从窗洞里那样漠不关心地俯视向他问路的不速之客的那位裁缝；房间倒很宽大，几乎空无所有，四壁暗绿，有方窗三扇，房间的一隅放着一张小床，另一隅摆着一只小小的皮沙发，天花板上高悬着一只大鸟笼，笼里曾经养过一只夜莺。英沙罗夫在伯尔森涅夫一跨过门槛的时候就迎上前来，但他并不叫道："啊，是您呀！"或者"啊，我的上帝，是什么风把您吹来的呀！”他甚至也不说“您好！”只是紧紧地握住朋友的手，把他引到房间里唯一的一张椅子上去。

“请坐。”他说，自己则坐在桌子的边沿上。

“您瞧，我这儿还是乱七八糟呢，”英沙罗夫继续说，指点着地板上堆积的文件和书籍，“什么也没有整理好。简直腾不出时间。”

英沙罗夫的俄语说得完全正确，每一个字都说得一丝不苟，清楚明白，可是，那略带喉音、然而也十分悦耳的发音，却始终可以听出不是纯粹俄国风味。英沙罗夫的异国特征（他是保加利亚人）从容貌上还可以看得更明显一些：他是一个约莫二十五岁的青年，身体瘦长而强韧，平胸，骨节粗大的手指；面部瘦削，鼻梁微弯，头发浅黑挺直，前额低，眼睛深而小，目光锐利，眉毛粗浓：当他微笑的时候，一列粲然的白牙齿就从那薄而硬、而且线条过于分明的嘴唇下面倏然闪现。他穿着一件虽旧然而整洁的上衣，纽扣一直扣到颈边。

“您怎么从您先前的寓所搬出来了呢？”伯尔森涅夫问他。

“这儿房租贱些；离大学也近些。”

“可是，现在是假期啊……您怎么想着在暑天还住城里！ 一定要搬，您也该搬到别墅去才是。”

英沙罗夫对这种说法没有回答，只把烟斗递给伯尔森涅夫，一边说道：“原谅我，我没有烟卷，也没有雪茄。”

伯尔森涅夫点燃了烟斗。

“可是我，”他继续说道，“我在昆采沃附近租了一幢小屋。很贱，也很舒适。真的，在楼上，还多余一间房呢。”

英沙罗夫依然不作回答。

伯尔森涅夫把烟斗抽了一口。

“我甚至想着，”他又开始说，吐出一缕轻烟来，“如果，比方说，能有个什么人……比方说，就是您……我就是这么想的……要是愿意的话……答应住到我那楼上去……那该多好！您觉得怎样，德米特里·尼卡诺雷奇？”

英沙罗夫抬起小眼睛望了望伯尔森涅夫。

“您是提议要我住到您的别墅里去么？”

“是的，我那儿楼上还多余一个房间。”

“非常谢谢您，安德烈·彼得罗维奇，可是，我怕我的经济情况不会容许我。”

“您是说不容许什么？”

“不会容许我住别墅。维持两处房租，在我是不可能的。”

“可是，我当然……”伯尔森涅夫已然开始说，却又中途停下。“您也不会有任何额外的花费，”他继续说，“您现时的寓所，我看一样可以留下；再说，那边什么东西都很贱；我们甚至还可以筹划一下，比方说，一道儿搭伙食。”

英沙罗夫仍然沉默着。伯尔森涅夫可感到有点儿窘了。

“至少，您什么时候到我那儿去走走吧，”停顿了一会儿以后，他又开始说，“我旁边，相隔不两步远，住着一个家族，我很想把他们介绍给您。真的，英沙罗夫，您真不知道那家里有一位怎样了不起的姑娘！那儿也住着我的一个很要好的朋友，一个很有才华的青年；我相信您也会和他十分相投的。（俄国人就爱作东道主——如果没有什么别的可以飨客，就连自己的朋友也端出来了。）真的，一定来吧。可是，最好还是您能搬到我那儿去住，真的。我们可以一道儿工作、念书……您知道，我近来正研究历史和哲学。这些，您也一样感到兴趣，并且，我也有很多的书。”

英沙罗夫站起来，在房间里踱着步。

“请问，”他终于说，“您那别墅付多少租金？”

“一百银卢布。”

“有多少房间？”

“五间。”

“那么，算下来，每间应该是二十个卢布？”

“是的，算下来固然是……可是，我真的用不着呀。空着也是空着。”

“也许是，可是，您听我说，”英沙罗夫补充说，断然地、同时也是率直地摇了摇头，“要是您答应我照样摊房钱，我才能接受您的好意。二十卢布我还可以对付，况且，照您所说的，在那边，在别的事上我还可以节省。”

“是的；可是，那真叫我心里不安……”

“不然，就不成，安德烈·彼得罗维奇。”

“唔，随您的意思吧，可是，您真的是多么固执啊！”

英沙罗夫再一次地沉默了。

两个青年人于是议定了英沙罗夫搬家的日子。他们招呼房东来，可是，最初他派了自己的女儿来，那是一个年约七岁的小女孩，头上包着过大的花布头巾；她注意地、几乎吃惊地听着英沙罗夫给她所说的一切，于是，默默地走掉了，其后，是她的母亲，一个将近临盆的妇人，跑来了，头上也包着头巾，不过，她的一条却未免太小。英沙罗夫告诉她，说他要住到昆采沃附近的别墅里去，但是，这儿的房间还保留，什物也请他们照料，可是，裁缝的女人却也像吃了一惊，同样默默地退出了。最后，是房东亲自出马了：他似乎从起始就明白了一切原委，不过阴沉沉地问道：“昆采沃附近吗？”可是，忽然之间，却打开房门，大声叫道：“那么，房间还要不要呢？”英沙罗夫让他安了心。“可不是，总得问问呀。”裁缝严肃地说了几次，就溜掉了。

伯尔森涅夫告辞回来，对于自己的提议得到成功，感到十分满意。英沙罗夫把他送到门口，那种亲切的礼貌，在俄国人中间是不大常见的；而在只留下自己一人之后，他就谨慎地脱下上衣，着手整理起自己的文件来了。

八

当天傍晚，安娜·华西里耶芙娜坐在自己的客厅里，差不多要哭出来了。客厅里，还有她的丈夫和一个叫作乌发尔·伊凡诺维奇·斯塔霍夫的，这人是尼古拉·阿尔吉米耶维奇的一位远房叔父，退役的骑兵少尉，年约六十，胖得几乎不能行动，肿胀的黄脸上长着一对浑黄沉睡的小眼睛和两片肥厚的没有血色的嘴唇。自从退役以来，他就一直住在莫斯科，靠着商人家庭出身的妻子遗留下来的一笔小小的款子，生利过活。他什么事也不做，脑子会不会想大概也很成问题；就是想吧，想些什么就只有他自己知道。他一辈子只有一次变得大为兴奋，表现了从来未有的活跃，那就是：有一天他从报纸上看见伦敦国际博览会上有一种新乐器，叫做什么“低音大号”，于是就非给自己定购一具这种乐器不可，居然还打听过是何处经理，货款该寄到什么地方。乌发尔·伊凡诺维奇穿着宽大的鼻烟色上衣，系着白色领结，常常吃而且吃得很多，每当他大为困窘的时际，那就是说，当他义不容辞要来发表什么意见之际，他就得把右手的手指在空中抽筋似地扭动起来，先从拇指扭到小指上来，然后又从小指扭回拇指上去，而同时就艰难地发言道："唔，照讲呢……理当这么的，那么的……"

乌发尔·伊凡诺维奇坐在凭窗的安乐椅上，沉重地喘着气，尼古拉·阿尔吉米耶维奇两手插在口袋里，在房间里大踏步来回走着；他的脸色表现出大大的不满。

终于，他站住了，摇了摇头。

"是的，"他开始道，"在我们那时候，青年人的教养可大不相同啦。青年人就不许可对自己的长辈那么放肆。（他从鼻孔里把"放"字哼了出来，颇有法国人的风味。）可是，这如今呢？ 我就只能愣着眼瞧着这种大改变！ 也许，我全错啦，他们全对；也许是吧。可是，对于事情我究竟有我自己的看法呀：我又不是天生的糊涂虫。您觉得怎么样，乌发尔·伊凡诺维奇？"

乌发尔·伊凡诺维奇可是只能瞪着眼望着他，大扭其手指。

"比方说，就说叶莲娜·尼古拉耶芙娜小姐吧，"尼古拉·阿尔吉米耶维奇继续说，"对于叶莲娜·尼古拉耶芙娜，我就莫测高深。当然啰，我哪一点够得上她的水平呀？ 她的心眼儿该多么博大，万象万汇，无不包容，以至于最不足道的蟑螂和田蛙，总之，一切一切，可是就没有她自己的父亲。自然啰，那全都好极啦，我知道，我也不用多嘴。什么神经呀、学问呀、海阔天空任翱翔呀，这我都是外行。可是，舒宾先生……就算他是个艺术家吧，天才的、非凡的艺术家——这一点，我不反对；可是，对于自己的长辈，对于一个对他总算多少有些恩德的人，却竟敢那么放肆——这，这，我老老实实地说，dans mon gros bon sens[①] 可不能轻易放过。我这个人，天生的并不挑剔，可是，凡事都得有个限度呀。”

安娜·华西里耶芙娜激动地按了按铃。一个小厮走进来。

“巴维尔·雅可夫列维奇怎么不来呀？”她说道，“怎么着，我请他都请不动啦？”

尼古拉·阿尔吉米耶维奇耸了耸肩膀。

“请问，您找他来干什么？ 我从来没有要求过，连想也没有想过要找他来。”

“您还问干什么吗，尼古拉·阿尔吉米耶维奇？ 他打搅了您；多一半，他妨碍了您治病。我得找他来说个明白。我倒要知道知道他怎么竟敢让您生气。”

“我再一次告诉您，我从来也没有要求过。再说，您是怎么回事呀…devant les domestiques…[②]”

安娜·华西里耶芙娜微微地涨红了脸。

“您可用不着说那些话，尼古拉·阿尔吉米耶维奇。我可从来没有…devant…les domestiques…去吧，费久什卡，去给我把巴维尔·雅可夫列维奇马上找来。”

小厮就出去了。

“那是完全多余的，”尼古拉·阿尔吉米耶维奇从牙齿缝儿里喃喃着，又开始来回踱起步来，“我说那一番话，难道是想找他来把他怎么样吗？”

---

① 法语：以我的良知来说。——原注
② 法语：当着下人们的面……——原注

“我的天！ 保尔本该给您道歉呀！”

“我的天，我要他道歉做什么？ 道歉又怎么样？ 废话罢咧！”

“做什么？ 您得教训教训他呀。”

“要教训，您自己教训吧。他倒是会听您的教训的。说到我，我对他可也并没有什么抱怨。”

“不，尼古拉·阿尔吉米耶维奇，自从您今儿到家，您的神气就有些不对。照我看，您近来更瘦了。我怕您的治疗对您全没用处。”

“我的治疗一刻也不能少，”尼古拉·阿尔吉米耶维奇回答，“我的肝又不好啦。”

正在此刻，舒宾走了进来。他脸色疲倦，唇上浮着一抹近似讥嘲的微笑。

“是您找我来着，安娜·华西里耶芙娜？”他说。

“是呀，可不是我找你来。保尔，真的，这真可怕。我很不满意你。你怎么敢对尼古拉·阿尔吉米耶维奇放肆来着？”

“是尼古拉·阿尔吉米耶维奇对您抱怨我来着么？”舒宾问着，瞟了斯塔霍夫一眼，唇间仍然留着那一抹讥嘲的微笑。

斯塔霍夫却转过头去，把眼睛低下了。

“是的，可不是他抱怨你。我不知道你怎样得罪了他，可是，你得马上给他道歉，因为他的健康这会儿又受到很大的损害啦。再说，在我们年轻的时候，无论怎样，我们总得尊敬我们的恩人。”

“哎，什么逻辑呀。”舒宾想着，转向斯塔霍夫。

“我这就给您道歉，尼古拉·阿尔吉米耶维奇，”他说着，恭恭敬敬地躬了躬腰，“要是我真是怎样冒犯了您。”

“我一点儿也不……我可全没有那种意思，”尼古拉·阿尔吉米耶维奇说，仍和起先一样闪避着舒宾的眼睛，“可是，我很愿意饶恕您，因为，您知道，我可不是个爱挑剔的人。”

“啊，那是决无任何疑问的！”舒宾说，“可是，请原谅我的好奇心，让我问问：安娜·华西里耶芙娜果真知道我是怎样冒犯了他老人家的吗？”

“不，我什么都不知道。”安娜·华西里耶芙娜回答说，把脖子伸长了。

“啊，我的天哪，”尼古拉·阿尔吉米耶维奇急忙叫道，“我该请求过、哀告过多少次，我该说过多少回，我多么讨厌这种种解释和肉麻场面！一个人出外一辈子，这才跑回家来，无非想休息休息，像人家所说的：一家人，intérieur，团聚团聚，像个有家有室的人的样子——可是，偏偏总有这些个肉麻的、叫人不痛快的把戏。就不让你安静一分钟。这简直是把人往俱乐部里，或者……或者别的地方赶不是？人是活的呀，他有他的生理，有生理就有生理的要求，可是这儿……”

不等说完，尼古拉·阿尔吉米耶维奇就冲出去，砰然一声把门带上。安娜·华西里耶芙娜目送着他。

“俱乐部呢！”她心酸地咕噜着，“您才不是真上俱乐部，浪子！俱乐部里才没有人要你送马呢！把我的马，我自己马房里的马偷出去给人——还是灰色马呢！我多么心爱的毛色。是的，是的，轻浮汉，”她补充说，提高了嗓音，“您才不是上俱乐部去呢。你呀，保尔，”她继续说着，站起来，“你难道自己不害臊？看样子，你不是小孩子啦。哪哪，我的头又痛起来了。卓娅在哪儿呀，你可知道？”

“在楼上吧，在她自己的房里。在风暴将临的时候，怪狡猾的小狐狸难道还不晓得躲到自己的洞里去？”

“好啦，得了吧，得了吧！”安娜·华西里耶芙娜四处搜寻起来。“我那个盛山葵粉的小杯子你见过吗？保尔，做做好事，往后别惹我生气，好不好？”

“我哪儿敢惹您生气呢，姑姑？让我吻吻您的小手吧。您的山葵粉我瞧见是在您自己房里小台子上的。”

“达丽雅老是把它随手乱扔。”安娜·华西里耶芙娜说着，走出去，丝质的衣裙发出一阵阵窸窸窣窣的响声。

舒宾正要跟着她出去，可是，忽然听见乌发尔·伊凡诺维奇的慢吞吞的声音，就站住了。

“便宜了你小狗崽子……你活该挨揍。”退役的骑兵少尉断断续续地嘟哝着。

舒宾走上前去。

“那么，请问，我为什么该挨揍呢，最可敬的乌发尔·伊凡诺维奇？”

“为什么？年纪轻轻，应该恭敬。是的，真的。”

“恭敬谁呀？”

“谁？你自然知道谁。你还要贫嘴。”

舒宾把两手交叉在胸前。

“啊，您是集体因素的代表，”他叫道，“您是拥有强大威力的人，您是社会的基础！”

乌发尔·伊凡诺维奇的手指扭动起来了。

“得啦，小崽子；别撩我发火。”

“瞧吧，”舒宾仍然继续说道，“这位看来已经不甚年轻的贵族，心里倒藏着多么幸福、多么孩子气的信心呢！恭敬！您可知道，您这原始的动物，您可知道尼古拉·阿尔吉米耶维奇干吗跟我生气来着？哪，今儿整个早晨，我跟他都在他那德国婆娘家里；哪，我们三个还一道儿唱歌呢：《请莫离开我》，您没听见吗？要是听见，您准会感动的。我们唱着，唱着，我亲爱的老爷——咳，我可厌烦起来啦；我看样子有点儿不大对劲；太肉麻呢。对不起，我就开始挖苦他们两位啦。我居然很成功。首先，是她生我的气了；跟着，又生他的气了；再往后，是他生她的气啦，还告诉她说，除了在家里，他在哪儿都不幸福，他说，他的家就是一座乐园；她就骂他缺德；我可用德国话给她哼了一声'啊哈！'结果，他跑掉了，我可依然留下来；他跑到这儿来啦，那就是说，跑到他的乐园里来啦，可是，乐园却又叫他反了胃。所以，他就抱怨起来啦。哪，现在，您看看，老爷，是错在哪一个呀？"

"当然，在你。"乌发尔·伊凡诺维奇回答。

舒宾把眼睛一愣，瞪着他。

"我可不可以斗胆地问问您，最可敬的骑士大爷，"他用一种故示逢迎的腔调说道，"您这么抬举小的，给小的说出了这么奥妙的话来，这到底是作为您那思维天赋的活动的结果呢，或者只是您一时心血来潮，硬要让空气振动振动，发出一点儿所谓声音什么的来呢？"

"你别撩我发火，我告诉你！"乌发尔·伊凡诺维奇呻吟着。

舒宾却大笑一声，跑出去了。

"咳，"一刻钟之后，乌发尔·伊凡诺维奇这才大叫起来，"来人哪……来一杯烧酒。"

一个小厮用托盘端了一杯烧酒和一些小吃来。乌发尔·伊凡诺维奇慢吞吞地把酒杯从盘里擎起，出神地把杯子端详了很久，好像不大明白手里拿的究竟是什么东西。于是，他望望小厮，问了问他的名字是不是叫瓦斯卡。于是，他才做出一种受难的表情，喝了烧酒，吃了鲱鱼，又慢吞吞地掏着口袋，搜索手帕。直到小厮早已把酒杯连着托盘端走，把剩下的鲱鱼吃掉，甚至已经蜷在老爷的大衣里酣然入睡了，乌发尔·伊凡诺维奇的分开的手指可还拈着手帕，举在面前，他那出神的目光也还一时瞪着窗外，一时又瞪着地板和墙壁。

九

舒宾回到自己房里，刚刚翻开一本书，尼古拉·阿尔吉米耶维奇的小厮却鬼鬼祟祟地溜进他房里来，递给他一通折成三角形的短简，上面还盖有颇为堂皇的图记。“我希望您，”短简上面写道，“作为一个有身份的人，对于今早所谈的那张支票，连一字也不要提起。足下深知道我的处境和我的规矩，且款数甚微，殊不足道，此外，也有他种原因；总之，若干家庭秘密是必须加以尊重的，而家庭内部的和睦尤为神圣不可侵犯，只有那种 etres sans coeur① 才能安心将其排斥，但我实无理由把足下也算在此类人之列。（阅后原简掷还。）——尼·斯·。”

舒宾拿起铅笔，在信后画了几个字：“请勿张皇失措——我还不会喊喊嚓嚓，一至于此！”于是把短简给回了仆人，再把书本拿起。可是，不久之后，书本却从他的手里溜下来了。他凝望着赤红的晚霞，和两株离群耸立的青松，于是悠然想道：“在白天，松树是青苍的，可是，在晚间，它们却是何等巍然翠绿！”——想着，就来到了花园，暗自希冀着也许可以在这里碰见叶莲娜。他果然没有失望。在他前面，灌

① 法语：没有良心的人。——原注

木丛中的径路上面，她的衣衫正飘动着。他尾追着她，而当和她并齐的时候，他就说道：

“别望我这边，我可够不上您的青睐。”

她瞟了他一眼，倏然一笑，继续走向花园深处。舒宾跟随着她。

“我请您别望我，”他开始道，“可是我又跟您讲话：天大的矛盾！可是，有什么关系？我自己打自己的嘴巴，这也不是第一回。我刚刚想起来，我还没好好儿地跟您道歉呢，为了昨儿我的愚蠢的行为。您生我的气了吗，叶莲娜·尼古拉耶芙娜？”

她突然立定，可并没有马上回答他——不是因为她真的生了气，只是因为她的思想是在遥远的地方。

“不，”她终于说道，“我一点儿也不生气。”

舒宾咬了咬自己的嘴唇。

“多么入神……又是多么冷淡的脸儿呀！”他喃喃地说，“叶莲娜·尼古拉耶芙娜，”他继续说着，提高了声音，“让我告诉您一段小小的故事吧。我有个朋友，我那朋友自己也有个朋友。我那朋友的朋友本来倒是个规矩人，可是，后来却闹起酒来啦。那么，有一天大清早，我的朋友在街上恰好碰上了他的朋友（请注意，那时候他们俩早就绝交啦），碰头啦，却发现他的朋友喝醉啦。我那朋友呢，于是乎转身就走。可是他那朋友却偏偏赶上前去，说道：‘您要是干脆不理我，我反而不恼；可是，您干吗转身就跑呢？也许，我是活该这样倒楣吧？愿我的白骨安宁！’”

舒宾忽然住了口。

“就是这吗？”叶莲娜问。

“就是这。”

“我可不明白您的意思。您暗示的什么呢？ 您可不是刚刚还要我别望您？”

“是的，可是现在，我是跟您说，转身就跑该叫人多难受啊。”

“难道我是……”叶莲娜开始说。

“难道您不是？”

叶莲娜的脸微微红了，于是，把手伸给了舒宾。他把它紧紧地握着。

“您好像认定了我有什么恶意似的，”叶莲娜说，“其实您的猜疑是不公平的。我甚至想也没有想到要回避您。”

“就算是那样吧，就算是那样吧。可是，您总得承认，在这一瞬间，您实在有千万种思想藏在心里，可是，一种也不想对我说。怎么样？ 我可是说得正对？”

“也许对吧。”

“可是，为什么不能跟我谈谈呢？ 为什么呢？”

“我想的什么，我自己都不清楚。”

“那么，就更应该和别人谈谈，”舒宾插嘴说，“可是，还是让我告诉您真的为了什么吧。您就瞧我不起。”

“我？”

“是的，您。您想象着，我浑身上下，没有一处不带半分儿戏，因为我是个艺术家；您想象着，我不能什么事都不能做——这一点，也许您想得正对吧——甚至连一点儿真的、深的感情都没有；您甚至想着连我的眼泪也不会是真心的，我不过是个话匣子、造谣专家而已——所有这些，都不过因为我是个艺术家。啊，这么说起来，我们这班艺术家们，该是多么不幸的、天杀的倒楣鬼啊！ 譬如说，您，我敢打赌，您就甚至不相信我的忏悔。”

“不，巴维尔·雅可夫列维奇，我相信您的忏悔，我也相信您的眼泪。可是，照我看，甚至您的忏悔，也只是您自己跟自己闹着玩儿的，还有您的眼泪，也是。”

舒宾战栗了。

“唔，我看这就是像医生们所说的：不治之症，casus incurabilis。我只能低头，屈服。可是同时，啊，上帝呀，难道说，有这样一个高贵的灵魂住在我的身边，我当真还能永远只是自己跟自己闹着玩儿么？这难道会是真的么？我也知道谁也不会看得透那个高贵的灵魂，谁也不会了解它为什么忧，为什么喜，它是怎样在骚动，它有些什么愿望，它是往哪儿去……告诉我，”他沉默了片刻之后，又问道，“您是永远不会、无论在什么情况下也不会爱上一个艺术家的么？”

叶莲娜直直地望着他的眼睛。

“我想我不会的，巴维尔·雅可夫列维奇；不会。”

“这就是我要证明的，”舒宾说着，带着一种滑稽的沮丧，“那么，我看我还是不要妨害了您的孤寂的漫步吧。要是一位大学教授，他就会问您：‘根据什么论点，您说不会？’可是，我不是教授，依您的意见，我不过是个小孩子，可是，记着，就是对小孩子，也不能转身就跑啊。再见！愿我的白骨安宁！”

叶莲娜本想留住他，可是，想了一想，也说道：

“再见。”

舒宾走出了前院。在离开斯塔霍夫家的别墅不远的地方，他碰到了伯尔森涅夫。他正匆匆地走着，低着头，帽子推在脑后。

“安德烈·彼得罗维奇！”舒宾喊道。

他停了下来。

“走吧，走吧，”舒宾继续喊道，“我不过是叫叫，并不想留下你——你最好一直往花园里溜吧，——叶莲娜正在那儿。我看，她正等着你……总之，是在等一个人吧……你可知道这句话的力量吗：她正在等着你！好兄弟，你可知道这种惊人的奇事？你想想，我跟她在一幢房子里同住了两年了，一直在爱着她，可是，只在刚才，只在一分钟以前，我这才——不是了解了她——而是真的看清了她啦。我看清了她，那么，我就只有愕然撒手了。别那么望着我，我求你，别跟我装出那种瞧不起人的假笑，那跟你的老成持重的丰姿是不相称的。啊，我明白啦，也许，你是想向我提起安奴什卡吗？这又算什么？我并不否认。像我这样的可怜虫，当然只好去配安奴什卡们呀。安奴什卡们万岁！卓娅们万岁！甚至于奥古斯汀娜·赫利斯奇安诺芙娜们，也万岁！你这是到叶莲娜那儿去吧，我可要到……你以为是到安奴什卡那儿去？不呢，我的老兄，比那还糟：我到契库拉索夫公爵那儿去。他是喀山鞑靼人里的米岑纳特[①]，伏尔金一流的人物。你可看见这请帖，这些字母：R. S. V. P. [②]？就是在乡下，我也难得过个安静日子！再见！[③]”

伯尔森涅夫默默地听着舒宾唠叨，一言不发，好像有点儿替他害羞的样子，随后，他进了斯塔霍夫家别墅的前院。而舒宾，则果真到契库拉索夫公爵那儿去了，而且对着公爵以最有礼貌的态度说了些极无

① 米岑纳特(公元前 74？—前 4)，古罗马政治家、作家，曾保护一个诗人团体，利用该团体有利于帝国的诗作，并给以物质援助。后米岑纳特的名字成了科学与艺术卫护者的代名词。
② 法语 Répondez s'il vous plait 的缩写，意思是“盼复”。——原注
③ 原文为意大利语。——原注

礼貌的话。那位喀山鞑靼人里的米岑纳特哈哈大笑了，米岑纳特的客人们也都笑了，然而却没有一个人感觉愉快，而一当散场之后，各人就去大发各人的脾气去了。同样，我们可以看见：在涅瓦大街，如果有两位似曾相识的老爷碰了面，陡然之间，两人就都露露牙齿，挤挤眼睛，皱皱鼻头，鼓鼓腮帮子，做出要笑的样子，可是，一经互相走过之后，各人马上又恢复了原先的冷漠的、或者阴郁的、多半则是像痔疮发作了似的表情。

十

叶莲娜亲切地接待了伯尔森涅夫，可是不在花园里，却在客厅里，而立刻，几乎迫不及待地，就再一次展开了前天的谈话。客厅里只有她一人：尼古拉·阿尔吉米耶维奇早已偷偷溜掉了，安娜·华西里耶芙娜正躺在楼上，头上缠着一块湿头巾。卓娅坐在她身旁，裙裾叠得非常齐整，小手按在膝上；乌发尔·伊凡诺维奇也安息在顶楼上的一张宽大而舒适的、绰号叫作“催眠榻”的躺椅上。伯尔森涅夫又谈起他的父亲：那记忆，在他，是十分神圣的。那么，关于这位父亲，我们也无妨介绍一下吧。

作为八十二个魂灵[①]的所有者(这些魂灵，他在死前都解放了)，“明灯运动者”[②]，哥丁根[③]的老留学生，遗稿《精神在世界之显现或

① 魂灵，男性农奴。
② 一种宗教性秘密结社。
③ 哥丁根，德国著名学府，18 世纪末曾为德国“狂飙运动”的中心。

现形》的著作者（说起这部著作来，它是谢林主义、斯威敦堡[1]主义和共和主义的极奇怪的综合）——这位父亲，在妻子刚刚死去、伯尔森涅夫还只是小孩的时候，就把儿子带到莫斯科，并且亲自从事于他的教育。他亲自给儿子准备每一节课，虽然苦心孤诣，然而，却全无成功：他是一位梦想家、学究、神秘主义者，声音沉闷而且讷于言辞，用的多是一派模糊不清的、不着边际的术语，爱用隐喻，对于自己热爱的儿子甚至也会羞怯起来。因此，儿子在上完功课之后只能干瞪着眼，毫无进展，那也并非奇怪的事了。老人（那时他已经五十岁，他结婚本来很迟）终于恍惚觉得事情有些不妙，于是，就把他的安德鲁沙[2]送进了一所寄宿学校。安德鲁沙虽然进了学校，可是，并不曾脱离父亲的监督；他父亲不断来看他，并用许多训诲和谈话把校长麻烦得要死；连教师们也被这位不速之客麻烦不堪：他不断给他们带来许多在他们看来好像天书的教育名著。甚至学生们，一见到这位老者的微黑的麻脸和他那终年如一地裹在窄小的灰色燕尾服里的瘦削身材，也全都感觉狼狈。孩子们真想不到，在这道貌岸然、从无笑颜、鹤步、长鼻的长者心里，其实对于他们每一个，几乎正和对于自己的儿子一样，也是怀着满心关切和无限疼爱的呢。有一次，他曾想对他们讲一讲关于华盛顿的事情：“年轻的学生们。”他开始道，可是，一听见他发出那古怪声音，年轻的学生们就马上跑掉了。这位忠厚的哥丁根留学生，可并不是躺在蔷薇花丛上的：历史的行进，各种问题和思想，不断将他压倒。当年轻的伯尔森涅夫入了大学以后，他也时常和儿子一同前来听讲，可是，他的

① 斯威敦堡（1688—1772），瑞典科学家和神学家，他起初研究自然科学，后来陷入神秘主义而成为神智学者。
② 安德烈的爱称。

健康已经开始崩溃。一八四八年的事件①使他根本震动（他不得不把他的著作重新写过），而一八五三年冬，他就死去了，虽然不曾亲见自己的儿子在大学卒业，但是，却能预先祝贺他的学位，并且勖勉他终生致力于科学。“我把火炬传给你，”在临死之前两小时他对他这么说道，“我已经尽力把它握持过了，而你，愿你也不要让它熄灭，坚持到底。”

伯尔森涅夫对叶莲娜谈了许久，关于他的父亲。他在她面前所感到的不安已经完全消失了，并且，也不再那么厉害地口吃。谈话又转到了大学生活。

“请告诉我，”叶莲娜问他，“在您的同学中间，可有什么出色的人么？”

伯尔森涅夫记起舒宾的话来。

“不，叶莲娜·尼古拉耶芙娜，老实跟您说，在我们中间，出色的人一个也没有。真的，哪里会有呢？ 据说，莫斯科大学也曾经有过自己的黄金时代！② 可是，现在却不行啦。现在，它已经不像个大学，倒像个小学呢。跟我的同学们在一起，我其实是很苦闷的。”他补充说，声音低下来。

“苦闷？ ……”叶莲娜低声说。

---

① 1848 年，在欧洲史上是一个革命的年代。《共产党宣言》于是年出版。在法国，二月革命后，发生了六月的巴黎工人起义。全欧各地，革命运动风起云涌。俄国沙皇尼古拉一世忠实地履行了“欧洲宪兵”的任务，除协助镇压西欧的革命运动以外，并在俄国实行极反动的统治，惟恐受到革命浪潮的波及。

② 19 世纪 30 年代，莫斯科大学为当时先进的社会、政治、哲学、文学思想的中心，莱蒙托夫、别林斯基、赫尔岑、阿加廖夫、斯坦凯维奇等当时均在校，成立了自己的“小组”。

“可是，”伯尔森涅夫又说道，“我也得除开一个例外。我认识一个同学——虽然他不和我同科——他倒的确是个非凡的人。”

“他叫什么名字？”叶莲娜问着，感到有兴趣。

“英沙罗夫，德米特里·尼卡诺雷奇。他是保加利亚人。”

“不是俄国人？”

“不，不是俄国人。”

“那么，他为什么住在莫斯科？”

“他到这儿来念书的。您可知道，他念书的目的是什么？ 他只有一个思想：解放自己的祖国。他的身世也是奇特非凡的。他父亲是一个相当富裕的商人，原籍是德尔诺伏。德尔诺伏现下不过是一个小城，可是，在往时，当保加利亚还是一个独立国的时候，它可曾做过保加利亚的首都。[①]他在索菲亚经商，和俄国也有亲戚关系；他的妹妹，就是英沙罗夫的姑母，就嫁给基辅中学校里的历史科主任教员，现在还住在那边。在一八三五年，那就是说，十八年前，一件可怕的犯罪发生了：英沙罗夫的母亲突然不见了，失踪了；一星期以后，发现她被人杀掉了。”

叶莲娜颤抖了一下。伯尔森涅夫停住了。

“说下去吧，请说下去吧。”她说。

“据谣传，她是给一个土耳其的高级军官糟蹋了，杀掉了；她的丈夫，就是英沙罗夫的父亲，查出了实情，要为她报仇，可是，结果只能用匕首刺伤了那个军官……他给枪毙了。”

---

① 指伊凡·阿森一世定都于德尔诺伏（1185）；至伊凡·阿森二世（1218—1241），保加利亚国势大盛，据说当时德尔诺伏的文明可以媲美君士坦丁堡。德尔诺伏于1393年被土耳其人所攻陷。

“枪毙？ 没有经过审判？”

“是的。那时候，英沙罗夫刚刚八岁。他被收留在邻人家里。那位妹妹听到了哥哥家里的不幸，就要把侄儿接到自己家里来。他被人送到敖德萨，从那里，转到基辅。他在基辅住了整整十二年。所以，他的俄国话说得那么好。”

“他说俄国话么？”

“说得和您我一样好。当他二十岁的时候(那是一八四八年初)，他就想要回到他自己的祖国。他到过索菲亚和德尔诺伏，走遍了整个保加利亚，从东到西，从南到北；他在保加利亚住了两年，重新学习他祖国的语言。土耳其政府迫害他，当然，在那两年之间，他受的危险一定够大的了；有一次，我瞧见他颈上有一条很宽的疤痕，那一定是伤痕；可是，他总不高兴谈到这些。他有他自己特有的缄默。我设法问过他许多回——他什么也没有说。要说，也只说一般的事情。他的固执是惊人的。一八五〇年他又回到俄国，来到莫斯科，为了完成他的学业，并且和俄国人多有接近，那么，等他在大学卒业以后……”

“以后就怎样呢？”叶莲娜插口说。

“那就只有看上帝的意思吧。对于未来，是不容易预言的。”

许久许久，叶莲娜没有把视线从伯尔森涅夫身上移开。

“您的话叫我感到很大的兴趣，”她说，“他长得怎样，您这位朋友——他叫什么？ ……英沙罗夫？”

“我该怎么跟您说呢？ 依我看，他长得并不难看。不久以后，您自己会看见他的。”

“那是怎么回事呢？”

“我会把他带到这儿来见您的。后天他就会到我们的小村里来，还跟我同住在一幢房子里。”

“真的吗？ 可是他肯来看我们吗？”

“他一定肯的。他会很高兴来的。”

“那么，他也不骄傲？”

“他？ 一点儿也不。那就是说，要说骄傲，他也骄傲的，可是，不是您说的那种骄傲。比方说，他就从来不跟任何人借钱。”

“他穷吗？”

“是的，也不富。当他回保加利亚的时候，他收拾了他父亲劫后所余的些许产业，同时，他姑母也帮助了他一些，可是，总共起来，也还是很少。”

“他一定是个性格非常坚强的人。”叶莲娜说。

“是的。他是一个钢铁似的人。可是同时，虽然他那么专心自己的事业，甚至行动隐秘，可是，他也很天真、很坦白的，您将来自然知道。当然，他那种坦白，可不比我们这种不值钱的坦白，不比那些根本没有什么可以隐藏的人的坦白。……总之，我不久就会把他带到您这儿来的，您等着吧。”

“他对人也不羞怯么？”叶莲娜又问。

“不，他对人一点儿也不羞怯。只有那种自负的人，才会对人羞怯。”

“那么，您也是那种自负的人么？”

伯尔森涅夫变得迷乱了，只摆了摆手。

“您真引起我的好奇心来啦，”叶莲娜继续说。“可是，告诉我，他到底对那个土耳其军官复仇了没有呢？”

伯尔森涅夫微笑了。

“复仇是只有在小说里才有的呢，叶莲娜·尼古拉耶芙娜，况且，十二年已经过去了，那军官早死了也说不定。”

“可是，英沙罗夫先生就什么也没有对您说起过么？”

“什么也没有说。”

“那么他为什么到索菲亚去？”

“他父亲在那儿住过的呀。”

叶莲娜变得沉思起来。

“解放自己的祖国！”她说道，“啊，多么伟大、说起来就多么叫人战栗的话啊！……”

正在这时，安娜·华西里耶芙娜来到客厅，谈话也就结束了。

当晚，在回家的路上，奇异的情感在伯尔森涅夫心里骚动着。他并不后悔他想让叶莲娜认识英沙罗夫的计划，他感到他对于那位保加利亚青年的叙述在她心里会产生出深刻的印象来，其实是十分自然的……他自己岂不是也曾努力去增强那种印象的么？只是一种隐秘的、阴暗的情感，却偷偷地袭进他的心底了；他感到一种忧愁，而这种忧愁实在是不能认为高尚的。然而这忧愁却也不曾妨碍他照样拿起《霍亨斯托芬家的历史》来，就从前晚中断的那一页起，继续读了下去。

十一

两天以后，英沙罗夫果然依照约言，携着行李，来到伯尔森涅夫住的地方。他没有仆人，可是，无须助手他就把他自己的房间整理好了，安置了家具，掸了灰尘，并且扫了地板。只有写字台可特别麻烦，许久许久，它硬不肯归就那指定给它的墙角，可是英沙罗夫，以他特有的沉默的坚韧，终于使它完全就范。安置停当之后，他请伯尔森涅夫预先收他十个卢布，于是擎起一根粗棍，就出去视察新居的环境去了。三小时后，他回家来；伯尔森涅夫请他共餐，他回答说，他今天并不推辞朋友的好意，可是，他已经和房东太太说妥，从明天起，他将在她那儿搭伙了。

“啊呀，”伯尔森涅夫回答说，“那您会吃得很糟的：那老太太根本就不会料理饮食。您为什么不肯跟我一块儿吃呢？ 费用我们可以对半平分。”

“我的经济情况怕不容许我像您这样吃。”英沙罗夫回答，平静地一笑。

在那平静的一笑里，就可以看出有着令人不能往下争执的什么；伯尔森涅夫也就不往下说了。饭后，他向英沙罗夫建议，说是要领他到斯塔霍夫家去；可是他却回答，他想拿今晚的时间给他的保加利亚朋友们写信，所以请求把对斯塔霍夫家的访问移到明天。英沙罗夫的不屈的意志，伯尔森涅夫是早已知道的，可是，只有当他和他同住在一幢房子里以后，他这才充分了解：英沙罗夫决不会变更自己的决心，也正和他决不会不履行自己的诺言一样。在伯尔森涅夫，一位彻头彻尾的俄国人，这种比德国人更甚的严格，初看起来似乎是很奇怪的，甚至是可笑的；可是，不久以后，他也就习惯了，而终于觉得，这种严格，如果说不上值得尊敬，至少，对彼此都很方便。

移居之后的次日，英沙罗夫在晨间四时就起了床，几乎把昆采沃全都走遍，在河里洗过澡，喝过一杯冷牛奶之后，他就开始工作了；他手头的工作很不少：他正在研究俄国历史、法律和政治经济学，翻译保加利亚的歌曲和编年史，搜集关于东欧问题的材料，还在编纂一部保加利亚人用的俄文语法和一部俄国人用的保加利亚文语法。伯尔森涅夫来到他的房里，和他谈起费尔巴哈[①]。英沙罗夫留神倾听着，间或也发表一点意见，意见虽然不多，但是非常中肯；从他的谈话里显然可以看出他是在寻找一个结论：他到底是需要研究费尔巴哈呢，或者，暂不研究也行。伯尔森涅夫于是把谈话转到英沙罗夫的工作上去，并且问他可不可以把他的成绩给他一点看看。英沙罗夫就给他念了他所译的两三首保加利亚歌谣，并且极其诚恳地希望听取他的意见。伯尔森涅夫认为翻译是很忠实的，可是，还不够生动。英沙罗夫十分注意地倾听着他的批评。从歌谣，伯尔森涅夫又谈到保加利亚现时的地位，而马上，第一次注意到，只一提到祖国，英沙罗夫就起了怎样的变化：并不是他的面孔立刻通红了，声音顿时提高了——不是！只是他的全身似乎马上就表现了无限的力量和强烈的激动，他的嘴唇的线条变得更强硬、更坚决了，而在他的眼瞳深处，则燃烧起一种沉郁的、不可熄灭的火焰。英沙罗夫并不高兴絮述他自己在祖国的旅行，可是，关于保加利亚一般的事情，他却乐于和任何人谈起。他不厌其详地谈着土耳其人，控诉他们的压迫，诉说他自己同胞的悲哀和苦痛和他们所怀的热望；在他所说的每个字里，都可以听出一种惟一的、永远燃烧着的激情，和专心致志的思考。

“啊，是的，不会错的，”同时，伯尔森涅夫思忖着，“我敢说，那害死了他母亲和父亲的土耳其军官，已经得到他自己应得的惩

---

① 费尔巴哈（1804—1872），德国哲学家，马克思以前最杰出的唯物主义者，著有《黑格尔哲学批判》《基督教的本质》等书。

罚了。”

英沙罗夫来不及把要说的话说完，门就开了，舒宾在门口出现了。

他以一种近于夸张的大方而高兴的神气，走进房来；伯尔森涅夫是深知他的，一眼就看出他心里其实是颇不自在。

“我不客气地自我介绍吧，”他脸上装出一种愉快而爽朗的表情来，开始说道，“我姓舒宾；我就是我们这位青年人(他指了指伯尔森涅夫)的朋友。我想。您就是英沙罗夫先生吧，是吗？”

“我是英沙罗夫。”

“那么，让我握握您的手，咱们做个朋友吧。我不知道伯尔森涅夫跟您谈起过我没有，可是，他跟我是时常谈起您的。您也住到这儿来了吗？ 好极啦！ 我这么瞅着您，请您别介意。我是个以雕塑为业的人，也许不多久以后我就会请求您的许可，来塑造您的头像啦。”

“我的头随时可以供您使用。”英沙罗夫说。

“我们今儿做点儿什么呢，呃？”舒宾又开始说，突然坐到一只矮椅子上，两腿张着，手肘撑在膝上。“安德烈 · 彼得罗维奇，您阁下对于今儿可有什么好计划？ 天气好极啦；阵阵干草和草莓的香味，好像……叫人好像喝着香草茶似的。我们总得畅快一下吧？ 对于我们的昆采沃的新客，我们总得把这儿的无数美景给他介绍介绍吧？（‘他真有些不大对头了，’伯尔森涅夫不断自忖着。)怎么啦，你怎么不响呢，吾友霍拉旭[①]？ 请开您那智慧的尊口吧。我们是畅快一下呢，还是不呢？”

“我不知道英沙罗夫觉得怎样，”伯尔森涅夫说道，“我看他像要

---

① 霍拉旭，莎士比亚悲剧《哈姆莱特》中的人物。

开始工作了。”

舒宾在椅子上转过身来。

“您要用功吗？”他问，声音好像是从鼻孔里发出来的。

“不，”英沙罗夫回答，“今天，我是可以用来散步的。”

“啊，”舒宾感叹地说，“那好极啦！来乎，吾友安德烈·彼得罗维奇，请在您博学的头上戴上帽子，我们信目所至，向前进吧。我们的眼睛是年轻的——它们所见的，是前途无量。我知道一间极糟糕的小吃店，在那儿，我们可以得到一顿不成话说的小吃，可是，我担保我们能够尽情快乐。来吧。”

半点钟之后，三人就沿着莫斯科河畔走着了。英沙罗夫戴了一顶非常奇怪的、长耳朵的帽子，看着这奇怪的帽子，舒宾不禁感到并不十分自然的欢喜。英沙罗夫不慌不忙地漫步，他向四周观看，并且同样平静地呼吸着、谈笑着；他已经决心牺牲这一天来娱乐，所以也就尽情享受。“就像规矩的孩子们在星期天出来散步一样。”舒宾对伯尔森涅夫这么附耳私语。至于舒宾自己，他却一路之上大装丑角，跑在前头，学着著名雕塑的姿势，还在草上大翻觔斗；英沙罗夫泰然自若的神情不一定是令他恼怒，可是却使他忍不住要装神作怪。“你怎么这么淘气呀，法国佬！”伯尔森涅夫这样对他叫了两次。“是的，我正是个法国佬，半法国佬，”舒宾回答，“可是你呢，正像一个侍役常对我说的，在玩笑和正经中间，执其中庸之道！”年青人折过河畔，来到一段深而狭的洼地，两边壁立着丰茂的金黄色的裸麦；从一边的麦地上，蓝色的阴影投到他们身上来；灿烂的阳光似乎是在麦穗上面浮漾；云雀歌唱着，鹌鹑也在鸣叫；草上，一望无际，尽皆光闪闪的翠绿；温暖的微风飘荡着，吹拂着草叶，颠动着花枝。经过长久的漫游，其间也有休息和闲谈（舒宾甚至还拉住了一个已经没有牙齿的过路老农民来跳蛤蟆，那农民只是嘻嘻地笑，不管老爷们把他怎么摆布），青年人终于来到那“极糟糕的”小吃店了。侍役几几乎把他们每一个都弄得颠颠倒倒，真的给了他们一顿不成话说的小吃，酒，也是一种巴尔干式的葡萄酒，然而，尽管如此，这却不曾妨害他们尽情快乐，正如舒宾所预料。他自己，就是闹得最凶，然而，却是最不快乐的一人。他为那其详不可考的、然而伟大的维涅林①的健康干杯，同时，也为那生于混沌初开之时的保加利亚之王克鲁木②、赫鲁木，也许是赫罗木吧，高呼万岁。

“是在九世纪。”英沙罗夫纠正他。

“九世纪吗？”舒宾叫道，“啊，多么幸福啊！”

伯尔森涅夫留意到：舒宾，虽然在调笑，顽皮装傻，也像在不住地探试英沙罗夫，他好像是在探测对方的深浅，同时自己心里却又十分慌乱，——可是，英沙罗夫却一直是平静的、泰然的，一如平日。

终于，他们回到家里，换了衣服，为了使晚间也能像早间一样尽兴，就决定当晚去拜访斯塔霍夫家。舒宾抢先跑来，宣告客人们的来到。

十二

“**英雄**英沙罗夫马上就光临啦！”他装模作样地高声喊着，跑进斯塔霍夫家的客厅；恰好，在这时候，客厅里只有叶莲娜和卓娅。

---

① 维涅林（1802—1839）：俄罗斯语言学家，著名的保加利亚研究者。
② 克鲁木，保加利亚开国雄主之一，于 811 年曾大败东罗马帝国军，次年，且进军君士坦丁堡，死于军中。

“Wer？”[1]卓娅用德语问道。在猝不及防的时候，她的本国话往往就脱口而出。叶莲娜端坐起来。舒宾唇间浮着戏弄的微笑，注视着她。她感觉有些愠恼，可是，没有作声。

“您可听见，”他重复道，“英沙罗夫先生就要到啦。”

“我听见啦，”她回答说，“我也听见您在怎样称呼他。我真奇怪您，真的。英沙罗夫先生的脚还没有踏进屋子里来，您可就想把他扮成丑角啦。”

舒宾立刻变得沮丧了。

“您是对的，您总是对的，叶莲娜·尼古拉耶芙娜，”他嗫嚅着说，“可是，天知道，我可并没有恶意。我们今儿陪他游了一整天，我敢给您担保，他真是个突出非凡的人物。”

“我可没有问你那些。”叶莲娜说着，就站了起来。

“英沙罗夫先生年轻么？”卓娅问。

“他呀，今年一百四十四岁！”舒宾回答，露出一副颇不耐烦的神气。

小厮通报两位友人的来临。他们走了进来。伯尔森涅夫介绍了英沙罗夫。叶莲娜请他们坐下，她自己也坐下来，卓娅则上楼去了：她得把客人们的来临报告给安娜·华西里耶芙娜去。一场泛泛的谈话开始了，正和所有初次的晤谈一样。舒宾坐在一个角落里，默默观察着；可是，也并没有什么可观察的。他观察到，在叶莲娜脸上，有一种对他自己的抑制着的恚恨，如是而已。他也观察了伯尔森涅夫和英沙罗夫，并且以一位雕塑家的眼光比较了他们的面孔。“两位全不算漂亮，”他想

① 德语：谁？——原注

道，“保加利亚人有一副富有特征的脸，颇适宜于雕塑，并且，现在恰好是光华异彩，可是，那大俄罗斯人却更适宜于绘画：没有线条，却自有风度。据我看，无论这一个或者那一个，全都有可爱的地方。她可还没有恋爱，可是，如果要爱，就一定会爱上伯尔森涅夫。”他自己心里这样决定着。安娜·华西里耶芙娜来到客厅，谈话于是就完全转为纯粹**别墅**式的了，名副其实的别墅式的，而不是村居式的。从话题的丰富上看来，那谈话的确也是多趣的，可是每隔两三分钟，总会突来一次暂短的、无趣的间歇。在某一次这种间歇中间，安娜·华西里耶芙娜望了望卓娅。舒宾可了解这种无言的暗示，马上就做出一副怪相，可是卓娅却已经坐到钢琴旁边，把她所会的歌曲全都弹唱了一遍。乌发尔·伊凡诺维奇也曾在门边晃过一晃，可是，痉挛地扭扭手指之后，又退出去了。随后，茶上来了；接着，全体都来到花园里。……外面，天已开始暗黑，客人们于是告辞归去。

老实说，英沙罗夫在叶莲娜心里，的确没有产生她所期待的那么深的印象，或者更准确地说，他完全没有产生她所期待的那种印象。她喜欢他的坦然和毫无拘束，她也喜欢他的脸，但是，英沙罗夫的整个性格，那平静的镇定和平凡的单纯，却和她从伯尔森涅夫的叙述里在心下所构成的形象多少不大调和。叶莲娜所预期的（连她自己也没有意识到），实在比这更为“严重”一些。“可是，”她想道，“今儿他没有说什么话，那只能怪我自己——我没有问他；只好等下一次吧……可是，他的眼睛却是富于表情的、诚实的！”她觉得，在他面前她并没有自卑的意思，却只是像平等的朋友一样，想向他伸出手去——这可使她迷惘：对于像英沙罗夫这样的人们，对于“英雄”们，她所想象的完全不是这样。提到“英雄”，又使她记起舒宾的话，在她躺到床上的时候，她的脸也红了，甚至生起气来。

“对于您的新朋友们，您觉得怎样？”在归途上，伯尔森涅夫这样问英沙罗夫。

“我很喜欢他们，”英沙罗夫回答，“特别是那女孩子。她一定是个很好的姑娘。她好像容易激动，可是在她，那是很好的激动。”

“您该常去看看他们，”伯尔森涅夫说。

“是的，应该。”英沙罗夫回答，于是，在整个归途上，一直不曾再说什么。回家之后，他立刻把自己关在自己的房里，但是，他的蜡烛一直燃着，直到午夜过去许久以后。

伯尔森涅夫还来不及读完一页罗墨尔，忽然在他的窗上有谁投了一撮细砂，发出了沙沙的声响。他不自主地怔了一怔，推开窗户，却瞧见了舒宾，面色苍白，有如一片白纸。

“真是多么捣乱的小鬼呀，你这夜猫子！”伯尔森涅夫开始说。

“嘘……”舒宾截断了他，“我是偷偷到你这儿来的，好像马克斯来会亚格大[①]。我非跟你偷偷说两句话不可。”

“那么，进里边来吧。”

“啊，那倒不必，”舒宾回答着，就将手肘支在窗台上面。“像这样更有趣些，更多一点儿西班牙的情调。第一，我恭喜你：你现在是身价百倍了。至于你那抬上了天的了不起的人物，对不起，可是一落千丈。这，我可以给你担保。并且，为了给你证明我的大公无私，那么，请听：英沙罗夫先生的鉴定表，全在这里。天才，没有；诗情，**无**；工作能力，不小；记忆力，无限；智力，不深也不广，可是健全而且敏

① 德国作曲家韦伯所作歌剧《魔弹射手》中的人物。

捷；枯燥乏味；刚强有力；如果谈到他那令人索然之极的（咱们私下这样说吧）保加利亚什么的，他甚至还有一份辩才。如何？ 你以为我不公平么？ 还有一点：你一世也办不到和他**你我**相称，谁也不曾和他有过这种交情；我，作为一个艺术家，当然是叫他讨厌的，这一点，我倒引以为荣。枯燥，枯燥，第三个枯燥，可是，他真能把你我全都碾成屑末。他真是全心全意献身给自己的祖国——不像我们的这些个口头爱国者，只会拍拍人民的马屁，只会空口吹牛：'啊，向我们流溢吧，你生命的水！' 可是，当然，他的问题容易得多，也明白得多：只要把土耳其人赶跑，那就是惊天动地的事业！ 可是，所有这些气质，谢谢上帝，却不讨女人的欢喜。没有魅力，没有诱惑力；在这方面，你我都比他强多啦。"

"你就你，干吗把我也扯在里面？"伯尔森涅夫喃喃地说，"况且，别的话，你也说得完全不对：他一点儿也不讨厌你，并且，他和他自己的同胞一向就是**你我**相称……那我是完全知道的。"

"那可是另一回事！ 对于他们，他是个英雄，可是，老实说，我对于英雄的观念就完全不同：英雄就不该会说话；英雄就该像公牛一样号；它把角一触，登时就地动山摇。它自己就不必知道它干吗要触，只是触就罢了。可是，也许，在我们的时代，是需要另一种英雄的吧。"

"可是，为什么英沙罗夫叫你那么不自在呢？"伯尔森涅夫问道，"你跑到我这儿来，难道就是单单为了给我描写他的性格来的么？"

"我跑到这儿来，"舒宾说道，"因为我在家里苦死了。"

"真的吗？ 可是又想哭吗？"

"只管笑吧！ 我到这儿来，因为我几乎要咬我自己一口，因为绝望、懊恼、嫉妒在啃着我的心……"

“嫉妒？ 嫉妒谁？”

“嫉妒你，嫉妒他，嫉妒每一个人。一想到这，我就苦恼，要是我早一点儿了解了她，要是我早一点儿就知道怎样着手进行……可是，有什么可说的！ 结果，我只有笑，只有装傻，只有像她所说的扮丑角，以后，就把自己勒死，完事。”

“啊，勒死自己？ 不会吧？”伯尔森涅夫说。

“在这样的良夜，当然不会，可是，只让我活到秋天吧。在这样的夜晚，人们当然也可以死的，不过，是幸福得要死罢了。啊，幸福！每一根树枝投到路上的每一片阴影，这会儿好像都在低声说道：‘我知道幸福在哪儿啦……可要我告诉你？’我倒想约你去散散步，可是现在，你是被散文迷住了。睡觉吧，愿你有无数的数学数字来到你的梦里！ 可是，我的心却要碎了。你们，可敬的先生们，你们瞧着一个人在笑，那么，依你们看来，他就一定非常自在；你们就可以给他证明他不过是在自己跟自己捣鬼，换言之，就是他全没有苦恼……得了吧！上帝祝福你们！”

舒宾倏然离开了窗前。伯尔森涅夫不禁想喊一声“安奴什卡！”可是，他却抑制住自己：舒宾真是异常苦恼。一两分钟之后，伯尔森涅夫甚至觉得他听到了啜泣的声音；他站起来，打开窗户，一切全都寂然；只在远远的地方，有谁，也许是一个过路的农民，在低吟着《摩兹多克的原野》。

十三

英沙罗夫住在昆采沃附近的最初两周，他拜访斯塔霍夫家不过才四五次；而伯尔森涅夫却是每隔一日一定去的。叶莲娜总是高兴地接待他，他和她之间总有生动而有趣的谈话，然而，当他回家去的时候，他却总是面带愁容。舒宾不大露面；他正以狂热的干劲埋头于自己的艺术：要就是整日关在自己房里，只间或披着涂满黏土的工作服从房里出来，要就是一连多日都在莫斯科，在那里，他有一间工作室，模特儿们、意大利模型商们、他的朋友和教师们，多半是到那里去见他的。叶莲娜不曾一次像自己所希望的那样和英沙罗夫谈得痛快；当他不在眼前的时候，她准备问他许多事情，可是，在他来到以后，她又为自己的准备感到羞愧。正是英沙罗夫的镇静使她十分迷惘；她感到她没有权利强迫他披沥他自己的胸襟，那么，她就只有等待机会，可是，不管这一切，她仍然觉得，在每一次访问里，无论他们中间所交换的谈话是怎样无关重要，他却一次比一次对她产生更大的吸引力，然而她却没有机会和他单独晤谈——但是，要和一个人建立亲密的友谊，至少一次的单独晤谈却是必要的。她和伯尔森涅夫谈过不少关于他的话。伯尔森涅夫看得见，叶莲娜的心事是被英沙罗夫触动了。他的朋友并没有如舒宾所断言的“一落千丈”，使他感觉高兴；他热心地给她絮叨他所知道的关于他的一切事情，以至于最微末的细节（当我们想要取悦于某人的时候，我们往往在和他谈话时赞扬自己的朋友，因此，无意之间也抬高了我们自己的身价），只是有时，当叶莲娜的苍白的面颊忽然浮起淡淡的红晕，她的眼睛也忽然放出光彩而且睁大了，他这才感到一阵心痛，正和不久以前他所体验到的那种阴郁的苦恼一样。

一天，伯尔森涅夫来到斯塔霍夫家，并不是在惯常的拜访时间，却在晨间十一时。叶莲娜在大厅里接待了他。

“想想吧，”他勉强地微笑了，开始道，“我们的英沙罗夫失踪了。”

“失踪了？”叶莲娜问。

“是的，失踪了。前天，他不知道到什么地方去了，一直就不见回来。”

“他没有告诉过您他上哪儿去？”

“没有。”

叶莲娜沉到一把椅子里。

“大概是到莫斯科去了吧？”她说着，极力想装作冷淡，同时，对于自己为什么竟想装作冷淡，连自己也不禁感到奇怪。

“我看不是，”伯尔森涅夫回答说，“他不是一个人去的。”

“那么，同谁？”

“同两个什么人，大概是他的本国人。他们是前天午饭以前到他这儿来的。”

“保加利亚人吗？您怎么知道的？”

“因为，我恍惚听见他们的谈话，那语言是我不懂的，可是，显然属于斯拉夫语系……叶莲娜·尼古拉耶芙娜，您常说英沙罗夫是没有什么神秘的；那么，还有什么比这种访问更神秘的呢？想想吧：他们一进他房里——就大声叫着，闹着，那么粗暴，那么凶狠地争吵……他自己也大喊大叫。”

“他也喊叫？”

“是的。他对他们大声嚷喊。他们好像是在互相控告。您真想不到那些客人是怎样的人！黑黑的、板板的脸，高高的颧骨，鹰钩鼻子，两个人都是四十上下，衣服破旧，满面风尘，看起来好像是工人……严格地说，又不像工人，也不像绅士……天知道是些什么人。”

“他就跟他们一道儿走了？”

“是的。他让他们吃了东西之后，就跟他们一道走了。我们的女房东说，他们两个吃了一大锅荞麦粥。她说，他们两个，简直是狼吞虎咽，好像比赛似的。”

叶莲娜微微笑了。

“您看，”她说道，“这些事，往后一说明白，就会很平凡了。”

“但愿如此！ 可是，平凡这个字，您可用错了。在英沙罗夫身上，是决没有平凡的事的，虽然舒宾可当真认为……”

“舒宾！”叶莲娜打断了他的话，耸了耸肩膀，“可是，您不是说那两位先生狼吞虎咽地吃荞麦粥……”

“地米斯托克利[①]在萨拉米斯大战的前夜，不是也进食的么？”伯尔森涅夫说着，微笑了。

“是的；可是，第二天，海战就发生了。可是，无论如何，如果他回来了，请您一定告诉我。”叶莲娜补充说，想把话题转到另外的事情上去，但是，谈话却始终不见进展。

卓娅出现了，在房间里踮着脚尖儿走路，这就暗示了他们，安娜·华西里耶芙娜还没有醒。

伯尔森涅夫告辞了。

当天晚间，他给叶莲娜一封短简。“他回来了，”他告诉她，“脸色焦黑，满面风尘，但是他去过什么地方，去做了什么事情，我却无从知道；您可以打听一下么？”

---

① 地米斯托克利（约公元前 525—前 461），杰出的雅典统帅和执政官。在希腊—波斯战争时期，率其舰队大败波斯舰队于萨拉米斯岛附近。

“您可以打听一下么！”叶莲娜自语道，“好像他会跟我谈起似的！”

十四

翌日二时许，叶莲娜正站在花园里小狗舍前面，在这里，她养了两条小狗。（一个园丁发现它们被遗弃在篱下，因为听见洗衣妇人说过年轻的女主人对于所有的禽兽全都慈悲，就把它们带到她这儿来了。他的打算果然不错：叶莲娜给了他二十五戈比的酒钱。）她检查了狗舍，看见小狗们还活着，活得很好，并且，已经换过清洁的干草，于是，转过身来，几乎发出一声惊叫：英沙罗夫，独自一人，在那林荫道上正朝着她走来了。

“您好。”他说着，走到她面前，并且脱了帽。她留意到，近三日来，他确实给太阳晒得黑多了。“我本想和安德烈·彼得罗维奇一道儿来的，可是，他不知为什么那么慢；所以，我不等他就先来了。您家里没有人：全睡觉了或者出外散步去了，所以我就到这儿来。”

“您像在道歉呢，”叶莲娜回答，“这是完全用不到的。我们大家随时都高兴见到您……我们就在树荫底下的椅子上坐吧。”

她坐下来。英沙罗夫坐在她身旁。

“近几天您好像没有在家，是么？”她开始道。

“是的，”他回答说，“我出去了……安德烈·彼得罗维奇告诉过您？”

英沙罗夫看着她，微笑着，开始转弄自己的帽子。当他微笑的时候，他的眼睛直眨，嘴唇也突了出来，这给他的脸一种非常和悦的表情。

“安德烈 · 彼得罗维奇大约还告诉过您，说我跟两个什么的……两个不像样子的人，一道儿出去了。”他说着，仍然浮着微笑。

叶莲娜有点儿迷乱，可是，她马上感觉到，对于英沙罗夫，是只有说出真话来的。

“是的，”她坚决地回答说。

“那么，您觉得我是怎样的人呢？”他突然问她。

叶莲娜抬起眼来，望着他的眼睛。

“我觉得……”她说，“我觉得您总是知道您自己做的是怎样的事，并且，您是决不会做出不对的事来的。”

“唔，谢谢您的好意。您瞧，叶莲娜 · 尼古拉耶芙娜，”他开始说，信任地把自己向她那边更挪近了一点，“在这儿，我们的人有一个小小的团体，在我们中间，有些人，是没有什么教养的，可是，大家都坚决地献身给一个共同的事业。不幸，争端是不能免的；他们大家全知道我，相信我，所以，他们来找我去，去解决一个争端。我就去了。”

“离这儿远么？”

“我走了大约六十里[①]，到了特罗伊茨基区。在那边，修道院附近，有些我们的人。我总算没有空忙；我把问题解决了。”

“事情很麻烦么？”

“麻烦是有的。有一位，非常固执。他不肯把钱退回来。”

“怎么，为钱争吵？”

“是的，还是数目不多的钱。可是，您以为原来为什么呢？”

① 指俄里，1 俄里等于 1.06 公里。下同。

“您跑了六十里，就是为了这么一点儿小事么？ 还耽误了三天的时间？”

“这不是小事，叶莲娜·尼古拉耶芙娜，如果这是关于自己同胞的事。推辞这样的事，就是罪恶。瞧吧，我看见您就是对于小狗也不辞帮助，为这，我对您是非常钦敬的。至于耽误我的时间，那也没有关系，以后反正可以弥补的。我们的时间原来就不属于我们。”

“属谁呢，那么？”

“属于所有需要我们的人。我一下子把这些都告诉您，因为我尊重您的见解。我可以想象到，安德烈·彼得罗维奇一定叫您多么奇怪了！”

“您尊重我的见解，”叶莲娜低声说，“为什么？”

英沙罗夫再一次微笑了。

“因为您是个好姑娘，没有贵族气……就是这样的。”

接着是短时间的沉默。

“德米特里·尼卡诺雷奇，”叶莲娜说道，“您可知道，您对我这样坦白，这还是第一次。”

“怎么见得呢？ 我可觉得，我总是对您说出我心里所想的话来的。”

“不，这是第一次，我很高兴。我自己，也想对您坦白起来。可以么？”

英沙罗夫笑了，并且说道：

“可以的。”

“我得警告您，我是很好奇的。”

“不要紧。请说吧。”

“安德烈·彼得罗维奇常常跟我谈起您的身世，您的幼年。我听说过一个情况，一个可怕的情况……我知道，后来，您又回过您的祖国……如果您觉得我的问题不妥当，就请为了上帝的缘故，不用回答我吧，可是，我总是被一种思想苦恼着……请告诉我，您可遇见过那个人？……”

叶莲娜沉住了呼吸。她对自己的大胆感觉惭愧，也感觉恐怖。英沙罗夫注视着她，微微蹙起眉毛，用手指摸了摸下巴颏。

“叶莲娜·尼古拉耶芙娜，”他终于开始说，声音较之平日更低，这几乎使叶莲娜害怕，“我明白您指的是什么人。没有，我没有碰见他，谢谢上帝！我也没有去找他。我不找他，并不是因为我不认为我有权利杀掉他——我可以问心无愧把他杀死——只是因为，现在不是报私仇的时候了；现在的问题，是整个民族的公仇……啊，也不是，话不该这么说……现在的问题，是整个民族的解放。民族的解放和个人的私仇是互相妨害的。可是如果前一样成功了，后一样自然也不能逃……是的，不能逃的。”他重复说着，点着头。

叶莲娜侧着脸注视着他。

“您热爱您的祖国么？”她胆怯地问。

“那也难说，”他回答，“当我们中间谁是为了祖国而死，那才可以说他是热爱祖国的。”

“那么，如果您完全被剥夺了回到保加利亚的可能，”叶莲娜继续说道，“您在俄国会感觉非常苦恼么？”

英沙罗夫垂下了眼睑。

“我想，如果那样，我会不能忍受。”他说。

“请告诉我，”叶莲娜又开始道，“保加利亚语难学吗？”

“绝对不难。一个俄国人不懂保加利亚语，该是一种羞耻。俄国人应当懂得所有的斯拉夫语言。您高兴我给您带几本保加利亚语的书来么？ 您可以看到，它是多么容易。我们有着怎样的民谣呀！ 不比塞尔维亚的坏。等一等，我这就给您译一首。那是关于……可是，关于我们的历史，您至少总该知道一点吧？”

“不，我完全不知道。”叶莲娜回答。

“等等我会给您带本书来。您至少可以从那里知道一些重要的史实。现在，请听这首民谣……可是，我不如给您拿个书面的翻译来。我相信您会爱我们的；因为您爱所有的受压迫者。如果您知道我们的祖国该有富饶的土地，那多好啊！ 可是，他们却蹂躏了它，践踏了它，”他继续说着，不自主地打着手势，同时，他的面色也阴暗了，“他们剥夺了我们的一切，一切：我们的宗教，我们的法律，我们的土地；可恶的土耳其人驱赶着我们，如同牛马，他们屠杀我们……”

“德米特里·尼卡诺雷奇！”叶莲娜叫起来。

他停住了。

“请原谅我。说着这样的事，我就没法冷静。您刚才问我，我可爱我的祖国？ 在世界上，一个人还能爱别的什么呢？ 除了上帝以外，还有什么别的能像祖国这样永远不变，不容疑惑，值得我们信仰？ 何况，正当这个祖国需要你的时候……请您注意：在保加利亚，连最贫苦的农民，最贫苦的乞丐，也都和我一样——我们全有着一个共同的要求。我们大家只有一个共同的目标。您当然可以理解，它给我们的是怎样的力量，怎样的信心！”

英沙罗夫沉默了一刻，于是，又开始谈起保加利亚来。叶莲娜以出神的、深沉的、悲哀的注意，倾听着他。当他说完以后，她再一次问他道：

“那么，无论怎样，您是不会留在俄国的么？”

在他去后，她还许久许久凝视着他的背影。在那一天，他在她的心里完全变成了另外的一个人。当她送他走出花园的时候，她所辞别的人，已经不是两小时以前她所迎接的人了。

从那一天起，他开始来得更密，而伯尔森涅夫则一天比一天拜访得更疏了。在两个朋友之间，一种奇妙的感情开始产生出来。这种感情，他们两人都能深深感到，但是，却都无以名之，并且，也不敢有所解释。像这样，一月时光就过去了。

十五

安娜·华西里耶芙娜，如读者们所既知，是喜欢呆在家里的；可是，有时却完全意想不到地，忽而表现出一种不可克制的欲望来，想出点非常的花样，来一次不平凡的 partie de plaisir[①]；这种 partie de plaisir 愈麻烦，所需要的安排和准备愈繁重，安娜·华西里耶芙娜就愈激动，而她所得到的快乐也就愈多。如果这种心情是在冬日光临，她就会预定两三间并排的包厢，遍邀亲友，到戏院去，甚或去赴假面跳舞会；如果是在夏天呢，她就会到野外郊游一回，游得愈远愈好。待到翌日，她就会抱怨头痛，呻吟起来，甚至不能起床，可是，不到两月，那同样的对于“非常”的渴望，却又在她的心里燃烧起来了。现在，就恰好碰到了这样的时候。不知道是谁，偶尔给安娜·华西里耶芙娜提起

① 法语：行乐。——原注

了察里津诺[1]的绝妙风景，于是她就忽然宣布后天就要到察里津诺去郊游的计划。整个邸宅顿时闹翻了天，一个专使疾疾驰赴莫斯科，接尼古拉·阿尔吉米耶维奇回来；同时，另一仆人也匆匆赶去采购酒、饼和各种给养；舒宾的差事是去雇一乘敞篷马车（光是一乘箱式马车还不够用）和备办骏马；一个小厮跑到伯尔森涅夫和英沙罗夫那里去了两回，分送了两种不同的请帖，一种俄文的，另一种法文的，都出自卓娅的手笔；至于安娜·华西里耶芙娜自己，则忙于姑娘们出行的打扮。可是，在中途，苦心筹备的 partie de plaisir 却几乎弄成个不欢而散：尼古拉·阿尔吉米耶维奇从莫斯科跑回来，神情酸涩，心绪恶劣，满脸不满，要找碴的神气（他还在和奥古斯汀娜·赫利斯奇安诺芙娜闹别扭）；及至知道原来是这么一回事情以后，就毅然决然宣称恕不奉陪；并且说，从昆采沃赶到莫斯科，再从莫斯科冲到察里津诺，又从察里津诺跑回莫斯科，再从莫斯科拖回昆采沃，这简直是胡闹；最后，他还补充说，“谁要是能先给我证明，在这地面上，有哪一块地方能比另外一块更快乐，我就去哪地方。”当然，这是谁也证明不了的，而安娜·华西里耶芙娜，既然没有可靠的护卫，几乎就要把这次 partie de plaisir 取消了，可是，忽然之间，她却记起了乌发尔·伊凡诺维奇来，于是伤心地打发人到他房里去找他，并且说道：“快淹死的人，连一根草梗也抓呢。”他们把他叫醒；他走下楼来，一言不发地听着安娜·华西里耶芙娜的提议，而出乎大家意料之外，他扭扭手指之后，竟然答应去了。安娜·华西里耶芙娜禁不住吻了他的面颊，并且喊他为乖乖；尼古拉·阿尔

---

① 又译“皇庄”，离莫斯科约 18 里，有叶卡捷琳娜二世未完成的宫殿城堡。

吉米耶维奇却轻蔑地笑了，并且说道："Quelle bourde! ①"（间或，他也喜欢用用"俏皮"的法国字眼）——于是，次日清晨，在七点钟的时候，满装满载的箱式马车和敞篷马车，就滚出斯塔霍夫别墅的前庭了。箱式马车里，坐着太太小姐们、婢女和伯尔森涅夫；英沙罗夫坐在御者座上；敞篷马车里，则坐着乌发尔·伊凡诺维奇和舒宾。这原是乌发尔·伊凡诺维奇自己扭动着手指，把舒宾招到自己身边来的；他明知舒宾一路之上不会饶他，可是在这位"拥有强大威力"的人和青年艺术家之间，却不知怎样地发生了一种奇妙的交情、一种不打不成相识的契合。可是，这一次，舒宾却饶了他的肥胖的朋友，让他一路安静，他只是缄默着，好像心不在焉，而且十分温厚。

当马车驰抵察里津诺古堡的废墟的时候，太阳已经高升于无云的碧空，荒芜的城堡，虽在日午，景象也十分惨淡而且萧索。全体下了马车，来到草地上，立刻就向公园走去。走在前面的是叶莲娜、卓娅和英沙罗夫；稍后，是安娜·华西里耶芙娜，手臂上挽着乌发尔·伊凡诺维奇，脸上浮着非常幸福的微笑。乌发尔·伊凡诺维奇摇摆着，喘着气，他的新草帽紧勒着他的前额，两脚夹在长统靴里好像火烧，可是，他仍然感觉十分快乐；舒宾和伯尔森涅夫殿后。"我们会成为预备队呢，兄弟，像老兵似的，"舒宾对伯尔森涅夫小声说，"现在是保加利亚热的时代啦。"他补充说，朝叶莲娜那边，扬扬眉毛。

天气是灿烂的。周围一切，全都发出芳香，嗡鸣着，歌唱着；远处，闪耀着湖光水色；轻快的、节日的情怀充满了每个人的心胸。"啊，多美呀！ 啊，多美呀！"安娜·华西里耶芙娜不住发出赞叹；对

① 法语：多么荒唐！ ——原注

于她的热情赞叹，乌发尔·伊凡诺维奇也不住地首肯，有一次，他甚至哼了出来："真的！ 说不出！"叶莲娜和英沙罗夫不时交换一言半语；卓娅用两个指尖擎着自己的宽边帽，穿着淡灰色圆头皮鞋的小脚从粉红色轻纱的衣裾下面卖俏似地伸出来，眼睛一时望望身旁，一时又瞟瞟身后。"啊哈，"舒宾突然低声喊道，"卓娅·尼基吉什娜好像是在找人呢。我得陪陪她去。叶莲娜·尼古拉耶芙娜现在是瞧不起我的，可是，她一向不是瞧得起你，安德烈·彼得罗维奇么？ 可是，又有什么两样？ 我要走了；我闷得够啦。我看你，老兄，你顶好是采点植物标本吧：就你的处境，只有这么做才挺相宜，从学术的观点看来，这也很有用处。回头见！"说着，舒宾就跑到卓娅跟前，把手臂伸给她，并且说道："Ihre Hand，Madame，"[①]于是，把她的手挽起来，一道儿走上前去。叶莲娜停下来，招呼了伯尔森涅夫，也挽了他的手臂，可是，却继续和英沙罗夫谈话。她问他，用他本国的语言，铃兰、枫树、槲树、菩提树等等，该怎么说。（"保加利亚热呢！"可怜的安德烈·彼得罗维奇想着。）

忽然间，一声锐叫从前方传来；大家全都抬起头来：原来是舒宾的烟匣子飞进一处灌木丛里，是卓娅给扔出去的。"等等吧，我会跟您算账的！"他叫着，爬进丛林，找到了烟匣；他正待回到卓娅跟前，可是，还没有挨近她的身边，烟匣却又飞过路那边去了。这种把戏重复了五次之多，他高声笑着，威吓着她，可是卓娅却只是忍住笑，把身体蜷缩起来，好像一只狸猫。终于，他抓住了她的手指，紧紧地一捏，她就尖声大叫起来，后来还好一会儿吹着自己的手指，假装发脾气，但舒宾

① 德语：您的手，小姐。——原注

却咬着她的耳朵，对她低低地叽咕了一些什么。

“青年人，真淘气呢！”安娜·华西里耶芙娜对乌发尔·伊凡诺维奇快乐地说。

老人则仅仅扭了扭手指，作为回答。

“卓娅·尼基吉什娜真是怎样的姑娘呀！”伯尔森涅夫对叶莲娜说。

“舒宾又算什么？”她回答说。

同时，全体已经来到了所谓“观景亭”的亭上，于是就停下来，观赏察里津诺诸湖的美景。大小诸湖连绵着，亘数里之遥；苍郁的林木笼罩着湖的彼岸。在最大一湖的边岸，山麓上铺展着如茵的绿草，湖水里映出了鲜丽无比的翠玉般的颜色。水平如镜，甚至在湖边也全无水沫，全无涟漪的波动。湖水有如巨块坚硬的玻璃，灿烂而沉重地安息于广大的盆中；天幕似乎沉入了湖底，而繁密的树木则正静静地凝视着透明的湖心。全体都沉醉在美丽的风景里了，作着无言的、长久的赞叹；甚至舒宾也安静了；甚至卓娅也变得沉思起来。终于，全体不约而同地生出了游湖的欲望。舒宾、英沙罗夫和伯尔森涅夫在草地上互相比赛地跑着。他们找到一只涂了油彩的大游艇，上面还有两个船夫，于是，就把太太小姐们招呼过来。太太小姐们下来了；乌发尔·伊凡诺维奇也跟着谨慎地走了下来。当他走下船，落下座来的时候，全体都尽情欢笑起来。“留神呀，老爷！ 别把我们淹死啦！”一个狮子鼻的、穿着印花布小衫的青年船夫，这样说。“哼哼，小子！”乌发尔·伊凡诺维奇回答说。船开动了。青年人拿起桨来，但是，他们里面只有英沙罗夫一人会划船。舒宾提议大家合唱一曲俄国民歌，自己首先唱起来：“在母亲伏尔加河下……”伯尔森涅夫、卓娅，甚至安娜·华西里耶芙娜，全都合唱起来(英沙罗夫是不会唱的)，可是，他们却唱得参差不齐；唱到第三节的时候，歌手们就全都乱了。只有伯尔森涅夫还在用低音接唱："波中无所见。"可是，不久之后，连他也难为情了。两个船夫相对眨了眨眼睛，默默地狡笑。"怎么着，"舒宾转过身来，对他们说，"你们以为老爷们唱不来么？"穿着印花布小衫的青年船夫只是摇了摇头。"等着瞧吧，塌鼻子小子，"舒宾又说，"我们马上唱给你听。卓娅·尼基吉什娜，给我们唱个尼德迈耶尔①的《Le lac》②吧。别划啦，小子们！"湿淋淋的桨叶平放在船边，如同鸟翼，静止着，只有水珠零落地滴下，发出滴答的响声；游艇稍稍向前浮进，于是，天鹅般地在水上略一回旋之后，也静止了。卓娅起初还扭捏了一阵……安娜·华西里耶芙娜却温和地催了一声："Allons！"③卓娅于是摘下帽子，开始唱道："O lac！l'année àpeine a fini sa carrière ..."④

她的不高的、然而清脆的歌声，似乎在明镜似的湖上飞翔：在遥远的彼岸的森林里，每一个字都得到回响，好像是，在那边，也有谁在歌唱，声音是那么清脆、神秘、非人间、不属于斯世。当卓娅正要唱完的时候，一阵雷鸣般的喝彩声就从岸边的一个亭子里传来了，接着，从里面跑出一群红脸的德国人，他们也是到察里津诺来玩乐的。他们中间有几个没有穿上衣，也没有结领带，甚至没有穿背心；他们那么拚命地喊着 bis！⑤ 使得安娜·华西里耶芙娜不得不吩咐船夫赶紧把船划到湖对岸去。可是，在小舟还不曾到达彼岸之前，乌发尔·伊凡诺维奇却再

---

① 尼德迈耶尔(1802—1861)，瑞士作曲家。
② 法语：湖。——原注
③ 法语：来吧！ ——原注
④ 法语：啊，湖呀，年岁忽已暮……——原注
⑤ 德语：再来一个！ ——原注

一次使得自己的朋友们吃了一惊：他看出森林的某一处回声来得特别清晰，就出人不意地做起鹌鹑叫来了。起初，每个人都怔了一怔，可是，立刻，大家可听得真正高兴起来，尤其因为乌发尔·伊凡诺维奇叫得那么准确而且神似。这可使他非常得意，于是，他又学起猫叫来，可是，猫叫却并不怎样成功，于是，再学过一次鹌鹑叫以后，他就把大家瞟了一眼，沉默了。舒宾扑过去，想去吻他，他却把他推开。正在这时，小舟抵了岸，全体也就舍舟登陆了。

同时，车夫同着男仆和女婢，已经把筐篮从车上搬下来，于是就在老菩提树下的草地上摆好了午餐。大家围着铺好的台布落坐下来，一齐享用面饼和别的食物。每个人胃口都极佳，可是安娜·华西里耶芙娜还是频频地劝自己的客人们努力加餐，并且给他们保证道，再也没有什么会比这种露天野宴更卫生的；她甚至用这样的话奉劝了乌发尔·伊凡诺维奇。“不用客气。”他哼哼着，口里已经塞得满满的了。“这样可爱的天气，真是天赐的呀。”她不断这样反复说。她好像完全变了一个人：足足年轻了二十岁。当伯尔森涅夫像这样告诉她的时候，她说道：“是呀，是呀，在我年轻的时候我也出过风头来的呢；说到漂亮上，我总不出前十名。”舒宾坐在卓娅身旁，不断给她进酒；她不肯喝，可是他一定要她喝，结果，总是自己喝下去，立刻又要她再干一杯；他甚至要求她把腿给他枕枕，可是，她却无论如何也不肯让他“这么放肆”。只有叶莲娜好像是严肃的，可是，在她心里，她却有着一种奇妙的平静的感觉，这是她许久不曾体验到的。她觉得她心里充满着无限的善意，她不只希望把英沙罗夫，也希望能把伯尔森涅夫，经常留在自己身边……安德烈·彼得罗维奇隐隐悟到了这是怎么一回事情，于是悄悄地叹息了。

时间飞逝着；夕暮已经临近。安娜·华西里耶芙娜突然惊讶起来：“啊，天哪，已经多晚了呀！”她叫道，“先生们，美景难留；这是应该回家的时候啦。”她开始忙乱起来，大家也就随着骤然起立，向着古堡走去；马车是等在那里的。在走过湖滨的时候，他们全都停步伫立，惜别似地又赞赏了一次察里津诺的美景。明丽的晚霞如火，照着各处；晚天赤红；初起的晚风吹动着树叶，一时幻出万变的色彩；湖水微微荡漾，闪着金光；点缀在公园里的红亭和赤塔，和苍翠的树林分明映照。“再见吧，察里津诺，我们永远也不会忘记今天的郊游！”安娜·华西里耶芙娜说道……正在这时候，好像为了要证实她的惜别之辞似的，一件奇特的事情发生了，这事情，倒真是不大容易忘记的。

事情原来是这样的：安娜·华西里耶芙娜对于察里津诺的惜别致辞还不曾完毕，突然，在离她数步远近的地方，一丛高大的丁香树后，发出一串嘈杂的叫声、笑声和闹声来——一大群乱七八糟的汉子，就是那班音乐热爱者，曾经那么强烈地喝彩过卓娅的歌声的人，忽然拥到路上。这班音乐爱好者好像有了十分醉意。一见到太太小姐们，他们就停下来，可是，其中之一，一个有着公牛般的颈子和公牛般的血红眼睛的高大个儿，却超过了自己的同伙们，蹒跚着来到已经惊呆了的安娜·华西里耶芙娜的前面，蠢笨地鞠了一躬。

“Bonjour，madame，”[①]他粗声叫着，“您好！”

安娜·华西里耶芙娜向后倒退了。

“是干吗的，”大个儿用拙劣的俄语继续说道，“我们给你们大喊 bis，大声叫好，你们是干吗的不 bis？”

---

① 法语：日安，太太。

“对啊，对啊，是干吗的？”他的同伙们也齐声喊起来。

英沙罗夫正待走上前去，可是舒宾却阻止了他，自己来把安娜·华西里耶芙娜掩护起来。

“请允许我，”他开始道，“可尊敬的不相识者，请让我向您表示，您的行为使我们大家实在感到惊讶。据我判断，您该属于高加索人种的萨克逊支，因此，我们不得不设想您也该懂得一点社交上的礼节，可是，您竟不客气地对一位未经介绍的太太说起话来啦。请相信我，在别的时候，我个人当以结识您引为莫大的欣慰，因为，我在您身上发现了惊人的肌肉发达——biceps，triceps，deltoïdeus，[①]如果您惠然肯作我的模特儿，那么，我，作为一个雕塑家，将认为无上的幸福；可是，这一回，请让我们安静一下吧。”

“可尊敬的不相识者”一直听完舒宾的演说，脑袋轻蔑地偏向了一边，两手插腰。

“您说的什么呀？咱啥也不懂，”他终于说话了，“您以为咱是个皮鞋匠或者钟表匠？咳！是军官呀，是官儿呀，咳！”

“那我决不怀疑。”舒宾又开始说……

“咱说，”不相识的朋友继续说道，有力的手把舒宾一把推到道旁，好像扔掉一根树枝似的，“咱说，咱们喊了 bis 你们干吗不 bis？咱马上就走，马上，立刻，可是，只要这位，只要这位 fraulein[②]，不是那位太太，不是，不是她，是这位，或者那位，（他指了叶莲娜和卓娅）给咱亲个嘴，用咱们德国话说，就是 einen Kuss；老实的，亲一个；

① 法语：二头肌，三头肌，三角肌。——原注
② 德语：小姐。

呃，怎么样？ 这不要紧的。”

“对呀，einen Kuss,这不算什么。”同伙们又喊起来。

“Ih! der Sakramenter! ”[①]其中一个德国人，显然已经泥醉，笑得喘不过气来，大声叫道。卓娅抓住英沙罗夫的手臂，可是他却挣开了，径直站到那无礼的大个儿前面。

“请你滚开。”他用一种不高的、然而严厉的声音说。

德国人却哈哈大笑起来。

“滚开？ 哈哈，咱才爱听这个呢！ 咱难道不能随便走走？ 什么叫作‘滚开’？ 咱干吗要滚开？”

“因为您竟敢侮辱别人家的小姐，”英沙罗夫说着，脸色突然变白了，“因为您灌醉了。”

“什么？ 咱灌醉啦？ 可听见么？ Hören Sie das，Herr Provisor?[②]咱是个军官呢，他竟敢……现在，咱可得要求 Satisfaction![③] Einen Kuss will ich![④]”

“您要是再上前一步……”英沙罗夫开始说。

“唔？ 你敢怎么样？”

“我就把您扔到水里！”

“水里？ Herr Je![⑤] 就是这样吗？ 来吧，咱们瞧瞧，那倒很古怪呢，扔到水里！ ……”

军官先生于是扬起手来，走上前去。可是，忽然间，一桩不平常

---

① 德语：哈哈，他妈的！ ——原注
② 德语：听说了吧，药剂师先生？ ——原注
③ 德语：满足。——原注
④ 德语：非亲一个不可！ ——原注
⑤ 德语：天哪！ ——原注

的事发生了：他叫了一声，整个庞大的身体晃了几晃，就飞离了地面，双足腾空，不等太太小姐们有时间发出尖叫，谁也来不及看清是怎么搞的，军官先生的整个笨重的身体就扑通一声栽倒在湖里了，随即消失在那还打着漩的水里。

“啊！”太太小姐们异口同声地尖叫起来。

“Mein Gott!”[①]从另一方面也发出了喊叫。

一瞬间时光过去了……于是，一个披满了濡湿的头发的圆脑袋浮到水面上来，它还吐着泡沫呢，那只脑袋；两只手在嘴唇旁边痉挛地乱抓着……

“他会淹死啦，救救他，救救他吧。”安娜·华西里耶芙娜向英沙罗夫喊道；英沙罗夫正叉开两腿立在岸上，沉重地呼吸着。

“他会爬出来的，”他以轻蔑的、全无同情的冷淡回答说，“我们走吧，”他补充说，于是挽起安娜·华西里耶芙娜的手臂，“走吧，乌发尔·伊凡诺维奇，叶莲娜·尼古拉耶芙娜。”

“啊……啊……噢……噢……”只听见那倒楣的德国人在悲号，极力想抓住岸边的芦苇。

大家跟着英沙罗夫，并且要从那一帮德国人面前经过。可是领头的一经打倒以后，喽啰们也就服帖了，全都不响；只有其中最大胆的一个威吓地摇着头，一边嗫嚅道：“唔，等着……上帝知道……咱们走着瞧吧。”可是其中的另一位则甚至脱下了帽子。在他们眼里英沙罗夫是可怖的，那也并不是没有理由：在他的脸上，的确可以看出凶恶的、危险的神情。德国人急忙跑去打捞他们的同伴去了；而那位同伴，当他的

---

① 德语：我的上帝！——原注

两脚一经着陆以后，就哭哭啼啼地咒骂起那帮“俄国流氓们”来，并在他们背后高声叫道，他要去告状，要去告诉冯·基兹里茨伯爵大人本人去……

可是，“俄国流氓们”对于他的叫骂却全不理会，只是赶紧来到了古堡。在走过公园的时候，大家全都保持沉默，只有安娜·华西里耶芙娜轻轻地叹了两口气。可是，当他们到达马车旁边，全都站定以后，一阵不可抑止的、荷马的天人似的哄笑就不自主地迸发出来了。最先发动的是舒宾，疯子似的大笑起来；接着，伯尔森涅夫也豆落皮鼓似地嗡嗡笑了；于是，卓娅也珠落玉盘似地格格笑了；安娜·华西里耶芙娜扑哧一声，也笑了出来；叶莲娜也不禁露出笑容；最后，连英沙罗夫自己也无法抑制了。可是，笑得最响、最长久、最激烈的，却是乌发尔·伊凡诺维奇：他一直笑得肚皮发痛，呼吸窒塞，甚至打出喷嚏来了。他稍停一停，眨着笑出了眼泪的眼睛，喘息地说道：“我……刚想着……怎么回事……扑通……他就……下去啦！”可是，就随着那痉挛地逼出的最后的一个字，一阵新的哄笑又发作了，使得他的整个身体再一次地震动起来。卓娅可把他弄得更其无法伸腰。“我瞧见他的腿，”她说道，“腾空起来……”“是的，是的，”乌发尔·伊凡诺维奇又喘息道，“他的腿，腿……一下子……扑通……他可就扑通……扑通……下去啦！”“他究竟是怎么弄的呢？那德国佬可不是可以抵他三个？”卓娅又说。“我，我告诉你，”乌发尔·伊凡诺维奇揩着眼睛回答说，“我瞧见的：他一只手抓住他的腰身，这么一扳，他就扑通下去啦！我听见一声扑通……怎么回事……他可已经通下去啦！……”

马车启行了许久，察里津诺也早已望不见，可是，乌发尔·伊凡诺维奇仍然不能平静下来。舒宾又是和他同坐在敞篷马车上，终于对他喊起“不害臊”来了。

可是英沙罗夫却感到了不安。他坐在箱式马车里，正和叶莲娜相对(这一回，伯尔森涅夫却坐到御者座上去了)，他不曾说话；她，也沉默着。他想着她在对他不满，可是，她却不曾对他不满。在最初的瞬间，她的确很觉恐惧；随后，他脸上的表情也使她吃惊，而最后，她变得沉思起来。她沉思的什么，她自己也不十分清楚。白天她所体验的感情，已经消失了，这一点，她是明白的；可是代替那感情的是什么，她却还不充分了解。Partie de plaisir 拖得很久，黄昏已经不知不觉地变成了暗夜。马车疾速地向前滚动，一时经过已熟的麦地，在那里，空气充满着浓郁的小麦的芳香，一时又经过辽阔的草原，在这里，忽然又有冷洁的夜气轻拂着人们的脸。天是低沉的，地平线上似乎笼罩着烟雾。终于，月亮上来了，昏晕而且赤红。安娜·华西里耶芙娜在打盹；卓娅把头伸出窗外，凝望着道旁。叶莲娜终于发觉自己有一点多钟没有和英沙罗夫说话。她就转向他，对他发出了一两个琐屑的问题；他立刻回答了她，心里感觉着十分宽慰。模糊的声响开始从夜空传来，好像有千万的声音在远处谈着话：莫斯科在欢迎他们了。远处，有灯光闪烁，渐渐地灯光益见频繁，终于，石砌的街路在车辆下面辚辚地震响起来。安娜·华西里耶芙娜醒了；车里的每个人也开始谈起话来，虽则谁也不能听清谁说的话：所有的语声全被两乘马车和三十二只马蹄在街石上面的震响湮没了。从莫斯科到昆采沃的旅程似乎特别悠长而且令人厌倦；全体的人，有的入睡了，有的沉默着，所有的脑袋全都倒向各自的角落；只有叶莲娜不曾阖眼，她的眼睛一直不曾离开英沙罗夫的朦胧的身形。一种忧郁的心情临到了舒宾心里：和风拂着他的眼睛，使他烦恼；他蜷缩在自己的外衣领子里，几乎要流下泪来。乌发尔·伊凡诺维奇幸福地打着鼾，前后摇晃着。马车终于停下了。两个男仆把安娜·华西里耶芙娜搀下马车，她简直快累死了；当她和她的游伴们告别的时候，她宣称道，她已经“半死不活”了；他们向她道谢，可是她却只是重复道：“半死不活啦！”在分别的时候，叶莲娜（第一次地）握了英沙罗夫的手；在解衣就寝以前，她在窗前默坐了许久；舒宾，当伯尔森涅夫临去的时候，却找到了机会和他低低地说了这样的话：

“哪，他不是英雄是什么？——他能把喝醉了的德国人扔到水里！”

“可是，你就连这也不能。”伯尔森涅夫回答道，就和英沙罗夫一起踏上归途。

当两位朋友到达寓所的时候，天色已经微明。太阳还没有升起，可是，空气里却已弥漫着破晓时的寒气，草上也已覆盖着灰色的露水；早起的云雀在半明半暗的云空高啭着歌喉，遥远的、遥远的天际，一颗巨大的最后的晨星正凝视着，有如一只孤寂的眼睛。

十六

认识英沙罗夫不久之后，叶莲娜就（第五次、也许第六次地）开始记日记了。这里，是日记里的若干断片：

“**六月**……安德烈·彼得罗维奇给我带了些书来，可是我总没有心情念。我不好意思对他明说，可是，我也不愿意把书还给他，对他撒谎，说我念过。我感到，那会叫他十分难受的。他常常关心着我。好像是，他对我很有些留恋。真是一个好人呢，安德烈·彼得罗维奇。

“……我需要的是什么呢？我的心为什么是这么沉重，这么惫倦？为什么我看着鸟儿飞过，心里也感觉着羡慕？我真想跟它们一道儿飞去呢——飞到哪儿去，自己也不知道，只是远远地、远远地离开这儿吧。这种愿望不是有罪的么？这儿，我有母亲、父亲和家。难道我不爱他们？不，我并不爱他们，不像我应当爱的那样爱他们。把这样的话写下来，是可怕的，可是，这是真话。也许，我是个大罪人吧；也许，就为这，我才这么忧愁，我的心才这么不宁静吧。好像是，有一只手搁在我头上，重压着我。我好像是给关在狱里了，狱墙像马上要朝我倒塌下来。为什么别人并不感觉这些呢？如果我对我自己的家人也是这么冷淡，我还能爱谁呀？很显然，爸爸是对的了：他就老是怨我除了猫狗以外什么也不爱。我得把这细想一想。我很少祈祷；我得祈祷……啊，我想我是知道怎样去爱的！

"……对于英沙罗夫先生，我还是老感到羞怯。我不知道为什么；我相信，一般说我是并不怎么女孩子气的，而他，也那么质朴，那么善良。有时，他的表情果然十分严肃。他当然无暇顾及我们。我觉着这个，所以，也就不好意思来占用他的时间了。对于安德烈·彼得罗维奇，那可完全是另外一回事。我可以跟他闲谈整日。可是，他也老是跟我谈起英沙罗夫。并且，谈的是怎样可怕的事啊！在昨晚的梦里，我梦见他手里握着匕首。他好像对我说道：'我要杀死你，也把我自己杀死！'多么痴傻啊！

"……啊，要是有人能对我说：'这，这就是你应该做的！'……存好心——这还不够；要做好事……对的，这才是人生里的大事。可是，要怎样做好事呢？啊，要是我能知道怎样控制我自己，该有多好啊！我不明白我为什么这样常常想到英沙罗夫先生。当他来了，在这儿坐着，注意地听着，但是一点儿也不勉强，一点儿也不慌乱，我瞧着他，心里就感觉愉快——不过是这样罢了，可是，当他走后，我却不断回味他的话，对自己感觉烦闷，甚至激动……我说不出这是为了什么。（他的法语说得不好，可是并不觉得难为情——这一点我很喜欢。）可是，我也时时想着许多别的人。在跟他谈话的时候，我突然想起我们的管家华西里。有一次他从一间失火的茅屋里救出一个跛足的老人来，自己几乎也给烧死了。爸爸夸他是个好汉子，妈妈给了他五卢布，而我却真想跪在他的脚前。他的脸也是质朴的，甚至有些傻气，后来，他却变成一个酒徒了。

"……今天，我给了半戈比给一个乞妇，她对我说道：'你怎么那么忧愁呀？'我是从来也没想到过我会有忧愁的样儿的。我看，这一定由于孤独，永远的孤独，无论好坏，总是我孤单单的一个人。我能向谁伸出手去呢？ 到我这儿来的，不是我所需要的；而我所需要的……却从我的身边走过去了。

"……我不知道我今天是怎么的了；我的头脑乱极了，我真想跪下来，祈祷，乞求怜悯。我不知道是谁、是什么好像在折磨着我，我心里只想反抗、号叫；我流着眼泪，不能安静……啊，我的上帝，我的上帝呀！ 请抑制我心灵里的这种汹涌吧！ 只有你能帮助我，所有别的，全是无用的：我的可怜的布施，我的学习，所有一切、一切、一切，全不能给我帮助。我真想跑到什么地方去作个女佣，真的；这会叫我安心得多的。

"青春是为了什么？ 活着是为了什么？ 我为什么有一个灵魂？这一切都为了什么？

"……英沙罗夫，英沙罗夫先生——真的，我不知道怎么写才好——仍然叫我感觉兴趣。我真想知道在他的心里，在他的灵魂里，他想的是什么。他好像是那么坦白，那么容易接近，可是，对于他，我却仍然什么也看不见。有时，他以那么一种侦查似的眼睛望着我……也许，这只是我的幻想？ 保尔不断逗我——我是很恼保尔。他要什么呢？ 他爱着我……可是，我要他的爱做什么？ 他也爱着卓娅呢。我对他是不公平的；昨儿他告诉我，说我连放含蓄些，别那样百分之百的不公平都不会……这是实在的。这该多么不好啊！

“啊，我感到一个人必须有些不幸，或者贫困，或者疾病，不然，他就会马上自满起来。

“……安德烈·彼得罗维奇今天为什么要来跟我说起那两个保加利亚人呢？ 他来告诉我，好像是有什么存心似的。我跟英沙罗夫先生有什么关系呢？ 安德烈·彼得罗维奇这么做，真叫我生气。

“……提起笔来，不晓得怎样开始。今儿，在花园里，他是多么突如其来跟我谈起话来了啊！ 态度是那么亲切并且信任！ 事情发生得多么快呀！ 好像我们本是很老、很老的朋友，不过刚刚才互相认出来似的。在这以前，我怎么竟没有了解他！ 现在，他和我却是多么接近！ 并且，这是多么奇怪，我现在心里竟平静多了，这真可笑：昨儿我还恼着安德烈·彼得罗维奇，也恼着他，甚至称他**英沙罗夫先生**，可是，今天……这儿，终于，是有一个真正的人，一个可以信赖的人了。这个人不撒谎，这是我所遇见的从不撒谎的第一个人：所有别的人，全都撒谎的，他们的一切，全是个谎。安德烈·彼得罗维奇，亲爱的、善良的朋友，我为什么要委屈您呢？ 不！ 安德烈·彼得罗维奇也许比他更有学问，也许甚至更多智慧……可是，不知道为什么，一和他比较起来，却显得那么渺小了。当**他**一说到自己的祖国，他好像就长大了，长高了，他的姿容就立刻焕发了，他的声音也变得像纯钢了，啊，不，好像是，在这世界就没有一个人能够使他低下头去。他也不只是空谈——他行动，还会永远行动下去。我要问他……他是怎样突然就转向我来，对我微笑了啊！ ……只有亲兄弟才能像那样微笑的。啊，我是多么高兴！ 当他初来我们这儿的时候，我做梦也没有想到我们竟能这么快就互相了解。现在，就是想到我当初对他的冷淡，我也是欢喜的。冷淡？ 难道我现在就不冷淡了么？

“……我许久没有感觉过这种内心的平静了。我的心是这么静、这么静。没有什么可记的。我时常看见他，如此而已。还有什么可记的呢？

“……保尔把自己关了起来，安德烈·彼得罗维奇也慢慢地不常来了。可怜的人！ 我想象他是……可是，那是决不会的。我高兴和安德烈·彼得罗维奇谈话：他从不自夸，谈的往往是有意义的、有用的话。和舒宾截然不同。舒宾漂亮得像一只蝴蝶，并且自夸着自己的漂亮；这是连蝴蝶也不做的。可是，无论是舒宾或者安德烈·彼得罗维奇……我知道我要说的是什么。

“……**他**很高兴到我们这儿来，我看得出。可是，为什么呢？ 他在我身上发现了什么呢？ 确实，我们的趣味是相投的：他和我，我们俩都不怎么爱好诗歌；我们对于艺术也都没有什么理解。可是，他比我强多少啊！ 他是平静的，可是我却永远彷徨；他已经选定了自己的道路，自己的目标——可是我，我在走向哪儿去？ 哪儿是我的家？ 他是平静的，可是所有他的思想却是遥远的。有朝一日，他会永远离开我们，回到他自己人那里去的，在那边，在海的那边。怎么办呢？ 愿上帝祝福他吧！ 无论如何，当他在这儿的时候我认识了他，那总是令我快慰的。

“他为什么不是一个俄国人呢？ 不，他不可能是一个俄国人。

“妈妈也喜欢他呢；她说，‘他是个谦逊的青年人。’亲爱的好妈妈！ 她并不了解他。保尔沉默了；他猜到我并不高兴他的暗示，可是，他是嫉妒着他的。坏孩子！ 你可有什么权利？ 难道我曾经……

“这全都无聊透啦！ 我怎么会想到这些事上来的？

“……这可是奇怪的事：直到现在，已经二十岁了，我还从来没有爱过谁！ 我相信，德(我要叫他德，我喜欢这个名字：德米特里)其所以能有那么纯洁的灵魂，就是由于他是完完全全地把自己献给了自己的事业，自己的理想。他还有什么可烦恼的呢？ 当一个人完全地……完全地……完全地献身之后，他就没有忧愁，也没有负累了。这样，就不是**我**要怎样怎样，而是**它**要怎样怎样了。啊，说起来，他和我都爱着同样的花。今早我摘了一朵玫瑰花，一叶花瓣落了下来，他就把它拾起……我把整朵玫瑰花全给了他。

“……德常到我们这儿来。昨晚他在这儿坐了很久。他要教我保加利亚语。跟他一道儿，我感觉愉快，完全像在自己家里。比在自己家里还好。

“……日子飞一般地过去……我愉快，同时，也有一点点疑惧；我想感谢上帝；眼泪也好像已经不远了。啊，这些温暖的、愉快的日子啊！

“……我还是和以前一样愉快，只是，有时候，有那么一点点忧郁。我是幸福的。我幸福么？

“……昨儿的郊游，我将永远也不会忘记。多么不可思议、新奇而可怕的印象啊！ 当他突然抓住那高个儿，扔球一般地把他扔到水里去的时候，我也并不惊吓……可是，他自己却使我惊吓了。后来——他的脸又是多么狠啊，几乎是残酷的！ 他是怎样说的啊：‘他会爬出来的！’那简直叫我惊呆了。显然，我没有了解他。而过后，当他们全都笑着，我自己也笑着的时候，我心里又多么为他难过啊！ 他有些羞愧了，我觉得的，他在我面前有些羞愧。后来，在马车里，在黑暗中，当我想认真看他一看而又怕看他的时候，他是像这样告诉我的。是的，他是一个不容小视的人，同时也是一个勇敢的保卫者。可是，为什么要那么狠，嘴唇也那么颤栗，眼睛也发着怒火呢？ 也许，那是不可避免的么？ 难道做一个人，做一个战士，就不能依旧温柔，依旧和善么？ ‘人生就是粗暴的。’前不久他还对我说过这样的话。我把这话告诉安德烈·彼得罗维奇，他却并不同意德的说法。他们两个，到底谁对呢？ 可是，那一天是怎样开始的啊！ 我是多么愉快啊，在他的身旁走着，甚至沉默着的时候，也是快乐的……可是，虽然发生了那样的事情，我也高兴。我觉得那是十分当然的。

“……又是不安啦……我感觉不大舒服。

“……这么许多日子在这本子上我什么也没有写，因为我没有心思写。我觉得：无论我写下什么，那都不是我心里的话……那么，我心里的是什么呢？ 我跟他作过一次长谈，从谈话里我明白了许多事情。他把他的计划告诉了我。（顺便说，我现在才知道他那颈上的伤疤的由来……上帝呀，当我一想到他竟被判过死刑，只是九死一生才逃脱，并且受了伤……）他预测着战争将要爆发，还为这高兴。可是，我也从来没有见过德像这样抑郁。他……他！ ……他有什么可以抑郁的呢？ 爸爸从城里回来，正碰上我们两人在一起，很奇怪地望了我们一眼。安德烈·彼得罗维奇也来过：我注意到他变得很瘦、很苍白。他责备我对舒宾太冷酷、太过分了。真的，我已经完完全全忘记保尔的存在呢。见到他的时候，我应当弥补我的过失。现在，他对我已经算不了什么了……世界上任何人对我也全不算什么。安德烈·彼得罗维奇以一种怜悯的神气和我谈话。这全是干什么呀？ 为什么在我的周围，在我的内心，一切都是这样黑暗？ 我感到在我的周围和我的心里，都在进行着一种谜似的什么，对于这谜，我得找出一个确实的解答……

"……整晚不曾入睡，头痛。为什么还要写呢？ 今儿他走得那么快，可是我正想跟他谈话呢……他几乎好像在躲避我。是的，他是在躲避我。

"……答案找到了，事情已经明白！ 上帝呀！ 怜悯我吧……我爱他！"

十七

就在那一天，当叶莲娜在自己的日记上写下那最后的、决定性的话语的时候，英沙罗夫正坐在伯尔森涅夫的房里，伯尔森涅夫则站在英沙罗夫面前，脸上带着困惑的表情。英沙罗夫刚宣布要在翌日回莫斯科去的决定。

"怎么！"伯尔森涅夫叫道，"夏天最美丽的时候刚刚开头呢！您回莫斯科去做什么呢？ 多么意想不到的决定呀！ 也许，您得到了什么消息么？"

"我没有得到什么消息，"英沙罗夫回答，"可是，我把事情仔细想了想，我是不能再留在这里了。"

"这怎么成呢？ ……"

"安德烈·彼得罗维奇，"英沙罗夫说道，"做好事，别勉强我，我求您。离开您，我自己也很难过，可是，没有办法。”

伯尔森涅夫定睛地注视着他。

“我知道，”他终于说，“那是没法勉强您的。那么，事情就算决定了？”

“绝对决定了。”英沙罗夫回答，就站起来，走了出去。

伯尔森涅夫在房间里踱了几步，于是，拿起帽子，就往斯塔霍夫家去了。

“您有什么事情告诉我？”当屋子里只剩他们两人的时候，叶莲娜马上问他。

“是的；您怎么猜到的？”

“没有关系。请说吧，是什么事？”

伯尔森涅夫将英沙罗夫的决定告诉了她。

叶莲娜的脸变得惨白了。

“那是什么意思？”她困难地说道。

“您知道，”伯尔森涅夫说，“德米特里·尼卡诺雷奇对于自己的行动向来是不喜欢解释的。可是，据我想……我们坐下吧，叶莲娜·尼古拉耶芙娜；您好像不大舒服……我想，我也许可以猜到这种突然走开到底是为了什么。”

“什么，为了什么？”叶莲娜照样说，不自觉地把伯尔森涅夫的手紧紧地握在自己的已经冰冷的手里。

“唔，您瞧，”伯尔森涅夫开始说，忧郁地一笑，“叫我怎样跟您解释呢？ 我得回溯到去年春天，那时候，我跟英沙罗夫才刚刚亲密起来。当时，我常在一个亲戚家里碰到他，那家有一个女儿，一个很漂亮的少女。据我看，英沙罗夫对她是有些兴趣的，我并且把这感觉对他说了。可是，他却大声笑了，回答我说，我错了；他说，他的心是不会迷失的，可是，如果有那么一类的事情发生，他就会立刻走掉，因为——用他自己的话说——他不愿意为了个人情感的满足就不忠于自己的事业和自己的义务。‘我是一个保加利亚人，’他说，‘我不需要一个俄国女人的爱。……’”

“唔……那么……您以为现在……”叶莲娜低语着，不由自主地转过头去，好像在准备接受一个打击，可是，仍然不放松那已经牢牢握住的手。

“我以为，”他说，声音低沉了，“我以为那时我所猜想的事，现在是果真发生了。”

“那就是说……您以为……啊，别折磨我！”叶莲娜不自主地叫了。

“我以为，”伯尔森涅夫急忙继续道，“英沙罗夫现在爱上了一个俄国少女，而为了忠于他自己的誓言，他就决心走掉。”

叶莲娜把他的手握得更紧，她的头也垂得更低，好像是，她想要对一个外人隐藏那突然涌到她整个面孔和颈项上来的燃烧似的羞愧的红晕。

“安德烈·彼得罗维奇，您真像天使般的善良啊，”她说，“可是，您看他会来跟我们告辞么？”

“据我看，他会来的；他一定会来的，因为，他并不情愿离开……”

“告诉他，请告诉……”

可是，在这里，那可怜的少女却无法自持了：眼泪如泉水般地涌出她的眼睛，她跑回自己的房里去了。

“那么，她就是这样爱着他的呀，”在缓步回家去的路上，伯尔森涅夫想道，“这可是我意料不到的；我没有料到她的爱情已经这样深。她说，我是善良的，”他继续回想着……“可是，谁知道是怎样的情感、怎样的动机驱使我把这些告诉叶莲娜的啊！ 不是善良，啊，不是善良。不过是那可诅咒的欲望，想来确定匕首究竟是不是刺在伤处罢了。我也该满足啦——他们互相恋爱，我给他们帮了大忙……‘科学和俄国大众间的未来中介人’，舒宾这么称呼过我；好像是，我生来就命定要做个中介人的。可是，也许是我弄错了吧？ 不，我不会错的……”

安德烈·彼得罗维奇的心是酸苦的，罗墨尔再也不能钻进他的脑子里去了。

翌日二时，英沙罗夫来到斯塔霍夫家。像是有谁故意安排了似的，恰好这时在安娜·华西里耶芙娜的客厅里坐着一位客人，一位近邻的牧师太太；这是一位极好的、极可尊敬的太太，只是曾经和警察方面发生过一点点小纠纷，因为这位太太想着要在赤日当头的正午跳到一个路旁的小塘里去洗澡，而这条路，则正是一位颇显赫的将军的家族常要经过的。有个局外人在场，在最初，对于叶莲娜甚至是一种帮助，因为一听到英沙罗夫的脚步声，她的面孔立刻失去所有的血色，可是，一想到他也许不及和她单独谈一句话就会走掉，她的心又沉落下去。他，好像也有些心乱，并且闪避着她的目光。“他真会马上就告辞么？”叶莲娜想着。确实，英沙罗夫正要转身和安娜·华西里耶芙娜辞行；叶莲娜却急忙站了起来，把他唤到窗口去。牧师太太吃了一惊，也想转过身来；可是她的腰却束得那么紧，每动一下她的胸衣就吱吱地响，于是就只好不动了。

“听我说，”叶莲娜急促地说道，“我知道您为什么来的；安德烈·彼得罗维奇已经把您的决定告诉了我，可是，我请您，求您，今儿别跟我们辞行吧。明儿早点儿来——十一点钟左右。我得跟您说一两句话。”

英沙罗夫默默地低下了头。

“我不会留下您的……您答应我么？”

英沙罗夫又低下头来，可是，什么也没有说。

“列诺奇卡，这儿来，”安娜·华西里耶芙娜叫道，“瞧牧师太太有个多么漂亮的手提袋哟！”

“我自家儿绣的呢。”牧师太太答应着。

叶莲娜从窗口走过来。

英沙罗夫在斯塔霍夫家停留了不过一刻时光。叶莲娜偷偷地注意着他。他在座位上不安地移动着；和以前一样，他不知道把眼睛朝哪儿望去的好；而忽然之间，他就奇特地、一下子走掉了，好像是忽然消逝了。

这一天，在叶莲娜看来，过得很慢；那悠长的、悠长的夜，尤其是过得迂缓。叶莲娜有时坐在床上，两手抱膝，头也支在膝上；有时，她又走向窗前，把燃烧的前额紧贴着寒冷的玻璃，想着，想着，把同样的思想反复想着，直到自己完全疲倦。她心好像已经变作了化石，又像已从她的胸腔消逝；她已经不能感觉它的跃动了；只有热血在她的脑子里痛苦地汹涌着，她的头发令她感觉像火热，嘴唇烧得发干。“他会来的……他还没有跟妈妈辞行……他不会欺骗……难道安德烈·彼得罗维奇的话是真的？ 那是不会的……他没有答应过他会来……难道我会和他永别了么？”——这种种思想从来不曾离开过她，实实在在地不曾离开过她：它们并不是去了又来，来了又去——它们只是在她的脑海里一直盘旋，如同一团迷雾。“他爱我！”——这思想忽然闪光似地掠过她的全身，于是，她就直直地凝注着黑暗；一抹秘密的、谁也看不见的微笑，使她的嘴唇分开了……可是，她又急忙摇了摇头，把手反扣在颈后，而那些旧的思想，就再一次在她的周围迷雾似地笼罩着了。在晨前她才解衣就寝，可是，她不能入睡。第一线强烈的阳光射入了她的房里。……“啊，如果他真爱我啊！”她突然叫起来，张开自己的手臂，虽然有那照耀着她的全身的阳光，她也不觉羞赧……

她起了床，穿上衣服，下楼去。屋子里还没有一个人醒来。她走进花园；但在花园里，一切却是那样平静、青翠、而且新鲜，鸟儿们是那么自得地啭着歌喉，花儿也都那么喜悦地作着凝视，使她感觉着惊愕。“啊！”她想着，“如果是真，那么就没有一草一叶会像我这么幸福啦；可是，这会是真的么？”她回到自己房里，为了消磨时间，就开始换衣裳。可是，所有一切都从她的手边滑掉了，当她被喊去喝早茶的时候，她还只是衣衫半整地立在妆台前面。她下了楼，母亲看出她的面色苍白，可是却仅仅说道：“你今儿多有趣儿呀！”在端详了她一会以后，又继续说道，“这衣裳，你穿着真合适；你要想给人好印象，就该老是穿这件衣裳。”叶莲娜没有回答，落座在一个角落里。同时，钟已敲过九下；离十一点还有两小时呢。叶莲娜一会儿读读书，一会儿绣绣花，一会儿又拿起书来；于是，她给自己约誓着，要在那同一条林荫道上来回走一百次，并且果真走了一百次；于是，许久许久，她看着安娜·华西里耶芙娜在那里无聊地玩着纸牌……再望一望钟，还不到十点呢。舒宾来到了客厅。她想跟他谈谈话，并且求他原谅她，原谅什么，她自己也不知道……她所说出的每一个字并不一定使她感觉吃力，但是，却在她心里引起一阵迷惘。舒宾俯身向她。她想着他定会给她做出个什么怪相，于是抬起眼来，可是，在她眼前出现的却是一副悲哀而同情的面孔……她向那面孔微笑了。舒宾也向她默默微笑，然后，轻轻走开了。她想留他，可是，一时却记不起该怎样称呼。终于，十一点敲了。她开始等着，等着，而且谛听着。她再也不能作什么了；她甚至停止了思念。她的心又活跃了，开始猛烈地、高声地跳着，说来奇怪，时间却开始飞也似的过去。一刻钟过去了，半点钟过去了，也许又过去几分钟了吧？ 叶莲娜想着；可是，她忽然一怔：时钟并不是敲着十二点，却在敲着一点了！ “他不会来了，他不辞而别了……”这思想，随着血液，冲上她的脑里来。她感觉着她的呼吸将要窒塞，她几乎就要抽咽起来……她跑回自己的房间，就倒在床上，把脸藏在紧握的双手里。

她一动不动地躺了半小时；眼泪从她的指缝里淌到枕上。突然，她抬起身子，坐起来；一种奇特的思想浮现在她的心里：她的面容变了，她的润湿的眼睛干了，而且发出了光彩；她的眉毛蹙了，嘴唇也咬得更紧。又是半点钟过去了。叶莲娜最后一次竖起她的耳朵：那熟识的声音是否在向她飘来？ 她站起来，戴上帽子，套上手套，披上披肩，于是，在人们不注意的时候溜出屋子，沿着通向伯尔森涅夫寓所的道路，快步走去。

十八

叶莲娜低垂着头，眼睛毅然直视，向前走着。她什么也不害怕，什么也不顾忌；她只要再见英沙罗夫一面。她向前走着，没有注意到太阳早已隐入浓黑的云端，风在树间阵阵怒吼，扯乱了她的衣衫，尘阵也突然飞扬起来，在路上回旋滚动……大滴的雨点落下来，她也没有注意；可是，雨下得更骤、更猛了，天空扯着闪，响着雷。叶莲娜停下来，环顾四周……幸而在离开暴风雨袭击她的地方不远，一口荒废的井旁，有一座年久颓败的小教堂。叶莲娜向教堂奔去，躲在低矮的檐下。大雨洪流般倾泻着；整个天宇完全暗澹。以无言的绝望，叶莲娜凝睇着那急雨的密网。和英沙罗夫再见一面的最后希望，在她的心头消逝了。一个贫苦的老乞妇也走进小教堂里来，自己抖了抖身子，鞠了一躬，说道："这么大的雨，还到外面来啦，好姑娘，"于是，叹息着，呻吟着，坐到井台旁边。叶莲娜探手到自己的口袋里；老妇人看出这个动作，于是，她那皱缩而惨黄的、然而曾经是美丽的脸，就闪出光彩来。"多谢你，善心的小姐，我亲爱的。"她开始说。不巧，叶莲娜的口袋里没有带着钱袋，可是，老妇人的手已经伸出来了……

"我没有带钱，姥姥，"叶莲娜说，"可是把这个拿去吧，也许会有点儿用的。"

她把自己的手绢给了她。

"啊——啊，我美丽的姑娘，你把你这小手绢儿给我做什么呢？给我孙女儿做陪嫁用么？ 上帝报答你的好心！"

一阵暴雷响过。

"啊，救主耶稣基督，"乞妇喃喃着，给自己画了三次十字。"可是，我不是在哪儿见过你的么？"略略停顿之后，她又说。"你不是曾经用基督的名义给过我布施的么？"

叶莲娜瞅了老妇人一眼，认出她来了。

"是的，姥姥，"她回答说，"可是你问过我为什么那么忧愁？"

"是的，亲爱的，是的。我就是这样认识了你的。此刻，你好像也有点儿伤心，也有点儿忧愁吧？ 瞧，你的小手绢儿还是湿的呢，可不是泪花儿浸湿了的？ 哎，你们年轻姑娘们呀，全都有这种忧愁，这种可怕的苦难！”

“什么忧愁呢，姥姥？”

“什么忧愁？ 哎，我的好小姐，你瞒不了像我这样的老婆子的！我知道你心里为什么难受；你的忧愁可并不特别。真的，我亲爱的，我自个儿也年轻过来的呢，我自个儿也亲自尝过那种苦恼。真的，为了报答你的好心，我给你说说吧：你找着个好人啦，那不是个轻浮男子，你就靠定他一个人吧；比死还要靠得紧。如果成，就成啦；不成，那也是上帝的旨意。是的。你望着我奇怪吗？ 我就是个算命的呢。我就把你的苦恼跟你这小手绢儿一齐带走吧，好吗？ 我把它带走，也就完啦。瞧，雨小了；你再待一会儿吧，我可得走啦。我给淋得精湿，这也不是第一回。记着吧，我亲爱的：你有忧愁，那忧愁可是完啦，你会再也记不起它啦。啊，慈悲的上帝，怜悯我们吧！”

乞妇从井边站起来，出了教堂，就缓缓走上了自己的路。叶莲娜迷惘地目送着她。“这是什么意思呢？”她不自主地喃喃着。

雨渐渐稀了，停了，太阳一时也从云端里显露出来。叶莲娜正要离开自己的避雨处……忽然，在离开教堂十来步远近的地方，她看见了英沙罗夫。他裹着一件外衣，正在叶莲娜走过来的路上走着；他好像是在赶回家去。

她不能支持了，用手抓住台阶上腐旧的栏杆；她要呼唤他，可是，叫不出声来……英沙罗夫头也不抬，已经走过去了……

“德米特里 · 尼卡诺雷奇！”她终于喊道。

英沙罗夫猝然止步，转眼四顾……在这第一个刹那，他并没有认出叶莲娜来，可是，马上，就朝着她的身边走了过去。

“您，您在这儿！”他也叫了。

她默默地退回到小教堂里。英沙罗夫跟随着她。

“您在这儿！”他又叫道。

她仍然沉默着，只是以一种呆滞的、然而温柔的目光，凝视着他。他垂下了眼睑。

“您从我们家来？”她问他。

“不是……不是从你们家来。”

“不是？”叶莲娜重复说，想要作出一个微笑，“您就是像这样履行您的诺言的么？ 我从清早起，就等着您。”

“我昨儿并没有答应过您，叶莲娜·尼古拉耶芙娜，如果您还记得。”

叶莲娜再一次勉强地微笑了，于是，把手掩住了脸。她的手和脸都是那么苍白。

“看起来，您是安心跟我们不辞而别？”

“是的。”英沙罗夫粗声地，几乎是厉声地说。

“什么？ 在我们既已成了朋友，在我们已经谈过那些话，在所有这一切以后……那么，要是我今儿没有恰好在这儿碰上您(叶莲娜的声音开始发抖了，她停止了片刻)……您就真会那么样就走了，连跟我最后一次握握手也不会，并且，您心里也不会难过……”

英沙罗夫转过头去。

“叶莲娜·尼古拉耶芙娜，请别那么说，我求您。就是您不那么说，我也够难受的了。相信我吧，我的决定费了我很大的气力。要是您知道……”

“我不要知道，”叶莲娜突然感到恐怖，打断了他的话，“我不要知道您为什么要走……看起来，那是必要的。看起来，我们是不能不分别的。您不会无端地叫您的朋友心里难过。可是，既然是朋友，难道能够像这样分别的么？我跟您，正是朋友，不是么？”

“不是。”英沙罗夫说。

“什么？……”叶莲娜喃喃地说。她的双颊不自主地罩上了红晕。

“就因为我们根本不是朋友，我才不能不离开。请不要逼我说出我不愿意说的、我也不会说出来的话吧。”

“往日，您对我可是坦白的，”叶莲娜略带嗔怒地说，“您记得吗？”

“那时候我可以坦白，那时，我没有什么要隐瞒的；可是现在……”

“可是现在？”叶莲娜问。

“可是现在……现在我得走了。再见！”

如果在那一瞬间，英沙罗夫抬起眼来望一望叶莲娜，他就可以看出，当他自己蹙眉苦恼之际，她的面容却一时比一时变得更为光彩了，可是，他却一直固执地注视着地面。

“唔，再见了吧，德米特里·尼卡诺雷奇，”她开始说。“可是，我们既然已经碰见了，现在，至少，请把您的手给我吧。”

英沙罗夫正要伸出手来。

“啊，不，连这，我也不能。”他说，于是，再一次转过身去。

“您不能么？”

“不能。再见吧。”

他于是朝教堂的出口走去。

“等一等，”叶莲娜说，“您好像害怕我。可是，我比您更勇敢，”她补充说道，一阵隐隐的颤栗突然扫过她的全身，“我可以告诉您……可以吗？……您怎么会在这儿碰见我？您可知道我要上哪儿去？”

英沙罗夫愕然注视着叶莲娜。

“我正要上您那儿去。”

“上我那儿去？”

叶莲娜掩住了自己的脸。

“您是要逼着我说：我爱您，”她低语着，“现在……我说出来啦。”

“叶莲娜！”英沙罗夫喊道。

她垂下手来，望了他一眼，就投入了他的怀抱。

他紧紧地拥抱着她，沉默着。他用不着告诉她说他是爱她的。单从那一声叫唤，从他整个人的立刻变形，从她那么信任地偎依着的那胸脯的起伏，从他的手指在她头发上所作的爱抚，叶莲娜就可以感到自己是被爱着的。他保持着沉默，而她也不需要言语。“这里是他，他爱我啦……还需要什么？”完全的幸福的平静，在暴风雨之后获得了安全港似的平静，达到了最终目的地似的平静，就是对于死亡本身也能赋予意义和美丽的那非人间的平静，以其神圣的波澜，充溢着她的整个灵魂了。她什么也不要求，因为她已经获得了一切。“啊，我的兄弟，啊，我的朋友，啊，我的爱人！”她的嘴唇轻语着，她自己也不知道，那一颗在她的怀里那么幸福地跳着而且溶化着的心，到底是他的，抑或是她的。

他一动不动地站着，在自己的强有力的怀抱里拥着这向他委身的青春的生命，在心头感觉着新奇的、无限珍贵的负荷；一种强烈的柔情，一种不可言说的感激，将他的坚强的灵魂碾成了粉末，他从来还不曾体验过的眼泪在他的眼里迷漫着了……

但她却不曾哭泣；她只是不断地重复道："啊，我的朋友！啊，我的兄弟！"

"那么，你会随着我，到任何地方？"一刻钟以后他对她说，仍然把她拥在自己的怀里，支助着她。

"任何地方，天边，地极！你到哪里，我也到哪里。"

"你不是在欺骗自己？你知道你父母永远也不会同意我们的婚姻？"

"我不是在欺骗我自己；父母不会同意，我也知道。"

"你知道我贫穷，几乎是个乞丐？"

"我知道。"

"你知道我不是俄国人，我的命运不容我住在俄国，你将不能不和你的祖国、你的亲人，断绝一切联系？"

"我知道，我知道。"

"你也知道我已经献身给那艰苦的、不望感激的事业，我……我们不仅要经历危险，也许还要忍受贫困、屈辱？"

"我知道，一切我都知道……我爱你！"

"你知道你将不能不抛弃你所习惯的一切，在那边，独自一人，生活在陌生人中间，也许不能不亲手操作……"

她用手掩住了他的嘴唇。

"啊，我爱你，我的亲人！"

他开始火热地吻着她的纤细的、蔷薇色的手。叶莲娜并不把手从他的唇边拿开，只是以孩子般的欢喜，以好奇的微笑，看着他热烈地亲吻着，一时吻在她的掌上，一时吻着她的指尖……

忽然，她感觉羞愧了，把自己的脸藏到他的胸前。

他温柔地托起她的头来，直视着她的眼睛。

“那么，欢迎呀，”他对她说，“我的妻，在人们和上帝面前！”

十九

一点钟以后，叶莲娜，一手挽着帽子，一手搭着披肩，缓缓地走进别墅的客厅里来。她鬓发微乱，两颊各有一朵小小的红晕，微笑仍然老不离开她的唇边，她的眼睛眯着，半隐在睫毛底下，它们也在微笑。由于疲倦，她几乎走不动了，可是，这疲倦却使她感觉愉快：老实说，所有一切，全都使她感觉愉快。一切她都觉得是那么可爱，那么温存。乌发尔·伊凡诺维奇正坐在窗前；她走上前去，把手搁在他的肩头，微微俯下身去，不知道为什么，不自主地笑了。

“笑什么？”他吃了一惊，问道。

她不晓得要说什么。她心里想吻一吻乌发尔·伊凡诺维奇。

“就这么……”她终于说了。

可是，乌发尔·伊凡诺维奇连眼也不眨，只是一直奇怪地盯着叶莲娜。她把帽子和披肩全都放到了他身上。

“亲爱的乌发尔·伊凡诺维奇，”她说道，“我要睡啦，我倦啦，”于是，又笑起来，沉到他身边的一张安乐椅里。

“哼，”乌发尔·伊凡诺维奇咕噜着，开始扭动着手指，“那么，就该，是的……”

叶莲娜却望了望自己的周围，想道：“不久以后我就得和这一切分别啦……也真奇怪：我没有恐惧，没有疑惑，也没有惋惜……不，我是为妈妈伤心的！”于是，那小教堂又在她心里浮现了，他的声音又在她心里回响了，她感觉着他的手臂拥抱着自己的身体。她的心快乐地跳着，可是，却是那么微弱：幸福的困倦使她感到了重压。她记起那年老的乞妇来。“她真把我的忧愁全带走了呢，”她想着，“啊，我是多么幸福！多么过分地幸福！幸福是来得多么快啊！”只要她稍稍地放任自己一点儿，她就会倾流出甜蜜的、无休止的眼泪来啦！她只能用笑来抑制它们。无论她做出一个怎样的姿态，她都觉得那是最自然的，最安适不过的；她好像是躺在一个摇篮里了。所有她的动作全都是缓慢的、温柔的；以前的那种急躁，那种僵硬，到什么地方去了？卓娅进来了：叶莲娜觉得她确实从来也没有见过比这更迷人的小脸儿；安娜·华西里耶芙娜也进来了：叶莲娜感到一阵心痛，可是，却用怎样的柔情拥抱了她亲爱的母亲，并且，吻了她那已近斑白的鬓发旁边的前额啊！于是，她回到自己的房里：在这里，一切也是怎样在向她微笑啊！她是以怎样的羞赧的胜利感，以怎样的平寂的心情，落座在那张小床上了啊！不过三小时以前，也就是在这张床上，她还经受过多么苦恼的一些时刻。“唔，就在那时候，我也晓得他是爱着我的呢，”她心里想着，“是的，就是在那以前……啊，不！不！那是罪过。‘你是我的妻……’”她低语着，用手掩住面孔，跪下了。

晌晚的时候，她变得更为沉思。想到不能马上再看见英沙罗夫，她就感到悲哀了。他如果还留在伯尔森涅夫那里，那是不能不引起怀疑的，所以，他和叶莲娜就像这样决定了：英沙罗夫先回莫斯科去，在秋天前，再来看她们两回；而她呢，也约定了时常给他写信，如果可能，就和他在昆采沃附近的地方约会。在喝茶的时候，她下到客厅里来，发现全家的人和舒宾都在那里；当她一出现的时候，舒宾就狠狠地望了她一眼；她想和以前一样，跟他朋友似地说说话儿，可是，她却害怕他的锐利的观察，同时，也害怕她自己。她觉得，这两星期来他不来打扰她，决不是没有缘由的。不久，伯尔森涅夫也来了，转致了英沙罗夫对安娜·华西里耶芙娜的问候，并且，代达了他不及辞行就回莫斯科去的歉意。在那一天，这是叶莲娜第一次听到英沙罗夫的名字；她感到自己的脸红了一红，同时，她也觉察到对于这么好的一位相识者的突然离别，自己也应当表示一下惋惜，可是，她不能勉强自己装假，只好继续不动也不言地坐着，而安娜·华西里耶芙娜却不断叹息着，并且感到遗憾。叶莲娜只想挨近伯尔森涅夫；她不怕他，虽则他甚至知道她的一部分秘密；在他的翼护之下，她可以逃避舒宾的固执的盯视——虽然那盯视并不是嘲笑的，却是关切的。伯尔森涅夫，在那一晚，也迷惘起来了：他本来料想着叶莲娜会更忧郁一些的。幸而在他和舒宾之间发生了一场关于艺术的争论；她坐在旁边，听着他们的声音好像是从梦里透了过来的一样。慢慢地，不只他们，连整个房间，她周围的一切，也都恍如一梦了——所有的一切：桌上的茶炊，乌发尔·伊凡诺维奇的短坎肩，卓娅的光泽的指甲，墙上康斯坦丁·巴甫洛维奇大公的油画肖像，所有这一切都遥远了，一切都迷失在雾里，一切都不再存在了。只是，她对这一切却感到可惜。“这一切存在是为了什么呢？”她想。

“你要睡了吧，列诺奇卡？”她母亲问她。

她却听不见母亲的问话。

“半真半假的暗示么，你可是说？……”这几个字，被舒宾尖锐地叫了出来，忽地惊醒了叶莲娜的注意。“咳，”他继续说道，“整个趣味就在这里呀！ 完全真实的暗示叫人丧气——那是不人道的；完全不真实的暗示，别人不睬你——那是傻的；可是，半真半假的暗示那才叫人不耐烦，叫人生气呢。比方说吧，如果我说叶莲娜·尼古拉耶芙娜是爱上了咱们俩中间的某一个，那算是怎样的一种暗示呢，呃？”

“啊，麦歇[①]保尔，”叶莲娜说道，“我倒真想跟您生生气，可是，老实说，我可没有那分气力。我疲倦得很呢。”

“那你干吗不去睡觉呢？”安娜·华西里耶芙娜说。她自己一到晚间就老爱打瞌睡，所以，也总想把别人打发去睡觉。“跟我说晚安吧，上帝祝你安睡；安德烈·彼得罗维奇会原谅你的。”

叶莲娜吻了吻母亲，和大家行过礼后，就走了。舒宾陪着她走到门口。

“叶莲娜·尼古拉耶芙娜，”在门槛上，他对她低声说，“您尽管折磨麦歇保尔，尽管把麦歇保尔无情踩践，可是，麦歇保尔却祝福您，和您的小脚儿，和您的小脚儿上的小鞋儿，和您的小鞋儿上的小鞋跟儿。”

叶莲娜耸了耸肩膀，没奈何地向他伸出手——不是英沙罗夫曾经吻过的那只手——就走进房里，马上解衣上床，睡着了。她的睡眠是深甜的、宁静的……就是小孩子也少有像那样安甜的睡眠，只有病后复元的婴孩，有母亲守护在摇篮旁边，凝视着他、谛听着他的呼吸的时候，才能够像这样睡眠的。

---

① 法语：先生。

二十

“到我房里来一会儿吧，”在伯尔森涅夫刚和安娜·华西里耶芙娜道过晚安之后，舒宾就对他说，“我给点儿东西你瞧。”

伯尔森涅夫随着他来到他的小房间。他大为惊讶地看见，有许多的习作、立像和胸像，用湿布掩盖着，罗列在房间的各个角落里。

“啊，我看你这一向是用功得很哪，”他对舒宾说。

“一个人总得干点儿什么的，”舒宾回答说，“一件事不成，就得试试另一件。可是我，倒真像个道地的科西嘉人，把复仇看得比纯艺术更重要。[①]Treme，Bisanzia！[②]”

“我不明白你，”伯尔森涅夫说。

“好，等着吧。我亲爱的朋友和恩人，请朝这边看吧，我的复仇第一号。”

舒宾揭开一座塑像，伯尔森涅夫看见一座绝妙的英沙罗夫胸像，和本人极其神似。那面部的特征，舒宾捕捉得极其准确，而且十分细致，并赋予它极优美的表情：诚实、崇高、勇敢。

伯尔森涅夫不禁大大地雀跃了。

“这真妙极啦！”他叫道。“我祝贺你。这简直可以送去展览了！你为什么把这辉煌的杰作叫作你的复仇呢？”

“因为，老兄，我是预备把这个承您过誉的所谓的辉煌的杰作送给

---

① 在科西嘉人中间，曾经流行仇杀的风气。
② 语出意大利作曲家陶尼则蒂（1797—1848）所作歌剧《柏利沙里》，意思是：“战栗呀，彼桑齐亚！”

叶莲娜·尼古拉耶芙娜，作为她的命名日礼物的。您可明白其间的寓意么？ 我们不是瞎子，我们看得见在我们身边发生的事情，可是，我们是绅士，我亲爱的老兄，所以，我们就得像绅士那样复仇。”

“可是，这儿，”舒宾接着说，又揭开另一个小塑像，“依照现代的美学原则，艺术家既可以享受那种可羡慕的特权，在自己身上体现各种的丑恶，把它们变成艺术创造的珍品，那么我呢，在这一艺术珍品里，在复仇第二号里，就完全不是绅士式，而干脆是 en canaille① 了。”

他敏捷地揭开了盖布，于是在伯尔森涅夫眼前出现了一座丹唐风格的小立像，塑造的也是那同一个英沙罗夫。再也想象不出比这更聪明、更刻毒的东西了。那青年保加利亚人被表现成一只竖起前腿、举角待触的公羊。可笑的庄严、傲慢、顽固、愚蠢、褊狭，在那“细毛母羊之佳偶”的面相上，可以说表现得不遗毫发，而同时，它和英沙罗夫却又是那么相像，不容疑惑，这使伯尔森涅夫不禁哄然大笑。

“怎么样？ 有趣么？”舒宾说道。“认识这位英雄吗？ 是不是主张把这个也送去展览展览？ 这一个，我亲爱的老兄，是预备留给我自己，作为我自己的命名日的礼物呢……亲爱的阁下，请让我开这么一次玩笑吧！”

舒宾跳了三跳，鞋跟在自己的臀部踢了三下。

伯尔森涅夫从地上把盖布拾起来，仍然扔到那塑像上去。

“啊，你，你真大量，”舒宾开始说，“在历史上，哪一位是以特别大量著称的呢？ 那且别管！ 可是，现在，”他继续说，庄严而又悲哀地揭开了第三堆较大的黏土，“从这里你可以看出，你的朋友不才

① 法语：流氓式。——原注

我，该是多么谦逊，该有着怎样的识力。同时，你也可以看得出，不才我，作为一个真实的艺术家，又是怎样深觉着自我鞭挞的必要和好处！请看！”

盖布揭开了，伯尔森涅夫于是看见两个头，紧紧挨着，好像原来就是长在一起似的……一时间，他完全迷惘了，不知道是怎么一回事，可是，仔细看过之后，他这才认出一个是安奴什卡，另一个，则正是舒宾自己。然而，这与其说是肖像，倒不如说是漫画。安奴什卡被画成一个肥胖的漂亮女郎，前额低促，眼睛眯在厚重的脂肪层里，鼻子则活泼地翘着。她的肥厚的嘴唇傲慢地微笑着；整个面部表现着情欲、放荡和大胆，虽然也不缺乏忠厚。至于舒宾自己，则被塑成一个憔悴不堪的色鬼，两颊塌陷，稀薄的头发无力地低垂在脸上，眼光暗澹，作出漠然的表情，鼻子尖得像死人的鼻子一般。

伯尔森涅夫恶心地转过头去。

“很妙的一对儿呢，是不是，老兄？”舒宾说道，“您可否赐个合适的题目呢？那两个，我已经想好题目了。胸像可以题作：《志在拯救祖国的英雄》，立像可以题作：《当心腊肠贩子！》，这一个呢，你觉得这样题题如何？——《艺术家巴维尔·雅可夫列维奇·舒宾之将来》……过得去么？”

“得了吧，”伯尔森涅夫回答说，“值得浪费时间在这种……”一时他想不出适当的字眼来。

“你是想说：叫人作呕的东西么？不呢，好兄弟，原谅我，如果真有什么东西值得送到展览会去，那就该是这一座群像。”

“真是叫人作呕，”伯尔森涅夫重复说，“况且，这不是胡来吗？向这方面发展的倾向，到目前为止，在我们的艺术家身上，不幸是很多的；可是，在你身上，却绝对没有。你可真是自己糟蹋自己啦！”

“你觉得那样么？”舒宾阴郁地说。“如果我一直没有这种倾向，而今后竟有了的话，那也只是由于……一个人。你可知道，”他补充说，眉头悲惨地皱了，“我已经在试着喝酒。”

“撒谎的吧？！”

“我试过，真的，我试过，”舒宾说着，忽地又微笑了，容光焕发起来，“可是，那可不是味儿，兄弟，灌到喉咙里去，难受极啦，往后，脑袋里就像擂鼓一样！伟大的鲁西亨——莫斯科最伟大的酒徒，据有些人说，还是大俄罗斯最伟大的酒徒哈拉姆皮·鲁西亨——他自己就对我宣称过，我是怎么也出息不了的。据他的说法，酒瓶就跟我太没缘分。”

伯尔森涅夫正要去把那座群像打翻，可是舒宾却阻止了他。

“算了吧，老兄，别毁了它；留着给我作一次教训，作个吓鸟儿的草人也是好的呢。”

伯尔森涅夫笑了。

“既然这样，好吧，我就饶了你的草人吧，”他说。“永久的纯艺术万岁！”

“万岁！”舒宾也叫起来。“因为艺术，好的会更好，不好的，也不全糟！”

两位朋友热烈地握了手，就分别了。

二十一

醒来之后，叶莲娜的第一个感觉就是一种愉快的惊愕。“那是可能的么？ 那是可能的么？”她问自己，她的心因为幸福而迷醉了。回忆在她的心中汹涌……她感觉自己已被它们淹没。于是，那幸福的、感激的平静，又将她笼罩起来。可是，早晨过后，叶莲娜却渐渐感到不安的侵袭，而在以后的几天里，一直感觉着烦闷和倦怠。的确，现在她已经知道她需要什么了，可是，那也不能令她轻松，那永不能忘的会晤已经永远把她掷出生活的旧道了：她已经不是站在原来的地方，却已经远去了，可是，在她的周围，一切却仍然依着那原来的秩序，一切仍然遵循着那旧有的轨道，好像什么也不曾改变过；旧的生活照旧行进着，也照旧期待着叶莲娜的参加和合作。她试着给英沙罗夫写信，可是，连信也写不下去：话一经落到纸上，不是失去了生命，就是变成了虚假。她的日记，她早已在那最后的一行下面画上了一条粗线，作过结束了。那些都已成为过去，而她的一切思想，她的整个灵魂，现在都朝向了未来。她的心是沉重的。跟什么也没有猜测到的母亲坐在一块儿，听着她，回答她，和她谈话——在叶莲娜看来，这就好像是在犯罪；她感觉着自己的虚伪，她心里苦恼，虽然她没有做过什么可以赧颜的事；不只一次，有种几乎不可控制的欲望从她的心头涌起，她想把所有一切全无保留地说出来，不管以后会产生怎样的结果。“为什么呢，”她想，“为什么德米特里那时不就把我带出那个小教堂，带到他所要去的任何地方去呢？ 他可不是告诉了我，在上帝面前我是他的妻子了么？ 我留在这儿干什么呀？”于是，她突然对任何人都羞怯起来，甚至对乌发尔·伊凡诺维奇也觉得羞怯。那肥胖的老人，近来是更现迷惑，手指也扭动得更多了。她周围的一切，在她看来，好像是既不可爱，也不可亲，甚至也不像梦境，却有如一个噩梦；它们以不动的、死般的沉重，压在她的心上；一切都好像在斥责她，恼怒她，并且理也不愿意理她……“不管怎样，你究竟是我们的呀。”她好像听见说这样的话。甚至她的可怜的小动物们，那些受虐待的鸟兽，也是怀疑地、敌意地——至少，她自己是这样想的——瞪着她的。对于她自己的心情，她感觉着良心的不安和羞愧。“这总归是我的家呀，”她想道，“这总归是我的家人，我的祖国……”“不，这再也不是你的祖国，不是你的家庭了。”在她心里，另一个声音又在这样坚持。恐怖的感觉控制了她，她对自己的软弱感觉懊恼。考验还才开始呢，怎么就能失去耐心？……难道这是她所应许过的态度么？

她并没有很快就能控制自己。可是，一星期过去了，又一星期过去了……叶莲娜开始稍稍平静下来，习惯了自己的新的处境。她给英沙罗夫写了两封短信，并且亲自送到邮局去——也许由于害羞，也许由于骄傲，她怎么也不能把这样的事情信托给她的婢女。她已经开始期待着他本人的到来……可是，一个清朗的早晨，不是英沙罗夫，却是尼古拉·阿尔吉米耶维奇跑回家来了。

二十二

在退役近卫中尉斯塔霍夫家里，从没有人见过家主曾经像那样神情恶劣，而同时又是那么自信而且俨然。他穿着大衣，戴着帽子，端端正正地大踏步走进客厅里来，脚跟蹬得咚咚响；他走到镜子面前，把自己端详了好半天，摇了摇头，于是以凛然不可犯的严肃咬了咬嘴唇。安娜·华西里耶芙娜以显明的激动和隐秘的欢喜迎接他（她从来不能以另外的态度迎接他的）；他甚至连帽也不脱，也不向她问好，只是一言不发地让叶莲娜吻了吻他的羚羊皮手套。安娜·华西里耶芙娜问起他的治疗情况——他却全不理她；乌发尔·伊凡诺维奇出来了——他也只瞥了他一眼，给了他一声："呸！"对于乌发尔·伊凡诺维奇，他照例是冷淡而且倨傲的，虽则他也承认在他身上存在着"纯正的斯塔霍夫血统的痕迹"。如所周知，几乎所有的俄国贵族世家都相信特殊的、他们所独有的遗传特征之存在：我们不只一次地听到"在自己人中间"讨论着什么"波德萨拉斯金斯基式"的鼻子呀，或者"别列普列耶夫斯基式"的脖子呀之类的事情。卓娅也进来了，对尼古拉·阿尔吉米耶维奇请了安。他咕噜了一声，就沉到一张安乐椅里，要了咖啡，只在这时才脱下帽子。咖啡送来了，他喝了一杯，于是，眼睛把在座的人依次扫了一过，这才从牙齿缝里透露一点儿消息："Sortez. s'il vous plaît，"①于是，又转向他的妻子，补充道："Et vous，madame，restez，je vous prie."②

大家都离开了客厅，除了安娜·华西里耶芙娜以外。她的头已经激动得抖动起来。尼古拉·阿尔吉米耶维奇这种若有其事的严肃，很使她吃了一惊。她期待着许有什么非常的事情。

"干什么呀？"门一闭上之后，她就喊道。

尼古拉·阿尔吉米耶维奇冷冷地扫了安娜·华西里耶芙娜一眼。

"没有什么特别的；您怎么马上就装出那种受罪的样子来啦？"他开始说，每说一个字都完全不必要地撇一下嘴。"我只是要预先警告您，今儿有个生客要在我们这儿吃饭。"

"谁呀？"

---

① 法语：我请你们出去。——原注
② 法语：您呢，太太，我请您留下。——原注

“库尔纳托夫斯基，伊戈尔·安德烈耶维奇。您不认识他。枢密院主任秘书。”

“今儿到我们这儿来吃饭？”

“是。”

“就是为了跟我说这个，您就把所有的人都打发出去？”

尼古拉·阿尔吉米耶维奇又扫了安娜·华西里耶芙娜一眼——这一回，却带着讽刺的意味。

“那就叫您奇怪？ 请稍等一等，再奇怪也不迟。”

他沉默了。安娜·华西里耶芙娜也暂时沉默起来。

“我倒很想……”她刚要开始说话……

“我知道，您历来就把我当作个‘不道德’的人，”尼古拉·阿尔吉米耶维奇突然也开始说道。

“我！”安娜·华西里耶芙娜嗫嚅着，吃了一惊。

“也许，您是对的。我并不想否认，事实上，有时候，我的确给了您对我不满的正当理由（“我的灰马哟！”忽然在安娜·华西里耶芙娜的头脑里闪过这一念头）。可是，您，您自己也得承认，您当然也知道，像您那样的体质……”

“可是，我也并没埋怨您呢，尼古拉·阿尔吉米耶维奇。”

“C'est possible.[①]无论如何，我并没有替我自己辩护的意思。时间会替我辩护的。可是，我认为我有义务向您证明：我知道我的责任所在，并且，我也知道怎样来顾全……顾全家庭的……那委托在我身上的家庭的……幸福。”

---

① 法语：也许吧。——原注

“说这些话是什么意思呢？”安娜·华西里耶芙娜想着。（她当然不知道，前晚在英吉利俱乐部吸烟室的一角里，关于俄国人缺乏**演说**才能的问题曾经引起过一场辩论。“我们中间有谁会演说呢？请举出一个来吧！”辩论者之一这么叫道。“哪，比方说，咱们就有斯塔霍夫，”另一个这么回答，还指了指尼古拉·阿尔吉米耶维奇；那时，他正站在旁边，高兴得几乎不曾大声叫出来。）

“比方说吧，”尼古拉·阿尔吉米耶维奇继续说，“就说我的女儿叶莲娜吧。您不以为她已经到了应该在人生的路上采取决定步骤的时候吗？……我是说，到了该当结婚的时候了。所有这些不着边际的空谈呀，慈善事业呀，好，固然是好，可是，总该有个限度，有个年龄的限制。到了她这样的年纪，也该摆脱掉那些乌烟瘴气，抛开那些什么艺术家呀、学者呀、以及黑山人①之流，像别人一样生活才是。”

“叫我怎样来理解您的话呢？”安娜·华西里耶芙娜问。

“唔，那么，就请您好好儿听着好了，”尼古拉·阿尔吉米耶维奇回答说，仍旧把嘴角拉了下来，“我可以明明白白地，不用绕弯儿地告诉您：我认识了，我深深了解了这位青年人——库尔纳托夫斯基先生，我希望，他可以做我的女婿。我胆敢这样想，当您看见他以后，您就决不会怨我有所偏爱，或者判断轻率。（尼古拉·阿尔吉米耶维奇一边说，一边得意自己的雄辩。）他受过极优良的教育，帝国法学院毕业，人品极好，三十三岁，主任秘书，六品官，颈子上挂的是斯坦尼斯拉夫勋章。您，我希望，总会平心静气地承认，我并不是那种丧心病狂、只

---

① 即门的内哥罗人。主要分布在黑山，部分在塞尔维亚等地。此处所谓“黑山人”，系指英沙罗夫。

想高攀的 pères de comédie[①] 之类的人，可是，您自己就跟我说过，叶莲娜·尼古拉耶芙娜是喜欢实际的、有作为的人：那么，首先，伊戈尔·安德烈耶维奇在自己的事业上，就正是个顶有作为的能手；而在另一方面，我的女儿是醉心豪爽的行动的：那么，您就得知道，伊戈尔·安德烈耶维奇，当他一有了单靠自己的薪金就能过活的可能性——请您注意，可能性——的时候，他就马上，为了他的兄弟们的利益着想，把他父亲规定每年给他的那一笔钱，全都不要了。”

“谁是他父亲呀？”安娜·华西里耶芙娜问。

“他父亲？ 他父亲也是个在自己的事业上挺出名的人物，德高望重，un vrai stoïcien,[②]大概是一位已经退役的少校，是 Б 伯爵所有的领地的经管人。”

“啊！”安娜·华西里耶芙娜脱口叫起来。

“啊！ 啊什么？”尼古拉·阿尔吉米耶维奇插嘴说。“您可是抱有什么成见？”

“唉，我什么也没有说呢。”安娜·华西里耶芙娜反驳说。

“不，您说过；您说：‘啊！’……可是，无论怎样，我考虑再三，认为有把我的想法预先告诉您的必要，并且，我敢于认为……我敢于希望，我们该 à bras ouverts[③] 接待库尔纳托夫斯基先生。他可不是那种没有来历的黑山人。”

“当然哪；我只要把厨子万卡叫来，叫他多预备两样菜就是啦。”

---

① 法语：喜剧里的父亲。——原注
② 法语：一位真正的斯多葛派。——原注（按：斯多葛派为古代奴隶占有制社会的一个哲学派别，转义为“坚忍不拔的人”。）
③ 法语：非常热烈地。——原注

“您明白，我可不管那些。”尼古拉·阿尔吉米耶维奇说着，站起来，戴上帽子，一面吹着口哨(他听什么人说过，只有在别墅里或者在跑马场里，吹口哨才算得体)，到花园里散步去了。舒宾从自己房间的小窗里望见他，就默默地向他伸了伸舌头。

在四点差十分的时候，一辆出租马车来到斯塔霍夫家别墅的阶前。一位先生，年纪还轻，仪表不俗，衣着大方而精致，落下车来，命令仆人前去通报。这就是伊戈尔·安德烈耶维奇·库尔纳托夫斯基。

翌日，在叶莲娜给英沙罗夫的信里，除了别的话以外，写了下面的话：

“祝贺我吧，亲爱的德米特里，我有个求婚的人啦。他昨天在我们这儿吃饭；我猜想，是爸爸在英吉利俱乐部里认识了他，把他接了来的。当然，昨儿，他并不是以一个求婚者的身份到我们家来的。可是，善良的妈妈(爸爸已经把自己的心事告诉了她)却在我耳边偷偷地告诉了我这位客人的来历。他名叫伊戈尔·安德烈耶维奇·库尔纳托夫斯基；现任枢密院主任秘书。首先，我给你描写一下他的风采吧：身材中等，比你稍矮，风度甚佳；五官端正，头发剪得很短，满脸胡子。眼睛很小(跟你的一样)，褐色，灵活；口扁阔；在眼里和唇上，常有照例的微笑，好像在做着例行的公事。举止大方，说话也清楚，在他身上一切好像都十分准确；行动，谈笑，饮食，也全像在做着例行公事。‘她把他研究得多么仔细啊’，也许，这时候，你是在这么想吧。是的；不研究清楚，怎样好来给你描写呢？ 况且，怎么能不研究自己的求婚人呢？ 在他身上有着钢铁般的……同时又是迟钝的、空虚的什么——并且，也很像个正人君子；据说，他的确是个正人君子呢。你，好像也是钢铁般的，可是，你却跟他不同。席间，他坐在我旁边，舒宾坐在我们对面。最初，谈话是关于商业经营一类的事情；据说，他对于企业经营很内行，曾经为了去经营一个大企业，几几乎弃官不为。可惜，他并没有当真这样做！ 舒宾于是谈起戏剧；库尔纳托夫斯基先生就宣称（我得承认，他这么宣称，是全无虚伪的谦抑的），他对于艺术之类的事情一窍不通。这使我想起你来……可是，我又想道：不啊，德米特里和我对艺术的无知，是和这位先生大不相同的。这位先生好像就是说：'我不懂艺术，而艺术也并不是必要的，可是，在一个秩序良好的国家里，艺术呢，却也可以容许。'然而，对于彼得堡社会和那般 comme il faut①，他又好像不大看得上眼：他有一次甚至称自己为一个无产者。我们，他说道，我们是劳动者！ 我想道：如果德米特里说了这样的话，我就会不高兴的，可是，对于这一位呢，我且让他去说，让他去吹吧！ 他对我好像很殷勤，可是，我总觉得，这好像是一位很大很大的官儿，在给我一种屈尊的提携呢。当他想要称赞某人的时候，他总说，某某是一个知法度的人——这是他的口头禅。他好像很自信，勤勉，也能自我牺牲，（你瞧，我该是公平无私吧？）那就是说，能够牺牲自己的利益；可是，他终归是个大大的专制魔王。落到他的手里，那就够苦的啦！ 在席上，他们谈到了贿赂的事……

"'我也知道，'他说，'在许多场合，受贿的人实在没有罪，因为，他也是没有办法。可是，如果被发觉了，也还是应当加

① 法语：上流人。——原注

以无情的惩治。’

“我喊道：‘惩治一个无罪的人！’

“‘是的；为了原则的缘故。’

“‘什么原则呀？’舒宾问。

“库尔纳托夫斯基像是恼了，又像是吃惊，只是说：

“‘那不用解释。’

“爸爸好像是崇拜他的，就插嘴说：当然不用呀；可遗憾的是，谈话到这儿就打住了。晚间，伯尔森涅夫来了，和他展开了一场剧烈的辩论。我从来也没有见过我们的善良的安德烈·彼得罗维奇像那样激动过。其实，库尔纳托夫斯基先生也完全没有否认科学、大学等等的作用，可是，我还是了解安德烈·彼得罗维奇的愤懑的。那位先生把这一切全看作体操之类的玩意儿。饭后，舒宾到我这儿来，跟我说：‘这儿的这位和那另外的一位(他从来就不肯直说你的名字)都是讲求实际的人，可是，请看吧，多么不相同呀！那一位有着真实的、活的、献给生活的理想；可是，这一位呢，连义务感也没有，只是官僚气的正派，和什么内容也没有的事业心罢了。’舒宾真聪明，我记住了他的话，好来告诉你。可是，在我看来，你们中间有什么相同的呢？你**有信念**，那一位，可没有，因为，一个人是不能仅仅**信仰自己**的。

“他直到夜深才走；可是妈妈却还来得及告诉我，说那位先生很喜欢我，爸爸因此也喜欢得了不得……我可不知道他可曾说过我是个‘知法度’的女子？我差不多要告诉妈妈，说我真是抱歉得很，因为我已经有个丈夫啦。爸爸为什么那么不高兴你呢？ 妈妈那方面，我想我们不久就有办法了……

“啊，我的亲爱的！ 我这么不厌其详地给你描写这位先生，只是为了抑制我的苦恼。没有你，我不能生活；我不断地看见你，听见你……我期待着跟你见面，不是在我们家里，像你所打算的那样——想想吧，那会叫我们多么不安心、不痛快！ ——可是，你当然知道，我写信告诉过你——就在那个树林里……啊，我亲爱的人！ 我多么爱你啊！”

二十三

库尔纳托夫斯基作过第一次拜访之后，又过了三个星期。使得叶莲娜极为欢喜的，是安娜·华西里耶芙娜这时已经回到莫斯科，回到普列契斯金卡附近她的大木屋里来了：这屋子有廊柱，每个窗上饰有白色的竖琴和花束，有楼，有仆舍，屋前有花园，有一块宽大的草坪，坪里有一口井，井边有一间狗屋。安娜·华西里耶芙娜历年没有这么早就离开别墅的，可是，这一年，在初秋的第一习凉风吹来之际，她就牙痛起来；尼古拉·阿尔吉米耶维奇呢，在他这方面，因为治疗已经完毕，也就想念起夫人来，况且，奥古斯汀娜·赫利斯奇安诺芙娜已到列维尔去看自己的表妹去了；同时，有一个外国家族来到了莫斯科，正在表演什么**优美体操造型** des poses plastiques[1]，《莫斯科新闻》上关于他们的描写，也大大地引起了安娜·华西里耶芙娜的好奇心。总之，在别墅里再住下去，是诸般不便的，而用尼古拉·阿尔吉米耶维奇的话

---

① 法语：体操姿势造型。

来说，则是和他的“原定计划”的执行根本不能两立。别墅生活的最后两星期，叶莲娜觉得分外悠长。库尔纳托夫斯基来过两次，都在星期日；在平时，他是忙不过来的。他本是为叶莲娜而来的，可是，多半却和卓娅谈话。卓娅是非常喜欢他的。“Das ist ein Mann！”[①]当她看着他那微黑的、丈夫气的面孔，听着他那自信的、谦而不卑的谈话的时候，她就不断这么寻思着。在她看来，谁也没有那么美妙无比的声音，谁也不能像他那样漂亮地说：“我真荣幸……”或者“我真高兴极啦”。英沙罗夫没有到斯塔霍夫家来过，可是，叶莲娜却按照自己所安排的，在莫斯科河畔的小树林里和他秘密约会过一次。他们只能匆匆忙忙交换很少几句话。舒宾陪安娜·华西里耶芙娜回莫斯科去了；伯尔森涅夫几日之后也回到了城里。

英沙罗夫正坐在自己房里，第三次地研读着那些从保加利亚“捎来”的书信：他们不放心把书信从邮局寄递。这些信使他大为不安。在东欧，事件发展得异常迅速；俄国军队占领诸公国[②]，使得所有的人心震动；风暴是在酝酿着了，即将临近的、不可避免的战争的呼吸，已经可以感到。燎原的大火已经开始燃烧了，谁也不能预见它会扩张到什么程度，止于怎样的地方；古昔的忿怨，久怀的希望——所有一切全都开始骚动了。英沙罗夫的心也焦急地跳着：他的希望也快要实现了。“可是，这不是太快了么？ 不会落空么？”他想着，紧紧地握住拳头。“我们还没有准备好呢。可是，由它去吧！ 我得出发了。”

---

① 德语：这才是真的男子汉。——原注

② 即所谓“多瑙河诸公国”的摩尔达维亚与瓦拉几亚，在历次俄土战争中，均为两军所必争。1853 年 6 月，克里米亚战争前夕，俄国戈尔卡科夫亲王率兵进入两公国，次年退出。

门外传来轻微的窸窣声，门突然开了——叶莲娜跑进房来。

英沙罗夫全身战栗，抢上前去，在她面前跪下来，抱住她的腰，把头紧紧地贴住她的身体。

“你没有想到我会来吧？”她喘息地说（她是急急忙忙跑上楼来的）。“啊，我亲爱的！我的亲人！”她两手抱住他的头，又向四周望了望，“你就住在这儿呀？我一下子就找到你啦。你的房东的女儿引我来的。我们前天到。我本想给你写信，可是，我又想不如我亲自来。我在你这儿只能呆一刻钟。起来，把门关好。”

他站起来，急急把门关好，又回到她面前，握住她的手。他说不出话；他因为欢喜而窒息了。她微笑地望着他的眼睛……那双眼睛里闪着怎样幸福的光辉啊！……她感觉害羞了。

“等一等，”她说着，温柔地把手抽了回来，“让我把帽子脱下来吧。”

她解了帽带，把帽子扔到一边，从肩头卸下披肩，理了理头发，于是坐到那个旧的小沙发上。英沙罗夫看着她，一动也不动，好像入了迷。

“坐下。”她说，并不抬起眼睛来望他，只是指向她的身旁。

英沙罗夫坐下来，可不是坐到沙发上，却坐在她的脚前。

“来，给我把手套脱了吧。”她不安地说。她开始感到惶恐。

他开始为她解钮扣，然后，开始脱下一只手套来，可是，在脱到一半的时候，他却把嘴唇狂热地吻在她那纤细的、温柔的、洁白的手腕上了。

叶莲娜战抖了，想用另一只手把他挡开，他却也在那另一只手上吻起来。叶莲娜把手缩回，他抬起头来，她望了望他的脸，就弯下身——他们的嘴唇就互相接触了……

一瞬间过去了……她挣脱开来，站起身，低低地喃喃道："不，不。"——于是，急忙走向写字台。

"我是这儿的主妇啦，那么，你就不能有什么秘密瞒我，"她说着，极力装作平静，背对着他站着，"多少文件呀！这都是些什么信？"

英沙罗夫皱了皱眉。

"这些信么？"他说着，站起来，"你可以看。"

叶莲娜把信拿在手里翻动起来。

"信这么许多，字又写得这么小，可我马上就得回去……让它们去吧！……该不是我的情敌写来的吧，呃？……啊，不是用俄文写的呢。"她把那一页页的薄纸翻着，又这样补充说。

英沙罗夫走到她身边，温柔地抚着她的身腰。她急忙转过身来，快活地对他一笑，就偎在他的肩上了。

"那些信是从保加利亚来的，叶莲娜；我的朋友们写信给我，召唤我回去。"

"现在？到他们那儿去？"

"是的……现在。趁着还来得及，还可能通过的时候。"

突然，她用两手抱住他的颈项。

"你会带我一道儿去的，是吗？"

他把她拥到了胸前。

"啊，我亲爱的姑娘，啊，我的女英雄，你怎么说出这样的话！可是，在我，我，一个无家的、孤零零的男人，把你拖着跟我走，那不是罪孽，不是发疯么？……况且，是去怎样的地方啊！"

她掩住他的口。

“嘘……别说啦！……要不，我会生气啦，再也不来看你啦。怎么，咱们不是什么都说妥啦？什么全决定啦？难道我不是你的妻子么？妻子能跟丈夫分开么？”

“妻子们可不上战场呢。”他有些悲伤地微笑着说。

“是的，在她们能够留在后方的时候。可是，我能留在这儿么？”

“叶莲娜，你真是个天使！……可是，你想想吧，也许，我不得不离开莫斯科……在两星期以内。我再也顾不了我的大学课程，也顾不得完成我的工作了。”

“什么，”叶莲娜截断他的话，“你马上就要走么？如果你愿意，我此刻就留在这儿，此刻，现在，就永远跟你一块儿，再也不回家去，好吗？我们马上就动身，好吗？”

英沙罗夫以加倍的热情，把她拥抱在自己怀里。

“愿上帝惩罚我吧，”他叫道，“如果我做的是有罪的事。从今天起，我们是永远合而为一了！”

“我就留下么？”叶莲娜问。

“不，我纯洁的姑娘；不，我的宝贝。今天，你还该回家去，但是要随时准备着。事情不是转眼就能办妥的；我们得周密地筹划一下。我们需要钱，需要一张护照……”

“我有钱，”叶莲娜截断他的话，“八十卢布。”

“唔，那不算多，”英沙罗夫沉吟着，“可是，不管多少，都是个帮助。”

“我还能筹措一些。我可以借，我可以求妈妈……不，我不高兴跟妈妈要……可是，我可以卖掉我的表……我还有耳环，两只手镯……

和花边。”

“钱还不是主要的，叶莲娜；护照，你的护照，怎么办呢？”

“是的，怎么办呢？ 可是，护照是绝对必要的么？”

“绝对。”

叶莲娜微微笑了。

“我有个多么奇怪的想法呀！ 我记得，在我很小的时候……我们家有个婢女跑掉了。她给捉了回来，结果是饶了她，后来，还在我们家住了很久……可是，大家还是管她叫偷逃的塔吉亚娜。那时候，我再也没想到我自己也会像她似的偷跑的呢。”

“叶莲娜，你不害羞？”

“为什么？ 当然，有护照，那就更好。可是，如果不能……”

“我们慢慢地、慢慢地设法吧，稍为等一等，”英沙罗夫说，“只是让我考虑考虑，想一想。我们俩得把什么都全盘商量过。钱，我也有的。”

叶莲娜掠了掠落到他额前的头发。

“啊，德米特里！ 两个人一道儿走，该多么快乐啊！”

“是的，”英沙罗夫说，“可是，那边，当我们到达了以后……”

“怎么样？”叶莲娜截断他的话，“两个人一道儿死，不也是快乐的么？ 啊，不，我们为什么要死呢？ 我们会活着，我们还年轻。你多大？ 二十六？”

“二十六。”

“我还只二十。在我们前面，还有很多很多的好日子。啊！ 你不是想逃开我的么？ 你不是不要俄国爱人的么？ 你这保加利亚佬！ 我倒要瞧瞧你现在还能逃到哪儿去！ 可是，要是那时候我不去找你，我们现在就怎样了呢？”

“叶莲娜，你知道是什么在驱使我走开？”

“我知道；你爱，可是你又怕。可是当真，你没有看出我也爱着你的么？”

“我发誓，叶莲娜，我一点也没有看出。”

她给了他一个迅速的、猛不提防的亲吻。

“哪，我也爱你这一点。好啦，再见吧。”

“你不能再留一会儿么？”英沙罗夫问。

“不能，我亲爱的。你以为我一个人跑出来容易么？一刻钟老早过啦。”她披上披肩，戴上帽子，“明天晚上到我们家来吧。不，后天。我们会觉得拘束，不痛快，可是那是没有办法的；至少，我们可以见见面。再见。让我走吧。”他最后一次拥抱了她。“哎！瞧，你把我的表链子也弄断了。多笨的孩子呀！没有关系。这样更好。我可以到库兹涅茨基桥去，把它丢在那儿修理。他们要是问我，我就可以说我到库兹涅茨基桥去了。”她握住门把。“啊，我忘了告诉你：库尔纳托夫斯基先生，多一半，这一两天就会向我求婚啦。可是，我会回他一个……这个。”她把左手的拇指搁在鼻子尖上，另外的手指临空挥了两挥。“再见吧。回头见。现在，我可认识路啦……可是，你可别耽搁时间啊……”

叶莲娜把门开了一道隙缝，听了听，回头看了看英沙罗夫，点了点头，就一闪身溜出去了。

英沙罗夫在那扇关着的门前站了一会儿，也谛听着。下面，通向庭院的门砰然响了一声。于是，他走到沙发跟前坐下来，用手掩住眼睛。这样的情形，在他是从来不曾有过的。“我怎么配得上这样的爱情呢？”他想着，“莫非是一个梦？”

可是，叶莲娜在他的寒伧、阴暗的小房间里留下的木樨的幽香，却分明说她的确来过。和这幽香一起，那青春的声音，那轻盈的、青春的脚步声，那年轻的、少女的身体的温暖和蓬勃的朝气，也好像还在空气里荡漾着呢。

二十四

英沙罗夫决定等候更确切的消息，并且开始作动身的准备。困难是很大的。就他个人来说，本来没有什么阻碍：他只要申请一张护照就行——可是，叶莲娜怎么办呢？ 要用合法的手续替她弄到护照，那是不可能的。跟她秘密结婚，以后再去见她的双亲，……“那么，他们就会放我们走了，”他想，“可是，万一他们不肯？ 我们一样可以走。可是，万一他们提出控告……万一……不，还是设法弄一张护照的好。”

他决定去求教（当然，并不说出确切的姓名来）他的一位相识，一位退职的、或者不如说撤职的检察官，这人，对于所有各种秘密的勾当，是个富有经验的老手。这位可敬的先生并不住在附近；英沙罗夫在一辆很糟的马车里颠簸了整整一小时，这才到达他的住处，可是，更糟的是，他恰好不在家里；在归途上，他碰上了倾盆的骤雨，全身给雨淋得透湿。次晨，英沙罗夫不顾厉害的头痛，第二次拜访了那位退职的检察官。退职检察官注意地听着，一面从他那画有大乳房仙女的鼻烟壶里闻着鼻烟，用他那狡猾的、也是鼻烟色的小眼睛偷瞟着来客；他一直听完，于是要求“更确切的事实陈述”；而当他觉察到英沙罗夫不愿说出底细来时（连到这里来，在英沙罗夫也是万般不得已），他就只忠告他，首先，最要紧的，要用那“能通神的事物”把自己装备起来，他并且请他再来一次，“当您，”他补充说，从那敞开的鼻烟壶里又闻了闻鼻烟，“肯开诚相见，而不是疑惑多端的时候。(他说话的腔调是很特别的。)护照吗，”他又好像在对自己说似的，“那不是不能想办法的，比方说，您去旅行：谁还管您是什么玛丽亚·布列吉希娜，还是卡罗琳娜·弗格尔梅耶尔呀？”一种憎嫌的感情涌上英沙罗夫心头，可是，他却谢过检察官，并且答应一两日内再来。

当晚，他去到斯塔霍夫家。安娜·华西里耶芙娜亲切地接待了他，稍稍责备他不该把她们完全忘掉，并且，见他面色苍白，也特别问到他的健康；尼古拉·阿尔吉米耶维奇一句话也没有和他交谈，只以一种若有所思而又毫不介意的好奇心望着他；舒宾对他很冷淡，可是叶莲娜的态度却使他惊讶了。她本是期待着他的；她为他穿上了他们在教堂相会的时候她穿过的那件衣裳，可是她却是那么平静地欢迎了他，态度是那么有礼貌、从容而又愉快，无论谁看见她，都不会相信这少女的命运是已经决定了的，也不会知道正是因为暗自意识到幸福的爱情，她的面容才变得生动、她的举止才变得轻快和富有魅力。她代替卓娅斟茶，她说笑，闲谈；她知道舒宾会注意她，也知道英沙罗夫是不会戴面具、不会假装若无其事的，所以她就预先把自己武装起来了。她果然没有错：舒宾的眼睛从来没有离开过她，而英沙罗夫，在那一晚，也特别沉默而且抑郁。叶莲娜感到那么幸福，她禁不住想来撩逗一下英沙罗夫了。

“啊，怎么样呢？”她突然对他说，“您的计划进行得怎么样啦？”

英沙罗夫慌张起来。

“什么计划？”他说。

“怎么？难道您忘啦？”她说着，对他笑了；只有她一个人明白那幸福的笑是什么意思，“您为俄国人选的保加利亚文选呀！”

“Quelie bourde！”[1]尼古拉·阿尔吉米耶维奇从牙齿缝儿里喃喃地说。

卓娅坐到钢琴旁边去了。叶莲娜微微耸了耸肩膀，就把眼睛向门边一瞟，好像是示意给英沙罗夫，催他回去。于是，她用手指轻轻地敲了两次桌子，一双眼睛注视着他。他了解她是约他两天以后相见；当她知道他了解了她以后，她就闪出一抹匆匆的微笑。英沙罗夫起身告辞；他感到很不舒服。库尔纳托夫斯基来了。尼古拉·阿尔吉米耶维奇跳起来，把右手举过头，然后把手轻轻地落到主任秘书的手掌里。英沙罗夫本想再留一下，看看自己的情敌。叶莲娜偷偷地、狡黠地点了点头；主人觉得没有把两位客人互相介绍的必要，于是，英沙罗夫和叶莲娜交换了最后一次的谛视以后，就走掉了。舒宾沉思着，沉思着——忽然之间，就和库尔纳托夫斯基激烈地争论起一个法律问题来了，对于这问题，他其实是一无所知的。

英沙罗夫整晚不曾入睡，到早晨，就感觉病倒了，可是，他仍然忙着整理文件和写信，只是他的头却感觉沉重而且混乱。在午餐的时候，他开始发起热来：他什么也吃不下。到傍晚，热度急剧地增加了，浑身骨节酸痛，头痛欲裂。英沙罗夫在叶莲娜不多时以前曾经坐过的那张沙发上躺下；他想：“我是合该受罚啦！干吗要跑去找那老混蛋呢？”他努力想使自己入睡……可是，病魔却已经把他整个攫到自己手

---

① 法语：多么荒唐！

里。他的血管疯狂地搏动着，血液如火般燃烧，思想好像飞鸟似的只是不断回旋。他已经沉入昏迷状态了。他好像给人劈面打翻了似的躺着，而突然，他又觉得谁在他耳边轻轻地笑，窃窃地私语；他奋力睁开眼睛，不曾剪心的蜡烛的光焰尖刀一般地对着他的眼睛刺来……唔，是什么呀？ 老检察官在他的榻前，穿着东方的丝质绣袍，腰间还系着一条绣花手绢，正像昨天他看见的那样……“卡罗琳娜·弗格尔梅耶尔。”那瘪嘴似乎这样喃喃地说。英沙罗夫瞪了瞪眼，再一凝视，老人却扩大了，膨胀了，伸长了，他已经不是一个人，却成了一棵树……英沙罗夫得攀上那盘龙似的树枝。他攀着攀着，却一交跌下来，胸脯正碰在一块尖刀似的石上。卡罗琳娜·弗格尔梅耶尔正蹲在那儿呢，好像一个女小贩，正在含含糊糊地喊道：“馅儿饼，馅儿饼哟，买馅儿饼哟！”——血流和剑影不断闪耀起来……叶莲娜！ ……于是，一切消逝在一团血红色的雾里。

二十五

“有个家伙，像个锁匠什么的，到咱们这儿来啦，”次日傍晚，伯尔森涅夫的仆人对他这么报告说（这位仆人，是以对主人严厉和生性多疑而出名的），“他要见您。”

“请他进来，”伯尔森涅夫说。

“锁匠”进来了。伯尔森涅夫认出这原来就是那位裁缝，英沙罗夫的房东。

“做什么？”伯尔森涅夫问他。

“我到您老爷这儿来，”裁缝开始说，两只脚缓慢地左右移动着，不时摆着右手，用三个手指头抓住自己的衣袖，“因为，我们那位房客哩，嗯嗯，病得很厉害。”

“英沙罗夫？”

“着，我们的房客。谁知道怎么回事呢，昨儿早起，还活鲜鲜的，晚间呢，只要了点儿水喝，我家里给他送了点儿水去，可是，夜里呢，就说起胡话来啦，我们听见的，因为我们只隔一层薄板；今儿早起，就不会说话啦，木头似地倒着，热得凶呢。我的天！我想，哪哪，他准会死啦，那么，我们就得报告警察去。因为，您知道，他是个单身人儿；可是我家里，哪，她说：‘到那位老爷那儿去吧，那位，我们这位在那儿住别墅的那位，说不定那位老爷会有个主意，也许会自家儿来的。’那么，我就到您老爷这儿来啦，因为，我们不能够，那就是说……”

伯尔森涅夫抓起自己的帽子，塞了一个卢布到那裁缝的手里，就和他急急赶到英沙罗夫的寓所来了。

他发觉他倒在沙发上，人事不知，衣裳也没有脱掉。他的面孔可怕地改变了。伯尔森涅夫立刻吩咐房东夫妇替他把衣服脱掉，把他安置到床上去，自己急忙跑去找了医生来。医生立刻处了方：水蛭，芥子膏，甘汞，同时，吩咐放血。

“他病得很危险么？”伯尔森涅夫问。

“是的，非常危险，”医生回答，“急性肺炎，炎症已经完全发展，脑子或许受到了影响，可是，病人还年轻。只是，他本身的元气此刻对他已经没有什么好处。你们找我找得太迟，可是，我们总得依着科学所指示的，一件件去做。”

医生自己还是个青年人，所以，仍然相信科学。

伯尔森涅夫当晚就留在那里过夜。主人夫妇原来都是善心的人，并且，一经有人告诉他们怎么做之后，他们甚至变得很能干了。一位助理医生来了，于是，开始做治疗上的处理。

快到早晨，英沙罗夫清醒了几分钟，认出伯尔森涅夫来，问道："那么，我是病啦？"于是，以病危的人特有的迟钝、疲倦而迷惘的眼睛四周望望，就又陷入无知觉状态。伯尔森涅夫回家换过衣服，带了几本书，再回到英沙罗夫的寓所里来。他决心至少暂时留在那里。他把英沙罗夫的床用屏风隔开，给自己在沙发旁边理出一个小小的安身的地方。那一天，是过得不愉快、也不迅速的。伯尔森涅夫除了进食以外，不曾离开房间。夜晚来了。他燃起一根蜡烛，罩起来，开始读一本书。周围一片寂静。从间壁后面主人的房里，时而传出压抑的私语，时而传出一声呵欠，时而传出一声叹息……其中一个打喷嚏，另一个则低声地斥责他；屏风后面，可以听见病人沉重的、不匀的呼吸，中间有时间隔着一声短促的呻吟和头部在枕上不安地转侧的声音……奇怪的幻想在伯尔森涅夫心里涌着。他想着，在这房里，有一个人，生命只如将断的线，而这人，他知道，正是叶莲娜爱着的……他记起那一晚，舒宾曾追上来告诉他说她是爱着他，爱着他伯尔森涅夫的！ 而现在呢……"我现在该怎么办呢？"他问自己，"让叶莲娜知道他的病？ 或者等一等？ 这消息会比前次我告诉她的那一个更令她伤心；命运是多么奇怪地安排我来做他们中间的中介人呀！"他决定了，等一等是更妥当的。他的目光落到那个堆满文件的桌上……"他能实现他的理想么？"伯尔森涅夫想着。"难道这一切竟会变成泡影？"于是，他心里对那将被摧毁的年轻的生命不禁充满了悲悯，他给自己发了誓要把它拯救出来……

那是个不安的夜晚。病人不断发着谵语。几次，伯尔森涅夫从自己的小沙发上爬起来，踮着脚走到病人床边，忧愁地听着那不连续的、模糊的呓语。只有一回，英沙罗夫忽然清楚地说道："我不要，我不要，你不能……"伯尔森涅夫怔了一怔，凝望着英沙罗夫；那受苦的死了般的面孔，全无活动，两手，也正无力地摊着……"我不要。"他几乎是听不见地重复说。

医生清早就来了，摇了摇头，重新处了方。

"离开转机还远着呢。"他说着，就戴上了帽子。

"转机以后呢？"伯尔森涅夫问。

"转机以后？ 那只有两个前途：aut Caesar，aut nihil．[1]"

医生走了。伯尔森涅夫在街上徘徊了几转：他感到需要新鲜空气。随后，他回到房里，又拿起一本书来。罗墨尔他早已读完；现在，他在研究格罗特[2]了。

突然，房门轻轻地响了，房东的小女儿，照旧包着一块太大的头巾，小心翼翼地伸进头来。

"哈，"她小声说道，"前回给了我十戈比的小姐，来啦……"

小女孩的脑袋忽然不见，代替她的，是叶莲娜来到了房里。

伯尔森涅夫好像给什么刺了一下，跳起来；可是，叶莲娜却不曾动弹，也不曾喊叫……好像是，在一刹那间，她已经什么都明白了。可怕的苍白笼罩了她整个的面颜；她走向屏风去，向里面望了望，抬了抬手，就好像变成化石了。如果再过一瞬间，她也许就会向英沙罗夫扑过

---

① 拉丁文：或是恺撒，或是毁灭。——原注
② 格罗特(1794—1871)，英国历史学家，为《希腊史》的著者。

去，可是伯尔森涅夫拦住了她。

“您做什么？”他以颤栗的低声说道，“您这样也许会送他的命！”

她摇晃着。他把她扶向沙发，让她坐下来。

她直直地望着他的脸，用眼睛从头到脚扫了他一遍，最后，就凝视着地下了。

“他会死吗？”她的声音是那么冷淡而且平静，伯尔森涅夫不禁感到恐惧。

“为了上帝的缘故，叶莲娜·尼古拉耶芙娜，”他开始说，“您说什么呀？他病啦，那是事实——病得相当危险……可是我们可以救他的；我可以给您保证。”

“他已经没有知觉了吗？”她又问，声音还是和以前一样冷静。

“是的，现在，是晕过去了……这种病，在初期总是这样的；可是，那没有关系，没有关系的——我给您担保。喝点儿水吧。”

她抬起眼来看着他，他知道，她并没有听见他的回答。

“如果他死了，”她说，仍然用那同样的声音，“我也会死的。”

在这时候，英沙罗夫发出一声微弱的呻吟；她全身颤抖了，抓住自己的头，于是，开始解帽带。

“您这是做什么？”伯尔森涅夫问她。

她没有回答。

“您要做什么？”他又问。

“我要留在这里。”

“怎么？ ……久留么？”

“我不知道，也许整天，整晚，永远……我不知道。”

“为了上帝的缘故，叶莲娜 · 尼古拉耶芙娜，克制您自己一点儿吧。当然，我一点儿也没有料到会在这儿见到您，可是，我仍然……我料想，您是只能在这儿待一个很短的时间的。请您想一想，您家里的人会发觉您不在……”

“那算什么？”

“他们会寻您……找您……”

“那又怎样？”

“叶莲娜 · 尼古拉耶芙娜！ 您瞧……现在，他不能保护您呢。”

她垂下头来，好像沉入了深思，于是把手绢举向唇边，痉挛的啜泣就以暴风雨一般的力量从她的胸怀猝然迸发了……她把脸伏向沙发，想把哭声窒塞，可是，她的全身却像一只被捉住的鸟儿似的，颤栗着而且起伏着了。

“叶莲娜 · 尼古拉耶芙娜……为了上帝的缘故……”伯尔森涅夫不断向她重复说。

“啊！ 那是什么？”忽然，英沙罗夫的声音响了。

叶莲娜抬起身来，伯尔森涅夫生了根似的呆住了……一会儿以后，他走近床边……英沙罗夫的头仍和以前一样，无力地躺在枕上；他的眼睛闭着。

“他是在说胡话么？”叶莲娜嗫嚅着说。

“好像是的，”伯尔森涅夫回答，“可是，这是没有关系的；这样的病往往这样，尤其是……”

“他什么时候病起的？”叶莲娜截断了他的话。

“前天；我从昨天起就过来啦。信任我吧，叶莲娜 · 尼古拉耶芙娜。我决不会离开他；我们会用尽所有的方法。如果必要，我们可以来一次会诊。”

“我不在的时候他会死掉的啊。”她叫起来，扭着两手。

“我负责答应您每天给您报告他的病情，倘若真有什么急迫的危险……”

“请给我发誓，那时候您会立刻叫我来，无论白天或者夜晚；直接给我写个条子……现在，我什么也不怕了。您可听见？ 您答应您会这么做么？”

“凭上帝，我答应。”

“请您发誓。”

“我发誓了。”

她突然抓住他的手，在他还来不及把手缩回之前，她已经在那手上吻着了。

“叶莲娜 · 尼古拉耶芙娜……您，您这是做什么……”他嗫嚅着。

“不……不……那是不必要的……”英沙罗夫模糊地喃喃地说，接着，是一声沉重的叹息。

叶莲娜走近屏风，牙齿紧咬手绢，久久地凝视着病人。无言的眼泪从她的颊上滚下来。

“叶莲娜 · 尼古拉耶芙娜，”伯尔森涅夫对她说道，“他也许会醒过来，认出了您；谁也不知道那会不会使他的病更加沉重。况且，我看，医生随时会来……”

叶莲娜从沙发上拿起帽子戴上，又停下来。她的眼睛悲哀地瞟了房间一转。她似乎是在回忆……

“我不能走。”她终于低语说。

伯尔森涅夫握紧她的手。

“刚强一些吧，”他说，“镇静一些；您已经把他交给了我。我今晚就来看您。”

叶莲娜望了他一眼，说道：

“哦，我善良的朋友！”于是啜泣起来，冲出房去。

伯尔森涅夫倚着房门。一种悲哀的、苦痛的、然而同时不无奇妙的安慰的情感，拥塞在他的心头。“我善良的朋友，”他想了一想，于是，耸了耸肩。

“谁来啦？”英沙罗夫的声音响了。

伯尔森涅夫走上前去。

“是我，德米特里·尼卡诺雷奇。您怎么啦？ 您感觉怎样？”

“只有您？”病人问道。

“只有我。”

“她呢？”

“哪一个她？”伯尔森涅夫几乎是恐怖地说。

英沙罗夫沉默了。

“木樨香。”他喃喃地低声说，又闭上了眼睛。

二十六

整整八天，英沙罗夫挣扎于生与死的界点。医生，作为一个青年人，对于重病人很关心，不断前来诊视。舒宾听到英沙罗夫的危险情况，来探望过几次；他的同国人——保加利亚人——也来过；就中，伯尔森涅夫认出了那两位曾以自己不意的别墅拜访使他迷惘过的奇怪人物；他们全都表示着真挚的同情，有几个还自愿代替伯尔森涅夫看护病人，可是他却记着他对叶莲娜的诺言，一概谢绝了。他每天去看她，并且给她秘密报告病情的每一细节——有时是口头的，有时，用一封短简。她是以怎样悬虑的心情期待着他的啊！她是怎样地听着他，询问着他的啊！她总想亲自来探望英沙罗夫；可是伯尔森涅夫却恳求她不要这样做：英沙罗夫是很少一人独在的。在知道英沙罗夫病倒的第一天，她自己也几乎病倒了；一回家来，她就把自己关在自己的房间里；可是，别人却请她下来用午餐，当她出现在餐室里的时候，她的脸色竟使安娜·华西里耶芙娜大大地吃了一惊，硬要送她到床上去。然而，叶莲娜却终于能够控制自己了。“如果他死了，”她再三思忖着，“我也就完了。”这一思想使她平静下来，也给了她力量，使她可以装作冷静。也没有人来怎么麻烦她：安娜·华西里耶芙娜为着自己的牙痛忙个不停；舒宾在发狂地工作；卓娅也变得忧郁起来了，正在热心地读着**维特**[①]；尼古拉·阿尔吉米耶维奇对于“学者”的频频访问深感不满，尤其因为他关于库尔纳托夫斯基的“预定计划”简直毫无进展：那位讲求实际的主任秘书于是也摸不着头脑，只有等待机会了。叶莲娜对伯尔森涅夫甚至连一句感谢的话也没有说过：对于有些帮助，感谢不独令人羞愧，而且令人感觉残酷。只有一次，当她和他第四次会晤的时候（前一晚，英沙罗夫的情况十分恶劣，医生已经暗示该来一次会诊）——只在那时，她才向他提醒了他的诺言。“好吧，那么，我们一道儿走吧。”他对她说。她站起来，正预备整装。可是他又决然说道：“不，我们且等明天再看。”在傍晚的时候，英沙罗夫的病势竟减轻下来。

这样的苦难延长了八天。叶莲娜表面是平静的，可是她什么也不

---

① 即歌德的小说《少年维特之烦恼》。

能吃，夜晚也不能睡。她全身感到一种迟钝的酸痛；在她的脑海里，似乎笼罩着一阵枯燥的、燃烧着的青烟。“我们小姐蜡烛似地消瘦了呢。”她的婢女这样说她。

终于，在第九天上，危机大致过去了。叶莲娜正在客厅里，坐在安娜·华西里耶芙娜身旁，给母亲念《莫斯科新闻》；她自己也不知道在做什么，伯尔森涅夫进来了。叶莲娜望了他一眼，（每一次，她投给他的那最初的一瞥，都是多么迅速、多么胆怯、多么深沉而又多么不安啊！）于是马上猜到他是带着好消息来了。他在微笑呢；他微微向她点了点头；她站起来，迎接他。

“他清醒了，他得救了，一星期以后他就会完全好了。”他对她低声说。

叶莲娜伸出手来，像是防备挨打似的，但她什么也没有说，只是她的嘴唇颤栗了，一阵红晕笼罩了她的整个面庞。伯尔森涅夫和安娜·华西里耶芙娜谈起话来，叶莲娜则回到了自己的私室，跪下来，祈祷着，感谢上帝……轻快的、欢快的泪珠从她的颊上流下来。她突然感到极度疲劳，把头偎到枕上，喃喃地说：“可怜的安德烈·彼得罗维奇！”她的睫毛和颊上还濡渍着泪花，她就沉沉睡去了。这是许久以来她第一次的睡眠，也是第一次的眼泪。

二十七

伯尔森涅夫的话却只实现了一部分：危险果然过去了，可是英沙罗夫的元气却恢复得很慢，据医生说，他的整个机体都经受了深而广的震动。然而病人却不顾这一切，已经离开病榻，开始在房间里走动起来；伯尔森涅夫也迁回自己的寓所，可是仍然每天过来，看望他的仍然软弱的朋友，并和以前一样，每天给叶莲娜报告病人的健康情况。英沙罗夫不敢给叶莲娜写信，只在和伯尔森涅夫谈话的时候间接地提到她；而伯尔森涅夫则以假装的不介意，说到他自己常到斯塔霍夫家去，并且，他努力让他知道：叶莲娜曾经深深地痛苦过，可是现在却平静多了。叶莲娜也没有给英沙罗夫写信；她有她自己的打算。

一天，伯尔森涅夫刚刚欢欢喜喜地告诉她，说医生已经许可英沙罗夫吃一片牛肉，并且，也许，不久之后他就可以出外行走了——这时，她却变得沉思起来，垂下了眼睑……

“猜猜，我想跟您说什么？”她说。

伯尔森涅夫惶乱起来。他明白她。

“我想，”他回答着，把眼睛转到一边，“您是想说，您要见他。”

叶莲娜的脸红了，她以一种几乎难以听见的声音嗫嚅道：

“是的。”

“唔，这有什么呢？ 我想，对于您，这是十分容易做到的。”——“呸！”他自己寻思着，“我心里怀着怎样一种可憎的感情啊！”

“您是说，我早已……”叶莲娜说，“可是我害怕……您说他那儿多半总有人。”

“那也不成什么问题，”伯尔森涅夫回答，仍然不看她，“当然，我也不便预先通知他；可是，写封信给我带去吧。谁能阻止您写封信给他……给您关心的、要好的朋友呢？ 那是没有什么不方便的……约定一个时间……就是说，您写信告诉他，您什么时候要去……”

“我不好意思呢。”叶莲娜低声说。

“把信给我吧，我给您带去。”

“那倒不必，可是，我要求您……请别恼我，安德烈·彼得罗维奇……我要求您：明儿别上他那儿去！”

伯尔森涅夫咬了咬自己的嘴唇。

“啊！对啦，我明白啦，很好，很好。”于是，又接着说了一两句话之后，就匆匆告辞了。

“那就更好，那就更好啦，”在急急赶回家去的途中，他这样想，“我什么新的情况也没有知道，可是，这样更好，更好！我为什么要把自己粘附在别人的巢边呢？我什么也不后悔，我照着我的良心的吩咐做了应做的事，可是，现在，够啦！让他们去吧！看起来，我父亲是有道理的，他就常常给我说道：‘我和你，我亲爱的孩子，我们不是锡巴里斯[1]人，我们不是贵族，也不是命运和造物的宠儿，我们甚至也不是殉道者——我们只是劳动者、劳动者、劳动者。穿起你的皮围裙吧，劳动者，站到你工作的车床旁边去，到你的黑暗的作坊里去吧！让阳光去照耀别的人吧！我们的暗淡的生活也自有它自己的骄傲和自己的幸福呢！’”

次晨，英沙罗夫从邮局收到一个短简。“请等着我，”叶莲娜写道，“谢绝所有的客人。安·彼·不会来的。”

二十八

英沙罗夫读过叶莲娜的短简以后，马上整理房间，请房东主妇把

---

① 锡巴里斯，意大利南部古城，为古希腊殖民地，当地富人以奢侈著称。这里指习惯于奢侈的人。

药瓶拿走，脱下寝衣，穿上上衣。因为虚弱与欢喜，他的头眩晕，心也猛烈地跳着。他的膝头打颤；他于是沉到沙发里，开始看表。“现在是十二点差一刻呢，”他自语道，“在十二点以前她是决不能来的；这一刻钟我想点儿别的事情吧，不然，我会支持不住啦。在十二点以前，她是不可能来的……”

门开了，随着一阵丝质衣裳的轻微的窸窣声，叶莲娜进来了。她整个脸色苍白、新鲜、年轻，而且幸福；一声微弱的欢呼以后，她就投向了他的怀抱。

“你还活着，你是我的。”她不断重复着，拥抱着他，抚摸着他的头。他几乎昏迷了；这样的接近，这样的爱抚，这样的幸福，使他的呼吸几乎窒息。

她坐到他身旁，紧紧地偎依着他，开始用欢笑的、爱抚的、温存的、只能闪耀在有了爱情的女性的眼里的目光，凝视着他。

忽然，她的脸阴沉下来。

“你变得多么瘦啊，我可怜的德米特里，”她说着，一面用手抚摸他的颈项，“你的胡子多长哟！”

“你，也瘦了呢，我可怜的叶莲娜。”他回答说，用嘴唇捉捕着她的手指。

她快乐地把鬈发摇了一摇。

“那是没有关系的。你瞧着，我们很快就会复元的！ 风暴已经过去啦，正跟那天我们在教堂里相会的时候一样：它已经吹过去啦，消灭啦。现在，我们要开始生活啦。”

他只是用一个微笑回答她。

“啊，我们过了些怎样的日子呀，德米特里，是怎样残酷的日子哟！如果一个人失去了所爱的人，他怎么能活呢！每一回，我都预先知道安德烈·彼得罗维奇会来告诉我怎样的消息，真的，我知道的；我的生命也好像跟着你的一道儿升上去，一道儿沉下来呢。啊，欢迎你的生还呀，我的德米特里！”

他不知对她说什么好。他只想把自己投到她的脚前。

“我也观察到，”她继续说，把头发甩向脑后，“这一向，闲着的时候，我作过许多的观察——我看出来，当一个人落到非常非常苦恼的境地的时候，他是以怎样愚蠢的注意力来观察周围的一切啊！真的，我有时就许久许久呆呆地盯着一只苍蝇，同时，在我心里，我就感觉到怎样的寒冷和恐怖！可是，这全都过去啦，过去啦，对吗？未来，一切都是光明的，不是吗？”

“你就是我的未来，”英沙罗夫回答说，“所以，我的未来就是光明的啦。”

“我也是一样啊！你可记得，那一回我来你这儿的时候……不是上一次，不，不是上一次，”她重复说，不自主地颤栗了，“是那一次，我跟你谈话的那一次，我不知为什么说到死；我真想不到，就在那时候，死亡正在那里窥伺着我们呢。可是，现在，你已经好啦，不是吗？”

“我好多了，我已经差不多好全了。”

“你好啦，你没有死。啊，我是多么幸福！”

接着是短暂的沉默。

“叶莲娜？”英沙罗夫询问地说。

“什么，我最亲爱的？”

“告诉我，你难道从来没有想到过，这病，是作为一种惩罚，临到我们身上来的么？”

叶莲娜严肃地注视着他。

“那种思想我的确有过的，德米特里。可是，我想：为什么我该受惩罚呢？我违反了什么义务，我对谁作下了什么罪孽呢？也许我的良心和别人的不同，可是，我是问心无愧的；或许，我在你面前是有罪的吧？我妨碍了你，我拖累了你……”

“你并没有拖累我，叶莲娜，我们会一块儿走。”

“是的，德米特里，我们一块儿走吧，我会跟着你……那是我的义务。我爱你……我不知道我还有别的义务。”

“哦，叶莲娜！”英沙罗夫说道，“你的每一个字，都是怎样的锁链锁住了我啊！”

“为什么说锁链呢？”她打断他的话，“我们是自由人，你和我。是的，”她继续说，沉思地注视着地下，一只手仍然抚摸着他的头发，“近来，我体验过许多事情，这全是我以前连想也没有想过的！以前，如果有谁对我说，我，一个有身份的年轻小姐，会假托各种各样的口实，一个人从家里跑出来，并且，是跑到怎样的地方去呢？跑到一个青年男人的寓所去！——那么，我准会多么生气啊！可是，现在，果真发生了这样的事情，我可一点儿也不感到生气。上帝见证，我一点儿也不呢！”她又说，转向英沙罗夫。

他以那么一种近于崇拜的表情望着她，使得她把她自己的手从他的发上轻轻地垂了下来，掩住了他的眼睛。

“德米特里！”她又开始说道，“当然，你还不知道，我来看过你，你在那儿，躺在那可怕的床上……我看过你，你已经落在死神的爪子里，人事不知……”

“你看过我？”

“是的。”

他沉默了一会儿。

“伯尔森涅夫也在？”

她点了点头。

英沙罗夫偎到她肩上。

“哦，叶莲娜！”他喃喃地说，“我没有勇气看你了。”

“为什么？安德烈·彼得罗维奇是那么善良！我在他面前是不害羞的。我有什么可以害羞的呢？我可以告诉整个世界我是属于你的啦……况且，对于安德烈·彼得罗维奇，我是兄弟般信任的。”

“他救了我！”英沙罗夫说道。“他是人世间一个最崇高、最善良的人！”

“是的……并且，你可知道，所有一切，我也全该感谢他呢。你可知道，第一个告诉我，说你爱我的，就是他！啊，如果我能把所有的事全给你说一遍，有多好……是的，他是个最崇高的人。”

英沙罗夫凝神地注视着叶莲娜。

“他很爱你，是不是？”

叶莲娜垂下眼睛。

“他的确爱着我。”她低低地说。

英沙罗夫把她的手热烈地握住了。

“哦，你们俄国人，”他说，“你们全有着纯金般的心田！他，他看护我，他晚间不睡……你，你，我的天使……没有抱怨，没有犹豫……这，全为了我，为了我！……”

“是的，是的，全为了你，因为，他们爱你。啊，德米特里！多么奇怪啊！大概，从前我已经给你说过——可是，没有关系，我高兴再说一遍，你也会高兴再听一遍的——当我第一次看见你的时候……”

“你眼里怎么有眼泪了呢？”英沙罗夫打断她的话。

“眼泪？我的眼里？”她用手绢揩了揩眼睛，“哦，傻孩子！他还不知道，人们为着幸福也可以流泪呢。我给你说吧：当我第一次看见你的时候，我看你并没有什么特别，真的。我记得，最先，舒宾倒很叫我感到兴趣，虽然我从来也没有爱过他；安德烈·彼得罗维奇呢——哦！有一个时候，我可真这样想过：我期待的难道就是他？可是，对于你呢——我什么也没有感觉过；只是……慢慢地……慢慢地……你就一双手把我的心紧紧地抓去啦！”

“你饶了我吧。”英沙罗夫说。他想站起来，可是，马上又沉到沙发里了。

“你怎么样了？”叶莲娜焦急地问。

“没有什么……我还有些软弱……我受不住这样的幸福。”

“那么，安静些坐着吧。不要动弹，不许兴奋，”她补充说，假装用指头威吓他，“干吗就把睡衣脱了？这时候就打扮得整整齐齐，公子哥儿似的，还太早呢。坐下，我给你讲讲故事。听着，别响。病刚好就多说话，是不好的。”

她开始跟他谈舒宾，谈库尔纳托夫斯基，谈这两星期她做了些什么，谈到战争，据报纸看来，战争好像是不可避免，那么，在他一经完全复元之后，他就该不耽误一刻时光，准备他们启程……她跟他说着这一切，一直坐在他的身旁，偎依在他的肩上……

他听着她，听着，面色一时发白，一时发红。几次，他想要止住她——突然，他直起身子来。

“叶莲娜，”他对她说，声音是那么奇怪而生硬，“请离开我，去吧。”

“什么？”她迷惘地回答，“你觉得不舒服？”她急忙又说。

“不……我很好……可是，请离开我，我求你。”

“我不明白你。你赶我走么？……你这是做什么？”她突然叫道：他已经从沙发上俯下身来，几乎触到地面，把嘴唇贴在她的脚上。“别这样，德米特里……德米特里……”

他抬起身来。

“那么，请离开我吧！你瞧，叶莲娜，当我病倒的时候，我还没有立刻就失掉知觉，我知道我是站在毁灭的边缘；就是在我发热、在我谵语的时候，我也朦胧地意识到，那是死亡正在向我走来，我已经跟生命、跟你、跟一切告了永别，我已经放弃了任何希望……可是，这突然的死里回生，这黑暗之后的光明，而你……你……就在我的身旁，和我同在……你的声音，你的呼吸……这叫我受不住！我觉得我狂热地爱着你，我听着你说你是我的，可是我却不能给你回答……请……请走吧！”

“德米特里！……”叶莲娜低声喃喃着，把头藏到他的胸前。直到现在，她才了解他。

“叶莲娜，”他继续说，“我爱你，你是知道的，我可以为你舍弃我的生命……可是，你为什么在这个时候，当我还是这么软弱、当我还不能控制我自己、当我的血液这么沸腾着的时候，赶到我这儿来呢？……你说，你是我的……你爱我……”

“德米特里。”她重复说，她的面颊整个地羞红了，在他的胸前偎得更紧。

“叶莲娜，怜悯我吧——去！ 我觉得我会死的……我受不了这样的激动……我的整个灵魂渴慕着你……想想吧，死亡几乎把我们分开……可是，现在，你是在这里，在我的怀里……叶莲娜。……”

她的全身颤栗了。

“那么，你就接受我吧……”她几乎是听不见地低声说……

二十九

尼古拉·阿尔吉米耶维奇在自己的书斋里，绷着脸，来回踱着；舒宾坐在门前，跷着腿，悠然地吸着雪茄。

“请别这么从这个角落踱到那个角落吧，”他说道，把烟灰从雪茄上敲下来，“我一直在等着您说话呢，我这么一直跟着您晃，连脖子都晃酸啦。况且，您这么走来走去，也真有点太紧张，太过火啦。”

“除了开玩笑，你就再也不会点儿别的，”尼古拉·阿尔吉米耶维奇回答，“你就不肯跟我设身处地想想：你就干脆不想明白我已经习惯了那个女人，简直就是离不开她，少了她我就只有苦恼。这儿已经是十月，冬天就在我们鼻子尖儿上啦……她到底死呆在列维尔干什么呢？”

“她准在织袜子……为她自个儿；为自个儿呢——可不是为您。”

“笑吧，尽管笑……可是，我得告诉你，我再也没有见过像她那样的女人。那么诚实，那么不自私自利……”

“她把那支票兑现了没有？”舒宾问。

“那么不自私自利，”尼古拉·阿尔吉米耶维奇重复说，提高了嗓子，“那真叫人惊叹！ 有人告诉我说，世界上有千千万万别的女人；可是我告诉他说：拿那千千万万来给我瞧；我说：把那千千万万拿来给我瞧：ces femmes-qu'on me les montre! ① 可是，她就是一个劲儿不写信来，这真急死人！”

“您真像毕达哥拉斯②一样雄辩啦，”舒宾说，“可是您可知道，我要给您个什么忠告？”

“什么忠告？”

“当奥古斯汀娜·赫利斯奇安诺芙娜回来的时候……您懂得我的意思吗？”

“嗯，是的……那怎么样呢？”

“当您看见她的时候……您可明白我的意思？”

“嗯，是的，不错。就怎么样？”

“就揍她一顿。看看怎样？”

尼古拉·阿尔吉米耶维奇愤然转过身去。

“我当他真会给我什么切实的忠告呢。可是，从他又能指望什么好的来！一个艺术家呢，没法度的家伙……”

“没法度……哪，听说，您那挺得意的库尔纳托夫斯基先生，那位挺有法度的人，昨晚可剥了您整整一百卢布呢。那可不算轻松啦，您得承认。”

“那算什么？我们打的是规矩牌。当然，我原来希望……可是，这屋子里的这些人可就不知道怎样去赏识这么个人物……”

“所以他就想着：‘管它的呢！’”舒宾插嘴道，“‘岳丈大人不岳丈大人，那还是个未定之数，可是，一百卢布对于一个不受贿赂的

---

① 法语：把那些女人拿来给我看！——原注
② 毕达哥拉斯（约公元前571—前497），希腊唯心主义哲学家和数学家。

人，可就是个不小的实惠哪。’”

“岳丈大人？……我是个什么鬼的岳丈大人哪？Vous rêvez, mon cher.[①]当然，任凭是个什么别的女子，有这么个男人来求婚，也该够喜欢的啦。你来评评吧：精明强干，一手打出那么一个天下来，身兼两县要职……”

“把一县之长的鼻子牵着走。”舒宾补充说道。

“那也不假。当然，那也是非常可能的。实事求是，又有手腕……”

“又是打牌的好手。”舒宾又说。

“唔，不错，的确也是打牌的好手。可是，叶莲娜·尼古拉耶芙娜……谁能摸得透她？我倒很想知道，有谁高兴来试试，来捉摸捉摸她到底在想些什么？今儿个她欢欢喜喜，到明儿，可又阴阴沉沉啦；一忽儿，变得那么瘦，叫人看也不想看她一眼，可是，一转眼，又忽然复了元——所有这些，全没有任何明显的来由……”

一个长相难看的仆人用托盘端来一杯咖啡、一些奶油和方块白糖。

“做父亲的看中了女婿，”尼古拉·阿尔吉米耶维奇继续说，把糖戳碎了一块，“可这和女儿有什么相干呀！在往日，家长制的时代，倒全都很好，可是如今呢，我们把这全都改变过来啦。Nous avons changé tout ça. 这如今的时代，年纪轻轻的小姐，高兴跟谁说话就跟谁说话，高兴读什么书就读什么书；不带仆人也不带婢女，也竟能一个人在莫斯科满街跑，就跟在巴黎一样啊！而这呢，好像全成了不成文

① 法语：你在说梦话呢，我亲爱的。——原注

的法律！前不久，我问道：叶莲娜·尼古拉耶芙娜到哪儿去啦？回答是：小姐自个儿出去啦。到哪儿去啦？谁也不知道。这难道——成体统吗？”

“请用您的咖啡，早点儿让用人下去吧，”舒宾说道，“您自己可不是说过，不应该 devant les domestiques[①]...”他又低声补充说。

仆人斜着眼把舒宾偷偷望了望，尼古拉·阿尔吉米耶维奇则端起杯子，加上了一些奶油，又抓过十多块方糖来。

“我要说的是，”仆人一走之后他又开始说，“在这个家里，简直就没有人把我看在眼里——如是而已。因为，这如今哪，谁都从外表来看人：比方，有的人，本来无聊、胡涂，可是，要是装出一副凛然的模样呢——自然就有人尊敬他；同时，另外的人呢，实在，也许抱有绝大的才能……能做一番大事……可是，因为他自己谦虚……”

“您当真以为您是个天才的政治家吗，尼古林卡[②]？”舒宾用一种嘲笑的声音说。

“别跟我来你那丑角腔儿！”尼古拉·阿尔吉米耶维奇忿然叫道。“你简直忘了上下！这，又可以证明我在这个家里不算什么，简直不算什么！”

“安娜·华西里耶芙娜还虐待了您呢……可怜的人！”舒宾说着，伸了伸懒腰，“啊，尼古拉·阿尔吉米耶维奇，我们可真是一对罪人哪！您最好给安娜·华西里耶芙娜准备点儿什么小礼物吧。明后天就是她的生日，您知道，就是您的一点点儿殷勤小意思，她也是多么珍

---

① 法语：当着下人的面。
② 尼古林卡：尼古拉的小称。

重的。”

“是的，是的，”尼古拉·阿尔吉米耶维奇急忙说道，“你提醒我这个，倒叫我十分感激。当然，当然；一定的。我现有个小玩意儿，一只小别针，前儿个在罗森施特罗哈买的，可是，真的，我不知道，这能行吗？”

“您大概为那另外的一位，在列维尔的那一位，买的吧？”

“那是……我……真的……我原想……”

“啊，既然那么着，当然行啦。”

舒宾从椅子上站起来。

“今儿晚上我们到哪儿去逛逛呢，巴维尔·雅可夫列维奇，呃？”尼古拉·阿尔吉米耶维奇斜着眼，蔼然问。

“啊？您不是要到俱乐部去么？”

“俱乐部以后呢……我是说，俱乐部以后呢。”

舒宾又伸了一个懒腰。

“对不起，尼古拉·阿尔吉米耶维奇，我明儿还得工作。下回再说吧。”说着，他就出去了。

尼古拉·阿尔吉米耶维奇皱了皱眉，在房间里来回走了两次，于是，从橱里拿出一只天鹅绒小匣子，里面就盛着那只“小别针”；他把那别针看了很久，又用丝手绢将它擦了擦。于是，他坐在镜子前面，细心地梳了自己的密而黑的头发，以一种凛然的表情把头一时偏左，一时偏右，舌头抵着腮巴子，眼睛一直盯着发上的分线。有人在他身后咳嗽了一声：他回头一看，原来是刚刚送过咖啡的仆人。

“做什么？”他问他。

“尼古拉·阿尔吉米耶维奇！”仆人俨乎其然地说道，“您是我们老爷！”

“这我知道；怎么样？”

“尼古拉·阿尔吉米耶维奇！ 您老爷别生我的气；可是，我，从小就给您当差，因为敬爱老爷，我就不得不给您报告……”

“什么？”

仆人感到踌躇了。

“老爷刚刚说，”他开始说，“刚刚说您不知道叶莲娜·尼古拉耶芙娜，不知道小姐到哪儿去啦。小的，可是知道的。”

“你想撒什么谎，你这笨蛋？！”

“随老爷您的便；三天前，我可是看见我们小姐走进一处房子里去的。”

“在哪儿？ 什么？ 什么房子？”

“坡瓦尔斯卡雅街附近……××胡同。离这儿不远。小的也问过看门的人：都是谁住在这儿呀？”

尼古拉·阿尔吉米耶维奇顿起脚来。

“住口，流氓！ 你怎么敢？ ……叶莲娜·尼古拉耶芙娜一片善心，去探望那儿的穷人；你，你……滚，笨蛋。”

吃惊的仆人朝门口跑去。

“站住！”尼古拉·阿尔吉米耶维奇大声叫道，“看门的人跟你说什么来着？”

“哦，他没……没说什么……他说，一个大……大学生……”

“住嘴，流氓！ 听着，畜生：你敢响一声，敢对任何人……就是在梦里……”

“饶了我吧……”

“住口！ 如果你漏了口风……要是谁……要是给我听见……就是到地底下你也别想逃！ 听见没有？ 下去！”

仆人走开了。

“天哪，仁慈的上帝！ 这是怎么回事！”仆人走后，尼古拉·阿尔吉米耶维奇独自寻思着，“那笨蛋告诉我的是什么事呀！ 呃？ 可是，我得调查出那是个什么地方，是谁住在那里。我得亲自去一趟。竟到了这样的地步呀！ ……Un laquais！ Quelle humiliation！[①]”

于是，尼古拉·阿尔吉米耶维奇高声地重复了一回：“un laquais！”以后，就把别针仍然锁回到橱里，到安娜·华西里耶芙娜这边来。他发觉她正躺在床上，脸上缚着绷带。可是，她那受苦的样儿却更激起他的怒火，他很快就把夫人弄得涕泪交流了。

三十

同时，酝酿在东欧的风暴，终于爆发了。土耳其对俄国宣了战；诸公国的撤退期限已经满了；锡诺普大战就在眼前。[②]英沙罗夫最近接到的信件，全都召唤他火速返回祖国。他的健康还没有复元：他咳嗽，感觉虚弱，时发微热，可是，他却几乎整天不在家里。他的灵魂燃烧起来了；他再也不能顾及自己的病弱。他不断地在莫斯科奔走，秘密地会见各种人，整晚写信，整天不见人回来；他已经通知房东，说他不久就要

① 法语：给下人看见呢！ 多么丢脸！ ——原注
② 1853 年 9 月 27 日，土耳其政府要求俄国最高统帅部在两星期内从多瑙河诸公国撤兵。要求未得满足。同年 10 月，土耳其对俄宣战。11 月 18 日，俄国舰队在纳希莫夫将军率领下，歼土耳其舰队于黑海南岸的锡诺普。

离开，并且已经预先把他那些简陋的家具送给了他们。叶莲娜，在她这一方面，也作着启程的准备。在一个下雨的傍晚，她正坐在自己的房里缝一些手绢的饰边，一面不自主地以沉郁的心情听着风声的怒吼。她的婢女进来了，告诉她说：她爸爸正在妈妈的寝室里，叫她立刻过那边去……“您妈哭着呢，”她对正要过去的叶莲娜低声说，“您爸爸在发脾气……”

叶莲娜微微耸了耸肩，就来到安娜·华西里耶芙娜的寝室。尼古拉·阿尔吉米耶维奇的善良的妻子正斜依在一张躺椅上，嗅着一条洒过香水的手巾；家主自己，则站在壁炉旁边，上衣的钮子一直扣到喉际，戴的是高而硬的领结，浆得硬挺的领子，从那神气活现的气派，可以隐隐看出一位国会演说家的雄姿来。他以演说家的姿势摆了摆手，把女儿挥向一把椅子，当女儿并不明白他的手势，只是询问地瞪着他的时候，他就连头也不回，威严地说道：“我请您坐下。”（尼古拉·阿尔吉米耶维奇对自己的妻子照例用尊称的“您”，对于女儿，却只有在非常的场合里才这么称呼的。）

叶莲娜坐下来。

安娜·华西里耶芙娜含着眼泪，擤着鼻涕。尼古拉·阿尔吉米耶维奇把右手插进上衣的胸襟里。

“我请您来，叶莲娜·尼古拉耶芙娜，”在一阵颇长的沉默以后，他发言了，“是要跟您谈谈，或者，我们不如说，是要求您解释一下。我很不乐意您，不，这样说还太婉和；您的行为令我——令我和您的母亲……您在这儿看见的您的母亲——感到痛苦和羞辱。”

尼古拉·阿尔吉米耶维奇沉住气，只用低音说。叶莲娜默默地看着他，又看看安娜·华西里耶芙娜，她的面色苍白了。

“曾经有过那么一个时代，”尼古拉·阿尔吉米耶维奇又开始说，“女儿对于自己的父母，是正眼也不敢望的；在那时代，双亲的权威可以使得不孝的女儿发抖。那种时代，不幸，是过去了；至少，有许多人以为是过去了；可是，请让我告诉您，就是如今，总也还有些法理存在，它们不许可……不许可……总之，总也还有些法理存在。我请您注意到这一点：总也还有些个法理……”

“可是，爸爸……”叶莲娜刚刚要开始说。

“我请您不要打断我。让我们，在思想上，把以往回溯一下吧。我们，我和安娜·华西里耶芙娜，总算尽过我们的义务。我们，我和安娜·华西里耶芙娜，在您的教育上总算不遗余力：不惜费用，不辞烦劳。您从所有这些烦劳、这些费用里到底得到了什么，那是另一个问题；可是我想，我总有权利期望您……我和安娜·华西里耶芙娜总有权利期望您，至少，会把我们对您……您，我们唯一的女儿……所灌输的，que nous vous avons inculqués，那些道德原则，视为神圣不可侵犯。我们有权利期望，无论什么新‘思潮’也不能跟那……跟那神圣的古训抵触。可是，结果怎样呢？ 我现在所说的，并不是在您那种性别和年龄上所难以避免的轻佻……可是，谁能料得到，您竟是忘形到了这样的地步……”

“爸爸，”叶莲娜说道，“我知道您要说什么了……”

“不，你不知道我要说什么，”尼古拉·阿尔吉米耶维奇用极高的假嗓音喊道，他的议会演说家的丰姿，流利威严的演说辞以及低音的调子，不意之间，全都不知道跑到哪儿去了，“你不知道，你这下贱的丫头……”

“为了上帝的缘故，Nicolas（尼古拉），”安娜·华西里耶芙娜喃喃道，“Vous me faites mourir．”①

“请别说 que je vous fais mourir② 安娜·华西里耶芙娜！ 您简直想也想不出您马上会听到怎样的下文——顶难听的还在后头呢，我警告您！”

安娜·华西里耶芙娜差不多惊呆了。

“不，”尼古拉·阿尔吉米耶维奇继续说着，转向叶莲娜，“你不知道我要跟你说什么！”

“我在您面前是该受责备的……”她开始说。

“哈，到底，是有那么回事呀！”

“您是该责备我的，”叶莲娜继续说，“因为我没有早一些明白告诉您……”

“可是，你可知道，”尼古拉·阿尔吉米耶维奇打断她说，“我只要一个字就可以把你打个粉碎！”

叶莲娜抬起眼睛来，看着他。

“是的，小姐，是的，只要一个字！ 用不着那么给我瞪眼！（他把两手交叉在胸前。）我且问您，您可知道坡瓦尔斯卡雅街附近，××胡同里的一幢房子？ 您可是到那儿去过？（他顿起脚来。）回答我，下贱的丫头，别想跟我遮遮掩掩的！ 别人，别人，下人们，小姐，de vils laquais③ 瞧见您上那儿去过啦——上您那……”

叶莲娜的脸整个地红了，眼睛开始发起光来。

“我用不着跟您遮掩什么，”她说道，“是的，我去过那房子。”

---

① 法语：您会让我急死。——原注
② 法语：我会让您急死。——原注
③ 法语：下贱的仆人们。——原注

“好极啦！ 您听，您听，安娜·华西里耶芙娜。那么，大概，您知道是谁住在那儿吧？”

“是的，我知道的：我的丈夫。”

尼古拉·阿尔吉米耶维奇的眼睛鼓出眼眶来了。

“你的……”

“我的丈夫，”叶莲娜重复说，“我跟德米特里·尼卡诺雷奇·英沙罗夫结婚了。”

“你？ ……结婚？ ……”安娜·华西里耶芙娜艰难地说。

“是的，妈妈……饶恕我。两星期以前我们秘密结婚的。”

安娜·华西里耶芙娜倒在自己的椅子里；尼古拉·阿尔吉米耶维奇倒退了两步。

“结婚了！跟那么个走江湖的、那么个黑山种结婚！ 贵族世家尼古拉·斯塔霍夫的女儿嫁给那么个流浪汉，那么个没来没由的东西！而且还不等双亲的祝福！ 你以为我就会轻轻放过？ 我就不会去告状去？ 我就会让你……让你们……我会把你送进修道院，把他送进牢房，送到苦役队里去！ 安娜·华西里耶芙娜，请您立刻告诉她：您取消了她的继承权！”

“尼古拉·阿尔吉米耶维奇，为了上帝的缘故。”安娜·华西里耶芙娜呻吟着。

“是什么时候、是怎么做出这种事来的呀？ 谁跟你们行的婚礼呀？ 在哪儿呀？ 怎么个结婚法呀？ 啊，我的上帝呀！ 我们的知交朋友们会怎样想，社会上会怎样说啊！ 咳，你，无耻的伪善者，做了这种好事之后，你还有脸生活在你父母的屋顶底下！ 你就不怕……不怕天雷劈呀？”

“爸爸，”叶莲娜说道(她是从头到脚，全身颤栗着了，可是她的声音却是镇定的)，“您高兴把我怎样，就可以把我怎样，可是，您用不着骂我无耻，骂我伪善。我本不想……不想早早就叫您烦恼，可是，一两天后，我也会不得不自动把所有的事情完全告诉您的，因为，我们，我的丈夫跟我，在下星期就要离开这儿。”

“离开这儿？ 到哪儿去？”

“到他的祖国，保加利亚去。”

“到土耳其人那儿去哪！”安娜·华西里耶芙娜喊着，就晕过去了。

叶莲娜急忙跑到母亲身边。

“走开！”尼古拉·阿尔吉米耶维奇怒吼着，抓住女儿的手臂，“你给我出去，不要脸的丫头！”

可是，正在这时，寝室的门开了，一张嵌着闪光的眼睛的苍白的脸，出现了：那正是舒宾。

“尼古拉·阿尔吉米耶维奇，”他尽着嗓子高喊道，“奥古斯汀娜·赫利斯奇安诺芙娜来啦，她叫您去呀！”

尼古拉·阿尔吉米耶维奇怒不可遏地转过身来，把拳头对着舒宾威吓了一通，于是，静立了一会儿之后，就急忙溜出去了。

叶莲娜伏到母亲脚前，抱着她的膝盖。

* * *

乌发尔·伊凡诺维奇正躺在自己床上，一件无领衬衫，由一颗大钮子扣在他肥胖的颈上，堆成许多松阔的褶皱搭拉在他的女人似的乳房面前，刚好露出一个杉木的大十字架和一个避邪的护身香囊。一条薄毛毯盖住他肥硕的肢体。床边的小桌上，一支蜡烛在一壶淡啤酒旁边暗淡地点燃着，在床上，在乌发尔·伊凡诺维奇的脚跟头，非常颓丧地坐着舒宾。

“是的，”他沉思地说，“她结了婚，就准备走啦。您那好侄儿，嚷着，叫着，闹得个满屋皆知；他把自己关在他妻子的寝室里，原是为了保密，可是，不只是小厮们，丫头们，就是马夫们也全听得一清二楚啦！他现在还在那儿横冲直撞，闹着，咒着，差点刷我几个耳刮子；他是在那儿发他的家长的威风啦，就像一头发了疯的狗熊；可是，他是闹不出什么名堂来的。安娜·华西里耶芙娜可真给毁啦，可是，女儿要走开倒比女儿结婚更叫她伤心。”

乌发尔·伊凡诺维奇扭了扭手指。

“做母亲的，”他说道，“唔……当然……”

“您那好侄儿，”舒宾继续说道，“扬言要到大主教、总督和部长那儿去告状，可是，结局总不外女儿一走完事。毁掉亲生的女儿，好意思呢！他汪汪地叫过一阵，自然就会把尾巴搭拉下来的。”

“他们……也没有权利。”乌发尔·伊凡诺维奇说着，从壶里呷了一口啤酒。

“是呀，是呀。可是，在莫斯科，会掀起怎样的谣言、蜚语和闲话的大波啊！她可不怕这些……况且，她原是超乎这一切之上的。她要走了——走到怎样的地方去？连想一想也可怕！走到怎样的远方，怎样的荒野啊！是怎样的未来等待着她呢？我好像就看见她，在大风雪的夜晚，零下三十度的气候里，从冷清的驿站出发。她要离开她的祖国，离开她的家人了；可是，我是了解她的心情的。她丢在背后的尽是些什么人呢？她在这儿看见的尽是些什么人呢？库尔纳托夫斯基，伯尔森涅夫和我们这一辈：这还是这一批里最最优秀的呢。有什么可以遗憾的呢？只有一件却是糟糕的，听说她的丈夫——鬼知道，我这舌头好像怎么也卷不出这么个字眼儿来——听说英沙罗夫吐血；那可真糟糕透啦。前不久我见过他，那面孔，可以活脱塑出个布鲁图[1]来……您可知道布鲁图是谁吗，乌发尔·伊凡诺维奇？”

“有什么知道不知道？总归是个人罢了。”

“一点儿也不错，一个‘人’。是的，他有一张了不起的面孔，可是不健康，很不健康。”

“对于打仗……那也没有关系。”乌发尔·伊凡诺维奇说。

“对于打仗，那没有关系，一点儿也不错：您今儿说话可特别公平起来啦；可是，对于生活，那可大有关系呀！并且，您知道，她和他是想着生活在一块儿的。”

“年轻人的事情呢。”乌发尔·伊凡诺维奇回答。

“对呀，年轻、光荣、勇敢的事情。死、生、斗争、败北、胜利、爱情、自由、祖国……好极啦，好极啦。仁慈的上帝呀，请您也把这些同样地赐给我们每一个人吧！这比把大半个身子困在齐颈的泥沼里，装作满不在乎，而实际上也的确满不在乎，是不大相同的呀。可是，在那里——弦是紧紧地绷着的啦：要响，就响得全世界都能听见，不然，就干脆绷断吧！”

舒宾把头垂到胸前。

“是的，”长久沉默之后，他又继续说，“英沙罗夫是配得上她的。可是，这是多么荒诞无稽呀！谁也配不上她。英沙罗夫……英沙罗夫……干吗来这么一套虚伪的自谦呢？是的，我们承认，他是个好

---

① 布鲁图(公元前85—前42)，罗马政治家，反恺撒阴谋的领导者之一。

青年，他站稳了自己的脚步，虽然直到目前，他也不见得比我们这班可怜的罪人们多做出一些什么事来，况且，难道说，我们就真是那种百无一用的废物么？比方，就说我吧，乌发尔·伊凡诺维奇，难道我就是那种废物？难道上帝在各方面对我都是这么吝啬？难道上帝就没有赋予我任何能力、任何才能？谁知道，也许，在时间的进程里，巴维尔·舒宾的名字有一天也将成为光荣的名字吧？您瞧，那儿，在您的桌上搁着一枚铜币。谁知道，有一天，也许，一世纪以后，那枚铜币也许会成为那些感恩的后代为纪念巴维尔·舒宾而立的铜像的一部分呢？"

乌发尔·伊凡诺维奇用手肘把自己撑起来，注视了好一会已经兴奋起来的艺术家。

"那还远着呢，"他终于说，照例扭了扭手指，"我们原是说着别人，可是你……你瞧……倒把自己扯进去了。"

"哦，俄罗斯国土的伟大的哲人！"舒宾叫道，"您的每一个字都有着纯金般的重量，铜像，不该给我，却该给您建立呀，我自己就来担任这个工程。哪，就照您现在躺着的这样子，就照着这个姿势，这叫人不明白主题到底是什么——是懒惰呢，或者是力量——我就把您这样塑出来。您是照准我的自私心和虚荣心作了一个公平的袭击了！是的！是的！谈自己是没有用的，吹牛是没有用的。在我们中间，还没有一个人；任凭您朝哪儿看去，都找不出一个真正的人来。到处——不是小气鬼，就是胡混混，不是小哈姆莱特[①]，就是自我陶醉的英雄，或者，

① 莎士比亚的悲剧《哈姆莱特》的主人公。依屠格涅夫的意见，哈姆莱特是没有行动力的怀疑主义者的典型。

就是地底下的黑暗和混沌，不然，就是懒惰的空谈家，和木头木脑的鼓槌！也还有像这样的人呢：他们可耻地不厌其烦地研究着自己，永远感觉着自己的情感的悸动，不断给自己报告道：'这，是我所感的哪；这，是我所想的哪。'好个有用的、聪明的事业！不！如果我们中间真有什么像样的人，那么，那个年轻的姑娘，那个敏感的灵魂，也就不至于把我们扔在脑后，不至于从我们这儿鱼一样地溜到水里去了！这是怎么回事呢，乌发尔·伊凡诺维奇？我们的时代什么时候才能来？在我们中间，什么时候才能有人呢？"

"给我们一些时间，"乌发尔·伊凡诺维奇回答道，"自然会有。"

"会有？哦，你俄罗斯的土壤！哦，你拥有强大威力的人！可是你说：会有？您瞧——我会把您的话记录下来的！可是，您为什么吹灭了蜡烛呢？"

"我要睡了。再见吧。"

三十一

舒宾的话是确实的。叶莲娜结婚的意想不到的消息，几乎要了安娜·华西里耶芙娜的性命。她不能起床了。尼古拉·阿尔吉米耶维奇一定要她不让她的女儿到她面前来；他似乎是在趁这个机会大大地抖一回他做家长的威风，一家之主的威严；他在家里不断吼叫着，不断对仆人们大发雷霆，不断说道："我要让你们看看我的厉害，我要让你们知道知道——你们等着瞧吧！"当他在家的时候，安娜·华西里耶芙娜不能见到叶莲娜，就只能以卓娅为满足；卓娅非常殷勤地伺候着她，同时却又不断地自己想道："Diesen Insarof vorziehen—und wem？"①可是，一当尼古拉·阿尔吉米耶维奇出去以后（这样的时候是很多的，因为奥古斯汀娜·赫利斯奇安诺芙娜的的确确已经回来），叶莲娜就仍然来到母亲跟前——母亲就噙着眼泪，许久许久，默默地凝视着她。这种无言的谴责，比之任何别的谴责，更深深地刺割着叶莲娜的心；这时她并不感到忏悔，却感到一种近于忏悔的深深的、无际的怜悯。

"妈，亲爱的妈！"她不断地重复着，吻着母亲的手，"您叫我怎么办呢？别埋怨我，我爱了他，我没有法子不这样。请您抱怨命运吧：是命运把这么一个爸爸不喜欢的人跟我联系在一起了，并且，他还要把我从您这儿带走。"

"啊！"安娜·华西里耶芙娜打断了她的话，"别跟我提起那个。我一想起你是要到怎样的地方去，我的心就要碎啦！"

"亲爱的妈，"叶莲娜回答说，"您至少这样宽解宽解吧：如果不让我去，也许事情会更坏，也许我会死呢。"

"可是，就是这样，我也别想再看见你啦。不是你在那儿的什么茅棚子里把命送掉（安娜·华西里耶芙娜给自己描画出来的保加利亚的情况，是和西伯利亚的苔原不相上下的），就是我让这种别离活活地愁死……"

"别那么说吧，妈妈，最亲爱的；上帝可怜，我们日后也可以再见的。保加利亚那边，也有城市呢，跟我们这儿一样。"

"城市呢，哼！那儿正打仗；遍地全轰着大炮……你打算马上就动身吗？"

---

① 德语：竟选中了这个英沙罗夫——而放弃的又是谁呢？——原注

“马上……只要爸爸……爸爸好像要去告状呢，他威吓要拆开我们。”

安娜·华西里耶芙娜把眼睛抬向了天上。

“不，列诺奇卡，他不会告状的。我自己，无论怎样，原来也不肯答应这件亲事。宁可让我先死吧；可是，事情到了这一步，也是无法，我不会让我的女儿当众丢脸的。”

几天工夫，就像这样过去了。终于，安娜·华西里耶芙娜鼓起了勇气：一天晚上，她和丈夫单独关在她自己的寝室里。整屋子里的人，全都沉住气，静听着。最初，什么也听不见；接着尼古拉·阿尔吉米耶维奇的声音开始响了；再接着，一场争吵爆发了，叫喊声也起来了，从中甚至可以听出安娜·华西里耶芙娜的呻吟……舒宾，率领着众婢女和卓娅，已经准备好冲将进去解围，可是，寝室里的叫闹声却渐渐低了下去，不久，就转为平静的谈话，终于，完全停止了。只间或还可以听见一二微弱的抽泣声，不久之后，连这也沉寂了。钥匙的铿锵声响起来，接着，是开箱子的声音……门开了，尼古拉·阿尔吉米耶维奇出现了。他对所看见的每一个人严厉地瞪了一眼之后，就跑到俱乐部去了；安娜·华西里耶芙娜把叶莲娜叫来，紧紧抱住她，颊上流着悲酸的眼泪，一边说道：

“什么都妥啦，他不会闹得满城风雨啦……现在，没有什么会妨碍你走……妨碍你丢开我们啦。”

“您可以让德米特里来谢谢您么？”等母亲稍稍恢复平静以后，叶莲娜问。

“等等，我的宝贝，我这会儿还没有好气看见那拆开我们娘儿们的人。在你们动身以前，时间还多着呢。”

“在我们动身以前。”叶莲娜悲哀地重复说。

尼古拉·阿尔吉米耶维奇答应不去“闹得满城风雨”，可是，安娜·华西里耶芙娜却没有告诉女儿，他这个诺言是标了个怎样的价钱。她没有告诉女儿，她不仅答应替他偿还一切债务，而且，还当场交给他一千卢布现金。除此之外，他还决然对安娜·华西里耶芙娜声明，说他不愿意见英沙罗夫，他仍然一直管英沙罗夫叫作“黑山种”；当他一到俱乐部以后，他就全无来由地和他的打牌的对手，一位退役的工兵将军，谈起叶莲娜的婚事来了。“您可听说过，”他装作一种满不在乎的样子说道，“我的女儿，就因为学问渊博，和一个什么大学生结了婚呢。”将军从眼镜后面瞪了他一眼，哼了一声“哼！”就问他要打多大的码子。

三十二

离别的日子近了。十一月已经过去，最后的动身限期到了。英沙罗夫早已做好了一切准备，火烧般地焦灼着，想尽早离开莫斯科。医生也催他早日启程。“您需要温暖的气候，”他对他说，“你在这儿是不能恢复健康的。”叶莲娜也一样充满着焦急；英沙罗夫的消瘦和他苍白的面颜，使她担心。望着他变了相的面孔，她往往不自主地感到恐怖。在父母家里，她的处境变得不可忍受了。母亲整日对她号哭，好像哭死人似的，父亲则对她报以轻蔑的冷淡：已经临近的别离其实也暗暗地使他痛苦，可是，他觉得他有义务，被侮辱的父亲的义务，来隐藏自己的情感和自己的软弱。安娜·华西里耶芙娜终于表示想见一见英沙罗夫的意愿。他被秘密地、从后门引到她的面前。当他进入她的房间，许久许久她还不能对他说话，她甚至连望也不能望他；他坐在她的安乐椅旁，以平静的恭敬等待她说出第一句话来。叶莲娜也坐在那儿，把母亲的手握在自己手里。终于，安娜 · 华西里耶芙娜抬起眼睛来，说："上帝是您的裁判官，德米特里 · 尼卡诺雷奇……"她的话突然中断：所有的谴责，全都消失在她的唇上了。

"怎么，您病啦，"她叫道，"叶莲娜，你丈夫病啦！"

"我近来身体不好，安娜 · 华西里耶芙娜，"英沙罗夫回答，"现在还没有完全复元，可是，我希望我的故乡的空气会使我完全强健起来。"

"啊……保加利亚！"安娜 · 华西里耶芙娜嗫嚅着，并且自己想道："我的天哪，一个保加利亚人，快死啦，声音空得像木桶，眼睛陷得像吊篮，简直是个骨头架子啊，衣服松晃晃地挂在肩上，像是借的别人的似的，脸黄得像野菊——而她，竟是他的妻子，她爱他呢……啊，简直是个噩梦……"可是，她立刻抑制住自己。"德米特里 · 尼卡诺雷奇，"她说道，"您是绝对……绝对地不能不走么？"

"绝对地，安娜 · 华西里耶芙娜。"

安娜 · 华西里耶芙娜望着他。

"啊，德米特里 · 尼卡诺雷奇，愿上帝祝福您，让您永远也不会受到我现在所受的考验吧！……可是，您得答应我好好儿照顾她，爱她……只要我还活着，你们总不至于受穷……"

眼泪窒塞了她的声音。她张开她的手臂，叶莲娜和英沙罗夫就投到她的怀里了。

命定的日子终于到来。安排叶莲娜该在家里和双亲告别，然后从英沙罗夫的寓所启程。出发的时刻定在整十二点。在预定的时间约莫一刻钟之前，伯尔森涅夫到了。他预料在英沙罗夫的寓所里一定会有他的同国人专诚来给他送行；可是他们却早已去过了，读者们已经认识的那两位神秘的人物（他们也曾做过英沙罗夫的证婚人）也早已去过了。裁缝迎接着“善心的老爷”，一躬到地；他，大概是为了以酒浇愁，但也许也为了庆祝得到家具，喝了几杯；他的女人马上赶过来，把他拖了出去。房间里，什么都已经收拾好了；一口大箱子，用粗绳捆着，放在地上。伯尔森涅夫沉思着：许多回忆涌上他的心头。

十二点早已敲过，马夫已经把马牵到了门前，可是，“年青人”却还不见到来。终于，急促的脚步在楼梯上响了，叶莲娜，由英沙罗夫和舒宾伴送着，走了进来。叶莲娜的眼睛红肿：离别的时候，她的母亲已经晕倒；别离的情形是极度悲惨的。叶莲娜有一个多星期没有见到过伯尔森涅夫：近来，他很少到斯塔霍夫家去。她没有料到会看见他，只叫了一声：“您，感谢您！”就把自己投到了他的颈上；英沙罗夫也拥抱了他。痛苦的沉默笼罩着一切。这三位，能互相说出什么呢？在他们心里会有什么样的感觉呢？舒宾觉察到，这苦痛的沉默非用一二快活的声音和言语来打破不可了。

“我们这三重奏又碰在一起了，”他开始道，“最后一次地！让我们顺从命运的指示，让我们记取过去的好时光——带着上帝的祝福，勇敢地去迎接新的生活吧！‘唯神福佑远行人，在彼征途上’。”他开始哼起来，可是，却突然停住了。他忽然感到羞愧和狼狈。在躺着死人的地方唱歌，是罪孽；而此刻，在这间房里，他所说的过去，那聚集在这里的三个人的过去，却正在死亡。它死，是为了新生，也许是这样吧……可是，那终归是要死的了。

“唔，叶莲娜，”英沙罗夫开始说，转向妻子，“我想什么都弄妥了吧？ 该偿付的都已经偿付，该包扎的也已经包扎了。现在，只等把箱子搬出去。房东！”

房东同他的妻子和女儿进来了。他微微摇晃着，听着英沙罗夫的吩咐，把箱子拽到肩上，就急忙跑下楼去，笨重的靴子在楼梯上一路啪啪地响。

“现在，依照俄国的习俗，我们该坐下来。”英沙罗夫说。

大家落坐下来：伯尔森涅夫坐在旧沙发里；叶莲娜坐在他的身旁；女房东和她的女儿蹲在门槛上。大家都沉默着；大家都勉强地微笑，虽然谁也不知道为什么笑；每个人都想说一两句惜别的话，可是每个人(当然，除开女房东和她的女儿，她们只是溜着眼睛)也都觉得：在这样的时候，许可说出的只能是泛泛的话，任何一个有分量、有意义、甚至有情感的字眼儿，都会成为不大合适，甚至近于虚伪的。英沙罗夫第一个站起来，开始给自己画了十字……“再见吧，我们的小房间！”他喊道。

接吻声响了，响亮然而寒冷的别吻；一路平安的不尽意的祝福；常通音问的应许；最后的、吞声的道别的话……

叶莲娜，满面泪痕，已经坐上旅行雪橇；英沙罗夫细心地往她脚上盖上毯子；舒宾、伯尔森涅夫、房东、主妇、照例包着大头巾的小女儿、看门人和一个穿着条子寝衣的不知哪儿来的工人——全都站在阶前……忽地，一乘驾着骏马的华丽雪橇飞奔到前庭来了，从雪橇上跳下来、一边抖着大衣领上的积雪的，正是尼古拉·阿尔吉米耶维奇。

“感谢上帝，幸好我还赶上啦，”他叫着，急忙跑到旅行雪橇这面来，“这，叶莲娜，这是我们做父母的最后的祝福，”他说着，把头低到车篷下面，一面从自己的衣袋里掏出一个缝在天鹅绒袋里的小神像，挂在叶莲娜的颈上。她开始啜泣了，吻着他的手，这时，马夫从雪橇的前座里拿出一瓶香槟酒和三只酒杯来。

“来吧！”尼古拉·阿尔吉米耶维奇说，可是他自己的眼泪却已经一滴一滴地滴到他的大衣的獭皮领上了，“我们得……祝福旅途平安……祝……”他开始倒香槟；他的手抖着，泡沫浮出了杯缘，落到雪地上。他自己擎起一杯，把另外两杯递给叶莲娜和已经坐在叶莲娜身边的英沙罗夫。“上帝祝福你们……”尼古拉·阿尔吉米耶维奇开始说，可是他却说不下去——他喝下酒，他们也喝了酒。“现在该轮到你们了，先生们，”他又说，转向舒宾和伯尔森涅夫，可是，这时，马夫却已经催动了马。尼古拉·阿尔吉米耶维奇傍着雪橇跑着。“记着……给我们写信……”他用断断续续的声音说。叶莲娜伸出头来，说道：“再见吧，爸爸，安德烈·彼得罗维奇，巴维尔·雅可夫列维奇；再见吧，一切；再见吧，俄罗斯！”然后，把身子往后一仰。马夫噼啪地挥了挥鞭子，打了个呼哨，滑木在雪上轧轧地响着，雪橇滑出了大门，向右转——然后，看不见了。

三十三

那是一个明丽的四月的日子。在那横于威尼斯和海沙积成的、叫作“丽多”的狭长沙洲之间的宽阔礁湖上，一艘平底船正浮游着，舟子每摇动一下长橹，平底船就发出规则的震荡。在平底船的低矮的篷下，柔软的皮垫上，坐着叶莲娜和英沙罗夫。

叶莲娜的面庞，自从离开莫斯科之日以来，并没有多少改变，可是那表情却大大不同了：它变得更沉思、更严肃，而她的目光也变得更勇敢了。她的整个身体更娇美了，如同一朵盛开的鲜花，头发也似乎更浓密、更丰艳，低垂在雪白的额和鲜红的颊上。只是在她的唇际，当她没有笑容的时候，却有一抹几乎看不见的线痕，表现出一种隐秘的、永在的焦虑。在英沙罗夫的脸上，正相反，表情仍然一如往昔，可是那外形却大大地改变了。他变瘦了、老了、苍白而且伛偻了；他不断地短促地干咳着；深陷的眼睛发出一种奇异的光彩。在离开俄国的旅途中，英沙罗夫在维也纳差不多卧病了两个月，只是到三月末，这才和妻子来到威尼斯：从这里，他希望可以取道萨拉，到塞尔维亚，到保加利亚去；所有其他的道路，均已断绝。多瑙河上战争正酣；英、法已经对俄宣战，所有斯拉夫国家全都动起来了，准备起义。

小舟靠拢了“丽多”的里岸。叶莲娜和英沙罗夫沿着植满枯细的小树的狭窄砂路(人们在这路上每年植树，可是树却每年枯死)，向着“丽多”的外岸，向着大海走去。

他们沿着海滩走着。亚得里亚海在他们面前翻滚着暗蓝的海波：波涛涌到岸边来，呼啸着，翻着泡沫，于是又滚回去，在沙滩上遗下一些细小的贝壳和片片海草。

“多么荒凉的地方啊！”叶莲娜说道，“我怕这儿对你会太冷啦；可是，我猜得到，你是为什么要到这儿来的。”

“冷！”英沙罗夫回答说，迅速而苦恼地一笑，“如果怕冷，我还能当什么兵呢？我到这儿来……我可以告诉你我是为了什么。从这大海望过去，我就感觉到，这儿离我的祖国更近了。它就在那边，你瞧，”他补充说，把手伸向东方，“风，就是从那边吹来的。”

“这风会把你期待的船带来吗？”叶莲娜说。“瞧，在那里有一面白帆，那就是你所期待的船么？”

英沙罗夫凝望着叶莲娜所指的天际的远海。

“伦基奇答应过，在一星期内会给我们把什么都准备好的，”他说，“我想，我们可以相信他……你可知道，叶莲娜，”他补充说，突然活跃起来，“听说贫苦的达尔玛提亚渔民，也捐献出他们的铅坠子——你知道，就是他们坠网的铅坠子——来铸子弹啦！这些渔民，他们没有钱，他们唯一的生计就是打鱼，可是，他们却欢欢喜喜地贡献了他们最后的财产，现在，他们正挨饿呢。是怎样的民族呀！”

“Aufgepasst！”[①]在他们身后传来一声傲慢的喊叫。沉重的马蹄声震响着，一个奥地利军官，穿着灰色的短军衣，戴着绿色的军帽，从他们身边疾驰而过……他们几乎来不及给他让开路来。

英沙罗夫阴郁地目送着那军官的背影。

“也不能怪他呢，”叶莲娜说道，“你知道，他们也没有别的地方可以骑马。”

“不能怪他，”英沙罗夫回答说。“可是，他却用他的叫喊、他的胡子、他的帽子、他整个的样子，使我的血液沸腾起来了。我们回去吧。”

“回去吧，德米特里。况且，这儿的风也真太大。在莫斯科重病之后你没有好好儿保养，到得维也纳，你就还病债啦。现在，你可该好好儿保重才是呢。”

英沙罗夫没有回答，可是，那同样的苦笑却再一次掠过他的唇边。

---

① 德语：当心。——原注

“如果你高兴，”叶莲娜继续说，“我们就游游 Canal Grande[①]吧。你瞧，自从我们到这儿来，我们还没有好好儿看一看威尼斯。晚间，我们到剧院去：我有两张包厢票。据说，今儿晚间，有个新歌剧上演。如果你高兴，我们俩就把这一天互相奉献吧：我们暂时忘记政治、战争和一切；我们只要知道：我们是一道儿活着，呼吸着，思想着，我们是永远结合着……你高兴吗？”

“只要你高兴，叶莲娜，”英沙罗夫回答，“自然，我也高兴。”

“我知道，”叶莲娜说着，微微一笑，“来吧，我们走吧。”

他们回到平底船上坐下，告诉舟子沿着大运河缓缓摇去。

没有见过四月的威尼斯的人，就不能说完全领略了那神奇之城的一切不可言说的魅力。春天的温柔和娇媚，对于威尼斯是十分和谐的，正如光辉的夏阳适于壮丽的热那亚，秋日的金紫适于古代雄都罗马城一样。威尼斯的美，有如春日，它抚触着人的心灵，唤醒着人的欲望；它使那无经验的心灵困恼而且苦痛，有如一个即将到临的幸福的许诺，神秘而又不难捉摸。在这里，一切都明丽、清朗，然而，一切又如梦、如烟，笼罩着默默的爱情的薄霭，在这里，一切都是那么寂静，一切都散发着深情；在这里，一切都是女性的，从这城市的名字起始，一切都显示着女性的温馨：威尼斯被称作“**美的城**”，不是没有来由的。巍峨的宫殿和寺院矗立着，绰约而奇丽，有如年轻的神灵的轻梦；运河里有悠然的流水，浅绿的水色，如绢的波光；平底船掠过水上，没有声息；听不见嘈杂的市声、粗暴的击声、尖锐的叫声，也没有喧嚷咆哮——在所有这一切里，全有着神奇的、不可思议的、令人沉醉的魅

---

① 意大利语：大运河。——原注

力。“威尼斯死了，威尼斯荒凉了。”它的居民会对您这样说，可是，也许，在它的容光焕发之日，在它的如花怒放之日，它所没有的，也就正是这种最后的魅力，这种凋落的风情吧。没有见过它的人，是不能知道它的：无论是卡纳列托[①]或者是瓜第[②](更不要说起后起的画家们)，都不曾在他们的画布上表现出那空气的银色的柔和，那似近而又不可及的远景，那优美的线条和浑然的色彩的神奇的和谐。受尽人生折磨、生之旅程将要终结的人，不应当拜访威尼斯：它对他将是痛苦的，有如少年之日不曾实现的梦想之回忆，可是，对于生命力正在澎湃、自觉着生的幸福的人，它却是温柔的、甜蜜的；愿他携着自己的幸福，到这充满着蛊惑的天空之下来吧，无论他的幸福原来已经多么灿烂，威尼斯总能以自己的不灭的光辉为它更增辉煌的。

叶莲娜和英沙罗夫乘坐的平底船静静地荡过 Riva dei Schiavoni[③]、总督府和比亚赛塔，进入了大运河去。两岸展现着无数大理石的宫殿；它们似乎是静静地流过去了，几乎不容人的眼睛去细细捉摸或者吟味它们的美丽。叶莲娜感到深深的幸福；在她的一望蔚蓝的天空里，只有一朵黑云飘浮着——而这朵黑云，现在已经飘远了：这一天英沙罗夫比之往日精神得多。他们一直荡到里亚尔托桥的陡削的拱门，然后折了回来。叶莲娜害怕教堂里的寒冷会不适于英沙罗夫，可是，她记起 delle Belle arti[④] 来，于是就告诉舟子朝那边荡去。他们穿花似地穿过那不大的美术馆里所有的陈列室。既不是鉴赏家，也不会自命风雅，他

---

① 卡纳列托(1697—1768)，意大利威尼斯画派画家，以画威尼斯风景著名。
② 瓜第(1712—1793)，意大利威尼斯画派画家，以绘风景画为主，卡纳列托的弟子。
③ 意大利语：恰沃尼河畔。——原注
④ 意大利语：精美艺术。——原注

们在每一幅画前都不曾停留，一点也不勉强自己：一种欢欣喜悦的心情突然涌上了他们的心头。所有一切，在他们眼里，忽然都变得有趣起来。（小孩子们对于这样的情感是十分熟悉的。）望着廷托勒托[①]的圣马尔科蛤蟆似地从天上跳到水里去拯救那受难的奴隶，叶莲娜不禁哈哈大笑，并且，不顾那三位英国游客的大大蹙眉，她一直笑出了眼泪；英沙罗夫，在他这方面，对于站在提香[②]的《升天图》前景、双手向着圣母伸出的那个穿绿袍的坚强的男子的背和胫，则感觉着如狂的喜悦，可是，那圣母——那平静而庄严地升到天父怀抱中去的健美的女人——却给了英沙罗夫和叶莲娜以同样强烈的印象；同时，他们也很喜欢老人琪马·达·科涅里亚诺[③]的严肃而虔敬的圣画。在离开美术馆的时候，他们望了望他们身后的那三位英国人和他们那兔子似的长牙和低垂的颊髯——就不禁大笑了；他们望望他们的舟子和他那短衣和短裤——又不禁大笑了；他们瞧见一个女小贩，头上顶着个灰白的小发髻儿——不禁笑得更厉害了；最后，他们对望了望彼此的脸——便连珠似地笑了，而当他们一坐到平底船上来，他们就互相紧紧地、紧紧地握住了手。他们回到旅馆，跑进自己的房间，吩咐开饭。就是在用饭的时候，他们的快乐心情也不曾离开他们。他们互相劝进饮食，为他们的莫斯科亲友们的健康干杯，为了一盘好吃的鱼就给侍者鼓掌，并且不断地向他要新鲜的 frutti di mare[④]；侍者耸了耸肩，擦了擦脚，可是，一

① 廷托勒托（1512—1594），意大利名画家，在威尼斯工作。名画有《圣马尔科之奇迹》等。
② 提香（1477—1576），意大利伟大画家，文艺复兴艺术的卓越代表，曾在威尼斯工作。
③ 琪马·达·科涅里亚诺（1459—1517），威尼斯名画家。
④ 意大利语：海果子，即供食用的贝。——原注

离开他们，他就摇头了，甚至叹息地低语道："Poveretti! [①]"食事完毕以后，他们就到剧场里去。

剧场里，演的是威尔地[②]的一个歌剧，老实说，是个颇庸俗的作品，可是，竟然走遍了欧洲所有的舞台，并且，它对于我们俄国人也是十分熟悉的——《茶花女》。威尼斯的音乐季节已经过去，歌手们没有一个超出中等水平；每一个都尽着自己的嗓子叫。扮演薇阿丽妲的是个无名的女优，从观众对她的冷落看来，大约也不是什么红角，可是她却不乏才能。她是一个年轻的、不甚漂亮的、黑眼睛的姑娘，歌喉不甚圆润，甚至已经有些疲惫。她穿着不合身的花哨得近于天真的服装；一个红色网子套在她的发上，一件褪色蓝缎长袍绷在她的胸前，一副厚实的瑞典风味的手套一直套到她的瘦削的肘际。老实说，她，一个伯尔加摩的牧羊人的女儿，又怎么能够知道巴黎的茶花女们是怎样装束的呢！ 而在舞台上，她也不知道怎样动作；可是，在她的表演里，却有着很多的真实和质朴的单纯，而且她的歌唱，也有着只有意大利人才能有的热烈的表情和韵律。叶莲娜和英沙罗夫坐在舞台旁边一个黑暗的包厢里；在 della Belle arti 向他们袭来的那种快乐的心情，此刻也还不曾消逝。当那迷于妖妇的诱惑之网中的不幸青年人的父亲，穿着淡黄色的燕尾服，戴着蓬松的白假发，出现在舞台上，歪了歪嘴，先就怯了场，只呜呜地发出几声低音颤音的时候，他们两个几乎又要不自禁地大笑起来了……可是，薇阿丽妲的表演却使他们受了感动。

"简直不大有人给这可怜的姑娘鼓掌呢，"叶莲娜说道，"可是，

---

① 意大利语：可怜的人！——原注
② 威尔地(1813—1901)，意大利作曲家。

比起那些忸忸怩怩、装腔作势、只想讨好的自以为了不起的假名角，我倒是一千倍地更喜欢她的。你瞧，她是多么认真；瞧，她简直忘记观众的存在啦。”

英沙罗夫俯向包厢边上，真切地注视了薇阿丽妲一眼。

“是的，”他评说道，“她是认真的；她自己，也快临近坟墓的边缘啊。”

叶莲娜沉默了。

第三幕开始了。幕布升起来……叶莲娜一看见那床铺、那低垂的窗帷、药瓶和加罩的灯，就不自主地战栗了……她记起了最近的过去……“将来会怎样呢？现在又怎样呢？”这样的思想掠过她的心头。似乎故意似的，台上女优的模拟的咳声，在包厢里，却由英沙罗夫的沉闷的、异常真实的咳声来回答了……叶莲娜偷偷地望了他一眼，于是立刻在脸上装出平静而安心的表情来；英沙罗夫明白了她，就自动地微笑了，甚至伴着台上的歌声轻轻哼了起来。

可是，不久，他却沉默了。薇阿丽妲的表演是愈来愈美妙、愈自如了。她抛弃了一切枝节，一切不必要的东西，**她找到了自己**：这，对于一个艺术家，是多么难得的、至高的幸福啊！她似乎忽然之间越过了那难以确定的、然而在那边却正是美之宫的界线。观众悸动了，惊讶了。那面貌不美，歌喉疲惫的女郎，开始把自己的观众控制住，掌握住了。歌者的歌喉这时甚至也不是疲惫的：它已经获得了内在的热和力。阿尔弗列多出场了；薇阿丽妲快乐的喊声在观众间几乎掀起fanatismo① 的大波，和这比较起来，我们北国人们的喝彩就简直不算

① 意大利语：狂热。

什么了……一瞬间过去了；观众又复冷静下来。二部合唱，歌剧最精彩的一场，开始了，在这里，作曲家成功地表现了那疯狂地浪掷的青春的全部悲恸，和无望的、濒于绝境的爱情的最后挣扎。被全场的同情所感动、所冲击，眼里含着由艺术家的欢喜和真实的苦痛所激发的眼泪，那女伶，一任内心激情的波澜将自己浸润，一任自己随波飘浮；她的脸变容了，当死神恐怖的阴影突然向她迫来，祈祷的绝叫就以暴风雨似的力量从她的唇里直迸天上了："Lascia mi vivere...morir si giovane！"（"请让我活着……死得这样年轻！"）与此同时，疯狂的鼓掌和感激的狂叫，也就响彻了整个剧院。

叶莲娜全身感觉寒冷。她开始用手轻轻地摸索着英沙罗夫的手，找到了它，就把它紧紧地握住。他也紧握住她的手，可是，她却不曾望他，他也不曾望她。这一次的握手，和几小时以前他们的手在平底船上的相握，是有着怎样不同的意味啊。

他们又沿着 Canal Grande，荡回自己的旅馆。夜已深了——明媚的、温柔的夜。同样的宫殿又在他们面前展现，可是，它们却似乎已经不同。有一些，浴着月光，发出了苍白的金光，就是在这苍白的光里，所有装饰的细节、窗户和露台的轮廓，似乎反而模糊了，反之，在那些为大片阴影的轻幕所覆盖的建筑物上，这些细节却显得更为清楚。平底船点着小小的红灯，似乎更静寂、更迅速地滑过；它们钢的轮廓神秘地闪着光，桨在银色小鱼似的微波上面，神秘地起伏；舟子们发出短促的、压低的呼唤声（如今，他们从不歌唱了）此起彼落，此外，几乎听不到别的声息。英沙罗夫和叶莲娜所住的旅馆正在 Riva dei Schiavoni，可是，在到达旅馆之前，他们却舍舟登陆，环绕着圣马尔科广场，在那些拱门底下走了几转，在那里，那些小酒店前面，正聚集着许多行乐的人们。伴着所爱的人，在异乡的城市，陌生人们中间，双双漫步，是有着特殊的甜味的；一切都好像是那么美，那么有意味，你对一切人都怀着好意，都祝愿平安，你对每一个人都祝望着自己心里所充溢着的一切幸福。可是，叶莲娜现在却不能全无忧虑地陶醉在自己的幸福之感里了：她的被适才的印象所震撼的心，还不能恢复平静；而英沙罗夫，当他们走过总督府的时候，则无言地指了指从低矮的拱门下面突出来的奥地利的炮口，把帽子拉齐到眉尖。而且，此刻他也感觉疲倦了——于是，最后一次地望了望圣马尔科教堂和在月光下发着闪闪磷光的青铅教堂顶以后，他们就缓步回家来了。

他们的房间正临着从 Riva dei Schiavoni 至吉乌德加的宽阔的礁湖。几乎正对他们的旅馆，屹立着圣乔治教堂的尖塔；在右方，高空上面，闪耀着多加拿府的金色圆顶和教堂中最美的、装扮得如同新嫁娘的帕拉狄阿①的 Redentore②；左方，帆船的帆樯和汽船的烟囱，在黑暗里森然矗立，半卷的布帆有如巨大的黑翼，在这里或那里张着，船上的小旗，几乎全不飘动。英沙罗夫坐在窗前，但叶莲娜却不能让他太久地鉴赏这美丽的夜景；他的寒热好像突然发作了，并且，有一种消耗性的软弱征服了他。她把他安置在床上，一直等他睡着，这才轻轻地回到窗边。啊，夜是多么静，多么温和，一种像白鸽似的温情在那青苍的空气里荡漾！每一种苦恼，每一种哀愁，在这清朗的天空，在这纯洁的、神圣的光下都该得到安慰，沉入深眠呀！“哦，上帝！”叶莲娜想着，“为什么还有死，为什么还有别离，还有疾病和眼泪？又为什么会有

① 帕拉狄阿(1508—1580)，威尼斯大建筑家。
② 意大利语：列丹托尔教堂。

这样的美，这样的甜蜜的希望？为什么还有这样的安全避难处，不变的支持，和永恒的庇护的感慰？这微笑着和祝福着的天空是什么意思呢？这幸福和安息的大地说明什么呢？难道说，所有这一切只是在我们心里，而在我们身外就全是永恒的寒冷和寂灭？难道说，我们只是孤独的……孤独的……而在那边，在各处，在所有那些无底的深处和沉渊里，——一切，一切都是和我们绝缘的么？那么，为什么又会有这样的祈祷的渴望和喜悦？（'Morir si giovane，'——'死得这样年轻，'——又在她的心里回响着。）……难道说，就不能央求到，不能挽回，不能救赎……哦，上帝！难道就不能相信奇迹？"她用紧握的双手托着头。"够了吗？"她私语道。"难道真够了！我幸福过，不只是几分钟，不只是几点钟，甚至不只是几整天——却是整整地几个星期。我有什么权利得到幸福呢？"想到自己的幸福，她感觉恐怖了。"如果那不是应份的，就怎样呢？"她继续想着。"如果那是不能白白赐给的，就怎样呢？啊，那都是天意……而我们，凡人，可怜的罪人……Morir si giovane！……啊，黑暗的魅影，去吧！需要他的生命的，不只是我一个人！"

"可是，如果这是一种惩罚，又怎样呢？"她又想道，"如果我们必须为了我们的罪愆去偿付整个的代价，又怎样呢？我的良心原是平静的，它现在还是平静的，可是，那就是无辜的证明么？啊，上帝，难道我们真是这样罪孽深重？难道是你，创造了这样的夜、创造了这样的天空的你，为了我们的相爱，要来惩罚我们么？如果是这样，如果他有罪了，如果我有罪了，"她以不自主地迸发的热情补充说，"那么，请你允许我，哦，上帝，请你允许他，请你允许我们俩，至少死得高贵，死得光荣吧——死在那边，在他祖国的原野上，不要在这死沉沉的屋子里！”

“我可怜的、寂寞的母亲，会怎样悲哀呢？”她问自己，她变得迷惘了，不晓得怎样回答自己的问题。叶莲娜不知道，每个人的幸福都是建立在别一个人的不幸上的，甚至自己的利益和安适，也正和雕像要求座子一样，要求别人的不利和不适。

“伦基奇！”英沙罗夫在梦里喃喃地说。

叶莲娜蹑足走到他身边，弯下身来，给他拭去脸上的汗珠。他在枕上转侧了一会儿，又平静下来。

她重新回到窗前，又一次堕入沉思。她开始宽慰自己，向自己保证，没有什么必须惊惶的理由。她甚至为自己的软弱感到羞愧。“难道真有什么危险么？难道他不是好多了么？”她低语着。“真的，如果我们今儿没有去剧场，所有这些思想是一定不会跑到我的脑海里来的。”正在这时，她看见河面上空有一只白色的海鸥；也许是有什么渔人惊动了它，它彷徨地、无声地飞翔着，像在找一个栖息的地方。“唔，如果它飞到这儿来，”叶莲娜想道，“那就是一个好的预兆……”海鸥飞旋了几转，掩起翅膀，于是好像被人击落了似的，哀鸣了一声，就坠到远远的地方一只黑糊糊的船后去了。叶莲娜抖了一下，可是，立刻就为自己的颤抖感到惭愧；于是，她衣也不解，就躺到床上英沙罗夫的身旁。他这时正急促而且沉重地呼吸着。

三十四

英沙罗夫醒得很迟，头部隐隐作痛，全身，如他自己所说，感到虚弱得不像样子。可是，他到底起来了。

“伦基奇没有来么？”是他提出的第一个问题。

“还没有，”叶莲娜回答，递给他最近一期《Osservatore Triestino》①，报上关于战争，关于斯拉夫各国和诸公国，都有着详细的报道。英沙罗夫开始看报；她则忙着为他煮咖啡……忽然，有人叩门了。

“伦基奇。”两人全都这样想，可是，叩门的人却用俄语说道：“可以进来吗？”叶莲娜和英沙罗夫交换了一个惊愕的眼色；不等回答，一位衣着华丽、长着尖尖的小脸和发光的小眼睛的人，就闯进门来了。这人满面红光，好像刚刚发了一注大财，或者听到了什么天大的喜讯似的。

英沙罗夫从椅子上站起来。

“您不认识我啦？”来客说着，就大大方方地走到了英沙罗夫面前，并对叶莲娜很有礼貌地鞠了一躬。“鲁坡雅罗夫，您可记得？我们在莫斯科，在E……家里，见过的。”

“是的，在E……家里，”英沙罗夫说。

“是呀，当然呀！我请您给我介绍介绍您的夫人吧。夫人，我一向就深深地尊敬德米特里·华西里耶维奇……（他又纠正了自己）尼卡诺尔·华西里耶维奇的，现在，到底我有幸认识您二位啦，我真觉得无限幸福。想想吧，”他继续说着，转向英沙罗夫，“我只是昨儿晚间才听说您到了这儿。我，也就住在这个旅馆里。这是个怎样的城市呀！威尼斯就是诗——只能有这么一种说法。可就有一样煞风景：到处都是那些讨厌的奥地利人！噢，这些该死的奥地利人！啊，说起来，您可

① 意大利语：《的里雅斯特观察报》。——原注

知道多瑙河上已经有过一次决战：三百个土耳其军官给打死了，西里斯特利亚已经拿下来了，塞尔维亚已经宣布独立。您，作为一位爱国志士，总该高兴得发狂吧，是不是？ 就是我的斯拉夫的血液也简直沸腾起来啦！ 可是，我得忠告您，诸事都得小心；我相信会有人监视着您的。这儿的密探真有些可怕！ 昨儿，一个鬼鬼祟祟的人跑到我跟前来，问我说：‘您是俄国人吧？’我可告诉他，我是丹麦人……可是，您好像不大健旺呢，我最亲爱的尼卡诺尔·华西里耶维奇。您得去看看医生；夫人，您得督促您丈夫去看看医生呀……昨儿，我发狂似的，跑遍了所有的宫殿和教堂——总督府，您当然也去过的呀？ 处处都多么富丽堂皇啊！ 特别是那座大纪念堂和马里诺·法利叶里[①]空墙，那儿写就着：‘Decapitati pro criminibus.’[②]那些著名监狱，我也去看过：您可以想象到，那简直教我愤慨极啦！ 也许您还记得，我对于社会问题，历来是很有兴趣的，并且，一向就站在反贵族的一边——我就要把那些拥护贵族政治的人送到那样的地方去：送到那些监牢里去；拜伦说得好：‘I stood in Venice on the Bridge of Sighs；’[③]虽然他自己也就是一个贵族。我是一向拥护进步的。青年一代全都拥护进步。可不知道英国人和法国人怎么样？[④] 我们倒要看看他们干得出多少事

① 马里诺·法利叶里(1278—1355)，威尼斯总督，于1355年因反对贵族暴政，被处死刑，在纪念堂中应悬其肖像的地方不悬肖像，仅书："此为法利叶里之位，因罪处斩。"

② 拉丁文：因罪处斩。——原注

③ 英语："我来威尼斯，伫立叹息桥。"——原注(这是拜伦的长诗《查尔德·哈罗尔德游记》第四章的第一句。)

④ 英、法于1854年3月对俄宣战。

来：布斯特拉巴[1]和巴麦尔斯顿[2]。巴麦尔斯顿做了首相呢，您自然知道。不，无论您怎么说，俄国人的拳头总不是玩儿的。那个布斯特拉巴可真是个大大的混蛋！如果您高兴，我可以借给您《Les Châtiments》de Victor Hugo[3]——妙极啦！《L'avenir—le gendarme de Dieu》[4]——写得大胆是大胆一点，可是，多么有力量，多么有力量！维雅泽姆斯基[5]公爵说得也妙：'欧罗巴不断哄传巴什卡兑克拉尔[6]，侧目昔奴魄！'我是很爱诗歌的。普鲁东的近著，我也有；我什么全有。我不知道您怎么觉着，我，可是欢迎这次战争的——可是，国内既然用不到我，我就打算从这儿到佛罗伦萨，到罗马去：法国我是不能去的了，西班牙，我想也是一样——听说那儿女人真漂亮，可惜，就是太贫穷，跳蚤也多。我本来要到加利福尼亚去的，我们俄国人什么都能做，可是，我答应过一位编辑先生写一篇关于地中海商务问题的详细研究。您也许会说，这是个没有趣味的、专门的问题，可是，我们正需要这个：专门家；我们哲学谈得够了，现在，我们需要实践，实践……可是，您真病得不轻啦，尼卡诺尔·华西里耶维奇；也许，我叫您疲倦啦，可是，我还得再坐一会儿……"

鲁坡雅罗夫又继续东扯西拉了好一会工夫，在临走的时候，还应

---

① 布隆、斯特拉斯堡、巴黎的缩写，是拿破仑三世的含有蔑视的绰号。
② 巴麦尔斯顿（1784—1865），英国政治家，曾于19世纪50年代与60年代两任英国首相。
③ 法语：维克多·雨果的《惩罚集》。——原注
④ 法语：《未来——上帝的宪兵》。——原注
⑤ 维雅泽姆斯基（1792—1878），俄国诗人，批评家，杂志编辑。19世纪20年代曾接近普希金等进步文学家。十二月党人起义失败后，转入保守党阵营，晚年为沙皇显宦。
⑥ 1853年11月，俄军以一万人大胜土耳其军队三万六千人于巴什卡兑克拉尔镇。

许着再来。

英沙罗夫被这不意的拜访弄得精疲力竭了，他躺到沙发上。

“哪，”他说道，黯然望了叶莲娜一眼，“这就是你们的新时代青年！ 他们里面的许多人，尽管装腔作势，尽管吹牛，可是，在他们心底里，也正跟刚来的这位一样，不过是些空话匣子罢了。”

叶莲娜没有回答自己的丈夫：在这一瞬，英沙罗夫的虚弱较之俄国整整一代青年的气质，更其令她不安……她坐在他身旁，拿起一些手工来。他闭起眼睛，不动地躺着，完全苍白，而且瘦弱。叶莲娜看了看他瘦削的侧面和他的低垂的两手，一阵突然来的恐怖，紧紧地抓住了她的心灵。

“德米特里……”她开始说。

他怔了一怔。

“唔？ 伦基奇来了？”

“还没有……可是，你觉得怎样——你发热呢。你真有点儿不大好，我们该请个医生来么？”

“那个吹牛家把你吓住啦。用不着。我休息一会儿，就会完全好啦。吃过饭以后，我们还要再出去……到什么地方去。”

两点钟过去了……英沙罗夫仍然躺在长沙发上，可是，他不能入睡，虽然也并不睁开眼睛。叶莲娜一直不曾离开他的身边；她的手工落在她的膝上，但她却一动也没有动。

“你为什么不睡睡呢？”她终于问他。

“唔，等一等，”他拉过她的手来，搁在自己的头下，“搁到这儿……唔，这样很好。伦基奇来的时候，马上叫醒我。如果他说船已经弄妥了，我们马上就动身……我们该把东西收拾起来啦。”

“收拾不费事呢。”叶莲娜回答。

“那家伙乱吹了一阵战争，塞尔维亚，”一会儿以后，英沙罗夫又说，“我看，全是他自己编造的。可是，我们应该，我们应该动身了。我们不能拖延时间……准备起来吧。”

他睡着了。房间里，一切都静寂了。

叶琳娜把头靠着椅背，许久许久地眺望着窗外。天气变得恶劣起来；起风了。大块的白云迅速地扫过天空，远远的地方，一根细长的船桅摇晃着，一面画有红十字的长旗，不断地飞飘着，落下去，又扬起来。老式的时钟的摆，同着它的悲抑的滴答，在房间里沉重地响着。叶莲娜闭起眼睛。昨晚，她整晚都睡得很坏；渐渐地她自己也睡着了。

她做了一个奇怪的梦。好像是，她是和几个不相识的人在察里津诺湖上泛舟。人们全都沉默了，一动不动地坐着，没有人划桨；小舟自动地浮着。叶莲娜并不害怕，只是感到沉闷；她想要知道这些人究竟是谁，她自己为什么会跟他们来到一处？ 她定神注视着，小湖扩大了，湖岸不见了——现在，这已经不是湖，却是一片骚动的大海：深蓝的、沉默的巨浪威严地颠簸着小舟；从水底深处，有什么咆哮着、威胁着涌上来；她的不相识的同舟者们全都忽然跳起来，绝望地叫着，摆着他们的手……叶莲娜认出他们的面孔来了：其中之一，正是她自己的父亲。可是，忽地一阵白色的旋风扫过了浪头……一切都旋转起来，一切都混乱起来了……

叶莲娜审视了自己的周围：和以前一样，周围一切，全是一片白光。可是，这却是雪，雪，一望无际的雪野。她已经不再在舟中，却好像她从莫斯科出发之日一样，乘着一乘雪橇了；她并不是独自一人：在她身旁坐着一个小东西，裹在一件旧外套里。叶莲娜亲切地看了看：原来那就是卡嘉，她昔日的小穷朋友。叶莲娜惊吓起来；她想道："她不是死了的么？"

"卡嘉，你跟我是往哪儿去呀？"

卡嘉却没有回答，只把破旧的小外套在身上裹得更紧；她好像在发抖。叶莲娜也感觉着寒冷了；她瞭望着前途：一片雪雾的笼罩中，远远的隐约可见一座城市。那儿有高耸的白塔和银色的圆顶……"卡嘉，卡嘉，这是莫斯科么？ 不，"叶莲娜又想，"这是索洛韦茨基修道院[①]啊：那儿有许多、许多窄小的修道的小房，蜂巢似的；那儿是窒闷的，狭窄的——德米特里给关在那儿啦。我得救他出来……"突然，一道灰色的、张着大口的深渊，在她面前展开了。雪橇跌下去了，卡嘉笑起来。"叶莲娜，叶莲娜！"从深渊里，一个声音喊了出来。

"叶莲娜！"声音还在她的耳边清晰地喊着。她急忙抬起头来，转过身子，就呆住了：英沙罗夫，脸色白得似雪，就像她梦里的白雪，正从沙发上挣扎起来，用他那大睁着的、放光的、可怕的眼睛瞪着她。他的头发披散在他的额上，嘴唇奇怪地张开着。恐怖，夹杂着一种苦痛的柔情，表现在他的突然变了容的脸上。

"叶莲娜！"他清楚地说，"我快死啦！"

她绝望地叫了一声，跪下来，偎到他的怀里。

"一切都完了，"英沙罗夫重复说，"我要死啦！ ……永别了，我可怜的姑娘！ 永别了，我亲爱的祖国！"

① 1436 年在白海索洛韦茨基岛上所建立的正教修道院，它在几百年间都是俄国北方的要塞、宗教中心和经济中心。

他说着，就倒到沙发上面了。

叶莲娜飞也似地跑出房间，呼起救来，一个侍者跑去找医生。叶莲娜紧紧地偎着英沙罗夫的身体。

正在这时，一个宽肩、黝黑、穿着宽大的粗布上衣和戴着低低的漆布帽子的人，在门槛上出现了。他迷惘地停住了脚步。

“伦基奇！”叶莲娜叫起来，“是您！为了上帝的缘故，您瞧，他晕过去啦！这是怎么回事呀！哦，上帝，哦，上帝！他昨儿还出去过，刚刚还跟我讲话来着……”

伦基奇什么也没有说，只是让到一边。从他的身边，匆忙地闪进一个戴着假发和眼镜的小身个儿的人：这是一位住在同一旅馆里的医生。他走到英沙罗夫身边来。

“辛鸟拉[1]，”几分钟后，他说道，“这位外国先生死了——il signore forestiere e morto——由于动脉瘤和肺病的并发症。”

三十五

次日，仍在那间房里，伦基奇靠窗站着；在他面前，坐着叶莲娜，肩上披着肩巾。在邻室，英沙罗夫已经躺在棺里了。叶莲娜的脸上现出恐怖，而且没有生气；两条线纹出现在她额上，双眉中间：这，给了她的呆滞的眼睛一种紧张的表情。窗台上，放着已被拆开的安娜·华西里耶芙娜的来信。她请求她的女儿回莫斯科来，哪怕只住一个月也好；她诉说着自己的寂寞，抱怨尼古拉·阿尔吉米耶维奇；她问候英沙罗

① 意大利语：夫人。

夫，询问他的健康，并且恳求他不要留难他的妻子。

伦基奇是达尔玛提亚人，是个水手，英沙罗夫在祖国旅行的时候认识的，到威尼斯来后他又找到了他。他是一个严肃、顽强、果敢、献身于斯拉夫民族运动的人。他蔑视土耳其人，憎恨奥地利人。

“您要在威尼斯停多久？”叶莲娜用意大利语问他。她的声音也正和她的面孔一样没有生气。

“一天。为了装货，为了不引起嫌疑，以后，就直开萨拉。我会给我的同胞们带去一个悲痛的消息。他们很久就期待着他；他们是把希望寄托在他身上的。”

“他们是把希望寄托在他身上的。”叶莲娜机械地重复说。

“您什么时候葬他？”伦基奇问。

叶莲娜并不立刻回答：

“明天。”

“明天？ 那么，我可以留下。我想撒一撮土在他的坟上。并且，您也需要帮助。可是，最好是让他安息在斯拉夫的土地上。”

叶莲娜看着伦基奇。

“船长，”她说道，“请把我跟他一道带去，请把我们带到海的那边，离开这儿。成么？”

伦基奇沉吟了一下。

“好吧，只是，很麻烦。我们会跟这儿的可诅咒的当局纠缠不清。可是，就算我们能办妥，把他安葬在那边，我又怎么送您回来呢？”

“您不用送我回来。”

“什么？ 那么，您住在哪儿？”

“我会给我自己找个地方；只是把我们带去，把我带去吧。”

伦基奇搔了搔后脑。

“随您的意思；可是，这全是很麻烦的。我一定想法儿，我一定试试；请您在这儿等我，我两小时以后回来。”

他走了。叶莲娜走到邻室，靠着墙，许久许久呆立在那里，好像已经变成了石头。接着，她屈膝跪下，但是，她不能祈祷。在她的灵魂里，她没有怨尤；她不敢质问上帝的意旨，她不敢质问他为什么不肯原宥，不肯怜悯，不肯拯救，他为什么惩罚她超过了她的罪愆(即或她是有罪)。我们每个人，只因为活着，就有罪了；任何伟大的思想家，任何伟大的人类的救星，也不能因为自身的功绩就可希望永生的权利……可是，叶莲娜仍然不能祈祷；她已经变成了石头。

当晚，一艘大型的平底船从英沙罗夫夫妇住过的旅馆开出去。船里坐着叶莲娜和伦基奇，他们身旁，搁着一只长方形的匣子，上面盖着一块黑布。船走了约莫半小时，终于到达一艘抛锚在海港入口处的双桅小海船边。叶莲娜和伦基奇上到海船上去；水手们把匣子搬了上来。夜半，风暴猝发，可是，在拂晓的时候，海船却已经驶出“丽多”。整天，风暴以疯狂的暴力怒吼着，鲁意德船舶公司有经验的海员们多半都摇着头，预测海上会出事。在威尼斯、特列厄斯特和达尔玛提亚沿岸之间的亚得里亚海，是尤其危险的。

叶莲娜离开威尼斯三星期后，安娜·华西里耶芙娜在莫斯科接到了下面的信：

我亲爱的妈妈和爸爸，我是跟你们永别了。你们再也不能见到我了。德米特里昨天死了。对于我，一切都完了。今天，我正伴着他的遗骸，出发到萨拉去。我要去埋葬他，至于我自己会怎么样，我不知道！ 可是，现在，除了德的祖国，我是没有别的祖国了。在那边，人们正在准备起义，战争的准备已经成熟；我要去做一个看护，我要去看护那些病人和伤兵。我不知道我将来会怎样，可是，就是在德死后，我也要忠于他的遗志，忠于他的终生事业。我已经学会了保加利亚语和塞尔维亚语。也许，我会没有力量忍受这一切——这样更好。我已经给带到了悬崖的边缘，我只有跌下去。命运并不是偶然把我们联系到一处的：谁知道呢，也许是我害了他；现在，是临到他来拖我了。我原是寻求幸福的，我所得到的，也许是——死亡。也许，这一切都是命定的；也许，这中间有着罪孽……但是，死亡是能掩盖一切，能和解一切的——不是么？ 请饶恕我，请宽宥我给你们造成的一切苦痛；那都不是出自我的本心。可是，我为什么要回到俄国来呢？ 我在俄国能做什么事？

请接受我最后的亲吻，最后的祝福，并请不要责备我。

叶

自从那时以后，大致五年过去了，再也没有关于叶莲娜的消息传来。所有的书信和探询，全都徒劳；尼古拉·阿尔吉米耶维奇，在和约缔结以后，还亲自到威尼斯和萨拉去走了一转，也全无结果。在威尼斯，他探知了读者们所知道的事情，但是，在萨拉，关于伦基奇和他的船，却没有一个人能给他任何确切的消息。据含糊不清的传闻，几年以前，大风暴之后，岸上冲来一具棺材，里面有一个男子的尸体……可是，据另外的多少更可靠的传说，则这具棺材根本不是被海水冲来，却是被卸下来的，由一位从威尼斯来的外国太太安葬在海滨了；还有人补充说，他们后来在集结着军队的黑塞哥维那①还见过这位太太；他们甚至描摹了一番她的装束，说她是从头到脚，全身黑色的。可是，尽管如此，叶莲娜的踪迹却是永远地、永不复回地消逝了；谁也不知道她是否仍然活着，或是把自己隐藏在什么地方，或者，是小小的生之悲剧已经垂下了最终的幕，她的微小的生之酵已经得到最后的终结，而现在，是临到死神登场的时候了。谁知道？ 常有这样的事情：一个人，半夜醒来，以不自主的恐怖问着自己道："难道我真的已经是三十……四十……五十了么？ 生命怎么消逝得这般快？ 死亡怎么来得这般近呀？"死神，是正跟个渔夫一样的：他已经把鱼打在自己的网里了，但暂时还把它留在水里：鱼仍在游着，可是网却早已套在它周围了，渔夫终会把它拖上来的——在他高兴的任何时候。

我们故事里的其他人物怎么样了呢？

安娜·华西里耶芙娜还活着；自从遭了那一次剧痛以后，她苍老多了；她的抱怨比以前少，可是悲哀却更深。尼古拉·阿尔吉米耶维奇也比较老了，头发也灰白了，并且已经和奥古斯汀娜·赫利斯奇安诺芙娜断绝了来往……现在，他对于所有外国的东西，全都诅咒。他家里用着一位女管家，这可是个俄国人，很漂亮，年约三十岁，穿的是丝质的衣裳，还戴着金戒指和金耳环。库尔纳托夫斯基，正和所有刚强性子黑头发的男人一样，当然是爱好金发妙颜的女子的，所以，和卓娅结了婚；她完完全全服从他，甚至在思想的时候也不敢再用德语了。伯尔森

① 黑塞哥维那，前南斯拉夫南部地区——波斯尼亚和黑塞哥维那。

涅夫正在海德堡[1]：他是被政府资送留学的；他到过柏林和巴黎，一点也没有浪费自己的时间；他会成为一位绝对胜任的教授的。他的两篇论文：《从刑法上所见古日耳曼法之若干特点》和《论文明问题中都市原则之意义》，均已引起了学术界的注意；所遗憾的是两篇论文的文字都不免十分累赘，而且夹杂了颇不少的外国字眼。舒宾在罗马；他已经整个地献身于自己的艺术，并已被视为最杰出、最有前途的新进雕塑家之一人了。严格的纯正派觉得他对古代雕塑的研究还欠功夫，而且没有“风格”，并且认为他是法兰西派；可是，英国人和美国人却多有定购他的作品的。近来，他所作的一尊《女祭酒》很引起了一番轰动；有名的财主俄国的波波什金伯爵本想用一千斯库多[2]把它买来，可是，结果却宁肯用三千斯库多买了另一 pur sang[3] 法国雕塑家所作的题为《患相思病的青年农女垂毙于春之精灵的怀中》的群像。舒宾还不时和乌发尔·伊凡诺维奇通信，惟有这位老人，在任何方面都毫无改变。不久以前，舒宾给他写道：“您可记得，那一晚，当我们知道了可怜的叶莲娜的结婚消息，当我坐在您床边跟您谈话的时候，您对我说过的话么？ 您可记得，那时我问您：在我们中间会有人么？ 您回答我说：‘会有的。’哦，您拥有强大的威力的人！ 现在，在这里，从这地方，从我的‘最美丽的远方’，我要再一次问您：‘唔，怎么样，乌发尔·伊凡诺维奇。会有的么？’”

乌发尔·伊凡诺维奇却扭着手指，愣着眼睛，把他那谜样的目光凝视着远方。

---

① 海德堡，德国西南部巴登符滕堡州的城市。
② 斯库多，意大利旧银币，约等于 5 里拉。
③ 法语：纯血统的。——原注

父与子

巴金　译

纪念

维萨里昂·格利戈里耶维奇·别林斯基

一

“喂，彼得，还看不见？”问话的是一位年纪不过四十出头的绅士，在一八五九年五月二十日那天，他穿一件带尘土的外衣，下面露出一条方格纹的裤子，光着头，从某某公路上一家客店[①]里走出来，站在低台阶上。他正在跟他的听差讲话，那是一个脸蛋滚圆的小伙子，下巴上长了些浅白色的柔毛，一对小眼睛没有一点儿眼神。

这个听差，他身上的一切——他耳朵上的那只蓝宝石耳环，他的颜色不匀的、擦了油的头发，以及他的文雅的举止——总之，这一切都显出来他这个人属于时髦的、进步的一代，他敷衍地朝路上望了望，回答道：“老爷，看不见，一点儿也看不见。”

“看不见吗？”绅士再问一句。

“看不见。”听差又回答一遍。

绅士叹了一口气，就在一条小凳上坐下来。我们现在趁绅士弯着腿坐在那儿、带着沉思的样子朝四周望的时候，把他向读者们介绍一下。

他的姓名是尼可拉·彼得罗维奇·基尔沙诺夫。他的产业就在离这个客店十五里的地方，这是一片有两百个农奴的上好的田产，或者照他自己的说法，——他把地分给农民，创办了所谓“农庄”以后的说法——两千亩[②]的田地。他的父亲，一个参加过一八一二年战役[③]的将军，是一个识字不多的粗人，不过人并不坏；这是一个地道的俄国人，他的一生都消磨在军队里面，起初做旅长，后来升任师长，经常驻扎在外省，他在那些地方靠了他的官职成了一位相当重要的人物。尼可拉·彼得罗维奇跟他的哥哥巴威尔一样，生在俄国南部(我们以后再谈巴威尔的事情)，十四岁以前他一直在家里念书，接触的尽是些平庸的家庭教师、不拘礼节却又会奉承的副官和其他的联队的和司令部的军官。他的母亲是柯利雅津家的小姐，出嫁以前闺名叫做 Agathe[④]，可是做了将军夫人以后便改称为阿嘉浮克列亚·库慈敏尼西娜·基尔沙诺娃，完全是所谓“官派十足的将军夫人”一类的女人。她戴的是十分讲究的帽子，穿的是窸窣作响的绸衣，在教堂里总是她抢先走到十字架跟前[⑤]；她讲起话来声音很高，而且讲个不停，她还要她的孩子每天早晨吻她的手，晚上她照例要给他们祝福——总而言之，她过得十分快乐如意。尼可拉·彼得罗维奇虽然并没有丝毫勇武的表现，而且还得到了“胆小鬼”的绰号，可是他因为是一位将军的儿子，便不得不学他的哥哥巴威尔的榜样，也去报名入伍；可是就在他得到任命消息的那一天，他跌坏了一只腿，在床上躺了两个月，好起来时他却成了一个“瘸子”，那是一辈子医治不好的了。他的父亲只好从此断念，让他去做文官。等到他有了十八岁，父亲便带他到彼得堡去进大学。恰好这个

① 客店，指可以停放旅客的车辆马匹的小客店。
② 指俄亩。1 俄亩等于 1.09 公顷。下同。
③ 指俄国抵御拿破仑人侵的卫国战争。
④ 法语：阿嘉忒。意思是玛瑙。
⑤ 照旧俄习惯，弥撒完毕以后，每个人都到十字架跟前去吻十字架。

时候他的哥哥在近卫团里当了军官。父亲让这两弟兄租了一套房间住在一处，又托了他们的一位表舅偶尔来照应一下：那是一个高级的官员，名叫伊里亚·柯利雅津。以后父亲回到他的师里和他的妻子那儿去了，只偶尔给这两个儿子寄来一封信，大张的灰色信纸上涂满了粗大的文书体的字迹。他在信纸的最后，署上自己的名字："彼得·基尔沙诺夫，陆军少将"，还用心地在名字四周弯弯曲曲地描花。一八三五年尼可拉·彼得罗维奇在大学里得到学位毕了业，就在这一年，基尔沙诺夫将军因为阅兵成绩不好，给免了职，便带了妻子到彼得堡去住家。他刚在塔夫利奇花园[①]附近租了一所房屋，并且加入了英国俱乐部[②]做会员，就突然中风死了。阿嘉浮克列亚·库慈敏尼西娜不久也跟着去世：她过不惯首都的那种沉闷无聊的日子；是免职闲居的痛苦把她折磨死了的。尼可拉·彼得罗维奇在他的父母还活着的时候，爱上了他的旧房东卜列玻罗文斯基(一个小官)的女儿，这桩事情给了他们不小的烦恼。那是一个美丽的、而且是一般人所谓有修养的女子。她喜欢读报纸上"科学"栏里的那些严肃的文章。他等着自己的服丧一满，立刻同她结了婚，并且辞掉他父亲生前给他在皇室领地管理局谋得的官职，同他的妻子马霞一块儿安享家庭的幸福；起初他们住在林业学院附近的一所别墅里，后来搬进城里一处精致的小楼房(那房子有干净的楼梯和一个通风的客厅)，最后他们又搬到乡下去，就在那儿定居下来，不久生了一个儿子，名叫阿尔卡狄。这一对年轻夫妇过得非常快

---

① 塔夫利奇花园在彼得堡的住宅区，附属于塔夫利奇宫，花园的一部分在夏天开放，供人游览。塔夫利奇宫是女皇叶卡捷琳娜二世在 1783 年为她的宠臣波将金公爵修建的。

② 这个俱乐部的会员都是有钱的贵族和显官。

乐，非常平静；他们几乎就没有分开过；他们在一块儿看书，四只手同弹钢琴，唱着二重唱。她种花养鸡；他偶尔也出去打猎，料理田产上的事务。在这中间，阿尔卡狄也在快乐平静的环境中，渐渐地长大起来了。十年的光阴像梦一般地过去。一八四七年基尔沙诺夫的妻子去世。他差一点儿受不了这个打击：不到几个星期他的头发就变成灰白了。他正要动身到国外旅行，希望借此消除他的悲痛……可是一八四八年接着来了①。他只得回到乡下，在一个相当长的时间里他什么事都不做，过着一种疏懒的生活，后来他对他的田地改革的事情感到了兴趣，便动手做起来。在一八五五年他把儿子送进大学；他跟他的儿子一块儿在彼得堡过了三个冬天，他很少出门，只是竭力跟阿尔卡狄的一班年轻朋友结交。到第四年的冬天，他有事情不能去彼得堡，所以我们在一八五九年五月看见他在这儿等候他儿子像他自己从前那样地得到学位毕业回来，——他的头发完全灰白，身子倒很结实，不过背显得有点儿驼。

那个听差由于礼节的关系，也许还是因为他不愿意老站在主人的眼前，便到大门口去，点燃烟斗抽起来。尼可拉·彼得罗维奇埋下头，望着那破旧的台阶，一只肥大的花雏鸡安稳地迈着黄色的肥腿严肃地一步一步向他走来；一只肮脏的猫装腔作势地蜷伏在栏杆上面，对他做出一种不高兴的神气。太阳晒得厉害，从客店的阴暗的过道中散发出一股热的黑麦面包的味道。尼可拉·彼得罗维奇想得出神了。“我的儿子……大学学士……阿尔卡沙②……”这些字眼翻来覆去地在他的脑子里打转；他竭力去想别的事情，可是这种思想又回转来了。他想起了

① 在 1848 年欧洲主要国家大都卷入革命波涛中。尼古拉一世害怕俄国人民受影响，曾下令禁止人们出国。
② 阿尔卡狄的爱称。

亡故的妻子……他悲痛地喃喃说："要是她活到现在就好了。"一只肥的、深蓝色的鸽子飞到路中间来，急急地到井边一个水洼跟前去喝水。尼可拉·彼得罗维奇刚在望它，可是他的耳朵已经听到了由远处驶近的车轮声。

"老爷，一定是他们来啦，"听差从大门口过来报告。

尼可拉·彼得罗维奇跳起来，注意地顺着公路望去。一辆三匹马拉的四轮敞篷车出现了；他还看见车子里面一顶大学生制帽的帽檐，一个熟悉的亲爱的脸的轮廓。

"阿尔卡沙，阿尔卡沙！"基尔沙诺夫一面叫着，一面挥动两只手跑着迎上去……不到一忽儿工夫，他的嘴唇便贴在一个年轻大学学士的无须的、带尘土的、太阳晒黑了的脸颊上面了。

二

"爸爸，让我先拍一下身上吧，"阿尔卡狄说，由于旅途的辛苦，他的声音略有一点儿发哑，不过这还是孩子的声音，而且响亮悦耳，他高兴地回抱他的父亲，"我把你身上也沾上土了。"

"不要紧，不要紧，"尼可拉·彼得罗维奇带着慈爱的笑容反复地说，他伸手在他儿子的大衣领子上拍了两三下，也把自己的外衣拍了两拍，"让我好好地看你一下，让我好好地看你一下。"他说着，便往后退了几步，可是他立刻又急急忙忙地向客店的院子走去，口里嚷着："这边，这边，快给我们套马。"

尼可拉·彼得罗维奇似乎比他的儿子兴奋得多；他好像有一点儿慌张，又有一点儿胆怯。阿尔卡狄止住他。

“爸爸，”他说，“让我介绍我的好朋友巴扎罗夫给你，我在信上常常提起他。他真好，居然肯到我们家里来作客。”

尼可拉·彼得罗维奇连忙转过身来，走到一个刚从四轮敞篷车上下来、穿一件宽大的带穗子的长外衣的高个子跟前，那个人停了一忽儿才把手伸给他，可是他仍旧紧紧地捏住那个人的没有戴手套的红通通的手。

“您这次光临，叫我十分高兴，而且非常感激，”他开始说，“……请教您的大名跟您的父名。”

“叶夫盖尼·瓦西里耶夫①，”巴扎罗夫懒洋洋地可是声音响亮地答道，同时他翻下外衣的领子，让尼可拉·彼得罗维奇看见他的整个面孔。这是一张瘦长脸，宽广的前额，上平下尖的鼻子，带绿色的大眼睛，淡茶色的下垂的连鬓胡子；一个安静的微笑使他的脸显得有生气，而且显出他的自信心和聪明来。

“亲爱的叶夫盖尼·瓦西里以奇，我希望您在我们这儿不至于感到沉闷无聊。”尼可拉·彼得罗维奇继续说。

巴扎罗夫的薄薄的嘴唇微微一动，不过他并没有回答，只是举了一下帽子。他的又长又密的深黄色头发盖不住他隆起的头骨。

“那么，阿尔卡狄，”尼可拉·彼得罗维奇又掉转身对他的儿子说，“要不要现在就套马，还是你们高兴休息一忽儿？”

“爸爸，我们还是回家休息吧。叫他们就套上马。”

“马上就走，马上，”父亲答应道，“喂，彼得，听见没有？赶快

① 叶夫盖尼是名字，瓦西里耶夫或瓦西里以奇是父名，意思是“瓦西里的儿子”。

准备好，好孩子。”

彼得是一个受过训练的听差，他并不去吻小主人的手，只是远远地对他鞠一个躬，便穿过大门不见了。

“我是坐有篷轻马车来的，不过我另外给你的四轮敞篷车预备了三匹马。”尼可拉·彼得罗维奇唠叨地说，阿尔卡狄向客店女主人要了一铁勺子的水来，正拿到嘴边喝着；巴扎罗夫点燃烟斗，向那个正在卸马的车夫走去。尼可拉·彼得罗维奇接着往下说：“我的车里只有两个座位，我不知道你那位朋友怎样……”

“他会坐四轮敞篷车的，”阿尔卡狄低声打岔道，“请你不要跟他讲礼节，他是个了不起的人，非常朴素——你以后会明白的。”

尼可拉·彼得罗维奇的车夫把马牵了出来。

“喂，转过身来，大胡子！”巴扎罗夫对四轮敞篷车的车夫说。

“米丘哈，听见没有？”另一个车夫插嘴道，他正站在旁边，两只手插在他的羊皮衣服后面开的口里，“这位老爷怎样叫你？你真是个大胡子。”

米丘哈不答话，只是把他的帽子轻轻往上一推，然后从那匹流汗的辕马身上卸下缰绳来。

“快些，快些，伙计们，来帮个忙，”尼可拉·彼得罗维奇嚷道，“一忽儿大家都有伏特加①喝！”

不到一忽儿工夫马都套好了；父亲和儿子坐在有篷轻马车里，彼得爬上了赶车的座位；巴扎罗夫跳进了四轮敞篷车，把头放在皮枕上，于是两部车就辘辘地跑走了。

---

① 用黑麦（或裸麦）做的俄国烧酒。

三

“你毕竟做了大学学士，回到家里来了，”尼可拉·彼得罗维奇说，他一忽儿拍拍阿尔卡狄的肩头，一忽儿拍拍阿尔卡狄的膝盖，接着又说一句，“毕竟回来了。”

“伯父身体怎样？ 他好吗？”阿尔卡狄问道，虽然他心里充满了真诚的、而且带点儿孩子气的喜悦，可是他却愿意在这个时候尽可能少谈感情话，只说一些普通的家常话。

“很好。他原本要跟我一块儿来接你的，可是不知道为了什么缘故又改变了主意。”

“你等了我很久吗？”阿尔卡狄问道。

“哦，大约五个钟头吧。”

“我的好爸爸！”

阿尔卡狄立刻欢喜地转过身去，在他父亲的脸颊上接了一个很响的吻。尼可拉·彼得罗维奇轻轻地笑出声来。

“我给你预备了一匹多好的马，”他说，“你等着瞧吧。你的屋子也重新糊过了。”

“巴扎罗夫有一间屋子吗？”

“我们给他预备一间就是了。”

“爸爸，请你好好地待他。我没法跟你说得明白我多么看重他的友谊。”

“你跟他认识不久吧？”

“不久。”

“啊，难怪我去年冬天没有见到他。他是研究什么的？”

“他的专门科目是自然科学。不过他什么都知道。他明年还要去考医生呢。”

“啊！他还是念医科的。”尼可拉·彼得罗维奇说，他不作声了。过一忽儿他又伸手指着前面问道：“彼得，那些赶车的是我们的农民吗？”

彼得朝他主人指的方向望去。几辆大车在一条狭窄的小路上急急地跑过，拉车的马都没有加上马衔。每辆车上有一两个敞开羊皮衣服的农民。

“老爷，是的。”彼得答道。

“他们往哪儿去，——进城去吗？”

“我想一定是进城去。”彼得轻蔑地再加一句，“到酒馆去。”同时他微微地侧身向着车夫，好像在征求车夫的同意似的。可是车夫动也不动一下；他是一个旧式的人，并不赞成现代的新的见解。

“今年农民给我找了不少的麻烦，”尼可拉·彼得罗维奇接着对他的儿子说，“他们不肯缴租。你又有什么办法？”

“可是你还满意那些雇来的长工吧？”

“还好，”尼可拉·彼得罗维奇低声答道，“可是不幸有人鼓动他们跟我捣乱；他们不肯多出力干活。他们把马具弄坏了。不过他们耕地还不错。只要时间一久事情就会上轨道的。你现在对田上的事情有没有兴趣？”

“家里没有一个荫凉地方，真可惜。”阿尔卡狄不回答他的问话，却另外说。

“我在北面露台上搭起了一个凉棚，”尼可拉·彼得罗维奇说，

“现在我们可以在露天吃饭了。”

“那么这会太像避暑的别墅了……可是这是废话。这儿空气真好！味道多么新鲜！真的，我觉得世界上再没有一块地方有我们这儿草地一样香的！而且天空也……”

阿尔卡狄突然闭了嘴，偷偷地朝背后看了一眼，就不再说下去。

“不错，”尼可拉·彼得罗维奇接嘴说，“你是在这儿出世的，所以你对这儿的一切都有一种特别的……”

“得啦，爸爸，一个人生在哪一个地方，那是没有关系的。”

“可是……”

“不，这绝对没有关系。”

尼可拉·彼得罗维奇偷偷地看了他儿子一眼，车子又走了半里的光景，他们两个人谁都没有讲话。

“我不记得我给你的信里提过没有，”尼可拉·彼得罗维奇开口说，“你的老奶妈叶哥罗夫娜死了。”

“真的？可怜的老婆婆！卜罗科非奇还在吗？”

“还在，一点儿也没有改变。还是那样地一天叽里咕噜。老实说，你在玛利因诺找不到多少改变的。”

“总管①还是旧人么？”

“啊，这却换了人了。我决定：那些做过家仆的农奴解放以后，就不再留用，或者至少我不给他们做什么负责任的事情，”尼可拉·彼得罗维奇看见阿尔卡狄望着彼得，便放低声音解释道：“Il est libre, en

① 贵族家的管事和领地管理人。他还照料家务，并且管理全家的男女仆人。

effet，[1]不过，他只是一个当差。我现在用的总管是一个城里人，看起来倒是个很能干的小伙子。我给他一年二百五十卢布的薪水。可是，”尼可拉·彼得罗维奇说到这里，便伸手去擦他的前额和眉毛，这在他向来是一种心里不安的表示，“我刚刚对你说过，你在玛利因诺找不到什么改变……这句话并不十分正确。我觉得我应当事先对你说明，虽然……”

他吐吐吞吞了一忽儿，然后用法国话说下去：

“也许一个严正的道学家会说我的坦白是不适当的；可是一来，事情隐瞒不了，二来，你也知道：我对于父子间的关系素来有一种特别的主张。当然，你也有权责备我。在我这样的年纪……一句话说完……那个……那个姑娘，你也许已经听说过她了……”

“费涅奇卡吗？”阿尔卡狄顺口问道。

尼可拉·彼得罗维奇红了脸。

“请你不要大声提她的名字……唔，是的……她现在跟我住在一块儿。我把她搬进我家里来了……占了两间小屋子。不过这是可以变动的。”

“呵，爸爸，为什么要变动呢？”

“你那位朋友要在我们家里作客……这有点儿不方便。”

“请你不用担心巴扎罗夫。他完全不管这种事情。”

“好的，可是对你也不便，”尼可拉·彼得罗维奇又说，“最坏的是——我们那间小小的耳房又太糟。”

“得了吧，爸爸，”阿尔卡狄打岔说道，“你好像在道歉似的；你

① 法语：的确，他是自由的。——原注

不害羞吗？”

“自然，我应当害羞。”尼可拉·彼得罗维奇答道，他的脸越发红了。

“得啦，爸爸，得啦；请你不要再说了！”阿尔卡狄温存地微笑道。他又暗暗地想：“这有什么可以道歉的呢？”他的心里充满了对于这位善良而软弱的父亲的一种带宽大意味的爱，同时还夹杂着一种暗中以为自己优越的感觉。“请你不要讲了。”他再说一遍，不由自主地感到自己思想的进步和解放而大为得意了。

尼可拉·彼得罗维奇还在擦自己的前额，这个时候便从手指头底下看了儿子一眼，心里一下子痛起来……可是他马上又责备他自己。

“这就到了我们的地了。”过了好一忽儿工夫他又说。

“我想前面就是我们的林子吧?”阿尔卡狄问道。

“是，是我们的。只是我把它卖出去了。今年他们就要来砍的。”

“为什么要卖掉呢？”

“我需要钱用；况且那片地也得分给农民。”

“是那些不缴租的农民吗？”

“那是他们的事情，不过他们总有一天会缴租的。”

“这林子很可惜。”阿尔卡狄说，他便眺望起四周的景物来。

他们所经过的田野够不上说是风景如画的。一片一片的田地接连着，一起一伏地一直连到天边；有些地方可以看见小树林，还有一些曲曲折折的峡谷，里面长满了稀疏的矮树，看起来就跟叶卡捷琳娜女皇时代①的旧式平面图上面绘出的一样。他们还经过一些两岸崩落的小

---

① 即叶卡捷琳娜二世(1729—1796)，1762—1796 年间的俄国女皇。

河，狭堤分隔的小湖；他们又看见一些小村庄，矮木屋的漆黑的屋顶有好多都塌了一半，矮树编成围墙的谷仓倾斜了，它那荒废的打麦场也张开了脱落的大门。教堂中间有的是砖砌的，泥灰也剥落了；有的是木头造的，上面的十字架也歪斜了，墓园里长满了荒草。阿尔卡狄的心渐渐地冷起来。好像故意似的，他们沿途遇见的农民都穿着破旧的衣服，骑着瘦弱可怜的小马，一棵一棵的柳树让人剥下树皮、弄断树枝站在路旁，像一排衣服褴褛的乞丐；瘦小的、毛蓬蓬的、显然是饿着的母牛贪心地乱嚼着沟边的野草。它们好像刚从什么凶恶残暴的猛兽的利爪下面逃了出来似的；在明媚可爱的春天里面看见这些瘦弱的畜生的悲惨可怜的模样，使人想起那个充满风暴和霜雪的、漫长的、寂寥寡欢的严冬的白色魔影。……“不，”阿尔卡狄想道，“这不是一个富裕的地方：它给人的印象不是丰裕和勤劳；它不能够，不能够照这样下去，改革是绝对必需的……可是怎样实行改革呢，又从什么地方开头呢？”

阿尔卡狄这样地思索着……可是就在他思索的时候，春天又恢复了它的力量。四周全是金绿色，那一切，树啊，矮林啊，草啊，正在灿烂地发光，并且在暖风的轻拂下广泛地、轻柔地荡漾；百灵鸟的嘹亮的歌声不绝地从四面涌来，田凫或是唱着歌在低的草地上盘旋，或者静静地掠过草坡飞去；白嘴鸦在长得不高的春麦田里昂首阔步，让这一片新绿衬出它们的乌黑；一忽儿它们又隐在已经变白了的裸麦中间，不时从那烟雾一般的麦浪中伸出它们的头来。阿尔卡狄看了又看，他的愁思逐渐减淡，终于完全消失。……他脱下他的大衣，望着他的父亲，脸色显得十分高兴，而且带着孩子气，他的父亲便又把他拥抱了一下。

“现在已经不远了，”尼可拉·彼得罗维奇说，“只要爬上那小山，就看得见宅子了。阿尔卡沙，我们在一块儿一定过得很好；倘使你不厌烦的话，你还可以帮我管理田产。我们现在应当多接近，应当好好地互相了解，你说对不对？”

“自然啦，”阿尔卡狄说，“可是今天天气真好！”

“这是特地欢迎你的呢，我的好孩子。这是春天的最好的日子。不过我赞成普希金的意见——你记得不记得，他在《叶甫盖尼·奥涅金》[①]里写了这样的句子：

“你来了，给我带来几多忧愁，
春天，春天，恋爱的时候！
多么……”

“阿尔卡狄，”巴扎罗夫的声音突然从后面的四轮敞篷车里叫起来，“给我递根火柴来，我没有东西点我的烟斗。”

尼可拉·彼得罗维奇停止了念诗，阿尔卡狄正带了惊讶(但也不是没有同情)地听着，这个时候便从衣袋里掏出一个银的火柴匣子，叫彼得给巴扎罗夫送过去。

“你要不要一支雪茄？”巴扎罗夫又嚷道。

“给我也好。”阿尔卡狄答道。

彼得回到车里，除了火柴匣子以外，还带给他一支又粗又黑的雪茄，阿尔卡狄立刻点起烟来，于是在他身边散出了一种下等烟的又浓又辣的气味，使那个从小就不抽烟的尼可拉·彼得罗维奇不得不把鼻

① 俄国大诗人普希金的长篇诗体小说。

子掉开，不过他竭力不让他的儿子觉察到，他害怕这个举动会叫阿尔卡狄见怪。

一刻钟以后两部马车停在一所红铁皮屋顶、灰色墙壁的新的木头宅子的台阶前。这便是玛利因诺，它又叫“新邨”，农民却给它起了一个绰号“穷庄”。

四

并没有一大群家仆跑出来到台阶上迎接主人；只有一个十二岁的小姑娘出现。在她的后面又从宅子里走出一个年轻人，相貌很像彼得，穿了一件灰色短号衣，衣上钉着刻了纹章的白扣子，这是巴威尔·彼得罗维奇·基尔沙诺夫的听差。他不作声地开了有篷轻马车的门，又解开四轮敞篷车的暖帘。尼可拉·彼得罗维奇同他的儿子，还有巴扎罗夫，三个人下了车，走过一间黑暗的、几乎完全没有家具的厅子(就在这儿门背后闪出一个年轻女人的脸)，进了一间有着最新式陈设的客厅。

“我们现在到家了，”尼可拉·彼得罗维奇说，他取下帽子，并且把头发往后一甩，“要紧的是现在应当吃晚饭，就好休息了。”

“吃点儿东西的确是不坏的。”巴扎罗夫说，他伸了一个懒腰，就在一张沙发上坐下来。

“不错，不错，我们马上就开晚饭，”尼可拉·彼得罗维奇无缘无故地跺脚说，“啊，卜罗科非奇来得刚是时候。”

进来一个六十岁光景的人：白头发，黑瘦的脸，身上穿了一件带铜钮扣的棕色常礼服，脖子上围着一条淡红色的领巾。他笑嘻嘻地走过来，吻了阿尔卡狄的手，又对客人鞠了一个躬，便退到门口，反背着手立在那儿。

“他回来了，卜罗科非奇，”尼可拉·彼得罗维奇说，“他毕竟回到我们这儿了。……啊，你觉得他怎样？”

“再好没有的了，老爷，”老人说着，又咧开嘴笑了笑，可是他马上皱起他的浓眉来，“您吩咐就开晚饭吗？”他郑重地问道。

“好，好，就开吧，”尼可拉·彼得罗维奇回答着，又掉头向客人，“您要不要先到您屋子去看看，叶夫盖尼·瓦西里以奇？”

“不要，谢谢；这倒用不着。不过请您叫人把我的手提箱拿到那儿去，还有，我这件衣服也带去。”他说着，便把身上那件外衣也脱下来。

“很好，卜罗科非奇，接住这位先生的大衣。”卜罗科非奇带着莫名其妙的神气用双手接过了巴扎罗夫的衣服，把它捧得高高的，踮起脚走出房去。尼可拉·彼得罗维奇又问他的儿子：“阿尔卡狄，你要不要到你屋子里去一下？”

“是的，我倒应该去洗洗脸。”阿尔卡狄答道，他向着房门走去，这个时候恰好有一个人从外面走进客厅来。这是一个中等身材的人，穿一套深色的英国式衣服，系一条时髦的低领结，穿一双漆皮鞋。他是巴威尔·彼得罗维奇·基尔沙诺夫，看起来大约有四十五岁。他那剪得短短的灰白头发正发着黝暗的光，像新的银子一样；在他那血色不好、但没有一条皱纹的脸上，五官十分端正，而且轮廓分明，就好像是用一把精巧的小凿子雕刻出来似的；这张脸上还留着当年那种惊人之美的痕迹，那一对明亮而漆黑的椭圆形眼睛尤其美。阿尔卡狄的伯父的整个外貌，在贵族的高傲和优雅之外，还保留着青春的和谐，以及一般过了二十岁的人所少有的那种超脱世俗的憧憬。

巴威尔 · 彼得罗维奇从裤袋里伸出他那有着粉红色长指甲的好看的手来，这只手给他那扣上单独一颗大猫眼石钮扣的雪白袖口陪衬着，显得更好看了。他把手伸给他的侄儿。他先行了欧洲式的 shake-hands①，以后他又照俄国规矩同侄儿亲了三下，这就是说，他用他的洒了香水的小胡子在阿尔卡狄的脸颊上挨了三下，口里说："欢迎。"

尼可拉 · 彼得罗维奇把他介绍给巴扎罗夫：巴威尔 · 彼得罗维奇稍微弯了一下他的柔软的身子，并且微微一笑，算是招呼了巴扎罗夫，他并不伸手给客人，反而把它放回他的裤袋里去了。

"我倒以为你今天不会来了，"他用一种愉快的声音说，亲切地耸了耸肩，同时露出他一嘴漂亮的白牙齿，"路上出了什么事吗？"

"一点儿也没有，"阿尔卡狄答道，"只是我们稍微耽搁了一下。不过我们现在饿得跟饿狼一样。爸爸，请催卜罗科非奇快开晚饭。我马上就回来。"

"等着，我跟你一块儿去。"巴扎罗夫突然从沙发上立起身来说。两个年轻人一路走出去了。

"这是什么人？"巴威尔 · 彼得罗维奇问道。

"阿尔卡沙的朋友，据他说，倒是一个很聪明的人。"

"他是不是到我们这儿来作客？"

"是的。"

"这个长头发的家伙吗？"

"唔，是的。"

---

① 英语：握手。——原注

巴威尔·彼得罗维奇用他的指甲敲着桌面。

"我觉得阿尔卡狄 s'est dégourdi[①]，"他说，"我高兴看见他回来了。"

在晚饭桌上大家很少讲话，尤其是巴扎罗夫，他几乎什么话也不说，可是他吃得多。尼可拉·彼得罗维奇叙述了他在自己所谓农庄生活中所遇到的种种事故，又讲起一些就要发布的政府的新法案[②]，还谈到各种委员会，选派代表，以及采用机器的必要，诸如此类的问题。巴威尔·彼得罗维奇在饭厅里慢慢地来回走着（他向来不吃晚饭），有时候他拿起酒杯尝一点儿红酒，偶尔还发出一两声"啊，呵哈！哼！"一类的惊叹。阿尔卡狄讲了一些彼得堡的新闻，可是他觉得有一点儿拘束（通常一个年轻人刚刚脱离小孩时期，又回到人们一向把他当作小孩看待的地方来，他就会有这样一种拘束的感觉）。他讲话故意把句子拉得非常之长，并且避开用"爸爸"这个字眼，有时候他还叫起"父亲"来，不过只是在牙齿缝里含糊地叫了一下，他装出毫不在乎的神气只顾把酒往自己的杯子里斟，虽然超过了他的酒量，他还是喝光了。卜罗科非奇不转眼地望着他，嘴唇不停地在嚼动。吃过晚饭大家马上散去了。

巴扎罗夫穿着睡衣坐在阿尔卡狄的床沿上，抽一支短烟斗，对阿尔卡狄说："你那位伯父真是个怪人。想不到在乡下居然有这样漂亮的装束！他的指甲，指甲，你应当把它们送到展览会去！"

"啊，你原来不知道，"阿尔卡狄答道。"他当时还是一个大交际

---

① 法语：活泼起来了。——原注
② 指两年后即 1861 年公布的农奴解放的法令。

家。哪一天我来把他的事情讲给你听。他从前是一个美男子，不知道迷倒过多少女人。”

“啊，真有这回事！ 他原来在纪念他的过去的风流。可惜这儿没有一个可以给他迷倒的女人。我把他看了不知道多少遍：他那漂亮的硬领就像大理石一样，他的下巴剃得真干净。可是，阿尔卡狄·尼可拉叶维奇，你说，这是不是很可笑？”

“也许是的，不过他实在是一个好人。”

“一个古董！ 可是你父亲倒不坏。他浪费时间去读诗，对田产管理的事情却懂得很少，不过他的心是好的。”

“我父亲是一个很难得的好人。”

“你有没有注意到他那种局促不安的样子？”

阿尔卡狄摇摇头，好像在表示他自己并没有局促不安的样子。

“这些上了年纪的浪漫派真古怪，”巴扎罗夫继续说，“他们拚命发展他们的神经系统……弄得自己老爱激动。可是，再见。我房间里有一个英国洗脸池，可是房门却锁不上。不过这究竟是值得鼓励的——英国洗脸池，这代表着进步啊①！”

巴扎罗夫走了。阿尔卡狄觉得非常快乐。睡在自己的家中，躺在睡惯了的床上，盖着一双亲爱的手（这也许是那个亲爱的老奶妈的手，那一双亲切的、温柔的、不知道疲倦的手）所做的被子，这是多甜蜜啊。阿尔卡狄又想起了叶哥罗夫娜，便叹了一口气，祷祝她的灵魂在天上平安……可是他并不为他自己祷告。

---

① 当时俄国的旧式洗脸池，池里没有塞子，顶上有一个贮水槽，放水时得踏住下面的踏板。

阿尔卡狄同巴扎罗夫两个人不到一忽儿的工夫就睡着了，可是这家里还有一些别的人好久都没有睡着。尼可拉·彼得罗维奇因为儿子回家，非常兴奋。他躺在床上，并不吹灭蜡烛，却用手支住头，反复地想了好久。至于他的哥哥，过了夜半有好久了，仍然坐在书房里的壁炉前面一张宽大的甘贝士①制造的扶手椅上，壁炉里还有未燃完的煤在燃烧。巴威尔·彼得罗维奇还没有脱衣服，只是脚上的漆皮鞋现在换了一双红色的、没有后跟的中国拖鞋。他手里拿着最近一期的Galignani②，可是他并不读它；他目不转睛地望着壁炉，那儿有一股带蓝色的火焰闪起来，灭了，又再冒上来……上帝知道他在想些什么，不过他所想的并不单是过去的事情：他的脸上带着专注的、忧郁的表情，这就不是一个单单在回忆过去的人的表情了。在靠后面的一间小小的内屋里，一个穿浅蓝色长袖短棉衣的年轻女人坐在一只大箱子上面，她用一方白头帕包住她一头的黑发，这便是费涅奇卡，她一忽儿在倾听着什么，一忽儿在打瞌睡，一忽儿又抬起头看那扇开着的门，门里看得见一个小孩的摇床，还可以听见一个睡熟了的婴孩的均匀的呼吸。

五

第二天早晨巴扎罗夫起得比谁都早，就到外面去了。“啊，”他向四周望了一望，不觉想道，“这个小地方并没有什么值得夸口的！”尼

---

① 法国人甘贝士（Gambes）19 世纪 30 年代在彼得堡开设家具店，制造各种家具。

② 《加里聂安尼报》：原名《The Galignani's Messager》，是意大利人 G. A. Galignani 1814 年在巴黎创办的自由主义的英文日报，有政治、文学、商业各栏。

可拉·彼得罗维奇把田分给他的农民以后，他只好在一块四亩大小的平坦的荒地上盖自己的新公馆。他修了一所住宅，还修了附属房屋和养畜场，另外又布置了一个花园，挖了一个池子，打了两口井，可是种的小树长得并不好，池子里也没有积多少水，井水又带了一点儿咸味。只有那个丁香和刺槐编的凉亭还长得不错；他们有时候就在这个亭子里喝茶吃饭。巴扎罗夫不到几分钟就走遍了园里的小径；他又看过了牛棚和马房，碰到了两个家仆的孩子，他立刻跟他们做了朋友，三个人一块儿到离这个公馆一里远的小水塘捉青蛙去了。

“老爷，你拿青蛙来做什么用？”一个小孩问道。

“我就要告诉你什么用处，”巴扎罗夫答道，虽然他对身份比他低的人从不放任，并且对待他们也很随便，可是他有一种容易得到那些人的信任的特殊本领，“我要把青蛙剖开，看看它的身子里头是怎么一回事，因为你我跟青蛙是一模一样，不过我们用脚走路罢了，那么我也就会知道我们身子里头是怎么一回事了。”

“你知道它有什么用呢？”

“为了有一天，要是你生了病，请我去医治，我免得弄错。”

“那么你是一个医生吗？”

“对啦。”

“瓦司加，听见没有？老爷说你我都是跟青蛙一样的，真古怪！”

“我害怕它们，害怕那些青蛙。”瓦司加说，他是一个七岁的孩子，头发白得像亚麻一样，光着脚，穿一件带硬领的灰色粗布宽上衣。

“干吗要害怕？难道它们还咬人？”

“得啦，小哲学家们，跳到水里去吧。”巴扎罗夫说。

这个时候尼可拉·彼得罗维奇也已经起来了，他去看阿尔卡狄，阿尔卡狄已经穿好衣服。父子两个走出屋子到露台上去，坐在凉棚下面；栏杆旁边，桌子上，几大束丁香花中间，一个茶炊[①]正在沸沸地响。来了一个小姑娘，她就是昨晚在台阶上第一个来迎接他们的。她细声地说：

“费多西雅·尼可拉叶夫娜今天不大舒服，她不能够来；她叫我来问您，是您高兴自己斟茶，还是要她差杜尼雅霞来？”

“我自己斟，自己斟，”尼可拉·彼得罗维奇连忙接嘴说，“阿尔卡狄，你茶里是放奶油，还是放柠檬？”

“放奶油吧。”阿尔卡狄答道，停了一忽儿他忽然询问地说：“爸爸？”

尼可拉·彼得罗维奇慌张地望着他的儿子。

“什么？”他说。

阿尔卡狄埋下眼睛。

“爸爸，要是我问话问得不得体，就请你饶恕我，”他开始说，“可是你自己昨天对我很坦白，所以我才敢坦白地讲话……你不会生气吧？……”

“你说吧。”

“你使我有勇气来问你……是不是因为我在这儿，所以费——所以她才不出来斟茶吗？”

尼可拉·彼得罗维奇稍微掉开脸。

---

① 俄国特有的铜制茶具，上面煮开水（作泡茶用），下面生火，中间有一根烟囱。

“也许，”他末了说，“她以为……她不好意思。……”

阿尔卡狄急急地看了他的父亲一眼。

“她用不着不好意思。第一，你知道我的想法，（阿尔卡狄说这句话的时候感到十分的愉快。）第二，你想，我对你的生活、你的习惯会有一丝一毫的干涉吗？ 而且我相信你挑选的人不会不好；你既然要她住到你家里来，那么她一定配得上你；无论如何，儿子总不是父亲的审判官——尤其是我，尤其是像你这样的父亲，你从来就没有限制过我的任何自由。”

阿尔卡狄的声音起初微微发颤：他觉得自己很宽大，不过同时他也知道他有一点儿像在教训他父亲似的；可是一个人的声音在他自己身上会发生很大的效力，所以阿尔卡狄说到最后，声音更坚决了，简直说得有声有色。

“谢谢你，阿尔卡沙，”尼可拉·彼得罗维奇声音含糊地说，他的手又伸上去摸他的眉毛和前额，“你的猜想实在不错。自然，这个女孩子要是不配的话，我不会这样做的……这不是我一时高兴的举动。我跟你讲这个也不大好讲，不过你会明白她实在不便出来见你，尤其是在你回家以后的第一天。”

“那么我去看她吧，”阿尔卡狄又激起一阵宽大的感情嚷道，一面从座位上跳起来，“我去跟她说明白，她用不着在我面前不好意思。”

尼可拉·彼得罗维奇也站了起来。

“阿尔卡狄，”他说，“我求你……你怎么能……那儿……我还没有告诉你……”

可是阿尔卡狄并没有听他的话，已经跑出了露台。尼可拉·彼得罗维奇望着儿子的背影，感到很窘，又在椅子上坐下了。他的心跳得厉害。他这个时候是不是想到他们父子中间将来的关系会变得很古怪？他是不是觉得要是他一点儿也不提起这桩事情，阿尔卡狄会更尊敬他？他是不是在责备他自己的过错？——这是很难说的；这些感觉他心里都有，不过还只是一些模糊不清的感触，可是他的脸还红着，心也跳得更厉害了。

近旁响起一阵急促的脚步声，阿尔卡狄回到露台上来了。

"爸爸，我们已经认识了！"他嚷道，脸上露出亲爱和得意的神情。"费多西雅·尼可拉叶夫娜今天真的不大舒服，她等一忽儿还会来的。可是你为什么不告诉我，我有一个弟弟呢？本来我昨晚上就该去亲他了，不用等到现在的。"

尼可拉·彼得罗维奇打算说什么话，他打算站起来，张开他的胳膊。……阿尔卡狄已经抱住了他的脖子。

"这是什么意思？又拥抱起来了？"巴威尔·彼得罗维奇的声音从后面送过来。

他这个时候来得正好，父亲和儿子都高兴，因为有些叫人感动的场面是人们很难长久忍受的，他们倒愿意它尽快地结束。

"这有什么奇怪的？"尼可拉·彼得罗维奇很高兴地说，"你想一想我等了阿尔卡沙多少年了。……昨天起我还没有时间好好地看他一下。"

"我一点儿也不觉得奇怪，"巴威尔·彼得罗维奇答道，"就是我自己，也并不是不想跟他拥抱。"

阿尔卡狄走到他的伯父跟前，他又感觉到他的脸颊给伯父的洒过香水的小胡子亲了一下。巴威尔·彼得罗维奇在桌子旁边坐下来。他穿了一件很讲究的英国式的晨服，头上戴一顶小小的土耳其帽。这顶土耳其帽和那条随意结起来的小领结都表示着乡村生活的无拘束，可是他的衬衫(这衬衫的确不是白的，因为配着晨服，便穿了有条纹的衬衫)上的硬领还是像平日那样严正地衬出那个剃得很光滑的下巴来。

“你那位新朋友呢？”他问阿尔卡狄道。

“他不在家；他往常都是起得很早，就到外面去了。我们最好不要去管他；他不喜欢礼节。”

“不错，我也看得出来。”巴威尔·彼得罗维奇从容地在他的面包上涂着牛油，“他打算在我们这儿久住吗？”

“那要看他的意思怎样。他是打这儿经过，去看他的父亲。”

“他的父亲住在什么地方？”

“就在我们这一省，离这儿有八十里。他在那地方有个小小的田庄。他以前作过军医。”

“哦，哦，哦，哦……怪不得我老是问自己：‘我在什么地方听见过巴扎罗夫这个姓呢？’……尼可拉，你还记得我们父亲那一个师里头有一个军医巴扎罗夫吗？”

“好像是有的。”

“不错，不错，一定的。那个军医就是他的父亲了。嗯！”巴威尔·彼得罗维奇拉了拉他的小胡子，接着又不慌不忙地问道：“那么，现在这位巴扎罗夫先生究竟是一个怎样的人呢？”

“您问巴扎罗夫是一个怎样的人？”阿尔卡狄微笑道，“大伯，您要我告诉您他究竟是一个怎样的人吗？”

“好侄儿，请讲吧。”

“他是一个虚无主义者。”

“什么？”尼可拉·彼得罗维奇问道，这个时候巴威尔·彼得罗维奇正拿起一把刀尖上还挑着小块牛油的刀子，也停住不动了。

“他是一个虚无主义者。”阿尔卡狄再说一遍。

“一个虚无主义者，”尼可拉·彼得罗维奇说，“依我看，那是从拉丁文 nihil（**无**）来的了；那么这个字眼一定是说一个……一个什么都不承认的人吧？”

“不如说是：一个什么都不尊敬的人。”巴威尔插嘴说，他又在涂牛油了。

“是一个用批评的眼光去看一切的人。”阿尔卡狄说。

“这不还是一样的意思吗？”巴威尔·彼得罗维奇说。

“不，这不是一样的意思。虚无主义者是一个不服从任何权威的人，他不跟着旁人信仰任何原则，不管这个原则是怎样被人认为神圣不可侵犯的。”

“那么你觉得这是好的吗？”巴威尔·彼得罗维奇插嘴问道。

“大伯，那就看人说话了。它对有一些人是好的，可是对另一些人却很不好。”

“原来是这样。我看，这不是跟我们一道的。我们旧派的人，我们以为要是一个人，照你的说法，不信仰一种‘原则’（巴威尔·彼得罗维奇照法文读音轻轻地念这个字，把重音放在后面，阿尔卡狄却恰恰相反，把重音放在前面），那么连一步也走不通，一口气也吐不出来。Vous avez chang é tout cela，[①]愿上帝保佑你们健康，给你们将军的官衔吧，[②]我们将来只好来欣赏你们这些先生们……那叫做什么呢？”

---

① 法语：你们把这一切都改变了。——原注

② 引自格里鲍耶陀夫的剧本《聪明误》第二幕第五场。

“虚无主义者。”阿尔卡狄声音很清楚地说。

“不错。以前是黑格尔主义者[1]，现在是虚无主义者。我们以后再来看你们怎样在真空中，在没有空气的空间中生存；尼可拉·彼得罗维奇弟弟，请你按一下铃，现在是我喝可可茶的时候了。”

尼可拉·彼得罗维奇按了铃，大声唤着：“杜尼雅霞！”可是来的不是杜尼雅霞，费涅奇卡本人到露台上来了。她是一个二十三岁光景的少妇，白嫩的皮肤，浓黑的头发，乌黑的眼珠，孩子般微微鼓起的红嘴唇，还有一双细嫩的小手。她穿了一件细花布衫子，一条浅蓝色的新领巾松松地披在她的肥圆的肩头。她端着一大杯可可茶，放在巴威尔·彼得罗维奇的面前，带着十分羞窘的神情。她那美丽脸庞的细嫩皮肤上泛起一阵红晕。她埋下双眼，立在桌旁，指尖微微挨到桌面。她好像在害羞不该来，同时她又好像觉得她有权利到这儿来似的。

巴威尔·彼得罗维奇正色地皱紧了眉头，尼可拉·彼得罗维奇露出忸怩不安的样子。

“费涅奇卡，早。”尼可拉·彼得罗维奇从牙缝里含糊地说了这一句。

“早，老爷。”她答道，声音不高，却相当清脆。她偷偷瞥了阿尔卡狄一眼，他对她和善地微微一笑，她静悄悄地走开了。她走起路来身子有点摇摆，可是连这一点也跟她相称。

露台上静了几分钟。巴威尔·彼得罗维奇慢慢地喝着他的可可茶，忽然抬起头来。“虚无主义者先生光临了。”他低声说。

---

① 黑格尔(1770—1831)，18 世纪末至 19 世纪初德国唯心主义哲学的最大的代表人物。黑格尔主义者就是信仰他的学说的人，有一个时期一般俄国青年都喜欢谈黑格尔的学说。

巴扎罗夫果然穿过花园踏着花坛走来。他的亚麻布衣裤上沾满了污泥；他的旧圆帽顶上挂着一根水塘里的水藻；他右手提着一个小袋子，袋里有活的东西在动。他很快地走近了露台，点一个头，说道："各位，早安；对不起，喝早茶我来晚了。我马上就回来；我得先把这些俘虏安顿好。"

"那里面装的是什么，——蚂蟥么？"巴威尔·彼得罗维奇问道。

"不，是青蛙。"

"您吃它们还是养它们？"

"拿来做实验用的。"巴扎罗夫顺口回答一句，就走进屋子去了。

"那么他是要解剖它们了，"巴威尔·彼得罗维奇说。"他不相信原则，却相信青蛙。"

阿尔卡狄带着怜悯的神情看他的伯父；尼可拉·彼得罗维奇偷偷地耸一耸肩头。巴威尔·彼得罗维奇觉得他的俏皮话失败了，便谈起农事和新的总管来，那个总管昨天跑来对他发牢骚，说一个叫做福玛的长工"放荡"，无可救药。他顺便说："他是一个这样的伊索[①]：他到处对人说自己是个坏人，待上一阵，他就会傻得好些。"

六

巴扎罗夫回来，坐在桌子旁边，匆忙地喝着茶。基尔沙诺夫两弟兄默默地望着他。阿尔卡狄在旁边一忽儿偷偷地看他的父亲，一忽儿又

① 伊索（公元前620—前约560），著名的希腊寓言家；但在俄国旧时"伊索"这个名称用作讽刺语，用以表示言语费解而行为古怪的人。

偷偷地看他的伯父。

“您出去走得很远吗？”末了，还是尼可拉·彼得罗维奇开口问道。

“走到白杨林子那边有个小水塘的地方。我惊起了五六只山鹬。阿尔卡狄，要是你，准可以打死它们。”

“那么您不打猎吗？”

“不。”

“您是专门研究物理学的吧？”巴威尔·彼得罗维奇发问道。

“是的，物理学；一般的自然科学。”

“听说日耳曼人最近在这方面有大的成就。”

“不错，德国人在这方面是我们的老师，”巴扎罗夫随口答道。

巴威尔·彼得罗维奇说“日耳曼人”，不说“德国人”，明明带着讥讽的意味，可是没有人注意到这个。

“您居然把德国人看得这样高吗？”巴威尔·彼得罗维奇说，他故意装出过于客气的样子。他心里有点儿不高兴了。他的贵族的气质受不了巴扎罗夫那种极端的随便。这个医生的儿子非但不知道拘谨，并且常常用粗鲁和不愿意的态度回答别人的问话，他的声音里有一种粗野的、甚至近乎无礼的调子。

“那边的科学家都是些能干有用的人。”

“啊，啊。那么您对于俄国的科学家一定不这么看重了。”

“大概是这样的。”

“这倒是很值得人钦佩的谦虚呢，”巴威尔·彼得罗维奇把身子一挺，头向后仰，说道，“不过这又是怎么一回事呢？ 阿尔卡狄·尼可拉以奇刚才明明对我们说过，您是不承认任何权威的？ 那么您是不是相信他们呢？”

“为什么我要承认他们呢？ 我又应当相信什么呢？ 他们说的话有道理，我同意，这就完了。”

“那么德国人说的都是有道理的话吗？”巴威尔·彼得罗维奇说，他脸上带着一种淡漠而疏远的表情，仿佛他已远远地退到云端去了。

“也不尽然。”巴扎罗夫答道，他打了一个短短的呵欠。显然他并不想继续辩论下去。

巴威尔·彼得罗维奇望了望阿尔卡狄，好像想对他说：“我应当讲，你的朋友真有礼貌。”

“至于我呢，”他勉强接着往下说，“我也许有不对的地方，可是我不喜欢德国人。我讲的还不是俄国的德国人：我们都知道他们是什么一种东西。可是连在德国的德国人我也不喜欢。以前还有几个像样的；他们有过——譬如席勒，还有他叫什么，……啊，歌德[①]……我弟弟特别欣赏他们。……可是现在德国人中间全是些化学家和唯物主义者……”

“一个好的化学家比二十个诗人还有用。”[②]巴扎罗夫说。

“哦，原来是这样，”巴威尔·彼得罗维奇应道，他好像快要睡着了似的，微微抬起他的眉毛来，“我看，您是不承认艺术的了？”

“赚钱的艺术或者‘医好痔疮’[③]的艺术！”巴扎罗夫带着轻蔑的微笑说。

“啊，先生，啊，先生。我看，您真喜欢开玩笑。那么您一切都不

① 席勒（1759—1805）和歌德（1749—1832）都是德国伟大诗人。
② 原文的意思是“一个好的化学家比任何一个诗人都有用 20 倍。”
③ 这是卖药的广告。

承认了？ 好吧，那么您就只相信科学？”

“我已经对您讲过，我什么都不相信；您所谓的科学是什么呢——是指那一般的科学吗？ 某一种某一门的科学是有的，就跟某一种行业，某一种职位一样；可是所谓一般的科学却并不存在。”

“很好，先生。那么对于其他在人们日常生活中业经公认的法则，您也是抱着同样否定的态度吗？”

“这是什么，是在审问么？”巴扎罗夫问道。

巴威尔·彼得罗维奇的脸色略转苍白。尼可拉·彼得罗维奇觉得他应当插进去讲话了。

“我们过些日子再跟您详细讨论这个问题吧，亲爱的叶夫盖尼·瓦西里以奇；我们要听听您的意见，我们自己也有些意见发表。拿我个人来讲，我知道您在研究自然科学，我非常高兴。我听见人说利比黑①在田地施肥这方面有过很了不起的发现。您在农业方面是可以给我帮忙的；您可以给我一些有益的意见。”

“尼可拉·彼得罗维奇，我愿意效劳；可是利比黑离我们还远得很！ 一个人应当先学会了字母，然后才拿起书来念。我们现在连头一个字母都还没有念。”

“我看出来，你的确是一个虚无主义者。”尼可拉·彼得罗维奇心里想道。“不过还是请允许我随时向您请教吧。”尼可拉·彼得罗维奇大声说，然后他又转身向他的哥哥：“哥哥，我想，我们现在应当去跟总管谈话了。”

---

① 利比黑(1803—1873)，德国卓越的化学家，他提出所谓植物的矿物营养原理并指出矿物肥料的作用。

巴威尔·彼得罗维奇从座位上站起来。

"好的，"他说，眼睛并不看什么人，"一个人离开了那些才智非凡的人，到乡下住了五六年，真是不幸极了！ 你立刻就变成傻子了。你竭力想不要把你学会的东西忘掉，可是——一转眼！ ——别人就会向你证明，那些都是废物了，他们还告诉你，有见识的人早已不弄这种无聊的东西，而且还说你是个落后的老顽固了。这有什么办法呢！ 年轻的人自然比我们聪明得多。"

巴威尔·彼得罗维奇慢慢地转过身子，慢慢地走开了；尼可拉·彼得罗维奇跟在他后面。

"他老是这样的吗？"那两弟兄刚把房门掩上，巴扎罗夫若无其事地问道。

"我要说，叶夫盖尼，你对他太不客气了，"阿尔卡狄说，"你得罪他了。"

"怎么，难道要我去恭维他们，恭维这些乡下贵族吗！ 这不过是虚荣心、大交际家的派头和纨袴子弟的习气罢了。既然他是那样的脾气，他就该在彼得堡继续过他那种生活。……可是，不用去讲他了！我找着了一种很少有的水甲虫，Dytiscus marginatus①，你知道它吗？我等一忽儿给你看。"

"我答应过把他的历史告诉你。"阿尔卡狄说。

"甲虫的历史吗？"

"啊，得啦，叶夫盖尼。是我伯父的历史。你就会知道他并不是像你所想象的那样。他应当受人怜悯，不该给人嘲笑。"

---

① 拉丁文学名：榜螂。

“我不跟你辩驳，不过你为什么要这样关心他？”

“叶夫盖尼，一个人要公平才好。”

“这又是从哪儿来的结论？”

“不，听我讲……”

阿尔卡狄把伯父的历史告诉了他。这个，读者在下一章里就会找到。

七

巴威尔·彼得罗维奇·基尔沙诺夫最初和他的兄弟一样在家里念书，后来才进了贵胄军官学校[①]。他自小便以漂亮出名；而且他很有自信力，有点儿喜欢挖苦人，有时又爱发点儿不讨人厌的小脾气——因此他很能讨人欢喜。自从他获得军官官衔以后，到处都看得见他的影子。他处处受到欢迎，他尽情地放任自己，甚至流于放荡、荒唐，干出种种傻事，可是这些举动在他身上也增加了不少动人之处。女人为他着迷，男人称他为纨袴子弟，却又在暗中妒忌他。我们已经提过，他当时和他的兄弟同住在一处，他真心爱他的兄弟，虽然他们完全不像。尼可拉·彼得罗维奇的腿有点儿瘸，他那细小、和悦的面貌常带忧愁，他有一对小小的黑眼睛和一头稀疏的软发；他贪懒，但也喜欢读书，可是在交际场中却显得拘束。巴威尔·彼得罗维奇没有一个夜晚在家；他的聪明

---

① 贵胄军官学校：校中学生名额限定150人（大都是宫廷亲贵的子弟）。这个特权学校兼有两种性质，即有着特别权利的陆军学校，与直属于皇室的宫廷学校。毕业试验及格的人可以到自己选择的部队或近卫军中当一名军官，不管这个军队里有没有空额。

和大胆出了名(他把体操介绍到一班贵族子弟中间，使它成为一种时髦的娱乐)；他至多读过五六本法文书。他在二十八岁的时候就已经是上尉；一个光辉的前程在等待他。可是突然间一切都改变了。

那个时期在彼得堡的交际场中偶尔可以看到一位 P 公爵夫人，她至今还没有让人忘记。她有一个教养高、有礼貌而略带愚蠢的丈夫，却没有儿女。她一忽儿出国远游，一忽儿又回到俄国，过着一种古怪反常的生活。大家都说她轻佻，喜欢卖弄风情，她对每一种娱乐都热心得不得了，跳舞跳到精疲力竭快要倒了下去，她喜欢跟年轻人一块儿尽情地笑闹，她通常总是在午饭时间以前在她的阴暗的客厅里①接待这些年轻客人，可是到了夜深，她便哭着，祷告着，一点儿也得不到安宁，常常痛苦地绞着双手在屋子里走到天明，或者脸色苍白，浑身发冷，坐在那儿读赞美诗集。可是一到白天，她又变成一位华贵的夫人；她又出去拜客，随处谈笑，任何事情只要能使她稍稍解闷，她便投身到那里面去。她生得长短合度，一条金色的发辫像黄金那样沉沉地一直垂到膝边。可是她并不能说是一个美人：在她的整个面貌中只有一对眼睛是好的，而且连这一对并不算大的灰色眼睛也不是恰好的，但她的眼光却是敏捷、深沉，而且随便到了大胆的程度，沉思到了悒郁的程度——这是一种谜样的眼光。即使她口里絮絮地谈着无聊的空话，她的眼中仍然闪着异样的光辉。她打扮得十分雅致。巴威尔 · 彼得罗维奇在一个舞会里遇到她，同她跳了一回玛祖卡舞②，虽然在跳舞的时候她没有讲过一句正经话，他却热烈地爱起她来。在爱情上他是常操胜算的，这

---

① 在彼得堡冬天下午三点钟天就黑了。
② 玛祖卡舞，当时流行的一种波兰交际舞。

一回他也是不久就达到了目的，可是他的轻易的成功并不曾减低他的热情。这反而把他更紧地，而且更牢地缚在这个女人的身上，这个女人就是在把整个身子交给他的时候，仍然有什么深藏着的、捉摸不到的东西保留着，那却是人所看不透的。她的灵魂里面究竟藏着什么呢，那只有上帝知道！ 她似乎受着一些连她自己也不明白的神秘的力量的支配，它们好像在任意玩弄她；她的有限的智力还不能够控制它们那种反复无常的脾气。她的一切举动不过是一连串的矛盾。她的唯一可以引起她丈夫疑心的几封信却是写给一个跟她并不熟的男人的，她的爱情里面带有一种悒郁的成分；遇到她自己挑选的情人，她跟他在一块儿并不笑，也不闹着玩，她只是带着惊奇的神情望着他，听他讲话。有时候，往往是突然间，这种惊奇变成了寒冷的恐怖；她的脸上现出一种疯狂的、死一样的表情；她把自己锁在寝室里面，她的女用人把耳朵贴在锁孔上偷听，还听得见她那忍住的哭声。不止一次，基尔沙诺夫在幽会之后走回家去，他心里感到一种伤心、痛苦的烦恼，那是只有在无可挽救的失败以后才能够发生的。“我还希望什么呢？”他这样问他自己道，他的心一直在痛。有一回他送给她一只戒指，宝石上面刻着一个斯芬克司①。

“这是什么？”她问道，“斯芬克司吗？”

“是的，”他答道，“这个斯芬克司就是您。”

“我？”她问道，慢慢地抬起她那谜样的眼光望着他，“您知道这是大大的恭维吗？”她毫无用意地微微一笑，她的眼睛仍然闪着那奇异

① 希腊神话中斯芬克司是一个狮身女面、有双翼的怪物，常常坐在路旁岩石上，拦住行人，要他们猜一个难解的谜，猜不中的人便会给她弄死。

的光辉。

巴威尔·彼得罗维奇在P公爵夫人爱他的时候，已经感到痛苦了，可是到她对他渐渐冷淡起来（这桩事情来得很快）以后，他差一点儿发了狂。他非常痛苦，又怀着满腔妒意，他不给她一点儿安静，老是跟在她后面。她终于受不了他这种无止息的追逐，便远去外国。他不听从朋友们的苦劝和长官们的忠告，辞去了军职，一直追她到国外；他在外国各处奔跑了四年光景，有时紧跟着她的踪迹，有时又故意让她跑开。他为他自己害羞，他恨自己软弱没有志气……可是毫无用处。她的面影，那个难理解的、差不多毫无意思的、但又是迷人的面影已经深深地藏在他的心中。在巴登他又跟她和好了，而且她似乎比以前更热情地爱他……可是不到一个月，一切都完了，火焰闪起最后的亮光，便归于永灭。他预料着分离不可避免，便想退一步跟她做一个朋友，他还以为跟这种女人做朋友是可能的事。……她秘密地离开了巴登，这以后便永远躲避基尔沙诺夫。他回到俄国，还想重过旧日的生活，可是他不能够回到从前的轨道上去了。他四处飘荡，好像是一个中魔的人；他仍旧到交际场中去；他仍旧保留着上流人物的那一切的习惯；他可以夸口他有了两三次新的恋爱上的成功，可是他对自己，对别人都不存一点儿指望了，他什么事也不做。他渐渐地老了，头发也灰白了；每天晚上坐在俱乐部里，悒郁无聊地消磨光阴，没精打采地参加独身者群的辩论，这成了他的必要的事情——我们都知道，这是不好的现象。自然，关于结婚问题，他连想也没有想到。这样地过了十年，十年的无色彩、无结果的岁月——而且过得那么快，可怕地快。拿光阴飞去的迅速来说，可没有一个地方赶得上俄国，不过人说在监牢里光阴飞去得更快。某一天巴威尔·彼得罗维奇在俱乐部里吃午饭，听到了P公爵夫人的死讯。她半疯狂地病死在巴黎。他离开餐桌站起来，在俱乐部的屋子里踱了许久，又呆呆地立在牌桌旁边，可是他并不比往常更早地回家去。过了一些时候他接到一个包裹：里面是他送给公爵夫人的戒指。她在斯芬克司上面划了两根像十字架的线，并且叫人转告他：谜语的答案就是——十字架。

这桩事情发生在一八四八年年初，正是尼可拉·彼得罗维奇死了太太来到彼得堡的时候。巴威尔·彼得罗维奇自从他弟弟搬到乡下去以后就很少看见他；尼可拉·彼得罗维奇结婚的时间刚巧是巴威尔·彼得罗维奇同公爵夫人初认识的时候。巴威尔·彼得罗维奇从国外回来，去看他弟弟，他打算在他弟弟家里住两三个月，分享他弟弟的幸福，可是也只能勉强住了一个星期。这两兄弟的处境太不同了。在一八四八年，这种差异便减少了一些：尼可拉·彼得罗维奇失掉了他的妻子，巴威尔·彼得罗维奇失掉了他的回忆，自从公爵夫人死去以后他就竭力不去想她了。可是在尼可拉，却有一种并不会虚度这一生的感觉，他眼看着儿子长大起来了；在巴威尔，跟这相反，他仍然是一个孤寂的独身者，如今正踏进了暗淡的黄昏时期，也就是那个追悔类似希望、希望类似追悔的时期，这个时候青春已经消逝，而老年还没有到来。

这个时期对于巴威尔·彼得罗维奇比对于任何一个人更难过：他失掉了自己的过去，也就失去了一切。

“我现在不请你去玛利因诺了，”尼可拉·彼得罗维奇有一天对他的哥哥说（他给他的村庄起了这个名字，来纪念他的妻子），“我妻子活着的时候，你还嫌那儿枯燥无味，现在我想你一定会无聊死了。”

“我那个时候又傻又不安静，”巴威尔·彼得罗维奇答道，“从那回以后，我即使没有变聪明一点儿，也该变得沉静一点儿。现在恰恰相反，要是你答应让我去，我倒真打算到你那儿久住。”

尼可拉·彼得罗维奇用拥抱来回答他，可是又过了一年半，巴威尔·彼得罗维奇才下决心实行他的计划。不过他在乡下住了下来，就不曾离开过，就连那三个冬天尼可拉·彼得罗维奇到彼得堡去和儿子同住的时候，他也依然留在乡下。他开始读书，读的大半是英文书；他的生活大体上也摹仿英国的方式，很少去拜访邻居，只有在选举[①]的时候他才出去参加，不过在会场上他也极少发言，只偶尔讲几句话，他那自由主义的言论就惹得那班旧式的地主又生气又害怕，可是他同年轻一代人的代表们却又并不接近。新旧两方面的人都给他加了一个“自高自大”的评语，不过两方面都尊敬他，为了他那优美的贵族风度；为了他那恋爱上胜利的名誉；为了他一身穿得很漂亮而且总是住最好的旅馆，开最好的房间；为了他一向吃得很考究，而且有一次居然在路易·菲利浦[②]的宫中与威灵顿[③]同席；为了他无论到什么地方都随身携带着一套真正银制的化妆用具和一个旅行用的轻便澡盆；为了他的身上常常有一种特别好的“高贵的”香气；为了他打威斯特[④]打得极好，却没有一回不输钱；末了，他们尊敬他也是为了他的绝对的诚实。太太们觉得他是一个可爱的忧郁病患者，可是他却不肯同她们往来。……

“你现在看出来了吧，叶夫盖尼，”阿尔卡狄把故事讲完以后又说，“你刚才批评我伯父的话是怎样地不公平了。我还不必说他不止一

---

① 指选举首席贵族。
② 路易·菲利浦（1773—1850），1830—1848 年的法国国王。1848 年 2 月革命时被推翻，逃往英国。
③ 威灵顿（1769—1852），英国将军，滑铁卢之役战败拿破仑的英军统帅。
④ 四人成局的一种牌戏。纸牌 52 张，两人为一组。

次帮助我父亲渡过了难关，把他所有的钱都给了我父亲（也许你还不知道他们并没有分家）；对不论什么人他都高兴帮忙，他还常常替农民讲话；固然他跟他们讲话的时候，总是皱眉头而且时常闻香水……”

“不用说，神经过敏……”巴扎罗夫插嘴说。

“或许是，不过他的心是很好的。而且他一点儿也不傻。他给了我不少非常有益的劝告，尤其是……尤其是关于女人这方面的。”

“哈！哈！一个人让自己的牛奶烫伤了，看见别人的凉水也要吹两下，[①]我们都知道的！”

“总之，”阿尔卡狄继续说，“他是个非常不幸的人，这是真话；要轻视他，是一桩罪过。”

“谁轻视他？”巴扎罗夫答道，“可是我应该说，一个人把他整个的一生押在‘女人的爱’那一张牌上头赌博，那张牌输了，他就那样地灰心丧气，弄得自己什么事都不能做，这种人不算是一个男子，不过是一个雄的生物。你说他不幸，你自然知道得很清楚。可是他脑子里那些糊涂念头还没有完全去掉。我相信他倒认真地觉得自己很能干，只是因为他有时候看看那种无聊的《加里聂安尼报》，而且每一个月替农民讲一回情，让他少挨一顿鞭子。”

“可是你要记住他受教育和他生活的时代。”阿尔卡狄说。

“教育吗？”巴扎罗夫反驳道，“每个人都应该教育自己，譬如就像我这样。……至于时代呢，我为什么要依靠时代？还不如让时代来依靠我。不，老弟，那全是浅薄，空虚！而且所谓一个男人跟一个女人中间的神秘关系究竟是什么？我们生理学家知道这种关系是什么东

---

① 俄谚：“给热牛奶烫了的人，见到冷水也要吹两下。”

西。你研究一下眼睛的解剖学：你刚才所说的谜一样的眼光是从哪儿来的呢？那都是浪漫主义、荒唐无稽、腐败同做作。我们还是去看甲虫吧。”

这两个朋友便到巴扎罗夫的屋子里去了，这间屋子里已经弥漫着一种外科医药的气味，还夹杂了一些廉价烟草的臭味。

八

巴威尔·彼得罗维奇在他的兄弟跟总管讲话的时候，不过在旁边听了一忽儿。总管是一个瘦长身材的人，有着肺病患者的轻柔的声音和一对狡猾的眼睛，他对尼可拉·彼得罗维奇的无论什么话，总是回答着：“是，老爷。知道，老爷。”他用尽方法把农民说成不是小偷，便是醉鬼。田产的管理最近算是采用了新的方法，可是行起来，却好像没有上油的轮子，老是轧轧地发响，又好像用湿木料自制的家具，时时咯吱作声。尼可拉·彼得罗维奇并没有灰心，可是他常常叹气，老是想来想去；他觉得没有钱做不了事情，他的钱又差不多花光了。阿尔卡狄讲的的确是真话：巴威尔·彼得罗维奇帮助他的兄弟并不止一次；好几回巴威尔·彼得罗维奇看见他的弟弟绞尽脑汁在想办法，不知道要怎样办才好，他就慢慢地走到窗前，把手伸进袋子里，从牙齿缝里轻声说：“Mais je puis vous donner de l'argent，”[①]把钱给了他，可是这一天他自己也没有钱，他觉得还是走开的好。田产管理上的琐碎事情使他厌烦了，而且他时常觉得尼可拉·彼得罗维奇不管怎样热心，怎样

① 法语：不过我可以给你些钱。——原注

勤劳，却总没有把事情安排得好，不过他也不能明白地指出来尼可拉·彼得罗维奇究竟错在什么地方。“我的弟弟还是不够能干，因此容易受人欺骗。”他这样猜想道。而尼可拉·彼得罗维奇却把巴威尔·彼得罗维奇的事务才干看得非常之高，什么事都要向他请教。“我是一个优柔寡断的人，我的日子大半是在乡野地方消磨了的，你见过不少的世面，来往的人也很多，不会没有一点儿经验，你看得透人，你有老鹰的眼光。”巴威尔·彼得罗维奇的回答只是掉转身子，可是他也并不反驳他兄弟的话。

这天他离开了尼可拉·彼得罗维奇的书房，顺着那一条把宅子隔成前后两部分的走廊信步走着；他走到一扇矮矮的门前，便站住了，他迟疑了一忽儿，才拉一拉他的小胡子，轻轻地敲着门。

“谁呀？ 请进来。”这是费涅奇卡的声音。

“是我。”巴威尔·彼得罗维奇答道，他推开了门。

费涅奇卡正抱着她的小孩坐在椅子上，她立刻站起来，把孩子交给一个小姑娘，小姑娘马上抱着孩子出去了，她连忙拉直她的领巾。

“对不起，我打扰您了，”巴威尔·彼得罗维奇说，他并不看她，“我只是来求您，……好像今天有人进城去……请您吩咐他们给我买点儿绿茶。”

“是的，老爷，”费涅奇卡答道，“您要他们买多少呢？”

“我想半磅就够了。我看您这儿改了样了，”他接着说，匆匆地向四周望了一下，他的眼光也在费涅奇卡的脸上掠过，“这儿的窗帘，”他看见她不明白他的意思便解释道。

“哦，是的，老爷，这些窗帘，尼可拉·彼得罗维奇给我的，可是也挂了好久了。”

“不错，我也有好久没有来看您了。现在您这儿收拾得很精致。”

“全亏得尼可拉·彼得罗维奇的照顾，”费涅奇卡小声地说。

“您在这儿比在从前住的那间耳房里舒服吧？”巴威尔·彼得罗维奇客气地问道，不过他的脸上并没有一丝笑容。

“是的，老爷，舒服得多。”

“现在谁住在那儿？”

“洗衣女人住在那儿。”

“啊！”

巴威尔·彼得罗维奇不作声了。“他现在会走开吧。”费涅奇卡想道，可是他并不走，她像生根似地立在他面前，轻轻地扭着自己的手指头。

“您怎么把您的小孩儿打发走呢？”巴威尔·彼得罗维奇末了说，“我喜欢小孩儿：给我看看吧。”

费涅奇卡又是窘，又是高兴，脸色马上通红。她平日害怕巴威尔·彼得罗维奇：他难得同她谈过话。

“杜尼雅霞，”她唤道，“请把米奇亚抱来。（费涅奇卡对宅子里的任何人都是很客气的。）可是等一下，他得先换一件衣服。”

费涅奇卡向着门走去。

“那没有关系。”巴威尔·彼得罗维奇说。

“我马上就回来。”费涅奇卡答道，便匆匆走出去了。

巴威尔·彼得罗维奇一个人留在房里，这次他特别注意地向四周看了一忽儿。这间矮小的屋子倒是很清洁、很舒适的。可以闻到新油漆的地板的气味，还有一种甘菊和紫苏的味儿。靠墙放了一排有着古七弦琴样式的靠背椅子，还是那位去世的将军出征波兰的时候买来的；

在一个角落里有一张小床，挂着一顶薄纱帐子，旁边放了一个有圆顶盖的铁箱。在对面的那个角里挂着一幅大的、颜色暗淡的“奇迹创造者”圣尼可拉的像，像前燃着一盏小小的灯；一条红带子系住一个小小的磁蛋，从圣像头顶的金色光轮上一直垂到胸前；窗台上有几个玻璃罐子发着绿光，里面盛着去年做好的蜜饯，罐口密密封着；封皮纸上是费涅奇卡亲笔写的大字：“醋栗”。尼可拉·彼得罗维奇特别喜欢这一类的蜜饯。从天花板上垂下一根长绳子，挂了一个鸟笼，里面养着一只短尾巴的金翅雀，它不住地叫着跳着，笼子也跟着不住地摇来晃去，这期间一粒一粒的大麻子轻轻地落在地上。在两扇窗中间的一堵墙上，刚巧在一个带抽屉的小柜子上面，挂着几张照得不好的尼可拉·彼得罗维奇的姿势不同的相片，是一个外来的照相师摄的；那儿还有一张费涅奇卡本人的相片，照得更不像样了；一个暗黑的框子里面有一张没有眼睛的脸，带着不自然的微笑，此外就再也看不见什么了；在费涅奇卡的照片上头是叶尔莫洛夫将军①的画像，他穿着一件毛大氅，怒容满面地望着远远的高加索山脉，一个鞋形的丝质小针垫正挂到他的前额上。

过了五分钟光景，听见隔壁房里衣服的窸窣声和细语声。巴威尔·彼得罗维奇在那个带抽屉的柜子上拿起一册带油垢的马沙尔斯基的《狙击手们》②的残本，翻了几页。……门开了，费涅奇卡抱了米奇亚进来。她给他穿上一件领子上带花边的红衬衫，她还给他把头发梳光，脸洗干净；他跟所有的健康的小孩一样，呼吸声很响，全身都在动

① 叶尔莫洛夫(1772—1861)，参加过俄国对拿破仑的战争。1816—1827年任格鲁吉亚总督和高加索独立军团司令。
② 《狙击手们》是马沙尔斯基(1802—1861)的历史小说，1832年出版。

着，一双小手不停地在空中舞动。这件漂亮的衬衫在他身上显然发生了效力，他的整个圆圆的小脸上都带着愉快的表情。费涅奇卡也已梳好她的头发，把她的领巾也理得更好看些；其实她照原先那样也就行了。难道世界上真还有比一个年轻美丽的母亲抱着一个健康的小孩更动人的景象吗？

“多胖的小家伙！”巴威尔·彼得罗维奇做出喜欢的样子说，一面用他的食指的长指甲尖搔米奇亚的双重下巴。小孩不转眼地望着金翅雀，吃吃地笑起来。

“这是伯伯。”费涅奇卡说，她俯下脸去挨他，轻轻地摇着他，杜尼雅霞把一支正燃着的香烛放在窗台上，下面垫一个小铜板。

“他有几个月了？”巴威尔·彼得罗维奇问道。

“六个月了；到这个月十一便是七个月。”

“不是八个月吗，费多西雅·尼可拉叶夫娜？”杜尼雅霞略微胆怯地插进来说。

“不，七个月；怎么说是八个月呢？”小孩又在吃吃地笑了；他对着箱子望了一忽儿，忽然伸起五根小指头抓住他母亲的鼻子和嘴。“顽皮的小东西。”费涅奇卡说，却并不把脸躲开。

“他像我的弟弟。”巴威尔·彼得罗维奇说。

“不像他还能够像谁呢？”费涅奇卡想道。

“是的，”巴威尔·彼得罗维奇继续说，好像是在对自己讲话似的，“实在像得很。”他注意地，而且差不多是忧郁地望着费涅奇卡。

“这是伯伯。”她又说一次，不过声音很轻。

“啊！巴威尔！原来你在这儿！”尼可拉·彼得罗维奇的声音突然在背后响起来。

巴威尔·彼得罗维奇连忙转过身来，皱起了眉头，可是他的弟弟带了那么快乐、那么感激的表情望着他，他也不能不回答弟弟一个微笑。

“你这个孩子真不错，”他说，又看了看他的表，“我顺便进来讲一下买茶叶的事。”

巴威尔·彼得罗维奇装出淡漠的神情立刻走出了这间屋子。

“是他自己走来的吗？”尼可拉·彼得罗维奇问费涅奇卡道。

“他自己来的，老爷；他敲了门，就进来了。”

“好的，阿尔卡狄又来看过你没有？”

“没有。尼可拉·彼得罗维奇，我是不是搬回耳房去好些？”

“为什么要这样？”

“我在想：是不是现在暂时搬一下要好一些。”

“不，”尼可拉·彼得罗维奇摸着他的前额，吞吞吐吐地说，“要搬就该早搬。……喂，小胖子，你好呀！”他说着，忽然兴奋起来，走近小孩，亲他的脸蛋；随后他略略俯下身子，用力吻着费涅奇卡的手，这只手衬着米奇亚的红衬衫，越显得像奶一样地白了。

“尼可拉·彼得罗维奇！您这是在做什么呢？”费涅奇卡轻轻地说，她把眼睛埋了下去，然后又慢慢地抬起来。在她埋着头、两眼偷偷地向上看的时候，她温柔地略带一点儿傻气地微笑着，眼睛的表情是十分动人的。

尼可拉·彼得罗维奇是这样跟费涅奇卡认识的。大约在三年前他有一回在一个远方小县城的客店里住了一夜。他住的房间很清洁，床上被褥也很干净，这使他大为惊奇。他想，这儿的女主人一定是一个德国人吧？可是她却是一个俄国人，一个五十岁光景的老太婆，衣服整齐干净，相貌端正，聪明懂事，讲话也很大方。他在喝茶的时候同她谈了一阵话；他非常喜欢她。那个时候尼可拉·彼得罗维奇刚刚搬进了他的新家，不想把农奴留在宅子里使唤，他正要雇用仆人，而客店女主人又在抱怨来往客人的稀少和日子的艰难，所以他就请她到他家去当管家，她答应了。她的丈夫去世已久，只给她留下一个女儿，费涅奇卡。两个星期以后阿利娜·沙维希娜(这是新管家的名字)便带了她的女儿到玛利因诺来了，她们住在那间小小的耳房里。尼可拉·彼得罗维奇果然没有看错人，阿利娜把他的家收拾得很有条理。至于费涅奇卡呢，那个时候她已经十七岁①，没有人讲起她，也很少有人看见她；她安安静静地住在那儿，只有在星期天尼可拉·彼得罗维奇才在本区教堂里某一个角上看到她那张白净脸庞的秀美的侧面。一年多的时光就这样地过去了。

有一天早晨阿利娜来到他的书房，照例深深地鞠了一个躬，她问他有没有方法医治她的女儿，因为炉子里一粒火星爆进她的眼睛里去了。尼可拉·彼得罗维奇和所有那些不常出门的乡绅一样，研究了一点儿医术，他甚至于买来了一个顺势疗法②的药箱。他马上叫阿利娜把病人带来。费涅奇卡听见主人叫她去，她非常害怕；不过她还是跟着母亲来了。尼可拉·彼得罗维奇把她引到窗前，双手捧起她的头。他把她的红肿的眼睛仔细诊察了一番，马上亲自给她配了一种眼药水，他又把他的一块手绢儿撕开，教给她怎样湿敷。费涅奇卡听完他的话，便要

① 作者在第五章里说费涅奇卡是“二十三岁的少妇”，这里又说“三年前……她已经十七岁”，显然把她的年龄算错了。事实上费涅奇卡或者只有 20 岁，不然尼可拉便是在 6 年前看见她的。

② 用健康人吃了会生一种病的药去医治同病的病人，这种治疗法就叫做“顺势疗法”。

走了。“傻丫头，你还没有亲主人的手呢！”阿利娜对她说。尼可拉·彼得罗维奇并没有把手伸给她，他一时慌张，反而自己在她那埋着的头上头发分开的地方吻了一下。费涅奇卡的眼睛不久就好了，可是她留给尼可拉·彼得罗维奇的印象却没有这样快地消失。那个纯洁、秀丽的含羞微举的面颜时时闪进他的脑中；柔软的头发仿佛还留在他的掌上；在他的眼前现出了那两片天真微启的嘴唇，两排珍珠似的牙齿在阳光里灿烂地发亮。以后在教堂里他便非常留心地看她，并且想法跟她谈话。起初她看见他总是害羞，一天傍晚她在麦田里一条行人走出来的窄小的路上遇到他，她连忙跑进长满矢车菊和苦艾的又高又密的裸麦丛中，免得同他见面。他在麦穗的金黄色的网眼中瞥见了她的小小的头，她正探出头来张望，就像一只小动物似的，他和蔼地对她大声说：

“晚安，费涅奇卡！　我并不咬人啊。”

“晚安。”她低声说，却并不从藏身的地方站出来。

她渐渐地同他熟了，不过她在他面前仍然有点儿不好意思，可是她的母亲阿利娜忽然害霍乱症死了。费涅奇卡应当安置到哪儿去？　她从母亲那儿得到那种喜欢整齐、谨慎、体面的性情，可是她太年轻了，又是孤零零的一个人。尼可拉·彼得罗维奇自己也很和善又会体贴……其余的就用不着说了……

“那么是我哥哥进来看你的了？”尼可拉·彼得罗维奇问她道。“他敲了门，就进来了吗？”

“是的，老爷。”

“啊，这很好。让我来把米奇亚摇一下。”

尼可拉·彼得罗维奇把米奇亚抛得很高，几乎碰到了天花板，使得小孩非常高兴，母亲十分着急，每一回孩子给抛起来，她就伸出手去接他的小小的光腿。

巴威尔·彼得罗维奇回到他的雅致的书房里去了，这儿的墙壁用漂亮的青灰色的纸糊着，壁上钉了一条彩色的波斯毛毯，上面挂着一些兵器；家具全是胡桃木做的，还蒙上一层深绿色的天鹅绒；一个renaissance[①]的书架是用老的黑橡木做的，华贵的书桌上面放了几个小小的铜像，还有一个壁炉。他坐倒在沙发上面，两手扶着后脑勺，一动也不动，差不多带了绝望的神情望着天花板。不知道他是想隐藏他脸上的表情，不让四周的墙壁看见呢，或者还是为了别的缘故，他站起来，把那厚厚的窗帘放下，便又倒在沙发上坐了。

九

就在这同一天巴扎罗夫也跟费涅奇卡认识了。他同阿尔卡狄一块儿在园子里散步，一面给他讲解为什么有一些树木，尤其是那些年轻的橡树长得不好的道理。

“你们应该在这儿多种些白杨同枞树，菩提树也行，多加一点儿肥泥黑土。凉亭那边的花倒长得不错，”他又说，“因为那是刺槐同丁香；它们都是好孩子，那些树，它们并不要人照料。喂！那儿还有人。”

在凉亭里坐着的是费涅奇卡同杜尼雅霞，还有米奇亚。巴扎罗夫站住了，阿尔卡狄像一个熟朋友似地向费涅奇卡点了点头。

---

① 法语：文艺复兴时代的式样。——原注

“那是谁？”他们刚刚走了过去，巴扎罗夫立刻问道，“一个多漂亮的美人儿！”

“你在讲谁？”

“你知道的；只有那一个生得漂亮。”

阿尔卡狄有点儿不好意思，简简单单地跟他说明白费涅奇卡是什么人。

“哈哈！”巴扎罗夫说，“你父亲的眼光的确不错。我喜欢他，你父亲，嘻嘻！他倒真有本领。可是我也得跟她认识认识。”他说了最后一句，就转身向凉亭走去。

“叶夫盖尼！”阿尔卡狄惊慌地在后面唤道，“千万要小心啊。”

“你不要着急，”巴扎罗夫说，“我会知道怎样做——我又不是一个乡下人。”

他走到费涅奇卡面前，摘下了帽子。

“让我来介绍自己，”他说，客气地鞠了一个躬，“我是阿尔卡狄·尼可拉叶维奇的朋友，我是一个温和的人。”

费涅奇卡从凳子上慢慢地站起来，望着他不说一句话。

“多么出色的小孩儿！”巴扎罗夫继续说，“不要担心，我的眼光还没有给人带来过灾难。他的脸蛋为什么这样红？他是在出牙吧？”

“是的，先生，”费涅奇卡说，“他已经出了四颗牙齿了，现在他的牙龈又肿起来了。”

“让我来看看，不要害怕，我是一个医生。”

巴扎罗夫把小孩抱了过来，小孩并不挣扎，也不害怕，费涅奇卡同杜尼雅霞两人都很奇怪。

“看见了，看见了……不要紧，都很好，他将来有一副很好的牙齿。以后要是有什么事情告诉我好了。您自己身体很好吗？”

“很好，感谢上帝。”

“感谢上帝，真的——那是很要紧的。您呢？”他转身问杜尼雅霞道。

杜尼雅霞，这个姑娘在主人的宅子里非常拘谨，出了大门就爱嘻嘻哈哈，她不答话，只是格格地笑。

“好，这很好。这儿是您的大力士[①]。”

费涅奇卡把小孩抱在怀里。

“他在您的手里倒是挺乖的。”她小声地说。

“小孩儿在我手里都挺乖，”巴扎罗夫答道，“我知道应该怎样对付他们。”

“小孩儿也知道谁爱他们。”杜尼雅霞插嘴说。

“真是这样，”费涅奇卡同意说，“就是米奇亚，不论怎样他也不要有些人来抱他。”

“他要不要我抱。”阿尔卡狄问道，他远远地站了一忽儿，现在走到凉亭里来了。

他想把米奇亚哄到他怀里来，可是米奇亚把头一仰，哭起来了，弄得费涅奇卡很不好意思。

“下一回，等他跟我熟了再来抱他吧。”阿尔卡狄不在乎地说，这两个朋友便转身走了。

“她叫什么名字？”巴扎罗夫问道。

“费涅奇卡……费多西雅。”阿尔卡狄答道。

---

① 俄国民间传说和史诗中身高力大的英雄。

“她的父名呢？ 我也得知道这个。”

“尼可拉叶夫娜。”

“Bene[①]。我喜欢她的地方是她并不太害羞。说不定会有人觉得她这一点是一个毛病。废话！ 她为什么要害羞呢？ 她是一个母亲——那她就不错。”

“她不错，”阿尔卡狄说，“不过我父亲……”

“他也不错。”巴扎罗夫打岔道。

“唔，不，我不这样想。”

“我想你不高兴多添了一个承继产业的人吧？”

“你怎么好意思想我会有那种心思！”阿尔卡狄生气地说，“我不是因为那个缘故说父亲不对；我以为他应该跟她正式结婚。”

“哼！ 哼！”巴扎罗夫从容地回答道，“我们的器量真大！ 原来你还把结婚的事情看得很重要；我倒没有料到你是这样的。”

这两个朋友默默地走了几步。

“你父亲的产业我全看过了，”巴扎罗夫又说。“牛是不好的，马也不中用。房屋东偏西倒，工人懒得没办法；只有那个总管究竟是一个傻瓜还是坏蛋，我到现在还没有弄清楚。”

“你今天就专挑错处，叶夫盖尼·瓦西里叶维奇。”

“那些好心的农民毫无疑问地都在欺骗你的父亲。你知道有一句俗话：‘俄国农民连上帝也会欺骗的。’……”

“我现在倒有点儿赞成我伯父的意见了，”阿尔卡狄说，“你的确瞧不起俄国人。”

---

① 拉丁文：好。——原注

“那有什么关系呢！俄国人的唯一好处就是最瞧不起自己。重要的是二乘二等于四，其余的都无关紧要。”

“那么大自然也无关紧要吗？”阿尔卡狄说，他带了思索的表情望着远处颜色鲜丽的田野，落日的美丽柔和的霞光正照在那儿。

“你所理解的大自然的确也是无关紧要。大自然不是一座庙宇，它是一个工厂，我们人就是这工厂里的工人。”

这个时候，一阵大提琴的拉长的音调从宅子里飘到他们的耳边来。有人在奏舒伯特①的《期待曲》，虽然不娴熟，却也能传达出一些情感。旋律带着蜜似的甜味在空中荡漾。

“这是什么？”巴扎罗夫惊讶地问道。

“这是我父亲。”

“你父亲会拉大提琴吗？”

“是的。”

“你父亲多大年纪了？”

“四十四。”

巴扎罗夫突然大笑起来。

“你笑什么？”

“真的，一个四十四岁的人，一位 pater familias②，在这个偏僻的小县——拉大提琴！”

巴扎罗夫一直笑着；阿尔卡狄平日虽然非常尊敬他的老师，可是这一次他却连笑脸也没有露一下。

---

① 舒伯特(1797—1828)，奥地利大作曲家。浪漫主义的抒情歌曲、浪漫主义的交响曲和钢琴小型曲的创始者。

② 拉丁文：家长。——原注

十

大约过了两个星期的光景。玛利因诺的生活还是跟往常一样，阿尔卡狄整天闲着、玩着，巴扎罗夫认真地工作。宅子里每个人都跟巴扎罗夫熟了，他们也习惯了他那随便不羁的态度和他那简短的、不连贯的谈话。费涅奇卡尤其同他熟，因此有一个晚上她居然差人去叫醒他：米奇亚得了惊风症；他去了，还是像平日那样，一边说着笑话一边打呵欠，在她那儿过了两个钟点，把孩子治好了。在另一方面，巴威尔·彼得罗维奇却用全副心灵来恨巴扎罗夫，他认为巴扎罗夫是一个傲慢、无礼、爱挖苦人的平民；他疑心巴扎罗夫并不尊敬他，而且还有点儿轻视他——他，巴威尔·基尔沙诺夫！尼可拉·彼得罗维奇也有点儿害怕这个年轻的"虚无主义者"，并且还担心他给阿尔卡狄的影响究竟是不是好的，可是他很喜欢听他讲话，并且高兴去看他做物理的和化学的实验。巴扎罗夫带来一架显微镜，他一用显微镜，就是几个钟点。用人们也喜欢他，虽然他常常拿他们开玩笑；他们觉得他究竟不是一个主人，却是他们的同类。杜尼雅霞常常要对他傻笑，她"像一只鹌鹑似地"跑过他身边的时候，还带着深意地偷偷看他；彼得是一个极端自负而又愚蠢的人，他永远皱着眉头，他全部的长处便是他外表很有礼貌，他还能够一个字一个字地拼出音来念书报，并且很勤快地刷他自己的衣服，——就是他，只要巴扎罗夫注意到他，他也立刻满脸堆笑，露出喜色来；家仆的小孩们简直像小狗一样地跟在这个"医生"后面跑。卜罗科非奇老人是唯一不喜欢他的人；他每回给他上菜，总要露出不高兴的神气，他叫他做"屠户"和"骗子”，还说他脸上长着络腮胡子，看起来倒像灌木丛中一口猪。卜罗科非奇，就他自己说，是有着巴威尔·彼得罗维奇一样多的贵族气味的。

一年里的最好的日子来了，这就是六月初旬。天气非常好；固然，远地方正闹着霍乱症，可是那一省的居民对于它的光临已经习惯了。巴扎罗夫起得非常早，出去走两三里，并不是去散步(他受不了那种毫无目的的散步)，却是去采集草和昆虫的标本。有时候他约了阿尔卡狄同去。在回家的路上他们常常发生争论，虽然阿尔卡狄话说得更多，可是往往是他失败。

有一天他们在外面耽搁得太久了；尼可拉·彼得罗维奇到花园里去找他们，他走到凉亭前面，忽然听见两个年轻人的急促的脚步声和讲话声。他们在凉亭的那一面走着，不能够看见他。

“你还不够了解我父亲。”阿尔卡狄说。

尼可拉·彼得罗维奇便藏起来。

“你父亲是个好人，”巴扎罗夫说，“可是他落后了，他的日子已经过去了。”

尼可拉·彼得罗维奇注意地听着……阿尔卡狄并没有回答。

这个“落后的人”静静不动地站了两分钟，才慢慢走回家去。

“前天我看见他在念普希金的诗，”巴扎罗夫继续往下说，“请你去对他讲，那是没有一点儿实际的用处的。你知道他不是一个小孩儿：他应该把这种废物扔掉。在我们这个时代作一个浪漫派有什么意思！给他一点儿有用的东西去念吧。”

“我应该拿什么给他念呢？”阿尔卡狄问道。

“我想开头还是念毕希纳的《Stoff und Kraft》[①]吧。”

“我也这样想，”阿尔卡狄同意地说，“《Stoff und Kraft》是用通俗的文字写的……”

“看起来你我，”这天吃过午饭以后尼可拉·彼得罗维奇坐在书房里对他的哥哥说，“都是落后的人了，我们的日子已经过去了。唉！唉。也许巴扎罗夫是对的，不过我承认有一件事情叫我伤心；我很盼望，尤其是现在，能够同阿尔卡狄多亲近些，可是事实上，我却留在后面，他已经走到前面去了，我们不能够彼此了解了。”

“他怎么走到前面去了呢？他在哪一方面超过了我们这么多呢？”巴威尔·彼得罗维奇不耐烦地问道。“全是那个虚无主义者先生给他塞进脑子里去的。我讨厌那个学医的家伙；据我看来，他不过是一个走江湖的郎中；我相信，不管他解剖了多少青蛙，他对物理学也不会懂多少。”

“不，哥哥，你不应当这么说，巴扎罗夫不但聪明，而且博学。”

“他自大得叫人讨厌。”巴威尔·彼得罗维奇打岔说。

“是的，”尼可拉·彼得罗维奇说，“他是自大的。不过这好像也是免不掉的；这倒是我不明白的了。我从前还以为我总是尽力不落在时代后面：我安顿了农民，设立了一个农庄，因此全省的人都叫我做**赤色分子**；我读书，研究，我竭力在种种方面适应时代的要求——可是他们还说我的日子过去了。哥哥，我现在也开始相信我的日子真是过去了。”

---

① 德语：《物质与力》。——原注。毕希纳（1824—1899），德国生理学家，自然科学知识的普及者。《力与物质》在 1855 年初版发行，主张唯物论与无神论，在当时的俄国青年中间很流行。

“为什么这样？”

“我现在告诉你为了什么。今天早晨我坐着在念普希金的诗……我记得我正读到《茨冈》[1]……突然，阿尔卡狄走到我身边来，一句话也不说，脸上露出亲切的、怜悯的表情，他好像对待小孩儿一样，轻轻地把我那本书拿开，另外放了一本书在我面前——一本德文书……他对我笑了笑，就走开了，把那本普希金的诗也带走了。”

“真有这回事！他给你的是什么书呢？”

“它在这儿。”

尼可拉·彼得罗维奇从大衣的后面口袋里拿出那本第九版的毕黑纳尔的名著。

巴威尔·彼得罗维奇接过来翻了一翻。“哼，”他哼了一声，“阿尔卡狄·尼可拉叶维奇倒关心着你的教育呢。好，你到底念过它没有？”

“是的，我试了一下。”

“好，你觉得它怎样？”

“要不是我太笨，那么这本书就全是——废话。我想，一定是我笨。”

“是不是你的德文全忘了呢？”巴威尔·彼得罗维奇问道。

“啊，德文我是懂的。”

巴威尔·彼得罗维奇把这本书又翻了一忽儿，还偷偷地看他的兄弟。两个人都不做声。

“哦，还有，”尼可拉·彼得罗维奇开口说，他显然想改换话题，

---

① 《茨冈》：普希金的长诗。

“我收到柯利雅津的一封信。”

“玛特维·伊里奇么？”

“是的。他是来——这一省调查的。他现在是一个阔人了；他信上说，因为是亲戚，他很想跟我们见见面，他请你、我同阿尔卡狄一块儿到城里去。”

“你去吗？”巴威尔·彼得罗维奇问道。

“我不去；你呢？”

“不，我也不去。跑五十里路去吃点心也太费事。Mathieu[①] 不过想显显威风、摆摆阔，去他的！自然会有全省的人奉承他，我们不去也没有什么关系。枢密顾问官[②]官阶倒也不小，要是我当时一直在军界服务，一直干这种傻事，现在我也应当做侍从将军了。可是如今呢，你我都是落后的人了。”

“是的，哥哥；看来我们已经到了要定做一口棺材，把两只手交叉地放在胸口的时候了。”尼可拉·彼得罗维奇叹一口气说。

“啊，我却不这么容易地投降，”巴威尔·彼得罗维奇喃喃地说，“我看得很清楚，我要跟那个学医的家伙打一仗。”

果然在这天傍晚喝茶的时候，就打了仗。这天巴威尔·彼得罗维奇走进客厅，他就已经准备好作战了，他很生气并且很坚决。他只等着找到一个口实就向敌人进攻，可是等了好久都没有找到。巴扎罗夫照例在“老基尔沙诺夫”(他这样地称那两弟兄)面前不多讲话，那晚上他心里不痛快，只是一杯一杯地喝着茶，不说一句话。巴威尔·彼得罗维

---

① 玛特维的法语念法。
② 枢密顾问官：帝俄时代的三等文官。

奇实在等得发火了，最后他的愿望毕竟实现了。

他们的话题转到了附近的一个地主身上。“没出息的，下流贵族。”巴扎罗夫随便地说，他在彼得堡遇见过那个人。

“请问您一句，”巴威尔·彼得罗维奇说，他的嘴唇在打颤，“照您看来，‘没出息的’和‘贵族’是一样的意思么？”

“我说的是下流贵族。”巴扎罗夫答道，懒洋洋地咽了一口茶。

“正是这样，先生，不过我觉得您对贵族也是和对所谓下流贵族一样看待的。我认为我应当告诉您，我并不赞成您这个意见。我敢说，凡是认识我的人都知道我是一个具有自由思想而且拥护进步的人，可是就因为这个缘故，我尊敬贵族——真正的贵族。请您留神记住，亲爱的先生（巴扎罗夫听见这几个字便抬起眼睛望着巴威尔·彼得罗维奇），请您留神记住，”他狠狠地再说了一遍，“我尊敬英国的贵族。他们对自己的权利一点儿也不肯放弃，因此他们也尊重别人的权利；他们要求别人对他们尽应尽的义务，因此他们也尽**自己应尽的**义务。英国的自由是贵族阶级给它的，也是由贵族阶级来维持的。”

“这个调子我们不知道听过多少回了，”巴扎罗夫答道，“可是您打算用这个来证明什么呢？”

“我打算用**这么个**来证明，亲爱的先生，（巴威尔·彼得罗维奇动气的时候，他就故意在“这个”中间添插进一个音，念成“这么个”，虽然他明知道这种用法是不合文法的。这种时髦的怪癖可以看作亚历山大一世[①]时代遗留下来的一种习惯。当时那班纨袴子弟很少讲本国话，偶尔讲了几句，就随意胡乱拼字，不是说**这么个**，就是说**这伙**

① 亚历山大一世（1777—1825），1801—1825 年的俄国沙皇。

个，好像在说：‘自然我们是道地的俄国人，我们同时还是上等人物，用不着去管那些学究们定的规则。’）我是打算用**这么个**来证明：没有个人尊严的意识，没有自尊心——这两种情感的贵族中间极其发达——那么社会……bien public①……社会组织便没有强固的基础了。亲爱的先生，个性，——那是很重要的东西；一个人的个性应该像岩石一样坚固，因为所有的东西都建筑在它上面。譬如，我很知道您觉得我的习惯、我的装束、我的整洁都是很可笑的，可是这都是从一种自尊心，从一种责任心——是的，先生，的确，先生，责任心——出来的。我现在住在乡下，住在偏僻的地方，可是我不会降低我自己的身份。我尊重我自己的人的尊严。”

“那么让我问您一句，巴威尔·彼得罗维奇，”巴扎罗夫说，“您尊重您自己，您只是袖手坐在这儿；请问这对于 bien public 有什么用处？ 倘使您不尊重您自己，您不也是这样坐着吗？”

巴威尔·彼得罗维奇的脸色马上变白了。“那是另外一个问题。我现在绝对用不着向您解释我为什么像您所说的袖手坐在这儿。我只打算告诉您，贵族制度是一个原则，在我们这个时代里头只有不道德的或是没有头脑的人才能够不要原则地过日子。阿尔卡狄回家的第二天，我就对他讲过那样的话，现在我再对您讲一遍。尼可拉，是不是这样的？”

尼可拉·彼得罗维奇点了点头。

“贵族制度，自由主义，进步，原则，”巴扎罗夫在这个时候说，“只要您想一想，这么一堆外国的……没用的字眼！ 对一个俄国人，

① 法语：社会的福利。——原注

它们一点儿用处也没有。”

“那么，在您看来对俄国人什么才是有用的呢？倘使照您的说法，我们就是在人类以外，人类的法则以外了。可是历史的逻辑要求着……”

“可是逻辑对我们有什么用呢？我们没有它也是一样地过日子。”

“您这是什么意思？”

“就是这个意思。您肚子饿的时候，我想，您用不着逻辑来帮忙您把一块面包放进嘴里去吧。这些抽象的字眼对我们有什么用处？”

巴威尔·彼得罗维奇摇着他的两只手。

“您这倒叫我不明白了。您侮辱了俄国人。我实在不明白一个人怎么能够不承认原则、法则！是什么东西在指导您的行动呢？”

“大伯，我已经对您讲过我们不承认任何的权威。”阿尔卡狄插嘴道。

“凡是我们认为有用的事情，我们就依据它行动，”巴扎罗夫说，“目前最有用的事就是否定——我们便否认。”

“否认一切吗？”

“否认一切。”

“怎么，不仅艺术和诗……可是连……说起来太可怕了……”

“一切。”巴扎罗夫非常镇静地再说了一遍。

巴威尔·彼得罗维奇睁大眼睛望着他。他没有料到这个，阿尔卡狄欢喜得红了脸。

“请让我来讲两句，”尼可拉·彼得罗维奇说，“您否认一切，或者说得更正确一点，您破坏一切……可是您知道，同时也应该建设呢。”

“那不是我们的事情了……我们应该先把地面打扫干净。”

“目前人民的状况正要求这个，”阿尔卡狄庄严地说，“我们应当实现这类要求，我们没有权利只顾满足个人的利己心。”

巴扎罗夫显然不高兴这最后的一句；这句话带了一点儿哲学气味，就是说浪漫主义的气味，因为巴扎罗夫把哲学也叫做浪漫主义，不过他觉得用不着去纠正他那个年轻的门徒。

“不，不，”巴威尔·彼得罗维奇突然用劲地说，“我不相信你们这些先生们真正认识俄国人民；我不相信你们就能够代表他们的需要，他们的热望！ 不，俄国人民并不是像你们所想象的那样。他们把传统看作神圣不可侵犯的；他们是喜欢保持古风的；他们没有信仰便不能够生活……”

“我并不要反驳这一点，”巴扎罗夫插嘴说，“我甚至准备承认**在这一点上**您是对的。”

“那么倘使我是对的……”

“可是还是一样，什么都不曾证明。”

“正是什么都不曾证明。”阿尔卡狄跟着重说一遍，他充满着自信，就像一个有经验的棋手，他早已料到对手要走一着看起来很厉害的棋，因此一点儿也不惊慌。

“怎么还是什么都不曾证明呢？”巴威尔·彼得罗维奇喃喃地说，他倒奇怪起来了，“那么，您要反对自己的人民吗？”

“我们就反对了又怎样？”巴扎罗夫突然嚷起来，“人民不是相信打雷的时候便是先知伊里亚驾着车在天空跑过吗？ 那么怎样呢？ 我们应该同意他们吗？ 而且，他们是俄国人；难道我不也是一个俄国人吗？”

“不，您刚才说了那一番话以后，您就不是一个俄国人！ 我不能承认您是一个俄国人。”

“我祖父耕田，”巴扎罗夫非常骄傲地说，“您随便去问一个您这儿的农民，看我们——您同我——两个人中间，他更愿意承认哪一个是他的同胞。您连怎样跟他们讲话都不知道。”

“可是您一面跟他们讲话，一面又轻视他们。”

“为什么不可以呢，倘使他们应当受人轻视的话！ 您专在我的观点上挑错，可是谁告诉您，我的观点是偶然得来的，而不是您所拥护的民族精神本身的产物呢？”

“什么话！ 虚无主义者太有用了！”

“他们有用或者没用，并不是该我们来决定的。就是您也觉得自己并非一个没有用的人吧。”

“先生们，先生们，请不要攻击个人。”尼可拉·彼得罗维奇一面叫着，就站起身来。

巴威尔·彼得罗维奇微微一笑，把手按住他弟弟的肩头，叫他仍旧坐下。

“不要着急，”他说，“我不会忘掉自己的身份，正因为我有着我们这位先生，这位医生先生，挖苦得不留余地的自尊心。”他又转过头来对巴扎罗夫说：“请问一句，您也许以为您的学说是新发明的吧？您这种想法是大错特错。您主张的唯物主义已经流行过不止一次了，总是证明出来理由欠充足……”

“又是一个外国名词！”巴扎罗夫打岔道。他有点儿动怒了，他的脸色变成青铜，而且带着粗暴的颜色。“第一，我们并不宣传什么；那不是我们的习惯……”

“那么你们又干些什么呢？”

“我就要告诉您我们干些什么。前不久，我们常常讲我们的官吏受贿，我们没有公路，没有商业，没有公平的法庭……”

“哦，我明白了，你们是‘控诉派’[①]——我想，就是这种称呼吧。你们的控诉里头有许多我也同意，可是……”

“后来我们也明白发议论，对我们的烂疮只空发议论，这是毫无用处的，它只会把人引到浅薄和保守主义上面去；我们看见我们的聪明人，那些所谓进步分子和‘控诉派’不中用；我们整天忙着干一些无聊事情，我们白费时间谈论某种艺术啦，无意识的创造啦，议会制度啦，辩护律师制度啦，和鬼知道的什么啦。可是事实上需要解决的问题却是我们每天的面包；我们让极愚蠢的迷信闷得透不过气；我们的股份公司处处失败，只因为没有够多的诚实的人去经营；我们的政府目前正在准备的解放[②]，也不见得会有什么好处，因为农民情愿连自己的钱也搜刮去送给酒店，换得醺醺大醉。”

“是的，”巴威尔·彼得罗维奇插嘴说，“是的，你们相信了这一切，你们便决定不去切实地做任何事情了。”

“决定不做任何事情。”巴扎罗夫板起脸跟着说了一遍。

他因为无缘无故地对这位绅士讲了那么多的话，忽然跟自己生起气来。

“可是只限于谩骂？”

“只限于谩骂。”

① 在亚历山大二世（1818—1881）统治（1855—1881）的初期，对当时参加一种文学运动的人的称呼。
② 指 1861 年的农奴解放。

“这就叫做虚无主义？”

“就叫做虚无主义。”巴扎罗夫又跟着重说一遍，这次特别不客气。

巴威尔·彼得罗维奇略略眯起眼睛。

“原来是这样！”他用一种异常镇静的声音说，“虚无主义是来医治我们的一切痛苦的，而且你们是我们的救主，我们的英雄，可是你们为什么责骂别人呢，连‘控诉派’也要责骂呢？你们不是也跟所有别的人一样只会空谈吗？”

“不管我们有多少短处，我们却没有这个毛病。”巴扎罗夫咬着牙齿说。

“那么又怎样呢？请问，你们在行动吗？或者你们是在准备着行动吗？”

巴扎罗夫不回答。巴威尔·彼得罗维奇的身子微微颤抖了一下，可是他立刻控制了自己。

“哼！行动，破坏……”他继续说，“可是你们连为什么要破坏都不明白又怎样去破坏呢？”

“我们要破坏，因为我们是一种力量。”阿尔卡狄说。

巴威尔·彼得罗维奇看看他的侄子，不觉笑了起来。

“力量是不负任何责任的，”阿尔卡狄挺起身子说。

“可怜的人！”巴威尔·彼得罗维奇大声叫道，他不能再控制自己了，“你会不会想到你们用你们这种庸俗的论调在俄国维持些**什么东西**！不，连一个天使也忍耐不下去了！力量！在野蛮的加尔梅克人[1]

① 加尔梅克人，西伯利亚的游牧民族。

中间，在蒙古人中间，也有力量，可是这跟我们有什么关系呢？对我们可宝贵的，是文明；是的，先生，是的，先生，亲爱的先生，文明的果实对我们是可宝贵的。不要对我讲那些果实毫无价值：便是最不行的画匠，un barbouilleur[①]，或者一晚上只得五个戈比[②]的奏跳舞音乐的乐师，他们也比你们更有用，因为他们所代表的是文明，不是野蛮的蒙古力量，你们自以为是进步人物，可是你们却只配住在加尔梅克人的帐篷里头！力量！你们这些有力量的先生，请记住你们不过是四个半人，别的人数目却有千百万，他们不会让你们去践踏他们的最神圣的信仰，他们倒要把你们踩得粉碎！”

“他们要踩就让他们踩吧，”巴扎罗夫说。“可是您的估计并不对。我们人数并不像您所说的那样少。”

“什么？您真以为你们可以应付全体人民吗？”

“您知道整个莫斯科城还是给一个戈比的蜡烛烧掉的。”[③]巴扎罗夫答道。

“是的，是的。第一是差不多撒旦一样的骄傲，其次是嘲笑——就靠了这个来引动年轻人，来征服一般小孩子的毫无经验的心！现在就有一个坐在您身边，他简直要崇拜您了。您欣赏欣赏他吧！（阿尔卡狄掉过脸去，皱起眉头来。）这种传染病已经传播得很广了。我听说我们的画家在罗马从来不进梵蒂冈[④]去。他们把拉斐尔[⑤]差不多看做一个傻

① 法语：画匠。
② 俄国货币单位，1 卢布为 100 戈比。
③ 指 1812 年拿破仑侵略俄国，俄国人焚烧莫斯科的事。
④ 梵蒂冈：罗马教皇所在地，在罗马，内有图书馆，博物院，收藏的书画等等都很名贵。
⑤ 拉斐尔(1483—1520)，意大利画家，文艺复兴时期三大家之一。

瓜，就因为，据说，他是一个权威，可是他们自己却又没出息，连什么也画不出来；他们的幻想老是出不了《泉边少女》这一类画的圈子！而且连少女也画得不像样。照您看来，他们是出色的人物吧，是不是？”

“照我看来，”巴扎罗夫答道，“拉斐尔本来就不值一个钱；他们比他也好不了什么。”

“好！好！听着，阿尔卡狄……现在的年轻人就应该这么讲的！想想，他们怎么不跟着您跑呢！在从前年轻人都不能不念书：他们不愿意让人家叫做粗野的人，因此不管他们喜欢不喜欢，他们都不得不好好地用功。可是现在，他们只要说：‘世界上的一切都是狗屁！’就成功了。一般年轻人都高兴极了。说老实话，他们先前本来是笨蛋，现在一转眼的工夫就变成虚无主义者了。”

“您自己那么夸口的自尊心已经动摇了。”巴扎罗夫冷静地说，阿尔卡狄却气得厉害，眼睛发火了。“我们的辩论扯得太远了；我想，还是停止的好。我想，”他说着，便站起来，“只要您能够在我们现在的生活里面，在家庭生活或社会生活里面，找出一个不需要完全地、彻底地否定的制度，到那时候我再来赞成您的意见。”

“像这样的制度，我可以举出几百万来，”巴威尔·彼得罗维奇嚷道，“几百万！就譬如公社[①]。”

一个冷笑使得巴扎罗夫弯起嘴唇来。

“好，说到公社，”他说，“您最好还是跟令弟去讲吧。我想他到现在应该看明白，公社究竟是怎样一回事了——它那连环保啦，它那戒

① 俄国的一种乡村自治组织。它的基础是土地共有。

酒运动啦，还有别的这一类的事情。”

“那么就拿家庭来说吧，我们农民中间的家庭！”巴威尔·彼得罗维奇大声说。

“这个问题，我想您还是不要太详细分析的好。您没听说过扒灰的公公吗？巴威尔·彼得罗维奇，您听我的劝告，花两天的工夫去想一想吧；您马上好像不会想出什么来的。请您把我们俄国的每个阶级，一个一个的仔仔细细地研究一番，同时我和阿尔卡狄两个要……”

“去嘲笑一切事情。”巴威尔·彼得罗维奇打岔地说。

“不，我们去解剖青蛙。阿尔卡狄，我们走吧；先生们，一忽儿再见。”

两个朋友走了。弟兄两人留在这儿，他们起初只是默默地对望着。

“这就是我们现在的年轻人！”巴威尔·彼得罗维奇终于开口说，“我们的下一代——他们原来是这样。”

“我们的下一代！”尼可拉·彼得罗维奇跟着重说一遍，闷闷地叹了一口气。在他们辩论的时候，他一直觉得就像坐在热炭上面似的，他一声也不响，只是偷偷地用痛苦的眼光看阿尔卡狄。“哥哥，你知道我现在记起了什么吗？我有一回跟我们的亡故的母亲争论一件事；她发了脾气，直嚷，不肯听我的话。最后我对她说：‘自然你不能了解我；我们是不同的两代人。’她气得很厉害，可是我却想道：‘这有什么办法呢？丸药是苦的，可是她必须吞进肚子里去。’你瞧，现在是轮到我们了，我们的下一代人可以对我们说：‘你不是我们这一代人；吞你的丸药去吧。’”

“你真是太大量，太谦虚了，”巴威尔·彼得罗维奇答道，“相反的，我却相信你我都比这班年轻的先生们更有理，虽然我们口里讲着旧式的话，已经 vieille①，而且我们不像他们那样狂妄自大。……现在的年轻人多傲慢！你随便问一个年轻人：‘你喝红酒还是白酒？’他便板起脸用低沉的声音答道：‘我素来喝红的！’好像那一刻全世界的眼光都集中在他一个人身上似的……”

“您还要不要茶？”费涅奇卡从门外探头进来问道。她听见客厅里还有争论的声音，便不能决定要不要进来。

“不要了，你叫人把茶炊拿走吧。”尼可拉·彼得罗维奇答道，一面站起来招呼她。巴威尔·彼得罗维奇突然对他讲了一句“bon soir②”，便回到自己的书房里去了。

十一

半点钟以后尼可拉·彼得罗维奇走到花园中他心爱的凉亭里去。他充满了忧郁的思想。他第一次看清楚了他跟他儿子中间的距离；他预料到这距离会一天一天地增加。那么他冬天在彼得堡念那些最新的著作所花去的整天整天的工夫都是白费的了；他用心去听那班年轻人高谈阔论所花去的时间也是白费的了；他白白地高兴：他有时候居然能够在他们热烈辩论的中间插进去说一两句话。现在这一切都是没有用的了。“我哥哥说我们是对的，”他想道，“而且撇开一切自尊心不谈，我自己也认为他们离开真理比我们更远，可是同时我又觉得他们另有一些东西却是我们所没有的，那就是他们在什么地方比我们

① 法语：老了。
② 法语：晚安。——原注

强……这是青春吗？ 不，不只是青春。难道他们比我们强的地方就在于他们比我们少些绅士的气派吗？”

尼可拉·彼得罗维奇没精打采地埋下头，他伸手在脸上摸了一下。

“可是排斥诗，”他又想道，“对艺术，对大自然没有感情……”

他向四周看了看，好像他想了解一个人怎么能够对大自然没有感情似的。这个时候已经是傍晚了，太阳隐藏在离园子半里光景的小小的白杨林子后面，树影无边无际地躺在静寂的田野上。一个农民骑着白马在林边那条阴暗窄小的路上跑过去，虽然他在荫处，可是他的全身，连他肩头的补钉，都看得很清楚；那匹马正奋起蹄子飞似地往前跑着。远远地射来的太阳光线照在林子里，霞光透过繁密的枝叶，在白杨树干上涂了一层暖和的红光，使它们更像松树干；树叶差不多变成了蓝色，上面衬出一片微带霞红的浅蓝天空。燕子飞得高高的，风完全静了，误了时候的蜜蜂在丁香丛中懒懒地、带睡意地嗡嗡飞鸣，一群小蚊子像一根柱子似的在一枝突出的孤零零的树枝上面打转。“多美，我的上帝！”尼可拉·彼得罗维奇想道，他平日喜欢的诗句快要跳到他的嘴上来了，他却记起了阿尔卡狄，记起了《Stoff und Kraft》，便不做声了，可是他依旧坐在那儿，依旧沉溺在孤寂思想的时悲时喜的变幻之中。他喜欢梦想；乡居生活助长了他的这种癖好。没有多久以前他坐在客店里等候他的儿子，他当时也曾这样地梦想过，可是从那个时候起已经发生了多大的变化了；他们父子的关系在当时还不明显，现在是确定的了——而且是怎样确定的啊！ 他又看到他的亡故的妻子了，可是他看到的并不是他多年来跟她朝夕相对时看见的那个模样，并不是一个善于持家的、贤惠的主妇，却是一个亭亭玉立的少女：她有一对天真地好问的眼睛，一条编得紧紧的辫子垂在孩子似的脖子上。他记起第一次看见她的情景。他那个时候还是一个学生。他在他的住处的楼梯上遇见她，无意间碰了她一下，他正要道歉，刚刚结结巴巴地吐出一句："Pardon，monsieur，"[①]她却俯下身子，微微一笑，忽然间好像吃了一惊似的，就跑开了，可是到了楼梯转角，她又回转头很快地看了他一眼，露着一种庄重的神情，红了脸。从这以后，起初是不大好意思的拜访，吞吞吐吐的谈话，忸怩的微笑和疑惑不安，后来是苦闷，热情，最后是叫人喘不过气来的欢喜。……这一切都消失在哪儿去了？她做了他的妻子，他享受了世界上少数人享受到的幸福。"可是，"他又想道，"这些甜蜜的最初的时光，为什么不能够永久不灭地存在下去呢？"

他不想把自己的思想分析清楚；可是他觉得他愿意用一种比记忆更有力量的东西来系住那一刻幸福的时光；他愿意再感觉到他的玛利亚回到他的身边，感到她的身体的热气和呼吸，而且他已经觉得仿佛在他的头上……

"尼可拉·彼得罗维奇，"费涅奇卡的声音在他的近旁唤道，"您在哪儿？"

他打了一个颤。他没有痛苦，也不觉得惭愧。……他从来就没有承认过他的妻子同费涅奇卡有比较的可能，可是他感到遗憾，费涅奇卡会想到在这个时候来找他。她的声音使他马上记起他的灰白色头发、他的老年和他现在的境况。……

① 法语："对不起，先生。"——原注。他应该说："对不起，小姐。"慌乱中，他讲错了。

他已经进入了的幻境，那个从过去的浓雾中间显露出来的幻境，动摇了——而且消灭了。

“我在这儿，”他答道，“我就来，你去吧。”一个思想在他的脑子里闪过：“又来了，绅士派头。”费涅奇卡不作声地把头探进凉亭看了他一眼，便不见了。他惊讶地发觉，他正在梦想的时候夜已经来了。四周都是黑沉沉的、静悄悄的。费涅奇卡的脸在他的眼前闪过去了，这么苍白，这么小。他懒洋洋地站起来，打算走回屋去，可是他那感伤的心不能够平静下来，他便在园子里信步走着，有时候沉思地看着脚下的土地，然后又抬起眼睛望那星星闪烁的天空。他走了好久，走得差不多疲乏了，而内心的烦扰，一种追求的、暗昧不明的、悒郁的烦扰依旧不曾平息。啊，要是巴扎罗夫知道这个时候他心里想些什么，他一定会笑他！连阿尔卡狄也会责备他。他，一个四十四岁的人，一个农业家，还是一家之主，流了眼泪，而且无缘无故地流了眼泪：这比拉大提琴更要糟一百倍了。

尼可拉·彼得罗维奇继续走着，还是不能够下决心走进宅子里去，走进那个和平、舒适的窝里去，虽然它的每一扇灯光明亮的窗户都在殷勤地招呼他；他没有力量离开这黑暗、这园子、这拂面的清新的空气，离开这悒郁、这烦扰……

在小路的转角，他遇见了巴威尔·彼得罗维奇。

“你有什么事情？”巴威尔问他道，“你脸色白得像一个鬼，你不舒服吧；为什么不去睡觉？”

尼可拉·彼得罗维奇简单地对他说明了自己的心境，便走了。巴威尔·彼得罗维奇走到园子的尽头，他也在沉思，也抬起眼睛望天。可是在他那一对美丽的黑眼睛里却只映着星光。他不是一个天生的浪漫主义者，他那种所谓高雅冷淡的、敏感的[1]心灵，带了一点儿法国式的孤僻厌世的味道，是不能够梦想的。……

“你知道吗？”这天夜里巴扎罗夫对阿尔卡狄说，“我有一个很好的想法。你父亲今天说他接到你们一个阔亲戚的邀请。你父亲不要去，让我们到某地走一趟吧；你知道那位先生也请了你的。你看得见这儿的天气变成什么样了，我们正好坐车走走，到城里去看看。我们玩它个五六天就够了！”

“你还要回这儿来吗？”

“不，我应当到我父亲那儿去了。你知道那儿离某地有三十里。我好久没有见到他了，我也好久没有见到我母亲了；我应当让老人家高兴高兴。他们都是好人，尤其是我父亲；他是怪有趣的。他们只有我这一个儿子。”

“你要同他们住好久吗？”

“我不想久住。自然那儿的生活是沉闷乏味的。”

“那么你回来的时候还到我们这儿来吗？”

“我不知道……等以后看吧。好吧，你觉得怎样？我们去不去？”

“照你的意思吧。”阿尔卡狄懒懒地答道。

他心里非常高兴他的朋友的提议，可是他觉得应该把自己的情感隐藏起来。他并没有白做了一个虚无主义者啊！

第二天他同巴扎罗夫一块儿到某地去了。玛利因诺的一班年轻人都舍不得跟他们分别；杜尼雅霞甚至哭了一场……可是上了年纪的人

---

① 依据 C. Garnett 英译本，原文意为“热情的”。

却感觉到呼吸畅快多了。

十二

我们的朋友们要去的某城，是在一个年轻省长的管辖下面，这个省长一方面是进步分子，另一方面又是专制官僚，这样的事在俄国倒是常有的。他就任不到一年，不但是跟本省首席贵族（那是一个退伍的近卫军骑兵上尉，养马专家，而且是一个非常好客的人）起了冲突，甚至还跟他的下属们闹过意见。这种争执越闹越厉害，连彼得堡的部里后来也觉得必须派一个可靠的人来就地调查一下。当局选派了玛特维·伊里奇·柯利雅津，他就是基尔沙诺夫两弟兄从前住在彼得堡的时候父亲拜托来照应他们的那位亲戚柯利雅津的儿子。他也是一个"年轻人"，这是说他过了四十岁还不久，可是他已经在准备做一个大政治家了，他的胸前每一边挂着一颗宝星——说实话，其中一颗宝星是外国的，而且不是高级的。他同他正要来查询的那个省长一样，也算是一个进步分子，虽然他已经是一个要人了，他却和大多数的要人不同。他把自己看得极高；他的虚荣心是没有边际的，可是他的举止简单、朴素，他喜欢用鼓励和赞许的眼光看人，听人讲话极虚心，而且常常笑得极其和蔼可亲，因此跟他初次认识的人甚至会把他认作"一个好极了的小伙子"。可是在紧要的关头他知道怎样，像俗话所说的，自吹自擂。"精力是很要紧的，"他在那种时候常说，"I'énergie est la première qualité d'un homme d'état;"[1]虽是这样，他却仍然常常受人

---

① 法语：精力是政治家的第一品质。——原注

玩弄，稍微有一点儿阅历的官吏便能够随便驾驭他。玛特维·伊里奇常常带着极大的敬意谈起基佐[1]；他竭力让所有的人都相信他不是一个循旧规办公事的、古板的人，也不是一个落后的旧官僚，而且社会生活的重要现象没有一个逃过他的注意。……这一类的话他已经讲得很熟了。他甚至还留心着现代文学的发展，不过他的确是带一种随随便便的傲慢态度来留意的；好像一个成年的人在街上遇到一群小孩子，他有时也会跟在他们后面走。玛特维·伊里奇其实并不比亚历山大一世时代的政治家进步多少，那班人去参加当时住在彼得堡的斯威契娜[2]的晚会之前，照例要在早晨念熟一页龚狄亚克[3]的书；不过玛特维·伊里奇的方法不同，他的方法更新颖。他是一个圆滑的朝臣，一个很狡猾的人，此外什么也没有了；他并不通晓事务，也缺乏才智，可是他知道怎样把自己的事情处理得很好：在这一点上没有一个人能够超过他，这本来是一件很重要的事。

玛特维·伊里奇接待阿尔卡狄的时候，显出了一般开通的高级官员所特有的一种殷勤，我们甚至可以说他还带了开玩笑的态度。可是他听说他所邀请的两位表兄躲在乡下不肯出来，他就奇怪起来了。“你爸爸素来就是个古怪的家伙。”他说着，一面玩弄他那件华丽的天鹅绒晨衣的穗子，他忽然又转过身来向着一个把普通制服扣得整整齐齐的青年官吏，露出非常关心的样子大声说：“什么？”那个年轻人因为沉

---

① 基佐（1787—1874），法国资产阶级的历史学家和反动政客，1847—1848 年二月革命担任法国内阁总理。

② 斯威契娜（1782—1859），俄国斯威钦将军的夫人。她是一个有神秘主义倾向的女作家，主要住在巴黎，她的客厅是亚历山大一世时代政客文人聚会的地方。

③ 龚狄亚克（1715—1780），法国启蒙哲学家。著有《感觉论》。

默了好久连嘴唇也粘住了，便站起来，不知所措地望着他的长官。可是玛特维·伊里奇把他的下属窘了一下之后，就不去理会他了。我们的高级官员向例喜欢大窘他们的下属；他们为了达到这个目的所用的方法种类甚多。在那些方法中间下面的一种用得最多，用英国话说来，便是“is quite a favourite”①：一位高级官员忽然连最简单的话也不懂了，他装作耳朵全聋了。譬如说，他会问：“今天是什么日子？”

那个下属便恭恭敬敬地报告：“今天是星期五，大……大……大人。”

“喂？什么？那是什么？您在讲什么？”这位高级官员非常注意地再问道。

“今天是星期五，大……大人。”

“怎么？什么？星期五是什么？什么星期五？”

“星期五，大……大……大人，一个星期里头的一天。”

“哼，什么，你想来教我吗？”

玛特维·伊里奇虽然自命为一个自由主义者，可是他究竟是一位高级官员。

“我劝你去见见省长，我的朋友，”他对阿尔卡狄说，“你明白，我劝你去并不是因为我还有那种应当尊敬当权者的旧思想，却只是因为省长是一个好人；而且你也许愿意到这儿的社交界去见识见识吧。……我想，你不是一只熊吧？他后天要举办一个盛大的跳舞会。”

“您去参加吗？”阿尔卡狄问道。

“他是为了欢迎我举办跳舞会的，”玛特维·伊里奇差不多露出了

① 英语：最喜欢用的。——原注

怜悯的神情答道，“你跳舞吗？”

“我会跳，不过跳得不好。”

“多可惜！这儿有的是漂亮女人，一个年轻人不跳舞是可耻的事。我又应当说明，我讲这种话并不是因为什么旧思想在作怪；我一点儿也不以为一个人的才智是生在他的脚上的，不过拜伦主义①是可笑的，il a fait son temps。②”

“可是舅舅，我并不是因为拜伦主义才……”

“我会把你介绍给这儿的太太小姐们，我会把你放在我的翅膀下面保护的，”玛特维·伊里奇打岔道，他得意地笑了起来，“你会觉得它很暖和，嗯？”

一个听差进来报告，省税务局长来了。这是一个眼光温和的老人，嘴边有一些深的皱纹，他非常爱好大自然，尤其喜欢夏天里的，照他自己说来，在那个时候“每只忙碌的小蜜蜂从每朵小花那儿接收一点儿小小的贿赂”。阿尔卡狄便告辞出来。

他回到他们住的那个旅馆里，看见巴扎罗夫，他费了许多唇舌劝这个朋友跟他一块儿去见省长。“好，只好这样了，”巴扎罗夫最后说，“一不做，二不休。我们是来参观这儿的绅士的，那么我们就去参观他们吧。”

省长很谦和地接见这两个年轻人，可是他并没有请他们坐下，他自己也不坐。他没有一刻不是慌慌忙忙的；早晨他喜欢穿一身窄小的普通制服，打一根特别紧的领结：他总是没有工夫吃饱、喝够，一直不

---

① 这里也许兼指拜伦跛脚，不善跳舞的事。
② 法语：这是过时的了。——原注

停地发号施令。衙门里的人叫他做“布尔达路”，这个绰号并不是从那个有名的法国传教士[①]来的，却是从“布尔达[②]”这个字眼来的。他邀请基尔沙诺夫和巴扎罗夫参加他的跳舞会，过了几分钟，他又把邀请的话说了一遍，他认为他们是两弟兄，把他们都叫作凯依沙罗夫。

他们从省长衙门里出来，路上忽然看见一个穿斯拉夫派[③]爱穿的轻骑兵的短外衣[④]的矮小男子，从一辆走过他们身边的出租的敞篷马车上跳下，口里嚷着：“叶夫盖尼·瓦西里以奇！”便朝巴扎罗夫奔来。

“啊，这是您，赫尔[⑤]西特尼科夫，”巴扎罗夫说，他仍然在人行道上往前走，“您怎么会到这儿来的！”

“真想不到，完全偶然的事。”他答道，又转身向马车挥了五六下手，大声说：“跟着，跟着我们来！”然后他对巴扎罗夫说，一面跳过了小水沟：“我父亲在这儿有事情，所以他要我来。……我今天听说您到了，我已经去看过您了。……(这两个朋友回到旅馆里，果然看见一张折了角的名片，印着西特尼科夫的姓名，一面是法文，一面是斯拉夫文字。)我希望您不是从省长那儿来的吧？”

“不必希望了，我们正是从他那儿来的。”

“啊！ 那么我也要到他那儿去一趟。……叶夫盖尼·瓦西里以

---

① 指布尔达路爱(1632—1704)，法国部耳日耶稣会传道士，他的传道演讲于19世纪初翻译成俄文。
② 一种浑浊无味的饮料。
③ 斯拉夫派是19世纪中叶俄国社会思潮中的一个流派，这一派断言，俄国社会的发展道路不同于西欧，因为俄国存在着农村公社和东正教，俄国的国家政权是同人民“融洽无间”的。斯拉夫派在农民问题上采取自由主义的立场，一方面他们主张农民要有人身自由，赞成自上而下地废除农奴制，重视农民的作用，并且大力搜集和研究民间口头创作，但另一方面他们又拥护专制制度和地主土地所有制。
④ 匈牙利一种有细带的短外衣。
⑤ 德语：先生。

奇，把我介绍给您的……给这位……”

“西特尼科夫，基尔沙诺夫。”巴扎罗夫含含糊糊地说，并不停下来。

“荣幸极了，”西特尼科夫一面说，一面侧起身子走着，脸上带笑，而且连忙取下他那双过于漂亮的手套，“我听见讲起您好多回了……我是叶夫盖尼·瓦西里以奇的一个老朋友，还可以说是他的学生。我是靠了他才得到新生的……”

阿尔卡狄望着巴扎罗夫的学生。这张小而不讨厌的、刮得干干净净的脸上露出一种慌张而又愚蠢的表情；他那一对小眼睛看起来好像是给压进去了似的，它们注意地而且局促不安地望着人，他的笑声也是局促不安的——一种短短的、木头似的笑声。

“您会不会相信，”他接下去说，“叶夫盖尼·瓦西里以奇头一回在我面前讲起不应当承认任何权威的时候，我真是高兴极了……好像我的眼睛又突然睁开了似的！我想我到底找到一个真正的人了！哦，叶夫盖尼·瓦西里以奇，您一定要去见见这儿的一位女士，她完全可以了解您，要是您肯去拜访她，她一定会当作一桩了不起的喜事；我想，您已经听人讲过她了？”

“这是谁？”巴扎罗夫不乐意地问了一句。

“库克希娜，Eudoxie[①]，叶夫多克西雅·库克希娜。她是一个很了不起的人物，真正可以说是 emancipée[②]，一个进步的女子。您知道吗？现在我们大家一块儿去看她吧。她的住处离这儿只有两步路。我

① 法语：艾夫多克西。——原注
② 法语：解放的女性。——原注

们在她那儿吃早饭。我想你们两位还没有用过早饭吧？”

“还没有。”

“那么，好极了。您明白她已经跟她丈夫分居了；她不依靠任何人。”

“她漂亮吗？”巴扎罗夫插嘴问道。

“唔……不，这说不上。”

“那么您叫我们去看她干什么呢？”

“啊，您真会开玩笑……她会给我们开一瓶香槟。”

“原来是这样。可见您真是一个实际的人。啊，您父亲还在干包税的事吗？”

“在干，”西特尼科夫连忙答道，又发出一阵尖声的笑，“好吧，我们去吗？”

“我实在不知道要不要去。”

“你是来观察人的，去吧。”阿尔卡狄小声说。

“您怎样呢，基尔沙诺夫先生？”西特尼科夫插嘴说，“请您也去；没有您，我们也不成。”

“可是我们怎么可以三个人一块儿突然跑到她那儿去呢？”

“不要紧！ 库克希娜是一个妙人。”

“真是一瓶香槟吗？”巴扎罗夫问道。

“三瓶！”西特尼科夫嚷道。“我可以担保。”

“拿什么来担保？”

“我自己的脑袋。”

“还是拿你爸爸的钱袋来担保的好。那么我们去吧。”

十三

阿夫多契雅（或叶夫多克西雅）· 尼基契西娜 · 库克希娜住的那所小小的莫斯科式的公馆是在某城的一条新近火烧过的街上（我们那些省城每五年要火烧一次：这是尽人皆知的事实）。门上歪歪斜斜地钉着一张名片，在名片上头不远的地方有一个拉铃的把手。来访的客人走进穿堂便遇到一个女人，她既不像一个用人，又不像陪伴女人[①]，头上还戴着一顶女人在家戴的小帽——这很明显地表示这家的主妇是有进步倾向的。西特尼科夫问，阿夫多契雅 · 尼基契西娜是不是在家。

“是您吗，Victor[②]？”隔壁房里传出一个尖细的声音。“进来吧。”

戴小帽的女人马上不见了。

“我不只一个人。”西特尼科夫说，他大胆地看了巴扎罗夫和阿尔卡狄一眼，很快地脱下他的短外衣，下面露出一件又像背心又像西装上衣的衣服。

“不要紧，”一个声音答道，“Entrez[③]。”

三个年轻人走了进去。他们走进的屋子与其说是客厅，还不如说是工作室倒更恰当。文件、书信、一本一本厚厚的俄文杂志（一大半杂志的篇页都是没有裁过的）凌乱地堆在那些满是灰尘的桌子上；地上到

---

① 指一些穷贵族的妇女，寄食在有钱的贵族家里，靠女主人的恩惠生活。像陪女主人消遣，高声念书给女主人听等等都是她们的日常工作。
② 法语：维克多。西特尼科夫的名字。
③ 法语：进来。——原注

处都是白色的香烟头。一个年纪不大的太太斜靠在一张皮沙发上面。她一头淡黄色头发还是乱蓬蓬的；她穿了一件不太干净的绸衫，短短的胳膊上戴着一串粗粗的镯子，一方挑花帕子包在她的头上。她从沙发上站起来，随手拿了一件配着已经发黄的银鼠皮里子的天鹅绒小外套，披在肩头，懒洋洋地说："您好，Victor，"接着跟西特尼科夫握了手。

"巴扎罗夫，基尔沙诺夫。"他学巴扎罗夫的样子简短地介绍道。

"欢迎，"库克希娜说，她的圆圆的眼睛望着巴扎罗夫，两只眼睛中间挂着一个孤零零的小而发红的朝天鼻子，"我知道您。"她又说，也跟他握了手。

巴扎罗夫皱起眉头。这个面貌并不好看、身材瘦小的解放的妇女并不怎样叫人讨厌；可是她脸上的表情却给人一个不愉快的印象。人不由得想问她："究竟有什么事？ 您饿了吗？ 还是厌烦吗？ 还是不好意思吗？ 您为什么这样坐立不安的？"她和西特尼科夫一样，老是带一种心神不定的样子。她讲话、动作，都没有一点儿拘束，但同时又很笨拙；她显然认定自己是一个善良、朴实的人，可是她的一举一动都叫人觉得这并不是出自她的本心；她所做的任何事情，都是像一般小孩所说的那样："故意做出来的"，那就是说，既不朴实，也不自然。

"是的，是的，我知道您，巴扎罗夫，"她又说了一遍(她也有着许多外省的和莫斯科的太太们所特有的一种跟人初次见面就称姓的习惯)，"要不要抽一支雪茄？"

"雪茄当然很好，"西特尼科夫插嘴说，他已经翘起脚懒洋洋地坐在一把扶手椅里了，"可是请给我们预备点儿早饭吧。我们实在饿得很，并且请吩咐他们给我们开一小瓶香槟。"

“爱享受的人，”叶夫多克西雅说，她笑了（她笑的时候连上牙的牙龈也露了出来），“巴扎罗夫，他是一个爱享受的人，对不对？”

“我喜欢生活得舒适，”西特尼科夫神气地说，“这并不妨碍我做一个自由主义者。”

“不是这样，它妨碍的；它真妨碍的！”叶夫多克西雅大声说。可是她仍然吩咐女用人去预备早饭和香槟酒。她又转身向着巴扎罗夫，问道：

“您的意见怎样？我相信您赞成我的意见。”

“啊，不，”巴扎罗夫答道，“就是从化学的观点讲起来，一块肉也要比一块面包好。”

“您是研究化学的吗？那正是我心爱的东西。我自己还发明了一种胶泥。”

“一种胶泥？您吗？”

“是的，我。您知道作什么用吗？做洋娃娃，它们的头就不容易弄破。您看，我也是很实际的。可是还没有完全弄好。我还得念利比黑呢。哦，您念过基斯利雅科夫在《莫斯科新闻》①上发表的那篇论妇女劳动的文章吗？请您念它一遍。我想您对妇女问题一定感兴趣吧？您对学校也感兴趣吧？您这位朋友怎样？他叫什么名字？”

库克兴夫人故意装出漫不经心的神气，接连**发出**这一句一句的问话，也不等别人回答，好像娇养惯了的小孩对他们的奶妈讲话一样。

“我叫阿尔卡狄·尼可拉以奇·基尔沙诺夫，”阿尔卡狄说，“我

① 《莫斯科新闻》，官方报纸，1756年创刊。从19世纪60年代起采取了最反动的地主阶级的立场。

什么事也不做。”

叶夫多克西雅大声笑起来。“多漂亮！ 怎么，您不抽烟吗？ 喂，维克多，您知道我正在生您的气呢。”

“为什么？”

“我听人说您又在恭维乔治·桑[1]了。她不过是一个落后的女人，再没有别的！ 人怎么能够拿她跟爱默生[2]相比呢？ 她不懂教育，也不懂生理学，她什么都不懂。我相信她从来没有听见过胚胎学这个名词；在我们这个时代——没有胚胎学怎么成呢？（叶夫多克西雅甚至张开两手舞起来。）叶利谢维奇关于这个问题写了一篇很好的文章！ 他是一位天才的先生。（叶夫多克西雅习惯用“先生”来代替“人”的字眼。）巴扎罗夫，坐到沙发上我旁边来。您也许不知道，我很害怕您。”

“为什么呢？ 请问。”

“您是一个危险的先生：您是一个非常苛刻的批评家。上帝啊！多可笑，我讲话就像乡野地方的地主太太。不过我倒真是一个地主太太。我自己管理我的田产，您想一想，我那个管理人叶罗费是一种古怪的人，就跟库珀的拓荒者[3]一样，他是个不用脑筋的粗人。我后来就在这儿长住下来了；这座城真叫人受不了，是不是？ 可是我又有什么办法呢？”

“这座城同每座城一样。”巴扎罗夫冷冷地答道。

“这儿的人关心的都是那些极小的事，那是最可怕的！ 我以前总

---

① 乔治·桑（1804—1876），法国女作家。浪漫主义中民主派的代表。
② 爱默生（1803—1882），美国作家和唯心主义哲学家。
③ 库珀（1789—1851），美国小说家，著有描写北美殖民地化的著名连续长篇小说，总书名叫做《皮袜子故事集》，《拓荒者》是其中的一本，同时也是那本小说的主人公的别名。

是到莫斯科去过冬天，……可是现在我那位宝贝丈夫麦歇[1]库克兴住在那儿。而且莫斯科现在——呵，我不知道要怎样说才好——它也不是从前那个样子了。我想到外国去，去年我差一点儿就动身了。”

“当然，是到巴黎去吧？”巴扎罗夫问道。

“到巴黎和海德堡。”

“为什么要到海德堡？”

“对不起！唔，朋孙[2]在那儿！”

这句话叫巴扎罗夫回答不出来了。

“Pierre[3]·沙波日尼科夫……您认识他吗？”

“不，我不认识。”

“对不起！Pierre·沙波日尼科夫……他老是在丽季雅·霍斯达多娃家里。”

“我也不认识她。”

“唔，就是他答应陪我去。谢谢上帝，我是自由的；我没有儿女。……我说了什么：**谢谢上帝！**不过这是不要紧的。”

叶夫多克西雅用她那被烟草熏成棕色的手指卷好一支香烟，用舌头舐了一下，吸了吸，然后点燃它抽起来。女用人端了一个托盘走进来。

“啊，早饭端来了！你们要不要吃一点儿？维克多，开酒瓶；这是您的事情。”

---

① 法语：先生。
② 朋孙（1811—1899），德国化学家。1852 年到 1889 年中间在海德堡大学教书。
③ 法语：彼也尔，即彼得。

“我的事，我的事。”西特尼科夫喃喃地说，他尖声笑起来。

“这儿有什么漂亮的女人吗？”巴扎罗夫喝光了第三杯，问道。

“有倒是有的，”叶夫多克西雅答道，“可是她们脑子里什么东西都没有。比如 mon amie[①] 奥津左娃就不难看。可惜她的名誉有点儿……不过这没有多大关系，只是她没有独立的见解，没有开阔的胸襟……什么都没有。整个教育制度需要改革。我已经把这个问题仔细地想过了：我们女人简直没有受到好教育。”

“她们简直无法可想，”西特尼科夫插嘴说，“她们应当受人轻视，我就完完全全地瞧不起她们！（西特尼科夫平日只要有轻视别人的机会，无论是心里感到或口头说出，他都会觉得非常舒服，他尤其喜欢攻击女人，他决没有想到几个月以后命运会叫他拜倒在他妻子的脚下，只因为她是一个杜尔多列奥索夫公爵家的小姐。）她们里头就找不出一个听得懂我们谈话的人；没有一个值得我们这种正派人口里讲起的。”

“可是她们完全没有必要来听懂我们的谈话。”巴扎罗夫说。

“您在讲谁？”叶夫多克西雅问道。

“漂亮的女人。”

“什么？那么您赞成蒲鲁东[②]的意见吗？”

巴扎罗夫骄傲地挺起身子。“我不赞成任何人的意见；我有我自己的。”

“打倒一切权威！”西特尼科夫嚷道，他很高兴现在得到了一个机

① 法语：我的女朋友。——原注

② 蒲鲁东（1809—1865），法国小资产阶级经济学家和社会学家，无政府主义的创始人之一。反对妇女解放，主张妇女的天职是做母亲和管理家务。

会在他所崇拜的人面前痛快地发表他自己的见解。

“可是连麦考莱[①]本人……”库克希娜说。

“打倒马可来，”西特尼科夫大声叫起来，“您要替那些无聊的女人辩护吗？”

“我不是替无聊的女人辩护，我替女权辩护，我发过誓要流尽我最后一滴血来拥护女权。”

“打倒！”不过西特尼科夫马上又打住了，“可是我并不否认女权，”他又说。

“不，我明白，您是一个斯拉夫派。”

“不，我不是一个斯拉夫派，不过当然……”

“不！不！不！您是一个斯拉夫派。您是《家训》[②]的信徒。您手里应当捏一根鞭子。”

“鞭子是一个很好的东西，”巴扎罗夫说，“可是我们已经到了最后一滴了。”

“最后一滴什么？”叶夫多克西雅问道。

“最后一滴香槟酒，最可尊敬的阿夫多契雅·尼基契西娜，是最后一滴香槟酒——不是您最后一滴血。”

“我听见人攻击女人的时候，我就不能够漠不关心地听下去，”叶夫多克西雅继续说，“这太可怕了，太可怕了。您与其攻击女人，还不

---

① 麦考莱（1800—1859），英国自由主义的历史学家、政论家和政治家。主要著作有《英国史》（1848—1855）。

② 《家训》是16世纪的一本俄国书，据说是伊凡雷帝年轻时候的忏悔师西尔威斯特教士写的，内容无非教人怎样治家，男人怎样严厉对付妻子等等。

如去念米席勒[1]的《De l'amour》[2]。那是一本很好的书！先生们，我们还是来谈爱情吧。”叶夫多克西雅又说，她懒洋洋地把一只手放在压皱了的沙发垫子上面。

突然间大家都不做声了。

“不，为什么要谈爱情呢，”巴扎罗夫说，“可是您刚才讲起一位奥津左娃，……好像您是这样地称呼她吧？这位太太是谁呢？”

“她是很娇美的，娇美的！”西特尼科夫尖声说。“我要给您介绍。聪明，有钱，又是一个寡妇。可惜她还不够进步；她应当多跟我们的叶夫多克西雅亲近。Eudoxie，为您的健康干一杯！让我们来碰碰杯！Et toc，et toc，et tin-tin-tin！Et toc，et toc，et tin-tin-tin！！！（嗳独，嗳独，嗳丁——丁——丁！嗳独，嗳独，嗳丁——丁——丁！！！）”[3]

“Victor，您是个坏东西。”

这顿早饭吃了很久。第一瓶香槟之后接着第二瓶，第三瓶，甚至第四瓶……叶夫多克西雅一直讲个不停；西特尼科夫附和着她。他们讨论得最久的问题是——婚姻究竟是一种偏见呢，还是一种罪行；人们是不是生来平等的；个性究竟是什么东西等等。叶夫多克西雅后来喝得一脸通红，她的扁平的指尖打着一个音节失调的钢琴的键盘，她声音嘶哑地唱起歌来，起初唱着茨冈[4]的歌子，以后又唱色摩尔-希弗[5]的抒情歌《瞌睡的格拉纳达睡着了》；西特尼科夫把一条围巾包在头上，扮

---

① 米席勒(1798—1874)，法国历史学家。
② 法语：《爱情论》，1859 年出版。
③ 这是用法国腔摹仿的碰杯的声音。
④ 茨冈，或译吉卜赛人，源出印度，现在散居俄罗斯、土耳其、匈牙利、西班牙等处的流浪民族。
⑤ 色摩尔-希弗，欧洲作曲家，钢琴家，19 世纪中期不止一次地到俄国举办演奏会。

着死去的恋人。她唱道：

> 你的嘴唇亲着我的，
> 接一个热烈的吻……

阿尔卡狄实在忍耐不下去了。“诸位，这快要变成疯人院了。”他高声说。

巴扎罗夫这些时候只顾喝香槟，不过偶尔插进一句挖苦的话，他大声打了一个呵欠，站起来，也不向女主人告辞，就同阿尔卡狄一块儿走了。西特尼科夫跳起来，跟着他们出去。

“喂，怎样，喂，怎样？”他问道，一面讨好地在他们的左右两边跳来跳去，“我不是跟你们讲过，她是个了不起的人物吗！我们得多有几个这样的女人！像她这种性质的女人实在是一个崇高道德的现象。”

“那么你爸爸那个铺子也是一个道德的现象吗？”巴扎罗夫指着他们正走过的一家酒铺说。

西特尼科夫又尖声地笑起来。他平素总觉得自己的出身很不体面，因此他对于巴扎罗夫的这种突如其来的**亲密**（巴扎罗夫不用“您”却用“你”称呼他），便不知道应该引以为荣呢，还是应该生气。

十四

几天以后省长家里的跳舞会举行了。玛特维·伊里奇是这个舞会的真正的“主角”。本省首席贵族逢人便说他只是为了尊敬玛特维才来的，而省长呢，就是在跳舞会中，虽然他动也不动一下，却仍然不停地“发号施令”。玛特维·伊里奇的态度的和蔼同尊严相等。他对待所有的人都很殷勤，只是对某一些人带一点儿厌恶，对另一些人多一点儿尊敬罢了。他在太太小姐面前总是 en vrai chevalier francais① 献殷勤，他还时时发出一阵爽朗、响亮、干脆的笑声，这种笑声也是跟一位高级官员的身份相称的。他拍拍阿尔卡狄的背，高声唤他“亲爱的外甥”；对那个穿了一件相当旧的礼服的巴扎罗夫，他不过顺便赏赐一瞥心不在焉的、俯就的斜视，吐出一句含含糊糊的客气话，不过这全是喉音，只听得出“我”同“很”这两个字；他伸了一根手指给西特尼科夫，对他笑了笑，可是他的头已经掉向别处去了；便是对库克希娜（她参加跳舞会也没有穿上硬的撑裙，还戴一副脏手套，头发上戴了一只极乐鸟），他也说了一声“enchanté”②。到会的人很多，跳舞的男客也不少；文官大都挤在墙边，军官们跳得很起劲，特别是一个在巴黎住过六个星期的人，他学会了种种下流的感叹词，如“Zut”，“Ah fichtrrre”，“Pst，pst，mon bibi”③等等。他念音非常准确，是纯粹的巴黎腔，同时他又把“sij'aurais”当作“sij'avais”用④；把“absolument”（绝对）当作“一定”解释，事实上他说的是那种大俄罗斯的法国土话，给法国人听见了，要是他们觉得用不着恭维我们说我们讲法国话跟天使一样，“comme des anges”⑤的话，他们是会捧腹大笑的。

我们已经知道阿尔卡狄不大会跳舞，巴扎罗夫却完全不会：他们

① 法语：像真正的法国骑士那样。——原注
② 法语：很荣幸。——原注
③ 法语：“讨厌”，“见鬼”，“嘘，嘘，我的小乖乖”。——原注
④ 把“倘使我有”的假定式当作过去进行式。
⑤ 法语：讲得十二分地好。——原注

两个人便站在一个角落里，西特尼科夫也到这儿来了。他的脸上带着轻蔑的冷笑，口里任意发出刻毒的批评，他傲慢地向四处张望，好像真正感到愉快似的。突然他变了脸色，转过脸向着阿尔卡狄，好像很窘地说："奥津左娃来了！"

阿尔卡狄掉头望去，看见一个身材高高的女人穿着一身黑衣服，站在厅子门口。她的高贵的举止引起了他的注意。她那两只下垂的光洁的膀子给她的非常匀称的身体添了几分美丽；两三小枝吊金钟花跟着她那光泽的柔发优美地垂到微斜的肩头；一对明亮的眼睛在一个稍微突出的雪白的前额下露出来，带着一种安静的、敏慧的表情(这的的确确是安静的，不是若有所思的)，几乎觉察不到的微笑留在她的嘴唇上。她的脸上显露出一种亲切而温柔的力量。

"您认得她吗？"阿尔卡狄问西特尼科夫道。

"很熟。您要我给您介绍吗？"

"请您介绍吧……等这次四组舞跳完以后。"

巴扎罗夫也注意到了奥津左娃。

"这女人是谁啊？"他说，"跟别的女人完全不同。"

等着四组舞一停，西特尼科夫便带着阿尔卡狄去见奥津左娃；可是他并不像是同她很熟的样子；他窘得连话也说不上来了，她带一点儿惊讶地望着他。不过她听到阿尔卡狄的姓，脸上立刻现出高兴的神色。她问他是不是尼可拉·彼得罗维奇的儿子。

"正是。"

"我见过您父亲两次，又常常听见人谈起他，"她接着说，"我很高兴跟您认识。"

这个时候一个副官跑过来，要求她同跳四组舞。她答应了。

“那么您也跳舞吗？”阿尔卡狄恭敬地问道。

“是的，我跳舞。可是为什么您以为我不跳舞呢？您觉得我太老了吗？”

“哪儿的话，您怎么能够……那么我求您答应同我跳一次玛祖卡舞吧。”

奥津左娃温柔地笑了笑。

“好。”她说，她看了阿尔卡狄一眼，眼里的表情并不能说是高傲，不过像一个结了婚的姐姐在看一个年纪很轻的弟弟那样。

奥津左娃比阿尔卡狄大不了几岁，她刚二十九岁，可是他在她面前，却觉得自己不过是一个小学生，一个没有经验的大学生，因此他们中间年龄的相差显得更大一些。玛特维·伊里奇带着庄严的神气和奉承的话走到她身边来。阿尔卡狄退在一边，可是依旧留心看她：便是在她跳四组舞的时候他的眼睛也没有离开她。她跟她的舞伴讲话就像她跟那位大官讲话一样，态度非常自然，她轻轻地动她的头和眼睛，她轻轻地笑了两三次。她的鼻子跟差不多所有的俄国人的鼻子一样，略有一点儿肥大；她的肤色并不十分白净，可是阿尔卡狄不管这些，他仍然断定他从来没有见过像这样一个动人的女子。她的声音老是在他的耳边萦绕；连她的衣服的褶痕在她身上也跟在别的女人身上有些差别似的，在她身上便显得更调和，更飘逸，并且她的举止也是特别地从容而又自然。

玛祖卡舞的曲子刚奏起来，阿尔卡狄在他的舞伴旁边坐下的时候，他觉得心里有点儿胆怯；他早已准备好跟她谈话，可是他只有伸手去摸头发，找不出一句话来说。不过他的害怕和激动并没有延长多久，奥津左娃的安静也传染给他了；不到一刻钟的工夫，他就毫无拘束地跟她谈到他的父亲、他的伯父，以及他在彼得堡和在乡下的生活。奥津左娃带着客气的注意听他讲话，轻轻地张开或者阖上她的扇子；有时客人们来请她去跳舞，他那唠唠叨叨的话便中断了；单是西特尼科夫就来请过她两次。她回来，又在原处坐下，拿起她的扇子，她的胸脯也并不跳得更急；阿尔卡狄又谈起来，渐渐地感到在她身边，跟她谈话，看她的眼睛，看她的可爱的前额，看她那美丽、端庄、聪慧的脸，这是多大的幸福。她讲话不多，可是她的话里流露出她的生活的知识；从她的某一些话，阿尔卡狄便断定这个年轻女人已经感到并且想到很多了。……

"西特尼科夫先生带您到我这儿来的时候，跟您站在一块儿的那个人是谁？"她问他道。

"您注意到他吗？"阿尔卡狄反转来问道。"他的相貌很不错，是不是？ 他叫做巴扎罗夫，我的朋友。"

阿尔卡狄便谈起他的"朋友"来。

他讲得这样详细，这样热心，所以奥津左娃不由得掉过头向着他，注意地望了他。这时候玛祖卡舞快完了。阿尔卡狄惋惜着就要跟他的舞伴分开；他同她在一块儿过了差不多一个钟点，过得这么快乐！ 固然他自始至终都觉得她好像是在俯就他，他好像应当感激她似的……可是这种感觉不会叫年轻的心痛苦。

乐声停止了。

"Merci[①]，"奥津左娃说，便站起来，"您答应了来看我的；那么把您的朋友也带来。我很想见见这位有胆量对什么都不相信的人。"

---

① 法语：谢谢。

省长走到奥津左娃面前，说晚餐已经预备好了，他带着有心事的面容把胳膊伸给她。她临去的时候，还回过头来对阿尔卡狄最后地笑一笑，点一个头。他深深地鞠了一个躬，呆呆地望着她的背影，（她那闪着银灰色光辉的黑绸子裹身的体态在他的眼里显得多窈窕！）他心里想："这个时候她已经忘了我的存在了。"他的心灵中有了一种高雅的谦卑的感觉。……

"喂，怎样？"阿尔卡狄回到巴扎罗夫的那个角落里，巴扎罗夫马上问他道。"你玩得好吗？一个绅士刚刚跟我谈过，说那位太太是——哦—哦—哦！不过我觉得那个绅士是一个傻瓜。依你看来，她真是——哦—哦—哦吗？"

"我不大明白那是什么意思，"阿尔卡狄答道。

"什么！多么天真！"

"那么，我就不懂你那位绅士了。奥津左娃很可爱——这是用不着争论的，不过她是那么冷，并且又是那么严肃，所以……"

"静止的水里①……你知道！"巴扎罗夫插嘴说。"你说她冷，味道就在这里头。我想你喜欢冰淇淋吧。"

"也许是的，"阿尔卡狄喃喃地说。"我不能下一个判断。她想认识你，要我带你去看她。"

"我可以想象到你把我怎样地形容了一番。不过你干得很好。带我去吧。不管她是什么人——她只是一个外省的女王也好，或者像库克希娜那样的'解放的女性'也好，至少她那对肩膀是我好久没有看到的。"

① 俄谚："静止的水里有鬼。"意思是：表面正经心里坏。

巴扎罗夫的冷言冷语伤害了阿尔卡狄，可是事情往往这样，阿尔卡狄责备巴扎罗夫的地方却并不是他不喜欢巴扎罗夫的地方。……

“你为什么不肯承认女人有思想的自由呢？”他低声问道。

“因为，小兄弟，据我看来，在女人中间只有一些怪物才自由地思想。”

他们的谈话到这儿就结束了。吃过晚饭以后，这两个年轻人马上告辞走了。一阵神经质的、恶意的、但又有点儿胆怯的笑声跟在他们后面，那是库克希娜的；她的虚荣心大大地受伤了，因为这个晚上他们两个人谁也没有理过她。她在跳舞会里耽搁得最久，到早晨四点钟她还同西特尼科夫跳了一次巴黎式的波尔卡-玛祖卡舞。这个有启发性的表演便是省长的舞会的最后一个节目了。

十五

“让我们来看看这位人物是属于哺乳动物的哪一种类，”第二天巴扎罗夫对阿尔卡狄说，那个时候他们正走上奥津左娃住的旅馆的楼梯，“我的鼻子闻着这儿有点儿不对。”

“我想不到你会是这样！”阿尔卡狄大声说，“怎么？你，你，巴扎罗夫，会有狭隘的道德观念……”

“你真是古怪的家伙！”巴扎罗夫毫不在意地打断了他的话，“难道你不知道照我们的讲法，而且在我们这种人的中间，‘有点儿不对’就是‘有点儿对’的意思吗？这就是说，有好处。你今天不是对我讲过她的婚姻奇怪吗？不过据我看来，嫁给一个有钱的老头子，并不是一件奇怪的事，反倒是很有见识的。我不相信城里一般人的闲话；不过我倒愿意承认，用我们这位高明的省长的话来说吧，这是不错的。”

阿尔卡狄并不回答，他敲起房门来。一个穿号衣的年轻听差把这两个朋友引进一个宽大的房间，这跟所有俄国旅馆的房间一样，陈设并不好；不过房里到处都是鲜花。不多久奥津左娃穿着一件朴素的早晨的便衣出来了。她在春天的阳光里看起来似乎年轻多了。阿尔卡狄介绍了巴扎罗夫，他暗暗吃惊地发觉巴扎罗夫好像有一点儿局促不安的样子，而奥津左娃却和前一天一样，非常安静。巴扎罗夫自己也感觉到了他的局促不安，便生起气来。“这像什么话！——怕起女人来了！”他想道，他居然像西特尼科夫那样懒洋洋地坐在一把扶手椅里，装出非常自然的神气谈起来，奥津左娃那对明亮的眼睛始终没有离开他的脸。

安娜·谢尔盖叶夫娜·奥津左娃是谢尔盖·尼可拉叶维奇·洛克捷夫的女儿，她的父亲是一个著名的美男子、投机家和赌徒，他在彼得堡和莫斯科足足出了十五年的风头，结果把财产输光了，不得不搬到乡下去住，没过多久他便死在乡下，留下一份很小的遗产给两个女儿——二十岁的安娜和十二岁[①]的卡捷林娜。她们的母亲是中落的赫公爵家里的一位小姐，她在她丈夫的全盛时期中病死在彼得堡。在父亲逝世以后，安娜的处境非常苦。她在彼得堡受的那种出色的教育并不适宜于料理田地和家务的琐事——更不宜于过乡间的无聊岁月。在这个地方她连一个人也不认识，没有一个她可以去商量请教的人。她的父亲活着的时候竭力避免跟邻舍来往；他看不起他们，他们也看不起他，

---

① “十二岁”恐是“九岁”之误，因为根据 14 章和 16 章来说，安娜比卡契雅实际上长 11 岁。请参看 16 章中的一个注。

各人有各人的道理。然而就是在这个时候她也并不慌张，她马上请了母亲的姐姐阿夫多契雅·司捷潘诺夫娜·赫公爵夫人来。这个刻薄、傲慢的老太太来的那天就把宅子里几间最好的屋子占据了，而且从早到晚，总是在骂人诉苦；不说出门，就是到花园里散散步，她也要叫她那个唯一的农奴跟随伺候，这个整天板面孔的听差穿一件破旧的、浅蓝色滚边的、豌豆绿的号衣，戴一顶三角帽。安娜耐心地忍受她姨母的一切的怪脾气，按部就班地安排她妹妹的教育；并且似乎已经死了心准备在偏僻的乡下过一辈子了……可是命运却给她安排了另一种生活。她偶然被一个四十六岁的大富翁奥津左夫看见了，那是一个古怪的忧郁病患者，身体肥胖，不灵活，性情固执，可是人并不愚蠢，脾气也不坏；他爱上了她，向她求婚。她答应嫁给他，他跟她一块儿生活了六年，临死把全部财产都遗留给她。在他死后安娜·谢尔盖叶夫娜还在乡下差不多住了一年，后来她带着她妹妹到外国去游历，可是只到了德国；她厌烦了，便回到国内，住在她心爱的村子尼可尔斯柯耶，那地方离某城有四十里的光景。在那儿她有一所富丽堂皇、陈设精致的宅子，还有一个美丽的花园，园里修建了一些温室；她那个亡故的丈夫在满足自己的欲望这方面是不惜花钱的。安娜·谢尔盖叶夫娜很少进城，总是有事情才去，就是去了也住不久。省城里的人都不喜欢她；她跟奥津左夫结婚的事引起了很多人的攻击，外面流传着种种关于她的谣言，说她曾经帮助父亲在赌钱时作弊，说她到外国去也有特别的原因，她不得不出去掩饰那不幸的结果。①……“您明白了吧？”那些愤怒的散布谣言的人最后结束道。“她是经过了水火的呢，”有些人这样

① 大概是说她有了外遇，去外国生小孩儿。

批评她；省城里一个著名的爱讲俏皮话的才子常常加上一句："也经过铜管呢。"[①]这些话传到她的耳朵里，她却当作没有听见似的，因为她有着独立的和相当坚决的性格。

奥津左娃靠在椅背上，把一只手放在另一只手上面，一面听巴扎罗夫讲话。他这天跟他往常的习惯相反，讲了相当多的话，而且显然想引起她的兴趣——这又是叫阿尔卡狄吃惊的。他并不能够断定巴扎罗夫有没有达到目的。从安娜·谢尔盖叶夫娜的脸上，他很难看出巴扎罗夫给了她什么样的印象：她脸上仍旧保持着亲切的、优雅的表情；她那美丽的双目因了注意而闪光，但这却是不动感情的注意。巴扎罗夫的不自然的态度起初给了她一种不好的印象，就像是一股不好闻的气味，或者一个刺耳的声音，可是她立刻明白他只是局促不安，因此她反而得意起来。她最厌恶庸俗，可是没有一个人能够拿庸俗来责备巴扎罗夫。这天阿尔卡狄接连地看到了许多奇怪的事情。他以为巴扎罗夫对着奥津左娃那样聪明的女人一定会谈论他的主张和见解了：她自己也表示过愿意听这个"有胆量对什么都不相信的人"谈话的，可是巴扎罗夫并不谈那些，却只谈医学，谈顺势疗法，谈植物学。他们发觉奥津左娃并没有在孤寂中虚度她的光阴：她读了不少好书，而且会说一口正确、流利的俄国话[②]。她谈到音乐，可是看见巴扎罗夫不承认艺术，她又很自然地把话题拉回到植物学上面，也不顾阿尔卡狄已经开始在大谈民歌旋律的价值了。奥津左娃把阿尔卡狄当作一个弟弟；她似乎很喜欢他的温厚和年轻人的单纯——但也就仅于此了。他们从容地、活

① 俄谚，有"饱经沧桑"，"什么事都干过"的意思。
② 当时俄国上流社会中的人习惯讲法国话（其次是德国话），只有对家仆等等才完全说俄国话。

泼地足足谈了三个多小时，而且话题时常变换。

最后这两个朋友站起来告辞。安娜·谢尔盖叶夫娜亲切地望着他们，伸出她的美丽白净的手给他们，她想了一忽儿，便带着一种犹豫不决的、却又是愉快的微笑说：

“要是两位不嫌沉闷的话，先生们，请到尼可尔斯柯耶我那儿来玩吧。”

“哪儿的话，安娜·谢尔盖叶夫娜，”阿尔卡狄大声说，“我会认为这是最大的幸福……”

“您呢，麦歇巴扎罗夫？”

巴扎罗夫只鞠了一个躬，还有最后一个惊讶在等着阿尔卡狄：他看见他的朋友脸红了。

“怎么样？”他在街上对巴扎罗夫说，“你还是照先前那种意见，说她是——哦—哦—哦吗？”

“谁知道？你瞧，她那态度多么冷！”巴扎罗夫答道；他停了一忽儿又说：“她是一位完完全全的公爵夫人，一位女王。她只差衣服后面的长裾和头上的王冠罢了。”

“我们的公爵夫人讲俄国话也不会有这样好。”阿尔卡狄说。

“她是尝过生活的苦味来的，我的小兄弟，她也吃过我们吃的面包。”

“无论如何，她很可爱。”阿尔卡狄说。

“多么出色的身体！”巴扎罗夫接着说，“应当马上送到解剖教室去。”

“闭嘴，不要乱讲，叶夫盖尼！这太不像话了。”

“呵，不要生气，你这小孩子。我是说第一流的身体。我们一定要到她家里去住。”

“什么时候去？”

“好，就是后天吧。我们待在这儿又干些什么呢？跟库克希娜一块儿喝香槟吗？听你那位亲戚，那位自由主义的大人物吹牛吗？……我们还是后天走吧。而且，我父亲那个小庄子离那儿也不远。这个尼可尔斯柯耶是在某路上，不是吗？”

“是的。”

“Optime.[①]干吗还要耽搁呢？那是傻瓜，不然就是聪明人的事情。我跟你说，那是一个多么出色的身体！”

三天以后，这两个朋友坐车到尼可尔斯柯耶去。天气很好，也不太热，几匹驿站的、喂得饱饱的马步伐整齐地跑着，轻轻地摇动它们的编成辫子的尾巴。阿尔卡狄望着大路，自己也不知道为了什么缘故，微微笑起来。

“给我道喜吧，”巴扎罗夫突然嚷道，“今天六月二十二日，是我的守护天使的日子[②]。看他怎样来守护我。家里的人今天在等我回去，”他又放低声音说……“好，让他们等吧……这有什么要紧！”

十六

安娜·谢尔盖叶夫娜的庄子坐落在一座倾斜的、没有掩蔽的小山上，附近有一所黄色石头砌的教堂：它有绿的屋顶，白的圆柱，正门上

① 拉丁文：很好。——原注
② 即命名日，和本人同名的天使的纪念日。

面有一幅“意大利”风的《基督复活》的 al fresco[1]。在这幅画上，一个戴盔的、皮肤黝黑的武士伏在前面，他那肥圆的形状特别引人注目。教堂后面长长的拖着两排村里的房屋，茅草的屋顶上凌乱地竖起一些烟囱来。宅子的建筑和教堂同一个样式，就是我们所称为亚历山大式的；这所宅子也漆成了黄色，也有绿的屋顶，白的柱子，三角形的门楣上绘着这一家的纹章[2]。当初省城里的建筑师设计修建这两所房屋的时候，他曾得到去世的奥津左夫的赞许，这位奥津左夫，据他自己说，看不惯那些毫无用处的、随便弄出来的新花样。宅子两边长着古园的参天的乔木，大门外有一条剪过枝的枞树荫路。

两个穿号衣的、身材高大的听差在大厅上迎接我们这两位朋友，其中的一个立刻跑去通知管事[3]。那个身体肥胖的管事穿着一件黑色礼服马上出现了，他引着客人走上一条铺着地毯的楼梯，到了一间特别的屋子，这里面已经为他们预备了两张床和全副盥洗的用具。显而易见，宅子里是很有秩序的；什么东西都是干干净净，到处都有一种特别好闻的香味，这就像在各部大臣的会客室里一样。

“安娜 · 谢尔盖叶夫娜请两位在半点钟以后下去相见，”管事通知说，“现在您还有什么吩咐？”

“没有什么吩咐，”巴扎罗夫答道。“或者要麻烦您拿一杯伏特加来。”

“是，先生。”管事说，露出一点儿惊奇的神情，便退出了，他走起路来，只听见皮靴咯吱咯吱地响。

---

① 意大利语：壁画。——原注
② 即用来表示宗谱的纹章图案。欧洲旧日贵族均有此种世袭的纹章。
③ 在地主宅子里管理家务的人。

“好大的气派！”巴扎罗夫说，“你们那班人是这样说的吧，是不是？ 一句话说完，她是一位公爵夫人就是了。”

“一位漂亮的公爵夫人，”阿尔卡狄回嘴说，“她见第一次面就把我们两位大贵族请到她家里来住了。”

“尤其是我，一个未来的医生，而且是医生的儿子，教堂杂役的孙子……我想，你知道我是一个教堂杂役的孙子吧？……”

“就跟斯佩兰斯基[①]一样。”巴扎罗夫停了一忽儿，又撇了撇嘴接着说下去，“无论如何，她是娇养惯了的；呵，这位太太是怎样地娇养惯了啊！ 我们还得穿上礼服吗？”

阿尔卡狄只是耸了耸肩，……不过他也有点儿局促不安了。

半点钟以后巴扎罗夫同阿尔卡狄一块儿走进了客厅。这是一间高大宽敞的屋子，陈设相当富丽，可是趣味并不太高。一些笨重的、值钱的家具全照老规矩那样顺着墙壁安放，糊墙壁的花纸是棕色的，上面印着金花；这些家具还是奥津左夫生前托他的一个朋友，也是他的代理人，一个酒商从莫斯科买来的。在一面墙壁的正中地方放着一张沙发，沙发上头挂着一个脸颊浮肿的、金黄头发的男人的像——他好像不高兴地望着客人。“一定是**他**了，”巴扎罗夫低声对阿尔卡狄说，他皱起鼻子，加上一句，“我们还是逃走吧？”可是这个时候女主人进来了。她穿了一件薄纱衫子。她的头发很光滑的梳到了耳朵后边，使她那纯洁、容光焕发的脸上添了一种少女的风韵。

“谢谢你们守约来了，”她说，“请你们在我这儿住些时候；这地

---

① 斯佩兰斯基(1772—1839)，俄国政治家。沙皇亚历山大一世时代，他为了巩固专制政体而提出一个温和的国家改革草案。他是一个乡村牧师的儿子。

方的确不坏。我要给你们介绍我的妹妹；她弹钢琴弹得好。您对这个是没有兴趣的，麦歇巴扎罗夫；可是您，麦歇基尔沙诺夫，我想您是喜欢音乐的。除了我妹妹以外，我还有一个上了年纪的姨妈住在这儿，此外还有一个邻居有时候过来打打牌；我们这个圈子就只有这么几个人。现在我们坐下吧。"

奥津左娃发表这一篇短短的欢迎辞，发音吐字都非常准确清楚，好像她早记熟了似的；接着她就跟阿尔卡狄谈起来。她的母亲原来是跟阿尔卡狄的母亲认识的，并且阿尔卡狄的母亲跟尼可拉·彼得罗维奇恋爱的时候，她的母亲还是阿尔卡狄的母亲的知心朋友。阿尔卡狄便热心地谈起他的亡母来；巴扎罗夫在翻看那些画片册子。"我变得多么驯良了。"他暗暗想道。

一条戴着蓝色颈圈的漂亮猎狗跑进客厅里来，爪子拍着地板，它后面跟着一个十八岁的少女①：黑头发，浅褐色皮肤，一张相当圆的、讨人喜欢的脸，一对不大的黑眼睛。她手里提着一篮子的花。

"这是我的卡契雅。"奥津左娃说，她朝她的妹妹点一下头算是介绍。

卡契雅略微行一个礼，便坐在她姐姐身边，挑选她的花。那条猎狗名叫非非，它轮流地跑到两个客人跟前，摇摆尾巴，并且把它的冷的鼻子放在他们的手上。

"那都是你自己摘的？"奥津左娃问道。

"我自己摘的。"卡契雅答道。

---

① 作者在第 14 章中说安娜 29 岁，在第 15 章中说她们姐妹的父亲逝世的时候安娜只有 20 岁，卡契雅 12 岁，是安娜比卡契雅只大 8 岁，这里说卡契雅 18 岁，那么安娜应当比卡契雅大 11 岁。"12 岁"恐是"9 岁"之误。

“姨妈来喝茶吗？”

“她来。”

卡契雅讲话的时候，脸上带着微笑，这笑容是很动人的、害羞的、坦白的；她又做出一种又滑稽又正经的样子偷偷望她的姐姐。她的一切都是非常年轻的，还没有成熟的：她的声音，她脸上的柔毛，粉红色的手带着白净的、起涡的掌心，略微瘦削的两肩……她不住地红脸，喘气。

奥津左娃掉头向着巴扎罗夫说：

“您是出于礼貌，才一个人看画片吧，叶夫盖尼·瓦西里以奇。”她开始说，“那不会使您发生兴趣的。您还是坐近我们，让我们来辩论什么吧。”

巴扎罗夫坐近了一点儿。

“您想要我们辩论什么呢？”他说。

“随您高兴吧。我警告您，我是个非常喜欢争论的人。”

“您？”

“我。好像这叫您诧异了。为什么呢？”

“因为照我的判断，您的性情是平稳的、冷静的。可是争论需要热情。”

“您怎么能够这么快就明白了我的性情呢？ 第一，我性子急，又固执——您最好问问卡契雅；第二，我很容易激动。”

巴扎罗夫望着安娜·谢尔盖叶夫娜。

“也许，您知道得更清楚些。您既然高兴辩论——就请吧。我刚才在看您的画片册子里的萨克逊瑞士[①]的风景，您说那不会叫我感兴趣。

---

① 指德国南部萨克逊邦的群山，因风景优美，故又称萨克逊瑞士。

您这样说，是因为您以为我没有艺术的理解，事实上我的确没有，可是从地质学的观点看来这些风景也许会引起我的兴趣，譬如说，从山脉构成的观点看来。”

“请您原谅；我以为做一个地质学家，就应当去念这一门学问的书籍、专著，不会去看图画的。”

“一本书用了整整十页的篇幅说明的事情，我只要看一幅图画立刻就清楚了。”

安娜·谢尔盖叶夫娜静了一忽儿。

“那么您连一点儿艺术的理解都没有吗？”她说，把肘搁在桌上，这样一来她的脸离巴扎罗夫更近了些，“您怎么能够没有它呢？”

“我倒要请教，要它来干什么呢？”

“它至少可以教您去了解，去研究人。”

巴扎罗夫笑了笑。

“第一，生活的经验便可以做到那一点；第二，我告诉您，研究个别的人只是白费功夫。所有的人，在身心两方面都是彼此相似的；我们每个人都有着同样构造的脑筋、脾脏、心、肺；便是所谓精神的品质也都是一样的；那些小的变异是无足轻重的。只要有一个人来作标本，我们便可以判断所有的人了。人就像一座林子里的树木，没有一个植物学家会想起去把一棵一棵的桦树拿来分别研究的。”

卡契雅正在慢慢地一朵一朵地配着花，这个时候吃惊地抬起头来望巴扎罗夫，碰到了他那敏捷的、随便的眼光，她连耳根都红了。安娜·谢尔盖叶夫娜摇了摇头。

“一座林子里的树木，”她跟着他说了一遍，“那么照您看来，聪明人跟愚蠢人，好人跟坏人是没有差别的了？”

“不，有差别的，就像病人跟健康人的差别一样。一个害肺病的人的肺部跟你我的肺部情形不同，虽然它们的构造原先也是一样的。我们大概知道身体上的病是从哪儿来的；精神上的病却是从坏的教育来的，是从自小就塞满在人们脑子里的种种胡话来的，一句话说完，是从不健全的社会情形来的。社会一改造，病就不会有了。”

巴扎罗夫说这番话的时候，看他的神情好像他自始至终都在对自己说：“信不信由您；在我都是一样！”他慢慢地伸起他那长长的手指去摸他的连鬓胡子，他的眼光就在几个角落里打转。

“那么您认为，”安娜·谢尔盖叶夫娜说，“只要社会一改造，就不会有笨人同坏人了？”

“无论如何，在合理的社会组织里面，一个人不管是愚蠢，是聪明，是坏是好，都是一样的。”

“是的，我明白；他们的脾脏都是一样的。”

“正是这样，太太。”

奥津左娃转身向着阿尔卡狄。“那么您的意见怎样呢，阿尔卡狄·尼可拉叶维奇？”

“我赞成叶夫盖尼的意见。”他答道。

卡契雅偷偷看了他一眼。

“您两位叫我吃惊，”奥津左娃说，“可是我们以后再讨论吧。现在我听见我姨妈过来喝茶了；我们不要在她面前谈这些话。”

安娜·谢尔盖叶夫娜的姨妈赫公爵夫人是一个瘦小的女人，一张干瘪的脸缩在一起，就像一个人的拳头那样大，一对恶狠狠的眼睛在花白的假发下面注意地望着人，她走进屋子来，不大招呼客人，就在宽大的天鹅绒的扶手椅上面坐了。这把椅子是只有她一个人可以坐的。

卡契雅放了一个脚凳在她的脚下；这个老太太也不谢一声，连看也不看一眼，只有她的两只手在那差不多盖住她整个瘦小身子的黄色披巾下面微微地摇动。公爵夫人喜欢黄色，她的便帽上也束着浅黄色的丝带。

“您睡得怎样，姨妈？”奥津左娃提高声音问道。

“那条狗又在这儿了。”老太太喃喃地答道，她看见非非迟疑不决地朝着她走了两步，便叫道：“去……去！”

卡契雅唤着非非，一面去给它开了门。

非非很高兴地跑出去，还以为是领它出去散步了，可是它看见自己孤零零的给关在门外，就开始用爪子抓门，叫起来。公爵夫人皱起眉头。卡契雅正打算出去……

“我想茶已经预备好了，”奥津左娃说。“请吧，先生们。姨妈，请您去喝茶。”

公爵夫人一声不响地从椅子上站起来，带头走出了客厅。他们全跟在后面进了饭厅。一个穿号衣的小用人从桌子那儿轧轧地拉出一把已经放上几个垫子的扶手椅来，这也是专给她一个人坐的椅子，她坐了下去；卡契雅来斟茶，给她端了第一杯茶过去，这个杯子上面也印着这一家的纹章的图案。老太太放了一点蜂蜜在茶杯里（她觉得喝茶放糖是罪过[①]，又是浪费，虽然事实上她自己从来没有在糖上花过一个戈比），她忽然用嘶哑的声音问道：“伊凡公觉[②]信里讲些什么？”

没有一个人回答她。巴扎罗夫同阿尔卡狄立刻猜到，她们对她虽

① 这是宗教迷信。
② 即“公爵”，公爵夫人念得不清楚。

然很恭敬，可是并不把她放在眼里。“她是给养来做幌子的，”巴扎罗夫想道，“只是为了她那贵族的身份。”喝过茶，安娜·谢尔盖叶夫娜提议出去散一忽儿步；可是外面落起小雨来了，因此除了公爵夫人一个人以外全回到客厅里去了。那个爱打牌的邻居来了。他的名字叫波尔非利·卜拉托雷奇，是一个胖子，头发已经花白了，两腿很短，就像在车床上车出来的一样；他很有礼貌，又很爱笑。安娜·谢尔盖叶夫娜仍然专同巴扎罗夫讲话，她问他是不是愿意同他们打一回旧式的“胜牌”[①]，巴扎罗夫答应了，他说他应当事先准备好去尽他那县城医生的职责。

“您得小心，”安娜·谢尔盖叶夫娜说，“波尔非利·卜拉托雷奇同我两个会打败您的。你呢，卡契雅，你去弹点儿什么给阿尔卡狄·尼可拉叶维奇听；他喜欢音乐，而且我们也可以听。”

卡契雅不大乐意地走到钢琴前面去，阿尔卡狄虽然喜欢音乐，却也不大乐意地跟在她后面；他觉得奥津左娃好像在赶他走开似的，他跟所有的这样年纪的年轻人一样，已经感到一种朦胧的、折磨人的情感在他的心中涌起来了，这像是恋爱的预兆。卡契雅揭开钢琴的盖子，并不去望阿尔卡狄，她低声问道：

“您要我弹什么呢？”

“随您的意思吧。”他冷淡地答道。

“您挺喜欢哪一种音乐呢？”卡契雅再问一句，并没有改变姿势。

“古典的。”阿尔卡狄仍旧用冷淡的调子回答。

“您喜欢莫扎特[②]吗？”

---

① 一种类似“威斯特”的纸牌戏。
② 莫扎特（1756—1791），奥地利大作曲家，维也纳古典乐派的代表人物。

“我喜欢莫扎特。”

卡契雅拿出莫扎特的C小调奏鸣曲中的幻想曲的谱子。她弹得很好，不过太严谨、太呆板一点儿。她挺起身子坐在那儿，一动也不动，眼光一直盯在乐谱上面，嘴唇闭得紧紧的，只有在这奏鸣曲快完结的时候，她的脸才红起来，一股头发散垂下来，搭在她的黑眉上。

奏鸣曲的最后一部分叫阿尔卡狄特别感动，在那无忧无虑的旋律的醉人的欢乐中间突然闯进来十分悲惨的而且几乎是悲剧的痛苦。……可是莫扎特的音乐在他心中引起的思想却跟卡契雅没有一点儿关系。他望着她，心里不过在想：“哦，这位年轻小姐弹得并不坏，她长得也不难看。”

卡契雅弹完了奏鸣曲，两只手仍然放在键盘上，她问道：“够了吗？”阿尔卡狄回答说，他不敢再麻烦她了，便跟她谈起莫扎特来；他问她这奏鸣曲是她自己挑选的，还是别人介绍她的？可是卡契雅回答得非常简单：她**藏起来了**，缩回到她的壳里去了。她一遇到这种情形，就不轻易再出来；在这种时候她的脸上甚至露出一种固执的、差不多是呆板的表情。她并不一定害羞，却是不相信人，而且有点儿让那个把她教育大了的姐姐吓唬住了，这个事实不用说她的姐姐一点儿也没有想到。阿尔卡狄末了只好把非非（它已经回来了）叫到他跟前，他带着温和的微笑拍拍它的头。卡契雅又动手去理她的花。

这些时候巴扎罗夫接连输着。安娜·谢尔盖叶夫娜打牌打得很精；波尔非利·卜拉托雷奇也能够保本，巴扎罗夫是输家，输的数目虽然不大，可是他已经有点儿不高兴了。吃晚饭的时候安娜·谢尔盖叶夫娜又谈起植物学。

“明天早晨我们一块儿散步去吧，”她对他说，“我想请您教我那些野花的拉丁学名同它们的属性。”

“拉丁学名对您有什么用处呢？”巴扎罗夫问道。

“每样东西都应当有秩序。”她答道。

“安娜·谢尔盖叶夫娜是个多么了不起的女人！”阿尔卡狄回到了这家女主人给他和他朋友预备好的屋子里，忍不住这样地嚷起来。

“不错，”巴扎罗夫答道，“一个有脑筋的女人。唔，她也见过世面的。”

“你这话是什么意思，叶夫盖尼·瓦西里以奇？”

“是好的意思，是好的意思，好朋友阿尔卡狄·尼可拉以奇！我相信她把她的田产管理得非常之好。可是了不起的并不是她，却是她的妹妹。”

“什么，那个浅黑色的姑娘吗？”

“不错，那个浅黑色的姑娘。她是新鲜的、纯洁的、害羞的、不大讲话的，并且还有这样那样，任你怎么说都可以。她是值得人关心的。你想把她造成一个什么样的人就可以造成什么样的人，可是另一个呢——那是一个老于世故的人。”

阿尔卡狄并不回答巴扎罗夫，上床的时候，他们两个人各人有各人的心思。

这个晚上安娜·谢尔盖叶夫娜也在想她的客人。她喜欢巴扎罗夫，因为他没有那种对女人的殷勤，还因为他有那些锋利的见解。她在他身上看见了一种她从未见过的新的东西，而她又是一个好奇的女人。

安娜·谢尔盖叶夫娜是一个相当古怪的人。她没有一点成见，也没有坚定的信仰，她遇着什么事情从来不退缩，但也没有一个固定的目标。她把许多事情看得十分清楚；她对许多事情都感到兴趣，可是没有一样使她完全满足过；事实上她也不要求完全的满足。她的智力一方面想了解一切，同时对一切都很冷淡：她的怀疑从没有平息到使她忘怀的程度，它们也不曾发展到足以使她烦恼。要是她没有钱，又不是一个独立的人，她也许会投身到斗争中去，而且会认识到什么是激情……可是她的生活太舒适了，虽然她有时候也感到厌倦；她一天一天地过着悠闲的日子，从来没有匆忙的时候，也难得有过激动不安。固然有时候在她的眼前也现过虹彩，可是在它们消逝以后她反倒呼吸得更自由，对它们并没有丝毫的惋惜。她的想象甚至于超过了一般的道德法规所认为可以容许的范围，可是就在那个时候她的血液仍然像往常那样平静地在她那非常匀称的、宁静的身子里循环流动。有时在香汤沐浴之后她浑身暖融融的没有一点力气，她便会想到人生的空虚、烦恼、艰苦、罪恶。……她的心灵中便会充满突如其来的勇气，而且涌起高尚的渴望；可是只要有一阵风从半掩的窗户吹进来，安娜·谢尔盖叶夫娜就会缩着身子，抱怨，而且差不多要发脾气了，那个时候她只有一个要求：这种可恨的风不要吹到她的身上。

她跟所有的没有真正恋爱过的女人一样，总是想望着什么东西，可是她自己也不知道想望的是什么。严格说来，她并不想望什么，可是她又觉得自己对什么东西都想望似的。她差一点儿忍受不了那个死去的奥津左夫(她嫁给他是为着生活打算，不过要是她不把他看作一个好人，她不见得就会答应结婚)，因此她暗暗地怀着一种对一切男人的憎恶，她把男人都当作不干净的、粗笨的、懒惰的、软弱而讨厌的东西。有一回她在国外一个地方遇见一个年轻漂亮的瑞典人，带着一种骑士的风度，宽广的前额下配上一对诚实的蓝眼睛；他给她的印象很深，可是这并没有阻止她回到俄国来。

“这个医生是一个古怪的人！”她躺在华美的床上，枕着花边的枕头，身上盖一条薄薄的绸被子，心里这样想道。……安娜·谢尔盖叶夫娜从她的父亲那儿多少继承到一点儿爱奢华的癖性。她很爱她那个虽然不务正业而心地善良的父亲。他也十分宠她，常常和善地跟她开玩笑，好像把她看作平辈一样似的；他非常信任她，什么事都跟她商量。至于她的母亲，她差不多忘记她了。

“这个医生真是一个怪人！”她又对自己说。她伸一伸腰，微微一笑，把一双手放在脑后，然后跑马似地看了一两页无聊的法国小说，便丢开书——睡着了，纯洁而冷静，清洁芬芳的衬衣裹住她那洁白的、冷冷的身子。

第二天上午刚刚用过早饭，安娜·谢尔盖叶夫娜便陪巴扎罗夫去采集植物，在午饭时间才赶回来；阿尔卡狄没有出去，他跟卡契雅在一块儿过了将近一个小时。他觉得她并不讨厌；她自动地把前一天弹过的奏鸣曲为他再弹了一遍，可是后来奥津左娃终于回来了，他看见她，心里马上难过起来。……她有些脚步疲乏地穿过花园走来；她两颊鲜红，一双眼睛在她那顶圆圆的草帽下面显得比平日更明亮。她的手指玩弄着一枝野花的细茎，那件薄薄的短外套滑落到她的肘上，帽上的宽丝带飘到她的胸前。巴扎罗夫走在她后面，还是他那跟往常一样的充满自信而又随便的态度，他的脸上虽然露出喜欢的、甚至亲切的表情，可是阿尔卡狄看见，心里并不高兴。巴扎罗夫含糊地从牙缝里吐出一声：“早安！”便回到他的屋子里去了。奥津左娃心不在焉地跟阿尔卡狄握一握手，也从他的身边走了过去。

“早安！……”阿尔卡狄心里想道，“难道我们今天还没有见过面吗？”

十七

人人知道，时间有时候像鸟一样地飞着，有时候像蛆一样地爬着，不过要是一个人连时间究竟过得快还是过得慢也不觉得，他便是很幸福的了。阿尔卡狄同巴扎罗夫正是这样地在奥津左娃家里过了两个星期。他们能够这样住下去，一半还是因为她在她的家庭同生活两方面都规定了良好的秩序。她自己严格遵守这秩序，也叫别人不得不服从。每天要做的事情都有一定的时间。早晨整八点钟全家的人都聚在一块儿吃早茶；从早茶到早饭的时间里面，各人随意做自己的事，女主人便接见她的总管(她在田产管理上采用了收租的办法)、她的管事和她的女管家，处理一些事情。午饭前大家又聚在一块儿，或是谈话，或是看书；晚上不是出去散步，就是打牌，或者弄音乐；到晚上十点半钟安娜·谢尔盖叶夫娜便回到自己的屋子里，发出命令安排第二天的事情，然后上床睡觉。巴扎罗夫不喜欢日常生活中用这种有规律的并且带一点儿做作意味的守时刻办法，“就像在轨道上滚着一样，”他这样形容道；那些穿号衣的听差，那些讲究礼节的管事伤害了他的民主的情感。他说，既然讲究到这样程度，那么索性学学英国人的排场穿起礼服打上白领结吃午饭好了。他有一回明白地把这个意见对安娜·谢尔盖叶夫娜讲了。她的态度是那样自然，因此在她面前谁也会毫不迟疑地发表自己的意见。她听他讲完了话，然后对他解释道：“从您的立场看来，您是对的——也许在这一点上头我的太太气味太重了，不过一个人在乡下过日子，要不讲究秩序，那就会烦闷死了。”她仍然照样行她的办法。巴扎罗夫嘴里咕噜着，可是他同阿尔卡狄在奥津左娃家里过得这么舒适，主要的原因正是这宅子里的一切都是在“轨道上面滚着的”。虽是这样，可是这两个年轻人刚刚在尼可尔斯柯耶住了一两天，他们就都有了一点儿改变了。安娜·谢尔盖叶夫娜虽然很少赞成巴扎罗夫的意见，但是她显然对他发生了兴趣，而他却开始露出一种从来不曾有过的烦躁不安来：他很容易发脾气，不乐意讲话，脸上常常带怒容，不能够静静地坐在一个地方，好像有一种不可抗拒的渴望在推动他似的。阿尔卡狄呢，他自己后来断定是爱上了奥津左娃，渐渐地沉落在一种静静的忧郁里面了。不过这忧郁并不阻止他同卡契雅做朋友；它反而促成他跟她亲近要好。“她看不上我？ 也罢！ ……可是这儿还有一个好人，她倒不嫌弃我。”他这样想着，他心里又尝到宽大的感情的那种甜蜜味道了。卡契雅隐隐约约地感觉到他跟她交往是想在这里面寻找一种安慰，她并不阻止他或者她自己去享受这种半含羞半知己的纯洁天真的快乐。他们当着安娜·谢尔盖叶夫娜的面并不交谈一句话；卡契雅在她姐姐的锋利的眼光下面一声也不响，把自己的内心完全隐藏起来；而阿尔卡狄像一个在恋爱的人所应有的情形那样，在他的恋爱的对象跟前，他不能够再注意到别的事物了；可是他同卡契雅单独在一块儿的时候他觉得快乐。他知道自己不能够引起奥津左娃的兴趣；他单独同她在一块儿的时候，他又不好意思，不知道怎样安放手脚才好，她也觉得对他无话可说：在她眼里他太年轻了。在另一方面，阿尔卡狄在卡契雅面前却又觉得十分舒畅自然；他对待她的态度很迁就，并不阻止她对他讲出音乐、小说、诗和别的一些琐碎事情给她留下的印象，他自己却没有注意，也没有明白这些**琐碎事情**也正是引起他的兴趣的东西。而卡契雅本人也没有想到给他驱除郁闷。阿尔卡狄在卡契雅的身边感到舒畅，奥津左娃在巴扎罗夫身边的时候也是这样，因此这四个人常常在一块儿过了一忽儿之后，便分作两对走开了，特别是在散步的时候。卡契雅赞美大自然，阿尔卡狄也爱大自然，不过他不敢明白承认就是了；奥津左娃同巴扎罗夫一样，颇为漠视大自然的美。这两个年轻朋友常常分开的结果便是，他们中间的关系开始起了变化。巴扎罗夫不再对阿尔卡狄谈论奥津左娃，连她的“贵族的派头”也不骂了；诚然他仍旧像先前那样地称赞卡契雅，只劝阿尔卡狄去把她那感伤的倾向抑制些，可是他的称赞很匆促，他的劝告也枯燥无味，总之他跟阿尔卡狄讲的话比从前少得多了……他好像在躲避他似的，他好像不好意思同他在一块儿似的。……

阿尔卡狄把这一切全看在眼里，可是他却把他的观察藏在心里不讲出来。

这个“新现象”的真实原因就是奥津左娃在巴扎罗夫的心中唤起的感情，这感情使他痛苦，还使他愤怒，可是倘使有人对他隐约地提到在他心中也许发生了什么变化，他就会马上带着轻蔑的笑声和讥讽的辱骂来否认他有这种感情。巴扎罗夫很喜欢女人和女性美；可是那种理想的，或者照他自己所说的，浪漫主义的爱情，他认为是荒唐，是不可宽恕的愚蠢，他把骑士的感情看作一种残疾，一种病症，他不止一次地说他很奇怪托更堡①同那一切恋爱诗人②和浪漫诗人③为什么不给送进疯人院去。他常常说：“一个女人中了你的意，你就想尽方法达到你

① 托更堡是席勒的长诗《骑士托更堡》(1797)中的主人公，他死在所爱的女人的窗下。

② 或译“吟游诗人”，是12世纪中叶到14世纪中叶中间德国的一派诗人，所著诗歌大半歌咏爱情和美人。

③ 指从11世纪到13世纪在法国南部和意大利北部活动的浪漫的或恋爱的抒情诗人。

的目的；要是达不到目的——那你就掉过背走吧——世界大得很。”奥津左娃中他的意；那些关于她的谣言、她的思想的自由与独立、她那明显的对他的好感，这一切都于他有利，可是他不久便看出来，在她身上他是不会“达到目的”的，要说掉过背向着她吧，他自己很诧异地发觉，他也没有力量办到。他只要一想到她，他的血马上沸腾；固然他不难使他的血静下来，可是另外有一种东西盘踞在他心上，这东西是他一向不让进来的，这东西是他一向嘲笑的，而且是他的骄傲所坚强地反抗的。他跟安娜·谢尔盖叶夫娜谈话的时候，他所表示的对一切带有浪漫色彩的情感的淡漠的轻蔑，比在什么时候都更厉害，可是只剩下他一个人的时候，他就会生气地承认他自己也有了浪漫的情感了。这个时候他就会跑到树林里，迈着大步走来走去，弄断那些拦路的树枝，又低声咒骂她同他自己；不然他就会跑进仓房爬到干草堆上面，紧闭着眼睛，竭力使自己睡去，自然他不容易就睡着。突然间他仿佛觉得那两只贞洁的手抱住了他的脖子，那两片高傲的嘴唇回答他的接吻，那一对明慧的眼睛温情地——是的，温情地——望着他的眼睛，他的头发晕了，这一忽儿他忘记了自己，直到愤怒又在他心中燃烧起来的时候。他又发觉自己在想着种种“可耻的”思想，好像有一个魔鬼在戏弄他似的。有时候他觉得奥津左娃也有了改变了；她的脸上似乎带了一点特别的表情，也许……可是想到这儿他总是顿起脚来，或者咬紧牙齿，捏紧拳头跟自己生气。

然而巴扎罗夫也没有完全看错。他打动了奥津左娃的心；她对他感到了兴趣，她时常想到他。他不在她身边的时候，她并不觉得乏味，她也不焦急地盼着他来，可是他一到，她马上显得兴高采烈了；她喜欢单独同他在一块儿，她喜欢跟他谈话，即使他得罪了她或者触犯了她的趣味和她的文雅的习惯，她也不见怪。她好像很想同时试探他，也试验她自己似的。

一天他同她在花园里散步，他突然声音抑郁地对她说他打算不久回到他父亲的村子里去。……她的脸色立刻变成苍白，好像有什么东西刺痛她的心，刺得这样痛，使她自己都觉得惊奇并且思索了好些时候这究竟是什么意思。巴扎罗夫说要走的话并非故意说来试探她，看她对这件事的态度怎样；他是从来不“说假话”的。那天早晨他会着了他父亲的总管季莫费以奇，那是在他小时候照应过他的人。这个季莫费以奇是一个经验丰富、精明能干的矮小的老头子，一头变了色的黄头发，一张风吹日晒的红脸，一对含着小颗眼泪的、眯起来的眼睛，他穿一件厚厚的青灰布的短外套，束一根皮条，穿一双柏油漆的长靴。他意外地在巴扎罗夫的眼前出现了。

“喂，老头儿，你好！”巴扎罗夫嚷道。

“您好，叶夫盖尼·瓦西里以奇少爷①。”那个矮小的老头子说，他高兴地笑起来，脸上立刻现出了满脸的皱纹。

“你来干什么？ 他们差你来叫我吗，喂？”

“哪儿的话，少爷，您怎么可以这样想呢？”季莫费以奇结结巴巴地说(他记住他动身的时候他的主人是怎样郑重地吩咐过他的)，“我进城去给老爷办事情，听说您少爷在这儿，才特地弯过来看看您少爷……我是不敢来惊动您的。”

“得啦，不要撒谎了，”巴扎罗夫打断了他的话，“你说这是到城里去的路吗？”

---

① 照原文直译应该是“小父亲”，这是一种尊敬的称呼。

季莫费以奇踌躇了一下，没有回答。

“我父亲好吗？”

“谢谢上帝，少爷。”

“我母亲呢？”

“阿利娜·符拉西叶夫娜也很好，谢谢主。”

“他们望我回去吧，我想？”

这个矮小的老头子把他那小小的脑袋偏在一边。

“啊，叶夫盖尼·瓦西里以奇，他们怎么不望您呢？上帝作证，我看见您那两位老人家就不由得心痛啊。”

“唔，好啦，好啦，闭嘴吧！对他们说我就要回来了。”

“是，少爷，”季莫费以奇叹了一口气回答道。

他走出大门，用两只手把他那顶小帽戴在头上，一直盖到耳朵，然后爬进他留在门口的那辆破旧的、竞赛用的四轮敞篷车，打起马走了，可是并不是朝城里的方向跑去。

这天晚上奥津左娃同巴扎罗夫坐在她的房里，阿尔卡狄在厅子里踱来踱去听卡契雅弹琴。公爵夫人已经上楼回到自己房里去了；她向来不耐烦客人，尤其讨厌这两个“新式流氓”，她这样称呼他们。在客厅、饭厅那些地方，她只有板起脸生气，可是她回到自己房里，便在她的女用人面前大骂特骂，骂得连便帽和假发也都在她的头上跳起来了，这一切奥津左娃全知道。

“您怎么打算离开我们呢？”她说，“您答应我的话又怎样了？”

巴扎罗夫吓了一跳。“答应了什么，太太？”

“您已经忘了吗？您说过要教我一点儿化学呢！”

“太太，怎么办呢！我父亲望我回去；我不便再耽搁了。不过您可以读 Pelouse et Frémy，Notions générales de Chimie①，这是一本好书，写得很清楚。您要知道的东西那里面全有。”

“可是您该记得：您对我说过，一本书并不能够代替……我忘记您是怎样说的了，可是您明白我的意思……您还记得吗？”

“太太，怎么办呢？”巴扎罗夫又说了一遍。

“为什么要走呢？”奥津左娃放低声音说。

他望了她一眼。她的头靠着扶手椅的椅背，她那两只一直露到肘边的膀子交叉地放在胸上。在那盏盖着穿孔纸罩的孤灯的微光底下，她的脸色显得更苍白了。她的身子完全藏在一件宽大的白衣服的柔软的褶纹里面；只有那双也是交叉着的脚稍微露了一点儿脚尖在外头。

“为什么要住下？”巴扎罗夫回答道。

奥津左娃略略转动一下头。

“您问为什么吗？ 您在我这儿不是住得很高兴吗？ 难道您想您走了就不会有人想念您？”

“我相信不会的。”

奥津左娃沉默了一忽儿。

“您这样想就错了。可是我不相信您的话。您这句话不会是认真说的。”巴扎罗夫仍然坐着不动。“叶夫盖尼·瓦西里以奇，您为什么不说话？”

“叫我对您说什么呢？ 一般的人都是不值得想念的，我更不值得。”

“为什么这样？”

① 法语：柏鲁日与弗列米合著的《化学概论》。——原注

“我是个实际的、乏味的人。我又不会讲话。”

“您在讨人恭维了，叶夫盖尼 · 瓦西里以奇。”

“那不是我的习惯。您难道不知道您那么看重的生活的优美的一方面，却跟我全不相干吗？”

奥津左娃咬着她的手绢儿的角儿。

“随您怎样想都可以，可是您走了以后我要觉得无聊了。”

“阿尔卡狄会留下的。”巴扎罗夫说。

奥津左娃略略耸了耸肩。

“我要觉得无聊了。”她又说了一遍。

“真的吗？ 无论如何这不会久的。”

“您怎么会这样想呢？”

“因为您自己对我讲过，只有在您的日常生活的秩序打破了的时候，您才会感到无聊。您把您的生活安排得那么有规律，叫人挑不出一点儿错来，那里面再没有地方来容纳无聊或者烦恼……容纳任何不愉快的情感了。”

“那么您以为我真是一点儿错也没有吗？ ……那是说，我把生活安排得那么有规律吗？”

“我应当这么想。这儿就有一个例子：再过几分钟，就要打十点了，我预先知道您就要赶我走的。”

“不，我不要赶您走，叶夫盖尼 · 瓦西里以奇。您多坐一忽儿好了。请打开那扇窗……我觉得有点儿气闷。”

巴扎罗夫站起来把窗推了一下。窗门发出响声，一下子就开了……他没有料到会开得这么容易，而且他的手有点儿发抖。柔和的黑夜带着它那差不多是黑色的天空，它那微微摇曳的树木，和那清凉的露天空气的芬芳，探头进屋子里来了。

“请把窗帘放下来，再坐一忽儿吧，”奥津左娃说，“在您离开以前我要跟您谈谈。给我讲讲您自己的事；您从没有谈过您自己的事呢。”

“我想同您谈些有用的事情，安娜·谢尔盖叶夫娜。”

“您太谦虚了。……可是我倒愿意知道一点儿您的事，还有您的家庭，您的父亲——您就是为了他要离开我们。”

“她为什么讲这样的话呢？”巴扎罗夫想道。

“那些都是毫无趣味的，”他大声说，“尤其是讲给您听；我们是普通的老百姓。……”

“那么您把我看作一个贵族了？”

巴扎罗夫抬起眼睛望着奥津左娃。

“不错。”他故意带着锋利的调子说。

她笑了笑。

“我看您知道我很浅，虽然您肯定说所有的人都是一样的，不值得花费时间去研究他们。以后我会找个时间把我的一生讲给您听……可是请您先讲您的吧。”

“我知道您很浅，”巴扎罗夫跟着说了一遍，“您也许是对的；也许真的，每个人都是一个——谜，就拿您来作个例子吧：您躲开交际社会，您觉得它讨厌，您却请了两个大学生到您这儿来住下。有着您这样的聪明，您这样的美丽，您却住在乡下，究竟是为了什么呢？”

“什么？ 您说的什么？”奥津左娃急急地插嘴道，“像我的……美丽？”

巴扎罗夫皱皱眉头。

“不要去管那个，”他说，“我是说我不大明白您为什么要住在乡下？”

“您不明白。……可是您会照您的看法给您自己解释吧？”

“不错，……我认为您老是住在一个地方，是因为您让自己娇养惯了，因为您喜欢安乐、舒服，对别的一切事情都很冷淡。”

奥津左娃又笑了笑。

“您绝对不相信我也会有动感情的时候吗？”

巴扎罗夫从眉毛底下扬起眼光看了她一眼。

“是让好奇心鼓动的吧，也许有的；别的就没有了。”

“真的吗？ 好，现在我明白为什么我们两个人很谈得来了；您看；您跟我完全是一样的。”

“我们很谈得来……”巴扎罗夫声音有点儿沙哑地说。

“是的！ ……啊，我忘记您要走开了。”

巴扎罗夫站起来。灯光在这个幽暗、芳香、孤单的屋子的中央朦胧地摇晃；窗帘时时在动，从那缝里流进来一阵一阵沁人肌肤的、清凉的夜气，可以听见夜的神秘的细语声。奥津左娃连动也不动一下；可是她渐渐地让一种隐秘的激动控制了她。……这情感也传染到巴扎罗夫身上了。他突然感觉到自己同一个年轻、美丽的女人单独地在一块儿……

“您到哪儿去？”她慢慢地问道。

他不答话，却在一把椅子上坐下来。

“那么您当我是一个平静的、柔弱的、娇养惯了的女人了，”她用同样的声音缓慢地说，眼睛一直没有离开窗，“我却知道我自己很不幸福。”

“您不幸福？ 为着什么？ 自然您不会把无聊的闲话放在心上吧？”

奥津左娃微微皱起眉头，他把她的话这样地解释，使她烦恼。

“我一点儿也不关心那种闲话，叶夫盖尼·瓦西里以奇，我太骄傲了，不会让它来扰乱我的心。我不幸福，因为……我没有生活的欲望，没有生活的热情。您带着不相信的神气望我，您以为这是一个坐在天鹅绒椅子上满身花边的‘贵族’讲的话。我并不隐瞒这个事实：我喜欢您所说的舒服，同时我又没有多少生活的欲望。随便您怎样去解释这种矛盾吧。可是在您的眼里这都是浪漫主义。”

巴扎罗夫摇摇头。

“您身体健康，又是个独立的人，而且有的是钱；您还要什么呢？您要什么呢？”

“我要什么？”奥津左娃跟着说，她叹了一口气，“我很倦，我老了；我觉得我已经活得很久了。是的，我老了。”她把短外套的边儿轻轻地拉下来盖她那两只光膀子。她的眼光跟巴扎罗夫的碰到一块儿了，她微微红了脸。“在我后面已经拖了这么多的回忆：我在彼得堡的生活、财富，以后又是贫穷，然后是我父亲的死、我的结婚，再后是国外旅行诸如此类的事……这么多的回忆，却没有一桩值得记起的事；可是在我前面，在我前面——是一条很长、很长的路，却没有目的地……我真不想往前走了。”

“您就这样地灰心绝望么？”巴扎罗夫问道。

“不，可是我感到不满足，”奥津左娃慢吞吞地答道。“我想，要是我对一件什么事能够发生强烈的兴趣……”

“您想恋爱，”巴扎罗夫打断了她的话，“您不能爱；这就是您的不幸的原因。”

奥津左娃仔细地看她那件短外套的袖子。

“我真的不能恋爱吗？”她说。

“很难讲！ 我说那是不幸，就只犯了这点儿错。恰恰相反，一个人碰到这种把戏才真可怜呢！”

“碰到，碰到什么？”

“恋爱。”

“您怎么会知道那个呢？”

“我听见人说的。”巴扎罗夫生气地回答。

“你在卖弄风骚，”他心里想，“你烦闷，没有事做，便逗着我玩，可是我……”事实上他的心倒要碎了。

“并且您太苛求了。”他说，把整个身子俯下来，玩着扶手椅上面的穗子。

“也许是的。我的理想是：不完全则宁无。一个生命换一个生命。拿我的去，给你的来，没有后悔，没有回头。否则不如不要。”

“唔？”巴扎罗夫说，“那倒是公平的条件，我很奇怪您到现在……还没有找到您要求的东西。”

“您以为把自己整个交给某一样东西是容易的事吗？”

“倘使一个人考虑起来，等待起来，而且给你自己定了价，我是说，把自己看得很高，那就不容易了，可是不用考虑就把自己交出去却是非常容易的事。”

“人怎么能不把自己看得很高呢？ 倘使我没有一点儿价值的话，谁还用得着我的忠诚呢？”

“那不是我的事；要找出来我值多少，那是别人的事情。主要的是能够献出自己。”

奥津左娃把身子离开了椅背。

“听您讲话，”她说，“好像您自己完全经历过了似的。”

“我不过顺口说说罢了，安娜·谢尔盖叶夫娜；您知道那全不是我的本行。”

“可是您能够献出自己吗？”

“我不知道。我不喜欢吹牛。”

奥津左娃不说话，巴扎罗夫也不作声。钢琴的声音从客厅里传到他们这儿来。

“怎么这样晚卡契雅还在弹琴？”奥津左娃说。

巴扎罗夫站起来。

“不错，现在真晚了，是您睡觉的时候了。”

“等一等，您急着到哪儿去？……我还有一句话得跟您讲。”

“什么话？”

“等一等，”奥津左娃轻轻地说。

她的眼光定在巴扎罗夫的脸上；好像她在注意地观察他似的。

他在屋子里走了几步，忽然走到她身边，匆匆说了一声“再见”，紧紧地握着她的手，握得她几乎叫出声来，他便走出去了。她把她的给捏痛了的手指放到嘴唇上，吹吹气，突然冲动地从扶手椅上站起来，急急地向房门走去，好像她想把巴扎罗夫唤回来似的。……女用人端着一个银托盘，托了一个玻璃水瓶从外面进来。奥津左娃连忙站住，吩咐这女用人出去，她又坐下来，又在想什么事情。她的发辫散开了，像一条黑蛇似的垂在她的肩头。安娜·谢尔盖叶夫娜的屋子里好久都还点着灯，她动也不动地一直坐了很久，只是有时用手指头去摸她的光膀子，夜的寒气把它们刺得有点儿痛了。

两个多小时以后巴扎罗夫回到屋子，他的皮靴给露水打湿了，他的头发散乱，脸色难看。他看见阿尔卡狄手里拿着一本书坐在写字台前面，上衣紧紧扣着，一直扣到喉咙口。

“你还没有睡？”他带着一种像是烦恼的声音说。

“你今晚跟安娜·谢尔盖叶夫娜坐得真久。”阿尔卡狄不回答他的话，却另外说。

“不错，你跟卡捷林娜·谢尔盖叶夫娜在弹钢琴的时候，我都是跟她在一块儿。”

“我没有弹……”阿尔卡狄没有说完便打住了。他觉得泪水涌上眼睛来了，他不愿意在他这个爱挖苦人的朋友面前哭出声来。

十八

第二天奥津左娃下来吃早茶的时候，巴扎罗夫埋下头望着他的杯子坐了好久，随后他突然抬起头看她。……她掉过脸来对着他，好像他轻轻推了她一下似的；他觉得她的脸色在一夜的工夫更苍白了些。她不久就回到她自己的屋子里去了，到吃早饭的时候才出来。这一天从大清早起落着雨；要出去散步是不可能的。大家都聚在客厅里。阿尔卡狄拿了最近一期的杂志，大声念起来。公爵夫人照例在脸上露出惊讶的神情，好像他在做什么不体面的事情一样，后来她就恶狠狠地瞪着他；可是他并不理睬。

“叶夫盖尼·瓦西里以奇，”安娜·谢尔盖叶夫娜说，“请您到我屋子里来。……我有话要问您。……您昨天提到一本参考书……”

她站起身子，向门走去。公爵夫人朝四周看了看，那神情仿佛在说："瞧我，瞧我；瞧我多受惊！"她又瞪着阿尔卡狄，可是他提高了声音，并且跟坐在近旁的卡契雅交换了一个眼色，然后继续念下去。

奥津左娃急急地走进她的房间。巴扎罗夫迈着快步子跟在她后面，他的眼睛仍旧埋着，只有他的耳朵还听到她那绸衣服的轻微的旋转声和窸窣声在他前面轻轻飘过。奥津左娃坐的是她前一晚上坐的那把扶手椅，巴扎罗夫也坐在他的原位上。

"那本书叫什么名字？"她静了一忽儿以后问道。

"Pelouse et Frémy，Notions générales …"[①]巴扎罗夫回答，"不过我还可以介绍您读 Ganot，Traité élémentaire de physique expérimentale[②]。那本书里面插图比较清楚些，一般地说来，这本教科书……"

奥津左娃伸出她的手来。

"叶夫盖尼·瓦西里以奇，请您原谅，可是我并不是请您到这儿来谈教科书的。我想把昨晚的话继续谈下去。您走得太突然了……这不会叫您厌烦吗？……"

"照您的意思办吧，安娜·谢尔盖叶夫娜。可是我们昨晚谈的是什么呢？"

奥津左娃瞟了他一眼。

"我想我们谈的是幸福。我跟您谈我自己的事。哦，我提到了'幸福'这个字眼。那么请您告诉我，甚至于在我们，譬如说欣赏音乐吧，

---

① 见 288 页注。
② 法语：加诺著的《实验物理学初阶》。——原注

或者领略一个美好的黄昏，或者同有风趣的人谈话而感到愉快的时候，为什么我们所感到的，仿佛是某种存在于另一个地方的无量幸福的暗示，并不是实在的幸福（就是我们自己所有的那种幸福）呢？ 这是什么缘故呢？ 也许您没有那样的感觉吧？”

“您知道俗话说：‘这山望着那山高’，”巴扎罗夫答道，“您昨天对我说您感到不满足。事实上我从没有让这种思想进我的脑子里来过。”

“也许在您看来它们是可笑的吧？”

“不，可是它们并不跑进我的脑子里来。”

“真的？ 您知道吗？ 我倒喜欢知道**您**在想什么呢！”

“什么？ 我不明白您的意思。”

“请听我说，我很早就想跟您坦白地说。我用不着告诉您——您自己是知道的——您不是一个寻常的人：您还年轻——您前面有一个远大的前途。您究竟预备做什么呢？ 您打算有一种什么样的前程呢？ 我是说，您想达到什么样的目的呢？ 您向着什么地方走呢？ 您心里想些什么呢？ 一句话说完，您是什么人呢？ 您是什么呢？”

“您叫我莫名其妙了，安娜·谢尔盖叶夫娜。您知道我是研究自然科学的，至于我是个什么人……”

“是的，您是什么人呢？”

“我已经跟您讲过，我是一个未来的县里的医生。”

安娜·谢尔盖叶夫娜做出一种不耐烦的动作。

“您说这句话是什么意思？ 您自己并不相信它。阿尔卡狄可以这样地回答我，可是您不成。”

“为什么阿尔卡狄……”

“您不要再讲啦！ 您怎么可以拿这种卑微的工作自满呢？ 您不是常常说您不相信医学吗？ 您——您有那样的抱负——去做一个县城的医生！ 您不过拿这样的回答来敷衍我，因为您不信任我。可是您知道吗，叶夫盖尼·瓦西里以奇，我是能够了解您的；我也曾经穷过来的，我也像您那样有过抱负的；我也许还经历了您经历过的同样的艰苦。”

“这是很好的，安娜·谢尔盖叶夫娜，可是您得原谅我……我自来就不习惯谈论自己的事，而且您跟我中间还有很大的距离。……”

“什么样的距离？ 您又在说我是一个贵族吗？ 不用再提啦，叶夫盖尼·瓦西里以奇：我以为我已经给您证明了……”

“就是除开那一点不说，”巴扎罗夫打岔道，“我们去谈论、去思索‘未来’有什么用处呢？ ‘未来’大半都不是能够由我们作主的。那个时候倘使我们有机会做一点儿事情，那是再好没有的了；倘使没有机会——至少我们还可以高兴自己并没有预先说了一堆空话。”

“您把友谊的闲谈当作空话吗？ ……还是您把我看成一个不值得您信任的女人？ 我知道您瞧不起我们女人。”

“我并没有瞧不起您，安娜·谢尔盖叶夫娜，您自己也知道。”

“不，我一点儿也不知道……不过姑且假定：我明白您为什么不愿意谈论您将来的活动；可是说到您心里现在究竟发生着什么……”

“发生！”巴扎罗夫跟着她说道，“好像我就是一个国家，一个社会似的！ 无论如何这是完全没有趣味的；况且难道一个人能够常常把他心里‘发生’的任何事情完全大声说出来吗？”

“啊，我不明白为什么您不能够把您心里的一切事情全说出来呢？”

“**您**能够吗？”巴扎罗夫反问道。

“能够。”安娜·谢尔盖叶夫娜稍微迟疑一下，才答道。

巴扎罗夫低下了头。

“您倒比我幸福。”

安娜·谢尔盖叶夫娜疑问地望着他。

“就算是这样吧，”她继续说，“可是我仍然觉得我们并没有白白地认识了一场；我仍然觉得我们会成为好朋友的。我相信您的这种——叫我怎么说呢，紧张、矜持到后来终于会消除的。”

“那么您看出我的矜持……跟您所说的……紧张来了。”

“是的。”

巴扎罗夫站起来，走到窗前。

“您想知道这种矜持的原因吗，您想知道我心里发生着什么吗？”

“是的。”奥津左娃带着一种她当时还不明白的害怕再说了一遍。

“您不会生气吧？”

“不。”

“不？”巴扎罗夫背朝着她站在那儿，“那么让我告诉您吧，我像一个傻瓜，像一个疯子那样地爱着您……您到底逼我讲出来了。”

奥津左娃伸出她那一双手来，可是巴扎罗夫正把他的前额紧紧靠着窗上的玻璃。他快要透不过气来了；他浑身颤栗。但这并不是年轻人的胆怯的打颤，也不是第一次表白爱情时候的甜蜜的惊惶；这是在他的心中挣扎着的强烈的、痛苦的激情——那种并非不像愤怒、也许还跟愤怒密切相关的激情……奥津左娃又害怕他，又怜悯他。

“叶夫盖尼·瓦西里以奇！”她说，她的声音里有着一种不自觉的温柔。

他连忙转过身来，用一种要把人吞下去的眼光望了望她，他突然抓起她的两只手，把她拉到他的胸前。

她并不马上挣脱他的搂抱；可是过了一忽儿，她便远远地站在一个角落里，望着巴扎罗夫了。他又向她奔过去……

“您误会我的意思了。”她连忙惊惶地低声说。看她那个样子好像他要是再往前走一步，她就会喊叫似的。……巴扎罗夫咬着他的嘴唇，走出去了。

半小时以后一个女用人给安娜·谢尔盖叶夫娜送来一张巴扎罗夫的字条；上面只有一行字：“我是不是应该今天就走，还是可以住到明天？”“为什么要走呢？ 我没有了解您——您也没有了解我。”安娜·谢尔盖叶夫娜这样回答他，可是她心里想道：“我也没有了解我自己。”

一直到午饭时候，她都没有出去，她把两只手放在背后，不停地在屋子里走来走去，有时候在窗前站一忽儿，有时候立在镜子前面，用一条手绢儿慢慢地擦她的脖子，她觉得脖子上还有一个地方像火那样地在烧着。她问自己，是什么东西使她“逼”（照巴扎罗夫的说法）他吐露他心里的秘密呢，她是不是事前猜到了一点儿。……“这应该怪我，”她高声说道，“可是我不能够事先料到这个。”她又在思索了，她记起了巴扎罗夫向她跑过来时候脸上那种差不多带兽性的表情，不由得满脸通红。……

“或者？”她突然说，但又马上停止，摇了摇她的鬈发。……她看见镜子里面的自己：她那向后仰的头，同她那半开半阖的眼睛和嘴唇上的神秘的微笑，这个时候好像在对她讲一桩她自己也觉得羞愧的事。……

“不，”她最后下了决心说，“上帝知道这会引出什么样的事情来；这是不可以轻易玩弄的；无论如何，世界上最好的还是平静。”

她的心境的平静并不曾动摇，可是她觉得忧郁，有一阵子她还掉了几滴眼泪，不过她不能够说这是为了什么——决不是为了受到的侮辱。她并不觉得自己受了侮辱；她倒觉得错在自己。在各种不明显的情感(如对过去生活的感触和对新奇事物的渴望等)的影响下面，她强迫自己走到一定的界线上去，强迫自己去望界线的那一边，她的界线那一边看见的并不是一个深渊，却是空虚……或者丑恶。

十九

奥津左娃的自制力虽然很强，她虽然从来不受任何成见的拘束，可是她走进饭厅吃午饭的时候，她还是觉得相当窘。不过这一顿饭也平平静静地过去了。波尔非利·卜拉托雷奇来了，讲了种种的故事；他刚从城里回来。在那些故事中间，有一件是，布尔达路省长下令叫他的担任特别差使的属员们都要在靴子上装好踢马刺，以便他随时差遣他们骑马到各处去办紧急差使。阿尔卡狄一面小声跟卡契雅讲话，一面又敷衍地装出在听公爵夫人说话的神气。巴扎罗夫板起脸，固执地不作声。奥津左娃看了他两三次——并不是偷偷地看，她正眼望着他的脸，他的脸上带着怒容，脸色很难看，眼睛埋着，整个脸上都是这种轻蔑的、坚决的表情，她心想道：“不……不……不。”午饭后她陪着大家到园子里去，她看见巴扎罗夫要跟她讲话，便朝旁边走了几步，停下来。他走到她身边，可是仍然不抬起眼睛来，他声音低沉地说：

“我应当向您道歉，安娜·谢尔盖叶夫娜。您一定在跟我生气。”

“不，我并不生您的气，叶夫盖尼·瓦西里以奇，”奥津左娃答道，“可是我很难过。”

“那更糟了。无论如何，我已经受够罚了。我的处境是很可笑的，您一定同意我这个说法。您写信给我说：‘为什么要走呢？’可是我不能住下去，也不想住下去。明天我就不会在这儿了。”

“叶夫盖尼·瓦西里以奇，您为什么……”

“为什么我要走吗？”

“不，我的意思不是这个。”

“过去的事是无法挽回的了，安娜·谢尔盖叶夫娜……这是迟早会发生的。因此，我必须走开。我只能想到一个使我能留在这儿的条件，可是那个条件永不会有的。因为，请您宽恕我无礼，您并不爱我，您也永不会爱我吧？”

巴扎罗夫的眼睛在他的黑眉毛下面闪动了一下。

安娜·谢尔盖叶夫娜并不回答他。“我害怕这个人。”这个思想在她的脑子里闪过去。

“再见，太太。”巴扎罗夫说，他好像猜到了她的思想似的，随后他就走回屋子里去了。

安娜·谢尔盖叶夫娜慢慢地跟在他的后面，她把卡契雅唤到身边来，她挽着卡契雅的膀子。她一直到天黑尽了都没有离开卡契雅。她不打牌，只是不断地笑着，可是这跟她的苍白、烦恼的脸色并不相称。阿尔卡狄非常奇怪，他像所有年轻人观察人的样子观察她——那就是说，他不断地问他自己：“这是什么意思？”巴扎罗夫把自己关在屋子里，不过他还出来喝茶。安娜·谢尔盖叶夫娜想跟他讲几句亲切的话，可是她不知道怎样跟他讲起……

一件意外的事情使她摆脱了窘境：管事进来报告，西特尼科夫到了。

这个年轻的进步分子像一只鹌鹑似的飞进屋子里来：那种古怪样子是很难用言语形容出来的。尽管他脸皮很厚，居然打定主意下乡来拜访一个他简直不熟又从没有邀请过他的女人，只是因为他打听到那两个聪明而又跟他相熟的朋友住在她的家里，但他还是连骨髓也胆怯起来，他把事先背熟了的那些道歉和问候的话全忘了，却喃喃地说出一些无聊的话，譬如说叶夫多克西雅·库克希娜叫他来向安娜·谢尔盖叶夫娜问安啦，阿尔卡狄·尼可拉叶维奇也一直对他大大地称赞她啦……说到这儿他就结结巴巴地讲不下去，心里又慌又急，竟然坐到自己的礼帽上面。不过也没有人把他赶出去，安娜·谢尔盖叶夫娜还把他介绍给她的姨妈和妹子，因此他不久就恢复了常态，滔滔不绝地大谈起来。庸俗的出现往往是生活中有益的事情：它能使过度的紧张得到松弛，它向自以为是或忘我的情感提醒它同它们的密切关系，使那些情感清醒过来。西特尼科夫一来，一切都变得好像比较迟钝，比较简单了；晚饭时候大家也多吃了些，并且比往常早睡了半小时。

“我现在可以用你从前对我讲过的话来问你了，”阿尔卡狄上了床对着那个也在脱衣服的巴扎罗夫说，“‘你为什么这样不快活？你一定尽了什么神圣的义务吧？’”

在这两个年轻人中间近来发生了一种假装不在乎的互相挖苦的情形，这常常是暗中不快或心里猜疑的一种征候。

“我明天要到我父亲那儿去了。”巴扎罗夫说。

阿尔卡狄抬起身子，支在他的肘拐上。他一面觉得诧异，一面又不知道为了什么觉得高兴。

“啊！”他说，“你是为了这个不快活吗？”

巴扎罗夫打了一个呵欠。

"要是你知道得太多，你就要变老了。"

"安娜·谢尔盖叶夫娜怎样呢？"阿尔卡狄追问道。

"什么安娜·谢尔盖叶夫娜怎样？"

"我是说她肯放你走吗？"

"我又不是她花钱雇的人。"

阿尔卡狄思索起来了，巴扎罗夫在床上躺下，脸向着墙壁。

他们沉默了几分钟。

"叶夫盖尼！"阿尔卡狄突然叫起来。

"唔？"

"我明天跟你一块儿走。"

巴扎罗夫不答话。

"不过我回家去，"阿尔卡狄继续说，"我们同路到霍赫洛夫村，在那儿你可以向费多特雇马。我倒想认识你家里的人，可是我又害怕对他们同你都有些不便。你以后还要到我们家里来是不是？"

"我的东西全留在你家里呢。"巴扎罗夫说，他并不掉过头来。

"为什么他不问我干吗要走，而且走得像他那样地突然呢？"阿尔卡狄想道，"实际上我为什么要走呢，他又为什么要走呢？"他继续往下面想。他对自己的问话找不到一个满意的答复，不过他心里却充满了痛苦。他觉得要离开这种他已经过惯了的生活，是很可惜的，可是他单独留下来又显得有点儿古怪。"他们两个人中间发生了什么事情了，"他推测道，"那么，他走了以后我还住下去又有什么好处呢？我只有叫她更讨厌我；我连最后的希望也会失掉了。"他就在想象中描绘起安娜·谢尔盖叶夫娜的面貌来，以后另一个面颜渐渐地把这个青年寡妇的美丽的容貌掩盖了。

“我也舍不得卡契雅！”阿尔卡狄轻轻地对他的枕头说，已经有一滴眼泪落在那上面了。……忽然他把头发向后一甩，高声说道：

“西特尼科夫这笨蛋到这儿来干什么？”

巴扎罗夫起先在他的床上动了一下，然后说出下面的答话来：

“兄弟，我看你还是个傻瓜。我们少不了西特尼科夫这种人的。我——你得明白这个——我用得着像他那种傻瓜。不一定要天神才会烧罐子！[①] ……”

“啊哈，哦！”阿尔卡狄心里想道。巴扎罗夫的深得没有底的傲慢就在这一瞬间现露在他的眼前了。“那么，你同我都是天神吗？这是说——你是一尊天神，那么我是不是一个傻瓜呢？”

“不错，”巴扎罗夫板起脸说，“你还是一个傻瓜。”

第二天阿尔卡狄对奥津左娃说他要跟巴扎罗夫一块儿走的时候，她并不表示特别的惊讶；她好像心里有什么事情而且很疲倦。卡契雅只是默默地、严肃地望着他；公爵夫人却高兴得忍不住在披巾下面画起十字来，这连他也看出来了。可是同时西特尼科夫却着实地惊慌起来了。他穿了一套崭新的漂亮衣服（这一次不是斯拉夫派的服装了），刚刚走来吃早饭；昨天晚上那个给派去伺候他的人看见他带了那么多的衬衣来，惊奇得了不得，现在突然间他的朋友们要撇下他走了！他急急地走了几步，又转回来，跳来跳去，就像一只野兔给人赶到了树林边上那样，后来他突然差不多带着恐怖地、而且差不多要哭出声来地对女主人说他也要走了。奥津左娃并不挽留他。

---

① 俄谚。意思是：傻瓜也用得着！

“我这辆有篷轻马车很舒服，”这个运气不好的年轻人转身对阿尔卡狄说，“您可以坐我的车一块儿走，叶夫盖尼·瓦西里以奇可以坐您那辆敞篷车，这样倒更方便些。”

“可是对不起，您并不顺路，而且到我那儿去路还很远！”

“那不要紧，不要紧；我时间多着呢，而且我还有事情要到那个方向去。”

“干包税的事吗？”阿尔卡狄非常瞧不起地问道。

可是西特尼科夫心里很不痛快，他也不像平常那样地发笑了。

“我给您保证，我的有篷轻马车是特别舒服的，”他喃喃地说，“容得下我们三个人。”

“不要拒绝麦歇西特尼科夫的好意叫他伤心吧。”安娜·谢尔盖叶夫娜说。

阿尔卡狄看了她一眼，深深地埋下头去。

早饭后客人就动身了。奥津左娃跟巴扎罗夫分别的时候，她伸出手给他，并且说：

“我们还要再见的，是吗？”

“听您吩咐吧。”巴扎罗夫答道。

“那么我们还要再见。”

阿尔卡狄第一个走下台阶：他上了西特尼科夫的有篷轻马车。管事很恭敬地扶着他，可是他却觉得要把这个人打一顿，不然就自己哭一场才痛快。巴扎罗夫坐在四轮敞篷车里面。他们到了霍赫洛夫村，阿尔卡狄等着客店老板费多特换好了马，便走到四轮敞篷车那边，带着平日的微笑对巴扎罗夫说：“叶夫盖尼，带我去吧；我要到你那儿去。”

“坐下。”巴扎罗夫从牙缝里说。

西特尼科夫正绕着他的马车的轮子来回走着，起劲地吹口哨，听见这些话，他只好张了口望着；阿尔卡狄冷静地从有篷轻马车上面拿下了他的行李，坐在巴扎罗夫身边，向着他先前同车的友伴客气地点点头，叫一声：“走吧！”四轮敞篷车转动起来，过了一忽儿就看不见了。……西特尼科夫非常狼狈，他望着他的车夫，车夫正在用鞭子轻轻打着右边那匹马的尾巴玩。西特尼科夫跳进有篷轻马车，对两个过路的农民咆哮道：“戴上帽子，你们这些混蛋！”便往城里去了，他到得很晚，第二天他在库克希娜的家中痛骂这两个“可恶的傲慢的粗人”。

阿尔卡狄在四轮敞篷车里，坐在巴扎罗夫的旁边，他紧紧地捏住巴扎罗夫的手，许久都不作声。巴扎罗夫对他的握手和沉默好像很了解，而且很珍视。巴扎罗夫前一个晚上整夜没有睡，他有几天没有抽烟，也几乎没有吃一点儿东西。在他那顶戴到眉毛上的帽子下面，他的已经瘦了许多的侧面显得更阴郁，更瘦了。

“喂，兄弟，”他终于开口说，“给我一支雪茄。你看看我的舌头是不是黄的？”

“是，是黄的。”阿尔卡狄答道。

“唔……雪茄也没有味道了。机器发生障碍了。”

“你近来的确有了改变了。”阿尔卡狄说。

“没有关系！以后就会好的。只有一桩事麻烦——我母亲心肠太软了；倘使你不把肚皮喂得鼓起来，一天不吃它十次东西，她就难过得不得了。我父亲倒没有毛病，他到处都走过，他什么都经历过来的。不，我抽不下去了。”他说着就把雪茄烟扔到大路上尘土中去了。

“到你的庄子是不是有二十五里？”阿尔卡狄问道。

“二十五。你问这位聪明人吧。”他指着坐在驾车座位上的农民说，那是费多特雇用的人。

可是聪明人答道：“谁能够知道呢？这一条路又没有丈量过。”他又继续小声地骂那匹辕马“拿脑袋踢人”，这就是说，埋着头摇晃。

“不错，不错，”巴扎罗夫说，“这对你是一个教训，年轻的朋友，一个有益的例子。鬼知道，这是胡说八道！每个人都吊在一根细线上，在他的脚下随时都会裂开一个深渊，可是他仍然给他自己制造出种种的烦恼，毁坏他的生活。”

“你指的什么？”阿尔卡狄问道。

“我并不指什么；我是直截了当地说我们两个都做了傻瓜。解释又有什么用！不过我在医院里头实习的时候已经看到，一个人要是恼恨自己的病，——他一定会战胜这个病。”

“我完全不懂你的意思，”阿尔卡狄说，“我倒觉得你没有什么可以抱怨的理由。”

“既然你完全不懂我的意思，那么让我告诉你，——在我看来，宁可在马路上敲石子，也不要让一个女人来管住一根小指尖。那都是……”巴扎罗夫正要说出他爱用的那个字眼“浪漫主义”，但又制止了自己，另外说：“废话。你现在不相信我的话，可是我告诉你：你我跟女人交际过了，我们觉得这是很愉快的，可是人离开这种交际，就像在大热天泡进冷水里头一样。一个男人没有工夫去注意这些琐碎事情；西班牙的俗话说得好：男人应当凶。喂，你这个聪明人，”他又转头向那个坐在驾车座位上的农民说，“我想你有个老婆吧？”

那个农民掉过他的眼睛近视的扁平脸来望这两个朋友。

“老婆？有的。我怎么会没有老婆！”

“你打她吗？”

“打我的老婆？ 这种事情是有的。无缘无故我并不打她。”

“很好。唔，那么她打你吗？”

那个农民拉了拉缰绳。

“老爷，您讲的什么话。您真喜欢开玩笑。……”他显然有点儿不高兴了。

“你听见吧，阿尔卡狄·尼可拉叶维奇！ 可是我们挨了一顿打了……这就是做一个受过教育的人的下场。”

阿尔卡狄勉强笑了笑；巴扎罗夫转过脸去，以后一路上他就没有再开过口。

二十五里的路在阿尔卡狄看来好像有五十里那样远。可是后来在一个山冈的斜坡上终于出现了巴扎罗夫的父母住的小村庄。紧靠着这个小村庄，在一座年轻的桦树林子里露出一所茅草顶的小宅子。两个农民戴着帽子站在第一座农家茅屋的门前对骂。“你是一口大猪，”一个骂道，“比一口猪崽子还坏。”“你老婆是个巫婆。”另一个回骂道。

“从他们这种没有拘束的态度看来，”巴扎罗夫对阿尔卡狄说，“从他们爱打趣的谈话的调子看来，你就可以猜到我父亲的农民并没有受到太多的压迫了。啊，现在他本人走出来站在宅子门口台阶上面了。他们一定听到了铃子声。这是他，这是他——我认得出来他那个样子。唉，唉，他头发这样花白了，可怜的人！”

二十

巴扎罗夫从四轮敞篷车里探身出去；阿尔卡狄便从他的朋友的背

后伸出头去望外面，他看见在这小小宅子门前的小台阶上站着一个瘦长的人，他有一头蓬松的头发，一根瘦削的鹰鼻，身上穿着一件旧的军大衣，没有扣上钮扣。他正叉开腿站在那儿，抽着一根长烟斗，眼睛给阳光照得眯缝起来。

马站住了。

“你到底来了，”巴扎罗夫的父亲说，他仍然在抽烟，不过烟管在他的手指中间跳动起来了，“喂，下车来，下车来，让我来抱抱你。”

他拥抱起他的儿子来了。……“叶纽沙[①]，叶纽沙。”一个女人的颤抖的声音叫着。门打开了，门口现出一个又肥又矮的老太太，头上戴一顶白帽子，身上穿一件花短衫。她一边叹气，一边摇摇晃晃地走过来，要是巴扎罗夫不把她搀住，她就会跌倒了。她那两只圆圆的小胳膊马上绕着他的脖子，她的头紧紧靠在他的胸上，这个时候一点儿声息也没有；只听见她的断断续续的呜咽声。

老巴扎罗夫深深地呼吸着，眼睛眯得比先前更厉害。

“啊，得啦，得啦，阿利霞！停住吧，”他说，一面跟那个站在四轮敞篷车旁边一动也不动的阿尔卡狄交换了一瞥眼光，连那个坐在驾车座位上的农民也把头掉开了，“这简直是用不着的！请停住吧。”

“啊，瓦西里·伊凡内奇，”老太太结结巴巴地说，“我多少年没有看见我的宝贝，我的好儿子，叶纽兴卡[②]了，……”她还不放松她的胳膊，只抬起她那张给泪水打湿了的、带着感动表情的起皱纹的脸，稍微离开巴扎罗夫，用幸福的、同时又可笑的眼光把他望了一忽儿，随后

① 叶纽沙是叶夫盖尼的爱称。
② 叶纽兴卡也是叶夫盖尼的爱称。

她又扑过去将他搂住了。

“呵，是啊，这自然是合乎情理的，”瓦西里·伊凡内奇解释道，“不过我们还是到屋子里头去好些。还有一位客人跟叶夫盖尼一块儿来。请您原谅，”他掉转身子朝着阿尔卡狄把右脚向后移一下鞠一个躬说，“您明白女人的弱点，而且，啊，母亲的心……”

他的嘴唇和眉毛也在抽动，他的下巴也在打颤……可是他显然在竭力控制自己，勉强做出差不多淡漠的样子来。阿尔卡狄跟他行了礼。

“真的，我们进去吧，妈妈。”巴扎罗夫说，他把这个衰弱的老太太搀进里面去了。他让她坐在一把舒服的扶手椅上，又匆匆忙忙地跟父亲拥抱了一下，还把阿尔卡狄介绍给父亲。

“我很荣幸能够认识您，”瓦西里·伊凡诺维奇说，“不过请您包涵点：我们家里什么都简陋得很，完全是照军队里的办法。阿利娜·符拉西叶夫娜，请你安静点；怎么这样软弱！我们这位客人要看轻你了。”

“少爷，”老太太满含着眼泪说，“我们还没有请教您的大名和父名……”

“阿尔卡狄·尼可拉以奇。”瓦西里·伊凡诺维奇恭敬地低声对她说。

“请您原谅像我这样一个傻老婆子，”这个老太太擤一擤鼻涕，把头向右边一歪，又向左边一歪，小心地先擦干一只眼睛，接着又擦干另一只眼睛，“请您原谅我。您知道我还以为我这辈子见不到我的好……好……好……儿子了。”

“现在我们不是活着见到他了吗，太太。”瓦西里·伊凡诺维奇插嘴说。“塔纽希卡，”一个十三岁的光脚小女孩穿着一件鲜红的印花布衫子，正怯生生地在门外探头张望，他便转身唤她道，“给你太太倒杯水来——放在盘子上端来，听见没有？ ——还有你们两位先生，”他带一种旧式的诙谐腔调说，“请你们两位到一个退伍老兵的书房里去坐坐吧。”

“让我再抱你一回，叶纽谢奇卡[①]。”阿利娜·符拉西叶夫娜呻吟起来。巴扎罗夫俯下身子去就她。“啊，你长得多漂亮了！”

“啊，我倒不知道他漂亮不漂亮，”瓦西里·伊凡诺维奇说，“可是他是一个大人，就是人们所说的‘屋门非’[②]了。现在我希望，阿利娜·符拉西叶夫娜，你已经满足了你做母亲的心，你得设法满足这两位贵客的肚皮吧，因为，你知道，夜莺不能够靠寓言充饥[③]。”

老太太从椅子上站起来。

“马上，瓦西里·伊凡诺维奇，桌子就会摆好的。我要亲自跑到厨房里头去，叫人烧好茶炊，所有的东西都会准备好，所有的东西。啊，我已经三年没有看见他，没有给他弄过吃的、喝的了；这不是容易的事啊！”

“好啦，好太太，留神快点儿张罗吧，不要丢脸了；你们两位先生，请跟我来吧。啊，季莫费以奇来给你请安了，叶夫盖尼。他，我敢说，那老狗也很高兴的。喂，老狗，你高兴吗？ 请跟着我走吧。”

瓦西里·伊凡诺维奇慌慌忙忙地往前走，他的破拖鞋一路上踢搭踢搭地响着。

他的房屋全部只有六间小屋子。这里面有一间，就是他现在带我

---

① 叶纽谢奇卡也是叶夫盖尼的爱称。
② 俄国腔的法语 homme fait（成人）。
③ 俄谚。

们的朋友进去的那一间，是称作书房的。一张粗腿的桌子填满了两个窗户中间的地位，桌子上面堆满了给陈年的灰尘弄脏了、看起来好像是烟熏黑了的文件；墙上挂了几支土耳其枪，几根马鞭，一把指挥刀，两幅地图，几幅解剖图，一幅胡费兰德[①]的肖像，一幅嵌在黑框子里面、用头发编成的姓名缩写的花字，一张配着玻璃镜框的文凭，一张已经坐坏了、到处露了洞的皮沙发放在两口白桦木柜子的中间；架子上凌乱地堆满了书籍、盒子、鸟的标本、罐子、药瓶；在一个角落里放着一架坏了的发电机。

“我已经告诉过您，亲爱的客人，”瓦西里·伊凡诺维奇说，“我们在这儿过的可以说是兵营的生活。”

“得啦，不要说了，有什么可以道歉的地方呢？”巴扎罗夫打岔道，“基尔沙诺夫知道得很清楚，我们不是大富豪，你又没有宫殿。现在的问题是我们把他安顿在哪儿？”

“叶夫盖尼，你不要着急，耳房里有一间很好的屋子：他住在那儿一定很舒服。”

“那么，你修了一排耳房了？”

“是啊，少爷，就是洗澡房那儿，少爷。”季莫费以奇插嘴道。

“我是说洗澡房旁边的那一间，”瓦西里·伊凡诺维奇连忙解释道。“现在是夏天了。……我马上就到那儿去布置；季莫费以奇，你把他们的行李搬进来吧。你，叶夫盖尼，我当然把书房让给你用。Suum cuique.[②]”

---

① 胡费兰德(1762—1833)，德国医师。《长寿术》一书的著者。
② 拉丁文:各得其所。——原注

“现在你看见他了！ 一个多么有趣的老头儿，他人真好。”巴扎罗夫等瓦西里 · 伊凡诺维奇走出去了，马上对阿尔卡狄说。“他恰恰和你父亲一样，是个古怪的人，不过是另外的一种。他讲话太多。”

“我觉得你的母亲太好了。”阿尔卡狄说。

“不错，她是个实心的女人。你等着看她给我们弄一顿什么样的午饭吧。”

“他们没有料到您今天回来，少爷，他们没有买牛肉，”季莫费以奇说，他正把巴扎罗夫的箱子拖了进来。

“没有牛肉我们也会吃得很好。没有也就罢了。俗话说得好：贫穷不是罪恶。”

“你父亲有多少农奴？”阿尔卡狄突然问道。

“这田产不是他的，是我母亲的；我记得，有十五个农奴吧。”

“一共二十二个。”季莫费以奇带着不满意的神情说。

拖鞋拍地的声音又听得见了，瓦西里 · 伊凡诺维奇走了回来。

“再过几分钟，您的屋子就可以接待您了，”他得意地大声说，“阿尔卡狄……尼可拉以奇？ 我没讲错您的父名吧？ 这是伺候您的人，”他说，一面用手指着那个跟他一块儿进屋里来的短头发小孩，这个小孩身上穿一件两肘破烂的蓝色长外衣，脚上穿一双并不是他自己的皮靴，“他叫费季卡。啊，我儿子虽然叫我不要说，我还是要再说一遍，请您包涵点，他做不了什么事。不过他知道怎样装烟斗。您当然抽烟吧？”

“我平常抽雪茄。”阿尔卡狄答道。

“您这个办法很好。我自己也喜欢抽雪茄，可是在这种偏僻地方，很不容易弄到雪茄。”

“得啦，不要再说穷诉苦了，”巴扎罗夫又打断了他的话，“你还不如坐在这儿沙发上，让我来好好地看你一下。”

瓦西里·伊凡诺维奇笑着，坐了下来。他的面貌很像他的儿子，只是他的前额低一些、窄一些，他的嘴稍微阔一些；他老是在动，时时耸动肩膀，好像他的衣服太紧，使他的膈肢窝下面很不舒服似的；他一忽儿眨眨眼睛，一忽儿咳嗽两声，一忽儿动动手指。他的儿子却一直露出一种毫不在乎的镇静。

“说穷诉苦！”瓦西里·伊凡诺维奇跟着说了一遍，“叶夫盖尼，你不要以为我想打动（就这么说吧）我们客人的同情心：说我们住在怎样一个荒凉偏僻的地方。其实恰恰相反，我认为在一个有思想的人看来，没有一个地方是荒凉偏僻的。至少我竭力不叫自己身上长满（就照一般人那样地说吧）青苔，不叫自己落伍。”

瓦西里·伊凡诺维奇从他的袋里掏出一方新的黄色的细绸子手帕来，这是他匆匆忙忙地跑到阿尔卡狄的屋子去的时候顺便拿来的，他一面摇动手帕，一面继续说：“我这话并不是指，譬如说，下面的事实说的：那就是，我对我的农民实行纳租制度，把我的地给了他们，他们把一半的收成给我，在我自己这一方面，牺牲也不算小。我认为这是我的义务，常识也命令我这样做，虽然别的地主们连做梦也没有想到这个。我现在是指科学，指教育来说的。”

“不错；我看见你这儿有一本一八五五年的《健康之友》①。”巴扎罗夫说。

“这是一个老朋友讲交情送给我的，”瓦西里·伊凡诺维奇连忙答

① 从1833年到1869年在彼得堡刊行的一种医学杂志。

道，“不过我们，譬如说，还知道一点儿骨相学，”他又说，这句话主要地是对阿尔卡狄说的，他一面指着柜子上面那个画得有编号的小方格的石膏人头，“就是勋奈林[1]的名字我们也并非不知道，还有拉德马黑尔[2]。”

“这个省里的人还相信拉德马黑尔吗？”巴扎罗夫问道。

瓦西里·伊凡诺维奇咳一声嗽。

“这个省里……自然，先生们，你们知道得挺清楚；我们怎么能够赶上你们呢？现在该你们来替换我们了。在我那个时候有一位拥护体液病理学[3]的霍夫曼[4]，还有布朗同他的活力论[5]，——我们觉得他们很可笑，可是在某个时期他们自然也享过大名来的。现在你们又有新的人来代替拉德马黑尔了，你们崇拜他，可是再过二十年人们又会笑他了。”

“我对你说，省得你心里不舒服，”巴扎罗夫说，“现在我们根本就看不起医学，我们对什么人都不崇拜。”

“那是怎么一回事？啊，你不是要做一个医生吗？”

“不错，可是这两件事并不冲突。”

瓦西里·伊凡诺维奇把中指插进烟斗里去，那里面还有一点儿燃着的热灰。

“好吧，也许是的，也许是的，——我不跟你辩论。我是什么呢？

---

① 勋奈林(1793—1864)，德国医生。
② 拉德马黑尔(1772—1849)，德国学者，医生。
③ 一种陈腐的主观臆测的学说，它把所有疾病都解释为是机体体液失调的结果。
④ 霍夫曼(1660—1742)，德国医生。
⑤ 布朗(1735—1788)，苏格兰著名内科医生。活力论是一种反动的唯心主义学说，认为生命现象仿佛是由非物质的超自然力量或原则支配的。

一个退伍的军医，渥拿都[①]，现在我变成了一个农业家。”他又掉过头去对阿尔卡狄说：“我在您祖父手下[②]做过事情，是的，先生，是的，先生，我当年也见过不少的世面。我进过各种社交界，接触过各种人物！ 我本人，现在站在您面前的这个人，也曾经给威特根施泰因公爵和茹科夫斯基[③]看过脉！ 那些参加过十四日[④]的南军的人，您明白吧。(他说到这儿，便带着特别意味地紧闭他的嘴唇。)他们我全认识。唔，可是我的事情是另外的一种；你只要知道用你的柳叶刀就够了！ 您祖父是一位非常受人尊敬的人，一位真正的军人。”

“你老实说吧，他是个不折不扣的呆子。”巴扎罗夫懒洋洋地说。

“啊，叶夫盖尼，你怎么说出这种话来！ 想一想……固然基尔沙诺夫将军不是一个……”

“得啦，不用提他了，”巴扎罗夫打岔道，“我坐车来的时候看见你那座桦树林子倒很高兴，它长得很漂亮。”

瓦西里·伊凡诺维奇马上高兴起来。

“你瞧瞧我现在有一个多好的小花园！ 每棵树都是我亲手栽的。我有水果、草莓同各种各类的药草。不管你们年轻先生们怎样聪明，可是老巴拉塞尔苏司[⑤]说出了神圣的真理：in herbis，verbis et lapidibus…[⑥]你知道，自然，我已经不行医了，可是每个星期总有两三次我还得重操旧

① 俄国腔的法语：voil à tout(如是而已)。——原注
② 原文是“在您祖父的那一旅里头服过务”，因为当时阿尔卡狄的祖父还没有升任师长。
③ 威特根施泰因(1768—1842)，俄国元帅，参加 1812 年卫国战争。茹科夫斯基(1783—1852)，俄国浪漫主义派诗人。
④ 指 1825 年 12 月 14 日圣彼得堡十二月党人发动的武装起义。参加起义的人大半是军官，分为南方协会与北方协会。
⑤ 指瑞士名医和化学联家巴拉塞尔苏司(1493—1541)。
⑥ 拉丁文：在草、言语和石头里面。——原注。意思大概是：应当治病。

业。他们来请教，我不能够把他们赶走。有时候贫苦的人跑来找我帮忙。这儿连一个医生也没有。这儿有一个邻居，一个退伍的少校，想不到他也在给人看病。我向人问过：‘他学过医没有？’他们告诉我：‘不，他没有学过；他行医多半是为了行善。’哈，哈！为了行善！啊，你觉得怎样？哈，哈！哈，哈！”

“费季卡，给我装好烟斗！”巴扎罗夫厉声说道。

“这儿还有一个医生，他去看一个病人，”瓦西里·伊凡诺维奇带着一种扫兴的表情说下去，“那时候病人已经 ad patres[①] 去了；用人不让医生进屋，只告诉他：‘现在用不着您了。’他没有料到这一层，慌张起来，就问道：‘唔，你主人临死前打嗝儿没有？’‘打的。’‘打得厉害吗？’‘厉害。’‘啊，很好，’他就转身回去了。哈，哈，哈！”

只有老人一个人在笑，阿尔卡狄勉强露出笑容。巴扎罗夫只是拚命地抽烟。谈话就这样地继续了一点钟的光景；阿尔卡狄还有时间到他屋子里去了一趟，那间屋子原来是洗澡房的外房，不过却是很舒服，很干净的。最后达纽莎进来通知，午饭已经预备好了。

瓦西里·伊凡诺维奇第一个起身。

“走吧，先生们。要是我打扰了你们，那么请你们宽大地原谅我吧。我那位太太大概会叫你们满意的。”

午饭虽是匆匆准备的，却很可口，而且很丰富；只是酒却像人们所说的那样，不够味：这是一种差不多黑色的西班牙甜酒，有一点儿像青铜又像松脂的味道，还是季莫费以奇从城里一家熟铺子里买回来的，还有苍蝇也非常讨厌。平日有一个农奴的小孩拿着一大枝绿树枝在旁

---

① 拉丁文：到祖先那儿。——原注

边赶苍蝇；可是这一回瓦西里·伊凡诺维奇因为害怕年轻人批评，便把他打发走了。阿利娜·符拉西叶夫娜已经换好了衣服：她戴着一顶有丝带的高帽，披着一条淡青色带花的披巾。她看见她的叶纽沙，忍不住又哭起来，可是这一次却用不着她丈夫来劝她：自己连忙揩干了眼泪，因为她害怕把她的披巾弄脏了。只有这两个年轻人在吃东西：主人同主妇早已吃过午饭了。费季卡在伺候开饭，他因为没有穿惯靴子，显然觉得很不舒服，还有一个男人相貌的独眼妇人在旁边给他帮忙，她叫安非苏希卡，平日兼做着管家、养鸡、洗衣的职务。在他们吃午饭的中间，瓦西里·伊凡诺维奇一直不停地在屋子里走来走去，他脸上带了非常快乐的、甚至十分幸福的表情，谈论着拿破仑的政策和错综复杂的意大利问题[①]所引起的严重的忧虑。阿利娜·符拉西叶夫娜并不注意阿尔卡狄，也不劝他多吃；她把她的圆脸（她的丰满的樱桃色嘴唇，她的脸颊上和眉毛上的小黑痣使她的脸显得更和善）支在她的捏紧的小拳头上面，她的眼睛始终不离开她的儿子，而且一直不停地在叹气；她非常着急地想知道他这次回来要住多少时候，可是她又害怕问他。“要是他说只住两天又怎么办呢？”她想道，她的心就沉下去了。烤肉端上桌子以后，瓦西里·伊凡诺维奇便不见了。过了一忽儿，他拿着半瓶开了塞子的香槟酒回来。“你瞧，”他叫道，“我们虽然住在乡僻地方，可是遇到喜庆事情，我们也有一点儿东西来助兴呢！”他斟满了三个高脚杯和一个小酒杯，提议祝“贵客们”的健康，便依照军人的规矩把酒

① 意大利为摆脱奥国统治、争取独立和统一的斗争的问题在 19 世纪 60 年代曾引起俄国社会的注意，引起俄国报刊，特别是革命民主派杂志的《现代人》和《口笛》的热烈讨论。在意、法、奥战争中奥地利失败，但在签订维拉弗兰卡停战协定时拿破仑三世出卖了意大利，威尼斯继续归属奥地利。

一口喝光了；他还勉强阿利娜喝光她那一小杯酒。蜜饯端上来的时候，阿尔卡狄虽然不能吃甜的东西，也觉得他应当把那四种新做好的蜜饯每一样尝一点儿，尤其因为他看见巴扎罗夫坚决地一点儿也不吃就马上抽起雪茄来。然后茶同奶油、牛油、脆饼干一块儿送上来了；吃过了茶，瓦西里·伊凡诺维奇便带他们到园子里去欣赏黄昏的美景。他们走过一条长凳的时候，他轻轻地对阿尔卡狄说：

“我爱在这个地方对着落日冥想：这对一个像我这样的隐士倒合适。那儿，再远一点儿的地方我栽了几棵贺拉斯[①]喜欢的树木。”

“什么树？”巴扎罗夫在旁边听见了便问道。

“啊……刺槐。”

巴扎罗夫打起呵欠来。

“我想，现在是我们的旅客进摩耳甫斯[②]的怀里的时候了。”瓦西里·伊凡诺维奇说。

“那是说，到了睡觉的时候了，”巴扎罗夫插嘴说。“这个意见不错。的确是时候了。”

他向他的母亲告辞的时候，他吻她的前额，她却拥抱他，又偷偷地在他背后划了三次十字，给他祝福。瓦西里·伊凡诺维奇把阿尔卡狄带到他的屋子里去，并且盼望他“睡得好，就像我在您那幸福的年纪的时候一样”。阿尔卡狄在他那间洗澡房的外房里的确睡得非常好；屋里有一股薄荷味道；两只蟋蟀在灶后竞赛似地唱催眠歌。瓦西里·伊凡诺维奇走出阿尔卡狄的屋子又到他的书房里去，他蜷着身子坐在沙发

① 贺拉斯（公元前65—前8），罗马著名诗人。用颂歌和寄语歌颂在大自然怀抱中的生活乐趣。
② 据罗马神话，梦神摩耳甫斯是睡神的儿子。

上他儿子的脚边，准备跟他儿子谈一忽儿，可是巴扎罗夫说自己很瞌睡，马上把他打发走了，事实上巴扎罗夫一直到天亮才睡着。他睁大眼睛生气地注视着黑暗。童年的回忆在他心上并没有什么力量，而且他还不能够摆脱他最近的痛苦的印象。阿利娜·符拉西叶夫娜先祷告到她自己满意了，后来又跟安非苏希卡谈了许久、许久的话，安非苏希卡一动也不动地站在她主人面前，用她那只独眼死死地盯着她，鬼鬼祟祟地低声讲着她对于叶夫盖尼·瓦西里以奇的一切观察和意见。老太太的脑袋已经让快乐，让酒，让雪茄烟气味弄昏了：她的丈夫还想跟她谈话，也只好摇摇手扫兴地打住了。

阿利娜·符拉西叶夫娜是一个真正的俄国古时候的大家妇女：她应当早生两百年，生在旧的莫斯科时代[①]。她笃信宗教，而且容易感动，她相信各种的兆头、占卜、咒语和梦；她相信圣痴[②]的预言，相信家怪，相信树精，相信不吉利的相遇，相信凶眼，相信流行的丹方，相信星期四那天不吃盐[③]，相信世界末日就在眼前；她相信要是复活节整夜礼拜的烛光不灭，荞麦的收成一定好；她又相信菌子要是让人眼看见了，就不会长大；她相信魔鬼喜欢有水的地方；她相信每个犹太人的胸口上都有一块血印；她害怕老鼠，害怕蛇，害怕青蛙，害怕麻雀，害怕蚂蟥，害怕雷，害怕冷水，害怕穿堂风，害怕马，害怕羊，害怕红头发的人，害怕黑猫，她把蟋蟀同狗当做不干净的生物；她从来不吃小牛肉、鸽子[④]、龙虾、乳酪、龙须菜、西洋野菜、野兔，她不爱吃西瓜，

---

① 指莫斯科做帝国首都的时期；在她这个时候俄国首都在圣彼得堡。
② 当时旧俄一般迷信的人认为这种半疯的低能人得到了神的感召，能够跟神接谈，几乎把他们当作了预言家。
③ 古时俄罗斯农村旧俗，星期四不吃盐。
④ 在从前，多数俄国人把鸽子看作圣灵的象征，不吃鸽子，也不杀鸽子。

因为切开的西瓜使她想起了施洗的约翰的头[①]，她提起牡蛎就要打颤，她爱吃——可是严格持斋[②]；在一天二十四小时里头她睡去了十小时，然而要是瓦西里·伊凡诺维奇头痛，她就整夜不睡；除了《亚历克西或林中小屋》[③]外，她从没有读过一本书；她一年写一封，最多写两封信，可是处理家务，做果干，做蜜饯，她却十分擅长，虽然她自己的手从来不沾一下，而且她往往一坐下来就不愿意再移动。阿利娜·符拉西叶夫娜心肠很好，并且在她的范围内她也绝不是愚蠢的。她知道世界上的人是分为两类的：一种是主人，他们的职责是发命令，另一种是寻常老百姓，他们的职责是服从命令，——因此她也并不厌恶卑屈谄媚和跪拜的礼节，可是她对待比她低下的人却很仁慈、温和；她从来不让一个乞丐空手回去；虽然她有时候也议论旁人；却从来没有讲过谁的坏话。她年轻时候很漂亮，会弹翼琴[④]，还讲几句法国话，可是自从她并不情愿地勉强跟她丈夫结了婚，跟他一块儿漂游了许多年以后，她的身子长胖了，也忘记了音乐和法国话。她很爱她的儿子，也很怕他；她把她的田产完全交给瓦西里·伊凡诺维奇去管理——她自己现在一点儿也不过问；只要她的老伴跟她谈起那些快要实行的改革和他自己的计划，她马上就唉声叹气，接连地摇手绢儿表示不要听下去，而且吓得把眉毛越抬越高。她多疑善虑，老是觉得会有大难临头，要是她想起什么伤心的事情，马上就会痛哭起来。……像这样的女人现在是一天

① 耶稣以前的传道者，被希律王锁在监里。希律根据他弟妇希罗底的要求，吩咐护卫兵在监里斩了约翰，把头放在盘子里，拿来给希罗底的女儿（见《新约·马可福音》和《新约·马太福音》）。

② 即斋期中不吃肉的规定。

③ 《亚历克西或林中小屋》是法国小说家狄克烈-狄米尼尔（1761—1819）的一本感伤的小说，有俄译本。

④ 有键的乐器，即钢琴的前身。

一天地少起来了，只有上帝知道我们究竟应当不应当为这桩事情高兴！

二十一

阿尔卡狄早晨起来，打开窗，第一眼看到的便是瓦西里·伊凡诺维奇。这个老年人穿了一件布哈拉①的宽睡衣，腰间束着一条手帕，正在起劲地挖他的菜园。他看见了他的年轻的客人，便把身子靠在锄头上，大声说：

"祝您健康！ 您睡得好吗？"

"非常好。"阿尔卡狄答道。

"您瞧我在这儿像辛辛纳图斯②那样挖地种晚萝卜呢。我们现在生在这样一个时代，——感谢上帝！ ——人人都应当用自己的手来维持生活，靠别的人是没有用的，一个人总得自己劳动。现在看起来让·雅克·卢梭③究竟是对的了。要是在半点钟以前，我的亲爱的先生，您就会看见我在干一桩完全不同的事情。一个乡下女人来抱怨她'肚子绞痛'——那是她的讲法，可是在我们却叫做痢疾，我……我怎么说才好呢……我给她服鸦片；我又给另一个女人拔了一颗牙齿。我劝这个女

---

① 地名，在中亚细亚。

② 辛辛纳图斯(公元前约519—前439)，罗马的贵族和执政官，生活朴素，自己种地。

③ 让·雅克·卢梭(1712—1778)，法国杰出的思想家，启蒙学者，小资产阶级民主主义者。主要著作是《论人们之间不平等的起源和原因》。他认为人的教育和幸福生活的条件之一是劳动。

人上麻药……她却不肯。我干这些事都是 gratis[①]——安那马脚尔[②]。而且这也不足为奇；您知道我是一个平民，homo novus[③]，我不是世家出身，像我妻子那样。……您要不要在喝早茶以前到这儿荫凉处来，呼吸一点儿早晨的新鲜空气？”

阿尔卡狄便出去到了他身边。

“再欢迎一次，”瓦西里·伊凡诺维奇说，把手举到他头上那顶油腻的无边小帽旁边，行了一个军礼，“我知道，您过惯了阔的、快乐的日子，不过就是当代伟人也不至于不高兴在茅屋里头住上几天的。”

“啊哟，”阿尔卡狄叫起来，“您怎么把我比作当代伟人呢？我也没有过惯阔日子。”

“请原谅，请原谅，”瓦西里·伊凡诺维奇客气地笑答道，“虽然我现在是不中用的古董了，可是我也曾见过世面的——我可以根据一个人的行为来判断他的为人。我多少也算得是一个心理学家，一个观相家。要是我没有那种——我姑且大胆地说吧——本领，我早就完蛋了；像我这样一个渺小的人，是立不住脚的。我这样对您说并不是恭维您：我看见您跟我儿子的交情，万分高兴。我刚才看见他了；他同往常一样，起得很早——您一定知道他这种习惯——到附近散步去了。请许我问一句——您跟我儿子认识很久吗？”

“从去年冬天起的。”

“不错，先生。请许我再问一句，——我们坐下来谈谈不好吗？请许我这个做父亲的人直爽地问您一句，您觉得我的叶夫盖尼怎样？”

---

① 拉丁文：免费的。——原注
② 俄国腔的法语：en amateur（业余的）。——原注
③ 拉丁文：新人。——原注

“您的儿子是我所遇见的一个挺了不起的人。”阿尔卡狄起劲地答道。

瓦西里·伊凡诺维奇的两只眼睛突然睁得很圆；两颊略微发红。锄头从他的手里落了下来。

“那么您以为……”他说。

“我相信，”阿尔卡狄打岔道，“您的儿子有一个伟大的前程；他会给您的大名增光。我跟他第一次见面的时候，我就这样地相信。”

“这……这是怎样的呢？”瓦西里·伊凡诺维奇费力地慢慢说道。一个快乐的微笑使他的阔嘴张开了，那笑容一直留在他的嘴唇边。

“您要不要我告诉您我们是怎样认识的？”

“要的……而且大概讲一下……”

阿尔卡狄便讲起巴扎罗夫的故事来，他这次比他跟奥津左娃跳玛祖卡舞的那个晚上谈得更起劲，更热烈。

瓦西里·伊凡诺维奇注意地听着，他一忽儿擤鼻涕，一忽儿把他的手帕放在两只手里搓成一团，一忽儿咳嗽，一忽儿又把头发搔得直立起来，——最后他实在忍不住了，他俯下头去，在阿尔卡狄的肩头吻了一下①。

“您使我快乐极了，”他说，笑容一直没有消散，“我应当告诉您，我……崇拜我的儿子；我的老妻不用提了——我们都知道母亲对儿子是怎样的！——可是我也不敢在他面前表露我的感情，因为他不喜欢这样。任何的感情流露他都反对；许多人因为他的性格坚强，不满意他，认为这是骄傲、无情的表示，可是像他这样的人是不能够用平常的

① 在帝俄时代，吻主人的肩头是农奴们的习惯。

尺度来衡量的，不是吗？ 随便举个例子说，别的许多人处在他的境地一定会成为他父母的累赘；可是他，您相信吗？ 从生下来的那天起他就没有多花过一个戈比，上帝知道的。”

“他是一个没有私心的、正直的人。”阿尔卡狄说。

“的确是没有私心的。可是我，阿尔卡狄·尼可拉以奇，我不但崇拜他，我还以他自豪，我的虚荣心就是：有一天他的传记里面会写上这样的几行：‘一个寻常的军医的儿子，不过这个父亲很早就看得出他的伟大，并且不惜花任何代价来完成他的教育。’……”老人讲不下去了。

阿尔卡狄捏了捏他的手。

“您的意思怎样？”瓦西里·伊凡诺维奇停了一忽儿又问道，“他是不是会在医学方面得到您所预料的名声呢？”

“当然不是在医学方面，不过就是在这方面他也会成为第一流的学者。”

“那么在哪一方面呢，阿尔卡狄·尼可拉以奇？”

“现在很难说，不过他会成名的。”

“他会成名的！”老人跟着说了一遍，他静静地思索起来了。

“阿利娜·符拉西叶夫娜叫我来请你们进去喝茶。”安非苏希卡走来说，手里端着一大盆熟了的覆盆子。

瓦西里·伊凡诺维奇吃了一惊。

“有没有凉的奶油来拌覆盆子？”

“有的，老爷。”

“记住，要冷的！ 不要客气，阿尔卡狄·尼可拉以奇；多拿一点儿。怎么叶夫盖尼还不来呀？”

“我在这儿。”巴扎罗夫的声音从阿尔卡狄的屋子里送出来。

瓦西里·伊凡诺维奇连忙转过身去。

“啊哈！你想拜望你的朋友；可是你去得太晚了，amice[①]，我跟他已经谈了好久了。现在我们得进去喝茶去：母亲在叫我们。哦，我有几句话想跟你谈谈。”

“谈什么事情？”

“这儿有一个农民；他在害着 icterus[②]……”

“是说黄疸病吗？”

“是的，一种慢性的、顽强的 icterus。我给他开了矢车菊和小连翘，叫他吃红萝卜，又给他苏打，可是这些都只是**姑息**剂；我们还想给他用点更有效的药。你虽然看不起医学，不过我相信你可以给我一点很好的意见。这个我们以后再谈吧。现在先进去喝茶。”

瓦西里·伊凡诺维奇高高兴兴地从凳子上跳起来，口里哼着《洛伯特》[③]里面的句子：

> 法则，法则，法则让我们自己来规定，
>
> 活……活……就是要活得快乐！

“好大的活力！”巴扎罗夫说着，就离开了窗口。

到了中午的时候。隐在一片连绵不断的浅白色薄云后面的太阳好

---

① 拉丁文：朋友。——原注

② 拉丁文：黄疸病。

③ 全名为《魔鬼洛伯特》，是德国作曲家麦耶伯尔（1791—1864）在 1831 年所作的歌剧。

像在燃烧一样。四周很静；除了公鸡在村子里挑衅般地对啼，让听见的人发生一种古怪的瞌睡和烦闷的感觉以外，再没有别的声音；在什么地方的一棵树顶上，有一只小鹰高高地在那儿连连发出哭唤似的哀鸣。阿尔卡狄和巴扎罗夫躺在一个小小的干草墩的荫处，身子底下垫了两三抱草，这虽是干了的草，并且发出沙沙的声音，可是它们仍然带绿色，仍然有香味。

“那棵白杨，”巴扎罗夫开始说，“使我记起了我的童年；它长在土坑边上，那儿原先是个烧砖的地方，在那个时候我相信土坑同白杨有一种特殊的法力；我在它们旁边，从来不觉得厌烦。我当时并不明白我之所以不厌烦，只因为我是一个小孩。唔，我现在长大了，法力也就没用了。”

“你在这儿一共住了多少时候？”阿尔卡狄问道。

“连续住了两年的光景，后来我们就出去旅行。我们过一种漫游的生活，老是一个城市一个城市地搬来搬去。”

“这所宅子盖了很久吧？”

“很久了。是我外祖父盖的，就是我母亲的父亲。”

“你的外祖父，他是个什么人？”

“鬼知道。大概是个二级少校吧。他在苏沃罗夫①手下干过事，他老是讲他那些越过阿尔卑斯山的故事——说不定是在吹牛。”

“怪不得你们客厅里挂了一幅苏沃罗夫的像。我喜欢像你们这样的小宅子：又古老，又暖和；还有一种特别的气味。”

---

① 苏沃罗夫(1729—1800)，俄国统帅，于1799年在意大利打败了拿破仑一世，同年他统率下的俄罗斯军队在向瑞士进军中，完成了越过阿尔卑斯山的行军。

“灯油和苜蓿混在一块儿的气味，”巴扎罗夫打个呵欠说，“这些可爱的小宅子里的苍蝇……呸！”

“告诉我，”阿尔卡狄停了一下又说，“你小时候他们管束得严不严？”

“你看得见我父母是怎样的人。他们并不是严厉的人。”

“你爱他们吗，叶夫盖尼？”

“爱的，阿尔卡狄。”

“他们多爱你啊！”

巴扎罗夫静了一忽儿。

“你知道我在想什么吗？”他后来把两只手托住后脑勺，问了这一句。

“不知道。你在想什么？”

“我在想：我父母在世界上活得非常快乐。我父亲已经六十岁了，他还到处跑来跑去，谈着姑息剂，给人治病，对农民厚道——一句话说完，他过的是称心如意的日子；我母亲也很快乐；各种各样的事务把她的时间全占去了，她一忽儿唉声，一忽儿叹气，她连想到自己的时间也没有；可是我……”

“可是你呢？”

“我想：我躺在这儿草墩底下。……我占的这块小地方跟其余的没有我存在、并且和我不相干的大地方比起来是多么窄小；我所能生活的一段时间跟我出世以前和我去世以后的永恒比起来，又是多么短促。……在这个原子里，这个数学的点里，血液在循环，脑筋在活动，渴望着什么东西……这是多么荒谬！ 这是多么无聊！”

“让我来说一句，你这番话可以应用在一般人的身上……”

"你说得对，"巴扎罗夫打岔道，"我正要说，他们——我是指我的父母——现在整天忙着，并不去想一想他们自己的渺小；他们并不因为这个感到不舒服……可是我……我只感到厌倦和愤怒。"

"愤怒？ 为什么愤怒？"

"为什么？ 你怎么能够问为什么？ 你已经忘记了吗？"

"我什么都记得，可是我仍然不承认你有愤怒的权利。你不幸福，我承认，可是……"

"呸！ 那么你，阿尔卡狄·尼可拉叶维奇，我看得出，你对爱情的看法是同一般新的年轻人一样了。你咯、咯、咯地唤着母鸡，可是等到母鸡走过来，你又跑开了！ 我不是这样的。可是用不着再讲这个了。再说那些没有办法的事，未免太可羞了。"他翻了一个身。"啊哈！ 这儿有一只勇敢的蚂蚁在拖一只半死的苍蝇。带走它，兄弟，带走它！ 不要去管它怎样抵抗，你得利用这个事实：你作一个动物就有不承认怜悯心的权利，不像我们这些毁掉自己的人。"

"你不应该这样说，叶夫盖尼！ 你什么时候毁过你自己来的？"

巴扎罗夫抬起头来。

"这是唯一的我可以自傲的事。我没有毁掉我自己，所以一个女人也不会把我毁掉。阿门①！ 现在完结了。关于那件事你不会听见我再讲一个字了。"

这两个朋友静静地躺了一忽儿。

"不错，"巴扎罗夫又说，"人是奇怪的生物。要是我们从远处、从旁边来看'父亲们'在这儿过的那种与世隔绝的生活，似乎没有比这

① 基督教祷告的结尾词，意即"心愿如此"。

更好的了。你吃啦，喝啦，并且知道你的举动是最合理的，最聪明的。可是不然；你不久就会感到苦闷了。你总想跟别人来往，哪怕是去跟他们吵架也好，总想跟他们来往。”

“一个人应当好好地安排生活，要使它每一刻的时光都过得有意义，”阿尔卡狄带思索地说。

“谁说的！有意义的事情即使错误，也是好的；就是没有意义的事也可以忍受……可是——无聊的闲话，无聊的闲话……这却是受不了的。”

“一个人只要不承认无聊的闲话，对他无聊的闲话也就不存在了。”

“哼……你不过是**把大家都知道的道理颠倒过来说罢了**。”

“什么？你这句话是什么意思？”

“我就告诉你：譬如说教育是有利的，这是大家都知道的道理，可是要说教育是有害的，就是把大家都知道的道理颠倒过来了。它听起来好像更漂亮，其实是合二而一的。”

“那么真理是在——哪儿，在哪一方面呢？”

“哪儿？我像回声那样地回答你：在哪儿？”

“今天你心里不痛快，叶夫盖尼。”

“真的？我想大概是太阳把我晒得太厉害了，而且也不应该吃那么多的覆盆子。”

“那么睡一忽儿午觉倒不坏。”阿尔卡狄说。

“好吧；只是你不要望我：每个人的睡相都是愚蠢的。”

“别人对你怎样想法，在你看来不都是一样的吗？”

“我不知道跟你讲什么好。一个真正的人是不应当顾虑这个的；对一个真正的人，别人用不着去议论他，别人对他只有两个办法：不是服从他，就是恨他。”

“这倒古怪！ 我什么人都不恨。”阿尔卡狄想了一下说道。

“我恨的人很多。你是个心肠又软、感情又脆弱的家伙；你怎么会恨人呢？……你胆小；你不大相信你自己。……”

“那么你呢，”阿尔卡狄打岔地说，“你相信你自己吗？ 你把自己看得很高吗？”

巴扎罗夫不响了。

“等到我遇着一个在我面前不低头的人，”他一个字一个字清晰地说，“那么我再来改变我对我自己的意见。恨！ 不错，譬如，我们今天走过我们的管理人费立卜的小屋的时候，——就是那座又漂亮、又白的小屋，——你说，要是连最后的一个农民也有这样一所房屋的时候，俄国就到了完善的境地了，我们大家应当努力促成它的实现。……我却特别恨这个最后的农民，不管他叫费立卜，或是西多尔，我应当为他出力，他对我连谢也不谢一声……本来他为什么要谢我呢？ 唔，他将来要住在干净的白色小屋里头，而我的身上要长起牛蒡来①，以后又怎么样呢？”

“得啦，叶夫盖尼……要是有人听见你今天讲的话，他会跟那班骂我们没有原则的人表示同意了。”

“你讲话就同你伯父一样。一般地说，原则是不存在的——你到现在还不知道吗？ 只有感觉。一切都依靠着感觉。”

“怎么这样呢？”

① 意思是：“在我的墓地上要长起牛蒡来。”

“就这样的。譬如拿我来说，我采取一种否定的态度，这是由于我的感觉；我喜欢否认——我的脑子是那样构成的，就再没有别的了！为什么我喜欢化学？为什么你爱苹果——这也是由于我们的感觉。这都是一样的。再要比这更深一层，人就看不透了。这样的话不是每个人都肯对你说的，而且我下次也不会再跟你讲它。”

“什么？那么正直也是一种感觉吗？”

“我倒是这样想的。”

“叶夫盖尼！……”阿尔卡狄声音忧郁地说。

“啊？什么？这句话不合你的胃口吗？”巴扎罗夫打岔说。“不，兄弟。既然下了决心要把所有的东西全割下，就该把自己的脚也砍掉。可是我们也谈够哲理了。普希金说得好：‘大自然送出睡梦的静寂。’”

“他从没有说过这一类的话。”阿尔卡狄说。

“好吧，倘使他没有说过，他既然是一个诗人，他就很可以说——而且也应当说这句话。我想，他一定在军队里头干过。”

“普希金从来没有做过军人。”

“对不起，在他的每页书上都是：‘战斗去，战斗去，为了俄罗斯的荣誉！’”

“啊，看你乱编些什么！我要说这实在是毁谤了。”

“毁谤？事情太重大了！你想拿这句话来吓唬我！不管你怎样去毁谤一个人，他实际上总要比你讲的坏二十倍。”

“我们还是睡一忽儿觉吧。”阿尔卡狄带着不痛快的调子说。

“我非常赞成。”巴扎罗夫答道。

可是他们都睡不着。两个年轻人的心里都充满了一种差不多仇视的情感。过了五分钟的光景，他们张开眼睛，默默地对望了一下。

“你瞧，”阿尔卡狄突然嚷道，“一片枯萎的枫叶离开了树枝，正朝地上落下来，它飘着就像一只蝴蝶在飞一样。这不奇怪吗？ 最悲惨的死的东西——却跟最快乐的活的东西一样。”

“呵，朋友，阿尔卡狄·尼可拉以奇！”巴扎罗夫大声说，“我求你一件事：不要用美丽的辞藻。”

“我会讲什么就讲什么。……你这真是专制了。我脑子里头有了一个思想，我为什么不该把它讲出来呢？”

“不错；那么为什么我又不该讲出我的思想呢？ 我觉得那种美丽的辞藻实在不好听。”

“那么什么话好听呢？ 骂人吗？”

“啊——啊！ 我看你真想步你伯父的后尘呢。要是那个白痴听见了你的话，他不知道会多么高兴！”

“你把巴威尔·彼得罗维奇叫做什么？”

“我叫得非常恰当，他是一个白痴。”

“可是这叫人太难堪了！”阿尔卡狄嚷起来。

“啊哈！ 家族的情感在讲话了，”巴扎罗夫冷静地说，“我早看出来这种情感在人们心中是根深蒂固的。一个人可以放弃一切，破除一切的偏见，可是要他承认他那个偷手绢儿的兄弟，这是随便举例说的，是一个小贼，——那就办不到了。老实说：**我的**兄弟，**我的**——不是天才……这是可能的吗？”

“是单纯的正义的感情在我心里讲话，一点儿也不是家族的情感，”阿尔卡狄热烈地答道，“不过你既然不了解那种感情，你既然没有那种**感觉**，你就不能够批评它。”

“换句话说，阿尔卡狄·基尔沙诺夫太高深了，我是不能够了解的。我只好低头不做声。”

“请你不要说吧，叶夫盖尼；我们结果会吵起来的。”

“啊，阿尔卡狄！给我一个恩典。我求你，让我们痛痛快快地吵一回。”

“可是我们后来也许会弄到……”

“打架吗？”巴扎罗夫打岔地说，“好吧？这儿，在干草上面，在这种牧歌的环境里，离开世界和人们眼睛又远——那是不要紧的。不过你不是我的对手。我一动手就会掐住你的咽喉。”

巴扎罗夫伸开他那瘦长的、结实有力的手指。……阿尔卡狄掉转身走开，玩笑似地做出准备抵抗的姿势。……可是他朋友的脸色在他眼里显得非常凶恶——在他那嘴唇上似笑非笑的微笑里，在他那发光的眼睛里，有一种不是开玩笑的恐吓的表情，他不由自主地觉得害怕起来。……

“啊！原来你们跑到这个地方来了！”瓦西里·伊凡诺维奇的声音在这个时候说，这个老军医在年轻人的面前出现了，他穿一件自己家里做的亚麻布上衣，头上戴一顶也是自己家里做的草帽，“我到处找你们。……可是，你们倒挑选了一个很好的地方，你们干得很好。躺在‘大地’上面，仰望‘天空’。……你们知道，这句话里面有一种特别的意思吗？”

“我除了要打喷嚏的时候，从来不仰望天空，”巴扎罗夫嘟哝说，他又转过脸对阿尔卡狄小声说，“可惜他打了我们的岔。”

“唔，不要说了，”阿尔卡狄低声说，他暗暗地捏一下他朋友的手，“就是再深的友情也不见得长久受得住这样的冲突。”

“我望着你们，我年轻的朋友，”瓦西里·伊凡诺维奇也在这个时候说，他把头摇了摇，两手交叉着按在他亲手做的弯曲得很好看的、柄上雕一个土耳其人头的手杖上头，——“我望着你们，我就止不住我的赞美。你们有多大的力量，精力最旺盛的青春，多大的能力，多大的才干！简直是……卡斯托耳和波鲁克斯①。”

“现在你瞧——他来卖弄他的神话学了！”巴扎罗夫说，“你一听就知道他从前是一个了不起的拉丁文学者了！啊，我好像记得你从前得过拉丁文作文的银牌奖章——是不是？”

“狄俄斯库里②，狄俄斯库里！”瓦西里·伊凡诺维奇反复地说。

“啊，得啦，父亲；不要婆婆妈妈的了。”

“偶尔来一次是可以的，”老人喃喃地说，“不过先生们，我并不是找着来恭维你们的；我是来，第一，告诉你们快开午饭了；第二，我要通知你一声，叶夫盖尼……你是一个聪明人，你通晓人情，你知道女人家的脾气，那么你会原谅的……你妈妈因为你回家来要做一次谢恩礼拜。你不要以为我来请你去参加谢恩礼拜——它已经做完了，可是亚历克赛神甫……”

“这儿的教士吗？”

“是的，那个教士；他要在我们这儿……吃饭。……我并没有料到，我也不赞成……可是也不知道怎样弄出来的……他没有了解我的意思……唔，而且阿利娜·符拉西叶夫娜……不过他倒是一个很好的、明理的人。”

---

① 希腊神话中大神宙斯跟勒达生的双生子。这里是指一对非常亲密的朋友。
② 狄俄斯库里是卡斯托耳和波鲁克斯二神的合称。

“我想他不会把我的一份午饭也吃掉吧？”巴扎罗夫说。

瓦西里·伊凡诺维奇笑了起来。

“啊呀！ 这是什么意思！”

“好啦，我不再要求什么了。我不管同谁一桌吃饭都可以。”

瓦西里·伊凡诺维奇戴正他的帽子。

“我早就相信你不受任何偏见的拘束。就拿我来说吧，一个六十二岁的老头儿了，我也没有偏见。（瓦西里·伊凡诺维奇不敢承认是他自己要做谢恩礼拜的。……他对宗教的虔诚不亚于他的妻子。）并且亚历克赛神甫很想跟你认识。你也会喜欢他的，你等一忽儿瞧吧。他并不反对打牌，并且有时候——这句话只有在我们中间讲——他还抽一袋烟呢。”

“好吧。我们吃过饭来打一圈‘杂牌’[1]，我会好好地赢他一场。”

“嘿！ 嘿！ 嘿！ 我们瞧吧！ 恐怕靠不住。”

“我知道你是一个老手。”巴扎罗夫特别加重语气地说。

瓦西里·伊凡诺维奇的青铜色脸颊上泛起一层局促的红晕。

“你不害臊吗，叶夫盖尼。……过去的事就让它过去吧。好的，我愿意在这位先生面前承认我年轻时候有过这种嗜好，——这是事实，而且我为它也受够苦了！ 啊，天气真热！ 让我跟你们坐一忽儿。我想，我不会妨碍你们吧？”

“啊，一点儿也不。”阿尔卡狄答道。

瓦西里·伊凡诺维奇呻吟一声，在干草上坐了下来。

---

① 一种类似“威斯特”的纸牌戏。

“亲爱的先生们，”他说，“你们现在这个睡铺叫我想起了我从前在军队里的露营生活，包扎所也是在一个像这样的靠近干草堆的地方，而且就是这样的地方在当时也是很难得的。”他又叹了一口气，“我一生也经历过许许多多的事情。举一个例子说吧，要是你们愿意听的话，我给你们讲一桩比萨拉比亚大瘟疫中的古怪事情。”

“你就是为了那桩事情得到符拉季米尔勋章吗？”巴扎罗夫插嘴道。“我们知道，我们知道。……那么，你为什么不把它挂在身上？”

“我不是跟你讲过我没有偏见吗？”瓦西里·伊凡诺维奇结结巴巴地说（他刚刚在前一天叫人把红丝带从他的衣服上拆了下来），他接着就讲起瘟疫的故事来。“您瞧，他睡着了，”他突然指着巴扎罗夫对阿尔卡狄轻轻地说，又好意地眨了眨眼，然后大声叫道，“叶夫盖尼！起来，我们去吃午饭吧。……”

亚历克赛神甫生得魁伟、肥胖，一头浓发梳得很光，他那件淡紫色绸法衣上面束了一根绣花腰带，他看起来像是一个圆滑知趣的人。他连忙先伸出手给阿尔卡狄和巴扎罗夫，好像他预先知道他们并不要他祝福似的[①]，他的举止大都是毫无拘束的。他既不降低自己的尊严，也不得罪别人；他偶尔也笑话神学校里教的拉丁文，却极力维护他的主教；他喝了两杯酒，却不肯喝第三杯；他接了阿尔卡狄的一根雪茄，并不马上抽它，说是他要带回家去。他只有一桩事叫人看了觉得不大舒服，就是他时时小心翼翼地、慢慢地伸起手去捉脸上的苍蝇，有几回居然把苍蝇压扁了。他坐在牌桌旁边并不显得十分高兴，结果他却从巴

---

① 通常教士看见人不握手，只给他们祝福，他们便吻他的手。亚历克赛神甫知道巴扎罗夫和阿尔卡狄不会接受他的祝福，便先伸出手给他们。

扎罗夫手里赢了两个半卢布的钞票（在阿利娜·符拉西叶夫娜的家里，没有人会用银子计算）[1]。……她照旧坐在她儿子的身边（她是不打牌的），她照旧拿一只小拳头支住她的脸颊；她只有去叫人端一点儿新的吃食上来的时候才站起身子走开。她不敢去亲巴扎罗夫，他不给她一点儿勇气，也不鼓励她去亲他；而且瓦西里·伊凡诺维奇也劝过她不要太把他“麻烦”了。“年轻人不喜欢那种事情。”他这样地跟她讲了好几次。（这儿用不着说那天的午饭是多么丰富；季莫费以奇大清早就亲自赶车去买一种特别的契尔卡赛的牛肉[2]；管理人到另一个方向去买淡水鳕、鲈鱼、龙虾；单是蕈子一样就给了那个乡下女人四十二戈比。）可是阿利娜·符拉西叶夫娜的眼睛牢牢地盯着巴扎罗夫，眼里表示的不只是深爱与温情；那里面还有忧愁，也搀杂得有恐惧和好奇心；那里面还可以看出一种温顺的责备来。

可是巴扎罗夫却无心去分析他母亲眼里的那一种表情；他很少掉过脸去跟她讲话，不过偶尔问她一两句简短的话罢了。有一次他要借她的手来换一换“手气”；她就静静地把她那柔软的小手放在他的粗大的掌上。

“怎样，”她等了一忽儿，问道，“有没有用处？”

“更坏了。”他漫不经心地笑了笑答道。

“他打的牌太冒险了。”亚历克赛神甫好像表示惋惜地说，他一面抚摸他的漂亮的胡子。

“拿破仑的方法，好神甫，拿破仑的方法。”瓦西里·伊凡诺维奇

---

① 当时银子的价值与钞票的价值不同，银子贵得多。这是尼古拉一世滥发钞票的结果。

② 这是上等的牛肉。

插嘴说，他打出了一张“爱司”。

“可是它把拿破仑送到圣赫勒拿[1]去了。”亚历克赛神甫说，他拿出王牌把“爱司”吃了。

“你要不要喝一点儿红醋栗水，叶纽谢奇卡？”阿利娜·符拉西叶夫娜问道。

巴扎罗夫只是耸了耸肩。

“不成！”第二天巴扎罗夫对阿尔卡狄说，“我明天就要离开这儿了。我烦透了；我想工作，可是在这儿无法工作。我想再到你们的村子那儿去；我的实验标本也都留在那儿。在你们家里一个人至少可以关起门来。在这儿虽然我父亲老是对我说这一句话：‘我的书房让给你用——没有一个人打扰你。’可是他自己始终就没有离开过我一步。我又不好意思把他关在门外。我母亲也是这样。我听见她在隔壁不住地叹气，可是倘使我去看她，我又没有话对她说。”

“她一定会很伤心，”阿尔卡狄说，“他也会那样。”

“我还要回来看他们。”

“什么时候？”

“唔，我到彼得堡去的时候。”

“我特别同情你的母亲。”

“为什么呢？ 是她请你吃饱了草莓吗，还是别的缘故？”

阿尔卡狄埋下了眼睛。

“你不了解你的母亲，叶夫盖尼。她不只是一个很好的女人，她的

---

① 南大西洋上一个英国海岛，1815 年拿破仑一世给放逐在这个岛上，他后来(1821)便死在这儿。

确是很聪明的。今天早晨她跟我谈了半小时，谈的话都是非常切实，非常有趣的。”

“我想你们自始至终都是在谈论我吧？”

“我们并不是单单谈论你。”

“也许，你作为一个旁观者会看得清楚些。倘使一个女人能够谈得上半小时的话，那往往是一个好的现象。可是我仍然要走。”

“可是你要把这个消息告诉他们，也不是一桩很容易的事。他们一直在议论怎样安排我们这两个星期里的生活。”

“这的确不是容易的事。今天有什么魔鬼鼓动我去把我父亲挖苦了一顿；他前两天叫人把他的一个纳租的农民打了一顿鞭子，——他打得很对；不错，不错，你用不着这样生气地望着我——他打得很对，因为那个农民是一个惯贼，一个酒鬼；只是我父亲没有想到我，像一般人那样说的，‘已经知道了’这桩事情。他非常狼狈。现在我又要叫他格外伤心了……不要紧！ 他不久会好的。”

巴扎罗夫虽然说是“不要紧”，可是这一天已经过完了，他还不能够下决心把他的主意告诉瓦西里·伊凡诺维奇。最后，他在书房里跟他父亲道过了晚安，他才假装打一个呵欠，说道：

“啊，……我差点儿忘了告诉你。……明天请你差人把我们的马带到费多特那儿去换班。”

瓦西里·伊凡诺维奇吓了一跳。

“基尔沙诺夫先生要走吗？”

“不错；我跟他一块儿走。”

瓦西里·伊凡诺维奇连脚也站不稳了。

“你要走？”

“不错……我一定得走。请你叫人把马预备好。”

“很好……”老人结结巴巴地说，“去换班……好……只是……只是……这是怎么一回事呢？”

“我一定得到他那儿去稍微住一些时候，以后我还要回来的。”

“啊！稍微住一些时候……很好。”瓦西里·伊凡诺维奇掏出手帕来，擤了擤鼻子，身子差一点儿弯到地上了，“好吧……都会给你办妥的。我还以为你会在我们这儿……住长些。三天……分别了三年，这，这实在少；实在少，叶夫盖尼！”

“可是我对你说过，我马上就回来的。我一定要去一趟。”

“一定要。……那有什么办法呢？责任超过一切。那么得把马送去吧？很好。不用说，阿利娜和我都没有料到这个。她刚从一个邻居那儿讨了一点花来，预备给你装饰屋子呢。（瓦西里·伊凡诺维奇没有提起他自己每天早晨天刚亮就光着脚趿起拖鞋去找季莫费以奇商量，用他那打颤的手指掏出一张一张的破钞票，差遣季莫费以奇去买各种东西，特别关照他买好的饮食，买红葡萄酒，据他看来，这两个年轻人是极喜欢喝红葡萄酒的。）主要的是……自由；这是我的规则。……我不想妨碍你……不……”

他突然闭了嘴，向着门走去。

“我们不久会再见的，父亲，真的。”

可是瓦西里·伊凡诺维奇并不掉转身来，他只是摇摇他的手，便走出去了。他回到他的寝室，看见他的妻子已经睡着了，他便轻轻念他的祷告辞，免得把她惊醒。可是她仍然醒了。“是你吗，瓦西里·伊凡诺维奇？”她问道。

“是的，老妈妈。”

“你从叶纽沙那儿来吗？ 你知道不知道，我害怕他睡在沙发上不舒服？ 我叫安非苏希卡给他铺上你的旅行褥子，放上新枕头；我本来应该把我们的鸭绒被给他，可是我记得他不喜欢睡太软的床。”

“不要紧，老妈妈；你不要担心。他睡得很好。主啊，怜悯我们罪人吧，[①]”他又继续小声地念他的祷告辞了。瓦西里·伊凡诺维奇很可怜他的老妻；他不想现在就告诉她明天有一个多大的悲痛在等着她呢。

巴扎罗夫和阿尔卡狄第二天便走了。从大清早起全家就充满了忧郁、沮丧的气氛；安非苏希卡打碎了盘子、碟子；连费季卡也弄得糊涂起来了，结果他无缘无故脱掉了脚上的靴子。瓦西里·伊凡内奇从来没有像这样地惊扰过；他显然竭力装出勇敢、镇静的表情，大声讲话，用力走路，可是他的面容显得消瘦，他的眼睛一直在避开他儿子的眼光。阿利娜·符拉西叶夫娜轻轻地哭着；她简直不知道要怎样办才好，要不是她的丈夫在大清早花了整整两个小时的工夫劝她，她就会没法控制自己了。巴扎罗夫不止一次地答应他一定在一个月里头回来，最后他终于从他们的挽留的拥抱中挣脱了身子，坐上四轮敞篷车；马跑起来，铃子在响，车轮在转动，——他们的影子再也看不见了，尘土定了下来，季莫费以奇伛偻着身子，摇摇晃晃地爬进他的小房子去了；这所小小的宅子里就只有这一对老人，连宅子也突然显得老朽龙钟了；瓦西里·伊凡诺维奇前一忽儿还立在台阶上起劲地摇着手帕，现在他却在一把椅子上坐下来，他的头垂到自己的胸前。“他丢开，丢开我们了，”他喃喃地说，“丢开我们了；他不高兴同我们在一

① 这一句是他的祷告辞。

块儿。孤独，现在就像手指一样地孤独！”[①]他接连念了几遍，每次他都把一只手伸出来，食指单独地举起。后来阿利娜 · 符拉西叶夫娜走到他身边：把她的灰白的头靠着他的灰白的头，说道：“瓦西亚[②]，这是没有办法的事！儿子不再需要我们照管了。他就像一只鹰，高兴飞来就飞来，高兴飞去就飞去；你我却像生在树孔里的两朵蕈子，我们紧紧靠在一处，从来不移动一下。只有我对你永远不变，你对我也是一样。”

瓦西里 · 伊凡诺维奇把手从他的脸上取下来，抱着他的妻子，他的朋友，抱得紧紧地，比他年轻时候抱她还要紧些：在他悲痛的时候她安慰了他。

二十二

我们的朋友除了偶尔交换几句没有多大意思的话以外，就闭上嘴，一直坐车到了费多特那儿。巴扎罗夫并不怎样满意自己。阿尔卡狄也不满意他。他也感到了那种只有很年轻的人才知道的无名的悲哀。车夫换好了马，爬上驾车座位，问道：“向右去还是向左去？”

阿尔卡狄打了一个颤。向右去的路是到城里去的，从城里便可以回家；向左去的路是到奥津左娃的家去的。

他望了一下巴扎罗夫。

“叶夫盖尼，”他问道，“到左边去吗？”

---

① 俄谚，意为孤孤单单。
② 瓦西里的爱称。

巴扎罗夫把脸掉开。

“这多愚蠢！”他喃喃地说。

“我知道这愚蠢，”阿尔卡狄答道，“可是这有什么害处呢？难道这是第一回吗？”

巴扎罗夫把帽子拉下来盖住前额。

“随你的意思办吧。”他末了说。

“向左去！”阿尔卡狄大声说。

四轮敞篷车便朝尼可尔斯柯耶的方向转动了。可是这两个朋友决定了这件**愚蠢的事情**以后，反而比先前更不高兴开口了，他们都好像是在生气似的。

奥津左娃的管事在宅子的台阶上迎接他们，他那种态度使这两个朋友马上觉得：他们这次突然顺从了自己一时的冲动，是一种欠审慎的举动。这儿的人显然并没有料到他们会再来。他们带着一副尴尬的面貌，在客厅里坐了大半天。后来奥津左娃进来见他们了。她像平日那样亲切地接待他们，可是对他们这样快回来表示惊讶；并且从她那缓慢的举动和言语上看来，她是不大高兴他们回来的。他们连忙声明：他们只是路过这儿顺便来拜访她，三四小时以后他们就得动身进城去。她不过轻轻地发出了一声惊叹，她请阿尔卡狄代她问候他的父亲，随后就叫人去请她的姨母来。公爵夫人带着睡容出来了，这使她那满是皱纹的老脸显得更凶恶了。卡契雅不大舒服，没有出来。阿尔卡狄忽然觉得他想见卡契雅的心至少是同想见安娜·谢尔盖叶夫娜的心一样迫切。四个小时在没有多大意义的闲谈中间消磨过去了；安娜·谢尔盖叶夫娜不论听他们讲话，或者自己说话，始终没有露出一丝笑容。一直到他们告辞的时候，她从前的那种友情才似乎又在她的心中活动起来。

“我这一阵子脾气不大好，”她说，“不过你们千万不要介意，一半天请再来——我是对你们两位说的。”

巴扎罗夫同阿尔卡狄两个人默默地鞠躬回答，然后坐上车去，他们一路上也不再停留，让车子一直往玛利因诺跑去，第二天的傍晚他们就平安地到了那儿。在这长途中他们谁都没有提过奥津左娃的名字；尤其是巴扎罗夫，他很少开口，却带着一种冷酷的紧张表情不停地朝路旁边另一个方向望去。

玛利因诺的每一个人看见他们回来，都非常高兴。尼可拉·彼得罗维奇因为儿子离家太久的缘故，心里开始有点儿着急，所以在费涅奇卡眼睛发亮地跑来告诉他“年轻先生们”回家的时候，他马上发出一声叫喊，摇摆着两腿从沙发上面跳起来；连巴威尔·彼得罗维奇也多少感到一点儿愉快的兴奋，他跟这两个回家的游子握手的时候还露出谦和的微笑。接着是谈论和问询；阿尔卡狄谈得最多，尤其是在晚饭的时候，这顿饭一直吃到半夜。尼可拉·彼得罗维奇叫人拿出几瓶刚从莫斯科送到的黑啤酒来；他也同他们一块儿喝酒，直喝到两颊通红，他不断地发出一阵一阵的半小孩气的、半神经质的笑声。连用人们也都传染到了这种普遍的快乐。杜尼雅霞好像发了疯似地、不停地跑来跑去：乒乒乓乓地开门关门；彼得在早晨两点多钟还拿出吉他来弹一支哥萨克旋舞曲。琴弦在静寂的空气中发出一种哀婉的、悦耳的音调，可是除了开始的几下装饰音以外，这个有教养的听差就弹不出什么来了；他天生没有音乐才能，就同他没有任何其他的才能一样。

在这个时候，玛利因诺的生活并不十分美满，可怜的尼可拉·彼得罗维奇的处境很不好。田庄上的麻烦一天一天地增加起来——这都是些令人心烦的没有道理的麻烦。他雇的长工给他的麻烦简直是不能忍受的。有的人要求算清工钱，有的人又要求增加工资，还有一些人领了预支的工钱就带着跑了。马病了；马具好像是给火烧坏了似的；工作做得很草率；从莫斯科买来的一架打麦机因为太重不合用，另一架只用了一次就坏了；牛舍给烧去了一半，只因为用人中间有一个瞎眼老太婆在刮风天拿了一块烧着的木头去熏她自己的病牛……那个老太婆一口咬定说这个灾祸的起因是：主人想做一种从来不曾有过的新式干酪和各种牛奶食品。总管突然懒起来了，他开始在发胖，俄国人凡是得到舒服的位置的，都长得很胖。他只要远远地望见尼可拉·彼得罗维奇，就会丢一块木片去打一只在旁边走过的小猪，或者骂一个光着半身的小孩来表示他热心工作，可是在其余的时候他大半是在睡觉。那些佃农不但不按期纳租，还偷盗树林里的木材；看守人差不多每夜都在“农庄”的牧地上捉住几匹农民的马，有时候要经过一番争夺以后才能够把马带走。尼可拉·彼得罗维奇本来规定了一笔罚金作为赔偿损失，可是每回的结果总是马白白吃了主人的一两天草料，仍旧由原主领回家去。末了，又加上这样的事：农民中间发生了争执；弟兄闹着分家，他们的妻子不能够住在一处；突然间打起架来了，就好像听到谁的号令似的，一下子整个村子都惊动了，全村的人立刻跑到事务所的台阶前面，往往有的人喝得酩酊大醉，有的人打得满脸伤痕，都围着主人要求公平裁断，他们中间闹的闹，叫的叫，还有女人的哭号，同男人的咒骂混在一块儿。主人在这个时候不得不费力把打架的两方面的人拉开，他不得不把嗓子都叫哑了，虽然他自己早就知道没有办法得到一个公平的解决。在收割的时候人手不够；附近地方一个单户农民①做出极恳切的样子来商量，表示他愿意供给收割的人，讲定了两个卢布一亩的代价，结果他却用最无耻的手段把尼可拉·彼得罗维奇骗了；他自己村子里的妇女要着从没有听见过的高的工钱，却让麦子落在田里；一方面收割的工作不能好好进行，另一方面监护院②却逼他并且威吓他要他立刻把借款的利息付清……

“我已经用尽我的力量了！”尼可拉·彼得罗维奇不止一次灰心地说，“我自己不能够打架；要是叫警察来吧，又跟我的原则冲突；可是对付这班人：要是不用刑罚去吓唬他们，便什么都干不了！”

“Du calme，du calme。”③巴威尔·彼得罗维奇听见了，就会拿这样的话安慰弟弟，可是连他自己也不免要哼几声，皱皱眉头，拉拉小胡子。

巴扎罗夫完全不管这些“无谓的争吵”，而且他是一个客人，也实在不便去干预别人的事情。他到玛利因诺的第二天就着手研究他的青蛙、纤毛虫同化合物，整天忙着这些工作。阿尔卡狄却跟他相反，他觉得自己有一种责任，即使不给父亲帮忙，至少也得做出准备给父亲帮忙的样子。他耐心地听父亲讲那些事，有一回他还贡献了意见，他并没有想到要父亲采用他的意见，只不过借此表示他的关心罢了。田地上的事情他并不讨厌，他甚至高兴地幻想过将来从事农业的工作，可是这个时候他的脑子里却装满了别的思想。阿尔卡狄，连他自己也觉得奇怪，现在不停地想着尼可尔斯柯耶；要是前一些时候有人对他说，他

---

① 18至19世纪占有一户的国家农民的等级之一。他的出身为16至17世纪在俄罗斯国家边境上的边防军中服役的下级人员。

② 监护院是帝俄时代的管理照顾孤儿、寡妇和私生子的慈善机构，用它的基金放款生息。

③ 法语：安静点儿，安静点儿。——原注

同巴扎罗夫住在一个屋顶下面，而且是住在怎样一个——住在他父亲的屋顶下面，他会感到无聊的话，他一定只会耸耸肩头，可是现在他实在感到无聊，而且只想走开。他想出去散步，走到疲倦为止，可是这个办法也没有用。有一天他跟他父亲讲话，听说尼可拉·彼得罗维奇收藏着几封颇有趣味的信，是奥津左娃的母亲从前写给阿尔卡狄的母亲的，从此他就缠着父亲，不让父亲安静一忽儿，一直到尼可拉·彼得罗维奇翻遍了二十个各种各样的箱子和抽屉，把信找出来交给他为止。阿尔卡狄拿到这些已经半腐烂了的信笺以后，他觉得心里安宁了，就好像看见了他现在应该去的目的地似的。“我是对你们两位说的，”他不断地低声念道，“这是她自己说出来的！ 我要去，我要去，管它的！”可是他记起上一次的拜访，她的冷淡的接待和他自己的狼狈的情形，他又胆怯了。到底是年轻人的“瞎碰”的精神，和那种碰碰自己的运气、不要人保护试试自己一个人的力量的私愿——最后得到了胜利。他回到玛利因诺以后不到十天，便借了研究星期学校[①]的机构的名义，坐车到城里去了。他从那儿又转到了尼可尔斯柯耶。他一路上不停地催车夫快跑，他没命地往那儿跑去，就像一个年轻的军官奔赴战场一样：他又害怕，又高兴，又急得快要透不过气来。“最要紧的事情是——我不该乱想。”他接连对自己说。他的车夫碰巧是一个雄赳赳的小伙子，见到酒店便停下车来问：“喝一杯吗？”或者“要不要喝一杯？”可是他**喝过**以后就不顾惜自己的马了。最后那所熟悉的宅子的高屋顶望得见了……“我是做什么呀？”这个思想突然在阿尔卡狄的脑子里动了一下。“好吧，现在不好转回去了！”三匹马步伐一致地向前

① 这是为一般做工的人开办的补习学校。

飞跑；车夫对它们吆喝着，吹着口哨。一忽儿小桥在马蹄和车轮下面轰响起来了，一忽儿剪齐的枞树荫路过来迎接他们。……在深绿丛中露出了一个女人的粉红衣裳，一张年轻的脸从一把阳伞的细穗子下面望着他们。……他认出了卡契雅，她也认出他来。阿尔卡狄吩咐车夫拉住马，他跳下车来，走到她面前。"原来是您！"她说道，渐渐地整个脸都红了，"我们去找姐姐去，她就在花园里，她一定高兴看见您的。"

卡契雅领着阿尔卡狄走进花园。他觉得他遇到她正是一个特别幸运的预兆；他很高兴见到她，仿佛她就是他自己的妹妹似的。一切都很顺利：不用管事，不用通报。在一条小路的转角他看见了安娜·谢尔盖叶夫娜。她背朝着他立在那儿。她听见脚步声，便静静地转过身来。

阿尔卡狄又发慌了，可是她的第一句话就使他马上放下心来。"您好，逃亡的人！"她用她那平静而亲切的声音说，一面走过来迎接他，她脸上带笑，同时又眯起眼睛避开风和阳光，"卡契雅，你在哪儿找到他的？"

"我给您带了一件东西来了，安娜·谢尔盖叶夫娜，"他说，"您一定料不到的。……"

"您带了您自己来了，这比什么东西都好。"

二十三

巴扎罗夫带着讥讽的怜悯送走了阿尔卡狄，他还让阿尔卡狄明白他这次旅行的真正目的一点儿也没有瞒过他，随后他一个人关起门来：一阵工作的狂热占有了他的心。他现在不跟巴威尔·彼得罗维奇争论了，尤其是因为巴威尔·彼得罗维奇在他面前过分地摆起贵族架子，而且不大用字句来表示意见，却常用一些声音。只有一次他们谈到当时算是很时髦的关于波罗的海各省贵族的权利的问题①，巴威尔·彼得罗维奇跟这个**虚无主义者**争论起来，可是他忽然自己打住了，冷冷地客气地说："不过，我们是不能够彼此了解的，至少我没有了解您的荣幸。"

"当然啊！"巴扎罗夫嚷道，"一个人什么都能够了解——以太怎样颤动啦，太阳上面发生了什么啦，可是别人擤鼻子怎么能够跟他擤鼻子不一样，他就不能够了解了。"

"什么，这是一句俏皮话吗？"巴威尔·彼得罗维奇带着询问的口气说，便走到一边去了。

然而他有时候也要求巴扎罗夫允许他参观他的实验，有一次他还把他那张用上等化妆品洗得很干净而且擦得香喷喷的脸挨近显微镜，去看一只透明的纤毛虫怎样吞下一小粒绿色灰尘，又怎样用它的喉咙里那些非常灵活的类似拳头的小东西咀嚼它。尼可拉·彼得罗维奇到巴扎罗夫的屋子里去的次数比他哥哥多得多，要是没有田地上的事情绊住他，他一定会天天去，照他自己的说法，"学习"了。他并不打扰这个青年自然科学家：他总是坐在一个角落里，专心望着，偶尔发出一句小心谨慎的问话。在吃午饭和晚饭的时候，也往往设法把话题转到物理学、地质学，或者化学上面去，因为他知道所有其他的题目，连农业也包括在内，更不用说政治了，要不引起冲突，至少也会引起彼此的

① 波罗的海沿岸贵族们对农民的肆无忌惮的剥削早在18世纪40年代末，就有萨马林在他的《里加来信》里予以揭露。这些书信以手稿的形式在莫斯科和彼得堡两地广为流传。从1856年起，波罗的海沿岸贵族们在农奴问题上采取的反动立场不止一次在报刊上遭到批评。

不痛快。尼可拉·彼得罗维奇料到他的哥哥对巴扎罗夫的憎恶并没有减少。在许多事情中间只要举出一件小事就可以证明他的猜想不错。附近一带发现了霍乱症，连玛利因诺这个村子里也给它“拉去”了两个人。有一天夜里巴威尔·彼得罗维奇忽然有了相当厉害的病象。他熬了一整夜的痛苦，可是他并不去请巴扎罗夫给他医治。第二天他们见到面，巴扎罗夫问他：为什么不叫他去看看？ 他回答道：“啊，我好像记得您自己说过您不相信医学。”他的脸色还很苍白，但已经仔细地梳洗过而且刮过脸了。日子就这样地过去了。巴扎罗夫毫不懈怠地、但又闷闷不乐地做他的研究工作……这个时候在尼可拉·彼得罗维奇的宅子里头还有一个人，他虽然没有对她吐露过胸怀，可是他却高兴跟她谈话……这个人就是费涅奇卡。

他遇见她的时候大半是大清早，在花园中或者在院子里；他从不到她的屋子里去看她，她也只有一次到过他房门口来问他——应不应该给米奇亚洗澡？ 她不但信任他，不但不怕他，并且她在他面前反而比在尼可拉·彼得罗维奇面前举动更自由，更随便。要说明这个原因倒不是容易的事；也许她无意识地感觉到巴扎罗夫没有一点儿贵族气派，没有一点儿那种既引人神往又叫人害怕的高贵气派。在她的眼睛里看来，他是一个很好的医生，又是一个朴实的人。她当着他的面毫无拘束地照应她的孩子；有一次她忽然头晕接着又头痛，还从他的手里喝过一调羹药。在尼可拉·彼得罗维奇面前她好像在躲开巴扎罗夫：她这样做并不是在作假，却是为了尊重礼俗。她比从前更害怕巴威尔·彼得罗维奇了；最近一些时候他开始在暗中观察她，有时候他会突然在她背后出现，就像是从地底下跳出来似的，穿一身英国式样的衣服，带一张没有感情的、又好像在侦察什么似的脸，两只手插在裤袋里。“好像淋了你一身的冷水似的。”费涅奇卡对杜尼雅霞抱怨道，杜尼雅霞的回答是一声长叹，她想着另一个“无情的”人。巴扎罗夫自己一点儿也没有想到，他竟成了杜尼雅霞心里的**残酷的暴君**了。

费涅奇卡喜欢巴扎罗夫；巴扎罗夫也喜欢她。他跟她谈话的时候，连他的脸也变了样子了：他的脸上现出一种愉快的、而且差不多是和善的表情，他平日那种毫不在乎的态度现在也换上了一种开玩笑的关心。费涅奇卡长得一天比一天地漂亮了。在年轻女人的生命中间有一个时期她们会像夏天的蔷薇一样忽然开花吐艳；费涅奇卡现在到了这个时期了。一切都给她添了美丽，连这个时候的七月的暑气也是这样。她穿了一件薄薄的白衣衫，显得她自己更白净，更轻盈了；太阳并没有把她晒黑，可是这种她躲避不了的炎热在她的脸颊上和耳朵上轻轻地染上了一层浅红色，这炎热使她全身感染到一种软软的慵懒，给她的美丽的眼睛添一种睡梦恍惚的表情。她差不多不能够做事情了，两只手不知不觉地滑到膝盖上。她连路也不大走了，只是带着那种可笑的无可奈何的样子整天唉声叹气。

“你应当多洗澡。”尼可拉·彼得罗维奇对她说。

他在一个还没有完全干掉的水塘上搭了一个帐篷，把水塘改做了浴池。

“啊，尼可拉·彼得罗维奇！走到池子那儿，人就要死了，再走回来，又要死一次。您瞧，园子里头就没有一个荫凉地方。”

“真的，园子里头没有荫凉地方。”尼可拉·彼得罗维奇答道，一面摸自己的前额。

一天早晨七点钟，巴扎罗夫散步回来，在丁香凉亭里遇见费涅奇卡。丁香花早谢了，可是枝子上还是浓密的一片绿色。她坐在一张凳子上，照旧在头上搭着一条白帕子，身边放了一大堆还带着露水的红色的和白色的蔷薇花。他跟她道了早安。

“啊！叶夫盖尼·瓦西里以奇！”她说，稍微揭起包头帕子的边儿来望他，她举起手的时候，那只膀子连肘也露出来了。

“您在这儿做什么？”巴扎罗夫说，就在她旁边坐了下来。“您在扎花束吗？”

“是的；预备早饭桌上用的。尼可拉·彼得罗维奇喜欢花。”

“可是现在离早饭时间还很远呢。这大堆的花！”

“我现在摘了它们，只是因为过一忽儿天就热起来了，我也不能够出来了。只有在这个时候还透得过气。天热起来我就连一点儿力气也没有了。我真害怕我是不是要生病了。”

“您真想得古怪！让我来摸摸您的脉。”巴扎罗夫拿起她的手来，摸了摸她那跳得很均匀的脉搏，可是他连脉动的次数也不去数就放下她的手来，说：“您要活一百岁呢！”

“啊，您不要乱说！”她嚷道。

“为什么？您不想长寿吗？”

“好啦，可是一百岁！我们祖母活到八十五岁——她受了多少活罪！又脏，又黑，又聋，又驼背，又是不停地咳嗽；她只是自己的一个累赘。这算是什么生活！”

“那么，还是年轻好？”

“可不是吗？”

“可是为什么年轻好呢？告诉我吧！”

“您怎么能够问为什么呢？我现在在这儿，我年轻，我什么事都能够做——来来，去去，拿这个，拿那个，用不着求别人帮忙……还有比这个更好的吗？”

“在我看来，年轻年老都是一样的。”

“您怎么说——都是一样的呢？ 像您说的那样是不可能的。”

“那么，您自己判断吧，费多西雅 · 尼可拉叶夫娜，我的青春对我有什么用处。我一个人孤零零地活着……”

“这一直是由您自己决定的。”

“这完全不由我！ 我倒希望有个人可怜我。”

费涅奇卡瞟了巴扎罗夫一眼，不过并没有讲什么。

“您拿的是什么书？”她停了一忽儿问道。

“这个吗？ 这是一本很深奥的书，很难念的。”

“您老是在用功吗？ 您就不觉得厌烦吗？ 我猜您已经什么都懂得了。”

“好像并不什么都懂得似的。您试着念念看。”

“可是我一点儿也不懂。这是俄文吗？”费涅奇卡问道，她双手接过这本封面很重的书。“这本书真厚！”

“不错，这是俄文。”

“这还是一样的；我还是一点儿也不懂。”

“我并不要您懂它。我想看您念书的样子。您念书的时候，您那小小的鼻尖动得非常好看。”

费涅奇卡随手翻到论“木焦油”的一章，便低声拼着念起来，她忽然笑了，把书丢开……书从凳子上滑到地上去了。

“我也爱看您笑的样子。”巴扎罗夫说。

“不要讲了！”

“我爱听您讲话。就好像溪水在淙淙地流着似的。”

费涅奇卡把头掉开。“您真古怪！”她说，又动手挑选花去了，“您怎么肯听我讲话？ 您是跟那些聪明的太太小姐们讲惯了的。”

“啊，费多西雅·尼可拉叶夫娜！ 相信我：世界上所有的聪明的太太小姐们也抵不上您这小小的肘子。”

“是啦，您编出一套话来了！”费涅奇卡合起两只膀子，低声说。

巴扎罗夫从地上捡起那本书来。

“这是一本医书，您为什么把它丢开？”

“医书？”费涅奇卡跟着说了一遍，她又转过脸向他，“您知道吗？ 自从您给了我那点儿药以后，您还记得吗？ 米奇亚就睡得很好了！ 我不知道要怎样谢您才好；您真是一个很好的人。”

“可是说实话，医生是要酬报的，”巴扎罗夫微笑道，“您一定知道，医生都是贪心的人。”

费涅奇卡抬起眼睛望巴扎罗夫，她的上半边脸上正照着一片白色的反光，这使她的眼睛显得更乌黑了。她不知道他是不是在说笑话。

“要是您愿意的话，我们是很高兴的……不过我得问问尼可拉·彼得罗维奇……”

“为什么，您以为我要钱吗？”巴扎罗夫打断了她的话，“不，我并不要您的钱。”

“那么要什么呢？”费涅奇卡问道。

“要什么？”巴扎罗夫跟着说了一遍，“您猜猜看！”

“我怎么猜得着呢？”

“好吧，我来告诉您；我要……一朵这样的蔷薇花。”

费涅奇卡又笑了，她甚至拍起手来，她觉得巴扎罗夫的要求有趣极了。她一边笑，一边又很得意。巴扎罗夫不转眼地望着她。

“好的，好的，”她末了说，便俯下身子去挑选凳子上的花，“您要哪一种——红的还是白的？”

“红的，却不要太大。”

她又坐直了。

“这儿，您拿去吧。”她说了，可是立刻又缩回她那只伸出去的手，咬了一下她的嘴唇，看看凉亭的入口，又侧耳听了一忽儿。

“怎么啦？”巴扎罗夫问道，“尼可拉·彼得罗维奇吗？”

“不。……老爷[1]到田上去了……而且我也不怕老爷……可是巴威尔·彼得罗维奇……我觉得……”

“什么？”

“我觉得大老爷[2]到这儿来了。不……并没有人。您拿去吧。”费涅奇卡把蔷薇花给了巴扎罗夫。

“您为什么要害怕巴威尔·彼得罗维奇？”

“我看见大老爷就害怕。话——他倒不说什么，却总是很古怪地望着我。我知道您不喜欢他。您该记得您在先老是跟他吵架？ 我不知道您跟他吵些什么，可是我看得出您把他弄得团团转。……”

费涅奇卡用她的手做出在她看来巴扎罗夫怎样摆弄巴威尔·彼得罗维奇的样子。

巴扎罗夫微微笑起来。

“可是倘使他把我打败了呢，”他问道，“您肯来给我帮忙吗？”

“我怎么能够给您帮忙呢？ 可是没有一个人打得过您。”

---

① 原文意为“他们”，是尊称。
② 原文意为“他们”，是尊称。

"您这样想吗？可是我知道有一只手只要它愿意，就可以用它的一根指头把我打倒。"

"这是什么样的手？"

"什么，您真的不知道吗？您闻闻看您给我的这朵蔷薇花多香。"

费涅奇卡伸过她的脖子来，把她的脸凑近这朵花。……包头帕子从头上滑到肩头了；她那一头柔软的、乌黑的、发光的、略微蓬乱的浓发露了出来。

"等一下；我要同您一块儿闻。"巴扎罗夫说。他俯下头来，在她那微微张开的嘴唇上用力吻了一下。

她吃了一惊，连忙用她的一双手推他的胸，可是她的力气不够，他还可以再亲一个时间较长的吻。

丁香后面发出一声干咳。费涅奇卡马上移到凳子的另一头去。巴威尔·彼得罗维奇出现了，微微弯一下身子，带着一种含恶意的忧郁的表情说："你们在这儿。"便走开了。费涅奇卡立刻将花全收拾起来走出凉亭去了。"这是您的不是了，叶夫盖尼·瓦西里叶维奇。"她走开的时候低声对巴扎罗夫说。从她的声音里他听出来她是真的在责备他。

巴扎罗夫记起了最近的另一个情景，他一边觉得惭愧，一边又感到傲慢的遗憾。可是他马上又摇摇头，带着讥讽的口气庆贺他自己"认真扮演了赛拉东[①]这个角色"，便回到自己的屋子去了。

---

① 赛拉东是法国小说家狄尔非（1568—1625）的长篇小说《阿斯特列》中的男主人公，这是一个一般人所谓的"风流少年"。

巴威尔·彼得罗维奇走出了花园，慢慢地走到树林那边。他在那儿耽搁了好一忽儿；他回来吃早饭的时候，尼可拉·彼得罗维奇关心地问他，他是不是身体不大舒服——他的脸色很不好看。

“你知道，我有时候会发黄疸病的。”巴威尔·彼得罗维奇安静地答道。

二十四

两个多小时以后他去敲巴扎罗夫的房门。

“请原谅我打扰您的科学研究，”他说，就在靠窗口的一把椅子上坐下来，两只手撑住一根精致的带象牙柄的手杖(他出门的时候通常是不带手杖的)，“可是我不得不要求您给我五分钟的时间……不会再多的。”

“我的全部时间都听凭您支配。”巴扎罗夫说，他看见巴威尔·彼得罗维奇跨进门槛，脸色马上有了一点儿改变。

“我只要五分钟就够了。我有一个问题要向您请教。”

“一个问题？ 关于什么的？”

“请您听我讲吧。您初到我弟弟家来住的时候，我还没有放弃跟您谈话的快乐，我领教过了您对于许多问题的意见；可是我回想起来，您不论跟我讲话，或者在我面前讲话，都没有提到打架和一般的决斗的问题。现在请问您对这个问题有什么意见？”

巴扎罗夫先前站起来迎接巴威尔·彼得罗维奇，现在就在桌子边上坐下了，交叉着两只胳膊。

“我的意见是这样，”他说，“从理论上讲起来决斗是很荒谬的；

可是从实际上讲起来——那又是另外一回事了。”

“那么要是我没有听错的话，您是在说，不管您在理论上对决斗的意见怎样，在实际上您受了别人的侮辱一定不肯白白地放过了？”

“您完全猜准我的意思了。”

“很好，先生。我听见您这样说心里很高兴。您的话可叫我免掉疑惑了。”

“您是想说，免掉踌躇吧。”

“这都是一样的，先生；我只要讲得让别人了解就成了；我……不是神学院里的耗子①。您的话替我省掉了一桩不愉快的手续。我决定了要跟您决斗。”

巴扎罗夫睁大了他的眼睛。

“跟我？”

“的确是跟您。”

“为着什么？ 请许我问一句。”

“我可以对您说明理由，”巴威尔·彼得罗维奇说，“可是我觉得还是不说的好。据我看来，您在这儿简直是多余的；我忍受不了您；我看不起您；要是您还觉得不够……”

巴威尔·彼得罗维奇的眼睛发亮了。……巴扎罗夫的眼睛也在闪闪地发光。

“很好，先生，”他同意说，“用不着再解说了。您倒忽然异想天开，要在我身上试试您那骑士精神来了。我本来可以不给您这种愉快的，不过——就照您的意思办吧！”

---

① 意思是我不是钻在故纸堆里咬文嚼字的。

“我很感谢您，”巴威尔·彼得罗维奇答道，“那么我可以盼望您接受我的挑战，用不着我采取激烈的手段了。”

“那就是，直截了当地说，用这根手杖吗？”巴扎罗夫冷静地说。“这是很对的。您用不着再侮辱我了。老实说，那种办法对您也不是很安全的。您可以保留您那‘尖头曼’[①]的面子。……我也像一个‘尖头曼’似地接受您的挑战。”

“那就很好了，”巴威尔·彼得罗维奇说，便把他的手杖放在角落里，“我们再简单地谈一谈我们的决斗的条件，可是我倒想先知道，您是不是以为我们应该正式吵一次架，作为我挑战的借口呢？”

“不，最好不要什么形式。”

“我也这样想。我还以为我们不必去找我们这次冲突的真正原因。我们彼此不能相容。这还不够吗？”

“真的，这还不够吗？”巴扎罗夫讥讽地跟着他说。

“至于决斗的条件，我们只好不要公证人，——因为我们到哪儿去找公证人呢？”

“一点儿也不错，我们到哪儿去找公证人呢？”

“那么请容许我向您提出下面一个办法：决斗在明天大清早举行，就定在六点钟吧，地点在林子后面，武器是手枪，距离定为十步……”

“十步吗？ 好吧；我们在这样一个距离，是可以你恨我，我恨你的。”

“那么八步也可以。”巴威尔·彼得罗维奇说。

“可以的，怎么不可以呢？”

---

① 英语绅士一词的译音。

“每人放两枪，而且为了预防万一起见，每个人的袋子里先放好一封信，说是自寻短见。”

“这一点我不大赞成，”巴扎罗夫说。“这未免带了一点儿法国小说的气味，有点儿不像是真的了。”

“也许是的。不过您一定同意：犯了杀人的嫌疑也不是一件愉快的事情。”

“那我同意了。可是也还有一个办法可以避免这种罪名。我们不要公证人，不过我们可以找到一个见证人。”

“请问找谁呢？”

“那么找彼得吧。”

“哪一个彼得？”

“您弟弟的听差。他是一个站在现代文明的高峰的人，他会‘郭米尔浮’[①]尽他在这种场合中应尽的职责。”

“我想您是在开玩笑了，亲爱的先生。”

“一点儿也不。您要是把我这个提议仔细想一想，您就会相信这是很合理的，而且很平常的。袋子里藏不住锥子[②]；不过我得负责把彼得准备妥当，好带他上战场去。”

“您还是在开玩笑，”巴威尔·彼得罗维奇说，就从他坐的椅子上站起来，“不过承您很客气地答应了我的要求，我也没有权利再向您要求什么了……这样一切都讲定了。……啊，也许您没有手枪吧？”

“我怎么会有手枪呢，巴威尔·彼得罗维奇？ 我又不是军人。”

① 即法语 comme il faut，意思是“适当地”。巴扎罗夫故意用俄国腔把它念出来。

② 俄谚，意思是不能把事情长久隐瞒起来。

“那么我把我的借给您用。您可以相信我已经有五年没有用过手枪了。”

“这倒是个叫人放心的消息。”

巴威尔·彼得罗维奇拿起他的手杖来……

“现在，我亲爱的先生；现在我只有对您表示谢意，再没有别的了；我不再打扰您的工作了。请允许我向您告辞吧。”

“到明天我们有幸运碰头的时候再见吧，我亲爱的先生。”巴扎罗夫说，他把他的客人送到了门口。

巴威尔·彼得罗维奇走出去了，可是巴扎罗夫还在门前站了一忽儿，他忽然嚷起来：“呸，好吧，见鬼！ 多漂亮，多傻！ 我们演了多出色的喜剧！ 就跟训练过的狗用后腿站着跳舞一样。可是要拒绝也不行；唔，我相信他会打我的，那么……(巴扎罗夫想到这儿脸都变白了；他的骄傲一下子都引起来了)那么我就会掐死他，就像掐死一只小猫一样。”他回去看他的显微镜，可是他的心跳得厉害，而且从事观察的时候所必须有的平静的心境已经失去了。“他今天看见我们了，”他想道，“可是他真的是在帮忙他的弟弟吗？ 接个吻——也不是什么大不了的事情。一定还有别的缘故。呸！ 说不定他自己也爱上她了？ 一定的，他爱上她了；这是很明显的事情。想起来多么复杂！ ……真糟！”他最后断定说。“不管你怎样看法，总之很糟。第一，要把问题摊开，而且无论如何得走开；还有阿尔卡狄……同那只瓢虫尼可拉·彼得罗维奇。这事情很糟，非常之糟。”

这一天过得特别静，特别沉郁。世界上好像就没有费涅奇卡这个人似的；她同洞里的老鼠一样整天守住她的小屋子。尼可拉·彼得罗维奇带着一种焦虑的神气。他刚刚听见人说他的麦子生了黑穗病，他对他的麦子本来抱着极大的希望。巴威尔·彼得罗维奇的那种冷冰冰的礼貌把每个人，连卜罗科非奇在内，都吓坏了。巴扎罗夫给他父亲写信，却又把信笺撕掉，丢在桌子下面。“要是我死了，”他想道，“他们会知道的，不过我并不会死。不，我还要在这个世界上好好地活一阵子呢。”他吩咐彼得第二天天一亮就到他的屋子里来办一件重要事情。彼得还以为他要把他带到彼得堡去。巴扎罗夫睡得很迟，整夜做着乱梦……在这些梦里奥津左娃老是在他面前转来转去，她同时又是他的母亲，她后面还跟着一只生黑髭须的小猫，这只小猫却是费涅奇卡，然后巴威尔·彼得罗维奇又变作一座大树林出现了，可是他仍然不得不跟他决斗。彼得在四点钟就来把他叫醒；他马上穿好衣服同彼得一块儿出去了。

这是一个可爱的、清凉的早晨；浅蓝明净的天空里飘起鱼鳞似的彩色小云片，晶莹的露珠撒满在草茎和树叶上面，蜘蛛网上沾了露水，银子似地闪闪发光；润湿的黑土上仿佛还留着玫瑰色晨曦的余痕；百灵的歌声漫天地撒下来。巴扎罗夫到了树林那儿，就在林边树荫里坐下来，这个时候才把他要彼得做的事情跟彼得讲明白了。这个文明的当差吓得不得了，可是巴扎罗夫安慰他说，并不要他做别的事，他只要站在远处望着他们就成了，并且他也不需要负任何的责任。“同时，”巴扎罗夫又说，“你想一想你扮的是多重要的角色！”彼得摊开两只手，埋下头，身子靠在一棵桦树上，吓得脸都发青了。

从玛利因诺来的路是绕着这座树林的；路上铺了一层薄薄的尘土，昨天以来还不曾有车轮或者脚步踏过。巴扎罗夫不由自主地顺着这条路望去，他摘了一片草放在口里嚼着，一面不停地对自己说：“多么傻！”清晨的寒气使他打了两三次冷噤……彼得垂头丧气地望着他，可是巴扎罗夫只是微微笑着，他并不害怕。

路上响起了一阵马蹄声……一个农民从树背后转了出来。他赶着两匹拴在一块儿的马，他走过巴扎罗夫面前的时候，有点儿奇怪地望了望他，并没有谄媚地摘下帽子，这又叫彼得不安了，他认为这是一个不吉的预兆。“还有一个也起得很早的人，”巴扎罗夫想道，“可是他至少是起来工作的；而我们呢？……”

“好像大老爷来了，先生。”彼得忽然低声说。

巴扎罗夫抬起头，看见了巴威尔·彼得罗维奇。他穿一件薄的方格子上衣，配一条雪白的裤子，急急地顺着路走过来；他胳肢底下挟了一个用绿布包着的匣子。

“对不起，我想你们等了好久了。”他说，先向巴扎罗夫鞠了一个躬，然后又向彼得鞠一个躬，他认为彼得此刻带有几分公证人的性质，所以也向彼得行礼。“我不愿意弄醒我的听差。”

“没有关系，先生，”巴扎罗夫答道，“我们也是刚刚到的。”

“啊！那就更好了！”巴威尔·彼得罗维奇朝四下望了望，“这儿看不见一个人，没有人来妨碍我们。……我们可以动手吗？”

“我们动手吧。”

“我想您不要什么新的解释吧？”

“不，我不要。”

“您高兴装子弹吗？”巴威尔·彼得罗维奇问道，他从匣子里取出手枪来。

“不；您装吧，我来量步数。我的腿要长些，”巴扎罗夫带笑地说，“一，二，三……”

“叶夫盖尼·瓦西里以奇，”彼得吃力地结结巴巴地说（他像发寒热似地浑身在打颤），“随便您怎么说，我要走开了。”

“四……五……走开，小兄弟，走开；你还可以躲在一棵树后面，塞住你的耳朵，只是不要把眼睛闭上就成了；倘使谁倒下了，你就跑去扶他起来。六……七……八……”巴扎罗夫站住了。“够了吗？”他转身向巴威尔·彼得罗维奇问道，“要不要我再加两步？”

“随您办吧。”巴威尔·彼得罗维奇答道，他把第二颗子弹也塞进了。

“好吧，我们就再加两步，”巴扎罗夫用他的靴尖在地上划了一道线，“这儿就是界线。啊，我们每个人要从这道界线往后退多少步呢？这也是一个重要的问题。这一点昨天并没有讨论过。”

“我想，十步吧，”巴威尔·彼得罗维奇答道，他把两支手枪都递给巴扎罗夫，“您肯费神挑选一支吗？”

“我肯费神的。可是，巴威尔·彼得罗维奇，您得承认我们的决斗真是古怪到了可笑的程度了。您只要看看我们的公证人的脸色。”

“您老是爱开玩笑，”巴威尔·彼得罗维奇答道，“我并不否认我们这次的决斗是古怪的，可是我认为应当警告您，我是准备认真跟您交手的。A bon entendeur，salut！①”

“啊！ 我们两个都下了决心要消灭对方才罢手，这一点我并不怀疑；可是为什么不要笑笑，把 utile dulci② 联在一起呢？ 您对我讲法国话，我就对您讲拉丁文。”

“我是在认真地跟您交手。”巴威尔·彼得罗维奇又说了一遍，就

---

① 法语：对会听话的人不用多说！ ——原注
② 拉丁文：有用同愉快。——原注

走到他的位置上去了。巴扎罗夫也从界线起数了十步，站住了。

“您好了吗？”巴威尔·彼得罗维奇问道。

“好了。”

“我们可以彼此走近了。”

巴扎罗夫慢慢地往前走，巴威尔·彼得罗维奇把左手插在裤袋里也向着他走来，渐渐地举起了枪口。……“他瞄准我的鼻子，”巴扎罗夫想道，“他多么注意地眯起眼睛，这个流氓！ 这种感觉可不舒服。我来望他的表链吧。”有什么东西嘶的一声在他耳边擦了过去，同时响起了枪声。“我听见了，可见并不要紧。”这个思想在巴扎罗夫的脑子里闪了一下。他再走一步，并不瞄准，就扳了枪机。

巴威尔·彼得罗维奇微微抖了一下，用手按住他的大腿。顺着他的白裤子流下一股血来。

巴扎罗夫丢下手枪，跑到他的对手身边。

“您伤了吗？”他说。

“您有权叫我回到界线上去，”巴威尔·彼得罗维奇说，“伤是不要紧的。照我们的规定，我们每人还可以再放一枪。”

“好吧，可是，对不起，下一次来吧，”巴扎罗夫答道，他连忙扶住巴威尔·彼得罗维奇，这位先生的脸色渐渐变成惨白了，“现在，我不是一个参加决斗的人，我是一个医生，我得先验一验您的伤。彼得！ 到这儿来，彼得！ 你躲到哪儿去了？”

“全是废话。……我用不着别人帮忙，”巴威尔·彼得罗维奇慢吞吞地小声说，“我们应当……再……”他要拉他的小胡子，可是他的手不听他的指挥了，眼睛模糊了，他失去了知觉。

“这倒是桩新事情！ 他昏过去了！ 又该怎么办！”巴扎罗夫不由

自主地大声说，他一面把巴威尔·彼得罗维奇放到草地上。“来看看伤口怎样吧。”他掏出一方手帕，揩去血迹，摸了摸伤口的四周。……“没有碰到骨头，”他从牙齿缝里说，“枪弹进去不深，一条筋，vastus externus[1]擦伤了。不到三个星期他就可以跳舞了。……可是他昏过去了！啊，这些神经质的人！真是，多嫩的皮肤！”

“他给杀死了吗，先生？”彼得的颤抖的声音在他背后响了起来。

巴扎罗夫回头去看。

“快去拿点儿水来，小兄弟，他还要比你我活得久呢。”

可是这个改良的听差似乎不懂他的话，他动也不动一下。巴威尔·彼得罗维奇慢慢地睁开了眼睛。“他要死了！”彼得低声说，他在自己的胸口上画起十字来。

“您说得不错。……多傻的一副脸相！”受伤的“尖头曼”勉强露出微笑说。

“去拿水去，笨蛋！”巴扎罗夫叫道。

“不用。……这是一种短时的vertige[2]。请帮忙我坐起来……这就好了。……现在只消用什么东西把伤口包扎起来，我可以走回家去，不然您可以替我叫一辆出租马车来。要是您同意的话，我们的决斗也用不着再来了。您做得很光明、豪爽……我是说今天，今天——请注意。”

“过去的事情用不着再提了，”巴扎罗夫答道，“说到将来呢，您也用不着操心，因为我打算马上就走了。现在等我来给您把腿包扎好；

① 拉丁文：股外巨筋。
② 法语：头晕。——原注

您的伤势并不重，可是最好要止住血。不过我还得先把这个家伙弄醒转来才成。”

巴扎罗夫抓住彼得的领子，要他去叫一辆马车来。

“当心不要惊动我弟弟，”巴威尔·彼得罗维奇对他说，“不要去对他讲什么。”

彼得飞跑去了；他跑去叫马车的时候，这两个仇人就坐在地上，一句话也不讲。巴威尔·彼得罗维奇努力不去看巴扎罗夫；他无论如何不肯跟巴扎罗夫和解；他为他的高傲、为他的失败害羞，为他自己一手造成的整个事件害羞，虽然他心里想这样的结束是再好没有的了。“至少，他不会待在这儿讨嫌了，”他拿这种想法安慰自己，“这一点倒是我应该感谢的。”他们一直沉默着，这是一种痛苦的、烦恼的沉默。他们两个人心里都不痛快。每个人都明白对方看透了他的心。这种感觉在朋友中间是愉快的，在仇人中间却是不愉快的了，尤其是在这个时候他们既不能解释明白，又不能彼此分开。

“我没有把您的腿绑得太紧吧？”巴扎罗夫最后问道。

“不，一点儿也不；非常好。”巴威尔·彼得罗维奇答道，过了一忽儿他又说：“我弟弟是瞒不过的；我们得告诉他，我们是为了政治问题吵起来的。”

“很好，”巴扎罗夫说，“您可以说我把所有的亲英派全痛骂了。”

“那好极了。您想，那个人会以为我们在干什么呢？”巴威尔·彼得罗维奇指着旁边一个农民继续说，那个人在决斗前几分钟赶着两匹拴在一块儿的马走过巴扎罗夫面前，这时候他又打原路走回来，他望见了“老爷们”便摘下帽子，往一边走开了。

“谁知道！”巴扎罗夫答道，“倒好像他什么都不想似的。俄国农民是个神秘的未知数，拉德克利弗夫人[①]已经讲得很多了。谁能够了解他！ 他连他自己都不了解。”

“啊！ 您又来了！”巴威尔·彼得罗维奇说，他突然嚷了起来：“您瞧您那个傻瓜彼得干的好事！ 我弟弟现在坐车赶来了！”

巴扎罗夫掉过头来，正看见坐在马车上的尼可拉·彼得罗维奇的惨白的脸。他不等车停就跳下车来，跑到他哥哥的面前。

“这是怎么一回事？”他带着激动的声音说，“叶夫盖尼·瓦西里以奇，请告诉我，什么事情？”

“没有什么，”巴威尔·彼得罗维奇答道，“他们用不着惊动你的。我跟巴扎罗夫先生有过一番小小的争论，我受到了一点儿惩罚。”

“可是这究竟是为了什么呢？ 看在上帝面上告诉我吧！”

“我怎么跟你讲好呢？ 巴扎罗夫先生讲起罗伯特·皮尔爵士[②]的时候，态度很不恭敬。我得赶快声明一句，这全是我一个人的错，巴扎罗夫先生的举动很光明。是我向他挑战的。”

“哎哟，你一身都是血！”

“那么你以为我血管里流的是水吗？ 不过这样流一点儿血对我倒也有好处。医生，您说对不对？ 搀我上马车去，不要只管愁闷。我明天就会完全好了。就是这样；很好。走吧，车夫。”

尼可拉·彼得罗维奇跟在马车后面；巴扎罗夫正打算待在后面……

---

① 安·拉德克利弗(1764—1823)，英国女小说家。她的小说在俄国流行过一个时候，大都带有幻想的恐怖和神秘的性质。

② 皮尔爵士(1788—1850)，英国政治家，保守党的领袖。

“我得请您照应我哥哥，”尼可拉·彼得罗维奇对他说，“等到我们从城里请了医生来的时候。”

巴扎罗夫默默地点了点头。

过了一小时，巴威尔·彼得罗维奇已经躺在床上了，他的腿包扎得很妥帖。全家的人都给惊动了；费涅奇卡很不好过。尼可拉·彼得罗维奇不声不响地扭自己的手，可是巴威尔·彼得罗维奇却在笑，讲笑话，特别跟巴扎罗夫开玩笑；他穿一件细麻布衬衣，罩上一件很漂亮的短晨衣，头上戴了一顶土耳其毡帽，他不许人拉下窗帘，他用诙谐的口吻抱怨那种不许他吃东西的办法。

到了傍晚他就发起热来，头也痛了。城里的医生也来了。（尼可拉·彼得罗维奇没有依他哥哥的话，真的，连巴扎罗夫也劝他不要听从；巴扎罗夫在自己的屋子里坐了一整天，脸色黄黄的，带着一脸的怒容，他去看病人的时候总是竭力不多耽搁；他碰见费涅奇卡两次，可是她害怕地避开了。）新来的医生主张进一点儿清凉饮料；不过他也赞成巴扎罗夫的意见，说是并没有危险。尼可拉·彼得罗维奇对医生说，他的哥哥不小心地打伤了自己，医生的回答只是一个“哼！”字，可是就在这个时候他接到了二十五个银卢布，便又说：“是这样吗！啊，这样的事的确时常发生的。”

这晚上宅子里没有一个人上床睡觉，也没有一个人脱衣服。尼可拉·彼得罗维奇不断地踮起脚到他哥哥的屋子里去，又踮起脚走出来；他的哥哥迷迷糊糊地睡着，轻轻地在呻吟，对他用法语说：“couchez-vous①。”并且要水喝。有一回尼可拉·彼得罗维奇差费涅

① 法语：您睡吧。——原注

奇卡送了一杯柠檬水来；巴威尔·彼得罗维奇注意地望着她，把一杯水都喝光了，连一滴也不剩。第二天天刚亮的时候他的热度稍微高了一点儿，他还讲起胡话来。巴威尔·彼得罗维奇起初说了些不连贯的话，后来他忽然睁大眼睛，看见他弟弟站在床前，俯下身子焦虑地望着他，他便说：

"尼可拉，你是不是觉得费涅奇卡有点儿像奈利吗？"

"哪一个奈利，巴沙[①]？"

"你怎么还要问？ P 公爵夫人。尤其是上半边脸。C'est de la même famille.[②]"

尼可拉·彼得罗维奇没有回答，可是他暗暗地惊奇一个人的旧情会这样地深长。

"这下子我明白了。"他想道。

"啊，我多么爱这个没有头脑的东西！"巴威尔·彼得罗维奇把双手放在脑袋后面呻吟地说，"我不能够让随便一个胆大妄为的人去挨……"过了几分钟他又轻轻地说。

尼可拉·彼得罗维奇只是叹气；他一点儿也没有疑心这些话指的是谁。

第二天早晨八点钟巴扎罗夫来见尼可拉·彼得罗维奇。他已经收拾好行李，并且把他的青蛙、昆虫、鸟儿全放走了。

"您是来告别的吗？"尼可拉·彼得罗维奇站起来迎着他说。

"是的，先生。"

---

① 巴威尔的爱称。
② 法语：这是一家的人。——原注

“我了解您，我完全赞成您。自然我那可怜的哥哥是不对的：他已经受了罚了。他自己对我说是他逼着您那样做。我相信您没有办法避免这次决斗，那是，……那大半是由于你们两位平日的见解老是冲突的缘故。（尼可拉·彼得罗维奇讲得连他自己也有点儿糊涂了。）我哥哥是一个旧式的人，脾气躁，又顽固。……谢谢上帝，事情就这样地了结了。我已经布置好了，不让这件事情声张出去。……”

“我把我的地址留给您，万一发生什么问题……”巴扎罗夫随随便便地说。

“我希望不会发生什么问题，叶夫盖尼·瓦西里以奇……我很抱歉，您在我家里作客会得着这么的……这么一个结局。更使我痛苦的是阿尔卡狄……”

“我想，我会见到他的，”巴扎罗夫答道，他素来只要听到“解释”“抱歉”一类的话就觉得不耐烦，“要是我见不到他的话，我求您代我问候他，并且让我道歉吧。”

“我也求您……”尼可拉·彼得罗维奇一面答礼一面说。可是巴扎罗夫不等他讲完这句话，就转身走了。

巴威尔·彼得罗维奇听说巴扎罗夫要走了，他表示他想跟巴扎罗夫见一次面，握一握手。可是就在这个时候巴扎罗夫还是像冰一样地冷冷的；他知道巴威尔·彼得罗维奇想表示自己的大量。他没有能够向费涅奇卡告别：他只是隔着窗子跟她对望了一眼。他觉得她的脸色很不好看。“她说不定给毁掉了，”他暗暗地想道，“不过她总会捱过去的！”彼得心里很难过，他居然俯在巴扎罗夫的肩头哭了，直到巴扎罗夫问他：他的眼睛是不是水做的，才把他阻止了；杜尼雅霞不得不跑到林子里去，免得在人前哭出来。那个引起这一切悲痛的人坐上了一辆大车，抽着一支雪茄，大车走完了三里，到了转弯的地方，基尔沙诺夫的田庄同它的新宅子像一根线似地最后一次出现在他的眼前，他只吐了一口唾液，喃喃地骂了一句："可恶的小绅士！"他用外衣把身子裹得更紧了。

巴威尔·彼得罗维奇不久就好起来了；可是他不得不在床上躺了快一个星期。他耐心地忍受这种他所谓的**囚禁生活**，不过他也花了很多的工夫在化妆上，而且不停地叫人洒香水。尼可拉·彼得罗维奇常常读报给他听；费涅奇卡照常地伺候他，给他端肉汤，端柠檬水，送半熟鸡蛋，送茶，可是她每次走进他的屋子来，她心里总是怀着一种恐怖。巴威尔·彼得罗维奇的出人意外的举动把宅子里所有的人都吓着了；费涅奇卡吓得比别人更厉害；只有卜罗科非奇一个人不觉得惊奇；他向人解释，在他年轻的时候老爷们是时常打架的，"不过只有老爷跟老爷打，至于像那样的贱人，要是有什么无礼的举动，叫人把他拉到马房去打一顿鞭子就完事了。"

费涅奇卡的良心并不怎么责备她；可是她有时候想起了这次吵架的真正原因，心里就难过起来；巴威尔·彼得罗维奇又是那么古怪地望着她……就是她背对着他的时候，她也觉得他的眼睛盯在她身上。这种一直没有停止的内心的不安使她渐渐地消瘦了，但是又照例地使她变得更动人了。

有一天——这件事情是在早晨发生的——巴威尔·彼得罗维奇觉得身子好多了，从床上起来躺到沙发上去，尼可拉·彼得罗维奇看见他哥哥这天好多了，便出去到打麦场去了。费涅奇卡送了一杯茶进来，放在一张小桌子上，她正要退出去，巴威尔·彼得罗维奇留住了她。

"您这样匆忙地到哪儿去，费多西雅·尼可拉叶夫娜？"他问道，

“您还有事吗？”

“不，大老爷。……是，大老爷。……我得去倒茶。”

“您不去，杜尼雅霞也会倒的；您陪我这个病人坐一忽儿吧。啊，我有几句话得跟您说。”

费涅奇卡默默地在一把扶手椅的边沿上坐了下来。

“听我说，”巴威尔·彼得罗维奇拉拉他的小胡子说，“我很久就想问您：您好像怕我似的？”

“您说我怕您，大老爷？……”

“是的，您。您从来不看我，好像您的良心有点儿不安似的。”

费涅奇卡红了脸，可是她正眼望着巴威尔·彼得罗维奇。她觉得他有点儿古怪，她的心开始跳得厉害了。

“您的良心清白吗？”他问她道。

“它为什么不清白呢？”她低声说。

“谁知道为什么！而且您会对不起谁呢？我吗？那是不会有的。这宅子里的别的什么人吧？那也是不可能的。那么会是我弟弟吗？可是您爱他，不是吗？”

“我爱他。”

“用您的整个灵魂，用您的整个心吗？”

“我用我的整个心爱尼可拉·彼得罗维奇。”

“真的？望着我，费涅奇卡。（他第一次这样地唤她……）您知道，说谎是一桩很大的罪过。”

“我并没有说谎，巴威尔·彼得罗维奇。要是我不爱尼可拉·彼得罗维奇——以后我就不该再活下去！”

“您决不会抛弃他去爱别人吧？”

“我抛弃他去爱谁呢？”

“真的去爱谁呢！那么刚离开这儿的那位先生怎样？”

费涅奇卡站起来。

“啊，我的上帝，巴威尔·彼得罗维奇，您为什么要折磨我？我对您做过了什么错事吗？您怎么能说出这样的话？……”

“费涅奇卡，”巴威尔·彼得罗维奇忧郁地说，“您知道我看见了……”

“您看见了什么，大老爷？”

“在那儿……在凉亭里。”

费涅奇卡脸红得连耳朵和发根都红起来了。

“那怎么是我的过错呢？”她吃力地说。

巴威尔·彼得罗维奇坐了起来。

“您没有过错吗？没有吗？一点儿也没有吗？”

“在世界上我只爱尼可拉·彼得罗维奇一个人，而且我要永远爱他！”费涅奇卡突然用力大声说，她的咽喉让抽泣哽住了。“至于您看见的那件事，就是在最后裁判的那一天[①]我也要说，我在这件事上是没有过错的，就是在那个时候我也是没有过错的；要是有人疑心我背了我的恩人尼可拉·彼得罗维奇做出那种事情，我马上就死……”

可是说到这儿她的声音哑了，同时她觉得巴威尔·彼得罗维奇抓起她的手紧紧地捏住。……她望着他，呆了。他的脸色比先前更惨白了；他的眼睛发光，最叫人惊奇的，是一大滴孤寂的眼泪顺着他的脸颊

① 信奉耶稣教的人相信世界末日会到来，那个时候所有的灵魂都要从坟墓里出来，受上帝的裁判。这便是所谓最后的裁判。

流下来。

“费涅奇卡！”他用一种古怪的低声说，“爱吧，爱我的弟弟吧！他是一个这么善良、这么好的人！不要抛弃他去爱世界上任何别一个人；不要去听任何别一个人的话！您想一想，还有什么比爱一个人而得不到人爱更可怕的事！永远不要离开我那个可怜的尼可拉！”

费涅奇卡的眼睛干了，她的恐怖消失了，——她非常惊讶。可是她看见巴威尔·彼得罗维奇，巴威尔·彼得罗维奇本人把她的一只手贴在他的嘴唇边，头朝着她的手埋下去，他并不吻它，只是偶尔发出痉挛的叹息，那个时候她不知道有什么样的感觉。……

“主啊，”她想道，“是不是他的病又发作了？……”

这个时候他的整个毁掉了的生命在他的内心里激荡了。

楼梯在急速的脚步下面格格地响起来。……他推开她，把自己的头放倒在枕上。门开了，尼可拉·彼得罗维奇走进来，带着高兴的样子，精神健旺，脸色红红的。米奇亚跟他父亲一样气色很好，也是红红的脸，只穿一件小小的衬衫，在他父亲的怀里跳跳蹦蹦，还用他那光着的脚趾去捉他父亲那件乡下外套的大钮扣。

费涅奇卡马上朝尼可拉·彼得罗维奇跑过去，把他同他儿子一块儿抱着，拿她的头靠在他的肩上。尼可拉·彼得罗维奇吃了一惊，费涅奇卡，这个平日害羞的、谨慎的费涅奇卡，从没有在第三个人面前跟他亲热过的。

“什么事？”他说，他又望了他哥哥一眼，便把米奇亚递给她。“你不觉得不舒服吧？”他走到巴威尔·彼得罗维奇跟前问道。

巴威尔·彼得罗维奇把脸藏在一张细麻布手帕下面。

“不……这……没有什么。……相反的，我倒觉得好多了。”

“你搬到沙发上太急了。”尼可拉·彼得罗维奇说，他转过头去向费涅奇卡问了一句：“你到哪儿去？”可是她已经砰的一声关上门走了。“我抱了我的勇士来给你看；他吵着要他的伯伯。她为什么把他抱走了呢？可是你有什么事吗？啊，你们两个人是不是闹了什么事情？”

“弟弟！”巴威尔·彼得罗维奇庄严地说。

尼可拉·彼得罗维奇大吃一惊，他有点儿害怕起来，可是他自己也说不出什么缘故。

“弟弟！”巴威尔·彼得罗维奇又说，“答应我你要照我的要求做一桩事。”

“什么要求？你说吧。”

“这是很重要的；照我看来，你一生的幸福都靠着它。我现在要对你说的话我这些天来已经想了好久了。……弟弟，尽你的责任，尽一个正直、高尚的人的责任。你原本是一个最好的人，不要再让自己受到诱惑，不要再让你这个不好的榜样继续存在下去！”

“巴威尔，你的意思究竟是什么？”

“跟费涅奇卡结婚。……她爱你；她是你儿子的母亲。”

尼可拉·彼得罗维奇向后退了一步，惊讶地拍起手来。

“你这样说吗，巴威尔？我一向以为你是最不赞成这种婚姻的！你这样说！可是你也许不知道，正因为尊重你的缘故，我才没有尽了你说得很对的我的这个责任！”

“在这种场合中尊重我，你就错了，”巴威尔·彼得罗维奇带了一种忧郁的微笑答道，“我渐渐觉得巴扎罗夫骂我的贵族气派的话是对的了。不，亲爱的弟弟，我们不要再顾什么面子，也不要再去管人们怎么讲法：我们如今老了，心定下来了；我们现在应该把一切的虚荣心丢开。让我们像你所说的那样，尽我们的责任吧；瞧着吧，我们这样还可以换来幸福。”

尼可拉·彼得罗维奇跑过去拥抱他的哥哥。

“你毕竟把我的眼睛打开了！”他大声说，“我常常说你是世界上最聪明的、心肠最好的人，果然没有错，现在我又知道你明白事理同你心地高贵的程度一样。”

“轻点儿，轻点儿，”巴威尔·彼得罗维奇打岔说，“不要弄痛你这个明白事理的哥哥的腿，他快到五十岁的年纪还像一个准尉似地跟人家决斗呢。那么事情已经决定了；费涅奇卡要做我的……belle-soeur①了。”

“我亲爱的巴威尔！ 可是阿尔卡狄会怎样说呢？”

“阿尔卡狄？ 他一定高兴得不得了，你可以相信我的这句话！ 结婚是违反他的原则的，可是他的平等的观念却可以满足了。而且，老实说，社会的地位 au dix-neuvième siècle② 还有什么意义呢？”

“啊，巴威尔，巴威尔！ 让我再亲你一次吧。不要怕，我会小心的。”

弟兄两个又拥抱了一下。

“你觉得怎样，是不是现在就该把你的意思让她知道？”巴威尔·彼得罗维奇问道。

“为什么要这样急？”尼可拉·彼得罗维奇答道，“是不是你们已

---

① 法语：弟媳。——原注
② 法语：在 19 世纪。——原注

经谈过了？”

“我们已经谈过了？ Quelle idée！[①]”

“好啦，那就对了。第一你得先好起来，而且那桩事情不会逃掉的。我们应当仔细地想一下，商量商量……”

“可是你不是已经决定了吗？”

“自然，我已经决定了，我诚心诚意地感谢你。我现在要走了；你需要休息；任何的兴奋对你都是不好的。……不过我们以后还可以再讨论。好好地睡吧，好哥哥[②]，上帝保佑你恢复健康。”

“他为什么要这样地感谢我？”巴威尔·彼得罗维奇在他弟弟走了以后一个人想道，“好像这不是由他作主似的！他结了婚，我马上就走开，到一个远的地方去——或者德累斯顿[③]，或者佛罗伦萨[④]，我要一直在那儿住到我死的时候。”

巴威尔·彼得罗维奇用香水打湿他的前额，闭上了眼睛。他的美丽的消瘦的头承着鲜明耀眼的白日的光辉，静静地放在雪白的枕头上，好像是一个死人的头。……他的确是一个死人了。

二十五

在尼可尔斯柯耶，花园里一棵很高的梣树荫下，卡契雅同阿尔卡狄正坐在一个长凳形的草土墩上面；非非躺在他们近旁的地上，它的

① 法语：什么想法！——原注
② 原文作“我的灵魂”。
③ 德国的城市。
④ 意大利的城市。

瘦长身子带了一种猎人们所谓的“兔伏式”的漂亮的曲线。阿尔卡狄同卡契雅都不作声；他手里拿着一本半打开的书，她在一个篮子里捡起剩下来的一点儿白面包屑，丢去喂一小群麻雀，它们不失它们那种又害怕、又大胆的本性，只顾在她的脚边吱吱喳喳地跳来跳去。一阵微风在梣叶丛中吹过，使得阴暗的小径上同非非的黄色的背上那些淡金色的光点慢慢地来回移动；匀静的树荫罩着阿尔卡狄同卡契雅的全身，只是偶尔有一线日光在她的头发上亮起来。两个人都不讲话，可是他们不讲话和他们坐在一块儿的样子正可以表示他们的互相信任的亲密：他们两个人似乎谁都不去注意身边的同伴，可是同时谁都暗暗地高兴这个同伴在自己身边。他们的面貌，自从我们上次跟他们分手以后，也有了改变了：阿尔卡狄看起来更安静些，卡契雅更活泼些，更大胆些。

“您不觉得，”阿尔卡狄说，“俄国人给梣树起的名字很好吗；再没有一种树的叶子在空中是这么轻，这么‘鲜明的’。①”

卡契雅抬起眼睛向上望了望，说声：“是。”阿尔卡狄便想道：“这一位并不责备我用了美丽的辞藻。”

“我不喜欢海涅②，”卡契雅望了一下阿尔卡狄手里拿的那本书说，“不管是他笑的时候，或者哭的时候；只有在他沉思和忧郁的时候我才喜欢他。”

“我却喜欢他笑的时候。”阿尔卡狄说。

“这是您那种爱讥讽人的脾气的痕迹。（‘痕迹！’阿尔卡狄想

---

① 俄文里“梣树”与“鲜明”是同一词根。
② 海涅(1797—1856)，德国大诗人。

道——‘要是巴扎罗夫听见了怎样？’)等着吧，我们要把您改造的。”

“谁要改造我？ 您？”

“谁？ ——姐姐；还有波尔非利 · 卜拉托雷奇，您现在已经不跟他吵架了；还有姨妈，您前天还陪她到礼拜堂去的。”

“我不能说不去啊！ 至于安娜 · 谢尔盖叶夫娜，您不记得，她在好些地方都是跟叶夫盖尼一样的意见吗？”

“我姐姐那个时候受了他的影响，就跟您一样。”

“跟我一样？ 那么让我问一句，您是不是看出我现在已经摆脱了他的影响了？”

卡契雅不答话。

“我知道，”阿尔卡狄接着说下去，“您从来就不喜欢他。”

“我不能够评论他。”

“您知不知道，卡捷林娜 · 谢尔盖叶夫娜，我每回听到这样的回答我就不相信。……世界上就没有一个人是我们谁都不能够评论的！ 这只是一种遁词罢了。”

“好吧，那么我告诉您，我……不能说是我不喜欢他，不过我觉得，他跟我不是一类的人，我跟他也不是一类的……您跟他也不同。”

“这是为什么呢？”

“我怎么跟您讲呢？ ……他是猛兽，您同我却是驯服了的。”

“我也是驯服了的？”

卡契雅点了点头。

阿尔卡狄搔了搔他的耳朵。

“我对您说吧，卡捷林娜 · 谢尔盖叶夫娜，您知道，这是一种侮辱。”

“那么您喜欢做猛兽吗？”

“不是做猛兽，却是要坚强、有力。”

“这样的事并不是可以想望到的。……您瞧，您的朋友并不想望这样，可是他做到了这样。”

“哼！ 那么您以为他对安娜·谢尔盖叶夫娜有很大的影响吗？”

“是的。不过没有一个人能够长久支配她的。”卡契雅低声说。

“您为什么这样想呢？”

“她很骄傲……我的意思不是这样……她把她的独立看得很重要。”

“谁又不看重独立呢？”阿尔卡狄问道，这个时候在他的心中闪过了一个思想：“独立有什么好处？”“独立有什么好处？”卡契雅也这样想着。年轻人时常亲密地在一块儿谈得很好的时候，他们往往会起同样的念头。

阿尔卡狄笑了笑，他挨近卡契雅轻轻地说：“老实说，您有点儿怕**她**吧？”

“怕谁？”

“怕**她**。”阿尔卡狄带着深意地说。

“那么您怎样呢？”卡契雅反过来问他道。

“我也怕；您注意，我说：我**也**怕。”

卡契雅伸一根手指威吓地指着他。

“我倒觉得奇怪，”她说，“我姐姐从没有像现在这样待您好的；比您头一回来的时候好多了。”

“真的！”

“怎么，您没有注意到吗？ 您不觉得高兴吗？”

阿尔卡狄想了一忽儿。

“我靠了什么取得安娜·谢尔盖叶夫娜的好感呢？ 是不是因为我把您母亲的信带了给她呢？”

“这是一个原因，也还有别的原因，我不说。”

“什么原因？”

“我不说。”

“啊，我知道：您是很固执的。”

“我是这样。”

“并且会观察人。”

卡契雅瞟了阿尔卡狄一眼。

“也许是这样的；这叫您生气吗？ 您觉得怎样？”

“我奇怪您从哪儿学会了这样观察人的。您这么怕羞，不相信人；您跟谁都不接近。……”

“我一向都过着孤独的日子；这叫人不得不想得很多。可是我真的跟谁都不接近吗？”

阿尔卡狄感激地望了卡契雅一眼。

“那固然很好，”他说，“可是处在您的地位的人，我是说，处在您的环境的人，很少有这种观察的能力；他们就跟帝王一样，不容易知道真理。”

“可是您知道，我并没有钱。”

阿尔卡狄愣了一下，他没有马上懂卡契雅的意思。“不错，事实上财产都是她姐姐的！”他突然明白了；这个思想并没有使他不高兴。

“您说得多么好！”他说。

“什么？”

“您说得很好；简单明白，并没有不好意思，也没有做作。我说，我常常想，一个人知道并且说出来自己是个穷人，他的感情里头一定有一种特殊的东西，一种骄傲吧。”

“靠了我姐姐的好心，我倒从来不曾有过这样的体验。我刚才提到我的环境，也只是顺口讲出来的。”

“好的；不过您得承认您也有一点儿我刚才所说的骄傲的。”

“请您举一个例子吧？”

“例如，您——原谅我问您这句话——您不肯嫁一个有钱人吧，是不是？”

“要是我很爱他的话……不，我想就是那个时候我也不肯嫁给他。”

“啊！ 您瞧！”阿尔卡狄大声说，停了一下又说，“您为什么不肯嫁给他呢？”

“因为歌子里面也唱过不平等的婚姻了。”

“大概您喜欢支配人，不然……”

“啊，不！ 为什么我要这样呢？ 刚刚相反，我倒愿意顺从别人；只有不平等才是难受的。一个人尊重自己，顺从别人，那是我能够了解的；那是幸福，可是一种依赖的生活……不，我已经过够了。”

“过够了，”阿尔卡狄跟着卡契雅说了一句，“是的，是的，”他接着往下说，“您并没有白做安娜·谢尔盖叶夫娜的妹妹；您跟她一样，是喜欢独立的；不过您不肯讲出来罢了。我相信，不管您的感情是多么强烈，多么神圣，您一定不肯先表示出来。……”

“那么您以为应该怎样呢?”卡契雅问道。

“你们是一样地聪明；您的性格纵使不比您姐姐的强，至少也是跟她一样。……”

“请您不要拿我跟我姐姐相比，”卡契雅连忙打岔道，“那是对我很不利的。您好像忘记了我姐姐又漂亮，又聪明，而且……尤其是您，阿尔卡狄·尼可拉叶维奇，不应该说这种话，不应该做出这种正经的脸色。”

“您说‘尤其是您’，是什么意思——您怎么会以为我是在开玩笑？”

“自然，您是在开玩笑。”

“您这样想吗？可是要是我真相信我说的话呢？要是我认为我还没有把我的意思充分表达出来呢？”

“我不懂您的话。”

“真的吗？好吧，我现在明白了：我一定把您的观察力估得太高了。”

“怎样呢？”

阿尔卡狄不回答，却把脸掉开了，卡契雅在篮子里找了几粒面包屑，向着麻雀抛去，可是她挥手的时候用了太大的劲，那群麻雀没有啄面包屑就飞走了。

“卡捷林娜·谢尔盖叶夫娜！”阿尔卡狄突然说道，“也许在您看来，都是一样的，可是让我告诉您，我不但把您看得比您姐姐高，而且还把您看得比世界上任何一个人都高。”

他站起来，很快地走开了，好像他嘴里吐出来的话把他自己吓跑了似的。

卡契雅让她的两只手同篮子都落在膝上，她垂下头，把阿尔卡狄的背影望了许久。渐渐地一片红晕透出她的脸颊来了，可是她的嘴唇并没有笑，她的乌黑的眼睛露出一种惊惶的跟一种没法说明的感情。

“你一个人在这儿？”她听见安娜·谢尔盖叶夫娜的声音在她的身旁说，“我还以为你跟阿尔卡狄一块儿到园子里来的。”

卡契雅慢慢地抬起眼睛望她的姐姐(姐姐打扮得很雅致，甚至可以说是很讲究，站在小径上，用她那撑开的阳伞的伞尖去搔非非的耳朵)，慢慢地答道：

“是的，我一个人。”

“那我也看见的，”安娜·谢尔盖叶夫娜微笑地说，“那么他回到他的屋子里去了。”

“是的。”

“你们在一块儿念书吗？”

“是的。”

安娜·谢尔盖叶夫娜托着卡契雅的下巴把她的脸抬起来。

“我盼望，你们没有吵嘴吧？”

“没有。”卡契雅说，她轻轻地推开了她姐姐的手。

“你回答得多么正经！我以为可以在这儿找到他，打算约他出去散步。他说了好几次要我跟他出去散步了。城里给你送来了皮鞋；你快去试试看；我昨天已经注意到你那双皮鞋实在太旧了。你对这些事情总不大留心，其实你倒有一双漂亮的小脚！你的手也不错……不过稍微大一点儿，所以你得特别注意你这双小脚。可是你又是一个不爱打扮的人。”

安娜·谢尔盖叶夫娜顺着小径走了，她那身漂亮的衣服一路上发出轻微的窸窣声；卡契雅从凳子上站起来，拿起那本海涅的诗集，也走了——可是并不去试她的皮鞋。

“漂亮的小脚！”她想道，一面慢慢地、轻轻地走上了被太阳晒得滚烫的露台的石级，“你说漂亮的小脚。……唔，以后他要跪在这双脚跟前的。”

可是她马上不好意思起来，连忙跑上楼去了。

阿尔卡狄经过走廊朝他的屋子走去；管事从后面追上来，通知他说，巴扎罗夫先生在他的屋子里等他。

“叶夫盖尼！”阿尔卡狄差不多带一种害怕的样子喃喃说，“他来了好久了吗？”

“刚刚到，他吩咐不用通知安娜·谢尔盖叶夫娜，一直领他到您的屋子里去。”

“难道家里出了什么不幸的事情吗？”阿尔卡狄想着，急急忙忙跑上了楼梯，推开了房门。他看见巴扎罗夫的脸色，马上放了心，其实这位不速之客的脸上虽然是照常地精神饱满，但也已经消瘦些了，一个经验多一点儿的人可以从那张脸上看出一种内心不安的表征来。他的肩头披了一件满是尘土的大衣，头上戴了一顶便帽，他正坐在窗台前；就是在阿尔卡狄大声欢呼着扑到他身上去的时候，他也没有站起来。

“真想不到！什么好运气把你带来了？”阿尔卡狄反复地说，在屋子里走来走去，就像那种自以为、而且也想让人看见自己很高兴的人一样。“我想，我们家里一切都顺遂吧，人人都好吧？”

“你们家里一切都顺遂，可是并不是人人都好，”巴扎罗夫说，“不要多讲话，叫人给我倒一杯克瓦斯①来，你坐下，听我用几句我想是直截了当的话把事情给你讲明白。”

---

① 俄国一种清凉的饮料。

阿尔卡狄静了下来，巴扎罗夫便讲了他跟巴威尔·彼得罗维奇的决斗。阿尔卡狄大吃一惊，而且很伤心，不过他觉得用不着把这种感情表露出来；他只问他伯父的伤是不是真的不重；他听到巴扎罗夫这样回答：伤倒是很有趣的，不过不是从医学方面来说，他也勉强笑了笑，可是他心里却很难过，又觉得惭愧。巴扎罗夫好像知道了他的这种心事。

“不错，兄弟，”他说，“你瞧，这就是跟封建的人物住在一块的结果。你自己也会变成一个封建人物，去参加他们的骑士的比武了。好吧，先生，所以我现在动身回‘父亲们’那儿去了。”巴扎罗夫这样地结束了他的故事。“我顺路弯到这儿来……把这桩事情全部告诉你，我要说，要是我不把无用的谎话当做傻事的话。不，我弯到这儿来——鬼知道为了什么。你知道，一个人抓住自己的头发，把自己拔起来，就像从菜园地里拔起一根萝卜似的，有时候也是很好的事；这就是我最近做的事情。……可是我又想再看一下我刚刚丢开的东西，看一下我在那儿生长的菜园地。”

“我盼望这些话不是指我说的，”阿尔卡狄发急地说，“我盼望你不是想丢开**我**吧？”

巴扎罗夫掉转眼睛注意地、而且差不多要看透对方的心似地望了阿尔卡狄一眼。

“这会叫你这么难过吗？ 我觉得你早已把我丢开了。你看起来气色多好，多整齐漂亮……你跟安娜·谢尔盖叶夫娜的事情一定进行得很顺利了。”

“你说我同安娜·谢尔盖叶夫娜的什么事情？”

“怎么，你不是为了她才从城里到这儿来吗，小鸡儿？ 哦，那儿的星期学校调查得怎样了？ 难道你不爱她吗？ 或者你已经到了该说话审慎的时期了？”

“叶夫盖尼，你知道我一向对你是很坦白的；我可以对你明说，我可以对你发誓，你弄错了。”

“哼，从前倒是没有这样说过，”巴扎罗夫低声说，“可是你也不用着急，这事情跟我完全没有关系。一个浪漫派会说：‘我觉得我们的路开始分岔了，’可是我只说我们彼此讨厌了。”

“叶夫盖尼……”

“好朋友，这不是什么不幸的事情。我们这一辈子讨厌的东西不是很多吗？ 我想现在我们应该分手了，是不是？ 我自从到了这儿以后，我就觉得浑身都不舒服，就像我读了果戈理写给卡卢加省长夫人的信[①]似的。而且，我并没有吩咐他们把马解下来。”

“我敢说，这是不行的！”

“可是为什么？”

“我不讲我自己，可是这对安娜·谢尔盖叶夫娜未免太失礼了，她一定想看见你。”

“啊，那你就错了。”

“刚刚相反，我相信我并不错，”阿尔卡狄答道，“你为什么要装假呢？ 我们既然讲到这个，那么我问你，你自己不是为了她才到这儿来的吗？”

“那也许是的，可是你总错了。”

---

① 这里指的是果戈理在 1841 年 6 月 4 日写给斯米尔诺娃的信。题目是《什么是省长夫人》。

可是阿尔卡狄并没有错。安娜·谢尔盖叶夫娜想见巴扎罗夫，差了管事来请他去。巴扎罗夫去见她之前还换了衣服；原来他预先把新衣服放在箱子里容易拿到的地方。

奥津左娃接待他的地方，不是在他那次突然表白他的爱情的屋子，却是在客厅里。她恳切地把她的指尖伸给他，可是她的脸上现出一种不由自主的局促的表情。

“安娜·谢尔盖叶夫娜，”巴扎罗夫连忙说，“我第一件事就得使您放心。现在站在您面前的，是一个早已恢复了他的理性、并且希望别人也忘记了他的傻事的人。这次我离开的时间要很长；您会承认，尽管我不是一个软弱的人，可是我想到您对我仍旧怀着厌恶的心思的时候，我就是走了，心里也会难过。”

安娜·谢尔盖叶夫娜深深地叹了一口气，好像一个人刚刚爬到了高山顶上似的，一个微笑使她的脸显得更漂亮了。她第二次伸出手给巴扎罗夫，而且在巴扎罗夫握着她的手的时候，她也把他的手握了一下。

“过去的事不用提了，”她说，“我尤其不愿意提它，因为凭我的良心说，我那个时候也有错，倘使不算挑逗，至少也是别的东西。一句话说完，让我们还是像从前那样地做朋友吧。那是一场梦，不是吗？谁记得梦里的事情呢？”

“谁记得它们？ 而且，爱情……您知道，只是一种故意装出来的感情罢了。”

“真的吗？ 我听了很高兴呢。”

安娜·谢尔盖叶夫娜是这样地说，巴扎罗夫是这样地说；他们都以为自己说的是真话。他们的话果然是真的，完全真的吗？ 他们自己也不知道，作者更不知道了。可是他们接着又谈下去，好像他们彼此完全信任似的。

安娜·谢尔盖叶夫娜问了巴扎罗夫一些话，也问起他在基尔沙诺夫家中做了些什么事情。他差一点儿就要讲出他跟巴威尔·彼得罗维奇决斗的事了，可是他想到她也许会疑心他是想显露显露自己，便忍住不说了，他只回答她说，他这些时候都在做他的研究工作。

"我呢，"安娜·谢尔盖叶夫娜说，"我起初很忧郁，也不知道是为了什么缘故；您想不到，我还准备到外国去呢！……后来又好了，您的朋友阿尔卡狄·尼可拉以奇来了，我又回到旧轨道上去。我扮起我擅长的角色了。"

"什么角色呢，我可以问吗？"

"姨妈，女教师，母亲一类的角色——随便您怎么说都可以。哦，您不知道我从前总不大明白您怎么会跟阿尔卡狄·尼可拉以奇成了亲密的朋友；我觉得他实在平凡得很。可是现在我知道他比较清楚一点儿，也看出来他是一个聪明的人。……主要的是他年轻，他年轻……不像您同我，叶夫盖尼·瓦西里以奇。"

"他在您面前还是那么害羞吗？"

"他是那样吗？……"安娜·谢尔盖叶夫娜说，她想了一忽儿又说下去："他现在跟我熟悉多了；他常常跟我谈话。他从前老是躲开我。其实我那个时候也不想找他谈话。他跟卡契雅非常要好。"

巴扎罗夫觉得不耐烦了。"自然一个女人总免不了要骗人的。"他想道。

"您说他老是躲开您，"他冷笑地说，"可是也许您已经明白他爱着您吧？"

“怎么！ 他也？”安娜·谢尔盖叶夫娜顺口说了出来。

“他也是的，”巴扎罗夫恭敬地鞠了一个躬，跟着她说，“难道您会不知道，难道我告诉您的还是新的消息？”

安娜·谢尔盖叶夫娜埋下她的眼睛。

“您错了，叶夫盖尼·瓦西里以奇。”

“我不这样想。可是也许我不该提起这个。”随后他又暗暗地在自己心里说：“你以后不要再对我耍狡猾吧。”

“为什么不该呢？ 可是我以为您这样一来未免把那个过眼即逝的印象看得太重了。我现在开始疑心您是喜欢夸张的了。”

“我们最好还是不要谈它吧，安娜·谢尔盖叶夫娜。”

“为什么呢？”她回答道，可是她自己就把话题转到另一方面去了。她跟巴扎罗夫在一块儿仍然觉得有点儿拘束，虽然她已经对他说过，并且还叫她自己也相信，过去的一切事情全忘记了。她跟他谈着最简单的话的时候，甚至于在她跟他开玩笑的时候，她也还感到一阵轻微的恐惧。就好像航海的人无忧无虑地在轮船上谈笑，跟在陆地上完全一样，可是只要发生了一点儿最小的故障，只要有了一点儿不寻常的征象，他们每个人的脸上立刻会现出特别惊惶的表情，这证明出来：他们时时刻刻都感觉到那个随时都会发生的危险。

安娜·谢尔盖叶夫娜跟巴扎罗夫并没有谈多久的话。她开始露出沉思的样子来；她答话的时候也带着心不在焉的神气，后来她提议他们一块儿到厅子里去，他们在那儿看到公爵夫人同卡契雅。“可是阿尔卡狄·尼可拉以奇到哪儿去了？”安娜·谢尔盖叶夫娜问道；她听说他已经有一个多小时没有出来了，便差人去请他来。人们找了好一忽儿才把他寻到；他藏在花园里树木繁茂的地方，两只手交叉地支着下巴，坐在那儿出神。他的思想是深邃的、严肃的，却并不是忧郁的。他知道安娜·谢尔盖叶夫娜跟巴扎罗夫单独在一块儿，并不像以前那样地感到妒嫉；相反的，他的脸上渐渐地发出光彩；他似乎在同一个时候又是惊奇，又是快乐，而且决定了一桩事情。

二十六

奥津左娃的亡故的丈夫生前并不喜欢新奇的东西，可是他也不反对“某种高尚趣味的活动”，因此他在花园里面、温室和池塘的中间，用俄国砖修了一座类似希腊柱廊式样的建筑物。奥津左夫在这个柱廊或者画廊的后山墙上，造了六个壁龛，预备安置他在外国定购的六座石像。这六座石像代表着孤独、静默、沉思、忧郁、羞耻和敏感。其中的一个，就是把手指放在嘴唇上的静默的女神，已经运到而且安置好了，可是当天便有几个农家孩子把她的鼻子打坏了，虽然附近一个泥水匠给她补上了一个“比先前的还要好过一倍的”新鼻子，奥津左夫还是叫人把她搬开，她现在还立在打麦仓的角落里，已经放了好些年了，引起一般乡下女人对她的迷信的恐怖。柱廊的正面早已被繁茂的矮树掩盖了；只有那些圆柱顶还在浓密的绿叶丛中露出来。在这个柱廊里便是在正午时候也是很凉爽的。安娜·谢尔盖叶夫娜自从在那个地方看见一条蛇以后便不喜欢到那儿去了，可是卡契雅还常常来坐在一个壁龛下面的宽石凳上。在这个地方，在树荫和清凉中，她不是念书，便是做别的事情，再不然便是沉浸在完全宁静的感觉里面，这种感觉我们每个人一定都知道，它的好处就在于：半意识地静静听着生命的洪流在我们身外同在我们内心绵绵不息地泛滥。

巴扎罗夫来到以后的第二天，卡契雅坐在她心爱的石凳上，阿尔卡狄又坐在她的旁边。是他求她带他到“柱廊”这儿来的。

这个时候离早饭时间还有一小时的光景；带露的清晨已经变做炎热的白天了。阿尔卡狄的脸上还保留着前一天的表情，卡契雅好像有什么心事似的。她的姐姐刚刚用过早茶便把她叫到姐姐的屋子里去，起先跟她亲热了一下，姐姐的这种举动常常叫卡契雅害怕，接着姐姐就劝她待阿尔卡狄要小心一点儿，尤其不要单独跟他谈话，因为她的姨妈同全宅子的人好像已经在注意了。而且在前一天晚上安娜·谢尔盖叶夫娜不高兴；卡契雅也觉得心里不安，好像她承认自己做错了事情似的。她这次答应阿尔卡狄的要求的时候，她对她自己说，这是最后的一次了。

“卡捷林娜·谢尔盖叶夫娜，”他带一种不大好意思的从容说，“自从我有幸跟您同住在一个宅子里以后，我跟您谈过许多事情，可是还有一个对我非常重要的……问题，我一直到现在还没有提过。您昨天说过我在这儿有了改变了，”他继续说下去，他一面去望卡契雅的盯在他脸上的询问的眼光，一面又躲避这眼光，“我的确大大地改变了，您比任何人都知道得更清楚——我实在是靠了您才有这个改变的。”

“我……靠了我？……”卡契雅说。

“我现在已经不是初来时候的那个自命不凡的少年了，”阿尔卡狄接着说，“我没有白活了二十三年；跟从前一样，我愿意做一个有用的人，我愿意把我所有的力量都献给真理，可是我不再到我从前寻觅理想的地方去寻找我的理想了；理想自己来找我了，……就在我的身边。在今天以前，我并没有认识我自己；我要我自己去做一些我没有力量担任的工作。……我的眼睛最近才睁开了，这是靠了一种情感……我没有把话讲得十分清楚，不过我盼望您会了解我……”

卡契雅不回答，可是她也不再望阿尔卡狄了。

“我以为，”他用了更激动的声音接下去说，在他的头上有一只苍头燕雀藏在桦树叶中间无忧无虑地唱起歌来，“我以为每个正直的人都应当对那些……对那些……一句话说完，对那些跟他亲近的人讲真心话，所以我……我打算……”

可是说到这儿，阿尔卡狄的雄辩就接不上来了，他不知道要怎样才好，他结结巴巴地说不出话来，终于不得不停止一忽儿。卡契雅仍然不抬起她的眼睛。她好像不明白他说这些话的用意，仿佛还在等着什么似的。

“我料到我的话会叫您吃惊，”阿尔卡狄鼓起勇气又说，“尤其因为这个情感多多少少……多多少少，请留心听着，——跟您有点儿关系。您还记得吧，您昨天责备我不够严肃认真，”阿尔卡狄说，看他的神情，他好像是一个走进了沼地里的人，明知道自己每走一步就越陷越深，可是他仍然急急往前走去，总希望他能够尽快地跨过这块沼地，“那种责备的话是常常对付……常常落到……年轻人身上的，即使他们已经不应当受责备了；要是我的自信力大一点儿的话……（‘来帮忙我，帮忙我吧！’阿尔卡狄十分着急地想道，可是卡契雅仍然跟先前一样，不掉过她的头来。）要是我能够希望……”

“倘使我能够确实相信您所说的。”在这个时候他们听到了安娜·谢尔盖叶夫娜的清朗的声音。

阿尔卡狄立刻不做声了，卡契雅的脸色变成了苍白。在这一丛遮住柱廊的矮树旁边有着一条小路。安娜·谢尔盖叶夫娜同巴扎罗夫一块儿正顺着这条小路走过来。卡契雅同阿尔卡狄不能够看见他们，却听见了每一句话、她的衣服的窸窣声、连呼吸也听见了。他们走了几步，好像故意地在柱廊前面站住了。

“您瞧，”安娜·谢尔盖叶夫娜继续往下说，“您同我都错了；我们两个人都不算太年轻了，尤其是我；我们都是生活过来的，我们都倦了；我们两个人——为什么还要客气呢？——都是聪明人；起先我们对彼此都感到了兴趣，打动了好奇心……可是后来……”

“后来我就变成枯燥乏味的了。”巴扎罗夫插嘴说。

“您知道这并不是我们的分开的原因。不过无论如何，我们彼此都不需要，这是主要的一点；我们两个人……我怎么说好呢？……相同的地方太多了。我们起初还不曾明白这一点。反而，阿尔卡狄……”

“您需要他么？”巴扎罗夫问道。

“不要讲啦，叶夫盖尼·瓦西里以奇。您告诉我说，他对我不是没有好感的，我自己一向就觉得他是喜欢我的。我知道我可以做他的姨妈了，可是我不瞒您说，我近来也常常想他。在那种年轻的、新鲜的情感里面有一种特殊的吸引力……”

“在这种情形里通常是用‘**魔力**’这个字眼的，”巴扎罗夫打岔道；在他那平静而低沉的声音里听得出一股怨气，“昨天阿尔卡狄在我跟前好像隐藏着什么似的，他没有讲起您，也没有讲您的妹妹，……那是一个重要的征候。”

“他像哥哥一样地待卡契雅，”安娜·谢尔盖叶夫娜说，“我喜欢他的这种地方，不过我也许不该让他们这样地亲近。”

“您这话是从……做姐姐的心里发出来的吗？”巴扎罗夫把声音拉长地说。

“自然是的。……可是为什么我们老是站住呢？我们走吧。我们谈得多奇怪，不是吗？ 我绝没有想到我会跟您谈这些话。您知道，我怕您……同时又信任您，因为您实在是一个好人。”

“第一，我一点儿也不好；第二，我对您已经是毫不重要了，您还对我说我是一个好人……这好比把一顶花冠戴在死人头上一样。”

“叶夫盖尼·瓦西里以奇，我们并不是常常能够控制自己的……”安娜·谢尔盖叶夫娜说，可是一阵风吹过，吹得树叶沙沙地响起来，把她后面的话吹走了。

“您知道，您是自由的。”隔了一忽儿巴扎罗夫的声音说。

其余的话听不清楚了；脚步声远去了……这周围又没有声音了。

阿尔卡狄掉头去望卡契雅。她还是像先前那样地坐着，只是她的头埋得更低了。

“卡捷林娜·谢尔盖叶夫娜，”他把两只手紧紧地捏在一块儿，声音打颤地说，“我永远爱您，不会改变，而且除了您我再也不爱别人。我想告诉您这个，想知道您对我的意见，而且向您求婚，因为我不是一个有钱的人，因为我准备为您牺牲一切。……您不回答我？ 您不相信我？ 您以为我是随便说的吗？ 可是请您回想最近这几天的情形吧！难道您这许久还不相信所有——请您听明白我的话，——所有其他的东西都早已不留痕迹地消灭了吗？ 望着我，对我说一个字也好。……我爱……我爱您……相信我！”

卡契雅用了一种又严肃又高兴的眼光望着阿尔卡狄，她迟疑了好一忽儿，才带了一点儿笑意地说一声：“是。”

阿尔卡狄从石凳上跳了起来。

“是！ 您说了‘是’，卡捷林娜·谢尔盖叶夫娜！ 这个字是什么意思？ 只是说我爱您，您相信我。……或者……或者……我不敢说下去了……”

“是。”卡契雅又说了一遍，这一次他明白她了。他抓起她那双大而美丽的手按在他的心上，他欢喜得快透不过气来。他差一点儿站不稳了，他只能够反复地叫着：“卡契雅，卡契雅……”她却天真地哭起来，又暗暗地笑自己流了眼泪。谁要是没有见过自己所爱的人眼中这样的泪水，他就还不了解在这个世界上一个人在害羞和感激的陶醉中能够快乐到怎样的程度。

第二天大清早安娜·谢尔盖叶夫娜差人把巴扎罗夫请到她的书房里去，她勉强笑了笑，把一张折好的信笺递给他。这是阿尔卡狄写的信，他求她答应她妹妹的婚事。

巴扎罗夫把信匆匆地看了一遍，努力控制自己，不让他心里突然发生的幸灾乐祸的情感表露出来。

“原来是这么一回事，”他说，“好像您在昨天还以为他像哥哥似地爱着卡捷林娜·谢尔盖叶夫娜呢。您现在打算怎么办？”

“**您**以为我该怎么办呢？”安娜·谢尔盖叶夫娜仍然带笑问道。

“我以为，”巴扎罗夫也带笑答道，其实他和安娜·谢尔盖叶夫娜一样，心里很不高兴，没有一点儿想笑的心思，“我以为您应该给这一对年轻人祝福。从各方面看来这是美满的婚姻；基尔沙诺夫的境况还不坏，他是他父亲的独养子，他的父亲又是个好人，不会反对他的。”

奥津左娃在屋子里来回踱着。她的脸色一忽儿红一忽儿白。

“你这样想吗？”她说。“为什么不呢？ 我也觉得没有障碍。……我替卡契雅高兴……也替阿尔卡狄·尼可拉叶维奇高兴。自然我要等他父亲的回信。我要差他自己去见他父亲。可是这桩事情就证明我昨天对您说我们两个人都老了的话是对的了。……我怎么早没有看出来呢？ 这倒怪了！”

安娜·谢尔盖叶夫娜又笑了起来，她连忙把头掉开了。

“现在的年轻人都变得很狡猾了，”巴扎罗夫说着，也笑了起来，“再见吧，”他停了一下又说，“我希望您把这桩事情解决得很圆满；我在远处也会高兴的。”

奥津左娃连忙回过脸来向着他。

“难道您要走吗？ 为什么您**现在**不住下来呢？ 住下吧……跟您谈话是一桩愉快的事情……好像人就在悬崖的边上走着似的。起先觉得害怕，可是走下去胆子就大了。您住下吧。”

“谢谢您留我住下，安娜·谢尔盖叶夫娜，而且称赞我的谈话的本领。可是我觉得我已经在不是我自己的圈子里耽搁得太久了。飞鱼能够在空中支持一个时候，不过它们不久就得跳回水里去；请您也答应我回到我自己原来的环境里去吧。”

奥津左娃望了望巴扎罗夫。他的苍白的脸上露出苦笑。“这个人爱过我的！”她想道，她可怜他，便带着同情伸出手给他。

可是他了解她的意思。

“不！”他说，往后退了一步。“我是一个穷人，可是我到现在还没有受过别人的周济。再见吧，太太，请您保重。”

“我相信我们这次并不是最后的见面。”安娜·谢尔盖叶夫娜带了一种无意的动作说。

“在这个世界上什么事情都可能发生的！”巴扎罗夫答道，他鞠了一个躬走出去了。

“那么你想给你自己造一个窠了，”巴扎罗夫当天蹲在地板上收拾他的箱子的时候，对阿尔卡狄说，“为什么不行呢，这是很好的事。可是你用不着装假。我还以为你打的是另一个主意呢。说不定连你自己也想不到吧。”

“我跟你分手的时候我的确没有料到这个，”阿尔卡狄答道，“可是为什么你自己也装假，说这是‘很好的事’呢，好像我不知道你对于婚姻的见解似的。”

“啊，好朋友，”巴扎罗夫说，“你怎么说这样的话！你看见我在干什么：我的箱子里头有一个空的地方，我正在塞点儿干草进去；在我们的人生的箱子里头也是这样的；我们应该塞点儿东西进去，倒比让它空着好。请你不要动气：你一定还记得我一向对卡捷林娜·谢尔盖叶夫娜的意见吧。有些年轻小姐得到了聪明的名声，只是因为她叹气叹得很聪明，可是你的那一位是站得稳的，的确她站得那样稳，因此她将来一定会把你抓在她的掌握中，不过这是应该的。”他砰的一声关上了盖子，从地板上站起来，“现在在临别的时候，让我再跟你说一遍……因为我们欺骗自己也是没有用的：我们这次是永别了，你自己也觉得……你的举动很聪明；你不宜于过我们这种痛苦的、清寒的、孤单的生活。你没有锐气，没有愤恨，不过你有的是青年的勇敢，青年的热情。你不宜于做我们的事。像你们这一类的贵族至多不过做一些高贵的顺从或者高贵的愤慨的举动，那是没有用处的。譬如说吧，你们不肯战斗——却以为自己是好汉——可是我们却要战斗。啊，好吧！我们的灰尘会使你的眼睛不舒服，我们的污泥会把你的身上弄脏，可是你没有长到我们那样地高！你不知不觉地在自我欣赏，你喜欢骂你自己；可是我们讨厌这些——我们要压倒别的人！我们要去改变别的人的性格！你是个很好的人，不过你是一个软软的、自由派的少爷——

借一句我父亲常说的话：爱渥拿都[①]。”

“你是跟我永别吗，叶夫盖尼？”阿尔卡狄忧郁地说，“你没有别的话跟我说吗？”

巴扎罗夫搔他的后脑勺。

“不错，阿尔卡狄，不错，我还有别的话跟你说，不过我不说了，因为说起来又是浪漫气味——那是说，有点儿肉麻。你赶快结婚吧，造好你的窠，多养几个孩子。他们一定是聪明的，因为他们生得正是时候，跟你我不一样。啊哈！我看马已经预备好了。时候到了！我已经跟大家辞过行了。……现在怎样？喂，拥抱一下吗？”

阿尔卡狄跑过去抱住他从前的导师和朋友的脖子，泪水从他的眼里涌了出来。

“这就是青春！”巴扎罗夫平静地说。“可是我把我的希望放在卡捷林娜·谢尔盖叶夫娜的身上。你瞧吧，她会很快地把你安慰好的！”

“再见，老弟！”他坐上了大车以后，对阿尔卡狄说，又指着一对并排蹲在马房屋顶上的寒鸦说道，“这是你的榜样！照着办吧。”

“这是什么意思？”阿尔卡狄问道。

“怎么？你对博物学的知识就这么浅，还是你忘了寒鸦是一种最可尊敬的家禽呢？这是你的一个榜样！……再见，西乌尔[②]。”

车子辘辘地响着走了。

巴扎罗夫说对了。这天晚上阿尔卡狄跟卡契雅谈话的时候，他就完全忘了他的导师。他已经开始服从卡契雅了，卡契雅也觉察到这个，

① 这是用俄国腔念出来的法国话，意为如是而已。
② 用俄国腔念出来的意大利词语，意为先生。

她并不惊奇。他得在第二天动身回玛利因诺去见尼可拉·彼得罗维奇。安娜·谢尔盖叶夫娜并不去管束这一对年轻人，只是为了礼俗的关系才不让他们长久单独地在一块儿。她很大量地把公爵夫人跟他们隔开，老公爵夫人听见他们就要结婚的消息，只气得流着眼泪乱发脾气。起初安娜·谢尔盖叶夫娜还担心自己看见他们的幸福会觉得难过，可是事实却完全相反，她看了不但不难过，反而感到兴趣，后来她居然感动了。这件事情叫安娜·谢尔盖叶夫娜一面高兴，一面又不愉快。“巴扎罗夫果然说对了，”她想道，“那原不过是好奇心，就只是好奇心，贪舒服，自私自利……”

“孩子们！”她大声说，“爱情是一种故意装出来的情感吗？”

可是卡契雅跟阿尔卡狄连她的意思也不懂。他们常常躲开她；他们在无意中偷听到的谈话还时常萦绕他们的心头。可是安娜·谢尔盖叶夫娜不久就使他们心安了；这在她并不是难事：她自己已经心安了。

二十七

巴扎罗夫的年老的双亲完全没有料到他们的儿子会回家来，因此他们看见他的时候更加欢喜得不得了。阿利娜·符拉西叶夫娜非常兴奋，不停地在家里来回地跑着，惹得瓦西里·伊凡诺维奇把她比做一只“母鹧鸪”；她那件短短的衫子后面拖着短短的下摆，使她的确有点儿像一只鸟。瓦西里·伊凡诺维奇自己也只是唔唔地哼着，咬着他的长烟斗的琥珀嘴子，或者用手指抓住他的脖子，把脑袋往左右转动，好像他要试一下他的脑袋是不是装得很牢，随后他忽然又张开他的阔嘴，发出一阵没有声音的笑。

“我回来在你这儿整整住六个星期，老爸爸，”巴扎罗夫对他说，“我要做我的工作，请你不要来打扰我。”

“你就是把我的面貌都忘记了，我也不会来打扰你！”瓦西里·伊凡诺维奇答道。

他果然守约。他像上次那样把他儿子安顿在他的书房里以后，他竭力躲开他儿子，并且还阻止他的妻子对儿子作不必要的慈爱的表示。“好妈妈，叶纽沙上次回来的时候，”他对她说，“我们吵得他有点儿厌烦了：这回我们应当聪明些。”阿利娜·符拉西叶夫娜同意丈夫的话，可是这对她并没有什么好处，因为她只有在吃饭的时候才看见她的儿子，而且现在她简直不敢跟他讲话了。“叶纽兴卡，”她有时候会唤他，可是不等他回过头，她就玩弄她的手提袋的绳带，支吾地说，“没有什么，没有什么，我这是……”随后她就去找瓦西里·伊凡诺维奇，手支着脸颊，跟他商量说：“亲爱的，你知道不知道叶纽沙今天午饭高兴吃什么——白菜汤呢还是红菜汤？”“为什么你自己不去问他呢？”“他会讨厌我的！”

然而过了几天巴扎罗夫便不再把自己关起来了；工作的热狂消退了，苦恼的厌倦和沉闷的烦躁抓住了他。他的一切动作都显出来一种奇怪的疲倦；连他的脚步，那本来是坚定、快速、勇敢的，现在也改变了。他不再一个人散步了，他开始去找人谈话；他到客厅里喝茶，跟瓦西里·伊凡诺维奇在菜园里来回走着，一声不响地跟他父亲一块儿抽烟；有一回他还问起亚历克赛神甫来。瓦西里·伊凡诺维奇起先很高兴这种改变，可是他的快乐不久就没有了。“叶纽沙真叫人担心，”他偷偷地对他妻子诉苦道，“他并不是不满意或者不高兴，那倒还不要紧；他心里难过，他不快活——那是可怕的。他老是不讲话，只要他肯骂我们也好；他一天天地瘦起来，他的脸色也不好看。”“主啊，主啊！”那个老妇人低声说，“我想在他的脖子上挂一道护身符，可是他自然不会答应的。”瓦西里·伊凡诺维奇好几次极小心地转弯抹角向儿子打听他的工作、他的健康和阿尔卡狄的近况。……可是巴扎罗夫的回答却是勉强的，顺口说出来的；有一次他觉察到他父亲渐渐用话套他讲出什么来，他就生气地说：“为什么你讲话老是像踮起脚在我周围绕圈子？ 这个办法比从前的更坏。”“啊，啊，我没有什么用意！”可怜的瓦西里·伊凡诺维奇连忙答道。他又发挥政治的意见，这也得不到结果。有一天谈到就要实行的农奴解放，他便谈起进步来，希望用这个引起他儿子的共鸣；可是巴扎罗夫只是冷淡地答道：“昨天我走过院子篱笆那儿，我听见本地农民的小孩在唱歌，他们不唱从前的歌子，却哼着：‘**正当的时候来了，我的心里感到爱了**。’……这就是你的进步。”

有时候巴扎罗夫走到村子里去，用他平日的揶揄的口吻跟随便一个农民谈起话来。“喂，”他对农民说，“老兄，把你们的人生观讲给我听听；你瞧，他们说，俄罗斯的全部力量和将来都是捏在你们手里的，历史上的一个新纪元也要由你们来开创——我们的真正的语言同我们的法律都是你们给我们的。”农民不是不回答，就是断断续续地讲出几句这样的话来：“我们也能够，……因为这是……要看我们的，譬如说，结果。”“你给我讲讲你们的‘米尔’是什么东西，”巴扎罗夫打岔说：“是不是就是那个站在三条鱼背上的‘米尔’[①]？”

① 俄文米尔这个词除了乡村自治组织外，还有一个意义是“世界”，旧俄传说，世界是放在三条鱼背上的。

“少爷，大地才是站在三条鱼背上的。”那个农民就用他那种家长式的慈祥的单调声音和气地答道，“可是在我们的那个，就是说‘米尔’上面，老爷的意志是很有势力的，这是大家都知道的事，因为你们是我们的父亲。主人的规矩越严，农民越高兴。”

巴扎罗夫有一回听到了这样的回答，便轻蔑地耸了耸肩膀，转身走了。农民也慢慢地走回家去。

“他在讲些什么？”另一个脸色阴沉的中年农民问道，他一直站在自己的茅草房门口，远远地望着巴扎罗夫跟这个农民谈话，“讲欠租的事情吗？”

“什么欠租的事，老兄，”头一个农民答道，现在他讲话没有一点儿家长式的单调声音了，却反而有一种毫不在乎的粗暴的调子，“啊，他这样那样地乱讲了一忽儿，他大约舌头发痒了。当然啦，他是一位少爷；他懂得什么呢？”

“他哪儿懂得什么呢！”另一个农民说，接着他们推了推帽子，又拉了拉腰带，两个人就去商量他们自己的工作和需要去了。唉！这位轻蔑地耸了耸肩膀、自以为懂得怎样跟农民谈话的巴扎罗夫(他跟巴威尔·彼得罗维奇争论的时候这样夸过口的)，这位自信心很强的巴扎罗夫却从来没有疑心过在他们的眼里他不过是一个逗人发笑的小丑。……

巴扎罗夫后来终于给他自己找到了一个工作。有一天瓦西里·伊凡诺维奇在他面前给一个农民包扎受伤的腿，可是老人的手有些发颤，他不能够扎好绷带；他的儿子给他帮了忙，从此以后巴扎罗夫便时常帮助他父亲给人治病，虽然他同时又不断地嘲笑他自己向父亲推荐的治疗法，嘲笑马上采用这个治疗法的父亲。可是巴扎罗夫的讥笑并没有叫瓦西里·伊凡诺维奇心里有一点儿难过，它们反而给了他一些安慰。他用两根手指把他那件染着油渍的便衣提起来，提到肚皮那儿，一面抽他的烟斗，一面高兴地听巴扎罗夫讲话；巴扎罗夫的俏皮话越刻毒，他那好脾气的父亲笑得越痛快，把一口黑牙齿全露出来了。他甚至于把儿子的那些无味的或者毫无意义的俏皮话，常常放在自己嘴里说来说去，譬如说，有好几天他不论对题不对题都说一句："并不是一桩了不起的事！[①]"只因为他儿子听说他去做早礼拜，用了那一句话讲他。"谢谢上帝！他的郁闷已经过去了！"他悄悄地对他的妻子说："他今天还这么挖苦过我的——真是好极了！"而且，他想起自己有一个这样的助手，便喜欢得不得了，心里充满了骄傲。"是的，是的，"他把一瓶古拉药水或一罐白油膏拿给一个穿粗布男大衣、包着有角的头帕的乡下女人的时候，就对她说，"因为我儿子住在我家里，你应当时时刻刻感谢上帝，好女人，现在可以用最科学的、最新的方法来给你治病。你明白这是什么意思吗？就是法国皇帝拿破仑的御医也并不比他好。"那个乡下女人来抱怨她"浑身刺痛"（可是这句话的意思她自己也说不明白），她听见他的话，只是深深地鞠了一个躬，伸手在怀里掏出了包在一幅毛巾角上的四个鸡蛋。

巴扎罗夫有一次还给一个过路的布商拔了一颗牙；这虽是一颗很平常的牙齿，瓦西里·伊凡诺维奇却把它当作古董似地保存起来，而且把牙齿拿给亚历克赛神甫看，口里不住地说：

"您瞧，多长的根！叶夫盖尼的力气真不小。那个卖布的差一点儿跳到半空中去了。……我看，就是一棵橡树，也会给拔起

---

① 原文是一句土话："这是第九件事。"

来的！……”

“很值得佩服！”亚历克赛神甫不知道应该怎样回答，也不知道应该怎样把这位高兴得不得了的老年人对付过去，末了只好这样说。

有一天附近一个村子的农民带了他的兄弟到瓦西里·伊凡诺维奇家里来看病，病人害的是伤寒。这个可怜的人躺在一捆干草上面快要死了；他满身都是黑点子，他早就失掉了知觉。瓦西里·伊凡诺维奇惋惜地说，为什么早没有人想到来找医生看病，他表示现在已经没有希望了。果然这个农民还没有把他兄弟送回家，病人就在车子上死了。

三天以后巴扎罗夫走进他父亲的屋子，问他父亲有没有硝酸银。

“有的，你要来做什么用？”

“我得用它来……烧一个伤口。”

“谁的伤口？”

“我自己的。”

“什么，你自己的！为什么有伤口？是什么一种伤口？在什么地方？”

“这儿，在我手指上。我今天到那个村子里去，你知道，就是那个害伤寒的农民的村子。他们不知道为了什么缘故，正要解剖他的尸首，我已经很久没有动这种手术了。”

“后来？”

“后来，我请求县医让我来动手；我就割伤了。”

瓦西里·伊凡诺维奇的脸色马上变成灰白，他连一句话也不说，就跑进书房里去，立刻拿了一块硝酸银回来了。巴扎罗夫正要拿起它就走。

“看在上帝的份上，”瓦西里·伊凡诺维奇说，“让我给你弄吧。”

巴扎罗夫笑了笑。

“你真喜欢做医生！”

“不要开玩笑了，我求你。把手指拿给我看。伤口不大。我弄得痛不痛？”

“压紧一点儿，不要怕。”

瓦西里·伊凡诺维奇停止了。

“叶夫盖尼，你以为怎样，是不是用烙铁来烧一下更好些？”

“那是应该早弄的，可是现在连硝酸银，其实也不中用了。倘使我受到传染，现在已经晚了。”

“怎么……晚了……”瓦西里·伊凡诺维奇差不多讲不出话来了。

“那是没有疑问的！ 已经隔了四个多小时了。”

瓦西里·伊凡诺维奇又把伤口烧了一忽儿。

“那个县医就没有硝酸银吗？”

“没有。”

“怎么能够呢，我的上帝！ 一个医生连这样一件万不可少的东西也没有！”

“你倒没有看见他的柳叶刀。”巴扎罗夫说着便走开了。

这一天一直到晚上，第二天又一个整天，瓦西里·伊凡诺维奇不断地找了种种的口实到他儿子的房里去，虽然他一点儿也不提起伤口，甚至于找了一些极不相干的话来谈，他却牢牢地望着他儿子的脸，他那么惊惶地望他的儿子，所以巴扎罗夫忍受不下去了，生气地嚷着要他走开。瓦西里·伊凡诺维奇答应他的儿子，以后不再惊扰了，在他这方面，也得这样办，因为阿利娜·符拉西叶夫娜（他自然没有让她知道那件事情）开始担心地盘问起来，问他为什么不睡觉，他有什么心事。整整两天里面他都坚持下去了，虽然他还是偷偷地留心看他的儿子，觉得他儿子脸色很不好看……可是第三天吃午饭的时候，他再也忍不下去了。巴扎罗夫埋着头，什么都不吃。

“你为什么不吃呢，叶夫盖尼？”他装出很随便的样子问道，“我觉得今天菜做得很好。”

“我不想吃，所以我不吃。”

“你胃口不好吗？ 你的头怎样？”他胆怯地说，“痛不痛？”

“痛。为什么不头痛呢？”

阿利娜·符拉西叶夫娜坐直了身子，注意地听他们讲话。

“不要生气，叶夫盖尼，我求你，”瓦西里·伊凡诺维奇继续说，“你肯让我给你按按脉吗？”

巴扎罗夫站起来。

“我用不着按脉，就可以告诉你：我发热。”

“有没有发寒颤呢？”

“有点儿发寒颤。我去躺一忽儿，你可以给我送点儿菩提花茶来。我一定着凉了。”

“怪不得我昨晚上听见你咳嗽。”阿利娜·符拉西叶夫娜说。

“我着凉了。”巴扎罗夫又说了一遍，就出去了。

阿利娜·符拉西叶夫娜忙着预备菩提花茶，瓦西里·伊凡诺维奇便走到隔壁屋子里去，不声不响地拉他自己的头发。

这天巴扎罗夫就没有再起床，他整夜都是在一种沉重的、半昏迷的睡眠状态中。早晨一点钟光景他勉强睁开了眼睛，看见灯光底下父亲的苍白的脸正俯下来望他，他叫他父亲出去；他父亲说声请他原谅便走了，可是马上又踮起脚走回来；半个身子藏在柜门背后，不转眼地一直望着儿子。阿利娜·符拉西叶夫娜也没有睡，她让书房的门开着一点儿，她不停地到门口来听听“叶纽沙呼吸怎样”，又来看看瓦西里·伊凡诺维奇。她只能够望见他那一动也不动地俯着的背，可是就是这个也叫她松了一口气。第二天清早巴扎罗夫挣扎着起来了；他觉得一阵头晕，鼻子也出了血；他又躺了下去。瓦西里·伊凡诺维奇默默地伺候他；阿利娜·符拉西叶夫娜进来看他，问他觉得怎样。他答道：“好些了。”便翻身向着墙壁。瓦西里·伊凡诺维奇对他的妻子摇着双手，要她出去；她咬着嘴唇免得哭出声来，便走开了。整个宅子似乎一下子就变得暗淡无光了；每个人的脸上都带着愁容；四周静得出奇；院子里一只爱叫的公鸡让送到村子里去了，它好久都不明白为什么会受到这样的待遇。巴扎罗夫仍然躺在床上，脸向着墙壁。瓦西里·伊凡诺维奇试着拿种种的问题去问他，可是巴扎罗夫厌烦了，老人便回到扶手椅上坐下，动也不动一下，只是间或拉拉自己的手指节发出响声。他到花园里去了几分钟，像一座石像那样地立在那儿，仿佛心中充满了说不出的惊惶(惊惶的表情始终没有离开他的脸)，然后又回到他儿子的房里，竭力避开他妻子的询问。她最后抓住他的胳膊，痉挛地、几乎是威胁地问道：“他害什么病？”他连忙定一定神，勉强回答她一笑，可是叫他自己也害怕的是：他发出的不是微笑，却是一阵不知道从哪儿来的狂笑。他在这天天刚亮就差人去请医生了。他觉得应该把这桩事情告诉他的儿子，免得他儿子生气。

巴扎罗夫突然在长沙发上翻过身来，用那对失神的眼睛呆呆地望他的父亲，讨着水喝。

瓦西里·伊凡诺维奇拿了一点儿水给他，便趁势摸了一下他的前额。烧得跟火一样。

“老爸爸，”巴扎罗夫声音嘶哑地慢慢说，“我的情形很糟。我受到传染了，过几天你就得埋葬我。”

瓦西里·伊凡诺维奇连脚都站不稳了，好像什么人在他的腿上打了一拳似的。

“叶夫盖尼！”他结结巴巴地说，“你这是什么意思！……上帝保佑你吧！你着凉了！……”

“得啦，”巴扎罗夫不慌不忙地打岔说，“医生是不可以这样说的。一切传染的征候都有了，你自己也知道的。”

“传染的征候……在哪儿，叶夫盖尼？……哪儿的话！”

“这是什么？”巴扎罗夫说，他挽起他衬衫的袖子，给他父亲看他的胳膊上发出来的那些显示着凶兆的红斑点。

瓦西里·伊凡诺维奇吓得浑身打起寒颤来。

“我们假定，”他末了说，“我们假定即使……即使有点儿像……传染……”

“脓毒血症。”他的儿子提醒说。

“啊，是……一种……流行病……”

“脓毒血症，”巴扎罗夫声音清楚而严厉地说，“你难道忘了你的笔记本吗？”

“啊，是的，是的——随你怎样说好了……无论如何，我们要治好你的病！”

“得啦，这是胡说八道。可是我们也不必争论这个。我没有料到会死得这么早；老实说，这是一桩极不愉快的意外事情。你同母亲你们两位应当利用你们的坚强的宗教信仰了；现在是试验它的好机会了。”他又喝了一点儿水。“我想求你办一桩事，……趁现在我的脑子还清醒的时候。明天或者后天，你知道，我的脑筋就要辞职了。就是现在我也没有十分把握我讲话是不是讲得很清楚。我躺在这儿，我老是觉得有些红狗在我周围跑，可是你暗中注意地望着我，好像望着一只山鸡似的。我好像喝醉了似的。你完全懂我的意思吗？”

“哪儿的话，叶夫盖尼，你说话非常清楚。”

“那就更好了。你跟我说过你已经差人去请了医生。你这样做是为了安慰你自己……你也安慰我一下吧：差一个送信人去……”

“到阿尔卡狄·尼可拉以奇那儿去吗？”老人插嘴道。

“阿尔卡狄·尼可拉以奇是谁？”巴扎罗夫说，好像他不大明白，在思索似的。“啊，不错！那只小鸟儿！不，不要去动他；他现在成了一只寒鸦了。不要怕，这还不是说胡话呢！差一个人去见奥津左娃，安娜·谢尔盖叶夫娜；她是一位地主太太……你知道吗？（瓦西里·伊凡诺维奇点点头。）就说叶夫盖尼·巴扎罗夫差人来问候她，并且来告诉她：他要死了。你肯办吗？”

“我就去办。……不过你真会死吗，叶夫盖尼？……你自己想一想！要是你死了，那么还有什么公道呢？”

“这个我倒不知道，不过请你差一个人去。”

“我马上就差人去，我自己给她写信。”

“不，为什么要你写呢？只说我差人问候她；不用再讲别的。现在我又要回到我的红狗那儿去了。奇怪！我集中我的思想去想死的事情，可是总没有用。我看见一个斑点一样的东西……再也没有别的。”

他又很吃力地翻过身去向着墙壁。瓦西里·伊凡诺维奇走出了书房，勉强支持着走进妻子的睡房，立刻跪倒在神像面前。

“祷告吧，阿利娜，祷告吧，”他呻吟地说，“我们的儿子快死了。”

医生，就是那个没有硝酸银的县医，来了，他给病人看了病，劝他们安心等待病势的变化，他还说了几句可望痊愈的话。

“您见过病得像我这样的人还不到极乐国土去的吗？”巴扎罗夫问道，他突然抓住长沙发旁边一张笨重桌子的腿，摇了摇桌子，就把它推开了。

“还有力气，还有力气，”他说，“力气全在，可是我就得死了！……一个老年人至少还有时间从容地跟生命分离，可是我……好的，去试一试否认死吧。死就来否认你，这就够了！谁在这儿哭？”他停了一下又说，“母亲吗？可怜的人！她那出色的红菜汤以后又给谁吃呢？你，瓦西里·伊凡诺维奇，好像你也哭了。啊，要是基督教不能给你帮忙，你就做一个哲学家，一个斯多噶派[①]好了！怎么，你不是夸口说你是一个哲学家吗？”

“我是个什么哲学家！”瓦西里·伊凡诺维奇呜咽地说，眼泪顺着两颊直流下来。

巴扎罗夫的病势一小时比一小时地更沉重了；病进展得非常快，外科的中毒往往是这样的。他还没有失掉知觉，他可以懂别人对他讲的话，他还要挣扎。“我不愿意说胡话，”他捏紧拳头，喃喃地说，“多无聊！”他马上又说：“唔，八减十，还剩多少呢？”瓦西里·伊凡诺维奇像发了疯似地在屋子里走来走去，起先主张用这一种治法，

① 希腊哲学的一派，又称淡泊学派。这派学者以坚忍、刻苦、勇毅诸德为做人处世的标准。

然后又想用另一种，末了他只是不停地拉被子盖上他儿子的脚。“得用冷布单包缠……呕吐药……肚皮上贴芥末膏……放血。”他紧张地说。那个让他挽留下来的县医赞成他的意见，给病人喝柠檬水，自己却一忽儿要烟斗来抽，一忽儿又要点儿“添暖加力的东西”，那就是说伏特加。阿利娜·符拉西叶夫娜坐在门口一个矮凳上，只偶尔出去祷告一忽儿。几天以前，她梳妆用的小镜子从她手里滑下来打碎了，她一向把这种事情当作凶兆；就是安非苏希卡也找不到话来安慰她。季莫费以奇到奥津左娃那儿去了。

夜里巴扎罗夫很不好。……高烧使他非常痛苦。快到早晨的时候他稍微好了一点儿。他请阿利娜·符拉西叶夫娜给他梳一梳头发，他亲了一下她的手，喝了两口茶。瓦西里·伊凡诺维奇恢复了一点精神。

“谢谢上帝！”他不住地说，“转机来了，转机到了。”

“喂，现在就这样想吗？”巴扎罗夫说，“一个字眼有多大用处！他找到它了；他说‘转机’，就得到安慰了。真奇怪，一个人还相信一些字眼。譬如说，人家讲他是个傻瓜，虽然没有打他，他还是要难过；人家要是叫他聪明人，即使不给他一个钱，他也非常满意。”

巴扎罗夫的这篇小小的演说，大有他从前讲的“俏皮话”的风味，把瓦西里·伊凡诺维奇大大地感动了。

“好啊，说得真好，真好！”他叫道，做出要拍手的样子。

巴扎罗夫悲哀地笑了笑。

“那么，据你看来，”巴扎罗夫说，“究竟是转机过了呢，还是它正来了？”

“你好些了，那是我看得出来的，这就使我高兴了。”瓦西里·伊凡诺维奇答道。

“唔，很好；高兴总是不坏的。不过去她那儿，你还记得吗？ 你差人去了吧？”

“我当然差人去了。”

病人的这种转好的现象并没有继续多久。病又沉重起来了。瓦西里·伊凡诺维奇坐在巴扎罗夫的身边。这个老人心里好像有什么不寻常的痛苦似的。他几次要讲话——却又讲不出来。

“叶夫盖尼！”他终于说出来了，“我的儿子，我的宝贝的，亲爱的儿子！”

这种不寻常的称呼在巴扎罗夫的心上发生了效力。他稍微转过头来，显然在挣扎着要把那个正压在他心上的昏迷的力量甩开，他终于吐出声音：

“父亲，什么事？”

“叶夫盖尼，”瓦西里·伊凡诺维奇接着往下说，他在巴扎罗夫面前跪了下来，虽然巴扎罗夫已经闭上眼睛，看不见他了，“叶夫盖尼，你现在好些了；上帝保佑，你就要好的，可是利用现在这个时机，安慰安慰你母亲和我，尽一次基督徒的责任吧！ 我跟你讲这种话，是很可怕的，不过更可怕的是……永久，叶夫盖尼……想一想吧，怎样的……”

老人讲不下去了，他儿子虽然仍旧闭上眼睛躺着，可是他的脸上却现出一种奇怪的表情。

“要是这桩事情可以给你们安慰的话，我就不拒绝，”巴扎罗夫末了说，“不过我想不必这样着急。你自己还说我好些了。”

“好些了，叶夫盖尼，好些了，可是谁知道呢，一切都得看上帝的意思，你尽了这个责任……”

“不，我要等一忽儿，”巴扎罗夫打岔说，“我赞成你的话，转机已经来了。要是我们两个人都弄错了的话，那也不要紧！ 你知道，失掉知觉的人也可以领圣餐的。”

“叶夫盖尼，我求你……”

“我要等一忽儿，现在我想睡了。不要打扰我。”

他把他的头放回在原地方。

老人站起身来，坐在扶手椅上，捏住他的下巴，咬起他自己的手指来……

他突然听到一阵有弹簧的马车的辘辘声，[1]这声音在乡下偏僻地方特别容易引人注意。轻快的车轮越滚越近，现在连马的鼻息声也听得见了。……瓦西里·伊凡诺维奇跳起来，跑到窗口去。一辆用四匹马拉的两个座位的马车正跑进他这小小住宅的院子里来。他不明白这是怎么一回事，只感到一种糊里糊涂的快乐，一口气跑到台阶上去了。……一个穿号衣的听差打开车门；从车里走出一位穿黑大衣、戴黑面纱的太太来。……

“我是奥津左娃，”她说，“叶夫盖尼·瓦西里以奇还活着吗？您是他的父亲吧？ 我请了一位大夫来了。”

“恩人！”瓦西里·伊凡诺维奇大声说，他抓起她的手，战战兢兢地放在他的嘴唇上。这个时候安娜·谢尔盖叶夫娜请的医生，一个有德国脸型、戴眼镜的、矮小身材的人，不慌不忙地从车上走下来了。“还活着，我的叶夫盖尼还活着，现在他有救了！ 妻啊！ 妻啊！ 一位天使从天上下降到我们这儿来了……”

“这是怎么一回事，好上帝！”老妇人从客厅里跑出来，结结巴巴

---

① 当时乡下路况很糟，而乡下的马车大都没有装弹簧。

地说；她也没有弄清楚是什么事情，就在穿堂里跪在安娜·谢尔盖叶夫娜的脚跟前，像一个疯婆子似地亲起她的衣裾来。

“您这是做什么！ 您这是做什么！”安娜·谢尔盖叶夫娜接连地说；可是阿利娜·符拉西叶夫娜并不去理会她，而同时瓦西里·伊凡诺维奇不住地说：“一位天使！ 一位天使！”

“Wo ist der Kranke? [①] 病人在哪儿？”末了医生有点儿生气地说。

瓦西里·伊凡诺维奇醒悟过来了。“在这儿，这儿，请跟我来，**威尔结斯结尔黑尔郭列加**[②]。”他记起了从前学过的东西，便加上这么一句。

“啊！”德国人带着苦笑说。

瓦西里·伊凡诺维奇把他们引进了书房。

“安娜·谢尔盖叶夫娜·奥津左娃请的大夫来了，”他弯下身子凑近他儿子的耳朵说，“她本人也在这儿。”

巴扎罗夫突然睁开他的眼睛。“你说什么？”

“我说安娜·谢尔盖叶夫娜·奥津左娃在这儿，她带了一位大夫来看你。”

巴扎罗夫动动眼睛朝四处望。

“她在这儿……我要见她。”

“你就会看见她的，叶夫盖尼，可是我们得先跟大夫谈谈。现在既然西多尔·西多利奇（这是那个县医的名字）已经走了，我得把你这病

---

① 德语：病人在哪儿？ ——原注
② 俄国腔的德国话：最可尊敬的同事先生。——原注

的历史详细讲给他听，我们要稍微商量一下。”

巴扎罗夫看了这个德国人一眼。“好吧，就请快点儿谈，只是不要用拉丁文；你知道，我懂得 jam moritur① 的意思。”

“Der Herr scheint des Deutschen mächtig zu sein，”②这个埃斯枯拉庇乌斯③的新弟子转过脸对瓦西里·伊凡诺维奇说。

“以黑……加伯④……我们还是讲俄国话吧。”老人说。

“啊，啊！ 原来是这样，⑤……好吧……”

他们就商量起来。

半小时以后，安娜·谢尔盖叶夫娜由瓦西里·伊凡诺维奇陪着，走进书房里来。医生已经暗暗地告诉她：病人没有好的希望了。

她望了巴扎罗夫一眼……就在房门口站住了，她看见那张发红的、同时又带死气的脸同那对盯着她的失神的眼睛，不禁大吃一惊。她只觉得害怕，是一种冰冷的、难堪的害怕；她马上想道，要是她真的爱过他的话，她一定不会有这样的感觉。

“谢谢您，”巴扎罗夫用力地说，“我没有料到这个。这是慈善的行为。现在我们又见面了，正如您所答应的。”

“安娜·谢尔盖叶夫娜太好了……”瓦西里·伊凡诺维奇说。

“父亲，请你出去一忽儿。安娜·谢尔盖叶夫娜，您允许吗？ 好像，现在……”

他把头动一下，指点着他那睡倒的无力的身体。

---

① 拉丁文：已经要死了。——原注
② 德语：这位先生似乎也精通德国话。——原注
③ 罗马神话中的医神。
④ 俄国腔的德国话：我曾经。——原注
⑤ 原文为德国腔的俄国话。

瓦西里·伊凡诺维奇走出去了。

“好，谢谢您，”巴扎罗夫又说了一遍，“这是皇族的派头。据说沙皇也要去看垂死的人。”

“叶夫盖尼·瓦西里以奇，我希望……”

“啊，安娜·谢尔盖叶夫娜，让我们说实话吧。我是完结了。我掉在车轮下面了。所以显然也用不着想到将来了。死是一种古老的玩笑，可是它对每个人都是很新鲜的。一直到现在我还是不害怕……不过我就要失掉知觉了，那么一切都完了！（他没有力气地摇摇他的手。）啊，我应当对您讲什么呢？……说我爱过您吧！那句话以前就没有意思，现在更没有意思了。爱是一种形体，我自己的形体已经坏了。我不如说，您生得多么动人！您现在站在这儿，这么美……”

安娜·谢尔盖叶夫娜不由自主地打了一个哆嗦。

“不要紧，不用担心……在那儿坐下吧。……不要靠近我：我的病是传染的。”

安娜·谢尔盖叶夫娜很快地穿过屋子走了过来，坐在巴扎罗夫躺的长沙发附近的一把扶手椅上。

“高贵的心肠！”他低声说，“啊，多么近，又是多么年轻，鲜艳，纯洁……在这间不干净的屋子里！……好，永别了！祝您长寿，这是比什么都好的事情，趁着您还年轻的时候，好好地利用您的时间。您瞧，这是一个多么难看的景象，虫子给压得半死了，可是它还在蠕动。您瞧，我也想过：我还要办好那么多的事情，我不要死。为什么我要死呢？我还有使命，因为我是一个巨人！现在这个巨人的全部使命就是：怎样才死得体面，虽然在旁人看来这是没有关系的。……不管怎样：我是不会摇尾乞怜的。”

巴扎罗夫闭了嘴，伸手去摸他的杯子。安娜·谢尔盖叶夫娜拿了一点儿水给他喝，却并不取下她的手套，而且胆怯地不敢多吸一口气。

“您会忘掉我的，”他又说，“死人不是活人的朋友。我父亲会对您说，俄国要失掉一个怎样的人了。……那是废话，不过请您不要打破老年人的幻想。您知道……无论用什么玩具哄小孩都行。①……还请您安慰安慰我母亲。像他们那样的人在你们的上流社会里就是白天点起火去找也找不到。……俄国需要我。……不，明明是不需要我。那么谁又是俄国需要的呢？ 鞋匠是需要的，裁缝是需要的，屠户……卖肉……屠户……等一下，我有点儿糊涂了……那儿有一座树林……”

巴扎罗夫把他的手按在额上。

安娜·谢尔盖叶夫娜俯下身去挨近他。

“叶夫盖尼·伊凡诺维奇，我在这儿……”

他马上拿开手，撑起半个身子来。

“永别了，”他突然用力说，他的眼睛射出最后的光，“永别了。……请听着……我那个时候没有亲您。……吹一下快尽了的灯，让它灭了吧……”

安娜·谢尔盖叶夫娜把嘴唇挨了挨他的前额。

“够了！”他说，头落回到枕上去了，“现在……黑暗……”

安娜·谢尔盖叶夫娜轻轻地走了出去。

“怎样？”瓦西里·伊凡诺维奇低声问道。

“他睡着了。”她用了几乎听不见的声音回答。

巴扎罗夫就没有再醒过。快到傍晚时候他完全失了知觉，第二天

---

① 俄谚：“只要小孩不哭，玩什么都好。”

他就死了。亚历克赛神甫给他做了临终前的宗教仪式。在行最后涂油礼的时候，圣油涂到他的胸上，他的一只眼睛睁开了，没有生气的脸上现出一种类似恐怖的战栗，好像因为看见穿法衣的教士、烟雾缭绕的香炉和神像前的烛光的缘故。最后他的呼吸停止了，全家的人都放声哭起来，这个时候瓦西里·伊凡诺维奇突然充满了愤怒。“我说过我要抗议，”他嘶声叫着，他的脸涨得通红，而且变了相，他捏紧拳头在空中挥舞，好像在威吓什么人似的。“我抗议，我抗议！”可是阿利娜·符拉西叶夫娜带着满脸的眼泪跑过去抱住他的脖子，两个人一齐跪倒在地上。安非苏希卡后来在用人房里对人说：“他们并排地埋着他们的脑袋，就像正午时候的一对羔羊……”

可是中午的炎热过去了，接着来的是黄昏同黑夜，人又回到了那个静寂的安身处，在那儿，疲劳的、痛苦的人可以得到安适的睡眠。……

二十八

六个月过去了。白色的冬天到了，它带来的东西多着呢——晴朗无云的严寒的冷寂，轧轧作声的积雪，树枝上浅红色的霜花，浅绿色的天空，烟囱上袅袅的浓烟，门突然打开时候冲出来的一阵阵的热气，还有行人的好像让寒气刺伤了的通红的脸，和冻得打战的马的飞奔。正月里的某一天已经快过完了，傍晚的寒冷在静止的空气中更觉刺骨，血红的夕阳又匆匆地逝去。在玛利因诺宅子的窗里正是灯烛辉煌的时候，卜罗科非奇穿了一件黑礼服，戴了一双白手套，带着特别庄严的表情在餐桌上摆了七份餐具。一个星期以前在本地区的小礼拜堂里静悄悄地举行了两对夫妇的婚礼，几乎连证人也没有——这是阿尔卡狄同卡契雅，尼可拉·彼得罗维奇同费涅奇卡的婚礼。在这一天尼可拉·彼得罗维奇替他的哥哥饯行，他的哥哥有事情要到莫斯科去。安娜·谢尔盖叶夫娜却在参加了婚礼，并且送了一份厚礼给这对年轻夫妇以后，马上到莫斯科去了。

正是在三点钟的时候，大家围着餐桌坐下来。米奇亚也占了一个座位，旁边有一个包着锦缎头帕的奶妈照应他，巴威尔·彼得罗维奇坐在卡契雅同费涅奇卡的中间；两位“新郎”便挨着自己的妻子坐下。我们这两位朋友近来都有点儿改变了，他们都长得更漂亮，而且更有男子气概了；只有巴威尔·彼得罗维奇比从前瘦了一点儿，这反而给他那富于表情的面貌添了优雅和**大贵族气派**①……费涅奇卡也不同了。她穿了一件新绸衫，头发上扎了一条宽的天鹅绒带子，脖子上挂了一副金链子，她坐在那儿，恭恭敬敬地一动也不动，她对她自己，对她周围的一切，都很恭敬，她老是微笑，好像要说：“请你们原谅，我并没有错。”不只是她——所有其余的人也都在微笑，好像也都带着抱歉的样子；他们都觉得有一点儿拘束，有一点儿惋惜，其实都很高兴。他们带着近于滑稽的殷勤互相周旋，仿佛他们全同意来表演一出天真的喜剧似的。卡契雅算是这些人里面最镇静的了：她安心地朝她的四周看；尼可拉·彼得罗维奇已经非常喜欢她了，这是看得出来的。午饭快吃完的时候，尼可拉·彼得罗维奇站起身来，手里拿着酒杯，脸向着巴威尔·彼得罗维奇。

“你要离开我们了……你要离开我们了，亲爱的哥哥，”他说，

---

① 这里含有讽刺意味。

“当然，不会久的，不过，我还是不能不对你说，我……我们……我多么……我们多么……唔，挺糟的是，我们不会演说！阿尔卡狄，你说吧。”

“不，爸爸，我一点儿也没有准备。”

“好像我就准备得挺好似的！好吧，哥哥，我只是简单地说一句，让我们来拥抱你一下，祝你万事顺遂，盼你尽快地回到我们这儿来！”

巴威尔·彼得罗维奇跟每个人都亲过了，自然连米奇亚也在内；对费涅奇卡，他还亲了一下她的手，可是她还没有学会把手伸给别人去亲呢；他喝干了第二次斟满的酒，深深地叹了一口气，说道：“祝你们快乐，朋友们！Farewell！①”这最后一句英国话谁也没有注意到，②不过大家都很感动。

“巴扎罗夫的纪念。”卡契雅在她丈夫的耳边轻轻地说，她跟他碰了碰杯。阿尔卡狄用热烈的握手来回答她，可是他不敢高声提出祝饮的话。

这好像应该完结了吧？可是也许有一两位读者想知道我们在前面介绍过的那些人物现在——就是这个时候——在做些什么事情。我们愿意让他们满意。

安娜·谢尔盖叶夫娜最近嫁了人，她不是为了爱情结婚的，却只是出于聪明的考虑。她的丈夫是一个俄国未来的政治家，这是一个很聪明的人，一个处世常识丰富、意志坚强、而且有惊人辩才的法学

① 英语：永别了。——原注
② 巴威尔不说“再见”，却说“永别了”，可见他不打算再回到他们中间来了。这一点大家都没有注意到。

家——年纪不大，脾气好，冷得像冰一样。他们处得极和睦，可能有一天会达到幸福吧……可能会产生爱情吧。赫公爵夫人死了，她一死，马上就让人忘记了。基尔沙诺夫父子一直住在玛利因诺；他们事业的情况也开始好转了。阿尔卡狄现在对经营农庄的事非常热心，他们的“农庄”如今每年可以有一笔相当大的收入。尼可拉·彼得罗维奇做了调解官[1]，他拿出全力来办事，他不停地在他那个区里奔走，发表长篇演说(他以为农民应当给“教导到明白事理”，那就是说，应当对他们把一套话反复地说许多遍，讲到他们累得哑口无言为止)；可是说实话，不但一班有教养的乡绅对他并不十分满意，那班绅士讲起“解放”这个字眼来，时而讲得漂亮干脆，时而忧郁凄凉，故意把 эмансилация(解放)的第一个字母念掉了(而且念 ман 音的时候还带了很重的鼻音)；还有一班没有受过教育的乡绅也不大喜欢他，那班人常常毫不客气地咒骂“那么个解放”(那个解放)。这两种乡绅都说他心肠太软了。卡捷林娜·谢尔盖叶夫娜生了一个儿子，叫柯立亚；米奇亚一天高兴地到处乱跑，话也讲得清楚流利了。费涅奇卡，费多西雅·尼可拉叶夫娜，除了她的丈夫和米奇亚外，就最崇拜她的媳妇，要是她的媳妇弹起钢琴来，她便高兴地整天坐在媳妇的旁边。我们顺便讲一讲彼得。他越长越傻，也越是神气。他讲起话来把所有 e 的音都念成 ю，他把“现在”(“杰别儿”)念成了“久比忧儿”，可是他也结了婚，并且得到一份相当可观的嫁妆，他的妻子是城里一家菜园主人的女儿，曾经拒绝了两个很好的求婚者，只因为他们没有表；彼得不但有表——他还有一双漆

① 1861 年农奴解放以后新设的一种官职；专门调解地主和农民中间关于土地的争执。

皮鞋。

在德累斯顿的布吕尔台地[1]上，每天下午两点到四点中间——那是最时髦的散步时间——您可以遇见一个五十岁光景的人，他的头发完全灰白了，他好像害着关节炎似的，可是他的相貌仍然很漂亮，衣服也很讲究，而且举止间还带了一种特别的风味，那是只有在高等社会里生活了很久的人才会有的。这就是巴威尔·彼得罗维奇。他从莫斯科到外国去休养，就在德累斯顿住了下来，在这儿他喜欢跟英俄两国的游客来往。他待英国人没有架子，差不多到了谦虚的地步，不过仍然保持着他的尊严，他们觉得他有点儿枯燥乏味，可是尊敬他是一位，用他们自己的话说，"a perfect gentleman"[2]。他待俄国人比较自由，没有拘束，他随意发脾气，常常挖苦他自己，又挖苦他们，不过他始终保持着极和蔼的而且随便的态度，没有一点儿失礼的地方。他抱着斯拉夫派的见解，谁都知道在上流社会里这是被认为 très distingué![3] 他从来不念俄文书报，可是在他的写字台上有一个银质的烟灰碟，形状就像一只俄国农民穿的树皮鞋。我们的游历家都喜欢去拜望他。玛特维·伊里奇·柯利雅津有一个时期失势(他自己说是**处在暂时的反对派的地位**)出国，到波希米亚的温泉去的时候经过这儿，很堂皇地拜访了他一次；他跟本地人很少来往，可是他们非常崇拜他。倘使要找宫廷乐队演奏会、戏院等等的门票，没有一个人能够比 der Herr Baron von Kirsanoff[4] 更容易、更快的了。他尽力做些好事，还逐渐得到一点儿声

① 布吕尔台地：在易北河上德累斯顿旧要塞墙上；布吕尔(1700—1763)是波兰国王和萨克森选帝侯奥古斯图斯的首相。
② 英语：一位十足的绅士。
③ 法语：很出色的。——原注
④ 德语：基尔沙诺夫男爵阁下。——原注

名；他并没有白做大社交家啊；可是生活对他是一个负担……这个负担比他自己所料想的还重得多。……我们只消看他在俄国教堂里面，靠在墙边，想着什么事情，许久都不动一下，只是痛苦地咬自己的嘴唇，随后忽然醒悟过来，差不多叫人看不见地用手在胸前画了一个十字……

库克希娜也到外国去了。她现在住在海得尔堡，不研究自然科学，却研究建筑学了，据她自己说，她在建筑学上已经发现了新的法则。她仍然跟一班大学生常常来往，特别是跟那些研究物理学和化学的俄国青年来往，在海得尔堡有的是这样的人，他们初到的时候，他们对事物的清醒的见解常常叫朴直的德国教授们吃惊，可是后来他们的完全无用与极端懒惰又叫这些教授惊奇了。西特尼科夫同两三个这一类的年轻化学家一块儿在彼得堡城里跑来跑去，那些化学家连氧气跟氮气也分不清楚，可是装满了一肚皮的否定和自尊心，还有那个伟大的叶利谢叶维奇也同他在一块儿，西特尼科夫现在准备自己做一个大人物了，据他自己说，是在继续巴扎罗夫的"事业"。外面传说他新近让什么人打了一顿，可是他对那个人也报了仇：在一份没有名气的小报上一篇没有人注意的小文章里面，他露了一点意思说打他的人是一个胆小鬼。他把这个叫做讽刺。他的父亲还是像从前那样地虐待他，他的妻子当他是一个傻瓜……和一个文人。

在俄国一个偏僻的角落里有一个小小的乡村公墓。差不多跟所有我们的公墓一样，它的外表是很凄凉的；它四周的沟里早已长满了青草；灰色的木头十字架也倒下来了，在它们的曾经油漆过的顶盖下面慢慢地腐烂；墓石全移动过了，好像有什么人从下面把它们抬起来似的；两三棵光秃的树遮不了日光；羊群自由自在地在坟上面来来去去。……可是这些坟中间有一座却没有让人碰过，也没有给畜类践踏过；只有黎明的时候有一些小鸟在坟上唱歌。坟的四周围绕着铁栏；它的两边种了两棵小枞树。叶夫盖尼·巴扎罗夫就埋在这座坟里面。从附近的小村子里常常有一对非常衰老的夫妇来上这座坟。他们互相搀扶着，慢慢地拖着脚步走来；他们走到铁栏跟前，就跪在地上，伤心地哭上好久，他们长久地注意地望着那块不会讲话的石头，他们的儿子就睡在它底下；……他们谈了几句简短的话，揩去了石头上的尘土，整理一下枞树的枝子，便又祷告起来，他们不能够离开这个地方，在这儿他们好像跟他们的儿子离得更近，好像跟他们对儿子的回忆也离得更近。……难道他们的祷告，他们的眼泪都是没有结果的吗？难道爱，神圣的、忠诚的爱不是万能的吗？啊，不！不管那颗藏在坟里的心是怎样热烈，怎样有罪，怎样反抗，坟上的花却用它们天真的眼睛宁静地望着我们；它们不仅对我们叙说永久的安息，那个“冷漠的”大自然的伟大的安息；它们还跟我们讲说永久的和解同无穷的生命呢。……

一八六一年

罗亭 贵族之家

Рудин　　Дворянское Гнездо

屠格涅夫文集

戴骢 译

上海译文出版社

屠格涅夫像（1857 年）
（画家：А.П.Никитин）

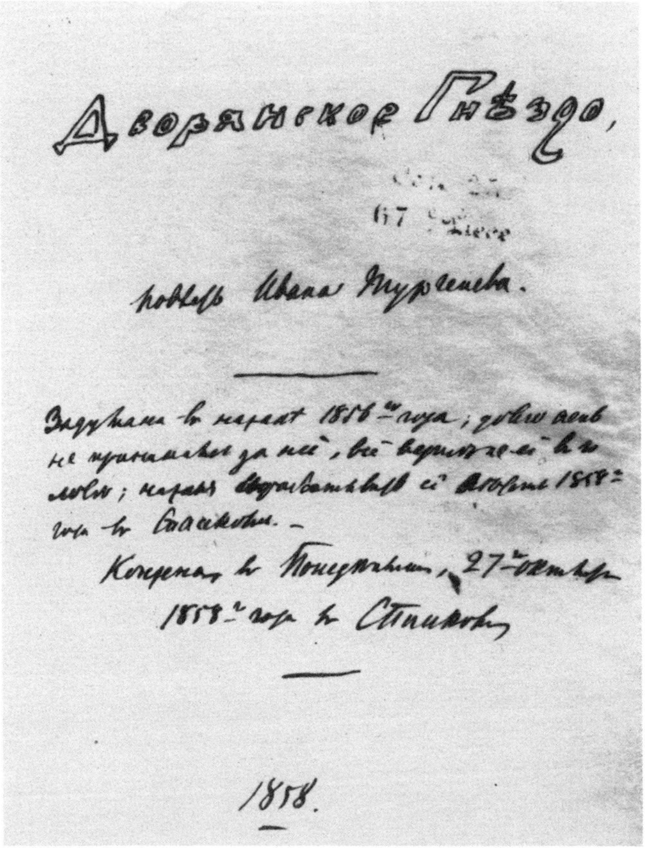
Дворянское Гнездо,

повесть Ивана Тургенева.

Задумана в начале 1856-го года; долгое время не принимался за неё, всё вертел её в голове; начал разрабатывать её летом 1858-го года в Спасском.

Кончена в понедельник, 27-го октября 1858-го года в Спасском.

1858.

屠格涅夫手迹：《贵族之家》

（1859 年）

巷战中的罗亭（1933 年）

（画家：Д.Н.Карловский）

《罗亭》中的人物速写

（画家：В.А.Свешиков）

娜达莉娅与罗亭
（画家：В.А.Свешиков）

罗亭在讲话
（画家：В.А.Свешиков）

丽莎

（画家：К.И.Рудаков）

拉夫列茨基与丽莎
（画家：К.И.Рудаков）

拉夫列茨基

（画家：К.И.Рудаков）

贵族之家旧景（1912 年）
（画家：С.Ю.Жуковский）

译本序

十九世纪的俄罗斯文学处于高度繁荣的时期，其时俄国文坛天才辈出，佳作纷呈。领此风骚的是两位作家，一位是列夫·托尔斯泰，一位是屠格涅夫。

人们尊屠格涅夫(1818—1884)为伟大作家，因为他站在时代前列，洞察当时阻碍俄国社会发展的社会矛盾，善于捕捉时代跳动的脉搏，及时地加以艺术再现，以其博大的胸怀，同情农民，抨击地主(一度曾因此而被俄国政府逮捕，软禁)。

屠格涅夫作为思想家，他通过《罗亭》(1856)和《贵族之家》(1859)，成功地塑造了两个当时俄国贵族知识分子的典型，一个是《罗亭》的主人公罗亭，一个是《贵族之家》的主人公拉夫列茨基。人们把这两位主人公称作“多余的人”，屠格涅夫自己也称他们为多余的人。他此前还专门写过一部小说，叫《多余人的日记》(1850)。

评论家对于“多余的人”这种艺术形象本身贬多于褒，说他们言语脱离行动，理论脱离实际，更有甚者，称他们为“语言的巨人，行动的侏儒”。

窃期期以为不然。在我看来，所谓多余的人实际上是当时历史条件下俄国知识分子中的先知先觉者，他们有抱负，有学识，有见地(在社会观、道德观、金钱观上)，所以他们愤世嫉俗，不屑于随波逐流，与周围格格不入。他们的悲剧在于他们是单枪匹马的，没有凝聚为力量。他们充分识认自己虽心比天高却命比纸薄，所以不得已而取退却之路。

这种悲剧性格是有魅力的。他们激起了一代又一代读者的共鸣，尤其是在只能浩叹世道不公、徒唤奈何的社会里。

然而《贵族之家》和《罗亭》这两部小说所以扣动我心弦的与其说是“多余的人”这种艺术形象，还不如说是小说凄婉的爱情故事。

《罗亭》和《贵族之家》分别为我们塑造了两个完美无缺的少女形象(娜塔丽娅和丽莎)，她们并无倾国倾城的美貌，却有无比美好的心灵，她们聪颖、果敢，不屈服于恶浊的环境，执著地追求高尚的理想，甘愿为爱情而牺牲一切。她们的献身精神恰恰与“多余的人”在爱情面前望而却步的性格形成鲜明的对照。悲剧便由此而生。

在这样的悲剧中，屠格涅夫并未对罗亭和拉夫列茨基加以谴责，反之充满同情，然而仅止于同情。屠格涅夫对娜塔丽娅和丽莎则持另一种态度，他以婉丽的笔触、巧妙的结构、简明的语言对这两位俄罗斯少女备加赞美，予以理想化。

有评论家指出，屠格涅夫偏爱女性，崇拜女性，他把民族的希望寄托在她们身上，把她们的行为和思想升华为诗的理想。法捷耶夫在《三十年间》一书中对屠格涅夫这一创作方法评价颇高。他说：“屠格涅夫对女性的崇拜，他笔下的妇女形象，主要是少女形象，使得对女性取苛刻态度、注重于七情六欲的托尔斯泰感到恼火。然而我认为屠格涅夫的理想化具有自己的魅力，具有不同寻常的美。我认为在我们的时代，对青春和女性美的这种描写手法恰恰是我们今天的文学所缺少的，我们今天的文学过于自然主义化，过于接近世俗。有关这方面生活的这种理想化的描写，正是我们的青年人所需要的，因为他们向往着这种生活。”这话是言之成理的，我们在青年时代就曾需要这种生活，向往这种生活。

屠格涅夫作为语言巨匠，他把这种“诗的理想”写得何其感人，何其回肠荡气！《贵族之家》甫一问世，便成为“全俄国为之流泪的一本书”。

记得我初读《贵族之家》是在初中念书的时候。我读着这部小说，感动得涕泪俱下。我的同学们也争相阅读这部小说，也无不为之流泪。这不是廉价的泪水，这是我们这些纯洁的少男少女对美、对爱情的纯洁的期望和企盼。记得当初读到这部小说的结尾时，我五内如焚，掩卷良久，仍沉湎于小说椎心泣血的悲剧氛围。

半个多世纪过去了，我已垂垂老矣，我仍认为《贵族之家》的非凡之处，是小说的结局。这一结局是对人性的高度概括。而人性是超越一切时代、超越一切国界的。这就是好的小说能传诸久远，感动一代又一代人的原因所在。

译　者

二〇〇六年春

目 录

罗亭 001
贵族之家 163

罗　亭

一

那是一个恬静的夏晨。初阳已高悬在澄碧的天空，可田野里还闪烁着朝露，从刚刚睡醒不久的山谷里拂来阵阵幽香的凉风，在露珠犹泫、尚无喧声的树林里，只有早起的鸟雀在啁啾欢唱。坡势平缓的山坡上，到处都是刚刚扬花的黑麦，山坡顶上有个小小的村子。一个穿白色薄纱长裙、戴圆草帽、撑遮阳伞的少妇，正沿着狭窄的乡间小径向小村走去，一名小厮远远地跟随在她身后。

她款款地走着，像是在享受漫步的乐趣。周遭摇曳着高高的黑麦，长长的麦浪发出柔和的沙沙声，此起彼伏，时而泛出银绿色的波光，时而又幻化成淡红色的光影；云雀在高空流啭。少妇从她家的村庄出来，那个村庄离她正要去的小村不到一俄里①。她名叫亚历山德拉·帕夫洛夫娜·利平娜，是个富孀，膝下没有子女，她和弟弟，退役骑兵上尉谢尔盖·帕夫雷奇·沃伦采夫住在一起。她弟弟没有妻室，替她管理田产。

亚历山德拉·帕夫洛夫娜走到村头一幢窳陋、低矮的农舍前，喊来小厮，让他进屋去问候女主人的病况。不一会儿，小厮便由一个胡子雪白、老态龙钟的农夫陪着走了出来。

“喂，她怎么样？”亚历山德拉·帕夫洛夫娜问。

“她还活着……”老头答道。

“可以进屋吗？”

“怎么不可以？可以。”

亚历山德拉·帕夫洛夫娜走进农舍。屋内又小，又烟，又闷……火炕上有人动了动，呻吟起来。亚历山德拉·帕夫洛夫娜打量了一下屋内，在昏暗中看到了一张老婆子满是皱纹的蜡黄的脸。老婆子包着方格头巾，齐胸盖着一件沉甸甸的粗呢大衣，压得她气都喘不过来，她无力地摊开两只枯瘦的手。

亚历山德拉·帕夫洛夫娜走到老婆子跟前，用手指按了按她的前额……额头烧得滚烫。

“马特廖娜，你觉得怎么样？”她俯下身去问炕上的老婆子。

“哎哟，”老婆子两眼盯着亚历山德拉·帕夫洛夫娜，呻吟了一声。“好太太，我不行了，不行了，眼看就要死了，亲爱的太太！”

“马特廖娜，上帝是慈悲的，你的病也许会好，我让人送来的药，你吃了吗？”

老婆子难受地哼哼着，没有回答。她没有听清问她的话。

“吃了，”站在门边的老头回答说。

亚历山德拉·帕夫洛夫娜掉过头去问他：

“除了你，她身边没有人了？”

“还有个小妞，是她孙女，这丫头坐不住，老是要跑开，连给奶奶倒杯水都懒得做。我又老成这样，还能干什么？”

---

① 1俄里合1.06公里。

“要不要把她送到我的医院去?”

“不用！干吗送医院！送也罢，不送也罢，反正都是死。她活够了，明摆着上帝要召她去了。她已经下不了炕。哪里还送得了医院！只要扶她起来，就会送掉她的命。”

“哎唷，”老婆子呻吟着说，“我的好太太，我的美人儿，别撂下我那没爹没娘的小孙女不管，我们的东家老爷住得远，可你……”

老婆子没有力气再说下去了。

“你放心，”亚历山德拉·帕夫洛夫娜说，“我会照料她的。你瞧，我给你带来了茶叶，还带来了糖。想喝就喝吧……你们家茶炊总有吧?”她看了看老头，加补说。

“茶炊吗? 我们家没有，可以想办法去借一个。”

“那你去借借看，要不，我派人给你送一个来。对了，关照你的小孙女，别老是跑开。告诉她，这样做是可耻的。”

老头一句话也没有回答，伸出双手接过了糖和茶叶。

“好啦，马特廖娜，再见了，”亚历山德拉·帕夫洛夫娜说，“我还会来看你，别灰心，要按时吃药……”

老婆子稍微抬起头，凑近亚历山德拉·帕夫洛夫娜。

“太太，把你的手给我[1]。”她含糊不清地说。

亚历山德拉·帕夫洛夫娜没有把手递给她，而是俯下身去吻了一下她的额头。

她转身离去时对老头说：“千万别忘了给她吃药，按处方上写的给……茶也要给她喝……”

---

① 俄俗，农奴见到主子，须吻主子的手。

老头仍然没有回答，只是鞠了个躬。

亚历山德拉·帕夫洛夫娜走出农舍，敞开胸怀吸了一口新鲜空气。她撑开遮阳伞，正想往家走，忽见屋角后驶出一辆低矮的两轮轻便马车，车上坐着一个三十来岁的男子，身穿一件灰色亚麻布旧大衣，头上戴着同样料子的制帽。那人一看到亚历山德拉·帕夫洛夫娜，立即勒住马，朝她转过脸来。他脸盘很大，没有血色，一对小眼睛呈灰白色，唇髭呈浅白色，这使他的脸和他衣服的色调很是相称。

“您好，”他打招呼说，带着懒洋洋的微笑，“请问，您来这儿有何贵干？”

“我来看望一个女病人……米哈伊洛·米哈伊雷奇，您这是从哪儿来？”

那个叫米哈伊洛·米哈伊雷奇的人，直盯着她的眼睛，又笑了笑。

“看望病人，”他继续说，“好，这是行善，可您把她收进医院岂不更好？”

“她太虚弱，动不得。”

“您是否打算停办您的医院？”

“停办？为什么？”

“没什么，随便问问。”

“奇怪，您脑袋里怎么会有这个想法？”

“因为您经常和拉松斯卡娅往来，我想，您不免受她影响。按她的说法，什么医院啦，学校啦，都是乱弹琴，花点子，于事无补。行善应当在私人间个别进行，教育也一样，因为这是涉及灵魂的事业……她好像是这么说的吧。不知她拾的是谁人的牙慧①，我倒很想知道。”

---

① 果戈理在其《与友人通信集》中反对农村办学，反对办慈善机关、养老院及孤儿院，力主私人助贫，从事私人慈善事业。故此处是指拉松斯卡娅附和果戈理的见解。

亚历山德拉·帕夫洛夫娜莞尔一笑。

“达莉娅·拉松斯卡娅是个聪明人，我很喜欢她，也尊重她；然而孰能无过，她的话也不见得没有谬误，所以我并不句句都信。”

“您能够不听信她，太好了，”米哈伊洛·米哈伊雷奇说，仍然没有下车，“因为她本人对自己说的话也并不相信。噢，遇见您，我很高兴。”

“为什么？”

“问得好！言下之意好像我并非每回见到您都感到高兴似的！您今天就像这个早晨一样明媚可爱。”

亚历山德拉·帕夫洛夫娜又莞尔一笑。

“您笑什么？”

“笑什么？要是您能看到您在说这番恭维话时那副没精打采的冷冰冰的尊容就好了！我真奇怪，您说最后一个字时怎么没打哈欠。”

“冷冰冰的样子……您呀，就喜欢热火朝天，可火毫无用处。烧了一阵，冒一阵烟，就熄灭了。”

“火能使人温暖。”亚历山德拉·帕夫洛夫娜说。

“是啊……可火也能把人烧伤。”

“烧伤算得了什么！不过皮肉之苦罢了。无论如何，总比……”

“好，哪一天把您烧个痛快，且看您怎么说，”米哈伊洛·米哈伊雷奇不以为然地打断她的话，用缰绳抽了马一下，“再见！”

“米哈伊洛·米哈伊雷奇，请等等！”亚历山德拉·帕夫洛夫娜喊道，“您什么时候到我家来？”

“明天，请代为问候令弟。”

轻便马车扬长而去。

亚历山德拉·帕夫洛夫娜望着米哈伊洛·米哈伊雷奇的背影，心里想：

"活像个布袋！"他弓着背，满身尘土，便帽戴在后脑勺上，一绺绺黄发蓬乱地戳出在便帽外边，活脱是个大面粉袋。

亚历山德拉·帕夫洛夫娜缓步走回家去，双眼望着地。忽听近处响起嘚嘚的蹄声，她停下脚步，抬起头……原来她弟弟骑马接她来了。弟弟身旁走着一个身材不高的年轻人，身穿薄料子斜襟外套，衣襟敞开着，系一根薄料子领带，戴一顶薄料子灰色礼帽，手里拿着根手杖。他隔得老远就朝亚历山德拉·帕夫洛夫娜微笑，尽管明明看到她正低着头在想心事，根本就不会注意到他。来人一见她站停下来，马上迎上前去，快活地、几乎是温情脉脉地说：

"您好，亚历山德拉·帕夫洛夫娜，您好！"

"啊！是您，康斯坦丁·季奥米德奇，您好！"她回答说。"您从达莉娅·米哈伊洛夫娜①那儿来吧？"

"是的，夫人，是的，"年轻人春风满面地回答，"从达莉娅·米哈伊洛夫娜那儿来，达莉娅·米哈伊洛夫娜吩咐我来见您；我宁愿步行到府上……这么美好的早晨，而且总共只有四俄里路。夫人，我去了府上，您不在。令弟告诉我，您去谢苗诺夫卡村了，令弟打算去大田看看；我就跟他一块儿来了，来迎接您。是的，夫人。不胜荣幸！"

这个年轻人讲得一口俄语，纯正，准确，但是带点外国腔，至于是哪个国家的腔调就难以辨别了。从外貌来看，他有几分亚洲人的味道。长长的鹰钩鼻，呆滞的蛤蟆眼，红红的厚嘴唇，平削的前额，漆黑的头

---

① 即拉松斯卡娅。达莉娅是名字，米哈伊洛夫娜是父名。

发——这一切都表明他属东方血统，可是这个年轻人却姓潘达列夫斯基[1]，自称祖籍敖德萨，虽然他是在白俄罗斯某地由一个好心的富孀出钱供他求学的。再由另一个寡妇替他谋得一个差事。总之，凡徐娘半老的太太都乐于关照这位康斯坦丁·季奥米德奇，因为他善于逢迎她们，博取她们的欢心。目前他就住在那个广有家财的女地主达莉娅·米哈伊洛夫娜·拉松斯卡娅家里，地位介于养子和食客之间。他待人极其温和，极其殷勤，善解人意，暗地里则十分好色。他嗓音悦耳，钢琴弹得相当不错，此外还有个习惯，跟人说话时总是把眼睛盯住对方。他衣着整洁，一套衣服能穿非常之久，宽阔的下巴总是刮得干干净净，头发也梳得纹丝不乱。

亚历山德拉·帕夫洛夫娜听他说完后，掉过头去对她弟弟说：

“今天我老是碰见熟人，刚才我还跟列日涅夫[2]谈话来着。”

“噢，跟他！他准是驾车去什么地方吧？”

“可不；你想象一下，驾着两轮轻便马车，穿一身像麻布袋一般的衣服，浑身上下全是尘土……真是个怪人！”

“是的，也许有点儿怪，然而他是个非常好的人。”

“二位说谁？列日涅夫先生？”潘达列夫斯基问，好像很是吃惊。

“怎么，正是米哈伊洛·米哈伊雷奇·列日涅夫，”沃伦采夫回答说。“好了，姐姐，呆会儿见，我得去田里看看，正在给你播种荞麦。潘达列夫斯基先生会送你回家……”

说罢，沃伦采夫策马离去。

---

① 这是俄罗斯人的姓。
② 即米哈伊洛·米哈伊雷奇的姓。

“真是三生有幸！”康斯坦丁·季奥米德奇高声说，随即把手臂伸向亚历山德拉·帕夫洛夫娜。

她挽住他的手臂，两人沿着通往她庄园的道路向前走去。

能同亚历山德拉·帕夫洛夫娜挽臂同行，康斯坦丁·季奥米德奇显然乐不可支；他迈着碎步，喜形于色，那对东方型的眼睛甚至泪水汪汪，不过这在康斯坦丁·季奥米德奇来说是常见的事，他这人动辄就会感动得流泪。不过话要说回来，挽着一个如此绰约多姿的年轻女子，谁人不乐？提起亚历山德拉·帕夫洛夫娜，全省的人都会异口同声地说，她是迷人的，全省的人说的并非溢美之词。单凭她那笔直的、鼻尖儿稍稍翘起的小鼻子，就足以使任何一个男人为之神魂颠倒，更不用说她那双天鹅绒般的褐色明眸、浅黄色的发丝、丰润的双颊上的一对酒窝以及其他种种美色了。但是最美的还是她娇柔的脸蛋上的表情：那么坦诚，那么和蔼，那么温顺，令人不能不为之动容，不能不为之着迷。亚历山德拉·帕夫洛夫娜的眼波和笑靥像儿童一般天真；太太们无不认为她为人没有城府……如此丽质，还有什么可企求的呢？

“您是说达莉娅·米哈伊洛夫娜派您来见我？”她问潘达列夫斯基。

“是的，夫人，是主母派我来的，”他回答说，把俄语C的发音念成英语的th，“主母希望您今天过去用午饭，吩咐我务必要请到您……主母(潘达列夫斯基说到第三人，特别是贵妇人时，总是严格地使用尊称)，主母在等一位新客人，她一定要把他介绍给您认识。”

“是谁？”

“一位姓穆费尔的男爵，彼得堡的宫廷侍从。没几天前，达莉娅·

米哈伊洛夫娜在加林公爵府上认识了他，主母对他赞不绝口，称他是个可爱的、有学问的年轻人。男爵先生对文学也深有研究，更确切地说……啊，您看，多么漂亮的蝴蝶！……更确切地说，对政治经济学深有研究。他写了一篇论文，谈一个非常有趣的问题，想拿来请达莉娅·米哈伊洛夫娜指教。”

“政治经济学论文？”

“就文字角度加以点拨，亚历山德拉·帕夫洛夫娜，就文字角度。我想，您是知道的，达莉娅·米哈伊洛夫娜是这方面的行家。茹科夫斯基[1]经常和主母切磋文字，连我的恩公，住在敖德萨的乐善好施的罗克索朗·梅季阿罗维奇·克桑德雷卡[2]他老人家……您想必知道他吧？”

“一点也不知道，从未听说过。”

“这么一位大名鼎鼎的人物，您从未听说过？不可思议！我想说的是，连罗克索朗·梅季阿罗维奇对达莉娅·米哈伊洛夫娜在俄罗斯语言方面的造诣也钦佩不已。”

“这位男爵不是个书呆子吧？”

“哪里的话，夫人，绝对不是；恰恰相反，达莉娅·米哈伊洛夫娜常说，一眼就可看出他是个风流倜傥的才子，谈起贝多芬来，入木三分，如数家珍，连老公爵都听得眉开眼笑……说实话，我也盼着一聆教言，因为音乐是我的本行。请允许我摘下这朵漂亮的野花奉献给您。”

亚历山德拉·帕夫洛夫娜接过花，走了才几步，就把花扔在路边

① 茹科夫斯基（1783—1852），俄国浪漫主义诗歌的奠基人。

② 据俄文本编者称，此处系隐射斯杜尔查·亚历山大·斯卡尔拉托夫斯基（1791—1854）。他是蒙昧主义者，亚历山大一世时的外交官，著有一系列研究宗教和政治问题的书籍。作者似系讥嘲刊于《敖德萨通报》上的一篇札记：《亚·斯·斯杜尔查的生平和著作简介》。

了……他俩已走到离她家至多不过两百来步的地方。宅第是不久前落成的，粉得雪白，绿荫丛浓的老椴树和槭树间，露出一扇扇宽大、明亮的窗子，像是在欢迎客人光临。

“夫人，我该怎么回禀达莉娅·米哈伊洛夫娜?”潘达列夫斯基问，心里颇为他献上的那朵小花的遭遇感到委屈。“您会赏光过来用午饭吗？主母请令弟也来。”

“好的，我们来，一定来。娜塔莎[①]好吗?”

“感谢上帝，娜塔莉娅·阿列克谢耶夫娜身体挺好，夫人……瞧，我们已经走过了去达莉娅·米哈伊洛夫娜庄园的岔路口，请原谅我失陪了。”

亚历山德拉·帕夫洛夫娜站停下来。

“您难道不上寒舍去坐坐吗?”她以迟疑的口吻问。

“我巴不得去呢，可我生怕误了事。达莉娅·米哈伊洛夫娜要听塔尔堡[②]的一支新的练习曲，所以我得赶着回去练练，熟悉一下。再者，说实在的，我还生怕我这么东拉西扯会让您生厌。”

“哪里话……怎么会……”

潘达列夫斯基舒了口气，似含深意地垂下了眼睛。

“亚历山德拉·帕夫洛夫娜，再见!”他沉吟片刻之后说，鞠了一躬，往后退了一步。

亚历山德拉·帕夫洛夫娜转过身，回家去了。

康斯坦丁·季奥米德奇也转过身，回他住所去。他脸上原来那种

---

① 即下文娜塔莉娅的昵称。

② 塔尔堡(1812—1871)，奥地利钢琴家、作曲家，1839 年曾到俄国巡回演出，极受欢迎。

甜媚之态一变而为一副自命不凡的、几近铁板的表情。甚至连他的步态也变了，现在他昂首阔步，着地有声。他这么走了约摸两俄里，无拘无束地挥舞着手杖，突然间又咧开嘴笑了，原来他看见路旁有个长得相当俏丽的村姑，正在把几条小牛犊从燕麦地里撵出来。康斯坦丁·季奥米德奇像只猫似的蹑手蹑足地走到她身边，跟她搭讪起来。那村姑起先没作声，涨红了脸，格格地笑，后来用袖子掩住口，扭过头去，低声说：

“走开吧，老爷，真是的……”

康斯坦丁·季奥米德奇举起根手指威吓她，要她给他采矢车菊。

“您要矢车菊干吗？怎么，编花环用？”村姑不肯给他采，“走开吧，真是的……”

“你听我说，我的可爱的小美人儿，”康斯坦丁·季奥米德奇刚开口说……

“走开吧，”村姑打断他，“瞧，少爷们来了。”

康斯坦丁·季奥米德奇回过头去一看，达莉娅·米哈伊洛夫娜的两个儿子，万尼亚和彼佳，果然正顺着这条路奔过来，他俩的教师巴西斯托夫，一个大学刚刚毕业的二十二岁的年轻人，走在后面。巴西斯托夫身材高大，其貌不扬，大鼻子，厚嘴唇，一双小眼睛像是猪眼，他不但不英俊，而且显得笨手笨脚，然而为人诚实、正直、善良。他不修边幅，倒不是为了赶时髦，而是因为懒；他喜欢吃，喜欢睡，但是也喜欢好书，喜欢热烈的交谈，同时打心底里憎恶潘达列夫斯基。

达莉娅·米哈伊洛夫娜的孩子都崇拜巴西斯托夫，可一点儿也不怕他，她家其余的人也都跟他亲密无间，女主人对此不太高兴，尽管她一再声称，她这人绝无门第偏见。

“你们好，我亲爱的孩子们！”康斯坦丁·季奥米德奇说，“今天你们这么早就出来散步了！不过我，”他掉过头来对巴西斯托夫说，“出来得更早，我这人的癖好就是欣赏大自然的景色。”

“我们已看到您是怎么欣赏大自然的景色来着。”巴西斯托夫嘟囔说。

“您是个实用主义者，天晓得您这会儿想到哪儿去了。我了解您！”

潘达列夫斯基跟巴西斯托夫一类的人说话时很容易发火，这时他会把字母C的发音念得特别纯正，甚至略带口哨音。

“您怕是在向那个女孩子问路吧?”巴西斯托夫问，左右转动着眼睛。

他感觉到潘达列夫斯基正盯着他的脸看，这使他极为反感。

“我再说一遍，您是个实用主义者，如此而已。无论什么事，您都要往庸俗的方面想……”

“孩子们！”巴西斯托夫突然下令，“你们看牧场上那棵爆竹柳，咱们比比看，谁先跑到那里……一、二、三！”

孩子们立刻使出全身力气朝那棵爆竹柳跑去。巴西斯托夫也跟在他们后面，飞快地跑着。

“乡巴佬！”潘达列夫斯基心里想，“他会把孩子教坏的……一个地地道道的乡巴佬！”

于是康斯坦丁·季奥米德奇得意洋洋地上下打量了一眼自己衣冠楚楚的身姿，伸开五个手指，掸了两下常礼服的袖子，抖了抖衣领，然后往前走去。回到自己房间里后，他换上了旧睡袍，坐到钢琴前，一脸担心的神色。

二

达莉娅·米哈伊洛夫娜·拉松斯卡娅的宅第堪称全省之冠。这是一幢按照拉斯特列利①的设计图纸建造、具有上世纪风格的美轮美奂的砖瓦结构的巨宅，雄伟地耸立在山丘顶上，俄罗斯中部的一条主要河流就在这座山丘下流过。达莉娅·米哈伊洛夫娜是个出身望族、富甲一方的贵妇人，三级文官的遗孀。虽说潘达列夫斯基一再说她认识全欧洲，全欧洲也认识她！其实欧洲知道她的人寥寥无几，即使在彼得堡她也没有什么名气，不过，在莫斯科却人人都知道她，都去拜访她。她属于上流社会，公认是个有点古怪的女人，脾气不好，然而聪明过人。她年轻时非常美丽。诗人竞相向她献诗，年轻人无不为之倾倒，达官贵人都以追逐她为荣。从那时起，已经过去了二十五年或者三十年了，当初的美色今天连一丝痕迹也没有留下。如今凡是她的初交都不禁纳闷："难道这个又瘦又黄、鼻子尖尖、年纪还不算老的女人，当年果真是个颠倒众生的绝代佳人？当初果真有那么多人为她弹起七弦琴？……"于是所有的人都会在内心浩叹人生之无常。诚然，据潘达列夫斯基发现，达莉娅·米哈伊洛夫娜的双眸依然像当年那么顾盼生姿，然而正是这个潘达列夫斯基也曾扬言，全欧洲都认识她呢。

达莉娅·米哈伊洛夫娜每年夏天都要携同她的子女（她有一女二子，女儿叫娜塔莉娅，行年十七，两个儿子，一个十岁，一个九岁）住

① 瓦·瓦·拉斯特列利（1700—1771），俄国杰出的建筑师，18世纪中叶俄罗斯巴罗克式建筑的代表，多座宫殿由他设计而成。

到她乡间的庄园来，过着放浪形骸的生活，也就是说，她家终日男客盈门，尤其是单身男人，至于外省的太太们，她是讨厌的，一概拒之门外。但是这些个太太议论起她来，也够她受的！据她们说，达莉娅·米哈伊洛夫娜目空一切，不守妇道，是个暴戾的泼妇；尤其可恨的是，她口无遮拦，简直不知人间有羞耻事！达莉娅·米哈伊洛夫娜乡居期间，对自己的确有所放任，出言吐语、待人接物都不够检点，隐隐约约可以觉察出这位京都社交界的名媛对簇拥在她周围的这群闭塞、渺小的土包子是颇有几分蔑视的……她对待京都的熟人也十分放肆，甚至还讥嘲他们，但是没有一丝一毫的蔑视。

说句题外话。读者，你们有未发现，凡对下属漫不经心的人，对其上峰却从来不会漫不经心？这是什么缘故？不过，这类问题问了也是枉费口舌。

当康斯坦丁·季奥米德奇终于背熟塔尔堡的练习曲，离开他那间窗明几净的舒适的卧室，走到楼下客厅的时候，看到一家子人和这家的常客都已到齐。**沙龙**已经开始。女主人蜷腿坐在一张宽大的沙发床上，正在翻阅一本新出版的法文小册子；靠窗的绣架两旁，一边坐的是达莉娅·米哈伊洛夫娜的女儿，另一边坐的是家庭女教师 m-lle Boncourt①，她是个老处女，六十来岁，又瘦又干瘪，头上戴着黑色的假发，假发上套着花里胡哨的包发帽，耳朵里塞着棉花；巴西斯托夫坐在门边的角落里看报，彼佳和万尼亚在他旁边下跳棋。靠壁炉背手站着一个中等身材的先生，头发蓬乱、花白，面色黝黑，一对乌黑的小眼睛十分灵活，此人就是阿夫里坎·谢苗内奇·皮加索夫。

① 法语：蓬古小姐。

这位皮加索夫先生是个怪人。他痛恨世上的一切事和一切人，尤其是女人。他从早到晚骂声不绝，有时骂对了，有时骂错了，但是不管对也罢，错也罢，只要是骂，在他来说就是莫大的享受。他动不动就要发怒，简直到了不可理喻的程度；他的笑声，他的嗓音，以及他整个人仿佛都是由怒火锤炼出来的。达莉娅·米哈伊洛夫娜乐意接待他，因为他乖戾的言行举止可以供她解闷。他的谈吐的确相当可笑。夸大其词已成为他的嗜癖。比方说吧，只要有他在场，无论谈起什么不幸的事，譬如有个村子遭了雷击，或者洪水冲毁了磨坊，或者有个庄稼汉不慎用斧头砍断了自己的手，他没有一回不满腔愤恨地问："她叫什么名字？"——就是说，那个挑起这场灾祸的女人叫什么名字，因为根据他的信念，女人是祸水，凡有什么灾祸，只要刨根究底，没有不是女人引起的。有一回，一个跟他只有数面之交的太太要留他吃饭，他竟给她下跪，涕泗俱下而又怒容满面地求她饶他一命，说他从未开罪过她，而且今后再也不会到她府上来惊扰她了。有一回，达莉娅·米哈伊洛夫娜家的一个洗衣妇骑的马，冲下山去，将她摔进沟里，险些送掉她的命。从此，皮加索夫一提到这匹马，便一叠声称它好马，好马，而那座山和那条山沟在他眼里也成了风景胜地。皮加索夫一生坎坷，养成了他这种乖戾的习性。他生于清贫之家。他父亲是给官府当差的，胸无点墨，所以对儿子的教育漠不关心，认为只要供儿子衣食就已尽到人父之责。她母亲疼爱他，可是很早就弃世了。皮加索夫靠自学成才，他自己拿主意进了县立学校，然后进文科中学攻读外语，学会了法语、德语、英语，乃至拉丁语，以优异成绩从文科中学毕业，考入杰尔普特大学[1]，在大学里他穷得不得不为吃饱肚子而奋斗，纵然如此，还是修完了三年的大学课程。皮加索夫资质平平，他的出众之处是坚韧和顽强，然而他身上最强烈的则是虚荣心，他一心想出人头地，跻身上流社会，不愿听凭命运播弄。他之发奋学习，他之进入杰尔普特大学，都是受虚荣心的驱使。贫穷使他愤世嫉俗，养成了他善于察言观色和玩弄手腕的习惯。他的言谈自有一功，他从青年时代起便练就了一种字字毒辣、句句愤慨的独特口才。他的才思并不高于一般水平，可他的谈吐却显得他是个聪明人，甚至非常聪明。在取得学士学位后，皮加索夫决心竭尽全力去获取更高学位，做名学者，因为他深知在其他任何竞技场上他是怎么也竞争不过他的同窗的（他千方百计结交出身上层的同学，懂得怎样讨好他们，甚至不惜对他们阿谀奉承，尽管骂不绝口）。然而在做学问上，说白了，他可不是这块料。他发奋自学并不是出于对学术的热爱。实际上，皮加索夫知识十分有限。在论文答辩会上，他惨遭败北，而和他同寝室的那个大学生，虽然资质极为一般，平时一直被他冷嘲热讽，却因受过扎实的正规教育而大获全胜。这次失败把皮加索夫气疯了；他把自己的书籍和笔记本统统付之一炬，弃学求官去了。起初他倒官运亨通，虽说他并不十分精明干练，然而却极富自信心和魄力；可惜他想升官的心情过于迫切，操之过急，栽了大跟头，只得退出官场。有三年工夫，皮加索夫在他买下的一个小村子里闲居，突然间，他结婚了，娶的是一个略略读过几年书的富有的女地主，他就是凭着他那种放荡不羁、讥嘲挖苦的举止使她上钩的。但是皮加索夫的脾气过于暴戾，且懒散成习，把家庭生活视为累赘……他的妻子跟他生活了

---

① 杰尔普特大学于1802年在爱沙尼亚创办，后曾改名塔尔图大学。

几年，便偷偷跑到莫斯科，把她的领地卖给了一个狡猾的骗子，而皮加索夫却刚刚在那片领地上修建了一个庄园。这最后一次打击彻底摧垮了皮加索夫，他同他妻子打起了官司，结果没有胜诉……从此他就过着独身生活，经常去四邻串门，他在背后甚至当面都要骂他们，可他们仍强装笑脸接待他，他们并不觉得他真那么可怕，——从此他也没有再拿起过书本；他的农奴们境况倒还过得去。

“啊！Constantin[①]！”潘达列夫斯基刚一走进客厅，达莉娅·米哈伊洛夫娜便招呼说，“Alexandrine[②]来吗？”

“亚历山德拉·帕夫洛夫娜要我向您道谢，她很高兴您邀请她，”康斯坦丁·季奥米德奇回答说，笑容可掬地向四方鞠躬，用他那只指甲剪成三角形的又白又胖的小手撸着梳得纹丝不乱的头发。

“沃伦采夫也来吗？”

“也来，夫人。”

“如此说来，阿夫里坎·谢苗内奇，”达莉娅·米哈伊洛夫娜转过脸来，看着皮加索夫，继续刚才的话题，“照您的看法，所有的小姐无不装腔作势啰？”

皮加索夫撇了撇嘴，神经质地牵动了一下胳膊肘。

“我这是笼而统之地说，”他不慌不忙地讲道——他即使大发雷霆时讲话也慢条斯理，而且口齿清楚，“我这是笼而统之地说所有的小姐，至于在座各位，我不敢妄评……”

“然而这并不妨碍您对她们也有看法。”达莉娅·米哈伊洛夫娜打

---

① 法语：康斯坦丁。
② 法语：亚历山德拉。

断他的话。

“对她们，我不敢妄评，”皮加索夫重复了一句。“至于其他所有的小姐都装腔作势到了极点，连表达她们的感情也要拿腔作调。比方说吧，有位小姐吃了惊，为了什么事高兴了或者伤心了，必定先那么优美地扭一下自己的身子（说到这里，皮加索夫把他的身子难看地扭了扭，摊开双手），然后才‘喔’地惊叫一声，或是笑，或是哭。可有一回（说到这里，皮加索夫得意地笑了笑），我总算让一位矫揉造作的小姐露了原形！”

“用什么法子？”

皮加索夫眼睛发亮了。

“我拿着根白杨棍子，从后边照准她腰眼就是一下子，她‘哇’地一声大叫，而我呢，朝她喝彩：好，好！这才是天生的声音，自然的声音。今后得永远这样才是。”

满屋的人都笑了。

“阿夫里坎·谢苗内奇，您胡扯些什么！”达莉娅·米哈伊洛夫娜提高声音说。“我才不信呢，您竟会用棍子去捅一个姑娘家的腰！”

“真的，是用棍子，就跟守卫城堡用的兵器一般粗大的棍子。”

“Mais c'est une horreur ce que vous dites là, monsieur[①].”m-lle Boncourt 尖声喊道，并狠狠瞪了一眼笑得直不起腰来的孩子们。

“别信他的，”达莉娅·米哈伊洛夫娜说，“您还不知道他！”

但是这位愤慨的法国女人久久不能平静下来，一直在自言自语地嘀咕着什么。

---

① 法语：先生，您说的这事真可怕。

“你们尽可不相信我的话，”皮加索夫继续用冷峻的口吻说下去，“可我担保我说的句句是实。这件事除了我，还有谁敢做？既然连这件事你们都不信，那么我告诉你们，我们的邻居切普佐娃，叶莲娜·安东诺夫娜，亲口告诉我，请注意是她亲口告诉我，她怎样把她的亲侄子活活害死，怕你们更不会相信了吧？”

“越说越离谱了！”

“对不起，对不起！听我说完，你们再作判断也不迟。请注意，我丝毫不想中伤她，我甚至还爱她，就是说，爱她到爱一个女人所可以达到的程度。走遍她整幢宅第，除了历书，找不到一本书。她看书非得念出声来才看得下去，这种朗读作业使她浑身冒汗，她抱怨说，书读得她眼珠都要炸裂了……总而言之，她是个好人，她的婢女一个个都吃得胖嘟嘟的。我干吗要造谣中伤她！”

“瞧！”达莉娅·米哈伊洛夫娜说。“阿夫里坎·谢苗内奇的拿手戏要开场了，不到天黑不会收场。”

“我只有一台拿手戏……可女人的拿手戏足足有三台，而且从不收场，除非睡着了。”

“哪三台？”

“埋怨，数落，说话嵌骨头。”

“听我说，阿夫里坎·谢苗内奇，”达莉娅·米哈伊洛夫娜说道，“您这样恨女人总不会是平白无故的吧？想必有个什么女人对您……”

“您是想说，有个什么女人对不起我吧？”皮加索夫打断了她的话。

达莉娅·米哈伊洛夫娜稍稍有些发窘；她想起了皮加索夫不幸的

婚姻……只得点点头。

“的确有个女人对不起我，”皮加索夫说，“虽说她是个好人，一个非常好的人……”

“这人是谁?”

“我的母亲，”皮加索夫放低声音说。

“您的母亲，她有哪一点对不起您?”

“生下了我……”

达莉娅·米哈伊洛夫娜皱了皱眉头。

“我觉得，”她说，“我们的交谈转到了令人不快的……Constantin，请给我们弹弹塔尔堡的新练习曲吧……乐声说不定能驯服阿夫里坎·谢苗内奇。俄耳甫斯①不是连野兽都驯服了吗。”

康斯坦丁·季奥米德奇在钢琴前坐下，出神入化地弹奏着练习曲。起初，娜塔莉娅·阿列克谢耶夫娜全神贯注地听着，后来又动手刺绣。

“Merci, c'est charmant，②”达莉娅·米哈伊洛夫娜说，“我喜欢塔尔堡。Il est si distingué.③阿夫里坎·谢苗内奇，您在想什么心事?”

“我在想，”皮加索夫慢条斯理地说了起来，“有三种利己主义者：一种利己主义者自己活，让别人也活，另一种利己主义者自己活却不让别人活，第三种利己主义者自己不活，也不让别人活……大凡

① 俄耳甫斯是希腊神话中的诗人和歌手，他弹起七弦琴能使顽石点头，百兽起舞。

② 法语：谢谢，这太迷人了。

③ 法语：他的曲子真优美。

女人都属于第三种。”

“您说得太客气了！只是有一点我觉得奇怪，阿夫里坎·谢苗内奇，您对自己的判断怎么那么自信，好像您永远不可能错似的。”

“谁说的！我也会出错；男人也会出错。可是，您知道我们男人的错和女人的错之间有什么区别吗？不知道吧？区别在这里，比方说吧，男人会说二乘二不等于四，而是等于五或者三又二分之一，而女人则会说二乘二等于一支蜡烛。”

“您这番宏论，我好像已经听您说过了……我倒想请教您，您关于三种利己主义者的高见，跟您刚才听的音乐有无关系？”

“一无关系。再说我刚才也没有听音乐。”

“唉，你呀，老兄，我看你是无可救药了。”达莉娅·米哈伊洛夫娜套用了格里鲍耶陀夫[①]的这句诗，略作了些变动。“既然您连音乐都不喜爱，那您喜爱什么呢？喜爱文学？”

“我喜爱文学，不过，当代文学，恕我不敢恭维。”

“为什么？”

“听我道来。不久前我和一位贵族老爷同乘一条渡船过奥卡河。对岸的码头设在陡岸边，摆渡的马车都得靠人力拉上岸去，而那位贵族老爷的马车是辆四轮马车，特别笨重。船夫们用出吃奶的力气拼命把四轮马车往岸上拉，那位贵族老爷则站在渡船上，一个劲儿地唉声叹气，叫人听了觉得他怪可怜的……我心想，这就是分工制的应用！当代文学也是这样，别人在拉车，在忙着干事儿，它却在一旁唉声

---

① 亚·谢·格里鲍耶陀夫（1795—1829），俄国作家。这句话出自他的喜剧《智慧的痛苦》。

叹气。”

达莉娅·米哈伊洛夫娜微微一笑。

“这就叫做再现当代生活，”饶舌的皮加索夫呶呶不休地说道，“对社会问题的深刻同情，诸如此类，不一而足……我讨厌这种冠冕堂皇的大话！”

“受你攻击的女人们，至少不使用这种话。”

皮加索夫耸了耸肩膀。

“她们不是不用，而是不会用。”

达莉娅·米哈伊洛夫娜的脸稍稍有点儿红了。

“阿夫里坎·谢苗内奇，您连礼貌都不讲了！”她强笑着指出。

客厅里鸦雀无声。

“佐洛托诺沙在什么地方？”有个孩子突然问巴西斯托夫。

“我亲爱的孩子，在波尔塔瓦省，”皮加索夫接茬说，“在霍霍尔[①]那儿。（他很高兴可以乘机转换话题。）我们不正在谈论文学吗，”他继续说道，“如果我有闲钱的话，我马上摇身一变，当个小俄罗斯[②]诗人。”

“又耍什么花招了？好一个诗人！”达莉娅·米哈伊洛夫娜讥嘲地说，“难道您通小俄罗斯语？”

“一窍不通，不过也无需通。”

“怎么无需通？”

“就是无需通。只消拿过一张纸来，上书‘杜玛’[③]二字，然后走

① 霍霍尔意为“一簇毛”，是俄国旧时对乌克兰人和波兰人的蔑称。
② 旧时称乌克兰为小俄罗斯。
③ 杜玛是乌克兰一种民歌体，叙述历史事件。

笔写下：‘喂，你呀，命运，我的命运！’或者‘哥萨克纳利瓦伊科[①]坐在山岗上！’后面是：‘在山脚下，在绿荫下，嬉乐，嬉乐，雀雀儿跳呀跳！’以及诸如此类。[②]就这么一气呵成，拿去发表出版吧。准能让小俄罗斯人读着读着，托住腮帮，潸然泪下，——就是这么多愁善感的心灵嘛！”

“得了吧！”巴西斯托夫高声说道，“您都说些什么呀？无稽之谈。我在小俄罗斯住过，我爱小俄罗斯，懂得小俄罗斯语言，什么‘嬉乐，嬉乐，雀雀儿’，闻所未闻，压根儿是生造的。”

“也许是的，可霍霍尔人读了照样会哭。您提到了语言……难道世上真有小俄罗斯语？有一回，我请一个霍霍尔把我随便想起的一句子‘文法是正确地阅读和书写的方法’翻译成小俄罗斯语。您知道译成小俄罗斯语是什么样的：‘语法乃准确的读的写的法。’依您之见，这能算是另一种语言吗？能算是一种独立的语言吗？我宁肯把我的好友放在研钵里捣成肉泥，也不会赞同您的看法。”

巴西斯托夫想反驳他。

“别睬他，”达莉娅·米哈伊洛夫娜说，“您又不是不知道，从他嘴里除了奇谈怪论什么也听不到。”

皮加索夫冷冷地笑了笑。仆人进来通报亚历山德拉·帕夫洛夫娜和她的弟弟到。

达莉娅·米哈伊洛夫娜站起身来迎客。

“您好，Alexandrine！”她迎上前去，说。“您来了，太好了……

---

① 纳利瓦伊科是哥萨克农民起义领袖，曾在乌克兰起事反对波兰地主，1597年被波兰人处死。

② 这些诗句原文都是乌克兰语。

谢尔盖·帕夫雷奇，您好！”

沃伦采夫同达莉娅·米哈伊洛夫娜握了握手，便到娜塔莉娅·阿列克谢耶夫娜身边去了。

“那位男爵，就是您的那位新朋友，今天来吗？”皮加索夫问。

“要来的。”

“据说他是个大哲学家，三句不离黑格尔。”

达莉娅·米哈伊洛夫娜没有答理他，管自请亚历山德拉·帕夫洛夫娜坐到沙发床上，自己坐在她身边。

“哲学，”皮加索夫说，“这是一种高瞻远瞩的见解！这种高瞻远瞩的见解，简直要我的命！站得那么高，还能看到什么？你想买匹马，总不至于爬到瞭望塔上去相马吧？”

“这位男爵是要拿篇什么文章来给您看吗？”亚历山德拉·帕夫洛夫娜问。

“是的，要拿篇文章来，”达莉娅·米哈伊洛夫娜故意做出满不在乎的样子回答说，“论俄国商业与工业的关系问题……不过您放心，我们不会在这里宣读这篇文章……我不是为这个请您来的。Le baron est aussi aimable que savant.①他一口俄语说得真漂亮！C'est un vrai torrent... il vous entraîne.②”

“他俄语说得漂亮到了需要用法语来加以称赞的地步，”皮加索夫不以为然地嘀咕说。

“阿夫里坎·谢苗内奇，您嘀咕去吧，尽管嘀咕去吧……这跟您一

---

① 法语：男爵的可爱不亚于他的博学。
② 法语：口若悬河……让您着迷。

头乱发非常相称……不过，他怎么还不来？这样吧，messieurs et mesdames①，”达莉娅·米哈伊洛夫娜环视了四周一眼，加补说，“我们上花园去走走……离吃午饭还有一个来小时，再说天气又这么好……”

大家都站起来，往花园走去。

达莉娅·米哈伊洛夫娜的花园一直伸展到河边。园内有好多条暗金色的、芬芳馥郁的老椴树林荫道，林荫道的尽头透出一道道翠绿的光，园内还有不少金合欢亭和丁香亭。

沃伦采夫同娜塔莉娅和m-lle Boncourt向绿荫丛浓的花园深处走去。沃伦采夫跟娜塔莉娅默默地并肩而行，m-lle Boncourt跟在两人身后，离开一两步远。

“今天您都做了些什么？”沃伦采夫终于开口问道，同时捻着他那两撇神气的亚麻色唇髭。

他的相貌同他姐姐非常相像，但表情却不如姐姐那么丰富和有生气，他的眼睛也很漂亮，温暖，但是不知怎的，总有几分忧郁。

“没做什么，”娜塔莉娅回答，“无非是听皮加索夫骂人，以及刺绣，看书。”

“看什么书？”

“我在看……十字军东征史。”娜塔莉娅迟疑了一下，说。

沃伦采夫看了看她。

“噢！”他终于又开口，“这本书一定挺有趣吧。”

他折下一根树枝，凌空挥动着。两人又走了二十来步。

“您母亲结识的那个男爵是个什么人？”沃伦采夫又问道。

---

① 法语：先生们和女士们。

"是个宫廷侍从官，外省人；maman[①]对他赞不绝口。"

"您母亲很容易对一个人着迷。"

"这说明她的心灵还非常年轻，"娜塔莉娅说。

"是的。我这几天就把您那匹马给您送回来。这匹马差不多调教好了。我还想教会它就地起跑，我能做到。"

"Merci...[②]不过，我觉得过意不去，劳您亲自调教……据说，调教马匹是很辛苦的。"

"娜塔莉娅·阿列克谢耶夫娜，只要能给您稍稍带来点愉快，您知道吗，我甘愿……我……不单单是这种鸡毛蒜皮的小事……"

沃伦采夫语塞了。

娜塔莉娅友好地瞥了他一眼，又说了声：merci!

"您知道，"沃伦采夫沉吟了好一阵才接下去说，"世上没有一件东西能……可我何必说这个！您全都明白。"

就在这一刻，屋里敲钟了。

"Ah! la cloche du dîner![③]" m-lle Boncourt 高声说，"rentrons.[④]"

"Quel dommage,[⑤]"这位法国老女人跟在沃伦采夫和娜塔莉娅身后登上凉台台阶时，心里暗忖，"quel dommage que ce charmant garçon ait si peu de ressources dans la conversation...[⑥]"这句话译成俄语，可以是这样：你呀，我亲爱的，人挺可爱，就是有点儿傻。

---

① 法语：妈妈。
② 法语：谢谢。
③ 法语：啊！打铃吃饭了！
④ 法语：回屋去吧。
⑤ 法语：真可惜。
⑥ 法语：这个可爱的年轻人竟这样拙于言辞。

男爵到吃午饭了还没有来。大家等了他半个来小时。大家围坐在餐桌旁，怎么也交谈不起来。谢尔盖·帕夫雷奇坐在娜塔莉娅身旁，两只眼睛只看着她，时不时殷勤地往她的杯子里添水。潘达列夫斯基拼命讨好坐在他旁边的亚历山德拉·帕夫洛夫娜，可是白费力气，尽管他使出浑身解数，满嘴甜言蜜语，她却差点儿没打哈欠。

巴西斯托夫把面包捏成一个个小球，脑子里什么也不想；连皮加索夫也一声不作，达莉娅·米哈伊洛夫娜向他指出，他今天很不可爱，他愁眉苦脸地回答说："我何曾可爱过？可爱不是我的行当……"他苦笑了一下，加补说，"您稍微忍耐一下。要知道我不过是克瓦斯①，du prostoï② 俄国克瓦斯，而您的男爵是……"

"妙！"达莉娅·米哈伊洛夫娜大声叫好。"皮加索夫吃醋了，人家还没来他就先吃起醋来了！"

但是皮加索夫没有答理她，只是皱紧眉头瞥了她一眼。

钟敲七下，大家又聚集到客厅里。

"看来，他不会来了。"达莉娅·米哈伊洛夫娜说。

但是就在这一刻，响起马车的辚辚声，一辆不大的四轮马车驶进院子，不一会儿，一名仆人走进客厅，用一个银碟子托着一封信递呈给达莉娅·米哈伊洛夫娜。她飞快地把信浏览一遍，转过头来问仆人：

"送信来的先生在哪里？"

"在马车里，夫人。要请他进来吗？"

"请。"

---

① 俄国的传统饮料，用面包和水果发酵制成。
② 用法文字母拼读的俄语，意为"那种普通的"。

仆人走了出去。

“想想看，多么扫兴，”达莉娅·米哈伊洛夫娜接着说，“男爵接到命令，要他立即回彼得堡。他让他的朋友，一位叫罗亭的先生，把他的文章送给我。男爵想把这位先生介绍给我，他对这位先生极口称赞。可是多么扫兴呀！我本来还希望男爵能在这儿住上一段时间……”

“德米特里·尼古拉耶维奇·罗亭到！”男仆通报说。

三

来人约摸三十来岁，高挑个儿，背微拱，鬈发，肤色黝黑，脸庞略欠端正，然而富有表情，聪明之态可掬，深蓝色的双目莹莹有光，很是灵活，鼻子大而直，嘴巴轮廓漂亮。他身上的衣服已经不新，而且嫌小，好像因为他长个儿了，所以衣服不合身了。

他快步走到达莉娅·米哈伊洛夫娜跟前，浅浅地鞠了一躬，说：他久已想望能有结识她的荣幸，又说，他的朋友男爵因不能亲自来辞行而深感遗憾。

罗亭的嗓音尖而细，跟他的身材和宽阔的胸脯不相称。

“请坐……我很高兴，”达莉娅·米哈伊洛夫娜说，她把他介绍给大家，接着问他是本地人还是外地人。

“我的领地在T省，”罗亭把帽子搁在膝上，回答说，“我到贵省不久。来办些事。暂时住在县城。”

“下榻谁家?”

“客居大夫家。他是我大学的老同学。”

“哦，大夫家。他口碑极好。都说他医术高明。您和男爵早就认识了吗?”

“我是去年冬天在莫斯科同他相识的，最近又在他家相聚近一个礼拜。”

“男爵是个绝顶聪明的人。”

“是的，夫人。”

达莉娅·米哈伊洛夫娜闻了闻她那洒满香水、打成结的手绢。

“您在哪里供职?”她问。

“谁？我吗，夫人?”

“是的。”

“不……我已经退职。”

冷场片刻。大家重又交谈起来。

“恕我好奇，请教个问题，”皮加索夫把脸转向罗亭，问道，“男爵先生托您送来的那篇文章的内容，您知道吗?”

“知道。”

“这篇文章论述的是商业的关系……哦，不对，想起来了，论述的是我国工业与商业的关系。达莉娅·米哈伊洛夫娜，好像您是这么说的吧?”

“是的，是论述这个……”达莉娅·米哈伊洛夫娜说，把一只手按在额上。

“虽然我在这类问题上是个门外汉，”皮加索夫继续往下说，“我还是要坦率地说，这篇文章的标题在我看来过于……怎么才能说得委婉些呢？……过于晦涩、费解。”

“您何以会有这样的看法?”

皮加索夫冷冷一笑，斜睨了达莉娅·米哈伊洛夫娜一眼。

“那么，依您看，清楚吗?”他又把他那张狐狸般的小脸盘转向罗亭，问道。

“依我看？清楚的。”

“哼……那还用说，在这种事上，您比我内行。”

“您头疼吗?”亚历山德拉·帕夫洛夫娜问达莉娅·米哈伊洛夫娜。

“不，不疼。我这是……C’est nerveux.①”

“恕我好奇，再请教个问题，”皮加索夫又夹着鼻音说道，“令友穆费尔男爵……他好像叫穆费尔吧?”

“正是。”

“穆费尔男爵先生是专业从事政治经济学研究的呢，还是只在社交界交际应酬之余和公余抽点儿时间来做做这门有趣的学问的?”

罗亭凝神看了皮加索夫一眼。

“男爵在这方面是个业余爱好者，”他回答说，脸略略有点儿红了。“尽管如此，这篇文章不乏言之成理的独到见地。”

“我没有拜读过这篇文章，无法跟您争论……但是恕我大胆问一句，令友穆费尔男爵的文章内，想必一般推论多于事实吧?”

“文章内既有事实，也有以事实为依据的推论。”

“原来这样，先生，原来这样。不过我要奉告先生，按照我的看法……我是可以谈谈我的看法的，我曾在杰尔普特大学受过三年寒窗之苦……所有这些推论、假设、体系之类……恕我是个外省人，所谓的土老冒，说话直来直去……统统一文不值。都是坐而论道，糊弄人的。

① 法语：是神经紧张。

先生们，请拿出事实来，只要有事实就够了。”

“的确如此！”罗亭反驳说，“可是事实的涵义也要表述出来吧？”

“又扯到一般的推论上去了！”皮加索夫接口说，“这些个一般的推论、评论、结论简直要我的命！所有这一切都基于所谓的信念，每一个人都大谈其信念，还要求别人也尊重他的信念，赞美他的信念……唉！”

说到这里，皮加索夫凌空挥了一下拳头。潘达列夫斯基笑了起来。

“很好！”罗亭说，“如此说来，您认为信念是没有的？”

“没有——也不存在。”

“这是您的信念？”

“是的。”

“那您怎么说信念是没有的呢？您这不就先有了个信念。”

满屋的人都微微笑了笑，会意地相互看了一眼。

“且慢，且慢，但是……”皮加索夫刚开始说……

达莉娅·米哈伊洛夫娜已鼓起掌来，大声喝彩：“好，好，皮加索夫吃了败仗，吃了败仗！”随即轻轻地把罗亭手里的帽子拿掉。

“且慢高兴，夫人，有您高兴的时候呢！”皮加索夫悻悻然地说。“摆出一副高人一等的架势，说几句尖刻的话，是不够的，应当拿出证据来驳倒对方……我们已经偏离了争论的题目！”

“对不起，”罗亭冷静地指出，“事情非常简单。您不相信一般的推论，不相信什么信念不信念。”

“我不相信，不相信，说什么也不相信。”

“很好。您是个怀疑论者。”

“我看没有必要使用这种学术性的字眼。不过……”

“您别打断人家的话！”达莉娅·米哈伊洛夫娜插嘴说。

“咬，咬，咬！[1]”此刻潘达列夫斯基暗自在心里喊道，乐得咧开嘴笑了。

“怀疑论者这个字眼无非是表达我的看法，”罗亭往下说，“您理解这个字眼的意思，为什么不能使用这个字眼呢？您既然什么都不相信……那您为什么又相信事实呢？”

“为什么？问得好！事实是一目了然的，人人都知道事实是什么……我凭经验，凭我的感觉便可对事实作出判断。”

“难道感觉就不会欺骗您？感觉告诉您，太阳是绕地球转的……那您就不同意哥白尼了？连他都不相信了？”

笑容又从大家脸上掠过，所有的目光都汇集到罗亭身上。“他可不笨。”每个人都这么想。

“您很会说笑话，”皮加索夫说，“而且极富独创性，可惜文不对题。”

“到目前为止，我所说的话里边，”罗亭反驳说，“十分遗憾，独创的东西太少了。都是久已有之的老生常谈，说过成千上万遍了。问题不在于……”

“那么在于什么？”皮加索夫老羞成怒，问道。

平时每逢争论，皮加索夫总是先把对手揶揄一通，然后出言伤人，最后铁板着脸一声不吭。

“问题就在于，”罗亭继续说，“我承认，我不能不感到由衷的遗憾，当我看到聪明人当着我的面攻击……”

---

① 原是猎人对猎犬发出的口令。

“攻击体系?”皮加索夫打断他的话。

“对，就算是攻击体系也成。您何以要如此害怕这个字眼？任何一种体系都是建立在对基本规律，对生活原则的认识上……”

“夸夸其谈！要认识这些个规律、原则是断无可能的……”

“请原谅。这当然不是人人都能办到的，何况人又常常会出错。然而，您大概不会反对我的说法，举牛顿为例吧，他多少发现了几条基本规律。我们公认他是个天才，而天才的发现之所以伟大，就因为他的发现能成为人类共同的财富。力求从局部现象中找到普遍的原则，是人类智慧最主要的特性之一，而我们的全部学识……”

“先生，您扯到哪儿去啦!”皮加索夫拖长声音打断罗亭的话。“我是个讲求实际的人，对所有这些脱离实际的玄学从未研究过，也不想研究。”

“很好，随您便。但是，请注意，您想做一个彻头彻尾地讲求实际的人，这种想望本身就是一种体系，一种理论……”

“学识！您大谈其学识，”皮加索夫接口说，“亏您又想出了个哗众取宠的话题！叫您捧上了天去的学识，谁个稀罕！您那个学识，叫我花一个铜板我也不要!”

“阿夫里坎·谢苗内奇，您争论得有欠气度了!”达莉娅·米哈伊洛夫娜说，心里边对她新朋友的稳健和风雅极为满意。“C’est un homme comme il faut，[①]”她一边这么想，一边怀着善意的关切望了望罗亭，“得跟他亲热才是。”最后这句话她是在心里边用俄语讲的。

“我不必为学识辩护，”罗亭沉吟片刻，继续说，“学识也无须我

① 法语：这是个上流社会的人物。

替它辩护。您不喜欢它……人各有志。而且我们也扯得太远了。请容许我提醒您有这么一句古语：‘朱庇特[①]，你生气了，所以你错了。’我想说的是，所有这些对体系，对一般的推论等等的攻击之所以特别可悲，就在于人们在否定体系的同时，把知识、科学和对科学的信心也一并否定了，因而也就否定了对自己，对自己的力量的信心。然而人是必须要有这种信心的，因为人不能单靠感觉来生活，人不应该害怕思想，不信任思想。无能和无力历来是怀疑论的特点……”

“全是空话！”皮加索夫嘟囔说。

“也许是。不过我要提请您注意，我们在说‘全是空话’时，往往想借此逃避说出几句比空话有道理的话来。”

“先生，您说什么？”皮加索夫蹙紧眉头问。

“您明白我要对您说什么，”罗亭不由自主地不耐烦地反驳说，但立刻把不耐烦的情绪克制了下去。“我再噜苏一遍，一个人如果没有他坚信的原则，没有他坚持的立场，他怎能认清自己人民的需要、作用和未来呢？他又怎能知道自己该做些什么，如果……”

“恕我不再奉陪！”皮加索夫生硬地说，鞠了一躬，退到一旁，对谁都不看一眼。

罗亭望了他一眼，冷冷一笑，也住口了。

“啊哈！他败下阵来了！”达莉娅·米哈伊洛夫娜说。“您不必介意，德米特里……请原谅，”她亲切地微笑着说，“请教您的父名怎么称呼？”

① 朱庇特是古罗马神话的主神。又指盛气凌人的人。

"尼古拉伊奇[1]。"

"亲爱的德米特里·尼古拉伊奇，您不必介意！他骗不过我们当中任何人。他想装成他不**愿意**争论下去的样子……其实他感觉到他没有**能力**跟您争论了。您最好坐得靠我们近一些，我们可以好好聊聊。"

罗亭把安乐椅挪近了些。

"我们怎么迟至今日才认识？"达莉娅·米哈伊洛夫娜继续说。"这使我百思不解……这本书您看过吗？C'est de Tocqueville，vous savez?[2]"

达莉娅·米哈伊洛夫娜说罢，把那本法文小册子递给罗亭。

罗亭接过那本薄薄的小册子，翻了几页，放回到桌上，回答说，托克维尔先生的这部著作，说实在的，他没有读过，但是书中所提的问题，他倒经常思考。于是一篇洋洋大观的宏论开始了。起初，罗亭似乎还在犹豫，拿不定主意要不要谈，也找不到恰当的字眼，但是他终于激情勃发，开始阐述自己的见解。一刻钟后，偌大的客厅内只听见他一个人的声音，大家都围坐在他身旁。

只有皮加索夫一人远远地呆在壁炉旁边的角落里。罗亭的讲话才气洋溢，充满激情，且条理分明，表明他知识丰富，博览群书。谁也没有料到他竟是这么一位卓尔不群的人……他的衣着那么平常，况且又名不见经传。大家都感到不解，感到奇怪，这样一位大智大慧的人怎么会突然出现在这个穷乡僻壤。尤其使大家惊奇的是，他把大家，可以说，从达莉娅·米哈伊洛夫娜开始，都给迷住了……她为自己能物色

---

① 即前"尼古拉耶维奇"，这样称呼，更富敬意。

② 法语：这是托克维尔写的，您知道吗？（阿·托克维尔〈1805—1859〉，法国政治家、政论家、历史学家，著有《论美国的民主》一书及许多政治性小册子。）

到这么一位天才而自豪，已经预先在想怎样把罗亭引进上流社会。她尽管已上了年纪，但是在观察一个人时，她最初的印象却往往是相当幼稚天真的。亚历山德拉·帕夫洛夫娜对于罗亭的长篇大论，说实话，听懂得很少，但却感到非常惊异和喜悦；她的弟弟也感到惊异；潘达列夫斯基注视着达莉娅·米哈伊洛夫娜的一颦一笑，醋意大发；皮加索夫则在想："我花上五百卢布买只夜莺，唱起来要比他好听得多!"但是最感震惊的，要数巴西斯托夫和娜塔莉娅。巴西斯托夫几乎气都喘不过来，他一直坐在那里，张开嘴巴，瞪大眼睛，听呀，听呀，好像他自出娘胎以来，从没听到过人讲话似的，而娜塔莉娅则脸上泛起了红晕，她的目光一动不动地凝视着罗亭，时而黯淡，时而灼灼生光……

"他的眼睛多么好看!"沃伦采夫跟她耳语说。

"是的，很好看。"

"可惜他的手太大，太红。"

娜塔莉娅没有答理。

送上了茶。大家闲聊起来。但是只要罗亭一开口，大家立刻缄口不语，足见他给人的印象之强烈。达莉娅·米哈伊洛夫娜突然想逗弄一下皮加索夫。她走到他跟前，悄声对他说："您干吗一声不吭，只是一个劲儿冷笑？您再试试，跟他较量较量。"也不等他回答，她就招手叫罗亭过去。

"他还有件事您不了解，"她指着皮加索夫对罗亭说，"他极端仇视女性，一刻不停地谩骂她们；劳驾您将他引上正道。"

罗亭看了看皮加索夫……是居高临下地看的，其实这由不得他，因为他比皮加索夫高出两个头。皮加索夫气得差点儿脸都歪了，他满面激愤，面如纸色。

“达莉娅·米哈伊洛夫娜所言不实，”他以迟疑的口吻开始说，“我不单单骂女人，我对整个人类都没有什么好感。”

“您何以对人类不抱好感?”罗亭问。

皮加索夫直视着罗亭的眼睛。

“大概是因为我一直研究自己的内心世界，发现我的内心一天比一天卑鄙龌龊的缘故吧。于是我以己之心度人之腹。也许这是冤枉了别人，我要比别人坏得多，可是有什么办法呢？习惯使然!”

“我理解您，而且同情您，”罗亭说，“哪个高尚的心灵不曾有过这种妄自菲薄的冲动？然而不能滞留在这种作茧自缚的境况中而不求出路。”

“承蒙抬举，发给我一张心灵高尚的证书，感激莫名，”皮加索夫反唇相讥，“至于我的境况——还过得去，不算坏，因此即使有现存的出路我也不屑一顾！更别说去寻求出路了。”

“如此说来——恕我直言——您宁愿求得自尊心的满足，也不愿去寻求真理，为真理而生活……”

“那还用说!”皮加索夫高喊着说，“自尊心——我是懂得的，我相信您也懂得，人人都懂得；而真理——真理是什么？这个真理，它在哪里?”

“我得提醒您，您又在老调重弹了。”达莉娅·米哈伊洛夫娜指出。

皮加索夫耸了耸肩。

“就算重弹老调又有什么不可？我就是要问：真理何在？连哲学家们都不知道真理究竟是什么？康德说：真理是如此这般的；但是黑格尔却说，不对，你一派胡言，真理是这样的。”

“您可知道黑格尔关于真理是怎么说的吗?”罗亭问，没有提高嗓音。

“我再说一遍，”情绪激动的皮加索夫继续往下说，“我不懂真理是什么，也无法弄懂。据我看，世界上根本就没有真理，就是说，真理这个字眼是有的，真理本身却是没有的。”

“呸！呸!”达莉娅·米哈伊洛夫娜喊了起来，“您，罪孽深重的老家伙，怎么好意思说出这种话来！没有真理？要真是如此，那又何必活在世上?”

“达莉娅·米哈伊洛夫娜，我心里在琢磨，”皮加索夫面有愠色地反驳说，“对您来说，没有真理，总比没有您那个煮得一手好汤的厨师斯捷潘要好过些吧！请问，您要真理有什么用？又不能用真理去缝包发帽?”

“取笑算不上辩驳，”达莉娅·米哈伊洛夫娜说，“尤其是乱说一气，中伤别人……”

“我不知道什么是真理，但是很显然，说真话是刺耳的。”皮加索夫悻悻然地嘟囔了一句，气呼呼地退到一旁。

而罗亭却谈论起自尊心的问题来，句句叫人信服。他说，没有自尊心的人是一无价值的小人，自尊心是阿基米德杠杆，可以移动地球，只有善于驾御自己的自尊心，如骑手之善于驾驭马匹，只有愿为大众的福利而牺牲自己的人，才配得上人的称号……

“而自私，”他结束他的话说，“却是自戕。一个自私的人，就像一棵孤零零的不结实的树，会枯萎而死，而自尊作为力求尽善尽美的一种强有力的渴望，却是一切伟大事业的源泉……是啊！一个人应当铲除自己身上顽固的利己主义，以便给自己的个性以充分表现的权利!”

“您可不可以借支铅笔给我?”皮加索夫对巴西斯托夫说。

巴西斯托夫一时没有弄懂皮加索夫向他借什么。

“您要铅笔做什么?”他终于反应过来,问道。

“我要把罗亭先生最后这句话记下来。不记,怕忘掉!您必定会同意,像这样的句子好比打纸牌赢了个大满贯!”

“阿夫里坎·谢苗内奇,对有些事是不该取笑和挖苦的!”巴西斯托夫涨红了脸说道,随即转过身去不再理他。

这时罗亭走到娜塔莉娅跟前。她站了起来,脸上露出忸怩不安的神态。

坐在她身旁的沃伦采夫也站了起来。

“我看到有架钢琴,”罗亭像个外出旅行的王子,温和而又亲切地问道,“是您弹的吗?”

“是的,是我弹的,”娜塔莉娅说,“不过弹得不太好。这位康斯坦丁·季奥米德奇弹得比我好得多。”

潘达列夫斯基伸出头,露齿一笑。

“娜塔莉娅·阿列克谢耶夫娜,您过谦了,您弹得一点儿不比我差。”

“您知道舒伯特的《Erlkönig》[①]吗?”罗亭问。

“他知道,知道,”达莉娅·米哈伊洛夫娜接口说,“Constantin,请坐下弹……德米特里·尼古拉伊奇,您喜爱音乐?”

罗亭只是微微点了点头,用手抚了抚头发,像是说,他已准备洗耳

① 德语:《森林王》。

恭听了……潘达列夫斯基开始弹奏。

娜塔莉娅站在钢琴边，面对罗亭。琴声刚一响起，他脸上顿时神采飞扬。他那双深蓝色的眼睛缓缓地游移着，偶尔驻留在娜塔莉娅身上。潘达列夫斯基弹完此曲。

罗亭什么话也没说，踱到敞开的窗口。香气馥郁的薄雾好似一层轻纱笼罩着花园；近处的果木散发出催人入睡的清新气息。满天星斗幽幽地闪着光。仲夏的夜晚悠闲自在，也使人悠闲自在。罗亭望了一会儿夜色朦胧的花园，又转过身来。

“这音乐和这夜色，”他说道，“令我忆起了我在德国度过的大学生时代：我们的聚会，我们的小夜曲……”

“您去过德国?”达莉娅·米哈伊洛夫娜问。

“我在海德堡生活了一年，在柏林生活了将近一年。”

“您还穿过大学生校服？听说，他们那里校服有点儿特别。”

“在海德堡脚上穿的是大皮靴，镶有马刺，身上穿的是轻骑兵式短外套，缀有流苏，头发长得披到肩上……在柏林，大学生的穿着跟普通人一样。”

“请讲点儿您的大学生活给我们听。”亚历山德拉·帕夫洛夫娜说。

罗亭开始讲他的大学生活。讲得不太成功。平淡无奇。他不善于引人发笑，幸好他很快就把话题从自己的国外经历转到一般议论上来，从总体上来谈论教育与科学的意义，从总体上来谈论大学和大学生活。他以粗犷奔放的线条大胆地勾勒出一幅气势磅礴的图画。大家都全神贯注地听着。他妙语连珠，激荡人心，但是意思不太清晰……然而正是有欠清晰反使他的讲话具有一种特殊的魅力。

罗亭的思潮汹涌而至，妨碍了他确切、明确地表达他的思想。一些形象替代另一些形象；一个比喻紧接另一个比喻，有的比喻出奇地大胆，有的比喻贴切得令人叫绝。他这番不吐不快的即兴之谈，决非惯于高谈阔论之流洋洋自得的文字卖弄，而是灵感一泻千里的抒发。他没有去搜索辞藻，因为辞藻自身顺着他的思路流畅地涌至他嘴边，每一个字像是从他心灵深处喷薄而出，燃烧着信念的火焰。罗亭掌握了一个几乎是最高的奥秘——辩才的音乐。他能够拨动一根心弦，而令其余所有的心弦随之隐隐鸣响，颤动不已。有的听者，看来没有完全听懂他讲的话，可是他们的胸脯仍然高高鼓起，他们眼前的帷幕仍然开启，让他们看到了前方璀璨夺目的光明。

罗亭的全部思想似乎都在向未来奔腾而去；这就赋予他的思想以某种一往直前、生气蓬勃的活力……他站在窗前，眼睛并不专门看着某个人，侃侃而谈，——大家如此赞赏他，注意他，妙龄女子近在咫尺，夜色又这般美丽，这一切激发了他的灵感，他本身汹涌澎湃的思潮则焕发了他的激情，从而使他登上了辩才的巅峰，诗意的绝顶……他聚精会神的平静的语调增强了他语言的魅力，似乎有一种崇高的、连他自己也意料不到的语言正借他之口滔滔不绝地说了出来……罗亭讲述着是什么赋予短暂的人生以永恒的意义。

“我想起了一个斯堪的纳维亚的传说，”他结束讲话时说，“那是在冬天的一个夜晚，在一间长长的黑咕隆咚的草屋里，皇帝和他的武士们正围火而坐，突然间，有只不大的鸟从洞开的门里飞进屋来，又从另一扇门里飞了出去。皇帝指出，这只小鸟好似人生在世：从黑暗中飞来，又往黑暗中飞去，在温暖和光明中只逗留了没有多久……一个年纪最大的武士持有异议，他说：‘陛下，小鸟即使在黑暗中也不会迷失方向，能找到它的归巢……’的确，我们的生命是短暂的，不足道的，然而一切千秋伟业都是由人来建树的。如果一个人意识到自己是这些崇高力量的工具，那么这种意识便能替代其他乐趣，便能从死亡中找到自己的生命，找到自己的归巢。”

罗亭住口了，不由自主腼腆地微微一笑，垂下了眼睛。

“Vous êtes un poète[①].”达莉娅·米哈伊洛夫娜轻声说。

所有的人心里都赞同她的评价——所有的人，除了皮加索夫。不等罗亭的长篇大论结束，他就悄悄拿起帽子走了，他对站在门口的潘达列夫斯基咬牙切齿地说：

“受不了！我还不如去找那些傻瓜！”

谁也没有留他，谁也没有发觉他已经不在了。

仆人们端上晚餐。半小时后，曲终人散，有的乘车，有的步行。达莉娅·米哈伊洛夫娜请罗亭留下过夜。亚历山德拉·帕夫洛夫娜和弟弟驱车回家，途中她好几次对罗亭非凡的聪明表示赞叹和惊奇。沃伦采夫同意她的看法，不过指出，罗亭的话偶尔有点晦涩……就是说，不太容易理解，他又这么加补说，大概是想把自己的意思表达清楚，然而他的脸色变得阴沉了，他那凝视着马车一角的目光，似乎更加忧伤。

潘达列夫斯基解下绣花丝背带，躺到床上的时候，大声说：“好一个机灵的人！”突然，他严厉地瞥了一眼侍候他的小厮，喝令他出去。巴西斯托夫一夜没有睡，也没有脱衣服，给他在莫斯科的一个同学写信，一直写到天亮；而娜塔莉娅虽然脱了衣服，睡到床上，可是连一

① 法语：您是个诗人。

分钟也没有睡着，整夜没有合眼。她用手支着头，目不转睛地凝睇着黑暗；她的血管狂热地跳动着；沉重的叹息时时使她的胸部微微隆起。

四

次日早晨，罗亭刚穿好衣服，达莉娅·米哈伊洛夫娜就派仆人来请他去她书房共进早茶。罗亭来到书房，看到只有她一个人。她非常亲热地向他道好，问他夜里睡得可香，亲手给他斟茶，甚至问他茶里加的糖够不够，还敬了他一支烟，而且两次表示相见恨晚。罗亭本想坐得稍远一些，但是达莉娅·米哈伊洛夫娜却要他坐到她安乐椅旁的一张小软凳上。她稍稍把身子靠近他，问他的家世、志向和有什么打算。达莉娅·米哈伊洛夫娜漫不经心地问这问那，心不在焉地听他回答，然而罗亭却十分清楚，她这是在讨他的欢心，几乎可以说在向他献媚。这次早晨的会面和她简朴而典雅的衣着，à la madame Récamier，①都是她精心安排的。不过达莉娅·米哈伊洛夫娜很快就不再向他问长问短；她开始给他讲述她自己的事，她的青春年华，以及和她交往的人。罗亭兴致勃勃地细听她饶舌，然而——真是奇怪！——不管达莉娅·米哈伊洛夫娜谈到谁，站在首位的总是她自己，只有她自己一人，而那个她谈到的人却不知怎的渐渐模糊了，消失了。不过罗亭却从中详细地知道了达莉娅·米哈伊洛夫娜对某某家喻户晓的达官显贵说过些什么话，对某某同样家喻户晓的著名诗人有过什么影响。根据达莉娅·米哈伊

① 法语：雷加米契夫人式。〔雷加米契夫人（1777—1849），巴黎著名文学政治沙龙的主持人，设计有以她名字命名的多袭时装。〕

洛夫娜的讲述，可以认为，近二十五年来，所有出类拔萃的名人梦寐以求的无不是一睹她的芳容，博得她的青睐。她随口提起他们，并不以与他们交往为荣，她对他们不加一句赞词，就像谈的是自己家里的人，并把有些人称作怪物。她谈论他们时，把他们说成是围绕在一颗宝石四周的华美的框饰，他们的名字好似众星捧月般捧着一个最重要的名字——达莉娅·米哈伊洛夫娜……

罗亭听着，抽着烟，不作声，只是偶尔在这位喋喋不休的贵妇人的谈话中插进一言半语。他善于说话，也喜欢说话，然而与人交谈他却感到不自在，不过他善于听对方讲。不论任何人，只要一开始没有被他的声势吓倒，都会信赖地向他袒露心曲，因为他不但非常乐意听别人讲，而且还鼓励别人畅所欲言。他生性十分善良——那是一种凡惯于觉得自己比他人高尚的人心中所充溢的特殊的善良。每逢争论，他很少等对方把话说完，就用自己疾风骤雨般的充满激情的雄辩把对方压下去。

达莉娅·米哈伊洛夫娜用俄语讲话。她喜欢炫耀她的国语知识，虽然她时不时脱口而出，夹进一两个法语词汇或者法语化了的俄语单词。她还故意插些平民百姓的用语，但用得并不都恰当。达莉娅·米哈伊洛夫娜这种大杂烩式的怪里怪气的语言，罗亭听了并不觉得刺耳，不过他也未必听得出。

达莉娅·米哈伊洛夫娜终于说累了，把头靠在安乐椅的靠枕上，两只眼睛睃着罗亭，不再作声。

“现在我明白了，”罗亭慢吞吞地说，“我明白您为什么每年夏天都到乡下来。对您来说，这样的休息是必不可少的，在喧嚣的京城生活了一阵之后，乡间的宁静会使您神清气爽，身体健康。我相信，您对大自然的美一定深有感受。”

“大自然……是呀……是呀，那当然……我爱大自然，爱得无以复加；可您知道吗，德米特里 · 尼古拉伊奇，即使在乡下，不同人交往也是不行的。可这里几乎没有一个人。皮加索夫在此间算得上是个绝顶聪明的人了。”

“就是昨天生气的那个老头儿?”罗亭问。

“是的，就是他。不过在乡下，他是可以派用场的。哪怕逗个乐也好。”

“他这人并不傻，”罗亭说道，“但是他路没有走对。达莉娅 · 米哈伊洛夫娜，不知道您同不同意我的看法，否定，一概的、全盘的否定，有百弊而无一利。您否定一切，就能轻而易举地被誉为聪明人，其实这种花招，明眼人一看便知。老实人听了马上会认为您比您所否定的要高明。然而十有八九不是这么回事儿。首先，凡事都有欠缺之处；其次，即使您否定得在理，对您却更为不利，您把聪明才智都用在否定上，那您的聪明才智就会衰退，就会枯竭。您的虚荣心固然得到了满足，可您却失去了观察事物的真正乐趣，而生活——生活的实质——却从您浅薄而又偏颇的观察中溜走了，结果您只得当一个成天骂街、逗人发笑的角色。只有爱别人的人，才有权指摘别人，责骂别人。”

“Voilà m-r Pigassoff enterré①，”达莉娅 · 米哈伊洛夫娜说，“您真正是个有知人之明的高人！不过皮加索夫想必不会理解您。他只爱他自己。”

“他骂他自己，也只是为了有权骂别人。”罗亭接口说。

达莉娅 · 米哈伊洛夫娜笑了起来。

---

① 法语：所以皮加索夫先生完蛋了。

“这就叫拖人……就如常言说的……拖人下水之计。顺便问一下，您认为男爵这人怎样?”

“男爵? 他是个好人，心地善良，也有知识……然而性格脆弱……所以他终其一生也只能成为半个学者，半个上流社会人士，换句话说，他是半瓶醋，也就是说，他不会有什么出息……我为他扼腕!”

“我也是那么看，”达莉娅·米哈伊洛夫娜说，“我看了他的文章……Entre nous... cela a assez peu de fond. ①”

“您在此间还有什么人可以交往?”罗亭沉吟有顷，问道。

达莉娅·米哈伊洛夫娜用小指头弹掉烟灰。

“几乎没有什么人。您昨晚见到的利平娜，亚历山德拉·帕夫洛夫娜，她非常可爱，不过仅此而已。她的弟弟——人也很好，un parfait honnête homme。②还有您认识的加林公爵。就这些。再有两三个邻居，不值一提。不是装腔作势，目空一切，就是扭扭捏捏，上不了台面，要不就不分场合，肆无忌惮。至于太太们，您知道，我同她们素无往来。还有一个邻居，据说很有学问，甚至可以说，学富五车，但是脾气怪僻得要命，满脑子幻想。Alexandrine 认识他，好像对他挺有好感……德米特里·尼古拉伊奇，您应该多多关心她，她是个可爱的人，只是得帮她再提高些，一定得帮她!”

“她非常讨人喜欢。”罗亭指出。

“德米特里·尼古拉伊奇，她完全是个孩子，真正是个孩子。她嫁过人，mais c'est tout comme③。如果我是个男人，我只爱这样的

---

① 法语：不足与外人道……文章并不深刻。
② 法语：一个非常正派的人。
③ 法语：但是这无伤大雅。

女人。”

“真的吗?”

“那还用问。像她这样的女人至少还是鲜嫩的，而鲜嫩是装不出来的。”

“那么其余都是装得出来的啰?”罗亭问罢，笑了起来，这在他是罕见的。他只要一笑，脸上就露出一种怪样的表情，活像个老头儿，眼睛眯成一条线，鼻子打起皱来……

“您说的利平娜太太对他颇有好感的那个怪人是谁?”他问。

“本地一个姓列日涅夫的地主，名叫米哈伊洛·米哈伊雷奇。”

罗亭吃了一惊，抬起了头。

“列日涅夫，米哈伊洛·米哈伊雷奇?”他问，“他难道是您的邻居?”

“是的。您认识他?”

罗亭沉默了一会儿。

“我以前认识他……很久以前了。他好像很有钱吧?”他加补说，用手抚摩着安乐椅的穗子。

“是的，很有钱，可是穿着十分蹩脚，驾一辆两轮轻便马车，活像个管家。我非要请他来，据说，他很聪明，我有事要找他……您知道吗，我的庄园由我亲自掌管?”

罗亭点点头。

“是的，我亲自掌管，”达莉娅·米哈伊洛夫娜继续说道，“我从不搬用外国那些个五花八门的办法，我只按我们自个儿的，俄国的方法经营，您看，我管得好像还不错吧。”她用手臂挥了个弧形的手势，加补说。

“我一向认为，”罗亭彬彬有礼地指出，“那些不承认妇女有实际办事能力的人，是很不公正的。”

达莉娅·米哈伊洛夫娜高兴地笑了。

“您对妇女真是宽宏大量，”她说。“慢着，我刚才要说什么来着？我们说什么来着？对了！说起了列日涅夫。我得跟他划定地界。我几次三番请他来，今天还在等他；可是他，真是天晓得，就是不肯上门……就这么个怪人！”

门帘轻轻掀开，管家走了进来，他身材高大，头发花白，谢顶，身穿黑色燕尾服和白背心，系白领带。

“你有什么事?”达莉娅·米哈伊洛夫娜问来人，接着略略向罗亭转过头去，低声说：“N'est ce pas,comme il ressemble à Canning?①”

“米哈伊洛·米哈伊雷奇·列日涅夫来了，”管家通报说，“您见他吗?”

“哎哟，我的天!”达莉娅·米哈伊洛夫娜叫了起来，“刚说到他，他就到。有请!”

管家退下。

“这个怪人总算来了，可来得不是时候，把我们的谈话给搅了。”

罗亭站起身来要走，但是达莉娅·米哈伊洛夫娜示意他留下来。

“您去哪里？我们尽可当着您的面谈。我还希望您像剖析皮加索夫那样，给我剖析一下这个人。您讲话 vous gravez comme avec un burin②。您留下。”

---

① 法语：他真像康宁，是吗？〔按：乔治·康宁(1770—1827)系英国保守派政治家。〕

② 法语：就像用刻刀雕刻一样。

罗亭本想说什么，但转念一想，没有走。

读者已经认识的米哈伊洛·米哈伊雷奇走进书房。他还是穿着那件灰不溜丢的大衣，晒黑的手里拿着的还是那顶旧制帽。他从容地向达莉娅·米哈伊洛夫娜鞠了一躬，走到茶桌前。

“麦歇[①]列日涅夫，您终于光临舍下！”达莉娅·米哈伊洛夫娜说，“请坐。听说二位早就认识。”她指了指罗亭，说。

列日涅夫瞥了罗亭一眼，怪模怪样地笑了笑。

“我认识罗亭先生。”他颔首说。

“读大学的时候我们在一起。”罗亭低声说，垂下了眼睛。

“后来我们还见过面。”列日涅夫冷冷地说。

达莉娅·米哈伊洛夫娜带着几分诧异之色看了看两人，请列日涅夫坐下。他坐了下来。

“您想见我，”他开始说，“是为了划定地界的事吧？”

“是的，是为了划定地界的事，不过，我真的希望见见您。我们可是近邻呀，而且还多少沾点儿亲。”

“十分感谢，”列日涅夫说，“至于划地界的事，我已经跟府上的管家谈妥了，我举双手赞同他的全部建议。”

“这事我已经知道。”

“不过他跟我说，不跟您面谈一次就签不了约。”

“是的，这是我定下的规矩。顺便问一句，您的农奴好像都是缴代役租的[②]？”

---

① 法语“先生”之音译。原文此处是用俄文来拼读此字的。

② 俄国农奴分两种，一种是无偿地为地主劳动的，称劳役租制农奴；一种是交纳田租的，称代役租制农奴。

“是的。”

“划地界的事，由您亲自奔走吗？可敬可佩。”

列日涅夫沉默了一会，说：

“瞧，我这不前来面见夫人了。”

达莉娅·米哈伊洛夫娜冷冷一笑。

“我瞧见了。听您说话的这种口气……想必很不乐意来我这里。”

“我哪里都不走动。”列日涅夫沉着地反驳说。

“哪里都不走动？那您去亚历山德拉·帕夫洛夫娜家吗？”

“我同她弟弟是老朋友。”

“同她弟弟！不过，我这人从不勉强别人……米哈伊洛·米哈伊雷奇，我比您大几岁，恕我倚老卖老，我是可以说您几句的：您何苦要过这种孤芳自赏的生活？您究竟是不喜欢**我**的宅第，还是不喜欢我？”

“达莉娅·米哈伊洛夫娜，我跟您从未谋面，怎谈得上喜欢不喜欢您。您的宅第很漂亮，但是，我不得不坦诚相告，我这人不喜欢受拘束。我连一件像样的燕尾服都没有，手套也没有；再说，我也不是您的朋类中人。”

“米哈伊洛·米哈伊雷奇，论出身，论您受的教育，您都是我的朋类中人！vous êtes des nôtres. ①”

“达莉娅·米哈伊洛夫娜，谈什么出身和教育！问题不在这里……”

“米哈伊洛·米哈伊雷奇，一个人应当跟他人交往！莫非您想学

① 法语：您是我们圈子里的。

第欧根尼[1]的样，坐在桶里？”

“首先，他觉得坐在桶里很舒服；其次，您又怎么知道我不跟他人交往呢？”

达莉娅·米哈伊洛夫娜咬了咬嘴唇。

“那就又当别论了！我只能深感遗憾，我无缘厕身于您愿意与之交往的人中。”

“麦歇列日涅夫，”罗亭插嘴说，“看来，您把那种最值得赞美的感情，热爱自由的感情，看得过重了。”

列日涅夫什么话也没有回答，只瞥了罗亭一眼。接着是短暂的冷场。

“那么，夫人，”列日涅夫一边说，一边站起身来，“我可以认为我们的事已经结束，请关照贵管家把契约给我送来。”

“请便……按理说，您的态度那么不友好……我是可以拒绝的。”

“可是要知道，这次划地界，您得益远比我多。”

达莉娅·米哈伊洛夫娜耸了耸肩膀。

“您连在舍下用点儿早餐都不肯赏光吗？”她问。

“太感谢您啦，可我一向不吃早饭，再说，我有急事要回去。”

达莉娅·米哈伊洛夫娜站起身来。

“我不留您，”她一边说，一边站起身来走到窗口，“也不敢留您。”

列日涅夫鞠躬告辞。

---

① 第欧根尼（约公元前404—约公元前323），古希腊犬儒学派哲学家，生活从不讲究舒适，传说他常年住在桶里。亚历山大王来看他，问他有何要求，他回答说：“请走开些，别挡住我的阳光。”

“麦歇列日涅夫，再见！对不起，惊扰您了。”

“没什么，别客气，”列日涅夫说罢就走了。

“怎样，看到了吧?”达莉娅·米哈伊洛夫娜问罗亭。“我早听人说他是个怪物，怪僻是很要不得的!”

“他跟皮加索夫害的是同样的毛病，”罗亭说，“两人都想标新立异。皮加索夫想装成靡非斯特[①]，而这位想扮演犬儒主义者[②]。在这一切里边，自私自利的成分太多，虚荣心太多，而真诚和爱却微乎其微。这种人有他们的小算盘：一个人戴上冷漠和懒散的假面具后，说不定有人会想：瞧这人，把自己的才能都给断送了！可是只消仔细看一看，就可发现他根本什么才能也没有。”

“Et de deux![③]”达莉娅·米哈伊洛夫娜说，“您知人论世真是入木三分。什么都瞒不过您的眼睛。”

“您这样想吗?”罗亭说……“不过，”他接着说，“说实在的，我不该议论列日涅夫；我曾经爱过他，情同手足……可是后来，由于种种误会……”

“你们吵架了?”

“没有。不过我们分道扬镳了，看来，永无重拾旧情之日。”

“我看出来了。他跟我交谈的时候，您一直好像很不自在……不管怎么说，为了今天这个早晨，我万分感激您。让我过得非常愉快。然而万事要适可而止。您请便吧，吃早饭时见。我这就要去处理些事情。我

---

① 靡非斯特是歌德诗剧《浮士德》中的魔鬼。喻否定一切，怀疑一切的人。
② 系指玩世不恭、恬不知耻的人。
③ 法语：这回是评第二个了！

的秘书，您已经见到过他了，Constantin，c'est lui qui est mon sécrétaire①，想必已经在等我了。我要把他介绍给您，他是个优秀的青年，克勤克俭，您使他欣喜若狂！再见，cher② 德米特里 · 尼古拉伊奇！我是多么感激男爵把您介绍给我呀！”

于是达莉娅 · 米哈伊洛夫娜把手伸给罗亭。罗亭先把这只手握了握，然后举到唇边吻了吻，随即离开书房，走进大厅，又从大厅走到凉台。他在凉台上碰见了娜塔莉娅。

五

达莉娅 · 米哈伊洛夫娜的女儿娜塔莉娅 · 阿列克谢耶夫娜，初看上去也许并不起眼。她还没有完全发育成熟，瘦骨嶙峋，肤色黝黑，微微拱着背。然而她的五官却美丽端正。虽然对一个十七岁的少女来说，她的脸庞过于大了些。她脸庞上最美的是前额，白如羊脂，平整匀称。额下两叶修眉好似到眉心才分开。她木讷寡言，专心于听和看，专心到了全神贯注的地步，像是要把一切底细探究明白。她常常一动不动地站在那儿，垂下双手，沉入遐思；这时她内心的思绪便会反映到她脸上……一丝几乎难以觉察的微笑会掠过她双唇，旋即又悄然隐去；乌溜溜的大眼睛会慢慢地抬起……“Qu'avez-vous?③” m-lle Boncourt 便会问她，接着就说她，哪有姑娘家这样心事重重，失魂落魄的，不成体统。但娜塔莉娅并未失魂落魄，相反，她学习勤奋，喜欢看书和女红。

① 法语：康斯坦丁，这就是我的秘书。
② 法语：亲爱的。
③ 法语：您怎么啦?

她感情深沉而强烈，但是含而不露，她就是小时候也不常哭，现在更是连叹气都很难得了，有什么事伤了她的心，她只是脸色变得苍白一些。她母亲认为她是个老实、明理的姑娘，开玩笑地叫她：mon honnête homme de fille①，对她的智力评价不高。她母亲常说："幸好我的娜塔莎处事冷静，不像我……这样倒好。她今后会幸福的。"达莉娅·米哈伊洛夫娜错了。不过天下有几个做母亲的能够了解自己女儿。

娜塔莉娅爱达莉娅·米哈伊洛夫娜，但并不完全信任她。

"好在你没什么事要瞒我，"有一回，达莉娅·米哈伊洛夫娜对她说，"否则你会瞒得铁桶也似，你这人呀，什么事都藏在心里……"

娜塔莉娅瞅了瞅母亲的脸，心里思忖："为什么不藏在心里？"

罗亭在凉台上遇到她时，她正要同 m-lle Boncourt 回屋去戴帽子，上花园散步。她早间的课已经结束。家里已不再把她当小女孩看待，m-lle Boncourt 早已不再给她讲授神话课和地理课，不过娜塔莉娅每天早晨还必须在她监督下读历史书、游记和其他有益的书。书是由达莉娅·米哈伊洛夫娜选定的，好像她对女儿读什么书自有一套主张。其实她只是把彼得堡一个法国书商寄给她的书一古脑儿拿给娜塔莉娅去读而已，当然，小仲马公司出版的长篇小说不在其内。达莉娅·米哈伊洛夫娜把那些小说留下来自己看。娜塔莉娅读历史书的时候，m-lle Boncourt 总要透过镜片，时不时特别严厉、特别不满地瞥娜塔莉娅一眼，因为在这位法国老小姐看来，自古迄今的整部历史充斥着为天地所不容的东西，可是不知怎的，古代伟人中，她却偏偏只知道一个冈比

---

① 法语：我的老实巴交的女小子。

西[1]，而近代的又偏偏只知道路易十四和她深恶痛绝的拿破仑。其实娜塔莉娅还读 m-lle Boncourt 压根儿不知道的书，如普希金的著作，普希金的每一部作品，她都能倒背如流……

碰见罗亭，娜塔莉娅的脸微微一红。

"二位去散步?"他问她。

"是的。我们上花园去。"

"我可以奉陪吗?"

娜塔莉娅看了看 m-lle Boncourt。

"Mais certainement，monsieur，avec plaisir[2]."法国老小姐连忙说。

罗亭拿着帽子，跟她们一起走去。

同罗亭顺着一条小径比肩而行，娜塔莉娅起初颇为局促，过了好一会，才稍觉轻松些。他问她做些什么事，喜不喜欢乡下。她回答时多少有些胆怯，然而没有手足无措的小儿女作态，而姑娘家往往会做出这种样子来，认为这就叫羞答答。她的心怦怦地跳着。

"您在乡下不觉得无聊吗?"罗亭问，用眼角瞟了她一眼。

"在乡下怎么会觉得无聊呢？我很高兴我们住在乡下。我在这里非常幸福。"

"您觉得幸福……幸福是个伟大的字眼。不过这是可以理解的，您年轻。"

罗亭说最后这句话时，语气有些异样：又像是羡慕娜塔莉娅，又

---

① 冈比西，古波斯帝国国王，公元前 529 年—公元前 522 年在位，曾征服埃及。

② 法语：当然，先生，很高兴。

像是为她惋惜。

“是呀！青春!”他加补说。“科学的全部目的就是有意识地去求得青春不费任何代价便可取得的一切。”

娜塔莉娅探究地看了罗亭一眼，她不懂他说这话是什么意思。

“我今天和令堂谈了一个早晨，”他继续说，“她是个不同凡响的女性。我这才明白，为什么我们所有的诗人都珍视她的友情。”他沉吟片刻，又问：“您喜欢诗吗?”

“他这是在考我，”娜塔莉娅暗忖，便回答说：“是的，我非常喜欢。”

“诗——这是神祇的语言。我也喜欢诗。但是诗并不仅限于诗句，诗无所不在，诗就在我们周围……您看这树，这天——到处都洋溢着美和生命；而哪里有美和生命，哪里就有诗。”

“我们不妨在这儿的凳子上坐一会儿，”他继续说。“小坐片刻。不知为什么，我预感到，等您跟我再熟些(他笑容可掬地看了她一眼)，我们会成为朋友的。您说呢?”

“他把我当小姑娘看待。”娜塔莉娅又在心里暗忖，她不知道说什么好，就问他是不是打算在乡下久住。

“住过今年夏秋之后，也许再住一冬。您知道，我是一介寒士，家道中落，再说常年萍漂四方，我已经生厌。该是休息的时候了。”

娜塔莉娅感到惊讶。

“难道您认为，该是您休息的时候了?”她怯生生地问。

罗亭转过脸来看着娜塔莉娅。

“您这是指何而言?”

“我想说，”她有点不好意思地回答，“别人尽可休息，而您……您应当工作不息，尽力做个匡世济时的男子。非您莫属呀……”

“谢谢，您过奖了，”罗亭打断她的话说，“做个匡世济时的男子……谈何容易！（他举起手来抹了抹脸。）做个匡世济时的男子！”他重复了一遍。“即使您有此信念，并且坚定不移，即使我相信我有此能力——可是叫我上哪儿去寻觅真心诚意地同情我的知音？”

罗亭绝望地挥了挥手，忧伤地低下了头，娜塔莉娅不禁问自己：昨天晚上她听到的那席热血沸腾、满怀信心的谈话，难道出自于他之口？

“可是，不，”他突然甩动了一下如狮鬣般的长发，加补说，“我刚才是胡说，而您说得对。我感谢您，娜塔莉娅·阿列克谢耶夫娜，由衷地感谢您。（娜塔莉娅一点也不知道有什么好感谢她的。）您一句话向我提醒了我应尽的天职，指明了我应走的道路……是的，我应当有所作为。我不应当埋没我的才能，如果我有才能的话；我不应当把我的精力浪费在空谈上，浪费在华而不实的无益的空谈上，浪费在一味地高谈阔论上……”

于是他滔滔不绝地谈了起来。他谈得动听，热烈，令人折服，他谈到怯懦和懒惰的可耻，谈到人必须有所作为。他痛责自己，说议论先于行动是有害的，这就像用针去扎将要成熟的果子，只是白费力气和糟蹋果汁而已。他断言，凡崇高的思想必能得到呼应，只有自己还不知道自己要做什么的人，或者不配被人理解的人，才不为人所理解。他讲了很久，结束时再一次感谢娜塔莉娅·阿列克谢耶夫娜，而且完全出人意料地紧紧捏住她的手，说：“您是个美好、高尚的人！”

这个出轨的举动使 m-lle Boncourt 大吃一惊，她虽说来俄国已有四十年，可是听俄语仍很吃力，因此对罗亭能谈得如此动听，如此从容、流畅，只有惊叹的份儿。尽管如此，他在她眼里仍不过是个技艺高超的乐师或者戏子之类，按照她的理解，对这一类人是无法要求他们遵守礼数的。

她站了起来，匆匆整了整身上的衣裙，对娜塔莉娅说，该回屋去了，何况 monsieur Volinsoff①(她是这样叫沃伦采夫的)要来用早餐。

“瞧，他这不来了!”她朝一条通往宅第的林荫道望了一眼，加补说。

果真，在没几步远的地方出现了沃伦采夫。

他迟疑不决地走了过来，隔得老远就向大家鞠躬致意，脸上带着几乎是痛苦的神情对娜塔莉娅说：

“啊！你们在散步?”

“是的，”娜塔莉娅回答道，“我们已经要回屋去了。”

“噢!”沃伦采夫说。“那好，我们一起走吧。”

于是大家一起向宅第走去。

“令姐好吗?”罗亭以一种特别亲切的口吻问沃伦采夫。他昨晚对沃伦采夫就非常亲热了。

“非常感谢。她挺好。她今天也许会来……我走过来的时候，你们好像在谈论什么吧?”

“是呀，我在同娜塔莉娅·阿列克谢耶夫娜闲聊。她对我说的一句话，对我有很大影响……”

沃伦采夫没有问这是句什么话，大家在深深的沉默中回到达莉娅·米哈伊洛夫娜的宅第。

午餐前，沙龙又形成了。可是皮加索夫没有来。罗亭没有谈兴；他

---

① 法语：沃伦采夫先生的变音。

一而再地请潘达列夫斯基弹奏贝多芬的乐曲。沃伦采夫不作声，眼睛望着地下。娜塔莉娅没有离开过母亲一步，时而凝神沉思，时而动手刺绣。巴西斯托夫两眼一直盯着罗亭，企盼他会说出什么精辟的话来。三个小时就这么乏味地过去了。亚历山德拉·帕夫洛夫娜没来用午餐。于是，大家刚一离开餐桌，沃伦采夫立即吩咐套车，没有同任何人打招呼，就溜之大吉。

他心情沉重。他早就爱着娜塔莉娅，几次三番打算向她求婚……她待他很好——但是她的心始终没有动情，对这一点，他看得很清楚。他也并不指望在她心里唤起柔情蜜意，他只是在苦苦等待那个时刻的到来，那时她将完全习惯了他，从而同他亲近。究竟是什么使得他心神不宁？这两天里，他觉察出了什么变化？娜塔莉娅对待他不还是跟以前一模一样嘛……

是不是因为他心里有这么一个根深蒂固的想法：他也许根本不了解娜塔莉娅的性格，她跟他也许比他想象的更为格格不入，他是不是在吃醋了，他是不是模模糊糊的有种不祥的预感……不管他怎样宽慰自己，他仍然感到痛苦。

他回到姐姐家里时，列日涅夫在她那里。

“你怎么这么早就回来了？”亚历山德拉·帕夫洛夫娜问。

“没什么！觉得无聊。”

“罗亭在那里吗？”

“在。”

沃伦采夫把帽子一扔，坐了下来。

亚历山德拉·帕夫洛夫娜兴奋地对他说：

“谢辽沙[1]，请你来帮我说服这个顽固不化的家伙（她指指列日涅夫），让他相信罗亭是个非常聪明，非常有口才的人。”

沃伦采夫嘟哝了一句什么。

“我丝毫不想跟您争论，”列日涅夫开始说，“我并不怀疑罗亭先生为人聪明，能言善辩；我只是说，我对他没有好感。”

“难道你已经见到过他了？”沃伦采夫问。

“今天早晨在达莉娅·米哈伊洛夫娜家里见到的。现在**他**在她家炙手可热。迟早有一天，她会同他分手——惟独潘达列夫斯基，才是她永远分不开的，——不过眼下，是罗亭在称王。我见过他了，当然见过！他坐在那儿——她把我牵来供他欣赏：像是在说，请看，老弟，我们这儿都有些什么样的怪物。我可不是养马场的马——我可不习惯让人牵来牵去。我掉头就走。”

“你去她那儿干什么？”

“划定地界的事儿，但这只是个借口，她想要看看我究竟是副什么样的尊容。没什么好说的，人家是贵妇人嘛！”

“不就是罗亭优越的地位挫伤了您的自尊心吗！”亚历山德拉·帕夫洛夫娜不无激动地说，“所以您不肯原谅他。可我深信他这人不但聪明，他的心也必定是高尚的。您只消看看他的眼睛，当他……”

“当他大谈其崇高的正直[2]……”列日涅夫接口说。

“您再惹我生气，我可要哭了。我打心眼里后悔我怎么没去达莉娅·米哈伊洛夫娜家，却留下来陪您。您不配我陪。您别再惹我了，”

---

① 谢辽沙是沃伦采夫的名字谢尔盖的小称。
② 引自格里鲍耶陀夫的喜剧《智慧的痛苦》。

她嗔怪说。“您还是给我讲讲他的青年时代吧。”

“讲罗亭的青年时代?”

“是啊，您不是告诉过我，您跟他很熟，早就跟他认识了。”

列日涅夫站了起来，在屋里踱起步来。

“是的，”他开始说，“我跟他很熟。您要我给您讲他的青年时代吗？好吧，我讲。他出生于T省一个败落的地主家庭。他父亲很早就死了，撇下他和他母亲两人。他母亲是个心地非常善良的女人，把他视作命根子，她终年以燕麦粥糊口，而把仅有的一点儿钱都花在儿子身上。他是在莫斯科上的学，起初靠他的一个什么叔叔周济，后来他年纪大了些，翅膀硬了，便靠拍马屁拍上了……请原谅，以后不用这种词儿……结交了一个富有的公爵，一切开销都由公爵替他支付。后来，他进了大学。我是在大学里认识他的，并且成了好友。我们当时那段生活，我以后会讲给您听的。现在我不能讲。后来，他就出国了……”

列日涅夫继续在房间里踱来踱去；亚历山德拉·帕夫洛夫娜的目光一直跟着他转。

“到了国外，”他继续往下说，“罗亭很少给母亲写信，非常之少，而且只回国探望过母亲一次，总共十天左右……连老婆子死的时候，他也没去送终，全由邻里照料，她直到咽气，眼睛都没有离开过儿子的照片。我住在T省那阵子，常去看望她老人家。她是个心地善良的女人，非常好客，每回都请我吃樱桃酱。她爱她的米佳①，爱到了发疯的地步。毕巧林②式的先生们会告诉你们：我们总是爱那些本身不

① 米佳是罗亭的名字德米特里的小称。
② 毕巧林是俄国诗人莱蒙托夫的小说《当代英雄》的主人公。是俄国文学中“多余的人”的典型形象。

怎么懂得爱的人，我认为，天底下的母亲都爱自己的子女，尤其是不在身边的子女。后来，我在国外又遇见了罗亭。在那儿，有一个太太跟他打得火热，她是我们俄国人，是个附庸风雅的女学究，年纪已经不轻，长得也不漂亮，就是女学究该长的那种模样。他跟她相好了很长一段时间，临了，他把她给甩了……或者，对不起，我说错了，是她把他给甩了。就是在那个时候，我也把他给甩了。就是这些。”

列日涅夫住口了，用手摸摸额头，好像感到疲倦似的，往安乐椅上坐了下去。

“米哈伊洛·米哈伊雷奇，您知道吗，”亚历山德拉·帕夫洛夫娜开始说，“您呀，我看您是个恶人；真的，您跟皮加索夫是一丘之貉。我相信您讲的全是实话，您并没有编造，然而您讲这一切的时候，您的口气是多么的尖刻！那个可怜的老婆子，她对儿子的爱，她孤苦伶仃的死，还有那位太太……说这一切用意何在？……您可知道，哪怕是一个最好的好人，他的生活也可用您那种色彩来加以描绘——无须添油加醋，——就可以让任何人听了不寒而栗！要知道，这也是一种诽谤！”

列日涅夫站了起来，又在房间里踱起步来。

“亚历山德拉·帕夫洛夫娜，我压根儿不想让您受惊吓，”他终于开口说，“我不是一个专事诽谤的谗佞之徒。不过，”他沉吟有顷，加补说，“您的话也的确有点儿道理。我并没有诽谤罗亭，可是——谁知道呢！——也许，打那以后他已改弦易辙了——也许我对他抱有成见。”

“啊！您自己看到了吧……那您就答应我和他重修旧好，好好地了解了解他，到那时，再把您对他的结论讲给我听。”

“好吧……谢尔盖·帕夫雷奇，你怎么什么话也不说?”

沃伦采夫一怔，抬起了头，好像被人叫醒了似的。

“我有什么话好说? 我跟他素昧平生。再说，我今天头疼。”

“的确，你今天脸色不大好，”亚历山德拉·帕夫洛夫娜指出，“你不舒服吗?”

“我头疼。”沃伦采夫又说了一遍，说毕就走了出去。

亚历山德拉·帕夫洛夫娜和列日涅夫目送他出去，交换了一个眼色，但是什么话也没有说。沃伦采夫的心事，无论对他或者对她来说，都已不成其为秘密了。

六

两个多月过去了。在这段时间里，罗亭几乎寸步不离达莉娅·米哈伊洛夫娜。她也一日不可无此君。跟他谈谈自己，听听他的议论，已成为她的需要。有一次，他表示要走，理由是他囊橐已空，她就给了他五百卢布。他还向沃伦采夫借了二百卢布。皮加索夫现在来拜访达莉娅·米哈伊洛夫娜的次数比以前少得多了，因为罗亭在场使他感到压抑。不过感到压抑的不止皮加索夫一个人。

“我不喜欢这个卖弄聪明的人，”皮加索夫说，“讲起话来，拿腔拿调，跟俄国小说里的角色一模一样，他一说到‘我’，总要自我陶醉地停顿片刻……‘我怎样，怎样，我怎样，怎样……’讲来讲去，都是那一套，又臭又长。你打个喷嚏，他马上会讲出一番道理来，说你正是该打喷嚏，而不是该咳嗽……他夸奖起你来，活像是送给你个官做做……他骂起自己来，会把自己骂得狗血喷头——你心里会想：他这下可没脸见人了。没那个事！他反而更加来劲，像是灌饱了伏特加。”

潘达列夫斯基对罗亭心存畏惧，所以总是小心翼翼地讨好他。沃伦采夫同罗亭的关系十分微妙。罗亭称他为骑士，当面背后都称赞他，可是沃伦采夫对他却怎么也产生不了好感，每当罗亭当着他的面夸他的优点时，他便不由自主地恼火和烦躁。“他会不会是在取笑我?”他这样想，满腔敌意油然而生。沃伦采夫竭力想改变这种心态，然而因为娜塔莉娅的缘故，他嫉恨罗亭。至于罗亭本人，虽然每回看到沃伦采夫，总是热情洋溢地跟他打招呼，还向他借钱，心底里却未必对他抱有好感。当他们两人像朋友那样紧紧握手，四目相视之际，两人心里究竟在想些什么，老实说，是很难断定的……

巴西斯托夫继续崇拜罗亭，如饥似渴地捕捉他的每一句话。罗亭却很少注意他。有一天早晨他凑巧碰到罗亭，和罗亭一起待了整整一个早晨，罗亭向他纵论当今世界一系列最为重要的问题和任务，听得他激奋莫名，可是此后，罗亭就不再理他了……可见他说要寻求纯洁热忱的知音，只是口头上说说而已。至于列日涅夫，他开始经常来拜访达莉娅·米哈伊洛夫娜，罗亭从不和他争论，甚至还回避他。列日涅夫对罗亭同样冷淡，不过他始终没讲出他对罗亭的最终看法，这使亚历山德拉·帕夫洛夫娜很是纳闷。她敬佩罗亭，但是她也信任列日涅夫。达莉娅·米哈伊洛夫娜全家上下对罗亭惟命是从，哪怕是最微小的愿望都依从他。每天的日程安排都由他作主。没有一次 partie de plaisir[①] 少得了他。可是他对于种种即兴的出游和娱乐并没有多大兴趣，他只是不想扫别人的兴，才像大人参加孩子的游戏那样，带着和蔼的、有点

---

① 法语：游乐。

儿乏味的心情来凑凑热闹。然而，他却又什么事情都要插手：和达莉娅·米哈伊洛夫娜讨论如何管理领地，如何教育孩子，如何经营田庄，总之，讨论大大小小的事务；他仔细地听她讲各种打算，哪怕再琐屑的他也不感到厌烦，他还向她提出各种改进和革新的措施。达莉娅·米哈伊洛夫娜对他的主意，口头上总是赞不绝口，但仅此而已。在经营管理方面，她完全按照她管家的主意办事。她的管家是个上了年纪的、只有一只眼睛的小俄罗斯人，一个心地善良的老滑头。“姜还是老的辣。”他常常眨着他的独眼，心平气和地微笑着说。

除了达莉娅·米哈伊洛夫娜本人之外，罗亭跟谁也没有像跟娜塔莉娅那样谈得多，谈得久。他常常悄悄地拿书给她看，信赖地披露给她听他的计划，把他正在写作中的文章和著述的开头几页念给她听。娜塔莉娅对文章的意思往往不甚了了。不过罗亭好像并不十分在乎她是否听得懂——只求她听他念。他跟娜塔莉娅接近，达莉娅·米哈伊洛夫娜是不十分高兴的。“不过，”她想，“在乡下，随她去跟他闲聊吧。她还是个小姑娘，所以他觉得她好玩。不会出什么大乱子的，况且她还可长长见识……等我回到彼得堡后，再把这一切改变过来也不迟……”

达莉娅·米哈伊洛夫娜错了。娜塔莉娅并不是像小姑娘那样跟罗亭东拉西扯地闲聊的：她如饥似渴地聆听他的教言，竭力去揣摩他这些话的意思，她把自己的想法、自己的疑问都一股脑儿讲给他听，让他来分析判断；他成了她的导师，她的领袖。眼下，她还只是头脑发热……然而年轻人是不会长时间只让头脑发热的。每当娜塔莉娅坐在花园里的长凳上，在梣树轻纱般的树影下，听罗亭给她朗读歌德的《浮士德》，霍夫曼[①]或者贝蒂娜[②]的《书简》，或者诺瓦利斯[③]的诗作，遇到不明白的地方，让他停下来，解释给她听时，她总觉得这是多么甜美的时刻呀！她跟我们所有的千金小姐一样，德语说得不好，但是却能听懂，而罗亭呢，又整个身心沉湎于德国诗歌，德国浪漫主义和哲学的天地之中，于是他一步步把她引入一个又一个神秘的领域。这些前所不知的美妙、神秘的领域，一一展现在她全神贯注的目光前面；从罗亭手持的书本中，一个个奇妙的形象，一个个崭新的光辉的思想，像一股股琤琮的清泉，注入她的灵魂，流入她的心田，于是，在她被强烈的感受和崇高的喜悦所震撼的心田里，便会迸发神圣的喜悦的火花，并进而燃成烈火……

"请告诉我，德米特里·尼古拉伊奇，"有一日，她坐在窗前刺绣时，问道，"冬天您会去彼得堡吗？"

"说不好，"罗亭把他正在翻阅的一本书搁到膝上，回答说，"要是能筹到路费，我就去。"

他说话没精打采，今天打一早起，他就觉得人乏乏的，什么事也不想做。

"我想，您该不会筹不到路费吧？"

罗亭摇了摇头。

"这是您这么想！"

于是他意味深长地向旁边瞥了一眼。

娜塔莉娅本想说什么，可又把话咽了下去。

---

① 霍夫曼（1776—1822），德国浪漫主义代表作家。
② 贝蒂娜（1785—1859），德国女散文作家。
③ 诺瓦利斯（1772—1801），德国诗人。

“您瞧，”罗亭指着窗外说，“您看这棵苹果树：它的果实太多，重得把它压断了。它是天才的真实写照。”

“它被压断是因为它没有支撑。”娜塔莉娅不以为然地说。

“娜塔莉娅·阿列克谢耶夫娜，我懂得您的意思，可一个人要找到这种支撑谈何容易。”

“我觉得别人的同情……至少，孤孤单单……”

娜塔莉娅有点前言不搭后语，她脸红了。

“那您冬天在乡下做什么呢?”她急忙加问一句。

“我做什么？完成我的长篇论文——您知道我在写这篇论文——论生活和艺术中的悲剧——前天我已经跟您谈了文章的提纲——写好后就寄给您。”

“拿去发表吗?”

“不。”

“干吗不发表？那您为谁呕心沥血写这篇文章呢?”

“不妨为您呀。”

娜塔莉娅垂下了眼帘。

“德米特里·尼古拉伊奇，我可不敢当!”

“请问，大作是谈什么的?”坐在稍远处的巴西斯托夫谦恭地问。

“论生活和艺术中的悲剧，”罗亭重复了一遍，“我也会把这篇文章请巴西斯托夫先生指正的。不过我还没有最终确定文章的基本框架。我自己至今对爱情的悲剧意义还未了然于胸。”

罗亭喜欢谈爱情，也时常谈爱情。起初，m-lle Boncourt 一听到爱情二字，就像一匹老战马听到军号声那样，浑身一震，连忙竖直耳朵，可听多了也就习以为常了，她往往只是瘪一瘪嘴，嗅一嗅鼻烟。

“依我看，”娜塔莉娅怯生生地说，“爱情的悲剧就是不幸的爱情。”

“这就大谬不然了！”罗亭反驳说，“倒不如说这是爱情喜剧性的一面……对这个问题，应当完全从另一个角度切入……应当作更深入的提炼……爱情！”他继续说，“爱情处处都是神秘的：爱情怎么产生，怎么发展，怎么消失，无一不是神秘的。有时爱情突然来临，毫不迟疑，如白昼一般令人欢乐；有时又像死灰下的余烬，久久地阴燃着，待到一切都已破灭之后，却又在灵魂中蹿成烈火；有时像蛇一般潜入你心里，有时又突然从你心里溜走……是的，是这样，这是个至关重要的问题。可是在我们这个时代，有谁在爱？有谁敢爱？”

说罢，罗亭陷入了沉思。

“怎么好久都没见到谢尔盖·帕夫雷奇了？”他突然问。

娜塔莉娅的脸唰的一下红了，她把头埋在绣架上。

“我不知道。”她低声说。

“他是个最优秀、最高尚的人！”罗亭站起身来，说。“是当今俄国贵族的优秀楷模……”

m-lle Boncourt 用她那双法国人的小眼睛，睥睨了他一眼。

罗亭在屋里来回踱步。

“您注意到没有，”他鞋后跟着地，猛地转了个身，“橡树——橡树是一种坚实的树——只有暴出新的叶芽时，旧叶才会落掉？”

“是的，”娜塔莉娅慢慢地说，“我注意到的。”

“在一颗坚强的心里，旧的爱情也是如此。它已经死了，可仍然留在那里不肯离去，只有新的爱情萌发，才能把它逐走。”

娜塔莉娅什么话也没有回答。

“他这话是什么意思?”她琢磨道。

罗亭站了一会儿，把头发一甩，便走了。

娜塔莉娅回到她的卧室。她满腹狐疑，久久地坐在自己的床上，久久地咀嚼着罗亭的最后一句话，突然，她紧握双手，伤心地哭了。她为什么要哭——只有上帝知道！她自己也不知道为什么突然间泪如雨下。她擦掉泪水，可泪水又奔涌而出，好似泉水由水源丰沛的泉眼中源源不绝地涌出一般。

就在这一天，亚历山德拉·帕夫洛夫娜同列日涅夫间有一席关于罗亭的谈话。起初，列日涅夫支支吾吾，闪烁其词，可是她决心非问出个究竟来不可。

“我看得出，”她对他说，“您还是跟先前一样不喜欢德米特里·尼古拉耶维奇。我一直有意不来向您刨根究底，可是到今天，您已有足够的时间来观察他是否改弦易辙了，而且我还想知道，您为什么不喜欢他。”

“好吧，”列日涅夫以一贯的冷冰冰的口吻开始说，“既然您没有耐心再等等，那我就说，不过，请注意，您可别生气……”

“得啦，说吧，快说吧。”

“可您得让我把话说完。”

“行，行，您就说吧。”

“是，夫人，”列日涅夫开始说，慢慢地坐到沙发上。“我向您禀告，我的确不喜欢罗亭。他是个有头脑的人……”

“那还用说!”

“他是个非常有头脑的人，然而实际上却腹中空空……”

“信口开河！”

“然而实际上却腹中空空，”列日涅夫重复了一遍，“不过这也算不了什么，我们全都腹中空空。我甚至不想责备他内心深处专横暴戾，性情懒惰，知识贫乏……”

亚历山德拉·帕夫洛夫娜拍了下手。

“知识贫乏？说罗亭？”她高声说。

“知识贫乏，”列日涅夫用同样的语调重复说，“他喜欢吃别人的，花别人的，喜欢装模作样，等等，等等……这一切都情有可原。最糟糕的是，他冷得像冰。”

“他，这个火热的灵魂，冷得像冰！”亚历山德拉·帕夫洛夫娜打断他的话，说。

“是的，冷得像冰，他明知如此，却装得像火一样热。可恶的是，”列日涅夫继续说，渐渐来了精神，“他在进行一场危险的赌博，当然，对他并不危险，他连一个戈比、一根汗毛的赌注都不用下，可是别人却把灵魂都押上去了……”

“您指的是什么人，什么事？我不明白您的意思。”亚历山德拉·帕夫洛夫娜说。

“坏就坏在他这人心术不正。他是个聪明人，应当知道他的话值几文钱，可是他讲出来时，好像这些话对他来说是价值连城的……他有口才，这是无可争辩的，可惜他的口才不是俄国式的。再说，年轻小伙子说说漂亮话还情有可原，可是像他这么一把年纪了，还陶醉于夸夸其谈和装腔作势，那是可耻的！”

“米哈伊洛·米哈伊雷奇，我认为，对于听您讲话的人来说，您是否装腔作势，全都一个样……”

“对不起，亚历山德拉·帕夫洛夫娜，不一样。有的人对我说一句话，可以使我感动不已；可另一个人对我说一句同样的话，或许说得还要漂亮些，可我连耳朵都不会动一动。这是为什么?”

“那是因为**您**不想动您的耳朵。”亚历山德拉·帕夫洛夫娜打断他的话说。

“说得对，我不想动我的耳朵，尽管我的耳朵也许挺大。问题是罗亭的话总是停留在口头上，永远不变为行动——然而他那些话却可以扰乱、戕害一颗年轻的心。”

“米哈伊洛·米哈伊雷奇，您指的是谁，到底是谁?”

列日涅夫站停下来。

“您想知道我指的是谁吗?我指的是娜塔莉娅·阿列克谢耶夫娜。”

亚历山德拉·帕夫洛夫娜听了一怔，可立刻就笑了。

“得了吧，”她说道，“您脑瓜子里净是些稀奇古怪的想法！娜塔莉娅还是个娃娃，退一万步说，即使有什么，难道您以为达莉娅·米哈伊洛夫娜就……”

“第一，达莉娅·米哈伊洛夫娜是个利己主义者，她为自己而活；其次，她深信自己教育子女有方，她压根儿没想到要防备儿女私情。呸!绝不可能！只消一摆手，一瞪眼，就乖乖地听话了。这位贵妇人就是这么想的，她自以为自己是学术和文艺的庇护人，是才女，是天晓得多么了不得的人物，其实，她只不过是上流社会的一个小老太婆而已。可娜塔莉娅并不是娃娃，请相信我，她想的远比你我多，远比你我深。想不到像她这样秉性真诚、热情而又刚烈的姑娘，却会碰上这么个戏子，这么个卖弄风情的娘们！不过，话要说回来，这也是司空见惯的事。”

“卖弄风情的娘们！您把他叫作卖弄风情的娘们?”

“当然，正是把他叫作……亚历山德拉·帕夫洛夫娜，您倒自己说说，他在达莉娅·米哈伊洛夫娜家扮演个什么角色？他作为这个家的偶像，这个家的先知，却什么事都要掺和进去，什么家务事啦、家庭里的搬弄是非呀，拌嘴呀，他都要插上一手，这难道和一个男子汉相称吗？”

亚历山德拉·帕夫洛夫娜惊异地望了望列日涅夫的脸。

“米哈伊洛·米哈伊雷奇，我认不出您了，”她说，“您脸都红了，您激动了，这里边必定另有蹊跷……”

“对，没错！你根据千真万确的事实，把一件事讲给一个女人听，可她硬是要想出个不相干的琐屑的理由来，硬逼着你照她的意思去讲，她才称心。”

亚历山德拉·帕夫洛夫娜生气了。

“好，麦歇列日涅夫！现在您攻击起女性来，一点儿也不比皮加索夫逊色，那您就看着办吧。不过，不管您的目光多么尖锐，我还是难以相信，您在这么短的时间里就能把所有的人和所有的事都了解得一清二楚。我认为，您错了。照您的说法，罗亭岂不成了达尔杜弗①。”

“问题在于，他连达尔杜弗都不如。那个达尔杜弗至少还知道他要达到什么目的，可这一位，尽管聪敏过人，却……”

“却怎样，怎样？把话说完呀，您这个不公正的人，可恶透了！”

列日涅夫站了起来。

“亚历山德拉·帕夫洛夫娜，请听我说，”他说道，“不公正的是您，而不是我。您为我对罗亭所下的评语用词尖锐而生我的气，可我有

---

① 达尔杜弗是法国剧作家莫里哀（1622—1673）的剧本《达尔杜弗》（中译本译作《伪君子》）中的主人公。他的名字成为伪君子的代名词。

权利尖锐地数说他！我花了也许不小的代价才取得这个权利的。我非常了解他，我和他一起生活了很久。您记得吗，我曾经答应过您，有朝一日我会把我们在莫斯科的生活讲给您听。看来，现在是该讲给您听的时候了。可您有没有耐心听我把这段往事讲完?”

“讲吧，请讲吧!”

“那就请听。”

列日涅夫慢慢地在屋里踱着步，偶尔站停下来，头向前探着。

“您也许知道，”他说，“也许并不知道，我很早就失去双亲，到了十七岁上就没有人来管束我了。我住在莫斯科的姑母家里，想做什么就做什么。小时候我很浅薄，自尊心也很强，喜欢卖弄小聪明，喜欢吹牛。进了大学后，我的举止还像个中学生，于是很快就出了乱子。什么乱子就不告诉您了，不值一提。有一次，我撒了个谎，撒了个相当恶劣的谎……人家戳穿了我的谎言，我给揪了出来，当众出丑……我惊慌失措，像个孩子一样哇哇大哭。这事发生在一个熟人家里，当时有好多同学在场。大家都笑话我，大家，只有一个大学生除外，请注意，在我死不肯承认我撒谎的时候，他对我最气愤。可这时，不知他是不是出于怜悯，挽起我的胳膊，把我带到了他的住所。”

“这人就是罗亭吧?”亚历山德拉·帕夫洛夫娜问。

“不，不是罗亭……这个人……他现在已经不在人世。这是个不同凡响的人。他叫波科尔斯基[①]，要我三言两语就把他勾勒出来，非我能

① 据俄文本编者称，波科尔斯基的原型是尼·弗·斯坦凯维奇(1813—1840)。他是俄国社会活动家，哲学家，诗人，1834 年毕业于莫斯科大学。1831 年底，斯坦凯维奇在该大学成立斯坦凯维奇文学哲学小组。小组传播黑格尔辩证法思想，提倡启蒙人道主义思想，活跃了俄国的新闻事业。作者在斯坦凯维奇生命最后几个月里和他过从甚密。

力所及，可是只要我一谈起他，就不愿意再谈别人了。他是一个崇高的、纯洁的人，像他这样聪明的人，我后来就没有再碰见过。波科尔斯基住在一座破木屋的顶楼上，房间又小又矮。他很穷，靠给人补补课糊口。他往往连请客人喝杯茶的钱也没有，屋里唯一的一张沙发已塌陷得像只小船。尽管他家徒四壁，可去他家的人却很多。大家都爱他，他吸引着人们的心。您都不会相信，坐在他那间一贫如洗的小屋里心里有多么甜美，愉快！我就是在他的小屋里认识罗亭的。他那时已同他那个公爵分手了。”

“这位波科尔斯基身上到底有什么特别的地方?”亚历山德拉·帕夫洛夫娜问。

“怎么跟您说呢? 诗情和真诚——这就是他把大家吸引过去的东西。他头脑清晰，知识广博，却又像孩子那么可爱和好玩。这么多年过去了，我耳边还响着他爽朗的笑声，同时他

在善的圣殿前
燃起了午夜的长明灯……

我们小组里一个疯疯癫癫而又十分可爱的诗人就这样形容他。”

“他口才怎么样?”亚历山德拉·帕夫洛夫娜又问。

“他情绪好的时候，讲得很流利，但语不惊人，就在当时，罗亭的口才也比他强二十倍。”

列日涅夫站停下来，交叉着双手。

“波科尔斯基和罗亭极不相像。罗亭讲话时，锋芒多，哗众取宠的成分多，夸夸其谈多，似乎也热情得多。表面看来，他的天资远远胜过

波科尔斯基，可实际上，和波科尔斯基相比，他是个腹中空空，不学无术的人。罗亭能把任何思想出色地加以发挥，擅长于辩论，但是他的思想并非出自他的头脑，他是从别人那儿，特别是从波科尔斯基那儿搬来的。波科尔斯基外表安静，平和，甚至文弱，爱女人爱得发狂，还喜欢饮酒作乐，如果受到侮辱，他决不善罢甘休。罗亭从表面上看像是一团火，勇敢，充满活力，其实他的心是冰冷的，几乎胆小如鼠，除非他的自尊心受到了伤害，那他可要狗急跳墙的。他千方百计要使人们折服他，但他征服人靠的是一般的原则和思想，他的确对许多人产生过强烈的影响。不过没有一个人喜欢他；也许只有我一个人依恋他。他是束缚住大家的桎梏……而对波科尔斯基大家都心悦诚服。话又说回来，罗亭从不拒绝同初次见面的人谈心和辩论……他并非读书破万卷的人，但无论如何比波科尔斯基，比我们大家读的要多得多，而且他的头脑条理分明，记忆力又强，这对征服青年人是大有作用的！你得给青年人做出论断，做出结论，哪怕是错误的，但只要是结论就行！老实人是做不出这种事的。您试试看，去对青年人说，您不可能给他们完完全全的真理，因为您自己还没有掌握这样的真理……这么一说，青年人连您的话都不要听。可是您又不能欺骗他们。所以您自己至少得大体相信您掌握了真理。这就是罗亭所以会对我们产生如此强烈影响的原因。您看，我刚才说，罗亭读的书并不多，但他毕竟读了好些哲学书，他的脑袋瓜生来就善于立即从读过的书里撷取一切具有普遍意义的东西，抓住事物的根本，然后又从事物的根本中向各个方面引申出一条条闪亮、正确的思想线索，打开精神上的广阔天地。当时我们小组，老实说，是由一些孩子组成的，全都一知半解。什么哲学、艺术、科学，乃至生活本身，在我们看来全是空谈，全是诱人的，美好的，然而又是支离破碎的、互不相连的概念。对这些概念的总的联系、宇宙的总的法则，我们都认识不到，都理解不了，尽管我们也曾似懂非懂地讨论过，竭力想取得透彻的了解……然而听罗亭一讲，我们顿觉我们终于抓住了它，抓住了这个总的联系，帷幕终于揭开！哪怕他是拾人牙慧，那又有什么关系！反正我们所知道的一切都已理出了头绪，一切支离破碎的已连成一个整体，好似一座高楼拔地而起，一切都大放光明，处处生气蓬勃……再也没有什么不理解的和偶然的事了：一切都表现出它们合理的必然性和美，一切都获得了清晰的同时又神秘的意义，生活的每一个个别现象发出的都是和音，而我们自己，怀着某种虔敬的神圣的惊恐，怀着心灵甜美的战栗，觉得自己仿佛已升华为永恒真理的活生生的容器，成了真理的工具，负有使命去创建某种伟大的事业……您不觉得这一切可笑吗?”

“一点也不，”亚历山德拉·帕夫洛夫娜慢吞吞地说，“您为什么这么想？您的话，虽说我不完全听得懂，却并不觉得可笑。”

“从此，我们茅塞顿开，”列日涅夫继续往下说，“当然，所有这一切，现在我们会觉得十分幼稚……但是，我再重复一遍，当时我们在许多方面都该感激罗亭。波科尔斯基比他高得不可比拟，这是无需争辩的；波科尔斯基往我们大家心中灌注火和力量，可罗亭有时候却萎靡不振，一声不作。波科尔斯基是个神经质的、病恹恹的人，然而当他展开翅膀的时候——天哪！真是一飞冲天！直冲九霄！可罗亭呢，这个相貌堂堂的年轻人身上，却有许多不登大雅之堂的东西。他甚至喜欢搬弄是非，好管闲事，爱指手画脚，乐于揭人家短处。他整天忙忙碌碌，从不停歇……天生是做政客的料！我现在所说的，是我当初对他的看法。然而遗憾的是，这么多年了，他竟没有改变。而且连信念也没有改变……他都三十五岁了！……并不是每个人都能反躬自问的。”

“您坐下，”亚历山德拉·帕夫洛夫娜说，“您怎么像个钟摆似的，满屋子摆来摆去？”

“我这样觉得来劲些，”列日涅夫辩解说，“我加入波科尔斯基小组后，亚历山德拉·帕夫洛夫娜，我可以禀告您，我完全变了个人，安分守己，勤于钻研，勤于学习，心情愉快，满怀虔敬，就像走进了圣殿。真的，我回想起我们当初的集会，是呀，确确实实有多少美好的、甚至感人肺腑的事呀。您不妨设想一下，五六个男孩聚在一起，点着一支蜡烛，喝的是最蹩脚的茶，佐茶吃的点心是放了不知多久的陈面包干，可您要是能看到我们大家的面容，听到我们大家的谈话该有多好！我们每个人的眼睛里都充满喜悦，两颊通红，心怦怦跳动，我们谈到上帝，谈到真理，谈到人类的未来，谈到诗——有时我们尽说废话，为一些鸡毛蒜皮的事兴奋不已，可是这又有何妨！……波科尔斯基坐在那儿，蜷着腿，一手托着苍白的面颊，但他的眼睛却那么神采奕奕。罗亭站在屋中央，口若悬河，慷慨陈词，俨然是年轻的德摩斯梯尼①面对着惊涛骇浪的大海；头发蓬乱的诗人苏博京②，时不时发出好似梦呓般的断断续续的赞叹；德国牧师的儿子席勒③，一个已年交四十的大学生，以他那种永恒的、什么也打不破的沉默而在我们中间获得最深刻的思想家之誉，这时不知怎的，特别庄严地沉默着；连闲不住的希托夫④本

---

① 德摩斯梯尼（公元前384—公元前322），古雅典雄辩家，民主派政治家，据说他青年时代常面对大海练习演说。

② 指诗人克拉索夫（1810—1855），他是斯坦凯维奇和别林斯基的友人。

③ 指凯切尔（1809—1886），他是赫尔岑和屠格涅夫的朋友，译有莎士比亚、席勒和霍夫曼的作品。

④ 指诗人克柳什尼科夫（1811—1895），屠格涅夫的老师。他与克拉索夫、凯切尔均为斯坦凯维奇小组成员。

人，我们集会时的亚里斯多芬[1]，这时也安静下来，只是一个劲儿地微笑；两三个新参加的人兴奋地听着，欣喜莫名……而夜却像长了翅膀，悄没声儿地、从容不迫地向前飞去。直到东方吐出鱼肚白，我们才散，一个个都深受感动，满心喜悦，思想真诚，头脑清醒(那时我们对喝酒这种事，连想都不想)，心头荡漾着一种愉快的倦意……我至今记得，我深受感动地走在阒无一人的街上，不知怎的，连仰望星星时都抱着信赖感，好像星星比过去要亲近多了，也可以理解了……唉！那是多么美好的时光呀，我真不愿相信这大好的时光被我们白白抛却了！不，它并没有被白白抛却，即使对那些后来在生活中成为庸人的同学来说，也未被白白抛却……我不知多少次碰到我早年的同学！其中有个人已变成衣冠禽兽，但是只要你向他提起波科尔斯基的名字，他心里残留的些许崇高的感情便会蠕动起来，这就好像你在一间肮脏的黑屋里打开一瓶被遗忘的香水的瓶塞……”

列日涅夫住口了，他那没有血色的脸发红了。

“那您究竟是为了什么跟罗亭吵翻的呢?”亚历山德拉·帕夫洛夫娜诧异地望着列日涅夫，问。

“我没有跟他吵翻，是到了国外，我彻底了解他的为人之后，与他分道扬镳的。其实我早在莫斯科就可能同他吵翻了。他那时不怀好意地跟我开了个大玩笑。”

“什么玩笑?”

“噢，是这么回事儿。我……怎么说呢？……像我这样其貌不扬的男子哪配谈情说爱……可我却一向很容易堕入情网。”

---

① 亚里斯多芬(约公元前446—约公元前385)，古希腊早期喜剧代表作家。

“您？”

“是的，我。这很奇怪，对吗？可是事实就是如此……嗯，夫人，那时我爱上了一个非常可爱的姑娘……您干吗这样望着我？我还可以讲给您听比这更让您吃惊的事呢。”

“请问，都是些什么样的奇事？”

“就拿这么一件事来说吧。我在莫斯科那段时间，每到晚上就跑出去幽会……您能想到跟谁幽会？跟我花园里的一棵小椴树。我拥抱着小椴树纤巧挺拔的树身，觉得好像拥抱着整个大自然，我的心膨胀了，如醉似痴，仿佛真的把整个大自然纳入了我的心田……瞧，夫人，我当初就是这样一个人！……岂止如此！您大概以为我这人从未写过诗吧？夫人，我不但写过诗，甚至还模仿《曼弗雷德》①写出了整整一部正剧。剧中人物里边有一个胸口满是鲜血的幽灵，请注意，这不是他自己的血，而是全人类的血……是的，夫人，是的，请不要觉得奇怪……不过还是言归正传吧。我刚才已开了个头，讲我的恋爱史。我认识了一个姑娘……”

“从此您就中止了同椴树的幽会？”亚历山德拉·帕夫洛夫娜问。

“中止了。这个姑娘心地非常之好，人又非常漂亮。有一双愉快晶莹的眼睛，声音像银铃一般动听。”

“您形容起来还真有两下子。”亚历山德拉·帕夫洛夫娜含笑说。

“您是个非常苛刻的批评家，”列日涅夫说，“言归正传，夫人，这个姑娘同她的老父亲住在一起……算了，细节我就不多讲了。我只跟您讲一点，这个姑娘的心地确实太好了，你只跟她讨半杯茶，可她准

---

①《曼弗雷德》是英国诗人拜伦的著名诗剧，写于 1817 年。

给你斟上浅浅的一杯！……我跟她初次见面后的第三天，就热烈地爱上了她，到了第七天，我就按捺不住，把一切都向罗亭说了。一个堕入情网的年轻人，不可能不到处张扬的；我向罗亭吐露了我的心曲。我那时完全处于他的影响之下，而这种影响，坦率地说，在许多方面都是有益的，他是第一个没有瞧不起我，而对我循循诱导，教我立身处世的人。我热爱波科尔斯基，但是在他纯洁的心灵面前，我却有几分畏惧；而罗亭，我觉得跟他要亲近些。他得知我在恋爱之后，高兴得难以形容，又是祝贺我，又是拥抱我，并且立刻就开导起我来，跟我大谈其我的新处境的重大意义。我听得出神了……您是知道的，他这张利嘴是多么能说会道。他的话对我起了非同小可的作用。我突然觉得自己实在了不起，于是成天正襟危坐，不苟言笑。我记得当时我甚至连走路都小心翼翼，仿佛我怀里揣着一个容器，盛满琼浆玉液，生怕泼出来似的……我非常幸福，何况看到人家对我大加赞赏。罗亭希望见见我的心上人；而我自己也几乎硬是要把她介绍给他认识。"

"噢，这下我明白是怎么回事儿，明白了，"亚历山德拉·帕夫洛夫娜打断他的话说。"罗亭夺走了您的心上人，所以您至今不肯原谅他……我敢打赌，准没有错！"

"要打赌的话，您会输的，亚历山德拉·帕夫洛夫娜，因为您错了。罗亭没有夺走我的心上人，他根本不想夺走，可他照样破坏了我的幸福，虽然冷静下来想想，现在我还真该感谢他为我做了这件事。可当时我差点儿发疯了。罗亭丝毫不想坏我的好事——恰恰相反！但是由于他那该死的习惯，喜欢用言语来给不管是他自己的还是别人生活中的一言一行作出判断，就像用大头针把蝴蝶死死钉住一样，他开始当着我们两个的面，给我们两个分析我们的关系，告诉我们该怎样相处，专横地硬要我们弄清我们感情的来龙去脉，他称赞我们，责备我们，甚至给我们写信，您想想看……结果闹得我们两个如坠五里雾中！虽说我当时未必会娶我的这位小姐为妻（我头脑多少还清醒），但我跟她至少可以像保尔跟薇吉妮[1]那样恩恩爱爱地过上几个月，然而这时两人间却出现了层出不穷的误会，关系越来越紧张——总而言之，龃龉迭出！闹到末了，有一天早晨，罗亭在作了长篇大论之后讲，他坚信把这一切告诉她的老父亲，是他，作为我们两个的朋友，应尽的神圣义务——他真这样做了。”

“真有这种事？”亚历山德拉·帕夫洛夫娜叫了起来。

“是的。而且，请注意，他是在我同意之下做的——奇就奇在这里！我至今记得当时我脑子里一片混乱，就像在照相机的暗匣里那样，白的成了黑的，黑的变了白的，谎言成为真理，幻想变为义务……唉！直到今天，我一回想起来就觉得丢脸！可是罗亭——人家却若无其事……他怕什么！他为消除各种各样的误会和混乱而来回奔波，就像燕子在池塘上空飞翔。”

“您就这样和您的女郎分手了？”亚历山德拉·帕夫洛夫娜天真地歪着娇小的脑袋，扬起眉毛，问道。

“分手了……而且是狼狈地分手了，屈辱，尴尬，当众出丑，毫无必要的当众出丑……我哭了，她也哭了，鬼使神差……好像打了个高尔丢斯之结[2]，不得不把它斩断，可是这个疼呀！不过话要说回来，世上的

---

① 保尔和薇吉妮是法国作家贝尔纳丹·德·圣皮埃尔（1737—1814）的同名小说中的男女主人公，书中描写这对少年男女的纯真爱情。

② 典出希腊神话。弗利基国王高尔丢斯曾打一乱结，无法解开。宙斯宣称能解此结者，可以统治整个亚细亚。后马其顿王亚历山大挥剑斩之。

事都会否极泰来。她后来嫁了个好人，如今过着幸福美满的生活……”

“可您得承认，不管怎么说，您不能原谅罗亭……”亚历山德拉·帕夫洛夫娜刚开口说，列日涅夫便打断了他的话：

“哪里的话！送他出国时，我哇哇直哭，活像个吃奶的孩子。不过，说实话，怨恨的种子就是在那时埋在我心底的。后来我又在国外遇见了他……那时我已经老成多了……我识破了罗亭的真面目。”

“您究竟在罗亭身上看出了什么呢？”

“就是一小时前我给您讲的那些呗。够了，谈他谈得够多了。也许，一切都会顺顺当当。我只不过是想向您证明我对他的评语如此严厉，并非因为我不了解他……至于娜塔莉娅·阿列克谢耶夫娜，我不想多说；但是您要留意您的弟弟。”

“留意我的弟弟？为什么？”

“您好好看看他。难道您一点没有觉察？”

亚历山德拉·帕夫洛夫娜垂下了眼帘。

“您说得对，”她说，“的确……弟弟……已经有一阵子了，我都认不出他了……难道您当真认为……”

“轻点！他好像正往这儿来，”列日涅夫压低声音说。“请相信我，娜塔莉娅已经不是孩子了，虽说，不幸的是她像个孩子一样没有经验。您等着瞧吧，这个小女孩准会让我们大家大吃一惊的。”

“怎么让我们大吃一惊？”

“就这么让我们……您可知道，正是像她这样的女孩子，会做出投水、服毒等等的事吗？您别看她那么文文静静，不声不响，她内心却蕴藏着强烈的激情，她的性格，嗨哟，别提有多刚烈了！”

“得啦，我看您是在胡思乱想。在您这样冷冰冰的人眼里，怕我也成了一座火山吧。"

"噢，不对!"列日涅夫笑嘻嘻地说……"至于讲到性格——谢天谢地，您根本就没有性格。"

"您说这话太没礼貌了吧?"

"这话?请原谅，这是莫大的恭维……"

沃伦采夫走进屋来，怀疑地望了一眼列日涅夫和姐姐。近来他消瘦了。他俩有一搭没一搭地同他谈话，但是他听了他俩的笑话只是强颜一笑，他的神态，正如皮加索夫有一回所形容的那样，活像一只忧郁的兔子。不过话要说回来，世上怕还从未有过一个人，在其一生中，连一次都没有过比忧郁的兔子更忧郁的神态的。沃伦采夫感觉到娜塔莉娅离他越来越远，连他脚下的土地好像也跟着她离他而去。

七

第二天是礼拜天，娜塔莉娅很晚才起床。昨天直到天黑，她没说过一句话，暗自为自己的眼泪感到羞愧，夜里也没睡好。她披衣起床，坐到她的小钢琴前，时而弹几个和音，轻得几乎听不见，生怕吵醒 m-lle Boncourt，时而把前额贴在琴键上，一动不动。她一直在想——不是想罗亭这个人，而是想他说的话，她完全陷入了沉思。偶尔她也想起沃伦采夫。她知道他爱她。可她的思想立刻将他抛到九霄云外……她感到一种异样的激动。早上她匆匆穿好衣服，下楼向母亲请了安，乘机独自一人去了花园……这是个炎热、晴朗、阳光明媚的日子，虽然有时会飘过一阵雨。低低的烟色的雨云一朵接一朵从容地掠过碧空，没有遮住太阳，不时向田野倾注一阵急雨。黄豆大的雨点，闪闪发亮，好似一颗颗钻石，急速地打到地上，发出枯燥的喧声；而阳光则在雨网间嬉戏闪烁；刚才还在风中摇曳的青草，此刻静止不动了，贪婪地吮吸着甘霖，被雨水打湿的树上，一片片绿叶在慵倦地颤动；鸟儿不停地歌唱，伴随着哗哗而下的雨声，鸟儿絮叨的啁啾声听来分外叫人心旷神怡。在急骤而又密集的雨点的打击下，满地浮尘的道路上扬起了轻烟，路面现出淡淡的斑点。可不一会儿，雨云过去了，微风复来，青草又开始闪烁出翠绿和金黄的光华……一片片树叶粘在一起，好似透光的一般……到处弥漫着馥郁的芳香……

娜塔莉娅走进花园的时候，天空几无一朵浮云了。花园内处处清新，宁静，那是一种柔和、幸福的宁静，令人感到甜蜜的倦意，并在人的心底勾起隐隐的共鸣和依稀的憧憬……

娜塔莉娅沿着池畔一条长长的银白杨林荫道向前走去；突然，罗亭好似从地里钻出来似的，站在她面前。

她不知所措了。他直视着她的脸。

“您一个人?”他问。

“是的，我一个人，”娜塔莉娅回答，“我只出来走一会儿……这就该回屋了。”

“我陪您回去。”

于是他跟她并排而行。

“您好像有点儿忧郁?”他说。

“我……我倒想跟您说，我觉得您的心情好像不太好。”

“也许是的……我常常这样。这对于我，比对于您要情有可原些。”

“为什么？难道您以为我就没有什么可烦心的吗?”

“在您这样的年龄，该尽情享受生活。”

娜塔莉娅默默地走了几步。

“德米特里·尼古拉耶维奇！”她说。

“什么事？”

“您记得吗……昨天您的比喻……您记得吗……拿橡树打的比喻。”

“是的，我记得。怎么样？”

娜塔莉娅偷偷瞟了罗亭一眼。

“您为什么……您打这个比喻想说明什么？”

罗亭稍稍低下头，眼睛望着远处。

“娜塔莉娅·阿列克谢耶夫娜！”他面带他所惯用的有所克制的、含有深意的神态说，这种神态总是能使听者以为他只是把满腹的话说了十成中的一成。“娜塔莉娅·阿列克谢耶夫娜！您也许已经注意到，我很少谈我的过去。我心里有几根弦，我是从来不去拨动的。我的心……我的心有过些什么喜怒哀乐，谁会感兴趣？把这一切讲给别人听，我历来认为是一种亵渎。但跟您，我可以无所不谈，因为您赢得了我的信任……我不能瞒您，我也像所有的人一样，恋爱过，痛苦过……至于是在什么时候，经过情况怎样，就不值一提了，总而言之，我的心曾经饱尝欢乐，也历尽沧桑……”

罗亭沉吟有顷。

“昨天我跟您讲的话，”他接下去说，“也许在某种程度上适用于我，适用于我现在的处境。然而这也不值一提。对我来说，生活的这个方面已一去不返。我如今可以做的事只剩下乘着大车，颠簸于炎热的、尘土飞扬的道路上，从一个驿站驶往另一个驿站……什么时候才能到达，到底能否到达，只有天知道……我们还是谈谈您吧。”

“德米特里·尼古拉耶维奇，”娜塔莉娅打断了他的话，“难道您对生活已一无所求?”

“啊，不！我对生活有许多企求，但不是为了自己……事业和献身事业所得到的欢乐，我永远不会放弃，但是我放弃个人的享乐。我的希望，我的理想，同我个人的幸福是不可得兼的。爱情(说到这两个字时，他耸了耸肩)……爱情——没有我的份；我……我不配得到爱情；一个恋爱中的女人，有权要求得到那个男人的一切，可我已不能把整个身心献给她了。再说，两情相悦——本是青年的事；我已经老了。我哪有本事能搅得别人脑袋昏晕？但愿能够管住自己肩膀上的脑袋就上上大吉了!”

“我理解，”娜塔莉娅说，“凡是追求伟大目标的人，就不该为自己着想，但是女性难道就不能敬重这样的男性吗？依我看，恰恰相反，女性才不会理睬自私自利的人呢……所有年轻人，所有青年，按您的说法，全都是自私自利的人，都只顾自己，甚至在谈恋爱的时候也是如此。请您相信，女性不但懂得何谓自我牺牲，而且她们自己也会作出自我牺牲。”

娜塔莉娅的两腮微微泛起了红晕，双眸灼灼生光。在认识罗亭之前，她从来没有说过这么长一段话，而且还是怀着这样的激情。

“您已不止一次听我讲过我对妇女的使命抱什么看法，”罗亭宽厚地微微一笑，说，“您知道，依我看，只有贞德[1]一人能拯救法国……

① 贞德(约1412—1431)，法国民族英雄，原是农民的女儿。英法战争时，贞德率部驰援被英军围困的奥尔良城，重创英军，解奥尔良之围，拯救了濒亡的法国。后被英军处火刑烧死。

但我要谈的不是这个问题。我要谈的是您。您正站在生活的门槛上……谈您的未来既是令人高兴的，也不是无益的……请听我说：您清楚我是您的朋友；我对您几乎像亲人一般关心……所以，我相信您不会怪我问得过于唐突：请告诉我，您的心到现在为止，一直是平静的吗?”

娜塔莉娅的脸涨得通红，什么也没说，罗亭站停下来，她也站停下来。

“您没有生我的气吧?”他问。

“没有，”她说，“可我怎么也没料到……”

“不过，”他继续说，“您尽可不回答我。您的秘密我知道。”

娜塔莉娅几乎是惊骇地瞥了他一眼。

“是的……是的；我知道您喜欢上了谁。我应当告诉您：您不可能有更好的选择了。他是个非常好的人；他会珍惜您的；他没有受到过生活的摧残——他单纯，性情开朗……他会给您带来幸福的。”

“德米特里·尼古拉伊奇，您指的是谁呀?”

“您不明白我指的是谁？当然是指沃伦采夫。怎么啦？难道不对?”

娜塔莉娅稍微扭开头去，不看罗亭。她已完全不知所措。

“难道他不爱您？得了吧！他的眼睛从不离开您，盯住您的一举一动；而且，说到底，难道爱情能瞒得过人？再说，您自己对他难道没有好感？据我观察，您母亲也挺喜欢他……您的选择……”

“德米特里·尼古拉伊奇!”娜塔莉娅打断了他的话，窘得把一只手伸向近旁的一棵灌木，“我，真的，这种事实在羞于启齿，但是，我可以肯定地告诉您……您错了。”

“我错了?”罗亭反问。“我不这样认为……我和您虽然认识不久，但是我已经很了解您。我所看到的，而且是清清楚楚看到的您身上发生的变化，表明了什么呢? 难道您还是六个礼拜前我初次见到的您? ……不，娜塔莉娅 · 阿列克谢耶夫娜，您的心不平静。”

“也许是的，”娜塔莉娅回答说，声音轻若游丝，“可您还是错了。”

“怎么错了?”罗亭问。

“让我走吧。您别问我!”娜塔莉娅说罢，快步朝宅内走去。

她为自己猛然意识到的一切而恐惧不已。

罗亭追上她，将她拦住。

“娜塔莉娅 · 阿列克谢耶夫娜!”他说。“我们这次谈话不能就这样戛然而止；这次谈话对我来说也是至关重要的……我该怎么理解您的话?”

“让我走吧!”娜塔莉娅仍然这么说。

“娜塔莉娅 · 阿列克谢耶夫娜，看在上帝份上!”

罗亭激动得脸色煞白。

“您什么都理解，您也该理解我呀!”娜塔莉娅说道，挣脱他的手，头也不回地走了。

“只说一句!”罗亭跟在她身后喊道。

她站停下来，但是没有转身。

“您问我，我昨天的比喻指的是什么。您要明白，我不愿欺骗您。我指的是我，我的过去——同时也是指您。”

“什么? 指我?”

“是的，指您，我再说一遍，我不愿欺骗您……现在您总该知道，当时我所指的是一种什么样的感情，一种什么样的新感情……直到今天之前，我一直不敢……”

娜塔莉娅突然用双手捂住脸，向宅内奔去。

她没料到和罗亭的谈话会有这样出乎意外的结局，以至于惊骇得从沃伦采夫身旁跑过时都没有发觉他。沃伦采夫背靠在一棵树上，一动也不动。一刻钟前，他来到达莉娅·米哈伊洛夫娜家，在客厅里见到她，寒暄几句后，便悄悄走出来找娜塔莉娅。恋爱中人所特有的直觉指引他径直走进花园，正好看到娜塔莉娅在挣脱罗亭的手。沃伦采夫顿觉两眼一阵发黑。他目送着娜塔莉娅向宅内跑去，离开树下，向前走了两步，自己也不知道要去哪儿，去做什么。罗亭看见了他，便走上前去。两人四目相视，点点头，又默默分开了。

“这事不会就此了结的。”两人都这么想。

沃伦采夫走到了花园尽头。他感到痛苦，难受，心头像压着块铅那样沉，血直往上涌。天又淅淅沥沥下起雨来。罗亭回到自己的卧室。他的心也不平静：他的思绪像旋风似的在他头脑里飞旋。同一颗年轻的纯洁心灵这样意想不到的、开诚布公的碰撞，谁个不心荡神移。

餐桌上的气氛，不知怎的有几分尴尬。娜塔莉娅脸色煞白，几乎坐都坐不稳，眼帘一直低垂着。沃伦采夫同往常一样，坐在她旁边，不时硬挤出一两句话来跟她攀谈。事有凑巧，这天皮加索夫来达莉娅·米哈伊洛夫娜家用午餐。在餐桌上，数他话最多。他信口说道，人同狗一样，有短尾巴和长尾巴之分。“短尾巴的人，”他说，“有的是天生的，有的是自己作的孽。短尾巴的人没一个不是倒霉蛋，总是一事无成——他们没有自信心。而长有一根毛蓬蓬的长尾巴的人——却没一个不是幸运儿。他也许比短尾巴的差得多，也弱得多，但是他有自信；尾巴一翘，大家都会拍手叫好。这岂不是值得奇怪的事：尾巴是人体毫无用处的部分，这一点，你们想必同意；尾巴能派什么用处？可是大家却都根据尾巴来判断你的优劣。”

“我，”他叹了口气，加补说，“属于短尾巴一类，而且最令人遗憾的，是我自己砍掉了自己的尾巴。”

“您想要说的，”罗亭随口说道，“早在您之前很久，拉-罗什福科[1]就已说过：要人信你，必先信自己。何必要扯到尾巴上去，我不明白。”

“您应该让每一个人，”沃伦采夫怒容满面地说，两眼射出火来，“让每一个人讲他要讲的话。有种人大谈其专制……我认为再也没有比聪明人的专制更加可恶的了。见他们的鬼去吧!”

沃伦采夫的失态使大家为之愕然，满屋子的人都静了下来。罗亭本想看他一眼，但受不了他的目光，便扭过脸去微微一笑，没有开口。

“嘿！原来你也是短尾巴!”皮加索夫心里暗忖；而娜塔莉娅吓得心都提到了喉咙口。达莉娅·米哈伊洛夫娜深感纳闷地审视了沃伦采夫好一会儿，终于首先开口，讲起她的朋友某某部长的一条不同凡响的狗……

饭后，沃伦采夫很快就走了。他向娜塔莉娅告辞时，忍不住对她说：

“您为什么这样惶惶不安，好像做了对不起人的事？您是不会做

---

① 拉-罗什福科·弗朗索阿(1613—1680)，法国作家。他的箴言集《关于道德的思考或箴言和格言》(1665)负有盛名。

对不起任何人的事的！……”

娜塔莉娅听得如坠五里雾中，什么也没说，只是目送他离去。喝茶前，罗亭走到她跟前，好像要翻阅报纸似的，把身子俯向桌子，悄声说：

“这一切都像梦，不是吗？我必须跟您单独见次面……哪怕只一分钟。”他掉过头来对 m-lle Boncourt 说：“瞧，这就是您要找的那篇小品文。”随即又俯下身悄声对娜塔莉娅说：“无论如何想办法十点左右到凉台附近的丁香亭来，我在那里等您……”

皮加索夫俨然成了这天晚上的英雄。罗亭把战场拱手相让。他逗得达莉娅·米哈伊洛夫娜不时哈哈大笑。他先讲他一个邻居的趣事，这个邻居非常怕老婆，怕了足足三十年，以致阳刚之气荡然无存，反练就了一副娘娘腔。有一回，他涉水过一个浅水洼时，皮加索夫正巧在旁，只见他把一只手伸到身后，往一边撩起常礼服的后襟，活像女人撩起她们的裙子那样。随后他又谈到另一个地主，此人起初是共济会[①]会员，后来得了精神忧郁症，最后又想当银行家。

“菲利普·斯捷潘内奇，您怎么当上共济会会员的？”皮加索夫问他。

“因为大家都知道我的小指头留着长指甲。”

但是更使达莉娅·米哈伊洛夫娜发笑的，是皮加索夫在大谈其爱情时，凿凿有据地说，也曾有人为他害了相思病，有个情火如炽的德国女人甚至管他叫“迷人的小阿夫里坎，哑嗓子的宝贝疙瘩”哩。达莉娅·米哈伊洛夫娜笑得前仰后合，可皮加索夫却并非吹牛，他的确有权

---

① 欧洲一种秘密社团。

夸耀自己多次情场奏捷。他断定，再也没有比让一个女人——不管她是什么样的女人——爱上你更容易的事了，你只消一连十天反复对她说，她的双唇就是天堂，她的两眼就是幸福，别的女人和她一比，简直连脏抹布都不如。待到第十一天上，她自己就会说什么她的双唇就是天堂，她的两眼就是幸福，于是她就爱上了你。世上的事千奇百怪。所以谁知道呢？也许皮加索夫说得有道理。

罗亭九点半就到了丁香亭。在遥远、苍白的苍穹深处，星星刚刚开始闪烁；而在西边天上还是红霞绮丽——那边的天陲也清晰明亮得多；半轮残月透过疣桦黑蒙蒙的枝叶间隙，洒下金色的清辉。其他树木，有的像阴沉的巨人高高屹立，其千百个枝叶间的空隙好似千百只眼睛；有的则融为黑压压的庞然大物。没有一片树叶在颤动；丁香和金合欢高处的枝条伫立在暖洋洋的夜空中，仿佛在凝听着什么。近处是黑糊糊的宅第；一扇扇映着灯光的长窗为这幢华宅勾画出一个又一个亮闪闪的红色的色块。夜温柔而又宁静，然而在这片宁静中，似乎可以听到尽力加以克制的、热情的叹息。

罗亭站在亭内，双手交叠在胸前，竖起耳朵听着动静。他的心剧烈地跳动，他不由自主屏住呼吸。他终于听到了轻盈、急促的脚步声，娜塔莉娅随即走进凉亭。

罗亭抢步上前，握住她的手。她的手冷得像冰。

“娜塔莉娅·阿列克谢耶夫娜！”他低声说，连声音都发颤了，“我非要见到您不可……我无法等到明天。我一定要告诉您我没有意料到，甚至今天早晨还没有意识到的一件事：我爱您。”

娜塔莉娅的双手在他的手心中微微发抖。

“我爱您，”他重复说，“我怎么能这么久地欺骗自己，怎么这么久没有意识到我是爱您的……那么您呢？……娜塔莉娅·阿列克谢耶夫娜，告诉我，您呢？……”

娜塔莉娅几乎连气都喘不过来。

“您看，我这不是来了。”她终于说出了口。

“不，告诉我，您爱我吗?”

“我觉得……是的……”她轻声说。

罗亭把她的手握得更紧，想把她拉到怀里……

娜塔莉娅急忙回头看了一眼。

“放开我，我害怕——我觉得有人在偷听我们……看在上帝份上，您千万要小心。沃伦采夫已经起疑心了。”

“管他呢！您看到了，我今天白天都没理睬他……唉，娜塔莉娅·阿列克谢耶夫娜，我是多么幸福呀！现在无论什么都不能把我们分开了!”

娜塔莉娅直视着他的眼睛。

“放开我，”她轻声说，“我该走了。”

“再待一会儿。”罗亭开口说……

“不，放开我，让我走……”

“您好像怕我?”

“不，可是我该走了……”

“那么至少您再说一遍……”

“您说，您是幸福的?”娜塔莉娅问道。

“我？世上再也找不到比我更幸福的人了！难道您还怀疑?”

娜塔莉娅仰起了头。在丁香亭神秘的阴影中，在夜空投下的微弱的亮光下，她苍白的脸高贵，年轻，激动，美丽得无以复加。

“那么我告诉您，”她说，“我将属于您。”

“天啊！”罗亭叫出了声来。

但是娜塔莉娅闪开身子，走掉了。罗亭还站了一会儿，才慢慢步出凉亭。月华如水，把他的脸照得清晰可见；一抹微笑掠过他的双唇。

“我是幸福的，”他放低声音说，“是的，我是幸福的。”他又说了一遍，像是要使自己深信不疑。

他挺直身子，甩了甩头发，快活地挥动双臂，疾步向花园走去。

而这时，丁香亭内的灌木丛轻轻分开，潘达列夫斯基走了出来。他小心翼翼地环顾了一下四周，摇了摇头，抿紧了嘴唇，然后意味深长地说：“您哪，原来是这么回事儿。这事非得禀告达莉娅·米哈伊洛夫娜不可。”说毕，随即一溜烟走了。

八

沃伦采夫回到家里，神情沮丧，一脸忧愤之色，姐姐问他话，他都不乐意回答，一转眼就躲进书房，把自己反锁在里边，弄得她只好赶紧派人去请列日涅夫来。她每回遇到棘手的事，都是请他来解围的。列日涅夫让来人告诉她，他第二天来。

第二天早上，沃伦采夫的心情没有好转。他本想喝过早茶后去处理农务，结果却没有去，而是往沙发上一躺，看起书来，这在他是不常有的事。沃伦采夫对文学素无兴趣，对诗更是望而却步。“这事简直跟诗一样不可理解，”他常常这样说，而且总要引用诗人艾布拉特[①]下面

① 艾布拉特是俄国诗人伊·罗森(1800—1860)的笔名。这行句诗出自他的诗作《两个问题》。

四句诗为证：

> 在忧伤的日子告终之前
> 无论是理智还是自豪的经验
> 都不能用自己的手把生命之血
> 染红的毋忘我花摧残。

亚历山德拉·帕夫洛夫娜不时担心地望弟弟一眼，但是没有向他问长问短打扰他。这时有辆马车驶抵门口。“好啦，”她想，“谢天谢地，列日涅夫……”仆人走进来禀报，说罗亭来了。

沃伦采夫把书往地上一扔，抬起头来。

“谁来了？”他问。

“罗亭，德米特里·尼古拉伊奇。”

沃伦采夫站了起来。

“有请，”他说，“你，姐姐，”他转身对亚历山德拉·帕夫洛夫娜说，“出去，我单独跟他谈。”

“那为什么？”

“我当然知道为什么，”他气咻咻地打断她的话，“我求你。”

罗亭走了进来。沃伦采夫站在屋中央，冷冰冰地朝他点点头，没有把手伸给他。

“您得承认，您没有料到我会来吧。”罗亭说，把帽子放到窗台上。

他的嘴唇微微抽搐了一下。他显得有点儿尴尬，但竭力掩饰自己的窘态。

“的确，我没有料到您会来，”沃伦采夫说，“发生了昨天的事以后，我倒是在等有什么人受您的委托前来。”①

“我明白您指的是什么，”罗亭说道，坐了下来，“而且十分高兴您如此坦率。这样的话，事就好办得多。我所以亲自登门拜访，因为您是个高尚的人。”

“不来这套恭维就不行吗?”沃伦采夫指出。

“我想向您解释一下我为什么前来造访。”

“我跟您是熟人，您为什么不可以来舍间，况且您又不是第一次光临寒舍。”

“我到府上来，是作为一个高尚的人来拜访另一位高尚的人，”罗亭重复了一遍，“是来听候您发落的……我完全信任您……”

“这是怎么回事儿?”沃伦采夫说，他仍然站在原地，一脸愠色地望着罗亭，间或揪一下唇髭的髭尖。

“对不起……我来是想解释一下，当然，这不是一下子就能解释清楚的。”

“为什么不能?”

“这件事还牵涉到一个第三者……”

“什么第三者?”

“谢尔盖·帕夫雷奇，您明白我的意思。”

“德米特里·尼古拉伊奇，我一点也不明白您的意思。”

“如果您愿意……”

“我愿意您把话痛痛快快说出来!”沃伦采夫接口说。

---

① 指受罗亭委托前来向沃伦采夫提出决斗。

他真的怒火中烧了。

罗亭皱了皱眉头。

“好吧……这儿只有你我二人……我应当告诉您——不过，您大概已经猜到了(沃伦采夫不耐烦地耸了耸肩)，——我应当据实相告，我爱娜塔莉娅·阿列克谢耶夫娜，而且我也有权利推测，她也爱我。”

沃伦采夫的脸色一下子白了，他什么也没有回答，走到窗前，把身子转了过去。

“谢尔盖·帕夫雷奇，您明白，”罗亭继续说，“假如我不是确信……”

“得啦!”沃伦采夫急忙打断他的话，“我丝毫不怀疑……那有什么！听便！我只是不明白，您怎么会想到专程来寒舍告诉我这么个消息……这跟我有什么关系？您爱谁，谁爱您，与我何干？我不明白。”

沃伦采夫仍然望着窗外。他的嗓音发哑了。

罗亭站了起来。

“谢尔盖·帕夫雷奇，我想告诉您，为什么我决定到府上来见您，为什么我认为自己甚至无权向您隐瞒我同她的……我同她的相互感情。我一向非常敬重您，这就是为什么我要来的缘故……我们俩都不愿意在您面前做戏。您对娜塔莉娅·阿列克谢耶夫娜的感情我是清楚的……请相信我，我有自知之明：我深知我多么不配取代您在她心里的位置，但是命运既然作出了这样的安排，把话挑明岂不比蒙哄、欺骗、做假要好些吗？岂不比彼此误会，乃至发生昨天餐桌上那种事要好些吗？谢尔盖·帕夫雷奇，您自己说呢?”

沃伦采夫把两手交叠在胸前，好像在极力压下心头的怒火。

“谢尔盖·帕夫雷奇!”罗亭继续说道，“我给您带来了痛苦，这个我是感觉到的……可是请您理解我们，我们没有别的办法来表明我们对您的敬重，表明我们何等珍视您坦荡的胸怀和高贵的品质。坦诚相告，一无保留地坦诚相告，这种态度不管对什么人，都是使不得的，可是对您，就该如此，而且这是我们应尽的义务。想到我们的秘密掌握在您手里，我们非常高兴……”

沃伦采夫气得嘿嘿笑了起来。

“多谢你们的信任！”他高声说道，“不过我要请您注意，我既不想知道你们的秘密，也不想把我的秘密泄露给你们，可你们却已经把你们的秘密当作财产来派用场了。但是，请原谅，您说话的口气好像是代表两个人。因此，我可以假设，您这次来访以及来访的目的，娜塔莉娅·阿列克谢耶夫娜都是知道的啰？”

罗亭感到有点窘。

“不，我没有告诉娜塔莉娅·阿列克谢耶夫娜我要来拜访您，不过我知道，她会同意我的想法。”

“好呀，非常好，”沃伦采夫略一沉吟，然后用手指敲着窗玻璃说道，“不过，老实说，您要是对我少来点敬重，那要好得多。我，说实在的，压根儿不在乎您的敬重；说吧，您到底要我怎么样？”

“我什么都不要……喔，不，我只要一样：我希望您别把我看作一个奸诈的小人，希望您理解我……我深信，您现在已不会怀疑我的一片真诚……我希望，谢尔盖·帕夫雷奇，我们能像朋友一样告别……希望您仍像以前那样把手伸给我……”

于是罗亭向沃伦采夫走近去。

“请原谅我，阁下，”沃伦采夫说，掉过脸去，往后退了一步，“我愿意肯定您来意是好的，完全是好的，甚至可以说是崇高的，但是，我们是普通的人，吃的是普通的蜜糖饼干，我们可没有这份能耐跟在您这样大智大慧的人的思想后边飞翔……您认为是一片真诚，在我们看来却是胡搅蛮缠，厚颜无耻……您看来是简单明了，一清二楚的，对我们来说却是不明不白，难以理解的……您拿来吹嘘的东西，恰恰是我们认为应当秘而不宣的，所以叫我们怎么理解得了您！请原谅我，我不能把您当作我的朋友，也不能把手伸给您……这也许是小气，可我本来就是个小气的人。"

罗亭从窗台上拿起帽子。

"谢尔盖·帕夫雷奇！"他伤心地说，"告辞了，真正是始料不及。此次造访的确冒失，不过，我原来深信您会(沃伦采夫做了个不耐烦的动作)……请原谅，我不再说这些了，考虑到各方面的情况，我认为您是对的，您也只能如此。再见，至少请容许我再一次，最后一次请您相信我的来意是纯洁的……我深信您会守口如瓶……"

"这太过分了！"沃伦采夫喊了起来，气得浑身发抖，"我根本就没有央求您信任我，所以您也根本没有权利要求我为您守口如瓶！"

罗亭还想说什么，但转念一想，只是把双手一摊，鞠了一躬，走了，而沃伦采夫则倒在沙发上，把脸对着墙壁。

"可以进来吗？"门外响起亚历山德拉·帕夫洛夫娜的声音。

沃伦采夫没有马上回答，偷偷用手抹了抹脸。

"不，萨莎①，"他说，声音有点儿变了，"稍等一会儿。"

半小时后，亚历山德拉·帕夫洛夫娜又来到房门口。

"米哈伊洛·米哈伊雷奇来了，"她说，"你见他吗？"

"见，"沃伦采夫说，"让他到这儿来。"

---

① 萨莎是亚历山德拉的小称。

列日涅夫走了进来。

“怎么，你不舒服?”他问，一边坐到沙发旁边的一张安乐椅上。

沃伦采夫欠起身子，用臂肘撑着，久久地、久久地审视着朋友的脸，随后把自己和罗亭的全部谈话一字不漏地告诉他听。直到今天之前，他还从未向列日涅夫谈过他对娜塔莉娅的感情，连暗示都没有过，不过他也料到，人家列日涅夫早就看出来了。

“嘀，老弟，你讲给我听的事真让我吃惊，”沃伦采夫刚一讲完他的故事，列日涅夫就接口说。“他会做出各种稀奇古怪的事，都在我意料之中，可是这件事……不过即使在这件事上，也可看出他的为人。”

“得了吧!”沃伦采夫激动地说，“这简直是恬不知耻！我差点没把他从窗口扔出去。他是想在我面前夸耀，还是做贼心虚？他何必要这样做？竟敢上门来……”

沃伦采夫双手托着脑袋，不再作声。

“不，老弟，并非如此，”列日涅夫平心静气地反驳说。“你尽可不相信我的话，其实，他这样做动机是好的。真的……瞧，我这事办得多么高尚，多么光明磊落，而且还可以有个说话的机会，发挥一下口才；要知道，这正是我所需要的，否则我就活不下去……唉，他的舌头——就是他的敌人……不过，也是他的仆人。”

“他进来时那副郑重其事的样子，说话时那种德行，你根本想象不到！……”

“那有什么，不这样他就不行。他把常礼服的纽扣统统扣得整整齐齐，像是来履行一项神圣的天职。我倒想把他放到一个没有人烟的荒岛上去，再躲在一边，看他在那里怎样摆弄那些烦琐的臭规矩。可偏偏是他，大谈精简的必要性!”

“老兄，看在上帝份上告诉我，”沃伦采夫问，“这算什么，是哲学吗?”

“怎么跟你说呢？从一方面看，也许这正是哲学，而从另一方面看，这又完全不是。把各种各样的无稽之谈都归于哲学名下是不行的。”

沃伦采夫瞥了他一眼。

“依你看，他是不是在吹牛?”

“不，我的孩子，他不是吹牛。不过话又要说回来，谁知道人家肚子里打的是什么主意？够了，别再讨论这件事了。老弟，让我们抽斗烟吧，再把亚历山德拉·帕夫洛夫娜请过来……有她在场，说话要好说些，不说话也轻松些。她会斟茶给我们喝。”

“好吧，”沃伦采夫说，“萨莎，进来吧!”他喊了一声。

亚历山德拉·帕夫洛夫娜走了进来。他抓起她的手，把它紧紧贴在唇上。

罗亭回到住所，心烦意乱，很不是滋味。他埋怨自己，责备自己不可原谅的冒失、轻率。无怪人家说，没有什么事比意识到自己刚做了一件蠢事更加痛苦的了。

悔恨啮噬着罗亭。

“真见鬼，”他含糊不清地喃喃自语，“怎么会想到跑去找这个地主！异想天开！自找没趣！……”

达莉娅·米哈伊洛夫娜家里好像出了什么事，跟平时大不一样。女主人本人整整一个早晨没有露面，午饭也没有出来吃。据潘达列夫斯基——只有他一个人能见到女主人——说，她头疼。而娜塔莉娅呢，罗亭也几乎没见到过她，她由 m-lle Boncourt 陪着，待在自己的卧房里……她在餐室里遇见他时，那么忧伤地瞥了他一眼，令他心都碎了。她的脸变了样，像是从昨天起有桩祸事降到了她头上。一种模模糊糊的不祥的预感使罗亭心神不宁。为了排遣焦虑，他找巴西斯托夫长谈，发现巴西斯托夫是个热血青年，满怀热烈的希望和纯洁的信念。直到傍晚，达莉娅 · 米哈伊洛夫娜才出来，在客厅里坐了两个来小时，她对罗亭很客气，不过显得有些疏远，时而微微一笑，时而皱起眉头，说话小声小气，讲的尽是些嵌骨头的话……俨然一副宫廷贵妇的气派。这两天她对罗亭似乎有些冷淡。“这是个什么样的谜?”他打一旁打量着她仰起的小脑袋，心里这么琢磨。

他无需等多久，谜底就可揭开了。夜里十一点多，他正穿过黑洞洞的走廊回自己的卧房，突然有个人把一张纸条塞到他手里。他回头一看，只见有个姑娘打他身边走开去，那姑娘好像是娜塔莉娅的侍女。他回到房里，支走了仆人，展开纸条，读到了娜塔莉娅手书的几行字：

> 明晨最晚不超过七时，请去橡树林后的阿夫久欣池畔。任何其他时间都无可能。这将是我们最后一次会面，一切都将迎刃而解，如果……您来吧。应该作出决定……
>
> 又及：假如我来不了，那就是说，我们已永无再见之日，到时我会设法通知您……

罗亭沉思起来，把纸条拿在手上，翻来覆去看了好几遍后，将纸条放到枕头底下，解衣而卧，但未能很快入睡，也睡不踏实，没到凌晨五点，他就醒了。

九

娜塔莉娅约罗亭会面的地点阿夫久欣池塘，早已不是池塘了。大约三十年前，池塘决堤，就此废弃至今。只有浅平的壑底淤积的肥沃的污泥和塘堤的残迹，还可让人想起这里曾是一个池塘。也是在这里，还有过一座庄园。可这座庄园也在很久很久以前就湮灭了。只有两棵巨松还令人忆起这座庄园；凄风永远在巨松又高又稀的绿枝间呼呼哀号……老百姓中间流传着神秘的传说，说在这两棵巨松脚下曾发生过一件令人毛骨悚然的罪行；还说这两棵巨松中无论哪棵倒下，必定会压死一个人；又说这里原先还有一棵松树，有一回让风暴刮倒，把一个小女孩给活活压死了。大家都说，这个古老的池塘四周经常闹鬼；这片荒凉的不毛之地，即使在出太阳的日子，也阴气逼人，加之附近又有片久已枯死的老橡树林，就更增添了这里的萧然阴森的氛围。几棵稀稀落落的大树的灰不溜秋的树干，兀立在低矮的灌木丛上，像是阴郁的幽灵。一看到它们就让人心里发怵，觉得它们仿佛是几个心地歹毒的老人，正聚在一起，密谋杀人越货的勾当。近旁有条依稀可辨的踩出来的小径逶迤前去。非万不得已，谁也不会到阿夫久欣池塘边来。娜塔莉娅是有意选这个荒僻的所在的。这里离达莉娅·米哈伊洛夫娜家约摸半俄里。

罗亭走到阿夫久欣池塘旁边的时候，太阳早出来了，但这天的早晨是阴沉沉的。乳白色的浓云遮满了天空；风呼啸着，尖厉地号叫着，飞快地驱赶着满天的密云。罗亭在长满带刺的牛蒡和发黑的荨麻的残堤上来回走着，心里忐忑不安。这种约会，这种新的感受，固然使他兴奋，却也使他焦虑不安，尤其是在接到昨晚的纸条之后。他意识到是吉是凶马上就要分晓，不由得惴惴不安，然而看到他双手交叠在胸前，两眼环视四周那副专心致志、镇定自若的神态，谁又会想到他心里边却很不踏实。难怪有一回皮加索夫说他像个中国泥娃娃，脑袋瓜特别沉。但是一个人光有脑袋瓜，不管这个脑袋瓜有多灵，那么他甚至连自己心里在想些什么，也难以弄清……罗亭，聪明的、洞幽烛微的罗亭，都不能肯定自己是否爱娜塔莉娅，是否感到痛苦，万一娜塔莉娅跟他分手，他是否会痛不欲生。既然他无意扮演洛弗拉斯①——这句公道话是该替他说的，——那他何必把一个可怜的姑娘弄得神魂颠倒？为什么在等她来赴约的时候，他的心要颤抖？答案只有一个：越是清心寡欲的人越容易动情。

他在残堤上踱着步，而娜塔莉娅则穿过田野，踩着湿漉漉的草，急急忙忙赶来见他。

“小姐！小姐！您把脚踩湿了，”她的侍女玛莎朝她喊道，几乎跟不上她。

娜塔莉娅不理她，头也不回地跑着。

“唉，但愿别叫人看见我们!”玛莎一再说，“奇怪，怎么叫我们从家里溜了出来。法国小姐可千万不能醒……幸亏路不远……啊，先生在等着了，”她看到罗亭匀称的身躯像画中人那样伫立在残堤上，又加补说，“他不该站在这么高的地方，得躲到洼地里去。”

娜塔莉娅站停下来。

---

① 洛弗拉斯是英国作家理查森(1689—1761)的小说《克拉丽莎，又名一个年轻女人的历史》中的男主人公。他是18世纪英国贵族中持自由主义态度，但是生活放荡一类人的典型。

“玛莎，你在这儿等着，就在松树旁边。”她说道，往池塘下边走去。

罗亭迎上前去，走到她跟前，惊骇地站住了。他还从未见到她脸上有过这样的表情。她眉头皱成了疙瘩，嘴唇紧闭，目光严厉，笔直地望着前方。

“德米特里·尼古拉伊奇，”她开始说道，“我们不能浪费时间。我只能待五分钟。我必须告诉您，妈妈全都知道了。潘达列夫斯基先生前天盯了我们的梢，把我们怎么约会告诉了她。他一向是妈妈的暗探。妈妈昨天把我叫了去。”

“天啊！”罗亭叫道，“太可怕了……那您妈妈怎么说？”

“她没有对我发脾气，没有骂我，只是责备我做事过于轻率。”

“就这些？”

“是的，她还跟我说，她宁愿看见我死，也不愿看见我做您的妻子。”

“她真这么说？”

“是的，她还说，您根本就不想娶我做妻子，您不过是出于无聊才来向我献殷勤的，她没料到您会做出这种事；她说，不过这也得怨她自己，她不该让我成天跟您在一起……还说她一向相信我是有头脑的，这回我太让她吃惊了……她还说了些，我记不全了。”

娜塔莉娅是用一种没有高低起伏的平直的、几乎听不见的声音说这些话的。

“那么娜塔莉娅·阿列克谢耶夫娜，您是怎么回答她的？”罗亭问。

“我怎么回答她的？”娜塔莉娅反问道，“事到如今，**您**打算怎么办?”

“我的天啊！我的天啊！”罗亭说道，“这太残酷了！来得这么快！……这么突如其来的打击！……您妈妈竟生这么大的气?”

“是的……是的，她连您的名字都不愿听到。”

“太可怕了！如此说来，没有一点希望了?”

“没有了。”

“我们怎么这样不幸！潘达列夫斯基这个卑鄙的小人！……娜塔莉娅·阿列克谢耶夫娜，您问我打算怎么办？我只觉得天旋地转——什么办法也想不出来……我只觉得自己太不幸了……我觉得奇怪，您怎么还这么镇静？……”

“您以为我心里比您好受?”娜塔莉娅说。

罗亭又在残堤上来回走动。娜塔莉娅目不转睛地盯着他。

“您妈妈没有追问详情吗?”他终于开口说。

“她问我爱不爱您。”

“那么……您怎么说?”

娜塔莉娅沉默了一会儿。

“我说了实话。”

罗亭握住了她的一只手。

“您无论什么时候，无论遇到什么事情都是那么高尚，那么宽宏大量！啊，少女的心——这是纯金！难道您妈妈当真这样斩钉截铁地说，不许我们俩结婚?”

“是的，斩钉截铁。我跟您说了，她深信您自己也是不想娶我的。”

“如此说来，她把我看成了骗子！我做了什么坏事，叫她这么看轻我?”

说罢，罗亭抱住了自己的脑袋。

“德米特里·尼古拉伊奇!”娜塔莉娅说，“我们在白白地浪费时间。请您记住，我这是和您最后一次见面。我到这儿来不是为了哭，不是为了诉苦——您看，我没有哭——我是来叫您拿主意的。”

“可是，娜塔莉娅·阿列克谢耶夫娜，我能给您拿什么主意呢?”

“拿什么主意？您是堂堂的男子汉；我已经习惯于信任您，而且我将信任您到底。告诉我，您有什么对策?”

“我有什么对策？您妈妈肯定要把我拒之门外了。”

“有这个可能。她昨天已经向我宣布，我必须同您断绝一切往来……可您还没有回答我的问题。”

“什么问题?”

“您认为现在我们俩该怎么办?”

“我们俩该怎么办?”罗亭说，“当然是屈从。”

“屈从。”娜塔莉娅慢慢地重复着他说的两个字，她的嘴唇发白了。

“屈从命运的安排，”罗亭继续说，“有什么办法！我非常清楚，这是多么痛苦，多么沉重，多么难以忍受，可是您自己不妨权衡一下，娜塔莉娅·阿列克谢耶夫娜，我穷……虽说我可以工作，然而即使我是个富翁，您能忍受得了被迫和您的家庭决裂，能忍受得了您母亲的愤怒吗？……不，娜塔莉娅·阿列克谢耶夫娜，这根本连想都不用去想。显然，我们命中注定不能结合，我梦想的幸福，不属于我!”

娜塔莉娅突然用双手捂住脸，哭了起来。罗亭走到她跟前。

“娜塔莉娅·阿列克谢耶夫娜！亲爱的娜塔莉娅!”他激动地说，

“别哭，看在上帝的份上，别折磨我，别这么伤心……”

娜塔莉娅抬起了头。

“您叫我别伤心，”她说，噙满泪水的眼睛灼灼生光，“我哭，并不是因为您想的那个原因……我并不是为那个事痛苦的，我痛苦的是我看错了您……怎么不是呢！我来找您，要您拿出主意来，而且是在多么紧要的关头，可您的第一句话却是屈从……屈从！原来您就是这样把您关于自由，关于牺牲的言论付诸行动的……”

她的声音哽住了。

“可是，娜塔莉娅·阿列克谢耶夫娜，”窘得无地自容的罗亭说，“请记住……我并非言行不一……只是……”

“您问我，”她又鼓起力量，继续往下说，“我母亲对我说，她宁愿看我去死，也不愿我同您结婚，我是怎么回答她的？我回答她说，我宁愿死也不愿嫁给别人……可您却叫我：屈从！这么说，她说对了，您的确因为无事可做，因为无聊，才拿我来取乐的……”

“娜塔莉娅·阿列克谢耶夫娜，我向您发誓……请您相信……”罗亭辩解说。

可是她不听他说。

“那您当时为什么不劝阻我？为什么您自己也……要么您没有估计到会有障碍？一提到这事，我就害臊……好在一切都已经结束。”

“娜塔莉娅·阿列克谢耶夫娜，您得静下心来，我们俩得好好想想，看看有什么办法……”罗亭刚开了个头，她便打断了他：

“您平日满口自我牺牲，可是您知道吗，要是您今天，就是说刚才，您对我说：‘我爱你，不过我没有能力跟你结婚，也没有能力对将来负责。把你的手给我，跟我走。’您知道吗，我真会跟您走，我会不顾一切，您知道吗？然而，由言到行距离大概很远，非常之远，何况您现在胆怯了，就像前天餐桌上您在沃伦采夫面前胆怯了一样！”

罗亭的脸顿时涨得通红。娜塔莉娅会有这样的激情出乎他的意料，使他惊讶不已；但她最后那句话伤害了他的自尊心。

“娜塔莉娅·阿列克谢耶夫娜，您现在正在盛怒之中，”他说，“您不理解您是多么残酷地侮辱了我。我相信，随着时间的推移，您会给我公正的评价；您将来会理解，我为了放弃如您所说的无需承担任何责任的幸福，付出了多大代价。您的安定，对我来说，比世界上一切都宝贵。假如我想乘人之危的话，那我就成了世界上最卑鄙的人……”

“也许，也许，”娜塔莉娅打断他，“也许您是对的；我不知道我在说些什么。不过，在今天以前，我是相信您的，相信您的每一句话……我劝您今后说话要三思，要多掂掂分量，不要信口开河。我对您说我爱您的时候，我可是知道这句话的分量的，因此我作好了一切准备……而现在对我来说，只剩下感谢您给我的教训，并向您道声永别了。”

“别说了，娜塔莉娅·阿列克谢耶夫娜，看在上帝的份上，我求您。我向您发誓，我是不该受到您的蔑视的。您也该设身处地替我想想。我要对您负责，要对自己负责。要是我并非以赤诚的爱爱着您的话——啊，我的天哪！那我马上就会主动向您提出跟我私奔……您母亲迟早会原谅我们……到那时……但是在考虑自己的幸福之前，应当……”

他讲了一半，戛然而止。娜塔莉娅的目光直视着他，令他惶惑。

“德米特里·尼古拉伊奇，您竭力要向我证明，您是个正直的人，”她说，“这一点我并不怀疑。您不是见利忘义之徒，不过，我巴巴地跑到这儿来难道是想证实这个，难道是为了这个……”

“娜塔莉娅·阿列克谢耶夫娜，我没料到……”

“啊！这下您可说漏了嘴！是呀，这一切您没料到——您不知道我是这么个人。您放心……您不爱我，我是不会缠着人家不放的。”

“我爱您的！”罗亭高声说。

娜塔莉娅挺直了身子。

“也许是吧；可您是怎么爱我的呢？德米特里·尼古拉伊奇，我至今记得您讲的每一句话。您还记得吗，您曾经跟我说过，没有完全的平等就没有爱情……对我来说，您太高了，我配不上您……我自取其辱。您前途无量，去做值得您去做的事业吧。我不会忘记今天的……别了……”

“娜塔莉娅·阿列克谢耶夫娜，您就这样走了？难道我们就此分手了？”

他把双手伸向她。她站停下来。他央求的声音好像使她有点回心转意了。

“不，”她终于说，“我觉得我心里有什么东西碎了……我像生了热病似的，巴巴地跑到这儿来跟您说话，我该醒醒了。这是不容许的，您自己说的，不能做这样的事。我的天哪，我来这儿时，我已经在心里同我的家，同我的整个过去告别了，——可结果呢？在这里跟我相会的是个什么样的人？一个懦夫……您怎么知道我忍受不了同家庭的决裂？‘您妈妈不同意……这太可怕了！’这就是我从您嘴里听到的一切。这就是您，就是您罗亭？不！永别了……唉！要是您真的爱过我，此刻，在这一瞬间，我会感觉到的……不，不，永别了！……”

她迅速转过身，向玛莎跑去，玛莎早已等得心急火燎，一个劲儿朝她做手势。

“胆怯的是**您**，不是我!”罗亭冲着娜塔莉娅的背影喊道。

她已不再注意他，急急穿过田野往家跑去。她平安无事地回到自己的卧室；但是刚跨过房门的门槛，就脱力了，晕倒在玛莎的怀里。

而罗亭还在残堤上站了很久。临了，他终于打起精神，缓步走到小径上，慢慢地向前走去。他感到十分羞愧……感到伤心。“真是了不得!”他想。“才十七岁！……不，我不了解她……她是个了不起的姑娘。多么坚强的意志力！……她是对的；配得上她的，不是我对她有过的那种爱……有过的?”他问自己。“难道我对她已不再有爱情了？这么说，这一切也只能这样结束！我在她面前是何等的可怜和渺小啊!”

一辆两轮轻便马车的辚辚声使罗亭抬起眼睛。是列日涅夫驾着那匹永远是那副样子的小走马迎面驶来。罗亭默默地同他点了点头，接着，好像因猛然想起了什么似的吃了一惊，连忙折过身子，朝达莉娅·米哈伊洛夫娜的宅第方向匆匆走去。

列日涅夫给他让出一条路，目送他远去，随后稍稍考虑了一下，也拨转马头，回到沃伦采夫家去。他是在那里过的夜。沃伦采夫还在睡，他吩咐不要叫醒他，随即坐到凉台上，抽着烟斗，等着喝早茶。

十

沃伦采夫九点多钟起的床，得知列日涅夫坐在凉台上，十分奇怪，吩咐快去请他进来。

“出了什么事?”他问列日涅夫，“你不是回家去的吗?”

“是呀，是回家去，可是半道上碰到了罗亭……他一个人在野地里走，一副失魂落魄的样子。我就掉转马头回来了。”

“你回来是因为碰见了罗亭?”

“说实话，我自己也不知道为什么回来；兴许是因为我想起了你：想跟你坐会儿，反正回家还早。”

沃伦采夫苦笑了一下。

“是呀，现在一想到罗亭就不可能不想到我……来人!”他大声喊道，“给我们上茶。”

两个朋友开始喝茶。列日涅夫谈到了农务，谈到了用苫纸盖谷仓顶的新方法……

突然间，沃伦采夫从安乐椅上猛地跳了起来，狠命捶了一下桌子，把茶杯和碟子震得叮当直响。

“不!”他喊道，“我再也忍受不了啦！我要跟这个聪明人决斗，让他一枪把我打死，要不我就把子弹打进他装满学问的脑袋瓜。”

“怎么啦，怎么啦，消消气吧!”列日涅夫嘟囔说，“怎么可以这样嚷嚷！我叫你吓得烟斗都掉到了地上……你这是怎么啦?”

“我一听到他的名字就按捺不住，浑身的血都沸腾了。”

“行了，兄弟，行了！你怎么不害臊!”列日涅夫说道，从地上拾起烟斗。“一个人要拿得起，放得下！管他呢！……”

“他侮辱了我。”沃伦采夫一边说，一边在房间里来回走着……“是的！他侮辱了我。这你该同意吧。我叫他给气懵了，所以一时不知该怎么办，谁会料到他竟然下这个毒手？但是，我要向他证明，想跟我开玩笑，没门……我要把他这个该死的哲学家，像打山鹑那样，打个对穿。”

“那还用说，这下你就可以大大地赢一票了！且不说你的姐姐。自然，你怒火中烧……哪里还会想到什么姐姐！可还有那一位呢，——你以为杀死了哲学家，你就可以让她回心转意？”

沃伦采夫瘫坐到安乐椅上。

“那我就一走了之！否则痛苦会把我的心揉碎的。我坐也不是，站也不是。”

“离开这儿，那就又当别论了！这是个好主意，我赞成。你知道我建议你什么？咱们一块儿去——去高加索，要不干脆去小俄罗斯，吃面疙瘩。老弟，这可太棒了！”

“是呀，可是我们把姐姐交托给谁呢？”

“亚历山德拉·帕夫洛夫娜为什么不跟咱俩一块儿去呢？那可太棒了。侍候她这件事，由我包了！我保管做得十全十美，要是她愿意，我可以每天晚上安排人在她窗下唱情歌，我可以往驿站马车夫身上浇香水，把鲜花撒满一路。至于你我，老弟，可以说是重投人生；咱俩要痛痛快快地享乐，等到回来的时候都大腹便便，什么样的爱情都不能叫我们动心了。”

“米沙[①]，你就爱说笑话！”

“不，我不是说笑话。你想出了一个非常好的主意！”

“不！乱弹琴！”沃伦采夫又大声吼了起来，“我要决斗，我要跟他决斗！……”

“又来了！你呀，老弟，今天吃火药了！……”

仆人拿着封信走了进来。

“谁来的信？”列日涅夫问。

① 列日涅夫的名字米哈伊洛的小称。

“罗亭·德米特里·尼古拉耶维奇。是拉松斯卡娅家的仆人送来的。”

“罗亭来信?”沃伦采夫重复说，“给谁的?”

“老爷，给您的。”

“给我的……拿来。”

沃伦采夫一把抓过信来，急忙打开来看。列日涅夫一直望着他：沃伦采夫的脸上露出几乎是惊喜交集的表情；他放下了手。

“什么事?”列日涅夫问。

“你自己看，”沃伦采夫压低声音说，把信递给他。

列日涅夫接过信来看。下面就是罗亭的信：

谢尔盖·帕夫洛维奇阁下：

我今天即离开达莉娅·米哈伊洛夫娜家，永远不再回来。这大概会使您感到惊讶，特别是在昨天那件事之后。我何以要离去，恕我不能向您解释；但不知何故，我觉得我应当把我要走的事先行奉告。您不愿与我交好，甚至认为我是坏人，我无意分辩，时间自会替我辩白。我认为一个男子汉向一个对他抱有成见的人证明其成见有失公允，是不体面的，无益的。想了解我的人自会谅解我，不想了解我或不能了解我的人，他的指责也不会使我痛苦。我把您估计错了。在我眼里，您仍然是个高尚正直的人，然而我原本以为您是能够高出您所生长的环境的……可是我错了。有什么办法?！这在我不是第一次，也不是最后一次。我再向您说一遍：我要走了。祝您幸福。请您同意我这个祝愿是绝无私心的，而且我深信，您现在可以幸福了。也许，随着时间的推移，您会改变对我的看法。今后我们是否还会见面，不得而知，不管怎样，我仍然由衷地尊敬您。

德·罗·

P. S. 所借二百卢布，待回到T省敝村之后，当即寄奉。并祈在达莉娅·米哈伊洛夫娜前切勿提及此信。

P. P. S.[①] 还有一个最后的，但是很重要的请求：我既已他去，务祈勿在娜塔莉娅·阿列克谢耶夫娜前提及我趋府造访一事为祷……

“你有什么话要说?”列日涅夫刚一看完信，沃伦采夫便问他。

“有什么可说的!”列日涅夫回答道，“照东方人那样高呼：‘安拉[②]！安拉!’惊讶得目瞪口呆，这就是你所能做的一切。他要离开了……好呀！一路平安。太有趣啦，他把写这封信看成是应尽的**义务**，他来看你也是出于义务感……这些个先生每走一步都不忘义务，老是义务，义务——成了债务[③]。”列日涅夫笑着指指 post scriptum[④]，加补说。

“瞧他说的漂亮话!”沃伦采夫高声说，“什么把我估计错了，原本以为我是能够高出那个什么环境的……去他的吧！比诗还糟!”

列日涅夫什么也没有回答，只是双眼露出了笑意。沃伦采夫站了起来。

① 拉丁文：又又及。
② 伊斯兰教信奉的唯一神的名称。
③ 俄语中义务和债务是同一个词。
④ 拉丁语：又及，附启。

“我这就去达莉娅·米哈伊洛夫娜家，”他说，“我要去看看究竟是怎么回事儿……”

“慢着，老弟，让他走吧，你何必再去跟他发生冲突？他就要隐退了——你还要怎么样？你最好躺下来睡一觉；你昨天一夜大概翻来覆去没睡好。可现在你时来运转了……”

“你根据什么得出这个结论？”

“凭我的直觉。真的，睡一会儿吧，我上你姐姐那儿去——陪她坐坐。”

“我一点儿也不想睡。我干吗要睡觉！……我还是下地去看看的好。”沃伦采夫说，整了整大衣下摆。

“那也好。去吧，老弟，去吧，下地去看看……”

列日涅夫说罢，便到亚历山德拉·帕夫洛夫娜所住的那半边屋去了。他在会客室里见到了她。她亲热地向他问好。她总是很高兴他来，可今天她却有几分愁容。昨天罗亭的来访使她惴惴不安。

“您从弟弟那儿来吗？”她问列日涅夫，“他今天怎么样？”

“没什么。他下地去看看了。”

亚历山德拉·帕夫洛夫娜沉默了一会儿。

“请您告诉我，”她仔细地看着手帕上的花边，终于开口说道，“您知不知道，为什么……”

“为什么罗亭要来？”列日涅夫接口说。“我知道，他是来辞行的。”

亚历山德拉·帕夫洛夫娜抬起了头。

“什么——辞行？”

“是的。您难道没听说？他要离开达莉娅·米哈伊洛夫娜家了。”

“要离开?”

“永远不再回来，至少他是这么说的。”

“尽胡扯，这叫人怎么理解，在发生了那一切之后……”

“可现在是另一回事了！这叫人没法理解，可事实却是这样。想必他们之间发生了什么事。他把弦绷得太紧，弦就断了。”

“米哈伊洛·米哈伊雷奇!”亚历山德拉·帕夫洛夫娜说，“我一点儿也不明白；您怕是在跟我开玩笑吧……”

“是真的……告诉您，他是要走了，甚至都写信通知朋友们了。这事从某个观点来看，不是坏事。不过他这一走，却使我和令弟已着手研究的那个惊人的计划成了泡影。”

“怎么回事? 什么计划?”

“是这么回事。我建议令弟出去旅行，散散心，把您也带上。旅途中服侍您的事，由我包了……”

“好极了!”亚历山德拉·帕夫洛夫娜大声说。“我可以想象得出您怎样来服侍我。您呀，准会把我饿死。”

“亚历山德拉·帕夫洛夫娜，您这样说是因为您不了解我。您以为我是个笨蛋，十足的笨蛋，榆木脑袋，可您是不是知道，我也能像白糖一样溶化，可以整天整天地跪在地上?”

“说实话，我还真想看看您这副样子哩!”

列日涅夫霍地站了起来。

“亚历山德拉·帕夫洛夫娜，那您就嫁给我吧，您就全能看见了。”

亚历山德拉·帕夫洛夫娜脸一直红到了耳根。

“米哈伊洛·米哈伊雷奇，您说什么呀?”她羞答答地说。

“我说的话，”列日涅夫回答，“是我早就想说的，已经在我舌尖上滚了上千次。我终于说出了口，您可以采取行动了，您知道该采取什么行动。我这就走出去，免得您难为情。要是您愿意做我的妻子……我这就出去。要是您不讨厌我，您只要喊人来叫我一声，我就心领神会了……”

亚历山德拉·帕夫洛夫娜想留住列日涅夫，可是他一眨眼已经走了，也没戴帽子，他去了花园，倚在小门上，两眼望着远处。

“米哈伊洛·米哈伊雷奇!”他身后传来侍女的声音，“请去太太那儿。太太吩咐我来请您。”

米哈伊洛·米哈伊雷奇转过身来，双手捧住侍女的头，吻了一下她的额头，令她大吃一惊，随即他就到亚历山德拉·帕夫洛夫娜那儿去了。

十一

罗亭途遇列日涅夫后，立即返回家，把自己关在卧室里，写了两封信：一封致沃伦采夫(这封信的内容，读者已经知道)，另一封给娜塔莉娅。后一封信他写了很久，字斟句酌，几经删改，才誊到一张薄如蝉翼的信笺上，然后他把信笺折得小而又小，放进口袋，忧心忡忡地在房间内来回踱了好几次，后又坐到窗前的安乐椅上，手托着腮，呆呆地出神，泪水慢慢地涌到他睫毛上……他站起身来，扣上所有纽扣，唤来仆人，让他去问达莉娅·米哈伊洛夫娜，可不可以去见她。

仆人很快就回来禀报说，达莉娅·米哈伊洛夫娜有请。罗亭便去她那里。

同两个月前初次见他时一样，她在书房里接待他。不过这一回，她不是一个人，有潘达列夫斯基坐在一旁，他永远是那么谦恭、潇洒、整洁、温文尔雅。

达莉娅 · 米哈伊洛夫娜客客气气地接待罗亭，罗亭也客客气气地向她鞠躬行礼，但是哪怕涉世尚浅的人，也一眼就可看出，尽管两人满面笑容，可彼此心里存有芥蒂。罗亭知道，达莉娅 · 米哈伊洛夫娜在生他的气。而达莉娅 · 米哈伊洛夫娜则在琢磨，他是否已知道底细。

听了潘达列夫斯基的密报，她很是不安。她的上流社会的傲气受到了触犯。罗亭，一个穷酸的书生，身无一官半职，眼下还是个无名小卒，竟敢同她的女儿，堂堂达莉娅 · 米哈伊洛夫娜 · 拉松斯卡娅的千金小姐私下约会!!

“就算他聪明，是个才子!”她说，“那又能说明什么？这样一来，岂不谁都可以指望做我的女婿了吗?”

“可不，我好久都不敢相信自己的眼睛，”潘达列夫斯基逢迎说，“我奇怪，这人怎么没有一点儿自知之明。”

达莉娅 · 米哈伊洛夫娜很是激动，把娜塔莉娅痛斥了一顿。

她请罗亭坐下。他坐了下来，然而已非昔日几是一家之主的罗亭，甚至连知交都不是了，而只是一名客人，一名关系疏远的客人。这一切变化发生于一瞬之间……一如水之骤然变成冰。

“达莉娅 · 米哈伊洛夫娜，”罗亭开口说，“我是来面谢您的盛情款待的。今天敝村带信来，要我立即赶回去。”

达莉娅 · 米哈伊洛夫娜探究地审视了一下罗亭。

“他倒抢先了一步，八成叫他猜着了，”她思忖道，“这样也好，省得我多费口舌。到底是聪明人，了不起!”

“有这样的事?”她大声说。“啊，这多么扫兴！可又有什么办法呢！但愿今年冬天能在莫斯科见到您。我们一家不久就要回莫斯科去了。”

“达莉娅·米哈伊洛夫娜，我不知道我能否去莫斯科，不过，要是我能凑足盘缠的话，理当趋府拜谒。”

“嘿，小子!”潘达列夫斯基暗自想道，“曾几何时，你像个老爷似的，在这里指手画脚，可今天，你说话就不能不变个调了!”

“您想必收到了贵村不尽如人意的消息吧?”潘达列夫斯基像惯常那样一字一顿地说。

“是的。”罗亭满脸寒霜地回答说。

“想必收成不好?”

“不……是别的事……达莉娅·米哈伊洛夫娜，请您相信，”罗亭加补说，“在贵府度过的日子，我终生难忘。”

“我也如此，德米特里·尼古拉伊奇，我永远会愉快地想起同您的相识……您什么时候动身?”

“今天，午饭以后……”

“何以如此仓促！……那只好祝您一路平安了。不过，要是尊府的事不耽搁您太久的话，您还可能在此间遇见我们。”

“恐怕赶不回来了。”罗亭说罢，站了起来。“您借给我的钱，请您原谅，我行前难以璧还，待我一回到敝村就……”

“说哪里话，德米特里·尼古拉伊奇!”达莉娅·米哈伊洛夫娜打断他的话，说。“您太见外了……几点钟了?”她问。

潘达列夫斯基打坎肩口袋里掏出一只镶珐琅的小金表，把他粉红色的面颊小心翼翼地抵在又白又硬的竖领上，看了看表。

“两点三十三分。”他说。

“我该更衣了，”达莉娅·米哈伊洛夫娜说，“德米特里·尼古拉伊奇，再见！”

罗亭站了起来。他和达莉娅·米哈伊洛夫娜的交谈有种特殊的味道。演员就是这样来背他们的台词的，外交官就是这样在会议上交换他们事先酌定的辞句的……

罗亭走出了书房。他现在亲身体会到，上流社会的人士对待他们已用不着的人，甚至连摈弃都不屑，而是像对待舞会后只剩了一只的手套，像对待一张包糖果的纸，或者一张没有中奖的彩票那样，随手撂在地上。

他匆忙打点好行李，焦急地等待起程的时刻。全家上下知道他突然要走，都十分惊讶，甚至连仆人都困惑不解地望着他。巴西斯托夫没有掩饰自己难过的心情。娜塔莉娅显然是在回避罗亭，她竭力避免同他的目光相遇，可他还是设法把信塞给了她。用午餐时，达莉娅·米哈伊洛夫娜又一次表示，希望去莫斯科前能再次见到他，但是罗亭一言不发。潘达列夫斯基几次三番找他搭讪。有好几回，罗亭恨不得扑过去，照准他气血旺盛的红润的腮帮子，扇他一耳光。m-lle Boncourt 时不时用狡黠的、异样的眼神瞥他一眼，这种眼神在非常通灵性的老猎狗的眼睛里往往可以看到……“嘿！”她像是在心里说，“把你整得够戗！”

终于钟敲六点，送罗亭走的马车来了。他和大家匆匆告别。他心情非常坏。他没料到他会这样离开这幢宅第，像是叫人驱逐出去的……“怎么闹出这样的结局！何必如此心急慌忙？不过话要说回来，还是一走了之的好。”他强笑着向大家点头告别时，心里就是这么想的。他最后一次看了一眼娜塔莉娅，他的心不由得战栗了，她向他投来的目光是永诀的目光，满含悲痛的谴责。

他快步走下台阶，跳进马车。巴西斯托夫自愿送他至第一个驿站，于是在他身边坐了下来。

“您记不记得，”马车刚出院子，驶上两旁栽有云杉的大路时，罗亭开口说，“您记不记得堂吉诃德驶离公爵夫人的宫殿时，对他的侍从说的那番话？他说：‘我的朋友桑丘，自由是人最宝贵的财富，凡托天之福能有一片面包而无需仰人鼻息的人，是幸福的！’当时堂吉诃德的感慨也就是我此时此刻的感慨……我的好心肠的巴西斯托夫，愿上帝保佑您有朝一日也能发此感慨！”

巴西斯托夫紧紧握住罗亭的手，这个正直的年轻人的心，在深受感动的胸膛里剧烈地跳动。车抵驿站前，罗亭一路上滔滔不绝地阐述着人的尊严，阐述着完全的自由的意义，他讲得那么热烈，那么优美，那么实在，以致到了分手的时刻，巴西斯托夫忍不住扑过去抱住他的颈项，泣不成声。罗亭自己也潸然泪下，然而他哭并非因为要跟巴西斯托夫分别了，他流的是自尊的泪水。

娜塔莉娅回到卧室，展读罗亭的信。

亲爱的娜塔莉娅·阿列克谢耶夫娜：

我决意走。舍此别无他途。我决意在未及向我下逐客令前先行告辞。我这一走，种种猜疑便可告终，未必有人会为我惋惜。我还有什么可企待的呢？……走为上策，但是我为什么还要给您写信？

看来，我要和您永别了，给您留下了一个比实际上的我要坏得多的印象，这于我太痛苦了。我所以要给您写信，原因就在于此。我既无意为自己辩白，也不想归咎于任何人，只能归咎于我自己；我只想在可能范围内作些解释……近几天发生的事情这样突如其来，非我始料所及……

今天的会面给了我永志难忘的教训。是的，您说得对：我并不了解您，却自以为了解您！我一生中，与各色人等多有交往，与许多妇人和女郎过从甚密；但只是在遇见您以后，才初次遇见一个**完全**诚实、正直的心灵。这在我来说是不熟悉的，所以我未能给予您应有的评价。我们相识的第一天，我就觉得我被您吸引住了——您想必觉察到了这点。我和您朝夕相处，却不了解您，甚或不想了解您……而我居然以为我爱上了您!！为了这个罪孽，我现在受到了惩罚。

我过去曾爱过一个女人，她也爱我……我对她的感情是复杂的，她对我也一样；正因为她并不单纯，所以这种感情得以将就过去。那时，爱的真谛未曾向我显现，所以一旦爱的真谛呈现在我面前，我竟浑然不知……待到临了，我终于知道了，却为时已晚……逝者已矣，岂能追回……我俩的生命本有可能结合，可现在已永无结合的可能。我自己也不知道我是否能够以真正的爱——发自内心的爱而不是想象中的爱——来爱您，我又如何向您证明我能够这样爱您呢！

天赋赐予我很多——我是知道这一点的，我不愿在您面前以虚伪的谦逊避而不谈这一点，尤其是现在，在我这样痛苦，这样备受羞辱的时刻……是的，天赋赐予我很多，但是我会虚度此生，做不成一件与我能力相称的事，身后也不会留下一丝值得称道的痕迹。我的全部才智都将虚掷；我不会看到我的种子开花结果。我感觉到我缺少……可我自己也说不上我究竟缺少什么……大概我缺少的是那种凡要打动人们的心和赢得女人的心都不可或缺的东西；单单对头脑建立的控制是脆弱的，且一无用处。我的命运是奇怪的，而且几乎是滑稽的，我愿意满腔热忱地、毫无保留地献出我的一切，——却献不出去。到头来，我为之牺牲的将是某种连我自己都不相信的无稽之谈……天哪！都已经三十五岁了，还在盘算去做番什么事业！……

我还从未向什么人这样披肝沥胆——这是我的忏悔。

关于我，已经说得够多了。我想谈谈您，向您进一忠言，除此以外，我什么都不配做了……您还年轻，但是不管您还要活多少年，您时时刻刻都要按您内心的感觉行事，切不可听命于自己的或者别人的理智。相信我的话，生活越简单，生活圈子越窄小就越好；切勿在生活中标新立异，而要致力于适时地使生活中的各个转折阶段臻于完美。“幸福的人在年轻时就像年轻人……”①但是我发现这个忠告对于我要比对于您适用得多。

娜塔莉娅·阿列克谢耶夫娜，我坦白地跟您说，我的心情很不好。对于我曾博得的达莉娅·米哈伊洛夫娜的好感的性质，我从未抱过奢望，不过我原希望贵府可成为我的栖身之所，哪怕只是暂时的……可现在我又得浪迹天涯了。对于我来说，天下还有什么能替代您的谈话、您的相伴和您关注而又聪颖的目光？……

① 引自普希金《叶甫盖尼·奥涅金》第8章第10节。

这都怨我自己，不过，您也想必同意，命运似乎把我们戏弄了一番。一个礼拜前，我自己也不曾意识到我爱您。前天晚上在花园里，我第一次听到您说……何必重提当时您说的话呢，——可今天我却要离去了，含辱而去，经过和您那番令人柔肠寸断的解释之后，我不抱任何希望地离去了……您不知道，我对您的负疚之心有多沉重。我身上有一种愚不可及的想到什么就说什么的饶舌的恶习……但是还谈这个干什么！我要离去了，永远地离去了！

（写到这里，罗亭向娜塔莉娅谈了他去见沃伦采夫的事，可转念一想，把这一段整个删掉了，然后在致沃伦采夫的信上添了第二个 post scriptum。）

自此我孑然一身留在世上，以献身于——像您今天早上带着冷酷的讥笑对我所说的——值得我去做的事业。唉！要是我终于克服我懒散的习性，真能献身于这类事业就好了……但是事与愿违！我终将碌碌无为地了此一生。稍有挫折，我便彻底溃退；我们之间发生的事就是明证。如果我牺牲我的爱情是为了我未来的事业，为了去尽我的天职，至少还可聊以自慰，然而我却害怕负起落到我肩上的责任，因此我的确配不上您。我不值得您为我而脱离您的环境……不过，话要说回来，这样反而好。我经受这番考验之后，也许会变得纯洁些，坚定些。

祝您美满幸福。永别了！望有时会想到我。希望您仍会听到我的消息。

罗　亭

娜塔莉娅把罗亭的信放在膝上，呆呆地坐了很久，眼睛望着地板出神。这封信比一切可以想见的理由都更加清楚地向她证明，早上和罗亭分别时，她情不自禁地高声说他并不爱她，是完全正确的！然而这并没有使她心里好受些。她一动不动地坐着；好像觉得有种无可名状的黑浪，正一股又一股无声无息地涌至她头顶，她正在默默地、木然地沉入水底。初次失恋对于任何人来说都是沉重的，而对于心地真挚、不愿自欺欺人、不识轻佻，且又寡言的人来说，更是不堪忍受。娜塔莉娅想起她儿时傍晚出去散步，她总爱朝燃着落霞的光亮的那边走去，而不肯朝黑暗的那边走。可现在，她的生活却面朝黑暗，背对光明……

娜塔莉娅双眸中噙满泪水。眼泪并不是总能起到良好作用的。那种在胸中郁积了很久，后来终于流出来，起初流得很吃力，渐渐地越流越畅，越流越甜，这样的眼泪能化悲为喜，有益身心，可以令压在心头的痛苦涣然冰释……但也有冰冷悭吝的眼泪，排遣不掉的痛苦以千钧重荷压在心头，把心底的泪水一滴一滴地挤压出去；这样的泪水就不可能化悲为喜，不可能令人轻松。只有到了悲痛欲绝的地步方会流这种眼泪，没有流过这种眼泪的人，还算不上不幸。娜塔莉娅这天尝到了这个滋味。

约摸过了两个小时。娜塔莉娅打起精神，站起身来，抹掉泪水，点燃了一支蜡烛，把罗亭的信付之一炬，将灰烬扔到窗外。然后随手翻开一本普希金的诗集，读了最先映入她眼帘的几行诗(她常常用普希金的诗占卦)。这几行诗是：

谁动过情，一去不返的岁月的
幽灵就会扰乱他的心……
他不会再迷恋生活，

回忆好似蛇蝎，

伴着悔恨将他咬啮……①

她站了一会儿，冷笑着照了照镜子，微微点了点头，就下楼到会客厅去。

达莉娅·米哈伊洛夫娜一看到她，就把她带进书房，让她坐在自己身旁，爱抚地拍了拍她的面颊，同时仔细地、几乎怀着好奇注视着她的眼睛。达莉娅·米哈伊洛夫娜心里好生不解：她怎么直到今天才第一次想到，她其实对自己的女儿并不了解。她听到潘达列夫斯基告诉她娜塔莉娅和罗亭约会，固然生气，却更感到惊讶，她的明白事理的女儿竟会做出这样的事来。但是当她把女儿叫来，开始责骂她——全然不像欧洲贵妇理应的那样，而是像泼妇骂街——的时候，娜塔莉娅坚定的回答、她的目光和举止中所显示出来的决心，使达莉娅·米哈伊洛夫娜感到困惑，甚至把她吓坏了。

罗亭突然离去，尽管令她有点纳罕，却卸去了她心头的一块巨石；她本以为会看到眼泪，歇斯底里发作……可是娜塔莉娅的举止却很是平静，这又令她如堕云里雾中。

"孩子，怎么样，"达莉娅·米哈伊洛夫娜问道，"你今天怎么样?"

娜塔莉娅看了一眼自己的母亲。

"瞧，他走了……你那个意中人。你知不知道他为什么走得这么仓促?"

---

① 引自普希金《叶甫盖尼·奥涅金》第1章第46节。

“妈妈!”娜塔莉娅轻声说，“我向您保证，如果您不再提起他，您是永远不会从我嘴里听到他的。”

“这么说，你承认做了对不起我的事?”

娜塔莉娅垂下头，重复了一遍：

“你永远不会从我嘴里听到他的。”

“行，你自己看着办!”达莉娅·米哈伊洛夫娜微微笑了笑，说。“我相信你。可前天，你还记得吗，你是怎么……算了，不提了。一切都结束了，解决了，埋葬了。对吗?现在你回心转意了，要不，我真不知道该怎么办。好吧，吻我一下，我的聪明的孩子!……”

娜塔莉娅托起达莉娅·米哈伊洛夫娜的手吻了吻，达莉娅·米哈伊洛夫娜吻了吻她低下的头。

“永远听我的话，不要忘了你是拉松斯基家的千金，是我的闺女，”她加补说，“你会幸福的。现在你可以走了。”

娜塔莉娅默默地走了出去。达莉娅·米哈伊洛夫娜望着她的背影，想道：“她像我——将来也是个多情种子，mais elle aura moins d'abandon[①]. ”于是达莉娅·米哈伊洛夫娜沉浸在对往事的回忆中……那是很久以前的往事了……

后来她吩咐把 m-lle Boncourt 叫来，同她关上房门密谈了很久。她走后，她又把潘达列夫斯基叫来。她心心念念要知道罗亭离去的真正原因……潘达列夫斯基让她完全平静了。这是他的看家本领。

第二天，沃伦采夫和她姐姐一起来吃午饭。达莉娅·米哈伊洛夫

① 法语：不过她比较克制。

娜对他一向另眼看待，而这天对他更是特别亲切。娜塔莉娅心里感到难以忍受的痛苦；然而沃伦采夫对她那么毕恭毕敬，和她讲话时那么低声下气，使她心底里不能不感激他。

这一天平静地、十分枯燥地过去了，但是曲终人散时，大家都觉得又回到了旧的轨道上，而这一点非常重要，极其重要。

是的，大家都回到了旧的轨道上……所有的人，除了娜塔莉娅。最后，只剩下她一个人，她拖着两条腿，吃力地走到床前，心力交瘁地扑倒在枕头上。她觉得这样活下去太痛苦，太可憎，太可鄙，她为自己，为自己的爱情，为自己的悲痛而羞愧莫名，此时此刻，她也许真想一死了之……摆在她前面的是日复一日的痛苦的永昼、不眠的长夜和苦恼的无尽折磨，然而她还年轻——对她来说，生活还刚刚开始，而生活迟早会显示出它的力量。一个人不管受到多大打击，他在当天，至多在第二天，总是要——恕我用语粗俗——吃饱肚皮的，而这已经是第一件可以告慰您的事了……

娜塔莉娅痛苦得心如刀割，她第一次遭此痛苦……好在第一次痛苦如同第一次恋爱一样，是不会重复的——真是谢天谢地！

十二

过了将近两年。又到了五月初。亚历山德拉·帕夫洛夫娜坐在她家的凉台上，她已不是利平娜，而是列日涅娃了；她嫁给米哈伊洛·米哈伊雷奇已有一年多。她仍然那么可爱，不过富态了好些。在通花园的凉台前，奶妈正抱着一个婴儿来回走着，那婴儿面颊红润，裹件雪白的小斗篷，戴顶有个雪白小绒球的帽子。亚历山德拉·帕夫洛夫娜时不时望婴儿一眼。婴儿没有哭叫，神气活现地吮着自己的指头，安静地看着四周。他的样子已表明他不愧是米哈伊洛·米哈伊雷奇的儿子了。

我们的老相识皮加索夫坐在亚历山德拉·帕夫洛夫娜旁边。我们和他分手以来，他头发白了，背驼了，人消瘦了，说话带有咝咝的声音，因为他掉了一颗门牙，这咝咝声使他的话显得分外狠毒……他满腹的怨怼不减当年，然而尖刻的程度却不如从前了，而且经常重复说过的话。米哈伊洛·米哈伊雷奇不在家；这会儿大家正在等他回来喝茶。太阳已经西沉。在日落那边，沿天陲延伸着一抹淡金色的浅黄的落霞，对面的半边天上，也有两道晚霞，下边的一道呈浅蓝色，上边的呈紫红色。几朵薄薄的浮云在高空渐渐消融。一切都预示着明天仍然天气晴朗。

皮加索夫忽然笑起来。

"阿夫里坎·谢苗内奇，您笑什么?"亚历山德拉·帕夫洛夫娜问。

"是这么回事……昨天我听到一个庄稼汉对他婆娘说——他婆娘正在唠唠叨叨地说个没完——'别汪汪叫！……'这句话说得太好了，我喜欢。别汪汪叫！的确，妇道人家能说出什么道理来？当然，您是知道的，我历来不把在座各位包括在内。我们的先辈比我们聪明。在他们所讲的童话里，美女总是坐在窗前，额上有一颗星星，总是不吱一声。女人就该这样。否则的话，您评评理看，前天我们首席贵族的妻子像是照准我脑袋开了一枪；她对我说，她看不惯我的**偏见**！嘿，偏见！要是大自然开恩，用一道什么指令，使她突然失去运用舌头的能力，那么对她和对所有的人，岂不更好?"

"您呀，阿夫里坎·谢苗内奇，还是老样子，总是攻击我们这些可怜的女人……您知道吗，这也是一种不幸。我为您惋惜。”

“不幸？您说什么呀！首先，依我看，世上只有三种不幸：冬天住在冷屋子里，夏天穿紧靴子，晚上跟一个又哭又闹的吃奶的娃娃睡在一间屋里，而你又不能用杀臭虫的药面把他药死；其次，真是天晓得，我现在的脾气别提有多好。简直可以作为榜样！我总是以礼待人。”

“您以礼待人，那还用说！就在昨天，叶莲娜·安东诺夫娜还抱怨您来着。”

“是吗，夫人！她都跟您说了些什么，我可以知道吗？”

“她跟我说，整个早上，不论她问您什么，您总是回答：‘夫人，您说什么？夫人，您说什么?!’而且还那么尖声尖气的。”

皮加索夫笑了。

“亚历山德拉·帕夫洛夫娜，您该同意，这个办法不是挺好吗……是吧？”

“太好啦！阿夫里坎·谢苗内奇，难道可以这样没有礼貌地对待一个女性吗？”

“什么？您认为叶莲娜·安东诺夫娜是女性？”

“那么您认为她是什么？”

“是一面鼓，对不起，一面普普通通的鼓，用棒槌可以敲响的鼓……”

“唉，瞧您说的！”亚历山德拉·帕夫洛夫娜打断了他的话，话锋一转，说：“听说该向您祝贺，是吧？”

“祝贺什么？”

“祝贺您打赢了官司。格林诺沃牧场判给您了……”

“是的，判给我了，”皮加索夫脸色沉了下来，说道。

“多少年来，您一直盼着得到这块牧场，现在到手了，反倒不高兴似的。”

“亚历山德拉·帕夫洛夫娜，容我禀告，”皮加索夫慢条斯理地说，“世上没有比来得太迟的幸福更坏，更可气的了。这种幸福既不能使您开心，反而剥夺了您的权利，最最宝贵的权利——骂人和诅咒命运的权利。是的，夫人，迟到的幸福是痛苦，是屈辱。”

亚历山德拉·帕夫洛夫娜只是耸了耸肩。

“奶妈，”她喊道，“我看米沙[①]该睡了。把他抱到这儿来。”

于是亚历山德拉·帕夫洛夫娜忙着照料她的儿子，皮加索夫只得走开，嘟嘟囔囔地坐到凉台另一边去。

突然间，在沿花园的大道上，米哈伊洛·米哈伊雷奇驾着他那辆两轮轻便马车出现在不远处。跑在马前边的是两条看门的大狗：一条黄狗，一条灰狗，都是他新近豢养的。两条狗不停地互相咬着玩，要好得难舍难分。一条老狗从大门里迎了出来，张大嘴巴像是要叫，结果只打了一个哈欠，掉转身往回跑，亲善地摇着尾巴。

“萨莎，你瞧，”列日涅夫隔得老远就朝妻子喊道，“瞧我把谁给你带来了……”

亚历山德拉·帕夫洛夫娜一下子没有认出坐在丈夫背后的人是谁。

“啊！巴西斯托夫先生！”她终于认出来，高声喊道。

“是他，是他，”列日涅夫回答说，“他还带来了天大的喜讯。待

① 米沙是她儿子米哈伊尔的小称，与她丈夫同名。

会儿你就知道了。”

正说着，他的车驶进了院子。

几分钟后，他和巴西斯托夫出现在凉台上。

“乌拉!”他高呼着拥抱妻子。“谢辽沙娶媳妇了!”

“娶的是谁?”亚历山德拉·帕夫洛夫娜激动地问。

“当然是娜塔莉娅……这位朋友从莫斯科带来了这个喜讯，他还给你捎了封信来……小米沙，你听见我说的话吗?”他抱过儿子，加补说，“你舅舅结婚了！……你这个可恶的小鬼，什么都不关心！只知道一个劲儿地眨巴眼睛!”

“少爷要睡了。”奶妈提醒说。

“夫人，”巴西斯托夫走到亚历山德拉·帕夫洛夫娜跟前，说，“我今天从莫斯科来，达莉娅·米哈伊洛夫娜派我来查看庄园的账目。这儿有封给您的信。”

亚历山德拉·帕夫洛夫娜急忙拆开弟弟的信。信里只有几行字。他在第一阵迸发的狂喜中告诉姐姐，他向娜塔莉娅求婚，得到了她和达莉娅·米哈伊洛夫娜的允肯，他答应等下一班邮车再详告一切，并向大家遥寄他的拥抱和亲吻。显而易见，他写这封信时已乐不可支。

仆人端来了茶，主人请巴西斯托夫入座。一个个问题像雨点一般落到他头上。他带来的喜讯使所有的人，甚至包括皮加索夫在内，都十分高兴。

“请您讲讲，”列日涅夫顺便谈到，“我们听到许多传闻，都是关于一个叫什么科尔恰金的先生的。也许全是瞎编的吧?”

（科尔恰金是个英俊的年轻人，上流社会的精英，为人高傲，目空一切，他举止庄严异常，好像不是一个活人，而是由公众集资为他竖立的一尊雕像。）

“不，不完全是瞎编的，”巴西斯托夫微笑着说。“达莉娅·米哈伊洛夫娜十分赏识他，可娜塔莉娅·阿列克谢耶夫娜连听都不愿听到他。”

“我知道这人，”皮加索夫接口说，“他是个双料的蠢货，是个叫人捧上了天的蠢货……去他的吧！要是人人都像他的话，得花大钱向人家求爹爹告奶奶，人家才肯答应活下去……去他的吧！”

“也许是这样，”巴西斯托夫说，“不过他在社交界并非等而下之的人。”

“好了，就那么回事！”亚历山德拉·帕夫洛夫娜高声说道，“别管他了！嗬，我真替我弟弟高兴！……娜塔莉娅快活吗，幸福吗？”

“是呀，夫人。她还是像往常一样平静——您是了解她的，——不过，看来她还是满意的。”

黄昏在愉快热烈的交谈中过去了。大家坐下来用晚餐。

“顺便问一句，”列日涅夫一边给巴西斯托夫斟法国红葡萄酒，一边问道，“您知道罗亭在哪里吗？”

“现在在哪里，我说不上。去年冬天他到莫斯科来过几天，后来随一家人家去了辛比尔斯克；有过一段时间，我跟他经常通信；在最后一封来信中他告诉我，他要离开辛比尔斯克了——可没说到哪儿去，——从此就没有音讯了。”

“他丢不了！”皮加索夫接口说，“准是呆在什么地方说教。这位先生到哪儿都能找到一两个崇拜者，他们张大嘴巴听他说，还借钱给他。你们等着瞧吧，迟早有一天，他会在察列沃科克沙伊斯克或者丘赫洛马的某个地方，死在一个戴假发的七老八十的老处女怀里，而她则认为他是世界上最有天才的人……”

“您这么损他，太刻薄了。”巴西斯托夫压低声音不满地指出。

“一点儿也不刻薄!”皮加索夫说，“相反，十分公正。依我看，他不过是个吃白食的溜须拍马的清客。我忘了告诉您，”他掉过头来，对列日涅夫说，“我认识那个跟罗亭一起出国的捷尔拉霍夫。当然认识！当然！他跟我讲的罗亭的事，您简直没法想象——让人笑掉大牙！有意思的是，罗亭所有的朋友和追随者最终都变成了他的敌人。”

“请把我从这类朋友中除去!”巴西斯托夫激动地打断他的话，说。

“噢，您又当别论！我并没有说您。”

“捷尔拉霍夫都给您讲了什么?”亚历山德拉·帕夫洛夫娜问道。

“他给我讲了许许多多事儿，记不全了。其中最妙的是罗亭的这么一件趣事。他一天天不断发展(这些个先生三句不离发展；别人，比方说吧，只是睡了吃，吃了睡，而他们呢，是在发展的过程中睡或者吃；巴西斯托夫先生，是这样吗？——巴西斯托夫没有理他。)……罗亭就这样一天天发展，通过哲学途径，演绎出一条推理：他该谈恋爱了。他开始寻找能同这个惊人的推理相般配的对象。弗尔图娜①向他微笑了。他结识了一个法国女人，一个标致的时装女裁缝。请注意，这桩风流韵事发生在一个德国城市里，在莱茵河上。他开始三天两头儿去找她，给她送去各种各样的书，跟她谈论大自然和黑格尔。你们能想象出女裁缝怎么想的吗？她以为他是个天文学家。不过，你们是知道的，他这个人长相还行，再说又是个外国人，是个俄国人，她就爱上他了。他

① 古罗马神话中的命运女神。

终于约她幽会，而且安排得非常有诗意：荡舟河上。法国女人同意了，打扮得漂漂亮亮的，跟他上船。他俩在船上呆了两个小时，你们猜猜看，他在这段时间里一直在干些什么？他抚摸着法国女人的头，若有所思地仰望着天空，一而再地说，他对她怀有一种慈父般的爱。法国女人都快气疯了，掉转身就回家去了，这件事是她亲口告诉捷尔拉霍夫的。瞧，他就是这么一位先生！”

皮加索夫说罢，哈哈大笑。

“您这个老不害臊的！”亚历山德拉·帕夫洛夫娜微嗔道，“这反而使我越来越相信，即使骂罗亭的人，也从他身上揭不出什么短来。”

“揭不出什么短来？您得了吧！他这辈子总是靠别人养活，到处借钱……米哈伊洛·米哈伊雷奇！他十之八九也向您借过钱吧？”

“阿夫里坎·谢苗内奇，请听我说！”列日涅夫正色说，“请听我说，您是知道的，我内人也知道，近年来我对罗亭并无特别的好感，甚至还常常说他的不是。尽管如此（列日涅夫给每个人的酒杯里斟上香槟），我还是要向各位提议：我们刚才为我们亲爱的弟弟和他的未婚妻的健康干了杯；现在我提议为德米特里·罗亭的健康干杯！”

亚历山德拉·帕夫洛夫娜和皮加索夫诧异地望着列日涅夫，而巴西斯托夫则浑身一震，高兴得脸都涨红了，眼睛睁得铜铃似的。

“我非常了解他，”列日涅夫继续说，“他这人的缺点我都清楚。他的缺点所以都暴露在外，正因为他不是个卑鄙小人。”

“罗亭——拥有天才的意志！”巴西斯托夫接茬说。

“天才在他身上大概是有的，”列日涅夫不以为然地说，“至于意志……他全部的不幸，说实在的，正在于他没有意志……但是问题不在这里。我要说的是他身上有一种优秀的罕见的品质。他有激情；请相信我这个两耳不闻天下事的人，激情是我们时代最可宝贵的品质。我们大家都不可容忍地变得谨小慎微，与世无争，萎靡不振；我们都在睡大觉，血都冷了，谁把我们唤醒，给我们温暖，哪怕只有一刹那工夫，我们也得感谢他！是时候了！萨莎，你还记得吗，我跟你有次谈到他，指摘他冷得像冰。那时我说的这句话又对又不对。他冷的是血——这怨不得他，——而不是头脑。他并非像我过去说他的那样是个戏子；不，他不是骗子，不是无赖；他靠别人养活是因为他像个孩子，而不是因为他老奸巨猾……是的，他将来的确会在穷困潦倒之中死于穷乡僻壤；难道我们因此就可对他落井下石？他所以一事无成，是因为他没有意志，没有热血。可是谁有权利说，他过去和现在从未给人带来有益的东西呢？谁有权利说，他的话没有在青年人的心灵里播下许多优良的种子呢？而大自然也像对罗亭那样，赋予这些青年人活动力和实现自己理想的能力。是的，我本人第一个对此有切身体验……萨莎知道，在我青年时代，罗亭在我心目中居于什么地位。我记得，我曾断言，罗亭的话不可能对人产生影响，但我那时所指的是像我现在这样年纪的人，是指已尝遍人世甜酸苦辣的人。只消所讲的话中有一个音符走调，那么在我们听来，整个讲话的和声就消失了，而青年人，幸好他们的听觉还没有那么成熟，那么挑剔。要是他们所听到的话，只消他们觉得本质是美好的，他们才不去管音调呢！他们自己会从这席话去找中意的音调！”

“好！好！”巴西斯托夫喝彩说，“说得多么公正！至于谈到罗亭的影响，我向你们发誓，这个人不但能震撼你，而且还能推动你一往直前，不让你停下来，将你彻底改变，让你燃烧！”

“您听到了吗？”列日涅夫掉过头来朝着皮加索夫，继续往下说，

“您还需要什么样的证明？您攻击哲学，然而您又找不到称您心的挖苦的字眼。我本人并不怎么喜欢哲学，也不怎么懂哲学；然而我们主要的不幸并非由于哲学！哲学的诡谲深奥和无谓的空谈素来和俄国人格格不入；俄国人在这方面历来过于求实；然而借攻击哲学之名，来攻击一切对真理和理性的真诚的追求，则是不容许的。罗亭的不幸在于他不了解俄罗斯，这的确是巨大的不幸。俄罗斯可以没有我们中间的任何一个人，而我们中间的任何一个人却不可以没有俄罗斯。谁以为可以，谁就是不幸的，谁真的不要俄罗斯，谁就加倍的不幸！世界主义——是无稽之谈，世界主义者是零，比零还不如；离开民族性就没有艺术，没有真理，没有生命，一无所有。没有个性，就不可能有完美的人；只有鄙俗的人才可以没有个性。不过我还是要说，这不能怪罗亭：这是他的命运，多舛而又痛苦的命运，我们不会因他有这样的命运而怪罪于他。如果我们来分析为什么我们中间会出现罗亭这样的人物，那我们就扯远去了。为了他身上的好的品质，我们应当感谢他。这比不公正地对待他要好得多，可我们过去对他是不公正的。惩罚他不是我们的事，而且也没有必要惩罚，因为他对自己的惩罚够严厉了，远远超过了他所应受的……愿上帝保佑，让他遭际的不幸洗涤尽他身上一切不好的东西，而只留下他身上美好的东西！我为罗亭的健康干杯！我为我最美好的年华中的这位同学的健康干杯，为青春，为青春时代的希望，青春时代的憧憬，青春时代的轻信和真诚，为二十岁时我们的心房为之跳动的一切而干杯；在我们一生中，无论过去还是将来都不会有比这一切更美好的了……我为你，金色的年代，为罗亭的健康干杯！”

大家都同列日涅夫碰杯。巴西斯托夫兴奋得差点把酒杯碰碎，他一口气把酒喝干，而亚历山德拉·帕夫洛夫娜握住了列日涅夫的手。

“米哈伊洛·米哈伊雷奇，我没料到您是个这么好的演说家，”皮加索夫指出，“简直同罗亭先生本人不相上下；连我也叫您给感动了。”

“我根本不是演说家，”列日涅夫有点儿恼火地说，“至于要感动您，我想，决非易事。不过，我们谈罗亭也谈够了；让我们谈谈别的吧……这个……他叫什么来着……对，潘达列夫斯基，他还住在达莉娅·米哈伊洛夫娜家吗?”他望着巴西斯托夫，问。

“那当然，一直在她家！她给他谋到了一个肥缺。”

列日涅夫冷笑了一下。

“这个人倒不会死于贫困，这我敢担保。”

晚餐结束。客人散了。只剩下亚历山德拉·帕夫洛夫娜和丈夫两个人，她笑盈盈地望着他的脸。

“米沙，你今天真好!”她抚摩着他的额头，轻声说，“你说得多么聪明，又多么高尚！不过，你得承认，你夸罗亭过于不遗余力了，就像你当初不遗余力地贬他一样……”

“人不该落井下石……我当初是生怕你叫他给迷住。”

“不会，”亚历山德拉·帕夫洛夫娜坦诚地说，“我一向认为他太有学问，我怕他，有他在场，我都不知道该怎么说话。今天皮加索夫把他挖苦得够恶毒的了，你说呢?”

“皮加索夫?”列日涅夫说，“就是因为皮加索夫在这里，我才这样起劲地替罗亭打抱不平。他竟敢称罗亭是溜须拍马的清客！而依我看，他皮加索夫扮演的角色，要坏上一百倍。他有钱，不用靠人家，他成天嘲笑所有的人，可是他自己一见到达官贵人，就胁肩谄笑，献媚邀宠！你知道吗，这个皮加索夫狠毒地谩骂所有的人和所有的事，攻击哲学，攻击女性，——可你知道吗，他做官那一阵，却索贿受贿，什么丢人的事不做！啊！他就是这号人！”

“竟有这样的事?”亚历山德拉·帕夫洛夫娜问，“我可怎么也没料到！……听着，米沙，”她沉吟有顷，又说，“我要问你……”

“问什么?”

“你怎么看？我弟弟跟娜塔莉娅在一起会幸福吗?”

“怎么跟你说呢……大概会吧……当家作主的是她——你我之间无须讳言这一点，——她比他聪明；但是他是个好人，他打心底里爱她。还要求什么呢？您看，咱俩不是相亲相爱，很幸福吗?”

亚历山德拉·帕夫洛夫娜笑了，紧紧地握住米哈伊洛·米哈伊雷奇的手。

就在亚历山德拉·帕夫洛夫娜家发生上面讲的那些事的同一天，在俄国一个边远省份里，炎炎赤日之下，一辆用蒲席做篷的蹩脚马车，由三匹耕马拉着，在大路上慢吞吞地走着。驭者座上坐着一个穿件破烂的厚呢上衣、头发已经花白的庄稼汉，他的双脚斜搁在车辕横木上，手时不时扯一下缰绳，挥动一下鞭子；车篷里，有个身材高大的人，戴顶制帽，披着件落满尘土的斗篷，坐在一只扁瘪的箱子上。这人就是罗亭。他垂着头坐在那里，帽檐一直拉到眼睛上。车子的颠簸使他的身子晃动不已，他好像毫无感觉，像是在打瞌睡。后来，他终于挺直身子。

“我们什么时候才能到达驿站?”他问那个坐在驭者座上的庄稼汉。

“快了，老爷”，庄稼汉使劲扯了一下缰绳，“上了坡，还有两俄里路，不会再多……嘿，这个畜生！在想心事……我叫你想。”他用尖细的嗓子喝道，举起鞭子抽了拉右边套的马一鞭。

“你呀，看来赶车的本领很不行，”罗亭说，“我们一大早就上路了，磨磨蹭蹭走了这么久也没走到。你还是给唱个什么曲子吧。”

“可是老爷，叫我咋办！您老自己也看见，马都累成什么了……天又热。唱曲咱不会，咱又不是驿站的马车夫……小崽子，喂，小崽子！”庄稼汉突然冲着一个穿褐色长袍和破树皮鞋的过路人吼道，“闪开，小崽子！”

“瞧你……赶车的！”那过路人朝着他的背影嘟囔道，站停了下来，“莫斯科臭蛋！”他又满含谴责地说了一句，摇了摇头，一瘸一拐地往前走去。

“你往哪儿跑！”庄稼汉扯着辕马，一字一顿地说。“唉，你呀，调皮鬼！真是个调皮鬼……”

三匹筋疲力尽的马好歹总算进了驿站的院子。罗亭从马车上下来，付了车钱（庄稼汉没向他鞠躬道谢，把钱放在手掌心里掂了好一阵——显而易见，嫌酒钱给少了），自己拎着箱子走进驿站。

我有个熟人一生中走遍了俄国各地，他说过，如果驿站墙上挂的画，描绘的是《高加索俘虏》[①]中的场面，或者俄国将军的肖像，那么很快就能要到马匹；可如果画的是有名的赌徒乔治·德·热尔曼尼[②]的一生，那么旅行者就别指望能很快离开，他可以有足够的时间去欣赏这名赌徒年轻时高高耸起的鸡冠状的鬈曲额发、敞开的白坎肩以及又

---

① 普希金的叙事长诗。

② 赌徒乔治·德·热尔曼尼是法国剧作家久康沙和迪诺著于 1827 年的闹剧《三十年时光，又名赌徒的一生》中的主人公。

窄又短的裤子，欣赏他成了一名衰翁后，在一幢屋顶陡峭的农舍里，抡起一把椅子，要把儿子砸死时满脸狂怒的表情。罗亭此刻走进去的那个房间里，墙上挂的正是《三十年时光，又名赌徒的一生》中的几幅图画。他喊了一声，驿站长走了出来，一副睡眼惺忪的样子(顺便说一句，有谁见到过不带睡容的驿站长?)，他甚至不等罗亭动问，就用没精打采的声音宣称没有马。

“您连我要去哪儿都不知道，”罗亭说，“您怎么张口就说没马?我是雇耕马拉的车来的。”

“不管您要去哪儿，我们都没马，”驿站长回答说，“您要去哪里?”

“去(某某)斯克。”

“没有马。”驿站长重复了一遍，掉头就走。

罗亭懊丧地走到窗前，把帽子扔到桌上。他的模样没有多大变化，只是肤色近两年来有些发黄；鬓发中夹有几根发亮的银丝；眼睛依旧很漂亮，可目光似乎黯淡了些；嘴角、面颊和两鬓添了好些细小的皱纹，那是痛苦和忧思的印痕。

他身上的外衣已经旧损，看不出里边是不是穿有内衣。他的锦绣年华已经逝去，就如园丁说的，他已到了结子的时候了。

他开始看四壁的涂鸦……尽人皆知，这是旅客在百无聊赖时的一种消遣……突然，门打开了，驿站长走了进来。

“往(某某)斯克的马没有，等多久也不会有，”他说，“但是有返回(某某)沃夫的马。”

“返回(某某)沃夫?”罗亭低声说。“得了吧！这跟我完全不顺路。我要去奔萨……可(某某)沃夫好像是在去唐波夫的那个方向。”

“那有什么？您可以从唐波夫再去那儿，要不从（某某）沃夫拐个弯也到得了。”

罗亭想了想。

“嗯，也行，”他终于说，“请您关照套车。我反正一样，就去唐波夫。”

马很快就套好了。罗亭提起小箱子，爬上马车，坐了下来，像原先那样耷拉着脑袋。在他弯腰曲背的身影里有一种孤苦无告、无可奈何的忧伤……三匹马不紧不慢地跑了起来，小铃铛时断时续地叮当作响。

尾　声

又过了几年。

一个寒冷的秋日。一辆旅行马车在省会C城一家最大的旅馆门前停了下来。一个绅士哼哧着从车上下来，稍稍伸了个懒腰；他年纪还不老，但已经发福到足以令人敬重的地步。他登上二楼，在宽敞的走廊前站停下来，看到四下没人，便提高嗓门说他要开房间。只听见什么地方有扇房门砰的一响，一个高个子侍者从一道低低的屏风后面跑出来，侧着身子，快步在前头引路，昏暗的走廊里闪动着他发亮的背部和卷起的衣袖。旅客一进房间，马上脱掉大衣，解下围巾，坐到沙发上，两个拳头支在膝盖上，好像刚睡醒似的环顾了四周一眼，然后吩咐把他的跟班叫来，侍者转过身去走了。这个旅客并非别人，正是列日涅夫。他为招募新兵的事，由乡下来到C城。

列日涅夫的跟班走了进来，这是一个头发鬈曲、两颊红润的小伙子，穿件灰大衣，腰间束条淡蓝的阔腰带，脚上穿双软毡靴。

“瞧，老弟，我们不是走到了吗，”列日涅夫说，“可你一路上还担心轮箍别打车轱辘上脱落下来。”

“是走到了！”跟班在竖起的大衣领子里强笑着说，“那个轮箍没打轱辘上脱落下来是因为……”

“有人吗？”走廊里有个人喊道。

列日涅夫听了身子不由得一震，连忙侧耳倾听。

“喂，有人吗？”那人又喊了一声。

列日涅夫站起来，走到房门前，立刻把门打开。

走廊里站着一个大高个儿，头发几乎全白了，背微拱，穿一件铜纽扣的波里斯绒斜襟外衣。列日涅夫一眼就认出了这人。

“罗亭！”他激动地喊道。

罗亭转过身来。列日涅夫正背光站着，他看不清列日涅夫的面孔，于是狐疑地望着喊他名字的人。

“您认不出我了？”列日涅夫问。

“米哈伊洛·米哈伊雷奇！”罗亭大声说，伸出了手，又觉唐突，把手缩了回去。

列日涅夫连忙伸过双手握住他的手。

“请，到我房间来！”他对罗亭说，把他拉进房间。

“您变多了！”列日涅夫沉默了一会儿，不由得放低声音感慨地说。

“是的，都这么说！”罗亭回答道，目光飘忽不定地漫视着室内。“年纪不饶人……可您却——没什么变化。亚历山德拉……尊夫人身体好吗？”

“谢谢，很好。是什么风把您吹到这儿来的?”

“我？说来话长。其实我到这儿来是偶然的。来找个熟人。不过，我非常高兴……”

“您午饭在哪里用?”

“我？不知道。找个小饭馆凑合一顿。我今天必须离开这里。”

“必须?”

罗亭苦笑了一下，似有难言之隐。

“是的，必须。我给发配回乡了。”

“请您同我一块儿吃午饭吧。”

罗亭进屋后第一次直视列日涅夫的眼睛。

“您邀我共进午餐?”他问。

“是的，罗亭，作为故交，作为老同学。您愿意吗？我没料到会遇见您，今后天知道我们何年何月再能重逢。你我可不能就这样各奔东西!”

“好吧，我同意。”

列日涅夫握了握罗亭的手，唤来跟班，点了午餐，还要了瓶冰镇香槟酒。

吃午饭时，列日涅夫和罗亭好像是事先约定的，只谈他们的大学生时代，回忆许多往事和许多故知——有的已作古，有的还健在。起初，罗亭不太愿意说话，但几杯酒下肚，他的血液燃烧了起来。侍者终于把最后一个盘子撤走。列日涅夫站起身来，拴上房门，回到桌子旁边，坐到罗亭对面，静静地用两手支着下巴。

“好吧，”他说，“现在把我们分别以来您遇到的事全说给我听听。”

罗亭看了列日涅夫一眼。

“天哪!”列日涅夫又一次想道。“他变得多么厉害，可怜的人!”

罗亭的面貌并无多大变化，尤其同我们在驿站上看到他时相比，虽说老之将至的印痕已烙在他脸上了；可他的表情，他的神态较之过去已判若两人。他的眼神完全变了样；在他周身上下，在他时而迟钝，时而又不相连贯的急遽的动作中，在他冷漠的、有气无力的谈话中，无不流露出他内心的极度疲惫和隐秘的幽幽的哀伤，这远远不同于他当年经常要加以炫耀的那种一半是装出来的忧郁，凡是满怀希望、自信和自尊的青年人都爱炫耀那种忧郁。

“把我遇到的事全说给您听?”他问道。“全说给您听是不可能的，也没有什么意思……我备受颠沛流离之苦；飘零天涯的不单是我的肉体，我的心灵也终日浮萍浪迹，飘泊西东。没有什么事，没有什么人不令我失望，我的天呀！我什么人没有结交过！是的，各色各样的人!”罗亭看到列日涅夫怀着异常的同情望着他，便又重复了一句。“不知有多少次我觉得我的言论是可憎的——不光是出于我本人之口的，就连出自于赞同我观点的人之口的，我也觉得可憎。不知多少次我从孩子式的兴奋变得像一匹马一样麻木呆定，任凭鞭子抽打，连尾巴也不动一下……不知多少次我的喜悦和希望成为泡影，我与人为敌，我甘受屈辱都是白费心机！不知多少次我像雄鹰一般一飞冲天，结果却像一只摔破了外壳的蜗牛那样爬回来！我哪里没去过，哪条路没走过！……而路往往是泥泞的，”罗亭补了一句，稍稍扭过头去，“您知道吗……”他继续说道……

“您听我说，”列日涅夫打断了他的话，“当年我们曾以‘你’相称……您愿意吗？让我们恢复当年的称呼……让我们为**你**干杯！”

罗亭精神一振，他挺直了身子，眼睛里闪过一种非笔墨所能形容的神情。

“干杯，”他说，“谢谢你，兄弟，我们干杯。”

列日涅夫和罗亭干了一杯。

“**你**知道吗，”罗亭微笑着说，把“你”字说得特别重，“我心里有条什么虫，它无时无刻不在咬我，啃我，让我至死安定不下来。它把我推向人前——起初人们受我的影响，可到头来……”

罗亭凌空挥了下手。

“自从我跟您……跟你分别以来，我历尽沧桑……我不知多少次重起炉灶，从事新的事业——可结果呢，你看见了！”

“你这人缺乏毅力。”列日涅夫像是自言自语地说。

“你说得对，我这人缺乏毅力！……我永远建造不起高楼大厦；是呀，兄弟，脚下连土地都没有，先得给自己修个立足之地，哪还谈得上建造高楼大厦！我历次的奇遇，其实就是我历次的失败，我不一一给你描述了。我挑两三件讲给你听……都是我一生中成功似乎已经在向我微笑的几件事，或者说，我已经开始有成功指望了，两者并不完全是一回事……”

罗亭把他那已经稀疏了的花白的头发用手往后一撸，就像当年撸他那一头鬈曲的浓发。

“好，听我说吧，”他开始说了。“我在莫斯科结识了一个堪称怪人的绅士。他非常富裕，广有田产；他无意仕途。他主要的，也是唯一的癖好是爱科学，泛指的科学。至今我不明白，他怎么会有这种癖好！因为科学之对于他一如马鞍之对于牛。他竭力想显得自己智商很高，其实他连话都不会讲，只知道装腔作势地转动眼珠，煞有介事地摇头晃脑。兄弟，我还从来没见到过像他这样低能，这样愚蠢的人……斯摩棱斯克省有这样一些地方，在他经营下，除了沙土之外，什么都不长了，难得有几根草，那也是连牲口都不要吃的。他什么事情都办不成——一切都从他手里溜走，溜得远远的；他还喜欢把轻易就可解决的事弄得复杂难解。如果什么都照他的话做，他的仆人就只好用脚而不是用手来吃饭了。他孜孜不倦地干呀，写呀，读呀。他以执拗的顽强精神，以惊人的耐力致力于他的科学；他自尊心非常强，他的性格硬如钢铁。他独身，以脾气怪僻著称。我认识了他……嗯，他挺赏识我。而我呢，坦白地说，一眼就看透了他，可是他的勤奋感动了我。再说，他有的是钱，借他的财力可以做许多有益的事……我在他家住了下来，最后同他一起去了乡下。兄弟，我的计划是庞大的，我梦想着各种各样的改良、革新……”

“就像在拉松斯卡娅家那样，你记得吗，”列日涅夫善意地微笑着说。

“哪里！在她家，我心里明白，我的话根本不起作用，而在这里……在这里展现在我面前的是另一番天地……我随身带着许多农艺书籍……不错，我从未读完过其中任何一本……不过，我动手干了起来。起初，如我所料，事情进行得并不顺利，可后来似乎顺利多了。我的新亲朋友冷眼旁观，不发表意见，不干预我，确切地说，在一定程度上不干预我。他采纳我的建议，并付诸实施，但是态度固执，勉勉强强，心底里将信将疑，竭力要按他自己的心思办。他对自己的每一个想法都看得过重。他费了九牛二虎之力想出一个主意，就像一只瓢虫费了九牛二虎之力爬到了一根青草的叶尖上，停在上边，张开翅膀，想飞出去——不料一个不小心，突然掉到地上，于是重又往叶尖上爬去……你可别觉得这些比喻不伦不类。当时我心里就已充满这类比喻。我就这样苦苦挣扎了两年。尽管我费尽心机，事情还是进行得很糟。我感到累了，我的朋友讨厌我，我也开始挖苦他，他像条羽绒褥子，把我的头蒙住，让我透不过气来。他对我的不信任化作了无言的愤怒，我们两人彼此心头都充满敌意，我们已经不可能坐下来谈任何事了；他暗暗地，然而不懈地向我证明，他是决不会屈从于我的影响的；我作出的决定不是被他歪曲，就是干脆被他推翻……我终于明白，我在这位地主老爷家里不过是个食客，陪主子锻炼锻炼智力而已。我不愿再违心地浪费我的时间和精力，我痛苦地感到我的希望又一次成了泡影。我非常清楚，如果我离开，我失去的将是什么；但是我忍耐不了，有一天，我目击了一场令人难受和愤慨的场面，我看到了我的朋友极其丑恶的一面，我和他吵翻了，拂袖而去，撇下了这个用俄国草原上的面粉和着德国糖浆捏成的学究式的地主老爷。”

“就是说你丢掉了赖以糊口的面包。”列日涅夫说，把两只手放到罗亭肩上。

“是呀，在空旷的大地上，我又一次感到自己赤条条一身无牵挂。飞吧，想飞往哪里就飞往哪里……来，我们干杯！”

“为你的健康干杯！”列日涅夫说，站起身来，吻了吻罗亭的额头。“为你的健康，为了纪念波科尔斯基……他也安贫若素。”

“这就是我要讲给你听的第一件奇遇，”罗亭沉吟片刻后，说，“再往下讲吗？”

“请往下讲。”

“唉！我都不想讲了。我讲累了，兄弟……但还是讲讲吧。我又四海为家，闯天下去了……顺便说一句，我本来可以讲给你听，我怎么当上了一个好心肠的大官的秘书和结果怎样，可是这就要扯远了……我闯了一阵天下之后，终于决心做一个……请别笑话我……做一个实业家，做个务实的人。我认识了一个人……你也许听说过他，他叫库尔别耶夫……没听说过吗？”

“没有，没听说过。不过，得了吧，罗亭，像你这样有头脑的人，怎么看不出来，你不是做一个……恕我用个双关语……实业[1]家的料？”

“我知道，兄弟，我不适合做这个，可是我适合做什么呢？……要是你有缘结识库尔别耶夫该多好！请你不要以为他是个说空话和大话的人。当年大家都说我口才好。可是跟他一比，真如小巫之见大巫。这是个胸罗万卷、知识渊博的人，兄弟，他的头脑有创见，而且深谙生财之道，工业商业无所不精。他满脑子都是最最出人意料的各种各样的大胆的计划。我们两人决定运用我们的力量，联手办一桩有益于大众的事业……”

“可以问一下是什么事业吗？”

罗亭垂下了眼睛。

“你会笑话我的。”

“为什么？不，我不会笑话。”

“我们决定疏浚K省的一条河流，使其成为可以通航的水道，”罗亭不好意思地微笑着说。

“原来如此！这么说，这位库尔别耶夫是个资本家？”

① 实业一词在俄语中系多义词，可作事业、务实、生意、能干解。

“他比我还穷。”罗亭说，悄悄低下了他花白的头。

列日涅夫捧腹大笑，但突然止住笑声，握住罗亭的手。

“请原谅我，兄弟，”他说道，“这是我万万没有料到的。那么你们的事业到头来只是纸上谈兵?”

“不尽然。施工倒是开了头。我们雇了工人……干了起来……但是马上遇到各色各样的阻碍。首先磨坊主一致反对，怎么也不肯听我们解释，而更主要的是我们没有兴修水利的机械，而购买机械又没有资金。整整六个月，我们住在窑洞里。库尔别耶夫只靠面包充饥，我也经常吃不饱。不过我对这件事并不后悔，那里的自然风景优美异常。我们绞尽脑汁，力图绝处逢生，千方百计去说服商人，写了不少信，还发了不少通知。末了，我把自己的最后一个戈比都花在这个计划上了。”

“噢，”列日涅夫指出，“我想，叫你把最后一个戈比都花完并非难事。”

“的确不难。”

罗亭望着窗外。

“真的，这个计划不坏，如果能实现，一定能造福于民。”

“这位库尔别耶夫上哪里去了?”列日涅夫问。

“他？他如今在西伯利亚淘金。你会看到，他准会发财；不会久居人下的。”

“可能；可你却十有八九发不了财。”

“我？有什么办法！我知道，在你眼里，我永远是个百无一用的废物。”

“你？哪里的话，兄弟！……过去有段时期，的确，在我眼里你一无是处，可现在，相信我，我已经明白了你的价值。你是发不了财的……我所以爱你，就是为了这一点……真的！”

罗亭淡然一笑。

“真的?”

“为了这一点，我尊重你，”列日涅夫说。“你明白我的意思吗?”

两人都不作声了。

“怎么样，要转到第三件事上吗?”罗亭问。

“那就有劳了。”

“好吧。第三件也是最后一件。我今天才刚刚摆脱这件事。我没让你厌烦吧?”

“讲吧，讲吧。”

“你知道吗，”罗亭开始讲，“有一回，我闲着没事……我闲着没事的时候很多……我就想：我有很多知识，有良好的愿望……听着，你不至于否定我有良好的愿望吧?”

“那还用说!”

“在其他各个方面，我无战不败……我想，那我何不去执教鞭呢，或者说得直白些，去当教师呢……总比这样虚度时光要好……”

罗亭停了下来，喟然长叹了一声。

“与其虚度时光，还不如设法把我的知识传授给他人，也许他们能从我的知识中汲取些许有用的东西。我天资很高，而且善于辞令……于是我决心献身于这个新的事业。我多方奔走终于谋得了一席教职，因为我不愿办私塾，而去小学呢，我又无事可干。临了，我终于在此地的中学里谋得了一个教师的席位。”

“教师——教什么?”列日涅夫问。

“教俄罗斯语文。我告诉你，我无论做什么事都没有像做这件事那样充满热情。一想到能对年轻人发生影响，我就大受鼓舞。我花了三个礼拜的时间写了导语的讲义。”

“讲义还在吗?”

“不在了；不知丢到哪儿去了。这篇讲义写得还不错，大家都爱听。此时此刻，我好像还看到我的听众的脸庞——张张善良、稚嫩的脸庞，满脸纯真的专注、同情，乃至惊异。我登上讲坛，激昂慷慨地宣读讲义；我原以为这篇讲义要读一个多小时，不料才二十分钟就读完了。学监也坐在教室里听，这是个戴银丝眼镜和短假发的又干又瘦的老头儿，他有两三次朝着我的方向点头。我讲完课，从椅子上一跃而起，这时他对我说：‘先生，很好，就是艰深了些，不容易听懂，而且有关本题讲得少了些。’可学生们却怀着敬意目送我离开教室……真的。年轻人之可贵就在于此！第二堂课我也带了讲义，第三堂课也是……此后就临场发挥了。”

“成功吗?”列日涅夫问。

“非常成功。成群结队地来听我讲课。我把我心里的一切，一无保留地传授给他们。其中有三四个男孩确实很出色；可其余的对我讲的却不怎么领会。不过应该承认，那些即使领会得了的，有时也要提出些问题来难住我。可是我并不气馁。说到爱，学生们倒是爱我的，考试时我给他们统统打了满分。就在这时，反对我的阴谋开始了……或者并非如此！根本没有什么阴谋，只怪我没选准地方。我碍了别人的事，别人就来排挤我。我给中学生讲的东西，连在大学里也听不大到，不过我的学生们听我的课收获不大……我讲的事实，连我自己也不甚了了。同时，我又不满足于他们给我划定的活动范围……而这，你知道，是我的弱点。我想实施根本的改革，而且，我向你起誓，这些改革是切合实际的，而且简单易行。我指望借助校长来推行改革，校长是个善良、正直的人，一开始，我对他就有影响。他的妻子从一旁帮助我。兄弟，像这样的女性，我一生中还很少见到。她已经快四十了，可是还像个十五岁的少女，相信善，爱一切美好的东西，而且敢于在任何人面前坦言自己的信念。我永远不会忘记她高尚的激情和纯洁的心灵。听从她的建议，我草拟了一个计划……可这时有人对我造谣中伤，在她面前诋毁我。尤其是那个数学教员，更是不择手段地陷害我，他是个说话尖酸刻薄的小人，活像皮加索夫，不相信一切，不过比皮加索夫要能干得多……顺便问一句，皮加索夫还活着吗？”

“还活着，而且，你信不信，他讨了个小市民女人做老婆，听说那女人动辄就揍他。”

“活该！对了，娜塔莉娅·阿列克谢耶夫娜身体好吗？”

“好。”

“幸福吗？”

“幸福。”

罗亭沉默了一会儿。

“我讲到哪里了……对！讲到那个数学教员。他嫉恨我，把我讲课比作放烟火，我只消一句话讲得不够确切，他便抓住不放，有一回为了十六世纪的一个口头传说，甚至把我诘问得下不了台……而最主要的是他怀疑我别有用心；我最后一个肥皂泡，碰到了他，就像碰到了大头针那样破灭了。学监第一天就跟我合不来，挑唆校长反对我；我不肯让步，大发雷霆，闹得上级也知道了；我只得辞职。我不愿见风使舵……我要让他们看看这样对待我是不行的……其实我是俎上之肉，人家怎样对待我都行……我现在必须离开这里了。”

一阵沉默。两个朋友都垂下了头。

罗亭先开口了。

“是的，兄弟，”他说，“今天，我可以套用科利佐夫[1]的诗句说：‘我的青春，你把我引入迷途，害得我寸步难行，绝了生路……’可是，难道我果真一无所用，难道世界上竟没有我做得了的事？我常常向自己提出这个问题，而且不管我怎样在自己眼里贬低自己，我仍然不能不感到我身上具有并非人人都有的才能！可究竟为什么我的才能始终结不出果实？还有一点：你记得吗，我跟你一起在国外的时候，我自信而又无知……的确，我那时没有清楚地意识到我要的是什么，我醉心于空谈，相信主观幻想的东西；可现在，我向你发誓，我敢于当着众人的面，大声说出我的愿望。我绝对没有什么可以隐瞒的，因为我现在完完全全地、名副其实地是个好人，我逆来顺受，安分守己，胸无大志，只求达到近在咫尺的目的，只求给人们带来哪怕是微乎其微的利益。然而不行！做不到！这是怎么回事？是什么妨碍我像别人一样生活和行动？……我现在梦寐以求的也就这么一点呀。但是我刚刚谋得一个位置，刚刚站稳脚，命运就立刻跑来将我逐走……我都开始害怕它——害怕我的命运了……这一切原因何在？为我解开这个谜吧！”

“谜！”列日涅夫重复了一句。“这倒也是。你在我眼里，也永远是个谜。即使在青年时代，你做出了一个什么小小的乖戾的举动之后，你会突然说出一席叫人的心为之战栗的话来，可随即又故态复萌……反正你知道我想说什么……甚至那时我都不理解你，所以我对你产生

① 阿·瓦·科利佐夫(1809—1842)，俄国诗人。引文出自他的诗歌《歧途》。

了反感……你有这么多的才能，对理想的追求又这么执著……”

“空谈，全是空谈！没有行动！”罗亭打断他的话说。

“没有行动！你要什么样的行动……”

“什么样的行动？像普里亚任采夫那样，你记得吗，用自己的劳动养活一个瞎眼的老婆子和她一家人……这就是行动。”

“是呀，但是美好的话语也是行动。”

罗亭默默地看了看列日涅夫，微微地摇了摇头。

列日涅夫还想说些什么，举起一只手来抹了一下面颊。

“这么说，你要回农村去？”他终于问道。

“回农村去。”

“难道你还留得有一个村子？”

“村里多少还留得有一些东西。两个半农奴。虽仅寸土，葬身足矣。此刻你也许在想：‘到了这步田地，你还要说漂亮话！’的确，漂亮话毁了我一生，漂亮话让我吃尽了苦头，我死到临头还摆脱不了漂亮话。不过我刚才讲给你听的可不是漂亮话。兄弟，这些白发，这些皱纹，这破烂的衣肘——并非漂亮话。你对我一向严酷，然而你是公正的；但现在一切已经告终，无须谈什么严酷不严酷了，不但灯里边的油已经干了，连灯也已经打碎了，眼看着灯芯就要灭了……兄弟，死亡会使我们最终和解。”

列日涅夫跳了起来。

“罗亭！”他大喊一声，“你何出此言？我做了什么对不起你的事，你要如此说我？要是我看着你塌陷的双颊，满脸的皱纹，我脑子里还会想起‘漂亮话’这个字眼，那我还知不知道是非黑白，还算不算是个人？你想知道我现在对你作何想法吗？好，我说！我在想：唉，这个人……凭他的才能，只要他愿意，有什么他不能获得，人世的荣华富贵有什么他不能享用！……可是我此刻看见的他，却饥肠辘辘，流离失所……”

“我唤起了你的怜悯。”罗亭声音喑哑地说道。

“不，你错了。你唤起了我的敬重——正是如此。有谁不让你年复一年地在你这个地主朋友家里住下去？我深信，你只要甘愿讨好他，他一定会把你奉为上宾。为什么你不愿在这所中学里苟安度日，为什么你——这个怪人！——不管抱着什么愿望着手去干一桩事业，结果每回都必定以你牺牲个人的利益而告终，每回你都不肯把你的根扎入和你格格不入的土壤之中，不管这土壤多么肥沃？”

“我生来就是风滚草，”罗亭凄然地苦笑说，“我停不下来。”

“这倒也是；但是你停不下来，并非因为你心里有条虫，像你开始跟我谈心时说的那样……并非你心里有条虫，并非你的心闲得发慌，而是因为你心里燃烧着一团热爱真理的烈火，很明显，尽管你命途多舛，这团烈火却在你心里越烧越旺，远比那些自称是非利己主义者而管你叫阴谋家的人心中的火烧得旺。换了我，早就迫使自己心里的这条虫闭上嘴，苟且偷安了，而你却连怨天尤人都没有，因此我深信，就在今天，就在这一刻，你也会像青年人那样，甘愿着手再去干一番新的事业。”

“不，兄弟，我现在累了，”罗亭说，“我已经干够了。”

“累了！换了别人早就死了。你说，死能带来和解，可活着你以为就不能和解吗？凡快快乐乐地活着却不肯宽容他人的人，他自己就不配得到宽容。可是有谁敢说，他不需要他人的宽容呢？你做了你力所能及的事，尽你所能地奋斗过……还要求你怎么样呢？我们走的路不同……”

“兄弟，你跟我相比，完全是另一种人。”罗亭说道，又喟然长叹了一声。

“我们走的路不同，”列日涅夫继续往下说，“也许是因为我广有家产，性情好静，再加上家庭美满幸福，就没有什么妨碍我在家纳福，袖手旁观世事变迁，而你却必须走南闯北，挽起袖子，备受劳作之苦。我们走的路虽然不同……然而，你瞧，我们彼此是何等地接近。我们两人几乎说的是同样的语言，只消半点暗示就能心领神会，我们是在同样的感情的哺育下成长起来的……要知道，我们这代人剩下的已寥若晨星，兄弟，你我是最后的莫希干人了！过去，在我们前面，还有很长的生活道路要走的时候，我们可以意见分歧，甚至形同冰炭，可是如今，故人纷纷凋零，新的一代已越过我们，奔向跟我们截然不同的目标，我们理应紧密地彼此靠拢。兄弟，我们干一杯，像过去那样，高唱Gaudeamus igitur① 吧！”

两个朋友碰了杯，用地道的俄罗斯嗓音，荒腔走调而又动情地唱完了这支大学生唱的老歌。

“你这就要去你的村子了，”列日涅夫又开始说，“我不认为你会在村里久住，所以无法设想你会在什么地方和怎样结束你的一生……但是，你记住，不论你发生什么事，永远有一个地方，有一个窠，可以供你栖身，这就是我的家，你听见没有，老兄弟？人的思想也有老废的一天，所以它们也需要有颐养天年的养老院。”

罗亭站了起来。

---

① 拉丁语：让我们欢乐吧！这是当时在俄国大学生中广为流行的一支歌曲。

“老弟，谢谢你，”他接口说，“谢谢！我不会忘记你这句话的。可惜我不配住养老院。我浪费了我的生命，没有为了我的思想把力气用在刀口上……”

“别说了！”列日涅夫接口说，“每个人的生活都是由天性决定的，无法强求！你称自己是‘永远流浪的犹太人’①……可你哪里知道，也许你就应该永远这样流浪，也许你这是在履行连你自己都不知道的崇高使命；民间的哲人说得有道理，人人都得听从上帝安排……你这就要走了？”列日涅夫看到罗亭拿起帽子，便问道。“不在这里过夜？”

“走！别了，谢谢……至于说到死，我不会有好结局的。”

“这只有上帝知道……你非要走吗？”

“走！别了。不要记住我的坏处。”

“是呀，你也别记住我的坏处……别忘了我刚才跟你说的那句话。别了……”

两个朋友拥抱了一下。罗亭快步离去。

列日涅夫在屋里来回走了很久，后在窗前站住，沉思有顷，低声叹道：“可怜的人！”随即坐到桌边，提笔给妻子写信。

户外起风了，风不祥地呼啸着，沉重而凶狠地敲打着窗玻璃，玻璃发出阵阵哀声。秋天漫漫的长夜开始了。在这样的夜里，能安坐在自家的屋顶下，有个温暖的栖息之所的人，是幸福的……愿上帝保佑天下无家可归的流浪者！

① “永远流浪的犹太人”原是中世纪传说的人物，名叫阿格斯菲尔，他因不许耶稣去各各他途中休息（多数说法认为他打了耶稣）而被神判处终生漂泊。

一八四八年六月二十六日正午，火伞高张，在巴黎，“国民工场”的起义差不多已被镇压下去①，一营主力军攻占了圣安东尼区②一条小巷里的街垒。几发炮弹就把街垒摧毁了；幸存的保卫者弃下堡垒，仓皇逃命，突然，在街垒顶上一辆翻倒的公共马车被压瘪的车身上出现了一个高大的汉子，他穿一件旧斜襟外衣，腰里束一条红带子，蓬乱的花白头发上戴一顶草帽。他一只手持一面红旗，另一只手举着把钝了的弯马刀，用尖细的嗓音紧张地呐喊着，一边往街垒顶上爬，一边挥动着红旗和马刀。一名万塞纳的步兵③瞄准他，开了一枪……那个高大汉子手里的红旗落到地上，接着他像一个布袋似的扑倒下去，像是在给什么人下跪……子弹射穿了他的心脏。

“Tiens!④”一个正在逃命的 insurgès⑤对另一个说，“on vient de tuer le Polonais．⑥”

“Bigre!⑦”另一个回答说，两人飞也似地躲进一幢房子的地窖。这幢房子的百叶窗都紧紧地关着，墙上弹痕累累，有子弹的，也有炮弹的。

这个“Polonais”就是德米特里·罗亭。

---

① 法国二月革命后，资产阶级临时政府反对工人阶级继续革命的要求，颁布封闭“国民工场”的挑衅性法令，激起工人强烈不满。6 月 23 日，巴黎工人举行起义，约 4.6 万名起义者筑起六百座街垒，同敌人展开四天的浴血战斗，最后于 6 月 27 日被镇压。

② 起义的中心。

③ 万塞纳的步兵是在巴黎郊区万塞纳的军事步兵学校受过军训的政府军士兵。

④ 法语：瞧！

⑤ 法语：武装起义者。

⑥ 法语：一个波兰人被打死了。（按：侨居法国的波兰人参加了 1848 年的革命，故有此说。）

⑦ 法语：活该！

贵族之家

一

春日明丽的白昼渐近黄昏，一朵朵小小的玫瑰色云彩在澄碧的高空缓缓游过，看上去像是融入了苍穹深处。

那是一八四二年。省城O城城边的一条街上，一幢豪宅有扇窗打开着，窗前，坐着两个妇人，一个约摸五十来岁，另一个已经七十高龄。

前一个名叫玛丽娅·德米特里耶夫娜·卡利京娜，她丈夫卡利京十年前就已故世，生前是省检察官，以干练著称，为人机敏果断，易怒，而且固执己见。他受过良好教育，进过高等学府，由于出身寒微，所以自小懂得必须为自己开辟前程，积敛钱财。他长相不俗，且又聪明，高兴的时候，还十分可亲，玛丽娅·德米特里耶夫娜爱上了他，便嫁于他为妻。玛丽娅·德米特里耶夫娜（娘家姓佩斯托夫）幼年时即父母双亡，曾在莫斯科一所贵族女子中学读过几年书，此后就回到离O市五十俄里的祖传的波克罗夫斯克村同姑母和兄长住在一起。不久后，这位兄长去彼得堡供职，他待妹妹和姑母锱铢必较，从不善待。后来他猝然死亡，结束了公务生涯，玛丽娅·德米特里耶夫娜才得以继承波克罗夫斯克这份祖产，可她却未能在波克罗夫斯克村久住。在她和卡利京结婚的第二年上——卡利京只用几天时间就征服了她的心，——波克罗夫斯克村便被用来交换了另一处田庄，那田庄的进益虽然要大得多，可是景色不美，又没有庄园。其时卡利京在O市买下了一幢房子，便携妻子迁至那里定居下来。这幢房子有一个大花园，花园的尽头与郊野毗连。“这一下，”对僻静的乡居生活绝无好感的卡利京说，“我们就毫无必要再往乡间跑了。”玛丽娅·德米特里耶夫娜不知多少回怀着惋惜之情，在心底苦苦思念她那美丽的波克罗夫斯克，思念那里的欢快的小河、广阔的草地和碧绿的树丛，但是对于丈夫的决定，她从不违逆，她对于丈夫的才智和练达，是崇拜得五体投地的。待到他俩婚后第十五年上，丈夫抛下一子二女，弃世而去时，玛丽娅·德米特里耶夫娜对她的住宅和城市的生活已十分习惯，自己也不想迁离O市了。

玛丽娅·德米特里耶夫娜年轻时享有可爱的金发美女之誉；即使现在，她已经五十来岁了，仍风韵犹在，虽然略略发胖了些，曲线也模糊了不少。她的性情与其说温良，不如说多愁善感，她成年之后，仍然保持着当初在贵族女子中学的习惯；好使性子，遇到不称心的事，就会发脾气，甚至哭鼻子；可要是什么都顺着她，谁也不违拗她，她就别提多温柔、和蔼了。她的住宅属于全市最气派、最舒适的一类。她的家财极广，不过祖传的不多，大部分是她丈夫置下的。两个女儿在她身边，儿子在彼得堡一所最好的国立学校就读。

同玛丽娅·德米特里耶夫娜一起坐在窗前的老妇人是她父亲的妹妹，就是当年曾和她一同在波克罗夫斯克村度过好几年寂寞时光的那个姑姑。老妇人名叫马尔法·季莫费耶夫娜·佩斯托娃。她是个出了名的性情古怪的人，独立不羁，有话直来直去，无论对谁都不留情面，虽然并无钱财，可是举止却仿佛是个腰缠万贯的巨富。她憎恶已故的卡利京，侄女刚和他结婚，她立即回转自己的小村，在庄户人家没有烟囱的农舍里一住就是十年。玛丽娅·德米特里耶夫娜有几分怕她。马尔法·季莫费耶夫娜身材矮小，鼻子尖削，虽说年事已高，还是一头乌发，目光犀利，身板硬朗，步履矫健，说话快而清楚，声音细而洪亮。她自早到晚戴着一顶白色包发帽，穿一件白色短上衣。

“你怎么了？”她突然问玛丽娅·德米特里耶夫娜，“好端端的叹什么气，我的姑奶奶？”

“没什么，”那一位说，“唉，多好看的云彩！”

“那你是在为云彩伤感啰？”

玛丽娅·德米特里耶夫娜没有接口。

“格杰奥诺夫斯基怎么还没来？”马尔法·季莫费耶夫娜一边说，一边飞快地走动着绒线针。她正在结一条宽大的绒线围巾。“要不然他可以陪你叹叹气，或者胡扯些什么。”

“您怎么一提到他就恶声恶气的。人家谢尔盖·彼得罗维奇[①]是个受人敬重的人。”

“受人敬重！”老妇人用责备的口吻学嘴说。

“他对我死去的丈夫一片忠心！”玛丽娅·德米特里耶夫娜说，“直到今天，一想起我丈夫他还难过。”

“应该的！是你丈夫拎着他耳朵把他从污泥里拽出来的。”马尔法·季莫费耶夫娜嘟囔说，手里的绒线针结得更快了。

“看上去老实巴交，”她又说道，“满头白发，可一开口，不是撒

---

① 格杰奥诺夫斯基的名字和父名。

谎骗人，就是搬弄是非。亏他还是个五等文官！不过也难怪，谁叫他是神父的儿子呢！”

“姑母，谁人没有错？不消说，他的确有您说的毛病。谢尔盖·彼得罗维奇缺少教养，连法语也不会，可不管您怎么说，他还是挺招人喜欢的。”

“那可不，他会拍你马屁。不会法语有什么大不了！我‘法国话’也说得不怎么样。要是他什么国家的话都不会说倒好了，他就撒不了谎啦。那不是他来了，见鬼，说到他，他就到，”马尔法·季莫费耶夫娜朝街上望了一眼，加补说，“那个招你喜欢的人，正迈着大步走来了，又瘦又长，活像一只长脚鹭鸶！”

玛丽娅·德米特里耶夫娜不由得拢了拢头发。马尔法·季莫费耶夫娜望着她，冷冷地笑了。

“哎哟，我的姑奶奶，你头上怎么有根白头发？你该训训你那个帕拉什卡。她生了双眼睛，派什么用的？”

“姑姑，您老是这样……”玛丽娅·德米特里耶夫娜恼怒地嘟囔说，用手指敲着安乐椅的扶手。

“谢尔盖·彼得罗维奇·格杰奥诺夫斯基到！”

一个两颊红彤彤的小厮从门外跑进来，尖声尖气地禀报说。

二

一个身材颀长的人走了进来，身穿整洁的斜襟外套，裤子略嫌短了些，戴一双灰色麂皮手套，系个蝴蝶结，上边一半呈黑色，下边一半呈白色。他浑身上下，从五官端正的脸庞和梳得溜光的两鬓，直到走路不会发出响声的平底靴，无不显得谦逊有礼。他先向这家人家的女主人，然后向马尔法·季莫费耶夫娜鞠躬行礼，接着慢慢地脱下手套，走到玛丽娅·德米特里耶夫娜跟前，毕恭毕敬地举起她的手连吻两次，这才不慌不忙地坐到安乐椅上，搓着两只手的指尖，满面笑容地问道：

“伊丽莎白·米哈伊洛夫娜可好？”

“好，”玛丽娅·德米特里耶夫娜答道，“她去花园了。”

“那么叶莲娜·米哈伊洛夫娜呢？”

“莲诺奇卡①也去花园了。——有什么新闻吗？”

“夫人，怎么会没有呢，怎么会没有呢，夫人，”来客慢慢地眨着眼，噘着嘴说，“嗬！……岂但有新闻，而且是惊人的新闻：拉夫列茨基，费奥多尔·伊万内奇回来了。”

“费佳②回来了！”马尔法·季莫费耶夫娜惊叫道，“我的老爷子，没那个事，你又在瞎说八道吧？”

“绝对没瞎说，夫人，我亲眼见到他了。”

“哼，那也算不得是证明。”

“他身体更壮了，”格杰奥诺夫斯基装作没有听到马尔法·季莫费耶夫娜的话，管自往下说，“肩膀更宽了，而且满面红光。”

“身体更壮了，”马尔法·季莫费耶夫娜慢条斯理地一字一顿说，“他的身体怎么壮得起来？”

“是呀，夫人，”格杰奥诺夫斯基说，“换了别人，都不好意思露面了。”

---

① 莲诺奇卡是叶莲娜的小称。
② 费佳是费奥多尔的小称。

“为什么?”马尔法·季莫费耶夫娜打断了他的话，“乱弹琴！人家不回自己老家，您叫他往哪儿去?何况他也没做什么见不得人的事。”

“夫人，如果妻子行为失检，恕我斗胆地说一句，丈夫是难辞其咎的。”

“老爷子，您这么说，因为您是个老光棍。”

格杰奥诺夫斯基强笑了一下。

“请允许我问一下，”他沉默了一会儿，问道。“这么漂亮的围巾，您是给谁结的?”

马尔法·季莫费耶夫娜瞥了他一眼。

“是给从不造谣、从不耍滑头、从不搬弄是非的人结的，”她说，“如果世界上有这样一个人的话。说到费佳，我非常了解他，他错就错在把老婆给宠坏了。这也难怪，他爱上了她就讨她做老婆了，可自由恋爱永远不会有好结果，”老妇人睥睨了玛丽娅·德米特里耶夫娜一眼，站起身来，加补说，“得，我的老爷子，您现在爱说谁的坏话就尽管去说吧，哪怕说我的坏话也行；我走了，免得碍事。”说罢，马尔法·季莫费耶夫娜掉转身就走了。

“瞧她总是这样，”玛丽娅·德米特里耶夫娜目送她姑姑走出门去，说道，“总是这样!”

“上了年纪了！有什么办法!”格杰奥诺夫斯基说。“她老人家说：从不耍滑头。可如今谁人不圆滑?就这么个世道。我有个朋友，是个受尊敬的人，而且官职也不低，他就常说：如今呀，就是母鸡想啄一粒谷子，也要个花招，绕着圈儿去啄。可是，我的夫人，我一见到您就看出您的性格是名副其实的天使的性格；请您让我吻吻您像雪一样白的小手。”

玛丽娅·德米特里耶夫娜抿嘴一笑，把她翘起小手指的胖嘟嘟的手伸给格杰奥诺夫斯基。他把双唇贴到上边，而她呢，把安乐椅移近他，略略向他俯下身去，悄声问道：

“这么说，您看见他了？他真的没有什么，身体挺好，也挺快活吗?”

“夫人，他没有什么，挺快活。”格杰奥诺夫斯基细声答道。

“您没听说他妻子现在在哪儿吗?”

“夫人，她前一阵在巴黎；现在听说去了意大利。”

“说真的，费佳的处境太可怕了，我不知道，他怎么受得了的。当然，谁都会碰到不幸的事，可他的事，都上了全欧洲的报纸了。”

格杰奥诺夫斯基叹了口气。

“是呀，夫人，是呀。听说她成天跟演员和钢琴师，或者按照他们那边的说法，跟狮子[①]和野兽厮混在一起，全然不知人间有羞耻事……”

“太遗憾了，”玛丽娅·德米特里耶夫娜说，“谢尔盖·彼得罗维奇，按辈分排，您知道吗，他还是我的远房侄子哩。”

“可不是，夫人，可不是；府上的事，我怎么会不知道呢？我当然知道，夫人。”

“您看他会来看我们吗?”

“按理说应当来，不过，听说他要回乡下的庄园去。”

---

① 18世纪30—40年代之交，在英法等国惯用“雄狮”和“牝狮”戏称社交界的时髦男女。

玛丽娅·德米特里耶夫娜抬头望着天。

“唉，谢尔盖·彼得罗维奇，我想，我们做女人的，行为举止得十分稳重才是。”

“玛丽娅·德米特里耶夫娜，女人各色各样的都有。不幸的是，有的女人水性杨花……再说，年龄也有关系；加之从小没有家教，不知妇道。(谢尔盖·彼得罗维奇从口袋里掏出一方蓝色方格手帕，将它打开。)这种女人为数还不少。(谢尔盖·彼得罗维奇用手帕角轮流揩着两只眼睛。)不过一般说来，要是评判一下的话，那就……城里的沙尘真大。”他打住了话头。

“Maman，maman，①”一个十一二岁的漂亮的女孩喊叫着跑了进来，“弗拉基米尔·尼古拉伊奇骑着马上我们家来了！”

玛丽娅·德米特里耶夫娜站起身来；谢尔盖·彼得罗维奇也站起身来，朝小女孩鞠了一躬，说：“叶莲娜·米哈伊洛夫娜，给您请安。”随后，出于礼貌，走到屋角去擤他那端正的长鼻子。

“他有一匹多么可爱的马呀！”小女孩管自说下去，“他刚才在栅栏门外，告诉丽莎②和我来着，他这就要上前门来了。”

话音未落，传来了嘚嘚的马蹄声，只见一个身材匀称的骑士骑着一匹漂亮的枣红马从街心过来，走到敞开的窗前停了下来。

三

“您好，玛丽娅·德米特里耶夫娜！”骑士高声说，声音洪亮、悦

---

① 法语：妈妈。
② 丽莎是伊丽莎白的小称。

耳，“您喜欢我新买的这匹马吗?”

玛丽娅·德米特里耶夫娜走到窗前。

“您好，Woldemar①！啊，多么好看的马！您从谁手里买下来的?”

“从采购马匹的军需官那儿……这个强盗，狠狠地敲了我一把。”

“这匹马叫什么名字?”

“奥尔兰德……名字挺蠢，我要给它改名……Eh bien, eh bien, mon garçon②……不肯安静的东西!”

马打着响鼻，倒换着蹄子，摇着头，嘴里吐着白沫。

“莲诺奇卡，过来摸摸它，别怕。”

小女孩从窗里伸出手去，不料奥尔兰德猛地人立起来，冲向一旁。骑士没有着慌，用小腿把马紧紧夹住，照准马颈抽了一鞭，不管马怎么反抗，还是逼它回到了窗前。

“Prenez garde, prenez garde.③”玛丽娅·德米特里耶夫娜不住地说。

“莲诺奇卡，摸摸它，”骑士说，“我不许它撒野了。”

小女孩又把手伸出去，怯生生地摸了摸奥尔兰德颤动的鼻子，奥尔兰德不住地打着战，紧紧地咬着嚼环。

“好极了!”玛丽娅·德米特里耶夫娜赞许道，“现在，您下马，进屋来吧。”

骑士剽悍地拨转马头，用马刺刺了马一下，马顺着街道小跑着进

---

① 弗拉基米尔的法语变音。
② 法语：乖点，乖点，我的孩子……
③ 法语：当心点儿，当心点儿。

了院。一分钟后，他挥动着鞭子，穿过前厅走进了客厅；也就在这一刻，在另一扇门口，出现了一个身姿绰约、修长的姑娘，年纪在十九岁左右——她就是玛丽娅·德米特里耶夫娜的长女丽莎。

四

刚才介绍给读者认识的那位年轻人，名叫弗拉基米尔·尼古拉伊奇·潘申。他是彼得堡内务部一名负有特殊使命的官员。此次是来O市执行一桩临时性公务，由他的远亲，省长佐宁堡将军亲自督办。潘申的父亲是名退役骑兵上尉，此人是个出名的赌徒，眼若秋水，可是面容却萎靡憔悴，而且嘴唇还患有神经性痉挛症。他一生混迹于上流社会，是两京英国俱乐部①的常客。大家公认他是个为人圆滑，不十分可靠，然而可爱且又可亲的人。他尽管圆滑机敏，但是几乎常年处于贫困边缘，只给他的独子留下一份微薄而且败落的家业。然而，对于儿子的教育，他却按他的教子之法，着实费了一番苦心；他儿子弗拉基米尔·尼古拉伊奇讲得一口流利的法语，英语也很好，只是德语不行。这是理所当然的，正派人不屑于张口闭口讲德语，不过在某些场合，大都是在说笑逗趣的时候，嵌进一两个德语字眼，却能起到画龙点睛的作用，就如彼得堡的巴黎人所说：c'est même très chic②。弗拉基米尔·尼古拉耶维奇十五岁上，就能大大方方走进任何上等人家的客厅，得体地与人敷衍，并在恰当的时候告辞。潘申为他儿子攀上了许多有钱有势的人；

① 指彼得堡与莫斯科的贵族俱乐部。
② 法语：是最俏皮不过的。

在两局牌戏间洗牌的当儿，或者在获得一次“大满贯”之后，他总不会放过机会向某位单纯为了喜爱而玩玩纸牌的达官贵人吹嘘几句他的“沃洛季卡[1]”。而弗拉基米尔·尼古拉耶维奇本人在大学求学期间（他毕业时取得学士学位）也结识了好几个官宦子弟，从而得以出入豪门。他到处备受欢迎，因为他相貌英俊，举止洒脱，出言吐语饶有风趣，身体健康强壮，什么事都能应付裕如：该恭敬的时候毕恭毕敬，该胆大的时候决不畏首畏尾，总之，是个出色的伙伴，是个 un charmant garçon[2]。展现在他面前的是锦绣前程。潘申很快就领悟了上流社会交际学的奥秘；他善于以真正敬重的态度恪守各种交际规则，善于以半真半假的一本正经的态度对待鸡毛蒜皮的小事，而对于一切重要的事，却又装出一副随随便便的样子，仿佛这些事倒是鸡毛蒜皮；他舞跳得非常好，衣着全然英国派头。没有几天，他就名满彼得堡，被誉为最可亲、最机敏的年轻人之一。潘申为人的确非常机敏，不亚于他父亲，而且同样也才气横溢。他多才多艺，歌唱得好，又画得一手好画，还能写诗，而且演起戏来声情并茂。他总共才二十七岁多，就已经当上宫廷侍从，而且官衔还不低。他极为自信，对于自己的智能和明达坚信不疑；他勇敢地、快活地、昂首阔步地一往直前，他的生活一帆风顺。他习惯于博得所有的人——不论老少——的喜爱，认为自己深知人的心理，特别是女人的心理，他对她们的通病了如指掌。作为一个对艺术多有涉猎的人，他感到内心充满激情、某种迷恋和冲动，因此他容许自己做越轨的事，比如：酗酒，结交不属于上流社会的人士，总之，放

① 沃洛季卡是弗拉基米尔的小称。
② 法语：迷人的孩子。

浪形骸，无所顾忌；然而他灵魂深处却是冷静而又狡黠的，即使在最肆无忌惮地纵酒行乐的时候，他那双聪敏的褐色小眼睛也始终戒备地、留神地注视着四周；这个天不怕地不怕的狂放的年轻人，任何时候都不会完全忘形，乃至无法自拔。平心而论，他尽管无往不胜，可他从来不在人前夸耀自己。他一到O市，马上就成了玛丽娅·德米特里耶夫娜家的座上客，不久就同她一家亲如家人。玛丽娅·德米特里耶夫娜对他宠爱有加。

潘申向在座的人一一鞠躬行礼，跟玛丽娅·德米特里耶夫娜和伊丽莎白·米哈伊洛夫娜握手，轻轻地拍拍格杰奥诺夫斯基的肩膀，然后就地转过身去，抱住莲诺奇卡的头，亲了亲她的额头。

“骑这么烈性的马，您不害怕吗?”玛丽娅·德米特里耶夫娜问他。

“不，这匹马的性子可好哩；请允许我禀告，我怕的是什么：我怕跟谢尔盖·彼得罗维奇打朴烈费兰斯①，昨天在别列尼岑家，他把我的钱统统赢了去，害得我囊空如洗。”

格杰奥诺夫斯基尖声尖气地、谄媚地笑了起来，他这是在讨好这个从彼得堡来的年轻有为的官员，这个省长的宠儿。他和玛丽娅·德米特里耶夫娜交谈的时候，常常提到潘申如何有才能。他说，像这样的人，怎能不对他赞不绝口？年纪轻轻便在社会的高层出人头地，办事干练得堪称表率，却从不居功自傲。的确，就是在彼得堡，也公认潘申是名干将，繁杂的公务一经他手都能处理得又快又好；他谈起自己的劳绩总是持打趣的口吻，就像上流社会的绅士那样，并不认为自己有

---

① 一种纸牌戏。

多么了不起，他常说自己不过是“奉命行事”而已。当上司的就喜欢这样的下属；他自己并不怀疑，只要他愿意，将来当上大臣是不在话下的。

“亏您说得出我把您的钱统统赢了去，”格杰奥诺夫斯基说，“上个礼拜是谁赢了我十二个卢布？而且还……”

“可恶，可恶。”潘申用亲切而略带轻慢的口吻打断了他的话，随即不再理睬他，向丽莎身边走去。

“我在这里找不到《奥伯龙序曲》[①]，”他说，“别列尼岑娜夸口说，她有全套古典音乐，其实，她那儿除了波尔卡舞曲和华尔兹舞曲，什么也没有，不过我已经写信到莫斯科去了，一个礼拜后，您就可以得到这首序曲。顺便说一下，”他继续说，“我昨天写了一首新的浪漫曲；歌词也是我填的。您要我唱给您听吗？我不知道谱写得究竟怎样；别列尼岑娜认为写得很美，可是她的话不足道哉，——我希望听听您的意见。不过，我想还是改天再唱吧。”

“为什么要改天?”玛丽娅·德米特里耶夫娜插话说，“为什么不现在就唱。”

“遵命，夫人。”潘申甜蜜地粲然一笑，那笑容来得快，去得也快。他用膝盖将一把椅子推到钢琴前坐下，弹了几个和音，字正腔圆地唱起了下面这首浪漫曲：

冷月挂中天，
　　踯躅愁云间；

① 德国作曲家韦伯(1786—1826)所作的歌剧。

月色似梦幻，
　　浮映海浪尖。

月海似我心，
　　我心甚不宁，
时喜时又悲，
　　只为你一人。

皆为爱故，我心忧伤，
　　皆为爱故，我心迷惘，
皆为爱故，我心企望，
　　皆为爱故，我心如焚……
可是你无动于衷，
　　像那寒夜的月亮。①

第二节潘申唱得特别动情，在暴风雨般的伴奏声中，简直可以听到海浪的翻腾。唱到“我心如焚……”，他轻轻叹口气，垂下眼帘，歌声渐趋低沉——morendo②。一曲唱毕，丽莎称赞了歌的旋律。玛丽娅·德米特里耶夫娜说：“美极了！”格杰奥诺夫斯基甚至高声喝彩，说道：“叫人陶醉！词和曲都叫人陶醉！……”莲诺奇卡用稚气的崇敬目光望着歌者。总之，在座的人都对这位年轻的业余音乐家的作品非

① 此诗是屠格涅夫献给哈琳娜的，作于1840年。
② 意大利语：缓缓消逝。

常欣赏，但是，站在客厅门外前厅里的那个刚刚到来的老人，低垂着头，从他脸部的表情和耸肩的样子看来，潘申的浪漫曲虽然婉转动听，他却并不喜欢。他站立了一会儿，用厚实的手帕掸去皮靴上的尘土后，突然眯起眼睛，阴沉地抿紧嘴唇，伛下本来已经够伛偻的背，慢慢地走进客厅。

“啊！赫里斯托福尔·费奥多雷奇，您好！”潘申连忙从椅子上跳起来，第一个向他打招呼。“我没料到您在这里——不然的话，我怎么也不敢在您面前唱我的浪漫曲。我知道您不喜欢轻音乐。”

“我没听见您唱。”进屋的那人用蹩脚的俄语回了一句，他向大家行过礼后，局促地站在房间中央。

“麦歇莱姆[①]，”玛丽娅·德米特里耶夫娜说，“您是来给丽莎上音乐课的吧?”

“不，不是给伊丽莎白·米哈伊洛夫娜，而是给叶莲娜·米哈伊洛夫娜上课。”

“噢！那好！莲诺奇卡，跟莱姆先生上楼去。”

老人正要跟小姑娘出去，潘申叫住了他。

“赫里斯托福尔·费奥多雷奇，上完课请您别走，”他说，“我要同伊丽莎白·米哈伊洛夫娜四手联弹贝多芬的奏鸣曲。”

老人嘟囔地说着什么，可是潘申管自发音不准地操着德语说下去：

---

① 莱姆是赫里斯托福尔·费奥多雷奇的姓。他是德国人，他的全名见下一章。称他赫里斯托福尔·费奥多雷奇是把他的名字俄国化了。

“伊丽莎白·米哈伊洛夫娜把您献给她的那首康塔塔[①]给我看了——写得真棒！请您别以为我就不会欣赏严肃音乐，不，恰恰相反：严肃音乐有时固然沉闷了些，然而却非常有益。”

老人的脸顿时红到耳根，他斜睨了丽莎一眼，就急忙走了出去。

玛丽娅·德米特里耶夫娜请潘申再唱一遍他的浪漫曲，可潘申却推辞说，他不愿有渎那位德国饱学之士的清听，建议丽莎弹贝多芬的奏鸣曲。玛丽娅·德米特里耶夫娜只得叹了口气，请格杰奥诺夫斯基陪她去花园走走。“我想，”她说，“再跟您聊聊我们那个可怜的费佳的事，听听您的高见。”格杰奥诺夫斯基微微一笑，鞠了一躬，用两根手指把他的礼帽连同端放在一边帽檐上的手套拿起来，陪同玛丽娅·德米特里耶夫娜一起走了出去。屋里只剩下潘申和丽莎。她拿来奏鸣曲，打开乐谱；两人默默地坐到钢琴前。楼上传来轻微的琴声，那是莲诺奇卡不熟练的小手在弹练音阶。

五

赫里斯托福尔·特奥多尔·戈特利布·莱姆于一七八六年生于萨克森王国赫姆尼兹市一个清苦的乐师家庭。他父亲吹圆号，母亲弹竖琴，他自己才五岁就开始练三种不同的乐器，八岁时成了孤儿，刚满十岁便靠卖艺糊口了。有很长一段时期他过着流浪生活，去各种地方——

① 原指声乐曲，与乐器演奏的奏鸣曲有区别，现泛指由声乐与器乐相结合的乐曲。约从1800年起，康塔塔一词含义扩大，可用来泛指由独唱（组）、合唱队与管弦乐队合作的任何大型作品，如冼星海的《黄河大合唱》，贝多芬的《光荣瞬间》。

小酒铺里、集市上、农家的婚宴上、跳舞会上演奏；临了，他终于进了一个乐队，并且一步步往上升，一直升到乐队指挥的位置。他演技平平，但是对于音乐造诣很深。他在二十七岁上应一位俄国大地主的聘请，移居俄国，这位地主厌恶音乐，但为了摆阔却养了一支乐队。莱姆在他家当乐队指挥达七年之久，可离开他家时仍囊空如洗，因为那个地主败尽了家财，本来答应给他一张期票的，结果变了卦，不给了，一句话，连一文钱也没给过他。有人劝他回国，但是他不愿意像个乞丐似的离开俄国，离开伟大的俄国，离开这个艺术家的宝地；他决意留下来，再试试运气。二十年来，这位可怜的德国人不停地去碰运气：投奔过各种各样的贵族，在莫斯科住过，也在各地的省城住过，尝尽了人间的辛酸，虽然像冰上的鱼那般苦苦挣扎，还是一贫如洗。他尽管历经磨难，但荣归故里的念头却一直没有离开过他，正是这个念头支撑着他苦斗下去。然而命运并不愿意赐予他这个最后也是最早企盼的幸福，而是让他这个一身是病、未老先衰的人，在五十岁上滞留O市，而且终老于此，完全失去离开这个他所痛恨的俄国的一切希望，只得靠教课挣口饭吃。莱姆的外表于他不利。他身材瘦小，背微驼，肩胛骨歪斜地突出，腹部凹陷，脚掌大而扁，发红的手上青筋暴绽，手指僵直，指甲呈浅蓝色；脸上布满皱纹，双颊塌陷，终日紧闭的嘴唇不停地牵动，像在咀嚼着什么，加上他孤僻寡言，便给人一种几近凶狠的印象；他的灰白的头发一绺绺地挂在他低矮的额前，他的呆滞的小眼睛发出幽暗的光，好似刚被浇熄的炭；他步态笨重，每走一步都要摇晃他僵硬的躯体。他有些动作活像笼中的猫头鹰发觉有人在看它而笨拙地整理羽毛，然而它那双吃惊地、昏昏欲睡地眨动着的黄色大眼睛其实几乎什么也未曾看见。长年累月的无情的痛苦在这个可怜的音乐家身上刻下了不可磨灭的印痕，把他本来就难看的身体摧残得益发难看，然而，凡是不为第一个印象所左右的人，必会在这个被摧残得满目疮痍的人身上看到善良、诚实和非凡的品质。莱姆这位巴赫①和亨德尔②的崇拜者，不但精通乐理，而且富有活跃的想象力及德意志民族所特有的大胆思想，如果生活使他有另外一种境遇，那么说不定有朝一日——有谁知道呢？——他能跻身于他祖国伟大作曲家之列，可惜福星没有照到他！他一生谱写了许多乐曲，却未见一首发表；他不善于周旋应付，不会及时地奉承讨好。很久很久之前，他的一个崇拜者和好友，也是德国人，也是穷光蛋，自费印了他的两部奏鸣曲，结果这两部奏鸣曲全部堆在音乐书店的地窖里，一直不曾动过，无声无息地消失了，未曾留下一丝痕迹，就像是有人在夜间把它们扔到河里去了。莱姆万念俱灰，加之年纪又不饶人，他的心死了，僵硬了，就像他的手指变得僵硬了一般。他独身一人(他终身未娶)和他从养老院领出来的一个老厨娘住在O市的一所陋屋里，离卡利京家不远；他每天花很多时间散步，念《圣经》和新教的赞美诗集，以及施莱格尔③译的莎士比亚的剧本。他久已搁笔，然而丽莎，他的最得意的门生，显然使他死灰复燃，于是他为她写下了潘申提到的那首康塔塔。这首康塔塔的歌词大多摘自赞美诗集，也有几首诗出自他的手笔。康塔塔分两个合唱，一是有福之人的合唱，一是无福之人的合唱；结尾两个合唱合而为一，同唱：“仁慈的上帝怜悯吾侪罪人，焚尽吾侪心中的邪思俗念。”他在首页上工整地，甚至用花体字写道：“惟正义之人为善。教堂康塔塔。献给吾所爱之女弟子伊

① 巴赫(1685—1750)，德国作曲家，管风琴家。
② 亨德尔(1685—1759)，德国作曲家，管风琴家。
③ 施莱格尔(1767—1845)，德国文学史家，评论家，诗人和翻译家。

丽莎白·卡利京娜，师赫·特·戈·莱姆作。”在“惟正义之人为善”和“伊丽莎白·卡利京娜”等字四围加了光圈。下面还添了一句：“只为您一人，für sie allein[①]。”因此，当潘申当着莱姆面提到这首康塔塔时，莱姆的脸红到了耳根，斜睨了丽莎一眼，他的心被深深地刺痛了。

六

潘申响亮而有把握地弹了奏鸣曲的最初几组和音（他弹低音部），但是丽莎没有开始她的音部。他停下来看了看她。丽莎的眼睛也正直直地望着他，眼神流露出不满；她的唇间没有笑意，脸色冷峻，几近忧郁。

“您怎么啦？”他问。

“您为什么不遵守诺言？”她说。“我跟您有约在先，我让您看赫里斯托福尔·费奥多雷奇的康塔塔，而您不得向他提起这事。”

“请原谅，伊丽莎白·米哈伊洛夫娜，我脱口说出来的。”

“您伤了他的心，也伤了我的心。从此他不信任我了。”

“伊丽莎白·米哈伊洛夫娜，您叫我怎么办！我从小见到德国人就来气；一见到他们就想刺他们一下。”

“弗拉基米尔·尼古拉伊奇，您说什么呀！这个德国人又穷，又孤单，吃尽苦头——您难道连恻隐之心都没有？还要去刺疼他？”

潘申发窘了。

“伊丽莎白·米哈伊洛夫娜，您是对的，”他说，“全都怪我永远

---

① 德语：只为您一人。

改不了的轻率。不，您不必替我辩白，我深知自己的毛病。我的轻率坏了我不少事。就是为了这个，人家把我看作利己主义者。”

潘申沉默了一会儿。他不论开始谈的是什么，临了总是把话头转到他自己身上，而且谈得那么温柔、恳切，仿佛是不由自主地说出来的。

“就拿府上说吧，”他继续说，“令堂待我真正是好——她是那么善良；再说您呢……不过我不清楚您对我的看法；至于您那位姑奶奶，对我处处看不入眼。八成是我说了什么轻率的蠢话得罪了她。她讨厌我，是不是?”

“是的，”丽莎稍稍迟疑了一下，说道，“她不喜欢您。”

潘申的手指很快地滑过键盘，唇间掠过一丝几乎难以觉察的微笑。

“那么您呢?”他说，“您也觉得我是利己主义者吗?”

“我对您还不怎么了解，”丽莎说，“不过我并不认为您是利己主义者，相反，我还应当感谢您……”

“我知道，我知道您要说什么，”潘申打断她的话，手指重又在键盘上一掠而过，“您要感谢我给您拿来那些乐谱，那些书，感谢我在您的画册上乱涂一气，等等，等等。尽管我做了这一切，我仍然可以是一个利己主义者。我不揣冒昧地想，您跟我在一起并不觉得乏味，也并不认为我是个坏人。可是您照样觉得我这个人——叫我怎么说呢?——说句俏皮话，连自己的亲老子和朋友都不肯放过。”

“您无非漫不经心、轻诺寡信，出入交际场所的人都是这样，”丽莎说，“如此而已。”

潘申微微地皱了皱眉头。

“好啦，”他说，“我们别再谈论我了；我们还是来弹我们的奏鸣曲吧。我只求您一件事。”他一边把谱架上的乐谱抚抚平，一边加补说：“您把我看作什么样的人都行，哪怕把我叫作利己主义者也行！可是千万不要把我叫作出入交际场所的人：这个称呼我受不了……Anch'io sono pittore[①]，我也是个艺术家，尽管并不高明，至于我是个并不高明的艺术家，我马上就可以向您证明。我们开始吧。”

“好，开始吧。”丽莎说。

最初的慢板弹得相当顺手，虽然潘申不止一次弹错了。他自己谱写的和已经练熟了的，他都弹得得心应手，可是看着曲谱弹他就不行了。因此弹到奏鸣曲的第二乐章——相当快的快板——他就弹不了啦：在第十二小节上潘申就落后了两小节，他弹不下去了，便笑着推开了琴凳。

“不行！”他高声说道，“今天我弹不了，幸好莱姆听不见我们弹，要不他会晕过去的。”

丽莎站了起来，合上琴盖，转过身来对着潘申。

“那么我们干什么呢？”她问。

“从您这句问话里就可以看出您的为人！您是个一刻也闲不住的人。那么好吧，要是您愿意，趁天还没全黑，我们来画画吧。也许，另一位艺术女神——绘画女神，她叫什么来着？我忘了……说不定会对我比较眷顾。您的画册在哪里？记得我在那上面画的一幅风景画还没完成。”

① 意大利语：我也是个画家呀。这是意大利画家柯勒乔在拉斐尔画前说的一句自勉的话。

丽莎到另一间屋里去取画册，留下潘申一人，他从衣兜里掏出一条麻纱手帕，擦了擦自己的指甲，然后稍稍斜着眼端详着自己的手。他的手很好看，十分白皙，左手的大拇指上戴一个螺旋形的金戒指。丽莎回来了；潘申坐到窗边，打开了画册。

“啊！”他叫了起来。“我看到您在临摹我的风景画——画得很好。非常之好！只是这里——给我支铅笔——阴影还不够浓。您瞧。”

于是潘申以豪放的笔触加了几道长线条。他画来画去总是同样的风景：前景是几棵枝叶葳蕤的大树，远处是一片林中空地，天陲处是锯齿状的山峦。丽莎从他肩后望着他作画。

“画画也像生活中一样，”潘申说，脑袋一会儿偏向左边，一会儿偏向右边，“轻盈和雄浑是首要的。”

就在这一刻，莱姆走了进来，冷冰冰地鞠了个躬，返身就走，但是潘申把画册和铅笔往边上一撂，拦住他的去路。

“亲爱的赫里斯托福尔·费奥多雷奇，您上哪儿去？难道不留下来喝茶？”

“我回家去，”莱姆闷闷不乐地说，“我头疼。”

“头疼算得了什么，别走。咱们来聊聊莎士比亚。”

“我头疼。”老人又说了一遍。

“您不在的时候，我们弹了贝多芬的奏鸣曲，”潘申亲切地搂住老人的腰，高兴地微笑着说，“可怎么也弹不好。您信不信，我连两个连续的音符都弹不了。”

“您还是唱您的浪漫曲的好。”莱姆说，推开潘申的手，转身就走了。

丽莎奔出去追他。在台阶上追上了他。

“赫里斯托福尔·费奥多雷奇，请听我说，”她用德语对他说，陪着他穿过草坪，一直送他到大门口，“我对不起您，请原谅我。”

莱姆没有答理。

“我把您的康塔塔给弗拉基米尔·尼古拉伊奇看了；我深信他一定会欣赏您的作品。他的确非常喜欢这首康塔塔。”

莱姆站停下来。

“这没什么大不了的，”他用俄语回答说，后来改用他本国的语言说，“他什么也不懂，您怎么连这一点也看不出来？他不过是个半瓶醋！”

“您对他不公正，”丽莎说，“他样样都懂，几乎样样都行。”

“然而写出来的都是次品，劣等货，都是粗制滥造的东西。什么时髦，他就喜欢什么，并以此洋洋得意，大声喝彩。我并没有生气；这首康塔塔和我，是一对老傻瓜；我只是有点难为情，可这没什么大不了的。”

“赫里斯托福尔·费奥多雷奇，请您原谅我。”丽莎又说道。

“没什么，没什么，”他又用俄语回答说，“您是个好姑娘……瞧，有人上你们家来了。再见。您是个非常好的姑娘。”

莱姆急匆匆地向大门走去，一位他不认识的先生，穿件灰大衣，戴顶宽边草帽，正走进门来。莱姆向来人彬彬有礼地鞠了个躬（在O市，凡见到陌生的人，他都鞠躬；在街上遇见熟人，他却掉过头去，不予理睬——这是他给自己定下的规矩），同他擦肩而过，消失在栅栏后面。陌生人诧异地目送着他，然后仔细地端详了丽莎一眼，径直朝她走去。

七

“您不认识我了，”他一边说，一边脱下草帽，“可我认识您，虽说已经有八年没看见您了。那时您还是个小孩哩。我是拉夫列茨基。您妈妈在家吗？我可以见到她吗？”

“妈妈见到您会非常高兴，”丽莎说，“她已经听说您回来了。”

“您好像是叫伊丽莎白吧？”拉夫列茨基走上台阶，问道。

“是的。”

“我清清楚楚记得您，那时候您的脸蛋儿让人见了就忘不了；那时我常常带糖果给您吃。”

丽莎脸红了，心里想：这个人真怪。拉夫列茨基在前厅站了一会儿。丽莎走进客厅，从那里传来潘申的说笑声；他正在向已经从花园里回来的玛丽娅·德米特里耶夫娜和格杰奥诺夫斯基讲城里流传的一件趣事，讲得连自己都哈哈大笑了。玛丽娅·德米特里耶夫娜一听到拉夫列茨基的名字便慌了神，面色发白，赶忙迎上前去。

“您好，您好，我的亲爱的 cousin①！”她几乎用哭腔曼声说道，“见到您我真高兴！”

“您好，我的好表姐，”拉夫列茨基说，亲切地握了握她伸过来的手，“您一向可好？”

“请坐，请坐，我亲爱的费奥多尔·伊万内奇。啊，我多么高兴呀！首先让我向您介绍我的女儿丽莎……”

---

① 法语：表弟。

“我已经向伊丽莎白·米哈伊洛夫娜自我介绍过了。”拉夫列茨基打断了她的话。

“这位是麦歇潘申……这位是谢尔盖·彼得罗维奇·格杰奥诺夫斯基……您请坐呀！我看着您，甚至都不敢相信自己的眼睛，真的。您身体好吗?”

“正如您所看见的，非常好。表姐，都八年了，您一点儿没见老，但愿我这话不会让您遭到毒眼。”

“想想看，我们离别多久啦。”玛丽娅·德米特里耶夫娜说，像在梦幻中一般。“您这是从哪儿来？把弟妹留在……我是想说，”她急忙改口，“我是想说，您回国来长住吗?”

“我刚刚从柏林来，”拉夫列茨基说，“明天就去乡下，大概，会长久住下去。”

“不消说得，您准是住到拉夫里基村去吧?”

“不，不住拉夫里基村；我有个小村子，离这儿约摸二十五俄里，我住到那儿去。”

“是格拉菲娜·彼得罗夫娜遗赠给您的那个村子吧?”

“正是那个。”

“您真是，费奥多尔·伊万内奇！您在拉夫里基村的宅第有多好呀!”

拉夫列茨基微微皱了皱眉头。

“是的……不过在那个小村子里也有间小厢房；目前我用不了太多的房子。那个村子——眼下对我最合适。”

玛丽娅·德米特里耶夫娜又慌了神，连腰都挺直了，无奈地摊开双手。幸而潘申来帮她解围，跟拉夫列茨基攀谈起来。玛丽娅·德米特里耶夫娜缓过神来，把身子靠到椅背上，偶尔插上一两句话，以怜悯的目光望着她的客人，一个劲儿地唉声叹气，若有所指，还不时伤心地摇头，闹得他的客人终于忍耐不住，口气生硬地问她：她不舒服还是怎么的?

“感谢上帝，我挺好，”玛丽娅·德米特里耶夫娜说道，“您为什么这么问我?”

“我觉得您那副样子好像不太舒服。”

玛丽娅·德米特里耶夫娜的脸色沉了下来，露出稍稍受了点委屈的样子。“你自己既然满不在乎，”她心里想，“要我狗逮耗子，多管什么闲事；看得出，我的爷，你根本无所谓；换了别人，臊也要臊死了，你倒反而长了一身膘。”玛丽娅·德米特里耶夫娜私下里想什么事情时从来是不讲什么礼貌的，不过一张口说出来就文雅了。

拉夫列茨基的确不像个交了霉运的人。他红润的面颊、纯粹的俄罗斯人的脸型、饱满白皙的额头、微微嫌大的鼻子、端正的阔嘴巴，无不洋溢着草原的健康，显示出强韧的、无尽的力量。他体格魁伟，头上淡黄色的头发像年轻人那样鬈曲。只有在他微微鼓出的、略显呆滞的蓝眼睛里，可以看出几分忧思和疲惫的神色，他的声音也似乎过于呆板。

这期间，潘申一直在尽力不让谈话中断。他把话题转到制糖业的进益上，这是他不久前从两本法国小册子上看到的，他心安理得地、谦逊地叙述着这两本小册子的内容，却只字不提出处。

“这不是费佳吗!”从邻室虚掩的门后，突然传出马尔法·季莫费耶夫娜的声音。“没错，是费佳!”话音未落，老妇人已迅速地走进客厅，没等拉夫列茨基站起来，就一把搂住了他。“让我好好看看你，让我好好看看你，”她一边说，一边离他的脸远些，“啧！你多么神气。老虽老了点，可是没变丑，真的，一点儿没变。你干吗吻我的手，要是你不嫌我脸上尽是褶子，就亲亲我的脸吧。八成，您一句也没问起过我，没有问问：姑姑还活着吗？要知道，你出娘胎的时候是我双手接住你的呀，真是个淘气鬼！得了，你何必一定要记住我这个老婆子呢！你知道回来，说明你是个聪明人。”她掉过脸去对着玛丽娅·德米特里耶夫娜说：“怎么啦，我的姑奶奶，你什么都没有请他吃吗？”

“我什么都不想吃！”拉夫列茨基连忙说。

“我的爷，至少得喝杯茶吧。上帝呀，人家大老远跑来了，连茶也不给人家喝一口。丽莎，去煮茶，快。我记得他从小就贪嘴，怕现在还是个饕餮之徒吧。”

“马尔法·季莫费耶夫娜，给您请安了。”潘申打一旁走到兴奋的老妇人跟前，向她深深地鞠了一躬，说。

“多有得罪，我的先生，”马尔法·季莫费耶夫娜说，“我只顾高兴，没看见您。”她又掉过脸去对拉夫列茨基说：“你的模样长得像你可爱的母亲了，只有你的鼻子没变，还是像你老子。不说这些了——你在我们这儿该多呆些日子吧？”

“姑姑，我明天就走。”

“去哪儿？”

“回老家，去瓦西里耶夫村。”

“明天？”

“明天。”

“行，明天就明天。你走吧，自己的事儿自己最清楚。可是记住，临走前要来辞行。”老妇人拍了拍他的面颊。“没想到我还能活着见到你；倒不是说，我打算要死了；不，我大概还能活上十年：我们佩斯托夫家寿命都长；你死去的爷爷管我们叫活两辈子的人；可是只有上帝知道，你还会去外国逛多久。不过你还是好样的，好样的；大概，你还跟过去一样，一只手能托起十普特①吧？你那个死去的老子，说句不客气的话，荒唐了一世，却做对了一件事，给你请了个瑞士教师；你还记得跟他比拳的事吗，那是叫体操吧？可是我干吗唠唠叨叨个没完，妨碍了潘辛先生(她从来不把潘申这个姓念准)发表宏论。不过，我们还是去喝茶吧，走，亲爱的，我们到阳台上去喝；我们家的奶酪棒极了，可不是你们伦敦和巴黎的那种玩意儿。咱们走吧，走吧，亲爱的费佳，搀我一把。嗬！你的胳膊多粗呀！由你搀着，我就不怕摔倒了。”

大家都站起来到阳台上去，只有格杰奥诺夫斯基偷偷溜走了。在拉夫列茨基和女主人、潘申以及马尔法·季莫费耶夫娜交谈的时候，他一直坐在角落里，眨着眼，噘着嘴巴，用孩子般的好奇心一字不漏地倾听着，现在他急着要向全城散布有关这个新来的客人的新闻了。

当天晚上十一点，卡利京夫人家里发生了下面的事。在楼下客厅门口，弗拉基米尔·尼古拉伊奇和丽莎告别时，乘机握着她的手，对她说：“您很清楚，是谁吸引我到这儿来的；您也清楚，我为什么老是到府上来；一切都这样清楚，何必再用语言来表达呢。”丽莎没有回答，也没有笑，她微微扬起眉毛，红着脸，眼睛望着地上，不过没有把手抽回；而楼上，在马尔法·季莫费耶夫娜的房间里，在没有光泽的、古老的圣像前所挂的那盏长明灯的灯光下，拉夫列茨基坐在一张安乐椅

① 俄重量单位，1 普特合 16.38 公斤。

上，臂肘支在膝上，脸埋在手里；老妇人站在他面前，偶尔默默地抚摸一下他的头发；他向女主人告辞后，又在老妇人屋里待了一个多小时；他几乎什么也没对他这位慈爱的老友说，她也什么都没有问……其实他有什么可说的，她又有什么可问的？不用说，不用问，她对一切也十分明白，对他心底的痛楚，充满了同情。

八

费奥多尔·伊万诺维奇·拉夫列茨基（我们得请求读者允许故事线索暂告中断）出身于古老的贵族世家。拉夫列茨基家族的始祖是在失明的瓦西里二世①在位期间由普鲁士迁来，并受到封赐，封地达二百契特维尔基②，位于别热茨基韦尔赫③。他的子孙中有不少人担任过不同官职，在边远地区的王公显贵麾下办事，但是没有一个人的官职超过侍膳官，也没有一个人发过大财。拉夫列茨基家族中最富有、最显赫的当数费奥多尔·伊万内奇的曾祖父安德烈。他是个残酷、大胆、聪明且又狡猾的人。直至今天，关于他专横暴戾的性情、疯人般的慷慨无度和贪得无厌，还在人们中间流传。他身材高大，面色黝黑，脸上寸须不长，说话口齿不清，好像总是没有睡醒，然而他越是压低声音说话，他周围的人吓得越是厉害。他给自己挑的妻子同他可谓天造地设。她暴眼睛，鹰钩鼻，蜡黄的圆脸，有吉卜赛人血统，性情暴躁，睚眦必报，对丈夫寸步不让，以致差点给丈夫整死。可是丈夫下世没几天，她也跟着弃世

① 瓦西里二世（失明者）（1415—1462），自1425年起为莫斯科大公。
② 俄古时地积单位，等于长40俄丈×宽30俄丈。
③ 12—17世纪古俄罗斯城市。

而去，虽然生前天天和丈夫骂架。安德烈的儿子彼得，也就是费奥多尔的祖父，不像他父亲；他是个普普通通的草原上的地主，为人喜怒无常，尚空谈，是个慢性子，举止粗鲁，但并不凶狠，生性好客，养有一群好猎犬。他在三十岁上，从父亲手里继承了两千个上好的农奴。可是他却不加管束，不久，两千个农奴便沦为一盘散沙；一部分地产叫他给变卖了，家奴也都叫他惯得不成体统。他那宽敞、暖和，然而邋遢的宅第内，挤满了像蟑螂似的从四面八方爬来打秋风的人；这些个滥小人见到什么就吃什么，而且吃饱喝足之后，还顺手牵羊，凡可以拿的统统拿回家去，同时一迭声地夸主人慷慨大度；至于主人，遇到心情不好的时候，也要夸他的这群食客，称他们是寄生虫和坏蛋，可是他们一天不来，他又闷得发慌。彼得·安德烈伊奇的妻子性情温顺，原是邻家的姑娘，名叫安娜·帕夫洛夫娜，是他父亲替他挑选，并命他娶进家门的。她什么事都不过问，高高兴兴地招待客人，自己也乐意出门走亲访友，虽然用她的话说，往头上扑粉，等于要她的命。她上了年纪后，还常跟人说：你想想看，往你头上套顶毡帽，把头发统统往上倒梳，抹上油，扑上粉，还别上铁发卡，过后连洗都洗不净，可是出门拜客，非得往头上扑粉不可，要不人家会见怪的，——真是活受罪！她喜欢乘着飞快的马车兜风，打起牌来能从早打到晚，每回她丈夫走近牌桌，她总是用手把赢来的几文钱捂住，不让丈夫看见，然而她却把自己的全部嫁奁和全部钱财悉数交给丈夫，听他支配。她给他生下一儿一女：儿子名叫伊万，他就是费奥多尔的父亲，女儿名叫格拉菲拉。伊万从小不住在自己家，而是住在他的富甲天下的老姑母库宾斯卡娅公爵小姐家，因为她指定他为她的继承人（不然父亲是不会让他去的）。她把他打扮得像个洋娃娃，给他延请各种各样的教师，还指定一个法国人做他的家庭教师，此人名叫 m-r Courtin de Vaucelles①，过去是个天主教神父，是让-雅克 · 卢梭②的信徒，为人奸猾——可在她看来，此人是侨民中的 fine fleur③，后来，当她眼看就要进入七十高龄之际，竟下嫁给这位 fine fleur，把自己的全部财产都转到了他名下。不料婚后，这个对她甜言蜜语的库尔坦先生认为还是趁早脱身的好，便撂下她，只身逃往巴黎，把她的钱财席卷一空。不久之后，这个弃妇涂上胭脂，抹上 à la Richelieu④ 的龙涎香水，在一群小黑奴、细腿的猎狗和聒噪的鹦鹉的围绕下，手里拿着佩蒂托⑤制的珐琅鼻烟壶，在一张路易十五时代的弯形的绸面小沙发床上弃世而去。当这个不意的打击（我们指的是公爵小姐的结婚，而不是她的死）降到伊万头上的时候，他才二十岁，他在姑母家里于一夕之间从一个富有的继承人降至寄人篱下的穷亲戚，他不愿再待下去了，他在其间长大的彼得堡上流社会，现在却对他报以闭门羹；而官场呢，黑幕重重，举步维艰，他不屑于去做一名卑微的小吏（这一切都发生在亚历山大皇帝登基之初）。他万般无奈，只好回到乡下父亲家里。在他看来，老家又脏又穷又破，草原生活闭塞、贫困，每走一步都使他反感，乡居的无聊啃啮着他。而且老家所有的人，除了母亲之外，都对他侧目而视。父亲讨厌他那种京城人的派头，讨厌他的大礼服、他衬衫的又硬又高的领子、他的书籍、他的长笛、他的洁癖；而他既然爱洁成癖，就难怪他要嫌恶老家了。父亲动辄埋怨他，申斥他，

① 法语：库尔坦 · 德 · 福赛先生。
② 卢梭（1712—1778），法国作家、哲学家，对欧洲的哲学和文学均有重大影响。
③ 法语：精英。
④ 法语：黎塞留式。
⑤ 佩蒂托（1607—1691），法国著名彩瓷画家。

常说："我们这儿他样样都看不入眼。一上餐桌，就横挑鼻子竖挑眼，什么也不吃，人身上的气味，他受不了，屋里透不过气来，他受不了，看到人喝醉了酒他就来气，不许任何人在他眼前打架，又不肯出去谋个差事，说是身体不好；呸，哪有这样娇生惯养的！这都怨他满脑子都装着伏尔泰①。"老头儿特别瞧不起伏尔泰，还有那个"狂信者"狄德罗②，虽然他俩的著述他连一个字也不曾读过：读书的事跟他无缘。彼得·安德烈伊奇说得不错，他儿子的确满脑子都是狄德罗和伏尔泰，而且不止这两个人，还有卢梭，还有赖纳尔③，还有爱尔维修④，还有其他许多同这些人一类的作家——不过这些人仅仅是留在他的脑子里而已。伊万·彼得罗维奇以前的家庭教师，那个退职的天主教神父兼百科全书派⑤，仅满足于把十八世纪的全部高深的学说一股脑儿灌入他学生的脑子里，而他的这个学生则照单全收，一古脑儿装进脑子，但并没有融入他的血液，没有深入他的灵魂，没有成为他坚定不移的信念……不过，迄止今天，我们也还没有进步到这个程度，又怎能苛求五十年前的一个青年要树立这个信念呢？伊万·彼得罗维奇也使他父亲家里的食客们狼狈不安；他厌恶他们，他们则怕他；他同比他大十二岁的姐姐格拉菲拉也合不来。这个格拉菲拉是个怪物：面貌丑陋，骨瘦如柴，还是个驼背，眼睛大如铜铃，目光凶狠，两张薄嘴唇终日紧抿；她的脸，她的嗓音，她急促而笨手笨脚的动作活像她的祖母，就是那个

---

① 伏尔泰(1694—1778)，法国作家，启蒙运动哲学家，自然神论者。伏尔泰对推动世界社会哲学思想的发展，起了巨大作用。

② 狄德罗(1713—1784)，法国唯物主义哲学家，作家，18 世纪革命的法国思想家，《百科全书》的倡办者和编纂者。

③ 赖纳尔(1713—1796)，法国历史学家，社会学家，启蒙运动的代表人物。

④ 爱尔维修(1715—1771)，法国唯物主义哲学家，革命的资产阶级思想家。

⑤ 指以狄德罗为首的法国启蒙思想家。

吉卜赛女人，安德烈的妻子。她生性固执，喜欢弄权，出嫁的事她连听都不想听。伊万·彼得罗维奇重回家门完全不合她的心意；她弟弟原本是过继给库宾斯卡娅公爵小姐的，那么她至少可望得到父亲的一半田产；她的吝啬也像祖母。此外，格拉菲拉还妒忌她弟弟受过那么好的教育，法语说得那么漂亮，纯正的巴黎口音；可她连“Bonjour①”和“Comment vous portez vous?②”都说不好。诚然，她的父母还要差劲，法文连一个字都不识，但是她并不因此而好受些。无聊和寂寞令伊万·彼得罗维奇苦不堪言，他回乡还不到一年，可他觉得仿佛已过了十年。他只有跟母亲可以讲讲心里话，常常一连好几个小时坐在他低矮的卧室里，一面听这个善良的妇人唠叨，一面大嚼她做的蜜饯。事也凑巧，在安娜·帕夫洛夫娜的婢女里边有个非常秀丽的姑娘，名叫玛拉尼娅，生有一双晶莹温顺的美眸，为人既伶俐又沉静。伊万·彼得罗维奇一见到她就喜欢上了，随后，又爱上了她；他爱她怯生生的步态，羞涩的回话，轻柔的声音和文静的微笑，在他眼里，她一天比一天可爱。而她也用整个心灵的力量眷恋着伊万·彼得罗维奇，只有俄罗斯的少女才会如此倾心地爱，她终于委身于他了。在乡下地主的宅第里，任你什么秘密都瞒不了多久，很快，人人都知道了少爷和玛拉尼娅的关系，最后，绯闻也传到了彼得·安德烈伊奇的耳朵里。换了另一种情况，他未必会为这种鸡毛蒜皮的事大动干戈，可是他对儿子积怨已久，巴不得有机会把这个彼得堡来的哲学家兼花花公子狠狠地羞辱一番。于是掀起了一场轩然大波，又是叫骂，又是暴跳，把玛拉尼娅锁进了下

① 法语：您好。
② 法语：近况好吗？

房，传伊万·彼得罗维奇前来见他。安娜·帕夫洛夫娜听到叫骂声也跑了过来。她极力劝解丈夫，可是彼得·安德烈伊奇一句也听不进。他像鹰隼似的扑向儿子，骂他伤风败俗，没有良心，是个伪君子，趁此把郁积在心头的对库宾斯卡娅公爵小姐的满腔怨恨痛痛快快地发泄了出来，把儿子骂得狗血喷头。起初伊万·彼得罗维奇一言不发，竭力克制自己，可是当父亲威胁说，要惩罚他，叫他大大地出丑时，他忍无可忍了。“狂信的狄德罗又该出场了，”他暗想，“我要把他的教导付诸实施；等着瞧吧，我要让你们大吃一惊。”于是，伊万·彼得罗维奇虽然四肢都在颤抖，却用平静的声音不慌不忙地向父亲宣布，父亲骂他伤风败俗是没有道理的，虽然他并不打算为自己的过失辩解，可他正在谋求补救，因为他感到自己是高出于一切世俗的门第之见的，所以他心甘情愿娶玛拉尼娅为妻。这话一出口，伊万·彼得罗维奇的目的果真立刻达到；他把彼得·安德烈伊奇吓得目瞪口呆，半晌连话都说不出来，可是这个身穿松鼠皮镶边的皮袄，光脚穿着鞋子的做父亲的立刻醒悟过来，抡起拳头便向伊万·彼得罗维奇扑将过去。偏偏鬼使神差，那天伊万·彼得罗维奇梳着 à la Titus① 的发式，穿着崭新的英国式的蓝燕尾服，精致的鸵鹿皮紧身裤和带穗的皮靴。安娜·帕夫洛夫娜尖叫了一声，用双手捂住了脸，这时她的儿子穿过整座房子，跑到院子里，奔过菜园，冲进花园，飞也似的跑上大路，始终头也不回地跑着，直到终于听不见在身后追赶他的父亲的沉重的脚步声和扯开嗓子、上气不接下气的叫喊声……“你给我站住，流氓！”他吼叫道，“站住！要不我要诅咒你！”伊万·彼得罗维奇躲进邻近一个独院小地

① 法语，意为“提比留”。提比留是古罗马皇帝。

主家里。彼得·安德烈伊奇回到家里已是筋疲力尽，大汗淋漓，刚喘过气来，便宣布取消给儿子的一切祝福和继承权，吩咐把他的那些混账书统统烧光，立即把婢女玛拉尼娅放逐到一个遥远的村子去。有几个好心人找到了伊万·彼得罗维奇，把一切情况告诉了他。他又羞又恼，发誓要报复父亲；当天夜里，他拦截了押解玛拉尼娅的大车，抢走了她，带着她飞马去了邻近的一个城市，在那里同她结了婚。所有用度全由一个邻人周济，那人是个退职的海员，终日喝得烂醉如泥，可心地极其善良，对于所有一切，用他的说法，“高尚的举动”，无不慷慨解囊。第二天，伊万·彼得罗维奇给了父亲一封冷冰冰的、语含挖苦而又恭恭敬敬的信，便投奔他的远房表兄德米特里·佩斯托夫和表兄的妹妹——读者已经认识的马尔法·季莫费耶夫娜——去了。他把发生的一切事都告诉了他们，说他这就打算去彼得堡谋求一个差事，恳求他们收留下他的妻子，让她有个栖身之所，哪怕是暂时的。说到“妻子”二字时，他失声痛哭，不顾自己在京都所受的教育，所信奉的哲学，竟谦卑得像个地道的俄国乞丐，向两个亲戚跪了下来，而且连连地磕着响头。佩斯托夫兄妹都是好心肠的人，富有恻隐之心，所以欣然接受了他的请求；他在他们家住了三个礼拜，私心企盼父亲给他回信，但是回信没有来——而且也不可能来。彼得·安德烈伊奇得知儿子竟然真的结婚，气得卧床不起，关照任何人都不得在他面前提起逆子的名字，不过做母亲的却瞒着丈夫偷偷地向一个辅祭借了五百卢布纸币，派人把钱送给他，还送给他妻子一个小小的神像①；她不敢写信，只是吩咐派去送钱的那个一昼夜能行六十俄里的干瘦的农奴，转告伊万·彼得罗维

① 表示承认她为儿媳，并且祝福她。

奇，叫他不要过于伤心，有上帝保佑，一切都会好起来，父亲会回心转意，盛怒会变为宽恕，虽说她原希望娶的不是这么一个儿媳，但是上帝既然这么安排，她也就给玛拉尼娅·谢尔盖耶夫娜送去她作为婆母的祝福。那个干瘦的农奴得到了一个卢布的赏钱，他请求允许见一见新少奶奶，因为他是她的教父，他吻过她的手后，就急忙回家去了。

于是伊万·彼得罗维奇心情轻松地动身前往彼得堡，此去纵然前途茫茫，一贫如洗也未始没有可能，然而总算摆脱了他所憎恶的乡野生活，而且更主要的是，他没有违逆导师们的教诲，果真把卢梭、狄德罗和 la Déclaration des droits de l'homme① 的理想“见诸行动”，而且身体力行了。他的心灵中充满了终于完成了一桩义务的感觉，充满了胜利感和自豪感；至于和妻子分别，他倒并不怎么难过；如果要他天天厮守着老婆，他倒反会腻烦的。既然一件事已经做成，就该着手去做其他事了。在彼得堡，出乎他的预料，他竟时来运转。库宾斯卡娅公爵小姐——麦歇库尔坦已把她遗弃，但她还未及死去——为了向侄儿聊补前愆，便把他介绍给自己所有的好友，还给了他五千卢布(这几乎是她仅剩的钱财)和一只列皮科夫制造的表，表壳上刻有他姓名的简写，周围饰有一群爱神像。三个月不到，他就谋到了俄国驻伦敦使馆里的一个职位，便搭上即期去英国的帆船(那时还根本没有轮船)，漂洋过海前去履任。几个月后，他接到佩斯托夫的来信。这位好心肠的地主祝贺伊万·彼得罗维奇弄璋之喜，他的儿子于一八〇七年八月二十日在波克罗夫斯克村呱呱坠地，取名费奥多尔，以纪念殉难圣徒费奥多尔·斯

① 法语：人权宣言。这是法国 18 世纪大革命的纲领性文件，以孟德斯鸠、卢梭的政治学说为基础，于 1789 年 8 月 26 日由法国制宪会议通过。

特拉季拉特。玛拉尼娅·谢尔盖耶夫娜因身体十分虚弱，只在信尾附上几行字，但就这几行字已使伊万·彼得罗维奇惊讶不已，因为他并不知道马尔法·季莫费耶夫娜教会了他妻子读书识字。不过伊万·彼得罗维奇并没在父爱甜蜜激情中沉湎多久，因为他正忙于追求一位名媛，名叫弗琳或者拉绮丝[①]（当时古典名字还很流行）。加之蒂尔西特和约[②]刚刚缔结，人人都急于尽欢作乐，大家都卷入狂欢之中；伊万·彼得罗维奇被一位佳人的乌溜溜的眼睛搅得心荡神移。他薪俸非常之少，可是他的赌运却非常之好，他广交朋友，声色犬马无所不至，总而言之，他扬着满帆，破浪前去。

九

有很长一段时间，老拉夫列茨基不肯原谅儿子擅自结婚，然而伊万·彼得罗维奇要是过了半年跑来求见，跪在他脚下，向他认罪，老头也许会宽恕他，当然老头先要狠狠地申斥他一顿，还要举起拐杖来揍他几下吓吓他，可儿子在国外逍遥，才不在乎父亲宽恕不宽恕他。每当老头的妻子想要开口替儿子说情的时候，做丈夫的就斩钉截铁地喝道："住口！你敢再提！这个逆种，我没诅咒他，他就该一辈子为我祈祷上帝了，要是他爷爷还在世的话，不亲手宰了他才怪哩。"安娜·帕夫洛夫娜听到这样杀气腾腾的话，只有暗暗画十字的份儿。至于伊万·彼得罗维奇的妻子，彼得·安德烈伊奇起初连听都不要听，佩斯

① 两人都是古雅典著名的艺妓。
② 指沙皇亚历山大一世与拿破仑一世于 1807 年 6 月 25 日在蒂尔西特亲自签订的和约。

托夫给他的信中提到他儿媳，他甚至关照人家传话给佩斯托夫，他根本不知道他有个什么儿媳，不过他有义务警告佩斯托夫，窝藏逃奴是触犯王法的，可后来得悉添了个孙子，他的心软了下来，派人去问候产妇，还给她送去了一点钱，不过装作并不是他叫送的。费佳还不满周岁，安娜·帕夫洛夫娜便得了不治之症。临终前几天，她已经不能起床，失神的眼睛里含着胆怯的泪水，当着前来听取忏悔的神父的面对丈夫说，她希望和儿媳见面，同她诀别，并给小孙儿祝福。老头儿心痛欲碎，叫她宽心，便立刻派他自己的座车去接儿媳，并且第一次称她为玛拉尼娅·谢尔盖耶夫娜。玛拉尼娅·谢尔盖耶夫娜同她的儿子，由马尔法·季莫费耶夫娜陪伴着来了。马尔法·季莫费耶夫娜无论如何不肯让她独自前来，怕她受人欺侮。吓得半死的玛拉尼娅·谢尔盖耶夫娜走进彼得·安德烈伊奇的书房。奶娘抱着费佳跟在后面。彼得·安德烈伊奇看了她一眼，一言不发；她走到他跟前，拿起他的手，颤栗的双唇轻轻地、无声地吻了一下。

“喂，新冒出来的贵族少奶奶，你好，”他终于开口了，“我们去见夫人吧。”

他站起身来，弯下身子看看费佳，小家伙笑了，白嫩的小手向他伸了过去，老头儿回心转意了。

“嗄，”他喃喃地说，“没爹的孩子！你是替你爹来向我求情的；我不会撂下你不管，我的小鸟儿。”

玛拉尼娅一踏进安娜·帕夫洛夫娜的房门，便在门边跪了下来。安娜·帕夫洛夫娜招手叫她到床前来，拥抱了她，并且给她的儿子祝福，然后把她那张叫病魔折磨得只剩下一层皮的脸庞转向丈夫，想说什么……

“我知道，我知道你想求我什么事，”彼得·安德烈伊奇说，“你不要着急，我会把她留在我们家的，因为她的缘故，我宽恕了万卡[①]。”

安娜·帕夫洛夫娜费力地抓住丈夫的手，把嘴唇贴到上面。当天晚上，她就去世了。

彼得·安德烈伊奇信守自己的诺言。他写信告诉儿子，看在他母亲弥留时分的遗愿上，看在小孙儿费奥多尔的份上，他这个做父亲的决定恢复给他的祝福，并把玛拉尼娅·谢尔盖耶夫娜收留下来。他拨了阁楼上的两个房间给她，把她介绍给他最尊贵的客人，就是那位独眼的斯库列亨旅长和他的妻子认识，还派给她两个女婢和一个小厮供她使唤。马尔法·季莫费耶夫娜没几天就告辞了，因为她讨厌格拉菲拉，一天之内就跟她吵了三次。

起初，玛拉尼娅·谢尔盖耶夫娜这个可怜的女人的处境，可以说是度日如年，可渐渐地她学会了忍气吞声，并且对公爹也习惯了。他也习惯了她，甚至挺喜欢她，虽然他几乎从来不跟她讲话，即使对她和颜悦色的时候，也不由自主地流露出蔑视的神情。最给她受气的是她的大姑子。母亲在世的时候，格拉菲拉就已经一步步把全家的大权独揽在手里，一家子人，从父亲起，都得听她的；不得到她的允许，哪怕一块白糖都不许拿；她宁愿死，也不肯让另一个主妇来分她的权——更何况还是这样一个主妇！弟弟的婚事，她甚至比彼得·安德烈伊奇更是恨得咬牙切齿，她要让这个胆敢高攀的女人尝尝她的厉害，于是玛拉尼娅·谢尔盖耶夫娜打从第一刻起就成了她的奴隶。生性软弱、腼腆、

---

① 万卡是伊万的爱称。

胆小、身子又单薄的玛拉尼娅·谢尔盖耶夫娜岂是专横跋扈的格拉菲拉的对手。没有一天格拉菲拉不提醒她的出身，没有一天不赞许她安分守己。不管这类提醒和赞许多么令玛拉尼娅·谢尔盖耶夫娜痛苦，她还是能咽下这口气的……但是人家夺走了他的费佳，这可使她痛不欲生。人家借口她承担不了对儿子的教育，几乎不让她见到费佳。格拉菲拉亲自抓孩子的教育，孩子全由她掌握。玛拉尼娅·谢尔盖耶夫娜经受不了这样的摧残，三天两头儿给伊万·彼得罗维奇写信，声泪俱下地央求丈夫快点儿回来；彼得·安德烈伊奇也盼着父子早日团圆。可他却只是回信来敷衍几句，感激父亲收容他的妻子，而且还给他寄钱，答应尽早回来——可就是不回来。直到一八一二年[①]，总算把他召唤回国。六年睽别，一旦相聚，父子两人拥抱了，对于那本旧账，谁都一个字也不再提及，而且那时哪还顾得上家庭的口舌之争，因为俄罗斯举国上下正奋起对敌，他们俩也感到，俄罗斯的血液在他们的血管里奔腾。彼得·安德烈伊奇捐献了整整一个民团所需的被服。然而战争结束了，危险过去了。伊万·彼得罗维奇又觉得百无聊赖，又魂牵梦萦地思念那个遥远的世界，他是在那个世界里长大的，一到那边他就有宾至如归的感觉。玛拉尼娅·谢尔盖耶夫娜留不住他，对他来说，她太无足轻重了。连她的希望他也未予满足，她丈夫竟也认为，把费佳的教育托付给格拉菲拉更为适宜。伊万·彼得罗维奇的可怜的妻子受不了这个新的打击，禁不住第二次的别离，几天之后就寂然死去。在她一生中，她总是逆来顺受，连患了病也听之任之。当她已经开口不了，坟墓的阴影已经笼罩在她脸上时，她的面貌仍表现出沉默的困惑和忍气

---

① 是年拿破仑长驱直入俄罗斯。

吞声的温顺，一如当年安娜·帕夫洛夫娜临终前在病榻上吻彼得·安德烈伊奇的手那样，她也同样怀着默默的谦卑望着格拉菲拉，将嘴唇贴到格拉菲拉手上，把她唯一的儿子托付给格拉菲拉。这个善良文静的人儿就这样结束了她的人生之旅，好似一株幼树，不知何故被人从养育它的土壤里拔了出来，随手撂在一旁，任它的根部在太阳下暴晒：它枯萎了，消失了，没有留下一丝痕迹，也没有人为它伤心。痛惜她弃世而去的只有她的婢女，还有彼得·安德烈伊奇。老头儿多么需要这个沉默寡言的人儿呀。在教堂里，他最后一次向她行礼时，低声说道："原谅我——永别了，我的温顺的人儿！"他流着眼泪把一撮泥土扔到她坟上。

他并没有比他儿媳活得长多少——不过五年。他带格拉菲拉去莫斯科后，于一八一九年冬天在那里静静地死去了，遗言嘱咐把他葬在安娜·帕夫洛夫娜和"玛拉莎"[①]旁边，而此时伊万·彼得罗维奇正在巴黎寻欢作乐。他在一八一五年之后不久就退职了，接到他父亲的死讯后，他决定回俄国。他得考虑一下产业的管理，还有费佳，据格拉菲拉来信说，他已经十二岁多，该是认真抓孩子的教育的时候了。

十

伊万·彼得罗维奇回到俄国，俨然成了个英国人。蓄短发，着浆硬的高领衬衫，穿多层活领豆绿色长裾常礼服，脸上挂着不满的表情，待人接物冷淡、生硬，说话声音是从牙缝里发出来的，有时突然会发出一

① 玛拉尼娅的爱称。

阵像木头一样的干笑，终日铁板着脸，开口只谈政治和经济，别的什么都不谈，嗜好带血的煎牛排和葡萄酒，总之，所有一切，无不发出大不列颠的气息，几乎全身都充满大不列颠的精神。但是——说来也怪！伊万·彼得罗维奇虽然崇拜英国，可同时又是一个爱国者，至少他自称是爱国者，然而他对俄国几乎一无所知，他身上没有一点俄国的习惯，讲起俄语来怪声怪气，在日常谈话中，他的言语笨拙、乏味，堆满了俄语化的法语字眼，但是只要涉及严肃的话题，伊万·彼得罗维奇立刻变了，满口都是什么“予自我努力以新的尝试”、“这与事物的本质大相径庭”之类的话。伊万·彼得罗维奇由国外带回来好几份由他起草的有关改良国家的方案；他一切都看不惯，尤其对缺乏制度深为恼火。他一见到姐姐，第一句话就告诉她，他决意作根本的改革，今后他家一切都要按新制度办事。格拉菲拉·彼得罗夫娜一句话也没有回答伊万·彼得罗维奇，只是咬紧牙关暗忖：“那我上哪儿去呢？”可是她陪同弟弟和侄儿回到村里后，马上放心了。家里确实起了变化，那些个食客和寄生虫立刻被撵走，其中最苦的是两个老婆子——一个瞎子，一个瘫子，还有一个是攻占奥恰科夫[①]时期的少校，他虽已到耄耋之年，却食量惊人，每餐只得光让他吃黑面包和扁豆。还下了条死命令，过去的客人概不接待，替代他们的是一个远邻，一个病弱的金发男爵，他虽受过极好的教育，却其笨无比。从莫斯科运来了新家具，用起了痰盂、唤人用的小铃和盥洗台。早餐也大为改观，洋酒替代了伏特加和家酿甜酒，侍役穿上了新号衣，家族纹章上加了一条题词：“in recto virtus...”[②]

---

① 奥恰科夫在公元 16 世纪时为土耳其城堡。1787—1791 年俄土战争期间，于 1788 年被俄军占领。

② 拉丁语：“守法即美德”。

纵然如此，格拉菲拉的大权实际上并未旁落，一切支出和采购仍旧由她作主，从国外带来的一名阿尔萨斯亲随想跟她较量一下，结果丢掉了饭碗，尽管主人袒护他。至于家业和领地的管理（所有这些事格拉菲拉·彼得罗夫娜全都插手），尽管伊万·彼得罗维奇一再声称，要改弦更张，给这一团混乱注入新的生命，但是一切仍然照旧，只是某些赋税反而增加了，劳役也加重了，而且农民们不许直接来见伊万·彼得罗维奇，因为这位爱国者十分讨厌自己的同胞。伊万·彼得罗维奇的那套制度，只有在费佳身上得以彻底贯彻，费佳的教育的的确确作了“根本的改革”，父亲亲自负责管教他。

十一

伊万·彼得罗维奇回国前，上文已交代过，费佳一直受格拉菲拉·彼得罗夫娜管束。他母亲死的时候，他还不到八岁。他虽然不能每天见到她，却万分爱她，对于她、对于她的和蔼苍白的脸、忧郁的眼神和怯生生的爱抚，都永远铭刻在他心里；他模模糊糊地感觉到了她在家中的地位；他意识到在他们母子之间有一道藩篱，这道藩篱她不敢也没有能力逾越。他怕见到父亲，父亲也从不抚爱他。祖父有时倒还摸摸他的小脑袋，称他声小怪物，把他当成小傻瓜。玛拉尼娅·谢尔盖耶夫娜一死，姑姑就完完全全把他捏在手心里了。费佳怕她，怕她那双发出光来的犀利的眼睛和她刺耳的声音；在她面前，他一声都不敢吭；只消他在椅子上稍微动一动，她便低声喝道：“往哪儿去？给我老老实实坐着。”每逢礼拜天，望过弥撒后，准许他玩一会儿，那就是给他一本艰涩的厚书看。这是某个叫马克西莫维奇-安博季克的著作，书名叫

《象征和图谱》[1]。书里大约有上千幅图画，大部分都十分费解，所附五种文字的说明也同样费解。这些图画里面，大多是胖嘟嘟的光身子的丘比特。其中的一幅，标题是：《番红花与彩虹》，说明是：《伟哉其力》，对面的一幅画的是：《衔着紫罗兰飞翔的白鹭》，说明是：《洞幽烛微》，另一幅《丘比特与舐幼子的母熊》的说明是：《循序前进》。费佳翻来覆去地翻阅这些画，对于它们的一笔一画，都背得出来了。其中有几幅，总是那几幅，每回都使他沉思，激起他的想象；此外他没有任何娱乐。到了他该学习语文和音乐的时候，格拉菲拉就花了极低的工资给他聘请了一个瑞典老处女做教师，这人长着一对兔子眼，法语和德语都讲得很糟，钢琴也弹得十分蹩脚，可是腌起黄瓜来却是一等的好手。费佳就在这个女教师、姑姑和一个名叫瓦西里耶夫娜的陪伴下，度过了整整四个年头。他常常捧着他那本《图谱》在角落里坐着……坐着，低矮的屋里散发着天竺葵的气味，一根油脂蜡烛暗淡地燃烧着，一只蟋蟀好像感到寂寞似的单调地嚁嚁叫着，墙上的小挂钟匆匆地滴答响着，一只耗子在糊墙纸后面悄悄地刨着，啃啮着，而三个老处女活像命运三女神[2]，默默地、迅速地走动着织针，她们手的影子在阴暗的灯光下时而飞快地舞动，时而又怪样地抖动，于是孩子的脑子里也闪过一个又一个同样阴暗的思想。没有一个人会说费佳是个

① 马克西莫维奇-安博季克真名涅斯多尔 · 马克西莫维奇（1744—1812），产科教授，著有医书多本并有译著。此书的书名应为《图谱与象征集》。书中收有神话铜版画与寓意铜版画及多种文字的说明，16—17 世纪在西欧广为流行，18 世纪初奉彼得一世之命，在彼得堡出版，屠格涅夫童年时代曾在家里藏书中看到过此书。

② 命运三女神是希腊神话中司命运的女神。第一位女神在人诞生时纺出生者的生命之线，第二位决定生命之线的长短，第三位于人死亡时负责切断生命之线。

漂亮的孩子，他的脸色非常苍白，人很胖，四肢有欠匀称，行动笨手笨脚，照格拉菲拉·彼得罗夫娜的说法，他一副乡巴佬相。其实只要经常让他去外边见见太阳，他脸上的苍白很快就会消褪。他学习倒还可以，不过常常要偷懒。他从来不哭，可是一发牛脾气，那就谁也拿他没办法了。他周围的人，他一个也不爱……一个自小就不知爱为何物的心是痛苦的！

伊万·彼得罗维奇回国来，看到的儿子就是这副样子，他立即对儿子实施他的制度。“首先，最要紧的，我要把他造就成人，un homme①，”他对格拉菲拉·彼得罗夫娜说，“而且不仅仅是人，还要是斯巴达人②。”伊万·彼得罗维奇的第一条实施办法就是叫儿子穿上苏格兰服装，于是这个十二岁的孩子便光着小腿，端正的帽子上插根翎毛，由一名精通体操的瑞士小伙子替代了瑞典老处女。音乐不是男子汉该学的东西，被彻底摈弃；如今这个未来的“人”必须学习的课程是：自然科学、国际法、数学、木工(这是依照让-雅克·卢梭的主张)和纹章学，以激励他崇尚骑士高尚的思想感情。凌晨四点就把他叫起床，立刻用冰水冲身子，随即逼令他拉住一根绑在高高的柱子上的绳子，围着柱子奔跑；他每天只许吃一顿饭，一道菜。他得骑马射箭，每有适当的机会，就要依照父亲的榜样，养成坚强的意志；他每天晚上要在一本专用的本子上记下一天所做的事和他的感受，而伊万·彼得罗维奇呢，他常用法语给儿子写庭训，在庭训中称儿子为 mon fils③ 和

---

① 法语：人。
② 古希腊的斯巴达人自幼受军事体育训练，崇尚坚毅勇敢的精神。
③ 法语：我儿。

vous[①]。可费佳却用俄语称父亲为“你”，不过在父亲面前却不敢坐下。“制度”把孩子弄得稀里糊涂，脑子里一团混乱，精神受到压抑，然而新的生活方式却对他的健康起到了良好的作用，起初他生了场热病，可很快就康复了，成了一个健壮的小伙子。父亲大为得意，用他那种奇怪的语言，称他为“自然之子，我的杰作”。费佳一满十六岁，伊万·彼得罗维奇认为自己有义务给他灌输对女性的蔑视，于是这个年轻的斯巴达人虽然嘴上刚冒出茸毛，浑身刚充满精力、热情和血气，却已经竭力装出一副满不在乎、冷漠和粗鲁的样子，虽说心里还怀着胆怯。

光阴如白驹过隙。一年之中的大部分时间，伊万·彼得罗维奇在他祖传的最大的庄园拉夫里基度过，到了冬天，他就只身去莫斯科，下榻在小饭店里，三天两头儿去俱乐部，在人家的客厅里高谈阔论，阐述自己的种种计划，言行举止比过去任何时候都更像一个英国派，一个为民请命的政治家。可是一八二五年[②]到了，随之带来了深重的灾难。伊万·彼得罗维奇平日的熟人和友好纷纷遭难。伊万·彼得罗维奇慌忙逃往乡下，闭门不出。又过了一年，伊万·彼得罗维奇的身体突然垮了下来，一天比一天消瘦，一天比一天虚弱，他的病体使他跟过去判若两人。这个自由思想者竟然去教堂望弥撒；这个欧化了的人竟然洗起蒸气浴[③]，两点钟吃午饭，九点钟就上床睡觉，还让一个老管家在一旁絮絮叨叨地说着闲话催他入眠；这个政治家竟把自己的全部计划书和信件付之一炬，竟然见了省长诚惶诚恐，见了县警察局长拍马奉承；这

① 法语：您。
② 是年爆发俄国十二月党人起义。
③ 俄国农村的蒸气浴，为西欧所不齿。

个意志坚强的人竟然因为身上长了脓疮，因为给他端来的汤是冷的而哭泣，诉苦。格拉菲拉·彼得罗夫娜又重新执掌全家的大权。管家们、村长们、普通的庄稼人，又开始从后门进来见“老妖婆”——这是下人给她起的绰号。伊万·彼得罗维奇的变化使他儿子大为震惊。他已经十九岁了，开始独立思考，摆脱了以往压制他的巨手。他原先已经发现父亲言行不一，口头上侈谈自由主义的理论，可行动上却是冷酷狭隘的专制主义，然而他怎么也没料到父亲会发生这样翻天覆地的变化。这个十足的利己主义者竟显出了他的原形。年轻的拉夫列茨基正准备去莫斯科上大学，一个始料不及的新的灾难降到了伊万·彼得罗维奇的头上——他在一天之内双目失明了，无可救药地失明了。

他不相信俄国医生的医术，千方百计申请出国就医。但是他的请求被拒绝了。于是他命儿子陪着他，整整三年走遍全俄罗斯求医，不停地从一个城市到另一个城市，找了一个又一个医生，可是由于他意志薄弱，且又没有耐心，把医生、他的儿子和仆人闹得一筹莫展。回到拉夫里基，他完全成了一个废物，一个哭笑无常的任性的孩子。痛苦的日子开始了，全家都为他受罪。伊万·彼得罗维奇只有在吃饭的时候才安静下来，他从来不曾那么贪馋，从来不曾吃得那么多；吃完饭后，他又闹起来，不让别人有一刻安宁。他祈祷，怨天尤人，咒骂自己，咒骂政治，咒骂自己那套制度，咒骂他过去夸耀的，引以为豪的，并且要儿子奉为典范的那一切，他斩钉截铁地宣称他什么都不相信，可说完又祈祷起来。他受不了孤独，哪怕只有片刻工夫，他要家人不分昼夜地陪着他，坐在他旁边的圈椅上，讲故事给他听，可他又不时地打断人家，高声喊道：“你撒谎——全是胡扯淡！”

最受罪的是格拉菲拉·彼得罗夫娜；他一步也不让她离开，她也事事满足病人的任性的要求，不过有时她却并不立刻回答他的问话，怕自己的声调会泄露她满腔的愤恨。就这样，他又拖了两年，终于在五月初撒手人寰。那天他被抬到阳台上晒太阳。“格拉莎，格拉什卡①，给我肉汤，肉汤，你这个老傻……”他僵硬的舌头嘟嘟哝哝地说，最后一个字还没说完，他就沉默了，永远沉默了。格拉菲拉·彼得罗夫娜刚从仆人手里接过一碗肉汤，望了弟弟的脸一眼，便不再把汤递给他，慢慢地画了一个大大的十字，默默地走开了。他的儿子当时也在场，他也一声不作，倚在阳台的栏杆上，久久地凝望着果园，在春日金色的阳光下，果园一派苍润华滋，芳香扑鼻，熠熠生辉。他已经二十三岁了，二十三年的光阴多么可怕，多么迅速地在不知不觉中流逝了……现在生活已在他眼前展开。

十二

把父亲埋葬了，把管理产业和监督管家们的事宜托付给那位一成不变的格拉菲拉·彼得罗夫娜之后，年轻的拉夫列茨基就动身前往莫斯科，那里有一种朦胧而又强烈的感情在召唤着他。他意识到自己受的教育有欠缺之处，决心尽力弥补这些欠缺。过去五年内，他读了不少书，也见了些世面，脑袋里塞满了五花八门的思想，他在某些方面的知识，令任何一个教授都会羡慕，然而有许多是每一个中学生都早就熟知的，可他却一无所知。拉夫列茨基意识到自己为人孤僻；私下觉得自己是个怪人。那个英国迷跟自己的儿子开了一个恶意的玩笑。异想天

① 格拉莎和格拉什卡都是格拉菲拉的小称。

开的教育结出了恶果。多年来，他对父亲一直唯命是谨，任其摆布，待到他终于看透父亲时，木已成舟，习惯已在他身上根深蒂固了。他不善于同人交往，已经二十三岁了，一颗羞怯的心中燃烧着对爱情的不可遏制的饥渴，却不敢正眼对任何一个女人看一眼。他的头脑虽说有些迟钝，却健全而又清醒，性情偏于固执、内向和怠惰。按说，他在少年时代就该投身到生活的旋涡中去锻炼，然而他却被迫封闭在人为的孤独之中……现在禁锢他的魔圈已除，可他却仍然在原处画地为牢，自行封闭起来。在他这样的年纪还穿大学生制服是贻笑大方的，可他并不怕别人讪笑。他所受的斯巴达式教育至少有一点成功了，那就是对别人的议论置若罔闻，于是，他满不在乎地穿上大学生制服。他进了数理系。他体魄健壮，面颊红润，已开始留络腮胡，为人沉默寡言，在同学们中间产生了一种奇怪的印象；他们料不到，这个乘着宽大的乡村双马雪橇准时前来听课的、终日铁板着脸的汉子，内心却几乎像个孩子。他们觉得他是个莫测高深的书呆子，无需同他往来，而他呢，也躲开他们。他在大学就读的头两年里，仅仅结识了一个同学，这个同学帮他补习拉丁文。这人姓米哈列维奇，为人热心，会写诗，真心喜欢拉夫列茨基。可正是他阴差阳错地促成了拉夫列茨基命运的大转折。

有一天，在剧院里（那时莫恰洛夫[①]正处于声誉的顶峰，每回他演戏，拉夫列茨基一场都不错过），拉夫列茨基发现二楼包厢里有位女郎，虽说那时任何一个女人走过满脸阴郁的他的身旁，都令他怦然心动，然而他的心还从未像此刻这样猛烈地跳动过。那女郎把臂肘支在天鹅绒的包厢边上，纹丝不动地坐着。在她微呈黧黑的、娇媚的、圆圆

---

① 莫恰洛夫（1800—1848），俄国男演员。

的脸庞上，每一处都闪耀着青春的活力和光彩，在两叶黛眉下温柔地凝视着台上的美眸里，在富于表情的樱唇上掠过的微笑里，以及她的头部、手臂和颈项的姿态里，无处不显得娴雅和聪敏，她的衣着也美不胜收。她身旁坐着一个约摸四十五岁的黄脸妇人，那妇人一脸皱纹，袒胸露臂，戴顶黑色直筒高帽，脸色呆板，忧心忡忡，只要一微笑就让人知道她的门牙已经掉光，在包厢紧里边，坐着一个上了年纪的男子，他穿着宽大的斜襟外套，系根高领带，一脸愚蠢的傲慢之色，一双小眼睛里流露一种谄媚的疑虑，髭须和颊须都染过色，前额大得过分，面颊上皱纹纵横，一望而知是个退役的将军。拉夫列茨基目不转睛地望着那个令他惊为仙姝的女郎。突然间包厢门打开了，米哈列维奇走了进去。这个可说是他在莫斯科的唯一熟人的出现，而且是出现在那个唯一把他的整个身心都吸引过去的女郎的圈子里，他觉得这是不可思议的天意。他继续望着那个包厢，发现包厢里的人把米哈列维奇视作老朋友。舞台上的演出不再吸引拉夫列茨基，连莫恰洛夫本人，那晚上他尽管演得“出神入化”，也不能给他留下像平时那样的印象。台上演到一个十二万分香艳的场面时，拉夫列茨基不由得朝他的美人望去，只见她身子前倾，桃腮飞红，眼睛本来是望着台上的，此刻感觉到了他死死盯住她的目光，便渐渐转过来，落到了他身上……整整一夜，这双明眸一直在他眼前闪耀。人为的堤围终于溃决，他周身打着战，如在燃烧，于是第二天就跑去找米哈列维奇。他从米哈列维奇那里知道，那个美人儿的芳名叫瓦尔瓦拉·帕夫洛夫娜·科罗宾娜，和她坐在同一包厢里的老人和中年妇人是她的父母，而他，米哈列维奇，则是一年前在莫斯科近郊 H 伯爵家里当家庭教师时和这家人相识的。这位热心人对瓦尔瓦拉·帕夫洛夫娜·科罗宾娜赞不绝口。“那位姑娘呀，我的兄弟，”

他用他所特有的炽烈的唱歌般的声音说，“真正是出类拔萃，聪颖过人，名副其实的艺术家，而且心地又特别善良。”从拉夫列茨基的问话里，他看出瓦尔瓦拉·帕夫洛夫娜给他这个朋友留下了多么深刻的印象，于是自告奋勇地提议把她介绍给他，并且加补说，他和这个家庭亲如家人，将军一点也不倨傲，而那位母亲说有多糊涂就有多糊涂。拉夫列茨基脸涨得通红，嘟嘟囔囔说了些什么，急忙逃走了。他和自己的胆怯整整斗了五天，到第六天上，这位年轻的斯巴达人穿上一身新制服，把自己完完全全交托给米哈列维奇了，而米哈列维奇因为和这个人家就像一家人，所以只是把头发梳了梳——两人便前往科罗宾家。

十三

瓦尔瓦拉·帕夫洛夫娜的父亲帕维尔·彼得罗维奇·科罗宾是个退役少将，一生都在彼得堡服役，年轻时以精通跳舞和队列勤务而出名，由于家道破落，他只得先后在两三个不甚得意的将军手下当名副官，后来娶了其中一个将军的女儿为妻，得到了两万五千卢布的陪嫁。他对于操练和检阅之类十分娴熟，克勤克俭地苦干了二十年，终于弄到了一个将军的军衔，并当上了一团之长。按理说，到了这个地步，他就该将息将息，不必再汲汲于名利，好好巩固自己的地位才是上策。他本也是这么打算的，然而他做事却有欠谨慎，他想出了一个挪用公款去做生意的新办法，这个办法不失为妙着，可他却舍不得花钱各处打点，结果被人告发，这事不仅闹得很不愉快，而且成了丑闻。将军好不容易才从这桩丑闻中脱身，然而他的宦途却就此断送，上边婉言命他退役了事。可他还在彼得堡赖了两年，指望时来运转，弄到一个文职的美差，可是美差没有落到他头上，女儿却从贵族女子中学毕业，开销一天大似一天……他万般无奈，只得迁往莫斯科，那儿的生活费用要便宜得多。他在老马厩胡同租了一幢又矮又小的房子，在屋顶上竖起足有一俄丈高的族徽，以一年两千七百五十卢布的花销，以退役将军的身份，在莫斯科过起寓公生活来。莫斯科是一座好客的城市，凡有来客，一概欢迎，更何况是将军。帕维尔·彼得罗维奇虽然粗笨，却不乏军人仪容，他的身形很快就出现在莫斯科所有豪宅的客厅里。他秃了顶的后脑勺、染过的头发、鸦青色领巾上佩戴着的安娜勋章的绶带（绶带油腻得可以）已为所有神情抑郁、面色苍白的少年人所熟知，这些少年每当别人跳舞时，便没精打采地围着牌桌转来转去。在交际场中，帕维尔·彼得罗维奇举止得体，很少说话，如果要说，便按照老习惯，带着鼻音，不过对有身份的人，自然就不用这种腔调说话了。他打牌打得谨慎小心，在自己家里吃饭总是十分节俭，可是作客去别人家吃饭，他的食量大得一人可以抵得上六个人。关于他的妻子，乏善可述，她叫卡利奥帕·卡尔洛夫娜，属日耳曼血统。她的左眼上老是挂着一滴泪珠，于是她自认为自己是个多愁善感的女子，她终日惶惶不安，成天像没有吃饱似的。她总是穿紧绷绷的天鹅绒衣服，戴直筒高帽和暗淡无光的空心手镯。至于帕维尔·彼得罗维奇和卡利奥帕·卡尔洛夫娜的独女瓦尔瓦拉·帕夫洛夫娜，在某贵族女子中学毕业时，正值豆蔻年华。在学校里，如果她算不上是天字第一号校花，那么无论如何可以算得上是最聪敏的学生，而在音乐方面尤为优秀，曾荣获花字奖章①。拉夫列茨基第一次看到她时，她还不满十九岁。

---

① 俄国皇后奖给中学女生毕业成绩最优秀者的奖章。

十四

当米哈列维奇把拉夫列茨基引入科罗宾家寒酸的客厅，将他介绍给这一家子人的时候，这位斯巴达人的两条腿都发抖了。但是他的胆怯不一会儿就消失了，因为将军像所有俄国人那样天生温厚，且因他名声上有过污点，所以格外客气，而将军太太不知怎的很快就走开了，至于瓦尔瓦拉·帕夫洛夫娜，她是那么娴雅，那么从容而又亲切，任何人一见到她就有宾至如归的感觉，何况她的娇躯那么袅袅迷人，她的双眸那么顾盼生姿，她微削的双肩又那么天真俏丽，两条雪白的藕臂泛出淡淡的玫瑰红，她的步态轻盈而又娇慵，说话徐缓而又甜蜜，恰似呖呖莺声——所有这一切散发出一种好似空谷幽兰般如有若无、时隐时现的撩人心弦的魅力，一种温柔的，然而眼下还有几分羞人答答的爱抚，除此而外，还有一种什么东西，然而那是只可意会而无从言传的，勾得人心旌动摇，遐想绵绵——不消说得，所勾起的自然不会是什么胆怯。拉夫列茨基谈起了戏剧和昨晚的演出，她也立刻主动谈起莫恰洛夫，但是并不仅限于称颂和赞叹，而且还对他的演技提出了几点只有女性深邃的观察力才能作出的中肯的批评。米哈列维奇提起了音乐，她便落落大方地坐到钢琴前，熟练地弹奏了几支那时刚刚风行的肖邦的玛祖卡舞曲。午餐时间到了，拉夫列茨基起身告辞，主人留住了他。席上，将军用上等的红葡萄酒款待他，那是将军派仆人特地驱车去特普列酒家买来的。拉夫列茨基深夜才回家，他大衣也不脱，久久地坐着，用一只手捂住眼睛，如痴似醉地回味着她的魅力。他觉得直到今天他才明悟了人生的价值，在今天之前的他所有的打算和抱负，所有这类胡思乱想，霎时间烟消云散。他的整个心灵今天只有一种感情，一个愿望——企盼着幸福、占有、爱情，女性甜蜜的爱情。从那天起，他成了科罗宾家的常客。半年后，他向瓦尔瓦拉·帕夫洛夫娜求婚，女方接受了。许久许久以前，大约在拉夫列茨基初次造访的前夕，将军就曾问过米哈列维奇，拉夫列茨基有多少农奴；而瓦尔瓦拉·帕夫洛夫娜在这个年轻人追求她的整个过程中，甚至在他倾诉爱情的那一刻，都保持着惯常的平静和沉着，同时清清楚楚地知道她的未婚夫是个有钱人，而卡利奥帕·卡尔洛夫娜则心中暗喜："Meine Tochter macht eine schöne Partie.①"于是就给自己买了顶新帽子。

十五

就这样，他的求婚被接受了，不过附有两个条件。首先，拉夫列茨基必须立刻辍学。有谁肯嫁给一个大学生，再说堂堂富绅，都二十六岁的人了，还像个小学生那样去上课，岂不贻笑大方？其次，采办全部妆奁，乃至选购新郎馈赠新娘的礼物，概由瓦尔瓦拉·帕夫洛夫娜不辞辛劳，亲自承担。她既有丰富的实际知识，又富有审美力，讲究舒适，而且善于为自己取得这种舒适。成婚之后，拉夫列茨基立即携新娘乘坐由她所选购的舒适的马车前往拉夫里基，一路上她在这方面的才能令他惊叹。途中所需的一切，瓦尔瓦拉·帕夫洛夫娜早都想到了，作了精心、周到的准备！在舒适的车厢里放置的旅行用品多么可爱，化妆盒和咖啡壶又多么精致！每天早晨，瓦尔瓦拉·帕夫洛夫娜亲手煮咖

① 德语：我闺女攀了门好亲事。

啡的模样又是多么迷人！那时拉夫列茨基哪有心思作冷静的观察，因为他沉迷在欢乐中，沉迷在幸福中，他像个孩子一样，幸福使他忘乎所以了……这个年轻的阿尔基德[①]也的确天真得像个孩子。他年轻的妻子周身上下的魅力并不是白白散发出来的，她把他所从未尝到过的奢华的神秘快乐给予他，并不是没有代价的，她心中的谋算远比给予他的要多。他俩到达拉夫里基时，正值盛暑，她觉得那所宅第又脏又暗，仆人都老掉牙了，模样滑稽可笑，但是她认为不必向丈夫提这种事，哪怕暗示一下也没有必要。假如她有意在拉夫里基住下来，她会令一切改观，当然，首先从装修房子着手。但是她脑子里压根儿没闪过要在这个草原上的穷乡僻壤定居下来的念头。她把这里当作野营时的帐篷，心平气和地忍受着种种不便，一笑置之。马尔法·季莫费耶夫娜特地赶来看她亲手养大的孩子，瓦尔瓦拉·帕夫洛夫娜对她深有好感，可她并不喜欢瓦尔瓦拉·帕夫洛夫娜。新主妇跟格拉菲拉·彼得罗夫娜也话不投机。她本可以跟这位姑母相安无事，然而老科罗宾想染指女婿的产业，他说，女婿是半子，所以他这位堂堂的将军替女婿管理庄园并不是什么丢人的事。可以设想，即使让这位帕维尔·彼得罗维奇去给一个毫不相干的人管理产业，他也不见得会认为有失体面。于是瓦尔瓦拉·帕夫洛夫娜极为巧妙地发起了进攻，她不动声色，从表面上看来，她完全沉醉在蜜月的甜蜜之中，沉醉在宁静的乡居生活里，沉醉在音乐和书籍之中，可实际上她却一步步地把格拉菲拉逼到了忍无可忍的地步，以致有天早晨，格拉菲拉像发了疯似的冲进拉夫列茨基的书房，把一大串钥匙扔到桌上，宣称她再也管不了这个家的产业了，她再

---

① 即希腊神话中的大力士赫拉克勒斯。

也不愿意呆在这个村里了。拉夫列茨基早已胸有成竹，一口答应她离去。这一着是格拉菲拉·彼得罗夫娜始料所不及的，顿觉眼前一阵发黑，说道："好吧，我知道我在这里是多余的！我知道是谁把我从这里，从我的老巢里撵走的。侄儿，只是你要记住我一句话：你无论在哪里也筑不成一个巢。你将漂泊一辈子。这就是我给你的临别赠言。"当天她就到她自己的那个小村子去了。过了一个礼拜，科罗宾将军就来到了拉夫里基，用一种既高兴而又装出无可奈何的目光和举止，把全部产业的管理大权揽到自己手里。

九月底，瓦尔瓦拉·帕夫洛夫娜携同丈夫去彼得堡。她在彼得堡一所漂亮的、光线充足的、陈设雅致的寓所里住了两个冬天(夏天他们去皇村[①]避暑)；他们结交了不少中层社会，甚至上层社会的朋友，不是外出拜客，便是在家接待朋友，举行优雅的音乐会和舞会。瓦尔瓦拉·帕夫洛夫娜好似灯火吸引飞蛾一般吸引着宾客。费奥多尔·伊万内奇不太喜欢这种无所事事的生活。妻子劝他从政，他一则有父亲的前车之鉴，二则有自己的考虑，不愿意去谋取一官半职，他只是为媚妻起见，才留在彼得堡。然而他很快就明白了，他虽身厕闹市，却并没有人妨碍他离群索居。他的书房在全彼得堡是最清静、最舒适的书房，他的体贴的妻子甚至促使他离群索居——从此一切称心如意。他又专心于在他看来尚未完成的学业，又开始读书，甚至学起英文来。他那肩膀宽大的强壮的身躯终日伏在书桌上，他丰硕、红润、胡子浓密的脸有一大半叫字典或者练习本遮没，谁看到了都觉得奇怪，他每天早晨忙于做学问，中午则享用一顿美餐(瓦尔瓦拉·帕夫洛夫娜是个极好的主

① 彼得堡近郊的沙皇庄园，为一大花园。

妇），到了晚上，他就进入一个迷人的、芳香的、灯光辉煌的世界，到处都是一张张年轻、快乐的脸庞，——而这个世界的中心就是那位热情待客的主妇，他的妻子。她给他生了一个儿子，使他好不开心，但是造化弄人，那个可怜的小男孩没活上多久，到春天就夭折了。夏天，拉夫列茨基听从医生的劝告，带妻子出国，去温泉疗养。遭到丧子这样的不幸之后，出国散散心是绝对必要的，况且她的健康也需要温暖的气候。他们在德国和瑞士度过了夏秋两季，一到冬季，这是可以料想得到的，他们去了巴黎。在巴黎，瓦尔瓦拉·帕夫洛夫娜出落得像一朵盛开的玫瑰，她像在彼得堡时那样，迅速而又巧妙地为自己筑起了一个小巢。她在巴黎一条幽静而又时髦的街上，找到了一幢极为漂亮的住宅。她给丈夫做了一件他未曾穿过的晨衣，雇用了一个衣着时髦的女佣，一个烧得一手好菜的厨娘和一个机灵的男仆，买了一辆豪华的马车和一架音色迷人的钢琴。一个礼拜不到，她已经披着披肩、戴着手套、撑着遮阳伞上街了，绝不逊色于一个地地道道的巴黎女子。她的交游很快广阔起来。起初上她家来的只是一些俄国人，后来法国人也登门了，全是些单身汉，彬彬有礼，翩翩年少，言谈举止温文尔雅，连姓名也悦耳动听；他们都善于辞令，善于用优雅的姿态鞠躬，善于讨人喜欢地眯细着眼睛；玫瑰红的双唇间闪亮着雪白的牙齿，而且他们又多么善于微笑呀！他们每个人又都引见他们的友好，于是没有多久，从 Chaussée d'Antin① 到 Rue de Lille②，la belle madame de Lavretzki③ 就名声大噪了。那时（指一八三六年）小品文作者和新闻栏编辑之类尚未孳生，不

① 法语：安坦大街。巴黎最大的街道之一。
② 法语：李尔街。也是巴黎最大的街道之一。
③ 法语：迷人的拉夫列茨基夫人。

像现在，他们多如蚁冢遭毁后的蚂蚁，爬得到处都是。然而就在那时，有个叫m-r Jules①的，出现在瓦尔瓦拉·帕夫洛夫娜的沙龙里。此人獐头鼠目，声名狼藉，像所有好决斗的人那样蛮不讲理，同时又像乏走狗那样卑躬屈膝。瓦尔瓦拉·帕夫洛夫娜本来十分讨厌这位 m-r Jules，可仍然接待他，因为他给各种各样的报纸撰稿，不断提到她，或称她为 m-me de L... tzki②，或称她为 m-me de * * *，cette grande dame russe si distinguée，qui demeure rue de P... ③向全世界，也就是说，向几百个跟 m-me de L... tzki毫不相干的订户描述说，这位夫人，按其聪明才智来说，une vraie française par l'ésprit(是真正的法国女性)，在法国人看来，再也没有比这更高的赞美了，他说她多么可爱可亲，是个不同凡响的音乐家，跳起华尔兹舞来美妙得惊人(的确，瓦尔瓦拉·帕夫洛夫娜跳华尔兹舞时，她那飘然而起的薄薄的裙裾令人心痒难搔)……总之，他使她名扬天下——不管怎么说，这总是让人愉快的。其时，玛尔丝小姐④已告别舞台，而拉舍尔小姐⑤尚未登台献艺，然而瓦尔瓦拉·帕夫洛夫娜却照样经常出入各家剧院。意大利音乐令她狂喜不已，奥德利⑥一身破烂逗得她笑得前仰后合，在法兰西剧院里她频频地打着哈欠，却又不失礼貌，多法尔夫人⑦在一出极端浪漫主义的情节剧中的表演使她泪流不止。李斯特⑧亲自来她家演奏过两次，那么亲切，那么

---

① 法语：茹里先生。
② 法语：迷人的拉某某茨基夫人。
③ 法语：某某夫人，是位雍容华贵的俄国贵妇，住于 P 街……
④ 玛尔丝(1779—1847)，法国著名女演员。
⑤ 拉舍尔(1821—1858)，法国悲剧女演员。
⑥ 奥德利(1781—1853)，法国著名闹剧演员，以其破烂的戏装取得喜剧效果。
⑦ 多法尔(1784—1849)，法国著名女演员。
⑧ 李斯特(1811—1886)，匈牙利著名音乐家，作曲家，钢琴演奏家。

平易近人——真是迷人！一个冬天就这样在朝朝欢乐中度过；冬末，瓦尔瓦拉·帕夫洛夫娜甚至应邀进宫，至于费奥多尔·伊万内奇，他并不感到寂寞，尽管有时他感到生活令他肩头沉重，其所以沉重，是因为空虚。他看报，去 Sorbonne[①] 和 Collège de France[②] 旁听，留意议会的辩论，还翻译水利方面的学术名著。“我没有蹉跎光阴，”他如此思忖，“我所做的一切都是有益的，但是来年冬天之前，我一定要回俄国，着手于我的事业。”他所谓的事业究竟是什么事业，很难说他心中有底，他来年冬天之前，是否真能回俄国，也只有天晓得；眼下，他正要随妻子去巴登—巴登[③]……不料一件出乎意料的事把他的整个计划打了个粉碎。

十六

有一天，瓦尔瓦拉·帕夫洛夫娜不在家，拉夫列茨基踱至她书房，看到地上有张仔细折起来的纸条。他下意识地将纸条拾起，又下意识地将它展开，看到了下边这封用法文写的短简：

亲爱的安琪儿贝特茜！（我无论如何不想叫你 Barbe[④] 或者瓦尔瓦拉——Varvara）。我在街心花园的拐角上空等了你许久。明天一点半到我俩的小屋来。此时你那个和善的胖子（ton gros

① 法语：索邦大学。亦即巴黎大学。
② 法语：法兰西学院。
③ 德国矿泉疗养胜地。
④ 瓦尔瓦拉的法语变音。

bonhomme de mari）多半正埋头在他的书本里；我们又可以再来唱你教我的你们国家的大诗人普式金[1]（de votre poëte Pouskine）的那支歌：老丈夫，凶狠的丈夫！[2] 一千次吻你的小手和小脚。我等待着你。

爱涅斯特

拉夫列茨基一时没有看懂写的是什么，便又看了一遍——顿觉天旋地转，脚下的地板摇来晃去，好似站在颠簸的甲板上。他于一瞬间又是叫喊，又是喘气，同时放声痛哭。

他失去了理智。他是那样盲目地相信他的妻子。他从来没想到过她会欺骗他，会对他不忠。他妻子的情人，那个爱涅斯特是个小白脸，约摸二十三岁，浅黄头发，翘鼻子，蓄着两撇小胡子，在她相识的人中，几乎是最等而下之的一个。几分钟过去了，半个钟点过去了，拉夫列茨基仍然呆立着，手里死命捏住那张致命的字条，木然地望着地板出神；有阵黑色的旋风向他扑将过来，他似乎看到风中有一张张苍白的脸，他的心痛苦地揪紧了，他觉得他的身体正在下沉，下沉……沉向无底深渊。一阵熟稔的丝织衣裙轻微的窸窣声把他从麻木中惊醒过来，原来瓦尔瓦拉·帕夫洛夫娜戴着帽子，披着披肩，散完步，匆匆回来了。拉夫列茨基浑身发抖，冲出屋去；他意识到在那一瞬间，他若不跑开，会把她撕成碎片，把她打个半死，像庄稼汉那样，亲手把她活活掐死。瓦尔瓦拉·帕夫洛夫娜大吃一惊，想拦住他，可他只咕噜了一声

---

① 法国人爱涅斯特读不准普希金这个名字。
② 这句歌词引自普希金的长诗《茨冈》。

“贝特茜”，就从家里跑了出去。

拉夫列茨基叫了辆马车，让车夫把他送往城外。整整一个下午，整整一个夜晚，直到天亮，他不分东南西北地随处乱走，时不时站停下来，举起手轻轻一拍①；他一会儿觉得自己疯了，一会儿又觉得自己很可笑，甚至很高兴。清晨，他冻僵了，便走进郊区一家蹩脚的小客栈，开了个房间，在窗前的椅子上坐了下来。忽然，他打起哈欠来，一个紧接着一个，眼看就要支持不住了，他的肉体已筋疲力尽，可他并不觉得疲倦，然而倦意却攫住了他：他坐在那里，眼睛虽然睁着，心里却什么都不明白，不明白他出了什么事，不明白他为什么独坐在这间陌生的空屋里，四肢麻木，嘴里发苦，心口有什么东西堵着，他不明白是什么使她，瓦里娅②，委身给一个法国佬，并且，她明知自己已另有私情，怎么还能照旧那么镇静，照旧同他亲热，百依百顺！“我一点儿也不明白！”他的干枯的嘴唇嘟哝道。“现在还有谁能向我保证，说她在彼得堡……”没等把这句话说完，他又打起哈欠来，浑身像筛糠似的打战。快乐和阴郁的回忆同样令他苦恼。他猛然记起，没几天前，她当着他和爱涅斯特的面，弹着钢琴，唱起了：“老丈夫，凶狠的丈夫！”他记起了她脸上的表情，眼睛发出的异光和腮上的红晕。他霍地从椅子上站起，他要正告他们两个：“你们可别跟我开这种玩笑，我的曾祖父常常把庄稼汉穿过肋骨吊起来，我爷爷本人就是个庄稼汉。”然后，把他们两个杀死。可突然间，他又觉得这一切不过是一场梦，甚至连梦都不是，只是荒唐的臆想而已；他只消抖一抖身子，环顾一下四周，就

---

① 俄人惯以这种手势表示喜悦、惊讶、诧异、惋惜或困惑。
② 瓦尔瓦拉的小称。

会……他当真环顾了一下四周，痛苦好似老鹰叼住小鸟似的，那鹰爪越来越深地扎进他心里。何况还有雪上加霜的事：再过几个月拉夫列茨基就要当父亲了……他的过去，他的未来，他的整个生活都给毁了。他终于回到巴黎，住进旅馆，派人把爱涅斯特的短简送还给瓦尔瓦拉·帕夫洛夫娜，并附去这样一张便条：

> 奉还短简一封，您一看就明白了。顺便说一句，我真没想到，您一向非常细心，竟会丢失如此重要的文件。（为了这句话，可怜的拉夫列茨基反复推敲了好几个小时。）我无意再见到您。我想，您也必定不想再见到我。我一年给您一万五千法郎，再多我给不起了。烦请您把地址告知鄙乡账房。您想做什么，想住在哪里，悉听尊便。遥祝幸福。不必复信。

拉夫列茨基虽然给妻子的信中说不必复信……但是他心里却等待着、渴望着复信，对这桩不可思议、不可理解的事作出答复。瓦尔瓦拉·帕夫洛夫娜当天就复他一封长信，是用法语写的。这封信使他彻底死心，他最后的一丝怀疑消失了，他甚至感到羞愧，竟然还会怀疑是否确有其事。瓦尔瓦拉·帕夫洛夫娜没有为自己辩白，她只盼着同他见面，求他不要对她这样绝情。信写得冷冰冰的，显然是不情不愿的，虽然有几处可以看到泪痕。拉夫列茨基苦笑了一下，让送信人转告她，一切都好，他不回信了。三天后，他就离开了巴黎，然而不是回俄国，而是去了意大利。他自己也不明白，为什么偏偏选中了意大利，其实只要不回家，无论去哪里对他都一样。他把付给妻子赡养费的事通知了他的村长，并吩咐他立即把科罗宾经管庄园的全部权力收回，不必等待清理账目，就打发科罗宾将军阁下离开拉夫里基。他活龙活现地想象着被逐的将军那副狼狈相和已经吓不了任何人的那种威风凛凛的样子，于是他在万分痛苦之中，感到了几分幸灾乐祸的喜悦。他立即写信给格拉菲拉·彼得罗夫娜，请她立即回拉夫里基，并附去了一份全权委托书。格拉菲拉·彼得罗夫娜不但没有回拉夫里基，还多此一举地登报声明废除委托书。拉夫列茨基蜗居于意大利的一个小城，有好长一段时间都克制不了自己，留意着妻子的行踪。他从报上得知，她按原计划离开巴黎，去了巴登—巴登；她的名字很快又出现在那位麦歇茹里写的一篇报屁股文章里。在这篇文章里，虽用的仍是游戏文字，可字里行间，却充满了对她的友好的同情，看得费奥多尔·伊万内奇直想恶心。后来他得悉她生了个女儿，两个月后，他的村长向他报告，瓦尔瓦拉·帕夫洛夫娜支走了她的三分之一的赡养费。再后来她艳闻四播，越来越不堪入耳，最后所有的杂志都刊载了一则轰动一时的悲喜剧式的绯闻，而他妻子在其中扮演了一个不值得羡慕的角色。一切都完了：瓦尔瓦拉·帕夫洛夫娜成了“新闻人物”。

拉夫列茨基不再注意她的行踪，然而他的情绪仍未能稳定下来。有时，他会十分思念他的妻子，只消能再听到她温柔的声音，再把她的手捏在自己手里，他可以不再计较一切，甚至……可以原谅她。然而时光是不会白白流逝的。他不是一个陷身痛苦而不能自拔的人，他的健康的天性终于占了上风。他大彻大悟了：连那个把他震得天昏地暗的打击，也并非不可逆料的；他已经了解他妻子了——对亲近的人，只有离开之后，反而能充分了解。他又能够学习和工作了，虽远不及过去那么勤奋，他的生活阅历和所受的教育使他养成的怀疑主义，完全深入了他的心灵。从此他对一切都漠然置之。四年过去了，他感到自己可以回国，会见亲人了。他在彼得堡和莫斯科都没有停留，直奔O市，我们就是在O市和他分手的，现在请厚爱本书的读者随我们一起返回这个城市吧。

十七

上文我们所描述的那一天的次晨九时许，拉夫列茨基正沿着卡利京家的台阶拾级而上，正好遇见丽莎戴着帽子和手套走出门来。

“您去哪儿?”他问她。

“去望弥撒。今天是礼拜天。”

“难道您经常去望弥撒?”

丽莎没有回答，诧异地望着他。

“请原谅，”拉夫列茨基说，“我……我不是这个意思，我是到府上来辞行的，再过一个小时我就去乡下了。”

“听说离市区不远?”丽莎问。

“二十五俄里。”

这时莲诺奇卡由一个女仆陪着，也走出了大门。

“记住，别忘了我们。”丽莎说罢，就走下台阶。

“你们也别忘了我。请听我说，”他加补道，“您去教堂，请顺便也为我祈祷。”

丽莎站住脚，朝他回过身来。

“行，”她正视着他的脸，说，“我会为您祈祷的。莲诺奇卡，我们走吧。”

拉夫列茨基走进客厅，只见玛丽娅·德米特里耶夫娜一个人在。

她身上散发出香水和薄荷的芬芳。她说，她头疼，一夜没有睡好。她以她惯常的那种慵倦的样子亲切接待他，渐渐地，她的话多起来了。

“您说对吧，”她问他，“弗拉基米尔·尼古拉伊奇是个讨人喜欢的青年？”

“这位弗拉基米尔·尼古拉伊奇是谁？”

“就是昨天来这儿的潘申。他对您印象非常好，mon cher cousin[①]，我告诉您一个秘密，他爱我的丽莎简直爱得发疯了。这不是挺好吗？他出身望族，官运亨通，人又聪明，已经是宫廷侍从官了，如果上帝要撮合他俩……我这个做母亲的可要乐坏了。当然这是终身大事，马虎不得；儿女的幸福当然靠父母。直到现在，家里大大小小的事，好也罢，坏也罢，全靠我一个人张罗；抚养孩子，教育孩子，哪一样不是我……瞧，我刚刚才给勃留斯夫人写信来着，请她替我找个家庭女教师……”

玛丽娅·德米特里耶夫娜滔滔不绝讲她如何含辛茹苦，如何克尽母责。拉夫列茨基默默地听她讲，转动着手里的帽子。他的冷淡，他的沉重的目光叫这位爱唠叨的夫人发窘了。

“您喜欢丽莎吗？”她问。

“伊丽莎白·米哈伊洛夫娜是位非常好的姑娘。”拉夫列茨基说罢，站起身来，鞠躬告退，到马尔法·季莫费耶夫娜那边去了。玛丽娅·德米特里耶夫娜大为不悦地目送他离去，心里想：“真是笨伯，乡巴佬！现在我明白了，为什么他的老婆要偷汉。”

马尔法·季莫费耶夫娜正由她的全套班子簇拥着，坐在自己的房

---

① 法语：我亲爱的表弟。

间里。这个班子由五个成员组成，差不多个个她都同样心爱。其中一个是大嗉囊的、受过调教的红腹灰雀。她所以疼爱它，是因为它已经不会叫，也不会喝水了；另一个是条小狗，脾气温顺，且又胆小，名字叫罗斯卡；还有一个是头雄猫，脾气暴躁，名字叫“水手”；再有一个是个名叫舒罗奇卡的好动的小姑娘，年纪大约九岁，大大的眼睛，尖尖的鼻子，黝黑的皮肤；此外还有一个五十五岁光景的老妪，名叫纳斯塔西娅·卡尔波夫娜·奥加尔科娃，她总是戴顶白色包发帽，穿身黑衣服，外边罩件窄小的褐色短上衣。舒罗奇卡是个父母双亡的孤儿，出身于小市民家庭。马尔法·季莫费耶夫娜收养她一如收养罗斯卡，是出于怜悯之心。她是在街上把小狗和小姑娘拾回来的。两个都又瘦又饿，都叫秋雨淋得浑身湿透，罗斯卡领回来后，没有人来讨过，至于舒罗奇卡，她的叔叔，一个以鞋匠为业的酒鬼，甚至很乐意把这个小姑娘送给马尔法·季莫费耶夫娜，因为他连自己都吃不饱肚子，哪还有什么给侄女吃，他能做的就是用鞋楦敲她的脑袋。至于纳斯塔西娅·卡尔波夫娜，是马尔法·季莫费耶夫娜在一次朝圣的时候，在修道院里认识的，她在教堂里主动走到这位老妪面前(据马尔法·季莫费耶夫娜说，她所以喜欢她，因为她祈祷得有滋有味)，她主动同她攀谈，请她到家里去喝茶。打从那天起，她就没再同纳斯塔西娅·卡尔波夫娜分开过。纳斯塔西娅·卡尔波夫娜出身于破落的贵族家庭，是个没儿没女的寡妇，性情乐观而且温顺，圆圆的脑袋，一头白发，双手柔软白皙，五官都挺大，慈眉善目，只是鼻子翘得有几分滑稽。她崇拜马尔法·季莫费耶夫娜，马尔法·季莫费耶夫娜也非常喜欢她，虽然常常要取笑她心肠太软，一见年轻男子就会动心，而且只消跟她开个小小的善意的玩笑，她就会像个少女似的脸涨得通红。她的全部财产共计一千二百纸卢布。

她虽然靠马尔法·季莫费耶夫娜养活，却和马尔法·季莫费耶夫娜平起平坐。马尔法·季莫费耶夫娜最受不了奴颜婢膝。

“啊！费佳！”她刚一看到他，就招呼道。“昨天晚上你没见到我这一大家子，现在来欣赏欣赏吧。我们正打算一块儿喝茶呢，每逢礼拜天我们都喝两次茶，这会儿正要喝第二次。你可以跟大家亲热亲热；只是舒罗奇卡，我可不让你碰她，还有，猫会抓你的。你今天就走吗？”

“今天就走。”拉夫列茨基在一张矮凳上坐了下来。“我已经向玛丽娅·德米特里耶夫娜告辞过了。我还见到了伊丽莎白·米哈伊洛夫娜。”

“我的老爷子，叫她丽莎就行了，对你来说，她算哪门子米哈伊洛夫娜[1]。你给我老老实实坐着，要不舒罗奇卡的椅子要叫你给坐坏了。”

“她去望弥撒了，”拉夫列茨基管自说下去，“她真那么虔诚吗？”

“是的，费佳，非常虔诚。比我跟你要虔诚得多，费佳。”

“您难道不虔诚吗？”纳斯塔西娅·卡尔波夫娜细声细气地说，“不过今儿早祷您没去，晚祷该去了吧。”

“唔，不去了，你一个人去吧；我的姑奶奶，我怪懒的，”马尔法·季莫费耶夫娜说，“喝茶把我给惯坏了。”她称纳斯塔西娅·卡尔波夫娜为“你”，尽管她跟她是平起平坐的——可她毕竟出身于佩斯托夫家族，在伊凡雷帝追荐亡魂的名册上，就赫然有三个姓佩斯托夫的；

① 俄俗，用名字和父名称呼人是客气和尊敬的表示。拉夫列茨基是丽莎的长辈，自不必用尊称。

马尔法·季莫费耶夫娜深知她门第之高。

“请告诉我，”拉夫列茨基又说开了，“玛丽娅·德米特里耶夫娜刚才跟我谈起了那个……他姓什么来着？……噢，潘申。这位先生是个何等样人？”

“天哪！她可真是个长舌妇！”马尔法·季莫费耶夫娜埋怨说，“八成她还神秘兮兮地告诉你，叫她碰着了一个可以做乘龙快婿的人。她尽可以去跟那个神父的儿子嘁嘁喳喳谈这种事，可她还嫌不过瘾。其实，这事儿连影子也没有，真是谢天谢地！可她已经吹出去了。”

“为什么谢天谢地？”拉夫列茨基问。

“因为我不喜欢那个帅哥儿，就那么个人，有什么可高兴的？”

“您不喜欢他吗？”

“是的，他并没有人见人爱的能耐。纳斯塔西娅·卡尔波夫娜已经爱上了他，他该满足了。”

这个可怜的寡妇叫她说得狼狈不堪。

“马尔法·季莫费耶夫娜，您怎么好说这种话，您连上帝都不怕！”她叫了起来，刹那间，她的脸和脖子都涨红了。

“那个骗子，他知道，”马尔法·季莫费耶夫娜打断了她的话，“他知道怎么迷住她，所以送给了她一个鼻烟壶。费佳，你向她要点儿鼻烟闻闻，你就可以看到这个鼻烟壶有多漂亮，壶盖上还刻着个骑在马上的骠骑兵。我的姑奶奶，你还是别辩白的好。”

纳斯塔西娅·卡尔波夫娜只是一个劲儿地挥手否认。

“那么丽莎呢？”拉夫列茨基问，“对他有意思吗？”

“看来，她喜欢他，不过，只有上帝才知道她心里是怎么想的！你知道，人心就像黑咕隆咚的森林，更不用说是女孩儿家的心了。就拿舒罗奇卡的心来说吧——你倒去猜猜看！自打你进门后，她就躲在一边，却又不出去，这是为什么？”

舒罗奇卡忍不住噗哧一声笑了出来，拔腿就往外跑，拉夫列茨基也站了起来。

“是呀，”他慢条斯理地说，“女孩子的心是猜不透的。”

他向马尔法·季莫费耶夫娜告辞。

“怎么要走了？我们不久还能见面吗？”马尔法·季莫费耶夫娜问。

“姑姑，看情况吧，反正离这儿又不远。”

“是呀，你是去瓦西里耶夫村。你不想到拉夫里基去住——噢，这是你自己的事儿，不过你得去那里给你母亲上个坟，顺便也给你奶奶上个坟。你在外国学了那么多本事回来，谁知道呢，她俩在坟墓里也许会知道你去给她们上坟了。还有，费佳，你可别忘了，给格拉菲拉·彼得罗夫娜也做场法事，追荐她的亡灵。这儿我给你一个卢布，你收下，收下，是我给她做法事用的。她生前，我不喜欢她，可是凭良心说，她是个有骨气的姑娘，人也聪明，也没亏待过你。好啦，现在你走吧，上帝保佑你，要不然我就要让你讨厌了。”

说罢，马尔法·季莫费耶夫娜拥抱了她的侄儿。

“丽莎是不会嫁给潘申的，你放心好了；这种人配不上她。”

“我有什么不放心的。”拉夫列茨基说罢就告退了。

十八

四个小时后，他已登上归途。他的四轮旅行马车在松软的村道上迅速地奔驰。已经有两个礼拜不曾下雨了，空中弥漫着一层乳白色的薄雾，遮没了远处的树林，散发出一股焦糊味。一朵朵轮廓模糊的灰不溜丢的乌云在浅蓝色的天空掠过，虽刮着一阵阵劲风，可非但不能驱散燥热，反源源不断地携来干旱的气流。拉夫列茨基把头枕在靠背上，双手叠在胸前，望着呈扇形地在眼前掠过的耕地，望着缓缓闪过的爆竹柳，望着一只只蠢笨的乌鸦和白嘴鸦，而它们也以一种痴呆的怀疑斜睨着驶过的马车，他还望着长满在长长的田塍上的艾蒿和野花椒；他眺望着……这片尚待开发的肥沃而又荒凉的草原，绿油油的草木，横亘的丘冈，长满低矮的槲树的沟壑，一个个穷困的小村落和稀稀落落的白桦——他暌违已久的这派俄罗斯的景色，在他心中勾起了既甜蜜同时又近于忧伤的情思，把一种愉快的感觉沉甸甸地压到他心头。种种思绪像飘浮在高空的云朵那样纷乱、模糊和飘忽不定。他忆起了自己的童年和母亲，忆起了在母亲弥留之际，人家怎样把他带到她的病榻前，她又怎样把他的头搂在胸前，声若游丝地边哭边说着什么，后来望了眼格拉菲拉·彼得罗夫娜——便永远沉默了。他忆起了父亲，起初父亲好不神气，讲起话来声若洪钟，什么都看不入眼，后来眼睛瞎了，动辄哭哭啼啼，花白的络腮胡子又乱又脏；他还记起有一回吃饭时父亲多喝了一杯酒，把调味汁倒到了餐巾上，突然，父亲纵声大笑，眨巴着一双瞎眼，涨红了脸，讲述往日的历次征服；他还忆起了瓦尔瓦拉·帕夫洛夫娜——顿时，他好似感到内心一阵疼痛，不由得闭紧了眼睛，就像人们突然觉得腹内一阵疼痛时那样，他随即用力晃了晃头。后来，他的思想便停留到了丽莎身上。

“瞧，”他想道，“这个年轻的生命刚刚开始生活。是个好姑娘，将来还不知会出落成什么样呢？她长得那么漂亮。脸蛋娇嫩、白皙，眸子和双唇端庄严肃，目光真挚而又无邪。可惜稍稍热忱了些。她的身姿那么婀娜，步态又那么轻盈，说起话来娴静文雅。我最爱看她突然停下步来，一笑也不笑，凝神听你说话，然后把头发往后一甩，开始沉思起来的那种神态。的确，我也认为潘申配不上她。不过，潘申有哪点不好呢？其实用得着我来操这份心吗？她总归是要走所有的人都走的那条路的。我还不如打个盹的好。”于是拉夫列茨基合上了眼睛。

他睡不着，然而沉入了旅人常有的朦胧之中。往事历历，仍然缓慢地浮现在他心中，和其他不相干的景象错杂在一起。天知道为什么，拉夫列茨基突然想起了罗伯特·庇尔[①]……想起了法兰西的历史……设想如果他是一名将军的话，他将采取什么良策取胜；他耳边仿佛响起了枪声和厮杀声……他的脑袋向一边滑去，他睁开眼睛……眼前仍是同样的田野，仍是同样的草原景色；两匹拉边套的马的磨损的马掌交替着在飞扬的尘土中闪耀，马车夫那件腋下缀有红镶条的黄衬衫被风吹得鼓了起来……“太好了，回到老家了。”拉夫列茨基的脑海里闪过这个念头，他喊了声：“快！”便裹紧大衣，更紧地贴着靠背。马车震了一下，拉夫列茨基坐直身子，睁大了眼睛。他眼前的丘冈上绵亘着一个不大的村落；靠右边有幢不大的、已经很有一些年月的地主宅第，百叶窗全都关着，门廊已经倾斜；宽大的院场里，从院门口起，密密麻麻地长满了绿汪汪的荨麻，已高大得好似大麻。也是在院场里，屹立着一间用橡木搭的小粮仓，那粮仓还很坚实。这就是瓦西里耶夫村了。

马车夫把车拐到院门口，勒住了马，拉夫列茨基的侍仆从驭者座上站起身来，打算往下跳，嘴里喊道：“喂！”院子里响起一阵嘎哑、

---

① 罗伯特·庇尔（1788—1850），英国政治家，1841—1846年任英国首相。

低沉的犬吠声，但是不见狗跑出来；侍仆又打算往下跳，又喊了一声："喂！"又是一阵衰老的犬吠声，接着有个穿土布长衣、满头白发的人，不知从哪里跑到院场上。那人用手挡住阳光，朝四轮马车望了望，突然两手拍了下大腿，先是在原地乱转了一阵，然后奔过来打开院门。马车驶进院场，沙沙有声地碾过荨麻，在门廊前停下。那个白发老头手脚还十分轻健，他已叉开两条弯下来的腿站在第一级台阶上，解开车上的挡带，颤巍巍地掀起皮帘，扶主子下车，并吻了一下主子的手。

"你好，老兄，你好，"拉夫列茨基说，"你好像是叫安东吧？你还活着？"

老头儿默默地鞠了一躬，就跑去取钥匙。老头跑开后，马车夫仍一动不动地坐着，只是侧过头来打量着上了锁的大门。拉夫列茨基的侍仆跳到地上，一只手搭在驭者座上，就以这种足可入画的姿势站着。老头取来了钥匙，完全没有必要地像蛇那样扭曲着身子，高高地举起手臂，把门打开，然后站到一旁，再一次一躬到地。

"瞧，我到家了，我回来了。"拉夫列茨基想道，步进小小的前厅。这时一扇扇百叶窗乒乒乓乓地打了开来，于是白昼的光亮射进了这所久已空关的房屋。

十九

拉夫列茨基来到的这幢小宅子是在上个世纪用坚实的松木建造的，样子虽已老旧，其实还能再用上五十年，甚至更久些。两年前，格拉菲拉·彼得罗夫娜就是在这幢小屋里去世的。拉夫列茨基巡视了所有的房间，吩咐把窗户统统打开，这一下可惊坏了栖息在门楣下边、背上落满白色灰尘的年老力衰的苍蝇。这些窗户，自从格拉菲拉·彼得罗夫娜下世之后，就没有再打开过。屋里的一切都保持着她生前的原样：摆设在客厅里的那些用发亮的花缎蒙面的细腿小沙发，已经破旧、坍陷，一看到它们，就使人想起叶卡捷琳娜女皇的时代。客厅里还有一张靠背又高又直的圈椅，女主人生前爱坐这张椅子，不过她即使到了老年，也不曾靠在椅背上过。客厅正面墙上挂着费奥多尔的曾祖父安德烈·拉夫列茨基古老的画像，画的衬景已经发乌起皱，因此画中人黝黑的、好动肝火的脸几乎辨认不出了，他凶狠的小眼睛在垂得很低的、像是有些浮肿的眼睑下阴郁地朝外望着，他的没有扑粉的黑发像把刷子似的戳起在他的沉甸甸的、皱纹纵横的前额上。画像的一角挂着一个腊菊花环，上边落满了灰尘。安东在一旁说："这是格拉菲拉·彼得罗夫娜她老人家亲手编的。"卧室里放着一张狭小的眠榻，帐子是用古老的非常结实的条纹布做的，榻上放着有小山那么高的一堆褪了色的枕头和一条绗过的薄被，床头挂着圣母入殿圣像，那个被人遗忘的孤独的老处女在弥留之际用她的已经冷了的嘴唇最后一次吻了这张圣像。靠窗搁着一张镶铜片的拼花梳妆台，梳妆台的镜子映像已经变形，镀金的镜框也已发黑。卧室旁边是间供奉圣像的祈祷室，祈祷室很小，四壁空空，屋角设着沉甸甸的神龛，地上搁着小小的拜垫，拜垫已经破旧，上边烛泪斑斑，格拉菲拉·彼得罗夫娜当年就是跪伏在这个拜垫上祈祷的。安东领着拉夫列茨基的侍仆去打开马厩和车棚的门，他刚走开，便有一个老媪来替代他。那老媪的年纪几乎跟安东一样老，包头巾一直裹到眉毛上。她的头不停地抖动，目光呆滞，然而却显露出忠诚和久已养成的唯命是从的习惯，同时还包含着一种恭敬的懊悔之意。她上前吻了拉夫列茨基的手，便退到门边听候使唤。他一点都不记得她叫什么名字，甚至不记得是否看见过她。她叫阿普拉克谢娅，四十年前，她被格拉菲拉·彼得罗夫娜逐出老宅，罚她到这里来养鸡。她很少说话，看来已老迈昏聩，然而眼神里还有讨好之色。除了这两个老人和三个鼓肚子的穿长衬衫的孩子——他们都是安东的曾孙——以外，在这幢地主的宅第内还住着一个免除赋税的独臂老农，他像黑琴鸡似的终日咯咯不停地自言自语，什么事也干不了，比他多少还有点儿用处的是那条用吠叫来迎接拉夫列茨基返里的老狗。十年前，格拉菲拉·彼得罗夫娜吩咐下人买根粗链条来把这条狗锁住，自此再也没有解开过，现在它几乎不能走动，拖不动自己的身子了。拉夫列茨基巡视完宅第后，来到果园，对果园大为满意。果园里遍地都是野草、牛蒡、茶藨子和马林果，同时处处绿荫如盖。园内有许多老菩提树，树干的高大、枝桠的奇形怪状令人叹为观止。树木栽植得过于茂密，怕有一百年未曾修剪过了。果园的尽头是个波光粼粼的小池塘，四围长满一种高高的淡红色的芦苇。在这里，人间生活的痕迹很快就会消失，格拉菲拉·彼得罗夫娜庄园虽说还未荒废，然而看来已沉入静谧的深梦，此间的万物都在熟睡，绝无人间的纷扰和尘嚣。费奥多尔·伊万内奇还去村里走了一圈，村妇站在各自农舍的门口，手托着腮，望着他，庄稼汉远远地向他鞠躬行礼，孩子们见到他纷纷逃走，狗冷漠地狺狺狂吠。最后，他觉得肚子饿了，可是他的侍仆和厨子要到天黑前才能赶来；从拉夫里基运食物来的车子也没有到，他只得求助于安东。安东马上张罗起来，他逮了一只老母鸡宰了，拔光了毛。阿普拉克谢娅就像洗件衣服那样，花了很长时间把这只鸡又是搓，又是洗，这才放进锅里去煮。待到终于煮熟，安东便收拾餐桌，铺上桌布，摆好餐具，还在餐具前面放上一只已经发黑了的三条腿的镀银盐瓶和一只有圆玻璃瓶塞的细颈菱形玻璃酒瓶，然后用唱歌一般的声音向拉夫列茨基禀报饭菜已经齐备，随后，他站到主人的椅子后面，手上绕着一条餐巾，身上散发出一股无以名之的强烈的、古老的、有点儿像柏树的气味。拉夫列茨基尝了尝汤，便动手对付那只母鸡，鸡皮上布满一个个大疙瘩，两条鸡腿上各有一根粗筋，鸡肉有一股木头和碱的味道。吃完午餐后，拉夫列茨基说他最好再喝点茶，如果……安东打断了他的话，说："老爷，我这就给您拿来。"他果真说到做到。他找出一小撮用红纸包的茶叶、一只虽然小却火力很大的、发出喧声的茶炊，而且还找出了一些已碎成小块的、好像已经化了的白糖。拉夫列茨基用一只绘有纸牌图案的大杯子喝着茶。他自小就记得这个只有招待客人喝茶才用的杯子，此刻他用这只杯子喝着茶，也真是像个客人。天黑前，侍仆赶来了。拉夫列茨基不愿睡姑母的床，便吩咐在餐厅里给他铺张床；他吹灭蜡烛后，久久地环顾四周，想的尽是些不愉快的事。他的心底涌起了每个初次住进久无人居的房子的人所熟知的那种感觉。他觉得从四面八方将他团团围住的黑暗把他这个新入住的人视同陌路，宅第的四壁都因他会睡在这里而大为纳闷。临了，他终于喟叹一声，盖上被子，睡着了。睡得最晚的是安东。他和阿普拉克谢娅压低声音谈了很久，不时唉声叹气，画了两回十字，他们两个怎么也想不通，主子在近旁明明还有一座富饶漂亮的庄园，那里的宅第又那么考究舒适，干吗要住到他们瓦西里耶夫村来？他俩怎么料得到那幢宅第正是拉夫列茨基所深恶痛绝的，会在他心里勾起撕心裂肺的回忆。两人嘁嘁私语了一阵，安东拿起一根木棍，去敲了几下挂在粮仓边的那块沉寂已久的守夜人的木板，随即蜷着身子在院场里躺了下来，没用任何东西盖住他那满是银发的脑袋。五月的夜是宁静的、温暖的，于是老人沉入了香甜的梦乡。

二十

次日一大早，拉夫列茨基就起床了，跟村长谈了些事，去打麦场看了看，吩咐把看家狗的锁链解开，那条狗只是吠了几声，连窝都没有离开。他回到家里，沉浸在一种心平如镜的麻痹状态中，就此整整一天未能摆脱。“瞧，我现在沉到了河底。”不止一次，他这么对自己说。他坐在窗前，一动也不动，仿佛在谛听周遭宁静的生活如何流逝，谛听这座荒村偶尔传出的声音。这不，那片荨麻后边的什么地方有个人细声细气地唱起歌来，一只蚊子好像为了跟他应和，也哼哼地唱了起来。不一会儿，那人不唱了，可那只蚊子还在哼哼不已；几只苍蝇在嗡嗡地齐声埋怨着什么，叫人听了心烦；盖过这嗡嗡声的是一只肥大的熊蜂的营营声，它还不时用脑袋撞天花板；街上有只公鸡啼了一声，嘶哑地拖长着尾音；一辆大车辚辚驶过，村里谁家的院门吱吱嘎嘎地打开了。突然响起一个妇人的声音：“干吗?”“嗬，你呀，我的小心肝!”这是安东在哄抱在他怀里的一个两岁的小妞。又响起了那个妇人的声音：“去把克瓦斯拿来。”突然，又是死一般的寂静；没有车声，没有吱嘎声；没有风吹树叶的窸窣声；几只燕子掠过地面，也没有一息声音，它们无声的飞翔，在人的心底勾起了凄凉感。拉夫列茨基又想：“我沉入河底了。这里的生活永远是，任何时候都是寂静的，缓缓地流逝的。”他还想：“谁落入了这样的生活，就得顺从这种生活；在这里没有什么可激动的，也没有什么可苦恼的。这里，只有像耕夫犁地那样不慌不忙地为自己开拓一条小径的人，才能取得成功。周遭蕴含着多么巨大的力量，在这片无所作为的寂静里蕴含着多么强盛的生机呀！瞧，就在这儿，在窗下，矮壮的牛蒡从茂密的野草中冒出来，元叶当归又将它的多汁的茎秆戳出到牛蒡上边，而圣母泪则把它那粉红色的卷须伸展得还要高；那边，在远处的田野里，裸麦在熠熠闪光，燕麦在抽穗，每棵树上的每一片树叶，每一株草茎上的每一片草叶，都在尽情地舒展。我却为了一个女人的爱，虚掷了我最好的年华，”拉夫列茨基继续他的沉思，“但愿这里的寂寥能使我清醒，使我安下心来，从容不迫地做些事。”于是他又开始谛听这片寂静，心中无所期待，而同时又好像不断在期待着什么：寂静从四面八方拥抱着他，太阳在宁静的蓝天中恬静地向中天移去，连云朵也恬静地在蓝天中飘浮，好像它们知道要飘往何处，飘去做什么。而此时此刻，在世间的其他地方，生活正在沸腾，喧闹，疲于奔命，而在这里，生活却在无声地流逝，好似水在水草丛生的沼泽里流淌；直到傍晚，拉夫列茨基一直在沉思这流逝而去的生活；往事的痛楚如春雪一般在他心底融化了，——真是奇怪！——对故土的感情，在他心里从来没有像此刻这样深厚，这样强烈。

二十一

费奥多尔·伊万内奇用了两个礼拜的时间，把格拉菲拉·彼得罗夫娜的小宅子整顿一新：清理了院场和果园，从拉夫里基搬来了舒适的家具，从城里运来了酒、书籍和杂志，马厩里也有了马，总之，费奥多尔·伊万内奇把他所需要的一切都置办齐全了，开始过起既像地主又像隐士的生活来。他的日子过得很单调，虽然没有人来人往，他却并不感到无聊。他勤恳地、专注地管理田产，骑马去四处察看，闲来就看看书。不过他书看得不多，他更喜欢听老头儿安东讲他家的往事。通常拉夫列茨基总是坐在窗前，手里捏着个烟斗，面前摆着杯凉茶，而安东则反抄着手，站在门边，慢吞吞地讲远古时候的事，那时好像是神话的年代，那时燕麦和裸麦不是论斗出售，而是论袋出售，而且还是大麻袋，两三个戈比就能买一大麻袋。那个时代，一直到城墙根，遍地都是无法穿过的密林和人迹罕至的草原。“可是现今呢，”这个年已八十的老人抱怨说，“全都给砍了，全都种上了粮食，叫人都闹不清该往哪儿赶车。”安东还讲了许多有关他的女主人格拉菲拉·彼得罗夫娜的事，说她老人家多么通情达理，多么节俭；有个老爷，一个年轻的邻居，想讨得她的欢心，三天两头儿来看望她，她老人家为了接待他，甚至戴上过节才戴的镶有紫红缎带的包发帽和利凡廷绸子连衫裙。可有一回，那个邻居老爷问了不该问的事：“我说，小姐，您想必有一大笔财富吧?”这下可把她老人家气坏了，她吩咐下人从此不准他进门，而且当时就关照下来，她百年以后，所有的东西，哪怕是一小块破布片，统统留给费奥多尔·伊万内奇。安东所言非虚，姑姑的家什原封未动，连那顶过节才戴的缀有紫红缎带的包发帽和利凡廷绸子连衫裙也保存得好好的。至于旧时的书信和有趣的文件，拉夫列茨基本以为可以找到许多，却一件也没有，只有一本破旧的册子，上面有他的祖父彼得·安德烈伊奇记下的一些事。有一处记的是：“亚历山大·亚历山德罗维奇·普罗佐罗夫斯基亲王殿下与土耳其帝国缔结和约①成功，——圣彼得堡全城欢腾。”另一处记的是一味医治胸痛的偏方，还有一个附注：“此方乃生命之源圣三一教堂大祭司费奥多尔·阿夫克谢季耶维奇赠予普

① 该和约缔结于1774年7月10日。亚·亚·普罗佐罗夫斯基(1732—1809)领大将军衔，曾参加1769—1774年的第一次俄土战争。

拉斯科维娅·费奥多罗夫娜·萨尔特科夫将军夫人者。”还有一处是条政治新闻：“有关法兰西虎的消息①已不见报道。”紧接着是：“据《莫斯科新闻》载，米哈伊尔·彼得罗维奇·科雷切夫中校先生故世。此人系彼得·瓦西里耶维奇·科雷切夫之少君乎?”拉夫列茨基还找到了几本老的历书和安博季克先生的那本神秘的著述《象征与图谱》；这本久已淡忘却还是十分熟悉的书，勾起了他许多回忆。拉夫列茨基在格拉菲拉·彼得罗夫娜梳妆台抽屉的最里面，发现了一个用黑丝带缚住的小纸袋，袋口还用黑火漆封着。纸袋里边，面对面叠着两幅画像。一幅是他父亲青年时代的色粉肖像画，只见他柔软的鬈发披在额前，眼睛细长而带有倦意，双唇半启，另一幅肖像画几乎已漫漶不清，画的是一个面色苍白的妇人，穿一身白色连衫裙，手里拿着一朵白玫瑰，——这是她的母亲。而格拉菲拉·彼得罗夫娜从来不让人给她画肖像。“费奥多尔·伊万内奇少爷，”安东对拉夫列茨基说，“虽说那会儿轮不到我住在老宅里，可是您少爷的曾祖安德烈·阿法纳西耶维奇我直到今天还记得，怎能不记得呢：他老人家故世那会儿，我都十八岁了。有一回，我在果园里碰到他老人家，吓得我两腿直打哆嗦；可他老人家没把我怎么样，只是问了声我叫什么名字，就派我去他老人家屋里取条手绢。没说的，真正是大老爷，上哪儿都是老子天下第一。我禀告您，这是因为您的曾祖父有个护身香囊，可灵验着呢，是从阿索斯山②来的一个修士送给他的。这个修士对他老人家说：‘老爷，你这么好客，多谢啦，我把这个给你，算是回报，戴上它，你连王法都不用

① 指18世纪末的法国革命。
② 在爱琴海左岸，山上有许多希腊正教和俄国东正教的修道院和隐修院。

怕。’是呀，少爷，大伙儿都知道在那个年头，老爷他老人家想怎么干就怎么干，谁敢说个不字。哪怕也是地主老爷，要是胆敢跟他老人家抬杠，他老人家就会瞪那人一眼，对他说：‘你还差远了。’——他老人家最爱说这句话。他老人家，您的已经升天的曾祖父，一辈子都住在一间小木屋里，可归天后留下了多大一份家当，银子啦，各种各样的东西啦，把所有的地窖都塞满了。是个好当家。那个玻璃酒瓶，就是您夸它好看的那个，是他老人家置下的，他老人家就是用那个酒瓶喝伏特加的。可是说到您爷爷彼得·安德烈伊奇，给自己盖了好气派的砖房，却没攒下家当，什么事到他老人家手里没有不**泡汤**的，日子过得比他爹差远了，没享过一天福，钱都叫他老人家败光了，没什么好让人想起他老人家的，他老人家归天后连一把银匙都没留下，多亏格拉菲拉·彼得罗夫娜才保全了这个家。”

“大伙儿，”拉夫列茨基打断了安东的话，“果真都管她叫老妖婆吗?”

“要看这么叫她的都是什么人!”安东大为不悦地反驳说。

“少爷，”有一天老头儿鼓足勇气问道，“我们的少奶奶怎么啦，她打算住在哪儿?”

“我跟妻子离了，”拉夫列茨基费了好大的劲才说出来，“请你别再提起她。”

“遵命，少爷。”老头儿难过地答道。

过了三个礼拜，拉夫列茨基骑马去O市卡利京家，在那里消磨了一个夜晚，莱姆也在座。拉夫列茨基非常喜欢他。拉夫列茨基由于父亲反对，所以什么乐器也不会，可是他热爱音乐，严肃的古典音乐。那晚潘申没来卡利京家，省长派他出城去了。丽莎独自一人弹钢琴，弹得非常准确；莱姆一反常态，显得活跃，兴奋，用纸卷成细细的纸筒，用来指挥弹奏。玛丽娅·德米特里耶夫娜看着他，起初笑了，后来就去睡了。据她说，贝多芬的乐曲过于刺激她的神经。半夜，拉夫列茨基陪莱姆回寓，在他家里一直坐到凌晨三点。莱姆滔滔不绝地谈了许多，他的驼背伸直了，眼睛睁得大大的，炯炯放光，连额上的头发也竖了起来。多少年来，从没有一个人关心过他，可拉夫列茨基却显然同情他，关切而又细心地问他的生活起居。这使老人大为感动，最后把他自己的作品也拿出来给客人看，甚至还用他了无生气的嗓子唱了他作品的某些片段。其中包括他为席勒[①]的叙事诗《弗里多琳》[②]所谱写的全部乐章。拉夫列茨基称赞了他，要他再唱了几节，临出门的时候还邀他上他家去小住数日。一直把他送到街上的莱姆，立刻答应了下来，还紧紧地握住他的手。但是当他独自一人于晨光熹微之际，留在户外清新而又湿润的空气里时，他朝四周看了一眼，眯细眼睛，蜷缩着身子，像做错了什么事似的，蹒跚地走回他的斗室。“Ich bin Wohl nicht klug（我莫不是疯了）。”他一面喃喃地自言自语，一面躺到那张又硬又短的床上。几天后，拉夫列茨基坐马车来接他，他推说有病去不了，但拉夫列茨基走进他的房间去说服他，对莱姆回心转意起了最大作用的，是拉夫列茨基特地为他从城里买了架钢琴运到乡间家里。他们二人一起去卡利京家，在那里坐了一个黄昏，然而气氛却远不及上次愉快。潘申也在那里，大讲他此次下乡之行，滑稽突梯地模仿他所见到的那些地主的谈吐和举止。拉夫列茨基笑了，可莱姆却一直缩在他坐的角落里，默不作

---

① 席勒（1759—1805），德国杰出的剧作家，诗人。

② 席勒这部叙事诗原名：《Der Gang nach dem Eisenhammer》，于1797年问世。φ·米勒于1853年将其译成俄文，改名为《弗里多琳》。

声，像只蜘蛛似的颤动着身体，闷闷不乐地板着脸，直到拉夫列茨基起身告辞的时候，他才提起精神来。甚至坐上马车后，老人还是畏畏缩缩，像是在生人前那么拘谨，然而宁静温暖的空气、阵阵和风、朦朦胧胧的阴影、青草和白桦的叶芽的清香、无月之夜的安谧的星光、和谐的蹄声和马打响鼻的声音——所有这村道，这春天，这静夜的全部魅力，终于打动了这个命途多舛的德国人的心灵，于是他先开口跟拉夫列茨基谈起话来。

二十二

莱姆开始谈音乐，谈丽莎，后来又回过头来谈音乐。他谈到丽莎时，吐字似乎比谈别的事时要更加缓慢些。拉夫列茨基把话题引到他的作品上，半开玩笑地建议他为他写个歌剧。

“嘍，歌剧！”莱姆说，“非我能力所及，因为我已经没有谱写歌剧所必不可少的那份活力，那份想象力；如今我已体衰才尽……不过，假如我多少还能写点什么的话，我很愿意谱写一首浪漫曲；当然，先得有好词……”他沉默了，久久地端坐着，举目望着夜空。

“比方说吧，”他终于又开口了，“像这样一类诗句：‘啊，你们，星星，纯洁的星星！’……”

拉夫列茨基稍微掉过头来，注视着他。

“‘啊，你们，星星，纯洁的星星，’”莱姆重复道……“‘你们一视同仁地俯视着善人和恶人……然而只有善人的心，’——或者诸如此类的话……‘才能理解你们，’不，不对，是‘才能爱你们。’然而我不是诗人，我哪行呢！不过，总归是这一类话，反正得是崇高的。”

莱姆把帽子推到后脑勺上；在满天星光的朦胧的夜色下，他的脸显得更苍白了，也显得年轻了些。

"'你们也知道，'"他继续说道，声音渐渐低沉下去，"'你们知道谁爱你们，谁能够爱你们，因为你们是纯洁的，只有你们能慰藉……'不，这哪算是诗句！我不是诗人，"他说，"不过，总归是这一类话……"

"我很遗憾，我也不是诗人。"拉夫列茨基说。

"徒然的梦想!"莱姆说，把身子缩在马车的角落里。他合上眼睛，像是打算打个盹。

几分钟过去了……拉夫列茨基留神听着……老人一直在喃喃低语："星星，纯洁的星星，爱情。"

"爱情。"拉夫列茨基在心底里重复着这两个字，陷入了沉思，只觉得心头沉重起来。

"赫里斯托福尔·费奥多雷奇，您为《弗里多琳》谱写的乐曲好极了，"他大声说道，"您认为，伯爵把这个弗里多琳介绍给他妻子认识后，他马上就做了她的情夫，是吗?"

"这是您这么想，"莱姆说，"因为大概是您的经验……"他猛然打住话头，窘迫地掉过头去。拉夫列茨基强颜一笑，也掉过头去，望着车外的道路。

当马车驶抵瓦西里耶夫村那幢小宅子的门廊时，星星已开始暗淡，天已蒙蒙亮。拉夫列茨基把客人领到为他准备的房间里后，就回到自己的书房里，坐到窗前。果园里有只夜莺正在唱拂晓前的最后一支歌。拉夫列茨基记起卡利京家也有一只夜莺呖呖啼啭，他还记起丽莎在听到那只夜莺的初啭时，她的眼睛怎样静静地转向黑暗的窗扉。他开始想她，心底平静了下来。“纯洁的姑娘，”他轻声说，“纯洁的星星，”他含笑加补了一句，便安然入睡了。

而莱姆却在床沿上坐了很久，膝上搁着本写乐谱用的本子。他觉得有一个前所未有的甜美的旋律正在降至他脑际，他的心已经在燃烧，在激动，他已经感觉到了那旋律临近时的甜蜜和慵倦……然而却未能等到它……

“我既不是诗人，也不是音乐家！”他最后喃喃地自言自语说。

于是他的疲惫的脑袋重重地倒在枕头上。

二十三

次日早晨，主客二人在果园里的一棵老菩提树下喝茶。

“音乐大师！”拉夫列茨基随口说道，“不用多久，您就该写一首喜庆颂歌了。”

“什么喜庆？”

“祝贺潘申先生和丽莎喜结连理。您有没有注意到他昨晚上向她献殷勤的那个劲？看来，他俩的事进行得很顺利。”

“不会有这种事！”莱姆提高嗓门说。

“为什么？”

“因为这是不可能的。不过，话又要说回来，”他沉吟有顷，又补了一句，“世上什么事都可能发生，尤其是在你们俄国。”

“且不谈俄国。您觉得这桩婚事有什么不好？”

“从里到外都不好，都不好。伊丽莎白·米哈伊洛夫娜是个正直、端庄的姑娘，情操高尚，可他……一句话，是个浮——浪——

子——弟。”

“可她不是爱他吗?”

莱姆从凳子上站了起来。

“不，她不爱他。就是说，她的心地纯洁无瑕，她还根本不知道何谓爱情。卡利京夫人对她讲，他是个很好的年轻人，而她呢，听信卡利京夫人的话，因为她还完全是个孩子，尽管她已经十九岁了。她每天做早祷，每天做晚祷，这是好事，可她不爱他。她只可能爱美好的，可他并不美好，就是说，他的灵魂不美好。”

莱姆迈着碎步在茶桌前走来走去，两眼扫视着地面，同时激昂地一口气说完了这席话。

“尊敬的大师!”拉夫列茨基突然叫道，“我看出来了，您自己爱上了我的外甥女。”

莱姆猛地收住脚。

“请不要这样取笑我，”他用违心的声音说，“我不是疯子，我两眼望着的是黑暗的坟墓，而不是粉红色的未来。”

拉夫列茨基不由得怜悯起这位老人来，请求他原谅。莱姆喝过茶后，为拉夫列茨基弹奏了一首他自己写的康塔塔，在拉夫列茨基的怂恿下，他又谈起了丽莎。拉夫列茨基怀着好奇心，仔细听他讲。

“赫里斯托福尔·费奥多雷奇，”他终于开口了，“您看怎么样，现在舍下已整顿一新，花园里鲜花盛开……何不请她来这儿玩一天，同时还请她的母亲和我的老姑妈，怎么样?这会让您高兴吗?”

莱姆把头埋在盘子上方。

“您就去请吧。”他用一种几乎听不见的声音说。

“用不着请潘申吧?”

“用不着。”老人说，脸上漾出了孩子般的微笑。

两天后，费奥多尔·伊万内奇前往城里卡利京家。

二十四

他来到卡利京家时，一家人都在，但是他没有马上说明来意，他想先同丽莎单独谈一下。事也凑巧，后来客厅里只剩下他们两人。他俩交谈起来，她已把他当熟人看待，一般来说，她见到任何人都不怯生。他听着她讲，端详着她的脸，心里默念着莱姆的话，觉得他说得对。有时会有这样的事：两个虽已相识，但算不上亲密的人，会突然之间，在几分钟之内，很快就亲近起来，而且这种亲近感会立刻在他们的眼神里，在他们友好娴静的微笑里和他们的举止里流露出来。拉夫列茨基跟丽莎恰好如此。“原来他是这样的。”她亲切地望着他，心里想道。“原来她是这样的。”他也想道。因此当她略略犹豫了一下，告诉他说，她心底久已有些话要跟他讲，又怕他见怪的时候，他并不感到惊异。

“不用怕，您尽管讲。”说罢，他在她面前站住。

丽莎抬起晶莹的眸子望着他。

“您是那么善良，”她开始说，同时心里在想，“是啊，他的确是善良的……”“您得原谅我，按说我不该跟您提这件事……然而您怎么可以……您为什么要跟您的妻子分手?”

“我的孩子，”他说，“请您不要碰那个伤口，您的手虽然是温柔的，可仍然碰痛了我。”

“我知道，”丽莎管自说下去，好像没有听见他的话，“她对不起您，我不想为她辩解，可是由上帝结合的，怎么可以拆开？”

“伊丽莎白·米哈伊洛夫娜，在这一点上，我跟您的观点截然相反，”拉夫列茨基不客气地说，“我们彼此不会理解。”

丽莎脸色煞白，她整个身子在微微颤抖，可是她并不住口。

“您应该宽恕别人，”她轻声说，“如果您也希望得到别人的宽恕。”

“宽恕！”拉夫列茨基接口说。“您首先应当弄清楚，您在替什么人说项？宽恕这个女人，再把她，一个灵魂空虚、没有心肝的东西，接回家来！还有，谁告诉您，她想回到我这儿来？得了吧，她对自己的处境满意着呢……这事没什么可谈的！您嘴里不应该说出她这种人的名字。您太纯洁了，您甚至无法理解她是个什么东西！”

“为什么出口伤人！”丽莎费力地说。她的手抖得更明显了。“费奥多尔·伊万内奇，是您自己抛弃了她！”

“可是我要告诉您，”拉夫列茨基不由得恼火地反驳说，“您不知道她是个什么东西！”

“那您为什么娶她做妻子？”丽莎低声说，垂下了眼睛。

拉夫列茨基霍地从椅子上站起来。

“我为什么娶她？当时，我年幼无知；我上了当，我被美丽的外貌迷住了心窍。我不了解女人，什么都不了解。但愿上帝保佑您缔结美满的婚姻！但是请相信我的话，世上什么都靠不住。”

“这么说，我也会同样不幸，”丽莎说（她连声音也开始发抖），“到那时只得听天由命；我不知道怎么说才对，要是我们不听天……”

拉夫列茨基握紧拳头，顿了顿脚。

“请不要生气，原谅我。”丽莎急忙说。

就在这一刻，玛丽娅·德米特里耶夫娜走了进来。丽莎站了起来，转身要走。

“请等一下，”突然，拉夫列茨基在她身后喊住了她，“我想请您母亲和您到我新居一游。您知道吗，我买了架钢琴；莱姆正在寒舍作客，丁香正在盛开，你们可以尽情呼吸乡村的空气，当天就可以返回。二位答应吗?”

丽莎望着她母亲，而玛丽娅·德米特里耶夫娜装出一副病恹恹的样子，可拉夫列茨基不等她开口，抢步上前，吻了她的两只手。玛丽娅·德米特里耶夫娜一向容易被柔情打动，而她又没有料到这头“海豹”竟会这么温情脉脉，心不由得软了下来，一口答应。趁她还在考虑哪天去好，拉夫列茨基走到丽莎跟前，虽然激动尚未平息，却悄没声儿地对她说：“谢谢，您是个善良的姑娘；是我不好……”于是她苍白的脸庞升起了红晕，漾出愉快而又羞涩的微笑，连她的眼睛也笑了。在此之前，她一直担心，她是不是伤害了他。

“潘申先生可以跟我们同去吗?”玛丽娅·德米特里耶夫娜问。

“当然可以，”拉夫列茨基说，“不过，只限于亲戚团聚不是更好吗?”

“但是要知道，依我看……”玛丽娅·德米特里耶夫娜已开口要表示她的看法，忽又改口说，“不过，随您的便。”

决定莲诺奇卡和舒罗奇卡也一同去。马尔法·季莫费耶夫娜谢绝此游。

“亲爱的，我受不了这份罪，”她说，“老骨头会散架的，看来，你那儿也没有地方可以过夜，再说我也睡不惯别人的床。还是年轻人去蹦蹦跳跳吧。”

拉夫列茨基已找不到机会再和丽莎单独在一起，但是他望她时的那种神情，使她既愉快，又害臊，同时又可怜他。他和她告别时，紧紧地握了她的手。只剩下她一人时，她陷入了沉思。

二十五

拉夫列茨基回到家里，有个身材瘦长的人站在客厅门口迎候他。此人穿一件破旧的蓝色斜襟外套，脸上虽然满是皱纹，却精神饱满，颊须花白蓬乱，鼻子又长又直，小眼睛里尽是血丝。这人就是米哈列维奇，他大学时代的同学。拉夫列茨基起初没有认出他来，可来客刚一报出他的名字，他便热烈地抱住他。两人自从在莫斯科一别之后，就再也没有见过面。于是彼此发出一连串的惊叹，提出一连串的询问，早已湮没的回忆又在脑海中涌起。米哈列维奇抽着烟斗——他抽得很猛，一斗抽完，立即又装一斗，——不时喝一口茶，挥动着两条长胳膊向拉夫列茨基讲述他的经历。他的经历中并没有十分值得高兴的事，他所从事的事业也未取得可以夸耀的成功，可他却不停地发出嘎哑的神经质的大笑。一个月前，他在一个富有的包税人的私人事务所里谋得一个差使，离O市大约三百俄里，得知拉夫列茨基已经回国，便绕道前来一会老友。米哈列维奇说起话来仍跟年轻时一样激昂，一样大嗓门，一样易于冲动。拉夫列茨基刚谈到自己的境况，米哈列维奇马上打断他的话，抢着说："我听说了，老兄，听说了，——谁能料到会有这种事?"接着就把话锋转到普遍性的话题上。

"老兄，"他说道，"我明天就得走。今天，你可得原谅我，我们要迟一点儿睡觉。我非得知道不可：你成了什么样的人，持什么样的见解和信念，人生给予你什么样的教训（米哈列维奇还沿用三十年代的用语）。至于我，老兄，我在许多方面都变了，因为生活的浪涛拍打我的胸膛，——这话是谁说的？——不过在主要的、基本的方面，我依然故我：我仍然相信善，相信真，而且岂止相信，还将其奉为信念，是的——奉为信念，奉为信念。听我说，你知道吗，我现在还写诗；我的诗没有诗意，然而有真理。我这就给你念一首我的新作，在这首诗里我表达了我出自肺腑的信念。请听，”米哈列维奇随即朗诵起他的诗作，诗很长，结尾的四句是：

我把整个心灵献与新的感情，
我的心灵犹如婴儿重获新生：
我昔所膜拜的我皆付之一炬，
付之一炬的我今又奉为神圣。

念至最后两句诗时，米哈列维奇几乎声泪俱下；微弱的痉挛——这是强烈的激动的征兆，——掠过他宽大的嘴唇，他的并不好看的脸上放出了光彩。拉夫列茨基听着，听着……不由得起了反感，这名莫斯科大学生随时随地都能呼之即来的激昂慷慨激怒了他。一刻钟还没有过，两个人就争得面红耳赤，这是俄国人才会有的那种无休无止的争论。两个分别多年，且是在不同的环境里生活的人，彼此并不清楚对方的，甚至自己的思想，为了鸡毛蒜皮的字眼上的差异，便抓住对方的片言只语，用同样的片言只语加以反驳，就一些无可再抽象的问题辩论起来，好像这些问题与他们生死攸关。他们扯开嗓门大叫大喊，使屋里所有的人都为之不安。可怜的莱姆，自打米哈列维奇来后，就把自己关在屋里，这时更是如坠五里雾中，甚至感到惊恐，害怕。

“出了这件事后，你又怎样呢？就悲观失望了?”夜里十二点多，米哈列维奇大声嚷道。

“难道我像悲观失望的人吗?”拉夫列茨基反驳说，“悲观失望的人都面无血色，气息奄奄，可我一只手就能把你举起来，要不要试试?”

“好吧，就算没有**悲观失望**，那也是个**坏疑主义者**(这时米哈列维奇夹带了他的小俄罗斯乡音[①])，那就更糟。可你有什么理由要沦为怀疑主义者？比方这么说吧，你在生活中遭遇了不幸，那也不能怪你呀，因为你天生就是一个多情种子，可人家强使你不得接近女人，所以你一旦碰见一个女人，就必然会受她的欺骗。”

“她把你也给欺骗了。”拉夫列茨基冷冷地指出。

“不一定吧，不一定。在这件事上，我做了命运的工具——嗨，我胡说些什么，——这跟命运有什么关系。我就是改不掉用词不当的老毛病。可你说这话又能证明什么呢?”

“证明我自小就给人家弄脱臼了。”

“那你就自己给自己复位！你就不愧是人，不愧是堂堂的男子汉了，况且你有的是精力！不管怎么说，把一个个别的所谓事实拔高为普遍的规律，扩大为不可抗拒的法则，这难道可以吗？难道容许吗?”

“这跟法则有何干系?”拉夫列茨基打断他的话，“我可不承认……”

① 小俄罗斯是旧时俄人对乌克兰的蔑称。坏疑主义是怀疑主义的错读，即所谓乡音者。

“不，这是你的法则，你的。”米哈列维奇也把他的话打断。

“你是个不折不扣的利己主义者！”一个小时后，米哈列维奇又吼了起来，“你只想自我享乐，你只想自己过得幸福，你只想到你自己……”

“什么叫自我享乐？”

“结果一切都欺骗你，你脚下的一切都崩溃了。”

“我问你，什么叫自我享乐？”

“崩溃是必然的。因为你在不可能找到支柱的地方去寻找支柱，因为你把房子盖在流沙上……”

“把话说清楚些，别打比方，**因为**我听不懂你的话。”

“因为——你尽管笑吧，——因为你没有信念，没有温暖的心，你只有智力，只有分文不值的智力……你不过是个渺小的、落伍的伏尔泰信徒——你就是这种人！”

“谁？我，我是伏尔泰信徒？”

“是的，跟你老子一模一样，可你自己没有意识到。”

“你既然这么说，”拉夫列茨基吼道，“我就有权利称你狂徒！”

“唉！”米哈列维奇伤心地说，“很遗憾，我配不上这么崇高的称号……”

“现在我想出来了，该怎么称呼你，”深夜三点，又是那个米哈列维奇吼了起来，声震屋宇，“你不是怀疑主义者，不是悲观主义者，也不是伏尔泰的信徒，你是——一名懒汉，而且是一名用心险恶的懒汉，一名头脑清醒的懒汉，而不是糊里糊涂的懒汉。糊里糊涂的懒汉只晓得躺在炉炕上，什么也不做，因为他们什么也不会做；他们的脑袋什么都不想，然而你是个有思想的人——你却高卧不起；你本可以做点什么事——你却什么也不做；挺着你那个吃得饱饱的肚子躺着，嘴里说什么：就是应该躺着，因为不管人们如何忙忙碌碌——都是白忙，到头来是一场空。”

“你何以见得我成天躺着？”拉夫列茨基说，“你凭什么认为我有你说的那种想法？”

“除此之外，你们这一帮人，你们这些同类中人，”米哈列维奇呶呶不休地管自说下去，“全是博古通今的懒汉。你们深知德国人哪里不行，英国人和法国人有什么缺陷，于是你们可怜的知识就可助你们一臂之力，证明你们可耻的懒惰、你们可憎的游手好闲是理应如此的。有的人甚至据以自豪，说什么我聪明过人，所以我躺着，只有傻瓜才忙忙碌碌。是的！我们这儿就是有这样的老爷——不过，我并不是指你——他们一生都是在懒洋洋的无所事事之中打发掉，他们对此安之若素，以沉湎其间为乐事，就像……就像泡在酸奶里的蘑菇。”米哈列维奇说着，不禁为自己的妙喻而笑了。“啊，这种懒洋洋的无所事事——葬送了多少俄罗斯人！这些该死的懒汉，一辈子都打算工作，却……”

“你干吗出言不逊？”这下轮到拉夫列茨基吼了，“工作……做事……你最好说说清楚，该干什么。我的波尔塔瓦的德摩斯梯尼[①]！”

“噢，原来你想知道这个！老兄，这我不会告诉你，该干什么自己应该知道，”德摩斯梯尼讥嘲说，“堂堂的地主，堂堂的贵族——连自己该干什么都不知道！你没有信仰，否则你就会知道该干什么了；你没有信仰——所以得不到启示。”

① 波尔塔瓦在乌克兰。德摩斯梯尼（约公元前 384—前 322），雅典雄辩家。希腊被马其顿征服后，服毒自杀。

“至少得让我歇一歇，魔鬼；让我先摸清情况。”拉夫列茨基央求道。

“一分钟也不能歇，即使一秒钟也不行！”米哈列维奇做了一个命令式的手势，说，“一秒钟也不行！死亡不等人，生活也不应该等待。”

“究竟打什么时候起，在什么地方人们想起要当懒汉的？”凌晨三点多，他又嚷道，不过嗓子已经有些嗄哑，“就是在这里想起的！就是此时此刻想起的！就是在俄罗斯想起的！而此时此刻我们每一个人对上帝、对人民、对自身都负有天职，负有伟大的重任！可我们却在睡大觉，然而时光在流逝，我们却在睡大觉……”

“请允许我向你指出，”拉夫列茨基说，“此时此刻我们非但没睡大觉，而且还不让别人睡。我们像两只雄鸡，扯开嗓门大叫。听，都鸡啼三遍了。”

这句出乎意外的妙语，逗得米哈列维奇笑了，心情也平静了下来。“明天见。”他微笑着说，把烟斗放进烟袋。“明天见。”拉夫列茨基也说道。可两个朋友还聊了一个钟点……不过两人已不再提高嗓门，而是平心静气地、与人为善地、不无忧伤地谈着心。

第二天，尽管主人一再挽留，米哈列维奇还是走了。费奥多尔·伊万诺维奇虽未能把他留住，却和他作了直抒胸臆的畅谈。一望而知，米哈列维奇囊空如洗。拉夫列茨基昨天就大为心酸，因为他注意到他这位朋友身上处处都有长年来贫困潦倒的迹象，以及由此而养成的习惯：他的鞋跟磨歪了，斜襟外套的后襟缺一个纽扣，手上久未戴过手套，头发上沾着绒毛；他来到后，连想都没想到盥洗一下，吃晚饭时，好似鲨鱼吞食一般，用手把肉撕开，用他那结实的、已经发黑的牙齿咯咯有声地嚼着骨头。原来，他官运也很不佳，现在他把一切希望都寄托在那个包税人身上，而那个人之所以录用他，只不过是为了在自己的事务所里摆上一个“有学问的人”而已。尽管如此，米哈列维奇并未人穷志短，我行我素地过着愤世嫉俗者、理想主义者和诗人的生活，出自衷心地关心人类的命运和自身的使命，终日忧国忧民，至于自己会不会饿死，却绝少想到。米哈列维奇没有结过婚，但是屡屡坠入爱河，为每一个他所爱的女人写诗，其中写得最为炽烈的是献给一个神秘的黑发“潘娜”[①]的……不过有传闻说，这位潘娜其实只是一个犹太平民女子，跟许多骑兵军官有染……可是仔细想想，这又有什么要紧呢?

莱姆觉得米哈列维奇和他格格不入，因为这个德国人对米哈列维奇大叫大嚷的言谈和粗野的举止，不但不习惯，而且吓坏了……按理说，同是苦命人，即使相隔天涯也能息息相通，然而莱姆已到垂暮之年，难以和别人沟通了，其实这也没有什么可奇怪的，因为他们二人一无共通之处，连志趣也大相径庭。

行前，米哈列维奇又跟拉夫列茨基长谈，预言他如果不及早觉醒，必会毁掉此生，还恳求他认真关心自己农民的疾苦，并以自己为例，说他米哈列维奇已在苦难的熔炉中获得净化，说到这里，他连连称自己是个幸福的人，把自己比作天上的飞鸟和谷中的百合花[②]。

“你充其量是朵黑不溜秋的百合花。”拉夫列茨基指出。

“唉，老兄，切忌摆出一副贵族派头，”米哈列维奇善意地说，

---

① 波兰、乌克兰、白俄罗斯称贵族夫人或小姐为“潘娜”。

② 典出《圣经》。“飞鸟”见于《圣经·新约·马太福音》第6章第26节：“你们看那天上的飞鸟，也不种，也不收，也不积蓄在仓里，你们的天父尚且养活他，你们不比飞鸟贵重得多吗。”“谷中的百合花”出自《圣经·旧约·雅歌》第2章第1节：“我是沙仑的玫瑰花，是谷中的百合花。”

“感谢上帝，幸好你的血管里流着贱民正直的血液。不过，我看现在需要有一个纯洁的天使般的人儿把你从冷漠的状态中拯救出来……”

“多谢你啦，老兄，”拉夫列茨基说，“我可受够了这些个天使般的人儿。”

“住口，你这个**起恨的人！**”米哈列维奇吼了起来。

“是‘记恨的人’。”拉夫列茨基纠正他。

“就是起恨的人。”米哈列维奇满不在乎地又说了一遍。

甚至下人把他那只轻得出奇的、瘪瘪的黄皮箱放进了马车，他也坐进马车的时候，他还在说个不停。他裹着一件西班牙斗篷，斗篷的领子已褪成红褐色，纽扣全掉了，钉了几根狮爪搭襻替代，嘴里则滔滔不绝地阐发他对俄罗斯命运的看法，同时挥动着黝黑的手臂，像是在播下未来幸福生活的种子。临了，马终于起步……“记住我最后三个词，”他把整个身子都探出车外大声喊道，眼看要摔出来了，“宗教，进步，人道！……再见啦！”他的脑袋和脑袋上那顶快要遮没眼睛的帽子消失了。拉夫列茨基独自站在门廊里——穷其目力遥望着道路，直至看不见马车。“他的话看来是对的，”他进屋时想道，“我大概是个懒汉。”米哈列维奇的许多话不可抗拒地进入了他的心灵，尽管他当时和米哈列维奇争论过，不同意这些话。一个人只要心地善良——那么谁也无法抗拒他。

二十六

两天后，玛丽娅·德米特里耶夫娜带领全家的年轻人，应约前来瓦西里耶夫村。小姑娘们一下车就跑到果园去了，而玛丽娅·德米特里耶夫娜则懒懒地去各个房间看了看，懒懒地称赞了几句。在她看来，她来拉夫列茨基家作客是大大地给他面子，几乎跟做善事差不多。当安东和阿普拉克谢娅按家奴应守的古礼抢步上前吻她手时，她和蔼地微微笑了笑，用鼻音乏乏地说，她要喝茶。安东特地为此戴上针织的白手套，不料给这位莅临的贵客上茶的差事却没轮到他，被拉夫列茨基雇来的那个侍仆抢了头筹，安东气得七窍生烟，据老头说，那个家伙是什么规矩都不懂的。不过用午餐时，安东总算行使了他的权利：他牢牢地站在玛丽娅·德米特里耶夫娜的椅子后边，对谁也不肯让出自己的位子。瓦西里耶夫村已经好久没有客来，所以有客来老头儿又惊又喜，他看到主子跟上等人交往，打心底里感到高兴。不过那天感到激动的不止他一人，莱姆也很激动。他穿上短短的鼻烟色的燕尾服，紧紧地系着领巾，不断地清着嗓子，见了谁都笑容可掬、彬彬有礼地谦让。拉夫列茨基也欣喜不已，因为他注意到丽莎跟他的亲密关系仍然保持着，她一进门，就友好地把手伸给他。午餐后，莱姆从他不时把手伸进去的燕尾服后袋里取出一小卷乐谱，抿紧嘴唇，默默地将这卷乐谱放到钢琴上，这是昨天夜里他据德国一首咏星的古诗谱就的浪漫曲。丽莎马上坐到钢琴前，试弹这支曲子……说来伤心，乐曲显得紊乱纷杂，有一种叫人难受的紧张感，显然，作曲家本想表达一种热烈而又深邃的感情，结果失败了，一番心血付之东流。拉夫列茨基和丽莎都感觉到了这一点——莱姆也感觉到了，他什么话也没有说，就把自己的浪漫曲放回口袋；丽莎建议让她再试一回，他只是摇摇头，意味深长地说："现在——完了！"说罢，弓着腰，缩着身子，走了出去。

傍晚，大家一起去钓鱼。果园尽头的池塘里有许多鲫鱼和鲂鱼。在岸边的树荫下，给玛丽娅·德米特里耶夫娜放了一张圈椅，脚下铺了一块小地毯，给她钓鱼用的是最好的钓竿。安东是个钓鱼老手，便由他来伺候她。他卖力地装上蚯蚓，用手拍了拍，再吐上几口唾沫，把钓钩抛出去，抛钓钩时，他整个身子前倾，姿势很是优美。玛丽娅·德米特里耶夫娜当天就向费奥多尔·伊万内奇谈到了安东，她用贵族女子中学那种法语说："Il n'y a plus maintenant de ces gens comme ça comme autrefois.[①]"莱姆带了两个小姑娘远远地跑到堤坝上去了，拉夫列茨基留在丽莎身旁。鱼儿不断咬钩，一条条鲫鱼被钓上来的时候，鱼腹便在半空中闪闪发光，时而呈金黄色，时而呈银白色。小姑娘的欢呼声不绝于耳，连玛丽娅·德米特里耶夫娜也娇声尖叫了两次。拉夫列茨基和丽莎钓到的鱼最少，大概是因为他们不像别人那样把心思放在钓鱼上，听凭浮子漂到岸边。在他们四周，浅红色的高高的芦苇发出低微的沙沙声，在他们面前，一池止水静静地闪着光，而他们的谈话也同样是悄没声儿的。丽莎站在一个小小的埠头上，拉夫列茨基坐在一棵倾倒的爆竹柳的树干上。丽莎穿一身白色连衣裙，腰际束一条同样也是白色的宽宽的腰带，她的草帽挂在一只手臂上，另一只手略显吃力地握着弯弯的钓竿。拉夫列茨基望着她纯洁的、略带几分严肃的侧影，望着她掠到耳后的发丝，望着她温柔的、像婴儿一般红彤彤的面颊，心里想道："啊，你站在我的池畔是多么的可爱呀！"丽莎没有回过头去看他，而是既像蹙眉又像微笑地凝视着池水。近处一棵菩提树的树影落在他俩身上。

"您知道吗，"拉夫列茨基开口说，"关于我们上次的谈话，我想

① 法语：不像过去，今天这样的人可没有了。

了许多。我得出的结论是：您实在太善良了。”

“我的本意根本不是这样……”丽莎本想这么说，却害羞了，没说出来。

“您实在善良，”拉夫列茨基又说了一遍，“我是个粗线条的人，可是连我都感觉得出，无论谁都会爱您。就拿莱姆说吧，他是真的爱上您了。”

丽莎的眉毛不是皱了起来，而是抖了一下；她听到什么不愿听的话时，总是这样。

“今天，他的浪漫曲失败了，”拉夫列茨基继续说道，“我很替他难受。年纪轻有了闪失——还可以挺得住，可是到了老年，发觉自己已力不从心——那就难受了。尤其伤心的是，你竟没有发觉自己的才情已经衰竭。一个老人是经不起这样的打击的！……留神，有鱼上钩了……据说，”拉夫列茨基沉吟有顷，加补说，“弗拉基米尔·尼古拉伊奇写了一首很漂亮的浪漫曲。”

“是的，”丽莎回答说，“一件小玩意儿，不过挺不错。”

“那么，依您看，”拉夫列茨基问，“他是个出色的音乐家吗？”

“我认为他有很高的音乐天赋，不过，他至今未曾下过苦功。”

“原来这样。那么他为人好吗？”

丽莎笑了，迅速地瞥了费奥多尔·伊万内奇一眼。

“多么奇怪的问题！”她高声说道，把钓钩拉出水面，重又远远地抛出去。

“有什么奇怪的？我初来乍到，又是您的亲戚，自然要向您问问他。”

“亲戚？”

“没错。我大概算得上是您的舅舅吧?”

“弗拉基米尔·尼古拉伊奇心眼挺好,”丽莎说,“也挺聪明。maman 很喜欢他。”

“那么您喜欢他吗?”

“他是个好人,我为什么不能喜欢他?”

“噢!”拉夫列茨基“噢”了一声,就沉默不语了,他脸上掠过一种半是忧愁,半是嘲笑的表情。他目不转睛地盯着丽莎,把她看得不好意思起来,但是她脸上还是挂着微笑。“那好吧,但愿上帝保佑他们幸福!”他终于嘀咕了一句,像是在自言自语,随即扭过头去。

丽莎脸红了。

“费奥多尔·伊万内奇,您错了,”她说,“您想到哪儿去了……难道您不喜欢弗拉基米尔·尼古拉伊奇?”

“不喜欢!”

“为什么?”

“依我看,他这人没有心肝。”

微笑从丽莎的脸上消失了。

“您惯于严厉地责备他人。”她沉默了好一会儿才说道。

“我可不这么认为。得了吧,我自己还需要人家宽恕我,我还有什么权利去责备他人?也许您忘了,只有懒人才不来嘲笑我?……怎么样,”他加补说,“您信守您的诺言了吗?”

“什么诺言?”

“您为我祈祷了吗?”

“是的,我为您祈祷了,而且天天为您祈祷。不过请您不要用轻慢的口气谈这种事。”

拉夫列茨基向丽莎解释，他绝对不曾有过轻慢的念头，他对任何信仰都怀着深深的敬意，然后他开始谈宗教，谈宗教在人类历史上的意义，谈基督教的意义。

“一个人之所以应当做一个基督徒，”丽莎略略用力地说，“倒不是为了要知道天堂……或者……世间的事，而是因为每个人都必有一死……”

拉夫列茨基不由得惊异地抬起眼睛望着丽莎，恰好和她的目光相遇。

“您怎么说这话！”他说。

“这不是我的话。”她回答。

“不是您的话……可是您为什么要提到死？”

“不知道，我常常会想到死。”

“常常？”

“是的。”

“瞧您现在的样子，谁见了也不会想到这件事的：您的脸是那么快乐，那么光彩照人，您在微笑……”

“是的，我现在非常快乐。”丽莎天真地说。

拉夫列茨基真想握住她的两只手，紧紧地握着……

“丽莎，丽莎，”玛丽娅·德米特里耶夫娜喊道，“快过来，瞧我钓到了一条多大的鲫鱼。”

“我就来，maman。”丽莎回答道，向她走去。拉夫列茨基仍坐在他的爆竹柳上，想道：“我乐意跟她交谈，好像我并非心如枯井。”丽莎走掉的时候，把草帽挂在树枝上；拉夫列茨基怀着一种奇异的、近乎是绵绵的柔情望着这顶帽子，望着帽子上微微有点皱的长长的带子。

丽莎很快就回到他身边，仍旧站在埠头上。

“为什么您认为弗拉基米尔·尼古拉伊奇没有心肝?”隔了一会儿，她问道。

“我不是跟您说过了，我很可能是错的。孰是孰非，日子长了，就会见分晓的。”

丽莎陷入了沉思。拉夫列茨基开始谈他在瓦西里耶夫村的生活起居，谈米哈列维奇，谈安东；他感到他需要和丽莎谈话，把心里的一切都讲给她听，她那么亲切、那么聚精会神地听着他讲，她偶尔提出的一两个不同的意见，提出的她的看法，在他听来是何等的天真，何等的聪明。他甚至把这个想法也跟她说了。

丽莎大为惊异。

“真的?”她说，“可我一直以为，我跟我的婢女娜佳一样，是没有**自己的**言语的。有一回她对她的未婚夫说：你跟我在一起，准会感到乏味，你跟我说的话那么好听，我却没有自己的言语。”

“真该谢天谢地!”拉夫列茨基想道。

二十七

这时，夕阳西下，玛丽娅·德米特里耶夫娜表示要回家了。好不容易才把小姑娘们从池畔拽了回来，给她们收拾停当。拉夫列茨基说，他要把客人送至半途，吩咐给他备马，他把玛丽娅·德米特里耶夫娜搀扶上马车时，猛然想起了莱姆，可哪里也找不到这位老人。刚钓完鱼，他就不见了。安东用像他这把年纪的人难得有的力气砰的把车门关上，严厉地吆喝道：“车夫，走!”马车起动了。玛丽娅·德米特里耶夫娜和丽莎坐在后座，两个小姑娘和一名婢女坐在前座。黄昏温暖而静谧，两边的车窗都放了下来。拉夫列茨基骑着马，傍着丽莎那一边，一只手搭在车门上，和马车并排向前小跑而去——他把缰绳扔在他那匹从容地奔驰着的坐骑的脖子上，偶尔同这位少女交谈一两句。晚霞已经逝去，夜降临了，空气却反而更温暖了。玛丽娅·德米特里耶夫娜很快就打起盹来；小姑娘和婢女也都睡着了。马车迅速而平稳地行驶着。丽莎身子前倾，初升的月亮映着她的脸，芬芳的夜风轻吻着她的双眸和两腮。她觉得很舒服。她的手也搭在车门上，挨着拉夫列茨基的手。他也觉得很舒服。他奔驰在安谧的、暖洋洋的夜色中，目不转睛地凝望着这张善良的年轻的脸庞，谛听着即使在低语时也是清脆的年轻的声音所说的纯朴善良的话，竟没有发觉，已走过了一半路。他不想惊动玛丽娅·德米特里耶夫娜，只是轻轻握了握丽莎的手，说："现在我们是朋友了，对吗?"她点了点头，他把马勒住。马车轻轻地晃动着向前驶去。拉夫列茨基拨转马头回家。他按辔徐行，夏夜的魅力包围着他，周遭的一切显得出乎意料的异样，同时又是他久已熟悉的，那么甜蜜，那么迷人；远近的一切无不静如止水，远处的景物可以望见，然而朦朦胧胧，什么也不能看清；就在这无涯的静谧中，存在着年轻的、如花初绽的生命。拉夫列茨基的马精神饱满地迈着四蹄，有节奏地左右摇摆着，马的庞大的黑影与马并排而行，嘚嘚的马蹄声中有种莫名的神秘、愉快的东西，鹌鹑响亮的叫声也令人感到其中有一种莫名的奇妙、欢乐的东西。繁星隐没在幽明的云烟之中，而弦月则闪耀着永恒的清辉；月光犹如一道蓝色的清溪流淌于天际，把无数淡淡的金点洒在由近处飘过的轻云上。清新的空气湿润着他的双目，温情地拥住他的四肢，将一股无所拘束的湍流注入他的心胸。拉夫列茨基享受着这种愉悦，并为自己能享受到这份愉悦而喜不自胜。“嗯，我们尽可快快乐乐地生活，”他想，“还没有把我们完全毁了……”他没有说出是谁或者是什么把他毁了……接着，他开始想丽莎，想她未必爱潘申，想如果他自己在别的情况下和她相逢，天知道会闹出什么事来，想他理解莱姆说过的话，虽然她没有“自己的”言语。然而这个说法是不对的，她有自己的言语……“不要用轻慢的口气谈这样的事。”拉夫列茨基回味着这句话。他骑在马上垂着头走了很久很久，后来挺直身子，慢慢地念道：

> 我昔所膜拜的我皆付之一炬，
> 付之一炬的我今又奉为神圣。

他随即抽了马一鞭，疾驰回家。

下马的时候，他最后一次环视四周，不由得感激地微微笑了笑。夜，寂静的、温馨的夜，主宰着山丘和山谷，从远方，从远方芬芳的深处，天知道是从什么地方——也许是从天上，也许是从地上——拂来宁馨温柔的暖意。拉夫列茨基最后一次向丽莎遥祝晚安，快步登上台阶。

第二天过得趣味索然。一早就下起了雨。莱姆成天皱着眉头，嘴巴闭得越来越紧，像是发誓永不开口了。就寝时，拉夫列茨基随手把在桌上放了足有两个多礼拜的一叠不曾拆封的法国报纸拿到床上去看。他撕开封套，浏览了一遍标题，什么新闻也没看到。他正要把这叠报刊扔到一边——猛然间，像是叫什么蜇了一下似的，从床上蹦了起来。原来在一张报纸的小品栏里，我们的老相识麦歇茹里向读者报道了一条“不幸的消息”，他写道：“勾人魂魄的莫斯科美女，时装皇后之一，为巴黎的沙龙增辉的 Madame de Lavretzki① 突然香消玉殒，——遗憾的是这个消息绝对可靠，是他茹里先生刚刚获悉的。而他，”他继续写道，“是死者生前的好友……”

拉夫列茨基披上衣服，走进果园，在一条林荫道上来来回回地走着，直到天明。

二十八

次晨喝茶的时候，莱姆请拉夫列茨基给他准备马匹，他要回城。“我该去办正事了，就是说，该去教课了，”老人说，“要不，呆在这里，把大好光阴都荒废了。”拉夫列茨基没有立刻回答，他好像有点心不在焉。“好吧，”他终于答道，“我和您一起去。”莱姆也不叫仆人帮忙，气呼呼地哼哧着，自己动手把小小的行囊收拾好，又将好几页乐谱撕碎，点火烧掉。马匹备好了。拉夫列茨基从书房里出来，一边走，一边把昨晚那张报纸放进口袋。一路上，莱姆和拉夫列茨基很少交谈，各自想着自己的心事，都为对方不打扰自己而高兴。两人分手时，态度都冷冰冰的，不过，这在俄国不足为奇，朋友间常常如此。拉夫列茨基把老人送到他的小屋前，老人下了车，取下自己的箱子，也没把手伸给朋友(他也腾不出手来，两只手全都用来抱那只箱子了)，连头都不回，只是用俄语朝拉夫列茨基说了声：“再见，先生!”拉夫列茨基回了声再见，就吩咐车夫直驱他的寓所。他在O市租了套房子，以备不时之需。拉夫列茨基在寓所写了几封信，匆匆用过午餐后，便直奔卡利京

① 法语：拉夫列茨基太太。

家。走进客厅，只见潘申一个人在，潘申告诉他，玛丽娅·德米特里耶夫娜马上就来，随即极为亲热地同他交谈起来。在这天以前，潘申对拉夫列茨基的态度虽然说不上倨傲，却总有点纡尊降贵的样子，但是丽莎向潘申提起她昨天的出游时，称拉夫列茨基是个非常好和非常聪明的人，这就足以令他要尽力把这个“非常好的”人笼络过来。于是潘申先是恭维拉夫列茨基，向他描述，用他的话说，玛丽娅·德米特里耶夫娜阖府上下谈到瓦西里耶夫村之行时无不兴高采烈，然后故伎重演，巧妙地把话题转到自己身上，开始谈他的事业，谈他的人生观、世界观和对官场的看法，就俄国的未来说了一两句，还谈到对各省省长应当如何加以管束，说到这里，他笑嘻嘻地自嘲了几句，紧接着像是随口提到的那样，说彼得堡授权给他，要他“de populariser li' dée du cadastre[①]”，他讲了许久，以一种漫不经心的自负，讲他如何解决各种困难，如何像魔术师玩球那样处理最重要的行政上和政治上的问题，而且三句不离“假如我是政府当局，那我就这么办”，或者“您是个聪明人，您一听就会同意我的看法”之类的话。拉夫列茨基冷淡地听着潘申夸夸其谈，他不喜欢这个漂亮、聪明、从容不迫的文雅的人，不喜欢他开朗的微笑、彬彬有礼的声调和探究的目光。潘申以其特有的鉴貌辨色的本领，很快就看出谈话对方对他并不怎么感兴趣，便暗自想道，拉夫列茨基也许是个非常好的人，然而不讨人喜欢，为人“aigri[②]”，“en somme[③]”，有几分可笑，于是找了个适当的藉口，脱

① 法语：宣传普及土地调查的思想。此处的“土地调查”在俄国是指为征税目的对土地占有情况登记立册。
② 法语：酸腐、怪僻。
③ 法语：总而言之。

身走了。玛丽娅·德米特里耶夫娜在格杰奥诺夫斯基的陪同下走了进来，随后，马尔法·季莫费耶夫娜和丽莎来了，接着，家里其他人也都来了，不一会儿爱好音乐的别列尼岑娜也乘车来了。这位夫人娇小、清瘦，美丽的脸庞总是带着倦容，而且小巧得像孩子的一般，她穿一身窸窣发响的连衫裙，手里拿把花花绿绿的扇子，手上戴着沉甸甸的金手镯；她的丈夫也来了，这是个红脸膛的胖子，手很大，脚也很大，睫毛呈白色，厚嘴唇上老是挂着呆滞的微笑，外出作客时妻子从不跟他说话，可回到家里，两人亲热的时候，就唤他“我的小猪崽”。潘申又露面了，客厅里人头济济，很是热闹。拉夫列茨基不喜欢人多的场合，加之别列尼岑娜又不时举长柄眼镜来打量他，使他格外恼火。如果不是为了丽莎，他会马上站起身来就走，他没走是因为他有一两句话要跟丽莎单独谈，却找不到合适的机会，便满足于用目光紧紧盯着她，心底里充满了喜悦，在他看来，丽莎的容貌今天比往日更高贵，更可爱。相形之下，别列尼岑娜就大为逊色了。那位夫人坐无坐相，老是在椅子上扭动身子，时不时耸起瘦削的肩膀，娇滴滴地纵声大笑，眼睛一会儿眯成一条线，一会儿又睁得老大。而丽莎则端庄地坐着，目不斜视，连笑都不笑。女主人坐下来跟马尔法·季莫费耶夫娜、别列尼岑娜和格杰奥诺夫斯基玩牌。格杰奥诺夫斯基出牌非常慢，时时出错，不断眨巴着眼睛，用手帕揩脸。潘申做出一副郁郁不乐的样子，说话简短、忧伤，若有所指——俨然像个苦于找不到机会一展才华的艺术家，可是，尽管别列尼岑娜一再向他卖弄风情，撒着娇求他演唱他那首浪漫曲，他却不答应，因为拉夫列茨基在座，他感到拘束。费奥多尔·伊万内奇话也很少，一踏进门就脸色有异，使丽莎吃了一惊，她立刻觉察出他有事要告诉她，可是她自己也不知道为什么不敢问他有什么事。最后，她去大厅斟茶时，情不自禁地回过头来看了看他。他马上跟她走进大厅。

“您怎么啦?”她把茶壶放到茶炊上，说。

“难道您发觉什么了?”他说。

“您今天和平日不一样。”

拉夫列茨基把头一直垂到桌子上。

“我想告诉您一个消息，”他开口说，“不过现在不行。您先看看小品文栏里用铅笔勾出来的地方，”他加补说，把随身带来的那张报纸递给她。“这事请保守秘密。我明天早上再来。”

丽莎如坠五里雾中……潘申出现在大厅门口，她连忙把报纸塞进口袋。

“伊丽莎白·米哈伊洛夫娜，您读过《奥贝曼》这部小说[①]吗?”潘申若有所指地问她。

丽莎含糊地回答了他几句，就走出大厅上楼去了。拉夫列茨基回到客厅，走到牌桌前。马尔法·季莫费耶夫娜把包发帽的带子都解开了，脸涨得通红，向拉夫列茨基抱怨她的伙伴格杰奥诺夫斯基，据她说，这人连牌该怎么出都不懂。

“显然，打牌，”她说，“可不像造谣那么容易。”

格杰奥诺夫斯基照旧眨巴着眼睛，揩着脸。丽莎走进客厅，在角落里坐下；拉夫列茨基望了望她，她也望了望他——两人不由得都产生了近乎恐惧的感觉。他看到她表情困惑，有一种隐隐的谴责。同她谈谈，这是他求之不得的，可他却办不到；要他作为众客中的一个跟她同处

---

① 《奥贝曼》是法国浪漫主义作家瑟南古(1770—1846)写的一部长篇小说，作于1804年。屠格涅夫称这部小说是“浪漫主义的感伤小说”。

一室，他又受不了，于是他决定走。同她告别时，他趁机又说了一遍他明天再来，还加补说，他信赖她的友谊。

“来吧。”她回答说，脸色仍然是困惑的。

拉夫列茨基一走，潘申顿时活跃起来；他给格杰奥诺夫斯基出点子，跟别列尼岑娜调笑，而且终于唱了他的浪漫曲。但是他跟丽莎说话和看着她的时候，神情还同刚才一样：若有所指，又有点忧伤。

而拉夫列茨基又彻夜未眠。他并不伤心，也不激动，他身心十分平静，可他就是不想睡。他甚至没有去回忆往事，而只是展望他的生活，他的心脏沉重而均匀地跳动着，时间一个小时一个小时过去，可他就是不想睡。只是他的头脑里时不时闪过这样的念头：“这不是真的，是编造的。”于是他停止思考，垂下头，展望他的生活。

二十九

第二天，拉夫列茨基又来卡利京家，玛丽娅·德米特里耶夫娜对他就不怎么亲切了。“哼，来个没完了。”她心里想道。她本来就不太喜欢他，加之潘申昨晚在赞许他时，她听出潘申的话里嵌有许多骨头，且语含轻蔑，而潘申的话是能左右她的。再说她并不把他当客人看待，而是把他视作跟家里人差不多的亲戚，所以无需她花精神去接待。于是过了半个小时不到，他已经和丽莎来到果园的林荫道上。莲诺奇卡和舒罗奇卡在离他们几步远的花坛上戏耍。

丽莎像平日一样镇静，但是脸色比平日苍白。她从口袋里拿出那张叠得很小的报纸，递给拉夫列茨基。

“这太可怕了！”她说。

拉夫列茨基什么也没回答。

“也许这个消息不准。”丽莎说。

“所以我才请您不要跟任何人谈这事。”

丽莎走了几步。

“告诉我，”她说，“您不难过吗？一点也不？”

“我自己都说不上我有什么感觉，”拉夫列茨基回答说。

“您过去不是爱她的吗?”

“爱过。”

“非常?”

“非常。”

“那么，她死您不感到伤心?”

“对我来说，她并不是今天才死的。”

“您说这话是罪过……您别生我的气。您既然把我视作朋友，那么朋友是可以无所不谈的。我，说真的，甚至感到害怕……昨晚上，您的脸色那么难看……您记得吗，不久前您还骂过她？可那时她很可能已不在人世。这太可怕了。这像是给您的惩罚。”

拉夫列茨基苦笑了一下。

“您这么认为吗？……至少我现在是自由的了。”

丽莎不寒而栗。

“够啦，别这么说。您的自由对您有什么用？您现在想的不该是什么自由，而是宽恕……”

“我早就宽恕她了。”拉夫列茨基挥了挥手，打断了她的话。

“不，我说的不是这个意思，”丽莎反驳说，她脸红了，“您理解错了。我的意思是您该关心的是您是否能得到宽恕……”

“谁的宽恕?”

“谁的?上帝的。除了上帝,还有谁能宽恕我们。”

拉夫列茨基握住她的手。

“唉,伊丽莎白·米哈伊洛夫娜,请您相信,”他提高嗓门,叫了起来,“我已经受够了惩罚,相信我,我所有的罪孽我都赎清了。”

“是否赎清,您不可能知道,”丽莎低声说,“您忘了,没几天前您和我谈话时,还不肯宽恕她呢。”

两人默默地在林荫道上走着。

“您的女儿怎么样了?”丽莎停住脚步,突然问道。

拉夫列茨基打了个寒战。

“噢,您不用担心!我已经给各地发了信。我女儿的未来,就像您对她……就像您说的……是有保障的,您放心!”

丽莎忧伤地笑了笑。

“不过您说得对,”拉夫列茨基继续说道,“我要自由做什么?自由对我有什么用?”

“您是什么时候收到这份报纸的?”丽莎问,没有理会他的问题。

“您去我家后的第二天。”

“难道……难道您竟没有流一滴眼泪?”

“没有。我大吃一惊,可是没有流泪,哪儿来的眼泪?为过去流泪——可过去在我心里早已化为灰烬!……她的行为并没有破坏我的幸福,只是向我证实我从不曾有过幸福。既然如此,为什么要流泪呢?要是早两个礼拜得到这个消息,说不定我会比现在伤心……”

“早两个礼拜?”丽莎说。“在这两个礼拜里发生了什么事?”

拉夫列茨基没有回答,丽莎的脸突然涨得比刚才更红了。

“是的，是的，叫您猜着了，”拉夫列茨基突然接口说，“在这两个礼拜里，我知道了什么是纯洁的女人的心灵，于是我的过去就离我更加远了。”

丽莎羞得不知怎样才好，便慢慢地向花坛那边的莲诺奇卡和舒罗奇卡走去。

“我很满意自己把这份报纸给您看，”拉夫列茨基跟在她身后说。“我已经习惯于什么都不瞒您，深信您也会以同样的信赖回报我。”

“您这么想?”丽莎说，停下了脚步。“那我无论如何应该……噢，不！这事是不可能的。”

“什么事？您说呀，说呀。”

“真的，我觉得我不应该……”丽莎说道，笑吟吟地把脸转向拉夫列茨基，“既坦诚相见，又怎能遮遮掩掩？您知道吗？我今天收到一封信?”

“潘申写来的?”

“是的，他写来的……您怎么知道的?”

“他向您求婚?”

“是的。”丽莎说，严肃地直视着拉夫列茨基的眼睛。

拉夫列茨基也严肃地望着丽莎。

“那么您是怎么答复他的?”他终于问道。

“我不知道该怎么答复。”丽莎说，把交叠在一起的双手垂了下来。

“怎么？您不是爱他的吗?”

“是的，我喜欢他。我觉得他是个好人。”

“您三天前就跟我说过同样的话。我希望知道的是您爱不爱他，对他有没有我们称之为爱情的那种强烈的激情?”

“像您所说的那种——没有。”

“您没有爱上他?”

“没有。难道那是必要的?”

“怎么?”

“妈妈喜欢他,”丽莎说,“他心眼儿好,我没什么可反对的。”

“可是您还在犹豫?”

“是的……也许是您,您的话,使我犹豫不决。您记得您前天说的话吗?这是我软弱……”

“啊,我的孩子!”拉夫列茨基突然大声叫道,连声音都抖了,“您不要自欺欺人,别把您心底的呼声称作软弱,您的心不愿委身于一个您并不爱的人。对于一个您并不爱,而只是愿意属于他的人,您不该承担那么可怕的责任……”

“我只有听从的份,我并不承担任何责任……”丽莎这么说。

“还是听从您的心吧,只有您的心告诉您的才是正确的,”拉夫列茨基打断了她的话……“什么经验,理智——全是空的,是扯淡!您可千万不要剥夺自己在世上最美好的、唯一的幸福。”

“费奥多尔·伊万内奇,这话出于您的口?您自己是恋爱结婚的——您幸福吗?”

拉夫列茨基拍了拍手。

“嗨,请您别把我作为例子!您根本无法理解一个年纪轻轻、一无经验、所受的又是扭曲的教育的男孩,会把什么当作爱情!……是呀,都到了这个份上,我何苦再来出自己的丑?我刚才跟您说,我不曾有过幸福……不,不对!我有过幸福!”

“费奥多尔·伊万内奇，我认为，”丽莎压低声音说（她不同意对方的意见时，总是压低声音，虽然她心里非常激动），“世上的幸福不由我们做主……”

“由我们做主，由我们，相信我的话（他抓住她的两只手；丽莎脸色发白，她几乎是骇怕地，然而又是注意地望着他），只要我们不自己毁掉自己的一生。对于有些人来说，恋爱结婚也许会导致不幸，可是对于您却不会，因为您有沉静的性格，纯洁的心灵！我求您，千万不要出于义务感，出于不违逆母意，或者出于诸如此类的原因嫁人，而不顾自己并无爱情……这等于不信仰上帝，等于只考虑利害得失，甚至还要坏。相信我——我是有权利这么说的，因为我为这个权利付出了昂贵的代价。如果您的上帝……”

就在这一刻，拉夫列茨基发觉莲诺奇卡和舒罗奇卡正站在丽莎身旁，一声不则地、诧异地望着他。他放开丽莎的手，匆匆地说了声：“请您原谅我。”便朝屋里走去。

“我只请求您一事，”他折回到丽莎身边，说道，“切勿仓促决定，请等一等，考虑一下我跟您说的话。即使您不相信我的话，即使您决定从理智出发考虑婚嫁，——即使这样，您也千万别嫁给潘申先生，因为他不配做您的丈夫……您会答应我不仓促决定，对吗？”

丽莎本想回答拉夫列茨基，可是一个字也没说，倒不是因为她已决意“仓促”，而是因为她的心跳动得太猛烈了，而且一种近似恐惧的感觉使她喘不过气来。

三十

拉夫列茨基刚走出卡利京家，便遇见了潘申，两人互相冷冷地鞠了一躬。拉夫列茨基回到寓所，把自己锁在房间里。他此刻的心情是他过去从未体验过的。不久以前，他不是处于一种“心平如镜的麻痹”状态中吗？不久之前，他不是感到自己，用他的话说，“沉入了河底”吗？那么是什么改变了他的处境？是什么使他浮出水面的呢？是那桩最平常的、谁都逃不了的，然而总是意料不到的事——“死亡”吗？是的；然而他想的主要不是妻子的死，不是自己的自由，而是丽莎会怎样答复潘申？他觉得在最近三天内，他已用另一种眼光看丽莎了；他记起有一回回家途中，在宁静的夜色下，他一边想着丽莎，一边对自己说：“假如！……”这个“假如”原是指过去，指不可能发生的事，而现在却成了事实，尽管和他想望的不一样，——然而仅仅他一方有自由还不够。“她听她母亲的话，”他想道，“她会嫁给潘申，然而即使她拒绝了潘申，对于我来说还不是一样吗?”他走过镜子前时，瞥了一眼自己的脸，不由得耸了耸肩膀。

白天就在他这样东想西想之中飞快地过去了，傍晚来临了。拉夫列茨基前往卡利京家。他急匆匆地走着，可是快到这家人家的时候，他放慢了脚步。门廊前停着潘申的马车。“得了，”拉夫列茨基想，“我不做自私自利的人。”他走进屋去。进屋后，他一个人也没遇到，连客厅里也寂无人声。他推开客厅门，看到玛丽娅 · 德米特里耶夫娜正在同潘申打辟开①。潘申默默地朝他点点头，女主人叫了起来："想不到！"随即又微微皱了皱眉头。拉夫列茨基坐到她身边，看她打牌。

"难道您也会打辟开?"她问他，口气中隐隐有点不悦，接着就说她打错牌了。

潘申得了九十分，便彬彬有礼地、不慌不忙地把赢得的牌聚拢，脸色庄重，不卑不亢。外交家就该有这样的牌品；想必他在彼得堡陪某个位高权重的人打牌时，想让对方对他留下一个庄重、老练的良好印象，也是用这种打法的吧。"一百零一，一百零二，红桃，一百零三。"他的声音很有节奏，可拉夫列茨基听不出他的语调是在谴责人呢，还是洋洋自得。

"我可以去见马尔法·季莫费耶夫娜吗?"他看到潘申做出一副更加庄重的样子动手洗牌，便问道。这时在潘申身上，连艺术家的影子都看不到了。

"我想可以，她在楼上自己屋里，"玛丽娅·德米特里耶夫娜回答说，"您先去看看吧。"

拉夫列茨基上了楼。他看到马尔法·季莫费耶夫娜也在打牌，她在和纳斯塔西娅·卡尔波夫娜打"捉傻瓜"②。小狗罗斯卡朝他吠个不停，可两个老妇人却亲切地接待他，马尔法·季莫费耶夫娜尤其高兴。

"啊！费佳！请，请，"她说，"坐，我的亲爱的。我们马上就打完了。想吃果酱吗？舒罗奇卡，把那罐草莓酱给他拿来。不想吃？那你就坐着吧；可不许抽烟，我受不了你那股烟味，再说'水手'闻了要打

---

① 旧时一种纸牌戏，32 张牌，玩者 2—4 人。
② 一种纸牌戏，输者为傻瓜。

喷嚏的。”

拉夫列茨基急忙说，他一点也不想抽烟。

“你到过楼下了?”老妇人继续问道，“都看见谁了？潘申还赖在那儿不走？看到丽莎了吗？没有？她说要来这儿的……瞧，这不是她吗，说到她，她就到。”

丽莎走进房间，看到拉夫列茨基，脸刷的一下红了。

“马尔法·季莫费耶夫娜，我一会儿就走。”她刚开口说……

“为什么一会儿就走?”老妇人说，“你们这些年轻姑娘，怎么都坐不定？你没看到，我来了客人，陪他聊聊，解解闷。”

丽莎坐到一张椅子边上，抬起眼睛望着拉夫列茨基——她觉得她不能不让他知道她和潘申会面的结果。但是怎么说得出口呢？她又羞又愧。她同这个很少去教堂，而且对自己妻子的死又那么无动于衷的人，才认识多久，她却已经要向他倾诉自己的秘密了……的确，他关心她，而她也信任他，而且感到他对她有股吸引力，但是她还是感到羞愧，好似让一个陌生男子走进了她处子纯洁的闺房。

马尔法·季莫费耶夫娜出来帮忙了。

“要是你不陪他解闷，谁来陪他这个可怜的人？我来陪吧，他嫌我太老，我呢，嫌他太聪明；让纳斯塔西娅·卡尔波夫娜来陪他吧，她又嫌他太老，人家只要小年轻。”

“那叫我拿什么陪费奥多尔·伊万内奇解闷呢?”丽莎说，“要是他高兴，我还是弹弹钢琴给他听吧。”她犹犹豫豫地加补说。

“那太好了，你真是个聪明孩子，”马尔法·季莫费耶夫娜说，“下楼去吧，我的亲爱的孩子们，去吧；弹完了再上楼来；瞧，我这回当了傻瓜，我可不愿意当，我要赢回来。”

丽莎站起身来，拉夫列茨基跟在她身后。在楼梯上，丽莎停住了脚步。

“常言说得好，”她开口说，“人心是充满矛盾的。按理说，您的例子本该让我害怕，使我不相信恋爱结婚，可是我……”

“您拒绝他了?”拉夫列茨基打断了她。

“没有，但是我也没有答应他。我把一切，我心里想的一切，都跟他讲了，我请他等等再说。您满意了吧?”她嫣然一笑，加补说，用一只手稍稍扶着栏杆，跑下了楼梯。

“我给您弹点什么呢?”她掀开琴盖，问道。

“随便您。”拉夫列茨基回答说，选了一个可以看到她的位置坐了下来。

丽莎开始弹奏，两眼久久地看着自己的手指。她终于瞥了拉夫列茨基一眼，立即停下来不弹了。她觉得他脸上的表情奇怪而且异样。

“您怎么了?”她问。

“没什么，”他说，“我很好，我为您高兴，我高兴看到您，请继续弹吧。”

“我认为，”过了一会儿，丽莎说，“要是他的确爱我，他就不会写那封信，他凭直觉就可知道，我现在不会答复他。”

“这无关紧要，”拉夫列茨基说，“紧要的是您不爱他。”

“请别说了，我们在谈什么呀！您死去的妻子总是在我眼前转来转去，我怕您。”

就在这时，玛丽娅·德米特里耶夫娜对潘申说：“沃尔特马尔[1]，

---

① 潘申的名字弗拉基米尔的法语变音。

我的丽莎弹得多好，您说呢？”

“是的，非常好。”

玛丽娅·德米特里耶夫娜深情地看了一眼她的年轻的伙伴，但是年轻的伙伴却摆出一副更加神气而且心事重重的样子，叫出了十四个老K。

三十一

拉夫列茨基年纪已经不轻，对于丽莎在他心底唤起的究竟是什么样的感情，不可能长久地置之不理；就在那一天，他终于确信他爱上了她。但是这并没有给他带来多少喜悦。“都到了三十五岁上了，”他想道，“难道我没有别的事好做，非要再次把自己的心交到一个女人手里不成？但丽莎跟**那个人**不一样；她不会要我做出可耻的牺牲；她不会使我丢开我的事业；她自己会鼓舞我去从事光明正大的劳动，我们会携手并进，走向美好的目标。是呀，”他在结束他这番冥想时想道，“这一切都很好，然而不好的是，她根本不想跟我走。她说她怕我，那不会是无缘无故的。不过她也不爱潘申呀……然而这颗定心丸是靠不住的！”

拉夫列茨基回到了瓦西里耶夫村，他在那里住了还不满四天，就耐不得这份寂寞了。等待信件也使他苦恼：茹里先生报道的那个消息需要加以证实，可他连一封回信也没收到。他又回到城里，在卡利京家消磨了一个夜晚。他一眼就看出玛丽娅·季莫费耶夫娜对他起了反感，幸好他在打辟开时，输给了她十五卢布，才稍稍缓解了她的不满。那一晚，他有半个小时几乎是单独地同丽莎度过的，尽管她母亲昨天晚上曾规劝过她不要和一个“qui a un si grand ridicule[①]”的人过于亲密。他发觉她变了，变得好像更爱沉思了，还责备他为什么不来，并且问他明天去不去望弥撒。(明天是礼拜天。)

“您去吧，”不等他回答，她就先说了，“我们一起去为**她**的亡灵祈求安息。”后来她又加补说，她不知道该怎么办，不知道有没有权利让人家潘申再这样等下去。

“为什么?”拉夫列茨基问。

“因为，”她说，“我现在已经怀疑我作出的将是什么样的决定。”

她说她头痛，犹犹豫豫地把手指尖伸给拉夫列茨基，便上楼回自己房间去了。

第二天，拉夫列茨基去望弥撒，走进教堂，只见丽莎已经在那里了。她已发觉他来了，尽管没有转过头来看他。她虔诚地作着祈祷。她的眼睛沉静地发出光彩，她的头沉静地低下，又沉静地抬起。他感觉到她也在为他祈祷——于是一种奇妙的感激之情便充满了他的心灵。他既感到愉快又觉得惭愧。肃然而立的会众，一张张亲切的脸，和谐的合唱，馥郁的神香，从窗口斜射下来的长长的光柱，四壁和拱顶的幽暗——所有这一切都震撼着他的心灵。他很久没有来教堂了，很久没有向上帝倾诉心曲了；即使此刻，他也没有念诵一句祷词，甚至没有默祷，然而有一瞬间，他即使不是在形体上，至少在整个心灵中虔敬地俯伏在地上叩拜了。他记起在他小的时候，他每回在教堂里都专心致志地祈祷，直到觉得似乎有人凉丝丝地在他额上抚摩了一下，这时他就

① 法语：有过丢脸的事。

想，守护天使接纳我了，在我额上做了选民的记号。他望了丽莎一眼……“你把我领到这儿来，”他想道，“你也抚摩我吧，抚摩我的心灵吧。”她仍然在沉静地祈祷；他觉得她的脸上洋溢着喜悦，于是他又一次感动了。他开始为另一个灵魂祈求安息，为自己祈求宽恕……

他俩在教堂门前的台阶上相遇。她愉快、亲切而又端庄地向他问好。灿烂的阳光照耀着教堂院落里的嫩草，照耀着妇女们花花绿绿的衣裳和头巾，附近所有教堂的钟声在高空回荡；麻雀在栅栏上喊喊喳喳地叫。拉夫列茨基没有戴帽子，含笑站在那里，轻风吹拂着他的头发和丽莎帽子上丝带的末梢。他把丽莎和跟她一起来的莲诺奇卡扶上马车，把身上的钱统统给了乞丐后，便缓步回家去了。

三十二

费奥多尔·伊万内奇受苦受难的日子到了。他像是患了冷热病。每天一早他就去邮局，焦躁地拆开信件和报刊，可哪里都找不到可以证实或者推翻与他命运攸关的传闻。有时他自己也觉得自己行为卑劣。“我这是怎么啦，”他想，“我像乌鸦等着喝血似的等着妻子确凿的死讯!”他每天都去卡利京家，可是在那里他也没好日子过：女主人对他的厌烦溢于言表，接待他时一副纡尊降贵的架势，潘申对他客气得过分，莱姆摆出厌世者的样子，见到他时，爱理不理地点点头，而最主要的是：丽莎像是处处在回避他。即使和他单独相处的时候，她也一反常态，局促不安替代了原先的推心置腹，她不知跟他说什么好，他自己也感到窘迫。才几天工夫，丽莎就完全变了，跟他所熟悉的她已判若两人：在她的举止、声音，乃至笑声中都流露出她内心的不安和过去从未有过的情绪波动。玛丽娅·德米特里耶夫娜是个十足的唯我主义者，对此丝毫没有生疑，可是马尔法·季莫费耶夫娜却开始留心她的宝贝来。拉夫列茨基不止一次责备自己，怎么会把他收到的那份报纸给丽莎看。他断定必是他的精神状态中有什么地方是她纯洁的感情所憎恶的。他认为，丽莎的变化跟她的内心斗争有关，跟她在如何答复潘申这件事上的迟疑不决有关。有一天，她把瓦尔特·司各特[①]的一本小说还给他，这本书是她自己向他借的。

“您看完了吗?”他问。

“没有，我现在没有心情看书。”说完，她转身就走。

“请等一等。我们很久没有单独在一起了。您好像怕我。”

“是的。”

“为什么要怕?”

“我不知道。”

拉夫列茨基不作声了。

“请告诉我，”他隔了一会儿又开口说道，“您还没有决定吗?”

“您指什么?”她问道，没有抬起眼睛。

“您明白我的意思。”

丽莎突然涨红了脸。

“请什么也别问我，”她飞快地回答说，“我什么都不知道，我连自己是什么也不知道……”

她说完，马上就走掉了。

第二天饭后，拉夫列茨基去卡利京家，看到他们一家人正忙着为

① 司各特(1771—1832)，英国历史小说家，诗人。

夜祷做准备。餐厅一个角落里放着一张方桌，桌上铺着洁净的台布，贴墙供奉着几尊不大的圣像，圣像的衣饰是黄金的，荆冠上嵌有钻石，钻石的光泽已经暗淡。一名穿着灰色燕尾服和皮鞋的老仆，不慌不忙、轻手轻脚地穿过整个餐厅，把插有两支蜡烛的细巧的烛台放到圣像前，然后画了个十字，行了个礼，又轻手轻脚地退了出去。还没有掌灯的客厅里空无一人。拉夫列茨基走进餐厅去打听是不是谁的命名日？下人把声音压得低低地告诉他，不是命名日，是按照伊丽莎白·米哈伊洛夫娜和马尔法·季莫费耶夫娜的意思做一场夜祷，本来想把那尊显灵的圣像请来，不料叫三十俄里外的一个病家先请了过去。不一会儿，神父携同一名辅祭来了。神父年纪已经不轻，脑袋上秃了一大片，他在门厅里大声咳了一声；太太小姐们闻声立刻从书房里鱼贯而出，走到他面前接受他祝福；拉夫列茨基默默地朝她们鞠了一躬，她们也默默地还礼。神父站了一会儿，又咳了一声，便用他的男低音轻声问道：

“请问，可以开始吗?”

“神父，请开始。”玛丽娅·德米特里耶夫娜说。

神父忙着穿戴圣衣，穿好祭服的辅祭低声下气地要了块火炭，点着了神香，神香散溢出阵阵香味。婢女和男仆纷纷走出门厅，在门口挤成一堆。小狗罗斯卡从来不下楼的，此刻却突然出现在餐厅里，大伙儿都轰它出去，把它给吓坏了，转了几圈，索性蹲了下来；一个男仆捉住了它，把它抱了出去。晚祷开始了。拉夫列茨基退到角落里；他的心情很怪，有几分凄凉之感，但究竟是什么样的感觉，他自己也弄不明白。玛丽娅·德米特里耶夫娜站在最前面，身后是几把圈椅。她慵困地、随随便便地画着十字，一副贵妇人的派头——她一会儿环顾四周，一会儿又突然抬起眼睛往上看，她感到乏味。马尔法·季莫费耶夫娜看上去心事重重；纳斯塔西娅 · 卡尔波夫娜跪伏在地上，站起来时衣服发出轻微柔和的窸窣声；至于丽莎，站停之后就一直纹丝不动地站在那里，从她脸上专心致志的表情可以看出，她在潜心地、热烈地祈祷。晚祷结束时，她虔诚地吻了十字架，接着又吻了神父红通通的大手。玛丽娅 · 德米特里耶夫娜邀请神父用茶；他解下圣巾，露出几分俗家人的样子，随着太太小姐们一起步入客厅。大家开始交谈，但并不十分活跃。神父喝了四杯茶，不停地用手帕擦他的秃顶，顺便谈起了商人阿沃什尼科夫捐了七百卢布为教堂的拱顶装金，还谈了一个治雀斑的验方，说是药到病除。拉夫列茨基坐在丽莎身边，可是她神情严肃，几乎可以说是一脸寒霜，自始至终没朝他看过一眼。她像是故意不理睬他，一种冷若冰霜、旁若无人的兴奋充溢了她的整个身心。拉夫列茨基不知为什么老是要笑，想说些逗乐的话，然而他心底却惴惴不安，于是他终于走了，怀着隐秘的困惑……觉得丽莎心底一定有什么事，可他却无法洞烛。

另有一回，拉夫列茨基坐在客厅里正听着格杰奥诺夫斯基婉转取悦然而却令人生厌的高谈阔论，自己也不知道为什么，突然掉过头去，正好遇上丽莎深沉、关切、若有所询的目光……这谜一样的目光是向他投来的。后来，拉夫列茨基整整一夜都在想着这目光。他的恋爱已不像小年轻恋爱；长吁短叹，无病呻吟不是他该做的事了，何况丽莎在他心底激起的也不是这种缠绵悱恻的感情。然而爱情会使不同年龄的人产生不同的痛苦，所以他充分尝到了痛苦的滋味。

三十三

有一天，拉夫列茨基照例坐在卡利京家。那天白天溽暑蒸人，可夜晚却异常美丽，一向讨厌穿堂风的玛丽娅·德米特里耶夫娜，竟然吩咐把朝花园的门窗通通打开，并说今晚她不打牌，这么好的天气不享受自然的美丽却去打牌，简直是罪过。客人只有潘申一人。美丽的夜色感染了他，他虽然不愿意在拉夫列茨基面前唱歌，却难以抑制艺术感受的冲动，便朗诵起诗来。他朗诵了莱蒙托夫的几首诗（那时普希金还不曾再度风行起来），朗诵得很好，只是过于做作，没有必要地强调了某些细微之处。突然，他好像对自己如此不加掩饰地宣泄感情感到羞愧，便借著名的《沉思》[①]为题，痛斥年轻一代，同时不放过机会吹嘘说，如果有朝一日，他大权在握，他一定按照自己的主张把一切扭转过来。“俄国，”他说，“落后于欧洲；必须迎头赶上。有人硬要我们相信，我们年轻，来日方长，这是无稽之谈，而况我们缺少发明的才能；霍米亚科夫[②]自己也承认，我们连捕鼠机都发明不了。因此我们只得搬用别人的发明。莱蒙托夫说，我们病了，我同意他的说法，而我们之所以病了，是因为我们只是半个欧洲人，既然我们的病因找到了，就应对症下药。（“Lecadastre.[③]”拉夫列茨基想道。）我们国家的有识之士——les meilleures têtes——早已确信这一点了，”他继续说下去，“所有民族从本质上讲都是一样的；只要引进良好的制度，就万事大吉。看来，良好的制度是可以适应现实的人民的生活方式的，这是我们的事，是我们……（他差点脱口说出‘治理国家的人’）公职人员的事，

---

① 《沉思》是莱蒙托夫诗歌方面的压卷之作，作于1838年，其起首四行为：
我在悲伤地注视着我们这一代人！
我们的未来——不是黑暗便是空虚，
同时，我们在认识与怀疑的重压下
将会一事无成而一天天衰老下去。

② 霍米亚科夫（1804—1860），俄国宗教哲学家，政论家，斯拉夫主义奠基人。

③ 法语：土地调查。

然而，如果有必要的话，请不用担心，制度也可改造这种生活方式。”玛丽娅·德米特里耶夫娜听了这席话大为感动，对潘申益发钦佩。“瞧，”她想道，“一个绝顶聪明的人在我家里发表宏论。”丽莎靠在窗上，一声不则；拉夫列茨基也沉默不语；在角落里和她的女友打牌的马尔法·季莫费耶夫娜，嘴里嘀咕了几句。潘申在客厅里踱来踱去，说得很动听，然而隐含着恶意：看得出，他严加痛斥的不是整整一代人，而是只有他心里清楚的个别几个人。卡利京家花园里繁茂的丁香丛中栖有一只夜莺，在滔滔不绝的高谈阔论的间歇期间，响起了它今宵第一次的啼啭；在菩提树纹丝不动的树冠上，刚刚升起的星星在玫瑰红的夜空中闪烁。拉夫列茨基站了起来，对潘申的话提出异议，一场唇枪舌剑的辩论开始了。拉夫列茨基捍卫俄国的青年一代，捍卫俄罗斯的独立性，为了保护新人，保护他们的信念和愿望，他哪怕牺牲自己，牺牲自己的一代人也在所不惜。潘申气冲冲地、尖刻地作了反驳，声称有头脑的人应当把一切都加以改造，临了，甚至不顾自己是堂堂的宫廷侍从和官场的地位，把拉夫列茨基斥为落伍的保守分子，甚至暗示——当然，是拐弯抹角地——拉夫列茨基没有实际的社会地位。拉夫列茨基并未生气，也没有提高嗓门（他记起来米哈列维奇也说他落伍，不过是落伍的伏尔泰主义者），平心静气地把潘申的论点一一批驳得体无完肤。他向潘申证实，任何跃进，任何改造，如果没有对国情的深刻了解，没有对理想（哪怕是消极的理想）的出自衷心的信仰，而单凭长官意志是不可能实现的。他以自己所受的教育为例，要求首先必须承认人民的真理，要虚心地接受人民的真理，如果不虚心接受，就不可能有勇气反对虚伪。最后，对于潘申斥他轻率地浪费了时间和精力，他不但不规避，而且认为这个指责是他应得的。

“这一切都说得很好!”潘申终于气愤地大声喊道，“现在您回到俄国了——您有何打算?”

“种田，”拉夫列茨基回答说，“而且尽力把田种好。”

“毫无疑问，这是很值得称赞的，”潘申说，“有人告诉我，您在这方面已经取得了不小的成绩，然而，您同意吗，并非每个人都有能力以此为业的……”

“Une nature poétique,①”玛丽娅·德米特里耶夫娜说，“当然不会去种田……et puis②，弗拉基米尔·尼古拉伊奇，您是注定要干一番en grand③的。”

这话甚至潘申听了，也觉得过于溢美，他不好意思起来，中止了原来的谈话，想把话题转到星空的美、舒伯特的音乐上，不知怎的，无人理睬，于是他提议和玛丽娅·德米特里耶夫娜打辟开。“什么！在这样的夜晚?”她软弱地反对说，不过还是吩咐拿扑克牌来。

潘申“嚓”的一声拆开一副新牌，而丽莎和拉夫列茨基像是事先说好了似的，同时站起身来，走到马尔法·季莫费耶夫娜身边。他们两人都突然感到十分愉快，反而害怕单独待在一起了。同时，两人都觉得近几天来压在心头的不安已经消失，再也不会回来了。老妇人悄悄地拍了拍拉夫列茨基的面颊，狡黠地眯起眼睛，轻声说：“多谢你把这个聪明人斗败了。”客厅里静悄悄的，只有蜡烛在发出轻微的爆裂声，还有敲桌子的声音，以及牌客的惊叫声，或者计算得分的声音，再就是夜莺

① 法语：诗人的气质。
② 法语：而况，而且。
③ 法语：轰轰烈烈的事业。

携带着露水的凉意，如潮水似的涌进窗户的肆无忌惮的、清脆有力的啼啭声。

三十四

在拉夫列茨基和潘申争论的时候，丽莎虽不曾说过一句话，却聚精会神地听着，而且她完全站在拉夫列茨基一边。她对政治向来没有什么兴趣，可是那个俗吏的自命不凡的口气(他还从来没有像今天这样把他的马脚暴露无遗)令她反感；他对俄罗斯的蔑视侮辱了她。丽莎从来不曾想过她是个爱国者，但是她喜欢俄罗斯人，喜欢俄罗斯的气质和智慧。每逢她母亲庄园的村长进城来的时候，她总是毫不拘束地跟他谈上好几个小时，把他视作跟她平等的人，从来不摆小姐架子。这一点，拉夫列茨基感觉到了：单单一个潘申，他才不屑加以反驳；他与之辩论只是为了丽莎。在这个晚上，他们两人相互没有讲过一句话，甚至目光也很少接触，然而两人都明白，在这个晚上，他们紧密地走到一起了，两人都明白，他们的爱憎是相同的。只有在一点上，他们间存在分歧，然而丽莎暗中相信能让他皈依上帝。他们两人坐在马尔法·季莫费耶夫娜身边，看来像是在看她打牌，事实上也的确是在看她打牌，——然而他俩的心在各自的胸膛中正越来越充实，在他俩看来，周遭的一切都不是无缘无故存在的：夜莺是为他俩才婉转啼唱的，星星是为他俩才闪烁发光的，被睡意、夏夜的舒适和温暖陶醉得昏昏欲睡的树木是为了他俩才絮絮细语的。拉夫列茨基整个身心都沉醉在使他心旌动摇的波涛中，——他心中充满了喜悦。然而少女纯洁的心灵中有些什么感受，则不是语言所能表达的，即使对她自己来说也是个秘密，那么就让它对所有的人来说也永远是个秘密吧。从来没有人知道，没有人看到，也永不会看到一粒种子是怎样在大地的怀抱中发芽、开花、灌浆和成熟的。

钟敲了十下。马尔法·季莫费耶夫娜和纳斯塔西娅·卡尔波夫娜上楼回自己的房里。拉夫列茨基和丽莎穿过客厅，在打开着的通花园的门口站停下来，朝黑洞洞的花园看了一眼，然后相视而笑。看来，他们两人就要握住对方的手，作长夜的畅谈了。可是他们却回到玛丽娅·德米特里耶夫娜和潘申那边，牌局还迟迟没有完，终于最后一张王牌打了出来，女主人叹着气从垫有靠枕的圈椅上站了起来。潘申拿起帽子，吻了吻玛丽娅·德米特里耶夫娜的手，说道：有福气的人现在可以安然就寝或者欣赏夜景，谁都不会来妨害他们，可是他却要通宵达旦地批阅那些愚蠢的公文，然后冷冰冰地朝丽莎鞠了一躬(他不曾料到对他的求婚，她竟然要他等待，——因此在生她的气)就走了。拉夫列茨基跟着他离去。他们在大门口分手。潘申用手杖尖戳了戳他的车夫的脖子，把他叫醒，便坐上马车扬长而去。拉夫列茨基不想回家，他走到城外的旷野里。夜静静的，虽然没有月亮，却挺亮。拉夫列茨基在满是露水的草地上徘徊良久，忽然看到有条小径，便信步踏着小径走去，小径把他引到一道长长的栅栏的小门跟前，他自己也不知为什么，试着推了推栅栏门，门发出一声微弱的吱呀声，打了开来，像是特地在等他的手来触碰。拉夫列茨基发现自己置身在一座花园里，他顺着菩提树林荫道走了几步，突然惊愕地站住了，他认出了这是卡利京家的花园。

他马上走到一丛枝叶繁茂的胡桃树投下的阴影里，好半天一动不动地站在那里，心里好生诧异，不时耸着肩膀。

“这是缘分。”他思忖道。

周遭一片寂静，宅第那边没有一息声音。他小心翼翼地朝前走去。到了林荫道的拐弯处，整幢宅第黑魆魆的正面赫然耸立在他面前；只有楼上两扇窗户里还闪烁着亮光：在丽莎闺房白色的窗幔后面，燃着一支蜡烛；马尔法·季莫费耶夫娜卧房里圣像前的那盏长明灯的微弱的红光，宁静地投在圣像镶金的衣饰上。楼下通阳台的门敞开着，像是正在打哈欠。拉夫列茨基坐到一张木头长椅上，用手支着下巴，凝望着这扇门和丽莎的窗户。城里响起了午夜的钟声，宅第里的小钟也敲了十二下；守夜人橐橐地敲响了更板；拉夫列茨基什么也没有想，什么也不企待，他感到很愉快，因为他就在丽莎的近旁，坐在她花园里她曾不止一次坐过的长椅上……丽莎闺房里的烛光消失了。

“晚安，我亲爱的姑娘。”拉夫列茨基悄声说道，他依旧一动不动地坐在那里，目不转睛地望着已经黑了的窗。

突然亮光在楼下的一扇窗内出现了，接着移至第二扇，第三扇……有人拿着蜡烛穿过一间间房间。“莫非是丽莎？不会的！……”拉夫列茨基坐直身子……只见闪过一张熟悉的脸庞，接着，丽莎走进了客厅……她穿一身白色的连衫裙，发辫解开了，披散在肩上，她轻轻地走到桌子前，把蜡烛搁在桌上，弯下身去寻找着什么；后来，她把脸转向花园，向着洞开的门走来，走到门口站停了下来，显得那么洁白，那么轻盈，那么苗条。拉夫列茨基顿觉四肢一阵战栗。

“丽莎！”他脱口而出，声音轻得勉强才能听见。

她一怔，向暗处望去。

“丽莎！”拉夫列茨基略略提高声音，又喊了一声，从胡桃树丛的阴影下走了出来。

丽莎惊恐地探出头来，马上又退了回去：她认出了他。他又第三遍唤她的名字，并把手向她伸去。她走出客厅的门，来到花园里。

“您?”她说，“您在这里?”

“是我……我……您听我说。”拉夫列茨基悄声说，握住她的一只手，牵着她向长椅走去。

她顺从地跟着他；她苍白的脸庞，凝注的目光，以及她所有的动作，无不流露出她难以言说的惊惶。拉夫列茨基把她按在长椅上，自己站在她面前。

“我并不是存心来这里的，”他开口说，“我是被领到这里来的……我……我……我爱您。”他忐忑不安地期期艾艾说道。

丽莎慢慢抬起头，看了他一眼；似乎直到此刻她才明白身在何处，发生了什么事。她想站起来，却又站不起来，便用手捂住了脸。

“丽莎，”拉夫列茨基说，“丽莎。”他又唤了一声，便跪倒在她脚下……

她的双肩开始微微颤抖，苍白的手更紧地捂着脸。

“您怎么啦?”拉夫列茨基问，听到了嘤嘤的饮泣声。他的心怦然直跳……他知道这眼泪意味着什么。“难道您也爱我?”他悄声说，触摸着她的膝盖。

“您站起来，”响起了她的声音，“费奥多尔·伊万内奇，请您站起来。我们这是在做什么呀?”

他站了起来，坐到长椅上，挨着她。她已经不哭了，水汪汪的双目端详着他。

“我害怕：我们这是在做什么?”她又说道。

“我爱您，”他重又说道，“我愿把我的整个生命都奉献给您。”

她又颤栗了一下，好像叫什么螫了一口，接着，举目仰望着天空。

“这一切全由上帝主宰。”她说。

“丽莎，可您爱我吗？我们会幸福吗？”

她垂下眼帘，他轻轻地把她拥向怀里，她的头偎到他肩上……他把头微微向后仰了仰，吻到了她苍白的双唇。

半个小时后，拉夫列茨基已经站在花园的栅栏门前。门已经上锁，他只得翻过栅栏出去。他回到市内，走过一条又一条沉睡的街道。一种意想不到的巨大的喜悦充溢了他的心灵；他心中所有的疑虑都消除了。“消逝吧，往日的一切，阴暗的幽灵，”他想道，“她爱我。她将是我的。”突然，他觉得在他头顶上空，好似天籁般飘来一种奇妙的、庄严的乐声。他站停下来。乐声更加壮丽了，犹如一股悦耳的、强大的湍流在半空中流淌，这乐声倾诉着，歌唱着他的全部幸福。他环顾四周，发现这天籁之声是从一幢小屋楼上的两扇窗户里飘出来的。

“莱姆！”拉夫列茨基喊道，向那幢小屋奔去，“莱姆！莱姆！”他提高嗓门喊道。

乐声停止了，一个穿着睡袍、敞着胸、头发蓬乱的老人，出现在窗口。

“噢！”他不卑不亢地说，“是您！”

“赫里斯托福尔·费奥多雷奇，多么美妙的音乐呀！看在上帝份上，让我进来吧！”

老人一句话也没说，高傲地把手一挥，把大门的钥匙从窗口扔到了街心。拉夫列茨基飞快地跑到楼上，进了房间，正要扑上前去拥抱莱姆，可是莱姆不容分说地指了指椅子，用俄语一个字一个字地说：“请坐下来听。”他自己回到钢琴前，骄傲而严厉地环顾了一下四周，重新开始弹奏。拉夫列茨基很久没有听到这样的音乐了：甜美的、热情的旋律从第一个音符起就攫住了他的心；这旋律璀璨生辉，充溢着灵感、幸福和美；它增长，融化，包容了世上所有宝贵、神秘和圣洁的事物，流露出永恒的忧伤，然后直上九霄，消逝在天际。拉夫列茨基挺直身子，站了起来，兴奋得面色发白，浑身发冷。这乐声注入了他刚刚被爱情所震撼的心灵；这乐声本身就燃烧着爱情。“请再弹一次吧。”刚弹完最后一个和声，他便低声央求。老人向他投去如老鹰般锐利的一瞥，用手拍拍自己的胸脯，不慌不忙地用他本国的语言说：“这是我谱写的，因为我是个伟大的音乐家。”于是他重又弹奏起他所作的奇妙的乐曲。屋里未燃蜡烛，初升的月亮斜射进窗内；敏感的空气在响亮地震颤；贫寒的斗室犹如一座圣殿，在朦胧的银灰色的月华中，老人的头颅充满灵感地、高高地昂着。拉夫列茨基走到他跟前，拥抱他。起初，莱姆对他的拥抱没有反应，甚至用臂肘推开他；他的四肢久久地一动也不动，目光依旧那么严厉，几近凶狠，只是嘴里哼了两次：“啊哈！”最后，他变了相的脸终于平和下来，舒展了开来，对拉夫列茨基的热烈祝贺作出了反应，先是微微笑了笑，接着哭了，像小孩那样低声啜泣。

“奇怪，”他说，“您恰巧这个时候来；我知道，我全都知道。”

“您全都知道?”拉夫列茨基困惑地问。

“您听了我的乐曲，”莱姆说，“难道您还不明白，我全都知道了?”

拉夫列茨基直到早晨都未能入睡。整整一夜，他都在床上坐着。丽莎也没有睡，她在祈祷。

三十五

拉夫列茨基是怎样成长和发展的，读者都已知道，现在我们再交待几句丽莎受教育的过程。她十岁刚过，父亲便去世了，不过他生前很少管她。他是个性情暴躁、易动肝火、没有耐心的人，成天忙于公务，还要为自己敛财。对于孩子们请教师和家庭教师、添置衣服和其他必需品之类，他是舍得花钱的，然而要他，用他的话说，去哄一群叽叽喳喳的娃娃，他可没这份耐心。再说他也没有时间去哄他们，他要办公，而公务又忙得不可开交，连睡觉的时间也很少，偶尔打打牌，接着又忙着去办公了。他把自己比作一匹拉磨的马。“我的一生一晃就过去了。”他临终时在病榻上喟叹，枯干的嘴上露出一丝苦笑。玛丽娅·德米特里耶夫娜虽然对拉夫列茨基夸口说，教育儿女这副担子全是她一个人挑的，其实她为丽莎操的心，与她丈夫相比，也多不了多少，不过就是把丽莎打扮得像个洋娃娃，当着客人的面抚摸她的小脑袋，叫她一声聪明孩子或者宝贝疙瘩，——仅此而已；任何一件要经常操心的事都会叫这位懒散成习的贵妇人生厌。父亲在世时，丽莎由一位从巴黎来的莫罗小姐照料，父亲死后，就由马尔法·季莫费耶夫娜来管她了。马尔法·季莫费耶夫娜读者都已熟悉，那么莫罗小姐是何等样人呢？她是个满脸皱纹的又矮又小的女人，举动像只小鸟，智力也像小鸟。年轻时，她着实风流过一阵，如今上了年纪，她只留下两个嗜好——好吃和好赌。她在大嚼一通之后，如果没有人同她打牌，没有人跟她闲聊，她的脸马上就变得跟死人的差不多，坐在那里干瞪着眼睛，呼吸着空气，一望而知，她的脑袋里空空如也，什么也不想。她这个人甚至都不能说她心肠好，因为鸟是谈不上心肠好不好的；不知是由于她年轻时举止放浪呢，还是由于她自小呼吸巴黎的空气，反正她好像染上了那种习见的廉价的怀疑主义，这通常表现为这么一句话："Tout ça c'est des bêtises.[①]"她说的法语虽然不规范，却是地地道道的巴黎土话，她一不搬弄是非，二不使小性子——对于一个女家庭教师还能有什么更多的要求呢？她对丽莎的影响很小。对丽莎产生强有力的影响的，是她的保姆阿加菲娅·弗拉西耶夫娜。

这个女人的遭际可谓曲折离奇。她出身于农奴家庭，十六岁上把她嫁给了一个农夫，但是她的家境和她的村姑姐妹们相比，却有天壤之别。她父亲当了二十年的村长，攒下了不少钱，对她十分娇宠。她是一个罕见的美人儿，且衣着讲究，附近一带无人可比，她生性慧黠，口齿伶俐，胆量又大。她的主子德米特里·佩斯托夫，也就是玛丽娅·德米特里耶夫娜的父亲，为人谦和文静，有一天在打麦场上遇见了她，同她攀谈了一会儿，就热烈地爱上了她。没隔多久，她成了寡妇。佩斯托夫虽然早有家室，却仍然把她接进家门，让她易装，跟家里人一样打扮。阿加菲娅马上就习惯了新的处境，好像有生以来不曾有过另样的生活。渐渐地，她出落得愈加白嫩，愈加富态，她套在细纱袖子里的手臂跟商人妻子的手臂一样"白得像用粉团捏出来的"；她的桌上终日摆着茶炊，她除了丝绸和天鹅绒，别的面料一概不穿，卧具全是羽绒的被褥。她过了五年这样享福的生活，不料五年后，德米特里·佩斯托夫一命呜呼；他的发妻是个心地善良的贵族夫人，念在亡夫的情分上，不想

① 法语：全是傻蛋。

难为她的情敌，况且阿加菲娅从来对她执礼甚恭；话虽这么说，她还是把阿加菲娅配给一个饲养牲口的农夫，把她从眼睛跟前打发走了。过了三年光景，有一回，在夏天一个火伞高张的日子里，夫人顺路去看看她的畜牧场。阿加菲娅向她敬上了那么可口的冰镇奶油，态度又那么谦恭，衣着又那么整洁，心情又那么愉快，对自己的处境又那么满足，使夫人大悦，便宣布宽恕她，让她重进宅第听候使唤，六个月后，女主人凡事都离不开她了，把她提升为管家，把偌大一个家托付给她。阿加菲娅重掌大权，又变得白嫩、富态了。又过了五年，飞来横祸再次落到阿加菲娅头上。她的丈夫，她已经让他当上了家仆，忽然酗起酒来，三天两头儿不回家，闹到最后，竟偷了主子六把银匙，藏在妻子的箱子里，伺机变卖。不料东窗事发。他被逐出府门，再去饲养牲畜，阿加菲娅也失去了主子的宠信，虽没有把她赶出府去，却革去管家职务，降为女裁缝，吩咐她从此不得再戴包发帽，改扎包头巾。使阖家上下惊讶的是，阿加菲娅竟恭顺平静地承受这无妄之灾。她那时已三十开外，子女先后夭折，丈夫也没活上多久。是到了她该大彻大悟的时候了。她也真大彻大悟了。她变得沉默寡言，笃信上帝，每天都做早祷和日祷，从不漏掉一次，并把她所有的好衣服分送他人。她平静、谦恭、稳重地过了十五年，从未跟人争过一句，对任何人都退让。谁要是朝她骂骂咧咧，她总是向那人鞠个躬，感谢人家教育她。女主人早就宽恕了她，贬黜也早已撤消，并脱下自己的包发帽要给她戴上，可她就是不肯解下头巾，而且成天穿着深色衣裙。女主子去世后，她变得益发沉默，益发低头伏小。要使一个俄国人怕你或者爱你是容易的，但是要一个俄国人尊敬你却是困难的，尊敬不是在一夕之间就可取得的，也不是任何人都能取得的，可阖家上下都十分尊敬阿加菲娅；甚至没有一个人会想起她过去的不是之处，仿佛那一切都随亡故的男主人葬入了坟墓。

卡利京娶了玛丽娅·德米特里耶夫娜后，想把家务交给阿加菲娅管理，可是她一口拒绝，说是“怕受诱惑”；他呵斥她，她一躬到地，转身走了出去。聪明的卡利京有知人之明，他也洞悉阿加菲娅，没有忘掉她。搬到城里后，他征得她的同意，让她当了丽莎的保姆，那时丽莎才四岁多一点。

起初，丽莎害怕新保姆凛若寒霜的严肃的脸，但很快就习惯了她，不但如此，还深深地爱上了她。丽莎自己就是个严肃的孩子，她的面貌像卡利京，线条分明，五官端正，只有一双眼睛不像父亲；这双晶莹的眼睛露出关注和善良的神情，这在孩子身上是罕见的。她不爱玩洋娃娃，从不放声大笑，更不笑个不停，举止端庄稳重。她并不常常沉思，如果陷入沉思，必不是无缘无故的；她沉默一会儿之后，往往会向年长的人提出一个问题，这个问题表明她小脑袋里在思考新的印象。她很快就结束了咿呀学语的阶段，才只三岁多就口齿清楚了。她怕父亲，对母亲的感情却难以说清，——她既不怕母亲，也不向母亲撒娇，她就是对阿加菲娅也不撒娇，虽然她只爱阿加菲娅一个人。阿加菲娅和她寸步不离。看着她们两人在一起，总让人觉得怪。阿加菲娅黑衫黑裙，头上包着一方深色头巾，脸庞瘦削，像蜡一般透明，可仍然美丽而富于表情，她背挺得笔直地坐着织袜子；脚边的小椅子上则坐着丽莎，也在做着什么事，或者一本正经抬起亮晶晶的小眼睛，听阿加菲娅给她讲故事；不过阿加菲娅从不给她讲童话故事，她用平静的声音不快不慢地给她讲述圣母的传记，独修者[①]、上帝的侍者和苦行修女[②]的行传；跟丽莎讲这些圣徒怎样在荒漠中生活，怎样拯救自己的灵魂，怎样受饥寒之苦，怎样不畏帝王，怎样信奉基督，天上的飞鸟怎样给他们送来食物，地上的走兽怎样听从他们，在他们鲜血染红的地方，怎样生长出鲜花。“是桂竹香吗?”有一日，丽莎问道，她非常爱花……阿加菲娅向她讲述这些时，神态肃穆而又恭顺，好像她觉得自己是不配讲如此崇高、如此神圣的事的。丽莎听着她讲，于是无所不在、无所不知的上帝的形象便以一种甜美的力量进驻她的心灵，使她的心灵充满了纯洁虔诚的敬畏，而耶稣基督则成了她的与她息息相通的、近乎亲人一般的熟人。阿加菲娅还教会了她祈祷。有时天方破晓，她便叫醒丽莎，匆匆给她穿好衣服，偷偷拉着她去教堂做晨祷。丽莎屏住气，踮起脚尖，跟着她走。拂晓时的寒意和曚昽的晨光，教堂内清新的空气和阒然空寂的氛围，突然私出家门这件事本身的神秘，蹑手蹑脚回到家里重又钻进被窝的这类举动——所有这一切被禁止的、奇特的、神圣的行动掺杂在一起，震撼了小女孩，并深深地进入她身心的深处。阿加菲娅从不责备任何人，也从未因丽莎淘气而詈骂过她一句。每当阿加菲娅有什么不满的时候，她只是沉默，而丽莎是懂得这沉默的意思的。遇到阿加菲娅对旁人不满，不管是对玛丽娅·德米特里耶夫娜，还是对卡利京不满时，丽莎以儿童敏锐的观察力，清楚地知道她的心意。阿加菲娅照管

① 以苦身修行为宗旨，隐居独处为特征的基督徒，盛行于3—5世纪。他们为逃避罗马帝国的迫害和世俗生活，遁迹深山旷野，专事内心修养，其修行规则主要有静默、劳作、斋戒、苦行、祈祷等。俄国在彼得大帝登基后，旧教徒（分裂派教徒）为逃避迫害，有不少人也遁居荒漠，独处苦修。

② 指离开父母家庭，隐遁旷野深山修行的女（男）修士。东正教规定，此类修士须向天主发三绝大愿，即：绝财，绝色，绝意（不持私意，唯修会之命是从），过苦行修道生活。

丽莎三年多工夫，后来就由莫罗小姐替代了她。然而这个开口闭口就粗鲁地大叫“Tout ça c'est des bêtises.”的肤浅而又轻浮的法国女人，并不能从丽莎心里把她亲爱的保姆排挤出去，因为阿加菲娅播下的种子已深深地扎根在她的心中了。况且阿加菲娅虽然不再照料丽莎，可还留在宅子里，常常能见到她带领过的孩子，孩子仍像从前那样信赖她。

可是马尔法·季莫费耶夫娜住到卡利京家以后，阿加菲娅却同她合不来。这位性情急躁的任性的老妇人见了这个过去“穿粗布裙子的农妇”那种自命不凡的、一脸正经的样子就来气。阿加菲娅请求让她去朝圣，这一走就再也没有回来。隐隐约约传说她好像进了分裂派教徒的隐修院。然而她在丽莎心里留下的印痕却是不可磨灭的。丽莎照旧去做日祷，像是过节一样。她以一种有所克制的羞涩的热情，满怀喜悦地祈祷，这使玛丽娅·德米特里耶夫娜暗暗感到惊愕，而马尔法·季莫费耶夫娜尽管对丽莎从来不加管束，还是竭力劝说她克制她的热情，不许她跪拜，说这有失贵族的身份。丽莎书读得很好，就是说十分用功；上帝并没有赐予她出众的天赋和聪明才智。她的成绩无一不是她苦学得来的。她钢琴弹得很好，但是只有莱姆知道，她为此作了多少努力。她读书不多，她没有“自己的言语”，但是她有自己的思想，走她自己的路。无怪乎人家说她像父亲，因为她父亲也从不问别人他该怎么做。她就是这样长大的——平静地、不急不忙地长到了十九岁。她非常漂亮，然而她自己却没有意识到。她一举手一投足无不流露出一种天生的、羞涩的袅娜、娴雅，她的声音清脆似银铃，洋溢着处子的青春美，任何一件使她愉快的事，哪怕再小，都会令她的双唇露出粲然的微笑，为她的明眸平添了深邃的光辉和某种隐隐的柔情。她整个身心都渗透着义务感，唯恐伤了他人，不管那是什么人。她有一颗善良温存的心，她爱所有的人，但并不特别爱某一个人。她唯独爱上帝，那爱是热烈的，羞怯的，充满柔情的。拉夫列茨基是破坏了她平静的内心生活的第一个人。

以上就是丽莎的经历。

三十六

次日十二时许，拉夫列茨基去卡利京家。半路上，迎面遇见潘申从他身旁疾驰而过，帽子一直压到眉毛上。拉夫列茨基到了卡利京家，竟遭到挡驾——自从跟这家人交往以来，这还是头一回。仆人禀告他说，玛丽娅·德米特里耶夫娜正在“安寝”，“她老人家”头疼。马尔法·季莫费耶夫娜和伊丽莎白·米哈伊洛夫娜都不在家。拉夫列茨基折到花园栅栏外，怀着一线希望或许能碰见丽莎，却一个人也不曾碰着。两小时后，他又来了，得到的是同样的回答，而且那仆人不知怎的竟对他侧目而视。拉夫列茨基觉得在同一天内再作第三次拜访，不免有失体统，便决定去瓦西里耶夫村，那里本来就有事等他去料理。途中，他设想着各种各样的计划，一个比一个美好，但是到了他姑姑的小村子里，心头却突然惆怅起来。他找安东聊天，可是这老头儿像是存心跟他作对，脑袋瓜里想的尽是不愉快的事。他告诉拉夫列茨基，格拉菲拉·彼得罗夫娜临终时怎样咬自己的手，他沉默了一会儿，叹了口气说：“好少爷，每个人都命里注定要自己吃掉自己[1]的。”拉夫列茨基回转城里

① 俄谚，有作茧自缚、自寻烦恼之类的意思。

时，天色已晚。昨夜的琴声犹不绝于耳，丽莎娴静的形象栩栩如生地在他心头浮现；他想到她爱他，就宽慰多了，——他怀着平静而又幸福的心绪回到他在市内的小小的寓所。

他一踏进门厅，首先使他吃惊的是扑鼻而来的一股他所最厌恶的广藿香的香水味；厅里堆放着不知谁人的大大小小的箱子。侍仆急忙奔过来迎他，他觉得侍仆神色有异。他还没弄清楚是怎么回事，脚已跨过客厅的门槛……只见一位穿着镶有皱边的黑绸衣裙的夫人，从沙发上站起来，用一方细麻纱手绢半掩着苍白的脸，迎着他朝前走了几步，低下她那精心梳理过的香气四溢的头，跪倒在他脚下……直到这时他才认出了她：这位夫人是他的妻子。

他的气喘不过来了……他把身子靠在墙上。

“特奥多尔[①]！不要把我赶出去！”她用法语说道，她的声音好比一把利刃，剜着他的心。

他茫然地望着她，不由自主地发现她比以前更白、更丰腴了。

“特奥多尔！”她继续说，偶尔抬起眼睛看看他，小心翼翼地搓着她那涂有粉红色蔻丹的、美得惊人的十指。“特奥多尔，我做了对不起您的事，非常对不起您的事，说得重些，我是个罪人；不过请您听我说，悔恨折磨着我；我成了我自己的累赘，我再也忍受不了我的处境；不知有多少次，我想回到您身边，但是我怕您发怒；我已经同过去的一切一刀两断……puis, j'ai été si malade[②]，我大病了一场。”她加补说，举起一只手摸了摸额头和面颊。“到处谣传我死了，我就乘此机会

① 特奥多尔是费奥多尔法语的变音。
② 法语：况且，我大病了一场。

抛下一切，日夜兼程赶到这里；我犹豫了好久，来还是不来见您，我的裁判者——paraître devant vous，monjuge[①]，但是我想到您一向与人为善，我终于决意回到您身边来；我在莫斯科打听到了您的地址。请相信我，”她轻轻地从地上爬起，坐到一张圈椅的边沿上，继续往下说，“我常常想一死了之，我倒是有足够的勇气自尽的——唉，现在生命对于我，已成了不堪忍受的重负！——但是一想到我的女儿，想到我的阿多奇卡[②]，我又打消了死的念头；她就在这儿，在隔壁房间里睡觉，可怜见的！她累坏了——您去看看她吧；至少，她在您面前是无辜的，啊，我多么伤心呀，多么伤心！”拉夫列茨基夫人高声叫道，眼泪扑簌簌地流了下来。

拉夫列茨基终于恢复了神志，他离开墙壁，转身向门口走去。

“您要走?”他的妻子绝望地说，“嘍，这是残酷的！——连一句话都不跟我说，甚至一句责骂的话都不说……这种轻蔑叫人怎么活得下去，太可怕了!”

拉夫列茨基停住了脚步。

“您要我向您说什么?”他说，声音低哑。

“没有什么，没有什么，”她连忙接茬儿说，“我知道我不配提出任何要求；请相信我，我不是疯子；我不指望，也不敢指望您会宽恕我，我只是大着胆子前来请求您吩咐，我该怎么办，住到哪里去？我会像个女奴那样按您的吩咐去做，不管您吩咐什么。”

“我有什么可吩咐您的，”拉夫列茨基依旧用那种声音说，“您自

① 法语：来到您面前，我的裁判者。
② 阿多奇卡是阿达的昵称。

己也知道，我们之间一切都结束了……而现在，更是如此。您爱上哪儿去住就往哪儿去；要是您嫌给您的赡养费少……”

“嘠，请您别说这样可怕的话，”瓦尔瓦拉·帕夫洛夫娜打断了他，“请饶恕我吧，哪怕……哪怕为了这个小天使……”才说了半句，瓦尔瓦拉·帕夫洛夫娜一阵风似的奔进邻室，立即抱着一个穿着得非常雅致的小女孩奔了回来。大朵大朵栗壳色的鬈发披散在孩子可爱的红润的小脸蛋上和睡意矇眬的眼睛上，眼睛又大又黑；孩子一边笑，一边怕光地眯细着眼睛，一只胖嘟嘟的小手搂着母亲的颈项。

“Ada，vois，c'est ton pèpe，①”瓦尔瓦拉·帕夫洛夫娜说，把披到孩子眼睛上的鬈发掠到一边，重重地亲了她一下，“prie le avec moi②。”

“C'est ça，papa?③”小女孩咿呀地说。

“Oui，mon enfant，n'est ce pas，que tu l'aimes?④”

这时，拉夫列茨基再也按捺不住了。

“在哪个闹剧里好像有个场面跟这一模一样吧?”他咕哝了一句，掉头就走。

瓦尔瓦拉·帕夫洛夫娜在原地站了一会儿，微微耸了耸肩膀，把小女孩抱进邻室，给她脱掉衣服，安顿她睡下。然后她取过一本书，在灯下坐等了约摸一个小时，最后管自上床睡了。

---

① 法语：阿达，这就是你的爸爸。
② 法语：跟我一起来求他吧。
③ 法语：这就是爸爸?
④ 法语：是的，我的孩子，你爱他，对吧?

“Eh bien，madame?①”她从巴黎带来的女仆给她解下紧身胸衣，问道。

“Eh bien，justine，②”她说，“他老了许多，不过，我看他还是跟过去一样善良。请把我过夜戴的手套给我，把我明天要穿的高领连衫裙准备好；还有别忘了阿达的羊肉饼……虽说羊肉饼在这儿难以买到，可还是得想想办法。”

“A la guerre comme à la guerre。③”茹斯京说，随即把蜡烛灭了。

三十七

拉夫列茨基在街头踯躅了两个多小时。巴黎近郊的那个夜晚，又回到了他的记忆中。他的心碎了，他的脑袋空落落的，几乎处于昏迷状态，翻来覆去地转着相同的几个阴郁的、荒诞的、狠毒的念头。“她还活着，她就在这儿。”他反反复复地低声自语，每说一次，心头就感到一阵惊诧。他感觉到他已失去丽莎。满腔的愤怒使他窒息；这个落到他头上的打击实在太突然了。他怎么会这样轻易地相信了小品文的无稽之谈，相信一片破纸？“不过，即使我当时不相信，那跟今天又有什么不同呢?”他心里想。“我倒反而不会知道丽莎爱我，她自己也不会知道她是爱我的。”他无法驱走头脑里妻子的模样、声音、目光……他诅咒自己，诅咒世上的一切。

① 法语：太太，怎么样?
② 法语：茹斯京，没什么。
③ 法语：打仗就得像个打仗的样。

天快拂晓时，他来到莱姆的家门前。他敲了好久的门，没有人应答。终于，窗口出现了老人戴着睡帽的脑袋，一脸的褶子，一脸的不悦，这跟二十四小时前，那个从艺术家嵯峨的峰巅以王者的气度俯视拉夫列茨基的脑袋，已绝无相似之处了。

“您干什么？”莱姆问。“我可不能天天夜里弹琴，我在服汤药。”

但是，拉夫列茨基的神色显然异乎寻常；老人手搭凉篷，看了看这个深夜来客，便放他进门了。

拉夫列茨基走进屋，瘫坐到一把椅子上。老人站在他面前，掩上他那件破旧的花睡袍的衣襟，瑟缩着身子，嚅动着嘴巴。

“我的妻子来了。”拉夫列茨基抬起头说，猛然间，不由自主地放声大笑。

莱姆的脸上露出惊愕的神色，他一无笑意，只是把睡袍裹得更紧。

“您知道吗，”拉夫列茨基继续往下说，“我原以为……我在报上看到，说她死了。”

“哦——哦，不久前看到的？”莱姆问。

“不久前。”

“哦——哦，”老人又哦了一次，高高地扬起眉毛。“她非但没死，而且来了？”

“来了。她现在在我寓所里，唉，我……我是个不幸的人。”

说罢，他苦笑了一下。

“您是个不幸的人。”莱姆慢慢地重复他的话说。

“赫里斯托福尔·费奥多雷奇，”拉夫列茨基开口了，“您肯替我传个字条吗？”

“嗯，可以问一下传给谁吗?”

“伊丽莎……”

“啊，是呀，是呀，我明白。行。字条要什么时候送到?”

“明天，越早越好。”

“嗯。我可以让我的厨娘卡特琳送去。不，还是我自己去的好。”

“您肯给我带回条吗?”

“给您带回条。”

莱姆叹了口气。

“是呀，我可怜的年轻朋友，您，真是一个——不幸的年轻人。”

拉夫列茨基给丽莎写了寥寥数字，告诉她说，他的妻子来了，请她定个时间跟他见次面。写完后，便一头倒在一张窄沙发上，面朝墙壁睡了；老人也上了床，久久地辗转反侧，咳嗽着，一口一口地啜着汤药。

天亮了，两人起来。互相用异样的眼光对视了一下。此刻拉夫列茨基真想把自己杀了。厨娘卡特琳给他们端来了劣质咖啡。钟敲八下。莱姆戴上帽子，说他本该十点钟去卡利京家授课，不过他可以找个适当的借口提前去，说罢就走了。拉夫列茨基重又躺到窄沙发上，心底重又发出一阵苦笑。他先想着他妻子怎样把他从寓所逼走，后来他闭上眼睛，把手枕在脑后，想象着丽莎的处境。莱姆终于回来了，给他带来了丽莎用铅笔写的一张便条，上边写着：“我们今天不能会面。明晚或许可以。再见。”拉夫列茨基冷冷地、神思恍惚地谢过莱姆，便回家去了。

踏进家门，看到妻子在用早餐；阿达满头鬈发，穿一身饰有天蓝色丝带的白衣裙，正在吃羊肉饼。拉夫列茨基一走进餐厅，瓦尔瓦拉·帕夫洛夫娜马上站起来，恭顺地迎上前去。他请她跟他到书房去，一进书房，他随手带上书房门，在屋里来回踱着。她坐了下来，文雅地把一只手叠放在另一只手上，用她那双虽淡淡地描了眼影，却仍然十分美丽的眼睛注视着他。

拉夫列茨基久久没有开口；他感到他还不能控制自己；他看得很清楚，瓦尔瓦拉·帕夫洛夫娜根本不怕他，却装出一副马上就要吓得晕过去的样子。

“夫人，请听我说，”他终于开口了，费力地喘着气，还不时咬咬牙齿，“我们彼此间无须再装腔作势；我不相信您悔悟了，即使您真心悔悟，要我和您破镜重圆，跟您一起生活——我是断断办不到的。”

瓦尔瓦拉·帕夫洛夫娜闭紧双唇，眯细眼睛。“他厌恶我，”她想，“完了！在他眼里，我甚至连女人都不是。”

“断断办不到，”拉夫列茨基又重复了一遍，把衣服上的扣子一直扣到领口。“我不知道您何以要光临此地：大概钱花完了吧。”

“天哪！您这是侮辱我。”瓦尔瓦拉·帕夫洛夫娜轻声说道。

“不管怎么样——遗憾的是，您总归还是我的妻子。我总不能把您撵走……所以我向您建议，如果您愿意的话，您住到拉夫里基去，今天立即动身。您也知道，那里的宅子很舒适，除了赡养费之外，您还可得到一切必需品……您同意吗?”

瓦尔瓦拉·帕夫洛夫娜用一方绣花手帕掩住了脸。

“我已经跟您说了，”她低声说，嘴唇神经质地牵动着，“无论您怎样安排，我都听从；这一回我只有一个问题要请问您：至少您会允许我对您的宽宏大量表示感谢吧?”

“不必感谢，请您还是免去客套的好。”拉夫列茨基连忙说。“如此说来，”他一面向房门口走去，一面继续说，“我可以认为……”

“明天我一准去拉夫里基，”瓦尔瓦拉·帕夫洛夫娜轻声说，恭敬地站了起来。“但是，费奥多尔·伊万内奇(她不再叫他特奥多尔了)……”

“有什么事?”

“我知道我还不配得到您的宽恕，可是我能不能希望，至少将来有一天……”

“唉，瓦尔瓦拉·帕夫洛夫娜，”拉夫列茨基打断了她的话，“您是个聪明女人，可我也不是个傻瓜；我心里有数，您根本就不稀罕什么宽恕不宽恕。何况我早已宽恕您了，但是我们两人之间永远隔着一道深渊。”

“我会服从的，”瓦尔瓦拉·帕夫洛夫娜说，低下了头，“我没有忘记我的过失，即使我知道了您在得悉我的死讯之后，甚至额手称庆，我也不感到奇怪。”她低眉顺眼地说着，用手稍稍指了指拉夫列茨基遗忘在桌子上的那张报纸。

费奥多尔·伊万内奇不由得打了个激灵，因为那篇小品文上有他用铅笔做的记号。瓦尔瓦拉·帕夫洛夫娜更加谦卑地望了他一眼。在这一瞬间，她美丽得宛若天人。巴黎制的灰色连衫裙合身地裹着她柔美的、几乎是豆蔻年华的少女的胴体，她那由洁白的衣领围着的白嫩如蝤蛴的纤弱的颈项，她那起伏有致的胸部，她那不戴首饰的粉臂和纤指——她的整个躯体，从有光泽的秀发直到微露的鞋尖，都是那么妍丽雅致……

拉夫列茨基以愤恨的目光扫了她一眼，几乎要大声喝彩：“Brava![①]”几乎要一拳朝她的脑门打去——可是他走了。一个小时

① 法语：好!

后，他已登程去瓦西里耶夫村，两个小时后，瓦尔瓦拉·帕夫洛夫娜吩咐给她雇一辆城里最好的马车，戴上有黑面纱的朴素的草帽，披上素净的大披肩，把阿达托付给茹斯京，就往卡利京家去了；她盘问过女仆，知道她丈夫每晚都要去卡利京家。

三十八

拉夫列茨基的妻子来到 O 市的那一天，对拉夫列茨基来说是个苦恼的日子，对丽莎来说也同样是个痛苦的日子。她未及下楼去向母亲请安，窗下便传来嘚嘚的蹄声，她看见潘申正策马驰入院子，不由一阵惊恐，想道："他这么早就来是要听最后的答复。"果然不出所料。他在客厅里转了几圈，就提议她同他一起去花园，要求她对他的命运作出决定。丽莎鼓足勇气对他说，她不能做他的妻子。他侧身站在她面前，把帽子一直拉到额上，听她把话说完。他彬彬有礼地，但是声调变了，问她：这是不是她的最后决定，是不是他有什么不当之处使她改变了主意？接着，他用一只手捂住眼睛，短促地连叹几声，把手放了下来。

"我本来不想走人家的老路，"他声音嗄哑地说，"我想按我内心的喜爱来为自己找位佳偶。别了，我的梦想！"他朝丽莎深深地鞠了一躬，便回屋里去了。

她以为他马上就会走掉，岂料他走进了玛丽娅·德米特里耶夫娜的书房，在她那里待了将近一个小时。临走的时候，他对丽莎说："Votre mère vous appelle；adieu à jamais...[1]"他一出门廊便跃上马

[1] 法语：您母亲叫您去，别了……

背，绝尘而去。丽莎走进书房，去见玛丽娅·德米特里耶夫娜，看到她在流泪，潘申把他的不幸都对她说了。

“你干吗要气死我？你干吗要气死我？”伤心的寡妇就这样开始了她的埋怨。“你还要找什么样的人？他哪点不配当你的丈夫？堂堂的侍从官！是人长得不帅？他在彼得堡爱娶宫中哪个女官都能娶到。我，我多么巴望结这门亲呀！你从什么时候起对他变心的？很久了吗？这朵黑云从什么地方刮来的，总不会自己飞来的吧？莫非是那个傻瓜撺掇的？你可找到了个好参谋！”

“可是他呢，亲爱的，”玛丽娅·德米特里耶夫娜继续说道，“他是多么敬重我，他自己都伤心成这样了，还那么体谅我！哎唷，这事我怎么受得了！哎唷，我的头疼得要裂开了！去把帕拉莎给我叫来。你要是不回心转意，就是存心要把我活活气死，听见没有？”她骂了两声没良心的，就打发丽莎走了。

丽莎回到自己屋里，还没来得及从回绝潘申和听母亲的训斥中缓过气来，一场狂风暴雨又向她袭来，而且偏偏来自她万万没意想到的方面。马尔法·季莫费耶夫娜一走进她的房间，就砰的一声把门带上。老妇人面色煞白，包发帽歪到了一边，眼睛冒火，手和嘴唇嗦嗦发抖。丽莎大吃一惊，她还从来没有见过通情达理的聪明的姑婆恼火成这副模样。

“好呀，小姐，”马尔法·季莫费耶夫娜压低声音说，声音发颤，语不成句，“你干的好事！你这是向谁学的，我的小姑奶奶……给我口水，我话都说不出来了。”

“姑婆，慢慢说，您怎么啦？”丽莎一边说，一边把一杯水递给她，“不是您自己也看不中潘申先生吗？”

马尔法·季莫费耶夫娜放下杯子。

“我不能喝，要不会把我剩下的最后几颗牙都磕碰掉的。什么潘申不潘申？这跟潘申有什么关系？你最好还是跟我说说清楚，是谁教会你深更半夜跟人约会的，啊，我的小姑奶奶？”

丽莎面如缟素。

“你休想抵赖，”马尔法·季莫费耶夫娜继续说下去。“舒罗奇卡都看到了，是她告诉我的。我不许她去瞎说，可这孩子是不会撒谎的。”

“姑婆，我并不想抵赖。”丽莎说，声音低得几乎听不见。

“啊——啊！原来这样，我的小姑奶奶！是你约他，约这个老色鬼，约这个正人君子相会的啰？”

“不是的。”

“那怎么会这样？”

“我下楼到客厅里去拿本书；他在花园里，叫我过去。”

“你就去了？好极了。那么你是爱他的啰，是吗？”

“我爱他。”丽莎平静地轻声说。

“我的妈呀！她爱他！”马尔法·季莫费耶夫娜将包发帽一把扯了下来。“爱一个有妇之夫！啊？爱他！”

“他告诉我……”丽莎开始说。

“他告诉你什么，这只雄鹰告诉你什么来着？”

“他告诉我，他的妻子死了。”

马尔法·季莫费耶夫娜画了个十字。

“愿她早升天国，”她说，“一个骚货——别提这个啦。啊，原来这样，他又成了光棍。看不出，他倒是挺有能耐的。刚把一个老婆整死，又忙着找第二个了。还说他老实，本分呢！只是我要告诉你，我的侄孙女，在我们那个年月，我年轻那会儿，姑娘家做出这种事来，就有她受的。你别生我的气，我的小姑奶奶；只有傻瓜听到人家规劝他才会生气。今天我已经关照下人不许他进门。虽说我喜欢他，可这件事我永远不会原谅他。哼，好一个光棍！给我拿水来。至于说，你让潘申碰了一鼻子灰，说明你是好样的；可是你千万别跟那些个公山羊，那些个臭男人，深更半夜坐在一块儿；你别伤我这个老婆子的心！你要晓得，我并不是只会跟人亲亲热热，惹急了，我也会咬人的……哼，好一个光棍！”

马尔法·季莫费耶夫娜走了，可丽莎却坐在屋角落里哭泣。她心里很痛苦，她不该受这样的屈辱。爱情给她带来的不是欢乐，从昨晚起，她这是第二次流泪了。她心里刚刚萌发出新的、意想不到的感情，她就为这种感情付出了沉重的代价，别人的手多么粗暴地摧残她深藏于心底的珍贵的秘密！她感到羞愧，伤心，痛苦，但是她心里没有动摇，也没有害怕，不但如此，在她心里拉夫列茨基更加亲爱了。当初，她自己也不理解自己的时候，她是犹豫的；可是在那次邂逅后，在那次亲吻后，她已不再犹豫；她知道她是爱他的，而且爱得那么忠贞，那么认真，终身不渝——她不怕任何威胁；她感到再大的暴力也拆散不了她跟他的这层关系。

三十九

玛丽娅·德米特里耶夫娜听到仆人向她通报瓦尔瓦拉·帕夫洛夫娜·拉夫列茨卡娅求见，好不惊慌，她甚至不知道要不要接待她；她生怕得罪了费奥多尔·伊万内奇。最后好奇心占了上风。“那又有什么呢，”她想，“好歹她还是亲戚。”于是坐到安乐椅上，对仆人说：“有请!”不一会儿，门打开了；瓦尔瓦拉·帕夫洛夫娜脚步轻得几乎听不出来，快步走到玛丽娅·德米特里耶夫娜跟前，不等她从安乐椅上站起来，几乎就跪倒在她脚前。

“姑姑，感谢您，”她以一种深受感动的口吻，轻轻地用俄语说道，“感谢您，我没想到您会待我如此宽厚，您像天使一般善良。”

说过这几句话，瓦尔瓦拉·帕夫洛夫娜出其不意地抓住玛丽娅·德米特里耶夫娜的一只手，轻轻地握在戴着儒文牌的淡紫色手套的手里，谄媚地将它举到她丰腴的樱唇上。看到这样一个衣着典雅的美妇人几乎就跪在她的脚下，玛丽娅·德米特里耶夫娜茫然不知所措，她一会儿想把自己的手抽回，一会儿又想请她坐下，跟她讲几句亲热的话，结果，她却欠起身来，在瓦尔瓦拉·帕夫洛夫娜滑腻如羊脂的香喷喷的额上吻了一下。这一吻，把瓦尔瓦拉·帕夫洛夫娜吻得浑身发软了。

“您好，bonjour①，”玛丽娅·德米特里耶夫娜说，“当然，我没想到……不过，我当然很高兴见到您。您是理解的，我亲爱的，夫妻之间的事，不是我可以来判断是非的……”

“我的丈夫完全对，”瓦尔瓦拉·帕夫洛夫娜打断了她的话，“都是我的错。”

“您这样想，很值得称赞，”玛丽娅·德米特里耶夫娜说，“很值得。您来了很久了吗？见到他了？您坐呀，请坐。”

---

① 法语：您好！

“我昨天到的，”瓦尔瓦拉·帕夫洛夫娜谦卑地坐到椅子上，回答说。“我见到了费奥多尔·伊万内奇，跟他谈过了。”

“啊！那么，他对您怎么样?”

“本来我生怕突然回来，会惹他恼火，”瓦尔瓦拉·帕夫洛夫娜继续说下去，“可他并没有拒绝见我。”

“就是说，他并没有……是呀，是呀，我明白了，”玛丽娅·德米特里耶夫娜说，“他这人只是外表上有些粗鲁，其实心挺软的。”

“费奥多尔·伊万内奇没有宽恕我；我的话，他不要听……可他的心肠那么好，他指定我住到拉夫里基去。”

“啊！那是一处非常漂亮的庄园!”

“遵照他的旨意，我明天就去那里，但是我认为我理应先来拜见您。”

“我亲爱的，非常非常感谢您。一个人无论什么时候都不应该把亲戚忘掉。您知道吗，您俄语讲得这么好，真让我惊奇。C'est étonnant.①”

瓦尔瓦拉·帕夫洛夫娜叹了口气。

“我在国外待得太久了，玛丽娅·德米特里耶夫娜，这我是明白的，但是我的心永远是俄国人的心，我从没有忘记过自己的祖国。”

“是呀，是呀；这是再好不过的。但是费奥多尔·伊万内奇压根儿没想到您会……是的，请您相信我的经验之谈：La patrie avant tout.②嘛，请让我看看您这条漂亮的大披肩好吗?”

---

① 法语：这真令人惊奇。
② 法语：祖国高于一切。

“您喜欢这条披肩吗?”瓦尔瓦拉·帕夫洛夫娜马上从肩上取下披肩。“这是条很普通的披肩，madame Baudran① 的作品。”

“一眼就看出来了。是 madame Baudran...多么漂亮，多么高的品位呀！我相信，您一定带回来很多美妙的东西。要是我能一饱眼福就好了。”

“最亲爱的姑姑，我所有的服装都可任您支配。要是您允许的话，我可以挑几件来交给您的婢女。我从巴黎带了个女仆来，她是个非常好的女裁缝。”

“我亲爱的，您的心地太好了。不过，我可不好意思。”

“不好意思……”瓦尔瓦拉·帕夫洛夫娜用责怪的口吻重复她的话说，“如果您看得起我，您尽管吩咐，就当我是您的亲女儿!”

这席话听得玛丽娅·德米特里耶夫娜浑身酥软了。

“Vous êtes charmante, ②”她说，“您怎么不把帽子和手套摘了?”

“怎么? 您允许?”瓦尔瓦拉·帕夫洛夫娜问，装出深受感动的样子，轻轻地把两只手叠放在一起。

“那还用说。您不是要同我们一起用午餐吗。我希望，我……我要把您介绍给我的女儿。”玛丽娅·德米特里耶夫娜稍稍有点儿犹豫，转念一想：“哎哟，没什么大不了的!”便说道：“她今天不知怎的，有点儿不舒服。”

“噢，ma tante③，您太好了!”瓦尔瓦拉·帕夫洛夫娜叫了起来，

---

① 法语：波德兰夫人。她是当时巴黎最有名的时装设计师。
② 法语：您是迷人的。
③ 法语：我的姑姑。

随即拿起手绢来拭眼睛。

男仆进来禀告，格杰奥诺夫斯基来了。这个瞎话连篇的老头儿走了进来，脸上堆着微笑，一连鞠了几个躬。玛丽娅·德米特里耶夫娜把他介绍给她的客人。他起初局促不安，但是瓦尔瓦拉·帕夫洛夫娜用一种寓狐媚于恭敬的态度对待他，弄得他的耳朵都发烫了，于是谣言、谎话、恭维就像蜜糖似的从他嘴里源源不绝地流出来。瓦尔瓦拉·帕夫洛夫娜听着他讲，不时抿嘴一笑，她也稍稍打开了话匣子，谦逊地谈到巴黎，谈她去各地的旅行，谈到了巴登；两次逗笑了玛丽娅·德米特里耶夫娜；过后，每次她都轻轻地叹口气，像是在暗自责备不该这么高兴；她请求允许她把阿达也带来，得到了主人的允许；她脱下手套，举起光滑的、用à la guimauve[①]香皂洗过的手指，指点着哪里该打折，哪里加花边，哪里钉蝴蝶结；她答应带一瓶新出品的 Victoria's Essence[②]来，当玛丽娅·德米特里耶夫娜表示愿意接受这份礼物时，她高兴得像个小孩子似的；她回忆着她回国后第一次听到俄国教堂的钟声时如何百感交集，说着说着眼泪就挂下来了。"这钟声深深地震撼了我的心灵。"她低声说。

正在这一刻，丽莎走了进来。

早晨，从她读了拉夫列茨基的字条，惊骇得浑身发冷的那一刻起，她就准备和他的妻子会面，她预感到她会见到那个女人。她决意不回避她，作为对自己的，按她的说法，有罪的觊觎的惩罚。她的命运所发生的突如其来的剧变彻底摧毁了她。只两个小时工夫，她的脸就一下

---

① 法语：蜀葵。
② 法语：维多利亚香水。

子瘦了，然而她没有流一滴眼泪。“我这是自作自受!”她对自己说，她艰难而且激动地把从她心底翻涌而起，连她自己也为之惊骇的那一阵阵痛苦而又凶狠的冲动克制下去。“行了，该走了!”她刚一得悉拉夫列茨卡娅到来，便这么想，于是她走下楼去……她在下决心打开客厅门之前，在门外站了很久，心想：“我在她面前是有罪的。”她抱着这样的想法，跨过了门槛，强使自己望了望那个女人，强使自己微微笑了笑。瓦尔瓦拉·帕夫洛夫娜一看见她，就迎上前去，微微地，然而仍然是恭而敬之地朝她施了个礼。“请允许我自我介绍，”她用奉承的口气说道，“您的 maman 待我那么宽厚，因此我希望您待我也……好。”瓦尔瓦拉·帕夫洛夫娜说最后一个字时，她狡狯的微笑，她冷冰冰的同时又是温柔的目光，她手和肩膀的动作，她的衣服，乃至她整个人——在丽莎心里激起了那么强烈的憎恶，以致她一句话也回答不出，费了很大的劲才强使自己把手伸给她。“这个小姐嫌恶我，”瓦尔瓦拉·帕夫洛夫娜暗忖，便紧握着丽莎冰冷的手指，掉过头来对玛丽娅·德米特里耶夫娜轻声说道，“Mais elle est délicieuse![①]”丽莎的脸微微地红了：在这声赞美里，她听出了讥讽和侮辱；但是她决定不去相信自己的印象。管自坐到窗前的绣架前。可瓦尔瓦拉·帕夫洛夫娜连她绣花时也不让她安静，走到她跟前，一迭声地夸她审美力高，夸她手艺巧……丽莎的心猛烈地、痛苦地跳着，她如坐针毡，她硬克制着自己，才未离座而去。她觉得，瓦尔瓦拉·帕夫洛夫娜全都知道了，所以暗暗得意，拿她耻笑。幸而格杰奥诺夫斯基出来解围，他找瓦尔瓦拉·帕夫洛夫娜攀谈，把她的注意力吸引了过去。丽莎一面低着头绣花，一面偷

---

① 法语：她真标致!

偷地打量着她。“这个女人，”她暗忖，“就是**他**爱过的。”但她马上把涉及拉夫列茨基的念头从头脑中驱走，她生怕控制不住自己，她感到头有些晕。就在这时，玛丽娅·德米特里耶夫娜谈起了音乐。

“我亲爱的，听人说，”她说道，“您是个高超的音乐家。”

“我很久没弹琴了，”瓦尔瓦拉·帕夫洛夫娜说，马上就坐到钢琴前，手指敏捷地掠过琴键。“请问，您要我弹吗？”

“请吧。”

瓦尔瓦拉·帕夫洛夫娜非常内行地弹奏了赫尔茨[①]的一支出色的，然而难度很大的练习曲。她的弹奏生气蓬勃，技巧娴熟。

“真是如闻仙乐！”格杰奥诺夫斯基叫了起来。

“真是不同凡响！”玛丽娅·德米特里耶夫娜也有同感。“啊，瓦尔瓦拉·帕夫洛夫娜，”她第一次用她的名字称呼她，“我得承认，您真让我惊奇；您简直可以举办音乐会。我们这里有个音乐家，是个老头，德国人，脾气很怪，可是很有学问；他给丽莎上课；他听了您的演奏，准会高兴得发疯。”

“伊丽莎白·米哈伊洛夫娜也是音乐家吗？”瓦尔瓦拉·帕夫洛夫娜微微向丽莎转过脸去，问。

“是的，她弹得还可以，她爱好音乐，但是怎么能跟您比呢？不过我们这儿还有一个年轻人，您应该跟他认识认识。他是个——天生的音乐家，曲也作得很好。只有他一人能给予您充分的评价。”

“年轻人？”瓦尔瓦拉·帕夫洛夫娜问。“是个什么样的人？想必

---

① 赫尔茨（1806—1888），德国作曲家，钢琴演奏家，其钢琴曲在十九世纪颇为流行。

是一介寒士吧?”

“瞧您说的，他是我们这儿天字第一号的骑士，岂止在我们这里——età Pétetsbourg[①]。是位侍从官，进出最上流社会。您想必听说过他，他叫：潘申，弗拉基米尔·尼古拉伊奇。他因有公干来这儿……将来必能当上大臣，您看着好了!”

“而且还是一位艺术家?”

“是位天生的艺术家，待人和蔼可亲。他近来常来我这儿；我请他今晚来；我**深信**他会来，”玛丽娅·德米特里耶夫娜加补说，短短叹了一声，还若有所指地苦笑了一下。

丽莎懂得这苦笑的含义，可是她管不了这许多了。

“而且年轻?”瓦尔瓦拉·帕夫洛夫娜又问了一遍，指尖在琴键上从一个音调滑到另一个音调。

“才二十八岁，一表人才。Un jeune homme accompli. [②]您看到就知道了!”

“可以称得上青年的表率。”格杰奥诺夫斯基指出。

猛然间，瓦尔瓦拉·帕夫洛夫娜弹起施特劳斯的一首喧闹的华尔兹，一开始就是强烈而急骤的颤音，甚至把格杰奥诺夫斯基吓了一大跳；弹到一半，她又猛地转为忧伤的曲调，最后以《鲁西娅》[③]中的咏叹调《Fra poco》[④]收尾……她意识到处于她的境地弹奏欢快的音乐是不适宜的，便在《鲁西娅》的咏叹调中加重了感伤的音调，使玛丽娅·

① 法语：还在彼得堡。
② 法语：一个极好的年轻人。
③ 《鲁西娅》(全名为《拉墨摩的鲁西娅》)是意大利作曲家康尼采蒂(1797—1848)写于1835年的歌剧。
④ 意大利语：《不久以后》。

德米特里耶夫娜深为感动。

“多么伤感的心情。”她轻声对格杰奥诺夫斯基说。

“如闻仙乐！”格杰奥诺夫斯基又赞美道，随即举目望着天空。

午餐的时候到了。汤已经端上桌子了，马尔法·季莫费耶夫娜才下楼来。她对瓦尔瓦拉·帕夫洛夫娜非常冷淡，对这个女人讨好的言辞，只答以一言半语，而且连看都不看她一眼；瓦尔瓦拉·帕夫洛夫娜马上明白了这个老太婆是讨好不上的，便不再跟她讲话，然而玛丽娅·德米特里耶夫娜对自己的客人却格外亲热，姑姑这么无礼，使她很是生气。不过，马尔法·季莫费耶夫娜并非只是不看瓦尔瓦拉·帕夫洛夫娜一人，她连丽莎也不看，虽然她的眼睛仍同过去一样炯炯有光。她坐在那里像尊石像，一动也不动，面色蜡黄，苍白，嘴唇紧闭，而且什么也不吃。丽莎看上去倒很平静，她觉得心里平静多了，其实她是被一种异样的麻木，一种被判了刑的犯人的麻木主宰了。用餐时，瓦尔瓦拉·帕夫洛夫娜很少讲话，她仿佛又变得胆怯了，一脸谦卑、忧郁之色。只有格杰奥诺夫斯基一人在饭桌上天南地北地神聊海吹，虽然他不时胆怯地偷觑马尔法·季莫费耶夫娜一眼，干咳一两声——每逢他当着她的面要撒谎时，便嗓子发痒，干咳起来，——然而她并没有碍他的事，也没有打断他的话头。午餐后，发现瓦尔瓦拉·帕夫洛夫娜对朴烈费兰斯极为喜爱，这使玛丽娅·德米特里耶夫娜高兴得心花怒放，她心里想道：“费奥多尔·伊万内奇真是个大笨蛋，搁着这么好的一个女人，他却不识货！”

她坐下来同瓦尔瓦拉·帕夫洛夫娜和格杰奥诺夫斯基打牌。马尔法·季莫费耶夫娜说，丽莎脸色很难看，准是犯头痛病了，便带着丽莎上楼去她的房间。

“是啊，她头痛起来可吓人呢，”玛丽娅·德米特里耶夫娜一面对瓦尔瓦拉·帕夫洛夫娜说，一面做出翻白眼的样子，“我自己也老犯偏头痛……”

“瞧您形容的!”瓦尔瓦拉·帕夫洛夫娜说。

一走进姑婆的房间，丽莎便瘫坐到椅子上。马尔法·季莫费耶夫娜默默地久久望着，轻轻地跪在她面前——仍旧默不作声，开始轮流吻她的两只手。丽莎俯下身去，脸发红了，哭了起来，但是并没有扶起马尔法·季莫费耶夫娜，也没有缩回自己的手，她觉得她没有权利把手缩回来，没有权利阻止这位老妇人表示她的失悔和同情，没有权利阻止老妇人向她请求原宥昨天那件事，而马尔法·季莫费耶夫娜则吻不够这双可怜的、苍白的、无力的手——于是无言的泪水便从她的眼睛里和丽莎的眼睛里涌了出来。小猫“水手”在宽大的安乐椅上那团织袜子用的绒线旁咪咪地叫着，长明灯长圆形的火焰在圣像前微微地颤动，摇曳，在隔壁那间小屋的门后，纳斯塔西娅·卡尔波夫娜站在那里，也在用卷成一团的方格手绢偷偷地拭着泪水。

四十

而这时候，楼下的客厅里正在打朴烈费兰斯。玛丽娅·德米特里耶夫娜赢了，情绪极好。仆人进来通报潘申到。

玛丽娅·德米特里耶夫娜放下手里的纸牌，身体在椅子上移过来，挪过去。瓦尔瓦拉·帕夫洛夫娜半带讥嘲地瞟了她一眼，就转过脸去望着门。潘申出现了，身着黑色燕尾服，英国式的高领一直扣到领口。“遵命在我是痛苦的，可是您看，我还是来了。”——这就是他刚刚修过面的、没有笑容的脸上的表情。

“得了吧，沃尔德马尔，”玛丽娅·德米特里耶夫娜大声说道，“过去您一向不经通报就进来的！”

潘申朝玛丽亚·德米特里耶夫娜望了一眼作为回答，彬彬有礼地向她鞠了个躬，但是没有走上前去吻她的手。她把瓦尔瓦拉·帕夫洛夫娜介绍给他，他退后一步，同样彬彬有礼地朝她鞠躬致礼，只是格外优雅，尊敬，随后坐到牌桌旁边。朴烈费兰斯很快就结束了。潘申问起伊丽莎白·米哈伊洛夫娜，得知她不大舒服，便表示他深为遗憾，后来，他同瓦尔瓦拉·帕夫洛夫娜攀谈起来，像个外交家那样，说的每个字都经过细心的推敲，斟酌，对她的回答都恭而敬之地听完。然而他那副外交家的庄重在瓦尔瓦拉·帕夫洛夫娜身上并不起作用，并不能感染她。相反，她却愉快地端详着他的脸，随随便便地同他攀谈，她的纤巧的鼻翼微微颤动，好像忍不住要莞尔一笑。玛丽娅·德米特里耶夫娜开始称赞起她的才华来；潘申恭敬地、在他的高衣领所容许的限度内低下头来说：“对此早就深信不疑。”说罢，他差点儿要把话锋转到梅特涅[①]身上。可瓦尔瓦拉·帕夫洛夫娜没等他开口，便眯起她那天鹅绒般的双眸，悄声说道：“您不也是演员吗？un confrère[②]。”又把声音压得更低地说：“Venez![③]”指头朝钢琴那边指了指。这声随随便便说出的“Venez!”，好似一张勾魂票，于一瞬之间便使潘申面貌大变，原先那种谨小慎微的态度一扫而光；他笑了，活跃了，解开了燕尾服的扣

---

① 梅特涅(1773—1859)，奥地利首相，外交家，曾是左右欧洲政局的风云人物。

② 法语：同行。

③ 法语：来吧！

子，一再地说：“唉，我算什么演员！倒是您，我听说，才是真正的演员。”他跟在瓦尔瓦拉·帕夫洛夫娜身后向钢琴走去。

“让他唱那首浪漫曲——《冷月挂中天》，”玛丽娅·德米特里耶夫娜叫道。

“唱吗?”瓦尔瓦拉·帕夫洛夫娜说着，用她那双明眸睃了他一眼。“请坐。”

潘申再三推辞。

“请坐下。”她又说了一遍，不容分说地敲了敲椅背。

他坐了下来，清了清嗓子，解开衣领，唱了他谱写的那首浪漫曲。

“Charmant，①”瓦尔瓦拉·帕夫洛夫娜说，“您唱得美极了，vous avez du style②，请再来一遍吧。”

她绕过钢琴，站到潘申的正对面。他又唱了一遍浪漫曲，唱腔中加入了情节剧式的颤音。瓦尔瓦拉·帕夫洛夫娜把臂肘支在钢琴上，用她那双白嫩的纤手托住两腮，与朱唇高度相平，双眸直视着潘申。

“Charmant，charmante idée，③”她以行家的口吻，平静而又自信地说，“请问，您有没有写过什么是给女声，给 mezzo-soprano④ 唱的吗?”

“我几乎什么也不写，”潘申答称，“这首曲子是公余之暇，偶一为之的……您也唱歌吗?”

“唱。”

---

① 法语：美极了。
② 法语：有自己的风格。
③ 法语：美极了，意思也美。
④ 法语：女次高音。

“哦！你们俩给我们唱点什么吧！”玛丽娅·德米特里耶夫娜说。

瓦尔瓦拉·帕夫洛夫娜把披到桃腮上的头发往上一掠，甩了甩头。

“我们的嗓音应该是配得拢的，”她对潘申说，“我们来唱二重唱。您会唱《Son geloso》[①]，或者《La ci darem》[②]，或者《Mira la biance luna?》[③]吗?”

“我当年曾唱过《Mira la bianca luna》，”潘申回答说，“不过是很久以前的事了，我都忘了。”

“没关系，我们先小声练练。我来弹。”

瓦尔瓦拉·帕夫洛夫娜坐到钢琴前。潘申站到她身旁。他俩先小声练了遍二重唱，其间瓦尔瓦拉·帕夫洛夫娜多次纠正他，后来两人放声唱了起来，此后又再唱了两遍《Mira la bianca lu... u... una》。瓦尔瓦拉·帕夫洛夫娜的歌喉已不那么清新圆润，但她却运用得非常巧妙，潘申最初有几分胆怯，而且稍稍有些走调，后来，激情来了，虽说他唱得并非无懈可击，可是他不时扭动他的肩膀，摇晃他的身子，还时不时把手高高举起，俨然像个歌唱家。瓦尔瓦拉·帕夫洛夫娜还弹了塔尔贝格[④]的小品，又风情万种地“弹唱了”一支法国小咏叹调。玛丽娅·德米特里耶夫娜高兴得无可名状，几次想差人去把丽莎叫来。格杰奥诺夫斯基找不到喝彩的词句，只是一个劲地摇头晃脑，——不料突然间打了一个哈欠，差点来不及用手捂住嘴。这个哈欠没有逃过瓦

① 意大利浪漫曲曲名，可译作《皓月当空》。
② 意大利浪漫曲曲名，可译作《醋海风波》。
③ 意大利浪漫曲曲名，可译作《虚情假意》。
④ 塔尔贝格(1821—1871)，奥地利钢琴家，作曲家。

尔瓦拉·帕夫洛夫娜的眼睛；她马上转过身来，背靠着钢琴说：“Assez de musique comme ça，[①]我们还是来聊聊吧。”她把两臂交叉在胸前。“Oui，asse z de musique，[②]”潘申欣然同意，便跟她聊了起来，是用生动流畅的法语交谈的。“简直跟最上等的巴黎沙龙一模一样。”玛丽娅·德米特里耶夫娜听着他俩闪烁其词的轻松的交谈，不由得在心里感慨道。潘申满心喜欢，眼睛放光，笑容可掬；起初，他间或同玛丽娅·德米特里耶夫娜的目光相遇时，还要用手撸撸脸，皱皱眉头，叹几声气，可后来，他完全把她置之脑后了，整个身心都沉醉在半社交、半艺术的交谈之中。瓦尔瓦拉·帕夫洛夫娜显示出她对哲学有很深的造诣，任何问题都难不倒她，她都能对答如流。显而易见，她是经常同许多饱学之士交谈的。她所有的思想感情无不以巴黎为中心。潘申把话题引到文学上，不料她跟他一样，只看法语小说：乔治·桑令她愤慨；巴尔扎克是她钦佩的，虽然使她厌倦；她认为苏[③]和斯克里布[④]是伟大的心理学家；她崇拜大小仲马和费瓦尔[⑤]，其实她心坎里却认为保尔·德·科克[⑥]比所有的人都伟大，但是，在别人面前，她当然连他的名字都不会提起。其实，她对文学并无多大兴趣，凡是会叫人联想起她处境的一切，哪怕是拐弯抹角的，瓦尔瓦拉·帕夫洛夫娜都非常巧妙地加以回避；至于爱情，她是绝口不提的，不唯如此，她言谈中还以绝望的、无奈的口吻对沉迷情欲予以抨击；潘申不以为然，

---

① 法语：音乐该适可而止了吧。
② 法语：是的，音乐该适可而止了。
③ 即欧仁·苏(1804—1857)，法国作家。
④ 斯克里布(1791—1861)，法国剧作家。
⑤ 费瓦尔(1817—1887)，法国通俗小说作家。
⑥ 保尔·德·科克(1794—1871)，法国二流通俗小说作家，作品多描写巴黎小市民。

反驳了她；她又倒过来反驳潘申……然而说来也怪！——她嘴里明明吐出的是批评，而且往往是严厉的批评，可是语调却那么柔美，那么含情脉脉，她的眼睛也在说话……至于这双勾魂摄魄的眼睛究竟说的是什么——就难以断定了，不过，说的不是严厉的话，也不是清楚明确的话，而是甜蜜的情话。潘申极力想揣摩出这种话的隐秘的含义，极力想也用眼睛来说话，然而他觉得这是他力所不及的；他意识到瓦尔瓦拉·帕夫洛夫娜这头外国的真正的牝狮，比他高明得多，所以他无法对自己驾驭自如。瓦尔瓦拉·帕夫洛夫娜有个习惯，和人交谈时往往会轻轻碰一碰对方的袖子；这种瞬间的接触使弗拉基米尔·尼古拉伊奇神摇意夺。瓦尔瓦拉·帕夫洛夫娜有个本领，她能轻而易举地使任何人把她引为知交；两个小时还不到，潘申就觉得他和她相交已有许多许多年了。至于那个丽莎，他毕竟爱过的，昨天还向她求过婚的丽莎，却好像消失在迷雾中了。茶端了上来，谈话更加无拘无束了。玛丽娅·德米特里耶夫娜唤来小厮，吩咐他去对丽莎说，如果她头痛见轻的话，就请她下楼来。潘申一听到丽莎的名字，就大谈其自我牺牲，还谈到谁更能作出牺牲——是男人还是女人。玛丽娅·德米特里耶夫娜马上来劲了，她断言女人更能自我牺牲，并且宣称，她只需三言两语就可证实这一点，结果却前言不搭后语，最后还作了一个不伦不类的比方。瓦尔瓦拉·帕夫洛夫娜拿过一本乐谱半遮着脸，嘴里吃着一块牛奶饼干，唇边和眼角挂着一抹镇定自若的微笑，将身子倾向潘申，悄声说："Elle n'a pas inventé la poudre, la bonne dame.①"潘申一怔，对瓦尔瓦拉·帕夫洛夫娜这么大胆感到惊奇，却不懂得这句突如其来的评

① 法语：这位可亲的夫人，她没有发明火药的才能。

语中还包含着多少对他本人的轻蔑；于是，他竟把玛丽娅·德米特里耶夫娜平日待他的种种好处，请他吃饭，还借钱给他，一股脑儿都忘到九霄云外去了。于是他（一个可怜不足惜的人）带着同样的笑容，用同样的口气说："Je crois bien.[①]"——而且回答之快，甚至把"Je crois bien"这几个字说成了"J'crois ben"。

瓦尔瓦拉·帕夫洛夫娜亲切地睃了他一眼，站起身来。丽莎走了进来。马尔法·季莫费耶夫娜没能留住她，因为她决心把考验忍受到底。瓦尔瓦拉·帕夫洛夫娜和潘申一同迎了上去。潘申的脸上又恢复了原来那种外交家的表情。

"您身体好吗?"他问。

"我现在好些了，谢谢。"她回答。

"我们刚才唱了一会儿歌；可惜您没有听见瓦尔瓦拉·帕夫洛夫娜唱。她唱得好极了，en artiste consommée."[②]

"到这儿来，ma chère[③]."响起了玛丽娅·德米特里耶夫娜的声音。

瓦尔瓦拉·帕夫洛夫娜立刻像个听话的孩子，乖乖地走到她跟前，在她脚边的一张小凳子上坐了下来。玛丽娅·德米特里耶夫娜喊她过去，一则是让她女儿可以单独和潘申在一起，哪怕片刻也好；她私心还在巴望女儿能回心转意，再则她脑子里有了个主意，不吐不快。

"您知道吗，"她轻声对瓦尔瓦拉·帕夫洛夫娜说，"我想试试看，由我出面叫你们夫妻和解，我不敢打包票，可是我打算试试。您知

---

① 法语：是的，我想是这样。
② 法语：像一位技巧圆熟的女演员。
③ 法语：我亲爱的。

道吗，他可尊重我哩。”

瓦尔瓦拉·帕夫洛夫娜慢慢地抬起眼睛望着玛丽娅·德米特里耶夫娜，姿势优美地将双手叠在一起。

“那您就是我的救星了，ma tante，”她用忧心忡忡的声调说，“我不知道该怎么来报答您的深情厚谊；可是我实在太对不起费奥多尔·伊万内奇了，他不会原谅我的。”

“难道您……果真……”玛丽娅·德米特里耶夫娜满怀好奇地正开口想问下去……

“请不要问我，”瓦尔瓦拉·帕夫洛夫娜打断了她，低下了头，“我那时年轻，做事轻率……不过，我并不想为自己开脱。”

“好吧，不管怎样，不妨试试，您说呢？不要往绝路上想。”玛丽娅·德米特里耶夫娜说，本想去拍拍她的腮帮子，可是瞅了瞅她的脸，就不敢拍了。“她虽说谦恭温雅，”她想，“可的确是头牝狮。”

“您还痛吗?”其时潘申这么问丽莎。

“是的，我不舒服。”

“我理解您，”他沉默了很久之后，说道，“是的，我理解您。”

“您说什么?”

“我理解您。”潘申说，似乎这话意味深长，其实他不知道说什么好。

丽莎感到很窘，继而一想：“随他去!”潘申摆出一副神秘莫测的架势，一声不则，神情严峻地望着一旁。

“好像已经敲过十一点了吧。”玛丽娅·德米特里耶夫娜说。

客人们懂得这个暗示，纷纷起身告辞。瓦尔瓦拉·帕夫洛夫娜答应明天来吃午饭，把阿达也带来。格杰奥诺夫斯基坐在角落里，差点睡着了，这时他自告奋勇，表示愿送她回家。潘申态度庄重地向大家鞠躬告别，在门廊边，他扶着瓦尔瓦拉·帕夫洛夫娜坐上马车，和她握了握手，跟在车后喊道："Au revoir![①]"格杰奥诺夫斯基在她身旁坐了下来；一路上，她存心逗他，装得像无意地把自己的鞋尖搁到他脚上；他的心怦怦乱跳，一味地对她讲恭维话；她吃吃地笑着，每当路灯射进马车时，她便向他送去一个媚眼；她刚才弹过的那支华尔兹在她的脑袋里轰鸣，使她激动不已；无论身在何处，她只要一想到灯烛辉煌的舞厅，伴着音乐翩翩起舞，她的心立即会燃烧起来，眼睛会异样地发饧，唇边会荡漾着微笑，一种优雅而又狂热的激情便会传遍她全身。到家时，瓦尔瓦拉·帕夫洛夫娜轻捷地跳下马车——只有牝狮才会这样一跃而下——转过身来，对着格杰奥诺夫斯基发出一串银铃般的笑声。

"好一个迷人精，"这位五等文官在回家的路上想道，家里一名仆人正拿着一瓶肥皂樟脑擦剂[②]在等候他，"幸亏我是个坐怀不乱的人……可她笑什么呢?"

马尔法·季莫费耶夫娜整整一夜都守在丽莎的床头。

四十一

拉夫列茨基在瓦西里耶夫村待了一天半，他几乎一直在村子四周转来转去。他无法在一个地方待久，忧伤啃啮着他；一种无休无止的、

---

① 法语：再见!
② 旧时用于治风湿病的一种油膏。

急剧而无力的冲动使他痛苦不堪。他记起回返乡间后的次日控制他心灵的那种感情；记起他当时的打算，不由得对自己产生强烈的愤恨。是什么迫使他抛开他视为自己的天职、自己未来的任务的东西的？是渴求幸福——又一次渴求幸福！“看来，还是米哈列维奇说得对。”他这么寻思。“你这是想再一次尝到人生的幸福，”他自言自语道，“你忘了，幸福光顾一个人，哪怕仅仅一次，也已经是一种奢侈了，已经是领受不起的恩泽了。你会说，那次的幸福是不完美的，是虚假的；可你又有什么权利要获得完美的、真正的幸福呢！看看你的四周吧，有谁过得幸福，有谁在享受生活的乐趣？瞧，有个庄稼汉正驾着车下地去收割，他对自己的命运倒是满意的……怎么样，你愿不愿意跟他对换一下？想想你的母亲吧：她的要求是多么少，多么低，而她的命运又怎么样呢？你对潘申说，你回到俄国是来种地的，那不过是在他面前夸口罢了。你不看看自己都这么一把年纪了，还去追求人家小姑娘，这就是你回来的目的。一有消息说你自由了，你立即抛下一切，把什么都丢置脑后，像男孩子扑蝴蝶似的扑过去……”丽莎的形象不断地在他的思绪中出现，他努力将这个形象驱走，同时也把那个死缠住他不放的形象，那张沉着而又狡狯、美丽而又可憎的脸庞逐出他的思绪。老头儿安东看出少爷心境不好，在门外叹了几口气，进门又叹了几口气，终于下决心走到少爷跟前，劝他喝些什么热的。拉夫列茨基朝着他吼叫，喝令他出去，可后来又向他道歉，这反而使安东更加难过。拉夫列茨基不敢坐在客厅里，因为他觉得他的曾祖父安德烈从画布上蔑视地睥睨着他的这个不肖子孙。“哼，你呀！是个窝囊废！”他觉得他曾祖父歪向一边的嘴在这么说。“难道说，”他想，“我就不能自拔了，为了这么一点……区区小事就垮了不成？（在战场上，重伤员总是把自己挂彩说成是‘区区小事’。一个人到了连自己都欺骗不了的地步，他在世上也就活不下去了。)难道我真是个没用的孩子？终生的幸福都已经在眼前了，几乎就要抓到手了，却让它突然消失了，就跟轮盘赌一样，只消轮盘再转过去一丁点儿，一个穷光蛋也许就会变成富翁了。泡汤就泡汤吧，反正结束了。我就咬紧牙关，去干正事，强迫自己沉默；好在我也不是第一次这样鞭策自己了。再说，我为什么要逃避，干吗要坐在这里，像鸵鸟似的把头埋在灌木丛里？不敢正视不幸——是懦夫的行为！”“安东！”他大声喊道，“马上备车。”“是呀，”他又想道，“应当强令自己沉默，应当对自己严加管束……”

拉夫列茨基就这样苦苦思索，竭力想借此摆脱心头的痛苦，然而他的痛苦太深，太强烈了，就连那个不但老得糊涂，而且老得什么感情都没有了的阿普拉克谢娅，看着他坐上马车进城去，也连连摇头，伤心地目送着他。马放开四蹄奔驰着，他挺直身子，一动不动地坐着，一动不动地望着前方。

四十二

丽莎昨晚写条子给拉夫列茨基，让他今晚到她家去；可他先回到自己的寓所。他到家没碰见妻子和女儿；从下人那儿，他得知她带着女儿到卡利京家去了。这使他又是惊讶，又是愤怒。“明摆着的事，瓦尔瓦拉·帕夫洛夫娜存心不让我活了。”他怒火中烧地想。他开始在屋里走来走去，不停地把凡是挡住他路的东西，什么儿童玩具啦，书本啦，各种各样妇女用品啦，不是踢到一边，就是扔到一旁；他唤来茹斯京，吩咐她把所有这些“垃圾”统统拿走。“Oui，monsieur.[①]”她扮了个鬼脸说，随即姿势优美地弯下身子，开始收拾房间，她的每一个动作都让拉夫列茨基感到，在她眼里他是一头粗野的狗熊。他憎恶地望着她那已经色衰，然而还不失“妖娆”的，带有嘲弄的表情的巴黎人的脸，望着她的白袖罩、绸围裙和轻巧的包发帽。他终于把她打发走后，犹豫了很久（瓦尔瓦拉·帕夫洛夫娜迟迟没有回来），最后还是决心去卡利京家，——不是去玛丽娅·德米特里耶夫娜那边（他决不会踏进她的客厅，踏进他妻子所在的客厅），而是去马尔法·季莫费耶夫娜那里；他记得有一条供女仆上下的楼梯直通她的房间。拉夫列茨基就这样做了。事有凑巧，他在院子里恰好碰到舒罗奇卡；她把他领到马尔法·季莫费耶夫娜屋里。他看到她一反常态，独自一人待在屋角，没有戴帽子，弓着背，两手交叉在胸前。老妇人一看见拉夫列茨基，顿时手忙脚乱。她慌忙站起来，在屋里来回乱转，像是在找她的包发帽。

“啊，是你，你来啦，”她说，避开他的目光，显得不知所措，“唔，你好。唉，这下怎么办？怎么办呢？你昨天上哪儿去了？嗯，她回来了，嗯，是呀。嗳，好歹得……想个办法吧。”

拉夫列茨基坐到椅子上。

“对，坐下，坐下，”老妇人继续说。“你是直接上楼的吗？嗯，是的，当然是的。怎么样？你是来看我的吗？谢谢。”

老妇人沉默了。拉夫列茨基不知道跟她说什么好。可她明白他的来意。

“丽莎……是呀，丽莎刚才在这儿，”马尔法·季莫费耶夫娜接着

① 法语：是，先生。

说下去，把手提包上的带子结了又解，解了又结，“她身体不怎么好。舒罗奇卡，你在哪儿？到这儿来，我的小姑奶奶，你怎么坐不住？我也头痛。准是叫**这些个**唱歌啦、音乐啦给吵的。”

“姑姑，什么唱歌？”

“怎么不是给吵的；他们在这儿唱那个，叫什么来着，对，二重唱。全是意大利话：**叽叽喳喳**，活像两只喜鹊。音调拖得那么长，叫人听了揪心。这个潘申，还有你的那一位。一下子就打得火热了，已经像至亲一样，一点儿礼节都不讲了。不过，俗话说得好，哪怕是条狗，也要找个窝呀；人家不把它撵走，就不至于没有活路。”

“说实话，我没料到会有这一着，”拉夫列茨基说，“这可要有很大的胆子呀。”

“不，我的心肝，这不是胆子，是会算计。唉，上帝保佑她吧！听说，你让她住到拉夫里基去，是真的吗？”

“是真的，我把那个庄园给了瓦尔瓦拉·帕夫洛夫娜。”

“她要钱了吗？”

“目前还没有。”

“嘿，不消多久就会开口的。我这会儿仔细瞅了瞅你。你身体好吗？”

“好。”

“舒罗奇卡，”马尔法·季莫费耶夫娜突然喊道，“去告诉伊丽莎白·米哈伊洛夫娜——不，我是让你去问她一声……她不是在楼下吗？”

“是在楼下，您哪。”

“嗯，行呀；你去问她一下：我那本书，她搁到哪儿去啦？她知道的。”

“是，您哪。”

老妇人又手忙脚乱了，把五斗橱的抽屉一个个打开。拉夫列茨基一动不动地坐在椅子上。

忽然，楼梯上传来轻微的脚步声——丽莎走了进来。

拉夫列茨基站了起来，向她鞠了个躬；丽莎在房门口站住了。

“丽莎，丽佐奇卡[①]，”马尔法·季莫费耶夫娜慌忙说，“你把我的书，我那本书搁到哪儿去了？”

“姑婆，哪本书？”

“天哪，就是那本书！可是我并没有叫你上来……唔，上来就上来吧，反正一样。你们在楼下干什么？瞧，费奥多尔·伊万内奇来了。你头还痛吗？”

“没什么。”

“你老是说没什么，没什么。你们在楼下干什么，又是音乐？”

“不——他们在打牌。”

“是呀，她什么都在行。舒罗奇卡，我瞧你是想到花园里去玩。去吧。”

“不，我不想去玩，马尔法·季莫费耶夫娜……”

“别顶嘴，去吧。纳斯塔西娅·卡尔波夫娜一个人到花园去了，你去陪陪她。要尊敬老人。”舒罗奇卡走了。“我的帽子到哪儿去啦？真的，塞在哪儿啦？”

“让我来找吧。”丽莎说。

---

① 丽莎这个名字的爱称。

“你坐着，坐着；我的腿还动得了。大概搁在我的卧室里了。”

马尔法·季莫费耶夫娜皱紧眉头看了拉夫列茨基一眼，便走了出去。她本来让房门开着的，可突然又走回门口，把门关上。

丽莎靠在圈椅的椅背上，默默地用手捂住了脸；拉夫列茨基还站在原来的地方。

“没料到我们会在这样的情况下见面。”他终于说。

丽莎把捂在脸上的手放下。

“是呀，”她声音喑哑地说，“对我们的惩罚来得这么快。”

“惩罚，”拉夫列茨基说，“凭什么您要受到惩罚?”

丽莎抬起眼睛望着他。眼睛里既无痛苦，也无惊慌；只是这双眼睛似乎变小了，变得黯淡了。她的脸是苍白的，微启的双唇没有一丝血色。

拉夫列茨基的心颤栗了，由于怜惜，由于爱。

“您在给我的信里说：一切都结束了，”他悄声说，“是呀，一切都结束了——在还没有开始之前。”

“这一切都该忘掉，”丽莎说，“您来了，我很高兴；我本想给您写封信，您来了更好。不过要尽快利用这几分钟的时间。现在，我们两人都得履行自己的义务。您，费奥多尔·伊万内奇，应该跟您的妻子和解。”

“丽莎!”

“我请求您这样做；只有这样做才能赎清……过去的一切。您好好考虑一下——不要拒绝我。”

“丽莎，看在上帝份上，您这是强人所难，您无论命令我做什么，我都愿意去做；可是**现在**要我跟她和解……我什么都可以答应，我把一切都忘掉了；可是我不能迫使我的心……别这样，这太残酷了！”

“我并没有要求您去做……如您所说的那样；如果您办不到，可以不必跟她同居，但是要跟她和解，”丽莎说道，又把手捂住了眼睛。“想想您的小女儿；请为我这样做吧。”

“好，”拉夫列茨基咬咬牙说，“假定说，我照这样做，算是履行我的义务。那么您呢——您的义务是什么？”

“这我自己知道。”

拉夫列茨基猛地打了个寒战。

“总不至于是嫁给潘申吧？”他问。

丽莎几乎看不出地微笑了一下。

“啊，不会！”她说。

“啊，丽莎，丽莎！”拉夫列茨基叫道，“我们本来可以多么幸福呀！”

丽莎又看了他一眼。

“费奥多尔·伊万内奇，现在您自己看到了，幸福不取决于我们，幸福取决于上帝。”

“是呀，所以您……”

通隔壁房间的那扇门猛地打开了，马尔法·季莫费耶夫娜手里拿着包发帽，走了进来。

“总算找到了，”她说道，站在拉夫列茨基和丽莎中间，“是我自己放的。唉，这就叫人老了，真是要命！不过话说回来，年纪轻也不见得好多少。怎么，你亲自陪妻子去拉夫里基吗？”她转过身来，面朝费奥多尔·伊万内奇问道。

“陪她去拉夫里基？我陪？我不知道。”他沉吟了一会儿，说。

“你不到楼下去吗?”

“今天——不去。”

“噢，好吧，随你的便；至于你，丽莎，我想，你还是得下楼去。哎哟，我的天，我忘了给灰雀喂食了。你再待一会儿，我这就……”

说罢，马尔法·季莫费耶夫娜又跑了出去，连包发帽都没戴。

拉夫列茨基快步走到丽莎跟前。

“丽莎，”他用央求的声音说，“我们就此永别了，我的心碎了，在这生离死别的时刻，请把您的手给我吧。”

丽莎抬起头来。她的疲惫的、光芒几乎已熄灭了的眼睛谛视着他……

“不，”她说，把已经伸出去的手又缩了回去，“不，拉夫列茨基(她第一次这么称呼他[①])，我不能把手给您。何苦呢？您走吧，我请求您。您知道，我是爱您的……是的，我爱您，”她费力地说，“啊，不……不。”

她用手绢捂住了嘴。

“至少把这方手绢给我。”

房门吱呀一声打开了……手绢滑到丽莎的膝上。拉夫列茨基不等手绢掉到地上，一把接住它，迅速地塞进他的侧袋，他掉过头去，正好和马尔法·季莫费耶夫娜的目光相遇。

“丽佐奇卡，我听见好像你妈在叫你。”老妇人说。

丽莎马上站了起来，走了。

马尔法·季莫费耶夫娜又坐回到角落里。拉夫列茨基准备向她

① 俄俗，直呼其姓是疏远的表示。

告辞。

“费佳。”她突然说。

“姑姑，什么事?”

“你是个言而有信的人吗?”

“怎么?”

“我问你，你是个言而有信的人吗?”

“我相信：是。”

“嗯，那么你就言而有信地向我保证，你是个言而有信的人。”

“好吧。不过这是为了什么?”

“我自然知道为了什么。你呀，我的亲人，你要是好好想想，你又不笨，你就会明白我为什么这么问你。现在，亲爱的，再见吧。谢谢你来看我。你要记住你说过的话。费佳，过来吻我一下。唉，我的心肝，我知道你心里难受，可大家也不轻松。我过去常常羡慕苍蝇：瞧，我想，苍蝇在世界上活得多自在，可有一回夜里，我听到了一只苍蝇在蜘蛛的爪子下哀鸣，——我寻思，不，连苍蝇也会遇到灾难的。有什么办法呢，费佳；你得记住你讲过的话。你走吧。”

拉夫列茨基从后门出去，眼看就要走到门口了……一个仆人追上了他。

“玛丽娅·德米特里耶夫娜请您上她那儿去。”他向拉夫列茨基禀告道。

“你转告她，小兄弟，我现在不能去……”费奥多尔·伊万内奇刚开始说。

“她老人家特地吩咐我来请您，”仆人接着说，“她老人家吩咐我禀告您，就她老人家一个人。”

“客人都走了?”拉夫列茨基问。

“是的，您哪。”仆人说，咧开嘴笑了。

拉夫列茨基耸了耸肩膀，跟着他走了。

四十三

玛丽娅·德米特里耶夫娜独自一人坐在她书房里一张伏尔泰椅[1]上嗅花露水；身旁的小桌子上放着一杯香橙花水。她显得很兴奋，似乎还有点儿胆怯。

拉夫列茨基走了进来。

“您要见我。”他说，冷冷地鞠了个躬。

“是的。”玛丽娅·德米特里耶夫娜回答说，喝了一口水。“我听说您直接去了姑姑那里；我叫下人请您过来；我有事得跟您谈谈。请坐，”玛丽娅·德米特里耶夫娜透了口气，“您知道吗，”她接着说，“您妻子来过。”

“我知道，”拉夫列茨基说。

“唔，是呀，费奥多尔·伊万内奇，我想跟您说，她来拜访过我，我也接待了她。我，感谢上帝，可以说，受到大家的尊敬，我这人从没做过有失体统的事。费奥多尔·伊万内奇，虽然我料到这件事会让您不高兴，可我总不能不让她进门；她是我的亲戚——是您面上的人，您设身处地替我想想，我有什么权利将她拒之门外，——您说呢?”

“玛丽娅·德米特里耶夫娜，您毋需担心，”拉夫列茨基说，“您

---

① 一种高背深座的安乐椅。

做得完全对，我一点儿没有生气。我根本不想剥夺瓦尔瓦拉·帕夫洛夫娜去拜访她的熟人的权利。今天我没来见您，是我不想遇见她，——没有别的意思。”

“啊，费奥多尔·伊万内奇，听您这么说，我真是高兴，”玛丽娅·德米特里耶夫娜叫了起来，“不过，这也是我意料中事，因为您的感情一向是高尚的。至于我感到不安——这并不奇怪，因为我是个女人，又是个做母亲的。而您的太太……当然，您跟她之间的事，我判断不了——我对她也是这么说的，不过，她是一个多么水灵的人儿，跟她在一起，让人喜欢都来不及。”

拉夫列茨基冷笑了一下，摆弄着他的帽子。

“费奥多尔·伊万内奇，我还要跟您说，”玛丽娅·德米特里耶夫娜接着往下说，把身子稍稍向他移近些，“要是您看到就好了，她待人接物是多么谦逊，多么恭敬！真的，看着叫人感动。可惜您没听到她是怎样说到您的！她说，她实在太对不起您；她说，她当初不懂得珍惜您；她还说，您是天使，不是凡人。真的，她就是这么说的：您是天使。她悔恨交加……我，真的，还没见过有谁这么真心诚意地悔恨的！”

“那么，玛丽娅·德米特里耶夫娜，”拉夫列茨基说，“恕我好奇，请问一下：据说，瓦尔瓦拉·帕夫洛夫娜在府上唱歌；她是悔恨得唱起歌来，还是怎么的？……”

“唉，您怎么好意思说出这种话来！她唱歌、弹琴是因为我再三求她，几乎用了命令的口气，她为了让我高兴才这么做的。我看她心情沉重，非常沉重，我想，得让她分分心，——况且，我听人说，她在这方面有非凡的才能！得啦，费奥多尔·伊万内奇，她痛苦极了，不信您可以问谢尔盖·彼得罗维奇；一个悲痛欲绝的女人，tout-à-fait[①]，亏您还说这种话?”

拉夫列茨基只是耸了耸肩膀。

“再说，你们那个阿多奇卡真是个小天使，多么可爱呀！——多漂亮，多聪明；法语讲得多好，俄语也懂——管我叫好姑姑。说到怕生，像她这样年纪的孩子差不多都怕生，可她一点也不。费奥多尔·伊万内奇，她长得真像您，像极了。眼睛，眉毛……跟您一模一样。坦白地说，像她这么大的小不点儿，我是不太喜欢的，可是您那个女儿呀，真叫我心疼死啦。”

“玛丽娅·德米特里耶夫娜，”拉夫列茨基突然问道，“请允许我问一下，您跟我说这么一大堆话是为了什么?”

“为了什么?”玛丽娅·德米特里耶夫娜又嗅了嗅花露水，喝了口水。“我说这些话是为了，费奥多尔·伊万内奇，我说这些话是……我是您的亲戚，因此我十分关心您……我知道，您的心地是再好不过的。您听我说，mon cousin，我好歹是个有经验的女人，知道什么该说，什么不该说：原谅您的妻子吧，原谅她吧。”玛丽娅·德米特里耶夫娜的眼睛突然噙满泪水。“宽恕她吧，年轻，没有经验……嗯，不定学了坏的榜样，又没有母亲好指引她走正道。原谅她吧，费奥多尔·伊万内奇，她受的惩罚够厉害的了。”

眼泪沿着玛丽娅·德米特里耶夫娜的腮帮子流下来；她爱哭。拉夫列茨基如坐针毡。“老天爷呀，”他想，“我这是受的什么罪，今天是我的什么倒霉日子!”

① 法语：完完全全。

“您不说话，”玛丽娅·德米特里耶夫娜又开口说，“那我该怎么理解您呢？难道您的心就这么狠？不，我不相信。我感觉到我的话已经打动了您。费奥多尔·伊万内奇，善有善报，现在，从我手里把您的妻子领回去吧……”

拉夫列茨基不禁从椅子上蹦了起来，玛丽娅·德米特里耶夫娜也站了起来；快步走到屏风后面，把瓦尔瓦拉·帕夫洛夫娜领了出来。她面如土色，半死不活，两眼望着地，做出一副样子来，让人觉得她已失去自己的思想，失去任何意志，把自己整个儿交到了玛丽娅·德米特里耶夫娜手中。

拉夫列茨基往后退了一步。

“您在这儿!”他叫了起来。

“不要责怪她，”玛丽娅·德米特里耶夫娜马上说，“她说什么也不肯留下来，是我硬叫她留下来的，是我叫她躲在屏风后面的。她一再对我说，这益发会让您生气；她的话我听都不要听；我比她更了解您，从我手里把您的妻子领回去吧；来呀，瓦里娅[1]，别害怕，跪到您丈夫面前(她拉着他妻子的手)——我来给你们祝福……”

“慢着，玛丽娅·德米特里耶夫娜，”拉夫列茨基打断了她，声音嘎哑，然而令人惊骇，“您好像很喜欢这种引得人淌眼泪的场面(拉夫列茨基没有说错：玛丽娅·德米特里耶夫娜自打念贵族女子中学起，一直酷爱某些戏剧性场面)；这种场面您觉得有趣，可别人看了却觉得是在受罪。不过，我不跟您谈，在**这场**戏里您不是主角。”他掉过头来对妻子说：“夫人，**您**对我有什么要求？凡我力所能及的，不都为您做

---

① 瓦尔瓦拉这个名字的小称。

到了？您不必对我说，这场好戏不是您出的点子；我不相信您，——您也知道，我无法相信您。您究竟还有什么要求？您是聪明人——没有目的的事您是不会做的。您应当明白，要我和从前一样跟您共同生活，我是断断办不到的。倒不是因为我生您的气，而是因为我已经完全变了，变成另外一个人了。这话在您回来的第二天，我就对您说了，在这一刻，您自己心里也同意我的话。可是您希望在众人心目中恢复您的地位；我让您住在家里，您还嫌不够，您还希望跟我住在一个屋顶底下——对不对?”

“我希望您宽恕我。”瓦尔瓦拉·帕夫洛夫娜说，头仍然低着。

“她希望您宽恕她。”玛丽娅·德米特里耶夫娜重复她的话说。

“并不是为我自己，是为了阿达。”瓦尔瓦拉·帕夫洛夫娜低声说。

“并不是为她，是为了你们的阿达。”玛丽娅·德米特里耶夫娜又重复她的话说。

“很好。您要的就是这个?”拉夫列茨基好不容易才说出了这句话。“行，这我也答应。”

瓦尔瓦拉·帕夫洛夫娜迅速地瞟了他一眼，而玛丽娅·德米特里耶夫娜则叫了起来：“嗄，谢天谢地!”她又一次拉过瓦尔瓦拉·帕夫洛夫娜的手来。“现在请您从我手里……”

“慢着，我要跟您把话说明，”拉夫列茨基打断了她，“瓦尔瓦拉·帕夫洛夫娜，我同意和您一起生活，”他继续说，“就是说，我把您送到拉夫里基，并且和您生活在一起，直到我忍受不下去，那时我就走——能走多远就走多远。您看见了，我不想骗您，不过，您也不要再提什么要求了。假如我按照我尊敬的亲戚的想法，把您搂在怀里，劝解您说什么……过去的事只当不曾发生过，砍倒的树还会再开花，您听了一定会忍俊不禁，笑出声来的。可是我明白，我只好屈服。如果您对这句话理解错了……那也无所谓。我再说一遍，我跟您一起生活……或者不跟您一起生活，这我不能作出承诺……总之，我可以跟您住在一起，重新认您是我的妻子……”

“您既然答应了，至少得跟她握一下手呀。”玛丽娅·德米特里耶夫娜说，她的泪水早已干了。

“到现在为止，我对瓦尔瓦拉·帕夫洛夫娜从没有食言过，”拉夫列茨基说，“我的话她相信的，就这样。我把她送到拉夫里基——不过，瓦尔瓦拉·帕夫洛夫娜，您记住，只要您离开拉夫里基，我们之间的这个协定就作废了。现在请允许我走吧。”

他向两位夫人鞠了一躬，转身就走了。

“您不带她走。”玛丽娅·德米特里耶夫娜在他身后喊道……

“随他去吧。”瓦尔瓦拉·帕夫洛夫娜悄声对她说，随即拥抱她，感谢她，吻她的手，连连称她是救星。

玛丽娅·德米特里耶夫娜以一种纡尊降贵的姿态接受了她亲热的谢意，可她心里对拉夫列茨基，对瓦尔瓦拉·帕夫洛夫娜，对她所安排的这出戏都不满意。戏演得不够缠绵悱恻，照她的心意，瓦尔瓦拉·帕夫洛夫娜应该扑上前去，跪倒在丈夫的脚下。

“您怎么不明白我的意思?”她说，“我不是跟您说了吗，要下跪。”

“这样更好，亲爱的姑姑；您放宽心吧，一切都很好。”瓦尔瓦拉·帕夫洛夫娜一再说。

“欸，要知道他冷得像块冰，”玛丽娅·德米特里耶夫娜说，“再说，您没哭，我倒对他哭得什么似的。他想把您关在拉夫里基。怎么，连您来看看我也不行？男人的心全是铁打的。”她下结论说，意味深长地摇着头。

“可是女人对于好心，对于宽宏大量是懂得知恩图报的。”瓦尔瓦拉·帕夫洛夫娜说，随即轻手轻脚地跪在玛丽娅·德米特里耶夫娜跟前，用两只手抱住她肥硕的身体，把脸贴在她身上。她的脸在偷偷窃笑，可玛丽娅·德米特里耶夫娜却又流下了眼泪。

拉夫列茨基回到家里，把自己锁在他的侍仆的房间里，一头扑到沙发上，就这样一直躺到早晨。

四十四

次日是礼拜天。教堂早祷的钟声并未惊醒拉夫列茨基——他本来就一夜不曾合眼，——却使他想起了他曾按丽莎的意愿去了教堂的另一个礼拜天。他急忙起来，有个神秘的声音告诉他，他今天也能在教堂里遇见她。他悄悄离开家，给此刻还在高卧的瓦尔瓦拉·帕夫洛夫娜留下话，说他要回来午膳的，然后大步流星地向单调、忧伤的钟声召唤着他的那个地方走去。他到得很早：教堂里几无一人；只有执事在唱诗班的席位上哔读祷文，他低沉的声音有节奏地时高时低，间或被他自己的咳嗽声打断一下。拉夫列茨基站在离门口不远的地方，只见信徒一个个进来，站住脚画着十字，朝四方行礼；他们的步履在空旷和寂静中发出的声音，清晰地回响在拱顶下。一个年老体衰的老妇人，穿件破旧的连风帽的披风，跪在拉夫列茨基身旁热烈地祈祷；她瘪着一张嘴的满是皱纹的蜡黄的脸上，现出虔诚、紧张的神情；布满血丝的眼睛仰望着高处圣像壁上的圣像；一只骨瘦如柴的手不断地从披风中伸出来，慢慢地、用力地大幅度地画着十字。一个满面浓密的络腮胡子，头发凌乱，一脸愁容和倦容的庄稼汉走进教堂，他一进来，就双膝跪下，立刻急急忙忙地画着十字，每叩拜一次就后昂起头抖动一下。他的脸，他的一举一动，无不流露出椎心泣血的痛苦，拉夫列茨基不禁走到他跟前，问他发生了什么事。庄稼汉吃了一惊，冷漠地后退一步，望了望他……“儿子死了，”他急促地说，重又跪拜起来……“对他们来说，还有什么可替代教堂的安慰?”拉夫列茨基思忖，自己也想祈祷祈祷，可是他的心太沉重了，充满了恚恨，他的思想远远地离开了这里。他一直在等丽莎，可丽莎没有来。教堂里已挤满了人；还是不见她来。弥撒开始了，执事已经唪毕福音书，响起了最后祈祷的钟声。拉夫列茨基稍稍向前挪了几步，突然看见了丽莎。她比他早到，但他没有发现她；她站在唱诗班席位与墙壁之间，不曾回顾，也不曾挪动地方。直到弥撒结束，拉夫列茨基的眼睛始终没有离开她；他这是在和她诀别。人们渐渐散去，她却仍然静立不动；看得出，她在等拉夫列茨基走掉。终于，她最后画了个十字，头也不回地走了，由一个婢女陪伴着她。拉夫列茨基跟在她后面走出教堂，在街心追上了她，她走得很快，低着头，放下了面纱。

“伊丽莎白·米哈伊洛夫娜，您好，”他勉力装出随随便便的样子，大声招呼说，“我可以送您一程吗?”

她不作一声；他和她并肩而行。

“您对我满意了吗?”他压低声音问她，“昨天的事您听说了吧?”

“听说了，听说了，”她低声说道，“这样很好。”

她步子走得更快了。

“您满意吗?”

丽莎只是点了点头。

“费奥多尔·伊万内奇，”她开始说，声音平静而微弱，“我要请求您一件事，别上我们家来了，赶快离开这儿；我们也许什么时候还能见面，过上一年半载吧。可现在为了我您离开这儿；看在上帝分上，答应我的要求吧。”

“伊丽莎白·米哈伊洛夫娜，您怎么说，我就怎么做；可是我们难道就这样分手，您难道连一句话都不跟我说吗？……”

“费奥多尔·伊万内奇，您现在走在我身边……可实际上您离开我很远很远，而且不只您一个，其他人……”

“把话说完，我求您……”拉夫列茨基叫了起来，“您究竟要说什么?”

“也许，您迟早会听到……不过，不管怎么样，请您忘掉……不，不要忘掉我，记住我吧。”

“要我忘掉……”

“够了，永别了。别跟着我。”

“丽莎……”拉夫列茨基正要说下去。

“永别了，永别了!”她重复说，把面纱拉得更低，几乎是跑着向前去。

拉夫列茨基目送着她远去，然后低着头，走在街上。他几乎跟莱姆撞了个满怀。莱姆也是把帽子压到鼻子上，眼睛望着脚下。

两人默默对视。

“有何见教?”拉夫列茨基终于开口说。

“我能有什么见教?”莱姆反问道，满脸抑郁之色，“我一无见教。一切都死了，我们也死了（Alles ist todt，und wir sind todt[①]）。您该是往右走吧？”

“往右。”

“可我往左。别了。”

翌日早晨，费奥多尔·伊万内奇和妻子前往拉夫里基。她坐前面一辆马车，同车的有阿达和茹斯京；他乘后面一辆旅行马车。那个漂亮的小妞儿始终不曾离开过马车的窗口；她对一切：什么农夫、农妇、农舍、水井、马轭、马脖子上的小铃铛和许许多多的白嘴鸦都感到新奇；茹斯京也和她有同感；瓦尔瓦拉·帕夫洛夫娜听着她们的交谈和赞叹总是忍不住要笑。她的心情很好；她在离开O市之前，和她丈夫有过一次交谈，表白了她的心思。

“我明白您的处境，”她对他说，但是从她那双聪明的眼睛里他可以断定，她其实并不完全明白他的处境，“可是您至少得说句公道话吧：我这人是很容易相处的；我不会缠住您不放，我不会妨碍您的自由；我只要阿达的未来有保证，此外我什么也不要。”

“是呀，您已达到了您的全部目的。”费奥多尔·伊万内奇说。

“如今我只有一个愿望：永远归隐乡野，永远记住您的恩德。”

“呸，够了。”他打断了她。

“而且我会尊重您的自由和您的平静。”她把她预先准备好的话说完。

拉夫列茨基向她深深一躬。瓦尔瓦拉·帕夫洛夫娜明白，她丈夫

---

① 德语，意即前句。

心底里是感激她的。

次日傍晚，他们抵达拉夫里基；过了一个礼拜，拉夫列茨基给他妻子留下五千卢布，供她日用开销，便动身去莫斯科了。拉夫列茨基走后第二天，潘申就来了。瓦尔瓦拉·帕夫洛夫娜曾请求他，在她幽居乡野的时候不要忘了她。她以无可再大的热情款待他，直到深夜，宅第高敞的房间内和果园内都响彻着音乐声、唱歌声和欢快的法语交谈声。潘申在瓦尔瓦拉·帕夫洛夫娜那里盘桓了三天之久，临别时他紧紧地握着她美丽的手，答应她尽快回来——他果然没有食言。

四十五

丽莎在她母亲宅子的二层楼上，单独有一间卧室。卧室不大，窗明几净，光线充足，放有一张洁白的小床，屋角和窗前搁着盆花，还放有一张小巧的书桌和一个同样小巧的书橱，壁上挂着耶稣受难像。这间小屋叫儿童室，丽莎就是在这间小屋里呱呱坠地的。丽莎在教堂里遇见拉夫列茨基后回到家里，比平时更加细心地整理房间，把各处的灰尘都揩干净，翻阅了她所有的笔记和女友的书信，用丝带将它们分别扎好，锁上了所有抽屉，给花浇了水，还用手抚摩了每一朵花。她做这些事时，从容不迫，没有一点声音，脸上露出深受感动的、平静关切的神情。终于，她在房间中央站停下来，环顾了一下四周，走到书桌前，耶稣受难像就挂在书桌上方的墙壁上。她跪了下来，把头搁在握紧的手上，不再动弹。

马尔法·季莫费耶夫娜走进屋，看到她正这样跪在地上。丽莎没有发觉她进来。老妇人又蹑手蹑脚走出去，在门口大声咳了几下。丽莎连忙站起来，拭了拭眼睛，可眼睛里仍闪烁着未曾流下的晶莹的泪花。

“我看你又收拾过你的小小的修道室了，”马尔法·季莫费耶夫娜说，低下头去闻一盆新近绽放的玫瑰。“嘀，香喷喷的！”

丽莎若有所思地望着她的姑婆。

“您说的是什么词儿！”她低声说。

“什么词儿，什么词儿？”老妇人马上接茬说。“你想说什么？太吓人了，”她说，突然把包发帽一扔，坐到丽莎的小床上，“我可受不了啦，今天已经第四天了，我的心像是在油锅里煎；我不能再装得好像什么都没看到，我不能眼看着你这样面无血色，一天天瘦下去，整天流眼泪，我不能，不能。”

“姑婆，你这是怎么了？”丽莎说，“我并没有什么……”

“没有什么？”马尔法·季莫费耶夫娜叫了起来，“这话你去跟别人说，别跟我说！没有什么！那么现在是谁跪在地上？谁的睫毛上眼泪还没干？没有什么！你去照照你的脸，都叫你闹成什么样了，你的眼睛成了什么样了？——没有什么！难道我什么都不知道？”

“这会过去的，姑婆，过一阵就会过去的。”

“会过去，要等多少时候才能过去？上帝呀，我的上帝，我的主呀！难道你真这么爱他？丽佐奇卡，要知道他是个老头子了。是呀，我不否认他是个好人，没有害人之心，可是这有什么呢？我们都是好人；世界大得很，像这种好人有的是。”

“我对您说，这一切都会过去的，这一切已经过去了。”

“丽佐奇卡，听我跟你说，”马尔法·季莫费耶夫娜把丽莎拉到身边，让她挨着她坐在床上，一会儿给她理理头发，一会儿又给她整整头巾，突然宽慰她说，“这事儿是因为你一时想不开，才觉得你心头的痛苦是治不好的。唉，我的心肝，只有死才无药可救！你只消对自己说：‘我是压不垮的，去它的吧！’过后你自己也会觉得奇怪，这一切多么快，多么轻松就过去了。你得耐着性子才是。”

“姑婆，”丽莎说，“这一切已经过去了，全都过去了。”

“过去了！哪里过去了！你瞧瞧你那个小鼻子都尖成什么样了，可你还说什么过去了。说得轻巧，‘过去了！’”

“是的，姑婆，过去了，只要你肯帮我忙，”丽莎突然精神一振，扑过去搂住马尔法·季莫费耶夫娜的脖子，“亲爱的姑婆，做我的朋友，帮我的忙吧，别生我的气，理解我……”

“这是怎么回事，我的小姑奶奶，是怎么回事？你别吓唬我，求求你；别这么看着我，我要叫啦；快说呀，怎么回事！”

“我……我要……”丽莎把脸埋在马尔法·季莫费耶夫娜的怀里……“我要进修道院。”她声音喑哑地说。

老妇人霍地从床上跳了起来。

“快画个十字，我的小姑奶奶，丽佐奇卡，醒醒吧，你是怎么啦，上帝保佑你，”她终于说道，急得语不成句，“快躺下，宝贝，稍为睡一会儿，这都是因为你缺觉，我的心肝。”

丽莎抬起头来，她的面颊在燃烧。

“不，姑婆，”她说，“别说了；我铁了心，我祈祷过，我请求上帝给我指示；一切都结束了，我跟你们在一起的生活也结束了。这样的教训并不是无益的；何况我不是第一次想出家。幸福跟我无缘；就是在我有希望得到幸福的时候，我的心也是揪紧的。我全都知道，我自己的罪孽，别人的罪孽，还有爸爸是怎么攒下这份家当的，我统统知道。这都得祈求赦罪，祈求赦罪。我舍不得您，舍不得妈妈，莲诺奇卡；可是有什么办法呢；我觉得，这里不是我生活的地方。我已经跟一切都告别了，已经最后一次跟家里所有的人鞠躬告别了；好像有什么在召唤着我；我厌恶这个世界，我要与世隔绝，永生永世隔绝。别阻拦我，别劝说我，帮助我吧，要不我就一走了之……”

马尔法·季莫费耶夫娜听她侄孙女这么说，不由得心惊肉跳。

“她病了，在说胡话，”她想道，“得去请大夫，可是请谁呢？格杰奥诺夫斯基前些时候说，有个大夫医术怎么怎么高明，可他这人没一句真话——没准这一回倒是真话呢。”但是后来，她终于确信丽莎没有病，也不是在说胡话，不管她怎么劝，丽莎回答她的还是这几句话，这可把马尔法·季莫费耶夫娜吓得魂飞魄散，她痛心欲绝。

“可是你哪里知道，我的心肝宝贝，”她开始开导她，“修道院里过的是什么日子！我的亲人呀，要知道，她们给你吃的是发青的大麻油，给你穿的是粗布衣服，冰天雪地还逼着你往外跑，丽佐奇卡，这样的苦你是受不了的。这都是阿加菲娅干的好事，是她把你给教糊涂了。可要知道，她年轻的时候过的是好日子，享过福；你也该好好过日子嘛。至少你也得先让我安安心心地死，等我眼睛一闭，你爱怎么着就怎么着。有谁见过为了一个山羊胡子，上帝原谅，为了一个男人，吵着闹着要进修道院的？你要是心里难受，你尽管去朝圣啦，祷告啦，做彻夜祈祷啦，就是千万不要把黑纱往自己头上戴，唉，我的老天爷呀，我的妈呀……”

说着说着，马尔法·季莫费耶夫娜放声痛哭。

丽莎安慰她，给她揩去眼泪，自己也哭了，可是决心不变。马尔法·季莫费耶夫娜走投无路，试图采用威胁的办法，说要把所有的事统统告诉她母亲……然而这也没有奏效。不过由于老妇人抵死哀求，丽莎才答应她推迟半年实行自己的意图，不过马尔法·季莫费耶夫娜必须答应她，假如六个月后丽莎没有改变主意，她就得帮她取得玛丽娅·德米特里耶夫娜的同意。

随着初冬的到来，已积下一大笔钱的瓦尔瓦拉·帕夫洛夫娜，不顾她当初作出的隐居乡野的承诺，迁居到彼得堡去了。她在那里租下了一套简朴然而舒适的公寓，这是比她早一步离开O省的潘申替她找的。潘申在逗留O市的后期，完全失去了玛丽娅·德米特里耶夫娜的宠信；他突然不再去拜访她，几乎一步也没有离开过拉夫里基。瓦尔瓦拉·帕夫洛夫娜把他变成了她的奴隶，名副其实的奴隶：除了奴隶两字之外，找不到别的字可以用来形容她对他的无限的、无偿的、不可抗拒的权力。

拉夫列茨基在莫斯科过的冬，次年春天，他得悉丽莎出家了，进了俄国最边远地区的Б修道院当了修女。

尾　声

八个年头过去了。又是春回大地……我们先来交代几句米哈列维奇、潘申和拉夫列茨基夫人的命运——然后就同他们永别。米哈列维奇经过长年浮萍浪迹，漂泊西东，最后终于找到了他真正的事业：他在一所国立学校谋得了学监长的职位。他对自己的命运至为满意，他的弟子都“崇敬”他，虽说常常要模仿他那种可笑的样子。潘申官运亨通，仕途得意，迁升总办已指日可待，他的背已经有点弯，想必是挂在他脖子上的弗拉基米尔勋章太沉，压得他的身体直往前倾。他的官气已把他艺术家的气质绝对地压了下去，他的脸虽然显得还年轻，可已经发黄，头发也稀少了许多，他不再唱歌，也不再画画，但还在偷偷地从事文学创作；他写了一个类似《谚语大全》的小喜剧。既然时下写书的人都一定要在他们的书里"描绘"某个人或者某件事，他自然也不甘寂寞，在他的小喜剧里描绘了一个风流女子的风流韵事，并已秘密地向两三位赏识他的夫人朗诵过这个剧本。然而他并没有结婚，虽然有过多次得结良缘的机会。在这件事上，瓦尔瓦拉·帕夫洛夫娜是难辞其咎的。至于说到她，她仍像当年那样常住巴黎。费奥多尔·伊万内奇给她开了张支票，买得了自己的自由，以免她再次突如其来回俄国找他。她老了，也胖了，可风韵犹在。每个人都有自己的理想。瓦尔瓦拉·帕夫洛夫娜在小仲马先生的剧作里找到了自己的理想。只要剧院上演患肺痨的、多愁善感的茶花女的戏，她每场必去。能成为多什夫人①，在她看来是人生至高无上的幸福，有一回她宣称，她女儿要是能有这么一天，她就别无奢望了。可我们但愿命运开恩，千万不要赐给mademoiselle Ada②这样的幸福；她原来是个面色红润的胖嘟嘟的小妞儿，现在却变成了一个肺弱的、面色苍白、神经衰弱的姑娘。瓦尔瓦拉·帕夫洛夫娜的崇拜者已经日益见少，但并未绝迹，有几个她大概可以保持到生命终了。近来跟她打得最火热的要数一个名叫库尔达洛-斯库贝尔尼科夫的退役近卫军军官，此人三十八岁，体格健壮得罕见其匹，拉夫列茨基夫人的沙龙里的法国客人都称他为"le gros taureau de l'Ukraine③"。瓦尔瓦拉·帕夫洛夫娜从不邀请他参加她举办的时

① 多什夫人(1821—1900)，法国女演员，以演小仲马的《茶花女》而闻名。
② 法语：阿达小姐。
③ 法语：乌克兰的大犍牛。

髦的晚会，可他却充分享有她的爱宠。

就这样……八个年头过去了。明媚幸福的春光又笑意盎然地洒向大地，洒向人间。在春光的抚爱下，世间万物又开始恋爱，开花，歌唱。这八年里，O市没有多大变化，倒是玛丽娅·德米特里耶夫娜的宅第反而像是返老还童了。宅第粉刷一新的洁白的墙壁粲然迎人，洞开的玻璃窗被夕照映得通红，熠熠地闪着光；从这些窗户里传出阵阵欢快的、轻松的、似银铃般清脆的青春的声音和从不间断的欢笑声；整幢房子似乎都充满沸腾的活力，洋溢着极度的欢乐。宅第的女主人早已永眠地下：玛丽娅·德米特里耶夫娜在丽莎出家后的第二年就撒手人寰，马尔法·季莫费耶夫娜也不比她的侄女活得长多少，如今她们两人并排地长眠在市内的墓地里。纳斯塔西娅·卡尔波夫娜也去世了；这位忠心耿耿的老妇人生前那几年每个礼拜都去她老友的坟上凭吊……她的时辰也终于到了，她的遗骨归于黄土，归于那湿润的黄土……不过，玛丽娅·德米特里耶夫娜的宅第并未落到旁姓手里，仍为她的骨血所有，老窝依然完好无恙。莲诺奇卡已出落成一个窈窕美丽的少女，她的未婚夫是个一头淡黄色头发的骠骑兵军官；玛丽娅·德米特里耶夫娜的儿子新近在彼得堡结了婚，此次偕同年轻的新妇来O市共享春光；他的妻妹是贵族女子中学的学生，才只十六岁，两颊红润，双眸亮丽，舒罗奇卡长大了，比过去俊了不少——就是这群年轻人的欢歌笑语，声震卡利京家的屋宇。这幢宅第中的一切都变了，变得无一不和新主人的情趣合拍。不蓄胡子、能说会笑的年轻仆人，替代了昔日古板的老仆；早先吃得又肥又壮的罗斯卡大摇大摆地走来走去的地方，如今由两条猎狗在那里发疯似的奔跑，而且这两条狗还在沙发上欢蹦乱跳；马厩里圈有精瘦强壮的小走马，慓悍的辕马，鬃毛编起来的拉边套的烈马，还有供骑乘用的顿河马。一日三餐的时间七颠八倒，几乎搅和在一起了；照邻居们的说法："这家人乱成了一锅粥。"

在我们所要提到的那个傍晚，卡利京家的人(他们中间年纪最大的是莲诺奇卡的未婚夫，不过也只二十四岁)正在玩一种并不十分复杂，然而从他们老是齐声大笑看来，却是他们认为非常有趣的游戏：他们满屋子的跑，你抓我，我抓你；狗也是跑呀，叫呀；连挂在窗前鸟笼里的金丝雀也都扯着嗓子乱叫，它们发疯似的唧唧喳喳的尖叫声，使屋里益发喧闹不堪。正当这震耳欲聋的游戏达到最高潮的时候，一辆沾满尘土的旅行马车驶抵门口，一个身穿旅行服装、约摸四十五岁的旅人走下车来，惊愕得停住了脚步。他呆呆地站了好一会儿，审视着这幢宅第，然后从侧门走进庭院，慢慢地登上台阶。前厅里一个人也没有；但客厅门突然打开了，舒罗奇卡满面通红，从厅里冲了出来，紧接着，全体年轻人大喊大叫地追了出来。这群年轻人看到他这个陌生人，都突然收住脚步，不再作声；但是一双双注视着他的眼睛仍然是那么亲切，一张张青春活泼的脸上仍然笑容可掬。玛丽娅·德米特里耶夫娜的儿子走到来客面前，彬彬有礼地问他有何贵干？

"我是拉夫列茨基。"来客说。

回答他的是齐声欢呼——这倒不是因为这群年轻人见到他这位几乎已被忘掉的亲戚远道而来感到特别高兴，而是因为他们时时都想欢呼狂叫，只等有适当的机会。他们立刻把拉夫列茨基围得铁桶也似；莲诺奇卡作为老相识，首先报了自己的名字，并要他相信，只要再等这么一会儿，她准能认出他来，接着她把其他人逐一介绍给他，甚至介绍了自己的未婚夫，且一概以小名称之。这一大群人穿过餐厅，走进了客厅。两个房间里的壁纸都已换过，不过家具没有动；拉夫列茨基一眼就认出了那架钢琴；连绣架也放在窗前的老地方——上面有幅尚未完成的刺绣，怕仍旧是八年前的那一幅吧。他们请他坐到一张舒适的安乐椅上，大家规规矩矩地围他坐下。于是询问、惊叹、叙说就像雨点似的争先恐后地落了下来。

“我们好久没见到您了，”莲诺奇卡天真地说，“瓦尔瓦拉·帕夫洛夫娜也好久没见到了。”

“那还用说!”她哥哥连忙接过话头，“我把你带到彼得堡去了，而费奥多尔·伊万内奇又一直住在乡下。”

“是呀，何况从那时起，妈妈已经不在世上了。”

“马尔法·季莫费耶夫娜也去世了。”舒罗奇卡说。

“还有纳斯塔西娅·卡尔波夫娜也过世了，”莲诺奇卡说，“还有莱姆先生……”

“什么，莱姆也故世了?”拉夫列茨基问。

“是呀，”年轻的卡利京回答说，“他离开这儿去了敖德萨；据说，他是上了人家的当，他死在那儿了。”

“你们知道他有没有留下什么音乐作品?”

“不知道；不见得会有。”

大家都不再作声，默默地相对而视。一朵愁云掠过了所有年轻人的脸。

“可水手还活着，”莲诺奇卡突然迸出了这么一句。

“格杰奥诺夫斯基也还活着，”她哥哥加补说。

一听到格杰奥诺夫斯基这个名字，立刻哄堂大笑。

“是呀，他还活着，还像从前一样，谎话连篇，”玛丽娅·德米特里耶夫娜的儿子接着说，“您想想看，这个促狭鬼(他指指那个女学生，他的妻妹），昨天把胡椒面撒到他的鼻烟壶里。”

“闹得他一个劲儿打喷嚏！”莲诺奇卡高声说，于是不可抑止的大笑又从四面八方爆发出来。

“不久前，我们有了丽莎的消息，”年轻的卡利京说，四下又鸦雀无声。“她还可以，她的健康渐渐恢复了。”

“她还在那个修道院？”拉夫列茨基费了很大的劲才问出这句话。

“还在那里。”

“她有信给你们吗？”

“没有，从来没有。我们是通过别人得到的消息。”

一阵深邃的沉默骤然降临；“一位静穆的天使飞过了。”大家都在想。

“您想不想去花园看看，”卡利京问拉夫列茨基，“现在花园里非常美，虽说我们没有好好修剪过，有点荒芜了。”

拉夫列茨基来到花园，首先进入他眼帘的是那张长椅。在这张长椅上，他曾和丽莎一起度过了些许幸福的不可复得的瞬间；长椅已经发黑，且已歪斜，然而他却认出了它，一种无比甜蜜却又无比悲伤的感情充溢了他的心灵——这是对一去不复返的青春的伤悼，是对一度享有过的幸福的悲痛的追忆。他同青年人一起，在林荫道上漫步，八年来，菩提树稍稍老了些，长高了些，树荫也浓密了些；灌木丛生气勃勃，覆盆子繁密茂盛，胡桃树却枯死了，到处都散溢着新生的小树丛、林木、青草和丁香的芬芳。

“这儿玩‘抢四角’可好着呢，”莲诺奇卡走到一小片周围都是菩提树的草地上，忽然叫了起来，“我们正好五个人。”

“你把费奥多尔·伊万内奇给忘了吧？”她的哥哥指出，“或者你忘了把自己算进去。”

莲诺奇卡的脸微微露出羞赧之色。

“像费奥多尔·伊万内奇这样的年纪，难道还会……”她说。

“你们请便，”拉夫列茨基连忙接过话头说，“别管我。要是我知道，我没有使你们感到拘束，我反而高兴。你们不用照顾我；我们老人自有你们还不理解的，任何娱乐也替代不了的乐趣，那就是回忆。”

这群青年人以亲切的、略略带点儿嘲弄的毕恭毕敬的态度听拉夫列茨基讲，那神态就像听老师讲课。接着，他们突然一下子都从他身旁跑开，跑到那片草地上，四个人分站在四角的树旁，一个人站在中央——游戏开始了。

而拉夫列茨基呢，回到屋里，走进餐厅，来到钢琴前，按动了一个琴键，响起了一声微弱然而纯正的声音，使他的心不由得暗暗颤栗。许久以前，在那个最幸福的夜晚，莱姆，已故的莱姆，正是用这个音符开始了那支充满灵感的乐曲，将他带入狂喜之中。后来，拉夫列茨基踱进客厅，在那里逗留了很久。在这间他以前经常和丽莎会面的房间里，她的倩影更加真切地浮现在他眼前，他仿佛觉得他四周无处没有她的痕迹；对她的思念是沉重的，无奈的，全然不同于因伊人已逝而驻于心头的那种平静的追思。丽莎还活着，住在遥远偏僻的地方，他所思念的是一个活着的人，他怎能认出那个身穿修女的长袍、半隐在袅袅不绝的神香的烟雾中的、曚昽苍白的幽灵，就是他当年曾经钟情的那个少女。如果拉夫列茨基跟他想象丽莎那样来想象自己，他也定然认不出自己了。在这八年里，他的生活终于发生了转折，像这样的转折许多人都未曾经历过，然而不作此转折，那么一个人就不可能成为名副其实的正派人；他确确实实不再去考虑个人的幸福和个人的私利。他已心如枯井，而且——何必要讳言真实的情况呢——他已经老了，衰老的不但是他的身体和面貌，还有他的心灵；有的人说，人应当到老还保持一颗年轻的心，这是困难的，而且几乎是可笑的；一个人如果到老还未失去对善的信仰，还未失去坚定的意志和对事业的酷好，他就应该满足了。拉夫列茨基有权感到满足；他真的成了个好当家，真的学会了种地，而且他克勤克俭不单是为了自己，还为了尽力保证和改善他的农民的生活。

拉夫列茨基出了屋，步入花园，坐到他熟悉的那张长椅上——就在这弥足珍贵的地方，凝望着那幢房子，当初他就是在这幢房子里，最后一次把自己的双手伸向盛有沸腾的金色美酒的幸福之杯，结果却成为泡影；他，一个孑然一身浪迹天涯的人，在耳际传来的已经取代了他的年轻一代的欢笑声中，回首自己的一生，他心头充满惆怅，然而并不沉重，也不悲伤；懊悔他是有的，但是于心有愧的事——却没有。“青春的力量，玩吧，欢乐吧，成长吧！”他如是想，没有丝毫的忧伤，“你们前途无量，你们的生活会比我们容易；你们无需像我们那样在黑暗中寻觅自己的道路，斗争，跌倒，又爬起来；我们千辛万苦地忙于如何得以活下来——我们中间有多少人没能活下来呀！可你们只需忙于你们的事业，忙于工作，我们这些老人会祝福你们。至于我，在经过了今天这样一天之后，在经历了这许多感受之后，我要做的就是向你们致以最后的告别礼。在我的生命行将结束，无需多久，就将去见等待着我的上帝的时候，我心中虽然悲伤，却一无妒忌，也没有一丝阴暗的想法，我要说：‘欢迎你，孤独的老年！燃尽吧，无用的生命！’”

拉夫列茨基悄悄地站了起来，悄然离去，没有人发现他走，也没有人挽留他；从花园内绿荫丛浓的参天的菩提树下传出的欢叫声比先前更加强烈，更加响亮了。他坐上旅行马车，吩咐车夫取道回家，任马缓缓而行。

“就这么完了？”不满足的读者也许要问。“拉夫列茨基后来怎么样了？丽莎又怎么样了？”但是关于那些虽然健在然而已绝尘世的人，有什么可说的，何必再去提他们。据说，拉夫列茨基去过丽莎遁迹其间的那所遥远的修道院，并且见到了她。她由一个唱诗班的席位走向另一个唱诗班席位的时候，从离他身边很近的地方走过。她迈着修女稳重、急促而又平静的步子走了过去，并没有望他一眼；只是靠他这边的眼睫毛几乎无法觉察地颤栗了一下，而她瘦削的脸也垂得更低，她绕有念珠的两只手握得更紧了。他们俩在想什么？有什么感觉？谁知道？谁又能说？生活中有那样的瞬间，那样的感受……是只可意会而不可言传的。

猎人笔记

Записки Охотника

屠格涅夫文集

冯春 译

上海译文出版社

屠格涅夫像（1844 年）
（摄影家：С.Л.Левицкий）

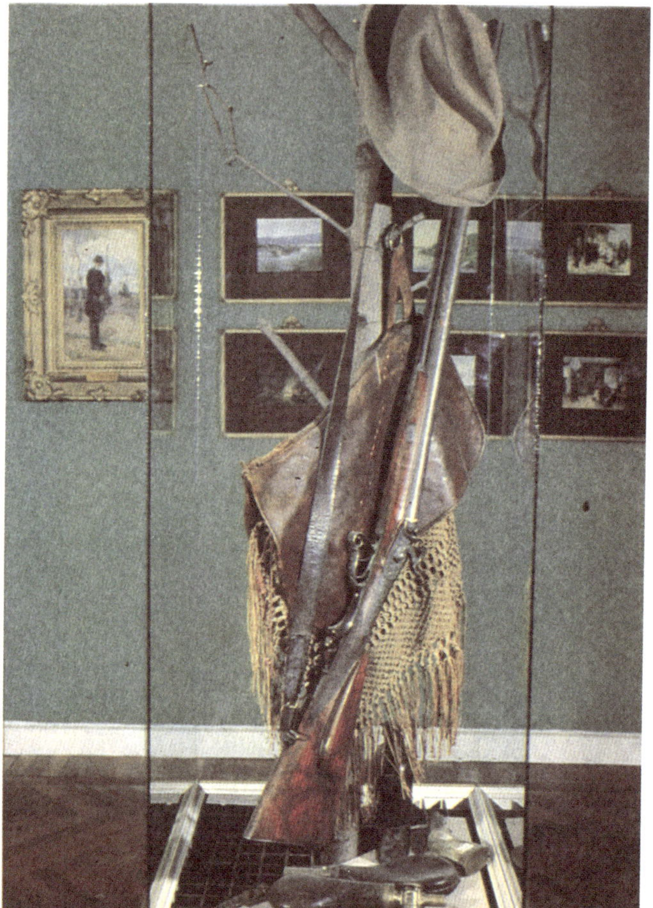

屠格涅夫的猎具

（在电影“Лебеда”中用作道具）

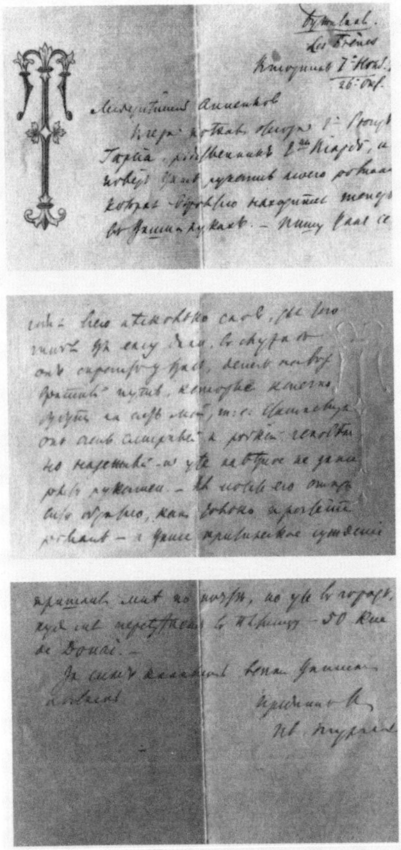

屠格涅夫手迹：给友人的信

《独院小地主奥夫夏尼科夫》插画
（插画家：П.Соколов）

《利戈夫》插画
（画家：П.П.Соколов）

《管理处》插画

（画家：П.П.Соколов）

《列别江》插画

（画家：П.П.Соколов）

《歌手》插画
（插画家：А.Скиргелло）

《彼得 · 彼得罗维奇 · 卡拉塔耶夫》插画
（画家：П.П.Соколов）

屠格涅夫手迹：《希格雷县的哈姆雷特》插画

译本序

《猎人笔记》是一部借猎人出猎的见闻写下的随笔集。作者伊凡·谢尔盖耶维奇·屠格涅夫是我国读者十分熟悉和喜爱的俄罗斯作家，他无愧为十九世纪俄罗斯一位最伟大的现实主义作家，他对欧洲和我国都发生过巨大影响。

屠格涅夫一八一八年十一月九日生于俄罗斯中部城市奥廖尔，父亲谢尔盖是一个濒临破产的骠骑兵上校，母亲从叔父那里继承了一大笔遗产，是个拥有五千农奴的大农奴主。她对农奴仆役十分专横残忍，常对他们施以酷刑。屠格涅夫幼小的心灵早已对农奴制产生了无限的憎恶，这对他一生的道路发生了决定性的影响。一八二七年屠格涅夫随家迁居莫斯科，一八三三年就读于莫斯科大学语文系。莫斯科大学中进步学生的活动十分活跃，莱蒙托夫、赫尔岑、斯坦凯维奇、别林斯基都曾在这里学习和活动过，这对屠格涅夫不能不产生一定的影响。一八三四年屠格涅夫又随家迁居彼得堡，并进入彼得堡大学哲学系语文专业学习。这时他开始了初期的文学活动，创作了《黄昏》、《致美第奇的维纳斯》、《秋天》、《小花》和诗剧《斯杰诺》等诗歌作品。

一八三七年屠格涅夫在彼得堡大学毕业。一八三八年至一八四一年他在德国柏林大学听课，并研究黑格尔哲学。他结识了当时旅居德国的俄国社会活动家巴枯宁和斯坦凯维奇，经常在朋友家和斯坦凯维奇，以及当时一些名流谈论社会生活中发生的事件、政治新闻、文学新闻、报刊文章和戏剧演出。在柏林，屠格涅夫曾和巴枯宁同住一套住所，两人形影不离。屠格涅夫努力向巴枯宁学习哲学、历史和语言，两人建立了非同寻常的亲密友谊。

一八四一年五月屠格涅夫返回俄国。一八四三年初巴枯宁夫人带年轻的屠格涅夫去见别林斯基，由于同别林斯基的接近，屠格涅夫逐渐跻身于彼得堡文学界，并先后成为当时先进刊物《祖国纪事》和《现代人》的撰稿人。

一八四六年夏秋时节，屠格涅夫热衷于打猎，这使他有机会接近下层人民。他到过荒僻的田野、草原上的地主庄园，访问过森林看守人的窝棚。广阔的农村生活场面、俄国农民的苦难生活和善良心地在屠格涅夫心中发生了巨大影响，加上他自幼形成的对农奴制的憎恨，使他创作出了流传至今的作品随笔集《猎人笔记》。一八四七年，他的《猎人笔记》中最初几篇《黄鼠狼和卡利内奇》、《叶尔莫莱和磨坊主妇》、《独院小地主奥夫夏尼科夫》、《利戈夫》等在《现代人》上发表，立刻引起文学界的注意。

一八四七年屠格涅夫陪伴别林斯基去普鲁士的萨尔斯堡治病，在那里继续写作《猎人笔记》的其他篇章。一八五二年，《猎人笔记》的单行本出版，标志着屠格涅夫完全走上现实主义的创作道路。

屠格涅夫的创作活动主要是在十九世纪五十年代和六十年代进行的，尤其集中在一八六一年农奴制改革前后。六十年代，他主要侨居国外，一方面继续进行写作活动，一方面也向欧洲介绍俄国文学。屠格涅夫虽然有许多时间侨居国外，但他时刻都在关注俄国社会生活的变化。俄国农奴制改革前后，俄国解放运动已经发展到第二阶段——平民知识分子(资产阶级民主主义)革命时期。这时沙皇统治极其黑暗，农民生活在水深火热之中，农民暴动事件此起彼伏，一八五六年俄土战争的失败更暴露出沙皇统治和农奴制的腐朽，社会上要求改革的呼声日益高涨。时代要求改革，农民要求解放，社会处在激烈动荡之中。一八六一年沙皇被迫进行自上而下的农奴制“改革”，实际上是更加重了对农民的掠夺。屠格涅夫对俄国社会的变化是十分敏感的，他对这一时期俄国社会的思考集中反映在他的几部长篇小说之中。从一八五六年到一八六二年，他先后发表了《罗亭》(1856)、《贵族之家》(1859)、《前夜》(1860)和《父与子》(1862)四部长篇小说。

屠格涅夫是一位自由主义作家，从人道主义和自由主义出发，他反对农奴制，同情农奴的苦难，他虽然拥护沙皇自上而下改革农奴制，却并未投靠反动势力，并且一直对农奴制采取批判的态度，他仍不失为一位进步的人道主义作家。

《猎人笔记》是一部借猎人出猎的见闻揭露沙皇专制制度下广大农奴遭受农奴主残酷奴役、处于水深火热生活中的纪实作品，它用活生生的事例向读者展示了俄国农奴制下广大农奴的悲惨生活。这样的作品在屠格涅夫之前的俄国文学中还不多见。像《猎人笔记》这样广泛而具体地描绘地主对农奴的奴役，真实地再现广大农奴惨遭欺凌的真相，揭露农奴主的残暴、伪善、奢侈、冷酷，在俄国文学史上还是第一次。

《猎人笔记》的可贵之处不仅在于暴露农奴制的黑暗与残酷，而且歌颂了劳动人民的优秀品德。作者没有以地主老爷的态度居高临下地看待农民，像以往许多作家那样把农民描写成愚昧无知、缺乏崇高品德、处于畜生一般状态、只是一些应当受到怜悯的对象。作者在本书中往往以朋友的身份出现，和农民一起打猎，平等地谈论农民的生活，通过敏锐的洞察力发现、描写这些普通劳动人民的许多优秀品质，表现出他深厚的人道主义和民主思想。在《猎人笔记》中屠格涅夫背着猎枪，在猎户陪同下，走遍附近的农村田野，荒山野岭，江河湖泊，接触了无数劳动人民。在他的笔下出现了普通的农民、工人、大学生、县城医生、独院小地主、磨坊主、破落小贵族，以至家仆和使女，而农民的孩子在他的笔下则成了一群容貌俊美、聪明爽直、充满幻想、勇敢勤劳、活泼可爱的小伙子。作者把他的感情倾注在这些普通劳动人民身上，他没有任何贵族的架子，而和这些普通的农村劳动者打成一片，这在贵族出身的作家中是极为难能可贵的。

屠格涅夫是一位抒情诗人，他写随笔、写小说也如同在写诗。他的小说都是一篇篇充满诗情画意的散文。《猎人笔记》作为散文中一种的随笔，写得更是诗意盎然。虽然《猎人笔记》中充满了对农奴制的批判，对劳动人民的同情和歌颂，它却不是一部充满说教的小说或报告文学。屠格涅夫用他擅长的抒情笔调在《猎人笔记》中描绘了一幅幅奇特秀丽的俄罗斯大自然风光。他用这秀丽的大自然风光衬托了广大农民的悲惨生活，表现了作家对俄罗斯大自然和劳动人民的热爱，表现方法上独树一帜，极显作家的才能。在作家的笔下，晴朗的夏天，“太阳不像炎热的大旱天那样火烧火燎，不像暴风雨前那样昏暗火红，而是那样清澈明亮、温煦辉煌，它从一抹狭长的云彩底下冉冉升起，焕发出鲜明的光彩，沉浸在一片淡紫色的雾霭之中”。在天气不稳定的秋天，“天空时而布满疏松的白云，时而有几处突然晴朗了一会儿；于是从散开的乌云中间露出一小块蓝天，它明朗可爱，宛如美丽的明眸”。俄罗斯的乡村，“缓坡小丘的长长坡面上，葱茏的黑麦正轻轻地泛着涟漪；几片云朵投下的淡淡阴影在它上面缓缓地移动着。远处森林郁郁苍苍，池塘波光潋滟，村庄橙黄闪亮；成百的云雀腾地飞起，歌唱着，又急速落下来，伸长脖子，停在土堆上……”几个农家小孩在夜牧的牧场上，围着篝火，讲着鬼故事：夜里在造纸厂走来走去的家神，坐在树枝上向人招手的女落水鬼，变成小绵羊在坟墓上诱人的鬼魂，在树林里让人迷路的林妖……这一切都在他们的嘴里生动地讲述着。他们讲得那么绘声绘影，加上深夜里突然响起的一声凄厉的夜鸟的鸣叫，青蛙在河中的扑腾，突然响起的犬吠声，使人不能不毛骨悚然，但这并不说明农家小孩的愚昧迷信，而是作家为我们描绘的一幅生动的农村风俗画。大自然的景色，俄罗斯农村的风习，地主的丑恶嘴脸，劳动人民的朴实善良……这一切都在作家娓娓讲述的故事中自然而然地流淌出来，给读者以无限的美感和艺术享受。这就是《猎人笔记》作为一部极具特色的世界名著的魅力。

冯 春

二〇〇六年春

目 录

黄鼠狼和卡利内奇 1
叶尔莫莱和磨坊主妇 16
草莓泉 30
县里的医生 41
我的邻居拉季洛夫 52
独院小地主奥夫夏尼科夫 61
利戈夫 82
百俊牧场 96
梅奇美人河的卡西扬 120
总管 143
管理处 160
孤狼 183
两地主 193
列别江 204
塔吉雅娜·鲍里索夫娜和她的侄儿 219
死 234

歌手 249
彼得·彼得罗维奇·卡拉塔耶夫 269
约会 288
希格雷县的哈姆雷特 299
切尔托普哈诺夫和涅多皮乌斯金 327
切尔托普哈诺夫的结局 349
活尸 390
车轮的响声 406
树林和草原 423

黄鼠狼和卡利内奇

凡是偶尔从博尔霍夫县到日兹德拉县来的人，大概都会对奥廖尔省人和卡卢加省人的显著差别感到惊奇。奥廖尔省的农民个子不高，背有点驼，神情郁悒，总皱着眉头看人，住在破旧的白杨木小屋里，给地主服劳役，不做买卖，吃得很差，穿的是树皮鞋。卡卢加省的代役租农民住在宽敞的松木屋子里，个子又高又大，目光大胆而开朗，面孔白嫩而干净，做着黄油和焦油买卖，一到过节就穿起皮靴来。奥廖尔省的村庄(我们指的是奥廖尔省的东部)一般都坐落在耕地的中央，靠近一个天长日久成了污泥塘的峡谷。除了几棵随时准备效劳的爆竹柳和两三棵瘦弱的白桦树，周围一俄里[①]之内，你再也看不到一棵小树。屋子紧挨着屋子，屋顶上盖的是烂麦秸……卡卢加省的村庄就大不一样，它们大都处于树林环抱之中，屋子造得端端正正，周围开阔宽广，屋顶上盖的是薄木板；大门牢牢关闭着，后院的篱笆整整齐齐，绝不向外倾斜，不会让路过的猪进来做客……对于猎人来说，在卡卢加省打猎也更有吸引力。在奥廖尔省，再过五年光景，最后几处树林和草场[2]必将消失殆尽，而泥沼地也将不复存在。在卡卢加省，情形就完全相反，禁伐林绵延数百俄里，泥沼地有数十俄里，珍贵的松鸡并未绝迹，温和的鹬鸟也在此栖息，忙碌的鹧鸪时而突然飞起，使猎人和猎犬惊喜不置。

有一次我到日兹德拉县去打猎，在田野里遇到并结识了一位卡卢加省小地主波鲁迪金，他酷爱打猎，因而也是一位出色的人物。诚然，他身上也有一些怪癖。譬如：他向省里所有的富家小姐求过婚，均遭到拒绝，人家还不准他上门，他便怀着悲痛欲绝的心情向所有的朋友和熟人诉苦，同时还继续不断地把酸桃子和自己果园里的新鲜水果当礼物送到小姐们的爹娘那里去；他喜欢一而再、再而三地向别人讲同一个笑话，尽管波鲁迪金先生认为这个笑话很有意思，可从来也没有引人发笑过；他竭力称赞阿基姆·纳希莫夫的作品和中篇小说《宾娜》；他说话结结巴巴；管他的猎犬叫天文学家；总把 однако 说成 одначе[3]；他在家里做法国菜，按照他家厨子的理解，其中的诀窍便是使每种食物完全改变应有的天然味，在这位烹调大师的手下，猪肉变成鱼味，鱼变成蘑菇味，通心粉变成火药味；因此不把胡萝卜切成菱形或梯形是决不放到汤里去的。但是除了这些为数不多而且无伤大雅的缺点，正如上面所说的，波鲁迪金先生仍不失为一位出色的人物。

就在我同波鲁迪金先生结识的第一天，他就邀请我到他家去

① 1 俄里合 1.067 公里
② 奥廖尔省把大片茂密的灌木丛称为“草场”；奥廖尔方言的特点是拥有许多独特的，有时很恰当、有时毫无道理的词语和短语。——原注
③ 俄语“但是”，“然而”之意，波鲁迪金说的是方言。

宿夜。

“到我家约有五俄里，”他说，“步行要走好远的路，让我们先到黄鼠狼家弯一下吧。”（读者想必会原谅我没有把他的口吃表达出来。）

“这黄鼠狼是谁啊?”

“我的佃农……他家就在这儿附近。”

我们便动身到他家里去。在树林中间一片平整过的空地上矗立着黄鼠狼的独家庭院。它由几座松木房子组成，周围用栅栏连接起来；正屋门前搭有一块凉棚，用几根细细的柱子支撑着。我们走进去，一个个子高高、长得很漂亮的二十来岁年轻小伙子出来迎接我们。

“啊，费佳！黄鼠狼在家吗?”波鲁迪金先生问他。

“不在家，黄鼠狼到城里去了，”小伙子笑吟吟地回答，露出一口整齐的皓齿。“要给您套马车吗?”

“是的，老弟，要一辆马车。再给我们来一点克瓦斯①。”

我们走进屋子。在洁净的原木墙壁上没有一张苏兹达利画片②；墙角里装饰着银质衣装的粗笨圣像前点着一盏神灯；菩提木桌子不久前刚刮洗干净；原木墙缝里和窗框上没有好动的黄蟑螂窜来窜去，也没有藏着呆滞的黑蟑螂。年轻小伙子很快回来了，手里拿着一只盛满上好克瓦斯的白色大碗、一大块小麦粉面包和一只装着上打腌黄瓜的木盆。他把这些食物放在桌上，靠在门上笑眯眯地望着我们。没等我们吃完点心，马车已在门前辘辘作响了。我们走出门去。一个满头鬈发、面颊红润、十五岁左右的男孩坐在那里当马车夫，他吃力地勒住那匹肥

---

① 俄国人自制的一种清凉饮料。
② 苏兹达利县以印制木版画闻名，一般农民家庭都要贴这种画片。

壮的花斑公马。马车周围站着五六个身材高大的年轻人，容貌个个酷似费佳。“都是黄鼠狼的孩子！”波鲁迪金说。“都是些小黄鼠狼，”跟着我们走到台阶上的费佳插了一句，“而且还没有到齐：波塔普在林子里，西多尔跟老黄鼠狼到城里去了……留点神，瓦夏，”他回头对马车夫继续说，“要跑快点：你拉的是老爷。颠簸的时候要留神，驾得稳一点：要不然会颠坏马车，还会把老爷的肚子颠得翻江倒海！”几个小黄鼠狼听到费佳别出心裁的话都笑了笑。“把天文学家也带上！”波鲁迪金先生煞有介事地吆喝一声。费佳高高兴兴地把似笑非笑的猎犬举起来，放到马车上。瓦夏松开缰绳。我们的马车启动了。“瞧，这是我的办事处，”波鲁迪金先生突然指指一座不大的矮房子对我说，“想进去看看吗？”“听便。”“这办事处现在已经撤销了，”他边下车边说，“不过还是值得看看。”办事处一共有两个空房间。看守房子的独眼老头从后院跑来。“你好啊，米尼亚伊奇，”波鲁迪金先生说，“有水吗？”独眼老头跑进去，一会儿拿了一瓶水和两只杯子回来。“请尝一尝吧，”波鲁迪金对我说，“我这是很好的泉水。”我们各喝了一杯，这时老头向我们深深鞠了一躬。“那么，现在我们好像可以走了，”我的新朋友对我说。“在这个办事处里我曾以好价钱卖给商人阿利鲁耶夫四俄亩树林。”我们又坐上马车，过了半小时，我们已经来到主人家的院子里。

“请问，”晚餐的时候我问波鲁迪金，“黄鼠狼为什么没和您的其他佃农住在一起而单独住在外面呢？”

“是这么回事：他是个聪明的佃农。二十五年前他的茅屋被一场大火烧掉了。他跑来对先父说：‘尼古拉·库兹米奇，请您允许我住到您泥沼地上的树林里去吧。我会多付一点代役租给您。’‘你为什么要住到泥沼地上去呢?’‘我是这么想的。尼古拉·库兹米奇老爷，请您什么活都别派我去干，要多少代役租就由您定吧。’‘一年五十卢布!’‘就听您的便。’‘你得留点神，我可是不准欠租的!’‘明白了，不能欠租……’就这样，他搬到泥沼地上去住了。从此大家都叫他黄鼠狼。”

“那么，他发财了吗?”我问。

“发财了。现在他每年付给我一百卢布代役租，我也许还要他加租呢。我已经不止一次对他说过：‘你赎身吧，黄鼠狼，喂，赎身吧！……’可他这个狡猾的家伙总对我说，没办法，没有钱啊……真的，可别叫我这么做！……”

第二天，我们喝过茶便立即去打猎。马车经过村子的时候，波鲁迪金先生吩咐车夫在一座低矮的农舍前停下，并大声叫唤：“卡利内奇!”“来啦，老爷，马上就来，”院子里有人回答，“我在穿鞋呢。”我们的马车又慢慢往前走了。一个四十来岁的汉子在村子后面赶上我们，他是个瘦高个儿，小小的脑袋向后仰着。这就是卡利内奇。他那淳朴黝黑的脸上有几点麻斑，我第一眼就喜欢上他了。后来我才知道，卡利内奇每天跟着东家去打猎，替他背猎袋，有时替他背枪，告诉他哪里有野禽，帮他打水，采草莓，搭窝棚，替他去要马车，波鲁迪金先生离了他就寸步难行。卡利内奇是个极其快乐、极其温顺的人，总是低声哼着小调，无忧无虑地东看看西瞧瞧，说话带点鼻音，微笑时总眯起他那对天蓝色眼睛，还不时用手去捋捋他那稀疏的楔形胡子。他走路不很快，但脚步很大，稍稍拄着一根细长的棍子。这一天里他和我谈过几次话，服侍我的时候没有一点媚态，但照料东家就像照料小孩一样。当正午难以忍受的酷暑逼着我们去找阴凉的地方休息时，他便带我们到树林深处他的养蜂场去。卡利内奇为我们打开一间挂着一束束芳香干草的小茅屋，把我们安置在新鲜的干草上，自己在头上戴上一个网罩，拿了一把刀，一只瓦罐和一块燃烧的木头，到养蜂场上去为我们割蜜。我们喝了透明温和的蜂蜜加泉水，在蜜蜂单调的嗡嗡声和树叶的簌簌声中睡着了。一阵微风把我吹醒……我睁开眼睛，看见卡利内奇：他坐在半开着房门的门槛上，用小刀雕着一把木勺。我久久地欣赏着他的脸，那神情是那么柔和而开朗，就像薄暮中的天空。波鲁迪金先生也醒了。我们没有马上爬起来。在长时间的跋涉和酣睡之后，一动不动地躺在干草上是多么惬意：浑身懒洋洋的，脸上散发着微微的热气，甜蜜的倦意又使我们合上眼睛。我们终于起身，又去游逛，直到傍晚。吃晚饭的时候，我又谈起黄鼠狼和卡利内奇。"卡利内奇是个善良的庄稼汉，"波鲁迪金先生对我说，"一个热心勤劳的庄稼汉；可是他不能好好地经营，我老是把他拖住。每天陪我去打猎……哪里谈得上干活呢，您想想看。"我同意他的话，我们便躺下睡觉了。

第二天，波鲁迪金先生由于和邻人皮丘科夫有一场官司，必须到城里去。皮丘科夫耕了他的地，又在耕过的地上打了他的一个农妇。我便一个人去打猎，在快入暮时分顺路到黄鼠狼那里去。一个老头在门口接待我，他秃顶，体格结实矮壮，这就是黄鼠狼。我好奇地端详了一下这个黄鼠狼，他的脸形很像苏格拉底①，同样是高高的长着疙瘩的前额，同样是小小的眼睛，同样是翘翘的鼻子。我们一起走进屋里。仍然是费佳给我端来牛奶和黑面包。黄鼠狼在凳子上坐下，不动声色地抚摩着他拳曲的大胡子，跟我攀谈起来。他仿佛意识到自己的尊严，言谈

---

① 苏格拉底（前 469—前 399），古希腊哲学家。

举止都慢条斯理，偶尔从长长的唇髭下露出点笑容。

我跟他谈播种，谈收割，谈农民的生活……他对我的话似乎一直表示同感；可是后来我却感到有点不好意思，我觉得我的话不在行……我们的谈话似乎有点古怪。黄鼠狼的话有时很婉转，大概是出于谨慎……下面就是我们谈话中的一个例子：

“请问，黄鼠狼，”我问他，“你为什么不向你的主人赎身呢?”

“我为什么要赎身？现在我很了解我的主人，也能按期缴租……我们的主人很好。”

“可是有了人身自由总归好些，”我说。

黄鼠狼斜睨了我一眼。

“那还用说，”他说。

“那么你为什么不赎身呢?”

黄鼠狼摇摇头。

“老爷，你让我拿什么去赎身啊?”

“嘿，算了吧，老头儿……”

“黄鼠狼要成了自由人，”他仿佛自言自语似的轻声说，“那么，凡是没有胡子的，便都可以来管黄鼠狼了。”

“那你自己也把胡子剃掉啊。”

“胡子算什么？胡子不过是一把草，可以割掉的。”

“那是怎么回事?”

“是这么回事，黄鼠狼就要去做商人了。商人的日子过得好，再说，他们也都留着胡子。”

“怎么，你不也在经商吗?”我问他。

“我不过是做点黄油和焦油的买卖……怎么样，老爷，要套车吗?”

“你这个人嘴巴真紧，是个有头脑的人，”我心里想。

“不，”我大声说，“我不要马车。我打算明天在你的宅院周围走走，如果你允许的话，我就在你家的草棚里过一夜。”

“非常欢迎。不过在草棚里你能睡得安生吗？我吩咐娘儿们给你铺条床单，摆个枕头。喂，娘儿们!”他站起来，叫道，“过来，娘儿们！……费佳，你跟她们去。娘儿们都是些蠢货。”

一刻钟以后，费佳提着灯送我到草棚去。我扑到芳香的干草上，狗就蜷缩在我的脚边。费佳向我道了晚安，门吱呀一声关上了。我久久不能入梦。一头母牛走到门前大声喷了两口气，狗凛然不可侵犯似的向它狂吠起来，一头猪从门前走过，若有所思地哼哼着；一匹马在附近嚼着干草，打着响鼻……我终于打起瞌睡来。

天刚亮费佳就把我叫醒了。这个快乐麻利的小伙子很讨我喜欢，而且根据我的观察，他也是老黄鼠狼的爱子。他们两个人有时还很亲热地开点玩笑。老头儿出来迎接我，不知是因为我在他家宿过夜，还是别的什么缘故，黄鼠狼对待我比昨天亲切多了。

“茶炊已经给你烧好了，”他笑容可掬地对我说，“我们喝茶吧。”

我们在桌旁坐下。一个健壮的农妇，他的儿媳中的一个，拿来一瓦罐牛奶。他的几个儿子也一一走进屋里来。

“你家真是人丁兴旺啊!”我对老头儿说。

“是啊，”他咬下一小块糖，说，“他们待我和我的老太婆真是没话可说的。”

“他们都跟你住在一起吗?”

“是啊。他们想住，就这么住下了。”

“都娶媳妇了吗?”

“就这个淘气鬼还没有，”他指指仍旧倚在门上的费佳回答，“瓦西卡[①]年纪还小，可以再等等。”

“我干吗要娶媳妇?”费佳表示反对，“我就这样好。我要老婆干什么？跟她吵架还是怎么的?”

“嘿，你啊……我可明白你的心思！戴上银戒指……好一天到晚围着老爷家的那些丫头转……‘得了吧，不要脸的东西！’”老头儿学着使女们的口气说，“我可明白你的心思，你这个公子哥儿!”

“讨个老婆有什么好处?”

“娘儿们是劳力，”黄鼠狼一本正经地说，“娘儿们是庄稼汉的用人。”

“我要劳力干什么?”

“说得对，说得对，你就是想借别人的手给自己捞好处，我明白你们这帮兄弟的心思。”

“要是这样，那你就给我娶媳妇好啦，呃？怎么？为什么不吭声啦?”

“嘿，得了，得了，调皮鬼。看我们把老爷闹的。别担心，我会给你娶的……老爷，你可别生气：你瞧，孩子还小，不懂事。”

费佳摇摇头……

“黄鼠狼在家吗?”门外响起熟悉的声音，卡利内奇两手捧着一把野草莓走了进来，这是他特地采来送给他的朋友黄鼠狼的。老头儿亲

---

① 瓦西卡、瓦夏都是瓦西里的小称。

热地迎接他。我望着卡利内奇，心里好不惊奇：说实话，我没想到一个庄稼汉对人竟还这么“亲热”。

这一天我出去打猎比平时晚了四个钟头，以后的三天则是在黄鼠狼家过的。这两个新相识颇使我感兴趣。我不知道凭什么得到了他们的信任，他们都无拘无束地跟我聊天。我兴致勃勃地听着他们的谈话，观察着他们。这两个朋友彼此毫无相同之处。黄鼠狼是个积极进取、精明能干的人，有经营头脑，一个纯理性主义者；卡利内奇则相反，他属于那种理想主义、浪漫主义者之列，热情而喜欢幻想。黄鼠狼处事很现实，因而造房子、积攒钱财，同老爷和其他有权势的人搞好关系；卡利内奇则穿树皮鞋，日子过得马马虎虎。黄鼠狼儿女满堂，有一个听话和睦的大家庭；卡利内奇娶过妻，他惧内，根本没生过孩子。黄鼠狼深知波鲁迪金先生的为人；卡利内奇尊敬他的东家。黄鼠狼喜欢卡利内奇，因而处处庇护他；卡利内奇喜欢并敬重黄鼠狼。黄鼠狼言语不多，嘴上挂着笑容，遇事决不糊涂；卡利内奇言语之间充满着热情，虽然并不像工厂里那些伶牙俐齿的工人那样善于甜言蜜语……但是卡利内奇天生有许多长处，连黄鼠狼自己都承认。例如：他能念咒止血、镇惊、制怒、能驱虫；他善于养蜂；他的手气很好。黄鼠狼曾当着我的面请他把刚买的马牵进马厩里，而卡利内奇也煞有介事、郑重其事地去完成这个老怀疑主义者的请求。卡利内奇与大自然较贴近，黄鼠狼则与世人和社会较结缘；卡利内奇不喜欢发议论，对一切都盲目相信；黄鼠狼则颇为自负，甚至对生活抱着玩世不恭的态度。他见多识广，我从他身上学到不少东西。例如：我从他的话中了解到，每年夏天割草前总有一辆式样特别的小马车到乡下来。车上坐着一个穿长袍的人，向农民兜售钐镰。如果是付现金，每把卖一卢布二十五戈比至一个半卢布纸币；如果是赊账，则卖三卢布纸币和一个银卢布。所有的农民当然都向他赊账。过两三个礼拜他来收账。这时农民刚刚收割燕麦，便有钱还账；他便和商人到小酒店去，在那里把账结清。有些地主想用现钱买下钐镰，然后按同样的价格赊给农民；但农民们不愿意，甚至提不起精神；本来他们可以用手弹弹钐镰，听听声音，把它拿在手里翻来覆去地察看，对狡猾的贩子问上二十来遍："喂，小伙子，这钐镰不怎么好吧？"从地主手里买就没有这番乐趣。买镰刀时也发生同样的情况，所不同的是，进行交易时娘儿们也搅和在里面，有时为了她们的好处，弄得贩子不得不动手把她们揍一顿。不过娘儿们苦头吃得最多的是在另一种情况下。负责供应造纸厂原料的商人常常委托人去收购特殊的破布，这种人在有些县里被称为"老鹰"。"老鹰"从商人那里领取二百来卢布纸币，便出发去寻找猎物了。然而，他和人们崇尚的那些猛禽不同，并不公开大胆地袭击猎物，相反，"老鹰"却采取种种巧取豪夺的手段。他把马车停在村子附近的灌木丛里，乔装成过路人或到处游逛的人，径直跑到人家的后院或后门去。娘儿们凭嗅觉猜到他来了，便悄悄跑出去和他碰头。买卖迅速成交了。为了几个铜钱，娘儿们不仅把家里各种没有用处的破布卖给"老鹰"，甚至还常常把丈夫的布衫和自己的毛呢裙子也卖给他。最近娘儿们发现把自己家里的东西，把麻，尤其是麻布偷出去卖很合算，这样一来，"老鹰们"的业务就得到可观的扩展和改进了！可是以后庄稼汉们同样也学得机灵了，稍有一点可疑，远远听到"老鹰"来到的消息，便立即毫不迟疑地采取补救和预防措施。说实在的，这不是太丢脸了吗？卖麻是他们男人的事，他们也确实在卖，不是卖到城里去，卖到城里要自己运去，而是卖给外来的小贩，这些小贩由于没有带秤，便以四十把作一普特[1]计算——可你们也知道，什么叫做一把，俄罗斯人的手掌有多大，尤其是在他“使劲”的时候！我这个涉世不深，在乡村里没多少“见识”（正如我们奥廖尔人所说的）的人，确实听到不少这种故事。不过黄鼠狼并不一个劲儿地自己说，他也问了我好些问题。当他知道我到国外去过时，好奇心便变得非常强烈……卡利内奇也不比他落后。但最使卡利内奇感动的是关于大自然、山脉、瀑布、非同寻常的建筑物、大城市这类描绘；而吸引黄鼠狼注意的则是行政和国家问题。他有条不紊地提出各种问题：“他们那儿也跟我们这儿一样，还是有什么不同？……老爷，告诉我，这是怎么回事？……”“哦，主啊，这是你的旨意!”在我讲述的过程中，卡利内奇常常不由自主地大声感叹；黄鼠狼则默默地听着，皱起浓密的双眉，只是偶尔插一句：“这在我们这儿是行不通的，这倒不错——这很正常。”我无法把他提出的问题一一告诉你们，再说也没这个必要；不过从我们的谈话中我得出一个结论，这个结论读者想必是怎么也料想不到的。我的结论就是：彼得大帝基本上是个俄罗斯人，正是从他的改革中看出他是个俄罗斯人。俄罗斯人坚信自己的力量和意志到了百折不回的地步：他很少怀念过去，却能勇敢地面对未来。凡是好的，他都喜欢，凡是合理的，他都接受，至于来源，他并不关心。他那健全的思想常常喜欢嘲弄德国人枯燥乏味的理性；可是用黄鼠狼的话说，德国人是个好奇的小民族，他愿意向他们学习。黄鼠狼由于自己地位的特殊和实际上的独立性，跟我说了许多话，这些话你从别人的嘴里是连撬都撬不出来的，就像庄稼汉们所说的，用磨盘也别想磨出来。他确实很

---

① 俄国重量单位，1 普特合 16.38 公斤。

明白自己的地位。同黄鼠狼谈话，我才第一次听到一个俄罗斯庄稼汉纯朴而充满智慧的话语。就他的情况而言，他的知识可以说是很广博的，但他不识字；卡利内奇却识字。“这个二流子识几个字呢，”黄鼠狼说，“他养的蜜蜂从来不会大批死掉。”“你让孩子们识字了吗?”黄鼠狼沉默了一会儿。“费佳在识字。”“别的孩子呢?”“别的孩子不在识字。”“为什么?”老头儿没有回答，换了一个话题。不过，不管他多聪明，他还是有许多偏见和固定观念。譬如，他从心底里轻视娘儿们，可在他心情愉快的时候便会拿她们开心，嘲弄她们。他的妻子是个爱吵闹的老太婆，整天待在炕上，不停地唠叨、骂人；儿子们都不理睬她，可是她使媳妇们像敬畏上帝一样怕她。难怪俄罗斯民歌里做婆婆的都唱着：“你算什么儿子，你算什么当家人！你不打老婆，不打新娘……”有一次我想为做媳妇的说几句，试图唤起黄鼠狼的同情心；但是他无动于衷地劝阻我，说：“你何苦管这种……鸡毛蒜皮的事儿——让娘儿们去吵闹吧……劝解她们——更糟，惹得一身臊不值得。”有时这凶恶的老太婆爬下炕来，叫唤穿堂里的看家狗，嘴里叫着“过来，过来，狗儿!”接着便用火钩朝看家狗瘦骨嶙峋的背脊打去，要不然就是站在屋檐下对着所有的过路人，就像黄鼠狼说的，“狂吠”。可是她怕丈夫，只要他吆喝一声，她只好灰溜溜地爬到炕上去。然而，听卡利内奇和黄鼠狼谈起波鲁迪金先生时发生的争论却是特别有趣的。“你啊，黄鼠狼，在我面前你可别碰他，”卡利内奇说。“那他为什么不给你做靴子呢?”黄鼠狼反驳。“嘿，靴子！……我要靴子干什么？我是个庄稼汉……”“我也是个庄稼汉啊，可是你瞧……”说着，黄鼠狼便抬起脚来，让卡利内奇看那双仿佛是用猛犸象[1]皮做的皮靴。“唉，我能和你比吗!”卡利内奇回答。“那么，至少他得给你一点钱买树皮鞋啊，你可是一直在陪他打猎的；大概一天得穿坏一双树皮鞋呢。”“他是给我买树皮鞋的钱的。”“不错，去年他给过你十戈比银币。”卡利内奇沮丧地转过脸去，黄鼠狼则哈哈大笑起来，这时他的一双小眼睛就根本看不见了。

卡利内奇高高兴兴地唱着歌，还弹起巴拉莱卡[2]。黄鼠狼听着听着，突然歪着头也唱起歌来，歌声哀婉凄切。他特别喜欢唱那首《我的命运啊，命运!》费佳不肯放过和父亲开玩笑的机会。“老头儿，你伤哪门子心哪?”但黄鼠狼一手托着腮帮，闭起眼睛，继续如怨如诉地诉说自己的命运……可是在另一些时候，没有人比他更勤劳：他总是不停地忙活着——修修马车，补补篱笆，瞧瞧挽具。可是他并不注意保持家中的清洁，有一次我向他指出这一点，他回答我“家中应该有点住人的气味”。

“你看看吧，”我反驳他，“卡利内奇的养蜂场有多干净。”

“要不然，蜜蜂就不肯住了，老爷，”他叹一口气说。

“请问，”有一次他问我，“你有世袭领地吗?”“有的。”“离这儿远吗?”“一百俄里光景。”“那么，老爷，你住在自己的世袭领地吗?”“是的。”“你大概摆弄猎枪的时候多些吧?”“不错，是这样。”“老爷，你这样做很好；你就打打松鸡，过过舒心日子，不过要经常换换村长。”

---

① 已灭绝的哺乳动物。
② 俄罗斯民间乐器，一种三根弦的三角琴。

第四天傍晚，波鲁迪金先生派人来接我，我同老头儿分手，不免感到若有所失。我和卡利内奇一起坐上马车。“那么，再见啦，黄鼠狼，祝你健康，”我说……“再见，费佳。”“再见，老爷，再见，别忘了我们。”我们乘马车走了；天边刚刚燃起一片晚霞。“明天天气一定很好，”我望望晴朗的天空，说。“不，会下雨，”卡利内奇不同意我的话，“您看，鸭子在拍水，草地的气息也特别重。”我们的马车驶进一片灌木丛。卡利内奇在驭座上一上一下地颠簸着，轻轻地哼起小调来，不时望望那片晚霞……

翌日，我离开了波鲁迪金先生好客的家。

叶尔莫莱和磨坊主妇

傍晚，我和猎人叶尔莫莱出去“伏击”……不过，也许不是所有的读者都知道“伏击”是怎么回事。那么诸位，请听我细细说来。

春天，在日落前一刻钟，您背着枪，不带狗，到树林里去。您在树林边上找个地方，往四下里瞧瞧，检查一下猎枪的火帽，和同伴交换一下眼色。一刻钟过去；太阳下山了，但树林里还很明亮；空气洁净而透明。鸟雀唧唧啾啾地鸣啭着；幼嫩的青草闪耀着绿宝石一样的怡人光彩……您就等待着。树林里渐渐昏暗下来；晚霞的红光慢慢从树根、树干向上移去，越升越高，从几乎还是光秃的低处的枝干升到纹丝不动、还在沉睡的梢头……不久，就连最高处的树梢也失去了光彩；嫣红的天空逐渐变成蓝色。树林的气息越来越浓，微微流动着一股暖暖的潮气；吹进来的微风在您身边静息了。鸟儿渐渐睡去——它们不是一下子一起睡着，而是由于种类的不同而有先有后：最初安静下来的是燕雀，过一会儿是知更鸟，然后是黄鹀。树林里越来越暗。树木渐渐融合在一起，变成一团越来越黑的庞然大物；湛蓝的天空上害羞似的闪烁着最初的星星。鸟儿都睡着了。只有红尾鸲和啄木鸟还偶尔睡眼惺忪地鸣叫几声……现在连它们也沉寂下来了。一只柳莺又在您头顶上响亮地叫了一声，一只黄鹂不知在哪里悲啼，夜莺第一次唱起歌来。您已经等得不耐烦了，突然——只有猎人才懂得您此刻的心情——突然在万籁俱寂的静谧中响起一种不同寻常的呱呱声和咝咝声，听得见一只鸟儿在急促而有节奏地鼓翼飞翔——山鹬漂亮地低垂着它的长喙，从一棵黑魆魆的白桦树上缓缓地飞出来迎接您的射击。

这就是"伏击"的意思。

就这样，我和叶尔莫莱出发去伏击；可是诸位，对不起，我得先把叶尔莫莱向你们介绍一下。

请想象一下一个年约四十五岁的人，他瘦瘦高高的个儿、长着细长的鼻子、狭小的前额、灰色的眼睛、一头乱蓬蓬的硬发和两片带着嘲笑的宽阔嘴唇。这个人无论冬夏都穿着一件德国式的黄色土布长衣，可是在腰间系着一根宽腰带；下身穿一条蓝色灯笼裤；头上戴一顶羔皮帽，这顶帽子是一个破落地主在高兴时送给他的。他的腰带上常常挂着两只口袋：一只挂在身前，巧妙地结成两半，分别装着火药和霰弹，一只挂在身后，用来装猎物；至于棉花，叶尔莫莱是从自己那顶仿佛取之不尽的羔皮帽里扯出来的。他本来可以轻而易举地用卖野味的钱去买子弹盒和一只背囊，但他从来没有这样考虑过，仍旧用他的老办法装弹药，他能防止霰弹和火药撒出或混在一起的危险，那手法之巧妙足以使旁观者惊叹不置。他的猎枪是单筒的，装着燧石枪机，并且有很强的"后坐力"，因此叶尔莫莱的右脸总是肿得比左脸大。他怎么能用这把枪打中猎物，这是任何一个机灵的人都百思不得其解的，可是他竟然打中了。他有一条猎犬，叫瓦列特卡，那是一只妙不可言的畜生。叶尔莫莱从来不喂它。"我才不喂狗呢，"他议论着，"再说，狗是一种聪明的畜生，它自己会去觅食的。”确实如此，虽然连神情冷漠的过路人也为瓦列特卡的精瘦感到吃惊，但它毕竟活着，并且活了很久；不管它的境遇有多么艰难，它从来没有走失过，也没有表现出要离开主人的意思。只有一次，那是在它年纪还小的时候，它走失过两天，那是因为它迷恋于爱情；不过它很快就清醒过来了。瓦列特卡最突出的优点是它对世上的一切都表现出难以想象的冷漠……如果我们说的不是一条狗，我会用哀莫大于心死来形容它。它总是把尾巴压在身下坐着，皱着眉头，不时颤抖着，从来不笑(众所周知，狗是会笑的，而且笑得很可爱)。它长得丑陋无比，没有一个空闲的仆役不抓住机会恶毒地嘲笑它的外貌。然而对于这些嘲笑甚至手打脚踢，瓦列特卡都以惊人的冷静予以忍受。当它由于不光是狗所特有的弱点把饥饿难忍的嘴脸探进以温暖和食物的香气诱人的厨房半开着的门里时，厨子们就会马上放下手里的活，大声斥骂着跑出来驱赶它，从而得到极大的快乐。在出猎的时候，它的特点是不知疲劳，并且具有相当灵敏的嗅觉。但是如果偶尔追赶到一只受伤的兔子，它就会躲在葱绿的灌木丛浓荫下，远远地避开用别人听得懂或听不懂的一切方言土语破口大骂的叶尔莫莱，津津有味地把兔子吃得连一根骨头都不剩。

叶尔莫莱是我众多芳邻中一位老式地主家的农奴。老式地主不喜欢“鹬”，他们习惯于食用家禽。除非是遇到特殊情况，例如过生日、命名日和选举日，老式地主家的厨子才会准备长嘴鸟。一个俄罗斯人，当他不知道一件事该怎么办才好的时候，往往会头脑发热，胡来一通，于是厨子便想办法在长嘴鸟这道佳肴上面加上许多稀奇古怪的佐料，使得大部分客人都好奇而又聚精会神地琢磨这道端上来的美味，却怎么也不敢尝尝味道。叶尔莫莱按规定每月要送两三只松鸡和鹌鹑到主人的厨房来，不过允许他想住哪儿就住哪儿，想干什么就干什么。人们都把他看成一个没有用的人，就像我们奥廖尔人所说的“孱头”，而把他拒之门外，火药和霰弹当然也不会供应他，他们所遵循的恰恰就是他的不喂狗的原则。叶尔莫莱是个极古怪的人：他像鸟儿一样无忧无虑，总是喋喋不休，看起来漫不经心又笨手笨脚；他嗜酒如命，居无定所，走起路来脚总是蹭着地，摇来摆去。就这样蹭着地走，摇来摆去，一昼夜可走五十俄里路。他有过种种不同的离奇曲折的遭遇：在泥沼泽地里、树上、屋顶上、桥下过过夜，不止一次被关在阁楼上、地窖和畜棚里，失去过猎枪、猎狗和最必需的衣服，长时间地遭到痛打——可是过了些时候，他又穿着衣服、带着猎枪和猎狗回来了。不能说他是个快活人，虽然他几乎一直处在情绪极佳的状态；总的说来，他看上去像个怪人。叶尔莫莱喜欢跟好人聊天，尤其是在喝酒的时候，不过在这种情况下他也不会聊得很久，他往往会突然站起来拔脚就走。“你这鬼东西到哪儿去啊？已经入夜了。”“到恰普利诺去。”“干吗一定要到恰普利诺去啊？有十俄里路呢。”“我在庄稼汉索弗隆那儿过夜。”“你就在这儿过一夜吧。”“不，不行。”于是叶尔莫莱带着他的瓦列特卡在这漆黑的夜里，穿过无数灌木丛和坑坑洼洼走了，而他那庄稼汉索弗隆说不定不放他进屋，甚至会结结实实地揍他一顿，理由是：别来打扰正派人。可是有些技巧谁也比不上叶尔莫莱，他能在春汛中捕鱼，用手捉虾，凭嗅觉寻找猎物，诱捕鹌鹑，训练猎鹰，捉到那些会唱《魔笛》和《杜鹃迁飞》[①]的夜莺……只有一件事他不会：训练猎犬；他没

① 喜欢夜莺的人都熟悉这些名称：这是夜莺歌声中最动听的“唱段”。——原注

有足够的耐心。他也有老婆。他一个礼拜到她那里去一次。她住在一所歪歪倒倒的破屋里，有一顿没一顿地艰难度日，从来不知道明天拿什么填肚子，总之，她的命真是苦。叶尔莫莱这个无忧无虑而又老实巴交的人对老婆却很蛮横粗暴，在家里摆出一副威风凛凛、不可冒犯的样子，他那可怜的妻子不知道怎样才能讨他的欢心，一碰到他的目光便浑身发抖，常常拿出仅剩的一个戈比给他买酒喝，当丈夫神气活现、摊手摊脚地躺在炕上睡大觉时，她便低首下心地用自己那件羊皮袄给他盖上。我本人就不止一次亲眼目睹他无意之中露出的那种冷酷凶恶的样子：我不喜欢他在咬死受伤的禽类时表现出来的那副表情。不过，叶尔莫莱从来没在家里待过一天以上，到了别的地方他又变成“叶尔莫尔卡”①了——方圆一百俄里以内，人们都是这样称呼他的，有时他也这样称呼自己。最下等的奴仆都感到自己比这个流浪汉神气，也许就因为这个缘故对他相当友好。那些庄稼汉起初都像在田野上追捕野兔一样追逐他、捕捉他，以此取乐，但后来又都放了他，一旦知道他是个怪人，便不再欺负他，甚至给他面包吃，跟他随便聊天……我就是带这么一个人去打猎，和他一起到伊斯塔河畔一座很大的白桦林里去伏击。

俄罗斯有许多河流像伏尔加河一样，一边河岸是崇山峻岭，另一边是广阔的草地；伊斯塔河也一样。这条不大的河流形状极为奇特怪谲，它像蛇一样蜿蜒曲折，没有半俄里是笔直的。在有些地方，从陡峭的山冈上望去，可以看到十俄里内爆竹柳和草木茂盛的花园环绕的堤坝、池塘、磨坊和菜园。伊斯塔河里的鱼多得不可胜数，特别是大头鲅

① 叶尔莫莱的卑称。

（庄稼汉们大热天在灌木丛下空手就能捉到）。小小的滨鹬常常尖声鸣叫着在布满清凉泉水、巉岩林立的河岸边飞来飞去；野鸭游到池塘当中，小心翼翼地左顾右盼，鹭鸶在背阴处、河湾里的悬崖下鹄立……我们守候了近一个小时，打到了两对山鹬，想在日出之前再来碰碰运气（早晨也可以伏击），便决定到附近磨坊里过一夜。我们从树林里出来，走下山冈。河里滔滔滚动着湛蓝的波浪；夜雾弥漫，空气变得浓重起来。我们敲响一座磨坊的门。院子里的狗吠叫起来。“谁啊？”响起一个睡意蒙眬的沙哑声音。“是打猎的，让我们借宿一夜吧。”没有回答。“我们会付钱的。”“我去跟主人说……去，该死的狗！……死不掉的！”我们听见雇工走进屋子的脚步声，一会儿他又回到门口。“不行，”他说，“主人不让你们进来。”“为什么不让我们进去？”“你们是打猎的，他怕弄得不好，你们会把磨坊烧掉；瞧，你们带着弹药呢。”“真是胡说八道！”“前年我们的磨坊烧过一回啦：有几个牲口贩子来借宿，不知怎么的就烧起来了。”“可是怎么办，老兄，我们总不能在露天里过夜啊！”“你们自己瞧着办吧……”皮靴橐橐响了几声，他走了。

叶尔莫莱把他咒骂了一顿。“我们到村子里去吧，”最后他叹了一口气，说。可是到村子约有两俄里路……“我们在这儿过夜吧，”我说，“就在露天里，今天夜里很暖和，我们付一点钱，磨坊主会给我们送干草来的。”叶尔莫莱毫不犹豫地同意了。我们又去敲门。“你们又来干什么？”又响起那个雇工的声音，“已经说过不行了。”我们向他说明了来意，他回去和主人商量了一下，便跟主人一起回来。边门吱呀响了一声。磨坊主出来了。他身材高大，长着个胖脸，后脑勺像公牛，大腹便便。他答应了我的要求。离磨坊一百来步的地方有一个四面没有墙的小棚子。随后给我们送来了干草；雇工在河边的草地上安放了一个茶炊，他蹲下来，使劲往吹火筒里吹气……烧着的炭火被吹旺，把他那年轻人的脸照得通亮。磨坊主跑去叫醒他的妻子，终于自己提出，要我到他家去宿夜；可是我倒喜欢在野外露宿。磨坊主妇给我们拿来了牛奶、鸡蛋、土豆和面包。茶炊一会儿就烧开了，我们便喝起茶来。河上升起薄雾，没有风；周围不时有秧鸡啼叫着，水车轮子附近发出一种轻微的声音，那是水车叶片上的水滴下来，水从堤坝的闸门渗出的声音。我们点燃一个小小的篝火。我趁叶尔莫莱在炭火堆里烤土豆的时候打了个盹……一阵压低声音的谈话声使我醒了过来。我抬头一看，篝火前面倒放着的木桶上坐着磨坊主妇，她在和我的猎人谈话。我先前已从她的服装、举止和言谈中看出她是地主家的女仆出身，她既不是农妇，也不是市民；可是一直到现在，我才仔细看清了她的容貌。她看上去有三十岁光景；瘦削苍白的脸上还保留着昔日美貌出众的痕迹，尤其是她那对忧郁的大眼睛很使我喜欢。她把臂肘支在膝盖上，双手托着脸。叶尔莫莱背对我坐着，正往火堆里添木柴。

“热尔图希纳又在流行兽疫，”磨坊主妇说，“伊凡神父的两头母牛都病倒了……主啊，可怜可怜他吧！”

“那么你们家的猪怎么样？”叶尔莫莱沉默了一会儿，问道。

“还活着。”

“哪怕有人送给我一头小猪也好哇。”

磨坊主妇没再说话，后来叹了一口气。

“跟您来的这位是谁？”她问。

“是位老爷，科斯托马罗沃的。”

叶尔莫莱把几根枞树枝扔进火堆里；树枝马上一起哔剥作响，一股白色浓烟冒出来，直冲到他脸上。

“你丈夫为什么不让我们进屋里去?”

“害怕呗。”

“瞧,这胖子,大肚皮……宝贝,阿琳娜·季莫菲耶夫娜,给我来一小杯酒吧!”

磨坊主妇站起身来,消失在黑暗中。叶尔莫莱轻声唱起歌来:

我和情妹去约会,
鞋子穿破好几回……

阿琳娜拿着一小瓶酒和一只杯子回来。叶尔莫莱稍稍抬了抬身子,画了个十字,一口气把一杯酒干了。“好酒!”他说了一句。

磨坊主妇又在木桶上坐下。

“怎么样,阿琳娜·季莫菲耶夫娜,你还常常生病吗?”

“常常生病啊。”

“怎么搞的?”

“每天夜里都咳嗽,好难受。”

“老爷大概睡着了,”叶尔莫莱沉默了一会儿,说。“你可别去看医生:那样会更糟的。”

“我是没去看医生啊。”

“你到我家来玩玩吧。”

阿琳娜低下头。

“到时候,我会把我老婆赶走的,”叶尔莫莱继续说……“真的。”

“您还是把老爷叫醒吧,叶尔莫莱·彼得罗维奇,您瞧,土豆已经烤熟了。”

“让他睡个够吧，”我那忠实的仆人无动于衷地说，“他跑了好多路，让他睡吧。”

我在干草堆上翻了个身。叶尔莫莱站起来，走到我跟前。

“土豆烤好了。老爷，请去吃吧。”

我走出棚子，磨坊主妇从木桶上站起来，想走开。我和她攀谈起来。

“你们租用这座磨坊有好久了吧？”

“从三一主日[①]算起，已经是第二年了。”

“你丈夫是从哪儿来的？”

阿琳娜没听懂我的问话。

“你丈夫是哪里人？”叶尔莫莱提高声音，把我的问话重复了一遍。

“从别廖夫来的。他是别廖夫城里人。”

“你也是别廖夫人吗？”

“不，我是地主家的……以前是地主家的丫头。”

“谁家的？”

“兹维尔科夫老爷家的。现在我是自由身的人。”

“哪一个兹维尔科夫？”

“亚历山大·西雷奇。”

“你是不是他太太的使女？”

“您怎么会知道？以前是的。”

我怀着双倍的好奇心和同情心望望阿琳娜。

“我认识你家老爷，”我继续说。

① 亦称圣三主日，宗教节日，圣灵降临节后的礼拜天，在6月份。

“您认识?”她轻声说,低下头。

必须告诉读者,我为什么怀着这样的同情心望着阿琳娜。从前我在彼得堡的时候,一个偶然的机会我认识了兹维尔科夫先生。他相当有地位,是一位公认的见多识广、精明能干的人。他太太胖乎乎的,容易动感情,又爱哭,又凶狠——是个俗不可耐、难以相处的人。他有一个儿子,是个不折不扣的公子哥儿,娇生惯养,又毫无知识。兹维尔科夫先生本人的尊容很难讨人喜欢:一张几乎四方形的宽脸膛上瞪着一双狡黠的老鼠般小眼睛,一个尖尖的大鼻子高高突起,露出两个朝天鼻孔,剪短的灰白头发鬃毛一般直立在布满皱纹的前额上方,薄薄的嘴唇不断地抖动,挂着甜得腻人的笑容。兹维尔科夫先生站着的时候通常都是叉开两腿,把两只肥胖的手插在口袋里。有一次我和他两人乘车到城外去。我们一路上闲谈着。兹维尔科夫先生是个老于世故、精明强干的人,便开始给我指引“真理的道路”。

“请允许我向您指出,”最后他尖声说,“你们所有的年轻人对事物的判断和解释都是盲目的;你们对自己的祖国所知甚少;先生们,你们不了解俄罗斯,问题就在这儿!……你们所有的人都只读德国书。譬如说吧,您现在跟我说这个说那个,是啊,还说到我的家仆……很好,我不和您争论,这一切都很好;可是您不了解他们,您不了解这是些什么样的人。”兹维尔科夫先生大声擤了一下鼻涕,吸吸鼻烟。“请允许我给您说,譬如,一件小事吧,对此您也许会感兴趣的。”兹维尔科夫先生清清嗓子。“您也知道我太太的为人,比她更善良的妇女恐怕很难找得到,这一点您自己也承认。她的使女过的不是人间的生活,简直是天国实现了……可是我太太定下一条规矩:不使用嫁了人的使女。嫁了人的使女确实不能用:孩子一出生,一会儿这样,一会儿那样,这使女还能好好服侍太太吗？还能好好遵从她的习惯吗？她已经顾不上这些，她心里想的已经不是这些事了。人心都是这样的。就这样，有一次，我们乘车经过我们的村子，这是——怎么跟您说呢，可不能撒谎——十五年前的事了。我们看见村长家有个小姑娘，是他的女儿，长得很标致，而且，您知道，一举一动都那么乖巧伶俐。我太太对我说：‘科科——您知道的，她是这样叫我的——我们把这个小姑娘带到彼得堡去吧，我喜欢她，科科……’我说：‘带走吧，我完全同意。’不用说，村长马上给我们跪下了；您也知道，这种福分是想也想不到的……那小姑娘当然傻里傻气地哭了起来。起初她真的很害怕：要离开老家……总之……这是毫不奇怪的。但是她在我们家很快就习惯了。起初我们让她住在下房里，不用说，得调教她。可您想到没有？这小姑娘什么活都一教就会，简直让人吃惊；我太太一点都离不开她，处处护着她，最后，不管别人怎么说，便把她升作贴身丫头了……说实在的……得给她说句公道话：我太太还从来不曾有过这样好的使女，绝对不曾有过；勤快、温顺、听话——一切都使你满意。因此，说实话，我太太甚至过分宠爱她了；给她穿得体体面面，让她和主人吃一样的菜，让她喝茶……是啊，真是无微不至！就这样，她在我太太身边服侍了十年光景。突然，有一天早晨，请您想象一下，阿琳娜——她名叫阿琳娜——不经禀报便走进我的书房，扑通一声跪在我的脚下……我坦白跟您说，这件事我无法容忍。一个人永远不能忘记自己的人格，是不是？‘你有什么事？’‘老爷，亚历山大·西雷奇，请您开恩。’‘什么事？’‘请您允许我嫁人。’老实对您说，我真是惊呆了。‘傻丫头，你不是知道太太身边没有别的使女吗？’‘以后我会照样服侍太太的。’‘废话！废话！太太可是不用嫁了人的使女的。’‘玛拉妮亚可以接替我的位子。’‘请你别犟嘴了！’‘遵命……’说实话，我简直气昏了。

告诉您，我是这样一个人：我敢说，没有什么比忘恩负义更使我生气，更使我火冒三丈的了……不用再对您说什么——您也知道，我太太是怎样一个人：她是天使的化身，善良得不能再善良了……即使是坏人，也不忍心加害于她。我把阿琳娜赶了出去。我想，也许她会回心转意的；您知道，我不愿意相信一个人会做坏事，会昧着良心，忘恩负义。可是您猜怎么着？过了半年她又来对我提那个要求，这时，说实话，我真的很生气，把她赶走，威胁她，对她说，我要把这件事告诉太太。我气坏了……可是，请您想象一下我有多么吃惊，过了一些时候，我太太跑来找我，她含着泪，怒气冲天，都把我吓坏了。'出什么事了？''阿琳娜……'您明白……我都说不出口。'不可能！……和谁？''听差彼得鲁什卡。'我的肺都要气炸了。我是这样一个人……不喜欢马马虎虎！……彼得鲁什卡……没有错。要惩罚他也可以，但依我看，他没有错。阿琳娜……唉，怎么说呢，唉，唉，还有什么可说的呢？我理所当然，立刻吩咐把她的头发剪掉，给她换上粗布衣服，把她遣送到乡下去。我太太失去了一个称心的使女，但也没有办法：家里可不能容忍这种乱七八糟的事。痈疽还是一下子挖掉的好……哦，现在您就说句公道话吧，您是了解我太太的，要知道，这，这，这……她真是个天使！……她一点也离不开阿琳娜，阿琳娜是知道这一点的，可是她竟不知羞耻……是吗？不，您说……是这样吗？这还有什么可说的！不管怎么说，没有别的办法。至于我呢，这姑娘的忘恩负义尤其使我伤心、气愤了好长一段时间。不管怎么说……在这种人身上，您是找不到良心和感情的！一条狼，不管你怎么喂它，它总是要往树林里跑的……前车之鉴哪！不过我只是想向您证明……"

兹维尔科夫先生没有把话说完，便转过头去，果断地压下不由自主的激动，用斗篷紧紧裹住身子。

读者现在大概明白,我为什么满怀着同情心望着阿琳娜了。

“您嫁到磨坊主家已经很久了吗?”我终于问她。

“两年。”

“怎么,难道老爷同意了吗?”

“我是赎身出来的。”

“谁赎的?”

“萨维利·阿列克谢耶维奇。”

“那是谁啊?”

“我丈夫。”叶尔莫莱偷偷地笑了笑。“是不是老爷对您说起过我的事?”阿琳娜沉默了一会儿,问了我一句。

我不知道怎么回答她。“阿琳娜!”磨坊主在远处叫她。她站起来,走了。

“她的丈夫好吗?”我问叶尔莫莱。

“还可以。”

“他们有孩子吗?”

“有过一个,可是死了。”

“怎么,是磨坊主看中她的吗?……为了赎她,花了很多钱吧?”

“不知道。她识字,对他们的生意……很有用。大概就因为这个才看中她的。”

“你早就认识她了吗?”

“早就认识了。以前我常去找她家主人。他们的宅院离这儿不远。”

“你也认识听差彼得鲁什卡吗?”

“彼得·瓦西里耶维奇吗?当然认识。”

“他现在在哪儿?”

“当兵去了。”

我们沉默了一会儿。

“她的身体好像不太好吧?”后来我问叶尔莫莱。

“怎么会好!……明天的伏击一定会很有收获的。您现在还是睡一会儿好。”

一群野鸭嘎嘎叫着从我们头上飞过,我们听见它们就在离我们不远的河上飞下来。天已完全黑了,变得凉飕飕的;夜莺在树林里放声啁啾着。我们钻进干草堆里睡着了。

草莓泉

八月初往往出现一种酷暑难当的天气。在这种季节，从十二点到下午三点，就是最果断、最着迷的人也不敢出门去打猎，而最忠实的狗也“舔起猎人的马刺”来了，就是说，它紧跟在主人的后边，痛苦地眯着眼睛，把舌头伸得老长，对于主人的斥骂，只是低三下四地摇着尾巴，脸上露出尴尬的神色，可是一步也不肯往前跑。有一次，我正是在这样的日子出去打猎。我真想找个阴凉的地方，哪怕躺一会儿也好，然而我一直抑制着这种念头。我那不知疲倦的狗一直在灌木丛里寻搜着，虽然它自己也明白，这种狂热的行动是不会有什么结果的。令人窒息的燠热终于使我不得不考虑保存最后一点体力。我勉强一步一步拖到我们宽厚的读者已经熟悉的那条伊斯塔河边，走下陡坡，踏着潮湿的黄沙，走向遐迩闻名的“草莓泉”。这股泉水从河岸上的一道裂罅中涌出，那裂罅逐渐变成了虽然狭小却很幽深的峡谷，在二十步之外的地方喁喁絮语着，欢快地注入河道。峡谷的两边陡坡上长着丛丛橡树，泉水周围是一片苍翠欲滴的天鹅绒般的芳草地，阳光几乎从未照临它那清凉的银白色泉水。我走到泉水旁，草地上放着一把桦树皮做的勺子，这是一个过路的庄稼汉留在这里让众人使用的。我喝足了泉水，躺在阴影里，往四下里扫了一眼。泉水注入河中，在那里形成一个河湾，水面终年荡漾着一圈圈细细的波纹，河湾上背对着我坐着两个老头儿。一个身材高大，体格强壮，穿着一件干净的墨绿色长衣，戴着绒毛便帽，在那里钓鱼；另一个，瘦瘦小小的，穿着一件打补丁的棉毛混纺短外衣，没戴帽子，膝头上捧着一罐鱼饵，不时用手捋捋白发苍苍的脑袋，仿佛这样可以躲开太阳的照射。我凝神仔细端详了他一会儿，认出他就是舒米希诺村的斯捷普什卡。请允许我把这个人物介绍给读者。

离我的村子几俄里的地方有一个大村落叫舒米希诺，村里有一座石砌的教堂，是为纪念圣科兹玛和圣达米安而建造的。从前，教堂对面有一座雄伟的地主庄院，极为气派，它的周围有各种附属建筑物、杂用房屋、作坊、马厩、防霜棚、马车库、澡堂、临时厨房、招待客人和管理人员居住的厢房、温室、公用的秋千和其他多少有点用处的房屋。这座庄院里住着一家富裕的地主，日子过得顺顺当当，突然，有一天早晨，整个这些财富被一场大火烧成了废墟。老爷们搬到别处去住。庄院就此荒废了。广阔的瓦砾场变成了菜园，到处堆积着砖头，那是从前宅基的遗迹。他们利用没有烧掉的原木草草搭成一间小茅屋，十年前为了建造一座哥特式楼阁而买来的船板做屋顶，让园丁米特罗凡带着他的妻子和七个孩子住在里面。他们命令米特罗凡必须供应住在一百五十俄里外的主人新鲜蔬菜，阿克西妮亚则负责照管一头蒂罗尔种母牛，这头母牛是花大价钱从莫斯科买来的，可惜已经彻底丧失了生殖能力，因此，买来以后就没有产过牛奶。一只灰色有冠公鸭，是“老爷家”唯一一只家禽，也交给她喂养；孩子们由于年幼，没有规定任何职责，可是这么一来，就难保他们不变成十足的懒汉。我曾在这个园丁家里住过一两夜。我还顺便向他要过几次黄瓜，不知为什么，这些黄瓜即使在夏天也长得很大，味淡而苦，皮黄而厚。我在他家里第一次见到斯捷普什卡。除了米特罗凡一家和寄住在一个士兵的独眼老婆小屋里的又老又聋的教会长老格拉西姆外，地主家已没有一个家仆留在舒米希诺村了，因为我要介绍给读者的这个斯捷普什卡并不是听差，更不是家仆。

任何人，无论如何在社会上总有一定的身份，多少有些社会关系；任何一个家仆不是拿工钱，至少也有一份所谓的“口粮”，而斯捷普什卡根本没有任何固定的收入，跟谁也不沾亲，谁也不知道他的存在。这个人甚至没有来历，没有人谈论他，连人口调查也未必把他统计进去。有人在暗地里传说，他从前是某某人的侍仆，但他是谁，从哪里来，是谁的儿子，怎么成了舒米希诺村的居民，那件不知从何年何月起就穿在他身上的棉毛混纺短外衣是哪里来的，他住在哪儿，靠什么生活，这一切决没有人有丝毫的了解，而且，说实话，也没有人对此感兴趣。只有了解所有家仆四代家谱的特罗菲梅奇老爷爷有一次说过，他记得已故的老爷阿列克谢·罗曼内奇旅长远征回来时，曾用载行李的大车带回来一个土耳其女人，她是斯捷潘的亲戚。在节日里，在按照俄国旧俗向民众布施，并用荞麦馅饼和伏特加款待穷人的节日里——甚至在这样的日子，斯捷普什卡也不到摆好的桌子和酒桶前面去，不向人鞠躬，不吻老爷的手，不在老爷的注视下为老爷的健康干上一杯由管家的胖手斟满的酒；除非有一个好心人从他身旁走过，把一块没有吃完的馅饼送给这个可怜人。在复活节，人们也同他接吻祝贺基督复活，但他从不卷起油污斑斑的袖子，从后面的口袋里掏出一个红蛋，喘着气，眨巴着眼睛，把它献给少主人甚或太太本人。夏天他住在鸡棚后面的储藏室，冬天住在澡堂的更衣室，严寒时便在干草棚里过夜。人们都见惯了他，有时甚至踹他一脚，但是谁也不和他搭讪，而他自己似乎有生以来就没有开过口。火灾之后，这个被社会抛弃的人栖身于，或者像奥廖尔人所说的，“落脚”在园丁米特罗凡家里。园丁没有理睬他，没有对他说“在我这儿住下吧”，可也没有赶他走。其实，斯捷普什卡也没有住在园丁家里，而在菜园里栖身。他一举一动都悄无声息，打喷嚏和咳嗽都战战兢兢地用手捂住嘴巴；他一直像蚂蚁似的悄悄忙碌着；这一切都是为了填饱肚子，仅仅为了填饱肚子。这也难怪，他要不是从早到晚为自己的食物操心，我这斯捷普什卡早就饿死了。早上还不知道晚上用什么果腹，这实在是够悲惨的！斯捷普什卡有时坐在篱笆下面啃萝卜或者嚼胡萝卜，要么就是悄悄地剥下沾满泥土的大白菜叶子；一会儿呼哧呼哧地不知把一桶水提到哪里去；一会儿在瓦罐底下升起火来，从怀里掏出几块黑糊糊的东西放到瓦罐里；一会儿在储藏室里用一块木头敲打着，钉上钉子，做一个放面包的小架子。他做这一切时都是不声不响的，仿佛是暗地里偷偷做的：你朝他看一眼，他马上躲起来。有时他突然两三天不见人影，他的消失自然没有人注意……可是你一看，他又在那儿了，又在篱笆旁悄悄地把劈柴放进三脚架下的火堆里。他的脸小小的，一对小眼睛黄黄的，头发垂到眉毛上，鼻子尖尖的，耳朵却很大，有点透明，像蝙蝠一样，胡子似乎是两个礼拜前剃的，总是那么长，从未见过留得长些或剪得短些。我在伊斯塔河边遇到的就是这个斯捷普什卡，跟他在一起的还有一个老头儿。

我走到他们跟前，打了招呼，便在他们旁边坐下。我认出了斯捷普什卡的同伴，他也是我的熟人：他是彼得·伊里奇伯爵家已获得自由的农奴米哈伊洛·萨维里耶夫，人家叫他杜曼[1]。他住在一个患肺病的博尔霍夫市民、客栈老板家里，我常在那家客栈借宿。从奥廖尔大道经过的年轻官吏和某些闲人（埋进条纹羽绒褥子里的商人顾不上这些）至今还可以看到离三一村不远的大路旁耸立着一座巨大的木头两层楼房，它已经完全荒废，屋顶坍塌，朝大路的窗户也都钉死。在阳光灿烂的正午，你无法想象比这座废墟更凄凉的景象了。从前这里住着彼得·伊里奇伯爵，他是旧时一位家财万贯的达官贵人，以好客闻名。全省的人常常聚集到他家里，在乡村乐队震耳欲聋的音乐中，在花炮和焰火的噼啪声中尽情地跳舞取乐；到现在，经过这座荒废的贵族宫殿，还想起那逝去的岁月和逝去的青春并为之叹息的老妇人恐怕不止一个。伯爵长时间饮宴作乐，长时间在众多逢迎拍马的宾客中周旋应酬，笑脸相迎；不幸的是，他的财产不够他挥霍一辈子。他彻底破产之后便到彼得堡去，想在那里谋个一官半职，结果一事无成，却客死在旅馆中。杜曼在他那里当过管家，他在伯爵在世的时候就已得到自由。此人约莫七十岁，相貌端正，很有人缘。他脸上总挂着笑容，现在只有叶卡捷琳娜[2]时代的人微笑时才这样和蔼可亲而又不失庄重；与人谈话的时候，他的嘴唇总是慢慢翕合着，亲切地眯起眼睛，说话带点鼻音。他擤鼻涕、嗅鼻烟也是那么不慌不忙，好像在做一件大事。

“喂，怎么样，米哈伊洛·萨维里奇，”我先打招呼，“钓到很多鱼吧?”

“您往鱼篓里看看吧：钓到两条鲈鱼和四五条大头鲂……斯捷普

---

① 意为“雾”。
② 俄国女皇，1762—1796 年在位。

什卡，让他看看。”

斯捷普什卡把鱼篓递到我面前。

“你日子过得怎么样，斯捷潘[1]?”我问他。

“没……没……没……没……没什么，老爷，还凑合，”斯捷潘讷讷地回答，仿佛嘴里含着什么东西似的。

“米特罗凡身体好吗?”

“好的，那……还用说，老爷。”

这可怜人把脸转过去。

“不知怎么都不肯上钩，”杜曼说起话来，“天太热了；鱼都躲进灌木丛底下睡觉了……帮我装一个鱼饵吧，斯焦帕。”斯捷普什卡提了一条虫子，放在手掌上拍了两下，装上鱼钩，又吐了几口唾沫，然后递给杜曼。“谢谢，斯焦帕……老爷，”他又回过头来继续对我说，“您是来打猎的吧?”

“正如你看见的。”

“对，对……您这条猎狗是英国种的还是库尔兰[2]种的?”

老头儿喜欢一有机会就表现一下自己，仿佛在说，我也是见过世面的!

“我不知道是什么种，不过它是条好狗。”

“对，对……您出门都带狗吗?”

“我有两群狗。”

杜曼笑笑，摇摇头。

---

① 斯捷潘是斯捷普什卡的本名，后者是卑称，斯焦帕是他的小名。
② 今拉脱维亚西南部的一个地区，历史上曾是俄罗斯的一个省。

“的确是这样。有的人喜欢养狗，有的人白送给他也不要。照我简单的想法，我看养狗主要是为了显示气派……这么说吧，一切都得符合身份：养马是为了符合身份，家里有养狗人也是为了符合身份，一切都要符合身份。已故的伯爵——愿他早日升天！——说实话，并不是个猎人，但他也养狗，每年还要出去打一两次猎。养狗人穿着金银线镶边的红色外衣在院子里集合，吹起号角；伯爵大人走出来，马上就有人给他牵来坐骑；伯爵大人骑上马，打头的猎人把他的脚塞进马镫里，从头上摘下帽子，把缰绳放在帽子里呈上去。伯爵大人啪的抽了一鞭，养狗人吆喝一声便一起出动，走出院子。一个马夫骑马跟在伯爵后面，用一根绸带子牵着老爷的两只爱犬，就这么照料着……这马夫高高地骑在哥萨克马鞍上，满面红光，一双大眼睛就这么高傲地东瞧瞧西瞧瞧……在这种场合里当然还有许多客人。大家一起快活，老爷又受到尊敬……哎呀，让它逃掉了，这条鬼东西!”他一拉钓鱼竿，突然叫起来。

“听说伯爵一生都过得很快活，是这样吗?”我问。

老头儿在钓饵上吐了几口唾沫，把鱼竿甩出去。

“您也知道，他是个达官贵人。彼得堡常有可说是最高等的人物来拜访他。他们常常系着浅蓝色绶带，围着餐桌就餐。在宴请宾客方面伯爵可是个好手。他常常把我叫去，‘杜曼，’他说，‘明天我要几条活鲜鱼，叫人给我送来，听见了吗?’‘听见了，大人。’绣花外衣、假发、手杖、香水、上等花露水、鼻烟壶、大幅油画，都是从巴黎定购的。举行起大型宴会来——主啊，我的上帝，真不得了！大放烟火，马车停了一大片！甚至放礼炮。光是乐队就有四十个人。他有一个德国指挥，那德国人高傲得不得了，要和老爷们同桌吃饭，伯爵大人便吩咐把他赶出去，他说：‘我的乐队自己懂得怎么干。’这也不足为奇，老爷的权力大着呢。一跳舞就跳到天亮，跳的大都是拉科塞兹舞和玛特拉杜尔舞……哎……哎……哎……上钩了，老兄!”老头儿从河里钓起一条小鲈鱼。“抓住，斯焦帕。——老爷就是老爷，”老头儿又把鱼竿甩出去，继续说，“他也是个好心人。有时候他把你打一顿，你看，过后他就忘记了。只有一点不好：他养着好几个女人。唉，这些女人，上帝饶恕她们！就是她们把他搞得倾家荡产的。她们大都是从下等人里面挑选来的。按理说，她们还有什么不满足的？可是不，你最好是把全欧洲所有最贵重的东西都送给她们！有人会说：既然日子那么好过，为什么不老老实实地过——这是老爷他自己的事……弄得倾家荡产总是不应该的。尤其是其中一个女人：她叫阿库琳娜，现在她已经死了，愿她升入天堂！她是普通人家的女孩，西多夫村甲长的女儿，那可是个泼妇！有时还打伯爵耳光。她完全把他迷住了。她把我的侄儿送去当兵，因为他把可可茶溅到她的新衣上了……她还不止把一个人送去当兵。是啊……毕竟那是一个好时光!”老头儿长长叹了一口气，又说了一句，然后低下头，不再吭声。

“我看，你家老爷很厉害吧?”停了一会儿，我又说起来。

“老爷，那时候都兴这样的，”老头儿摇摇头，没同意我的话。

“现在可不兴这样做了，”我注视着他，说。

他瞟了我一眼。

“现在当然好些了，”他喃喃说着，把钓鱼竿远远地甩出去。

我们坐在树荫底下；但即使在树荫下也很闷热。难以忍受的暑气仿佛凝滞不动了。火辣辣的面孔苦苦地等待着吹来一阵微风，可是一丝风也没有。太阳在湛蓝的天空上烤炙着；我们面前的河对岸，燕麦田已是一片金黄，有些地方长出了苦艾，哪怕有一串麦穗摇一下也好啊。下游不远的地方有一匹农家的马齐膝站在河水里，懒洋洋地摇动沾了水的尾巴；偶尔有一条大鱼在倒垂的灌木丛底下游出水面，吐出一串水泡，又缓缓地沉到河底，在水面上留下一圈圈细细的波纹。蝈蝈儿在焦黄的草地上鸣叫，鹌鹑有一声没一声地叫着，一只鹞鹰在田野上空缓缓地盘旋着，频频在空中停住，急速地扇动翅膀，把尾巴像扇子一样展开。我们被炎热的天气熏蒸得透不过气来，一动不动地坐着。蓦地我们身后的峡谷里响起一阵脚步声，有人从上面向泉水走来。我回头一看，看见一个五十来岁的庄稼汉，他满身尘土，穿着布衫，脚上蹬着树皮鞋，肩上挎着一只背囊，搭着一件外衣。他走到泉水旁，干渴难忍地把水喝了个够，然后稍稍站起身。

“喂，是弗拉斯吗?”杜曼仔细一看，叫了一声，“你好啊，老兄，是什么风把你吹来的?”

“你好，米哈伊洛·萨维里奇，”那庄稼汉边说边向我们走来，“我从远方来。”

“到哪儿去啦?”杜曼问他。

“到莫斯科去了一趟，去找老爷。”

“找他干什么?”

“有事求他。”

“什么事求他?”

“求他把我的代役租减轻些，或者让我服劳役，让我住到别的地方去也行……我儿子死了，现在我一个人付不起。”

“你儿子死了?”

“死了。我那死去的儿子，”庄稼汉沉默了一会儿又说，“在莫斯科当马车夫，说实话，是他在替我缴代役租。”

“难道你现在是缴代役租的?”

“是缴代役租的。”

“那你家老爷怎么说?”

“老爷怎么说？他把我赶了出来！他说，你竟敢直接来找我，这种事有管家管着；他说，你应该先去找管家……再说，我能让你住到哪儿去呢？他说，你先把欠的租还了再说。他发了好大的火。”

“那么，你就回来了吗?”

“我就回来了。我本想打听一下，我那死去的儿子有没有留下什么东西，可是毫无结果。我对他的东家说：‘我是菲利浦的父亲，’可是他对我说：‘我凭什么知道你是他的父亲？再说，你儿子什么也没留下；他还欠着我的债呢。’我只好走了。”

庄稼汉带着苦笑对我们说了这段经历，好像说的是别人的事，可是他那双眯细的小眼睛里噙满了泪水，嘴唇哆嗦着。

“那么你现在回家去吗?”

“我还能到哪儿去呢？自然是回家喽。我老婆的肚子现在怕要饿得咕咕叫了。”

“你可以……那个……”斯捷普什卡突然说起话来，可又慌了神，没再说下去，只伸手到瓦罐里去抓鱼饵。

“你去找管家吗?”杜曼把话说下去，有点惊奇地看了看斯焦帕。

“我去找他干吗？……我还欠着租呢。我儿子死去以前生了一年病，连他自己的代役租都没有缴呢……不过我也没有什么好发愁的，我两手空空……嘿，老兄，不管你多么狡猾——没有用：我的脑子不管用!”庄稼汉大笑起来，“不管他动什么脑筋，金提里扬 · 谢苗内奇，我可……”

弗拉斯又笑起来。

“你怎么啦？这可不好，弗拉斯老兄，”杜曼一字一顿地说。

“有什么不好？不……”弗拉斯的声音中断了，“天好热啊，”他用袖子擦着脸，继续说。

“你家老爷是谁?”我问。

“瓦列里安·彼得罗维奇伯爵。”

“是彼得·伊里奇的儿子吗?”

“是彼得·伊里奇的儿子，”杜曼回答，“已故的彼得·伊里奇生前就把弗拉斯那个村子分给他了。”

“怎么样，他身体好吗?”

“好着呢，荣耀归于上帝，”弗拉斯回答，“他满脸红光，就像涂了一层红颜色。”

“你瞧，老爷，”杜曼继续对我说，“在莫斯科城外好，在这儿就要缴代役租。”

“一份代役租是多少钱?”

“一份代役租要缴九十五卢布，”弗拉斯喃喃地说。

“您看：这儿土地那么少，都是老爷家的树林。”

“听说，那树林也卖掉了，”庄稼汉说。

“您瞧……斯焦帕，给我一个鱼饵……怎么啦，斯焦帕？睡着了吗?”

斯捷普什卡浑身一震。庄稼汉在我们身旁坐下。我们又沉默着。对岸有人唱起歌来，歌声是那么凄凉……我那可怜的弗拉斯发起愁来……

过了半个钟头，我们分手了。

县里的医生

秋天里。有一次，我从远处田野打猎回来，路上受了风寒，生病了。所幸发烧的时候我已住在县城的旅馆里，我派人去请医生。过了半小时，来了一位县里的医生，他个子不高，瘦瘦的，长一头黑发。他给我开了一帖普通的发汗剂，叫我贴上芥末膏，然后极其麻利地把一张五卢布的钞票塞进翻袖口，只是干咳了一声，往旁边看了一眼，完全是一副准备打道回府的样子，但不知怎么又同我说起话来，而且留下了。我因发烧，人很不舒服，知道今夜一定睡不好，正乐于找个好心人聊聊天。茶送来了。我的医生便打开了话匣子。这个人颇为聪明，他口齿伶俐，还很幽默。世界上就有那么多奇怪的事：有时和一个人相处很久，彼此关系很融洽，可就是从不推心置腹地谈谈心里话；有的人则不一样，你刚刚认识他，彼此就无话不谈，好像在忏悔一样，把所有的底都翻出来。不知道我凭什么博得这位新朋友的信任，他竟无缘无故，正如人们通常所说的，“不假思索”就把一次相当动人的经历告诉了我。现在我就把他所说的故事转告厚意的读者。我尽量用这位医生的原话来表达。

“您大概不认识，”他用微弱而颤抖的声音说（这是吸用纯正的别廖夫烟草的结果），“您大概不认识本地的法官梅洛夫，帕维尔·鲁基奇吧？……不认识……好，没有关系。”他清清喉咙，揉揉眼睛。“请允许我告诉您，事情是这样的，怎么跟您说好呢——我决不吹牛，事情发生在大斋期①，那正是解冻天气。我在他家里，在我们的法官家里，打朴烈费兰斯②。我们的法官是个好人，喜欢打朴烈费兰斯。突然，”我的医生用“突然”这个词，“有人对我说：‘有人找您。’我说：‘有什么事？’他们说：‘带来一张纸条——大概是病家送来的。’我说，‘把纸条给我看看。’果然是病家送来的……那好吧，您知道，他们是我们的衣食父母……事情是这样的：纸条是一个守寡的女地主写来的，她说：‘小女病危，请看在上帝分上劳驾出诊，已派马车去接您。’是啊，这种事情是常有的……可她住在离城二十俄里的地方，夜已经很深了，路又是这个样子，唉！再说，她家也很清苦，诊金别指望超过两个银卢布，能否拿到这个数目都很难说，说不定只能拿到一块粗麻布和一点谷物而已。可是，您知道，职责高于一切：人命关天。我突然把纸牌交给牌桌上的常客卡利奥平，匆匆赶回家去。我一看：我家门口停着一辆小马车；马是农家的——大肚子，很大的肚子，身上的毛简直就像一条毡子，马车夫为了表示恭敬，摘了帽子，坐在那里。我心里想，老兄，看得出，你的主人可不是乘金马车的人家……您可以笑话我，可我得对您说：我们这些穷弟兄，遇事都得好好想一想……要是马车夫神气活现地坐着，不脱帽向你鞠躬，胡子底下露出一丝冷笑，手里

① 春分月圆后的第一个礼拜天，通常在俄历4月后半月至5月初之间，为复活节；复活节前的40天为大斋期，教徒不行婚配，停止娱乐，吃素。

② 一种牌戏。

还抖着马鞭——那你就大胆地向他要两张钞票吧！可是今天，我看得出，不是这么回事。不过，我想，没有办法：职责高于一切。我抓起一些最必需的药品便出发了。您可相信，我差一点到不了病人家。道路糟透了：处处是小河、积雪、泥泞、水沟，突然有一处堤坝决了口——真倒霉！可我还是赶到了。房子很小，屋顶上盖着干草。窗户里透出灯光：说明在等我。一位戴睡帽的可敬老太太迎着我走来。'您救救她吧，'她说，'她快死了。'我说：'请别着急……病人在哪儿?''请到这儿来吧。'我一看，房间很干净，墙角里点着一盏灯，床上躺着一个二十来岁的姑娘，神志不清。她在发烧，热度很高，呼吸急促——患的是热病。屋里还有两个姑娘，是她的姐妹，已吓成泪人儿了。她们说：'昨天还好好的，胃口也不错，今儿早上说头疼，到傍晚突然就变成这副模样了……'我仍然说：'请别着急，'您知道，这是医生的责任，接着我便着手给她治疗。我给她放了血，吩咐给她贴芥末膏，给她开了一剂药水。这时我细细瞧着她，瞧着她，您知道，上帝作证，我还从来没有见过这样漂亮的脸蛋……一句话，是个美人儿！我心里非常可怜她。她的脸真讨人喜欢，眼睛……哦，荣耀归于上帝，她的病好些了；出了汗，好像清醒了过来，她向四周看看，笑了笑，手在脸上抹了一下……两姐妹俯身问她：'怎么样?''没什么，'她说着，转过头去，我一看——她睡着了。我说，现在应该让病人好好休息。于是我们都蹑手蹑脚走出去，只留下一个使女随时侍候。客厅桌上已烧好茶炊，摆着牙买加甜酒：干我们这一行，这是不可或缺的。他们给我倒了茶，请我留下过夜……我答应了：现在还能到哪儿去呢！老太太老是唉声叹气。'您怎么啦?'我说，'她会好的，您别着急，您自己最好也去休息一下，已经一点多钟了。''好吧，不过要是有什么事，请您叫醒我。’‘好的，好的。’老太太走了，姑娘们也回自己的房间去了；她们在客厅里给我搭了个铺。我躺下，只是睡不着——真是奇怪！其实我已经累得够戗了。我的病人总在我的脑子里萦绕不去。我终于忍耐不住，突然爬起来。我想，我得去看看，病人怎么样了。她的卧室就在客厅隔壁。于是我站起来，悄悄打开房门，心怦怦直跳。我一看：使女睡着了，嘴张得大大的，还打着呼噜，真该死！病人脸朝我躺着，摊开双手，可怜的姑娘！我走近去……她突然睁开眼睛，直盯住我！……‘是谁？是谁啊？’我感到很不好意思。‘别怕，’我说，‘小姐，我是医生，我来看看，您感觉怎么样了。’‘您是医生？’‘是医生，是医生……是令堂派人到城里请我来的；我们给您放了血，小姐；现在请您好好休息，再过两三天，上帝保佑，我们会把您治好的。’‘哦，是的，是的，医生，别让我死……求您了，求您了。’‘瞧您说的，上帝会保佑您！’她又发烧了，我暗自忖度着。我按按她的脉，果然在发烧。她看看我，突然一把抓住我的一只手。‘我告诉您，为什么我不想死，我告诉您，我告诉您……现在只有我们两个，不过请您不要告诉任何人……您听我说……’我朝她弯下身子，她把嘴唇凑近我的耳朵，她的头发碰到了我的脸——说实话，那时候我的头都晕眩起来了——她轻轻地说着……我一点也没有听懂……哦，她这是在说胡话……她轻轻地说着，轻轻地说着，说得很快，说的好像不是俄语，说完了，她打了个寒颤，把头倒在枕头上，伸出一个指头警告我。‘当心点，医生，别告诉任何人……’我好歹让她安静了下来，给她喝了点水，唤醒使女，便走出去了。”

这时医生又狠狠地吸了一阵鼻烟，愣了一会儿。

“可是，”他继续说，“出乎我的预料，第二天，病人并没有好转。我反复思量，突然决定留下来，虽然还有一些别的病人在等着我……您也知道，这些病人是怠慢不得的，要不然我的营业会因此受到影响。但是，第一，病人确实在病危中；第二，我得说实话，我本人对她产生了强烈的好感。再说，我也喜欢她们全家。她们虽然过着清苦的生活，但很有教养，可以说，这样的人是很难碰到的……姑娘们的父亲是个很有学问的人，是个作家；已经过世了，当然是贫病交迫，可是他已经让孩子们受到了很好的教育；他留下了很多书。不知是因为我悉心照料病人，还是另有其他原因，总之，我敢说，她们一家都喜欢我，把我看作亲人……然而，这时候正值雨季，道路泥泞不堪，可以说，一切交通都完全中断了，连到城里去买药都非常困难……病人不见好转……一天又一天，一天又一天……但是……这时候……”医生沉默了一会儿，“真的，我不知道怎么对您说好……”他又嗅嗅鼻烟，喉咙里咯咯响了一下，呷了一口茶。“我坦率地对您说吧，我的病人……怎么说好呢……是这么回事，可以说爱上了我，也许，不是爱上了我……而是，不过……真的，是这样……”医生低下头，满脸通红。

“不，”他兴奋地继续说，“哪儿谈得上爱上我！到底一个人应该有自知之明。她是个有教养、聪明，读过许多书的姑娘，可我，可以说连自己的拉丁文都忘得一干二净了。至于外貌，”医生微笑着朝自己看了一下，“好像也没有什么可夸口的。不过上帝也没有把我造成一个傻瓜：我不会把白的说成黑的，我多少还是懂得点事理。譬如说，我心里很明白，亚历山德拉·安德烈耶夫娜——她叫亚历山德拉·安德烈耶夫娜——并非对我产生了爱情，而不过是产生了一种友情，可以说是有好感，尊敬。虽然她自己在这方面也许是弄错了，可她当时的处境是怎样的，您自己判断吧……不过，”医生一口气说出了这些断断续续的话，显然有些语无伦次，之后，又补充说：“我大概有点信口开河吧……这样您是听不明白的……请让我从头说起吧。”

他把一杯茶喝完，然后以稍微平静些的声音说了起来。

“是这样的，是这样的。我的病人病情越来越重。好心的先生，您不是医生，您不能体会干我们这一行的人的心情，尤其是在他预料到病魔将会战胜他的最初那一刻的心情。自信心不知道哪儿去了！你突然心虚到难以言传的地步。你会觉得你把所有的知识全都忘记了，病人不信任你，别人已开始看出你的慌乱，不大情愿把病情告诉你，皱着眉头看着你，在一旁窃窃私语……唉，真是糟透了！你心里明白，这种病是有药可治的，只要找到它就行。哎，该不是这种药吧？你试了试——不，不是这种药！你没等到药力发生作用……一会儿用这种药，一会儿用那种药。你往往会拿出药典来……你心里想，药方就在这里，就在这里！说实话，有时是随便翻翻，想碰碰运气……可病人已经危在旦夕，碰上别的医生也许还能救他。你会说，要会诊，我负不起这个责任。在这种情况下，你看起来就像个十足的傻瓜！不过天长日久你也就习惯了，感到无所谓。一个人死了，不是你的过错：你是照章办事。可是还有一种情况会使你很难堪，你眼看着别人盲目地信任你，可你自己已经感觉到力不从心。现在亚历山德拉·安德烈耶夫娜一家就是这样信任我的，因此，她们竟忘了她们家的女儿正处于危险中。我同样也安慰她们，说这病没有关系，可自己几乎已吓得魂飞魄散。尤其不幸的是，道路泥泞不堪，马车夫出去买药，一去就是好几天。而我寸步不离地守在病人的房间里，我不能离开她，还要给她讲各种好笑的奇闻轶事，跟她打牌，给她解闷。我整夜整夜地守在她身旁。老太太含着泪感谢我；可我心里想：‘我是不值得你感谢的。’我坦白承认，现在已没有什么好隐瞒的了——我爱上了这个病人。亚历山德拉·安德烈耶夫娜也眷恋着我：除了我，她常常不让任何人进她的房间。她开始和我闲聊，问我以前在哪儿上学，现在生活过得怎么样，我有些什么亲人，和哪些人交往。我觉得她不应该多说话，想禁止她，可您也知道，要绝对禁止她，我也办不到。我常常抓住自己的脑袋问自己：'你在干什么，你这个强盗？……'可是她拉住我的手，抓得紧紧的，望着我，久久地望着，然后扭过头去，叹一口气说：'您真好！'她的手是那么烫，眼睛睁得大大的，却没有精神。她说：'是的，您真好，您是个好人，您跟我们这里的邻居不同……是的，您不是那样的人……以前我怎么不认识您！''亚历山德拉·安德烈耶夫娜，您安静些，'我说，'请您相信，我觉得，我不知道有什么值得您这样……不过，请您安静些，看在上帝的分上，请您安静些……您的病会好的，您会恢复健康的。'说到这里，我还得告诉您，"医生把身子往前探了探，扬起眉毛，又说下去："她们和邻居很少来往，因为那些普通老百姓和她们谈不来，跟那些富人来往，她们的自尊心又不允许。我跟您说：这个家庭是极有教养的——您知道，我觉得很荣幸。她只吃我递给她的药……这可怜的姑娘，在我的搀扶下，她稍稍坐起来，服了药，眼睛盯着我……我的心怦怦直跳。可是她的病越来越重，越来越重。我想，她会死的，一定会死的。您可相信，我真恨不得自己躺到棺材里去；而她母亲，她的姐妹们一直在观察我，盯住我的眼睛……已经不大相信我了。'什么？怎么样？''不要紧，不要紧！'怎么不要紧，我自己也搞糊涂了。一天夜里，我又独自坐在病人旁边。使女也坐在那儿，呼噜打得山响……是啊，也难怪这可怜的使女：她实在太累了。而亚历山德拉·安德烈耶夫娜整个晚上都感到很不舒服；她因为发烧感到很难过，一直折腾到半夜；最后她似乎睡着了，至少躺在那儿再没动过。墙角圣像前的神灯一直点着。不瞒您说，我坐着，垂下头，也打起瞌睡来。突然，仿佛有人在我腰眼上推了一下，我转过身来……主啊，我的上帝！亚历山德拉·安德烈耶夫娜正睁大眼睛望着我……她的嘴巴张开着，双颊烧得通红。'您怎么了？''医生，我会死吗？''怎么会！''别，医生，别，请您别对我说我会活下去……别说……要是您知道……您听我说，看在上帝的分上，别对我隐瞒病情！'她急促地喘着气，'我要是确切知道我要死了……我就要把所有的话都告诉您，所有的话！''亚历山德拉·安德烈耶夫娜，别这么说！''您听我说，其实我一点也没有睡着，我看了您很久……看在上帝的分上……我相信您，您是个好人，您是个正直的人，我以世界上一切神圣的名义恳求您，请您对我说实话！您要是知道这样做对我有多么重要就好了……医生，看在上帝的分上，告诉我，我的病是不是很危险？''叫我对您说什么好呢，亚历山德拉·安德烈耶夫娜，别那么想！''看在上帝的分上，我求求您了！''亚历山德拉·安德烈耶夫娜，我瞒不了您，您的病确实很危险，但上帝是仁慈的……''我要死了，我要死了……'她仿佛很高兴，神情变得很快乐；我好不害怕。'您别害怕呀，别害怕，我一点也不怕死。'她突然稍稍抬起身子，用臂肘撑着，'现在……哦，现在我可以对您说，我衷心地感谢您，您是个善良的好人，我爱您……'我呆呆地望着她，您知道，我受宠若惊……'您听见吗，我爱您……''亚历山德拉·安德烈耶夫娜，我有哪一点值得您爱啊！''不，不，您不明白我的心……你不明白我的心……'突然她伸出双手，抱住我的头，吻了一下……您相信吗，我差一点没叫起来……我扑通一声跪下，把头埋在枕头里。她没做声，她的手指在我的头发里哆嗦着，我听见她哭了。我开始安慰她，用各种话劝说她……说实话，我已经不知道我对她说了些什么。我说：‘亚历山德拉 · 安德烈耶夫娜，您会把使女吵醒的…… 我谢谢您…… 请您相信…… 您安静些吧。’ ‘好了，好了，’ 她一再说。‘让她们去吧；哦，让她们都醒来吧，哦，让她们都进来吧——我无所谓：不管怎么样，我反正快死了……你有什么好顾虑的呢，你怕什么？抬起头来…… 也许您不爱我吧，也许是我想错了……如果是这样，那就请您原谅我。’ ‘亚历山德拉 · 安德烈耶夫娜，瞧您在说些什么呀？……我爱您，亚历山德拉 · 安德烈耶夫娜。’她正视着我的眼睛，张开双臂。‘那你就抱住我……’ 我坦白告诉您：我自己也不明白，那天夜里我怎么没有发疯。我觉得，我的病人是在毁灭自己，看得出，她的神志不太清楚；我也很理解，她如果不是认为自己快要死了，她是不会想到跟我说这些话的；您想想看，一个人活到二十五岁，还从来没有恋爱过，就这样死去，岂不遗恨终生吗？正是这件事使她痛苦不堪，正是因为这种情况才使她绝望地抓住我不放，现在您明白了吗？您瞧她是那样紧紧地抱住我，不肯放开我。‘您顾惜顾惜我吧，亚历山德拉 · 安德烈耶夫娜，您也顾惜顾惜自己吧，’ 我说。‘有什么必要？’她说，‘有什么可惜的？反正我要死了……’ 她不停地反复这样说。‘如果我知道，我还会活下去，仍旧做一个体体面面的小姐，那我就会感到害羞，真的会害羞…… 可现在有什么关系呢？’‘可谁对您说过，您会死呢？’ ‘唉，你别说了，够了，你别骗我，你不会撒谎，瞧瞧你自己吧。’ ‘您会活下去的，亚历山德拉 · 安德烈耶夫娜，我会把您治好的；我们要请求令堂为我们祝福…… 我们要结为夫妇，我们会幸福的。’ ‘不，不，我已经得到你的许诺了，我会死的……你已经答应过我了…… 你已经对我说过了……’ 我感到很痛苦，有很多原因使我感到痛苦。您也知道，有时发生一些小事，看起来琐事一桩，却叫人心痛。她忽然问起我的名字来，不是姓，而是名字。不幸，我的名字叫特利丰①。是啊，是啊，特利丰，特利丰·伊凡内奇。在她家里，大家都叫我医生。我没办法，只好说：'我叫特利丰，小姐。'她眯起眼睛，摇摇头，嘴里用法语轻轻说着什么。哦，这可不是什么好事，后来她又笑起来，这也不是好兆头。就这样，我几乎通宵达旦陪着她。早晨，我从她房间里出来，简直六神无主，我再次走进她的房间时已是下午吃过茶点以后。我的上帝，我的上帝！她已经叫人认不出来了：那样子比死人还难看。我敢向您发誓，到现在我还不明白，完全不明白，我是怎样挺过来的。我的病人又拖了三天三夜……这是些多么难熬的夜晚啊！她跟我说了些多么令人难过的话啊！……到最后一夜，请您想象一下——我坐在她身旁，只向上帝祈求一件事：快点把她带走吧，连我也一起带走……突然她那老母亲跑了进来……昨天我已经对她，也就是对她母亲说过，我说，她希望不大了，情况很不好，可以去请神父了。病人一看见她母亲就说：'哦，很好，你来了……你看看我们，我们相爱了，互相起了誓。''她这是怎么了？医生，她这是怎么了？'我惊呆了。我说，'她在说胡话，因为发高烧……'可她说：'别说了，别说了，你刚才对我说的完全是另一回事，你还接受了我的戒指……你干吗要装出这副样子？我母亲是好人，她会原谅我们的，她会理解的，我要死了——我没必要撒谎；把手给我吧……'我霍地站起来，跑了出去。老太太当然猜到是怎么回事了。"

① 特利丰是一个较俗气的名字，多用于社会下层男子。

“可是，我不想再多打扰您了，而且，说实话，我想起这件事来自己也很难过。我的病人第二天便去世了。愿她升入天堂！”医生边叹气边快速地说着这些话，“临终时她要家里的人都出去，单把我留下来陪她。她说：‘原谅我，也许，我对不起您……病哪……但是请您相信，我从来没有像爱您这样爱过别人……别忘记我……把我的戒指保存好……’”

医生把脸转了过去；我拉起他的手。

“唉！”他说，“我们还是谈点别的事吧，想不想打打小输赢的朴烈费兰斯？您知道，干我们这一行的，不该沉醉在这样崇高的感情里。我们只想着一件事：希望孩子们别吵吵闹闹，老婆别骂骂咧咧。因为后来我也，怎么说呢，正式结婚了……可不是吗……我娶了个商人的女儿：有七千卢布的陪嫁。她叫阿库利娜，和特利丰倒是门当户对[①]。我得对您说：这婆娘很凶，幸而整天睡懒觉……怎么，打不打朴烈费兰斯？”

我们坐下来打输赢一戈比的朴烈费兰斯。特利丰·伊凡内奇赢了我两个半卢布——他很晚才离去，因为赢了钱，显得心满意足。

① 阿库利娜也是很俗气的名字，多用于社会下层女子。

我的邻居拉季洛夫

秋天，山鹬常常栖息在一些古老的菩提树花园里。这样的花园在我们奥廖尔省相当多。我们的祖先在选择居住地点时必定要辟出两俄亩好地来做果园，并在其中筑起几条菩提树林荫道。经过五十年左右，多者七十年，这些庄院，也就是“贵族之家”，便渐渐从地面上消失，房屋倒塌或拆卖，石砌的附属建筑物变成了废墟，苹果树枯死，被砍下来当劈柴，栅栏和篱笆也都拆光了 。只有菩提树依然根深叶茂，欣欣向荣，四面被耕地围绕着，向我们浮躁的子孙诉说着“早已长眠的父兄”的往事。这种老菩提树是极好的树木……连俄罗斯农民无情的斧头都舍不得砍伐它。它的叶子很小，而粗壮的树枝则向四面八方伸展开去，在树下留下一片永不消失的清荫。

有一次，我和叶尔莫莱在田野上打鹌鹑，看见旁边有一座废弃的花园，便往那里走去。我刚走到树林边上，一只山鹬便噗的一声从灌木丛中飞起；我打了一枪，就在这一瞬间，在离我几步的地方响起了一声尖叫：一个年轻姑娘惊慌的脸从树木后面闪了一下，立刻就隐没了。叶尔莫莱跑到我跟前。“您怎么在这儿开枪：这儿住着一家地主呢。”

没等我回答，没等我的狗威风凛凛地把中弹的鸟衔来，我就听见一阵急促的脚步声，接着，一个留着小胡子的高个子便从树林里走出来，满脸不高兴地站在我面前。我连声向他道歉，作了自我介绍，并表示愿意把在他领地里打下的鸟交给他。

“好吧，”他微笑着对我说，“我接受您的猎物，不过有一个条件：您得在舍下吃一顿便饭。”

说实话，我不大想接受他的邀请，可是又无法拒绝。

“我是这儿的地主，您的邻居拉季洛夫，也许您听说过，”我的新交继续说，“今天是礼拜天，我家里的饭菜也许还可以，不然我是不敢邀请您的。”

我对他说了几句在这种场合应该说的话作为回答，便跟着他走了。不久前才打扫干净的小径引导着我们迅速走出菩提树林；我们走进一个菜园。在一片老苹果树和茂盛的醋栗丛之间长着一棵棵圆滚滚的淡绿色白菜；啤酒花缠绕在高高的杆子上；在一块豌豆地里，密密麻麻地插着许多褐色的树条，上面攀附着干枯的豌豆蔓；一些很大的扁平南瓜安坐在地上；黄瓜在积满尘土的多角形叶子下发黄；高高的荨麻顺着栅栏随风摇摆；有两三处地方成堆地长着鞑靼金银花、接骨木和野蔷薇——这是昔日“花坛”的残余。在贮满发红的脏污池水的小鱼池旁边有一口井，周围布满大大小小的水洼。一群鸭子在水洼里忙碌地拍打着翅膀，翻寻着什么。一条狗浑身颤抖着，眯起眼睛，在草地上啃骨头；一头花斑母牛也在那里懒洋洋地嚼着青草，偶尔甩起尾巴拍打那瘦骨嶙峋的脊背。小径转了个弯，从粗壮的爆竹柳和白桦树后面露出一幢盖着木板屋顶的灰色老式小房子，门前有几级弯曲的小台阶。拉季洛夫站住了。

“不过，”他和蔼可亲地望着我说，“我现在有另一种想法；也许您并不乐意到我家来；要是这样的话……”

我没让他说完，便对他说，恰恰相反，我很高兴到他家做客吃一顿饭。

“好，那就请吧。”

我们走进屋里。一个穿蓝色厚呢长外衣的小伙子在台阶上迎接我们。拉季洛夫立即吩咐他拿伏特加给叶尔莫莱喝。我的猎人便在这位慷慨的施主背后恭恭敬敬地鞠了一躬。我们从贴着各种色彩斑斓的图画、挂着许多鸟笼的前厅走进一个不大的房间，这是拉季洛夫的书房。我卸下猎装，把枪倚在角落里，那穿长外衣的小伙子便忙着为我掸去身上的灰尘。

“好，现在我们就到客厅去吧，”拉季洛夫亲切地说，“我给您介绍一下家母。”

我跟着他走。在客厅当中的沙发上，坐着一位身材不很高大的老太太，她穿着褐色连衣裙，戴着白色睡帽，清瘦的脸显得很慈祥，神情畏葸而忧郁。

“妈妈，我来给您介绍：这位是我们的芳邻某某某。”

老太太欠身向我点点头，枯瘦的手没有放下那只像口袋一样的粗毛线手提包。

“您光临敝村已经很久了吗?”她眨着眼睛，轻声细语地问我。

“不，老太太，不很久。”

“您打算在这儿长住吗?”

“我想，住到冬天到来以前。”

老太太没再问下去。

"这位是，"拉季洛夫指着一个我走进客厅时未曾注意到的瘦高个子，接着说，"这位是费奥多尔·米海伊奇……喂，费佳[①]，给客人表演一下吧。你干吗躲在角落里？"

费奥多尔立刻从椅子上站起来，从窗台上拿起一把破旧小提琴，拿起弓，不像正规的方法那样抓住弓的末端，而是抓住弓的中央，把小提琴搁在胸前，闭上眼睛，唱着歌，在琴弦上叽叽嘎嘎地拉着，并且跳起舞来。他看上去有七十岁模样；长长的土布外衣在他骨瘦如柴的干瘪肢体上悲惨地晃荡着。他跳着舞，有时使劲地抖动一下他那小小的秃头，有时仿佛凝住不动，慢慢地把头向上抬起，伸直他那青筋突暴的脖子，原地跺着双脚，有时则显然很吃力地弯弯双膝。他那掉了牙的嘴发出一种衰弱无力的声音。拉季洛夫大概从我脸上的表情看出费佳的"表演"并没有给我带来很大的快乐。

"好啦，老头儿，停下吧，"他说，"你可以去享受一下了。"

费奥多尔·米海伊奇立刻把小提琴放在窗台上，先向我这客人，然后向老太太，再向拉季洛夫鞠了躬，便走出去了。

"他原来也是个地主，"我的新朋友继续说，"很有钱，可后来破产了——现在就住在我这儿……当时他是全省最风流的人物，拐走了两个有夫之妇，家里养着歌手，自己也能歌善舞……您要不要来点伏特加？饭菜已经准备好了。"

这时，我在花园里见过一眼的那个姑娘走进客厅。

"这是奥丽娅！"拉季洛夫稍稍转过头去，说，"请多多关照……那么我们去吃饭吧。"

---

① 费奥多尔的小名。

我们走进餐厅，坐下。我们从客厅里出来到落座的时候，费奥多尔·米海伊奇由于能够“享受”一下，眼睛便闪耀着光芒，鼻子微微发红，正唱着：“胜利的炮声响起来！”[1]屋角里一张没铺桌布的小桌上为他安放了一套专用的餐具。这可怜的老头不能保持整洁，因此常常让他呆在离大家远一点的地方。他画了十字，叹一口气，便狼吞虎咽起来。饭菜确实不错，因为是礼拜天，便少不了会颤动的肉冻和西班牙风（馅饼）。席间，这位在步兵团服务了十来年、远征过土耳其的拉季洛夫便说起故事来。我仔细地听着，同时悄悄地打量着奥丽加[2]。她并不很漂亮，但她脸上果断而恬静的神情，她那宽阔、白皙的前额，一头浓密的头发，尤其是那对虽然不很大，然而显得灵秀、明亮、富有生气的眼睛，任何处在我这种地位的人看了，无疑都会为之怦然心动。她仿佛在仔细地谛听拉季洛夫的每一句话；她脸上的神情所表现的并非兴趣，而是热烈的关注。从年龄上说，拉季洛夫可以做她的父亲；他用“你”称呼她，但我立刻猜出，她不是他的女儿。在谈话中，他提到他已过世的太太——“她的姐姐”——他指着奥丽加作了进一步说明。她立刻满面飞红，垂下眼睑。拉季洛夫停了一下，换了个话题。吃饭的时候，老太太始终一言不发，几乎什么也没有吃，也不劝我进食。她脸上满是某种胆怯和无望的期待，一种老年人的忧伤，任何人看了都会为之感到心痛的忧伤。快吃完的时候，费奥多尔·米海伊奇想用他的歌声为主人和客人“助兴”，但拉季洛夫看了我一眼，便叫他别开口；老头儿用手抹了一下嘴唇，眨眨眼睛，鞠了个躬，又坐下了，但只坐在椅子的边

① 沙皇时代的国歌。
② 奥丽加是奥丽娅的本名，后者是小名。

缘上。散席后我和拉季洛夫一起到他的书房去。

大凡经常专注于一种思想或一种追求的人，不管他们的品性、能力、社会地位和教育程度如何，在他们的言谈举止中总有些明显的共同之处和外表上的相似。我对拉季洛夫观察得越久，就越觉得他是属于这一类的人。他谈田产的经营、收割、刈草，谈战争、县里的流言蜚语和近期的选举，丝毫没有勉强的样子，甚至很投入，却突然叹着气，像个被繁重的工作压垮的人一样跌坐在圈椅上，用手抹一下脸，他的整个善良而和蔼可亲的灵魂仿佛只渗透着、贯注着一种感情。我看不出他对食物，对酒类，对打猎，对库尔斯克夜莺，对患癫痫病的鸽子，对俄罗斯文学，对溜蹄马，对匈牙利骠骑兵外衣，对打纸牌和台球，对舞会，对去省城和京城旅行，对造纸厂和甜菜糖厂，对装饰得金碧辉煌的亭子，对茶，对训练得能歪着头拉车的边套马，甚至对把腰带系在腋下的胖车夫，对那些上帝才知道为什么脖子一动眼睛就往旁边一睃、几乎要瞪出来的出色车夫……有任何兴趣，这使我大为惊奇。“这到底是个什么样的地主!”我心里想。然而他绝对不装成一个愁眉苦脸、对自己的命运不满的人；相反，他身上洋溢着对每个人都一视同仁的亲切和热情，几乎准备降低身份同每一个随便遇到的人亲近。诚然，您同时也会感觉到，他不能同任何人结成知交和真正亲近，这并不是因为他不需要朋友，而是因为他城府太深。仔细观察拉季洛夫，我无论如何不能想象他是幸福的，不管是现在还是随便什么时候。他也不是一个美男子。但是在他的神态中，微笑中，在他的全身，都隐藏着一种非凡的魅力，确实是隐藏着。因此我似乎很想能更好地了解他，喜欢他。固然，他也常常暴露出一个地主和草原居民的本性，但他毕竟是个很出色的人。

我们刚谈起新任县长，突然门口响起奥丽加的声音："茶准备好了。"我们走进客厅。费奥多尔·米海伊奇仍旧坐在窗户和大门之间他那个角落，小心翼翼地缩起双腿。拉季洛夫的母亲在织袜子。通过敞开的窗子，从花园里飘来一阵阵秋天凉爽的气息和苹果的香味。奥丽加忙着倒茶。现在我比在饭桌上更加注意观察她的一举一动。她像一般县城里的姑娘一样很少说话，但至少我没有发现她想说点什么好听的话而苦于自己缺少知识，无力表达。她不作无谓的叹息，仿佛心中有无尽的难以表达的感触，她不会把眼珠往上直翻，不作充满幻想而又用意暧昧的微笑。她的目光坦然而安闲，像一个经历大喜大悲之后平静下来休息的人。她的步态，她的举止果断而自然。我很喜欢她。

我又和拉季洛夫闲聊起来。我已经不记得我们怎么会谈到一种大家都很熟悉的情况：一些极其微不足道的小事怎么往往会比一些重大的事件给人留下更深刻的印象。

"是啊，"拉季洛夫说，"这一点我有亲身体会。您知道，我结过婚。没有多久……三年；我妻子难产死了。我想，她死了，我也活不长；我非常伤心，痛不欲生，但我哭不出来，整天发呆。我们按规矩给她穿衣服，把她安放在桌上——就在这个房间里。神父来了，诵经士也来了，开始念经、祈祷、焚香；我磕头鞠躬，可眼泪一滴也流不出来。我的心好像变成了石头，脑袋也是这样，全身都麻木了。第一天就这样过去了。您相信不相信，夜里我竟睡着了。第二天早晨，我走到妻子那儿——事情发生在夏天，太阳从头到脚照遍了她全身，阳光亮得耀眼。突然我看见……"说到这里，拉季洛夫不由得打了个冷颤。"您想我看见什么啦？她的一只眼睛没有完全闭上，一只苍蝇在上面爬着……我顿时像一束禾捆似的瘫倒在地上，苏醒过来以后，我便哭啊哭啊——怎么也抑制不住……”

拉季洛夫停了下来。我望望他，又望望奥丽加……我一辈子也忘不了她脸上的神情。老太太把袜子放在膝盖上，从手提包里拿出一块手帕，悄悄地擦着眼泪。费奥多尔·米海伊奇突然站起来，一把抓起小提琴，用嘶哑而粗野的声音唱起歌来。他大概想让我们高兴些，可是我们一听见他的声音都打了个寒噤。拉季洛夫便叫他停下来。

“不过，”他继续说，“该发生的已经发生了；已经过去的事情不能挽回，再说……这儿的一切毕竟都在向好的方面转变，这好像是伏尔泰说的吧，”他连忙补充了一句。

“是啊，”我说，“当然。而且任何不幸都是可以忍受的，天下没有走不出的逆境。”

“您是这样想的吗?”拉季洛夫说。“是啊，也许您说得对。记得我在土耳其的时候，有一次躺在医院里，病得奄奄一息：我因伤口溃烂而发烧。唉，我们住的地方实在太糟，不用说，在打仗嘛——就这样还得感谢上帝呢！突然又来了许多病人，把他们安置在哪儿好呢？医生跑来跑去，就是找不到地方。他走到我跟前，问医士：‘还活着吗?’医士回答：‘早上还活着。’医生弯下腰听了听：我还在呼吸。这位朋友等不及了，他说：‘这个人不行了，他快死了，他必死无疑，还在那儿喘粗气，拖延着，白白占着地方，妨碍别人罢了。’‘唉，’我心里想，‘这下你可完蛋了，米哈伊洛·米哈伊雷奇……’可是我康复了并且活到现在，就像您看到的那样。可见您的话是对的。”

“我这句话在任何情况下都是对的，”我回答。“即使您死了，您也是走出了当时的逆境。”

“当然，当然，”他说着，用手使劲拍拍桌子……“只要下决心……人活在逆境里还有什么意思？……干吗还要犹豫不决，拖拖拉拉……”

奥丽加霍地站起来，走到花园里去。

“喂，费佳，跳个舞吧！”拉季洛夫高声说。

费佳立刻站起来，用他那优雅而特别的步态在房间里走着，就像大家所知道的“山羊”在驯熟的熊旁边表演一样，接着，他唱起来：“有一次在我们的大门旁……”

大门口传来轻便马车的辘辘声，过了一会儿，一个身材高大、肩膀宽阔、体格强壮的老头走进了房间，他是独院小地主[1]奥夫夏尼科夫……这位奥夫夏尼科夫是一位出色而又独特的人物，因此我们要请读者允许在另一篇笔记里再介绍他。现在我只作一点补充：第二天我和叶尔莫莱天未亮就出去打猎，打完猎就直接回家了。过了一个礼拜，我又顺路到拉季洛夫家里去，但是在他家里没有遇到他，也没有看见奥丽加，又过了两个礼拜，我才知道，他突然抛下母亲，带着妻妹到某个地方去了，从此杳无踪影。全省大哗，纷纷议论这件事，至此我才恍然大悟，明白了拉季洛夫在谈话时奥丽加脸上表现出来的神情。当时她脸上流露出来的不只是同情，而且燃烧着妒火。

我在离开乡下之前去看望了拉季洛夫的老母亲。我在客厅里遇到她，她正和费奥多尔·米海伊奇打牌，玩“捉傻瓜”游戏。

“令郎有消息吗？”最后我问她。

老太太哭了起来。我就没有再问她拉季洛夫的事了。

---

① 俄国农奴时代低级官吏后裔出身的小地主，土地不多，可蓄农奴，但与农民一样缴纳赋税。

独院小地主奥夫夏尼科夫

亲爱的读者，请想象一个年约七十岁、长得又高又胖的人，他的相貌有点像克雷洛夫[①]，在低垂的眉毛下长着一对明亮而聪明的眼睛，他神态威严庄重，说话富有节奏，步伐从容不迫，这就是我要给您介绍的奥夫夏尼科夫。他穿着一件宽大的蓝色长袖常礼服，钮扣一直扣到上面，脖子上系一条浅紫色丝围巾，脚上蹬一双擦得锃亮的带穗皮靴，看上去大致像个殷实的商人。他的手很漂亮，又白净又柔软，谈话时常常用手摆弄常礼服上的钮扣。奥夫夏尼科夫的庄重和严肃、机灵和慵懒、直爽和固执很像彼得大帝时代以前的俄罗斯大贵族……他要是穿上一件俄罗斯无领长袍，一定很神气。这是一个旧时代的遗民。所有的邻居都格外尊敬他，以和他交往为荣。一些同辈的独院小地主对他无不顶礼膜拜，老远看见他就脱帽致敬，把他引为骄傲。一般说，在我们那里，独院小地主至今还很难同普通庄稼汉区别开来：他们的经济状况几乎不如一般农民，牛犊小得离不开荞麦，马匹半死不活，挽具都是用绳索做的。奥夫夏尼科夫是个例外，虽然还不是个富翁。他和妻子两人住在一座舒适整洁的小屋子里，用的仆人不多，给他们穿的是俄罗斯服装，称他们为雇工。他们也替他种地。他不冒充贵族，不摆出地主的架势，从来不如俗话所说的那样“得意忘形”，不是人家一说请坐就立刻落座，有新的客人来到，他必定起来表示敬意，然而正因为他有这样的品格，因为他举止庄重、彬彬有礼，客人便不由得更加恭敬地向他鞠躬行礼。奥夫夏尼科夫遵循古代风习，并不是由于迷信（他的思想相当开明），而是由于习惯。譬如，他不喜欢带弹簧座的马车，因为他并不感到舒适，他总是乘竞赛用的轻便马车，或者乘有皮垫的漂亮小马车，自己赶那匹良种枣红大走马（他只养枣红马）。马车夫是一个面颊红润的年轻小伙子，头发剪成一个圆圈，穿着蓝色粗呢外衣，戴着劣质的羊皮帽，腰间束根皮带，毕恭毕敬地坐在他旁边。奥夫夏尼科夫总要睡午觉，每个礼拜六洗一次澡，只读宗教书籍（读书的时候总是煞有介事地戴上一副银边的圆形眼镜），早起早睡。不过，他不留胡子，把头发剪成德国式。他招待客人极其殷勤亲切，但不向他们弯腰鞠躬，不忙着张罗，不招待他们吃任何干果和腌渍食品。“内当家的！”他慢慢地说着，并不站起来，只向她稍稍转过头去。“拿点好吃的来招待客人吧！”他认为出售粮食是犯罪，因为粮食是上帝的恩赐，一八四〇年在发生大饥荒和物价飞涨的时候，他把所有库存的粮食都分送给周围的地主和农民，第二年他们都感激涕零地用实物来还债。邻人常常跑来请奥夫夏尼科夫评理和调解，他们几乎都服从他的判决，听从他的劝告。许多人由于他的帮忙才彻底划清了地界……但在同一些女地主争吵两三次之后，他就声明从此再不为女人调解纠纷。他不能容忍仓猝从事、惊慌失措、婆娘们的闲话和“手忙脚乱”。有一次他家不知怎么

① 克雷洛夫（1769—1844），俄国寓言作家。

失火了。一个雇工上气不接下气地跑进来大叫大嚷："失火了！失火了！""喂，你嚷什么啊！"奥夫夏尼科夫平心静气地说。"把我的帽子和手杖拿来……"他本人很喜欢驯马。有一次一匹烈性的比秋格马[①]载着他奔下山往峡谷驰去。"喂，好了，好了，小马驹，你会摔死的，"奥夫夏尼科夫不愠不火地对它说，接着一转眼工夫，他就连同那辆竞赛用轻便马车、坐在后面的男孩和马一起冲进峡谷里。幸好谷底有个沙堆，谁也没有受伤，只有那匹比秋格马的一条腿脱了臼。"嘿，你看，"奥夫夏尼科夫从地上爬起来，还是不愠不火地说，"我早就跟你说过了。"他找的妻子同他很相配。塔吉雅娜·伊里尼奇娜·奥夫夏尼科娃是个身材高大、端庄持重而沉默寡言的女人，总是系着一条咖啡色的绸围巾。她总让人觉得冷若冰霜，虽然不仅没有人说她为人严厉，反而有许多穷人称她老大娘和恩人。端正的容貌、大大的黑眼睛、薄薄的嘴唇至今仍可证明当年她是个出色的美人。奥夫夏尼科夫没有子女。

读者已经知道，我是在拉季洛夫家里认识他的，过了两三天，我到他家去，他恰好在家。他正坐在一只很大的皮圈椅上读《圣徒言行录》。一只灰猫在他肩膀上打呼噜。他照例亲切礼貌地接待我，我们就攀谈起来。

"鲁卡·彼得罗维奇，请您跟我说实话，"我顺便对他说，"从前，在您那个时代，情况是否好些?"

"有些情况确实要好些，我对您说，"奥夫夏尼科夫回答，"我们

---

① 比秋格马是一种特种马，产于沃罗涅日省著名的"赫列诺夫"（前奥尔洛娃伯爵夫人养马场）附近。——原注
按：比秋格马由俄罗斯比秋格河得名，马身高大，善拉重载，是一种名马。

的日子过得比较太平，物产比较丰富，确实……不过现在毕竟更好些，到您的孩子长大后，他们的日子还会更好，愿上帝保佑。”

“我还以为，鲁卡·彼得罗维奇，您会对我赞扬旧时代呢。”

“不，我没有必要特别赞扬旧时代。举个例子说吧，虽然您现在仍旧是个地主，像您已故的太爷那样，可是您已经没有那样的权势了！当然，您本人也不是那样的人。现在别的地主还在欺压我们，不过，看来不这样也不行。熬一熬，总有出头之日。是啊，我在年轻时看惯的那些事，现在已经看不到了。”

“您能举个例子吗?”

“譬如这种事吧，我仍旧以令太爷为例。他是个很有势力的人！总欺负我们这辈人。也许您也知道——自己土地的事怎么会不知道呢——从切普雷金到马利宁的那块耕地吧？……现在你们在这块地上种燕麦……其实这块地是我们的——整块都是我们的。可是令太爷把它从我们手里夺走了。有一次他骑马出来，用手一指，说：‘这是我的领地，’就这样霸占去了。先父(愿他升入天堂!)是条直汉子，年轻气盛，他忍受不了——谁愿意失去自己的产业呢？便一纸状子告到法院。可是他一个人去告状，别人都不肯跟上——他们都害怕了。于是有人去向令太爷报告，说彼得·奥夫夏尼科夫告了您的状：说您霸占了他的土地。……令太爷立刻派他的司猎巴乌什带领一大帮人到我家来……就这样把我父亲抓去，带到您家的世袭领地上。当时我还是个小孩子，赤着脚跟着他们跑去。您说怎么着？……他们把他带到您府上的窗子底下，就用鞭子抽他。令太爷就站在阳台上看着；令太婆也坐在窗口观看。我父亲大声叫喊着：‘玛丽亚·瓦西里耶夫娜老太太，替我求个情，你们就饶了我吧!’可她只是时而挺挺身子，依然无动于衷地看着。最后，他们还要我父亲答应让出这块土地，并且感谢他们放他活着回去。就这样，这块地便属于你们了。您去问问您家那些庄稼汉：这块地叫什么？它叫棍棒地，因为是用棍棒夺来的。就因为这个缘故，我们这些小人物是不会留恋旧制度的。”

我不知道怎么回答奥夫夏尼科夫，也不敢朝他脸上看一眼。

“那时候我们还有一个邻居叫斯捷潘·尼克托波利昂内奇·科莫夫。他也百般折磨我父亲。他是个酒鬼，喜欢请客，等到喝醉了便用法国话说一声：‘这很好。’①接着把嘴唇一舔就无法无天起来！他派人去邀请所有的邻居。马车就停在门外等你；你要是不肯去，他马上亲自找上门来……他真是个怪人！他‘清醒’的时候，从不胡言乱语，可一喝醉就滔滔不绝地说起来，说他在彼得堡的方坦卡街上有三幢房子：一幢红色的，有一个烟囱；第二幢是黄色的，有两个烟囱；第三幢是蓝色的，没有烟囱。他说他有三个儿子（可他没结过婚）：一个在步兵里，另一个在骑兵里，第三个在家里……他还说，每一幢房子住着他的一个儿子，老大家里常有海军将官来访，老二家里常有陆军将官来做客，来看小儿子的都是些英国人！说到这里，他站起来说：‘为我大儿子的健康干杯，他在我家是最孝敬父母的！’接着哭了起来。如果有人不肯和他一起干杯，那他可要倒霉了。‘我毙了你！’他说，‘还不许埋葬！……’有时候，他霍地站起来，大声叫嚷：‘跳舞吧，上帝的子民，大家消遣消遣，对我也是个安慰！’这么一来，你只得跳舞，哪怕累死，你也得跳下去。他把自己家里农奴的女孩子折磨得够戗。常常叫她们通宵达旦唱歌，谁调门唱得最高，谁就可以得到奖赏。她们要是唱累了，他就把头埋在手里，悲叹起来：

---

① 原文为法文。

‘唉,我这孤苦伶仃的孤老头！大家把我抛弃了！亲爱的。’马夫们立刻去给女孩子打气。他也看中了我父亲:有什么办法呢？他几乎把我父亲送进了棺材,差一点就送进去了,谢天谢地,后来他自己死了:他喝醉了酒从鸽子棚上摔了下来……您看,我竟遇上这样的邻居!”

“时世变化太大了!”我说。

“是啊,是啊,”奥夫夏尼科夫表示同意。“所以说:在旧时代贵族都很阔气,更不用说那些达官贵人了:在莫斯科,我看得多了。据说,眼下这种人已经绝迹了。”

“您在莫斯科待过?”

“待过,很久很久以前了。我现在七十二岁出头了,到莫斯科去是十五岁的时候。”

奥夫夏尼科夫叹了一口气。

“您在那儿见过什么人?”

“我见过许多达官贵人,各式各样的人全见过。他们经常宴请宾客,那气派真是非同寻常。不过没有一个人赶得上已故的阿列克谢·格里戈里耶维奇·奥尔洛夫－切什缅斯基[①]伯爵。我常常见到阿列克谢·格里戈里耶维奇,我叔父在他府上当管家。伯爵住在卡卢加门附近的沙博洛夫卡。这真是个不折不扣的达官贵人！那样的气派,那样的和蔼可亲真是难以想象,无法形容。光是身材,就没话说的,还有那威力,那眼神！你没有认识他、没有接近过他的时候,你会怕他,不敢接近他,可是一旦接近他,他就像太阳般使你觉得温暖,你会感到非常愉快。他亲自

① 阿·格·奥尔洛夫(1737—1807/08),俄国海军上将,在1768—1774的俄土战争中曾指挥俄国舰队在切什梅战役(1770)中取得胜利,得到切什缅斯基(切什梅公)的封号。

接见每个人，对一切都感兴趣。他亲自参加赛马，跟所有的人比赛；他从来不一下子赶上别人，不盛气凌人，不阻拦别人，直到最后一刻才超过人家；他是那么和蔼可亲——总是安慰他的对手，夸对手的马好。他养着最好的筋斗鸽。他常常走到院子里，坐到圈椅上，吩咐放鸽子；许多仆人站在四周的屋顶上持枪防止鹞鹰来袭击。伯爵脚边放着一只很大的银盆，里面装满了水，他就往水里看鸽子飞翔。成百上千个穷人和乞丐靠他过活……他送掉了多少钱！可他发起怒来，那可真叫雷霆万钧。这当然很可怕，但你不必抱怨：过一会儿，你一看，他已经笑嘻嘻的了。他一举行宴会，就能让整个莫斯科喝得烂醉！……他还是个聪明绝顶的人！是他把土耳其打败了。他也喜欢摔跤；人们纷纷从图拉、从哈尔科夫、从坦波夫、从全国各地把大力士请到他这里来。谁被他摔倒，他就奖励谁；要是有人把他摔倒了，他就给予重赏，并且吻他的嘴唇……还有，我在莫斯科的时候，他组织了一次全俄罗斯前所未有的猎犬竞赛：他把全国所有的猎人都请来，规定了日期，给了三个月的期限。猎户们都纷纷跑来。带来了许多猎手和猎犬，嘿，简直是一支浩浩荡荡的大军！起初，他大摆筵席，接着便开到城外去。人们都跑来看热闹，真是人山人海！……您猜怎么着？……令太爷的猎犬竟跑在最前面。”

“是不是那条米洛维特卡？”我问。

“是米洛维特卡，是米洛维特卡……于是伯爵就来求他，他说：‘把你的狗卖给我吧，你要什么都可以。’‘不，伯爵，’令太爷说，‘我不是商人，连没用的破布我都不卖，为了表示敬意我连太太都可以让出去，可米洛维特卡就是不卖……我宁可自己当俘虏。’阿列克谢·格里戈里耶维奇听了便夸奖他，对他说：‘我喜欢你的脾气。’令太爷便乘马车把狗带了回去。米洛维特卡死的时候，他还奏乐把它葬在花园里——狗下葬以后还给它立了一块石碑，上面刻着铭文。”

“可见阿列克谢·格里戈里耶维奇是从来不盛气凌人的，”我说。

“常言道：只有没本事的人才会惹是生非。”

“那么那个巴乌什是个什么样的人？”沉默了一会儿之后，我问。

“您连米洛维特卡的事都听说了，怎么巴乌什的事却不知道？……这是令太爷的总司猎和管猎犬训练的人。令太爷喜欢他不亚于喜欢米洛维特卡。他是个天不怕地不怕的人，不管令太爷叫他做什么，他一眨眼就办好了，哪怕上刀山下火海……他吆喝猎狗追野兽的时候，树林里就响起一片回声。但他那倔脾气一发作，就会从马上跳下来，躺倒不干……狗听不见他的声音——一切就都完了！它们放着新鲜的足迹不去跟踪，再好的猎物也不去追赶了。好哇，令太爷于是大发雷霆！‘我要是不把你这个无赖吊死，我就不活了！我要把你这个不信基督的家伙开膛破肚！把脚跟塞到你这个凶手的喉咙里去！’结果却常常是派人去问他需要什么，为什么不吆喝狗追赶野兽。在这种情况下，巴乌什通常是要求喝点酒，他一喝完酒，便爬起来，又去使劲吆喝他的猎狗。”

“看样子您也喜欢打猎，是这样吧，鲁卡·彼得罗维奇？”

“不错，我也喜欢打猎……不过不是现在：现在我的好时光已经过去了，是年轻的时候……您也知道，不好意思，身份的关系。我们这帮人不想跟在贵族的后面跑。确实：我们这个阶层也有个别喜欢喝两杯却又没有能力的人，他们便去投靠那些老爷……可那是一种什么样的快乐！……不过是自取其辱罢了。给他一匹走路磕磕绊绊的劣马，不时把他的帽子摘下来扔在地上，像抽打马匹一样不时用鞭子在他身上轻轻抽一下，可他还是笑嘻嘻的，并且逗别人发笑。不，我告诉您：越是没有身份的人，就越要洁身自好，不然只会自取其辱。”

“是啊，”奥夫夏尼科夫叹了一口气继续说，“自从我来到这个世界上，时光已经像流水一样流逝了不少：现在已是另一种时世。我看到贵族的变化特别大：领地少的人或者去供职了，或者不再住在原来的地方；领地多一点的人——那就叫人认不出了。这些大地主在划分地界的时候我见得多了。不瞒您说，我看着他们，心里很高兴：他们都和蔼可亲、彬彬有礼。只有一点我百思不得其解：他们都精通各门学问，说话头头是道，叫你心悦诚服，可实际事务却一窍不通，连本身的利益都稀里糊涂：他们的农奴、管家都可以任意糊弄他们，就像把木杆弯成马轭一样。您也许认识亚历山大·弗拉基米罗维奇·科罗廖夫吧——他哪一点不像个贵族？他长得一表人才，家里那么有钱，上过大学，好像还出过国，说起话来慢条斯理，和颜悦色，还跟我们所有的人握手。您认识他吗？……那么您听我说。上个礼拜我们应经纪人尼基福尔·伊里奇的邀请到别廖佐夫卡去聚会。经纪人尼基福尔·伊里奇对我们说：‘诸位，现在要划地界了，我们这个地段比人家落后，这是个耻辱：现在我们干起来吧。’我们就干起来了。照例进行了商议，发生了争论。我们的代理人执意不肯相让。但第一个在那儿吵闹的是奥夫钦尼科夫·波尔菲里……这个人为什么要吵闹呢？……他自己一寸土地也没有，是受他兄弟委托来办这件事的。他大叫大嚷：‘不行！你们骗不了我！不行！不是这样划分的！把地图拿来！把土地测量员给我叫来，把这个出卖基督的家伙给我叫来！’‘您到底要怎么办？’‘你们以为我是傻瓜吗？嘿！你们以为我会把要求当场宣布吗？……不，你们把地图拿来，就是这样！’他用手拍着地图。他大大侮辱了玛尔法·德米特里耶夫娜。那位太太立即大叫起来：‘您竟敢败坏我的名誉！’他回答：‘我吗？把您的名誉送给我那匹栗色母马我都不要。’好容易让他喝了些马德拉葡萄酒，才让他安静下来——接着，别人又造起反来了。我那亲爱的亚历山大·弗拉基米罗维奇·科罗廖夫坐在角落里，咬着手杖上的镶头，只是一个劲儿摇头。我觉得难为情，忍不住，直想跑出去。人家会怎么看待我们呢？我一看，我的亚历山大·弗拉基米雷奇站了起来，露出要讲话的样子。经纪人着了慌，就说：'诸位，诸位，亚历山大·弗拉基米雷奇要讲话。'对贵族实在不能不佩服：大家马上安静下来。亚历山大·弗拉基米雷奇便开始讲话，他说：我们好像忘记了是为什么而来的；他又说：虽然划分地界无疑对领主有利，可实际上这样做是为了什么呢？——是为了让农民减轻负担，让农民耕作更方便些，对付得了赋役；要不然像现在这样，他连自己的地都不知道，常常跑到五俄里以外去耕作——这也不能怪他。接着亚历山大·弗拉基米雷奇说，地主不应该不关心农民的福利，如果仔细想一想，归根结底，他们的利益和我们的利益是一致的：他们好了，我们也跟着好，他们倒霉，我们也会倒霉……他又说，可见，为了一点小事而争吵不休是不应该的，不明智的……等等，等等……瞧他说得多好！每句话都说到人心里去了……那些贵族一个个低下头，我自己，上帝作证，差一点没掉下眼泪。说实话，古书里从来没有说过这样的话……结果怎么样呢？他自己的四俄亩青苔沼地既没有让出，也不肯卖掉。他说：'我要叫人把这块泥沼地弄干，在上面建造一个设备完善的毛纺厂。'他说，'我已选定了这个地方，这件事我早已有了打算……'这件事如果是真的倒也罢了，结果是亚历山大·弗拉基米雷奇的邻居卡拉西科夫·安东舍不得付一百纸卢布给科罗廖夫的管家。我们没办完事就这样各自回家了。而亚历山大·弗拉基米雷奇至今还认为自己做得对，并且常常提到毛纺厂的事，只是弄干沼地的计划始终没见行动。"

"那么他又是怎样经营自己的领地的呢？"

“全部采用新办法，那些庄稼汉都不赞成——可是用不着听他们的。亚历山大·弗拉基米雷奇干得很好。”

“这是怎么回事，鲁卡·彼得罗维奇？我以为您是守旧的呢。”

“我嘛，是另一回事。我不是贵族，也不是地主。我的营生算得了什么？……再说，换一种办法，我又不会。我只是努力做得正当，依法办事，这样就谢天谢地了！年轻的先生们不喜欢旧制度，我赞赏他们……是该动动脑筋的时候了。不幸的只是，年轻的先生们太会自作聪明。他们对待农民就像在玩布娃娃：摆弄过来，摆弄过去，坏了，就撒手不管。于是农奴出身的管家或者德国出生的管理人员又把农民攥在手心里了。哪怕年轻的先生里面有一个做出榜样，让大家看看，事情该怎么办，那也好啊！……这一切该有个什么样的结局呢？难道说，我就这样一命归天，看不到新的制度了？……真是咄咄怪事！旧的死了，新的还没有生出来！”

我不知道怎么回答奥夫夏尼科夫。他往四下里看了看，朝我身旁挪近些，悄悄问我：

“您听说瓦西里·尼古拉伊奇·柳博兹沃诺夫的事了吗？”

“没有，没听说过。”

“您倒给我解释解释，这是件什么样的怪事。我怎么也想不明白。他家的农民都给我说了，可我弄不懂究竟是怎么回事。您知道，他是个年轻人，不久前从他母亲那儿得到一笔遗产。于是来到自己的世袭领地。农民们聚拢来看自己的主人。瓦西里·尼古拉伊奇出来接见他们。农民们一看，真是难以想象！主人穿着波里斯绒裤子，活像个马车夫，靴子上有滚边，衬衫是红色的，上衣也是马车夫穿的那种式样；他蓄着胡须，头上的帽子怪怪的，连他的脸也是那么怪怪的——说他喝醉了，又没有喝醉，但总有点疯疯癫癫的样子。他说：'你们好啊，伙计们！愿上帝帮助你们。'农民们向他鞠躬——但是一言不发：您知道，他们心里害怕。而他自己也好像怯生生的。他开口对他们说：'我是俄罗斯人，你们也是俄罗斯人；俄罗斯的一切我都喜欢……我有一颗俄罗斯的灵魂，我身上流的血也是俄罗斯的……'突然他好像下命令似地说：'这样吧，伙计们，大家唱一支俄罗斯民歌吧！'农民们两腿直打哆嗦，大家整个儿都傻了。一个胆子大的先唱了起来，可立刻就蹲下来，躲到别人背后去……叫人奇怪的是：我们那儿也有这样的地主，都是些不要命的老爷，喜欢到处游荡，真的；他们穿得像个马车夫，自己跳舞、弹吉他、唱歌、和家仆一起喝酒、跟农民一起饮酒作乐，可这个瓦西里·尼古拉伊奇却像一位千金小姐，总是读书啊，写字啊，要不然就大声唱赞美歌。他跟谁都不说话，怕见生人，常常一个人在花园里散步，好像在思念什么人或者为什么事伤心。原来的那个管家起初一直战战兢兢，在瓦西里·尼古拉伊奇到来之前，跑遍了所有的农家，向所有的人鞠躬行礼——显然，这只馋猫心里明白自己偷吃了谁家的肉。农民们也有了盼头，他们想：'办不到，老弟！这会儿可要唯你是问了，宝贝；有你的好戏看了，你这个吝啬鬼！……'结果却不是那么回事，叫我们怎么对您说呢？连上帝也弄不清是怎么回事！瓦西里·尼古拉伊奇把他叫来，要跟他说话，自己却先脸红了，您知道，他的呼吸是那么急促，对他说：'你在我这儿办事要公正，不要欺负任何人，听见了吗？'从此以后他就没再找过他！他住在自己的世袭领地里像个局外人。这么一来，那管家就松了一口气，而农民们也不敢来找瓦西里·尼古拉伊奇，他们心里害怕。后来又出现了一些叫人想不通的事：主人竟向他们鞠躬，彬彬有礼地看着他们，他们简直吓坏了。老爷，您倒说说看，这事情有多奇怪？……是不是我变得不懂世事,老了,还是怎么的——我不明白。”

我回答奥夫夏尼科夫说,这位柳博兹沃诺夫先生大概有病。

“有什么病！他长得腰圆体壮、肥头大耳,年纪又那么轻……真是天晓得!”于是奥夫夏尼科夫深深叹了一口气。

“好吧,我们暂且不谈贵族吧,”我说,“您能给我谈谈独院小地主们的情况吗,鲁卡·彼得罗维奇?”

“算了,别谈这个吧,”他连忙说,“说实在的……给您谈一点也可以……可有什么好谈的!”奥夫夏尼科夫把手一挥。“我们最好还是喝喝茶……农民就是农民;不过,说实话,我们还能怎么样呢?”

他停住话头。茶送上来了。塔吉雅娜·伊里尼奇娜站起来,坐得靠我们近些。整个晚上她有几次悄悄走出去,又悄悄地回来。房间里一片寂静。奥夫夏尼科夫一杯接一杯慢慢地、一本正经地喝着茶。

“米佳今天来了,”塔吉雅娜·伊里尼奇娜轻声说。

奥夫夏尼科夫皱起眉头。

“他来干什么?”

“来赔罪的。”

奥夫夏尼科夫摇摇头。

“唉,您倒说说,”他转过头来,接着对我说,“您拿这些亲戚怎么办?拒绝他们是不可能的……您看,上帝赐给我一个侄子。他是个有头脑的小伙子,一个机灵的小伙子,没话说的;书读得很好,可是不能指望他有什么出息。他本来在官家当差——却把差事丢了:您看,因为没有得到提升……难道他是个贵族？就是贵族,也不会一步登天,马上升作将军。现在他失业了……这还算不了什么,可他竟当上了讼棍！他给农民写状子,写申诉书,给乡村警察出主意,揭发土地测量员,进出酒家,结交一帮长病假士兵、小市民和客栈老板。要不了多久他就得倒大霉了。区警察局长和县警察局长已不止一次警告过他。幸而他善于插科打诨,把他们逗得哈哈大笑,可是后来又给他们惹出了麻烦……算了,不谈他了。他还在你房间里吧?”他回头对妻子说。“我对你可是太了解了:你生就一副好心肠,总惯着他。”

塔吉雅娜·伊里尼奇娜垂下眼睛,笑了笑,脸红起来。

“是的,一点不错,”奥夫夏尼科夫继续说……“唉,你啊,太宠他了!好吧,叫他来吧——就这样吧,看在贵客的面上,我就原谅这傻小子吧……那么,叫他来吧,叫他来吧……”

塔吉雅娜·伊里尼奇娜走到门口,叫了一声:“米佳!”

米佳,一个个子高高、身材挺拔、一头鬈发、约摸二十八岁的小伙子走进了房间,看见我,便在门口站住。他的服装是德国式的,但光是他肩膀上过分大的褶子便足以证明,裁剪这套服装的不仅是个一般的俄国裁缝,而且是个老派的俄国裁缝。

“唉,过来吧,过来吧,”老头说,“怕什么难为情?你得谢谢你伯母,不怪你了……老爷,我来给您介绍一下,”他指着米佳,继续说,“这是我的亲侄子,可我怎么也管不住他。末日降临了!(我们彼此鞠躬致意。)那么,你说说,你在那边闯了什么祸?他们为什么要告你的状,你说吧!”

显然,米佳不愿意当着我的面解释和辩白。

“待会儿再说吧,伯父,”他喃喃地说。

“不,不要待会儿,现在就说,”老头继续说……“你啊,我知道,在这位地主先生面前怕难为情:这样更好,你就好好改正嘛。你说啊,你说啊……我们听着呢。”

“我没有什么好难为情的,”米佳扬扬头,理直气壮地说。“伯父,你自己评判吧。列舍季洛夫的几个独院小地主跑来找我，对我说：‘老弟，帮帮忙吧。’‘什么事？’‘是这么回事：我们的粮仓管理得好好的，再完善不过了；突然来了一个官员，说是上面派来检查粮仓的。他检查了一下，说：‘你们的粮仓乱糟糟的，有严重的漏洞，我要报告上司。’‘请问有什么漏洞？’‘我心里有数，’他说……我们就聚在一起，决定照例给这个官员一点好处，但是普罗霍雷奇老头出来反对，他说，这样只会使他们更贪心。这是怎么回事？难道我们就没有农民特别法院啦？……我们就听了老头的话，那官员火了，就提出控告，写了诉状。瞧，现在我们就得去应诉。’‘你们的粮仓真的管得很好吗？’我问。‘上帝看得见的，管得很好，里面有法定数量的粮食……’我说，‘那你们用不着害怕。’我便给他们写了一张状子……现在还不知道是谁胜诉呢……至于他们为了这件事在您面前数落我——那是很明白的：随便什么人总是自己的衬衫更贴身。”

“随便什么人，是啊，显然不是你，”老头轻轻地说……“那么你跟舒托洛莫沃的农民又在搞什么鬼？”

“您怎么知道？”

“我当然知道。”

“这件事我同样做得对，还是请您来评判吧。舒托洛莫沃农民的邻居别斯潘金种了他们的四俄亩地。他说：‘这块地是我的。’舒托洛莫沃的农民们在付代役租，他们的地主到国外去了——有谁来替他们说话呢？您自己想想吧。而他们那块地毫无疑问历来是农奴种的。于是他们来找我，说：‘给我们写张状子吧。’我就写了。别斯潘金知道了，就来恐吓我，扬言：‘我要把米佳的骨头一根根抽出来，要不然就把他的脑袋拧下来……’让我们瞧瞧吧，看他怎么把我的脑袋拧下来：到现在，我的脑袋还长在肩膀上呢。”

“行了，你别夸口：你的脑袋不会有好处的，”老头说，“你这个人完全疯了！”

“我怎么疯了，伯父，您不是亲口教导我……”

“我知道，我知道你要对我说什么，”奥夫夏尼科夫打断他的话，“不错：为人要公正，应该帮助亲友。有时候要做到义无反顾……可你难道都是这样做的吗？不是常常有人请你到酒店去吗？他们不是请你喝酒，对你鞠躬，说：‘德米特里·阿列克谢伊奇[1]先生，帮个忙，我们会酬谢你的，’然后把一个银卢布或一张五卢布钞票塞给你吗？是不是这样？有没有这回事？你说啊，有没有这回事？”

“这的确是我不对，”米佳低下头回答，“但我不拿穷人的钱，我扪心无愧。”

“现在你不拿，到日子不好过了，你就要拿了。扪心无愧……唉，你啊！这么说，你一直在为圣人鸣不平？……可是你忘记鲍里卡·彼列霍多夫了吧？……是谁为他奔走的？是谁包庇他的？啊？”

“彼列霍多夫是自作自受，不错……”

“把公款拿去挥霍……开玩笑！”

“可是，伯父，您想想，他家那么穷，一大家子……”

“穷，穷……他嗜酒如命，不顾一切——就这么回事！”

“他是因为苦闷才喝酒的，”米佳压低声音说。

“因为苦闷！既然你这样热心，那就去帮助他，而不是自己跟这醉汉坐在酒店里喝酒。至于他能说会道，那有什么稀罕！”

---

① 米佳的本名和父名，米佳是德米特里的小名。

“他这个人心地倒是极好的……”

“在你看来，天下都是好人……怎么样，”奥夫夏尼科夫回过头去对妻子说，“给他送去了吗……哦，在那边，你知道的……”

塔吉雅娜·伊里尼奇娜点点头。

“这几天你上哪儿去了？”老头又说起来。

“在城里。”

“大概是在那儿打台球，饮茶消遣，叮叮咚咚地弹吉他，在衙门里跑进跑出，在后房里写状子，和商人的儿子鬼混，是不是这样？……你说！”

“大致是这样吧，”米佳微笑着说……“啊呀！差一点忘记了：安东·帕尔费内奇·本季科夫请您礼拜天去吃饭呢。”

“我不到这个大腹便便的家伙那儿去。他给你吃上百卢布的鱼，上面却涂着发臭的奶油。不去理他！”

“我还碰到了费多西娅·米海洛夫娜呢。”

“哪一个费多西娅？”

“就是买下米库里诺的加尔卞钦科地主家的那个。费多西娅是米库里诺人。她缴了代役租，在莫斯科做裁缝。她的代役租都按时缴纳，每年一百八十二个半卢布……她的手艺很好：在莫斯科接到很多订货。可现在加尔卞钦科写信去把她叫回来，留住她，却不让她干活。她想赎身，也对主人说过了，主人却迟迟不作决定，伯父，您认识加尔卞钦科，能不能对他美言几句？……费多西娅愿意出大价钱赎身。”

“该不是用你的钱吧？怎么样？好吧，好吧，我去跟他说，我去说。我只是不知道，”老头满脸不高兴地继续说，“这个加尔卞钦科是个吝啬鬼，上帝饶恕：他收购期票，放高利贷，拍卖田地……是谁把他弄到我们这儿来的？唉，这些外乡人真讨厌！他不会很快给你回音的，不过，等等看吧。”

“您就去说说吧，伯父。”

“好吧，我去说说。可你得当心点，给我当心点！好了，好了，别为自己辩解了……行了，行了！……不过以后要当心点，要不然，上帝作证，米佳，你不会有好结果的，上帝作证，你会完蛋的。我可不能老是替你担当责任……我自己并不是一个有权有势的人。好吧，你可以走了。”

米佳走出去了。塔吉雅娜·伊里尼奇娜也跟着走了出去。

“给他喝茶吧，好伯母，”奥夫夏尼科夫在她后面大声说……“小伙子不蠢，”他继续说，“心地善良，我只是替他担心……不过，请原谅，我拿这些小事把您耽搁了那么久。”

前厅的门开了。一个身材矮小、头发花白、身穿天鹅绒常礼服的人走了进来。

“啊，弗朗茨·伊凡内奇！”奥夫夏尼科夫叫了起来，“您好！近来诸事顺遂吗？”

亲爱的读者，请允许我向您介绍一下这位先生。

弗朗茨·伊凡内奇·勒热纳（Lejeune）是我的邻居，也是奥廖尔的一个地主，他通过不很一般的途径取得了俄罗斯贵族的封号。他生在奥尔良，父母是法国人，他充当鼓手，跟着拿破仑进犯俄罗斯。起初一帆风顺，我们这位法国人昂首阔步挺进莫斯科。但是在撤退的时候这位可怜的勒热纳先生[①]几乎冻僵，鼓也丢了，落到斯摩棱斯克农民的手里。斯摩棱斯克农民把他在一座搬空了的缩呢厂里关了一夜，第二天早晨把他

① 原文为法文。

带到堤坝旁的冰窟窿那里，要求这位大……军[1]的鼓手赏个脸，也就是钻进冰窟窿去。勒热纳先生不能同意他们的建议，便用法语再三请求斯摩棱斯克农民放他回奥尔良。他说："先生们[2]，那里住着我母亲，慈祥的母亲。[3]"但是农民们大概不知道奥尔良城的地理位置，便继续建议他顺着蜿蜒的格尼洛捷尔卡河作一次水下旅行，并且开始轻轻地推他的脖子和背脊，鼓励他往前走，蓦地，传来了一阵铃铛声，使勒热纳乐不可支，堤坝上驶来了一辆大雪橇，特别高耸的后座上铺着一条色彩斑斓的花毯子，前面套着三匹黑鬃的黄褐色维亚特卡种马。雪橇上坐着一个穿狼皮大衣、满面红光的胖地主。

"你们在那儿干什么？"他问那些农民。

"老爷，我们要把一个法国人淹死。"

"哦！"那地主平平淡淡地答应了一声，便回过头去。

"先生！先生！"那可怜虫叫了起来。

"啊，啊！"那狼皮大衣用谴责的口气说，"带着十二个民族的军队到俄国来，烧了莫斯科，该死的东西，还盗走了伊凡大帝钟楼上的十字架，现在却来叫'麦歇[4]、麦歇'了！现在夹起尾巴了！这是自作自受……走吧，菲尔卡！"

马匹走动了。

"不过，停一下！"地主又说……"喂，你这个麦歇，你懂音乐吗？"

"救救我，救救我，好心的先生！"[5]勒热纳央求着。

"瞧这些孬种！没有一个人懂得俄语！缪齐克，缪齐克，萨维·缪齐

①②③⑤ 原文为法文。
④ 法语"先生"的译音。

克·武？萨维？喂，你说呀！康普勒内？萨维·缪齐克·武？钢琴茹埃·萨维？”[①]

勒热纳终于明白了地主想要干什么，便肯定地拼命点头。

“是的，先生，是的，是的，我是个音乐家，所有的乐器我都会！是的，是的，先生……救救我，先生！”[②]

“好，算你运气，”地主说……“小伙子们，放掉他吧；这是二十戈比，你们拿去买酒喝吧。”

“谢谢，老爷，谢谢。请您把他带走吧。”

勒热纳被带去坐在雪橇上。他高兴得喘不过气来，他泪流满面，浑身哆嗦，不停地鞠躬，向地主、马车夫和农民们道谢。他身上只穿着一件饰有粉红色带子的绿色绒衣，天气却冷得厉害。地主默默地看着他那冻僵发青的肢体，便把这个落难的人裹在狼皮大衣里，带回家里。仆人纷纷跑过来，急忙让这个法国人烤暖身子，让他吃饱、穿好。接着，地主便带他去见自己的女儿。

“你们看，孩子们，”他对她们说，“我给你们找来一名教师了。你们老是缠着我：‘教我们音乐和法国话吧，’现在我给你们带来一个法国人，他还会弹钢琴……喂，麦歇，”他指着五年前向一个卖香水的犹太人买来的破钢琴继续说，“给我们表演一下你的艺术吧：如埃[③]！”

勒热纳掉了魂似的坐到琴凳上：他有生以来就从来没有摸过钢琴。

“如埃啊，如埃啊！”地主反复说。

---

① 夹着俄语的法语译音：音乐，音乐，你懂音乐吗？懂吗？喂，你说呀！听得懂吗？你懂音乐吗？钢琴你会弹吗？

② 原文为法文。

③ 法语“请弹”的译音。

这可怜人绝望地像敲鼓一样敲打着琴键，敲到哪里是哪里……“当时我心里想，”后来他讲述当时的心情说，“我的救命恩人一定会抓住我的衣领，把我扔到门外去。”但大大出乎这位身不由己的即兴演奏家的意料，地主竟赞赏地拍拍他的肩膀。“弹得好，弹得好，”他说，“看得出你是懂音乐的；现在去休息吧。”

过了两个礼拜，勒热纳从这个地主家转到一家富裕而有教养的人家去，由于他生性快乐温顺，很得到这家主人的欢心，便娶了他家的养女，得到一份差使，并且成了贵族。后来他把女儿嫁给奥廖尔地主洛贝扎尼耶夫——一个退伍的龙骑兵兼诗人，自己到奥廖尔来定居了。

就是这个勒热纳，或者像现在人们所称呼的弗朗茨·伊凡内奇，在我在场的时候走进奥夫夏尼科夫的房间，他和奥夫夏尼科夫甚有交情……

不过，读者和我久坐在独院小地主奥夫夏尼科夫家里也许已经感到乏味，因此我就不再啰唆了。

利戈夫

“到利戈夫去吧，”有一次读者已经熟悉的叶尔莫莱对我说，“我们可以在那儿打到许多鸭子。”

虽然野鸭对真正的猎人并没有特别大的吸引力，但是在暂时没有别的野禽的时候（这是九月初，山鹬还没有飞来，而在田野里追猎鹌鹑我又没有兴趣），我便听从了我的猎人的建议，出发到利戈夫去了。

利戈夫是一个草原上的大村落，村里有一座很古老的单圆顶石砌教堂和两座筑在泥沼地罗索塔河上的磨坊。这条小河在离利戈夫五俄里的地方变成一片宽阔的湖荡，四周和中央的一些地方长着茂密的芦苇，奥廖尔人把这种湖荡叫做“迈耶尔”。在这片湖荡里芦苇丛中间的小水湾或僻静的地方，生长和栖息着无数不同种类的野鸭：绿头鸭、变种绿头鸭、针尾鸭、小水鸭、潜鸭等等。小群的野鸭不时在水面上飞来飞去，一听到枪声，野鸭便像乌云般铺天盖地飞向天空，使得猎人不由得抓住帽子，长叫一声：哟！我和叶尔莫莱本想顺着湖荡边沿往前走，但是，第一，野鸭是一种很胆小的野禽，不在岸边栖息；第二，即使有掉队和没有经验的小水鸭中了我们的枪，丧了命，我们的狗也无法到这一大片迈耶尔里去把它叼回来：尽管它们具有极高尚的自我牺牲精神，但它们既不会游水，又不能涉水，只有白白让芦苇锋利的叶边割破它们宝贵的鼻子。

"不行，"叶尔莫莱终于说，"这样打不行：得弄一条小船……我们还是回利戈夫去吧。"

我们往回走，没等我们走出几步，就有一条很难看的猎狗从浓密的爆竹柳丛后面迎面向我们跑来，它后面跟着一个中等身材的人，他穿着一件相当破旧的蓝色上衣和淡黄色背心，肥大的灰白色裤子随随便便地塞在满是破洞的靴筒里，脖子上系着一条红围巾，肩上挎着一支单筒猎枪。我们的狗以平常它们的族类所特有的中国礼仪同它们的新朋友互相嗅嗅，那新朋友显然感到害怕，夹着尾巴，倒挂耳朵，挺直四腿，龇牙咧嘴，迅速原地团团转起来。这时那陌生人走到我们跟前，毕恭毕敬地向我们鞠了一躬。他看上去有二十五岁光景。他那长长的淡褐色头发涂足了克瓦斯，[①]头发一绺绺纹丝不动地直竖着，一双不很大的褐色眼睛亲切地眨动，整个脸部仿佛牙痛似的扎着一条黑手帕，露出甜甜的微笑。

"请允许我作一下自我介绍，"他用一种逢迎的柔和声调说，"我是本地的猎人弗拉基米尔……获悉您莅临，并且知道您将到我们的湖荡来，要是您不嫌弃的话，我愿意为您效劳。"

猎人弗拉基米尔说起话来和扮演初恋情人角色的外省年轻演员一模一样。我接受了他的建议，还没有走到利戈夫，我就知道了他的身世。他是个获得自由的家仆，少年时代学过音乐，后来做了主人的侍

① 俄国农民常用克瓦斯涂头发。

仆，有了些文化，据我观察，他胡乱读过一些闲书，眼下，他像许多生活在俄罗斯的人一样，一贫如洗，没有固定职业，常常挨饿。他用词非常优雅，显然有意炫耀自己的风度；想必他也是一个极喜欢追逐女性的人，而且多半获得成功，因为俄罗斯姑娘喜欢听花言巧语。此外，我从他的言谈中还发现，他有时到邻近的地主家去，进城去做客，会打朴烈费兰斯牌，和京城的一些人也有交往。他的微笑很巧妙，笑容变化多端，尤其是在他谛听别人讲话的时候，嘴唇上浮现的那种谦恭、适度的笑容最符合他的身份。他会全神贯注地倾听您的讲话，他会对您的话表示完全赞同，但他决不会失去自尊，似乎想让您知道，一有机会，他也会发表自己的见解。叶尔莫莱是个没受过多少教育的人，更是不善言辞，对他已经用“你”来称呼了。弗拉基米尔却客气地用“您”称呼他，他那嘲讽的意味是很值得玩味的。

“您为什么要扎一块手帕呢?”我问他。“是牙疼吗?”

“不是，老爷，”他回答，“这是粗心大意造成的严重后果。我有一个朋友，是个好人，老爷，但他压根儿不是个猎人，这也是很平常的事，老爷。有一天他对我说：‘我亲爱的朋友，带我去打猎吧：我很想知道，这种玩意儿是怎么一回事。’我当然不想拒绝这位伙伴，就给他弄来一条枪，带他去打猎了，老爷。我们打了一会儿猎，便想休息一下，老爷。我在一棵树旁坐下，他坐在对面，摆弄起枪来，老爷，而且把枪口对着我。我叫他赶快把枪放下，可是他没有经验，不听我的话，老爷。结果，枪砰的一声响了，我的下巴和右手的食指就这样给打掉了。”

我们走到利戈夫。弗拉基米尔和叶尔莫莱两人都断定，没有小船是无法打猎的。

“苏乔克有一条平底小木船①，”弗拉基米尔说，“只是我不知道他把小船藏在哪儿。得去找他问问。”

“去找谁?”我问。

“这儿有个人，人家都叫他苏乔克②。”

弗拉基米尔带着叶尔莫莱找苏乔克去了。我对他们说，我在教堂那边等他们。我在墓地上随便看看那些坟墓，看到一块发黑的长方形墓饰，上面刻着铭文，一面用法文刻着：“这里安葬着泰奥菲尔·亨利·布朗吉伯爵。”③第二面刻的是:“此墓碑下安葬着法国臣民布朗吉伯爵之遗骸;生于一七三七年,卒于一七九九年,终年六十二岁”;第三面刻着:“愿他的遗骨得到安息”;第四面刻着一首诗：

在此墓碑下安葬着一个法侨，
他出身名门望族，风华正茂。
他为夫人与全家的蒙难而悲痛，
抛下被暴君蹂躏的祖国而远行；
他来到这平安的彼岸俄罗斯国土，
在垂暮之年得到热情的庇护；
在这里他教育子女，侍奉双亲，
愿至尊的上帝保佑他在此安寝。

叶尔莫莱、弗拉基米尔和一个绰号很古怪的人苏乔克的来到，打断

---

① 用旧驳船船板造的平底小木船。
② 俄语“小树枝”的译音。
③ 原文为法文。

了我的沉思。

衣衫褴褛、蓬头垢面、赤着双足的苏乔克看样子是个旧时的家仆，年约六十岁。

“你有小船吗?”我问。

“有一条小船，”他用沙哑、颤抖的声音回答，“不过破得很厉害。”

“破得怎样?”

“接缝裂开了，木橛子都从洞里掉出来了。”

“没关系!”叶尔莫莱接着说。“用麻屑塞住就行。”

“自然，可以，”苏乔克肯定地说。

“你是做什么的?”

“给地主家打鱼的。”

“你既然是打鱼的，船怎么坏成这样?”

“我们这条河里没有鱼啊。”

“鱼不喜欢沼泽上的水皮，”我的猎人一本正经地说。

“那么，”我对叶尔莫莱说，“你去弄些麻屑来，把船修好，不过要快点。”

叶尔莫莱走了。

“我们也许会沉到水底去吧?”我对弗拉基米尔说。

“上帝会保佑的，”他回答，“不管怎么说，可以想象，这湖荡是不深的。”

“是的，这湖荡是不深的，”苏乔克说，他说话的时候模样很古怪，好像没睡醒似的，“水底尽是水藻和水草，整个湖荡都长着水草，不过也有深坑[1]。”

“可是，如果水草长得太密，”弗拉基米尔说，“船就没法子划了。”

“乘平底船有谁是用桨划的？应该用篙子撑。我跟你们一起走吧，我那儿有篙子，要不然用铲子也行。”

“铲子不好使，有些地方够不到底，”弗拉基米尔说。

“说得对，不好使。”

我坐在墓地上等着叶尔莫莱。弗拉基米尔出于礼貌稍稍走到一旁去，也坐了下来。苏乔克仍旧站在老地方，垂着头，照他的老习惯背着手。

“请问，”我开口说，“你在这儿当渔夫很久了吗？”

“有六年多了，”他浑身一震，回答说。

“以前是做什么的？”

“以前赶车。”

“后来是谁不让你赶车的？”

“新的太太。”

“哪一个太太？”

“就是买我们的那个。您不认识的：阿莲娜·季莫菲夫娜……胖胖的，年纪不轻了。”

“她为什么要叫你去打鱼呢？”

“上帝才知道。她从坦波夫自己的领地来到我们这儿，吩咐把所有的仆人都召集起来，她出来见我们。起初我们吻她的手，她无所谓，并不生气……后来她轮流盘问我们：干什么的？什么职务？轮到问我的时

① 湖荡或河中深的地方，坑洼。——原注

候，她就问：‘你是干什么的？’我说：‘马车夫。’‘马车夫，嘿，你算什么马车夫，瞧瞧你自己：你哪像个马车夫？你不配当马车夫，你就给我去打鱼吧，把胡子剃掉。每一次我来这儿的时候，就给主人送鱼来，听见了吗？……’打那个时候起，我就算是打鱼的了。‘还有，那个湖荡给我管管好……’我怎么管得好？”

“以前你们是谁家的农民？”

“是谢尔盖·谢尔盖伊奇·彼赫捷列夫家的。他是继承来的。他拥有我们并没有多少时间，一共只有六年。我就是给他当马车夫的……不过不是在城里——城里他另有马车夫，而是在乡下。”

“你从年轻时候起就一直当马车夫吗？”

“怎么会一直当马车夫！当马车夫是在谢尔盖·谢尔盖伊奇手下的时候，以前我是个厨子，不过也不是城里的厨子，也是乡下的。”

“你在谁家当厨子？”

“在以前的主人家，在阿法纳西·涅费迪奇家，就是在谢尔盖·谢尔盖伊奇的伯父家。是他买下了利戈夫，就是阿法纳西·涅费迪奇买下了，而谢尔盖·谢尔盖伊奇继承了这份产业。”

“向谁买的？”

“向塔吉雅娜·瓦西里耶夫娜买的。”

“哪一个塔吉雅娜·瓦西里耶夫娜？”

“就是前年死去的那个，在博尔霍夫乡下……哦，不，是在卡拉切夫乡下，还是个老姑娘呢……没有嫁过人。您不认识她吗？我们是从她父亲瓦西里·谢苗内奇手里传给她的。我们在她手下时间可长啦……有二十来年了。”

“这么说，你在她手下就是当厨子啰？”

“最初确实是当厨子,后来当了司茗[①]。”

“当什么?”

“当司茗。”

“这是一种什么职务?”

“我也不知道,老爷。我在餐厅里干活,还管我叫安东,而不叫库兹玛,这是小姐吩咐的。”

“你本来的名字叫库兹玛吗?”

“是叫库兹玛。”

“那么你一直当司茗吗?”

“不,不是一直当司茗,也当过戏子。”

“真的?”

“可不是,当过……还在戏台上演过戏呢。我们小姐在家里搭了个戏台子。”

“你演过什么角色?”

“您说什么,老爷?”

“你在戏台上演什么?”

“您不知道?他们把我带去,把我打扮一番,我就这样打扮着上了台,按规定要么站着,要么坐着。人家叫我说什么,我就说什么。有一次我扮演一个瞎子……他们在我的两个眼皮底下都放上一粒豌豆……可不是!”

“后来又当过什么?”

“后来我又当厨子。”

---

① 大地主家职掌煮咖啡、茶或其他饮料的人。

“为什么又把你降为厨子呢?”

“因为我的兄弟逃跑了。”

“哦,那么你在第一位小姐的父亲那儿当过什么呢?”

“当过各种差使:起初当小厮,后来又当马车夫、园丁,又管过猎狗。”

“管过猎狗?……骑马带猎狗?”

“骑马带猎狗,跌得半死:跟马一起摔倒,马差一点把我压死。我们的老主人非常严厉,叫人把我打了一顿,把我送到莫斯科一个鞋匠那儿去当学徒。”

“怎么当学徒?难道你在管猎狗的时候还只是个孩子?”

“那时我已经二十出头了。”

“二十岁怎么还当学徒?”

“既然老爷这样吩咐,想必是可以的。幸亏不久他就死了。他们又叫我回乡下来。”

“你是什么时候学会厨子的手艺的?”

苏乔克稍稍抬起他那又黄又瘦的脸,苦笑了一下。

“这还用得着学吗?……娘儿们都会烧的!”

“说得对,”我说,“库兹玛,你这一辈子真是见多识广了!可是既然你们这儿已经没有鱼,那你这个打鱼的眼下还干些什么呢?”

“老爷,这件事我不抱怨。派我去打鱼,真要谢天谢地啦。另一个跟我差不多的老头安德烈·普贝尔,小姐派他到造纸厂去当打水工。她说,不干活白吃饭是罪过的……而普贝尔还指望小姐开恩呢:他有一个表侄在地主的管理处里当办事员,答应替他向小姐求情。瞧,这就是求情的结果!……我还亲眼看见普贝尔向他的表侄下跪呢。”

“你有家室吗？娶过亲吗？”

“没有，老爷，没有娶过亲。已故的塔吉雅娜·瓦西里耶夫娜——愿她升入天堂！——不允许任何人结婚。上帝保佑！她常说：‘我还不是独身吗？真是胡闹！他们还想要什么？’”

“现在你靠什么过日子？有工钱吗？”

“老爷，哪有什么工钱啊……他们还给一口饭吃——就这样已经要感谢主了！我已经很满足了。愿上帝保佑我们的女主人长寿！”

叶尔莫莱回来了。

“小船修好了，”他一本正经地说。“你去拿篙子吧！……”

苏乔克跑去拿篙子。我和那可怜的老头谈话的时候，猎人弗拉基米尔一直带着鄙夷的冷笑看着他。

“他是个蠢货，老爷，”苏乔克跑掉以后，弗拉基米尔对我说，“他完全是个没有受过教育的人，一个粗人罢了，老爷！他连家仆都算不上，老爷……他一直在吹牛，老爷……他怎么能当戏子？老爷，您自己想想看吧，老爷！您跟他谈了那么多话，真是白费精神，老爷！”

过了一刻钟，我们已经坐在苏乔克的平底小船上了（我们把狗留在小屋里让马车夫伊耶古季尔看管）。我们坐得不很舒服，但做猎人的总是容易凑合的。苏乔克站在较宽的船尾撑船，我和弗拉基米尔坐在小船当中的横木上，叶尔莫莱坐在前面船头上。尽管塞过麻屑，水还是很快漫到我们脚下。幸而没有风，湖荡仿佛睡着了似的。

我们的船走得很慢。老头吃力地从粘满污泥的水藻中拔出长篙，长篙上缠满水草的青丝，稠密的睡莲圆叶子也妨碍我们的小船前进。我们终于撑到芦苇滩，这下可热闹起来了。野鸭看见我们突然出现在它们的领地里，惊恐万状，纷纷从湖荡上腾飞起来，枪声紧接着在它们后面一起鸣响,看见这些短尾巴的禽鸟一只只在空中翻着筋斗,噗噗地重重跌落在水面上,真叫人心花怒放。我们自然不可能把所有打中的野鸭一一捡回来:受了轻伤的钻进水里去了,有些被打死的掉进了到处是芦苇丛的“迈耶尔”,连叶尔莫莱那双锐利的眼睛也找不到它们;尽管如此,快到吃午饭时我们还是满满地装了一船野鸭。

使叶尔莫莱大感宽慰的是,弗拉基米尔的枪法并不高明,每一次打空之后,他都感到奇怪,把枪翻来覆去地看了又看,吹一吹,表示大惑不解,最后向我们解释没有打中的原因。叶尔莫莱却总是弹无虚发,我一如往常总是糟得不能再糟。苏乔克总是用从小服侍惯了主人那样的人的目光看着我们,有时叫一声:“瞧,那边,那边还有一只野鸭!”他还不时在背上挠痒,不是用手,而是用肩膀的活动去蹭背上的痒痒。天气极好:白色的云团在我们头上的高空里徐徐飘动,清晰地映照在湖面上;芦苇在我们四周簌簌作响,湖上波光潋滟,就像钢铁在阳光下反射出的亮光。我们正准备回村里去,却发生了一件极为扫兴的事。

我们早就发现,水一直在慢慢渗进我们的平底船。我们让弗拉基米尔负责用一只勺子把水舀出去,这只勺子还是我那个有先见之明的猎人从一个没留神的农妇那里偷来以备不时之需的。在弗拉基米尔没忘记自己的职责时,事情一直进行得很顺利。但是到打猎快结束的时候,野鸭仿佛要和我们告别似的,成群成群地飞起来,使得我们几乎来不及装弹。我们因为忙于射击,没有注意小船的状况,突然由于叶尔莫莱的一个剧烈动作(他全身扑在船沿上,使劲去捞一只被我们打下的野鸭),我们这只破船便倾向一边,顿时灌满了水,优哉游哉地沉到水底下去,幸而这个地方水不很深。我们大叫起来,但为时已晚,一刹那工夫我们便齐脖子站在水里,周围全是漂起来的死鸭。现在我想起我那些伙伴惊慌煞白的脸(当时我的脸大概也不会是红润的),便不禁哈哈大笑起来,可是那个时候,说实话,我怎么也笑不出来。我们每个人都把枪高高地举在头顶上,连苏乔克大概也是由于习惯于模仿老爷们的样子,也把篙子高高地举起来。叶尔莫莱首先打破沉默。

“呸,真倒霉!”他往水里唾了一口,喃喃地说,“真没想到!都是你这个老鬼!”他气呼呼地对苏乔克说。“你这算是条什么船啊!”

“对不起,”老头轻轻地嗫嚅着。

“瞧你干的好事,”我的猎人回头对弗拉基米尔继续说,“你在看什么?为什么不舀水?你,你,你……”

但是弗拉基米尔已经顾不上回答什么:他浑身像树叶子一样哆嗦,上下牙齿碰得格格响,脸上没来由地傻笑着。他那花言巧语的本事、那温文尔雅的自我感觉和自尊心都不知道到哪儿去了!

那条可恶的平底船在我们脚下微微地晃动……在沉船的一瞬间,我们感到水非常冷,但一会儿就习惯了。最初的惊吓过去之后,我便往四下里看了看;周围十步之外是一片芦苇,远处,从芦苇的顶端可以看见湖岸。“事情不好办!”我想。

“我们怎么办?”我问叶尔莫莱。

“想想办法吧,总不能在这儿过夜啊,”他回答。“喏,你把枪拿着,”他对弗拉基米尔说。

弗拉基米尔无话可说,只好服从。

“我去找找浅滩,”叶尔莫莱充满自信地说,仿佛任何湖荡里都有浅滩似的。他从苏乔克手里拿了篙子,小心探着湖底,往湖岸那边走去。

“你会游泳吗?”我问他。

“不,不会,”从芦苇丛里传出他的声音。

“哦，他会淹死的，”苏乔克若无其事地说。开头他不是怕危险，而是怕我们生气，现在他已完全放下心来，只是偶尔大声喘口气，似乎不感到有必要改变自己的处境。

“而且死得毫无价值，老爷，”弗拉基米尔痛心地说。

过了一个多小时，叶尔莫莱还没有回来。这一小时在我们真是比一辈子还长。起初，我们不断地跟他互相呼叫，后来他越来越少回应我们的呼唤，最后竟完全没有回音了。村子里已响起晚祷的钟声。我们彼此都没有交谈，甚至尽量避免彼此对视。野鸭群从我们头顶上呼啸飞过，有的想飞落在我们身旁，但又突然直冲云霄，嘎嘎叫着飞走了。我们全身都麻木了。苏乔克直眨眼睛，仿佛准备睡觉了。

叶尔莫莱终于回来了，我们那份高兴劲儿真是没法形容。

“喂，怎么样？”

“我上过岸，浅滩找到了……走吧。”

我们本想马上动身，但他从水底下的口袋里拿出一根绳子，把打死的野鸭的脚扎在一起，用牙齿咬住绳子的两端，然后慢慢向前走去；弗拉基米尔跟在他后面，我跟着弗拉基米尔。苏乔克殿后。到岸边约有两百步远，叶尔莫莱大胆地往前走着，一路上从不停下来（他把路径记得很熟），只是有时叫一声：“靠左边一点，右边有个坑！”或者：“靠右边一点，左边会陷下去……”有时水没到我们喉咙口，可怜的苏乔克因为个子比我们矮，有两三次呛了水，吐出泡泡来。“快点，快点，快点！”叶尔莫莱恶狠狠地向他吆喝，苏乔克费力地往前走着，摆动双脚，不断往上跳，终于挣扎着走到较浅的地方，但即使在最危急的时候，他也不敢抓住我的衣裾。我们终于走到岸边，个个精疲力竭、满身污泥、浑身透湿。

过了约莫两个钟头，我们已经尽可能把衣服烘干，坐在一个大草棚里准备吃晚饭了。马车夫伊耶古季尔是个行动极迟缓、遇事优柔寡断、仿佛永远睡不醒的人，他站在大门口，殷勤地请苏乔克嗅鼻烟（我发现，俄罗斯的马车夫彼此很容易成为好朋友）。苏乔克拼命嗅着，直到感到恶心：他不断吐痰、咳嗽，看样子感到很舒服。弗拉基米尔装出一副疲劳不堪的样子，歪着头，很少说话。叶尔莫莱在擦我们的枪。狗拼命摇着尾巴，在等着吃燕麦粥；马在敞棚下不断跺脚嘶鸣……太阳快要下山了；夕阳的余晖向四面八方放射出去，形成无数宽阔的嫣红色光束。天空中，金色的云彩越来越淡，仿佛被洗净、梳理过的羊毛……村子里响起了歌声。

百俊牧场

这是七月里极为晴朗的一天，只有天气长期晴好才会有这样的日子。清晨天色就很清朗，朝霞不像大火一样燃烧，只是漫开一片淡淡的红晕。太阳不像炎热的大旱天那样火烧火燎，不像暴风雨前那样昏暗火红，而是那样清澈明亮、温煦辉煌，它从一抹狭长的云彩底下冉冉升起，焕发出鲜明的光彩，沉浸在一片淡紫色的雾霭之中。一团舒展的白云细细的上缘犹如几条游动的小蛇，正发出耀眼的光辉，那光辉就像锻造过的白银……但是一片闪烁的阳光又突然迸发出来，于是那雄伟的星球便欢乐地、庄严地，像飞跃一般升了上来。将近中午的时候，天空往往出现许多高高的带点金灰色、镶着柔和白边的云团。它们宛如无数的岛屿，几乎一动不动，散布在一条泛滥得无边无际的大河之中，周围环绕着晶莹剔透的蔚蓝色水流；远处的地平线上，云团积聚着，挤在一起，它们之间的蓝天已经看不见；但这些云团本身也像天空一样碧蓝，因为它们都浸透了光和热。地平线上的颜色是浅淡的，略显淡紫色，整整一天都没有变化，周围也都一样。没有什么地方是昏暗的，没有什么地方在酝酿着雷雨；只有某些地方从上面挂下一道道淡淡的蓝色雾气，那是天空在洒着蒙蒙细雨。临近傍晚的时候，这些云团逐渐消失了；最后一些云团黯淡下来，像烟雾一般没有固定的形状，映着落日，变成了玫瑰色的云雾；在太阳像恬静地升上来一样恬静地落下的地方，鲜红的余晖还暂时照临着渐渐昏暗下来的大地，接着，一颗傍晚的星星像被人小心擎着的蜡烛一样，悄悄闪烁着，在空中燃起。在这样的日子里，一切色彩都变得异常柔和；明亮却不耀眼；一切都使人感到亲切温柔。在这样的日子里，天气有时还热得厉害，在田野的斜坡上有时还使人感到像在蒸笼里一样燠闷；但是风却能把积聚的暑气驱散，旋风形成高高的白色风柱在道路上、田野上漫步，这是天气持续晴好的确实征象。干燥而洁净的空气中弥漫着苦艾、已经收割的黑麦和荞麦的气味；即使在入夜前的一小时，您也感觉不到一点潮气。这种天气正是收割庄稼的农夫所盼望的……

就是在这样的日子里，有一次我到图拉省的切伦县去打松鸡。我找到并打到相当多的野味；塞得满满的猎袋无情地勒住我的肩膀，但是一直等到晚霞黯淡下来，落日的余晖已经消失，天空却还明亮，而寒冷的阴影已渐渐变得浓重，并且向四面八方扩散开来的时候，我才决心回家去。我快步穿过一块长长的灌木丛生的平地，登上一座山冈，眼前却不是我意料中右边有一座橡树林、远处有一座低矮白色教堂的熟悉平原，而是另一个我完全不熟悉的地方。我脚下延伸着一道狭小的谷地，正对面峭壁似的矗立着一片茂密的白杨树林。我困惑地站住，举目四望……“啊！”我想，“我完全走错了路：我太偏右了。”我对自己走错路感到疑惑不解，迅速走下山冈。一种使人很不舒服的凝重的潮气立即包围了我，我仿佛走进一个地窖；谷底又密又高的野草全是湿漉漉的，看上去是白茫茫的一片，在那上面行走着实使人害怕。我急忙走到另一边，向左拐弯，顺着白杨树林的边沿走去。蝙蝠成群地在白杨树沉睡的树梢上飞来飞去，在薄暮的天空中神秘地盘旋、打颤；一只迟归的小鹞鹰从高空中急速地飞过，赶回自己的巢里去。“现在我只要走到那一头，马上就会有路了，”我心里想，“可是我已经走了一俄里冤枉路！”

我终于走到树林的那一头，但那里根本就没有路：在我面前展现的是一片宽广的未曾砍伐过的矮树丛，而矮树丛后面很远很远的地方是一片荒凉的野地。我又一次站住了。“竟有这样的怪事！……我到底在哪儿啊？”我仔细地回忆这一天我是怎样走的，到过些什么地方……“哦！这是帕拉欣丛林呀！”我终于兴奋地叫了起来，“不错！这边应该是辛杰耶夫小树林……可我怎么会走到这个地方？走得这么远？……真奇怪！现在又该往右边走了。”

我向右边走去，穿过矮树丛。这时夜色像暴风雨前的乌云一样渐渐逼近，越来越黑；黑夜仿佛随着夜雾从四面八方一起升起，甚至是从天上往下倾泻。我偶然发现了一条长满野草、还没有踏出来的小径；我就顺着这条小径走去，同时仔细观察着前面的景象。四周很快黑了下来，越来越静，只有鹌鹑偶尔啼叫几声。一只小小的夜鸟扑扇着柔软的翅膀悄无声息地低飞着，几乎撞到我身上，连忙惊慌地往旁边窜去。我走出矮树丛，沿着田塍走去。远处的景物已很难分辨，四周是灰蒙蒙的田野；稍远的地方，阴森森的夜色像大片的阴霾每分钟都在逼近。我的脚步声在凝滞的空气中发出沉闷的响声。浅淡的天空又变成了蓝色，但那是夜空的湛蓝，星星已在那上面闪烁。

我先前以为是小树林的那片景物，原来却是一座黑糊糊的圆形小丘。“我究竟在哪儿啊？”我出声地重复着同一个问题，第三次停下来，疑惑地看着我那条在四足动物中绝对是最聪明的英国种花斑黄毛猎狗季安卡。但是这条最聪明的四足动物只是摇摇尾巴，无精打采地眨眨那疲倦的眼睛，没有向我提出任何有用的忠告。我在它面前感到十分负疚，便不顾一切地向前走去，仿佛突然明白了该往哪里走似的。我绕过山丘，来到一块不深的、周围开垦过的谷地。我立即感到非常惊诧。这块谷地的形状几乎像一只周边倾斜的正圆形锅子，谷底矗立着几块白色巨石，仿佛是特地聚集到这里来开秘密会议的，那里面是如此冷寂，如此荒凉，上面的天空是如此扁平、如此阴沉，我的心不禁揪紧起来。一只小野兽在石头间的缝隙里微弱而凄凉地尖叫了一声。我急忙退到山丘上面。在这以前，我一直没有放弃寻找归路的希望，但是这时候我终于确信我已完全迷了路，再也不想去辨认已完全浸没在黑暗中的周围地形，只是凭着星辰的位置，信步往前走去……我举步维艰地走了约莫半个小时。我觉得有生以来从没有到过这样荒凉的地方：无论什么地方都不曾闪现过一点火光，没有听到一点声音。平缓的山丘一座接着一座，无边的田野一片连着一片，灌木丛仿佛突然从地下冒出来似的矗立在我面前。我仍然向前走着，已经打算找个地方躺下来等待天亮，却突然发现自己就站在一座可怕的悬崖边上。

我连忙缩回已经跨出去的脚，透过朦胧的夜色，我看到在我脚下很深的地方有一片很大的平原。一条宽阔的河流从我脚下呈半圆形围绕着它，河水钢铁般的寒光时而隐约闪烁，标示着它的河道。我所在的山坡突然急转直下，形成一个陡直的悬崖；它那庞大的轮廓黑漆漆地突现在苍茫的青灰色夜空中，就在我脚下由悬崖和平原构成的直角里，在这一段纹丝不动、像一面黑色镜子的河道旁，在山丘的陡坡下面，有两堆相邻的篝火发出红色的火焰，冒着青烟。篝火周围活动着几个人，人影不时晃动着，时而有一个小小的、长着鬈发的头的前半部被火光照亮……

我终于弄清楚了我无意中来到的地方。这片草地就是我们这一带遐迩闻名的百俊牧场……但是现在要回家已绝无可能，尤其是在夜间；两腿已经累得发软。我决意走到篝火那里去，和我认为是牲口贩子的那伙人在一起等待天亮。我顺利地走下山坡，但是我的手还没有放掉被我抓住的最后一根树枝，就有两条白色长毛大狗狂吠着向我扑来。篝火旁响起孩子们响亮的吆喝声，有两三个孩子霍地站起来。我回答了他们的高声问话。他们向我跑来，立刻把由于我的季安卡的到来而被大大惊动的狗叫回去，于是我走到他们跟前。

我以为坐在篝火旁的人是牲口贩子，却是错了。他们只是邻近乡村里看守马群的农家孩子。在我们那里，每逢炎热的夏天，人们总是在夜间把马匹赶到田野里吃草：白天，苍蝇和牛虻常常扰得它们不得安生。傍晚前把马群赶到田野里，第二天早晨把马群赶回家，这对农家孩子们来说无异于盛大的节日。他们不戴帽子，穿着旧皮袄，骑在跑得最快的驽马上快乐地吆喝喊叫，摆动手脚，飞快地奔驰，高高地跳跃，放声哈哈大笑。尘土飞扬，卷起一股黄色的尘柱，顺着大路滚滚向前涌去；整齐的马蹄声传向远方，马儿竖起耳朵奔驰着；一匹红棕色长鬃马跑在最前面，它扬起尾巴，不断交换步法，飞扬的鬃毛上还粘着牛蒡花。

我告诉孩子们，说我迷了路，便在他们身旁坐下。他们问我是从哪里来的，接着便不再说什么，给我让出一个地方。我们交谈了几句。我躺在一棵被牲畜啃光了叶子的灌木底下，举目四望。这真是一片非常奇妙的景象：篝火的周围有一个红红的光圈在抖动，它仿佛被黑暗围堵而停滞在一个地方；火焰哔剥爆燃的时候，有时会向光圈外的黑暗投去一束急速的火光；这一小束火光像舌头一样舔了舔旁边柳丛光秃秃的枝条，立即就消失了；而一些细长的黑影也常常闯入篝火周围，只一眨眼工夫也不见了：这是黑暗在和光明搏斗。当火焰较弱，光圈缩小的时候，从逼近的黑暗中有时会突然出现一个带白鼻梁的枣红马马头或全白的马头，它迅速地嚼着长长的野草，神情专注而凝滞地望着我们，接着又低垂下去，立刻隐没了。只听见它在继续咀嚼，打着响鼻。从亮处很难看清黑暗中的情景，因此周围的一切仿佛被一袭几乎是漆黑的帷幕遮住；但放眼看去，却依稀看得见远处地平线上的一长串朦朦胧胧的丘陵和树林。洁净如洗的昏黑夜空庄严而无限高远地笼罩在我们头上，显示出它的全部神秘的恢弘壮丽。呼吸着这种非同一般的醉人而清新的气息——俄罗斯夏夜的气息，真叫人心旷神怡。周围几乎听不见任何声息……只有偶尔在近处的河水中有一条大鱼突然发出很响的泼剌声或者芦苇被涌来的波浪轻轻摇动发出的轻微的簌簌声……除此之外，只有篝火在发出哔剥的轻微声响。

孩子们围着篝火坐着，蹲坐在这里的还有那两条刚才简直要把我一口吞下去的狗。对于我的在场它们仍久久不能甘心，它们睡眼蒙眬地眯起眼睛，斜睨着篝火，有时带着非同寻常的自尊心狂吠一阵：开头是吠叫，后来略带哀鸣，好像在惋惜无法实现自己的愿望。孩子一共有五个：费佳、帕夫鲁沙①、伊柳沙、科斯佳和凡尼亚（从他们的谈话中我了解到他们的名字，打算现在就把他们介绍给读者）。

第一个，孩子们当中最大的是费佳，看上去有十四岁光景。这是一个身材匀称的孩子，容貌俊美清秀，脸盘稍小，长着一头淡黄鬈发，眼睛

---

① 帕夫鲁沙和下面的帕夫鲁什卡均为帕维尔的小名。

明亮，嘴边常露出半是愉快半是随意的笑容。从各种特征看，他属于一个富裕的家庭，他到田野上来并非为了生计而是为了玩耍。他穿着一件镶黄色花边的印花布衬衫，披在身上的那件不大的厚呢短外衣勉强挂在他那狭小的肩膀上，淡蓝色的腰带上挂着一把小梳子。那双短筒皮靴是他自己的，而不是父亲穿下来的。第二个孩子是帕夫鲁沙，他长着一头蓬乱的黑发，眼睛是灰色的，颧骨很宽，脸色苍白，有麻斑，嘴巴很大，但很端正，头也很大，正如俗话所说的像个啤酒锅，身体矮壮，有些笨拙。这孩子长得不好看——这毋庸讳言！但仍使我喜欢：他看起来很聪明，很爽直，他的声音很有力量。他的服装不值得炫耀：不过是一件普通的麻布衫和一条打补丁的裤子。第三个孩子伊柳沙，他的模样很不起眼：他那长脸上长着个鹰钩鼻子，视力很弱，几近瞎眼，脸上表情呆滞，现出一种病态的忧愁；他那紧闭的嘴唇一动不动，蹙紧的眉头从不舒展开来——看上去仿佛因为怕光而眯着眼睛。他那几乎像白色的淡黄头发成楔形一绺绺从扁扁的毡帽下露出来，他不时用双手把毡帽往耳朵上拉。他的脚包着包脚布，穿着一双新的树皮鞋；一根粗绳子在腰间绕了三匝，细心地束住他那件整洁的黑长袍。他和帕夫鲁什卡看上去都不满十二岁。第四个，科斯佳，一个十岁左右的孩子，他那沉思、忧郁的目光引起了我的好奇心。他的脸小小的、瘦瘦的，布满雀斑，下巴尖尖的，像松鼠一样；嘴唇薄得几乎看不出；但他那双乌黑的水灵灵的大眼睛却给人以一种奇特的印象；这双眼睛好像想说点什么，但他嘴里——至少是嘴里——却说不出话。他个子矮小，身体单薄，穿得也相当寒碜。最后一个是凡尼亚，起初我没有注意到他：他躺在地上，安静地蜷缩在一条粗糙的席子下面，只是偶尔从席子底下伸出他那长着淡黄色鬈发的头。这个孩子最多不过七岁。

我就这样躺在旁边的一棵灌木底下，看着这些孩子。一堆篝火上方挂着一只小锅，锅里在煮“土豆”。帕夫鲁沙在照看它，他跪在那里用一块木片往烧开的水里戳着。费佳躺着，头支在一条胳膊肘上，敞开上衣的衣襟。伊柳沙坐在科斯佳旁边，一直那么神情专注地眯着眼睛。科斯佳稍稍低下头，注视着远处的某一个地方。凡尼亚躺在席子底下一动不动。我假装睡着了。孩子们又渐渐说起话来。

起初他们东拉西扯，聊着闲天，谈着明天要干的活，谈马；可是，突然间费佳转向伊柳沙，仿佛重新捡起中断的谈话，问他：

“喂，那么你真的看见过家神吗？”

“没有，我没有看见过，他是看不见的，”伊柳沙用微弱的嘶哑声音回答，这声音和他脸上的表情再契合不过了，“我是听见的……听见的还不止我一个人。”

“他住在你们那儿的什么地方？”帕夫鲁沙问。

“在旧的打浆场①。”

“难道你们到造纸厂去过？”

“那还用说，常常去的。我和哥哥阿夫久什卡是研光工②。”

“瞧你，还是个工人呢！……”

“那么，你是怎么听见的？”费佳问道。

“是这么回事。有一次我和哥哥阿夫久什卡，还有费奥多尔·米海耶夫斯基，还有斜眼伊瓦什卡，还有从红霍尔姆来的另一个伊瓦什卡，还有一个伊瓦什卡·苏霍鲁科夫，还有别的一些伙伴；我们一共十来个孩

---

① “打浆场”和“储浆房”是造纸厂的建筑物，工人从这里的大桶里汲出纸浆来。它建在堤坝旁的水车轮子下面。——原注

② “研光工”是把纸张磨光、刮光的工人。——原注

子——就是整整一个班的人;我们必须在打浆场过夜,本来是不必在那儿过夜的,可是监工纳扎罗夫不许我们回家,他说:‘孩子们,你们干吗回家去啊,明天活儿多,你们这些孩子,就不用回去了。’这样,我们就留下来,大家睡在一起,阿夫久什卡就说起话来,他说:‘孩子们,要是家神来了怎么办?……’他,阿夫杰伊[1]的话还没有说完,突然就听见有人在我们头顶上走动;我们躺在下面,他在上面,在水车轮子那里走来走去。我们听见:他在上面走,他脚下的木板都踩弯了,吱嘎吱嘎作响;后来他从我们头上走过;水忽然在水车轮子上哗哗地流着,哗哗地流着;水车轮子嘎嘎地响着,嘎嘎地响着,转动起来了;可是水宫[2]的闸门是关着的。我们都觉得很奇怪:是谁开了闸,让水流出来的;可是轮子转啊转啊,一会儿就停下来了。那个人又向上面的门走去,从楼梯上走下来,走下来的时候好像不慌不忙;楼梯在他脚下也吱嘎吱嘎地响着……好,那个人走到我们的门口,停了一会儿,停了一会儿——门突然完全敞开了。我们好不害怕,一看——什么也没有……突然,我们看到一只木桶上的木框[3]动了动,翘起来,浸到水里去,又在空中筛动,好像有人在给它涮洗,接着又回到原来的地方。后来另一只桶上的钩子从钉子上掉下来,又挂上了;后来好像有人向门口走去,突然咳嗽起来,清清嗓子,像一只绵羊,声音好响……我们都挤成一堆,互相往别人身子底下钻……那时候,我们真是给吓坏了!”

“竟有这种事!”帕维尔说,“他干吗要咳嗽呢?”

“不知道,也许是潮气给呛的。”

---

① 阿夫杰伊是阿夫久什卡的本名,后者是小名。
② 我们那里把水流进水车轮子的地方称为“水宫”。——原注
③ 舀纸浆用的筛子。——原注

大家都默默无言。

“喂，怎么样了，”费佳问道，“土豆烧好了没有？”

帕夫鲁什卡用手捏了捏。

“没有，还是生的……听，有鱼的泼剌声，”他把脸转向河那边，说，“一定是条狗鱼……瞧，那边有一颗小星星掉下去了。”

“不，小兄弟们，我告诉你们，”科斯佳尖声尖气地说了起来，“你们听我说，前几天我爸爸给我讲了一件事。”

“好，我们都听着，”费佳露出赞成的样子说。

“你们大概都认识镇上那个木匠加甫里拉吧？”

“是啊，认识。”

“你们可知道，他为什么总是那么不快活，不说话，知道吗？他这么不快活就是因为：有一次，爸爸说，有一次，我的小兄弟们，他到树林里去采榛子。他到树林里去采榛子，结果迷路了。他走啊走，上帝才知道他走到哪儿去了。他还是走啊，走啊，我的小兄弟们，不对了！他找不到路；可这时已经入夜。他就在一棵树下坐下来；他想，就这样等待天亮吧，他坐着，打起瞌睡来。他正打着瞌睡，突然听到有人在叫他。他一看，一个人也没有。他又打起瞌睡来，又有人叫他。他又睁开眼睛，他一看，前面的树枝上坐着一个女落水鬼，正在那里摇啊摇，还叫他到她跟前去，她自己笑得要死，一直在笑……那时候月光很亮，很亮，照得什么都能看见，我的小兄弟们，照得什么都能看见。她就在那儿叫他。她坐在树枝上，全身那么亮，那么白，像一条鲤鱼或者鮈鱼，要不然就是一条鲫鱼，才这么白花花的，银光闪闪的……木匠加甫里拉都看呆了，我的小兄弟们，而她呢，还在那儿哈哈大笑，一直用手招呼他过去。加甫里拉几次想站起来，听从落水鬼的话，可是，我的小兄弟们，准是上帝提醒了他：他就在自己胸前画十字……可是要画十字却很费力，我的小兄弟们，他说他的手简直像石雕的，动弹不得……哎，你怎么会这样啊，啊！……可是等到他画了十字，我的小兄弟们，那个女落水鬼就不笑了，而且忽然哭了起来……她哭着，我的小兄弟们，用头发去擦眼睛，她的头发是绿色的，就像麻丝一样。加甫里拉就这样看着，看着，并且问她：'树林里的女妖，你为什么哭呀？'女落水鬼就这样对他说：'你不该画十字，'她说，'人哪，你本来可以快快活活地跟我过到末日来临；可是现在我哭泣，我悲伤，因为你画了十字；而且不光是我一个人悲伤，你也会悲伤到末日来临的。'这时，我的小兄弟们，她一下子不见了，而加甫里拉也一下子清醒了，知道他该怎样走出树林……不过，从那时候起，他就一直闷闷不乐。"

"唉！"费佳沉默了一会儿说，"这个树林里的精灵怎么会伤害一个基督徒的灵魂呢，他不是没有听她的话吗？"

"你得了吧！"科斯佳说。"加甫里拉说过，他说，她的声音那么细，那么哀怨，就像癞蛤蟆一样。"

"这是你爸爸亲口说的？"费佳继续说。

"他亲口说的。我躺在高架床上，全听见了。"

"真是件怪事！他为什么不快活呢？……大概是她喜欢上他了，所以叫他过去。"

"对，是喜欢上他了！"伊柳沙接着说，"这不用说！她想呵他痒痒。她们就想干这种事，这些女落水鬼。"

"那么这儿也一定有落水鬼，"费佳说。

"不会，"科斯佳回答，"这地方干净、开阔。只是有一点，河就在旁边。"

大家都不再作声。突然远处响起一个尖细、拖长的，几乎像呻吟一样的声音，这是一种不可言喻的夜声，这种声音有时是在万籁俱寂的时候响起的，它升上来，停在空中，最后，越来越轻，渐渐消散了。你仔细听着，好像没有声音了，实际上却还在响。似乎有人在天边久久、久久地叫喊，而另一个人则在树林里用尖细的声音回答他，接着，一种微弱的咝咝声从河上掠过。孩子们都面面相觑，浑身打了个寒颤……

"愿上帝和我们同在!"伊里亚[①]轻声说。

"嘿，你们这些乌鸦[②]!"帕维尔大声喊着，"有什么好害怕的？你们瞧，土豆烧熟了。"大家挪到锅子前面，开始吃热气腾腾的土豆；只有凡尼亚一动不动。"你怎么啦?"帕维尔说。

但他还是没有从席子底下爬出来。锅里的土豆一会儿就被吃光了。

"你们听没听说过，伙伴们，"伊柳沙开口说，"前几天在我们瓦尔纳维策发生的一桩怪事?"

"是在堤坝上发生的那件事吗?"费佳问。

"对，对，在堤坝上，在被大水冲垮的堤坝上。那是个闹鬼的地方，因为闹鬼，所以那么荒凉。周围都是小沟、峡谷，峡谷里都是卡丘利[③]。"

"那么，发生了什么事？你说说……"

"发生了这么一件事。费佳，你也许知道，我们那儿埋着一个淹死

---

① 伊里亚是伊柳沙的本名，后者是小名。
② 俄罗斯谚语：受了惊的乌鸦连灌木丛也害怕。此处有惊弓之鸟、草木皆兵的意思。
③ 奥廖尔方言：蛇。——原注

的人；他是很久很久以前淹死的，当时池塘还很深；他的墓现在还可以看见，不过差不多看不清楚了：是这样的，像个小土堆……前几天管家把狗倌叶尔米尔叫来，对他说：‘叶尔米尔，你到邮局去一下。’我们那儿的叶尔米尔是常常到邮局去的；他把自己养的狗都折腾死了：不知道为什么，狗在他那儿都养不活，简直从来就没有养活过，不过他是个好狗倌，干什么都行。于是叶尔米尔骑着马到邮局去了，可是他在城里耽搁了一下，回来的时候已经醉醺醺了。那一天夜里很明亮，月亮当头照着……叶尔米尔经过堤坝：他一定得经过这儿。狗倌叶尔米尔就这么骑马走着，他忽然看见那淹死的人的坟墓上有一只小绵羊，白白的，毛儿鬈鬈的，那样子真好玩。叶尔米尔想：‘我把它带走，免得它走失，’他便下了马，把它抱在手上……那只羊乖乖地听他摆布。叶尔米尔向马匹走去，那匹马一看到他便瞪大眼睛，打着响鼻，直摆脑袋；可是他把马喝住，抱着小绵羊骑上去，继续赶路，他把小绵羊抱在胸前。他望着小绵羊，那小绵羊也盯住他的眼睛。狗倌叶尔米尔害怕起来：他说，我从来没有看见过羊会这样看着人；不过也没有关系；他便用手在它身上抚摩着，说：‘咩咩！咩咩！’那只羊也忽然露出牙齿对他叫起来：‘咩咩，咩咩……’”

还没等讲故事的人说完最后一句话，两只狗突然跳起来，狂吠着，从篝火旁窜了出去，消失在黑暗中。孩子们都吓坏了。凡尼亚从席子下面跃起身来。帕夫鲁沙叫喊着跟在狗后面跑去。狗吠声很快就传到远远的地方……传来了受惊的马群慌乱的奔跑声。帕夫鲁沙大声喊叫着：‘阿灰！茹奇卡！……’过了一会儿，狗吠声静息了；帕维尔的声音已经远去……又过了一些时候；孩子们都困惑地互相对视着，好像在等候发生什么不测……突然响起一匹奔马的马蹄声；它就在篝火旁边陡然停住，帕夫鲁沙抓住鬃毛，麻利地跳下马背。两条狗也跑进光圈里，立刻就蹲下，吐出红红的舌头。

“那边出什么事了？怎么了？”孩子们问道。

“没什么，”帕维尔对马挥挥手，回答，“是这样，两条狗闻到什么了。我想，是条狼吧，”他气喘吁吁，声音平静地补了一句。

我不由得欣赏起帕夫鲁沙来了。在这个时刻，他显得非常可爱。他那不漂亮的脸由于骑马疾驰而变得虎虎有生气，焕发着剽悍的豪情和当机立断的神气。深夜里，他手无寸铁，竟能毫不犹豫，单身匹马飞驰去对付野狼……“多么出色的孩子啊！”我看着他，心里想。

“你们看见过狼吗？”胆小的科斯佳问。

“这儿常常有很多狼，”帕维尔回答，“不过只有冬天它们才不安分。”

他又蜷缩着身子在篝火前坐下。他坐在地上，把一只手放在一条狗的毛茸茸的头上，得意的畜生又感激又骄傲地斜视着帕夫鲁沙，久久没有回过头去。

凡尼亚又钻进席子底下去。

“伊柳什卡，你给我们说了那么可怕的故事，”费佳又提起话头，他是个富裕农民的儿子，因此总是首先提出话题（他很少说话，仿佛怕降低了身份）。“连狗也像中了邪似的汪汪叫起来……真的，我听说过，你们那个地方常闹鬼。”

“瓦尔纳维策吗？……那还用说！闹鬼闹得厉害！据说有人不止一次看见过老爷——过世的老爷。有人说，他穿着长袍，老是叹气，在地上寻找着什么。有一次特罗菲梅奇老爷遇到他，就问他：‘伊凡·伊凡内奇老爷，你在地上找什么呀？’”

“他问他了吗?”吃惊的费佳打断他的话。

“是的，问了。”

“哦，特罗菲梅奇到底是好样的……那么过世的老爷说了些什么?”

“他说：‘我在找开锁草[1]。’他说话时声音很闷，很闷：‘开锁草。’‘伊凡·伊凡内奇老爷，你找开锁草干什么呀?’他说：‘坟墓压着我，压着我，特罗菲梅奇，我想跑出来，想跑出来……’”

“有这种事!”费佳说，“这么说，他没有活够。”

“真奇怪!”科斯佳说，“我以为只有在追荐亡人的礼拜六才能见到死人呢?”

“死人随时都可以看见，”伊柳什卡蛮有把握地附和说，据我观察，他对乡下的迷信比别人懂得多……“但是在追荐亡人的礼拜六，你还可以看见该轮到在这一年死的活人。只要夜里坐在教堂门口的台阶上，一直看着大路。那些从你面前走过的人就是当年要死的人。去年我们那儿的乌里雅娜老婆婆就到教堂门口的台阶上去过。”

“那么她看见什么人了吗?”科斯佳好奇地问道。

“怎么没看见。起初她坐了很久很久，没看见什么人，也没听见什么人的脚步声……只有好像一只狗在什么地方叫着，叫着……突然，她一看：一个只穿着一件布衫的小孩子在路上走着。她仔细一看——是伊瓦什卡·费多谢耶夫……”

“就是春天死去的那一个吗?”费佳打断他的话。

“就是他。他头也不抬地走着……乌里雅娜认出他来了……但是

---

① 俄罗斯童话里能开启魔洞和聚宝箱的仙草。

后来她再看看：一个老婆婆在那儿走。她仔细看着，仔细看着——哦，主啊！——是她自己在大路上走，是乌里雅娜自己。”

“真的是她自己吗?”费佳问。

“上帝作证，是她自己。”

“可是，她不是还没有死吗?”

“一年还没有过完啊。可你看看她：那副身子骨快撑不住了。”

大家又默不作声。帕维尔将一把枯树枝扔进火里。树枝在突然爆燃起来的火焰里立刻变成黑色，哔剥作响，冒出烟气，变得弯曲，烧着的两端稍稍翘起来。火光一阵阵颤抖着，向四面八方放射出去，尤其是往上蹿去。突然不知从什么地方飞来一只白鸽，它径直扑向火光里，又惊慌地在原地盘旋了几圈，周身沐浴着炽热的火光，然后鼓着翅膀飞走了。

“肯定是在外面乱飞，”帕维尔说，“现在它只好飞到哪儿就在哪儿停下，等待天亮。”

“可是，帕夫鲁沙，”科斯佳说，“这会不会是一个虔诚的灵魂正要飞到天上去呢?”

帕维尔又把一把树枝扔进火里去。

“也许是吧，”他终于说。

“帕夫鲁沙，请你告诉我，”费佳又提出一个问题，“你们沙拉莫沃那个地方能看到上天的预兆①吗?”

“就是太阳看不见了吗？那还用说。”

“也许你们都吓坏了吧?”

---

① 我们那里的农民把日食称为上天的预兆。——原注

“也不光是我们。还有我们的老爷，虽然他预先对我们说过，他说，你们要看见预兆了，可是天一暗下来，听说，他也怕得要命。在仆人住的屋子里，天一暗下来，听说，厨娘就用炉叉把炉灶上所有的坛坛罐罐敲个粉碎，她说：‘世界末日到了，现在谁还吃东西呀？’汤汤水水就这样到处流。在我们村子里，大哥，还到处传说，白狼要到处乱跑，它们要吃人，有一种凶鸟要飞来，人们会看见特里什卡[①]本人。”

“特里什卡是什么人?”科斯佳问。

“你不知道?”伊柳沙热切地接着说，“小弟，你是从哪儿来的，连特里什卡都不知道？你们村里都是些待在家里不出门的人，就是不出门的人！特里什卡是一个很奇怪的人，他就要来了；他这个人很奇怪，谁也抓不住他，对他毫无办法：他就是一个这么奇怪的人。譬如说，农民们想去抓他：他们拿着棍子去追他，把他包围起来，他却能把他们的目光转移开，就这样把他们的目光引开去，让他们自己彼此厮打起来。譬如说，把他关到监牢里，他会讨一罐水喝：水给他端来了，他就钻进水罐里再也找不到了。要是用锁链把他锁起来，他就把锁链抓在手里一抖，锁链就从他身上掉下来。嘿，这个特里什卡还要走遍乡村和城市；特里什卡，这个狡猾的家伙还要来引诱基督徒……可是拿他没有办法……他就是这么一个又奇怪又狡猾的人。”

“是啊，”帕维尔仍旧用他那不慌不忙的语调继续说，“他就是这么一个人。我们那儿的人都在等着他。老年人都说，上天的预兆一出现，特里什卡就要来了。后来预兆果然出现了。所有的人都拥到街上、田野上来，要看看发生什么事情。你们都知道，我们那个地方很引人注

① 迷信传说中的“特里什卡”大概与反基督的故事有关。——原注

目，很开阔。大家都看着，突然从村镇那边的山上走来一个人，样子很古怪，头那么怪模怪样……大家都叫起来：‘哟，特里什卡来了！哟，特里什卡来了！’大家都往四下里逃窜！我们那村长爬进水沟里；村长太太给卡在大门下，她拼命喊叫，把家里的看家狗都给吓坏，它挣脱链条，跳出栅栏，逃到树林里去了。而库兹卡的父亲多罗费伊奇则跳进燕麦地，蹲下身子学鹌鹑叫，他说：‘也许，杀人凶手看到鸟也会怜惜的。’大家都惊慌失措，乱成一团！……原来，在那儿走的人是我们的箍桶匠瓦维拉，他买了一只新的小木桶，把空桶扣在头上。”

孩子们都笑了起来，接着又沉默了一会儿，人们在野外闲谈常有这种情况。我往四下里瞧了瞧：夜色浓重而肃穆。入夜时的潮湿清新变成了午夜的干燥温暖，这干燥温暖还要像柔和的帐幕一样久久笼罩在沉睡的田野上；到天亮时响起最初的说话声、树叶最初的簌簌声、早晨的喧嚷声和出现最初的晨露还有很长一段时间。天上没有月亮：在这些日子里，它很晚才升起。无数金光灿烂的星星竞相闪烁着，仿佛在静静地向银河流去，真的，眺望着它们，您会隐约感觉到地球正在不断地急速运行着……突然，河上连续响起两次病痛般的尖厉的怪叫，过了一会儿，它又响起来，但是已经在稍远的地方……

科斯佳打了个寒颤。“这是什么声音?”

“这是鹭鸶在啼叫，”帕维尔平静地回答。

“鹭鸶，”科斯佳重说了一遍……“帕夫鲁沙，那么，我昨天晚上听见的是什么声音，”他停了一会儿，又说，“你也许知道……”

“你听见什么啦?”

“我听见了一种声音。我从石岗到沙什基诺去。起初我一直在榛树林里走着，后来走到草地上去——你知道，就是往峡谷转一个大弯的地方，那边有个水洼①，你知道，水洼里还长了许多芦苇；我从这个水洼旁走过，我的小兄弟们，水洼里忽然好像有人在呻吟，声音是那么凄凉，那么凄凉：呜……呜……呜！我吓坏了，我的小兄弟们：时候已经很晚了，声音又这么悲惨。我自己都要哭出来了……这是什么声音啊？啊？"

"前年夏天，有几个强盗把守林人阿基姆淹死在这个水洼里了，"帕夫鲁沙说，"可能是他的灵魂在喊冤。"

"原来是这样，我的小兄弟们，"科斯佳睁大那本来就很大的眼睛说……"我不知道阿基姆被淹死在水洼里：要不然我还要害怕呢。"

"不过有人说，那儿有一种小青蛙，"帕维尔继续说，"叫起来也是这么凄凉。"

"青蛙？哦，不，这不是青蛙……怎么是……(这时河上又响起鹭鸶的叫声)嘿，就是它！"科斯佳脱口而出，"好像林妖在叫。"

"林妖不会叫，他是哑巴，"伊柳沙接着说，"他只会拍手，发出噼里啪啦的声音……"

"怎么，你看见过林妖吗？"费佳带着嘲笑打断他的话。

"没有，没有看见过，上帝保佑别让我看见；但是别人看见过。前几天他把我们那儿一个庄稼汉迷住了：带着他在树林里转来转去，一直在一块空地上兜圈子……快天亮的时候，他才好容易回到家里。"

"这么说，他看到林妖了？"

"看到了。他说，他长得那么大，那么大，黑黑的，全身裹得紧紧的，好像躲在树后，看不太清楚，好像在躲着月亮，一双大眼睛瞧着瞧

① 水洼——是一个很深的坑，积蓄着春汛留下来的水，夏天不会干。——原注

着，眨呀眨的……”

“唉，你啊！”费佳稍稍哆嗦了一下，耸耸肩膀，叫了一声，“呸！……”

“这个坏东西为什么要到世界上来？”帕维尔说，“真是的！”

“你不要骂，当心他听见，”伊里亚说。

大家又默不作声。

“你们看，你们看，伙伴们，”忽然响起凡尼亚的童声，“你们看天上的星星，好像一大群蜜蜂在飞！”

他从席子底下露出幼嫩的小脸来，支在拳头上，慢慢抬起那双恬静的大眼睛。所有孩子的眼睛都仰望着天空，久久没有垂下。

“喂，凡尼亚，”费佳亲切地说，“你姐姐安纽特卡身体好吗？”

“好的，”凡尼亚回答，声音有点含混不清。

“你问问她，为什么不上我们这儿来啦……”

“我不知道。”

“你告诉她，让她来玩。”

“我会告诉的。”

“你告诉她，我要送些小礼物给她。”

“你送给我吗？”

“我也送给你。”

凡尼亚叹了一口气。

“不用了，我不要。你还是送给她吧：她的良心那么好。”

凡尼亚又把头靠在地上。帕维尔站起来，端起那只空锅子。

“你上哪儿去？”费佳问他。

“到河边去打一点水：我想喝点水。”

两条狗站起来，跟着他。

“当心别掉到河里去！”伊柳什卡在他后面喊了一声。

“他怎么会掉下去?”费佳说，“他是很当心的。”

“是啊，他是很当心的。但往往有意外的事发生：他弯下腰去打水，而落水鬼就会抓住他的手，把他拖下去。以后人家就说，这个人掉到水里去了……怎么是掉下去的？……听，他钻进芦苇里去了，”他仔细听了听，又说。

芦苇真的分开了，像我们所说的，沙沙响着。

“这事是真的吗?”科斯佳说，“听说傻子阿库莲娜掉到河里去以后就发疯了。”

“是从那以后……可现在变成什么样子了！但是人家都说，以前她是个美人儿。落水鬼把她毁了。他大概没有想到，人家会这么快把她救上来。他就是在河底把她毁了的。”

（我自己曾不止一次遇见过这个阿库莲娜。她衣衫褴褛，瘦得可怕，脸黑得像煤炭，神情恍惚，总是龇着牙，常常整个小时地在路上原地踏步，把两只瘦骨嶙峋的手紧紧掩住胸部，像笼中的野兽那样慢慢地倒换着两只脚。不管对她说什么话，她都听不懂，只是偶尔神经质地哈哈大笑。）

“听说，”科斯佳继续说，“阿库莲娜是因为情人欺骗了她才投河的。”

“真的是这样。”

“你还记得瓦夏吗?”科斯佳忧伤地说。

“哪一个瓦夏?”费佳问。

“就是淹死的那个，”科斯佳回答，“就在这条河里。他是一个多么好的孩子啊！唉，多好的孩子！他妈妈费克利斯塔是多么爱他，爱瓦夏啊！她，费克利斯塔好像预感到他会在河里淹死。夏天，瓦夏有时和我们这些小伙伴到河里游泳，她就提心吊胆。别的女人都无所谓，端着洗衣盆大摇大摆地从旁边走过去，而费克利斯塔却把洗衣盆放在地上，大声叫他：‘回来，回来，我的宝贝！啊，回来，我的心肝！’他是怎么淹死的，只有上帝知道。他在岸边玩，他妈妈也在那儿耙干草；忽然听见，好像有人在水里吐气泡，她一看，只看见水上漂着瓦夏的帽子。从这时起费克利斯塔就疯了：她常常到儿子淹死的地方来，躺在那儿；我的小兄弟们，她躺着，唱起歌儿来——你们记得吗，瓦夏常常唱这首歌，她唱的也是这首歌，她哭啊，哭啊，那么悲痛地向上帝诉说……”

“看，帕夫鲁沙来了，”费佳说。

帕维尔端着满满一锅水走到篝火旁边来。

“喂，伙伴们，”他沉默了一会儿，说起来，“事情不妙了。”

“什么事?”科斯佳迫不及待地问。

“我听见瓦夏的声音了。”

大家都打了个寒颤。

“你在说什么，你在说什么?”科斯佳喃喃地说。

“上帝作证。我刚刚向河水弯下身去，忽然听见瓦夏的声音在叫我，好像是从水底下发出来的：‘帕夫鲁沙，帕夫鲁沙，到这儿来。’我走开了。不过，我还是把水打上来了。”

“哦，主啊！哦，主啊!”孩子们都画着十字，嘴里说着。

“这是落水鬼在叫你，帕维尔，”费佳又说……“我们刚才还在说瓦夏的事呢。”

“哦，这是个不吉利的兆头，”伊柳沙一字一顿地说。

“让它去吧，没关系的！”帕维尔果断地说，又坐了下去，“命中注定的事是逃不掉的。”

孩子们都安静下来。显然，帕维尔的话大大地触动了他们。他们都在篝火前安顿下来，好像准备睡觉了。

“这是什么？”科斯佳突然抬起头来，问道。

帕维尔仔细听了听。

“这是小山鹬在飞，这是它们的叫声。”

“它们要飞到哪儿去？”

“听说是飞到没有冬天的地方去。”

“真有这种地方吗？”

“有的。”

“很远吗？”

“很远，很远，在暖海的那一边。”

科斯佳叹了一口气，闭上眼睛。

我来到孩子们这里已经三个多钟头。月亮终于升起来了，我不是立刻就发现它的：因为它是那么小，那么细。这个没有月光的夜晚使人觉得它仍旧像以前那样壮丽……但是不久前还在当空高高地闪烁的许多星星已经斜移到黑沉沉的天边；周围的一切都已经完全安静下来，就像天亮前常有的那么宁静一样：一切都沉浸在黎明前的酣睡之中。空气中已经没有强烈的气味，仿佛又重新弥漫着潮气……夏夜是多么短促啊！……孩子们的谈话和篝火一起静息了……连狗也打起盹来；在微弱暗淡的星光下，我隐约看到马匹也已低头入睡……我感到了一丝倦意，接着便打起盹来。

一股清新的气流从我脸上拂过。我睁开眼睛：天已破晓。天上还没有一丝红霞，但东方已经发白。周围的一切都显现出来了，虽然还有些朦胧。灰白色的天空渐渐明亮，渐渐变成蓝色，也变得寒冷起来；星星时而发出一点微光，时而隐没；土地潮湿了，树叶上挂满了露珠，有些地方传来富有生气的声音和说话声，微弱的晨风已经在大地上漫游。于是我的身体发出微微的愉快的颤抖。我迅速站起来，走到孩子们那里去。他们都在隐隐燃烧的篝火旁睡得像死人一样；只有帕维尔抬起半个身体，注视着我。

我对他点点头，顺着烟雾迷茫的河边走去。我还没有走上两俄里，在我周围，在广阔湿润的草原上，在前面开始发绿的山丘上，从一座树林到另一座树林，在后面漫漫的尘土飞扬的道路上，在闪闪发亮、变得温暖的灌木丛上，在薄雾渐渐散去、稍稍显出蓝色的河水上，已经注满了最初是鲜红，后来渐渐变成大红、金黄的熹微、温煦的晨光……万物都在蠕动，苏醒了，歌唱了，喧闹了，说起话来了。我的目光所及之处，大颗的露珠都像光芒四射的金刚石一样变得红艳艳的；一阵清纯、洪亮，仿佛也被早晨的凉气洗净的钟声迎面向我传来，突然，一群休息过的骏马被我所熟悉的孩子们驱赶着，从我身边疾驰而过……

遗憾的是，我必须补充一点，就在这一年帕维尔死了。他不是淹死的：他是坠马而死。可惜啊，一个多么好的小伙子！

梅奇美人河的卡西扬

我坐着一辆摇摇晃晃的小马车从猎场回家，被夏天那多云日子的燠热折磨得有气无力(众所周知，这种日子有时比晴天热得更难受，尤其是在没有风的时候)，打着瞌睡，随着马车摇摆，愁眉苦脸地忍耐着，即使坎坷的道路在干裂和吱嘎作响的车轮底下不断扬起灰尘，撒遍我全身，我也由着它去——突然，我的马车夫不同寻常地坐立不安和惊慌的动作引起了我的注意，在这一刹那之前，他的睡意比我还浓。他一连几次拉了拉缰绳，在驭座上忙乱起来，不断向马匹吆喝，还不时往一旁的什么地方看看。我环视了一下四周。我们的马车走在一片开垦过的广阔平畴上；一些同样开垦过的不高的山丘以非常平缓的稍稍起伏的斜坡连接着这片平原；极目望去，可以看见周围五俄里内荒凉的旷野；远处，只有一些小小的白桦林的圆齿形树梢打破几乎是平直的地平线。几条羊肠小道在田野上伸展着，隐没在洼地里，在一些小山丘上蜿蜒盘绕，其中有一条在前面五百步的地方和我们所走的大路相交叉，在那上面，我看出有一队人马在行进。我的马车夫不时抬头眺望的正是这列队伍。

这是支出殡队伍。前面，一个教士坐在套着一匹马的马车里缓缓地行进；一个教堂职员坐在他旁边赶车；马车后面，四个光着脑袋的庄稼汉抬着一口盖着白布的棺材；棺材后面跟着两个农妇。其中一个的尖细悲痛的声音突然传到我的耳朵里，我仔细一听，是在边哭边数落。这忽高忽低、单调干巴、痛苦绝望的哭叫声在空旷的田野上悲凉地回响着。我的马车夫匆匆赶着马：他想跑在这支队伍的前头。在路上遇到死人是不祥之兆。他果然在死人还没有拉到大路之前赶到他们前面去了；但我们还没有跑出一百步，我们的马车突然剧烈地颠动了一下，它倾向一侧，差点翻倒。马车夫急忙勒住正在奔跑的马匹，挥了一下手，啐了一口。

“出什么事了?”我问。

马车夫一声不吭，不慌不忙地爬下车。

“到底出了什么事?”

“车轴断了……磨损了，”他满脸不高兴地回答，接着还是那么气呼呼地突然拉了一下拉套马的皮轭，让那匹拉套马跑一边去，可是它站住了，打了个响鼻，抖擞了一下，若无其事地用牙齿搔搔前腿的膝盖。

我下了车，在路上站了一会儿，心中隐隐约约感到一阵不快，不知怎么会遇上这种倒霉事。右边的车轮几乎完全被压在马车底下，把车毂毫无希望地顶到上面来。

“现在怎么办?”我终于开口问道。

“都怪它!”马车夫用鞭子指着那支送殡队伍说，这时它已经拐到大路上来，快走近我们了，“我一直在注意它，”他继续说，“这种兆头是很灵验的——碰上死人了……是啊。”

他又去找那匹拉套马的麻烦，那匹拉套马看到他心绪不佳、神色严峻，便决心站住不动，只是偶尔驯服地摇摇尾巴。我来回踱了一会儿步，又站到车轮前面去。

这时死人已赶上我们。这悲哀的行列默默地绕过我们的马车，从大路拐到草地上。我和马车夫脱下帽子，向教士鞠躬致意，和抬棺材的人对视了一下。他们费力地向前走去，宽阔的胸部高高地起伏着。棺材后面的两个农妇，一个年纪已经很大，脸色苍白；她那呆板的脸由于悲痛太大已被扭曲，但仍保持着严肃和庄重的神色。她默默地走着，有时抬起瘦削的手按住薄薄的干瘪的嘴唇。另一个农妇是个二十五岁光景的年轻女子，眼睛哭红了，噙满泪水，整个脸都哭肿了。走到我们旁边时，她不再号哭，而用袖子掩住脸……但是当死人从我们身旁经过，重新回到大路上的时候，她那悲痛的使人撕心裂肺的号哭声又响了起来。我的马车夫默默地目送那有节奏地摆动的棺材过去以后，便向我回过头来。

“这是在给木匠马丁送葬，”他说，“就是里亚巴亚村的那个。”

“你怎么知道?”

“我看见那两个婆娘就知道了。老的是他母亲，年轻的是他老婆。”

“他是生病了还是怎么的?”

“是啊……生的是热病……前天管家派人去请医生，可是医生不在家……这木匠是个好人，喜欢喝点酒，可木匠是个好人。你看，他老婆哭得多伤心……不过，大家也知道：女人的眼泪是不值钱的。女人的眼泪跟水一样……是啊。”

他弯腰从拉套马的缰绳底下爬进去，双手抓住马轭。

“可是我们怎么办呢?”我说。

我的马车夫先把膝盖顶住辕马的肩部，摇撼了两下马轭，把辕枕摆摆正，然后又从拉套马缰绳底下爬出来，顺手推了一下马脸，走到车轮旁边。他走到那里，眼睛仍盯住车轮，接着慢慢从衣裾底下掏出一只扁扁的烟盒来，慢慢地拉住皮带，揭开盖子，慢慢地把两个肥手指伸进烟盒里去(两个手指是勉强伸进去的)，揉揉烟丝，先把鼻子挤到一边，一次一次地吸着，每吸一次，就发出一次长长的呼哧声，然后病态地眯起满是泪水的眼睛，眨了眨，接着便深深地沉思起来。

“喂，怎么样?”我终于问他。

我的马车夫小心地把烟盒放进衣袋里，把帽子抖到眉毛上，不是用手，而是把头往下抖了抖，接着，默默爬到驭座上。

“你上哪儿去啊?”我有点惊奇地问他。

“请您坐上来吧，”他若无其事地回答，拿起了缰绳。

“我们现在怎么走呀?”

“能走的，老爷。”

“可是车轴……”

“请您坐上来吧。”

“可是车轴断了……”

“断是断了；不过勉强可以走到新村……慢慢走，就是说。这儿树林后面，右边有一个新村：叫做尤季内。”

“你认为我们能走到吗?”

我的马车夫没有赐复。

“我最好还是步行吧，”我说。

“悉听尊便，老爷……”

于是他挥了一下鞭子。马车走动了。

我们果然勉强走到新村，虽然右边的前轮勉强维持住，怪模怪样地转动着。在一座小丘上它差一点脱落；我的马车夫恶狠狠地吆喝了一声，我们才顺利地走下小丘。

尤季内新村一共有六座低矮的小农舍，房子都已歪斜，虽然看样子是不久前建造的：有的院子还没有围上栅栏。马车驶进新村的时候，我们一个人也没有遇到；街道上甚至没有看到一只鸡，连狗也没有。只有一条截了尾巴的黑狗当着我们的面急急忙忙地从一只干木盆里跳出来（它大概是因为口渴想跳进木盆里喝水），立刻一声不叫地慌慌张张钻到大门底下去。我走进第一座农舍，打开通穿堂的门，叫唤主人，但没有人回答。我又叫了一次：另一扇门后面响起一只饿猫的叫声。我用脚踢开门：一只瘦猫在黑暗中闪着绿眼睛，从我身旁溜了出去。我把头探进房间里，看了看：里面黑洞洞的，烟雾弥漫，不见一人。我往院子里走去，那里也没有一个人……围墙里有一头小牛哞哞叫着；一只瘸腿的灰鹅一拐一拐地走到一旁。我走进第二座农舍——第二座农舍里也空无一人。我走到院子里……

在被灿烂的阳光照亮的院子正当中，在一般认为太阳晒得最热的地方，有一个人脸朝着地面，头上盖着一件上衣，躺在那里，依我看来，那是一个男孩。在离他几步远的草棚底下，一辆破马车旁边，站着一匹套着破旧挽具的瘦马。阳光从破旧窝棚上狭小的隙缝倾泻下来，在它那乱蓬蓬的枣红色毛皮上留下一个个色彩斑斓的光斑。那里还有一只高高的椋鸟笼，几只椋鸟吱吱叫着，以平静的好奇心从它们的空中栖息处注视着下面的景物。我走到睡觉的人的身边，唤醒他……

他抬起头，看到我，立即跳起来……“什么？有什么事？怎么回事?”他睡意蒙眬地喃喃说着。

我没有马上回答他:他的外貌使我大吃一惊。请想象一个五十来岁的小矮人,黝黑的小脸上尽是皱纹,鼻子尖尖的,褐色的眼睛小得几乎看不出,一头乌黑拳曲的浓发像菌盖一样宽宽地覆盖在他那小小的头上。他的身体非常孱弱瘦小,他的目光的异常和古怪是语言难以形容的。

“有什么事?”他又问我。

我对他说明了来意;他听着我说话,那双缓慢地眨动的眼睛一直盯着我。

“你能给我们弄一根新的车轴吗?”我终于对他说,“我可以付钱。”

“你们是干什么的?是打猎的吗?”他从头到脚打量了我一下,问道。

“是打猎的。”

“你们一定是打天上飞的小鸟吧?……打树林里的野兽吧?……你们打死上帝的鸟儿,流无辜的血,不罪过吗?”

这古怪的小老头说起话来把声音拖得长长的。他的声音也使我吃惊。他的声音不但一点不显得苍老,而且还很甜润、年轻,几乎柔和得像女人。

“我没有车轴,”他沉默了一会儿说,“这一根不合用,”他指指自己的小马车,“你们的马车一定是大型的。”

“那么村子里能弄到吗?”

“这算什么村子啊!……这里谁家也没有……再说也没有人在家:全干活去了。你们走吧,”他突然这样说,又躺到地上去了。

我怎么也没有料到这样的结果。

“你听我说,老人家,”我拍拍他的肩膀说,“劳驾,帮个忙吧。”

“你们走吧！我累了：到城里跑了一趟，”他对我说，接着把上衣拉到头上。

“劳驾啦，”我继续说，“我……我可以付钱。”

“我不需要你的钱。”

“请帮个忙吧，老人家……”

他爬起来，盘起两条细腿坐着。

“也许我可以带你们到林垦地[①]去。一些商人在那儿买了我们的树林，上帝会审判他们的，他们在那儿砍伐树木，造了一座事务所，上帝会审判他们的。你们可以在那儿向他们定一根车轴，或者买一根现成的。”

“好极了！”我高兴得叫起来，“好极了！……我们走吧。”

“橡木车轴，很好的，”他继续说，可是没有站起来。

“到那个林垦地很远吗？”

“三俄里。”

“那好吧！我们可以乘你的小马车去。”

“哦，不……”

“唉，走吧，”我说，“走吧，老人家！马车夫在街上等我们呢。”

老头不情愿地站起来，跟着我走到街上。我的马车夫正在气头上：他想去饮马，但没想到井里的水很少，再说水的味道也不好，而这一点就像马车夫们所说的，是最重要的事……可是他一看见老头便咧开嘴笑起来，向他点点头，喊了一声：

---

① 树林中砍伐过的地方。——原注

“啊，卡西扬奴什卡[1]！你好啊！”

“你好，叶罗菲，正直的人！”卡西扬不乐意地回答。

我立刻把他的建议告诉马车夫；叶罗菲表示赞同，便把马车赶进院子里。当他熟练地忙着卸马的时候，老头站在大门旁边，肩膀靠在大门上，不快活地一会儿看看他，一会儿看看我。他好像还在那儿犹豫不决，据我看，他对我们突然来到不很高兴。

“你也给搬迁到这儿了吗？”叶罗菲在卸下马轭的时候突然问他。

“我也给搬迁来了。”

“唉！”我的马车夫含糊不清地说。“你知道吗，马丁，就是那个木匠……你不是认识里亚巴亚村的马丁吗？”

“认识的。”

“唉，他死了。我们刚才看见他的棺材了。”

卡西扬浑身颤栗了一下。

“他死了？”他反问了一句，低下头去。

“是的，死了。你为什么不治好他的病呢，啊？人家说，你会看病，你是个郎中。”

我的马车夫显然是在拿老头开心，嘲弄他。

“怎么，这是你的马车吗？”他对着马车耸耸肩膀，又说。

“是我的。”

“唉，马车啊……马车！”他反复说着，抓住车辕，差点没把马车掀翻……“马车啊！……用什么送你们到林垦地去好呢？……我们的马没法子套到这副车辕里去：我们的马都很高大，可这算什么车辕呀？”

---

① 卡西扬的爱称。

“我不知道，”卡西扬回答，“用什么送你们去；要不就用这头牲口吧，”他叹了一口气说。

“用这头？”叶罗菲接着说，他走到卡西扬那匹劣马跟前，鄙夷地用右手的中指戳戳它的脖子。“瞧，”他用责备的口吻说，“睡着了，这蠢东西！”

我要叶罗菲快点把马车套好。我想亲自和卡西扬到林垦地去：因为那里往往有松鸡。小马车套好以后，我便带着狗凑合着坐到那用树皮做成的高低不平的车斗里去，卡西扬缩成一团，还是那么愁眉苦脸，坐在马车前面的栏杆上——叶罗菲走到我身旁，神秘地小声对我说：

“老爷，您跟他一起去，做得好。因为他是这样一个人，他是个疯子，外号叫跳蚤。我不知道，您怎么会懂得他的心思……”

我想对叶罗菲说，到现在为止，我仍觉得卡西扬是个头脑清醒的人，可是我的马车夫又马上用同样的声调对我说：

“您可要留神，看他是不是把您带到那儿去。车轴您自己挑选好了：要选一根结实的车轴……喂，跳蚤，”他大声对卡西扬说，“你们这儿能弄到点面包吗？”

“你去找找吧，也许能找到的，”卡西扬回答，他扯扯缰绳，我们就动身了。

我完全没有想到，他的马跑得很不坏。一路上卡西扬固执地保持着沉默，对我提出的问题只不情愿地断断续续回答几句。我们很快就到达林垦地，在那里找到事务所。这是一座高高的木头房子，孤零零地建造在一道狭小的山沟上面，山沟已被一道堤坝草草地拦腰截断，成了一个池塘。我在事务所里找到两个年轻伙计，他们都明眸皓齿，伶牙俐齿，脸上挂着甜蜜而狡黠的微笑，我向他们买了一根车轴，便动身到林垦地去。我以为卡西扬会留下来看管马匹，在那里等我，没想到他突然走到我跟前。

“怎么，你要去打鸟吗？”他说，“是不是？”

“是的，要是能找到的话。”

“我跟你一起去……可以吗？”

“可以，可以。”

我们动身了。此去伐木区约有一俄里路程。说实话，我关注卡西扬比关注自己的狗还要多。难怪人家要叫他跳蚤。他那乌黑的没戴帽子的头（不过，他的头发可以代替任何帽子）在灌木丛中忽隐忽现。他走起路来手脚特别麻利，好像一直在跳跃，还不断弯下身子，采些野草揣在怀里，嘴里轻声嘟囔着，一路上不断用一种古怪的想追根究底的目光看看我，看看我的狗。在矮树丛里和林垦地上往往栖息着一些灰色的小鸟，它们不时从一棵小树飞到另一棵小树上，啾啾叫着，突然忽高忽低地飞出去。卡西扬模仿着它们的叫声，和它们互相呼应；一只小鹌鹑吱吱叫着从他脚下飞起来，他也跟着吱吱叫了几声；一只云雀飞到他头顶上，拍打着翅膀，像唱歌一样大声鸣叫起来——卡西扬也跟着他一起唱。但他一直没跟我说话……

天气非常好，比刚才更好了，但炎热并没有减退。晴朗的天空上徐徐移动着一些高远的薄云，它们像暮春的雪一样呈乳白色，像降下的风帆一样扁平而细长。它们那像棉花一般松软的轻薄的花边每一瞬间都在变化，虽然很慢，却觉察得出。这些云正在消散，没有落下阴影。我和卡西扬在林垦地上久久地转悠。新长出来的还没有一俄尺[①]高的蘖枝，

① 1俄尺合0.71米。

用它们光滑纤细的茎盘绕着发黑的矮树桩；一些灰色的圆形海绵状木瘤，就是可以用来煮出火绒的木瘤，就长在这些树桩上。草莓在那上面吐出粉红色的卷须；一簇簇蘑菇紧挨着在那里生长。我的腿不断被那些饱受烈日煎熬的高高的杂草绊住；到处长着一些小树，那上面发红的嫩叶上放射着强烈的金属般反光，使人眼花缭乱；到处有一串串浅蓝色的野豌豆，到处有毛茛的金黄色花萼、半截紫色半截黄色的蝴蝶花，彩色缤纷，斑斓夺目；在布满一道道车辙的、生长着红色小草的荒径旁边，有几个地方堆放着以一立方俄丈①为单位的、因风吹雨打而发黑的木材，这些木材垛投下了斜方形的淡淡的阴影，别的地方则一点阴影也没有。微风有时吹拂一下，有时纹丝不动：它忽然迎面吹来，仿佛要刮起一阵狂风——一切都快乐地喧闹起来，点着头，摇摆着，蕨类植物柔软的尖端优美地婆娑起舞——你正要为吹来一阵凉爽的风而欣喜……但它又停住了，一切又归于平静。只有蝈蝈齐声唧唧叫着，仿佛在那里表示愤恨。这种声音无休无止，单调刺耳，叫得人心烦意乱。它和正午毫不示弱的炎热恰似天造地设的一对，它好像是炎热所产生的，好像是炎热从晒得滚烫的土地里呼唤出来的。

我们连一窝小鸟都没有碰到，最后来到一块新的林垦地。那里几棵不久前刚砍伐下来的白杨可怜兮兮地横卧在地上，把野草和小灌木丛压在身下；它们身上的叶子还是绿的，但已经没有生命，从一动不动的树枝上萎蔫着耷拉下来；在另一些枝头上，它们已经干枯拳曲了。一些呈淡黄色的新鲜木片堆积在湿润的树桩旁，发出一种令人十分舒服的特别的苦味。远处，靠近树林的地方，响着斧头重浊的砍伐声，于是过不了多久

① 1俄丈合2.134米。

就有一棵枝叶葱茏的树仿佛鞠躬似的伸开双手庄重而悄无声息地倒下……

我久久没有找到一只野禽;最后从一片广阔的、长满苦艾的橡树丛中飞出一只秧鸡来。我打了一枪,它在空中翻滚了一下,掉了下来。卡西扬急忙用手遮住眼睛,一动不动站着,直到我装好弹药,拾起秧鸡。我走开之后,他走到被打死的鸟掉下来的地方,俯身看着溅了几滴血的草地,摇摇头,惊慌地看了我一眼……后来我听到他小声念叨着:“罪过!……这真是罪过!”

暑热终于逼着我们走进树林。我奔到一棵高高的榛树下,在它上面有一棵挺拔的小槭树优雅地伸展着柔弱的枝条。卡西扬在一棵砍倒的白桦粗大的一端坐下。我看着他。树叶在高处微微晃动着,它们那淡绿色的阴影在他那胡乱裹着深色外衣的孱弱身躯上,在他那小小的脸上微微浮动。他一直没有抬起头来。他的沉默使我感到憋闷,我便仰卧着欣赏起纷披的枝叶在高邈明朗天空中的和平嬉戏。仰卧在树林里向高空眺望是一件多么赏心悦目的事!您会觉得,您看到的是一片无底的海洋,它广阔无垠地展现在您的“**下面**”,树木不是从地上往上长,而仿佛是植物巨大的根从上面挂下来,垂直落在明亮如镜的波浪里;树上的叶子有时像绿宝石一样晶莹剔透,有时厚重得像金黄色的,几近黑色的墨绿。在很远的地方,在一块澄澈的蓝天映衬下,有一片单独的叶子,一动不动地挂在细树枝的末端,旁边却有另一片叶子在晃动,那样子就像一条鱼的尾巴在摆动,它的晃动仿佛是自动的而不是被风吹动的。一团团白云像中了魔法的水下岛屿静静地飘浮过来,又静静地飘浮过去。突然所有这片海洋,这明净的空气,这些沐浴着阳光的枝叶全部流动起来,颤抖着发出星星点点的闪光,掀起一片更加清晰的颤动的簌簌声,犹如突然漾起的涟漪发出悠长细微的拍击声。您一动不动地躺着，您远望着：您心中的欣喜、宁静和甜蜜是言语无法形容的。您远望着：那深邃、纯净的蓝天会使您的嘴唇漾起一丝微笑，这微笑就像蓝天本身，像天上的浮云那样纯洁，于是一长串幸福的回忆便仿佛和一长串慢慢飘动的浮云一起，慢慢地从您的心头飘过。您会觉得，您的目光越看越远，带着您本人进入那安谧光明的、无限深邃的远处，已经离不开这高邈的天空、这深邃的远方……

"老爷，老爷！"卡西扬突然用他那响亮的声音说。

我惊奇地抬起身子；到目前为止他一直勉强回答我的问题，现在却突然自己说起话来。

"你有什么事？"我问。

"喂，你为什么打死这只鸟？"他直盯住我的脸说。

"什么为什么？……秧鸡，这是野味，可以吃的。"

"你不是为了吃才打死它的，老爷：你是不会吃它的！你是为了好玩才打死它的。"

"你自己大概也吃譬如鹅或鸡的吧？"

"这种家禽是上帝规定给人吃的，可秧鸡，这是树林里的飞鸟。而且不单是秧鸡：还有很多，所有树林里的动物，野地里和河里的动物，沼地里和草地上的，天上飞的，地上跑的——打死它们是罪过的，让它们在地上活到自己死去吧……人有另外一种食物，他有别的食物和喝的东西：粮食，这是上帝的赏赐，还有天上的雨水，祖先传下的家禽家畜。"

我惊奇地看了看卡西扬。他的话脱口而出，他无须搜索枯肠，他的话既平心静气，又理直气壮，既和颜悦色又义正词严，说话时还偶尔闭起眼睛。

“那么,照你这么说,捕鱼也是罪过的啰?”我问。

“鱼的血是冷的,”他充满自信地反驳我,“鱼是哑巴动物。它不会害怕,也不会取乐。鱼是不会说话的动物。鱼没有感觉,它的血不是活的……血,”他停了停又说,“血是神圣的东西!血不能见上帝的太阳,血不能见光……让血见光是极大的罪过,是极大的罪过,非常可怕……,啊,是极大的罪过!”

他叹了一口气,低下头。我望望这个奇怪的老头,说实话,我实在觉得非常惊奇。他说的不是一个普通庄稼汉的话,一个凡夫俗子就说不出这样的话,一个喜欢夸夸其谈的人也不会说出这样的话。这种话是经过深思熟虑、郑重其事地说出来的,是不同一般的……我从来没有听人说过这样的话。

“请告诉我,卡西扬,”我目不转睛地看着他那有些发红的脸,对他说,“你是干什么营生的?”

他没有立即回答我的问题。他的目光不安地闪烁了一下。

“我按照上帝吩咐过日子,”最后他说,“至于干什么营生,没有,我什么也不干。我从小就很不懂事;趁还有力气,我就干活,我干得不好……干什么事我都不顶用!身体不好,手脚又笨。喏,春天的时候,我就捉捉夜莺。”

“你捉夜莺?……你不是说过,凡是树林里的,野地里的,以及别的生灵,都不应该去碰吗?”

“杀死它是不应该的,这没错;该死的时候它自然会死。就拿木匠马丁来说吧,木匠马丁活了一阵子,他活了不久就死去了;他的妻子现在为丈夫,为年幼的孩子痛苦得死去活来……没有一个人,没有一只动物能耍点滑头,逃避死亡。死亡是逃不掉的,谁也逃不出它的手心。而帮助死亡是不应该的……我并不杀死夜莺——上帝保佑！我不会让它们受苦，不会把它们弄死，而只是让人高兴，使人得到安慰和快乐。”

“你到库尔斯克去捉夜莺吗？”

“我到库尔斯克去，有时走得更远。我在沼地和周围有树林的地方过夜，我独自在田野上，在荒僻的地方过夜：那儿有鹬鸟在唧唧叫，有兔子在吱吱叫，有鸭子在嘎嘎叫……每天晚上我留神观察，每天早晨我仔细听着，每天早晨我往灌木丛上撒网……有的夜莺唱得那么凄惨，那么好听……真的很凄惨。”

“你把它们卖了？”

“我送给好心的人。”

“你还做些什么？”

“怎么还做些什么？”

“你干什么活？”

老头沉默了一下。

“我什么活也不干……我干得不好。但我能读书识字。”

“你能读书识字？”

“我能读书识字。是上帝和一些好心人帮助我的。”

“那么，你有家室吗？”

“没有，我没有家室。”

“怎么会这样？……都死了，还是怎么的？”

“不，是这样的：日子过得不顺利。这都是上帝的旨意，我们都得听从上帝的安排；可做人必须正直——就是这么回事！也就是要听从上帝的旨意。”

“你有亲戚吗？”

“有的……是的……是这样……”

老头嗫嚅着。

“请你告诉我，”我说，“刚才我听见，我的马车夫问你，他说，你为什么没有治好马丁的病？难道你会治病吗？”

“你的马车夫是个正直的人，”卡西扬沉思着回答我，“可也不是没有罪过。有人管我叫郎中……我算什么郎中！……谁能够治病呢？这都是上帝决定的。有些……有些草啊，花啊：确实有用。譬如说，鬼针草吧，对人是有好处的；车前草也是；说说这种草并没有什么不体面：这些都是干净的草——是上帝的草。不过，别的草就不是这样了：这些草对人也有功效，可这是罪过；说说都是罪过。除非做祷告……哦，当然，也有些咒语……谁相信谁就能得救，”他压低声音，补了一句。

“你什么药也没给马丁吗？”我问。

“我知道得太晚了，”老头回答。“可有什么办法呢！谁的命运怎么样是注定的。木匠马丁是活不长的，他在世上活不长：这是肯定的。谁在世上活不长，太阳就不会给他温暖，粮食对他也没有用处，好像在叫他回去了……是啊；上帝让他的灵魂得到安息吧！”

“把你们迁到这儿来已经很久了吗？”我沉默了一会儿之后问。

卡西扬浑身哆嗦了一下。

“不，不久：三四年。老主人在世的时候，我们一直住在原来的地方，后来监护人才把我们迁到这儿来。我们的老主人心地善良，是个大好人，愿他升入天堂！是啊，监护人的决定当然是正确的。看来，不这样做也不行。”

“那么你们原来住在什么地方？”

“我们是梅奇美人河边的人。”

“离这儿很远吗?”

“大约一百俄里。”

“怎么样,那个地方好些吗?”

“好些……好些。那边地域广阔,是河流经过的地方,我们的老家;这儿地方狭小,是个干旱的地方……在这儿,我们都孤零零的,没几个人。在我们那边,在梅奇美人河上,你一登上小山冈,你一登上去——嘿,我的上帝,那是什么景色呀?啊?……又是河流,又是牧场,又是树林;那边是一座教堂,再过去又是一片牧场。可以看见很远很远的地方。可以看到多么远的地方啊……你看哪看哪,啊,真是太美啦!不过,这儿的土地的确要好些:是沙质黏土,很好的沙质黏土,农民都这么说;我的庄稼处处都长得很好。”

“那么,老人家,你说句实话,你大概很想到故乡去看看吧?”

“是啊,要能去看看就好了。不过,到哪儿都好。我是个无家无室的人,喜欢到处走走。再说,老待在家里干什么?你出去走走,出去走走,”他提高声音接着说,“心里会舒服些,真的,太阳会照着你,上帝会更清楚地看见你,唱起歌来也好听些。你看,这儿草长得多好;你一看见,就采下一棵。这儿还有水在流,譬如说,是泉水,圣水;你一看见,就喝个够。天上的鸟儿在唱歌……在库尔斯克那边有一片大草原,那么大的草原,谁见了都会大吃一惊,都会感到心里乐滋滋的。这就是富足的幸福生活,这就是上帝的恩赐!有人说,这片草原一直通到温暖的大海,那儿有一只声音很好听的神鸟,不管冬天还是秋天,树叶都不会从树上凋落,银树枝上长着金苹果,人们都过着富足而公正的生活……我要是能到那儿去就好啦……我走过的地方可不算少啦!我去过罗苗,去过辛比尔斯克,那是个出色的城市,我也到过莫斯科,那儿有金色的教堂圆顶;我去过奥卡奶娘河，去过茨纳鸽子河，也去过伏尔加母亲河，看到过许多人，许多善良的基督徒，到过许多体面的城市……是啊，我真想到那儿去……而且……真的……不光是我这个罪人……别的许多基督徒穿着树皮鞋，都到那儿去，他们沿路乞讨，去寻求真理……是啊！……待在家里有什么意思，啊？这世道是不公平的，就是这么回事……”

最后这几句话卡西扬说得很快，几乎听不清楚；接着他又说了几句话，我简直不知道他在说些什么。他脸上的表情变得很古怪，使我不由得想起“疯子”这个名称。后来他低下头，咳嗽了一声，好像回过神来了。

“多么好的太阳啊！”他轻声嘟囔着，“多么慈爱的恩惠，主啊！树林里是多么温暖！”

他耸耸肩膀，不再说什么，漫不经心地瞧着，轻轻地唱起歌来。我无法分辨他那声调悠扬的歌曲的全部歌词，只听出下面两句：

人家叫我卡西扬，
我的绰号是跳蚤……

“哦！”我想，“是他自己编的……”突然，他全身哆嗦了一下，不再作声，目不转睛地注视着密林深处。我转过头去，看见一个七八岁的农家小姑娘，身上穿着一件小小的蓝色萨拉方①，头上包着格子头巾，晒黑的赤裸手臂上挎着一只篮子。看来她完全没有想到会遇见或者如常言所说的“撞见”我们，便一动不动地站在青翠的榛树丛中浓荫蔽日

① 俄罗斯妇女穿的无袖长衣。

的草地上，用她那双黑眼睛惊慌地看着我。我才勉强看清她的脸，她便马上躲到一棵树后面去了。

“安奴什卡！安奴什卡！到这儿来，别害怕，”老头亲切地叫她。

“我怕，”响起一个尖细的声音。

“别害怕，别害怕，到我这儿来。”

安奴什卡默默地离开她躲藏的地方，悄悄绕了个圈子——她那双小小的脚踩在浓密的草地上发出轻微的沙沙声——从密林中走到老头身边。她并不是像我起初从她矮小的身材所判断的那样只有七八岁，而是个十三四岁的姑娘。她身材瘦小，却很匀称和灵活，她那标致的脸蛋儿酷似卡西扬的脸，虽然卡西扬并不是个美男子。同样下巴尖尖的脸型，同样奇异的目光，调皮而轻信，沉思而敏锐，一举一动也如出一辙……卡西扬用目光打量了她一下，她站到他的身旁。

“怎么，来采蘑菇吗?”他问。

“是的，采蘑菇，”她怯生生地微笑着回答。

“找到很多吗?”

“很多。”她急速地看了他一眼，又笑了笑。

“有白蘑菇吗?”

“有白蘑菇。”

“给我看看，给我看看……”她放下篮子，把一张盖着蘑菇的宽大牛蒡叶掀起一半。卡西扬弯下身子看看篮子里的蘑菇，“啊，多好的蘑菇！安奴什卡真能干!”

“这是你的女儿吗，卡西扬?”我问。安奴什卡的脸稍稍红起来。

“不是，是亲戚，”卡西扬装出一副漫不经心的样子说。“好吧，安奴什卡，你走吧，”他立即接着说，“去吧，上帝保佑你，当心点……”

“干吗让她走回去!”我打断他的话，“我们可以把她带回去……”

安奴什卡的脸红得像罂粟花，她用双手抓住篮子上的绳子，惊慌地看着老头。

“不，她走得到的，”他用同样平平淡淡的、懒洋洋的声音回答。“她没问题……走得到的……走吧。”

安奴什卡匆匆走进树林里。卡西扬目送着她走去，然后低下头，自个儿笑着。在这长长的笑意中，在他对安奴什卡所说的不多几句话里，在他和她说话时的声调里都充满了一种难以形容的炽热的慈爱和深情。他又往她走去的方向看了看，又微笑了一下，抹了一下脸，一连几次摇摇头。

“你为什么这么快就打发她走了?”我问他，“我想向她买些蘑菇呢……”

“您想买的话，到我家里也可以买的，”他回答我，第一次用“您”称呼我。

“你这小姑娘长得好俊啊。”

“不……哪里是……这样……”他好像不大高兴似的回答我，从这一刻起他又变得像原先那样默默无言。

发现想让他重新和我交谈的努力都是白费力气，我便动身到林垦地去。这时炎热已减退了一些；然而我这次打猎收获甚少的局面，或者像我们这儿所说的“不走运”，仍然没有改变，我只好带着一只秧鸡和一根新车轴回新村去。马车快到院子的时候，卡西扬突然回过头来。

“老爷，老爷，”他说，“我真是对不起你，是我念咒把所有的野禽引开了。”

“怎么回事?”

“我有办法。虽然你的狗经过训练，是条好狗，可是它毫无办法。你想想看，人算得了什么，人，啊? 就是这头畜生，人把它训练成什么啦?”

我要说服卡西扬，让他相信不可能用“念咒”的办法把野禽引开，这当然不会有什么结果，因此我什么也没有回答他。再说，这时我们的马车已拐进了大门。

安奴什卡不在屋里，她已经回来过，把一篮子蘑菇放在家里。叶罗菲把新车轴装好，可是一开始就对它进行了一番严厉而不公正的评论。过了一个钟头，我乘马车走了，留给卡西扬一点钱。起初他不肯接受，后来他想了想，在手心里放了一会儿，揣到怀里。在这一个钟头里，他几乎一句话也没说。他仍旧靠在大门上站着，并不回答我的车夫的责难，和我告别时态度也极其冷淡。

我刚刚从林垦地回来的时候，就注意到叶罗菲又心绪不佳……的确，他在林子里什么吃的东西都没有找到，马饮水的地方也不好。我们动身了。他坐在驭座上，似乎连后脑勺也在那里表示不满；他极想和我说话，但要等我先提出问题，而在这等待期间，他只是轻声嘀咕着，数落数落他的马，有时还挖苦几句。“村子，”他嘟囔着，“还算是个村子！要一点克瓦斯，没有克瓦斯……嘿，我的上帝！水呢，简直没法喝!”他出声啐了一口。“黄瓜也好，克瓦斯也好——什么都没有。嘿，你啊，”他大声对右边拉套的马说，“我认得你，你这懒鬼！你大概想偷懒……”他给了它一鞭子。“这匹马现在可会耍滑头了，从前它是一头听话的畜生……好哇，我看你还敢回过头来看我！……”

“叶罗菲，请告诉我，”我说，“这个卡西扬是个什么样的人?”

叶罗菲没有立刻回答我：总的来说，他是个有心计而又沉着的人；但我当时看出来，我的问题使他感到快慰。

“您是说跳蚤吗?”他拉拉缰绳，终于滔滔不绝地说起来。“他是个怪人：像个疯子一样，像这样的怪人，您一下子很难找到第二个。他，譬如说，就跟我们这匹黑鬃黄马一个样，也是不那么听话的……也就是说，不好好干活。不过，当然啰，他算什么雇工，瞧他那副半条命的样子，不过，反正……他从小就是这副模样。起初他跟他那些叔叔拉脚，他们都是驾三套马车的，可是后来，这么说吧，觉得厌烦，就不干了。他便在家里待着，可是在家里他也坐不住，他是那么一个不安分的人，就像一只跳蚤。幸亏他遇到一个好东家，没逼他干什么。从那个时候起他就东逛逛西逛逛，活像一头无拘无束的绵羊。这个人就是那么喜怒无常，只有上帝才了解他：他有时一句话不说，像一截木头，有时突然说起话来，至于他在说什么，那只有上帝知道。这还像个样子吗?真不像样。总之，他是个行为古怪的人。可是他唱歌唱得很好。唱得很像个样子——真不错，真不错。”

“据说他会治病，是真的吗?”

“治什么病啊！……嘿，他哪会治病！他这样的人哪会？不过，他倒是把我的瘰疬病治好了……他哪会治病！他是个十足的蠢货，”他沉默了一会儿又说了一句。

“你早就认识他啦?”

“早就认识了。我和他是梅奇美人河边瑟乔夫卡村的邻居。”

“那么我们在树林里碰到的那个安奴什卡姑娘是他的什么亲戚?”

叶罗菲转过头来看看我，咧开嘴大笑起来。

“嘿！……是啊，是亲属。她是个孤儿：她没有母亲，而且也没有人知道她的母亲是谁。嗯，应该是亲戚吧：长得很像他……是啊，她就住在他那儿。是个很机灵的姑娘，没说的；是个好姑娘，而他，这个老头非常宠爱她：这姑娘确实很好。他啊，说来您也许不信，他大概还想教安奴什卡读书写字呢。上帝作证，他真的是这样做的：他就是这么一个与众不同的人，一个让人捉摸不透的人，甚至是个和他的行为不相称的人……唉，唉，唉！”我的马车夫突然停住话头，勒住马，向一旁弯下身子，嗅了起来。“是不是有点焦味儿？一点不错！这些新车轴真够戗……我好像涂过油的啊……得去打点水：这儿正好有个池塘。”

叶罗菲慢慢从驭座上爬下来，解下水桶，到池塘里去打水；回来以后，听到轮毂浇了水发出一阵嗤嗤声，感到颇为得意……在约莫十俄里的路程中，他往灼热的车轴上浇了六次水；我们回到家里的时候，暮色已经很浓了。

总管

离我的领地约莫十五俄里的地方住着我的一个熟人——年轻的地主，退伍近卫军军官阿尔卡季·帕夫雷奇·彼诺奇金。他的领地里有许多野禽，房屋是按照法国建筑师的设计建造的，仆役穿着英国式服装，饮食是上等的，接待客人十分殷勤，然而你还是不愿意到他家去做客。他为人审慎精明，积极有为，他照例受过良好教育，在军队里服务过，在上流社会混过一阵。现在他经营产业，成绩斐然。阿尔卡季·帕夫雷奇，用他自己的话说，处事严格而公正，关心自己下属的福利，即使惩罚他们也是为了使他们能走上正道。“对待他们要像对待自己的孩子一样，”在这种情况下，他总是说，“无知，我亲爱的，必须注意这个问题。①”在所谓可悲的必要情况下，他总避免激烈粗暴的行为，他不喜欢提高嗓门，多半是伸出手来直指有关的人，平静地说：“我可是要求过你的，我亲爱的，”或者：“你怎么啦，我的朋友，头脑清醒清醒吧，”这时他只是轻轻地咬着牙齿，撇撇嘴。他个子不高，英姿勃勃，人长得很不错，手和手指非常整洁；他那红润的嘴唇和脸颊焕发着一种健康的光彩。他笑声爽朗，一双明亮的褐色眼睛总是和蔼可亲地眯缝着。他衣着讲究、高雅；他订了许多法文书籍、图画和报纸，但不太喜欢阅读，他读《流浪的犹太人》[2]要费好大的劲。他是个打牌能手。总之，在人们的心目中，阿尔卡季·帕夫雷奇是个极有教养的贵族，我们省里最令人羡慕的未婚男子。淑女们为他神魂颠倒，对他的风度赞不绝口。他的举止极其优雅得体，处事谨慎，小心得像一只猫，有生以来从未卷进任何纠纷的旋涡，虽然一有机会他也喜欢表现自己，刁难和愚弄怯懦的人。他极厌恶和坏人交往，生怕败坏自己的名声；因此在高兴时，他便宣布自己是伊壁鸠鲁[3]的崇拜者，虽然他对哲学一向没有好感，认为它是德国学者虚无缥缈的食粮，有时干脆就说它是胡言乱语。他也喜欢音乐；打牌时常常哼哼歌曲，而且还挺有感情；他也能唱一些《露契亚》和《梦游女》[4]中的曲子，但不知为什么，起音都很高。他每年都到圣彼得堡去过冬。他家里收拾得非常整齐；连马车夫都受他的影响，不仅每天擦洗马轭，刷净上衣，而且还把脸洗得干干净净。诚然，阿尔卡季·帕夫雷奇的家仆神情都有些郁悒，但是在我们俄罗斯郁郁寡欢和睡眼惺忪原是很难区别的。阿尔卡季·帕夫雷奇说话的声音柔和悦耳，富有节奏感，好像每个字都是从他那洒过香水的优美胡须底下舒舒服服地流泻出来的；他的话语中还夹杂着许多法语词句，例如："很有趣"[5]，"可不是！"[6]等等。就因为这个缘故我至少

---

①⑤⑥ 原文为法文。

② 法国作家欧仁·苏(1804—1857)的长篇小说。

③ 伊壁鸠鲁(前341—前270)，古希腊唯物主义哲学家。在伦理观上主张人生的目的在于避免苦痛，使心身安宁，怡然自得，认为这才是人生最高的幸福。在俄罗斯贵族中，他的思想被理解为享乐主义。

④ 《拉美尔的露契亚》是意大利作曲家唐尼采蒂(1797—1848)所作的歌剧。《梦游女》是意大利作曲家贝里尼(1801—1835)所作的歌剧。

不太喜欢到他那儿去造访，要不是为了打松鸡和鹌鹑，我恐怕已经和他完全断绝了往来。说也奇怪，在他家里您会感到极不自在；即使他家里环境很舒服，也不会使您高兴，每一次，到了夜晚，当一个穿着浅蓝色制服，钮扣上轧着家族纹章的鬈发侍仆来到您面前，奴颜婢膝地替您脱下长筒靴的时候，您会感觉到，如果来帮您脱靴子的人不是这个苍白而干瘦的仆人，而突然换了个刚被主人从木犁旁叫回来、不久前赏给他的土布衣服已有十来处绽裂、颧骨极其宽阔、鼻翼极其宽大的年轻强壮小伙子，您会感到说不出的高兴，而乐于冒这个连同小腿和靴子一起被拉掉的危险……

尽管我对阿尔卡季·帕夫雷奇没有好感，有一次我还是不得不在他家过了一夜。第二天一早我就吩咐套好我的四轮马车，但是我不吃他的英式早餐他就不放我回去，他把我领到他的书房里。和茶一起给我们送上来的是肉饼、溏心蛋、奶油、蜜汁、乳酪等。两个侍仆戴着干净的白手套敏捷地默默侍候我们，连我们最小的愿望他们都赶在前面为我们做好。我们坐在一只波斯式的长沙发上。阿尔卡季·帕夫雷奇穿着肥大的绸子灯笼裤，黑色的丝绒短上衣，头上戴一顶有蓝色帽缨的非斯卡帽，脚上穿一双中国式黄色拖鞋。他喝着茶，笑着，欣赏自己的指甲，吸着烟，把一只靠垫垫在腰部，觉得自己心情极其舒畅。阿尔卡季·帕夫雷奇结结实实地吃饱了早餐，感到心满意足，便给自己斟了一杯红葡萄酒，把酒杯举到嘴边，却突然皱起眉头。

“为什么没有把酒温热?”他声色俱厉地问一个侍仆。

那侍仆慌了神，呆若木鸡地站着，脸色变得煞白。

“我在问你呀，我亲爱的，”阿尔卡季·帕夫雷奇目不转睛地盯住他，不动声色地继续说。

那倒霉的侍仆坐立不安，手里揉着餐巾，一句话也说不出来。阿尔卡季·帕夫雷奇低下头，皱起眉头若有所思地瞪着他。

“对不起，我亲爱的，”①他愉快地微笑着说，友好地用手拍拍我的膝盖，眼睛又瞪着那侍仆。“好吧，你走吧，”他沉默了一会儿后又补了一句，然后扬起眉毛，摇了摇铃。

一个人走进来，他身体肥胖，肤色黝黑，长着一头黑发，额角很低，眼睛肿得大大的。

“费多尔的事……要处理一下，”阿尔卡季·帕夫雷奇冷峻地低声说。

“遵命，老爷，”胖子回答了一句，走出去了。

“我亲爱的，这就是乡村生活的烦恼，”②阿尔卡季·帕夫雷奇愉快地说，“您要到哪儿去啊？别走，再坐一会儿吧。”

“不坐啦，”我回答，“我该走了。”

“老是打猎！唉，你们这些猎人啊！可您现在要上哪儿去啊？”

“到离这儿四十俄里外的地方去，到里亚博沃去。”

“到里亚博沃去？啊，我的上帝，那么我跟您一起去吧。里亚博沃离开我们的领地希皮洛夫卡不过五俄里路，我好久没有到希皮洛夫卡去了：我总是抽不出时间。这回可真是巧极了：您今天到里亚博沃去打猎，傍晚就到我那儿去。好极了③我们一起吃晚饭——我们带一个厨师去——您就在我那儿过夜。好极了！好极了！他没等我回答，一个劲儿地说。“说定了④……喂，谁在那儿？吩咐给我们套马车，要快点。您没有到过希皮洛夫卡吧？我本来不好意思请您在我的总管家里过夜，

①②③④ 原文为法文。

可是我知道您一向随遇而安，在里亚博沃您说不定打算在草棚里过夜呢……走吧，走吧！”

阿尔卡季·帕夫雷奇唱起一首法国抒情歌曲。

“您也许不知道，”他摆动两条腿，继续说，“我那儿的农夫都是缴代役租的。现在有了宪法，你有什么办法？不过他们向我缴代役租倒是分毫不差的。说实话，我早就想让他们改成劳役租制，可是我的地太少！我一直纳罕，他们是怎样应付过来的。不过，这是他们的事。①我那里的总管很能干，一个聪明人②，是个干国家大事的人！您会看到的……真的，这正是个好机会！”

毫无办法。本来我早上九点钟就要出门，结果拖到下午两点钟。打猎的人都会理解我的焦急心情的。阿尔卡季·帕夫雷奇，用他的话来说，有机会时喜欢享受一下，便带上大量内衣、食物、衣服、香水、靠垫和各种各样的化妆品，这些衣物对一个克勤克俭的德国人来说，足够用上一年了。每逢从山上往下走的时候，阿尔卡季·帕夫雷奇都要简短有力地关照马车夫几句，由此我可以得出结论，我这个熟人是个地地道道的胆小鬼。不过这次旅行进行得非常顺利，只是在一座不久前刚修好的小桥上，载厨师的马车翻了，后轮把他的肚子给压住了。

阿尔卡季·帕夫雷奇看见他那家里专用的卡雷姆③翻了车，着实吃了一惊，连忙派人去问他的手是不是受了伤。得到不碍事的答复后，他立刻就放心了。出了这件事，我们在路上便耽搁了很久。我和阿尔卡季·帕夫雷奇同坐一辆马车，旅行快结束的时候，我心里感到特别厌

---

①② 原文为法文。
③ 一个法国著名厨师。此处作手艺出众的厨师解。

烦，尤其是经过这几个小时的旅行，我的熟人已经精疲力竭，变得极其懒散和无所顾忌了。我们终于到达目的地，但不是到里亚博沃，而是直接到达希皮洛夫卡；不知怎么会出这种事。这一天即使不是由于这个缘故我也不能去打猎了，因此只好听任命运的摆布。

厨师比我们早到几分钟，显然已经作了一些安排，预先通知做好准备，因此我们一进村子，村长(总管的儿子)就出来迎接我们，他是个身材高大、体格强壮、长着棕黄色头发的汉子，骑着马，没戴帽子，新上衣敞开着。“索弗隆在哪儿?”阿尔卡季·帕夫雷奇问他。村长先利索地跳下马来，向主人深深地鞠了一躬，说：“您好，阿尔卡季·帕夫雷奇老爷，”然后稍稍抬起头，抖擞一下精神，报告说，索弗隆到彼罗夫去了，不过已派人去叫他。“好，你跟我们来吧，”阿尔卡季·帕夫雷奇说。出于礼貌，村长把马牵到一旁，爬上马背，把帽子拿在手里，小跑着跟在马车后面。我们乘车在村子里走着，迎面碰到几个坐在空四轮大车上的庄稼汉；他们是从打谷场来的，一路唱着歌，全身颠动着，晃动着悬空的腿。看见我们的马车和村长，他们突然停止唱歌，摘下冬天戴的帽子(事情发生在夏天)，稍稍直起身子，仿佛在等候吩咐。阿尔卡季·帕夫雷奇客气地向他们点点头。整个村子显然都慌作一团。穿格子裙的农妇们向那些迟钝的或过于热心的狗投去劈柴，一个满脸胡须的跛足老头把还没有饮足水的马从井边拉开，莫名其妙地往它肚子上打了一下，就在那里鞠躬行礼。穿长衫的男孩子们哇哇叫着往家里奔去，肚子搁在高高的门槛上，挂下头，两脚往上面一跷，就这样麻利地滚进屋里去，躲到昏暗的穿堂里，不再露面。连母鸡也急急忙忙快步钻进大门底下的隙缝里；只有一只黑胸脯像缎子背心、红尾巴几乎要碰到鸡冠的大胆公鸡还站在大路上，正准备引颈高歌，却又突然惊慌起来，连忙跑掉。总管的房子远离村民的房子，单独建在浓密碧绿的大麻地里。我们在大门口停下。彼诺奇金先生站起身，潇洒地脱下斗篷，走出四轮马车，亲切地环顾着四周。总管的妻子深深鞠躬，迎接我们，并走过去要吻老爷的手。阿尔卡季·帕夫雷奇伸出手由她吻个够，然后登上台阶。村长的妻子站在穿堂的暗角落里，也在那里鞠躬，但她不敢走过来吻老爷的手。在所谓不生火的房子里——在穿堂右边——已有两个婆娘在忙活；她们把各种废物、空木桶、僵硬的皮袄、油罐、一只装着一堆破布并睡着一个穿杂色衣服的婴孩的摇篮搬出去，用洗澡用的笤帚扫着垃圾。阿尔卡季·帕夫雷奇把她们赶了出去，在圣像下的长凳上坐下。马车夫们把大大小小的箱子和其他日常用品搬进来，并尽量让穿大靴子的脚步放轻些。

这时候阿尔卡季·帕夫雷奇便向村长详细询问收获、播种和其他农活进行的情况。村长作出令人满意的回答，但不知怎么神情总有点沮丧、有些不自然，就像在用冻僵的手指扣外衣的钮扣。他站在门口，不时警觉地东张西望，给动作麻利的侍仆让路。我从他强壮的肩膀上方看到总管的老婆正在穿堂里悄悄地殴打另一个农妇。突然响起一辆马车的辘辘声，并在台阶前戛然停下：总管来了。

按阿尔卡季·帕夫雷奇的说法，这个所谓干国家大事的人个子不高、肩膀宽阔、头发灰白、身体结实，长着一个酒糟鼻子，一双小小的浅蓝色眼睛，一把扇形的大胡子。我要顺便指出，自从俄罗斯立国以来，还未有过一个发财发福的人不长着一把又宽又密的大胡子的先例；有的人一辈子只长着一小撮稀疏的山羊胡子，却突然满脸长出了像光轮一般的大胡子，真不知道这些胡须是从哪儿来的！总管想必是在彼罗夫喝了不少酒：他的脸肿得很厉害，满嘴酒气熏人。

“啊，您哪，我们的衣食父母，我们的大恩人，”他拖长声调说着，脸上显出十分感动的样子，仿佛眼泪马上要夺眶而出，“好不容易等到您的光临！……请您的手，老爷，请您的手，”他一边说，一边已噘起嘴唇。

阿尔卡季·帕夫雷奇满足了他的愿望。

“好吧，索弗隆老兄，那么你的工作做得怎么样？”他亲切地问道。

“啊，您哪，我们的衣食父母！”索弗隆大声说，“这工作嘛，怎么能不干好呢！您哪，我们的衣食父母，您哪，我们的大恩人，您的驾临，使我们的村子蓬荜生辉，是我们一辈子的福气。荣耀归于您，主啊，阿尔卡季·帕夫雷奇，荣耀归于您，主啊！托您的福，一切都进行得顺顺当当。”

这时索弗隆停了一下，望望老爷，仿佛又感情冲动起来(酒性也发作了)，再次要求吻老爷的手，调门也拉得更高了：

“啊，您哪，我们的衣食父母，大恩人……真的！上帝作证，我都高兴得变成傻瓜了……上帝作证，我看着，简直不敢相信……啊，您哪，我们的衣食父母！……”

阿尔卡季·帕夫雷奇看看我，笑了一下，问我：“这不是很令人感动吗？”①

“哦，老爷，阿尔卡季·帕夫雷奇，”喋喋不休的总管继续说，“您这是怎么啦？您简直把我急坏了，老爷；您要驾临怎么都不通知我一下。如今您到哪儿去过夜呢？这儿太脏了，到处是垃圾……”

---

① 原文为法文。

“没关系，索弗隆，没关系，”阿尔卡季·帕夫雷奇微笑着回答，“这儿很好。”

“可是，您哪，我们的衣食父母——这对谁来说很好呢？对我们这些庄稼汉兄弟来说很好，可是您……唉，您哪，我的衣食父母，大恩人，您哪，我的衣食父母！……请您饶恕我这个蠢货，我全疯了，真的，我全搞糊涂了。”

这时，晚餐摆上来了。阿尔卡季·帕夫雷奇开始进餐。老头把儿子赶了出去，说人多气闷。

“那么，老人家，地界分好了吗？”彼诺奇金先生问道，他显然想学乡下人讲话，还向我使了个眼色。

“地界分好了，老爷，全是托您的福。前天清单已经签了字。赫雷诺夫村的人起初不肯签字……老爷，真的。他们要求这样……要求那样……上帝才知道，他们要求些什么；这都是些傻瓜，老爷，一些没有知识的人。可是我们，老爷，托您的福，表示了谢意，满足了经纪人米科莱·米科莱伊奇的要求；一切都按您的吩咐去做，老爷；您怎么吩咐，我们就怎么做，一切都请示过叶戈尔·德米特里奇才做的。”

“叶戈尔向我禀告过，”阿尔卡季·帕夫雷奇一本正经地说。

“可不是，老爷，叶戈尔·德米特里奇向您禀告过了，可不是。”

“这么说，你们现在都满意啦？”

索弗隆等的正是这句话。

“啊，您哪，我们的衣食父母，我们的大恩人！”他又唱起来……“那还用说吗！……我们日日夜夜都在为您向上帝祈祷，我们的衣食父母……土地当然是少了点……”

彼诺奇金打断他的话：

“嗯，好了，好了，索弗隆，我知道，你是个对我忠心耿耿的仆人……那么，粮食打得怎么样?”

索弗隆叹了一口气。

“唉，您哪，我们的衣食父母，粮食打得不太好。是这么回事，阿尔卡季·帕夫雷奇老爷，请允许我向您禀报，事情是怎么发生的。”这时他摊开双手，走到彼诺奇金先生跟前，弯下身子，眯起一只眼睛。“在我们的地里发现了一具死尸。”

“怎么回事?”

“我也弄不清是怎么回事，老爷，您哪，我们的衣食父母：看样子是仇人在那儿捣鬼。幸亏是发生在靠近别人地界的地方；不过，说实话，是在我们的地里。我立刻叫人把它拖到别人的耕地里，趁当时还来得及，我派人在那儿看守，还关照自己的人，叫他们别多嘴多舌。为了保险起见，我对县警察局长说明了是怎么一回事；还请他喝茶，对他表示感谢……老爷，您猜怎么着？这件事就算在别人账上了；要不然，一具死尸，花两百卢布还算少呢。”

彼诺奇金先生对总管的巧妙手段笑了好一阵，几次向他抬抬下巴对我说：“多能干的人啊，对吗?”①

这时天已经完全黑下来；阿尔卡季·帕夫雷奇吩咐收拾餐桌，拿干草来。侍仆替我们铺好床单，摆好枕头；我们便躺下了。索弗隆得到有关第二天安排的吩咐，回他自己的屋里去了。阿尔卡季·帕夫雷奇临睡时还对我说了俄罗斯农民的许多优秀品质，同时还告诉我，自从索弗隆管理这个领地以来，希皮洛夫卡农民的代役租一个钱都没有少

① 原文为法文。

缴过……更夫敲起梆子了；一个婴儿显然还没有培养起自我牺牲的感情，仍在某间屋子里啼哭……我们睡着了。

第二天早晨我们起得很早。我本想动身到里亚博沃去，但阿尔卡季·帕夫雷奇想让我看看他的领地，要我留下来。我自己也愿意证实一下这个干国家大事的人——索弗隆的优秀品质。总管来了。他穿一件蓝上衣，腰里系一条红腰带。他说话比昨天少得多，锐利的目光一直注视着主人的眼睛，回答问题干脆而精到。我们和他一起到打谷场去。索弗隆的儿子，身材两米多高的村长，从各种征象看来都是个十足的蠢货，也跟着我们去，同行的还有乡村警察费多谢伊奇，他是个退伍的士兵，蓄着一把大胡髭，脸上的表情极其古怪：仿佛很久以前受了非同小可的惊吓，从此就再也没有恢复原样。我们参观了打谷场、干燥棚、麦麻烘干房、干草棚、风磨、畜栏、秧苗、大麻地；一切真的都处于极好状态：只是农民都哭丧着脸，这一点使我百思不得其解。除了实际效用，索弗隆还考虑到环境的优美：所有的沟渠两边都种上爆竹柳；打谷场上的麦垛之间筑了几条小径，还铺上沙子；风磨上面装了一个形状像熊的风向标，熊的嘴巴张开着，露出红红的舌头；砖木结构的畜栏装着一块类似希腊式的三角楣饰，上面用白色颜料写着满是错误的题记："该畜栏一八四〇年建于希皮洛夫卡村。"阿尔卡季·帕夫雷奇十分得意，便用法语对我详细讲述代役租的好处，然而他也指出劳役租制对地主更有利——但也管不了这许多了！……接着他给总管出了些主意，怎样种马铃薯，怎样给牲畜储备饲料等等。索弗隆仔细倾听老爷的话，有时表示一点不同看法，但已不再尊称阿尔卡季·帕夫雷奇为衣食父母和大恩人，只是一味强调土地太少，不妨再买些。"那好啊，买吧，"阿尔卡季·帕夫雷奇说，"用我的名义，我不反对。"听了这句话，索弗隆什么也没有回答，只是用手捋捋胡子。“不过现在我们不妨到树林里去看看，”彼诺奇金先生说。说着就有人给我们牵来了坐骑。我们便动身到树林里去，或者像我们那儿所说的，到“禁伐区”去。我们发现这个“禁伐区”罕有人迹，十分荒凉，阿尔卡季·帕夫雷奇为此称赞了索弗隆一番，还拍拍他的肩膀。彼诺奇金先生保留着俄罗斯人对林业的观念，对我说起一桩他认为极为有趣的事情，他说，有一个喜欢开玩笑的地主开导他的守林人，拔掉了他近一半的胡须，以证明砍伐不能使树林长得更加茂盛……不过，在其他方面索弗隆和阿尔卡季·帕夫雷奇两个人都不回避采用新办法。回到村子里，总管便领我们去看他从莫斯科订购来的簸谷机。簸谷机确实很好，但索弗隆要是知道最后这段散步有一件多么不愉快的事情等着他和主人，他也许宁可和我们一起待在家里。

出了这么一件事。我们从草棚出来，看到了下面一幕情景。在离开门口几步路的地方有一个臭水潭子，三只鸭子正在里面无忧无虑地戏水，臭水潭旁边站着两个农民：一个是六十来岁的老头，一个是大约二十岁的小伙子，两个人都穿着打补丁的麻布衫，赤着脚，腰间系着一根绳子。乡村警察费多谢伊奇正在起劲地劝解他们，如果我们在草棚里多耽搁一会儿，他大概可以劝走他们，但是，他一看见我们，便挺直身子，站住不动。村长张着嘴巴，犹豫不决地握着拳头，也站在那里。阿尔卡季·帕夫雷奇皱起眉头，咬咬嘴唇，向两个告状的人走去。那两个人默默地向他一躬到地。

“你们要干什么？有什么要求？”他含着鼻音厉声问道。两个农民对视了一下，一句话也没说，只是像见了阳光一样眯起眼睛，呼吸也急促起来。

“喂，怎么回事?”阿尔卡季·帕夫雷奇继续说，当即问索弗隆。“是哪一家的?”

“是托博烈耶夫家的，”总管慢条斯理地回答。

“喂，你们这是怎么啦?”彼诺奇金先生又说，“你们没有舌头还是怎么啦？你说，你想要什么?”他对老头抬抬下巴，说，“你别怕呀，傻瓜。”

老头伸长他那暗褐色、满是皱纹的脖子，张开他那歪斜发青的嘴唇，用嘶哑的声音说：“老爷，替我们说个情吧!”说着又在地上磕了个响头。年轻的农民也鞠着躬。阿尔卡季·帕夫雷奇威严地望望他们的后脑勺，昂起头，把两条腿叉开些。

“怎么回事？你要告谁的状?”

“行行好吧，老爷！让我们喘一口气……我们吃够苦头了，”老头费力地说。

“是谁让你们吃苦头的?”

“是索弗隆·雅科夫里奇，老爷。”

阿尔卡季·帕夫雷奇沉默了一会儿。

“你叫什么名字?”

“安季普，老爷。”

“这是谁?”

“我儿子，老爷。”

阿尔卡季·帕夫雷奇又不作声，只是撇撇小胡子。

“他让你吃什么苦头啦?”他昂着头，从胡髭上望下去，看着老头，说。

“老爷，他把我们全家毁了。老爷，两个儿子还没有轮到就给送去当兵了，现在他又来夺我的小儿子。昨天，老爷，他把我最后一头母牛牵走了，还把我老婆打得半死——就是这位先生，”他指了指村长。

“哼!”阿尔卡季·帕夫雷奇鼻子里哼了一声。

“别让他彻底毁了我们全家吧，恩人。”

彼诺奇金先生皱起眉头。

“这究竟是怎么回事?”他轻声问总管，露出不满的神情。

“他是个醉汉，老爷听禀，”总管回答，第一次用了恭敬的语气，“他不干活，已经欠了五年租了，老爷听禀。”

“索弗隆·雅科夫里奇替我缴了租，老爷，”老头继续说，“他替我缴租已经是第五年了，他缴了租，缴了租，就把我变成奴隶了，①老爷，还有……”

“那你为什么欠租呢?”彼诺奇金先生厉声问道。老头低下头。“大概是爱喝酒，成天在酒店里厮混吧?”老头张开嘴巴要说什么。“我了解你们这些人，”阿尔卡季·帕夫雷奇怒气冲冲地继续说，“你们的事情就是喝酒，成天躺在炕上，让老实的农民替你们负担。”

“他还是个流氓，”总管在主人的话里插了一句。

“这还用说。事情往往是这样的；这种事我已经碰到不止一次了。一年到头放荡，耍流氓，现在却来下跪求饶了。”

“老爷，阿尔卡季·帕夫雷奇，”老头绝望地说，“行行好吧，替我们求个情吧，我怎么会是个流氓呢？我向上帝发誓，我实在是受不了了。索弗隆·雅科夫里奇不喜欢我，为什么不喜欢我——让上帝审判

① 旧俄规定债务人在还清债务前，人身隶属于债权人，如果到期无力偿还，便成为债权人的终身奴仆。

他吧！他把我们家全毁了，老爷……这是我最后一个儿子……连他……”在老头满是皱纹、发黄的眼睛里滚动着泪水。“行行好吧，老爷，替我们求个情吧……”

“再说，也不光是我们一家，”年轻农民正要开口说……

阿尔卡季·帕夫雷奇勃然大怒：

“谁问你来着，啊？没有问你，你就给我闭嘴……你这是怎么啦？闭嘴，跟你说！闭嘴！……哦，我的上帝！这简直是反啦。不行，老弟，在我这儿可不许造反……在我这儿……”阿尔卡季·帕夫雷奇向前走了一步，大概想起有我在场，便把头扭向一边，把手插进口袋里。“请原谅我，我亲爱的，①”他勉强装出笑容，大大压低声音说。“这是奖章的反面……②那好吧，好吧，”他继续说，眼睛并不看两个农民，“我会吩咐下去的……好，你们走吧。”两个农民仍不肯站起来。“咦，我不是跟你们说过了吗……好啦。你们走吧，我会吩咐下去的，跟你们说啦。”

阿尔卡季·帕夫雷奇把背转向他们。“总是不满足，”他喃喃说着，迈开大步走了回去。索弗隆紧跟在他后面。乡村警察瞪大眼睛，仿佛想跳到很远的地方去。村长把鸭子赶出了臭水潭。两个来告状的人还在原地站了一会儿，对视了一下，然后头也不回，步履蹒跚地走了。

两个钟头以后，我已经在里亚博沃和我熟悉的农民安帕季斯特一起准备出门去打猎了。在我离开之前，彼诺奇金一直在生索弗隆的气。我和安帕季斯特谈起希皮洛夫卡的农民，谈起彼诺奇金先生，问他是不是认识那里的总管。

---

①② 原文为法文。

“是索弗隆·雅科夫里奇吗？……您是说他！”

“他是怎样一个人？”

“一条狗，不是人；这样的狗你走遍库尔斯克都找不到。”

“怎么回事？”

“希皮洛夫卡只是名义上属于那个，他姓什么，哦，就是属于那个彼什么金的；但实际掌管这个村子的并不是他，而是索弗隆。”

“真的吗？”

“他管这个村子就像管自己的财产。那边的农民都欠他的债；他们就像雇工一样替他干活：派这个去赶车，派那个到哪儿去……把那儿的农民折腾得好苦。”

“他们的土地好像不多？”

“不多？光是在赫雷诺沃他就租了八十俄亩土地，在我们这儿租了一百二十俄亩；光是这些就有整整一百五十俄亩。他不仅经营土地，还贩卖马匹，贩卖牲口、焦油、奶油、大麻等等，等等……他是个机灵人，鬼得很，是个暴发户，骗子手！他最坏的是好打架。他是头畜生，不是人；大家都说，他是条狗，恶狗，是条恶狗。”

“那他们为什么不告他呢？”

“嘿！老爷才不管这种事呢！既然没有人欠租，他有什么必要去管？是啊，你倒去试试看，”他沉默了一会儿又说，“你去告他吧。不行，他会把你……是啊，你去试试看……不行的，他会把你……这样……”

我想起安季普的事，把我的所见所闻对他说了。

“嗯，”安帕季斯特说，“这会儿他会把他吞下去的；他会把这个人整个儿吞下肚子里去。村长现在就会打他。这个不幸的人，您想想看，多么可怜！他凭什么要遭这份罪……他在村社集会上和他，就是和总管吵过嘴，他是忍无可忍了，一定是这样的……事情闹大了！现在他可要狠狠地报复他了，报复安季普了。现在他会把他吞下去的。要知道，他是条狗，一条恶狗，主啊，饶恕我的罪孽，他知道，谁可以欺压。有些老人，家里比较有钱，人又多，他就不敢碰，这个秃鬼，这回他可要大干一场了！安季普的儿子还没有轮到就被他送去当兵了，这个无法无天的骗子手，恶狗，主啊，饶恕我的罪孽！”

我们出门打猎去了。

1847 年 7 月

于西里西亚的萨尔茨勃伦

管理处

这是秋天里的事。我背着枪在田野里已经转悠了好几个钟头，要不是那冷飕飕的霏霏细雨从一早起就像个老处女似的无休无止、毫不留情地缠住我，使我最终不得不在附近找个临时避雨的地方，在傍晚以前，我大概是不会回到库尔斯克大道上的客栈去的——那里有我的三驾马车在等着我。我正在考虑往哪边走好的时候，突然豌豆地旁边一座低矮的草棚映入我的眼帘。我走到草棚跟前，往草棚底下看了一眼，见到一个衰弱不堪的老头，我不由得立即想起鲁滨孙在孤岛上一个洞穴里发现的那头垂死的山羊。老头儿蹲在地上，眯着那双暗淡无光的小眼睛，像兔子一样急促而又小心地（这可怜人连一颗牙齿也没有）咀嚼着一颗又干又硬的豌豆，不停地把嘴里的豌豆从这一边挪到那一边。他专心致志地咀嚼着，竟没有发现我的到来。

“老人家！喂，老人家！”我对他说。

他停住咀嚼，高高扬起眉毛，竭力睁开眼睛。

“什么事？”他用嘶哑的声音含糊不清地问。

“这儿附近什么地方有村子？”我问。

老人又嘟了起来。他没有听清我的问话。我更大声地问了一遍。

“村子吗？……你有什么事？”

“我要躲雨。”

“什么？”

“要躲雨。”

“哦！（他挠挠那晒黑的后脑勺。）你啊，喏，这么走，”他突然滔滔不绝地说起话来，双手乱挥，“这样……这样，你从小树林旁边走过去，你一走过去，那边就有一条大路；你不要管它，别管那条大路，一直往右走，一直走，一直走，一直走……阿纳尼耶沃村就在那边。从那儿还可以走到西托夫卡村。”

我好不容易听懂了老头的话。他的胡髭妨碍他说话，而且舌头也不大听使唤。

“你住在哪儿？”我问他。

“什么？”

“你住在哪儿？”

“我住在阿纳尼耶沃村。”

“你在这儿干什么？”

“什么？”

“你在这儿干什么？”

“我在看守。”

“你看守什么呀？”

“豌豆。”

我忍不住笑了起来。

“得了吧，你多大年纪了？”

“上帝才知道。”

“你大概看不清楚吧?”

“什么?”

“你看不清楚吧?”

“不清楚。有时候什么也听不见。”

“那你怎么能当看守呢? 算了吧。”

“这件事上头知道的。”

“上头!”我思忖着,不免怀着同情心看看这个可怜的老头儿。他摸索着从怀里掏出一块又干又硬的面包,像婴儿一样吮吸起来,使本来就凹陷的双颊吸得更瘪了。

我往小树林那边走去,向右拐弯,再往前走,按照老头的指点,一直往前走,终于来到一座大村落,那里有一座新式的石砌教堂,就是说,有许多柱子,还有一座宽敞的地主庄园,同样有许多柱子。透过细密的雨帘,我发现稍远些有一座竖着两个烟囱的木板屋顶的房子,它比别的房子高些,从各方面判断,可能是村长的住宅,于是我迈开大步向那里走去,希望在那里找到茶炊、茶水、糖和不太酸的鲜奶油。我带着我那条瑟瑟发抖的猎犬登上小小的台阶,走进穿堂,推开门,我发现里面并没有一般住户的家什,只有几张堆满文件的桌子、两个红色立柜、几只溅满墨水的墨水瓶,一只约一普特重的锡制沙箱和几支极长的鹅毛笔等物。一个年约二十岁的小伙子坐在其中一张桌子上,他面孔浮肿,带着病容,眼睛极小,前额发亮,鬓发很长。他衣着普通,穿着一件灰色土布长袍,领口和腹部沾满油污。

“您有什么事?”他仿佛一匹被人突然拉起头来的马,抬起头问我。

“这儿住的是管家……还是……”

“这儿是地主的总管理处，”他打断我的话。“我在这儿值班……难道您没有看到牌子？外面钉着牌子呢。”

“这儿什么地方可以烤干衣服？村子里谁家有茶炊？”

“怎么会没有茶炊，”穿灰色长袍的小伙子一本正经地回答，“您可以去找季莫菲神父，要不然就到仆人的家里去，也可以去找纳扎尔·塔拉西奇，或者去找家禽饲养员阿格拉菲娜。”

“你这是在跟谁说话呀，你这蠢货？不让人睡觉，蠢货！”隔壁房间里响起一个声音。

“来了一位老爷，他问哪儿可以烤干衣服。”

“哪一位老爷？”

“我不认识。他带着狗和枪。”

隔壁房间的床咯咯地响了起来。门开了，走进一个五十来岁的人，他个子矮矮胖胖的，脖子粗得像公牛，眼睛突出，腮帮圆鼓鼓的胖得出奇，满面红光。

“您有何贵干？”他问我。

“我想把衣服烤烤干。”

“这儿不是烤衣服的地方。”

“我不知道这儿是管理处，不过我可以付钱……”

“那么，或许这儿也可以吧，”胖子说，“这样吧，您能到这儿来吗？（他把我带到另外一个房间，不过不是他出来的那一间。）您看这儿行吗？”

“行……能不能给我一杯加奶油的茶？”

“请等一等，马上就来。您先宽宽衣，休息一下，茶马上就送来。”

“这儿是谁家的庄园?”

“是叶列娜 · 尼古拉耶夫娜 · 洛斯尼科娃太太的。”

他出去了。我往四下里看了看：紧靠把我所在的房间同办公室隔开的板壁摆着一只巨大的皮沙发，在唯一临街的一扇窗子两旁兀立着两只靠背极高的椅子，也是皮制的。贴着绿底红花墙纸的墙面上挂着三幅巨大的油画。其中一幅画着一条戴浅蓝色颈圈的猎狗，画上写着：“这是我的快乐。”狗的脚下画着一条河，河对岸的松树下蹲着一只竖着一只耳朵、大得不合比例的兔子。另一幅画上画着两个在吃西瓜的老人，西瓜后面远远的地方是一座希腊式柱廊，上书“如意殿”。第三幅画着一个(按透视法)缩小的[①]卧姿半裸女人，膝盖画得很红，脚后跟画得很肥。我的狗迫不及待地竭尽全力钻进长沙发底下去，那里显然积满了灰尘，因为它拼命打起喷嚏来。我走到窗口。从地主庄园斜穿街道到管理处的这段路上铺着一排木板：这是一种很好的预防措施，因为这一带都是黑土地，由于阴雨连绵，地上泥泞不堪。这座背靠街道建造的地主庄园周围的情景也和其他地主庄园周围的一般情景一样：穿着褪色花布衣裙的农家姑娘们在附近窜来窜去，男仆们在泥泞地里艰难地迈步，不时停下来，无可奈何地搔搔脊背。甲长的一匹拴着的马懒洋洋地摇着尾巴，高高地抬着头啃着栅栏。母鸡咕达咕达叫着，害肺病似的火鸡不断地互相呼叫。在一间昏暗破旧房子(大概是澡房)的小小台阶上坐着一个强壮的小伙子，他手里弹着吉他，正兴致勃勃地唱着一首有名的浪漫曲：

① 原文为法文。

哎，我要离开这迷人的田园，

去那荒凉的地方……

胖子走进我的房间。

“给您送茶来了，”他笑容可掬地对我说。

那个穿灰色长袍的小伙子，管理处的值班员在一张旧的铺绿呢面的牌桌上放下茶炊、茶壶、垫着破茶碟的茶杯、一罐鲜奶油和一串硬得像石头的博尔霍夫面包圈。胖子出去了。

“这是什么人，”我问值班员，“是管家吗?”

“不是，先生。他以前是总出纳员，先生，现在升做管理处主任了。”

“难道你们这儿没有管家吗?”

“没有，先生。有一位庄园管理人，叫米哈伊拉·维库洛夫，可是没有管家。”

“那么有经理吗?”

“当然有：是个德国人，卡尔洛·卡尔雷奇·林德曼多尔；不过他不当家。”

“那么你们这儿谁当家?”

“女主人自己。”

“原来如此！……那么，你们管理处有很多人员吗?”

小伙子想了想。

“六个。”

“是些什么人呢?”我问。

“是这么些人：首先是瓦西里·尼古拉耶维奇，他是总出纳员；还有管理员彼得，彼得的兄弟管理员伊凡，还有一个管理员伊凡；科斯根金·纳尔基佐夫，也是管理员，还有我——这么多人，数都数不过来。”

“你家女主人大概有很多仆人吧?”

“不，不很多……”

“那么有多少呢?”

“大概有一百五十个。”

我们两个都不再作声。

“喂，怎么样，你的字写得很好吧?”我又说起话来。

小伙子咧开嘴巴笑了笑，点点头，走到办公室去，拿来一张写满字的纸。

“喏，这是我写的字，”他不停地笑着，说。

我看了看，在一张四开的浅灰色纸上用漂亮而粗大的笔迹写着：

命　　令

阿纳尼耶沃村地主家总管理处命令庄园管理人米哈伊拉·维库洛夫，第209号。

兹命令你接到此令迅即查明：昨夜何人醉后张狂，唱着淫秽小调经过英国式花园，致惊扰法国女家庭教师昂热尼夫人安眠？守夜人究竟在干何勾当，何人在花园守夜，竟容许此等狂乱之事发生？上述诸节着你仔细查明，并迅即呈报本管理处。

管理处主任尼古拉·赫沃斯托夫

命令上盖着一个很大的纹章印鉴，上面写着："阿纳尼耶沃地主总管理处印。"下面的批文是："切实执行。叶列娜·洛斯尼亚科娃。"

"这是女主人亲自批的吗?"我问。

"当然啰，先生，是她亲自批的：她总是亲自批文件，不然命令就不能生效。"

"哦，那么，你们准备把这道命令送到庄园管理人那里去啰?"

"不，先生。他自己会来看的。就是说，要读给他听，因为他不识字。(值班员又停下话头。)先生，怎么样?"他得意地微笑着，又说，"写得好吗?"

"写得好。"

"说实话，稿子不是我拟的。干这种事科斯根金是把好手。"

"怎么？……难道你们的命令还要先拟草稿吗?"

"可不是？一笔是写不出来的。"

"你拿多少工钱?"我问他。

"三十五卢布，还有五卢布鞋钱。"

"你满意吗?"

"当然满意。我们这儿不是随便什么人都可以进管理处的。说实话，这是上帝的安排：我叔叔在地主家当差。"

"你的日子过得好吗?"

"好的，先生。我说的是实话，"他叹了一口气，又说，"我们这种人，譬如说，要是给商人干活，日子会过得好些。我们这种人给商人干活，日子能过得很好。有这么件事情，昨天晚上有个商人从温纽夫到我们这儿来，他的一个雇工对我说……日子过得很好，没什么可说的，很好。"

“怎么，难道商人给的工钱多些?”

“上帝保佑！你要是向他要工钱，他会抓住你的脖子把你赶出去。不，你在商人那儿干活要忠实，还得小心。他给你吃，给你喝，给你穿，全有了。你要是让他觉得称心如意，他还会多给些……你要工钱干什么！根本不需要……商人的生活也过得很简单，俄罗斯式的，跟我们一样：你跟他一起出门，他喝茶，你也喝茶，他吃什么，你也吃什么。商人……怎么能比：商人和地主不同。商人不胡来；这么说吧，他一生气，把你打一顿，事情就完了。他不唠唠叨叨，不嘲笑……可是跟地主在一起，你可就倒霉了！他什么都不称心：这也不好，那也不满意。你送上一杯水或食物什么的——‘哎哟，水有臭味！哎哟，食物是臭的!’你把它端出去，在门外站一会儿，又端进去——‘嗯，这回好了，嗯，这回不臭了。’至于那些太太，我跟您说，那真叫太太了！……再说，还有那些小姐！……”

“费久什卡!”办公室响起胖子的声音。

值班员连忙跑出去。我喝了一杯茶，躺在长沙发上睡着了。我睡了约两个小时。

醒来以后，我本想起身，但困倦使我懒得起来；我闭上眼睛，不过没有再睡。隔壁办公室有人在轻轻地谈话。我不由自主地细听起来。

“您说得是，您说得是，尼古拉·叶烈梅伊奇，”一个声音说，“您说得是。不能不考虑这一点，不能不考虑，不错……咳!（说话的人咳嗽了一声。)”

“请您相信我，加夫里拉·安东内奇，”胖子的声音说，“难道我不懂得这儿的规矩吗，您自个儿想想吧。”

“要是您不懂，那还有谁懂呢？尼古拉·叶烈梅伊奇，您在这儿可以说是头号人物了。那么，您说该怎么办?”我不熟悉的那个声音继续说，“我们该怎么决定，尼古拉·叶烈梅伊奇?我很想听听您的意见。”

“怎么决定，加夫里拉·安东内奇?这件事怎么做，可以说，全听您的了：您好像不太乐意吧?”

“没有的事，尼古拉·叶烈梅伊奇，瞧您说的。我们是做生意，做买卖；我们的事情是做买卖。我们是靠做这种事过日子的，尼古拉·叶烈梅伊奇，可以这么说。”

“八卢布，”胖子一字一顿地说。

只听到一声叹息。

“尼古拉·叶烈梅伊奇，您要价实在太高了。”

“加夫里拉·安东内奇，不能再让了，我对天发誓，不能再让了。”

接下去是一阵沉默。

我稍稍抬起身子，从板壁的隙缝里看过去。胖子背对我坐着。一个商人坐在他对面，他四十岁光景，干瘦而苍白，像涂了一层植物油。他不停地摸摸自己的大胡子，频繁地眨着眼睛，抽动着嘴唇。

“今年的秧苗可以说长得格外好，”他又说了起来，“我跑了好多地方，一路欣赏。从沃罗涅什开始，一路都长得很好，可以说是一等品。”

“秧苗确实长得不错，”管理处主任说，“可您也知道，加夫里拉·安东内奇，秋天长的苗，春天难保好啊。”

“确实是这样，尼古拉·叶烈梅伊奇：一切都得听天由命，您说的全是实话……您的客人也许醒了吧。”

胖子转过身来……仔细听了一下……

“没有，睡着呢。不过，也许……”

他走到门口。

“没有醒，睡着，”他又说了一遍，回到原来的坐位。

“那么，怎么样，尼古拉·叶烈梅伊奇?”商人又说起话来，“这点小事总得办掉吧……就这样吧，尼古拉·叶烈梅伊奇，就这样吧，”他继续说，眼睛不断眨巴着，“两张灰票和一张白票[1]孝敬您老人家，那边(他朝地主庄园那边扬扬头)出六个半卢布。击掌吧，怎么样?”

“四张灰票，”管理处主任回答。

“这样，三张!”

“四张灰票，不要白票。”

“三张，尼古拉·叶烈梅伊奇。”

“三张半，一个戈比也不能少了。”

“三张吧，尼古拉·叶烈梅伊奇。”

“别再说了，加夫里拉·安东内奇。”

“真是个不好商量的人，”商人嘟囔着，“我还不如自己去找女主人解决。”

“悉听尊便，”胖子回答，“早就该这样了。其实，您何必多费心？……这样要好得多!”

“唉，好了，好了，尼古拉·叶烈梅伊奇。你真的生起气来了！我不过是随便说说而已。”

“不，究竟怎么样……”

---

① 指俄罗斯纸币，灰色钞票为50卢布，白色钞票为25卢布。

“行啦，我跟你说了……跟你说了，我是开开玩笑。那么你就拿三张半吧，拿你有什么办法。”

“我应该拿四张，可我这个傻瓜太性急了，”胖子喃喃地说。

“那么那边，就是女主人那儿，是六个半，尼古拉·叶烈梅伊奇——粮食就卖六个半卢布啰？”

“六个半，已经说定了。”

“好，那么我们击掌吧，尼古拉·叶烈梅伊奇。（商人张开五指在管理处主任手上击了一下。）上帝保佑！（商人起身。）那么，尼古拉·叶烈梅伊奇老爷，我现在就去求见女主人，对她说：尼古拉·叶烈梅伊奇说，价钱是六个半，已经说定了。”

“您就这么对她说好了，加夫里拉·安东内奇。”

“现在就请您收下。”

商人把一小叠钞票递给管理处主任，鞠了个躬，摇摇头，用两只手指夹起帽子，耸耸肩膀，扭扭腰，走了出去，颇有教养地让皮靴发出一阵咯吱咯吱的声音。尼古拉·叶烈梅伊奇走到墙边，根据我的观察，在那里点起商人给他的钞票来。门口探进一个长着浓密络腮胡子的红头发脑袋。

“喂，怎么样？”脑袋问，“全办好了吗？”

“全办好了。”

“多少？”

胖子恼火地挥挥手，指指我的房间。

“噢，好吧！”脑袋回答一声，缩了回去。

胖子走到桌子旁，坐下来，打开账簿，拿起算盘，把算盘珠子拨来拨去。他打算盘时不是用右手的食指，而是用中指：这样打算盘更有派头。

值班员走进来。

“你有什么事?”

“西多尔从戈洛普廖基来了。”

“哦！那么叫他来吧。等一等，等一等……你先去看看，那位陌生的老爷怎么样了，还在睡觉还是醒了。”

值班员小心翼翼地走进我的房间。我把头搁在作枕头用的猎袋上，闭上眼睛。

“在睡觉，”值班员回到办公室，轻声说。

胖子轻声发了几句牢骚。

“那么，叫西多尔来吧，”他终于说。

我又抬起身子。走进一个身材魁梧的农民，他三十岁左右，体格强壮，双颊红润，长着淡褐色头发，蓄着短短的拳曲胡子。他对着圣像祈祷了几句，向管理处主任鞠了个躬，双手拿着帽子，身子挺得笔直。

“你好，西多尔，”胖子边打算盘边说。

“您好，尼古拉·叶烈梅伊奇。”

“嗯，路上怎么样?”

“还好，尼古拉·叶烈梅伊奇，有点泥泞，”那农民说话不快，也不很响。

“老婆好吗?”

“还那样!”

农民叹了一口气，伸出一只脚。尼古拉·叶烈梅伊奇把笔搁在耳朵上，擤了一下鼻涕。

“怎么，你来有什么事?”他把一块方格手帕放进衣袋里，继续问道。

“是这么回事，尼古拉 · 叶烈梅伊奇，东家向我们要木匠。”

“怎么，你们没有木匠吗?”

“我们怎么会没有木匠，尼古拉 · 叶烈梅伊奇：我们那儿是林场——大家都知道的。可现在正是忙的时候啊，尼古拉 · 叶烈梅伊奇。”

“忙的时候！说得对，你们都喜欢给别人干活，不喜欢给自己的主人干活……还不是一样干活!”

“干活都是一样的，不错，尼古拉 · 叶烈梅伊奇……不过……”

“什么?”

“工钱太……那个……”

“那又怎么样！瞧，都把你们惯坏了。得了吧!”

“再说，尼古拉 · 叶烈梅伊奇，一个礼拜的活总要拖上一个月。一会儿材料不够啦，一会儿派你到花园里去扫路啦。”

“那又怎么样！是太太亲自吩咐下来的，我跟你就没有什么好讨价还价的了。”

西多尔不再说什么，只是倒换着两只脚。

尼古拉 · 叶烈梅伊奇把头侧向一边，一心一意地打起算盘来。

“我们那儿的……庄稼汉……尼古拉 · 叶烈梅伊奇……”西多尔终于又说起话来，每说一个字都结结巴巴，“叫我给您老人家……喏……这是……”他把一只大手伸进外衣的衣襟里，掏出一个用红色花纹毛巾裹着的包。

“你这是干什么，你这是干什么，傻瓜，你疯了吗?”胖子连忙打断他的话，“走，走，到我家去，”他说着，几乎把感到莫名其妙的农民推出去，“你到那儿去找我老婆……她会请你喝茶的。我这就来，你走吧。我说，你走吧。”

西多尔走了出去。

“这个……笨蛋！”管理处主任在他后面嘟囔着，摇摇头，又打起算盘来。

突然响起一片叫喊声：“库普里亚！库普里亚！别撞倒库普里亚！”街上、台阶上都在叫喊，过了一会儿便有一个人走进管理处，他身材矮小，样子像害着痨病，鼻子很长，两眼呆滞，神态傲慢。他穿着一件破旧的常礼服，领子是波里斯绒的，钮扣很小。他肩上扛着一捆劈柴，周围簇拥着五六个仆人，大家都在叫喊：“库普里亚！别撞倒库普里亚！库普里亚当上烧炉工了，当上烧炉工了！”但是那个穿波里斯绒领常礼服的人丝毫不理睬同伴们的喧嚷，脸上的表情也毫无变化。他迈着均匀的步子走到炉子前，放下劈柴，稍稍直起身子，从后面的口袋里拿出一只鼻烟壶，瞪大眼睛，把一撮掺灰的草木犀末塞进鼻子里。

看见这伙吵吵闹闹的人走进来，胖子皱起眉头，从座位上站起来；可是等到他明白是怎么回事以后，便笑了笑，叫大家不要吵闹：说隔壁有一位猎人在睡觉。

“什么猎人？”有两三个人异口同声地问道。

“一位地主。”

“啊！”

“让他们闹去吧，”穿波里斯绒领常礼服的人摊开双手说，“关我什么事！只是别来碰我。现在派我当烧炉工了……”

“当烧炉工了！当烧炉工了！”人群一起高兴地喊叫起来。

“是太太下的命令，”他耸耸肩膀继续说，“可你们，就等着瞧吧……会叫你们去当猪倌的。我本来是个裁缝，一个好裁缝，在莫斯科一些一流的师傅那儿学手艺，替将军们做过衣服……这是谁也无法否定的。可你们有什么可夸口的？……有什么？难道你们已经不受地主老爷的管辖了？你们都是些懒汉、寄生虫，不过如此。一旦让我得到自由，我不会饿死，不会完蛋；给我一张身份证，我会缴很多代役租，让地主老爷满意。可是你们呢？一定会完蛋，像苍蝇一样完蛋，就是这样！”

“你在胡说八道，”一个系红领带、袖子肘部已磨破、长着淡色毛发的麻脸小伙子打断他的话，“你拿了身份证出去，可老爷没见过你一戈比的代役租，你一个子儿也没有赚到，勉强拖着两条腿回来，从那以后，你就只穿着一件破衣裳过日子。”

“可有什么办法呢，康斯坦丁·纳尔基济奇！”库普里扬①回答，“一个人有了相好，就完了，就走到末路上去了。你先活到我这把年纪，康斯坦丁·纳尔基济奇，那时你再来批评我吧。”

“你看上谁了！看上一个丑八怪！”

“不，你别这样说，康斯坦丁·纳尔基济奇。”

“你骗得了谁呢？我可是见过她的；去年在莫斯科，我亲眼看见的。”

“去年她确实不太好看，”库普里扬说。

“别说了，诸位，”一个满脸粉刺、一头鬈发涂得油光闪亮的瘦高个子，大概是个侍仆，用轻蔑而随便的声音说，“让库普里扬·阿法纳西奇把他那支歌唱给我们听听吧。喂，唱吧，库普里扬·阿法纳

① 库普里扬是库普里亚的本名，后者是卑称。

西奇!”

“对! 对!”众人附和着。“好一个亚历山德拉! 可将了库普里亚一军了,没话说的……唱吧,库普里亚! ……好一个亚历山德拉!(仆人为了表示亲热,往往用女性的名字称呼男性。)唱吧!”

“这儿不是唱歌的地方,”库普里扬斩钉截铁地回答,“这儿是地主的管理处。”

“这关你什么事? 你自己大概也想当管理员吧!”康斯坦丁粗野地笑着回答。“肯定是这样!”

“大家都是属地主管的,”那可怜人说。

“瞧,瞧,他想钻到哪儿去啦? 瞧他这副样子,哇! 哇!”

大家哈哈大笑,还有人跳了起来。一个约莫十五岁的男孩笑得最响,他大概是处在仆人中间的某个贵族的儿子:他穿着钉有铜钮扣的背心,系着淡紫色领带,肚皮鼓得大大的。

“喂,库普里亚,说实话吧,”尼古拉·叶烈梅伊奇显然被逗乐了,他得意洋洋地说,“当烧炉工不是个好差使吧? 这恐怕真是个不起眼的活儿吧?”

“那又怎么样,尼古拉·叶烈梅伊奇,”库普里扬说,“您这会儿是我们管理处主任了,这不错;这一点确实没什么可说的,可您也有不如意的时候,也在农民的屋子里住过。”

“你得给我留点神,别昏了头,”胖子怒气冲冲地打断他的话,“大家是在跟你这个傻瓜开玩笑,你这傻瓜心里应该明白,人家关心你,你这个傻瓜,应该表示感谢才是。”

“我这是随口说说的,尼古拉·叶烈梅伊奇,对不起……”

“是啊,问题就出在这个随口说说上。”

门打开了，跑进一个小厮。

“尼古拉 · 叶烈梅伊奇，太太叫您去。”

“谁在太太那儿?”他问小厮。

“阿克西尼娅 · 尼基季什娜和一个从温纽夫来的商人。”

“我马上就去。伙计们，你们，”他用劝告的口吻说，“最好跟这个新任的烧炉工一起离开这儿：免得那德国人来了，又去告状。”

胖子理了理头发，用他那几乎被常礼服的袖子裹住的手捂住嘴巴，咳嗽了一声，扣上钮扣，迈开大步，到女主人那里去了。过了一会儿，那伙人和库普里亚也懒洋洋地跟着他出去了。只剩下我那个老相识——值班员。他刚动手削羽毛笔，就坐在那里睡着了。几只苍蝇立即抓住这个难得的机会停在他的嘴巴周围。一只蚊子停在他的额头上，端端正正地摆开几只脚，慢慢地把它的吻整个儿刺进他柔软的皮肉里。刚才那个长着连鬓胡子和红头发的脑袋又从门口探了进来，它东张西望了一会儿便连同它那丑陋的身躯一起走进了办公室。

“费久什卡！喂，费久什卡！老是睡觉!”那个脑袋嘀咕了一下。

值班员睁开眼睛，从椅子上站起来。

“尼古拉 · 叶烈梅伊奇到太太那儿去啦?”

“到太太那儿去了，瓦西里 · 尼古拉伊奇。”

“噢！噢!”我思忖着，“这就是那个总出纳员了。”

总出纳员开始在办公室里走来走去。不过，与其说他在走来走去，不如说他在蹑手蹑脚地转悠，活像一只猫。他肩上晃荡着一件后襟十分狭小的黑色旧燕尾服，他一只手放在胸前，另一只手不断地抓他那条马毛织的又长又窄的领带，紧张地转动着他的头。他脚蹬一双羊皮靴子，质地非常柔软，走路时不会发出咯吱咯吱的响声。

“今天亚古什金地主来找过您，”值班员又说了一句。

“嗨，找过我？他说了些什么?”

“他说，他晚上要到丘丘烈夫那儿去，在那儿等你。他说：‘我有件事要跟瓦西里·尼古拉伊奇商量。’至于什么事，他没有说，他说：‘这件事瓦西里·尼古拉伊奇知道。’”

“噢!”总出纳员回答了一声，走到窗口。

“我说，尼古拉·叶烈梅伊奇在办公室里吗?”穿堂里传来一个很响的声音，一个高个子跨进门槛。他显然非常生气，脸都变了形，但表情很丰富，显得很果敢，服装也很整洁。

“他不在这儿?”他迅速朝四下里扫了一眼，问道。

“尼古拉·叶烈梅伊奇在太太那儿，”出纳员回答。“您有什么事，跟我说吧，巴维尔·安德烈伊奇：您可以跟我说……您有什么事?”

“我有什么事？您想知道我有什么事？（出纳员病态地点点头。）我要教训教训他，这个卑鄙的大肚子，下流的搬弄是非的人……我要让他尝尝搬弄是非的味道!”

巴维尔一屁股坐在椅子上。

“您怎么啦，您怎么啦，巴维尔·安德烈伊奇？您冷静些吧……您怎么不害臊？请您别忘记，您在说谁，巴维尔·安德烈伊奇!”出纳员喃喃地说。

“说谁？他升了管理处主任，这跟我有什么关系！嘿，没什么可说的，提升了一个什么东西！这真可以说，把山羊放进了菜园子!”

“好了，好了，巴维尔·安德烈伊奇，好了！别提这个了……这点小事算得了什么?”

“哼，这位丽莎·帕特里凯夫娜[1]摇尾巴去了！……我要等他回来，”巴维尔气呼呼地说，狠狠地拍了一下桌子。“啊，瞧他驾到了，”他望了一下窗外，又说，“说到他，他就来了。我们恭候已久了！”他站起来。

尼古拉·叶烈梅伊奇走进办公室。他满面春风，可是一看见巴维尔便有点尴尬。

“您好哇，尼古拉·叶烈梅伊奇，”巴维尔慢慢地迎着他走过去，意味深长地说。“您好哇。”

管理处主任什么也没有回答。门口出现商人的面孔。

“您为什么不回答我的问候呀?”巴维尔继续说。“还是，不……不……”他又说下去，“这可不是办法；叫嚷和骂街是没有用的。您最好还是老实说说，尼古拉·叶烈梅伊奇，您为什么要跟我过不去？为什么要把我置于死地？您说呀，喂，说呀。”

“这儿不是跟您说理的地方，”管理处主任回答，显然有点心慌意乱。“而且也不是时候。不过，说实在的，有一点我不明白，您凭什么认为我要把您置于死地或者跟您过不去？再说，我怎么能跟您过不去？您又不是我管理处的人。”

“这还用说吗?”巴维尔回答，“只差这一点了。可是您何必装腔作势，尼古拉·叶烈梅伊奇？……其实您很明白我的意思。”

“不，不明白。”

“不，您明白得很。”

“不，上帝作证，我不明白。”

---

① 俄罗斯民间故事中的狐狸大嫂。

“您竟然还要上帝作证！既然是这样，那您敢不敢说，您不怕上帝惩罚！好吧，您为什么不让那可怜的姑娘活下去？您要她怎么样？”

“您说的是谁啊，巴维尔·安德烈伊奇？”胖子装出莫名其妙的样子问道。

“嘿！难道您真的不知道？我说的是塔吉雅娜。您应该敬畏上帝——您为什么要报复她？您应该懂得害臊：您是个有家室的人，您的孩子都有我这么高了，我没有别的要求……我要娶她，我的行为是光明正大的。”

“在这件事上我有什么过错呢，巴维尔·安德烈伊奇？太太不许您娶她：这是主人的意思！关我什么事？”

“关您什么事？您难道不是和那老妖婆，那个女管家串通一气吗？难道不是您在那儿搬弄是非吗，呃？您说呀，您是不是拿种种莫须有的罪名诬告那无依无靠的姑娘？难道不是因为您的大恩大德才把她从洗衣妇调去做洗碗工吗？……难道不是因为您的大恩大德，她才挨打，穿粗布衣服……您真不要脸，真不要脸，您都这么大年纪了！眼看就要中风了……您该到上帝面前去交代了。”

“您骂吧，巴维尔·安德烈伊奇，您骂吧……看您能骂多久！”

巴维尔气得满脸通红。

“什么？您想威胁我？”他气呼呼地说。“你以为我怕你吗？不，老兄，你看错人了！我怕什么？……我到哪儿都有一口饭吃。可你呢——就是另一回事啰！你只能待在这儿，搬弄是非，贪污盗窃……”

“瞧他有多神气，”管理处主任也开始失去耐心，打断他的话，“一个小小的医生，不过是个小小的医生，一个没有用的医生；可你听听他的口气！呸，你有什么了不起的！”

“不错，是个小小的医生，可要不是有这个小小的医生，您老人家的骨头早就在坟墓里烂光了……我真不该治好你的病，”他又咬牙切齿地说了一句。

“是你治好了我的病？……不，你想毒死我；你让我吃芦荟，”管理处主任接着说。

“可是，如果除了芦荟，别的药都治不好你的病，那怎么办？”

“芦荟卫生局是禁用的，”尼古拉继续说，“我还要去告你呢。你想要我的命——就是这么回事！可是上帝不让你得逞。”

“你们别吵了，别吵了，二位……”出纳员出来打圆场。

“不关你的事！”管理处主任叫嚷着。“他想毒死我！你明白吗？”

“我真是不得已……你听我说，尼古拉·叶烈梅伊奇，”巴维尔绝望地说，“我最后一次求你……是你逼得我忍无可忍。你别来干涉我，明白吗？要不然，上帝作证，我们两个谁也没有好结果，我告诉你。”

胖子发起火来。

“我不怕你，”他嚷嚷着，“你听见吗，你这黄口小儿！是我收拾了你父亲，是我杀了他的威风，这就是给你的教训，你可得当心点！”

“别提我父亲，尼古拉·叶烈梅伊奇，别提这件事！”

“你滚开！我的事不用你管！”

“跟你说，别提这件事！”

“可我要跟你说，你别昏了头……别以为太太多么需要你，如果要从我们两个人中挑选一个——那你肯定保不住，宝贝！谁也不许造反！当心点！（巴维尔气得发抖。）至于塔吉雅娜那丫头，她是活该……等着瞧吧，她还有得苦头吃呢！”

巴维尔举起双手向前扑去，管理处主任重重地摔倒在地上。

“把他铐起来，铐起来，”尼古拉·叶烈梅伊奇呻吟着说……

这场闹剧的结局我不想加以描写了；我非常担心是不是已经亵渎了读者的感情。

当天我就回家了。过了一个礼拜，我听说洛斯尼亚科娃太太把巴维尔和尼古拉继续留下来当差，而把塔吉雅娜姑娘送走了：显然，已经用不着她了。

孤狼

傍晚，我打完猎，独自乘着竞跑马车回家。到家还有八俄里路光景。我那匹善跑的母马在尘土飞扬的大路上精力充沛地奔跑着，有时打打响鼻，抖抖耳朵；那条疲乏的猎狗仿佛拴着似的，寸步不离地跟在车轮后面跑着。暴风雨临近了。前方有一大片淡紫色的乌云正慢慢地从树林后面升上来；一片长长的灰色云团在我头顶上飞卷，急速地向我飘来；爆竹柳不安地骚动着，发出飒飒的响声。叫人透不过气来的燠热突然变成嘲乎乎的寒气。阴影很快变得浓重起来。我用缰绳抽了一下马，向下往峡谷走去，穿过一道长满柳丝的干涸小溪，登上山头，让马车驶进树林。道路在我面前那片已经变得昏暗的浓密榛树丛中蜿蜒伸展着；我艰难地前进着。百年橡树和菩提树的坚硬树根不断横穿过大车轮子碾成的纵向深辙，我的马车在树根上颠簸着；我的马也在树根上不断磕绊着。狂风突然在空中呼啸起来，树木猛烈地摇摆着；大颗大颗的雨点噼噼啪啪地敲打着树叶，一道闪电划过长空，暴风雨骤然从天而降。大雨滂沱。我的马车一步一步艰难地前进着，不久便不得不停下来：我的马陷在泥泞里，四周一片漆黑。我好不容易躲到一丛宽阔的灌木下面。我躬着身子，护住脸，耐心地等待暴雨过去，借着一道闪电，我突然发现大路上有一个高大的人影。我便聚精会神地注视着那个方向，那个人影似乎是从我马车旁边的地底下钻出来的。

“谁?”一个响亮的声音问道。

“你是谁?”

“我是这儿的守林人。”

我报了自己的姓名。

“噢，我知道！您这是回家吧?”

“回家。可你看，这么大的暴雨……”

“是啊，暴雨，”那声音回答。

一道闪电的白光从头到脚照亮了守林人，紧接着响起一声短促的炸雷。暴雨以加倍的势头倾泻下来。

“不会很快过去的，”守林人继续说。

“怎么办呢?”

“要不我带您到我的小屋去，”他结结巴巴地说。

“那就让你费心了。”

“您请上车吧。”

他走到马头前，抓住笼头，把它从泥地里拉出来。我们动身了。马车颠簸着，“像大海中的一叶扁舟”，我紧紧抓住坐垫，呼唤着猎狗。我那匹可怜的母马在泥泞中艰难地跋涉着，脚下不断打滑、磕绊；守林人像个幽灵，在车辕前忽左忽右晃动着。我们走了很久很久，我的向导终于站住。“我们到家了，老爷，”他声音平静地说。柴门嘎嘎响着，几只小狗一起吠叫起来。我抬起头，在闪电的照耀下，看见围着篱笆的宽敞院子里有一座小木屋。一个小窗里透出昏暗的火光。守林人把马牵到台阶前，敲敲门。“来了，来了！”传来一个尖细的声音，听见一阵赤脚的脚步声，门闩嚓的响了一下，一个身穿布衫、腰里扎着一根布条、约莫十二岁的小姑娘手里拿着一盏灯出现在门口。

“给老爷照路，”他对她说，“我把您的马车拉到屋檐下去。”

小姑娘看了我一眼，走进屋里。我跟着她进了屋。

守林人的小屋只有一个熏黑、低矮、空荡荡的房间，既没有高板床，也没有隔板。墙上挂着一件破皮袄。板凳上放着一支单筒猎枪，屋角里堆着一堆破烂衣服；炉子旁边有两只大瓦罐。一支松明在桌上燃烧着，不时爆燃一下又趋于熄灭。屋子正当中，一根长竹竿的末端系着一个摇篮。小姑娘吹灭灯，坐在小凳上，右手推着摇篮，左手拨亮松明。我往四下里看了看，心里一阵难受：夜间走进一个农民的小屋真不是一件令人愉快的事。婴儿在摇篮里急促而沉重地呼吸着。

“你就一个人住在这儿吗?”我问小姑娘。

“一个人，”她的声音勉强听得见。

“你是守林人的女儿吗?”

“是守林人的女儿，”她轻声说。

门咿呀响了一声，守林人低下头，跨进门槛，走了进来。他从地上提起灯，走到桌子旁边，点亮灯芯。

“您大概不习惯点松明吧?”他说着，把鬈发甩到脑后。

我看看他。我难得见到这样的汉子。他身材高大，肩膀宽阔，形体极好。他那强壮的肌肉从淋湿的麻布衬衫底下清楚地显现出来。拳曲的黑胡子布满了他半个严峻而刚毅的脸，两条相连的粗眉毛下露出一对刚强的褐色小眼睛。他双手轻轻地叉在腰里，站在我面前。

我向他表示感谢，问他叫什么名字。

“我叫福玛，”他回答我，“外号叫孤狼①。”

“噢，你就是孤狼?”

我倍加好奇地看看他。我常常从叶尔莫莱和别人的嘴里听到守林人孤狼的故事，这一带的农民都像怕山火一样惧怕他。照他们的说法，世界上还不曾有过一个像他那样精通本行业务的人：“他连一把枯树枝都不会让人拿走；不管在什么时候，即使在午夜，他也会像雪花一样落到你头上，你别想抵抗。据说，他力大无比，又很机灵，像个魔鬼……而且什么办法都无法收买他：请他喝酒也好，送钱也好，什么手段都不管用。有些人曾不止一次想把他从这个世界上除掉，可是不行——毫无办法。”

附近的农民就是这样评论孤狼的。

“这么说，你就是孤狼啰，”我又说了一遍，“老弟，我听人家说起过你。据说，不管是谁，你一个也不放过。”

“我是尽我的职责，”他阴沉着脸回答，“不能白吃主人家的饭嘛。”

他从腰带上取下斧头，蹲在地上劈松明。

“难道你没有女当家的吗?”我问他。

“没有，”他回答，使劲挥了一下斧头。

“这么说，是死了吗?”

“不……是的……死了，”他添了一句，扭过脸去。

我不再问他什么；他抬起眼睛看看我。

“跟一个过路的贩子跑了，”他苦笑着说。小姑娘垂下眼睛；婴儿

① 在奥尔良省，人们称独身且阴郁的人为孤狼。——原注

醒了，啼哭起来；小姑娘走到摇篮旁。“喏，喂他吃吧，”孤狼把一个很脏的奶瓶塞到她手里，说，“把他也扔下了，”他指着婴儿轻声地继续说。他走到门口，站住，又回过头来。

“老爷，您大概，”他说，“不吃我们这种面包吧，可我们除了面包……”

“我不饿。”

“好吧，随您的便。我本来可以给您烧个茶炊，可是我家没有茶叶……我去看看您的马。”

他走出去，把门碰上。我又朝四下里看了看。我觉得这房子比原先的印象更凄凉。冷却下来的烟气的苦涩味呛得我好难受。小姑娘坐在那儿不动，也没有抬抬眼睛；她时而推一下摇篮，怯生生地把滑下肩膀的布衫拉上去；她那双光着的腿悬空挂着，一动都不动。

“你叫什么名字?”我问。

“乌莉塔，”她把那悲伤的小脸蛋垂得更低，说。

守林人走进来，坐在长凳上。

“暴雨快要过去了，”他沉默了一会儿说，“如果您想回去，我就送您出树林。”

我站起来。孤狼拿起枪，检查一下火药池。

“带这个干什么?”我问。

“树林里有人偷盗树木……在母马谷那儿砍树，”他又说了一句，回答我疑问的目光。

“这儿听得见?”

“院子里听得见。”

我们一起走出去。雨已经停了。远处还积聚着大片浓重的乌云，长长的闪电还偶尔迸发一下，但我们头顶上有些地方已经可以看见湛蓝的天空，星星透过飞卷的薄云闪烁着。经历了风吹雨打的树木的轮廓已开始从黑暗中显现出来。我们侧耳细听着。守林人摘下帽子，低下头。“听，”他突然伸出一只手，说，“你瞧，挑选了这么一个夜晚。”除了树叶的簌簌声，我什么也没听见。孤狼从屋檐下牵出马匹。“我这样说不定会误事，让他跑掉的，”他出声说，“我跟你一起去……行吗?”“行，”他回答，把马牵了回去，“我们现在就去把他抓起来，然后我再送您出去。走吧。”

我们动身了：孤狼在前，我在后面跟着。天知道他是怎么认出道路的，可是他只偶尔停一下，而且只是为了听听斧砍声。“听，”他轻声嘟囔着，“听见了吗? 听见了吗?”“在哪儿呀?”孤狼耸耸肩膀。我们走下峡谷，风停了一会儿——有节奏的砍伐声清楚地传进我的耳朵。孤狼看了我一眼，摇了摇头。我们继续在湿漉漉的蕨类植物和荨麻地里往前走。响起一阵长长的重浊的响声……

“砍倒了……”孤狼喃喃地说。

这时天空越来越明朗，树林里稍稍有了点亮光。我们终于艰难地走出了峡谷。“您在这儿等一等，”守林人轻声对我说了一句，便猫着腰，举起枪，消失在灌木丛中。我聚精会神地倾听着。在潇潇的风声中我隐约感觉到不远的地方有轻微的响声：一把斧头在小心翼翼地砍着枝桠，车轮在吱吱嘎嘎地响，马儿在打着响鼻……“往哪儿走? 站住!”突然响起孤狼金属般的声音。另一个人像兔子一样怯生生地发出一声声哀叫……一场搏斗开始了。“胡说，胡说，”孤狼喘着气，一再说，“你跑不了……”我往发出响声的地方奔去，跌跌撞撞地跑到搏斗的地方。孤狼在那棵砍倒的树旁边的地上忙活着，他按住那个贼，用宽腰带把他的双手反绑起来。我走到他们跟前。孤狼直起身来，提起那个人，让他站住。我看到一个农民，衣衫褴褛，浑身透湿，长着一把又长又乱的大胡子。一匹驽马半身盖着一张粗糙的草席，套在一辆板车上站在那里。守林人一句话也没说，那农民也沉默着，只是不断地摇着头。

“放了他吧，”我对孤狼耳语了一声，“这棵树的钱我来付。”

孤狼默默地伸出左手抓住马头上的鬃毛，右手抓着小偷的腰带。“喂，转过身来，笨蛋！”他威严地说。“那边的斧头，请您拿好，”农民喃喃地说。“怎么会把它扔下呢？”守林人说着拣起斧头。我们动身了。我走在后面……小雨又稀稀拉拉地下了起来，不一会儿便变成瓢泼大雨。我们好不容易走到小木屋。孤狼把逮住的那匹驽马扔在院子里，把农民带进屋子，松开腰带上的结，让他坐在屋角里。小姑娘本来已经在炉子旁边睡着了，这时跳将起来，恐惧地默默看着我们。我在板凳上坐下。

“哟，好大的雨啊，”守林人说，“只好等一等了。您不想躺一会儿吗？”

“谢谢。”

“您在这儿不方便，我本想把他关到储藏室里去的，”他指着那农民继续说，“可是，您瞧，那门闩……”

“让他待在这儿吧，别动他，”我打断孤狼的话。

农民皱着眉头看看我。我暗暗下决心，无论如何要让孤狼放掉这个可怜人。他一动不动地坐在板凳上。借着灯光我能够看清他那布满皱纹、疲惫不堪的脸，下垂的黄眉毛，惊慌不安的眼神，枯瘦的四肢……小姑娘就在他脚边的地上躺下，重新睡着了。孤狼坐在桌旁，两手托着头。蝈蝈在屋角鸣叫着……雨敲打着屋顶，从窗上流下来；我们大家都默不作声。

“福玛 · 库兹米奇，”那农民突然用虚弱低沉的声音说起话来，“啊，福玛 · 库兹米奇。”

“你有什么事?”

“放了我吧。”

孤狼没有回答。

“放了我吧……我是饿得没办法才……放了我吧。”

“我认得你们，”守林人板着脸说，“你们整个村子都是这样的——全是些偷鸡摸狗的货色。”

“放了我吧，”农民又说，“管家……我们都是因为活不下去，这才……放了我吧!”

“活不下去！……谁也不该去偷。”

“放了我吧，福玛 · 库兹米奇……别要了我的命。你自己也知道，你家老爷是不会放过我的。”

孤狼转过脸去。农民浑身哆嗦着，仿佛生了热病似的。他的头抖动着，呼吸也急促起来。

“放了我吧，”他苦苦地一再哀求着，“放了我吧！我赔钱，就这样，真的。真的，我是因为饿得没法子……孩子们哭着要饭吃，你自己也知道。我只好豁出命来，就是这么回事。”

“你反正不应该偷。”

“那就把那匹马，”农民继续哀求，“就把那匹马，哪怕用它……我只有这头牲口了……放了我吧!”

“跟你说，不行。我也做不了主：要追究我的责任的，再说，也不能惯了你们。”

“放了我吧！穷啊，福玛 · 库兹米奇，穷啊，就是因为这个……放了我吧！”

“我认得你们！”

“就放了我吧！”

“嘿，跟你有什么好多说的，老老实实坐着，要不然，我这儿，你知道吗？难道你没有看见这儿有一位老爷？”

可怜人低下头……孤狼打了个哈欠，把头伏在桌子上。雨还下个不停。我等待着，看事情如何了结。

农民突然挺直身子。他眼睛里冒着火光，脸涨得通红。“好吧，你吃了我吧，喏，让你噎死，喏，”他眯起眼睛，撇着嘴，说，“喏，你这个可恶的凶手，你喝基督的血吧，喝吧……”

守林人转过身去。

“我跟你说，我在跟你说呢，你这蛮子，吸血鬼，我在跟你说呢！”

“你是喝醉了还是怎么的，怎么骂起人来了？”守林人惊奇地说。“你疯了吗？”

“喝醉了！……又不是用你的钱，可恶的凶手，畜生，畜生，畜生！”

“好哇，你……得给你点颜色看看！……”

“我怕什么？反正一样——死路一条；没有了马叫我怎么过日子？你把我打死吧——一样是死，饿死，打死，反正是死。大家都死光吧：老婆，孩子——大家都完蛋吧……至于你，你就等着瞧吧，我们会收拾你的！”

孤狼稍稍抬起身子。

“打吧，打吧，”农民狂叫着，“打吧，来呀，来呀，打吧……(小姑娘霍地从地板上跳起来，注视着他。)打吧！打吧！”

“闭嘴!”守林人大喝一声，向前跨了两步。

“好了，好了，福玛，”我大声说。“别跟他计较……让他走吧。”

“我才不闭嘴呢，”那不幸的人继续说。“反正是死。你这凶手，畜生，你怎么不死啊……你等着瞧吧，你神气不了多久的！会有人来绞死你的，等着瞧吧!”

孤狼一把揪住他的肩膀……我奔过去替那农民解围……

“您别管，老爷!”守林人对我嚷道。

我并不害怕他的威胁，正想伸出手去，但这会儿使我感到极为惊奇的是，他一下子就把农民手臂上的腰带拽掉，揪住他的衣领，把他的帽子拉到眼睛上，打开门，把他推了出去。

“牵着你的马滚吧!”他在背后嚷道，“当心点，下回再落到我手里……”

他回到屋里，在屋角里翻寻着。

“哦，孤狼，”最后我说，“我真没有想到你会这么处理：我看得出，你是个难得的好人。”

“唉，别提了，老爷，”他烦恼地打断我的话，“您别这样说。最好还是让我送您回去吧，”他又补充了一句，“要等到雨停是等不到了……”

院子里响起农民板车的辘辘声。

“瞧，他走了!”他喃喃地说，“瞧我把他放了！……”

半小时以后，他在树林边上和我告别了。

两地主

盛情的读者们，我已经有幸向你们介绍了我的几位芳邻，现在请允许我再顺便(对于我们的作家兄弟来说，一切都是顺便的)向你们介绍两位地主。我常常到他们那里去打猎，他们都是些非常可敬、心地善良、受到几个县普遍尊敬的人。

首先我要向你们描述一下退伍陆军少将维亚切斯拉夫·伊拉里昂诺维奇·赫瓦伦斯基。请想象一位身材魁梧的人，从前曾经身姿挺拔，现在则有些皮肤松弛，但绝不衰老，甚至并无老态，而是处于壮年时期，正像俗话所说的，正当盛年。诚然，从前端正而现在依然令人愉快的面容已经发生了一点变化，面颊松弛了，眼梢上布满了鱼尾纹，有几颗牙齿正如普希金所引用的萨迪的话，已经不在了。①那些现在还剩下的浅褐色头发已染成淡紫色，这全得归功于在罗缅马市场向一个冒充亚美尼亚人的犹太人买来的染发剂。但维亚切斯拉夫·伊拉里昂诺维奇步履轻快、笑声洪亮，马刺叮当作响，不时捻着唇髭，还自称老骑兵。然而众所周知，一个真正的老人是从不自称为老人的。他总穿着一套常礼服，钮扣一直扣到上面，系着红领带，衣领浆得笔挺，穿一条军装式灰色带小花点的西装裤。他的帽子一直扣到额头上，露出整个后脑勺。他是个很善良的人，但有些观念和习惯却极为古怪。譬如说，他从不认为那些不富裕或没有官职的贵族可以和自己平起平坐。跟他们说话的时候，他总是把脸颊支在浆硬的白色衣领上，斜睨着他们，或者突然用明亮的眼睛盯住他们，一言不发，活动起头发下面的全部头皮；甚至说话时连发音也不一样，譬如说，他不说："感谢您，巴维尔·瓦西里奇"，或："请到这儿来，米哈伊洛·伊凡内奇"，而说："谢了，巴尔·阿西里奇"，或："请过来，米哈尔·凡内奇"。对待社会地位低下的人，他的态度就更加古怪：他根本不望着他们，在对他们说出自己要办的事或发出命令之前，他总是一再显出忧心忡忡、竭力加以想象的样子，反复问："你叫什么名字？……你叫什么名字？"他特别强调"什么"两字，其余的字则说得很快，使得他的话听起来就像雄鹌鹑的叫声。他整天忙忙碌碌，又吝啬得出奇，却不是一个精明的当家人：他用了一个小俄罗斯人当管家，此人是个极其愚蠢的退伍骑兵司务长。不过，在经营管理方面，我们这里还没有一个人能胜过一个彼得堡的显要，这位显要看到管家的一份报告里说，他庄园里的谷物干燥房经常失火，因此损失许多粮食，于是他下了一道极其严厉的命令：在残留的火种没有完全熄灭以前，不准把禾捆搬进谷物干燥房。他本来还想在他所有的土地上全播种罂粟，这显然是因为他做过一次粗略的计算：就是说，罂粟比黑麦值钱，种罂粟自然更有利可图。他还下令要他的女农奴戴上仿照彼得堡寄来的式样做的盾形头饰；这件事千真万

---

① 普希金曾在《巴赫奇萨拉伊泪泉》的题辞和《叶甫盖尼·奥涅金》第 8 章第 51 节引用过波斯诗人萨迪的这句诗。

确，至今他庄园里的农妇们都还戴着这种头饰……只不过是戴在帽子上罢了……不过，我们还是回过头来谈维亚切斯拉夫·伊拉里昂诺维奇。维亚切斯拉夫·伊拉里昂诺维奇非常贪恋女色，他在自己县城里的林荫道上一看见标致的女人，就会立刻跟上去，可是他马上就会一瘸一拐起来，这情景真是精彩极了。他喜欢打牌，但只跟身份比他低的人打，他们称他“大人阁下”，而他则随心所欲地斥骂他们。当他偶尔同省长或者其他官员打牌的时候，他身上便会起一种惊人的变化：他又是微笑，又是点头，又是望着他们的眼睛——浑身像粘上了蜜似的……即使输了牌，他也不觉得懊恼。维亚切斯拉夫·伊拉里昂诺维奇很少看书，看书的时候他总是不停地将小胡子和眉毛往上抬，仿佛把一道道波浪从脸的下部往上推似的。维亚切斯拉夫·伊拉里昂诺维奇脸上这种波浪在他偶尔浏览（自然是有客人在场的时候）《评论报》[①]时更为明显。选举时他起着极其重要的作用，但是由于怕多花钱，他谢绝了首席贵族的可敬职务。“诸位先生，”通常他总是对要求他担任这一要职的贵族们说，声音里充分表现出以保护者自居和不容他人置喙的意味，“十分感谢各位的厚爱，但我决心在幽居中打发我的余暇。”说罢，他的头向左右两边转了几次，然后庄重地把下巴和脸颊搁在领带上。年轻时他当过某要人的副官，他对此公只称呼名字和父称。[②]据说，他履行的不光是一个副官分内的职责，譬如说，他似乎曾穿着全套礼服，甚至扣着风纪扣，在澡堂里帮自己的长官洗蒸汽浴——自然，并非任何传闻都是可信的。不过，赫瓦伦斯基将军本人也不喜欢谈自己

---

① 原文为法文。
② 俄国人以名字和父称称呼对方，表示尊敬。

的戎马生涯，这一点确实是很奇怪的。他似乎并未打过仗。赫瓦伦斯基将军独居在一幢小房子里，他一生没有享受过夫妇生活的快乐，因此至今还称得上是个未婚男子，甚至是个令人倾慕的未婚男子。然而他有一个女管家，是个三十五岁光景的女人，黑眼睛，黑眉毛，丰满，娇嫩，嘴唇上还长着一些黑茸毛，平时穿着一条浆过的连衣裙，到了礼拜天，则套上薄纱衣袖。在地主们招待省长和其他政要的宴会上，维亚切斯拉夫·伊拉里昂诺维奇总是得意洋洋：他在这里真可以说是如鱼得水。在这种场合，他即使不是坐在省长的右手，至少也是坐在离他不远的地方。宴会开始时，他比较注意保持自己的尊严，他高高地昂着头，也不左顾右盼，只是斜睨着客人们那些圆圆的脑袋和竖起的衣领，可是到宴会将近结束时，他便快活起来，开始向四面八方微笑（对着省长，宴会一开始，他就笑容可掬了），有时甚至还向女宾祝酒，用他的话来说，她们是我们这个星球的景致。在所有庄严的和公开的典礼上、考场上、教会仪式上、集会上和展览会上，赫瓦伦斯基将军都表现得很出色，在祝福的时候，他也是个好手。在散场的时候，在渡口上以及其他类似的地方，维亚切斯拉夫·伊拉里昂内奇的仆役们并不大声喧嚷吆喝，相反，他们在人群里替他开路或叫马车的时候，总是用悦耳的男中音说：“劳驾，劳驾，请让赫瓦伦斯基将军过去，”或者：“赫瓦伦斯基将军的马车来了……”确实，赫瓦伦斯基马车的式样是相当陈旧的，仆役的号衣也相当破旧（他们穿的都是镶红边的灰色号衣，这一点自不必说），几匹马也上了岁数，已经服役了一辈子，但维亚切斯拉夫·伊拉里昂内奇并不追求奢华，甚至认为，对他这种身份的人来说，装门面骗人是不体面的。赫瓦伦斯基并不特别善于言辞，或者，也许是没有机会表现他的口才，因为不仅是对于争论，就是对于一般的辩驳，他都没有耐心，他竭力避免与人长谈，尤其是和年轻人。他这样做确实比较保险，要不然和现在这些人打交道准得倒霉：万一有人不听你的话，那他可连面子都要丢尽了。在地位高的人面前，赫瓦伦斯基一般都默默无言，而对于显然是他所蔑视、仅有一般交往、地位比他低的人，他说起话来就又粗暴又生硬，而且不断使用这样一些句子："可是，您说的都是些鸡毛蒜皮的事"，或者："最后，先生，我不得不警告您"，或者："可是您毕竟应该知道，您是在跟谁讲话"等等。邮政局长、常任陪审员和驿站长都特别怕他。他不在家里接待任何人，据说，他是个守财奴。然而他仍然不失为一个出色的地主。"一位老军人，一位大公无私、按规矩办事的人，一个*爱抱怨的老人*[①]"，邻居们谈论他时都这样说。只有省检察官，当人家在他面前提起这位赫瓦伦斯基将军的卓越、稳重的品质时，却在一边冷笑——嫉妒使人什么事做不出啊！……

不过，现在让我们来谈另一个地主吧。

马尔达里·阿波洛内奇·斯杰古诺夫和赫瓦伦斯基截然不同。他未必在什么地方任过职，也从来不曾被看做美男子。马尔达里·阿波洛内奇是个矮矮胖胖的小老头，他秃顶，双下巴，有一双柔软的小手，肚皮相当大。他非常好客，喜欢说笑打诨；过着所谓自得其乐的日子；不管严冬酷暑，他都穿着一件条纹棉睡衣。只有一点，他和赫瓦伦斯基将军一样：他也是个单身汉。他有五百个农奴。马尔达里·阿波洛内奇管理自己的庄园相当马虎；为了不落后于时代，十年前他在莫斯科向布杰诺普工厂买了一台脱粒机，回来后把它锁在板棚里，从此便万事

① 原文为法文。

大吉。只有在晴朗的夏日里，他才吩咐套上竞跑马车，到田野里去看看庄稼，采采矢车菊。马尔达里·阿波洛内奇完全过着老派的生活。他的房子是老式建筑：前厅像一般老式房子一样，散发着克瓦斯、脂油蜡烛和兽皮的味道，前厅右边有一个餐具橱，里面放着烟斗和毛巾；餐厅里挂着家人的肖像，有苍蝇，有一大盆天竺葵，还有一架破旧的钢琴；客厅里有三只长沙发、三张桌子、两面镜子和一只声音沉闷的挂钟，钟面的珐琅已经发黑，青铜指针上雕有花纹；书房里有一张堆着文件的桌子，一架贴着从上世纪各种书籍上剪下来的图画的蓝色屏风，几个布满蛛网和黑色灰尘的书橱，里面装着散发着霉味的书籍，一张松软的圈椅，一扇意大利式的窗子，还有一扇钉死的通向花园的门……一句话，一切应有尽有。马尔达里·阿波洛内奇家有一大群仆人，都穿着旧式服装：高领蓝色长袍、暗色裤子和短短的米黄色背心。他们对客人称“大爷”。经营他家田产的是个农民出身、蓄着一把能遮住整件皮袄的大胡子的总管；料理家务的是一个包着栗色头巾、满脸皱纹的吝啬老太婆。马尔达里·阿波洛内奇家的马厩里养着三十匹各种各样的马，出门时乘坐自制的重达一百五十普特的四轮马车。他待客非常热情，酒菜十分丰盛，也就是说，由于俄罗斯菜肴令人心醉的特色，客人们除了打朴烈费兰斯牌，直到晚上他们绝不可能再做别的事情。可他自己从来什么事都不做，连那本《圆梦书》也不看。然而这样的地主在我们俄罗斯还有很多。也许有人要问：我有什么必要谈他的事，我是出于什么目的？……那么请让我给你们谈谈我有一次拜访马尔达里·阿波洛内奇的情形，以此作为我的回答。

有一年夏天傍晚七点钟左右，我乘马车到他家里去，他刚做完晚祷；一名教士，样子甚是腼腆，看来是不久前才从神学校毕业的年轻人，坐在客厅大门旁一把椅子的边沿上。马尔达里·阿波洛内奇像往常一样非常亲切地接待我：对来访的每一位客人他都真诚地感到高兴，总的来说，他是个极其善良的人。教士站起身，拿起帽子。

“等一等，等一等，神父，”马尔达里·阿波洛内奇没有放掉我的手，说，“别走……我已经吩咐给你送伏特加来了。”

“我不会喝酒，先生，”教士局促不安地嗫嚅着，脸红到耳根。

“瞎说！你们这样的人怎么不会喝酒！”马尔达里·阿波洛内奇回答：“尤什卡！尤什卡！给神父拿伏特加来！”

尤什卡，一个年约八十岁的瘦高个老头用缀满肉色斑点的黑漆盘子端着一杯伏特加，走了进来。

教士推托着。

“喝吧，神父，别固执了，这样不好，”地主带着责备的口气说。

可怜的年轻人从命了。

“那么，神父，现在你可以走了。”

教士便鞠躬告辞。

“哦，好了，好了，你走吧……一个很出色的人，”马尔达里·阿波洛内奇目送着他出去，继续说，“我很喜欢他，他只是还年轻。他一个劲儿传道，酒却一点不沾。可是您怎么样？我的大爷？……您怎么样？您好吗？我们上阳台去吧——瞧，这黄昏多么美丽。”

我们来到阳台上，坐下来聊天。马尔达里·阿波洛内奇朝下面看了一眼，突然火冒十丈。

“这是谁家的鸡？这是谁家的鸡？”他嚷嚷起来，“这是谁家的鸡跑到花园里来了？……尤什卡！尤什卡！马上去了解一下，看是谁家的鸡跑到花园里来了？……这是谁家的鸡？我明令禁止过几次了，我说过多少次了!”

尤什卡跑去了。

“乱七八糟的!”马尔达里·阿波洛内奇一再说，“真要命!”

几只倒霉的鸡，我现在还记得，两只花斑母鸡和一只凤头白母鸡，还悠然自得地在苹果树下散步，时而咯咯叫着表达自己的感情。突然，头上没戴帽子、手里拿着棍子的尤什卡和另外三个成年仆人一起向它们扑去。这下可热闹了。母鸡叫着，扑腾着翅膀跳着，震耳欲聋地大声咯咯叫着；仆人们跌跌撞撞地奔跑着，一个个一再往地上扑；主人在阳台上狂呼乱叫：“抓住，抓住！抓住，抓住！抓住，抓住，抓住！……这是谁家的鸡？这是谁家的鸡?”终于有一个仆人抓住了那只凤头母鸡，把它胸部朝下按倒在地上，就在这时候，一个年约十一岁、蓬头垢面的女孩，手里拿着一根树枝从街上跳过篱笆跑进了花园。

“啊，瞧是谁家的鸡!”地主得意地叫起来。“原来是马车夫叶尔米尔家的鸡！瞧，他打发他的娜塔尔卡来赶鸡了……倒是没有叫帕拉莎来，”地主又小声嘀咕了一句，还意味深长地笑了笑。“喂，尤什卡！别管那些鸡了，把娜塔尔卡给我抓来。”

但是不等上气不接下气的尤什卡跑到吓坏了的女孩身边，女管家不知从哪儿冒了出来，一把抓住她的手，在她背上啪啪啪打了几下……

“打得好，打得好，”地主接着说，“啧，啧，啧！啧，啧，啧！……把母鸡扣下来，阿夫多季亚，”他大声叫道，又眉飞色舞地对我说：“大爷，这次追捕精彩吗？呃？我全身都出汗了，您瞧。”

接着，马尔达里·阿波洛内奇哈哈大笑起来。

我们继续留在阳台上。黄昏的景色真的非常绮丽。

给我们送来了茶。

“请问，”我说，“马尔达里·阿波洛内奇，迁到那边峡谷后面大路上的那些人家是您家的吗？”

“是我家的……怎么啦？”

“您怎么能这样做，马尔达里·阿波洛内奇？这是罪过。分给这些农民的房子又脏又小，周围看不见一棵小树，连养鱼池都没有，只有一口井，而且这口井根本派不了用场。难道您就不能另找一个地方吗？……还有，听说，您连他们那几块原有的大麻地也给夺走了？”

“地界是这样划分的，你有什么办法？”马尔达里·阿波洛内奇回答我。“划分地界这种事老在我这儿萦绕着(他指指自己的脑袋)。从划分地界这件事上我看不到任何好处，至于我夺走了他们的大麻地，没给他们挖养鱼池，这些事，大爷，我自己心里有数。我是一个普普通通的人，照老办法行事。依我看：老爷终究是老爷，农民终究是农民……就是这么回事。”

对于这样明确而又有力的论证，自然是无话可说了。

“再说，”他继续说，“这些农民也很坏，都受过惩罚。尤其是那边的两家，先父——愿上帝让他升入天堂——在世的时候，就不喜欢他们，很不喜欢他们。不瞒您说，我有这样的看法：贼父生贼子，随便您怎么说吧……噢，血统，血统——这才是最重要的！我坦白告诉您吧，那两个人家虽然还没有轮到抽壮丁，可我已经把他们家里的人送去当兵，就这样把他们打发到各个地方去；可是这些人还是断不了根，有什么办法？他们就是会生孩子，真可恨。”

这时四周已完全寂静下来，只是偶尔有一阵阵清风迎面吹来，当风儿最后一次在屋子旁边静息下来的时候，从马厩那边传来了一声声均匀而又连续不断的击打声。马尔达里·阿波洛内奇刚刚把斟满茶的茶碟送到嘴边，已经鼓起鼻翼准备喝茶——众所周知，没有一个土生土长的俄罗斯人不是这样喝茶的——但是他突然停了下来，仔细听了一下，点点头，呷了一口茶，把茶碟放在桌子上，带着极其慈祥的微笑，仿佛不由自主地合着那击打声，念着："啪——啪——啪！啪——啪！啪——啪！"

"这是怎么回事？"我吃惊地问道。

"那边，按照我的命令，正在惩罚一个不听话的家伙……您认得那个餐厅仆役瓦夏吗？"

"哪一个瓦夏？"

"就是不久前伺候我们吃饭的那个。长着满脸络腮胡子的那个。"

再强烈的愤慨也抵挡不住马尔达里·阿波洛内奇那明净而柔和的目光。

"您怎么啦，年轻人，您怎么啦？"他摇摇头说，"难道我是个恶棍吗，您这样盯着我？我是为他好才惩罚他：您自己也知道的。"

过一刻钟，我告别了马尔达里·阿波洛内奇。乘马车经过村子的时候，我看见了餐厅仆役瓦夏。他在街上走着，嘴里嗑着胡桃。我吩咐马车夫停下马车，把瓦夏叫到跟前。

"怎么，老兄，今天挨打啦？"我问他。

"您怎么知道？"瓦夏回答。

"你家老爷告诉我的。"

"老爷亲口告诉您的吗？"

"为什么要打你？"

"我该打，大爷，我该打。我们这儿为一点小事是不会受惩罚的；

我们这儿没有这种规矩——从来没有。我们的老爷不是那种人；我们的老爷……这样的老爷在全省是找不到的。”

“走吧!”我对马车夫说，“这就是旧俄罗斯!”在回家的路上，我想着。

列别江[①]

我亲爱的读者们，打猎的主要好处之一是使您乘上马车，不断地从一个地方跑到另一个地方，这对于一个赋闲的人来说是件非常愉快的事。不错，有时候(特别是在雨季里)在乡间道路上奔波，进入“未开垦的处女地”就不太愉快，那时你得不时停下来，拦住碰到的随便哪个庄稼汉，问他：“喂，朋友，到莫尔多夫卡怎么走?”到了莫尔多夫卡，你又得向一个懵懵懂懂的农妇打听(所有的雇工都下地去了)：到大路上的客栈远不远?怎么走?接着，当你赶了十来俄里路，出现在你面前的却不是客栈，而是地主家的破烂村子胡多布勃诺沃，还把一大群猪吓得够戗——它们都齐耳朵藏在街道当中的深褐色泥浆里，完全没有想到会有人来惊扰它们。走过摇摇晃晃的小桥，往峡谷底下驶去，涉过沼泽地里的小溪，也很不愉快。整整一昼夜行驶在一片浅绿色汪洋般的大路上，或者，愿上帝保佑你，一连几小时陷在泥泞里，这时大路边的彩色里程标上一边标着 22，另一边标着 23，这种情况也很不愉快。一连几个礼拜尽吃鸡蛋、牛奶和人们啧啧称赞的黑麦面包，也很不愉快……但是所有这些不便和艰难都因为另一种好处和满足而得到补偿。不过，我们还是言归正传吧。

在说了上面这些情况以后，已经没有必要再向读者细说五年前在集市最红火的时候我是怎样来到列别江的了。我们这些猎人常常在某一天早晨从自己或多或少是祖传的领地动身，本打算第二天傍晚回到家里，但是由于不断地射猎田鹬，便越走越远，最终来到了富饶的伯朝拉河岸边；况且，任何一个喜欢枪和狗的人都是世界上最高尚的动物——马的热烈崇拜者。就这样，我来到了列别江，在旅馆住下，换了一身衣服，便往集市走去。（旅馆的伙计，一个又高又瘦的二十来岁小伙子已经用他那带着鼻音的甜腻男高音告诉我，说某团的马匹采购员、某公爵大人就在他们这个旅馆下榻，说来了许多绅士，每天晚上都有茨冈人在这里唱歌，剧场里正上演《特瓦尔朵夫斯基老爷》②，还说马的价钱都很高，不过上市的马都很好。）

集市广场上停着一排排看不到尽头的大车，大车后面则是各种各样的马匹：有大走马、养马场的马、比秋格马、拉大车的马、驿马和普通的农家马。有些养得膘肥体壮、光滑闪亮的马，按照毛色归类，盖着各种颜色的马衣，缰绳留得短短地拴在高高的大车上，它们怯生生地斜眼望着后面它们的主人马贩子手中那非常熟悉的鞭子。一些由草原贵族从一二百俄里外赶来的地主家的马匹，在一个衰老的马车夫和两三个脑子不灵活的马夫监视下，晃着长长的脖子，跺着脚，百无聊赖地啃着木桩子。一些黄褐色的维亚特卡种马紧紧地挤在一起。臀部宽大、尾巴成波浪形、脚上毛茸茸的大走马，有灰色带黑圆斑点的、乌黑的、

---

① 俄罗斯利佩茨克州城市，在顿河畔，以马市场闻名。
② 俄国作曲家韦尔斯托夫斯基（1799—1862）的歌剧。

枣红的，都像狮子一样，神色庄重、纹丝不动地站着。一些行家怀着敬意站在它们面前。在大车形成的街道上聚集着各种身份、各种年龄、各种外貌的人：穿蓝色长袍、戴高筒帽子的马贩子们狡黠地细心观察着，等待着顾客；鼓眼睛、鬈头发的茨冈人脚不沾地地跑来跑去，看看马齿，抬抬马腿和马尾巴，喊叫着，骂骂咧咧着给人做中介，抓阄，或者死乞白赖地缠住某个戴制帽、穿海狸皮军大衣的马匹采购员。一个健壮的哥萨克高高地骑在一匹脖子像鹿一样细的瘦马上，要“全套”，也就是说连同马鞍和笼头一起卖掉那匹马。一些穿着腋下已经破烂的皮袄的庄稼汉拼命钻进人堆里，几十个人一起挤向一辆套着“试用”马的大车，或者在路边，靠着某个机灵的茨冈人的帮助，与人讨价还价弄得精疲力竭，他们彼此击了上百次掌，各人坚持自己的价钱，而这时候，作为他们讨价还价的对象，一匹身上盖着破草席的劣马却在那里眨巴着眼睛，就像事情与它无关似的……确实，将来由谁来鞭打它，对它来说还不是一样！几个染着唇髭、神情庄重的宽额头地主戴着波兰四角帽，穿着厚呢长外衣，只套着一只袖子，正降低身份，和几个戴绒毛帽子和绿色手套的大肚子商人交谈。一些不同部队的军官也在那里挤来挤去，一个身材非常高大的胸甲骑兵，是个德国人，正冷静地问一个瘸腿的马贩子：“这匹栗色马要卖多少钱?”一个十九岁模样的淡黄头发骠骑兵正在为他那匹干瘦有劲的溜蹄马物色一匹拉套马；一个车老板，头戴插孔雀毛的平顶帽，身穿褐色呢上衣，窄窄的绿腰带里揣着一副皮手套，正在物色一匹辕马。一些马车夫在为自家的马匹编尾巴，把马鬃打湿，向绅士们提出有礼貌的忠告。买卖已经成交的人按照各自不同的境况，正分别赶往大酒馆或小酒店……而所有这些奔忙、叫喊、折腾、争吵、和解、骂街和欢笑都是在齐膝深的泥泞里进行的。我想为我那辆四轮轻便马车买三匹耐用的马，因为我那几匹马快不中用了。我找到了两匹，而第三匹还没有挑选好。吃过了那顿我不想加以描写的午饭（埃涅阿斯[1]深知，回忆已经过去了的痛苦是多么不愉快），我便到一家所谓的咖啡馆去，那里每天晚上都聚集着马匹采购员、养马场主和其他来客。在弥漫着烟草灰色烟雾的台球房里有二十来个人。这里有穿着匈牙利骑兵式上衣和灰色西裤的年轻地主，他们留着长长的鬓发，唇髭上抹着油，无拘无束，正傲慢而肆无忌惮地四处张望；一些穿哥萨克式上衣、脖子奇短、眼睛浮肿的贵族也在这里烦人地哼哼着；商人们坐在一旁，正如俗话所说的，靠边站站；几个军官在那里随意交谈。某公爵是个二十二岁光景的年轻人，正在那里打台球。他神情愉快，有点目空一切，穿着敞怀的常礼服、红色绸衬衫和肥大的丝绒灯笼裤，正在和一个退伍的陆军中尉维克多·赫洛帕科夫打台球。

退伍陆军中尉维克多·赫洛帕科夫是个三十岁模样、肤色黝黑、个子瘦小的人，长着黑头发、褐色眼睛和一只往上翘的蒜头鼻子，他是选举和集市的热心观众。他走路的时候总是边走边跳，神气活现地挥动着他那双弯成圆形的手臂，歪戴着帽子，卷起军装的袖子，露出灰蓝色细棉布里子。赫洛帕科夫先生善于巴结彼得堡富家子弟，和他们一起抽烟、喝酒、打牌，跟他们称兄道弟。他们凭什么喜欢他，这事颇为令人费解。他既不聪明，也不滑稽，当个丑角都不合格。不错，他们随随便便和他友好地交往，把他看成一个善良而不务正业的人，和他来往了两三个礼拜，然后便突然不理睬他，而他也不理睬他们。赫洛帕科

① 希腊神话中的特洛伊英雄。特洛伊城被攻陷时，他背着父亲冒大火逃出，但失去了妻子。

夫中尉的特点是在一年，有时是两年期间里，不管恰当不恰当，总说同一个口头语，这句口头语并无可笑之处，可是不知为什么，大家听了都要发笑。八年前，不管到哪里，他都要说："向您表示敬意，衷心感谢您。"他当时的那些保护人每一次都会捧腹大笑，并要他一再说"向您表示敬意"；后来他又用了一句相当复杂的话："不，您可是太那个了，盖斯格赛[①]——结果当然是这样，"这句话同样得到辉煌的成功；过了两年，他又想出了一句新的俏皮话："涅武性急巴[②]，上帝的仆人，用羊皮缝上，"等等。您瞧怎么着！这句并不出彩的话竟给他带来吃的、喝的和穿的。（他的财产早就挥霍净尽，现在全靠朋友接济。）请注意，除此之外，他是绝对不会有别的任何用处的。不错，他每天能抽一百袋"茹可夫"烟，打起台球来，能把右腿抬得比头还高，瞄准的时候，总是拼命移动手里的台球杆，当然，对于这种优点并不是每个人都感兴趣的。他也很会喝酒……不过在俄罗斯凭这一点并不能显得出类拔萃……总之，对于我来说，他之所以能得逞，完全是个谜……只是有一点：他很谨慎，他从不泄露别人的家丑，不说别人一句坏话……

"唉，"看见赫洛帕科夫的时候，我心里想，"现在他的口头语是什么啊？"

公爵打中了白球。

"三十比零，"一个脸色黝黑、眼睛下面呈铅灰色、害肺病的记分员叫道。

橐的一声，公爵把一个黄球打入边袋。

---

① 法语"这是什么"的译音。
② 这是用法语和俄语混在一起说的一句话，意为你不要性急。

“好!”坐在屋角一张摇摇晃晃的独脚茶几旁的一个胖商人从丹田里发出一声喝彩，他刚叫过就觉得难为情。幸而没有人注意到他。他松了一口气，捋捋大胡子。

“三十六比零，”记分员用鼻音喊了一声。

“怎么样，老弟?”公爵问赫洛帕科夫。

“怎么样？那还用说，流……氓，简直是个流……氓。”

公爵噗哧笑了起来。

“什么，什么？再说一遍。”

“流……氓!”退伍陆军中尉得意地重说了一遍。

“瞧，又是一句口头语!”我想。

公爵把一个红球打进袋里。

“唉！不是这样打，公爵，不是这样打，”一个眼睛发红、鼻子很小、脸像熟睡中的婴儿的淡黄头发小军官突然喃喃地说，“不是这样打……应该……不是这样打!”

“怎么打呢?”公爵回过头去问他。

“应该……这样……用碰两面台框的打法。”

“是吗?”公爵喃喃地说。

“怎么样，公爵，今晚到茨冈人那儿去吗?”感到难为情的年轻人连忙接着说。“斯捷什卡要唱歌呢……伊柳什卡……”

公爵没有回答他。

“流……氓，老弟，”赫洛帕科夫狡黠地眯起左眼嘀咕了一句。

公爵哈哈大笑起来。

“三十九比零，”记分员高喊。

“零……等着瞧吧，看我把这个黄球……”

赫洛帕科夫移动着台球杆，瞄准了一下，可是打滑了。

“唉，流……氓，”他气恼地叫了一声。

公爵又大笑起来。

“什么，什么，什么?”

但是赫洛帕科夫不想再重复这句话：他想卖一下关子。

“您滑了一杆，”记分员说。让我给您的球杆涂一些白粉……四十比零!”

“对啦，诸位先生，”公爵对所有在场的人说，但是并不专门看着哪一个，“你们等着瞧吧，今天在剧场里一定要叫韦尔任比茨卡娅出场。”

“当然，当然，一定要叫韦尔任比茨卡娅出场……”几个以能回答公爵的话为莫大荣幸的绅士争先恐后地叫起来。

“韦尔任比茨卡娅是个极出色的女演员，比索普尼亚科娃好多啦，”屋角里一个蓄小胡子、戴眼镜、一副寒酸相的人尖声说。一个可怜虫！其实他心里魂牵梦萦的是索普尼亚科娃，可是公爵连看都不看他一眼。

“来人哪，拿烟斗来!”一个身材高大、相貌端正、气宇轩昂的绅士，从各种迹象看是个赌棍，把下巴压在领带上说。

跟班跑着去拿烟斗，他回来时报告大人，说马车夫巴克拉加有事求见。

“噢！这样吧，让他等一等，给他送点伏特加去。”

“遵命。”

后来有人告诉我，巴克拉加是个年轻、漂亮、极受宠爱的马车夫，公爵喜欢他，送马匹给他，和他赛马，整夜整夜和他在一起玩乐……这位公爵从前是个浪荡子，挥金如土，现在您可认不出他了……现在他浑身洒满香水，衣冠楚楚，好神气！他政务繁忙，主要是处事谨慎！

可是烟草的烟雾熏得我眼睛发痛。我最后一次听完赫洛帕科夫的喊叫和公爵的哈哈大笑以后，便起身回房间去了。房间里有一张有弯曲高靠背、铺着鬃垫、窄小而且已经压瘪了的长沙发，我的跟班已替我铺好了被褥。

第二天，我到各家马店里去看马，先从有名的马贩子西特尼科夫家看起。我跨过便门，走进一个撒着沙土的院子。马厩敞开的门前站着老板本人，他年纪已经不轻，高大而肥胖，穿着高翻领的兔皮袄。他看见我，便慢慢地向我走来，双手把帽子举过头顶，拖长声音说：

"啊，欢迎光临。您大概是来看马的吧?"

"是啊，来看看马。"

"请问要什么马?"

"让我看看您有些什么马吧。"

"遵命。"

我们走进马厩。几只白色小狗从干草堆上站起，摇着尾巴，向我们跑来；一只长胡子的老山羊不高兴地走到一旁去；三个穿着很结实却满是油污的皮袄的马夫默默地向我们鞠躬。左右两边，在做得高出地面的马栏里站着近三十匹马，这些马都照料得很好，洗刷得很干净。横木上一群鸽子在飞来飞去，咕咕叫着。

"您需要什么样的马：是拉车用还是作种马用?"西特尼科夫问我。

"既要拉车又要作种马。"

"明白了，明白了，明白了。"马贩子一字一顿地说，"彼嘉，把银鼠拉出来让这位先生看看。”

我们走到院子里。

“要不要从屋里端条板凳出来？……不要？……那就请便。”

马蹄在地板上橐橐地敲着，鞭子啪地响了一声，彼嘉，一个麻脸、肤色黝黑、四十岁模样的汉子牵着一匹体态相当匀称的灰色公马从马厩里跑出来，他让马直立起来，牵着它在院子里跑了两圈，灵巧地让它站在展示的地方。银鼠伸展着身子，呼地打了一声响鼻，甩起尾巴，把头转动了一下，瞟着我们。

“一匹训练有素的马！”我想。

“放开它，放开它，”西特尼科夫说，目不转睛地看着我。

“您看怎么样，行吗?”最后他问我。

“这匹马不错，但前腿不很有劲。”

“腿非常好！”西特尼科夫很自信地驳回我的话，“您再看看……臀部……像一座炕，简直可以睡觉。”

“蹄腕骨太长。”

“一点也不长——您说话可得凭良心！让它跑，彼嘉，跑快步，快步，快步……别让它大跑。”

彼嘉又牵着银鼠在院子里跑了一阵。我们都不吭声。

“好吧，把它牵回去，”西特尼科夫说，“把雄鹰牵出来给我们看看。”

雄鹰是一匹毛色像甲虫一样的荷兰种黑色公马，臀部下垂，精瘦强壮，看来比银鼠要强些。它是属于爱马的人所说的那种“能砍，能劈，能俘虏”的马，也就是说，跑的时候，前腿总是向左右两边撇，而很少向前跑。中年商人更喜欢这种马，因为它们的步态很像手脚麻利的伙计那种矫健的步伐；饭后出去兜风，让这种马单独拉车是不错的。它们拉车的时候显出一种得意洋洋的样子，弯着脖子，尽心竭力地拉着粗糙的轻便马车，车上载着吃得饱得不想说话的车夫、因患胃灼热而郁郁寡欢的商人和穿浅蓝色绸外衣、戴紫色头巾的虚胖的老板娘。雄鹰我也拒绝了。西特尼科夫又让我看了几匹……我终于看中了一匹沃耶伊科夫种的灰斑公马。我忍不住满意地拍拍它的髻甲。西特尼科夫立刻装出一副无所谓的样子。

“怎么样，它拉车拉得好吗?”我问。（谈论大走马的时候一般不说“跑”得好不好。）

“拉得好，”马贩子平静地回答。

“可以看看吗？……”

“当然可以啰。喂，库齐亚，把追风套上车。”

驯马师库齐亚是个行家，他驾着马车在街上从我们面前来回跑了两三次。马跑得很好，步伐不乱，臀部不耸动，举步自如，尾巴扬起，是一匹阔步马。

“这匹马您要多少钱?”

西特尼科夫开出非常高的价钱，我们就在街上讨价还价。突然一辆由选配得非常内行的三匹马拉的驿车从街角上轰然飞驰而来，干净利落地在西特尼科夫家的大门口停下。在这辆打猎用的豪华马车上坐着那位公爵，他旁边站着赫洛帕科夫。巴克拉加驾着马车……他驾得多么出色！简直可以穿过笼头上的环，这强盗！两匹枣红色拉套马小巧而灵活，乌黑的眼睛，乌黑的腿，神情是那么兴奋，就那么收紧着四条腿，你只要发出一声唿哨，它们就会跑得不见踪影！那匹深栗色的辕马神态自若地站着，像天鹅般高高地昂起头，挺着胸，四条腿像箭一样直，满不在乎地摇着头，骄傲地眯着眼睛……太出色了！这样的马完全可以在复活节给伊凡·瓦西里耶维奇沙皇[①]驾车！

“公爵大人！欢迎光临！”西特尼科夫高声喊着。

公爵跳下马车。赫洛帕科夫慢慢地从另一边爬下车。

“你好，老弟……有马吗?”

“公爵大人要马，怎么会没有！请进……彼嘉，把孔雀牵出来！叫他们把嘉骏也准备好。您这笔生意，老爷，”他回过头来对我说，“我们另找时间洽谈吧……福姆卡，给公爵大人端椅子。”

从我原来没有注意到的一间特别的马厩里牵出了孔雀。这匹强壮的深红色骏马简直是腾云驾雾似的跑了出来。西特尼科夫回过头去，眯起了眼睛。

“哟，流……氓！”赫洛帕科夫喝起彩来。“杰姆萨[②]。”

公爵笑了起来。

要勒住孔雀可不容易，它简直是拖着马夫在院子里跑，最后才把它逼到墙根前。它打着响鼻，颤动着，把腿脚收紧，可西特尼科夫却还在逗弄它，对它挥着鞭子。

“往哪儿瞧？看我把你……！吁！”马贩子亲切地威吓着，不由得欣赏起他的马来。

“多少钱?”公爵问。

“公爵大人要，就五千吧。”

“三千。”

---

① 即伊凡雷帝，俄国16世纪沙皇。
② 法语“我喜欢”的译音。

“不行啊，公爵大人，您行行好……”

“跟你说，三千，流氓，”赫洛帕科夫附和着。

我没等他们成交就走了。在街道尽头的一个拐角上，我看见一座灰色小房子的大门上贴着一张很大的纸。上方用羽毛笔画着一匹马，尾巴像烟囱，脖子长得不见底，马蹄下面用古体字写着下列启事：

“此处备有各种毛色马匹，均由坦波夫地主阿纳斯塔西·伊凡内奇·切尔诺巴伊之著名草原养马场专送列别江集市销售。该批马匹体态极佳，训练出色，性情温和。顾客诸君惠顾，请与阿纳斯塔西·伊凡内奇本人接洽；如遇阿纳斯塔西·伊凡内奇外出，可向马车夫纳扎尔·库贝什金垂询。顾客诸君，请多惠顾老人！”

我停下脚步。我想，不妨去看看切尔诺巴伊先生著名草原养马场的马匹。

我本想从便门进去，但发现便门与一般的习惯不同，竟是锁着的。我便敲敲门。

“谁呀？……是顾客吗？”一个女人尖声问道。

“是顾客。”

“就来，老爷，就来。”

便门打开了。我看见一个五十来岁的农妇，没包头巾，穿着靴子和敞怀皮袄。

“恩人，请进，我这就去向阿纳斯塔西·伊凡内奇通报……纳扎尔，喂，纳扎尔！”

“什么事？”从马厩里传出一个七十岁老人的沙哑声音。

“把马准备好，顾客来了。”

老妇人跑进屋里。

“顾客，顾客，”纳扎尔不满地对她嘟囔着。“我还没有洗好它们的尾巴呢。”

“啊，真是一派田园风光!”我想。

“你好，先生。欢迎光临，”我背后慢慢地响起一个圆润悦耳的声音。我回头一看：我面前站着一个中等身材的老人，穿着蓝色长大衣，白发苍苍，生着一对漂亮的天蓝色眼睛，脸上带着亲切的笑容。

“你要买马吗？请，先生，请……要不要先到里面喝杯茶?”

我谢绝了。

“好，那就请便。先生，请原谅我：我这儿都是按老规矩办事(切尔诺巴伊先生说话从容不迫，o 音很重)。我这儿一切都很简朴，你知道……纳扎尔，喂，纳扎尔，”他又拖长声音叫着，但并不提高嗓门。

纳扎尔出现在马厩门口，他是个满脸皱纹、长着鹰钩鼻子、蓄着山羊胡子的小老头。

“先生，你要什么样的马?”切尔诺巴伊先生继续说。

“不要太贵的，拉车用的，拉篷车。”

“好……有这样的……好……纳扎尔，把那匹灰色骟马拉出来给老爷看看，知道吗，就是那匹拴在边上的，还有那匹头上有白斑的枣红马，要不然，还有另一匹枣红马，就是美人儿生的那一匹，知道吗?”

纳扎尔回到马厩里。

“你就拉住马笼头把它们牵出来吧!”切尔诺巴伊先生在他后面喊着。“我这儿，先生，”他继续说，同时用明亮、和蔼的目光看着我的脸，“和那些马贩子不一样，不像他们那么无聊！他们都是用姜、盐、酒糟喂马[1]，愿上帝饶恕他们！……可我这儿，你看得见的，一切都一目了然，不会弄虚作假。”

马牵出来了。这些马我都看不中。

“行，那就把它们牵回去吧，”阿纳斯塔西 · 伊凡内奇说，“另外牵几匹出来给我们看看吧。”

又牵来几匹。最后我选中了一匹价钱便宜点的。我们开始讨价还价。切尔诺巴伊先生并不着急，说话通情达理，一本正经地赌咒发誓，以致我不能不“惠顾老人”，付了定金。

“好，现在，”阿纳斯塔西 · 伊凡内奇说，“请让我按老规矩，亲手把马交到你手里……为了它，你会感谢我的……你看这是匹多么强壮的马！像个核桃……从来没有人使用过……是匹草原马！套什么马具都行。”

他画了个十字，一只手拉起大衣的衣襟，隔着衣襟拉住笼头，把马交给我。

“现在这匹马是你的了……你还是不想喝杯茶吗?”

“不喝了，衷心感谢您：我该回家了。”

“那就请便……现在就让我的马车夫跟着你把马送去吗?”

“是的，现在就送，如果方便的话。”

“行，亲爱的，行……瓦西里，喂，瓦西里，跟这位老爷去，把马送去，把钱收回来。好，再见，先生，上帝保佑你。”

“再见，阿纳斯塔西 · 伊凡内奇。”

马送到我家里。第二天才发现这是一匹已经赶坏了的瘸腿马。我

---

① 马吃了盐和酒糟容易长膘。——原注

本想把它套上车，但我的马却往后退，用鞭子打它，它变得很不听话，尥起蹶子，后来干脆躺下了。我随即动身去找切尔诺巴伊先生。我问：

“在家吗?”

“在家。”

“您这是怎么回事，”我说，“您卖给我的是一匹用坏了的马。”

“用坏了的？……上帝保佑!”

“这匹马还是瘸腿的，而且脾气很倔。”

“瘸腿的？我不知道，一定是你的车夫把它使坏了……我可以对上帝发誓……”

“说实话，阿纳斯塔西·伊凡内奇，您应该收回这匹马。”

“不行，先生，请别见怪，货一出门，概不退换。事先您应该看清楚呀。”

我明白是怎么回事了，只得听天由命，我大笑一声就走了。幸而我付的学费并不太昂贵。

过了两三天，我离开了。一个礼拜以后，归途中，我又弯到列别江。在咖啡馆里，我看到的几乎还是那些人，我又碰到那位公爵在打台球。但是赫洛帕科夫先生的命运已经发生了过去常有的那种变化。淡黄头发的小军官取代了他的位置，受到公爵的宠爱。这个可怜的退伍陆军中尉还想再次当着我的面说出他的口头语，以为还能照样得到青睐，可是公爵不仅没有笑一笑，而且还皱紧眉头，耸耸肩膀。赫洛帕科夫先生这才垂下头，蜷缩成一团，钻到屋角里，悄悄地装着他的烟斗……

塔吉雅娜·鲍里索夫娜和她的侄儿

亲爱的读者，请把手伸过来吧，和我一起携手乘车出发。天气真是好极了。五月的天空一片蔚蓝，是那么柔和；爆竹柳光滑的嫩叶闪闪发亮，像冲洗过的一样；宽阔平坦的大路上长满绵羊最喜欢吃的红茎小草；左右两边，在几座缓坡小丘的长长坡面上，葱茏的黑麦正轻轻地泛着涟漪；几片云朵投下的淡淡阴影在它上面缓缓地移动着。远处森林郁郁苍苍，池塘波光潋滟，村庄橙黄闪亮；成百的云雀腾地飞起，歌唱着，又急速降落下来，伸长脖子，停在土堆上；几只白嘴鸦停在大路上，望着您，低头伏在地上，让您的马车驶过，接着跳了两下，笨拙地飞到一边；峡谷那边的山上，一个农夫在耕地；一匹短尾巴、鬃毛蓬乱的花斑小马驹跌跌撞撞地跟在母马后面跑着，可以听见它那尖细的叫声。我们的马车驶进一片白桦林；一股浓烈而新鲜的气味扑鼻而来。这是村口的栅门。车夫下了车，马匹打着响鼻，两匹拉套马回头望着，辕马甩动着尾巴，把头靠在马轭上……村口的栅门吱吱嘎嘎打开了。马车夫坐上车……驾！呈现在我们面前的是整个村庄。经过五六个院子，我们拐进右边，驶下一片洼地，又上了堤坝。在一个小池塘后边，在苹果树和丁香树的圆形树冠掩映下闪现着一座房子从前涂过红色、有两个烟囱的木板屋顶；马车夫沿着栅栏向左边驶去，在三只很老的杂种狗的尖利、嘶哑的吠声中驶进两扇敞开的大门，在宽敞的院子里急速地驶了一圈，经过马厩和板棚，向正侧着身子跨过敞着门的储藏室高门槛的管家老太婆神气地鞠了一躬，最后在一座窗户明亮的深色小屋的台阶前停了下来……我们来到塔吉雅娜·鲍里索夫娜家了。瞧，她正打开通风窗，向我们点头致意呢……您好啊，老太太！

塔吉雅娜·鲍里索夫娜是个五十来岁的妇人，长着一对鼓出的灰色大眼睛，一只蒜头鼻子，两颊红润，双下巴。脸上总洋溢着和蔼可亲的笑容。她结过婚，但不久就守寡了。塔吉雅娜·鲍里索夫娜是一位很出色的女性。她住在自己的小领地上，深居简出，和邻居很少往来，只接待并喜欢年轻人。她出生于一个很穷的地主家庭，没有受到任何教育，也就是说，她不会说法语，她也从未到过莫斯科——但是尽管有这些缺憾，她却洁身自好，保持质朴的本色，思想开放，性格豪爽，很少沾染小地主太太们常有的那些坏习气，这确实不能不令人感到惊异……确实，一个女人终年住在乡下，生活在穷乡僻壤，不搬弄是非，不怨天尤人，不卑躬屈节，不张皇失措，不郁郁寡欢，不因好奇而战栗……这真是奇迹！她通常穿一条灰色塔夫绸连衣裙，头上戴一顶带紫色缎带的白色便帽；她胃口很好，但并不多吃；果酱、干果、咸菜都让女管家去做。那么她一天到晚做些什么事呢？——您会问……看书吗？不，她不看书，说句实在话，书并不是为她而出版的……如果家中没有来客，我的塔吉雅娜·鲍里索夫娜冬天就坐在窗前织织袜子，夏天就到花园里去，种种花，浇浇水，逗小猫玩上几个钟头，喂喂鸽子……她很少过问田产的经营。但是如果来了客人，某一个她所喜欢的年轻邻居，塔吉雅娜·鲍里索夫娜便整个儿活跃起来。她让他坐下，请他喝茶，听他讲故事，对他笑，有时拍拍他的脸颊，自己却说得很少；要是来客遇到什么灾难，有什么不愉快，她就安慰他，劝解他。有很多人向她倾诉家中的私事，心中的秘密，在她怀里痛哭流涕！常有这样的事：她坐在客人的对面，轻轻地支着臂肘，那么关切地直视着客人的眼睛，那么友爱地微笑着，使得客人不由自主地想到："你是个多么好的女人，塔吉雅娜·鲍里索夫娜！让我把心里话全向你倾吐吧。"处身在她家舒适的小房间里，总使人感到亲切、温暖，在她家里总是阳光灿烂，如果可以这样表达的话。塔吉雅娜·鲍里索夫娜是个好得出奇的女性，可是没有人对她感到惊奇：她那健全的思想、坚定的性格、豁达宽容的态度，对他人的悲欢离合总是感同身受，一句话，她的一切优点似乎是与生俱来的，无需她费什么力气，无需她去刻意追求……对于她，不可能有别的想法，因而也不必对她表示感谢。她特别喜欢看年轻人游戏和淘气；她两手抱在胸前，仰起头，眯着眼睛，坐在那里，满面笑容，突然叹一口气说："唉，你们哪，我的孩子们，孩子们！……"因此，在她那里玩的年轻人往往很愿意走到她跟前去，拉起她的手，对她说："您听我说，塔吉雅娜·鲍里索夫娜，您不知道自己的价值，尽管您很朴实，也没有什么学问，可您却是个不平凡的人物！"光是她的名字就让人感到亲切温馨，人们喜欢说这个名字，它能引发人们友爱的微笑。譬如，我曾经几次向路上遇到的农民询问："老兄，到格拉乔夫卡怎么走？""老爷，您先到维亚佐沃耶去，再从那儿到塔吉雅娜·鲍里索夫娜家，塔吉雅娜·鲍里索夫娜那儿的人会告诉您的。"提到塔吉雅娜·鲍里索夫娜的名字，那农民便有点特别地晃了一下脑袋。由于家境关系，她用的仆人不多。女管家阿加菲娅管理着她家的住宅、洗衣房、储藏室和厨房。阿加菲娅从前做过她的保姆，是个心地极其善良、动不动就要流泪、牙齿已掉光的老妇人。两个脸颊像安东诺夫卡苹果一样结实、红得发紫的健壮使女归她指挥。七十岁的仆人波利卡尔普担任着侍仆、管事和餐厅仆役的职务，这是一个非同一般的怪人，他博览群书，是个退职的小提琴手，是维奥蒂①的崇拜者，拿破仑，或者如他所说的，波拿巴季什卡②的私人仇敌，他还是个狂热的夜莺迷。他房间里总是养着五六只夜莺；早春时节，他整天整天地坐在鸟笼旁边，等候第一声"莺啼"，等到以后，他便双手掩面，痛苦地感叹："噢，可怜啊，可怜！"接着便号啕大哭起来。给波利卡尔普当帮手的是他的孙子瓦夏，他是个十一二岁的男孩，长着一头鬈发，眼睛敏锐灵活。波利卡尔普疼他疼得要命，一天到晚跟他唠个不停。他还管孙子的教育。"瓦夏，"他说，"你说，波拿巴季什卡是个强盗。""那你给我什么，爷爷？""给你什么？……我什么也不会给你……你想你是谁？你是不是俄国人？""我是阿姆钦斯克人，爷爷，我是在阿姆钦斯克③出生的。""啊，傻瓜蛋！那么阿姆钦斯克在什么地方？""我怎么知道？""阿姆钦斯克在俄国，傻孩子。""在俄国又怎么样？""什么怎么样？已故的斯摩棱斯克公爵米海伊洛·伊拉里昂诺维奇·戈列尼谢夫-库图佐夫大人得到上帝的帮助把波拿巴季什卡赶出了俄国。就这件事还有人编了一首歌谣：'波拿巴顾不上跳舞，他的袜带不见了……'你懂吗，公爵解放了你的祖国？""这关我什么事？"

---

① 维奥蒂(1755—1824)，意大利小提琴演奏家、作曲家。
② 俄国人对拿破仑名字波拿巴的卑称。
③ 民间称姆岑斯克城为阿姆钦斯克，称姆岑斯克人为阿姆钦斯克人。阿姆钦斯克小伙子都很勇敢，难怪我们那里的人常常对仇人说："阿姆钦斯克人要来光顾你家了。"——原注

“唉，你啊，这个傻孩子，傻孩子！要是米海伊洛·伊拉里昂诺维奇公爵大人不把波拿巴季什卡赶出去，眼下就会有某个麦歇拿着棍子敲你的脑袋。他会走到你跟前，说：‘科芒·武·波尔特·武?’[1]就啪啪啪地敲你。”“那我就给他肚子一拳头。”“那他就会对你说：‘蓬茹尔，蓬茹尔，维涅·伊西。’[2]接着就抓住你的头发，抓住你的头发。”？“那我就踢他的腿，踢他的腿，踢他那两条长腿。”“不错，他们的腿都很长……可是如果他把你的手捆起来，你怎么办?”“我不让他捆，我会叫马车夫米海伊来帮忙。”“可是，瓦夏，难道法国人对付不了米海伊吗?”“怎么对付得了？米海伊那么棒!”“好吧，那你们会把他怎么样?”“我们就揍他的背，揍他的背。”“那他就要大叫巴尔东[3]了：巴尔东，巴尔东，谢武普莱![4]”“我们就要对他说：对你不能谢武普莱，你这个法国佬！……”“好样的，瓦夏！……那你就喊‘波拿巴季什卡是个强盗吧!’”“那你给我一块糖!”“这小子……”

塔吉雅娜·鲍里索夫娜和女地主们很少交往。她们不喜欢到她家里来，她也不善于和她们周旋，她们叽叽喳喳说个不停的时候，她会打瞌睡，她不时抖擞一下精神，竭力睁开眼睛，可一会儿又睡着了。一般说，塔吉雅娜·鲍里索夫娜不喜欢女人。她的朋友中有一个忠厚老实、温文尔雅的青年，那青年有个姐姐，是个三十八岁半的老处女，心地极其善良，可是精神上受过严重损伤，性情孤僻且容易激动。弟弟常常对她谈起这位女邻居。有一天早晨，我这位老处女什么话也没说，就吩咐

---

① 法语“你好吗”的译音。
② 法语“你好，你好，你过来”的译音。
③ 法语“饶命”的译音。
④ 法语“饶命，请饶命”的译音。

给她套马，径直到塔吉雅娜·鲍里索夫娜那里去。她穿着一条长连衣裙，戴着帽子，放下绿色的面纱，披散着鬈发，走进前厅，经过把她当作落水鬼而惊慌失措的瓦夏身边，跑进客厅。塔吉雅娜·鲍里索夫娜吓了一跳，她本想欠起身来，可两腿直发软。“塔吉雅娜·鲍里索夫娜，”客人用恳求的声音说，“请原谅我的冒昧，我是您的朋友阿列克谢·尼古拉耶维奇·克××的姐姐，我从他那儿听到许多关于您的情况，因此决定来和您认识一下。”“非常荣幸，”惊魂未定的女主人喃喃地说。客人扔下帽子，抖抖鬈发，在塔吉雅娜·鲍里索夫娜身边坐下，拉起她的手……“这就是她，”她若有所思、深受感动地说，“这就是那位善良、开朗、高尚、圣洁的女人！这就是她，一位纯朴同时却很深沉的女性！我多么高兴，我多么高兴！我们会互相喜欢的！我终于放心了……在我的想象中她就是这样的，”她又轻声地补了一句，两眼直视着塔吉雅娜·鲍里索夫娜的眼睛。“您不会生我的气，对吗？我善良的可爱的朋友。”“说哪儿话，我很高兴……您要不要喝点茶？”客人谦逊地笑了笑：“多么真诚，多么坦率，”[1]她仿佛自言自语地说，“亲爱的，请允许我拥抱您！”

老处女在塔吉雅娜·鲍里索夫娜家坐了三个钟头，一刻也没停止过说话。她竭力向这位新相识细说自己的优点。这位不速之客一走，可怜的女地主立刻去澡堂洗了个澡，喝足干椴树花茶，躺到床上。但是第二天这位老处女又来了，她一坐就是四个钟头，临走时还说以后每天都要来拜访塔吉雅娜·鲍里索夫娜。看样子，她是想让这位她所谓的天分如此丰富的女人得到充分的发展，弥补她教养上的不足，这样下

① 原文为德文。

去准会把她这位女邻居折磨得死去活来。幸而情况发生了变化：首先，过了两个多礼拜，她对于弟弟的这位女朋友已感到“完全”失望；其次，她爱上了一个过路的青年大学生，立即与他频繁而热烈地通起信来。在书信里，她照例祝福他过上圣洁而美好的生活，表示愿意牺牲“自己的一切”，只要求他称她为姐姐，她还醉心于描写大自然，谈论歌德、席勒、贝蒂纳和德国哲学，最后把这个可怜的青年弄得愁肠百结，万念俱灰。但是青春终于显示出自己的力量：一天早晨，他一觉醒来，怀着对“姐姐和最好的朋友”的刻骨铭心的仇恨，愤怒得几乎把自己的侍仆痛打一顿，后来在一段很长的时间内，他只要听到一点点关于崇高、无私爱情的暗示，便会恨得咬牙切齿……而塔吉雅娜·鲍里索夫娜从此以后也比以前更加竭力避免同女邻居们接近。

唉，世上决没有什么一成不变的事情。我向您叙说的这位善良的女地主的生活遭遇已经是过去的事情了。曾经主宰着她家的宁静已经荡然无存。她的侄儿，一个从彼得堡来的画家，已经在她家住了一年多。这件事情是这样发生的。

八年前，塔吉雅娜·鲍里索夫娜家住着一个十二三岁的男孩安德留沙[①]，这是她已故哥哥的儿子，一个父母双亡的孤儿。安德留沙有一对水汪汪的明亮大眼睛，嘴巴小小的，鼻子端正，高高的前额很漂亮。他说话声音又轻又甜，身上干净整洁，待人彬彬有礼，对客人亲切而殷勤，常常怀着孤儿的深情吻吻姑母的手。常常是您还没有露面，他已经给您端来了圈椅。他从来不淘气，不弄出一点声响，管自坐在屋角看书，那么谦恭，那么温顺，甚至坐着都不靠在椅背上。有客人来了，我

① 安德留沙是安德烈的小名。

的安德留沙便欠身向客人致意，礼貌地露出微笑，接着便脸红了。客人一走，他又坐下来，从口袋里掏出一把带镜子的刷子，梳梳头发。他从小就喜欢画画。他只要拿到一小张纸，就立刻向女管家阿加菲娅借来剪刀，仔细地把纸剪成正方形，在上面画上一圈花边，然后动手画起画来：他会画一只瞳仁很大的眼睛，或者希腊式鼻子，或者一座有烟囱的房子，烟囱里冒出袅袅的炊烟，一只“面对面”①像长凳一样的狗，一棵停着两只鸽子的树，然后题款：“安德烈·别洛夫佐罗夫作，某月某日，于小布雷基村。”在塔吉雅娜·鲍里索夫娜命名日前，他特别卖力地忙了两个礼拜：那一天，他第一个跑出来祝贺，送上一个扎着粉红色彩带的画卷。塔吉雅娜·鲍里索夫娜吻了吻侄儿的前额，解开彩带的结：画卷打开了，呈现在观看者好奇的目光下的是一座大胆涂上阴影的圆形殿堂，殿堂前有一排廊柱，中间是一座祭坛；祭坛上有一颗燃烧着的心和一个花冠，在上方弯弯曲曲的飘带上用清晰的字迹写着：“姑母和恩人塔吉雅娜·鲍里索夫娜·鲍格丹诺娃笑纳。恭敬和爱戴的侄儿敬献，以表最深切的挚爱。”塔吉雅娜·鲍里索夫娜又吻了吻侄儿，并给了他一个银卢布。然而她对侄儿并不特别喜爱，她不大喜欢安德留沙那种处处曲意逢迎的作风。后来安德留沙渐渐长大，塔吉雅娜·鲍里索夫娜开始为他的前程操心。一个意外的机会使她摆脱了困境……

事情是这样的：有一次，大约在八年前，一个六等文官、勋章获得者彼得·米哈伊雷奇·别涅沃伦斯基先生顺路来拜访她。别涅沃伦斯基先生从前曾在附近的一个县城里供职，常常来塔吉雅娜·鲍里索夫

---

① 原文为法文。

娜家做客。后来他迁居彼得堡，进了部里，得到一个相当重要的位置，他常常因公出差，有一次，他想起了这位老相识，便顺路到她那里，想摆脱一下繁忙的公务，“在乡村的寂静怀抱里”[①]休息两天。塔吉雅娜·鲍里索夫娜像往常那样热情地接待他，于是别涅沃伦斯基先生……但是在我们继续讲这个故事之前，亲爱的读者，请允许我先向您介绍一下这个新的人物。

别涅沃伦斯基先生中等身材，胖胖的，两条腿很短，一双手圆鼓鼓的，看上去温文尔雅；他穿一件非常干净的宽大燕尾服，系一条又高又宽的领带，里面是一件雪白的衬衫，缎子坎肩上缀着金链条，食指上戴着一枚宝石戒指，头上戴着淡黄色假发；他说话恳切而温和，走路不发出声音，总是愉快地微笑着，愉快地转动眼睛，愉快地把下巴搁在领带上：总之，他是个快活的人。他的心地天生极其善良：动不动就伤心落泪或欢天喜地，此外，他对艺术总燃烧着一种无私的热情，确确实实是无私的，因为，如果说一句实话的话，别涅沃伦斯基先生对艺术根本就一窍不通。真叫人百思不得其解，他这种热情究竟是从哪里来的，是哪一条神秘莫测的法则造成的？他似乎是一个老实人，甚至是个平庸的人……不过在我们俄罗斯这样的人是很多很多的。

为了表示对艺术和艺术家的热爱，这些人便表现出一种难以形容的令人肉麻的做作；和他们往来，和他们交谈是令人苦恼的：他们都是些涂了蜜的木头人。譬如说，他们从来不叫拉斐尔[②]为拉斐尔，不叫柯

---

① 引自普希金《叶甫盖尼·奥涅金》第7章第2节。
② 拉斐尔·桑齐奥(1483—1520)，意大利画家、建筑师，文艺复兴鼎盛时期的代表，创作了许多圣母像。

勒乔[1]为柯勒乔，而是说“神圣的桑齐奥，举世无双的德·阿雷格里”，还必定把重音放在 o 音上。他们把所有平庸粗俗、自命不凡、弄虚作假、平平常常的人都捧为天才，还故意把“天才”说成“尖才”；“意大利的碧空”、“南国的柠檬”、“布伦塔河畔的芬芳”这些词一直挂在他们嘴边。“哎，瓦尼亚，瓦尼亚”，或者“哎，萨沙，萨沙”，他们互相情意绵绵地说，“我们应该到南方去，到南方去……因为我们都有一颗希腊人的心，古希腊人的心！”在一些展览会上，当他们站在某些俄罗斯画家的某些作品前欣赏的时候，可以观察到他们的这种肉麻相。（必须指出，这些绅士大都是热烈的爱国者。）他们一会儿后退两步，昂起头看看，一会儿又走到绘画跟前细细欣赏，他们的眼睛好像噙着一层闪亮的泪花……“啊，我的上帝，”最后他们用激动得发颤的声音说，“充满热情，充满热情！啊，心灵，心灵！啊，灌注了全部热情！热情洋溢！……是怎么构思的！这是大师的构思！”可是他们家客厅里挂的是些什么样的画啊！又是哪些画家每天晚上到他们家做客，在他们家喝茶，听他们说话！他们向这些画家展示的自己房间的全景又是怎样的呢？右边有一把刷子，擦得锃亮的地板上有一堆垃圾，靠窗的桌子上放着一只青铜茶炊，主人本人穿着晨衣，戴着小圆帽，脸颊上有一块闪亮的光斑！那些来他们家拜访、脸上带着狂热而轻蔑的微笑的长发诗人又是些什么样的人！那些坐在钢琴前尖叫、脸色发青的小姐又是些什么样的小姐！由于我们俄罗斯已经形成这样的惯例：一个人不能只醉心于一种艺术，他必须什么都懂得一点。因此这

① 柯勒乔·德·阿雷格里（约 1489—1534），意大利画家，文艺复兴鼎盛时期代表。

些爱好艺术的绅士对俄罗斯文学，特别是对戏剧文学也给予慷慨的关照，这是不足为奇的……《雅科布 · 萨纳扎尔》[①]就是为他们而作的：被描写过数千次的不被承认的天才同世人、同整个世界的斗争也会照样强烈地震撼他们的心灵……

别涅沃伦斯基先生到来的第二天，塔吉雅娜 · 鲍里索夫娜在喝茶的时候吩咐侄儿把他的画拿来给客人看。“他会画画吗?”别涅沃伦斯基先生不无惊讶地说，又关切地转过身来看看安德留沙。“当然，会画画，”塔吉雅娜 · 鲍里索夫娜说。“他很有兴趣！而且是自己画，没有老师教。”“噢，让我看看，让我看看，”别涅沃伦斯基先生接着说。安德留沙红着脸，微笑着，把他的画册拿给客人看。别涅沃伦斯基先生摆出一副行家的样子开始翻阅画册。“画得好，年轻人，”最后他说，“画得好，很好。”他还伸出手摸摸安德留沙的头。安德留沙顺便吻了吻他的手。“您看，多么有天分！……祝贺您，塔吉雅娜 · 鲍里索夫娜，祝贺您。”“可是，彼得 · 米哈伊雷奇，在这儿我无法给他请到老师。到城里去请吧——又很贵。我的邻居阿尔塔莫诺夫家倒有一位画家，据说很出色，可是女主人不许他给别人上课，说是会败坏他的鉴赏力。”“唔，”别涅沃伦斯基先生哼了一声，沉思起来，皱着眉头看了看安德留沙。“好，这件事我们再商量，”他突然补充了一句，搓搓手。就在这一天，他请示塔吉雅娜 · 鲍里索夫娜和他单独谈谈。他们关起门来。过了半个钟头，他们叫安德留沙进来。安德留沙进来了。别涅沃伦斯基先生站在窗口，脸上微微泛红，眼睛焕发着光彩。塔吉雅娜 · 鲍里索夫娜坐在屋角擦眼泪。“是这么回事，安德留沙，”她终于开口

---

① 俄国作家库科利尼克(1809—1868)的剧作。

说，“你得感谢彼得·米哈伊雷奇，他要照管你，带你到彼得堡去。”安得留沙一下子惊呆了。“您坦白告诉我，”别涅沃伦斯基先生说，声音里充满了威严和宽容，“您想不想做一名画家，年轻人，您是否感到对艺术负有神圣的使命?”“我希望做一名画家，彼得·米哈伊雷奇，”安德留沙战战兢兢地说。“这样我就很高兴。”别涅沃伦斯基先生继续说，“您要离开您敬爱的姑母，当然很难受，您想必非常感激她。”“我非常爱我的姑母，”安德留沙打断他的话，眨着眼睛。“当然，当然，这是完全可以理解的，也很值得称赞；但是，想想看，将来您有了成就……会多么高兴……”“拥抱我吧，安德留沙，”善良的女地主喃喃地说。安德留沙扑过去，搂住她的脖子。“那么现在去感谢你的恩人吧……”安德留沙抱住别涅沃伦斯基先生的肚子，踮起脚尖，勉强吻到了他的手，恩人虽然接受了他的吻，但并不急于去接受……应该让孩子得到安慰和满足，也让自己得到一点享受。过了两三天，别涅沃伦斯基先生带着这个新收养的孩子离开了。

在别后的头三年里，安德留沙频频写信来，有时还在信里夹几张图画。别涅沃伦斯基先生偶尔还在信里附言几句，大都是称赞的话；后来信越来越少，最后竟完全断了音信。整整一年侄儿音信全无，塔吉雅娜·鲍里索夫娜着急起来，突然她收到这样一封短简：

亲爱的姑母！

三天前我的保护人彼得·米哈伊雷奇去世了。残酷的中风夺去了我最后的依靠。当然，我现在已经十九岁，七年来我取得了显著的成绩；我坚信自己的才能，并且能够靠它谋生；我并不气馁，但是，如果您同意的话，还是请您立即汇寄给我二百五十卢布。吻您的手，余言后叙，等等。

塔吉雅娜·鲍里索夫娜给侄儿汇了二百五十卢布。过了两个月他又来要钱，她倾其所有，又把钱寄给他。第二次汇款以后，还没过六个礼拜，他又第三次来要钱，说是要为捷尔捷列舍涅娃公爵夫人向他预订的肖像画买颜料。塔吉雅娜·鲍里索夫娜拒绝了。“既然如此，”他写信对她说，“我打算回乡下到您那里去治病。”果然，当年五月份，安德留沙回到了小布雷基村。

塔吉雅娜·鲍里索夫娜最初没有认出他来。根据他的来信，她以为他一定是一副脸黄肌瘦的病态，而她见到的却是一个肩膀宽阔、身体肥胖、脸庞又宽又红润、长着一头油光光鬈发的小伙子。当年瘦弱苍白的小安德留沙如今已长成了强壮的成年人安德烈·伊凡诺夫·别洛夫佐罗夫。他不光是外表起了变化。当年的拘谨腼腆、细心整洁变成了肆意妄为、令人难以容忍的邋遢。他走起路来左摇右摆，常常是一屁股坐到圈椅里，一下子趴倒在桌子上，摊开手脚懒洋洋地坐着，大张着嘴巴打哈欠；对待姑母和仆人十分粗暴。他说，我是个画家，自由的哥萨克！叫你们认得我！他往往一连几天不动笔，一旦有了所谓的灵感，他就装腔作势，好像喝醉了酒，变得忧郁、笨拙，并且大吵大闹；他两颊烧得通红，目光无神；大谈自己的才能、成就，说他眼下在怎么发展，在如何进步……其实，他的才能也就是勉强能画几幅差强人意的小肖像画。他根本就不学无术，什么书也不读，再说画家读书有什么用呢？大自然、自由、诗歌——这就是他的爱好。他总是满不在乎地甩动头发，高谈阔论，吸吸茹科夫烟！俄罗斯人的豪放值得称道，可对许多人并不适合；那些没有才能的二等波列扎耶夫①们都俗不可耐。我们的安德烈·伊凡内奇就在姑母家长住了下来：免费的面包显然很合他的胃口。他总是让客人们感到非常无聊。他常常坐在钢琴前(塔吉雅娜·鲍里索夫娜家有一架钢琴)，用一个指头找着琴键弹《剽悍的三套马车》；他在钢琴上弹着和音，敲着琴键，一连几小时痛苦地哀号着瓦尔拉莫夫②的浪漫曲《孤松》或《不，医生，不，不要来》。他的眼睛胖得鼓起来，他的脸颊焕发着红光，像一面鼓……有时候，他会突然吼叫起来："平静些吧，狂热的激情……"使塔吉雅娜·鲍里索夫娜吓一跳。

"真奇怪，"有一次她对我说，"现在作的歌曲都是那么要死要活的，我们那时候就不是这样：悲伤的歌曲也有，但是听起来还是很让人喜欢……譬如：

来吧，快到牧场上来找我，
我在那里白白地等候；
来吧，快到牧场上来找我，
在那里，我的眼泪像水流……
啊，当你来到牧场的时候，
已经太迟了，我亲爱的朋友！"

塔吉雅娜·鲍里索夫娜调皮地笑了笑。

---

① 波列扎耶夫(1804—1838)，俄国诗人。
② 瓦尔拉莫夫(1801—1848)，俄国作曲家、歌唱家，浪漫曲作曲大师。

“我好痛苦，我好痛苦，”侄儿在隔壁房间哀号起来。

“你唱够了，安德留沙。”

“离别的时候，我的心都要碎了，”不肯安静的歌手继续唱着。

塔吉雅娜·鲍里索夫娜直摇头。

“唉，这些画家真够戗！……”

从那时起已经过了一年。别洛夫佐罗夫至今还住在姑母家，一直准备到彼得堡去。在乡下他胖得腰围超过身高。姑母——谁想得到呢——非常宠爱他，而这一带的姑娘们都爱上他……

许多老相识都不再到塔吉雅娜·鲍里索夫娜家里去了。

死

我有一个邻居，是个青年地主，也是个青年猎人。在七月的一个早晨，我骑马到他那里去，建议和他一起去打松鸡。他同意了。“不过，”他说，“我们一起穿过我那片小树林，到祖沙去；我要顺便去看看恰普雷吉诺；您知道我那片橡树林吗？那儿正在伐木。”“走吧。”他吩咐备马，穿上铜钮扣做得像野猪头的绿色常礼服，带上用粗毛线绣花的猎袋、银水壶，背上一支还有八成新的法国枪，不无得意地在镜子前转来转去，唤上他的猎狗埃斯佩南斯，那是他的表姐，一个心地善良然而掉光了头发的老处女送给他的。我们出发了。我的邻居带了甲长阿尔希普同行，他是一个四方脸、颧骨非常突出的矮胖农民，陪同的还有一个不久前从波罗的海沿岸省份雇来的管家戈特利布·冯·德尔·科克先生，他是个十八九岁的小伙子，瘦削，黄头发，高度近视，肩膀下垂，脖子很长。我的邻居本人也是不久前才掌管这份领地的。把领地作为遗产留给他的是他的姑母，五等文官夫人卡尔东-卡塔耶娃，她是个特别肥胖的妇女，即使躺在床上也要不断苦恼地喘气。我们骑马走进了“小树林”。“你们在这块林中空地上等我一下，”阿尔达里昂·米哈伊雷奇（我的邻居）对我们这些同行的人说。德国人戈特利布鞠了一躬，下了马，从口袋里拿出一本小册子，好像是约翰娜·叔本华的小说，在灌木丛下坐下。阿尔希普仍在太阳下晒着，在一个钟头内竟动也没动一下。我们在灌木丛里转悠了一阵，连一窝小鸟也没有找到。阿尔达里昂·米哈伊雷奇说他想到树林里去。我自己对这一天打猎是否会获得成功也缺乏信心，便拖着沉重的脚步跟了他去。我们回到林中空地上。德国人在书页上做了个记号，站起来，把书放进口袋里，费了不少力气才骑到他那匹已经退役的短尾母马上，那匹马只要一碰它就会嘶叫，尥蹶子踢人。阿尔希普抖擞一下精神，同时勒紧两根缰绳，两腿一夹，终于策动了他那匹受惊的载了人的劣马。我们动身了。

我从小就熟悉阿尔达里昂·米哈伊雷奇家的树林。我和法国家庭教师德西雷·弗勒里先生①常常到恰普雷吉诺去，德西雷·弗勒里先生②是个心地极其善良的人，不过他每天晚上都要我服一种叫勒鲁瓦的药水，几乎损害了我一生的健康。这座树林共有两三百棵大橡树和梣树。它们那挺拔、粗大的树干在榛树和花楸树的金黄晶莹的绿叶衬托下黑黝黝地矗立着，显得无比雄伟。长到更高的地方，它们在明净的碧空中显现出清晰的轮廓，并在那里伸展出宽阔多结的树枝，像一顶顶帐篷。苍鹰、红脚隼、红隼在静止不动的树梢下鸣叫、飞翔，杂色的啄木鸟使劲啄着厚厚的树皮；一只乌鸫响亮的啼鸣突然紧跟着黄莺悠扬的鸣啭从浓密的叶丛中响起；在下面的灌木丛中，知更鸟、黄雀和柳莺啁啾、歌唱着；燕雀灵巧地在小径上跑着；一只雪兔小心翼翼地"跛行"着，顺着林边溜了过去。一只红褐色的松鼠活泼地从一棵树跳到另一棵树上，突然停住，把尾巴翘到头顶上。草丛中，在一些高高隆起的蚁冢附近，蕨类植物仿佛雕刻出来的美丽的叶子的淡淡阴影下开放着紫罗兰和铃兰花，生长着红菇、毛头乳菌、卷边乳菇、牛肝菌和红蛤蟆菌；在一片片小草地上，茂盛的灌木丛下面，成熟的草莓红成了一

---

①② 原文为法文。

片……树林里的浓荫又多么令人心旷神怡！在最炎热的时候，在正午……竟如同深夜一样：静谧、芬芳、凉爽……在恰普雷吉诺树林里，我曾经度过一段快乐的时光，因此，说实话，现在我走进这片极其熟稔的树林，不禁产生了一种淡淡的哀愁。一八四〇年那毁灭性的无雪的冬天竟不放过我那些老朋友——橡树和梣树，它们枯萎、凋零，有些地方覆盖着干枯的树叶，凄凉地高耸在“换了班，前来替换”你们的幼小树林上面……①有些下面还长着叶子的树木仿佛怀着责备和绝望的神情把它们没有生命的已被折断的枝条伸向高处；一些粗大、干枯、已经死去的树枝从虽然不像从前那样茂盛，却还相当浓密的叶丛中伸了出来；有些树的树皮已经脱落；有些树终于彻底倒下，像尸体一样在地上腐烂。谁会想到——浓荫，恰普雷吉诺树林的浓荫竟然荡然无存！望着这些垂死的树木，我想，你们大概会感到惭愧和痛苦吧？……我想起了柯尔佐夫②的一首诗：

高雅的言谈，
自豪的力量，
王者的不凡，
为何都消亡？
绿色的奇观，
如今在何方？……

---

① 1840 年遇到严酷的冬天，到 12 月底还未下雪，秋播作物的秧苗全部冻死，许多郁郁葱葱的橡树林也被这个无情的冬天毁灭。很难用新的树林代替它们：土地的生产力显然衰退了；在“禁区”（捧着圣像绕行过的）空地上，代替从前贵重树木的是自生自长的白桦和白杨；而用另一种办法造林，我们还不会。——原注

② 柯尔佐夫（1809—1842），俄国诗人。下面一节诗引自他的《森林》。

“怎么，阿尔达里昂·米哈伊雷奇，”我开口说，“这些树木为什么不在那年的第二年砍伐？现在可卖不到从前价钱的十分之一了。”

他只是耸耸肩膀。

“那要问我的姑母了；商人们来过，钱也带来了，缠住不放。”

“我的天！我的天！”[①]冯·德尔·科克走一步叫一声。“多么可气！多么可气。”

“怎么可气？”我的邻居微笑着问。

“就是可惜，我是想说。”（大家知道，所有的德国人在花了好大力气终于学会字母 л 的发音后，总是把这个音咬得特别重。）

那些倒在地上的橡树使他特别感到可惜——确实：有的磨坊主会出大价钱购买这些树的。可是甲长阿尔希普却无动于衷，保持着平静，一点也不感到伤心；相反，他甚至很开心地从这些树干上一棵棵跳过去，还往每一棵树上抽一鞭。

我们艰难地走到伐木的地方，突然，在一棵树轰然一声倒下之后，传来了一阵叫喊声和说话声，过了一会儿，一个青年农民脸色苍白、披头散发从树林里向我们跑来。

“什么事？你跑哪儿去？”阿尔达里昂·米哈伊雷奇问他。

他立刻站住了。

“唉，阿尔达里昂·米哈伊雷奇老爷，不好了！”

“什么事？”

“老爷，马克西姆被树压伤了。”

“这是怎么搞的？……是包工的马克西姆吗？”

---

① 原文为德文。

“是包工的，老爷。我们在砍一棵椤树，他站在那儿看……站着，站着，便走到水井那儿去打水：大概是想喝水。突然，那棵椤树格格地响起来，直朝他身上倒下去。我们直对他喊：快跑，快跑，快跑……他要是跑到旁边去就好了，可是他一直朝前跑……他一定是慌了神了。椤树的树梢压在他身上。那棵树为什么倒得这么快，只有天知道……大概树心烂空了。”

“那么，马克西姆给压着了吗?”

“压着了，老爷。”

“压死了吗?”

“没有，老爷，还活着。可是两条腿和两只手都给压断了。我这是去请谢利维尔斯迪奇，去请医生。”

阿尔达里昂·米哈伊雷奇吩咐甲长快马加鞭到村里去请谢利维尔斯迪奇，自己则快马跑往林垦地……我也跟了去。

我们看到可怜的马克西姆躺在地上，十来个农民站在他身旁。我们下了马。他几乎没有呻吟，偶尔睁开眼睛，睁得大大的，似乎在惊奇地看着周围的景象，咬咬发青的嘴唇……他的下巴在颤动，头发粘在前额上，胸部不均匀地起伏着：他已是奄奄一息。一棵小菩提树的淡淡的阴影在他脸上轻轻地浮动。

我们向他弯下身去。他认出了阿尔达里昂·米哈伊雷奇。

“老爷，”他口齿不清地说，“把神父请来……派人去……请您吩咐……上帝……在惩罚我……腿、手都压断了……今天……礼拜天……可我……你看……没让伙计们休息。”

他透不过气来，停了一下。

“我的钱……请交给我老婆……我老婆……扣去……这件事奥尼

西姆知道……我欠谁……就还给谁……”

“我们派人去请医生了，马克西姆，”我的邻居说，“也许你还不会死。”

他想睁开眼睛，结果只是吃力地抬了抬眉毛和眼睑。

“不，我快死了。瞧，她来了，死神，喏……饶恕我，伙计们，要是我有什么地方……”

“上帝会饶恕你的，马克西姆·安德烈伊奇，”农民们用低沉的声音一起说，并且摘下帽子，“你也饶恕我们。”

他突然使劲摇了一下头，痛苦地挺起胸膛，接着，胸膛又平伏下来。

“可是不能让他死在这儿，”阿尔达里昂·米哈伊雷奇大声说，“伙计们，把那边大车上的席子拿来，我们把他送到医院去。”

有两个人往大车奔去。

“我向叶菲姆……西乔村的……”垂死的人含糊不清地说，“昨天买了一匹马……付了定金……这马是我的……也……交给我老婆……”

大家把他抬到席子上……他全身颤抖起来，像一只中了弹的鸟，接着便挺直了……

“他死了，”农民们嘟囔着。

我们默默地骑上马，走了。

可怜的马克西姆的死不禁使我陷入沉思。俄国农民对待死亡的态度是令人惊异的！弥留时的状态既不能说是淡漠，也不能说是迟钝；他们的死就像在举行一种仪式：冷漠而简单。

几年前我另一个邻居的村子里有一个农民在谷物干燥房里被严重

烧伤了。（他很可能就这样待在谷物干燥房里，幸好一个过路的小商贩把他这个半死的人拖出来：他先在一桶水里浸湿一下，然后跑去拆掉正在燃烧的屋檐底下的那扇门。）我顺路到他的小屋里去看他。屋子里非常昏暗，烟雾弥漫，很闷。我问病人在哪里。“在那边呢，老爷，在炕上，”一个闷闷不乐的农妇拖长声音回答我。我走近去——一个庄稼汉躺在那里，身上盖着一件皮袄，困难地呼吸着。“你觉得怎么样？”病人在炕上动了动，想坐起来，可是全身都是伤，已濒临死亡。“躺着，躺着，躺着……你，怎么样？”“当然，不好，”他说。“你痛吗？”他不作声。“你要点什么吗？”他还是不作声。“要不要给你倒杯茶来，怎么样？”“不用。”我从他身边走开，坐在长凳上。我坐了一刻钟，坐了半小时，屋子里像坟墓里一样静。屋角圣像下的桌子旁躲着一个四五岁的小姑娘，正在吃面包。母亲有时用手指警告她别乱动。过道屋里有人在走动、敲击、说话；弟媳妇在切白菜。“喂，阿克西尼娅！”病人终于说话了。“要什么？”“给我一点克瓦斯。”阿克西尼娅给他克瓦斯。又是一片寂静。我悄悄问她：“给他领过圣餐了吗？”“领过了。”这么说，一切都准备好了：只是等死。我受不了，便走了……

我还记得，有一次我顺路到红山村医院去看一个熟人卡皮通医士，他是个着迷的猎人。

这家医院设在从前地主庄院的厢房里；女地主亲自创办了这所医院，也就是叫人在门上钉了一块浅蓝色牌子，上面用白字写上“红山医院”，又亲手把一本很漂亮的登记册交给卡皮通，让他登记病人的名字。在登记册的第一页上由这位乐善好施的女地主家一个善于逢迎拍马的听差写的下面一首小诗：

在这充满快乐的美好地方，
一位美人亲自创办了这殿堂；
都来赞美你们主人的慷慨吧，
红山村的居民们，你们都那么善良！①

而另一位绅士又在下面添了一句：

我也爱大自然！

伊凡·科贝里亚特尼科夫②

医士自己出钱买了六张病床，得到许可以后，便开始为上帝的子民治病。除了他，医院里还有两个人：精神失常的雕刻工帕维尔和担任过厨娘工作、患手麻痹症的农妇梅利基特里萨。他们两人负责配制药剂，烘干或浸泡草药；他们还要负责安定热病患者的情绪。精神失常的雕刻工外表忧郁，少言寡语，每天夜里都要引吭高歌一曲《美丽的维也纳》，还要走到每个过路人跟前，要求允许他娶一个早已死去的名叫玛拉尼娅的姑娘。患手麻痹症的农妇经常打他，叫他去管火鸡。有一次我在医士卡皮通那里聊天。我们刚刚谈起最近的一次打猎，突然一辆大车驶进了院子，车上套的是一匹只有磨坊主才有的非常肥壮的瓦灰马。大车上坐着一个穿新外衣、胡子斑驳、身体结实的庄稼汉。“啊，瓦西里·德米特里奇，”卡皮通隔着窗子叫道，“欢迎您……是雷鲍夫希诺的磨坊主，”他轻声对我说。那庄稼汉喘着气爬下大车，走进医士

①② 原文为法文。

的房间，找到圣像，画了个十字。“怎么样，瓦西里·德米特里奇，有什么新闻？……您大概不大舒服吧？您脸色不大好。”“是啊，卡皮通·季莫菲伊奇，有点不对头。”“您怎么啦?”“是这么回事，卡皮通·季莫菲伊奇。不久前我在城里买了几块做磨盘用的石头，就把它们运回家，我从大车上搬下来的时候使了一把劲，您说怎么着，我肚子咕噜响了一声，好像什么东西断了……从那个时候起，我就觉得不舒服。今天感到特别难受。”“唔，”卡皮通唔了一声，嗅了嗅鼻烟，“这是疝气病。这件事发生多久了?”“已经第十天了。”“第十天了?(医士倒抽了一口冷气，摇摇头。)让我检查一下。嗯，瓦西里·德米特里奇，”最后他说，“我很同情你，从心里同情你，你的情况不好，你的病可不是闹着玩的，留在我这儿吧；我一定尽一切努力，不过我也不敢担保。”“我的病有这么重吗?”吃惊的磨坊主咕哝着。“是啊，瓦西里·德米特里奇，很重；要是你早两天来就没事了，真可以说是手到病除，可现在已经发炎，眼看就要变成坏疽了。”“不可能，卡皮通·季莫菲伊奇。”“我已经对您说了。”“怎么会这样！(医士耸耸肩膀。)难道我会因为这点该死的小病死掉吗?”“我没有这么说……我只是请您留在我这儿。”庄稼汉想了又想，看看地上，然后望了我们一眼，搔搔后脑勺，便伸手去拿帽子。“您上哪儿去，瓦西里·德米特里奇?”“哪儿去，当然是回家去啰，既然病得这么重。要是这样，就得回去安排后事啰。”“您这样会害了自己的，瓦西里·德米特里奇，别这样；我就感到奇怪，您是怎么把车赶到这儿的。留下来吧。”“不，卡皮通·季莫菲伊奇老兄，既然要死，就死在家里；我要是死在这儿，上帝知道家里会发生什么事。”“瓦西里·德米特里奇，还不知道事情会怎么样呢……当然危险，很危险，毫无疑问……所以您应该留下来。”庄稼汉摇摇头。“不，卡皮通·季莫菲伊奇，我不能留下……您是不是给我开点药啊。”“光吃药是没有用的。”“我不能留下，我说过了。”“那就请便吧……以后可别怪我!”

医士从登记册上撕下一张纸，开了药方，嘱咐了还应该做些什么事。庄稼汉拿了药方，给了卡皮通半个卢布，走出房间，坐上大车。“那就再见了，卡皮通·季莫菲伊奇，过去要是有什么事得罪了，请多原谅，我要是有个三长两短，请不要忘记我那几个孤儿……”“嗳，留下来吧，瓦西里!”庄稼汉只是摇了一下头，用缰绳抽了一下马，便驾车驶出了院子。我走到街上，目送他离去。道路泥泞不堪，坑坑洼洼；磨坊主不慌不忙、小心翼翼地驾着车，灵巧地赶着马，不时和迎面碰到的人打打招呼……第四天他就死了。

俄罗斯人对待死亡的态度是令人惊异的。许多死者的音容笑貌至今犹浮现在我的脑海里。我想起了你，我的老朋友，没有读完大学课程的学生阿维尼尔·索罗科乌莫夫，一个非常出色而高尚的人！我又看到你那患肺病的发青的面孔，你那稀疏的淡褐色头发，你那温和的微笑，你那热情的目光，你那修长的肢体；我听见你那微弱而亲切的声音。你受聘在一个大俄罗斯地主古尔·克鲁皮亚尼科夫家，教他的孩子福法和焦佳学俄语、地理和历史，耐心地忍受着古尔本人那令人难堪的戏言、管家粗暴的客气、怀恨的男孩们庸俗的胡闹；带着苦笑，然而又毫无怨尤地执行无聊的女主人各种异想天开的要求；然而，在晚饭之后的傍晚，你得以休息，又是多么怡然自得啊，那时你终于摆脱了所有的责任和工作，坐在窗前，若有所思地吸着烟斗或者如饥似渴地翻阅着那本残破而油污的厚杂志——那是那个像你一样无家可归的苦命人土地丈量员从城里带来给你的。那时你多么喜爱诗歌和各种小说，你的眼睛多么容易噙满泪水，你笑得多么开心，你那纯洁得像婴儿一般的心灵充满了对人们多么真挚的爱，对一切善良美好的事物怀有多么崇高的共同感情！应该说句实话：你并不特别机智，你天生没有好的记性，你也不很勤奋；在大学里人家都认为你是个劣等生，上课时打瞌睡，考试时高傲地一声不吭；然而是谁为了同学的一帆风顺和优异成绩高兴得眼睛放出快乐的光芒，激动得喘不过气来？是阿维尼尔……是谁盲目地相信朋友的崇高志向？是谁自豪地赞扬他们？是谁倔强地保护他们？是谁既不嫉妒也不怀有虚荣心？是谁无私地牺牲自己的利益？是谁乐于服从那些连替自己解鞋带都不配的人？……都是你，都是你，我们心地善良的阿维尼尔！我记得：当你为了履行“合同”离开的时候，是怀着悲痛欲绝的心情和同学们告别的；不祥的预感折磨着你……果然，在乡村里你备受艰辛，在乡村里没有谁能让你虔诚地洗耳恭听，没有谁能让你感到惊奇，没有谁值得你去爱……那些草原居民，那些受过教育的地主对待你就像对待一般教师一样；有的态度粗暴，有的漫不经心。况且你貌不惊人，你腼腆，容易脸红、出汗，说话结结巴巴……连乡村的空气也不能使你恢复健康：你像一支蜡烛那样消融了，可怜的人！不错：你的房间朝向花园；稠李树、苹果树、菩提树都把它们的落英撒在你的桌子上、墨水瓶上和书本上；墙上挂着一块浅蓝色绸钟垫，那是一位善良、多情的德国女子，长着一头金黄鬈发和一双深蓝色眼睛的家庭女教师在离别时送给你的；有时会有一个老朋友从莫斯科来看望你，拿出别人写的甚至是自己写的诗歌，使你欣喜若狂；然而孤独的生活、教师的身份这种令人难以忍受的奴隶地位，无法摆脱的境遇、漫长的秋天和冬天，加上病魔缠身……可怜的，可怜的阿维尼尔！

在索罗科乌莫夫去世前不久我去看望过他。那时他已经几乎不能下地走路了。地主古尔·克鲁皮亚尼科夫没有把他赶出去，但已停发他的薪金，并且为焦佳另请了一个老师……把福法送进武备中学。阿维尼尔坐在窗前一张旧的高靠背圈椅上。天气极好。一排光秃秃的深褐色菩提树上方，晴朗的秋日天空呈现出一片令人心旷神怡的蔚蓝色；树上最后几片零零落落的金黄色叶子在微微抖动，发出簌簌的声响。冰冻的土地在阳光下冒着水气，缓缓地解冻；太阳嫣红的夕照淡淡地投落在泛白的草地上；空中仿佛可以听到一种轻微的噼啪声；花园里雇工们的说话声清晰可闻。阿维尼尔披着一件破旧的布哈拉式晨衣，绿色的围巾使他那枯瘦的脸上映出一片淡淡的灰绿色。他看到我非常高兴，伸出手来，开始跟我说话，同时咳嗽着。我让他平静下来，坐到他身边……阿维尼尔膝盖上放着一本认真抄写的柯尔佐夫诗集；他微笑着用手轻轻敲敲它。“这才叫诗人，”他竭力抑制着咳嗽，喃喃地说，接着用极其微弱的声音朗诵起来：

雄鹰的翅膀
是不是被缚住？
它高飞的前方
是不是被围堵？

我拦住他：医生禁止他说话。我知道，怎么才能使他高兴。索罗科乌莫夫如常人所说从来不“注视”科学的发展，但他对于现在伟大的学者们的最新成就还是很感兴趣的。他常常在某个角落里拦住一个同学，详细询问各种情况：他听着，感到惊奇，相信对方的话，然后再把他的话讲给别人听。他特别关心德国哲学。我就跟他谈黑格尔(你知道，这是很久以前的事情了)。阿维尼尔深信不疑地频频点头，扬起眉毛，微笑着，轻声地说：“我明白，我明白！……啊！好极了，好极了！……”这个命在旦夕、无处栖身、孤苦伶仃的可怜人的孩子式的好学精神实在使我感动得流泪。必须指出，和所有患肺病的人相反，阿维尼尔从来不讳言自己的病情……从哪里看出来呢？他不唉声叹气，不悲观失望，甚至从未暗示过自己的处境……

他振作起精神，谈论莫斯科，谈论同学的情况，谈论普希金，谈论戏剧，谈论俄罗斯文学；他回忆起我们的聚餐，我们小组里热烈的辩论，惋惜地提到两三个已故的友人的名字……

“你还记得达莎吗？”最后他又说，“那是一颗金子般的心！多好的心肠！她曾经那么爱我！……现在她怎么样了？大概又憔悴又虚弱，这可怜人。”

我不忍让病人失望，的确，又何必让他知道呢，他的达莎现在发胖了，和商人康达奇科夫兄弟频繁来往，涂脂抹粉，尖声尖气地说话，出口伤人。

“可是，”望着他那疲惫不堪的脸，我暗自思忖，“能不能把他从这儿弄出去？也许还能治好他的病……”但阿维尼尔不让我把话说完。

“不，老兄，谢谢你，”他说，“死在哪儿都一样。我反正活不到冬天了……何必徒然去惊动别人呢？我在这儿住惯了。不错，这儿的主人……”

“很凶，是吗？”我接着说。

“不，不凶！不过，都是些木头人。再说，我也不能怨他们。这儿有几位邻居：地主卡萨特金有个女儿，是个很有教养、很亲切、心肠非常好的姑娘……不骄傲……”

索罗科乌莫夫又咳嗽起来。

“一切都无所谓，”他歇了一口气又继续说，“只要让我吸烟就行……我不会就这样死去的，我要吸烟！”他调皮地眨了一下眼睛，又说，“荣耀归于上帝，我活得很满足了，我结识了许多好人……”

“可你应该给亲戚写封信，”我打断他的话。

“何必给亲戚写信呢？要帮忙吗——他们又帮不了我的忙；我死了，他们会知道的。何必谈这件事呢……你最好还是跟我说说你在国外的见闻吧。”

我说了起来。他聚精会神地听我说。临近傍晚的时候我走了。过了十来天我收到克鲁皮亚尼科夫先生以下一封信：

> 先生：我荣幸地奉告，贵友，在舍下寄居之大学生阿维尼尔·索罗科乌莫夫先生于三日前午后二时逝世，今日由鄙人出资已于敝教区教堂内落葬。遵照贵友嘱托，特随函送上书籍簿册若干。彼尚有款项二十二个半卢布，已连同其他遗物送交其亲戚。贵友临终时神志清楚，可谓十分安详，即使与敝人全家诀别时，亦毫无遗恨之意。内子克列奥帕特拉·亚历山德罗夫娜特嘱笔向您问候。对于贵友之死，内子颇为伤痛，贱体则感谢上帝得以粗安。
>
> 您恭顺的仆人克·克鲁皮亚尼科夫

我还记起其他许多例子，但是不能一一尽述，只再说一个。

一个年老的女地主临终时我恰好在场。一个教士站在她身旁为她作临终祈祷，他突然发现，病人真的快断气了，连忙把十字架递上去。女地主不高兴地挪开身子。“你忙什么，神父，”她转动僵硬的舌头说，“来得及的……”她毕恭毕敬地吻了吻十字架，刚要把手伸到枕头底下去便断了气。枕头底下放着一枚银卢布：她准备把它付给教士，作为临终祈祷的报酬……

是啊，俄罗斯人对待死亡的态度是令人惊异的！

歌手

科洛托夫卡是个小小的村庄，从前曾属于一个女地主，她因为生性大胆泼辣，附近的人都称她为泼妇（她的真名倒没有人知道了），如今它归一个彼得堡来的德国人所有。这个村庄建在一座光秃山丘的斜坡上，一道可怕的冲沟把这座山丘从上到下切成两半，冲沟不断崩塌、被雨水冲刷，裂开深不见底的大口，沿街道的正中蜿蜒伸展，比河流更加彻底地把这个贫穷的小村庄分成两半（如果是一条河，至少可以架桥）。几棵瘦弱的爆竹柳岌岌可危地倒悬在冲沟沙质的两壁；在干涸的黄铜色沟底上堆积着许多巨大的黏土质石块。这情景之凄凉自不必说了，可是周围的居民却熟知通往科洛托夫卡村的路径：他们常常喜欢到那里去。

在冲沟的上端，离狭小的裂缝顶部几步路的地方有一座四方形的小木屋，它孤零零地矗立在那里，远离其他的房屋。小木屋上盖着干草，有一个烟囱，一扇窗子仿佛锐利的眼睛朝冲沟开着，冬天的晚上，屋里的灯光透出窗外，在朦胧的寒雾中从很远的地方就可以看见它，它仿佛一颗指路的星星给不止一个过路的农民指明方向。屋子的门楣上钉着一块浅蓝色牌子；这座小木屋是一家酒店，人称“安乐窝”。这家酒店的酒价大概并不比规定的价钱便宜，但比起周围同类的店家来，它的客人却多得多。其原因就在掌柜尼古拉·伊凡内奇身上。

尼古拉·伊凡内奇从前是个身材匀称、头发拳曲、脸色红润的小伙子，现在却长得非常肥胖，成了个头发斑白、面孔虚胖、前额肥厚并且布满线条般皱纹、长着一双调皮、善良小眼睛的汉子，他在科洛托夫卡已居住了二十多年。尼古拉·伊凡内奇和大多数酒店掌柜一样是个机灵麻利的人。他对人并不特别亲热，话语也不多，却天生具有吸引和留住顾客的本领，他们在这位平静的老板虽然锐利却很和蔼可亲的目光下坐在他的柜台前似乎感到很愉快。他有许多清醒的见解，不管是地主的生活习惯，还是农民和小市民的生活习惯他都很熟悉；在人们遇到窘迫的事情时，他往往能提出很不错的忠告，但他是个小心谨慎、明哲保身的人，他宁愿远离是非之地，最多只是用一些隐隐约约、似乎无意中说出的暗示来引导他的顾客——而且只限于他所喜欢的顾客——对问题作出正确的处理。他对于俄罗斯人重视和感兴趣的事都很内行，例如马匹、牲口、树林、砖头、器皿、布匹和皮革、歌曲和舞蹈等。在没有顾客的时候，他总是像只麻袋似的坐在门前的地上，盘起两条细长的腿，和所有的过路人亲切地说上几句话。他一生见多识广，他比几十个到他这儿来买“烧酒”的小贵族都活得长，他知道方圆百里内发生的一切事情，但从来不与人谈起，也不露出连明察秋毫的警察局长都不曾怀疑过的事他都知道的样子。他一直很少说话，逢人只是笑笑，动动酒杯。邻近的人都尊敬他：县里官阶最高的地主，特任文官谢列彼坚科每次经过他的小屋时都放下架子和他打招呼。尼古拉·伊凡内奇是个很有影响的人物。一个有名的盗马贼偷了他一个熟人的马，他让盗马贼把马还给人家；邻村的农民反对地主家新委任的管家，他去加以说服，这类事情举不胜举。不过，不要以为他这么做是出于好打抱不平，是出于对亲近的人的热心——不！他只不过是竭力预防可能破坏他的宁静的事故发生。尼古拉·伊凡内奇是个有家室的人，他已经有了几个孩子。他的妻子是个伶俐的小市民，鼻子尖尖的，眼睛很灵活，近来也和她的丈夫一样有点发福了。他把所有的事情都交给她办理，连钱财都归她管。那些爱发酒疯的人都怕她，她不喜欢这些人：他们好处不多，麻烦不少；那些沉默寡言、郁郁寡欢的人比较称她的心。尼古拉·伊凡内奇的孩子还小。最初生的几个都夭折了，留下的几个都长得像双亲一样：看着这些健康孩子的聪明小脸蛋是多么开心！

在七月里热得令人难受的一天，我带着狗顺着科洛托夫卡冲沟慢慢地一步一步往上走，到"安乐窝"酒店去。烈日当空，在那里大显威风；燠热丝毫不减；空气中弥漫着令人窒息的灰土。羽毛发亮的白嘴鸦和乌鸦大张着嘴，可怜巴巴地望着行人，仿佛在祈求他们的同情；只有麻雀并不感到难受，它们竖起羽毛，比以前更起劲地叽叽喳喳叫着，在栅栏上打架，一起从尘土飞扬的大路上飞起，像一片乌云从绿油油的大麻地上空飞过。我渴得难受。附近没有水：科洛托夫卡村就像许多别的草原上的村庄一样，农民由于没有泉水和水井，都喝池塘里的浑水……但谁又能把这种令人作呕的泥浆称为水呢？我想到尼古拉·伊凡内奇那里去要一杯啤酒或克瓦斯。

说实话，不管在哪个季节科洛托夫卡村都没有宜人的景色。但是特别使人郁悒的是这样的季节：七月耀眼的太阳用它那无情的光芒炙烤着房屋半塌的褐色屋顶，炙烤着这道深深的冲沟，炙烤着这片烧焦的、尘土飞扬的牧场——一些骨瘦如柴的长脚母鸡在那里绝望地走来走去，炙烤着灰色的杨木屋架——那是昔日一座地主邸宅的遗迹，屋子已不见窗户，只留下几个窟窿，周围长满了荨麻、杂草和艾蒿，炙烤着漂满鹅毛、仿佛烧焦了的发黑的池塘、它周围晒得半干的泥泞和向一旁坍塌的堤坝，在堤坎旁边踩成尘土的地上，一群绵羊正热得勉强喘着气，打着喷嚏，可怜地挤成一堆，无可奈何地忍受着，尽量低着头，仿佛在等待这难以忍受的酷热到底什么时候可以过去。我拖着疲乏的步子走近尼古拉·伊凡内奇的住处，照例引起孩子们的惊奇，他们紧张地、毫无意义地注视着我，我的到来也引起那些看家狗的愤怒，它们吠叫得极其凶猛，声嘶力竭，仿佛整个内脏都要炸裂似的，后来它们自己也不断咳嗽，喘不过气来——这时酒店门口突然出现了一个高个子男人，没戴帽子，穿一件粗毛呢大衣，腰部低低地束着一条浅蓝色腰带。看样子他是个家仆，浓密的灰白头发乱糟糟地竖在他那干瘦、满是皱纹的脸部上方。他在叫唤一个人，急剧地挥动着双手，显然，挥动得比自己所希望的急剧得多。可见他已经喝醉了。

“来呀，来呀！”他嘟嘟囔囔地叫着，竭力抬起那双浓眉，“来呀，眨巴眼，来呀！你啊，这个老兄，怎么慢慢吞吞的，真是。这可不好，老兄。这儿在等你，可你却这样慢慢吞吞的……快来呀。”

“噢，来了，来了，”响起一个颤抖的声音，接着从小木屋右边走出一个矮胖的瘸子。他穿着一件相当干净的厚呢长外衣，只套着一只袖子；高高的尖顶帽一直扣到眉毛上，这使他那滚圆虚胖的脸显出一种狡黠、嘲讽的意味。他那双黄色的小眼睛滴溜溜地转动着，薄薄的嘴唇上总挂着拘谨、紧张的微笑，鼻子尖而长，像船舵一样不知难为情地向前伸着。“来了，亲爱的，”他继续说着，一瘸一拐地朝酒店走去，“你叫我干吗？……谁在等我？”

“我叫你干吗?”穿粗毛呢大衣的人带着责备的口气说。“你这个人真怪，眨巴眼，老兄，叫你到酒店来，你还问‘干吗’，所有的人都在等你：‘土耳其人’雅什卡，‘野老爷’，还有日兹德拉来的小包工。雅什卡和小包工打了赌：赌一瓶啤酒，看谁赢谁输，就是说，看谁唱歌唱得好……懂吗?”

“雅什卡要唱歌?”外号叫“眨巴眼”的人快活地说，“你没骗我吧，笨蛋?”

“我不骗你，”笨蛋一本正经地回答，“倒是你在瞎嚷嚷。既然打了赌，当然要喝，你这天生的傻瓜，你这个骗子手，眨巴眼!”

“那我们走吧，你这个缺心眼的，”眨巴眼回答。

“那你至少要吻我一下，我的宝贝，”笨蛋张开双臂，喃喃地说。

“瞧你这娘娘腔十足的伊索[①]，”眨巴眼轻蔑地说，用臂肘把他推开，他们两人便弯腰走进低低的门洞。

我听到的这番话强烈地激起我的好奇心。我已不止一次听说土耳其人雅什卡是附近一带最好的歌手，突然有机会听他和别的好手比赛唱歌，我加快步子走进了酒店。

我的读者中有机会看到乡村酒店的人大概不多，但是我们猎人哪儿没有去过啊。这些酒店的设备很简单。它们一般由昏暗的过道屋和一间有烟囱的正房组成，一堵板壁将正房一分为二，板壁后面那一间任何顾客都不能进去。板壁上，一张宽阔的橡木桌子上方开着一个长方形窟窿。酒就在这张桌子或曰柜台上出售。窟窿正对面的架子上并排摆着大小不等的各种原封瓶酒。屋子供顾客使用的前半部有几张长

---

① 伊索是古希腊寓言作家，俄罗斯人用以表示行为不可理解的人。

凳，两三个空酒桶，一只放在角落里的桌子。乡村酒店大多很昏暗，因此您几乎永远看不见贴在原木墙上那种色彩鲜艳的民间木版画，而这种版画在农村小木屋中一般是少不了的。

我走进“安乐窝”酒店的时候，里面已经聚集了很多人。

柜台后面照例站着尼古拉·伊凡内奇，他的身体几乎堵住了整个窟窿。他身穿一件彩色印花布衬衫，虚胖的脸上挂着懒洋洋的微笑，正用他那白白胖胖的手为刚进来的两个朋友眨巴眼和笨蛋斟两杯酒；而在他后面屋角靠窗的地方则可以看见他那眼睛灵活的妻子。房间中间站着土耳其人雅什卡，他约莫二十三岁，瘦削而挺拔，穿着一件浅蓝色土布长衫。他看样子像个豪爽的工厂小伙子，身体似乎不能说很好。他双颊凹陷，灰色的大眼睛显得心神不定，鼻梁笔直，细小的鼻孔不断翕动着，前额白皙倾斜，淡黄色鬈发往后梳着，嘴唇虽然很厚却又漂亮又富有表情——他的整个脸庞都说明他是一个敏感而热情的人。他心情非常激动：眼睛不断眨巴，呼吸急促，双手发抖，像在发热病——他也确实在发热病，就是面对听众即将说话或唱歌的人都很熟悉的那种心慌意乱、突然发作的热病。他身旁站着一个四十来岁的男人，他肩膀宽阔，颧骨很高，额头很低，长着一双鞑靼人的细眼睛，鼻子短而扁平，下巴成方形，一头乌黑闪亮的头发硬得像鬃毛。他那黝黑中带点铅灰色的面孔，尤其是那苍白的嘴唇所显现出来的表情，要不是它显得那么平静忧郁，那几乎可以说是凶恶的。他几乎一动不动，只是像轭下的公牛一样慢慢转动着眼睛看着周围的景物。他穿着一件钉有光滑的铜纽扣的破旧常礼服，一条旧的黑绸围巾裹住他那粗大的脖子。大家叫他“野老爷”。他对面圣像下的长凳上坐着雅什卡的对手——日兹德拉来的小包工：这是一个三十来岁的矮壮汉子，脸上有麻点，头发拳曲，长着一个蒜头鼻子，褐色的小眼睛很灵活，胡子稀疏。他不时机灵地看看周围的情景，把双手垫在身子下面，穿着镶边漂亮靴子的双腿悠然自得地摇晃着，拍打着地面。他身上穿着一件薄薄的波里斯绒领灰呢新上装，在波里斯绒领子的衬托下，显眼地露出那件紧紧扣住喉咙的红衬衫的领口。在对面的屋角里，门的右边，桌子旁坐着一个庄稼汉，他穿着一件破长袍，肩上破了一个大洞。一束略呈黄色的淡淡的阳光透过两扇小窗积满灰尘的玻璃照射进来，似乎还不能驱散房间里长年的黑暗：房间里的物品都泛出一点光亮，看起来像一块块斑点。因此房间里便很凉快，我一跨过门槛，燠热就像一副重担从我肩上落下了。

尼古拉·伊凡内奇的顾客们对于我的到来——这一点我看得出来——起初感到有点惶惑，但是看到他对我像对熟人一样打招呼便安下心来，不再注意我了。我要了一杯啤酒，便在屋角那穿破长袍的庄稼汉旁边坐下。

“喂，怎么样！”笨蛋一口气喝干了一杯酒，突然高声喊叫起来，两手同时怪模怪样地挥动着，看来，他如果不这样挥动双手，是一个字也说不出来的。“还等什么呀？该开始就开始吧。怎么？雅沙[①]？……”

“开始吧，开始吧，”尼古拉·伊凡内奇赞同地接口说。

“那我们就开始吧，”小包工带着自信的微笑冷静地说，“我准备好了。”

“我也准备好了，”雅科夫激动地说。

“那么，就开始吧，伙伴们，开始吧，”眨巴眼尖声叫道。

但是，尽管大家都一致表示了愿望，还是没有人开始，小包工甚至

---

① 雅沙和雅什卡都是雅科夫的昵称。

没有从长凳上站起来，大家好像还在等待什么。

“开始！”野老爷阴沉着脸果断地说。

雅科夫浑身一震。小包工站起来，把宽腰带往下拉了拉，清了清喉咙。

“谁先唱啊？”他用稍微有点变调的声音问野老爷。野老爷还是一动不动地站在房间中央，大大地叉开两条粗腿，两只粗壮的手几乎齐肘部插在灯笼裤的口袋里。

“你，你，小包工，”笨蛋口齿不清地说，“你先唱，老兄。”

野老爷皱着眉头瞪了他一眼。笨蛋轻声嘀咕了一句，不再说下去，抬眼望望天花板，耸耸肩膀，不再作声了。

“抓阄吧，”野老爷一字一顿地说，“把酒放在柜台上。”

尼古拉·伊凡内奇弯下腰，喘着气，从地上拿起一瓶酒，放在桌上。

野老爷看了雅科夫一眼，说了声：“来吧！”

雅科夫在自己口袋里摸了一会儿，掏出一枚铜币，用牙齿咬了一个印子。小包工从长袍的衣裾下掏出一个新的钱包，不慌不忙地解开带子，往手上倒出许多零钱，拣出一枚新铜币。笨蛋摆好他那顶帽舌已经折断脱落的破帽子，雅科夫把铜币扔进去，小包工也把铜币扔进去。

“你来抓吧，”野老爷对眨巴眼说。

眨巴眼得意地笑了笑，用两只手抓住帽子，摇了起来。

刹那间屋里变得鸦雀无声：铜币互相碰击着，发出轻轻的叮当声。我仔细往四下里看了一下：所有人的脸上都现出紧张等待的神情；野老爷自己也眯缝着眼睛；我的邻座，穿破长袍的庄稼汉甚至好奇地伸着脖子。眨巴眼把手伸进帽子里，抓出了小包工扔的那枚铜币：大家都松了一口气。雅科夫的脸涨得通红，小包工用手抹了一下头发。

“我刚才就说过，你先唱，”笨蛋高声说，“我刚才就说过。”

“好了，好了，别大呼小叫了！”野老爷轻蔑地说，“开始吧，”他朝小包工抬抬下巴，继续说。

“我唱哪一支歌呢？”小包工好不激动，问道。

“随便你唱哪一支，”眨巴眼回答，“你想起哪一支歌就唱哪一支。”

“当然随便你唱哪一支，”尼古拉·伊凡内奇慢慢地把双手抄在胸前，补充说，“这一点不指定你。随便你唱什么，不过要好好唱；我们随后会凭良心评判的。”

“当然，要凭良心，”笨蛋附和着，用舌头舔了舔空酒杯的杯口。

“弟兄们，让我稍微清清喉咙，”小包工用手指摸摸长袍的衣领，说。

“好了，好了，别拖拖拉拉的，开始吧！”野老爷断然说，然后低下头。

小包工想了一会儿，摇一下头，向前跨了一步。雅科夫紧紧盯着他……

但是在我开始描述这场比赛之前，我认为稍微介绍一下我的故事里的每一个人物并不是多余的。我在“安乐窝”酒店里邂逅他们的时候，他们中几个人的生活情况我已经知道了；另外几个人的情况我是后来才打听到的。

我们就从笨蛋说起吧。此人的真名叫叶夫格拉弗·伊凡诺夫，但是附近一带的人都叫他“笨蛋”，他自己也用这个绰号戏称自己，因为用这个名字称呼他真是恰到好处。的确，对于他那副毫不起眼又总是惊慌失措的尊容来说，这个绰号是再适合不过了。他是一个放荡的单身家仆，他的主人早就不管他了，他没有任何职务，没有一个子儿工钱，可是他有办法每天用别人的钱大吃大喝。他有许多熟人，他们花钱让他喝酒饮茶，自己也不知道为了什么，因为他不仅不能给人们增加乐趣，相反，还以他那无聊的饶舌、不可忍受的纠缠、剧烈的动作和不断的假笑使大家感到讨厌。他既不会唱歌，也不会跳舞；他生来就不会说一句聪明的话，连一句有用的话也没有说过。他总是前言不搭后语，信口扯谎——真是个不折不扣的笨蛋！然而在方圆四十俄里之内却没有一次酒宴看不见他那细高个儿的身影在客人中间转来转去——人们对他的出现都习以为常，并且把他当做一种逃不脱的灾难予以容忍。不错，人们都很看不起他，但是能够制止他那不时发作的胡闹的只有野老爷一人。

眨巴眼一点也不像个笨蛋。“眨巴眼”这个称呼对他也非常合适，虽然他的眼睛并不比别人眨得多。事情很清楚：俄罗斯人是起绰号的能手。尽管我曾努力打听这个人比较详细的身世，但是对我来说——大概对其他的人也一样——他一生中还是存在许多疑点，就像读书人所说的，深藏于未知的黑暗之中。我只打听到，他曾在一个年老又没有子女的女主人家当过马车夫，他带着交给他照管的三匹马逃跑，失踪了整整一年，后来大概感受到流浪生活的无益和多难，便自动回来，可是已经成了跛子，他跪倒在女主人脚下求饶，好几年工夫以他的模范行为赎了罪，渐渐得到女主人的宽恕，并终于赢得她的完全信任，当上了管家，女主人死后，不知道他通过什么办法获得了自由，成了小市民，然后向邻人租了一块菜地，发了财，现在日子过得挺舒坦。他是个老于世故、城府很深的人，既不阴险也不善良，比较精明老练；他是个老江湖，能够识别人，也善于利用人。他处处谨慎小心，同时又像狐狸一样老谋深算；他像老太婆一样喜欢唠叨，却从来不会说漏嘴，还能迫使别人把心里话说出来；不过他从来不会像别的奸刁之徒那样装糊涂，要他装假是困难的：我从来没有看见过一双比他那双狡黠的小眼睛更锐利更聪明的眼睛。他的眼睛从来不老老实实地看，它总在用心地观察或者窥探着什么。眨巴眼有时一连几个礼拜都在考虑一件显然很简单的事，要么突然决心不顾一切去冒险，眼看这一下他要碰个头破血流了……可是你看，他竟大获成功，一切都进行得顺顺当当。他是个幸运的人，并且相信自己会走运，他相信预兆。一般说他很迷信。大家都不喜欢他，因为他的事跟别人都不相干，可大家还是敬重他。他的全部家属就是一个儿子，他非常宠爱儿子，在这样的父亲培养下这孩子将来想必前程远大。“这个小眨巴眼活像他父亲”，现在，夏天的晚上，老头儿们坐在墙根土台上聊天的时候，就这样轻声谈论他。大家都明白这句话的意思，用不着再多说一句了。

关于土耳其人雅科夫和小包工没有什么好多说的。雅科夫的绰号叫土耳其人，因为他确实是一个被俘的土耳其女人生的，他在心灵上是一个真正的艺术家，但他的身份却是一个商人创办的造纸厂的汲水工。至于小包工，说实话，我还不了解他的身世，我只觉得他是个大胆机灵的城市小市民。可是关于野老爷，就有必要说得详细一点了。

这个人的外表给您的第一印象就是感觉到他身上有一种粗暴的、不容商量的、不可抗拒的力量。他长得很笨拙，用我们这儿的话说是很“粗壮”，他身上强烈地显示出的是一种不可摧毁的强壮体魄，而且说也奇怪，他那熊一般的身影并不缺乏某种独特的优雅，这种优雅也许出自他对自己的威力怀有一种非常平静的自信心。初次见到他很难判断这个赫拉克勒斯[1]属于什么阶层；他不像是家仆，不像小商人，不像退职的穷书吏，不像领地很小的破落贵族——更不像犬夫和打手：他是个非常独特的人。谁也不知道，他是从哪儿突然来到我们这个县的；据说，他出身独院小地主，从前在某地当差，但对此谁也不能肯定，而且从他自己嘴里了解不到，还能向谁打听到呢：没有人比他更少言寡语、更郁郁不乐了。他究竟靠什么维持生活，同样没有人确切知道；他不干任何手艺活，也不到别人家里去，几乎不同别人交往，可是他有钱，不错，钱不多，可是有。他为人并不谦和，也根本谈不上谦和，不过并不惹是生非；他管自过日子，旁若无人，也无求于人。野老爷（这是他的绰号，他的真名实姓是彼烈夫列索夫）在这一带享有很高威望；虽然他没有任何权利命令任何人，也丝毫无意要求任何偶然遇到的人听从他，但人们还是立刻乐意听他的话。他说话，大家都听他的；他的力量总是起作用。他几乎不喝酒，不和女人交往，但酷爱唱歌。这个人身上有许多谜；他身上仿佛积聚着一种巨大的能量，它似乎知道，一旦强烈起来，一旦爆发出来，它就会毁灭自己，也毁灭周围的一切；如果这个人的一生中没有过类似的爆发，如果他不是因为接受了教训才好歹免于杀身之祸，因而现在才牢牢地管束住自己，那我的判断就大错特错了。特别使我吃惊的是，在他身上混合着一种天生的残暴和同样是天生的高贵品格，这种混合我在别人身上不曾看到过。

且说，小包工向前跨了一步，眯起眼睛，用极高亢的假嗓子唱了起来。他的嗓音虽然有点沙哑，却相当甜润悦耳；他的歌声像百灵鸟一样抑扬婉转，华丽动听，不断地流泻出来，从高音转到低音，又不断地回

---

① 希腊神话中的英雄，他神勇无敌，一生完成十二件功绩。

到高音上，然后保持着高音，竭力延长着。他停了一下，忽然又热情奔放地接着唱起原先的曲调。那曲调的起承转合有时十分豪放，有时十分有趣，内行人听来一定会得到很大的满足。德国人听了这种唱法会感到愤怒。这是俄罗斯抒情男高音[①]。他唱的是一首欢快的舞曲，这舞曲的歌词，就我从它那无穷无尽的装饰音、外加的辅音和感叹声中所能捕捉到的，是下面几句：

年轻的姑娘，我要为你
耕种这块小小的土地，
年轻的姑娘，我要为你
播种鲜红鲜红的花卉。

他唱着，大家都聚精会神地听着。他显然觉得他是在唱给一些内行的人听，因此真是所谓使出了浑身解数。的确，在我们这个地方人们对唱歌都很内行，难怪奥廖尔大道上的谢尔吉耶夫村那特别和谐悦耳的歌声在全俄罗斯都很有名。小包工唱了很久，没有在听众中引起特别强烈的共鸣，因为它没有得到合唱的加强；最后，在一个转折处，他唱得特别成功，连野老爷也微笑了一下，笨蛋忍不住，高兴得叫了起来。大家都为之精神一振。笨蛋和眨巴眼开始轻轻地和着他的歌声唱起来，并不断叫喊："棒极了……加把劲，机灵鬼！……加把劲，拖长点，坏家伙！再拖长点！再强烈一点，你这条狗！这条公狗！……让

① 原文为意大利文。

希律[1]要了你的命!”？尼古拉·伊凡内奇也在柜台后面摇头晃脑。笨蛋终于踩起脚，踏着碎步快走起来，还扭动起肩膀。雅科夫的双眼像烧红的炭一样闪闪发亮，他全身像树叶一样抖动着，随心所欲地笑着。只有野老爷的脸上仍然毫无变化，照样在原地一动不动地站着，但他注视小包工的目光变得比较柔和了，虽然嘴唇上的表情还是那么轻蔑。小包工为听众普遍感到满意所鼓舞，便完全放开嗓子唱起来，他把歌曲加上许多花腔，像打鼓一样嘚嘚地弹着舌头，发狂般运用着喉咙，终于精疲力竭、脸色发白、大汗淋漓，于是全身向后一仰，发出最后一个渐弱的强音——听众异口同声地爆发出一片疯狂的欢呼声答谢他的歌唱。笨蛋奔上去搂住他的脖子，用他那双瘦骨嶙峋的长手臂搂得他透不过气来；尼古拉·伊凡内奇的胖脸放出一片红光，他仿佛一下子变得年轻了；雅科夫像疯子一样大叫大喊：“好样的，好样的!”连我的邻座，那个穿破长袍的庄稼汉也忍不住用拳头敲了一下桌子，喝起彩来：“好啊！真见鬼，好啊!”接着使劲往旁边吐了一口唾沫。

“喂，老兄，真过瘾!”笨蛋高喊着，仍旧抱住精疲力竭的小包工不放，“真过瘾，没说的！你赢了，老兄，你赢了！祝贺你，酒是你的了！雅什卡比你差远了……我跟你说：差远了……你相信我!”接着他又把小包工搂到怀里。

“你放开他吧，放开他，真是纠缠不清……”眨巴眼生气地说，“让他在凳子上坐一会儿；你看他累了……你这个傻瓜，老兄，你真是个傻瓜！干吗缠住他不放?”

---

① 《圣经》中的犹太王，暴君，为了寻找刚出世的耶稣，不惜把伯利恒城的男孩都杀掉。

“那好吧，让他坐下，我要为他的健康干杯，”笨蛋说着走到柜台前。“算你请客，老兄，”他转过身来对小包工说了一句。

小包工点点头，在长凳上坐下，从帽子里拿出一块毛巾，擦擦脸；笨蛋露出一副猴急相迫不及待地干了一杯，并按照酒鬼的习惯，喉咙里发出一阵咯咯的声音，装出一副愁眉苦脸的样子。

“你唱得好，老兄，唱得好，”尼古拉·伊凡内奇亲切地说，“现在轮到你了，雅沙：当心点，别害怕。让我们看看，谁赢谁输，让我们看……小包工唱得很好，真的，唱得很好。”

“唱得很好，”尼古拉·伊凡内奇的妻子也说，她笑容可掬地看了雅科夫一眼。

“唱得好！”我的邻座也轻声说。

“啊，野蛮人波列哈[①]！”笨蛋突然大叫起来，他走到外衣肩膀上破了一个洞的庄稼汉跟前，用手指着他，边跳边发出一阵哈哈大笑。“波列哈！波列哈！哈，巴杰[②]，滚吧，野蛮人！你来干吗，野蛮人？”他边笑边叫。

穿灰长袍的庄稼汉慌了神，正打算站起来赶快出去，突然响起野老爷青铜般的声音：

“你这可恶的畜生，你想干什么？”他咬着牙说。

“我没想干什么，”笨蛋喃喃地说，“我没想干什么……我是……”

---

① 波列哈指波列西耶的居民。南波列西耶是从博尔霍夫县和日兹德拉县边境开始的一片狭长的森林地带。这里的居民在生活方式、风俗习惯和语言上有许多特点。由于他们的多疑和倔强，人们称他们为野蛮人。——原注

② 波列哈几乎每说一句话都要加上感叹词“哈”和“巴杰”。——原注

“那好，那你就闭嘴吧！”野老爷说，“雅科夫，开始吧！”

雅科夫抬手摸摸喉咙。

“这个，老兄，是这样……这个……嗯……我不知道，真的，有点……”

“好了，好了，别害怕。真不害臊！……还扭扭捏捏干什么？……唱吧，该怎么唱就怎么唱。”

于是野老爷低下头，等待着。

雅科夫沉默了一会儿，往四下里看了看，用一只手掩住脸。所有的眼睛都紧紧盯住他，尤其是小包工，他脸上除了常有的自信和成功的得意，还露出一种不由自主的轻微的不安。他把身子靠到墙上，又把双手垫在身子底下，但两条腿已不再摆动。雅科夫终于放下掩住脸的手，他的脸苍白得像死人，两眼在下垂的睫毛里微微闪着光。他深深地透了一口气，唱了起来……他唱出的第一个音微弱而不平稳，似乎不是从胸中发出，而是从一个遥远的地方传来，仿佛是偶然飘进房间里来的。这颤抖的金属般的声音对我们所有的人都产生了奇怪的影响，我们互相交换着眼色，尼古拉·伊凡内奇的妻子则挺直了身子。在第一个音唱出之后便接着唱出第二个音，这个音比较坚定而悠长，但仍明显地颤动着，就像一根琴弦在有力的手指突然拨动下发出响声之后迅速转弱的余音，在第二个音之后便是第三个音，于是一首凄凉的歌便渐渐强烈起来，渐渐舒展开来，不绝如缕地流将出来。“田野里有许多小路，”他唱道，我们大家都感到亲切而又惊心动魄。说实话，我很少听到这样的声音：它有点沙哑，又有些发颤，开头甚至有些病态；但其中蕴含着一种并非做作的深沉的激情，有青春，有力量，有甜蜜的感觉，还有一种令人沉醉的业已麻木的哀愁。歌声里鸣响着、表现着一颗俄罗斯人真实而炽热的心灵，它紧紧地抓住您的心，直接扣动那属于俄罗斯人的心弦。歌声渐渐强烈起来，扩展开来。雅科夫显然已经沉醉在歌声里了：他已不再胆怯，而是整个儿沉浸在快乐的歌唱中；他的声音不再发抖，它颤动着，但那是一种发自内心的热情所产生的微微的颤动，它像一支箭刺进听众的心窝，不断地加强、坚定和扩展。记得有一次傍晚退潮的时候，大海在远处发出威严而重浊的涛声，我看见沙滩上有一只白色的海鸥：它一动不动地栖息在那里，让它那丝绸般的胸部沐浴着落日的霞光，只是偶尔对着熟悉的大海，对着深红的落日，慢慢地展开它那长长的双翼。听着雅科夫唱歌，我便想起了这只海鸥。他唱着，完全忘记了他的对手，忘记了我们所有的人，但是显然像一个精力充沛的游泳者为波浪所鼓舞一样，他也为我们默默而热烈的投入所鼓舞。他唱着，他歌声的每一个音都给人一种亲切而无限宽广的感觉，仿佛一片熟稔的大草原展现在我们面前，并向无边无际的远方伸展开去。我觉得泪水在我心中沸腾，并且涌向眼眶；一阵强忍的低声抽泣突然把我震动了……我回头一看，酒店掌柜的妻子把胸口伏在窗上，正在那里哭泣。雅科夫迅速向她瞥了一眼，唱得比原先更响亮更亲切，尼古拉·伊凡内奇垂着头，眨巴眼转过身来；笨蛋也动了感情，站在那里，呆呆地张大着嘴巴；穿灰长袍的庄稼汉躲在屋角里偷偷地啜泣，悲伤地低语着，摇着头；在野老爷那铁板似的脸上，从紧蹙的眉头下正慢慢地滚下大滴大滴的泪珠；小包工举起紧握的拳头放在额头上，一动不动……要不是雅科夫在一个非常尖细的高音上仿佛突然中断似地结束了歌曲，我真不知道众人的沉醉将如何化解。没有人喊一声，甚至没有人动弹一下；大家仿佛在等待，他是不是还要唱下去；但是他睁开眼睛，似乎为我们的沉默感到惊奇，接着用探询的目光把所有的人扫视了一遍，于是他明白，胜利是属于他的……

“雅沙，”野老爷把一只手搭在他的肩膀上说了一声，便不再说什么了。

我们大家都呆若木鸡地站着。小包工轻轻地站起来，走到雅科夫跟前。“你……是你的……你赢了，”最后他费力地说出这句话，从房间里奔了出去……

他那迅速果断的行动仿佛把我们从沉醉中惊醒：大家忽然快乐地、乱哄哄地说起话来。笨蛋一下子蹦得老高，嘴里叽里咕噜地说着什么，两只手挥得像磨坊的风翼。眨巴眼一拐一拐地走到雅科夫跟前和他接吻；尼古拉·伊凡内奇欠起身来，郑重宣布他再加送一瓶啤酒；野老爷和蔼可亲地笑着，我从来没有想到他的脸上会出现这种笑容；穿灰长袍的庄稼汉在屋角里用两只衣袖擦着眼睛、脸颊、鼻子和胡须，一再说着：“唱得好，真的唱得好，就算我是狗崽子吧，确实唱得好！”尼古拉·伊凡内奇的妻子满脸通红，霍地站起来跑掉了。雅科夫像小孩一样沉浸在胜利的欢乐中，他整张脸都起了变化，尤其是他的眼睛，简直就闪耀着幸福的光芒。大家把他拉到柜台前，他把刚痛哭流涕过的穿灰长袍的庄稼汉叫到柜台旁，又打发掌柜的儿子去找小包工，但是没有找到，于是大家开怀畅饮起来。“你还会给我们唱歌的，傍晚以前你还会给我们唱的。”笨蛋高高地举起双手，反复说。

我又看了雅科夫一眼，便走出去了。我不想留下来——我怕破坏自己的印象。但暑热仍然难以忍受。它仿佛是高悬在大地上的一层浓重的热气。在湛蓝的天空中，透过一层很稀薄的，几乎是黑色的灰尘似乎盘旋着许多细小明亮的火星。万籁俱寂，在这懒洋洋的大自然的寂静中，有一种感觉使人感到绝望和压抑。我好容易走到一个干草棚里，在一堆刚刚割下但几乎已经干枯的青草上躺下。我久久不能入睡，雅科夫那扣人心弦的歌声还在我耳边久久萦绕不去……然而，暑热和倦意终于占了上风，于是我沉沉入睡了。我醒来的时候，天已完全黑了；周围散乱的青草强烈地散发着一股香味，还有点潮湿。从半坍塌的屋顶下的椽子中间可以看到淡淡的星星微微闪着光。我走出草棚。晚霞早已消失，只有它的余晖还在天边微微发亮。虽然已有些夜晚的凉意，但不久前的灼热空气仍使人感到燥热，胸口仍渴望凉风的吹拂。没有风，也没有乌云；整个天空都非常明净，黑暗中透着光亮，无数若隐若现的星星默默地闪烁着。村子里处处闪现着灯光；从不远处灯火通明的酒店里传来一阵阵隐约可闻的喧闹声，其中我似乎可以分辨出雅科夫的声音。从那里不时发出一阵阵狂笑。我走到窗口，把脸贴近玻璃。我看到一派并不令人愉快的虽然是五光十色的生动景象：所有的人都酩酊大醉——所有的人，首先是雅科夫。他敞怀坐在长凳上，用嘶哑的声音轻轻唱着一支下流舞曲，懒洋洋地拨动着吉他的琴弦。汗湿的头发一绺绺挂在他那煞白的脸上。酒店中央，笨蛋完全是一副神经散乱的样子，他脱下长袍，在穿灰长袍的庄稼汉面前跳来跳去；那庄稼汉也吃力地跺着脚，发出沙沙的脚步声，隔着蓬乱的胡须傻笑着，偶尔挥动一只手，好像想说："全豁出去啦！"再没有比他的脸更可笑的了。不管他怎样努力扬起眉毛，那沉重的眼睑总抬不起来，一直盖在那双几乎看不出来的浑浊却又很甜美的小眼睛上。他正处在那种醉醺醺的人的可爱状态中，任何一个过路人看见他的脸都会说："好看，兄弟，真好看！"眨巴眼浑身像虾一样通红，他大张着鼻孔，在屋角里刻薄地笑着；只有尼古拉·伊凡内奇像一个真正的掌柜，保持着他那不变的冷静。屋子里又来了许多人，但我没有看到野老爷。

我转过身，快步走下科洛托夫卡村所在的山丘。山丘底下是一片广阔的平原。它沉浸在一片苍茫的暮霭之中，显得更加无边无际，仿佛同正在暗下来的天空连成一片。我顺着冲沟旁的大路大步向下走去，忽然听到远处平原上响起一个男孩响亮的声音。“安特罗普卡！安特罗普卡——阿——阿！……”他带着哭声执着地拼命喊叫着，把最后一个音节拖得很长很长。

他停了一会儿又叫起来。他的声音在凝固的昏昏欲睡的空气中响亮地传播着。他叫安特罗普卡这个名字至少有三十次，突然从林中空地的那一端，仿佛从另一个世界传来了隐约可闻的回答：

“什么事——事——事?”

男孩立刻又高兴又愤恨地喊道：

“到这儿来，该——死——的!”

“干——吗?”过了好久对方才回答。

“爸爸要打——你，”第一个声音紧接着喊道。

第二个声音不再回答，于是男孩又呼喊起安特罗普卡的名字来。他的声音越来越稀疏，越来越微弱，直到天完全黑下来的时候，还传到我的耳朵里。这时我正沿着环绕我的村子的那片树林边缘回家去，它离科洛托夫卡村有四俄里……

“安特罗普卡——阿——阿!”这声音仿佛还在夜色已浓的空中缭绕。

彼得·彼得罗维奇·卡拉塔耶夫

大约五年前的一个秋天，在从莫斯科到图拉的途中，由于没有马匹，我不得不在驿站里等候几乎一整天。我打猎回来，因为粗心大意，把自己的三匹马先打发回去了。站长年纪已大，脸色阴沉，头发直挂到鼻子上，一对小眼睛睡眼惺忪，对于我的抱怨和要求一味用断断续续的唠叨来回答，进进出出都愤恨地把门碰得砰砰响，好像自己也在咒骂自己的职务。他走到台阶上，斥骂马车夫，那些马车夫有的抱着沉重的马轭在泥泞地里慢吞吞地走着，有的坐在长凳上打哈欠和搔痒痒，对于上司的叫骂并不特别在意。我已经喝过三遍茶，有几次徒然试图睡一会儿，把窗上和墙上的留言都读了个遍：我实在是无聊至极。我怀着冷漠而绝望的心情望着我那四轮马车翘起的车辕，突然响起一阵铃铛声，一辆套着三匹疲乏不堪的役马的小马车在台阶前停下。来客从马车上跳下，一边大叫："快给我换马！"一边走进房间里来。当他带着常见的惊讶神色听完驿站长说"没有马"的时候，我已经怀着一个百无聊赖的人的全部热切好奇心把这个新来的伙伴从头到脚打量了一番。看样子他不到三十岁。天花在他脸上留下不可磨灭的瘢痕，他脸色枯黄，发出一种难看的黄铜般的光；蓝黑色的长发在后面卷成圈儿挂在衣领上，在前面卷成神气的鬓发；他那双浮肿的小眼睛只看着人，没有任何表情；上嘴唇上方长着几根唇髭。他的穿着像个逛马市的放荡地主，上身穿着一件油污不堪的杂色短上衣，系着一条褪色的浅紫色绸领带，背心上钉着铜纽扣，下身是一条灰色的大喇叭裤，裤管下稍稍露出一双没刷过的皮靴尖。他身上散发着一股浓烈的烟酒味，他那些几乎被短上衣袖子遮住的又红又胖的手指上戴着银制的和图拉制的戒指。这样的人物在俄罗斯处处可以遇到，不是数以十计，而是数以百计，说实话，和他们交往没有任何愉快可言。但是，尽管我抱着成见观察着这位来客，我还是不能不注意到他脸上那种无忧无虑的善良而热烈的表情。

“瞧，这位先生也在这儿等了一个多钟头了，”站长指指我说。

“一个多钟头！”这无赖在取笑我。

“他也许不太着急，”来客回答。

“这我可不知道，”站长板着脸说。

“真的毫无办法吗？根本没有马吗？”

“没有，先生。一匹马也没有。”

“那么，请您吩咐给我送个茶炊来吧。只好等一等，毫无办法。”

来客在长凳上坐下，把帽子扔在桌上，用手捋捋头发。

“您喝过茶了吗？”他问我。

“喝过了。”

“您能陪我再喝一杯吗？”

我表示同意。红铜色大茶炊第四次出现在桌子上。我拿出一瓶朗姆酒[1]。我推测我这位谈伴是个小地产贵族，结果没有错。他叫彼得·彼得罗维奇·卡拉塔耶夫。

我们交谈起来。到驿站还不到半小时，他已经随便而坦率地把他的经历告诉我了。

“现在我要到莫斯科去，”他喝完第四杯茶，对我说，“在乡下我现在已经无事可干了。”

“为什么无事可干呢?”

“就是无事可干。产业破败了，我把农民弄得一个个都破了产，这是实话；此外还遇上了荒年：收成不好，您知道，灾祸接踵而来……不过，”他愁眉苦脸地往旁边看了一眼，又说，“我算个什么当家人哪!”

“为什么这么说?”

“唉，”他打断我的话，“哪有我这样的当家人！您以为我，”他把头侧向一边，一门心思吸着烟斗，继续说，“您这样看着我，也许以为我是……可是我，我得老实向您承认，我只受过中等教育，没有收入。请您原谅，我是个坦率的人，最终……”

他没有把话说完，只挥了挥手。我便诚恳地对他说，他想错了，我对我们的相逢很高兴，等等，然后又说，管理田产似乎不需要接受太高深的教育。

“我同意，”他回答，“我同意您的看法。不过还是需要一种特殊的秉性！有的人把农民刮得精光，结果并不怎么样！可我……请问，您是从彼得堡来的还是从莫斯科来的?”

“我是从彼得堡来的。”

---

① 用甘蔗做的一种烈性酒。

他从鼻孔里喷出一缕长长的烟。

“而我要到莫斯科去谋一个差事。”

“您打算到哪儿高就呢?”

“我不知道，到那儿该怎么办就怎么办吧。我得跟您说实话，我怕当差：一当上差身上就落下责任了。我一直住在乡下，习惯了，您知道的……可是没有办法……穷啊！啊，我可是穷得要命!”

“这么说您要在京城定居喽。”

“在京城定居……嗨，我可不知道住在京城里有什么好。看看再说吧，也许很好……不过我觉得不会比乡下好。”

“您难道不可能在乡下再住下去了吗?”

他叹了一口气。

“不可能了。它现在大概已经不是我的了。”

“为什么?”

“那边有一个好人——一个邻居买去了……他开了一张期票……”

可怜的彼得·彼得罗维奇用手抹了一把脸，想了想，摇摇头。

“唉，有什么办法呢！……说实话，”他停了一会儿，又接着说，“我怨不了谁，是我自己不好。是我喜欢胡来！……真见鬼，喜欢胡来!”

“您在乡下过得很愉快是吗?”我问他。

“先生，”他直视着我的眼睛，不慌不忙地回答，“我有十二对猎犬，这样的猎犬，我跟您说，是不可多得的。”他强调最后几个字。“它们逮起兔子来真是把好手，至于捕捉珍贵的野兽，那就是一条条的蛇，简直是眼镜蛇。那些灵猩[1]也是值得我夸一夸的。现在这些事情都

[1] 一种起源于古代、腿细而善跑的猎犬，产于俄罗斯的灵猩最为有名。

已经过去了，没有必要胡吹。我常拿着枪去打猎。我有一条狗叫康杰斯卡，它发现猎物时的姿势真是非同一般，嗅觉也非常灵敏。有时我到泥沼地去，喊一声：找！如果它不愿意去找，你就是带一打狗去也没有用，你什么都找不到！如果它愿意去，那它就是死在那儿也心甘情愿！……在房间里它也经过很好的训练。你用左手给它面包，对它说：‘这是犹太人吃过的，’它就不肯吃；你用右手给它，对它说：‘这是小姐吃过的’，它马上就抓过去吃掉了。我还有一只它生的小狗，是一只很好的小狗，我本想把它带到莫斯科去，但是被一个朋友连同一杆枪一起要去了；他说：‘老兄，你在莫斯科顾不上它的，那边过的完全是另一种生活，老兄。’我便把小狗给了他，把枪也给了他；您看，全留在那儿了。”

“其实您在莫斯科也可以打猎的。”

“不，有什么必要？以前我不懂得克制，现在只好忍受了。还是让我向您请教，莫斯科的生活水准高吗?”

“不，不太高。”

“不太高？……请问，莫斯科有茨冈人吗?”

“什么样的茨冈人?”

“就是跑集市的。”

“是的，莫斯科……”

“好，这很好。我喜欢茨冈人，真见鬼，我喜欢……”

彼得·彼得罗维奇眼睛里现出一种无所顾忌的快乐神情。但他突然在长凳上坐立不安起来，后来又现出若有所思的神情，低下头，手拿一只空酒杯向我伸过来。

“请给我一点朗姆酒，”他说。

“可是茶已经喝光了。”

“没关系，就这样，不要茶……唉!”

卡拉塔耶夫把头搁在手上，把臂肘支在桌子上。我默默地看着他，等待着一个喝醉酒的人如此轻易就发出的感伤的大声感叹，甚至是眼泪，可是等他抬起头来，我承认，他脸上那种深沉的忧伤竟使我大吃一惊。

“您怎么了?”

“没什么……我想起了一段往事。一段不寻常的往事……我原可以说给您听，但是不好意思打扰您……”

“没有的事!”

“是啊，”他叹了一口气继续说，“往往有这样的事……虽然，譬如说，我也碰到过。如果您想听，我就跟您说说。不过，我不知道……”

“您说吧，亲爱的彼得·彼得罗维奇。”

“这件事虽然……您也知道，”他说了起来，“但是我，真的，不知道……”

“嗯，行了，亲爱的彼得·彼得罗维奇。”

“哦，是这样。我，就是说，碰到这样一件事。那时我住在乡下……忽然看中了一个姑娘，啊，多好的一个姑娘……一个美人，一个聪明的姑娘，而且那么善良！她叫马特廖娜。她是个普通的姑娘，也就是说，您懂吗，是个农奴，干脆就是个女奴。而且不是我家的姑娘，而是别人家的，问题就出在这儿。哦，我爱上了她，这确实是一段不寻常的故事，而她也爱上我了。于是马特廖娜就请求我，要我把她从她的女主人那儿赎出来；这件事我自己也考虑过的……可是她的女主人是个很有钱很厉害的老太婆，住在离我家大约十五俄里的地方。于是有一天，我吩咐给我套一辆三驾马车，驾辕的是我的一匹溜蹄马，一匹亚洲特种马，因此名叫兰普尔多斯。我换上一套比较体面的衣服，便乘车到马特廖娜的女主人那儿去。我到了那儿，那是一座大庄院，有厢房，有花园……马特廖娜在路口拐弯的地方等我。她本想跟我说说话，但只是吻吻我的手，便走到一边去。我走进前厅，问'主人在家吗？……'一个高大的听差对我说：'请问您贵姓?'我说：'伙计，就说地主卡拉塔耶夫登门拜访，有事商谈。'听差走了。我等着，心里想：结果会怎样呢？也许那老鬼婆会要高价，尽管她很有钱。她也许会要五百卢布。听差终于回来了，对我说：'请进。'我跟他走进客厅。一个黄脸小老太婆坐在圈椅里，眨着眼睛。'您有何贵干?'起初，您知道，我认为有必要说几句'很高兴认识您'之类的话。'您搞错了，我不是这儿的女主人，是她的亲戚……您有何贵干?'我便对她说，我有事要和女主人商谈。'玛丽亚·伊里尼奇娜今天不见客：她身体不适……您有何贵干?'我心里想，毫无办法，只得向她说明来意。老太婆听完我的话。'马特廖娜？哪一个马特廖娜?''马特廖娜·费多罗娃，库利克的女儿。''费多尔·库利克的女儿……您是怎么认识她的?''偶然碰到的。''她知道您的打算吗?''知道。'老太婆沉默了一会儿。'我要给她点颜色看看，这个贱货！……'说实话，我很惊奇。'为什么？怎么能这样！……我准备为她出一笔钱，只是请您说个数目。'那老东西恶狠狠地嘀咕起来。'您以为这点钱就能让我们受宠若惊吗？您以为我们很想要您的钱吗？我得给她点厉害看看，我得给她……我要叫她不敢再痴心妄想。'老太婆气得连声咳嗽起来。'她在我们这儿还嫌不好吗？……好哇，她这魔鬼，主啊，饶恕我的罪孽！'说实话，我真的冒火了。‘您凭什么要这样威胁这可怜的姑娘？她有什么错？’老太婆画了个十字。‘哦，我主耶稣基督！难道我就不能处置自己家里的奴仆吗？’‘她可不是您的奴仆！’‘哦，这一点玛丽亚·伊里尼奇娜清楚，先生，这不关您的事。这会儿我要让马特廖娜看看，她到底是谁家的奴仆。’说实话，我差点向这可恶的老太婆扑过去，可是我想起了马特廖娜，手就放下了。我心里真害怕，那种心情实在无法形容。我开始央求那老太婆：‘您要什么我都给您，’‘您要她干什么？’‘我喜欢她，大妈，请您替我想想吧……请允许我吻您的手。’我真的吻了那鬼婆娘的手！‘嗯，’这老妖婆喃喃地说，‘我去对玛丽亚·伊里尼奇娜说，看她怎么吩咐，您过两三天再来吧。’我万分不安地回了家。我心里渐渐明白，这种事做得不妥当，白白让人家发现了我对她的好感，可想到这一点已经太晚了。过了两三天，我到女主人那儿去。仆人把我领到书房里。房间里到处是花，陈设非常讲究，女主人坐在一张妙不可言的圈椅里，头向后靠在枕头上；先前那个亲戚也坐在那儿，在座的还有一个长着浅色头发、穿着绿色连衣裙、歪嘴巴的小姐，想必是个陪伴。老太婆带着鼻音说：‘请坐。’我坐下了。她向我提了许多问题，问我几岁，在哪儿当差，准备做点什么事，那姿态完全是居高临下，一本正经。我详细作了回答。老太婆从桌子上拿起一块手帕，对着自己挥着……她说：‘卡捷琳娜·卡尔波夫娜已经把您的意思向我报告了，报告了；’她说，‘可是我定下了一条规矩：不许我家的仆人去服侍别人。这样做不体面，正派人家是不兴这样做的：这不合规矩。’她说，‘这件事我已经安排好，您不必再费心了。’‘哪儿谈得上费心啊，请别这么说……也许您用得着马特廖娜·费多罗娃吧？’她说，‘不，我用不着。’‘那您为什么不肯把她让给我呢？’‘因为我不愿意这样做，不愿意，就是这么回事。’她说，‘我已经安排好了：把她送到草原上的村子里去。’这对我不啻是晴天霹雳。老太婆用法语对那个穿绿色连衣裙的姑娘说了几句话：那姑娘走出去了。她又说：‘我是个严守规矩的女人，而且身体也不好：经受不起烦扰。您还是个年轻人，可我已经是个老妇人，所以我有权利给您几句忠告。您还不如找个工作，娶一门亲，找个门当户对的配偶；有钱的待字姑娘很少，但是清贫人家品行好的姑娘是可以找到的。’您知道，我望着那老太婆，一点也不懂她在那儿胡说些什么；我只听见她在谈论婚娶的事，可我耳边萦绕不去的却是‘草原上的村子’。娶一门亲！……见她的鬼去吧……”

说话的人突然停了下来，看看我。

“您还没有娶亲吧?”

“没有。”

“是啊，事情当然很清楚。我忍不住了，就说：‘您别再说了，大妈，您在胡扯些什么呀？这跟娶亲有什么关系啊？我只是想问您，您肯不肯把马特廖娜姑娘让给我。’老太婆哇哇叫起来。‘哎哟，他把我烦死了！哎哟，叫他走！哎哟！……’她那个亲戚跑到她身边，对我嚷嚷起来。那老太婆还在那儿唠叨：‘我遭到什么报应了？……难道我已经不是这个家的主人了吗？唉，唉!’我抓起帽子，发疯似的跑了出去。

“也许，”说话的人继续说，“您会责备我，说我不该那样迷恋一个下层姑娘：可我不想为自己辩白……反正已经是这么回事了！……你相信吗，我日夜坐卧不安……我很痛苦！我总在想，我是为了什么才害苦了这不幸的姑娘！我一想到她穿着土布衣服在赶鹅，按照主人的命令在受苦受难，村长，那个穿涂柏油长靴的农民在对她破口大骂，我就直冒冷汗。哦，我再也忍不住了，打听到她被送到哪个村子，便骑上马到她那儿去了。直到第二天傍晚我才到达。显然，没有人料到我会做出这种怪事，也没有发出任何和我有关的命令。我装作邻村的人直接去找村长；我走进院子，看见马特廖娜坐在台阶上，用一只手支着身子。她刚要叫出声来，我连忙对她做了个手势，叫她别声张，并用手指指院子后面的田野。我走进屋子，和村长闲扯了一阵子，对他胡言乱语了一通，找了个机会跑出来去见马特廖娜。这可怜的姑娘立刻就搂住我的脖子。她脸色苍白，面容憔悴，我的心肝宝贝。您知道，我对她说：'不要紧，马特廖娜；不要紧，别哭，'可我自己却泪如泉涌……然而，我终于感到不好意思，便对她说：'马特廖娜，眼泪不能消除痛苦，应该采取行动，像人们所说的，下定决心；你必须跟我逃跑，应该这样行动。'马特廖娜呆住了……'那怎么行！我会完蛋的，他们会把我生吞了的！''你真傻，谁能找到你？''会找到的，一定会找到的。谢谢您，彼得·彼得罗维奇，我一辈子忘不了您的爱心，现在您还是扔下我别管吧，看来，这就是我的命。''唉，马特廖娜，马特廖娜，我还以为你是个坚强的姑娘呢。'确实，她是个很坚强的姑娘……她心地善良，有一颗金子般的心！'你留在这儿干什么！反正一样，不会更糟的。你说说，你还没有尝够村长拳头的滋味吗，啊？'马特廖娜顿时愤恨得满脸通红，嘴唇也哆嗦起来，'可是因为我，我一家就都活不成了。''你一家……会把他们流放出去吗？''会流放出去的；我哥哥大概会给流放出去的。''你父亲呢？''父亲不会给流放，他是我们这儿的一个好裁缝。''喏，你看；你哥哥也不会为这件事完蛋的。'您相信吗，我硬是说服了她；她还想说，'您将来要为这件事负责任的……'我说，'这件事你就不必操心了……'我还是把她带走了……

不是这一次，而是另一次：在一天夜里，我乘马车来，把她带走了。”

“带走了？”

“带走了……就这样，她在我那儿住下。我家的房子不很大，仆人也很少。我的仆人，坦率地说，都很尊敬我；不会为了任何好处出卖我。我过起了逍遥自在的生活。马特廖努什卡[1]休息了一阵，身体康复了；我跟她真是如胶似漆……这是个多么好的姑娘啊！她不知道从哪儿学来的，又会唱歌，又会跳舞，还会弹吉他……我不让她在左邻右舍中露面，以免走漏风声！我有一个很要好的朋友戈尔诺斯塔耶夫·潘捷列伊——您认识他吗？他非常喜欢她，像对一位太太那样吻她的手，真的。告诉您，戈尔诺斯塔耶夫和我不一样；他是个有教养的人，普希金的作品他都读过，他跟马特廖娜和我谈话，我们总是洗耳恭听。他还教会她写字，真是个怪人！至于我给她穿的衣服，那简直比省长夫人还讲究。我给她做了一件镶毛皮边的深红色丝绒大衣……这件大衣穿在她身上多么合适啊！这件大衣是莫斯科一个外国时装店女裁缝按照新款式缝制的，是束腰的。可是这个马特廖娜却多么古怪啊！她总是闷闷不乐，一坐就是几个钟头，眼睛望着地板，眉毛一动不动。我也是坐着，看着她，总是看不够，就像从来没有看见过似的……她笑一笑，我心里就怦然一动，好像有人在呵我痒痒。有时候她突然笑起来，开玩笑，跳舞，那么热烈地紧紧拥抱我，弄得我晕头转向。我常常从早到晚一直在动脑筋：怎样才能博得她的欢心？您信不信，我送礼物给她只是为了看一看，她，我那宝贝，有多高兴，她怎样高兴得满面通红，怎样试用我的礼物，怎样穿着新衣服走到我跟前吻我。她父亲库利克不

---

① 马特廖娜的爱称。

知道怎么打听到她的消息，老头儿跑来看我们，哭得好厉害……这是因为高兴才哭的，您说是这样吗？我们送给库利克好多礼物。我那宝贝最后亲自拿出五卢布钞票送给他，他竟扑通一声跪在她脚下——他就这么怪！我们就这样过了五六个月，我真愿意就这样和她过一辈子，可是我的命运真该诅咒！”

彼得·彼得罗维奇停了下来。

“发生了什么事？”我同情地问他。

他挥了一下手。

“一切都完蛋了。又是我害了她。我的马特廖娜非常喜欢乘雪橇，她还常常亲自赶马；她穿上毛皮大衣，戴上托尔若克绣花手套，一路上只管吆喝。我们总是在傍晚驾雪橇出去兜风，您知道这是为了免得让人家碰到。有一次我们就选了一个天气晴好的日子；寒冷、晴朗，没有风……我们就这样出门了。马特廖娜拿起缰绳，我就看她要上哪儿去。难道要到库库耶夫卡，她女主人的村子去吗？真的，是驶往库库耶夫卡。我对她说：‘疯姑娘，你要到哪儿去？’她回过头来看了我一眼，笑了笑。她说，‘让我去逗她玩玩吧。’‘唉！’我想，‘豁出去啦！……’试想，从主人庄院跟前驶过能有好结果吗？您自己说说，能有好结果吗？我们还是往前赶。我的溜蹄马就像在飘一样，一对拉套马，我跟您说，跑得简直像一阵旋风。瞧，库库耶夫卡的教堂都看得见了；忽然，一辆旧的绿色轿车式雪橇顺着大路慢慢滑过来，一个听差高高站在后脚镫上……女主人，是女主人来了！我心里好害怕，可马特廖娜抓起缰绳往马身上猛抽了几下，我们的雪橇朝那轿车式雪橇直冲过去！那马车夫，您知道吗，一看见对面冲过来一辆雪橇，便想让开，可是他转弯太急，那轿车式雪橇便翻倒在雪堆上了。车窗上的玻璃碎了，女主人叫起来：‘哎哟，哎哟，哎哟！哎哟，哎哟，哎哟！’那陪伴也尖声直叫：‘勒住马，勒住马！’可是我们一溜烟从旁边飞快地溜掉了。我们一路飞驰，我心里想：‘这回糟了，我不该允许她到库库耶夫卡来。’您说怎么着？女主人认出了马特廖娜，也认出了我，那老太婆便告了我一状，说：‘我那逃跑的女奴住在贵族卡拉塔耶夫家里，’并且照例贿赂了有关的官员。您瞧，警察局长来找我了，那警察局长我是认识的，叫斯捷潘·谢尔盖伊奇·库佐夫金，是个好人，也就是说，实际上是个坏蛋。他来了，对我如此这般，说明了缘由：‘彼得·彼得罗维奇，您怎么干出这种事来？……这件事关系重大，法律上规定得清清楚楚。’我对他说：‘是的，这件事我当然要和您谈一谈，不过，您远道而来，要不要先吃点东西？’他同意吃点东西，但又说：‘我这是公事公办，彼得·彼得罗维奇，您自己想想吧。’‘那是当然，公事公办，’我说，‘那是当然，不过我听说，您有一匹小黑马，您想不想换我那匹兰普尔多斯？……至于马特廖娜·费多罗娃那姑娘，她不在我这儿啊。’‘不，’他说，‘彼得·彼得罗维奇，姑娘在您这儿，我们可不是住在瑞士……至于用兰普尔多斯换我那匹小马，那是可以的；可以的，那我就把它带走啰。’这一次我好歹把他打发走了。但是老太太闹得更凶了，她说：‘就是花上一万卢布我也不在乎。’您知道吗，她当初看见我的时候，脑子里突然起了个念头，要我娶她那个穿绿连衣裙的陪伴——这是我后来才知道的；就为了这件事，她才那么狠心。这些太太什么主意想不出来啊！……大概是闲得无聊了。我的处境变得很糟：钱我不吝惜，还把马特廖娜藏了起来，可是不行！他们把我折腾得好苦，弄得我晕头转向。我债台高筑，身体也弄坏了……有一天夜里我躺在床上想：‘我的上帝，我为什么要吃这么大的苦头？我怎么办哪，既然我离不开她？……是啊，我离不开她，就是离不开！’突然马特廖娜跑进我的房间里来。这段时间里我已经把她藏在离我家两俄里的一座自己的庄子里。我吃了一惊。‘怎么？你在那边是不是让他们发现了？’‘没有，彼得·彼得罗维奇，’她说，‘在布勃诺沃谁也没有打扰我，但能长期这样躲下去吗？’她说，‘我的心快要碎了，彼得·彼得罗维奇；我舍不得您，我亲爱的；我一辈子也不会忘记您的爱，彼得·彼得罗维奇，现在我是来和您告别的。’‘你这是怎么啦，你这是怎么啦，你疯了？……怎么是告别？怎么是告别？’‘是这样……我去投案自首。’‘疯姑娘，我要把你关到阁楼上……你是不是想毁了我？是不是想送掉我的命？’姑娘一声不吭，只看着地板。‘喂，你说话啊，你说话啊！’‘我不想再给您造成更多的麻烦，彼得·彼得罗维奇。’唉，你去跟她说说看……‘可你知道吗，傻瓜，你知道，疯……疯姑娘……’”

彼得·彼得罗维奇竟号啕大哭起来。

“您猜结果怎么样了？”他捏紧拳头在桌子上捶了一下，继续说。他竭力蹙紧眉头，可是眼泪还是一个劲儿顺着火热的脸颊流下来，“姑娘真的去自首了，她去自首了……”

“马准备好了！”驿站长走进来，得意洋洋地喊道。

我们两人都站了起来。

“后来马特廖娜怎么啦？”我问。

卡拉塔耶夫挥了挥手。

邂逅卡拉塔耶夫一年后，我有机会到莫斯科去。有一次午饭前我走进猎人市场后面的一家咖啡馆，这是莫斯科一家有特色的咖啡馆。

在弹子房里弥漫的烟雾中隐约闪现着一些通红的面孔、胡髭、额发、旧式匈牙利骑兵式上衣和最新式斯拉夫式上衣。几个穿朴素常礼服的瘦老头在那里看俄文报纸。侍者端着盘子轻轻地踩着绿色地毯，敏捷地走来走去。商人们神情极其紧张地在那里喝茶。忽然从弹子房走出一个人来。他头发有点散乱，脚步不稳，双手插在口袋里，低着头，目光无神地往四下里看了看。

“哎呀呀，哎呀呀！彼得·彼得罗维奇！……近来好吗?”

彼得·彼得罗维奇差点没奔过来搂住我的脖子，他稍稍摇摆着身子，把我拉进一间小小的雅座。

“就在这儿，”他殷勤地让我坐在圈椅里，说，“这儿您可以舒服些。来人，拿啤酒来！不，要香槟！真的，说实话，真没想到，没想到……来很久了吗?要住很久吗?这真像俗话所说的，天赐良机呀……”

“是啊，您还记得吗……”

“怎么不记得，怎么不记得，”他连忙打断我的话，“事情已经过去了……事情已经过去了……”

“那么，您在这儿做些什么呢，亲爱的彼得·彼得罗维奇?”

“我过的日子就像您看到的。在这儿生活得很好，这儿的人都很亲切。我在这儿可以安心了。”

他叹了一口气，抬起眼睛望望上面。

“您在哪儿高就?”

“不，我还没有当上差，我想不久就可以定下来了。不过当差有什么意思?……人——才是最重要的。我在这儿认识了一些多么好的人啊！……”

一个小厮用黑色盘子端来一瓶香槟酒。

"瞧，这也是个好人……瓦夏，你是个好人，对吗？祝你健康！"

小厮站了一会儿，有礼貌地摇摇头，笑了笑，走出去了。

"是的，这儿的人都很好，"彼得·彼得罗维奇继续说，"富有感情，心地善良……要不要我给您介绍一下？一些非常好的小伙子……他们一定会很高兴认识您。我告诉您……博勃罗夫死了，太不幸了。"

"哪个博勃罗夫？"

"谢尔盖·博勃罗夫。是个很出色的人；他接济过我这个粗野的乡下人。戈尔诺斯塔耶夫·潘捷列伊也死了。都死了，都死了！"

"您一直住在莫斯科吗？没有回乡下去过？"

"到乡下去……我的村子卖掉了。"

"卖掉了？"

"是拍卖的……可惜您没有买下！"

"那您以后的日子怎么过，彼得·彼得罗维奇？"

"我不会饿死的，上帝会保佑！没有钱，但有朋友。钱算得了什么？——粪土！黄金也是一堆粪土！"

他眯起眼睛，手在口袋里掏了半天，拿出两枚十五戈比和一个十戈比的钱币，放在手掌上给我看。

"这是什么？不过是粪土！（钱飞落到地上。）您最好还是告诉我，您读过波列扎耶夫[①]的诗没有？"

"读过。"

① 波列扎耶夫（1804—1838），俄国诗人。因写抨击君主制的诗《萨什卡》被流放。

“您看过莫恰洛夫[1]扮演的哈姆雷特吗?”

“没有，没有看过。”

“没有看过，没有看过……（卡拉塔耶夫脸色发白，眼睛不安地转动着，他扭过脸去，嘴唇颤动了一下。）啊，莫恰洛夫，莫恰洛夫! ‘死，就是睡眠’。”他声音低沉地说。

死，就是睡眠——
就这样；而如果睡眠就等于了结了
心痛以及千百种身体要担受的
皮痛肉痛，那该是天大的好事，
正求之不得啊！死，就是睡眠……[2]

“睡着了，睡着了!”他喃喃地说了几遍。

“请您告诉我，”我刚开始说，他又热烈地念下去：

谁甘心忍受人世的鞭挞和嘲弄，
忍受压迫者虐待、傲慢者凌辱，
忍受失恋的痛苦、法庭的拖延、
衙门的横暴，做埋头苦干的大才、
受作威作福的小人一脚踢出去，
如果他只消自己来使一下尖刀

---

① 莫恰洛夫(1800—1848)，俄国演员，以演莎士比亚的《哈姆雷特》和席勒的《强盗》、《阴谋与爱情》等悲剧而著名。

② 见《哈姆雷特》第 3 幕第 1 场。引用卞之琳的译文。下同。

就可以得到解脱啊？……你做祷告
别忘掉也替我忏悔罪恶。①

他低下头，伏在桌子上。他结结巴巴地说起胡话来。

“过了一个月，”他又振作起精神念起来：

短短一个月，她像泪人儿一样
给我父亲送葬去穿的鞋子
还一点都没有穿旧呢，哎呀，你看她，
(无知的畜生也还会哀痛得久一点呢!)②

他端起一杯香槟，送到嘴边，但没有喝，又念下去：

为了赫古芭?
赫古芭对他或者他对赫古芭
有什么值得他哭她呢？……
可是我，
一个糊涂蛋，可怜虫，萎靡憔悴……
我是个懦夫吗?
谁叫我坏蛋……把手直戳我的脸
骂我说谎？谁对我这样的，嗨?

---

① 《哈姆雷特》第 3 幕第 1 场。
② 《哈姆雷特》第 1 幕第 2 场。

活该，我活该忍受！因为我怎样说
也总是胆小如鼠，缺少胆汁，
不以饱受欺压为苦……①

卡拉塔耶夫松开手，让酒杯落到地上，抓住自己的头。我觉得我已经理解了他的心情。

“好吧，有什么好说的，”最后他说，“旧事不能重提……对吗？(他笑起来。)祝您健康！”

“您还打算留在莫斯科吗？”我问他。

“我要死在莫斯科！”

“卡拉塔耶夫！”隔壁房间里响起喊叫声。“卡拉塔耶夫，你在哪儿？到这儿来，亲爱的人儿！”

“在叫我了，”他费力地从座位上站起来。“再见，有机会到我那儿去坐坐，我住在××。”

但是第二天由于发生了意料不到的情况，我必须离开莫斯科，后来我再也没有见过彼得·彼得罗维奇·卡拉塔耶夫一面。

① 《哈姆雷特》第2幕第2场。

约会

秋天，将近九月半，我坐在白桦林里。一清早起就一会儿下起霏霏细雨，一会儿又出现温暖的阳光；这是一种不稳定的天气。天空时而布满疏松的白云，时而有几处突然晴朗了一会儿；于是从散开的乌云中间露出一小块蓝天，它明朗可爱，宛如美丽的明眸。我坐着，环顾四周，侧耳倾听着。树叶在我头顶上轻轻响动着，光从它们的簌簌声中就可以知道现在是什么季节。那不是春天充满欢乐的颤抖，不是夏天柔和的细语和娓娓的长谈，不是晚秋羞怯而冷漠的絮叨，而是一种隐约可闻、令人昏昏欲睡的絮语声。微风轻轻吹拂着树梢。被雨水打湿的树林里面，或由于阳光照耀，或由于云遮雾障而不断起着变化；它一会儿阳光灿烂，仿佛其中的万物都绽开了笑脸：不太茂密的白桦的细细树干一瞬间发出白色丝绸般的柔和光泽，飘落在地上的小树枝突然变得色彩斑斓，像足赤的金子一样熠熠生辉，高大葱茏的蕨类植物的美丽茎秆已经染上熟葡萄一样的秋色，在你眼前无休无止地盘结缠绕，互相交错；一会儿四下里又突然变成一片淡淡的蓝色：鲜艳的色彩顷刻间变得黯淡无光，白桦仍然是白色的，但没有了光泽，白得像冬天太阳闪烁的寒光尚未触及的新雪，于是一阵牛毛细雨诡谲地悄悄洒了下来，在树林里发出潇潇的声音。白桦树上的叶子几乎还全是绿色的，虽然已经明显地发白；只有某几个地方还孤零零地长着一棵小白桦，它全身泛出红色或金黄色，值得一看的是，当阳光突然闪烁变幻，穿过刚刚被晶莹的雨水冲洗过的稠密细枝织成的网照射到它身上的时候，它是多么鲜艳夺目。听不见一只鸟儿的啁啾。所有的鸟儿都栖息着，不发出任何声响；只是偶尔有一只山雀发出含着嘲笑意味的铜铃般的叫声。在我歇息于这片小白桦林之前，我已经带着狗穿越那高高的白杨林。说实话，我不很喜欢白杨这种树，不喜欢它那淡紫色的树干和它那尽量往高处长并且像颤动的扇子一样展开在空中的金属般灰绿色的叶子；我不喜欢它那脏兮兮的圆叶子，它总是笨拙地挂在长长的叶柄上晃个不停。只有在某些夏天的傍晚，它孤零零地高耸在低矮的灌木丛当中，迎着落日的霞光，闪耀着，抖动着，从梢头到根部沐浴着同样的橘红色，或者在晴朗有风的日子，它在蔚蓝色的天空中整个儿哗啦啦地摇摆着，喁喁絮语着，它的每一张叶子都充满了渴望，似乎想脱离枝干，飞向远方，只有在这种情况下，白杨才是美丽的。但是总的来说，我还是不喜欢这种树；因此我不在白杨树林里歇息，而来到白桦林里，在一棵树枝低低地覆盖在地面上因而可以在那里躲雨的树下栖身，在欣赏了一下周围的景色之后，便进入了只有猎人才熟悉的那种宁静而温柔的梦境。

我不知道睡了多久，但是当我睁开眼睛的时候，整个树林里已充满了阳光，四面八方，透过欢乐地喧闹的树叶可以看见点点仿佛在闪亮的灿烂的蓝天；云彩被大风吹散，已经消失了；阴霾扫尽，天空晴朗，空气特别干爽清新，使人感到神清气爽，这样的空气几乎总是预示着在阴雨天之后将会出现一个宁静清朗的黄昏。我已经准备站起来，再去试试运气，我的目光忽然在一个纹丝不动的人身上停住。我定睛一看，原来是个年轻的农家姑娘。她坐在离我二十步的地方，心事重重地低着头，两只手放在膝盖上。她的一只手半张着，手里有一大束野花，随着她的每一次呼吸，这束花便慢慢滑到她的格子裙上。洁白的衬衫，扣紧的上衣领和袖口，形成短短的柔和的波纹落在她身上；大粒的黄色珠串成双行从脖子上挂到胸前。她的相貌长得很不错。漂亮浓密的浅灰色头发仔细地梳成两个半圆形从一根狭小的红色发带下向两边分开垂落，那发带几乎就束在她那象牙般白皙的额头上。她脸庞的其余部分由于有时晒太阳而现出细嫩皮肤特有的那种金黄的黝黑。我看不见她的眼睛，因为她的眼睛没抬起来，但我清楚地看见她那细细、高高的眉毛和她那长长的睫毛：那睫毛是湿润的，她的一边脸颊上在阳光照射下闪现着干了的泪痕，这泪痕一直挂到有点苍白的嘴唇上。她的整个头部都很好看；即使她那稍稍肥厚的圆鼻子也无损于它的韵致。我特别喜欢她脸上的表情：它是那么纯真而温柔，那么忧郁，对自己的忧郁充满了稚气的困惑。她显然在等某个人；树林里只要有一点响声，她立刻会抬起头来，往四下里看看；在明亮的阴影里她的眼睛在我面前很快地闪了一下，那双眼睛又大又亮，像扁角鹿一样怯生生的。要是什么地方发出一点声音，她便睁大眼睛注视着那个地方，谛听一会儿，叹一口气，无声无息地回过头来，更低地垂下头，慢慢摆弄着花朵。她的眼圈发红，嘴唇痛苦地瘪了一下，泪珠又扑簌簌从浓密的睫毛里滚出来，停在脸上，闪着光。这样过了好久；可怜的姑娘一动也不动，只是偶尔痛苦地移动一下双手，倾听着，一直倾听着……树林里又有了响声，她浑身一震。这声音没有停止，越来越清晰，越来越近，终于可以听见果断而急速的脚步声。她挺直身子，仿佛有些胆怯了；她那专注的目光颤抖着，燃烧着期待的光芒。密林中很快就闪现出一个男人的身影。她仔细看了看，脸刷地绯红起来，欣喜而幸福地微笑了一下，刚想站起来，又俯下身子，脸色发白，不知所措，直到来人在她身旁站定，她才抬起那颤动的、几乎是哀求的目光看着他。

我从隐蔽的地方好奇地看着他。说实话，他给我的印象并不愉快。从各种迹象上看，这是某个富有的年轻地主的宠仆。他的装束暴露出他对时髦和流行的玩世不恭习气的追求：他穿着一件可能是主人穿过的古铜色短上衣，钮扣一直扣到顶，系一条两头都是浅紫色的粉红领带，缀金线的黑丝绒帽子一直扣到眉毛上。白衬衫的圆领无情地顶住他的耳朵，划着他的脸颊，浆硬的套袖直盖到他那弯曲发红的手指，手指上戴着嵌有勿忘草形绿松石的金银戒指。他的脸红润而细嫩，带着一种厚颜无耻的神色，据我观察，这种类型的脸几乎总是为男人所厌恶，却不幸常常博得女人的垂青。他那粗野的面孔显然竭力想装出一种轻蔑和厌倦的表情；他不断眯起他那本来就很小的灰白色小眼睛，皱紧眉头，挂下嘴角，故意打哈欠，带着一种漫不经心却又不大自然的放肆神气时而伸手理理卷得很得意的火红色鬓发，时而捻捻翘在厚嘴唇上方的黄胡子——总之，那样装腔作势着实叫人无法忍受。他一看见这个正在等他的农家姑娘，便装腔作势起来；他慢慢地大摇大摆着走到她跟前，站了一会儿，耸耸肩膀，把两只手插进大衣口袋里，勉强冷漠而随便地看了一眼那可怜的姑娘，便在地上坐下。

“怎么，”他说，仍旧望着旁边某个地方，晃着一条腿，打着哈欠，“你在这儿等了好久了吗?”

姑娘没有立即回答他。

“好久了，维克多·亚历山德雷奇，”她终于用勉强听得出的声音说。

“噢，”他摘下帽子，煞有介事地捋了一下几乎从眉毛上生起的卷得很紧的头发，神气活现地向四下里望望，又爱惜地把帽子戴到他那宝贝脑袋上。“我差点忘记了。再说，你看，又在下雨！”他又打了个哈欠。“事情多得不得了：没法子样样照顾到，那一位还要骂人呢。我们明天要走了……”

“明天？”姑娘说，惊慌地看着他。

“明天……好了，好了，好了，别这样，”他看见她全身哆嗦起来，并慢慢低下头，连忙没好气地接着说，“别这样，阿库琳娜，不要哭了。你知道，你这样我受不了。”他皱起那蒜头鼻子。“不然我马上就走……你真傻——哭什么呀！”

“唔，我不哭，我不哭，”阿库琳娜竭力咽下眼泪，急忙说。“这么说，您明天就要走了？”她沉默了一会儿又说。“上帝什么时候再让我们见面呢？维克多·亚历山德雷奇？”

“会见面的，会见面的。不是明年，就是以后。老爷大概想到彼得堡去谋个差事，”他漫不经心地继续小声说，“我们也许还要到国外去。”

“您会忘记我的，维克多·亚历山德雷奇，”阿库琳娜伤心地说。

“不会的，怎么会？我不会忘记你：不过，你脑子要放灵活点，别傻里傻气，要听你父亲的话……我不会忘记你的，不——会。”他若无其事地伸了个懒腰，又打了个哈欠。

“不要忘记我，维克多·亚历山德雷奇，”她用哀求的声调继续说。“我是那么爱您，一切都是为了您……您说我要听父亲的话，维克

多 · 亚历山德雷奇……可我怎么能听父亲的话呢……”

“为什么?”他脸朝天躺在草地上，两只手垫在头下，说这句话时声音好像是从肚皮里发出来的。

“我怎么能听他的话呢，维克多 · 亚历山德雷奇，您自己也知道……”

她不再作声。维克多摆弄着怀表的链条。

“阿库琳娜，你不是个傻姑娘，”他终于说，“所以你不要说傻话。我是要你好，你懂我的意思吗？当然，你不傻，不完全像个人家所说的农家姑娘；你母亲以前也并不一直是农家姑娘。但你毕竟没有受过教育，所以人家对你说的话，你应该听。”

“这太可怕了，维克多 · 亚历山德雷奇。”

“咦，真是胡说八道，我亲爱的：有什么可怕的！你手里是什么，”他挪近她，说，“是花吗?”

“是花，”阿库琳娜垂头丧气地回答。“这是我采的艾菊，”她稍微活跃了些，继续说。“给小牛吃是很好的。这是金盏花，可以治瘰疬病。您看，多好看的花；这么好看的花我生来还没有看见过。你看，这是勿忘草，这是香堇……这是送给您的，”她从黄色矢车菊底下拿出一小束用细草扎起来的浅蓝色矢车菊，“您要吗?”

维克多懒洋洋地伸手接过花，很随便地闻了闻，在手里转动着，带着一种若有所思的庄重神气抬头望望上面。阿库琳娜望着他……在她忧郁的目光里饱含着温柔的忠诚、恭敬的顺从和情爱。她又怕他，又不敢哭，又要和他告别，又要最后一次把他看个够；而他则像土耳其皇帝一样摊手摊脚地躺着，带着宽宏大量的耐心和降贵纡尊的神气接受她的崇拜。说实话，我怀着愤怒的心情看着他那张通红的脸，这张脸在装腔作势的轻蔑的冷漠中透露出一种得意和令人生厌的唯我独尊的神气。在这一瞬间，阿库琳娜显得非常美丽：她的整个心灵都对他信任而热烈地敞开，想去亲近他，向他表示亲热，可他……他把矢车菊扔在草地上，从大衣的侧袋里拿出一块镶铜边的圆玻璃片，把它嵌到眼睛上；但是不管他怎么努力皱起眉头，抬起面颊甚至鼻子想夹住它，玻璃片还是落下来，掉在他手上。

“这是什么?”惊奇的阿库琳娜终于问道。

“单眼镜，”他一本正经地回答。

“干什么用的?”

“为了看得更清楚。”

“让我看看吧。”

维克多皱起眉头，但还是把玻璃片递给了她。

“别打破，当心点。”

“别担心，我不会打破的。”她小心翼翼地把它放在眼睛上。“我一点儿也看不见，”她天真地说。

“你得把一只眼睛眯起来呀，”他用不满意的指导老师的口气说。(她眯起戴着玻璃片的那只眼睛。)“不是这一只，你真笨！是另一只!”维克多大声叫嚷着，不等她改正过来，就把玻璃片拿走了。

阿库琳娜脸红起来，微微笑着，扭过脸去。

“可见这不是我们用的东西，”她说。

“这还用说吗!”

可怜的姑娘不再说什么，只是深深叹了一口气。

“唉，维克多·亚历山德雷奇，您不在，我可怎么过日子啊!”她突然说。

维克多用衣裾擦擦单眼镜，把它放回口袋里。

“是啊，是啊，”他终于说起来。“开头你会觉得难过的，这不错。”他体谅地拍拍她的肩膀，她轻轻地从肩膀上拉起他的手，怯生生地吻了吻。“嗯，是的，是的，你确实是个好姑娘，”他得意地笑了笑，继续说，“可有什么办法呢？你自己想想看！我和老爷不能留在这儿啊，冬天很快就到了，乡下的冬天，你自己也知道，真是糟糕透了。在彼得堡就好得多！那边简直美妙极了，傻姑娘，你就是做梦也想象不到。多好的房子、街道，而社交界，教养，简直叫人惊叹不已！……”阿库琳娜聚精会神地听着他说，像小孩一样微微张着嘴。“不过，”他在地上翻了个身，又说，“我跟你说这些有什么用？你根本就听不懂。”

“为什么，维克多·亚历山德雷奇？我懂的，我全听得懂的。”

“瞧你这样子！”

阿库琳娜垂下头。

“以前您不是这样跟我说话的，维克多·亚历山德雷奇，”她没抬起眼睛说。

“以前？……以前！瞧你说的！……以前！”他说着，好像生气了。

他们两人都不再说话。

“可是我得走了，”维克多说，他已经用胳膊肘撑起身子……

“再等一会儿吧，”阿库琳娜用哀求的声音说。

“等什么？……我已经跟你告别过了。”

“等一会儿吧，”阿库琳娜又说了一遍。

维克多又躺下来，并且吹起口哨。阿库琳娜还是目不转睛地看着他。我看得出，她的情绪渐渐激动起来：她的嘴唇抖动着，苍白的面颊微微泛出红晕……

“维克多·亚历山德雷奇，”她终于断断续续地说，“您不该这样……您不该这样，维克多·亚历山德雷奇，真的！”

“什么不该这样？”他皱起眉头，稍稍抬起头来并向她转过去，问道。

“您不该这样，维克多·亚历山德雷奇。在分手的时候，您哪怕对我说句好话也好啊，您哪怕对我这苦命的孤儿说句好话也好啊……”

“我跟您说些什么好呢？”

“我不知道，这个您比我懂，维克多·亚历山德雷奇。您就要走了，您哪怕说一句话……瞧我得到什么报应啦？”

“你真怪！我能说什么呢？”

“哪怕说一句话……”

“唉，你老是这一套，”他恼怒地说，站了起来。

“您别生气，维克多·亚历山德雷奇，”她勉强忍住泪，急忙说。

“我不生气，只是你太傻……你想要些什么呢？你知道我是不能娶你的吗？知道我不能娶你吗？既然这样，你还想要什么呢？要什么呢？”他把脸向前冲了冲，好像在等待回答，又把手指张开。

“我什么……什么也不想要，”她结结巴巴地回答，竭力大着胆子向他伸出一双颤栗的手，“在分手的时候，您哪怕对我说一句话……”

她的眼泪像小河一样流下来。

“嘿，真的是这样，又哭起来了，”维克多把帽子扣到眼睛上，冷冷地说。

“我什么也不想要，”她哽咽着，双手掩住脸，继续说，“可是我在家里怎么办呢，我在家里怎么办呢？我将来的日子怎么过，我这苦命人以后怎么办？他们会把我这孤苦伶仃的人嫁给我不喜欢的人……我这苦命人!”

“唱下去吧，唱下去吧，”维克多在原地转来转去，喃喃地说。

“哪怕说一句话，哪怕一句……就说，‘阿库琳娜，’就说，‘我……’”

突然迸发出来的撕心裂肺的号啕大哭使她不能把话说完——她倒下来把脸伏在草地上痛哭起来……她的整个身子痉挛地起伏着，后脑勺也不断地上下起伏着……压抑了很久的痛苦终于像决了堤的洪流一样奔涌而出。维克多高高地站在她旁边，站了一会儿，耸耸肩膀，转过身，迈开大步走了。

过了一会儿……她平静下来，抬起头，站起来，回头看看，沮丧地拍了一下手；她想跑去追他，可是两条腿发软——她跪了下来……我忍不住向她奔去；但她一看见我，不知从哪儿来的力气——她轻轻地叫了一声，站起来，立刻消失在树林里，只在地上留下一堆撒落的花。

我站了一会儿，拣起那束矢车菊，走出树林，来到田野上。太阳低低地挂在淡淡的明亮的天空中，阳光也仿佛变得暗淡而寒冷：它没有了光芒，只是融化成一片均匀的淡淡的光。到黄昏还剩下不到半个小时，天空只有一抹淡淡的晚霞。风一阵阵掠过发黄的收割过的麦田，迅速向我吹来；拳曲的小树叶在麦田前急速地飞起，从田野旁掠过，穿过道路，沿着树林边缘飞去；壁立在田野上的树林整个儿颤抖着，闪耀着万点金光，轮廓分明，却不耀眼；在有点发红的草地上，草茎上，麦秸上，到处都有无数秋天的蛛丝在闪闪发亮，随风飘动。我停住脚步……我心中油然产生惆怅之感；正在凋零的大自然虽然还在发出并不很愉快却还清新的微笑，对已经不远的严冬的恐惧却已悄悄爬上心头。一只小心的乌鸦用它的翅膀沉重而猛烈地划破长空，高高地从我头顶上飞过，又从旁边看我一眼，呱呱叫着，向上飞去，消失在树林后面；一大群鸽子从打谷场上急速腾飞起来，突然盘旋成柱状，又纷纷飞落到田野上——这正是秋天的征候！有人驾着一辆空车从光秃的山丘后面走过，发出震耳的辘辘声……

我回到家里，但可怜的阿库琳娜的形象仍久久在我脑海里萦回，她那束早已枯萎的矢车菊至今还保存在我家里……

希格雷县的哈姆雷特

在一次旅行中我应邀去一位富裕的地主和猎人亚历山大·米海雷奇·格×× 家赴宴。他的村子坐落在离我当时所住的小村子约莫五俄里的地方。我穿上燕尾服——我劝任何人出门的时候，即使是去打猎，也要穿上这种服装——就到亚历山大·米海雷奇家去了。宴会定于六点钟开始；我五点钟到达时，在那里碰到了许许多多穿制服、便服和其他很难说出名称的衣服的贵族。主人亲切地接待了我，又立刻跑到餐厅仆役的房间里去了。他在等候一个重要的官员，心情有些激动，这和他在社会上和财富上所处的独立地位是完全不相称的。亚历山大·米海雷奇从未结过婚，也不喜欢女人；来他家聚会的都是单身汉。他生活阔绰，他把祖传的府邸加以扩建，并装修得富丽堂皇，每年从莫斯科订购一万五千卢布的酒，向来受到极大的尊敬。亚历山大·米海雷奇早就退休，没有获得任何头衔……那么究竟是什么原因使他硬要请一位当官的客人光临，并且从举行盛宴的这天一大清早起就激动不已呢？这正如我熟悉的一位法院检察官在有人问及他是否接受人家自愿奉送的贿赂时所说的：只有天知道。

同主人分开后，我便到各个房间去走走。客人我几乎全不认识；已有二十来个人围着牌桌在打牌。在这些朴烈费兰斯的爱好者当中有两个军人，气度不凡，只是有些衰老，还有几个文官，领带打得又高又紧，染了色的八字胡垂挂下来，只有性格果断、心地善良的人才这般打扮(这些心地善良的人一本正经地理着牌，对于走到身边来的人，头也不转动一下，只是斜着眼看看他们)；有五六个县里的官吏，一个个大腹便便，胖乎乎的手汗津津的，两条腿规规矩矩的，动也不动一下(这些绅士说话时轻声细语，和蔼可亲地向各方面扮着笑脸，把手里的牌紧靠着胸衣拿着，出王牌的时候也不敲响桌子，而是把牌作弧形轻轻地抛到绿呢桌面上，收拢赢来的牌时发出一种轻轻的、极有礼貌的嚓嚓声)。其余的贵族或坐在长沙发上，或成群挤在门口和窗户旁边；有一个已经不年轻、容貌像女人的地主站在屋角里，打着哆嗦，红着脸，忸怩不安地在肚子前面把玩着他的表坠，虽然没有人注意他。有几个绅士穿着莫斯科裁缝——终身行会师傅菲尔斯·克留欣做的圆摆燕尾服和格子西装裤正毫无顾忌、旁若无人地高谈阔论，并随意转动着他们那油光闪亮的秃头；一个高度近视、浅色头发、二十来岁的年轻人，从头到脚一身黑色装束，看样子有些腼腆，但在那里不以为然地冷笑着……

然而我已经感到有些寂寞，突然有个名叫沃伊尼岑的人来到我跟前，他是个学业没有完成的年轻人，寄住在亚历山大·米海雷奇家里，是他家的……说不准是他家的什么人。他打枪打得非常好，又善于训练猎犬。我还在莫斯科的时候就认识他了。他属于这样一种年轻人：这样的年轻人在每一次考试时往往“装木头人”，也就是对教授的问题一言不发。为了追求音节的美妙，人们称这些先生为“蓄络腮胡子的人”

(可见这是很久以前的事了)。事情是这样的：譬如，让沃伊尼岑去应试。在叫到他的名字之前，沃伊尼岑端端正正、一动不动地坐在长凳上，这时他却浑身上下热汗淋漓，慢慢地、毫无目标地向四周环视一下，站起身来，急急忙忙地把纽扣一直扣到制服上面，侧着身挤到考试桌前。“请拿一张试题，”教授很愉快地对他说。沃伊尼岑伸出手去，手指战战兢兢地碰到那一叠试题。“请不要挑选，”一个外来的但很容易激动的小老头，其他系的教授，突然愤恨起这个不幸的蓄络腮胡子的人，声音颤抖着对他说。沃伊尼岑乖乖地顺从自己的命运，取了一张试题，出示了号码，便走到窗口坐下，等待前面的考生回答完问题。沃伊尼岑坐在窗口，眼睛盯着试题，只是偶尔像刚才一样慢慢地向四周环视一下，但肢体却一动不动。可是这时前面的考生回答完了问题，教授们按照他的才能，对他说了一句：“很好，您可以出去了，”或者甚至是：“很好，好极了。”这回叫到沃伊尼岑了；沃伊尼岑站起来，步履坚定地走到考试桌前。“请把试题念一下，”教授对他说。沃伊尼岑双手把试题拿到鼻子底下，慢慢地念着，又慢慢地放下双手。“好吧，请回答，”还是那位教授懒洋洋地说，他把身子往后一靠，把双手抱在胸前。考场里像坟墓一样寂静。“您怎么了?”沃伊尼岑一声不吭。外系来的小老头焦躁起来。“您说话呀!”我那位沃伊尼岑还是一声不吭，仿佛吓呆了。他那剃得光光的后脑勺一动不动地徒然对着全班同学好奇的目光。那外系来的小老头的眼珠子几乎要弹出来：他恨透了沃伊尼岑。“这太奇怪了，”另一个会考人说，“您怎么像哑巴似的站着，您回答不出，是不是？不然，您就说呀。”“请允许我另拿一张试题，”不幸的人用低沉的声音说。教授们交换了一下眼色。“好，请吧，”主考人挥了一下手，回答。沃伊尼岑又拿了一张试题，又坐到窗口，又回到考试桌前，又像死人一样一声不吭。外系来的小老头恨不得把他整个儿生吞下去。最后教授们把他赶出去，给他打了个零分。您以为现在他至少会跑出去离开了吧？没有这回事！他又回到自己的位子上，还是那样一动不动地坐着，直到考试结束，临走的时候还大声感叹："唉，挨了一顿骂！这叫什么考试！"这一天他就整天在莫斯科闲逛，有时抓抓自己的头皮，痛苦地咒骂自己这种无能的命运。自然，书本他连碰也不碰，到了第二天早晨，又演出了同样的一幕。

现在就是这个沃伊尼岑来到我跟前。我和他聊聊莫斯科，聊聊打猎的事。

"您愿意不愿意，"他突然轻声对我说，"我介绍您认识本地一个最俏皮的人？"

"那就劳驾了。"

沃伊尼岑把我领到一个小个子、留着高高的额发和胡髭、穿着咖啡色燕尾服、系着花领带的人跟前。他那肝火旺盛、机灵善变的面相的确显示出他的聪明和刻薄。那瞬息万变、辛辣讽刺的冷笑不断扭歪他的嘴唇；一双眯细的黑眼睛从不整齐的睫毛底下露出粗鲁的神色。他身边站着一个地主，那地主身材胖大，态度随和，一副甜蜜相——十足是个甜得发腻的人——还是个独眼。他在小个子说出俏皮话之前已先笑了，仿佛快活得全身都酥软了似的。沃伊尼岑把我介绍给这位爱说俏皮话的人，他叫彼得·彼得罗维奇·鲁皮欣。我们认识以后互致了最初的敬意。

"请允许我给您介绍我一位最好的朋友，"鲁皮欣抓住那甜滋滋的地主的手，突然用刺耳的声音对我说。"别固执了，基里拉·谢利法内奇，"他说，"不会把你吃掉的。来吧，"他继续说，而这时手足无措的基里拉·谢利法内奇已经在笨拙地鞠躬了，那样子就像是肚子掉了下来似的。“来吧，我给你们介绍一下；这是一位极其出色的贵族。他五十岁以前身体极好，忽然想起要治眼疾，结果把一只眼睛给弄瞎了。后来他给自己的农民治病，也得到了同样的成绩……不过，当然啰，他们对他还是忠心耿耿……”

“您这个人真是的，”基里拉·谢利法内奇喃喃地说，并且笑了起来。

“您说下去啊，我的朋友，喂，说下去啊，”鲁皮欣接着说，“您这个人哪，恐怕要当选法官了，要选上了，您等着瞧吧。到那时，当然会有陪审员来帮您出主意的；不过，您还是要出面的，万一有什么事的话，哪怕说说别人的见解也好。弄得不巧省长来了，他会问：法官为什么说话结结巴巴的？那么，譬如说，就会有人告诉他：他得了麻痹症；省长就会说：给他放放血吧。您处于这样的地位，一定会同意，碰到这种事，会感到很不体面的。”

甜滋滋的地主笑得前仰后合。

“您看他笑的，”鲁皮欣继续说，幸灾乐祸地看着基里拉·谢利法内奇颤动的肚子，“他怎么能不笑呢？”他转过身来对我说，“他吃得饱饱的，身体又好，没有孩子，不需要拿农奴去抵押，还为他们治病，老婆傻头傻脑。(基里拉·谢利法内奇稍稍扭过身子，仿佛没有听见他的话，仍在哈哈笑着。)我也要哭，我老婆跟一个土地测量员跑了。(他咧开嘴笑着。)您不知道这件事？怎么会！她就这么打定主意，私奔了，还给我留下一封信：亲爱的，她说，彼得·彼得罗维奇，原谅我；我被爱情陶醉了，和我的心上人走了……而土地测量员之所以吸引她，只是因为他不剪指甲，穿着紧身裤。您感到奇怪吗？您会说，这个人真坦率。我的上帝！我们草原上的兄弟说话就是这么直截了当。不过我们还是走到旁边点好……干吗跟未来的法官站在一起……”

他挽住我的手，我们一起走到窗前。

“这儿的人都认为我是个俏皮的人，”谈话中他对我说，“您别相信这些话。我只不过是个不满现实的人，要大声骂人；因此我无拘无束。实际上，我为什么要跟人家客客气气呢？对别人的意见我看得一钱不值，我也不想得到什么好处；我是个恶人——这到底是怎么回事呢？恶人至少不必动脑筋。这有多么快活，您真不会相信……您看，譬如说，您看看我们的主人！他为什么要这样奔忙，干吗呀，一会儿看看表，一会儿扮笑脸，一会儿浑身冒汗，装出一副煞有介事的样子，却让我们饿肚子？这有什么稀罕——不过是个当官的罢了！瞧，瞧，他又在奔忙了，还瘸着腿呢，您看。”

于是鲁皮欣尖声笑了起来。

“只有一点不足，没有太太们，”他长长地叹了一口气，又接着说，“是个单身汉的宴会，要不然我们这些弟兄就快活了。您看，您看，”他突然大声喊叫起来，“科泽尔斯基公爵来了，就是那个高个子男人，蓄着大胡子，戴黄手套的。一眼就看得出是到过外国的……他总是姗姗来迟。我告诉您，他是个傻瓜，就像商人的一对马，您要是看见过就好了，他跟我们这帮人说起话来是多么客气，对我们那些如饥似渴的母亲和女儿们的恭维话又表现得气度不凡！……他有时也说几句俏皮话，尽管只是顺路来这里歇歇脚；可他是怎么说俏皮话的！就像钝刀子割绳索一模一样。他看我不顺眼……我去跟他打个招呼。”

于是鲁皮欣向公爵跑去。

“您看，我的仇人来了，”他突然回到我身边对我说，“您看见了吗？那个面孔棕黄色、头上长着硬毛的胖子，喏，就是那个手里抓着帽子、沿着墙壁走过来、像狼一样东张西望的人。我曾经把一匹价值一千卢布的马以四百卢布的价钱卖给他，这个不声不响的家伙现在却有权利来轻视我了；其实他根本就没有思考的能力，尤其是在早晨喝茶前或吃午饭以后，你对他说：您好，可他却回答：什么事？您看，一位高级官员来了，”鲁皮欣继续说，“一位退休的高级文官，破产的高级文官。他有一个甜菜糖女儿，一座患瘰疬病的工厂，对不起，我说错了……不过，您是懂得的。啊！建筑师也到这儿来了！一个德国人，蓄着唇髭，可是业务一窍不通，真是咄咄怪事！……不过，他又何必精通业务呢？他只要收受贿赂，替我们这些柱子贵族①多竖几根柱子就行了！”

鲁皮欣又哈哈大笑起来……但突然一种兴奋的激动情绪传遍了整座屋子。一位显贵驾临了。主人急忙向前厅奔去。几个忠实的家人和殷勤的客人也跟着奔去……热烈的谈话声变成柔和愉快的絮语声，宛如春天的蜜蜂在蜂房里发出的嗡嗡声。只有一只不肯安静的黄蜂——鲁皮欣，和一只耀武扬威的雄蜂——科泽尔斯基没有压低自己的声音……瞧，蜂王——那位显贵终于进来了。人心都向着他飞去，坐着的身子也欠起身来；甚至那个廉价向鲁皮欣买了一匹马的地主，甚至那个地主也低下下巴，抵住胸膛。那位显贵始终保持着自己的威严：他频频仰起头，似乎在向别人点头致意，说了几句赞许的话，每说一句话，首先总要用长长的鼻音“啊”一声；他极其愤怒地看看科泽尔斯基公爵的胡

① 意为世袭贵族。因为俄文“柱子”一语另有“世代相传”一义，此处是文字游戏。

子，向拥有工厂和女儿的破产高级文官伸出左手的食指。过了几分钟——在这几分钟里，这位显贵已经两次表示他很高兴，他赴宴没有迟到——所有的人便向餐厅走去，大人物走在前面。

无须向读者详细描述，怎样把那位显贵安排在首席，高级文官和省首席贵族之间——这位首席贵族神情轻松而庄重，和他那浆硬的胸衣、宽大的背心和装着法国烟草的圆形鼻烟壶十分相称；主人怎样张罗、奔走、忙活，敬客，顺路对着那位显贵的脊背微笑，像个小学生似的站在屋角，急匆匆喝下一小盆汤或吃下一块牛肉，管家怎样端上一条口里衔着一束花、长一俄尺半的大鱼，一些穿制服的仆役怎样板着面孔、阴沉着脸缠着每一个贵族，一会儿要给他们斟马拉加葡萄酒，一会儿要给他们斟干马德拉葡萄酒，几乎所有的贵族，特别是上了年纪的，怎样像尽义务似地勉强干了一杯又一杯，最后，人们怎样嘭嘭响地打开香槟酒，举杯互祝健康：所有这一切，读者想必都了如指掌了。但我觉得特别精彩的是那位显贵在众人高高兴兴地洗耳恭听的时候亲口讲述的一段趣事。有一个人，大概是那位破产的高级文官，他很熟悉最新的文学动态，提到了女性的一般影响，尤其是对年轻人的影响。“对，对，”那位显贵接着说，“这话说得对。对年轻人就应该严加管教，要不然他们一看见女人的裙子就会神魂颠倒。”(所有的客人脸上都掠过一阵孩子般快乐的微笑，有一个地主的目光里甚至闪烁着感激之情。)“因为年轻人都很懵懂。”(这位显贵强调了“为”字，想必是为了表示他的权威，有时要改变单词通行的重音。)“就譬如说我的儿子伊凡吧，”他继续说，“这个傻瓜只有二十岁，可他却突然对我说：‘爸爸，让我结婚吧。’我对他说：‘傻瓜，你先得谋个差事……’嘿，他又是失望，又是流泪……可是我……不理他……”(这位显贵说出“不理他”这句话似乎不是从嘴里，而是从肚子里说出来的；他沉默了一下，对身旁的高级文官威严地看了一眼，而且把眉毛高高扬起，高得让人无法想象。高级文官愉快地向一侧点点头，极快地眨巴着瞧着显贵的那只眼睛。）“结果怎样呢，”那位显贵又说了起来，“现在他自己写信给我，说，爸爸，谢谢您教导了我这个傻瓜……可见，事情就应该这样处理。”所有的客人当然完全同意那位显贵的见解，而且似乎因为得到满足和教导而活跃起来……宴会结束后，来客都站起来，走到客厅去，发出较响然而还是不失体面，似乎在这种场合下能够容许的喧闹声……坐下来打牌。

我好不容易等到晚上，关照我的马车夫明天早上五点钟给我套好马车，就去睡觉了。但是就在这一天里，还有一个很有特点的人等着我去认识。

由于来客很多，谁也不可能单独睡一个房间。亚历山大·米海雷奇的管家把我带进一个绿莹莹的潮湿的小房间，那里已住着一个脱光了衣服的客人。看见我进来，他立即钻进被子里，把被子一直盖到鼻子上，在松软的绒毛褥子上翻腾了一会儿才安静下来，接着便从他那棉布睡帽的圆帽圈底下满怀戒心地注视着我。我走到另一张床(房间里共有两张床)跟前，脱了衣服，便躺到潮湿的被褥里。邻床的人在床上翻来覆去……我向他道了晚安。

过了半个钟头。我不管怎么努力都无法睡着：一连串不必要的朦胧念头就像扬水机上上下下的吊桶似的一个接一个无休无止、顽固而单调地来到我的脑子里。

“您好像睡不着吧?”我的邻床说。

“是啊，”我回答，“您也睡不着吧?”

“我始终没睡着。”

“怎么会这样?”

“就是这样。我自己也不知道为什么，慢慢地就迷糊过去了；躺着，躺着，就睡着了。”

“既然您不想睡觉，那您干吗躺到床上去?”

“那您叫我干什么呢?”

我没有回答邻床的问话。

“我觉得奇怪，”他沉默了一会儿之后又说起来，“为什么这儿没有跳蚤。那么什么地方才有呢?”

“您好像在可怜它们，”我说。

“不，不是可怜。但我喜欢一切都合乎逻辑。”

“原来如此，”我想，“他用的是什么词儿啊。”

邻床又沉默了下来。

“您愿意跟我打赌吗?”他突然高声说。

“赌什么事?”

邻床开始让我感兴趣了。

“唔……赌什么事?就赌这件事：我相信，您把我当做傻瓜了。”

“没有的事，”我吃惊地嘟囔着。

“把我当乡下人，当大老粗了……您承认吧……”

“我还没有认识您的荣幸，”我不以为然地说。“您怎么能得出这样的结论……”

“怎么能!就凭您说话的声音：您这样随随便便地回答我……可我完全不是您想象中的那种人……”

“请听我说……”

“不，您听我说。首先，说法语我不比您差，说德语甚至比您好；其次，我在国外待了三年，光在柏林就住了八个月。我研究过黑格尔，先生，我能背诵歌德的作品；此外，我曾长期恋着一位德国教授的女儿，回国后我娶了一位患肺病的小姐，她虽然掉了头发，人品却极好。可见我可以跟您平起平坐；我不像您认为的那样，是个乡下人……我也经常痛苦地反省，我从来都是直言不讳的。”

我抬起头，以双倍的注意力看看这个怪人。在夜灯幽暗的光线下，我勉强看清了他的面貌。

“喏，您现在就在看我，”他理理睡帽，继续说，“您大概在问自己：今天我怎么没有注意到他？我告诉您，您为什么没有注意到我——因为我说话没有提高声音；因为我躲在别人后面，站在门背后，跟谁都没有讲话；因为管家端着盘子从我旁边经过时预先把臂肘抬得和我的胸口一样高……怎么会发生这种事呢？有两个原因：首先因为我穷，其次，我与世无争……您说句实话吧，您是不是没有注意到我？”

“我确实没有这种荣幸……”

“不错，不错，”他打断我的话，“这我知道。”

他抬起身子，把手抱在胸前；他的睡帽的长长影子折射到天花板上。

“请您坦率地说，”他突然侧目看了我一眼，又说，“您一定觉得我是个很古怪的人，也就是通常所说的怪物，或者也许更坏；也许您以为我是假装的怪人吧？”

“我还是要再次表示，我对您不了解……”

有一瞬间，他低下了头。

“为什么我要跟您这位素不相识的人突然间谈这些话呢？——上

帝，只有上帝知道！(他叹了一口气。)并非因为我们的心灵是相通的！您和我，我们都是正派人，也就是说，都只管自己的事：您和我，我和您，都没有任何关系；是不是这样？但我们两人都睡不着……那为什么不聊聊天呢？我很有兴致，这在我是很难得的。您也看得出，我很怕难为情，我怕难为情，并非因为我是个外乡人，没有一官半职，是个穷人，而是因为我是个自尊心很强的人。可是有时候，我心境很好，这种偶然发生的情况我自己既不能决定，也不能预见，在这种情况下，我完全不怕难为情了，譬如现在就是这样。现在哪怕让我面对面和达赖喇嘛坐在一起——我还会向他要一点鼻烟嗅嗅呢。可是，也许您想睡觉了吧？”

“相反，”我连忙回答，“跟您聊天我很愉快。”

“您的意思是说，我让您感到愉快……那就更好了……既然这样，我就告诉您，这儿的人都称我为怪物，也就是说，那些在闲聊中偶然提到我名字的人都这样称呼我。‘没有一个人关心我的命运。’①他们想侮辱我……啊，我的上帝！要是他们知道……我之所以被人家议论，就因为我一点也不怪，我无非是有点出格，譬如说，现在我在和您谈话，就是有点出格。可是这种出格无伤大雅，这是最平常的、根本不值一提的怪癖。”

他向我转过脸来，两手挥了一下。

“先生！”他喊了一声，“我认为，总的说来，只有怪人才能活在世界上；只有他们才有生存的权利。我的杯子虽不大，但我喝的是自己

① 引自莱蒙托夫诗《遗言》。

杯里的水，[1]有人这么说。您看，”他低声插了一句，“我的法语说得多纯正。我认为：即使你的脑袋很大，能装下很多东西，你什么都能理解，见多识广，紧跟时代的步伐，可是你还是没有一点自己的、特别的、本身独有的东西！这不过是在世界上增加了一个装着老生常谈的仓库，又能给谁带来满足呢？不，即使你很愚蠢，但你也应该有自己的见解！应该有自己的风貌，自己特有的风貌，就是这么回事！您不要以为我对这种风貌的要求很高……才不呢！这样的怪人很多：不管你往哪儿看，到处都是怪人；每一个活人都是怪人，可我不在其中！”

“其实，”他停了一会儿继续说，“我在年轻的时候有过多大的抱负啊！在出国以前和回国后的最初一段时间我又多么自命不凡！是啊，在国外的时候，我一直保持着高度的警觉，就像我们这种人应该做的那样，总是独来独往。我们一直在那里探索，探索，可是到头来，你看，连最简单的问题也没搞懂！”

“怪人，怪人！”他带着责备的神情摇摇头，接着说……“人人都叫我怪人……可实际上，世界上再没有一个人比在下我更正常的了。我大概生来就是一个模仿别人的人……真的！我的生活也仿佛是在模仿我研究过的各种各样的作家，我活得很累；我读过书，谈过恋爱，最后还结了婚，这一切都好像不是自愿的，而仿佛是在履行一种义务，或者在上一门课——谁搞得清！”

他从头上摘下睡帽，把它扔在床上。

“要不要我把我的生活说给您听听，”他用断断续续的声音问我，“或者，最好是把我生活中的几个特点告诉您？”

---

① 原文为法文。

“那就请吧。”

“不，还是让我告诉您我是怎么结婚的吧。结婚原是一件大事，是每个人的试金石；它就像一面镜子，反映出……不，这种比喻太陈旧了……对不起，我要嗅嗅鼻烟。”

他从枕头底下取出鼻烟壶，打开盖子，摇着打开的鼻烟壶，又说起话来。

“先生，请您设身处地替我想一想……请您自己判断一下，我能从黑格尔的百科全书中得到什么样的，请问，得到什么样的好处？请问，在这种百科全书和俄罗斯生活之间有什么共同之处？您怎么叫我把它运用到我们的生活中来，不光是这种百科全书，而且一般说，还有德国哲学……甚至——科学？”

他在床上跳起来，咬牙切齿地小声嘟囔着：

“啊，原来如此，原来如此！……这么说，你又何必到国外去呢？你为什么不待在家里，不就地研究你周围的生活呢？这样你就可以了解生活的要求和未来，也可以明了你的所谓使命了……唉，算了，”他又换成另一种声调，仿佛在为自己辩护，并感到胆怯，继续说，“那种还没有任何圣贤在书里写过的东西，叫我们到哪儿去研究啊！我很愿意向它，向俄罗斯生活学习——可是它，我那宝贝，不作声。它说，您就这样理解我吧；可我没有这种能力：您就给我下个论断，给我一个结论吧……结论？——喏，有人说，这就是结论：听听我们莫斯科人是怎么说的吧：不都像夜莺一样吗？可是问题就在于，他们像库尔斯克夜莺那样啼啭着，而不像人在那里说话……于是我想啊想啊——我想：科学到哪儿都是一样的，真理只有一条——我就打定了主意，上帝保佑，到国外去，到异教徒那儿去……有什么办法呢！年轻人血气方刚，心比天高。您知道，我不愿意过早地发胖，虽然人们都说，发胖是健康的标志。再说，造物要是不给谁长肉，谁身上也不会发胖!”

“可是，”他想了想，又说，“我好像答应过给您谈谈我是怎么结婚的。那您就听我说吧。首先，我要告诉您，我的妻子已经不在人世，其次……其次，我看，我应该跟您说说我的青年时代，否则，您什么也不会明白……您还不想睡吧?”

“是的，不想睡。”

“那就太好了。您听听……隔壁房间里康塔格留欣先生那样打鼾，实在叫人无法恭维！我是不很富裕的父母所生——我说父母，是因为，根据传说，除了母亲，我还有父亲，我已经不记得他了；据说，他智力有限，鼻子很大，满脸雀斑，头发火红，用一个鼻孔吸鼻烟；我母亲的房间里挂着他的肖像，他穿着红色制服，黑领子直竖到耳朵上，相貌非常难看。我常常被带到他的肖像前去挨鞭子，在这种情况下，母亲总是指着他的像对我说：要是他还在世，才不会对你这么客气呢。您可以想象，这对我是多大的鞭策。我既没有兄弟，也没有姐妹；不，应该说，有过一个不中用的兄弟，后脑上生了英国病[①]，不久便可怜地夭折了……真奇怪，英国病怎么会传到库尔斯克省的希格雷县来呢？但这无关紧要。母亲怀着一个草原上女地主的全部热望来教育我，她从我出生的那个光辉日子起就对我进行教育，一直到我满十六岁……您在听我说吗?”

“当然，您说下去吧。”

“噢，很好。我一满十六岁，母亲就立刻赶走了我那个教法语的家

---

① 指软骨病，佝偻病。

庭教师——从涅任希腊区来的德国人菲利波维奇；她把我带到莫斯科，给我在大学里报了名，就把自己的灵魂交给万能的上帝了。事前，她把我托付给了我的亲叔叔，法院监察官科尔通-巴布尔照管，他是个大名鼎鼎的人物，他的名声不限于希格雷县。我的亲叔叔法院监察官科尔通-巴布尔照例把我的财产侵吞得一干二净……但这也无关紧要。我进了大学——应该为我的母亲说句公道话——那时我已具备了相当良好的素质；可是我身上缺乏独特性，这在当时已初露端倪。我的童年和别的青年的童年没有任何差别：我又愚蠢，又呆板，仿佛是在羽毛褥子下面生长的，我很早就借口有一种幻想的倾向，开始背诗，装出一副愁肠百结的样子……我幻想什么呀？对啦，幻想美呀……在大学里我没有走别的路：我立刻就参加了一个小组。那时是另一个时代……但您也许不知道小组是怎么回事吧？记得席勒曾经说过：

惊醒狮子将十分危险，
老虎牙齿是莫大的祸害，
但最可怕的事情却是
一个人处于疯狂状态！①

“请您相信，他要说的不是这个；他要说的是：Das ist ein‘小组’……是莫斯科城里的“小组”！②”

“那么您认为小组有什么可怕呢？”我问。

我的邻床抓住睡帽，把它扣到鼻子上。

①② 原文为德文。

“我认为有什么可怕?”他高声说，“是这样：小组，它使一切独特的发展归于毁灭；小组，这是社交、女性和生活的丑陋的替代物；小组……啊，等一等，我告诉您，什么叫小组！小组，这是懒散，同时还是萎靡不振的生活，可人们却赋予它以理性事业的意义和外表；小组用高谈阔论代替谈话，让你习惯于徒劳无益的空谈，诱使你离开独自进行的美好工作，让你染上文学的疥疮，最后将把你的灵魂的清新和纯洁剥夺殆尽。小组，这是打着博爱和友谊旗号的庸俗和无聊，是以坦率和同情为借口，进行无休无止的争论，以实现个人的野心；在小组里，凭借每个朋友的权利，随时随地都可以把自己肮脏的手指探进同伴的内心深处，因而无论是谁，心灵上都不可能有一个纯洁的未经触动的地方。在小组里，人们崇拜那些夸夸其谈的人、自尊心很强并自作聪明的人、少年老成的人，把那些怀着‘隐秘’思想的平庸诗人视为珍宝；在小组里，一些十七岁的年轻小伙子狡黠而故作深奥地侈谈女人和爱情，可是在女人面前，他们却噤若寒蝉，或者跟她们谈话，就像在跟书本谈话一样——而他们谈的又是些什么啊！在小组里，巧言令色、强词夺理大行其道；在小组里，互相监视不亚于警探……啊，小组！你不是小组，你是个魔圈，在里面毁灭的何止一个正派人!”

“啊，我看您有点夸大其词了，”我打断他的话。

我的邻床默默地看看我。

“也许是，上帝了解我的，也许是。可是我们这种人只剩下一件可以自得其乐的事，这就是夸大其词了。就这样，我在莫斯科度过了四个年头。先生，我无法给您形容这段时间过得多么快，快得多么惊人，回想起来简直让人伤心和懊恼。往往是，早晨一起床就像乘雪橇从山上往下滑一样……你睁开眼睛一看，已经滑到底了；瞧，时间已到了晚上；那睡眼惺忪的仆人把一件常礼服套在你身上，你穿戴好，步履蹒跚地到朋友家里去，抽一袋烟，喝几杯淡茶，谈谈德国哲学、爱情、精神的永恒源泉和其他漫无边际的话题。不过在那儿我也见到一些有独到见解、卓尔不群的人：有的人无论怎样折磨自己，无论怎样压制自己，他还是保持着自己的本色；只有我这个不幸的人，把自己像块柔软的蜡那样捏来捏去，我那可怜的本性却一点也不表示反抗！这时候我已经满二十一岁了。我开始管理继承下来的遗产，或者更正确地说，管理我的监护人认为应该给我留下的那部分遗产，我把全部领地交给一个获得自由的家仆瓦西里·库德里亚舍夫管理，到国外，到柏林去了。在国外，正如我荣幸地告诉过您的那样，我待了三年。结果怎么样？在那儿，在国外，我仍然是个毫无作为的人。首先，没什么可说的，对于欧洲本身，对于欧洲生活，我丝毫不了解；我不过是在当地听德国教授的课，读德国人写的书罢了……全部区别就在这儿。我像个修道士，过着遗世独立的生活；我和几个退伍的俄国陆军中尉混在一起，他们也像我一样为渴求知识而苦闷，不过他们的理解力很迟钝，又不善言辞；我还和一些从奔萨和其他农业省份来的蠢笨人家来往；我常上咖啡馆去坐坐，看看杂志，每天晚上去看戏。我和当地的人很少来往；和他们谈话的时候不知怎么有点紧张，他们当中也没有任何人来看我，只有两三个纠缠不清的犹太血统的花花公子常常到我这儿来借钱，以为俄国人[①]容易上当。后来，也真是鬼使神差，我偶然来到一个教授家中；事情是这样的：我到他那儿去报名听课，他突然邀请我到他家里去参加晚会。这位教授有两个女儿，年龄都在二十七八岁，身材都那么矮矮胖

① 原文为德文。

胖的——上帝保佑——鼻子长得那么出色，鬈发卷成螺旋形，眼睛是浅蓝色的，红扑扑的手上长着白白的指甲。一个叫林亨，另一个叫明亨。我开始到教授家里去走走。我应该告诉您：这位教授并不笨，但是精神上似乎受过打击：在讲台上讲得有条有理，在家里说话却说不清楚，而且总是把眼镜架在额头上；不过，他是个极有学问的人……后来怎么样呢？我忽然觉得，我爱上了林亨，整整六个月里我都有这种感觉。我虽然很少和她说话，却总是看着她；不过我常常给她读各种各样动人的作品，偷偷握住她的手，晚上和她在一起幻想，久久地凝望着月亮，不然就望着天空。而且她咖啡煮得极好！……这么说，我还有什么不满足的？只有一点使我心里发慌：在所谓无法形容的幸福瞬间，我不知为什么总觉得心窝里隐隐作痛，一阵苦闷的冷颤掠过我的胸口。我终于受用不了这种幸福，逃跑了。此后我又在国外度过整整两年时间：我到过意大利，在罗马欣赏过《基督变容》①，在佛罗伦萨欣赏过维纳斯；我忽然极度兴奋起来，仿佛着了魔似的；每天晚上写起诗来，开始记日记；一句话，过着和别人一样的生活。可是，只要您看一看，做个怪人是多么容易。我，譬如说，对绘画和雕塑一窍不通……我本来可以公开表明这一点……可是不，这怎么行！还是找个向导，跑去看看壁画吧……”

他又低下头，再次摘下睡帽。

“最后我回到了祖国，”他用疲惫的声音继续说，“来到莫斯科。在莫斯科我发生了惊人的变化。在国外我大多沉默寡言，可是在这儿我忽然变得夸夸其谈起来，并且天知道为什么那么自命不凡。我遇到

① 意大利文艺复兴时期画家拉斐尔的作品。

一些豁达大度的人，他们几乎把我看成天才；女士们津津有味地听着我的高谈阔论；但我不善于保持自己的声望。一天早晨，发生了针对我的谣言（我不知道是谁散播出来的：想必是某个具有男性性格的老处女——这样的老处女在莫斯科多得不可胜数），谣言发生之后便像草莓一样分蘖生须。我被缠住，很想跳出来，扯断这些纠缠不清的线，可是做不到……我便一走了之。这一次我又表现出自己是个荒谬的人；我本可以沉着冷静地等待这次攻击烟消云散，就像等待荨麻疹自己消失一样，那时那些豁达大度的人又会向我伸出双手，那些女士又会对我的言谈报以微笑……但糟就糟在我不是一个怪人。您看，我的良心突然苏醒了：我已经羞于再夸夸其谈下去，唠唠不休地谈啊谈的——昨天在阿尔巴特谈，今天在特鲁巴谈，明天在西弗采夫-弗拉日克谈，总是老一套……要是有人想听又怎么样呢？您看看这方面的一些真正的斗士吧：他们对此满不在乎，相反，他们需要的就是这个；有的人二十年来就是不断地饶舌，而且谈的就是这一套……这就叫做自信和自尊！我也有过自尊心，而且现在也没有完全消失……但是糟就糟在这儿，因为，我再说一遍，我不是怪人，而是个中间人物：造物应该赋予我多得多的自尊心，要么干脆不给我。最初我的境况确实很困难，况且，在国外游历也最终耗尽了我的钱财，而我又不愿意娶一个虽然还年轻、而身体已经孱弱得像果子冻一样的商家姑娘，因此我便千里迢迢回到自己的村子里。”我的邻床又侧目看了我一眼，补充了一句，“有关我乡村生活的最初印象、大自然的美景、孤寂生活的宁静美妙等等，我可以略去不谈吧……”

“可以，可以，”我回答。

“再说，”说话的人又说下去，“这一切全是胡言乱语，至少我接触到的都是这样。我在乡下很寂寞，像一只被关起来的小狗，虽然，我承认，春天里第一次在归途中走过熟悉的白桦林时，由于心中存着一种朦胧的甜蜜的憧憬，我确实感到头晕目眩，心怦怦地跳个不停。但是您也知道，这种朦胧的憧憬是永远不会实现的，相反，却出现了一些始料不及的事情，譬如：兽疫啦，欠租啦，拍卖啦，等等。我在庄园管理人雅科夫的协助下勉勉强强度过一天又一天，这个庄园管理人是代替从前的管家的，后来我才发现他如果不是更凶狠，至少也是个和从前的管家一样的掠夺者，此外，他那双涂焦油的长靴发出的气味也毒害了我的生活。有一次，我想起了邻近一个熟悉的人家，家中有一位退伍上校的太太和她的两个女儿，便吩咐套车到我的邻居那里去。这一天是我永远铭记在心的日子：过了六个月，我娶了这位上校太太的二女儿！……”

说话的人低下头，高高举起双手。

“然而，”他继续热烈地说，“我不想让您对我过世的妻子产生不好的看法。上帝保佑！她是个极高尚、极善良的人，是个懂得爱人、甘愿作出任何牺牲的人，虽然我应该向您坦白承认，如果我不曾经历丧妻之痛，今天我大概不会在这儿和您聊天，因为到现在为止，我家防霜棚里的梁木还完好无损，我曾不止一次想在那儿悬梁自尽！”

“有些梨子，”他停了一会儿又说起来，“必须在地窖里的泥土底下埋上一段时间才能产生所谓真正的味道；我那去世的妻子看来也属于这一类生物。只有到现在我才能为她说句真正的公道话。只有到现在，譬如说，在回忆婚前我和她共同度过的那些夜晚时，我不但没有产生任何痛苦的心情，相反，我还感动得几乎要掉下眼泪。他们家并不富裕，房子是老式的木屋，但很舒适，它造在山上一座荒芜的花园和一个杂草丛生的院子之间。山下有一条河，透过浓密的树叶可以隐隐看得见。一座很大的凉台从屋子通往花园，凉台前有一座令人赏心悦目的开满玫瑰花的长方形花坛。花坛的两端各种着两棵金合欢，已故的主人在它们还细嫩的时候就把它们绞成螺旋形。稍远一点，在荒芜的自生自灭的悬钩子丛中有一座凉亭，里面装饰得十分精巧，但外面却十分衰败，看着它，真能叫人心惊肉跳。凉台的玻璃门通向客厅，客厅里呈现在参观者好奇的目光前的是：每个角落里都有一个用瓷砖砌成的火炉，右边有一架破旧的钢琴，上面堆着一些手抄的乐谱，一张蒙着褪色浅蓝底白色花纹缎子的长沙发，一张圆桌，两个放着叶卡捷琳娜时代瓷器玩具和玻璃球玩具的玻璃橱，墙上挂着一幅著名的肖像画，上面画着一个胸前抱着鸽子、眼睛往上看的淡黄头发少女，桌上放着一个插着新鲜玫瑰花的花瓶……您看，我描绘得多么详细。就在这个客厅里，在这座凉台上演出了我的爱情的全部悲喜剧。这位邻居太太是个凶恶的婆娘，嗓音嘶哑而凶狠，是个蛮横而好斗的泼妇；两个女儿一个叫维拉，跟一般县城里的小姐毫无差别，另一个女儿叫索菲娅，我爱上的是索菲娅。姐妹俩另外还有一个房间，是她们的共同卧室，里面有两张简朴的木床、发黄的纪念册、木犀草香水，有用铅笔画得很糟的男女朋友们的肖像画(其中一幅某绅士的画像特别引人注意，他的脸部表情非常刚毅，上面的签名更加苍劲有力，年轻的时候曾使人对他怀有过高的期望，结果却同我们大家一样——一事无成)，有歌德和席勒的胸像、许多德文书籍、干枯的花环和其他纪念品。但这个房间我难得进去，也不愿意进去：在那儿我不知为什么感到很压抑。而且——很奇怪！索菲娅使我感到最可爱的时候，是在我背对她坐着，或者在思念她或更多地想象她的时候，尤其是傍晚在凉台上。那时候，我欣赏着晚霞，欣赏着树木，欣赏着已经暗淡、但在晚霞中仍轮廓分明的细碎的绿叶；在客厅里，索菲娅正坐在钢琴前不断地弹奏着贝多芬乐曲中一个她喜欢的非常深沉的乐句；恶老太婆正坐在长沙发上安安静静地打鼾；在被晚霞照亮的餐室里维拉正准备着晚茶；茶炊奇妙地咝咝响着，仿佛为什么事感到快乐；面包撕开时发出悦耳的扯裂声，茶匙碰到茶杯时发出的叮当声；金丝雀扰人地啁啾了一整天，突然静息下来，只偶尔叽叽地叫几声，仿佛有什么事情要发问；从透明、稀薄的浮云中偶尔滴落稀疏的雨点……我坐着，坐着，听着，听着，欣赏着，感到心旷神怡，于是我又感觉到我在恋爱了。就在这种傍晚的情绪影响下，我有一次要求老太婆同意我向她女儿求婚，过了两个月，我便结婚了。我觉得，我是爱她的……到现在该知道了，而我，说实话，到现在还不知道，我到底是不是爱索菲娅。她很善良、聪明、文静，有一颗热诚的心；但是不知为什么，是久居乡村的缘故还是其他什么原因，她在心底里（如果有心底的话）隐藏着一个创伤，或者更正确地说，有一个创伤在流血，这个创伤无法医治，而且无论是她还是我，都无法说清楚是个什么创伤。她心中的这个创伤，我当然是在婚后才逐渐捉摸到的。无论我如何为她费尽心机，一点都无济于事！我小时候养过一只黄雀，这只黄雀有一次被一只猫抓住，它给救出来了，又治好了伤，可是我这只可怜的黄雀始终不能复元；它一直闷闷不乐，慢慢变得虚弱，不再鸣啭了……结果，有一天夜里，一只老鼠钻进开着的鸟笼，把鸟喙给咬掉，它终于一命归天了。我不知道现在是哪一只猫抓住了我的妻子，她也同样闷闷不乐，慢慢变得虚弱，像我那只不幸的黄雀一样。有时候她自己显然也想振作一下，到新鲜空气里，到阳光下，到自由天地里去纵情驰骋一番；她试了试，又缩成一团了。她说她是爱我的：好几次向我保证，她再没有别的愿望——呸，见她的鬼去吧！——说着，她的眼睛就失去光芒了。我暗自思忖，是不是以前发生过什么事情。我到处打听，结果一无所得。好吧，现在您就自己去判断吧：如果是个怪人，他就会耸耸肩膀，叹一两口气，照旧生活下去；可我不是个怪人，便想要悬梁自尽。老处女的那一套习惯已深深扎根在我妻子心中——她离不开贝多芬、夜晚的娱乐、木犀草香水、和朋友们通信、纪念册等等，对于任何别的生活方式，尤其是主妇的生活，她无论如何不能习惯；至于沉浸在无名的烦恼中，每天晚上唱《别在黎明时唤醒她》，这对于一个已经出嫁的女人来说实在是太可笑了。

“就这样，我们过了三年幸福生活；第四年索菲娅第一次分娩时死了，说来也真奇怪，我好像早就预感到，她不会给我生一男半女，给世界增添一个新的居民。我还记得她落葬时的情形。那时是春天。我们教区的教堂又小又旧，圣像已经发黑，墙上光秃秃的，地上的砖头好几处已经破裂；每一个唱诗班席位上都有一个很大的圣像。棺材抬进来，安放在圣幛中门前正中的位置上，罩上褪色的盖棺布，周围摆着三个烛台。仪式开始了。一个老态龙钟、脑后留着一根小辫、腰间低低地系着一条绿腰带的教堂职员在诵经台前悲痛地喃喃诵读着经文；一个教士，也是个老人，面相和善、老眼昏花，穿着绣黄色花纹的紫色教袍，兼任着助祭的角色主持着仪式。窗子敞开着，窗外满是垂桦的新鲜嫩叶在摇曳，发出簌簌的响声；青草的芳香一阵阵从院子里飘进来；蜡烛的红色火焰在明媚的春光里变得黯淡了；麻雀在整个教堂上空叽叽喳喳地叫着，偶尔有一只燕子飞进来，在教堂圆顶下发出响亮的叫声。为数不多的几个农民正在为死者虔诚祈祷，他们那长着栗色头发的脑袋在飞扬着金黄色尘埃的阳光里迅速地起伏着，一缕淡蓝色的烟正从香炉的洞眼里袅袅上升。我望着妻子的遗容……我的上帝！即使是死亡也不能使她得到解脱，不能治愈她的创伤：她的神情还是那么病恹恹的，显得胆怯、隐忍——即使进了棺材似乎还是那么郁郁寡欢……我的心在痛苦地流血。她是个很善良很善良的人，但是对她来说，死倒是一个很好的选择！”

说话的人双颊涨得通红，眼睛却黯淡无光。

“我终于，”说话的人又说了起来，“摆脱了妻子亡故后的沉痛，想去干一番所谓的事业。我在省城里谋得一个差事，但是在公家机关的大办公室里，我感到头痛得厉害，眼力不济，当时正好另有一些原因……我便离了职。我本想到莫斯科去，可是，首先，手头拮据，其次……我已经对您说过，我与世无争。这种与世无争的处世态度是突然产生的，可又不是偶然的。我在精神上早就与世无争了，但头颅还是不肯低下来。我认为我思想感情上的谦让是受了乡村生活和不幸遭遇的影响……另一方面，我早就发现，几乎所有的邻人，不管是年轻的还是年老的，起初还因为我有学问、去过外国以及受过教育等其他因素而敬重我，现在不但对我已经完全看惯，甚至开始用粗暴或轻慢的态度对待我，不肯听完我说的道理，对我说话也毫不客气了。我还忘了告诉您，在我新婚的第一年里，我由于无聊而尝试过文学创作，甚至寄过一部作品到杂志社去，如果我没有记错的话，那是一个中篇小说；但是过了一些时候，我收到编辑一封很有礼貌的信，信中说我的智慧不应该遭到拒绝，但缺的是才华，可是文学所需要的只是才华。此外，我听说，有一个过路的莫斯科人，不过是个很善良的年轻人，在省长的晚会上顺便对我发了几句议论，说我是个毫无出息、胸无点墨的人。但是我那一厢情愿的盲目性还继续存在着：您知道，我不愿意自己打自己‘耳光’；终于有一天早晨我睁开了眼睛。事情是这样的：县警察局长到我这儿来，目的是提醒我注意，在我的领地上有一座桥塌了，但这座桥我是绝对没有能力修造的。这位宽宏大量的秩序监督者用一块咸鱼下了一杯伏特加，用长辈的口吻责备我的疏忽，不过，他为我设身处地想了想，劝我吩咐农民在那儿堆上一些粪肥了事，接着，他抽起烟斗来，把话题转到即将进行的选举上。当时有一个叫奥尔巴萨诺夫的人正在谋取省首席贵族这一荣誉职务，他是个不学无术的空谈家，外加是个受贿者。况且，他既没有多少财富，又没有什么地位。我说出了对他的看法，语气也非常随便：说实话，我很看不起奥尔巴萨诺夫先生。县警察局长看看我，亲切地拍拍我的肩膀，温和地说：‘唉，瓦西里·瓦西里耶维奇，这样的人不是你我应该议论的，我们哪儿配？……还是安分守己些吧。’‘得了吧，’我没好气地回答，‘我和奥尔巴萨诺夫先生之间有多少差别啊？’县警察局长从嘴里取下烟斗，瞪大眼睛，忍不住扑哧一笑。‘嘿，你真会说笑话，’最后，他噙着眼泪说，‘你怎么说出这种笑话来……啊！你算老几啊？’一直到他临走时，他还在不断地嘲笑我，有时还用胳膊肘碰碰我的身体，对我说话也称‘你’了。他终于走了。我已经忍无可忍，肺都差一点要气炸了。我在房间里来回走了几次，在镜子前站住，久久地看着自己狼狈的脸，慢慢吐出舌头，苦笑着摇摇头。我恍然大悟：我清楚地看到，比在镜子里看自己的脸更清楚地看到，我是个多么空虚、渺小、无用、平庸的人！”

说话的人停了一下。

“伏尔泰的一部悲剧里，”他又沮丧地说下去，“有个绅士因为不幸到极点反而感到高兴。虽然我一生里没有发生过什么悲剧，但说实话，我也尝过这种滋味。我体验过冷酷的绝望后那种带着酸楚的狂喜；

我体会过整个上午不慌不忙地躺在床上诅咒自己出生的日子与时刻的那种甜蜜——我还不能一下子做到与世无争。您就实实在在地替我想一想吧：贫困把我困在可恨的乡村里；没有产业，没有职务，没有文学——一切都与我无缘；我不和别的地主往来，书也使我感到厌烦；至于那些不断甩着鬈发、狂热地侈谈'人生'、患着水肿病、多愁善感得几成病态的小姐，自从我不再对她们高谈阔论，也不迷恋她们之后，她们已对我不感兴趣了；我不会、也不可能完全离群索居……我就开始……您说怎么着？我就开始到邻居家去串门。我仿佛一心一意要自暴自弃，故意招惹各种琐细的屈辱。吃饭时人们故意不给我斟酒送菜，冷漠而傲慢地对待我，最后竟完全不理睬我。人们不让我参与谈话，而我故意在屋角里附和最愚蠢的饶舌者的意见，这种人若当年在莫斯科是会非常高兴吻我脚上的灰尘和大衣的衣角的……我甚至不愿想到自己常常在别人的冷嘲热讽中苦中作乐……算了吧，我孑然一身，冷嘲热讽又算得了什么！一连好几年我一直这样立身处世，到现在我还是采取这种态度……"

"这也太不像话了，"隔壁房间康塔格留欣先生像说梦话似的声音在嘀咕，"是哪个傻瓜半夜三更还在聊天？"

说话的人连忙钻进被窝里，怯生生地露出头来看看我，伸出一个指头对我发出警告。

"嘘……嘘……"他嘴里发出嘘声，仿佛向康塔格留欣发出声音的方向表示歉意和赔礼，恭恭敬敬地说："是，是，对不起，先生……他要睡觉了，他必须睡觉了，"他又低声继续说，"他必须养精蓄锐，哪怕为了明天吃东西时胃口同样好。我们没有权利打扰他。况且，我想对您说的话好像都说了；您大概也想睡觉了。祝您晚安。"

说话的人极快地翻过身去，把头埋在枕头里。

“至少我想请教，”我问，“您贵姓……”

他立即抬起头来。

“不，看在上帝的分上，”他打断我的话，“您别问我，也别向别人打听我的姓氏。让我在您的心目中永远成为一个不知姓氏的人，一个受命运压制的瓦西里·瓦西里耶维奇。况且，我是个平庸的人，也不配拥有一个独特的姓氏……如果您一定要给我一个称呼，那就叫我……叫我希格雷县的哈姆雷特吧。这样的哈姆雷特，任何一个县都有很多，只是您没有碰到罢了……再见。”

他又钻进羽毛被里，第二天早上，有人来唤醒我的时候，他已经不在房间里。他在拂晓前就离开了。

切尔托普哈诺夫和涅多皮乌斯金

有一次，在夏天一个炎热的日子里，我打完猎乘马车回家；叶尔莫莱坐在我身旁像鸡啄食似的打瞌睡。沉睡的猎狗像死了一样在我们脚边随着马车的颠簸而跳动。马车夫不时用鞭子驱赶马匹身上的牛虻。马车后面扬起一片浮云般的白色尘埃。我们的马车驶进一片灌木丛。道路变得崎岖不平，车轮开始碰到树枝。叶尔莫莱猛然醒来，往四下里看了一眼……“喂!”他说，“这儿一定有松鸡。我们下车吧。”我们停下来，走进“猎场”。我的狗碰到一窝野物。我开了一枪，正要再装上弹药，突然我后面发出一阵很响的窸窣声，一个骑马的人双手拨开树枝，走到我跟前。“请问，”他用傲慢的口气说，“您有什么权利在这儿打猎，先生?”陌生人说话速度极快，不大连贯，还带着鼻音。我看看他的脸：我有生以来还没有见到过这样的相貌。亲爱的读者，请想象一个身材矮小的人，长着淡黄色头发、红红的翘鼻子，蓄着极长的火红色唇髭。一顶饰有深红色呢子帽顶的尖顶波斯帽齐眉毛扣在额头上。他穿着一件旧的黄色短上衣，胸前挂着黑色波里斯绒子弹袋，所有的接缝处都镶着退了色的银线；他肩上斜挎着一只号角，腰带上插着一把匕首。一匹病弱的高鼻梁栗色马在他身下不停地活动着；两条精瘦、歪爪的灵猩在马脚下打转。这个陌生人的面孔、眼神、声音、一举一动、整个人都表现出一种近乎癫狂的粗野和不同寻常的过分傲慢。他那双玻璃般的浅蓝色眼睛像醉汉一样不断转动着、斜睨着；他高高地昂着头，鼓起双颊，鼻子里哼哼着，浑身都在抖动，简直是威风凛凛，像只火鸡。他又重复了一遍他的问题。

“我不知道这儿禁止打猎，”我回答。

“先生，”他继续说，“您这是在我的土地上。”

“好吧，我这就走。”

“可是请问，”他说，“我是不是有幸在和一位贵族说话?”

我报了自己的姓名。

“那么您就在这儿打猎吧。我自己也是个贵族，很高兴为贵族效劳……我叫切尔托普哈诺夫，潘捷列伊。”

他弯下身子，吆喝一声，在马脖子上抽了一鞭；马晃了晃脑袋，直立起来，往一旁窜去，踩到了一只狗的脚。狗尖叫起来。切尔托普哈诺夫大为恼火，恶狠狠地咒骂着，往马头两只耳朵之间打了一拳，比闪电还快地跳到地上，察看了一下狗爪，往伤口上吐了一口唾沫，使劲往它肚子上踢了一脚，让它别再乱叫，然后抓住马鬃，把一只脚伸进马镫。马仰起头，竖起尾巴，侧身往灌木丛跑去；他用单脚跳着跟着马跑去，终于跨上了马鞍；他发狂似的挥动着马鞭，吹着号角，纵马飞驰而去。切尔托普哈诺夫的突然出现使我大吃一惊，我惊魂未定，突然一个四十来岁的胖子骑着一匹小黑马几乎是静悄悄地从灌木丛里跑了出来。他勒住马，脱下绿色的皮帽子，用柔和的声音细声细气地问我，有没有看见一个骑栗色马的人。我回答，看见的。

“他往哪个方向去了?”他还是用那种声音问我，仍没有戴上帽子。

“往那边。”

“万分感谢。”

他吧嗒着嘴唇，两腿往马肚子上夹了夹，放马踢踏踢踏地慢步朝我指出的方向走去。我目送着他，直到他那绿色帽子隐没在树丛里面。这个新来的陌生人外表上一点也不像前面那个人。他饱满的脸像球一样滚圆，神情腼腆、敦厚而温顺；鼻子也是滚圆的，上面布满青筋，说明他是个好色之徒。他头上前半部没有一根发丝，后半部却翘起几绺稀疏的淡褐色头发；他的小眼睛像是用蒲草割破的一条缝，亲切地眨巴着；红润的嘴唇上挂着亲切的微笑。他穿着一件钉铜纽扣的竖领常礼服，衣服已经很旧，但很干净；他的呢西装裤吊得很高；皮靴的黄色滚边上露出他那胖胖的小腿肚。

“这是谁?”我问叶尔莫莱。

“这个人? 涅多皮乌斯金，吉洪·伊凡内奇。住在切尔托普哈诺夫那儿。”

“他怎么啦? 是个穷人吗?”

“没有什么钱；可切尔托普哈诺夫也是一个铜钱都没有的呀。”

“那他干吗住在他家里?”

“是这样，他们很要好。两个人谁也离不开谁……这真是：哪儿有长蹄的马，哪儿就有长钳的虾……”

我们走出灌木丛，忽然有两只猎犬在我们身边吠叫起来，一只肥大的雪兔窜进了已经长得很高的燕麦地里。几只猎狗和灵猩跟着从灌木丛边上跳出来，接着切尔托普哈诺夫本人也飞奔而来。他没有叫喊，也没有驱狗去追捕；他气喘吁吁，上气不接下气，只是偶尔从张开的嘴巴里发出一些断断续续的毫无意义的声音；他驱马奔驰着，鼓着眼睛，拼命用鞭子抽打不幸的马匹。几只灵猩追上了……雪兔蹲了一下，倏地回过头来，从叶尔莫莱身边跑过，钻进灌木丛里……几只灵猩飞也似的追去。“追上去，追上去！”发愣的猎人口齿不清地拼命喊着，“宝贝，当心！”叶尔莫莱开了一枪……受伤的雪兔在光滑的干草上滚下来，又往上一跳，在咬住它的猎狗牙齿下惨叫起来。所有的猎狗立即跑拢来。

切尔托普哈诺夫翻跟斗似的翻身跳下马，拔出匕首，跑近猎狗，叉开两腿，怒气冲冲地咒骂着，从狗嘴里扯出遍体鳞伤的兔子，扭歪着脸，把匕首整个儿插进兔子的喉咙，只留下刀把……他把匕首插进以后便哈哈大笑起来。吉洪·伊凡内奇出现在灌木丛边。“哈——哈——哈——哈——哈！”切尔托普哈诺夫又大笑起来……“哈——哈——哈——哈，”他的伙伴也平静地跟着他笑。

“其实夏天是不应该出来打猎的，”我指着被踩倒的燕麦对切尔托普哈诺夫说。

“这是我的地，”切尔托普哈诺夫气喘吁吁地回答。

他把兔子脚割下来，把兔子挂在马鞍后，把兔爪子扔给那几条狗。

“亲爱的，帮我装装子弹吧，”他按照打猎的规矩对叶尔莫莱说。“而对您，先生，”他还是用那种断断续续的刺耳声音说，“我要表示感谢。”

他骑上马。

“请教……我忘记了……您尊姓大名？”

我再次报了自己的姓名。

“很高兴认识您。如果有机会，欢迎您光临舍下……这福姆卡哪儿去了，吉洪·伊凡内奇?”他气冲冲地继续说，“追捕雪兔的时候他不在。”

“他的马倒下了，”吉洪·伊凡内奇微笑着回答。

“怎么倒下了？奥尔巴桑倒下了？呸，唉！……他在哪儿？在哪儿?”

“在那边，树林后面。”

切尔托普哈诺夫朝马脸上抽了一鞭，急驰而去。吉洪·伊凡内奇向我鞠了两个躬——一个为他自己，一个为他的同伴，又慢吞吞地朝灌木丛走去。

这两位先生引起我的强烈好奇心……是什么把这两个完全不同的人联结在一起，使他们结下牢不可破的友谊的呢？我作了一些了解。我打听到的情况是这样的：

切尔托普哈诺夫，潘捷列伊·叶烈梅伊奇在附近一带是个有名的危险而乖张的人物，骄横而喜欢闹事的头等角色。他在军队里服役的时间非常短，后来因为发生“不愉快事件”而以当时人们常说的“母鸡不是鸟”[①]的军衔退伍。他出身于一个曾经很富裕的古老家庭，祖先按照草原上的习惯，日子过得很阔绰：也就是，对应邀而来和非应邀而来的客人一律加以接待，让他们吃个酒足饭饱，并给别人的三套马车的车夫各发一俄石[②]燕麦；家里养着乐师、歌手、小丑和猎狗；在节庆日请众人喝葡萄酒和家酿啤酒，到了冬天便驾着自己的载重马车到莫斯

① 俄谚：母鸡不是鸟，准尉不是官。意即他的军衔是准尉。
② 1俄石约合210升。

科去，可是，有时候却一连几个月一文不名，只靠吃家禽和家畜过日子。潘捷列伊·叶烈梅伊奇的父亲继承下来的只是一处破产的领地；他照样毫无节制地吃喝玩乐，到他去世的时候，留给唯一的继承人潘捷列伊·叶烈梅伊奇的只是一处典押出去的小村子别索诺沃连同三十五个男农奴和七十六个女农奴，以及科洛勃罗德的十四又四分之一俄亩没有用处的荒地，而且在先人留下的文件中并没有看到有关的地契。应该承认，这位先人是以非常奇怪的方式破产的：是“经济核算”毁了他。照他的见解，贵族不应该受制于商人、市民以及他所说的诸如此类的“强盗”；他在自己的领地上开办各种可能的手工作坊。“又体面，又低廉，”他说，“这就是经济核算！”他一生都没有放弃过这种致命的想法，就是这种想法招致他的破产，然而他着实为此痛快了一阵子！不管如何异想天开，他都一一付诸实施。在他的奇思异想中，有一次，他根据自己的想象造了一辆无比巨大的家庭马车，尽管他把全村的农家马匹连同它们的主人都赶来齐心合力地赶车，马车还是在第一个斜坡上就翻倒，并落得个四分五裂的结局。叶烈梅伊·鲁基奇(潘捷列伊的父亲叫叶烈梅伊·鲁基奇)吩咐在斜坡上立了一座纪念碑，可心里却并不难过。他还想造一座教堂，当然是他自力更生，不要建筑师帮忙。他把整座树林砍下来烧砖，打下一块足以建造一座省级大教堂的大地基，砌好墙，开始建造圆顶：圆顶塌了下来。他重新建造——圆顶又塌了下来；他第三次造上去，圆顶又第三次塌了下来。我的叶烈梅伊·鲁基奇心里想：事情进行得不顺利……一定有可恶的巫术在作怪……他忽然下命令，把全村的老太婆都鞭打一顿。老太婆们打也挨过了，可圆顶始终没有造起来。他开始按新的计划改建农民的木屋，一切都进行经济核算；他把农户三个一组编在一起，排成三角形，中间竖一根旗杆，上面挂一只油漆过的椋鸟笼和一面旗子。他每天大都能想出一个新花样：有时用牛蒡叶烧汤，有时把马尾巴剪下来给仆人做帽子，有时准备用荨麻代替亚麻，用蘑菇喂猪……不过他不光在经济方面搞些花样，他也操心农民的福利。有一次他在《莫斯科导报》上读到哈尔科夫地主赫里亚克·赫鲁皮奥尔斯基写的一篇关于在农民日常生活中提倡道德的好处的小文章，第二天他就发出一道命令：要求所有的农民都要立刻把哈尔科夫地主的文章背熟。农民们熟读了这篇文章，主人就问他们：上面所写的东西是否都读懂了？管家回答说：怎么没读懂啊！就在那个时候，他吩咐，为了维持秩序和进行经济核算，所有属下的农民必须逐个编号，每个人都在衣领上缝上自己的号码。在遇到主人的时候每个人都要高喊一声：我是某某号！主人就亲切地回答：你走吧！

然而，虽然整顿了秩序，进行了经济核算，叶烈梅伊·鲁基奇还是渐渐陷入相当困难的境地：起初他把几个小村子抵押出去，后来又把它们卖掉；那片仅剩的祖传庄园，就是有一座未完工的教堂的村子是由公家来拍卖的，拍卖时幸亏叶烈梅伊·鲁基奇已不在人世，否则他绝对承受不了这种打击，拍卖是在他去世后两个礼拜进行的。他总算能死在自己家里，死在自己床上，身旁围着一群自己人，由自己的医生料理，但可怜的潘捷列伊得到的只有一个别索诺沃村。

潘捷列伊获悉父亲生病的消息时已经在军队里服役，正当上述“不愉快事件”闹得最厉害的时候。他刚满十八岁。他从小没有离开过家庭，一直由他母亲照管着；他母亲瓦西里萨·瓦西里耶夫娜是个很善良然而很愚钝的女人，把他养成了一个娇生惯养的小少爷。她一个人负责他的教育；叶烈梅伊·鲁基奇忙于自己的经济计划，无暇顾及他的教育。不错，有一次他曾亲自惩罚过儿子，因为他读错了一个字，但这是因为那天他心里暗暗怀着深深的痛苦：他最好的一条狗在树上撞死了。不过瓦西里萨·瓦西里耶夫娜对小潘捷列伊教育的操劳也仅限于一次痛苦的努力：她经过多方奔走，才请到一个叫比科费的退伍阿尔萨斯士兵来当家庭教师，一直到死她一见到他就浑身抖得像一张风中的树叶。她想：他要是不干，我岂不完蛋了！那时我可怎么办？我到哪儿去另找一个教师？就这一个我还是费了九牛二虎之力从邻居家里挖来的！比科费是个机灵人，立刻就利用了自己地位的特殊性：他经常喝得烂醉，一天到晚睡觉。潘捷列伊完成了“学业”，便到军队里服役去了。这时瓦西里萨·瓦西里耶夫娜已不在人世。她在这个重要事件发生之前半年由于受惊吓而死：她梦见一个穿白衣服的人骑着一头熊，胸前写着：“反基督者。”不久，叶烈梅伊·鲁基奇也跟着他的老伴去了。

潘捷列伊一听说父亲身体欠安，便骑马拼命往家里赶，可是已经来不及见父亲一面。这个可敬的儿子万万没有想到，他从一个富有的继承人突然变成一个穷光蛋，这时他是多么吃惊啊！很少有人能承受这样的剧变。潘捷列伊变得粗野、冷酷了。他原来虽然喜怒无常，性情暴躁，但不失为一个正直、慷慨和善良的人，现在却变得骄横而喜欢闹事，不再同邻居往来——见了富人自惭形秽，见到穷人感到厌恶——他对所有的人都极其粗暴无礼，甚至对政府官员也是如此：他说，我是世袭贵族。有一次，他差点没把走进他房间、头上还戴着帽子的警察局长开枪打死。当局那方面自然也不肯放过他，一有机会就要让他尝尝厉害；但人们还是有点怕他，因为他的脾气非常暴躁，没说上两句话便要刀剑相向。别人只要稍有异议，切尔托普哈诺夫的眼睛马上就骨碌碌地乱转，说话也结巴起来……“哎——呀——呀——呀，”他口吃起来，“我哪怕掉了脑袋!”……他简直气得要发疯！不过，他倒是个洁身自好的人，不参与任何活动。当然也没有人去拜访他……虽然如此，他的心地倒很善良，凭他的行为，甚至称得上伟大：他看到不公正和欺压弱小的事便不能容忍；他是自家农民的保护神。“怎么?”他发狂似的敲着自己的脑袋说：“想欺侮我的人，我的人？那我就不是切尔托普哈诺夫……”

吉洪·伊凡内奇·涅多皮乌斯金的出身不像潘捷列伊·叶烈梅伊奇那样值得骄傲。他父亲是独院小地主出身，服役四十年才取得贵族地位。世上有一种人，灾难总像对仇人一样残酷无情地对他紧追不舍，父亲老涅多皮乌斯金就属于这种人。在整整六十年岁月里，从出生到辞世，这可怜人一直在和小人物特有的贫困、病痛和灾难作斗争。他像鱼儿想冲破冰层那样挣扎着，吃不饱，睡不好，低头哈腰，到处奔走，愁肠百结，精疲力竭，为每一个戈比而颤抖，在军中服役时不折不扣地“无辜”受罪，最后不是死在阁楼上，就是死在地窖里，没有为自己，也没有为孩子们赚下一块够吃的面包。他像一只被猎狗追捕的兔子，命运把他折磨得死去活来。他是个善良而诚实的人，但按“军衔”收受一点贿赂——从十戈比到两卢布。涅多皮乌斯金有过一个患肺病的瘦弱妻子，还有过几个孩子；幸而不久便先后死去，只剩下吉洪和一个女儿米特罗多拉，人家都称他的女儿为“生意人的漂亮小妞”，经历了许多悲惨而可笑的遭遇之后，嫁给了一个退职的司法监察官。老涅多皮乌斯金生前总算为吉洪在机关里谋得一个编外小吏的职务，但父亲一死吉洪就退了职。没日没夜的提心吊胆、在饥寒交迫中艰难挣扎、母亲的愁肠百结、父亲的走投无路、主人和老板的粗暴欺凌，所有这些每天发生的接踵而来的苦难给吉洪造成了一种不可名状的懦弱：一看见长官他就浑身发抖、眼睛发直，好像一只被逮住的小鸟。他退了职。无动于衷的、也许是喜欢开玩笑的大自然常常把各种能力和嗜好赋予人们，而不考虑他们的社会地位和财富。它以自己特有的关注和爱心把吉洪这个穷官吏的儿子塑造成一个多愁善感、慵懒成性、温文随和而善解人意的人，——一个特别懂得享乐、嗅觉和味觉特别灵敏的人……塑造完毕，仔细加工之后，便让自己的这个作品靠酸白菜和臭咸鱼去养大。这个作品一经长大，便像常言所说的，开始了它的"生活"。这下可热闹了。顽固地折磨老涅多皮乌斯金的命运之神又来折磨儿子：它的胃口显然增大了。但是它对付吉洪的是另一套办法：它不折磨他，而是拿他开心。它从来不把他驱使到走投无路的境地，不让他备尝不体面的饥饿的痛苦，只是迫使他在全俄罗斯流浪，从大乌斯秋格到察列沃-科克沙伊斯克，从一个低微可笑的职务到另一个职务：一会儿让他在一个喜欢吵架、脾气暴躁的贵族女善人家当领班，一会儿安排他在一个虽然富裕却很吝啬的商人家里当食客，一会儿派他到一个眼珠鼓出、理英国式头发的地主家当私人办事处主任，一会儿让他到一个养犬的猎人家里去充当半是家仆半是小丑的角色……总之，命运之神迫使可怜的吉洪一滴滴地喝干寄人篱下生活的苦涩毒汁。他终生都在为那些游手好闲的贵族老爷效劳，去执行他们难以做到的刁钻古怪的要求，去为他们排解昏昏欲睡的难以伺候的忧闷……有多少次，一群客人拿他开心，玩个心满意足之后，终于放他回家，他独自一个人在房间里羞愧得无地自容，眼睛里噙满绝望的冷泪，发誓第二天要悄悄出走，到城里去试试运气，哪怕找个小文书的差事也好，要不然，干脆饿死在街头算数。可是，第一，上帝没有给他力量；第二，他生性怯懦；

第三，也是最后，怎样去为差事奔走，去求谁？“他们不会给我差事的！”这苦命人常常愁肠百结地在床上辗转反侧，默默地对自己说，“不会给的！”于是第二天他还是去干他的苦差事。他的境遇使他越来越痛苦，因为那关怀备至的大自然偏偏不肯赋予他一点能力和天分，而没有这种条件要吃小丑这行饭几乎是不可能的。例如，他不善于反穿熊皮大衣跳舞，一直跳到累倒为止，不善于在鞭子挥得啪啪响的环境下说笑打诨和献殷勤；在零下二十度的天气里裸体演出他有时会感冒；他的胃既不能消化掺着墨水和其他污物的酒，也不能消化切碎的醋渍毒蝇蕈和红菇。要不是他的最后一个恩人——一个发了财的包税人在兴头上想起在遗嘱上附带写上几个字，上帝才知道吉洪将会落得个什么结局。那遗嘱上附带写着：“将我自置的别谢连杰耶夫卡及所属全部土地交予焦沙(即吉洪)·涅多皮乌斯金，作为彼永久世袭之财产。”几天之后，这位恩人在喝鲟鱼汤的时候猝然中风而死。在场的人大哗，法院突然来了人，照例封了财产。亲属都聚集在一起；打开了遗嘱；宣读以后把涅多皮乌斯金给叫来了。涅多皮乌斯金来了。大部分在场的人都知道吉洪·伊凡内奇在恩人家里是干什么差使的，迎接他的是他们发出的震耳欲聋的叫嚷和嘲笑的祝贺。“看哪，他是个地主，一个新的地主！”其余的继承人都大叫起来。“这就是那个，”一个有名的喜欢说笑打诨的人接着说，“真的可以说……这是千真万确的……那个……所谓的……继承人。”大家哄然大笑。涅多皮乌斯金好一阵都不敢相信自己的好运。人家给他看遗嘱，他满面通红，眯起眼睛，挥舞着双手，号啕大哭起来。在场者的笑声变成了一片乱哄哄的吼叫。别谢连杰耶夫卡村总共只有二十二个农奴，谁也不会太舍不得，因此碰到这种机会，何不拿它来开开心？只有一个从彼得堡来的继承人，是个长着希腊式鼻子、面部神态高贵、气宇轩昂，名叫罗斯季斯拉夫·亚当梅奇·什托彼尔的男人，终于忍不住，侧着身子走到涅多皮乌斯金跟前，傲慢地斜睨了他一眼。“先生，据我所知，”他轻蔑而随便地说，“您在这位可敬的费多尔·费多罗维奇家里不是充当一个逗乐的仆人的角色吗?”这位来自彼得堡的先生用极其纯正、流利、正确的语言说。六神无主、心慌意乱的涅多皮乌斯金没有听清楚这位陌生先生的话，但其余的人立刻就安静了下来；一个爱说俏皮话的人宽容地笑了笑。什托彼尔先生搓搓手，又重复了一下自己的问题。涅多皮乌斯金惊讶得目瞪口呆。罗斯季斯拉夫·亚当梅奇恶毒地眯起眼睛。

“祝贺您，先生，祝贺您，”他继续说，“不错，不是任何人，可以说，都愿意用这种方式来挣——得一块面包的；但 de gustibus non est disputandum，也就是说，每个人都各有所爱……对不对?”

后面有个人紧接着发出一声不失体面的惊喜的叫声。

“请问，”什托彼尔在众人微笑的强有力鼓励下接着说，“您有什么特别的才能配得到这种幸运? 不，您不用害臊，说吧，我们这儿可以说都是自己人，一家人①。我说得对吗，诸位，我们这儿一家人②?”

被罗斯季斯拉夫·亚当梅奇偶然问到的那个继承人可惜不懂法语，因而只发出一些表示赞同的支吾声。可是另一个继承人，一个额头上有几块黄斑的年轻人却急忙接着说：“乌伊，乌伊③，那还用说。”

“也许，”什托彼尔先生又说下去，“您会两脚朝天，倒过来用手走路吧?”

---

①② 原文为法文。
③ 法语“是的，是的”的译音。

涅多皮乌斯金苦恼地向四下里看看——所有的脸都在刻薄地冷笑，所有的眼睛都含着快乐的眼泪。

“也许您会学公鸡啼叫吧?”

四周爆发出一阵哄堂大笑，但又马上静下来，等着看下面的好戏。

“也许您会在鼻子上……”

“住口!”突然一个严厉、响亮的声音打断了罗斯季斯拉夫·亚当梅奇的话。“您这样侮弄一个可怜的人，难道不害臊!”

大家都朝发出声音的地方转过头去。门口站着切尔托普哈诺夫。他是已故包税人的远房侄儿，也受到邀请来参加家属会议。在宣读遗嘱的时候，他像往常一样高傲地站在远离大家的一边。

“住口，”他又说了一遍，骄傲地昂着头。

什托彼尔先生迅速转过身去，看到这个衣着寒酸、其貌不扬的人，便轻声向旁边的人打听(小心总没错)：

“这是谁?”

“切尔托普哈诺夫，不是什么重要人物，”那人附着他的耳朵回答。

罗斯季斯拉夫·亚当梅奇装出一副神气活现的样子。

“您是谁，敢在这儿发号施令?”他用鼻子哼哼地说着，还眯起眼睛。“请问：您是什么东西?”

切尔托普哈诺夫勃然大怒，像火药被火星点燃了一般。他怒不可遏，简直喘不过气来。

“这——这——这——这——”他仿佛喉咙被卡住似的，发不出声音来。突然雷鸣般大叫：“我是谁?我是谁?我是潘捷列伊·切尔托普哈诺夫，世袭贵族，我的祖先曾为沙皇效过劳，可你是谁?”

罗斯季斯拉夫·亚当梅奇脸色发白，向后倒退了一步。他没料到会遭到这样的反击。

“我不是个东西，我，我不是个东西……”

切尔托普哈诺夫冲向前来；什托彼尔仓皇后退，客人们都朝这位被激怒的地主跑过来。

“决斗，决斗，现在就决斗，只蒙一块手帕!”狂怒的潘捷列伊叫嚷着，“要么向我道歉，也向他……”

“道歉吧，向他道歉吧，”一些心惊胆战的继承人在什托彼尔周围喃喃地说。“他是个疯子，会动刀的。”

“请原谅，请原谅，我有眼无珠，”什托彼尔嘟嘟囔囔地说，“我有眼无珠……”

“也要向他道歉!”不肯罢休的潘捷列伊大叫着。

“也请您原谅，”罗斯季斯拉夫·亚当梅奇转过身来对颤抖得像发热病的涅多皮乌斯金说。

切尔托普哈诺夫平静下来，走到吉洪·伊凡内奇跟前，拉起他的手，傲慢地向四下里看了一眼，没有遇到任何人的目光，便在全场鸦雀无声中同这位领有死者自置的别谢连杰耶夫卡村的新主人以胜利者的姿态走出房间。

从这一天起他们再也没有分开过(别谢连杰耶夫卡村离别索诺沃只有八俄里)。涅多皮乌斯金的无限感激很快就变成卑躬屈节的敬仰。懦弱、温和、不很单纯的吉洪对无所畏惧、公正无私的潘捷列伊佩服得五体投地。“这件事可不容易!”他有时暗自思忖着，“跟省长谈话，眼睛就对着他看……基督作证，就这么对着他看!”

他对他赞叹不止，简直到了不可思议、竭尽全力的地步，他尊敬他，认为他是个非凡、睿智、博学的人。事实也是如此，不管切尔托普哈诺夫所受的教育怎么差，比起吉洪所受的教育来，真可以说是非常出色了。确实，切尔托普哈诺夫俄文书读得很少，法语也不行，法语差到这种地步：有一次一个瑞士家庭教师问他："先生，您会说法语吗？"[1]他回答："热不会，"接着，想了想，又补说了一个"巴"字。[2]不过他毕竟还记得世界上有过一个很幽默的作家伏尔泰，还记得普鲁士国王腓特烈大帝，在军事上也是个很杰出的人物。俄国作家中他崇拜杰尔查文[3]，喜欢马尔林斯基[4]，曾把一只最好的狗取名阿马拉特·贝克[5]……

我和这两位朋友初次见面之后，过了几天我便动身到别索诺沃去拜访潘捷列伊·叶烈梅伊奇。从很远的地方就可以看见他家的小屋子；它矗立在离村子半俄里的荒地上，即所谓矗立"在开阔的高地上"，像一只鹞鹰兀立在耕地上。切尔托普哈诺夫的整座庄院由四座大小不同的破旧木屋构成，即住房、马厩、草棚和澡堂。每一座木屋都独立建造，自成一体：周围没有篱墙，也不见大门。我的车夫犹豫不决地把马车停在一口井栏已半腐烂、堆满垃圾的水井旁边。草棚旁边有几只枯瘦的乱毛小灵猩在撕咬一匹死马，这大概就是奥尔巴桑了；其中一只小狗抬起沾满血迹的嘴脸，匆匆吠了几声，又啃起那赤裸的肋骨。死马的旁边站着一个十六七岁的小伙子，他面孔浮肿发黄，穿着侍童

---

① 原文为法文。

② 切尔托普哈诺夫把法语和俄语混合起来说。"热"是法语"我"的意思。法语在否定词 ne（不行，没有）后必须加一个助词 pas（发音如"巴"，切尔托普哈诺夫在说这句话时先是忘记了说"巴"，后又把它补上）。

③ 杰尔查文（1743—1816），俄国诗人。

④ 马尔林斯基（1797—1837），别斯图热夫的笔名，俄国作家。

⑤ 马尔林斯基同名小说中的主人公。

的衣服，赤着脚；他正一本正经地照看着交给他看管的狗，偶尔用鞭子抽打一下那些最贪吃的狗。

“老爷在家吗?”我问。

“天知道!”小伙子回答。“您敲敲门吧。”

我跳下马车，走到那所住房的台阶前。

切尔托普哈诺夫先生的住房样子十分凄凉：原木已经发黑，当中像“大肚子”一样鼓了出来，烟囱倒塌，屋角霉烂歪斜，灰蒙蒙的灰蓝色小窗在低垂的乱草屋檐下毫无生气，就像那些放荡的老妇人的眼睛。我敲敲门，没有人答应，但是我听见门里面有人在厉声说话：

“а，б，в；嘿，笨蛋，”一个嘶哑的声音说，“а，б，в，г……不对！г，д，е！е！……唉，真笨!”

我又一次敲敲门。

那个嘶哑的声音喊了一声：

“进来，是谁呀?”

我走进空荡荡的小小的前厅，通过开着的门看见了切尔托普哈诺夫本人。他穿着油污的布哈拉长袍和宽大的灯笼裤，戴着红色圆便帽，坐在椅子上，一只手抓住一只小卷毛狗的嘴，另一只手拿着一块面包，悬在狗鼻子上方。

“啊!”他用庄重的口吻说，仍坐着不动，“很高兴您光临舍下，请坐。我正在和文佐尔打交道……吉洪·伊凡内奇，”他提高嗓门，叫了一声，“请到这儿来，有客人来了。”

“就来，就来，”吉洪·伊凡内奇在隔壁房间回答。“玛莎，给我领带。”

切尔托普哈诺夫又去调教他的文佐尔，把一块面包放在它的鼻子上。我往四下里看了看。房间里除了一张能拉开的、桌面翘曲、有十三只长短不齐的腿的桌子和四把已经坐塌的麦秆椅子外，没有任何家具；很久很久以前粉刷过的墙壁上出现了许多星形的蓝色斑点，许多地方已经剥落；两扇窗户之间挂着一面用很大的红木框镶着的已看不清楚的破镜子。每个屋角里都竖着几根长烟袋和火枪；从天花板上挂下许多又粗又黑的蜘蛛丝。

“а，б，в，г，д，”切尔托普哈诺夫慢慢念着，突然厉声叫嚷起来：“е！ е！ е！…… 这么笨的畜生！…… е！……”

但那倒霉的卷毛狗只是不断抖动着身子，就是不张开嘴巴；它仍旧坐着，痛苦地夹住尾巴，扭曲着嘴脸，苦恼地眨着眼睛，眯缝着，似乎在自言自语：当然啰，随您怎么发落吧！

“吃吧，喏，抓住！”喋喋不休的地主不断重复着。

“您把它吓坏了，”我说。

“好吧，就让它滚吧！”

他踢了它一脚。那可怜的东西悄悄站立起来，掉下鼻子上的面包，仿佛踮着脚尖，垂头丧气，走到前厅去了。这也难怪：陌生人第一次来访，主人就这样对待它。

另一个房间的门小心地吱吱响着打开了，涅多皮乌斯金先生笑吟吟地鞠着躬，愉快地走了进来。

我站起来，对他鞠了一躬。

“不用客气，不用客气，”他喃喃地说。

我们各自就座。切尔托普哈诺夫到隔壁房间去了。

“您光临我们这个地方已经很久了吧？”涅多皮乌斯金用手掩住嘴巴小心地清清喉咙，轻声细语地说，为了表示礼貌，说话还把几个手指按住嘴唇。

“一个多月了。”

“噢，是这样。”

我们默默地坐了一会儿。

“眼下天气真好，”涅多皮乌斯金继续说，他带着感激的神情看看我，仿佛天气好坏和我有关，“庄稼可以说长得好极了。”

我点点头表示同意。我们又沉默了下来。

“昨天潘捷列伊·叶烈梅伊奇放狗猎到了两只灰兔，”涅多皮乌斯金花了不少力气又说起话来，显然是为了活跃我们的谈话气氛，“唔，是两只很大的灰兔。”

“切尔托普哈诺夫先生的猎狗都是很好的吧?”

“非常出色!”涅多皮乌斯金得意洋洋地回答，“可以说，在省里是首屈一指的(他把身子挪近我)。没什么可说的！潘捷列伊·叶烈梅伊奇就是这么个人！他只要想干什么，只要想到要干什么事，你瞧，马上就成功了，他一直是那么劲头十足。潘捷列伊·叶烈梅伊奇，不瞒您说……”

切尔托普哈诺夫进来了。涅多皮乌斯金笑了笑，停下话头，用眼色向我示意，让我看看他，仿佛想说：您自己看了就会相信的。我们就开始聊打猎的事。

“您要不要看看我的狗?”切尔托普哈诺夫问我，没等我回答，就叫唤卡尔普。

一个强壮的小伙子走了进来，他身穿一件浅蓝色衣领、钉有仆役制服纽扣的绿色土布长袍。

“吩咐福姆卡，”切尔托普哈诺夫断断续续地说，“把阿马拉特和萨伊加牵来，要收拾得干干净净，懂吗?”

卡尔普咧开嘴笑了笑，含糊地说了句什么，走出去了。福姆卡来了，头发梳得光光的，衣服绷得紧紧的，穿着靴子，牵着两条狗。出于礼貌，我对那些愚蠢的畜生称赞了一番(灵猩都特别愚蠢)。切尔托普哈诺夫对准阿马拉特的鼻子啐了一口唾沫，不过看来并没有使这条狗感到丝毫的高兴。涅多皮乌斯金也从后面抚摩了一下阿马拉特。我们又闲聊起来。切尔托普哈诺夫渐渐变得温和起来，不再那么气呼呼，一本正经；他脸上的表情改变了。他朝我看看，又朝涅多皮乌斯金看看。

“喂!”他突然喊叫起来，“干吗让她一个人坐在那儿? 玛莎! 喂，玛莎！到这儿来。”

隔壁房间里有人在走动，但是没有回答。

“玛——莎，”切尔托普哈诺夫又亲切地喊了一声，“到这儿来，没关系，别害怕。”

门轻轻地打开了，于是我看见一个约莫二十岁的女子，她身材颀长匀称，生着一张茨冈人的黝黑面孔，一双黄褐色的眼睛，留着一条漆黑的长辫子；一排又大又白的牙齿在饱满红润的嘴唇里白得发亮。她穿着一袭白色衣裙，肩上披着浅蓝色披巾，在靠近喉咙口的地方用一枚金别针扣住，这条披巾把她那双纤细而结实的手臂遮住了一半。她带着村野女子特有的羞涩和惊慌向前走了两步，便停了下来，低下头。

“来，让我来介绍一下，”潘捷列伊·叶烈梅伊奇说，“说她是妻子又不是妻子，就权作我的妻子吧。”

玛莎脸上微微泛起一片红晕，局促不安地笑了笑。我向她深深地鞠了一躬。我很喜欢她。纤细的鹰钩鼻子、张开的半透明鼻孔、高高的眉毛的刚毅线条、苍白的稍稍凹陷的脸颊——她的整个面貌表现出一种任性的热情和无所畏惧的豪勇。两绺发亮的头发从她盘起的发辫底下往敞开的脖子上垂下，这是血统和力量的标志。

她走到窗口坐下。我不想增加她的窘迫，便和切尔托普哈诺夫说起话来。玛莎稍稍扭过头来，从眉毛底下悄悄地、快速而腼腆地打量了我几下。她的目光闪烁着，就像蟒蛇吐信一般。涅多皮乌斯金坐到她身旁，在她耳边轻轻地说着什么。她又笑了笑。在她微笑的时候，她的鼻子稍稍皱了起来，上嘴唇微微翘起，这些动作赋予她的脸一种又像猫又像狮子一样的表情……

"噢，你真像一棵含羞草，"我边想边悄悄地看看她那纤细柔软的腰身、凹陷的胸部和笨拙而敏捷的动作。

"喂，玛莎，"切尔托普哈诺夫问，"得拿点东西来招待招待客人吧，啊?"

"我们有蜜饯，"她回答。

"好，那就把蜜饯拿来，顺便再拿一瓶伏特加。喂，听我说，玛莎，"他在她后面喊道，"也把吉他拿来。"

"拿吉他干什么呀？我又不想唱歌。"

"为什么?"

"我不想。"

"唉，没有的事，你会唱，要是……"

"什么?"玛莎一下子皱起眉头，问道。

"要是有人请求你，"切尔托普哈诺夫有点尴尬，把话说完。

"啊!"

她走出去，一会儿就拿着蜜饯和伏特加回来，又坐到窗口去。她的额头上还看得出一条皱纹，两道眉毛不时扬起又放下，就像黄蜂的触须……读者，您注意到没有，黄蜂的脸有多么可怕？我想，暴风雨要来了。谈话不很投机。涅多皮乌斯金一声不响，只是满脸堆笑；切尔托普哈诺夫喘着气，面红耳赤，干瞪着两只眼睛；我已经准备告辞了……玛莎忽然站起身，一下子把窗门推开，探出头去，对一个路过的农妇气呼呼地叫了一声："阿克西尼娅！"那农妇浑身一震，想转过身来，脚下一滑，便重重地摔倒在地上。玛莎仰着身子，哈哈大笑起来；切尔托普哈诺夫也笑起来，涅多皮乌斯金开心得尖叫着。我们大家都为之精神一振。只闪了个电，暴风雨就过去了……空气清新了。

过了半小时，谁也无法认出我们了：我们像小孩一样谈笑玩乐。玛莎最会打闹嬉戏——切尔托普哈诺夫目不转睛地盯着她。她脸色发白，鼻孔张开，目光闪烁。这个野姑娘玩得入迷了。涅多皮乌斯金迈动那又胖又短的双腿跟在她后面一跛一跛地跑着，就像一只公鸭在追赶母鸭。连文佐尔也从前厅的条凳下钻出来，站在门槛上看着我们，蓦地跳起来，吠叫着。玛莎轻盈地跑进另一个房间，取来了吉他，她甩掉肩上的披巾，迅速坐下来，抬起头，唱起茨冈人的歌曲。她的歌声嘹亮，还带着颤音，仿佛发自有裂痕的玻璃铃铛，一会儿热烈，一会儿趋于静止……使人感到又亲切又痛苦。"嗨，燃烧吧，说吧！……"切尔托普哈诺夫跳起舞来。涅多皮乌斯金跺着脚，踏着小碎步。玛莎全身扭动，就像在火中燃烧的桦树皮。纤细的手指在吉他上敏捷地弹拨着，黝黑的脖子在两串琥珀项链下慢慢地起伏着。有时她突然停止歌唱，疲惫不堪地蹲下来，好像不情愿似的弹拨着琴弦，于是切尔托普哈诺夫停下来，只是扭动着肩膀，在原地倒换着两脚，而涅多皮乌斯金则摇晃着脑袋，像个中国瓷娃娃；有时她又发狂般唱起歌来，伸直腰身，挺起胸膛，于是切尔托普哈诺夫又一会儿蹲下来，贴近地面，一会儿高高跃起，跳到天花板底下，陀螺似的旋转着，嘴里叫着：“快！”……

“快，快，快，快！”涅多皮乌斯金像说绕口令似的跟着叫。

入夜，我乘马车离开了别索诺沃……

切尔托普哈诺夫的结局

一

打从我去拜访潘捷列伊·叶烈梅伊奇之后，过了两年，他开始遭到灾难了——确确实实是灾难。在这以前，他就遇到了许多不快、挫折，甚至不幸的事，但他并不放在心上，照旧“主宰”着一切。第一个使他感到震动的灾难是一件令他最伤心的事：玛莎和他分手了。

她在他家里似乎已经过得很习惯，是什么原因使她离开他的家呢？这很难说。切尔托普哈诺夫直到自己一生的最后日子都确信，诱使玛莎变心的是他的一个年轻的邻人，此人是个退伍的枪骑兵大尉，绰号叫亚弗。照潘捷列伊·叶烈梅伊奇的说法，他之所以得逞，只是因为他不断地捻着小胡子，拼命抹香油，鼻子里常常意味深长地哼哼着；但是应该说，在这里起作用的主要是玛莎血管里流动着的流浪民族茨冈人的血液。不管怎么说，在一个夏天的傍晚，玛莎还是把一些破旧衣服打成一个小小的包裹，从切尔托普哈诺夫家出走了。

出走之前，她有那么两三天一直坐在屋角里，蜷缩成一团，紧靠着墙壁，像一只受伤的狐狸，对谁都不说一句话，只是转动着眼珠，沉思默想，颤动着眉毛，稍稍咧开嘴露出牙齿，伸出两手，仿佛要把自己裹住。她以前也有过类似的情绪，但从来不持续很久。切尔托普哈诺夫知道这一点，因此并不放在心上，也没有去惊动她。有一天，猎犬管理人告诉他，最后两条猎犬死了，他去犬舍看了看，回来的时候遇到一个女仆，她用发抖的声音向他报告，说玛丽亚·阿金菲耶夫娜[①]吩咐向他致意，吩咐转告他，祝他万事如意，而她自己再也不回到他这儿来了——切尔托普哈诺夫在原地转了两圈，发出一阵嘶哑的吼叫，拔脚就去追那女逃亡者，还顺手带上了手枪。

他在离家两俄里一座白桦林旁边通县城的大道上追上她。太阳已低低地悬挂在地平线上，周围的一切：树木、青草和土地一下子都被染红了。

“你是去找亚弗的！是去找亚弗的！”切尔托普哈诺夫一看见玛莎就痛苦地叫起来，“是去找亚弗的！”他反复说着，跌跌撞撞地向她跑去。

玛莎停住脚步，向他转过脸来。她背着阳光站着，全身黑魆魆的，仿佛用乌木雕成。只有她的眼白像银杏那样特别耀眼，而眼睛本身——瞳仁——就显得更黑了。

她把包裹扔到一边，把双手交叠在胸前。

“你是去找亚弗的，你这个坏女人！”切尔托普哈诺夫又说了一遍，想去抓她的肩膀，但一遇到她的目光便慌了手脚，犹豫起来。

“我不是去找亚弗先生的，潘捷列伊·叶烈梅伊奇，”玛莎平静地

---

① 玛莎的本名和父称。

轻声回答，“不过，我再也不能和您一起过日子了。”

“怎么不能一起过日子？这是为什么？难道我什么地方对不起你了？”

玛莎摇摇头。

“您没有什么事情对不起我，潘捷列伊·叶烈梅伊奇，只是在您家里我很苦闷……为了过去的日子我感谢您，可是我不能再待下去了——不能再待下去了！”

切尔托普哈诺夫大吃一惊，他甚至用双手拍了一下大腿，跳了起来。

“这是怎么一回事？日子一天天过下去，除了美满和安闲，什么事也没有碰到，突然苦闷起来了！竟然说，我要抛弃这一切！接着把头巾往头上一包，就走了。你受到的尊敬并不比一个太太差呀……”

“你不这样对待我，我也过得下去，”玛莎打断他的话。

“不需要这样对待？从一个骗人的茨冈女人变成一个太太——不需要这样对待？怎么不需要，你生来就是个贱货吗？这怎能叫人相信？你是偷偷地变心了，变心了！”

他又口吃起来。

“我根本没有想到要变心，也没有想过变心，”玛莎用她那悦耳而清晰的声音说，“我已经告诉您了：我感到苦闷。”

“玛莎！”切尔托普哈诺夫大叫着，用拳头捶着自己的胸口，“行了，别说了，够了，你一直在折磨我……够了！真的！你只要想想吉洪会说些什么；你哪怕可怜可怜他也好！”

“请替我向吉洪·伊凡诺维奇致意，对他说……”

切尔托普哈诺夫两只手挥了一下。

“不行，别胡说——你走不了的！你的亚弗等不到你的。”

“亚弗先生，”玛莎正要说……

“亚弗算什么**先**——**生**——”切尔托普哈诺夫学着她的口气说。“他是个不折不扣的骗子手、阴谋家，他那副嘴脸就像一只猴子！”

切尔托普哈诺夫和玛莎足足斗了半个小时嘴。他有时走到她跟前，有时跳开，有时对她挥动拳头，有时对她深深鞠躬，哭泣、咒骂……

“我不能再待下去，”玛莎再次表示，“我很苦闷……我苦恼得要命。”她的脸渐渐变得冷漠起来，几乎是一副昏昏欲睡的样子，以致切尔托普哈诺夫问她，是不是有人让她服了麻醉剂。

“苦闷啊，”她说了十来次。

“那么让我打死你吧，怎么样?”他大叫着，突然从口袋里掏出手枪。

玛莎笑了笑，她的脸活跃起来。

“那又怎么样？你打死我吧，潘捷列伊·叶烈梅伊奇：随您的便，但回去我是不回去的。”

“你不回去?”切尔托普哈诺夫扳下手枪的扳机。

“不回去，亲爱的。决不回去。我说话是算数的。”

切尔托普哈诺夫突然把手枪塞到她手里，一屁股坐在地上。

“那么，**你**打死我吧！没有你，我也不想活了。既然你厌烦我，那么我对一切也感到厌烦了。”

玛莎弯下身子，拿起包裹，把手枪放在草地上，把枪口从切尔托普哈诺夫那边掉开，走到他跟前。

“喂，亲爱的，你何必这样伤心呢？你难道不了解我们茨冈女人吗？我们的脾气生来就是这样的，这是常有的事。只要苦闷这个拆伙的一出现，就把灵魂勾到别的远远的地方去，哪肯再待下去啊？请你记住你的玛莎——这样的女朋友你再也找不到第二个了——我也不会把你，我的雄鹰，忘记的；可是我们的共同生活算是到头了！”

“我爱过你，玛莎，”切尔托普哈诺夫用手掩住脸，透过指缝喃喃地说。

“我也爱过您，好朋友潘捷列伊·叶烈梅伊奇！”

“从前我爱过你，现在我仍旧发狂般地爱你，爱你爱得神魂颠倒。现在我左思右想，你这样无缘无故、好端端地生活着，却要抛弃我，到处去流浪，我想，如果我不是个倒霉的穷光蛋，你大概不会扔下我吧！”

玛莎听了这几句话，只是笑了笑。

“你以前还叫我不贪图钱财的女人呢！”她说着，抡起手臂在切尔托普哈诺夫肩上打了一拳。

他跳了起来。

“不过，你最好是拿些钱去，不然身上一个子儿也没有怎么行？但是你最好还是打死我！我明白告诉你：你现在就打死我！”

玛莎又摇摇头。

“打死你？亲爱的，就为了这件事让人家把我流放到西伯利亚去？”

切尔托普哈诺夫浑身一抖。

“这么说，你只是因为怕服苦役……”

他又在草地上躺下。

玛莎默默地站在他身旁。“我可怜你，潘捷列伊·叶烈梅伊奇，”

她叹了一口气说，“你是个好人……但是没有办法：再见吧！”

她转过身去，走了两步。夜晚降临了，到处是一片朦胧的夜色。切尔托普哈诺夫一骨碌从地上站起来，从后面抓住玛莎的两只胳膊肘。

“你就这样走了，你这条毒蛇？到亚弗那儿去！”

“再见吧！”玛莎深情地断然说，挣脱他的手走了。

切尔托普哈诺夫目送着她，然后跑到放手枪的地方，抓起手枪，瞄准了，开了一枪……不过在扣动扳机之前，先把手往上一抬：子弹嗖的一声从玛莎的头顶上飞过。她边走边回过头来看他一下，接着便继续大摇大摆地往前走，仿佛故意刺激他。

他双手掩住脸，拔脚跑了……

但他还没有跑上五十步，突然一动不动地站住了。一个熟悉的、非常熟悉的声音传到他耳中。玛莎在唱歌。“美妙的青春年华，”她唱着；每一个字都在夜空中飘荡着——哀婉而炽热。切尔托普哈诺夫侧耳倾听着。歌声渐渐远去；有时消失了，有时又微弱地飘来，但仍然那么炽热……

“她这是故意刺激我，”切尔托普哈诺夫想，但突然哼哼起来：“啊，不，她这是向我表示永远分手了，”于是泪如泉涌。

第二天他来到亚弗先生家里。亚弗先生是一个真正的上流社会人物，不喜欢在乡村里离群索居，而住在县城里，用他的话说，就是“离小姐们近些”。切尔托普哈诺夫没有遇见亚弗：据他的侍仆说，他前天到莫斯科去了。

“这就对了！”切尔托普哈诺夫愤怒地叫了一声，“他们有约在先；她跟他跑了……但是且慢！”

他不顾侍仆的拦阻，闯进年轻大尉的书房。书房里的长沙发上方挂着主人穿着枪骑兵制服的油画像。“啊，原来你在这儿，这没有尾巴的猴子！”切尔托普哈诺夫大声叫嚷着，跳到长沙发上，一拳打在绷紧的画布上，打开了一个很大的窟窿。

“告诉你那无赖主人，”他对侍仆说，“因为他那可恶的嘴脸不在这儿，贵族切尔托普哈诺夫就揍了他的画像。如果他想和我决斗，他知道在哪儿可以找到贵族切尔托普哈诺夫！要不然，我就自己来找他！就是到了海底，我也能找到这只下贱的猴子！”

说完这句话，切尔托普哈诺夫便跳下沙发，扬长而去。

但是亚弗大尉压根儿没有要求和他决斗，他甚至没有遇到过他——而切尔托普哈诺夫也不想去寻找他的仇人，他们之间没有发生任何麻烦。玛莎从此也没有任何音信。切尔托普哈诺夫本想借酒浇愁，可是很快就“清醒”过来。不过这时他又遭到了第二个灾难。

二

这就是他最亲近的朋友吉洪·伊凡诺维奇·涅多皮乌斯金的逝世。在他去世前两年，他的健康状况就开始了变化：他患了气喘病，老是昏睡，醒来以后，仍不能很快清醒：县里的医生说，他是“小中风”。在玛莎出走前的三天里，也就是她感到“苦闷”的三天里，涅多皮乌斯金躺在他的别谢连杰耶夫卡村，他患了重感冒。玛莎的行为使他大为震惊，这是他绝没有想到的：这件事对他的打击几乎超过了对切尔托普哈诺夫的打击。他生性温顺懦弱，除了对朋友温柔地表示同情，自己存着病态的疑虑外，他什么也没说……但是他从此心灰意懒，身体也垮了下来。“她伤了我的心，”他坐在他所喜爱的漆布面长沙发上转动着手指，自言自语地说。甚至在切尔托普哈诺夫情绪正常以后，他涅多皮乌斯金仍无法恢复常态，他总觉得自己“心里空落落的”。他指着腹部上面的胸口说：“就是这儿。”就这样，他拖到了冬天。最初的几阵寒潮袭来时，他的气喘病倒是减轻了些，然而这时来袭击他的却不是“小中风”，而是真正的中风。他没有立即失去知觉，他还认得出切尔托普哈诺夫，甚至在他的好朋友绝望地大叫“你怎么搞的，吉洪，不经我同意，你就要扔下我了，你做得不比玛莎差啊”之后，他还能用僵硬的舌头回答：“我……潘……捷……列……伊……奇，永远……听……你的……话。”然而他还是没有等到县里的医生赶到，就在当天死去了。医生看到他刚刚冷下去的遗体，只能悲叹浮生易逝，要了一点“伏特加和咸鱼干”了事。不出所料，吉洪·伊凡诺维奇把自己的产业遗赠给自己最尊敬的恩人和宽宏大量的保护人“潘捷列伊·叶烈梅伊奇·切尔托普哈诺夫”。但是这份产业并没有带给最尊敬的恩人多大好处，因为它不久便被拍卖了，这一部分是为了支付墓地的纪念碑——一座雕像——的费用，这座雕像是切尔托普哈诺夫（在他身上显然反映出父亲的秉性）想在朋友的墓地上竖立的。他从莫斯科订购了一座正在祈祷的天使像。但是人家介绍给他的那个经纪人知道外省熟悉雕塑的行家不多，便没有给他天使，而给他送来了一座多年装饰在莫斯科郊外一座被废弃的叶卡捷琳娜时代花园里的女神福罗拉[1]像。这座雕像是经纪人没费什么代价搞到手的，不过它倒是十分雅致，具有

① 希腊神话中的花神。

洛可可式[1]风格，有一双胖胖的手，留着蓬松的鬈发，袒露的胸脯上饰着一串玫瑰花，风姿柔美。这位神话中的女神至今仍姿态优美地抬起一只脚，站在吉洪·伊凡诺维奇的坟墓上，分毫不差地像蓬巴杜夫人[2]那样矫揉造作地注视着在她周围漫步的牛羊、这些乡村墓地始终不渝的光顾者。

三

切尔托普哈诺夫失去忠诚的朋友之后，又开始酗酒了，这一次酗酒的程度比以前要严重得多。他的处境每况愈下。他已经没有钱打猎，仅剩的钱花光了，最后几个仆人也各奔前程了。潘捷列伊·叶烈梅伊奇已完全陷入孤独状态：没有人能和他促膝谈心，更不用说互诉衷曲了。只有他的傲气一点没有减少。相反：他的境况越糟，他就越傲慢，越妄自尊大，越令人难以接近。最后他完全变得蛮横无理。他只剩下一种慰藉，一种乐趣：那就是一匹极其出色的乘用马，灰色的鬃毛，顿河种，他给它起名叫马列克-阿杰尔，这确确实实是一头出众的牲口。

他是这样得到这匹马的：

有一次，切尔托普哈诺夫骑马经过邻村，听见酒店附近有一群农民在那里吵闹叫嚷。在这群农民当中，有许多手臂在同一个地方挥舞着。

“那边出了什么事？”他用惯有的官腔问一个站在自家门口的

---

① 18 世纪流行于欧洲的一种艺术风格，主要表现在建筑与室内装饰上。
② 法国国王路易十五最宠爱的情妇。

老农妇。

那农妇靠着门框，好像在打瞌睡，不时往酒店那边看上一眼。一个长着浅色头发的男孩穿着印花布衫，在袒露的胸口上挂着一个柏木十字架，叉开两只小脚，攥紧拳头，坐在她的两只树皮鞋中间；一只小鸡在那儿啄食一块硬得像木头的黑麦面包皮。

“上帝才知道，老爷，”老太婆回答，她向前探着身子，把一只布满皱纹的黝黑的手按在小孩的头上，“听说，是我们的小伙子在打一个犹太人。”

“怎么打犹太人？哪一个犹太人？”

“上帝才知道，老爷。我们这儿来了一个犹太人，谁知道他是从哪儿来的。瓦夏，去吧，小少爷，到妈妈那儿去。去，去，讨厌的东西！”

农妇赶走了小鸡，瓦夏抓住她的裙子。

“他们就是在打他呀，我的老爷。”

“怎么打他？为什么？”

“我不知道，老爷。总是有什么事。再说，怎么能不打呢？是他把基督钉上十字架的！”

切尔托普哈诺夫大喝一声，在马颈上抽了一鞭，径直向人群驰去。他冲入人群，仍用那根鞭子向左右两边不分青红皂白地抽打那些农民，嘴里断断续续地喊叫着：“横行……霸道！横行……霸道！应该……由法律……来惩罚，而不是……私设……公堂！法律！法律！！法……律！！！”

不到两分钟，整个人群便往四下里后退了——于是酒店门前的地上出现了一个皮肤黝黑、穿着土布长袍、个子瘦小的人，他蓬头垢面，遍体鳞伤……脸色煞白，眼珠往上翻，大张着嘴巴……这是怎么回事？

是吓坏了还是死了?

“你们为什么打死这个犹太人?”切尔托普哈诺夫威严地挥动鞭子,大声叫喊着。

人群中响起一阵轻轻的嗡嗡声算是回答。有的农民用手抓住肩膀,有的叉着腰,有的摸摸鼻子。

“打得好厉害!”后排有人说。

“用鞭子打的!谁都会这么干!”另一个声音说。

“为什么把这个犹太人打死?我在问你们哪,你们这些没头脑的野蛮人!”切尔托普哈诺夫又喊叫了一遍。

但这时那躺在地上的人一下子跳了起来,跑到切尔托普哈诺夫的背后,抖抖瑟瑟地抓住他的马鞍。

人群里齐声爆发出一阵哄笑。

“还活着呢!”又是后排发出的声音。“活像一只猫!”

“大人,保护我,救救我!”那不幸的犹太人喃喃地说,他把整个胸部贴紧在切尔托普哈诺夫的一条腿上,“不然他们会打死我的,会打死我的,大人!”

“他们为什么打你?”切尔托普哈诺夫问道。

“我实在不知道!他们有些牲口死了……他们就怀疑我……可是我……”

“好,这件事我们以后会弄清楚的!”切尔托普哈诺夫打断他的话,“现在你抓住我的马鞍跟我走。而你们!”他向人群转过身去,说,“你们认识我吗?我是地主潘捷列伊·切尔托普哈诺夫,住在别索诺沃村,我告诉你们,你们如果想控告我,那就去控告吧,你们还可以顺便控告这个犹太人!”

“干吗要控告啊，”一个老成持重的白胡子农民深深地躬着身说，他那样子就像个族长（不过，他打犹太人的时候并不比别人差些）。潘捷列伊·叶烈梅伊奇老爷，我们很熟悉您老人家，您教训了我们，我们深深感谢您的恩典！”

“干吗要控告啊！”另外一些人也随声附和。“至于那个反基督的人，我们自然有办法对付！他可逃不出我们的手心！我们要抓他就像抓一只野兔……”

切尔托普哈诺夫捻了捻小胡子，哼了一声，就带着犹太人骑马回自己村里去了。他就这样从那些迫害者手里救出了这个犹太人，就像从前解救吉洪·涅多皮乌斯金一样。

四

过了几天，切尔托普哈诺夫家唯一留下来的一个小厮向他报告，说来了一个骑马的人，要和他谈点事。切尔托普哈诺夫跑到台阶上，看见他所熟悉的那个犹太人，他骑着一匹出色的顿河马，那马纹丝不动、骄傲地站在院子当中。那犹太人头上没戴帽子：他把帽子挟在腋下，他的脚也没有踏在马镫上，而踏在马镫的皮带里；他那破长袍的两片衣裾从马鞍的两边挂下来。他一看见切尔托普哈诺夫，便吧嗒着嘴唇，动动胳膊肘，晃动两条腿。然而切尔托普哈诺夫不但没有回礼，甚至勃然大怒起来，他突然火冒三丈：这个可恶的犹太人竟敢骑一匹这样的好马……实在不像话！

“喂，你这个黑皮鬼！”他大声嚷嚷，“马上给我滚下来，要是你不想让人拖到泥塘里的话！”

犹太人立刻听从他的话，像一只麻袋似的从马鞍上滚下来，用一只手轻轻抓住缰绳，边装出笑容边鞠躬，走近切尔托普哈诺夫。

“你有什么事?”潘捷列伊·叶烈梅伊奇神情庄重地问。

“大人，请您看看这是一匹什么马?”犹太人一边不断地鞠躬，一边说。

“唔……不错……是匹好马。你是从哪儿弄来的?大概是偷来的吧?”

“怎么是偷的，大人！我是个老实的犹太人，我不是偷的，而是为您大人觅来的，真的！我费了不少力气，费了不少力气，就为了这匹马！这样的马就是找遍整个顿河地区也找不到第二匹。您看看，大人，这匹马有多好！请到这儿来！吁……吁……转过身去，侧过身来！我们把鞍子拿掉。怎么样，大人?”

“是匹好马，”切尔托普哈诺夫又说了一遍，装出一副无动于衷的样子，可他的心却在怦怦乱跳。他是个热衷于养马的人，是个识马的行家。

“大人，您摸摸它吧！摸摸它的脖子，嘻嘻嘻！不错，就这样。”

切尔托普哈诺夫不情愿似的把手放在马的脖子上，在那上面拍了两下，接着用几根指头从马颈上隆起的地方顺着脊背捋下去，一直捋到肾脏的上方，像内行人一样轻轻地按一按。马立刻拱起背，用它那骄傲的黑眼睛向切尔托普哈诺夫斜视了一下，喷了一下鼻子，前脚在原地踏了两步。

犹太人笑起来，轻轻拍拍手。

“它在认主人了，大人，认主人了!”

“咳，别胡说，”切尔托普哈诺夫愤愤地打断他的话。“向你买这匹马吧……我没有钱，作为礼物吧，我不但从来没有接受过犹太人的礼物，就连上帝的礼物也没有接受过!”

“我怎么敢送您礼物呢，您别那么想!”犹太人大声说。“大人，您买下吧……钱我可以等。”

切尔托普哈诺夫想了想。

“你要多少钱?”最后，他从牙缝里挤出一句话。

犹太人耸耸肩膀。

“就照我付的价钱。两百卢布。”

这匹马值这个价钱的两倍，也许，值这个价钱的三倍。

切尔托普哈诺夫把脸转到一边，大大地打了个哈欠。

“那么钱……什么时候付呢?”他问，故意皱起眉头，眼睛不看犹太人。

“看您大人什么时候方便。”

切尔托普哈诺夫昂起头，但没有抬起眼睛。

“这不是回答。你说清楚，希律的子孙!——难道叫我欠你的情?”

“那么这样吧，”犹太人连忙说，“过六个月……行吗?”

切尔托普哈诺夫什么也没有回答。

犹太人凝视着他的眼睛。“行吗?让我把马牵进马厩吗?”

“鞍子我不要，”切尔托普哈诺夫断断续续地说。“把鞍子拿走，听见吗?”

“当然，当然，我拿走，我拿走，”犹太人很高兴，喃喃地说着，把鞍子扛到肩上。

“至于钱，”切尔托普哈诺夫继续说……“过六个月。不过不是两百卢布，而是两百五十卢布。别说了，两百五十卢布，我对你说！我先欠你。”

切尔托普哈诺夫一直没有勇气抬起眼睛。他从来没有因为失去自尊而如此强烈地感到痛苦。“显然，这礼物，”他想，“是他为了报恩送来的，这鬼东西！”他真想拥抱这个犹太人，再揍他一顿……

“大人，”犹太人鼓起勇气，咧开嘴笑着说，“应该照俄罗斯人的习惯，用衣裾裹着缰绳交给您……”

“瞧你想出了什么主意？犹太人……什么俄罗斯人的习惯！喂，有人吗？把马牵到马厩里去。给它喂些燕麦。我马上就来看看。这样吧：它的名字就叫马列克-阿杰尔吧！”

切尔托普哈诺夫本想走上台阶，却突然转过身，跑到犹太人身边，紧紧握住他的手。犹太人向他鞠了一躬，正想吻他，但切尔托普哈诺夫倒退了一步，轻声告诉他：“别对任何人说！”随即走进门里去了。

五

从这一天起马列克-阿杰尔便成了切尔托普哈诺夫生活中最重要、最关心、最使他高兴的事情。他爱它胜过爱玛莎，他亲近它胜过亲近涅多皮乌斯金。这匹马也和他一样！它像一团火，就是一团火，简直是火药——可它的庄重就像个贵族！它不知疲劳，坚韧不拔，不管要它上哪儿，它都唯命是从；喂养它也花费不多：要是没有东西吃，它会啃脚下的泥巴。它慢走时，就像抱着你那么稳当；它小跑时，就像把你放在摇篮里摇着；它奔驰起来，就是风也追不上！它从来不气喘：因为气孔多。它的腿像钢铁铸成的，至于马失前蹄，那是从来没有过的事！跳过壕沟、越过栅栏，它都不当回事；而且它很有灵性！你一叫它，它扬扬头就跑过来了；你叫它站着，自己走开，它就一动不动地站着；你一回来，它就轻轻地嘶鸣，似乎在说："我在这儿呢。"它什么也不怕：在最黑暗的地方，在暴风雪中，它都能找到路；它绝不让陌生人靠近它：它会咬人！狗也不敢走近它：一走近它，它的前蹄马上就会往它脑门上噗地踢上一记！叫它活不成。这是一匹有自尊心的马：在它头上挥挥鞭子不过是一种派头罢了，你可别碰它！不过有什么必要喋喋不休地多说呢：总之，它是一件宝贝，不是一匹马！

切尔托普哈诺夫夸起马列克-阿杰尔来都找不到适当的词儿！他那么精心照料它，对它关怀备至！它的毛像银子一样闪光，不是旧的银子，而是新的银子，隐隐闪着亮光的；用手掌抚摩它——它就像一块天鹅绒！马鞍、鞍鞯、笼头——所有的马具都配得那么合身、舒齐、干净，简直可以拿铅笔在那上面画画！切尔托普哈诺夫对它的照料真是无微不至，他亲手替它的爱马编额鬃，用啤酒洗鬃毛和尾巴，甚至在蹄子上抹油膏……

他常常骑着马列克-阿杰尔出门去，他不是去访问他的邻居，他和他们仍然没有往来，他只是走过他们的田野和庄园……他说，你们这些傻瓜，在远处欣赏欣赏吧！有时他听说某地方有人出猎——某个富裕的地主准备到远离庄园的野外去打猎，他立刻就到那地方去，在远处，在地平线上表演他的骑姿，让所有的观众惊叹他那匹马的雄姿和速度，但又不让任何人接近它。有一次，一个猎人竟带上全体随从追赶他。他看见切尔托普哈诺夫跑开了，就全速追上去，竭力对他叫喊："喂，你听我说！把马卖给我，你要什么都可以！我可以出一千卢布！我可以把老婆孩子都给你！可以把什么都给你！"

切尔托普哈诺夫突然勒住马列克-阿杰尔。猎人飞驰到他跟前。

“先生！”那人大声说，“你说，你要什么？我的亲爹！”

“即使你是国王，”切尔托普哈诺夫一字一顿地说(他有生以来从来没有听说过莎士比亚的名字[①])，“你就是拿整个王国来换我的马——我也不给！”说罢，他哈哈大笑，拉起马列克-阿杰尔，让它直立起来，像陀螺一样转过身——接着疾驰而去！就在已经收割过的田野上一闪一闪地奔驰。那猎人(据说是个极富有的公爵)把帽子扔在地上，咕咚一声把脸埋在帽子里！就这样在地上躺了半个钟头。

切尔托普哈诺夫怎能不珍爱这匹马呢？他之所以能重新在众多邻居之中显示出无可置疑的优越性，最后的优越性，不是全靠这匹马吗？

六

光阴荏苒，付款的日期渐渐逼近了，可是切尔托普哈诺夫不但没有二百五十卢布，就连五十卢布也没有。怎么办，拿什么来支付？“那有什么办法？”他最后打定主意，“要是那犹太人不好商量，不肯延期，我就把房子和土地给他，自己骑着马到处去流浪！就是饿死，我也不把马列克-阿杰尔交出去！”他心烦意乱，左思右想，无计可施；但是这时命运第一次，也是最后一次怜悯了他，对他发出微笑：他有个远房姑母——切尔托普哈诺夫连她的名字都不知道——在遗嘱中留给他一笔钱，这数目在他看来极大，有整整两千卢布！用他的话说，这钱来得正

---

① 莎士比亚历史剧《理查三世》中有一段台词说：“来一匹马，来一匹马！拿我的王国换一匹马。”

是时候：正好在犹太人到来前一天收到。切尔托普哈诺夫几乎高兴得发狂，但并没有想到喝一杯伏特加庆贺庆贺：自从马列克-阿杰尔来到他家那一天起，他就滴酒不沾。他跑到马厩里，吻吻他朋友鼻子上面皮肤最柔软的两侧。“现在我们再也不分离了！”他拍拍马列克-阿杰尔梳得很整齐的鬃毛下面的脖子，大声说。回到家里，他数出两百五十卢布，把它封在一个纸包里。然后他仰卧在床上，抽着烟斗，想象着他怎样安排剩下的钱——也就是说，他将去物色一些怎样的狗：要买正宗科斯特罗马种的，而且一定要红斑的！他甚至同彼尔菲什卡谈话，答应给他买一件所有接缝都嵌黄丝带的新上衣，然后心满意足地躺下睡觉。

他做了个恶梦：他骑马出去打猎，不过骑的不是马列克-阿杰尔，而是一匹像骆驼一样的怪兽；一只雪白雪白的狐狸向他跑来……他想挥挥鞭子，想叫狗去追它，可他手里拿的不是鞭子，而是树皮擦子，于是狐狸跑到他跟前，伸出舌头来逗他。他跳下骆驼，绊了一跤，跌到了……他一跤跌到一个宪兵手里，那宪兵要他去见总督，结果他认出那总督竟是亚弗……

切尔托普哈诺夫醒过来。房间里很暗，公鸡刚啼过两遍……

很远很远的地方有一匹马在嘶鸣。

切尔托普哈诺夫抬起头……他又听见一声微弱的马嘶。

“这是马列克-阿杰尔在嘶叫！”他想……“这是它在嘶叫！但为什么这么远？我的天……这不可能……”

切尔托普哈诺夫突然浑身冰凉，急忙跳下床铺，摸到皮靴和衣服，穿戴好，从枕头底下抓起马厩的钥匙，奔到院子里。

七

马厩在院子的尽头，和田野只隔着一堵墙。切尔托普哈诺夫的钥匙没有一下子插进锁孔里，他的手在发抖，他也没有立刻转动钥匙……他屏住气，一动不动地站着：门里面哪怕有一点动静也好啊！“马列克！马列克！”他轻轻叫唤它：里面一片死寂！切尔托普哈诺夫不由自主地用钥匙推了一下：门吱呀一声打开了……原来门没有锁。他一步跨过门槛，又一次叫唤他的马，这一次叫的是它的全名：“马列克-阿杰尔！”但那忠实的伙伴没有回答，只有一只老鼠在干草堆里窸窸窣窣地响了一阵。于是切尔托普哈诺夫奔进马厩里三间马栏中养马列克-阿杰尔的那一间。虽然马厩里黑得伸手不见五指，他还是直接闯进了那一间马栏……什么也没有！切尔托普哈诺夫感到天旋地转起来，脑壳里像有一口钟在嗡嗡响着。他想要说句什么，但嘴巴里只是丝丝响着，他用手上上下下、左左右右摸索着，喘着粗气，他弯着腿从一间马栏走进另一间马栏……走进干草几乎堆到屋顶的第三间，撞在一堵墙上，又撞到另一堵墙上，跌倒了，翻了个跟头，他站起来，突然慌慌张张地穿过半开着的门奔到院子里……

“有人盗马了！彼尔菲什卡！彼尔菲什卡！有人盗马了！”他拼命大叫着。

小厮彼尔菲什卡只穿着一件布衫飞速地从他睡觉的下房里跑出来……

主人和唯一的仆人像两个醉汉在院子里撞在一起。他们发疯似的互相围着对方团团转。主人说不清到底发生了什么事，仆人也不知道主人要他干什么。“坏事了！坏事了！”切尔托普哈诺夫喃喃地说着。“坏事了！坏事了！”小厮也跟着他叫着。“拿灯来！给我灯，把灯点上！点灯！点灯！”切尔托普哈诺夫终于从麻木的胸中说出话来。彼尔菲什卡急忙奔进屋里去。

但要点上灯、弄到火却不是件轻而易举的事：在当时的俄罗斯硫磺火柴还是一种稀奇的东西，厨房里最后一点炭火早就熄灭了，火镰和火石没有立刻找到，找到了也一下子打不出火来。切尔托普哈诺夫咬牙切齿地从手足无措的彼尔菲什卡的手中夺过火镰和火石，亲自打火：迸发出许多火星，但迸发得更多的是咒骂，甚至呻吟——但火绒不是点不着就是立刻熄灭，尽管四个鼓起的面颊和四片嘴唇齐心协力地想吹燃它也无济于事！终于在五分钟之后，决不会更早些，点燃了一盏破灯笼底上的蜡烛头，切尔托普哈诺夫这才在彼尔菲什卡的陪伴下闯进马厩，把灯笼高高地举过头顶，向四周察看着……

马厩里空空如也！

他奔到院子里，跑遍了所有的地方——不见马的踪影！潘捷列伊·叶烈梅伊奇庄园四周的篱笆早已破败，许多地方倾斜，倒在地上……马厩旁边的一段，整整有一俄尺宽已完全倒塌了。彼尔菲什卡把它指给切尔托普哈诺夫看。

“老爷！您看看这儿：今天还没有这个洞。木桩都露出地面了：说明是有人把它拔出来的。”

切尔托普哈诺夫提着灯笼跳过去，在地上照着……

“蹄印，蹄印，马蹄铁的印子，蹄印，新的蹄印！”他急急地嘟囔着。“是从这儿牵出去的，这儿，这儿！”

他迅速跳过篱笆，高声喊叫：“马列克-阿杰尔！马列克-阿杰尔!”接着径直往野外跑去。

彼尔菲什卡不知所措地站在篱笆旁。灯光被没有星星和月亮的浓重夜色吞没，很快就从他眼前消失了。

切尔托普哈诺夫的绝望叫声越来越微弱……

八

他回到家里的时候，朝霞已经升起。他已经不像个人样，衣服上全是污泥，神情粗野可怕，目光阴郁凝滞。他用嘶哑的声音轻轻地叫彼尔菲什卡走开，自己一个人关在房间里。他累得几乎站立不住，但并不躺到床上去，却坐在门旁的椅子上，抓住自己的头。

“给盗走了!……给盗走了!”

但是盗马贼是怎样在半夜里从锁好的马厩里把马列克-阿杰尔盗走的?马列克-阿杰尔连白天都不让任何陌生人接近它，怎么能无声无息，没有一点声响就把它盗走呢?连一只看家狗都不吠叫一声，这又怎么解释?不错，看家狗一共只有两只，是两只小狗，由于饥寒交迫，都钻进沙土里了——但毕竟应该有所觉察!

“现在没有了马列克-阿杰尔，我可怎么办?”切尔托普哈诺夫想。“仅有的一种乐趣现在被剥夺了——我应该去死了。再买一匹马吧——钱是有的，可是上哪儿去买一匹这样的好马啊?”

“潘捷列伊·叶烈梅伊奇!潘捷列伊·叶烈梅伊奇!”他听到门外有胆怯的叫声。

切尔托普哈诺夫霍地站起来。

“谁啊?”他大声问，声音好像不是他自己的。

“是我，您的侍童，彼尔菲什卡。”

“你有什么事？是不是找到了，自己跑回来了？”

“不是，潘捷列伊·叶烈梅伊奇；是那个犹太人，那个卖马的……”

“怎么啦？”

“他来了。”

“好——好——好——好！”切尔托普哈诺夫吼叫着，一下子把门打开。“把他揪过来！揪过来！揪过来！”

犹太人站在彼尔菲什卡背后，看到自己的“恩人”一副蓬头垢面、一脸凶相的样子突然出现在眼前，本想赶快逃走，不料切尔托普哈诺夫三步两步跑过来，像老虎似的掐住他的喉咙。

“好哇！来收钱了！来收钱了！”他声音嘶哑地叫道，仿佛不是他掐住人家的喉咙，而是他的喉咙被人家掐住。“半夜里把马盗走，白天倒来要钱了？是不是？是不是？”

“您饶了我吧，大……人……”犹太人哼哼着。

“说，我的马在哪儿？你把它藏在哪儿？卖给谁了？说，说，说啊！”

犹太人已发不出声音；他发青的脸上已没有了惊吓的表情。双手垂了下来，被切尔托普哈诺夫愤怒地摇撼的身体像一根芦苇似的东倒西歪。

“钱我会付给你的，我会全付给你的，一文都不会少，”切尔托普哈诺夫嚷嚷着，“可是你要不马上跟我说出来，我就掐死你，像掐死一只小鸡一样……”

“您已经把他掐死了，老爷，”小厮彼尔菲什卡好声好气地说。

子儿，也要找到我的朋友！那个盗马贼是逃不出我们的手心的！他逃到哪儿——我们就追到哪儿！他钻到地底下，我们就追到地底下！他逃到魔鬼那儿——我们就追到撒旦那儿!”

“干吗要到撒旦那儿，”犹太人说，“不到他那儿也可以追到的。”

“列伊巴!”切尔托普哈诺夫接着说。“列伊巴，你虽然是个犹太人，你信的不是基督教，可是你的心地比有的基督徒还善良！你可怜可怜我吧！我没有办法一个人去，我一个人办不了这件事。我是个性急的人，而你有头脑，有个金子般的头脑！你们的民族是这样的：没有学问，却什么都懂！你也许在怀疑：他哪儿来的钱！你到我房间里去，我把所有的钱都拿出来给你看。你把钱拿去，连我脖子上的十字架也拿去，只要把马列克-阿杰尔还给我，还给我，还给我!”

切尔托普哈诺夫像发热病一样颤抖着；豆大的汗珠从脸上滚下来，和泪水混在一起，流到唇髭里。他紧握着列伊巴的双手，苦苦哀求着，几乎想吻他……他已经要发狂了。犹太人本想拒绝他，对他反复说，他无论如何走不开，他有事……可是有什么用！切尔托普哈诺夫根本不想听。毫无办法：可怜的列伊巴只好答应。

第二天，切尔托普哈诺夫便同列伊巴乘上一辆农家的马车从别索诺沃出发了。犹太人有些局促不安，他一手扶着车栏，整个虚弱的身体随着颠簸的座位跳动着；他的另一只手揣在怀里，那里有一包用报纸包好的钞票；切尔托普哈诺夫像个木头人似的坐着，只转动着眼睛，喘着大气；他的腰带上插着一把匕首。

“嘿，把我们拆散的坏蛋，这会儿你可得当心点!”走上大路的时候，他嘴里嘟囔着。

他把家里的事托给小厮彼尔菲什卡和一个厨娘照看。这厨娘是个耳聋的老妇人，是他出于同情把她收留在家里的。

“我会骑着马列克-阿杰尔回来的，”告别时他对他们大声说，“要不然我就不回来！”

“你还是嫁给我吧！”彼尔菲什卡用胳膊肘碰碰厨娘的身子和她开玩笑。“反正老爷不会回来，你会太冷清的！”

九

转眼一年过去了……整整一年：潘捷列伊·叶烈梅伊奇杳无音信。厨娘死了；彼尔菲什卡已经准备弃家到城里去，他的堂兄弟在那里一个理发师手下当帮手，要他去。突然传来消息，说老爷要回来了。教区助祭收到潘捷列伊·叶烈梅伊奇亲笔写来的信，在信中告诉他，他打算回到别索诺沃村，请他预先通知家里的仆人，做好准备迎接他回来。按照彼尔菲什卡的理解，这是要他把家里打扫打扫，他不大相信这个消息是真的。然而他不得不确信助祭的话是确实的，因为过了几天，潘捷列伊·叶烈梅伊奇本人骑着马列克-阿杰尔出现在庄园的院子里了。

彼尔菲什卡向主人奔过去，扶住马镫，想扶他下马；但主人自己跳了下来，得意洋洋地向四周扫了一眼，高声喊叫着：“我说过，我要找回马列克-阿杰尔，我果然找到了，我就是要和仇人与命运作对！”彼尔菲什卡走过来吻他的手，但切尔托普哈诺夫并不理睬仆人的殷勤。他拉着缰绳，迈开大步，把马列克-阿杰尔带到马厩里去。彼尔菲什卡更仔细地看看自己的主人，不禁感到有些胆怯：“啊，这一年来他瘦多了，也见老了，他的神情变得多么严厉可怕！”潘捷列伊·叶烈梅伊奇似乎应该感到高兴，因为他终于达到了目的；他也确实很高兴……不过彼尔菲什卡还是觉得胆怯，甚至感到恐怖。切尔托普哈诺夫把马拴在原来的马栏里，轻轻地拍着它的臀部，说：“唔，你又回到家里了！当心点！……”当天他就从免除赋役的贫苦农民中雇了一个可靠的看守人看守马匹，自己重新住到原来的屋子里，过起原来的那种生活……

然而，生活并不完全像原来那样……不过这一点留待以后再说吧。

潘捷列伊·叶烈梅伊奇在回家后的第二天，因为没有人好交谈，就把彼尔菲什卡叫到身边，详细告诉他是怎么找到马列克-阿杰尔的，当然，说话时仍不失尊严，并且用低沉的声音对他说话。在谈话的过程中，切尔托普哈诺夫一直面对窗口坐着，吸着他的长烟袋；彼尔菲什卡则站在门槛上，反剪着双手，恭恭敬敬地望着主人的后脑勺，听着他讲述找马的经过：在无数次徒劳奔波之后，潘捷列伊·叶烈梅伊奇终于来到罗姆内的马市场，那时候他已剩下自己一个人，犹太人列伊巴由于胆小怕事，忍受不了，离他而去；第五天，他已经准备离去，最后一次来到一排马车前面，突然看见在另外三匹马当中拴在燕麦口袋上的一匹马——马列克-阿杰尔！他立刻认出了它，马列克-阿杰尔也认出了他，立即嘶叫起来，挣扎着，用马蹄刨着地面。

“它不在哥萨克那儿，”切尔托普哈诺夫继续说，他仍旧没有回过头来，声音还是那么低沉，“而是在一个贩马的茨冈人那儿；我当然立刻铆住了自己的马，想硬把它夺回来；但那个狡猾的茨冈人就像被烫伤了似的叫得整个广场都听见，他指天发誓，说这匹马是向另一个茨冈人买来的，还想找来几个证人……我不屑和他计较，付给他一笔钱：让他见鬼去吧！我觉得最重要的是我找到了自己的朋友，心里平静了。我在卡拉切夫县还出了一件事，我听信了犹太人列伊巴的话，盯上了一个哥萨克，把他认作偷我的马的盗马贼，朝他脸上狠狠揍了一顿；可这个哥萨克原来却是一个神父的儿子，他硬要我拿出一百二十卢布赔偿他的名誉损失。算了，钱是赚得回来的，主要的是马列克-阿杰尔又回到我手里了！我现在觉得很满足——我可以安安稳稳地过太平日子了。而对你，彼尔菲什卡，有一点我要关照你：上帝保佑，你在附近这一带一发现那个哥萨克，你就什么话也不要说，立刻跑回来，把枪拿给我，我知道我该干些什么！"

潘捷列伊·叶烈梅伊奇对彼尔菲什卡这样说。他嘴里这么说，其实他心里并不像嘴里说的那么踏实。

唉！在他内心深处，他并不完全相信，他带回来的马确实就是马列克-阿杰尔！

十

潘捷列伊·叶烈梅伊奇的苦恼日子开始了。其实他过的并不是什么安安稳稳的太平日子。不错，心情舒畅的日子也有：他觉得心里的疑惑只是一种胡思乱想；他驱走这种荒唐的念头，就像挥去一只纠缠不休的苍蝇，他甚至自己嘲笑自己。但是苦恼的日子也不断出现：那种无法摆脱的念头又像一只地底下的老鼠一样，悄悄地咬噬着他的心，使他心烦意乱，暗自苦恼不堪。在他找到马列克-阿杰尔那个值得纪念的日子里，切尔托普哈诺夫心里感觉到的只是幸福和欢乐……他在找到的马匹旁边过了一夜，但是第二天早晨，当他在小客栈低低的屋檐下给马备鞍时，他第一次觉得心里给什么东西刺痛了一下……他只是摇摇头，但是种子已经播下了。在回家的旅途中（大致延续了一个礼拜），他很少产生怀疑：但是他一回到别索诺沃村，一来到从前饲养那匹无可置疑的马列克-阿杰尔的地方时，这种怀疑就越来越强烈，越来越明显……在路上他大多是骑着马，摇摇晃晃，慢慢地走着，眺望着道路两旁的景色，吸着他的短烟袋，什么事也不想；只有偶尔自个儿想着："切尔托普哈诺夫家的人想得到就做得到！要难倒他，办不到！"接着得意地冷笑一下；可是一到家，事情就不一样了。不用说，这一切他都深藏在自己心里；光是他的自尊心就不允许他说出内心的担忧。要是有人胆敢向他哪怕转弯抹角地暗示一下，新来的马列克-阿杰尔似乎不是原来的那匹，他会把他"撕成两半"；他碰到几个人，他们向他祝贺"顺利找回了马匹"，他接受了祝贺，但他并不去寻求这种祝贺，他比从前更加避免和别人接触——这是不祥之兆！他几乎经常试探（如果可以这样说的话）马列克-阿杰尔；他骑上它跑到更远的田野上去检验它，或者悄悄走进马厩，在身后关上门，面对马头站着，看着它的眼睛，轻轻地问它："这是你吗？是你吗？是你吗？"要不然就是一连几个小时目不转睛地默默盯住它，有时高兴起来，喃喃地说："对！是它！当然是它！"有时则感到困惑，甚至惶惶不安。

但是**这匹**马列克-阿杰尔同**那匹**马列克-阿杰尔身体上的差异并不太使切尔托普哈诺夫感到惶惶不安……虽然这种差异还是有一些：**那匹**的尾巴和鬃毛似乎稀疏些，耳朵尖些，蹄腕骨短些，眼睛明亮些——但这些不过是感觉而已；而使切尔托普哈诺夫惶惶不安的是所谓精神上的差异。**那匹**的习惯是另一种样子，所有的癖性都不相同。譬如说：

切尔托普哈诺夫一走进马厩，**那匹**马列克-阿杰尔每一次都要回过头来对他看看，轻轻地嘶鸣；而**这匹**则只管嚼它的干草，好像什么事都没有发生，或者低着头打它的瞌睡。主人从马鞍上跳下来的时候，两匹马都是站着不动；但是**那匹**一叫它，它就应声过来，而**这匹**则像树桩一样站着不动。**那匹**也跑得这么快，但是跳得更高更远；**这匹**一步一步走时很自在，但是小跑时摇摆得更厉害，马掌有时会“晃荡”，也就是说后蹄碰到了前蹄：**那匹**从来不会出这种丑事，上帝保佑！切尔托普哈诺夫觉得**这匹**老是竖起耳朵，现出一副蠢相，而**那匹**正好相反，它总是让一个耳朵倒向后面，就用这个姿势望着主人！**那匹**一看到周围不干净，马上会用后脚踢马栏的墙壁；可**这匹**，哪怕马粪堆到肚子下它也安之若素。**那匹**，譬如说，让它迎风站着，它立刻用整个肺呼吸，全身抖动起来，而**这匹**只会打响鼻；**那匹**淋了雨就很不安定，而**这匹**却蛮不在乎……**这匹**脾气粗暴得多，脾气粗暴得多！它不像**那匹**那样潇洒，驾驭它也不灵活——有什么好说的！**那匹**马多么可爱——而**这匹**……

切尔托普哈诺夫有时这样想，这些念头会使他很痛苦。但是在另一些时候，他让自己的马在刚刚耕过的田野上疾驰，或者让它跳下被雨水冲垮的山沟里，在最陡峭的地方再跳上来，那时他真会高兴得好像心儿都停止了跳动，嘴里发出大声的呼喊，他知道，确实知道，他胯下骑的毫无疑问，确确实实是马列克-阿杰尔，因为别的马哪一匹有这匹马这样的能耐呢？

可是灾难和不幸还是避免不了。长时间寻找马列克-阿杰尔花去了切尔托普哈诺夫许多钱；科斯特罗马种猎狗他已经想也不想了，他只是像从前那样骑着马独自在附近一带转悠。有一天早晨切尔托普哈诺夫在离别索诺沃村大约五俄里的地方又遇到从前那个公爵的猎队，在一年半以前，他曾经在他们面前那么威风凛凛纵马驰骋。想不到又发生了同样的情况：这时候又像那天一样，一只灰兔从山坡上的田界那边跳到猎狗跟前！“逮住它，追上去！”整个猎队追了上去，切尔托普哈诺夫也奔驰过去，只是没和他们在一起，而在离他们两百来步的一边，这情景和以前那一次如出一辙。一道巨大的水沟弯弯曲曲地切断山坡，逐渐向山坡上伸展过去，越来越狭窄，拦住了切尔托普哈诺夫的去路。他必须骑马跳过去的那地方——一年半以前他确实曾经跳过去——仍有八步宽，两俄丈深。切尔托普哈诺夫预感到他会胜利跳过这道水沟，如此奇妙地重现上次的胜利，他不禁得意洋洋地挥动鞭子，哈哈大笑起来。那些猎人一边疾驰着，一边目不转睛地看着这个剽悍的骑士。他的马像箭一样飞奔着，水沟就在它眼前——嘿，嘿，一跃而过，像上次一样！……

但是马列克-阿杰尔陡然停住，向左一闪，顺着断崖驰去，不管切尔托普哈诺夫如何把它的头调向水沟这边……

可见它害怕了，对自己没有信心！

这时切尔托普哈诺夫又羞又恼，满面通红，几乎要哭出来，他放松缰绳，把马笔直往前赶进山里，远远地离开那些猎人，免得听见他们的嘲笑声，只求尽快避开他们那可恶的目光！

马列克-阿杰尔遍体鳞伤，浑身冒着白沫，跑回家去；切尔托普哈诺夫立刻躲进房间里，闭门不出。

“不是，这不是它，这不是我那个好朋友！它即使扭断脖子，也不会让我丢脸！”

十一

下面一件事最终弄得切尔托普哈诺夫像常言所说的走上了“绝路”。有一次他骑着马列克-阿杰尔走到别索诺沃村所在的教区教堂边上的僧侣村后面。他把高筒羊皮帽拉到眼睛上，弯着腰，把双手放在鞍鞒上，慢慢地往前走；他心里不快活，总是惶惶不安。突然有人喊了他一声。

他勒住马，抬起头，看见和他通过信的助祭。他编成辫子的栗色头发上戴着一顶有护耳的栗色棉帽，穿着黄色的土布长袍，在腰部下面低得多的地方系着一条浅蓝色带子。这位圣坛的服侍者是出来察看他的谷垛的。他一看见潘捷列伊·叶烈梅伊奇，认为有责任向他表示敬意，顺便也可以向他要点东西。众所周知，没有这种打算，神职人员是不会和俗人搭讪的。

但是切尔托普哈诺夫无心和助祭说话，他马马虎虎回了他的礼，嘴里随便应付了一声，便挥起马鞭……

“您的马漂亮极了！”助祭连忙说，“确实值得夸耀一番。说实话：您真是个绝顶聪明的男子汉，简直就是一头狮子！”这位助祭一向以能言善辩闻名，神父对此十分恼火，因为他本来就不善言辞，就是喝了伏特加也无济于事。“坏人的作恶使您丢了一头牲口，”助祭继续说，“可是您一点也不灰心，反而更加坚信上帝的意旨，弄到了另一匹，它一点也不差，你看，它甚至更好……因为……”

“你在胡扯些什么？”切尔托普哈诺夫阴沉着脸打断他的话，“怎么是另一匹马？就是原来的那一匹，这就是马列克-阿杰尔……我把它给找回来了。尽胡说八道……”

“哎！哎！哎！哎！”助祭一字一顿拖长声音说，还用手指捻捻胡子，用他那明亮而贪婪的眼睛看着切尔托普哈诺夫。“先生，这是怎么一回事？我记得，您的马是去年圣母节[1]后两个礼拜被偷去的，可现在是十一月底了。”

“是啊，这又能说明什么？”

助祭仍然用手捻着胡子。

“这就是说，从那时起到现在，时间过去一年多了，可您的马那时候是灰色带圆斑的，现在还是这样，颜色甚至还深了些。这是怎么回事？灰色马过一年颜色会变淡很多的。”

切尔托普哈诺夫浑身一震……仿佛有人用长矛朝他的心窝戳了一下。确实是这样：灰色毛是会起变化的！这样简单的道理他怎么至今都没有想到过？

“可恶的一撮毛！别来纠缠我！”他突然大喝一声，眼睛发疯般闪了一闪，立刻从吃惊的助祭眼前消失了。

“唉！全完了！”

现在真的一切全完了，一切都破灭了，最后一张牌给压了！一切都因为“变淡”两个字而崩溃了！

灰色马的颜色是会变淡的！

甩掉它，甩掉它，真可恶！可你怎么也甩不掉这个字。

切尔托普哈诺夫驰回家中，再次闭门不出。

---

① 在俄历10月1日。

十二

这匹不中用的驽马不是马列克-阿杰尔，它和马列克-阿杰尔毫无相似之处，任何一个稍微有点头脑的人一眼就能看出这一点，他潘捷列伊·切尔托普哈诺夫却被人以最卑鄙的方式欺骗了——不！是他故意存心欺骗自己，故意施放烟幕——这一切，现在已经毫无疑问了！切尔托普哈诺夫在房间里踱来踱去，像笼子里的野兽，用同样的姿势在每一堵墙壁跟前用脚后跟转身。他的自尊心受到极大的伤害，但不仅是自尊心受伤害的痛苦深深地折磨着他，他感到绝望，怒火填膺，心中燃烧着复仇的渴望。然而对谁呢？向谁复仇呢？向犹太人、亚弗、玛莎、助祭、哥萨克盗马贼、向所有的邻人，向整个世界，最终还向自己复仇？他六神无主。最后一张牌给压了！（他喜欢这个比喻。）他又成了一个最渺小最可鄙的人，众人的笑柄，说笑打诨的小丑，任人宰割的傻瓜，助祭取笑的对象!!……他想象着，他清楚地想象着，这个讨厌的一撮毛会怎样向人家谈论他的灰色马，谈论这个愚蠢的主人……啊！真可恶!!切尔托普哈诺夫徒然想压下猛烈爆发的怒气，他徒然试图安慰自己，说这匹马……虽然不是马列克-阿杰尔，但毕竟……是匹好马，他还可以使用多年；但他立刻就愤怒地驱走这种念头，似乎其中含有对**那匹**马列克-阿杰尔的新侮辱，即使不这样想，他也已对不起它了……可不是！他真是瞎了眼，他是条糊涂虫，才会把这匹又老又瘦的驽马拿来和马列克-阿杰尔相提并论！至于这匹驽马还可以供他使用……难道说他还会去骑它？决不会了！再也不会了!!把它送给鞑靼人，让它给狗吃了——除此以外，它不配再做别的什么……对啦！这是最好的办法！

切尔托普哈诺夫在房间里踱步了两个多小时。

“彼尔菲什卡！”他突然发出命令。“立刻到酒店去，买半桶[①]伏特加回来！听见吗？半桶，快点！把伏特加马上放到我的桌子上。”

伏特加很快就出现在潘捷列伊·叶烈梅伊奇的桌子上，他便喝了起来。

十三

当时如果有人看到切尔托普哈诺夫，看到他那凶神恶煞般的脸色，看到他那样一杯接一杯地喝干伏特加，他一定会不由自主地感到毛骨悚然。夜色降临了，桌上的蜡烛发出昏暗的光。切尔托普哈诺夫不再在房间里从这个角落踱到另一个角落；他坐在那里，满面通红，目光黯淡，一会儿看着地上，一会儿呆呆地凝望着黑暗的窗口；他不断站起来，斟一杯伏特加，喝干了，又坐下来，又把目光盯住一个地方，一动也不动，只有他的呼吸越来越急促，脸色越来越红。看来一个决定在他心中酝酿成熟了，这个决定连他自己也感到惶悚，但他渐渐习惯了；同一个念头顽强地、不停地逼近过来，同一个形象在他眼前显得越来越清晰，他的心在沉醉的强烈作用下，仇恨的激愤已变成了残暴的兽性，他的嘴唇上现出了一丝不祥的狞笑……

“好，时候到了！”他用一种事务性的几乎是百无聊赖的口气说，“当机立断！”

---

① 桶是固定液量单位，合 12.3 升。

他干了最后一杯伏特加，从床头上取出手枪，就是向玛莎射击过的那一把，装上弹药，又把几个弹筒帽放进口袋里以备不时之需，便向马厩走去。

他正要开门的时候，看守人便向他跑来，但他把他喝住："是我！难道你没看见吗？走开！"看守人退到一边。"回去睡觉吧！"切尔托普哈诺夫又对他嚷了一声，"你用不着在这儿看守了！这是什么宝贝，有什么稀罕！"他走进马厩。马列克-阿杰儿……假马列克-阿杰尔躺在垫圈的干草上。切尔托普哈诺夫踢了它一脚，说："起来，你这懒东西！"接着他从马槽上解下头络，脱下马衣扔在地上——粗暴地把这匹驯服的马在马栏里调了个头，把它牵到院子里，再从院子里牵到田野上，以致看守人大惑不解，他怎么也弄不明白，主人半夜三更牵着这匹不带嚼子的马到哪里去。他自然不敢问主人，只是目送着他，直到他在通向邻近一座树林的道路拐弯处消失不见。

十四

切尔托普哈诺夫迈着大步往前走着，既不停留，也不回头；马列克-阿杰尔——我们将用这个名字称呼它到底——顺从地跟在他后面。夜色相当明亮，切尔托普哈诺夫能够分辨出前面一片黑压压的树林的齿形轮廓。夜晚的寒风阵阵向他袭来，要不是……要不是另一种更强烈的醉意使他完全失去理智，他一定会因为饮多了伏特加而烂醉如泥。他觉得头重脚轻，血在喉头和耳朵里怦怦地搏动着，但他坚定地走着，知道自己要到哪里去。

他决定打死马列克-阿杰尔，一整天他想的就是这件事……现在他下了决心！

他去做这件事，不仅心安理得，而且充满自信，义无反顾，就像一个出于责任感行事的人。他觉得这是一件“顺理成章”的“事情”：杀死了这匹冒名的马，他便一下子和“所有的事”清了账，他既惩罚了自己的愚蠢，又可以向自己的知友谢罪，还可以向全世界（切尔托普哈诺夫很在乎“全世界”）证明，跟他是不能开玩笑的……而主要的是，他要和这匹冒名的马同归于尽，否则他活着还有什么意思？他是怎么想到这样做的，为什么他觉得做这件事顺理成章——要解释清楚颇不容易，虽然也不是完全不可能：他受了委屈，孑然一身，身边没有一个亲近的人，没有一个铜子儿，又因为喝酒而热血沸腾，他处在一种近乎精神错乱的状态，而在精神错乱的人看来，即使最荒唐的行径也是符合逻辑，而且有充分理由的——这一点是毫无疑问的。切尔托普哈诺夫完全相信自己的理由，他毫不犹豫，他急于去对罪犯执行判决，不过他并不清楚，他所认为的罪犯究竟是谁……说实话，他对自己准备干的事考虑得很少。“应该，应该结束了，”他只是麻木而严厉地反复对自己说，“应该结束了！”

那无辜的罪犯怯生生地跟在他背后顺从地小跑着……可是切尔托普哈诺夫心中并没有一点怜悯。

十五

他把马牵到一个离树林边缘不远的地方，那里有一道不大的冲沟，冲沟的一半丛生着许多小橡树。切尔托普哈诺夫走下冲沟……马列克-阿杰尔绊了一下，几乎跌在他身上。

“该死的东西，你想压死我呀！”切尔托普哈诺夫嚷了一声，仿佛为了自卫，从口袋里掏出手枪。这时主宰他的内心的并不是残酷，而是一种特别的麻木感，据说，人在实施犯罪之前就是处于这种状态的。但他被自己的声音吓了一跳。在这黑沉沉的枝叶底下，在这树木丛生的冲沟的潮湿浑浊空气中他的声音显得多么粗野！而且应着他的叫声，有一只大鸟突然在他头顶的树梢上扑腾起来……切尔托普哈诺夫浑身一震。他仿佛惊醒了自己行为的一个目击者——而且是在什么地方啊？在这荒野里，他不该遇到任何活的东西……

“去吧，鬼东西，随便你到哪儿去！”他从牙缝中挤出一句话，放掉马列克-阿杰尔的缰绳，抡起胳膊，用枪把在它肩上敲了一下。马列克-阿杰尔立刻转过身，从冲沟中爬了出去……跑掉了。但是很快就听不见马蹄声。刮起一阵风，把所有的声音盖没了。

切尔托普哈诺夫也慢慢爬出冲沟，走到树林边，步履艰难地顺着大路往回走。他对自己很不满意，他感觉到的头脑和内心的沉重已逐渐扩展到四肢；他怒气冲冲，郁郁寡欢，心怀不满，饥肠辘辘，仿佛有人得罪他，夺去了他的虏获物和食品……

由于别人的干扰而自杀未遂的人是很熟悉这种感觉的。

突然有什么东西碰了一下他的脊背。他回头看看……马列克-阿杰尔站在路当中。它跟在主人的后面走来，用鼻子碰碰他……报告自己的回来……

“啊！”切尔托普哈诺夫叫了起来，“你自己，自己来找死！那就满足你吧！”

眨眼间，他拔出手枪，扣住扳机，把枪口对准马列克-阿杰尔的额头，开了枪……

可怜的马猛地往旁边一蹿，用后脚直立起来，跳开十来步，突然沉重地倒了下去，嘶哑地鸣叫着，在地上痉挛地打滚……

切尔托普哈诺夫用双手掩住耳朵，拔脚便跑。他两腿发软。醉意、愤恨、麻木的自信，一下子全消失得无影无踪，只剩下羞愧和丑恶的感觉，此外还有一种意识，一种不容置疑的意识：这一次他自己也完结了。

十六

过了六个礼拜，小厮彼尔菲什卡认为有责任拦住路过别索诺沃庄园的一个警官。

“你有什么事?”那秩序的维护者问道。

“大人，请到我们家里去，”小厮向他深深地鞠躬着回答，“潘捷列伊·叶烈梅伊奇好像快要死了，我很害怕。”

“什么？要死了?”警官问他。

“是的。起初他每天喝酒，现在他躺在床上，人已经很瘦了。我想，他现在已经神志不清，一句话也不说了。”

警官下了马车。

“可你怎么样，至少已经去请神父了吧？你家主人忏悔过没有？领过圣餐吗?”

“没有。”

警官皱起眉头。

“老弟，你这是怎么搞的？难道可以这样吗，啊？你是不是知道，这件事……你负有很大责任，啊?”

“我前天和昨天都问过他，”慌了神的小厮接着说，“我说‘潘捷列伊·叶烈梅伊奇，要不要去请神父?’他说，‘闭嘴，你这傻瓜。不是你的事你就别瞎忙。’可是今天我去问他，他只看看我，动动胡子。”

“他喝了许多酒吗?”警官问。

“喝了好多！您行行好吧，大人，请您到房间里去看看他。”

“好吧，带路!”警官喃喃地说，跟着彼尔菲什卡走去。

等待他的是一幕令人惊异的景象。

在潮湿而阴暗的后房间里一张盖着马衣的破床上，切尔托普哈诺夫用一件毛茸茸的毡斗篷当枕头躺着，他的脸色已不是苍白，而是像死人常有的那样显出黄绿色，一双眼睛深陷在闪着亮光的眼皮底下，一只尖尖的、但还微微发红的鼻子突出在蓬乱的唇髭上。他躺着，身穿一件永不替换的胸前有子弹带的短上衣和蓝色切尔克斯式灯笼裤，一顶帽顶深红色的毛皮高帽齐眉扣在他的额头上。切尔托普哈诺夫一只手执着打猎用的马鞭，另一只手拿着一只绣花荷包，那是玛莎给他的最后一件礼物。床边的桌上有一只空酒瓶，床头的墙上用图钉钉着两张水彩画：一张就所能看得出的，画的是一个手里拿着吉他的胖子——想必是涅多皮乌斯金；另一张画的是一个驰骋的骑手……那匹马画得像孩子们画在墙壁上的童话中的动物；但是马毛上精心画出的圆斑、骑手胸前的子弹带、他的尖头皮靴和浓密的唇髭都没有留下让人怀疑的余地：这幅画画的当是骑在马列克-阿杰尔身上的潘捷列伊·叶烈梅伊奇。

吃惊的警官显得手足无措。房间里死一般沉寂。“他好像已经过世了，”他想，接着便提高嗓门叫了两声：“潘捷列伊·叶烈梅伊奇!

喂，潘捷列伊·叶烈梅伊奇！”

这时发生了一个不同寻常的景象：切尔托普哈诺夫的眼睛慢慢睁开，黯淡的瞳仁起初从右边转到左边，接着又从左边转到右边，最终停留在来人身上，看见了他……他那浑浊的眼白闪了闪，从中露出一点视力；发青的嘴唇渐渐张开，发出一个嘶哑的、仿佛从坟墓里传出的声音：

“世袭贵族潘捷列伊·切尔托普哈诺夫快要死了；谁能阻止他？他没欠任何人的债，没有任何要求……让他去吧，你们这些人！走吧！”

他想举起执着马鞭的那只手……没有成功！嘴唇又合上，眼睛又闭起了——切尔托普哈诺夫挺直身子，并拢两只脚掌，仍然躺在硬硬的床上。

“他死了，就通知我一下，”警官走出房间低声对彼尔菲什卡说，“至于请神父，我想，现在就可以去了。要照规矩办事，给他涂圣油。”

彼尔菲什卡当天就去请神父；第二天早晨他便去通知警官：潘捷列伊·叶烈梅伊奇昨天夜里去世了。

出丧的时候，来护送棺材的有两个人：小厮彼尔菲什卡和莫舍尔·列伊巴。切尔托普哈诺夫去世的消息传到了犹太人那里，他立刻赶来为自己的恩人尽最后的义务。

活尸

灾难深重的故国，
俄罗斯人民的家园！
——费·丘特切夫

法国谚语说：“干渔夫，湿猎人，境况最惨。”我从未有过打鱼的爱好，我不能断定渔夫在晴朗的天气里有什么感受，以及在阴雨天气打鱼丰收的快乐能在什么程度上胜过被雨淋湿的不快。可是对于一个猎人来说，下雨确实是真正的灾难。有一次我同叶尔莫莱到别廖夫县去打松鸡遇到的正是这种灾难。雨一早起就下个不停。为了躲雨，我们什么办法没想过啊！我们几乎把橡胶雨披顶到头上，还躲到树下去，以便少淋到些雨……这种防水雨披妨碍打枪自不必说了，它竟混账到漏起水来；而躲在树下最初似乎淋不到雨，但后来树叶上积满的雨水便突然灌了下来，每一根树枝都像排水管一样向我们头上浇来，冰凉的水流透过领带，顺着脊背流了下来……就像叶尔莫莱所说的，这是最糟糕的事了。

“不行，彼得·彼得罗维奇，”他终于大叫起来，“这样不行！……今天不能打猎。狗的**嗅觉**会让雨给淋掉的，枪也发不了火……呸！真倒霉！”

“那怎么办？”我问。

“这样吧。我们到阿列克谢耶夫卡去。您也许不知道，那里有座庄子，是您老太太的；离这儿大约八俄里，我们到那儿去过一夜，明天再……”

“明天再回这儿来？”

“不，不回到这儿……阿列克谢耶夫卡那一带我熟悉……打松鸡比这儿好得多！”

我并没有详细质问我那忠实的旅伴，为什么当初他不直接带我到那里去，就在当天我们来到了母亲的庄子，说实话，我从来就没有想到过那里有这么一个庄子。这庄子里有一间厢房，已经很破旧了，但因为没有人住，很干净；我在那里过了一个非常安宁的夜晚。

第二天我醒得很早。太阳刚刚升起来，天空万里无云；周围闪耀着两种强烈的光彩：熹微的晨曦和昨天雨后的光泽。趁仆人给我套车的时候，我到小花园里去散散步，那里从前是个果园，现在已经荒芜，芬芳而茂盛的草木环绕着厢房的四周。啊，在开阔的野外，在明媚的天空底下，云雀在啼啭，那嘹亮的鸣叫声就像一串串银珠从空中撒落，此时此刻是多么令人心旷神怡！它们的翅膀上想必还带着露珠，它们的歌声仿佛得到露水的滋润。我甚至脱下帽子，欣喜若狂地尽情呼吸起来。在一道不深的峡谷斜坡上，紧靠着篱笆，可以看到一个养蜂场；一条羊肠小道曲曲弯弯通向那里，两旁密密麻麻地长满高高的杂草和荨麻，在它们上面高耸着不知从哪里来的墨绿色大麻的梢头尖细的茎秆。

我顺着这条小路走去，走到养蜂场。养蜂场旁边有一座篱栅筑成的棚屋，即所谓冬季蜂房，让蜜蜂在那里过冬。我探头往半开着的门里看了看：里面幽暗、静谧而干燥，散发着薄荷和蜂花的香味。屋角搭着一个床铺，铺上有一个盖着被子的小小身躯……我正要走开……

“老爷，啊，老爷！彼得·彼得罗维奇！”我听见一个微弱、缓慢而沙哑的声音，像沼泽地里苔草的簌簌声。

我站住了。

“彼得·彼得罗维奇！请过来！”那声音说。这声音是从屋角里，从我注意到的那个床铺传来的。

我走过去一看，一下子惊呆了。我前面躺着一个活人，可这是个什么样的人啊！

他的头完全干瘪了，只有一种颜色——青铜色，和古代绘画中的圣像一模一样；细细的鼻子像刀锋；嘴唇几乎看不见，只有牙齿是白的，眼睛也是，还有就是从头巾底下露出的几绺稀疏的黄头发。下巴旁边，被子的皱折上，移动着两只也是青铜色的小手，那手指像小木棍一样慢慢地活动着。我定睛看看：那张脸不仅不难看，而且还很漂亮——但是很可怕，和常人不一样。我看见在这张脸的金属般的脸颊上正在使劲……正在使劲想笑一下，却没有笑出来，这使我感到更加可怕。

“您不认识我啦，老爷？”那声音又轻轻地说，它仿佛是从微微翕动的嘴唇里飘出来的。“怎么认得出来呢！我是鲁凯丽娅……您还记得吗，在斯帕斯拜耶您老太太那儿领头跳轮舞的……您还记得吗，我还是领唱的呐！”

“鲁凯丽娅！”我惊叫了一声，“这是你吗？真的吗？”

“是我，是的，老爷，是我。我是鲁凯丽娅。”

我不知道说什么好，只是惊愕地看着这张黝黑呆滞的脸，她那双明亮的、却毫无生气的眼睛正注视着我。这是真的吗？这个木乃伊一样的人竟是鲁凯丽娅，是我家所有女婢中的第一号美人，那个颀长、丰满、白嫩、红润、爱笑、能歌善舞的女孩！鲁凯丽娅，聪明伶俐的鲁凯丽娅，我们所有的那些年轻小伙子都曾追求过她，当时我这个十六岁的男孩也曾暗暗地爱慕过她。

“怎么搞的，鲁凯丽娅，”我终于开口说，“你这是怎么回事？”

“我是遭了大难了！不过请您别嫌弃我，老爷，不要因为我遭到不幸而厌恶我，请您在那只小桶上坐下，坐近一些，不然您听不见我的话……您看，我已经讲得这么响了！……哦，看见您，我真高兴！您怎么会到阿列克谢耶夫卡来的？”

鲁凯丽娅说话很轻，声音很微弱，但是中间没有停顿。

“是猎人叶尔莫莱带我到这儿来的。不过，还是你给我说说……”

“说说我的灾难吗？好的，老爷。这是很久以前的事，有六七年了。那时候，我刚刚许配给瓦西里·波利亚科夫——您还记得吗，就是那个有一副好身材、头发拳曲，给您老太太当过餐厅仆役的那个人。那时候您已经不在乡下，到莫斯科上学去了。我和瓦西里十分相爱，我一刻也忘不了他；那时是春天。有一天夜里……天已经快亮了……可我睡不着：夜莺在花园里唱得甜美极了！……我忍不住，爬起来，走到台阶上去听。它唱啊唱啊……我突然好像听到有人在叫我，是瓦西里的声音在轻轻叫我：‘鲁莎①！……’我朝旁边看看，大概是因为我还没有完全醒过来，一脚踩空，便从平台上跌了下去，扑通一声跌倒在地

① 鲁凯丽娅的爱称。

上！我觉得我并没有伤得很厉害，因为我很快就爬起来，回到自己的房间里去。只是好像我身体里面——内脏里——有什么东西断裂了……让我喘口气……等一等……老爷。”

鲁凯丽娅停下来，我吃惊地看着她。特别让我吃惊的是，她讲这些往事的时候几乎还很愉快，没有一点痛苦，没有一声叹息，一点也不是在诉苦，也不是在祈求同情。

“从那时候起，”鲁凯丽娅继续说，“我就开始消瘦，渐渐虚弱下来；皮肤开始发黑，走路困难，后来两条腿便完全不听使唤；我不能站，也不能坐，只好一直躺着。我不想喝，也不想吃：情况越来越糟。您老太太是个善心人，请医生来给我看病，还把我送到医院去。可是我一点也不见好。甚至没有一个医生说得出我得的是什么病。他们用尽各种办法给我治病：用烧红的铁烙我的背，把我放在敲碎的冰里冻——全没有用。最后我的身体完全僵硬了……于是那些先生便断定我的病没法治了，我这个残废人不便在主人家里待下去……这样，就把我送到这儿来了——因为这儿我有亲戚。我就这样过日子。”

鲁凯丽娅又停了下来，又竭力想笑一笑。

“可是，你的情况太糟了！”我感叹了一声……我不知道再说些什么好，便问她：“后来瓦西里·波利亚科夫怎么样了？”这个问题问得实在太愚蠢了。

鲁凯丽娅把眼睛稍稍转到一边。

“波利亚科夫怎么样？他伤心了一阵子，伤心了一阵子，后来就娶了另一个姑娘，一个格林诺耶村的姑娘。您知道格林诺耶吗？离我们这儿不远。那姑娘叫阿格拉芬娜。他本来很爱我，可到底是个年轻人，总不能一直单身过下去啊。再说我又能做他的什么女朋友啊？他找到一个好老婆，她很善良，现在已经有几个孩子了。现在他在一个邻近的人家当管家：您老太太给了他身份证，荣耀归于上帝，他现在日子过得很舒坦。”

“你就一直这样躺着吗?”我又问。

“老爷，我已经这样躺了第七个年头了。夏天我就躺在这个棚子里，天冷了，他们就把我搬到澡堂的更衣室去。我就躺在那儿。”

“那么谁来服侍你呢？谁来照料你呢?”

“这儿也有一些好心人，他们没有扔下我不管。再说，我需要照料的地方也不多。说到吃的，我几乎不吃什么，水呢——就在杯子里：那儿总有一些储存的干净泉水。我自己拿得到杯子：我有一只手还能活动。喏，这儿有一个小姑娘，是个孤儿；她有时来看看我，真要谢谢她。刚才她还来过……您没有遇见她吗？小姑娘长得漂漂亮亮的，白白嫩嫩的。她常给我送花来；我很喜欢这些花。我们这儿没有花园里种的花，曾经有过，后来就没有了。不过，野花也很漂亮，比花园里种的花还香。就譬如说铃兰花吧……比什么花都可爱!”

“你不感到寂寞，也不觉得害怕吗，我可怜的鲁凯丽娅?”

“有什么办法呢？我不想骗您——起初我很难过，后来习惯了，忍受下来了，也就没有什么了；有的人还要惨呢。”

“怎么个惨法?”

“有的人连安身的地方都没有！有的是瞎子或聋子！而我，荣耀归于上帝，眼睛很好，耳朵什么都听得见。田鼠在地底下挖洞，我都听得见。什么气味我都闻得出来，就是很淡很淡的气味我也闻得出。荞麦在地里开花，或者菩提树在花园里开花，不要别人对我说，我第一个先闻到。只要一阵微风从那儿吹来我就闻到了。不，为什么要埋怨上帝呢？有好多人比我还苦呐。譬如说：有的健康人很容易犯下罪孽，可是罪孽自己就离我远远的。前几天阿列克谢神父来给我授圣餐，他对我说：‘你没有什么好忏悔的，难道在这种情况下你还能犯罪吗？’但是我回答他：‘那么心里的罪孽呢，神父？’‘哦，’他说，自己也笑了，‘这罪孽不要紧。’”

“可是我也许连这种心里的罪孽也不大有，”鲁凯丽娅继续说，“因为我已经养成这样的习惯：什么事也不想，尤其是不回忆以前的事。这样时间会过得快些。”

说实话，我感到很惊奇。

“你一直是一个人单独待着，鲁凯丽娅，你怎么能禁止自己的头脑产生种种想法呢？难道你一直在睡觉吗？”

“哦，不，老爷！我不可能一直在睡觉。虽然我没有多大痛苦，但我的内脏一直在痛，骨头里也是；我没法子好好地睡着。不……我只是这样躺着，躺着躺着——什么也不想；我觉得我活着，在呼吸——我整个儿都在这儿了。我看看听听。蜜蜂在养蜂场里嗡嗡地飞，鸽子在屋顶上咕咕地叫，母鸡带着小鸡在啄食；要不然飞来一只麻雀，或者一只蝴蝶——看到它们我很高兴。前年还有几只燕子在那边屋角筑了窝，孵出了小燕子。这情景真有趣！一只燕子飞进来，停在窝上喂小燕子——一会儿飞走了。你再看看，另一只又飞来了。有时它不飞进来，只是从敞开的门边飞过，那些小燕子就吱吱地叫起来，张大嘴巴……第二年我又等它们飞来，可听说，一个本地的猎人用枪把它们打死了。这些人怎么那么贪小，不就是一只燕子嘛，比甲虫大不了多少……你们这些打猎的老爷多狠心哪！”

“我可不打燕子，”我连忙声明。

“有一回，”鲁凯丽娅又说起来，“说来也真好笑！一只兔子跑了进来，真的！大概是有几只狗在追它吧，它一头钻进门里！……就蹲在离我很近的地方，蹲了好久，一直在那里掀着鼻子，动着胡子——活脱是个军官！它看着我，知道它用不着怕我。后来它站起来，一跳一跳地跳到门边，在门槛上回头看看，就跑掉了！真好笑！”

鲁凯丽娅看了我一眼……仿佛在说，是不是很好玩？出于礼貌，我对她笑了笑。她咬咬干燥的嘴唇。

“是啊，到了冬天，我就会难过些。因为天黑；舍不得点蜡烛，再说点蜡烛干吗呀？我虽说识几个字，也很喜欢看书，可是看什么呢？这儿什么书也没有，就是有，我又怎么拿呢？阿列克谢神父有一回拿了一本历书来，让我解闷，但是他看到毫无用处，便又拿回去了。不过，虽然天黑，但还是可以听到一些声音：蛐蛐在嚁嚁叫，或者老鼠在什么地方配对了。这就很好，可以什么也不想了！”

“有时候我就念念祷文，”鲁凯丽娅歇了一会儿继续说，“不过，我知道的祷文不多，再说我为什么要去麻烦上帝呢？我能向他祈求什么呢？我需要什么，他比我更清楚。他让我背起十字架，就说明他爱我。我们应该这样理解。我念过了‘我们在天上的父’、‘圣母颂’、‘受难者颂’，就又毫无思虑地躺着。觉得一切都很好！”

过了两三分钟。我没有打破沉默，坐在当椅子用的小桶上一动不动。躺在我面前的不幸活人残酷的石头般僵硬状态也传染给了我，我似乎也变得僵硬了。

“你听我说，鲁凯丽娅，”我终于开口说，“你听我说，我给你提个建议。我吩咐他们把你送到医院去，送到城里一个好的医院去，你愿意吗？也许你还可以治好，谁知道呢？无论如何你不能再一个人……”

鲁凯丽娅的眉尖稍稍动了一下。

“哦，不，老爷，”她担心地轻声说，“请不要把我送到医院去，不要动我。在那儿我只会更痛苦，我的病怎么治得好哇！……有一次来了一个医生，他想给我检查一下。我求他：‘看在基督的分上，请您不要打扰我。’他哪儿肯听！他把我翻来翻去，把我的手脚折腾了半天，说：‘我这样做是为了研究，我是个研究科学的人，是个学者！而你呢，’他说，‘不能反对我，因为由于我作出的功绩，我得到了挂在脖子上的勋章，我是在为你们这帮傻瓜尽力。’他把我拉过来拉过去，说出我的毛病，名称是那么深奥，然后就乘马车走了。可我后来全身骨头整整痛了一个礼拜。您说，我经常是一个人，总是一个人。不，并不总是这样。常常有人来看我。我很安静，不会打扰他们的。有时几个农家姑娘到我这儿来，在这儿聊聊天；有时来一个女香客，给我讲耶路撒冷、基辅和一些圣城的故事。我一个人待着并不害怕，也许更好些，真的！……老爷，别动我，别把我送到医院去……谢谢您，您那么好，只是不要动我，亲爱的。”

“好吧，那就听你的，鲁凯丽娅。我这是为你好……”

“我知道，老爷，这是为我好。是啊。老爷，亲爱的，谁能帮助别人呢？谁能明白别人的心呢？人还是自己帮助自己吧！您真不会相信，我有时候一个人这样躺着……仿佛世界上除了我再没有别的人了。只有我一个人活着！我觉得好像有什么在庇佑我……我便耽入了一种思绪里——真叫人奇怪！”

“那时你在想些什么呢，鲁凯丽娅？”

“老爷，这个无论如何说不出来——说不清楚。而且后来就忘记了。它一来，就像一片云彩飘来，这么清新，这么美好，但究竟是什么——你无法明白！我只是这样想：假如我身边有别的人，就不会有这种情况发生，除了我自己的不幸，我也不会有别的感觉。”

鲁凯丽娅艰难地叹了一口气。她的胸部和别的肢体一样不听她使唤。

“老爷，我看您那样子，”她又说了起来，“是很可怜我的。可是您别太可怜我了，真的！我跟您说，譬如：我现在有时候……您还记得吗，那时候我多么快活？是个活泼的姑娘！……您知道吗？我现在还常常唱歌呢。”

“唱歌？……你？”

“是啊，唱歌，唱老的歌，轮舞歌，圣诞占卜歌，圣歌和别的歌！我会唱很多歌，而且没有忘记。不过我不唱舞曲。在我目前的情况下唱舞曲不合适。”

“你怎么唱呢？……默默地唱吗？”

“默默地唱，也出声唱。我不能大声唱，但还是可以听懂。我跟您说过：有个小姑娘常常到我这儿来。她是个很懂事的孤儿。我就教她唱歌；她已经跟我学会了四支歌。您不相信吗？您等一等，我现在就给您……”

鲁凯丽娅鼓足了气……这个半条命的人要唱歌了，想到这里，我不由得感到一阵惶悚。但是我还没有开口说话，耳朵里已经听到一个悠长、轻微，然而清晰准确的颤音……接着又是第二个音，第三个音。鲁凯丽娅唱的是《在草地上》。她唱着，丝毫没有改变脸上呆板的表情，眼睛也凝然不动。但是她那可怜的、吃力的、像一缕轻烟般荡漾的微弱嗓子竟然唱得那么动人，看得出她是那么想把自己的全部心声倾吐出来…… 我已经不再感到害怕，一种说不出的怜悯使我的心紧缩起来。

“啊，我唱不下去了！”她突然说，“我没有力气了……我见到您非常高兴。”

她闭起眼睛。

我把一只手放在她冰冷的手指上……她看了我一眼，她那长着有如古代雕像上的金黄色眼睫毛的黝黑眼皮又闭上了。过了一会儿，这眼皮又在幽暗的棚屋里闪出亮光……泪水把它们浸润了。

我仍旧一动不动地坐着。

“瞧我这个人！”鲁凯丽娅突然以意料不到的力气大声说，她睁大眼睛，竭力挤出眼泪。“难道不害臊吗？我这是怎么啦？我很久没有这样了……从去年春天瓦夏[①]·波利亚科夫来看我那天以后就不曾有过。他坐在这儿跟我谈话的时候倒没有什么，可是他一走，我就一个人哭了起来！不知哪儿来的这么多眼泪！……就因为我们女人家的眼泪不值钱。老爷，”鲁凯丽娅又说了一句，“您大概带着手帕吧……请不要嫌我，帮我擦擦眼睛。”

我连忙去实现她的愿望，并且把手帕留给她。起初她谢绝了……说：“您把礼物送给我干什么？”这方手帕是很普通的，但很白很干净。后来她用虚弱的手指抓住，再也不肯放开了。我已经习惯了我们两人所处的棚屋的幽暗，我能够看清楚她的面貌，甚至能看出她那青铜色面孔上透出的淡淡红晕，还能发现这张脸上昔日姣好的痕迹，至少我有这样的感觉。

---

① 瓦西里的爱称。

“老爷，您刚才问我，”鲁凯丽娅又说起来，“是不是一直睡得着觉。我睡得很少，但每一次都做梦，做很好的梦！我从来没有梦见自己在生病：在梦里我总是这么健康，这么年轻……只有一种痛苦：我一醒过来，就想好好地伸伸懒腰，但是我整个人好像给钉住了一样不能动弹。有一次我做了一个非常奇妙的梦！我说给您听听好吗？是这样的，您听好。我梦见我站在田野里，四周都是黑麦，那么高，都成熟了，金灿灿的！……我身边好像有一只棕红色的狗，好凶好凶，一直想咬我。我手里好像拿着一把镰刀，不是一把普普通通的镰刀，它简直像一弯月亮，就是像镰刀样子时的月亮。我必须用这个月亮把这片黑麦割干净。不过我觉得热得很疲倦，月亮又照得我头晕眼花，我全身懒洋洋的；而我的周围长着许多矢车菊，一棵棵都那么大！它们都把头转向我。我就想：让我把这些矢车菊采了吧；瓦夏说过要来的，我先给自己编个花冠吧；割麦我还来得及的。我便开始采矢车菊，可是它们不断从我手指缝里漏掉，我真拿它们没有办法！我无法给自己编花冠了。这时我听见有人向我走来，已经很近了，嘴里还唤着：鲁莎！鲁莎！……唉，我想，糟了，来不及了！算了，我就把这月亮戴在头上代替矢车菊吧。我把月亮像戴盾形头饰一样戴在头上，我全身立刻发出亮光，把周围的田野都照亮了。我一看，有人在麦穗上面很快向我走来，不过不是瓦夏，而是基督本人！我怎么认出这是基督的呢，我说不出——画像上画的并不是这样的，但确实是他！他没有留胡子，身材魁梧，年纪很轻，全身穿着白衣服，只有腰带是金的。他向我伸出手来。‘别害怕，’他说，‘我的打扮好了的新娘，跟我来，你要在天国里带头跳轮舞，弹奏天堂的歌。’我便走上去吻他的手！我的狗立刻咬住我的脚……但这时我们飞腾起来了！他在前面……他的翅膀很长，像海鸥一样，遮满了整个天空，我跟在他后面！狗只好离开我。这时我才明白，这条狗就是我的病，在天国里没有它的位置。”

鲁凯丽娅停了一会儿。

“我还做过一个梦，”她又说起来，“也许是一次显灵，这我就不知道了。我仿佛觉得我就躺在这座棚屋里，我死去的父母亲向我走来，频频向我深深鞠躬，可他们什么话也没有说。我就问他们：‘爸爸，妈妈，你们为什么向我鞠躬?’他们说：‘因为你在这个世界上吃了很多苦，你不但使自己的心灵得到解脱，而且也卸去了我们身上的重负。这样我们在那个世界上就过得轻松多了。你已经赎完了你的罪孽，现在你是在为我们赎罪。’说完这些话，双亲又向我鞠了一躬，他们就不见了：我只看见几堵墙壁。后来我一直在琢磨，这究竟是怎么一回事。在忏悔的时候，我还对神父讲过这件事。不过他认为这不是显灵，因为显灵只有神职人员才会看到。”

“我还做过一个梦，”鲁凯丽娅继续说，“我梦见，我坐在大路上一棵爆竹柳下面，我拄着一根刨光的拐杖，肩上挎着背包，头上包着头巾，就像一个香客！我要到很远很远的地方去朝圣。许多香客纷纷从我身边走过；他们慢吞吞地走着，仿佛不情愿似的，全朝着一个方向；所有的人都愁眉苦脸，彼此的面貌都很相似。我看见一个女人在他们中间绕来绕去，到处乱跑，她高出所有的人一个头，身上的衣服也很特别，和我们不一样，不是俄罗斯式的。她的脸也很特别，显得闷闷不乐，很严肃。所有的人似乎都在回避她；她忽然转过身，径直向我走来。她停住脚步，看着我；她的眼睛像老鹰一样，黄黄的，非常明亮。我问她：‘你是什么人?’她对我说：‘我是你的死神。’我照理应该害怕，可是相反，我却非常高兴，马上画了个十字！那女人，我的死神，对我说：‘我可怜你，鲁凯丽娅，可是我不能带你走。再见！’天哪！当时我多么伤心！……我说：带我走吧，大娘，亲爱的，带我走吧！’我的死神便向我转过身来，跟我说话……我记得，她告诉我什么时候是我的大限，但我听不懂，听不清楚……说是在彼得节①以后……这时我醒过来了。我常常做这种奇怪的梦！”

鲁凯丽娅抬起眼睛……沉思起来……

“有一件事使我很痛苦：我常常整整一个礼拜一次觉也睡不着。去年有一位太太从这儿经过，看见我，给了我一小瓶安眠药水，叫我一次吃十滴。这种药很有用，我睡着了；可是现在这瓶药早就吃完了……您是不是知道这是什么药水，怎么弄到它。”

这路过的太太给鲁凯丽娅的显然是鸦片。我答应照样给她弄一小瓶，对她的忍耐力不能不再次表示惊讶。

“哦，老爷！”她回答，“照您说的，这点忍耐力算得了什么？柱塔僧②西缅的忍耐力才算大呐：他在柱塔里待了三十年！还有一个圣徒叫人把他齐胸埋在地里，让蚂蚁咬他的脸……一个读过许多书的人告诉我，从前有一个国家，被阿加尔人③征服了，他们对所有的居民烧杀抢掠；这些居民无论采取什么办法都不能得到解放。这时居民里出了一个圣贞女，她举着一把很大的剑，穿上一件两普特重的甲胄，向阿加尔人冲过去，把他们通通赶到大海那边去。她赶走了他们，对他们说：‘现在你们把我烧死吧，因为我许过愿，要为自己的人民死于火刑。’阿加尔人抓住她，把她烧死了，人民从此永远得到了解放！这才叫功

① 东正教节日，在俄历6月29日。
② 幽居在柱形塔式教堂内苦修的僧侣。
③ 古代历史学家对阿拉伯游牧民族的称呼。

勋呢！可我算什么！”

这时我暗自称奇，贞德[①]的传说竟以这样的形式传到了这里。沉默了一会儿之后，我问鲁凯丽娅：她几岁？

“二十八……也许是二十九岁……三十岁不到。可是算年龄干什么！我还有事情要告诉您呢……”

鲁凯丽娅突然沙哑地咳嗽了一下，叹了一口气。

“你说了许多话，”我对她说，“这对你也许有害。”

“是的，”她用轻轻的勉强听得出的声音说，“我们的谈话该结束了，也只好这样！等会儿您一走，我就尽量不说话。至少我已经把心里话都说了……”

我便和她告别，再一次对她许诺我要把药水给她送来，再次请她好好想一想，并且告诉我，是不是还需要些什么。

“我什么也不需要；我全满足了，荣耀归于上帝，”她费了好大力气令人感动地说，“上帝保佑大家健康！这么说吧，老爷，您最好能跟您老太太说说，这儿的农民都很穷，她哪怕向他们少收一点代役租也好！他们的地不够种，能用的地不多……他们会祈祷上帝保佑您的……我什么也不需要，我全满足了。”

我答应鲁凯丽娅转达她的要求，已经走到了门口……她又把我叫到她跟前。

“您还记得吗，老爷，”她说着，眼睛里和嘴唇上闪过一种动人的表情，“我以前的辫子是怎样的？您还记得吗——一直拖到膝盖这儿！

---

① 贞德（约1412—1431），法国女民族英雄，在1337至1453年百年战争中领导法国人民反抗英军侵略，后被勃艮第人出卖给英国人，被处以火刑。

我好久都下不了决心……这么长的头发！……可是我怎么梳理呢？在我这种情况下！……所以我把它剪掉了……是的……好吧，再见，老爷！我再也说不动了……”

就在那一天我出去打猎之前，我和庄子的甲长谈起鲁凯丽娅。我从他那儿知道，村里人都叫她“活尸”，不过没有看到过她有任何烦恼；没有听见她埋怨和诉苦。“她没有提出过任何要求，相反，对一切都表示感谢；她是个文静的姑娘，应该说，是个文静的姑娘。大概是因为她的罪孽，上帝才这样惩罚她的，”甲长作出了这样的结论，“可是我们没法子过问。要说指摘她吧——不，我们也不指摘她。让她去吧！”

过了几个礼拜，我听说鲁凯丽娅死了。死神还是来找她了……就在“彼得节以后”。大家都在说，临终那天她一直在听钟声，虽然阿列克谢耶夫卡离教堂据说有五俄里多路，而且这一天也不是礼拜天。不过，鲁凯丽娅说，钟声不是从教堂那边传来的，而是从“上面”来的。大概她不敢说是从天上来的。

车轮的响声

“我来向您报告，”叶尔莫莱走进农舍对我说。我刚吃过晚饭，躺在行军床上想休息一下——这天出去打松鸡，收获相当可观，可也十分疲劳。这时正值七月中旬，酷暑难当……“我来向您报告：我们的霰弹全部用光了。”

我从床上跳起来。

“霰弹用光了！怎么会！我们从村里差不多带来三十磅！满满一袋呐！”

“确实是这样，而且袋子很大：够用两个礼拜。可谁知道呢！也许是袋子破了，可霰弹确实没有了……只剩下十来发了。”

“那我们现在怎么办？最好的地方还在前面——明天我们还准备打六窝松鸡呐……”

“您派我去一趟图拉吧。那地方不远，总共不过四十五俄里路。只要您吩咐一声，我一口气就飞快跑到那里，带一普特霰弹回来。”

“你什么时候动身呢？”

“哪怕现在也行。何必耽搁呢？不过要雇几匹马。”

“为什么要雇马！自己的马养着干什么？”

“自己的马不能用了。辕马的脚瘸了……瘸得很厉害！”

“从什么时候开始的？”

“前几天车夫带它去钉马掌。马掌钉好了。他大概碰到一个不中用的铁匠。现在马的一只脚简直踩不下去。是前脚。它一直把脚提起来……像狗一样。”

“怎么回事？那至少应该把马蹄铁拿掉啊！”

“没有，没有拿掉。一定得把它拿掉。大概钉子一直钉到肉里去了。”

我吩咐把车夫叫来。原来叶尔莫莱并没有撒谎：辕马真的有一只脚踩不下去。我连忙吩咐把马蹄铁拿掉，让马站在潮湿的泥地上。

“怎么样？您允许雇几匹马到图拉去吗？”叶尔莫莱又来缠我。

“难道在这偏僻的地方能雇到马吗？”我不禁恼火地大声叫嚷起来……

我们所在的村子偏僻荒凉，所有的居民都穷得叮当响。我们费了好大力气才找到这座虽然没有烟囱，却还稍微宽敞一点的农舍。

“能找到，”叶尔莫莱以他惯有的温和态度回答我，“关于这座村子的情况，您说得很对。但是这儿有过一个农民。很灵巧！又很有钱！他有九匹马。他本人已经死了，现在一切都由他大儿子掌管着。这人是个大笨蛋，可是父亲的财产倒没有荡光。我们可以到他那儿去弄几匹马。只要您吩咐一声，我就去把他叫来。听说他的几个兄弟很机灵……不管怎么说，他是他们的头。”

“这是怎么回事？”

“因为他是老大！就是说，做弟弟的必须听他的！”这时叶尔莫莱毫不留情地以极难听的语言把一般做弟弟的大骂了一顿，“我把他找来。他是个老实人，跟他怎么会谈不好呢？”

叶尔莫莱去找那“老实人”，我心里想：我亲自到图拉走一趟岂不更好？第一，我从过去的经验中已经得到了教训，我对叶尔莫莱很不信任；有一次我派他到城里去买东西，他答应一天之内就办好我交办的事，可是却有整整一个礼拜不见他的踪影，他把所有的钱都喝光了，步行回来——可他去的时候是乘竞跑马车去的。第二，我在图拉有一个熟悉的马贩子，我可以到他那儿买一匹马，以替换我那匹瘸了腿的辕马。

“就这么决定了！”我想，“我自己走一趟；可以在路上睡觉——这辆四轮马车很平稳的。”

“我带来了！”过了一刻钟，叶尔莫莱大声喊着闯进农舍。跟着他走进来的是个身材高大的庄稼汉，他穿着白布衫、蓝裤子和树皮鞋，长着浅色头发，近视眼，蓄着楔形棕色胡子，鼻子长长大大的，嘴巴张开着。看样子确实是个“老实人”。

“您跟他谈吧，”叶尔莫莱说，“他有马，他也愿意。”

“是这样，我……”那庄稼汉一边用沙哑的声音结结巴巴地说，一边甩甩他那稀疏的头发，还用指头抚弄着拿在手上的帽子的帽圈。“哦，是这样……”

“你叫什么名字？”我问。

庄稼汉低下头，好像在想什么。

“我的名字吗？”

“是的，你叫什么名字？”

“我的名字叫菲洛费。”

“那好，菲洛费老弟，我听说你家有几匹马。你去拉三匹马来，我们要把它们套在我的四轮马车上，这辆马车很轻，你拉我到图拉去一趟吧。这两天夜里有月光，很亮的，赶车也凉快。你们这儿的路好走吗?”

“路吗? 路没什么。到大道上只不过二十俄里。有一个小地方……不太好走，别的没什么。”

“那地方怎么个不好走法?”

“是个浅滩，马车要蹚水过去。”

“难道您要亲自到图拉去吗?”叶尔莫莱问我。

“是的，我要亲自去。”

“哦!”我那忠实的仆人说着，摇摇头。“哦——哦!”他又说了一声，啐了一口，走出去了。

到图拉去对他来说显然已没有什么吸引力；已经成为一件毫无意义、毫无兴趣的事了。

“这条路你很熟悉吗?”我问菲洛费。

“路我们怎么会不熟悉！不过我，就是说，听您的便，不过总不能……因为这么突然……”

原来叶尔莫莱去雇菲洛费的时候曾对他说，要他不必担心，总会付钱给他这个傻瓜的……就说了这么一句话！菲洛费，照叶尔莫莱的说法，虽然是个傻瓜，却不能满足于这么一句空话。他向我要五十卢布——这是一个很高的价钱；我还他十卢布——是一个低价。我们便开始讨价还价；菲洛费起初坚持着，后来开始让步，但很不痛快。这时叶尔莫莱走进来，对我说，“这个傻瓜(菲洛费听见，悄悄说：‘他老是喜欢这么说！’)完全不懂得算账。”接着顺便对我提起一件事，说大约二十年前，我母亲在两条大路交叉的一个热闹地方开了一家客栈，后来很快就倒闭了，因为派到那里去负责经营的老仆人完全不会算账，只懂得数目大小，也就是说，譬如把一个二十五戈比的银币当作六个五戈比的铜币付给人家，还要把人家骂一顿。①

“唉，你啊，菲洛费，你真是个不懂得转弯的菲洛费！”最后叶尔莫莱大声叫着，气呼呼地把门碰上，走了出去。

菲洛费什么也没有回答他，仿佛明白叫菲洛费这个名字确实不太好，一个人应该为这个名字挨骂，虽然这件事原是神父的错，在洗礼的时候，没有好好向他表示一下谢意。

可是我们终于谈定二十卢布的价钱。他回去牵马，过了一小时，他牵来整整五匹马供我挑选。这些马都不错，虽然它们的鬃毛和尾巴都很乱，肚子大大的，绷得像鼓一样紧。菲洛费的两个弟弟也跟着他来了，他们的相貌和他一点也不像。他们都个子小小的，长着黑眼睛、尖鼻子，确实给人以“很机灵”的印象。他们说话又多又快，就像叶尔莫莱所说的喜欢“啰里啰唆”，但都听老大的。

他们把四轮马车从棚子里拉出来，摆弄着马车，套上马匹，忙活了一个半钟头；一会儿把套索松开，一会儿把套索拉紧。两个弟弟一定要把“灰斑马”套到车辕上，因为“它下坡时拉得稳当”，但是菲洛费决定用“长毛马”驾辕！于是把长毛马套到车辕上。

他们给四轮马车铺上干草，把瘸腿辕马上的套具塞到座位底下，

① 按当时的兑换率，3 戈比银币值 10 戈比铜币，25 戈比银币值 80 余戈比铜币，这老仆人却把它当 30 戈比铜币付给人家，大大吃亏了。

以便在图拉把它套到新买的马匹上……菲洛费跑回家去，回来的时候穿着父亲的白色长外衣，戴着高高的毡帽，蹬着擦了油的皮靴，得意洋洋地登上马车的驭座。我坐上车，看看表：十点一刻。叶尔莫莱甚至不和我告别，而去打他的狗瓦列特卡。菲洛费拉拉缰绳，用极细的声音吆喝了一声："哎，你们这些小东西!"他的两个弟弟从两边跑过来，用鞭子抽了一下拉套马的肚子，马车便启动，从大门口转到街上；长毛马想回到自己家里去，但是菲洛费抽了它几鞭子，让它清醒清醒，于是我们出了村子，走上两边长着浓密榛树丛的平坦大道。

夜晚宁静晴朗，最适于赶路。风有时在树丛中低声絮语，摇曳着树枝，有时完全静息；天空中有几朵凝然不动的银色云彩；一轮明月高挂在空中，把周围的景物照得清晰可辨。我躺在干草上，伸直身子，几乎要睡着了……可是想起了那"不太好走的地方"，精神便陡然一振。

"怎么样，菲洛费？离浅滩还很远吗?"

"离浅滩吗？还有七八俄里。"

"八俄里，"我想，"一小时内走不到，可以睡一会儿。"

"菲洛费，这条路你很熟悉吗?"我又问了一次。

"路我怎么不熟悉？我又不是头一趟……"

他又说了些什么，但我已经不去听他了……我睡了。

使我醒来的不是常有的那种想要过一小时醒来的打算，而是耳朵底下一种奇怪的轻微的扑哧扑哧声和水流的汩汩声。我抬起头来……

多么奇妙！我仍旧躺在四轮马车里，而马车的周围，离它的边沿不超过半俄丈的地方是一片映着月光、泛着涟漪的水面。我向前面看看，菲洛费低着头，躬着背，像个木头人似的坐在驭座上；再前面一点，在潺潺的流水上面看得见弯弯的马轭、几个马头和马背。一切都纹丝不动，悄无声息，仿佛在魔法的王国之中，在梦中，在童话里的梦中……真是咄咄怪事，我回头往车篷底下看了一眼……原来我们正在河中央……河岸离我们约有三十步！

“菲洛费！”我叫了一声。

“什么事？”他回答。

“还说什么‘什么事’？得了吧！我们到底在什么地方？”

“在河里。”

“我知道在河里。这样下去我们马上会给淹死的。你就想这样蹚过浅滩吗？啊？你睡着了，菲洛费！你回答我呀！”

“我有点搞错了，”我的车夫说，“方向偏了一点，这是我的错，现在要等一等。”

“为什么要等一等！我们还要等什么？”

“让长毛马仔细看看：它转向哪儿，我们就该往哪儿走。”

我稍稍从干草上抬起身子。辕马的头在水面上动也不动。在明亮的月光下，只看见它的一只耳朵忽前忽后稍稍摆动着。

“它也睡着了，你这匹长毛马！”

“不，”菲洛费回答，“它这会儿在嗅水的气味。”

一切又归于静息，只有河水仍在轻轻地潺潺流动着。我也呆呆地等着。

月光，还有这夜色，这河水，我们在河里……

“这是什么东西在呲呲响？”菲洛费问我。

“这个吗？是芦苇里的小鸭子……要不然就是蛇。”

突然辕马的头摇动起来，竖起耳朵，打着响鼻，全身抖动着。

“驾——驾——驾——驾！”菲洛费突然声嘶力竭地吆喝起来，他稍稍抬起身子，挥动马鞭。四轮马车立即动了一下，它横对着波浪向前冲了冲——抖动着，摇摆着，往前走去……起初我觉得，我们在往深处沉下去，但是经过两三次冲动和下沉，水面仿佛突然降低了……它越来越低，马车便从水面上升了起来——瞧，车轮和马尾巴已经露出来；瞧，马儿激起一大片一大片金刚钻般的浪花，不，不是金刚钻般的，而是在朦胧的月光下像蓝宝石放射出来的光束一般的浪花，它们共同欢乐地把我们拉上沙岸，竞相迈动光亮而潮湿的马腿，顺着大路往山里走去。

我心里想：“现在菲洛费该会说：‘你瞧，我没说错吧！’或者诸如此类的话。”可是他什么也没有说，因此我也认为没有必要责备他的疏忽大意，便躺到干草上，再度试图入睡。

但是我睡不着，不是因为打猎后不感到疲倦，也不是因为我所经历的惊慌驱散了我的睡意，而是因为我们走过的地方景色极其美丽。那是一片辽阔、广大、低洼、茂盛的草原，其中有许多小块的草地、小湖、小溪，尽头丛生着柳树和各种藤蔓的小河湾，完全是俄罗斯人所喜爱的具有典型俄罗斯景色的地方，我们古代壮士歌中勇士常来打白天鹅和灰鸭子的地方。被车轮压成的道路像一条黄丝带蜿蜒伸展着，马儿跑得很欢快——我无法闭上眼睛，一切都是那么赏心悦目！所有这些景色都在祥和的月光下从容而和谐地从我身边飘过。就连菲洛费也被打动了。

“我们管这个地方叫圣叶戈尔草原，”他对我说，“再过去就是亲王草原，在全俄罗斯再找不到这样的草原了……多么美啊！”这时辕马打了个响鼻，浑身抖动了一下……“主和你同在！……”菲洛费一本正经地低声说了一句，“多么美啊!”他又说了一遍，叹了一口气，然后又拖长声音啧啧称赞一番。“快开始割草了，从这片草地上可以耙到多少干草啊——真不得了！小河湾里也有很多鱼。这么大的鳊鱼!”他拖长声音又说了一句。“一句话：人不应该死。”

他突然举起一只手。

“啊！您看！湖上……是不是一只白鹭？莫非它在夜里也来捕鱼？嗨！那是一根树枝——不是白鹭。看错了！月亮老是叫人上当。”

我们的马车就这样走着走着……但是一会儿就走到草原的尽头，出现了一些小树林和耕过的土地；旁边一座小村庄闪现着两三点灯光——到大路只剩下五俄里多路。我睡着了。

我又一次不是自己醒过来。这回是菲洛费把我叫醒的。

“老爷……喂，老爷!”

我稍稍抬起身子。四轮马车停在大路当中一块平坦的地方；菲洛费在驭座上向我转过脸来，眼睛睁得很大(我甚至感到很惊奇，我没想到他的眼睛有这么大)，他意味深长而神秘兮兮小声对我说：

“车轮的响声！……车轮的响声!”

“你在说什么?”

“我说：有车轮的响声！您弯下身子听听。听见了吗?”

我把头探出车外，屏住呼吸，真的听见在离我们很远很远的地方有轻微的断断续续的响声，很像车轮的辘辘声。

“您听见了吗?”菲洛费又问了一遍。

“嗯，是的，”我回答，“有一辆轻便马车正驶过来。”

“您有没有听见……听！喏……铃铛声……还有口哨声……您听

见了吗？您把帽子脱下来……听得清楚些。”

我没有脱下帽子，只是侧耳倾听。

“嗯，是的……也许是。可这有什么关系？”

菲洛费把脸转向马匹那边。

“一辆大车驶来了……空车，轮子是包铁皮的，”他说着，拿起缰绳。“老爷，有坏人来了，这儿是图拉城外……拦路抢劫的事……是常常发生的。”

“胡说八道！你凭什么以为这一定是坏人？”

“我说的是真话。带着铃铛……而且是一辆空车……还能是谁呢？”

“那么——到图拉还有多远？”

“还有十五俄里路，可这儿一户人家也没有。”

“那么就快点赶路吧，别耽搁了。”

菲洛费挥了一下鞭子，四轮马车又走动了。

我虽然不相信菲洛费的话，但已经睡不着了。如果是真的，那可怎么办呢？一种不愉快的感觉在我心中蠢动着。我坐在马车里——在这以前我一直躺着——开始往四下里张望着。在我睡着的时候，升起了一片薄雾，不是在地上，而是在空中；它高高地浮悬在那儿，月亮就挂在雾中，变成一个白白的斑点，就像在烟幕里一样。一切都变得黯淡、混沌，虽然下面的景物比较清楚。周围都是平坦荒凉的地方：田野，尽是田野，偶尔可以看到几堆树丛、几道冲沟——接着又是田野，大多是休闲地，上面长着稀疏的杂草。空旷……死气沉沉！哪怕鹌鹑在哪儿叫几声也好啊。

我们走了半个小时光景。菲洛费时而挥挥鞭子，吧嗒着嘴唇，但无论是他还是我都一言不发。接着，我们登上一片山坡……菲洛费勒住马，立刻对我说：

“车轮的响声……车轮的响声，老爷！”

我又从马车里探出头去看看，其实，我待在车篷下也一样听得见，虽然距离还很远，但现在已经可以很清楚地听见大车的车轮声、口哨声、铃铛声，甚至是马蹄声；我甚至好像听见了歌声和笑声。不错，风是从那边吹来的，但毫无疑问，这些陌生的旅客和我们的距离已经缩短了整整一俄里，也许两俄里。

我和菲洛费交换了一下眼色，他只是把帽子从后脑勺推到前额上，俯身在缰绳上，策马前进。马儿放开大步急驰起来，但不能持久，一会儿又变成小跑了。菲洛费继续鞭打它们。必须摆脱这种险境！

我自己也弄不明白，为什么起初我不相信菲洛费的怀疑，而这一次却突然相信跟在我们后面的确实是一些坏人……我没有听见什么新的声音：还是那铃铛声，还是那空车的车轮声，还是那口哨声，还是那隐约的嘈杂声……可是我已经不再怀疑。菲洛费是不会弄错的！

又过了二十分钟……在这二十分钟的最后几分钟里，除了我们自己马车的车轮声和隆隆声之外，已经可以听见另一辆马车的车轮声和隆隆声了……

“停车，菲洛费，”我说，“反正一样——只有一个结局！”

菲洛费胆怯地喝住马。马儿立刻停住，似乎很高兴能休息一下。

天哪！铃铛声简直就在我们背后放肆地叮当响着，大车发出铁皮轮子的辘辘声，车上的人在吹口哨、喊叫、唱歌，马匹在打响鼻，马蹄嘚嘚地敲着地面……

追上来了！

“倒——霉了，”菲洛费一字一顿地轻声说，犹豫不决地吧嗒一下嘴唇，催着马儿往前走。但是就在这一瞬间，仿佛突然天崩地裂，有一样东西轰鸣着，发出隆隆的响声，一辆极大的摇摇摆摆的大车，由三匹精瘦壮实的马拉着，像旋风一样骤然赶过我们，往前驰去，接着立刻改成缓步，拦住我们的去路。

“正是强盗路数，”菲洛费低声说。

说实话，我的心一下子揪紧了……我在雾气弥漫的朦胧月光下紧张地观察着。在我们前面的大车上，有六个穿布衫、敞开着上衣的人也不知是坐着还是躺着；其中两个人头上没戴帽子，穿着皮靴的粗大的腿挂在车栏外晃荡着，手臂无缘无故地举起来又放下去……身体摇晃着……事情明摆着：是一群醉汉。有几个人在那儿乱喊乱叫；有一个在那儿吹口哨，声音尖利而清脆，另一个在骂街；驭座上坐着一个穿短皮袄的大汉，在驾车。他们的车慢慢地走着，仿佛没有注意到我们。

怎么办？我们也跟在他们后面慢慢地走着……没有别的办法。

我们就这样大约走了四分之一俄里。提心吊胆地等待着……摆脱、自卫……哪儿谈得上！他们有六个人，我手无寸铁！掉转车头往回走吗？他们马上就会赶上来。我不由得想起了茹科夫斯基[1]的诗(他描写卡敏斯基元帅被杀的章节)：

强盗无耻的斧头……

---

① 茹科夫斯基(1783—1852)，俄国诗人。

要不然，就是用一根肮脏的绳子勒住喉咙……再扔到水沟里……让你像一只掉进圈套里的兔子一样在那里惨叫，挣扎……

唉，太惨了！

可他们仍旧慢慢地往前走着，并没有注意我们。

“菲洛费，”我轻声说，“你试试看，从右边走过去。”

菲洛费试了试，把车赶到右边……但他们也立刻把车赶到右边……过不去。

菲洛费又试了试，把车赶到左边……但他们也不肯让路，甚至笑了起来。这说明，他们不肯放我们过去。

“确实是一伙强盗，”菲洛费回过头来对我轻声说。

“可他们在等什么?”我也轻声问他。

“喏，在前面的洼地里，河上有一座小桥……他们会在那儿动手！他们常常这样……在桥旁边。老爷，我们的情况明摆着了!”他叹了一口气说，“未必会放我们活着回去；因为他们要毁尸灭迹。我只有一点可惜，老爷：我的三匹马完蛋了，我两个弟弟得不到了。”

我感到很惊奇，在这种时刻，菲洛费竟然还操心自己的马，老实说，我自己已经顾不上这些了……“难道他们真的要杀人?”我心里反复想着。“为了什么？我可以把身上所有的东西都给他们呀。”

小桥越来越近，越来越清楚了。

突然响起一阵尖锐的吆喝声，我们前面的三驾马车好像飞了起来似的，往前冲去，它一驰到小桥前面便骤然煞住，稍稍靠边一动不动地停在路上。我的心直往下沉。

“啊，菲洛费兄弟，”我说，“我们走上死路了。如果我害了你，请原谅我。”

“您有什么错，老爷！自己的劫数是躲不过的！哦，长毛马，我忠实的马儿，”菲洛费转而对辕马说，“走吧，老弟，往前走！干你的最后一次活吧！反正一样……主啊，你快抓住他们吧！”

于是他让三匹马小跑起来。

我们渐渐走近小桥，走近那辆停着的可怕的大车……车上像有意似的静悄悄的，鸦雀无声。就像梭鱼、鹞鹰、一切猛兽，当它们等着猎物渐渐靠近时保持着沉默一样。这时我们和大车并齐了……突然那穿短皮袄的大汉跳下驭座，径直向我们走来！

他一句话也没对菲洛费说，但菲洛费立刻就勒住马……马车停了下来。

大汉把两手放在车门上，向前探过他那毛发蓬松的头，咧开嘴笑笑，用轻轻的平缓的声音和工人的语气说了下面的话：

“可敬的先生，我们是去参加一个隆重的宴会，从婚礼上回来的。我们给一个朋友成了亲，把他完全摆平了；我们这些伙伴都是年轻人，个个都很豪放——喝了很多酒，可是没有什么东西好醒酒；您能不能行个好，赏给我们一点钱，让我们每个兄弟都能喝上半瓶酒？我们要为您的健康干杯，记住您这位先生；要是您不方便的话，那我们也请您不要生气！”

“这是什么意思？”我心里想……“开玩笑？……愚弄人？”

大汉仍站在那里，低着头。就在这一瞬间，月亮从云雾中露出脸来，照亮了他的脸。这张脸露出得意洋洋的微笑——连眼睛和嘴唇都在笑。从中却看不出什么威胁的意味……只是整个脸上似乎充满了戒备……他的牙齿那么白，那么大……

“我很高兴……您拿着吧……”我从口袋里掏出钱包，从中拿出两个银卢布，连忙说；那个时候在俄罗斯还通用银卢布。“如果够用的话。”

“非常感谢！”那大汉像士兵一样高喊一声，立刻伸出粗大的手指从我手中取走——不是整个钱包，而是两个卢布。“非常感谢！”他甩了一下头发，向大车跑去。

“弟兄们！”他大叫着，“过路的先生赏给我们两个银卢布！”车上的那些人突然哈哈大笑起来……大汉登上了驭座……

“祝您幸福！”

我们只匆匆看见了这一幕！马儿立时起步飞奔，大车隆隆驶上山坡，在幽暗的天地分界线上又闪现了一次，就驶下山坡，不见了踪影。

这会儿再听不见车轮的响声、人的喊叫声和铃铛声了……

周围死一般寂静。

我和菲洛费并没有立刻清醒过来。

“啊，开了这么个玩笑！”菲洛费终于开口说话，他摘下帽子，画起十字来。“真的，开了个玩笑，”他很高兴地向我转过身来，又说了一句。“这可是一个好人，真的。喔——喔——喔，小东西！快点跑！你们没事了，我们也没事了！就是他不让我们过去的；是他驾的马。这小伙子真会开玩笑。喔——喔——喔！快跑！”

我没有吭声，但心情已经开始好转。“我们没事了！”我一再自言自语着，躺到干草上。“只损失了一点钱！”

我甚至感到有点惭愧，竟想起了茹科夫斯基的诗句。

我突然想到一件事。

“菲洛费！”

“什么事?”

“你娶亲了吗?”

“娶亲了。”

“有孩子吗?”

“有孩子。”

“刚才你怎么没有想到他们啊?你顾惜那几匹马，可妻子呢?孩子呢?”

“他们有什么可顾惜的?他们又没有落到强盗手里。可是我一直惦记着他们，就是现在也惦记着……就是这么一回事。”菲洛费沉默了一会儿。“也许……就是因为他们的缘故，上帝才饶恕我们的。”

“他们大概是强盗吧?”

“谁知道呢?谁能知道别人的心思?俗话说：知人知面不知心。心里有上帝总是好的。不……我心里总想着家里……喔——喔——喔，小东西，快跑!”

我们快到图拉的时候，天几乎已经亮了。我迷迷糊糊地躺着……

“老爷，”菲洛费突然对我说，“您看，他们就在酒店里……那是他们的大车。”

我抬起头……真的是他们：是他们的车和马。酒店门口突然出现了那个熟悉的穿短皮袄的大汉。

“先生!”他挥着帽子叫道，“我们在用您的钱喝酒呐!怎么样，马车夫，”他又对菲洛费摇摇头说，“你刚才大概吓坏了吧?”

“是个快活人，”菲洛费把马车赶离酒店约莫二十俄丈后说。

我们终于到达了图拉，我买了霰弹，顺便买了些茶叶和酒，甚至向马贩子买了一匹马。中午我们动身回去。经过我们第一次听到后面有车轮声的地方时，在图拉喝了点酒的菲洛费变得话多起来，他甚至给我讲了些故事，这时，他突然笑起来。

“老爷，你还记得我是怎么对你说的吗：车轮的响声……车轮的响声，我说，有车轮的响声！”

他把手挥了几下……他觉得这句话很有趣。

当天傍晚我们回到了他的村子。

我把我们碰到的事说给叶尔莫莱听。当时他脑子很清醒，并没有说一句同情的话，只是哼了一声，是称赞还是责备，这一点，我想他自己也不知道。但是过了两天，他很高兴地告诉我，就在我和菲洛费到图拉去的那个夜晚，也在那条路上，一个商人遭到了抢劫，并被杀死。起初我不相信这个消息，但后来不得不相信了；一个警官骑马经过这里去调查这件事，这就证明这件事的真实性。我们这些好汉莫非就是参加了这场“婚礼”回来的，那个喜欢开玩笑的大汉所说的“朋友”，莫非就是被他们摆平的？我在菲洛费的村子里又待了五六天。每一次遇见他，都要对他说：“喂，有车轮的响声吗？”

“真是个快活人，”他每次都这样回答我，自己也笑起来。

树林和草原

……于是渐渐把他吸引到后面：
吸引到乡村，吸引到蓊郁的花园，
那里有高大的菩提树，给人以阴凉，
铃兰花发出如此清纯的芬芳，
那里柳树成行，排列在堤岸，
一团团依依低垂在小河的水面，
茂盛的橡树生长在肥沃的土地上，
处处发出大麻和荨麻的芳香……
到那边，到那边，到那辽阔的田园，
那里黑油油的土地像丝绒一般，
无论你把炯炯的目光投向何方，
那里的黑麦都翻起柔和的波浪，
从那透明的一团团白云下面，
炙人的金黄色阳光正洒向人寰；
那里是多么美妙啊……

——摘自待焚的诗稿

我的笔记也许已经让读者感到厌倦，我赶快许诺，只限于收入已经发表的几篇以使读者放心；但是在和读者告别的时候，我不能不再说几句有关打猎的话。

带着枪和狗去打猎就本身而言，就像从前所说的*就本身而言*[①]，是一件其乐无穷的事；即使您并非天生的猎人，您还是会喜欢大自然和自由自在的生活，因此您也就不能不羡慕我们猎人……请听我说。

您是否知道，譬如说，春天黎明前乘车出门的快乐？您走到门口的台阶上……深灰色的天空上有些地方还有星星在闪烁；湿润的晨风时而像阵阵微波迎面拂来；您还能听见夜的压低而隐约的絮语；夜色朦胧中的树木发出轻轻的簌簌声。这时有人在马车上铺上毛毯，在脚边安放装着茶炊的箱子。两匹拉套马蜷缩着，打着响鼻，优美地替换着脚站着，一对刚刚醒来的白鹅默默地摇摇摆摆慢慢穿过大路。篱笆后面的花园里看守人还在平静地打鼾；每一个鼾声仿佛都停留在凝然不动的空气里，停留着，并不消失。这时您在马车上坐下，马儿一起走动，马车发出隆隆的巨响……您乘着马车——走过教堂，下山向右转，走过堤坝……池塘上微微腾起雾气。您感到一些凉意，便竖起大衣的衣领裹住面孔；一丝倦意悄悄袭来。马儿的脚踩在水洼里，发出很响的声音，马车夫吹起了口哨。但是您已经走了四俄里光景……天边泛红了；寒鸦在白桦林里醒了过来，笨拙地飞来飞去；麻雀在黑糊糊的麦垛旁叽叽喳喳地叫着。空气变得更清朗，道路看得更清楚，天空更加明亮，云朵变得更白，田野变得更绿。农舍里点着松明，发出红色的火

---

① 原文为德文。

光，听得见大门里面睡意蒙眬的说话声。这时朝霞燃烧起来；空中出现一抹金黄色的云彩；峡谷里雾气缭绕；云雀在嘹亮地歌唱，吹来一阵黎明前的风——于是鲜红的太阳冉冉升起。阳光像洪流一样涌出；心像鸟儿一样在您的胸中扑腾。清新，欣喜，可爱！四周的景色尽收眼底。瞧！树林的后面是一座村庄；瞧，再过去一些是另一座有白色教堂的村子；瞧！山上有一片白桦林；在它后面是您正要去的沼地……快点跑啊，马儿，快点跑！甩开大步往前跑！……只剩下三俄里路了，不会更多的。太阳升得很快，天空明净……天气会很好的。一群牲口从村子向我们迤逦走来。您登上山顶……多美的景致啊！河流蜿蜒伸展达十俄里，在雾霭中隐隐泛着蓝色的光彩；河那边是一片水汪汪的碧绿大草地；草地后面是一些缓坡的山丘；远处有几只凤头麦鸡在沼地上空翱翔鸣叫；远方的景色透过流注在空气中的湿润阳光清晰地显现出来……一切都不像在夏天里。呼吸多么畅快，四肢的活动多么敏捷，人在春天般的清新气息中显得多么健壮！……

啊，夏天七月的早晨！除了猎人，谁能领略早晨在灌木丛中漫步的欢乐？您的脚在沾满露珠而发白的草地上留下绿色的痕迹。您拨开潮湿的灌木丛，夜里蕴蓄着的一股温暖的香气立刻扑鼻而来；空气中洋溢着苦艾的清新苦味、荞麦和三叶草的甘甜；远处一座橡树林壁立着，在阳光下闪闪发光，染成一片嫣红；天气还凉爽，但已经可以感到热气的临近。浓烈的香味熏得您头晕目眩，浑身酥软。漫山遍野的灌木丛望不到边……只是远处有些地方成熟的黑麦显现出一片黄澄澄的金黄色，还有一道道狭长的荞麦也现出鲜艳的红色。这时响起一辆大车的辘辘声，一个农夫走过来，预先把马拴在树荫下……您和他打了个招呼，即刻离开了，您背后响起镰刀铿锵的碰击声。太阳越升越高。草地很快晒干了。天已变得很热。过了一个钟头，又一个钟头……天边暗下来，凝滞的空气散发出火辣辣的暑热。

“兄弟，这儿什么地方可以弄点水喝?”您问一个割草人。

“那边，峡谷里有个水潭。”

您穿过缠绕着藤蔓的茂密的榛树丛，往下走到谷底。果然：就在山崖底下藏着一眼泉水；橡树丛把它们手掌般的树枝密密麻麻地伸向水面，许多银白色大水泡从长满细密的天鹅绒般青苔的水底摇摇晃晃升了上来。您扑倒在地上，痛痛快快地喝了个够，但是您已懒得动弹一下了。您躲在阴凉的地方，呼吸着芬芳湿润的空气；您觉得很舒服，可是您对面的灌木丛正在太阳底下暴晒着，仿佛晒黄了。可这是怎么回事?一阵风突然吹来，又疾驰而过，周围的空气都给震动了：难道是雷声吗?您走出峡谷……天边怎么变成一片铅灰色了?是不是暑热加剧了?是不是乌云涌过来了?……但这时一道电光微微闪了一下……哦，这是暴风雨！太阳还在周围明亮地照耀着：还可以打猎。但是乌云在扩展：它的前沿像衣袖一样伸过来，像穹隆一样覆盖着大地。草地，灌木丛，一切突然暗了下来……快跑！那边似乎有个干草棚……快跑……您跑到了，走了进去……多猛的雨啊！多亮的闪电啊！有几个地方雨水透过干草铺就的屋顶滴落在芬芳的干草上……可是，你瞧，太阳又在闪耀了。暴风雨过去了；您走出干草棚。我的上帝，四周的一切都那么欢乐地闪耀着光芒，空气多么凉爽清新，草莓和蘑菇又多么清香！……

可是黄昏降临了。晚霞燃烧得像一片野火，拥抱着半个天空。夕阳西斜。近处的空气仿佛特别清澈，像玻璃一样透明；远处有一片看上去是和煦的柔和雾气，一片红色的光辉和露水一起落在不久前还注满淡淡金色光芒的林中空地；树木、灌木丛和高高的干草垛都投下长长的阴影……太阳落下去了；一颗星星在被落日映红的火海里燃烧起来，颤抖着……瞧，这片火海渐渐暗淡下去；天空变得更蓝；影子一个个消失，空气中渐渐注满雾霭。该回去了，回到村子里，回到您宿夜的农舍去。您把枪扛到肩上，不顾疲劳，快步走着……这时候夜色降临了，二十步之外的景物已看不见；猎狗在昏暗中只模模糊糊现出一点白色。在黑沉沉的丛林上，天际露出一片朦胧的亮光……这是什么？是火灾吗？……不，是月亮升上来了。你瞧，下面，右边，已经闪耀着村落的灯光……喏，最后，那是您的屋子。从窗口里您可以看见铺着白桌布的餐桌、点亮的蜡烛、晚餐……

要不然你就吩咐套一辆竞跑马车，到树林里去打榛鸡。从两边壁立的高高黑麦中的狭小道路通过是一件很愉快的事。麦穗轻轻地抽打着您的脸，矢车菊不时绊住您的腿，鹌鹑在周围啼叫，马儿懒洋洋地小跑着。瞧，那就是树林。树荫和宁静。高大挺拔的白杨在您头顶上低语，白桦下垂的枝叶微微晃动着，雄伟的橡树像个战士肃立在美丽的菩提树旁边。您的马车在树影婆娑的碧绿小路上行进；一群黄色大苍蝇纹丝不动地停在金黄色的空气中，一会儿突然飞走了；蚊蚋成群在空中盘绕着，在阴影里发亮，在阳光中变成黑色；鸟儿无忧无虑地歌唱着。知更鸟的金嗓子无休无止地鸣啭，抒发它那天真无邪的欢乐：那歌声和铃兰花的芳香十分和谐。再走过去，再走过去，到树林的深处……树林变得稀疏了……心中感到有说不出的宁静，周围静悄悄的，没有一点声音。但突然吹来一阵风，树梢潇潇地响着，像层层波浪翻卷而来。有些地方从去年褐色的落叶底下冒出高高的青草；蘑菇一个个戴着宽檐帽亭亭玉立着。一只雪兔蓦地跳了出来，猎狗立即狂吠着追了上去……

同样是这座树林，当晚秋时节山鹬飞来的时候，那是多么令人心旷神怡啊！山鹬不会藏在树林深处：必须到树林边上去寻找它们。既没有风，也没有太阳，没有光，没有影，没有动静，没有声响；柔和的空气中弥漫着美酒般的秋天气息；远处金黄色的田野上笼罩着一片薄雾。通过光秃的褐色树枝可以看见白晃晃的纹丝不动的宁静天空；菩提树上疏疏落落地挂着最后几片金黄色树叶。脚下的湿润土地变得富有弹性；高高的干草茎一动不动；长长的蛛丝在发白的野草上闪闪发亮。呼吸是那么平静，可心中却感到一种异样的骚动。你在林边走着，眼睛盯着猎狗，这时各种心爱的形象、所有心爱的人儿，已故的和健在的，一起浮上了脑海，沉睡了好久的印象又突然苏醒了；想象力像一只飞鸟展翅翱翔，疾飞，一切都那么清晰地活动起来，浮现在你眼前。心儿有时会突然颤抖起来，怦怦跳动，热烈地向前冲去，有时又永不回返地沉浸在回忆之中。全部生活就像一幅画卷轻轻而又迅速地展开；人在这种时候便拥有了他的全部往事，全部感情，拥有了力量和整个心灵。四周没有任何事物可以扰乱他——无论是太阳，无论是风，无论是声音……

在秋天早晨寒气逼人、白天微寒的晴朗日子里，白桦犹如童话里的神树，全身金黄金黄的，在蔚蓝色天空映衬下显现出它美丽的身姿，低低的太阳已经没有了热力，但比夏天更加辉煌，幼小的白杨林通体透亮，仿佛觉得这样光秃秃更快乐和轻松，雾凇还在谷底闪耀着白光，凉风轻轻地吹动，驱赶着拳曲的落叶，河上欢乐地奔腾着蓝色的波浪，在上面随波浮游着悠闲的鹅鸭；远处一座磨坊在柳丛的掩映下轧轧地响着，一群鸽子在磨坊上空飞快地盘旋，在明亮的天空中呈现出缤纷的色彩……

夏天有雾的日子也很美好，虽然猎人并不喜欢这样的日子。在这样的日子里无法打枪：鸟儿从您脚下腾起，立即就消失在白茫茫的凝滞的雾中。但四周是那么寂静，寂静得无法形容！万物都苏醒了，但全都默不作声。您从一棵树旁边走过，它一动也不动，它正自得其乐。透过均匀地弥漫在空中的薄雾，您看到面前有一片长长的黑糊糊的景物。您以为那是近处的树林；您走过去一看，那树林却变成了田界上一排高高的艾蒿。您的头顶上，您的四周到处弥漫着雾气……但是这时风轻轻地吹动了一下，稀薄如烟的雾气当中便隐隐约约地露出了一小块浅蓝色的天空，一道长长的金黄色光束突然迸射出来，投落在田野上，潜入树林中，一会儿，一切又被云雾遮蔽了。这场搏斗持续了很久；但是，光明终于取得了胜利，被晒暖的最后一股云雾的波浪一会儿滑落下来，扩散开来，一会儿又缭绕盘旋并消失在洋溢着柔和光波的高远的天空中，于是这一天便变得无法言传的壮丽和清朗……

现在您已准备好到远离地主庄园的猎场去，到草原上去。您在乡间道路上艰难地走了十俄里光景，终于看到了大路。您的马车走过看不到头的无数货车和几家客栈，那些客栈的屋檐下茶炊正吱吱地沸腾着，大门敞开着，里面还有一口井；您的马车从一个村子走到另一个村子，穿过一望无际的田野，顺着碧绿的大麻地，久久、久久地行驶着。喜鹊从一棵爆竹柳飞到另一棵爆竹柳上；农妇们手拿着长长的草耙在田野里走着；一个过路人穿着破旧的土布长袍，背着行囊，拖着疲乏的脚步蹒跚而行。一辆笨重的地主家轿式马车由六匹高大却疲惫的马拉着，迎着您慢慢走来。窗口上露出靠垫的一只角，一个穿大衣的跟班侧身坐在马车后脚镫的草包上，手扶着绳子，泥浆直溅到眉毛上。前面是一座小县城，那里有许多歪歪斜斜的小木屋、看不到头的篱笆、商家没有人居住的砖房，横跨深谷的古代桥梁……再走过去，再走过去！……眼前是一片草原。您登山远眺——景色多么秀丽！一座座耕种到顶上的低矮的圆形山丘像巨浪一样滚滚向前扩展开去；灌木丛生的峡谷蜿蜒穿插其间；一片片小树林像椭圆形的岛屿随处散布着；一条条狭窄的小径从一个村子通往另一个村子；教堂白得耀眼；柳丛之间有一条小河在闪光，有四个地方筑着堤坝；远处的田野上大鸨成行兀立着；一座古老的地主庄园连同它的杂用房屋、果园和打谷场就修筑在一个小小的池塘旁边。但是您的马车仍在不断向前行进。山丘越来越小，几乎看不到树木。喏，终于看到了——那无边无际，一望无涯的大草原！……

冬天就意味着在高高的雪堆上追逐兔子，呼吸寒冷刺骨的空气，对着柔软积雪的耀眼闪光不由自主地眯起眼睛，欣赏红彤彤的树林上方的碧蓝天空！……在早春的日子里，四周的景物仍在闪光，冰雪在崩塌，透过融雪散发出的浓雾已经可以闻到晒暖的土地的气息，在积雪融化的地方，在斜阳的光辉下，云雀正在轻信地歌唱，一道道急流欢乐地喧闹着，咆哮着，从一个峡谷奔向另一个峡谷……

可是该搁笔了。我正好说到春天：春天里的离别更轻松愉快，春天里幸福的人常常被吸引到远方去……再见吧，读者，祝您万事如意。

僻静的庄园

И.С.Тургенев Собрание Сочинений

屠格涅夫文集

顾生根 于国畔 吴健平 译

上海译文出版社

屠格涅夫像（1871 年）
（画家：А.А.Харламов）

屠格涅夫的庄园别墅
（画家：Я.П.Полонский）

屠格涅夫的庄园别墅主楼

（1976 年修复）

屠格涅夫的庄园别墅（1881 年）

（画家：Я.П.Полонский）

屠格涅夫庄园别墅里的廊厅（1883 年）
（摄影家：В.Каррика）

屠格涅夫庄园别墅里的办公室（1883 年）
（摄影家：В.Каррика）

别墅凉台一角以及屠格涅夫的爱犬——谢尔卡（1881 年）

（画家：Я.П.Полонский）

公园中的林荫路（1881 年）

（画家：Я. П. Полонский）

公园一角
（画家：А.Скиргелло）

公园中的小路（1881 年）
（画家：Я.П.Полонский）

目录

安德烈·科洛索夫 1
三幅肖像 35
好决斗的人 71
佩图什科夫 131
三次偶遇 191
僻静的庄园 231
客栈 331
叶尔古诺夫中尉的故事 393
怀表 441
译后记 501

安德烈·科洛索夫

在一间收拾得相当整洁的小房间里，几个年轻人坐在壁炉前。冬天的夜晚刚刚开始；桌上的茶炊烧开了，年轻人兴致勃勃地交谈着，从一个话题转到另一个话题。大伙开始议论一些特殊人物，谈论他们与普通人的区别。每个人都尽情地发表自己的看法；谈话声变响了，变得热闹起来了。一个脸色苍白的小个子边喝茶边抽雪茄烟，久久地听着伙伴们的夸夸其谈，突然他站了起来，对我们（我也是其中的一个争论者）说了下面这一番话：

“先生们！ 你们所发表的意义深刻的宏论全都很不错，但又全都是无济于事的。每个人照例都想了解对方的看法，但又要坚持自己的看法。然而，我们并不是第一次聚会，也不是第一次争论，所以大家想必早已阐明了自己的看法，也了解了别人的看法。那么你们为什么还要这样争论呢？”

说完这番话后，小个子漫不经心地把雪茄烟灰弹到壁炉里，眯缝起眼睛，露出镇定自若的微笑。我们大家都不吭声了。

“那么，依你之见，我们该做些什么呢？”我们中有个人问，“打牌？ 该睡觉？ 该各自打道回府？”

“打牌是蛮开心的，睡觉对身体也有好处，”小个子反驳说，“可是现在就打道回府还太早。不过，你们并不明白我的意思。听一听吧：

如果你们不反对，那么我倒建议你们每个人都来描述一个不寻常的人物，给我们讲讲自己与某位杰出人物相见的情况。请相信我，最差的故事也要比最出色的议论有意义得多。”

我们都陷入了沉思。

“怪事，”我们中一个最爱说笑话的人说。“除了我自己以外，我连一个不寻常的人物也不认识，而我的一生你们大家好像都已了如指掌。不过，如果你们要我讲……”

“不，”另一个人高声说，“不必啦！”接着他转身对着小个子说，“对了，你先开始吧。你把我们大家都弄糊涂了，你还是讲故事的行家。不过你得小心，要是你讲的故事不中我们的意，我们会对你喝倒彩的。”

“行啊，”小个子回答。

他站在壁炉旁，我们围着他坐下，全都安静下来。小个子朝我们看了看，然后看了一眼天花板，开始讲了起来：

“先生们，十年前我还是莫斯科的一个大学生。我父亲是草原上一个品德高尚的地主，他把我托付给一个退休的德国教授抚养，每月给他一百卢布，要他负责我的吃喝，并兼管我的道德品质。这个德国人外表十分傲慢和非常稳重，一开始我很怕他。但是有一天晚上，我回到家，极为感动地看到我的教师正和他的三四个伙伴一起坐在圆桌旁，桌上放着很多空酒瓶和酒未喝完的酒杯。看到我以后，我那位可敬的教师就站了起来，来回挥动着双手，结结巴巴地把我介绍给他那几位正直的伙伴，他们立刻就请我喝一杯潘趣酒①。这个令人愉快的场面使

① 由酒、糖、果汁等搀和的混合饮料。

我感到心头一爽；我的未来以最迷人的形态呈现在我眼前。的确如此，从那个值得记忆的日子起，我便享有无限的自由，只要不揍自己的教师就行了。他有一位太太，她身上总是有一股烟味和咸黄瓜味；她还很年轻，但是连一颗门牙也没有了。众所周知，所有的德国女人都会很快地失去人体的这一必需的饰物。我之所以提及她，只是因为她太爱我了，差一点让我吃得快要撑死了。”

“别扯开去，别扯开去，”我们喊了起来。“你不是想对我们讲自己的奇遇吧？”

“不，先生们！”小个子泰然地反驳说，“我是个普普通通的凡夫俗子。总之，我在我的德国教师家里，就像常言所说的那样，生活得很快乐。我去大学上课不太勤奋，而且在家里也绝对不干任何活。在极短的时间内，我和我所有的同学都交上了朋友，并且都用‘你’相称。我的新朋友中有一位非常正直善良的小伙子，他是一位退休市长的儿子。他的名字叫鲍勃夫。这个鲍勃夫经常来看我，好像是挺喜欢我。而我……知道吗，既不是喜欢他，也不是不喜欢他，真有点说不清……必须告诉你们，在整个莫斯科，除了一个有时会来向我讨钱用的老叔叔外，我再没有一个亲人了。我平时哪儿都不去，特别怕见女人；我还避免认识我大学同学的家长，因为在这之前有个家长就为他儿子制服上掉了一颗钮扣而当着我的面揪下了儿子的一绺头发，而那天我的常礼服上最多也只有六颗钮扣。与我的许多同学相比，我被公认是个富人；我父亲有时会寄给我一叠叠不大的褪色的蓝钞票，所以我不但能享受独立自主的生活，而且身边还一直有一些献媚者和小喽啰……我身边有——我这是在说什么呀！ 就连我那条短尾巴的小狗阿尔米什卡身边也有这种人，这条狗虽属猎犬的品种，却非常害怕枪声，甚至看到猎枪也会苦恼万分。不过，同所有的年轻人一样，我内心深处也还有点骚动情绪，但这种情绪只要写一打多少有点拙劣的诗就能顺顺利利消解。我也曾怀有某种愿望，有过某种追求和某种幻想；我承认，我当时并不清楚我到底抱有什么幻想。现在我明白，那时候我缺少点什么：我觉得自己很孤单，渴望与所谓活生生的人交往；生活这个词儿在我心里回荡作响，于是我怀着一种莫名的愁绪倾听着这一声音……瓦列里扬·尼基季奇，请给我一支烟。”

小个子点上烟，抽了一口，然后继续说：

“有一天早晨，鲍勃夫气喘吁吁地跑来对我说：‘老兄，有一个重大新闻你知道吗？科洛索夫来了。’‘科洛索夫？科洛索夫先生是个什么人？’‘你不认识他？不认识安德留沙·科洛索夫吗？走吧，老兄，快一点去见他。他昨晚从担任临时家庭教师的地方回来了。’‘他究竟是什么人呀？’‘别问了，老兄，他是一个不寻常的人！’‘一个不寻常的人，’我说，‘那你就一个人去吧。我要留在家里。我们可了解你们那些不寻常的人！不知是哪一个脸上总带着得意的微笑、整天醉醺醺的蹩脚诗人！……’‘唉，不对！科洛索夫不是那种人。’我本想对鲍勃夫说，科洛索夫先生应该亲自来拜访我，但不知为什么，我却听从鲍勃夫的话，跟着他去了。鲍勃夫把我带到莫斯科一条最肮脏、最窄小的陋巷里……科洛索夫住的那幢房子是一幢老式房子，造得很精致，但不大实用。我们走进院子；一个胖女人正在往一条拉在房子与围墙之间的绳子上晾衣服……孩子们在木头楼梯上喊叫……”

“别扯开去！别扯开去！”我们又大喊起来。

“先生们，我明白，你们不喜欢高兴的事，只爱有用的东西。好吧！我们穿过又黑又窄的通道走到科洛索夫的房间前；我们走了进去。穷大学生的寝室是什么样的，你们可能有个大概的印象。科洛索夫正坐在放在门边的五斗橱上抽烟。他友好地向鲍勃夫伸出一只手，有礼貌地朝我点了点头。我看了科洛索夫一眼，顿时对他产生了一种强烈的爱慕。先生们！ 鲍勃夫没有说错，科洛索夫果真是一个不寻常的人。请允许我略为详细一点地向你们描述他这个人吧。他个子很高，身材匀称，动作敏捷，相貌也很不错。他的脸……先生们，我认为要描述某人的脸是一件很难的事情。要逐一描述所有单独的特征倒也不难；但是怎样才能向别人转述出这张特殊的脸的本质特征呢？”

“那就是拜伦谓之‘the music of the face’①的东西，”一位神情专注、脸色苍白的先生说。

“是这样的……所以我只谈一点看法：我刚刚提到的那种特殊的‘东西’就是科洛索夫脸上无忧无虑的欢快和勇敢的表情，以及他那十分迷人的微笑。他已不记得自己父母的形象了，他是在一位远房亲戚家受过一点点教育，这位亲戚因受贿被开除了公职。十五岁以前他住在乡下，以后来到莫斯科一位又老又聋的牧师太太家，在她那儿住了两年左右，考进了大学，并开始靠教书谋生。他教历史、地理和俄语语法，虽说他本人对这些学科理解得也并不透彻；不过，首先，在我们俄罗斯已经有了对教师十分有用的‘教材’；其次，那些请科洛索夫给子女当家教的可敬的商人要求也不高。科洛索夫既不是爱说俏皮话的人，也不是富有幽默感的人；但是，先生们，你们无法想象，我们大家竟然全都心甘情愿地屈从于他。我们情不自禁地赏识他，他的言语、他

① 英语：脸上的音乐。此处系套用拜伦作于一八一三年的《阿比多斯的新娘》中的诗句。

的目光、他的动作都显露出一种青春的魅力，因此他的伙伴们都对他十分爱慕。教授们认为他有点小聪明，但‘没有多大才能’，而且人很懒惰。我们的晚间聚会因科洛索夫的参加而具有一种特别和谐的气氛：有他在场，我们的欢乐情绪从不会演变成不成体统的胡闹；我们大家感到愁闷时，只要有他在场，这种带有孩子气的愁闷就会被安详的、有时是相当有道理的谈话所释解，决不会变成忧郁症。你们在微笑，先生们——我也理解你们的笑因；的确，我们中的许多人后来都成了非常鄙俗的人！ 但是青春……青春……

Oh talk not to me of a name great in story!

The days of our youth are the days of our glory ...①

那位脸色苍白的先生低声说……

“呸，真见鬼，您的记性多么好啊！ 全是引自拜伦的诗句！”讲故事的人说。“总之，先生们，科洛索夫是我们这伙人的灵魂。我是如此强烈地眷恋于他，以致于后来我再也没有迷恋过任何一个女人。然而，就是现在回想起这奇怪的爱情——正是爱情，我也不觉得羞愧，因为我记得，那时我经受了这一激情的种种折磨，例如嫉妒。科洛索夫一视同仁地爱我们所有的人，但是特别赏识一位名叫加夫里洛夫的沉默寡言、皮肤白净、性格温顺的小伙子。他与这位加夫里洛夫几乎是形影不离，经常与他低声交谈，与他一起离开莫斯科两三天，天知道上哪儿去……科洛索夫不喜欢别人向他问长问短，我也就只好沉湎于自我揣摩之中。令我焦躁不安的并不是一般的好奇心；我想要成为科洛索夫

---

① 英语：唉，别给我说什么光荣的名字！
我们青春的时日就是我们光荣的时日……

的伙伴，成为他的忠实随从；我嫉妒加夫里洛夫；我羡慕他；我怎么也无法解释科洛索夫奇怪地离去的缘由。然而，在他身上既没有那些天生就有自尊的、脸色苍白、头发乌黑、目光‘富有表情’的年轻人用来炫耀的那种神秘色彩，也没有背后似乎隐藏着巨大力量的那种假装的冷漠神态；绝对没有。就像常言所说的那样，他为人坦白直爽，但是当他充满激情时，他的整个身体里就会突然显现出一种猛烈的冲动；只不过他不会白白地浪费自己的精力，在任何时候，在任何场合下都不会摆出一副矫揉造作的姿态。顺便说一句，先生们……请你们说句老实话：你们有没有带着好像刚下决心去建立丰功伟绩的那种忧郁而又高傲的神态坐着抽烟斗，心里却只是在琢磨要替自己做一条什么颜色的裤子？……但是问题在于，是我第一个在这个快活和温柔的科洛索夫身上发现这些不由自主的强烈冲动的……难怪人们说，爱是敏感的。我铁了心——无论如何也要骗取他的信任。我追逐科洛索夫没有什么目的；我如此天真无邪地敬仰他，因此他不可能怀疑我的忠诚……但是，使我感到非常懊丧的是，我最终不得不确信，科洛索夫在避免同我产生更为亲密的关系，他似乎认为我这种不由自主的眷恋是他的累赘。有一次，他极不情愿地向我借钱，第二天就把钱还给了我，还说了一些嘲讽的感激话。整个冬天，我和科洛索夫的关系丝毫也没有改变；我经常把自己与加夫里洛夫进行比较，我无法明白，他比我好在哪里……但是，突然一切都变了。四月中旬，加夫里洛夫病了，在科洛索夫的看护下死去，后者在他生病期间一刻都没有离开过他的房间，在他死后，还在那里待了整整一个礼拜。我们都为可怜的加夫里洛夫感到惋惜；这个脸色苍白、沉默寡言的人好像事先预感到了自己的末日。我也真诚地为他感到惋惜，但是我的心情却紧张得快要停止跳动了，我在盼望着某种东西……在一个难以忘怀的晚上……我一个人躺在沙发上，茫然望着天花板……有人猛地推开我的门，停在门口；我把头略微抬起一点，站在我面前的是科洛索夫。他慢慢地走了进来，在我身旁坐下来。‘我来见你，’他声音相当低沉地说，‘因为你比任何人更爱我……我失去了一位最好的朋友，’他的声音微微颤抖起来，‘我感到很孤独……你们都不了解加夫里洛夫……你们不了解……’他站起来，在房间里来来回回地走了一会儿，然后迅速地走到我面前……‘你愿意替代他跟我交朋友吗？’他说，并向我伸出一只手。我跳起来，扑到他的胸口上。我那真诚的高兴劲儿感动了他……我不知道说什么才好，我激动得快要喘不过气来了……科洛索夫望着我，微微地笑了笑。茶端来了。喝茶时，他兴致很浓地谈起了加夫里洛夫的情况；我这才得知，这个腼腆而又温顺的小伙子救过科洛索夫的命。我应当暗自承认，要是我处在加夫里洛夫的地位，就不会不把这秘密泄露出去，不会不夸耀自己的运气。八点钟敲过了。科洛索夫站起来，走到窗前，敲了几下玻璃，又迅速地朝我转过身来，想说些什么……但又默默地坐到椅子上。我抓住他的一只手。‘科洛索夫！ 真的，真的，我是值得你信任的！’他直接朝我的眼睛看了一眼。‘好，既然如此，’他终于低声说，‘那就拿好帽子，我们一起走吧。’‘上哪儿去？’‘加夫里洛夫从来不会问我。’我立刻不作声了。‘你会打牌吗？’‘会的。’

“我们走到街上，雇了一辆马车，向某城门驶去。我们在城门边下了车。科洛索夫很快地朝前走去，我跟在他后面。我们沿着大路走。约走了一俄里路，科洛索夫拐了个弯。此时，夜幕降临了。右边，灯光在暮霭中闪耀，大城市的无数座教堂高高耸立着；左边，树林旁有两匹白马在草地上吃草；我们面前展现出一片雾茫茫的田野。我默默地跟随着科洛索夫走去。他突然停了下来，把一只手伸向前方，并说了一句：‘这就是我们要去的地方。’我看到一幢黑不溜秋的小房子；两扇小窗户在雾中透出微弱的灯光。‘在这幢小房子里，’科洛索夫继续说，‘住着一个叫西多连科的退役中尉，还有他的姐姐——一个老处女和他的女儿。我把你当作我的亲戚介绍给他，你就坐下和他打牌。’我默默地点了点头。我想向科洛索夫证明，我会保持沉默，并且一点也不比加夫里洛夫逊色……但是，我承认，好奇心使我感到十分痛苦。走近小房子的台阶时，我透过亮着灯光的窗户看到一位身材苗条的姑娘……她好像是在等我们，但转眼间就走开了。我们走进又黑又窄的前厅。一个独眼驼背的老太婆迎面朝我们走来，并疑惑地看了看我。‘伊万·谢苗内奇在家吗？’科洛索夫问。‘在家。’‘在家！’一个男人的浑厚声音从门里传了出来。我们走进大厅，如果可以把相当肮脏的长房间叫作大厅的话；一架不大的旧钢琴乖乖地紧靠在壁炉旁的角落里；几把椅子摆在原先是黄色的墙壁旁。房间当中站着一个男人，五十岁左右，高高的个子，有点驼背，身穿沾满油污的睡袍。我更定睛看了他一眼，面前是一张阴沉的脸、一头硬得像猪鬃似的头发、一个低低的脑门、一双灰色的眼睛、两撇大大的小胡子和两片厚厚的嘴唇……‘好一个老滑头！’我心里想道。‘很久没见到您了，安德烈·尼古拉耶维奇，’他说着向他伸出一只难看的红通通的手，‘很久了！谢瓦斯季扬·谢瓦斯季亚诺维奇[①]在哪儿?’‘加夫里洛夫去世了，’科洛索夫悲伤地说。‘去世了！怎么会这样！那这位是谁？’‘我的亲戚，能介绍给您，感到很荣幸，他叫尼古拉·阿列克斯……’‘好，好，’伊万·谢

① 加夫里洛夫的名与父名。

苗内奇打断他的话，‘很高兴，很高兴！ 他会打牌吗？’‘会，当然会打的！’‘嗯，妙极了；我们马上就坐下来吧。喂，玛特廖娜·谢苗诺夫娜，你在哪儿？ 摆牌桌——快一点！ ……上茶！’西多连科先生一说完这几句话就到另一个房间去了。科洛索夫看了看我。‘喂，’他说，‘我真是不好意思！ ……’我捂住他的嘴。‘您怎么啦，老兄，您叫什么名字，请到这儿来，’伊万·谢苗内奇高声说道。我走进客厅。客厅比餐厅还要小。墙上挂着一些很难看的肖像；一只有几处已露出纤维团的破沙发前放着一张绿色的牌桌；伊万·谢苗内奇端坐在沙发上，并且已经在洗牌了；他身旁，在沙发的最边上坐着一位身材瘦削、头戴白睡帽、身穿黑衣服、脸色蜡黄、布满皱纹、眼睛高度近视、嘴唇薄得像猫的女人。‘我来介绍，’伊万·谢苗内奇说，‘原先的那一位去世了；安德烈·尼古拉耶维奇带来了另一位；让我们瞧瞧他玩得怎么样！’老太婆迟钝地点头打了个招呼，接着就大咳不止。我回头看了一下，科洛索夫已经不在房间里了。‘你不要再咳了，玛特廖娜·谢苗诺夫娜，母羊都会咳嗽，’西多连科说。我坐了下来；开始打牌了。我一出错牌，西多连科就会光火，并大发雷霆；对他姐姐则乱加指责；但是，她姐姐显然早已听惯了自己兄弟的‘恭维话’，只是不时地眨眨眼睛罢了。然而，当他称玛特廖娜·谢苗诺夫娜是‘反基督者’时，可怜的老太婆就勃然大怒了。‘您，伊万·谢苗内奇，’她生气地说，‘整死了自己的夫人安菲莎·卡尔波夫娜，而我是整不死的！’‘不见得吧？’‘不！ 整不死的。’‘不见得吧？’‘不！ 整不死的！’他们就这样互相责骂很长时间。你们可想而知，我当时的处境不仅不令人羡慕，而且简直是很尴尬；我不明白，科洛索夫为什么要带我来……我从来就不是打牌的好手，而这时我感到自己牌打得糟透了。‘不行！’退役中尉不停地重复说，‘您的水平比谢瓦斯季亚诺维奇差远了！不行！您打牌心不在焉！’我心里自然恨不得让他去见鬼。这种折磨延续了两个小时；我的钱全输光了。最后一轮牌快结束时，我听到自己椅子后面有轻轻的响声，一回头，看到了科洛索夫；他身旁站着一位十七岁左右的姑娘，她带着一丝隐约可见的笑意不时地看看我。‘瓦丽娅，帮我装烟斗。’伊万·谢苗内奇恶声恶气地说。姑娘马上就跑到另一个房间里去了。她不是长得很漂亮，脸色相当苍白，身体相当瘦削；但是不论过去还是后来我都没有看到过这么美的眼睛、这么美的秀发。我们草草打完最后一轮牌；我付清了输的钱。西多连科点燃烟斗抽了起来，并大声说：‘喂，现在该吃晚饭了。’科洛索夫把我介绍给瓦丽娅，即伊万·谢苗内奇的女儿瓦尔瓦拉·伊万诺夫娜。瓦丽娅害羞了，我也感到难为情。但是，科洛索夫按自己的习惯一会儿就把一切事和一切人都安排就绪了，他让瓦丽娅坐在钢琴前，请她弹奏一段舞曲，自己同伊万·谢苗内奇一起利落地跳起哥萨克舞来了。中尉一边叫喊，一边跺脚，双腿踢出一些不可思议的动作，使得玛特廖娜·谢苗诺夫娜哈哈大笑，大咳不止，最后就上楼回到自己的房间去了。一个驼背老太婆摆好了餐桌，我们就入席吃晚饭。吃饭时，科洛索夫讲了各种各样胡编乱造的笑话；中尉发出震耳欲聋的大笑声；我不时偷偷瞧瞧瓦丽娅。她目不转睛地望着科洛索夫……我光凭她的脸部表情就能猜到，她爱他，也为他所爱。她的嘴唇微微地张开，头部稍稍有点向前垂下，整个脸都蒙上了一层淡淡的红晕；她有时会深深地叹口气，突然垂下眼睛，轻轻地笑起来……我为科洛索夫感到高兴……然而，真见鬼，我也妒忌他……

“晚饭后，我和科洛索夫立刻就伸手拿起帽子，尽管如此，中尉仍不停地打着哈欠对我们说：‘先生们，你们在这儿呆得够久了，该回去了。’瓦丽娅把科洛索夫送到前厅。‘您什么时候再来，安德烈·尼古拉耶维奇？’她对他轻声说。‘过几天一定来。’‘把他也带来，’她脸上带着诡诈的微笑补充说。‘当然啰，当然啰……’‘最忠实的仆人！’我心里想道……

“在回家途中，我了解到下面的情况。约六个月前，科洛索夫十分奇特地结识了西多连科先生。一个下雨的夜晚，科洛索夫打猎归来，走到某城门时，突然听到路边不远处传来阵阵呻吟声和断断续续的咒骂声。他身上带着枪，就不假思索地直接朝发出叫声的地方走去，并看到地上躺着一个脚已脱臼的人。这个人就是西多连科先生。科洛索夫费了很大的力气把他送到家门口，把他交给惊慌失措的姐姐和女儿去照顾，然后就跑去请医生……与此同时，天也亮了；科洛索夫累得勉强能站住脚。在玛特廖娜·谢苗诺夫娜的允许下，他倒在客厅的沙发上，一觉睡到八点左右。醒过来后，他本想马上就回家去，结果却被留下来喝早茶。夜里他曾两次匆匆地见到过瓦尔瓦拉·伊万诺夫娜的苍白脸庞；他没有特别注意她，但是早上他却彻底地喜欢上她了。玛特廖娜·谢苗诺夫娜唠唠叨叨地称赞和感谢科洛索夫；瓦丽娅默默地坐在一旁斟茶，偶尔朝他看看，并带着胆怯和害羞的神情殷勤地时而把茶杯，时而把李子，时而把糖罐递给他。这时，中尉醒了，大声地讨烟斗，沉默了一阵后，又大声叫了起来：‘姐姐！ 啊，姐姐！’玛特廖娜·谢苗诺夫娜朝他的卧房走去。‘怎么啦，这个人……他叫什么名字，真见鬼！他走了吗？’‘没走，我还在这里，’科洛索夫走到门前回答说。‘您现在觉得好一点了吗？’‘好一点了，’中尉回答，‘进来吧，小兄弟。’科洛索夫走了进去。西多连科朝他看了一会儿，勉强说：‘嗯，谢谢；以后再来我家——天晓得，您叫什么名字？’‘我叫科洛索夫，’安德烈回答。‘喂，好吧，好吧，请经常来；现在您不必无聊地呆在这里，想必家里人正在等您。’科洛索夫走了出去，和玛特廖娜·谢苗诺夫娜告了别，向瓦尔瓦拉·伊万诺夫娜点了点头，然后就回家了。从那天起，他就经常去伊万·谢苗内奇家，起先只是偶尔去去，后来去的次数就越来越频繁了。夏天到了，他常常拿起猎枪，背上猎袋，走出家门，好像是去打猎；结果却拐到退役中尉家里，在他家一直呆到晚上。瓦尔瓦拉·伊万诺夫娜的父亲在军队里服了将近二十五年的兵役，攒下了一笔数目不大的钱，并在离莫斯科两俄里的地方给自己买了几俄亩土地。他勉强会读读写写；但是，尽管他外表迟钝粗鲁，头脑却是很聪明，而且又很有心计，有时像许多小俄罗斯人一样，甚至还有点滑头。他是个很自私自利的人，脾气固执得像头牛，待人一向极不热情，尤其是对陌生人；我有时甚至发觉，他似乎有一点鄙视全人类的味道。他像个宠坏了的孩子，从不放弃自己的任何要求，不愿意结识任何人，‘随心所欲’地过自己的日子。有一次，我和他随便谈起婚姻问题。‘婚姻……婚姻，’他说。‘我干吗要让我的女儿出嫁呢？喂，为什么？是为了让她丈夫像我揍自己的已故老婆那样揍她吗？而我将和谁呆在一起呢？’退役中尉伊万·谢苗内奇就是这样的人。科洛索夫常到他家去，自然不是为了他，而是为了他的女儿。一天晚上，安德烈与她坐在花园里闲聊。伊万·谢苗内奇走到他们跟前，闷闷不乐地看了看瓦丽娅，然后把安德烈叫到一旁。‘听着，老兄，’他对安德烈说，‘我发现，你和我的独生女儿谈得很投机，而我这个老头却感到寂寞无聊；再带个人来，否则没人和我玩牌了，听到吗？往后我不会让你一个人进门的。’第二天，科洛索夫带着加夫里洛夫去他家，于是可怜的谢瓦斯季扬·谢瓦斯季亚诺维奇整个秋天和冬天的每天晚上都陪退役中尉打牌；这个名副其实的大丈夫，正如通常所说的，对他是不拘礼节的，也就是说相当粗鲁。先生们，现在你们大概已明白，科洛索夫为什么在加夫里洛夫去世后带我到伊万·谢苗内奇家去。把这些详情全都告诉我后，科洛索夫还补充了一句：'我爱瓦丽娅，她是个非常可爱的姑娘；她喜欢上你了。'

"亲爱的先生们，我好像忘了告诉你们，在这之前我是怕见女人的，老是回避她们，虽说单独一人时我也经常整小时整小时想望约会，想望爱情，想望相爱等等。瓦尔瓦拉·伊万诺夫娜是我不由自主地想与她谈谈的第一位姑娘，完全是不由自主。瓦丽娅是个很普通的姑娘，然而，这种姑娘在圣俄罗斯已经非常罕见。你们会问我：为什么？ 因为我在她身上从未看到过任何矫揉造作、拿腔作势的表现；因为她是一个单纯、直爽、有点忧郁的女孩子；因为她不是那种'娇小姐'。我喜欢她文静的微笑；我喜欢她朴直而又清脆的嗓音、轻松愉快的笑声、聚精会神而又绝非'深情'的目光。这个女孩不会作任何许诺，但是你们会情不自禁地欣赏她，就像晚上欣赏又高又暗的桦树林中的黄鹂骤然发出的啼鸣。我应当承认，在别的时候我会非常冷漠地从这种女孩身边一走而过，比如现在我就没有心思独自晚间去散步，没有心思去欣赏黄鹂的啼鸣，但是当时……

"先生们，我认为，像所有的正人君子一样，你们一生中哪怕只恋爱过一次，就会从亲身经历中得知，爱情是怎样在人的心里产生和发展的；所以我不想多谈当时我身上发生的变化。我和科洛索夫十分频繁地去伊万·谢苗内奇家；尽管该死的牌戏不止一次地使我陷入无法摆脱的绝境，但一想到能接近这位可爱的女人（我爱上了瓦丽娅），我就会产生一种奇怪的、甜蜜的、折磨人的快感。我没有竭力去克制这种渐渐生发出来的感情；再说，当我最终决定为这种感情定名时，它已经十分强烈了……我默默地怀着自己的爱情，忌妒而又胆怯地把它珍藏在心里。我喜欢这种令人陶醉的、默默无声的感情骚动。我的痛苦并没有使我吃不下睡不着；但是我整天都感觉得到胸膛里有一种特殊的生理感觉，它就是心里存在爱情的征兆。我不能向你们描述种种不同的感受在我心里所进行的斗争，比如，当科洛索夫和瓦丽娅从花园回来，她脸上流露出一副兴高采烈的忠贞神情和因感到无上幸福而产生的倦意的时候……她为他而活，心里只有他一个人，因此不知不觉地仿效他的各种习惯，连看一看和笑一笑的样子也学他……我想象得出，她和科洛索夫在一起度过了一些多么美妙的瞬间，他使她感到多么幸福……而他呢……科洛索夫并没有失去自由；我认为，当瓦丽娅不在身边时，他不会想着她的；他仍旧是我们一直所了解的那个无忧无虑的快活和幸福的人。

“所以，就像我已对你们说过的那样，我和科洛索夫到伊万·谢苗内奇家去的次数十分频繁。有时（他心情不好时）退役中尉不让我坐下打牌；在这种情况下，他默默地坐在角落里，皱着眉头，阴森森地望着大家。第一次遇到这种情况时，他的宽宏大量使我感到很高兴；后来我却时常主动请他坐下来打‘惠斯特’①：第三者的角色多么难堪！我会使科洛索夫和瓦丽娅感到多么窘迫，虽说他们互相担保说，有我在场是不必拘礼的！……

“时间一天天地飞逝……他们是幸福的……我不是一个爱描述他

① 类似桥牌的一种牌戏。

人幸福的人。但是，就在这时我开始发现，瓦丽娅的天真无邪的热情逐渐被一种更具女性味、更加动荡不安的感情所代替。我开始猜测，又要新调老弹了，也就是说科洛索夫……一点一点地……冷淡下来了。我承认，这个发现使我感到高兴；我承认，我对安德烈一点也不感到愤懑。

“我们造访中尉家的间隔时间变得越来越长了……瓦丽娅开始带着一双哭红的眼睛迎接我们。我们听到一些责备话……有时我装出一副无所谓的样子问科洛索夫：‘怎么样？ 我们今天去伊万·谢苗内奇家吗？ ……’他冷冰冰地朝我看了看，平静地说：‘不，不去。’我有时觉得，他在跟我谈论瓦丽娅时好像带着一种狡诈的微笑……总之，我代替不了他的加夫里洛夫……加夫里洛夫比我善良和傻一千倍。

“现在，请允许我稍稍离题一会儿。以往我在给你们讲我大学同学的情况时，没有提到过一位名叫希托夫的先生。这位希托夫先生已有三十五岁了；他已经当了十年的大学生。现在我还清晰地记得他的苍白的狭长脸、褐色的小眼睛、长长的鹰钩鼻、带有嘲讽意味的薄薄的嘴唇、一绺得意地蓬起的头发、洋洋自得地埋在褪色的宽大黑领结里的下巴、一件前襟缀有铜钮扣的胸衣、敞开的蓝色燕尾服、花哨的西装背心；我好像还听得到他那响得刺耳的笑声……他到处闲逛，到所有可能去的‘舞场’出洋相……我记得，听到他讲下流故事时，我不能不感到格外震惊……科洛索夫有一次把他比作俄罗斯小旅店中一间没打扫过的房间……多么可怕的比喻！ 然而这个人有着无穷的智慧、健全的理智、敏锐的观察力、说不完的俏皮话……他有时会冒出一句极其有理、准确、尖锐的话来，令我们大为震惊，因此我们大伙儿都会不由自主地安静下来，惊讶地望着他。其实，对一个俄罗斯人来说，反正全都是一样的：不论他说的是蠢话，还是高论。特别害怕希托夫的是那些自尊心很强、好幻想而又无才能的小伙子，他们整天整天苦苦地坐着拼凑那些最下流的歪诗，拉长声音把它们读给自己的‘朋友们’听，并且蔑视一切有用的知识。其中有一个小伙子被希托夫赶出了莫斯科，因为希托夫老是不停地向他重复他的两句歪诗：

人——

这就是没有剥皮的骷髅……

“让‘骷髅’与‘人’押韵。[①]然而，希托夫自己也是无所事事，不学无术……不过，这一切都是正常的。可是这个希托夫天知道为什么开始取笑我对科洛索夫的浪漫感情。第一次取笑我时，我是义愤填膺地把他赶出去的；第二次我则是带着一种冷酷无情的蔑视态度向他宣告，他无资格评论我们的友谊，然而我没有赶他走；当他在与我告别时说，没有得到科洛索夫的允许，我甚至不敢夸奖他的时候，我感到很懊恼；希托夫的最后一席话铭刻在我的心里了。我已有两个多星期没有见到瓦丽娅了……高傲、爱情、模糊的期盼、许许多多不同的感情在我心里翻腾起来……我不再犹豫，心里极度紧张地独自动身到伊万·谢苗内奇家去了。

“我不知道自己是怎么抵达那幢熟悉的房子的；只记得，我在路上坐下来休息了几次——倒不是因为走累了，而是因为心里很激动。我走进前厅，还没来得及说一句话，客厅的门就打开了，瓦丽娅也迎面朝我

① 俄语中 ЧЕЛОВЕК（人）СКЕЛЕТ（骷髅）韵脚接近。

跑了过来。‘终于来了，’她用忐忑不安的声音说，‘安德烈·尼古拉耶维奇呢？’‘科洛索夫没来……’我勉强地嘀咕了一句。‘没来？’她又问了一遍。‘是的……他吩咐我告诉您，说……他……有事耽搁了……’我根本不知道自己说了些什么，也不敢抬起眼睛去看她。瓦丽娅一动不动地、默默地站在我面前。我望了她一眼：她已把头转向一旁；两颗巨大的泪珠从她的脸颊上慢慢地滚了下来。她的脸上突然涌现出无限的悲伤；羞愧、痛苦、对我的信任——这些内心感受的斗争在她那可怜的小脑袋和情不自禁的动作里显露得那么温和、那么动人，使我的心受到极大的震动。我稍稍向前移动了一下……她猛的一战栗，跑开了。在客厅里我见到了伊万·谢苗内奇。‘这是怎么啦，老弟，就您一个人吗？’他古怪地眯着左眼问我。‘一个人，’我局促不安地回答。西多连科突然哈哈大笑起来，跑到另一个房间去了。我从未遇到过这样尴尬的场面，鬼知道有多么糟糕！但也毫无办法。我开始在客厅里来回踱步。‘这头胖猪笑什么呢？’我心想。玛特廖娜·谢苗诺夫娜双手捧着一只未结好的袜子走进客厅，在窗边坐了下来。我便和她聊了起来。这时，茶端上来了。瓦丽娅从楼上走了下来，脸色苍白，神态忧伤。退役中尉俏皮地挖苦科洛索夫。‘我知道他是个多么滑头的家伙，’他说，‘我想，现在大概怎么请也请不来他了！’瓦丽娅急忙站起身，走开了。伊万·谢苗内奇看了看她的背影，油腔滑调地吹了声口哨。我困惑不解地看了他一眼。‘难道他什么都知道？’我心里想。中尉仿佛猜中了我的心思，肯定地点了点头。喝完茶，我马上站起身，行礼告别。‘您呀，老弟，我们倒还能见到，’中尉对我说。我一句话也没有回答……我简直开始害怕这个人了。在台阶上，一只冰冷颤抖的手抓住了我的手；我回头一看：是瓦丽娅。‘我需要和您谈谈，’她轻声说。‘明天早一点来，直接到花园里来。午饭后，爸爸要睡觉，谁也不会打搅我们。’我默默地握了握她的手，我们就分手了。

“第二天，下午三点钟我已到了伊万·谢苗内奇的花园。早上我没见到过科洛索夫，尽管他也是常来见我的人。这是一个天气阴沉、却又温暖无风的秋日。枯黄的细草茎在黯然失色的草地上凄凉地摇晃着；动作敏捷的山雀在深褐色的榛树秃枝上不时地跳来跳去；迟到的云雀急匆匆地在小路上窜来窜去；一只兔子正在谨慎地穿越绿树丛；一群牲口懒洋洋地在麦茬地里游荡。我在花园里找到了瓦丽娅，她坐在苹果树下的一条长凳上；她身穿一件皱巴巴的深色连衣裙；她那倦怠的目光和梳理马虎的头发都显示出她真的很伤心。

“我在她旁边坐下。我们两人都没有作声。她久久地摆弄着手中的一根树枝，低下头，说道：‘安德烈·尼古拉耶维奇……’我根据她嘴唇的动作马上就看出，她要哭了，于是我开始安慰她，热情地劝她相信安德烈的爱情……她听了我的话，悲伤地摇摇头，说了些含糊不清的话，接着就不作声了，不过也没有哭。我最害怕的开头时刻相当顺利地过去了。她渐渐地谈论起安德烈来了。‘我知道，他现在已经不爱我了，’她反复说，‘随他的便！我想不出，没有他，我怎么活……我每夜都睡不着，老是哭……我究竟该怎么办？……我究竟该怎么办？……’她的眼睛里充满泪水。‘我曾觉得他是那么的善良……瞧……’瓦丽娅擦干眼泪，清了清嗓门，然后挺直身子。‘好像有很久了吧，’她继续说，‘他给我读过普希金的诗，同我一起坐在这条长凳上……’瓦丽娅天真的唠叨话感动了我，我默默地听她自白，我的心慢慢地充满一种苦涩的幸福感；我目不转睛地望着她那苍白的脸、湿漉漉的长睫毛、微微干枯的半启着的嘴唇……同时我感觉到……你们愿意听我对当时的感情作一点儿心理分析吗？ 首先有一个想法使我感到苦恼，那就是我没有被爱，不是我使得瓦丽娅感到痛苦；其次，她对我的信任使我感到高兴，我知道：她将会感激我，因为我给了她诉苦的机会；第三，我暗自保证要让科洛索夫和瓦丽娅的关系再次密切起来，并为自己这样宽宏大量感到宽慰……第四，我希望以自己的自我牺牲精神去打动瓦丽娅的心——以后嘛……你们看，我并不顾惜自己；谢天谢地，到时间了，某个修道院的钟楼上的钟敲了五下；暮色正在迅速地降临。瓦丽娅急忙站起身来，把一张便条塞进我的手里，然后就回家去了。我追上她，向她保证下次把安德烈带来，然后我像一个幸福的情人似的悄悄地从篱笆门窜到了田野上。便条上不整齐地写着下面几个字：'安德烈·尼古拉耶维奇先生收。'

"第二天一大早，我就去见科洛索夫。我承认，尽管我要使自己相信，我的动机不仅是高尚的，而且还充满了舍己为人的自我牺牲精神，但我还是感到有点尴尬，甚至有点胆怯。我来到了科洛索夫家。有一个叫普济里岑的中途辍学的大学生坐在他家，这人是写出名的'莫斯科小说'和'灰色小说'的作家之一。普济里岑是个十分善良和十分腼腆的人，尽管已经三十三岁了，还是打算当一名骠骑兵。他那种人每天务必说一遍诸如'美好的东西总是在华丽的色彩中毁灭的，世上美好之物的命运就是这样的'之类的话，以便把一天所余下的时间全都用来和'好朋友'们极其愉快地一起抽抽烟。所以他有一个外号，叫理想主义者。这位普济里岑正坐在科洛索夫身旁，为他朗读某部小说的'片断'。我开始听，说的是，一位青年爱上了一位姑娘，后来又把她杀害了，等等。最后，普济里岑终于读完，并告退了。他的荒谬劣作、亢奋得刺耳的朗读声，就连他的在场都使科洛索夫感到又可笑又可恨。我发觉我来得不是时候，但毫无办法；我什么话也没说就把瓦丽娅的便条交给了安德烈。

“科洛索夫异常惊讶地看看我，打开纸条，匆匆地看了一眼，沉默片刻，然后平静地微微一笑。‘原来这样！’他最终说道。‘这么说，你去过伊万·谢苗内奇家了？’‘去过，昨天，一个人去的，’我断断续续地回答，但语气是坚定的。‘啊！……’科洛索夫嘲笑了一声，并点燃烟斗抽了起来。‘安德烈，’我对他说，‘你不可怜她吗？……要是你见到她的眼泪……’于是我开始娓娓动听地描述昨天去见瓦丽娅的经过。我确实说得很动情。科洛索夫默默地抽烟斗。‘你和她一起坐在花园里的苹果树下吧？’他最终问道。‘记得，五月份我也曾和她一起坐在这条长凳上……苹果树正开着花，偶尔有几朵新鲜的白花落在我们身上，我握着瓦丽娅的双手……那时我们是幸福的……现在苹果树的花谢了，再说树上的苹果还是酸的。’我勃然大怒，指责安德烈的冷漠无情；对他说，他没有权利如此突然地抛弃一个曾被他激起许多新感受的姑娘；我求他至少去和瓦丽娅道个别。科洛索夫听我把话说完。‘假定说，’当我情绪激动、十分疲乏地倒在圈椅上，他对我说，‘假定说，作为我的朋友，你有权指责我……但还是要请你听完我的申辩，不过……’说到这里，他沉默了一会儿，并古怪地笑了笑。‘瓦丽娅是个非常好的姑娘，’他继续说，‘她在我面前毫无过错……相反，我倒是要好好地感激她，好好地感激她。我不再去看她的原因很简单——我不再爱她了……’‘究竟为什么？为什么呢？’我打断了他的话。‘天知道为什么。当我爱她的时候，我是全身心地属于她的；我没有考虑未来，没有考虑一切，只是和她一起分享自己的全部生活……这种热情现在已经消失了……有什么好说的呢？你要我虚情假意地去扮演恋人，是吗？ 这又何必呢？ 是出于对她的同情吗？ 假如她是个正派的姑娘，那么她本人是不会想要这种施舍的，假如她乐意以我的同情而自慰，那她有什么了不起的呢？ ……’科洛索夫的漫不经心的尖刻用语使我感到受侮辱了，这也许是因为事情涉及到我暗恋的那个女人……我勃然大怒。‘够了！’我对他说，‘够了！ 我知道，你为什么不再去找瓦丽娅。’‘为什么？’‘塔纽莎不让你去。’说完这番话后，我以为我已深深地刺痛了安德烈。这个塔纽莎是个十分‘轻佻’的小姐，黑头发，肤色黝黑，二十五岁左右，举止放肆，并且精明得像鬼似的，活像是穿上女装的希托夫。科洛索夫一个月内大约要和她争吵和和好五次。她爱他爱得发狂，虽然有时候在争执时她会指天发誓地说，要喝他的血……而且安德烈也离不开她。科洛索夫看了看我，平静地说：‘也许。’‘不是也许，’我喊起来，‘而是肯定！’我的指责终于使科洛索夫感到厌烦了……他站起来，戴上制帽。‘哪儿去？’‘去散步，你和普济里岑搞得我头疼得厉害。’‘你是在生我的气吗？’‘没有，’他回答，亲切地微微一笑，然后向我伸出一只手。‘至少你得告诉我对瓦丽娅说些什么吧？’‘说什么呢？ ……’他稍稍思忖了一会儿。‘她告诉过你，’他说，‘我和她在一起念过普希金的诗……你让她想想普希金的一句诗吧。’‘哪一句，哪一句？’我急不可耐地问。‘就是这句：已经过去的事，不会再重演。’说完这话，他就走出了房间。我跟着他往外走；走到楼梯上，他站停了下来。‘她很伤心吗？’他把帽子压在眼睛上，问我。‘非常，非常伤心……’‘真可怜！ 安慰安慰她，尼古拉，要知道，你是爱她的。’‘是的，我当然眷恋过她……’‘你是爱她的，’科洛索夫又说了一遍，目光直视着我的眼睛。我默默地转过身去；我们分手了。

“回到家后，我情绪波动得像发寒热似的。

“‘我尽到了自己的责任，’我心里想道，‘战胜了自己的自尊心；我劝过安德烈和瓦丽娅重归于好！！……现在我是对的：得到了荣誉，上帝没让我吃亏。’然而，安德烈的冷漠神情使我感到受了侮辱。他没有吃我的醋，他叫我去安慰她……难道瓦丽娅是这么寻常的姑娘吗？……难道她不值得同情吗？……安德烈·尼古拉耶维奇，一定会有人珍惜你所轻视的那个姑娘的！……但有什么用呢？……要知道，她并不爱我……是的，她现在并不爱我，因为她对科洛索夫是否会回心转意还未完全失去希望……但是，以后……谁知道呢？我的忠诚会打动她的心，我将摒弃所有的奢望……我要把自己的全副身心都无偿地奉献给她……瓦丽娅！难道你永远也不会……爱上我吗？……永远也不会吗？……

“这些话是你们最恭顺的仆人于一八三三年在京城莫斯科的我那可敬的老师家里说的。我哭了……我发呆了……天气很不好……绵绵细雨夹着持续不断的细微的淅沥声顺着玻璃窗向下流；深灰色的积雨云静止不动地悬在城市的上空。我匆匆吃了午饭，没有理睬那个善良的德国女人的关怀备至的问长问短，她看到我那双红肿的眼睛，自己也抽抽搭搭地哭了起来（众所周知，德国女人向来爱哭）；我极其冷淡地应付了一下我的老师……饭后，我马上就动身到伊万·谢苗内奇家去了……我低低地缩起身体坐在一辆颠得很厉害的‘轻便’马车里，我问自己：怎么办？是把一切情况如实地讲给瓦丽娅听呢，还是要继续说假话，并使她一点点地忘掉安德烈？……直到抵达伊万·谢苗内奇家，我还不知道该怎么办……我在客厅里见到了他们一家人。瓦丽娅一看到我，脸色顿时就变得煞白，但仍一动不动地坐在原来的位置上；

西多连科嘲讽味十足地与我谈起话来了……我尽力与他应酬，不时地朝瓦丽娅张望……脸上几乎是无意识地流露出一副心事重重的忧郁神色。退役中尉又摆好了打‘惠斯特’的牌桌。瓦丽娅在窗旁坐了下来，一动也不动。‘你现在大概感到无聊吧？’伊万·谢苗内奇多次问她。我终于找到了一个合适的机会。‘您又是一个人来，’瓦丽娅轻声地对我说。‘一个人，’我闷闷不乐地回答，‘大概将会长期这样的。’她迅速低下了头。‘您把我的信交给他了吗？’她用勉强听得见的声音问了一句。‘交给他了。’‘是吗？……’她喘起粗气。我望了她一眼……突然产生了一种幸灾乐祸的念头。‘他叫我告诉您，’我一字一顿地说，‘已经过去的事，不会再重演……’瓦丽娅用左手捂住胸口，右手伸向前方，全身摇晃了一下，然后就急急忙忙地走出了客厅。我想去追她……伊万·谢苗内奇拦住了我。我在他家又呆了两个小时，但瓦丽娅再也没有露面。在回家路上，我感到惭愧……有愧于瓦丽娅，有愧于安德烈，有愧于自己；尽管常言道，长痛不如短痛，但是有谁给过我如此无情地去伤害一个可怜的姑娘的心的权利呢？……我久久无法入睡……但最终还是睡着了。总之，我应该再说一遍，‘爱情’从未使我失眠过。

“我开始相当频繁地去拜访伊万·谢苗内奇，我和科洛索夫仍旧经常见面，但是无论是我还是他都闭口不提瓦丽娅。我和瓦丽娅的关系非常奇怪。她已眷恋上我了，但这是一种与爱情丝毫无涉的依恋之情；她不可能觉察不到我对她的深切同情，并且很乐意与我交谈……你们认为会谈些什么呢？谈科洛索夫，只谈科洛索夫一个人的事！这个人已经牢牢地攫住了她的心，因此她似乎已经不再属于她自己了。我徒劳无益地拼命唤起她的自尊心……她要么不作声，要么就大谈特谈！唠唠叨叨地谈论科洛索夫。我当时就毫不怀疑，这种忧伤，即好唠叨的忧伤，实质上要比各种默不作声的痛苦真实得多。我承认，我在那段时间里经受了许多痛苦的瞬间。我感觉得到我无法取代科洛索夫，我感觉得到瓦丽娅的过去是多么充实，多么美好……而现在又是多么可怜……我甚至发展到一听到‘您记得吗……’这几个字就会浑身发抖的地步，因为她的每一次谈话几乎都是以这句话开始的。她在我们相识的最初日子里有些消瘦……但是后来又恢复了原貌，甚至变得高兴起来了；那时候可以把她比作一只受了伤还没有痊愈的小鸟。与此同时，我的处境却变得令人难以忍受；一种最为卑鄙的欲望渐渐地占据了我的心；我时常会当着瓦丽娅的面诽谤科洛索夫。我决定中止这种不自然的关系。但是怎么中止呢？和瓦丽娅分手——我做不到……向她表白自己的爱情——我又不敢；我觉得我暂时还不能指望得到两厢情愿的爱情。和她结婚……这个念头使我感到害怕；我只有十八岁；我非常害怕这么早就把自己的全部未来都‘束缚住’；我想起了父亲；我听到了同学们还有科洛索夫的嘲笑声……但是，常言道，任何念头都好似一团发面，只要把它揉到家，就可用它做出一切东西来的。我开始整天整天地考虑结婚事宜……我设想，当身为科洛索夫的同学和代理人的我，在明知道瓦丽娅绝望地爱着另一个人的情况下还要向她求婚，她的内心将会充满多少感激之情。我记得，一些有经验的人曾对我说过，基于爱情的婚姻只能是十足的荒唐事；我开始幻想：想象我俩在南俄某个温暖的小角落里平静地生活；设想自己正在暗暗观察瓦丽娅从感激到友谊、从友谊到爱情的内心感情的渐变过程……我暗自许下诺言，要马上离开莫斯科，离开大学，把所有的事和人全都忘记掉。我开始回避科洛索夫。终于在一个晴朗的冬天的早晨（头天晚上，瓦丽娅不知怎么特别令我神魂颠倒），我穿上好一点的衣服，庄重地缓步走出房间，雇了一辆上等马车，到伊万·谢苗内奇家去了。瓦丽娅独自一人坐在客厅里读卡拉姆辛[①]的作品。一看到我，她便轻轻地把书放在膝盖上，并用，一种恐慌好奇的目光看了看我的脸，因为我从来也没有在上午到他们家去过……我在她身旁坐了下来；我的心难过地怦怦直跳。'您在读什么？'我终于问道。'卡拉姆辛的作品。''什么？您对俄罗斯历史感兴趣……'她突然打断了我的话。'听我说，您是从安德烈那儿来的吗？'这个名字、这种急不可耐的盘问口气、她脸上的半喜半怯的表情——所有这些无容置疑的坚贞爱情的标志仿佛一支支利箭扎进了我的心脏。我决定要么与瓦丽娅分手，要么从她那儿得到一种能把安德烈这个可恶的名字永远从她的嘴里赶走的权力。我不记得我当时对她说了什么；一开始我想必说得很不清楚，因为她很久也没听懂我的意思；最后，我憋不住了，几乎嚷着大声说：'我爱您，我想和您结婚。''您爱我？'瓦丽娅大为惊讶地问。我觉得她似乎想要站起来，逃走，拒绝我。'看在上帝的份上，'我紧张得喘不过气来，低声说，'别马上答复我，别对我说行或不行，想一想吧，明天我再来听最后的答复……我早就爱您了。我并不祈求您的爱，我愿意当您的保护人、您的朋友，现在别答复我，别答复我……明天见。'说完这一句话，我就跑出了客厅。伊万·谢苗内奇在前厅里遇到了我，他对我的来访不仅不感到惊奇，甚至还笑容可掬地请我吃苹果。这种意想不到的盛情款待使我受宠若惊，我简直呆住了。'拿一个苹果吃吧，优质苹果，真的！'伊万·谢苗内奇口气坚定地说。最后，我下意识地

---

① 卡拉姆辛（1766—1826 年），俄国著名作家。

拿了一个苹果，并带着它坐车回到了家。

“你们可以轻易地想象出，这一整天和第二天早上我是怎么度过的。这天夜里我睡得很不好。‘上帝啊！ 上帝！’我心想，‘要是她拒绝我！ ……我定会死的……我定会死去的……’我沮丧地重复。‘是的，她肯定会拒绝我的……我干嘛这么匆忙！！ ……’我为了找些事来解解闷，开始给父亲写信——一封绝望的、口气坚定的信。谈到自己时，我用的字眼是：‘您的儿子。’鲍勃夫来看我了……我扑到他胸口上哭了起来，这个举动大概使可怜的鲍勃夫吃惊不小……后来我知道，他是来向我借钱的（房东威胁说，要赶他出去）；用大学生的话来说，他是迫于无奈才倒退着回去的……伟大的时刻终于到了。我走出房间，站停在门口。‘今天，’我心里想道，‘我是怀着一些什么样的感受跨过这道门槛的啊！ ……’看到伊万·谢苗内奇的房子时，我激动得一下车就捧起一把雪，把脸使劲地埋在里面。‘天哪！’我心想，‘如果我只碰到瓦丽娅一个人，那我就完蛋了！’我的双腿发软；我勉强登上了台阶。我的心愿实现了。我看到瓦丽娅和玛特廖娜·谢苗诺夫娜一起坐在客厅里。我尴尬地点头致意，然后在老太婆身旁坐了下来。瓦丽娅的脸色比平时苍白……我好像觉得她在竭力避开我的视线……玛特廖娜·谢苗诺夫娜突然站起来，走到另一个房间去了，这时候，我简直慌了神！ ……我开始望着窗外，我的五脏六腑都像白杨树叶那样不停地颤动。瓦丽娅沉默不语……最后，我终于战胜了胆怯的心理，走到她跟前，低下头……‘您究竟要对我说什么？’我的声音低得几乎听不见了。瓦丽娅转过脸去，眼泪在她的睫毛上闪动。‘我看，’我继续说，‘我没有什么希望了……’瓦丽娅羞答答地朝四周看了一眼，然后默默地把一只手伸给我。‘瓦丽娅！’我情不自禁地说出声来……接着马上就住口了，仿佛害怕自己的希望会落空。‘您去跟爸爸谈谈吧，’她终于说道。‘您允许我去跟伊万·谢苗内奇谈谈吗？……’‘是的。’我捧起她的双手狂吻了起来。‘够了，够了，’瓦丽娅低声说，后来又突然大哭起来。我坐到了她的身边，不停地劝她，替她擦眼泪……幸亏伊万·谢苗内奇不在家，而玛特廖娜·谢苗诺夫娜也回自己的小房间去了。我向瓦丽娅发誓永远爱她，对她忠贞不渝……‘是的，’她强忍住痛哭，不停地擦着泪水说，‘我知道，您是个好人；您是个正直的人；您不像科洛索夫，’……‘又是这个名字！……’我心里想道。但是，我是怀着多么愉快的心情吻这双温暖湿润的小手的啊！我是怀着多么温和的喜悦之情望着这张可爱的脸蛋的啊！……我向她畅谈未来，不时地在房间里走来走去，在她面前席地而坐，用一只手捂着双眼，浑身颤抖……伊万·谢苗内奇的沉重脚步声打断了我们的谈话。瓦丽娅急忙站起来，回自己的房间去了，临走她既没有和我握握手，也没有看我一眼。西多连科先生的态度比昨天还要客气，他放声大笑，揉着自己的肚子，说着俏皮话，挖苦玛特廖娜·谢苗诺夫娜。我本想立刻就请求他‘祝福’，但是想了一会儿，还是决定推迟到明天再说。他那些笨拙的玩笑使我厌烦；同时我觉得累了……我向他告辞后就走了。

“我是属于那种喜欢回味自己感受的人，尽管我自己也无法容忍这种人。因此，在内心爆发出第一阵喜悦感之后，我马上又沉湎于种种设想之中。坐车驰离退役中尉家约半俄里时，我还欣喜若狂地把帽子往空中一抛，并大叫了一声：‘乌拉！’但是，当我坐车在莫斯科的长长的弯弯曲曲的道路上徐徐行驶时，我的思绪有点转向了。我心里产生了各种相当可耻的顾虑。我想起了我和伊万·谢苗内奇关于婚姻的那次泛泛而论的谈话……于是情不自禁地轻声说：‘瞧，真会装模作样，老骗子！……’真的，我也曾不停地反复说：‘不过，瓦丽娅是我的！是我的！……’但是，首先，这个‘不过’毕竟是不过呀！……而其次，‘瓦丽娅是我的’这句话在我内心所激起的并不是强烈的喜悦之情，而是一种自尊心得到满足后的平庸的欣喜。……如果瓦丽娅一口拒绝我，我倒会对她燃起一种炽热的爱情的；但是，得到她的同意后，我就像一个人对客人说：‘请像在自己家里一样随意吧，’客人也真的像在自己家里一样随意地在他家里指手画脚起来了。‘如果她爱科洛索夫，’我心想，‘她怎么会这么快就答应我的求爱呢？看来，她是乐意嫁给任何人的……嘿，这又怎么啦？这对我来说就更好了……’我就是怀着这些乱七八糟的心情跨进自己家的门槛的。先生们，你们也许会认为我说的故事是不足为信的吧？我不知道，它像不像是真的，但我知道，我对你们所说的一切的的确确是真的。不过，这整一天我倒是都沉湎于狂喜之中，我对自己说，我简直不配享受这种幸福；但是第二天早上……

“睡眠是一件多么奇妙的事！它不仅能恢复体力，还能以某种方式恢复人的心灵，使它回到原先天真纯朴的境界。在白天，你们能调控自己的情绪，能沉浸于谎话、虚妄的念头之中……睡眠则以其清凉的波浪冲洗掉所有这些乌七八糟的杂念，一觉醒来后，你们至少在短暂的时刻能够理解并热爱真实。我睡醒了，回想起昨天的事，心里感到有点难为情……我似乎为自己的所有行为而感到羞愧。想到今天的拜访，想到要向伊万·谢苗内奇提亲，我心里不由自主地感到不安……这种不安令人感到痛苦和烦恼，就像一只兔子听到猎犬的吠声而必须最终离开可爱的树林奔向田野，可是田野上却有更加凶狠的猎犬在等候它……‘我干嘛这样着急呀！’我又像昨天那样重复道，但话中的含意已迥然不同。我记得，昨天和今天，这种极大的差别使我自己也感到大为惊讶；当时我第一次想到，人生中隐藏着秘密——奇怪的秘密……我像孩童一样困惑莫解地望着这个并非虚构的崭新的现实世界。许多人都把‘现实’这个词儿理解为‘庸俗’。也许有时是这样的；但是我应当承认，现实第一次出现在我面前时，使我感到极为不安、极度恐惧、大为惊讶……

“用果戈理的话来说，关于失败的爱情的言词是多么浮夸！……现在转回到我的话题。那天上午我又确信我是最幸福的人。我乘车到城外的伊万·谢苗诺夫家里去了。他非常高兴地接待了我；他原想去邻居家，是我留住了他。我害怕单独和瓦丽娅在一起。这天晚上过得很快乐，但是心里并不特别高兴。瓦丽娅的态度有点暧昧，既不客气，也不忧郁……模样既不好看，也不难看。我用哲学家们所说的那种客观的眼光去看她，也就是像一个饱汉看着一堆食物一样。我发现，她的双手有点发红。不过，我有时也会热血沸腾，我眼睛望着她，心里却充溢着种种特别期望和念头。我还是不久前刚提出所谓的求婚的，但此时我觉得我和她仿佛已是夫妻……我们的心已经融合为一个**美好的整体**，彼此都属于对方，因此，每颗心都在竭力为自己寻找特殊的道路……

“‘怎么样？您和我爸爸谈过吗？’当我和瓦丽娅单独相处时，她问。这个问题使我感到很不高兴……我暗自想道：‘您太着急了，瓦尔瓦拉·伊万诺夫娜。’‘还没有呢，’我冷冷地说，‘不过，我会说的。’总之，我对她有点不大客气。虽然我作了保证，但是我却没有对伊万·谢苗内奇说过一句正经话。临走时，我含着深意地握握他的手，并对他说，我要与他谈谈……仅此而已……‘告辞了！’我对瓦丽娅说。‘再见，’她说。

“先生们，我不想再久久地折磨你们了；怕你们会听得不耐烦……这个‘再见’并没有兑现。我再也没有去过伊万·谢苗内奇家。不错，我主动与瓦丽娅分手后的头几天并不是没有流泪、没有自责和没有焦躁不安；我自己也因我的爱情之花会如此迅速地凋谢而感到害怕；我曾多次想去看她，我清楚地想象得到她会多么惊奇、多么痛苦、多么屈辱，但是——我并没有去伊万·谢苗内奇家。我在想象中请求宽恕，在想象中跪在她面前，要她相信我深感后悔，——有一次，在街上遇到一个长得有点像她的姑娘，我竟然头也不回地撒腿就逃，逃到一家点心店里，一连吃了五个多层馅饼才缓过一口气来。‘明天’这个词儿是人家想出来供优柔寡断的人和孩子们用的；我就像个孩子似的用这个神妙的词儿安慰自己。‘明天我一定去看她，’我对自己说，于是今天也就吃得下睡得着了。现在我开始远远甚于思念瓦丽娅地思念起科洛索夫来了……我的眼前随时都会浮现出他那张开朗的、勇敢的、无忧无虑的脸。我又开始去找他了。他像以前那样接待了我。但是，我深切地觉得他比我强！我觉得我的所作所为都非常可笑：我在科洛索夫与瓦丽娅交往时的苦苦思恋、我要使他们恢复亲密关系的舍己为人的决心、我的期待、我的兴奋、我的悔悟全都是可笑的！……我演了一出极差劲的、吵吵嚷嚷和冗长而又乏味的喜剧，而他却如此轻松、如此愉快地度过了这段时间……你们一定会对我说，‘这有什么可奇怪的呢？您的科洛索夫爱上了一个姑娘，后来不爱了，把她抛弃了……这种事会发生在所有的人身上……’我同意；但是我们中有谁会及时地与自己的过去决裂呢？有谁，请告诉我，有谁不怕责备，我不是说女人的责备……头号大傻瓜的责备？我们中有谁不渴望时而炫耀炫耀自己的慷慨，时而又自私地玩弄玩弄另一颗真诚的心？最后还有，我们中又有谁能抵抗得住小小的自尊心——**小小的良好感觉**、比如同情和悔恨呢？……噢，先生们！一个人与一个他曾爱过的女人分手了，在他不由自主地意识到他已不可能全心全意地爱她的那一痛苦和庄严的时刻，这种人，请相信我，会比那些因无聊和软弱而又继续拨弄自己的脆弱而又敏感的心弦的懦夫更清楚和更深刻地理解爱情的神圣！在故事的开头，我就对你们说过，我们大家给安德烈·科洛索夫起了个外号，叫他不寻常的人。如果一个年轻人对生活有着清晰而又普通的看法，而且又一点也不会夸夸其谈，这就可以称之谓不寻常，那么科洛索夫理应得到人们给他的称号。在一定的年龄里，做一个普普通通的人，也就是做一个不寻常的人……不过，该结束我的故事了。谢谢你们的厚意……对了！我忘记告诉你们，大约在我最后一次拜访的三个月后，我又遇到了老滑头伊万·谢苗内奇。我当然尽力想悄悄地和迅速地从他身旁溜过去，但还是听到了下面这句恼火地说出来的话：‘要知道，这种骗子是常有的！’”

“瓦丽娅后来的情况怎么样了？”有人问。

“不知道，”讲故事的人回答。

我们大家都站了起来，各自回家了。

三幅肖像

“与邻居相处”是乡居生活中一件最不愉快的事。我认识沃洛格达地区的一个地主，他一有适当的机会就会说：“谢天谢地，我没有邻居。”说真的，我无法不羡慕这个幸福的人。我所住的村庄位于俄罗斯一个人烟稠密的省里。我家周围有许多邻居，什么样的人都有，从身穿肥大的燕尾服和坎肩、规规矩矩受人尊敬的地主到身穿长袖匈牙利式短上衣、背上背着所谓“香袋”、整天游手好闲的人。一个偶然的机会，我认识了这些贵族中一个可亲的小伙子。他曾在军队服役，退伍后一直就住在乡下。听他说，他在 П 团[①]干了两年；但是我一点不明白，这个人怎么能担任职务，不要说是两年，即使两天的时间也是不可能的。他天生就是为了过“安宁清静的乡下生活”，也就是说，游手好闲、无忧无虑地混日子的；而我在引号中指的那种生活具有巨大的无穷无尽的吸引力。他拥有一份相当可观的家产，但他不关心家业，一年要花掉上万卢布，请了一位高级厨师（我的朋友好吃）；还从莫斯科订阅了最新出版的法文书和杂志。至于俄文，他只会看自己管家送来的报告，而且看起来很吃力。（如果不去打猎）他从早上到吃午饭前以及午饭时都穿着长睡袍；他翻阅一些经济图表，要不就去马厩走走，或者

---

① 此处约指最初由彼得大帝于一六八七年在普列奥布拉任斯科耶村组建的俄国近卫军中最古老的团队。

就去打谷棚，跟那些在他面前挥动链枷的婆娘们说说笑话，如通常所说为了解解闷。午饭后，我的朋友对着镜子仔细地穿衣打扮，然后驾车去某位有着两三个漂亮姑娘的邻居家；他无忧无虑、亲热温存地追逐她们中的一个，与她们一起玩捉迷藏，回到家里时间已经很晚，一倒头就呼呼酣睡。他不会感到寂寞，因为他从来也不会完全闲着什么事也不干，至于干什么，他倒不苛求挑剔，像个孩子似的，即使最小的事也会干得有滋有味。另一方面，他对生命并不是特别眷恋，有时，为了要**截住**一只狼或者一只狐狸，他会在坎坷的道路上拼命策马飞奔，我至今不明白，他怎么会没有上百次地摔断脊梁骨。他属于那样一种人：他们使你认为，他们自己不了解自己的价值，在他们冷静的外表下隐藏着强烈、巨大的激情；但要是他猜到，您对他有如此的看法，他就会一笑了之；不过，老实说，我想，如果我的朋友在年轻时有过某种尽管不明确的，但是热切的，而且可以誉为“崇高的”追求，那么，现在这种追求早就消失**不存在**了。他的身体魁梧健壮。在当今世界上，您不能不爱那些很少想到自己的人，因为这种人实在是不多见的。而我的朋友几乎忘记了他自己。不过，有关他的事我好像说得太多了，况且我的废话说得不合时宜，因为他不是我的故事叙述的对象。他的名字叫彼得·费奥多罗维奇·卢奇诺夫。

在一个秋天的日子，我们五个打猎迷聚到彼得·费奥多罗维奇家。我们在野外游荡了一上午，打了两只狼和许多野兔，回家时，像所有收获颇丰的猎人一样，心情轻松愉快。暮色降临。风在黑黝黝的田野上呼啸，摇撼着卢奇诺夫家周围白桦树和菩提树光秃秃的树梢。我们回到家，从马上跳下来……在台阶上我站停下来，四下张望：灰色的天空上慢慢地移动着一长条一长条乌云；棕褐色的灌木丛在风中摇摆，发出悲戚的呼声；枯黄的野草无力地和忧伤地垂向地面；一群群鸫鸟在布满鲜红果实的花楸树丛中窜来窜去；山雀在细脆的桦树枝上跳跃鸣叫；村子里传来嘶哑的犬吠声。我感到凄凉……但是我还是愉快地走进餐厅。百叶窗关着；铺着洁白桌布的圆桌上放有装满红葡萄酒的水晶长颈玻璃瓶，酒瓶中间点着八支插在银烛台上的蜡烛。壁炉里的火烧得很旺，一位文雅端庄、业已谢顶的老管家穿着一身英国式的服装，恭恭敬敬、一动不动地站在另一张桌子前面，桌上放着一大碗汤，冒着香喷喷的热气，引人注目。在前厅，我们从另一位可敬的人身边走过，他正按“严格的操作规程”冰镇香槟酒。像通常这种场合一样，这顿午饭吃得极其愉快；我们哈哈大笑，谈论打猎时发生的趣事，还欣喜若狂地回顾两次出色的“追逐”。饱餐之后，我们在壁炉旁边宽大的安乐椅上坐下；桌上又摆了一只大银碗，一会儿工夫，罗姆酒点着了，它那摇曳不定的火焰向我们表明了主人要“调制热糖酒”的美意。彼得·费奥多罗维奇是富有审美力的人，例如，他知道，任何东西都不像匀称、淡雅和平稳的灯光那样使人具有神奇的幻想力，因此他吩咐房间里只点两支蜡烛。壁炉里的火变化无常地闪耀着，热糖酒也燃着火苗，半明不暗的奇妙的光影在墙壁上若隐若现……一种平和、极其愉快的心情取代了席间那种近似狂热的欢乐。

拉丁谚语说：书籍有书籍的命运；同样，交谈，如同世界上所有事物，也有它走运的时候。当天晚上，我们的谈话内容涉及许多方面，而且气氛活跃。谈话先从细碎的小事转到相当重要的共同问题，又在不知不觉间自然而然地回到日常生活琐事……我们大家说得相当多，突然全都住口不说了。据说，这时候安详的天使飞来了。

我不知道，为什么我的伙伴都不说话了，可是我沉默下来是因为我的目光突然停留在三张落满灰尘、镶在乌木镜框里的肖像上。肖像的油彩已经剥落，有的地方还翘了起来，但是人的脸庞还可以看清。中间的那一张画的是一位年轻的女子，她穿着一件镶有花边的白色连衣裙，头上梳的是上世纪八十年代的高发型。右边那一张，在全黑的背景上，可以看到二十五岁左右俄国地主的一张和善的、胖胖的圆脸，他的额头又低又宽，塌鼻梁，脸上露出憨厚的笑容。他那种扑粉的法式发型与他斯拉夫人的脸型完全不协调。画家让他穿上了红色俄式长袍，上面钉着人工宝石做的大钮扣；他的手上拿着一朵不寻常的花。第三张肖像出自另一个画家的手笔，画技比较高明，画的是一位三十来岁的男子，穿着叶卡捷琳娜时代的绿色军服，红的翻领，里面是一件白坎肩，脖子上系着一条考究的麻纱领带。他一只手拄着镶有球形金捏手的手杖，另一只手插在坎肩里。他那张黝黑瘦削的脸上流露出粗鲁、高傲的神情。细细的长眉毛几乎连在一起，横在一双乌黑的眼睛上方；苍白的，几乎看不出的嘴唇上浮现出不怀好意的笑容。

“您怎么对这三张脸看得出神了？”彼得·费奥多罗维奇问我。

“随便看看！”我望着他，回答道。

“你们想听听这三个人的全部故事吗？”

“请说吧，”我们异口同声地回答。

彼得·费奥多罗维奇站起身，拿了一支蜡烛，走到画像边，然后以野兽展览会上讲解员的口气大声说：“先生们，这位小姐是我曾祖父的养女，叫奥莉加·伊万诺夫娜，原姓不清楚，现姓卢奇诺娃，大约于四十年前去世，当时还是个少女。这位先生，”他指着身穿军服的男人像说，“是个近卫军军士，名叫瓦西里·伊万诺维奇·卢奇诺夫，由于上帝的旨意，于一七九〇年谢世；而这位先生，名叫帕维尔·阿法纳西耶维奇·罗加切夫，和我非亲非故，据我所知，他没有担任过公职。请注意他胸前，正好在心脏处的一个洞。你们看得出来，这个洞是一个等边三角形，可能事出有因……现在，”他以平时的语调继续说，“请大家坐下，耐心听我说吧。”

以下便是他说的故事。

先生们！我出身在一个相当古老的家族。我并不以自己的出身，自豪，因为我的祖先都是一些挥霍无度的人。不过，这种指责不是针对我的曾祖父伊万·安德烈耶维奇·卢奇诺夫，相反，他被公认是一个相当节俭的人，甚至有点吝啬——至少他在晚年是这样的。他的青年时代是在彼得堡度过的，并成了伊丽莎白王朝的见证人。他在彼得堡结了婚，同他的妻子，即我的曾祖母生了四个孩子，三个是儿子，叫瓦西里、伊万和帕维尔（我的祖父），一个女儿，叫纳塔莉娅。此外，伊万·安德烈耶维奇还收养了远房亲戚的一个女孩子，无名无姓的孤儿，就是我给你们说过的奥莉加·伊万诺夫娜。我祖父的农奴们大概知道他还健在，因为他们一直在向他（在没有发生特别不幸事故的时候）缴纳少量的租子，但是从来没有和他照过面。卢奇诺夫卡这个小村庄虽然从未亲眼见到自己的主人，但还是很兴旺。突然，有一天早晨，一辆双轮载重大马车驶进村庄，在村长的木房前停了下来。庄稼汉们从未经历过这样的事，他们惊惶不安，跑到一起，拜见自己的老爷、太太和几位少爷，而大少爷瓦西里没来，仍在彼得堡。伊万·安德烈耶维奇从那个值得纪念的日子起，一直到去世都没有离开过卢奇诺夫卡村。他盖了一幢房子，就是这一幢，现在我有幸能在这里与你们交谈；他还修建了一座教堂，开始过地主的生活。伊万·安德烈耶维奇个子很高，身材细长，平时寡言少语，一举一动都慢慢悠悠的；他从来不穿长袍，脸上天天扑粉，除了他的侍从，大家未曾看到他有哪一天不扑粉的。伊万·安德烈耶维奇平时走路两手交叉放在背后，每走一步，都要慢慢地转动脑袋。他亲自栽植了菩提树，每天他都要在长长的菩提树林荫小径上散步，他在去世前有幸享受到这些菩提树的荫凉。伊万·安德烈耶维奇不好说话；有一件不平常的事成了他不好说话的证据：二十年来，他从未对自己的妻子安娜·帕夫洛夫娜说过一句话。总之，他们夫妻俩的关系是很古怪的。她操持所有的家务，吃饭时总是坐在自己丈夫身边。要是有人敢对她说一句不恭敬的话，他会无情地惩治他，而自己却从来不和她说话，不碰她的手。安娜·帕夫洛夫娜是个胆小怕事、脸色苍白、郁郁寡欢的女人；每天她都去教堂跪着祈祷，从来不笑一下。据说，以前，也就是来农村之前，他们相处得非常融洽；听说，后来安娜·帕夫洛夫娜违背了夫妇间的义务，丈夫知道了她的行为……不管怎么样，伊万·安德烈耶维奇至死也没有和妻子言归于好。在他生病的最后日子里，她一刻也没离开过他；但是他仿佛没有看见她似的。一天夜晚，安娜·帕夫洛夫娜坐在伊万·安德烈耶维奇的卧室里；他备受失眠之苦；圣像前点着神灯；我曾祖父的侍从尤季奇走出卧房，关于他的事，我以后还会提到几句。安娜·帕夫洛夫娜站起来，走到丈夫床前，跪倒在地，号啕大哭，她想说些什么——向前伸出双手……伊万·安德烈耶维奇看了看她，用微弱但果断的声音喊道："来人啊！"仆人走了进来，安娜·帕夫洛夫娜急忙站起身，踉踉跄跄地回到自己的座位上。

伊万·安德烈耶维奇的孩子们都非常怕他。他们是在乡下长大的，亲眼目睹伊万·安德烈耶维奇对待妻子的古怪态度。孩子们都很爱安娜·帕夫洛夫娜，但是不敢流露出对她的爱。她自己呢，也仿佛在跟他们疏远……先生们，你们记得我的祖父吧？ 他到临死之前走路一直是踮着脚尖，说话细声细气……这就是习惯！ 我的祖父和他的哥哥伊万·伊万诺维奇都是纯朴善良的人，温顺而多愁善感；我的 grand' tante[①] 纳塔莉娅，你们知道，嫁给了一个又粗鲁又愚蠢的人，但是她至死都默默地、低声下气地、像绵羊般温顺地爱着他。但是他们的哥哥瓦西里却不是这样。我好像对你们说过，伊万·安德烈耶维奇把他留在彼得堡。当时他大约十二岁。父亲把他托给一个远亲照顾，这个人是个年纪已经不轻的单身汉，伏尔泰忠实的信徒。

瓦西里长大后参加了军队。他的个子不高，但身材不错，十分灵活；法语说得非常好，还是闻名的击剑高手。人们说他是叶卡捷琳娜王朝初期出色的年轻人。我的父亲经常对我说，他认识一些老妇人，当她们回忆起瓦西里·伊万诺维奇·卢奇诺夫的时候，内心都充满真情。你们想象一下，有这么一个人，他具有非凡的意志力，感情热烈而又工于心计，性格坚韧而又大胆，待人处世不露真情——据他同时代人说，他能使人着迷、神魂颠倒。他不讲良心，不善良，不诚实，尽管谁也无法称他为真正的恶人。他自尊心很强，但善于掩饰，而且十分喜欢独立自主。往往有这样的情况，当他想迷惑某人时，便会面露笑容，满怀温情地眯缝起眼睛，据说，没有人能抗拒他，即使那些深信他的心是冷酷无情的人，也会多次身不由己地屈服于他那强大的迷惑力。他处心积虑地为自己着想，强迫别人为自己的利益效劳，他无往而不胜，因为他从不张皇失措，不厌恶阿谀奉承，而把它作为一种手段加以利用，并且用得得心应手。

---

① 法语：堂姑婆。

伊万·安德烈耶维奇在乡下住了十年后，已是一名出色的近卫军青年军官的瓦西里回到卢奇诺夫卡村住了四个月，在这期间，他甚至把自己的父亲，那个总是郁郁寡欢的老人都迷惑住了。真是奇怪！伊万·安德烈耶维奇兴致勃勃地听儿子讲述自己获得的胜利。他的弟兄们在他面前变成了哑巴，他们把他看作是高贵人物，为之感到惊奇。就连安娜·帕夫洛夫娜爱他也几乎胜过爱其他几个孩子，虽然他们衷心地爱着她……

瓦西里·伊万诺维奇来乡下首先是看望自己的亲人，其次，是为了尽可能从父亲那儿多要一些钱。他在彼得堡过着奢侈阔绰的生活，因而债台高筑。他要对付吝啬的父亲是不容易的，尽管他每次回来，伊万·安德烈耶维奇都要给他钱，数目可能比给其他几个住在家里的儿子二十年给的钱还要多；但是，瓦西里遵循着那条众所周知的俄罗斯规矩："能拿就拿！"伊万·安德烈耶维奇有个仆人，绰号叫尤季奇，他跟他的主人一样，高个子，长得很瘦，也不爱说话。据说，伊万·安德烈耶维奇对安娜·帕夫洛夫娜的古怪态度在某种程度上是由尤季奇引起的，据说是他揭露了我的曾祖母与曾祖父的一个好友有不正当关系。尤季奇对自己这种不得当的热忱大概深感后悔，因为他再也难以认为自己是个善良的人了。我家所有的仆人至今还敬重他，怀念他。尤季奇受到我曾祖父的无限信任。当时，地主们有钱，但是他们不把钱存入银行，而是放在箱子里、地窖里以及其他这类地方。伊万·安德烈耶维奇把自己所有的钱都放在床头下的一个铁皮大箱子里。箱子的钥匙交给尤季奇保管。每天晚上临睡前，伊万·安德烈耶维奇便吩咐尤季奇当面打开箱子，用手杖一个个地敲打装得鼓鼓囊囊的钱袋；每逢星期六，他又亲自和尤季奇一起解开钱袋，把全部钱款仔细地清点一遍。

瓦西里了解到所有这套把戏；渴望触动这只珍贵的箱子。他用了五六天的时间软化了尤季奇，也就是说，使这个可怜的老头，正如常言所说，对待小主人百依百顺。瓦西里在仆人身上下了一番功夫之后，装出一副忧心忡忡、愁眉苦脸的神情，久久地不回答尤季奇的询问，最后他告诉尤季奇，他赌输了钱，如果搞不到钱，便要自尽。尤季奇号啕大哭，跪在他面前，请求他看在上帝的面上，不要自尽。瓦西里一句话也没说，把自己锁在房间里，过了一会儿工夫，他听到有人轻轻地敲他的房门，他打开门，看到尤季奇战战兢兢地站在门外，脸色煞白，手里拿着钥匙。瓦西里立刻全明白了。起初他推辞了好长时间。尤季奇含着热泪反复说道："少爷！请拿着吧……"瓦西里终于同意了。事情发生在星期一。瓦西里出了个点子，把钱取出来，再用瓦片把钱袋塞满。他考虑到，伊万·安德烈耶维奇用手杖敲打钱袋时，不会特别注意细微的声音差别，他盼望星期六以前，他能搞到钱，把钱放回箱子里。他打定了主意就照办了。父亲确实什么也没发现。但是，快到星期六，瓦西里却没有搞到钱：他原指望用偷来的钱去赢一个阔邻居的钱，结果反而连本都输光了。这时，星期六到了；该数袋里的钱了，可里面却装满瓦片。先生们，你们想想看，伊万·安德烈耶维奇该有多惊奇，多气愤！

"这是怎么回事？"他大吼道。

尤季奇没有吭声。

"你偷了这些钱？"

"绝对没有。"

"那么有人从你那儿拿走了钥匙？"

"我没有把钥匙给任何人。"

“没有给任何人？如果没有给别人，那么你就是小偷。招认吧！”

“我不是小偷，伊万·安德烈耶维奇。”

“那么这些瓦片是从哪儿来的，见鬼了！你想骗我？我最后一次对你说——招认吧！”

尤季奇低下头，双手放在背后。

“喂，来人啊！”伊万·安德烈耶维奇用狂怒的声音吼道。“把棍子拿来！”

“怎么，要惩罚……我？”尤季奇喃喃地说。

“你活该！你哪点比别人好？你是小偷！嗯，尤季奇！我没料到你竟会干出这种骗人的勾当！”

“我一直侍候您到现在，头发都白了，伊万·安德烈耶维奇，”尤季奇费力地说。

“你头发白了跟我有什么相干？说侍候我，见你的鬼去吧！”

仆人们进来了。

“把他抓起来，狠狠地打！”

伊万·安德烈耶维奇脸色苍白，嘴唇哆嗦。像关在狭窄笼子里的野兽一样来回走动。

仆人们不敢执行命令。

“你们干吗站着，卑贱的家伙？莫非要我亲自动手吗？”

尤季奇正要朝门口走去……

“站住！”伊万·安德烈耶维奇喊道。“尤季奇，我最后一次对你说，求求你，尤季奇，招认吧。”

“我不能！”尤季奇呻吟着说。

“把这只老癞皮狗捆起来！打死他！我负责！”疯狂的老头吼道。拷打开始了……

门突然打开了，瓦西里走了进来。他的脸色似乎比父亲的还要苍白，他的双手颤抖着，上嘴唇翘起来，露出一排洁白整齐的牙齿。

“是我的错，”他用低沉、果断的声调说。“这些钱是我拿的。”

仆人们停住了手。

“你？怎么？是你，瓦西卡！没经尤季奇同意？”

“不！”尤季奇说，“我同意的。是我自己把钥匙给瓦西里·伊万诺维奇的。少爷，瓦西里·伊万诺维奇！您为什么要操这个心呢？”

“原来他是小偷！”伊万·安德烈耶维奇喊叫起来。“谢谢，瓦西里，谢谢！而你，尤季奇，我还是不会饶恕你的。你为什么不马上把一切都对我招认呢？喂，你们！你们干吗住手？难道你们不承认我的权力？而你，我回头收拾你，亲爱的！”他又对瓦西里说了一句。

仆人们又抓住尤季奇。

“不许碰他！”瓦西里咬紧牙关低声说。仆人们没有听他的话。“滚回去！”他喊道，向仆人们扑去……他们急忙闪开。

“啊，反了！”伊万·安德烈耶维奇哼哼着说，举起手杖，朝儿子走去。

瓦西里跳到一边，抓住剑柄，把剑抽出一半。在场的人都发起抖来。吵闹声把安娜·帕夫洛夫娜引来了，她出现在门口时，吓得面色发白。

伊万·安德烈耶维奇的脸变得很可怕，身子摇摇晃晃，手杖掉在地上，两手捂着脸，重重地跌坐在安乐椅上。大家一动也不动，瓦西里也不例外。他猛然握紧剑的钢柄，眼睛射出阴郁、凶狠的光芒……

“全都出去……全都滚，”伊万·安德烈耶维奇轻声说，双手仍然捂着脸。

所有的人都出去了。瓦西里站在门口，然后猛地晃了晃脑袋，拥抱了一下尤季奇，又吻了吻母亲的手……两个小时后，他已经不在乡下。他去彼得堡了。

当天晚上，尤季奇坐在仆人房门口的台阶上。仆人们围着他，同情他，狠狠地指责小主人的不是。

“得啦，伙计们，”他最终对他们说，“得啦……你们干吗责骂他？ 我们的少爷恐怕对自己的放肆行为已经感到后悔了……”

这件事发生后，瓦西里再也没有和父母见过一次面。伊万·安德烈耶维奇死的时候，瓦西里不在他跟前，看来，他可能内心是怀着极大的痛苦死去的，上帝保佑，但愿我们中间任何人都不要经受这种痛苦。这期间，瓦西里·伊万诺维奇一直在游山玩水，纵情作乐，挥霍金钱。我无法说明，他这些钱是怎么弄来的。他找了一个法国仆人，一个乖巧机灵的小伙子，叫什么比尔西耶的人。这家伙紧紧地追随自己的主人，帮助他干了许多不体面的勾当。我不想向你们详细讲述我 grand' oncle[①] 的种种花招；他特别大胆，那么阴险狡猾，出奇地沉着，又灵活精明，说老实话，我能理解这个品行不端的人何以能对最高尚的人具有无限的支配权……

父亲死后不久，瓦西里·伊万诺维奇尽管很狡猾，还是受到一个被侮辱的丈夫的挑战。他与之决斗，致对方重伤，自己被迫离开了首都；他接到命令，只能长期待在自己的庄园里。当时，瓦西里·伊万诺

① 法语：叔祖父。

维奇已经三十岁了。先生们，你们可以很容易地想象到，这个过惯首都豪华生活的人是怀着怎样的心情回到故乡的。听说，一路上，他常常从马车上跳下来，把脸扎在雪地上哭泣。卢奇诺夫卡村的人都没认出先前那个快活、可爱的瓦西里·伊万诺维奇了。他不跟任何人说话，从早到晚打猎；对母亲怯生生的爱抚显然极不耐烦，还无情地嘲笑自己的兄弟和他们的妻子（他的两个兄弟已经结婚了）……

我好像至今一点也没有谈到过奥莉加·伊万诺夫娜的情况。她还在吃奶的时候就被带到卢奇诺夫卡村，差点儿在路上死掉。奥莉加·伊万诺夫娜所受的教育，正如常言所说，使她对上帝和长辈服服帖帖，唯命是从……应当承认，伊万·安德烈耶维奇和安娜·帕夫洛夫娜夫妇对她就像对亲生女儿一样。但是她身上有着一点微弱的火星，这火星在瓦西里·伊万诺维奇的心中却熊熊地燃烧着。伊万·安德烈耶维奇的亲生儿女们不敢去想他们父母之间古怪的、默不作声的不和睦的原因，——奥莉加从小就为安娜·帕夫洛夫娜的处境担忧和苦恼。她像瓦西里一样喜欢独立自主；任何压制都使她愤怒。她衷心地爱恋自己的女恩人；她憎恨卢奇诺夫老头，经常在饭桌上用那种阴沉的目光盯着他看，使得端饭的仆人也感到害怕。伊万·安德烈耶维奇并没有察觉到这种目光，因为他根本就不留意家里的人。

起先，安娜·帕夫洛夫娜极力想消除她的这种憎恨，但是奥莉加提出几个大胆的问题使她无话可说了。伊万·安德烈耶维奇的孩子们都热爱奥莉加，安娜·帕夫洛夫娜也喜爱她，只不过是一种相当淡漠的爱。

长期的忧伤压制了这可怜的女人所有的欢乐、所有的强烈的感情；可是，瓦西里甚至能使自己这样一位母亲热烈地爱着他，这就有力地证明，他具有多么讨人喜爱的魅力。当时，孩子们是不能过多地流露出细腻的感情的，因此，奥莉加不敢表露自己的爱戴之情就不足为奇了；可是，晚上在告别时，她总是特别敬重地吻安娜·帕夫洛夫娜的手。她勉强能读书写字。二十年以后，俄罗斯姑娘们才开始阅读《格拉戈里侯爵历险记》、《法凡与洛洛特》、《阿列克谢或森林中的茅屋》这一类小说①，开始学弹钢琴，唱当时流行的歌曲：

世上的男人像苍蝇，
缠住我们不罢休，

如此等等。但是，在七十年代（奥莉加·伊万诺夫娜出生于一七五七年），我们乡村的美女不懂得所有这些新鲜玩意儿。现在我们难以想象当时那个时代的俄罗斯姑娘的情形；不错，我们能够根据我们祖母辈来判断叶卡捷琳娜时代贵族小姐的教育程度；但是怎么来区别，哪些是她们在漫长的一生中逐渐形成的，哪些是她们年轻时就具有的？

奥莉加·伊万诺夫娜稍微会说几句法语，但是带有浓重的俄国口音：在她那个时代，根本就没有法国侨民。总之，虽然她具有许多优良品质，但是她毕竟是一个**未开化的人**——也许由于头脑简单，她曾多次惩罚一个惹了祸的使女……

在瓦西里·伊万诺维奇回来前不久，奥莉加与邻居帕维尔·阿法纳西耶维奇·罗加切夫订了婚。他是一个十分善良和正直的人。他天

---

① 此处提及的均是十八世纪末十九世纪初在俄国反复再版的翻译小说，这类小说极受当时俄国读者喜爱。

生不会发火。就连他的仆人也不听他的，有时，所有的人都走掉了，留下可怜的罗加切夫饿着肚子……但是任何事都不会激怒他那颗平静的心。他从小就长得很胖，动作迟钝，从未担任过公职，平时喜欢去教堂，在唱诗班里唱唱歌。先生们，请你们瞧瞧那张善良的圆脸，端详那平静喜悦的笑容……你们也会感到高兴，不是吗？ 他的父亲隔一段时间就要去卢奇诺夫卡一次，每逢节日还要带着小帕维尔一起去，而卢奇诺夫卡村的孩子们则想方设法欺负他。小帕维尔长大之后，开始自己去卢奇诺夫卡。他爱上了奥莉加·伊万诺夫娜，并向她求婚——不是向她本人提出，而是向她的恩人提出的。恩人们同意了。他们甚至不想问问奥莉加·伊万诺夫娜是不是喜爱罗加切夫。照我祖母的话说，当时，“这一套还不讲究”。不过，奥莉加很快就对自己的未婚夫习惯了，因为她不可能不喜欢这位温顺、宽厚的人。罗加切夫没有受过什么教育，法语只会说“早安”，他内心甚至认为，这个词儿有失体统。有个逗乐的家伙还教会他如下一首好像是法国的歌曲：“索涅奇卡，索涅奇卡！ 克——武列——武——德——姆啊（你要我怎么样）——我热爱您——麦——热——涅——标——帕（但是我不能）……”他心情好的时候，总是轻声地唱这首歌。他的父亲也是个非常善良的人；他老是穿着一件长长的棉布上衣，无论别人对他说什么，他总是笑眯眯地随声附和。自从帕维尔·阿法纳西耶维奇订了婚，罗加切夫父子就忙得不可开交了；他们改建自己的房子，增建了各种各样的“回廊”，他们和工人们友好地交谈，用酒款待他们。建筑工程一直到冬天也未能完工，于是婚期推迟到夏天；夏天里，安德烈耶维奇去世了，婚礼又推迟到第二年春天。可是当年冬天，瓦西里·伊万诺维奇回来了。罗加切夫被介绍给他认识；他对待罗加切夫态度冷淡，漫不经心，到后来，他那目空一切的样子吓坏了罗加切夫，可怜的罗加切夫一见到他就全身颤抖，一言不发，勉强地挤出笑容。有一次，瓦西里险些把他折腾死，他跟他打赌说，他，罗加切夫，无法停止微笑。可怜的帕维尔·阿法纳西耶维奇忸怩不安得几乎要哭出来，但是——果真！微笑，那傻乎乎的、强装的微笑没有在他汗津津的脸上消失！瓦西里慢腾腾地玩弄着领带的一角，十分轻蔑地瞧着他。帕维尔·阿法纳西耶维奇的父亲也听说瓦西里回来了，过了几天，为了祝贺“可敬的客人返回故乡”，便“一本正经”地去卢奇诺夫卡村拜访。阿法纳西·卢基奇在乡间以能言善辩闻名，也就是说，他可以连续不断地说出一长串结构巧妙的话语，还能随意夹杂着一些文绉绉的词儿。唉！这一回他可丢尽了面子：他比自己的儿子帕维尔·阿法纳西耶维奇更尴尬，他嘟嘟囔囔地说了一句模糊不清的话。尽管他有生以来从未喝过一口伏特加，但是为了“壮壮胆”，还是喝了一小杯（他正遇上瓦西里在用早餐）。他想至少得说上一两句像回事的话，可是却一点声音也发不出来。在回家的路上，帕维尔·阿法纳西耶维奇小声地问父亲：“怎么样，爸爸？”阿法纳西·卢基奇懊恼地，也是小声地说：“别说了！”

罗加切夫父子不大去卢奇诺夫卡村了。不过，瓦西里不光是吓坏了他们两人，他还使自己的弟弟和弟媳，甚至安娜·帕夫洛夫娜都产生一种忧郁的、不自在的感觉……他们想方设法避开他；瓦西里不可能不察觉到这一点，但是，看来他不打算改变自己的态度。突然间，春天刚开始的时候，他又变成了过去人们熟悉的那个亲切可爱的人了……

瓦西里这种突变的第一迹象就是他出人意外地去拜访罗加切夫一家。阿法纳西·卢基奇看到卢奇诺夫的马车，就感到很害怕，但是他的恐惧很快就消失了。从来不曾见过瓦西里这么亲切，这么讨人喜爱。他挽着小罗加切夫的手，和他一起去看新的建筑，与木匠们攀谈，为他们出主意，还亲手拿起斧子劈木头，吩咐人把阿法纳西 · 卢基奇马场的马牵来看看，亲自用调马索驱马绕圈跑。总之，他这种殷勤、亲切的态度使这两个善良的草原居民很感动，他们两人不止一次地拥抱他。瓦西里在家里也一样，接连几天像过去一样搞得大家晕头转向：他想出各种各样可笑的游戏，找来一班乐师，请来男女邻居，滑稽可笑地向老太太们讲述城里的趣闻，稍稍挑逗一下年轻的女人，还设法搞到一些从未见过的玩艺儿和烟火等等，一句话，他使大家和周围的一切都充满了活力。卢奇诺夫家凄凉、阴森的房子突然变成喧闹、辉煌、迷人的府第，周围地区的人们为此而议论纷纷。这种突然的变化使大家又惊又喜。流言四起，有识之士说，在此之前瓦西里 · 伊万诺维奇内心有着一种忧虑，使他非常苦恼，他们还说，他有可能重新返回莫斯科……但是瓦西里 · 伊万诺维奇转变的真正原因，谁也搞不清楚。

先生们，奥莉加 · 伊万诺夫娜长得很美。然而她的美与其说表现在她端正的外貌轮廓上，还不如说，表现在她那异常柔和、艳丽的体态上，表现在她那文静、端庄的举止上。大自然赋予她一种独立自主的天性，她受到的教养（她从小就是个孤儿）则使她谨慎和坚定。奥莉加不是那种不易激动、精神萎靡的贵族小姐；但是她心里只有一种感情完全成熟了：那就是对恩人的痛恨。此外，另一些更富有女性特点的感情可能会在奥莉加 · 伊万诺夫娜的内心异常有力地爆发出来……然而，她没有那种傲慢的冷漠，没有坚毅的性格，也没有强烈的自尊心；而缺少这些特点，任何热烈的情感都会迅速消失。这种半主动、半被动的感情的最初迸发有时是异常迅猛的；但是它们又会迅速地背弃自己，特别是问题涉及到要毫不容情地遵守传统道德规范的时候；它们难以始终如一……其实，先生们，我向你们坦白地说：这种女人会给我留下非常强烈的印象……（讲述者说到这里，喝了一杯水。“废话，废话！”我瞧着他那圆圆的下巴，心里想道，“亲爱的朋友，世界上任何东西都不会给你留下非常强烈的印象……”）

彼得·费奥多罗维奇继续说：

先生们，我相信血液，相信血统。例如，奥莉加·伊万诺夫娜身上的血比她的义姐纳塔莉娅身上的血要旺得多。你们会问我，这种“血液”究竟表现在哪里呢？表现在所有方面：在双手、嘴唇的轮廓上，在说话的声音里，在眼神中，在步态里，在发式上——末了，还表现在衣服的褶子里。在所有这些无关紧要的地方都隐藏着一种特别的东西，不过，我应该承认，如果瓦西里和奥莉加·伊万诺夫娜在彼得堡相遇的话，那么她身上赋有的，这种……怎么表达呢？……这种distinction[1]是不会引起瓦西里注意的。可是在乡下，在偏僻的地方，她不仅引起他的注意，而且成了我刚才提到的他的转变的唯一原因。

请你们想想吧：瓦西里·伊万诺维奇喜欢享受作乐，他在乡下不可能不感到寂寞；他的兄弟都很善良，但见识有限，他与他们毫无共同之处。他的妹妹纳塔莉娅在三年的时间里为她的丈夫生了四个孩子；瓦西里和妹妹之间有着一条不可逾越的鸿沟……安娜·帕夫洛夫娜经常去教堂，祈祷、吃斋，为死作准备。只留下艳丽、胆小、可爱的少女奥莉加独自一人……瓦西里起初没有注意到她……而且，谁会去注意一个养女，一个孤儿呢？……初春的一天，他在花园里散步，用手杖

① 法语：细微的特点。

打落野菊花的花冠，这些朴素的小黄花一簇簇地点缀在刚刚泛绿的草地上。他在房前的花园里散步，一抬头，看见了奥莉加 · 伊万诺夫娜。她侧身坐在窗前，若有所思地抚摸着一只斑纹小花猫，它眯缝着眼睛，打着呼噜，躺在她的膝盖上，舒舒服服地把小鼻子伸到已经灿烂的阳光下。奥莉加 · 伊万诺夫娜身穿一件白色的短袖晨衣；她那裸露的、粉红色的、还未充分发育的双肩和双臂呈现出青春和健康的活力；一顶小便帽小心地包着她那浓密、柔软、光滑的鬈发；她刚睡醒不久，脸上泛着红晕。她细嫩的脖子迷人地向前伸着，没有束紧腰围的躯体自然而然散发出富有魅力的、羞怯的气息，使得瓦西里 · 伊万诺维奇（一个行家里手！）不由自主地停下脚步注视着她。他的脑海里突然闪过一个念头，不应该让奥莉加 · 伊万诺夫娜仍然处在原来那种愚昧无知的状态中；随着时间的推移，她将成为十分迷人可爱的女人。他偷偷地走到窗前，踮着脚，在奥莉加 · 伊万诺夫娜那白嫩光滑的手臂上，靠胳膊肘的地方，不出声地吻了一下。奥莉加尖叫着跳了起来，小花猫翘起尾巴窜进花园，瓦西里 · 伊万诺维奇微笑着握住她的手……奥莉加的脸刷地一下变得通红；他取笑她胆小……招呼她同他一起散步；可是，奥莉加突然发现自己衣衫不整，于是便“比敏捷的小鹿更加快地”溜到别的房间去了。

就在当天，瓦西里去了罗加切夫家。他突然高兴起来，精神焕发。瓦西里并不爱奥莉加，根本不爱！“爱情”这个词儿可不应该拿来开玩笑……他给自己找到了事干，给自己提出了任务，感受到一个实干家的乐趣。他甚至忘记了她是母亲的养女，别人的未婚妻；他一刻也没有欺骗自己；他很清楚，她不可能成为他的妻子……也许，只有某种热情可以宽恕他——虽然不是高尚的、光明正大的热情，但终究是一种相当强烈的、令人痛苦的热情。自然，他的爱不像孩子们的爱；他并不满足于模糊不清的欣喜；他很明白，自己想干什么，追求什么。

瓦西里·伊万诺维奇完全具有一种能力，能在最短的时间内驯服别人，甚至是对他抱有成见或者是胆小畏缩的人。奥莉加很快就不怕见他了。瓦西里·伊万诺维奇把她带进了一个新的世界。他为她订购了一架古钢琴，教她学音乐（他本人笛子吹得不错），给她读书，和她长时间地交谈……这个可怜的草原姑娘被搞得晕头转向。瓦西里把她完全征服了。他善于用她听得懂的语言对她讲述至今她还陌生的东西。奥莉加渐渐地敢向他诉说自己的感情；他帮助她，向她提示她表达不出的词汇，而不使她感到害怕；他时而抑制她感情的冲动，时而又鼓励她尽情发泄……瓦西里对她进行教育并不是出于无私的愿望，想启发和培养她的才能：他只是想让她接近自己，同时，他知道，用智慧比用心灵更容易吸引住这个没有经验、胆怯，但又自尊的姑娘。即使奥莉加是个不寻常的人，瓦西里也不可能察觉，因为他对待她一直像对待孩子那样；但是，先生们，你们知道，奥莉加身上没有什么特别出众的地方。瓦西里尽可能地激发她的想象力，她晚上和他分别时，许多新的形象、词汇和思想常常在她的脑海里飞速地旋转，使得她直到天明都无法入睡。她时而苦恼地叹着气，一再把发烧的脸颊紧贴在冰凉的枕头上；时而起身走到窗前，怯生生地、贪婪地凝视着黑糊糊的远方。瓦西里占据了她生命的每个瞬间，她不可能再去想其他人。她甚至很快就不再去注意罗加切夫了。瓦西里是个乖巧、狡猾的人，有罗加切夫在场，他是不与奥莉加说话的；他要么引得他笑出眼泪，要么搞一些热闹的游戏，如骑马外出，夜晚在河上划船，点着火炬，奏着音乐——总之，不让帕维尔·阿法纳西耶维奇冷静下来。然而，尽管瓦西里·伊万诺维奇做得乖巧狡猾，罗加切夫还是模模糊糊地感觉到，他，作为奥莉加的未婚夫和未来的丈夫，对她来说，却仿佛变成了陌生人……尽管他真心实意地爱她，珍视她，对她十分依恋，但是由于生性极其善良，他不敢责备她，担心会伤她的心。当单独和她在一起时，他又不知道说什么好，只是千方百计地去巴结她。两个月过去了。奥莉加最终丧失了独立自主的能力，丧失了个人意志；软弱无能、少言寡语的罗加切夫无法成为她的支柱；她甚至不想抗拒诱惑，而是心情极度紧张地无条件委身于瓦西里了……

奥莉加·伊万诺夫娜大概当时尝到了爱情的甜头；但是时间不长。虽然瓦西里（由于没有其他事可干）不仅没有抛弃她，甚至对她紧追不舍，关怀备至，但是奥莉加却是如此心慌意乱，甚至在热恋中也没有获得快乐，不过她还是无法摆脱瓦西里。她开始害怕一切，不敢思考，什么也不说，也不再看书；苦恼啃噬着她的心。有时候，瓦西里成功地吸引住了她，使她忘掉所有的人和事；但是到第二天，他看到她脸色苍白、沉默不语，两手冰冷，嘴唇上挂着茫然的微笑……瓦西里面临相当困难的时刻；但是，任何困难都不能吓倒他。他好像一个有经验的赌徒，全身心地投入这个把戏。他一点也不能信赖奥莉加·伊万诺夫娜；她变化无常，一会儿脸色苍白，一会儿脸色发红，一会儿又哭哭啼啼……她扮演不了这新的角色。瓦西里为两个人操持着，只有经验丰富的观察家才能在他那种喧闹的狂喜背后觉察出他极度的紧张情绪；他戏弄自己的兄弟、妹妹、罗加切夫父子以及男女邻居们，就像戏弄随人支使的走卒；尽管从表面上看来他像是个对什么都漠不关心的人，可实际上他总是小心翼翼地观察着，不放过任何一个眼神、动作。每天一早他投入战斗，晚上庆贺胜利。他一点也不为这种可怕的活动感到受累；他一昼夜只睡四小时，吃得很少，可身体健康，精力充沛，兴致很高。当时，结婚的日子临近了。瓦西里说服了帕维尔·阿法纳西耶维奇，必须推迟婚期；然后又支使他去莫斯科购买东西，而自己则频繁地与彼得堡的朋友们通信。他这样忙碌，与其说是出于怜惜奥莉加·伊万诺夫娜，倒不如说他喜欢忙碌和操心……同时，他对奥莉加·伊万诺夫娜开始感到厌烦，在不止一次地对她发过一阵怒火之后，他就用过去瞅罗加切夫的眼神来看她。对大家来说，卢奇诺夫永远是个谜。在他那冷酷无情的灵魂里，你们可以感觉到有一种奇特的，几乎是青春的火焰在燃烧；而这种激情在猛烈燃烧之际，从这个人身上，又会透出一股寒风。有人在场时，他对待奥莉加·伊万诺夫娜和过去一个样；但是，两人单独相处时，他便戏弄她，就像猫逗弄老鼠，或者用诡辩吓唬她，或者深深地、恶毒地烦扰她，过后又跪倒在她的脚边，挑逗她，就像旋风卷着小木片似的……这时，他的爱不是装出来的……他本人的心确实紧张得在颤动……

有一天晚上，时间已经相当晚了，瓦西里独自一人坐在自己的房间里，仔细地重读他最近收到的彼得堡的几封来信，突然门轻轻地吱呀一声打开了，奥莉加·伊万诺夫娜的女仆帕拉什卡走了进来。

“你有什么事？”瓦西里十分冷淡地问她。

“小姐请您到她那儿去。”

“现在不行。你走吧……你还站着干什么？”他看到帕拉什卡没出去，便又问道。

“小姐吩咐说，她很需要您去一下。”

“她那儿出了什么事？”

“请您自己去看吧……”

瓦西里站起身来，恼火地将信扔进抽屉里，然后去奥莉加 · 伊万诺夫娜房里。她独自一人坐在角落里，脸色苍白，一动不动。

“您有什么事？”他问道，口气不大温存。

奥莉加看了看他，身子发抖，闭上眼睛。

“您怎么啦？ 你怎么啦，奥莉加？”

他抓住她的手…… 奥莉加 · 伊万诺夫娜的手冰凉…… 她想说话……但她的嗓子发不出声音。可怜的女人对自己的处境没有丝毫怀疑了。

瓦西里有点慌乱。奥莉加 · 伊万诺夫娜的房间距安娜 · 帕夫洛夫娜的卧室只有两步远。瓦西里小心翼翼地在奥莉加旁边坐下，亲吻并抚摸她的手，轻声地劝慰她。她听着他的话，一声不吭，身子微微地颤抖。帕拉什卡站在门口，悄悄地抹着眼泪。隔壁房间里，钟摆沉重而均匀地嘀嗒嘀嗒响着，传来熟睡的人的呼吸声。末了，奥莉加 · 伊万诺夫娜这种麻木的状态终于以流泪和啜泣告终，泪水像一场暴风雨：哭过之后，人总是会变得平静一些。奥莉加 · 伊万诺夫娜稍微平静下来，只是偶尔还像孩子那样抽抽搭搭，这时候，瓦西里跪在她面前，又是乞求，又是许愿，温柔体贴，这才使她完全安静下来。他给她喝了水，安顿她躺下，然后离去了。他一整夜没有脱衣服睡觉，写了两三封信，烧掉两三张纸，取出一只圆形颈饰，里面嵌着一个黑眉毛、黑眼珠、淫荡放肆的女人肖像，他久久地凝视着她的脸，若有所思地在房间里踱来踱去。第二天早晨，喝茶时，他非常不满地瞅着可怜的奥莉加红肿的眼睛和苍白惊慌的脸。早饭后，他提出要和她一起到花园里散步。奥莉加像只温顺的羊羔，跟着他去了。大约过了两个小时，她从花园里回来了——这时她面如土色；她对安娜 · 帕夫洛夫娜说，她身子不舒服，接着就回卧房躺倒在床上。在散步时，瓦西里曾向她作了适当的忏悔，对她说，他已秘密地结了婚，他实际上和我一样，是个单身汉。奥莉加·伊万诺夫娜没有当场昏倒，只有在舞台上演戏时才当场昏倒，她顿时目瞪口呆，尽管她本人不仅没有指望过嫁给他，甚至害怕往这方面想。瓦西里向她说明，她必须和他分手，嫁给罗加切夫。奥莉加·伊万诺夫娜一声不吭，惊恐地望着他。瓦西里冷静地、一本正经地、理由十足地说着；他责备自己，作着忏悔，最后结束时说了下面一番话："过去的事无法扭转；必须行动起来。"奥莉加惘然若失；她害怕、羞愧；她内心充满沮丧和沉痛的绝望情绪；她想死——苦恼地等待瓦西里的决定。

"我们应该把事情原原本本地向母亲承认，"他终于对她说。

奥莉加变得像个死人；她的两腿发软。

"别怕，别怕，"瓦西里反复说，"相信我，我不会不管你的……我会把一切都安排好的……相信我。"

可怜的女人满怀爱恋地望着他……是的，满怀爱恋地、还带着极度的，尽管是绝望的忠贞。

"我会把一切都安排好的，"在告别时，瓦西里对她说……然后最后一次吻了吻她冰冷的手。

第二天早上，奥莉加·伊万诺夫娜刚刚起床，门就被打开了……安娜·帕夫洛夫娜站在门口。瓦西里搀扶着她。她默默地走到安乐椅前，一声不吭地坐下来。瓦西里站在她身边。他显得很镇静；他的眉毛紧锁着，嘴唇微微张开。安娜·帕夫洛夫娜脸色苍白，怒气冲冲，想说什么，但是没有说出声来。奥莉加·伊万诺夫娜胆战心惊地对女恩人看了一眼，又对她的情人望了望：由于害怕，她的心好像停止了跳动……她尖叫一声，两手捂着脸，跪倒在房间中央……"那么是真的……是真的啰？”安娜·帕夫洛夫娜轻声问，向她俯下身去……“回答呀！”她继续说，同时用力抓住奥莉加的胳膊。

“妈妈！”瓦西里发出洪钟般的声音。“您答应过我，不委屈她的。”

“我要你……承认……承认……是真的吗？真的吗？”

“妈妈……您回想一下……”瓦西里慢吞吞地说。

这句话使安娜·帕夫洛夫娜大为震惊。她把脸贴在椅背上，号啕大哭起来。

奥莉加·伊万诺夫娜偷偷地抬起头，想要扑倒在老太太脚前，但是瓦西里制止了她，将她扶起来，让她坐到另一张椅子上。安娜·帕夫洛夫娜继续哭泣着，嘴里喃喃地说着不连贯的语句……

“听我说，妈妈，”瓦西里说，“别和自己过不去！这场不幸还可以补救……如果罗加切夫……”

奥莉加·伊万诺夫娜颤抖了一下，直起腰来。

“如果罗加切夫，”瓦西里意味深长地朝奥莉加·伊万诺夫娜看了一眼，继续说，“以为，使一个清白的家庭蒙受耻辱可以不受惩罚……”

奥莉加·伊万诺夫娜感到恐惧。

“竟然在我的家里，”安娜·帕夫洛夫娜呻吟着说。

“您放心，妈妈。他利用她的幼稚、她的年轻，他……您想说什么？”看到奥莉加十分激动，急着想打断他的话，便补充了一句……

奥莉加·伊万诺夫娜倒在安乐椅里。

“我马上去罗加切夫家。我要强迫他今天就结婚。请相信，我不允许他侮辱我们……”

“但是……瓦西里·伊万诺维奇……您……”奥莉加轻声说。

他冷冰冰地看了她很久。她又不吭声了。

“妈妈，请答应我，在我回来之前，别难为她。瞧，她已经快要倒下了。您也该休息一会儿了。请相信我，我会对一切负责的；无论如何等我回来。我向您重复一遍，别折磨她，别折磨自己，相信我。”

他走到门口又停下来。

“妈妈，”他说，“跟我一起去吧。让她一个人待着，求您了。”

安娜·帕夫洛夫娜站起身，走到圣像前，一躬到地，然后悄悄地跟着儿子走了。奥莉加·伊万诺夫娜默默地、一动不动地目送着她。瓦西里急速地转回来，抓住她的胳膊，轻轻地对她说：“相信我，别把我们的事泄露出来。”说完，立刻就走出去了……“比尔西，”他飞快地走下楼梯，喊道，“比尔西！……”

一刻钟后，他和他的仆人已经坐在马车上了。

这一天，老罗加切夫不在家。他去县城为他的仆人们购买做长衣的棉织物去了。帕维尔·阿法纳西耶维奇正坐在自己的书房里欣赏收集的蝴蝶标本。他扬起眉毛，噘着嘴唇，小心翼翼地用一根大头针翻动“夜天蛾”的薄脆的翅膀，这当儿，他感觉到一只不大、但很有劲的手按在他的肩膀上。他回过头来——瓦西里站在他前面。

“您好，瓦西里·伊万诺维奇，”他有点惊讶地说。

瓦西里看了看他，坐到他面前的椅子上。

帕维尔·阿法纳西耶维奇刚要挤出笑容……可是，他望了望瓦西里，便垂下头，张开嘴，抄起手，坐了下来。

“帕维尔·阿法纳西耶维奇，请告诉我，”瓦西里突然说，“您准备很快就结婚吗？”

“我？……很快……当然……就我这方面来说……不过您和您的妹妹……我，从我这方面来说，我明天就结婚也行。”

“很好，很好。您是个急性子的人，帕维尔·阿法纳西耶维奇。”

“这怎么说？”

“听着，”瓦西里·伊万诺维奇站起身，补充说道，“我全都知道；您要明白我的意思，我命令您不要拖延，明天就同奥莉加结婚。”

“对不起，对不起，”罗加切夫没有站起身来，反问说，“您命令我？是我自己向奥莉加·伊万诺夫娜求的婚……我不需要命令……说实话，瓦西里·伊万诺维奇，我有点不明白您的意思……”

“不明白？”

“不明白，是的，我不明白。”

“你能向我保证明天就和她结婚吗？”

“得了吧，瓦西里·伊万诺维奇……不是您自己多次延误我们的婚期吗？不是您，婚礼早已举行过了。就是现在，我也不想推辞。您这样恐吓我，威逼我，究竟是什么意思呢？”

帕维尔·阿法纳西耶维奇擦去脸上的汗。

“你能向我保证吗？你说，能还是不能？”瓦西里慢条斯理地、一字一句地重复说。

“好吧……我保证，但是……”

“好。那么你记住……她全都承认了。”

“谁承认？”

“奥莉加·伊万诺夫娜。”

“承认什么？”

“您怎么对我装腔作势，帕维尔·阿法纳西耶维奇？我对您来说不是外人。”

“我装什么腔？ 我不明白您的话，不明白，一点也不明白。奥莉加·伊万诺夫娜能承认什么呢？”

“承认什么？ 我对您感到厌烦！ 承认什么，不说您也知道。”

“就是杀了我，我也……”

“是的，我会杀了你，如果你不跟她结婚……明白吗？”

“怎么！ ……”帕维尔·阿法纳西耶维奇跳起来，站在瓦西里面前。“奥莉加·伊万诺夫娜……您说……”

“真机灵，老弟，你真机灵，我承认，”瓦西里面带微笑拍拍他的肩膀，“别看你一副老实相……”

“我的天，我的天！ ……您弄得我快要发疯了……您想说什么，说清楚，看在上帝的面上！”

瓦西里向他弯下身去，在他耳边轻轻地说了句什么。

罗加切夫喊叫起来：

“怎么？ ……我？”

瓦西里跺了一下脚。

“奥莉加·伊万诺夫娜？ 奥莉加？ ……”

“是的……您的未婚妻……”

“我的未婚妻……瓦西里·伊万诺维奇……她……她……我不想再知道她的事！”帕维尔·阿法纳西耶维奇叫起来。“去她的吧！ 您把我当作什么人？ 欺骗我——欺骗我……奥莉加·伊力诺夫娜，您不觉得罪过吗，您问心无愧吗……（他的眼泪夺眶而出。）谢谢您，瓦西里·伊万诺维奇，谢谢……我现在不想知道她的事！ 不想！ 不想！ 别说了……哎呀，我的老天爷——我竟然落到这种地步！ 好了，好了！”

“您别孩子气啦，”瓦西里·伊万诺维奇冷冷地说，“记住，您已向我保证过：明天结婚。”

“不，这不行！ 够了，瓦西里·伊万诺维奇，我再对您说一遍——您把我看作什么人了？ 不胜荣幸之至，太感激您了。对不起。”

“随您的便！”瓦西里反驳说。“把剑拿来。”

“干吗拿剑……为什么拿剑？”

“为什么？ 就为这个。”

瓦西里拔出他的锋利、柔韧的法兰西剑，顶住地板，轻轻地把它弄弯一点。

“您想……和我……决斗？”

“正是。”

“但是，瓦西里·伊万诺维奇，哪能呢，您要设身处地为我想想。在您对我说过那番话之后我怎么能够……我是个正直的人，瓦西里·伊万诺维奇，我是个贵族。”

“您是贵族，您是正直的人，那么请与我决斗。”

“瓦西里·伊万诺维奇！”

“您好像害怕了，罗加切夫先生？”

“我一点也不害怕，瓦西里·伊万诺维奇。您想吓唬我，瓦西里·伊万诺维奇。您以为吓唬我一下，我就害怕了，就会立刻把所有的事都答应下来……不，瓦西里·伊万诺维奇，我和您一样也是个贵族，尽管我确实没有受到过都市的教育，但是您是吓唬不了我的，对不起。”

“很好，”瓦西里说，“您的剑放在哪里？”

“叶罗什卡！”帕维尔·阿法纳西耶维奇喊道。

一个仆人走进来了。

“去把剑拿给我——在哪里，你知道的，在顶楼……快拿来……”

叶罗什卡出去了。帕维尔·阿法纳西耶维奇的脸色突然变得煞白，他急忙脱下睡衣，穿上钉有人工宝石的大钮扣的棕红色长袍……脖子上系好领带……瓦西里望着他，依次弹着右手的指头。

“怎么？我们要决斗吗，帕维尔·阿法纳西耶维奇？”

“决斗就决斗，”罗加切夫回答，急忙扣上坎肩的扣子。

“喂，帕维尔·阿法纳西耶维奇，听从我的劝告，结婚吧……对你有什么呢……我……相信我……”

“不，瓦西里·伊万诺维奇，”罗加切夫打断他的话。“我知道，您要么会杀死我，要么会使我残废；但是我不想丧失名誉，死就死吧。”

叶罗什卡走了进来，战战兢兢地将一把插在满是裂纹的皮鞘里的旧剑递给罗加切夫。当时所有的贵族在佩剑的场合，头上都要扑粉；而草原上的地主一年只扑两次粉。叶罗什卡退到门口，哭了起来。帕维尔·阿法纳西耶维奇把他推到门外。

“可是，瓦西里·伊万诺维奇，”他有点窘迫地说，“我现在无法同您决斗，请把决斗推迟到明天；我父亲不在家；而且，我的家务事也得安排一下，以防万一。”

“我看得出，您又害怕了，阁下。”

“不，不，瓦西里·伊万诺维奇；但是您自己想一想……”

“听我说，”卢奇诺夫大叫起来，“您搞得我失去了耐心……要么向我保证马上结婚，要么决斗……要不然我就要用手杖把您狠狠地揍一顿，就像揍一个胆小鬼，明白吗？”

“我们到花园去，”罗加切夫咬紧牙关说。

但是，门突然开了，老保姆叶菲莫夫娜头发蓬乱地冲进房间，跪在罗加切夫面前，搂住他的腿……

“我的少爷！”她号叫起来，“我的孩子……你这是要干什么？别把我们这些苦命人给毁了，少爷！他会杀死你的，我亲爱的！你只要命令我们，下个命令，我们不用费什么劲就可以把这个坏家伙收拾了……帕维尔·阿法纳西耶维奇，我的孩子，快别作孽了！”

门口出现一张张苍白、慌张的脸……甚至连村长的红胡子也出现了……

“快放开我，叶菲莫夫娜，放开我！”罗加切夫喃喃地说。

“我不放，我的亲人，我不放。你这是干什么，少爷，干什么啊？阿法纳西·卢基奇会说什么啊？他会叫我们大家都活不成……你们干吗都站着？抓住这个不请自来的家伙，把他撵到门外去，让他滚蛋……”

“罗加切夫！”瓦西里·伊万诺维奇严厉地吼道。

“你发疯了，叶菲莫夫娜，你会使我丢脸的，行了……”帕维尔·阿法纳西耶维奇说。“走吧，走吧，你们都出去，听到了吗？……”

瓦西里·伊万诺维奇迅速地走到打开的窗前，掏出一只不大的银哨子，轻轻地吹了一下……比尔西在附近应了一声。卢奇诺夫回头立刻对帕维尔·阿法纳西耶维奇说：

“这出滑稽戏该怎么收场呢？”

“瓦西里·伊万诺维奇，我明天去您那儿，我对这个疯老婆子怎么办呢……”

“咳！我看，跟您没什么好多谈的，”瓦西里说，同时举起手杖……

帕维尔·阿法纳西耶维奇往前一冲，把叶菲莫夫娜推到一旁，抓起旧剑，从旁门冲进花园里。

瓦西里跟在他后面冲出去。他们两人跑进一座木建的凉亭里，这凉亭按照中国的风格，巧妙地漆成五颜六色。他们关上门，拔出剑。罗加切夫过去曾学过一点击剑术，可现在几乎怎么使剑都忘记了。剑刃互相交错。瓦西里看上去是在耍弄罗加切夫。帕维尔·阿法纳西耶维奇脸色苍白，喘不上气来，惶恐不安地望着卢奇诺夫的脸。这时，花园里响起呐喊声；一群人朝凉亭跑来。突然，罗加切夫听到老年人撕心裂肺的号哭声……他听出是父亲的声音。阿法纳西·卢基奇没戴帽子，头发蓬乱，拼命挥着双手，跑在最前面……

瓦西里出其不意地使劲把剑刃一翻，打掉了帕维尔·阿法纳西耶维奇手中的剑。

“结婚吧，老兄，”他对他说，“别再胡闹了。”

“我不结婚，”罗加切夫小声说，他闭着眼睛，浑身颤抖。

阿法纳西·卢基奇正要冲破凉亭的门往里闯。

“不愿意吗？”瓦西里喊道。

罗加切夫否定地摇摇头。

“那么，见你的鬼去吧！”

可怜的帕维尔·阿法纳西耶维奇倒地身亡；卢奇诺夫的剑刺进了他的心脏……门被打开了，老罗加切夫冲了进来，但是，瓦西里已经跳到窗外……

两小时后，他走进奥莉加·伊万诺夫娜的房间……她胆战心惊地朝他奔过去……他一声不吭地向她点了点头，拔出剑，朝帕维尔·阿法纳西耶维奇肖像上的心脏处刺了一剑。奥莉加喊叫了一声，倒在地上，不省人事……瓦西里又去找安娜·帕夫洛夫娜。他在祈祷间里碰到她。“妈妈，”他说，“我们的仇已经报了。”可怜的老太婆颤抖了一下，又继续祈祷。

一星期后，瓦西里去了彼得堡，两年后，回到乡下的时候他已经瘫痪了，失去了说话能力。他再也没见到安娜·帕夫洛夫娜和奥莉加，她们已不在人世了。他自己不久也在尤季奇的看护下去世了，尤季奇像喂孩子一样喂他，也只有尤季奇能听懂他那不连贯的、模糊不清的话语。

好决斗的人

一

一八二九年，某胸甲骑兵团驻防在K省的基里洛沃村。这个村庄有着自己的木房和草垛、绿色的大麻田和稀疏的爆竹柳丛，远远望去，在一片黑色耕地之间，它就像无边无际的大海中的一座岛屿。村庄中央有一个不大的池塘，池面上终年盖满鹅毛，池岸肮脏不堪，高低不平；在离池塘一百步远的地方，在大路的另一边兀立着一幢老爷的木房子，它早就无人居住，凄凉地向一边歪着；房子后面有一个荒废的果园；果园里长着一些不结果的老苹果树和布满乌鸦窝的高大的白桦树；在主林荫道的尽头有一幢小屋（过去是老爷的澡房），里面住着一个年迈体衰的管家，他每天早晨都按老习惯呼哧呼哧地喘着粗气、咳嗽着、步履艰难地穿过果园来到老爷的房间里，虽说里面只有十二把花缎蒙面已褪色的白圈椅、两只饰有铜把手和柜腿歪斜的矮宽的抽屉柜、四幅破画和一尊鼻子已被砸掉的黑人石膏像，此外就没有什么东西值得看管的了。这幢房子的主人是个无忧无虑的年轻人，他时而住在彼得堡，时而住在国外，把自己的庄园完全忘在脑后了。这庄园是他八年前从他那位曾以善酿果子露酒而名闻遐迩的年迈的叔叔手中得到的。一些深绿色的空酒瓶至今还与各种废物、写满蝇头小字的彩色硬面练习簿、古老的玻璃吊灯、叶卡捷琳娜时代的贵族礼服、已生锈的钢柄佩剑等等东西一起堆放在贮藏室里。团长本人住在其中的一间厢房里，他是个结了婚的人，个子高高的，平时寡言少语，神色忧郁而又精神萎靡。住在另一间厢房里的是团部副官，一个多愁善感和爱用香水的人，喜欢花和蝴蝶。这个团的军官们和别的任何一个团的军官们没有什么区别。他们中有好人和坏人，有精明能干的人和无知浅薄的人……其中有个骑兵上尉叫阿夫杰伊·伊万诺维奇·卢奇科夫，他是个出名的好决斗的人。卢奇科夫身材并不魁梧，相貌也一般；一张又黄又瘦的小脸，一头稀稀拉拉的黑发，一副平平常常的面容，一双深色的小眼睛。他很早就沦为孤儿，是在贫困和无人照看的情况下长大的。他会一连几个星期都过得很太平……但是突然会像恶魔附身似地跟大家纠缠不休，做出使大家讨厌的事，蛮横无礼地直视众人；还一味地挑起争吵。不过，阿夫杰伊·伊万诺维奇并不回避与自己的同事们交往，但是他只跟那个爱洒香水的副官友好相处；他既不打牌，也不喝酒。

一八二九年五月，在军训开始前不久，一位年轻的骑兵少尉费奥多尔·费奥多罗维奇·基斯特尔来到团里，这是一个有德国血统的俄罗斯贵族，头发的颜色很浅很浅，为人温文尔雅，既有教养又博学多才。他二十岁前在母亲、祖母和两个姑姑的呵护下住在故居；他进军队服役完全是为了了却祖母的心愿，因为他祖母甚至在垂暮之年看到白色的帽缨也无法不激动……他对服兵役无特别大的兴致，却也勤勉努力，恪尽职守；他穿着并不讲究，但整洁而又得体。费奥多尔·费奥多罗维奇在抵团的第一天就去拜谒了长官，然后开始布置自己的住所。他随身带来一些便宜的墙纸、小壁毯、小书架等等；把所有的墙壁和门都裱糊了一遍，装上各种各样的隔板，吩咐下人把院子打扫干净，重新改建了马厩和厨房，甚至还腾出一块地方来放澡盆……他整整忙了一个星期，但是此后走进他的房间就会令人感到称心如意。窗前放着一张整洁的桌子，上面摆着各种各样小巧玲珑的工艺品，角落里放着一只书架，上面摆着席勒和歌德的半身雕像；墙上挂着一幅地图、四只格列维东诺夫的猎物头和一支猎枪；桌子旁边整整齐齐地摆着一排烟嘴完好无损的烟斗；前室的地板上铺着地毯；所有的门都上着锁；窗户上挂着窗帘。费奥多尔·费奥多罗维奇房间里的一切东西都拾掇得井然有序、一尘不染。其他同事的情况就完全不同了！ 别人房间门前往往有一个肮脏不堪、难以下脚的院子；前室破旧的帆布屏风后面有一个勤务兵在呼呼地酣睡；地上堆着腐烂的干草；炉灶上放着一双靴子和一只灌满黑鞋油的破罐底；正房放着几只盛着半杯深褐色凉茶的茶杯；墙旁有一张破旧的油污的大沙发；窗台上满是烟灰……户主本人身穿带有紫红色波里斯绒翻领的草绿色睡袍，头戴亚洲生产的绣花圆便帽，端坐在笨重的松软的圈椅上，主人身边有一只脖子上套着臭烘烘的铜项圈的、胖得不像样的劣种狗在打呼噜……所有的门一直是敞开着的……

费奥多尔·费奥多罗维奇博得了新同事们的喜爱。他们喜欢他的善良、谦逊、热心肠和喜爱“一切美好事物”的天性，总之是喜欢他的一切，而这一切在别的军官身上也许就会被认为是不恰当的。大家把基斯特尔叫作红颜少女，待他既温和又亲切。只有阿夫杰伊·伊万诺维奇一个人用不满的眼光看待他。有一天，操练结束后，卢奇科夫微抿着双唇，张开鼻孔，走到他跟前。

“您好，克娜斯特尔先生。”

基斯特尔困惑不解地看了他一眼。

“您好，克娜斯特尔先生，”卢奇科夫重复了一遍。

“我叫基斯特尔，先生。”

“噢，原来如此，克娜斯特尔先生。”

费奥多尔·费奥多罗维奇一转身，背对着他走回房去了。卢奇科夫脸带冷笑地朝着他的背影看了一会儿。

第二天，操练一结束，他又走到基斯特尔跟前。

“喂，近况如何，金德尔巴扎姆先生？”

基斯特尔勃然大怒，盯着他的脸看了一会儿。阿夫杰伊·伊万诺维奇那双肝火很旺的小眼睛闪出了喜悦的凶光。

“我在和您说话呀，金德尔巴扎姆先生！”

“先生，”费奥多尔·费奥多罗维奇回答他，“我认为您开的玩笑既愚蠢，又不得体，听到了吗？既愚蠢，又不得体。”

“我们什么时候决斗？”卢奇科夫镇静地反问。

“随您的便……哪怕明天也行。”

第二天早上他们决斗了。卢奇科夫使基斯特尔受了轻伤，令决斗证人感到极其惊奇的是，他走到伤者跟前，挽住他的一只手，请求他原谅。基斯特尔在家里待了两个星期，阿夫杰伊·伊万诺维奇去探望过几次，而且在费奥多尔·费奥多罗维奇康复后与他交上朋友。是这位年轻军官的坚毅性格博得了他的欢心呢，还是他内心产生了一种类似于后悔的感觉，这一点难以断定……但是自从同基斯特尔决斗以后，阿夫杰伊·伊万诺维奇几乎没有离开过他，起先称他为费奥多尔，后来又称他为费佳。当他在场的时候，卢奇科夫便会变成另一个人——真是一件怪事！——这一变化于他本人不利。他并不适宜于扮演温和可亲的角色。他还是无法激起任何人的赞同：他的命运就是这样！他属于那种好像有权支配他人的人；但是他生来就没有才干，缺乏拥有类似权利的一个必不可少的条件。他没有受过教育，也不特别聪明，所以本来就不应该露出自己的马脚；也许，他的冷酷无情的性格之所以会形成，正是因为他意识到自己缺乏教育，正是因为他希望让自己完全隐藏在一副永远不变的假面具之下。阿夫杰伊·伊万诺维奇起初是强迫自己去蔑视别人；后来发现吓唬别人并非难事，于是他真的开始蔑视别人了。令卢奇科夫感到开心的是，只要他一露面，就能制止住各种并不很庸俗的谈话。“我什么也不知道，什么也没学过，再说我也没有才能……”他暗自想道，“所以在我面前，你们也不要知道任何事情，也不要显露出自己的才能……”也许，基斯特尔之所以能迫使卢奇科夫最终摆脱他所扮演的角色，是因为这个好决斗的人在和他认识之前没有遇到过一个真正“高尚”的人，即一个无私地和忘我地献身于理想的、因而也是宽宏大量而又不爱面子的人。

阿夫杰伊·伊万诺维奇常常一清早就到基斯特尔那里去，点上烟斗，悄悄坐到圈椅上。卢奇科夫在基斯特尔面前并不因为自己无知而害羞；他信赖（没有白信赖）基斯特尔的德国人的谦虚品德。

“喂，怎么样？”他开始问。“昨天你干了些什么？ 大概是读书吧，对吗？”

“对，读过……”

“读些什么？ 老弟，请告诉我吧，告诉我吧。”阿夫杰伊·伊万诺维奇自始至终都带着一种嘲弄的口气。

“老兄，我读了克莱斯特[1]的《田园诗》。啊，写得多好啊！ 让我

① 克莱斯特（1777—1811），德国作家。

翻译几行给你听吧。”接着，基斯特尔便富有激情地译着，而卢奇科夫则蹙起额头，紧闭双唇，聚精会神地听着……

“是的，是的，”他脸上带着苦笑，急匆匆地肯定说，“写得好……非常好……记得，我也读过这首诗……写得真好……”

“请告诉我，”他仿佛不大情愿似地拖拉着声音补充说，“你对路易十四评价如何？”

于是基斯特尔开始谈论路易十四。卢奇科夫听着，许多地方他一点都听不懂，有的地方理解不正确……最后他决定谈谈自己的看法……他急得直冒汗。“嘿，如果我胡说一通，那怎么办呢？”他心里想道。确实，他经常会胡说八道，但是，基斯特尔从来也没有生硬地反驳过他，因为善良的年轻人打心眼里感到高兴，因为你瞧吧，有人产生了求知欲。唉！ 阿夫杰伊·伊万诺维奇并不是出于求知欲而向基斯特尔求教，究竟出于什么原因那只有天知道。也许他想亲自证实一下，他——也就是卢奇科夫的头脑究竟长得怎么样：是愚钝呢，还是只不过未经琢磨而已？ “其实，我本来就很笨，”他不止一次地苦笑着对自己说。要是他发现哪个同事在他目光的注视下低下眼睛，他就会突然挺起全身，蛮横无礼地环视四周，并凶狠地冷笑。“老弟，你真是个有学问、有教养的人……”他不情愿地透过牙缝低声说，“要不要……那个东西？”

军官们对基斯特尔和卢奇科夫突然成为朋友并没有多加议论，他们对这个好决斗的人的古怪行为已习以为常了。“魔鬼缠上了婴儿！”他们说……基斯特尔到处热情地夸耀自己新朋友，大家不同他争论，因为都害怕卢奇科夫；而卢奇科夫本人当着别人的面却从未提起过基斯特尔的名字，但是他不再与爱洒香水的副官交往了。

二

南俄的地主们特别喜欢举办舞会，特别喜欢邀请军官们到自己家里来作客，而且还特别喜欢把自己的女儿嫁给他们。在距离基里洛沃村十俄里远的地方就住着这样一个名叫佩列卡托夫的地主，他拥有四百名农奴和一幢十分宽敞的大房子。他有个十八岁的女儿，名叫玛申卡，他妻子名叫涅尼拉·玛卡莉耶夫娜。佩列卡托夫先生过去当过骑兵，但是因喜爱乡村生活，还因懒惰成性而退役，开始平静地过上了中等地主的生活。涅尼拉·玛卡莉耶夫娜是莫斯科的一个著名的贵族并非完全合法的子女。

涅尼拉·玛卡莉耶夫娜的监护人，如常言所说的那样，非常精心地在自己家里把她培养成人，但是后来人家一要她，他就相当匆忙地把她打发走了，就像出售一件质量不可靠的商品似的。涅尼拉·玛卡莉耶夫娜长得并不好看，贵族老爷一共只给她一万卢布作嫁妆；她紧紧地控制住了佩列卡托夫。娶到一位有教养、又聪明的小姐为妻，佩列卡托夫先生觉得相当荣耀……再说，她毕竟还与一位大臣有亲戚关系。他们成婚以后，这位大臣仍然庇护这对小夫妻，即接受他们作为礼品送来的咸鹌鹑，对佩列卡托夫说话时用“你，老弟”，有时干脆就用“你”。涅尼拉·玛卡莉耶夫娜完全把丈夫控制在手中，治家理财一把抓，不过，干得倒也很精明；无论如何要比佩列卡托夫本人强得多。她没有过分地欺压自己的丈夫，只是把他牢牢地控制住，亲自为他定制服装，按英国人的方式把他打扮得像一个体面的地主；按她的命令，佩列卡托夫在下巴上留起了西班牙式的短尖胡子，用来遮住一颗像过熟的马林浆果似的肉疣；涅尼拉·玛卡莉耶夫娜自己向客人解释说，她的丈夫会吹横笛，所有吹横笛的人都在下嘴唇下留胡子，这样有利稳住乐器。佩列卡托夫先生一早就系上干净的高领结，头发梳得光光的，浑身上下全都收拾得一尘不染。总之，他对自己的命运相当满意：吃饭总是吃得津津有味，想干什么就干什么，想睡多久就睡多久。像邻居们所说的那样，涅尼拉·玛卡莉耶夫娜在自己的家里制定了一套“外国规矩”：雇用的人不多，但给他们穿得很整洁。虚荣心使她感到很苦恼；她希望至少能当上县首席贵族的夫人，但是××县的贵族们尽管常常在她家尽情地吃喝，但他们推选的仍旧不是她丈夫，要么推选退役中校布尔科里茨，要么就是退役的准少校布伦久科夫。他们觉得佩列卡托夫是一个京都味过浓的家伙。

佩列卡托夫先生的女儿玛申卡的脸长得像父亲。涅尼拉·玛卡莉耶夫娜为她的教育花了很大功夫。玛申卡会说一口流利的法语，钢琴弹得也相当不错。她中等个子，长得相当丰满，皮肤也很白；她那张胖乎乎的脸上总是挂着善意的、舒心的微笑；一头不太浓密的淡褐色头发、一双棕色眼睛、一副悦耳动听的嗓子——她身上所有的一切都会悄悄地博得人家的喜爱，但也只是如此而已。不过她不会装腔作势，没有偏见，具有草原姑娘所罕见的博识，而且神态自如，谈吐和观点既平静又质朴，这一切都令人感到大为惊讶。她是在自由自在的环境中长大成人的；涅尼拉·玛卡莉耶夫娜对她不加约束。

一天晌午，十二点钟左右，佩列卡托夫一家人都聚在客厅里。丈夫系着高高的格子领结，身穿绿色圆摆燕尾服和灰黄色裤子，脚上穿着半高靿皮靴，正站在窗前，聚精会神地捕捉苍蝇。女儿坐在绣架前刺绣；她的一只戴着黑色露指手套的胖乎乎的小手，在十字布上优美和缓慢地上下运动。涅尼拉·玛卡莉耶夫娜坐在沙发上，默默地看看地板。

“您给××团发请帖了吗，谢尔盖·谢尔盖伊奇[1]？”她问丈夫。

“今晚舞会的请帖吗？那还用问，ma шep[2]，发出了。（她不准丈夫称她为孩子她妈。）那还用问！”

“根本就没有男舞伴，”涅尼拉·玛卡莉耶夫娜继续说。“没人可陪小姐们跳舞。”

丈夫叹了口气，好像也为缺少男舞伴而感到伤心。

“妈妈，”玛莎突然说，“邀请卢奇科夫先生了吗？”

“哪个卢奇科夫？”

“他也是个军官。听说，他很有趣。”

“是吗？”

“是的，他本人长得并不帅，年纪也不轻了，但是大家都怕他。他是个可怕的好决斗的人。（妈妈微微皱起了眉头。）我倒很想见见他……”

谢尔盖·谢尔盖伊奇打断了女儿的话。

“有什么好看的，我的宝贝？你以为他看上去就那么像拜伦勋爵吗？（当时，我们这儿的人还刚开始谈论拜伦勋爵）荒谬的念头！要知道，我的宝贝，我当年也曾以好斗而闻名。”

玛莎惊讶地看了看父亲，笑了起来，然后一跃而起，吻了吻他的脸颊。妻子微微一笑……谢尔盖·谢尔盖伊奇并没有说谎。

---

① 谢尔盖·谢尔盖伊奇是佩列卡托夫的名与父名。
② 法语 Ma soeur(我的妹妹)的音译。

“我不知道，这位先生会不会来，”涅尼拉·玛卡莉耶夫娜喃喃地说。“也许他会来的。”

女儿叹了口气。

“小心，别爱上他，”谢尔盖·谢尔盖伊奇说。“我知道，你们现在全都一样……都是那种……容易兴奋的人……”

“不会的，”玛莎天真无邪地否定。

涅尼拉·玛卡莉耶夫娜冷冷地看了看丈夫。谢尔盖·谢尔盖伊奇有点惶恐地摆弄了一下表链，抓起桌上的英国式宽边呢帽，出去处理事务了。他的狗怯生生地和驯顺地跟着他跑了出去。作为一种聪明的动物，它觉察到它的主人在家里并不是个太有权势的人，所以它也表现得既谦恭又谨慎。

涅尼拉·玛卡莉耶夫娜走到女儿跟前，轻轻地托起她的脑袋，温柔地望望她的眼睛。“当你恋爱时，你会告诉我吗？”她问。

玛莎含笑吻了吻母亲的手，并且肯定地点了几下头。

“留神噢，”涅尼拉·玛卡莉耶夫娜摸摸她的脸颊，跟着丈夫走出去了。玛莎身子靠在椅背上，把头低垂在胸前，交叉起手指，眯缝起眼睛，久久地望着窗外……她那滋润的脸颊上泛出了淡淡的红晕；她叹了一口气，挺直了身子，刚要动手刺绣，却又把针丢掉，用一只手托住自己的脸，轻轻地咬着指甲尖思索了起来……然后她看了看自己的肩膀和自己伸出的那只手，站起身，走到镜子前，微微一笑，戴上帽子，走到花园去了。

当天晚上，大约八点光景，客人们陆续都来了。佩列卡托夫太太十分客气地迎接和“招待”太太们，玛申卡负责接待姑娘们；谢尔盖·谢尔盖伊奇和地主们谈论经济事务，并不时地朝妻子看上一眼。年轻的纨绔子弟，即那些故意迟到片刻的军官开始露面了；最后，团长本人在自己的副官、基斯特尔和卢奇科夫的陪同下走进来。他把他们介绍给了女主人。卢奇科夫默默地鞠了一个躬；基斯特尔喃喃地说了一句普通的客套话："很高兴……"佩列卡托夫先生走到团长跟前，紧紧地握了握他的手，亲切地盯着他的眼睛看了一会儿。团长顿时皱起眉头。舞会开始了。基斯特尔邀请玛莎跳。那时苏格兰舞还很流行。

"请告诉我，"当他们跳了二十来圈，跳到舞厅的尽头，并最终进入前几对舞伴之列时，玛莎问道，"您的朋友为什么不跳舞呢？"

"哪个朋友？"

玛莎把扇梢指向了卢奇科夫。

"他从来也不跳舞，"基斯特尔说。

"那他干吗来呢？"

基斯特尔微微发窘了。

"他想有幸……"

玛申卡打断他的话。

"您大概不久前才调到我们团里来的吧？"

"你们的团，"基斯特尔微笑着说，"是的，不久前。"

"您在这里不感到无聊吗？"

"哪能呢……我在这儿找到了一个多么可爱的团体……还有多么美丽的自然风光！……"基斯特尔开始描述自然风景了。玛莎头也不抬地听着他讲。阿夫杰伊·伊万诺维奇站在角落里，冷淡地望着跳舞的人。

"卢奇科夫先生几岁了？"她突然问道。

"岁数嘛……我想，大概是三十五岁吧，"基斯特尔回答。

“听说，他是个危险人物……好生气，”玛莎急急忙忙补充了一句。

“他有点暴躁……但是，他是个很好的人。”

“听说，大家都怕他，对吗？”

基斯特尔笑了起来。

“您呢？”

“我和他是朋友。”

“真的吗？”

“你们跳呀，跳呀，跳呀，”四周的人朝他们喊叫。他们浑身一哆嗦，马上又侧身跳着穿过整个舞厅。

“喂，祝贺你，”基斯特尔跳完舞，走到卢奇科夫跟前，对他说，“主人的女儿不断地向我打听你的情况。”

“真的吗？”卢奇科夫不屑地反问道。

“一个纯洁的人啊！要知道，她长得很漂亮；瞧一瞧吧。”

“她们中的哪一个？”

基斯特尔把玛莎指给他看了。

“噢！长得不错！”卢奇科夫打了个哈欠说。

“你是个冷漠无情的人！”基斯特尔高声说，然后就跑去邀请别的姑娘。

阿夫杰伊·伊万诺维奇很喜欢基斯特尔告诉他的消息，虽然他打了个哈欠，甚至还是个大大的哈欠。自己能引起姑娘的好奇心使他的自尊心得到极大的满足；他轻视爱情，这只是口头上说的……而内心觉得，让别人爱上自己是件既困难又麻烦的事，但是要装成一个冷漠无情、沉默寡言的高傲的人却相当容易和简单。阿夫杰伊·伊万诺维奇长得并不好看，而且年纪也不轻；但是他享有一种骇人的名声，因而他有权卖弄自己。他已习惯于痛苦和默默无言地品尝忧郁的孤独生活；他并不是第一次引起女人们的注意；有些女人甚至还竭力想与他结交，但是他却极其固执地疏远她们；他知道柔情对他是不相称的（约会、表白的时候，他先会显得尴尬和粗俗，后来就会因懊恼而变得粗鲁起来，使人感到乏味、委屈）；他记得，他以前结识的两三个女人在和他经过最初短暂时刻的亲密交往后，立刻就冷淡他，并主动地匆匆离他而去……因此他最终决定仍使自己成为一个神秘人物，并且鄙视命运所不肯给他的东西……人们一般似乎都不知道他还鄙视别的什么东西。任何坦率的、下意识的、也就是美好的激情表露都与卢奇科夫不相称；他得经常不断地克制自己，甚至在发怒时也要克制。当卢奇科夫哈哈大笑时，只有基斯特尔一人不会觉得讨厌；当他为阿夫杰伊读自己喜爱的席勒的诗篇时，这个善良的德国人的双眼便会闪烁着表示赞许的优美的欢乐光芒，而好决斗的人就会像狼似的耷拉着脑袋坐在他面前……

基斯特尔跳舞直跳到筋疲力尽。卢奇科夫没有离开过自己所在的那个角落，他皱着双眉，有时偷偷朝玛莎瞥上一眼，一遇到她的目光，他马上就让自己的目光流露出冷漠的神色。玛莎与基斯特尔跳了三次舞。这个充满激情的小伙子赢得了她的信赖。她非常开心地与他闲聊，但心里却感到不舒服。卢奇科夫更使她感兴趣。

响起了玛祖卡舞曲。军官们开始蹦蹦跳跳，把鞋后跟跺得橐橐作响，耸动双肩使带穗肩章向上扬起；文职人员也把脚后跟跺得嗒嗒作响。卢奇科夫还是没有离开原地，他用目光慢慢地注视着一对对从眼前掠过的舞伴。有个人碰了碰他的衣袖……他回头看了一眼；他身后的那个人向他指指玛莎。她站在他面前，低着头，向他伸出一只手。卢奇科夫先是困惑不解地朝她看看，然后漫不经心地脱去外衣，把帽子扔在地板上，笨拙地从椅子之间挤过去，拉住了玛莎的手，然后，既不蹦跳也不跺脚，沿着圆圈走起来，好像是不大情愿地在履行一项不愉快的义务……玛莎的心剧烈地跳动着。

“您为什么不跳？”她终于问道。

“我不是爱跳舞的人，”卢奇科夫回答。“您的位子在哪里？”

“就在那儿。”

卢奇科夫把玛莎送到了她原来坐的椅子跟前，平静地向她鞠了个躬，然后泰然自若地回到了自己的角落里……但是，烦躁欢快地在他心里涌动。

基斯特尔又来邀请玛莎。

“您的朋友多么古怪啊！”

“可您对他很感兴趣……”费奥多尔·费奥多罗维奇狡黠地眯起带着善意的浅蓝色眼睛，说道。

“是的……他也许很不幸。”

“他不幸？ 您说这话根据什么？”费奥多尔·费奥多罗维奇笑了起来。

“您不会知道的……您不会知道的……”玛莎一本正经地摇了摇头。

“我怎么会不知道呢？ ……”

玛莎又摇了摇头，并朝卢奇科夫望了一眼。阿夫杰伊·伊万诺维奇发现了她的目光，微微耸了耸肩膀，走到另一个房间去了。

三

那次晚会后过去了几个月。卢奇科夫一次也没有到佩列卡托夫家去过。但是基斯特尔却相当频繁地去拜访他们。涅尼拉·玛卡莉耶夫娜喜欢上他了，但是吸引他来的并不是她。他喜欢玛莎。作为一个阅历肤浅而又不爱多嘴的人，他认为与人交流思想和感情是相当愉快的事，并且真诚地相信青年男女之间是有建立起崇高和纯真的友谊的可能性的。

有一天，一辆由三匹肥壮的烈马驾的马车拉着他飞快地驰到了佩列卡托夫家门口。夏日的天气又闷又热，天空连一丝云彩也没有。天边变得越来越蓝，看上去好似密集在一起的雷雨云。佩列卡托夫避暑的别墅是凭着草原居民寻常的先见之明建造的，窗子全都正对着太阳。涅尼拉·玛卡莉耶夫娜一早就吩咐下人把百叶窗全都关上。基斯特尔走进凉爽和昏暗的客厅。太阳光呈长线条状投射在地板上，墙上则是密密麻麻的短带状的光影。佩列卡托夫全家亲切地招待了费奥多尔·费奥多罗维奇。午饭后，涅尼拉·玛卡莉耶夫娜回自己的卧室去休息了；佩列卡托夫先生坐在客厅的沙发上；玛莎坐在窗边的绣架前；基斯特尔坐在她的对面。玛莎没有揭开绣架，胸部稍稍贴近它，并用双手托住了头。基斯特尔开始向她讲一件事；她心不在焉地听着，仿佛在等待什么，偶尔看看父亲，后来突然伸出了一只手。

“喂，费奥多尔·费奥多罗维奇……请您是否说得轻一点……爸爸睡着了。”

真的，佩列卡托夫先生像往常一样，坐在沙发上，把头往后一仰，微微张开嘴巴，睡着了。

“您想听什么？”基斯特尔好奇地问。

“您会嘲笑我的。”

“哪会呢！……”

玛莎低下头，只剩下脸的上半部没有被双手遮住，她忸怩不安地低声问基斯特尔：他为什么一直都不带卢奇科夫先生一起来？自从那次舞会后，玛莎已不止一次地提到过他……基斯特尔一声不吭。玛莎透过交叉的手指的缝隙怯生生地看了基斯特尔一眼。

“我能不能坦率地把自己的看法告诉您？”基斯特尔问她。

“为什么不能？当然行啰。”

“我觉得，卢奇科夫给您留下了很深的印象！”

“不对！”玛莎回答，然后俯下身子，好像想要凑近绣架去察看花纹似的；一条金灿灿的狭长的阳光投射在她的头发上。“不对……但是……”

“但是后面有什么文章呢？”基斯特尔微笑着说。

“您要知道，”玛莎说，然后突然微微抬起头，以致那束阳光直接射到她的眼睛上，“您要知道……他……”

“您对他感兴趣……”

“是……啊……”玛莎一字一顿地说，她红着脸，把头微微转到一旁去，继续说，“他身上有那么一种东西……您定会取笑我的，”她迅速瞥了费奥多尔·费奥多罗维奇一眼，突然添了一句。

费奥多尔·费奥多罗维奇露出了特别温和的微笑。

“我要把我想到的一切都告诉您，”玛莎继续说，“我知道，您是我的……（她想说“知己”）好朋友。”

基斯特尔俯下身去。玛莎沉默了一会儿，怯生生地向他伸出了一只手；费奥多尔·费奥多罗维奇恭恭敬敬地握握她的指尖。

“他大概是个大怪人，”玛莎说，这时她又把胳膊肘支到绣架上。

“怪人？”

“当然；他就是作为一个怪人而使我感兴趣的！”玛莎调皮地补充了一句。

“卢奇科夫是个高尚、优秀的人，”基斯特尔郑重地反驳。“我们团里的人都不了解他，都看不起他，只看到他的外表。当然，他是个冷酷、古怪、急躁的人，但他的心地是善良的。”

玛莎聚精会神地听费奥多尔·费奥多罗维奇说。

“我要带他来见您。我会告诉他，您没什么可怕的，怕见生人对他来说倒是可笑的……我会对他说……噢！我已经知道该说些什么了……就是说，您，不过，请别认为我……”基斯特尔窘住了；玛莎也窘住了……“不过，说到底，也只有您才这么……喜欢他……”

“那当然，正像我喜欢许多其他人一样。”

基斯特尔狡黠地看看她。

“好，好，”他显出一副得意的样子说，“我会为您带他来的……”

“不过……”

“好，我对您说，一切都会搞好的……我会安排的。”

“您真是……”玛莎笑容可掬地说，并使了个警告的眼色。佩列卡托夫先生打了个哈欠，睁开双眼。

“我好像睡着了，”他惊奇地嘟哝道。这种话和这种惊奇的口气每天都会重复出现。玛莎和基斯特尔谈论起席勒的作品。

然而，费奥多尔·费奥多罗维奇却感到不大自在；他心里好像产生了嫉妒的感觉……于是他高尚地自责。涅尼拉·玛卡莉耶夫娜下楼走进客厅。茶端上来了。佩列卡托夫先生让自己的狗从拐杖上跳过去几次，然后宣称，这一切都是他亲自教会它的，这时狗还彬彬有礼地摇摇尾巴，舔舔身上的毛，并眨眨眼睛。当酷热终于减弱，并吹起晚风的时候，佩列卡托夫全家人都到桦树林里去散步了。费奥多尔·费奥多罗维奇不断地朝玛莎投去目光，好像要让她知道，他会完成她所委托的任务的；玛莎对自己已感到恼火，却也感到既快乐又害怕。基斯特尔突然无缘无故地用极其华丽的词藻谈起了爱情、友情……然而一发现涅尼拉·玛卡莉耶夫娜的明显警觉的目光，他突然改变了话题。

晚霞绚丽多彩。桦树林的前方展现出一片平整的大草地。玛莎想玩捉人游戏。男女仆人都来了；佩列卡托夫和太太站在一起，基斯特尔和玛莎站在一起。女仆们边跑，边发出谄媚取宠的喊叫；佩列卡托夫先生的贴身侍仆放肆地拆散了涅尼拉·玛卡莉耶夫娜和她丈夫这一对；一个女仆恭敬地让老爷捉住了自己；费奥多尔·费奥多罗维奇没有和玛莎分开过。每次回到自己的位子上，他都会对她说上两三句话；玛莎跑得满脸通红，笑容可掬地听他说话，并用手理着头发。晚饭后，基斯特尔离开了。

夜色宁静，星光闪闪。基斯特尔摘下军帽。他激动不已；喉咙有点隐隐作痛。“是的，”他终于几乎是放声说道，“她爱他；我要让他们接近起来；我决不辜负她对我的信任。”尽管还没有什么可以证明玛莎对卢奇科夫抱有明显的好感，尽管从她本人的话中可以听出他只不过是激起了她的好奇，但是，基斯特尔却已编好一个完整的故事，还为自己规定了义务。他决定牺牲自己的感情，况且，“目前除了真挚的眷恋外，我还没有任何别的感觉，”他心想。基斯特尔确实能为友情，能为自己所承担的义务作出自我牺牲。他读过很多书，所以就把自己想象成一个有经验的、甚至是有远见的人；他并不怀疑自己的推测的真实性；他没有料到生活是极其多种多样的，而且永远也不会重复。费奥多尔·费奥多罗维奇有点兴奋起来了。他开始动情地思考自己的使命。在一位含情脉脉、羞羞答答的姑娘和一位或许只是因为一生中从未爱过别人，也从未被别人爱过而变得冷酷无情的人之间作个牵线人，使他们亲近，为他们双方传递各自的心里话，然后自己悄然退出，不让任何人发现自己所作出的牺牲有多伟大——这是多么美好的事情！ 尽管夜里有点凉爽，但这位善良的空想家的脸还是在发烧……

第二天一大早他就去找卢奇科夫。

阿夫杰伊·伊万诺维奇像往常一样，正躺在沙发上抽烟。基斯特尔向他打了个招呼。

“我昨天到佩列卡托夫家去过，”他有点得意地说。

“是吗？”卢奇科夫冷冷地回答，同时打了一个哈欠。

“是的。他们都是些好人。”

“真的吗？”

“我们谈到你了。”

“非常荣幸，是和谁谈的？”

“和老人们……也和他们的女儿。”

“哦！ 是那个……胖乎乎的姑娘吗？”

“她是个好姑娘，卢奇科夫。”

“是呀，他们全都是好人。”

“不，你不了解她。我还没有遇见过这么聪明、善良和多情的姑娘。”

卢奇科夫带着鼻音慢吞吞地唱了起来："你不是在汉堡的报纸上读到过，前年米尼赫战胜了……"

"我在对你说……"

"你爱上她了，费佳，"卢奇科夫嘲笑说。

"完全不是这么回事。我没想过。"

"费佳，你是爱上她了！"

"胡说八道！好像已经不能……"

"你爱上她了，我知心的朋友，炉灶边的蟑螂，"阿夫杰伊·伊万诺维奇拖长声音唱起来。

"喂，阿夫杰伊，你怎么就不害臊！"基斯特尔恼火地说。

要是别的人在场，卢奇科夫肯定会唱得更起劲，可是他不想戏弄基斯特尔。

"好吧，好吧，请您说德语吧①，伊万·安德烈伊奇，"他轻声说，"别生气。

"听着，阿夫杰伊，"基斯特尔非常激烈地说起来，并坐到了他的身旁。"你知道，我喜欢你。(卢奇科夫做了个鬼脸。)但是，坦白地说，你身上有一个缺点我是不喜欢的……那就是你不愿意与任何人交往，老是呆在家里，不肯和任何一个好人接近。要知道，好人终究还是有的！好吧，假定说，你在生活中受过骗，你可以冷酷无情；如果你不愿讨好每一个人，但是你为什么要摒弃所有的人呢？这样下去，也许有一天你也会把我赶走的。"

卢奇科夫冷漠地继续抽烟。

---

① 原文是德语的俄语音译。

“所以谁也不了解你……除了我；也许只有上帝才知道，别人是怎么想你的……阿夫杰伊！”沉默了一会儿，基斯特尔补充说，“你不相信美德吗，阿夫杰伊？”

“怎么会不相信呢……我相信……”卢奇科夫不满地说。

基斯特尔动情地握了握他的手。

“我，”他用激动的声音继续说，“想要使你顺应生活。你会在我身边变得快活起来，变得神采焕发……就是神采焕发。那时我将会有多么高兴呀！不过，你有时候要让我来指挥你，安排你的时间。今天我们有什么事？今天是星期一……明天是星期二……星期三，对，星期三我和你一起去佩列卡托夫家。他们见到你会很高兴的……我们要在那里高高兴兴地度过一段时间……现在先让我抽袋烟吧。”

阿夫杰伊·伊万诺维奇一动不动地躺在沙发上，望着天花板。基斯特尔点上烟斗抽了起来，他走到窗前，开始用手指叩击窗玻璃。

“这么说，他们谈到过我？”阿夫杰伊突然问道。

“谈到过，”基斯特尔意味深长地回答。

“谈了些什么呢？”

“谈了。都希望和你认识。”

“到底是哪几个人？”

“瞧，你多么好奇！”

阿夫杰伊叫了仆人一声，吩咐替他备马。

“你要去哪里？”

“去练马场。”

“好吧，再见。怎么样，我们去不去佩列卡托夫家？”

“好的，去吧，”卢奇科夫懒洋洋地说，并伸了个懒腰。

“好样的！”基斯特尔赞叹了一声，走到室外，沉思起来，并深深地叹了口气。

四

当仆人通报基斯特尔先生和卢奇科夫先生驾到时，玛莎正走到客厅门口。她马上回到自己房间里，本想走到镜子前照照……她的心怦怦怦地跳得很厉害。这时女仆来叫她到客厅去。玛莎喝了一点水，在楼梯上停下来歇了两次，最后终于下了楼。佩列卡托夫先生不在家。涅尼拉·玛卡莉耶夫娜在沙发上坐着；穿着制服的卢奇科夫坐在圈椅上，帽子放在膝头；基斯特尔坐在他身旁。玛莎进来时，他们两人都微微欠起身子——基斯特尔脸上挂着平平常常的友好的微笑，卢奇科夫则带着一副庄重和紧张的神情。她羞答答地朝他们行了礼，走到了母亲的跟前。最初十分钟顺利地过去了。玛莎缓过气来了，开始悄悄地观察卢奇科夫。他简短而又心神不定地回答女主人的询问；他像所有自尊心很强的人一样感到腼腆。涅尼拉·玛卡莉耶夫娜建议客人们到花园里去散散步，而自己却走到凉台上去了。她认为不必学草原上许多做母亲的样，手里提着鼓鼓囊囊的拎包，一瘸一拐地跟在女儿后面到处走，眼睛盯着女儿不放。散步的时间相当长。玛莎与基斯特尔谈得较多，但是既不敢朝他，也不敢朝卢奇科夫看上一眼。阿夫杰伊·伊万诺维奇没有和她说过话；基斯特尔的声音显得很激动。他不知为什么笑了好多次，还唠唠叨叨地说个不停……他们走到了小河边。离河岸一俄丈远的地方长着一棵睡莲，它仿佛正安睡在铺满大圆叶的平静水面上。

“多美的花呀！”玛莎说。

她话音未落，卢奇科夫已经拔出佩刀，一只手抓住爆竹柳的细枝，把整个身子俯在水面上，砍下了花朵。“当心，这里水深！”玛莎惊叫了一声。卢奇科夫用佩刀的尖端把花拨到岸边，拨到她的脚跟前。她弯下身子，捡起花朵，用惊喜交加的温柔的目光看了看阿夫杰伊。“太好了！”基斯特尔叫了起来。“可是我不会游泳……”卢奇科夫断断续续地说。这句话玛莎听了很不中意。“他为什么说这话？”她心里想道。

卢奇科夫和基斯特尔在佩列卡托夫家一直待到晚上。玛莎心里正在发生一种过去从未有过的新变化；她的脸上不止一次地流露出一种困惑不解的沉思神情。她不知何故走得特别慢，在母亲的注视下也不再涨红脸了，相反，她仿佛在主动寻找母亲的目光，仿佛在主动询问她。整个晚上，卢奇科夫都带着一种尴尬的神情关注着她；但是就连这种尴尬的神情也使她那天真的虚荣心得到了满足。等到他们两人答应过两天再来访，告别离开之后，她悄悄地回到自己的房间，久久地、似乎是惊讶地环顾四周。涅尼拉·玛卡莉耶夫娜像往常一样来看她，吻了吻她，并拥抱了她。玛莎张开嘴，本想开口与母亲说话，但是结果一个字也没有说出来。她本想坦露心声，但不知该坦露些什么。她心里在犹豫。床头柜上摆着一只盛着水的干净的玻璃杯，里面插着卢奇科夫摘来的那朵花。已经睡在被窝里时，玛莎又小心地欠起身子，胳膊肘支着身体，并用纯洁的嘴唇轻轻地碰了一下新鲜的白色花瓣……

“喂，怎么样？”第二天，基斯特尔问自己的伙伴，“你喜欢佩列卡托夫一家人吗？ 我说得对吗？ 啊？ 说吧！”

卢奇科夫没有回答。

“不行，你得说，说吧。”

“我确实不知道。”

“够了！”

“这位……她到底叫什么名字……玛申卡还可以，还不错。”

“那么，你要明白……”基斯特尔说到这里就不吭声了。

五天后，卢奇科夫主动邀请基斯特尔去佩列卡托夫家。他一个人是不会去他们家的；费奥多尔·费奥多罗维奇不去的话，他就不得不与人交谈，而这正是他所不擅长的而且尽可能想逃避的一件事。

两个朋友第二次来访时，玛莎的表现要比上次大方得多。她现在暗暗地为自己并没有用情不自禁的坦白使妈妈担心而感到高兴。阿夫杰伊在午饭前自告奋勇地骑上了一匹未经调教的马，尽管它狂奔乱跳，最后还是被完全驯服了。晚上他越来越放肆，开始说笑话和哈哈大笑了——尽管很快就醒悟过来，然而已经给玛莎留下了一个转瞬即逝的坏印象。她自己还不知道，卢奇科夫到底使她产生了什么感觉，但是她把他身上一切为她所不喜欢的东西都归咎于不幸和孤独的影响。

五

两个朋友开始频繁地拜访佩列卡托夫一家。基斯特尔的处境变得越来越难堪了。他并不感到后悔……不后悔，但是希望尽可能地缩短自己受考验的时间。他对玛莎的眷恋之情与日俱增，她也很赏识他；但仅仅只当一个牵线的中间人，一个亲信，甚至是一个朋友——这是一个多么吃力不讨好的行当呀！ 热情而又冷漠的人们正在大谈特谈受苦受难的神圣意义，受苦受难的无上乐趣……但是受苦受难并没有给基斯特尔那颗热情纯朴的心带来任何乐趣。有一天，当穿着整齐的卢奇科夫弯进来叫他，一辆四轮马车已驰到台阶跟前时，费奥多尔·费奥多罗维奇终于令朋友大为惊讶地直接向他声称，自己要留在家里。卢奇科夫请求他，埋怨他，朝他发火……基斯特尔推托头疼。卢奇科夫只好独自一人去了。

这个好决斗的人最近改了很多。他不再去打扰同事，不再去纠缠新来的军官，尽管没有像基斯特尔对他所预言的那样变得神采焕发，但是也确实变得安静一点了。原先也不能把他叫作悲观失望的人，因为他几乎什么事也没见识过，什么考验也没经历过，所以玛莎能使他着迷也并不奇怪。不过，他的心并没有变软；只是他的暴躁性格变得温和了。玛莎对他的感情是奇怪的。她几乎从来也没有正眼去看过他的脸，也不会与他交谈……只剩下他们两人时，玛莎就会感到很不自在。她把他看作一位不寻常的人物，在他面前会感到腼腆，感到惶恐不安，以为自己不理解他，不配得到他的信任；想到他就会感到沉重与难受，但是她又不断地思念着他。相反，基斯特尔在场倒会使她觉得轻松，感到愉快，不过并不会使她感到高兴，也不会使她感到惶恐不安；她可以和他一连聊上几个小时，像靠在哥哥手上那样靠在他的手上，友好地望着他的眼睛，随着他的笑而笑，并且难得会回想起他。对这位年轻姑娘来说，卢奇科夫身上有一种神秘莫测的东西，她觉得，他的心是幽暗的，像“一片森林”，于是尽力设法去了解这一神秘的黑暗世界……就像小孩久久地望着一口深井，直到最终看清井底纹丝不动的黑水为止。

看到卢奇科夫一个人走进客厅，玛莎起先感到很害怕……后来就高兴起来了。她已经不止一次地觉得，卢奇科夫和她之间有一点误会，使得他至今为止一直都没有机会表白自己的观点。卢奇科夫说了基斯特尔不来的原因；两位老人对此表示遗憾；但是玛莎不相信地望着阿夫杰伊，仍然苦苦等待着。午饭后，客厅里只剩下他们两个人了；玛莎不知道该说些什么，便朝钢琴旁边一坐，她的手指在琴键上急促地来回移动；她不断地停下来，等待对方开口说第一句话……卢奇科夫不懂音乐，也不喜欢音乐。玛莎开始与他谈论罗西尼（罗西尼的作品当时刚开始流行），谈论莫扎特……阿夫杰伊·伊万诺维奇只会回答："对，不对，那当然啰，好极了，"——仅此而已。玛莎弹起了罗西尼主题的一些杰出的变奏曲。卢奇科夫听着，听着……等到她终于向他转过身来的时候，他的脸上竟流露出一种真的感到很无聊的神情，玛莎见了立即跳起身来，砰地一声关上了钢琴盖。她走到窗前，久久地望着花园；卢奇科夫一动不动地站在原地，一声也不吭。玛莎的畏怯心理开始被急躁情绪所替代。"怎么啦？"她心里想道，"你是不愿意开口呢……还是不可能先开口？"轮到卢奇科夫胆怯了。他又有了平时那种令人难受的无信心的感觉：他恼怒了！……"鬼让我跟这个小丫头打上交道，"他暗自嘟哝道……其实，在这一瞬间要打动玛莎的心是多么轻而易举的事呀！尽管玛莎认为卢奇科夫是个古里古怪的人，但是无论这个不寻常的人说什么话，她都会理解，都会原谅，都会相信的……但是眼前遇到的只是一种难堪的、愚蠢的沉默！懊丧的眼泪在她的眼眶里打转。"如果他不愿意作出解释，如果我真的不值得他信赖，那他究竟为什么到我们家来？也许是我不善于让他直抒己见吧？……"于是她迅速地转过身，用疑问的目光执拗地看了他一眼，使得他不可能不理解她这一目光的意思，也无法再沉默下去……

"玛丽亚·谢尔盖耶夫娜，"他结结巴巴地说，"我……我有……我应当对您说几句话……"

"说吧，"玛莎催促道。

卢奇科夫犹豫不决地望了望四周。

“我现在不能……”

“为什么呢？”

“我真想与您谈谈……单独地谈……”

“现在就我们两人……”

“是的……但是……现在是在家里……”

玛莎犹豫了……“要是我拒绝他，”她心里想道，“一切也就完了……”好奇心毁了夏娃……

“我同意，”她最终说。

“什么时候？ 在哪儿？”

玛莎急促地喘息着。

“明天……晚上。您认得‘长草地’上的那片小树林吗？ ……”

“是在磨坊后面吧？”

玛莎点了一下头。

“几点钟？”

“您等着吧……”

她再也说不出什么话来，她的声音中断了……她脸色变得煞白，匆匆走出客厅。

过了一刻钟，佩列卡托夫先生以其特有的殷勤态度把卢奇科夫送到前厅，深情地握着他的手，请他“别忘记”他们；送走客人后，他郑重地对仆人说，他该理发了，然后没等回答，就带着忧心忡忡的神态回到自己的房间里，再带着同样的神态在沙发上坐下来，并且立即就毫无心事地睡着了。

“你今天脸色有点苍白，”涅尼拉·玛卡莉耶夫娜当天晚上对自己的女儿说。“你身体好吗？”

“我身体很好，妈妈。”

涅尼拉·玛卡莉耶夫娜整了整她脖子上的三角围巾。

“你脸色很苍白；看着我，”她以慈母的关切的口气继续说，但口气中还是听得出家长的权威性。“瞧，你的眼神是忧愁的。你身体不好，玛莎。”

“我的头有点疼，”玛莎敷衍地说。

“这就对了，我知道，”涅尼拉·玛卡莉耶夫娜把一只手掌放到了玛莎的额头上，“不过你并没有发烧。”

玛莎弯下身子，从地板上捡起一根线。

涅尼拉·玛卡莉耶夫娜的双手轻轻地搂住了玛莎的细腰。

“你好像想要对我说些什么，”她没有松开双手，温柔地说。

玛莎心里一哆嗦。

“我？ 没有，妈妈。”

玛莎的转瞬即逝的窘困没有逃过母亲的目光。

“真的，你想要……考虑一下吧。”

但是玛莎已经恢复了常态，笑嘻嘻地吻了吻母亲的手来代替回答。

“你好像没什么话可对我说？”

“那倒是真的，没什么要说。”

“我相信你，”涅尼拉·玛卡莉耶夫娜沉默了一会儿说。“我知道，你没有什么事要瞒我的……是不是？”

“当然啰，妈妈。”

不过，玛莎不由自主地微微脸红了。

“你做得对。要是瞒我，那就不对了……你要知道，我是多么爱你，玛莎。”

“是啊，妈妈！”

说完，玛莎紧偎着妈妈。

“好吧，够了。（涅尼拉·玛卡莉耶夫娜在房间里兜了一圈。）喂，告诉我，”她用一个人觉得自己的问题没有任何特别意义时的讲话口气继续说，“今天你跟阿夫杰伊·伊万诺维奇谈了些什么？”

“跟阿夫杰伊·伊万内奇？”玛莎平静地重复了一遍。“是这样的，什么都谈……”

“你喜欢他吗？”

“那还用说，喜欢。”

“记得吗，你多么想认识他，多么激动？”

玛莎转过脸去，笑起来。

“他真是个古怪的人！”涅尼拉·玛卡莉耶夫娜和善地说。

玛莎本想为卢奇科夫辩解，但又把话缩了回去。

“是的，”她相当随便地说，“他当然是个怪人，不过他终究还是个好人！”

“噢，对了！……费奥多尔·费奥多罗维奇为什么没来？”

“大概身体不好。是啊！顺便说一下，费奥多尔·费奥多罗维奇想送我一条狗……你允许吗？”

“怎么啦？要接受他的礼物？”

“是的。”

“当然没问题。”

“啊，谢谢，”玛莎说，“谢谢！”

涅尼拉·玛卡莉耶夫娜走到门边，突然又转回来。

“你记得自己的许诺吗，玛莎？”

“什么许诺？”

“当你与人相恋时，你是愿意告诉我的。”

“我记得的。”

“喂，怎么啦？……还没到时候吗？（玛莎哈哈大笑起来。）看看我的眼睛吧。”

玛莎用明亮和勇敢的眼光看了母亲一眼。

“不可能！”涅尼拉·玛卡莉耶夫娜心里想道，她感到放心了。“她怎么会骗我！……我有什么根据呢？……她还完全是个孩子……”

她走了……

“这真是不应该，”玛莎心里想道。

六

当卢奇科夫走进基斯特尔房间时，他已躺下睡觉了。好决斗的人的脸上从来也不会只流露出一种表情的；现在也是如此：假装出来的冷漠、粗鲁的高兴劲、自命不凡的傲慢劲……许多不同的表情都浮现在他的脸上。

“喂，怎么样？喂，怎么样？”基斯特尔急匆匆地问道。

“没什么呀！去过了。他们向你问好。”

“怎么？他们都好吧？”

“他们会有什么事呀！”

“他们问过我为什么不去吗？”

“好像是问过的。”

卢奇科夫望了望天花板，五音不全地唱起歌来。基斯特尔垂下眼睛，沉思起来。

“瞧，”卢奇科夫用嘶哑和刺耳的声音说，“你是个聪明人，你有学问，可是不客气地说，有时候你会胡说八道的。”

“是吗？”

“正是这样。例如，关于女人。你把她们捧得多么高啊！你朗诵颂扬她们的诗！她们都是你的天使……天使多么可爱！”

“我喜欢女人，并尊重她们，但是……”

“嗯，当然啰，当然啰，”阿夫杰伊打断他的话。“我是不会和你争论的。我哪能与你争呀！我当然只是个普普通通的人。”

“我想说的是……不过为什么你正好在今天……正好是现在……谈论起女人来了呢？”

“没什么！”阿夫杰伊露出意味深长的微笑。“没什么！”

基斯特尔目光犀利地看了看自己的朋友。他还以为（一颗纯洁的心灵啊！），玛莎待他不好；大概像那些好折磨人的女人那样折磨过他……

“你感到伤心，我可怜的阿夫杰伊；说老实话吧……”

卢奇科夫哈哈大笑。

“喂，好像我没什么好伤心的，”他抑扬顿挫地说，同时自鸣得意地捋着胡子。“不，你要明白，费佳，”他用教师爷的口气继续说，“我只想对你说，你对女人的看法是错的，我的朋友。请相信我，费佳，她们全都一个样。只要稍微费点功夫，在她们周围转几圈，事情就办成功了。就拿玛莎·佩列卡托娃来说也是……”

“去你的吧！”

卢奇科夫用脚蹬了几下地板，并摇摇头。

“看来，我身上好像有一种吸引人的特点，对吗？好像是一点也没有吧。是没什么吧？瞧，明天我就有一个约会。”

基斯特尔用胳膊肘微微支起身子，惊讶地看了看卢奇科夫。

“明天傍晚，在小树林里……”阿夫杰伊·伊万诺维奇平静地继续说。“但是，你别朝这方面去想。我只不过是随便玩玩。你知道我很寂寞。姑娘倒是挺不错的……可我想，这有什么大不了的呢？结婚我是不会结的……而且我将一如既往地我行我素。我不喜欢和妇女们厮混，让小姑娘开开心倒是可以的。一起听听夜莺的啼鸣。说真的，这倒是你的拿手活；你瞧，这个小娘儿们真没有眼光。可我在你面前算什么呢？”

卢奇科夫谈了很久。但是，基斯特尔没有听他说。他的头开始发晕。他脸色发白，一只手不停地抚摩着脸。卢奇科夫坐在圈椅里轻轻地摇晃着，眯起眼睛，伸着懒腰，他认为基斯特尔是因为嫉妒而感到激动不安的，所以他得意得几乎喘不上气来了。然而，使基斯特尔感到难受并不是嫉妒，使他感到委屈的并不是阿夫杰伊的自我招供，而是阿夫杰伊那种不礼貌的漫不经心的态度以及他对玛莎的冷漠和轻蔑的评语。他继续凝视着好决斗的人，他似乎第一次仔细看清了他的面容。他竟是为这个而忙忙碌碌！竟是为了这一目的而牺牲自己的爱好！这就是爱情的美好的作用！

“阿夫杰伊……难道你不爱她？”他最终问道。

“多天真啊！噢，世外桃源！”阿夫杰伊尖刻地冷笑着说。

善良的基斯特尔这时还没有服输。“也许，”他心里想道，“阿夫杰伊是出于习惯而发火和‘故作姿态’的……他还没有找到能用来表达新感受的新词语。况且他自己——基斯特尔身上就没有另一种感情隐藏在愤慨的情绪之下吗？卢奇科夫的招供使他感到如此不好受，莫非是因为此事与玛莎有关？为什么要弄明白呢，也许卢奇科夫真的爱上了她……不！不！绝对不可能！这个人会恋爱吗？……这个人真可恶，他长着一张肝火很旺的黄脸，动作急剧得像只猫，一高兴就会慷慨激昂地叫嚷……真可恶！不，他基斯特尔决不会用这种话向忠实的朋友倾吐出自己的爱情秘密……他会在极其幸福时双眼满含着晶莹的泪水，默默无言地、兴奋地紧偎在他的胸口上……”

“怎么啦，老弟？”阿夫杰伊说，“没料到吧，承认吗？现在你自己感到后悔了吧？啊？嫉妒了？说老实话吧，费佳！啊？这可是从你鼻子底下把你心爱的姑娘夺走的呀！”

基斯特尔本想表白一下，结果却把脸转向了墙壁。“表白……向他？没必要！”他暗自说道。“他不会理解我的……算啦！他认为我只会有坏感觉……算啦！”

阿夫杰伊站起身。

“我看你要睡了，”他装出一副同情的样子说，“我不想妨碍你。安心地睡吧，我的朋友……睡吧！”

说完，卢奇科夫很得意地走了。

基斯特尔直到天亮都无法入睡。他怀着一股狂热的执拗劲反反复复地转着同一个念头——这是不幸的恋人所非常熟悉的事；这种事对心灵的作用就像风箱作用于阴燃的煤炭一样。

“即使卢奇科夫并没有钟情于她，”他心想，“即使是她自己主动讨好他，他也不应该在我，即在他的朋友面前如此不恭、如此恶毒地议论她呀！她有什么错呢？怎么能不怜惜这个涉世不深的可怜的姑娘呢？

“难道是她约他相会的吗？是她约的，肯定是她约的。阿夫杰伊不会说谎；他是从不说谎的。但是，也许，这只是她的一种空想……

“但是她不了解他……看来，他是会侮辱她的。今后我不再承担任何责任了……基斯特尔先生，不是您自己对他赞不绝口，把他捧上天去的吗？不是您自己唤起她的好奇的吗？……但是谁知道会出这种事的呢？谁能预料到这种事呢？

“预料到什么事呢？他早就不是我的朋友了吗？……够了，他曾是我的朋友吗？多么令人失望啊！多么深刻的教训！”

所有的往事像旋风似的在基斯特尔眼前旋转。“是的，我喜欢过他，”他终于小声说。“为什么我不再喜欢他了呢？这么快吗？……我不再喜欢他了吗？不对，我当初为什么喜欢上了他呢？我是孤家寡人吗？”

基斯特尔的爱心之所以依恋着阿夫杰伊，正是因为别人全都不与他往来。但是这位善良的年轻人自己也不知道他的善心有多伟大。

“提醒玛丽亚·谢尔盖夫娜是我的责任，”他继续想着，“可是该怎么做呢？我有什么权利去干预别人的事、别人的爱情呢？我怎么知道这是一种什么爱情？或许，卢奇科夫本人身上也有……”“不！不！”他一面恼火地几乎是含着眼泪出声地说，一面整理枕头，“这个人是个冷酷无情的家伙……”

“我自己也不对……我失去了一个朋友……一个好朋友！她也很好！……我是个多么卑劣的自私自利的家伙！不！不！我从心底里祝他们幸福……幸福！他是在取笑她！……他为什么染胡子呢？不

错，好像是的……唉，我有多可笑啊！”他蒙蒙眬眬地想着。

七

第二天早上，基斯特尔去佩列卡托夫家。会面时，基斯特尔发现玛莎身上出现了很大的变化，玛莎也发现他变了；但是两人都默不作声。整个早上，他们都一反常态，显得很尴尬。基斯特尔在家里就准备好许多双关语和暗语，想好了一些友好的劝告……但是这些准备结果全都毫无用处。玛莎隐隐约约地感到，基斯特尔在观察她；她觉得，他好像是故意在意味深长地说一些不相干的话；但是她也感到自己有点激动，并且也不相信自己观察的结果。“但愿他别产生要呆到晚上的念头！”她心里不断地在想，而且竭力想让他明白，他是多余的人。基斯特尔则把她的羞涩、她的不安看成恋爱的明显标志，所以他越是为她担心，就越是不敢谈论卢奇科夫；而玛莎则是坚决闭口不谈卢奇科夫。可怜的费奥多尔·费奥多罗维奇心里很难受。他终于开始明白自己的感情了。他觉得玛莎从来也没有像现在这么可爱。看来，她是彻夜未眠。她那张苍白的脸蛋上现出一片斑斑驳驳的淡淡的红晕；她的身子微微弯曲着，嘴边总是挂着情不自禁的、陶然心醉的微笑；她苍白的双肩偶尔会打一阵冷战；目光渐渐地变得明亮起来，然后又迅速地黯淡下去……涅尼拉·玛卡莉耶夫娜坐到他们旁边来了，也许是打算说一说阿夫杰伊·伊万诺维奇。但是母亲在场，玛莎就像法国人所说的那样武装 jusqu'aux dents[①]，一点破绽也不露。一上午就这样过去了。

---

① 法语：到牙齿。

“您在我们家吃饭吗？”涅尼拉·玛卡莉耶夫娜问。

玛莎转过脸。

“不，”基斯特尔急忙回答，并看了玛莎一眼。“请你们原谅……我有公务在身……”

涅尼拉·玛卡莉耶夫娜依照惯例表示遗憾，佩列卡托夫先生继她之后也客气了几句。“我不想妨碍任何人，”基斯特尔从玛莎身边走过时本想这么说，可是他没说，而是鞠了一躬，轻轻地说：“祝您幸福……再见……请保重……”说完就走了。

玛莎大大地松了口气，过后对他的离去感到害怕。使她感到苦恼的究竟是什么东西呢？ 是爱情呢，还是好奇心？ 那只有天知道；但是，我们要再说一遍，光是好奇心就足以毁掉夏娃了。

八

斯涅仁卡河右面的一片辽阔的平地叫作长草地，它离佩列卡托夫家庄园有一俄里路。陡峭的左岸长满了枝叶茂盛的小柞树林，河岸陡峭，河面上到处覆盖着柳枝，只剩下一些不大的“河湾”，它们是野鸭的栖身处。在离河半俄里的地方，在长草地的右面是一片起伏的慢坡丘陵地，山丘上稀稀落落地散布着一些老桦树、榛树丛和荚蒾树丛。

太阳渐渐落山了。远处有一座磨坊，正随着风力的大小发出时高时低的响声和敲击声。老爷的马群在草地上懒洋洋地来回溜达；牧羊人跟在一群既贪吃又胆怯的羊后面边走边低声吟唱；牧羊犬正在追逐乌鸦解闷。卢奇科夫交叉着双手在小树林里来回走动。他那匹被拴住的马已经不止一次急不可耐地呼应过小马驹和母马的响亮的嘶叫声。

阿夫杰伊像往常一样感到又气又羞。他还没有确信玛莎的爱，可是已经在生她的气，并怨恨自己了……但他内心的激动渐渐消除了懊恼情绪。他终于在一片宽阔的榛树丛前站停了下来，用鞭子抽打着边上的叶子……

他听到了一阵轻微的响声……抬起头来……玛莎正站在离他十步远的地方，她的脸因急速奔走而涨得通红，她戴着帽子，但没有戴手套，身穿一件白色连衣裙，脖子上围着一条匆匆忙忙系上的头巾。她急忙垂下眼睛，身体微微地摇晃了一下……

阿夫杰伊脸上勉强挤出一丝笑容，神色尴尬地走到她的跟前。

“我多么幸福……”他用勉强可以听清的声音开口说道。

“我很高兴……遇见您……”玛莎气喘吁吁地打断了他的话。“我通常每到傍晚都会在这里散步……您也……”

但是，卢奇科夫竟然不体谅她的害羞心理，也不附和她的无恶意的谎话。

“玛丽亚 · 谢尔盖耶夫娜，”他庄重地说，“好像您本人要……”

“是的……是的……”玛莎急忙反驳。“您想见我，您想……”她的声音突然停住了。

卢奇科夫默然不语。玛莎怯生生地抬起眼睛。

“原谅我吧，”他眼睛望着一旁，开口说了起来，“我是个老实人，并且又不习惯向女士……表白……我……我想对您说……却觉得，您好像不愿听我说……”

“说吧……”

“遵命……那我就坦率地告诉您吧，从我有幸与您相识时起，我早就……”

阿夫杰伊住口了。玛莎在等他把话讲完。“不过，我不知道，我为什么把这一切都告诉您……自己的命运是改变不了的……”

“怎么知道……”

“我是知道的！”阿夫杰伊忧郁地反驳说，“我已习惯了命运的打击！”

玛莎觉得，卢奇科夫至少现在不应该抱怨自己的命运。

“世上是有好人的，”她微笑着说，“甚至有非常好的人……”

“我明白您的意思，玛丽亚·谢尔盖耶夫娜，请您相信，我会珍惜您的一番好意的……我……我……您不会生气吧？”

“不会的……您想说什么呢？”

“我想说……我喜欢您……玛丽亚·谢尔盖耶夫娜，非常喜欢……”

“我很感谢您，”玛莎窘困地打断了他的话；她的心因期待和害怕而抽紧了。“啊，瞧一瞧吧，卢奇科夫先生，”她继续说，“瞧一瞧吧，多美的景色！”

她指着草地，在夕阳的照射下，整个草地变得通红，上面斑斑驳驳地布满了傍晚时分的长长的阴影。

卢奇科夫因话题的突然改变而感到高兴，他开始“欣赏”景色了。他站在玛莎的身边……

“您喜爱自然景色吗？”她突然问道，并迅速地转过头来，用那种像银铃般的嗓子一样、只有年轻姑娘才有的友好、好奇和温柔的目光看了他一眼。

“是的……自然景色……当然……”阿夫杰伊喃喃地说。“当然……傍晚散步是愉快的，不过，老实说，我是个军人，所以柔情是与我无缘的。”

卢奇科夫经常说，他是个“军人”。出现了一个小小的冷场。玛莎继续望着草地。

“莫非该逃走？”阿夫杰伊心里想道。“真荒谬！勇敢一些吧！……”他用相当坚定的口气开口说道：“玛丽亚·谢尔盖耶夫娜……”

玛莎向他转过头去。

“原谅我，”他仿佛开玩笑地说，“我想了解您对我有些什么看法，您对我有没有某种……感觉……也就是有没有好感？”

“我的天哪，他多么笨拙！”玛莎暗自想道。“您知不知道，卢奇科夫先生，”她微笑着回答，“对决定性的问题并非总是能轻易地作出最后回答的？”

“不过……”

“您想问什么？”

“请原谅，我想知道……”

“但是……您是个非常喜欢决斗的人，对吗？请问，”玛莎胆怯和好奇地说，“听说，您已打死过不止一个人了，对吗？”

“是的，”阿夫杰伊不动声色地回答，并摸了摸胡子。

玛莎专注地望着他。

“就是用这只手……”她小声说道。

这时，卢奇科夫热血沸腾了。这个年轻漂亮的姑娘在他面前已经转悠了一刻多钟了……

“玛丽亚·谢尔盖耶夫娜，”他又用生硬和古怪的声音说道，“您现在知道我的感情，知道我为什么想见到您……您是那么的善良……

请您干脆地告诉我吧，我能抱有什么希望……”

玛莎摆弄着手里的一枝野石竹花……她从侧面望着卢奇科夫，涨红着脸，微微一笑说：“您尽说些废话。”接着便把花递给他。

阿夫杰伊抓住她的一只手。

“这么说，您是爱我的！”他大声说道。

玛莎吓得浑身发冷。她不想向他承认自己的爱情；她自己也还没有确认她是不是爱他，可是他已经赶在她前头，强逼她表态。这么说来，他并不了解她……这个念头像闪电一样突然出现在玛莎的脑海中。她怎么也没料到这么快就把话挑明了……玛莎好像一个好奇的孩子，在此之前整整一天都在问自己：“卢奇科夫真的爱我吗？”并想象着傍晚时分的愉快的散步，恭恭敬敬而又温情脉脉的话语，想象着自己对他卖弄风情，使这个粗野的人习惯与自己相处，允许他在分别时吻一吻自己手的情景……结果……

结果是她突然感到自己的脸颊碰到了阿夫杰伊的坚硬的胡子……

“愿我们幸福，”他小声说，“尘世间毕竟只有一种幸福！……”

玛莎颤抖了一下，害怕地逃到了一旁，她脸色苍白，一只手撑在一棵白桦树上，站在那里。阿夫杰伊窘困万分。

“原谅我吧，”他走到她跟前喃喃地说，“我真的没想到……”

玛莎一声不吭，睁大眼睛望着他……他撇着嘴露出一种难看的笑容……脸上显出了一块块红斑……

“您怕什么呢？”他继续说，“这有什么了不起呢？我们之间不是一切都……”

玛莎默不作声。

“喂，够了！……这算什么愚蠢行为？只不过是这样……”

卢奇科夫向她伸出一只手……

玛莎想起了基斯特尔，想起了他所说的“多保重”这句话，她吓呆了，于是就用非常尖厉的声音叫了起来：

“塔纽莎[1]！”

从榛树丛里露出了女仆的那张圆圆的脸……阿夫杰伊慌得不知所措了。看到女仆来了，玛莎安下心来，但仍站在原地不动。但是，这个好决斗的人却气得浑身发抖；他皱起眉头，握紧拳头，狂笑起来。

“好啊！ 好啊！ 真聪明——没说的！”他喊叫着。

玛莎呆住了。

“我看得出，您采取了一切防备措施，玛丽亚·谢尔盖耶夫娜，对吗？ 谨慎总是无碍的。怎么样？ 在我们这个时代，小姐们比老人有远见。这就是所谓的爱情！”

“卢奇科夫先生，我不知道，谁给了您谈论爱情的权利……谈论什么爱情？”

“谁呀？ 就是您本人！”卢奇科夫打断了她的话，“竟然还要问！”他觉得自己快要把整件事都搞砸了，却又无法克制住自己。

“我做得欠周到，”玛莎说。“我是出于对您的 délicatesse[2] 的信赖才俯就您的要求的……噢，您不懂法语，我是说出于对您的谦恭态度的信赖……”

阿夫杰伊脸色顿时变得煞白。玛莎的话刺疼了他的心。

“我不懂法语……也许是的；但是我明白……我明白，您很想嘲笑

① 女仆塔吉雅娜的昵称。
② 法语：温情。

我……”

“完全不是这么回事，阿夫杰伊·伊万内奇……我甚至感到非常遗憾……”

“请别再谈您的遗憾了，”阿夫杰伊生气地打断了她的话，“您就别再让我听这种话吧！”

“卢奇科夫先生……”

“请别装出一副公爵小姐的样子来……白费劲！ 您吓唬不了我。”

玛莎后退一步，迅速地转过身，走掉了。

“您要我把您的朋友、您的牧羊人、多情的基斯特尔叫来见您吗？”阿夫杰伊对着她的背影喊道。他已经失魂落魄了。“莫非这个人才是朋友吗？ ……”

玛莎没有理他，匆忙地、兴冲冲地走掉了。尽管心里是既害怕又激动，但她还是感到轻松一点了。她仿佛从恶梦中醒了过来，从一间暗室里走出来，见到了阳光……阿夫杰伊像发疯似的，朝四周张望了一会儿，怀着满腔怒火默默地折断一棵小树，跃上马背，用马刺狠狠地刺马腹，残酷无情地猛拉缰绳，以致这匹不幸的牲口在一刻钟内跑了八俄里路，差一点当夜就累死了……

基斯特尔等着卢奇科夫，白等到半夜，第二天早上就亲自上门去找他。勤务兵向费奥多尔·费奥多罗维奇禀报说，老爷在睡觉，并且不准他接待任何人。“连我也不准接待吗？”“是的，长官。”基斯特尔十分不安地在街上逛了两圈，然后就回家去了。仆人递给他一张便条。

“谁送来的？”

“佩列卡托夫家送来的。是阿尔乔姆卡-法列托尔带来的。”

基斯特尔的手开始发抖了。

“主人让他转达他们的问候。让他讨您的回音。要不要给阿尔乔姆卡喝一点伏特加？”

基斯特尔慢慢地打开便条，并看到了下述内容：

亲爱的、好心的费奥多尔·费奥多罗维奇：

我非常非常想要见到您。如果可能的话，请今天就来一趟。别拒绝我的请求，凭我们的老交情求您了。如果您知道……不过您是会得知一切详情的。再见——说得不对吗？

玛丽亚①

又及：今天一定要来。

“您要我端一杯伏特加给阿尔乔姆卡喝吗？”

基斯特尔惊讶地盯着仆人的脸看了很久，一句话也没说就走出去了。

“老爷吩咐我赏你一杯伏特加，并叫我和你一起干杯，”基斯特尔的仆人对阿尔乔姆卡说。

九

基斯特尔走进客厅时，玛莎脸带感激之情，泰然地向他迎了上去，友好地和紧紧地握住他的手，基斯特尔的心因此而高兴得怦怦直跳，

① 原文是法语。

心中的石头也落地了。不过，玛莎一句话也没有对他说，立即走进了房间。谢尔盖·谢尔盖耶维奇正坐在沙发上摆纸牌卦。他们开始交谈。谢尔盖·谢尔盖耶维奇刚要用老方法拐弯抹角地把话题扯到自己那条狗身上去的时候，玛莎就回到客厅里来了。她在连衣裙上系了一条基斯特尔所喜欢的格子丝腰带。涅尼拉·玛卡莉耶夫娜也进来了，热情友好地向费奥多尔·费奥多罗维奇表示欢迎。午餐时大家又说又笑；谢尔盖·谢尔盖耶维奇也活跃起来了，讲了自己年轻时搞的一个最开心的恶作剧。不过，他还是像鸵鸟似的把头缩了起来，不敢去看妻子。

“我们去散步吧，费奥多尔·费奥多罗维奇，”饭后，玛莎口气既温柔又威严地对基斯特尔说，仿佛她知道，你们会乐意听从她的。“我要与您谈一件非常非常重要的事，”她一边套上瑞典制造的手套，一边神态优雅庄重地补充说道。“你和我们一起去吗，妈妈？”

“不，”涅尼拉·玛卡莉耶夫娜说。

“我们不去花园。”

“那去哪儿呢？”

“去长草地，到小树林里去。”

“带塔纽莎去吧。”

“塔纽莎，塔纽莎！”玛莎大声喊道，她像小鸟一样轻盈地跑出了房间。

一刻钟后，玛莎和基斯特尔来到长草地。经过牛群旁边时，她给心爱的母牛喂了些饲料，抚摩了一会儿牛头，还让他也和母牛亲热一番。玛莎很开心，絮絮叨叨地说了许多话。基斯特尔虽然心里急不可耐地盼着她作解释，但还是很乐意地随声附和她……塔纽莎跟在后面，恭恭敬敬地与他们保持着一定的距离，只是偶尔调皮地望望小姐。

“您不生我的气吗，费奥多尔·费奥多罗维奇？”玛莎问。

“生您的气吗，玛丽亚·谢尔盖耶夫娜？ 哪能呢，为什么？”

“两天前……还记得吗？”

“您当时心情不好……仅此而已。”

“为什么我们分开走？ 把您的手伸给我。就这样……当时您心情也不好。”

“是的。”

“不过，今天我心情很好，对不对？”

“对，今天好像……”

“知道为什么吗？ 因为……”玛莎庄重地摇摇头。“喂，我已经知道为什么……因为我和您在一起，”她补充了一句，眼睛没有朝基斯特尔看。

基斯特尔轻轻地握了握她的手。

“那您为什么不问我点什么？ ……”玛莎压低声音问。

“问什么？”

“喂，别装蒜……问我的信呀。”

“我在等……”

“因此我才高兴和您在一起，”玛莎兴奋地打断了他的话，“因为您是个性格温和的好心人，因为您不会……parce que vous avez de la délicatesse[1]。我可以用法语对您说这句话，您听得懂法语。”

基斯特尔听得懂法语，但一点也不明白玛莎的意思。

“请把这朵花摘给我，就是这朵……多么美丽呀！”玛莎欣赏了一

① 法语：因为您有礼貌。

会儿花，突然迅速地把手抽回来，脸带殷切的笑容，开始小心翼翼地把柔韧的花茎塞到基斯特尔的常礼服的钮扣孔里去。她那纤细的手指几乎要碰到他的嘴唇。他看看这些手指，然后看看她的脸蛋。她点了一下头，好像是说：可以……基斯特尔俯首吻了吻她的手套的指端。

此时他们已经走近那片熟悉的小树林了。玛莎突然变得深沉了，最后终于一声也不吭了。他们来到了卢奇科夫上次等她的那个地方。那些被踩倒的草还没来得及挺立起来；那棵被折断的小树已经枯萎了，树叶已经开始卷成筒状，开始干枯了。玛莎看了看四周，忽然对基斯特尔说：

“您知道我为什么把您带到这儿来吗？”

“不，不知道。”

“不知道？ 为什么您今天一点不对我讲您的朋友卢奇科夫先生的情况呢？ 您老是夸奖他……”

基斯特尔垂下眼睛，一声也不吭。

“知道吗？”玛莎有点紧张地说，“昨天我约了他……在这里……见面。”

“这事我是知道的，”基斯特尔轻声说。

“您知道？ ……噢！ 现在我明白，为什么两天前……看来卢奇科夫急于吹嘘自己的胜利。”

基斯特尔本想回答……

“别说啦，不要对我发表任何异议……我知道——他是您的朋友；您会为他辩护的。您是知道的，基斯特尔，是知道的……那您怎么不阻止我干这件蠢事呢？ 您怎么不像对付小孩那样揪我的耳朵呢？ 您是知道的……对您反正都一样吧？”

“可是我有什么权利……”

“什么权利！……朋友的权利。不过，他是您的朋友……我感到羞愧，基斯特尔……他是您的朋友……这个人昨天竟然这样对待我……”

玛莎转过身去。基斯特尔的眼睛明亮了起来；面色变得苍白了。

“喂，够了，别生气……听着，费奥多尔·费奥多罗维奇，别生气。一切都会好的。我为昨天的那番解释而感到很高兴……正是解释呀，”玛莎又加上了一句。“您认为我为什么要跟您谈这件事呢？为了埋怨卢奇科夫先生吗？算了吧！我已忘记他了。但是，我有愧于您，我的好朋友……我要向您解释，请求您原谅……要听听您的劝告。您使我养成了开诚布公的习惯；和您相处，我感到很轻松……您不是卢奇科夫那种人！”

“卢奇科夫既笨拙又粗鲁，”基斯特尔很吃力地开口说道，“但是……”

“为什么要说‘**但是**’呢？您说‘但是’时不感到害羞吗？他**既**粗鲁，**又**笨拙，**既**凶狠，**又**爱面子……听着：是‘**又**’，而不是‘**但是**’。”

“您这么说是出于气愤，玛丽亚·谢尔盖耶夫娜，”基斯特尔忧郁地说。

“气愤？什么气愤？看看我吧：难道人们是这样气愤的吗？听着，”玛莎继续说，“随您怎么设想我都行……不过，要是您认为，我今天是为了报仇才向您卖弄风情，那……那……”眼泪在她眼中滚动，“我就真的要生气了。”

“请对我开诚布公地说吧，玛丽亚·谢尔盖耶夫娜……”

“真是个笨蛋啊！ 脑筋真迟钝啊！ 看我一眼吧，难道我对您不坦诚吗，难道您还没看透我吗？”

“嗯，好吧……是呀；我相信您，”基斯特尔看到她用十分关切的目光一个劲地看着他，便笑着说了下去，“喂，告诉我吧，是什么原因促使您约卢奇科夫出来见面的？”

“是什么原因呢？ 我自己也不知道。他想与我单独谈谈。我觉得，他好像还没有时间和机会彻底表露自己。现在他暴露出真面目了！听着：他也许是个不寻常的人，但是他真笨，真的……他连两句话也不会说。他简直是不懂礼貌。不过，我也不想责怪他……他可以认为我是个轻佻的疯姑娘。我过去几乎从未跟他说过话……他真的引起了我的好奇，但是我以为，那个人既然配当您的朋友……”

“请别把他说成我的朋友，”基斯特尔打断了她的话。

“不！ 不，我不想使你们不和。”

“天啊，我不仅愿意为您牺牲朋友，而且也……我和卢奇科夫先生之间的关系全都结束了！”基斯特尔急忙补充说。

玛莎朝他的脸上细细地端详了一眼。

“喂，去他的吧！”她说。“我们别谈论他了。我会吸取教训的。我自己也有错。几个月来，我几乎天天都见到一个聪明、愉快、温柔的好人，他……”玛莎窘住了，说话也结巴起来了，“他似乎也有点……赏识……我……可我真笨，”她继续急促地说，“却看中了他……不，不，不是看中，而是……”

她低下头，窘得不再吭声了。

基斯特尔害怕起来。“绝对不可能！”他心里暗自说道。

“玛丽亚·谢尔盖耶夫娜！”他终于开口说道。

玛莎抬起头，满含泪水的眼睛注视着他。

“您不猜猜我说的是谁吗？”她问。

基斯特尔喘息着伸出一只手。玛莎马上热情地抓住了它。

“您仍然是我的朋友，对不对？……您怎么不回答？”

“我是您的朋友，这一点您是知道的，”他喃喃地说。

“您不责怪我吧？您原谅我吗？……您理解我的意思吗？您是不会嘲笑一个昨夜刚和一个小伙子约会过，今天就和另一个小伙子谈心的姑娘的，就像我和您谈心那样……您不会嘲笑我的，对不对？……”玛莎的脸涨得通红；她用双手握住基斯特尔的一只手……

“嘲笑您，”基斯特尔回答，“我……我……我爱您……我爱您！……”他激动地喊道。

玛莎捂住了自己的脸。

“难道您一直都不知道我爱您吗，玛丽亚·谢尔盖耶夫娜？”

十

三星期后，基斯特尔独自坐在自己的房间，给母亲写了如下一封信：

亲爱的妈妈：

我急于要与您分享巨大的快乐：我要结婚了。这个消息大概会使您感到惊奇，因为在过去的信中甚至一次也没有暗示过我生活中的这种重大变化，可您知道，我已习惯于与您共同分享我的全部感情、我的快乐和忧伤。我保持缄默的原因是很容易向您解释清楚的。首先，我自己也只是在不久前刚得知，我被人爱上了；其次，从我这方面来说，我也是在不久前刚觉察到自己对她怀有一种强烈的眷恋之情。在我从这里寄给您的首批信中的一封中，我给您谈过我邻居佩列卡托夫家的情况；我要娶的就是他家的独生女儿玛丽亚。我坚信，我们俩将会幸福的；她在我身上所唤起的不是昙花一现的激情，而是友谊和爱情融汇一体的真诚的深厚感情。她的快活、温顺的性格很合我的意。她受过教育，人很聪明，钢琴弹得很好……要是您能见到她就好了！！我给您寄一张她的肖像，是我画的。她本人要比她的画像漂亮一百倍，这一点大概是毋庸多说的。玛莎已经像女儿一样爱着您了，正在焦急地盼望和您见面的那一天。我打算退伍，住到乡下，从事农业生产。佩列卡托夫他老人家有四百个健康状况甚佳的农奴。您瞧，就从钱财这一点而言也不能不称赞我的决定呀。我要请假到莫斯科来看望您。两星期后等着我吧，不会再迟的。亲爱的好妈妈——我多么幸福呀！……拥抱我……

基斯特尔把信折好，装入信封封好，然后站起来走到窗前，抽完一斗烟，考虑了一会儿，又回到了桌旁。他取出一张不大的信纸，仔细地让笔蘸上墨水，却迟迟未能动笔，而是皱起眉头，举目望着天花板，咬着笔杆……最后，他终于拿定了主意，在一刻钟之内写好了下面一封信：

阿夫杰伊·伊万诺维奇先生：

从您最后一次来访的那天起（也就是有三个星期了），您一直没有向我问候，没有与我说话，仿佛在躲避我。毋庸置疑，每个人都有自己的行动自由；如果您要和我断绝来往，那么请相信，我也不会埋怨您的；我不打算也不习惯缠住任何人不放；认识到我是对的，对我来说也就够了。现在我给您写信只是出于一种责任感。我已向玛丽亚·谢尔盖耶夫娜求婚了，并得到了她的同意，也得到了她父母的应允。把这个消息直截了当地告诉您，是为了避免各种误会和猜疑。先生，我坦率地向您承认，对一点也不在乎别人的意见和感情的那种人的意见，我是不会太在乎的，之所以写信给您，只是因为在这种情况下，我不希望别人以为我好像曾做过或正在做偷鸡摸狗的事。我敢说：您是了解我的——您不会把我现在的所作所为归咎于某种不良动机的。我最后一次对您说，为纪念我们的友谊，我祝您一切如愿。

先生，谨向您致以热诚的敬意！

您忠实的仆人

费奥多尔·基斯特尔

费奥多尔·费奥多罗维奇按地址把这封信寄了出去，穿好衣服，吩咐仆人替他备好马车。他心情愉快、无忧无虑地哼着小调在房间里走来走去，甚至还蹦跳几下，把一本抄着情诗的簿子卷成筒形，又系上一根天蓝色的丝带……门打开了，卢奇科夫穿着常礼服，没佩带穗肩章，头戴军帽，走了进来。基斯特尔吃惊地站在房间中央，手上的丝带还没有打好结。

“您要和佩列卡托娃结婚？”阿夫杰伊用平静的声音问。

基斯特尔满脸通红。

“先生，”他开口说，“规规矩矩的人走进别人的房间都会脱帽问候的。”

“请原谅，”好决斗的人断断续续地回答说，并摘下了帽子。“您好。”

“您好，卢奇科夫先生。您是问我是否要娶佩列卡托娃姑娘为妻吗？难道您没有看过我的信？”

“我看过您的信了。您要结婚了。祝贺您。”

“我接受您的祝贺，谢谢您。但是我要出去了。”

“我想向您解释一下，费奥多尔·费奥多雷奇。”

“很高兴，请说吧，”好心人回答。“老实说，我等待您的解释。您对我的态度十分古怪，我好像也不应该受到……至少是无法料到……不过，您是否愿意坐下来？要不要抽一口烟？”

卢奇科夫坐了下来。他的动作显出了倦意。他捋捋胡子，扬起了眉毛。

“告诉我，费奥多尔·费奥多罗维奇，”他终于开口说，“为什么这么长时间您在我面前装模作样？”

“这是什么意思？”

“您和我们这些有罪的人一样是个普通人，为什么要装成这种……无可指摘的人呢？”

“我不明白您的意思……莫非我有什么地方得罪您了……”

“您不明白我的意思……就算是吧。我会尽力说明白一些。比如，请坦白地告诉我：您是早就对佩列卡托娃姑娘抱有好感的呢，还是突然产生激情的？”

“阿夫杰伊·伊万内奇，我可不愿意同您谈论我与玛丽亚·谢尔盖耶夫娜的关系，”基斯特尔冷冰冰地回答。

“原来如此。随您的便。不过，请您允许我认为，您愚弄了我。”

阿夫杰伊一字一顿地说得很慢。

“您不能这么想，阿夫杰伊·伊万内奇，您是了解我的。”

“我了解您吗？……谁了解您呢？别人的心是看不透的，而货物总是以好的一面展示出来的。我知道，您会满腔激情、甚至是眼含热泪朗读德国诗歌；我知道，您在自己的房间墙上挂满各种地图；我知道，您总把自己打扮得整整齐齐；这些我都知道……别的我什么也不知道……”

基斯特尔开始生气了。

“请告诉我，”他最终问道，“您来访的目的是什么？您有三个星期没有与我打过招呼，现在来我这儿好像是故意要嘲弄我。我不是孩子，先生，我不允许任何人……”

“得了吧，”卢奇科夫打断了他的话，“得了吧，费奥多尔·费奥多罗维奇，谁敢嘲弄您？相反，我是来恳求您的，也就是：请您行行好，向我解释清楚您对我的所作所为。请问：不是您把我介绍给佩列卡托夫一家人的吗？不是您让您的忠实仆人确信她定会心花怒放的吗？不是您把我和善良的玛丽亚·谢尔盖耶夫娜撮合在一起的吗？那么我为什么不能认为，我要为人家大概已用适当方法告诉过您的最后一次极愉快的表白而感激您呢？要知道，未婚妻会把所有的事都告诉未婚夫的，尤其是自己所要的那些天真的把戏。我为什么不能认为，我是承蒙您的关照才被人如此之妙地愚弄一场的呢？您就是这样参与让我‘心花怒放’的行动的呀！”

基斯特尔在房间里走了一圈。

“听着，卢奇科夫，”他最终说道，“如果您不是开玩笑，而是真的确信您所说的那番话，说实话我是不相信那番话的，那就请允许我对您说：如此侮辱性地谈论我的行为和我的意图，对您来说是可耻和不道德的。我不想替自己辩解……我寄希望于您自己的良心、您的记忆。”

“是的，我记得，您曾不停地与玛丽亚·谢尔盖耶夫娜窃窃私语。此外，请允许我再问您一句：在那次和我谈话之后，您去过佩列卡托夫家吗？就是在我像傻瓜似的向您——我最好的朋友泄露约会消息的那个傍晚之后，您去过吗？”

“怎么啦！您怀疑我……”

“我不会怀疑别人有任何问题，”阿夫杰伊用极其冷峻的口气打断了他的话，“我不会怀疑自己有什么问题；但是我也有个弱点——我认为别人并不比我好。”

“您错了，”基斯特尔愤怒地说，“别人都比您好。”

“在此谨向他们表示祝贺，”卢奇科夫平静地说，“但是……”

“但是，”气忿的基斯特尔照样也打断了他的话，“回想一下吧，您是用什么方式对我说……这次约会的……不过，这些解释不会有任何结果的，我看……随便您对我抱有什么看法都行，您随便怎么办吧。”

“这就最好了，”阿夫杰伊说。“您总算说起老实话来了。”

“随便您怎么办吧！”基斯特尔重复说。

“我了解您的处境，费奥多尔·费奥多罗维奇，”阿夫杰伊装出一副同情的样子继续说。“处境很糟糕，真的很糟糕。一个人在表演，在扮演一个角色，谁也没有发现他是演员；突然……”

“如果我可以认为，”基斯特尔咬紧牙关打断他，“现在您是出于爱情受挫才这么说的，那我会同情您的；我会原谅您的……可是在您的指责中、在您的诬陷中只有一种因自尊心受辱而发出的叫喊声……因此我对您一点也不同情……您是自作自受。”

“呸，我的上帝，人多么会说话呀！”阿夫杰伊低声说。“自尊心，”他继续说，“也许是的，对，对，正像您说的，我的自尊心被深深地、难以忍受地伤害了。但是谁没有自尊心呢？ 您没有吗？ 是啊，我是有自尊心的，例如，我不允许任何人可怜我……”

“不允许吗？”基斯特尔高傲地说。“这算什么话呀，先生！ 请别忘记：我们之间的关系是被您本人中断的。求您把我当作外人看待。”

“中断了！ 关系中断了！”阿夫杰伊重复道。“您要明白我的意思：我没有同您打过招呼，也不是出于可怜您才来您这儿的；假如您会可怜我，那您就能允许我可怜您！ ……我不想让您陷入尴尬的处境，不想唤起您良心的谴责……您在谈论我们的关系……好像您在结婚后仍然能当我的朋友呀！ 够了！ 您过去和我交往也只是为了满足您的虚假的优越感……”

阿夫杰伊毫无诚意的话使基斯特尔感到厌倦和愤怒。

“让我们结束这种令人不快的谈话吧！”他终于大声说道。“老实说，我不明白您为什么要光临寒舍。”

“您不明白我为什么上您这儿来吗？”阿夫杰伊好奇地问。

“一点也不明白。”

“不……不明白吗？”

“人家对您说……”

“奇怪！ ……这真奇怪！ 谁料得到您这么聪明的人会说这

话呀！”

“喂，那就请您说个清楚，究竟……”

“基斯特尔先生，我是来，”阿夫杰伊慢慢地站起来说，“我是来要与您决斗的，您明白吗？ 我要和您决斗。嘿！ 您以为真的能摆脱我啦！ 难道您不知道，您是在和什么人打交道吗？ 我会允许……”

“很好，”基斯特尔打断了他的话，冷冷地、一字一顿地说。

“我接受您的挑战。请派您的证人到我这儿来吧。”

“好，好，”阿夫杰伊说，他好像一只猫似的，舍不得这么快就舍弃自己的牺牲品，“老实说，明天我将十分快乐地把我手枪的枪口瞄准您那张长着浅色头发的非常完美的头颅。”

“您好像在挑战后还会骂人，”基斯特尔蔑视地说。“请走吧。我替您害羞。”

“那还用说：谦恭有礼[①]！ ……啊，玛丽亚·谢尔盖耶夫娜！ 我不懂法语！”阿夫杰伊一边戴帽子一边发牢骚。“再见，费奥多尔·费奥多罗维奇！”

他鞠了一躬便走出去了。

基斯特尔在房间里来回走了几圈。他的脸涨得通红，胸脯挺得高高的。他既不胆怯也不生气；但是想到自己曾把这么一个人当作朋友，他就感到恶心。想到要和卢奇科夫决斗，他几乎感到高兴。一下子就可以摆脱往事，越过这块拦路石，然后在平静的河里畅游……“很好，”他心里想道，“我定会赢得自己的幸福。”玛莎的形象仿佛在向他微笑，并预示着胜利。“我不会死！ 我绝不会死！”他脸带平静的微笑

① 原文是法语的俄文译音。

反复地说。桌上放着他写给母亲的信……他的心刹那间抽紧了。为防万一，他决定暂缓寄出。基斯特尔身上的生命力越来越强盛，这是一个面临危险的人时常会有的感觉。他镇定地考虑着，决斗可能产生的种种后果，想象自己和玛莎遭到不幸和分离的考验时的情景，但是他对未来充满希望。他暗自立下决不打死卢奇科夫的誓言……他深深地倾心于玛莎。他找到了决斗的证人，迅速地料理好自己的事务，午饭后便到佩列卡托夫家去了。整个晚上基斯特尔心情愉快，甚至显得过分。

玛莎久久地弹着钢琴，对未来的事毫无预感，她还情意绵绵地与他调情。起初，她的无忧无虑使他感到伤心，后来他把玛莎这种无忧无虑看作是幸福的预兆，于是他高兴了，心里也平静下来了。她与日俱增地越来越依恋于他；她对幸福的渴求强于她对情欲的需求。况且，阿夫杰伊已使她抛弃了各种不切实际的奢望，她也就高高兴兴地永远抛弃了它们。涅尼拉·玛卡里耶夫娜喜欢基斯特尔，待他像待儿子一样。谢尔盖·谢尔盖耶维奇按照习惯对妻子亦步亦趋。

“再见，”玛莎把基斯特尔送到前室后说道，同时脸带微笑，望着基斯特尔温柔地长吻她的手。

“再见，”费奥多尔·费奥多罗维奇满怀信心地说，“再见。”

但是，当马车驰到离佩列卡托夫家约有半俄里远的地方时，基斯特尔在车上欠起身体，心怀隐隐约约的惊慌，用目光搜寻有灯光的窗户……可是，屋里漆黑一团，就像坟墓一样。

十一

第二天上午十点钟，基斯特尔的证人——一个有丰功伟绩的老少校来到他家。善良的老人说着埋怨话，咬着自己的花白胡髭，把阿夫杰伊臭骂了一通……马车已备好。基斯特尔交给少校两封信：一封是写给母亲的，另一封是写给玛莎的。

“这又何必呢？”

“结果难料……”

“胡说！ 我们将像射伤一只秧鸡似的把他射伤。”

“最好还是……”

少校懊丧地把两封信塞进了常礼服的侧袋。

“走吧。”

他们出发了。在离基里洛沃村两俄里远的一座小树林里，卢奇科夫和他的证人正等着他们，这位证人就是他原先的朋友——那个爱向身上洒很多香水的团部副官。天气非常好；鸟儿安宁地吱吱叫着；离树林不远的地方有个农夫在耕地。在两个证人量距离、定界线、验手枪和装子弹的这段时间里，两个对手彼此甚至连一眼也不看对方。基斯特尔神情无忧无虑，手中挥动着折下来的树枝，前前后后地走动着；阿夫杰伊站在那里一动也不动，交叉着双手，紧皱着眉头。关键的时刻来临了。“开始吧，先生们！”基斯特尔迅速地走向界线，但是还未走出五步，阿夫杰伊就开枪了。基斯特尔浑身抖动了一下，又跨出一步，身体摇晃了起来，垂下了头……他的膝盖不由地弯了……他像口袋似的摔倒在草地上。少校冲到他跟前……“难道是真的？”垂死者低声说……

阿夫杰伊走到死者跟前。他那张阴森而又瘦削的脸上露出一副凶狠的、残忍的惋惜神情……他看了看副官，又看了看少校，像个罪人似的垂下头，一声不吭地跨上马背，慢步朝团长的住宅走去。

玛莎……至今还活着。

佩图什科夫

一

一八二几年，在奥城有个中尉，名叫伊万·阿法纳西耶维奇·佩图什科夫。他出身于贫困家庭，五岁就成了一个失去双亲的孤儿，由监护人照管。他没有一点儿家产，多亏监护人的照料，才勉勉强强活了下来。他中等身材，有点儿驼背。瘦削的脸上布满雀斑，不过也相当招人喜欢：有一头褐色的头发和一双灰色的眼睛，眼神怯生生的；窄窄的前额上布满细密的皱纹。佩图什科夫有生以来一直过着十分单调的日子。近四十岁了，他还像孩子一样，显得很幼稚，不谙世事。见到熟人，他总觉得害羞，而对那些他能够影响他们命运的人，他则显得极为温和……

那些命运注定要过单调寂寞、郁郁不乐的生活的人，往往都有各种习惯和需求。每天早上佩图什科夫喝茶时，总喜欢吃新鲜的白面包。少了这种美味食品，他简直活不下去。有一天早上，他的仆人奥尼西姆端着蓝色小花的盘子给他送来的是三片深红棕色的面包干，而不是白面包。佩图什科夫立刻有点忿忿然地问仆人：“这是怎么回事？”

“白面包全卖光了，”奥尼西姆回答他。仆人原是彼得堡人，由于奇特的缘故，鬼使神差般地来到了俄国南方这个偏僻的地方。

“不可能！”伊万·阿法纳西耶维奇大声喊道。

“是卖光了，”奥尼西姆又说了一遍，“要知道，今天首席贵族家早上请客，白面包统统都给拿去了。”

奥尼西姆一只手在空中比划了一下，并伸出右脚作稍息状。

伊万·阿法纳西耶维奇在屋里踱了几步，然后穿上衣服，自己到面包店去了。

奥城唯一的这爿面包店是十来年前一个外来的德国人开办的，开办不久生意很快兴隆起来，现在在他的遗孀、胖婆娘的主管下生意越来越红火。

佩图什科夫敲了敲小窗。胖婆娘从小窗里探出她那张病态似地浮肿的、睡眼惺忪的脸来。

“请给我拿个白面包，”佩图什科夫兴冲冲地说。

“白面包卖完了，”胖婆娘尖声尖气地答道。

“没有了吗？”

“没有了。”

“这是怎么搞的？ 您就行行好，给我一个吧。我每天都在您这儿买白面包，从来没少付钱。”

婆娘沉默不语地瞧了瞧他。

“就拿个小甜面包吧，”末了她说，一边打着呵欠，“要不就拿个蜜饼吧。”

“我不要，”佩图什科夫说，甚至生气了。

“那就随您便，”婆娘嘀咕了一句，便砰的一声关上了小窗。

伊万·阿法纳西耶维奇觉得十分沮丧。他困惑莫解地走到大街对面，像个孩子一样显得闷闷不乐。

“先生！……”这当儿传来一个悦耳动听的女人嗓音，“先生！”

伊万·阿法纳西伊奇[①]抬起眼睛一瞧，一个约摸十七岁光景的姑娘从面包店的小窗里往外望着，一只手还拿着白面包。她有一张丰满而又圆滚滚的脸庞，双颊绯红，一双眼睛是褐色的，不大，鼻子稍微有点翘；长着一头淡褐色的头发和秀美的肩膀。她的面容显得善良、慵懒和无忧无虑。

“先生，给您面包，”她笑吟吟地说，“这个面包我是给自己留的，现在您要，我让给您。”

“十分感谢。请等……”

佩图什科夫开始掏衣袋。

“不必了，不必了。尽管拿去吃吧。”

说罢，她关上了小窗。

佩图什科夫心情十分愉快地回到家。

“瞧，你弄不到白面包，”他对奥尼西姆说，“我一去，就弄到了，你看到没有？……”

奥尼西姆苦笑了一下。

那天晚上临睡，伊万·阿法纳西耶维奇边脱衣服边问仆人：

“你说说，老弟，面包店里的那个姑娘长得怎么样？”

奥尼西姆脸色十分阴沉地瞧着一边，反问道：“您问这干吗？”

“问问而已，”佩图什科夫边说边自己动手脱靴子。

“长得美丽极了！”奥尼西姆见风使舵地说。

“是的……真不错……”伊万·阿法纳西伊奇也望着一边，低声

---

① 伊万·阿法纳西耶维奇的小称。——译者

说。“她叫什么名字，你知道吗？”

“叫瓦西莉萨。”

“你认识她吗？”

奥尼西姆沉默了片刻，回答说：

“认识。”

佩图什科夫本想开口再问，但是侧过身，沉沉入睡了。奥尼西姆走到前厅，嗅嗅鼻烟，晃晃脑袋。

第二天一清早，佩图什科夫就吩咐拿外套给他穿上。奥尼西姆拿来伊万·阿法纳西伊奇平日穿的常礼服。这件草绿色的常礼服已经旧了，两块带穗的大肩章都已褪色。佩图什科夫默不作声地瞧了奥尼西姆好长时间，然后吩咐给他拿件新的常礼服来。奥尼西姆不无惊异地照办了。佩图什科夫穿好外套，细心地戴上鹿皮手套。

“你，老兄，”他有点忸怩不安地说，“今天不用去面包店了。我自己去……顺路。”

“是嘛，”奥尼西姆前言不搭后语地说，仿佛有人在他背后推了一下。

佩图什科夫出发了，走到面包店跟前，敲了敲小窗。胖婆娘打开窗户。

“请给我拿个白面包，”伊万·阿法纳西伊奇慢条斯理地说。

胖婆娘伸出一条裸露到肩头，与其说像胳膊，不如说更像大腿的胳臂，抓起一只热乎乎的面包径直塞到他的鼻子底下。

伊万·阿法纳西伊奇在窗户下面站了一会儿，接着在街上来回踱了两趟，不时朝院子里瞅瞅，末了，为自己孩子气的行为感到难为情，便拿着面包回家去了。尔后整整一天他都十分不自在，甚至到了晚上，他仍一反常态，没跟奥尼西姆聊天。

第二天早上仍然是奥尼西姆去买面包。

二

几个星期过去了。伊万·阿法纳西伊奇已经把瓦西莉萨压根儿置之脑后了，依然常常跟仆人友好地闲聊。有一天早上，布勃利岑先生，一个无拘无束、非常热情的年轻人来找他。说真的，他有时候连自己都不知道在说些什么，正如俗话所说的，是个荒唐的怪物，但仍被公认为一个十分令人愉快的交谈者。他烟抽得很多，抽起烟来，竖起眉毛，拼命贪婪地往胸腔里猛吸，而且还显出一副忧心忡忡的模样，或者说得更确切些，显出这样一副模样：您只要让他抽完最后一口烟，他马上就会给您讲一则出人意料的新闻。有时候他甚至说话含混不清，挥着手，急急地抽着烟斗，忽然好像想起异常有趣的或者重要的事情，张开嘴，吐出烟圈，但说出来的却是最平常的话题，而有时候，干脆就一句也不讲了。布勃利岑与伊万·阿法纳西伊奇聊了一阵有关左邻右舍、马匹、地主家的姑娘，以及其他有益的话题。突然这位先生眨了眨眼，把自己一绺头发弄蓬松，带着调皮的微笑走到异常模糊不清的、也是伊万·阿法纳西伊奇屋子里唯一的一样装饰品的镜子跟前。

“得说真的，”他捋捋自己褐色的络腮胡子，低声说，“我们这里有些这样的女小市民，就连美第奇[①]时代的维纳斯都比不上她们……譬

① 美第奇(1449—1492)，意大利著名诗人。一四六九年起为佛罗伦萨的统治者，对文艺复兴时期的文化发展起了促进作用。这里作者旨在刻画交谈者既浅薄无知而又好卖弄才华。

如，您见过面包店的那个瓦西莉萨吗？……”说着，布勃利岑猛抽了一口烟。

佩图什科夫不禁颤栗了一下。

“不过，”布勃利岑被一团烟雾所吞没，继续往下说，“我问您干什么！您是那种人，伊万·阿法纳西伊奇！天晓得您在干什么，伊万·阿法纳西伊奇！”

“干的事跟您一样，”佩图什科夫不无烦恼地拖长音调说。

“唉，不，伊万·阿法纳西伊奇，不……您说到哪儿去了？”

“是不是这样？”

“唉，您说到哪儿去了，伊万·阿法纳西伊奇！”

“是不是这样？是不是这样？”

布勃利岑把烟斗放到屋角，开始细瞧自己那双并不十分漂亮的靴子。佩图什科夫感到十分不自在。

“是这样，伊万·阿法纳西伊奇，是这样，”布勃利岑好像可怜他似地继续往下说。“但关于面包店的那位瓦西莉萨，我可以禀告您：她非常、非常漂亮……非常漂亮。”

布勃利岑先生张大鼻孔，把两手慢慢地插入衣袋。

真是怪事！伊万·阿法纳西伊奇心中有一种类似妒火中烧的感觉。他开始在椅子上移来移去，不合时宜地纵声大笑。打了个呵欠，他倏地脸红了，因为打呵欠时他下巴颏儿稍稍有点歪斜。布勃利岑又抽了三袋烟才离开。伊万·阿法纳西伊奇走到窗口，叹了口气，吩咐拿喝的来。

奥尼西姆端来一杯克瓦斯[①]放在桌上，愁云满面地望了望老爷，靠

---

① 一种用麦芽和面包屑做成的清凉饮料。

在门上，垂下了脑袋。

“你在想什么？”老爷亲切地问他，心中有点害怕。

“想什么？”奥尼西姆反问道，“想什么……都是您的事。”

“我的事！”

“当然，您的事。”

“那你想的究竟是什么事呢？”

“瞧，我是这么认为的。（这时奥尼西姆嗅嗅鼻烟。）您真应当觉得惭愧，老爷，应当觉得惭愧。”

“惭愧什么？”

“惭愧什么……您瞧瞧布勃利岑先生，伊万·阿法纳西伊奇……他哪一方面不是好样的？我这么说，请别见怪。”

“老兄，我不明白你的话。”

“不明白……不，您是明白我的意思的。”

奥尼西姆沉默片刻。

“布勃利岑是位地地道道的老爷，一个像像样样的老爷。而您呢，伊万·阿法纳西伊奇，您算个什么样的老爷呢？请别见怪。”

“我也是个老爷呀。”

“老爷，老爷……”奥尼西姆激昂起来，反驳道。“您算是个什么老爷？老爷，您简直是条可怜虫，伊万·阿法纳西伊奇，请别见怪。您整天价这么呆坐着……老是这么坐着不动，什么也得不到。您既不打牌，也不跟别的老爷们交往，至于那个……”

奥尼西姆摆摆手。

“嗯，但是……好像你也说得太过分……”伊万·阿法纳西伊奇说，一边局促不安地紧紧抓着烟袋杆。

“什么太过分，伊万·阿法纳西伊奇，哪儿太过分了！ 您自己评评看。瞧，说着又要说到瓦西莉萨那事儿了……唉，您干吗要……”

“唉，你在想什么呀，奥尼西姆？”佩图什科夫郁郁不乐地打断他的话。

“我知道我在想什么。那有什么？ 上帝会保佑的！ 您哪方面配不上她？ 伊万·阿法纳西伊奇，请多包涵，您自己评评看……要知道您……”

伊万·阿法纳西伊奇站起身来。

“喂，喂，请你住口吧，”他急忙说，一边好像在用目光寻找奥尼西姆。“要知道我也是个……你知道……我……实际上你想说什么呀？快好好地给我穿外套吧。”

奥尼西姆慢慢地从伊万·阿法纳西伊奇身上脱下那件油迹斑斑的鞑靼人样式的睡袍，怀着一种慈父般忧伤心情瞧了瞧老爷，摇了摇头，接着给他费劲地穿上常礼服，用小笤帚掸掸他的脊背。

佩图什科夫走出门，在城里曲里拐弯的街道上转悠了不长时间，就来到了面包店门口。他嘴角挂着古怪的笑容。

他还没来得及朝这家颇有名气的“商店”瞧上两眼，突然小门打开了，瓦西莉萨跑了出来，她头上裹着一块黄头巾，并照俄国人的习俗，身上披着一件坎肩。伊万·阿法纳西伊奇立即拔腿追去。

“您到哪里去，亲爱的？”

瓦西莉萨倏地瞥了他一眼，嫣然一笑，随即扭过头去，用手捂住嘴。

“看样子是去买东西吧？”伊万·阿法纳西伊奇小跑着问道。

“您真是好奇，”瓦西莉萨说。

“怎么是好奇呢？”佩图什科夫急忙挥挥手，说。“恰恰相反，我……您也知道是这么回事，”他急匆匆地补充说，好像这句话已完全表达了他的意思。

“我的那个白面包您吃了吗？”

“当然吃了，”佩图什科夫回答，“而且吃得特别高兴。”

瓦西莉萨继续往前走，一边吃吃笑个不停。

“今天是个好天，”伊万·阿法纳西伊奇继续说，“请问，您经常散步吗？”

“散步的。”

“啊，我多么希望……”

“希望什么呀？”

我们这儿的姑娘说“什么呀”说得很奇特，好像说得特别急、特别快……山鹑每天清晨就是这么叫的。

“跟您一起去散步，您是否知道……到郊外，怎么样？……”

“怎么可以呢！”

“为什么不可以呢？”

“哎呀，您这个人，真是的！”

“但是，请……”

这时候一个串街走巷的小贩撵上了他们，与他们并行。这个贩子蓄着山羊胡子，两只手的手指张得大大的如尖角状，为的是不让袖管往下滑。他身穿一件长襟蓝大褂，头戴一顶犹如圆滚滚的西瓜似的、暖和的帽子。起先佩图什科夫出于礼貌，有意落下瓦西莉萨几步，但马上又撵了上去。

“那么怎么样？去不去散步？”

瓦西莉萨狡黠地望了他一眼，又吃吃笑了起来。

“您是本地人？”

“是的。”

瓦西莉萨伸手捋了一下头发，脚步走得更轻了。伊万·阿法纳西伊奇面带笑容，由于胆怯，似乎心都揪紧了，马上要停止跳动。这当儿他趁势向一侧稍稍弯下腰，用哆哆嗦嗦的手搂住美人儿的腰。

瓦西莉萨顿时大喊起来。

“得了，您这不知羞的，在大街上别这样。”

“嗯，嗯，嗯，那有什么，”伊万·阿法纳西伊奇嘟嘟囔囔说。

“您得知道，在大街上不能这样……请别见怪。”

“啊……啊……哎呀，您真是的，”佩图什科夫指责地说，而自己的脸却红到耳根。

瓦西莉萨站停下来。

“先生，走您自己的路吧，走吧……”

佩图什科夫顺从了她。他回到家里，整整一个小时坐在椅子上一动也不动，连烟也不抽。末了，他取出一张淡灰色的纸，修好羽笔，沉思良久之后，写了如下一封信：

慈悲的女皇瓦西莉萨·季莫费耶夫娜：

本人生性不是一个心胸狭窄的人，不该给您造成不快。如果我确实有对不住您的地方，那我就告诉您其原由如下：布勃利岑先生的种种暗示才使我干出我怎么也没料想到的事。不过我仍要恳请您别对我发火。我是个重感情的人，对各种关爱铭记在心并深表谢意。恳求您别对我发火，瓦西莉萨·季莫费耶夫

娜。顺致敬意

您的最忠实的仆人

伊万·佩图什科夫

奥尼西姆照地址送去了这封信。

三

两个星期过去了……奥尼西姆每天早上照常去面包店买白面包。有一天，瓦西莉萨迎着他跑出来。

“您好，奥尼西姆·谢尔盖伊奇。”

奥尼西姆显得郁郁不乐，没好气地答道：

“您好。”

“您为什么总也不顺便进来坐坐，奥尼西姆·谢尔盖伊奇？”

奥尼西姆一脸阴沉地瞧了她一眼。

“我来干啥？ 大概不会请我来喝茶吧。”

“我请您喝茶，奥尼西姆·谢尔盖伊奇，我一定请。只要您肯来。而且还请您喝罗姆酒。”

奥尼西姆慢慢露出了笑容。

“既然是这样，那好，我就来吧。”

“那什么时候来，老伙计？ 什么时候来？”

“什么时候……嘿，您……”

“今天晚上，合适不？ 一定要来。”

“兴许会来，”奥尼西姆说，接着便懒洋洋地东倒西歪地拖着脚步同家去了。

当天晚上，奥尼西姆与瓦西莉萨就面对面坐在她那间小屋里一张简陋的小桌边了，小桌旁放着一张铺着条纹绒毛褥子的床。呈暗黄色的大茶炊在桌上嗞嗞作响。窗前摆着一盆天竺葵，靠门的那个屋角，侧放着一个挂着小挂锁、式样难看的柜子，柜子上放着一堆杂七杂八的破烂。四面墙上挂着一些油腻腻、黑漆漆的图画。奥尼西姆和瓦西莉萨默默无言地喝着茶，四目相视，一块块方糖在他们手里转来转去，仿佛不愿意吃似的。他们不时眯缝起眼睛，从牙缝里嗞嗞地吸进淡黄色的热茶。末了，他们把整整一茶炊的茶都喝光了，把两个大茶碗——一个印有“万事如意”的字样，另一个印有“消灾免祸”的字样——倒扣过来，然后咂咂嘴，擦擦汗，开始慢慢地聊了起来。

“那么，奥尼西姆·谢尔盖伊奇，您的老爷……”瓦西莉萨问，不过没把话说完。

“老爷怎么？……”奥尼西姆反问道，用一只手支住身子。“我知道您要问什么。但是您问这干吗？”

“随便问问，”瓦西莉萨回答说。

“他呀（这时奥尼西姆咧嘴大笑），他好像给您写了一封信，是吗？”

“是的。”

奥尼西姆带着极其得意的神色点点头。

“您瞧，您瞧，”他声音嘶哑，面带笑容地说，“喂，那他给您写了些什么？”

“写了不少。他说，瓦西莉萨·季莫费耶夫娜女士，您别想得太多。还说，瓦西莉萨女士，您可别见怪，以及许多诸如此类的话……他现在怎么了？”她沉默了一会儿，又问了一句。

“还活着，”奥尼西姆冷漠地回答。

“还在生气吗？”

“他哪会呢！不，他没生气。怎么，您喜欢上他了？”

瓦西莉萨垂下脑袋，用袖管捂住嘴暗暗窃笑。

“就这么回事，”奥尼西姆嘀咕说。

“您说这干吗，奥尼西姆·谢尔盖伊奇？”

“据说，是这么回事。”

“是啊，”瓦西莉萨终于说，“他是个……老爷。不消说……我……而且他可是……您自己知道……”

“怎么能不知道呢？”奥尼西姆庄重地说。

“您最终会知道的，奥尼西姆·谢尔盖伊奇……”

瓦西莉萨明显地激动起来。

“您回去告诉他，您的老爷，就说我没生他的气，至于他说……”

她突然说不下去了。

“我明白了，”奥尼西姆说，一边慢慢地从椅子上站起来。“我明白了。谢谢您的款待。”

“欢迎以后常来。”

“嗯，好的，好的。”

奥尼西姆朝门口走去。这时候面包店的胖婆娘正好走进屋来。

“您好，奥尼西姆·谢尔盖伊奇，”她拖长声调说。

“您好，普拉斯科维娅·伊万诺夫娜，”他同样拖长声调说。

他们俩面对面站了一会儿。

“嗯，再见，普拉斯科维娅·伊万诺夫娜，”奥尼西姆拉长嗓音说。

“嗯，再见，奥尼西姆·谢尔盖伊奇，”她也拉长嗓音说。

奥尼西姆回到家。老爷躺在床上，两眼瞪着天花板。

“你到哪儿去了？”

“到哪儿去了？……（奥尼西姆有种习惯，爱用责备的口气重复一遍别人提的任何一个问题的最后几个字。）去办您的事了。”

“办什么事？”

“您不知道？……去找瓦西莉萨了。”

佩图什科夫眨了眨眼，在床上翻了个身。

“就这事，”奥尼西姆说，若无其事地嗅嗅鼻烟，“就这事。您总是这样疑心重重。瓦西莉萨向您致意。”

“是吗？”

“难道您还不信？正是这样。难道还有假！……她要我问您：为什么总不见您人影？为什么您不去找她？”

“那你怎么说？”

“我怎么说？我对她说：你真傻，像他这种人哪会来找你！还是你自己找上门去吧。”

“哦，那她又怎么说？”

“她又怎么说？……她……什么也没说。”

“可是她怎么会什么也没说呢？”

“当然，什么也没说。”

佩图什科夫沉默了片刻。

“那么她一定会来吗？”

奥尼西姆点点头。

“一定会来的！……老爷，你性子也太急了。会来的！……是的，您又扯到那事了。”

“您自己说，那事……”

“事情还没有眉目呢！”

佩图什科夫又沉默不语了。

“哎，老弟，该怎么办？”

“怎么办？……您更清楚，因为您是老爷。”

“嗯，是的，这事儿……”

奥尼西姆志得意满地前后摇摆起来。

“您认识普拉斯科维娅·伊万诺夫娜吗？”他终于问道。

“不。哪个普拉斯科维娅·伊万诺夫娜？”

“就是面包店的老板娘呀。”

“嗯，认识，认识面包店的老板娘。见过。一个肥胖的女人。”

“她可是个庄重的女人。她呀，还是您的亲婶婶呢。”

“我的婶婶？”

“您还不知道？”

“是的，不知道。”

“哎呀……”

出于对老爷的尊敬，奥尼西姆没说出自己的想法。

“您最好跟她相识一下。”

“行啊，我不反对。”

奥尼西姆赞许地瞧了伊万·阿法纳西伊奇一眼。

“不过，为了什么我非要亲自去跟她相识？”佩图什科夫问。

“就是应当去！”奥尼西姆平静地说。

伊万·阿法纳西伊奇下了床，在屋里踱来踱去，然后在窗口站停下来，头也不回，有点局促不安地说：

“奥尼西姆！”

“什么事？”

“你说，我就这么去找那个婆娘，是否有点不合适，啊？”

“那有什么，您知道……”

“我不过是如此说说而已。同事们会说闲话的，这种事总有点……不过，我再考虑考虑。把烟斗递给我……再说，瓦西莉萨会怎么样……”他沉默了片刻补充说，“她会怎么说……”

奥尼西姆不愿再继续交谈下去了，又显出平时那种忧愁的模样。

四

伊万·阿法纳西伊奇与普拉斯科维娅·伊万诺夫娜的相识是这样开始的：与奥尼西姆交谈之后大约过了五天，那天晚上佩图什科夫到面包店去了。“嗯，”他心里想，一边推开吱嘎作响的小门，“不知情况会怎么样……”

他登上台阶，打开门。一只硕大的凤头母鸡径直朝他脚下扑来，接着满院子长时间惊恐不安地跑来跑去。从隔壁房间探出胖婆娘那惊异的脸孔。伊万·阿法纳西伊奇含笑盈盈，点了点头。婆娘向他躬身行礼。佩图什科夫手里紧紧拿着礼帽，朝她跟前走去。普拉斯科维娅·伊万诺夫娜显然是在等候他大驾光临。她那连衣裙的钮扣都扣得整整齐齐的。佩图什科夫在椅子上坐了下来，普拉斯科维娅·伊万诺夫娜坐在他对面。

“我来找您，普拉斯科维娅·伊万诺夫娜，主要是关于……”伊万·阿法纳西伊奇终于开口说，但接着又沉默下来。他的嘴唇不住地哆嗦。

“欢迎光临，老爷，”普拉斯科维娅·伊万诺夫娜拖长声调、鞠着躬说。“任何客人来，我们都感到高兴。”

这时佩图什科夫稍稍打起精神来。

“您要知道，我早就期望有幸与您相识，普拉斯科维娅·伊万诺夫娜。”

“十分感谢，伊万·阿法纳西伊奇。”

一阵沉默。普拉斯科维娅·伊万诺夫娜用花花绿绿的手帕擦擦脸。伊万·阿法纳西伊奇郑重其事地往旁边瞧着。他们俩觉得十分尴尬。不过，在商人和小市民的日常生活中，甚至老朋友见面也免不了一时觉得特别别扭和局促。在主人与客人交往时出现这种有点紧张的气氛不仅不会使对方感到奇怪，而且恰恰相反，被认为是完全合乎礼仪和不可或缺的过程，尤其是在初次见面的时候。普拉斯科维娅·伊万诺夫娜对佩图什科夫产生了好感。他举止端庄、彬彬有礼，再说他毕竟不是没有官衔的人！

“普拉斯科维娅·伊万诺夫娜大妈，我非常喜欢您的白面包，”佩图什科夫对她说。

“那敢情好，那敢情好。”

“您知道，您的白面包很好吃，简直太好吃了。”

“那您就尽量吃吧，老爷，尽量吃。您吃得多，我们高兴。”

“我就是在莫斯科也没吃到过这样美味的面包。”

“哟，那敢情喽。”

又一阵沉默。

“请告诉我，普拉斯科维娅·伊万诺夫娜，”伊万·阿法纳西伊奇开口说，“您好像有一个侄女住在这儿，是不是？”

“是我亲侄女，老爷。”

“她怎么……住在您这儿？……”

“她是个孤儿，我们收养了她。”

“她是替您干活的吧？”

“干——活的，老爷，是干——活的帮手。这样的帮手真是……真是……真是难找！……那还用说，那还用说。”

这时伊万·阿法纳西伊奇为顾全礼貌，不再继续谈她侄女的事。

“您的鸟笼里养了只什么鸟，普拉斯科维娅·伊万诺夫娜？”

“天晓得是只什么鸟。是鸟就是了。”

“嗯！好吧，再见了，普拉斯科维娅·伊万诺夫娜！”

“请长官大人原谅。请下次光临舍下，再来喝杯茶。”

“非常高兴再来，普拉斯科维娅·伊万诺夫娜。”

佩图什科夫走出门。在台阶上正好遇见瓦西莉萨。她莞尔一笑。

“您去哪儿了，我亲爱的？”佩图什科夫鼓起勇气说。

“唉，行了，行了，您真是爱逗趣。”

“嘿——嘿，收到我的信了吗？”

瓦西莉萨用袖子遮住下半部脸孔，什么也没回答。

“已经不生我的气了吗？”

“瓦西莉萨！”响起了婶婶的嗓音，“喂，瓦西莉萨！”

瓦西莉萨跑进屋去。佩图什科夫也回家去了。从那天起，他经常上面包店去，他并没有白费劲儿。进一步讲，伊万·阿法纳西伊奇达到了自己的目的。一个人通常达到目的后热情会冷却下来，但佩图什科夫却相反，一天比一天炽烈。爱情是一种机缘，它像艺术一样独立存在，像大自然一样，无需证明。有个聪慧的人，他本人从未谈过恋爱，但对爱情却有一套绝妙的高论，他就是这么说的。佩图什科夫如痴如醉地迷恋上了瓦西莉萨。跟她在一起，他觉得十分幸福，一颗心就火热起来。渐渐地，他把自己的全部家当，至少是自己所有的烟具都搬到普拉斯科维娅·伊万诺夫娜那儿去了，随后便整天待在她的后屋里。普拉斯科维娅·伊万诺夫娜收取他的饭钱，还喝他的茶，因此对他泡在这儿并不抱怨。瓦西莉萨对他习惯了，在他面前干活、唱歌和纺纱，有时候还同他聊上一两句话。佩图什科夫时常瞧着她，抽着烟斗，在椅子上摇晃着身子，不时地笑笑。空闲时间，他就跟她和普拉斯科维娅·伊万诺夫娜打打纸牌。伊万·阿法纳西伊奇觉得十分幸福……但是世上没有十全十美的事，不论人的需求怎么少，命运任何时候都不会完全满足他，甚至还会把事情弄糟，如果可能的话……一勺煤焦油还会坏了一桶蜜呢！ 伊万·阿法纳西伊奇在自己身上体验到了这一点。首先，自从搬到瓦西莉萨那里去住以来，佩图什科夫与自己的伙伴们越来越疏远。他仅仅在万不得已的情况下才与他们见见面，即使在这时候，为了避免受别人的含沙射影和冷嘲热讽（然而，他不会总是能够避免的），他往往就装出一副犹如在烈焰中东奔西窜的兔子那种极其紧张和万分惊恐的模样。其次，奥尼西姆让他不得安宁，对他大为不敬，死死地盯他的梢，还羞辱他。最后，第三……唉！ 请继续读下去，厚意的读者。

五

有一天，佩图什科夫（由于上述的原因，除了待在普拉斯科维娅·

伊万诺夫娜家里外，他的日子过得很糟）坐在瓦西莉萨的那间后屋里，忙于做一些家庭自制的食品——不知是果酱，还是浸酒。老板娘不在家。瓦西莉萨坐在面包房里，哼着小曲。

有人敲了敲窗户。瓦西莉萨站起来，走到窗口，轻轻地应了一声，接着笑了笑，不知跟谁低声说起话来。不一会儿她回到座位上，叹了一口气，小曲比刚才哼得声音更大了。

“你刚才在跟谁说话？”佩图什科夫问她。

瓦西莉萨继续哼她的《摘荚蒾》。

“瓦西莉萨！ 你听见没有？ 喂，瓦西莉萨，听见没有？”

“您要干什么？”

“你刚才在跟谁说话？”

“您问这干什么？”

“随便问问。”

佩图什科夫身穿花花绿绿的短上衣，挽着袖管，双手拿着一个抽饮料的手动水泵，从后屋出来。

“跟一个老朋友说话，”瓦西莉萨答道。

“跟哪个老朋友？”

“跟彼得·彼得罗维奇。”

“跟彼得·彼得罗维奇？ ……哪个彼得·彼得罗维奇？”

“他也是您的弟兄。他的绰号挺怪的。”

“是布勃利岑？”

“嗯，是的，是的，就是彼得·彼得罗维奇。”

“你认识他？”

“那可不！”瓦西莉萨点点头，说。

佩图什科夫在屋里一声不吭地踱了十来个来回。

“我说，瓦西莉萨，”末了他说，“你是怎么认识他的？”

“怎么认识他的？……我认识……他是一个挺好的老爷。”

”他怎么个好法？好在哪儿？好在哪儿？”

瓦西莉萨瞧了瞧伊万·阿法纳西伊奇。

“他挺好的，”她慢腾腾地说，有点困惑不解。“大家都知道他挺好的。”

佩图什科夫咬紧嘴唇，在屋子里又踱起步来。

“你究竟跟他谈了些什么？啊？”

瓦西莉萨微微一笑，垂下了眼睛。

“你说呀！说呀！说呀！现在叫你说呀！”

“您今天火气怎么这么大，”瓦西莉萨说。

佩图什科夫默不作声。

“不，瓦西莉萨，”他终于开口说，“不，我没有发火……那你告诉我，你们说了些什么？”

瓦西莉萨不禁哑然失笑。

“说实话，那个彼得·彼得罗维奇挺爱开玩笑！”

“什么？”

“他就是这样一个人么！”

佩图什科夫又不作声了。

“瓦西莉萨，你不是喜欢我吗？”他问她。

“哎，您又扯到这上头去了！”

可怜的佩图什科夫心儿揪紧了。这时普拉斯科维娅·伊万诺夫娜走进来。他们坐下吃饭。吃完饭，普拉斯科维娅·伊万诺夫娜去高板床上躺下了。伊万·阿法纳西伊奇本人就躺在炉炕上，侧个身，就沉沉睡着了。蓦地，谨慎小心的开门的吱嘎声把他惊醒了。伊万·阿法纳西伊奇欠起身来，用臂肘支着身子一瞧：门洞开着。他跃起身来再一瞧：瓦西莉萨不见了。他跑到院子里望望，也不见她人影。接着又跑到街上四处张望，也没见着她。于是他光着头又跑到市场上去，仍然不见瓦西莉萨的踪影。他只得慢慢地回到面包店，爬上炉炕，面壁侧身躺下。他觉得很难受。布勃利岑……布勃利岑……这个名字不时地在他耳畔回响。

“你怎么啦，老爷？”普拉斯科维娅·伊万诺夫娜用睡意蒙眬的嗓音问他。“你干吗唉声叹气的？”

“没什么，大妈，没什么。只不过心里有点憋闷。”

“蘑菇吃多了，”普拉斯科维娅·伊万诺夫娜含糊不清地说，“总是蘑菇吃坏了。哦，上帝，宽恕我们这些有罪的人吧！”

一个小时过去了，又一个小时过去了，仍然不见瓦西莉萨回来。佩图什科夫好几次猛地从炉炕上爬起来，但每次照例马上忧伤地钻到皮袄底下躺下了……末了，他爬下炉炕，打算回家去，走到院子里，又折回来。这时普拉斯科维娅·伊万诺夫娜起身了。伙计卢卡肤色黑得像金龟子，虽说也是个面包师。他把要烤的面包放进炉子里。佩图什科夫又走到台阶上，沉思起来。圈养在院子里那头山羊走到他跟前，轻轻地、友好地用角抵触他。佩图什科夫瞅了瞅它，天晓得他不知为什么对它叫了声“咪咪”。突然低矮的小门悄没声儿地推开了，门口出现了瓦西莉萨。伊万·阿法纳西伊奇径直迎上前去，抓住她的手，极其镇静但口气坚决地对她说：

“跟我走。”

“伊万 · 阿法纳西伊奇，对不起……我……”

“跟我走，”他重复了一遍。

她听从了。

佩图什科夫把她带到自己的寓所。奥尼西姆像平常一样，直挺挺地睡着。伊万 · 阿法纳西伊奇叫醒他，吩咐他点燃蜡烛。瓦西莉萨走到窗口，默默地坐下。奥尼西姆在前厅忙于点蜡烛的时候，佩图什科夫一动不动地站在另一个窗口，瞧着街上。奥尼西姆双手秉烛走进屋来，刚要唠叨……伊万 · 阿法纳西伊奇倏地掉转身去。

“你出去，”他对奥尼西姆说。

奥尼西姆站停在屋子中央……

“你马上就出去，”佩图什科夫疾言厉色地说。

奥尼西姆瞥了老爷一眼，走出去了。

伊万 · 阿法纳西伊奇对着他的背影大声喊道：

“出去，快出去。从家里出去。两个小时后再回来。”

奥尼西姆悻悻离去。

佩图什科夫等外边的小门砰的一声关上，便立即向瓦西莉萨跟前走去。

“你到哪里去了？”

瓦西莉萨发窘了。

“你到哪里去了？ 我在问你呀，”他又说了一遍。

瓦西莉萨四下打量了一下……

“我在问你……你到哪里去了？”

说着，佩图什科夫举起了一只手……

“别打我，伊万 · 阿法纳西伊奇，别打……”瓦西莉萨害怕地嘟哝道。

佩图什科夫掉转身去。

“打你……不！我不会打你的。干吗要打你？对不起，对不起，亲爱的。上帝保佑。当我想到你爱我，当我……当……”

伊万·阿法纳西伊奇不作声了。他喘不过气来了。

“我说，瓦西莉萨，”他终于说道，“你知道，我是心地善良的人。难道你不知道吗，瓦西莉萨？你不知道吗？”

“我知道，”她喃喃地说。

“我对世上任何人都不坑害。也不欺骗任何人。你为什么要欺骗我呢？”

“我没欺骗您呀，伊万·阿法纳西伊奇。”

“没欺骗？那好，那好。那你说说你刚才到哪里去了？”

“我去找马特廖娜了。”

“胡扯！”

“真的，是去找马特廖娜。如果您不相信我的话，那您去问她。”

“那个布勃……嗯，你见到他……那个鬼东西啦？”

“见到了。”

“见到了？见到了？啊！见到了？”

佩图什科夫脸色煞白。

“那你们是在早晨，在窗口约定的啰……啊？啊？”

“是他们请我去的。”

“那你就去了啰……谢谢，亲爱的太太，谢谢！”佩图什科夫向瓦西莉萨深深鞠了一躬。

“哦，伊万·阿法纳西伊奇，也许您以为……”

“你最好别说了！ 你不说话，我这个傻瓜心情还好些。我干吗要大叫大嚷呢？ 随你去，你想去找谁，就去找谁。这与我不相干。还会有这样的事！ 我都不愿认识你。”

瓦西莉萨站起身来。

“随您的便，伊万·阿法纳西伊奇。”

“现在你到哪里去？”

“您自己不是说……”

“我没撵你呀，”佩图什科夫打断她的话头。

“是的，伊万·阿法纳西伊奇……那我待在您这儿干吗呢？”

佩图什科夫让她走到门口。

“你就这么走啦，瓦西莉萨？”

“您总是欺侮我……”

“我欺侮你！ 得了，快别作孽了，瓦西莉萨！ 我什么时候欺侮过你？ 嗯，是的，是的，你说：什么时候？”

“怎么不是呢？ 瞧，刚才您差点还打我呢。”

“瓦西莉萨，你这么说真是罪过。说真的，是罪过！”

“您还指责我，说不愿认识我了。您还说：‘我是老爷。’”

这时伊万·阿法纳西伊奇默默无言地绞起手来。瓦西莉萨走到屋子中央。

“那有什么？ 上帝保佑，伊万·阿法纳西伊奇。我自己管自己，您也自己管自己……”

“行了，瓦西莉萨，行了，”佩图什科夫打断她的话。“你最好考虑考虑，再瞧瞧我的模样。我简直不像我自己了。现在连我自己也不知道我在说些什么……你就可怜可怜我吧。”

“您老是欺侮我，伊万·阿法纳西伊奇……”

“唉，瓦西莉萨！ 要是谁还提过去的事，那就让谁的眼睛瞎掉好不好？ 你不生我的气了吧，是不是？”

“您老是欺侮我，”瓦西莉萨重复了一遍。

“我不会了，亲爱的，我不会了。原谅我这个老家伙。我以后再也不会了。你原谅我了，是不是？”

“上帝保佑，伊万·阿法纳西伊奇。”

“喂，那你笑笑，笑笑……”

瓦西莉萨扭过脸去。

“笑了，亲爱的，你笑了！”佩图什科夫喊叫起来，像小孩似地在原地蹦跳……

六

第二天佩图什科夫像往常一样，去面包店。一切依然如旧。但是他心中总有点不快。他已经不再经常发出笑声，有时还陷入沉思。星期天到了。普拉斯科维娅·伊万诺夫娜腰疼，下不了床。后来费了好大劲儿才去做弥撒。做完弥撒，佩图什科夫召唤瓦西莉萨到后屋去。她整个早上一直在抱怨无聊透了。从伊万·阿法纳西伊奇脸上的表情可以看出，他脑海里正转着一个非同寻常的、他本人也未料到的念头。

“你就在这儿坐下，瓦西莉萨，”他对她说。“我坐这儿。我要与你谈一谈。”

瓦西莉萨坐下来。

“告诉我，瓦西莉萨，你会写字吗？”

“写字？”

“对，会写字吗？”

“不，不会。”

“会识字吗？”

“识字也不会。”

“那我的信是谁读给你听的？”

“教堂执事。”

佩图什科夫沉默了一会儿。

“你想识字吗？”

“我们这种人要识字干吗呀，伊万·阿法纳西伊奇？”

“什么干吗？可以读读书呗。”

“书里有什么呢？”

“全是好看的……我说，你想读书吗？我给你带本书来好吗？”

“我可不识字，伊万·阿法纳西伊奇。”

“我读给你听。”

“这大概很枯燥乏味吧？”

“哪能呢！不会枯燥乏味的！恰恰相反，用它来解闷可好了。”

“难道您会讲故事给我听吗？”

“明天你就会看到。”

佩图什科夫傍晚回到家，就开始翻箱倒柜。他找出几册零星的《读书文库月刊》[①]、五本莫斯科出版的灰封面长篇小说、一本纳扎罗夫主编的算术课本、一本内封上印有地球仪的儿童阅读的地理课本、一本

① 一八三四年至一八三五年在彼得堡出版的一种杂志。

凯达诺夫编写的第二册历史课本、两本圆梦的书、一本一八一九年的日历、两期《伽兰忒亚》[①]、一本科兹洛夫[②]创作的长诗《纳塔利娅·多尔戈鲁卡娅》和《罗斯拉夫列夫》[③]的第一部。他考虑了很长时间：究竟挑哪一本好？末了，他打定主意拿了一本科兹洛夫的长诗和《罗斯拉夫列夫》。

第二天佩图什科夫匆匆穿上衣服，把两本书塞在长礼服的折领下面，来到面包店。他一找到空闲时间，就叫瓦西莉萨坐下来，开始给她念扎戈斯金的历史长篇小说。瓦西莉萨一动不动地端坐着。起初还面带微笑，接着仿佛沉思起来……后来身子稍稍前倾，眼皮耷拉下来，嘴巴微微张开，双手搁在膝上：她打瞌睡了。佩图什科夫念得很快，含糊不清，瓮声瓮气。他抬起眼睛……

"瓦西莉萨，你睡着了？"

她猛地打了个哆嗦，抹了一下脸，挺直了身子。佩图什科夫顿时对她、对自己都感到十分恼火……

"乏味，"瓦西莉萨懒洋洋地说。

"我说，如果你想听的话，我念诗给你听怎么样？"

"什么？"

"诗……优美的诗。"

"别念了，真的，别念了。"

佩图什科夫急忙拿出科兹洛夫的诗集，蹦跳起来，在屋子里走了

---

① 一八二九年至一八三〇年在莫斯科出版的一种文学杂志。
② 伊·伊·科兹洛夫(1779—1840)，属于茹科夫斯基派的浪漫主义诗人。
③ 俄国作家、彼得堡科学院名誉院士米·尼·扎戈斯金于一八三一年创作的一部历史长篇小说。

几步，接着迅速地跑到瓦西莉萨跟前，念了起来。瓦西莉萨仰起头，摊着两手，瞧着佩图什科夫的脸。突然她发出一阵尖厉、刺耳的大笑……笑得前仰后合。

伊万·阿法纳西伊奇懊丧地把书掷到地板上。瓦西莉萨仍然纵声大笑。

“喂，你笑什么呀，蠢货？”

瓦西莉萨笑得越加厉害了。

“笑吧，笑吧，”佩图什科夫咬着牙抱怨道。

瓦西莉萨捧腹大笑，笑得哎哟哎哟直叫。

“你笑什么呀，疯子？”

但瓦西莉萨只是摆摆手。伊万·阿法纳西伊奇抓起帽子，跑出屋去。他急促地一脚高一脚低地走着，走着走着，不知不觉来到了城门口。突然街上响起辘辘的车轮声和嘚嘚的马蹄声……不知谁喊他的名字。他抬起头，看见一辆宽敞的旧式敞篷马车。马车里布勃利岑先生坐在两个姑娘，即秋秋廖夫先生的两个闺女中间，脸正朝着他。两个姑娘的穿着一模一样，好像在显示她们牢不可破的友谊。她们俩若有所思地微笑着，但又都愉快地、陶然心醉地歪斜着脑袋。在敞篷马车的另一边，显出可尊敬的秋秋廖夫先生那顶宽檐草帽，并可部分看到他那圆滚滚的后脑勺。草帽旁边耸立着他夫人的那顶包发帽。他们俩作为父母现在所坐的位置明白无误地证明，他们对年轻的布勃利岑怀有真挚的厚爱和信任。显而易见，年轻的布勃利岑也感受到并珍视他们对自己的宠信。自然，他毫不拘束地坐着，无拘无束地闲聊着、欢笑着，但是从他的无拘无束的举止中可以发现有种温和而又感人的恭敬之情。可秋秋廖夫的两个小姐又怎样呢？ 难以用言语来表达一个旁观者用专注的目光端详她们姊妹俩的仪态、仪容时所发现的一切。品行端庄，温文尔雅，不苟言笑，对生活多愁善感，对自己本身、对世上人类崇高而又美好的使命抱有不可动摇的信念，对年轻的交谈者彬彬有礼，虽然论天赋，他也许不能完全与她们相比，但是论品质完全值得她们青睐……瞧，此时此刻秋秋廖夫的两个闺女的脸上表现出来就是这种品质和情感。布勃利岑见到伊万·阿法纳西伊奇，便没来由地如此大声呼喊他的名字，仅仅是由于内心满足过度。布勃利岑十分友好、极其彬彬有礼地向他鞠了一躬。秋秋廖夫两闺女亲切而温和地瞧了瞧他，就像瞧一个甚至不反对与之结识的人一样……那三匹膘肥体壮而又温顺的骏马踏着小快步从伊万·阿法纳西伊奇身边跑过。敞篷马车沿宽阔的大道平稳地驶去，一路洒下女孩子们温柔的笑声。秋秋廖夫先生的草帽最后闪现了一下。拉边套的马儿侧着头，在草儿长得短短的绿草地上稍稍蹦跳起来……车夫洋洋得意地、小心谨慎地打起唿哨，敞篷马车便消失在爆竹柳后面。

可怜的佩图什科夫久久地站立在原地。

“我是个可怜的人，一个乞求怜悯的人，”末了，他低声说……

这时一个衣衫褴褛的男孩在他面前站停下来，怯生生地瞧了瞧他，接着伸出一只手……

“行行好吧，好老爷。”

佩图什科夫掏出一枚铜板。

“拿着，孤苦伶仃的孩子，”他勉勉强强地说，随后又回面包店去了。伊万·阿法纳西伊奇在瓦西莉萨的房间的门口站停下来。

“瞧，”他心里想，“瞧，我在跟谁交往！ 这就是我的家！ 这就是我的家！ ……这儿有布勃利岑，那儿也有布勃利岑。”

瓦西莉萨背朝他坐着，一边无忧无虑地哼着小曲，一边在捯线团。她身穿褪了色的印花布连衣裙，发辫编得随随便便……热得无法忍受的屋子里散发出一股绒毛褥子和破衣烂衫的味儿。四壁之间暗红色的、挺漂亮的蜚蠊在嗖嗖地飞来飞去。在抽屉锁都掉了只剩下一个个窟窿的旧五斗橱上摆着一个破罐子，旁边放着一只穿坏了的女皮鞋……地板上还搁着科兹洛夫的诗集……佩图什科夫摇摇头，两手叠在胸前，走出去了。他感到气恼。

佩图什科夫回到家，吩咐奥尼西姆拿衣服来给他穿上。奥尼西姆拖着脚步去取常礼服。佩图什科夫很想叫住奥尼西姆，与他聊聊天，但是奥尼西姆一脸阴沉，一声不吭。末了，伊万·阿法纳西伊奇忍不住了，问道：

“你怎么不问我刚才到哪儿去了？”

“我要知道您到哪儿去干吗呢？”

“怎么叫干吗？ 喂，如果有人有要事来找我，他问你：伊万·阿法纳西伊奇在哪儿？ 你就告诉他：伊万·阿法纳西伊奇到那个地方去了。”

“有要事……谁会有要事来找您呢？”

“瞧，你又说粗话了是不是？ 是不是又胡说了？”

奥尼西姆掉转身去，动手刷起常礼服来。

“真是的，奥尼西姆，你是个令人讨厌的人。”

奥尼西姆皱眉蹙额地瞥了老爷一眼。

“你总是这样。瞧你，总是这副腔调。”

奥尼西姆莞尔一笑。

“伊万·阿法纳西伊奇，我干吗要问您刚才到哪儿去了？ 难道我不知道？ 我知道您去找面包店的那个女人了。”

“瞧，又在胡说八道了！ 简直在瞎说！ 我根本没去找她。我再也不打算去找面包店的那个女人了。”

奥尼西姆眯缝起眼睛，抖了抖小笤帚。佩图什科夫等着他的赞许，然而他的仆人却一声不吭。

“这样做不合适，”佩图什科夫继续用严厉的嗓音说，“不礼貌……那你说说，你是怎么认为的？”

“我有什么认为？ 随您的便。我有什么认为？”

佩图什科夫穿上常礼服。

“不相信我的话，滑头的小子，”他暗自心里想。

他走出屋子，但不是去看什么人。他只是在街上转悠，不时看看落山的太阳。末了，八点多钟回到家。他面带笑容，不断地耸耸肩膀，好像对自己的愚蠢行为感到吃惊。“难道这就算有坚强的意志……”他寻思。

第二天佩图什科夫起床相当晚，头天夜晚他睡得很不好。直至傍晚他哪儿也没去，苦闷极了。佩图什科夫把自己所有的书都读了，对《读书文库月刊》中的一部中篇小说大加赞赏。躺下睡觉时，他吩咐奥尼西姆把烟斗递给他。奥尼西姆递给他一个破旧的烟斗。佩图什科夫抽了起来。那烟斗就像被赶得气喘吁吁的马一样，直发出嗞嗞的响声。

“算什么破玩意儿！”伊万·阿法纳西伊奇惊叫起来，“我那个樱桃木的烟斗哪去了？”

“在面包店里，”奥尼西姆平静地说。佩图什科夫痉挛地挤了挤眼睛。

“要我去拿吗？”

“不，不必了。你别去……不必了。别去，听到没有？”

“是。”

这一夜总算马马虎虎过去了。第二天早上奥尼西姆像往常一样，用带蓝花边的盘子给佩图什科夫端来新鲜白面包。伊万·阿法纳西伊奇望了望窗外，问奥尼西姆：

“你去过面包店了？”

“不是我去，还有谁去？”

“啊！”

佩图什科夫陷入了沉思。

“告诉我，你在那儿看见了谁？”

“那自然是看见人喽。”

“你究竟看见谁了，比方说？”

“那还用问：当然是瓦西莉萨。”

伊万·阿法纳西伊奇平静下来。奥尼西姆收拾完桌子，正要走出房间……

“奥尼西姆，”佩图什科夫轻轻地喊了一声。

“有什么吩咐？”

“哦……她没问起我吗？”

“不消说，没问起您。”

佩图什科夫咬紧了牙齿。“瞧，”他心里想，“这算是爱情……”他耷拉下脑袋。“我呀，也显得太可笑，”他又寻思，“我竟然想起念诗给她听！真是的！要知道她是个蠢货！唉，像她这种蠢货只会躺在炉炕上吃薄煎饼！要知道她呆得真像个木头人，完全是个木头人，一个无知的小市民！”

“她不来了……”两个小时后他依然坐在原地，低声说，“她不来了！是怎么回事？她一定是发现我光火了才离开了她，她也一定知道我受委屈了！瞧，这就是你要的爱情！她甚至也不问问我身体是否舒服。她不会问我：‘伊万·阿法纳西伊奇，身体好不好？’两天两夜没见着我，她也无所谓！……也许她甚至又去跟那个布勃……会面了，幸运的家伙！呸，真见鬼，我真是个大傻瓜！”

佩图什科夫站起身来，默不作声地在房间里踱了几步，站停下来，稍稍皱了皱眉头，搔了搔后脑勺。

“但是，”他出声地说，“还是我去找她吧。得去瞧瞧，她究竟在那里干什么？得让她感到害羞。一定要去。奥尼卡[①]！我要穿衣服！”

“嗯，”他边穿衣服边想，“去瞧瞧，她在干什么？她恐怕生我的气了吧。一个人平常一直来来往往，一直走动，突然有一天无缘无故地不走动了，这的确也让人纳闷！还是去瞧瞧。”

伊万·阿法纳西伊奇出了家门，踽踽独行地来到面包店。他在小门旁停下脚步：进去前得抻抻衣服，整整仪容……佩图什科夫双手抓住常礼服的后襟抻了抻，差点儿没扯下来……他痉挛地转动一下领口扎得紧紧的脖颈，解开领口的上粒钮扣，叹了口气……

“您站着干吗？”普拉斯科维娅·伊万诺夫娜从窗户里向他大声喊道。“进来吧。”

佩图什科夫不禁战栗了一下。普拉斯科维娅·伊万诺夫娜在门口迎接他。

---

① 奥尼卡系奥尼西姆的小称。

“您怎么了，老爷，昨天怎么没光临呀？是不是身体有什么不舒服？”

“是的，昨天我头疼……”

“我的老爷，您要是在两边太阳穴上各敷上一片黄瓜，保管手到病除。现在头不疼了吧？”

“是的，不疼了。”

“嗯，好极了，感谢上帝！”

伊万·阿法纳西伊奇朝后屋走去。瓦西莉萨看见了他。

“啊！您好，伊万·阿法纳西伊奇。”

“您好，瓦西莉萨·季莫费耶夫娜。”

“您把手动水泵藏哪去了，伊万·阿法纳西伊奇？”

“手动水泵？什么手动水泵？”

“手动水泵……我们这儿的手动水泵。您一定拿回家去了吧。您原来竟是这样……愿上帝宽恕！……”

佩图什科夫顿时显出一副庄重而冷峻的模样。

“我一定会吩咐我的仆人去看看的。我昨天没到这儿来过呀，”他话中有话地说……

“哎呀，是的，您昨天没在这儿。”瓦西莉萨蹲了下来，翻起大箱子……“婶婶！啊，婶婶！”

“什——么——事？”

“你拿了我的头巾没有？”

“什么样的头巾？”

“黄色的。”

“黄色的？”

“对，黄色的、带花纹图案的那条。”

“没有，我没拿过。”

佩图什科夫向瓦西莉萨俯下身子。

“听我说，瓦西莉萨。现在听我对你说。眼下别忙着寻找手动水泵和头巾什么的。这些无谓的小事以后可以另找时间再做。”

瓦西莉萨蹲在原地不动，只是抬起头来。

“你告诉我，实话对我说，你是否爱我？这就是我现在最想知道的！”

“哎呀，您这个人，伊万·阿法纳西可伊奇……嗯，这是不消说的。”

“既然你爱我，那你昨天怎么没到我那儿去？没有空？那你也得打发一个人来问问：我是否病了？我是否还在人世？可你却毫不关心。我即便快要呜呼哀哉了，你也不会对我有怜悯之心的。”

“哎哟，伊万·阿法纳西伊奇，我总不能老挂念着一件事，还得干活呢。”

“那当然，”佩图什科夫说，“可毕竟……也不应当嘲笑长者……这不好。再说，在某些场合下你也不妨……啊，我的烟斗呢？”

“喏，您的烟斗。”

佩图什科夫抽起烟来。

七

几天又过去了，看来过得相当平静。但是大雷雨就要到来，佩图什科夫醋劲十足，备受折磨，老是两眼盯着瓦西莉萨，心神不定地监视着她，因而使她感到十分讨厌。有一天晚上，瓦西莉萨抽了个空，比平常更仔细地打扮一下，便去什么地方串门去了。夜已深，她还没回来。佩图什科夫拂晓时分才回到自己的寓所，上午七点多又跑到面包店里……瓦西莉萨还没回来。他以难以形容的揪心般的心情等她回来，一直等到吃午饭……大家坐下吃午饭了，还不见她人影……

“她跑哪去了？”普拉斯科维娅·伊万诺夫娜冷淡地说。

“这是您把她宠的，这样下去，您简直要把她宠坏了！”佩图什科夫绝望地说。

“唉，老爷！一个大姑娘哪还管得住呀！”普拉斯科维娅·伊万诺夫娜说。“上帝保佑她！她只要能干好自己活儿就行了……干吗不能让人出去逛逛呢……”

伊万·阿法纳西伊奇不禁打了个寒战。最终，入暮时分瓦西莉萨才出现。他等的就是这。佩图什科夫神情庄重地从座位上站起来，在胸前叠着双手，威严地皱着眉……然而，瓦西莉萨无所畏惧地瞧着他的眼睛，厚颜无耻吃吃笑起来，没让他说一句话，就急促地走进自己的房间，随后就把门锁上了。伊万·阿法纳西伊奇张口结舌，十分惊讶地瞅了瞅普拉斯科维娅·伊万诺夫娜……普拉斯科维娅·伊万诺夫娜垂下了眼睛。伊万·阿法纳西伊奇站了一会儿，摸索着寻找帽子。找到帽子后，便把它歪戴在头上，仍张大着嘴走出屋去。

他回到家，抓起一只皮枕头，就扑到沙发上，面壁躺下了。奥尼西姆从前厅里看到他这样，便走进房间，靠在门上，嗅嗅鼻烟，两腿交叉地站着。

“莫非是身体不舒服，伊万·阿法纳西伊奇？”他问佩图什科夫。

佩图什科夫没吱声。

“要去请大夫吗？”奥尼西姆等了一会儿，继续说。

“我没有不舒服……你走吧，”伊万·阿法纳西伊奇低沉地说。

“没有不舒服？……不，您害病了，伊万·阿法纳西伊奇……这种样子怎么会没病呢？”

佩图什科夫沉默不语。

“您最好瞧瞧您自己。您瘦得厉害，简直落形了。为了什么来着？您心里老想念着她，真的，想得都神魂颠倒了。亏您还是个高贵的老爷呢！”

奥尼西姆不说了……佩图什科夫一动不动。

“难道高贵的老爷能有这样的举止吗？哦，在一起说说笑笑可以……这有什么不可以呢？……说说笑笑，逗逗趣都行，甚至可以亲亲她的脸蛋。但实际情况又是怎样呢？我可以明确地告诉您：您已被那个女妖迷住了。”

这番话使伊万·阿法纳西伊奇身上出现了一阵痉挛。

“嗯，的确是这样，伊万·阿法纳西伊奇。别人对我说起您时，要是说：瞧瞧，瞧瞧，竟会有这样的事……我会对他说：你是个蠢货，快滚开，你把我当成什么人了？我会相信这种话吗？现在我亲眼目睹，但真不相信这是真的。要知道没有什么比这更糟的了。她是不是给您灌了迷魂药了？她算是什么东西？如果说句公道话，她这个人压根儿一文不值，简直不值得去理会。她连句规规矩矩的话都不会说……哦，只不过是个不懂事的黄毛丫头！甚至还不如！”

“走吧，”伊万·阿法纳西伊奇伏在枕头上呻吟。

“不，我不走，伊万·阿法纳西伊奇。如果我不说，那谁会说？事实上是怎么回事呢？瞧您，现在心里多难受……何苦呢？唉，这何苦呢？您自己说说。”

“你还是走吧，奥尼西姆，”佩图什科夫又呻吟道。

为顾全他面子，奥尼西姆沉默了一会儿。

“再说她这个人，”他又开口道，“根本不知道感恩。要是换了别人，真不知如何讨好您才好呢。可是她呀！……她连想都不想您。这件事简直太丢人了。人家对您说了些什么，连我都说不出口。连我听了都觉得丢丑。唉，要是事先能料到这种结果，我当时就把她……”

“你给我走吧，鬼东西！”佩图什科夫大声嚷道，不过身子一动不动，头也没抬起来。

“伊万·阿法纳西伊奇，得了吧，”奥尼西姆继续铁面无情地说。“我说的都是为您好。别再理会她了，伊万·阿法纳西伊奇，根本不用去理睬她，您听我的。要不，我去把那个面包店的婆娘叫来，让她再来劝劝您。您自己以后也会觉得可笑的，到那时您就会对我说：奥尼西姆，真奇怪，当时怎么会发生这种事！嗯，您自己想想：像她这样的人在我们这儿就像狗一样多……只要一叫唤……”

一听这话，佩图什科夫就发疯似地从沙发上跃起身来……但令奥尼西姆惊异的是，已把双手举到额前的他，又颓然跌坐下来，仿佛有人砍断了他的双腿似的……苍白的脸上滚下了泪珠，一绺黑发竖着，两眼呆滞……两片歪扭的嘴唇抽动着……脑袋垂在胸前。

奥尼西姆看了看佩图什科夫，扑通一声跪了下来。

“老爷，伊万·阿法纳西伊奇，”他大声喊道，“大老爷！您就惩罚我这个傻瓜吧。我让您烦心了，伊万·阿法纳西伊奇……我简直是无法无天了！您就惩罚我吧，大老爷……您哪值得为我的几句蠢话而流泪呢……老爷，伊万·阿法纳西伊奇……”

但是佩图什科夫对仆人甚至连瞧都不瞧一眼，转过身去，又躺倒在沙发上。

奥尼西姆站起身来，向他跟前走去，站立在他身边，揪扯着自己的头发。

“老爷，您不想脱衣服吗？……躺到床上去吧……吃点马林浆果吧……别再忧伤了……这仅仅是受点挫折，没什么……一切都会顺利的，”他每隔两分钟就对他说一遍。

然而，佩图什科夫还是不起来，只是偶尔耸耸肩膀，两腿蜷缩起来，膝盖顶到肚子上……

奥尼西姆通宵没离开他。第二天天亮前，佩图什科夫沉沉入睡了，但是睡了不长时间。七点钟光景他从沙发上起来，脸色苍白，头发蓬乱，疲惫不堪，嚷着要喝茶。

奥尼西姆恭恭敬敬地、迅速地端上茶炊。

“伊万·阿法纳西伊奇，”他终于用胆怯的嗓音说，“您不是生我的气吧？”

“我怎么会生你的气呢，奥尼西姆？”可怜巴巴的佩图什科夫回答。“你昨天说得完全对，我完全同意你的看法。”

“我只是尽我的力罢了，伊万·阿法纳西伊奇……”

“我知道，你尽了自己的力。”

佩图什科夫沉默不语，垂下了头。

奥尼西姆发现事情不妙。

“伊万·阿法纳西伊奇，”他冷不丁说。

“什么事？”

“您是否愿意我去把瓦西莉萨叫到这儿来？”

佩图什科夫顿时脸涨得通红。

“不，奥尼西姆，别去。（对！ 哪能不去叫呢！ 最好她来！ ——他暗自心里想。）得表现得硬气些。这真是荒唐。昨天我真……丢人现眼。你说得对。这一切该结束了，正如俗话所说，要快刀斩乱麻。对不对？”

“您说得太对了，伊万·阿法纳西伊奇。”

佩图什科夫又陷入了沉思。他本人对自己觉得惊异，仿佛不认得自己了。他一动不动地坐着，眼睛瞧着地板。他脑海里思潮起伏，如烟如雾，胸中一时又感到空荡荡、沉甸甸的。

“说到底，这究竟是怎么回事？”他有时这么想，但马上又平静下来。“无足轻重的事，闹着玩玩的，”他出声地说，伸出一只手抚摸一下脸，身子抖动一下，手放到膝盖上，两眼又直勾勾地望着地板。

奥尼西姆关切而又忧愁地望着老爷。

佩图什科夫抬起头。

“告诉我，奥尼西姆，”他说，“真的有这种迷魂药吗？”

“怎么没有？ 真有，”奥尼西姆说，向前伸出一只脚。“您认识那个克鲁普瓦特军士吗？ ……他的兄弟就是被灌了迷魂药完蛋的。使他迷上了一个婆娘，一个老厨娘，您瞧，真有这事！ 别人给他吃一块普普通通的黑麦面包，当然是念过咒的面包。瞧，接着克鲁普瓦特的这个兄弟就狂热地迷上了这个厨娘，跟着她团团转，如痴如醉，对她百看不厌。不管她怎么对他发号施令，他总是唯命是从，百依百顺。她甚至当着别人的面，当着外人的面以此来炫耀自己。末了，害得他得了肺痨病。克鲁普瓦特军士的兄弟就这样死了。要知道，她不过是个厨娘，而且已经老态龙钟。（奥尼西姆嗅嗅鼻烟。）所有这些小妞、婆娘可恶极了！”

“她压根儿不爱我，这一点最终清楚了，这一点最终谁也不会有丝毫疑问了，”佩图什科夫压低嗓音嘟哝着，并且头和两手都做出如此动作，好像在向一个局外人解释一件完全与他不相干的事一样。

“对，”奥尼西姆继续往下说，“经常有这种婆娘。”

“经常有？”佩图什科夫沮丧地重复了一遍，不知是反问呢，还是仍然困惑不解。

奥尼西姆关切地瞧了瞧老爷。

“伊万·阿法纳西伊奇，”他开腔道，“您想吃点什么？”

“吃点什么？”佩图什科夫重复一遍。

“要不，抽烟行不行？”

“抽烟？”佩图什科夫又重复一遍。

“瞧，事情到了这个地步，”奥尼西姆埋怨道，“看来，您确实是被灌了迷魂药。”

八

前厅里传来橐橐的皮靴声，接着又听见平常那种做作的咳嗽声，这意味着主人的某个部下来了。奥尼西姆走出去，立刻就回来了，带来一个脸像老太婆，身穿一件旧得发黄且打了补丁的军大衣、没穿外裤、没戴领带的卫戍部队的小个儿士兵。佩图什科夫不禁精神为之一振，士兵挺直身子，向他问候“您好”，然后交给他一个盖有公章的大信封。在这个信封里有卫戍部队司令官少校的字条：他要佩图什科夫立刻去见他。

佩图什科夫两手拿着字条翻来覆去，禁不住问通信兵，他知道不知道少校要他去干什么，虽说他十分清楚自己的问话毫无意义。

“不知道！”通信兵似乎睡意蒙眬地喊道，喊得很使劲，却只能勉强听到。

“他没叫别的军官先生去见他吗？”佩图什科夫继续问道。

“不知道！”通信兵用同样的嗓音又喊了一遍。

“嗯，那好，你走吧，”佩图什科夫低声说。

通信兵立即向左转，右脚咔嚓一声并拢，伸出手掌在背部下方拍了一下（这在二十年代很时兴），接着就离去了。

佩图什科夫默默地同突然显出一副忧心忡忡的模样的奥尼西姆互使了一下眼色，就去见少校了。

少校是个约摸六十岁光景的人，身子肥胖，动作迟钝，脸浮肿，红通通的，脖颈短短的，由于过量喝伏特加而手指老是不住地颤抖。他属于那种所谓“由士兵提升为军官”的人，也就是长期服役的老军人，三十来岁才学会识字，讲话很费力，这一方面是因为他患有气喘病，另一方面是他思路混乱，条理不清。科学上人的性格一天内各种显著变化，在他身上集中体现出来：早上，喝伏特加前是忧郁的人，晌午又是个暴躁的人，到晚上，则变成了一个行动迟缓、木讷的人，也就是说，这时候他只是鼻孔呼哧呼哧直呼气，说话含混不清，直到把他放到床上躺下为止。伊万·阿法纳西伊奇来见他的时候，正逢他一天之中的暴躁时候。他见少校身着睡衣，没扣钮扣，嘴里叼着烟斗，坐在长沙发上。一只剪短耳朵的肥肥的公猫待在他身边。

“啊哈！ 你来了！”少校那双无神的眼睛乜斜着向佩图什科夫瞥了一眼，身子一动不动，埋怨道。“喂，坐下。喂，我要好好教训你一顿。我早就想收拾你这号人了……对。”

佩图什科夫跌坐在椅子上。

“要知道，”少校突然来了一股劲，说，“因为你是个军官，你的所作所为应当像条例中所规定的那样。假如你是个士兵，我只要鞭打你一顿就够了，可是你是个军官。你这行为像什么呀？ 真丢脸——难道这么做好吗？”

“请让我知道，您的这些话指的是什么？”佩图什科夫开口说……

“不许对我犟嘴！ 我极不喜欢这样。我说过了：我不喜欢这样。嗯，事情明摆着！ 瞧你，连军装的风纪扣也没扣。真是丢丑！ 整天价待在面包店里，你还是个贵族呢！ 哪里有你喜欢的女人——你就待在哪里。哼，让女人统统见鬼去吧！ 据说，你在那里还亲自在炉子里烤面包。你简直给我们军人脸上抹黑……对。”

“请允许我报告，”佩图什科夫低声说，此刻他的心都揪紧了，“就我的理解，这一切，可以这么说，属于私生活……”

“不许对我犟嘴！ 这是私生活——没说的！ 要是你在公务上出了差错，我早就直接关你禁闭了！ 或者叫你滚蛋！ 因为恪守职责是我们军人的誓言。就拿我本人来说，就挨过无数次的鞭打，抽打的桦树条加起来也许有整整一座桦树林那么多：这样，我就明白了自己的职责，所有这些条例我知道得更清楚了。你得明白，我这么做是在真正维护军人的荣誉。你却在败坏军人的荣誉，是这样。在这里我就像是你们的父亲……是这样。因为这一切都是上级委托我的。我必须负责。可是你还在这里对我犟嘴！”少校骤然疯狂地大叫起来，脸涨得通红，嘴角冒出了唾沫，而那只猫竖起尾巴，跳到地板上。“你是否知道……你是否知道，我能做到……我什么都能做到？ 什么都能做到，什么都能做到！

你明白不明白，你现在在跟谁说话？长官在训话，可你却在犟嘴！长官……长官！……”

这时候少校咳嗽起来，嗓音也嘶哑了，可怜的佩图什科夫只是挺直身子，脸色苍白，端坐在椅子的边缘上。

“在我手下……”少校下命令似地挥动着颤抖的手，继续说，“在我手下大家……都要规规矩矩！要有出色的行为举止！我不能容忍乱七八糟的事发生！你要跟谁交往，随你的便——对此我毫不在意！但是，既然你是个贵族——那你就得行为……检点些！别去那里烤面包了！别再管那个臭婆娘叫大婶了！别再给我们军人丢脸了！住嘴！不许犟嘴！”

少校的嗓音中断了。他喘了口气，接着转过身来，朝着前厅的门喊道：“弗罗尔卡，你这个混蛋！拿鲱鱼来！”

佩图什科夫霍地站起身来跳开了，几乎把迎面跑来的、用铁盘子端来切成块的鲱鱼和拿着一大瓶伏特加的侍者撞倒。

“住嘴！不许犟嘴！”佩图什科夫背后响起狂怒的长官断断续续的喊叫声。

九

伊万·阿法纳西伊奇倏地跑到街上，一种奇怪的感觉攫住了他的心。

“我是不是在梦游？”他暗自思忖，“我莫非发疯了？这简直令人难以置信。唉，真是见鬼了，她不爱我了，我也不爱她了，那有什么……这不是平平常常的事么？”

佩图什科夫皱起了眉头。

“这种局面终究该结束了，”他几乎出声地说，“我最后一次去向她彻底说清楚，以后就当根本没发生过这件事。”

于是佩图什科夫疾步向面包店走去。雇工卢卡的侄儿——一个年幼的男孩、圈养在院子里的那头山羊的亲密朋友——打老远看见伊万·阿法纳西伊奇，就急忙跳进小门里去了。

普拉斯科维娅·伊万诺夫娜迎着佩图什科夫走出来。

“您的侄女不在家吗？”佩图什科夫问道。

“好像是不在家。”

佩图什科夫对瓦西莉萨不在家感到由衷的高兴。

“我是来向您说明的，普拉斯科维娅·伊万诺夫娜。”

“说明什么呀，老爷？”

“瞧，要说的是这件事。您明白，发生了这一切之后……可以这么说，发生了这种行为之后（佩图什科夫有点慌乱了）……总之……但是请您别生我的气。”

“行。”

“您倒是要设身处地为我想想，普拉斯科维娅·伊万诺夫娜。”

“那是。”

“您是个明白事理的人，您自己懂得……以后我再也不能到您这儿来了。”

“那是，”普拉斯科维娅·伊万诺夫娜拖长声调重复道。

“您要相信，我感到十分惋惜。说实话，我甚至感到很难受，确实很难受……”

“其实，您更清楚，”普拉斯科维娅·伊万诺夫娜平静地说。“随您的便。哦，请您等一下，我把账单给您。”

佩图什科夫怎么也没料到会这么快同意。其实他根本不希望她们“同意”。他这么说，只不过是想吓唬吓唬普拉斯科维娅·伊万诺夫娜，尤其是想吓唬一下瓦西莉萨。这时他心里觉得非常不快。

“我知道，”他说，“瓦西莉萨对此丝毫不会感到不愉快的。恰恰相反，我以为她会高兴的。”

这时普拉斯科维娅·伊万诺夫娜拿出算盘，拨弄起算珠子来。

“从另一方面来说，”越来越激动的佩图什科夫继续往下说，“比如，如果瓦西莉萨向我解释清楚她的行为……也许……我……当然，虽然……我不知道，也许，我会发现，她当时的所作所为压根儿没有丝毫过错。”

“老爷，您欠三十七卢布四十戈比，”普拉斯科维娅·伊万诺夫娜说。“喏，您要不要核对一下？”

伊万·阿法纳西伊奇只字未答。

“吃了十八顿午饭，每顿七十戈比银币，计十二卢布六十戈比银币。”

“这么说，我们现在分手了喽，普拉斯科维娅·伊万诺夫娜？”

“这有什么法子，老爷？这种事不是常有的吗？喝了十二茶炊的茶，每茶炊十戈比银币……”

“但是您最好能告诉我，普拉斯科维娅·伊万诺夫娜，瓦西莉萨到哪儿去了？她去干什么了？……”

“老爷，我没问过她……计一卢布二十戈比银币。”

伊万·阿法纳西伊奇陷入了沉思。

“克瓦斯和酸菜汤，”普拉斯科维娅·伊万诺夫娜继续说，一边不是用食指，而是用中指拨弄着算珠子。“计半卢布银币。茶里的糖和白面包共半卢布银币。另外按您的吩咐，买了四纸袋烟丝，计八十戈比银币。付给裁缝库普里扬·阿波洛诺夫……”

伊万·阿法纳西伊奇突然抬起头来，伸出一只手，拨乱了算珠子。

“老爷，您这是干什么呀！”普拉斯科维娅·伊万诺夫娜说。“您是不是信不过我？”

“普拉斯科维娅·伊万诺夫娜，”佩图什科夫急忙面带笑容地说，“我改变主意了。您要知道，我只是开个玩笑。我们最好依然是好朋友！那些鸡毛蒜皮的事算什么呀！咱们俩怎么能分手呢，您说呢？”

普拉斯科维娅·伊万诺夫娜垂下脑袋，没回答他。

“嗯，只是发生点口角，过去了也就算了，”伊万·阿法纳西伊奇继续往下说，一边在屋里踱来踱去，搓搓手，好像又要行使先前的权利。“阿门！瞧，我最好能抽袋烟。”

普拉斯科维娅·伊万诺夫娜站在原地一动不动……

“我看得出，您生我的气了，”佩图什科夫说。“也许我得罪了您。唉，那怎么办呢？请您多多原谅。”

“有什么得罪我的，老爷！这哪谈得上得罪？……只是以后您老爷，”普拉斯科维娅一边鞠躬，一边补了一句，“别再上我们这儿来了。”

“怎么？！”

“老爷，我们不应该同您交往，大人。您请吧……”

普拉斯科维娅·伊万诺夫娜继续鞠着躬。

“究竟为了什么呢？”惊讶不置的佩图什科夫嘟囔着。

“不为什么，老爷。请行行好吧。”

“不，普拉斯科维娅 · 伊万诺夫娜，应当讲明白……”

“老爷，是瓦西莉萨请求您哪。她说：‘她对您表示十分感谢，十分感谢，领受了您的好意。’但是，大人，请您以后别再来了。”

普拉斯科维娅 · 伊万诺夫娜几乎躬身碰到佩图什科夫的脚背了。

“您是说，是瓦西莉萨叫我别来的？”

“正是这样，老爷，大人。您今天光临舍下，而且说您以后不愿再来造访我们了。老爷，对此我非常高兴，我想：瞧，真是谢天谢地，这事竟如此顺利地了结了。要不，我是很难开口的……行行好吧，老爷。”

佩图什科夫的脸几乎在一瞬间发红又转灰白。普拉斯科维娅 · 伊万诺夫娜继续鞠着躬……

“很好，”伊万 · 阿法纳西伊奇厉声喊道。“再见。”

他一个急转身，戴上了帽子。

“账单，老爷……”

“给我送来……我的管事会付给您钱的。”

佩图什科夫迈着坚定的步子走出面包店，甚至头也没回。

十

过了两个星期。起初佩图什科夫强打精神，装得若无其事，经常外出拜访自己的同僚，当然除了布勃利岑。但是后来他内心痛苦、嫉妒、烦闷得几乎要发疯，虽然得到奥尼西姆的大加赞赏。只有跟奥尼西姆聊起瓦西莉萨，才多少给他带来一些快乐。这种闲聊常常是由佩图什科夫先打开话匣子，总是由他“挑逗起来”的。奥尼西姆常常勉强地应付他。

“真是怪事一桩，”有一天伊万·阿法纳西伊奇躺在长沙发上说，而这当儿奥尼西姆像平常那样站着倚在门上，背着手，“你想想：我在那个姑娘身上发现了什么呢？她似乎没有一点儿出众的地方。诚然，她心地善良。这一点我不能否认。”

“什么心地善良！”奥尼西姆不满地说。

“哎，不，奥尼西姆，”佩图什科夫继续往下说，“得说实话。现在事情已经过去，我反正横竖都一样，就这一方面，还应当说句公道话。你不了解她。她非常善良。她碰到任何一个叫花子，都会施舍，哪怕只有点面包皮她也会给他。另外，她生性快乐——这也应当肯定。”

“瞧，您又在瞎猜想了！她哪是生性快乐！”

“我对你说……你不了解她。她不是个贪图钱财的人……这也是事实。她不是个自私自利的人，这也是实话。唉，我原本想给她点什么，结果什么也没给，这你自己也知道。”

“正因如此，她才甩了您。”

“不，不是因为这个缘故！”佩图什科夫叹息道。

“唉，您呀，至今还醉心于她，”奥尼西姆挖苦说，“您还会为过去的那段经历感到高兴。”

“瞧，这你在胡说八道了。不，老弟，看来你还不了解我。我被人家撵了出来，以后再让我低三下四地去哀求她们？不，对不起。是的，我对你说，请相信我，这一切现在已成为过去。”

“但愿如此！但愿如此！”

“可是为什么我现在最终还不能为她说句公道话呢？唉，比如说，我就说她长得不漂亮，谁会相信我的话呢？”

“她可是个美人儿哪！”

“喂，你给我去找……喂，你去叫个比她漂亮的人来……”

“唉，这么说，您又要到她那里去啰！……”

“哎呀！难道我为这才说这话的吗？你要明白我……”

“嚄，我可明白您的话了，”奥尼西姆沉重地叹了口气说。

又过了一星期。佩图什科夫甚至再也不跟奥尼西姆闲聊了，再也不出门了。他从早到晚躺在长沙发上，双手托着脑袋。他身子消瘦，脸色苍白，食不甘味，烟斗那就压根儿不抽了。奥尼西姆瞅着他，只是摇头。

“您身体不舒服吧，伊万·阿法纳西伊奇？”奥尼西姆不止一次地问他。

“不，没什么，”佩图什科夫说。

终于有一天（奥尼西姆不在家），佩图什科夫起了床，在五斗橱里翻寻一阵，找出一件军大衣穿上，虽说外面的太阳依然火辣辣地照耀着。接着他悄然地走到街上，但一刻钟后又回来了……他在军大衣里揣了样什么东西……

此时奥尼西姆不在屋里。他整个上午一直坐在自己的小屋里，独自思忖，咬牙切齿地嘟嘟囔囔地詈骂着。末了，他去找瓦西莉萨。

奥尼西姆在面包店里碰见了她。这时普拉斯科维娅·伊万诺夫娜还在炉炕上睡觉，匀称而又酣畅地打着鼾。

“哎呀，您好，奥尼西姆·谢尔盖伊奇，”瓦西莉萨面带笑容地说，“怎么这么久没见着您？”

“你好。”

“您怎么满脸不高兴？想不想喝杯茶？”

“现在别说我，”奥尼西姆恼火地说。

“怎么回事？”

“怎么回事！你不明白我的话还是怎么的？怎么回事！你怎么对待我老爷的，你对我说说。”

“我怎么对待他的？”

“你怎么对待他……你去看看他吧。他眼看就要病倒了，或许就要一命归天了。”

“我哪方面错了呢，奥尼西姆·谢尔盖伊奇？”

“哪方面错！天晓得。他想你想得心醉神迷了。可你对待他就像对待自己的兄弟一样，愿上帝饶恕你！你对他说：‘你别来了，令人讨厌了。’要知道，他虽然官衔不大，可是毕竟是老爷呀。要知道，他可是贵族……这你懂吗？”

“但他是这么一个乏味的人，奥尼西姆·谢尔盖伊奇……”

“乏味的人！你需要的都是快活的人。”

“他不单单是乏味，而且还爱生气，时常要吃醋。”

“唉，你真是阿斯特拉罕公主米莉基特里萨！瞧，他打搅你了！”

“奥尼西姆·谢尔盖伊奇，您是否记得您自己也生他的气，常说他老是往这儿跑？”

“那又怎么啦，还应当为此夸赞他吗？”

“嗯，那您干吗现在对我发火？他正好再也不来啦。”

奥尼西姆甚至跺了跺脚。

“既然他如此发疯似的，那我对他怎么办？”他降低嗓门，补了一句。

“那能怪我吗？我能帮什么忙？”

“能帮忙：现在你就跟我去看望他一下。”

“我可不能去！”

“干吗你不能去？”

“为了什么我要去看望他呢？饶了我吧。”

“为了什么？因为他说，你心地善良。我倒要瞧瞧，你怎么个心地善良。”

“我去能为他做些什么呢？”

“嗯，这我知道。既然我来找你，这就是说，情况很糟了。显然，我也想不出别的法子。”

奥尼西姆沉默了片刻。

“喂，咱们走吧，瓦西莉萨，走吧。”

“奥尼西姆·谢尔盖伊奇，我不想再与他交往……”

“这也不必，谁对你这么说的？你去说上一两句，就说您也别伤心了……事情过去了……仅此而已。”

“倒是真的，奥尼西姆·谢尔盖伊奇……”

“怎么，还要我躬身下拜请你吗？喏，要的话，瞧，我这就给你跪下……当即给你跪下。”

“倒是真的……”

“你就是这种人！给你跪下，你又不要！……”

瓦西莉萨终于答应了，她披上头巾，跟奥尼西姆一起走了。

“你在这儿前厅里稍等片刻，”他们来到佩图什科夫的住宅，奥尼西姆对她说。“我去向老爷禀报……”

他走进伊万·阿法纳西伊奇的屋子。

此时佩图什科夫正站在房间中央，两手插在口袋里，两腿叉得很开，身子微微前后摇晃。他脸上红通通的，双目炯炯闪亮。

“你好，奥尼西姆，”他亲热地嘟嘟囔囔说，辅音说得很糟，有气无力，“你好，小兄弟。小兄弟，我没有你……嘿——嘿——嘿……”佩图什科夫笑了起来，头往前探去。“瞧，这下是真的，嘿——嘿——嘿……不过，”他竭力装出一副庄重的模样，补充说，“我没什么。”他抬起一条腿，然而差点没摔倒，为了显得若无其事，用低沉的嗓音说：“我说，拿烟斗来！”

奥尼西姆十分惊异地瞧了瞧老爷，打量了一下四周……窗台上放着一只深绿色的空酒瓶，瓶贴上印着：牙买加最佳朗姆酒。

“我只是喝了一点儿酒，老弟，”佩图什科夫继续说。“我想喝酒，就喝了。喝了点酒，如此而已。你到哪儿去了？说说……别不好意思……快说。你要详详细细地说。”

“伊万·阿法纳西伊奇，饶了我吧！”奥尼西姆喊起来。

“好吧，好吧，饶了你，饶了你，”佩图什科夫说，一边模棱两可地摆摆手。“我宽恕所有人，也宽恕你，也宽恕瓦西莉萨，也宽恕所有人，所有人。我，老弟，喝了点酒……喝了点……酒，老弟……那是谁？”他蓦然大声喊叫起来，指着前厅的门，“那是谁？”

“没有人，”奥尼西姆急忙回答。“谁会在那里呢？……您说错了！”

“不，不，”佩图什科夫重复道，一边挣脱着奥尼西姆的手，“放开我，我看见那里有人，你别说话，我看见那里有人，让……瓦西莉萨进来！”他突然大声喊叫起来。

佩图什科夫脸色苍白。

“喂……喂，你干吗不进来？”他终于说。“进来呀，瓦西莉萨，进来呀。我见到你非常高兴，瓦西莉萨。”

瓦西莉萨瞥了奥尼西姆一眼，便走进房间。佩图什科夫朝她跟前走近……他大口大口地喘着粗气。奥尼西姆注视着他。瓦西莉萨怯生生地打眼梢瞅着他们俩。

“请坐，瓦西莉萨，”伊万·阿法纳西伊奇又开口了，“谢谢你的到来。对不起，我……怎么说呢？……竟是一副不礼貌的模样。我没预料到，怎么也没预料到，你自己也明白。嗯，请坐，就坐在这儿的长沙发上吧……似乎我没说错吧？”

瓦西莉萨坐下来。

“哦，你好，”佩图什科夫接着说。“嗯，生活得怎么样？还好吧？”

“我过得很好，伊万·阿法纳西伊奇。您怎么样？”

“我？正如你所看见的，我绝望了！谁使我陷入绝望的？是你瓦西莉萨。但是我并不生你的气。我只是痛不欲生而已。不信，你可以问问这个人（他指指奥尼西姆）。你别以为我喝醉了。我的确是喝醉了。我只是绝望了。因为绝望了，所以才喝醉了。”

“上帝啊，饶了我吧，伊万·阿法纳西伊奇！”

“瓦西莉萨，我告诉你，我绝望了。你要相信我。我从来也没有欺骗过你。哦，你婶婶身体怎么样？”

“她身体很好，伊万·阿法纳西伊奇。我们十分感谢您。”

佩图什科夫的身子剧烈地摇晃起来。

“您今天身体不舒服，伊万·阿法纳西伊奇。您最好躺下。”

“不，我身体挺好，瓦西莉萨。不，你不要说我身体不舒服，你最好说我耽于声色，道德败坏。这才是公正的话。我不会反对这种说法。”

伊万·阿法纳西伊奇的身子向后摇晃。奥尼西姆跳起来，赶紧扶住老爷。

“这是谁的过错？你要不要我告诉你这是谁的过错？是我的过错，首先是我的过错。当时我应该怎么做呢？当时我就应当向你表白说：‘瓦西莉萨，我爱你。’哦，那就好了。接着就问：‘你愿意嫁给我吗？愿意吗？’诚然，你是个小市民，即便如此，这也算不了什么。这是常有的事。瞧，我有个熟识的人，他也是这样成婚的，找了个楚赫纳人[①]。他找到后就结婚了。你跟我结合会美满的。我是心地善良的人，真的！你别以为我喝醉了，你最好看看我的心。你不妨问问这个……人。的确，这全怪我。可是现在我不消说已经绝望了。”

伊万·阿法纳西伊奇越来越需要奥尼西姆的扶持了。

“可是你毕竟是有罪过的，而且罪孽深重。我曾经喜欢你，我曾经尊敬你，我……那又算得了什么呢！即便眼下，我也打算马上跟你成亲呢。你愿意吗？只要你答应，我们马上去操办。可是你使我受了莫大的侮辱……莫大的侮辱。这事，哪怕你自己拒绝，那也行。然而，你却通过你婶婶，通过那个胖婆娘来回绝我。要知道，我的乐趣就是有你在身旁。要知道我是个无家可归的人，是个孤儿！现在谁会来爱抚我？谁会对我说句安慰的话？要知道我是无依无靠的孤儿，穷得叮当响。不信，你哪怕问这个……”说着，伊万·阿法纳西伊奇啜泣起来。“瓦西莉萨，你听着我对你说什么，”他继续往下说，“你就让我像过去那样来找你吧。别担心……我仍将温和地对待你。你去找谁，随你的

---

① 指芬兰人。

便，我不计较：你知道，我不会反对。嗯，你同意吗？ 你要我给你跪下吗？ （说着，伊万·阿法纳西伊奇屈膝就要跪下，但奥尼西姆一把托住他的胳肢窝。）放开我！ 不关你的事！ 现在涉及的是我整个一生的幸福，你懂吗？ 可你来打扰……”

瓦西莉萨不知该说什么才好……

“你不要……唉，那随你便！ 上帝保佑。那就这样，再见了！ 再见，瓦西莉萨。祝你美满幸福……而我……而我……”

说着，佩图什科夫便号啕大哭，泪如泉涌。奥尼西姆竭尽全力从背后扶住他……先是歪着脸，接着自己也哭泣起来……这时瓦西莉萨也流下了眼泪。

十一

十来年后，在奥城的大街上可以遇见一个身穿带有油迹斑斑的波斯里绒领子的绿色旧礼服、长着发红的酒糟鼻的瘦削的人。他就栖身在我们所知道的那个面包店的小杂物间里。普拉斯科维娅·伊万诺夫娜已经去世。面包店的经营已由她的侄女瓦西莉萨及其丈夫德莫丰特——一个长着一头火红头发和眼睛高度近视的小市民——共同主管。那个穿绿色礼服的人有个弱点：喜欢贪杯，不过举止还很规矩。至此，读者大概已经认出来，他就是伊万·阿法纳西伊奇。

三次偶遇

Passa que'colli e vieni allegramente;
Non ti curar di tanta compania——
Vieni，pensando a me segretamente——
Ch'io t'accompagna per tutta la via. ①

一

夏季我常去打猎，去哪儿也没有去离我的乡村二十俄里的格林诺耶村那么多。在这个村子附近，有一片也许是全县野兽禽鸟最好的栖息地。每当落日时分，我走遍村子周围的灌木丛和田野之后，一定要走到附近几乎是唯一的一个沼泽地，然后再从那儿往回走，到我殷勤好客的房东、格林诺耶村的村长家去，我经常在他那儿落脚。从沼泽地到格林诺耶村不超过两俄里，整条大道穿过一片洼地，但是半道上得翻越一座小山丘。这座小山丘的顶上有座由一个无人居住的地主的宅子和一个花园组成的庄园。我几乎总是在晚霞满天的时候打这座庄园旁走过，而且记得，每次我都觉得这座窗户钉得死死的宅院就像一个走

① 意大利语，作者原注：翻过这一座山丘，欣喜地来到我身边；别去理会那一大帮子闲人；独自前来，并一路上时时想着我，好让我成为你征途中的伴侣。

出门来晒太阳的失明的老人。这位心地善良的老人就这么坐在大道边，太阳的光辉对他来说早已变成永恒的黑暗，可是他那稍稍抬起的、拉长的脸庞和晒得发烫的双颊至少感觉到了太阳的光芒。看来，这座宅院很久没人居住了，然而在屋外的小厢房里住着一个年老力衰、已获得自由身的仆人。他个儿很高，背有点儿驼，头发斑白，脸上的神情看似呆板，却含有脉脉深情。他老是呆坐在那间厢房唯一的一扇小窗子下的小凳上，忧郁而若有所思地凝视着远处，但是他一看见我，就从板凳上稍稍欠起身来，缓慢而不失庄重地鞠一躬，这种举止不是我们父辈的，而是我们祖父一辈家中那些老仆人所特有的。我与他攀谈，但是他不爱多说话，我仅仅从他口中得知，他现在住着的庄园属于他老爷的一个孙女的，她是个寡妇，有个妹妹。她们姊妹俩都住在海外遥远的城市里，也不回家来，而他自己却想尽快过完自己的残年，因为“活着只是嚼面包，嚼得令人生厌了：嚼的日子太长了”。这个老人的名字叫卢基扬内奇。

有一天，不知怎么我在田野里耽搁了很久，飞禽走兽很多，确实是打猎的好时光——从一清早起，天空灰蒙蒙的，没有一丝风，仿佛整个一天都笼罩在暮色之中。我不知不觉走出很远，当我走到那座熟识的庄园时，天完全黑了，月亮也已经升起来了，正如俗话所说：夜幕早已降临。我不得不打花园边走去……四下是那样寂静……

我穿过宽阔的大道，小心翼翼地钻过一丛落满尘土的荨麻，倚在一座低矮的篱笆上。现在我面对着的是一个寂然无声的小花园，整个花园散发出一股清香和潮气，花园洒满月光，仿佛银色的月光使它变得那么静谧、安然。这座式样古老的花园建在一块长方形的林中空地上。几条笔直的小径从不同方向汇聚到花园中心的圆形花坛边，花坛里长满茂密的紫菀。高大的菩提树像一条匀称的花边紧紧环绕着花坛。只有一个地方这条花边断开了一个约摸三沙绳[①]宽的口子，通过这个豁口，可以看见那座低矮的、有两扇窗户的房子的一角，而且使我惊奇的是这两扇窗户里竟然还亮着灯光。一些小苹果树挺立在林中旷地上；透过它们稀疏的枝条，可以看见湛蓝温柔的夜空和从天空泻下的朦胧的月光。在每棵小苹果树前的泛白的草地上，留下了淡淡的、斑斑驳驳的树影。花园的一边，一些菩提树沐浴着恬静而又皎洁的月光，呈现出一片朦胧的绿色；花园的另一边，一些菩提树则显得黑魆魆的，密不透光。密密层层的树叶不时发出奇怪的、依稀可闻的沙沙声，好像在呼唤人们到它们枝干下的小径上来，好像在召唤人们到它们幽静的树荫下来。满天繁星，星光灿烂；那蓝色的、柔和的星光神秘地从高空向四下流泻，好像在平静地注视着遥远的大地。一小朵一小朵薄云偶尔遮住明月，一瞬间月亮宁静的光辉变成了一片迷茫的但又很明亮的云雾……一切又都归于沉寂。那充满着暖意和散发着芳香的空气似乎也凝然不动了；它偶然颤抖一下，就像树枝掉入水中，水面微微波动那样……这空气使人产生一种渴求而又懒洋洋的感觉……我向篱笆俯下身来：在我面前一支红彤彤的野罂粟从荒芜的杂草中挺起它那笔直的茎秆。昏暗中一颗又圆又大的露珠在绽开的花蕊中闪着幽光。一切都昏昏欲睡，四下里一切都显得慵懒、闲适；一切好像都挺直身子，仰望着天空，一动不动，期待着……这暖洋洋的不眠之夜在期待什么呢？

它在期待一个声响，这种微妙的寂静在等待一种生灵的声音——但是一切都沉寂下来。夜莺早已停止歌唱……而一只急速飞过的小甲虫

---

① 旧俄长度单位，一沙绳等于 2.134 米。

突然发出的嗡嗡声，花园的尽头、菩提树后面的鱼池里小鱼儿轻轻的嬉水声，一只猛地抖动身子的小鸟儿发出的睡意朦胧的鸣啭，田野里打远处传来的喊叫声——声音这么遥远，凭耳朵简直分辨不出，这是人在喊叫，野兽在哀嚎，还是鸟儿在长鸣——大道上传来马蹄急促的嘚嘚声：所有这些微弱的响声，这些窸窸窣窣的声音使四周的寂静变得越加深沉……这当儿我的心备受折磨，有一种说不明白的感觉，不知是像期待，还是像对幸福的往事的怀念，我一动也不敢动，直愣愣地伫立在这座沐浴在月光和露珠之中的寂静的花园跟前。我自己也不知道为什么我直勾勾地凝视着那两扇在温柔的幽暗中闪现出暗红色火光的窗户。蓦地，屋子里响起钢琴的和弦，接着琴声犹如浪涛滚滚而来……在空中引起震撼人心的、响亮的回声……我不由自主地颤栗了一下。

继和弦之后，传来女人的嗓音……我贪婪地侧耳倾听，然而……当时我的惊异能用言语表达的吗？……两年前，我在意大利的索伦托[①]听到过这同样的曲子，听到过这同样的嗓音……是的，是的……

Vieni，pensando a me segretamente ...[②]

就是那个曲子和那个嗓音，我听得出这曲子，听得出这嗓音……事情的经过是这样的：有一天，我在海岸边散步很长时间之后回家去。我沿街疾步走着，黑夜早已来临，——一个美好的夜晚，南方的夜晚，不像我们那儿的夜晚那样沉寂，令人郁郁寡欢而心事重重，根本不是！

---

① 意大利南部的一个城市。
② 见题头诗的注解。

它明亮，绚丽而又壮美，犹如一个青春少女。月亮分外地明亮，大颗大颗的璀璨星星在深蓝色的天空中闪闪烁烁；黑魆魆的阴影清晰地显现在被月光照亮的黄色的大地上。街道两侧，花园的石砌围墙向前延伸而去，园内的橙子树从围墙上伸出自己弯弯的枝桠，圆圆的、沉甸甸的金黄色的果实时而在层层叠叠的绿叶丛中隐现，时而变得艳红艳红的，呈现在月光下，显得十分华贵。许多树上盛开着娇媚的白花，空气中充满一种浓烈刺鼻得几乎有点令人难受的香气，虽说有一种难以言表的甜蜜味儿。我走着，说实话，我对这一切奇异景象已习以为常，心里想的只是尽快回到旅店。突然从我匆匆走过的围墙的上方一间不大的阁楼里传来女人的歌声。这女人唱的曲子我并不熟悉，但歌声中蕴含着一种真诚的召唤，歌词中似乎充满一种热切而又欢快的企盼，以致我不由得立即停下脚步，抬头望去。阁楼上有两扇窗户，但两扇窗户都放下了百叶窗，通过百叶窗窄小的缝隙勉强透出一缕黯淡的光。那嗓音重复了两遍 Vieni 后，就戛然而止了。接着听到琴弦发出的轻微的响声，好像吉他掉到地毯上琴弦发出的声音，随后又传来连衣裙的窸窣声、地板轻微的咯吱声。一扇窗户里透出的缕缕灯光消失了……屋内有个人朝窗口走来，倚在上面。我后退了两步。突然百叶窗哗的一声拉了起来，一个身材匀称、穿着一身白的女子急遽地从窗户里探出美丽的头来，向我伸出双臂，说道："Sei tu?[①]"我一时慌了神，不知说什么才好，但是就在这一刹那，陌生女子轻轻喊了一声，身子向后一仰，又哗的放下了百叶窗，随后屋里的灯光更暗淡，似乎灯被拿到另一个房间去了。我仍然一动不动地站着，久久无法明白这是怎么回事。这

---

① 意大利语：是你吗？

张蓦然出现在我面前的女子的脸显得惊人的美。这张脸在我眼前倏地一闪，我无法立时马上记住它的细部。但是给我留下的总的印象是无法用语言描绘的强烈和深刻……我那时就觉得，这张脸我将永远不会忘记。月光径直洒在阁楼的外墙上，洒在她向我露面的那扇窗户上，啊，天哪！她那对又黑又大的眸子在月光下闪现着妩媚动人的光芒！她那半蓬松的黑发犹如汹涌的波涛披散在稍稍耸起的、圆润的肩头上！她那微微前倾的身姿蕴含着多少羞答答的爱怜，她召唤我时的那种嗓音——急不可耐、但依然清晰地絮絮低语的嗓音中充满着多少脉脉温情！我在原地呆立了很长时间，末了，向一旁，向对面院墙的阴影里稍稍退了几步，怀着某种如痴似呆的困惑和期待开始翘首仰望那座阁楼。我侧耳倾听着……全神贯注地听着……我忽而似乎觉得有人在灯火黯淡下来的窗户里发出轻轻的叹息，忽而又仿佛听到一阵窸窣声和吃吃的笑声。后来，打远处传来脚步声……脚步声越来越近，一个身量几乎与我一般高的男子在街道的一端出现了，他急遽地走近我先前没发现的阁楼旁边的那扇小门，也不四下打量一下，抓起门上的铁环敲了两下，稍等片刻，又敲了一下，然后压低嗓音吟唱道："Ecco ridente ...[①]"小门打开了……他悄没声儿地闪了进去。我不由得浑身颤栗了一下，摇摇头，摊开双手，脸色阴沉地把帽檐往下拉拉，悻悻地回家去了。第二天我完全枉然地冒着酷热在小阁楼旁的那条街上踯躅了约摸两小时光景，当天晚上就离开了索伦托，连塔索故居[②]也没去参观。

---

① 意大利语：快活的人就在……

② 意大利主要的名胜古迹，意大利文艺复兴时期的著名诗人塔索（1544—1595）就诞生在这里。

现在就让读者想象一下，当我在俄罗斯偏僻地区的草原上听到那同一个嗓音、同一支曲子的时候，我该有多么惊讶……像那个时候一样，现在也是黑夜；像那个时候一样，嗓音也是蓦地从一个灯光明亮的陌生的小屋中传出来的；像那个时候一样，我也是独自一人。我的心怦怦直跳。“这是不是在做梦？”我心里想。紧接着，又传来最后一声Vieni . . . 难道窗户会打开吗？ 难道窗户里会出现那个女子的身影吗？窗户果然打开了。窗口果真出现了那个女子的身影。我立即认出了她，虽说我们之间约有五十步远的距离，虽说一片薄云遮住了月亮。是她，正是她，是我上次在索伦托见到的那个陌生女子。但是她没像上回那样立即向我伸出裸露的双臂：她缓缓地把双手交叠在胸前，支撑在窗台上，开始默默无言地、一动不动地瞧着花园的某个地方。对，正是她，她脸上的细部，一双我再未见过的、与众不同的眼睛还是那样令人难以忘怀。现在她身上也穿着一件宽大的白色连衣裙。看上去，她的身子要比在索伦托时稍稍丰腴些。她全身散发着对爱情的自信和满足，为自己的美貌，为自己怡然自得的幸福而洋洋得意。她好久一动也不动，然后回头往身后的屋子里瞧了一眼，倏地挺直身子，用银铃般的响亮嗓音大叫了三遍：“Addio![1]”她那悦耳的声音传得很远很远，在空中久久回荡。渐渐地，这声音减弱下来，在花园的菩提树上空，在我身后的田野以及各个地方消失了。好一阵子我周围的一切充满了这个女子的声音，一切都回响着她那清脆的嗓音。她关上窗户，不一会儿屋子里的灯就熄灭了。

等我一清醒过来——说实话，当时不可能很快就清醒过来——我拔

① 意大利语：再见！

腿就顺着花园朝庄园走去，走到紧锁着的大门跟前，从栅栏上方往里瞧。院子里看不出有什么不同寻常的情况。在院子一个角落里的棚子下，停着一辆弹簧四轮马车。马车的前半部溅满了已经干了的污泥，在月光下折射出刺眼的白光。屋子的百叶窗依旧都放了下来。我忘了说，在此之前，我大约有一个星期没去格林诺耶村了。我在栅栏前疑惑不解地徘徊了半个多小时，以致末了引起一条老看门狗的警觉，但是它没有朝我狂吠，只是用它那微微眯缝的、半已瞎了的小眼睛，以异乎寻常的讥讽神情从门下空隙朝我望了望。我明白它的含意，就离去了。我还没走出半俄里，就听到身后传来嘚嘚的马蹄声……不一会儿，有个人骑着一匹黑马从我身旁疾驰而过，猛地，他朝我转过脸来，不过我只能看到他那压得很低的制帽帽檐下的鹰钩鼻子和漂亮的唇髭，他离开大路向右拐去，立即就消失在树林里。“正是他，”我心里想，这当儿我的心不知怎么奇怪地怦然一动。我似乎觉得我认出了他，他的容貌的确像在索伦托打我面前走进花园小门的那个男子。半小时后，我已经到了格林诺耶村，来到我的房东家。我叫醒他，马上向他打听，谁来到隔壁的庄园。他勉强回答我说，来的是些女地主。

“什么样的女地主？”我急不可耐地问道。

“那还用问，自然是些太太、小姐啰，”他萎靡不振地回答。

“是些什么样的太太、小姐？”

“那还用问，是些常见的太太、小姐啰。”

“是俄国人吗？”

“还会是别的什么人吗？ 自然是俄国人啰。”

“不是外国人吧？”

“什么？”

“她们来了很久了吗？”

“才来不久。”

“她们会呆很久吗？”

“这可不知道。”

“她们很有钱吧？”

“这我就不清楚了。也许很有钱。”

“没有老爷跟她们一起来吗？”

“老爷？”

“对，老爷。”

村长叹了口气。

“哎呀，上帝啊！”他打着呵欠说。“没——没有，没有……老爷……好像没有老爷。我不清楚！”他突然补充说。

“这里还住着些什么样的邻居？”

“什么样的邻居？ 当然，什么样的邻居都有——各种各样的。”

“各种各样的？ 他们叫什么名字？”

“谁？ 是女地主们还是女邻居们？”

“女地主们。”

村长又叹了口气。

“要说她们叫什么名字？”他嘟嘟囔囔地说。“天晓得她们叫什么名字！ 那个年岁大点的，好像叫安娜·费奥多罗夫娜，另一位嘛……我可不知道她叫什么名字。”

“那至少知道她们姓什么吧？”

“姓什么？”

“对，姓什么，绰号叫什么。”

“绰号……叫什么。唉，我真的不知道。”

“她们年轻吗？”

“不，不年轻了。”

“她们有多大岁数？”

“小的那个有四十出头。”

“你在胡扯。”

村长沉默片刻。

“这么说，您知道得更清楚。我可不知道了。”

“唉，你就会说这句话！”我恼火地大声喊道。

我凭经验知道，俄国人用这种方式回答你的问话时，意味着你压根儿不可能从他口中得到什么详细的情况了（况且我的房东刚刚躺下睡觉，每次回答问题，身子不免微微摇晃向前冲，瞪大的眼睛露出小孩般惊奇的神情，要张开那两片好像刚入甜蜜梦乡就被蜜粘住了似的嘴唇很费劲）。于是我摆摆手，回绝了吃晚饭，就到板棚里去了。

我久久不能入睡。“她究竟是谁？”我一而再再而三地问自己。“是俄国人？ 如果是俄国人，她为什么操意大利语？ ……村长说她不年轻了……他在胡说……可那个幸运儿又是谁呢？ ……根本无法明白……但是这是多么令人奇怪的偶遇啊！ 此情此景接连出现两次，这是否可能呢？ ……不过我一定要弄清楚她是谁，为什么到这儿来……”被这些乱七八糟、断断续续的思绪弄得激动不已的我很晚才睡着，并且做了许多奇怪的梦……时而我似乎觉得，在酷热难当的正午，我在荒无人烟的某个地方徘徊。蓦地，我看见在我面前灼热的黄沙地上掠过一片阴影……我抬头一望，是她，我的美人儿在空中飞驰。她穿着一身白，有一对长长的白翅膀，正在召唤我。我冲过去追她，她却轻盈地、迅速地飘然而去，可我无法腾空升起，只能向她徒劳地伸出一双渴望得到她的手……“Addio!”她边飞边对我说。“你为什么没有翅膀……Addio! ...”接着四面八方回响起了Addio的回声。甚至每一粒沙子都在对我嚷着、叫着：Addio ...这后半音震响着令人难以忍受的尖厉的颤音……我就如驱赶蚊子那样驱赶这种声音，我用目光寻找她……可是她已化作一团浮云，向太阳飘然而去。太阳颤抖着，微微摇晃着身子，发出朗朗笑声，向她迎面抛去缕缕长长的金线。瞧，这些金线把美人儿缠住了，她便融化在金线中，而我像狂怒的人，声嘶力竭地大声喊叫：“它不是太阳，它不是太阳，它是意大利的蜘蛛。谁发给它来俄国的护照的？我要彻底揭穿它：我曾看见它在别人家的果园里偷摘橙子……”时而我又似乎觉得，我沿着一条狭窄的山间小道走着……我行色匆匆：我得尽快赶到某地，某种前所未闻的幸福正等待着我。冷不丁一座巉峻的悬崖矗立在我面前。我寻找起通道来：往右走走，又往左走走，结果都走不过去！这时候悬崖后面忽然传来声音：“passa，passa quei colli ...”这个嗓音在召唤我，这种忧伤的召唤一遍又一遍地响起。我愁苦地东奔西突，寻找着哪怕是最细小的缝隙……唉！走到哪儿都是巉岩峭壁、花岗岩……“passa quei colli”那个嗓音如怨如诉地重复着。我的心哀伤极了，猛地向光溜溜的岩壁扑去，我发疯似地用手指去抠岩石……蓦然，在我面前出现了一条黑漆漆的通道……我一时高兴得愣住了，接着奋力向前闯去……“不行！”有人对我大声嚷道，“你别想过去……”这时我发现卢基扬内奇站立在我面前，挥动着双手在威胁我。我急忙掏口袋，想用点什么贿赂他，但口袋里一无所有……“卢基扬内奇，”我对他说，“卢基扬内奇，请让我过去吧，事后我定会酬谢你的。”“您错了，先生，”卢基扬内奇对我说，脸上现出一副古怪的表情，“我不是什么侍从，您要知道我是堂吉诃德[①]，一个著名的漫游四方的骑士，我一生都在寻找我的杜尔西内娅[②]，但是找不到她，因此我也不能让您找到自己的……”“Passa quei colli . . .”又传来几乎是号哭般的嗓音。“让开，先生！”我忿忿然地大声喊道，打算冲过去……这时骑士的长矛刺进我的心脏……我直挺挺地倒下了，仰卧在地上，像死去一般……我动弹不得……这时候我看见她手中拿着一盏灯，姿态优美地把灯举过头顶，在昏暗中四下顾盼，小心翼翼地走近前来，向我俯下身……“就是他，这个小丑！”她带着鄙视的冷笑说。“就是他想得知我是谁。”话音刚落，油灯里滚烫的灯油径直滴落到我受伤的心口上……“普叙赫[③]！”我使劲地大叫一声，顿时醒来了……

我整个夜晚没睡好，第二天天没亮，我就起床了。我急忙穿上衣服，带上打猎用具，径直去那座庄园。我急不可耐，当我赶到庄园那熟悉的大门口时，朝霞刚刚升起。百灵鸟在周围歌唱，寒鸦在白桦树上呱呱地叫。但是屋里的一切仍在沉睡，充满着清晨死一般的寂静。甚至连狗也在栅栏后面打鼾。焦虑的等待几乎使我怒火中烧，无奈，我只得在布满露珠的草地上来回溜达，并不断地瞧瞧那幢四壁之内有个颇费猜测的人物的、低矮而又外观平平常常的小屋……蓦地，小门发出轻微的嘎吱声，打开了，门口出现了身穿有条纹的卡萨金[④]的卢基扬内奇。我似乎觉得他那张头发蓬乱、拉长了的脸显得比以往任何时候都阴

① 西班牙著名作家塞万提斯(1547—1616)的主要长篇小说《堂吉诃德》中的主人公。他是一名痛恨专横残暴、主持正义、但耽于幻想的骑士。
② 原为堂吉诃德理想的情人，这里指崇拜的人。
③ 希腊神话中人类灵魂的化身，以蝴蝶或少女的形象出现。
④ 十九世纪至二十世纪初俄国人穿的一种短外衣。

沉。他不无惊讶地看了看我，就想把小门关上。

“好伙计，好伙计！”我急急忙忙大声喊道。

“这么早您有什么事？”他慢吞吞地、瓮声瓮气地反问道。

“据说，你们的女主人回来了，请告诉我：这是不是真的？”

卢基扬内奇沉默了片刻。

“是回来了……”

“独自一人回来的吗？”

“跟她妹妹一起回来的。”

“她们昨天有没有客人来？”

“没有。”

说着，他把小门往身边拉了拉。

“慢着，慢着，好伙计……行行好……”

卢基扬内奇冷得咳嗽了一声，蜷缩起身子。

“唉，您究竟要干什么？”

“请告诉我，你家女主人多大年岁？”

卢基扬内奇疑惑地瞥了我一眼。

“女主人多大岁数？我不知道。有四十出头吧。”

“四十出头？那她妹妹有多大岁数？”

“也快四十了。”

“真的？她长得漂亮吗？”

“谁？她妹妹吗？”

“对，她妹妹。”

卢基扬内奇不禁暗暗窃笑。

“我不知道别人是怎么认为的。依我看，她长得并不漂亮。”

“到底怎样？”

“外表极其平常，而且身子稍显瘦弱。”

“原来如此！除了她们，没有人上你们这儿来过吗？”

“谁也没有来过。谁会来呀！”

“这不可能！……我……”

“哎呀，老爷！跟您一聊，就聊个没完了，”老头儿厌烦地说。“瞧，天多冷啊！对不起啦。”

“慢着，慢着……请你收下……”我掏出事先准备好的一枚二十五戈比的硬币递给他，可是我的手却碰在了砰的一声关上的小门上。银币掉到地上，打了几个滚，滚到了我的脚下。

“哼，老滑头，”我思忖道，“真是个堂吉诃德式的人物！显然，有人吩咐你守口如瓶……那你等着瞧，你是糊弄不了我的……”

我发誓无论如何要弄个明白。然而，我在那里徘徊了约摸半个小时光景，不知该怎么办。末了，我决定先到村子里打听打听，究竟是谁来过庄园，这庄园是谁的，然后再回来找他。正如俗话所说，我要不弄个一清二楚，决不罢休。那个陌生女子一定会走出屋来，白天我终将会看见她，而且是打近处看见一个活生生的女人，而不是一个幽灵。这里离村子大约有一俄里路，我轻松而又精神勃勃地迈开步，马上出发了：一种奇异的无所畏惧的精神在我的血液中沸腾和汹涌。过了一个不安宁的夜晚之后，早晨清新的空气使我振奋。在村子里，我向两个下地干活去的农民打听到我从他们口中所能打听到的一切，情况就是：那座庄园连同眼前这个村子都叫米哈伊洛夫斯科耶，都属于寡妇、少校夫人安娜·费奥多罗夫娜·什雷科娃的。她有个尚未出嫁的妹妹，名字叫佩拉格娅·费奥多罗夫娜·巴达耶娃。她们俩都不年轻了，很富有，但她们几乎不住在家里，总是在外四处旅行，身边除了两个女仆和一个厨子外，不带任何人。近日安娜·费奥多罗夫娜从莫斯科回来，身边只带她妹妹一个人……最后这个情况使我大惑不解：无法推测为什么要吩咐那个农民不得泄露这个陌生女子的情况。如果说这个四十五岁的寡妇安娜·费奥多罗夫娜·什雷科娃跟我昨天看见的那个年轻美貌的女子是同一个人，那是完全不可能的。按别人的描述，佩拉格娅·费奥多罗夫娜的相貌并不出众，再说除此之外，一想起我在索伦托见到过的那个女子名字也可能叫佩拉格娅，也可能姓巴达耶娃，我不禁耸耸肩膀，发出恶狠狠的干笑。但是我昨天见到了她，在那个屋子里……见到了，而且亲眼目睹，因而我百思不得其解。我十分懊丧恼怒，然而对自己的打算更坚定不移了，当时我本想马上回到庄园去……可是一看表，还不到六点。我打定主意等下去。庄园里的人大概都还在睡觉……而现在这个时辰在别人家门口转悠，那就会无谓地招人怀疑。况且一片灌木丛展现在我眼前，灌木丛后面显现出白杨树林……在这里我得为自己说句公道话：尽管种种念头弄得我焦虑不安，但打猎的高尚爱好在我身上仍未完全消退。“或许，”我寻思道，“我会碰上一些猎物——时间很快就打发过去。”我走进灌木丛。不过说真的，我的举止太随便，根本不像去打猎的模样：眼睛不是时时盯着猎狗，也不时常对着茂密的灌木丛大喝一声，以期从那里扑棱棱飞出一只红冠黑琴鸡来，而老是无谓地看表，虚度时光。瞧，终于挨到了八点多。“到时间了！”我出声地叫道，并转身准备返回庄园，这时突然从离我两步距离的茂密的草丛中真的扑棱棱飞出一只硕大的黑琴鸡来。我朝美丽的黑琴鸡开枪，打伤了它的一只翅膀。它几乎跌落下来，可是很快就止住了下落势头，使劲扑扇着翅膀，颤悠悠朝树林飞去。它试图飞过最初遇到的白杨树的树梢，但是已经软弱无力，最后翻滚着跌入密林之中。弃之不捡这样的猎物是完全不能原谅的。我急忙拔腿追去，钻进树林，并向猎狗季安卡作了个手势，过了不一会儿，便听到微弱的咕咕叫声和拍翅声：不幸的黑琴鸡在嗅觉灵敏的猎狗的爪子下挣扎呢。于是我捡起黑琴鸡，放入猎袋，接着回头一望，竟像被钉子钉住了似的，木然地站在原地不动了……

这座树林枝繁叶茂，幽深僻静，我费了好大力气才勉强走到黑琴鸡掉落的地点。那儿离我不远，向前蜿蜒着一条大车道，这时正沿着这条道，我的美人儿骑着马走来，与她并辔而行的就是前天撵我走的那个男人。我从他的两撇唇髭认出了他。他们俩骑着马，手挽着手，悄没声儿地、默默不语地走着。他们的马信步由缰，几乎停下不走了，时不时懒懒地向两侧晃来晃去，姿势优美地伸着长长的脖子。等我从最初的惊骇中清醒过来……刚才的确是一场惊吓：对突然向我袭来的那种感受，我找不到别的更合适的词儿了……我不由得两眼直勾勾地凝视着她。她长得多美啊！ 在一片青翠欲滴的绿荫中，她那身段匀称的身影多么迷人地向我迎面飘来！ 淡淡的阴影，柔和的反光轻轻地从她身上掠过——掠过她那灰色的长外衣，掠过她微微弯下的细细颈项，掠过她那白里透红的脸庞，掠过从压得低低的帽檐下蓬松地披散下来的一头富有光泽的黑发。但是我该如何描述她脸上洋溢着的那种充满幸福、热情奔放而又极为怡然自得的表情呢！ 她的脑袋仿佛在这种感受的重负下低垂下来，一双被睫毛遮住一半的黑眼睛透出湿润的金色光芒。这双幸福的眼睛哪儿都不看，两条细眉毛也都耷拉下来。她嘴角上隐现着一种含蓄的、充满稚气的微笑——内心欣喜的笑容。看上去，万分的幸福使她疲累了，似乎稍稍受到了一点损伤，就像盛开的花朵有时候也会使花茎累得受不住一样。她的两条胳臂显得纤纤无力：一只手握在与她并辔而行的那个男子手中，另一只手抓着马鬃。我细细瞧了瞧她，同时也打量了他一下……他是个英俊而身材匀称的男子，有一张非俄罗斯人的脸。他无所顾忌地、愉悦地瞧着她，而且这当儿我多少也能看出，他从心底里不无自豪地在欣赏她。这个恶棍在欣赏她，神情显得十足的满足，但并未特别受感动，没有动真情，他缺少的正是真情……实际上，这样的人哪配得上这样的忠贞爱情？ 只有最美好的心灵才能给予别人这样的幸福……说实话，我都妒忌他了！ ……这时他们俩骑马来到我跟前……我的猎狗倏地窜到道上，狺狺狂吠起来……陌生女子不由得哆嗦了一下，迅速地回头一望，看见了我，便使劲地向马脖子上抽了一鞭子。马打了个响鼻，猛地立起来，接着两条腿马上向前跨去，急驰而去……那个男子立刻用马刺刺了一下自己胯下的乌骓马，撵了上去。过了一会儿，我顺着大道走到林边的时候，看见他们俩各自在马鞍子上身姿优美地、有节奏地摇摆着穿过田野，已经朝金灿灿的远方驰去……而不是奔向庄园……

我眺望着……他们很快消失在一座在幽暗的地平线上被最后一抹夕阳照得明晃晃的山丘后面。我木然伫立了好一会儿，然后缓步走回树林，在小径上坐了下来，用手捂住眼睛。我发现自遇见这两个陌生人之后，我只要合上眼睛，他们的面容就立刻浮现在眼前。任何一个人都可以在街头检验一下我的这一发现是否正确。越是熟识的面孔，越是难以在脑海里显现出来，而且对它们的印象越是模糊；这些面孔你能记得，但是看不到……而自己的面容是怎么也想象不出来的……最细小的局部特征也很清晰，但勾勒不成一个总体形象。就这样，我一直呆坐着，合上眼，马上就看见那个陌生女子，她的伙伴，他们的马以及所有……那个男子含笑盈盈的脸庞在我眼前显得尤为清晰分明。我仔细打量起它来……它就变得模糊不清，渐渐融化在一片紫红色的暮霭中，紧接着，她的身影也飘然而去，消失了，一去不复返了。我站起身来。“嗯，那也行啊！”我心里想，“至少我看见了他们，清清楚楚地看见了他俩……现在只要打听他们姓甚名谁就行了。”要设法打听到他们的名字！这是一种多不得体的鄙薄的好奇心啊！但是我发誓，这么做也并非是强烈的好奇心所驱使：既然这种偶遇如此奇特、如此执拗地把我跟他们牵连在一起，说真话，末了我简直不可能不去弄清他们至少是什么人。不过，我已经没有从前那种急不可耐的困惑焦虑的心情了：取而代之的是一种我为之感到羞愧的、模模糊糊的忧伤感……我妒火中烧……

眼下我并不急于回庄园去。说实话，去打听别人的隐私是违背我的良心的。再说，这对恋人在白天，在阳光下出现，虽说依然有点出人意料，我再重复一遍，有点奇怪，却没让我安下心来，反倒使我觉得扫兴。在整个事情发生的过程中，我没发现任何超自然的神奇的……类似虚幻的梦一样的东西……

我又开始打猎，注意力比先前更加集中，但毕竟失去了真正的兴致。我碰到一群鸟儿，耽搁了大约一个半小时……那些小黑琴鸡久久不理会我的唿哨声——大概是由于我打的唿哨不十分“像样”吧。当我走回庄园去的时候，太阳已经升得很高了（手表的时针指着十二点）。我走得不急不忙。我终于看见了山丘上那幢低矮的小屋……我的心不由得又颤抖起来。我渐渐走近前去……看见了卢基扬内奇，不觉暗暗高兴。他依然一动不动地端坐在厢房前面的一张长凳上。大门锁着……百叶窗也放了下来。

“你好，大叔！”我打老远就喊道。“你是不是出来晒晒太阳？”

卢基扬内奇向我转过他那张消瘦的脸，默默无言地稍稍掀了掀帽子。

我走到他跟前。

“你好，大叔，你好，”我重复说，想讨好他。“怎么，你没看见这枚硬币吗？”我无意间看见地上我给他的那枚新的二十五戈比的硬币，补了一句。

说着，我向他指指从矮矮的小草下露出半截子的那枚银硬币。

“不，我看见了。”

“那你干吗不捡起来？”

“哦，是这么回事：不是我的钱，我不会捡的。”

“哎呀，你这个老兄！”我不无尴尬地反驳道，说着捡起硬币，又递给他，“拿着，给你的小费。”

“十分感谢，”卢基扬内奇平静地莞尔一笑，回答说。“不必这样，我们日子过得去。十分感谢。”

“我很乐意再多给你一点！”我局促不安地说。

“何必呢？您不必费心了，十分感谢您的一片好意，眼下面包我们够吃，将来还会有的。兴许将来还吃不完呢。”

说罢，他站起身来，伸手去开小门。

“慢着，慢着，老人家，”我几乎绝望地说，“说实话，你今天怎么成了个不爱说话的人……至少你要告诉我：你的女主人现在起床了没有？”

“她们都起床了。”

“那……她在家吗？”

“不，她们都不在家。”

“她们出门做客去了是不是？”

“根本不是，去莫斯科了。”

“怎么会去莫斯科？ 她今天早上不是还在这儿吗？”

“是的，在这儿。”

“她在这儿过的夜吧？”

“是的，她们都在这儿过的夜。”

“她才来不久吧？”

“是的，才不久。”

“这究竟是怎么回事，老兄？”

“瞧，是这么回事：她们回莫斯科去将近有一个小时了。”

“回莫斯科去了？”

我直愣愣地望着卢基扬内奇：说真的，我没料到会有这种情况……

卢基扬内奇也瞅着我……老年人那种微妙的笑容浮现在他干瘪的嘴角上，隐隐闪现在忧郁的目光中。

“她跟妹妹一起走的吗？”末了，我又问道。

“跟妹妹一起走的。”

“那么，现在屋里没有人了？”

“没有人……”

“这个老头儿在欺骗我，”我头脑中闪过一个念头。“无怪乎他这么微妙地干笑。”“我说，卢基扬内奇，”我出声地说，“你愿帮我一个忙吗？ ……”

“帮什么忙？”他慢悠悠地说，显然，他对我的发问感到厌烦了。

“你说，屋里没人了。那么你能否让我进去看看？ 我将十分感谢。”

“也就是说，您想看看几个房间啰？”

“是的，看看几个房间。”

卢基扬内奇沉默片刻。

“好吧，”他终于说。“请……”

说着，他弯下腰，跨过了小门的门坎。我跟着他进去。穿过一个不大的院子，我们登上不结实的门廊的台阶。老头儿推开门。门没上锁：钥匙孔中穿着一根打结的细绳……我们走进屋里。整幢屋子有五六个低矮的房间，借着从百叶窗的缝隙中透进来的一缕微弱亮光，我才依稀看见这几个房间里的家具十分简陋陈旧。其中一个房间（正是窗户朝着花园的那间）里放着一架古旧的小钢琴……我掀起已成拱形的琴盖，击了几下琴键：小钢琴顿时响起刺耳的吱吱声，随即便不正常地突然沉寂下来，仿佛抱怨我的无礼举止。凭任何一点迹象也看不出主人们刚刚离开这个房间。房间里散发出一股死寂的、令人窒息的——无法住人的气味。只有那散落在地上的、仍还是洁白的小纸片显示出，它们刚掉在这里不久。我捡起一张小纸片一看，原来是一角撕碎的信纸。纸片的一面有女人用潇洒的笔迹写下的一句问话：“Se taire? ①”另一面我勉强认出是一个词：“bonheur ... ②”在靠窗的一张小圆桌上有一只插着一束半已枯萎的花儿的玻璃杯和一条皱巴巴的绿色发带……我拿了这条发带作纪念。卢基扬内奇打开一扇糊着花纸的窄门。

“瞧，”他伸出一只手，说，“这就是卧室，在那里，在它后面还

---

① 法语：沉默不语？
② 法语：幸福……

有间女卧室，其他就没有了……”

我们沿走廊往回走。

“那是个什么房间？”我指着一扇挂着锁的、白色的宽大的门，问道。

“那？”卢基扬内奇闷声闷气地反问我。“那不是。”

“那到底是什么房间？”

“不过是个……杂物间……”说着，他朝前厅走去。

“杂物间？ 能不能看看？ ……”

“说实在的，老爷，那有什么好看的！”卢基扬内奇不满地说。“您要看什么呢？ 尽是些箱柜、旧器皿之类的……杂物间嘛，不会放别的什么……”

“还是让我进去看看吧，老人家，”我说，虽然我内心为自己的这种无礼的执拗而感到难为情。“是这样，我想要……我想要在自己乡下盖一座这样的屋子……”

我感到不好意思，因此没能把已开了头的话说完。

卢基扬内奇垂下一头白发的脑袋，伫立着，皱着眉头，怪模怪样地瞧了我一眼。

“请让我看看吧，”我说。

“嗯，好吧，”他终于同意了，掏出钥匙，快快不乐地打开了门。

我往杂物间里一瞧，里面果然没有什么像样的东西。墙上挂着几帧旧肖像，人物脸色都阴沉沉的，几乎发黑，两眼露出凶光。地板上堆着乱七八糟的破烂。

“喂，看够了吗？”卢基扬内奇阴沉着脸问我。

“行了，谢谢！”我急忙说。

他砰的一声关上门。我走进前厅，穿过前厅走到院子里。

卢基扬内奇送我出来，到了门口，他嘟哝着说：“对不起了。”说罢，便朝厢房走去。

“昨天住在你们这儿的那位女士是什么人？”我冲着他的背影大声喊道。“我今天在小树林里遇见她了呢！”

我想冷不丁地向他提个问题，让他不经思考马上作出回答。然而老头儿只是干笑了几声，走进自己的屋子，砰的一声关上了门。

我回格林诺耶村去。路上我感到十分憋气，就像一个受了羞辱的男孩。

“可不，”我对自己说，“看来，我是解不开这个谜了。随它去吧！我再也不去想这事了。”

一小时后我坐车回家了，一路上满肚子的恼火，满肚子的气。

一个星期过去了。无论我如何竭力不去回想那个陌生女子、她的那个男伴，以及我跟他们的几次偶遇，但是他们的面容不时地浮现在我脑海里，萦绕在我的心头，挥之不去，就像午饭后的苍蝇老盯着人那样令人生厌……卢基扬内奇以及他那神秘的眼神，审慎的话语和冷冷的、忧郁的笑容也不断地涌入我的头脑。我回想起那幢屋子，似乎觉得它透过半已放下的百叶窗，正狡黠地、痴痴地瞅着我，好像在逗弄我，好像在对我说：你就是什么也打听不到！我终于忍不住了，有一天又坐车去格林诺耶村，再从格林诺耶村徒步走去……去哪儿？读者在此不难猜到。

我应当承认，当我朝那座神秘的庄园走近时，我感到相当激动。屋子的外表没什么变化：还是那几扇关着的窗户，还是那副凄凉冷清的模样。只是厢房前面的那条长凳上坐着的已不是卢基扬内奇老人家，而是一个身穿土布长衣和红衬衫的、约摸二十岁的看院子的年轻小伙子。他两手托着长着一头鬈发的脑袋，坐着打盹，身子偶尔摇晃一下，打个哆嗦。

“你好，老弟！”我高声说。

他霍地跳了起来，瞪大一双茫然的眼睛望着我。

“你好，老弟！”我重复了一遍，“那位老人家在哪儿？”

“哪位老人家？”小伙子慢吞吞地反问道。

“就是卢基扬内奇。”

“哦，卢基扬内奇。”他瞧着一旁。“您找卢基扬内奇吗？”

“是的，找卢基扬内奇。他在家吗？”

“不……在，”小伙子吞吞吐吐地说，“他呀……怎么对您……怎么对您……说呢？……”

“他是不是身体不舒服？”

“不是。”

“他究竟怎么了？”

“他压根儿不在了。”

“怎么不在了？”

“是这么回事：他发生了如此……不幸的事。”

“他死了？”我大惊失色地问。

“他上吊死了。”

“上吊死了！”我惊骇地大声喊道，两手举起轻轻一拍。

我们俩默默无言地彼此瞧着对方的眼睛。

“很久了吗？”我终于问道。

“到今天已是第五天了。昨天下葬的。”

“那他为什么上吊自尽呢？”

“天知道。他是个获得自由身的人，靠领工钱过日子。他什么也不缺，主人们对待他可不错，就像对待亲人一样！ 要知道我们的主人真是这样——愿上帝保佑她们身体健康！ 简直没想到，他竟会发生这种事。看来，他是鬼迷心窍了。”

“那他是怎么上吊自杀的呢？”

“就是拿根绳子，悬梁上吊了呗。”

“事先没发现他有什么兆头吗？”

“怎么对您说呢……没发现什么异常的情况……他一向孤独寂寞、郁郁寡欢，总是长吁短叹，低声哼哼。他经常说：‘我很寂寞。’嗯，是的，他已经上了年纪。最近他好像在琢磨什么事，常到我们村子里来。我嘛，是他的侄子，他见到我总是说：‘瓦夏侄儿，你来我这儿过夜吧！’‘有什么事，叔叔？’‘就是有点害怕，独个儿太寂寞。’于是我就常上他这儿来了。他常常走到院子里，一直这么打量着屋子，并且不住地摇头、唉声叹气……就在他自缢的头天夜晚，他又到我们这儿来叫我去。我就跟他去了。我们走进他的厢房，他在长凳上坐了一会儿，然后站起身来走出屋去。我等他回来，可是他好久也没回来，于是我走到屋外，大声喊道：‘叔叔！ 您在哪里呀？’没有叔叔的回音。我心想：‘他到哪儿去了呢？ 会不会到正屋去了？’于是我上正屋去找他。此时天色黑了。我从杂物间旁边走过，听到门后面有窸窸窣窣的响声。我推开门一瞧，他蜷缩着身子倚在窗户下面。我问道：‘叔叔，您在这儿做什么呀？’他倏地扭过头来，冲着我大声嚷嚷，他的眼珠子滴溜溜直转，犹如猫的眼珠一样熠熠闪光。‘你干吗？ 难道你没看见我在刮脸吗？’他的嗓子一下子变得嘶哑了，我听了吓得头发都竖起来了，自己也不知道为什么我会如此害怕……那会儿也许魔鬼把他给缠住了。‘这儿黑咕隆咚的，’我说，两膝不住地打颤。‘唉，好了，你快走吧，’他说。我走了，随后他也走出杂物间，锁上了门。我们又回到厢房，这时我的害怕一下子消失了。我又问道：‘叔叔，您在杂物间里干什么？’他立时惶惶不安起来。‘你给我住嘴，给我住嘴！’说着，他就爬到暖炕上去睡觉了。‘哦，现在最好别再跟他说话了：看来，他今天有点不正常，’我思忖道。于是我也爬到暖炕上躺下了。屋角点着一盏油灯。我就这样躺着，迷迷糊糊快睡着了……蓦地，我听到门轻轻地吱嘎一声响……门开了……开了那么一点点。叔叔是背朝门躺着的，而且您也许记得，他耳背。这当儿他却霍地跃起身来……‘谁在叫唤我，啊？是谁来了？来找我的，来找我的！’说着，他连帽子也没戴，就往屋外跑去……我心里想：‘他这是怎么了？’尔后，是我不好，我马上又沉沉睡着了。第二天早上我醒来……卢基扬内奇不见了。我走出屋子，大声喊他——哪儿也听不到他的应答。我问守夜人费多谢伊奇：‘你是否看见我叔叔出门去了？’‘没有，没看见，’他回答。‘怎么回事儿，老兄，他不见了……’我接着说。‘哎哟！’我们俩不禁后怕起来。我说：‘走，费多谢伊奇，我们去看看他在不在正屋里。’‘走，瓦西里·季莫费伊奇，’他说，可是他自己却脸色煞白，就像白黏土一般。我们走进正屋……我从杂物间旁走过，往里面一瞧，门锁开着，挂在门环上。我推推门，门从里面锁上了……费多谢伊奇立即跑着绕过去，从窗户里往里瞧。‘瓦西里·季莫费伊奇！’他大声喊叫，‘脚悬在空中，脚！……’我赶紧走到窗口往里看，果然是他的脚——卢基扬内奇的脚悬空着。他就这样吊死在屋子的中央……于是马上打发人去找村警……大家把他从绳套上解下来才知道，这根绳子上竟打了十二个结。”

“那村警来了怎么说？”

“村警能说什么呢？ 什么也没说。他们左思右想，百思不得其解：上吊的原因是什么呢？ 没有任何原因。最后他们认定，他一定是精神失常。近来他常常头疼，老是抱怨头不舒服……”

接着我又跟小伙子聊了约摸半小时，最后十分尴尬地离去了。说实话，看到这幢破旧的屋子，我不能不产生一种带有迷信色彩的神秘的恐惧感……一个月后，我离开了乡村。以后渐渐地，所有这些惊骇、这几次神秘的偶遇就从我头脑中消失了。

二

三年过去了。这个时期我大多是在彼得堡和国外度过的，即使有空回到自己家乡，那也不过是小住几日，因此一次也没机会去格林诺耶村，一次也没机会去米哈伊洛夫斯科耶村。再也没见到那个美人儿，也没见到那个男子。在将近第三年的岁末，有一天我在我一个熟识的女士举办的晚会上，偶然遇见了什雷科娃夫人和她的妹妹佩拉格娅·巴达耶娃——正是那个佩拉格娅本人。真抱歉，我至今还认为她是个虚构的人物。两位女士都已不年轻了，但风韵犹在，言谈之中不乏智慧和欢乐：她们游历过许多地方，见多识广；待人接物潇洒大方，活泼愉快。我印象中的那个陌生女子与她们之间根本没有共同之处。别人把我介绍给她们，于是我便同什雷科娃夫人交谈起来（这当儿她妹妹正在与一位外地来的地质学家交谈）。我对她说，我很高兴成为她在某县的邻居。

“噢！ 我在那里确实有一座不大的庄园，”她说，“在格林诺耶村附近。”

“是的，是的，”我说，“我知道您的米哈伊洛夫斯科耶村。那里您常去吗？”

“我？ 难得去。”

“您三年前去过？”

“慢着！ 好像去过。对，确实去过。”

“是跟您妹妹一起去的还是独自一个人去的？”

她瞥了我一眼。

“是跟妹妹一起去的。我们在那里待了大约一个星期。我们是去办事的。可是我们在那里谁也没见着。”

“嗯……那里好像邻居很少。”

“是的，邻居很少。我也不愿与他们交往。”

“请告诉我，”我开腔道，“那年好像您的庄园里发生了一桩不幸的事。卢基扬内奇……”

什雷科娃夫人顿时两眼满含泪水。

“您认得他吧？”她快捷地问。“竟会如此不幸！ 一个这么好、这么善良的老人……您要知道，没有任何原因……”

“是的，是的，”我低声说，“竟会如此不幸……”

什雷科娃夫人的妹妹走到我们跟前来了。她大概对地质学家关于伏尔加河两岸地质层深奥的议论厌烦了。

“瞧，Pauline①，”我的交谈者对她妹妹说，“这位 monsieur② 曾

① 法语人名：波利娜。
② 法语：先生。

认识卢基扬内奇。”

“真的吗？ 那是个可怜的老头儿！”

“三年前，你们待在米哈伊洛夫斯科耶村的时候，我不止一次去那儿附近打猎，”我说。

“说我吗？”佩拉格娅有点困惑不解地反问道。

“嗯，当然是你！”姐姐急忙接着她的问话说，“难道你不记得了？”

佩拉格娅凝视着她的眼睛。

“啊，对，对……确实是这样！”佩拉格娅冷不丁回答。

“咳，”我思忖道，“你未必到过米哈伊洛夫斯科耶村吧，亲爱的？”

“您给我们唱支歌吧，佩拉格娅·费奥多罗夫娜，”一个身材高大、淡黄的额发梳得高高的、眼神色眯眯的年轻人出其不意地说。

“说真的，我不会唱歌，”老姑娘巴达耶娃说。

“您会唱歌？”我迅捷地大声喊道，霍地从位子上站了起来，“看在上帝份上……哎，看在上帝份上，给我们唱支歌吧！”

“给你们唱什么呢？”

“您会不会唱一首意大利歌曲……”我竭力装出一副漫不经心、随随便便的模样开口说，“开头是这样：passa que'colli?”

“我会，”佩拉格娅十分天真地说。“那我就唱给你们听，好吗？”

于是她在钢琴前面坐下。我就像哈姆雷特那样[1]，两眼直愣愣地盯

① 这里作者借莎士比亚的悲剧《哈姆雷特》第三幕第二场中的主人公哈姆雷特的形象比喻自己。

着什雷科娃夫人。我似乎觉得，歌声乍一响起，她身子微微颤栗了一下。不过她安然地坐到唱歌结束。巴达耶娃老姑娘唱得不错。一曲终了，立刻响起惯常的掌声。随后人们又请她再唱支什么歌，但姊妹俩互使了一下眼色，几分钟后便离去了。她们走出屋子的时候，我听到她们说："importun.[①]"

"活该如此！"我心里想。可以后我再也没见着她们。

又过了一年。我迁到彼得堡去了。冬天来了，又开始举办化装舞会。有一天晚上十点多钟，我从一个朋友家里出来，觉得心情郁闷，于是决定去贵族会议宫参加化装舞会。我沿着一排圆柱在一些镜子旁边转悠了很久，脸上露出一种天生质朴的表情，这种表情，就我所见是最正派的人在类似的情况下常有的。这是什么原故呢，只有老天知道。我转悠了好长时间，只是偶尔跟那些穿着窸窣作响的多米诺[②]、戴着遮住脸孔的面具和不干净的手套的人敷衍说笑一会儿，自己则很少主动跟他们攀谈。我的耳畔长时间地震响着吹奏乐器的轰鸣声和小提琴的尖叫声，末了，我厌烦透了，脑袋生疼，直想回家……但是……我仍留下了。这时我看见一个身穿黑色多米诺的女子靠在圆柱上——见此，我停下脚步，朝她跟前走去——见到的竟是……我的读者能相信我的话吗？……我一下子认出，她就是过去我遇见过的那位陌生女子。我怎么会认出她的呢？是从她透过假面具的长方形的眼孔向我漫不经心地投来的目光中，从她那肩膀和胳臂非常优美的线条上，从她那整个形象所具有的女性独特的风采中，还是从突然发自我内心的某个神秘的

① 法语：纠缠个没完了。
② 一种化装舞会上穿的服装，类似带长袖和风帽的斗篷。

嗓音中认出了她？——我说不上来……但我确实是认出了她。我几次从她身边走过，心儿突突直跳。她一动不动。她的这种身姿显示出她的内心相当失望和痛苦，以致我瞧着她，不由自主地想起两行西班牙的抒情诗：

我这幅令人忧伤的画，
紧紧粘贴在墙上！

我绕到她倚着的圆柱后面，低下头，凑到她耳边悄声地说：

“Passa que’colli . . . ”

她不由得浑身战抖了一下，猛地朝我转过身来。四目这么近地相遇了，我甚至能看出，惊恐竟使她的瞳孔都扩大了。她困惑地瞅着我，有气无力伸出一只手。

“一八四几年五月六日，在索伦托，晚上十点钟，在 della Croce①街头，”我语调缓慢地说，一边目不转睛地望着她，“后来在俄国，在某某省，在米哈伊洛夫斯科耶小村子里，一八四几年七月二十二日……”

所有这些话我都是用法语说的。她稍稍后退了几步，用惊讶的目光把我从头到脚打量了一番，低声说：“Venez②，”便疾步走出了大厅。我紧跟着她走去。

我们默默无言地走着。我无法描绘当时走在她身旁的感受。美妙

① 意大利语：十字。
② 法语：咱们走吧。

的梦境突然要变成现实了……伽兰忒亚[1]雕像竟在木然发呆的皮格马利翁[2]眼前变成了一个活生生的少女，慢慢走下台座……我简直不相信自己，我几乎喘不过气来。

我们穿过几个房间……末了，她在其中一个房间里靠窗的一张小沙发前站停下来，坐下了。我挨着她坐下。

她慢慢地向我转过脸来，细细打量着我。

“您……您是从**他**那里来的？”她问道。

她声音微弱，声调异样……

她的问话顿时使我有点发窘。

“不……不是从他那里来的，”我支支吾吾地回答。

“您认识他吗？”

“认识，”我带着一种神秘而又庄重的神情说。我想继续扮演我的角色。“我认识。”

她疑心重重地瞧了瞧我，想说什么，但是又垂下了眼睛。

“您在索伦托等候过他，”我继续说，“您曾在米哈伊洛夫斯科耶村与他相会过，您与他一起骑马……”

“您怎么会……”她开口想问。

“我知道……我都知道……”

“我觉得您好像有点面熟，”她继续说，“但是没有……”

“是的，您不认识我。”

“那您有何贵干？”

---

①② 希腊神话中传奇雕塑家、塞浦路斯国王皮格马利翁雕塑了一座伽兰忒亚少女像，被爱神阿佛罗狄忒赋予生命，与皮格马利翁结为夫妇。

“哦，我知道，”我肯定说。

我十分明白，我应当抓住这个良好的开端，继续问下去，然而我一遍又一遍地说：“我都知道，我知道，”说多了，不由得令人可笑——我是这样激动，这次意外的相遇弄得我十分窘迫，如此措手不及，一时竟根本找不出别的话来。况且，别的我确实什么也不知道了。我觉得我变傻了，觉得开头她一定把我当作一个神秘的消息灵通人士，后来我很快就变成了一个得意忘形的傻瓜……但是已经毫无办法了。

“是的，我都知道，”我嘟囔着又说了一遍。

她瞥了我一眼，霍地站起身来，打算离去。

然而，这么离去也实在太缺少人情味儿了。我抓住她的一只手。

“看在上帝份上，”我开腔道，“请坐下，听我把话说完……”

她沉思了一下，便坐下了。

“我刚才对您说我都知道，这是胡扯，”我热情洋溢地说。

“其实我什么也不知道，压根儿一无所知。我既不知道您是谁，也不知道他是谁。如果刚才在圆柱旁我对您说的话让您吃惊的话，那您就姑妄听之，把它当作一件奇怪的、莫名其妙的偶然巧遇。这种巧遇好像经常在拿我们开玩笑，接连两次几乎都以同一方式让咱俩相遇，让我不由自主地成为您也许想保密的那件事的目击者……”

这时我毫不隐瞒地、直截了当向她述说了事情的经过：我在索伦托和俄国两次与她相遇，我在米哈伊洛夫斯科耶村徒劳地打听她的情况，以及我在莫斯科与什雷科娃和她妹妹的交谈。

“现在您都知道了，”我讲完了事情的原委，继续往下说。“我不打算向您描述您对我产生了多么深刻、多么强烈的印象：见到您，不被您迷住，那是不可能的。另一方面，我也没有必要对您说，这是种什么印象。您不妨想想，我是在什么样的情形下两次见到您的……请相信，我不是一个好非分之想的人，可是也请您理解今天攫住我心的难以言表的激动，并请原谅我，原谅我的这种笨拙手法。我本想用这种办法来引起您对我的注意，哪怕是一瞬间的……”

她没抬起头，听完了我的颠三倒四的解释。

“那您想从我口中知道什么呢？”末了，她问。

“我？……我什么也不想……我已经很幸运了……我十分尊重别人的隐私。”

“是吗？但是您直到现在，似乎觉得……不过，”她继续往下说，“我不愿指责您。任何人处在您这样的地位都会这么做的。再说，机遇确实如此执著地使我们接近起来……这仿佛给您一种我必须向您坦诚相见的权利。您听着：我不是那种常去参加化装舞会，为的是逢人便诉说自己的苦难，以求得别人同情的、不可理喻的不幸的女人……我不需要任何人的同情，我的心已经死了，我来这里，只是为了彻底埋葬它。”

她拿起手帕放在嘴唇边。

“我希望，”她微微加重语气继续往下说，“您不要把我的这些话当作化装舞会上常见的互诉衷肠。您应当明白，我还不致那样……”

确实，虽说她的嗓音委婉温柔，但仍有一种令人害怕的东西。

“我是俄罗斯人，”她操俄语说，在此之前她一直说法语，“尽管我很少在俄国居住……我的名字您也不必知道。安娜·费奥多罗夫娜是我的老朋友。我是冒用她妹妹的名字去米哈伊洛夫斯科耶村的……当时我不能与他公开见面……本来已经流言四起……而且还存在着一些障碍——他还没有获得自由身……等到这些障碍消失了……但是我的姓应当改为他的姓的那个人，您看见我跟他在一起的那个人，竟把我抛弃了。”

她移动了一下手，沉默不语了……

“您真的不知道他？没有跟他见过面？”

“一次也没有。”

“这段时期他几乎都在国外。不过眼下他在这儿……这就是事情的整个经过，”她补充说，“您看，这没什么神秘的，也没什么特别的。”

“那在索伦托是怎么回事呢？”我怯生生地打断她的话。

“我与他是在索伦托认识的，”她慢慢地说，接着又陷入沉思。

我们俩一时都默不作声了。我觉得有一种令人奇怪的局促。我紧挨着她坐着，紧挨着那个身影如此频繁地在我的幻想中浮现，如此痛苦地使我坐立不安和心绪烦恼的女人坐着。我紧挨着她坐着，心中感到一股寒意，沉甸甸的。我清楚这次相会不会有什么结果，我与她之间有一道鸿沟，而且知道我们现在一分手，就各奔东西，永远不会再相见。她抬起头，把两手搁在膝盖上，神情漠然，无可奈何地坐着。我知道这是一种内在的创伤无法医治的无可奈何，知道这是幸运一去不复返造成的冷漠！一对对戴着假面具的舞伴从我们身边闪过。华尔兹“平庸单调和疯狂”[①]的乐声时而在远处发出低沉的回响，时而又变成剧烈的轰鸣。欢快的舞曲使我心头感到沉重而又悲伤。“难道这个女子就是当初在遥远的乡村小屋的窗户里出现的那个光艳照人的绝色美人

① 引自普希金长篇诗体小说《叶甫盖尼·奥涅金》第五章第四十一节中的一句诗。

吗？……”我心里想。然而，岁月并没使她变老。她那从假面具花边下露出的下半部脸几乎显得还是童稚般的娇嫩，但却冷若冰霜，像尊雕像……伽兰忒亚又回到台座上，再也不下来了。

蓦地，她挺直身子，向另一个房间瞅了一眼，站起身。

“把手递给我，”她对我说，“我们快走，快走。”

我们又回到了大厅。她走得很快，我勉强才跟上。在一根圆柱旁她停下了脚。

“我们在这儿等一会儿，”她低声说。

“您在找什么人吧？”我问。

然而她没有理会我：她的视线紧紧盯着人群。她那双乌黑的大眼睛在黑黑的细柔的眉毛下阴沉而又严厉地瞧着那里。

我掉转身，朝着她目光投去的方向望去，顿时一切都明白了。他，即我在树林里遇见跟她在一起的那个男子，正沿着由一排圆柱和一堵墙壁构成的长廊走来。我立时认出了他。他几乎没什么变化。他那淡褐色的唇髭还是那样漂亮地鬈曲着，他那双深棕色的眼睛还是那样闪耀着安然、自信和愉悦的光芒。他不紧不慢地走着，细长的身子稍稍有些前倾，正向一个被他挽着胳臂的、穿着多米诺的女子述说着什么。他走到我们身旁的时候，倏地抬起头，先瞧了瞧我，接着又瞧了瞧我身边的这个女子。大概他认出了她，认出了她的眼睛，因为他微微扬了扬眉头，眯缝起眼睛，嘴角挂着几乎觉察不出但令人无法忍受的无礼的讪笑。他朝女伴俯下身，凑到她耳边低声说了几句话，女伴马上回首张望，一双蓝眼睛匆匆瞥了我们俩一眼，接着浅浅地一笑，挥起一只小手向他做了一个威吓的动作。他稍稍耸了耸一侧肩膀，她卖弄风骚地紧紧依偎着他……

我朝身边的陌生女子转过身来。她望着那一对离去的情人的背影，冷不丁从我的臂肘中抽出手，朝门口冲去。我本想跟着她跑去，但是这当儿她猛地回过身来，用那样一种神色瞧着我，以致我只得向她深深地行了个鞠躬礼，依然站在原地不动。我明白，如果再跟着她，那是粗鲁和愚蠢的。

“请告诉我，老兄，”一刻钟后我问我的一位朋友——“彼得堡活的高级官员名人录[①]”，“刚才那位留小胡子的高个儿英俊的先生是什么人？”

“他？……他是个外国人，一个相当神秘的人物，难得在我们的交际场合露面。问他干什么？”

“随便问问！……”

我回家了。从那以后，我再也没有遇见过那个陌生女子。我只要知道她所爱的那个男子的名字，大概最终能弄清楚她是什么人，但是我自己不愿这么做。我前面已经说过，这个女子像梦幻一般在我面前出现，又像梦幻一般从我身边离去，而且永远消失了。

---

① 俄国的一种官方年鉴，登录高级官员的姓名、职务。这里喻指他是本“活辞典”。

僻静的庄园

一

在T省某县萨索沃村一个相当大的、不久前刚粉刷过的屋子里，在一张桌面已经翘起的旧桌子前一把窄小的木椅子上坐着一位年轻人，他穿着大衣，正在审查账目。他面前点着两支插在旅行用的银烛台上的硬脂蜡烛。一个屋角，一条长凳上放着一只打开着的旅行用的食品箱。另一个屋角，仆人正在支一张铁床。在矮矮的间壁后面，茶炊在咕嘟咕嘟地沸腾，嗞嗞地冒蒸汽。狗在刚抱来的干草上不住地打滚。门口站着一个庄稼汉，他身穿一件新的厚呢上衣，系着一根红色的宽腰带，蓄着大胡子，有一张聪慧的脸。从种种迹象看，他是个村长。他关切地瞧着坐在面前的那个年轻人。一边墙跟前放着一架很破旧的小型钢琴，旁边是一只也是这么破旧的五斗橱，五斗橱上锁都没了，只留下几个窟窿。在两扇窗户之间，看得见一面黑乎乎的镜子；间壁上挂着一帧油彩几乎脱落的旧肖像，画的是一个穿着筒式连衣裙、细脖颈上缠着黑丝带、脸上敷过粉的女子。从明显高低不平的天花板和明显已见倾斜的、到处都是缝隙的地板来看，我们给读者介绍的这幢住宅已经十分古老了。那里经常没有人住，只是庄园的主人来视察时才临时住一下。坐在桌子前面的那个人就是萨索沃庄园的主人。他是前天刚从一百俄里外他的一座大庄园来到这儿的，他打算视察一下庄园的经营状况，听一听农民的要求，并且审查一下全部账目，第二天就离开此地。

“嗯，这就够了，”他稍稍抬起头，低声说，“我累了。你现在可以走了，”他又对村长补了一句，“明天早点儿来，一早就去把农民都召集来，听见没有？”

“是。”

“再吩咐总管把最近一个月的报表给我送来。哦，你把墙都刷了一遍，这倒做得很好，”老爷打量了一下四周，继续说，“刷了墙，一切好像都干净些。”

村长默默地也打量了一下墙。

“好吧，现在你去吧。”

村长鞠了一躬，走出屋去。

老爷伸了个懒腰。

“喂！”他大声喊道。“端茶来……该睡觉了。”

仆人朝间壁后面走去，不一会儿用铁盘子托着一杯茶、一串镇上小铺做的小甜面包和一小罐凝乳回来了。老爷喝起茶来，但是他还没来得及啜两口，只听见隔壁房间响起来人敲门声，一个尖细的嗓音问道：

“弗拉基米尔·谢尔盖伊奇·阿斯塔霍夫在家吗？可以见见他吗？”

弗拉基米尔·谢尔盖伊奇（大家正是这样叫那个穿大衣的年轻人的）困惑不解地瞧了瞧仆人，急促地低声说：

“去看看谁来了。”

仆人走出去了，随手砰的一声关上平时关不严的门。

“请去通报一下弗拉基米尔·谢尔盖伊奇，”又响起那个尖细的嗓音，“说他的邻人伊帕托夫想见见他，如果他认为不打搅的话。跟我一起来的还有另一位邻人伊万·伊里奇·博德里亚科夫，他也想对他表示自己一份敬意。”

弗拉基米尔·谢尔盖伊奇不由自主地做了一个厌烦的动作。可是仆人进屋之后，他却对他说：

“请他们进来吧。”

说罢，他站起来等候客人。

门开了，客人们进来了。两位客人中一个是身材矮墩墩、头发灰白的老头儿，长着一个滚圆的小脑袋和一双明亮的小眼睛，他走在前面。另一个是身量高大、身子瘦削的男人，约莫三十五岁光景，有一张黝黑的马脸和一头蓬乱的头发，跟在后面。小老头穿着一件整洁的灰色常礼服，上面钉着硕大的珠母钮扣。一条粉红色的领带宽松地绕在他的脖子上，被白衬衫的翻领遮住了一半。他脚蹬一双半高靿皮鞋，十分引人注目，那条苏格兰呢裤子的花格子呈现出令人赏心悦目的色彩。总的说来，他整个儿外貌给人以一种愉快的印象。他的同伴恰恰相反，一眼望去，视觉上让人不太舒服：他身着一件旧的黑燕尾服，钮扣扣得紧紧的，他那条用冬季厚花呢做的裤子的颜色倒与他的燕尾服的颜色很般配。脖颈上和手腕上没露出衬衫的领子和袖子。小老头首先走到弗拉基米尔·谢尔盖伊奇跟前，毕恭毕敬地鞠了一躬，仍然用尖细的嗓音开口说：

“我有幸向您作自我介绍：我是一个靠您最近的邻居，甚至还是您的亲戚呢，我叫米哈伊洛·尼古拉伊奇·伊帕托夫。我早就希望能荣幸地与您相识。我希望不会打搅您吧。”

弗拉基米尔·谢尔盖伊奇回答说，他很高兴，而且本人也很愿意……说他们来丝毫不打扰他，而且还问他们是否愿意坐下来……喝杯茶。

“这位贵族，”小老头带着亲热的笑容听了弗拉基米尔·谢尔盖伊奇没说完的话，指着穿燕尾服的那位先生，继续说，“也是您的邻居……是我的知交，名字叫伊万·伊里奇·博德里亚科夫，他热切希望同您相识。”

这时穿燕尾服的那位先生十分尴尬地、萎靡不振地鞠了一躬。从他的表情来看，谁也不会认为他在一生之中会有什么热切的愿望——这张脸的表情显得十足的心不在焉，同时又显得十分委顿。弗拉基米尔·谢尔盖伊奇向他鞠躬作答，并且再次请两位客人坐下。

客人们坐下了。

“我很高兴，”小老头姿势优美地张开两臂，开腔道，这时他的伙伴微微张开嘴，开始怔怔地望着天花板，“我很高兴终于有幸见到您本人。虽说您常居住在县里，距离此地相当遥远，但我们还是认为，可以这么说，您也是这个地方的主人。”

“这话说得太夸张了，”弗拉基米尔·谢尔盖伊奇说。

“不管夸张不夸张，事实就是如此。请您弗拉基米尔·谢尔盖伊奇原谅，我们这个县的人个个心直口快，安守本分：我们怎么想，就怎么说，不会拐弯抹角。我可以告诉您，我们这儿即便参加庆祝命名日的酒宴，也准是穿常礼服的。真的！ 这就是我们这儿的习俗。邻近各县的人为此管我们叫‘常礼服’，甚至还指责我们好像举止粗野，可是我们对此不予理睬！ 得了吧，生活在乡村——还要那么一套规矩干吗？”

“当然，这种人与人以诚相待的风气……在乡下……也许更好……”弗拉基米尔·谢尔盖伊奇说。

“不过，”小老头继续说，“我们县里的人，可以这么说，都是极为明白事理的人，受过欧洲的教育，虽然他们不穿常礼服。举例来说吧，我们的历史学家斯捷潘·斯捷潘内奇·叶夫休科夫就是这样的人。他研究最古老的俄国历史，在彼得堡遐迩闻名，是个很有学问的人！在我们这个城镇上，有一颗古代瑞典制造的炮弹，您知道……它就在广场中央陈列着……要知道这是他发现的。是真的！还有安东·卡尔雷奇·岑捷列尔……他研究的是博物学，不过，据说所有德国人都学这门科学。十年前，我们这儿有一只逃走的鬣狗被打死了，要知道当时安东·卡尔雷奇就发现，这的确是一只鬣狗，因为它的尾巴长得很特别。另外还有卡布尔金，他是我们这儿的一位地主，他写了很多短小轻松的文章，他笔头很利索，《伽兰忒亚》[①]上常刊登他的短文。博德里亚科夫……不是那个伊万·伊里奇，不是的，伊万·伊里奇对此可不屑一顾。我说的是另一位博德里亚科夫，谢尔盖……他的父称叫什么来着？伊万·伊里奇……到底叫什么来着？”

“谢尔盖伊奇，”伊万·伊里奇提醒道。

“对，谢尔盖·谢尔盖伊奇，他研究诗。嗯，当然他不是普希金，可是有时候他作的诗哪怕与京都的诗人的诗相比也毫不逊色。您知道他那首讽刺阿盖·福米奇的短诗吗？”

“讽刺哪个阿盖·福米奇？”

“哎呀，请原谅，我老是忘了您毕竟不是本地居民。他是我们县的

① 一八二九年至一八三〇年在莫斯科出版的一种文学杂志。

警察局长。这首讽刺短诗写得令人捧腹大笑。伊万·伊里奇，你似乎还记得这首诗吧？”

“阿盖·福米奇，”博德里亚科夫声调平淡地背诵起来，

……无怪乎这位贵族选出来的人
极其受人尊敬……

“应当对您说明，”伊帕托夫打断他的话头说，“他是大家几乎一致通过选出来的，因为他是最可尊敬的人。”

“阿盖·福米奇，”博德里亚科夫重复一遍，

……无怪乎这位贵族选出来的人
极其受人尊敬：
他吃吃喝喝应付自如……
当个警察局长还有什么不行？

小老头纵声大笑起来。

“嘿——嘿——嘿！ 写得不错，是不是？ 您是否相信，从那时起我们当中的任何一个人，比如向阿盖·福米奇问好的时候，一定会补上一句：‘您当个警察局长还有什么不行？’您以为阿盖·福米奇听了会生气吗？ 一点不会。是的——生气这不是我们的习惯。不信，您问问伊万·伊里奇就知道了。”

伊万·伊里奇只是眨了眨眼睛。

“开开玩笑就生气，这怎么行！ 就说伊万·伊里奇吧，我们这儿

的人给他起了个绰号，叫老好人，因为他对什么事都很轻率地表示同意。那又怎么样？ 难道伊万·伊里奇对此会见怪吗？ 从来不会！”

这时伊万·伊里奇慢悠悠地眨着眼睛，先瞧了瞧小老头，然后又望望弗拉基米尔·谢尔盖伊奇。

“老好人”这个绰号对伊万·伊里奇来说是很合适的。在他身上连所谓的意志或性格的影子都没有。任何人都可以想把他带到哪儿去，就带到哪儿去。你只要对他说：“伊万·伊里奇，跟我走吧。”他拿起帽子，就跟你走了。如果这时碰上另一个人，对他说：“伊万·伊里奇，留下吧。”他又会放下帽子，停下脚步。他性格平和、温顺，一辈子打光棍。他不打牌，可是喜欢坐在打牌的人身边，挨个儿瞧着打牌的人的脸。少了一伙人作伴，他就活不下去，他忍受不了孤独。一人独处时，他就会闷闷不乐。不过，这种情况很少发生。他还有一个特殊爱好：每天清早起来，他就压低嗓音吟唱一首古老的情歌：

从前有一位男爵
过着简朴的乡村生活……

由于伊万·伊里奇这种不同寻常的爱好，大家又给他起了个外号，叫松雀。众所周知，鸟笼里的松雀一天只欢唱一次，而且是在大清早。伊万·伊里奇·博德里亚科夫就是这样的人。

伊帕托夫同弗拉基米尔·谢尔盖伊奇的交谈持续了相当长时间，但已经不像先前那样，可以这么说，不再光是说些不着边际的话了。此时小老头询问起弗拉基米尔·谢尔盖伊奇他庄园的情况，询问起他的林业及其他产业的状况，询问他在自己的经营管理中已经采取或者打算采取的改进措施。接着小老头对他说了一些自己个人的看法，顺便给他出点主意，说是要消灭草地上的草墩子，先在草墩子周围撒些燕麦，引诱猪来用嘴把它们拱掉，等等。但是这时他终于发现，弗拉基米尔·谢尔盖伊奇两眼困得都睁不开了，而且说话显得有点迟钝，前言不搭后语，于是他站起身来，恭恭敬敬地鞠了一躬，声称他不打算再坐下去难为主人了，同时希望明天能高兴地邀请到贵客上他家去吃午饭。

“至于去我那个村子的路，”他补充说，“不要说年幼的孩子，我敢大胆地说，只要您打听伊帕托夫住哪儿，即便是遇见的第一只母鸡或者第一只鹈鹕都会给您指路。连拉车的马都会自己往那儿走。”

弗拉基米尔·谢尔盖伊奇稍稍带点习惯性的打奔儿回答说，他尽量去……要是没有什么事拖住他的话……

“那就这样，我们一定等候您去，”小老头亲切地打断他的话茬，紧紧地握了握他的手，急促地走出屋去，走到门口，半侧过身来大声喊道：“不要客气！”

老好人博德里亚科夫不声不响地鞠了一躬，跟着同伴走了出去，在门坎上还绊了一下。

弗拉基米尔·谢尔盖伊奇把这两位不速之客送走后，立即脱了衣服躺到床上，沉沉入睡了。

弗拉基米尔·谢尔盖伊奇·阿斯塔霍夫属于这种人，他们小心谨慎地在两三处不同的场合尝试了一下自己的力量，然后自己对自己说，终于拿定主意，要以实际的眼光来正视人生，用空闲时间来为自己增加收入。他人并不蠢，相当吝啬，但又很通情达理。他喜欢读书，喜欢社交活动和听音乐，但一切都很有分寸……而且举止十分得体。他还只有二十七岁。类似他这样的年轻人近来很多了。他中等个儿，体形优美，脸型很好看，但又很小：面部表情几乎从来也没有变化，一双眼睛总是露出一种冷漠而又明快的神情；只是偶尔微显忧郁和寂寞的神色。他的嘴角几乎老是挂着谦恭的微笑。他有一头长长的鬈发，十分漂亮，浅色的，丝绸般柔软而又光滑。弗拉基米尔·谢尔盖伊奇有一份很好的家产，据估计大约有六百名农奴。他也想成家，但这种婚姻要情投意合，同时又要于己有利才行。他尤其想找个善于交际的妻子。他认为自己的社会交际不够广阔。总而言之，他配得上不久前刚时兴起来的绅士称呼。

我们这位绅士第二天早上照常很早就起床了，起床后就着手工作，应当公正地说，他做事相当干练，可以说，这并非是我们俄罗斯所有务实的年轻人所能做得到的。他耐心地听完农民们颠三倒四的申诉和请求，尽可能地满足他们的愿望，调解亲属之间的争吵和纠纷，把一些人说得心服口服，把另一些人斥责一顿，然后审查了总管的报表，揭露了村长所干的两三桩欺骗行为。总之，他把事务处理得连自己都感到十分满意，农民们四散回家去的时候，都纷纷称赞他。尽管头天他答应伊帕托夫一定去他家，但弗拉基米尔·谢尔盖伊奇依然拿定主意在家吃午饭，甚至吩咐跟班厨子给他做他爱吃的鸡鸭内脏米汤。但蓦然，他又改变主意，也许因为从早上起就觉得一切都称心如意，于是在屋子中央站停下来，举起手在脑门子上拍了一下，壮起胆来大声说：“我当真应该到那个巧舌如簧的老头家去！”他说到做到。半小时后，他已坐上一辆崭新的、套着四匹农民的好马的四轮马车，向伊帕托夫家驶去。估计，到那儿不超过十二俄里的路程，而且道路非常好。

二

米哈伊洛·尼古拉伊奇·伊帕托夫的庄园由两幢独立的住宅所组成，面对面地建造在一个颇大的活水池塘的两边。池塘四周筑有栽着银色白杨的长堤。几乎与堤坝在同一水平线上，看得见一座不大的涡轮水磨坊的红屋顶。那两幢建造得一模一样、都刷成浅紫色的住宅，似乎隔着宽阔平静的水面在互相挤眼睛，那些玻璃洁净明亮的小窗户就像是眼睛。每幢住宅的正面中央凸现出一座圆形的阳台，耸立着一座由四根紧紧排列在一起的白色柱子支撑着的尖顶门廊。整个池塘附近是一片古老的园林：那里密密匝匝地挺立着一片椴树，一条条椴树林荫道延伸而去；那些树干呈浅黄色的古松，枝叶深色的橡树，以及枝叶扶疏的白蜡树在树林各处高高地抬起它们那孤零零的树梢。长得枝繁叶茂的丁香、金合欢一直攀到这两幢房子的两侧的墙上，只剩下房子的正面还未被遮住，砖铺的小径从正门口沿斜坡蜿蜒曲折地通往下方。毛色花花绿绿的鸭子、白鹅和灰鹅一群群地在波光闪闪的池水里游来游去：池塘的水面上从来不长绿藻，这是由于池塘“头上”那个陡峭的岩石峡谷底下喷涌而出的大量泉水流入池塘的缘故。这座庄园所处的位置非常好：景色宜人，幽静偏僻，环境优美。

这两幢小屋，一幢由米哈伊洛·尼古拉耶维奇本人居住，另一幢住着他的母亲，一个七十来岁的年迈的老太婆。弗拉基米尔·谢尔盖伊奇驾着四轮马车驶上堤坝，可是不知该往哪一幢屋子跟前驶去。他四下打量，看见一个仆人的男孩光着脚板站立在半已腐烂的、露在池塘水面上的树干上钓鱼。弗拉基米尔·谢尔盖伊奇大声招呼他。

“您要找谁？ 找老太太还是找少爷？”男孩仍旧目不转睛地盯着鱼漂，问道。

“什么老太太？”弗拉基米尔·谢尔盖伊奇回答说。“我要找米哈伊洛·尼古拉伊奇。”

“啊！ 找少爷吗？ 那您往右走吧。”

说罢，男孩举起钓竿，从平静的水里拽出一条银色的小鲫鱼来。弗拉基米尔·谢尔盖伊奇驾车向右边驶去。

仆人向米哈伊洛·尼古拉伊奇通报弗拉基米尔·谢尔盖伊奇光临，这当儿他正在跟老好人下跳棋。他欣喜若狂，从扶手椅上跳将起来，跑进前厅，就在前厅跟弗拉基米尔·谢尔盖伊奇亲吻了三次。

“您又碰上我跟我的这位忠实的朋友在一起，弗拉基米尔·谢尔盖伊奇，”这位健谈的小老头打开话匣子，“我常常和伊万·伊里奇在一起，在这里我顺便告诉您，他完全被您的这种文质彬彬的气度迷住了。（伊万·伊里奇默不作声地望着屋角。）他心地那么善良，留下陪我下棋，而我家里那些人都到花园里去散步了，不过我马上打发人去把他们找回来……”

“为什么要去打搅他们……”弗拉基米尔·谢尔盖伊奇开腔道。

“这哪能算是什么打搅呢。喂，万卡，快跑去追赶那几个小姐……告诉她们，有客人光临了。您喜欢这个地方吗？ 真的不错，是不是？卡布尔金为这个地方还写过一首诗呢。开头是这样的：‘伊帕托夫庄园，美妙的栖身之地，’接下去的诗句也十分优美，可是我记不全了。园林太大了，瞧，这就有点糟，管不过来。这两幢住宅彼此十分相像，您也许发现了，那是我的父亲尼古拉和我的叔叔谢尔盖兄弟俩合造的。园林里的树木也是他们种植的，他们是一对堪称表率的朋友……

达蒙和……瞧，我记忆力多糟！我竟把另一位的名字给忘了……”

“皮费翁[1]，”伊万·伊里奇说。

“哦，是这名字吗？嗯，反正一样。（这个老头儿说话在家里比做客时要随便得多。）您，弗拉基米尔·谢尔盖伊奇，大概也有所耳闻，我是个鳏夫，妻子已经去世。我的大孩子们在公立学校念书，跟我在一起住的只有两个年幼的孩子，还有小姨子，妻子的妹妹，您马上就能见到她。瞧，我什么也没招待您呢。伊万·伊里奇兄弟，你去吩咐一下，关于下酒菜……您喜欢喝哪一种伏特加？”

“我在吃饭之前什么也不喝。”

“哪能呢？这怎么行！不过随您的便。主随客意，也是对客人的敬重。要知道我们这儿的人都很朴直。我们这地方，我可以斗胆说，并不是穷乡僻壤，而是个十分幽静的去处，真的，是个十分幽静的去处，一个远离尘世的地方——就是这样！可是您为什么不坐下呢？”

弗拉基米尔·谢尔盖伊奇坐了下来，手里仍拿着帽子。

“让我把您的帽子放一边吧，”伊帕托夫殷勤地从他手里接过帽子，说。他把帽子搁到角落里，接着回到原处，带着温和的笑容正视着客人。他不知道该对客人说些什么令人高兴的话，于是以最亲热的姿态问他是否喜欢下跳棋。

“我玩什么都玩得很糟，”弗拉基米尔·谢尔盖伊奇回答。

“您这样倒也很好，”伊帕托夫说，“不过跳棋不算是正式比赛的棋，充其量不过是种娱乐，是种消遣。是不是这样，伊万·伊里奇？”

---

① 应当是芬季，而不是皮费翁。达蒙和芬季是意大利锡拉库萨传说中一对以忠实于友谊而出名的好邻居。

伊万·伊里奇用冷淡的目光瞥了伊帕托夫一眼，好像暗自在想："鬼知道那算什么——是算竞赛还是算娱乐？"但稍停了片刻，他低声说：

"是的。下跳棋——那倒不错。"

"据说，下象棋就另一回事了，"伊帕托夫继续说，"人们都说下这种棋很难。但是照我看……噢，瞧，我们家的人回来了！"他张望了一下通往园林的那扇半开着的玻璃门，中断了原先的话题。

弗拉基米尔·谢尔盖伊奇站起来，转过身去，最初看见两个约莫十岁光景的小姑娘，都穿着粉红色的印花布连衣裙，戴着顶大帽子，急促地蹬着阳台的台阶跑上来。不一会儿，在她们后面出现了一个二十岁左右的姑娘，身量高大，身子丰盈而又匀称，穿着深色的连衣裙。她们走进屋来，彬彬有礼地向客人行了个屈膝礼。

"嗯，我来介绍一下我的两个小女儿，"主人说。"这个叫卡佳，这个叫娜斯佳，而她就是我刚才已经对您说过的我的小姨子玛丽娅·帕夫洛夫娜。请多加关照。"

弗拉基米尔·谢尔盖伊奇向玛丽娅·帕夫洛夫娜鞠了一躬，她几乎察觉不出来地点了一下头，作为答礼。

玛丽娅·帕夫洛夫娜手里拿着一把打开的大折刀。她那浓密的淡褐色头发稍许有点散乱，头发里缠着一片小绿叶，发辫从梳子下松散开来，黝黑的脸庞泛出一股红晕，两片红红的嘴唇张开着；看上去，她的连衣裙已经弄皱了。她喘着粗气，眼睛熠熠闪亮。显而易见，她在花园里干了一阵活了。她马上走出屋去，两个小姑娘也跟着她跑了出去。

"她们去稍稍梳妆打扮一下，"小老头转向弗拉基米尔·谢尔盖伊奇说，"否则是不行的。"

弗拉基米尔·谢尔盖伊奇对他咧着嘴笑笑作为回答，然后稍稍沉思起来。玛丽娅·帕夫洛夫娜使他感到惊异。他很久没看见如此真正的俄罗斯草原地带的美人儿了。她很快就回来了，在长沙发上坐了下来，一动也不动。头发她梳理过了，但连衣裙没有换，甚至袖口也没戴。她脸上的神情不是高傲，而是严厉，几乎是粗鲁。她的前额又宽又低，鼻子短而直；偶尔撇撇嘴，慢慢露出懒洋洋的微笑。她两条直竖的眉毛紧皱着，显出鄙视的神气。她几乎老是垂着那双乌黑的大眼睛。“我知道，”她那张冷淡的、年轻的脸似乎在说，“我知道你们都瞧着我，好吧，那就瞧吧，你们真让人讨厌！”她抬起眼睛之后，目光中蕴含着粗野的、美丽的、迟钝的神情，不禁令人想起扁角鹿的眼睛。她长得楚楚动人，十分美丽。要是一位古典诗人看见她，准会把她与刻瑞斯①或朱诺②相媲美。

“你们在花园里干什么来着？”伊帕托夫问她，希望吸引她参加交谈。

“给树木剪枯枝，给花畦松土，”她用稍许低沉的、但清脆悦耳的嗓音回答。

“那您怎么样？ 累了吗？”

“孩子们累了，我倒没什么。”

“我知道，”老头面带微笑说，“你是我们家真正的博贝莉娜③！你们到祖母那儿去了吗？”

---

① 罗马神话中专司农业和谷物的女神。
② 罗马神话中的天后，主神朱庇特之妻。
③ 应为博博莉娜（生卒年月不详），是位参加过希腊人民反对土耳其奴役的民族解放战争的女英雄。

“去了。她在睡觉。”

“您喜欢花吗？”弗拉基米尔·谢尔盖伊奇问她。

“喜欢。”

“你外出为什么不戴帽子呢？”伊帕托夫对她说，“瞧，你的脸晒得通红通红的。”

她伸手在脸上抚摩了一下，默不作声。她的一双手不大，但稍许有点宽，肤色相当红。她没戴手套。

“您也喜欢园艺吗？”弗拉基米尔·谢尔盖伊奇又问她。

“是的。”

于是弗拉基米尔·谢尔盖伊奇开始述说与他相邻的一个富有的地主H家的美丽的花园。

“那里的总园艺师是一个德国人，光薪俸就拿两千银卢布呢，”他顺便说道。

“那个园艺师叫什么名字？”伊万·伊里奇冷不丁问。

“我不记得了，好像叫迈耶，或许叫米勒。您问这干吗？”

“不过问问罢了，”伊万·伊里奇回答。“想知道他姓什么。”

弗拉基米尔·谢尔盖伊奇继续自己的述说。那两个小姑娘，即米哈伊洛·尼古拉伊奇的两个女儿走进屋来，悄悄地坐下来，开始静静地听着……

一个仆人走到门口，通报说叶戈尔·卡皮托内奇来了。

“啊！ 请他进来，请他进来！”伊帕托夫大声说。

一个矮墩墩、胖乎乎的小老头走了进来，他就是所谓的柏油桶那一类人，脸儿胖得滚圆，同时又刻满了皱纹，仿佛是只烤熟的苹果。他身穿一件灰色的匈牙利式立领短上衣，配有黑色系带；他那条咖啡色波里斯绒的灯笼裤裤腿太短，离脚踝骨有一大截。

“您好，最受人尊敬的叶戈尔·卡皮托内奇，”伊帕托夫迎着他走去，一边大声喊道，“我们很久没见面了。”

“那可不，”叶戈尔·卡皮托内奇首先向在场的各位一鞠躬，接着用发音不准的、带哭腔的嗓音说，“您也知道，米哈伊洛·尼古拉伊奇，我是自由自在的人吗？”

“您怎么不是自由自在的人呢，叶戈尔·卡皮托内奇？”

“怎么可能是呢，米哈伊洛·尼古拉伊奇？ 家庭，以及其他各种事……另外还加上玛特廖娜·玛尔科夫娜。”

说罢，他摆了摆手。

“玛特廖娜·玛尔科夫娜怎么了？”

伊帕托夫向弗拉基米尔·谢尔盖伊奇稍稍挤了挤眼，好像以期事先引起他的注意。

“众所周知，”叶戈尔·卡皮托内奇边说边坐了下来，“她一直对我不满意。好像您还不知道？ 不论我说什么，她总认为我说得不雅，不得体。哪里说得不得体，天晓得。还有那两位小姐，我的两个女儿，学她们母亲的样儿，也尽找我的岔。我不是说玛特廖娜·玛尔科夫娜是个绝对出色的女人，就是对别人的说话举止十分严厉。”

“哪会呢，您的说话举止究竟有什么地方不好呢，叶戈尔·卡皮托内奇？”

“我自己也这么想，但是看来很难讨她喜欢。比如，昨天吃饭时我说：‘玛特廖娜·玛尔科夫娜（叶戈尔·卡皮托内奇也用最讨好的口气说），玛特廖娜·玛尔科夫娜，我说，阿尔多什卡赶车不爱惜马，不会赶车。那匹乌骓马被折腾得快累倒了。’哎哟，说到这儿玛特廖娜·玛尔科夫娜火冒三丈，顿时羞辱起我来：‘我说，你跟小姐太太们在一起，说话不会得体点。’这时两位小姐马上跳起来，离开了餐桌。第二天比留廖夫斯基家的小姐们，即妻子的侄女们，都知道了此事。我说话哪儿不得体呢？ 请您评判一下。以后我无论说什么话——偶尔说话确实不谨慎，这是谁也免不了的，尤其是在家里——第二天比留廖夫斯基家的小姐们全知道了。我简直不知如何是好。有时候我就这么呆坐着，习惯地思索着——您也许知道，我常常会吃力地喘气——这当儿玛特廖娜·玛尔科夫娜又奚落起我来：‘鼻子别老是呼哧呼哧的，现在谁也不用鼻子呼哧呼哧地喘气了！’‘你又要责骂人了，’我说，‘玛特廖娜·玛尔科夫娜，行了，你应当同情我，可是你反而责骂我。现在我在家里再也不想什么事了。老是这么坐着，呆呆地望着地上，真的。’还有，最近有一天，我们已经躺下睡觉了。我说：‘玛特廖娜·玛尔科夫娜，你呀，孩子她妈，把你的侍童惯坏了，他脏得简直像只小猪，哪怕在礼拜天也可以洗个脸呀。’结果怎么样？ 我觉得这回我说得够委婉的了，但仍然使她大光其火。玛特廖娜·玛尔科夫娜又冲着我奚落起来：‘你不会对女士们说话注意点分寸。’第二天比留廖夫斯基家的小姐们又全都知道了。您看，米哈伊洛·尼古拉伊奇，这样叫我怎么出门交往呢？”

“您说的这些真使我大吃一惊，”伊帕托夫说，“我没料想到玛特廖娜·玛尔科夫娜会这样。原以为她是……”

“绝对出色的女人，”叶戈尔·卡皮托内奇接腔说，“可以说，她是个模范的太太和母亲，只是对别人的言语举止要求太严格了。她说，一切事情需要 ensemble①，而我似乎没做到这一点。您知道，我不会说

① 法语：协调。

法语，但听得懂。然而我缺少的 ensemble 究竟是什么呢！”

伊帕托夫自己对法语也不太懂，只是耸耸肩膀。

“您的两个儿子怎么样？”他顿了一会儿，问叶戈尔·卡皮托内奇。

叶戈尔·卡皮托内奇从侧面瞧了瞧他。

“两个儿子都不错。我对他们都很满意。几个小姐现在都不大听话了，可是对两个儿子倒是挺满意的。列利亚差使干得挺出色，上司常常夸赞他。我的列利亚是个机灵的小伙子。可是米赫茨就不是那样：他成了一个仁爱者了。”

“他怎么成了个仁爱者了？”

“天晓得是怎么回事。他不大跟人家说话，怕见生人。玛特廖娜·玛尔科夫娜把他惯得更怯生了。她对儿子说：‘你干吗要学你父亲的样呢？ 你要尊敬他，但在言语举止方面要学母亲的。’等他长大了，会改好的。”

弗拉基米尔·谢尔盖伊奇请求伊帕托夫给他介绍叶戈尔·卡皮托内奇。接着他们之间便交谈起来，玛丽娅·帕夫洛夫娜没有参加交谈。伊万·伊里奇在她旁边坐了下来，总共对她说了两句话。两个小姑娘走到他跟前，低声对他述说起什么事来……这时女管家，一个头上裹着黑头巾的瘦削的老太婆走进屋来说，午饭准备好了。于是人家都到餐厅里去了。

吃饭的时间持续得相当长。伊帕托夫雇了一个好厨子，他也备有许多好酒，尽管这些酒不是从莫斯科订购的，而是从省城买来的。正如常言所说，伊帕托夫的日子过得真是无忧无虑。他的农奴不足三百，但是他不欠任何人的债，而且庄园也管理得井井有条。吃饭时，说话最多的就是主人本人。叶戈尔·卡皮托内奇只是随声附和他的话，但同时他并不忘记自己吃喝：他尽情地又吃又喝。玛丽娅·帕夫洛夫娜一直默默无言，只是偶露微笑以回答坐在她两侧的两个小姑娘急切的问话。她们显然很喜欢她。弗拉基米尔·谢尔盖伊奇好几次试图跟玛丽娅·帕夫洛夫娜交谈，可是都不太顺利。老好人博德里亚科夫甚至连吃东西都是一副慵懒和委顿的神情。饭后大家都到阳台上去喝咖啡。天气晴好，从花园里飘来阵阵椴树盛开的花儿甜蜜的香气；夏日的空气由于树木的浓荫和附近池塘的潮气而变得稍稍凉爽了些，散发着一股温馨的气息。蓦地，从堤坝上的白杨丛后面传来嘚嘚的马蹄声，过了一会儿，出现了一个骑着匹枣红马的女子，身穿长长的骑服，戴着一顶灰色的圆帽子。她骑马在奔驰，一个侍童骑着匹德国种的矮小的白马跟在后面。

“啊！”伊帕托夫大声喊道，“娜杰日达·阿列克谢耶夫娜骑着马来了——瞧，真是出人意料的好事。”

“独个儿来的吗？”玛丽娅·帕夫洛夫娜问，她直到此刻一直一动不动地站在门口。

“是的，独个儿来的……看来，彼得·阿列克谢伊奇被什么事耽搁了。”

玛丽娅·帕夫洛夫娜皱眉蹙额地望着，脸涨得通红，她马上掉转身去。

这时女骑手骑着马从篱笆门走进花园，走到阳台跟前，不等自己的侍童赶到，也不等迎着她走来的伊帕托夫走近前来，就轻盈地从马背上跳到地上。她利索地提起骑服的下摆，登上台阶，跑到阳台上，她欢快地大声喊道：

“瞧，我来了！”

“欢迎！”伊帕托夫低声说。“真是料想不到啊！真是太好了！让我亲吻您的手吧……”

“请吧，”客人说，“不过您自己脱掉我的手套。我无法脱。”说着，她向他伸出手，接着向玛丽娅·帕夫洛夫娜点点头。“玛莎，你信不信，哥哥今天不会来了，”她轻轻叹了口气，说。

“我也看得出来，他来不了，”玛丽娅·帕夫洛夫娜压低嗓音说。

“他让我告诉你，他正忙着。你别生气。您好，叶戈尔·卡皮托内奇！您好，伊万·伊里奇！你们好，孩子们……瓦夏，”客人转向她的侍童叫道，“关照他们把我的那匹‘花花公子’好好刷一刷。玛莎，请给我一枚别针，让我把衣服下摆别起来……米哈伊洛·尼古拉伊奇，过来。”

伊帕托夫向她跟前走近一些。

“那个新来的人是谁？”她用相当大的声音问他。

“是位邻居，叫弗拉基米尔·谢尔盖耶维奇·阿斯塔霍夫。您知道，他是萨索沃村的。您是否愿意我给您介绍一下？”

“好呀……等以后吧。嗨，天气多么好啊，”她继续说。“叶戈尔·卡皮托内奇，您告诉我，玛特廖娜·玛尔科夫娜难道在这样的天气也责骂人吗？”

“玛特廖娜·玛尔科夫娜无论在什么样的天气都不责骂人，小姐，她只是对别人的言语举止要求严厉一点罢了……”

“比留廖夫斯基家的几个小姐在干什么？这儿的一切事情第二天她们全都知道了，这是不是真的？……”

说着，她发出响亮的银铃般的笑声。

“您老是笑，”叶戈尔·卡皮托内奇说。“不过，像您这样的年纪不笑，还等什么时候笑呢？”

“叶戈尔·卡皮托内奇，亲爱的，别生气！ 唉，我累了，让我坐下……”

娜杰日达·阿列克谢耶夫娜跌坐在扶手椅上，调皮地把帽子拉到眼睑上。

伊帕托夫把弗拉基米尔·谢尔盖伊奇带到她跟前。

“娜杰日达·阿列克谢耶夫娜，让我给您介绍一下我们的邻人阿斯塔霍夫先生，关于他，您想必已经听到很多了。”

弗拉基米尔·谢尔盖伊奇鞠了一躬，娜杰日达·阿列克谢耶夫娜从圆帽的帽檐底下瞧了他一眼。

“娜杰日达·阿列克谢耶夫娜·韦列季耶娃是我们的邻人，”伊帕托夫面向弗拉基米尔·谢尔盖伊奇又接着说。“她现在跟哥哥彼得·阿列克谢伊奇住在一起，她哥哥是近卫军的一名退伍中尉。她是我的小姨子的好朋友，向来对我们家特别好。”

“我的情况真是介绍得一点不漏，”娜杰日达·阿列克谢耶夫娜依然从帽子底下瞥了弗拉基米尔·谢尔盖伊奇一眼，一边带着冷笑嘟囔着。

同时弗拉基米尔·谢尔盖伊奇暗自在想：“她也长得很美啊。”确实，娜杰日达·阿列克谢耶夫娜是个十分可爱的姑娘。身子苗条而又匀称，看上去，她要比实际年龄年轻得多。她已经二十七岁了。她长着一张圆脸，脑袋不大，有一头柔软、蓬松的浅色头发，一只尖尖的、几乎无耻地翘起的鼻子和一双愉快的、显得有点狡猾的眼睛。她那含着讥笑的目光炯炯闪亮，燃烧着火星。她那异常生动而又活泼的面容有时显露出一副几乎是滑稽可笑的表情，蕴含着一种幽默。偶尔，多半突然地脸上掠过沉思的阴影——这时候这张脸就变得温柔和善良，但是她的沉思不会很久。她常常能轻易地抓住别人可笑的方面，逼真地模仿他们。她一生下来，就完全被娇惯坏了，这是一眼就能看出来的：从小娇生惯养的人终生都保留着一种特征。她哥哥很喜欢她，虽然他说她蜇起人来不像蜜蜂，而像胡蜂，因为蜜蜂蜇了人，它就会死去，而胡蜂蜇了人，根本无所谓。这个比喻使她很生气。

"您来这儿要待很久吗？"她垂下眼睛，两手转动着短小的马鞭，一边问弗拉基米尔·谢尔盖伊奇。

"不，我打算明天就离开这儿。"

"去哪儿？"

"回家。"

"回家？ 我冒昧地问：干吗要回家？"

"怎么叫干吗？ 您知道，我家里还有正经事哩，不能拖延的。"

娜杰日达·阿列克谢耶夫娜瞧了瞧他。

"难道您是这么……认真的人吗？"

"我要努力做个认真的人，"弗拉基米尔·谢尔盖伊奇说。"在我们这个有所作为的时代，每个正派的人都应当做个务实的人，做事认真的人。"

"这话说得很正确，"伊帕托夫说。"对不对，伊万·伊里奇？"

伊万·伊里奇只是瞅了伊帕托夫一眼，叶戈尔·卡皮托内奇低声说：

"对，这话说得有道理。"

"可惜，"娜杰日达·阿列克谢耶夫娜说，"我们正是缺少 jeune premier[1]。您会演喜剧，是不是？"

---

① 法语：专演青年情人角色的演员。

“我从来没有在这方面试验过自己的本领。”

“我相信您准能演得很好。您的样子如此……神气，这是如今当jeune premier不可或缺的条件。我和哥哥打算在这儿创办个剧社。不过，我们不打算只演喜剧，我们什么都演——正剧、芭蕾舞剧，甚至悲剧也演。玛莎演克娄巴特拉①，或者演费德拉②哪儿不像？您瞧瞧她。”

弗拉基米尔·谢尔盖伊奇转过头来……玛丽娅·帕夫洛夫娜把头倚在门上，两臂交叠在胸前，若有所思地瞧着远处……在这一瞬间她那端庄的面容确实使人联想到古代的雕像。她没听清娜杰日达·阿列克谢耶夫娜的最后几句话，但是发现大家突然都把目光投向她，她顿时猜到是怎么回事，脸涨得通红，打算退到客厅里去……娜杰日达·阿列克谢耶夫娜急忙抓住她的一只手，用小猫撒娇似的姿态，把那只几乎像男人的手拉到自己嘴边亲吻了一下。玛丽娅·帕夫洛夫娜的脸涨得更红了。

“你老是淘气，娜佳，”她低声说。

“难道我说你说的不是实话？我打算援引大家的……嗯，够了，够了，我不说了。我以后还是要说的，”娜杰日达·阿列克谢耶夫娜继续对弗拉基米尔·谢尔盖伊奇说，“可惜，您就要走了。诚然，我们有一个jeune premier，他死乞白赖地要演这一角色，而且演得十分糟糕。”

---

① 克娄巴特拉（公元前69—前30），埃及末代女王（公元前51年起），属托勒密王朝。曾为恺撒的情妇，罗马军队开进埃及后自杀。

② 希腊神话中克里特王弥诺斯的女儿，忒修斯的妻子。后因爱上前夫儿子希波吕斯遭拒绝，自杀身亡。

“他是谁呀？ 让我了解一下。”

“是诗人博德里亚科夫。一个诗人怎么能充当 jeune premier 呢？首先，他衣着简直不像个样；其次，他虽然常写一些讽刺诗，可是面对任何一个女人，甚至面对我，您想象一下，他都胆怯。他常常嘟嘟囔囔说些什么，一只手总是举过头，我简直不知他是怎么回事。请告诉我，阿斯塔霍夫先生，诗人是否都是这样？”

弗拉基米尔·谢尔盖伊奇稍稍挺直了身子。

“我没有同任何一个诗人结交过，而且说实话，我从来也不去高攀他们。”

“是呀，您是个正派的人。我们不得不让博德里亚科夫来演了，毫无办法。其他的 jeune premier 更糟。他至少背得出台词。我们的玛莎除了能担当悲剧的角色外，还能充当歌剧主角……您，阿斯塔霍夫，没听到过她唱歌吧？”

“是的，没听到过，”弗拉基米尔·谢尔盖伊奇咧着嘴笑着说，“我也不知道……”

“你今天怎么了，娜佳？”玛丽娅·帕夫洛夫娜面露不满的神色说。

娜杰日达·阿列克谢耶夫娜跳了起来。

“玛莎，看在上帝份上，给我们唱个歌吧，唱一个吧……唱一个吧……玛莎，亲爱的，今天你不给我们唱一个，我决不会罢休。我自己倒很想唱一个来招待客人，但是你知道我的嗓子有多糟。不过，如果你唱的话，我一定为你很好地伴奏。”

玛丽娅·帕夫洛夫娜沉默了一会儿。

“你真叫人没法摆脱，”她终于说。“你什么事都爱使性子，像个娇惯的孩子。那我就唱吧。”

“好极了，好极了，”娜杰日达·阿列克谢耶夫娜大声喊道，并且击起掌来。“诸位，我们到客厅去吧。至于你说我好使性子，”她笑着补充说，“我会跟你算账的。你可以当着陌生人的面挑我的毛病吗？叶戈尔·卡皮托内奇，玛特廖娜·玛尔科夫娜也是这样当着外人的面羞辱你们吗？”

“玛特廖娜。玛尔科夫娜是个非常受人尊敬的女士，”叶戈尔·卡皮托内奇嘟哝着说，“只是对言行举止……”

“好吧，我们走吧，我们走吧，”娜杰日达·阿列克谢耶夫娜打断他的话，随即走进客厅。

大家跟着她走去。她摘下帽子一扔，在钢琴前面坐了下来。玛丽娅·帕夫洛夫娜站在墙跟前，离娜杰日达·阿列克谢耶夫娜相当远。

“玛莎，”她思索了一会儿，说，“就给我们唱个《小伙子播麦种》吧。”

玛丽娅·帕夫洛夫娜引吭高歌起来。她的嗓音纯正而又有力，她唱得很好——朴实、不矫揉造作。大家都十分专心地听着，弗拉基米尔·谢尔盖伊奇无法掩饰他的惊讶。玛丽娅·帕夫洛夫娜一曲终了，他就走到她跟前，对她说，他怎么也不曾料想到……

“等一等，后面还有更好听的呢！”娜杰日达·阿列克谢耶夫娜打断他的话。“玛莎，我要给你这颗一撮毛①的心一点安慰，现在再给我们唱个《林海涛声……》。”

“您不是小俄罗斯人？”弗拉基米尔·谢尔盖伊奇问玛莎。

---

① 旧俄时代俄罗斯人对乌克兰人的蔑称，这里为戏称。

“我出生在小俄罗斯，”她回答，接着她就唱起《林海涛声……》。

起初她吐词平淡，但是她故乡那种哀婉动人而又充满激情的曲调渐渐地使她激昂起来，她两颊泛红，目光熠熠闪亮，嗓音变得热情欢快。她又唱了一曲。

“我的天哪！你唱得有多好啊，”娜杰日达·阿列克谢耶夫娜一边向钢琴键盘俯下身去，一边说。“多么遗憾，我的哥哥不在这儿！”

玛丽娅·帕夫洛夫娜马上垂下眼睛，嘴角露出一丝平常的那种苦笑。

“应该再唱一个，”伊帕托夫说。

“对，要是您肯唱的话，那就好了，”弗拉基米尔·谢尔盖伊奇说。

“对不起，我今天不再唱了，”玛丽娅·帕夫洛夫娜低声说，随后马上走出客厅。

娜杰日达·阿列克谢耶夫娜望了望她的背影，先是略一沉思，接着面露微笑，用一个手指弹奏起《小伙子播麦种》，随后突然又弹奏起节奏轻快活泼的波尔卡舞曲。没弹完，她就弹出一个响音，啪的一声合上钢琴盖，站了起来。

“可惜，要跳舞没有舞伴，”她大声说，“瞧，现在正是跳舞的时候！”

弗拉基米尔·谢尔盖伊奇走到她跟前。

“玛丽娅·帕夫洛夫娜的嗓子多美妙啊，”他说，“她唱起来真有感情。”

“您喜欢音乐吗？”

“是的……很喜欢。”

“您这么一个很有学问的人也喜欢音乐！”

“为什么您认为我是个很有学问的人呢？”

“啊，是的；请原谅，我老忘了您是个讲究实际的人。玛莎到哪儿去了？ 等一等，我去找她。”

于是娜杰日达·阿列克谢耶夫娜疾步跑出客厅。

“她不免有点轻浮，您也看得出来，”伊帕托夫一边朝弗拉基米尔·谢尔盖伊奇跟前走去，一边低声说，“但心肠好。她受过些什么教育，您无法想象！ 她会说多种外语。他们是有家产的人，这是不消说的。”

“是的，”弗拉基米尔·谢尔盖伊奇心不在焉地说，“一位非常可爱的姑娘。不过，请问，您的太太也出生在小俄罗斯吗？”

“是的。我那已故的妻子是小俄罗斯人，跟她妹妹玛丽娅·帕夫洛夫娜一样。说实话，我妻子说话的口音不太纯。虽说她完全懂得俄语，但是有些地方发音还是不很准确。她常常把 и 念成 ы，而且 x а 和 же 也发音不准。玛丽娅·帕夫洛夫娜很小的时候就离开了故乡。但是还看得出她是小俄罗斯血统，对不对？”

“玛丽娅·帕夫洛夫娜歌唱得太美妙了，”弗拉基米尔·谢尔盖伊奇说。

“她确实唱得不错。不过，怎么还没给我们送茶来？ 两位小姐到哪儿去了？ 到喝茶的时候了。”

小姐们还没有回来。这时仆人们端上茶炊，摆桌准备喝茶。伊帕托夫打发人去找她们。她们俩一起回来了。玛丽娅·帕夫洛夫娜在桌边坐下倒茶，娜杰日达·阿列克谢耶夫娜走到阳台门口，朝花园里张望起来。夏日明亮的白天过去之后，晴朗而又宁静的黄昏来到了：天边露出了晚霞；宽阔的池塘水面平静得像面镜子，有一半洒满了红彤彤的落日的余辉，在深水处的暗灰色的水面上，雄伟地映出整个高不可测的天空，以及黑魆魆的树木和房屋的倒影。四周一切都平静下来，没有一点喧闹声。

“您瞧，多美啊，”娜杰日达·阿列克谢耶夫娜对走到她跟前的弗拉基米尔·谢尔盖伊奇说，“瞧，那里，下方的池塘里，一颗星星紧挨着屋子里的灯火在闪烁。灯火是红色的，星光是金色的。啊，瞧，奶奶来了，”她高声补了一句。

这时从丁香花丛后面出现了一辆不大的轮椅车。有两个人扶着它。轮椅车上坐着一个驼背的老太太，全身裹得紧紧的，头垂在胸前。她那顶白色的包发帽的穗子几乎把她干瘪、爬满皱纹的小脸全给遮住了。轮椅车在阳台前边停了下来。伊帕托夫赶紧走出客厅，他的两个女儿跟着他跑去。她们一到晚上，就像老鼠似的不停地在各个房间窜来窜去。

“祝您晚安，妈妈，”伊帕托夫走到老太太跟前，提高嗓门说。“您感觉怎么样？”

“我是来看看你们，”老太太含糊不清地、费劲地说。“瞧，多么美好的黄昏啊。我睡了一天，现在两腿酸疼起来。哎哟，我这两条腿呀！ 不听使唤，还老是疼痛。”

“妈妈，让我给您介绍一下我们的邻人弗拉基米尔，谢尔盖伊奇·阿斯塔霍夫先生吧。”

“很高兴，”老太太抬起她那双又大又黑、但已经暗淡无光的眼睛打量了他一下，说。“请您多关照我的儿子。他是个好人。我尽可能地提供给他受教育的机会。自然，只是女人应做的事。他现在做事还有点缺乏毅力，但以后，上帝保佑，他会渐渐持重起来，他到了该稳重的时候了。我也该把事务交给他了。是您吗，娜佳？”老太太瞥了娜杰日达·阿列克谢耶夫娜一眼，问道。

“是我呀，奶奶。”

“玛莎在倒茶吗？”

“是的，奶奶，她在倒茶。”

“还有谁在那儿？”

“还有伊万·伊里奇和叶戈尔·卡皮托内奇。”

“就是那个玛特廖娜·玛尔科夫娜的丈夫吗？”

“是的，奶奶。”

老太太咬了咬嘴唇。

“那好吧。米沙，看来现在我怎么也找不到村长了。吩咐他明天早点来见我，我有许多事要跟他说。我看得出，没有我，你们什么事都办不顺当。嗯，够了，我累了，送我回去吧，您……再见，老伙计，您的名字和父名我不记得了，”她对弗拉基米尔·谢尔盖伊奇补了一句，“请原谅我这个老太婆吧。你们，孙女们，不要陪着我了。用不着了。你们呀，只会跑来跑去。听着，你们要安心地坐下来，坐下来温习功课。玛莎把你们都宠坏了。嗯，走吧。”

老太太费力地抬起的头又垂在了胸前……

轮椅车滚动了，轻轻地向前滚去。

“您的妈妈多大岁数？”弗拉基米尔·谢尔盖伊奇问。

“她刚过了七十二岁。二十六岁的时候，她两条腿就不能走路了。我父亲去世之后不久，她就出现这种情况。想当年她还是个美人儿呢。”

大家都沉默不语。

娜杰日达·阿列克谢耶夫娜猛地打了个哆嗦。

“这是什么？似乎是只蝙蝠飞过。哎哟，多么可怕！”

于是她急忙回客厅去了。

“我该回家了。米哈伊洛·尼古拉伊奇，吩咐给我备马。”

“我也该回去了，”弗拉基米尔·谢尔盖伊奇说。

“您要去哪儿？”伊帕托夫低声问。“在这儿住一宿吧。娜杰日达·阿列克谢耶夫娜回去只要走两俄里路，而你回到家却要走整整十二俄里路呢。娜杰日达·阿列克谢耶夫娜，您着什么急呀？等月亮升起来再走，快了。那时路上更明亮些。”

“行啊，”娜杰日达·阿列克谢耶夫娜说，“我很久没在月光下骑马了。”

“您就在这儿住一宿，好吗？”伊帕托夫问弗拉基米尔·谢尔盖伊奇。

“我真不知……不过，如果我不给你们添麻烦的话……”

“哪会呢？一点儿也不添麻烦，我马上吩咐给您准备一个房间。”

“要知道在月光下骑马赶路真舒心，”仆人刚拿来蜡烛，端上茶，伊帕托夫同叶戈尔·卡皮托内奇坐下来打纸牌，老好人不声不响地在他们旁边坐下，娜杰日达·阿列克谢耶夫娜便开口说，“尤其是走在树林里，走在榛树丛中间。那真是既动人心魄，又赏心悦目，月光与影子交替闪现，那情景十分奇特——总使人觉得，仿佛有个人或前或后地悄然跟着您……”

弗拉基米尔·谢尔盖伊奇宽容大度地咧嘴笑笑。

“还有，”她继续往下说，“在一个暖和而宁静的黑夜，您是否在树林边坐过？ 在那种时候我总是觉得，在身后，近在耳畔，好像有两个人用依稀可辨的低音热烈地争论着。”

“那是血液流动的突突声，”伊帕托夫说。

“您描写得十分富有诗意，”弗拉基米尔·谢尔盖伊奇说。

娜杰日达·阿列克谢耶夫娜瞧了他一眼。

“您这么认为吗？ ……如果这样，玛莎就不会喜欢我的这种描述。”

“为什么？ 难道玛丽娅·帕夫洛夫娜不喜欢诗歌？”

“是的，她认为这一切都是想象出来的，全都是假的。因此她不喜欢富有诗意的描述。”

“真是一种令人奇怪的指责！”弗拉基米尔·谢尔盖伊奇大声说。“是想象出来的！ 否则怎么办？ 要不，作家怎么搞创作？”

“嗯，那是。不过，您也不应该喜欢诗歌。”

“恰恰相反，我喜欢优美的诗歌，但它要的确优美，悦耳动听，并且，这怎么说才好，要表现出一种想象，一种思想……”

玛丽娅·帕夫洛夫娜站起身来。

娜杰日达·阿列克谢耶夫娜迅速地向她转过身去。

“你到哪儿去，玛莎？”

“照料孩子睡觉去。快九点了。”

“难道没有你，她们就不能躺下睡觉吗？”

玛丽娅·帕夫洛夫娜抓住孩子们的手，带着她们走了。

“她今天心情不好，”娜杰日达·阿列克谢耶夫娜说。“我知道为什么，”她压低嗓音补了一句。“不过这很快会过去的。”

“请问，”弗拉基米尔·谢尔盖伊奇开腔道，“您打算在哪儿过冬天？”

“也许在这儿，也许在彼得堡。我觉得在彼得堡过冬天会闷得慌。”

“哪会呢，在彼得堡会闷得慌？ 这怎么可能呢！”

于是弗拉基米尔·谢尔盖伊奇描述起京都生活的种种舒适、方便和乐趣。娜杰日达·阿列克谢耶夫娜仔细听他说，目不转睛地望着他。她好像在察看他脸上的细部，有时暗自发笑。

“我看得出，您十分能说会道，”末了，她说，“看来，我不得不在彼得堡过冬天了。”

“您不会后悔的，”弗拉基米尔·谢尔盖伊奇说。

“我从来也不会对什么事后悔，不值得花那心思。一个人如果做了件傻事，那就尽快把它置之脑后——这就完了。”

“请问，”弗拉基米尔·谢尔盖伊奇沉默了一会儿之后用法语说，“您认识玛丽娅·帕夫洛夫娜很久了吗？”

“我倒想问，”娜杰日达·阿列克谢耶夫娜迅速地用嘲笑的口吻说，“为什么偏偏这句话您用法语来问我？”

“如此这般……没有任何特别原因……”

娜杰日达·阿列克谢耶夫娜又吃吃地笑了起来。

“不，我认识她不很久。她是个出色的姑娘，对不对？”

“她很独特，”弗拉基米尔·谢尔盖伊奇从牙缝里低声说。

“怎么，从您的口中，从像您这样务实的人的口中也会说出夸赞的话吗？ 我并不这么认为。也许在您看来，我也很独特吧？ 不过，”她从座位上站起来，向打开的窗户外面看了看，补充说，“月亮一定升起来了，白杨树上方显露出月光了。我该走了……我去吩咐他们把‘花花公子’备好。”

“已经备好了，”娜杰日达·阿列克谢耶夫娜的侍童从花园里的阴影中走到洒在阳台上的一片月光下，说。

“啊！那好吧！玛莎，你在哪儿？快来跟我告别。”

玛丽娅·帕夫洛夫娜从隔壁房间走出来。那几个男人从牌桌边站了起来。

“您就要走吗？”伊帕托夫问。

“是的，该回去了。”

她向花园的门口走去。

“这夜晚多美好啊！”她大声说，“你们走近一点，把脸贴上去；它仿佛在呼吸，你们感觉到了吗？散发着多香的气味儿！现在所有的花都醒来了。它们醒来了，可是我们却要去睡觉了……哦，玛莎，顺便告诉你，”她补充说，“我刚才对弗拉基米尔·谢尔盖伊奇说，你不喜欢诗歌。好吧，现在再见……瞧，我的马牵来了……”

于是她踏着阳台的台阶急急跑下去，轻盈地跨上马鞍，说：“明天见。”随后她用马鞭抽了一下马脖子，向堤坝疾驰而去……侍童跟着她快步跑去……

大家都望着她的背影……

“明天见！”从白杨树后面再次传来她的嗓音。

马蹄的嘚嘚声在夏夜的静谧中久久地回响。最后，伊帕托夫请大家回屋里去。

“在外面确实很舒服，”他说，“可是我们得把那副牌打完。”

大家都听从他。弗拉基米尔·谢尔盖伊奇问起玛丽娅·帕夫洛夫娜为什么她不喜欢诗歌。

“我对诗歌没多大兴趣，”她似乎不乐意地说。

“也许，您诗歌念得太少。”

“我自己不念，而是别人念给我听的。”

“难道您连一首也不喜欢？”

“是的，一首也不喜欢。”

“连普希金的诗也是如此？”

“是的，连普希金的诗也是如此。”

“为什么？”

玛丽娅·帕夫洛夫娜没有回答，伊帕托夫转过脸，从椅背上探过身去，带着温和的微笑说，她不仅不喜欢诗歌，就连糖也不喜欢，总的说来，任何甜的东西她都受不了。

“不过，也有不甜的诗歌，”弗拉基米尔·谢尔盖伊奇提出异议。

“比如说哪些诗歌？”玛丽娅·帕夫洛夫娜问。

弗拉基米尔·谢尔盖伊奇搔搔耳根……他自己记得的诗歌并不多，尤其是不甜的那种诗歌。

“比如说，”他终于大声说，“您知道普希金的《箭毒木①》这首诗吗？ 不知道？ 这首诗无论如何也不能算是甜蜜的诗。”

“请您背诵一下，”玛丽娅·帕夫洛夫娜说，随即垂下眼睛。

弗拉基米尔·谢尔盖伊奇望了望天花板，皱起眉头，自言自语地叨叨了一阵，终于把《箭毒木》背诵出来了。

他背诵了开头的四行诗之后，玛丽娅·帕夫洛夫娜慢慢地抬起眼

① 一种毒树，生长在亚洲、非洲的热带地区，液汁多用来做箭毒。

睛来，而当弗拉基米尔·谢尔盖伊奇背诵完这首诗的时候，她同样慢悠悠地说：

“请再背诵一遍。”

“这么说，您很喜欢这首诗啰？”弗拉基米尔·谢尔盖伊奇问。

“请您再背诵一遍吧。”

弗拉基米尔·谢尔盖伊奇又背诵了一遍《箭毒木》。玛丽娅·帕夫洛夫娜站起来，走到另一个房间，拿着一张纸、一瓶墨水和一支蘸水钢笔回来了。

“请给我把这首诗写下来，”她对弗拉基米尔·谢尔盖伊奇说。

“好吧，很高兴，”他说，一边提笔要写，“但是说实话，我觉得惊奇的是您怎么这么喜欢这首诗。我刚才背诵给您听只是为了向您证明，不是所有的诗都是甜蜜的。”

“这倒是真的！”伊帕托夫大声说。“关于这几行诗你有什么想法，伊万·伊里奇？”

伊万·伊里奇只是习惯地瞥了伊帕托夫一眼，只字未说。

“瞧，写好了，”弗拉基米尔·谢尔盖伊奇在最后一行诗的末尾打了个惊叹号，说。

玛丽娅·帕夫洛夫娜向他道了谢，就把这张写满诗句的纸拿到自己房间里去了。

半小时后就开晚饭了，又过了半小时，所有客人都各自回自己的房间去了。弗拉基米尔·谢尔盖伊奇不止一次地跟玛丽娅·帕夫洛夫娜交谈，可是要跟她交谈下去是很困难的，他所谈的事情似乎她并不太感兴趣。他躺到床上，关于她，关于娜杰日达·阿列克谢耶夫娜想了很多。不过，如果不是隔壁房间的叶戈尔·卡皮托内奇打搅他，他大概很快就会沉沉入睡。玛特廖娜·玛尔科夫娜的丈夫早已脱了衣服，躺到床上，与自己的仆人交谈了很长时间，一直在训导他。他的每句话都清晰地传到弗拉基米尔·谢尔盖伊奇的耳朵里：两个房间之间只有一层薄薄的间壁。

“把蜡烛拿在你的面前，”叶戈尔·卡皮托内奇用抱怨的声音说，“拿正了，让我能看清你的脸。你这没良心的家伙，你气得我变老了，变老了，气得我完全变老了。”

“哪能呢？我怎么会气得您变老了呢，叶戈尔·卡皮托内奇？”传来仆人那低沉的、睡意蒙眬的嗓音。

“怎么会？我告诉你是怎么气得我变老的。我对你说过多少回呀：米季卡，我常对你说，你无论跟我去哪儿作客，总要带上两套衣服，尤其是……把蜡烛拿在面前……尤其是衬衣。今天你究竟是怎么回事？”

“怎么了?”

“还问怎么了？明天我穿什么？”

“还穿今天穿的这件呗。”

“你气得我变老了，坏蛋，气得我变老了。我今天热得简直不知道该往哪儿去才好。把蜡烛拿在面前，你要知道，老爷跟你说话，不能睡着了。”

“但是玛特廖娜·玛尔科夫娜对我说：‘您总是带上这么多备用的东西。带来带去只是白白弄坏了衣服。’”

“玛特廖娜·玛尔科夫娜……难道这是女人家管的事吗？你们气得我变老了。唉，气得我变老了！”

“亚希姆也这么说。”

“你说什么？”

“我说，亚希姆也这么说。”

“亚希姆！ 亚希姆！”叶戈尔·卡皮托内奇以责备的口吻重复道，“哎哟，你们气得我变老了，这些该死的，俄语也说不准。亚希姆！ 怎么能说成亚希姆？ 说不来，也可以说叶菲姆，因为真正的希腊名字叫叶夫菲米，你听懂我的话吗？ ……把蜡烛拿在面前……要是说得简略些，可以说成叶菲姆，但怎么也不能说成是亚希姆·亚希姆！”叶戈尔·卡皮托内奇补充说，还把亚字说得特别响。“你们这些坏蛋，气得我变老了。把蜡烛拿在面前！”

叶戈尔·卡皮托内奇继续对他的仆人训导了很久，尽管弗拉基米尔·谢尔盖伊奇老是唉声叹气、清清嗓子，并且还作出其他不耐烦的暗示……

末了，他终于让米季卡走了，接着便呼呼睡着了，可是这一来，弗拉基米尔·谢尔盖伊奇更不好受了：叶戈尔·卡皮托内奇打起鼾来低沉而有力，从最高音向最低音的过渡是如此变化多端，而且不时出现嘫哨声，甚至还夹杂着舌头的弹响声，以致那间壁似乎也为之震颤起来。无奈，可怜的弗拉基米尔·谢尔盖伊奇几乎要哭了。他睡的那个房间很憋闷，他躺着的羽毛褥子好像不断地散发出热气，紧紧裹住他的身子。

弗拉基米尔·谢尔盖伊奇最终绝望地爬起来，打开窗户，贪婪地呼吸着夜间散发着清香的新鲜空气。窗户朝着花园。天空明亮，一轮圆月时而在池塘的水面上显映得清清楚楚，时而又变成长长的一束金光，缓慢地闪闪发亮。在花园里的一条小径上，弗拉基米尔·谢尔盖伊奇看见一个身穿女式衣服的身影，再细细一瞧：那是玛丽娅·帕夫洛夫娜，她的脸在月光下显得很苍白。她站着一动不动，突然说起话来……弗拉基米尔·谢尔盖伊奇小心翼翼地探出头去……

但有人却能用威严的目光
把另一个人派往箭毒木那里，①

他听到了这一诗句……

“可见，”他心里想，“这一诗句对她产生了多大的作用……”

于是他倍加仔细地侧耳倾听起来……可是玛丽娅·帕夫洛夫娜很快又沉寂下来，把脸转过来，几乎正面对着他。他简直可以看清她那双又黑又大的眼睛，两条威严的眉毛和嘴唇……

蓦地，她颤栗了一下，随即转过身去，走进一排排又高又密的洋槐树投下的阴影里，马上消失不见了。弗拉基米尔·谢尔盖伊奇在窗口伫立了许久，随后又回到床上，可是好久没睡着。

“真是个奇怪的人，”他思忖道，一边不停地辗转反侧，“都说外省没有什么特别的地方……好像并不如此！ 她真是个奇怪的人！ 明天我问问她在花园里干什么。”

叶戈尔·卡皮托内奇依然鼾声如雷。

三

第二天早上弗拉基米尔·谢尔盖伊奇醒来得相当迟，刚在餐厅和

---

① 这是普希金的《箭毒木》中的诗句。

大家一起喝完茶，吃完早饭，就要坐车回自己家，去料理一下农庄上的事务，尽管老伊帕托夫竭力挽留他。玛丽娅·帕夫洛夫娜也来喝茶，然而弗拉基米尔·谢尔盖伊奇认为没必要问她昨天晚上在花园里散步的事。他这种人不大可能连续两天沉湎于某种哪怕异乎寻常的思绪和揣测之中。如果要问她，就要不得不大谈诗歌，而他所谓的“诗兴”早已使他厌倦了。他在田野里转悠了整整半天，直到吃午饭才回到家。他吃饭胃口大开，津津有味，接着又沉沉睡着了。一觉醒来，他便着手查总管的账目。但是他还没查看完账本的第一页，就吩咐仆人备一辆四轮马车，马上坐车到伊帕托夫卡庄园去了。显而易见，讲究实际的人往往也并不是铁石心肠，他们就像其他凡人一样，也不喜欢寂寞。

他驾着马车上了堤坝，听到说话声和音乐声。伊帕托夫家的人在进行俄罗斯歌曲大合唱。他在阳台上碰见早上告别的那一伙人。顺便说说，其中娜杰日达·阿列克谢耶夫娜也在场，所有人围着一个三十二岁左右的男人坐成一个圆圈。这个男人肤色黝黑，长着一头黑发和一双乌黑的眼睛，身穿一件天鹅绒短上衣，脖子上松散地系着一条红头巾，双手拿着一把吉他。他就是娜杰日达·阿列克谢耶夫娜的哥哥彼得·阿列克谢伊奇·韦列季耶夫。看见弗拉基米尔·谢尔盖伊奇，伊帕托夫老人顿时欣喜地惊叫起来，向他迎上前去，把他带到韦列季耶夫跟前，让他们互相认识。阿斯塔霍夫平平常常地向新朋友打了招呼后，又毕恭毕敬地向他的妹妹鞠了一躬。

“弗拉基米尔·谢尔盖伊奇，我们正在进行乡村大合唱呢，”伊帕托夫说，然后指着韦列季耶夫又补充说：“彼得·阿列克谢伊奇是我们的领唱——领唱得好极了！ 您听听就知道了。”

“这太令人高兴了，”弗拉基米尔·谢尔盖伊奇说。

“您也来参加合唱好不好？”娜杰日达·阿列克谢耶夫娜问他。

“我心里倒很乐意参加，可是嗓子不行。”

“这没关系！ 您瞧，叶戈尔·卡皮托内奇也在唱，我也在唱。您只要跟着唱就行。请坐下吧。哥哥，开始吧。”

“现在我们唱个什么好呢？”韦列季耶夫一边说，一边拨弄着吉他的琴弦，突然他停住了手，瞧着坐在身旁的玛丽娅·帕夫洛夫娜。“好像现在轮到您唱了，”他对她说。

“不，您唱吧，”玛丽娅·帕夫洛夫娜说。

“有一首歌歌名叫《沿着伏尔加母亲河》①，”弗拉基米尔·谢尔盖伊奇神色庄重地说。

“不，这首歌留着结束时唱，”韦列季耶夫说，随后弹了一下琴弦，拉长声调地唱起《夕阳西下》②。

他唱得非常好，精神勃发而又活泼愉快。他那张神情坚毅的脸本来就富有表情，现在唱起歌来显得越加生动了。他偶然晃动一下肩膀，突然用一只手掌按住琴弦，接着又举起手，甩甩鬈发，自豪地打量了一下四周。他在莫斯科不止一次地见到过大名鼎鼎的伊利亚③和模仿过他。合唱队齐声跟着他唱。玛丽娅·帕夫洛夫娜那响亮而又柔美的嗓音比其他所有的嗓音更突出。这嗓音好像在领大伙儿唱，但她却不愿独唱，韦列季耶夫始终担任领唱人。

① 这首歌的歌词最早见于一七九〇年，原是纤夫们的民间叙事曲，叙述船工们在波涛汹涌的伏尔加河上奋力划桨向前。

② 这首歌系十八世纪末俄国诗人和歌曲作家 C. 米特罗法诺夫所作，曾在城市民主界人士中广为流行。

③ 即伊利亚·索科洛夫，曾在莫斯科创建广为人知的“索科洛夫茨冈合唱团”。

他们还唱了许多其他歌曲……

这时候随着黄昏的来临，一场大雷雨很快就要降临。其实中午以后天气已经开始闷热，远处雷声隆隆。可是原先早已挂在天边的、铅灰色的云彩现在才变成大片乌云，开始四下扩散，从树梢后面显现出来，闷热的空气越来越明显地震颤起来，而且被渐渐临近的雷声震得越来越厉害，越来越厉害。忽然刮起一阵风，树丛沙沙作响，随后沉寂下来，接着又哗哗响个不停，转眼间狂风大作。一片蒙眬的阴影在大地上空掠过，急速地驱赶着落日的余晖。密密的云团好像脱缰的野马，突然四下飘去，在天空中飞驰。不一会儿，雨滴开始飘落，雷声滚滚，电光闪闪。

“我们进屋去吧，”老伊帕托夫低声说。“要不，恐怕会淋湿的。”

于是大家站起身来。

“马上就进去，”韦列季耶夫大声说，“还有最后一首歌。你们听着：

> 啊，您，外屋，我家的外屋，
> 我家新的外屋……

他高声地唱了起来，用整个手迅速地叩击着琴弦。“新的用槭木盖的外屋，”合唱队跟着唱起来，大家都不由得渐入佳境。几乎就在这时候，哗哗地下起了倾盆大雨。但是韦列季耶夫一直把《我家的外屋》唱完。这首豪情满怀的歌曲时而被阵阵雷声所淹没，但在哗哗的瓢泼大雨声和流水声中似乎唱得更加气势如虹了。末了，合唱队迸发出最后一句歌词，结束了歌唱，于是大伙儿嘻嘻哈哈地跑进客厅去。两个姑娘，伊帕托夫的两个女儿，一边抖落连衣裙上的雨珠，一边大笑，笑得特别响亮。为预防万一，伊帕托夫关上窗，锁上门。叶戈尔·卡皮托内奇对他十分称赞，说玛特廖娜·玛尔科夫娜在打雷的时候也总是这样，吩咐关上所有的门窗，免遭不测，因为雷电常打在空旷地上。博德里亚科夫瞅了瞅他的脸，走到一边去，不小心又撞到一把椅子上。他老是会出一些小乱子。

雷雨很快过去了。门窗又打开了，房间里充满了湿润的香气。仆人端来了茶。喝过茶之后，两位老人又坐下来打牌。伊万·伊里奇照常又坐在他们旁边。弗拉基米尔·谢尔盖伊奇刚走到与韦列季耶夫一起坐在窗口的玛丽娅·帕夫洛夫娜跟前，可是娜杰日达·阿列克谢耶夫娜马上把他叫去，跟他热烈地交谈起彼得堡以及彼得堡的生活来。她百般攻击彼得堡的生活，弗拉基米尔·谢尔盖伊奇开始为之辩护。娜杰日达·阿列克谢耶夫娜好像竭力要把他留在身边。

“你们在争论什么呀？”韦列季耶夫问，一边站起身来，朝他们走来。

他走起路来懒洋洋地一摇一摆：他的一切动作都显示出一种说不上是散漫，也说不上是倦意的神情。

“争的全是关于彼得堡的事，”娜杰日达·阿列克谢耶夫娜回答。“弗拉基米尔·谢尔盖伊奇总是对它赞不绝口。”

“那倒是个挺好的城市，”韦列季耶夫说，“不过照我看，什么地方都不错。真的。一个地方只要有两三个女人，请原谅我的直率，再加上美酒，说实在的，那一个男人就别无所求了。”

“您的这番话倒使我惊讶，”弗拉基米尔·谢尔盖伊奇说，“难道您真的认为，对一个受过教育的人来说不存在……”

“也许……确实……我同意您的看法，”韦列季耶夫打断他的话茬，他说话虽然很有礼貌，但有一个不愿听完别人不同意见的习惯，“在这方面我说不上来，我不是哲学家。”

“我也不是哲学家，”弗拉基米尔·谢尔盖伊奇说，“而且丝毫也不想当哲学家。但是眼下谈的完全是另一方面的事。”

韦列季耶夫心不在焉地瞧着妹妹，而她微微含笑，向他俯下身去，压低嗓音说：

“彼得鲁沙，亲爱的，给我们扮个叶戈尔·卡皮托内奇的脸相吧，行行好。”

韦列季耶夫的面容转瞬间变了个样，天晓得他以什么神奇的本领把自己的脸变得与叶戈尔·卡皮托内奇的脸异乎寻常地相像，尽管他们俩的脸相毫无共同之处，韦列季耶夫模仿时只不过皱起鼻子，耷拉下嘴角罢了。

“不消说，”他开口低声说，嗓音模仿得跟叶戈尔·卡皮托内奇的一模一样，“玛特廖娜·玛尔科夫娜是位言行举止非常严格的女士，但她又是个模范太太。诚然，不论我说了什么……”

“比留廖夫斯基家的小姐们不一会儿都会知道，”娜杰日达·阿列克谢耶夫娜好不容易克制住自己，没笑出声来，接上去说。

“她们第二天都会知道，”韦列季耶夫说，并做了一个令人捧腹大笑的鬼脸，目光难为情地睨视着，连弗拉基米尔·谢尔盖伊奇见了，也哈哈大笑起来。

“我看得出您有模仿的天才，”他说。

这时韦列季耶夫伸手在脸上捋了一下，他的面容又恢复了常态，于是娜杰日达·阿列克谢耶夫娜大声说：

“啊，是呀！他什么人的脸相都会模仿，只要他想模仿……他在这方面真是个行家。”

“比如说，您也能模仿我的脸相吗？”弗拉基米尔·谢尔盖伊奇问他。

“那还用说！”娜杰日达·阿列克谢耶夫娜说，“当然能啰。”

“啊哈，那就请您模仿一下我的脸相吧，”阿斯塔霍夫对韦列季耶夫低声说。“我请求您哪，不必客气。”

“您也相信她的话？”韦列季耶夫稍稍眯缝起一只眼睛，带点儿阿斯塔霍夫说话的腔调问道，但他说得小心翼翼，嗓音很轻，所以只有娜杰日达·阿列克谢耶夫娜察觉，她紧紧咬住嘴唇没出声。“请您别信她的话，她也许还会对您说我的坏话哩。”

“您要知道，他可是个出色的演员呢，”娜杰日达·阿列克谢耶夫娜继续说，“演什么角色都行。演得惟妙惟肖！他既是我们的导演，又充当提台词的，什么都行。很可惜，您马上就要离开这儿了。”

“妹妹，你的偏见把你给蒙骗了，”韦列季耶夫用庄重的、但仍然带有亲近的口气说。“这样，阿斯塔霍夫先生对你会怎么看？他会认为你是个没见过世面的人。”

“哪能呢……”弗拉基米尔·谢尔盖伊奇开口说。

“彼得鲁沙，我说，”娜杰日达·阿列克谢耶夫娜接口说，“请你给我们表演一下一个醉汉从衣袋里掏不出手帕来，或者最好表演一下，一个男孩在窗户上捉苍蝇，而苍蝇老是在他手指下飞来飞去的情景。”

“你真是孩子气十足，”韦列季耶夫说。

但是他还是站起来，走到玛丽娅·帕夫洛夫娜身边那个窗口，伸出一只手在窗玻璃上摆动起来，表演男孩捉苍蝇。他模仿苍蝇嗡嗡地飞来飞去的动作十分逼真，确实令人惊讶不已。看上去，真的好像有一只活生生的苍蝇在他的手指下窜来窜去。娜杰日达·阿列克谢耶夫娜纵声大笑，渐渐地，屋子里所有人都哈哈大笑起来。只有玛丽娅·帕夫洛夫娜的面容没变，嘴角甚至没动一下。她垂下眼睛坐着，后来终于抬起眼睛，神情严肃地瞥了韦列季耶夫一眼，从牙缝里低声说：

“瞧，真有爱扮小丑的。”

韦列季耶夫立即掉转身去，离开了窗口，在屋子中间站了一会儿，就朝阳台走去，接着从那儿走到已经一片漆黑的花园里。

“这个彼得·阿列克谢伊奇可真是个小丑！”叶戈尔·卡皮托内奇把一张七点的王牌甩在对手的爱司上面，大声说。“真是个小丑！”

娜杰日达·阿列克谢耶夫娜站起身来，匆匆走到玛丽娅·帕夫洛夫娜跟前，压低嗓音地问她：

“你刚才说我哥哥什么来着？”

“没说什么呀，”后者回答。

“怎么会没说什么，不可能没说什么。”

稍停片刻，娜杰日达·阿列克谢耶夫娜低声说：“我们走！”说罢，就抓住玛丽娅·帕夫洛夫娜的手，强把她拉起来，随后拽着她一起往花园里走去。

弗拉基米尔·谢尔盖伊奇不无惊讶地望着这两个姑娘的背影。不过她们出去的时间并不久，过了一刻钟，她们回来了，彼得·阿列克谢伊奇跟随她们一起进了屋。

“多么美好的夜晚啊！”娜杰日达·阿列克谢耶夫娜一边走进屋，

一边大声说。“花园里有多好啊！”

“嗯，是呀，”弗拉基米尔·谢尔盖伊奇低声说，“顺便问问，玛丽娅·帕夫洛夫娜，昨天晚上我在花园里看见的是不是您哪？”

玛丽娅·帕夫洛夫娜倏地瞧了他一眼。

“据我所听到的，朗诵普希金的《箭毒木》的也是您吧？”

韦列季耶夫微微皱起眉头，也望着阿斯塔霍夫。

“不错，是我，”玛丽娅·帕夫洛夫娜说，“不过，我可没朗诵什么诗：我从来不喜欢朗诵诗。”

“也许是我的幻觉，”弗拉基米尔·谢尔盖伊奇开腔道，“但是……”

“是您的幻觉，”玛丽娅·帕夫洛夫娜冷淡地说。

“《箭毒木》是首什么诗？”娜杰日达·阿列克谢耶夫娜问道。

“这您不知道？”阿斯塔霍夫反问道，“这是普希金写‘在那瘠薄不毛的荒漠上’的一首诗，您不记得了吗？”

“我记不起来了……箭毒木是种毒树？”

“对。”

“就像达杜拉[①]……你记得吗，玛莎，我们阳台上的那些绽开着长长的白色花朵的醉心花在月光下有多么美丽？你记得吗，它们散发出的那种甜蜜的、诱人的、有毒的气味有多么香呀？”

“是有毒的香味！”弗拉基米尔·谢尔盖伊奇大声说。

“是的，是有毒的气味。您干吗大惊小怪的？据说，它是危险的，可是它能引诱人。为什么可恶的东西也能引诱人？可恶的东西不应当是美丽的！”

---

① 醉心花这种有毒植物的拉丁语名称。

“哎哟！多奇妙的见解！”彼得·阿列克谢伊奇说，“我们扯得离那首诗太远了！”

“我昨天把这首诗念给玛丽娅·帕夫洛夫娜听，”弗拉基米尔·谢尔盖伊奇接口说，“她也非常喜欢。”

“啊，那就请再念一遍，”娜杰日达·阿列克谢耶夫娜说。

“好吧，”

于是阿斯塔霍夫又把《箭毒木》念了一遍。

“太庄重了，”弗拉基米尔·谢尔盖伊奇刚念完，韦列季耶夫仿佛不高兴地说。

“太庄重了？”

“不，不是指诗……对不起，我似乎觉得您念得不够自然。这是显而易见的。不过，我也许说错了。”

“不，你没说错，”娜杰日达·阿列克谢耶夫娜一字一顿地说。

“噢，这是大家都知道的！在你的眼里，我是个天才，一个聪慧的人，什么都懂，什么都会干，可惜的是，这个人太懒。说得对不对？”

娜杰日达·阿列克谢耶夫娜只是点点头。

“我不跟您争论这个，您应该知道得比我更清楚，”弗拉基米尔·谢尔盖伊奇说，不免有点儿生气。“这与我无关。”

“对不起，我说错了，”韦列季耶夫急忙说。

这时候一局纸牌打完了。

“哎哟，”伊帕托夫站起身来说，“顺便说说，弗拉基米尔·谢尔盖伊奇，我的邻人，本地的一名地主，一个最了不起、最受人尊敬的人物，名叫加夫里拉·斯捷潘内奇·阿基林，他委托我请您是否能赏光，光临他的舞会。说是个舞会，我只是为了说得好听些才这么说，其实只是个随意跳跳舞的晚会罢了。他本人很想来邀请您，但又怕打扰您。”

“我十分感谢这位地主先生，”弗拉基米尔·谢尔盖伊奇说，“可是我必须回家了……”

“您猜舞会什么时候举行？ 就在明天举行。明天是加夫里拉·斯捷潘内奇的命名日。晚一天回家没什么，您的光临会使他感到十分高兴的！ 再说他家离这儿只有十俄里。如果您答应的话，我们就用马车送您去。”

“我真不知道该怎么办才好，”弗拉基米尔·谢尔盖伊奇说。“你们也去吗？”

“我们全家都去！ 娜杰日达·阿列克谢耶夫娜和彼得·阿列克谢伊奇也去，大家都去！”

“如果您愿意的话，您现在可以邀请我组成第五对舞伴跳卡德里尔舞，”娜杰日达·阿列克谢耶夫娜说。“前面四对舞伴都已组成。”

“您十分热情，那么跳玛祖卡舞您也有舞伴了吗？”

“我？ 让我想想……好像没有舞伴。”

“既然如此，如果您愿意，我希望有幸……”

“这么说，您答应去啰？ 好极了。我们一起去。”

“好呀！”伊帕托夫大声喊道。“瞧，弗拉基米尔·谢尔盖伊奇，您真够朋友。这下加夫里拉·斯捷潘内奇简直要欣喜若狂了。你说是不是，伊万·伊里奇？”

伊万·伊里奇本想依然一声不吭，但认为还是表示一下赞同为好。

* * *

“你怎么这么乐意，”一小时后，彼得·阿列克谢伊奇自己驾一辆轻便二轮马车，在妹妹身边坐下后问她，“你怎么乐意去跟这种不伦不类的人跳玛祖卡舞呢？”

“我有我的打算，”娜杰日达·阿列克谢耶夫娜说。

“请问：什么打算？”

“那是我的秘密。”

“嘎！”

这时他轻轻地抽了马一鞭子，因为马竖起耳朵，直打响鼻，站住不肯走了。马被月光下蒙眬隐约的道上的一大片柳树丛的阴影吓着了。

“你要跟玛莎跳舞吗？”娜杰日达·阿列克谢耶夫娜也问哥哥。

“是的，”他冷淡地说。

“是的！是的！”娜杰日达·阿列克谢耶夫娜以责备的口气重复说。沉默了一会儿，她补充说：“你们这些男人，压根儿不配让正派的女人喜欢。”

“你这么认为吗？那么彼得堡来的那个不伦不类的家伙，就配得上正派的女人喜欢吗？”

“反正比你强。”

“原来如此！”

彼得·阿列克谢伊奇叹了一口气，说道：

上帝啊，当个……成年的妹妹的哥哥，

是件多麻烦的事啊！①

娜杰日达·阿列克谢耶夫娜禁不住纵声大笑起来。

“我给你带来很多麻烦，这是不消说的。现在我对你也觉得很为难。”

“真的吗？ 我怎么一点儿也没看出来。”

“我指的不是有关玛莎的事。”

“那说的是什么事呢？”

娜杰日达·阿列克谢耶夫娜脸上露出淡淡的哀愁。

“你自己知道，”她轻轻地说。

“啊，我明白了！ 那是没办法呀，娜杰日达·阿列克谢耶夫娜，我喜欢跟好朋友喝一杯，我是个罪人，我好贪杯。”

“够了，哥哥，请你别这么说……这话不能开玩笑。”

“特拉姆——特拉姆——塔姆——布姆，”彼得·阿列克谢伊奇从牙缝里低声说。

“这会使你完蛋的，可你还要开玩笑……”

“‘小伙子在播麦种，妻子却说在播罂粟，’”彼得·阿列克谢伊奇高声唱起来，用缰绳抽打马，于是马就疾步小跑起来。

四

韦列季耶夫回到家，没有脱去外衣，而且两小时后，朝霞刚刚在天

---

① 这是滑稽地模仿俄国剧作家亚·格里鲍耶陀夫创作的喜剧《智慧的痛苦》中的人物法穆萨夫的一句台词。

空中升起来，家里已不见他人影了。

在他的庄园与伊帕托夫卡庄园之间的半道上，在宽阔的沟壑的峭壁上方，有一片不大的桦树林“禁伐区”。那些小树长得密密匝匝的，它们挺拔的树干还没遭到过斧子的砍伐。桦树的细小叶子在柔软而又细嫩的野草上投下黯淡的、但几乎是连成一片的阴影，草地上遍地绽开着毛茛的金黄色花朵、半灌木的风铃草白色的小花和洋丁香深红色的十字形小花。初升的太阳给整个林子洒下强烈的、但又不十分耀眼的阳光。到处是闪闪发亮的露珠，有的地方大颗的露珠会突然迸发出一片红光来。一切都是那么明亮，那么静谧，但是一切都散发着清新的气息，洋溢着勃勃生机，显示着清晨那种纯洁与壮美。只听见云雀在远处的田野上空唧唧喳喳地叫个不停，小树林里有两三只小鸟儿不慌不忙地在啁啾着，接着似乎还倾听它们唱的效果如何。湿润的泥土渗透出阵阵浓烈而又清新的气味，洁净而又令人神清气爽的空气中不时泛起阵阵凉风。这一切都显示出早晨、一个夏日美好早晨的氛围，宛如一个刚醒来的婴孩那张红扑扑的、刚洗净的小脸蛋那样使人感到可亲。

在离沟壑不远的一块林中空地中间，韦列季耶夫在铺着外套的地上坐着。玛丽娅·帕夫洛夫娜站着靠在他身边的一棵白桦树上，双手抄在背后。

他们俩都沉默不语。玛丽娅·帕夫洛夫娜眼睛凝视着远方。她的白头巾已从头上滑落到肩膀上，和风吹拂，微微掀动着她那匆匆梳理过的头发的末梢。韦列季耶夫伛偻着身子坐着，拿着树枝不时地敲着草地。

“怎么，”他终于开口说，“您生我的气了吗？”

玛丽娅·帕夫洛夫娜没回答。

“玛莎，您生气了吗？”他又重复了一遍。

玛丽娅·帕夫洛夫娜倏地瞥了他一眼，稍稍转过身去，低声说：

“是的。”

“为了什么？”韦列季耶夫问，扔掉了树枝。

玛丽娅·帕夫洛夫娜又不回答。

“不过，您确实有权利生我的气，”韦列季耶夫稍许沉默了一会儿又开腔道。“您一定认为我这个人不仅轻率，而且还……”

“您不了解我，”玛丽娅·帕夫洛夫娜打断他的话。“我压根儿不是为了自己而生您的气。”

“那为了谁呢？”

“为了您本人。”

韦列季耶夫抬起头，笑了笑。

“啊！我懂了！”他说。“又是这念头！您一想起我会一点儿没出息，就担忧起来。要知道，玛莎，您是个了不起的人，真的。您对别人关心得这么多，而对自己本人却关心得这么少。您完全没有利己主义，真的。世上再也找不到第二个像您这样的姑娘了。但可惜的是：我根本配不上您。我这不是说笑话。”

“您这样下去就更糟了。明知如此，却又什么也不去做。”

韦列季耶夫又笑了笑。

“玛莎，把您的一只手从背后抽回来，递给我，”他带着亲热、讨好的口气说。

玛丽娅·帕夫洛夫娜只是耸了耸肩。

“把您那美丽而又尊贵的手递给我，我想恭敬地、温存地亲吻它一下。轻浮的学生就是这样吻他宽容的老师的手的。”

说着，韦列季耶夫向玛丽娅·帕夫洛夫娜探过身去。

“够了，别开玩笑了！”她低声说。“您老是嘻嘻哈哈开玩笑，再这样下去，把您的一生都玩笑掉了。”

“嚄！开玩笑会把一生都玩笑掉！这真是一种新的说法！玛丽娅·帕夫洛夫娜，我看你用开玩笑这个动词，是指它的本义吧？”

玛丽娅·帕夫洛夫娜皱起眉头。

“够了，韦列季耶夫，”她又说了一遍。

“把一生都玩笑掉，”韦列季耶夫接着又说，然后站起身来，“不过您这样，结果会比我更糟，您老是一本正经的，会把您的一生都‘正经掉’的。要知道，玛莎，您使我想起普希金的《唐璜》①中的一幕戏。您没读过普希金的《唐璜》吗？”

“没读过。”

“哦，我忘了，您是不读诗歌的。诗剧中说客人们纷纷来找劳拉，可是她把他们都撵走，只留下卡洛斯一个人。他们俩走到阳台上，那个夜晚十分美妙。劳拉在欣赏夜色，卡洛斯冷不丁向她说起，随着时间的逝去，她一定会变老的。‘这有什么，’劳拉说，‘现在巴黎也许又冷又下雨，而我们这里却是“夜晚散发着柠檬和月桂的芳香”。’关于未来能猜想什么呢？您瞧瞧，玛莎，难道这里不美吗？您瞧，一切都欣欣向荣、富有生命力，一切都那么年轻。难道我们自己不年轻吗？”

韦列季耶夫向玛丽娅·帕夫洛夫娜挨近一点，她没有退后回避他，但也没有向他转过头来。

“您笑一笑，玛莎，”他继续说，“我只想看看您那和善的笑容，

① 这是普希金的一部五幕小戏剧，一译《石像客人》。

不愿见到您平时那种讥笑。我喜欢您那种充满善意的笑。抬起您那双高傲的、严厉的眼睛吧。您又怎么啦？ 您又要转过脸去？ 那就把您的手递给我吧。”

“哎哟，韦列季耶夫，”玛莎开口说，“您知道我不善言辞。您给我述说了那个劳拉的故事。但要知道，她是个女人……女人不考虑未来是可以原谅的。”

“玛莎，您说话的时候，”韦列季耶夫说，“由于自尊和害羞，老是脸红，鲜红的血直往脸上涌，我对您的这种脸色喜欢极了。”

玛丽娅·帕夫洛夫娜直视着韦列季耶夫的眼睛。

“再见，”她低声说，马上把围巾拉到头上。

韦列季耶夫拽住了她。

“行了，行了，您慢着！”他大声喊道。“那您想说什么？ 您尽管吩咐！ 您想要我去当差，还是去当一名农艺师？ 要不，就让我出版一本吉他伴奏的情歌，或者发表一部诗集、绘画集，或者去从事绘画、雕塑，或者去走钢丝？ 我什么都干，您吩咐我干什么，我就干什么，只要您对我满意！ 说真的，玛莎，请相信我。”

玛丽娅·帕夫洛夫娜又瞥了他一眼。

“您只是口头上说说而已，不会落实在行动上的。您得保证听我的。”

“当然，我听您的。”

“您要是听我的，那我曾经好几次请求您……”

“请求什么？”

玛丽娅·帕夫洛夫娜一时语塞了。

“别再喝酒了，”她终于低声说。

韦列季耶夫笑了起来。

“哎哟，玛莎呀，玛莎！ 您也在操这份心呀！ 我妹妹也这么忧心忡忡。是的，我喝酒，但是首先我压根儿不是个酒鬼；其次，您是否知道我为什么喝酒？ 您瞧那只燕子……您看，它勇敢地扑扇着翅膀，摆动着小小的身子，愿往哪儿飞，就往哪儿飞！ 它时而往上蹿，时而往下落，甚至高兴得啾啾叫个不停，听见吗？ 我喝酒，就是想要体验一下那只燕子感受的那种感觉……愿飘到东就飘到东，愿晃到西就晃到西……”

“这究竟是为了什么呢？”玛莎打断他的话头。

“怎么叫为了什么？ 人生在世除了这，还能为了什么？”

“难道不喝酒就不行吗？”

“是的，不行。像我们这些人都受过摧残，颓丧了。瞧，情欲……也能起那样的作用。我爱您，也就是由于这缘故。”

“就像喝酒一样……那我太谢谢了。”

“不，玛莎；我爱您跟爱喝酒不一样。稍等等，有朝一日我会向您证明这一点的，瞧，到那时我们结了婚，到国外去。您要知道，我早已想到将来带您站到米洛斯岛[①]上的维纳斯女神像面前。瞧，到那时我就背诵这几句诗：

她带着庄重的目光站在
米洛斯的基扑里达面前，
她们俩，那大理石雕像

① 希腊南部的一个小岛。

便仿佛因委屈而痛苦难言……①

“我今天为什么老是引用诗歌？ 这大概是早晨的环境对我的影响吧。多么清新的空气！ 就如喝美酒一样醉人。”

“又扯到了酒，”玛丽娅·帕夫洛夫娜说。

“这有什么！ 这么美好的早晨，而且您在我身边，叫人怎不陶醉呢！ ‘带着庄重的目光……’，是的，”韦列季耶夫凝视着玛丽娅·帕夫洛夫娜，继续说，“正是如此……不过我记得，我看见过，虽然很难得，但确实看见过这双美丽的黑眼睛，我发现了温柔的眼神！ 那时候这双眼睛多么妩媚动人！ 哎，玛莎，别转过脸去，唉，至少笑一笑吧……要是您的眼睛不愿赐予我温柔的目光，那么也得让我看到您的这双眼睛的神情是愉快的吧。”

“别这样了，韦列季耶夫，”玛丽娅·帕夫洛夫娜说。“让我走吧，我该回家了。”

“不过我一定要逗您笑一笑，”韦列季耶夫接口说，“真的，非要逗您笑一笑不可。哎，您瞧，有只兔子在跑……”

“在哪儿？”玛丽娅·帕夫洛夫娜问。

“在冲沟对面，在燕麦田里跑着。大概有人惊动它了。兔子在早上本来是不跑的。您愿意让我叫它马上停下来吗？”

于是韦列季耶夫打了个响亮的唿哨。兔子立时蹲下身来，扇动着耳朵，蜷缩起两只前爪，直起了身子，嘴里不住地嚼着，不时嗅嗅空

① 作者援引普希金的《谁知道那地方？ 那里的天空》（一八二八）中的诗句，但有错，应为：站在佛罗伦萨的基扑里达面前。基扑里达系维纳斯的别名。

气，然后又嚼起来。韦列季耶夫模仿兔子，敏捷地蹲下身子，接着皱皱鼻子，嗅嗅空气，又嚼嚼嘴，动作就跟兔子一样。兔子用爪子抹了两三下脸，抖了一下身子——大概它的爪子被露珠沾湿了——然后竖起耳朵，又继续跑了。韦列季耶夫用手抹了抹脸颊，也抖了一下身子……玛丽娅·帕夫洛夫娜忍不住笑了。

“太好了！”韦列季耶夫大声喊道，随即跃起身来，“太好了！瞧，您不是个卖弄风情的女子。您要知道，如果一个上流社会的小姐有您这么一口牙齿，那她会老是笑个不停！但是玛莎，您不是上流社会的小姐，不会无缘无故地笑，您那双手不戴手套，因此吻起来让人觉得愉快，您那双手晒得黑黑的，使人感到很有力量，正因如此，我才喜欢您……我之所以爱您，是因为您不会卖弄聪明，您高傲、沉默寡言；因为您不读书，不喜欢诗歌……”

“您是否愿意让我念几句诗给您听听？”玛丽娅·帕夫洛夫娜脸上带着一种奇特的表情打断他的话说。

“念诗？”韦列季耶夫惊异地问道。

“是的，就念昨天彼得堡的那位先生念的那几句诗。”

“又是《箭毒木》？……这么说您确实经常夜晚在花园中朗诵这首诗吗？这首诗合您的心意……不过，您难道真的这么喜欢这首诗吗？”

“是的，我真的喜欢。”

“朗诵一下吧。”

玛丽娅·帕夫洛夫娜害羞起来……

“朗诵吧，朗诵吧，”韦列季耶夫反复说。

玛丽娅·帕夫洛夫娜朗诵了。韦列季耶夫面对她站着，两手交叠在胸前，凝神倾听。玛丽娅·帕夫洛夫娜从朗诵第一句诗起，就慢慢地抬起眼睛，仰望天空；她不愿遇上韦列季耶夫的视线。她用平稳、柔和的声调朗诵，这声调使人想起大提琴的声音。但是当她朗诵到

这可怜的奴隶终于死在
不可违抗的主人的脚旁……

这句诗的时候，她的嗓音颤抖起来，像个天真的小姑娘似的扬起紧锁的、高傲的眉毛。两眼不由得流露出十分钟情的神情，紧盯着韦列季耶夫……

他骤然匍伏在她的脚下，搂住她的双膝。

"我是你的奴隶，"他大声喊道，"我跪在你的脚下了，你是我的主人，我的女神，我的有一双安详的大眼睛的赫拉①，我的美狄亚②……"

玛丽娅·帕夫洛夫娜本想推开他，但她的一双手却按在他一头浓密的鬈发上不动了，她面带惶遽的笑容垂下了脑袋……

五

要举办舞会的加夫里拉·斯捷潘内奇·阿基林属于这一类地主，他们虽然家产不多，但日子过得舒服，并且经常款待客人，他们的这种

① 希腊神话中的天后，主神宙斯的妻子，掌管婚姻和生育，是妇女的保护神。
② 希腊神话中科尔喀斯王埃厄忒斯的女儿，精通巫术。

本领着实令左邻右舍惊叹。他有四百来个农奴，常在他自己建造的那座石砌的富丽堂皇的大宅邸里接待全省的头面人物，他的宅邸带有圆柱、塔楼，塔楼上还竖着旗帜。这座庄园是他父亲遗留下来的，过去从来也不显得华丽。加夫里拉·斯捷潘内奇长年不在庄园，一直在彼得堡供职。后来终于在十五年前，他以八等文官的头衔带着妻子和三个女儿，回到故里。他立即着手改建这座庄园，并再建一些屋子，接着立即组成一支乐队，然后经常举行宴请。起初大家都预料，他不久必然会破产，而且不止一次地流传加夫里拉·斯捷潘内奇的庄园将要拍卖的消息。但是一年年过去，宴请、舞会、聚会、音乐会依然一次次举行，一幢幢新的建筑平地而起，好像是从地里钻出来的蘑菇似的。加夫里拉·斯捷潘内奇的这座庄园仍然没有拍卖，他本人照旧过得很好，最近甚至还胖了点儿。这时左邻右舍的闲聊又改变了话题。他们暗地里说他有些巨款，好像隐藏着，还传言他有财宝……“要是他是个出色的当家人，那还有这种可能，可是他根本不是这种人！”贵族们彼此之间这么议论道，“压根儿不是！ 瞧，这就是令人惊异和不可思议的地方。”不管怎么说，大家还是很乐意去拜访加夫里拉·斯捷潘内奇：他十分好客，而且还愿意跟客人们打牌，无论下多大的赌注都打。他个儿矮小，头发花白，长着尖尖的脑袋、发黄的脸和一对黄眼睛，脸总是刮得光光的，身上还洒香水。他无论是平时还是节假日，老是穿件宽大的蓝色燕尾服，钮扣一直扣到最上面一粒，打着个大领结，习惯把下巴颏缩在领结里，穿衬衫也十分讲究。他嗅鼻烟的时候，时常眯起眼睛，噘起嘴唇，说话也十分彬彬有礼、柔声细语，并且为表示尊敬，老是在一句话最后一个词的末尾加上“C”。从外表看来，加夫里拉·斯捷潘内奇并不显得特别活跃，一般地说，他的外貌不会使人有好感，看上去也像是个聪明人，虽说他的眼睛里有时也会闪现狡狯的神色。他把大女儿和二女儿的婚事安排得妥妥帖帖，小女儿还待字闺中。加夫里拉·斯捷潘内奇也有个妻子，可她是个无足轻重、沉默寡言的人。

晚上七点钟，弗拉基米尔·谢尔盖伊奇身穿燕尾服，戴着白手套，来到伊帕托夫家。他看见他们家里人都已着装完毕；那两个小姑娘规规矩矩地坐着，生怕弄皱她们洁白、浆硬的连衣裙。老伊帕托夫看见弗拉基米尔·谢尔盖伊奇穿着燕尾服，指着自己穿着的常礼服，亲切地责怪了他几句。玛丽娅·帕夫洛夫娜穿着一件非常合身的、深玫瑰红的薄纱连衣裙。弗拉基米尔·谢尔盖伊奇对她说了几句恭维话。玛丽娅·帕夫洛夫娜的美把他吸引住了，虽说她显然见他有点害羞。娜杰日达·阿列克谢耶夫娜他也喜欢，但是她那无拘无束的举止使他感到有点儿窘迫。就连她的言语、目光和笑容都常常流露出嘲笑的意味，使他那京都人的、有教养的心觉得不安。娜杰日达·阿列克谢耶夫娜嘲笑别人时，他也愿意与她搭档，但是一想到她竟然会嘲笑他本人，心中顿生不快。

舞会已经开始。阿基林家的大厅里宾客如云，伊帕托夫一家人陪伴着弗拉基米尔·谢尔盖伊奇走进客厅的时候，家庭乐队齐声奏起了舞曲，乐声或高或低，节奏明快。主人在门口迎接他们，感谢弗拉基米尔·谢尔盖伊奇的赏光给他们带来意想不到的愉快——他是这么说的——接着挽着伊帕托夫的胳臂，把他带到客厅里的牌桌边。加夫里拉·斯捷潘内奇受的教育很少，他家里的一切，无论是音乐、家具，还是食物、酒，不仅不能说是头等的，甚至连二等的都算不上。但是他什么东西都很充足，而且他本人不摆架子，不自吹自擂……左邻右舍的贵族不需要他拿出更多的什么东西，已对他的款待十分满意。譬如，吃晚饭时，摆上了切成小块的、很咸的鱼子酱，但谁也不会用手指来阻挡它，都把它当作下酒菜。固然，酒是廉价的，不过还是葡萄酒，不是其他什么饮料。加夫里拉·斯捷潘内奇家的软座座椅让人坐着觉得确实有点不舒服，因为这些座椅的弹簧太硬，没有一点弹性。有弹簧的软座椅子如此，更不用说许多没有弹簧的长沙发和扶手椅了。但是每个人都可以找个用加鲁斯布料做的座垫搁在身下，因为加夫里拉·斯捷潘内奇的太太亲手缝制的这种座垫家里有很多，到处都是，这样，别人也不会有什么不满足了。

总之，加夫里拉·斯捷潘内奇家的风气与该县的居民那种日常生活的思维方式和不注重礼节的习俗是相符的。仅仅由于阿基林先生的谦让，贵族会议上推选的首席贵族不是他，而是退伍少校波德佩金。这个人也十分受人尊敬，担任首席贵族当之无愧，虽然他常常把头发从左耳边梳往右鬓角，把唇髭染成淡紫色，而且患有气喘病，饭后常常有点郁闷。

舞会正在进行。十对舞伴在跳卡德里尔舞。男舞伴是驻扎在附近的一个团的几个年轻军官，还有几个不很年轻的地主和两三名城里来的官员。一切都很得体，一切都很正常。首席贵族在与一位退休的四等文官和拥有三千农奴的富有的老爷打纸牌。那位四等文官的食指上戴着一枚钻石戒指，说话很轻，两个并拢的脚后跟一动也不动，摆出昔日舞蹈家常用的那种姿态，也不转动一下被优质天鹅绒领子遮住一半的脑袋。那位有钱的老爷却相反，不知为什么老是发笑，老是扬起眉毛，翻白眼珠。诗人博德里亚科夫，一个模样愚笨、粗野的人，正在屋角跟一位有学问的史学家叶夫休科夫交谈：他们俩谈得津津有味。他们旁边有一位上身特长的贵族，在对另一位贵族阐述自己大胆的看法，后者怯生生地望着他的额角。靠墙坐着几个头戴五颜六色的包发帽的做母亲的，门口聚集着几个衣着一般的老爷，其中年轻的面露窘色，上了年纪的则显得脸色平和。但这一切是描述不完的。再说一遍：一切都很得体。

娜杰日达·阿列克谢耶夫娜来得比伊帕托夫一家人早一点。弗拉基米尔·谢尔盖伊奇看见她在跟一个模样很俊的年轻人跳舞，这个年轻人有一双传神的眼睛，留着又细又黑的小胡子，牙齿洁白闪亮，身穿漂亮的燕尾服。他胸前呈半圆形地挂着一条金链子。娜杰日达·阿列克谢耶夫娜穿着天蓝色的连衣裙，戴着白花。她那头发鬈曲的头上戴着一个用同样的花做成的小花环。她微笑着，摇着扇子，愉快地四下顾盼着。她觉得自己是这个舞会中的女皇。弗拉基米尔·谢尔盖伊奇走到她跟前，鞠了一躬，殷切地望着她，问她是否还记得昨天答应的事。

"答应的是什么事？"

"您答应跟我跳马祖卡舞，是不是？"

"是呀，当然跟您跳啰。"

站在娜杰日达·阿列克谢耶夫娜身边的那个年轻人顿时满脸通红。

"Mademoiselle①，"他开口说，"您大概忘了，您事先已经答应今天跟我跳马祖卡舞的。"

娜杰日达·阿列克谢耶夫娜十分窘迫。

"哎哟，天哪！ 这可怎办？"她说，"请原谅我，斯捷利钦斯基先生，我太颟颟顸顸了，心里真是过意不去……"

---

① 法语：小姐。

斯捷利钦斯基先生什么也没说，只是垂着眼睛。这时弗拉基米尔·谢尔盖伊奇端起了架子。

“请别见怪，斯捷利钦斯基先生，”娜杰日达·阿列克谢耶夫娜继续说，“我们已经是老朋友了，而阿斯塔霍夫先生是位新朋友：就别让我为难了，让我跟他跳吧。”

“随您的便，”年轻人说。“不过您该开始了。”

“谢谢您了，”娜杰日达·阿列克谢耶夫娜低声说，接着就向新舞伴飘然而去。

斯捷利钦斯基瞧了一眼她的背影，然后又瞅了一眼弗拉基米尔·谢尔盖伊奇。弗拉基米尔·谢尔盖伊奇也望了望他，就走开了。

一曲卡德里尔舞很快跳完了。弗拉基米尔·谢尔盖伊奇在大厅里转悠了一会儿，随后走进客厅，在一张牌桌边站停下来。蓦地，他觉得有人从身后碰了碰他的胳臂。他掉转身去一看，站在他面前的是斯捷利钦斯基。

“要是您允许的话，我们到隔壁房间去，我要跟您说两句话，”他操着带外国腔的法语非常有礼貌地说。

弗拉基米尔·谢尔盖伊奇跟着他走去。

斯捷利钦斯基在窗前站停下来。

“在一位小姐面前，”他还是操着法语说，“我不能说别的话，只得这么说。但是我希望，您不会认为我当真打算把我跟 mademoiselle Veretieff① 跳马祖卡舞的权利让给您。”

---

① 法语人名维雷蒂埃弗，这是这位法国人对娜杰日达·阿列克谢耶夫娜的称呼。

弗拉基米尔 · 谢尔盖伊奇不由得一惊。

“这话什么意思？”他问道。

“就这么个意思，”斯捷利钦斯基平静地回答，把两手插在怀里，鼓动起鼻翼。“我不打算这么做，仅此而已。”

弗拉基米尔 · 谢尔盖伊奇也把双手插在怀里，但没鼓动鼻翼。

“先生，请允许我向您指出，”他开口道，“您这么做会把mademoiselle Veretieff弄得很不愉快的，我认为……”

“这么做我本人也感到极不愉快，可是谁也不会妨碍您放弃这种权利，您可以说自己身体不舒服，或者有事要离开……”

“我不会这么做。您把我看作什么人？”

“既然如此，我不得不请您满足我的要求。”

“满足您的要求……这话什么意思？”

“意思很清楚。”

“您要求与我决斗吗？”

“正是这样，既然您不愿放弃跟她跳马祖卡舞的权利。”

斯捷利钦斯基竭力把这句话的口气说得平淡些。弗拉基米尔 · 谢尔盖伊奇的心顿时揪紧了。他瞧了瞧自己这位料想不到的对手的脸。“呸！天哪，你有多蠢啊！”他心里想。

“您不是在开玩笑吧？”他大声问。

“我向来没有开玩笑的习惯，”斯捷利钦斯基神气十足地回答，“尤其是对我所不熟悉的人。您不肯放弃跟她跳马祖卡舞的权利吗？”他沉默了片刻，补了一句。

“我不放弃，”弗拉基米尔 · 谢尔盖伊奇好像一边在思索，一边说。

“好！ 我们明天就决斗。”

“很好。”

“明天早上我的副手会来找您。”

说罢，斯捷利钦斯基毕恭毕敬地鞠了一躬，就走了。显然，他非常得意。

弗拉基米尔 · 谢尔盖伊奇仍在窗前待了一会儿。

“真糟糕！”他想，“这就是结交的新朋友给你招来的事！ 自己非要上这儿来！ 这下可好！ 麻烦了！”

然而，他终于还是恢复了常态，走进舞厅。

舞厅里已经在跳波尔卡舞了。玛丽娅 · 帕夫洛夫娜和彼得 · 阿历克谢伊奇在弗拉基米尔 · 谢尔盖伊奇眼前一闪而过，在此之前他一直没看见彼得 · 阿列克谢伊奇。看起来，玛丽娅 · 帕夫洛夫娜脸色苍白，甚至有点忧伤。接着，娜杰日达 · 阿列克谢耶夫娜和一位罗圈腿的、但热情洋溢的小个儿炮兵从他身边飘然而过，她显得满面春风，兴高采烈。第二轮她又跟斯捷利钦斯基跳。斯捷利钦斯基边跳边使劲地往后甩头发。

“老兄，”突然弗拉基米尔 · 谢尔盖伊奇背后传来伊帕托夫的嗓音，“您光瞧着，自己怎么不跳呢？ 您说实话，我们这个地方可以说是个僻静的庄园，可是也不错，是不是？”

“好一个僻静的庄园，真见鬼，”弗拉基米尔 · 谢尔盖伊奇寻思道，他嘟嘟囔囔地向伊帕托夫回答了几句，就往舞厅的另一角落走去。

“我必须去找个副手，”他继续在思忖，“见鬼，到哪儿去找呢？ 韦列季耶夫是不行的，其他人我又不认识。鬼知道怎么会有这种荒唐事！”

弗拉基米尔 · 谢尔盖伊奇心情烦躁的时候，说话老爱带个“鬼”字。

恰在这当口，弗拉基米尔·谢尔盖伊奇的视线落在正站在窗前无所事事的老好人伊万·伊里奇身上。

“找他不行吗？”他思索着，接着耸耸肩，几乎出声地补了一句：“只得找他了。”

弗拉基米尔·谢尔盖伊奇朝他跟前走去。

“刚才我碰到一桩非常古怪的事情，”我们这位主人公面露勉强的笑容开口说，“您想想，有一个陌生的年轻人要求与我决斗，拒绝又不可能，我只得去找个副手，您是否愿意当我的副手？”

虽说大家都知道，伊万·伊里奇一向处事冷静，态度平和，但这种不同寻常的请求着实令他吃惊。他困惑不解地、直愣愣地望着弗拉基米尔·谢尔盖伊奇。

“嗯，您要是答应，”弗拉基米尔·谢尔盖伊奇说，“那我就万分感谢了，我在这儿谁也不认识。只有您一个人……”

“我不能做您的副手，”伊万·伊里奇仿佛刚睡醒，嘟嘟哝哝说，“绝对不能做。”

“为什么？ 您对这种不愉快的事感到害怕吧？ 不过我可以担保，这一切都会保密……”

弗拉基米尔·谢尔盖伊奇说这几句话时，自己都觉得脸发红，心发慌。

“这有多傻！ 这一切真是傻透了！”同时他头脑中这么断定。

“对不起，我怎么也不能做您的副手，”伊万·伊里奇重复了一遍。他边摇头边往后退，不小心又碰倒了椅子。

他有生以来头一次不得不拒绝别人的请求，不过这个请求也太难为人了！

“那您至少也得帮我这个忙，”弗拉基米尔·谢尔盖伊奇抓住他的一只胳膊，用惶惶不安的嗓音继续往下说，“我刚才对您说的话，您可别告诉任何人，我恳求您做到这一点。”

“这我能做到，这我能做到，”伊万·伊里奇急忙说，“可是那件事我可不能做，随您怎么说，我也决不能做。”

“嗯，那好吧，那好吧，”弗拉基米尔·谢尔盖伊奇低声说，“但是您别忘了别告诉任何人，我希望您说话要小心……”他烦恼地自言自语道，“我明天去告诉那位先生，我找不到副手，让他本人爱怎么安排，就怎么安排，反正我在这儿是个外来人。我见鬼了，干吗非要去找那位先生不可！ 但又有什么法子呢？”

弗拉基米尔·谢尔盖伊奇心里十分不痛快。

这时候舞会还在继续进行。弗拉基米尔·谢尔盖伊奇很想马上离去，但是在马祖卡舞结束之前，根本别想这么做。他怎么能让对手洋洋得意呢？ 而弗拉基米尔·谢尔盖伊奇不走运，碰到舞会的司仪是个举止放肆的年轻人，他留着长头发，胸脯凹陷，胸前弯弯扭扭地系着一条形状如小瀑布似的黑缎子领带，上面还别着一枚颇大的镀金佩针。这位年轻的先生已熟知上流社会的一切风尚和习俗而享誉全省，虽说他在彼得堡待了总共只有六个月，而且还未进入过地位高于六等文官桑达拉基和他的女婿、五等文官科斯坦达拉基的人家。每场舞会都由他当司仪，他老是以击掌来示意乐师们演奏，在喇叭的怒号和小提琴的尖叫声中，他大声嚷嚷道：“En avant deux! ①”或者叫道：

① 法语：向前两步！

“Grande chaine![1]”或者又叫喊道：“A vous, mademoiselle![2]”并且脸色苍白，汗涔涔的，不时在舞厅里窜来窜去，急速地滑过，地上发出沙沙响声。他不到半夜是从来不会让跳马祖卡舞的。“这还算是宽容的呢，”他常常这么说，“要是在彼得堡，我非得让你们挨到两点钟不可。”弗拉基米尔·谢尔盖伊奇似乎觉得这个舞会时间太长了。他像个影子似的从舞厅游荡到客厅，偶尔用冷淡的目光与自己的对手对视一下。他的对手不放过每一场舞。弗拉基米尔·谢尔盖伊奇邀请玛丽娅·帕夫洛夫娜跳卡德里尔舞，可是她已经被人邀请了。有一两次他与操劳的主人交谈几句，而主人发现新来的客人一脸烦闷，似乎觉得不安。末了，终于骤然响起大家所盼望的马祖卡舞曲。弗拉基米尔·谢尔盖伊奇找到自己的舞伴，搬来两把椅子，与她坐在最后几对舞伴中间，几乎正对着斯捷利钦斯基。

果然不出所料，那个当司仪的年轻人首先与舞伴翩然起舞。他拽着舞伴跳起了马祖卡舞，神情专注，而且不时地用脚踩地板，仰起头——这一切几乎不是笔墨所能描绘的。

“我看，阿斯塔霍夫先生，您感到无聊了吧？”娜杰日达·阿列克谢耶夫娜蓦地面向弗拉基米尔·谢尔盖伊奇，开口问道。

“我？一点儿也不。您为什么这么认为呢？”

“嚄，从您的表情看出来的……您来到此地，一次也没笑过。我没料想您会这样。像您这样讲究实际的老爷，居然也会 à laByron[3] 板着面孔，不爱搭理人，这多不合适呀。还是让文人们去搞这一套吧。”

---

① 法语：大连环！
② 法语：小姐，轮到您啦！
③ 法语：像拜伦似的。

“我发现，娜杰日达·阿列克谢耶夫娜，您常常管我叫讲究实际的人，好像取笑我似的。您想必认为我是个冷漠无情而富有理智的人，根本不懂得这一套……您是否知道真情？ 现在我告诉您：一个讲究实际的人常常觉得很不轻松，但是他认为自己内心所发生的事没必要向别人吐露。他宁愿保持沉默。”

“您说这话是什么意思？”娜杰日达·阿列克谢耶夫娜扫视了他一下，问道。

“没什么意思，”弗拉基米尔·谢尔盖伊奇故作冷漠地说，同时做出一副神秘的模样。

“究竟有什么事？”

“真的，没什么事……以后总有一天您会知道的。”

娜杰日达·阿列克谢耶夫娜本想追问下去，但这时一个小姑娘、主人的女儿把斯捷利钦斯基和另一个戴蓝眼镜的男舞伴带到了她跟前。

“您要‘活的’，还是要‘死的’？”小姑娘操着法语问她。

“要‘活的’！”娜杰日达·阿列克谢耶夫娜高声说，“我现在还不想死。”

这时斯捷利钦斯基向娜杰日达·阿列克谢耶夫娜鞠了一躬，于是她便跟他走开了。

那位被叫作“死的”、戴蓝眼镜的男舞伴悻悻地跟主人的女儿走了。这两个称呼都是斯捷利钦斯基臆想出来的。

“请告诉我，那位斯捷利钦斯基先生是什么人？”娜杰日达·阿列克谢耶夫娜刚回到座位上，弗拉基米尔·谢尔盖伊奇便问她。

“他在给省长当差，是个挺讨人喜欢的年轻人。他不是本地人。他有点儿花花公子的习气，但他们这种人天生就是如此。我想您没有为跳马祖卡舞而跟他发生什么纠缠吧？”

“丝毫没有，”弗拉基米尔·谢尔盖伊奇支支吾吾地说。

“我真是太健忘了！ 您简直不可能想象！”

“我应当为您的这种健忘而高兴：它让我今天有幸与您跳舞。”

娜杰日达·阿列克谢耶夫娜稍稍眯缝起眼睛望了望他。

“真的吗？ 您喜欢跟我跳舞？”

弗拉基米尔·谢尔盖伊奇说了一句恭维话作为回答。渐渐地，他打开了话匣子。娜杰日达·阿列克谢耶夫娜向来非常可爱，那天晚上尤为妩媚动人；弗拉基米尔·谢尔盖伊奇觉得她挺迷人。一想到明天要决斗，他的神经就兴奋，连说话也活跃起来，妙语连珠。在这个念头的影响下，他让自己在表达感情时稍带几分夸张的口气……“只得如此，就这样吧！”他思忖道。在他那一切话语中，在那克制的叹息中，在那突然变得忧郁的目光中，显露出一种神秘莫测的意味，不由自主的伤感和一种悲壮的失望。末了，他也闲聊起来，居然大谈爱情，大谈女人，大谈自己的未来，并且大谈他对幸福的理解及对命运的企求……他用隐语拐弯抹角地说出自己的想法。在可能死亡的前夜，弗拉基米尔·谢尔盖伊奇跟娜杰日达·阿列克谢耶夫娜调起情来。

她仔细地听他说，笑笑，摇摇头，时而跟他争论几句，时而装作不信的样子……他们的交谈常常被一对对走近的舞伴所打断，后来话题出现了有点儿奇怪的变化……弗拉基米尔·谢尔盖伊奇问起娜杰日达·阿列克谢耶夫娜关于她本人的情况，问起她的性格、她的喜好……起初她说些笑话敷衍，接着完全出乎弗拉基米尔·谢尔盖伊奇意料之外，冷不丁问他什么时候走。

“去哪儿？”他惊异地问。

“回自己家呀。”

“回萨索沃村吗？”

“不，回家，回您的一百俄里外的庄园。”

弗拉基米尔·谢尔盖伊奇垂下了眼睛。

“我希望快点儿走，”他脸色忧郁地低声说。“我想明天……如果我还活着的话。要知道我有许多事要办呢！ 不过，您为什么突然想起问我这事儿？”

“随便这么问问！”娜杰日达·阿列克谢耶夫娜回答说。

“是什么原因呢？”

“随便这么问问！”她重复了一遍。“一个人明天就要走了，今天还想了解我的性格，这个人的好奇心使我感到惊异……”

“但请问……”弗拉基米尔·谢尔盖伊奇刚要问……

“嘿，瞧这上面写的……念念吧，”娜杰日达·阿列克谢耶夫娜笑嘻嘻地打断他的话，一边伸手递给他一张刚从邻桌上拿来的糖果包装纸。这时玛丽娅·帕夫洛夫娜同另一位女舞伴在她面前站停下来，她站起来去迎接她。

玛丽娅·帕夫洛夫娜与彼得·阿列克谢伊奇跳了舞。她脸上布满了红晕，有点儿发烧，可是神情并不愉快。

弗拉基米尔·谢尔盖伊奇瞧着那张糖果包装纸——那上面有一行印得很糟的法文：

Qui me néglige，me perd，[①]

---

① 法语：谁小看我，谁就会失去我。

他抬头一瞧，正好碰上斯捷利钦斯基直愣愣地盯着他的目光。弗拉基米尔·谢尔盖伊奇勉强笑了笑，一个胳膊肘支在椅背上，把一条腿架在另一条腿上。那意思就是："等着瞧，有你好看的！"

这时热情的炮兵搂着娜杰日达·阿列克谢耶夫娜回到她的座位跟前，两人急速地打了个旋，然后他鞠了一躬，两脚跟并拢碰响马刺，就离去了。她坐了下来。

"请教一下，"弗拉基米尔·谢尔盖伊奇一字一顿地说，"我该怎么理解糖果包装纸上的那句话……"

"那糖果包装纸上是句什么话？"娜杰日达·阿列克谢耶夫娜说。"啊，对了！ Qui me nélige，me perd．嘘！ 那是句绝妙的处世格言，处处都能用得上。一个人无论在哪方面要想取得成功，就一点儿也不要轻视这方面的事……必须要有夺取一切的气概，那样也许能得到点什么。但我觉得可笑，我竟然对您这么一个讲究实际的人大谈起处世格言来了……"

娜杰日达·阿列克谢耶夫娜纵声大笑，后来直到舞会结束，弗拉基米尔·谢尔盖伊奇竭力想恢复原先的交谈，但是都白费了。娜杰日达·阿列克谢耶夫娜像个任性的小孩在耍脾气，有意岔开他的话题。弗拉基米尔·谢尔盖伊奇对她述说自己的感情，可是她要么干脆不回答他，要么把他的注意力转到女士们的服装上，另一些男人的令人可笑的脸上，她哥哥灵巧的舞步上，以及玛丽娅·帕夫洛夫娜的美貌上，并且聊起音乐，聊起昨天的事，聊起叶戈尔·卡皮托内奇和他的夫人玛特廖娜·玛尔科夫娜……只是在舞会即将结束，弗拉基米尔·谢尔盖伊奇向她鞠躬辞行的时候，她才嘴角挂着讥笑，眼里露出嘲笑的神色说：

"您明天一定要走吗？"

“是的，这回也许要走得很远了，”弗拉基米尔·谢尔盖伊奇意味深长地低声说。

“祝您一路顺风。”

说罢，娜杰日达·阿列克谢耶夫娜迅速地跑到哥哥跟前，凑近他耳畔，愉快地嘀咕了几句，然后高声问道：

“你谢谢我吗？是不是得谢谢？不是吗？要不然，他就会邀请她跳马祖卡舞的。”

哥哥耸耸肩，低声说：

“反正这也不会出什么……”

她带他到客厅里去了。

“卖弄风情的女人！”弗拉基米尔·谢尔盖伊奇心里想，抓起帽子，悄然地溜出舞厅。他事先关照仆人要做好准备，现在找到了他。弗拉基米尔·谢尔盖伊奇已经穿上大衣，突然有件事使他极其惊异：仆人向他禀告，他们走不成了，因为马车夫不知怎么的喝醉了，简直毫无办法叫醒他。弗拉基米尔·谢尔盖伊奇把马车夫咒骂了几句，但措辞很厉害（事情发生在前厅，有旁人在场）。接着他对仆人说，如果明天清早马车夫还没醒来，那谁也不能想象这会带来什么后果。说罢，他回到舞厅，请管家给他一个房间，说是不等吃晚饭就要去休息，虽说客厅里已经准备好了晚饭。这当口这家的主人蓦地好像从地板下冒出来似的，站在弗拉基米尔·谢尔盖伊奇身边（加夫里拉·斯捷潘内奇脚蹬一双没有后跟的靴子，所以走动时悄无声息），开始劝他留下用餐，并说晚饭将有头等的鱼子酱。但是弗拉基米尔·谢尔盖伊奇借口头疼推托了。半小时后，他已经躺在一张不大的床上，盖着一条短被子，尽力想睡着。

可是他睡不着。他辗转反侧，竭力想其他什么事情，但是斯捷利钦斯基的身影老是在他眼前萦绕不去……瞧，他举枪瞄准了……瞧，他开枪了……“阿斯塔霍夫被打死了，”有人说。弗拉基米尔·谢尔盖伊奇虽称不上是个勇士，可也不是个胆小鬼。不过，他从来也没想到过要跟别人决斗……决斗？他是个明智的人，性情平和，又很注重礼貌，而且还幻想未来过富裕的生活，有般配的婚姻！如果这件事与他本人不相干，那他一定会纵声大笑，因为这整个事情在他看来，实在太荒唐，太可笑了。要决斗！跟谁决斗？干吗决斗？！

“呸，真见鬼！无聊透了！”他不由得大声喊了起来。“唉，要是他真的开枪把我打死的话，”他继续思忖着，“得采取措施，事先作一下安排……有人会为我惋惜吗？”

他苦闷地闭上一双睁得大大的眼睛，把被子拉到脖子上……但依然睡不着……

黎明时分，天边刚露出鱼肚白，弗拉基米尔·谢尔盖伊奇由于极度兴奋的失眠而身心疲惫不堪，正要打起盹来，突然觉得脚不舒服，有什么压着。他睁开眼睛一瞧……原来是韦列季耶夫坐在他的床沿上。

弗拉基米尔·谢尔盖伊奇十分惊异，尤其是在他发现韦列季耶夫没穿常礼服，从他那敞开着的衬衫里面裸露着胸膛，头发披散在额角上，连脸色都变了的时候。弗拉基米尔·谢尔盖伊奇在床上欠起身来……

“请问……”他张开两臂，开口问道。

“我来找您，”韦列季耶夫用嘶哑的嗓音说，“对不起，我竟这种模样……我们多喝了一点……我想让您安下心来。我刚才对自己说：那里躺着一位绅士，他大概还没入睡。我们去助他一臂之力。您注意听着：您明天不用去决斗了，现在可以安睡了……”

弗拉基米尔·谢尔盖伊奇越加惊异了。

“您说这话是什么意思？”他喃喃地问。

“是的，一切都调解好了，”韦列季耶夫继续说，“那位从维斯瓦河畔来的先生……斯捷利钦斯基……向您道歉……明天您会收到他的信……我再向您重复一遍：一切都结束了……您现在就安睡吧！”

韦列季耶夫说完这些话，便站起身来，迈着摇摇摆摆的步子向门口走去。

“可是请问，请问，”弗拉基米尔·谢尔盖伊奇开口说。“您是怎么知道的？我怎么能相信……”

韦列季耶夫瞧了瞧他。

“嗄！您以为我是……那个……（说着，他稍稍向前俯了一下身）……告诉您了……他明天会给您捎信来……您在我心中并不引起特别的好感，可是豁达大度又是我的弱点。眼下怎么谈起这个？……这些都是瞎扯……”他挤了挤眼，又补了一句，“您说实话，您毕竟吓坏了吧，是不是？”

弗拉基米尔·谢尔盖伊奇生气了。

“对不起，先生，终于……”他低声说。

“嗯，好吧，好吧，”韦列季耶夫面带和善的微笑打断他的话。“别发火。您不知道，我们举行舞会，每次都免不了会发生这种事……这已经是家常便饭了。但这种事从来也没有造成任何影响。谁愿意惹出大祸来呢？唉，为什么不愿试试锋芒，逞逞英雄呢，啊？比如说，在一个外来的人面前充充好汉呢？In vino veritas.①您我都不懂拉丁

① 拉丁语：酒后吐真言。

文。但是我从您的神态看得出，您想睡觉了。祝您，一位讲究实际的先生和好心肠的人晚安。请接受另一个一钱不值的人的这种祝愿吧。Addio, mio caro![1]”

于是韦列季耶夫走了。

“鬼知道这是怎么回事！”弗拉基米尔·谢尔盖伊奇过了一会儿大声喊道，并伸出拳头捶在枕头上，“这简直不成体统！……非得叫他解释清楚不可！这我可无法容忍！”

说罢这些话，过了五分钟他已经酣然入睡了。他觉得心情轻松了……已经过去了的危险使人精神缓和，心头充满甜蜜。

原来在韦列季耶夫深夜突然来找弗拉基米尔·谢尔盖伊奇之前发生了这么一件事：

加夫里拉·斯捷潘内奇有个堂侄子住在他家，独个儿占据了屋子底层的一个空房间。每当举行舞会，总有些年轻人在舞会间隙跑到他这儿来匆匆忙忙抽一会儿茹科夫牌香烟，晚饭后又聚集在他屋里一起狂饮滥喝。那天晚上到他那儿去的人有很多，斯捷利钦斯基和韦列季耶夫也在其中。老好人伊万·伊里奇跟着其他人也转悠到这儿来了。大家做了热糖酒。尽管伊万·伊里奇答应阿斯塔霍夫不对任何人透露面临着的那场决斗，但是当韦列季耶夫无意中问起他跟那个萎靡不振的人（韦列季耶夫总是这么称呼阿斯塔霍夫的）谈了些什么的时候，老好人忍不住把他跟弗拉基米尔·谢尔盖伊奇的全部谈话一字不漏地重复了一遍。

韦列季耶夫哈哈大笑起来，然后又陷入沉思。

---

① 意大利语：再见，我亲爱的！

“他要跟谁决斗？”他问道。

“哦，这我不能告诉你，”伊万·伊里奇说。

“那他跟什么人交谈过吗？”

“跟许多人谈过……也跟叶戈尔·卡皮托内奇谈过。他总不会跟他决斗吧？”

韦列季耶夫从伊万·伊里奇身边走开了。

热糖酒做好了，大家喝了起来。韦列季耶夫坐在一个最显眼的位子上。他生性快乐而又喜欢纵酒作乐，在年轻人的聚会中往往充当领头人。他迅速脱掉常礼服，解下领结。大家请他唱歌，他抓起吉他，唱了几首歌。这些年轻人喝酒喝得头都有点儿发热了，这时他们又站起来碰杯。喝得满脸通红的斯捷利钦斯基忽然跳到桌子上，把酒杯高高地举到头顶上方，高声喊叫道：

“我祝愿……我知道祝愿谁，”他急促地说，随后把酒一饮而尽，把酒杯扔在地上，又补了一句：“让我的敌手明天也像这样被砸得粉碎！”

早已注视着他的韦列季耶夫，猛然抬起头来……

“斯捷利钦斯基，”他低声说，“首先你从桌子上下来：这不成体统，再说你那双靴子也令人厌恶；其次，你到我这儿来，我有事要对你说。”

韦列季耶夫把他带到一边。

“你听我说，老弟，我知道你明天要跟那位从彼得堡来的绅士决斗。”

斯捷利钦斯基不由得颤栗了一下。

“你怎么……谁告诉你的？”

“我对你说吧：我还知道你为了谁而决斗。”

“为了谁？ 我倒有兴趣听听。”

“哎呀，你这个人，真是个塔列兰①！ 不消说，是为了我妹妹喽。好了，好了，别装出一副大吃一惊的模样了。这真让你变得像个大傻瓜似的。我想象不出你们是怎么惹出这么个结果的，但是我确切知道有这么回事。得了吧，老弟，”韦列季耶夫继续说，“你这会儿还装什么蒜呀？ 我知道你早已在向她献殷勤了。”

“但这毕竟不能证明……”

“请你别再说下去了。还是听我对你说吧。我无论如何不允许决斗。你明白吗？ 这种愚蠢的行为会毁了我妹妹一生的。对不起，只要我活着……决不允许发生这种事情。你我都会完蛋——这活该如此，可她应当活很久，而且要活得幸福。是的，我敢发誓，”他突然十分激动地补了一句，“其他人我可以不管，甚至是为我牺牲了一切的人，而对她，我决不允许任何人动她一根毫毛。”

斯捷利钦斯基勉强地笑了笑。

“老伙计，你喝醉了，在胡扯……如此而已。”

“你难道就没喝醉吗？ 但是不管我喝醉没喝醉，这压根儿无所谓。而我现在说的是正经事。你不能去跟那位老爷决斗，对此我要作出保证。你没事找事非要跟他去纠缠在一起！ 你是醋劲大发了呢，还是怎么的？ 人家说热恋的人都很愚蠢，这话不假！ 她跟他跳舞，只是免得他想要邀请……好了，问题也不在这里。反正不许跟他决斗。”

“哼！ 这我倒要瞧瞧，你怎么阻止得了我？”

---

① 塔列兰(1754—1838)，法国外交家。

“那就这样：如果你不立刻答应我放弃这次决斗，那我跟你决斗。”

“是吗？”

“我的朋友，这你不必怀疑。我会当着大家的面，马上用最不寻常的方法让你名誉扫地，然后哪怕蒙着手帕跟你决斗。依我看，出于种种原因你是不愿意看到这种局面的，是不是？”

斯捷利钦斯基勃然大怒，开口说这是 intimi dation①，说他不允许任何人干涉他的私事，说他会什么也不顾的……但是最后还是顺从了他，表示愿意放弃任何谋害弗拉基米尔·谢尔盖伊奇生命的企图。韦列季耶夫拥抱他，而且不到半小时的工夫，他们俩已经第十次举杯喝 Brüderschaft② 了，也就是说，他们手拉着手喝酒的……那位年轻的舞会主持人也跟他们一起喝 Brüderschaft，起先他并不逊色，可是后来终于醉得沉沉睡着了，模样十分天真，完全不省人事地仰卧了很久……他那苍白的小脸蛋的表情显得既滑稽可笑，又可怜……天哪！ 要是上流社会的女士们以及他的熟人看见他这副狼狈相，她们会说什么呢！但幸好，他连一个上流社会的女士也不认识。

伊万·伊里奇在那个夜晚也出足了风头。他起初冷不丁唱起：“从前乡村里有一位男爵，”顿时使客人们大吃一惊。

“松雀！ 松雀唱起歌来了！”大家纷纷嚷嚷道，“松雀在夜晚唱歌，这是常有的事呀！”

“哼，好像我只会唱一只歌似的，”伊万·伊里奇带着一股酒劲反

① 法语：恐吓。
② 德语：结义酒。

驳道，“我还会唱别的歌哩。”

“那好，那好，那好，那就给我们露一手吧。”

伊万·伊里奇沉默片刻，忽然用男低音唱起《克拉姆巴姆布利，祖辈的遗产》[①]，但是他唱得走调，怪腔怪调的，马上引得大家哄然大笑，笑声盖过他的声音，于是他就沉寂下来。

等舞会结束，大家四下散去之后，韦列季耶夫去找弗拉基米尔·谢尔盖伊奇，于是他们之间就出现了那场上面已经提到的、时间不长的交谈。

第二天一清早，弗拉基米尔·谢尔盖伊奇就赶车回自己的萨索沃村去了。他整个上午是在焦虑不安中度过的，几乎把一个来找他的生意人当作对方派来的副手，只是在仆人给他捎来斯捷利钦斯基的一封信之后，他才缓了一口气，平静下来。弗拉基米尔·谢尔盖伊奇把这封信反复读了好几遍——信中的措辞非常巧妙……斯捷利钦斯基是这样开头的：la nuit porte conseil， monsieur，[②]——他一点儿也没有道歉，因为在他看来，他丝毫没有侮辱他的对手。不过，他承认头天他过于急躁了。在信的末尾他说，现在他完全听从阿斯塔霍夫先生（de m-r Astakhof）的吩咐，本人已经再也不希望满足自己的要求了。弗拉基米尔·谢尔盖伊奇立即写了一封回信，信中通篇都是客套话，笔调轻松，并带点自尊，但没流露出丝毫夸口的意味。信发出后，他不时地搓搓手，一边坐下来吃午饭，吃得十分高兴。吃完午饭，他甚至没事先派出途中备换的马匹，就往家赶路了。他现在走的这条道离伊帕托夫庄园

---

① 这是一首德国大学生唱的歌曲。
② 法语：先生，早上比晚上聪明。

大约有四俄里……弗拉基米尔 · 谢尔盖伊奇朝伊帕托夫庄园的方向望了望……

“再见，僻静的庄园！”他讥笑着低声说。

娜杰日达 · 阿列克谢耶夫娜和玛丽娅 · 帕夫洛夫娜的形象一瞬间又浮现在他的脑海里；他摆了摆手，掉转身去，打起瞌睡来了。

六

一转眼过去三个多月。秋天早已来到，林中枯黄的枝叶已经凋落，山雀飞来，风开始狂呼怒号，这都是冬天来临的真正标志。但是大雨难得下，因此道上还不是十分泥泞。弗拉基米尔 · 谢尔盖伊奇趁这个时机，到省城去办几桩即将成交的买卖。那天早上他坐着马车到处转悠，晚上才去俱乐部。在俱乐部阴暗的大厅里，他遇到了几个熟人，其中有个名叫弗利奇的退伍老骑兵大尉，他是个大名鼎鼎的生意人，爱说俏皮话、爱打牌和喜欢播弄是非。弗拉基米尔 · 谢尔盖伊奇与他交谈起来。

“哦，我恰好想起来了，”退伍骑兵大尉突然大声喊道，“近日，有一位您熟识的太太坐车路过此地，她嘱咐我向您致意。”

“哪一位我熟识的太太？”

“斯捷利钦斯卡娅呀。”

“我可不认识什么斯捷利钦斯卡娅。”

“她还是个姑娘时您就认识她了……她娘家姓韦列季耶娃……姓名叫娜杰日达 · 阿列克谢耶夫娜。她的丈夫在我们省长手下做事。您大概也见到过他……是个很活跃的人，蓄着小胡子……他讨了一个漂亮的老婆，而且还得到一笔财产。”

“原来如此，”弗拉基米尔·谢尔盖伊奇说。“她嫁给了他……哼！他们到哪儿去？”

“到彼得堡去。她还吩咐我提醒您记住什么一张糖果包装纸……如果允许我好奇地问一下的话，那张糖果包装纸算是怎么回事？”

于是这个好播弄是非的老家伙向前伸出那条尖尖的鼻子，倾听着。

“我不记得了，真的，那只是个玩笑，”弗拉基米尔·谢尔盖伊奇说。“请问，她哥哥现在在哪儿？”

“彼得吗？唉，他糟透了。”

弗里奇先生向上直翻他那双狐狸似的小眼睛，叹了口气。

“他怎么了？”弗拉基米尔·谢尔盖伊奇问。

“纵酒作乐！这个人算是完了。”

“他现在在哪儿？”

“根本不知道他在哪儿。跟着一些吉卜赛姑娘不知去哪儿了，这是最可靠的消息。反正他不在本省，对这一点我可以担保。”

“还有老伊帕托夫，他还住在那儿吗？”

“您说米哈伊拉·尼古拉伊奇吗？那个怪人？他还住在那儿。”

“他家里所有人……也都跟以前一样吗？”

“那当然，那当然。您要是当时娶他的小姨子为妻有多好，是不是？要知道她简直不像个女人，倒像尊雕像，真的。嘿——嘿！我们这儿大家常常谈论……说是……”

“原来如此，”弗拉基米尔·谢尔盖伊奇眯缝着眼睛说。

这时候，有人来请弗利奇去打牌，于是交谈就中断了。

弗拉基米尔·谢尔盖伊奇本想快点回家去，但是这会儿突然收到萨索沃村长特意派人送来的消息，说是村里有六幢宅院烧毁了，于是他决定亲自去那里一趟。从省城到萨索沃村约有六十俄里。弗拉基米尔·谢尔盖伊奇人暮时分就赶到了读者已经熟悉的那座屋子，立即吩咐召来村长和地方总管，把他们狠狠责骂了一顿。第二天早上他就去视察发生火灾的地方，作了一些必要的安排。午饭后，他稍许犹豫了一下，然后就去拜访伊帕托夫。弗拉基米尔·谢尔盖伊奇如果不是听弗利奇说起娜杰日达·阿列克谢耶夫娜已经离开此地，他大概会待在家里。他不愿跟她再见面，但是再去看望一下玛丽娅·帕夫洛夫娜，他倒是愿意的。

到了那儿，如第一次拜访时那样，弗拉基米尔·谢尔盖伊奇又恰好碰上伊帕托夫同老好人在下棋。老头儿看见他来了，非常高兴。但是弗拉基米尔·谢尔盖伊奇似乎觉得他脸色显得忧心忡忡，说话也不像以前那样爽直、随便。弗拉基米尔·谢尔盖伊奇与伊万·伊里奇默默地互相瞧了一眼。这时他们俩都觉得很不自在，不过他们很快又恢复了常态。

“全家都好吗？”弗拉基米尔·谢尔盖伊奇问道，同时坐了下来。

“大家都很好，谢天谢地，十分感谢，”伊帕托夫回答说。“只有玛丽娅·帕夫洛夫娜不那么……她老是待在自己房间里。”

“她患感冒了？”

“不是……不舒服。待会儿，她会来喝茶的。”

“叶戈尔·卡皮托内奇怎么样？他现在在忙什么？”

“唉！叶戈尔·卡皮托内奇精神上受到极大的打击。他的妻子死了。”

“不可能！”

“她得了霍乱，一昼夜就死了。您现在可能认不出他了，他简直变了样儿。他常说：‘玛特廖娜·玛尔科夫娜不在了，生活成了我的负担。谢天谢地，我也快死了；我不想活下去了。’真的，这个可怜的人儿绝望了。”

“啊，我的上帝，这多么令人痛苦！”弗拉基米尔·谢尔盖伊奇大声喊道。“可怜的叶戈尔·卡皮托内奇！”

大家都沉默不语。

“我听说，您那位女邻居出嫁了，”弗拉基米尔·谢尔盖伊奇微微红着脸说。

“是娜杰日达·阿列克谢耶夫娜吗？是的，她出嫁了。”

伊帕托夫乜斜着眼瞧了瞧弗拉基米尔·谢尔盖伊奇。

“那还用说……对了，她结了婚，就离开了这里。”

“去彼得堡了？”

“是的，去圣彼得堡了。”

“我想，玛丽娅·帕夫洛夫娜时常惦念着她吧？她们俩似乎很要好。”

“当然，她惦念着她。不可能不惦念。不过说到她们的交往，我对您说，姑娘们交往还不如男人呢。她们在一起时挺好，一旦分开，就音信全无了。”

“您这样认为？”

“是的，的确如此。就拿娜杰日达·阿列克谢耶夫娜来说吧，就是这样。她走了之后，没给我们来过一封信。想当初她满口答应，甚至指天发誓说会给我写信。当然，她现在顾不上这个。”

“她走了很久了吗？”

“是的，走了快六个礼拜了。她结婚后的第二天，就学外国人的样儿，急急离去了。”

“据说，她的哥哥也不在这儿了，是吗？”弗拉基米尔·谢尔盖伊奇稍顿了片刻，说。

“是的，他也走了。要知道，他们都是京城里的人，他们在乡村是不会住很久的！”

“您也不知道他到哪儿去了吗？”

“是的，不知道。”

“他偶尔来一次，转瞬又走了，”伊万·伊里奇说。

“他偶尔来一次，转瞬又走了，”伊帕托夫重复了一遍。“嗯，那您，弗拉基米尔·谢尔盖伊奇，日子过得不错吧？”他在椅子上转过身来，又补了一句。

于是弗拉基米尔·谢尔盖伊奇开始述说自己的情况。伊帕托夫听他说，听着听着，终于大声喊道：

“玛莎怎么还不来？ 伊万·伊里奇，你去把她找来。”

伊万·伊里奇从屋里出去了。不一会儿他回来说，玛丽娅·帕夫洛夫娜马上就来。

“怎么，她头疼吗？”伊帕托夫压低嗓音问。

“是的，头疼，”伊万·伊里奇回答。

这时门打开了，玛丽娅·帕夫洛夫娜走进屋来。弗拉基米尔·谢尔盖伊奇站起身，鞠了一躬，他惊异得连一句话也说不出来了：自从他上次见到玛丽娅·帕夫洛夫娜之后，她的模样变得厉害！ 红晕已从她消瘦的脸颊上消失，眼睛周围有一个很大的黑圈，嘴唇抿得紧紧的，显得很痛苦，整张木然呆滞的、黑黝黝的脸好像石雕似的。

她抬起眼睛，目光黯然失神。

“你感觉怎么样？”伊帕托夫问她。

“我身体很好，”她回答，接着在桌子边坐下，这时桌子上的茶炊已经沸腾了。

那天晚上，弗拉基米尔·谢尔盖伊奇照常又感到烦闷。而且大家的心情都不好。交谈都不怎么愉快。

“瞧，”伊帕托夫倾听着狂风怒号，插话说，“风声多么凄厉！夏天早已过去；秋天也快过去了，冬季就要来到。周围又要堆起雪堆。但愿能快点下雪。要不，这种时候到花园里去，不免让人忧伤……真是一片荒芜的景象。风吹得树枝哗哗地响……是啊，美好的日子过去了！”

“过去了，”伊万·伊里奇附和着说。

玛丽娅·帕夫洛夫娜默默地瞧了瞧窗外。

“上帝保佑，美好的日子会回来的，”伊帕托夫说。

谁也没有应声附和他。

“您还记得我们那时候在这儿愉快地唱歌吗？”弗拉基米尔·谢尔盖伊奇说。

“过去的事不必再提了！”老头儿叹了口气，回答说。

“不过您还能唱，”弗拉基米尔·谢尔盖伊奇向玛丽娅·帕夫洛夫娜转过身去，继续说，“您有这么好的嗓子。”

她没有搭话。

“那您的母亲怎么样？”弗拉基米尔·谢尔盖伊奇不知如何继续交谈下去，问伊帕托夫。

“谢天谢地，她虽说疾病缠身，但还算过得去。她今天还坐着轮椅出来呢。实话对您说，她就像一棵断裂的枯树，老是吱吱嘎嘎地响。有的结实的小树都会倒，可你瞧，它却还能一直挺立着。嗬，嘿——嘿！”

玛丽娅·帕夫洛夫娜把双手搁在膝上，垂下了头。

“可是她的日子仍过得很苦啊，”伊帕托夫又说，“俗话说：‘老来无欢乐。’”

“可青春也无欢乐呀，”玛丽娅·帕夫洛夫娜仿佛自言自语地说。

弗拉基米尔·谢尔盖伊奇本想当晚就回家，但是这时外面一片漆黑，他不敢赶车回去了。又给他安排了楼上的那个房间歇息，三个月前他在那个房间过夜，被叶戈尔·卡皮托内奇的响声折腾了一宿……

“他现在是否还打呼噜？”弗拉基米尔·谢尔盖伊奇心里想，又想起叶戈尔·卡皮托内奇训斥仆人的那些话，回想起玛丽娅·帕夫洛夫娜突然出现在花园里的情形……

弗拉基米尔·谢尔盖伊奇走到窗口，把前额贴在冰冷的窗玻璃上。他发觉，他自己那张脸隐隐约约地从外面瞧着他，他的眼睛好像盯着漆黑的夜幕，过了不一会儿他才看清，没有星光的天空映衬出在黑暗中拼命地摇晃的树枝。不息的风在摇动树枝。

蓦地，弗拉基米尔·谢尔盖伊奇似乎觉得有一样白色的东西在地上一闪即逝……他注视了一下，笑了笑，耸耸肩，低声说：“瞎想些什么呀！”说罢，就躺到床上睡觉了。

他很快就入睡了，但是这一回他注定也不能过一个平静的夜晚。他被屋里骤然响起的奔跑声所惊醒……于是他从枕头上抬起头来……只听见惊骇的嗓音、慌乱的喊叫声、匆匆的脚步声以及关门的砰砰声。接着又传来女人的哭泣声，花园里一片嚷嚷声，更远处应声响起了喊叫声……屋里乱作一团，喧哗声越来越厉害，……“失火了！”弗拉基米尔·谢尔盖伊奇头脑中闪过这么一个念头。他不禁打了个寒噤，霍地从床上跃起身来，下了床，跑到窗口；可是不见火光，只见花园里星星点点的红色的火光在树林边沿小径急促地移动着——那是人们打着灯笼在奔跑。弗拉基米尔·谢尔盖伊奇迅速地走到门口，把门打开，与伊万·伊里奇撞个满怀。他脸色煞白，头发蓬乱，衣服没穿好，他匆匆奔跑，连自己也不知往哪儿跑。

“怎么回事？发生了什么事情？”弗拉基米尔·谢尔盖伊奇使劲抓住他的胳臂，焦急不安地问道。

“她完了，她淹死了，她投水自尽了，”伊万·伊里奇气喘吁吁地回答说。

“谁投水了？谁完了？”

“玛丽娅·帕夫洛夫娜！不是玛丽娅·帕夫洛夫娜，还能是谁！是他把她这个可怜的人害死的呀！来救人啊！伙计们，快去呀！小伙子们，快去呀！”

说着，伊万·伊里奇冲下楼去。

弗拉基米尔·谢尔盖伊奇马马虎虎套上靴子，把大衣披在肩上，跟着他下楼去了。

在楼下屋里他没碰到一个人，大家都跑到花园里去了。他只是在靠前厅的过道里遇见两个小女孩，伊帕托夫的两个女儿。她们穿着白裙子，握紧着双手，光着脚板，站在搁在地板上的夜明灯旁，吓得要命。弗拉基米尔·谢尔盖伊奇穿过客厅，绕过一张翻倒的桌子，跑到阳台上。透过密密的树丛，往堤坝那个方向隐隐约约闪现出灯火和人影……

“去拿钓竿！ 快去拿钓竿！”传来伊帕托夫的声音。

“还要渔网，渔网，再弄条小船来！”其他的人也在嚷嚷。

弗拉基米尔·谢尔盖伊奇循着喊叫声跑去。他在池塘岸边找到了伊帕托夫；挂在树枝上的一盏灯笼明亮地照着老头儿头发斑白的脑袋。他绞着双手，像个醉汉似的摇摇摆摆地走动着。在他旁边，有个妇女正躺在草地上打冷战，号啕大哭。周围的人们都在忙碌着。伊万·伊里奇已经走到齐膝深的池水里，用竿子探测池水的深度。马车夫在脱衣服，浑身直哆嗦。有两个人沿岸边在拖小船。听得见村子里的街道上嘚嘚嘚急促的马蹄声……风在呼啸，好像要竭力吹灭灯笼，而池塘里的水黑得令人可怕，在不停地拍溅着、喧哗着。

“我曾经听见了响声，”弗拉基米尔·谢尔盖伊奇跑到伊帕托夫跟前，大声喊道，“这可能吗？”

“钓竿，快把钓竿拿来！”老头儿对他嘀咕了一句作为回答……

“米哈伊尔·尼古拉伊奇，您也许看错了吧，哪能是她呢？”

“不！ 怎么能看错了呢！”躺在草地上的女人，玛丽娅·帕夫洛夫娜的侍女哽咽着开口说，“我真该死呀，我听到她，我亲爱的女主人，纵身跳入水里；听到她在水里拼命挣扎，并且喊叫：‘救命啊’；接着又听到一声：‘救命啊！’”

“你怎么不拦住她呢！”

“我的老爷，我怎么能拦得住她呀？ 要知道，当时我发现她不在屋里，就赶紧去寻找她。我的心早就有这样的预感，因为最近几天，她一直愁容满面，一句话也不说。我知道要出事，就径直往花园里跑，好像有人在提醒我似的。突然我听到什么东西扑通一声掉入水里，接着又听到她在大声喊叫：‘救命啊……救命啊’……哎哟，我亲爱的女主人哪！ 哎哟，我亲爱的女主人哪！”

“这也许是你的错觉吧？”

“怎么会是错觉！ 那么她现在人在哪儿？ 她藏到什么地方去了？”

“我在黑暗中似乎看见的那个白晃晃的东西，原来就是她呀，”弗拉基米尔·谢尔盖伊奇心里想……

这时人们拿着钓竿跑来，也拖来了一张渔网，把它铺开在草地上。于是人们纷纷聚拢来，动手干起来，忙作一团……马车夫抓起一根钓竿，村长也抓起一根钓竿，两人跳上小船。小船离开岸边，他们就开始用钓竿在水里打捞。岸上有人给他们照亮。他们的动作，他们的身影在幽暗的翻腾的水面上，在灯笼忽明忽暗、依稀可辨的灯光的照射下，显得古怪而又可怖。

“瞧……瞧，钓住了，”马车夫忽然喊叫起来。

大家一时都在原地呆然不动了。

马车夫把钓竿拽到跟前，俯下身子一瞧……一样枝杈交错的黑魆魆的东西慢慢地浮了起来……

“是个树桩，”马车夫说，马上甩了那东西，把钓竿收了回来。

“回来吧，回来吧，”人们在岸上喊叫起来，“钓竿不管用，得用渔网。”

“对，对，得用渔网，”另一些人附和道。

“慢着，”村长说，“我倒钓住了……一样好像软乎乎的东西，”片刻之后他又补了一句。

这时一团白晃晃的东西出现在小船边……

“是小姐！”村长突然喊道。“是她！”

他说得没错……钓竿钓住了玛丽娅·帕夫洛夫娜的连衣裙的袖管。马车夫立刻抓住了她，把她从水里拖上船来……接着他们使劲撑了两下船，小船便靠了岸……这会儿伊帕托夫、伊万·伊里奇以及弗拉基米尔·谢尔盖伊奇——大家都向玛丽娅·帕夫洛夫娜跟前跑来，把她抬起来，用手托着送回家去。随后赶紧脱下她的衣服，进行抢救，给她生火取暖……但是种种尝试和努力都白费了……玛丽娅·帕夫洛夫娜始终没有苏醒过来……她的生命就此结束了。

第二天早上，弗拉基米尔·谢尔盖伊奇就离开了伊帕托夫卡庄园。临行之前，他去向死者告别。死者身穿白连衣裙，躺在客厅里的桌子上……她那浓密的头发还没十分干，还未变相的苍白的脸上显出一种悲伤而又惶惑的神色，张开的嘴巴似乎竭力要说话，要发问……一双呈十字交叠的手仿佛忧闷地按住胸口……但是这个可怜的溺水者死时无论带着多么痛苦的念头，现在死神在她身上盖上了它那万事俱休、万念俱灰的印记……现在谁能懂得，她那张死灰色的脸在她还待在人世间的短暂时刻，即在埋入坟墓、永远消失之前最后一次与活人的目光相遇的时候，它要表明什么？

弗拉基米尔·谢尔盖伊奇彬彬有礼地站在玛丽娅·帕夫洛夫娜的遗体跟前，陷入了沉思。他画了三次十字，就走出去了，竟没发现在屋角低声哭泣的伊万·伊里奇……那天恸哭的也不只是他一个人，全家所有的仆人都痛哭不止：玛丽娅·帕夫洛夫娜身后给大家留下了美好的记忆。

过了一礼拜，老伊帕托夫终于收到娜杰日达·阿列克谢耶夫娜的来信，于是他写了一封回信给她：

娜杰日达·阿列克谢耶夫娜女士：

一个礼拜之前，我不幸的小姨子、您的朋友玛丽娅·帕夫洛夫娜夜间跳入池塘，擅自结束了自己的生命，现在我们已经将她的遗体安葬。她断然采取这个令人痛心而又可怕的举动，事先也没跟我告别，甚至没留下一封信或者哪怕是表述自己最后意愿的一张字条……但是，娜杰日达·阿列克谢耶夫娜，这个深重的、不可饶恕的罪名应当由谁来承担，这您最清楚！但愿上帝能对您的哥哥作出裁决，可是我的小姨子既无法不爱他，也经受不了与他的离别……

这封信娜杰日达·阿列克谢耶夫娜是在意大利收到的，那时候她与丈夫斯捷利钦斯基伯爵（在所有的旅店里人们都是这么尊称他的）一起去了那里。不过在那里斯捷利钦斯基不仅常去光顾一些旅店，而且也常出现在赌场和矿泉疗养院。起初他输了许多钱，以后就不再输了，这时他脸上显出一种既不像是疑心重重、也不是粗野的奇特表情，这种表情是完全出乎意料地遇上了麻烦事的人所常有的……斯捷利钦斯基难得与妻子见面。然而，娜杰日达·阿列克谢耶夫娜身边少了他，也不觉得寂寞。她养成了对艺术的爱好。她结识的演员越来越多，而且常常喜欢跟年轻人讨论美的问题。伊帕托夫的来信使她极为悲痛，但是这并没妨碍她当天去“狗洞”观看那些可怜的畜生在硫磺的烟气中被憋得喘过气来的情形。

她不是独个儿去的。陪她去的有许多她的倾心者。其中有一位被认为是最可亲的名叫波佩连的先生，他是一位在事业上尚未取得成就的法国画家，蓄着胡子，穿着格子上衣。他常用细微的男高音唱些最新的情歌，十分放肆地说些俏皮话，虽说他身子瘦削，但是饭量却很大。

七

一月里晴朗而又寒冷的一天，涅瓦大街上熙熙攘攘。杜马大厦塔楼上的时钟正指着下午三点。我们的老相识弗拉基米尔·谢尔盖伊奇·阿斯塔霍夫在那宽阔的、撒着黄沙的石板路上走着，混杂在其他人中间。他自从与我们分别以后长得壮实了许多，留起了络腮胡子，整个身子显得有点发胖，但是人并不见老。他随着人群不慌不忙地走着，偶尔打量一下四周：他在等候他的妻子。她打算跟她的母亲一起坐四轮轿式马车来。弗拉基米尔·谢尔盖伊奇结婚约有五年光景了，这门婚事正符合他的心愿：妻子很有钱，而且她的亲戚本家都是名门望族。弗拉基米尔·谢尔盖伊奇遇到众多熟人时，一边彬彬有礼地稍稍掀一掀那顶刷得十分干净的帽子，一边迈着对自己命运十分满意的那种人的悠闲的脚步，继续走他的路。在商场附近，蓦地有一位先生几乎撞到他身上。这位先生身披西班牙式的披风，头戴宽檐帽，有一张饱经风霜而形容枯槁的脸，唇髭染了色，两只大眼睛的眼睑稍许有点浮肿。弗拉基米尔·谢尔盖伊奇很有风度地让到一边，但是这位戴宽檐帽的先生瞧了瞧他，突然大声喊道：

“啊！ 阿斯塔霍夫先生，您好！”

弗拉基米尔·谢尔盖伊奇没有回答，惊异地站停下来。他无法明白，这位戴着宽檐帽竟然走在涅瓦大街上的先生怎么会知道他的姓氏的。

“您不认识我了吗？”戴宽檐帽的先生继续说。“大约八年前，在

T 省乡下伊帕托夫家里我见到过您。我叫韦列季耶夫。”

“哎呀！我的天哪！真对不起！”弗拉基米尔·谢尔盖伊奇大声喊道，“可是您的模样变得厉害……”

“是的，我老了，”彼得·阿列克谢伊奇说，用一只没戴手套的手抹了一下脸，“您倒是老样子。”

韦列季耶夫与其说是衰老，不如说是颓废和堕落了。他脸上布满了细小的皱纹，说话的时候嘴唇和脸部微微抽动。这一切表明，他的日子过得很艰难。

“这些年来您在哪儿？怎么没看见过您？”弗拉基米尔·谢尔盖伊奇问他。

“我到处飘泊。您一直待在彼得堡吗？”

“大部分时间在彼得堡。”

“成家了吗？”

“成家了。”

这时弗拉基米尔·谢尔盖伊奇的神情微微变得严肃，好像想要对韦列季耶夫说：“老弟，你别打主意让我把妻子介绍给你。”

韦列季耶夫似乎明白了他的意思。他的嘴角浮起淡然的微笑。

“您的妹妹怎么样？”弗拉基米尔·谢尔盖伊奇问道。“她在哪儿？”

“我说不准她在哪儿。大概在莫斯科吧。我很久没收到她的信了。”

“她的丈夫还活着吗？”

“还活着。”

“伊帕托夫先生本人怎么样？”

“不知道。大概也活着，也许死了。”

“还有那位先生……他叫什么来着？叫博德里亚科夫对不对？”

“您记得不，就是当时您要参加决斗，心里胆怯，请他当您的副手的那位先生？鬼知道他怎么样了！”

弗拉基米尔·谢尔盖伊奇一脸庄重的神气，沉默了片刻。

“我总是十分高兴地回想起那些夜晚的情形，”他继续说，“那时候我有机会（他几乎要说是有幸）认识您的妹妹和您。她是很可爱的人。您唱歌还像过去那样好听吗？”

“不，嗓音不行了……哦，那时候的日子多美好！”

“我以后又去过一次伊帕托夫卡，”弗拉基米尔·谢尔盖伊奇忧郁地扬起眉毛，补充说，“似乎人们就是这么叫这个村子的。那天发生了一桩令人害怕的事……”

“是的，是的，那真是可怕，真是可怕，”韦列季耶夫急忙打断他的话。“可不是，可不是。您是否记得，当时您差点儿与我现在的妹夫决斗的情形？”

“嗯！记得！”弗拉基米尔·谢尔盖伊奇一字一顿地说。“但是，说实话，这么多日子过去了，我现在有时回想起这一切，好像在做一场梦……”

“好像在做一场梦，”韦列季耶夫重复一遍他的话，说着，他苍白的面颊涨得通红，“好像在做一场梦……不，那不是一场梦，至少对我来说是这样。那是青春、欢乐和幸福的年月，充满无限的希望和精力充沛的年月，如果说那是场梦，那么那也是场美好的梦。可是我们现在都老了，脑子也糊涂了，把唇髭染上色，在涅瓦大街上游来荡去，一点儿用处也没有了，犹如衰老的驽马；我们神情黯然、心力交瘁，因而我们有时装出神气活现、自命不凡的模样，有时却游手好闲，并且还常常借酒浇愁——瞧，这一切倒更像是一场梦，一场最可怕的恶梦。我们的一生快过完了，而且过得这样徒劳、荒唐、庸俗——瞧，这才可悲呢！要是能摆脱梦一般的生活，从梦中醒来那就好了……然而无论到哪里，处处都会勾起可怕的回忆，老是有个幻影……好吧，再见了。”

韦列季耶夫匆匆地走了，但是走到涅瓦大街上最主要的一家糖果店门口站停下来，走了进去。他在小吃部喝了一杯酸橙露酒，然后穿过烟雾弥漫、光线暗淡的台球室，走进了后屋。在那里他发现了几个熟人、昔日的伙伴：彼佳·拉祖林、科斯佳·科夫罗夫斯基、谢尔久科夫公爵，还有两位人们简单地管他们叫瓦休克和菲拉特的先生。他们这些人虽然还是单身汉，但是都已经不年轻了。有几个已有点谢顶，有几个头发已经花白，脸上布满皱纹，下巴颏儿都成双重的了。总而言之，正如俗话所说，这几位先生早已过了生长期。但是他们大家还是把韦列季耶夫当作一个不同寻常的人，认为他命中注定要做出惊天地、泣鬼神的事情来。其实，韦列季耶夫之所以比他们聪明，只是他本人十分清楚地意识到他压根儿不中用了。然而，在他这个小圈子之外，还有一些人认为他要是不自暴自弃，那说不定会有很大前程呢……这些人看错了：韦列季耶夫家里的人永远也不会有什么出息的。

这些朋友欢迎他，照例寒暄了一番。起初他显出一副郁郁不乐的模样，说话火气很大，着实令他们莫名其妙。但是他很快就平静下来，变得快活起来，于是气氛又恢复了正常。

韦列季耶夫刚离开，弗拉基米尔·谢尔盖伊奇就皱了皱眉头，挺直了身子。彼得·阿列克谢伊奇那料想不到的一番话使他十分难堪，他甚至感到受了侮辱。

“我们脑子都糊涂了，爱贪杯，还把唇髭染上色……parlez pour vous， mon cher，[①]”他终于几乎出声地说，不由得忿忿然地哼了两三下鼻子，然后打算继续散他的步。

“刚才跟您说话的是谁呀？”他背后响起响亮的、充满自信的声音。

弗拉基米尔·谢尔盖伊奇转过身去，看见自己的好朋友蓬蓬斯基先生。这位蓬蓬斯基先生身量很高，身子胖胖的，他担任着相当重要的职位，从少年时代起，他就从来也没对自己的才能怀疑过。

“他真是个古怪的人，”弗拉基米尔·谢尔盖伊奇挽着蓬蓬斯基先生的胳膊，说。

“真是的，弗拉基米尔·谢尔盖伊奇，一个正正派派的人怎么能在街上跟一个头戴宽檐帽的人交谈呢？ 这是不成体统的！ 我觉得很纳闷！ 您在哪儿结识了这么一个人？”

“在乡下。”

“在乡下……在城里人们是不跟乡下人打招呼的……要不，ce n'est pas comme il faut。[②]一个绅士应当永远保持绅士风度，如果想要……”

“瞧，我的妻子来了，”弗拉基米尔·谢尔盖伊奇急忙打断他的话。“我们到她跟前去吧。”

于是两位绅士朝一辆低矮的、豪华的四轮轿式马车跟前走去，有一个还算年轻、但姿色已经不再的女子从车窗里往外张望着，脸色显

---

① 法语：这说的是你自己呀，我亲爱的。
② 法语：这是不成体统的。

得苍白，神色疲惫，又有一种爱生气的高傲神情。

在她身后可以看见另一位女士，神情似乎也是气冲冲的，那是她母亲。弗拉基米尔·谢尔盖伊奇打开车门，把手递给妻子。蓬蓬斯基则搀住他的岳母，于是这两对男女沿着涅瓦大街走去，身后跟着一个穿灰黄色半高靿皮鞋、头戴缀有大帽徽的帽子、个子不高、黑头发的侍从。

客栈

在 Б 大路上，在离它所经过的两个县城距离几乎相等的地方，不久以前曾经有个宽敞的客栈。无论是三套马车的车夫，赶大车的庄稼汉，还是商人的伙计，做买卖的小市民以及形形色色众多的旅客——凡是一年四季奔波在这条大路上的人们，对这个客栈都了如指掌。大家常常会顺路拐到这儿歇歇脚，喘口气。只有地主那些套着六匹马的轿式马车才会趾高气扬地从一旁驶过。不过车子尽管不停，马车夫和站在车后脚镫上的仆人却还是会忍不住怀着特殊的心情对这个过于熟悉的小门廊投以专注的目光。还有就是赶着破车，怀里只揣三个五戈比铜板的穷光蛋，到了这个生意兴隆的客栈跟前，不得不催着他那疲惫不堪的驽马继续往前走，赶到大路边上的小村庄里的农家去过夜，他在那儿除了干草和面包找不到任何别的东西，不过因此他也就不必花费额外的开销。我们这个故事所描述的这个客栈，除了占着地理上的优势外，还有许多诱人之处：两口深井里有顶呱呱的井水，井口装着吱嘎作响的轮子，还有链子吊着的水桶；一个宽敞的院子，粗大的廊柱支撑着的木板顶棚，地窖里储藏着大量上好的燕麦；还有一座温暖的小木屋，里面有一个硕大无朋的俄式火炉，火炉上装着像巨人肩膀似的长长的烟筒，此外还有两间相当整洁的房间，墙上糊着紫红色的墙纸，下面稍稍有一些磨损，屋里有一只上了漆的木头沙发，还配有几把上漆的椅子，窗台上摆着两盆天竺葵，不过窗户从来也不打开，多年的积灰使得窗户玻璃不大透明。这个客栈还有其他一些便利：铁匠铺离得很近，磨坊就在旁边；最后还有一点，那就是客人可以在这里尽情地美餐一顿，这得归功于厨娘，她是个身体胖胖的、脸庞红扑扑的农妇，她做出来的菜肴花色繁多，美味可口，客栈里有什么吃的，总是一股脑儿全都拿出来招待客人，毫不吝惜；离此仅仅半俄里，还有一家小酒馆；客栈老板还出售一种鼻烟，里面虽说掺着炉灰，可是冲劲儿却很大，能让鼻子惬意地受到刺激，越吸越想吸。总之，的确是有许多原因使得来这儿的客人络绎不绝。往来客人都喜欢这个地方，这是主要的原因，没有这一点，生意自然就不会兴隆；周围一带的人还说，大家喜欢这个客栈更主要的还因为店主本人非常幸运，诸事顺利，虽然他并不是理所当然应该这么走运；可是一个人一旦交上了好运，那就只好让他步步走运了。

店主是个小市民，名叫瑙姆·伊万诺夫。他中等个子，身体肥胖，肩膀宽阔，背有点驼；脑袋又大又圆，虽说看上去还不到四十岁，可头上的鬈发已经花白；他的脸丰满而红润，白皙的脑门低而平坦，蓝色的眼睛小而明亮；他往往皱着眉头，用这双眼睛怪模怪样、放肆无礼地打量别人——这副尊容实在是少见。他脑袋老是耷拉着，转动起来很费劲，这或许是因为他脖子短的缘故；他走起路来快步如飞，胳膊不摆动，而是握紧拳头，摊开两臂。他常常微笑，但从不笑出声来，好像是暗自发笑；他笑的时候两片厚厚的嘴唇张得老大，露出一排密实而耀眼的牙齿，十分令人生厌。他说起话来断断续续，阴阳怪气。他不留胡子，穿戴却不像德国人。他的装束包括一件破旧不堪的长褂子、一条肥大的灯笼裤和光脚穿着的鞋子。他经常出门做生意，他的生意很多——贩卖马匹，租用土地，经营菜园，收购果园，还兼营各种交易——不过他出门的日子向来是不长的，他好像一只老鹰，常常飞回到自己的老窝，他的模样也活像老鹰，尤其是那副眼神。他善于把自己的窝弄得井井有条；他到处跑，什么都亲自过问，销货、发货和结账都是亲自干，无论是谁的账，他都不肯抹掉分文，不过他也决不多收别人一分一毫。

客人们一般不大跟他交谈，他自己也不愿意白费口舌。“我要的是你们的钱，你们要的是我的食物，”他常常这么说，每个字都好像是从喉咙里蹦出来似的，“咱们彼此毫不相干，客人吃饱了，牲口也喂了，那就用不着老坐着，要是累了，那就躺下睡一觉，没有必要闲聊。”他雇用的伙计个个身材魁梧，体格强壮，但他们性格温和，唯命是从，他们对他都非常害怕。他从来不碰醉人的酒，不过逢年过节他总会给仆人们十个戈比去买伏特加喝；平时他们是不敢喝酒的。像瑙姆这样的人成为暴发户是不足为怪的，不过他能达到如此富甲一方的地步——大家估计他的财产有四五万卢布——并不是走的正道……

离我们这个故事开头的时候大约二十年以前，在这条大路的同一地点就已经有一个客栈了。那时候的客栈诚然没有深红的木板屋顶，不像瑙姆·伊万诺夫的客栈那样看起来犹如贵族的庄园，那时的客栈较为简陋，院子里的板棚是草盖的顶，院子周围只有一道歪歪斜斜的篱笆，看不到结实的木头围墙；也没有希腊式三角形人字墙给它增色；尽管如此，它仍然不失为一个顶呱呱的客栈，又宽敞，又坚固，又暖和，过往的客人都乐于光顾这里。当时客栈的老板不是瑙姆·伊万诺夫，而是一个名叫阿基姆·谢苗诺夫的人，他是附近一个女地主的农民，这个女地主是个校官的寡妇，名叫丽莎维塔·普罗霍罗夫娜·昆采。阿基姆这个庄稼汉机灵、精明，他年轻的时候离乡背井，靠两匹驽马拉脚，一年之后就带着三匹像样的马回到故乡，从此以后他差不多整个一生都消磨在大路上，他奔波于喀山、敖德萨、奥伦堡和华沙[①]之间，还出国赴莱比锡，到了最后他就常常驾着两辆大马车走南闯北，每辆车上都套着三匹健壮的高头大马。后来或许是因为他厌倦了颠沛流离的漂泊生活，或许是他想建立一个家庭（他的妻子在他某次外出期间死了，他的几个孩子也相继夭折），总之，他拿定主意放弃多年操持的行当，开办一个客栈。他取得了女东家的同意，在大路旁边定居下来，用她的名义买下半俄亩[②]土地，在上面盖了一所房子开客栈。这个生意就此兴旺发达起来了。他有足够的钱财用于置备用具，购买货物。他在外漂泊多年，走遍俄国各地，积累了不少经验，这使他获益匪浅。他懂得如何取悦客人，尤其是他从前的伙伴们，那些三套车的车夫。他和其中的许多人都有私人的交情。这些主顾，客栈老板们总是特别看重的，因为他们自己吃喝花费大，还要给那些强壮的牲口喂很多饲料。阿基姆的客栈在方圆几百俄里遐迩闻名……虽然阿基姆远不如瑙姆善于经营，但是比起后来接替他的瑙姆的客栈，人们更乐意到阿基姆那里投宿。当初阿基姆当老板的时候，一切都按老规矩办事，客栈里温暖舒适，但不是十分干净；喂牲口的燕麦往往分量不足或是浸了水的；伙食也做得马马虎虎，有时候端上桌子的食物简直糟糕透顶，这并不是因为他舍不得让客人吃饱吃好，而是因为厨娘不尽职。然而他收账总是愿意抹掉一点零头，人家要求赊账，他也从不拒绝，相信人家的诺言。总之，阿基姆是个好人，也是个和善的店主。他十分健谈，待客也很殷勤；有时候他挨着茶炊，海阔天空，滔滔不绝，说得大家都竖起了

---

① 当时华沙是俄国的占领地。
② 一俄亩等于 1.09 公顷。

耳朵。尤其是当他讲到彼得堡和乌克兰大草原，或者是国外的某个地方时，大家就听得更加入神；要是碰上志趣相投的人，他还喜欢跟人家一起喝几杯，不过从不喝得酩酊大醉，他的客人们常说，他喝酒多半是为了应酬。商人们是他最好的朋友；凡是所谓老派的人都和他十分投缘，这些人出门之前总要紧一紧腰带，进屋之前也不会忘记画个十字，和别人谈话之前一定要先向人家问候。阿基姆的外貌本来就讨人喜欢：他个子高大，身材略瘦，即使上了年纪，仍有翩翩风度；他的脸长长的，五官端正、匀称，前额又高又宽，鼻梁又直又细，嘴唇又薄又小。他那双突出的褐色眼睛始终闪烁着和蔼可亲的光芒，柔软而稀疏的鬈发一圈圈地披散在脖子上；头顶上剩下的头发已经不多了。阿基姆的嗓音虽然微弱，却十分动听；他年轻的时候歌唱得很好，可是后来他每年冬天老在户外到处奔波，肺部就受到了损伤。但是他说话的声音还是那么圆润而悦耳。他笑的时候眼睛四周就现出光芒四射般的皱纹，看起来格外可爱，这样的皱纹只有在心地善良的人的脸上才能看到。阿基姆的举止多半是慢条斯理的，略带几分自命不凡和不卑不亢，这种态度是一个见多识广、阅历丰富的人所固有的。

的确，阿基姆，或者像在他的女主人家里——他常到那儿去，礼拜天做完日祷以后更是非去不可——称呼的，阿基姆·谢苗内奇是个各方面都挺不错的人，要不是有一个弱点，他完全可以算作无可挑剔的好人，这个弱点毁了很多人的一生，阿基姆最终也是因为这个弱点而断送了自己——那就是好色的毛病。阿基姆对异性敏感至极，女人只要看他一眼，他就会抵挡不住诱惑，就会被那些秋波撩得浑身酥软，如同秋天的初雪一见到阳光就会融化一样……他这么过于多情，必然要付出很大的代价。

阿基姆在大路上开办了客栈以后，头一年里忙得不可开交，他要修建房子，置办货物，还有许多搬迁新居不得不操劳的事情要做，因此他根本没有工夫转女人的念头，即使他心里起了什么邪念，他也会立刻去读各种各样他所崇敬的圣书（他第一次离开老家的时候就学会了识字读书），低声吟唱赞美诗，或是干些其他敬奉上帝的事情，将邪念排除。况且当时他已经四十六岁，到了这种年纪，无论什么情欲都会明显地减弱、冷却下来，再说结婚的年龄也已经过去。照阿基姆自己的说法，他本人也以为不会再去动这种傻念头了，不过看来谁也逃脱不了命运的摆布。

阿基姆原来的女主人丽莎维塔·普罗霍罗夫娜·昆采是个德国血统的校官的妻子，后来成了寡妇；她本人出生在米塔瓦[①]，并且在那里度过了最初的童年时代。她在那儿有许多穷亲戚，她对他们关心得很少，尤其是当她的一个在部队里当步兵军官的兄弟出乎意料地来看过她一次后，她就对他们更加冷淡了。他那个兄弟来的头一天晚上还用蹩脚的俄语尊称她为“姐姐和恩人”，到了第二天就大吵大闹，差一点没动手打女主人，还把她叫做“du，Lumpenmamsell[②]”。丽莎维塔·普罗霍罗夫娜几乎一直住在自己的漂亮庄园里，这份家业是她那当过建筑师的丈夫辛辛苦苦挣来的；她亲自管理这份家业，而且还管理得相当不错。丽莎维塔·普罗霍罗夫娜不肯轻易放过一点蝇头小利，无论什么事情她都想占点便宜；她这种贪心，还有她那一套不同寻常的少花钱多办事的本领，完全是她那德国血统的天性的体现，此外她各

---

① 拉脱维亚城市叶尔加瓦一九一七年前的名称。
② 德语：你这个婊子。

方面都像俄国人。她家雇有大量家仆；丫头女仆尤其多；他们都不是白吃饭的，个个都从早干到晚，累得腰酸背痛。她喜欢乘马车外出，还要带上几个穿号衣的仆人，让他们站在马车后的脚镫上。她喜欢听流言蜚语，本人也是个搬弄是非的能手；她一时心血来潮，就对别人大献殷勤，一不高兴就把人家一脚踩扁。总之，丽莎维塔·普罗霍罗夫娜的举止是同她贵妇人的身份十分相称的。阿基姆很受她的宠爱，他每年都按时向女主人缴纳一笔相当可观的代役金，她跟阿基姆说话态度十分温和，甚至还装模作样邀请他来做客……可是阿基姆正是在他的女主人家里碰上了灾星。

丽莎维塔·普罗霍罗夫娜众多的女仆当中有一个二十来岁的孤女，名叫杜尼亚莎。她长得不难看，身材匀称，人也灵巧，虽然五官不怎么端正，但还算讨人喜欢：她那光润的皮肤，浓密的浅色头发，灵活的灰色小眼睛，圆圆的小鼻子，绯红的嘴唇，尤其是她那半似嘲笑，半似逗引的放肆的表情别有一番千娇百媚的神韵。况且，她虽然身世凄惨，举止却十分端庄，甚至带着几分傲慢。她出身于一个世代当仆人的家庭，她那已故的父亲阿列菲当过三十年管家；她的祖父斯捷潘给一个早已去世的老爷——近卫军军士和公爵——当过侍从。她穿戴整洁，对她那双手自鸣得意，说实在的，她那双手也确实长得格外漂亮。杜尼亚莎对那些爱慕她的人老是摆出一副非常鄙视的态度，听了他们的恭维话，就露出扬扬自得的微笑，即使答理他们，多半也只是大喊一声：“唉！ 真是的！ 以为我爱听这一套！ 亏你想得出！ ……”这类话几乎是常常挂在她的嘴上。杜尼亚莎曾经到莫斯科受过三年训练，她在那里学会了一些与众不同的姿态和气派，凡是去过京城的女仆都有这个特点。人们都说她是个有自尊心的姑娘（这在仆人们嘴里是一种极高的赞赏），她虽然有一些阅历，却从没有做过丢人现眼的事。她的针线活也做得不赖，但是尽管她有这种种长处，女主人丽莎维塔·普罗霍罗夫娜对她却没有多大好感，这都是女管家基里洛夫娜暗中捣鬼的缘故。基里洛夫娜年纪已经不轻了，是个老奸巨滑、诡计多端的女人。她在她的女主人面前享有很高的威信，善于巧妙地把所有对手都一一排挤掉。

阿基姆爱上的正是这个杜尼亚莎，他疯狂地爱她，这种爱情是他从未有过的。他第一次见到杜尼亚莎是在教堂里，那时候她刚从莫斯科回来……后来他又在女主人家里看到过她几次；最后他是在女管家那儿和她一起整整过了一个夜晚，那次他是和另外几个颇受尊敬的人一同被邀请去吃茶点。他虽然和仆人不属于同一阶层，而且还留着大胡子，仆人们却并没有因此而讨厌他；他受过教育，会读书，也会写字，主要的是因为他有钱；此外，他的装束也和庄稼汉不同，身上穿着黑呢长衣，脚上套着小牛皮靴，脖子上系着羊毛围巾，不错，有几个仆人私下里常常议论说，谁都看得出，他不是咱们圈子里的人，可是当面却总是恭维他。那天晚上在女管家那儿，杜尼亚莎完全征服了阿基姆那颗痴情的心，他对姑娘说了许多讨好话，而她并没有答理他一句，只是偶尔向他投去一瞥，好像是表示惊讶，为什么这个庄稼汉也来了。这一切如同火上浇油，阿基姆回家后左思右想，终于拿定主意要娶她做妻子……杜尼亚莎就是这样把他迷得“神魂颠倒”！ 但是五天之后，当基里洛夫娜亲热地把杜尼亚莎叫到她房间里，告诉她说，阿基姆要向她求婚（他显然是知道用什么手段来达到目的），这时候杜尼亚莎的愤怒和反感简直无法形容。这个留大胡子的庄稼汉阿基姆，就连坐在他身边她都觉得是受了侮辱。

杜尼亚莎先是满脸通红，然后勉强笑了笑，随即就哭了起来，可是基里洛夫娜非常巧妙地向她发起了进攻，让她明白她在主人家所处的地位，还十分圆滑地向她暗示阿基姆那体面的仪表，以及他的财富和盲目的钟情，最后又意味深长地提到女主人的意图，所以当杜尼亚莎心事重重地从这个房间里出来，迎面碰上阿基姆的时候，也就凝神望了望他的脸，而没有扭头走开。这个痴情的男人送给她好多礼物，简直是慷慨得无法形容，这就打消了她最后的疑虑……阿基姆欢欢喜喜地用一只大银盘子端着一百只桃子送给丽莎维塔·普罗霍罗夫娜作为聘礼，女主人一口答应了这桩婚事，于是婚礼就举行了。阿基姆花钱毫不吝惜，新娘在出嫁前和女伴的告别晚会上，呆呆地坐着，简直像个痛苦的化身，第二天基里洛夫娜为她进行婚礼打扮时，她还哭了整整一上午，可是没过多久她就安下心来，不再难过……她的女主人把自己的披巾送给她，让她披着上教堂，阿基姆当天也送给她一条同样的披巾，似乎还更好一些。

阿基姆就这样结了婚，把他这个年轻的新娘接回了家……他们开始共同生活。没想到杜尼亚莎不是一个能干的家庭主妇，帮不了丈夫什么忙。她对任何事情都不感兴趣，整天愁眉苦脸，闷闷不乐，除非有个过路的军官，坐在大茶炊旁边注视着她，向她献殷勤，才能使她露出一点笑容。她在家里常常待不住，一会儿进城买东西，一会儿到女主人家去串门，那儿离这个客栈只有四俄里光景。在女主人家里她感到舒心自在，身边尽是自己人，姑娘们都对她的华丽装束羡慕不已；基里洛夫娜端茶送水，盛情款待；丽莎维塔·普罗霍罗夫娜本人也主动和她交谈……但是就连到主人家去串门，也不免给杜尼亚莎带来一些伤感……比如说，她是个客栈老板的妻子，因此就不能戴帽子，只能在头上扎一条头巾……圆滑的基里洛夫娜对她说，这才像个老板娘，杜尼亚莎自己却觉得，这样的打扮活像个庸俗的小市民妻子。

阿基姆不止一次想起他唯一的亲人对他说的话。那是他的一个多年孤身一人生活的叔父，有一天在街上相遇，叔父对他说：

“阿基穆什卡[①]老弟，听说你要结婚了，是吗？”

“是啊，怎么了？”

“唉，阿基姆，阿基姆！ 现在你比咱们庄稼汉可高出一等了，这是没说的，可是你跟她却不大般配啊。”

“哪一点不般配？”

“比如说这个吧，”他的叔父指着阿基姆的大胡子说。阿基姆为了讨好他的新娘，已经把胡子剪短了，但是要他把胡子完全刮掉，他可不答应……阿基姆听了这些话后垂头丧气，那老头儿转过身去，把他那件破破烂烂的羊皮袄掩了掩，摇头晃脑地走开了。

是的，阿基姆多次陷入沉思，唉声叹气……但是他对他那位漂亮妻子的爱并没有减退；他以拥有这个妻子而自豪，尤其是当他把妻子跟别人相比时，对她就更加满意，且不说那些农家妇女和他自己十六岁时娶的元配，即使跟其他仆人的闺女相比，杜尼亚莎也毫不逊色。他常常自言自语地说：“瞧，我捕捉到了一只多么漂亮的小鸟！”她只要稍稍对他亲热一点，他就感到无比的快乐……他心里想，或许时间一久，她慢慢就会习惯，她会渐渐感到称心如意、自由自在的。况且她的行为举止是无可非议的，谁也不能说她半句坏话。

他们就这样过了好几年。后来杜尼亚莎果真对这里的生活习以为

---

① 阿基姆的小名。

常了。阿基姆年纪越大，对她的爱恋和信任就越是增长；她的女伴们有的并没有嫁给农民，却吃尽了苦，受够了罪，不是因为太穷，就是由于落到了坏人手里……而阿基姆的财富越来越多，他事事顺利，处处走运；只有一件事情不如意：上帝没有赐给他一男半女。杜尼亚莎如今已经过了二十五岁；人人都尊称她为阿夫多季娅·阿列菲耶夫娜①。不过她始终没有成为一个名副其实的主妇，但是她渐渐喜欢上这个家，并且开始照看店里的货物，管理干活的女仆……她做这些事固然只是敷衍了事，对于清洁和整齐的要求也并不高；可是在房间的陈设上她倒是不大含糊的，客栈正房的墙上，阿基姆的肖像旁边并排挂着一幅她的油画像，这幅画是她特地请当地的一个土画家——教区助祭的儿子画的。在这张画像里，她穿着白衣服，披着黄披巾，脖子上挂着六串大颗的珍珠，耳垂上坠着长长的耳环，手指上戴满了戒指。尽管画家把她画得过于臃肿，肤色也过于红润，眼睛不是本来的灰色，而是画成了黑的，甚至还略微有点斜，但总算还能认得出来……阿基姆的肖像则画得糟糕透了，色彩非常暗淡——à la Rembrandt②，因此有的客人走到画像跟前看看，只是小声嘀咕几句就走开了。阿夫多季娅已经养成了不修边幅的习惯，她老是把一条大披巾随便往肩上一搭，披巾下面的衣服也穿得马马虎虎，她懒得出奇，这种懒惰是带着伤感、萎靡不振、无精打采的懒惰，俄国人特别容易犯这个毛病，尤其是生活安定、不愁吃穿的时候。

尽管如此，阿基姆和他的妻子日子过得还是相当不错，他们相亲

---

① 阿夫多季娅是杜尼亚莎的本名，阿列菲耶夫娜是她的父名，按照俄国人的习惯，这样称呼是表示尊敬。

② 法语：照伦勃朗的风格。

相爱，和睦相处，被公认为模范夫妻。不过正如猎人已经瞄准一只松鼠，准备扣动扳机时，松鼠却还悠闲自在地在梳洗打扮，人也往往不能预料自己的祸福——灾祸会忽然从天而降，就好像脚下的冰会突然崩裂一样。

一个秋天的晚上，阿基姆的客栈来了一个做布匹生意的商人投宿，他赶着两辆装满货物的带篷马车，穿村过镇，从莫斯科前往哈尔科夫；他是一个流动商贩，地主们都迫不及待地盼望着他们这些人下乡来，地主的妻子和女儿们更是望眼欲穿。这个流动商贩是个中年汉子，带着两个同伴，说得准确一点，应该是两个伙计，其中一个脸色苍白，身材瘦削，弯腰曲背，另一个是二十来岁的小伙子，身材魁梧，仪表堂堂。他们要了晚餐，然后又坐下来喝茶；这个商人邀请客栈老板和老板娘陪他们喝一杯，他们夫妇俩没有拒绝。两个老头儿（阿基姆已经五十六岁）很快就谈开了；商人详细打听附近一带地主的情况，在这方面，最能给他提供有用信息的当然莫过于阿基姆。驼背的伙计出去照看车子，忙活了一阵就倒头睡着了，阿夫多季娅只好跟另一个伙计聊天……她坐在他身边，很少说话，多半只是听着他说，但是她对他的谈话显然很感兴趣：她脸上露出了兴致勃勃的表情；两颊出现了红晕，而且还不时开怀大笑。年轻的伙计几乎一动不动地坐着，面朝桌子垂下他那头发鬈曲的脑袋，他说话嗓门不大，细声细气，慢条斯理，他那双眼睛，虽说不大，却是蓝色的，老是用放肆的目光逼视着阿夫多季娅；起初她把头扭向一边，后来她开始主动注视他的脸了。这个年轻小伙子的脸鲜嫩而光洁，就像一只克里米亚的苹果；他不时微笑，还用白皙的手指玩弄那稀稀朗朗长着黑色茸毛的下巴。他说话的腔调像个商人，但是落落大方，还摆出一副满不在乎、自以为是的神气，一双眼睛始终是那么凝神专注、肆无忌惮地望着她……忽然他向她挪近一点，不动声色地对她说道：

“阿夫多季娅·阿列菲耶夫娜，天底下再也找不到比您更好的人了，我似乎都愿意为您去死。”

阿夫多季娅哈哈大笑起来。

“你笑什么？”阿基姆问她。

“唉，他老爱说这种玩笑话。”她说这句话的时候，并不怎么难为情。

那个老商人咧开嘴笑了。

“哈—哈，不错，我这个瑙姆就是这么个爱开玩笑的人。别理会他。”

“啊！真是的！我才不爱听他这一套呢，”她一面回答，一面摇摇头。

“哈—哈，当然不爱听喽，”老头儿说，接着他又拖长声调补充了一句，“不过，我们该告辞了，我们十分满意，现在该去睡觉了……”说着他站了起来。

“我们也十分满意，”阿基姆低声说道，也站了起来，“我是说，多谢您的招待；现在我要给您道晚安了。阿夫多秋什卡[①]，走吧。”

阿夫多季娅好像是不大情愿地站了起来，瑙姆也跟着站了起来……大家就分手了。

客栈老板夫妇俩回到卧室，阿基姆很快就打起鼾来了，阿夫多季娅却老是睡不着……起先她把脸转向墙壁，躺着不动，然后又在那床

① 阿夫多季娅的小名。

太热的鸭绒褥子上翻来覆去，一会儿把被子踢开，一会儿又盖上……接着就迷迷糊糊地睡着了。后来她忽然听到院子里传来男人的歌声；那歌声拖腔拖调，但是并不凄凉，歌词听不清楚。阿夫多季娅睁开眼睛，支撑起身子，开始倾听……歌声一直没有停息，在秋夜的天空中久久回荡。

阿基姆也抬起了头。

“那是谁在唱歌？”他问。

“我不知道，”她回答说。

“唱得好，”过了一会儿他又说，“他唱得真好。嗓门多么洪亮啊。我年轻时也爱唱歌，”他继续说。“当初我也唱得不错，嗓子都给唱坏了。这个嗓音倒是很好听。八成是那个年轻小伙子在唱，他叫瑙姆，对不对？”于是他翻过身去，叹了一口气，又睡着了。

过了很久，歌声还没有停下来……阿夫多季娅一遍又一遍地听着；后来歌声似乎忽然中断了，随即又传来一声豪放的高歌，然后声音就渐渐低下去，最后终于停息了。阿夫多季娅在胸前画了个十字，一头倒在枕上……过了半小时……她坐起来，轻手轻脚地下了床。

“老婆，你上哪儿去？”阿基姆半睡不醒地问道。

她停住了。

“去弄一弄那盏小油灯，”她说，“不知为什么我老是睡不着……”

“你应该做做祷告，”阿基姆含糊不清地嘟哝，又呼呼睡着了。

阿夫多季娅走到那盏灯跟前，动手剪了剪灯芯，无意中却把灯弄灭了，她回到床上，又躺下睡觉。外面已经万籁俱寂。

第二天清晨，商人带着他那两个伙计启程上路了。阿夫多季娅还在睡觉，阿基姆陪着他们走了半俄里路：他要到磨坊去一趟。回到家里，他发现妻子已经穿好衣服，而且还不是独自一人：头天晚上在他们店里借宿的那个年轻小伙子瑙姆和她在一起。他们站在窗户跟前的桌子旁边，正在谈话。看到阿基姆回来了，阿夫多季娅便一声不吭地走出了屋子，瑙姆解释说，他的主人把手套忘在板凳上了，他是特地来替他取手套的，说完他也走了。

现在我要告诉读者的话，也许不说大家也能猜着了，阿夫多季娅已经狂热地爱上了瑙姆。这件事情怎么会发生得这么迅速，实在是令人费解；更加不可思议的是，虽说阿夫多季娅多次受到诱惑，不止一次有过欺骗丈夫的企图，但在此之前她的行为是无可指责的，现在却说变心就变心。后来她和瑙姆的关系公开了，左邻右舍都说，头天晚上瑙姆就在她的茶里下了迷魂药（这种药的魔力，我们这儿的人至今还深信不疑），大家都说这可以从阿夫多季娅的神色中清楚地看到，打那以后她好像就变得憔悴起来，整天闷闷不乐。

不管究竟是怎么回事，从此以后瑙姆就成了阿基姆客栈的常客。起初他还是跟原先那个商人一起来，三个月之后，他就带着自己的货物独自来了；然后又有传闻，说他已经在附近的一个县城定居下来；后来每个礼拜他都自己驾着两匹肥壮的骏马，赶着他那坚固的、上了漆的大车，出现在大路上。阿基姆和他没有什么特别的交情，两人之间也看不出有什么敌意，阿基姆对他并不怎么在意，只把他看作一个精明小伙子，认为他不过是在社会上爬得比别人快罢了，他并没有怀疑阿夫多季娅真有什么非分之想，一如既往地相信她。

这样又过了两年光景。

在这两年中，丽莎维塔·普罗霍罗夫娜尽管不断涂脂抹粉，什么化妆品都用上了，还是长了一脸的皱纹，成了黄脸婆。一个夏天的午后，一点多，她带着她的小狗，撑着一把精致的小阳伞到她的德国式小花园里散步。她沿着两旁种着大丽花的沙石小路，迈着小步走着，她那上了浆的裙子微微发出沙沙的声响，这时候我们那位老朋友基里洛夫娜忽然赶了上来，恭恭敬敬地向她报告，一个 Б 城的商人有要事想跟她谈谈。基里洛夫娜还是像从前那样深受女主人的恩宠（实际上昆采夫人庄园的总管就是她），不久之前她已经获准戴上了一顶白帽子，这就使得她那黝黑的脸庞变得更加轮廓分明。

“一个商人？”女主人问，“他要干什么？”

“我也不知道他要干什么，”基里洛夫娜讨好地回答说，“不过，看上去他是要找您买点东西吧。”

丽莎维塔·普罗霍罗夫娜回到客厅里，在她平时坐的位子上坐下，那是一把有华盖的圈椅，华盖上面缠绕着一根常春藤，她吩咐把那个 Б 城的商人叫进来。

瑙姆走进来，鞠了一躬，在门口站着不动。

“我听说，您要向我买点东西？”丽莎维塔·普罗霍罗夫娜说，心里暗暗想道，“这个商人长得真漂亮呀。”

“不错。”

“要买什么呢？”

“您愿意把您那个客栈卖给我吗？”

“什么客栈？”

“就是离这儿不远的大路边上的那个客栈。”

“可这个客栈不是我的，那是阿基姆的。”

“怎么不是您的？ 那是在您的地皮上盖起来的呀。”

“就算——地皮是我的……那是用我的名义买下的；可客栈是

他的。”

“这话不假。那么您愿不愿意把它卖给我呢？”

“我怎么能卖它呢？”

“这么着，我出个大价钱。”

丽莎维塔·普罗霍罗夫娜沉默了片刻。

“您说话实在让人奇怪，”她又说道，“您打算出什么价钱呢？”她接着说，“我并不是替自己要价，这是替阿基姆要的。”

“买全部的房子和所有的附属物，当然也包括地皮，我出两千卢布。”

“两千卢布？ 这可不够，”丽莎维塔·普罗霍罗夫娜回答说。

“这个价钱可不低。”

“那么您跟阿基姆说过吗？”

“我干吗要跟他说？ 客栈是您的，所以现在我来找您商量。”

“我已经对您讲清楚了……您怎么还不明白我的意思！ 真是奇怪。”

“怎么会不明白呢？ 我明白得很哪。”

丽莎维塔·普罗霍罗夫娜望着瑙姆，瑙姆望着丽莎维塔·普罗霍罗夫娜。

“那么，您打算怎么办呢？”他问。

“我打算……”丽莎维塔·普罗霍罗夫娜在椅子上动了动，“首先，我告诉您，两千太少，其次……”

“那么，我再加上一百……”

丽莎维塔·普罗霍罗夫娜站起来。

“我看您简直牛头不对马嘴，我已经告诉过您，我不能出卖这个客栈——也不打算出卖。我不能……我是说，我不打算卖。”

瑙姆笑了笑，没吭声。

“好吧，随您的便，”他耸了耸肩，低声说道，“我向您告辞了，”他鞠了一躬，伸手拉住门上的把手。

丽莎维塔·普罗霍罗夫娜向他转过身来。

“可是，您先别忙着走，”她打了一个几乎难以觉察的停顿，说道。她按了按铃，基里洛夫娜就从书房里过来了。“基里洛夫娜，叫他们给商人先生端杯茶来。您回头再来见我吧。”

瑙姆又鞠了一躬，便和基里洛夫娜一起出去了。

丽莎维塔·普罗霍罗夫娜在房间里来回走了两趟，然后又按了按铃。这次进来的是一个童仆，女主人吩咐他去把基里洛夫娜找来。过了一会儿，基里洛夫娜进来了，她脚上那双崭新的羊皮皮鞋发出一阵嘎吱嘎吱的响声。

“你听见这个商人向我提出的要求了吗？”丽莎维塔·普罗霍罗夫娜勉强挤出一丝微笑，“真是个怪人。”

“没有，我没听见。他提了什么要求？”基里洛夫娜稍稍眯缝起她那双卡尔梅克人的小眼睛，说道。

“他要向我买阿基姆的客栈。”

“那还不好？”

“可是我怎么能卖……阿基姆怎么办？我已经给了阿基姆。”

“啊呀，太太，您怎么这么说呢？难道这客栈不是您的？我们不都是属于您的吗？我们所有的财产不都是您的，不都是太太您的吗？”

“天哪，基里洛夫娜，你这是说的什么话？”丽莎维塔·普罗霍罗夫娜掏出一块细麻纱手帕，神经质地擤了擤鼻涕，“阿基姆是用他自己的钱买下这个客栈的。”

“他自己的钱？ 可是他的钱是从哪里来的？ 还不是靠您的恩惠？他一直都在使用您的地皮……这都是承蒙您的关照。太太，您以为他没有剩下钱吗？ 唉，他比您还富哪，千真万确。”

“当然，这话倒不假；可是我还是不能这么办……我怎么能把这个客栈卖掉呢？”

“既然买主找上门来了，干吗不卖掉它？”基里洛夫娜继续说。“请问，太太，他出了什么价钱？”

“两千多卢布，”丽莎维塔·普罗霍罗夫娜轻声说。

“太太，他既然一开口就答应给两千，那就一定肯再多给。阿基姆那里以后再说好了；把他每年交的代役金减掉一点，不就行了。他还会感激你呢。”

“当然，我应该免去他一部分代役金。可是不行，基里洛夫娜，我怎么能卖这个客栈呢？”于是丽莎维塔·普罗霍罗夫娜又在房间里来回走动。“不行，不能这么做，这绝对不行，不行，你别再对我提这件事……要不我就生气了……”

但是尽管她的这位激动不安的女主人不让她说这件事，基里洛夫娜还是一个劲儿地往下说，半小时以后，她就回到餐厅去找瑙姆，她刚才把他留在那儿的茶炊旁边。

“您有什么好消息要告诉我，最最可敬的大姐？”瑙姆一边说，一边得意扬扬地把喝完茶的空杯子翻过来，放在茶碟里。

“我要告诉您的消息就是让您去见太太，她叫您去谈谈。”

“知道了，”瑙姆说着就站了起来，跟着基里洛夫娜到客厅去了。

房门在他们身后关上了……后来门再打开的时候，这件事情已经谈成，瑙姆一面鞠躬，一面倒退出来，阿基姆的客栈归他所有了。他花了两千八百卢布纸币，买下了这个客栈。他们商量好了，房契过户手续尽快办理，在手续没有办妥之前，不把这件事情向外公布。丽莎维塔·普罗霍罗夫娜收下了一百卢布的定金，基里洛夫娜拿到了二百卢布的酬金。“我花的代价并不大，”瑙姆爬上马车时，心里想道，“谢天谢地，事情总算成功了。”

上面所描述的那场交易在女主人家里进行的时候，阿基姆正独自一人坐在窗户旁的板凳上，摸着胡子，一脸不高兴的样子。前面已经说过，他并不认为妻子对瑙姆有什么爱慕之情，尽管好心的朋友多次向他暗示，该是清醒的时候了，他还是不以为然。有时候他自己固然也看出了他妻子近来有些不对劲，可是众所周知，女人都是任性的，变幻无常的。甚至当他真的发现自己家里的事情不大对头，他也不屑一顾，正如常言所说，他不喜欢家丑外扬。他的好脾气并不因为年龄大了而打折扣，而且他又养成了懒散的习惯，什么事都懒得过问。但是这天他心情格外不好，因为前一天他在街上偶尔听见了他家的女仆和一个邻居家的农妇的一段对话。

那个农妇问他家的女仆，为什么节日的晚上她没有上她家来。“我一直等着你哪，”她说。

“我本来是要上你那儿去的，”那个女仆回答说，“可是真倒霉，我碰上了太太……该死的东西。”

“碰上了太太，”农妇拖长声音重复她的话，并用一只手托住了脸。“你在什么地方碰上她的，大姐？”

“在牧师的大麻地那儿。她准是到大麻地去会她的情人瑙姆的，四周黑咕隆咚的，我没看清他们，或许是因为月光的缘故，天晓得，我简直跟他们撞了个满怀。”

“撞了个满怀，”农妇又重复她的话，“那么她跟他站在一起吗，大姐？”

“站在一起呀——那也没什么。他站在那儿，她也站在那儿。她看到我就说：‘你上哪儿去啊？’‘回家去。’于是我就回家了。”

“你回家了？”农妇沉默了一会儿，慢吞吞地说。“好吧，再见，费季纽什卡。”说完就拖着沉重的步子走了。

阿基姆听了这段话心里很不是滋味。虽然他对阿夫多季娅的爱情已经冷却，但是女仆说的那些话他还是不爱听。可她说的是实话，那天晚上阿夫多季娅确实是去会瑙姆了，他在一片浓密的阴影里等她，这片阴影是那些一动不动地矗立着的高高的大麻投在路上的；露水把每一株大麻都浸透了，四周弥漫着一股浓郁的醉人的香气。一轮红红的圆月在一片微黑的、朦胧的雾霭中刚刚升起。瑙姆打老远就听见阿夫多季娅急促的脚步声，连忙迎上前去。她跑得气喘吁吁，脸色发白；月光照亮了她的脸。

“喂，带来了吗？”他问她。

“带是带来了，”她犹豫不决地回答说，“可是，瑙姆·伊万内奇……”

“既然带来了，那就给我吧，”他打断了她的话，并伸出手去。

她从头巾底下拿出一个纸包，瑙姆立刻就把它接了过去，揣到怀里。

“瑙姆·伊万内奇，”阿夫多季娅目不转睛地望着他，慢慢地说道，“啊，瑙姆·伊万内奇，我为了你把自己的灵魂都给毁了……”

这时候，女仆跑到了他们跟前。

阿基姆就这样郁郁不乐地坐在板凳上，抚摸着胡子，想他的心事。阿夫多季娅不时从这屋里进进出出，他只是呆呆地望着她。最后，她又走了进来，从卧室里拿了一件坎肩，刚要跨出门槛，这时阿基姆再也忍不住了，好像是自言自语地说道：

“我真弄不明白，”他说了起来，“女人为什么老是忙忙碌碌？想叫她们安安静静地坐一会儿，简直白费力气。这可不称她们的心。可是白天晚上老往外跑，她们倒是乐此不疲。真是！”

阿夫多季娅一动不动地仔细听完了丈夫的话，只是当丈夫说到“晚上”这个词时，稍稍动了动脑袋，似乎是沉思起来。

“谢苗内奇，你这个人哪，话匣子一打开，就没完没了……”她终于恼火地说道。

于是，她就不再理他，径自走了出去，砰的一声关上了门。阿夫多季娅实在是不喜欢阿基姆这样唠叨个没完，一到晚上，当阿基姆开始和旅客们津津乐道地聊天或是讲起故事来的时候，她就在一边偷偷地打哈欠，或者干脆一走了事。现在阿基姆望着那扇关上了的门，小声重复着她的话，“‘话匣子一打开’，其实，我还真是对你说得太少了哪，……你算什么东西？ 还不是跟我一样，再说还是我……”他站起来，想了想，挥起拳头敲了敲后脑勺儿。

这以后好几天日子都过得不同寻常。阿基姆老是望着他的妻子，似乎有什么话要对她说，她也疑心重重地望着他；同时他们俩都保持着沉默，家里的气氛十分紧张。不过阿基姆往往会喋喋不休地说一通指责的话来打破这种沉默，说的无非是某某人家务上出了差错，或是对一般女人的贬责。阿夫多季娅多半是一声不吭，不予理睬。然而，尽管阿基姆的弱点是脾气太好，要不是发生了一件事情，他本来是断然要跟阿夫多季娅摊牌的；发生了那件事以后任何摊牌都无济于事了。

事情是这样的。有一天早上阿基姆夫妇正在吃点心（夏季农忙时节客栈里没有旅客），忽然有一辆大车顺着大路喀哒喀哒地飞驰过来，在台阶跟前骤然停住。阿基姆朝窗户外面一看，便皱起了眉头，低下了脑袋：瑙姆正不慌不忙地从大车里钻出来。阿夫多季娅没有看到他，可是一听到门口有他的声音，手里的调羹就抖了一下。瑙姆吩咐伙计把马拴在院子里，最后他终于推开门，走进屋来。

“你好，”说着，他脱下了帽子。

“你好，”阿基姆不乐意地照样说了一声，“你是从哪儿钻出来的？”

“我就在附近，”瑙姆回答说，随即在板凳上坐下，“我从你的东家太太那儿来。”

“从东家太太那儿来，”阿基姆嘴上说着，身子没有挪动，“有事吗？”

“是的，有事要谈。阿夫多季娅·阿列菲耶夫娜，我向您问好。”

“您好，瑙姆·伊万内奇，”她回答说。

大家都不吭声了。

“你们这是在喝什么呀，大概是什么汤吧？”瑙姆先说了一句。

“是的，是在喝汤，”阿基姆回答说，他的脸色忽然变得煞白，“可是没有你的份。”

瑙姆吃了一惊，瞥了阿基姆一眼。

“怎么没有我的份？”

“就是没有你的份，”阿基姆两眼直冒火，使劲拍了一下桌子，“我家里什么都没有你的份，听见了吗？”

“哪里话，谢苗内奇，哪里话？ 你这是怎么啦？”

“我没什么，不过你这人让我讨厌，瑙姆·伊万内奇，就是这么回事。”老头儿站起身来，浑身发抖。“你老爱上这儿来，来得太频繁了，明白吗？”

瑙姆也站了起来。

“老兄，你八成是疯了，”他用嘲笑的口气说，“阿夫多季娅·阿列菲耶夫娜，他这是怎么啦？”

“我叫你滚出去，听见了吗……”阿基姆用颤抖的声音喊道，“阿夫多季娅跟你有什么相干……我叫你滚开，听见吗？”

“你干吗对我这么说？”瑙姆话里有话地问道。

“从这里滚出去，我就这么对你说。让你给我滚蛋……明白吗？要不就对你不客气了！”

瑙姆向前走了一步。

“天哪，千万别打架，亲爱的，”阿夫多季娅结结巴巴地说，直到这一刻她始终在桌子边上坐着不动。

瑙姆瞧了她一眼。

“别担心，阿夫多季娅·阿列菲耶夫娜，我们干吗要打架！ 哎哟哟，老兄，你干吗大吵大闹！”他对着阿基姆继续说。“唉，真是的，你太性急了！ 有谁听说过把人从他自己家里撵出去的，尤其是一家之主？”瑙姆慢条斯理、一字一顿地说。

“什么叫从他自己家里，”阿基姆嘟哝着说，“什么叫一家之主？”

“比如说，我吧。”

瑙姆眯起眼睛，龇着他的白牙狞笑着。

“怎么是你？ 难道我不是店主人？”

“喂，老兄，你可得放明白点。告诉你吧——我就是店主人。”

阿基姆的两只眼睛瞪得大大的。

“你胡说些什么呀，是不是发疯了？”他终于说道，“真见鬼，你怎么成了这儿的店主人？”

“跟你说有什么用？”瑙姆不耐烦地大声嚷起来，“你看到这张玩意儿吗？”他从口袋里掏出一张叠成四折、盖了印的文件，继续说道。“看到了吗？ 这就是契约，明白吗？ 你卖地和房子的契约；我从东家太太丽莎维塔·普罗霍罗夫娜那儿买来的，昨天在 Б 城订好了契约，所以，现在店主人是我，而不是你。今天你就收拾东西吧，”他把那张文书放回口袋里，又加上一句，“明天就从这里滚出去，听见吗？”

阿基姆目瞪口呆。

“强盗，”他终于呻吟着说，“强盗……嘿，费季卡，米季卡，老婆，老婆，抓住他，抓住他——逮住他。”

他完全不知所措了。

“当心，当心，”瑙姆威胁说，“老家伙，你可要当心，千万别胡来……”

“快揍他，揍他呀，老婆！”阿基姆哭哭啼啼地重复说着，他徒劳而无可奈何地猛然站起来，“凶手，强盗……你把她抢去还不够……你还要抢我的房子，什么都要抢……这可不行，别忙……这种事绝不可能发生……我自己去，我亲自去……怎么会……干吗要卖……等一等……等一等……”

于是他帽子也没戴就冲了出去。

“您上哪儿去，阿基姆·谢苗内奇，您往哪儿跑，老爷？”仆人费季卡在大门口碰见他，问道。

“去找东家太太！让我走，去找东家太太……”阿基姆拼命喊道。他一看瑙姆的大车还没有拉到院子里来，就跳上车去，拉住缰绳，使尽全力抽打了几下马，向女主人家飞奔而去。

“我的东家太太，丽莎维塔·普罗霍罗夫娜，”一路上他反复叨叨着，“我哪里得罪您了？我觉得我对您一直是忠心耿耿的！”

他一边说，一边不停地抽着那匹马。路上碰见他的人都让到一边，瞪着眼睛久久地望着他的背影。

一刻钟以后，阿基姆来到了丽莎维塔·普罗霍罗夫娜的庄园，他驾车驶到台阶跟前，从车上跳下来，直往屋里闯。

“你想干什么？”在躺柜上睡得正香的仆人被他吓了一跳，嘟哝着问道。

“见太太，我要见太太，”阿基姆大声嚷道。

仆人大吃一惊。

“出什么事了吗？”他问……

“没出什么事，可是我要见太太。”

“怎么，怎么，”仆人说道，他越来越莫名其妙，慢慢地挺直了腰。

阿基姆清醒过来……他觉得好像被人泼了一身冷水。

“劳驾，彼得·叶夫格拉菲奇，”他深深地鞠了一躬，说道，“请您去向太太禀告一声，就说阿基姆想见她……”

“好吧，……我这就去……去禀告……可是你准是喝醉了，等一会儿吧，”仆人嘀咕了一声便走了。

阿基姆低下了头，似乎有些困惑，他刚走进过道，刚才下的决心立刻就消失得无影无踪。

丽莎维塔·普罗霍罗夫娜一听说阿基姆来了，也手忙脚乱起来。她立刻吩咐让基里洛夫娜到她的书房来。

“我可不能见他，”基里洛夫娜一到，丽莎维塔·普罗霍罗夫娜就连忙说，“无论如何也不能见他。我怎么跟他说呢？我早说过，他一定会来抱怨的，”她懊恼而激动地说，“我早就说过。”

“可是您干吗非要见他呢？”基里洛夫娜镇定地回答，“根本就没有这个必要。您干吗要着急呢，没事的。”

“那究竟怎么办呢？”

“您要是允许的话，让我去跟他谈好了。”

丽莎维塔·普罗霍罗夫娜抬起头来。

“那就劳驾你去吧，基里洛夫娜，去跟他谈谈。你告诉他……就说我迫不得已才卖的……可是我会补偿他的损失……你知道该怎么说。劳你驾，基里洛夫娜。”

“请您千万别着急，太太，”基里洛夫娜说，说完她就出去了，她那双皮鞋又嘎吱嘎吱响了起来。

一刻钟不到，又传来了这种嘎吱声，基里洛夫娜走进书房，脸上还是带着那副镇定自若的表情，眼睛里还是含着那股精明的神气。

“怎么样？”女主人问她，“阿基姆怎么样？”

“他没什么。他说一切都听凭您老人家决定，只要您多福多寿，他就有好日子过。”

“他没有抱怨吗？”

“一点也没有，他干吗要抱怨呢？”

“那他来干吗呢？”丽莎维塔·普罗霍罗夫娜有些疑惑地问道。

“他来问问您老人家，能不能免去他明年该缴的代役金。等他得到补偿以后……”

“当然可以，当然可以，”丽莎维塔·普罗霍罗夫娜连忙接口说。“我当然乐意这么办，你告诉他，真的，我会补偿他的损失。真是谢谢你了，基里洛夫娜。我看他是个好心肠的庄稼汉。等一下，以我的名义，把这个带去给他。”她从写字台抽屉里取出一张三卢布的纸币，说：“去吧，把这个拿去给他。”

“知道了，太太，”基里洛夫娜回答说，她从容不迫地回到她的房间里，从容不迫地把那张钞票锁进了放在床头的一只小铁皮箱里，她的现款都装在这只箱子里，里面的钱已经相当可观了。

基里洛夫娜的回禀使她的女主人放下心来，但是她和阿基姆之间的谈话却和她所叙述的不大相同。事实上，她派人把阿基姆叫到她们女仆住的房间里，起初他不肯去，他说他想见的并不是基里洛夫娜，而是丽莎维塔·普罗霍罗夫娜本人，但是后来他终于服服帖帖地从后门进去见基里洛夫娜。他只见到基里洛夫娜一个人。他一进屋就站住了，靠在门旁的墙上；他很想说话……但是说不出来。

基里洛夫娜两眼紧盯着他。

“阿基姆·谢苗内奇，您想见太太？”

他只点了一下头。

“这不行，阿基姆·谢苗内奇。再说又有什么用呢？办好的事情是不能改变的，您找太太，只能让她烦心。她现在不能见您，阿基姆·谢苗内奇。”

“不能见我，”他跟着说了一遍，停顿了一下，又慢慢说道，“那么，我的房子就这么完蛋了？”

“听我说，阿基姆·谢苗内奇。我知道您一向是个明白事理的人。既然这是太太的意思，那就没法子改变了。我们又何必在这儿多费口舌呢？ 您得明白这么做任何结果也不会有。对不对？”

阿基姆把手放到了背后。

“您最好仔细想想，”基里洛夫娜继续说道，“何不请求太太给您免掉一年的代役金，这样不好吗？”

“那么，我的房子就这么完蛋了？”阿基姆还是用同样的声调重复说道。

“阿基姆·谢苗内奇，我已经告诉过您，没法子。这您比我更清楚。”

“是的。可是至少得让我知道，这房子到底卖了多少钱？”

“我不知道，阿基姆·谢苗内奇。我无法告诉您……”她又接着说，“可是您干吗老站着？ 坐下吧。”

“我还是站着吧，我不过是个庄稼汉嘛，多谢您了。”

“您怎么是个庄稼汉，阿基姆·谢苗内奇？ 您是个商人，连仆人也不能跟您比哪。您怎么这么说呢？ 别无缘无故自寻烦恼了。您要不要喝点茶？”

“不，谢谢，我不想喝，”他离开了墙壁，接着说，“那么，这房子就算是你们的了。这也得谢谢您。向您告辞了，大姐。”

于是他就转身出去了。基里洛夫娜整了整围裙，便到女主人那儿去了。

“原来我是个商人哪，”阿基姆若有所思地站在门外，自言自语地说，“好一个商人！”他摆了摆手，苦笑了一声。“好吧，回家去！”

他完全忘记了来的时候乘的瑙姆的马车，拖着沉重的脚步顺着大路回客栈去。他还没走出一俄里路，忽然听到后边有一辆大车咕隆咕隆赶上来。

“阿基姆，阿基姆·谢苗内奇，”有人在喊他。

他抬起眼睛，看到一个熟人，那是教区执事叶夫列姆，外号鼹鼠，他是个驼背的小个子，鼻子尖削，长着一对视力模糊的眼睛。他乘着一辆蹩脚的大车，坐在一捆麦秸上，胸口靠着驭手的座位。

“你是回家吧？”他问阿基姆。

阿基姆站住了。

“回家。”

“我顺便带你去，好吗？”

“好吧，劳驾。”

叶夫列姆让到一边，阿基姆爬上了车。叶夫列姆似乎有几分醉意，他用缰绳的末端拼命抽打他那匹驽马，马就拖着疲惫的步伐向前小跑，不断地摇晃着它那没有套笼头的脑袋。

他们乘着车子走了一俄里光景，彼此一句话也没有说。阿基姆低头坐着，叶夫列姆自言自语地嘟哝着，一会儿催马快跑，一会儿又把马勒住。

“你帽子也没戴，去哪儿啦，谢苗内奇？”忽然他问了阿基姆这么一句。不等他回答，又接着低声说：“一定是丢在小酒店了吧，没错。你爱喝酒，我知道你，正因为你爱喝酒，我才喜欢你；你不是莽汉，不是无赖，不会惹是生非；你是个好掌柜，可就是贪杯，太贪杯了，你早就该为你这种嗜好受惩罚了，真的；这可是个坏习惯啊……乌拉！”他忽然提高嗓门大声嚷道。“乌拉！ 乌拉！”

“停一停！ 停一停！”附近传来一个女人的声音。“停一停！”

阿基姆回头一看，一个脸色苍白、头发蓬乱、衣衫不整的女人正穿过田野向大车跑来，一开始他简直认不出她是谁。

“停一停！ 停一停！”她又哭哭啼啼地喊道，她跑得上气不接下气，还挥动着两只胳膊。

阿基姆吃了一惊：这是他的妻子。

他赶紧抓住了缰绳。

“干吗要停车，”叶夫列姆嘟哝起来，“为了一个女人就要停车？快走吧！”

但是阿基姆猛然把马勒住。

这时候阿夫多季娅跑到大路上，她一下子扑倒在地，把脸埋进了尘土。

“老爷，阿基姆 · 谢苗内奇，”她号哭着说，“他把我也撵出来了！”

阿基姆朝她看了一眼，一动也不动，只是更紧地勒住了缰绳。

“乌拉！”叶夫列姆又大声喊道。

“他当真把你撵出来了？”阿基姆问。

“撵出来了，老爷，亲爱的，”阿夫多季娅哽咽地说，“他把我撵出来了，老爷。他说：‘房子现在是我的，你走吧。’”

“太棒了！ 这一手干得真漂亮……太棒了！”叶夫列姆说。

“你大概还打算待下去吧？”阿基姆仍然坐在大车上，痛心地问。

“哪里能待下去！ 老爷啊，”阿夫多季娅接口说，她双膝跪地，又磕起头来，“你不知道，我……打死我吧，阿基姆 · 谢苗内奇，就在这儿把我打死吧……”

“干吗要打你，阿列菲耶夫娜？”阿基姆沮丧地说，“既然你已经认错，那又何必再打你？”

“但是你可知道，阿基姆·谢苗内奇，你可知道那些钱……你的钱……你的钱都不在了。你可知道，是我，该死的，把它们从地板底下拿出来，全都交给了他，交给了那个恶棍瑙姆……你干吗要让我知道你藏钱的地方呢？我真该死……你可知道，他就是用你的钱买下了这所房子……这个恶棍……”

她的号哭声盖过了说话声。

阿基姆双手抱住头。

“怎么！”他终于喊道，“所有的钱也完了……连钱带房子，都是你干的……唉！你从地板底下拿走了，你拿的……我要打死你，你这条毒蛇！……”

于是他从大车上跳下来。

“谢苗内奇，谢苗内奇，别打她，别打人，”叶夫列姆嘟嘟囔囔地说，突如其来的意外事情使他的醉意开始消失了。

“不，老爷，打死我吧，老爷，打死我吧，我真该死；打吧，别理他，”阿夫多季娅大声喊道，与此同时，她的身子在阿基姆脚下抽搐地打着滚。

他站了一会儿，看了看她，走开几步，然后在路旁的草地上坐了下来。

出现了短暂的沉默。阿夫多季娅把头转向他这边。

“谢苗内奇，谢苗内奇，”叶夫列姆在大车上欠起身来说道，“算了吧，你得明白，事情已经到了这种地步，你反正也没法子补救了。”接着，他似乎自言自语地继续说道：“呸，真没想到，这个女人这么可恶……”随后他身子伏在大车栏杆上，对阿夫多季娅说：“上他那儿去吧，你瞧，他都快疯了。”

阿夫多季娅爬起来，走到阿基姆身边，又跪倒在他脚下。

“老爷，”她用微弱的声音说。

阿基姆站起来，朝大车走去。她拉住了丈夫上衣的衣襟。

“滚开！”他怒气冲冲地嚷道，一把推开了她。

“你上哪儿去？”叶夫列姆看到他又爬上了车，坐在他身边，便这么问他。

“你本想把我带回我家去，”阿基姆说，“现在请你带我上你家里去……你瞧，现在我无家可归了。他们把我的家买去了。”

“好吧，上我那儿去。她怎么办呢？”

阿基姆没有回答。

“那我呢？ 我怎么办呢？”阿夫多季娅泪眼汪汪地接口说，“你把我一个人丢给谁啊？ ……我上哪儿去呀？”

“你去找他嘛，”阿基姆头也不回地答道，“去找那个拿了我钱的人好了，走吧，叶夫列姆！”

叶夫列姆扬起鞭子抽了一下马，大车就轰隆轰隆地向前驶去了。阿夫多季娅放声大哭。

叶夫列姆住在波波夫镇的一所小房子里，离阿基姆的客栈一俄里路，他家附近有一座孤零零的五圆顶教堂，那是一个富商的继承人遵照遗嘱不久前刚刚建造的。叶夫列姆一路上什么话也没有对阿基姆说，只是偶尔摇摇头，发出类似：“哎，你呀！”“唉，你呀！”的叹息。阿基姆稍稍避开叶夫列姆，一动不动地坐着。他们终于到了。叶夫列姆先跳下车，迎面跑来一个六七岁的小女孩，她穿着一件衬衫，腰带系得很低，嘴里嚷道：

“爸爸！ 爸爸！”

“你妈在哪儿？”叶夫列姆问道。

“她在小屋里睡觉呢。”

“好吧，让她睡吧。阿基姆·谢苗内奇，您怎么啦？ 请进屋吧。”

(必须说明一下，叶夫列姆只有在喝醉酒的时候，跟他说话才用“你”，比叶夫列姆身份高贵的人对阿基姆也都尊称“您”。)

阿基姆走进这位教区执事的小屋。

“这儿，请坐在板凳上吧，”叶夫列姆说。“你们走开，小淘气们，”忽然，另外有三个孩子和两只满身是灰的瘦猫从屋子的各个角落跑过来，叶夫列姆就对他们喊道。“滚开！ 去！ 上这边来，阿基姆·谢苗内奇，上这边来！”他让客人坐下，继续说道，“您要不要吃点东西？”

“我怎么跟你说呢，叶夫列姆，”阿基姆终于开口说，“能不能来点酒？”

叶夫列姆为之精神一振。

“来点酒？ 马上就来。我家里没有酒，不过，我马上到费奥多尔神父家去取。他一向有酒……我马上就去。”

于是他连忙拿起他那顶带护耳的帽子。

“多拿点来，我给钱，”阿基姆在他身后嚷道，“买酒的钱我还是有的。”

“马上就来！”叶夫列姆出门时又说了一遍。他果然夹着两瓶酒，很快就回来了，有一瓶已经打开，他把酒瓶放在桌上，又拿来两只绿色玻璃小酒杯，还有一大片面包和一点盐。

“我就喜欢这玩意儿，”他在阿基姆对面坐下，嘴里不停地说道，

“干吗要难过？”他给阿基姆倒了一杯，也给自己倒了一杯……于是就滔滔不绝地扯开了……阿夫多季娅的行为使他莫名其妙。“这事真蹊跷，真是，”他说，“怎么会发生这种事？ 八成是瑙姆那小子把她给迷住了……是吧？ 可见对老婆要严加看管，得把她管得紧紧的才行。不过尽管这样，您回家去一趟还是没有什么不可以的；想必您在那儿还有不少家当吧。”诸如此类的话叶夫列姆还说了很多；他喝酒的时候是不喜欢沉默的。

一个钟头以后叶夫列姆家里发生的事情是这样的。阿基姆对于他这位饶舌的主人所提出的问题和发表的意见，一个字也没有回答，只是一杯接着一杯不停地喝酒，后来喝得满脸通红，就一头倒在炉炕[①]上，心情沉重而悲伤地睡着了；孩子们惊讶地望着他，叶夫列姆呢……唉！ 叶夫列姆也睡着了，不过他是睡在一间冰冷的小储藏室里，他那具有男子汉一般强壮体格的妻子把他锁在了里面。刚才他去小屋那儿找她，不知是威胁了她几句还是告诉了她什么事情，反正他的话说得莫名其妙，牛头不对马嘴，因此她立刻就明白了是怎么回事，于是就揪住他的衣领，把他拖到他该去的地方。不过他在那个小储藏室里却睡得很香甜，很安稳。习惯了嘛！

基里洛夫娜并没有把她和阿基姆的谈话内容准确无误地转告丽莎维塔·普罗霍罗夫娜……阿夫多季娅也没有把实情全说出来。她对阿基姆说，瑙姆把她撵出来了，其实并没有那回事；瑙姆没有权利把她撵出来……他得给两位旧主人收拾东西的时间。他和阿夫多季娅之间的

① 俄式乡间火炉，里面可以烤东西或烧饭，炉顶上可以躺人。

谈话，与她刚才对阿基姆说的完全不同。

当阿基姆冲出屋子，大喊着要找东家太太的时候，阿夫多季娅转过身来面对瑙姆，睁大了眼睛望着他，还惊讶地举起双手拍了一下。

“天哪！”她喊道，“瑙姆·伊万内奇，这是怎么回事呀？您把我们的客栈买去了？”

“那又怎么样？”他回答说。“我是买了。”

阿夫多季娅沉默了片刻，恍然大悟。

“当初您要钱原来就是为了这个？”

“您说得一点也不错，”他听见车轮轰隆轰隆的响声，又接着说，“嘿，您丈夫好像是赶着我的马车走了。他倒是个聪明人！”

“是您先抢走了我们的客栈，”阿夫多季娅喊道，“那是我们的钱，我丈夫的钱，客栈是我们的呀……”

“不对，阿夫多季娅·阿列菲耶夫娜，”瑙姆打断了她的话，“客栈不是你们的，说这种话有什么用，客栈在东家太太的地皮上，所以就归她所有，钱倒的确是你们的，可是承您的好意，把这笔钱送给了我；我对您十分感激，并且将来有机会的话，我甚至可以把钱还给你们；请您替我想想，我总不能成个穷光蛋吧。”

瑙姆说这些话的时候，始终神态自若，甚至还带着一丝微笑。

“我的天哪！”阿夫多季娅喊道，“这是怎么回事？怎么回事呀？往后我怎么还有脸见我的丈夫呢？你这个坏蛋，”她憎恨地望着瑙姆那张精神饱满、充满活力的脸，“你要知道，为了你我把自己的灵魂都毁了，为了你，我成了小偷，你让我们成了无家可归的乞丐，你真是个坏蛋！现在我除了上吊，没有其他办法了。你这个坏蛋！你这个骗子！你把我给毁了！”

她号啕大哭起来。

“别激动嘛，阿夫多季娅·阿列菲耶夫娜，”瑙姆说，“我要告诉你一个道理：自己的衬衣更贴身，河里有狗鱼，就是为了不让鲫鱼打瞌睡。①”

“我们现在上哪儿去？ 我们到哪里去安身呢？”阿夫多季娅哭哭啼啼、结结巴巴地说。

“那我可没法说。”

“我要把你宰了，你这个坏蛋；宰了你，宰了你……”

“不，您不会这么做的，阿夫多季娅·阿列菲耶夫娜，说这种话有什么用呢，我看我最好还是暂时离开这儿，要不然您会更加激动的……向您告辞了，明天我一定回来……不过您得让我派帮工今天就到这儿来，”他又说了一句，这时候阿夫多季娅还在哭哭啼啼、嘟嘟囔囔地说，她要把他宰了，还要自杀。

“啊，正好他们来了，”他望着窗外说道。“要不然，没准会闯出祸来，那可就糟了……有人来就不会出事。请您费心，今天就把你们的家当全都收拾到一起，他们可以在这儿给你们看着，还能帮帮你们的忙。我告辞了。”

他鞠了一躬，就走出屋去，招手把帮工叫了过来……

阿夫多季娅无奈地跌坐在板凳上，后来又把上半身伏在桌子上，激动地搓起手来，随后她忽然跳起来，跑去追她的丈夫……他们会面的情景，前面已经描述过了。

阿基姆和叶夫列姆赶着大车离开了她，把她一个人丢在田野里，

---

① 俄国俗语，意为人不为己，天诛地灭；有了坏人，才会使老实人提高警惕。

她在原地待了很久，不停地哭泣。她的眼睛都哭肿了，然后朝她的女主人家里走去。她走进那所房子时心里很难过，走进女仆住的房子就更加伤心。所有的女仆都满怀同情和关切地跑上来迎接她。阿夫多季娅一看见她们，眼泪就止不住往下掉，她的眼泪简直像泉水一样，从她那红肿的眼睛里不停地往外冒。她软弱无力地坐到就近的一把椅子上。有人跑去找基里洛夫娜。基里洛夫娜来了，她对阿夫多季娅十分亲热，可是却不让她见女主人，就像当初阻挡阿基姆一样。阿夫多季娅本人并不坚持要见丽莎维塔·普罗霍罗夫娜，她到她的女主人家里来，只不过是因为她简直不知道该到哪里去安身罢了。

基里洛夫娜叫人搬来了茶炊，阿夫多季娅很久都不肯喝茶，后来在所有的女仆的一再恳求和劝说下，才顺从地端起了茶杯，并且，喝了第一杯之后，又一连喝了四杯。后来基里洛夫娜发现她这位客人平静了一些，只是偶尔哆嗦一下，发出轻微的啜泣声，她就问她打算到什么地方去住，他们的东西打算怎么处置。阿夫多季娅一听她问起这个，又痛哭起来，她态度坚决地表示，她只想一死了之，别的什么打算也没有；可是基里洛夫娜是个有头脑的女人，她立刻就阻止了她，劝她不要白白浪费时间，当天就动手把他们的东西搬到阿基姆从前在村子里住过的那个小屋子里去，现在他的叔叔（就是曾经劝阻他结婚的那个老头儿）在那儿住着。她告诉她说，女主人答应派人和马车去帮他们收拾东西搬家。“至于您呢，亲爱的，”基里洛夫娜接着说，她吧嗒着她那像猫一样的嘴唇，酸溜溜地一笑，装腔作势地说，“我们这儿随时都有您的位置，如果您要在我们这儿住上一阵的话，我们是非常高兴的，等到你们安顿下来，有了新家再说。最要紧的是不要泄气。上帝赐给的东西，又收回去了，他还会再给的；一切全凭上帝作主。丽莎维塔·普罗霍罗夫娜当然是有她自己的理由，非卖掉这个客栈不可，可是她是不会忘记你们的，她会补偿你们的损失。她叫我把这些话转告阿基姆·谢苗内奇……他现在在哪儿呢？”

阿夫多季娅回答说，她见到他的时候，他对她十分冷酷，乘着大车到教区执事叶夫列姆家里去了。

“啊，上那个家伙家里去了！”基里洛夫娜意味深长地说。“当然，我也明白，他现在心里一定很难过，我看你今天恐怕是找不到他了。那怎么办呢？事情总得安排呀。”她转过脸去，对一个女仆说：“马拉什卡，叫尼卡诺尔·伊里奇上这儿来，我们跟他商量一下。”

尼卡诺尔·伊里奇是个外表楚楚可怜的人，模样有点像管家。他立刻就来了，恭恭敬敬地听完了基里洛夫娜吩咐他的话之后，他答应说：“一定照办。”然后就出去张罗安排。他派了三辆大车和三个农民去帮阿夫多季娅；另外还有一个自称“比他们更能干”的农民自告奋勇地要跟他们同去；于是，她就和他们一起去了客栈，在那儿她看到他们家以前的帮工们和女仆费季尼娅惊慌失措，乱成一团……

瑙姆新雇的三个帮工是身强力壮的小伙子，他们一清早就来了，一直都没有离开过。瑙姆说了，他们会热心地照看客栈，事实上他们照看得也真够热心的——有一辆新大车的轮胎忽然失踪了……

可怜的阿夫多季娅收拾东西真是辛苦透顶，那位“能干的”人原来只会拿着一根棍子，走来走去，看着别人干活，还不时在边上吐一口唾沫。阿夫多季娅虽然有他“帮忙”，还是没法当天就把东西收拾停当，只好在客栈里过夜，并恳求费季尼娅在她房间里陪她；然而，直到天蒙蒙亮的时候她才迷迷糊糊地打了一会儿盹，而且即使在睡梦中，她的眼泪也不停地顺着两颊往下淌。

这天早上叶夫列姆在他那间小储藏室里比平时早醒了一会儿，他开始敲门，请求放他出去。起初他的妻子不肯放他，从门缝里对他说，他应该再睡下去；可是他答应把阿基姆的离奇遭遇告诉她，这才引起了她的好奇心，她便把门打开了。叶夫列姆把他所知道的一切原原本本全都告诉了她，最后问道：怎么，他醒了没有？

“天晓得，”他的妻子回答说，“你自己去看看吧，他还没从炉炕上爬下来呢，瞧你们两个昨天醉成什么样子；瞧瞧你这张脸，模样都变了，简直是个邋遢鬼，头发上满是干草。”

“没关系，”叶夫列姆回答说，他伸手摸了一下脑袋，走进屋里去。阿基姆已经起来，他垂下双脚坐在炉炕上。他的模样也很古怪，头发乱莲蓬的，脸上的醉相更加明显，因为他不习惯多喝酒。

“喂，阿基姆·谢苗内奇，您睡够了没有？”叶大列姆说。

阿基姆用暗淡的目光望着他。

“叶夫列姆大哥，”他声音嘶哑地说，“咱们再喝点好不好？”

叶夫列姆迅速瞥了一眼阿基姆……在这一刹那间，他心里有些激动，这激动只有猎人站在林边，忽然听到几声猎犬的吠叫，而所有的野兽大概都已经跑远，这时才会产生。

“怎么？ 再喝？”他终于问道。

“是呀，再喝。”

“要是叫我老婆发现了，”叶夫列姆心想，“她恐怕是不会让我出去的，好吧，没问题，”他大声说，“耐心等一下。”他出去了，幸亏他采取了巧妙的办法，终于把一大瓶酒藏在衣服里面神不知鬼不觉地拿了回来。

阿基姆接过这瓶酒……可是叶夫列姆没有像昨天那样和他一块儿

喝，因为他害怕他的妻子。他对阿基姆说，他要去看看他的客栈里情况怎么样，他的家当收拾得怎么样，会不会被人偷去。说着，他就立刻骑上他那匹还没喂过饲料的瘦马，出发去客栈。不过从他那鼓起的胸部可以断定，他并没有忘记自己的需要。

他走后没多久，阿基姆又躺在炉炕上，睡得像死人一样……大约四个钟头以后，叶夫列姆回来的时候，他还没有睡醒，至少是丝毫没有要醒的迹象；叶夫列姆开始摇晃他，想把他弄醒，断断续续、前言不搭后语地对他低声嘟哝着，说所有的东西都已经搬走，神像也取下来放在车上运走了，事情全都办完了，大家都在找他，可是他叶夫列姆却吩咐，不许他们来……以及诸如此类的话。但是他并没有嘟哝多久。他的妻子又把他拖到那间小储藏室里去了。她对她丈夫和这位怂恿他喝酒的罪魁祸首十分恼火，气冲冲地在高板床上躺了下来……她习惯早起，第二天清晨她醒来朝炉炕那儿一瞧，阿基姆已经不见了……阿基姆走出这位教区执事家的大门时，公鸡还没有叫第二遍，夜还很深，天空刚刚露出鱼肚白，地平线上还是灰暗一片。他的脸色固然苍白，但是他投向四周的目光是敏锐的，他的脚步也不像一个醉汉的脚步……他向他从前的住房——客栈走去，现在那所房子已经完全属于新主人瑙姆所有了。

阿基姆偷偷离开叶夫列姆家的时候，瑙姆也醒着。他没有睡着，他把羊皮袄垫在身下，和衣躺在板凳上。他并不是受到良心责备——远非如此！阿夫多季娅收拾阿基姆的所有家当，从这里运走的时候，他整天都在场，态度简直冷静得惊人，还屡次同阿夫多季娅攀谈，她十分沮丧，甚至没有责备他……他问心无愧，但是他有各种各样的打算和计划。他不知道新的行当能不能给他带来好运：他从来没有开过客栈，根本就不曾有过自己的家，因此他才睡不着觉。他心里想："这件事开头倒是不错，往后会怎样呢？"天快黑的时候，他送走了最后一车阿基姆的家当（阿夫多季娅哭哭啼啼地跟在后面），把整个院子、牲口棚、地窖、板棚都巡视了一遍，还爬到顶楼上去看了一下，多次吩咐帮工们严加看守，晚饭后只剩下他一个人的时候，他还是睡不着觉。碰巧那天没有客人来投宿，这让他颇感庆幸。"明天一定得向磨坊主买只狗才行，得挑一只凶一点的；他们的狗已经给带走了。"他翻来覆去，自言自语地说着，忽然他猛地抬起了头……他觉得有人在窗前走过……他仔细听了一会儿……什么声音也没有。只不过偶尔有一只蠢斯在炉灶后面胆怯地叫几声，还有老鼠在什么地方抓挠，他连自己的呼吸声都听得见。空荡荡的屋子里静悄悄的，一盏带玻璃罩的小油灯发出暗淡的光线，那是他一进来就挂在神像面前点着的……他低下了头；这时他又听见，似乎大门嘎吱响了一声，随后从篱笆那儿又传来一个微弱的咯吱声……他忍不住跳起来，推开了通往另一个房间的门，低声喊道："费奥多尔！费奥多尔！"没人答应他，他走出门去，来到过道上，费奥多尔躺在地板上，差一点把他绊倒。这个帮工动了一下身子，嘴里含糊不清地嘟哝了几句；瑙姆把他弄醒了。

"什么事啊，你要干吗？"费奥多尔开口说。

"嚷什么？住嘴！"瑙姆压低嗓音说道。"你们这些混蛋，睡得可真死呀！你什么都没听见吗？"

"没听见，"对方答道。"怎么啦？"

"其他人睡在哪儿？"

"您叫他们睡哪儿就在哪儿……难道出什么事了……"

"住嘴，跟我来。"

瑙姆悄悄地打开了前室通院子的门……外面伸手不见五指，屋顶和支撑的柱子勉强可以分辨，那只是因为它们在那一片漆黑的夜色中显得更黑罢了。

“咱们是不是点个灯笼？”费奥多尔低声问道。

瑙姆没有理睬，他屏住了呼吸……起初他什么异常的声音也没有听见，只有那些凡是有居民的地方差不多都能听到的夜间的响声传到他的耳旁：马在嚼燕麦，猪在睡梦中发出微弱的哼哼声，有人在某处打鼾；可是他的耳朵忽然听出在院子的尽头，靠近篱笆的地方，传来一个可疑的声响。

似乎有个人在那儿动弹，而且还发出呼吸或是吹气的声音……瑙姆回头看了费奥多尔一眼，小心翼翼地下了台阶，朝发出声音的地方走去……有一两次他停下脚步，凝神细听，然后又悄悄地往前走……他突然一震……离他十步远的地方，在一片漆黑中，闪出了一点红色的火光。那是一块烧红的火炭，一刹那间炭火映出一张嘴唇突出的脸的前半部分……瑙姆像猫捉老鼠一样，迅速而不出声地向那团火光冲去……一个身材颀长的人连忙从地上爬起来，迎面朝他扑了上来，差一点把他撞倒，几乎从他手中逃脱；可是瑙姆使出全身的力气，拼命抓住他不放……“费奥多尔，安德烈，彼得鲁什卡，”他扯开嗓门喊道，“快到这儿来，快来啊，我抓住了一个贼，他想放火烧房子哪……”被他抓住的那个人拼命挣扎，和他搏斗……但是瑙姆没有松手……费奥多尔立刻跑来帮忙。

“灯笼，快点儿，灯笼！快去拿灯笼来，把其他人也叫醒，快！”瑙姆向他嚷道。“我一个人还可以对付他一阵子——我坐在他身上哪……赶快！拿根皮带来捆住他的手。”

费奥多尔朝屋里跑去……瑙姆抓住的那个人忽然停止了搏斗……

“怎么，看来，连老婆带钱和家都给了你还嫌不够，还要把我毁了你才甘心哪，”他用低沉的声音说道。

瑙姆听出是阿基姆的声音。

“原来是你呀，我的朋友，”他低声说，“好极了，你等着。”

“放了我吧，”阿基姆说，“你还不满足吗？”

“明天我把你送到法官那儿去，你就知道我是不是满足了。”瑙姆把阿基姆抱得更紧了。

帮工们拿着两盏灯笼和一些绳子跑来了。“把他捆住，”瑙姆厉声下令说，那几个人抓住阿基姆，拉起他，把他的双手反剪着捆绑起来……其中一个帮工刚要对他破口大骂，不过当他认出这是客栈过去的老板，马上就不吭声了，只是和其他几个人互相使了一下眼色。

“你们都看见了吧，你们都看见了吧！”瑙姆一遍又一遍地说着，他提起灯笼照了照地上，“瞧，罐子里有烧红的火炭；你们看呀，这儿还有一大根木头烧得正旺呢，得弄弄清楚他这只罐子是打哪儿弄来的……还有这儿，他还弄来不少小树枝……”瑙姆小心地用脚把火踩灭了。随后他又说：“搜一搜他身上，费奥多尔，看他还带着别的东西没有。”

费奥多尔搜遍了阿基姆所有的口袋，把他周身摸了一遍，阿基姆一动不动地站着，脑袋垂在胸前，就像是死了一般。

“这儿有一把刀，”费奥多尔从阿基姆的怀里掏出一把旧菜刀，说道。

“嘿，老朋友，原来你是打算来干这个的，”瑙姆嚷道，“伙计们，你们都是见证人……他是想上这儿来谋杀我，还要放火烧房子……把他扔到地窖里关一夜吧，他逃不走的……我要亲自看守他一夜，明天天一亮，我们就把他送到警察局长那儿去……你们都是见证人，听到了吗？”

阿基姆被推进地窖，门就砰的一声关上了……瑙姆派了两个帮工看守，他自己也没有去睡觉。

这时候，叶夫列姆的妻子确信她那位不速之客已经离开，就开始动手做饭，其实那时候天还刚刚破晓……那天是个节日。她在炉灶前蹲下，想取一块烧红的火炭出来，可是她发现已经有人先把红炭火扒开了；随后她要用菜刀，又到处找不着；后来她还发现她家的四只罐子少了一只。叶夫列姆的妻子是个出名的聪明女人——这可是千真万确的。她站着沉思了一下，然后就到储藏室去找丈夫。要把他叫醒不是一件容易的事，要向他说明为什么叫醒他，那就更加费劲了……不论妻子说什么，叶夫列姆的回答都是一个样：

“他走了——好啊，上帝保佑他……这跟我有什么相干？ 他把菜刀和罐子拿走了——好啊，上帝保佑他——这跟我有什么相干？”

不过最后他总算爬起来了，他仔细听了妻子的话之后，断定这件事情不妙，不能不管一下。

“是啊，”他的妻子接口说，“这件事情是不妙；说不定他走投无路，会闯祸哩……昨天晚上我看见他并没有睡觉，只是在炉炕上躺着，叶夫列姆·亚历山德雷奇，你还是去打听一下情况吧……”

“您听我说，乌里扬娜·费奥多罗夫娜，”叶夫列姆开口说道，“我立刻就亲自到客栈去跑一趟，可是您，我的老伴，您就发发慈悲，给我一杯酒喝，让我的脑子清醒清醒吧。”

乌里扬娜寻思起来。

"好吧，"她终于拿定主意，"我给你酒喝，叶夫列姆·亚历山德雷奇，可是你得当心，不许胡闹。"

"您放心吧，乌里扬娜·费奥多罗夫娜。"

于是叶夫列姆喝了一杯酒，提了提神，就动身去客栈。

他骑着马赶到客栈的时候，天还刚刚亮，但是已经有一辆套好马的大车停在大门口，瑙姆的一个帮工坐在驭手的位子上，手里握着缰绳。

"上哪儿去？"叶夫列姆问他。

"进城，"那人不情愿地答道。

"干什么去？"

那人只是耸了耸肩膀，没有答话。叶夫列姆从马背上跳下来，走进屋去。在过道里他遇见了瑙姆，他穿得整整齐齐，还戴着帽子。

叶夫列姆认识他，一见面就说："我祝贺新主人乔迁之喜，这么早出门，上哪儿去？"

"是啊，有件事情您倒可以祝贺祝贺我，"瑙姆冷酷地说，"头一天这所房子就差点儿让人烧掉了。"

叶夫列姆心里一怔。

"怎么回事？"

"是这样的，一位好心人到客栈来，打算放一把火烧掉它。正当他要下手的时候，我当场一把逮住了他，现在我要把他送到城里去。"

"不会是阿基姆吧？……"叶夫列姆慢吞吞地问道。

"你怎么知道？正是阿基姆。他夜里拿着一只装有烧红的木炭的罐子到这儿来，溜进院子里，打算偷偷地放上一把火……我手下所有的伙计都可以作证。你想见他吗？顺便说一句，现在我们得送他上路了。”

“行行好吧，瑙姆·伊万内奇，”叶夫列姆开始说道，“您就放了他吧，别把这老头儿害得太惨了，您可不能做这种昧良心的缺德事，瑙姆·伊万内奇。您想想看——一个人一旦走投无路——他根本就不知道自己在干些什么，所以……”

“别瞎扯了！”瑙姆打断了他的话。“什么？要我放了他？那他明天又要来找我麻烦……”

“不会的，瑙姆·伊万内奇，相信我吧。相信我吧，您饶了他，自己心里也会好受一点。您知道，法院一开庭，免不了要提出一些问题来——这个您自己也明白。”

“开庭又怎么样？我可不害怕。”

“行啦，瑙姆·伊万内奇，怎么会不怕法庭呢？”

“够了，我看你一清早就喝醉了吧，今天还是个节日哪！”

突然，叶夫列姆完全出人意料地哭了起来。

“我是喝醉了，可我说的全是实话，”他嘟哝着说，“看在复活节的份上，您也该原谅他。”

“好吧，跟我来，你这爱哭的窝囊废。”

于是瑙姆就朝台阶走去。

“看在阿夫多季娅·阿列菲耶夫娜的份上，原谅他吧，”叶夫列姆一面说，一面跟着他走去。

瑙姆走到地窖门口，把门敞得大大的，叶夫列姆好奇而又胆怯地从瑙姆背后伸长了脖子，好容易才看清了在不深的地窖角落里待着的阿基姆。这位从前在周围一带受人尊敬、家境富裕的客栈老板，此刻正被反剪着双手坐在草堆上，活像一个囚犯。听到脚步声和开门声，他抬起头来……看来，他在最近这两天里，尤其是在前一天夜里，一下子瘦得不成样子。他那双凹陷的眼睛在他那高高的、蜡黄的前额底下，几乎看不出来，他那干瘪的嘴唇发黑了……他的整张脸都变了样，现出一副奇特的神情——既冷酷又畏惧。

“起来，跟我走，”瑙姆说。

阿基姆站起来，跨出了门槛。

“阿基姆·谢苗内奇，”叶夫列姆哭哭啼啼地喊道，“你把自己断送了，亲爱的朋友！”

阿基姆一声不吭地瞟了他一眼。

“我要是知道你干吗要酒喝，我就不会给你喝了，真的不会给。我相信我一个人能把它喝完！”他又拉住瑙姆的手，接着说：“唉，瑙姆·伊万内奇，你就开开恩，放了他吧！”

“亏你说得出！”瑙姆冷笑着回答说。“喂，跟我走吧，”他又对阿基姆说，“你还等什么？”

“瑙姆·伊万内奇……”阿基姆开口说。

“怎么啦？”

“瑙姆·伊万内奇，”阿基姆又喊了他一声，“你听我说：是我错了，我打算自己来跟你算账；可是咱们俩的事情应该由上帝来裁判才对。你把我的所有东西都拿去了，你自己知道，我一无所有了。现在你尽可以把我毁了，不过我要告诉你：现在你要是放了我，那么这件事就此了断，一切都归你，我没有二话，祝你一切顺利。我当着上帝的面对你说：你要是放了我，决不会后悔的。上帝保佑你！”

阿基姆闭上眼睛，不再说下去了。

“怎么能，怎么能，”瑙姆反驳道，“怎么能相信你的话呢！”

“真的可以相信，”叶夫列姆说，“的确可以相信。我为他，为阿基姆·谢苗内奇，情愿拿性命担保——我敢保证。”

“废话，”瑙姆喊道，“走吧！”

阿基姆望着他。

“随你的便，瑙姆·伊万内奇。大权在你手里。可是你这样做只会给自己的灵魂背上沉重的十字架。好吧，你既然这么性急，我们就动身吧……”

这么一来，瑙姆倒反而用锐利的目光盯着阿基姆。“其实，”他暗自想道，“还不如把他放了，让他滚蛋得了！要不然人家会没完没了地骂我。这样阿夫多季娅也不会跟我纠缠不休。”瑙姆心里盘算的时候，谁也没有说话。大车上那个帮工看到了大门里面发生的一切，他只是摇摇头，用缰绳轻轻地拍打着马。另外两个帮工在台阶上站着，也一声不吭。

“喂，老头儿，听我说，”瑙姆开口说道，“我要是把你放了，叫这些伙计别吱声，”（用头指了一下那几个帮工）“我们就算清账了——你明白我的意思吗——就此清账，怎么样？”

“我不是对你说过嘛，一切都归你。”

“你会觉得我欠了你的债吗？”

“咱们谁也不欠谁。”

瑙姆沉默了片刻。

“发誓吧！”

“我对上帝发誓，”阿基姆说。

“我明知将来会后悔，”瑙姆说，“可是，算了吧，听天由命吧！把你的手伸给我。”

阿基姆朝他背过身去，瑙姆开始给他解绳子。

“你可得记住，老家伙，”他从阿基姆手上抽掉绳子，接着说，“记住，是我饶了你，可别忘了！”

“您真是我的好朋友，瑙姆·伊万内奇，”叶夫列姆激动得结结巴巴地说，“上帝会保佑您的！”

阿基姆舒展了一下冻僵和发肿的双手，向大门口走去。

瑙姆忽然又吝啬起来，也就是俗话说的“像犹太人那么小心眼儿”，他后悔不该把阿基姆就这么放了。

“记住，你可是发过誓的！”他在阿基姆身后嚷道。

阿基姆转过身来，向院子四周扫了一眼，伤心地说：

“一切都归你所有，永不反悔……再见。”

于是他由叶夫列姆陪着，慢慢地走出大门，来到外边。瑙姆摆了摆手，吩咐帮工给马卸套，然后就回屋里去了。

“你上哪儿去，阿基姆·谢苗内奇？ 不回我那儿去吗？”叶夫列姆一看阿基姆离开了大路往右边拐，就大声喊道。

“不，叶夫列穆什卡[①]，谢谢你，”阿基姆回答，“我要去看看我老婆在干什么。”

“以后也可以看嘛……现在我们应该去庆祝庆祝这件喜事……”

“不，谢谢你，叶夫列姆……我受够了。再见。”于是阿基姆头也不回就朝前走了。

“嗬！ 我受够了！”这位教区执事感到莫名其妙，“我还为他作了担保！ 真是没料到他会说出这种话，”他懊恼地继续说，“我为他

---

① 叶夫列姆的小名。

作了担保，谁知结果会这样。呸！”

他想起刚才没有把菜刀和罐子带回来，便转身回客栈去……瑙姆吩咐把他的东西还给他，不过没有想到招待他喝杯酒。他头脑清醒，非常懊丧地走回家去。

“怎么样，”他的妻子问，“找到了吗？”

“找到什么？”叶夫列姆反问道，“当然找到了：你的煮饭家伙在这儿。”

“阿基姆呢？”他的妻子语气格外加重地问道。

叶夫列姆点了一下头。

“阿基姆也找到了。可是他这个家伙真是个忘恩负义的小人！ 我给他作了担保，要不是我为他说情，他就要坐牢了，可是他连酒都不请我喝一杯。乌里扬娜 · 费奥多罗夫娜，至少您该满足一下我的要求，给我一杯酒喝吧。”

但是乌里扬娜 · 费奥多罗夫娜并没有满足他的要求，而且还把他赶走了。

与此同时阿基姆迈着缓慢的脚步顺着大路朝丽莎维塔 · 普罗霍罗夫娜家里走去。他还没有完全清醒过来，他浑身发抖，就像是一个劫后余生的人。他似乎还不相信自己已经恢复了自由，他略带诧异地望着田野，望着天空，望着拍打着翅膀在温暖的空中飞翔的云雀。自从前一天中午他在叶夫列姆家里醒来以后，虽然在炉炕上躺着没动，但是一直就没有睡着，起初他想借酒浇愁，消除屈辱带来的不堪忍受的痛苦和极度而无奈的怨恨……可是酒却不能使他完全麻木，他心头的怒火终于抑制不住，于是他就开始考虑如何报复那个害惨了他的人……他一心只想着瑙姆一个人，脑子里根本就没有想到丽莎维塔 · 普罗霍罗夫娜，至于阿夫多季娅，他心里有意避开不想。傍晚，他的报复的渴望就达到了疯狂的地步，于是这个和善而软弱的人就迫不及待地等待着黑夜的来临，然后双手捧着一罐火炭，像觅食的饿狼似的，急匆匆跑去毁灭他原先的家……但是他被捉住了……给关了起来……随后是漫长的黑夜。在这凄惨的一夜里，什么念头他没有转过啊！ 一个人在那种时候的心理活动，他所经受的种种折磨，是难以用言语形容的，何况这些折磨是无言的，默默忍受的……天快亮的时候，在瑙姆和叶夫列姆来到之前，他似乎心里好受些了……他心里想：“一切都完了！ 一切都烟消云散，无影无踪了……”于是他把一切都弃之脑后……要是他天生就是个黑心肠的人，当时他可能就会成为一个罪犯，可是阿基姆生来就没有作恶的本领。他只是因为平白无故地遭到了意外的不幸，受了突然的刺激，气昏了头，走投无路，才横下心来去犯罪，犯罪使他内心深处受到了震动，失败之后，他心中万念俱灰，剩下的只是深深的困乏的感觉……他意识到自己有罪，便暗自摆脱了世俗的一切杂念，开始痛苦而虔诚地祈祷。起初他低声地祈祷，后来或许是情不自禁地大吼了一声“啊，上帝！”于是热泪就从他的眼睛里夺眶而出……他哭了很久，后来终于平静下来……如果他为了昨夜的企图，不得不受惩罚，他的心情或许会起变化……可是现在他却忽然获得了自由……他正在赶去看他的妻子，垂头丧气，疲惫不堪，不过心里是平静的。

丽莎维塔·普罗霍罗夫娜的家离他的村子有一俄里半远，在阿基姆正在走的这条乡间小道的左侧。他走到通向他的东家太太家的小路拐弯处，本想停下脚步……却继续往前走。他决定到从前他住的那个小屋子去看看他的老叔父。

阿基姆的那座矮小而相当破旧的小屋几乎是在村子的尽头；阿基

姆穿过整条街，没有遇见任何人。所有的人几乎都上教堂做祈祷去了。只有一个患病的老太婆推开一扇小窗户，从他背后望着他，还有一个小姑娘提着桶跑去打水，她也目瞪口呆地望着他，目送他往前走。他所遇见的第一个人就是他要寻找的叔父。老头儿从清早起就坐在窗前的土台上，吸着鼻烟，晒太阳。他身体不大舒服，所以才没上教堂去，现在他正打算去拜访一位邻居，那是一个也在患病的老人，不料忽然看到了阿基姆……他站住了，等他走到跟前来，仔细打量了一下他的脸，说道：

“你好，阿基穆什卡！”

“你好，”阿基姆回答说，他从老头儿身边经过，走进了自己家的大门。他的马、牛和大车都在院子里，他的鸡群也在那里来回走动……他默默地走进屋子。老头儿也跟着他进了屋。阿基姆在长凳上坐下，把两只拳头按在上面。老头儿站在门边，心疼地看着他。

“我老婆在哪里？”阿基姆问。

“在太太家里，”老头儿连忙回答，“她在那儿。他们把你的牲口放在这儿，还有你的箱子，而她一直在太太那儿。要不要去把她找来？”

阿基姆沉默了一会儿。

“去吧，”他终于说。

“哎，叔叔啊，叔叔，”老头儿从墙上的钉子上取帽子的时候，阿基姆叹了一口气，慢慢地说道，“你还记得我结婚的前一天你说过的话吗？”

“这全都是上帝的旨意啊，阿基穆什卡。”

“你还记得吗，当初你说我比你们庄稼汉高出一等了，现在你看什么日子来到了……我自己也成了穷光蛋。”

“坏人是防不胜防的，”老头儿回答说，“要是有个东家老爷什么的，或是某个有权有势的人能把那个无耻的东西好好教训一顿的话，那就好了，要不然他会无法无天的。他是一只恶狼，只知道像狼一样咬人。”说完，老头儿就戴上帽子出去了。

阿夫多季娅刚从教堂回来，就听说她丈夫的叔父来找过她。以前她很少和他见面，他也不到客栈去看他们，是出名的怪人，他的烟瘾很大，通常不爱说话。

她出去见他。

“你有什么事，彼得罗维奇？ 出了什么事吗？”

“没出什么事，阿夫多季娅·阿列菲耶夫娜，你丈夫在找你。”

“他回来了吗？”

“回来了。”

“他在哪儿呢？”

“在村子里，在他的小屋子里坐着哪。”

阿夫多季娅吃了一惊。

“彼得罗维奇，”她正视着他问道，“他生气了吧？”

“看上去好像没生气。”

阿夫多季娅低下了头。

“好吧，咱们走吧，”她说，她披上一条大披巾，他们就一起出去了。两个人不说一句话，默默地走到村子里。快要走近那座小屋子的时候，阿夫多季娅害怕得膝盖直哆嗦。

“彼得罗维奇大叔，”她说，“你先进去吧……告诉他我来了。”

老头儿进了屋，发现阿基姆还是像他离开时那样坐在原处，想得出了神。

“怎么样？”阿基姆抬起头来问道，“她来了吗？”

“来了，”老头儿回答，“她在门外。”

“好吧，叫她进来。”

老头儿出去，向阿夫多季娅招招手，对她说了一声“进去吧”，他自己又在窗前的土台上坐下了。阿夫多季娅战战兢兢地推开门，跨过门槛，呆呆地站住了……

阿基姆望着她。

“喂，阿列菲耶夫娜，”他开口说，“现在咱们该怎么办呀？”

“我有罪，”她低声说道。

“哎，阿列菲耶夫娜，我们都是罪人。现在说这种话又有什么用？”

“只怪那个坏蛋，把我们俩都给毁了，”阿夫多季娅用清脆的嗓音说道，眼泪顺着两颊往下淌。“阿基姆·谢苗内奇，你决不能就此罢休，得把钱要回来才是。你别顾惜我。我准备发誓，说我只是把钱借给他。丽莎维塔·普罗霍罗夫娜可以自作主张，卖掉我们的客栈，可是他凭什么把我们洗劫一空……得找他把钱要回来。”

“现在没法问他要钱了，”阿基姆愁眉苦脸地回答，“我和他已经清账了。”

阿夫多季娅吃了一惊。

“怎么回事？”

“是这样的。你知道吗，”阿基姆继续说，他的眼睛里射出忧愁的目光，“你知道昨晚我是在哪里过的夜？你不知道吧？在瑙姆的地窖里，手脚都给绑起来了，像一只羊似的——我就是在那儿过的夜。我到他那儿去，打算放火烧房子，可是被他逮住了，被瑙姆逮住了，他太精明了！ 今天他本想把我押到城里去，可是后来放了我，所以我就不能问他要钱了。我怎么能开口要钱呢……他会说：‘我什么时候问你借过钱？’难道我能对他说，‘我老婆从地板底下把钱拿出来，交给你的’吗？ 他会说，‘你老婆撒谎。’阿列菲耶夫娜，难道你还嫌人家说你坏话说得不够吗？ 你最好别开口，告诉你，什么也别说。”

“我有罪，谢苗内奇，我有罪，”阿夫多季娅害怕得要命，又低声说道。

“要紧的不是这个，”阿基姆停了一会儿才说，“往后我们该怎么办呢？ 我们家也没了……钱也没了……”

“我们总会有办法对付过去的，阿基姆·谢苗内奇；我们可以去求求丽莎维塔·普罗霍罗夫娜，她会帮我们的忙，基里洛夫娜答应我的。”

“不，阿列菲耶夫娜，你和你那位基里洛夫娜一块去求她吧；你们反正是一路货色。我要告诉你：你就待在这儿，愿上帝保佑你；我可不在这儿待下去。幸亏我们没有孩子，我一个人总能对付过去，一个人好歹不用愁吃穿。”

“你打算怎么办呢，谢苗内奇，再去赶车吗？”

阿基姆苦笑了一下。

“还赶什么车，快闭嘴吧！ 你可真会出主意。不，阿列菲耶夫娜，那可不像结婚那么容易；干这种事老年人不行。我只是不愿意在这儿再待下去，不想让别人指指点点……明白吗？ 我要去做祷告赎罪，阿列菲耶夫娜，这就是我打算做的事情。”

“你有什么罪呢，谢苗内奇？”阿夫多季娅胆怯地说。

“这个我自己心里明白，老伴。”

“可是你把我一个人扔给谁呢，谢苗内奇？我没有丈夫可怎么活呀？”

“把你扔给谁？唉，阿列菲耶夫娜，你这是说的什么话，真是！你还会稀罕我这么个丈夫，又老又破了产。当然不稀罕！从前你没有我也照样过日子，往后也不会过不下去的。我们家剩下的那点家当，你统统都拿去好了，拿去吧。”

“随你的便，谢苗内奇，”阿夫多季娅伤心地回答说，“你的主意当然更正确。”

“是呀，不过你不要以为我生你的气了，阿列菲耶夫娜。不，生气有什么用，只怪我从前……从前我应该聪明一点才对。我这是自作自受。（阿基姆叹了一口气。）不吃苦哪能有福享。我年纪老了，该为自己的灵魂安排安排了。上帝亲自给我启示，让我明白了这个道理。我真是个老糊涂蛋，一心想娶年轻的老婆，过几天舒坦日子……不，老兄，你该做的首先是祷告、磕头、忍气吞声、修行持斋……现在你走吧，老伴。我累坏了，要睡一会儿。”

于是阿基姆一边哼哼一边伸开腿在板凳上躺下了。

阿夫多季娅本想说什么，可是她站了一会儿，望望他，转身出去了……她没料到这么轻而易举就摆脱了他。

“怎么，他没有打你？”彼得罗维奇问她，她走到他身边的时候，老头儿正躬着背坐在那个土台上。阿夫多季娅一声不吭地走过去。“嘿，他没有打她，”老头儿自言自语地说。他微微一笑，胡乱捋了几下胡子，又吸起鼻烟。

阿基姆实现了自己的心愿。他匆匆忙忙把事情安排妥当，在我们上面所描写的那次谈话之后没过几天，就穿上一身出门的衣服去向他妻子告别，这时候她已经临时搬到东家太太的小棚屋里住了。他来告别，并没有花多少时间，基里洛夫娜碰巧在场，她劝阿基姆去见见太太，他照办了。丽莎维塔·普罗霍罗夫娜接见他的时候有点发窘，但是她和颜悦色地恩准他吻她的手，并且询问他打算去哪里。他回答说，他先去基辅，以后就听从上帝安排了。她称赞了他几句，便让他走了。从此以后他极少回家，可是他从来也没有忘记带点祝福的圣饼送给他的女主人……不过凡是俄罗斯信徒聚首朝拜的地方，总能看见他那张又老又瘦，却风貌依旧的端正面孔，有时候在圣谢尔吉①的灵榇旁，有时候在白海沿岸一带，有时候在奥普塔（圣母进堂）小修道院②，有时候在遥远的巴兰，他的足迹遍布各地……

今年他置身于高举圣母像前往科列纳亚的宗教行列中，从你身边走过；明年你又看见他肩上背着一只行囊和其他信徒们盘坐在姆岑斯克的尼古拉圣灵教堂前的台阶上……他几乎每年春天都要上莫斯科去……

他迈着从容镇定而又永不停息的脚步到处漂泊，大家都说他连耶路撒冷都去过……他似乎心里极其平静和快乐，遇见并和他交谈过的人对他的虔诚和谦恭都赞不绝口。

与此同时瑙姆生意兴隆，财运亨通，他以充沛的精力和清醒的头

① 即著名的谢尔吉圣三一大修道院（莫斯科以北 71 公里处）的创建人和院长谢尔吉·拉多涅日斯基。

② 距科泽利斯克市（奥卡河左支流日兹德拉河畔城市）两公里的男修道院，由奥普塔（马卡里）于十四世纪建造。

脑努力经营，生意越做越红火，真所谓蒸蒸日上。附近一带的人都知道，他是用什么手段把这个客栈弄到手的，大家也知道阿夫多季娅把丈夫的钱给了他；瑙姆冷酷无情，心狠手辣，因此没有人喜欢他……有一次阿基姆到他家的窗户底下乞讨，他说上帝会施舍给他，自己却什么也不肯给，大家谈起这件事情，都纷纷谴责他；可是人人都承认谁也没有他这么幸运；他的庄稼比别人收成好，蜜蜂繁殖得比别人多，就连他家的鸡生蛋都生得勤快些；他的牲口从来不害病，马也不瘸腿……阿夫多季娅一听见他的名字就生气，过了很久才慢慢习惯（她采纳了丽莎维塔·普罗霍罗夫娜的建议，又回去给她干活，当了缝纫女工的总管）；不过后来她对瑙姆的厌恶心理终于稍稍减轻了些，据说她迫于生计曾经跑去向他求情，他就给了她一百卢布……我们不该过分苛责阿夫多季娅：人穷志短，在所难免。她生活中突如其来的急剧变化使她容颜大大衰老，性格日渐随和：她如此迅速地变丑，如此垂头丧气，萎靡不振，简直叫人难以置信……

读者不免要问，这个故事究竟是怎么个结局呢？

是这样的：瑙姆顺顺当当地把这个客栈经营了十五年之后，用好价钱把它卖给了一个城里人……要不是为了下面这件看起来无关紧要的事情，他是永远也舍不得和这个客栈分手的：一连两天早晨，他的狗坐在窗下，拖长声音，凄惨地叫个不停；他第二次走到室外，仔细看了看那只嗥叫的狗之后，便摇摇头，离家进城去了，当天就和一个早就想买下这个客栈的人谈妥了价钱……过了一个礼拜，他就搬到很远的地方，搬到外省去了。新主人迁移进来，结果怎样呢？ 当天晚上这个客栈就被烧成了一片灰烬；连附属的小屋都没有剩下一间，接替瑙姆的新主人成了一个穷光蛋。这场火灾在附近一带所引起的谣言，读者是不难想象的……大家都说，显然是瑙姆把“好运”带走了……关于瑙姆的情况也有传闻，听说他做粮食生意去了，而且发了大财。但是他的财运能否持久呢？ 更牢固的栋梁也倒下了，罪恶的行为早晚总会受到报应。关于丽莎维塔·普罗霍罗夫娜没什么可多说的，她至今还活在世上，正如她这类人一样，外貌丝毫也没有变化，甚至不怎么见老，只是好像干瘪了一点，不过她比从前更加吝啬了，其实她无儿无女，也没有什么亲戚要依靠她，真不知她究竟是为谁精打细算。她在谈话中常常提到阿基姆，并且说，自从她了解了他的品质，她便开始对俄国的农民产生了深深的敬意。基里洛夫娜花了一笔相当可观的钱赎回了自由，嫁给一个她所爱的浅头发的年轻侍者，可是她这个丈夫却让她受够了罪。阿夫多季娅仍然和女仆们一起在丽莎维塔家里过着往常的生活，但是地位却更低了；她的穿着十分寒酸，几乎是有点邋遢，她从前那副时髦女仆的京城派头和阔气的老板娘的架子现在已经荡然无存……没有人注意她，她自己也甘愿默默无闻。彼得罗维奇老人死了，阿基姆依然四处漂泊，只有上帝知道他还要漂泊多久！

叶尔古诺夫中尉的故事

一

那天晚上，库兹马·瓦西里耶维奇·叶尔古诺夫又一次给我们讲述了他的故事。他每个月照例都要重复一遍这个故事，每次我们都会听得津津有味，尽管这个故事的所有细节我们差不多已经能倒背如流了，可是听起来总是那么新鲜。如果可以打个比方的话，故事本身好比树干，它的细枝末节就在那上面越长越多，好比菌子在树墩上不断繁殖一样。我们十分了解我们这位伙伴的性格，所以听故事时从不插嘴，不去补充那些他吞吞吐吐不愿多讲的细节和遗漏之处。可是自从库兹马·瓦西里耶维奇死后，再没有人会讲他的故事，所以我才下决心把它写出来让大家知道。

二

这是四十年前的事情，那时候库兹马·瓦西里耶维奇正当青春年少。据他自己回忆说，他当时是个衣冠楚楚的翩翩少年，面色白里透红，嘴唇红润，头发鬈曲，眼睛像鹰一般敏锐。尽管我们在他身上丝毫也找不到他说的那些特征，但还是相信了他的话。在我们眼里，库兹马·瓦西里耶维奇是个外表极其平常、面孔质朴并带有倦容、身体粗重的普通人。不过话又说回来，不论多么漂亮的外表，都会被岁月老人无情的手弄得很丑陋！ 不过爱好打扮的特征倒是在他身上留下了深深的印迹。他上了年纪还爱穿小裤脚管踏脚裤，臃肿的身子用皮带紧紧勒住，后脑勺上的头发剃得短短的，额头上挂着一绺绺鬈发，胡须用波斯染料染过，不过这样一染，胡子并没有变黑，而是带了几分深红，甚至微微发绿。尽管如此，库兹马·瓦西里耶维奇依然不愧为令人尊敬的贵族，不过打朴烈费兰斯牌时他总喜欢偷偷瞧一眼旁边的人，也就是偷看人家手里的牌；不过他这么做与其说是由于贪婪，不如说是出于节约，因为他不喜欢白白浪费钱财。这些题外话我们就到此打住，还是言归正传吧。

三

事情发生在春天，地点在尼古拉耶夫[①]，当时这还是个新城市，库兹马·瓦西里耶维奇奉命到那儿执行任务（他是海军中尉）。他是个办事牢靠、作风严谨的军官，上级委派他前去监督一项海军建筑工程，并且时常交给他相当可观的一笔笔款项，为了保险起见，他常常把这些钱藏在皮腰带里，随身带着。库兹马。瓦西里耶维奇不愧是以谨慎闻名的人，尽管他年纪轻轻，举止却堪称楷模；他谨慎地避开各种轻狂之举，既不赌牌，也不酗酒，甚至对社交活动也敬而远之，以致同伴们纷纷给他起外号，规矩一些的人把他称作害羞的大姑娘，放肆一些的人

① 黑海沿岸的一个港口城市。

干脆就叫他窝囊废、温吞水。库兹马·瓦西里耶维奇只有一个弱点，那就是非常爱慕女人，是颗多情的种子。不过即使在这方面他也善于自制，从不放纵自己作出任何“轻率的举动”。他每天早起早睡，兢兢业业地履行职责，唯一的消遣便是黄昏时分到尼古拉耶夫郊外去散步，每次都走得很远。他不爱看书，因为害怕那会使血液往头上冲；每年春天他照例要服用一种特制的汤药，免得血太旺了。库兹马·瓦西里耶维奇总是穿上军装，用心把自己收拾得干净利落，然后迈着庄重的步子绕着果园篱笆溜达。他时常停下脚步，欣赏大自然的美景，摘一朵小花留作纪念，从中享受到些许乐趣；然而只有当他遇上“小天使”，也就是肩上披着坎肩，裸露的纤手上拿着小包袱，头上裹着花头巾，匆匆赶回家的小市民阶层的标致少女，他才感到格外快乐。虽然他春心萌动，情意绸缪，但言谈举止却非常持重得体，从不主动和“小天使”打招呼，而是彬彬有礼地朝对方微微一笑，然后就久久地目送着她远去……接下来便是深深地叹息一下，又迈着庄重的步子走回家去。回到家里便坐在窗前胡思乱想，一坐就是半个小时，手里拿着一只海泡石大烟斗，小心翼翼地抽着劲儿很大的烟叶，这只烟斗是他的教父——一个德国籍的警察局长送给他的。他就这么一天天过日子，谈不上快乐，也算不得苦闷。

四

有一天傍晚，库兹马·瓦西里耶维奇顺着一条空荡荡的巷子回家的时候，听到身后有一阵急促的脚步声和断断续续的、夹杂着抽噎的说话声。他回过头去，看到一个二十岁上下的姑娘，她的脸蛋格外可爱，然而却满面愁容，还带着泪痕。看来，她遭到了突如其来的极大的不幸。她往前奔跑着，不时磕绊着，嘴里自言自语，唉声叹气，两只手不停地挥动；她那浅色的头发披散开来，三角头巾从肩上滑下去，靠着一只别针才没掉在地上（那时候还没有披肩和斗篷）。姑娘的装束像个大家闺秀，不像是小市民出身的淑女。

库兹马·瓦西里耶维奇让到一旁；怜悯之心战胜了重重顾虑，当姑娘与他并排而行时，他彬彬有礼地伸手碰了一下头上戴着的军帽的帽檐，向她打招呼，并询问她为什么哭。

“因为，”他补充说，一只手放在佩剑上，“我是一个军人，或许我能帮帮您。”

姑娘停住脚步，最初她大概没有完全弄明白对方的用意，但随即好像是因为有机会可以倾诉而显得很高兴，用不太纯正的俄语诉说了起来。

“哎呀，军官先生，”她开始讲述，泪珠像雨点一样落在她那可爱的面颊上。“这算什么呀！真是太恐怖了，天晓得是怎么回事！我们被洗劫一空了！厨娘把什么都拿走了，全拿走了，整套的餐具、首饰盒、衣服……还有……甚至连衣服也拿走了，还有袜子、内衣，还有……还有姑姑的手提包，那里面有一张二十五卢布的纸币，还有两把嵌花调羹……还有大衣，什么都拿走了……我把事情告诉了警官，可是他却说：‘走开，我不信，我不信，这种事我根本不想听，你们自己才是这种货色！’我说：‘可是那件大衣……’他说：‘我根本不想听。’军官先生，这真是太气人了！他叫我‘走开……走开！’可我能到哪里去呢？”

姑娘惘然失措，倚在库兹马·瓦西里耶维奇的胳膊上，不住地痛哭，弄得中尉也不知所措，他一动不动地站在原地，只是偶尔重复说着："别哭了！ 别哭了！"眼睛却一直注视着悲伤的姑娘那不住颤抖的小小的后脑勺。

"让我来送送您吧，"最后他用食指稍稍碰了一下姑娘的肩膀，说道，"要不然，您可明白，这样在街上可不大好。您可以把您的不幸统统告诉我，作为一个军官，我当然会竭尽全力……"

姑娘抬起头，似乎是第一次仔细打量这个可以说把她搂在怀里的年轻人，她害羞了，转过身子，啜泣着让到一边去了。库兹马·瓦西里耶维奇把刚才的提议又重复了一遍，姑娘透过披在她脸上、被泪水濡湿的头发瞥了他一眼（库兹马·瓦西里耶维奇每次说到这儿，总是反复强调，这种目光"像锥子一样"刺穿了他的心，有一次他甚至试图给我们示范这个令人惊奇的目光），随后，她伸出一只手，挽起殷勤的中尉递过来的手臂，和他一起朝她自己家的住宅走去。

五

库兹马·瓦西里耶维奇一向很少和妇女交往，所以感到十分为难，简直不知该与她说些什么。可是他的这个女伴却口若悬河，一个劲儿往下说，一边说，一边还不停地擦拭着不停地掉在脸上的泪珠。库兹马·瓦西里耶维奇很快就了解到，姑娘名叫埃米利娅·卡尔洛夫娜，老家在里加，她是来尼古拉耶夫姑姑家做客的，她姑姑也是从里加搬来的，姑姑的父亲也在军队服过役，但是害肺病死了；她的姑姑有个俄罗斯厨娘，这个厨娘十分能干，工钱也拿得不多，只不过没有护照，那天正是这个厨娘把她们洗劫一空，然后逃之夭夭，不知去向。她不得不上警察局去——in die Polizei[①]……可是说到这里，她心头又涌现出了那个警察局长对她的侮辱，重新号啕大哭起来。库兹马·瓦西里耶维奇又束手无策，不知该说些什么话来安慰她才好……但是这位姑娘的感触似乎是来得快去得也快，她突然停下脚步，伸出一只手，平静地低声说道：

"这就是我们住的地方！"

六

这是一所简陋破旧的小房子，看上去好像陷入了地下，朝街的一面有四扇很小的窗户，屋子里面摆满了深绿色的天竺葵，把这些窗户给遮住了，有一扇窗户里透出微弱的蜡烛光：夜已经降临了。这所房子的前面有一排几乎和它一般高的木栅栏，栅栏上有一扇不大容易分辨的门。姑娘走到门前，见门已经上了锁，便不耐烦地敲打着生锈的挂锁的铁环。他们听到栅栏里面传出一阵沉重的脚步声，好像是有人趿拉着鞋，漫不经心地蹭着地走过来，随即就有一个嘶哑的女人声音用德语问了一句什么，库兹马·瓦西里耶维奇听不懂，因为他是个名副其实的海军，除了俄语什么话也不懂。姑娘也用德语回答了一声，栅栏门便稍稍打开了一道缝，姑娘进去后门立刻就在库兹马·瓦西里耶维奇跟前啪地一声关上了。不过那一瞬间在夏日黄昏的幽暗中，中尉还是看清了那个上了年纪的胖女人的外貌，她穿着一身红衣服，手里拿着一盏光线微弱的灯笼。大惑不解的库兹马·瓦西里耶维奇在街上呆呆

① 德语，意思同前。

地站了一会儿；然而一想到她们对他这样一个军官竟然如此无礼，不由得怒气冲冲（库兹马·瓦西里耶维奇对自己的军衔十分珍视），他猛然向左转过身子，往家里走去。还没等他走出十步，栅栏门又打开了，姑娘已经和胖老太婆窃窃私语了一阵，又出现在门槛上，大声喊道：

“军官先生，您上哪儿去？ 请到我们家里来吧！”

库兹马·瓦西里耶维奇犹豫了片刻，还是转身回来了。

七

他的新相识，也就是我们现在可以称其为埃米利娅的姑娘，带着他穿过阴暗、潮湿的小储藏室，来到一个相当宽敞却非常低矮的房间。屋子里的陈设杂乱无章，对着门的那堵墙边摆着一个高大的柜子，还有一只漆布面沙发，门上方和窗户之间挂着几幅颜色剥落的油画，其中两幅画的是戴帽子的主教，另一幅画着一个缠头巾的土耳其人，房间四角还乱七八糟堆放着一些硬纸盒，另有几把式样各异的椅子和一张歪腿的牌桌，桌子上放着一顶男式制帽，旁边还有一杯没有喝完的克瓦斯[①]。在栅栏门旁看到过的那个穿红衣服的老太婆紧跟在他身后走进了房间。这是一个相貌极其丑陋的犹太女人，脸上长着一对阴沉的猪眼睛，厚厚的嘴唇上有一些花白的小胡子。埃米利娅指着她对库兹马·瓦西里耶维奇介绍说：

“这就是我的姑姑，弗里茨太太。”

库兹马·瓦西里耶维奇略感惊奇，但是他觉得还是应该介绍一下

---

① 一种用麦芽或面包屑制成的清凉饮料。

自己。弗里茨太太皱着眉头打量了他一下，一句话也没有答理，只用俄语问她的侄女：要不要喝茶？

“啊，对了，喝茶！”埃米利娅接腔说，“军官先生，您要不要喝点茶呢？好吧，姑姑，给我们端茶来吧！……您干吗老站着呀，军官先生？请坐吧！瞧您真是太拘礼了！我要把头巾解开了。”

埃米利娅说话时，脑袋不住地来回转动，还不时耸耸肩膀；鸟儿停在高高的光秃秃的树枝上沐浴着阳光时就是这副模样。

库兹马·瓦西里耶维奇坐到椅子上，摆出一副显示身份的傲慢姿态，也就是手拄着佩剑，眼睛注视着地上，把话题转到失窃这件事上。可是埃米利娅立刻打断了他的话。

“您别操心，现在没事了；姑姑刚才告诉我，主要东西已经找到。（弗里茨太太自言自语小声嘀咕着什么，走了出去。）完全没有必要去Polizei；可是我偏偏沉不住气，因为我太……您不懂德语吧？……性子太急了，immer so rasch![①] 我现在已经不想这件事了……aber auch gar nicht![②]”

库兹马·瓦西里耶维奇望着埃米利娅。的确，现在姑娘脸上的表情是无忧无虑的。这张漂亮的小脸蛋上堆满了微笑：近乎白色的睫毛覆盖着的眼睛，嘴唇和面颊，下巴和下巴上的小肉窝，甚至她那小翘鼻子的鼻尖，全都是笑吟吟的。她走到柜子边上的小镜子跟前，小声哼着歌，眯缝着眼睛梳理起自己的头发来。库兹马·瓦西里耶维奇凝神注视着她的一举一动……他觉得她实在是太迷人了。

---

① 德语，意思同前。
② 德语：是啊，一点儿也不想了！

八

“您一定要原谅我，”姑娘在镜子跟前转动着身子，又开始说道，“我不该把您这么……带到我家里来。也许，您不高兴了吧？”

“噢，不会的！”

“我已经告诉过您：我性子太急，总是先做事，后动脑筋，有时候甚至过后也不动脑筋。您叫什么名字，军官先生？能不能告诉我？”她两手交叉着走到他跟前，补充了一句。

“我叫叶尔古诺夫，库兹马·瓦西里耶维奇。”

“叶尔古……啊，这个名字可不大好！……我是说，我觉得很难记。我就叫您弗洛莱斯坦先生吧。在我们里加有一个先生就叫这个名字，他开了一家出售那不勒斯上等丝绸的商店，是个美男子，跟您一般漂亮。不过瞧您的肩膀有多宽啊！真是个地地道道的俄罗斯棒小伙子！我喜欢俄罗斯人……我自己也是个俄罗斯人……我爸爸是个军官。可我的手比您的白！”她把两只手举到头上，在空中挥动了几下，让手上的血液回流，然后又立刻放下了手。“您看到没有？我用希腊出的香皂洗手……香喷喷的……您闻闻……啊！不过可不能吻……我可没让您……您在哪儿服役？”

“海军，我在黑海舰队第十九分队服役。”

“啊！您是个海军！怎么样，您的薪水很高吧？”

“不……不太高。”

“您一定非常勇敢吧。从您的眼睛里就可以看出。您的眉毛长得多浓啊！据说，夜里用腌猪油抹一下，眉毛就长得快。不过您怎么没留胡子呢？”

“舰队里不准留胡子。”

“啊，这可不近情理！ 您这是什么，匕首吗？”

“这是佩剑；佩剑，可以说，是海军必备的武器。”

“啊，佩剑！ 它锋利吗？ 可以给我看看吗？”她咬紧嘴唇，眯起眼睛，用力从剑鞘里抽出剑来，凑到鼻子跟前，说，“唉，太钝了！ 不过我马上就可以用它把您杀死。”

她对着库兹马·瓦西里耶维奇挥舞起剑来，他装出一副害怕的样子，并哈哈大笑起来。姑娘也笑了起来。

“Ihr habt pardon，[①]恕您无罪，”她摆出威风凛凛的姿态，小声说道。“给，把您的武器拿去吧！ 您多大年纪？”她忽然问道。

“二十五岁。”

“我十九岁！ 这太可笑了！ 哈！”

埃米利娅发出一阵清脆的笑声，笑得身子直往后仰。库兹马·瓦西里耶维奇没有从椅子上站起来，并且比先前更专注地望着姑娘那笑得发颤的红扑扑的脸蛋，他觉得她越来越招人喜爱了。

忽然，埃米利娅不笑了，习惯地哼着歌，走到镜子跟前。

“弗洛莱斯坦先生，您会唱歌吗？”

“一点也不会。没人教过我。”

“您会弹吉他吗？ 也不会吧？ 可我会弹。我有一把镶珠母的吉他，不过弦断了，得买新的。军官先生，您能不能给我一点钱啊？ 我可以为您唱非常动听的德国情歌。”她叹了一口气，闭上了眼睛。“啊，

---

① 德语，意思同后。

多么动听的歌啊！ 您会跳舞吗？ 怎么，这也不会？ Unmöglich！① 我来教您。拉科西兹舞和哥萨克华尔兹。一二三，一二三……”埃米利娅踮起脚跳了两下。“瞧我这双鞋！ 是从华沙买来的。噢，我们跳舞吧，军官先生！ 可是您打算怎么称呼我呢？”

库兹马·瓦西里耶维奇咧开嘴哈哈大笑，笑得满脸通红。

“我要叫您绝顶迷人的埃米利娅。”

“不！ 不！ 您应该叫我 Mein Schätzchen， mein Zuckerpüppchen！② 跟着我说。”

“我十分愿意这么称呼您，只怕说起来太费劲了……”

“没关系，没关系，说吧：Mein……”

“Мэ……ИН……”③

“Zucker……”

“Цук……kep……”④

“Püppchen！ Püppchen！ Püppchen！”

“Пю……Пю……⑤这个我不会，这个单词不好听。”

“不！ 您一定得说……您一定得说！ 您可知道这是什么意思？这是德语中称呼姑娘的最动听的字眼。待会儿我再给您解释。现在姑姑给我们端茶炊来了。太好了！ 太好了！ 姑姑，我要喝加炼乳的茶……有没有炼乳？”

---

① 德语：不可能！
② 德语：我的小宝贝，我的甜心肝！
③ 德语“我的”的俄语音译。
④ 德语“甜”的俄语音译。
⑤ 德语“小娃娃、小心肝”的词首音节的俄语音译。

“So schweige doch![1]”姑姑答道。

九

库兹马·瓦西里耶维奇在弗里茨太太家里一直待到半夜才回家。自从他来到尼古拉耶夫以后，还从未有过这么愉快的夜晚。当然，他不止一次想到，对于军官和贵族来说，同一个来自里加的姑娘及她的“姑姑”这样的人交往，未免有失体面。可是埃米利娅长得实在是可爱，说话又是那么风趣，目光又是那么温柔，以致他不顾自己的身份和门第，下决心这一次要“随心所欲”地生活几天。只有一件事情让他感到不安，给他留下了不太愉快的印象。在他、埃米利娅和弗里茨太太三人谈得最起劲的时候，通往外间的门稍稍开了一道缝，一只男人的手偷偷伸了进来，悄悄地把一只相当大的包袱放在门旁的一把椅子上，那只手的袖口是黑色的，上面有三颗银色小扣子。这两个女人立刻就朝那把椅子跑去，开始查看拿来的东西。“这可不是我们的那些调羹！”埃米利娅大声喊道，但她姑姑用胳膊肘推了她一下，系也没系住就把包袱拿走了。库兹马·瓦西里耶维奇似乎觉得包袱的一个角上沾上了什么红颜色的东西，好像是鲜血……

“这是什么？”他问埃米利娅，“又是一些被盗的东西给你们送回来吗？”

“是的，又送回一些，”埃米利娅好像不大乐意似地答道。

“这是你们的仆人找回来的吗？”

---

① 德语：住嘴吧！

埃米利娅皱起眉头。

“什么仆人呀？ 我们家什么仆人也没有。”

“那么是其他什么男人吧？”

“没有男人到我们家来。”

“可是对不起，对不起……我刚才看到男人的礼服或是士兵的制服的袖口，还有这顶男人的帽子……”

“我们这儿从来都没有男人来过……”埃米利娅一再重申。“您看见什么？ ……您什么也没看见！ 那顶帽子是我的。”

“怎么会这样？”

“就是这样。我参加化装舞会时偶尔戴它……真的，是我的，und punctum！①”

“那么究竟是谁给你们送包袱来的呢？”

埃米利娅什么也没回答，她噘起嘴，跟着弗里茨太太走出了房间。十分钟以后她一个人回来了，她姑姑没有再来。当库兹马·瓦西里耶维奇又一次盘问她时，她就望着他的前额，说，一个绅士好奇心这么重是有失体面的（说这句话时她的脸色有点变了，似乎变得阴沉了），随后，她从牌桌的抽屉里拿出一副旧纸牌，要他为她的幸福和红桃K② 算算命。

库兹马·瓦西里耶维奇笑了起来，他接过牌，所有不祥的念头立刻就置之脑后。

可是就在这一天，这些念头又一次回到了他的脑子里。事情是这样：他已走出大门，来到街上，和埃米利娅告了别，并且最后一次对她

① 德语：这就完了！
② 暗指情郎。

喊着："Adieu, Zuckerpü ppchen![1]" 突然一个个子不高的男人从他身边一闪而过，还转过脸来朝他这里望望（这时候已经过了半夜，但是月亮还相当皎洁），露出一张瘦瘦的茨冈人的脸，眉毛和胡子又黑又浓，眼睛乌黑，鼻子如鹰钩一般。，那人立刻飞奔着拐过墙角，库兹马·瓦西里耶维奇猛然觉得，他认出了他，当然他认出的不是他的脸，因为这张脸他根本就没有见过，而是那人的袖口：三颗银扣子在月光下闪闪发亮。这位谨慎的中尉心里不由得感到惊慌、疑惑起来；回家后他没有像往常那样用海泡石烟斗抽烟。不过同可爱的埃米利娅的偶然相识以及和她一起度过的那些愉快的时光足以让他激动不已了。

十

尽管库兹马·瓦西里耶维奇心事重重，坐立不安，但这种情绪并没有持续多久，很快就消失得无影无踪。他开始常常去拜访里加来的那两个女人。不久，这位多情的中尉就和埃米利娅亲近起来。起初他还为这种亲近感到不好意思，他去找她也总是生怕别人知道，后来就慢慢消除了害羞心理，去找她也不再避开众人；到末了，他心甘情愿地同两位新相识一起消磨时光，任何其他人对他都没有这么大的吸引力，他自己家的萧然四壁就更加留不住他了。就连弗里茨太太现在也不再让他感到讨厌，尽管她照旧对中尉态度冷漠，脸色阴沉。像弗里茨太太这种家境不好的人大多希望客人花钱慷慨大方，可是库兹马·瓦西里耶维奇却是个守财奴，送的礼物多半是一些葡萄干、胡桃、蜜糖饼干之

① 德语：再见吧，甜心肝。

类的东西。只有一次，据他自己说，“破费了一次”，给埃米利娅送来一条粉红色的正宗法国料子的三角薄头巾；可是埃米利娅当天就把他送的礼物在蜡烛上烧出一个洞。他责备她，她把头巾系在猫尾巴上，他生气了，她却冲着他哈哈大笑。库兹马·瓦西里耶维奇最终想必不得不暗自承认，他不仅没有受到来自里加的两个女人的尊敬，而且连她们的信任都没有得到：他每次去她们家总要受到一番仔细打量以后才让进屋，有时候她们过很长时间才让他进门，有时候毫无礼貌地把他打发走，如果有什么事情要瞒着他，她们就用德语交谈。埃米利娅做了什么事，根本就不让他知道，回答他的问题也总是心不在焉，好像没听清楚他的话似的；最令人费解的是：弗里茨太太的这所房子里有好几个房间始终不让他进去；她这所住宅从街上看像个简陋的小房子，其实里面相当宽敞。即便如此，库兹马·瓦西里耶维奇也没有中止去她们家，相反去得更加频繁，因为不管怎么说，他总是见到了活生生的人。再说，埃米利娅依然叫他弗洛莱斯坦，认为他是个不同寻常的美男子，并且信誓旦旦地说，他的眼睛像极乐鸟的眼睛一般美丽，“wie die Augen eines Paradies vogels![①]”这一点也使他的自尊心得以满足。

十一

盛夏某一天正午，库兹马·瓦西里耶维奇在烈日底下同承包商和工人们打交道，忙活了一上午以后，他拖着疲惫不堪的身子踉踉跄跄地来到他非常熟悉的那所房子的门口。他敲了敲门，主人让他进了屋。

① 德语，意思同前。

他走进那间所谓的客厅，一下子就倒在沙发上起不来。埃米利娅走到他跟前，用手帕给他擦了擦汗淋淋的额头。

“瞧他都累成什么样了，可怜的小宝贝！ 他热成啥样子了啊！”姑娘深表同情地说。“我的天哪！ 至少把领子解开嘛。天哪，连颈窝都在跳动。”

“亲爱的，我累坏了，”库兹马·瓦西里耶维奇呻吟道，“一清早就忙起，顶着烈日整整站了一上午，真让人受不了！ 我本想回家去，可是那些毒蛇——承包商，还是会找上门来纠缠不休。您这儿凉快……我大概可以躺下打个盹吧。”

“嘿，干吗不呢？ 快睡吧，我的小乖乖；这儿没人打搅你……”

“可我实在是感到难为情……”

“瞧你说的！ 这有什么可难为情的。你乖乖地睡吧。我给你……按你们的说法怎么说呢？ ……唱个歌哄哄你。Schlaf， mein Kindchen schlafe！[①]”她唱了起来。

“先给我喝点水吧……”

“这杯水就给你喝吧。像水晶那么纯净！ 等一下，我给你头底下垫个枕头……这个给你挡挡苍蝇。”

她把一条手帕蒙在他脸上。

“谢谢你，我的小天使……我只要打个盹就行了……稍稍睡一会儿……”

库兹马·瓦西里耶维奇闭上眼睛，很快就睡着了。

“Schlaf， mein Kindchen， schlafe！”埃米利娅一面唱，一面摇晃

---

① 德语：睡吧，我的小宝贝，睡吧！

着身子，还暗自笑她自己唱的歌和做的动作。

“我这个大宝宝多乖啊！”她心里想道，“真是个可爱的小男孩！”

十二

一个半钟头以后中尉睡醒了，他在睡梦中蒙蒙眬眬觉得有人碰了他一下，还俯下身子对着他呼吸，他摸了摸，把那条手帕扯掉了。埃米利娅紧挨在他身边跪着；他觉得她脸上的表情很奇怪。她一下子跳起来，走到窗户跟前，把一样东西放进了口袋。

库兹马·瓦西里耶维奇伸了个懒腰。

“没想到我这个盹打得这么久！”他打着哈欠说，“过来吧，Мэйне зюссе фрейлейн！①”

埃米利娅走到他跟前，他一骨碌坐起来，把手伸到她口袋里，掏出一把小剪刀来。

“Ach, Herr Je!②”埃米利娅情不自禁地惊叫起来。

“这是……这是一把剪刀吧？”库兹马·瓦西里耶维奇低声含糊地说。

“是啊，当然是剪刀。你以为是什么……手枪吗？瞧你这副模样多么可笑！你看看，浑身皱巴巴的，活像一只枕头，后脑勺上的头发全都往上翘呢……脸上也没有笑容……啊……眼睛还肿着呢……啊！”

埃米利娅哈哈大笑起来。

---

① 德语“可爱的姑娘”的音译。
② 德语：啊，天哪！

“好了，笑够了吧，”库兹马·瓦西里耶维奇嘟哝着从沙发上站起来，“莫名其妙这么咧开嘴大笑，笑一会儿也该笑够了吧。要是你实在想不出什么更有趣的事情，那我就回家去了……”他看见她仍然在笑，又说了一遍：“我回家去了。”

埃米利娅停下来不笑了。

“喂，得啦，留下吧；我不笑了……不过，你的头发总该梳理一下吧……”

“用不着，没关系……随它去吧！ 我还是回家吧，”说着，库兹马·瓦西里耶维奇拿起帽子。

埃米利娅噘起了嘴。

“哟，脾气还真不小哪，不折不扣的俄国佬！ 俄国人全都脾气大！ 说走就要走，呸！ 昨天还答应给我五个卢布的，可今天一个子儿也不给就要走了。”

“我身上一点钱也没有，”库兹马·瓦西里耶维奇走到门口又嘟囔了一句，“再见吧。”

埃米利娅望着他的背影，伸出一个手指威胁道：

“没有钱！ 你们听，听他说些什么！ 啊，这些俄国佬多会骗人哪！ 不过，等着瞧吧，你这条哈巴狗……姑姑，您过来一下，我有事要告诉您。”

那天晚上库兹马·瓦西里耶维奇脱衣服睡觉的时候，发现他的皮腰带边上有一俄寸[①]半长的地方开了线。他是个爱整洁的人，立刻就找来针线，把线打上蜡，自己动手缝上了那个口子。不过他对于这件看起

① 一俄寸等于 4.4 厘米。

来无关紧要的小事情并没有放在心上。

十三

第二天，库兹马·瓦西里耶维奇从早到晚一心都扑在公事上；晚饭后也没有出门，直到深更半夜还忙个不停，不辞辛苦地在誊写一份给上级的报告，可是他常常出差错，把 ять 和 е 弄混淆，在“但是”后面总爱打上一个感叹号，在“然而”这个词后面老是会写上分号。第二天早上，一个光着脚丫、穿着破褂的犹太男孩受埃米利娅之托，给他送来一封信，这是库兹马·瓦西里耶维奇从埃米利娅那儿收到的第一封信：“Mein allerliebster Florestan①，”她在信里写道，“难到你真的对你的 Zuckerpüppchen 生这么大的气，所以昨天就不来了吗？ 要是你不想让你的快活的埃米利娅哭得太伤心的话，那就请你别再生气了，今天晚上五点钟请你一定要来。”（“五”字外面还圈上了两个圈。）“我一定非常非常高兴。你可爱的埃米利娅。”②库兹马·瓦西里耶维奇对他这个“可爱的小天使”的文化水平暗自感到惊讶。他给了犹太孩子一个铜板，说：“你告诉她，我一定来。”

十四

库兹马·瓦西里耶维奇没有食言，五点钟还没到他就站在弗里茨

---

① 德语：最最亲爱的弗洛莱斯坦。
② 此信中有小少拼写错误，现均译作别字。

太太家的门前了。可是出人意外的是，他在她们家里没有见到埃米利娅；出来迎接他的是这家的女主人，更令人奇怪的是老太婆先是向他行了个屈膝礼，然后告诉他，埃米利娅临时有事不得不出去一趟，不过她很快就会回来，请他等一会儿。弗里茨太太头戴干净的白色包发帽，面带微笑，说话用的也是讨好的口气，显然是竭力想让她那张阴森森的脸带上几分和善的表情，可是她的脸并没有因此而变得和蔼可亲，相反倒更加凶相毕露。

“先生，您请坐，请坐吧，”她挪过一把圈椅，说道，“要是您肯赏脸的话，我们就请您吃点东西。”

弗里茨太太又行了个礼，走出房间，不一会儿就用一个铁制的小托盘端来一杯巧克力饮料。这是一杯质量不大好的巧克力饮料，但库兹马·瓦西里耶维奇还是有滋有味地把它喝完了，不过他无论如何也弄不明白，弗里茨太太为何忽然变得这么殷勤起来，所有这一切又意味着什么？ 尽管中尉受到了殷勤的招待，可埃米利娅却老是等不来，他渐渐失去耐心，感到无聊，就在这时候，他忽然听见隔壁传来吉他的声音。开始是一个和弦，随后又传出第二个、第三个、第四个，声音越来越响亮，越来越有力。库兹马·瓦西里耶维奇大惑不解：埃米利娅固然是有一把吉他，可是只剩下三根弦了，他还没有把断掉的弦给她配好；再说埃米利娅又不在家。那么这会是谁呢？ 又传来一声和弦，声音震耳欲聋，仿佛就在这个房间里弹奏的……库兹马·瓦西里耶维奇转身一看，几乎吓得惊叫起来。他的面前有一扇低矮的门，在这之前他一点也没发现，因为那扇门原先被一个很沉的柜子挡着，此刻门口正站着一个陌生人：既不像孩子，又不是成年的大姑娘。她身穿五彩花纹的白衣服，脚登高跟红皮鞋，头上戴着金发箍，一头浓密的黑发从她那小小的脑袋披散到她那苗条的身上，活像一件斗篷。在这堆松软的头发下面有两只大眼睛闪烁出阴沉的目光；她那裸露的黝黑的手臂上挂着好几个手镯，手指上戴满了戒指，手里一动不动地拿着一把吉他。她那张脸几乎看不见，显得那样的小巧和黝黑，只有那鲜红的嘴唇和狭窄而笔挺的鼻子分明可见。库兹马·瓦西里耶维奇纹丝不动地站了许久，目不转睛地望着这个怪模怪样的人；对方也在注视他，眼睛一眨不眨，身体一动不动。末了他终于清醒过来，踏着小碎步朝她走去。

那张黝黑的脸开始露出一些微笑，忽然一排洁白的牙齿闪出一道光，那小小的脑袋稍稍抬了起来，轻轻地甩了一下浓密的鬈发，露出惊人的美貌。“这是个什么小精灵？”库兹马·瓦西里耶维奇心里想，然后他身子又朝前凑了凑，小声说道：

“小天仙，喂，小天仙！ 您究竟是谁啊？”

“过来，过来，”那个“小天仙”用略微沙哑的嗓音小声说道。她说的不是俄罗斯口音，速度很慢，重音也不准，说着，她往后退了两步。

库兹马·瓦西里耶维奇紧随着她跨过门槛，进入一个没有窗户的小屋子，屋里四面的墙壁和地上全都覆着厚厚的驼毛毯子。一阵刺鼻的麝香味朝他袭来，熏得他喘不过气来。在一张土耳其矮沙发跟前的一个小茶几上点着两支黄蜡烛。屋角放着一张床，床上挂着一顶扎着绸带子的圆顶帐，床头挂着一串琥珀念珠，念珠下面还缀着红色穗子。

“可是对不起，您究竟是谁啊？”库兹马·瓦西里耶维奇又问了一遍。

“妹妹……埃米利娅的妹妹。”

“您是她妹妹？ 您也住在这儿吗？”

“是的……是的……”

库兹马·瓦西里耶维奇想要摸一下这个“小天仙”，可她却往后退去。

“她怎么从来也没有说起过您呢？”

“不能……不能……”

“那么您是一直躲着……不露面的吧？”

“是的……”

“有什么原因吗？”

“又……又。”①

“哼！”库兹马·瓦西里耶维奇又打算摸一下姑娘，她又往后退去。“怪不得我从来也没见过您，老实说，我根本没想到有您这么个人。这么说，弗里茨太太，那位老太太，也是您的姑姑吧？”

“是的，姑姑。”

“哼！ 您好像不大懂俄国话，请问您叫什么名字？”

“科里布利②。”

“什么？”

“科里布利。”

“科里布利？ 这个名字真怪！ 我好像记得非洲有一种昆虫就叫这个名字，没错吧？”

十五

科里布利发出一阵短促而奇特的笑声……就像她的喉咙里有玻璃

---

① “有”的讹音。
② 意为蜂鸟。这是世界上最小的鸟，产于南美洲。

碎片在碰撞。她摇摇头，用眼睛扫了一下四周，将吉他朝桌子上一放，随即快步走到门口，一下把门关上了。

她活泼而麻利地移动着身子，只发出一点急促的，几乎听不见的响声，活像一条壁虎；她背后披着的头发一直垂到膝盖下面。

“您干吗把门关上？”库兹马·瓦西里耶维奇问道。科里布利把一个手指按在嘴唇上说：

“埃米利娅……不要，不要她。”

库兹马·瓦西里耶维奇冷笑了一声。

“您不是吃醋吧？”

科里布利稍稍扬起了眉毛。

“希么[①]？”

“您吃醋了……生气了，”库兹马·瓦西里耶维奇解释说。

“噢，是的！”

“原来如此！ 不胜荣幸！ ……喂，您多大了？”

“十七。”

“您是说，十七岁吗？”

“是的。”

库兹马·瓦西里耶维奇仔细打量了一下这位神秘而古怪的姑娘。

“您真是个绝代美人，”他含情脉脉地说，“真稀罕！ 简直举世无双！ 头发多么美！ 眼睛多迷人！ 还有您的眉毛，眉毛！ ……啊！”

科里布利又笑了起来，并且用她那双不同寻常的眼睛打量了一下四周。

---

① “什么”的讹音。

“是的，我是个美人儿！ 请坐吧，我也坐下来……挨着您。”

“好吧，好吧……听您的，不过您哪里是埃米利娅的妹妹啊？

您跟她一点儿也不像。”

“是的……我是她妹妹……糖妹[1]。瞧这个……给您……一枝花。一枝很不错的花。好香啊。”她从腰带里取出一枝白丁香花，闻了闻，咬下一个花瓣，然后把整枝花递给了他。“您要吃果酱吗？ 很不错的果酱……君士坦丁堡出产的……还有果子露。”科里布利从小抽屉柜里取出一个裹着红绸子的金色小罐，那块绸子上还缀有闪光金属片，此外她还拿出一把银调羹、一只盛着水的刻花玻璃瓶和一只配套的玻璃杯。“喝点果子露吧，先生；味道好极了。我为您唱支歌……想听吗？”她拿起了吉他。

“您会唱歌？”库兹马·瓦西里耶维奇一面问，一面舀了一调羹地道的优质果子露送进嘴里。

“啊，是的！”她把头发往后一甩，歪着脑袋，弹了几个和弦，一面弹一面注视着自己的手指尖和吉他的指板……接着她唱了起来，歌声出奇的铿锵、悦耳，然而喉音却很重，而且库兹马·瓦西里耶维奇听起来觉得带有几分粗犷。“啊，你这个淘气的小东西！”他心里想。她唱了一支凄凉的歌，根本不是俄罗斯曲调，歌词用的语言也是库兹马·瓦西里耶维奇所陌生的。照他的说法，那支歌里常常可以听到“卡、嘎”两个音，唱到末了她用拖长的调子重复唱出了“新塔玛”或是“新奇玛”，也可能是与这相近的词，然后头靠在手上，叹了一口气，将吉他搁在膝盖上，问道：“唱得好吗？ 还想听吗？”

---

① “堂妹”的讹音。

“我非常愿意听，”库兹马·瓦西里耶维奇答道，“不过，您干吗这副模样，好像很悲伤似的？ 您还是喝点果子露吧。”

“不……您自己喝吧。我还要唱……这支歌要欢快一点。”她又唱了一支歌，像是舞曲，仍然是用那种陌生的语言唱的。库兹马·瓦西里耶维奇又听到了和刚才同样的喉音，她那些黝黑的手指在琴弦上飞速地移动着，就像蜘蛛在爬一样。这一次她在歌曲末尾欢快地高声唱出了类似“刚达！”或“嘎萨！”的词。同时她两眼炯炯发光，用拳头叩击着桌子。

十六

库兹马·瓦西里耶维奇木然地坐着，如同在梦幻中一般。他的脑袋晕乎乎的。这一切全都出乎意料……是啊，还有那股香气，那阵歌声……大白天点着的蜡烛……有香草味的果子露……这时候科里布利越来越向他靠近，她的头发闪闪发亮，沙沙作响，身上散发出一股热气，还有那悲伤的面容……“真是条美人鱼！”库兹马·瓦西里耶维奇心里想道。他觉得有点不自在。

“我的小美人，请告诉我，”他小声说道，“您今天怎么会想到要请我上您这儿来呢？”

“您年轻，漂亮……我就喜欢这样的人。”

“原来如此！ 可是埃米利娅知道了会怎么说呢？ 她给我写了信，她一定会马上就回来的。”

“您别告诉她……什么也不要对她说！ 要闯祸的！ 她会杀人！”

库兹马·瓦西里耶维奇笑了起来。

“她真有那么凶吗？”

科里布利神情庄重地一连点了几次头。

“对弗里茨太太也什么都别。别！ 别！ 别！”她轻轻地拍着自己的额头。“你明白吗，军官？”

库兹马·瓦西里耶维奇皱了皱眉头。

“那么，这是个秘密喽？”

“是的……是的。”

“好吧……我一个字也不说出去。不过为此你得赏给我一个吻吧。”

“不行，以后吧……等你要走的时候。”

“亏你想得出！”库兹马·瓦西里耶维奇刚要向她俯下身去，她却慢慢地躲到一旁，随后又挺直了身子，活像草丛里一条受惊的蛇。库兹马·瓦西里耶维奇目不转睛地望着她。“你竟是这样！”最后他小声说道，“你这个可恶的东西！ 好吧，那就随你的便吧！”

科里布利沉思了一下，然后转身面对中尉……忽然，这所房子里的某个地方接连传出三声敲击声，响声低沉而均匀。科里布利笑了，几乎发出扑哧的笑声。

“今天——不行，明天——行。明天来吧。”

“几点钟？”

“晚上……七点。”

“埃米利娅怎么办呢？”

“埃米利娅……不；她不会在家。”

“你这么认为吗？ 太好了。不过明天你可要告诉我……”

“希么？”（科里布利每次发问，脸上都会露出一副孩子气的表情。)

“你为什么藏了这么久，不让我看见？”

“好吧……好吧；明天什么都告诉你；什么都会明白的。”

“别骗我！ 我要给你带一样礼物来。”

“不……不必了。”

“为什么？ 我看你爱打扮。”

“不必。这个……这个……这个……”她指着身上的衣服、戒指、手镯以及周围所有东西说，“这些全是我自己的，不是人家送的礼物。我不接受礼物。”

“随你的便。现在我该走了吧？”

“噢，对了。”

库兹马·瓦西里耶维奇站起来，科里布利也站了起来。

“再见，漂亮的小东西！ 你什么时候跟我接吻呢？”

科里布利忽然轻轻一跳，随即伸出两臂搂住年轻中尉的脖子，不能算是亲吻，只是碰了一下他的嘴唇。他想趁机吻她一下，可是她立刻往回跳，躲到沙发后面。

“那么，明天晚上七点再见？”他有点发窘地说。

她朝他点点头，伸出两只手指夹住自己的一绺头发，并且用锐利的牙齿咬着它。

库兹马·瓦西里耶维奇向她挥了挥手就走了出去，并且带上了门。他听见科里布利立刻朝那扇门跑过来……只听见钥匙在锁跟里咔嚓响了一声。

十七

弗里茨太太的客厅里一个人也没有，库兹马·瓦西里耶维奇立刻就往外间走去。他不想遇上埃米利娅，弗里茨太太是在台阶上见到他的。

“啊，您走了吗，中尉先生……”她依然装腔作势地摆出一副讨好的却带着几分凶相的笑容，“您不等埃米利娅了吗？”

库兹马·瓦西里耶维奇戴上了帽子。

“太太，我没时间再等了。明天我也可能不来。请您转告她一声。”

“好吧，我会告诉她的。不过您刚才没觉得太寂寞吧，中尉先生？”

“没有，我没觉得寂寞。”

“我猜也不会。再见吧。”

“再见。”

库兹马·瓦西里耶维奇回到家里，挺直身子，躺到床上，陷入了沉思。他脑子里简直是一团乱麻。“这可真成了大家谈笑的话柄了！”他不止一次地喊着。埃米利娅为什么要给他写信呢？约好了见面，她自己倒不来。他取出埃米利娅那封信，在手上摆弄着，还用鼻子闻了闻，那封信有一股烟草味，他还发现一处修改过的地方——原先的“плакал”改成了“плакала”①。可是从这里又能推测出什么来呢？难

① 均为俄语单词，意为“哭”。前者是阳性过去时，后者系阴性过去时。

道弗里茨太太对这件事情真的一无所知吗？ 还有她……她是谁？ 是啊，她是谁呢？ 那个迷人的科里布利，那个“漂亮的小东西”，那个“小天仙”，老是在他眼前晃来晃去，赶也赶不走，尽管他对这个“漂亮的小东西”和“小天仙”暗自有些害怕，但还是急切地期待着第二天晚上的到来。

十八

第二天库兹马·瓦西里耶维奇午饭前出去买东西，他一再同店家讨价还价，最后买了一个配有天鹅绒饰带的精致的金质十字架。他心里想：“尽管她一再说从来不要礼物，可我们很清楚这种话是什么意思。而且，要是她真是这么满不在乎的话，埃米利娅也不会那么避讳她了。”这位尼古拉耶夫的唐璜这么反复琢磨着，也许这时候他根本就没有去考虑那位真正的唐璜是个什么样的人物，又给人们留下了什么印象。晚上五点钟，库兹马·瓦西里耶维奇仔细地刮过脸，又打发人把他认识的一个理发师请来，要他给他头顶上那一绺头发仔细抹上油，烫一下，这位理发师特别卖力地照他的吩咐做了，毫不吝惜地用了许多公文纸做卷发纸；随后库兹马·瓦西里耶维奇穿上，一套崭新的制服，右手拿着一副麂皮手套，又在身上洒了一些香水，出门去了。库兹马·瓦西里耶维奇这一回在打扮上多费了些心思，比他去看“Zuckerpüppchen”更用心，这并不是因为他对科里布利比对埃米利娅更喜欢，只不过“漂亮的小东西”身上有一股神秘莫测的魔力，连这位想象力迟钝的年轻中尉也不由自主地想入非非起来了。

十九

弗里茨太太依然像昨天那样迎接他，她似乎跟他串通好了，合谋了一个骗局，她又对中尉说，埃米利娅暂时走开一会儿，让他稍等片刻。库兹马·瓦西里耶维奇低下头表示同意，并在椅子上坐下。弗里茨太太又微笑了一下，也就是露出了她那些焦黄的虎牙；这一回她没有拿巧克力饮料给他喝就走了出去。

她一走，库兹马·瓦西里耶维奇马上就注视着那扇神秘的门。门仍然关着。他大声咳嗽了两下，表示他已经来到……那扇门还是一动不动。他屏住气，聚精会神地侧耳细听……丝毫也没有动静，哪怕是一点点沙沙声他也没听见，周围好像一片死寂……库兹马·瓦西里耶维奇站起来，踮着脚走到门旁，伸手徒然摸索了几下，又用膝盖顶了顶门……但是毫无结果。于是，他弯下腰，压低声音喊了两声“科里布利，科里布利……漂亮的小东西！”可是仍然没有人答应。库兹马·瓦西里耶维奇挺直身子，整了整身上的制服，默默地在原地站了一会儿，然后迈着比较坚定的步子走到窗前，用手指敲打窗上的玻璃。渐渐地，他产生了懊丧和恼怒的感觉，他那军官的自尊心开始冒了出来。“这算什么玩笑？”末了他终于想道，“她们把我当成什么人了？ 要是再这样胡闹下去，我可要用拳头捶门了。非逼着她开门不可！ 那个老太婆会听见……那又怎么样？ 那可不能怪我。”他猛地来了个原地转身……这时那扇门已开了一半。

二十

库兹马·瓦西里耶维奇又踮起脚尖，立刻走进那个神秘的房间。沙发上躺着科里布利，她穿着一身白衣服，系着一根宽宽的红腰带，脸的下半部遮着一块手帕，正微微地笑着，这种笑虽然不出声，但却是发自内心的。这一回她的头发梳理得纹丝不乱，编成了两条又长又粗的辫子，还把红丝带编了进去；她那交叉的小脚上穿着的昨天那双鞋十分招眼；不过那两条腿却赤裸着，要是朝腿上望一眼，还会以为她穿着深色的长统丝袜呢。沙发挪了位置，比前一天更靠近墙；桌子上的中国瓷盘里摆着一把色彩鲜艳的大肚子咖啡壶。边上还有一只刻花玻璃的糖缸和两个蓝色的瓷杯。吉他也放在那儿，一支浓香顶上升腾着一缕蓝灰色的轻烟。

库兹马·瓦西里耶维奇走到沙发跟前，向科里布利弯下身子，还没等他开口说话，科里布利就伸出手来，一面继续用手帕掩着脸笑，一面把她那些纤细而有力的手指伸进他的头发，他那一头精心梳理的漂亮鬈发立刻就给弄得乱七八糟。

“这又是干吗？”库兹马·瓦西里耶维奇大喊一声，他对她这种无礼的举动不大高兴。“嘿，你这个淘气鬼！”

科里布利把脸上的手帕揭下。

“那样不好看；现在才漂亮呢。”她挪到沙发的另一头，蜷起了双腿。“坐下吧……那儿。”

库兹马·瓦西里耶维奇坐到她指点的地方。

“干吗要躲开我？”他沉默了片刻，低声问道，“难道你怕我？”

科里布利身子蜷成一团，从侧面望着他。

“我不怕……不。”

“你在我面前千万别害羞，”库兹马·瓦西里耶维奇用劝导的口气说，“你还记得昨天答应过的赏给我一个吻吗？”

科里布利伸手抱住膝盖，把头靠在上面，又望了望他。

“我记得。”

“我想也是。你可要言而有信啊。”

“是的……我得守信。”

“既然这样……”库兹马·瓦西里耶维奇说着便欠起身子，打算凑近她。

这时候，科里布利松开了刚才用膝盖夹住的两条辫子，拿起其中的一条，轻轻地拍打了一下他的手。

“别急嘛，先生！”

库兹马·瓦西里耶维奇有点发窘。

“她这双眼睛多么有魅力啊，这个小淘气鬼，”他好像是自言自语地说，“不过，”他提高了嗓音，“既然这样，你干吗要把我叫来……”

忽然，科里布利像小鸟那样伸长脖子……她仔细听着。库兹马·瓦西里耶维奇大惊失色。

“是埃米利娅吗？”他问道。

“不是。”

“是别人？”

科里布利耸了耸肩膀。

“你听见什么声音了吗？”

“没什么。”科里布利又做了一个小鸟缩头的动作，缩回了她那椭圆形的小脑袋，仍然把身子蜷缩成一团；她那后脑勺上分明的头路和辫子起头处一片又细又短的鬈发都十分漂亮。“没什么。”

“没什么！ 那么我现在就……”库兹马·瓦西里耶维奇探过身子，向科里布利靠过去，但是他马上就把手缩了回来。他的手指上出现了一滴血。“真是太胡闹了！”他晃动着手指，大声喊道。“你这些别针老是碍事，真是太可恶了！”科里布利慢慢地把别针插进腰带。库兹马·瓦西里耶维奇望着那枚金质的长别针继续说：“这简直就是一把匕首，是一根刺……是呀，是呀，这就是你的刺，你就是一只马蜂，一点也不错，是只蜇人的马蜂，明白吗？”

科里布利大概对库兹马·瓦西里耶维奇的这个比喻非常喜欢，她发出一阵尖细的笑声，接连重复了几遍：

“是呀，我会蜇人……我会蜇人。”

库兹马·瓦西里耶维奇望着她，心里想道：“她虽然在笑，脸上却满是愁容。”

“瞧，我给你带什么来了，”他大声说。

“希么？”

“你干吗说‘希么’？ 难道你是波兰人？”

“扑是[①]。”

“现在你又说‘扑是’！ 不过那也没关系。”库兹马·瓦西里耶维奇取出他的礼物，在空中挥动着，瞧这个……这个小玩意儿好看吗？”

科里布利满不在乎地翻起眼睛向上瞧。

① “不是”的讹音。

"啊！ 十字架！ 我们不戴。"

"怎么？ 你们不戴十字架？ 难道你是犹太人吗？"

"我们不戴，"科里布利重复了一遍，忽然她身子一哆嗦，瞧了瞧身后，并急匆匆地问道："你想听我唱歌吗？ ……"

库兹马·瓦西里耶维奇把十字架塞进制服口袋，打量了一下四周。他感到墙后面喀嚓响了一声。

"那是什么？"他小声问道。

"老鼠……老鼠，"科里布利急忙说，忽然，完全出乎库兹马·瓦西里耶维奇意料之外，她伸出那双光溜溜、软绵绵的胳臂，一把搂住他的脖子，一个迅速的亲吻使他脸上烧了起来……就像是一块烧得通红的火炭在他脸上烙了一下似的。

他把科里布利紧紧搂在怀里，可她却像一条蛇似的一下子从他怀里溜掉了——她的腰比蛇的身子粗不了多少——然后就霍地站了起来。

"等一下，"她低声说，"先得喝点咖啡才行。"

"得了！ 喝什么咖啡呢！ 待会儿再喝吧。"

"不，现在就喝。现在是热的，待会儿就凉了。"她抓住咖啡壶的把手，高高举起，往两个杯子里倒咖啡。咖啡就像一股细细的水流往下淌；科里布利把头歪在肩膀上，仔细看着它淌下来。"喂，搁一点糖……喝吧……我也喝！"

库兹马·瓦西里耶维奇往杯子里放了一块方糖，一口就把它喝完了。他觉得这咖啡味道很浓也很苦。科里布利望着他微笑，她的鼻孔从她的杯子上边露出来，微微翕动着。她把杯子慢慢地放到桌上。

"你怎么不喝？"库兹马·瓦西里耶维奇问。

"我……喝了一点点……"她答道。

库兹马 · 瓦西里耶维奇兴奋起来了。

“请你还是在我身边坐下吧。”

“马上就坐，”她低下头，仍然注视着库兹马 · 瓦西里耶维奇。她伸手拿起吉他，说：“不过我先唱个歌。”

“行啊，行啊，可你坐下唱吧。”

“我还要跳舞。好不好？”

“你要跳舞？ 这我倒愿意看看。不过待会儿跳不成吗？”

“不，现在就跳……我非常爱你。”

“你爱我？ 好哇……跳吧，你这古怪的小东西！”

二十一

科里布利站在桌子对面，手指在琴弦上拨动了几下，库兹马 · 瓦西里耶维奇感到奇怪的是，科里布利并没有唱他所希望听的轻快的歌曲，而是出人意外地拖长声调唱起了一首缓慢而单调的曲子，伴随着一字一顿的歌词，她有节奏地左右扭动着身子，好像是勉强把歌词一个字一个字地挤出来似的。她脸上没有笑容，而且还紧皱着眉头，那两条清秀的、高高的弓形眉毛之间有一个蓝色的疤痕清晰可见，如同一个东方文字的字母，大概是用火药烧成的。她的眼睛几乎闭着，但是她的眼珠仍然像刚才那样逼视着库兹马 · 瓦西里耶维奇，从那低垂的眼帘下面发出呆滞的目光。中尉的视线也离不开她那双神奇而可怕的眼睛，离不开那张黝黑的、渐渐泛红的脸蛋，离不开那半张开的、一动不动的嘴唇，离不开她那秀美的小脑袋旁边有节奏地晃动着的两条黑蛇。科里布利继续摇晃着，没有离开原地，只有两只脚在动：一会儿踮起脚跟，一会儿翘起脚尖。有一次她迅速地旋转了一圈，高高举起吉他，在空中挥了一下，发出一声刺耳的喊叫……然后又开始刚才那种单调的动作，唱起同样单调的歌曲。库兹马·瓦西里耶维奇十分平静地坐在沙发上，眼睛一直望着科里布利；他心里产生了一种奇特的、反常的感觉：觉得身子轻飘飘的，悠闲自在，甚至是过于轻飘；他仿佛身不由己地在空中飘荡，同时浑身上下一阵阵打颤，一种软弱无力的快感迅速传遍他的双腿，眼皮和嘴唇都懒洋洋地耷拉下来。此刻他什么欲望也没有，什么事也不想，他只觉得心旷神怡，好像有人在给他唱催眠曲，正如埃米利娅说的，“唱个歌哄哄你”，于是他自言自语地叹道：“漂亮的小东西！”有时候“漂亮的小东西”的脸蛋变得模糊不清……“这是怎么回事？”库兹马·瓦西里耶维奇暗自问道。“是因为那股烟，”他自我宽慰着，“这儿有一股青烟。”又有人给他唱催眠曲，甚至就在他耳旁唱着非常动听的歌……只是不知为什么歌老是唱到一半就中断了。后来，那个“漂亮的小东西”脸上的眼睛忽然睁开了，睁得好大好大，大得不可思议，就像拱桥的桥洞似的……吉他掉在地上，碰到了地板，在遥远的某处哐啷响了一声……库兹马·瓦西里耶维奇的一位非常亲密的朋友从后面伸过手来温柔地紧紧搂住他，还帮他整了整领带。库兹马·瓦西里耶维奇就在自己跟前看到了那个袖口上有三颗扣子的陌生人的那只鹰钩鼻子，还有他那浓密的胡子和锐利的眼睛……虽然那人的眼睛长在胡子的位置，胡子长在眼睛的位置，而鼻子好像是长倒了，可库兹马·瓦西里耶维奇却一点儿也不觉得奇怪，反倒觉得本该是这样的；他差点儿就要对那个鼻子说：“喂，格里戈里大哥，你好。”但是他又改变了主意，他最愿意……最愿意的是立刻和科里布利一起去君士坦丁堡举行婚礼，因为她是个土耳其人，而沙皇已经恩准他做一个真正的土耳其人了。

二十二

恰好他面前出现了一条小船，他抬起脚想跨上船去，虽然由于动作不灵巧，摔了一跤，伤得相当厉害，以至有一段时间他简直晕头转向，但他还是勉强支撑着上了船，在大河上漂流着，前往君士坦丁堡。这条河同尼古拉耶夫中学墙上挂着的地图上面那条“时间之河”十分相似。他如愿以偿，顺流而下，一路上不断碰到大量的红色潜鸟，他定睛观察它们；然而这些水乡居民不等他靠近，就潜入水中，变成一个个淡红色的圆点。科里布利也和他同行，不过她为了躲避外面的炎热，藏在船底下边，有时还敲敲船底……最后终于来到了君士坦丁堡。这儿的房子别具一格，像蒂罗人戴的帽子一般；土耳其人个个都长着大脸庞，神情端庄，不过对它们不能看得太久，看久了它们就会痉挛起来，露出一副怪相，然后就像融化的雪，纷纷塌落。眼前有一座宫殿，他和科里布利将要住在这里面……宫殿里一切陈设安排得多好啊！ 墙上挂着将军服上的那种刺绣，到处都是带穗的肩章，还有许多人在角落里吹号，人坐在船上就可以直接漂进客厅里去。当然，这儿也少不了一张穆罕默德的肖像……只是科里布利老是在各个房间里跑来跑去，她那两条辫子拖在身后，扫着地板，她无论如何也不回头，身子变得越来越小……这不是科里布利，而是一个穿着短上衣的男孩，他自己成了这个男孩的家庭教师，不得不跟着这个孩子钻进一个望远镜里去，这个望远镜越来越窄，最后他终于动弹不得了……无论前进还是后退都不行，也无法透气，忽然有一样东西掉在他背上……他嘴里给塞进了泥土。

二十三

库兹马·瓦西里耶维奇睁开了双眼。天已经亮了，四周静悄悄的……他闻到一股醋和薄荷的气味。他身体上方和身边有一个白乎乎的东西，他仔细一看，原来是床上挂着的帐子。他想抬起头来……可是抬不起；想抬手……也动不得。这是怎么回事呢？他垂下眼睛——眼前直挺挺地躺着一个长长的身子，上面盖着一条棕色镶边的黄色毛毯。原来这个身子正是他库兹马·瓦西里耶维奇自己。他试图大声喊叫……但是喊不出声音。他又试了一下，使出全身的力气……结果在他鼻子底下只发出一阵微弱的、颤动的呻吟。他听到沉重的脚步声，随即有一只青筋突起的手一把撩开了帐子。一个身穿打补丁的军大衣、头发花白的残废军人站在床前凝神望着他……他也望着这个残废军人。一只锡制的杯子凑到了库兹马·瓦西里耶维奇的嘴边，他贪婪地喝了一些凉水。于是他的舌头就活动起来了。

"我在哪里？"库兹马·瓦西里耶维奇问。那个残废军人又望了他一眼，随即就走开，过后带了一个穿深色军服的人进来。"我在哪里？"库兹马·瓦西里耶维奇又问了一遍。"好了，现在他脱险了，"那个穿深色军服的人说。"您在军医院里，"他继续大声说道，"但是您必须安静地躺着才行，说话对您没有好处。"库兹马·瓦西里耶维奇感到纳闷，但是立刻又晕晕乎乎，什么也不知道了……

第二天早晨大夫来了。库兹马·瓦西里耶维奇苏醒过来，大夫祝贺他获得新生，并吩咐护士把他头上裹着的纱布换一下。

“怎么？ 我的头？ 难道我……”

“您千万别说话。您千万不能激动，”大夫打断了他的话。“安安静静地躺着，感谢上帝吧。敷布在哪儿，波普廖夫金？”

“可是钱在哪儿……公家的钱……”

“哎呀！ 他又开始说胡话了。再加点儿冰吧，波普廖夫金。”

二十四

又过了一个星期，库兹马·瓦西里耶维奇已经基本康复，大夫们认为可以把他所遭遇的事情告诉他。下面就是他听到的事情经过。

六月十六日晚上七点钟，他最后一次去弗里茨太太的家，六月十七日吃晚饭的时候，也就是一昼夜之后，有一个牧羊人在距离尼古拉耶夫两俄里的赫尔松大路旁边的一个峡谷里发现了库兹马·瓦西里耶维奇，他脑袋被砍伤，脖子上有深红色的伤痕，已经不省人事。他身上制服和背心的钮扣都被解开了，所有的口袋全都翻了过来，他的帽子和佩剑不见了，装钱的皮腰带也不知去向。从被践踏的草地，从沙土中的一条宽宽的印迹可以断定，这位不幸的中尉是被人拖到峡谷里的，到了这儿以后，才被人砍伤了脑袋，不是用斧头砍的，而是用马刀砍的，或许用的就是他的那把佩剑。从大路到这里的印迹上丝毫也没有血迹，可他的脑袋周围却有一大摊血。毫无疑问，凶手一定是先给他下了药，让他昏昏沉沉，随后又企图把他掐死，他们趁着黑夜把他弄出城来，拖到这个峡谷里，又给了他致命的一击。库兹马·瓦西里耶维奇凭着铁一般强健的体格才活了下来。七月二十二日，他终于苏醒过来，那已经是五个星期以后的事情了。

二十五

库兹马·瓦西里耶维奇立刻把他遭遇到的不幸向上级长官作了汇报，他把这个事件的来龙去脉作了口头和书面的陈述，还说了弗里茨太太家的地址。警察搜查了这个地方，可是在那儿什么人也没有找到，罪犯已经逃之夭夭。警察只抓到了房东，但那只是个年老耳背的小市民，从他嘴里没问出什么名堂。这个老头住在另外一个街区，他只知道四个月以前他把自己的房子租给了一个有护照的犹太女人，那女人名叫施穆利或是施穆利克；这件事他当时就到警察局去登记过了。据他说，后来又有一个女人来和她同住，这个女人也有护照，但是她们两人的职业却不得而知；是否还有其他人跟她们住在一起，他没听说过，也无从知晓。他雇来打扫院子和看门的小伙子不知是到敖德萨去了还是去了彼得堡，后来新雇的一个看门人是将近七月一日才来的。随后又在警察和周围一带的居民中间进行了调查，结果只了解到这个施穆利克太太和她的同伴（真名是弗里德里希·本格尔）大约在六月二十日就离开了尼古拉耶夫，但是她们的去向却没人知道。那个袖口上有三颗扣子，长着茨冈人面孔的神秘男人和那个头发浓密、皮肤黝黑的外国姑娘，没有人见过。库兹马·瓦西里耶维奇一出院就直奔给他带来不幸的那所房子，来到他和科里布利交谈的那个小房间。那里依然散发着一股麝香气味，还发现了另外一扇神秘的门；他第二次去找科里布利的时候，这扇门旁边正好摆着那张沙发，不用说，凶手就是从这扇门里进来，从背后把他掐住的。库兹马·瓦西里耶维奇提出了正式控告；法院也着手审理这件案子。几份编了号的公函和指令发往各处；随即就来了合乎手续的回复，证明这些文件都已寄到，并且作了必要的答复……这件案子就到此为止了。那几个嫌疑犯始终查不出下落，被盗公款一千九百十七卢布以及几个戈比的纸币和金币也无影无踪，这在当时并不是一个不足挂齿的小数目啊！为此库兹马·瓦西里耶维奇不得不分期赔款，整整赔了十年，直到沙皇下达了恩惠谕旨①才把这笔孽债一笔勾销。

二十六

起初他坚信那个阴险狡猾的“Zuckerpüppchen”埃米利娅是他一切不幸的祸根，认定那个阴谋就是她一手策划的。他回想起最后一次和她见面时，他粗心大意地在沙发上打起盹来，醒来的时候发现埃米利娅跪在他身边，回想起她那副惊慌失措的样子，还回想起那天晚上他发现皮腰带上开了线的情况——那显然是她用剪刀弄开的。“她看到我身上的钱了，”库兹马·瓦西里耶维奇心里想，“她告诉了那个老妖婆和那两个恶棍，又给我写了那封信，使我落入他们设下的圈套……就这样把我洗劫一空。可是谁能料到她会干出这种事情来呢！”他追忆起埃米利娅那张漂亮而和善的脸以及她那双明亮的大眼睛……“女人哪！女人哪！”他咬牙切齿地反复说着，“全是假仁假义的狐狸精！”但是他最终出院回到家里以后却听说了一件事，弄得他莫名其妙，困惑不解。就在他半死不活地被抬回城里那一天，有一个外貌和埃米利

---

① 一八五六年三月十九日克里米亚战争以缔结和约而告终，为此沙皇下达了谕旨。

娅极其相似的姑娘满面泪痕、披头散发地跑到他的住所来，向他的勤务兵打听他的消息，然后发疯似地奔往医院。到了医院，她听说库兹马·瓦西里耶维奇必死无疑，便搓着手，脸上带着绝望的神情悄悄走掉了。可见她事先显然是不知情的，没有料到会发生这场凶杀案。有可能她本人也是受骗者，没有分到人家答应给她的那一份报酬吧？ 她是不是忽然懊悔了呢？ 不过她最终还是和那个可恶的老太婆一起离开了尼古拉耶夫，而那个老东西对这件事当然是全都知道的……库兹马·瓦西里耶维奇想到这里顿生疑窦，揣摩不透个中缘由，于是他老是叫他的勤务兵一遍又一遍地描述那个姑娘的外貌，重复她说过的话，简直把勤务兵弄得厌烦透顶。

二十七

一年半以后，库兹马·瓦西里耶维奇接到埃米利娅——alias[①] 弗里德里希·本格尔——用德文写来的一封信，他立刻找人帮他翻译出来，后来他多次把这封信拿给我们看。信里通篇都是错别字和感叹号，信封上的邮戳是布勒斯劳[②]。下面就是这封尽可能翻译得准确的信：

我亲爱的、难忘的、无与伦比的弗洛列斯坦，叶尔根霍夫中尉先生：

我常常情不自禁地想给您写信！ 可是遗憾的是，一想到您大

① 拉丁语：也就是。
② 即波兰西南部城市弗罗茨瓦夫，当时处于德国统治之下。

概会认为我也是那个恐怖的罪行的同谋，我就不寒而栗，所以才一拖再拖，一直没有动笔！啊，亲爱的中尉先生！请相信我，当我得知您还活着，身体已经康复时，我心里有多高兴，那一天就是我一生中最幸福的日子！不过我并不打算完全推卸责任！我决不说一句谎话！是我第一个发现您把钱藏在腰间的！（其实我们那儿所有的买卖人都是这么做的！）只怪我太疏忽，说漏了嘴！我甚至还开玩笑地说过，把您的钱搞一点到手倒是不错！可是那个老妖婆（弗洛列斯坦先生！她**不是**我的姑姑）和那个丧尽天良的恶棍路易吉及其女帮凶策划了这个阴谋！我用我母亲的灵魂起誓，至今我还不知道他们究竟是一伙什么人！我只知道他的名字叫路易吉，他们两人是从布加勒斯特来的，肯定都是要犯，随身带着很多钱和宝物！路易吉是个可怕的家伙（ein schröckliches Subject[①]），杀掉一个同伴（elnen Mitmenschen[②]）对他来说根本就不算一回事！他会说各种语言——那次厨娘偷去的东西就是**他**替我们追回来的！别问是怎么追回来的吧！他什么事都干得出，他真是个可怕的家伙！他向老太婆保证，只给您下一点点药，让您昏昏沉沉，然后就把您弄到城外，一丢了事，以后就说他什么也不知道，是您自己不好——说您在什么地方喝多了酒！可是这个坏蛋当时就没安好心，他考虑还是把您杀死保险，免得有人发现秘密！他以我的名义给您写了那封信，那个老太婆又耍了个花招把我支开！我没有起疑，只是对路易吉怕得要命！他常常对我说："我要宰了你，我

---

① 德语，意思同括号前。
② 德语，意思同括号前。

要宰了你,像宰小鸡一样!”他说这句话的时候老是摸他的胡子,那模样可怕极了!他们还是把我拖下了水……我心里非常惭愧,中尉先生!直到现在,一想起这些事情,我就泪流不止!……我觉得……啊!我生来就不是干那种坏事的……可是我没有办法;当初的事情就这么发生了!后来我害怕得要命,不得不躲开,因为要是被警察发现了,那我会遭多少罪啊!那个该死的路易吉一听说您还活着,立刻就逃跑了。不过我很快就离开了他们那伙人,虽然我现在常常饿肚子,可我心里很踏实!您或许要问,我为什么到尼古拉耶夫去的吧?可是我不能回答您!我已经发过誓了!最后我对您有一个请求,一个对于我非常非常重要的请求:当您想起您的朋友小埃米利娅的时候,别把她看成是个黑心肠的罪犯!永恒的上帝可以为我的心作证。我的德行不好(Ich habe eine schlechte Moralität①),又很轻浮,但我不是坏蛋。我会永远爱您,惦记您,我的无与伦比的弗洛列斯坦,我要永远祝福您在这个世界上(auf diesem Erdenrund②)万事如意!我不知道我的这封信能不能到达您的手里,不过您要是收到了,就请您给我写几句回信吧,好让我知道您收到了我的信。您这样做,将使永远对您忠贞不二的埃米利娅非常高兴。

再者,来信请寄西里西亚,布勒斯劳,姓名之下请写 poste restante③。

另外,我给您的信是用德文写的;我无法用其他文字表达我的

---

① 德语,意思同括号前。
② 德语,意思同括号前。
③ 法语:存局待领。

心情；不过您用俄文给我写信好了。

二十八

“那么，您给她回信了没有？”我们问库兹马·瓦西里耶维奇。

“我是打算写的，好几次想动笔。可是我怎么写呢？写德文信我不会，要是用俄文写，那又有谁来给她翻译呢？所以我就一直没给她回信。”

库兹马·瓦西里耶维奇每次讲完这个故事，总要叹一口气，摇摇头，说：“这就是青春啊！”如果听众当中有人是第一次听到这个有名的故事，库兹马·瓦西里耶维奇就会拉住他的手，把它按在他的头顶上，让他摸一摸那道刀疤……那道刀疤实在是可怕，从一只耳朵一直延伸到另一只耳朵。

怀表

——一个老人的叙述

一

我给你们讲讲我和怀表的故事……

这是一个新奇有趣的故事!

事情发生于本世纪初，一八〇一年。那年我还不到十六岁。我与父亲、姑母和堂兄住在梁赞城离奥卡河不远的一座木屋里。我不记得母亲了：她出嫁后三年便去世了。除了我之外，我父亲没有别的孩子。我父亲的名字叫波尔菲里·彼得罗维奇。他是一个温和的人，外表平平常常，病恹恹的。他干的是替人打官司之类的事。从前管他这类的人叫书吏、讼吏及芝麻绿豆官。他本人戏称自己是辩护士。我们的家务由父亲的姐姐掌管，而我的这个姑母是个五十岁的老处女。我的父亲也年过四十了。姑母是个极其虔诚的敬神者，直说吧，她就是个假善人，是个多嘴多舌、到处管闲事的人。她的心地不像我父亲那样善良。我们的日子过得并不穷困，但也只是勉强过得去。我父亲有一个哥哥，名字叫叶戈尔，他好像犯了“过激行为和雅各宾派思想罪”（敕命上正是这么写的），早在一七九七年就被流放到西伯利亚去了。

叶戈尔的儿子、我的堂兄达维德由我父亲抚养长大，和我们生活在一起。他只比我大一岁，可是我敬佩他，对他服服帖帖，把他当成一个大人。他是个小精灵鬼，很有性格，肩膀宽阔，身材敦实，脸庞四四方方，长满雀斑。他的头发是火红色的，一双小眼睛是灰色的，嘴唇阔大，鼻子短小，手指也很粗短——真可谓是个健壮的小伙子——力气大得与年龄不相称！姑母极不喜欢他，父亲甚至有点怕他……或者，他也许对他感到内疚。据传，要是我父亲不多嘴，不出卖自己的兄长，那么，达维德的父亲就不会被流放西伯利亚！我们俩在一个中学、一个班上念书，而且学习成绩都很优秀，我甚至比他稍稍好一些……我的记忆力比较强。男孩子们自然不看重这种优势，也不因此而感到自傲，于是达维德仍然是我的领头人。

二

你们知道，我的名字叫阿列克谢。我出生于三月七日，而我的命名日是三月十七日。按旧习俗，给我起了一个圣徒的名字，而我出生后的第十天正是圣徒们的节日。我的教父是一个名叫阿纳斯塔西·阿纳斯塔西耶维奇·普奇科夫的人，或者就叫他纳斯塔谢伊·纳斯塔谢伊奇。大家对他都不用尊称。他是个非常厉害的讼棍，爱造谣诽谤、贪污受贿——一个十足的卑鄙小人。他被撵出了省行政办公厅，不止一次地受到法庭审判。但父亲用得着他……他们常在一起搞不正当的勾当。他身子肥胖、滚圆，有一张狐狸似的脸，鼻子长得像只锥子；一双眼睛长得也像狐狸，褐色的，熠熠闪亮。他总是转动着眼珠子，不时左右打量着，而且鼻子也在抽动——好像在嗅空气。他穿着一双没有后跟的皮鞋，天天往脸上敷粉，当时在外省这种情形是极为少见的。他对别人说，他不能不敷粉，因为他时常不得不去同将军和将军夫人们打交道。

瞧，我的命名日又来到了！ 那天纳斯塔谢伊·纳斯塔谢伊奇到我们家来，说：

“我亲爱的教子，迄今为止我还没有送给你什么礼物。但是你瞧，今天我给你带来了什么好玩意儿！”

说着，他马上从衣袋里掏出一只凸形银壳子怀表，表盘上画着一朵玫瑰花，还系着一根铜表链！ 我高兴得简直愣住了，而姑母佩拉格娅·彼得罗夫娜扯开大嗓门喊道：

“快吻他的手呀，快吻他的手呀，讨厌鬼！”

于是，我就吻教父的手，姑母却叨叨个没完：

“哎呀，老爷子，纳斯塔谢伊·纳斯塔谢伊奇，您干吗要如此宠他！ 他哪能揣怀表？ 他准会把它弄丢了，或者不是摔坏了，就是弄坏了！”

这时父亲走进屋，瞧了瞧怀表，对纳斯塔谢伊奇表示了谢意——很不经意，随后便请他到自己的书房去了。我听见父亲像是自言自语地说：

“老兄，假如你是想把这件事应付过去……”

但是我已经沉不住气了，揣上怀表，飞速跑去找达维德，给他看看我收到的礼物。

三

达维德接过怀表，打开表盖，仔细地察看起来。他摆弄机械的能力很强。他喜欢玩弄铁、铜，玩弄各种金属。他备有各种各样的工具，修个什么东西，或者甚至重新做个螺丝、配把钥匙之类的事，在他是毫不费力的。

达维德拿着怀表翻来覆去地看了一会儿，然后从牙缝里嘟囔道（他通常不爱说话）：

“是旧的……坏的……”接着他又补了一句：“哪来的？”

我告诉他，这块怀表是我的教父送给我的。

达维德抬起他那双灰色的小眼睛瞥了我一眼。

“是纳斯塔谢伊送的？”

“是的，是纳斯塔谢伊送的。”

达维德把怀表放到桌上，默默无言地走开了。

“这只怀表你不喜欢吗？”我问道。

“不，不是不喜欢……但要是我换了你，我就不会要纳斯塔谢伊的任何礼物。”

“为什么？”

“因为他是个卑鄙小人。这样的坏家伙不应当欠他的情。而且还要向他道谢。想必，你吻他的手了吧？”

“是的，是姑母硬要我做的。”

达维德一声冷笑，这笑声听起来很特别，是从鼻子里哼出来的。他有这样的习惯。他从来也不高声大笑，认为放声大笑是内心怯懦的标志。

达维德的一番话以及他不出声儿的笑——不由得使我十分扫兴。我心里想，他肯定在内心指摘我！这么一来，我在他眼中肯定也成了一个卑鄙小人！他本人倒从来不会低三下四地这么做，也不会接受纳斯塔谢伊的小恩小惠的！可是我眼下该怎么办呢？

把怀表还给他去吗？不行！

我试图跟达维德聊聊，问他有什么好主意。他回答我说，他不会给任何人主意，让我自己该怎么做就怎么做。我怎么知道该怎么做？！记得那天整个一宿我都没有睡着——我把怀表放在床边的床头柜上。怀表滴答滴答地走着，声音如此悦耳动听，如此令人喜欢……但是想起达维德鄙视我（是的，不必自欺欺人！ 他鄙视我！）……这似乎使我无法忍受！ 拂晓时分，我心中打定了主意……说真的，我为此还哭了一阵子呢，但随后就沉沉入睡了。我刚一醒来，就迅速穿好衣服，朝街上跑去。我拿定主意把这块怀表送给我遇到的第一个穷苦人！

四

我离家还没来得及跑远，就遇上了我要找的人。我碰见的是一个十来岁的男孩，他光着脚，衣服破破烂烂，经常在我们家窗外转悠。我马上冲到他跟前，没让他弄清楚是怎么回事，也没让自己好好想想，便把我的怀表给了他。

男孩瞪大眼睛，生怕烫着似的，一只手捂住嘴，另一只手伸了出来。

“拿着，拿着，”我嘟哝着说，“这块怀表是我的，我把它送给你。你可以把它卖了，给自己买点……买点必需的东西……再见！”

我把怀表往他手里一塞，一溜烟儿跑回家去了。跑到家，我在我和达维德俩的卧室门外站了一会儿，缓口气，然后便向刚洗漱完毕、正在梳头的达维德跟前走去。

“你是否知道，达维德？”我尽可能用平静的声音开口说。“我把纳斯塔谢伊的怀表送给别人了。”

达维德瞅了我一眼，又梳理起鬓发来。

“真的，”我依然用一本正经的口气补充说，“我把它送给别人了。我正巧遇见一个男孩，他很穷，是个叫花子，我就给了他。”

达维德把梳子搁在盥洗台上。

“他可以把怀表卖了，得到些钱，”我继续说下去，“再给自己添样用得着的东西。反正他用钱就可以换到点东西。”

我不作声了。

“好呀！好事一桩嘛！”达维德终于开腔了，接着便朝书房走去。我紧随其后。

“如果别人问你：你把怀表搁哪儿了，你怎么说？”他回过头来对我说。

“我就说，我把它丢了，”我毫不在意地回答说。

那天我们俩再也没有谈到那块怀表的事。但我还是觉得达维德不仅赞同我，而且……某种程度上……甚至对我表示惊异。真的！

五

又过了两天。我们家里谁也没有发觉那块怀表不见了。父亲与他的一个委托人发生了一件很不愉快的事，因而他顾不上我，更顾不上我的怀表了。可是我老是在想这块怀表！甚至达维德的赞许……那种虚假的赞许也不能使我觉得宽慰。他没什么特别的表示：总共说了一次，而且是顺便说起，他没料到我会这么大胆。毫无疑问，这种捐赠毕竟使我遭受了损失，它抵不上虚荣心给予我的那种满足。

这时候好像故意这么安排似的，我遇到了一个熟悉的中学同学，他是城镇上医生的儿子。见到我，他就吹嘘起他祖母送给他的那块新表——不是银壳的，而是铜壳的表……

我终于忍不住了，有一天悄悄地溜出了家，开始寻找我给过怀表的那个要饭的男孩。

我很快找到了他：他正跟一些男孩在教堂门前的台阶上玩打拐子。我把他叫到一边，气喘吁吁、语无伦次地对他说，我家里人发现我把怀表送给了别人，正冲我大光其火呢。接着我说，假如他答应把怀表还给我，那我甘愿给他些钱……为备不时之需，我身上揣着一块伊丽莎白时代的古卢布，这也是我的全部个人财产。

“您的怀表不在我这儿了，”男孩用气冲冲的哭腔说，“我爸看见我这块怀表，就夺走了，还要用鞭子抽我一顿呢。他还说，这块怀表一定是在什么地方偷来的，否则哪个傻瓜会把怀表送给你呢？”

“你父亲是谁？”

“我父亲？ 他叫特罗菲梅奇。”

“嗯，他是个什么人？ 什么职业？”

“他是个打过仗的退伍士兵。他任何职业也没有，只是修修旧皮鞋，钉钉鞋掌。这就是他的职业。他就靠干这过日子。”

“你们家住在哪儿？ 你带我去找你父亲。”

“好吧，我带您去。您见到我爸，就说这怀表是您送给我的。要不然，他会责骂我个没完，老是叫我小偷、小偷的！ 母亲也会那样数落我：说我长得什么样子，贼头贼脑的？”

我跟这男孩朝他家走去。他的家是一座没有烟囱的小茅屋，坐落在一个早已毁于大火、后又未重建的工厂的后院里。我们碰见特罗菲梅奇及其妻子都在家。退伍“士兵”是身材高大的老头儿，身子干瘦、腰背笔挺，蓄着斑白的络腮胡子，下巴颏儿没刮过，脸颊和前额布满皱纹。他的妻子似乎显得比他老一点儿：一双红红的小眼睛眍在病态、浮肿的脸当中，神情忧郁地眨巴着。他们俩都用污黑的破布片当衣服披挂在身上。

我对特罗菲梅奇说明此事的原委，以及我的来意。他默默无言地听我说，那双呆滞的、神色紧张得简直就像士兵的眼睛一眨不眨地、目不转睛地盯着我。

“真不像话！”他终于低声说，因为一口牙齿掉光了，声音显得嘶哑而低沉。“难道品行高尚的先生会这么干吗？要是佩季卡确实没有偷过怀表，那我也要为此揍他一顿！让他知道不能耍弄少爷！要是他真偷了，那我就要狠狠地揍他！揍一顿！再揍一顿！再揍一顿！像近卫重骑兵团用军刀平着拍马匹一样，用军刀狠狠打他的背！有什么犹豫的！这算什么怪事？就怎么着？！要用短矛狠狠揍他们！瞧，竟干这样的事？！呸！”

特罗菲梅奇这最后一声“呸”是用假嗓子说出来的。显然，他还没弄清楚是怎么回事，有点摸不着头脑。

“如果您愿意把怀表还给我，”我向他解释……我不敢贸然地用“你”称呼他，尽管他过去是个普通士兵……“那么我情愿给您……瞧，这枚卢布。依我看，这块怀表再多只值这些钱。”

“嘿！”特罗菲梅奇低声说，依然摸不着头脑，可是仍按老习惯目不转睛地盯着我，好像我是他什么长官似的。“哎哟，究竟是怎么回事，啊？喂，你把这事讲讲清楚！……乌里扬娜，你住嘴！”他发现妻子正要开口插话，对她喊道。“瞧，这就是那块怀表，”他拉开桌子的抽屉，一边补了一句，“如果这块怀表确实是您的，那就请拿回去。干吗还要什么卢布？是不是？”

“拿着卢布，特罗菲梅奇，你这老糊涂，”妻子喊叫起来。“你这老家伙，真没脑子！ 我们手头连一个子儿也没有，你这会儿却死要面子！ 只是白白给你把辫子绞了，要不然，你真像个婆娘！ 怎么这么干——你什么也不懂……既然你想把怀表还给人家，那就把钱收下！”

“乌里扬娜，你住嘴，臭娘们！”特罗菲梅奇重复了一遍。“哪见过这情形——人家在谈话，老婆子却哇哇乱叫？ 嗯？ 丈夫是一家之主，她哪能多嘴多舌？ 佩季卡，你别动，不然我会打死你的！ ……拿去，怀表！”

特罗菲梅奇伸手向我递来怀表，但捏在手里不放。

他陷入了沉思，垂下脑袋，接着又用那凝视呆滞的眼神盯着我——突然扯开嗓门，大声喊叫起来：

“它在哪儿？ 那枚卢布在哪儿？”

“瞧，卢布在这儿。就是这枚，”我急忙说，一边从衣袋里掏出那枚硬币。

但是他没接，一直瞅着我。我把卢布放在桌上。这时他冷不丁把那枚卢布划拉到抽屉里，把怀表扔给我，随后向左转个圈，使劲跺了一下脚，对妻子和儿子吼道：

“滚，混蛋！”

乌里扬娜嘟囔着什么，可我已经跳到院子里，来到街上。我把怀表塞到衣袋的最下面，用一只手紧紧地捂着，奔回家去了。

六

怀表重又回到我手里，但是它没给我带来丝毫欢乐。我不敢把它带在身上：最要紧的是，得把我干的这事瞒住达维德。否则他心里对我会怎么认为？ 对我这种没有骨气的行为会怎么想呢？ 我要把这块遭到厄运的怀表锁在抽屉里也不行：我们的所有抽屉都是两人合用的。不得已有时把它藏在立柜顶上，有时放在褥子底下。有时却塞在炉子后面……但最后还是没能瞒过达维德！

有一天，我从我们房间里的一块地板下面取出怀表，想用麂皮旧手套擦擦怀表的银表壳。达维德到城里去了。可我怎么也料不到，他这么快就回来了……蓦地，他跨进门来！

我顿时惊恐万状，差点儿把怀表掉在地上。大惊失色的我满脸通红，把怀表在西装背心的口袋边蹭来蹭去，但怎么也塞不到衣袋里。

达维德瞧了瞧我，跟往常一样，沉默不语，莞尔一笑。

"你在干吗？"他终于低声说。"你以为我不知道怀表又回到你手里了吗？ 你拿回来的当天我就看见了。"

"我向你担保，"我开口说，几乎要掉眼泪了……

达维德耸耸肩。

"怀表是你的，你愿怎么办就怎么办。"

他说了这句冷酷无情的话，便走出屋去了。

我的心绝望了。这一次已经毫无疑义：达维德确实鄙视我！

我不能就此作罢！

"我要以实际行动让他看看，"我思忖着，接着咬紧牙关，迈开坚定的脚步，马上朝前厅走去。我找到我们家的侍童尤什卡，把怀表送给了他！

尤什卡起先不肯拿，但我向他解释，如果他不收下这块怀表，我就立时把它砸了，用脚踩了，把它弄得粉碎，扔到污水坑里去！ 他想了想，吃吃笑了起来，然后收下了怀表。我回到我们的房里，看见达维德正在看书，便把我刚才的所作所为告诉了他。

达维德两眼依然盯着书本，耸耸肩，暗自笑笑，又说：“这怀表是你的，你愿怎么办就怎么办吧。”

但是我似乎觉得，他已经不大鄙视我了。

我确信，我以后再也不会遭到别人指责，说我是个没有骨气的人了，因为这块怀表，我那可恶的教父送给我的这可恶的礼物，骤然使我对其厌恶到这种程度，以致我甚至怎么也弄不懂，当初我怎么会怜惜这块怀表，后来又怎么从一个完全有理由认为对我是慷慨大度的、名叫特罗菲梅奇的人手里死乞白赖地要回来！

又过了几天……记得其间有一个重大新闻传到我们的城镇上：保罗一世皇上晏驾了，他的儿子亚历山大登基，关于他宽大仁慈的美名一直在流传。这个消息使达维德激动万分，他立即想象到，他可能在近期内就要与父亲见面。我父亲也为此感到欣喜。

“现在所有流放者都将从西伯利亚放回来了，大哥叶戈尔想必也不会被忘了，”他一遍又一遍地说着，一边搓着手，同时好像有点胆怯似的不断地咳嗽。

我和达维德就此不再去干活，也不再去上学了。我们甚至都不外出溜达，老是坐在一个屋角里，推算着、猜想着：再过多少个月，多少个星期，多少天“大哥叶戈尔”一定回来了？给他写信应当寄到哪儿？回来时怎么迎接他？以后我们怎样生活？“大哥叶戈尔”曾经是个建筑师。我和达维德断定，他应当迁往莫斯科，在那里为穷人建造一大批学校，我们俩就当他的助手。不消说，我们把怀表的事完全抛在了脑后，再说达维德又有了新的操心事儿……关于这些事，以后会讲到。但是这块怀表却命中注定让我记住了它。

七

一天早上，我们刚吃完早饭，——我独个儿坐在窗口下边，在寻思大伯要回来了，因为已到了四月的解冻时节，外面一片明媚春光——突然普利赫里娅·彼得罗夫娜跑进屋来。她平时总是风风火火、坐立不安，说话尖嗓门，还老是摆着双手，这时候，她简直是冲着我跑来。

“快去！快去见你的父亲吧，少爷！”她爆豆子般地说。

“你在这儿还耍什么滑头，不害臊！瞧，这下有你们俩好看的！纳斯塔谢伊·纳斯塔谢伊奇把你们的恶作剧全抖搂出来了！……快去！你父亲叫你呢……立刻就去！”

我还没弄明白是怎么回事，便跟着姑母走去。我跨讲客厅的门坎，就看见父亲在大步地踱来踱去，头上一绺头发蓬起着。尤什卡眼泪汪汪地站在门口，而在屋角的椅子上坐着我的教父纳斯塔谢伊·纳斯塔谢伊奇——脸上露出幸灾乐祸的神情，鼻翼鼓起，两眼在冒火，乜斜着。

我刚进屋，父亲就向我冲过来。

“你把那块怀表送给尤什卡了吗？说呀！”

我瞥了尤什卡一眼……

“说呀！”父亲跺着脚又说了一遍。

“是的，”我回答，话音刚落，便挨了一记重重的耳光，这一记耳光打得我姑母心花怒放。我听见她发出咯咯声，仿佛喝了一口热茶。父亲又从我身边朝尤什卡跟前跑去。

“你这个下流坯，竟敢把人家的怀表当礼物收下，”他揪住他的头发，说，“你还把它卖了，你这个坏小子！”

正如后来我所了解到的那样，尤什卡由于天真无知，果真把我的那块怀表贱卖给隔壁的修表匠。修表匠把它挂在窗前。纳斯塔谢伊·纳斯塔谢伊奇从那儿路过，看见这块怀表，把它赎了回来，带到我们家来了。

不过，对我和尤什卡的质问并没有持续很长时间：父亲气喘吁吁，咳个不停，再说他天生不是个动辄发怒的人。

“小弟波尔菲里·彼得罗维奇，”姑母一看见（她当然有点遗憾）我父亲的火气已经消散，便低声对他说，“您别再生气了，不值得揍他们弄脏您的手。我倒提个建议：由于您的儿子竟如此拿别人的好心当驴肝肺，如果尊敬的纳斯塔谢伊·纳斯塔谢伊奇同意，那我就把这块怀表先收起来。因为您的儿子的实际行动证明，他不配带这块怀表，甚至都不懂它的价值，所以我要以您的名义把它赠送给另一个人，他对您的好意将会感激不尽。”

“送给谁？”父亲问道。

“送给赫里桑夫·卢基奇，”姑母支支吾吾地说。

“给赫里桑夫？”父亲重又问了一遍，接着摆了一下手，补充道：“我反正无所谓。随便，哪怕扔炉子里也行。”

他扣上敞开着的背心的扣子，走出去了，一边咳嗽得身子直抽搐。

“而您，亲爱的，同意吗？”姑母问纳斯塔谢伊·纳斯塔谢伊奇。

“我完全同意，”他回答。在整个“审讯”过程中，他坐在椅子上一动也不动，只是鼻子不时地发出轻轻的呼哧声，两手的手指尖发出轻轻的搓揉声，一双狐狸似的眼睛轮番不停地瞅瞅我，瞅瞅父亲，瞅瞅尤什卡。我们的尴尬局面着实使他高兴！

姑母的建议使我从内心深处感到愤慨。我并不怜惜这块怀表，但是我已经非常憎恨她打算把怀表赠送给他的那个人。他就是赫里桑夫·卢基奇，姓特兰奎利塔京，是个身材颀长、健康壮实的宗教学校的学生。他常常到我们家来——鬼知道来干什么！姑母说他是来“帮孩子们复习功课的”，但是他无法帮我们复习功课，因为他什么课程都不懂，蠢得像匹马。他确实有点儿像马：老是跺脚，好像马踩蹄子一样；笑起来不像笑，而像马在嘶鸣，张开一张大嘴，简直能看见喉咙；脸拉得长长的，鹰钩鼻，颧骨扁平而又阔大。他常常穿件面绒粗毛呢长外套，散发出一股生肉味儿。姑母非常喜欢他，夸他仪表堂堂，像个骑士，甚至称赞他像个近卫军军官。他有个习惯，老是用坚硬得如石头的手指甲弹小孩的额角（我小时候，他也弹过我），而且边弹边哈哈大笑，故作惊异地说：“你的脑袋发出的声音怎么这么响呀！看来是空的吧！”现在就是这个小子将要把我的怀表占为己有！怎么也不能让他拿去！我奔出客厅，爬上床，心里拿定了主意。这会儿我的一边脸颊由于挨了一记耳光而发烫、发红，而我的心里同样燃烧着不甘屈辱和复仇的欲望……无论如何也不能让他拿去！我不能让这个该死的家伙嘲弄我……他带上怀表，把表链悬在肚子上，会得意地大叫起来……决不能让他拿去！

“那么该怎么做呢？怎样才能不让他拿去呢？……”

我打定主意把怀表从姑母身边偷出来！

八

幸好，这时候特兰奎利塔京离城到什么地方去了，他最早过了明天才能上我们家来。必须趁黑夜干！ 姑母是不锁自己房门的，况且我们整幢住宅门上的锁钥匙都打不开了。可是她会把怀表藏在什么地方呢？ 天黑之前，她一直把怀表揣在衣袋里，并且不时地掏出来瞧瞧。可是到了夜里，她会把它搁到哪儿呢？ 哼，我一定要找到它，我挥动着拳头思忖。

我面对行将实施的、所期盼的犯罪行为，全身充满了勇敢、害怕和兴奋的激情。我不时地晃动着脑袋，皱眉蹙额，并低声地说："等着瞧！"我在威吓某个人，我显得凶狠，我成了危险人物……而且我要背着达维德！ 我打算干的事，不应该让任何人，甚至包括他，产生丝毫怀疑……

我要一人做事一人当！

那天白天过得很慢……好不容易到了入暮时分……终于夜晚来临了。我什么也不干，甚至竭力一动不动：这一念头像枚钉子牢牢扎在了我脑子里。吃午饭时，一贯不记恨的父亲（正如我说的），觉得自己当时发这么大的火有点过分——对十六岁的孩子是不能打耳光的，——试图对我表示亲热。但是我没理会他这种亲热的姿态，正如父亲当时所想象的，这倒不是我出于记仇，而只是生怕因此而心肠软下来：我必须充分保持复仇的劲头，既然拿定了主意，就要一往无前！ 于是我早早地躺下了，可是不消说睡不着，甚至眼睛都没合上。相反，我瞪着两眼——虽说我拉过被子蒙住头。我没有事先考虑好该怎么行动。我也没有任何计划。我只等候着家里的一切什么时候能终于沉寂下来。我只采取了一项措施：不脱长袜子。我姑母的房间在二楼。去那儿，得穿过餐室、前厅，再登上楼梯，走过一条小走廊——到那儿……右边就是她的房门！ ……进屋不需要拿蜡烛，或者拿着盏灯：在姑母的屋角里，神龛前面点着一盏长明灯，这我知道。也就是说，这样能看得见！ 我继续躺着，两眼瞪得大大的，张着发干的嘴唇。血在我两边的太阳穴里，在耳朵里，在喉咙里，在背上以及在我全身奔涌！ 我等候着……可是好像魔鬼在与我开玩笑似的：时间在慢慢过去……慢慢过去……而屋内还没沉寂下来。

九

这一天我似乎觉得达维德从来没有这么晚躺下睡觉……达维德，这个平常沉默寡言的达维德，甚至同我聊起天来！ 再说，家里从来没有像今晚这样老是笃笃笃响个不停，老是听到脚步声、喋喋不休的说话声！ “他们在闲扯些什么呀？”我寻思道，“好像从早到晚扯不完似的！”外面的嘈杂声也久久不绝于耳：时而一只狗刺耳地狺狺狂吠，时而一个醉汉在什么地方大发酒疯，喧闹个不停；时而不知哪扇门老是嘎吱嘎吱地响，时而一辆破旧的大车的轱轳辘辘地滚过，轱轳转动得很慢，仿佛不愿滚动似的！ 不过这些嘈杂声并不使我恼怒：恰恰相反，不知为什么，听到这些声音，我还真高兴哩！ 这些声音似乎分散了我过分集中的注意力。瞧，终于一切都归于沉寂了。只有我家餐室里的那只旧钟的钟摆单调而又神气地滴答滴答响着，还听到好像熟睡的人发出的匀称而又拖长的、粗重的呼吸声。我正打算欠起身来……可是又有什么东西发出窸窸窣窣的响声……接着蓦地又传来一声哎呀声……一样软乎乎的东西掉了下来——然后又听见一阵低语声，这低语声沿着墙壁传开去……

抑或这一切声音都不存在，只不过是我的想象，想象在耍弄我？

末了，一切又都沉寂下来：家中一片黑暗，深沉的黑夜来临了。到时候了！ 我先觉得浑身发凉，掀开被子，两脚放到地板上，站起身来……一步，两步……我蹑手蹑脚地走去。我两条腿很沉，觉得好像不是自己的，迈的步子软弱无力而又不稳。慢着！ 这是什么声音？ 有人在什么地方锯东西，或是在擦拭什么东西……或是在叹气？ 我侧耳谛听着……我的脸颊发麻，眼眶里噙满了冰凉的泪水……无所谓！ ……我又悄没声儿地走去。漆黑一片，但我认识路。冷不防我撞在一把椅子上……撞得有多响，撞得有多疼啊！ 椅子径直撞在我的小腿上……我停顿下来……是否把他们弄醒了？ 啊！ 管它呢！ 我突然变得大胆起来，甚至变得恶狠狠的。向前！ 向前！ 瞧，已经穿过餐室，已经摸到门了，接着门一下子推开了……该死的门上铰链吱吜响了起来……不去管它了！ 瞧，我已经登上楼梯……一步！ 两步！ 一步，两步！ 台阶在脚下咯吱咯吱直响。我忿恨地瞪着它——好像我能看清它似的。不一会儿，我伸手抓住了另一扇门的把手……这扇门可别发出响声啦！ 果然，一推，它悄没声儿地打开了，好像说：请进……于是我来到了走廊里。

在走廊上方，天花板下面，有一扇不大的窗户。一缕淡淡的光透过黑漆漆的窗玻璃照射进来。就凭着这蒙眬的亮光，我也能看见我们家的那个小使女睡在铺着毡子的地板上，两手垫在头发散乱的脑袋下面。她睡得死死的，呼吸急促，那扇性命攸关的门就在她头后边。我跨过毡子，又跨过使女……此后谁给我开的那扇门……我就不知道了。瞧，这下我到了姑母的房间。长明灯点在屋子的一角，床放在另一角，姑母戴着包发帽，和衣睡在床上，脸朝着我。她睡着了，一动也不动，甚至呼吸声都听不见。一阵轻风吹来，长明灯的火苗就微微摇曳。在整个房间，在姑母那纹丝不动的、蜡黄的脸上，阴影在晃动……

瞧，那就是怀表！ 它挂在床后边的墙上，紧挨着绣花枕头。多幸运啊！ 真好笑……一点儿也不能耽搁！ 但是这当口我背后响起轻盈而又急速的脚步声，这是谁呢？ 哦，没有人！ 是我的心在突突直跳！ ……我又朝前移动脚步……天哪！ 一只圆滚滚的颇大的家伙撞在我的膝盖下方……一下！ 又一下！ 我几乎要喊叫起来，害怕得险些跌倒。原来是我们家的那只大花猫，它弓着背，竖着尾巴，站在我面前。它倏地一下跳上了床——沉沉地、柔软地——然后转过身，蹲了下来，也不喵喵叫，模样像个法官似的。它一直蹲着，一双金黄色的眼珠盯着我。“喵！ 喵！”我几乎听不见地低声唤它。我拱着腰，从姑母上方探过身去，我已经抓着怀表了……她冷不丁欠起身来，眼睛睁得大大的……造物主哇！ 会出什么事呢？ ……但是她的眼皮颤动了几下，又合上了，嘴里含含糊糊地说了几句梦话，脑袋又落在枕头上了。

一分钟后，我又回到自己的房间，躺在自己的床上，两手捧着怀表……

我轻如绒毛般地疾步跑回来了！ 我是个好汉，我是窃贼，我是英雄，我兴奋得喘不过气来，我觉得身子发热，我感到喜悦——我真想立刻叫醒达维德，把一切讲给他听。可是，难以置信的是，我却沉沉睡着了，睡得死去一般！ 我终于睁开眼睛……屋里亮堂堂的，太阳已经升起来了。幸好，还没人醒来。我好像被开水烫着似的，一骨碌跃起身来，唤醒达维德，把事情的经过告诉了他。他听完后，微微一笑。“你知道吗？”末了，他对我说。“我们把这块讨人嫌的怀表埋入地里，让它的影子再也见不着！”我认为他的这个想法真是妙极了。不一会儿，我们俩便穿好衣服，往我们屋子后面的果园跑去——在一棵老苹果树下，用达维德的那把大刀，在春天松软的泥土上急急忙忙挖了一个深坑，把教父送给我的那件永远让人憎恨的礼物埋在坑里，叫它永远不落到令人厌恶的特兰奎利塔京手里！我们把土踩实，并在上面撒了一些碎石子，然后神不知鬼不觉地、神气地、得意地回到家，躺到床上，又睡了一两个小时——睡得有多么酣畅和甜美啊！

十

你们可以想象，第二天早上姑母一醒来，发现怀表不见了，吵闹得有多厉害。至今她那刺耳的喊叫声还在我耳边作响。“来人呀！有人抢东西啦！有人抢东西啦！”当时她如此尖声尖气地大叫，把全家人都惊动了。她简直像发疯，我和达维德只是暗暗发笑，露出了十分会心的笑意。“得让他们每个人都挨一顿鞭子！”姑母大声嚷嚷，“竟从我的头底下，竟从我的枕头下面把怀表偷走了！”我们作好一切准备，我们等待着灾难降临……可是出乎意料，任何灾难也没落到我们头上。最初，父亲确实大发雷霆，他甚至想去警察局报案。后来，大概昨天惩罚我的那件事使他厌烦了，他突然不再责骂我们，而是斥责起姑母来——这使她大为惊异！“普利赫里娅·彼得罗夫娜，您以及您那块怀表让我厌烦透了！”他大声喊道，“现在我再也不愿听到怀表的事了！您说，它不会是被魔鬼施了魔法才失踪的。这与我有什么相干？就算是它被魔鬼施了魔法失踪的吧！是从您身边被偷走的吧？哼，活该如此！纳斯塔谢伊·纳斯塔谢伊奇会怎么说？让您的那位纳斯塔谢伊奇见鬼去吧！除了干些卑鄙下流的勾当和令人厌恶的把戏之外，我看不出他有什么能耐。不许您再惹我心烦！听到了吗？”说罢，父亲砰的一声关上门，到自己的书房里去了。我和达维德起先不懂父亲最后几句话里所含的意思。后来我们才得知，正是那个时候我的教父搅了我父亲一件有利可图的案子，我父亲恨死了他。就这样，姑母的诡计泡了汤。她恼火透了，但又毫无办法。她只得用这种方式来出气：打我身边走过时，撇撇嘴，用尖厉刺耳的嗓音低声说："贼，贼，坏小子，骗子！"姑母的詈骂使我感到由衷的高兴。以后每当我经过屋后的那个果园，假装用若无其事的目光向埋着那块怀表的苹果树下扫去的时候，我的心里也是这般快活。要是达维德也在旁边，那我们就会有意扮个鬼脸，挤挤眼……

姑母想挑唆特兰奎利塔京来对付我，可是我向达维德求助。达维德直截了当地对这个强壮的中学生言明，如果他要找我麻烦，那他就用刀捅破他的肚子……特兰奎利塔京吓坏了。按姑母的说法，他像近卫兵和骑士，但他是个胆小鬼。这样，又过了五个星期……您是否以为，怀表的故事就这样结束了呢？ 不，故事没完。为了继续述说下去，在这里我必须引出一个新人物。为使大家了解这个新人物，我应当回过去稍稍说几句。

十一

我父亲长期一直与一个姓拉特金的退休公务员交往甚深，关系密切。拉特金是个瘸子，一个胆怯、举止古怪、穷困潦倒的人，正如俗话所说，是个傻呵呵的人。他像我父亲和纳斯塔谢伊一样，也干诉讼案子之类的事，所以也是私人"诉讼代理人"。但是他既没有堂堂的外貌，又不善辞令，而且缺乏自信，因而他不敢独自办案，往往和我父亲合伙干。他写得一手好字，熟谙各项法律条文，精通诉讼文体及官场文体的各种花哨说法。他和我父亲一起经办过各种案子，盈利同享，亏损共担，似乎什么也不能动摇他们的友谊。然而，这种友好关系竟然在一天之内永远破裂了。父亲与他的共事人彻底闹翻了。如果说拉特金用后来替代他的纳斯塔谢伊的方式抢走父亲一件有利可图的案子的话，那父亲对他的愤慨不会比对纳斯塔谢伊的愤慨更厉害——大概甚至还会轻点。可是拉特金出于一种无法解释、不可理解的心情——嫉妒和贪得无厌，也许一时出于诚实的本能，“坑了”我父亲，把我父亲出卖给了他们共同的当事人，一个年轻的富商。这么一来，这个大大咧咧的年轻商人有了察觉，看出案子个中鬼把戏，使我父亲丧失了本来肯定会得到一笔数目可观的好处。主要倒不在于金钱的损失，尽管这笔数目很大。问题不在这里！问题在于这种背叛行为伤害了父亲的感情，使他不由得怒火中烧！父亲不能原谅他这种两面三刀的行为！

“瞧，他倒成了个圣人！”他说，气愤得浑身索索发抖，牙齿打战，就像发疟疾似的。那时我正好在场，在屋里，目睹了这场不光彩的闹剧。“好吧！从今天起——阿门！当然，这只是我们俩之间的事。现在你给我滚吧！以后我不会上你那儿去，你也别来找我！你比起我们来太正派了，我们哪敢与你合伙做事！你终究会不得好死！”拉特金向我父亲深深地鞠躬，恳求原谅，但是白费。他竭力解释他心中充满了痛苦和迷茫，结果也枉然。“波尔菲里·彼得罗维奇，要知道我自己并没得到任何好处，”他嘟嘟囔囔地说，“要知道，我把自己本人也坑了！”父亲依然心肠铁石……从此，拉特金再也没有来过我们家。看来，命运有意证明我父亲最后一句冷酷无情的诅咒是正确的。他们俩散伙后不久（这事发生在我的故事开始前的两年），拉特金久病的妻子真的死了。他的小女儿、三岁的孩子由于受惊吓，一天内便失聪了：一窝蜜蜂叮住她的头。拉特金本人患了中风，陷入一贫如洗的境地。甚至难以想象，他是怎样勉强过日子的，是靠什么活下来的。他住在离我们不远的一座半已倒塌的破屋子里。他的大女儿拉伊萨跟他住在一起，尽可能为他做些家务。这个拉伊萨正是我下面故事中一位应当引出的新人物。

十二

在她父亲与我父亲交情甚笃的时候，我们时常见到她。她有时整天待在我们家里，用她那双纤细、灵巧、利索的手或者缝衣服，或者纺线。她是一个身材匀称、但稍显瘦削的姑娘，一张苍白的瓜子脸上有一一双聪慧的褐色眼睛。她言语不多，但说起来很有见地，嗓音细柔而又清亮，嘴唇几乎不张开，牙齿不外露。她笑的时候——这是少有的，而且笑的时间从来不会很长——才会蓦然露出两排扁桃仁似的洁白的大牙齿。现在我还记得她那轻盈而又矫健的步态，走一步都会轻轻跳跃一下。她走在平地上，我也会觉得她在下楼梯。她总是身腰挺得笔直，两手交叠在胸前。她无论干什么活儿，也无论要着手干什么活儿——哪怕是穿个针眼，或者用熨斗烫裙子——她的姿势总显得那么优美，总有点那么……您简直不会相信……那么动人心魄。她的教名叫拉伊萨，但我们都管她叫黑嘴唇：在她的上唇有一颗天生的黑痣，犹如她刚吃了黑莓果。但这无损于她的美丽，恰恰相反，更使她的脸楚楚动人。她比达维德正好大一岁。我对她怀有一种敬意，可是她同我少有交往。然而达维德与她之间产生了友情——不是孩子之间那种友好，而是奇特的、诚挚的友谊。他们似乎情投意合，心心相印。他们俩在一起，有时竟一连几小时不说一句话，但各人都感到内心十分愉悦，因为正是他们俩能待在一起才感到身心十分愉快。说真的，我没遇见过像她这样出色的姑娘。她既有执著专注、刚毅果断的性格，又有真挚、忧伤的可爱之处。我没有听到她说过聪慧过人的话，然而我也没有听到她说过庸俗无聊的话，但她那双聪明的眼睛却是绝无仅有的。我们两家的关系破裂之后，我就难得见到她了。我父亲严格禁止我去拉特金家串门，她也不到我们家来了。但是我经常在大街上、在教堂里碰见黑嘴唇，她依然使我对她怀有崇敬之情，甚至使我对她产生了与其说是怜悯，倒不如说是惊异。她极为坚强地经受住了这种不幸。“刚强的姑娘，”一天特兰奎利塔京自己冒冒失失地这么说她。可是说真的，应当可怜她：她的脸色显得那么心事重重、疲惫不堪，眼窝深深地凹陷下去——力不胜任的重负落到她年轻的肩膀上。达维德见到她的次数比我要多得多。他常到他们家去。父亲不再管他了，知道达维德终究不会听从他。拉伊萨也时常来到朝着胡同的我们家花园的篱笆跟前，在那里跟达维德相会：她来见他，不是来跟他倾谈，而是告诉他家里又出现什么新的困难，或是新的灾难，请他出出主意。拉特金中风后手脚瘫痪，他的症状相当奇特。他手和脚虽然瘫痪了，但是还管用，甚至他的大脑思维也很正常。就是说话舌头打滚，颠三倒四：得费心猜测他要说什么。

“……嚁——嚁——嚁，”他费劲地讷讷不出于口。他要说话，开口就是嚁——嚁——嚁。“拿把剪子给我，剪子……”他说是要剪子，其实要的却是面包。他现在竭尽全力地痛恨我的父亲，他把自己的一切不幸都归咎于我父亲的诅咒，他有时管我父亲叫卖肉的，有时叫钻石匠。“嚁，嚁，你千万别去找卖肉的，瓦西利耶夫娜！”他用这个教名称呼女儿，而他的名字叫马丁尼扬。他一天天变得挑剔，他的需要在不断增长……怎么样满足他的需求呢？ 到哪儿去弄钱呢？ 悲愁使人加速衰老。但是听到从十七岁的姑娘口中说出那些话，确实让人揪心。

十三

记得，就是拉伊萨母亲去世的那一天，她跟达维德在我家院子的篱笆跟前谈话，我正好在场。

“今天一清早我母亲去世了，”她首先用那双乌黑的、富有表情的眼睛打量了一下四周，接着愣愣地瞧着地上，说，“厨娘要去买一口价钱便宜的棺材。可是她这个人靠不住，也许她会把买棺材的钱喝酒喝光的。你最好能来看看，达维杜什科[1]：她怕你。”

“我就去，”达维德说，“去看看……你父亲怎么了？”

“老是哭。他说：‘你们把我也一起埋葬了吧。’这会儿他睡着了。”拉伊萨突然深深地叹了一口气。“哎呀，达维杜什科，达维杜什科！”她一只手半握成拳头捶自己的脑门子和眉宇间，这动作显示出她内心十分痛苦……但又十分真诚，十分优美，就像她的其他各种动作一样。

“但是你得怜惜自己，”达维德说。“看样子，夜晚你压根儿没睡。光哭有什么用？ 哭解不了愁啊。”

“我可没工夫哭，”拉伊萨回答说。

“哭，这是有钱人家娇惯养成的，”达维德说。

拉伊萨要走了，但又掉转身来。

---

① 达维杜什科及下面的达维德卡均为达维德的小称。

“你要知道，有人上我们家来，要买那块黄披肩，那原是母亲的陪嫁。只肯出十二卢布。我嫌少。”

“嗯，是少点。”

“我们本来不愿卖的，”拉伊萨沉默了片刻，喃喃地说，“可是丧葬需要花钱呀。”

“嗯，是需要花钱。可是也不能浪费钱哪。那些牧师简直糟透了！就这样，等会儿我就去。你要走吗？我很快就去。再见，亲爱的！”

“再见，好兄弟，亲爱的！”

“你可别再哭了！”

“哪还能哭呢？回到家，要么做饭，要么哭。两者只能选择一样。”

“怎么，她还要做饭？”拉伊萨刚离去，我就问达维德，“难道是她自己做饭吗？”

“你刚才没听她说：厨娘去买棺材了。”

“她做饭，”我心里想，“她的一双手总是那么干净，衣服也那么整洁……我想去瞧瞧，她在那儿，在厨房里是怎么……真是个不同寻常的姑娘！”

我还记得“在篱笆边”的另一次交谈。这一次拉伊萨把她的聋哑妹妹带来了。她是一个非常秀丽的小姑娘，长着一双露出惊异神色的大眼睛，脑袋不大，却长了一头无光泽的黑发（拉伊萨的头发也很黑，但也无光泽）。那时拉特金已经瘫痪了。

“我不知道怎么办，”拉伊萨开口说。“医生开出药方，得去药房配药，可是我们家的雇工（拉特金还有一个农奴）从乡下给我们送来些劈柴和一只鹅。而看院子的来夺走了。他说：‘你们还欠我的钱呢。’”

“鹅夺走了吗？”达维德问。

“没有，鹅没夺走。他说：‘这只鹅已经老了，没有多大用处了。所以那个乡巴佬才送给你们。’他把劈柴都拿走了。”

“他没有权利这么做！”达维德大声喊道。

“他是没有权利，可是拿走了……刚才我到我们家的阁楼上去，那里放着一只十分陈旧的大箱子。我在箱子里翻了翻……你瞧：我发现了什么！”

说着，她从三角头巾里拿出一架很大的望远镜，望远镜的镜筒是铜制的，上面贴着一层发黄的山羊皮。达维德作为一个收藏爱好者，熟识各种收藏品，他立刻抓起了望远镜。

“英国货，”他时而把望远镜搁到一只眼睛前面往里瞧瞧，时而又移到另一只眼睛前面往里望望，一边说。“航海用的！”

“望远镜的镜片也完好无损，”拉伊萨接下去说。“我拿给父亲看。他说：‘拿到钻石商人那里去抵押吧！你认为怎么样？用它抵押，会给我们多少钱？要不，这个望远镜对我们有什么用处？难道我们还要照镜子，瞧瞧自己是什么样的美人儿？真可惜，我们连镜子也没有。’”

说到这儿，拉伊萨突然纵声笑了起来。她的小妹妹自然听不见她说的话，但想必感觉到姐姐的身子在颤动：她挽着拉伊萨的胳膊。这时她抬起一双大眼睛盯着姐姐，小脸儿令人害怕地抽动着，两眼泪水盈盈。

“她总是这样，”拉伊萨说，“她不喜欢人家笑。”

“好吧，我不笑了，柳博奇卡，我不笑了，”拉伊萨补了一句，然后急忙在小妹妹身边蹲了下来，伸手抚摸她的头发。“你看见了吗？”

拉伊萨脸上的笑容顿然消失，嘴角特别可爱地向上翘起的嘴唇又闭上不动了。小妹妹安静下来了。拉伊萨站起身来。

“达维杜什科，望远镜抵押的事……就请你帮一下忙了。要不，那些劈柴可惜了——那只鹅也可惜了，不管它有多老！”

“一定能换十卢布，”达维德说，一边把望远镜翻来覆去地看个不停。“我把它买下了……这不更好吗？ 我有十五戈比，你先拿着去药房配药……够吗？”

“这钱算是我向你借的，”拉伊萨从他手里接过十五戈比，低声说。

“你还当真！ 你还想归还利息？ 瞧，抵押品在我手里了。一件极贵重的东西！ ……头等的民族——英国人。”

“据说，我们将与他们打仗？”

“不，”达维德回答，“我们现在正与法国人交战。”

“嗯，你知道得很清楚。那就请你帮忙了。再见，先生！”

十四

没多久，在那个院子的篱笆跟前他们又进行了一次交谈。看起来，拉伊萨显得比平时更忧心忡忡。

“一棵圆白菜要五个戈比，而且还是‘小不点儿的’……”她一只手托着下巴颏儿，说。“瞧，多贵啊！ 可是给人家缝缝补补的工钱还没拿到。”

“谁欠你的？”达维德问。

“还是那个住在土围子外面的、做买卖的女人呗。”

“就是那个常穿绿外套的胖女人吗？”

“是的，是她。”

“哦，这个胖女人！她肥得快喘不过气来了。她去教堂，身上发出的汗臭简直把人熏得够呛。欠人家的钱却不给。”

“她会给的……但不知什么时候给。达维杜什科，我还有新的麻烦事。父亲忽而想把他的梦讲给我听。你知道，他本来说话就口齿不清，含含糊糊，颠三倒四。平时他说的关于吃的或生活用品之类的话，我们听惯了，能听懂。现在他要讲梦，思维正常的人的梦都无法理解，他要说梦，那简直是灾难！他说：‘我很高兴，今天我一直在一群白鸟中间转悠。上帝送给我一束花，而花束中有拿着小刀的安德留莎。’他管我妹妹一直叫安德留莎。他还说：‘现在我们两人的身体都会健康起来。但是得用小刀这么划拉一下！就这么着！’说着，他用小刀在脖子上比划了一下。我听不懂他的话，就说：‘好吧，亲爱的，好吧。’他很生气，想给我解释他的意思。他甚至气得流泪了。”

“你可以随便应付几句，”我插言道，“胡扯几句也行。”

“我不会扯谎，”拉伊萨两手一摊，说。

确实，她不会扯谎。

“不需要扯谎，”达维德说，“也不应当折磨自己。要知道，你这么做，没人会向你道谢的。”

拉伊萨凝视着他。

“达维杜什科，我想问你：штоп[①] 这个词怎么写？”

“哪个 штоп？”

① 俄语连接词，意为：为了，以便。正确的拼写应是 чтобы。

“比如说：我希望你能活下去。”

“那你就这么写：ш—т—о—б—ы!”

“不对，”我插言道，“头一个字母不是 ш,□ □ ч!”

“反正一样，那就写 Ч 吧！ 重要的是你自己要活下去！”

“我只想把这个词写正确，”拉伊萨说，脸微微泛红了。

她脸一红，面容顿时变得异常的美。

“写好字会有用的……我父亲当年字写得有多……好！ 他也教我写字。唉，现在他甚至连字母也认不得了。”

“我希望你能好好活着，”达维德压低嗓音，目不转睛地望着她，又说了一遍。拉伊萨匆匆瞥了他一眼，脸更红了。“你要好好活着……而写字嘛……随你怎么写都无所谓……见鬼，巫婆来了！ （他管我的姑母叫巫婆。）什么风又把她吹到这儿来了？ ……你快走吧，亲爱的！”

拉伊萨又瞧了达维德一眼，就跑开了。

达维德极少而且不大乐意跟我谈拉伊萨及其家庭的事，尤其是从他盼望父亲快回来的那时候起。眼下他只想念父亲，只考虑我们以后怎么生活。他对父亲记忆犹新，对我描述起他来尤为高兴。

“他身材魁梧，强壮有力，一只手能举起十普特①的东西……他喊一声：‘嗨，小伙子！’——整幢屋子都能听见。他是一个和蔼可亲、心地善良的人……而且是条好汉！ 他见谁都不胆怯。我们还没遭受劫难的时候，我们的日子过得很富足！ 据说，现在他的头发全白了，以前跟我一样，是一头火红色头发。他是个大——力——士！”

① 旧俄重量单位，一普特等于 16.38 公斤。

达维德怎么也不能设想，他跟我们今后仍留在梁赞。

“你们当然可以走，”我说，“我嘛，只能留下了。”

“胡扯！ 我们带你一起走。”

“那我父亲怎么办？”

“把你父亲撇下。你不撇下他，你会毁了的。”

“这怎么会呢？”

达维德没有回答我，只是皱起他那淡淡的眉毛。

“瞧，我跟父亲一定会走的，”他又开口说，“他一定会给自己找到一份好差使，我很快要结婚……”

“哦，这还不会那么快吧，”我说。

“不，为什么不会快呢？ 我很快就要结婚。”

“你？”

“是的，是我。那又怎么？”

“那你有没有对象呢？”

“当然有啰。”

“那她是谁呀？”

达维德莞尔一笑。

“你怎么这么没脑子！ 不消说，是拉伊萨呗。”

“是拉伊萨！”我惊异地重复道。“你在开玩笑！”

“兄弟，我不会开玩笑，也不喜欢开玩笑。”

“要知道，她比你大一岁呢！”

“这有什么？ 不过现在不谈这个。”

“让我再问一句，”我低声说，“她知道你打算娶她吗？”

“想必知道。”

“你一点儿也没向她坦露过？”

“眼下怎么坦露？ 到时候，就对她说。好吧，现在不谈了！”

达维德站起来，走出屋去。剩下我独自一人，我心里想啊……想啊……终于得出结论，达维德的所作所为很有头脑，很讲实际。我甚至为有这么一个务实的朋友而感到荣幸。

而一直穿着黑色羊毛连衣裙的拉伊萨，在我看来突然变得妩媚起来，她理应得到忠诚的爱情！

十五

达维德的父亲一直没回来，连信都没有来。六月将尽，夏季早已来到。我们等得极为厌倦了。

这时候听说拉特金的病情突然大大地加重了，他的一家眼看就要饿死，不然，他家的屋子倒塌了，一家人也会被压在屋顶下面。达维德听到这个消息连脸色都变了，他变得恶狠狠的，愁眉不展，让人都不敢接近他。他更频繁地往外跑。我压根儿碰不到拉伊萨了。她偶尔打远处闪现，倏地穿过街道，步态轻盈优美，身腰像箭一样笔直，缩紧着两条胳臂，长长的眉毛下镶嵌着一双乌黑、聪慧的眸子，苍白、可爱的脸上流露出忧心忡忡的神色——这就是我所见到她的一切。姑母以她的那位特兰奎利塔京做靠山，又像从前那样老是训斥我，老是在我耳边嘀嘀咕咕指责我说：“家贼，一个大少爷，家贼！”但是我不理睬她。父亲忙得不可开交，一头扎进了事务堆，东奔西跑，抄抄写写，家里的事一点儿也不管了。

有一天，我打那棵熟悉的苹果树跟前走过，习以为常地又朝那个老地方睨视了一眼，蓦地，我似乎觉得覆盖着我们那个宝物的泥土表层好像有点异样……好像原先凹陷的地方出现了一堆土，上面撒的碎石子也已经变了样！“这是怎么回事？”我心里想。“难道有人探听到我们的秘密，把怀表挖走了？”

得亲眼去查实一下这件事。对这块埋在土里早已生锈的怀表，我自然不会有丝毫眷念之情，但我也不允许别人占有它！于是第二天拂晓时分，我就起身了，拿了把小刀，朝花园走去。找到苹果树下作有记号的地方，我便动手挖起来。挖了几乎有一俄尺深的坑，也不见怀表的影子，我敢肯定怀表失踪了，一定有人拿去了，偷走了！

然而，谁干的呢……除了达维德，还有谁？

除了他，还有谁知道这块怀表埋在这儿呢？

我填好坑，回家了。我感到深受屈辱。

“想必，”我思忖，“达维德需要这块怀表，用它去换钱，来解救他的未婚妻或她的父亲免于饿死……不管怎么说，这块怀表还值点钱……那为什么不来找我直说：‘兄弟！（换了我是达维德，一定会这么说）兄弟！我需要一笔钱，但是我知道你也没有，你就让我把咱俩一起埋在老苹果树下面的那块怀表取走吧。这块怀表埋在那里对谁也不会带来好处，让我拿去，我将会对你感激不尽的，兄弟！’他这么说，我会欣然同意的！但是他偷偷地、背信弃义地干，太不信任朋友了……不！不管情况多么紧急，不管当时多么需要钱，对这种行为决不原谅！”

现在我再说一遍，我受了极大的屈辱。我开始显露出冷淡、气冲冲的模样……

可是达维德并不是那种感觉敏锐、一有事就忐忑不安的人！

我也向他暗示……

但是达维德似乎丝毫不懂我的暗示！

我当着他的面说，一个人与人交朋友，甚至懂得友谊这种神圣感情的全部含义，但不具备豁达大度的品性，做事老是施展诡计，这号人在我眼里简直是卑鄙小人；好像什么事都能瞒得住似的！

说最后一句话时，我发出了鄙夷的嘲笑。

然而达维德把这些话都当作耳边风，一句也没听进去！

末了，我直截了当地问他：我们那块怀表埋入泥土里之后，它会继续走一阵子呢还是马上会停下来，对此他是怎么认为的？

他回答我说：

“鬼知道它会怎么样！ 去想它干吗？！”

对他的话，我不知该怎么认为。显而易见，达维德有心事……但不是偷走怀表的事。后来一件意想不到的事证明他是无辜的。

十六

有一天我走一条小巷回家，通常我避开走这条巷子，因为我的敌手特兰奎利塔京居住的那间厢房就坐落在那里。但这一回命运却把我带到了那里。走过一家小饭馆关着的窗户底下，我突然听到我们家的仆人瓦西里的嗓音。他是一个放肆的年轻人，照我父亲的说法，是个十足的“懒汉和二流子”，但是他在女人面前能说俏皮话，能翩然起舞，会弹托尔班琴[①]，因而能征服她们的心，在这方面他也算是个老手。

---

① 俄国一种民间拨弦乐器。

“你想想，他们干了些什么！”瓦西里说，虽说我看不见他，却能十分清晰地听到他的声音。这会儿他大概坐在窗口，跟伙伴在喝茶——有些人喜欢关在屋里高谈阔论，却没想到他们的每一句话每一个过路人都听得真真切切，这是常有的事。“他们干了些什么？把一块怀表埋在了土里！”

“胡说！”另一个嗓音嘟囔着。

“我对你说，我们家的两个小少爷可不同寻常！特别是那个达维德卡……真是个狡诈的人。那天天刚蒙蒙亮我就起床了，走到窗口……往外一瞧：竟有这种奇怪的事！……我们家那两个小少爷拿着那块怀表朝花园里走去，走到一棵苹果树下，挖了一个坑，就把怀表扔在里面，像扔一个死婴似的！随后又把土坑填平了。真的，这是两个郎当公子干的！”

“啊，活见鬼了！”瓦西里的交谈者说。“这么说，他们富得流油了。那后来又怎么样？你去把它挖出来了吗？”

“当然，挖出来了。它现在在我手里呢。不过只是眼下还不能拿出来。由于这块怀表，家里闹腾得够厉害的。这块怀表是达维德那天夜晚从我们家那个老太太的脊骨底下拿走的。”

“噢——噢！”

“我对你说，他是个天不怕地不怕的人。所以眼下还不能拿出来。等军官们来了，我就把怀表卖给他们，要不，拿它去作赌注。”

至此，我不再听下去了，拔腿飞快地跑回家，径直跑到达维德跟前。

“哥哥！”我开口说，“哥哥！请原谅我！我对不起你！我曾经怀疑过你！我错怪了你！你瞧，我现在有多后悔！请原谅我！”

“你怎么啦？”达维德问道。“说说明白！”

“我曾经怀疑你，认为是你把那块怀表从苹果树下面挖走的！”

“又提起那块怀表了！难道它不在那里了吗？”

“不在那里了。我以为你拿走了，去接济你的熟人了。可这事儿是瓦西里干的！”

于是我把在小饭馆窗户下听到的一切全告诉了达维德。

现在我真不知道该怎样描述我当时的惊愕！我自然认为，达维德听了会气愤。可我万万没有料到他会如此忿怒！我话音刚落，他就暴跳如雷，怒不可遏！过去达维德对所有这类事一直不屑一顾，照他的话说，玩表是“小儿科”，而且他本人不止一次地说，这块怀表不值一只鸡蛋。现在他听到这话，霍地跳了起来，两眼冒出了火光，牙齿咬得格格响，握紧了双拳。“不能就此作罢！”末了，他说。“他怎么敢把别人的东西占为己有？等着，我要给他点厉害瞧瞧！我不会饶了这小偷！”说实话，至今我也不明白达维德怎么会发这么大的火：是否他本来对瓦西里就有气，这一次瓦西里的所作所为只不过使他火上加油，还是我对他的怀疑损害了他的名誉？——我说不上来。可是我从来没见过他如此激愤。我张口结舌，木然站在他面前，看到他这么沉重地喘着粗气，只觉得惊讶不置。

“那你打算怎么办？”我终于问。

“等午饭后父亲躺下，那时你等着瞧。我一定会找到这个好嘲笑人的家伙！我要教训他一顿！”

“嗯，”我心里想，“我可不愿处在那个‘爱嘲笑人的家伙’的地位上。会出什么事情呢？我的老天爷啊！”

十七

后来发生的事情是这样的。

刚吃过午饭，家里就出现一片昏沉沉的、闷热的寂静，这种寂静宛如暖乎乎的绒毛褥子，至今笼罩在俄罗斯家庭和在晌午吃过美味佳肴的俄罗斯人身上。这时候达维德（我揪紧着心跟着他）来到仆人的屋子，把瓦西里叫出来。那小子起先不肯走，但最后还是服从了，跟着我们朝花园走去。

达维德紧靠他的胸站着。瓦西里比他足足高出一头。

"瓦西里·捷连季耶夫！"我的伙伴用坚定的声音开腔道，"六个星期前，你就是从这棵苹果树下挖走了我们埋藏在这儿的一块怀表。你没有权利这么做，这怀表又不属于你的。马上把怀表交出来！"

瓦西里发窘了，但马上恢复了平静。"什么表？您说什么？上帝保佑！我那里什么表也没有！"

"我能证实我说的话，你可别撒谎。怀表在你那里。快交出来！"

"我那里没有您的怀表。"

"可你在小饭馆里是怎么……"我刚开口，达维德就阻止我说下去。

"瓦西里·捷连季耶夫！"他低沉地厉声说。"我们确切知道怀表在你那里。现在老实对你说：快把怀表交出来。如果你不交……"

瓦西里厚颜无耻地冷笑了一下。

"那你们又能拿我怎么样？嗯？"

"怎么样？我们俩要跟你干一仗，不是你赢就是我们赢。"

瓦西里讥笑起来。

“干仗？ 这可不是少爷们干的事！ 能跟一个奴仆干仗吗？”

达维德猛地抓住瓦西里的背心。

“我们不用拳头与你较量，”他说，牙齿咬得格格响，“你听明白了！ 我给你一把刀，我自己拿一把……我们不妨瞧瞧：谁能赢得了谁？ 阿历克谢！”他吩咐我，“快跑去把我的那把大刀子拿来，你知道刀柄是骨制的那把——搁在桌子上，另一把在我衣袋里。”

瓦西里一下子呆住了。达维德仍抓住他的背心。

“行行好吧……行行好吧，达维德·叶戈雷奇，”他嘟嘟哝哝说，甚至泪水夺眶而出，“您这要干什么？ 您要干什么？ 放了我吧！”

“我不会放了你，也不会饶了你！ 你逃得了今天，却逃不了明天。阿廖什卡！ 刀子在哪儿？”

“达维德·叶戈雷奇！”瓦西里号哭起来，“别杀我……这究竟是怎么回事？ 那块怀表……我确实是……我是闹着玩的。我马上把怀表拿给您。何必要这样呢？ 一会儿捅破赫里桑夫·卢基奇的肚皮，一会儿又对着我来了！ 放了我吧，达维德·叶戈雷奇……让我去把怀表拿来给您。但不要告诉您父亲。”

达维德松了手。我瞥了一眼他的脸：的确，瓦西里是要吓坏了。这张脸是那样阴沉、冷漠、凶狠。

瓦西里急急地跑进屋去，不一会儿一手握着怀表跑回来。他一声不吭地把怀表交给了达维德，便转身跑回屋去，刚进门，就大声喊道：“呸，真想不到！”

他面无人色，十分狼狈。达维德摇了摇头，走进我们的屋子。我又跟他走去。“苏沃洛夫！ 地地道道的苏沃洛夫！”我暗自思忖。那时候，一八〇一年，苏沃洛夫是我们的头号民族英雄。

十八

达维德随手关上门，把怀表放在桌上，两手交叠在胸前——嗬，怪了！——他笑了起来。我瞅着他，不禁也笑出声来。

“这玩意儿多么令人奇怪！”他开腔道。“我们怎么也摆脱不了这块表。真的，它好像施了魔法似的。可是我为什么突然生这么大气呢？”

“是的，为什么呢？”我重复道。“你本来可以让怀表留在瓦西里手中……”

“不，”达维德打断我的话。“这不行！但是我们现在怎么处置这块怀表呢？”

“是呀！怎么处置呢？”

我们俩怔怔地瞧着怀表——又陷入了沉思。这块饰有天蓝色串珠（这串珠是倒霉的瓦西里的，他匆忙中没来得及解下拿走）的怀表仍安然地嘀嗒嘀嗒走着——说真的，这嘀嗒声与寂静的气氛有点不协调，——慢慢地移动着它那根铜制的分针。

“要不我们把它重新埋藏起来？或者扔进炉子里烧了？”末了，我建议说。“或者还是这样：把它送给拉特金得了？”

“不，”达维德说。“都不行。就这么办：省办公厅属下成立了一个委员会，专事募捐赈济卡西莫夫城遭受火灾的人们。据说，卡西莫夫城烧了个精光，所有教堂都成了废墟。传说，那里什么东西都接收：不只是接收粮食和钱，各种实物都接收。我们就把这块怀表送到那里去！

好吗？”

“行！ 行！”我附和道。“绝妙的主意！ 但是我看，你朋友家里十分穷困……”

“不，不，还是送到赈灾委员会去！ 拉特金家没这块表也能过得去。还是送到赈灾委员会去！”

“好吧，一定要送到赈灾委员会去，那就送去吧。不过我认为，得给省长写点什么附上。”

达维德瞅了瞅我。

“你这么认为吗？”

“是的。当然不必写很多。写几句就行。”

“比如写什么？”

“比如……开头可以这么写：‘由于’……或者还是这样：‘出于同情之心’……”

“‘出于同情之心，’……很好。”

“接下去得写上：‘尽我们绵薄之力……’”

“‘绵薄之力’……也很好嘛。好吧，去拿笔，快写吧！”

“我要先拟个草稿，”我说。

“好吧，拟个草稿。只要动手写，写……这会儿我用白粉擦一擦怀表。”

我拿了一张纸，修好羽笔。然而，我还没来得及在纸的上端写下：“公爵大人阁下”（那时我们的省长是X．公爵），突然我们家里掀起一阵不寻常的吵闹声，使我大吃一惊，于是我搁下笔。达维德也听到这阵喧闹声，左手举着怀表，右手拿着蘸着白粉的破布，停了下来。我们俩互使了一下眼色。多么刺耳的喊叫声！ 这是姑母在尖叫……可是另一个声音呢？ 那是父亲由于发怒而嘶哑的嗓音。“怀表！ 怀表！”有人在吼叫，听来很像是特兰奎利塔京的声音。随后传来噔噔噔的脚步声、地板咯吱咯吱的响声，一大群人跑来……径直朝我们这里飞奔而来。我吓得要命，达维德也吓得面如土色，但沉住气，静观事态的发展。“瓦西里这个卑鄙小人把我们出卖了，”他从牙缝里低声说……门一下子推开了……父亲穿着长袍，没系领带，姑母还披敷粉时用的披巾，还有特兰奎利塔京、瓦西里、尤什卡，另有一个男孩以及厨子阿加皮特——一下子全冲进屋来。

“两个坏蛋！”父亲喊叫着，几乎喘不过气来……“我们终于逮着你们了！ ……”他看见达维德手里拿着怀表，便吼叫道：“把表拿来给我，快给我！”

然而，达维德一句话也不说，倏地窜到窗口，然后从敞开的窗户跳到院子里，不一会儿就跑到了街上！

我已习惯于处处仿效达维德，这时我也跳了出去，跟着他跑去……

“逮住他们！ 逮住他们！”我们身后响起一片粗野、混乱的喊声。

我们俩都没戴帽子，在街上飞奔，达维德跑在前面，我离他几步远，紧随其后，而我们后面则是一片杂沓的脚步声和追赶的喧哗声！

十九

从此事发生到现在，已过去许多年。其间，我不止一次地想起它，至今我弄不明白，为什么当时父亲大发雷霆，而不久前他还不许当他的面提起那块令他生厌的怀表。我也弄不懂，为什么达维德听到怀表被瓦西里偷走竟如此怒火中烧！ 我不由自主地想到，这块怀表必定蕴藏着某种神秘力量。其实瓦西里没有出卖我们，并不像达维德认为的那样，当时他也顾不了这些：他害怕得不得了。只不过是我们家的一个使女正好看见他手里拿着块怀表，便马上报告了姑母。于是引起了一场轩然大波。

我们就这样在街上，在街中心飞跑。一路上遇到的行人都驻足看着我们，或者纷纷退让到一边，对我们觉得莫名其妙。记得，当时有一位退役的准少校，赫赫有名的猎手，出人意料地从他住宅的窗户里探出身来——他脸膛紫红色，身子肥胖沉重，乌溜溜乌溜溜地拼命叫着，嗾使猎狗追赶我们！ “站住！ 抓住他们！”这喊声一直在我们身后炸响。达维德一边跑，一边把怀表举在头顶上挥动着，偶尔还纵身跳跃一下。我也跳跃着奔跑，他跳一下，我也跳一下。

“去哪儿？”我看见达维德从街上拐入小巷，就对他喊道，一边紧跟着他也拐进小巷。

“去奥卡河边！”他大声嚷道。“把怀表扔到水里去，扔到河里去，让它见鬼去吧！”

“站住，站住！”我们身后传来一片吼叫声……

我们沿着小巷飞奔。一阵凉风迎面吹来——突然在我们眼前出现了一条大河、河岸肮脏的陡坡、桥上蜿蜒行驶着货运大车的木桥，以及道口栏杆旁手持长矛的卫戍部队士兵。那时候士兵都是握长矛的……达维德倏地从那士兵身边经过，跑到桥上——士兵本想用长矛戳他的脚，不料，却一枪戳到了一只走过的小牛身上。达维德转瞬间跳到桥栏杆前——他发出一阵欢呼……随之一样白色的、淡蓝色的东西在空中明晃晃地一闪——那块银怀表连同瓦西里的那根串珠一起扔进了波涛中……但是这时发生了一件难以置信的事！ 把怀表扔出去的时候，达维德两脚向后腾起——他头朝下，两手向前伸去，上衣的下摆随风飘起，整个身子就像在空中画了个圆弧，犹如大热天受惊吓的青蛙从高高的池塘边跳入水池里一般——一刹那便消失在桥栏杆外面……只听见扑通一声，下方传来很响的落水声……

接着我发生了什么——我现在压根儿描绘不出来了。在达维德翻出桥栏杆时，我离他只有几步路……可是我现在甚至不记得我当时是否大声喊叫了，我也不认为我当时吓坏了：我呆住了，木然站在那里。四肢麻木。人们在我身边推推搡搡，东奔西跑。其中有些人我似乎觉得面熟：特罗菲梅奇倏地一闪，持长矛的士兵向一边跑去，拉大车的马匹仰起拴着缰绳的嘴脸，匆匆从我身边驶过……随后眼前一片绿莹莹的，有人在我后脑勺和背脊上使劲推了一把……我顿时昏倒在地。

我记得，后来我站起身来，发现没有人来理会我，便朝桥栏杆跟前走去，不是朝达维德往下跳的这边栏杆，朝这边桥栏杆跟前走去我觉得害怕，于是我朝另一边栏杆走去，并朝汹涌的、猛涨的、蓝蓝的河水望去。记得在离桥不远的岸边，我发现停着一条小船，船上有几个人，其中有一个人浑身透湿，在阳光下熠熠闪亮。他探身于船舷之外，从水里拖起一样东西，一样不很大、椭圆形的、黑糊糊的东西。起初我以为那是一只手提箱或一只篮子。可是细细一瞧，竟是达维德！ 这时我浑身战栗，拼命地喊叫起来，向小船跑去。跑到那里，我挤过人群，朝小船跟前跑去，我胆怯起来，朝四下打量一番。在小船周围的人群中，我认出了特兰奎利塔京、一只手拿着一只靴子的厨子阿加皮特，还有尤什卡和瓦西里……那个浑身湿漉漉、在阳光下亮闪闪的人，抓住达维德的腋下，把他从小船上拖了下来——达维德的两条胳膊被抬到脸的上方，似乎他想挡住别人的视线——把他仰面平放在岸边的污泥里。达维德身子直挺挺的，一动也不动，两脚分开，肚子鼓鼓的。他脸色发青，眼珠子直勾勾地瞪着，水从头上直往下淌。把他拖上岸的那个身穿工作服、浑身透湿的人，述说起打捞的经过，一边冻得索索发抖，不停地把头发往后甩，好像他以前一直这么做似的。他说得十分仔细、有声有色。

“诸位，我现在还没弄懂：发生这事是什么原故？只见这个小伙子哎呀一声，便从桥上栽了下来……嗯！……于是我马上往下游跑，因为我知道他掉入了湍流之中，急流一定会把他从桥下冲走，唉，到那时……就再也找不到他了！这时我看见像帽子似的毛蓬蓬的东西漂浮在水面上，哦，这是他的脑袋。我立即纵身跃入水中，一把抓住了它……嗯，接下去没什么好说的了！”

人群中传来两三句赞许声。

“现在你得赶快暖暖身子，走，咱们去喝几杯，”有个人说。

但在这当口，有个人急急忙忙地硬往前挤……他就是瓦西里。

“你们这些东正教徒在干什么呀？”他两眼满含着泪水喊叫道，“得把他肚子里的水倒出来，救救他。他是我们家的少爷！”

“把他肚子里的水倒出来，把他肚子里的水倒出来。”在不断涌来的人群中传来这样的喊声。

“把他的脚倒提起来！这是最好的法子！”

“把他肚子朝下俯卧在大圆桶上，然后来回滚动，直到他……伙计们，来，把他抬起来！”

“不要管他！”持长矛的士兵插言道。“得把他拖到拘留所去。”

“坏蛋！”不知从哪儿传来特罗菲梅奇的男低音。

“他还活着！”我骤然扯开嗓门，几乎惊骇地叫嚷起来。

我把脸凑近他的脸……“瞧瞧，溺水的人竟成了这种模样，”我心里想，心儿都揪紧了……蓦然，我发现达维德的嘴唇翕动了几下，接着稍稍吐出一些水……

这时大家马上把我推开，拉到一边。大伙儿纷纷跑到他跟前。

“晃晃他，再晃晃他！”人们七嘴八舌闹哄哄地说。

“不，不，慢着！”瓦西里大声喊叫起来。“快送他回家……送他回家！”

“送他回家，”特兰奎利塔京也随声附和道。

“我们要飞快地把他送回家，到家后，他的状况就会好得多，”瓦西里继续往下说……（从那天起，我就喜欢上了瓦西里。）“弟兄们！蒲席有没有？要不，一人抬着脑袋，一人抬着脚……”

“等等！瞧，有张蒲席！把他放上去！抓住蒲席的边缘！走！要紧的是：走得要平稳，让他像坐大马车似的。”

过了不多会儿，躺在蒲席上的达维德凯旋般地被抬进了我们家。

二十

大家给他脱下湿衣服，把他放在床上。在路上，他已经渐渐苏醒，嘴里直哼哼，两手摆动着……进了屋，他就完全恢复了知觉。为他生命担心的心情刚刚消失，大家已经不再为他奔忙了，对他的怨恨又冒了上来：大家都避开他，就像躲避麻风病人似的。

“愿上帝惩罚他！ 愿上帝惩罚他！”姑母尖叫着，叫声响彻整个屋子。“把他打发到一个地方去吧，波尔菲里·彼得罗维奇，要不然，他还会干出这种恶作剧，让你吃不了兜着走！”

“唉，他真是个心狠手辣，而且有点神经兮兮的人，”特兰奎利塔京随声附和道。

“真是心狠手辣，心狠手辣，”姑母喋喋不休地说，为了让达维德听见，她故意朝我们的房门口走来。“他开头偷了怀表，后来又把它扔进水里……还说让谁也得不到……这下叫你去拿！”

大家全都对他们忿恨不已。

“达维德！”当只剩我们俩的时候，我问他，“你为什么要这么干呢？”

“你也出去，”他用仍然还有点虚弱的嗓音说。他嘴唇发紫，全身好像有点浮肿。“我干什么来着？”

“你干吗往水里跳？”

“怎么是跳！ 是我没抓住栏杆，一下子栽到河里去了。我会游水的话，那当时就是有意往下跳。以后我一定要学会游泳。现在这块怀表总算再也见不着了！ ……”

这时我父亲得意洋洋地跨进我们的房间。

“我亲爱的，”他对我说，“你放心，我会鞭打你一顿，虽说你个儿也长得不小了。”接着他向达维德躺着的床跟前走去。“在西伯利亚，”他以威严、庄重的语调开腔道，“在西伯利亚，我的小少爷，有一批过错比你小得多、罪行比你轻得多的犯人在服苦役，在地窖子里生活，随时都可能死亡！ 你是个自杀者，或者说，简直是个贼，或者说是个十足的傻瓜，是不是？ 那么请你告诉我，你到底是什么？！！”

“我不是自杀者，也不是贼，”达维德回答。“实话实说吧：流放到西伯利亚的都是些好人，比您我都要好……假如您不清楚这一点，那还有谁清楚呢？”

父亲轻轻地叹了一口气，后退了一步，凝视着达维德，接着啐了一口，缓慢地画了个十字，就走出去了。

“不喜欢听吗？”达维德对着他的背影说，吐出了舌头。然后他试着欠起身来，但是起不来。“大概我撞伤了，”他低声说，一边疼得直哼哼，紧皱眉头。“记得，我被河水卷走，撞上了一根原木。”

“你看见拉伊萨了吗？”他突然补了一句。

“没有，没看见……慢着！ 慢着！ 慢着！ 现在我记起来了：当时站在桥边河岸上的不是她吗？ 对……穿着黑连衣裙，头上裹着黄头巾……肯定是她！”

“嗯，那么后来……你又看见她了？”

“后来……我就不知道了。我顾不了这些了。这当儿你跳河了……”

达维德顿时惶惶不安起来。

“阿廖沙，亲爱的好朋友，请你立刻去找她，告诉她我身体健康，我什么事也没发生。明天我一定到他们家去。快去吧，兄弟，劳驾啦！”

达维德向我伸出双手……他那已经干了的火红色的头发一绺一绺地、令人发笑地向上翘着……他脸上那令人感动的表情因此显得更加真诚了。我拿起帽子，走出了家门，竭力不让父亲碰见，不让他想起他曾经许下的诺言。

二十一

“果真如此吗？”我走去找拉伊萨时寻思道，“我怎么没发现拉伊萨呢？她躲到哪里去了呢？那她一定看见……”

我猛然想起来了：就在达维德落水的那一瞬间，我耳畔响起一阵骇人的、刺耳的尖叫声……莫非这是她的声音？可是我后来怎么没见着她呢？

在拉特金居住的小屋前，呈现一片荒芜景象，长满了荨麻，围着的篱笆也快要倒塌。我刚穿过这道篱笆（篱笆上既没有大门，也没有小门），我眼前出现如下一种情形：拉伊萨坐在屋子前面最下面一级的台阶上。她的两个胳膊肘支在膝上，用手指交叉握着的双手托着下巴颏儿，眼睛直勾勾地望着前边。她的聋哑妹妹站在她身旁，安然地挥动着一根小皮鞭。拉特金老头儿穿着破破烂烂的背心和长衬裤，脚蹬一双毡靴，在台阶前背朝着我，晃动着胳膊肘，装腔作势地在原地跺脚、蹦跶。听到我的脚步声，他突然转过身来，蹲下身，接着倏地跳到我跟前，用断断续续的嗓音异常急促地、不停地说：“嚁——嚁——嚁！”我愕然呆住了。我很久没见着他了，自然，要是在别的地方遇见他，我是认不出他来的。他脸上布满皱纹，满口的牙齿都掉光了，脸色红扑扑的，一双目光呆滞的小眼睛圆圆的，白发蓬乱，身子不时地抽搐、蹦跶，说的话毫无意义、含糊不清……他怎么会这样的呢？是残酷的遭遇把这个不幸的人折磨到这个地步？这算是“死神在蹦跶”？

“嚁——嚁，”他嘟囔着，身子不住地抽搐，“瞧，她瓦西里耶夫娜马上……嚁——嚁，进来了……听！她像洗衣……盆扣在屋顶上一样（他用手拍了一下脑袋），像把铲子那样稳稳坐着；她像安德烈尤什卡那样，是个斜眼。斜眼瓦西里耶夫娜！（他大概想说：聋哑的小女儿。）嚯！我的斜眼瓦西里耶夫娜！瞧，她们俩现在一个模样了……来看哪，东正教徒们！现在我也只有这两条小船了！啊？”

拉特金显然意识到他说的话颠三倒四，牛头不对马嘴，——他费了九牛二虎之力，想给我解释究竟是怎么回事。拉伊萨似乎压根儿没在听父亲说什么，她妹妹仍然在甩小皮鞭。

“再见吧，钻石匠，再见吧，再见吧！”拉特金拉长声调一连说了好几遍，一边向我深深地鞠躬，仿佛喜不自禁，他终于找到了别人明白易懂的话。

我的脑袋晕晕乎乎。

“这一切究竟是怎么回事？”我问一个从小屋的窗户里探出头的老太婆。

“是这么回事，少爷，”老太婆拖长声调回答，“据说，有一个人——天晓得他是谁——掉水里沉没了，这姑娘恰好看见这一幕情景。哦，她大概吓坏了。回来后……还没什么事。但是她在台阶上一坐下——从那时起就一直这么呆坐着，像尊泥塑木雕似的。你跟她说话也罢，不说话也罢，她都不吭声……好像她也变成哑巴了。哎哟——哟！”

“再见，再见，”拉特金一遍又一遍地说，一边依然不停地鞠躬。

我走到拉伊萨跟前，站在她面前。

“拉伊索奇卡[1]，”我大声叫道，“你怎么啦？”

她一句话也不回答，仿佛没看见我似的。她的脸色没变，也不显得

① 拉伊萨的小称。

苍白，可是像尊石雕，表情是这样呆滞……似乎她马上就要沉沉睡着了。

“她也是斜眼，也是斜眼，”拉特金凑到我耳畔低声说。

我抓住拉伊萨的两手。

“达维德活着，”我大声喊道，嗓门比刚才更大，“他活着，安然无恙。达维德活着，你听懂没有？别人把他从水里拖上来了，他现在在家里，吩咐我来告诉你，他明天来找你……他活着！”

拉伊萨好像很费劲地把目光转向我，两眼眨了眨，接着睁得越来越大，越来越大，然后她把头歪到一侧，满脸通红，嘴唇张开了……她缓缓地、深深地吸了一口气，仿佛由于疼痛皱紧了眉头，费了九牛二虎之力才说出：“达……达维……还活……活着，”说着，她霍地从台阶上站起身来，飞奔而去……

“去哪儿？”我惊叫道。

但是她莞尔一笑，磕磕绊绊地穿过荒芜的空地跑开了……

不消说，我紧跟着她跑去，这时我身后响起拉特金和聋哑女一老一少齐声的号叫……拉伊萨飞也似地径直朝我们家奔去。

“瞧，遇上了这样的一天！”我想，一边竭力跟上在我前面闪现的黑连衣裙……“唉！”

二十二

拉伊萨从瓦西里、姑母以及特兰奎利塔京身边跑过，跑进达维德躺着的屋子，径直扑到他的怀里。

“哎呀……哎呀……达……维杜什科，”她那清脆的嗓音从她披散的鬈发下边响起，“哎呀！”

达维德使劲张开双臂搂住了她，把头紧靠着她。

“原谅我，我的心肝，”也传来他的嗓音。

他们俩仿佛高兴得都呆住了。

“拉伊萨，为什么你那时候回家了？为什么你不留在那儿？”我问她……她仍然没抬起头来。“如果当时你留在那儿的话，那你一定会看见，他被别人救起来了……”

“哎哟，我不知道！哎哟，我不知道！别问啦！我不知道，我不记得我当时是怎么回家的。我只记得：看见你身子悬在空中……好像什么东西猛击了我一下……而以后的事……”

“猛击了一下．”达维德重复道。我们三人忽然一齐笑出声来。我们感到十分愉快。

“这样闹下去像什么样子！”我们身后响起严厉的声音——父亲的声音。他站在门口。“这种胡闹有完没完？我们现在生活在哪里？生活在俄国，还是生活在法兰西共和国？”

他走进屋来。

“谁想造反，谁想过放荡不羁的生活，那谁就到法兰西去！你怎么胆敢到这地方来？”他转向拉伊萨说，拉伊萨慢慢欠起身来，把脸转过来朝着他，显然胆怯起来，但依然面带温柔、幸福的微笑。“我誓不两立的敌手的女儿！你怎么这样厚颜无耻！还搂搂抱抱起来！马上给我滚！要不然……”

“叔叔，”达维德说，从床上坐起来。“不要侮辱拉伊萨。她会走的……您不要侮辱她。”

“你竟然教训起我来了？我没有侮辱她，没有侮……辱……她！

我只不过撵她走。我还要跟你本人算账。你把别人的财物糟蹋了，还要把自己一条命搭上，给我造成损失。”

“造成什么损失？”达维德打断他的话头。

“什么损失？ 衣服糟蹋了——你认为这没什么，是不是？ 嗯，人家把你抬回来，我总得给他们些酒钱吧！ 另外，你让全家担惊受怕，而且还蛮不讲理，是不是？ 如果这个姑娘不知羞耻，不顾名誉……”

达维德猛地从床上挺起身来。

“您不能侮辱她，告诉您！”

“住嘴！”

“不许您……”

“住嘴！”

“不许您侮辱我未婚妻，”达维德扯开嗓门大声嚷道，“不许您破坏我未婚妻的名誉！”

“未婚妻！”父亲重复了一遍，瞪大了眼睛。“未婚妻！ ——妻子！ 嘿——嘿——嘿！ ……（姑母在门后面也应声发出哈哈哈的笑声。）你有多少岁数？ 在世上还没活多少年，乳臭未干，还是个黄口小儿哩！ 现在也想结婚！ 但是我……你就……”

“让我走，让我走，”拉伊萨低声说，朝门口走去。她的脸色一片死灰。

“我不必非要征得您的同意，”达维德用两只拳头支在床沿上，仍然大声喊叫，“我的生父一两天一定会回来！ 他会管我，轮不到您来管。至于说到我们俩的年龄，我和拉伊萨还不急于……我们会等待的，随您怎么说……”

“喂，达维德卡，你要清醒点儿！”父亲打断他的话，“瞧瞧你自己：弄得自己不成个样子……连体面也不顾了！”

达维德一手紧紧抓住胸前的衬衫。

“随您怎么说，”他重复了一遍。

“堵住他的嘴，波尔菲里·彼得罗维奇，堵住他的嘴，”姑母在门后面尖声尖气地喊叫，“而这个不知羞耻的家伙，这个贱货……这个……”

就在这时候，一个不同寻常的情形截断了我姑母喋喋不休的责骂：她的声音冷不丁被一个老人的、嘶哑而虚弱的声音所打断……

“老弟，”那个虚弱的嗓音说。“看在基督份上，行行好吧！”

二十三

我们大家都转过身来……消瘦、可怜而又粗野的拉特金像幽灵似的站在我们面前，他仍穿着我不久前看见他穿着的那件上衣。

“啊，上帝！”他有点孩子气地说，一边举起那只发颤的弯曲变形的手指，并用目光无能为力地打量着我父亲。“上帝惩罚了我！我是来接瓦……来接拉……对，对，来接拉伊索奇卡的！这对我算是……嘿！对我算是什么？我是个快要入土的人了——这怎么说来着？一根竖木棍，再加一根……横木棍——这就是我所……需要的……你呀，老弟，钻石匠，小心……要知道我也是个人！”

拉伊萨默不作声地穿过房间，搀扶住拉特金的手，给他扣上上衣的钮扣。

“我们走吧，瓦西里耶夫娜，”拉特金说，“这儿的人都是圣徒，不要去找他们。瞧，躺在套子里的那个人，”他指着达维德说，“也是个圣徒。老弟，我们俩都是有罪的人。嗯，嚯……诸位，请原谅我这个火爆性子的老头！ 我们一起干了偷窃的事！”他突然大声叫嚷起来，“一起干了偷窃的事！ 一起干了偷窃的事！”他显然带着得意的神色说了一遍又一遍：他的舌头终于听他使唤了。

在屋里我们大伙儿都默不作声。

“你们这儿……神像供奉在哪儿？”他一边问，一边仰起头，眼珠滴溜溜地转动着，“我们的灵魂应当得到净化。”

于是他朝着屋子的一角做起祈祷来，虔诚地接连画了几次十字，用手指时而碰一下这个肩头，时而碰一下那个肩头，急匆匆地重复道：“上帝呀，饶恕我吧，上帝呀……饶恕我吧，上帝呀……饶恕我吧！上帝呀！ ……”这时候我父亲一直目不转睛地望着拉特金，一言不发。突然他浑身猛地一震，站到他身边，也画起十字来。然后他向拉特金转过身来，深深地鞠了一躬，一只手触到了地板，说：“请你也宽恕我，马丁尼扬·加夫里雷奇。”说罢，他在拉特金的肩头上吻了一下。拉特金吧嗒一下嘴，做个飞吻作为回报，接着就眨起眼睛：他大概也不十分清楚自己在做什么。随后我父亲向所有在屋里的人转过身来，对达维德、拉伊萨和我说：

“你们想怎么干，就怎么干，想做什么，就做什么吧，”他用忧郁、低沉的嗓音说。说罢，就离去了。

姑母正想朝他跟前走去，但他却疾言厉色地向她大声呵斥。他受到了很大的震动。

“上帝宽恕……我吧，上帝宽恕……我吧！”拉特金一遍一遍地说。“我也是一个人呀！”

“再见，达维杜什科，”拉伊萨说，跟着老头儿一起走出了屋。

“明天我一定到你们那儿去，”达维德对着她的背影喊道，然后转身对着墙壁，低声说：“我很疲累，现在该睡一会儿了，”说罢，便沉沉入睡了。

我好长时间没离开我们的房间。我躲了起来。我无法忘记，父亲是怎么威吓我的。但是我的担心是多余的。后来他碰见我，连一句责骂的话也没说过。他自己似乎也感到挺尴尬。再说这时夜晚很快来临——屋里一切都平静下来。

二十四

第二天早上，达维德若无其事地起床了。过了一星期，有一天同时发生了两件重大事情：早上拉特金老头儿死了，傍晚叶戈尔大伯，即达维德的父亲回到了梁赞。他事先没写封信来告诉任何人，就如雪花飘落到头上似的突然光临了。我父亲顿时慌了神，简直不知该用什么款待贵客，把他安顿在哪儿才好。他像个疯子似的东奔西跑，又像个愧疚的人似的无谓地瞎忙。但是大伯似乎并不因弟弟这种热心的忙碌而受感动。他不时地重复道：“这是干什么呀？”或者说：“我什么也不需要。”他对姑母的态度更加冷淡，其实她也不大看得起他。在她眼中，大伯是个不信神的人、异端者、伏尔泰①的信徒……（他为了能读伏尔泰的原著，确实学会了法文）。我发现叶戈尔大伯长得就跟以前达维德给我描述的一样。他是个身材魁梧、壮实的男子汉，有一张布满雀斑的宽脸盘，神情庄重、严肃。他经常戴一顶有羽饰的帽子，戴着套袖，高

① 伏尔泰(1694—1778)，法国作家、启蒙运动哲学家、自然神论者。

高地竖着衬衫硬领，穿件烟灰色的背心，胯上斜佩着一把钢剑。达维德见到父亲，高兴得简直无法形容，简直是精神焕发，脸色变得好看多了，眼神也迥然不同，变得欢快、敏锐和熠熠闪亮了。但是他竭力克制自己的喜悦之情，尽量不用言语表述出来：他害怕会引起伤感。叶戈尔大伯回来的第一个晚上，他们俩——父与子——在给大伯腾出来的房间里关起门来，压低嗓音地交谈了很长时间。第二天早上，我发现大伯特别深情地、信任地瞧了瞧儿子：他似乎对儿子十分满意。达维德带他去拉特金家追荐亡灵。我也去了。父亲没阻拦我，可是他自己留在家里没有去。见到拉伊萨，她那安然的模样使我惊异：她脸色苍白，身子瘦了许多，但她没有流泪，言语举止都很平常。说来令人奇怪，她的一言一行总带有几分庄严：一种自己会忘记自己的痛苦的、不由自主的庄严！大伯叶戈尔在教堂门口的台阶上就跟她相认了，从他对她的态度上看，显而易见，达维德已经对他说过她的情况。大伯喜欢她不亚于喜欢自己的儿子：这我可以从叶戈尔瞧着他们俩时的眼神中看出来。我记得，他父亲当着他面说她是个“聪明的姑娘，将来一定是个贤慧的主妇”时，他的一双眼睛顿时闪亮起来。在拉特金家，我得知老头儿最后像支燃尽的蜡烛那样悄然熄灭了，当他神志和心力尚未完全消失之时，他一直抚摩女儿的头发，说着含糊不清、但并不忧伤的话，而且总是面带笑容。我父亲去教堂参加他的葬礼，去墓地参加他的送葬仪式，都很虔诚地做祈祷。就连特兰奎利塔京也在唱诗班唱赞美诗。在墓前，拉伊萨突然号啕大哭起来，脸贴在地上。但她很快恢复了常态。她的聋哑妹妹瞪着一双大大的、明亮而又带点野性的眼睛打量着大家和周围的一切。她不时地偎依在拉伊萨的身上，不过看不出她有什么惊恐不安。送葬后的第二天，叶戈尔大伯突然向我父亲宣布，他不打算留在梁赞，要带儿子一起去莫斯科。从当时种种情况来看，叶戈尔大伯不是空着两手从西伯利亚回来的（拉特金的葬礼都是他出的钱，他还慷慨地奖赏了达维德的救命恩人），但是关于他在那里的生活情况他一点儿也不说，对将来的打算也闭口不谈。我父亲出于礼貌，对此表示遗憾，甚至还劝大伯改变主意——说实话，也很勉强。然而照我看，他内心深处巴不得他们这么做才高兴呢。

大伯与我父亲很少有共同之处，兄长既不指责他，也不鄙视他，只是讨厌他——因而大伯的回来使我父亲倍感压抑……再说同达维德分别他也不会觉得难过。这次分别不消说使我十分痛苦。最初一段时间，我好像成了一个孤儿，失去了生活的支柱和对生活的一切愿望。

就这样，大伯走了，他不仅带走了达维德，而且把拉伊萨和她的妹妹也带走了。这不禁使我们整个街坊的人们十分吃惊，甚至感到愤懑……姑母得知大伯这样做，立时就管他叫土耳其人，直至去世都这么叫他。

这样，我便孤零零一个人了……但这件事讲的不是我。

二十五

我要讲的怀表的故事结束了。我还要给你们讲些什么呢？ 五年后达维德同黑唇姑娘结婚了。一八一二年，已是炮兵中尉的达维德在博罗季诺战役中，为保卫舍瓦尔季诺多面堡而光荣地牺牲了。

从那时起，多少岁月似水流逝，我有过许多表，甚至十分有幸曾经弄到过一块真正的布雷盖怀表[1]，它带有秒针，能指示日期和报时……但在我写字桌的一只放秘密东西的抽屉里还保存着一块表盘上镌刻着一朵玫瑰的老式银怀表。这是我从一个犹太小商贩那里买来的，使我惊讶的是它竟同以前我的教父给我的那块怀表十分相像。每当我一人独处，而且也不会有什么人来找我的时候，我就会从抽屉里拿出这块怀表，瞧着它，便回想起我的年轻时代，回想起一去不复返的那个时代的伙伴……

1850 年

① 法国钟表师布雷盖(1747—1823)制造的一种名贵的怀表。

译后记

十九世纪俄国杰出的现实主义大师、卓越的语言艺术家伊·谢·屠格涅夫（1818—1883）早已为我国广大读者所熟悉，所喜爱，尤其受到青年朋友的欢迎。他出身贵族家庭，自幼在地主庄园里长大，俄罗斯美丽的大自然开拓了他的视野，培育了他的创作思维和创作灵感。他亲眼目睹十九世纪俄国人民在农奴制度下的悲惨生活和作为女地主的母亲对农奴的专横暴戾与残酷压迫，这一切无疑给作家以后的创作带来深刻的影响和打下坚实的基础。屠格涅夫一生创作了一系列在世界文学史上占有重要地位的中长篇小说和散文诗，描绘了一幅幅绮丽无比的风景画和田园风光，塑造了诸多栩栩如生的主人公形象，歌颂和赞美了小人物的美好心灵，揭露和鞭挞了农奴主的残暴，以精湛的艺术技巧和深邃的思想性为俄国文学赢得了国际性的声誉。

屠格涅夫的创作生涯始于十九世纪三十年代。那时候俄国文坛上现实主义占主导地位，但同时也存在浪漫主义成分。一八三四年，年轻的作家还在大学读书期间，就开始创作浪漫主义的抒情诗。这期间他创作了一批脍炙人口的散文诗和诗剧，这些作品秀丽隽永，富有哲理，显示出作家不凡的创作才能和创作潜力。至十九世纪四五十年代，他的现实主义创作达到鼎盛时期，写出堪称世界名著的《猎人笔记》、《罗亭》、《贵族之家》、《前夜》、《父与子》、《烟》和《处女地》等六部长篇小说。他这一时期的现实主义创作代表了十九世纪俄国文学发展史上的一个高峰，为俄国文学的蓬勃发展作出了重大贡献。到创作晚期，作家又转向抒情浪漫主义中短篇小说的写作，写出一个个哀婉动人而又颇具浓郁的主观抒情色彩的爱情故事。从他整个创作轨迹来看，不难发现，作家把现实主义与浪漫主义有机结合起来，形成自己的艺术风格，走的是条独特的创作道路。从这个意义上说，屠格涅夫既是个现实主义小说家，又是个浪漫主义抒情诗人。

本卷是《屠格涅夫文集》中两卷短篇小说选之一，共选收九篇写于不同时期、各具特色的作品。《安德烈·科洛索夫》是作家踏上现实主义创作道路后于一八四四年发表的第一个中篇。小说主要描述叙事主人公作为“不寻常的人”的科洛索夫的亲密朋友，常和他一起去拜访退役中尉西多连科。在频繁造访中科洛索夫渐渐爱上西多连科的女儿瓦丽娅，随后双双坠入情网。不久科洛索夫移情别恋，又抛弃了她。然而，这时叙事主人公却暗暗爱上了她，可是由于优柔寡断，缺乏勇气，最终与美好爱情失之交臂。作品运用对比的艺术手法，突出反映瓦丽娅对爱情的执著追求和男主人公们的庸俗卑劣和对爱情的无所作为。

《叶尔古诺夫中尉的故事》最初刊载于一八六八年《俄国导报》第一期。小说写俄罗斯年轻海军中尉叶尔古诺夫在某地执行公务期间，遇到德国姑娘埃米利娅，为她的姿色所倾倒。但是姑娘被一伙犯罪团伙所利用，在幕后策划者的指使下，给中尉设下圈套，让他险些丧命。一年半后，中尉从姑娘的一封来信中得知，自己曾经历了一场危险的恋爱，现在姑娘为自己过去的所作所为深感悔恨，并吐露仍然爱他的心声。作家用犀利的笔触，剖析女主人公纯朴而被扭曲的心灵，揭示良知在她心中的觉醒和她对美好爱情的渴望。

《怀表》是作家创作晚期的一个中篇，首次刊登于《欧洲导报》一八七六年第一期。小说以叙事主人公在命名日那天教父送给他一块银壳怀表为主线，叙述怀表几经得失，几度引起家庭轩然大波，以致主人公达维德差点儿落水身亡的故事。作家运用强烈的对比手法，通过言语和行动，深刻描写主人公及其父亲的正直善良、富有正义感和同情心，无情地讽刺叙事主人公的父亲、姑母的卑鄙自私和贪小，入木三分地刻画他们的丑恶面貌。

《三幅肖像》是作家早期的一个中篇，一八四六年首次刊登在涅克拉索夫主编的《彼得堡文集》上。作品围绕三幅肖像的三个生活中的原型，着重描写性情乖戾、在京城过着好逸恶劳的生活的贵族近卫军军官瓦西里，起先引诱母亲的养女奥莉加，逼她委身于他，后又抛弃她，并威逼奥莉加的未婚夫罗加切夫立即与她成婚，否则将进行决斗。在决斗中近卫军军官将罗加切夫当场杀死，酿成一场爱情悲剧。作家以其擅长描写女性形象的独具才能，在小说中将备受欺凌、压迫的少女形象刻画得惟妙惟肖，读来不禁令人一掬同情之泪。小说一发表，立即受到文学评论家别林斯基的称赞。

《僻静的庄园》也是作家早期的一个中篇，最初刊载于一八五四年《现代人》杂志第九期。高尔基曾经说过：“屠格涅夫的作品歌颂妇女的光荣。”作家谈到自己的艺术原则时也曾经说过，他最感兴趣的是人的面貌的最有生气的真实。所以他的一系列作品，包括中短篇小说，以大量篇幅描写女性精神上的觉醒、崇高的愿望、坚定的性格和富于爱的心灵。这个中篇描绘的女主人公玛丽娅 · 帕夫洛夫娜就是这一类富有生气的精神面貌的女性。可是她所爱的退伍近卫军中尉韦列季耶夫却是个极缺少意志的人，整天游手好闲，吃喝玩乐。她竭力想把他从颓废生活中拯救出来，结果枉然。最后女主人公陷入绝望，以投河自尽了却凄惨的一生。小说通过男女主人公缠绵悱恻的浪漫情事和最终的爱情悲剧，揭示了男主人公这个“多余的人”的形象、女主人公的高尚精神及绝望厌世的心态，对女主人公的不幸寄予深切同情。

屠格涅夫的这些作品大多取材于年轻时期旅居海外的本人亲身经历，很大程度上带有自传性质。作家笔下的主人公们尽管性格不同，遭遇不同，结局也不同，但作者都以叙事方法，通过他们的言行来展示他们的内心活动和精神世界，从而抒发作者本人的主观心绪和潜藏着的情感。这些故事篇篇都有跌宕起伏的情节，丰富的思想内涵，因而有较强的艺术感染力。如果我们把作家的全部创作比作一个绚丽多彩的百花园，那么他的中短篇小说则是百花园中的一簇簇奇异的鲜花，读来如闻幽香，如沐春风，让人不知不觉陶醉其中。

毋庸讳言，由于时代和阶级的局限，屠格涅夫对农奴制的黑暗及农奴主对农奴的压迫的抨击、鞭挞，仅仅是表面的、肤浅的。他的浪漫主义所反映的思想情绪大多也是消极的、悲观的，他的作品或多或少反映了贵族地主阶级空虚无聊的生活。但是应当看到，作家的这种独特的抒情浪漫主义毕竟展现了一定的美学批判力量，锋芒指向了腐朽没落的农奴制度。从本卷所选收的九个中短篇小说中，我们就可以窥一斑而见全豹，了解其抒情浪漫主义的创作特点和中短篇小说的创作概貌。

顾生根

2000 年 2 月 10 日

初 恋

И.С.Тургенев Повести

屠格涅夫文集

苍松 冯加 译

上海译文出版社

图书在版编目（CIP）数据

屠格涅夫文集：全7册/（俄罗斯）屠格涅夫著；
冯春等译. —上海：上海译文出版社，2018.9（2025.8重印）
ISBN 978-7-5327-7941-3

Ⅰ. ①屠… Ⅱ. ①屠…②冯… Ⅲ. ①屠格涅夫
（Turgenev，Ivan Sergeyevich 1818—1883）—文集
Ⅳ. ①I512. 14

中国版本图书馆CIP数据核字（2018）第177926号

И. С. Тургенев
СОБРАНИЕ СОЧИНЕНИЙ

屠格涅夫文集（七卷本）
［俄］屠格涅夫 / 著 冯春 等 / 译
责任编辑 / 冯涛 刘晨 装帧设计 / 张志全工作室

上海译文出版社有限公司出版、发行
网址：www. yiwen. com. cn
201101 上海市闵行区号景路159弄B座
山东韵杰文化科技有限公司印刷

开本 890×1240 1/32 印张 97.25 插页 67 字数 1，647，000
2018年9月第1版 2025年8月第5次印刷
印数：7，001—8，000册

ISBN 978-7-5327-7941-3
定价：680.00元（全七卷）

如有质量问题，请与承印厂质量科联系，T：0533－8510898

伊万·谢尔盖耶维奇·屠格涅夫像（1875 年）

（伊万·谢尔盖耶维奇·屠格涅夫，Иван Сергеевич Тругенев 1818.11.9—1883.9.3）

（画家：А.А.Харламов）

屠格涅夫像（1843—1844 年）
（画家：Э.Лами）

屠格涅夫与《现代人》杂志成员们
（摄影家：С.Л.Левицкий，摄于彼得堡）

屠格涅夫与“文学基金会第一委员会”成员们
（摄影家：Кучаев，摄于彼得堡）

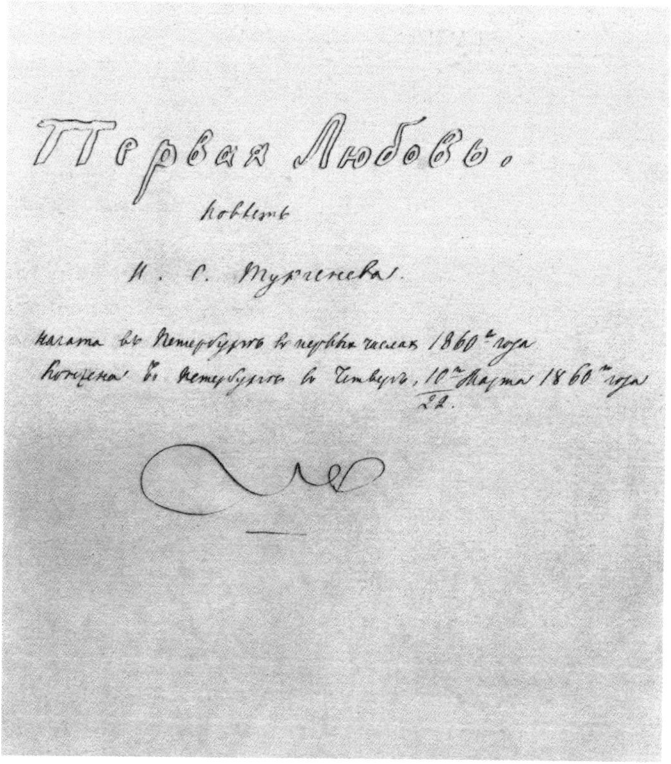

屠格涅夫手迹：《初恋》
（1860 年）

坐在壁炉前的圈椅中的萨宁
（画家：Н.А.Бенуа）

在罗泽利记糖果店与杰玛相遇

（画家：Н.А.Бенуа）

【七卷本总序】

艺术家作家屠格涅夫综论[①]

王立业

屠格涅夫是一位享誉世界的作家，也是在中国最受欢迎的外国作家之一。他的创作既有对世界艺术传统的承继，又有自身诗意现实主义的开创，同时还有对后世作家的多维影响。但长期以来，由于意识形态与社会功利的影响，人们对他的认知并非准确到位。屠格涅夫的重要文学意义不在于批评界苦心挖掘的思想性，而是他创作中五彩纷呈的艺术性；他的主要文学成就不在于传递时代情绪与思想观念，而在于对人性与人的心理，对生、死、爱等人生永恒主题的鲜活揭示，以及人与宇宙关系的哲理思索与探求。屠格涅夫是一尊美学经典，但却是一尊断臂的维纳斯，唤起人的是美的联想与联想中的完美，并从中获得艺术生命的永恒。时代在变，屠格涅夫的研究视角也必须与时俱进，让文学返本归真，还艺术以本来面目，这是时代赋予文学批评的使命，不因知晓长篇小说家屠格涅夫就认为熟知了完整的屠格涅夫，不因长篇小说家屠格涅夫有限的思想性遮蔽其中短篇小说的无限艺术性，总言之，屠格涅夫的艺术世界有待于世界格局的俄罗斯文学研究进一步展开。

艺术家作家屠格涅夫的俄中认知

屠格涅夫是一位创作个性复杂的作家，长期以来，因历史与时代等原因，研究界对他的研究尚不能全面与客观。他的创作含纳了俄罗斯文学的全部体裁，即小说、诗歌、戏剧等，各种体裁在他笔下都得到了臻于完美的艺术呈现，且各种体裁间均有着完美的相互融合与渗透。无需说，在作家的多体裁创作中，名声最大的无疑是小说家屠格涅夫，但作家在同一时期写下思想旨趣和艺术品味完全不同的作品，即在写顺应时代需要的长篇小说的同时，却又写下一大批远离于此的中短篇小说，而且即便是同一时期写出的中短篇作品，也截然呈现两类，一类是明朗抒情的爱情小说，另一类则是阴暗晦涩的“神秘小说”。屠格涅夫全集俄文版 28 卷 30 本，占绝对主导地位的明明是中小体裁作品，但很长一段时间，学界把更多注意力投向他的六部不长的长篇，且多为前四部，而后两部则被视为思想与艺术衰颓之作近乎冷置。十九世纪俄罗斯民主派文学批评中，“思想家作家”屠格涅夫研究远远高于“艺术家作家”屠格涅夫，只看到了长篇小说家屠格涅夫的“巨大社会意义”，而淡化其艺术价值，尤其漠视一大批具有很高艺术价值的中短篇小说的存在，即便偶有评说，也强赋予纯社会学批评。俄罗斯“白银时代”的屠格涅夫研究则将长篇小说家屠格涅夫全盘否定，对其中短

① 本序属国家社科项目《屠格涅夫文学创作的艺术价值研究》阶段性成果，项目号：18BWW039。

篇小说，尤其是“神秘小说”无限度拔高，其文学批评同样是有失偏颇和主观。十月革命后苏联对传统文学人为忽视，意识形态批评甚嚣尘上，作为艺术家作家的屠格涅夫研究直至50年代末方得以发展，一批研究精英（格罗莫夫、巴丘托、库尔良茨卡娅、穆拉托夫、沙塔洛夫、普斯托沃依特、比亚雷等）均以极具影响力的专著或专论将屠格涅夫艺术世界渐次展开，尽管在个别研究家那里，如马尔科维奇等，研究视点仍只落定在前四部长篇小说，但对其艺术成就已经有了较为充分的关照。但正如普斯托沃依特所言，及至20世纪九十年代，“屠格涅夫的艺术技巧、作家的书信、作品的版本考订、文本和语言尚待进一步研究。俄国屠学界仍期待着一部论屠格涅夫语言文体的学术专著问世”，“俄罗斯对屠格涅夫中短篇小说研究成果尚不能令人满意”，代表作家另类艺术成就的“神秘小说”仍少有研究。苏联解体后，研究界思想得以松绑，新老两代权威学者佳作迭出，促成了多元化、跨文化的宽口径屠格涅夫学。托波罗夫的专著《奇怪的屠格涅夫》（1998）以符号学结构主义到历史词汇学、历史比较语言学、神话诗学、神话学、仪式学、象征等理论与方法专论屠格涅夫艺术个性，尤其让人称奇的是对屠格涅夫魔幻般词语魅力的研究，给我们呈现出了斑斓多彩的屠格涅夫艺术个性，该专著被称为“更改了俄罗斯屠学”之作（别利亚耶娃语）而引起广泛热议，研究家因此而成为本年度，也是第一届索尔仁尼琴文学奖的唯一获得者。同时，一代研究精锐（如侧重屠格涅夫体裁研究的别利亚耶娃、专事屠格涅夫哲学思想研究的戈洛夫科、专门研究屠格涅夫神话诗学的别利斯卡娅，《猎人笔记》研究专家和作家生平研究家列别捷夫等）的出现，一批屠氏研究期刊的创办，多卷本的作家创作年鉴的出版，一批专论作家艺术个性及其晚年创作著述的问世，竞相打造出了俄罗斯屠格涅夫研究的繁荣。近年来，俄罗斯政府对屠格涅夫研究予以了高度关注，普京还在 2014 年 3 月 5 日颁发总统令，号召 2018 年在全俄范围内对这位“具有俄罗斯和世界文化意义的”伟大作家诞辰 200 周年予以隆重纪念。是年，将有近 70 场相关学术和纪念活动在俄、法、德等国进行，且均有联合国科教文组织参与。莫斯科大学（《晚年屠格涅夫：文本 · 事件 · 评价 · 遗产问题》）、圣彼得堡大学（《纪念屠格涅夫诞辰 200 周年国际学术研讨会》）、科学院世界文学研究所《屠格涅夫与世界文学》和俄罗斯文学研究所《屠格涅夫与俄罗斯世界》、奥廖尔大学（《屠格涅夫与世界文学》）、屠格涅夫庄园斯帕斯科耶—卢托维诺沃（《屠格涅夫诞辰 200 周年：文化历史与作家纪念馆》）等分别召开屠格涅夫国内或国际学术会议。奥廖尔大学信息发布词称：“屠格涅夫的创作在世界文学进程中曾占据，当下也毋庸置疑地占据着中心地位，作家的创作成就促进了俄罗斯和世界文化与文学的丰富，即便对当下的文学进程也继续产生影响”。

屠格涅夫是对中国社会文化建设，尤其是中国文学影响最大的外国作家之一，中国现代文学中一批作家，如鲁迅、瞿秋白、郭沫若、郁达夫、茅盾、郑振铎、巴金、沈从文等等都从屠格涅夫创作中得到启发或获得灵感，其中，巴金、郁达夫等被中俄学者誉为中国的屠格涅夫。屠格涅夫在中国有着 115 年的译介史。屠格涅夫最早以一位小体裁作家，一位言情的罗曼蒂克作家“亮相”中国，为中国读者最先认知的是他的玲珑剔透的“文学风格”。但是随着中国新文化运动对屠格涅夫的引进与接受却也是照搬了十九世纪民主派的文学批评，一味强调的是适应我国社会主义革命与新文化建设的需要，故而，长期以来，屠格涅夫在中国一定程度上可以说被错位，明明是一位艺术家，偏偏被说成是思想家；明明是一位浪漫主义特质的现实主义，但其浪漫主义成分被批评界一度淘空，剩下的似乎只是符合政治思想需要的现实主义；在他创作中占有主导地位的明明是中小体裁作品，但研究界只把更多的注意力投向他的长篇小说。类似漏读与误读使得中国的屠格涅夫研究与俄罗斯一样走过一条并非平坦的道路。中国屠格涅夫研究的复兴近乎源于与俄罗斯同样的契机，均得益于文化领域的“解冻”，即八十年代起，尤其是改革开放后，屠格涅夫研究步入社会历史批评，继之，文学审美批评渐成风尚，代表性著作当属张宪周的《屠格涅夫和他的小说》（1981）和王智量的《论普希金、屠格涅夫、托尔斯泰》（1985）。中国的屠研高潮始发于1983年作家逝世100周年，这一年发表各类研究文章总括约85篇。厦门屠格涅夫学术会议的召开当属本年度中国屠学最大盛事，且出版了论文集《屠格涅夫研究》（1989），不仅对屠氏六部长篇小说的社会思想性展开研究，同时也以艺术审美视角对作家创作手法予以论述，对各种体裁的研究，如刘文飞的《屠格涅夫早期抒情诗》、金留春、黄春来的《心理剧的倡导者屠格涅夫》至今不失为屠格涅夫抒情诗与戏剧研究的稀有之作，张建华的论文《屠格涅夫晚期浪漫主义中短篇小说初探》第一次对屠格涅夫的“神秘小说”予以专门研究，先知性地涉入“白银时代”的热点议题，及至20、21世纪之交俄罗斯屠格涅夫研究界公认的前沿领域。90年代至21世纪初年的中国屠格涅夫研究特色呈视域开拓、方法多样，高水准，宽口径，既有声势，又不乏质量的优良态势。一大批屠格涅夫本体研究、比较研究、文化研究等的优秀论文如雨后春笋竞相出现，朱宪生的专著《在诗与散文之间——屠格涅夫的创作和文体》（1999），堪为与俄罗斯屠格涅夫研究相呼应之作，孙乃修专著《屠格涅夫与中国》（1998）属于这一时期屠格涅夫比较研究的引擎之作，促成了这一时期中国屠格涅夫研究的繁盛，继而呈现出文化与审美的多元开掘的研究景象。

应该说，中国的屠格涅夫研究乃至中国文学对屠格涅夫的积极接受业已形成中国屠格涅夫研究的优秀传统，并在世界屠格涅夫研究中取得了令人瞩目的成绩。但是令人遗憾的是，就在俄罗斯，乃至欧洲，都在努力张扬屠格涅夫世界意义的今天，具有深刻中国意义的屠格涅夫仍未出现，近十年中国对他的研究已经出现了莫名的委顿与萧条，屠格涅夫研究无端地被认为已经穷尽，尽管不久前出版了两部屠格涅夫研究学术专著，即吴嘉佑的《屠格涅夫的哲学思想与文学创作》（2012）和朱红琼的《屠格涅夫散文诗研究》（2013），前者对屠格涅夫哲学思想及其艺术表现，以及作品中的浪漫主义元素作出了诸多令人信服的界说，后者当属对我国屠格涅夫小体裁作品研究的有力提振，但仍然改变不了目前中国屠格涅夫研究捉襟见肘的现实。文学受控于时代。出现此种情况，固然源于如下原因：当下社会的急功近利，人心浮躁，读者寻求的是感官刺激的速成品，而唯美文学却很少有人阅读，加上影视传媒等多种信息产业冲击了阅读市场，抢占了读者受众，更重要的是与我们的研究导向与片面认知有关。学界长期着眼于屠格涅夫的长篇小说研究，使得很多人认为，了解了长篇小说家屠格涅夫就了解了整个作家屠格涅夫，同时长篇小说的思想有限性覆盖了屠格涅夫艺术世界的丰富性，而无端认为该是与屠格涅夫“分手”的时候了。这样的观点导向，只能把中国的屠格涅夫研究引向死路。完全可以说，屠格涅夫研究在我国远不是穷尽，而是大有可为，人为丢弃屠格涅夫是我们文化建设的损失。

相对于思想家作家列夫·托尔斯泰，不同于哲学家作家陀思妥耶夫斯基，屠格涅夫乃艺术家作家，且对立于车尔尼雪夫斯基的“美是生活”的定论，“美是艺术”是其审美主张，当下俄罗斯学界越来越多的人称其为唯美作家，是一尊不朽的美的经典。艺术家作家屠格涅夫的全面认知在我国还需要有一定的过程，作家的美学特征有待进一步开掘。屠格涅夫艺术地力写时代与人生，用艺术表现理念的方式方法为我国的文学发展提供了不朽的经典范式。此外，“诗意现实主义”不仅仅是屠格涅夫的艺术方法自白，更是其独有的文学开创，这一点早已经为我国一些学者认知，茅盾誉其为“诗意的写实家”①，郑振铎称其作品“不仅包含诗的美，而且具有很充实的智的内容”②，也正因为此，使得屠格涅夫的作品外延意义十分广阔。作家以其诗意深含的心理描写、幽雅婉丽的景物描写，细腻抒情的爱情描写，以及纯净优美的俄罗斯文学语言和诗化叙事手段影响了蒲宁、普里什文、帕乌斯托夫斯基、卡扎科夫、索洛乌欣等一批 20 世纪作家，开创了俄罗斯诗意现实主义，亦为抒情现实主义，亦即浪漫现实主义的一派文学。研究此，尚能串接出一部内容独特的 20 世纪俄罗斯文学史。

小说家屠格涅夫艺术世界是丰富多元的，权且说，长篇小说功于社会思想的艺术传递，但中短篇小说却在人生永恒主题的揭示中聚现了作家的最高艺术成就。行至目前，他的一批明朗抒情的爱情中短篇小说在我国拥有多版本的翻译，但对其研究却相当匮乏，这些作品一定程度上构成屠格涅夫爱情小说总体艺术品质，如心理描写为特征的《初恋》，风景描写见长的《阿夏》，戏剧性小说著称的《春潮》等

① 见《小说月报》1920 年 2 月第 11 卷第 2 号《编辑余谈》。
② 《俄国文学史略》。载 1923 年《小说月报》。

等。屠格涅夫“神秘中短篇小说”约占其全部中短篇小说的三分之一还多。这批作品创作跨时较长，从 50 年代一直到作家去世之前，且每个时段都各具特征，即 50 年代对人生、幸福以及爱的死亡走向的哲理思考，60 年代的宿命忧郁与悲观绝望，70 年代对不可知的人生迷茫，80 年代轮回至 50—60 年代的爱情主题，但取代灰心与绝望的是生、死、爱的重组，亦即生与死毗邻，爱并不止于死亡，爱大于死亡。这些作品融汇了作家避开社会浮尘所作的冷静思考与艺术锤炼，具有很高的审美价值，可以说是多种艺术手法的兼容并蓄，可谓作家文学生涯中的一道亮丽景观。遗憾的是，我国及至目前对这类小说只有部分译介，对其研究更是近乎阒无。毫不夸张地说，离开屠格涅夫的中小体裁作品的研究，我们的研究只能是触摸到了屠格涅夫的冰山一角。虽然中国屠学已经取得了重大成就，但若干僵化定论有待花力气松动。历史行至今日，屠格涅夫仍被个别研究者当作思想家作家去研究，仍留有意识形态的思维话语，而作为艺术家作家屠格涅夫的研究显见不足。我们坚信，只要不懈努力，努力开掘，我们就会在世界屠研领域赢得自己的话语权，打造出属于中国人自己的新世纪屠格涅夫学。

心理学家作家屠格涅夫

心理描写在屠格涅夫的艺术世界中占有牵一发动全身的作用。正是他的隐蔽心理描写，很大程度上促成了他的诗意现实主义，或曰抒情现实主义创作方法的确立，形成了他的内容比语言多得多的诗意叙事，极大地增强了其作品的抒情性和联想性，以及长篇小说不长的语篇格局乃至作品本身情节淡化风格的形成，其风景描写也因“外在表现”的主旨而具备强大的心理评价功能，同时，语言艺术家与肖像艺术家屠格涅夫的文学定位无不得益于作家的敏锐观察力和出色的心理描写。

一、 心理描写的比较研究

与陀思妥耶夫斯基与列夫·托尔斯泰相同，屠格涅夫当属十九世纪三大心理学家作家之一。三位文学大师各以其无人企及的心理描写为十九世纪中后期的整个俄罗斯文学框定了审美标准，一如车尔尼雪夫斯基所言：“心理分析是赋予创作天才以力量的几乎是最本质的要素”，并认为，“认知人的内心，能够在我们面前展示其隐秘，此乃评论每一位，其作品震撼着我们心灵的作家的首要话题”①。也正是这三位文学巨擘在不同程度吸纳前辈作家心理描写手法基础之上，确立了俄罗斯小说心理描写的两大类型，即“由外入内型”和“由内往外型”，前者称“隐蔽式心理描写”，注重的是人物的“外在表现”，即根据人物的外部肖像、动作细节、言语和表情等等，或是景物的外部呈现隐秘揭示人物的内在心理，后者则是“公开式心理描写”，则多用内心独白、人物自我对话、梦境、意识流、书信、日记、回忆、想象等手法将人物心理状态或过程公布于读者。无需说，屠格涅夫是“隐蔽心理描写”手法创立者，而陀思妥耶夫斯基与列夫·托尔斯泰则确立了“公开心理描写”之类型。

有感于高尔基“研究的方法是比较的方法，否则不成其为方法”②

---

① 车尔尼雪夫斯基全集第三卷。莫斯科，1947 年。第 245 页。
② 高尔基：致《文学遗产》编辑部一封信。

这一宏论，笔者有意将屠格涅夫、陀思妥耶夫斯基、列夫·托尔斯泰三位心理学家作家的心理描写体系予以比较研究，以期甄别或厘清屠格涅夫的心理描写丰富内涵与鲜明特征，以及艺术嬗变。屠格涅夫与托尔斯泰的心理描写比较在我国时常有见，但其与陀思妥耶夫斯基比较却难得一见，即或有对三位作家有所比较，也多言其“异”，却很少言及“同”，从而使得研究界，尤其在审视屠格涅夫与陀思妥耶夫斯基文学关系时，一致觉得他们无论就其思想观点，还是艺术手法，都是巍然对峙，永不碰头的两座山峰。

屠格涅夫对托尔斯泰《战争与和平》的若干批评似乎成为屠格涅夫永不妥协于托尔斯泰的立场表白：“就托尔斯泰的所谓心理描写有很多话可说：没有一个性格得到真正发展，有的只是一张套老掉牙的办法，表达同一种感情、处境发颤的犹豫，他这般毫无顾忌地借每个人物之口和意识说出我爱，其实我恨等等，这些虚假、细腻的反省与思考，以及自身情感的观察是多么的让人腻烦生厌。托尔斯泰似乎不知道还有另外一种心理描写方法，或者是着意将其忽略”①。无需说，我们不能简单地用屠格涅夫单方面的评说来否定其他作家心理描写手法，就如同我们不能以托尔斯泰指责屠格涅夫在谈论很重要的事情的时候不激动而只关注语言精美和悦耳当为不真实，因屠格涅夫不喜欢写细腻的心理过程而认定其不善于心理描写一样有失公允。但屠格涅夫与托尔斯泰心理描写手法的不同是显而易见的，从而构成不同作家自成体系的心理描写原则。

屠格涅夫与托尔斯泰心理描写的不同在我国早有公论，即托尔斯

---

① 屠格涅夫文集第 12 卷。苏联国家文艺出版社。1956 年。第 385—386 页。

泰着重描写的是人物心理活动的过程，展现人的心灵辩证法。在托尔斯泰看来，“艺术的主要目的就在于表现一个人心灵的全部情况，表现朴素的语言无法说明的秘密……”[1]有别于托尔斯泰，屠格涅夫关注的则主要是人的内心世界的外在表现，而不在意状态本身，注重的是心理活动结果，而不问津其过程。屠格涅夫的审美信念是，“诗人应当是一个心理学家，然而是隐蔽的心理学家：他应当知道和感觉到现象的根源，但是表现的只是兴盛和衰败的现象本身”。从而构成了与托尔斯泰心理描写的两大对立，生发出各自不同的思想美学原则和艺术表现。屠格涅夫揭示人物内心世界的艺术手段的首要特征是简洁与矜持，他不主张像托尔斯泰那样，过于琐细地将人物心理全过程揭示于众，而是将丰富的心理内涵灌注于人物的外在表现，让人物的举手投足、一颦蹙、一叹息都担负起心理描写与性格揭示的任务，就艺术手段而言，这种心理描写既表现人的内心情感的外溢，又暗示人的心理活动的开端或结果。这种心理描写手法得到勃兰兑斯的高度赞扬：“在整个欧洲文学中，很难遇见更加委婉细腻的心理描写，更加精湛完美的性格刻画”[2]。

另外，屠格涅夫心理描写中的“外在表现”，同样包括围绕人物心理铺展开的风景呈现。作家巴金曾如是精当概括：屠格涅夫迷人之处在于“善于用极其简练的文笔描写人的深刻复杂的感情，用真诚的热爱之情描写俄罗斯祖国大自然的美丽，但他从不用多余的字句冗繁这种描绘，也不分散笔力去描绘细枝末节，他擅长于用点墨之笔描画出

① 托尔斯泰全集（百年纪念版）。第 63 卷 94 页。
② 王智量：《论普希金、屠格涅夫、托尔斯泰》。《光明日报》出版社，1985。第 46 页。

他构思中所必不可少的风景，这种风景与人的内在情感时而相融相谐，时而对立反衬”①，从而使得“情”在“景”中或浓烈，或鲜明。“寓情于景”，“情景交融”是最常见的屠格涅夫风景描写的评论话语，尽管也有以此定论托尔斯泰的风景描写，但二者不同的是，托尔斯泰的风景描写内含深沉的哲理意味，远不是单纯的心理描写手段。大自然在屠格涅夫笔下既有修辞层面的“拟人化”，更具备伦理意义的“人格化”，以不同的方式与屠格涅夫所钟爱的主人公同悲共喜，既是人物心理的外在投影，催生出一幅幅“心灵风景画”，同时又是人物心理与情感的外在触媒，促成人物性格的塑造和心理情绪的推进，同时常常以“风景离题”或人物心理间歇与过渡的“抒情插笔”等方式，抒发作者本人的情怀，唤起读者的情感共鸣，“作者——文本——读者”一道完成文学写人，写人的心理的任务。

一个不容回避的问题是，迄今为止并最为常见的我国屠格涅夫心理描写原则的研究与得论基本源自作家的长篇小说，且多有重复，似乎小说家屠格涅夫除了六部长篇小说，别无他物，越发使得屠格涅夫与托尔斯泰成了两个心理描写的不可兼容的对垒。其实，所谓的“隐蔽”与“公开”并非泾渭分明的简单对峙。“准确而有力地表现真实和生活实况是作家的最高幸福，即使这真实同他个人的喜好并不相符”②。这段创作告白不仅是屠格涅夫艺术襟怀的忠实体现，也道出了一个人所共知的文学事实，即为了艺术真实的需要，任何一位真正的

① Ба Цзинь О творчестве Тургенева в Китае. -КН. : И. С. Тургенев（1818 - 1883 - 1958）Статьи и материалы。 Под ред. М. Алексеева. Орловское книжное издательство. 1960. С. 388.

② 《屠格涅夫回忆录》。人民文学出版社。1962 年版，第 90 页。

作家都不会固守自己的所谓原则而原地踏步，而是走向与不同作家、不同的创作手法的兼容并蓄。实践证明，即便在长篇小说中，屠格涅夫的心理描写也常常是下意识地靠近托尔斯泰，正如俄罗斯学者温妮科娃所认为，“每当屠格涅夫要描写作为过程的人的心灵生活，展现人的心理矛盾与斗争，都要求助于列夫·托尔斯泰的艺术手法”①。说的是屠格涅夫长篇小说《烟》中的利特维诺夫的心理描写便常常借助于托尔斯泰的“心灵辩证法”，称这个形象要比隐蔽心理学描写出的巴扎洛夫复杂得多，这位研究家研究发现，《贵族之家》中，当拉夫列茨基发现妻子有外遇后，其震惊、痛苦、愤怒，夹杂在他的充满情感辩证法的回忆中，屠格涅夫也同样是借助于托尔斯泰的心理分析手法，这一点也为我国学者冯增义所发现②。众所周知，屠格涅夫的男主人公常常是堂吉诃德和哈姆莱特的聚合体，前者是事业与爱情上的东突西撞，后者则是面对爱情与理想就要实现时的犹豫彷徨，而要完成“哈姆莱特性格”的完整揭示，就使得屠格涅夫对托尔斯泰心理描写手法的接受与借鉴成为必然。另外，若得领略屠格涅夫心理描写的全貌，我们必须认知屠格涅夫的整体创作，而远不能只局限于六部长篇，必须深入研究集中代表屠格涅夫艺术成就的一大批明朗抒情的爱情小说，乃至一批艺术方法上包容广大的“神秘小说”。

屠格涅夫的中篇小说《初恋》素被称为“心理小说”，但这篇小说的心理描写并不是其屠格涅夫本人“隐蔽心理学”的垂范之作，恰恰相

---

① Винникова И. А. И. С. Тургенев в шестидесятые годы (Очерки и наблюдения). Саратов. 1965. С. 94.

② 冯增义：《屠格涅夫长篇小说中的心理分析》。见文集《屠格涅夫研究》。上海译文出版社。1989 年。第 356—357 页。

反，被俄罗斯学者弗里得良德称为“屠格涅夫作品中唯一一部用托尔斯泰手法去洞察人物的情感的萌生和发展，细致入微地表达爱情本身的辩证法，从绝望到痛苦，从难以承受的委屈向醉人的快乐的瞬间过度的作品”。[①]小说《三次相遇》月夜中主人公的复杂心绪的一览无遗之呈现无不体现托尔斯泰侧重“心理过程”描写的影响。在素被认为对“隐蔽心理学”忠实奉行的《浮士德》、《死后》（《克拉拉·米里奇》）《阿立克赛神父的故事》等一批“神秘小说”中，托尔斯泰的心理描写过程，以及油画般精细的心理状态的描写，同样不失为屠格涅夫心理描写的重要辅助手法。可以说，屠格涅夫在他的中小体裁作品中其心理描写手法固然有对长篇小说的传承，但更多的是突破，及至为了艺术真实的需要而对其背离，甚至是颠覆，以至于批评界为屠格涅夫在晚期创作，尤其是在中短篇小说创作中是否已经放弃隐蔽心理学描写原则而展开争论，尽管得出的结论是否定的，但由此已足以说明，屠格涅夫整体创作心理描写手段的丰富多样，不仅仅有托尔斯泰的心理过程的描写，有脱胎于“心灵辩证法”的情感辩证法，也有陀思妥耶夫斯基的病态心理描写，同时还可以捕捉到现代主义的意识流等心理描写手法。

毫不足怪，托尔斯泰笔下也含有丰富的“屠格涅夫因素”。他的小说《舞会之后》是典型的屠格涅夫短篇小说的叙事模式，巴金发现，“屠格涅夫写过好些中短篇小说，有的开头写大家在一起聊天讲故事，轮到某某，他就滔滔不绝地说起来”。与屠格涅夫小说的叙事手段毫无

---

① Фридлянд В. Г. Тургеневская повесть. // Предисловие к Н. И. С. Тургенев Повести. М. , 1988. С. 23.

二致，《舞会之后》也是朋友“聊天讲故事”，轮到瓦西里，“他就滔滔不绝地说起来”，而且在少校父亲为了给一对意中人创造接触的机会，其善解人意之情也是通过他的神态与动作来“隐蔽”揭示的。整篇小说已经不再是“粗通文墨”的样子，更无一个“笨拙的词句”（卢那察尔斯基语），而完全是屠格涅夫式的语言简洁优美，整篇小说充满诗意与抒情格调。

公正的定论是，在三大心理学家作家的创作比较中我们应该看到，“隐蔽”与“公开”远不是数学题似的不同类型的演算，而是你中有我，我中有你的复杂关系，这种“你”“我”互见、同异互存的文学关系同样构成了屠格涅夫与陀思妥耶夫斯基心理分析比较的生动诠释。尽管二者都是对现实世界感受敏锐，同时又都是主观情绪较为浓厚的艺术家，只是在特定情况下，屠格涅夫热中于对人的特定心理状态的关注与敏感，追求的是“现实生活的诗化，自然情感的浪漫，带有哀伤调子的心灵抒情”，而当年被迈科夫称作为“心理诗人”的陀思妥耶夫斯基追求的则是“没有被理想化了的宗法制世界，描写的是‘病态的’和不谐和的，带有阴暗面的当代现实生活”。

打开陀思妥耶夫斯基的小说，我们在每一页都能读到人物的忏悔，但在这种忏悔无论是多么的坦诚，人物的个性隐秘远不是全然敞开，都有着人物因特定心理“根源”及主观因素而隐蔽着的心理真实。拉斯科尔尼科夫在索尼娅面前关于杀人目的的忏悔看上去是极其坦诚的，以至于不少研究者认为，在这里拉斯科尔尼科夫完全敞开了自己的隐秘的、潜意识的卑鄙动机，而崇高目的似乎成了自欺欺人之说。在我们看来，大可不必完全相信这番自白与忏悔，拉斯科尔尼科夫极其惊恐于他的犯罪，在这种慌乱无着情况下责怨自己是理所当然之事，也就是说，这番自白已完全情绪化。应该说，是爱，正是对人类真挚而深沉的爱把他推向了犯罪。但是，身处巨大心理冲突中的拉斯科尔尼科夫也许已理不清自己行为的真实“根源”。在陀思妥耶夫斯基人物的“公开”心理中隐藏有许多隐秘与谜团。我们不反对把陀氏主人公的心理说成是“公开”的，但从特定的视角看，他们的心理同样可以说成是“隐蔽”的。心理学家作家的屠格涅夫做过一个形象的比喻：“心理学家应当隐伏在艺术家身上，如同骨骼隐伏在有血有肉的躯体里，骨骼是作为稳固而看不见的支撑物为躯体服务的。”①从某种程度上，同样可以把这种说法用于陀思妥耶夫斯基：陀思妥耶夫斯基人物的忏悔是一种外在现象，但其根源与其说是暗含潜伏的，倒不如说是神秘和让人猜度的，其心理是“隐伏”在“忏悔”这一外部表现之中的。陀思妥耶夫斯基与屠格涅夫心理分析的共性之处在于他们都不愿将心理再分析的任务直接交付评论家，而是交付读者，用库尔良茨卡娅的话说：“在屠格涅夫笔下，情感和思想产生的过程是一座对任何作家都关闭着的神秘的实验室。”这位研究家还说：“情感冲动的最初运动是经受不住冷漠的分析式的支解，因为它们是神秘的，并不是一下子就能被意识到的”②。无独有偶，比亚雷同样把陀思妥耶夫斯基的心理分析说成是一座实验室，说是在这座实验室里，“作者远不是总来帮读者的忙，人物行为的原因常常是不予阐释，而任其像谜一样费解”③。如果说，屠格涅夫的心理分析更侧重于描写，在作者与读者之间架起一座用美好诗情垒砌的桥梁，营造“美”与“纯”的彼岸牵动着读者款款前

---

① 屠格涅夫文集第 11 卷。苏联国家文艺出版社。1956 年。第 142 页。
② 库尔良茨卡娅《长篇小说家屠格涅夫的艺术方法》。图拉，1972 年。第 237 页。
③ 比亚雷《十九世纪末的俄罗斯现实主义》。列宁格勒，1973 年。第 48 页。

行，那么，陀氏的心理分析则是在人物与读者之间垒起一堵带有病态诗意的高墙，让读者不得不贴着墙壁听墙那边传出灵魂的呻吟乃至绝叫，揪心地揣测着人物心理的里程。两位心理分析大师都善于给读者留以丰富的想象空间，调动他们的再分析能力，而调动读者的手段同样是借助于人的包括忏悔在内的外在表现与行为。比起屠格涅夫，陀思妥耶夫斯基的心理分析更多几分暗示，从某种程度上说，有时甚至更趋隐晦，给读者造成的客观效果更趋“残酷”。

屠格涅夫与陀思妥耶夫斯基的“内心语言”(внутреннее говорение)是二位心理分析手法中一个颇有意味的现象。有别于托尔斯泰，二位小说家不以描写思想和感情产生的隐秘过程为自己的艺术目的。如果说，托尔斯泰对人物“内部言语”(внутренняя речь)的最初形式进行文学描摹的话，那么屠氏与陀氏在描绘自己人物的内心独白时则常常将所谓的“内心话语”当作“内部言语”的发展，也就是把“内心语言”当作内在精神过程的最后一环，即结果。小说《父与子》主人公巴扎罗夫在突然接到巴维尔答应决斗的消息后的内心独白和《罪与罚》中拉斯科尔尼科夫与拉祖米辛不期而遇后的内心独白便是生动的注释。这两种情形都是主人公为突然到来的事件而显得失态，换托尔斯泰，这里必定是借人物的“内部言语”从容挥洒，以表达他们的万千思绪和纷乱无章思绪的往复交替，然而屠格涅夫与陀思妥耶夫斯基再现的却是这样一种内部言语，这种“言语”在主人公意识中已经得到一种调整，也就是说，两位作家关注的是内部言语的最后阶段，亦即随时都有可能蝉变成外部语言的“内心语言”，且忽略萌芽状态的原初形式。内心独白无论是在屠格涅夫笔下，还是在陀思妥耶夫斯基篇章中，都反映着各自主人公的特定感受，同时独白的结尾都失却论理的抽象。在这些独白中，没有冷冰冰的纯理性的东西，每一个念头闪现所引起的“内心语言”都是特定的强有力的情感冲击的“现象本身”，而并非思维与情感的运动过程，尽管这种过程不同于托尔斯泰的“心灵辩证法”。

陀思妥耶夫斯基对屠格涅夫的“隐蔽心理学”接近从某种程度上可以说是两位“心理诗人”都反对人的个性“精神”的纯理性认知，都避免像托尔斯泰那样对人物的内心世界作纯理性的叙述，避免主观注释人物的心灵运动，而力求用戏剧性方法和人物自我揭示的手段来认识人的内心世界。两位大师都不相信对人所作的抓不着，看不见的概念化的真实，相信的却是直接的认知，都当着读者的面揭示自己的人物，通过其外貌和行为呈现其内心，用内心与外在的必然关系来表达人物的心理反应。在他们笔下，反映人物内心形象的情节与细节的选取都是目标明确的。个别的心理细节常常是作为富有特征的内心状态的征兆而呈现出来的。

库尔良茨卡娅在她的《长篇小说家屠格涅夫的艺术方法》一书中就一些研究者认为屠格涅夫之所以达到艺术顶峰，得益于一定程度上与托尔斯泰“心灵辩证法”的接近而展开论争。这位学者公正指出，“屠格涅夫的心理分析在各个方面都不同于托尔斯泰，他在认知人的内心世界上既深刻，又独到，更有其艺术成效”①。对此，我们可以补充说，“隐蔽心理学”的方法能够解决用托尔斯泰方法未必能够解决得了的艺术任务，陀思妥耶夫斯基最大的艺术发现有时候只是屠格涅夫“隐蔽心理学”中优点的进一步发展。

---

① 库尔良茨卡娅：《长篇小说家屠格涅夫的艺术方法》。图拉，1972 年。第 237 页。

正是“隐蔽心理学”方法使得屠氏和陀氏的作品获得了丰富的层次，它尤为体现于《父与子》和《罪与罚》中，其中，外部情节线索和哲学、道德伦理问题极富特色地交织在一起，尤为重要的是，两位作家暗示的都是隐蔽着的心理现象的根源，主要描述的是这些根源的外在表现，从而为特定心理情形的多层次叙述创造了条件。

有别于将心理分析视为艺术目的的托尔斯泰，对于屠格涅夫与陀思妥耶夫斯基说来，心理描写本身并不是目的，而是一种艺术手段，为了使这种艺术手段付诸创作实际，他们常常将一种假定性导入人物的心理画图。比方说，屠格涅夫描写巴扎罗夫因对奥津佐娃的爱情失败后所产生的一种心理危机，这种危机可以假定为主人公整个世界观的总体意义上的危机。正是“隐蔽心理学”方法使得屠格涅夫带有不可忽确的描写目的与意义上的双重性。普斯托沃依特说道：“运用‘隐蔽心理学’的这一规律，在小说的下半部，屠格涅夫情愿不把巴扎罗夫‘衰败’的原因言明，他把读者的注意力全都转移到结果上去，也就是转到对巴扎罗夫在和奥金佐娃发生分歧之后精神空虚的描写”[①]。普斯托沃依特同时公正指出，在描写巴扎罗夫因单恋而痛苦的同时，屠格涅夫力求让读者明白，巴扎罗夫的虚无主义的世界观最终是没有生命力的，难以成立的。

类似的例子在陀思妥耶夫斯基笔下同样能够观察得到，他运用的是屠氏“隐蔽心理学”的某些特征，将假定性载入人物心理的调色板。写病态心理的同时，陀氏一方面客观现实地说明他的主人公们怪异反

---

① 普斯托沃依特：《屠格涅夫长篇小说〈父与子〉与十九世纪六十年代的思想斗争》。莫斯科，1960 年。第 217—218 页。

常行为的缘由，另一方面以天才的力量将此当成进入心理分析的艺术假定性予以运用。假如拉斯科尔尼科夫的心理不是病态的和灰暗的，那么，他就不会将杀死高利贷老太婆的事和通往称霸世界的道路联系起来。但拉斯科尔尼科夫的神经被贫穷、乞讨和犯罪所震撼。他的行为处于半谵妄状态，他常常产生一种幻觉，正因为如此，杀死老太婆在他看来是征服世界的第一步。拉斯科尔尼科夫与索妮娅的对话告诉读者，对于拉斯科尔尼科夫说来，杀人只是像一桩普通的刑事案件，并不能引起他特别的良心折磨，而所谓的犯罪感和恐惧感与他犯罪时的特殊古怪的思想有关。拉斯科尔尼科夫视自己的犯罪念头有着特殊的危险性，会一下子传染给全人类，并且全人类会因为社会的人吃人而夭亡。拉斯科尔尼科夫有一种感觉，像是他在做试验，人类的命运就取决于这场试验的结果如何，而且这种感觉也感染了读者，使得人们特别关注拉斯科尔尼科夫这番理论的兑现。将这种假定性导入心理画图的同时，陀思妥耶夫斯基从局部事实出发，即从放高利贷的老太婆被一穷大学生所杀过渡到对全世界历史的广度去概括，过渡到去思考用暴力手段将人类引向幸福的道路是不可行的，它使幸福失却了道德上，也是精神上的自由。拉斯科尔尼科夫的理论被驳倒，靠的不是缜密的逻辑推理，而是人的“天性”所不能接受。心理假定性使得作者作出了非同寻常的深刻概括，表现出极其重要的思想内涵。

毋须说，陀思妥耶夫斯基对屠格涅夫的巴扎罗夫有着浓厚的兴趣，并将此形象嫁接于自己的创作之中，并依据自己对这个形象的独特认知，经历了从赞同肯定到怀疑抑或否定，最终使其陀思妥耶夫斯基化，即筛去屠氏过于理想化的成分，存留乃至病态夸张放大巴扎罗夫的某些特征，遂分化于自己的虚无主义者们，重铸出一个个畸形化了的，却恰恰是陀氏眼中真正的生活中的虚无主义者。富有戏剧性的是，陀思妥耶夫斯基以此等态度认知与消解屠氏作品与形象久已有之。早在《罪与罚》问世的前五年，陀思妥耶夫斯基便对刚问世的屠格涅夫中篇小说《初恋》予以诸多评价，尽管有些评价未必到位，但两位文豪伦理美学立场、对现代人的心理的看法在一定程度上达到了共识。然而，透过紧随《初恋》之后发表的长篇小说《被侮辱与被损害的人们》，我们不难发现作品通过娜塔莎这个人物对齐娜依达形象的借鉴与改造。仅此足以说明，陀思妥耶夫斯基对屠格涅夫各种体裁的创作持有着经久不衰的兴趣和深刻的关系。

两部作品的女主人公都爱上了一个不该爱的人，一样地置身于情感的泥潭。较之于齐娜依达，娜塔莎表现得更为直露和“飞蛾扑灯”般忘情，甚至视女儿应尽义务于不顾，不惜让亲人痛苦，而投身于花花公子阿廖沙。两位女主人公都已预感到，等待她们的将是巨大的苦难，但都已身不由己。作家的视点正是落在娜塔莎这种齐娜依达般的感情上，而这种感情在屠格涅夫的《初恋》中恰恰得以诗意盎然的表现，并深深地感染着读者。看来，陀思妥耶夫斯基同样为屠格涅夫诗一般的叙述所打动，并拟将此作为他的未来长篇的艺术特征之一。一八六零年他在给他的笔友舒拜尔特的信中写道：“……我正处于十分兴奋的状态，全都是因我的长篇小说所致，我想写出一部漂亮的小说，我觉得，这里面有诗……”所不同的是，齐娜依达于爱情绝望中仍在温顺地吻着彼得留在她手臂上的鞭痕，但陀氏展示的女主人公的这种人性的优点却又似与作者的主观意图相悖，其结果是，娜塔莎一旦意识到她自己地位的卑微，便终止过错，哪怕是在最幸福的时刻也能抽刀断水，而不做负心人的“室外情人”。娜塔莎内心世界的变化证实着这位女主人公与齐娜依达伦理观念的不同。齐娜依达最终战胜不了自己的爱欲，她的死也就是顺理成章之事，到头来，兑现了她完整的天性，而娜塔莎则以拒绝阿廖沙为代价，走出迷途而步入自我的“复归”。小说结尾，可谓苦难深重，但她的生命没有终结，她与耶万盖里的交往意味着她个性发展新阶段的到来。

娜塔莎最终“陀思妥耶夫斯基化”，其内心悲剧与作家六十年代初的观点全然吻合，即人能够从损害个性的不良因素中走向“复原和自救”。就心理分析而言，小说乃女主人公感情、内心悲剧和逃离悲剧的潜在可能组合而成的“复调音乐”，即所谓的“多声部”。小说展示了二位心理学家作家在认知和描写人的“隐秘”中艺术立场的同与异，同时也是陀氏对屠格涅夫艺术手法吸收与创新的重要记录。可以认定，屠格涅夫笔下的齐娜依达对陀思妥耶夫斯基产生了久远的影响，一八六八年问世的长篇小说《白痴》中女主人公娜斯塔西娅身上分明有齐娜依达的影子，而娜斯塔西娅对她所好感的梅什金的爱情拒绝方式和告别话语活脱脱是齐娜依达对瓦洛佳情感结局的再演。

在一些研究家眼里，长篇小说家屠格涅夫一遇到纠结复杂的心理矛盾便将其交付诗，交付音乐，交付如诗如画、知情知意的大自然，甚至托付给心理学家，或直接交给读者，为此常常成为包括陀思妥耶夫斯基在内的文学家们诟病于他不擅长于人物心理分析的事实依据，然而，在中短篇小说的创作中，“隐蔽心理学家”屠格涅夫则如鱼得水，其心理描写或分析才干得以充分发挥，艺术手段得以极其丰富的展示，尤其是他的爱情小说更是其情感与艺术世界的大检阅。更为可贵的是，为适应艺术内容的需要，屠格涅夫不惜吸收或借鉴与自己艺术手法相对立的作家的心理分析手法，表现出了一个真正艺术家的审美胆识。

小说《初恋》不仅仅是一篇托尔斯泰式的心理小说，作品同样孕育或富含陀思妥耶夫斯基因素。小说以女主人公齐娜依达为中心点辐射出三条叙事线索，即齐娜依达和瓦洛佳的抒情性线索，齐娜依达与彼得的戏剧性线索，另有齐娜依达和包围在她身边的“骑士们”的讽刺性线索，三条线索相互对话，同时又与人物的各种情感，即瓦洛佳的一相情愿的单恋，齐娜依达的多角恋，彼得的婚外恋相交错、相映照，构成了一幅纷繁复杂的心理画图。这是一篇看上去以第一人称口吻写成的所谓“自白性小说”，其实是一部声音混杂的“多声部合唱”，其间叙事者和讲述者的声音，常常融合为一，少年瓦洛佳稚气和略带几分羞怯的自白镶嵌在成年弗拉基米尔幽默沉稳的叙述中，齐娜依达的内心的复杂情感对话汇聚成急切的呼寻与呼而无应的哀叹，同时搀杂着“骑士”们的无聊噪音。毫不夸张地说，比起当时的陀思妥耶夫斯基，屠格涅夫乃“复调小说”的先行，他更“善于支配混杂相处的各类人物”①，他的《初恋》实可谓“一个多种声音对话的大系统”②。这里不仅有人物与人物的对话，还有作者与人物的对话，乃至作者、人物分别与读者的对话，有缺位对话，假设对话，还有最富心理描写特征的人物自身对话，“内部言语”、“内心话语”等“内心独白”手段竞相呈示，把陷身于“初恋”旋涡中的各色主人公既甜蜜、又痛苦，既缱绻，又枉然的多种情感表达的声音一并宣泄于众。

如果认为，《初恋》对话的复杂性在于人物众多，对话载体不断变

① 奥托·考斯：《陀思妥耶夫斯基和他的命运》。柏林。1923，第36页。
② 黎皓智：《俄罗斯小说文体论》。百花洲文艺出版社。2001年，第238页。

换身份，那么在一批爱情小说中，其丰富性则是通过形式渗入内在，屠格涅夫感兴趣的不仅仅是看得见的心理画图，而且着力于对人的心灵深处隐秘的开掘，这种开掘常常借助于发话者存在，而受话者缺位或虚拟的特殊对话，有声或无声的独白，非己性直接引语，梦幻等多种艺术手法。在小说《阿夏》结尾，“隐蔽心理学家”屠格涅夫已完全是“陀思妥耶夫斯基式”地“公开”人物的狂躁与病态的心理状况。H. 先生的内在对话尤为体现主人公的情绪，即他的惊恐，他的慌乱，他的自责和他对自己造成的重大过失的痛心绝叫。这种内在对话表现为自己与自己的内在争执，一个“我”不断地给另一个“我”提出回答不了或即便回答也为时已晚的问题。对约会的回忆和对爱情行将失去的预感使他责怨交迭，对自己的草率决定后悔不及，痛心疾首。在这里，我们分明看到一个人在用两种面孔说话，一个是铸下大错的“我”，另一个是不能原谅自己过错的“我”，这一切都借助于极其丰富的语句结构和语调来昭示 H. 先生心灵深处的情感风暴。用巴赫金评论陀思妥耶夫斯基的话说，在这里，“占明显优势的是形成内在对话关系的双声语”①，此乃人物特定心理的聚焦，它能使读者对人物的内心一览无遗，与其同悲共叹。

在一批神秘小说的心理描写中，屠格涅夫与陀思妥耶夫斯基不仅有了最大程度的接近，且有更丰富的现代派特征的拓展。在这些作品中密集呈现陀思妥耶夫斯基式地对主人公的潜意识心理状态，人物的病态心理的挖掘，作家感兴趣的是梦境与现实之间的中间状态，具体描写中糅合进催眠术、梦幻、梦游、血缘联觉和心灵感应等等，共同建

① 《巴赫金文论选》。中国社会科学出版社。1996。第 297 页。

构“一扇半掩半启的”通向非理性（非现实）世界的大门，供他思索困扰他终身的哲学问题，即人类存在、人与宇宙和自然关系，以及死后的生命……亦即探讨生、死、爱等永恒主题，人物塑造上充盈着神秘、宿命与悲观等色彩。在这类作品中，主人公往往被一种神秘的力量所控制，常常与超自然形象相遇或经历着各种各样的离奇故事。

赋予风景描写以心理评价功能，此乃屠格涅夫“隐蔽心理学”原则的又一重要特征。读过小说《阿夏》的人，恐怕无人不被 H. 先生夜渡莱茵河的绝妙景色所陶醉。然而，原本静谧祥和的月夜，只因为 H. 先生情怀满涨而躁动勃越，激情澎湃，静如处子的大自然，猛然间像被安上了人的心理传感器，因人的情感冲撞而天地翻覆。在这里，自然景色被人物的特定情感所切割，即客观景物因人物强烈主观情绪而失却本相，而变了形的大自然则又成了 H. 先生心理的外化与具象。如果说此番描写是屠氏神来之笔，那么，用人物的主观眼光去裁决客观环境，已是陀思妥耶夫斯基环境描写的固有特征。正如程正民先生研究发现，陀思妥耶夫斯基所关注的不是人物所处的环境本身，而是人物的内心世界，作家强调的是人物的主体性，而不是通过作家的视角来描绘环境。呈现在《罪与罚》中破败零乱的阴暗街景，分明是主人公焦躁不安，心烦意乱情绪的外化，也正是主人公矛盾紊乱的心理才把街景看成破败零乱。[1]和屠格涅夫描绘的“心灵风景画”一样，环境或是风景描写已不是主人公心理的衬托和象征，而是主人公心灵的外在体现。

文学一如生活本身，看似相去甚远的事物常常有着千丝万缕的联

① 程正民：《俄国作家创作心理研究》。百花文艺出版社。1990 年。第 112—113 页。

系，貌似“不共戴天”的作家，创造出的艺术形象竟也有惊人的共通之处，问题是怎么看，去伪存真，由此及彼、由表及里地去探究，我们会发现，屠格涅夫的“隐蔽心理学”隐含着托尔斯泰与陀思妥耶夫斯基式的“公开”，而托尔斯泰，尤其是陀思妥耶夫斯基的“公开心理学”更不乏屠格涅夫式的“隐蔽”，任何简单片面的定论都会导致作家艺术世界认知的残缺。

二、心理描写的语言分析

文学是以语言为媒介来写人，来展现人的心灵活动的历史。故而，大凡文学大师都是语言大师，都善于用语言催活形象，进而接通心灵与世界的桥梁，并将语言所塑造出的形象超越语言本身视为最高艺术境界。屠格涅夫便是这样一位以“自己特殊音调和特殊构造的喉咙”表述人的心灵的语言艺术家，但他语言才华的卓绝之处远不局限于对人心理的简单客观的文字描述，而是以自己的独特视角选取语言内在的心理描写因素，不仅仅使平凡的语言获得非凡生命，甚而在“言语道断”之处，“思维路绝”之时，仍能“名言所绝之理”，将人的心灵深处的曲幽微妙准确而精细地外现。艺术家屠格涅夫一方面赋予客观存在着的语言以心理表现能力，另一方面则是启动语言本身的心理评价功能，不只是使语言成为心理描写的媒介，而且着意加强语言对人心理的参与与融合，使语言活化在人物心理的描写之中。

一

正如大家所知，屠格涅夫笔下的大自然可谓色彩万千，绘影绘声，用列夫·托尔斯泰的话说，屠格涅夫两三笔一挥，大自然就散发出迷人的芬芳。艺术家营造出的不仅是人物赖以活动的场所，同时也是人的心理的烘托与渲染，即或暗示与象征。正如波斯彼洛夫所说，在屠格涅夫笔下，“夏天百花盛放的大自然给予作者以补充的色彩，这种色彩十分细腻，对于描写人物的感受及其感情上的聚合离散都是很有意义的”。此外，色彩词汇在屠格涅夫笔下常常也是人物的社会地位，品味与修养，乃至文化水准，性格或精神状态的暗示。小说《初恋》中齐娜依达的母亲前来瓦洛佳家中做客，穿的是绿色衣服外加一条黄披巾，外加一顶火红色缎带的老式帽子，加上不符合身份的谈吐，让年幼的小主人公感觉出她品味低下，老派庸俗。《幽会》中男女主人公的外在颜色构成鲜明的对比。维克多穿得花里胡哨，像个花孔雀，他“不时用手拢拢卷得雄赳赳的火红色鬓发，不时揪揪翘在厚厚的上嘴唇上的黄黄的胡须”，不仅与大自然格格不入，更是小人得志之心理的显现，而阿库琳娜则衣着简朴，一如她的品性：颜色柔和，与自然甚是和谐。

光色影在艺术家屠格涅夫的画板上作为一种诗意化的存在，常常对观赏者的心理动因起着助燃与激化作用，成为人物心理活动的传媒。小说《春潮》的开头，在萨宁与杰玛的初次相见中，因焦虑与恐惧而来的显现在杰玛面孔上的光色影变化交织出这位意大利少女古罗马式的经典之美，使得萨宁不由得心弛神往，思绪竟飞至这位美少女的祖国。《初恋》中，在白色窗帘映衬下，在柔和的阳光映照下，齐娜依达那金黄色的头发，洁白的项颈，那镶嵌在光色影画框中蒙娜丽莎般的静态美激起了少年瓦洛佳无限的爱意与崇敬之情。

在更多的情况下，色彩词汇在屠格涅夫笔下确保准确与可信的同时，附着于某个形象，直接确定着该人物的外部变化，这些变化与其说是生理上的自然反映，倒不如说是人物心理活动的忠实传递，如人物脸红了，面色惨白，蜡黄，发青……而且作家越接近晚期，越注重色彩词汇的心理评价功能。在小说《烟》中，屠格涅夫用在伊琳娜身上的色彩词汇最为丰富，它几乎伴随着人物在整篇小说中的心理流程，如“她欲言又止，微微涨红了脸，直起身来”，“她的脸蹭地红了起来……很快便面色苍白……变得蜡黄……”，“她长出一口气，满脸通红……”“两眼闪耀着愉快与幸福的光亮……苍白着脸一声不吭……”，“两只眼睛波光盈盈，又渐渐黯淡下去”……“她的眼睛闪动着奇怪的光亮，透过绵密的面纱网孔依稀可见她的面颊和双唇死人般的苍白……”，“一双苍白而无血色的手……”等等，诸如此类，既表明伊琳娜曲折复杂的心理活动，又描画出她特定情形下的心理活动的外在表现。

小说《春潮》中有这样一个场面，杰玛一行去郊游，却遇到一帮美因驻军的非礼相待，杰玛受辱时心理的急剧变化，屠格涅夫未着一字，而是通过一系列色彩词汇传递而出：

> “开头，她吃了一惊，害怕起来，脸色煞白……接着，她的恐惧变为忿怒，她忽然满脸绯红，一直红到了发根，两眼盯住这个侮辱者，同时这双眼睛变暗了，突然闪烁一下，又变得漆黑，接着燃起了不可遏制的怒火。”

寥寥数语，却一连用了七个色彩表义词，每个色彩词都灌注了一定的心理内涵，使杰玛这个大家闺秀突然遇到骚扰时的惊恐、窘迫、委屈、不屑、愤怒、抗议、无奈，一个完整的心理流程跃然纸上。在这里丝毫没有屠格涅夫对杰玛心理的直接描述，同时，尽管大都是动词，也全然没有表示人物心理急剧起伏的外部动作，甚至没有一句带有声响的抗议的话语，但一连串不断变化着的“会说话的”色彩词汇纷纷诉说着杰玛浊浪拍天的恶劣心态。这一画面，和《贵族之家》结尾部分拉夫列茨基与丽莎的最后相见场面有着异曲同工之处：

> “她由一个唱诗班的席位走向另一个唱诗班的席位的时候，从离他身边很近的地方走过。她迈着修女稳重、基础而又平静的步子走了过去，并没有看他一眼；只是靠他这边的眼睫毛几乎无法察觉地颤栗了一下，而她瘦削的脸也垂得更低，她绕有念珠的两只手握得更紧了。”

同样是“最少量的语言，惊人地集中了最大量的思想”（巴尔扎克语）。同样是三言两语，却有着超负荷的心理载量。所不同的是，在这里，作家不是通过色彩，而是通过一个个不易察觉的动作将丽莎与心上人拉夫列茨基分别八年间的思念、孤独、委屈、辛酸等复杂心态忠实传达，通过一个个带“-нуть”表一次性词缀的动词和不定情态词“几乎”（чуть-чуть），借助人物眉毛一动之功和盘托出人物的内心世界，将女主人公与旧时恋人不期而遇之际的慌乱、局促、强作沉静，却又断难做到的神态描写得入木三分。如果说，丽莎与拉夫列茨基相见是凭借人物细节动作写出的一首心理抒情诗，那么，杰玛受辱的场面则是光色影镶嵌出的一幅心理画，前者意蕴无穷，耐人回味，后者则是绘声绘色，可感可触，均以极有力的视觉印象触发读者的情感反应。同时，二者共同实践着屠格涅夫“隐蔽心理学”原则，即屠格涅夫并不像托尔斯泰那样去直接描写人的心理活动的全过程，而是“心理学家潜伏在艺术家身上”（屠格涅夫语），通过人物的外在行为，如面部表情、手势，含义丰富的停顿即外在征兆道出人的心理；他不像托尔斯泰去关注心理活动的全过程，感兴趣的只是心理活动的开端与结果。上述两个场面各以自己独有的审美功能赋予屠格涅夫的心理描写手段以诗意美和绘画美。正是在这里，文学完成了对语言本身的超越，即文学形象代替了语言材料的存在，创造出了绝对自由的幻象。也正是在这里，屠格涅夫隐蔽心理学的简约与含蓄的美学特征得以至极的体现，给读者留下了悠远绵长的审美感受，堪为屠格涅夫心理描写诗情画意化的经典片段。

表味觉词汇在屠格涅夫作品中同样具有生理与心理评价的双重功能。毋须说，这些词的本义很难具有直接的心理评价因素，多为客观景物催生出人物主观心理情绪。正是艾草的苦味唤起了《阿夏》中H.先生的浓浓的思乡情绪，使身处异国的H.先生孤独之情顿生，同时，勾起他爱情的困惑与怅惘。正是故乡的空气所散发出的清新味道，唤起拉夫列茨基对故乡从未有过的深厚与强烈的爱之情。因心理描写的需要，味觉词在屠格涅夫笔下经常失却词的本义，即成为刻画人物情感，描写爱情主人公特定心理情绪的神来之笔，生成文学修辞上的通感或拟物如心的苦涩、酸楚等。在爱情描写中，屠格涅夫最爱用表示味道的修饰语就是“甜蜜的”，比方说：“甜蜜的缠绵”，“甜蜜的凉爽”，“甜蜜的慵倦”，“声响……更加甜美”，“甜蜜的呆然不动”，“甜蜜的痛楚”，“甜蜜的恐惧”，“甜蜜的惊恐”失却本义的甜味介入爱情主人公的心理活动，成为人物心理活动的动因或结果：“看到那熟悉的葡萄园和山顶上哪所白色小屋，我便有甜滋滋的感觉——就是说心头感到甜滋滋的，仿佛有人悄悄地把蜜往我心坎里灌。”说的是H.先生因对阿夏的感情渐深而成的特别的心理状态。《初恋》中瓦洛佳的心头“新奇的，难以形容的甜蜜的女性特征”，为此难以自持：“我的感觉是那么新奇，那么甜蜜……”瓦洛佳为齐娜依达的美和对他的最后一吻而欣喜若狂，他“就像一个吃着美味可口的东西的孩子一样”，“老天知道，这一告别的长吻是针对谁的，可我已经饱尝了它的甜蜜，我知道这样的亲吻不会再有第二次了”，等等，似乎都在想表明爱情的甜蜜与香浓，以启发读者去咀嚼爱的“甜蜜的痛苦”，“甜蜜的惊恐”，甜蜜的折磨，甜蜜的哀伤，乃至甜蜜的悲剧。

诚然，在屠格涅夫的作品中，人物的外表常常是其心理的对外投射，人物的外在行为与动作忠实传达其内在心理，也就是说根据人物的外在表现即可破译人物的心理活动。但屠格涅夫人物的外在行为并非总是与人物的心理情状一对一地对等，并非总是统一与和谐，而常常是人物内心的变形，抑或是反衬，在这种情况下，人物的心理常常变得更加曲折隐晦。此乃屠格涅夫艺术独到之处，作家本人也曾不无得意地说，此种手法更能发掘出人身上的矜持与内在的力量，折射出“感受与情感的惊人真实”①，巧妙地演绎与丰富着屠格涅夫的“隐蔽心理学原则”审美内涵。

语言艺术家屠格涅夫着力挖掘艺术词汇本身的心理评价功能，他的语言调色板中特别突出的词是“不动”（неподвижность），“凝滞”（недвижность），“娴静”（тишина），“安宁”（спокойствие）等语义相近词汇。屠格涅夫的高明之处就在于写“声”用“静”，写“动”

① 《屠格涅夫全集》三十卷本书信第一卷 501 页。科学出版社。列宁格勒。1966 年。

用“不动”，在他的笔下，“静”与“不动”从来都不是声调与动感的死无，而是新旧心理的中介，隐含着对情感的倾情吁请，对世界的积极容纳。在屠格涅夫的心理描写中，朴实无华的静态词汇常常成为表现人心灵深处情感丰富复杂的修饰语，从“隐蔽心理描写”的另一层面外显着人物意识的明确和心灵体系的谐和。

库尔良茨卡娅在她的《长篇小说家屠格涅夫的艺术方法》一书中对屠格涅夫这一心理描写特征作过令人信服的概括。在这位研究家看来，与陀思妥耶夫斯基的人物不同，屠格涅夫所钟爱的男女主人公的最强烈情感并不表现在歇斯底里的绝叫与捶胸顿足的外部动作中，恰恰相反，在心灵遭受巨大震撼时，他们的外在举止与表现常常是沉静从容，凝然不动的。诚如我们所见，在丽莎与拉夫列茨基最后相见时，丽莎的情感是汹涌外溢的，而她的步态却是“稳重的”（“ровный”），“平静的”（“смиренный”）；杰玛情怀激荡时：“一动不动地坐着”（“сидеть неподвижно”），心态最恶劣时，她更是“凝然不动地坐着，好像在沉思，并且困惑莫解……”（《春潮》）。“屠格涅夫家的姑娘们”的这种特征似乎已为她们的意中人所理解与把握，后者常常是试图卸下她们超载的心理重荷。面对心潮难平的阿夏，H. 先生的心里语言是：“她表面看来似乎很平静，可我望着她的时候，总是想劝她别激动”。屠格涅夫描写人物外在“静态”的语式特征在于，它常常附着于系词“依旧”，同时借助副词“久久地”，使得人物心理越发“隐蔽”与持重，却又加剧了情感和理智的冲突，乃至外在情绪内敛与内心情感外溅的碰撞。齐娜依达遭遇可怕的激情时，她“一动不动的站了很久；紧蹙着双眉，目不转睛地一直眺望着”；娜塔丽娅（《罗亭》）意识到自己对罗亭的感情之后，她“时而弹几个和音，轻的几乎听不见，生怕吵醒 m-lle Boncourt[①]，时而把前额贴在琴键上，一动不动”；奥津佐娃和巴扎罗夫（《父与子》）夜间幽会并和后者进行了一次推心置腹的谈话之后，不由得心潮起伏，她的内心状态极其复杂：对蹉跎岁月的意识，更新生活的愿望，即将有可能来临的情欲前的恐惧，然而，她的心潮难平依旧是凭借自身的外部沉静来反衬的：“屋子里好久都还点着灯，她动也不动地一直坐了很久，只是有时用手指头去摸她的光膀子，夜的寒气把它们刺得有点儿痛了”。《贵族之家》中男主人公莱姆的高涨情绪和自我陶醉也是通过他沉静的动作来反现的：“他沉默了，久久地端坐着，举目望着夜空”。表沉静的词汇不仅仅反托着人的激动心情，而且对整部作品进入高潮起着推波助澜的作用。当伊琳娜《前夜》得知英沙罗夫就要离开俄罗斯返回保加利亚时，她情潮激荡，但是作者并没有写她有什么过激的表现，而是写：“她一动不动地躺了半个小时；眼泪从她的指缝里淌到了枕头上……”风雨中一对恋人相见，爱情将他们推向幸福的至极，而英沙罗夫则是“他一动不动地站着，在自己的强有力的怀抱里拥着这向他委身的青春的生命，在心头感觉着新奇的、无限珍贵的负荷；一种强烈的柔情，一种不可言说的感激，将他的坚强的灵魂碾成了粉末，他从来还不曾体验过的眼泪在他的眼里迷漫着了……”屠格涅夫的每部作品都离不开爱情描写，屠格涅夫式的爱情每每如夏夜旋风之迅疾，故而，与此情相伴的总是人物的“不动”，“一动不动”及其意义相近之状态，使得这类词汇在屠格涅夫的作品中出现的频率最高。

翻看屠格涅夫爱情主人公的情感履历，不难发现屠格涅夫家的姑

---

① 法语：蓬古小姐。

娘们的情感发展公式：没进入爱情时她们都十分好动，像太阳一样热烈，而爱上或被爱上后都很沉静，像月亮一样阴郁。激情汹涌时变得瘫软、待缚，任凭她平素有多么任性，多么高傲。由此可见，屠格涅夫笔下的凝然不动与冷漠无情毫不相干。最文静、最沉静或曰最沉稳的人也是感情最强烈与最丰富的人，同时，也是意志最坚强的人，道德意识最清醒的人，目标最坚定的人人，却也是悲剧色彩最浓厚的人，反之亦然。列日涅夫这般说娜塔丽娅："您别看她那么文文静静，不声不响，她内心却蕴藏着强烈的激情，她的性格，嗨哟，别提有多刚烈了！""岁月流逝，年复一年；迅速地，无声地，有如雪下的水，叶莲娜的青春暗暗流着，从外表看来，似乎是平静无事，但在内心里，却经历着不安和苦斗"。这些富有激情的人同时也是性格坚硬的人，在经受着道德伦理的震撼时他们常常变得一动不动。比方说，娜塔丽娅收到罗亭的诀别信后，"呆呆地坐了很久，眼睛望着地板出神……她一动不动地坐着；好像觉得有种无可名状的黑浪，正一股又一股无声无息地涌至她的头顶，她正默默地、木然地沉入水底"。这种平静与沉着在常人看来近乎无法理解：罗亭突然离去后，娜塔丽娅的母亲对待女儿的心情是这样的："她本以为会看到眼泪，歇斯底里发作……可是娜达莉娅的举止却很是平静，这又令她如坠云里雾中"。文静和富有激情的女主人公就是在哀伤的当口依旧是泰然自若，因为她们能控制得住苏醒了的激情，她们比男主人公清醒得多，而非陷在情感的乱麻里不能自拔。丽莎正是了解到拉夫列茨基的妻子并没有死，而且知道她已经从巴黎赶回，并要求与拉夫列茨基"破镜重圆"，而越发清楚明白，她自己正经历着自身命运的"突变"，然而，"丽莎看上去倒很平静，她觉得心里平静多了，其实他是北一中异样的麻木，一种被判了行的犯人的麻主宰了”。决定永远地“销声匿迹”之后，她“脸上露出深受感动的、平静关切的神情。终于，她在房间中央站停下来，环顾了一下四周，走到书桌前，耶稣受难像就挂在书桌上方的墙壁上”。在这“凝然不动”之外总是隐藏着一种苦难，强压着在这种苦难中情感的欲念，还有对生活活生生的爱，二者似乎就要决堤泻出。正如陈燊研究发现，当她得知拉夫列茨基“死”而复生之后，“丽莎很快就决定了进修道院，并且不声不响地、不慌不忙地收拾房间，料理笔记和信札，是那么沉着和镇静，显示强大的意志力量”①。

普斯托沃依特精辟指出：“屠格涅夫晚期创作的语汇调色板的色调相当丰富多彩，并凭借着作者言语中一些形容词，这些词在特定情形下改变着自身普通的词汇意义而获得了另一种厚重的心理评价功用”。正如这位研究家所言，晚期屠格涅夫笔下，形容词“неподвижный”（静止的）的运用已经不是通常概念中的“сонный，статичный，спокойный，застывший”（睡梦中的、不动的、安静的、凝结的），而是包含着对深藏在人的内心深处的欲望的暗示。屠格涅夫是这么写克拉拉的：“但是这张面孔、额头，还有双眉的一动不动让他（阿拉托夫——王）尤为吃惊”——暗示着舞台上的克拉拉对台下看她演出的阿拉托夫的钟情乃至痴迷：“她迈着犹豫难决的步子走近舞台的前排，便凝然不动地收住脚步”。读小说的下文便可得知，正是在这个“凝然不动”中男主人公捕捉到了隐蔽着的，深含着的情怀，促成阿拉托夫“生未能同室，死定要同穴”的最终心理。晚期这个词，连带“隐蔽心理学”手法本身已蒙上了一层神秘的色彩。

---

① 《论〈贵族之家〉》。见《外国文学评论》1991年第3期。69页

在屠格涅夫作品中，沉静与凝然不动的形象对于体现艺术家的世界观、艺术观和审美观有着重大的意义。较之于陀思妥耶夫斯基，屠格涅夫的艺术肖像更为静止，更富耐人咀嚼的心理含量。之所以如此，首先取决于作家隐蔽心理学的简洁与矜持，和对读者阅读能力的充分信任。在屠格涅夫看来，描写人的内心世界，甚至是在悲剧境况下心理失衡的时候都要保持自然的疏密有致，切莫因作家自身的失态而无节制地重复和一相情愿地渲染人物的病态，为浓化气氛去舍却心理的真实。再者，依屠格涅夫所见，暴露人纷乱的情感思绪，即将人的个性病态心理直接坦陈于众全然是对纯朴与真实的偏离。故而，屠格涅夫对陀思妥耶夫斯基经常违反生活的基本规律，将病态的发作导入艺术作品大为恼火。他说："在陀思妥耶夫斯基笔下，每过两页就可发现他的人物身陷谵妄之中而胡说八道，在狂怒，在暴躁，而这是不可能的"①。库尔良茨卡娅研究指出，一味地沉湎于自身，并且主要是对纷繁杂乱的心灵流动的细节再现在屠格涅夫看来是对美的规范的破坏。在对俄罗斯小说三大泰斗屠格涅夫、托尔斯泰、陀思妥耶夫斯基心理分析手法作细腻比较研究的同时，这位学者大量考证了屠格涅夫的书信手稿，以此证实屠格涅夫与陀思妥耶夫斯基心理描写手法与审美观点的对立。一八六六年，屠格涅夫在给费特的信中写道："陀思妥耶夫斯基的《罪与罚》的第一部分是相当出色的，而第二部分则又是霉烂的自我抱怨"。一八七五年作家信告萨尔特科夫-谢德林说，他看完了刚出版的《少年》第一部："……我本想翻阅一下这团乱麻，可是我的天

① 转引自梅什科夫斯卡娅《托尔斯泰的艺术技巧》第 15 页。莫斯科。文学艺术出版社。1958 年。

哪，这是什么酸不溜秋的东西，既有熏天恶臭，还有谁也不需要的嘟嘟囔囔，还有心理的抱怨！”库尔良茨卡娅得出结论：津津乐道于打造高层次心理综合法的屠格涅夫非常不满意于陀思妥耶夫斯基，说他总是特别地问津于生活中的悲剧一面，对生活中的不和谐乐而不疲，对“分割成与人为敌的天然力量”，处于支离破碎，涡动式的不稳定状态的世界尤为钟情。其实，屠格涅夫钟情于用平静的外表写不平静的内心，在很大程度上是他的生活经历使然。屠格涅夫素来对贵族的矜持与温文持欣赏之态度，他比任何作家，尤其是陀思妥耶夫斯基都幸运，惟有他能心情宁静祥和地雕琢着心目中美的王国，尽情地“为赋新诗强说愁”，从不会因衣食无着而犯愁，更没尝过落魄与潦倒的滋味，故而，他的理想人物身上应该充满着贵族的文明与修养，持重与高贵，惟有此才符合他心目中的真实。

二

文学作品中人物丰富复杂的情感的表达无疑要借助于生动形象的艺术语言，但语言的表现能力又是极其有限的，最深刻的生命体验又是无法用语言来表达的。这是俄罗斯历代作家的心理纠结。茹可夫斯基在他的名作《无法表达的》就曾慨叹大自然的美丽无法用语言表达而借助于可视、有声和形象来体现立体的自然画图；丘特切夫在《沉默》一诗中慨叹人与人之间沟通时所产生的误解源自思想一通过语言就会出错而勉力“不可说而说之”，同样，屠格涅夫不止一次在惊叹语言”无限”的同时，慨叹它的”局限”。正如他在小说《贵族之家》中所写：“那少女（丽莎）纯洁心灵的感受，却不是言语所能表达的”，丽莎与拉夫列茨基的最后相见时的复杂心态也是断难用语言来明述的。在小说《春潮》中屠格涅夫更是直接借人物之口道出他对语言局限性的清醒认识："世界上再没有比语言更有力的……比语言更无力的了！"正因为认识到再高明的艺术家都不可能用最精确到位的语言一下子表达出人物瞬间即逝的心理波动，隐蔽心理学家屠格涅夫为了表达无法表达的心理活动，以及情绪的模糊与朦胧，着意寻求新的语言表现手段。作家根据俄语特点，着力挖掘"半个色调语汇"（полутон）的心理评价功能，并将艺术视角落定于带"-то"的不定代词与不定副词[①]、带"пол-"（-полу）前缀，表"一半"意义的复合词，不定情态语气词"差不多"，"几乎是"，以及比拟语气词"好像"、"仿佛"与区分连接词"不是……，就是……"和"或是……或是……"等的不确定语义上，营造出"似与不似"的不确定心理氛围，使之艺术功效不仅仅体现于艺术形象的耐咀嚼，更能在"言语道断"之处，"思维路绝"之时，"名言所绝之理"，将人的内心深处的曲幽微妙准确而精细地外现，终于能丘特切夫所不能。

在《贵族之家》中，和妻子分手后的拉夫列茨基回到国内后的内心状态是混乱不清的，是很难用表义精确的语汇来表达的，作者借助于不定副词"不知怎么的""как-то"来表现他的奇怪近乎忧郁，自己也理不清楚的迷惘心理；在《前夜》中，叶莲娜不知何去何从，同时感觉到身上"某一种"莫名的，但却是强烈的青春力量在心中奔涌，她的不

① 俄语中带-то不定代词，指的是"谁"、"什么"，"什么样的"、"谁的"等人称代词与物主代词加上-то，表示说话人确知有某人，有某物，或有某种特征，但不知道究竟是谁，是何物，是何特征，可翻译为"不知是谁"（某人），"不知是什么东西"（某事）"不知是谁的"（某人的），"不知是什么样子的"（某种的）等，不定副词也是这样，加上-то，可以翻译为"不知是何时"，"不知何处"，"不知为什么"，"不知怎么的"，"不知去哪里"，"不知从哪里"等等。

平静心态是借助于不定代词“不知是什么”来展示的。叶莲娜对别尔谢涅夫的态度难以确定时，“她的心扉渐渐开启，**某种**细腻的、正确的、美好的情感**不是**正在注入她的心房，**便是**正在她的心里滋生出来”。

以不定代词为主要特征的半个色调语汇在爱情的诗意描写中成了主调。在《初恋》中小主人公处于情怀似醒未醒之状态，并不是总能明白身边发生的事情，并不是总能确定自己的感情，整天陷身于惊喜参半，希望与失望，怀疑与徘徊，不解与困惑之中，因此，不定代词“某人”，“某物”，“某种”，“不知是谁的”和不定副词“某时”，“某处”，“从某时”，“从某处”，“不知为什么”，“不知怎么的”，“不知从何处”，“不知去何处”等等一应俱全，且有二十六处之多，尤为密集地遍布于瓦洛佳的整个心理画图。作家以孩子的身份去观察与体验，对少年瓦洛佳的心理过程极尽生动细腻而真实的描述。艺术家屠格涅夫不再拘泥于“隐蔽心理学”原则，即突破侧重于写心理活动结果，而忽略写心理活动过程的框套，而是自觉不自觉地实现着托尔斯泰的“艺术目的”：“表现一个人的心灵的全部情况，表现出那些用简单语言表达不出来的隐秘”①，而这种艺术胆识的体现正是得益于带-то不定代词与不定副词的频繁使用。在这部作品里，叙述语言的不定语气以及中间色调，人物内心语言的模棱两可，对心中偶像一次次不确定的猜测，造成一种“花非花，雾非雾”，“来时春梦几多时，去似朝云无觅处”的朦胧与怅惘，为小主人公的心理情状平添了几分诗意与朦胧。正是借助于这类不确定语义词，赋予了孩子眼中的女主人公“似与不似”的诗情画意之美，同时也展示了小主人公情感的外在矛

① 《托尔斯泰全集》第5卷，94页。莫斯科，科学出版社。1993年。

盾与强烈的内在心理冲突。在此等不确定认知和心理状态难以用语言定性的过程中，激情和折磨共存，欲望和痛苦相伴，挚爱和醋意相交织，理智和情感相碰撞，构建出了一种更能撞击读者心灵的情感或曰“心灵辩证法”。正是源于此，著名研究家弗里得良德认定“《初恋》是屠格涅夫唯一一部运用托尔斯泰手法去洞悉人物情感的萌生和发展，明察秋毫地表达爱情自身的辩证法，从绝望的痛苦，从难以承受的委屈向醉人的快乐瞬间过渡的作品”。

在屠格涅夫的晚期创作，如《死后》（《克拉拉·米里奇》）、《烟》等的爱情描写中，不确定语义词的使用频率居高不下，它既描写感情的萌生（如阿拉托夫对克拉拉的强烈感情的产生），也勾画感情的升华（李特维诺夫对伊琳娜感情的发展），乃至感情的结局（“对于李特维诺夫说来，伊琳娜最终成为“某种”（какой-то）黑暗的，危险的自然力的体现者”）。

屠格涅夫不仅将不确定语义词用于人物的内在语言，而且将其涂镀于与人物内心相关的外在表情。在描写人的情感的外部表现时屠格涅夫经常运用不定代词和比拟语气词，比方说，丽莎的形象有着宗教般神圣色彩，这种神圣被屠格涅夫看作是逻辑上不可分解，理性上难以认清的东西，是用任何精确的语言也判定不了的，更是让男主人公拉夫列茨基费解甚至膜拜的。作家似乎觉得再过硬的笔力也难表达这种难言的心态，惟有不确定语义词汇和比拟语气词才最大可能地通过外部动作，面部表情的变化将其体现：“拉夫列茨基坐在丽莎身边，可是她神情严肃，**几乎可以**说是一脸寒霜，自始至终没朝他看过一眼。她像是故意不理睬他，**一种**冷若冰霜，旁若无人的兴奋充溢了她的整个身心于是他终于走了，怀着隐秘的困惑……觉得丽莎心底一定**有什**

么事，可他却无法洞烛”。类似手法同样用于奥津佐娃对巴扎罗夫的那种不清晰的，朦胧的感情：“……她的脸红了”。“‘或者？’她突然说，但又马上停止，摇了摇她的鬈发。……她看见镜子里面的自己：她那向后仰的头，同她那**半开半阖**的眼睛和嘴唇上的神秘的微笑，这个时候**好像**在对她讲一桩她自己也觉得羞愧的**事**……”此时此刻，她或许对巴扎洛夫动了真情，她为韶华逝去而痛苦，渴望更新自己的生活——这种心态使她对巴扎洛夫的好感变得成熟了，但正如我们所知，对无惊无扰的宁静生活的迷恋却又在她心灵深处占了上风。这种坎坷复杂的心路历程恰恰是凭借各种不确定语义词，带“пол-”表“一半意义”的复合词和假设性判断句，并将其灌注在最能代表人物特定心态的外在言行上来展示的。

屠格涅夫的风景并非以浓妆艳抹眩目，而是以轻描淡写、素淡幽雅沁人心神。在他的画笔下，很少见到大红大紫，也难得见一片纯黑纯白，光色影在他笔下都不是到一极点，他乃中间色调和不确定语义的运用能手。在艺术家屠格涅夫的画幅上，或是浓露清晨中的白蒙蒙青草在猎人的足下留下一枚枚绿印，空气也泛着一层乳白，或是披着晚霞的白桦裸枝是“半睡不醒的”，或午夜的狗在“半个嗓子”吼叫，或不知从什么地方飘来一丝淡淡的苦艾的清香……作家最爱用带“пол-”（полу-）前缀，表“一半”意义的复合词，但这“一半”无疑不是数量的确指，多为一种语义的不确定。屠格涅夫叙述的事件，尤其是爱情故事，多发生在朦胧迷离（полумрачный）的星光月色中，“半明半暗”（полусветлый）的夕暮里，正午半光半影的绿荫下，声响似有若无的静谧中。正是这种说不清道不明的美把读者带入其中不停地玩味，不停地想象，不停地创造，与此同时，作品本身也获得了永久的生命力。

艺术家用语言描画出的自然画图所营造出的不仅仅是人物赖以活动的场所，同时也是人的心理的暗示与象征，烘托与渲染。萨宁（《春潮》）陶醉在蜂吟花香、树影斑驳的爱的田园，沐浴着“中午时分那略带翠绿的金灿灿的阳光和阴影，心儿沉浸在那懒洋洋的、无忧无虑的和青春——早期青春——的甜蜜的慵倦中”。有时“半个色调”直接是人物心理乃至生理反应的点明。《初恋》中，十六岁的瓦洛佳的情怀是“半意识到的”（полусознанный），透露着波洛佐娃凶悍与矫情本性的面部特征是“半兽半神”（“полузверь и полубог”）。在屠格涅夫的人物心理叙述中几乎不存在直来直去，一锤定音的现象。在他看来，人的心理状态本身是极其细腻复杂的，其细腻差别常常不是一句话就能表达得透彻的，故而，“诗人应凝练而不满冗赘，启人思绪而不必说尽，暗示文外曲致”[①]，而这种“文外曲致”，即“不必说尽”的“另一半”靠的不是评论家们的冷漠支解，放置“心理实验室”冷静分析，而是将心理再分析的任务交付读者，任其去认识，去发展，去完善。拉夫列茨基经历了与妻子瓦尔瓦拉恩断情绝的情感悲剧回到故乡：“只有在他微微鼓出的、略显呆滞的蓝眼睛里，可以看出**几分忧思和疲惫的神色**，他的声音也**似乎**过于呆板。”有时候，心理艺术家屠格涅夫甚至将人的内在活动与外在表现的互为对立与反衬也推给读者去协调与统一。正如普斯托沃依特研究发现，在小说《死后》的第四章里作者似乎让克拉拉的内在面貌与外在面貌相对立。在我看来，屠格涅夫的匠心独具之处就在于作家用不着自己直接出面，而是让读者通过文字描

---

① 丰华瞻：《中国抒情诗传统与西洋的史诗传统》。载林秀清编《现代意识与民族文化》第 63 页。复旦大学出版社。1978 年。

述去寻求二者的和谐，在他们的理解与想象中去调和这种矛盾与“对立”：“……高挑的个子，肩膀略宽，**但**整个身材苗条匀称。脸色黝黑，**不是**犹太人，**就是**茨冈人那种脸色……，薄薄的嘴唇棱角俊美**但**突兀……整个一张脸一副沉思的表情，**几乎**是严厉的表情。她天性情怀丰富，随心所欲——**很难说是**善良，**也不一定就是**非常聪明，——**但是**她很有才华”。第十三章中的破折号完全服从和实践着这一审美目的：“她整个人就是一团火，整个的——情怀奔放，整个的——一个矛盾体：报复心重而又善良，宽宏大量而又心胸狭窄；相信命运，却又不信上帝；她爱一切美的东西，而自己却从不注意打扮，穿着随便；讨厌小伙子追求自己，但看书时却专挑描写爱情的地方反复细看……她怕死，却自杀”。

屠格涅夫对半个色调语汇，尤其是不定代词与不定副词的运用，在某种意义上是受茹可夫斯基，尤其是费特诗歌特征的启发。如果说，这类语汇的运用是茹可夫斯基诗歌总体特征之一，那么，在屠格涅夫与费特笔下则带有心理描写色彩，但不同的是，费特并不讲述已经“瓜熟蒂落”的感情，但“却又能观察得出萌生着的情感的苗头，情感似成未成时的“惊恐”[①]。如果说，费特强调的是“个别的感受，个别的情感色彩的细微变化，心理过程的个别因素”[②]，那么，屠格涅夫酿造的却是情感发展的历史，同时又不羁绊于托尔斯泰式的“过程”，而强调这一历史的制高点，用语言表达人物自己也无法表达明确的心理状态。屠格涅夫感兴趣的是瞬间的，但往往又是不确定的情绪，勉强捕捉

① 《格里高利耶夫文集》第九卷第111页。莫斯科。科学出版社。1910年。
② 布赫什塔博：《费特诗全集》（序）第62页。列宁格勒。列宁格勒大学出版社。1959年。

得到的激情的复杂过渡，同时揭示的同样是酝酿成熟了的永久情感的高潮，这些高潮是瓜熟蒂落的必然结果。

和涅克拉索夫一样，屠格涅夫对费特惯常表达不清楚的，非理性的心灵运动的所谓浪漫主义特征常常不理解，由此而生不满之情。屠格涅夫主张叙述人的心理应简洁矜持，在屠格涅夫看来，费特的不确定语义词所创立的所谓“意境”无异于玩弄文字与形象的游戏，是人为地给读者设置阅读障碍，故而，在他给费特做诗歌编辑期间，不止一次地指责费特的诗歌语言过于含糊与离谱，说他的用词并不是服从人物心理描写的需要，而是造成诗歌语言的晦涩，难读与费解，难怪他有一次手捧费特的诗，连声喊叫“读不懂”，并由此大刀阔斧地砍去他所读不懂之处。

爱情是人类最丰富的感情，屠格涅夫深知，文学作品中要想全方位表现这种感情，仅凭文字本身是难以胜任的，必须借助于一种替代语言和表达感情的符号来实现心理描写的艺术使命。就此，艺术家将慧眼投注于标点符号的心理评价功能，将这种书面形式化为烘托气氛，渲染情绪，强化阅读视觉，表现人特定心理活动的强有力手段。我们读到，配在支吾其词之后的省略号标志着“意蕴丰富”的停顿，它的心理载量厚重而又丰实，常常是在一个停顿之外，隐藏着一个难以言明的故事和微妙的心理，带有复杂的情绪色彩，故而在屠格涅夫的爱情描写中最为常见。括号则常用于作者对行为，对语调，对情景，对独白所作的注释。《初恋》中括号表达着更复杂、更细腻的感情，屠格涅夫运用得比较理性，比较客观。它或作为瓦洛佳心理的补充，或是心理的证实，或是少年心理的注释（少年心理的逼真外露），或为心理的直接描画，或化为心理内容丰富的内心语言。

在所有标点符号中，惟有问号与感叹号的最具感性特征，尤为出现在情感波动起伏较大的时候。《阿夏》中的同名主人公出走后，H.先生对自己的犹豫行为追悔莫及，在他的内心言语中问号与感叹号最大限度地交迭使用：“我怎能不……？”“怎能不珍惜……？”“我为什么不！”在这里，我们分明看到一个人在用两种面孔说话，一个人的灵魂就此撕成了两半：一个是铸下大错的“我”，另一个是不能原谅自己过错的“我”，这一切都借助于极其丰富的语句结构和极具情感色彩的标点符号，陀思妥耶夫斯基式地来昭示 H. 先生心灵深处情感风暴的。一个“我”不断地拷问另一个“我”：“难道我……？”“难道我……？”“难道我……？”并且痛心疾首地骂自己：“疯子！ 疯子！”。在屠格涅夫的爱情描写中，两种标点符号有时候同时出现，加强着语调，将人的心理，情感与情绪推向极至：“！！”、“？？”，多处使用三个感叹号“！！！”。当萨宁深感自己已无力挣脱波洛佐娃的情网，他试图借用杰玛的来信来给自己打气：他“定下的是这三天后见面！！！”作家似乎生怕读者没有注意到感叹号的强大心理表述功能，不惜直接出面，站在文字面前，借用括号直接向读者点明：“（用了三个感叹号）”，足见屠格涅夫对感叹号心理分析作用有着尤为清醒的认识。此情此境，若离开了标点符号，便很难忠实传达出萨宁此时此地的心情，由此可以说，在某种特殊场合与特殊环境中，标点符号产生着连文字都无法比拟的微妙、奇特的艺术效果，说它是一首变幻多彩的短诗，毫不为过。如果说，文学作品是感情记录成的文字，那么，标点符号在一定程度上则是让感情成“歌”、成“诉”的五线谱；如果把文学作品比作一部机器，那么，标点符号则是塑造文学形象，描写人物心理的齿轮与螺丝钉。难怪郭沫若先生对标点符号的审美功效予以如此高度的评价："言文而无标点，等于人而无眉目"。的确，标点符号本身并不是文字，但对文字的表情达意却起着画龙点睛的作用，为言说不尽的语言"救急"，同时，它的使命还在于为文字把脉，扮演着无声却有情的英雄角色。

用语言作为工具的文学作品，兼具丰富的感官艺术，它也许不及以色彩为工具的绘画等来得鲜活可触，但它强大的表述与阅读功能，却使得文学比任何其他艺术都更易于细致入微地、更直接具体地描写和表现人的丰富的内心情感世界，"言"不可言之理，"述"不可述之事，最终完成着自己的艺术使命，即展现人的心灵的历史，促人感知，唤取共鸣。

爱与悲的歌者

早在15岁的时候，屠格涅夫经历了一场幼稚而又失败的"初恋"，尽管他自觉饱尝了爱的甘甜与温柔，到头来却痛苦地发现，自己的"初恋"竟成了父亲人生的"黄昏恋"。刻骨铭心且非同寻常的"初恋"使得作家写下了最具自传色彩的中篇小说《初恋》，作家声称此乃他"迄今唯一满意的作品，因为它是生活本身，而不是人为的编造"①，"……在《初恋》中……描写的是实实在在发生的事情，没有一丝一毫的夸张，每每读它，书中的人物便活灵活现地站立在我的面前"②，作家承认，这书中的人物瓦洛佳就是他本人，而彼得·瓦西里

① 《Тургенев в воспоминаниях современников》в двух томах. Т. 2. М. ,1969. С. 289 - 290.

② 转引自《钟王。1887年历书》。莫斯科，1888年。第77页。

耶维奇的原型则是他的父亲，这个让他又景仰又非常怜惜的人。

作家的人生自白道出了他对女性与爱的敏感：“我的整个一生浸透着女性的爱，不管是书本，还是什么别的东西，我都不能用它来代替女人……怎么说呢？我认为只有爱情才能赋予自然界中的万事万物以生机，……”[①]而作家一生不成功的感情生活是他对爱情既憧憬向往，又虚无悲观，在他看来，爱情似风，“它吹拂着一切，但又什么也没有惊扰”（《初恋》），再美妙的爱情到头来“总是竹篮打水一场空，总是木槌捣水白费劲，总是半诚心半有意的自欺自慰，……”（《春潮》）。

屠格涅夫，及至后来的蒲宁，与托尔斯泰的爱情描写构成鲜明的对立，从而形成俄罗斯经典作家以爱情为命题的两大对垒。以列夫·托尔斯泰为代表的一方强调爱情是个性的情感，是个性最为崇高最为充分的表达，是人的性格在起关键作用。渥伦斯基之所以不能像安娜那样去爱，他们的悲剧不仅仅是两个人都是在情感上互不相让的“对头”，而且是个性的迥然不同。言及列文，屠格涅夫藐视其为爱的利己主义者。而另一方则以屠格涅夫与蒲宁为领衔，将爱情视为人生最基本的表现形式，它能给人的生活增添前所未有的，但很短暂的快乐与幸福，然而它隐藏着一种无可挽回的惨剧，给人带来无法遏制的悲剧和死亡。它要求人放弃个性而利他，为爱作忘我的牺牲。如果说托尔斯泰描写的是性格悲剧，屠格涅夫与蒲宁笔下描写的则多为命运悲剧。

探究蒲宁与屠格涅夫在爱与死主题的挖掘上惊人相似的原因，斯里维茨卡娅将其归结为受了叔本华的影响。在这位研究家看来，叔本华对俄罗斯文学影响一直持续到20世纪前十年，故而叔本华的思想在

---

① Боровицкая Н. Эпилог. М. ,С. 78.

许多方面给屠格涅夫与蒲宁以创作启发提供可能。在《爱情玄学》一书中，叔本华阐释了情与欲的力量和它的悲剧走向是因为人在爱情中追求个人幸福和完成这一崇高的、超个性之上使命的同时，进入对他来说与生俱有的不祥事件。屠格涅夫的某些爱情观应该是发端于此，例如他说，“真正的爱情不是我们想象中的那种感情，它甚至不能够算作是一种感情，它只是一种病，一种人人都知道的精神状态……它完全像霍乱和热病一样，来得那么快。爱情里没有平等，在爱情里一个人是奴隶，另一个人是统治者”。爱德蒙·龚古尔在日记中曾经记述了屠格涅夫与左拉就爱情问题发生的争执：“屠格涅夫认为，真正恋爱着的人，他的个性似乎已经被剥夺”[①]。

正如瓦洛佳（《初恋》）自己所言，他的“情欲”和他的痛苦是同一天开始的。当他全身心把自己交给他的“爱情”的时候，齐娜依达变成了他生活中的一部分，齐娜依达的一颦一笑都能给他带来无法形容的狂喜和悲哀，齐娜依达的每一细小变化都会唤起他无限的爱意与嫉妒，为了保卫这份爱，他甘愿做阿乐哥[②]、奥赛罗[③]午夜出征。小主人公不明白，他的忘我的爱得到的不是回应，却是冷漠，他的真情不是被珍视，而一再被忽略。他又从何知道，在他所爱的人齐娜依达眼里他只是一个幼稚的孩子，他又怎能知道，她的周围无一人为她所爱，她的意中人不在这里?！“齐娜依达的眼泪把我完全弄糊涂了：我压根儿不知道该拿什么主意，我自己也想哭一顿：我到底还是个孩子，虽然我已经十六岁了。”

---

① 爱德蒙·龚古尔：《日记摘抄》。列宁格勒出版社。1956年。第574页。
② 普希金叙事诗《茨冈》男主人公。
③ 莎士比亚同名悲剧主人公。

本该是一场甜蜜的“初恋”，但它的主人公无一不备受其折磨，饱尝其痛苦，原因皆起于“当你全身心把自己交给它的时候”。齐娜依达以脱俗的俊美和高傲的性格似沼泽地里飞起的一只天鹅，给暗淡的社会带来一抹亮丽，然而生活赐给她的初恋要么就是不配爱的俗流，要么就是一个让她倾情去爱却又不能爱的“骑士”，要么就是一个不谙世事的孩子……可以说，《初恋》里的“初恋”主人公全都是在希望和失望中挣扎，齐娜依达更是飞蛾扑灯，明知自己将被化为灰烬，却说“牺牲自己是一件快乐的事”，同时和瓦洛佳一样，甘愿被她所爱的人征服。爱，在《初恋》里是一种凤凰涅槃式的壮举，它是一种无与匹敌的巨大力量。“……爱情是一种摧残自我的情欲，它迫使我们忘却自己和自己的利益……”[①]在女主人公齐娜依达身上既有一种对真爱的渴求，也有追求不得时毕巧林式的玩世不恭，但当她进入真爱后，便能克服自我和孤傲的个性，勇于主动，但是齐娜依达奋力追求的独立和幸福并没有真正得到，她的生活终以悲剧告终。

屠格涅夫极其擅长于给自己的爱情主人公营造情感的温柔乡。其爱情主人公的爱情经历都处于人生最好的情窦初开时期，往往置身于俄罗斯一年中最适宜于春情萌发的百花盛放的夏天，伴随他们的要么是现实中幽雅婉丽的风景画图，即清晨、黄昏，月夜，小河边，池塘旁，花园里，要么是人物主观心理呈现的各色“心灵景物”。作者调动一切艺术手段，让景物为主人公至纯至美的爱情而歌唱。堪为屠格涅夫长篇小说中艺术价值最高的《贵族之家》，与男女主人公爱情体验相匹配的是屠格涅夫饱蘸情怀的景物描写和诗一样的语言：“夏夜的魅

① 《同时代人忆屠格涅夫》两卷本。第二卷。莫斯科，1969 年。431 页。

力包围着他（拉夫列茨基——王）……，那么甜蜜，那么迷人；远近的一切无不静如止水，远处的景物可以望见，然而朦朦胧胧，什么也不能看清；就在这无涯的静谧中，存在着年轻的、如花初绽的生命”，也就是说，大自然的美妙绝伦和作家的丰富情才只为他心爱的爱情主人公而尽情展开：“夜莺是为他俩才婉转啼唱的，星星是为他俩才闪烁发光的，被睡意、夏夜的舒适和温暖陶醉的昏昏欲睡的树木是为了他俩才絮絮细语的……”。早春的一声惊雷吹响了十六岁瓦洛佳（《初恋》）青春的号角，他沉醉在充满甜蜜、充满莫名期待的心灵的温柔之乡，心似春燕绕梁，展翩翻飞，“有一种极舒服而又莫名其妙的感觉”甜得他心发痛，甜得他欲落泪，甜得他万缕情思似春草蓬勃而生……齐娜依达的出现将他从甜蜜的幻想带入甜蜜的现实，女性的芬芳，“醉得他几乎透不过气来”，使他生平第一次感受到了与女性亲近之甜美，女性之吻，在他看来成了他爱情“回生”的信物：“一种甜蜜的痛苦充满了我的全身，而最后这种情感是以欣喜若狂的蹦跳和叫喊来抒发的”。小说《阿夏》中屠格涅夫将爱情主人公置于仙境般的场景：纯净如水的月色，袅袅飘荡的音乐，船橹欸乃的夜渡，两心相近的华尔兹舞步……甜蜜，使得阿夏自觉插上了翅膀，欲与心上人飞往爱情的王国，使得H.先生迷醉于爱与被爱的温柔之乡久久回不过神来；萨宁（《春潮》）沉浸在蜂吟花香、树影斑驳的爱的田园，“心儿沉浸在懒洋洋的、无忧无虑的和青春——早期青春——的甜蜜的庸倦中！”的确，屠格涅夫极尽柔情渲染他笔下主人公爱情的甜蜜，并给他们令人销魂的开端，让人感觉爱情的无限美好，禁不住为书中人物默默祝福，相信他们必是爱到白头。然而，瓦尔瓦拉的出现，将一对相爱男女逼向爱情的死途，《初恋》中为保卫爱情午夜出征巡逻的瓦洛佳意外发现，自己的“初恋”偶像竟是父亲的婚外恋人，由此宣告让他甘苦备尝的“初恋”轰然坍塌；阿夏在 H. 先生的鼓励下生出了爱的翅膀却无处可飞，一场该死的“幽会”宣告了男女主人公情到及至的“初恋”的惨败与终结，而处在情感高峰的萨宁却因禁不住“黑色情欲”的诱惑仅在三天之内便将本已到手的爱情葬送。屠格涅夫作品的爱情描写程式是，无一不是以美好愿望出发，却全都以失败告终；甜蜜到达极致之际，却也是毁灭来临之时，用列别捷夫的话说，在爱情的王国里，屠格涅夫的“爱情主人公是美妙无比的，精神上市是展翅奋飞的，然而爱情的翅膀把他们捧得越高，悲剧性结局就越为接近——跌得越重”①。屠格涅夫正是在甜蜜与苦涩，缱绻与枉然这爱与悲的两极中展开张力，由此生发出爱情主人公感天动地的丰富情怀。

众所周知，屠格涅夫是描写女性形象的高手，是“理想女性的爱情歌唱家”（杜勃罗留波夫语），长期以来，这一立论的援引和阐释应该是多用于屠格涅夫的长篇小说。的确，屠氏长篇小说中的女性形象大都沉着矜持高贵优雅，“有着完备教养和东方特色的俄罗斯女性的优美形象”（孙乃修语），她们常常是为理想之爱而存在，似乎专门用来供男主人公谈恋爱，以她们爱情上的清醒、主动与执着，成为男性情感与道德意志的试金石。由此，我国作家巴金得出一个著名论断，即屠格涅夫小说“女主人公总是比男主人公强”，由此一味歌颂屠氏女性，贬斥其男性。在巴金看来，这些女性“有勇气，有毅力”，而对立于此，男性则“能说不能行，没有胆量，没有决心”②，所以评屠氏笔下男主

① Ю. Лебедев：《История русской литературы XIX века》. М.，1991. С. 45.
② 巴金：《在门槛上——回忆录之一》。《水星》第 2 卷第 3 期。1935 年 6 月 10 日出版。21 页。

人一概是“多余人”，爱情中的“逃兵”，由此按照自身对屠格涅夫的理解巴金写出了一批中国式的“屠格涅夫家的姑娘”和与之构成反衬的“屠格涅夫家的男人”。如，《海之梦》中的女主人公，出身于贵族家庭而走上了一条革命的道路，使人不由得想起屠格涅夫《前夜》中的叶莲娜，还有李佩珠（爱情三部曲），琴，高淑英这些与封建礼教作斗争，努力奔向自由，投身理想的新女性与“屠格涅夫家的姑娘们”都有诸多相同的地方。但同时，我们从《雾》中的周如水身上分明见到罗亭的影子，对心爱的姑娘（张若兰）不敢爱，又像拉夫列茨基一样，对自己不爱的妻子不敢抛，最后屈从于传统道德，去履行自己的义务而重过那墓地般的生活。正是面对昔日恋人梅的依恋和妻子瑞珏的真情，觉新表现出一种软弱与犹豫。让人感佩的是，巴金笔下的女性为争得自由与爱情要付出数倍于“屠格涅夫家的姑娘们”的努力与奋争，因为巴金小说事件多发生在封建礼教社会。子辈中的男性们已经处于被宰割与残害的地位，那么封建礼教“三纲五常”下的女人们则生活在底层的底层，她们的社会地位要比男人低得多，她们没有任何自由，没有丝毫主宰自己感情与命运的权利，相比之下，“屠格涅夫家的姑娘们”都受过极好的教育，在爱情上享有充分的自由，她们的婚姻固然有父母的参与，但十有八九都是当事的姑娘们最后决定自己的命运。所以当她们目标锁定，便可以大胆出击，尽情表白，这时候的她们，对爱情追求表现得执著而坚定，热烈且忘我，即便是“飞蛾扑灯”也在所不惜，舍却个性也心甘情愿，让人相信这种爱情定是地老天荒，经得住任何人世间的考验。但其实屠格涅夫女主人公形象自长篇小说已经发生了分叉与矛盾，在其中短篇小说中则更是矛盾丛生，在爱情的追求上有着诸多的性格与心理缺憾，在爱情表现上尚不如男子来得真实、坚定或曰坚守。“屠格涅夫家的少女们”看上去是目标明确，执着追求，大有非他莫嫁的豪壮情怀，但是她们对爱情的追求是经不起任何风吹草动的，一旦受挫，要么一走了之（阿夏、杰玛），要么立即嫁人，哪怕是嫁给俗人（娜塔莉亚、杰玛），要么神秘死去（薇拉《浮士德》、克拉拉《死后》），一死了之（克拉拉），连一个道歉和解释的机会都不给男人，把离散后的痛苦和忏悔一股脑留给他们……与女人们相比，屠格涅夫的男人们却背负沉重的道德负担。即便屠格涅夫的长篇小说中女主人公在爱情上也并非总是比男主人公强，反之，这些女人依旧避免不了她们固有的弱势，常常是既不坚定也不坚强，在爱情初萌时，常常显得目标不明确，自信心不足，心智不成熟，表现为情感的弱者。“屠格涅夫家的姑娘们”总想找个领袖式的男子汉，为她们指引目标，明确方向，常常是两次往还，便将爱情直接逼近男主人公，便不停地问她们的意中人：“告诉我，我该做些什么？”“我该怎么办？”“我的翅膀已经长出来了，但是我不知道该往哪儿飞……告诉我……”其实在那个混浊，近乎黑暗的年代，那些优秀的男主人公尽管在奋力寻找理想的彼岸，但他们自己也同样不知道路在何方，也就是说，连他们自己也不知道该往哪儿飞，她们的急切询问也只能是无异于问道于盲。于是悲剧出现了，就因为 H. 先生没有说出在阿夏看来该说的三个字，阿夏便决然离去；克拉拉对阿拉托夫一见钟情，就因为男主人公没反应过来，便服毒自杀。如果说，巴金笔下的爱情的夭亡源自罪恶的旧礼教，那么屠格涅夫笔下的爱情悲剧则汇聚着浓厚的屠格涅夫本人的主观情感——爱情的宿命与失望，以及爱情天然里的神秘与乖张。

尽管巴金与妻子萧珊翻译了屠格涅夫的许多中短篇小说，但在他的研究与评论几乎全集中于作家的长篇小说，并对其予以积极的创作接受，却刻意忽略屠格涅夫中短篇小说的存在。这应该说与时代局限有关。一段时期，文学批评界着力寻找乃至放大的是屠格涅夫作品的教育功能，而其中的审美功能却一概视为“小资情调”，人们硬是从艺术家屠格涅夫身上挤出个思想家屠格涅夫来，强化他的社会思想意义，而对代表着屠格涅夫艺术成就高峰的一大批中短篇小说长期置若罔闻。巴金概莫例外。

与女性相比较，屠格涅夫笔下的男主人公则背着沉重的道德重负，这些人按孙乃修的分类可划为两类，一类是以坚强的道德意识羁勒自己的情欲（《阿夏》中 H. 先生，《罗亭》中罗亭，《贵族之家》中的拉弗列茨基），一类则是被情欲冲动所操纵而失足迷途（《春潮》中萨宁，《烟》中的利特维诺夫）。但无论是哪一类，爱情错失后他们都是全力补救（H. 先生），懊悔终身（H. 先生，萨宁，《死后》中的阿拉托夫），甚至不管属不属于自己的过错，都是无尽的自责与忏悔（阿拉托夫），而后便身陷永久的孤苦零丁之中（H. 先生、萨宁），大有一种“曾经沧海难为水，除却巫山不是云”的悲壮情怀，似乎唯有此才能惩罚自己的过错，以一生的独守来祭奠自己的初恋（H. 先生、萨宁、罗亭等）。诗人用诗一样的笔触描写 H. 先生对阿夏的思念与“守贞”，多少年过去了，纵使他认识了一些别的女子，但是“没有一双眼睛可以替代满怀爱情凝视过我的那双眼睛；没有哪一个依偎在我怀里的心上人能够使我的心感到那么的快乐与甜蜜，甚至陶醉得停止了跳动！ 我这人命中注定要过独身的孤寂的生活，我度着寂寞的岁月；……”多少年过去了，孤独的萨宁面对一枚干枯了的玫瑰花和捏着一只小小的十字架，情怀仍如同“春潮”奔腾而泻……其实，屠格涅夫对自己笔下的男主人公已经寄予了毫不隐瞒的好感与真切的同情。我们看到，《春潮》

中作家用绝大篇幅一边渲染春潮的美妙和迅急，一边哀叹春潮的一去不返，可文至终结，春潮却又出人意料地“转回来”——杰玛回信给萨宁以示原谅而且萨宁“变卖家产准备去美国”投奔杰玛。据说屠格涅夫为《春潮》的结局颇费心思，甚至为此惊动了文坛好友安年科夫、卡维琳娜、法国翻译家鸠朗等，为加重结局的道德因素，作家数易其稿，终于将萨宁从被波洛佐娃驱赶，投奔杰玛遭拒绝，饱受孤独并遭作者的严厉斥责演变至在自责自省中获得所谓情感的再生。屠格涅夫为此算是殚尽虑竭，其结果仍非尽如人意。屠格涅夫这么做甚至冒着小说主题思想被破坏、故事失真的风险，而同情自己所喜爱的主人公，不忍心让他处于如此悲凉的境地，因为在他看来萨宁至老仍在忠实于自己的初恋，“否则便太不仁道了”。显而易见，作者的主观情感占了上风，从而给悲剧硬安上了喜剧翅膀，其实这种结局既不符生活真实，也未必合乎屠氏爱情主人公性格发展逻辑，客观上也是对读者的一种敷衍，想来也非作家本人的创作初衷，只是行文至此，作家已感到茫然。此种结局在一定程度上削弱了作品的审美价值，是作者自身对爱情的一种无望的期盼，是作者本人爱情屡屡受挫的扭曲折射，是一种宿命和虚无下的无奈之举。

屠格涅夫女性形象塑造的这种矛盾性早已经为梅列日可夫斯基所认知，尽管融进了象征主义的解读。在这位象征派领袖人物看来，屠格涅夫对女性的美和魅力的迷恋促使他塑造出那些天堂般的、不食人间烟火的少女，在这些少女身上可以看到埃德加·坡小说中莫列拉和莉盖亚姐妹的影子。这些清澈透亮的少女形象，因屠格涅夫经久不变的艺术敏感性的召唤而获得生命，她们对于各个时代与各个民族的诗人说来是“永恒的温柔”的象征。这些女性形象正是在许多象征派诗人笔下获得了专门的意义。在梅列日可夫斯基看来，屠格涅夫的在他第一部作品中就已经出现的“超凡脱俗的女性”（《帕拉莎》的同名主人公），其幻想是和威尔伦的《陌生女郎》与勃洛克的神秘“美妇人”相关联的，还有同样让人难以揣度的勃洛克的“陌生女郎”。的确，正因为对女性的偏爱，屠格涅夫似乎不忍让自己的心爱的情感女皇们坠入尘俗的，而且是有着令人恐怖的本相与后果的“性欲”，而让她们定格于崇高的，有着说教意义的“情感”之中，她们不是人之中的普通一员，她们从不会出现于厨房洗衣房里，从不会置身于劳作中，而是天仙一样的容貌和天仙一样的心性。这些飘渺似仙的女性无论如何是与平庸和粗俗绝缘的。依梅列日科夫斯基所见，屠格涅夫对爱情艺术手段的处理是以“性”服从于“情”，而失却自身价值的重要性。屠格涅夫一味夸张描写女性的情与美，但这种爱情是为美而美，为情而情，这种情不能接近性，二者一旦“交火”，爱情随即夭亡（《春潮》），或是人的生命也为期不远（《前夜》）；爱情辉煌时段的来临，也是其破灭的开始；爱情，一旦进入其归途——婚姻，爱，连同美本身就会灰飞烟灭，难怪依梅列日科夫斯基如是认为：屠格涅夫笔下的女性与爱情，象征着“肉欲”的欠缺与不完美，也就是现代文化意识以及思想宗教的不严整，不“明澈”，“可以说，在他，这个一生只是在行动，在为性的问题而烦恼的人那里，令人震惊的是，没有提及过生孩子的问题，没有提及过妇女妊娠、分娩、哺乳期母亲的问题。屠格涅夫作品中的妇女和姑娘仿佛不能生孩子”，“……性的悲剧当然就是屠格涅夫最可怕的痛苦折磨。于是他明白了，除了基督，谁都不能消除这一磨难。”在短文《屠格涅夫》中，梅列日科夫斯基实际上表达的就是这样一种思想，即在十九世纪九十年代，就其情节渊源于屠格涅夫式的爱情中短篇小说："性的悲剧"，爱情关系的不完美取决于当代人文化意识的不完美，而且解决这一问题是绕不过人类宗教文化演变的。

的确，犹如普希金笔下，塔基亚娜的性梦只止于奥涅金对她的耳际低语，屠格涅夫《处女地》中，玛丽安娜和涅日达诺夫的爱情表白后屠格涅夫只写了"她突然扑过去搂住他的脖子，她的头仅仅靠在他的肩上"。屠格涅夫的这种爱情设置于十九世纪就有人在他的中篇小说《春潮》中有所发现，不同的是，当时是将其当做艺术上的出奇制胜而为同时代人惊叹。在这部作品中，屠格涅夫精心塑造了两类截然不同的美女形象，即体现纯净古典之美的少女杰玛，另一个为带有充满邪恶不洁之美的少妇波罗佐娃，故而小说既写了初恋少女的羞涩矜持，也写了贵族少妇的情欲坦陈。屠格涅夫调动了天才艺术家独有的艺术手段，将纯洁爱情与"黑色情欲"一并付诸笔端，写爱情不拘谨，论情欲具含蓄。在少妇的情欲挑逗中，不难读到身体的接近，言语的撩拨。乃至体味自了诱惑，却始终见不到赤裸裸的性的描写，更房情事，若换个自然主义作家，对其场面必是大写特写。但屠格涅夫却不着一字，读者便已明就里。屠格涅夫这一手法令同时代人拍案叫绝，一位姓斯塔索夫的人曾为此直接找到屠格涅夫本人，问作家写了那么多爱情故事，却为何始终读不到色情描写的影子，屠格涅夫笑而作答："每个人都有自己的招法，更多的我不能够。对此要说的是有什么就写什么。还是让我们谈谈普希金吧。①"

无独有偶，我国的巴金爱情描写有着类似屠格涅夫的经历。美国研究家内森 · K · 茅也曾对巴金写了那么多爱情故事发出了斯塔索夫

① 《同时代人忆屠格涅夫》两卷本。莫斯科。1969 年。第 2 卷，第 111 页。

式的疑问，说巴金作品只写了爱情，没写情欲，认为“性的魔力未被研究”[①]是巴金作品的一大缺陷。而我国学者孙乃修则从道德伦理的高度正面评价了巴金的爱情书写：“……巴金笔下的女性虽然也有着新型的恋爱观和道德观，但又不像茅盾笔下的女性那样有着明显的性解放味道、肉欲的追求、甚至带有放荡不羁的劲头儿，巴金笔下的女性大都有着相当浓厚的东方式的温柔、娴雅、内向的气质，很有些屠格涅夫笔下女性的那种风度，即体现出时代的崭新道德观、恋爱观与源远流长的民族女性心理素质和文化教养的富有魅力的完美统一”[②]。而巴金本人则对这种“接近”予以了思想观念上的拔高。针对美国研究家李欧梵的结论：“巴金和屠格涅夫一样，他们小说的主题是爱情而不是政治”，还有李欧梵在巴金的《爱情三部曲》里“从头至尾只看见爱情”[③]的定论，巴金本人坚称，这本书“从头到尾就不是在写爱情”，而是写“信仰”与“信仰的力量”。依旧是内森 · K · 茅波士顿定论，巴金的《爱情三部曲》是“对读者的政治演说”[④]，巴金对此作出辩解：“据说屠格涅夫用爱情骗过了俄国检察官的眼睛，因此它的六本类似的连续的长篇至今还被某一些人误看作爱情小说。我也许受到了他的影响……我也是从爱情这个关系上观察一个人的性格”[⑤]。显而易见，巴金写爱情是为塑造人物性格服务的，和屠格涅夫的描写动机如出一辙，即“爱情是检验人物的生命力和意志力的试金石”[⑥]。巴金的

---

① 转引自热洛霍夫采夫《爱国作家巴金》。《远东问题》1983 年第 4 期。
② 孙乃修：《屠格涅夫与中国》上海学林出版社。1988 年 12 月。第 307 页。
③ 李欧梵：《现代中国作家的浪漫主义一代》。坎布里奇，1913 年。273 页。
④ 转引自热洛霍夫采夫《爱国作家巴金》。《远东问题》1983 年第 4 期。
⑤ 《巴金文集》第 3 卷人民文学出版社，1958。第 538 页。
⑥ 彼得罗夫：《巴金的创作和他的长篇小说〈家〉》。《家》。苏联国家出版社。1956。

观点是："把一个典型人物的特征表现得最清楚的并不是他的每日工作，也不是他的讲话，而是他的私人生活，尤其是他的爱情事件"[①]。一听就明白，屠格涅夫这么写爱情，是继承了普希金的传统，而巴金如是写爱情是学了屠格涅夫。历史惊人的相似，却也反映了文学接的力传承和国别文学的天然交汇。

纵观屠格涅夫的国内外研究，围绕作家笔下的女性形象真实与否的争执由来已久，将其矛盾性归纳为二律背反。萨尔特科夫-谢德林坚称屠格涅夫笔下的女性形象是失真的，只能观看，不能触摸；埃亨瓦利德甚至称，"屠格涅夫似乎没有勇气随心所欲地谈论爱情；他杜撰出了些女性，并赋予她们以臆造出来的表现力，虚假地将她们理想化，……他写温柔乡情欲很内行，这一点他没有隐瞒，但他应该继续下去，且放开手脚，于是在他身上出现了俄罗斯卜伽丘的特征"[②]。但是艺术本身是一种超境界的美，不管它以什么形式表现出来，都是一种客观存在着的美。用法捷耶夫的话说："屠格涅夫的理想化有着自己的魅力以及不同寻常的美，它有着自己的真实"。屠格涅夫正是用一种艺术的真实即他的生花妙笔营造了一个美的爱的王国，用巴尔蒙特的话说，屠格涅夫是"从童话中走来，并给我们带来比实际生活更为现实的魔幻童话的巨人；屠格涅夫是情感的纯金，绚烂的一瞬，是林中迷途者焦心寻求的出路，是爱情芬芳的花园，是灵魂的音乐，是心神的呼应"[③]。

---

① 《巴金文集》第 3 卷。人民文学出版社。1958。538 页。
② 埃亨瓦利德：《俄罗斯作家剪影》。
③ 见文集《屠格涅夫与当代》。莫斯科，1997 年。第 81 页。

宗教理念的艺术呈现

屠格涅夫的宗教研究在俄国尚不多见，在我国更堪盲点。究起原因，应有如下若干。首先，屠格涅夫不是一个教徒，他曾一再宣称自己是一个无神论者，而自行封闭了后人对他的宗教研究；二则与我们的研究导向有关。一度时期，我们多从思想意识形态上去分析研究他及其作品的社会功用，将其称为“艺术编年史家”，说他总能“很快猜到了新的要求，猜到了渗透社会意识的新观念……”并能在社会新动向产生之前，就抢先在作品中有所反映。杜勃罗留波夫的一句有名的定论框定了近一个世纪的屠格涅夫研究构架。宗教，这一社会敏感话题，一个时期如噤若寒蝉，很少被人提及，在一定程度上被认为是消极反动之物，压根就不能与这样一位有着社会进步意义的作家联系在一起，再则，近年来，屠格涅夫渐进被推为美的典范，但却又催生出另一种审美定势，似觉得屠格涅夫清新明媚的美的创作主格调与神秘隐晦的宗教毫不搭界。最起码是这位美的经典并没有在自己的创作中营造出一种浓郁的宗教氛围，很少借助作品直接表达一种完整的宗教理念，就连俄罗斯学者克内舍夫也认为，毫无疑问，屠格涅夫不属于那种有着深刻宗教性格的艺术家。不能一概否定上述个别观点的成立，但也不能由此枉然推断，屠格涅夫与宗教无关，非但如此，屠格涅夫小说中有着对东方佛教，中国哲学与道教，还有对本国基督教的多层次多方位吸收与反映，在十九世纪俄罗斯经典作家中可谓罕见。

早在上一世纪七十年代初，俄罗斯著名屠格涅夫研究家在她的专著《长篇小说家屠格涅夫的艺术方法》中就研究发现，屠格涅夫作品有着浓厚的东方因素，而佛教精神构成艺术家描写自然景色的一道情韵别致的风景线。在后来近半个世纪的屠格涅夫研究中，研究家每每分析屠格涅夫的风景描写，从未放弃对这一观点的阐述，都要提及这位艺术大师对佛教不自觉接受，而且与之“相配套”的至少有这样一个经典段落，即《阿夏》中男主人夜渡莱茵河时，身处情景同一，继而陷入物我两忘之境的心的空灵与宁静，由此迸生而出一连串专门用于屠格涅夫研究的佛教术语，诸如“四大皆空”之类。四十多年后，即2003年。在莫斯科召开的《屠格涅夫——欧洲——俄罗斯》的国际学术会议上，库尔良茨卡娅再次对自己的研究以一言作结：“感受到绝对精神境界的人是与大自然融合在一起的”，这里的“绝对的精神世界”应该理解为研究家当初所定论的“四大皆空”。这位研究家还将屠格涅夫对佛教热衷归结为他的悲观与遁世情绪。如果说，俄罗斯研究家如是研究屠格涅夫，对于俄国屠格涅夫研究界说来是一种创新与独到，那么在我们中国，将屠格涅夫与素称“诗佛”，又名摩诘的唐代大诗人王维相比较的文章则显得常见，围绕着人与景物之类比，我国学者常常于情境、物境、意境出发，总能找到二位艺术大师的契合与共通，得出诸多令人信服之定论，最常见的是将屠格涅夫风景与人在“静”与“动”中互为灵动，共归宁静，中国学者在分析时还常常将屠格涅夫的景物描写与另一位同样佛教因素浓厚的大诗人王籍的诗行作比较：“蝉噪林愈静，鸟鸣山更幽。”凡此种种，均可以视为屠格涅夫风景描写中的佛教因素的间接左证。

如果说，屠格涅夫对东方佛教的兴趣源于非自觉接受，属“天同此理，人同此心”之艺术上的无意识共通，那么，屠格涅夫对中国道教的兴趣则渊源于叔本华对中国宗教与文化的迷恋。我国学者张建荣早在莫斯科大学攻读学位时，在著名屠格涅夫研究家普斯托沃依特指导下专门从事屠格涅夫中篇小说《浮士德》的研究，并于1991年以《屠格涅夫中篇小说〈浮士德〉的主题及诗学》为题，成功通过博士论文答辩，论文中涉及了屠格涅夫中篇小说中的道教因素，被视为屠格涅夫的开拓性研究而备受好评。张文提供了一个十分有意义的信息，叔本华曾有一段时间对中国的宗教文化产生过浓厚的兴趣，读过道子的祖师爷老子的书，曾写过《四书补遗》一书，并以一段老子的话作为该书的卷首语："民之轻死以求生之厚"①。书中创立了为叔本华所独有的，建立在无为道家理论和中国古代哲学与道子伦理基础之上的弃绝自我的伦理学说。刚刚进入柏林大学的屠格涅夫最先迷上的就是叔本华的唯心主义哲学理论，从叔本华的著作中领略了中国的"善"、"德"、"诚"、"仁"的道学伦理真谛，明白人可以得"道"，如果弃绝尘宿物欲，肉体欢娱；人应该得"道"，为此应该"甘于平常和素朴，减少个人的欲望，并从欲念中得以解脱"，明白"欲念的空无可带来安宁"以及一切顺从自然的道理。只是屠格涅夫将叔本华的"受苦"将爱情的悲剧联系起来，同时将义务的理念，永恒的自我弃绝与牺牲的必要性联系在一起。在中篇小说《浮士德》中，屠格涅夫将叔本华学说中怜悯同情的因素处理为对怜人怜己的过去时光的忧愁与感伤。小说弥漫着屠格涅夫式的悲观与凄凉。男主人公对薇拉的爱，描写得极具悲剧色彩，男主人公给自己心爱的女人带来爱情，带来唤起女主人公对艺术之爱的浪漫情怀，唤醒她沉睡已久的对生活与幸福的憧憬，但与此同时，却也带给了女主人公个人幸福与道德责任的无情冲突，

① 张建荣。论文摘要。莫斯科，1991年。第13页。

使得两人非但没得到所谓的幸福，却如入囚笼，与道德禁令相违背的任何个人对幸福的追求，只能导致沉重的犯罪感与幸福本身的毁灭，直至人的肉体死亡——女主人公偏偏在经过痛苦犹豫而走向爱情，而却又偏偏在爱情初露之际猝然死去。

屠格涅夫对生活的悲剧性认知，与叔本华的悲观主义很是接近。分析其原因，张建荣指出："这位德国哲学家以其对人生与人类社会的细致观察，以及对自然世界的深刻思考吸引了俄国大作家"[①]。二者的人生准则达到惊人的相似，用"弃绝"一词便可概括。叔本华对人生持一种否定与消极的态度，他更倾向于人对自然欲望的弃绝，而屠格涅夫则主张对人的整个生活的放弃，用他的话说："生活不是玩笑，不是嬉戏，生活甚至不是一种享受……生活，乃一种艰苦的劳动，放弃，永远的放弃，这就是它的隐秘的含义，它的谜底"[②]。屠格涅夫将幸福与责任看作是互为排斥的两大对立。至于爱情，在屠格涅夫看来，它使人不完整，不健全，它带给人的是浅意与表面的幸福，却使人精神上备加痛苦。它让人以追求个人幸福为发端，却以放弃个性，放弃爱情本身，甚至毁灭生命为结局。这种"弃绝"或曰"放弃"情态的施放，常常是以人物性格的失真与矛盾为代价。我们看到，屠格涅夫作品中的女主人公为了爱常常是奋不顾身，舍却个性，但这种追求却又是极其脆弱的，往往是经不起爱情的一丝风吹草动，便放弃追求，放弃爱情本身，甚至是放弃生命，其表现形式：或神秘失踪，或神秘死去，更有甚者，匆匆另寻情感的栖居之地，竟而顾不得要托付于终身的那一位适合不

① 张建荣。论文摘要。莫斯科，1991 年。第 18 页。
② 《屠格涅夫全集》12 卷本。第九卷。河北教育出版社。

适合自己，哪怕他是一位俗流，与当初的热烈主动、执著、专一构成鲜明的反衬与矛盾。

俄国社会生活浸透着宗教信仰，这种信仰也渗透进屠格涅夫许多描写人的心灵的作品之中，通过人的心灵的追踪与反映，我们看到了俄罗斯普通民众对信仰的探索，人生的忧患，“俄罗斯灵魂的躁动与痛楚的良知”。屠格涅夫的艺术目的在于写时代与个性精神孕育而生的优秀者的同时，也珍视普通人的情感轨迹，激起普通人情感与心灵的升华。

“良知”、“仁爱”、“同情”这些伦理学概念是和基督教接踵出现的，并在俄罗斯经典作家笔下获得了丰蕴的艺术内涵，无怪乎列夫·托尔斯泰在痛苦探索以求得生活的真谛时写道：“……生活中无意义可言，……无从可寻求，全部意义在宗教之中，在对上帝的信仰之中……”许多俄罗斯作家正是将自己的人物引领进这一公设，这一永恒的真理之中。屠格涅夫也不例外。如同 19 世纪的大多数俄国思想家一样，他认为东正教是俄罗斯精神复兴的基础之一，他曾借《父与子》中巴维尔的口来肯定俄罗斯人民的东正教思想，说：“他们把老规矩看成是神圣不可侵犯的，他们是喜欢保持古风的，他们没有信仰便不能够生活……”

的确，俄罗斯人“为了灵魂而真诚地生活，铭记着上帝”（列夫·托尔斯泰）。在民众信仰中，屠格涅夫发现了伦理英雄主义的潜在因素，难怪小说《活尸》中的露凯丽娅，这一屠格涅夫笔下最为光彩照人的女性形象之一，回忆着上帝神圣的功绩，还有让·德·阿尔克，这位她曾读到与听到过的人物。作者在把她从无奈与绝望之中拯救出来的基督式的情感中看到了没有被摧毁的力量的基础。基督让她博爱，让她没有恨，非但不恨离他而去的男友，反而祝他生活美满幸福，她也不恨曾经剥削压迫过她的地主，自己临近生命枯萎之时仍惦记着本村的乡亲，寄望于地主的高利贷利息有所减低。正是在这篇小说中屠格涅夫展示了普通民众基督精神的美与博大。

梅列日科夫斯基如是写契诃夫，说他“从基督身边走过，却故意不朝基督那个方向去看”，但屠格涅夫并没有“从基督身边走过”，他不仅一声不响地走近基督，甚至将基督请下神坛，让他有着普通人的面容，普通人的举止心态。在《活尸》中我们看到，一个有着普通人模样与心态的基督走进露凯丽娅的梦中，告示她，现在需要的是长久的忍耐、受苦、受难，直至屈服，为的是让露凯丽娅亲眼看见基督，屠格涅夫让她梦见沿着田野直接向她走来的基督。正是通过露凯丽娅梦见基督表明人与上帝的直接联系。当个人因素溶解在某种群体之中，况且人们直接称露凯丽娅是“被击毙了的上帝”，逐渐变成“为上帝所搭救的露凯丽娅”，于是她驯服而又温顺地拯救着自己的灵魂。在俄罗斯文学史上，屠格涅夫也许是唯一的将基督现象带给普通民众的俄罗斯作家：“我一看，有一个人从麦穗上面很快向我走来，不过不是瓦夏，而是基督本人！ 我怎么认出这是基督的呢，我说不出——画像上画的并不是这样，但确实是他！ 他没有留胡子，身材魁梧，年纪很轻，全身穿着白衣服，只有腰带是金的。他想我伸出手来。‘别害怕，’他说，‘我的打扮好了的新娘，跟我来，你要在天国里带头跳轮舞，弹奏天堂的歌。’我便走上去吻他的手！ 我的狗立刻咬住我的脚……但是这时我们飞腾起来了！ 他在前面……他的翅膀很长，像海鸥一样，遮满了整个天空，我跟在他后面！ 狗只好离开我。这时我才明白，这狗就是我的病，在天国里没有它的位置。”这是试图详细描写的形象之一，让她和基督零距离接触，驻足于她的身边，从而证明，人需有“博爱”之心，尽意地爱着你的上帝，就能得到上帝的亲近，容忍宽容，爱一切人，甚至是爱仇敌，才能达到博爱的最高境界——爱人如己。

用研究家乌雷宾娜的话说，“《活尸》闪耀着的是对人生基督式接受的光芒”，因为露凯丽娅梦中的基督是信仰的象征，人性中最光辉一面的体现，这位研究家将露凯丽娅推定为十九世纪俄罗斯经典作家塑造出的最具基督教精神内涵的女性形象之一，和这位研究家争执不是本文的任务，但在她预兆吉凶的梦中，她以自己的内在梦幻“见到了朝她走来的基督”，与这位神坛领袖有过神交。她身上聚集了丽莎，这位温顺地接受自己的命运，成为修女的迷人女性形象的宗教品质，还有《奇怪的故事》中和疯修士一起徒步朝圣的女子形象的特征。在短篇小说《奇怪的故事》中，女主人公索非亚说道：“任何一种光芒，即便是阳光，都来自上帝”。这种光芒闪耀在屠格涅夫笔下最优秀的女性形象身上，索非亚的信仰因素来自于她的“自我牺牲”与“毁灭”，她把这种“牺牲”与“毁灭”看成是基督的意旨；疯修士弃绝尘世的欲念，为的是上天的灵光。疯修士的思想在于消灭个人的精神，在于个人的理智不惜受辱蒙羞，而为了认清上苍的英明。

颇有意味的是，屠格涅夫不仅仅让基督走进他的人物，他还让基督走近他自己。基督带给作者的“感动、好奇、惊恐”丝毫不亚于他的人物本身。人生垂暮之际，他念念不忘的仍有基督。在散文诗《基督》中，屠格涅夫用满怀深情的笔写基督的“普通又平常”，平凡得让人难以置信，真实而又生动：“正是这张脸——这张跟所有人的脸都相似的脸，才恰恰是基督的脸”，但却蕴涵着伟大与非凡，让人心中为此涌起难言的亲近与景仰。他在人类少不更事时走来，给挚童带来成熟与幽思。散文诗《基督》是屠格涅夫对基督情感的最准确生动的注释，由此我们就基本上能领会屠格涅夫小说中的基督教因素的深沉含义所在。

屠格涅夫总是于基督教的温顺与忍耐中看到一种崇高的非肉体的东西，高傲与虚荣有可能毁掉一个人真实展示自我的可能，上帝抛弃人，但是人让上帝与自己分离，因此居巴扎罗夫之上的是“他本人抛弃的大自然本身，高于他之上的是那些滴洒在他坟头上的泪水，高于他之上的是生活本身”。屠格涅夫深谙那种绝望的深层，那种让人深陷其中的不相信宗教与在社会中占有统治地位的无神论道德理念。对凡世人生与精神复苏的相信在小说《父与子》的结尾得到了生动的鸣响。在这里，正如岑科夫斯基所说，屠格涅夫“紧贴宗教主题”：“永久的安息”和“无穷的生命”不正是这种制约着生命的无极的崇高精神因素的表达吗?

“白银时代”思想家伊·伊里英写道：“……尘世生活中的人都有各自不能对外昭示的激情，这种激情非宗教人士是全然不能明白的，但凭着这种激情宗教中人可以把握自己的人生道路，……这种秘而不宣的激情让每个人都与众不同”。这种激情可以从屠格涅夫笔下人与自然的相互关系中窥见一斑。大自然在屠格涅夫的许多作品中都是人的精神世界不可分割的一部分，它是人的秘而不宣的精神生活的感同身受者，对于屠格涅夫的许多主人公说来，大自然是座庙宇，而不是像巴扎罗夫所说的“一座作坊”，人在大自然中不可能成为像巴扎罗夫所认为的“劳动者”。屠格涅夫一直在寻求真理过程中为人及其命运而身陷苦恼。

尽管屠格涅夫世界观的悲剧性和对叔本华哲学的沉迷，“基督教因素”同样浸透在他的许多作品里，尽管他不是准确意义上的哲学家，但他在作品的宗教表现中却也证实了他是位严谨深刻的思想家，以紧张而又痛苦的对真理的寻求而生。

“四周不朽的美与尘世一切的渺不足道，但正是在这种渺不足道之中有一种深刻的犹豫的东西，它能让灵魂既平静，又崇高”①。在这番话里表达着人面对大自然崇高无极的力量的恭顺与服从。屠格涅夫深深感觉到尘世之人“秘而不宣的激情”，并懂得，善、仁、爱不只是全人类生命的基础，而且是上帝创造的全世界的基础。屠格涅夫的另一部中篇小说《死后》里的男主人公阿拉托夫感觉到胜过死亡的爱情的力量之后，感叹道：“死神，哪儿是你的刀锋？”对崇高的灵魂生活的相信，纯真的爱情使得他逃离死的必然，让绝对的内涵充满每一个人的生活，尽管“死与光阴统治着人类”，最终，高于死亡的爱情战胜了死神与光阴，爱情的意义高于这个词汇的本身，“上帝就是爱，爱就是上帝”，福音书中写道。真正的爱情，是进入人的灵魂的天堂之光，这种光照射进人的灵魂，并用光与热将其照亮。

有一种说法很具代表性，“屠格涅夫只是远距离地接近东正教教会”，但这种说法有待商榷。试问，假如这位艺术家果真不具备这种基督教精神，对这种宗教敬而远之，他何能洞悉像丽莎、索非亚、露凯丽娅这些具有浓郁宗教色彩的女主人公的精神世界？尽管屠格涅夫在所有的十九世纪的作家中不是最具宗教色彩的人，但是信仰问题，上帝裁判问题，永恒的宗教灵光问题，都不能不在他的创作中得到反映。这些问题折磨了他一生，尽管他像所有人一样不能为这些问题找到答案。梅列日科夫斯基天才地概括道：“……屠格涅夫沉默着，而且是一

---

① 屠格涅夫写给拉姆贝尔特的信，书信集第十卷。208 页。

声不响地走近基督”，接下来他强调“屠格涅夫对世界文化的宗教态度，既不为托尔斯泰所具备，也不为陀思妥耶夫斯基所拥有”①。成了现实主义作家以后，尤其是成了最为细腻的艺术家以后，屠格涅夫不仅写可以认知的，而且写不能认知的人生问题，他对关于人的宗教概念丝毫不排斥，许多深刻的宗教哲学的理解都反映在他的作品中。相信光明，相信生活之美，相信人，相信人的精神的明澈——此乃脱离黑暗的出口，在他的创作中占有主要的地位，作为深邃的思想家，他明白，拯救人类，在宗教之中，在对上帝的信仰中，面对不可知的人生，在基督式的温顺与驯服中，人并不需要知道人生的规律，这些规律只是他早就朦胧感觉到了的。

《贵族之家》体现了基督教最核心的思想之一，即人的赎罪思想，这种“赎罪”常常步“激情”而后至。作家赋予拉夫列茨基这个人物诸多迷人的优良品质，但却又经常在这个人物身上凸现他的罪恶感，以及消融在他内心深处的残酷的偏好，甚至在这个人物身上鸣响着犯罪的主旋律。譬如说，在他得知妻子背叛他的消息时，拉夫列茨基心头腾升起一种残酷的愤恨：“他记起了她脸部的表情、奇异的眼光和面部的红润，——于是他从椅子里站起来，他想去对他们说：你们跟我开玩笑是枉费心机；我的曾祖父曾把农民穿着肋骨吊起来，而我的外祖父自己就是个农民。他还想将他们打死他善于控制自己的愤怒情感，但他想让瓦尔瓦拉死的愿望仍然保留着”。他善于控制住自己的愤怒之情，但是接下来对瓦尔瓦拉死的愿望藏于他的内心。类似的场景，即希望

① 梅列日科夫斯基：《俄罗斯白银时代精品文库》卷四。中国文联出版公司。1998。

身边的人，也就是那些影响别人幸福的人去死的设置，引起陀思妥耶夫斯基的浓厚兴趣，并在《卡拉玛佐夫兄弟》中得到了进一步演绎。但屠格涅夫已经顾及到了人的伦理与心理问题。正是这一点，赋予了拉夫列茨基对不贞妻子的宽容与原谅，为了一种责任，他甚至对自己曾经有过的过激想法，“罪感”的冲动带有忏悔，而重回这个女人身边，去重新过起墓地般的家庭生活。我们不会忘记拉夫列茨基与被误传死去的妻子相见时的情景：“‘我会服从的，’瓦尔瓦拉·帕夫洛夫娜说，低下了头。‘我没有忘记我的过失；即使我知道了您在得悉我的死讯之后，甚至额手称庆，我也不感到奇怪，’她低眉顺眼地说着，用手稍稍指了指拉夫列茨基遗忘在桌子上的那张报纸。”各色人物都在按基督的信条赎罪认错，都在以宗教的律条鞭策自己，检验自己的道德水准，自己的“修行”程度，即便是伪装自己，也离不开宗教意识的警醒或参照，从而使得宗教的赎罪感在《贵族之家》中似乎成了通往谐和与宁静的唯一途径。

一种犯罪感，一种冲动，甚至出现在丽莎身上“活该！”她好不容易克制住她内心那苦涩、不祥而使她自己都感到害怕的冲动，她激动地想。“对，我要走过去见见她”。为什么屠格涅夫写这一切？为什么他如此关注拉夫列茨基与丽莎内心最微弱的不祥的情感涌动？屠格涅夫运用的是基督教的道德经验，赋予这一切复杂的人类感情以别样的深刻含义，因为正是这种犯罪感让我们明白人的神圣之情的冲动，但是基督教的意识好像是为这些人的罪恶感放上了一面放大镜，对其予以高度深化强调，并在它们萌生时期便连根拔掉。

基督教的本质含义还鲜明体现在《前夜》中，就这一点而言，叶莲娜被描写得非常典型。在描写女主人公童年的时候，作家细腻地描写了她与乞女卡嘉的友情："叶莲娜回到家里，许久许久还梦想着乞人的生活和上帝的意旨；她梦想着她将怎样给自己砍来一根榛木的手杖，背上一个行乞者的口囊，和卡嘉一同逃走；她将怎样戴上野菊的花冠，流浪在村野的路上。"这里不仅仅是半大孩子的幻想与理想，即为叶莲娜所熟悉的圣徒的情节，圣徒的形象，在这里，作家非常细腻地描写了这种热烈的近乎病态的向往的初露，这种向往唤起人拒绝自身的特权地位，唤起人们去受难，去低微，唤起让启蒙主义无论如何也无法理解的一切，但它在宗教感情中得到了完全相符的表现。

但这里存在着另外一个问题。如果叶莲娜抒发的内在情感有着宗教基础，她就明显地丢失了上帝，这当然是个有待争议的话题，因为作家不止一次地说及叶莲娜在祈祷，去教堂，她的精神需求在她理解的宗教氛围之外得以完善。她沉思着："……啊，要是有人能对我说：'这，这就是你应该做的！'……存好心——这还不够；要做好事……对的，这才是人生里的大事。可是，要怎样做好事呢？"对于这个问题东正教也许会给出明确的答复，然而叶莲娜甚至不想去求问神甫，不想在福音书中找到答案，对上帝的笃信，无论如何是不能和她的精神追求联系在一起的，她寻求着并找到了另外一种理想。对于屠格涅夫来说，理论性的东西没有什么特别的意义，他的主人公准备为此、为科学、为上帝、为保加利亚的解放运动而劳作。在屠格涅夫看来，主要问题在于让人成为一个能够"击溃自身个性中顽固的利己主义"，并且全身心地献给"自己的事业，自己的理想"。屠格涅夫的主人公一方面追求着幸福，另一方面因肩负崇高理想而充满高尚精神，而且这种理想远不是宗教式（当然，这里不包括《贵族之家》），但同时有一种东西在警醒着屠格涅夫，他本能地感觉到，那些让他的主人公变得带有崇高理想并不非常可靠，它并不能阻遏“恶”对人的灵魂的侵入。在屠格涅夫的任何一位主人公身上，除了信教徒丽莎，都有向“恶”的趋向。著名研究家玛尔科维奇在分析叶莲娜性格时指出过“她的无情，实际上可以说是对善行不善的追求的谜底所在”①。杜娜耶夫更加尖锐地指出，“类似的勇于自我牺牲的社会活动家们自身就已带有一种危险”②。

叶莲娜自己明白，她对她身边的人缺乏足够的温情与关爱，而且她心安理得地将此种行为与对上帝的冷漠联系在一起。“我很少祈祷，我应该祈祷……”屠格涅夫用完全另一种手法去塑造丽莎的形象：“周身上下充满了一种责任感，生怕让任何一个人伤心，怀着那颗善良的心，她一无例外地爱所有的人，她狂喜地、胆怯地、柔情地爱着上帝”。不能视而不见，在这里，在艺术水准上，屠格涅夫与陀思妥耶夫斯基的惯有思想相呼应，即爱人不可离开对上帝的敬仰。但有别于陀思妥耶夫斯基，屠格涅夫用一个艺术家的眼光看人，在许多方面都与他眼中框定的人相呼应。于是，他的作品便出现了生就善良的叶莲娜，而善良的叶莲娜，对上帝却是冷漠的，同时对远方亲情的伟大的爱与对近在身边的人的伟大的冷漠是相融合在一起的，难怪她只身前去保加利亚，留给身边亲人精神的焦虑与心灵的空寂。只有《贵族之家》中被深刻宗教化了的丽莎真诚地爱着所有的人。这种爱中体现出的不仅仅是作家对基督情感本真最直觉意义上的渗入，同时还有完全能够感觉得出的屠格涅夫自己的理念。正如库尔良茨卡娅所说：“屠格涅夫与《贵族之家》中的斯拉夫派的关系体现在民众宗教情感的理想化之中，

---

① 马尔科维奇：《19 世纪六十年代俄罗斯文学的现实主义》。列宁格勒。1982。第 136—137 页。
② 杜纳耶夫：《东正教与俄罗斯文学》。莫斯科，1977。

宗教感受如同一种内在心灵力量与纯洁的源泉，正是这种宗教性使得丽莎与人民很接近，并且使得她在贵族圈内格外的醒目……”①。

诚然，屠格涅夫笔下有一些不信教的人物，而且这些人都具备非常崇高的道德面貌。但我们若深入思考这些人的内心世界的若干特征，甚至可以观察得到屠格涅夫本人的某种艺术发现与特定个人的基督教概念的契合。

这一点充分体现在贝尔森涅夫这个人物上。这是一个不被研究界特别关注，却同样是魅力四射的人物形象。他的生活信条是，“让自己永远位居第二”。贝尔森涅夫深爱着叶莲娜，但出现了英莎罗夫以后，他便主动让出，位居第二。当自己的情敌病倒后，他精心照料，经常充当叶莲娜与英莎罗夫的调停与中介，在这里，屠格涅夫细腻地感受到一种存在于对人自然的善与基督教的爱的之间的分界，这种分界同样让杜勃罗留波夫深刻感觉到了：“贝尔森涅夫，善良的勇于自我牺牲的贝尔森涅夫，如此真诚而又视照料情敌英莎罗夫为乐事的贝尔森涅夫，如此心胸博大地充当起叶莲娜与英莎罗夫中介人的贝尔森涅夫，这是一个有着金子般心肠的人，就像英莎罗夫说的那样，这种人根本不可能容忍恶的念头的产生，完全相信叶莲娜与英莎罗夫是真诚相爱的。‘就让他们相爱去吧’，他说。难怪父亲对我说过，我和你是兄弟，不是骄奢淫逸的人，不是达官要人，不是命运与大自然的宠儿，我们甚至是受苦人，受苦人，受苦人！ 你就套上你的皮围裙吧，做个劳动者，守在你的车床旁，守在你昏暗的作坊里！ 就让太阳将别人照耀

---

① 库尔良茨卡娅：《十九世纪五十年代屠格涅夫中长篇小说的结构》。图拉。1977 年。第 198 页。

吧！ 在我们沉寂的生活里有的是我们自个儿的骄傲，自己的幸福，就让这些不公正的责备滚进绝望与嫉妒的地狱吧！”[①]但是，细究起来，杜勃罗留波夫对贝尔森涅夫并非就是一味赞赏，相反，在他的言语中对这个人“带有恶意的思考”，还有“嫉妒与绝望的地狱”等等予以严厉谴责，在其他文章中，有对其社会意义的置疑，但我们不应该忘记，杜勃罗留波夫本人就出身于一个神甫之家，在这个家庭里他受到了相应的东正教教育，年纪轻轻时，他已是一位教徒，杜勃罗留波夫不由自主地从基督教角度去评论人，而且对善良高尚的贝尔森涅夫突然涌出的些微恶的念头（些许的诅咒与怨气）予以过激反应，但是批评家只有在作家本人意识到了人的心灵深处的自然的善的边界的时候才能感觉得到这一点。

除了贝尔森涅夫，屠格涅夫笔下还有一位不信教的人物，这个人操行举止如同一位优秀的基督教徒。这个人就是拉夫列茨基。当你领略完这个人物的情感遭际和他的伦理探求时，会得出这样一种印象，形而上学的，抽象空洞的以及概念化了的义务同样会以可观的力量唤起人对善的追求，以此作为最热烈的信仰，但是在思考拉夫列茨基精神变化的同时，不能不指出一个重要的势态，它赋予这种嬗变以特殊的心理可靠性和坚定性。我们看到，拉夫列茨基拜谒教堂时的情景：“肃然而立的会众，一张张亲切的脸，和谐的合唱，馥郁的神香，从窗口斜射下来的长长的光柱，四壁和拱顶的幽暗——所有这一切都震撼着他的心灵。他很久没有来教堂了，很久没有向上帝倾诉心曲了；即使此刻，他也没有念诵一句祷词，甚至没有默祷，然而有一瞬间，他即使不是在形体上，至少在整个心灵中虔敬地俯伏在地上叩拜了。他记起在

① 杜勃罗留波夫全集九卷本第二卷。莫斯科。1991 年。第 222 页。

他小的时候，他每回在教堂里都专心致志地祈祷，直到觉得似乎有人凉丝丝地在他额上抚摩了一下，这时他就想，守护天使接纳我了，在我额上做了选民的记号。他望了丽莎一眼……‘你把我领到这儿来，’他想道，‘你也抚摩我吧，抚摩我的心灵吧。’她仍然在沉静地祈；他觉得她的脸上洋溢着喜悦，于是他又一次感动了。他开始为另一个灵魂祈求安息，为自己祈求宽恕……在这里，作家把拉夫列茨基描写成一个就要接受自己人群信仰的人，自己也就要变成基督教徒的人。俄罗斯研究家柳勃姆德洛夫在反对有人把十九世纪所有的文学作品都认为是基督教作品的同时，严格框定出范围。他说："只有这样的作品，即他的艺术思想含有普世救人的，让人皈依教门的作品才称为东正教作品"。按这位研究家的界定，《贵族之家》在一定程度上可视为东正教作品。当然了，我们没有忘记，屠格涅夫不止一次地称自己是无神论者，但他自幼受东正教的滋养和熏陶，他懂得信仰的意义，并力求实现它。他说："有信仰的人则拥有一切，并且什么也不会失去；而谁没有信仰，那他就一无所有这是我深深感觉到了的，我自己就属于那种一无所有的人！ 但我没有失去希望"。这一与天才并蒂而生的激情使得作家能通过现象看到事物的本质，即便并非全部，但却也是作家全力传达出的东正教的艺术世界。

前文提到，屠格涅夫是一位主观情感浓厚的作家，他的抒情与浪漫常常将人的情感抬向神圣的祭坛，以宗教注脚着人的情感沉浮。在小说《春潮》中，杰玛拥有圣母般的容颜，在向萨宁表达忠贞时，在作者看来，最有力的情感表达是宗教内容的表达。小说有这样一个场景：

"妈妈提到的那点你可记得？ 这就是关于我们的信仰的不同，就是这一点！ ……"

她（杰玛——作者）抓住那个用一条很细的带子栓在的挂在脖颈上的石榴石十字架，用力扯断了带子，把十字架送给了他。

“既然我是你的，那么你的信仰就是我的信仰！”女主人公以宗教的圣物作为爱的许诺，爱的信仰，同时暗示着爱情的宗教般伦理与责任的深刻含义。

同样，审视与检验男主人公萨宁的情感世界依旧是宗教的框条。三十年后，留在他身边的依旧是杰玛当年留下的这枚象征着宗教般情感的十字架，如同面对杰玛的圣洁感情，萨宁追悔莫及，但同时也正是他的虔诚和对初恋宗教般的坚贞与固守，他的灵魂与情感一起获救。

读完《贵族之家》，我们看到，丽莎对爱情更有着宗教般的顶礼膜拜，这位有着修女般容颜与举止的基督式少女，正是在了解到拉夫列茨基的妻子并没有死，而且知道她已经从巴黎赶回，并要求与拉夫列茨基“破镜重圆”时，而越发清楚明白，她正经历着命运的突变，她感到一种异样的麻木，一个被判了死刑的犯人的麻木状态。决定永远销声匿迹后，她脸上带有一种感动的平静的关注，最后，她在房间当中站下，缓缓地环顾四周，然后走到挂着十字架的桌前，跪了下来，把头放在紧握的手上，久久地一动不动。如果说，杰玛把爱交付于宗教是爱的希望，那么，丽莎向基督交付的则是感情的忏悔，道德的赎罪，而皈依教门似乎也只能是丽莎的唯一选择。

……

写作结尾的话

今年是屠格涅夫诞辰 200 周年的纪念年，在这一特殊时期为世界级大文豪屠格涅夫文集作序，感到十分荣幸。感谢上海译文出版社对我的信任，感谢编辑刘晨先生的盛情邀约和对套文集出版所付出的辛勤劳动。只惜我因多种客观原因，只能以自己所熟悉的议题草就此序，写下的也是我这么多年研究心得的部分呈现，敬请各位同行多予批评指正。

令我感佩的是，上海译文出版社适时推出这套文集，此乃奉献给屠格涅夫的一份生日厚礼。这套名家名译的屠格涅夫文集的推出无疑是对日渐萧瑟的中国屠格涅夫研究一次有力的提振与推动。相信随着社会的发展，人们的审美水平的提高，屠格涅夫，这位举世公认的美学典范将为越来越多的国人所认知，所热爱。

谨以此为序。

王立业

2018 年 4 月 26 日于北京西三环北路 2 号

目 录

阿夏 001
初恋 063
春潮 147
木木 317

阿　夏

苍　松译

一

当时我约莫有二十五岁光景（H. H. 开腔了），现在您已经很清楚，这些都是很久以前的事了。我刚摆脱监护就去国外，不是为了去“完成我的学业”，就像当时人们所说的，而只不过是为了想去见见世面。那时我身体健康、年轻、快乐，我的钱用不完；我还没有什么事需要操心——总而言之，我的日子过得无忧无虑，要干什么就干什么，这是我一生中的黄金时代。当时我也没有想到，人非草木，他的黄金时代是不能持久的。年轻时吃的是金色的蜜饼，就以为这是最起码的食粮，但是乞讨面包的日子会到来的。不过这样讲是无济于事的。

我出国游历没有任何目的，也没有计划，我喜欢什么地方，就在那儿停留下来，一觉得要去看看新的面孔——即人的面孔，我立刻就上路，继续游览。只有人才是我感兴趣的。我对引人入胜的古迹、珍贵的收藏品都丝毫不感兴趣。一看见向导我心里就感到厌恶、烦闷。我在德累斯顿[1]的 Grüne Gewölbe[2] 里几乎发狂了。大自然曾经异乎寻常地拨动过我的心弦，可我却不喜欢所谓的大自然的美，奇特的山脉、悬崖和瀑布；我不喜欢让大自然捆住我的手脚，受它的干扰。可是人脸，活人的面孔——人们的谈吐，他们的举止、笑声——这些对我都是必不可少的。在人群中间，我总是觉得特别轻松愉快，我很高兴到别人所去的地方去，别人喊叫，我也喊叫，同时我也喜欢看看别人是怎样喊叫的。我以观察人为乐儿……我甚至不仅仅观察他们——而是怀着说不出来的快乐心情、永远不能满足的好奇心在深入地研究他们。可我又扯到题外去了。

大约二十年前，我在德国莱茵河左岸的一座 Z 小城里住了下来。我深居简出，因为不久前有个年轻寡妇刺伤了我的心。我是在矿泉上跟她相识的。她长得非常漂亮，人又聪明伶俐，她跟一切人，自然也跟我这个罪人眉目传情，任意撒娇。起先甚至怂恿我，后来却严重地伤了我的心，因为她跟一个脸红扑扑的巴伐利亚中尉勾搭上了，就把我抛在一边。说实在的，我心里的创伤并不是很深的，不过我认为必须让自己过一段悲伤而孤独的日子——年轻人消愁解闷的办法有的是！ 于是我就在 Z 小城里住了下来。

我所以喜欢这座小城是因为它坐落在两座很高的山冈的脚下，我喜欢它那些断垣残壁和宝塔、那些古老的菩提树，以及横跨在清澈的莱茵河支流上的那座陡桥——而主要的是那儿出产的美酒佳酿。傍晚太阳刚一落山（那是在六月里），立刻就有长得非常漂亮、淡黄色头发的德国少女在这座小城的狭窄街道上散步了。她们碰见外国人，就用令人愉快的嗓音说道："Guten abend!"[3]其中有些少女甚至在月亮已经从那些古老的房屋的尖顶后面冉冉升起，那些石砌的小马路在凝然不

---

① 德国地名。
② 德语：绿色的穹隆。是德累斯顿的一家博物馆的名称。该馆被称做"珍宝陈列馆"，馆内收藏着珍贵的珠宝艺术品和十六至十七世纪贵重的神像。
③ 德语："晚安！"

动的月光下清晰地显现出来的时候，还不肯离去。那个时候我很喜欢在这座小城里漫步，月亮好像从澄清的天空中凝视着它，这座小城感觉到月亮的凝视，敏感地、宁静地站在那儿，整座小城沐浴着月亮的光辉，那宁静的、同时又微微激动着心灵的光辉。那风标在高耸的、哥特式的钟楼上闪耀着淡淡的金光，在那黝黑而光滑的河面上也有一道道同样的金光交相辉映着；在那些瓦屋顶下面狭窄的窗子里点燃着细长的蜡烛（德国人很节约），烛光十分暗淡；葡萄藤从石砌围墙里面神秘地伸出了它们那鬈曲的茎蔓；在三角形广场上一口古井近旁的阴影里有个什么东西晃动着；忽然间传来了巡夜人的没精打采的哨子声；一条温顺的狗轻轻地吠叫着；空气那么轻柔地抚摸着脸颊，菩提树散发出多么浓郁的芬芳，以至胸脯不由得舒展开，越来越深地呼吸着，此时，“格蕾岑”①这个名字——不知道是感叹呢，还是发问——你就会情不自禁地脱口而出。

Z小城离莱茵河有两俄里路程。我常常去观看这条雄伟的河流，我在一棵孤零零的大梣树下的石凳上，一连能坐上好几个小时，心里多少有点勉强地想念着那个狡黠的寡妇。一尊脸几乎带稚气的、被利剑刺穿的胸脯上有一颗鲜红的心的圣母小雕像忧郁地从梣树的枝条间显露着。对岸是L小城，比我居住的那座小城稍微大点儿。有一天傍晚，我坐在我喜爱的那条长凳上，时而望望河流，时而望望天空，时而望望葡萄园。在我面前，几个浅色头发的男孩在一条被拖到了岸上、涂了柏油的船底朝天搁在河岸上的小船船舷上爬来爬去；几条小船扯着微微

① 德国著名作家歌德所作的《浮士德》冲的女主人公，格蕾岑是玛格丽特的小名。

鼓起的风帆，慢慢地驶过；微呈绿色的波浪打旁边滚过，微微起伏着，汩汩作响。忽然有一阵音乐声飘到了我的耳朵里，我谛听起来。L 小城里在演奏华尔兹舞曲；低音提琴断断续续地呜呜作响，小提琴拉出含糊不清的曲调，长笛流畅地吹奏着。

“这是什么？”我问一个走到我跟前来的老头儿，他穿着绒背心、蓝长袜和带扣子的鞋子。

“这个嘛，”他先把他的烟斗从嘴角的一边移到了另一边，然后回答我说，“从 B 城来的几个大学生在举行酒会。”

“我要去看看他们的 kommers①，”我在心里寻思着，“况且我还从来没有到过 L 小城呢。”我找到了一个船夫，就摆渡到对岸去了。

二

或许不是每个人都知道 kommers 是怎么回事。这是一种特殊而且隆重的盛大宴会，参加这种宴会的都是来自同一个地方或是加入同乡会（landsmannshaft）的大学生。所有这种酒会的参加者几乎都穿着很久以前就规定了的德国大学生的制服：轻骑兵的短外衣、高统靴、带一定颜色的帽圈的帽子。宴会通常是由大学生头领，即同乡会会长主持的，大学生们聚集在一起一直畅饮到第二天早晨，他们喝酒、唱歌——《Landesvater》②，《Gaudeamus》③——抽烟、痛骂市侩们，有时他们

① 德语：大学生团体的酒会。
② 德语：《臣民之父，即国君》，是一首古老的德国歌曲。
③ 德语：是一首用拉丁文写的古老的大学生歌曲，歌颂狂欢和人生乐趣的享受。

还雇一个乐队。

在 L 小城里一家挂着“太阳”招牌的旅馆前面的临街花园里举行的正是这种酒会，旅馆和花园上空都飘扬着旗子，大学生们都在修剪过的菩提树下靠桌而坐，在其中的一张桌子底下躺着一只躯体庞大的叭喇狗[1]。乐师们正在旁边一座爬满常春藤的亭子里卖力地演奏着，不时地喝啤酒来提精神。在花园临街的低矮的篱笆外面攒聚着很多人：L 小城里善良的居民们不肯错过一睹外来客人的机会。我也挤入了这一群观众里面。我很高兴观看那些大学生们的脸，看他们拥抱、呼喊、年轻人那天真的矫揉造作的神态、热情的目光和无缘无故的笑声——人世间最欢快的笑声，所有这一切朝气蓬勃的青年人的欢乐而沸腾的生活，这种奋发向前的激情——不论怎么，只要奋发向前，这种无邪的放纵感动了我，也激励了我。“要不要参加到他们中间去？”我不禁问自己……

“阿夏，你看够了吗？”在我身后一个操俄语的男人声音忽然问道。

“再等一等。”另一个操着同样语言的女人声音答道。

我倏地掉转身去……我的视线落到了一个漂亮的、头戴制帽、身穿宽大短上衣的年轻人身上。他挽着一个身材不高的姑娘的胳膊，这个姑娘戴了一顶草帽，她的脸蛋的上半部整个儿给草帽遮没了。

“你们是俄国人吗？”我不由得脱口而出。

那个年轻人笑了笑，低声说：

“是的，俄国人。”

---

① 一种粗壮、嘴大的凶猛的狗。

“我无论如何想不到……在这么偏僻的地方。”我刚开了腔。

“我们也想不到，”他打断了我的话，“那有什么关系？ 这更好嘛。让我自我介绍一下：我叫加金，这是我的……”他嗫嚅了一会儿，“我的妹妹。请问您的大名？”

我说了自己的姓名，我们就交谈起来了。我知道了加金和我一样，也是为了寻求快乐来旅行的，一星期前他来到了L小城，就在这儿住了下来。说老实话，我不愿在国外跟俄国人相识。凭他们的步态、衣服式样，而主要的是凭他们脸上的神情，我甚至老远就能认出他们。那种自鸣得意的、瞧不起人的、常常是盛气凌人的神态会忽然变成谨慎小心的、怯生生的样子……他们突然警觉起来，眼睛不安地溜来溜去。……“天哪！ 我是不是说了傻话？ 大家是不是在嘲笑我？”他们那种慌张的目光似乎在说……一会儿之后，原先那庄严的神情又恢复了，有时还与茫然的困惑表情互相交替着。是的，我躲避过俄国人，可是加金却立刻使我产生了好感。世间竟有如此讨人喜欢的脸：任何人都乐意瞧上一眼，仿佛它们会给您温暖和爱抚。加金就有一张这样的面孔，十分可爱而又令人感到亲切。他还长着一双目光柔和的大眼睛、一头柔软的鬈发。他说起话来，您甚至还没有看见他的脸，光凭他的嗓音就会觉得他在微笑。

那个他称做作自己妹妹的少女，我乍一看就觉得非常漂亮。她那张微微黝黑的圆脸有着某种与众不同的独特的地方。她的鼻子细小，脸颊几乎是孩子气的，那双眼睛明亮而乌黑。她身材苗条，但似乎还没有完全发育好。她一点儿不像她的哥哥。

“您愿意上我们那儿去吗？”加金问我。“这些德国人，我们都似乎看够了。说真的，我们的大学生一定会打破玻璃，砸烂椅子的，不过这些大学生都太温文尔雅了。阿夏，你认为怎样，我们该回家了吧？”

这个少女同意地点了点头。

“我们住在郊外，”加金继续往下说，“在葡萄园里坐落在高处的一所单独的小房子里。我们住的地方可好呢，去瞧瞧吧。房东太太答应过给我们做酸牛奶。现在天快要黑了，您最好等月亮出来后再渡过莱茵河。”

我们一同走了。我们穿过了那低矮的城门（四周围着一堵用鹅卵石垒成的古墙，连墙上的炮眼也还没有倒塌），来到了田野，沿着石砌围墙走了百来步路，在一道狭窄的便门前面站住了。加金打开了门，领我们沿着一条很陡的小径上山去。在两边阶地上长着葡萄，太阳刚落山，那嫣红的余晖照在那绿色的葡萄藤上，照在那挺拔的杆子上，照在那布满砂砾的干燥的土地上，也照在一所黑色横梁倾斜的、有四扇明窗的小房子的白墙上，这所房子矗立在我们正在攀登的那座山的山巅上。

“这就是我们的住所！”我们一走近那所小房子，加金就扬声说道。“房东太太拿牛奶来了，guten abend， madame![①] ……我们马上就吃些东西，可是首先，”他补充说，“您朝四周望望：风景怎么样？……”

风景的确非常优美。在我们前面的莱茵河呈现一片银灰色，在那苍翠的两岸中间流过；它在一个地方反射着落日那嫣红的金晖。河畔那座掩映在绿荫中的小城展现了所有的房屋和街道，山冈和田野伸展得很远很远。山下的风景很优美，但天上的景色更美：明净而深邃的天

① 德语：太太，晚安！

空、光芒耀眼而透明的空气都令我特别惊讶。那清新而飘忽的空气像波浪一般轻微地荡漾着，滚动着，仿佛它在高空中更觉自由了。

“你们挑选了一个很好的住所，”我低声说道。

“这是阿夏找到的。”加金答道。“喂，阿夏，”他继续往下说，“你去关照一下，把一切东西都端到这儿来。我们就在户外吃晚饭。在这里音乐可以听得更清楚些。您可注意到，”他转身向我，补了一句，“有的华尔兹舞曲近听完全要不得，简直是一片庸俗而粗野的噪声，但是在远处欣赏，那就好听极了！ 它会拨动您那罗曼蒂克的心弦的。”

阿夏（其实她的名字叫安娜，可是加金叫她阿夏，请你们让我也这样叫她）这时到屋里去了，不一会儿她跟房东太太一同回来了。她们两个人端来了一个大托盘，盘里放着一瓦罐牛奶，还有些小盘子、匙子、糖、草莓和面包。我们都坐下来开始吃晚饭。阿夏摘下了帽子，她那乌黑的头发剪得短短的，梳得像男孩一般，一大绺一大绺鬈发垂到了脖子和耳朵上。起先她在我面前很害臊，可是加金对她说：

“阿夏，别那么腼腆！ 他不会咬人的。”

她微微一笑，过了不多久，她跟我交谈起来了。我没有见过比她更好动的人。她没有安定地坐过片刻，她常常站起来，跑进屋里去，又跑回来，嘴里轻轻地哼着曲子，时常发笑，而且笑得非常奇怪：她似乎并不是笑她所听到的，而是笑她头脑里出现的各种想法。她那双大眼睛明亮而又大胆地直望着，但是有时她的眼皮微微眯缝了起来，于是她的目光蓦地变得深沉、柔和了。

我们谈了两小时光景。白天早已消逝了，黄昏起先完全是火红色的，接着变得明亮和红嫣嫣的，再后就变得暗淡而朦胧了，它悄悄地融化着，变成了黑夜，可是我们的谈话却继续着，谈得那么和睦，那么平心静气，宛若我们四周的空气。加金叫人拿来了一瓶莱茵葡萄酒，我们慢慢地喝着。音乐仍然向我们这儿飘来。乐声似乎更悦耳更柔和了；城里，还有河面上的灯火都亮了起来。阿夏忽然低下了头，因而她的鬈发垂到她的眼睛上了。她缄默着，并且叹了口气。后来她对我们说，她想睡觉，就走进房里去了。不过我看见她没有点燃蜡烛，在一扇关着的窗前站了很久。月儿终于升起来了，月光开始洒在莱茵河上，一切都变了：有的明亮起来了；有的变得晦暗了，甚至连我那刻花玻璃杯里的葡萄酒也开始呈现出神秘的色泽。风住了，好像收起了翅膀，凝然不动了；大地散发出一股芬芳而温暖的夜的气息。

“该回去了！”我扬声说道，“不然的话，可能会找不到船夫。”

“该回去了，”加金也说了一遍。

我们循着小径下山了。忽然有几块石头在我们后面滚了下来，原来是阿夏在追赶我们。

“难道你还没睡？”哥哥问她，可是她一句话也没有回答他，打我们旁边跑了过去。

大学生们在旅馆花园里点燃的那最后几盏快要熄灭的小灯从下面照亮了树叶，使它们增添了欢快的节日气氛，呈现出光怪陆离的形态。我们在岸边找到了阿夏：她在跟一个船夫谈话。我跳上了渡船，跟我的新朋友们告别了。加金答应明天来看望我，我握了一下他的手，也向阿夏伸过手去，可她只瞧了我一眼，摇摇头。渡船离岸了，顺着湍急的水流驶去。船夫是个精神矍铄的老头儿，他把桨放入了黑黝黝的水里使劲地划起来。

“您驶进了柱子般的月光里，您把它打碎了，”阿夏向我喊叫起来。

我朝下观看，黑黝黝的波浪在渡船的周围荡漾着。

“再见！”又传来了她的声音。

“明儿见。”加金跟着她也说了一遍。

渡船靠岸了。我上了岸，回头望了望，对岸一个人影也没有。那柱子般的月光又像一座金桥横跨过河流。这时飘来了兰纳①的一首老的华尔兹舞曲，仿佛来向我告别似的。加金说得对：我觉得我的心弦全都应和着那些动人的曲调而颤栗起来了。我穿过黑沉沉的田野走回家去，慢悠悠地呼吸着那芬芳的空气；我慵懒地走进自己的房间，那是一种由于无目的的和无尽头的期待而引起的令人愉快的困倦。我觉得很幸福……可我为什么觉得幸福？ 我并不期待什么，我什么也不想……我是幸福的。

由于心情过于轻松愉快，我几乎笑起来了，我上床钻进了被窝，已经要闭上眼睛了，可忽然想起我整个晚上一次也没有思念过我那残酷无情的美人儿……“这意味着什么呢？”我问自己。“莫非我堕入了情网？”可是我向自己提出了这个问题后，就像个睡在摇篮里的孩子，立刻呼呼入睡了。

三

翌日早晨（我已经醒了，但还没有起床）在我窗下响起了手杖的敲击声和歌声，我立刻就听出了这是加金的嗓音，他唱起来了：

---

① 兰纳（1801—1843）：维也纳作曲家，他所作的华尔兹舞曲以流畅、悦耳动听著称。

你是不是在睡觉？ 我弹奏吉他

来把你唤醒[1]……

我急忙给他开了门。

“您好，”加金一进门就说，“我这么早就来打扰您了，可是看哪，多美的早晨。空气新鲜，露珠晶莹，云雀在歌唱……”

一头光亮的鬈发，脖子裸露着，脸颊绯红，他本人就像早晨一样清新。

我穿上了衣服，我们走出屋子来到了小花园里，坐在一条长凳上，叫人端来了咖啡，我们就扯淡起来。加金把他未来的计划告诉了我：他手头有一笔数目相当可观的财产，能够自立，他想致力于绘画，只是他懊悔这个主意拿得太晚了，白白浪费了许多时间；我也谈到了我的打算，并且顺便还把我的失恋的秘密告诉了他。他体谅地听完了我的述说，但是就我所能觉察到的，我没有唤起他对我失恋的强烈同情。只是出于礼貌，他跟着我叹息了几声。加金邀我上他那儿去看看他的画稿。我马上就答应了。

我们没有碰到阿夏。据房东太太说，她到“遗迹”那边去了，就是那座离L小城两俄里远的封建时代的城堡的遗迹。加金给我看了他的全部画稿。他的画稿都富有生活气息，很真实，带有一种豪放与雄浑的气派，可是没有一幅画稿是完成的，我觉得他的画粗糙、不准确。我坦率地向他说出了自己的意见。

“对啊，对啊，”他叹了口气，接着碴儿，“您说得对，这些画都

---

① 普希金所作的诗篇《我在这里，伊涅齐丽娅》(1830年)中的诗句。

画得很糟，很粗糙，有什么办法！ 我没有好好地学过绘画，而且还有那该死的斯拉夫人的懒散习气在作祟。当你梦想着工作的时候，你就像鹰在翱翔，你似乎有一股排山倒海的力量；一旦着手做起来，你立刻就觉得浑身软弱无力，困顿疲乏了。”

我本想鼓励他，但他把手一挥，抱起那些画稿，就往沙发上一丢。

“如果我有充分的耐心，我会有所成就的，”他透过牙缝含糊地说，“如果没有充分的耐心，那我仍然是个贵族傻公子。咱们还是去找阿夏吧。”

我们走了。

四

通往“遗迹”的那条路盘曲在一个树木蓊郁、狭窄的山谷的斜坡上，一条小溪在山谷底里奔流，它潺潺作响，在石子中间穿行，仿佛急切地要去跟一条大河汇合，这条大河在被陡峭地截成了两半的山脊的幽暗的绝壁后面静悄悄地闪烁着光芒。加金把我的注意力引向那几个幸运地有阳光照耀着的地方，从他的话里可以听出，即使他不是个画家，那至少也是个艺术家。“遗迹”不久就映入眼帘了。在那光秃秃的山岩顶上矗立着一座四角形的古塔，整座塔是黑黝黝的，还很坚固，但好像被一条纵向裂纹劈成了两半。那些长满了青苔的围墙连接着这座古塔，塔上有些地方爬满了常春藤，弯曲的小树从那些灰色城垛和倒塌了的拱门上垂了下来。一条石子小路直通到还完好无损的大门。我们已经走近了大门，忽然在我们前面有个女子的身影闪了一下，这个身影倏地跑过一堆废墟，在墙上那下面就是深渊的突出地方坐了下来。

“这不是阿夏么！”加金扬声叫道。“真是个疯姑娘！”

我们通过大门走进了一个小院子，几乎半个院子长满了野苹果树和荨麻。坐在墙上那突出地方的当真是阿夏。她向我们转过脸来，不禁笑了起来，但她一动不动地坐着。加金点了点指头威吓她，我大声地责备她的这种冒险行为。

“得啦，”加金低声对我说，“你可别惹她，您还不了解她：她大概还会爬到塔顶上去呢。您还是去欣赏欣赏当地人的聪明机灵吧，这会叫您惊讶不置的。”

我朝四下望望。有个老妇人坐在一个临时小木棚的角落里编织着长袜子，从眼镜后面乜斜地望着我们。她出售给游客啤酒、蜜糖饼干和酸酐矿泉水。我们在一条长凳上坐了下来，从那沉甸甸的、带把的锡杯里喝起相当冷的啤酒来了。阿夏还是一动不动地盘腿坐在那里，头上包着薄纱围巾，她那婀娜多姿的体态在晴朗的天空的衬托下显得轮廓分明，格外美丽；可我抱着反感望着她。昨晚我就发觉她神态不十分自然，有点矫揉造作……“她想使我们感到惊讶。”我寻思着。“这是为什么？ 多么孩子气的反常行为？”她仿佛猜透了我的心思似的，忽然向我投来了急速而锐利的目光，她又笑起来了，并跳了两下，从墙上下来，走到那个老婆子跟前，向她要了一杯矿泉水。

“你以为我想喝水吗？”她转脸向哥哥低声说，“不，墙上那些花得浇水了。”

加金没有搭腔；可她拿着一只玻璃杯，又爬上废墟，有时站定了，俯下身子，带着滑稽可笑的认真态度浇上几滴水，水珠在阳光下闪耀着灿烂夺目的光辉。她的动作很可爱，可我仍然对她不满，尽管我不由自主地欣赏着她那动作的轻快和敏捷。在一个危险的地方她故意喊叫一声，接着就哈哈大笑起来……我更觉恼火了。

“她爬呀跳呀，就像只山羊，”老婆子嘟嘟囔囔地自言自语，她有一会儿工夫没有织她的长袜子了。

阿夏终于把自己那只玻璃杯倒空了，顽皮地摇晃着身子，回到我们这儿来。她那古怪的讪笑使她的眉毛、鼻孔和嘴唇微微地抽搐了几下；那对乌黑的眼睛似乎挺愉快而又有点放肆地眯缝着。

“你们认为我的举动是不成体统的吧，”她的脸似乎在说，“我倒并不在乎：我知道你们是很欣赏我的。”

“干得好，阿夏，真灵巧，”加金低声说。

她蓦地仿佛害臊起来，垂下了她那长长的睫毛，温文尔雅地坐到我们身旁，好像犯了过错似的。这当儿我头一次仔细地端详了一下她的脸，一张我所见到的、最变化无常的脸。不一会儿，这张脸变得苍白了，现出了全神贯注的、几乎是悲伤的神情；我似乎觉得她的脸盘显得大些了，更严峻了，也更纯朴了。她完全安静下来了。我们绕遗迹走了一圈（阿夏跟在我们后面），欣赏着风景。然而午饭时间快到了。加金把酒钱付给了老婆子，又要了一杯啤酒，转身向我，扮了个狡猾的鬼脸，扬声叫道：

“祝您的心上人健康！”

“难道他有，——难道您有心上人吗？”阿夏忽然问道。

“谁没有心上人？”加金反问道。

阿夏沉思了一会儿，她的脸又变了，又显露出挑衅的、几乎是无礼的冷笑。

在归途中，她不时地哈哈大笑，淘气得更放肆了。她从树上折下了一条很长的树枝，把它当作一支枪扛在肩上，并把围巾裹在头上。我记得，我们碰见了一伙淡黄色头发、举止古板的英国人，他们是一家人；当时仿佛有人指挥似的，一声口令，他们那玻璃似的眼睛全都不约而同地带着冷淡而诧异的神情目送着阿夏，可她仿佛故意惹他们生气似的，大声地唱起歌来。一回到家，她马上就到自己的屋里去了，到吃饭时才出来，她穿上一件最好的衣服，精心地梳理了头发，还紧紧地绷着手套。在餐桌上她彬彬有礼，几乎很拘谨，差不多没吃什么东西，只用高脚酒杯喝水。她显然想在我面前扮演一个新的角色，一个彬彬有礼的、颇有教养的小姐的角色。加金不管她，可见他在各方面对她听之任之已经习以为常了。加金只偶尔温和地瞥我一眼，微微耸耸肩，仿佛想说："她是个孩子，别见怪。"一吃完饭，阿夏就站起来了，向我们行了个屈膝礼，戴上帽子，问加金：她可不可以上露依莎太太家去？

"你早就有此打算了吗？"他露出老是那样的、但这会儿却带点儿窘态的微笑答道，"难道你跟我们在一起觉得无聊吗？"

"不是的，可我昨天已经答应了露依莎太太，上她那儿去看望她的，而且我觉得你们俩在一起会更好些，И先生（她点点我）还会告诉你些什么呢。"

她走了。

"露依莎太太，"加金开始说，竭力避开我的目光，"是本地前市长的遗孀，是一个善良的，然而头脑简单、胸无点墨的老太太。她很喜欢阿夏。阿夏热衷于跟下层的人们交朋友，我发觉骄傲往往是这种行动的起因。您可以看得出来，我太宠她了，"他沉默了一会儿之后，补了一句，"您叫我怎么办？ 我对任何人都不会很严厉的，对她就更不用说了。我**必须**宽容地待她。"

我默不作声。加金更换了话题。我认识他越久，就越喜欢他。我不久就了解他了。这是真正的俄罗斯性格：诚实、正直、纯朴，但可惜有点儿萎靡不振，缺乏顽强精神和热情。在他身上青春并没有像泉水那样喷涌出来，它只闪出宁静的光辉。他很亲切可爱，又很聪明；可我不能想象，他到了壮年会成为一个什么样的人。成为一个艺术家……不下一番苦功，是不可能成为一个艺术家的……瞧他那副和善相，听他那慢条斯理的话语，我觉得他不会下苦功的！ 不会的！ 他不会鼓足干劲、坚持不懈的。但不喜欢他又不可能，因为心被他吸引去了。我们俩一起消磨了四个小时光景，有时坐在沙发上，有时在房子前面散步，在这四小时里我们成为挚友了。

太阳落山了，我也该回家了。阿夏还没有回来。

“她多么任性！”加金低声说。“要不要我送您回去？ 咱们顺路上露依莎太太家去，我去问问，她是不是在那儿。不用走很多弯路。”

我们下了山往城里走去，拐入了一条狭窄的、弯弯曲曲的小巷，在一座只有两扇窗宽、四层楼高的房子前面站定了。这座楼房在临街的一面第二层比第一层突出些，而第三层和第四层比第二层更突出；整座房子饰着古老的雕刻，底层有两根很粗的柱子，尖尖的瓦屋顶，顶楼上有像鸟喙般伸展的突出部分，这一切使整所房子看起来像一只拱起背的大鸟。

“阿夏！”加金叫道，“你在这儿吗？”

三楼一扇灯光明亮的小窗咯噔一声打开了，我们看见了阿夏那一头乌黑的秀发。一个德国老妇人的牙齿掉光、视力极差的脸在她身后露了出来。

“我在这儿，”阿夏说，娇媚地把两个胳膊肘支撑在窗台上，“我在这儿很好。给你，接住，”她补充说，把一枝天竺葵扔给了加金，“你就假定我是你的心上人。”

露依莎太太笑了起来。

“И 要走了，”加金不以为然地说，“他要跟你告别。”

“真的吗？”阿夏低声说。“如果是这样，那就把我这枝天竺葵送给他，我马上就回来。”

她砰的一声把窗关上了，还可能吻了一下露依莎太太。加金默默地把那枝天竺葵递给了我。我就默然把它放进了口袋，一直走到渡口，摆渡到对岸去了。

我记得，我在回家的路上什么也不想，可是心头却感到异样的沉重。忽然间有一股强烈的、闻惯了的，但在德国却是罕有的气味袭来，使我大为惊讶。我站住了，看见道路旁边有一小畦地里种着大麻。它那草原的气息立刻使我想起了祖国，并在我的心灵里唤起了对祖国强烈的思念。我真想呼吸一下俄罗斯的空气，真想在俄罗斯的土地上行走。“我在这儿干什么？ 为什么在异国他乡漫游；为什么在陌生的外国人中间逗留？”我扬声叫道，我心里那死人般的沉重感忽然变成了痛苦的、火燎般的激动情绪。我怀着与前一天完全不同的心情回到了家里。我觉得自己几乎怒火中烧了，久久不能平静下来。一种连我自己也不能理解的烦恼笼罩着我的身心。末了我坐下了，想起了我那阴险狡诈的寡妇（我每一天都是以对这个寡妇的严肃的追忆而结束的），我从她给我的信中抽出一封来。可我甚至没有把这封信展开，我的思想又立刻转到另一方面去了。我开始想……想到阿夏。我想起了加金在谈话中间向我暗示过的使他不能回归俄国的一些困难……“得啦，她是不是他的妹妹？”我大声地说道。

我脱了衣服，躺下了，竭力想入睡；但一小时后我又在床上坐了起来，一个臂肘支在枕头上，又想起那个强作笑容的任性姑娘……“她的体态活像拉斐尔①创作的法尔内西纳别墅壁画里的小加拉泰阿②，”我低声说，“对，她不是他的妹妹……”

这时寡妇的那封信非常安静地躺在地板上，在月光下惨然发白。

五

第二天早晨我又到L小城去了。我对自己说，我要去看看加金，可我暗地里却渴望着看看阿夏在做什么，她是不是又会像前一天一样“做出古怪的举动来”。我在客厅里见到了他们俩，说也奇怪！——是不是由于我在夜里和早晨想俄罗斯想得多了，因此我觉得阿夏完全是个俄罗斯少女，并且是个普通的少女，几乎像个侍女。她穿的是一件旧衣服，她把头发梳到了耳朵后面，一动不动地坐在窗前，文雅而又安静地在绣架上刺绣，好像她一辈子没有干过别的活儿。她几乎一句话也不说，沉静地看着自己的活儿，她脸上的神情是那样平常，不引人注目，使我不由得想起了我们家里的卡佳们和玛莎们来了。为了更逼真些，她还轻轻地唱起《妈妈——亲爱的妈妈》③来了。我瞅着她那有点儿发黄的、没精打采的小脸蛋，想起了昨天的那些念头，我不禁感到有些惋惜。天气好得出奇。加金对我们说，今天他要出去写生；我问他，

---

① 拉斐尔（1483—1520）：意大利文艺复兴时期的杰出画家。

② 加拉泰阿是罗马法尔内西纳别墅里的一幅壁画，画中的加拉泰阿是希腊神话中一个体现平静的海的女神。

③ 《妈妈——亲爱的妈妈》是一首俄罗斯民歌。作者是十九世纪三十年代一个名叫莫克林斯基的不大著名的诗人，曲子是由阿·克里耶夫谱写的。

可不可以让我陪他同去，我会妨碍他吗？

“恰恰相反，”他答道，“您会给我出好主意的。”

他戴了一顶 à la Van Dyck[①] 圆帽子，穿了一件工作短衫，腋下夹一个硬纸匣，就出发了；我不慌不忙地跟在他后面。阿夏留在家里。加金临走时，叫她要当心，别把汤做得太稀；阿夏答应会到厨房里去照看的。加金来到了我已经熟悉的一个山谷，他在一块石头上坐了下来，开始描绘一株有窟窿的、枝杈伸展得很远的老橡树。我躺在草地上，从口袋里掏出了一本小书；可我没有看完两页，而他也只是在画纸上信手涂抹，因为我们谈得越来越起劲，依我看，我们谈得很透彻，富有理性：应该怎样工作，什么是应该避免的，什么是应该遵循的，以及在我们时代艺术家本身有什么意义，等等。加金终于拿定了主意，说他“今天精神不佳”，就在我身边躺下了，于是我们年轻人的话匣子就毫无拘束地打开了，一会儿很热烈，一会儿陷入了沉思，一会儿兴高采烈，但似乎总是含糊其辞的，俄国人就是那么乐于把话说得含蓄、晦涩。我们谈够了，心满意足了，仿佛我们干了什么事情，有了什么成就似的，便回家去了。我发觉阿夏的神情跟我离开她时一模一样；不管我怎样努力地观察她，都没有在她身上发觉丝毫卖弄风情的神态，也没有发觉故意扮演一个角色的迹象；这会儿可不能责怪她装模作样了。

“啊——哈！”加金说。“她在戒斋和忏悔呢。”

傍晚时分，她几次毫不做作地打起呵欠来，并且很早就回到自己的屋子里去了。不久我也向加金告辞回家了。我已经不再胡思乱想，因

① 法语：凡·戴克式的。凡·戴克（1599—1641），著名的弗兰德斯画家，以肖像画大师闻名。

为这一天我的头脑很清醒。不过我记得我上床睡觉时，曾经不由自主地高声说过：

“这个姑娘多么反复无常啊！”我沉思了一会儿，又补了一句。“她反正不是加金的妹妹。”

六

整整两个星期过去了。我每天都去找加金兄妹。阿夏仿佛在躲开我，但已经不再淘气了，不再有在我们相识的头两天使我感到惊讶的那种举动了。她似乎在暗暗地伤心，或者有些惶恐不安；她的笑声也少了。我怀着好奇心观察着她。

她操着一口相当流利的法语和德语；可是从各方面可以看得出来，她从小就缺乏妇女的照料，她所受的是一种令人奇怪的、不寻常的教育，跟加金所受的教育根本不同。尽管加金戴的是凡·戴克式的帽子，穿着工作短衫，但仍然使人感觉到他那温柔的、近乎娇生惯养的大俄罗斯贵族的派头，而她却不像一位小姐，她的一举一动都显得那么不安稳，因为这棵野生小树刚嫁接过，这酒还在发酵中。她天生腼腆、胆怯，她痛恨自己的羞涩，苦恼地竭力装出一副大胆放肆的样子，但她并不是常常都能得心应手的。我曾几次向她问起她在俄国的生活，她的过去，她都勉强地回答了我的问题；不过我还是探问到她出国前曾在乡下住了很久。有一次我看见她独自在看书。两手捧着脑袋，手指都深深地插进头发里，她正在贪婪地阅读。

“好啊！”我说，走到她跟前，“您多么用功呀！”

她稍微抬起了头，庄重而严肃地瞅了我一眼。

“您以为我只会笑吗？”她低声说，想要走开……

我瞥了一下书名：这是一部法国长篇小说。

“不过我不能称赞您所选读的这本书，”我说道。

“那么看什么书呢！”她扬声说道，随手把书往桌上一扔，并补了一句：“要么我还不如去胡闹逗笑，”说着就跑到花园里去了。

那天晚上我给加金朗诵了《赫尔曼和多罗特娅》①，阿夏开头只是在我身边串来串去，后来她忽然站住了，侧着耳朵，悄悄地坐到了我的身边，一直听到朗诵完毕。第二天我又认不出她了，当时我可没有想到，原来她忽然想要做一个像多罗特娅那样善于持家、举止稳重的人，总之，在我看来，她几乎是个神秘莫测的人物。她自尊心极强，甚至在我生她的气的时候她也招我喜欢。只是有一点我越来越相信——她不是加金的妹妹。他没有把她当做自己的妹妹那样看待：对她过于亲热，过于依顺了，同时还有点儿勉强成分。

有一件令人奇怪的事显然证实了我的猜疑。

一天傍晚，我走到加金他们所住的葡萄园跟前，发觉便门上了锁。我思忖了一会儿，便跑到先前早已发现的围墙上一个倒塌的地方跳了进去。离此处不远，在一条小路旁边，有个用洋槐搭建成的小亭子；我靠近它，准备走过这个亭子，再往前走……忽然听到了阿夏的嗓音，我不觉一惊，她很激动地含着泪说了下面的话：

“不，除了你，我谁也不爱，不，不，我只要爱你一个人，永远只

① 德国著名诗人歌德(1749—1832)所作的一部长篇田园诗。他在这首诗中歌颂了家庭生活和德国小市民的性格。十九世纪三十到四十年代俄国偏于理想的浪漫主义者醉心于德国文学，而蔑视当时以社会小说（乔治·桑等）占优势的法国文学。

爱你一个人。”

“得啦，阿夏，安静些儿，”加金说，“你知道我是相信你的。”

他们的谈话声在亭子里响了起来。我透过那稀疏地交织在一起的树枝看见了他们俩。他们都没有发觉我。

“爱你，只爱你一个人，”她又说了一遍，并向他扑了过去，搂住了他的脖子，她一边声音发抖地痛哭着，一边吻起他来，紧紧地偎倚在他的胸前。

“得啦，得啦，”他连声说，并用手轻轻地抚弄着她的头发。

我木然站了一会儿……接着又猝然一振。“去找他们吗？决不去！”这个念头在我头脑里闪了一下。我快步回到了围墙跟前，从那个倒塌的地方跳到路上，几乎奔跑着回家去了。我边笑边搓着手，这一巧遇突然证实了我的猜疑，我很惊讶（我没有一刻怀疑过我的猜疑的正确性），可是我心里很痛苦。“不过，”我心想，“他们真会装模作样！可是为什么呢？他们何苦欺骗我呢？我没有料到他会来这一手……多么感人的解释？”

七

我一夜睡不安稳，第二天早晨很早就起床了。我背起了旅行背包，对我的房东太太说，天黑以前，不必等我，就徒步上山去了，我沿着流经Z小城的那条河向上游走去。这些山是称做狗背的山脉的支脉，就其地质方面来说，是迥非寻常的；这些山脉特别以玄武岩地层的整齐和纯粹而出众；可是我顾不上从地质方面去考察。我弄不明白内心起了什么变化；只有一种感觉我是很清楚的，那就是不愿再跟加金他们见面了。我自以为我所以突然对他们产生反感，唯一的原因就是我对他们的表里不一感到不满。谁强迫他们冒充兄妹？ 不过，我竭力不去想他们，我从容不迫地在山上和山谷里漫步，在乡村的小酒馆里坐坐，跟店主和顾客们友好地聊聊，或者在晒得暖烘烘的扁石上躺一会儿，仰望着飘过的云彩，幸而天气又非常的好。我就这样过了三天，并不是没有乐趣的——虽然我心里有时感到愁闷。我的心情和那个地方宁静的大自然恰好是相称的。

我完全沉浸在这无人知晓的巧遇中，浮想联翩。这些印象从容地变换着，在我心里相继掠过，最后留下了一个总的感觉，把我在这三天中所看到的、感觉到的和听到的一切融合在一起了——这一切就是树林里的树脂的清香，啄木鸟的叫声和啄木声，从有花斑鲑鱼在沙子河底游来游去的、清澈见底的小溪里发出的潺潺不绝的絮语声，隐约可见的群山的轮廓，幽暗的岩石，那些有令人肃然起敬的古老教堂和年代久远的树木的整洁的小村庄，草地上的鹳鸟，轮子转得很快的舒适的磨坊，农民们那亲切的脸，他们的蓝坎肩和长统灰袜子，套着肥壮的马匹而有时套着母牛、吱嘎作响、缓慢地行驶着的大车，以及在两旁种植着苹果树和梨树的清洁的道路上行走着的、留着长发的年轻的朝圣者……

甚至现在我回忆起当时的景象，仍然感到十分愉快。向你致敬，德国土地上的普通一角。你知足常乐；到处都有你那勤劳的双手留下的痕迹；你那坚忍耐劳，虽然是从容不迫的劳动留下的痕迹……向你致敬，祝你平安！

到第三天晚上，我回家去了。我忘记说了，由于我对加金他们不满，我想使那个铁石心肠的寡妇形象在我心中复活起来，可我白费劲儿，毫无结果。我记得当我想起她的时候，我看见了有个五岁光景的乡下小姑娘站在我面前，她有一张圆圆的小脸蛋，那双小眼睛天真无邪地用力瞪着。她那么心地纯正而又稚气十足地望着我……她那清澈的目光看得我害臊起来，我不愿在她面前扯谎，立刻跟我以前所爱的人彻底决裂，永远告别。

我在屋里发现了加金留下的一张便条，他对我的出乎意料的决定感到吃惊，还责备我为什么不跟他结伴同行，他请求我一回来就上他们那儿去。我不高兴地念了一下这张便条，不过第二天我就到 L 小城去了。

八

加金对我友好相迎，但口气温和地把我责备了一顿；而阿夏仿佛故意地一看见我就无缘无故地哈哈大笑起来，并且跟往常一样又立即跑开了。加金显得很尴尬，在她背后含糊不清地说她发疯了，要我原谅她。说真的，我非常恼恨阿夏；我本来就觉得不自在，而这时又听到她那不自然的笑声，看到她那令人奇怪的装腔作势的动作。可我装出若无其事的样子，并把我这次短期旅游的情况详细地告诉了加金。他也对我说了我不在的时候他干了些什么。可是我们的谈话进行得很不顺利；阿夏走进屋里来了，接着又跑开了；末了我说，我有急事，该回家了。加金开头不让我走，后来凝神地看了我一眼，表示愿意送我回家。在前室里，阿夏忽然走到我跟前来了，伸给我一只手，我轻轻地握了一下她的指头，向她微微弯了弯腰。我跟加金一同渡过了莱茵河，经过一棵我所喜爱的梣树和一座圣母雕像，我们在一条长凳上坐了下来欣赏风景。于是我们之间进行了一席饶有意味的谈话。

开头我们交谈了几句，接着就望着那条清澈的河流，默然不语了。

“请告诉我，”加金带着平日的笑容忽然说，“您对阿夏有什么看法？您一定觉得她有点儿古怪，对不对？”

“是呀，”我不无困惑地答道。我料想不到他会谈起她来。

“要评论她，就得好好地了解她，”他低声说，“她有一颗非常善良的心，可是她的头脑总是异想天开，不好对付，跟她难以相处。不过，如果您知道她的身世，就不能责怪她了。”

“她的身世？……”我打断了加金的话。“难道她不是您的……”

加金瞥了我一眼。

“您是不是认为她不是我的妹妹？……不，”他继续往下说，没有注意到我的慌乱神情，“她确实是我的妹妹，她是我父亲的亲生女儿。请您听我把话说完。我觉得您是可以信赖的，我要把一切都告诉您。

“我的父亲是个很善良、有头脑、受过良好教育的人，然而又是个不幸的人。命运对待他并不比对待其他许多人坏；但他却经受不住命运对他的初次打击。由于爱情，他很早就结了婚；他的妻子，就是我的母亲，不久就死了；她去世时，我才六个月。父亲把我带到乡下去了，他在乡下待了整整十二年，哪儿也不去。他亲自对我进行教育，他是决不会离开我的，要不是他的亲兄弟，即我的叔叔，到乡下来看望我们。这位叔叔担任着一个相当重要的职务，经常住在彼得堡。他劝父亲把我交给他去照管，因为父亲怎么也不同意离开乡下。叔叔向他指出，像我那样年龄的男孩过着完全孤寂的生活是不好的；况且又经常跟着一个像我父亲那样的郁郁寡欢、沉默寡言的教师，我一定会落后于我的同龄人的，而且我的脾气也容易变坏。父亲对自己兄弟的规劝一直不同意，但最后终于让步了。跟父亲分别时我哭了；我爱他，虽然我从来没见过他脸上露过笑容……可我到了彼得堡以后，不久就忘记了我们那忧郁的、没有欢乐的家庭。我进了士官学校，又从士官学校转入了近卫军联队。我每年到乡下住上几个星期，每年发觉我父亲越来越郁郁寡欢了，他经常陷入沉思，默想得出神，顾虑重重。他每天去教堂，几乎不会说话了。有一次我回家探亲（我恐怕已经二十岁出头了），我头一次看见我们家里有一个瘦弱的、黑眼睛的十岁光景的小姑娘——阿夏。父亲说，她是孤儿，是他领来抚养的——他正是这样说的。我没有特别注意她，她是个野孩子，像头小野兽那么伶俐、沉默，我一走进我父亲喜爱的房间——一个阴暗的大房间，我母亲就在那儿去世的，那儿甚至白天也点蜡烛——她立刻就躲到他那张伏尔泰式的圈椅后面，或者摆满书籍的书架背后去了。以后的情况是这样的：在后来的三四年中，我由于职务上的原因，不能去乡下了。我每月收到一封父亲寄来的短信；他很少提到阿夏，提到她时，也只是一笔带过。他已经五十岁出头了，但他看起来还像个年轻人。突然间我毫无思想准备地收到了管家寄来的一封信，信上向我报告了我父亲病危的消息，他恳求我尽快地回家，假如我想跟父亲诀别的话。我的惊慌不安您是可想而知的。我火速赶回，见到父亲还活着，但他已经奄奄一息了。他看见我非常高兴，伸出他那瘦骨嶙峋的胳膊拥抱我，用不知是探究还是央求的目光久久地望着我，当我答应了我会履行他最后的要求之后，他就吩咐贴身的老仆人去把阿夏带来。老头儿把她带了进来，当时她几乎站不住了，浑身索索发抖。

“‘你瞧，’父亲费力地对我说，‘我把我的女儿，你的妹妹，托付给你。雅科夫会把一切告诉你的。’他指指仆人，补了一句。

“阿夏失声地痛哭起来，把脸伏在床上……半小时后我的父亲就与世长辞了。

“我知道的就是这些。阿夏是我父亲和母亲生前的婢女塔吉雅娜所生的女儿。这个塔吉雅娜我还记得很清楚，我记得她那高而匀称的身材，她那标致的、严肃而聪慧的面孔，她那乌黑的大眼睛。大家公认她是个骄傲的、难以接近的姑娘。我从雅科夫那毕恭毕敬、半吞半吐的话里了解到，我父亲是在我母亲去世了若干年以后跟她同居的。塔吉雅娜当时已经不住在主人的房子里了，而是住在她那已经出嫁的妹妹——一个喂牲口的女人——的农舍里。我父亲热恋着她，在我离开乡下之后，他甚至要娶她为妻，可她本人不同意做他的妻子，虽然他提出过这个要求。

“‘已故的塔吉雅娜·弗拉西耶夫娜，’雅科夫站在门旁，两手放在身后，对我这样说，‘她做任何事情都很慎重，不愿让您父亲受委屈。她说，对您来说我是个什么样的妻子？又算个什么样的太太呢？她就是这样说的，当着我的面说的。’

“塔吉雅娜甚至不愿意搬到我们家里来住，她带着阿夏仍然住在自己妹妹那儿。在童年时代，我只是每逢节日才在教堂里见到塔吉雅娜。她扎着一块深色的头巾，肩上披着一条黄披肩，站在人群中靠近窗子的地方，她那端庄的侧影在透明的玻璃上清晰地显现出来，她恭顺而庄严地祈祷着、按照古老的仪式深深地躬着身子。叔叔把我带走的时候，阿夏还只有两岁，她在九岁时失去了母亲。

“塔吉雅娜刚一去世，父亲就把阿夏领到自己家里来了。他先前也表示过，希望把她带在身边，可是塔吉雅娜拒绝了他的这个要求。可以想象一下，阿夏由主人领养之后，她的身心会发生什么变化。她至今还忘不了第一次给她穿上绸衣服和吻她手的那个时刻。在母亲活着的时候，她把阿夏管教得很严；在父亲那儿她就享有充分的自由了。他是她的老师；除他以外，她见不着外人。他并不溺爱她，也就是说，并不过分地照料她；但他热烈地爱着她，她要怎样就让她怎样，从来不加约束，因为他自以为对不起她。阿夏很快就明白了，她在家里是个重要人物，她知道主人就是她的父亲，但她也很快就明白了自己的虚假地位；自尊感在她心里强烈地发展起来，多疑心理也随着滋长起来；不良习惯在她身上深深地扎下了根，天真淳朴消失了。她（她自己有一次向我承认过这一点）要迫使**所有的人**忘记她的出身，她既替自己的母亲感到害臊，也为自己所蒙受的耻辱而感到羞愧，但她又为母亲感到自豪。要知道她已经懂得了许多，并且正在懂得在她这样的年纪还不应该懂得的事情……难道这是她的过错吗？青春的活力在她身上激发起来了，热血沸腾了，但身边没有人指导她。什么都得靠她自己！要做到绝对自主对她来说难道是件容易的事吗？她要做个不比别人逊色的小姐；她一心扑在书本上。这样做又于事何补呢？错误地出世的生命继续错误地成长着。但她的心没有变坏，她的头脑是健全的。

“于是我这个二十来岁的小伙子突然间却要去照顾一个十三岁的女孩子！父亲死后的头几天，一听到我的声音，她就会心神恍惚，我的爱抚使她感到苦恼，不过她一点一点地逐渐对我习惯起来了。诚然，等到后来她相信我的确承认她是妹妹了，并且把她当做妹妹那样爱她了，她这才对我紧紧相随、依依不舍，因为她的感情没有半点是虚假的。

“我把她带到了彼得堡。尽管跟她分离会使我多么痛苦，可我无论如何也是不能跟她一起生活的；我把她送进了一所最好的寄宿学校。阿夏明白了，我们的分离是必要的，但她开头害起病来，几乎死去。后来她好容易才习惯了，在寄宿学校里待了四年；不过和我的期望相反，她几乎跟以前一模一样。寄宿学校校长常常向我告她的状。‘对她既不能责罚，’女校长对我说，‘但好言相劝，她又不听。’阿夏异常聪明伶俐，学习成绩很好，是个最优秀的学生；但她不肯随波逐流，她脾气固执，孤僻成性。我不能过分责备她，处在她的地位上，要不就低三下四，要不就孤傲不合群。在她所有同学中，她只跟一个面目丑陋、受过虐待的穷姑娘合得来。其他女同学多半出身名门，都不喜欢她，还尽可能挖苦她、讽刺她；阿夏对她们也寸步不让。有一次上神学课，教师读到恶习时，阿夏就大声地说道：‘阿谀奉承和胆小如鼠都是最坏的恶习。’一句话，她还是我行我素；不过她的举止、风度有所长进，虽然在这方面她似乎还没有多大成就。

“后来，她年满十七岁，不能再留在寄宿学校里了。我的处境相当难。我忽然想出了个好主意：退役、去国外一年或两年，把阿夏带在身边。我这样想，就这样做了；于是我同她就到了莱茵河畔，我在这里致力于绘画，可她……依然淘气，跟从前一样举止古怪。不过现在我希望您不要过分严厉地指摘她，虽然她装得什么都不在乎，但她很重视人家的意见，特别是您的意见。”

加金又温和地笑了笑。我紧紧地握了一下他的手。

“一切就是这样，”加金又说起来，“可是她真叫我没有办法。她有地道的火药性格。到目前为止还没有一个人中她的意。即使往后她会爱上谁，那也是一种棘手的事！ 我有时不知道拿她怎么办。前几天她忽然想起了什么：突然说我对她比以前更冷淡了，还要我相信她只爱我一个人，而且一辈子将爱我一个人……说着说着就大哭起来……”

“原来是这样……”我刚低声说了一句，就咬住舌头，不往下说了。

“那么请告诉我，”我问加金，我们之间谈得很坦率，“难道到目前为止她当真还没有一个意中人吗？ 在彼得堡她不是见过许多年轻人吗？”

“他们压根儿不中她的意。不，阿夏需要的是英雄，一个不平凡的人，或者就像画中的山谷里的牧羊人。可我跟您谈得太久了，耽误了您的时间。”他站起来，补了一句。

“喂，”我说，“咱们上您那儿去，我不想回家了。”

“那么您要办的事呢？”

我什么也没有回答，加金和善地笑了笑，我们回L小城去了。看到那熟悉的葡萄园和山顶上那所白色小屋，我便有甜滋滋的感觉——就是说心头感到甜滋滋的，仿佛有人悄悄地把蜜往我的心坎里灌。听了加金的一番话后，我心头就觉得轻松多了。

九

阿夏在房子的门限上迎接我们，我又以为她要笑了，可是她脸色煞白，默不作声，低垂着眼睛，朝我们走来。

“他又来了，”加金开了腔。“你要注意，是他自己要来的。”

阿夏表示疑问地看了我一眼。我便向她伸出一只手去，这会儿我紧紧地握住了她那冰冷纤细的指头。我很怜惜她，以前使我纳闷儿的许多事，我现在都能理解了，她内心的不安、举止的反常、好卖弄自己的那种欲望——这一切我都清楚明白了。我探察了她的心灵，一种暗藏在心底里的苦恼经常使她感到难受，她那未成熟的自尊心使她心乱如麻，心神不宁，但她的全部身心都在追求真理。我明白了，为什么这个古怪的少女打动了我的心，她使我迷恋的不仅仅是从她那婀娜多姿的身体里洋溢出来的带点野性的美，我也喜欢她的心灵。

加金在自己的一堆画稿里翻寻起来；我邀请阿夏跟我一块儿去葡萄园散步。她马上就答应了，并且高兴地、几乎是顺从地同意了。我们往下走去，走到了半山腰，就在一块宽阔的石板上坐了下来。

“不跟我们在一起，您不觉得寂寞吗？”阿夏开腔了。

“那么我不在的时候，你们觉得寂寞吗？”我问道。

阿夏乜斜地瞥了我一眼。

“是呀，”她答道。“山上好吗？”她立刻又往下说。“这些山高不高？ 比云更高吗？ 您给我讲讲吧，您看到了些什么。您讲给我哥哥听了，可我什么也没有听见。”

“您自己要走开的，”我说道。

“我走开……是因为……现在我不走开了，”她嗓音里带着信任的柔情补了一句。“今天您生气了。”

“我？”

“您。”

“为什么，请别那么想……”

“我不知道，可您生气了，愤愤地走了。您这样离去，我很难过，您回来了，我真高兴。”

“我也很高兴，我又回来了。”我低声说。

阿夏耸了耸肩，就像孩子们高兴的时候常有的那种姿态。

“哦，我是善于猜测的！”她继续往下说。“我常常只要根据父亲在另一个房间里的咳嗽声，就能知道他对我是不是满意。”

在那天以前，阿夏一次也没有向我谈起过她的父亲。这使我很诧异。

“您爱您的爸爸吗？”我说，非常糟糕，我忽然觉得我脸红了。

她什么也没有回答，也脸红了。咱们俩都默不作声。远远有一艘轮船在莱茵河上驶过，腾起一缕黑烟，我们就朝轮船望去。

“您为什么不说话？”阿夏嘟囔了一句。

“今天您为什么一看见我就放声大笑起来？”我问道。

“我也不知道。我有时想哭，可是反而笑了。您不该根据我的举动来判断我的为人……哎哟，顺便问问，关于洛蕾莱的传说[1]是个什么样的神话故事？瞧，这不就是她的岩石？据说，她早先是把所有的人都淹死，而当她堕入情网的时候，她自己也跳进水里去了。我很喜欢这个故事。露依莎太太常常给我讲各种故事。露依莎太太那儿有一只黄眼睛的黑猫……”

阿夏抬起了头，她的鬈发抖动了一下。

“啊，我多么快乐，”她说道。

这当儿一阵阵断断续续的、单调的声音朝我们飘来。几百个人的声音带着有节奏的抑扬顿挫齐声唱着赞美诗，曲调不断地重复着，祈祷的人群举着十字架和神幡在山下那条路上缓慢地行进着……

---

① 德国的民间传说：莱茵河里的女妖以自己的歌声引诱渔夫，使他们的小船在岩石上撞得粉碎。根据这个传说，曾写成了许多作品，其中特别著名的是德国诗人海涅的叙事诗《洛蕾莱》，这首诗后来被谱写成一首德国民歌。

“我真想跟他们一起去。”阿夏一边说，一边侧耳谛听着那逐渐减弱的、时起时伏的声音。

“难道您那么笃信上帝吗？”

“我很想到一个遥远的地方去祈祷，去干一番艰苦的事业，”她继续往下说。“要不然，光阴一天天流逝，生命将会结束，可我们做了些什么呢？”

“您还胸怀大志呢，”我说，“您不愿虚度此生，而想流芳百世……”

“难道这不可能吗？”

“不可能，”我差一点会跟着说一遍……可我瞥了一下她那双明亮的眼睛，只低声说了一句：

“您去试试吧。”

“请您告诉我，”阿夏沉默了片刻后又说。这当儿她那本来就很苍白的脸上又掠过一片阴影，“您很喜欢那位太太吗？……您可记得，哥哥在‘遗迹’那儿还为她的健康干过杯，这是在我们相识后的第二天。”

我不禁笑了起来。

“令兄在开玩笑；没有一位太太我喜欢过；至少现在没有哪一位是我喜欢的。”

“您喜欢女人身上的哪些方面？”阿夏问道，她露出了天真而又好奇的神情，把头向后一仰。

“这个问题问得多怪呀！”我扬声说道。

阿夏有点儿不好意思了。

“我不应该向您提出这样的问题，对不对？请您原谅我，我已经习惯了：脑子里想什么，就说什么。因此我怕说话。”

“看在上帝的份上，您说吧，别害怕，”我接着她的话说，“我很高兴，您到底不再怕陌生了。”

阿夏埋下了眼睛，轻柔地笑了起来；我还没见她这样笑过。

“嗯，您讲讲吧，”她继续往下说，一边抚平衣服的下摆，把它盖在自己的腿上，好像她打算坐很久似的，“请您讲讲或者朗诵些什么，就像您可记得，曾经给我们朗诵《奥涅金》里的诗句那样……”

她忽然沉思起来……

> 如今十字架和树枝的阴影，
> 掩盖着我那可怜的母亲。①

她低声地念着。

“普希金的诗句可不是这样写的。”我说道。

“我真希望我就是达吉雅娜②，”她还是若有所思地继续往下说。“您讲讲吧。”她活跃地接着说。

可我没有心思讲故事。我瞧着她，她全身沐浴着灿烂的阳光，显得安详而又温柔。在我们周围，在我们下边，在我们头顶上——天空、大地和河流——都闪耀着欢乐的光辉，连空气似乎也充满了光辉。

“您瞧，多美啊！”我说，不由自主地压低了嗓音。

“是呀，很美！”她也那么轻轻地回答着，眼睛并没有看我。“假

---

① 引自普希金的诗体长篇小说《叶甫盖尼·奥涅金》第八章第四十六节，与原作略有出入。
② 上述诗体小说中的女主人公。

如我们都是鸟儿，我们就会冲入云霄，疾飞而过……就会淹没在碧空中……可我们都不是鸟儿。”

“但我们是能够长出翅膀的。”我不以为然地说。

“怎么可能呢？”

“您活着，您就会懂得的。有一些感情会使我们从大地上飞起来。别着急，往后您会长出翅膀的。”

“那么您已经长出来了？”

“对您怎么说呢……我觉得，到目前为止我还没有飞翔过。”

阿夏又沉思起来了。我稍微俯下了身子靠近她。

“您会跳华尔兹吗？”她忽然问道。

“我会。”我答道，但有点儿大惑不解。

“那么咱们走吧，去跳舞吧……我请哥哥给我们演奏华尔兹舞曲……我们就这样想象着我们在飞翔，我们长出了翅膀。”

她往宅子跑去，我也尾随着她跑去了——不一会儿，我们就在一间窄小的房间里，在兰纳的柔和婉转的乐曲声中旋转起来了。阿夏的华尔兹舞跳得非常好，她兴致勃勃地跳着。有一种女性的温柔突然从她那少女的端庄的面容中显露出来。后来我的手还久久地有着与她那柔软的身体相接触的感觉，并且还久久地听得到近在耳边的她那急促的呼吸声；我仿佛还久久地看见在那张苍白的，但却兴奋的、给鬈发猛拂着的脸上那双乌黑的、凝然不动的，几乎是闭着的眼睛。

十

这一天过得好极了。我们快乐得像孩子一般。阿夏很可爱，天真淳朴。加金十分高兴地望着她。我很晚才回去。船驶到了莱茵河中央，我请求船夫让船顺流而下。老船夫把桨举了起来，那气势雄伟的河流把我们带走了。我四下望望，谛听着，回忆着，忽然觉得内心很不平静……我举目仰望天空，可是天上也不平静：星星密布，穹隆一直在摇晃着、移动着、战栗着；我俯身望着河流……但在那儿，在那黑沉沉的、寒冷的深处，星星也在轻轻地摆动着、战栗着；我觉得仿佛到处都是动荡不安的，因此我心里就越发不平静了。我把臂肘支撑在船舷上……风在我耳际絮语，船尾处河水发出轻微的汩汩声，这些声音使我心烦意乱，波浪的凉爽气息并没有使我冷静下来；一只夜莺在岸上唱起歌来，它的歌声像带甜味的毒药感染了我，使我热泪盈眶，但这不是无缘无故的欢乐的泪水。我所感觉到的已经不是还在不久前，当我心旷神怡，似乎觉得了解一切、热爱一切的时候所体验到的那种包罗各种愿望的模糊感觉了……不！ 我心中燃起了渴求幸福的欲望。我还不敢确定它的名字——但是幸福，充分的幸福——这就是我所渴求的，并且为此而感到苦恼……小船一直向前飘浮而去，那个老船夫伏在桨上，坐着打盹儿。

十一

第二天我又去找加金他们了，我没有问过自己，是不是爱上了阿夏，可我十分想念她。我很关心她的命运，我很高兴我们突然接近起来了。我觉得我从昨天起才真正认识她；在那以前她总是躲开我。现在当她终于向我打开了她的心扉的时候，她的形象多么光彩夺目、令人心醉，对我来说，这形象是多么新奇，它害羞地闪露了多么神秘的魅力……

我生气勃勃地走在那条熟悉的道路上，不停地望着远处的一所白色小屋；我不但没有想到未来，而且连明天也不想；我觉得非常快乐。

我走进屋子的时候，阿夏脸上泛起了红晕；我发觉她又打扮得很漂亮，可她脸上的神情和她的装束是不相称的，因为她的神情是那样地忧郁。可我这么高兴地来了！ 我甚至觉得她跟往常一样又要跑开了，但她竭力克制着，留下来了。加金正处在艺术家的那种狂热和心醉神迷的特殊心情中，当略识门径的艺术爱好者以为他们能够——照他们的说法——“捉住大自然的尾巴”的时候，他们都会阵发性地突然被这样的心情袭住。他站在绷得紧紧的画布前面，头发蓬乱，身上沾满了油彩，画笔在画布上挥舞，几乎是粗野地使劲对我点了点头，他倒退了一步，眯缝起眼睛，又专心致志地画画了。我不愿打扰他，就在阿夏身边坐了下来。她那双乌黑的眼睛慢慢地向我转了过来。

“您今天和昨天不一样了。”我说，几次想使她嘴角露出笑意，但都枉费心机。

“不，不是这样的，”她不慌不忙地低声说，表示了异议，“不过这没关系。我睡得不好，整夜想呀想的。”

“想什么呀？”

“哎呀，我想的事情可多哩。这是我从小就养成的习惯，还在跟妈妈住在一起的时候就……”

“妈妈”这个字眼她说得很费劲，接着又说了一遍：

“我跟妈妈住在一起的时候就……我心里想，为什么没有人能知道自己往后会怎么样；有时你看到大祸就要临头，但却无法避免；为什么永远不能把真话全部说出来？ ……后来我又想，我什么也不懂，我必须学习。我应当再受教育，我所受的教育非常差。我不会弹钢琴，也不会画画，连缝纫活儿也做得很差。我一无所长，跟我在一起大概会感到很无聊吧。”

“您对待自己不公正，”我表示了异议，“您读过很多书，您有知识，再说您很聪明……”

“我很聪明？”她问道，神态是那么天真，好刨根问底儿，我不由得笑起来了，可她连一丝笑容也不露。“哥哥，我聪明吗？”她问加金。

他什么也没有回答，继续画他的画，并且不断地更换画笔，把一只手举得高高的。

“有时我自己也不知道我在想些什么，”阿夏仍然若有所思地继续往下说。“有时我居然会害怕自己，确实如此。啊，我真想要……女人不应当读很多书，不是吗？”

“读很多书并不需要，不过……”

“请问，我应该读些什么书？请您告诉我，我应当做些什么？凡是您叫我做的，我都会去做的。”她脸朝着我，天真而又信任地补了几句。

我一下子不知道该怎么回答她。

“您跟我在一起不觉得无聊吗？”

“哪儿的话。”我说。

“好吧，谢谢！”阿夏不以为然地说道。“可我认为您会觉得无聊的。”

她那灼热的小手紧紧地握住了我的手。

“嗯！”这当儿加金突然喊叫一声：“这个背景不暗吧？”

我走到他跟前去。阿夏站了起来，走开了。

十二

一小时后她回来了，站在门口，向我招招手。

“喂，”她说，“要是我死了，您会可怜我吗？”

“今天您怎么会有这样的想法！”我扬声叫道。

“我认为我不久就会死的；有时我似乎觉得周围的一切都在跟我告别。死倒比这样活着好……哎呀！ 您可别这样瞧着我；真的，我并不装假。否则，我又会怕您的。”

“难道您怕我吗？”

“说实话，如果我真是这么古怪，那不是我的错儿，”她答道，“要知道，我连笑都笑不出来……”

她直到晚上还是那么悲怆和忧伤。我不明白她到底有什么心事。她的目光常常停留在我身上；在这种令人纳闷的目光的逼视下，我的心慢慢地揪紧了。她表面上看来似乎很平静，可我望着她的时候，总是想劝她别激动。我以欣赏的目光观察她，我在她那苍白的脸蛋上，也在她那踌躇不决的缓慢的动作上都发觉了迷人的美。可她不知为什么却认为我心绪不佳。

“听我说，”在我告别前不久，她对我说，“一想到您会认为我很轻佻，我心里就感到痛苦……今后您永远要相信我对您所说的话，不过您对我也要坦率，我会永远对您说实话的，我向您保证……”

“保证”这个词又使我笑起来了。

“哎呀，您别笑，”她活泼地说，“否则，我今天就会把您昨天对我所说的话再说一遍：'您干吗笑？'"她沉默了一会儿之后，又补了一句："您可记得昨天您谈到翅膀的那些话？ ……翅膀我倒是长出来了，可是没处可飞呀。"

"哪儿的话，"我低声说，"条条道路都向您开放着。"

阿夏瞥了我一眼，视线集中地直望着我的眼睛。

"今天您对我有不好的看法。"她双眉紧蹙着说。

"我？ 有不好的看法？ 对您！ ……"

"你们俩为什么这么闷闷不乐的，"加金打断了我的话，"要不要我像昨天那样给你们演奏华尔兹舞曲？"

"不，不，"阿夏表示了异议，两手握得紧紧的，"今天绝对不要！"

"我不勉强您，放心吧……"

"绝对不要。"她脸色煞白，又说了一遍。

* * *

"莫非她真的爱我吗？"我寻思着，向那黑浪滚滚的莱茵河畔走去。

十三

"莫非她真的爱我吗？"第二天我刚一醒来就问自己。我不愿探察自己的内心。我觉得她的形象，一个"笑得很不自然的少女"的形象深印在我的心坎儿里了，短时间内不可能摆脱它；我上 L 小城去了，在那儿逗留了整整一天。我只见到阿夏一会儿工夫。她觉得身子不舒服：

头痛。她把额头包了起来，下楼来待了一会儿，脸蛋苍白而又消瘦，几乎闭上了眼睛；她微微一笑，说："等一会儿就会好的，这不要紧；一切都会过去的，不是吗？"她说着就走开了。我感到寂寞无聊，有点儿忧伤和空虚感，可我久久不想离去，很晚才回家，在这之前阿夏再也没有露过面。

第二天早晨是在我半睡半醒的状态中过去的。我想着手做一些事情，但是做不成；我打算什么也不干，什么也不想……可是连这一点也做不到。我在城里来回溜达，回到家里，又出去了。

"您是 И 先生吗？"忽然从我背后传来了一个孩子的声音。我回头看了一下，一个男孩子站在我面前。"这是安奈特小姐给您的，"他补了一句，把一张便条交给了我。

我打开了便条，认出了阿夏那不端正的、潦草的笔迹。

我一定要见您，您今天四点钟到那个石砌的小教堂去，就在"遗迹"附近的路上。今天我做了一件非常鲁莽的事……看在上帝份上，您来吧，您就会知道一切的……请对来人说个"行"字就成了。

"有回信吗？"那个男孩子问道。

"你就说：行。"我答道。

男孩跑开了。

十四

我回到了自己的屋里，坐下沉思起来。我的心怦怦直跳。我把阿夏的便条反复地念了几遍。我看了一下表：还不到十二点。

门开了，进来的是加金。

他脸色阴沉，一把抓住了我的一只手，把它握得紧紧的。他似乎很激动。

“您怎么啦？”我问道。

加金拉过来一张椅子，跟我面对面地坐了下来。

“三天以前，”他脸上勉强堆笑，讷讷地说，“我所讲的那个故事使您感到惊讶。今天我会使您更吃惊。跟别人我大概不敢……那么坦率地……可您是个高尚的人，您是我的朋友，是不是这样？听我说：我的妹妹阿夏爱上您了。”

我不禁浑身哆嗦了一下，从椅子上欠起身子。

“您妹妹，您说……”

“是呀，是呀，”加金打断了我的话，“我对您说，她疯了，还要逼着我发疯。可是，幸而她不会扯谎，并且挺信任我。哎呀，这个姑娘有颗什么样的心呀……可她会毁掉自己的，准会毁掉的。”

“您弄错了。”我说。

“不，我没有弄错。您可知道，昨天她几乎躺了整整一天，什么东西也不吃，不过并无怨言……她从来不抱怨什么。虽然傍晚前她有点发烧，可我并不着急。今天凌晨两点时，我们房东太太叫醒了我说：‘快去看看您的妹妹，她有点不舒服。’我就跑去看阿夏，发觉她和衣躺着，发着高烧，脸上泪痕斑斑；她的额头滚烫，牙齿直打战。‘你怎么啦？’我问，‘你病了吗？’她扑过来搂住我的脖子，开始恳求我把她尽快地带走，如果我要让她活下去的话……我一点也不懂她的意思，竭力安慰她……她哭得更伤心了……从她的痛哭声中我忽然听出来了……嗯，总而言之，我听出来了，她爱您。请您相信，咱们都是有理智的人，简直不能想象她的感情多么深挚，她以多么不可思议的力量才倾吐出她内心的这种感情；它像一阵晴天霹雳，突然无法抗拒地降到她的身上。您是个和悦可爱的人，”加金继续往下说，“但她为什么这么爱您——说真的，我也不明白。她说，她第一眼看到您时就对您产生了爱情。几天前她就是由于这个缘故而哭了，当时她要我相信，除了我，她谁都不爱。她认为您瞧不起她，大概您知道她是个什么样的人；她问过我，有没有把她的身世告诉过您，我当然说没有讲过；可是她敏感极了。她只有一个愿望：离开这儿，而且立刻就走。我陪她一直坐到天亮；我答应了她，我们明天就离开这儿，——她这才睡着了。我考虑再三，决定跟您谈谈。依我看，阿夏是对的：最好是我们俩离开这儿。要是我头脑里没有出现阻止我离开的那个念头，那么今天我就带她走了。也许……怎能知道呢？ 您喜欢我的妹妹？ 要是这样，我何必带她走呢？ 我已经下定了决心，把任何羞耻都置之度外，而且我自己也有所察觉……我决定……问问您……”可怜的加金不好意思地说。“请原谅我，”他补了一句，“我不习惯处理这种伤脑筋的事。”

我握住了他的手。

“您想要知道，”我斩钉截铁地说，“我是不是喜欢您的妹妹？是的，我喜欢她……”

加金瞥了我一眼。

“不过，”他讷讷地说，“您不会娶她，不是吗？”

“您怎么要我回答这样的问题？ 您自己想一想，我现在能不能……”

“我知道，我知道，”加金打断了我的话，“我没有任何权利要求您回答，我的问题提得太不礼貌了……可您叫我怎么办呢？ 玩火是不行的。您不了解阿夏；她会病倒、逃跑，跟您约会……别的姑娘会把一切都藏在心里，等待着——可她不会。这在她还是头一次——不幸就在于此！ 要是您看到今天她在我脚边痛哭流涕的情景，那您就会了解为什么我忧心忡忡了。”

我沉思起来了。加金的“跟您约会”这句话刺痛了我的心，我觉得他既然那么坦率，而我不以诚相待，那是可耻的。

“对，”我终于说，“您说得对。一小时前我接到了您妹妹的一张便条。瞧。就是这一张。”

加金把便条拿了过去，很快地看了一遍，两手垂在两膝上了。他脸上那副惊讶的神情是很可笑的，可我顾不上笑了。

“我再说一遍，您是个高尚的人，”他说，“不过现在该做什么呢？ 怎么办呢？ 她自己要离开这儿，并且给您写了信，责备自己做事鲁莽……她怎么有时间写这张便条的？ 她要您干什么呢？”

我安慰了他，我们尽可能冷静地交谈起来，商量我们应该采取什么措施。

我们终于决定：为避免出事，我应该去赴约，向阿夏作一番真诚的解释；加金一定要待在家里，装作不知道她写过便条那回事，而晚上我们约定再见面。

“现在我把希望完全寄托在您身上了。”加金说，紧紧地握住了我的手。“请您原谅她，也原谅我吧。明天我们还是要走的，”他站起来，补了一句，“因为您不会跟阿夏结婚的。”

“给我一些时间，到晚上回答您。”我答道。

“好吧，不过您不会跟她结婚的。”

他走了，我猛地坐到沙发上，闭上了眼睛。我晕头转向了，因为我的头脑里思绪万千，一下子都涌现出来了。加金那种坦率的态度使我很恼怒，阿夏也使我心烦，她对我的爱情既令我高兴，也令我窘迫不安。我不能理解，是什么迫使她向她哥哥吐露一切的；必须很快，几乎是立刻拿定主意，这使我很苦恼……

“跟一个有她那种性格的十七岁姑娘结婚，这怎么可能呢！”我边说，边站了起来。

十五

在约定的时间里，我渡过了莱茵河，在对岸第一个碰到我的就是一早就来找我的那个小男孩。他显然是在等我。

“安奈特小姐给您的。”他悄悄地说，递给了我另一张便条。

阿夏通知我，我们约会的地点变更了。半小时以后不要到小教堂去，而是到露依莎太太家里去，先敲底层的门，然后直上三楼。

“又是说：行？”男孩问我。

“行。”我重复了一遍，就沿着莱茵河河岸走去。

已经没有时间回家了，我也不愿在街上溜达。城墙外面是个小花园，花园里面有一个滚地球的棚子，还有几张桌子供爱喝啤酒者在此畅怀痛饮。我走进小花园。几个已经上了年纪的德国人在滚地球；木球滚动着，发出了撞击声，有时响起了人们的喝彩声。一个泪汪汪的漂亮的女侍者给我端来了一杯啤酒；我瞥了一下她的脸。她倏地扭转脸，走开了。

“是呀，是呀，”坐在这儿的一个两颊发红的胖先生低声说，“我们的汉兴今天很伤心：她的未婚夫去当兵了。”

我瞧了她一眼：她紧挨着角落站着，一只手托住了脸颊；泪水一滴一滴地顺着她的手指直淌下来。有人要喝啤酒，她就给他端上一杯，然后又回到了她原先呆着的地方。她的悲伤也对我产生了影响，我想起了等着我的约会，可是我的思想是沉重的、不愉快的。我赴这个约会的心情并不是轻松的；我不是沉浸在互相爱恋的欢乐中；我只是信守诺言，去完成一项困难的任务。“跟她可开不得玩笑。”加金的这句话像一支箭似的射穿了我的心。大前天，我在那只随波逐流的小船上不是因为渴望幸福而烦恼过吗？如今幸福是可能得到了，可我却犹豫不决，放弃了，我本该把它推开……它来得那么突然，使我感到窘迫不安。阿夏本人，她那容易发热的头脑，她的身世，她所受的教育，这个讨人喜欢的、脾气古怪的女子——说实在的，使我害怕了。各种感情在我心里斗争了很久。约会的时间逼近了。“我不能跟她结婚，”我终于决定了，“她不会知道我也爱上了她。”

我站了起来，把一个三马克银币放在那可怜的汉兴手里（她连谢也没有谢我），就到露依莎太太家里去了。天空中已经布满了黄昏的阴影，昏暗的街道上空那狭长的带子似的天空给晚霞染红了。我轻轻地敲了一下门；门立刻打开了。我跨过门限，置身在一片漆黑之中。

“往这儿走，”听到了一个老妇人的声音。“正等着您哪。”

我摸索着走了一两步，谁的一只骨瘦如柴的手抓住了我的手。

“露依莎太太，是您吗？”我问道。

“是我，”同一个人的声音答道，“是我，我的漂亮的年轻人。”

老妇人领我又登上一条陡直的楼梯，并在三楼过道上站住了。在从小窗透进来的微光映照下，我看见了市长遗孀那布满皱纹的脸。那过分甜蜜而狡猾的微笑使她那干瘪的嘴拉长了，并使那双无神的眼睛眯细了。她向我指了指一道小门。我两手哆嗦着打开了门，并随手把门关上了。

十六

我走进去的那个小房间相当昏暗，所以没有立刻看到阿夏。她裹着一条长披巾，坐在窗旁的一张椅子里，她把脸扭向一边，几乎藏了起来，活像一只受惊的小鸟。她呼吸急促，浑身发颤。我无法形容地可怜起她来了。我走到了她跟前。她把脸扭得离我更远了……

“安娜·尼古拉耶夫娜。”我说道。

她忽然把全身挺直了，想瞧我一眼——可是她做不到。我抓住了她的一只手，她的手冰冷，握在我手里的像是一只死人的手。

“我本想要……”阿夏开腔了，竭力装出笑容，但那两片苍白的嘴唇却不听她使唤，“我本想要……不，我不能。”她说完，就不作声了。事实上，每个字她都是断断续续地说出来的。

我在她身旁坐下了。

“安娜·尼古拉耶夫娜。”我重复了一遍，继续说点儿什么我也同样无能为力。

一阵沉默。我还是握着她的手，望着她。她也仍然缩着身子，呼吸急促，微微地咬着下嘴唇，免得哭出来，并忍住不断涌出的眼泪……我望着她：在她那怯生生的、木然的静坐中显现出了一副感人的、软弱无力的神态：仿佛她十分疲乏，勉强走到椅子跟前，就跌倒在椅子里。我的心软了。

“阿夏。”我说得几乎听不见……

她慢慢地抬起眼睛望着我……啊，一个堕入了情网的女人的目光，谁能描写呢？这双眼睛，它们在央求着，表示着信任，又在询问着，表示愿把终身托付给……我经受不住这双眼睛的迷人的魅力。一团微妙的火焰宛如一枚枚灼热的针掠过我的全身；我俯下身去吻了她的手。

我听到了一阵发抖的声音，像是一阵若断若续的叹息声，我觉得有一只哆嗦得像一片树叶的手在轻轻地抚摸着我的头发。我抬起了头，看见了她的脸。她的脸忽然变样了！恐惧的神色从她的脸上消失了，目光投向遥远的地方，并且把我也吸引过去了，两片嘴唇微微张开，额头白得像大理石，那头鬈发向后飘拂，仿佛风把它们吹到脑后去的。我把一切都忘了，我把她拉到自己身边——她的一只手听话地服从了，她的全身随着她的手移过来，披巾从肩上滑落下来，她的头轻轻地偎依在我的胸口上，在我那灼热的嘴唇下面……

“随您……”她声音低得几乎听不见。

我的双手滑到了她的腰部……可我忽然想起了加金所说的话，这像一道闪电似的使我清醒过来。

“我们在干什么啊！……”我扬声叫道，慌忙地倒退了一步。“您的哥哥……要明白他全都知道……他知道我在跟您相会。”

阿夏颓然坐到了椅子上。

“是啊。”我继续往下说，一边站了起来，走到房间的另一个角落里。“您的哥哥全都知道……我必须把一切全都告诉他……”

“必须吗？”她含糊地问。显然她还无法镇静下来，不能理解我的话。

“是啊，是啊。”我口气有点儿冷酷地重复了一遍。“这都要怪您一个人，怪您一个人。为什么您自己泄露了您的秘密？ 谁强迫过您要把一切都告诉您的哥哥？ 他今天来找过我了，把您跟他所说的话全都告诉了我。”我竭力不看阿夏，迈着大步在房间里走来走去。“现在一切都完了，一切，一切都完了。”

阿夏想要从椅子上站起来。

“坐下，”我大声嚷着，“坐下，我请求您。您是在跟一个正直的人交往，是的，跟一个正直的人。可是，看在上帝份上，什么事使您那样激动？ 难道您发觉我身上起了什么变化了吗？ 可是今天您哥哥来找我时，我不能再瞒他了。”

“我在说些什么呀？”我暗自思量着，但那些念头——我是个不道德的骗子，加金知道我们的约会，一切都被误会了，都暴露了——一直在我的头脑里萦回着。

“我没有叫哥哥来，”阿夏惊慌地小声说着，“他自己来的。”

“您瞧瞧，您干了什么，”我继续往下说，“现在您倒要离开……”

“是的，我应该走了，”她又轻轻地说，“我请您到这儿来，只不过是为了跟您告别。”

“您以为，”我反问道，“跟您离别，我会觉得轻松吗？”

“可您为什么告诉我哥哥呢？”阿夏困惑莫解地又说了一遍。

“我对您说，我不能不这样做。要是您自己不泄露自己的秘密……”

“我是把自己锁在自己屋子里了，”她老实地答道，“可我不知道我的房东太太还有一把钥匙……”

在这样的时刻，她这种天真的道歉当时几乎使我很生气……可是现在我不能无动于衷地想起这件事，一个可怜的、正直的、诚实的孩子！

“现在一切都完了！”我又说了一遍。“一切都完了。现在我们应该分手了。”我偷偷地瞥了阿夏一眼……她的脸颊立刻泛起了红晕。她又羞又怕，我感觉到这一点。我像一个发高烧的病人，走来走去，说着胡话：“您不让逐渐成熟的感情继续发展，您自己破坏了我们的友谊，您不信任我，您怀疑我……”

我说话时，阿夏的身子越来越向前倾斜——她忽然双膝跪下，把头埋在手心里，痛哭起来了。我跑到她跟前，想把她扶起来，可她不让我扶。我受不了女人的眼泪，因为一看见女人落泪，我立刻就会张皇失措的。

“安娜·尼古拉耶夫娜，阿夏，”我反复地说，“我恳求您，看在上帝份上，请别哭了……”我又抓住了她的一只手……

可是，使我大为惊讶的是，她忽然站了起来，快得像一道闪电向门口奔去，一会儿就不见了。

几分钟后，露依莎太太走进屋子——当时我还站在屋子中央，宛若遭到雷击似的。我不明白，这次约会怎么会这样快速、这样糟糕地结束了——我还没有说出我想要说的，也是我应该说的百分之一的话语，而在我自己还不知道这次约会会得到怎样的结局的时候，就结束了……

“小姐走了吗？”露依莎太太问我，她的黄眉毛稍微竖起一点就碰到了假发。

我像个傻瓜似的望了她一眼，就走出去了。

十七

我出了城，径直地向田野走去。烦恼，那极度的烦恼使我很痛苦……我一直痛责自己。我怎么不能理解使阿夏变更我们约会地点的原因，怎么不珍惜她到这个老婆子家里来所付出的代价，我怎么不留住她！在这个僻静的、光线暗淡的屋子里跟她单独在一起，我竟会有力量和勇气把她推开，甚至还责备她……可是现在她的形象老是萦绕在我的心头，我请求她原谅；想起了那张苍白的面孔，那对湿润而又羞怯的眼睛，那低垂着的脖子上的松散的头发，那轻轻地偎依在我胸口上的脑袋——这些回忆使我很难过。“随您……”我听见了她的低语声。“我问心无愧。”——我让自己相信……不对！难道我真的愿意出现这样的结局！难道我能跟她分离吗？难道我能失去她吗？“疯子！疯子！”我怨恨地连声说着……

然而夜幕降临了。我迈开大步向阿夏所住的那所房子走去。

十八

加金走出来迎接我。

“您见到我的妹妹了吗？”他还离得很远时就向我大声问道。

“难道她不在家吗？”我问道。

“不在家。”

“她没有回来？”

“没有，这要怪我，”加金继续往下说，“我忍不住了，我违背了诺言，跑到小教堂里去了；她不在那里；那么她没有赴约罗？”

“她没有到小教堂去。”

“您也没有见到她吗？”

我不得不承认我见过她。

“在哪儿见到的？”

“在露依莎太太那儿。一小时前我才跟她分手的，”我补了一句，“我可以肯定地说，她已经回家了。”

“咱们等一下。”加金说。

我们走进屋子，并排坐了下来。我们默默无言。两人都觉得很尴尬。我们不停地回过头去，望着门口，侧耳谛听着。加金终于站起来了。

“这太不像话！”他扬声叫道。“我心神不安，真的，她会送掉我的命……咱们去找她吧。”

我们一同走了出去，户外已经漆黑一片了。

“您跟她谈了些什么？”加金问我，把帽子拉到眼睛上。

“我跟她见面只有五分钟光景，”我答道，“我跟她说的话都是我们事先商量好的。”

“您听我说，”他说，“咱们最好分头去找，这样我们就能够更快些把她找到。一小时后您无论如何要到这儿来。”

十九

我从葡萄园急匆匆地下山，赶到城里去了。我快步走遍了所有街道，到处东张西望，甚至还望了一下露依莎太太的窗子，然后回到莱茵河畔，沿着河岸跑去……女人我倒碰见几个，但却不见阿夏的人影。如今折磨着我的已经不是烦恼，而是一种内心的恐惧，我不仅觉得害怕……不，我还感到悔恨，感到极大的遗憾，同时也发觉了爱情，是的！ 一种最温柔的爱情。我绞着两手，在那渐渐变浓的黑暗的夜色里呼唤着阿夏的名字，起先喊得很轻，后来喊得越来越响了；我连声喊了百来次，说我爱她，我起誓永远不跟她分离；我愿意抛弃人世间的一切，只要再握一下她那冰冷的手，再听到她那轻柔的嗓音，再见到她站在我的面前……她曾经近在咫尺，抱着极大的决心，怀着一颗十分天真纯朴的心灵和感情向我走来，她给我带来了她那白璧无瑕的青春……而我却没有把她紧紧地搂在怀里，我失去了幸福，失去了那种能看到她那可爱的脸蛋儿、因内心的喜悦而神采焕发的幸福。想到这一点，我几乎发疯了。

“她会上哪儿去呢？ 她对自己会干出什么来着？”我扬声叫道，陷入了束手无策的绝望的苦闷中……这时有个白色的东西在岸边蓦地闪现了一下。我知道那个地方；那儿，大约在七十年前溺死的一个男人的坟墓上竖立着一个半截埋入土里的石头十字架，十字架上镌刻着古老的墓志铭。我的心一揪紧，凝然不动了……我跑到十字架跟前：一个白色的身影不见了。我喊了一声：“阿夏！”这种狂叫声把我自己也吓坏了，可是没有人答应……

我决定去问问，加金有没有把她找到。

二十

我沿着葡萄园的小径很快地往上登去，我看见了阿夏房间里的灯光……这使我安心了一些。

我走到屋子跟前，底层的门已经关上了，我敲了一下门。底层那扇没有灯光的窗子小心翼翼地打开了，加金的脑袋探了出来。

“找到了吗？”我问他。

“她已经回来了，”他低声地回答我，“她在自己的房间里脱衣服。总算平安无事。”

“谢天谢地！”我扬声叫道，我的高兴劲儿简直无法形容。“谢天谢地！现在一切都好了。可是您要知道，我们应当再谈谈。”

“另找时间谈吧，”他不以为然地说，并把窗子轻轻地关上，“另找时间谈吧，现在该告别了。”

“明天见，”我低声说，“明天一切都会解决的。”

“再见。”加金又说了一遍。窗子关上了。

我几乎要去敲窗子了。我当时就想告诉加金，我要向他妹妹求婚。可是现在似乎不是求婚的时候……“等到明天吧，”我心里寻思着，“明天我会幸福的……”

明天我会幸福的！幸福是没有明天的，它也没有昨天；它不记得过去，也不去想未来；它只有现在——而且不是一天——只是短暂的一瞬间。

我不记得，我是怎样走到Z城的。不是两条腿把我带回来的，也不是小船把我送回来的：是一种大而有力的翅膀使我飞了起来。我经过了灌木丛，一只夜莺在那儿歌唱；我站住了，听了很久：我觉得它在歌唱我的爱情和我的幸福。

二十一

第二天早晨，当我走近一座熟悉的小房子的时候，有一种情况使我大吃一惊：小房子的全部窗子都打开着，门也洞开着；门坎前面纸片狼藉；一个女仆拿着扫帚在门口出现了。

我走到她跟前……

“他们都走了！”我还来不及问她：加金是不是在家？她就先贸然地说出这句话。

“他们都走了！”我重复一遍，“他们怎么走的？上哪儿去了？”

“他们今天早晨六点钟就走了，没有说上哪儿去。等一等，您就是И先生吗？”

“我就是И先生。”

“房东太太那儿有一封给您的信。”女仆上楼去，随即拿了一封信又回来了。“就是这封信，先生。”

“这不可能……怎么会有这种情况？……”我说道。

女仆漠然看了我一眼，就扫起地来。

我打开了信。是加金写给我的，阿夏一行字也没有写。信是这样开始的：他请我不要因为他们突然离去而生他的气；他相信，我好好儿考虑一下，就会赞同他的决定的。他想不出别的办法来摆脱有可能陷入困境的那种处境。“昨天晚上，”他写道，“我们俩默默地等着阿夏回来的时候，我确认我们必须分手了。有些成见我是尊重的；我明白，您不能跟阿夏结婚。她全都告诉我了；为使她安心，我不得不对她一再提出的坚决的要求让步了。”在信的末尾，他对我们的友谊这么快就结束表示遗憾。他祝愿我幸福，友好地握我的手，并恳求我不要设法寻找他们。

“是些什么成见？”我不禁喊道，仿佛他能听见我的话似的。“真是胡说八道！谁给了他把她从我手里夺走的权利……”我抱住了头……

女仆大声地呼唤起房东太太来了：她的惊慌使我清醒过来。在我头脑里出现了一个念头：去找他们，无论如何要找到他们。我受不了这个打击，不甘心于这样的结局。我从房东太太口中打听到，他们是搭早晨六点钟驶往莱茵河下游的轮船走的。我到轮船公司售票处去了，在那儿打听到，他们买的是去科隆的票。我回家去了，以便立刻收拾行李，搭乘轮船去追赶他们。我不得不经过露依莎太太的房子……我忽然听到，有人在叫我。我抬起了头，在昨天我跟阿夏相会的那个房间的窗子里看见了市长遗孀，她露出了令人厌恶的微笑，正在呼唤我。我扭转了脸走了过去，可她在后面朝我嚷了一句，说什么她有一件东西要交给我。听到这句话，我站住了，并且走进她的房子。当我又看到这个房间的时候，我的心情真是无法形容……

“说实在的，”老妇人开腔了，并给我看一张小小的便条，“我应当在您亲自来找我的时候才把它交给您，可您是个多么漂亮的年轻人啊。拿去吧。”

我接过了便条。

在一张小纸片上有人用铅笔匆忙地写了以下几行字：

别了，我们不会再见面了。我不是由于骄傲而走的——不，我只能这样做。昨天我在您面前哭了，当时要是您对我说一句话，只要说一句，那我就不会走了。可是这句话您没有说。看来，这样更好……永别了！

一句话……啊，我是个疯子！ 这句话……昨天晚上我流着眼泪，把这句话不知道重复过多少遍，我对着风白白地说了又说，在旷野里也说过不止一遍了……可就是没有对她说过这句话，我没有告诉她我爱她……而且当时我也不可能说这句话。我在那间不吉祥的屋子里跟她见面的时候，我还没有清楚地意识到我对她的爱情，甚至当我跟她哥哥在茫然而痛苦的默默无言中一起坐着的时候，也还没有意识到……只是过了短暂的几分钟之后，当我害怕可能会发生不幸，并开始寻找和呼唤阿夏的时候，爱情的火花才以无法抑制的力量勃然迸发出来……但那时已经晚了。“这不可能！”有人会对我说，我也不知道这是不是可能，——我只知道这是事实。要是阿夏身上有丝毫轻浮的气质，要是她的地位不是虚有其表的话，那她就不会走了。任何别的女子能忍受的，她都受不了，这点我却不了解。我身上的恶神在我跟加金最后一次在那幽暗的窗前相聚时也不让我对他倾吐衷肠，我还能抓住的最后一根稻草竟从我手里滑落了。

当天我带着收拾好的手提箱回到 L 小城，随后搭乘轮船上科隆去了。我记得轮船已经启航；我暗暗地跟这些街道，跟所有这些我永远不该忘记的地方告别，这时我见到了汉兴。她坐在岸边的一条长凳上，脸色苍白，但并不忧伤；有个年轻漂亮的小伙子站在她身旁，笑嘻嘻地在跟她讲话；在莱茵河的彼岸，我那尊小圣母像还是悲郁地在一棵古老梣树的幽暗的绿荫中显露着。

二十二

在科隆我偶然发现了加金兄妹的足迹：我打听到他们到伦敦去了；我就追踪而去，但在伦敦我白费力气，没有找到他们。我很久还不死心，执著地寻找了很久，但我终于不得不放弃会找到他们的这一希望。

我再也没有见到过他们俩——也没有见到过阿夏。我常常听到关于加金的不可靠的消息，然而她对我来说却永远消失了。我甚至不知道她是否还活着。几年后，有一次我在国外一节火车车厢里瞥见了一个女人，她的脸蛋和我永远忘不了的那个面容活脱儿一样……可我大概上了这种偶然相似的当了。在我的记忆里，阿夏仍是我一生中最快乐的时期里所认识的那个少女，那个我最后一次看见的、斜倚在一张低矮的木椅背上的少女。

不过我应当承认，我没有为她悲伤过久：我甚至发觉命运作了很好的安排，没有让我和阿夏结合；我用这个想法安慰自己：大概娶这样的妻子是得不到幸福的。当时我年轻——未来，那短促的、易逝的未来，在我看来似乎是无限的。我在心里寻思着：难道过去了的就不能再回来了，难道就不能变得更好、更美？……我认识了一些别的女人，但是阿夏在我心里所激起的感情，那炽热的、温柔的、深沉的感情，已经不会再产生了。不！对于我来说，没有一双眼睛可以替代满怀爱情凝视过我的那双眼睛；没有哪一个偎依在我怀里的心上人能使我的心感到那么快乐和甜蜜，甚至陶醉得停止了跳动！我这人命中注定要过独身的孤寂的生活，我度着寂寞的岁月；可我把她的那些便条和枯萎了的天竺葵花——她以前从窗口丢给我的那朵花——作为圣物保存着，这朵花至今还散发出一股淡淡的香味儿，而她扔花给我的那只手，那只在我嘴上仅仅吻过一次的手，或许早已在坟墓里腐烂了……我自己——情况怎样呢？那些幸福的、焦虑不安的日子，那些转眼即逝的希望和抱负给我留下了什么呢？一枝微不足道的小植物所散发出的那股淡淡的香味儿却比人的一切欢乐和哀愁存在得更长久——甚至比人本身存在得更长久。

一八五七年

初　恋

苍　松译

献给巴·瓦·安年科夫[①]

……客人们早已散去。时钟敲过了十二点半。只有主人、谢尔盖·尼古拉耶维奇和弗拉基米尔·彼得罗维奇还在屋子里。

主人按了一下铃，吩咐收拾晚饭的残杯冷炙。

“那么这件事就决定了，”他低声说着，更深地埋入圈椅里，并把雪茄点上火抽了起来，“我们每个人都得讲讲自己初恋的故事。您先讲，谢尔盖·尼古拉耶维奇。”

谢尔盖·尼古拉耶维奇是个身体圆圆的小胖子，脸颊丰满，一头淡黄色头发，他先瞅了一下主人，接着抬起眼来望着天花板。

“我没有初恋过，”末了他说，“我是直接从第二次开始的。”

“这是怎么回事？”

“非常平淡无奇。我头一次追求一个很可爱的小姐时，已经十八岁了；我向她献殷勤的情况同我后来向别的女人献殷勤时一样，仿佛我早已是情场老手了。说实在的，我六岁时就爱上了我的保姆，这是我的初恋，也是最后一次恋爱，但这已经是很久以前的事了——我们之间关系的详细情节我都不记得了，即使我还记得，可谁会对此感兴趣呢？”

“那么怎么办呢？”主人开腔了。“我的初恋也没有很多引人入胜的内容：在跟我现在的妻子安娜·伊凡诺夫娜认识以前，我没有爱过谁，——我们的恋爱非常顺利：亲事是由双方父亲提出的，我们很快就相爱了，并且毫不拖延地结了婚。我的恋爱故事三言两语就可以讲完。先生们，说真的，我出的这个谈谈初恋的题目，是指望你们来回答的，你们不能算老翁，但也不是年轻的单身汉了；或许您能给我们讲些什么有趣的，弗拉基米尔·彼得罗维奇？”

“我的初恋确实不很平凡。”弗拉基米尔·彼得罗维奇讷讷地说，他这人四十岁光景，黑头发里已经出现了霜鬓。

“啊！”主人和谢尔盖·尼古拉耶维奇异口同声地说。“那就更好……请您讲吧。”

“好吧……不过，我并不想讲，因为我不是讲故事的能手，我会讲得枯燥乏味、过于简略，或者是冗长烦琐、很不自然。假如你们允许的话，我就把所记得的全部情况都写在笔记本里，然后念给你们听。”

朋友们起先都不同意，可是弗拉基米尔·彼得罗维奇却固执己见。两星期后他们又聚在一起了，于是弗拉基米尔·彼得罗维奇履行了自己的诺言。

下面就是他写在笔记本里的故事：

一

当时我已经十六岁了。事情发生在一八三三年夏天。

我与父母同住在莫斯科。他们在卡鲁日门附近的涅斯库奇内公园对面租了一座别墅。我准备考大学，可我不很用功，还是优哉游哉过

① 巴·瓦·安年科夫(1813—1887)：俄国作家，屠格涅夫的挚友。

日子。

谁也不管束我。我想做什么就做什么，尤其是我的最后一个法国家庭教师离去以后，他一想到自己竟会像颗炸弹似的贸然闯进了俄国，心里总是很难过，整天价脸上露出怨恨的神色躺在床上。父亲对待我很亲切，但并不关心；母亲对我几乎毫不过问，虽然她只有我这么一个孩子，因为其他要操心的事太多，把她吞没了。我父亲还很年轻，而且风度翩翩，十分英俊，只是为了经济利益才跟母亲结了婚；她比他大十岁。我母亲过着痛苦的日子：她经常激动、妒忌、生气——不过那是在父亲不在场的时候；她很怕他，他严厉、冷淡、难以接近……我没有见过比他更镇定自若、更自信和专横的人了。

我永远忘不了我在别墅里度过的头几个星期。天气非常好；我们是五月九日，即圣·尼古拉节那一天从城里搬来的。我常常散步——有时在我们别墅的花园里，有时在涅斯库奇内公园里，有时在郊外；我随身带着一本书，例如，卡依达诺夫的历史教科书①，但难得把它打开，而更多的是朗诵诗歌，我背熟了好多首诗；血在我体内翻腾着，我的心发闷——闷得甜滋滋的，真是滑稽可笑；我总是期待着，又似乎有所畏惧，对一切都惊讶不置，并且作好了准备；我浮想联翩，我的想象力环绕着一些同样的形象驰骋着，就像黎明时雨燕绕着钟楼盘旋一样；我时常陷入沉思，心里发愁，甚至哭了；可是在那有时被悦耳动听的诗句，有时被黄昏的美景激起的我的眼泪和忧伤中，我那开始沸腾的青春的欢乐心情，却像春天的小草那样破土而出了。

---

① 十九世纪上半叶普遍采用的一本古代通史教科书，由皇村高等法政学校教授伊·柯·卡依达诺夫所著。

我有一匹坐骑。我常常亲自给它套上鞍子，骑着它独个儿到一个较远的地方去，我纵马驰骋，自以为是个比武的骑士（风在我的耳边号叫得多么欢快），或者翘首仰望天空，把那明媚的阳光和蓝天摄入了打开着的心灵。

我记得，女人的形象、对女性的爱情的幻想，那时几乎还从来没有以一定的模式在我的脑海里出现过。但是一种对新奇的、难以形容的甜蜜的女性特征……似懂非懂的、羞涩的预感却潜藏在我所想过的和我所感觉到的一切之中了。

这种预感、这种期待渗透了我的身心；我呼吸它，让它在我的血管里，在每一滴血液里翻腾着……它注定很快就会实现的。

我们的别墅是某个贵族地主的一所有圆柱的木房子，两边有低矮的小厢房。左边小厢房是一家制造廉价糊壁纸的小工场，我到那儿去看过不止一次。十来个瘦弱的、头发蓬乱、穿着油迹斑斑的长褂、面容枯黄的男孩不时地跳到木杠杆上去压一部印刷机的矩形板，就这样，他们用自己瘦小的躯体的重量压印出糊壁纸上各种各样的花纹。右边小厢房空关着，准备出租。有一天——五月九日那一天以后又过了约莫三个星期——这间小厢房的百叶窗忽然全都打开了，窗口出现了女人们的脸蛋——有一户人家搬进来了。我记得当天吃午饭的时候，母亲问管家，我们的新邻居是何等样人，一听到是个姓扎谢金的公爵夫人，母亲开头不无一些敬意地低声说："啊！ 公爵夫人……"接着补了一句："大概是个穷夫人吧。"

"坐三辆出租马车来的，"管家恭敬地端上菜盘时说，"他们没有自备马车，家具也极简单。"

"是呀，"母亲答道，"不过有个邻居到底好些。"

父亲冷冷地瞥了她一眼，她不作声了。

的确，扎谢金娜公爵夫人不可能是个有钱的女人，因为她所租赁的那间小厢房是那么破旧，又小又矮，稍微有些钱的人都不愿意住这样的房子。不过我当时把这些话当作耳边风，并不在意。公爵的封号对我不起什么作用，因为不久前我读过席勒的作品《强盗》[①]。

二

我有一个习惯：每当傍晚时分，我就带着一支猎枪在我们的花园里转悠，守候着乌鸦。我从来就痛恨这些鬼鬼祟祟的、又贪婪又狡猾的鸟类。在上述的那一天，我又到花园里去了，走遍了所有的小径，却一无所获（乌鸦认出了我，老远就断断续续地呱呱叫起来），我偶然走近了那道把**我们**的花园跟附属于右边小厢房的那个狭长的园子隔开的低矮的栅栏。我埋头走着。突然间我听到一阵说话声；我隔着栅栏一眼望去，不禁愣住了……一片令人纳闷的景象呈现在我的面前。

离我约有几步路远的草地上，在那翠绿的木莓丛中站着一个亭亭玉立、婀娜多姿的高个儿少女，她穿着一件带条子的粉红色衣服，头上包着一块白头巾；有四个年轻人紧紧地围住了她，她拿了一些灰色的小花朵轮流地打他们的前额，我叫不出这些花的名称，但是孩子们都非常熟悉它们：这些小花朵的形状像一只只小袋子，它们打在坚硬的东西上，就会啪的一声碎裂的。那几个年轻人都那么乐于把他们的前

① 德国著名作家席勒(1759—1805)的剧本《强盗》对封建社会的专制和偏见充满了强烈的抗议。

额迎上去——这个少女的动作（我只看见她的侧面）是那么迷人，带着命令的意味，含有亲切、嘲弄，但又十分可爱的成分，我又惊又喜，险些儿叫了起来，我觉得只要这些美丽的指头也来凑我的前额，我愿意立刻放弃人世间的一切。我的猎枪掉到了草地上。我忘却了一切，目不转睛地望着那苗条的身材，那颈脖和美丽的双手，那白头巾下面有点儿蓬乱的淡黄色头发，那双半张半闭的聪慧的眼睛和睫毛，以及睫毛下面那娇嫩的脸颊……

“年轻人啊，年轻人，”忽然我身旁有人说起话来，“难道可以这样凝望陌生的小姐吗？”

我不禁全身一震，发呆了……有个黑头发剪得短短的男人站在栅栏那边，离我很近，他以嘲讽的目光望着我。这当儿那位少女也向我转过脸来……我在一张活泼的、神采焕发的脸上看见了一双灰色的大眼睛——整个面孔忽然颤动了一下，笑了起来，洁白的牙齿闪闪发光，两条眉毛挺有趣地往上一扬……我满脸通红，从地上拾起了猎枪，在一阵响亮的、但无恶意的哄笑声中逃回到自己的屋里，我扑倒在床上，用双手捂住了脸。我的心跳得那么厉害；我觉得害臊，但又很快乐：我从来没有这样激动过。

休息一会儿之后，我梳理了头发，把衣服整理了一下，就下楼喝茶去了。那个年轻少女的形象在我眼前掠过，我的心不再狂跳了，但不知怎么的却令人愉快地揪紧着。

“你怎么啦？”父亲突然问我，“打着乌鸦了吗？”

我本想把一切都告诉他，但话到嘴边就缩住了，我只暗自笑了笑。上床睡觉时，我自己也不知道为什么用一只脚支撑着，转体两三回，然后抹上发油，就躺下了——整整一夜睡得像死人一般。天亮前我醒了一会儿，稍微抬起了头，兴高采烈地望了望四周，又睡着了。

三

“怎样跟他们结识呢？”这是我早晨一觉醒来后的第一个念头；在喝茶前，我到花园里去了，但并没有太靠近那道栅栏，也没有看见一个人。喝过茶后，我几次走过别墅前面的那条街——远远地望着窗子……我觉得她的脸仿佛就躲在窗帘后面，我惊慌地赶快走开了。“不过我该跟她认识一下，”我边想，边在涅斯库奇内公园前面的一片沙地上心绪不宁地走来走去。“可是用什么方式呢？问题就在这里。”我想起了昨天相遇时的一些最微末的细节：我不知为什么特别清楚地记起了她对我一笑的情景……可是，当我正在焦躁不安、想尽各种办法的时候，命运却来帮助我了。

我不在家的时候，母亲收到了她的新邻居送来的一封写在灰纸上的信，信是用棕色火漆封口的，这种火漆印是只盖在邮局通知书上和廉价酒的瓶塞上的。这封信写得文理不通、字迹潦草。公爵夫人在信上恳求母亲给予帮助：用公爵夫人的话说，我母亲跟一些有势力的大人物很熟悉，而她的命运和她孩子们的命运都掌握在这些人的手中，因为她正在打一桩非常重要的官司。“我请全（求）您，”她写道，“就像一个贵妇人请全（求）另一个贵妇人那样，同时我也很高新（兴）能利用这个机会。”在信的结尾，她希望母亲允许她来拜访。我正好碰上母亲心绪不佳的当口儿：父亲不在家，她没有一个可以商量的人。对一个贵妇人，而且还是个公爵夫人的来信是不能置之不理的，可是回信怎样写呢——母亲却不知所措。她觉得用法文写回信不合适，而俄文正字法又非她所长——她知道这个弱点，不愿意让自己丢脸。看见我回来了，她很高兴，立刻就叫我去拜访公爵夫人，向她口头说明，母亲随时愿意为公爵夫人尽力效劳、请她在中午十二点到一点之间光临敝舍。我内心的愿望突然能够很快实现了，这使我惊喜交集，可我没有露出窘迫不安的心情——我先到自己的屋子里去，系上新的领结，穿上常礼服。我在家里还穿着短上衣、翻领衫，虽然我已经觉得很不舒服了。

四

我走进了窄小、肮脏的厢房前室，情不自禁地浑身发颤。一个头发灰白的老仆人接待了我，他有着一张古铜色的黑脸膛儿，一对忧郁的猪眼睛，额上和鬓角上都布满了我一生中还从未见过的那么深的皱纹。他手托一个只剩鲱鱼脊骨的菜盘，用脚掩上了通向另一间屋子的门，断断续续地说：

“您有什么事？”

“扎谢金娜公爵夫人在家吗？”我问道。

“沃尼法季！”一个女人的发抖的声音在门后叫了起来。

老仆人默默地转过身去，背朝着我，他那件号衣磨损得很厉害的后背露了出来，号衣上只孤零零地剩下一颗褪成了红褐色的带纹章的钮扣，他把盘子放在地板上就走了。

“你去过警察分局吗？”还是那个女人的声音问道。老仆人含糊地说着什么。“啊？ ……谁来了？”又是那个女人的声音。“邻居的少爷！”“好，请他进来。”

“请到客厅里去。”老仆人说道，他又出现在我面前，并把盘子从地板上拿了起来。

我整了整衣服，走进了“客厅”。

我不知不觉地来到了一间不十分整洁的小屋子，家具简陋，仿佛布置得很匆促。靠窗那张一只扶手已经损坏的圈椅里坐着一个五十来岁的老妇人，她没有戴头巾，相貌不扬，身上穿的是一件绿色的旧连衫裙，脖子上围着一条毛线花围巾。她那双不算大的黑眼睛一直盯着我。

我走到她跟前，向她行了礼。

“我可以跟扎谢金娜公爵夫人谈几句话吗？”

“我就是扎谢金娜公爵夫人；您是彼得先生的公子吗？”

“是的。我母亲叫我来拜访您的。”

“请坐。沃尼法季！　我的钥匙在哪儿，你看见过吗？”

我把母亲对她来信的答复告诉了扎谢金娜公爵夫人。她一边听我说话，一边用她那粗大发红的手指敲着窗框，等我说完了话，她又目不转睛地凝视着我。

“很好，我一定去，”末了她低声说，“您真年轻！　请问您几岁？”

“十六岁。”我不由得讷讷地答道。

公爵夫人从口袋里掏出几张写满了字的、油污斑斑的纸，接着拿到鼻子前面翻阅起来。

“多好的年华。”她忽然说，并在圈椅里转动着身子，坐不安定了。“请别客气，我这儿很随便。”

“太随便了。”我心想，不由得厌恶地打量着她那整个丑陋的体态。

这当儿客厅的另一扇门倏地打开了，在门坎上出现了昨天我在花园里见过的那个少女。她举起了一只手，脸上掠过一丝讪笑。

“这是我的女儿，”公爵夫人用胳膊肘指指她，低声说，“齐诺奇卡[1]，这位就是我们邻居彼得先生的少爷，请问您的大名？”

“弗拉基米尔。”我激动得结结巴巴地答道，一边站了起来。

“那么您的父称呢？”

“彼得罗维奇。”

“对了。我认识的一位警察局长也叫弗拉基米尔·彼得罗维奇。沃尼法季！别找钥匙了！钥匙就在我的口袋里。”

那位年轻的小姐带着刚才的笑容，微微眯缝起眼睛，头稍微侧向一边继续望着我。

“我已经见到过 monsieur[2] 沃尔杰马尔，”她开腔了（她那银铃般的嗓音像一股令人愉快的冷气在我身上掠过），“我可以这样称呼您吗？”

“当然可以，小姐。”我嘟嘟囔囔地说。

“在哪里见到的？”公爵夫人问。

公爵小姐没有回答她的母亲。

“现在您有事吗？”她低声说，一边目不转睛地望着我。

“没有什么事。”

“您愿意帮我绕毛线吗？到我这儿来。”

她向我点了点头，从客厅里走了出去。我也跟着她走了。

在我们走进去的那个房间里，家具稍微讲究些，布置得也比较雅

---

① 齐娜的爱称。
② 法语：先生。

致。可是这当儿我几乎什么也没有能够注意到：我像在梦里一样走着，觉得浑身充满了一种莫名其妙的紧张的幸福感。

公爵小姐坐下了，拿出一绞红色毛线，向我指了指她对面的一张椅子，一个劲儿地把这绞毛线拆开，套在我的两手上。她默默地做着这一切，动作缓慢得滑稽可笑，在那微微张开的嘴边仍然挂着快乐而狡黠的微笑。她开始把毛线绕在一张对折的纸板上，忽然以明亮而迅速的目光向我瞥了一下，使我不由得埋下了眼睛。当她那对常常半张半闭的眼睛睁得很大的时候，她的脸完全变样了：脸上好像焕发出了光彩。

“昨天您对我有什么想法，monsieur 沃尔杰马尔？”过了一会儿，她问我。“您大概指摘我了吧？”

“我……公爵小姐……我什么想法也没有，我怎么能……”我窘迫不安地答道。

“听我说，”她不以为然地说道，“您还不了解，我是个非常古怪的人；我希望人家对我永远说真话。我听说您才十六岁，可我二十一岁了：您看，我的年纪比您大得多，所以您应该永远对我说真话……要听我的话，”她补了一句，“您看看我，您为什么不看我？”

我更困窘不堪，可我抬起眼来看她了。她微微一笑，只不过不是先前那种笑容，而是另一种表示赞许的微笑。

“您看看我，”她低声说，温柔地压低了嗓音，“我不讨厌人家看我。您的脸挺讨我喜欢，我预感到我们会成为朋友的。您喜欢我吗？”她狡猾地补了一句。

“公爵小姐……”我本想开口了。

“第一，请叫我齐娜依达·亚历山德罗夫娜；第二，小孩子（她作了纠正）——年轻人不把他们心里想的直截了当地说出来，这算什么习惯呢？ 大人才可以这样。您究竟喜欢我不？”

虽然我觉得很高兴，她跟我说话那么坦率，可我却觉得有点儿委屈。我想让她知道，跟她打交道的不是一个男孩子，我竭力装出一副很随便的、严肃的神态，低声说：

“当然啰，我很喜欢您，齐娜依达·亚历山德罗夫娜，我不想隐瞒这一点。”

她的头慢慢地摇了几下。

“您有家庭教师吗？”她忽然问道。

“没有，我早已没有家庭教师了。”

我扯了谎，我跟我的法国教师分手还不满一个月哩。

“哦！ 我明白，您完全是个大人了。”

她轻轻地敲了一下我的指头。“把两手伸直！”她勤快地把毛线绕成了一个球。

我趁她还没有抬起眼来，就仔细地打量着她，开头是偷偷地看，后来越来越胆大了。我觉得她的脸比昨天更妩媚了。她脸上的一切都显得那么清秀，那么聪慧，那么可爱。她背朝着一扇挂着白窗帘的窗子坐着，阳光透过窗帘照射进来，一抹柔和的阳光照在她那非常轻软蓬松的金发上，也照在她那冰肌玉骨的颈脖上、她那微微倾斜的两肩上和那酥软平静的胸脯上。我望着她——她对我来说是多么珍贵、多么亲近呀！ 我觉得我早已认识她了，而且在我认识她以前，我简直什么也不懂，没有真正地生活过……她穿着一件深色的、已经穿旧了的连衫裙，围着一条围裙，我觉得似乎我乐于抚摸这件连衫裙和这条围裙的每一条皱褶。她的鞋尖露在她的连衫裙子外面，我真想拜倒在这双鞋子跟前……“此刻我坐在她对面，”我心想，“我跟她相识了……多么幸福呀，天哪！”我高兴得几乎要从椅子上直蹦起来，可我的脚只稍微摆动了几下，就像一个吃着美味可口的东西的孩子一样。

我快乐得如鱼得水，但愿一辈子也不离开这个房间，不离开这个座位。

她的眼皮慢慢地抬了起来，她那双明亮的眼睛又对着我闪出了温柔的光辉，她又莞尔一笑。

“您怎么这样瞅我。”她慢条斯理地说，并用指头点了点威吓我。

我不觉脸红了……“她什么都明白，她什么都看得见，”这个念头在我的脑海里闪了一下，“然而这一切她怎么会不知道，怎么会看不见呢！”

隔壁房间里忽然发出一阵什么声音——一阵马刀的铿锵声。

“齐娜！”公爵夫人在客厅里喊叫起来。“别洛夫佐罗夫给你弄来了一只小猫。”

“小猫！”齐娜依达扬声叫道，从椅子上霍地站了起来，把毛线团丢在我的膝盖上，就跑出去了。

我也站了起来，把一绞毛线和毛线团放在窗台上，随即走进客厅，可我困惑地站住了：一只花斑猫张开着爪子，躺在屋子中央，齐娜依达跪在它前面，小心翼翼地把它的小脸抬起来。公爵夫人身旁站着一个有一头淡黄色鬈发的年轻骠骑兵，他的脸红喷喷的，两腿向外微凸，他几乎遮没了整个窗户间的墙壁。

“多么逗趣儿呀！”齐娜依达连声说了几遍，“它的眼睛不是灰色的，而是绿色的，耳朵好大呀！谢谢您，维克多·叶戈雷奇！您真好。”

骠骑兵微微一笑，鞠了个躬，同时咔嚓一声碰响了马刺，马刀的链子也叮当了一下。我认出了，他就是昨天傍晚我见到过的那些年轻人当中的一个。

“您昨天不是说过，您想要一只大耳朵的花斑猫……瞧，我弄来了。您的话就是法律呗。”他又鞠了个躬。

小猫有气无力地叫了一声，就嗅起地板来了。

“它饿了！”齐娜依达扬声说道。“沃尼法季、索尼娅！ 拿牛奶来。”

一个穿着旧的黄色连衫裙、脖子上系着一条褪了色的围巾的女仆端着一小碟牛奶走进来了，她把牛奶放在那只小猫跟前。小猫哆嗦了一下，眯缝起眼睛，舔了起来。

“它的舌头多么红呀。”齐娜依达说着，几乎把头俯到了地板上，从侧面去看小猫鼻子底下的那根舌头。

小猫吃饱了就哼哼起来，还装腔作势地张开爪子。齐娜依达站了起来，转身向女仆冷静地说：

“把它带走。”

“为着这只小猫，请把您的一只手伸给我。”骠骑兵说，他咧嘴笑着，并扭动了一下他那紧紧地裹在簇新的制服里的强壮的躯体。

“给您两只手。”齐娜依达不以为然地说，随即把两手向他伸了过去。他吻着她的双手，这当儿她的目光穿过他的肩头投向了我！

我木然站在原地，不知道我应该笑呢，还是应该说些什么话，或者就这样默不作声。忽然我的家仆费多尔的身影穿过前室开着的门，映入了我的眼帘。他向我做着手势。我不由自主地向他走去。

“你来干什么？”我问道。

“您母亲让我来叫您回去，”他悄悄地说，“您没有带回话回家，她很生气。”

“难道我在这儿已经待了很久了吗？”

“一个多小时了。”

“一个多小时了！”我不由得复述了一遍，就回到了客厅，我恭敬地行了礼，碰了一下脚跟告辞了。

“您上哪儿去？”公爵小姐隔着骠骑兵向我瞥了一眼，问道。

“我要回家了。我得禀告家母，”我转脸向那位老妇人补了一句，“说您一点多钟光临敝舍。”

“少爷，您就这样说吧。”

公爵夫人连忙拿出鼻烟盒，大声地嗅了起来，我甚至为此全身一震。

“您就这样说吧。”她又说了一遍，眼泪汪汪地眨巴着眼睛，嘴里还哼哼着。

我又鞠了个躬，就转身走出房间，背上有一种不自在的感觉，年纪很轻的人知道有人在背后望着他时，都会有这种感觉的。

“喂，monsieur 沃尔杰马尔，请常来看我们。”齐娜依达大声说道，又纵声大笑起来。

“她为什么老是笑呢？”我心里想着，在费多尔的陪同下回家去了。费多尔没有对我说过一句话，只是带着不以为然的神情跟在我后面。母亲责骂了我，她觉得很奇怪：我在公爵夫人家里能待这么久，到底在干什么呢？ 我什么也没有回答她，就到自己的屋里去了。我忽然变得很伤心……我竭力忍住，不哭出来……我妒忌那个骠骑兵！

五

公爵夫人如约来拜访我的母亲，母亲对她没有好感。她们会见时我没有在场，但是在吃饭时母亲告诉父亲说，她觉得这个扎谢金娜公爵夫人似乎是 une femme très vulgaire①；并说她十分厌烦，因为夫人恳求她在谢尔盖公爵面前为自己说情；又说夫人总是跟别人打官司，闹纠纷——为 des villaines affaires d'argent②；还说她一定是个非常爱挑拨是非的女人。不过母亲补了一句，说她已邀请了她和她的女儿明天来吃饭（一听到“和她的女儿”这句话，我就两眼直盯着盘子埋头吃饭），因为她到底是邻居，而且是有名望的家庭。听了这些话，父亲就对母亲说，他现在记起来这是个什么样的夫人了，并说他在青年时代就认识了已故的扎谢金公爵，他受过良好的教育，但却是个毫无作为、荒唐无用的人，又说在社交界人们管他叫“le parisien③”，因为他在巴黎住了很久；他很有钱，但他把全部财产都输光了；“不知为什么，大概是为了金钱，——不过他本来还可以有更好的选择，”父亲补了一句，并冷冷地笑了笑，“就讨了一个小官吏的女儿做妻子，结婚后又去做投机生意，于是就彻底破产了。”

“她不要来借钱才好，”母亲说。

“这很可能，”父亲平静地低声说，“她会讲法语吗？”

“讲得很不好。”

---

① 法语：一个很庸俗的女人。
② 法语：令人十分讨厌的金钱上的事。
③ 法语：巴黎人。

“嗯。不过这倒没关系。你好像对我说过，你也邀请了她的女儿；有人对我说，她是个很可爱的、有教养的小姐。”

“啊！ 那么她不像她的母亲。”

“也不像她的父亲，”父亲说，“公爵虽然也受过良好教育，但却很愚蠢。”

母亲叹了口气，沉思起来。父亲也不作声了。他们谈这些话时，我觉得很不自在。

饭后，我到花园里去了，不过没有带枪。我立誓决不再走近“扎谢金家的花园”，可是一种不可抗拒的力量却诱使我又向那儿走去，这次没有白来。我还没有走到栅栏跟前，就看见了齐娜依达。这会儿只有她一个人。她手里捧着一本书，沿着小径缓步走着。她没有发觉我。

我几乎让她走过去了；可我忽然想出了一个主意，咳嗽了一声。

她掉转头来了，但没有站住，一只手挪开了圆草帽上一条宽阔的浅蓝色的带子，她看了我一眼，淡淡地一笑，又凝眸看起书来了。

我摘下了制帽，在原地稍稍犹豫了一阵，就心情沉重地走开了。“Que suis-je pour elle?①”我在心里（天晓得为什么）用法语想着。

一阵熟悉的脚步声在我身后响了起来：我回头一看——父亲迈着轻快的步子朝我走来。

“这位就是公爵小姐吗？”他问我。

“是公爵小姐。”

“难道你认识她？”

“今天早晨我在公爵夫人那儿见到过她。”

---

① 法语：在她眼中，我算得了什么？

父亲站住了，用脚跟急剧地转过身去，往回走了。当他赶上了齐娜依达，跟她并肩行走时，他彬彬有礼地向她鞠了躬。她也向他行了礼，脸上不无一些惊讶的神色，并把书放下了。我看见她一直目送着我父亲。我父亲一向穿得很讲究——别具一格而且很大方；可是他的身材在我看来从来没有比今天更匀称，他那顶灰色呢帽戴在他那已经有点儿稀疏的鬈发上也从来没有比今天更合适、更漂亮。

我本想走到齐娜依达跟前去，可她连瞧也不瞧我一眼，又捧起书本走开了。

六

这天的整个晚上和第二天早晨我都是在精神沮丧的麻木状态中度过的。我记得我打算用功读书了，开始看卡依达诺夫的教科书，这本著名的教科书那排得很稀疏的每一页、每一行字只是白白地在我眼前闪过，“恺撒[①]以作战勇敢著称”这一句我接连念了十遍，可我却一点儿也不懂得这句话的意思，于是就把书放下了。吃饭前，我又在头发上抹了油，再穿上常礼服，系上了领结。

“这是为什么？”母亲问道。“你还不是一个大学生呢，天晓得，你能不能考取？ 不是早已给你做了一件短上衣吗？ 可别把它丢在一边。”

“有客人要来，”我几乎失望地嘟哝着。

“真是胡说八道！ 这是些什么客人！”

---

① 恺撒（公元前100—前44）：古罗马的统帅、独裁者，也是政治家和作家。

我只好服从。于是脱去常礼服，换上了短上衣，但没有拿下领结。在午饭前半小时，公爵夫人带着女儿来了；这位老妇人在我已经见过的那件绿色连衫裙外面披上了一条黄色披巾，戴了一顶饰着火红色带子的旧式帽子。她马上就谈起自己的期票来了，还唉声叹气，抱怨着自己的贫穷，并且"苦苦哀求"，但一点儿也不觉得害羞：她仍然不拘小节地大声嗅着鼻烟盒，还是那么随便地在椅子上转来转去，坐不安定。她似乎没有想到自己是个公爵夫人。可是齐娜依达的举止却很严肃，几乎很傲慢，十足是个公爵小姐的派头。她脸上露出了冷若冰霜、庄重自尊的神情——我都不认识她了，觉得她的目光、她的笑容都很陌生，虽然她以新的姿态出现，在我看来还是非常妩媚动人的。她身上穿一件透明的、带淡蓝色花纹的薄纱连衫裙；她的头发照英国的式样梳成了一绺绺长卷儿，沿着两颊往下垂着：这种发式跟她那冷若冰霜的神情倒是很相称的。吃饭时，我父亲就坐在她旁边，并以他所特有的大方而镇静的、彬彬有礼的态度招待着自己的邻居。他有时瞅她几下——她也不时地望望他，但目光那么古怪、几乎含有敌意。他们用法语交谈着；我记得，齐娜依达的纯正发音简直使我感到惊讶。公爵夫人在用餐时仍然无拘无束，大吃大喝，盛赞菜肴的鲜美可口。母亲显然对她厌烦透了，带着一种郁闷而轻蔑的态度应付着她；父亲有时稍微皱几下眉头。母亲对齐娜依达也没有好感。

"这是个多么傲慢的女人，"第二天她说，"请想一想——她有什么可骄傲的——avec samine de grisette[①]。"

"你大概没有见过格里泽吧。"父亲对她说。

---

① 法语：外貌像格里泽。在十九世纪法国小说里轻佻的女人都被称做格里泽。

“那要谢天谢地！”

“当然要谢天谢地……不过你怎么可能给她们下断语呢？”

齐娜依达压根儿不理我。饭后不久公爵夫人就告辞了。

“我希望能得到你们的大力帮助，玛丽娅·尼古拉耶夫娜和彼得·瓦西里耶维奇，”她拖长着声调对我父母说，“又有什么办法呢！好日子是有过的，但是已经过去了。虽然我是个公爵夫人，”她带着不愉快的笑声补了一句，“如果没有吃的，爵位又有什么用！”

父亲毕恭毕敬地向她行了礼，送她到前室门口。我穿着自己那件太短的上衣站在那里，眼睛望着地板，仿佛是个被判处死刑的囚犯。齐娜依达不理我，使我十分沮丧。但我大吃一惊的是，当她打我身边走过时，眼睛里流露出以前那种亲切的神情，并急促地对我低声说：

“八点钟请到我们那儿去，听见没有，一定要……”

我只是把两手一摊，而她把白头巾披在头上，走了。

七

八点整我穿上了常礼服，把额上的头发梳得高耸一些，然后走进了公爵夫人所住的那间小厢房的前室。那个老仆人脸色阴沉地瞥了我一下，不情愿地从长凳上站起来。客厅里响起了一阵阵欢笑声。我推开了门，不禁惊讶得向后倒退了几步。公爵小姐站在房间中央的一张椅子上，胸前拿着一顶男人的帽子；椅子周围簇拥着五个男人。他们都力图把手伸进帽子里去。可她把帽子往上举起，并且用力抖动着。看见了我，她大声叫道：

“你们等一等，等一等！来了一位新客人，应该也给他一张纸片，”她轻盈地从椅子上跳了下来，一把拉住了我那件常礼服的翻袖口。“走吧，”她说，“您干吗站着？ Messieurs①，让我给你们介绍一下：这位是monsieur沃尔杰马尔，我们邻居的少爷。而这位，”她向我转过脸来，补充说，并依次指着客人们，“——马列夫斯基伯爵、卢申医生、诗人马依达诺夫、退伍上尉尼尔马茨基、骠骑兵别洛夫佐罗夫，您已经见过他了。请多多关照。”

我怪难为情的，甚至没有向任何人点头行礼；我认出了卢申医生就是那位肤色黝黑、一头黑发，曾经在花园里使我十分难堪的先生；其余的人我都不认识。

“伯爵！”齐娜依达继续往下说，“请你给monsieur沃尔杰马尔写一张纸片。”

“这不公平，”伯爵带着轻微的波兰口音表示异议，这是个衣着讲究、一头黑发的美男子，有一双富于表情的深棕色眼睛，一根细长而白皙的鼻子，那张小嘴上面留着一撮修得很整齐的小胡髭，“他还没有跟我们玩过方特游戏②呢。”

“不公平，”别洛夫佐罗夫和另一位先生也这么说，这位被称为退伍上尉的先生是一个四十来岁的人，一脸大麻子，头发鬈曲得像黑人，背有点儿驼，罗圈腿，穿着一件钮扣松开、不带肩章的军服。

“请写一张纸片，我在跟您说话，”公爵小姐又说了一遍。“干吗反对？ Monsieur沃尔杰马尔跟我们还是第一次玩游戏，今天他不必遵守规则。用不着发牢骚，写吧，我要求这样做。”

---

① 法语：先生们。

② 一种寻找被藏起的物件或猜度某事的游戏，未能找到或未猜中者应交出一件东西，并以这件东西为题罚讲故事或唱歌等。

伯爵耸了耸肩，但是顺从地低下了头，那只戴着几只嵌宝戒指的白皙的手拿起了钢笔，扯下了一小张纸片，并在上面写了起来。

“至少要让我们向沃尔杰马尔先生说明一下是怎么回事，”卢申用嘲笑的口吻开腔了，“要不然，他会完全张皇失措的……要知道，年轻人，我们在玩方特游戏呢；公爵小姐受罚了，凡抽到幸福纸片的人，就有权利吻她的手。我跟您说的话，您懂吗？”

我只瞥了他一眼，仍然莫名其妙地站在那里；可是公爵小姐又跳到椅子上去了，又把帽子抖动起来。大家向她探过身去，我也跟在他们后面。

“马依达诺夫，”公爵小姐对一个高个子的年轻人说，他的脸儿瘦瘦的，有一双盲人般的小眼睛，乌黑的头发长得出奇，“您是一个诗人，应当豁达大度些，把您的纸片让给 monsieur 沃尔杰马尔，让他能够得到两次机会。”

但马依达诺夫拒绝了，他摇了摇头，把头发扬了起来。我继众人之后也把手伸到帽子里，拿了一张纸片，就把它打开了……天哪，当我看到上面写着“接吻”两字的时候，真是喜出望外。

“接吻！”我情不自禁地大声叫道。

“好啊！ 他中奖了，”公爵小姐紧接着说。“我多么高兴啊！”她从椅子上跳了下来，两眼闪烁着光芒，令人陶醉地瞥了我一眼，我的心不禁怦怦地直跳起来。“您觉得高兴吗？”她问我。

“我？ ……”我嘟嘟囔囔地说着。

“把您的纸片卖给我吧，”别洛夫佐罗夫忽然凑近我的耳朵唐突地说。“我给您一百卢布。”

我对这位骠骑兵报以愤怒的一瞥，齐娜依达不禁鼓起掌来，而卢申却大声叫嚷：好样儿的！

“可是，”他继续往下说，“我是司仪，应当让大家遵守一切规则。Monsieur 沃尔杰马尔，您要单腿跪下！ 这是我们的规矩。”

齐娜依达站在我面前，头朝下，微微向一边倾斜着，好像是为了把我看得更清楚些，并庄重地伸给我一只手。我的眼睛发花，模糊不清；我本想单腿跪下，结果两条腿一齐跪下了——我的嘴唇笨拙地吻了一下齐娜依达的手指，动作十分不自然，竟让她的指甲轻轻地挠了一下自己的鼻尖。

“好啊！”卢申叫了起来，一边扶我站起来。

方特游戏继续进行着。齐娜依达让我坐在她身边。不论什么处罚方法她都想得出来！ 顺便说说，有一次要她扮演一尊“塑像”，她挑中了那个面貌丑陋的尼尔马茨基充当自己的台座，她叫他伏在地上，还要他把脸贴到胸部。哄笑声一刻也没有停止过。我是在一个规规矩矩的贵族家庭里长大的，是一个离群索居、受过严格教育的男孩，这种大声喧闹，不拘礼节的、近乎疯狂的欢乐，这种跟陌生人空前的交往，猛烈地冲击着我的头脑。我简直像喝了酒一样沉醉了。我放声大笑，信口开河，声音比别人更响，连坐在隔壁房间里的老公爵夫人也走出来看我了，她正在那里跟一个从伊维尔斯基门①请来的小官吏商量打官司的事。可我却觉得那么幸福，甚至对任何人的嘲笑或白眼，正如常言所说，都满不在乎。齐娜依达对我仍然加以青睐，不让我离开她。在一次受罚中，我得到了跟她并排坐在一起、用同一条丝头巾盖在两人头上

---

① 旧莫斯科伊维尔斯基门（在红场附近）是小讼师和退休官吏等通常聚集的地方，他们替人写状子和办理诉讼事务。

的机会：我应当把**自己的秘密**告诉她。我记得，我们俩的脑袋忽然笼罩在闷热的、半透明的、芬芳的昏暗中，她的眼睛在一片昏暗中亲切而柔和地放射着光芒，张着的嘴唇吐出缕缕热气，她的牙齿露了出来，她的发尖触得我痒痒的，使我浑身发热。我默不作声。她神秘而狡猾地莞尔而笑，末了，她对我悄声说："喂，怎么样？"可是我只是涨红了脸，笑着，并把脸扭开了，我几乎喘不过气来。方特游戏我们都玩腻了，于是玩起一种绳子游戏来了。天哪！当我呆呆地望着的时候，我的指头挨了她猛烈的一击，我感到多么高兴啊，接着我故意竭力装出一副目瞪口呆的样子，可是她却逗弄我，不再碰我伸到她面前的那一双手！

那天晚上我们还玩了其他游戏！我们也弹钢琴，唱歌，跳舞，扮演一群茨冈流浪汉——让尼尔马茨基装扮成一头熊，叫他喝盐水。马列夫斯基伯爵为我们表演了各种纸牌戏法，最后还表演了打惠斯特①，他把牌洗了一遍，将所有的王牌全都分发到自己手里，为此卢申"荣幸地向他祝贺"。马依达诺夫给我们朗诵了他的长诗《凶手》片断（事情发生在浪漫主义全盛时期），这首长诗他打算用黑色封面印上红色书名出版；我们偷走了从伊维尔斯基门请来的那个小官吏膝上的帽子，叫他跳哥萨克舞来赎；我们叫沃尼法季老头儿戴上妇女的包发帽，而叫公爵小姐戴上男人的帽子……这一切真是不胜枚举。只有别洛夫佐罗夫越来越缩到角落里去了，他紧蹙眉头，一脸怒气……有时他两眼充血，满脸通红，好像马上就要向我们大家猛冲过来，把我们当作木片四处乱扔，可是公爵小姐不时地瞧着他，点点指头威吓他，于是他又躲到

① 一种类似桥牌的牌戏。

自己的角落里去了。

我们终于胡闹得筋疲力尽了。虽然公爵夫人，用她的话来说，非常爱嬉闹，不管怎样叫嚷她都不怕，但是她也感到十分疲乏，想要休息了。夜里十一点多钟开出晚饭：一块不新鲜的干酪，几个用剁碎的火腿做馅儿的冷包子，这些包子我倒觉得比任何酥皮大馅饼都可口；酒只有一瓶，这瓶酒多么奇特：深色的大口瓶，瓶里的酒呈玫瑰色。不过没有人喝酒。我走出厢房时，疲惫和快乐得没有一丝力气了；齐娜依达在分手时紧紧地握住了我的手，又莫名其妙地微微一笑。

我觉得有一股沉闷而潮湿的夜的气息向我那热辣辣的脸上扑来；看来，大雷雨就要来临了；乌云逐渐增多，在天空中浮动着，它们那如烟似雾的轮廓明显地改变着。微风在黑魆魆的树林里不安地颤栗，隆隆雷声在遥远的天边某处仿佛在对自己愤怒地发出喃喃怨语。

我从后面台阶偷偷地回到了自己的屋里。我的老仆人睡在地板上。我不得不从他身上跨过去；他醒了，一看见我就说，母亲对我又十分恼火，又要打发他来找我，可是父亲阻止了她。我从来没有不向母亲道声晚安，不让她祝福几句，就躺下睡觉的。可现在没有办法了！

我对老仆人说，我自己会脱衣服睡觉的，我吹灭了蜡烛……可是我并没有脱衣服，也没有上床睡觉。

我坐到一张椅子上，像中了魔法似的坐了很久……我的感觉是那么新奇，那么甜蜜，我坐着，稍微朝四下望望，一动也不动，平稳地呼吸着，只是有时想起了什么，就无声地笑笑；有时想到我堕入了情网，爱的就是她，这就是爱情，我心头不禁发冷了。齐娜依达的脸蛋在黑暗中悄悄地浮现在我的眼前——它浮着，浮着就不动了；她的嘴边还挂着那种莫名其妙的微笑，两眼有点乜斜地、温柔地望着我，目光像在发问、若有所思……就和我跟她分别时那一瞬间的神情一样。末了，我站了起来，踮着脚走到自己床跟前，小心翼翼地、没有脱衣服就把头倒在枕头上，仿佛害怕剧烈的动作会惊动充满着我心灵的那一切……

我躺下了，但连眼睛也没有闭上。我不久就发觉，我的房间里不断地射进来一道道微弱的反光……我稍微欠起身子，朝窗子瞥了一下，窗框和那神秘而模糊地发白的玻璃都可以清楚地分辨出来。“雷雨，”我心想；好像已经下过了，但它离得很远，所以听不见什么雷声；只是天空中还不断地闪现着不很明亮的、长长的、仿佛有许多枝杈的闪电：与其说它们闪现着，倒不如说它们像垂死的鸟儿的翅膀那样颤抖着、抽搐着。我跳下床来，走到窗前，在那儿一直站到了天亮……闪电一刻也没有停止过；这是民间所说的一个**雀夜**①。我眺望着那片寂然无声的沙地，那黑沉沉的、占地很广的涅斯库奇内公园，以及远处房屋正面有点儿发黄的墙壁，它们在每次微弱的闪光中仿佛也在颤栗……我望着、望着，无法离开了；这些无声的闪电，这些微弱的电光，好像跟我心中勃发的那无声的、隐秘的激情相呼应。晨光熹微；朝霞像鲜红的鳞片出现了。太阳冉冉升起，闪电显得越来越淡了，越来越短了：它们颤抖的间隔时间也越来越长了，终于淹没在使万物苏醒而必将到来的白天的阳光中，它们消失了。

我心中的闪电也消失了。我感到极度疲乏，但心绪宁静……可是齐娜依达的形象仍然扬扬得意地在我心上飘荡。不过这个形象本身看来十分平静安泰，它像一只从沼泽草丛中飞出来的天鹅，出类拔萃地离开了它周围的丑恶环境。当我快要睡着的时候，我最后一次同它告

---

① 约在七月十日，是个很短的夏夜。也指雷电交加的短夜。

别，并且怀着充分信任的崇拜心情拜倒在它的面前……

啊，温柔的感情，和婉的声音，一颗动情的心灵的善良和宁静，那初恋的、令人陶醉的喜悦——你们在哪里啊？ 你们在哪里啊？

八

第二天早晨我下楼去喝茶的时候，母亲责骂我了，不过没有我预料的那么严厉。她一定要我叙述昨天晚上是怎样度过的。我作了简短的回答，把许多细节都略去了，竭力把一切都说得无可指摘。

“他们到底不是 comme il faut① 人，”母亲说，“你不必常常上他们那儿去闲荡，你要准备考试，用功一些啦。”

因为我知道母亲关心的是我的功课，她要说的只不过是这么几句话，所以我认为用不着跟她争辩，可是喝完茶之后，父亲挽住了我的胳膊，同我一块儿到花园里去，非要我讲一讲我在扎谢金家所看到的一切不可。

父亲对我有一种奇怪的影响——我们的关系也是令人奇怪的。他几乎不过问我的教育，但他从来不伤害我的感情；他尊重我的自由——他对我甚至很客气……如果可以这样形容的话。他只是从来不让我跟他亲近。我爱他，我很钦佩他，我觉得他是男人中的楷模——天哪！ 要不是我经常感到他的手在推开我，那我会多么热烈地爱他！ 可是只要他愿意，他只消用一句话或一个动作，几乎一眨眼的工夫就能在我的心灵里唤起对他的无限信任。我曾经打开过心灵——我跟他谈话如同跟

① 法语：十分规矩的。

一个聪明的朋友，跟一个宽容的教师谈话一样……后来他又突然把我抛在一边——他的手又把我推开了，虽然用亲切而温和的方式，但毕竟把我推开了。

有时他高兴起来——那就会像小孩子似的跟我跑呀跳呀，闹着玩（他喜欢各种剧烈运动）；有一次，也只有这么一次！他对我这般温柔，以致我几乎哭了起来……后来他的高兴劲儿和那温柔的神情却消失得无影无踪了，我们之间所发生的一切并不能使我对未来抱有任何希望，对我来说仿佛这一切只是一场梦。有时，我只要一细看他那聪慧、俊秀、快乐的脸……我的心就会颤栗起来，我的全部身心都会向往着他……他仿佛感觉到我心里在想些什么，他会抚慰地随手拍一下我的脸颊——然后或是走开，或是去张罗什么事情，或是又突然冷若冰霜了，那种冷冰冰的态度是他所特有的，而我也立刻心里发紧，冷了下来。他难得对我表示好感，但这决不是我那不言而喻的恳求所激起的，这些爱抚的举动总是突如其来的。后来我细细地想了一下我父亲的性格，我得出了这样一个结论：他对我，对家庭生活都不感兴趣；他另有所爱，并且完全以此为乐。“你能够拿的东西，你就去拿，别屈服于他人；你是属于自己的——生活这玩意儿就是这样。”有一次他对我这样说过。另一次我作为一个年轻的民主主义者，当着他的面侈谈过自由（那一天他的态度在我看来是“亲切和善的”；所以任何话题都可以跟他谈谈）。

“自由，”他重复着，“什么能给人以自由，你知道吗？”

“是什么呢？”

“意志，自己的意志，它给予比自由更大的权力。你要是有意志，那你就会是自由的，你就能够指挥别人。”

我父亲首先想要的，也是他最大的意愿，是生活——他已经生活过了……也许他预感到了他不会长久地享受生活这“玩意儿”：他四十二岁时就去世了。

我把拜访扎谢金家的经过情形原原本本地讲给父亲听了。他坐在长凳上，用手杖在沙土上来回划着，仿佛很专心，又有点儿心不在焉地听着我的叙述。他偶尔笑笑，似乎挺快乐而又有趣地不时望着我，还向我提出一些简短的问题和不同的意见来怂恿我说下去。起先我甚至不敢提到齐娜依达的名字，可是后来我忍不住了，便开始对她备加赞扬。父亲一直微笑着。接着他沉思起来，伸了一下懒腰，便站了起来。

我记得，他从屋里走出去的时候，吩咐给他备马。他是个出色的骑手，善于驯服最野的马，论时间要比莱里先生早得多。

“爸爸，我跟你一同去骑马好吗？”我问他。

“不，”他答道，脸上露出了平日那种既冷淡、但又亲切的神情。“如果你要去，那就独自去吧；告诉马夫，我不骑马了。”

他转过身去，快步走了。我目送着他的背影——他在大门外消失了。我看见他的帽子沿着栅栏移动着：他上扎谢金家去了。

在他们那儿，他待了不到一个小时，马上就上城里去了，直到傍晚才回家。

午饭后，我自己也上扎谢金家去了。在客厅里我只见到了老公爵夫人。她看见了我，就拿编结针挠挠包发帽下面的头皮，忽然她问我，能不能替她誊抄一份呈文。

“很乐意！”我答道，说着就在椅子边上坐下了。

“不过要注意，字要写得大一点，”公爵夫人低声说，给了我一张不整洁的纸，“少爷，今天就抄行不行？”

“好，我今天就抄，夫人。”

隔壁房间的门稍微打开了点儿，齐娜依达的脸——一张苍白的、若有所思的脸，头发随随便便地朝后梳着——在门缝里露了出来；一双大眼睛冷淡地瞥了我一下，她把门轻轻地关上了。

“齐娜，齐娜！”老夫人喊道。

齐娜依达没有答理。我把老夫人的呈文带了回去，誊抄了整整一个晚上。

九

我那“强烈的爱情”就从那天开始了。我记得，当时我就有一种类似初次上任去办公的人必定会有的感觉：我已经不再是个年幼的孩子了；我已经堕入了情网。我说过了，我那强烈的爱情是从那天开始的；我还应当补充一句：我的痛苦也是从那天开始的。不在齐娜依达身边，我就觉得非常苦闷：我无法思索，无法干事，整天一个心眼儿地想念她……我苦闷不堪……可是她在身边时，我的心情也不觉得轻松。我妒忌，我意识到自己是微不足道的，我傻里傻气地绷着脸，傻里傻气地献殷勤；一种无法克服的力量还是诱使我去爱她——我每次跨过她房间的门坎时，就身不由己地快乐得颤栗起来。齐娜依达立刻就猜到我爱上她了，而我也不想隐瞒；她拿我的爱情寻开心，逗弄我，娇纵我，折磨我。能成为别人最大的快乐、最深的痛苦的唯一源泉和绝对顺从的根由，是令人愉快的。可我在齐娜依达的手中却像一块柔软的蜡。不过，爱上她的不止我一个人：上她家去的所有男人都为她而神魂颠倒——她把他们一个个都拴在自己的脚边了。她时而唤起他们的希望，时而使他们忧心忡忡，随心所欲地支配他们（她把这称做让人们互撞），而她就以此取乐；可他们都不想反抗，都乐于听从她。在她那整个充满活力的、美丽的身上，狡黠和坦荡、做作和天真、文静和活泼特别迷人地交融在一起。在她所做和所说的一切里面，在她的每一个举动上面都有一种微妙的、轻柔的美，处处都显示出她那独特的、推涛作浪的力量。她的脸是变化多端的，表情也随之而倏变：它几乎可以同时流露出嘲笑、沉思和热情的神情。各种各样的感情，宛如在阳光灿烂的刮风日子里的云雾，不时地在她的眼睛和嘴唇上轻快地掠过。

她的每个倾倒者都是她所需要的。她有时管别洛夫佐罗夫叫“我的野兽”，而有时干脆叫“我的”，——为了她，他哪怕赴汤蹈火也在所不辞；他对自己的智能和其他优点是缺乏信心的，因而一味向她求婚，并向她暗示，别人只不过是空谈而已。马依达诺夫能和她那富有诗意的心弦共鸣：这个感情相当淡漠的人，几乎像所有的作家一样，竭力使她相信，或许也使自己相信，他非常爱她，他用没完没了的诗句歌颂她，并以一种又像做作，又像真诚的欣喜表情给她朗诵这些诗句。她既同情他，但有时又稍稍地取笑他；她并不相信他，在听够了他的内心表白之后，就叫他朗诵普希金的诗，据她说，这是为了净化空气。卢申这个爱嘲笑人的、谈吐粗俗的医生，比其他人更了解她，也比其他人更爱她，虽然背后和当面常骂她。她尊敬他，但并不宽纵他——有时带着特别的、幸灾乐祸的高兴劲儿让他感觉到，他也在她的手掌之中。“我是个卖弄风情的女人，我没有良心，我是个天生的演员[①]，”有一次她当着我的面对他说，“啊，好吧！ 那么您伸给我一只手，我把大头针刺

① 意指虚情假意的人。

进您的手里，您在这个年轻人面前会觉得害臊的，您会觉得痛的，您这个好好先生，不过还要叫您笑笑呢。”卢申涨红了脸，转过脸去，咬紧了嘴唇，但终于把手伸给了她。她刺了一下他的手，他果真笑起来了……她也笑了，并把大头针刺得很深，一边望着他那徒然朝四下张望的眼睛……

我最不了解的是齐娜依达与马列夫斯基伯爵之间的关系。他风度翩翩，英俊、机灵而又聪慧，可是连我这个十六岁的孩子也觉得好像他身上有着某种可疑和虚假的东西。齐娜依达竟然没有觉察到这一点，我也为之诧异。或许她也觉察到了这种虚假，只是不感到厌恶罢了。错误的教育，奇怪的结交和习惯，母亲经常在身边，家境贫寒，家里杂乱无章——这一切从这个妙龄少女享有充分的自由，意识到她优越于周围的人为起点，就在她身上发展成一种带鄙夷的随便和要求不严的习气了。平时不论发生什么事——或者沃尼法季来报告糖用完了，或者外面传扬开了某种难听的坏话，或者客人们争吵起来了——她只是把鬈发一甩，说：没关系！ 这一切她都满不在乎。

可是每当马列夫斯基走到她跟前，像狐狸般狡猾地摇晃着身子，姿势优雅地靠在她的椅背上，带着洋洋得意和谄媚的微笑凑着她的耳朵说起悄悄话来，而她却把两手交叉在胸前，聚精会神地望着他，脸上微露笑意，还不住地摇头的时候，我全身的血液常常会沸腾起来。

“您为什么要接待马列夫斯基先生呢？”有一次我问她。

“他有一撮那么漂亮的小胡子，”她答道，“这方面您当然不会懂得的。”

“您是不是以为我爱他，”另一次她对我说。“不；我不会爱上一个我瞧不起的人。我需要的是一个能使我屈服的人……但愿我不要遇到这样的人，感谢上帝！ 不要让我捏在别人的手心里，千万不能！”

“那么，您永远不恋爱了吗？”

“可是您呢？ 难道我不爱您吗？”她说完，就用手套的指尖碰了一下我的鼻子。

不错，齐娜依达经常拿我开心。三星期来，我每天都见到她——她跟我什么把戏没玩过！ 她难得上我们那儿去，对此我并不觉得遗憾，因为一到我们家里她就变成小姐，变成公爵千金了，所以我见了她也很拘束。此外，我害怕在妈妈面前露出马脚；她很不喜欢齐娜依达，总是怀着敌意注视着我们。父亲我倒不那么害怕：他好像并不注意我，很少跟她交谈，不过不知怎么的他们谈得很巧妙，而且意味深长。我不再做功课，也不再看书了，我甚至不到附近地方去散步、骑马了。我像一只被缚住了脚的甲虫，常常在那间我所喜爱的小厢房周围转来转去：我似乎要永远待在那儿……但这是不可能的，母亲常常埋怨我，齐娜依达本人有时也把我撵了出来。于是我就在自己屋里闭门不出，或者到花园的尽头去，爬到一间已废弃不用、但还完整无损的高高的石砌暖花房上面，两腿搭拉在临街的墙上。我一连坐上几个钟头，望着，望着，可是什么也没有看见。在我身旁，一群白蝴蝶在尘封的荨麻上面懒洋洋地飞来飞去；一只活泼的麻雀飞落在不远的一块半毁坏的红砖上生气地叽叽喳喳直叫，还不停地扭动身子，舒展着尾巴；那些对我还有疑虑的乌鸦高高地栖息在一株桦树的光秃秃的树梢上，偶尔呱呱地叫几声。阳光与风悄悄地在桦树的稀疏的树枝间闪烁、嬉戏；有时飘来了顿河修道院[①]那平静而凄凉的钟声——可我坐着，望着，听着，全身充

① 位于莫斯科的一座修道院。

满一种不可名状的感觉，这里面蕴涵着一切：悲伤，欢乐，对未来的预感，愿望，以及对生活的恐惧。可我当时对此一点也不理解，我也无法对我心中的一切骚动，安个名称——或者就用一个名字——齐娜依达——来称呼这一切更为合适吧。

可是齐娜依达老是耍我，就像猫儿捉弄老鼠一样。她一会儿向我卖弄风情，于是我神魂颠倒了；一会儿她忽然又把我推开了，我却不敢去接近她，也不敢对她瞥上一眼。

我记得，她一连几天对我很冷淡；我胆怯极了，畏畏缩缩地往他们的厢房跑去，竭力设法待在老公爵夫人身边，尽管这时候老公爵夫人在破口大骂，在叫嚷着什么：她那些期票官司进行得很不顺利，她已经向警察分局长解释过两次了。

有一次在花园里我经过那道熟悉的栅栏时，见到了齐娜依达：她用两臂支撑着坐在草地上，一动也不动。我本想悄悄地走开，可她忽然抬起头来，向我做了个命令式的手势。我呆在原地不动了：我开头不懂她的意思。她又做了个招呼我的手势。我立即跳过栅栏，兴冲冲地跑到她跟前去了；可她用目光阻止了我，向我指了指离她有两步路的一条小径。我窘迫得不知如何是好，就在小径的边上跪下了。她的脸色是那么苍白，表情是那么痛苦和悲伤，脸上的每一根线条都显得那么疲惫不堪，为此我的心揪紧了，我不由得嘟哝了一句：

“您怎么啦？”

齐娜依达伸出一只手，拔了一根草，把它咬了一下扔掉了，扔得稍远些。

“您非常爱我吗？”她终于问我了。“真的吗？”

我什么也没有回答，可我又何必回答呢？

“真的，”她又说了一遍，依然像刚才那样望着我。“是这样。同样的眼睛。”她补了一句，沉思起来了，并用双手捂住了脸。“一切都让我厌烦，”她低声说，“真想到天涯海角去，这我可受不了，对付不了……我的前途如何呢！ 咳，我很痛苦……天哪，多么痛苦啊！”

“为什么？”我怯生生地问。

齐娜依达没有回答我，只耸了耸肩。我还是双膝跪在那里，神色非常忧郁地望着她。她的每一句话就这样铭记在我心里了。这会儿我觉得，只要她不再伤心，我甘愿献出自己的生命。我望着她——虽然我还是不明白，她为什么觉得痛苦，但我仍然活灵活现地想象得出：她忽然感到一阵不可抑制的悲伤就往花园里走去，接着仿佛被镰刀割下似的倒在地上了。四周很明亮，而且苍翠欲滴；风在树叶间沙沙作响，偶尔摇曳着齐娜依达头顶上那株木莓的长长的枝条。鸽子不知在什么地方咕咕地叫着，蜜蜂发出嗡嗡的声音，在那稀疏的草地上低低地飞来飞去。我们的上方是一片令人赏心悦目的碧空，可我却那么忧伤……

“给我朗诵些诗歌吧，”齐娜依达低声说，用一只胳膊肘支撑着身体。“我喜欢听您念诗。朗诵起来像在唱歌，不过这没关系，这是因为您还年轻。请您给我朗诵《在格鲁吉亚的山冈上》①，不过您先坐下。”

我坐下了，朗诵了《在格鲁吉亚的山冈上》。

“它不可能不爱，”齐娜依达把这句诗也念了一遍。“这就是诗的妙处：诗能把不存在的事物告诉我们，它不仅比现有的更美，甚至更符合实情……它不可能不爱——心里想不爱，但不可能！”她又沉默了，

① 系普希金一八二九年所作的诗篇。

全身蓦地抖动了一下，站了起来。“咱们走吧。马依达诺夫坐在我母亲那儿呢；他给我带来了自己所作的一首长诗，可我却把他扔在那儿。他现在也很伤心……有什么办法呢！ 您总有一天会知道的……不过别生我的气！”

齐娜依达急忙握了一下我的手，随即往前跑了。我们回到了厢房。马依达诺夫就把他刚出版的诗集《凶手》朗诵给我们听，可我并没有听他朗诵。他拖长着声调大叫大喊地朗诵着自己那四韵脚的抑扬格诗——诗韵像小铃铛的声音响亮而毫无意义地更替着，而我一直望着齐娜依达，一个劲儿地想要了解她最后几句话的含义。

> 也许，莫非有个神秘的情敌
> 出乎意外地征服了你？——

马依达诺夫忽然用鼻音大声朗诵着——我的目光和齐娜依达的目光碰上了。她埋下了眼睛，两颊绯红。我看到她脸红了，又惊又怕，浑身发冷。我为她早就醋劲儿大发，但只是在这一瞬间，我的脑海里才闪过她已堕入情网的念头：“天哪！ 她有意中人了！”

十

从那以后，我真正的苦恼就开始了。我绞尽了脑汁，反复思索，并且坚持不懈地，不过尽可能不露声色地暗中注视着齐娜依达。她变了——这是显而易见的。她经常独自去散步，而且散步的时间很长。有时她不出来见客，整整几个小时待在自己的房间里。以前她可没有这样的习惯。我忽然变得，或者我自以为变得目光异常锐利了。“是不是他呢？ 或者是他吧？”我常常自问，心神不宁地想着，从她的一个爱慕者猜疑到另一个爱慕者。我暗暗地觉得，马列夫斯基伯爵（虽然我为齐娜依达而羞于承认这一点）比其他人更危险。

我的观察力太差，连鼻尖以外的事都看不见，虽说不露声色，大概也瞒不过任何人，至少卢申医生不久就把我看透了。不过他最近也变了：他消瘦了，还是那样常常发笑，但不知怎么的笑声更低沉了，更带恶意了，更短促了；他不由自主地、神经质地爱发脾气了，以前那种轻松的嘲讽和假装的粗俗已不见影踪。

“年轻人，您怎么常常上这儿来。”有一次只有我们俩待在扎谢金家的客厅里的时候，他对我说。（公爵小姐散步去了，还没有回来，公爵夫人的叫嚷声在顶楼上响了起来：她在骂女仆。）“您应该念书，用功才对——现在您还年轻，可是现在您干些什么呀？”

“您又不可能知道我在家里是不是用功，”我不以为然地答道，态度有点傲慢，但神情还是有点儿慌乱的。

“这算什么用功呀！ 您心里想的可不是功课。嗯，我不跟您争论……在您这样的年纪，这是理所当然的事。可您的选择很不恰当。难道您看不出来，这是个什么家庭？”

“我不懂您的意思，”我说道。

“您不懂吗？ 那么您会更倒霉。我认为我有责任提醒您。我们这些老光棍上这儿来还没有什么：对我们有什么影响？ 我们都是久经锻炼的人，不会被任何情况吓倒，可您的皮肉还娇嫩；这儿的空气对您是有害的——请相信我的话；您会被传染的。”

“怎么会这样呢？”

“就是这样。难道您现在是健康的吗？ 难道您是处在正常的状态中吗？ 难道您现在所感觉到的一切对您有利，有好处吗？”

“我感觉到什么啦？”我问道，可我心里明白，这位医生的话是对的。

“哎呀，年轻人，年轻人，”医生继续往下说，他带着这样一种神态，仿佛在这两句话里蕴涵着对我的极大侮辱，“您哪能耍滑头？ 谢天谢地，要知道您心里想的事就全在您脸上表露出来了。不过，说有什么用！ 倘若（医生咬紧了牙关）……倘若我不是这样的怪人，那我自己也就不会上这儿来了。只是我觉得纳闷：您很聪明，怎么看不出您周围所发生的事呢？”

“可是发生什么事了？”我接着他的话说，并且全神贯注，警惕起来。

医生带着一副嘲笑而又惋惜的神气瞥了我一下。

“我到底也是个好人，”他低声说，仿佛在自言自语，“把这话告诉他是非常必要的。总之，”他提高了嗓门补了一句，“我再对您说一遍：这里的空气对您是不适宜的。您觉得在这儿很开心，但乌烟瘴气什么都有！ 暖花房里虽然也香气扑鼻，令人陶醉，但那儿是不能住人的。唉！ 听我说，还是重新去读卡依达诺夫的教科书吧！”

公爵夫人走进来了，向医生诉说起牙痛之苦。接着齐娜依达也来了。

“您看，”公爵夫人补充说，“医生先生，您要骂她一顿。她整天喝冰水——她的身体很弱，这对她的健康难道有好处吗？”

“您为什么要这样做？”卢申问道。

“这会出什么事吗？”

“出什么事？ 您会受凉，还会死去。”

“确实吗？ 难道真会这样？ 那又怎么样呢——活该呗。”

“原来这样。”医生埋怨地说了一句。

公爵夫人走出去了。

“原来这样，”齐娜依达也说了一遍。“难道活着就这么开心吗？请瞧瞧四周……怎么——很好吗？ 或许您以为我连这一点都不懂，也觉察不出来？ 我感到喝冰水很舒服，您可以一本正经地告诉我，为图一时快乐而拿我的生命去冒险是不值得的，——可我已经没有幸福可言了。”

“可不是，”卢申说，“任性和自以为是——这两个词儿是对您的一个总结：这两个词儿充分表达了您的全部性格。”

齐娜依达神经质地笑了起来。

“您的意见过时了，亲爱的医生。您的观察力太差——您落后了。请您戴上眼镜吧。现在我哪里顾得上任性呢；我愚弄你们，也愚弄我自己……那是非常快乐的吗！ ——至于说到自以为是……monsieur 沃尔杰马尔，”齐娜依达忽然补充说，并跺了一下小脚，“别装出一副闷闷不乐的样子。我可受不了人家对我的怜悯。”她倏地走开了。

“这里的空气对您是有害的，有害的，年轻人。”卢申又一次对我说。

十一

那天傍晚，常客们都聚集在扎谢金家里。我就是其中的一个。

话题转到马依达诺夫的长诗上去了；齐娜依达真诚地称赞这

首诗。

“不过，您可知道，”她对他说，“假如我是个诗人，我会采用别的题材的。也许，这一切都是胡言乱语，但有时我的头脑里会出现一些奇怪的念头，尤其是天亮前，我睡不着的时候，那时天空开始呈现出粉红色和灰白色。我就会，比方说……你们不会嘲笑我吧？”

“不！ 不会的！”我们都异口同声地扬声叫道。

“我就会描写，”她继续往下说，把两手交叉在胸前，眼睛凝视着一边，“一群妙龄少女夜里乘坐一艘大船，在静静的河面上行驶着。月色皎洁，她们也都穿着白色衣服，头戴白色花冠，唱着歌曲，听我说，好像唱着赞美诗一类的歌曲。”

“我懂，我懂，请继续往下说吧。”马依达诺夫仿佛已经沉入幻想似的，意味深长地低声说。

“忽然——岸上响起了一片喧闹声和欢笑声，出现了火把，飘来了咚咚鼓声……一群酒神的女祭司们[1]奔跑着，又唱歌，又喊叫。描写景色可是您的事了，诗人先生……不过，我倒很想把火把描绘成红色，冒着浓烟，让女祭司们的眼睛在花冠下面闪闪发光，而花冠应当是深色的。可您也不要忘记虎皮和酒杯，还有黄金，好多好多的黄金。”

“黄金应该放在哪儿呢？”马依达诺夫问道，一边把他那平直的头发朝后甩去，还张了张鼻孔。

“放在哪儿吗？ 放在她们的肩上、胳膊上和脚上，哪儿都行。据说，古代妇女的踝骨上都戴着金脚环。女祭司们招呼船上的姑娘到她们那儿去。姑娘们不再唱赞美诗了，她们无法再唱下去，但少女们一动

---

① 希腊神话中的人物。

也不动：大家顺流往岸边驶去。这时，她们之中有个姑娘突然间悄悄地站起来……这可要好好地描写一番：她怎样在月光下悄悄地站起来，她的女伴们又怎样地吃惊……她跨过了船舷，女祭司们把她团团围住了，迅速地把她拉进黑夜里，拉到黑暗中去了……这儿您可要想象一下那缭绕的烟雾，以及一片混乱的情景。此刻，只听见女伴们的尖叫声，她的花冠还留在岸上。”

齐娜依达不作声了。（“啊！ 她堕入情网了！”我又想道。）

“只有这些吗？”马依达诺夫问道。

“只有这些。”她答道。

“这不能成为一首完整的长诗的题材，”他俨然说，“不过我可以借用您的构思来写一首抒情诗。”

“浪漫主义的？”马列夫斯基问道。

“当然是浪漫主义的，用拜伦诗体来写。”

“依我看，雨果比拜伦强，”年轻的伯爵随口说道，“而且写得更有趣味。”

“雨果是第一流的小说家，”马依达诺夫表示了异议，“我的朋友东柯什耶夫，在他的西班牙文长篇小说《El Trovador》①里……”

“啊，这就是那本问号都颠倒的书吗？”齐娜依达打断了他的话头说道。

“是的。这是西班牙人的习惯嘛。我想说东柯什耶夫……”

“嘿！ 你们又争论起古典主义和浪漫主义来了，”齐娜依达再次

① 西班牙语：吟游抒情诗人。一八三〇至一八四〇年间，一些所谓的浪漫主义作家创作了极其凄惨的、词藻华丽的中篇小说、长诗和剧本，这些作品的题材都取之于西班牙或意大利的异国环境。

打断了他的话头，“还不如让我们来玩玩……”

“玩方特游戏吗？”卢申接她的话说。

“不，方特游戏玩腻了；来玩比喻吧。（这是齐娜依达本人想出来的一种游戏：先说出一件东西，然后每个人竭力用另一件东西与之相比，谁比喻得最恰当，谁就得奖。）

她走到窗子跟前去了。太阳刚沉下；天空中高高地飘浮着长长的、嫣红的云彩。

“这些云彩像什么？”齐娜依达问道，没等到我们回答，她就说道：“我认为它们像克娄巴特拉①去迎接安东尼②的一艘金船上的朱帆。马依达诺夫您可记得，不久前您给我讲过这个故事？”

我们大家都像《哈姆莱特》里的波洛涅斯③，都认为这些云彩正和这些朱帆一模一样，还认为我们谁也没有找到最恰当的比喻。

“当时安东尼有多大年纪？”齐娜依达问道。

“大概是个年轻人吧。”马列夫斯基说道。

“对，是个年轻人。”马依达诺夫肯定地证实说。

“请原谅，”卢申扬声叫道，“他已经四十开外了。”

“四十开外了。”齐娜依达也说了一遍，目光倏地向他扫了一下。

我不久就回家了。“她堕入情网了，”我不由自主地低声说，“可是她爱上了谁呢？”

---

① 克娄巴特拉（公元前51—前30）：埃及女王，被喻为绝代佳人，当时埃及已受罗马统治。她初次与安东尼见面，就使他倾倒了，并且获得了支配他的无限权力。

② 马可·安东尼（公元前83—前30）：古罗马政治家、统帅。

③ 在莎士比亚的悲剧《哈姆莱特》第三幕里，波洛涅斯三次奉承地称赞汉姆莱特比喻恰当，后者先说彩云像骆驼，接着又说像黄鼬，最后说像鲸鱼。

十二

几天过去了。齐娜依达变得越来越古怪，越来越叫人不可思议了。有一次我去找她，看见她坐在一张藤椅上，头紧靠着桌子的尖角。她身子挺得笔直……满面泪痕。

“啊！ 是您！”她的脸上挂着冷酷的微笑，说道。“请到这儿来。”

我走到她跟前；她把一只手放在我的头上，忽然一把揪住我的头发拧了起来。

“好痛啊，”我终于说道。

“啊！ 好痛！ 可我不觉得痛吗？ 不觉得痛吗？”她连声说。

“哎哟！”看见我的一小绺头发被她扯下来了，她忽然扬声叫道。“我干了些什么呀？ 可怜的 monsieur 沃尔杰马尔。”

她小心翼翼地把扯下的头发弄直，绕在一个指头上，把它缠成一个戒指。

“我要把您的头发藏在我的颈饰里，挂在脖子上，”她说，眼睛里闪着泪花。“这也许会使您稍微得到些安慰……可是现在再见啦。”

我回家了，在家里碰上了一件不愉快的事。母亲劝导着父亲：她正为某件事在责备他，可他跟往常一样，冷冷地、但有礼貌地避不作答，不久就走开了。我听不清楚母亲在说些什么，而且我也顾不上那种事；我只记得她劝导完毕，就叫我到她的房间里去，她对我常常上公爵夫人家里去极为不满，用她的话说，公爵夫人是 une femme capable de tout①。

① 法语：一个什么都干得出来的女人。

我走到她跟前吻了一下她的手(当我想结束谈话的时候，我总是这样做的)，就到自己的屋里去了。齐娜依达的眼泪把我完全弄糊涂了：我压根儿不知道该拿什么主意，我自己也想哭一顿：我到底还是个孩子，虽然我已经十六岁了。我不再关注马列夫斯基，尽管别洛夫佐罗夫一天天变得越来越暴戾可怕了，他像狼瞅着绵羊似的瞅着狡黠的伯爵，可我既不想考虑什么事，也不想关心任何人。我已经丧失了思考能力，总想找个僻静的地方。我特别喜欢那间废弃不用的暖花房。我常常爬到那堵高墙上坐下来，像个不幸的、孤独的、忧郁的少年那样坐在那儿，觉得自己怪可怜的——这种悲伤情绪使我心里美滋滋的，我简直为之陶醉了！……

有一次我坐在墙上，眺望着远方，一边听着钟声……忽然有个什么东西在我身上掠过——既不是一阵微风，也不是一阵痉挛，好像是一股气流，仿佛是有人走近来的感觉……我低头朝下面望去，看见齐娜依达穿着一件轻飘飘的浅灰色连衫裙，肩上靠着一把撑开的粉红色遮阳伞，正沿着下面那条路急匆匆地走来。她看见了我，就停住了脚步，把草帽帽檐往上一推，抬起了她那双温柔的眼睛直瞅着我。

“您坐在这么高的地方干什么？”她问我，脸上带着一种古怪的微笑。“啊，”她继续往下说，“您总是要让我相信您很爱我。要是您当真爱我，那您就跳到路上来迎我吧。”

齐娜依达还没有来得及说完这些话，我已经飞也似的跳下来了，仿佛有人在背后推了我一下。这堵墙约莫两俄丈高。我两脚刚落地，但冲力过大，我没有能够站稳：我摔倒了，有一会儿工夫我失去了知觉。等到我醒来时，就觉得齐娜依达站在我身旁，而我没有睁开眼睛。

“我那可爱的孩子，”她说着，向我俯下身来，她的嗓音里流露出一种焦急不安的柔情蜜意，“你怎么能这样做，你怎么会这样听话……要知道我是爱你的……站起来吧。”

她的胸脯就在我身旁起伏着，她的双手抚摸着我的头，忽然——那时我交上好运啦！——她那柔软鲜艳的嘴唇在我的整个脸上狂吻起来……她的嘴唇合在我的嘴唇上……这当儿虽然我的眼睛还没有睁开，但是齐娜依达大概凭我脸上的表情就猜到我已经清醒过来了。她倏地抬起身子，低声说：

“嗯，站起来吧，淘气鬼，傻孩子；您怎么还躺在尘土里呢？”

我站起来了。

“去把我的伞给我找来，”齐娜依达说道，“您瞧，我把伞不知丢到哪儿去了；别那样望着我……多么傻呀？您没有受伤吧？大概您给荨麻刺痛了？我对您说，别看我……他一点也不懂，也不答话，”她补了一句，仿佛在自言自语，“回家去吧，monsieur 沃尔杰马尔，把身上收拾收拾干净，不许跟着我，要不我会生气的，再也不要……”

她没有把话说完，就急匆匆地走了。可我却在路上坐下了……两腿支持不住。荨麻刺痛了我的手，腰酸背痛，头晕目眩——但是我当时所体验到的那种幸福感在我这一生中却一去不复返了。这种幸福感像一种甜蜜的痛苦充满了我的全身，而最后这种情感是以欣喜若狂的蹦跳和叫喊来抒发的。的确，我还是个孩子呢。

十三

那一天我成天价那么高兴，那么自豪，我脸上还是那么强烈地感觉到齐娜依达的亲吻。一回想起她的每一句话，我就会狂喜得痉挛起来，我非常珍惜我那意想不到的幸福，甚至觉得害怕起来，甚至不愿看见她——这个使我重新燃起了爱情火焰的女子。我觉得似乎再不能向命运要求什么了，现在应当“好好地咽下最后一口气，然后死去”。可是第二天我到厢房里去的时候，我却觉得非常窘迫不安，我徒劳地竭力把这种窘态掩藏在假装的温文尔雅的洒脱自然的风度中，就是一个想让别人知道他是善于严守秘密的人所需要的风度。齐娜依达接待我时态度很自然，毫不激动，只是点点指头吓唬我一下，并且问我：身上有没有乌青伤痕？ 我那装腔作势——洒脱自然、严守秘密的样子——一下子全都消失了，连我那副窘态也随之消失了。诚然，我并没有什么特别的期望，可是齐娜依达那泰然自若的神态仿佛泼了我一身冷水：我这才明白了，我在她眼里不过是个孩子，我心里多么难过！ 齐娜依达在屋里来回走着，每次她瞥我一眼时，脸上就迅速掠过一丝微笑；但她的思想却在远处翱翔，这一点我看得很清楚……“我要不要提昨天的事，”我在心里寻思着，“问问她，她那么急匆匆地上哪儿去，也好弄个水落石出……”可我只把手一挥，在一个角落里坐下了。

别洛夫佐罗夫走了进来；我看见他很高兴。

“我还没有给您找到一匹驯顺的坐骑，”他一本正经地说，“弗列依塔格[①]保证给我找一匹，可我没有把握，我害怕。”

“请问，您怕什么？”齐娜依达问道。

“怕什么？ 要知道您不会骑马。千万别出什么事！ 您怎么忽然想出这个怪念头！”

“哦，这不关您的事，我的野兽先生。要是这样，我会去找彼得·

---

① 系莫斯科的一个著名养马人。

瓦西里耶维奇……（彼得·瓦西里耶维奇是我父亲的名字。我觉得奇怪的是，她那么轻易、随便地提到他的名字，仿佛她相信他愿意为她效劳似的。）

“原来这样，”别洛夫佐罗夫说道。“您要跟他一起去骑马？”

“跟他或跟别人一起去——这与您不相干。只是不跟您。”

“不跟我，”别洛夫佐罗夫也说了一遍。“随您的便。好吧，我给您找一匹马来。”

“不过您要注意，我可不要一头母牛。我预先告诉您，我要去跑马。”

“您要去跑马，那好吧。您跟谁，是不是跟马列夫斯基一起去？”

“为什么不能跟他一起去，武士？嗯，请放心，”她补了一句，“眼睛可别忽闪忽闪的。我也带您去。您知道，现在马列夫斯基对我说来——呸！”她摇了摇头。

“您说这话是为了安慰我吧，”别洛夫佐罗夫抱怨着。

齐娜依达微微眯缝起了眼睛。

“这话使您感到安慰吗？噢……噢……噢……武士！”末了她说，仿佛找不到别的话可说了。“可是您，monsieur 沃尔杰马尔，您愿意跟我们一块儿去骑马吗？”

“我不喜欢……跟大伙儿一起……”我嘟嘟囔囔地说着，没有抬起眼来。

“您宁愿 tête-à-tête[①]？……好吧，那就各走各的路。”她叹了一口气，低声说。“您去吧，别洛夫佐罗夫，去想想办法。明天我就需要一

---

① 法语：两人单独地。

匹马。”

“嘿，可是哪来这笔钱？”公爵夫人出来干预了。

齐娜依达皱了一下眉头。

“我不会向您要钱的，别洛夫佐罗夫会相信我的。”

“会相信的，会相信的……”公爵夫人抱怨着，忽然她扯着嗓门大叫起来：“杜尼娅什卡！”

“Maman①，我给过您一个小铃。”公爵小姐说。

“杜尼娅什卡！”老妇人又叫道。

别洛夫佐罗夫告辞了；我跟他一起出来……齐娜依达没有挽留我。

十四

第二天早晨我起得很早，给自己削了一根手杖，就到城外去了。我对自己说要出去散散心。这天天气非常好，阳光灿烂，不太热：凉风习习，令人神爽，那风恰到好处地喧闹着，嬉戏着，它吹拂着一切，但又什么也没有惊扰。我在山上、在树林里溜达了很久；我并不觉得自己很幸福——我从家里出来就是有意让自己陷入苦闷的；可是青春、美好的天气、清新的空气、畅游的快乐、独个儿躺在茂密的草地上的安闲舒适，都对我发生了作用：对那些难忘的话语和那些亲吻的回忆又一起涌上了心头。想到齐娜依达对我的决心和勇气毕竟不能不说句公道话时，我感到十分欣慰……“在她看来，别人都比我好，”我寻思着，

---

① 法语：妈妈。

“让她这样想吧！ 可是别人只会空谈他们将干什么，可我已经做到了……我是不是还能为她做些事情！”……我的想象力活跃起来了。我开始幻想着，我将怎样把她从敌人的手中拯救出来，我将怎样浑身血迹斑斑地把她从监狱里搭救出来，我又怎样倒在她脚下死去。我想起了挂在我们客厅里的一幅画：带走马蒂尔德的马莱克·阿代尔①。一只很大的花斑啄木鸟的出现立刻把我的注意力吸引开了，这只啄木鸟正顺着桦树的细树干忙碌地往上爬着，不时忐忑不安地从树干后面探头张望——一会儿向右望望，一会儿向左望望，好像一个音乐家从大提琴的颈部后面向外张望一样。

接着我唱起了《这不是白雪》②，我还唱了一首当时很著名的抒情歌曲：“当和风吹拂的时候，我等着你”；接着我高声地朗诵起霍米亚科夫的悲剧中的叶尔马克③对着天上星星的一段呼吁；我本来打算写一首令人伤感的诗，甚至还想出了应当作为全诗结尾的这么一行诗：“啊，齐娜依达！ 齐娜依达！”但是没有写成。然而吃饭的时间已经到了。我下山来到了山谷里；山谷里有一条狭窄的沙土路逶迤地通到城里。我顺着这条小路走去……在我身后响起了一阵低沉的嘚嘚马蹄声。我回头望了望，不由得站住了，摘下了制帽：我看见了我的父亲和齐娜依达。他们肩并肩地按辔徐行。父亲向她弯着身子，在跟她说话，

① 马莱克·阿代尔是十八世纪末叶法国女作家戈唐所作的一部冒险小说《马蒂尔德或十字军远征》中的主人公，十九世纪头十年俄国贵族都非常喜爱这部小说及其主人公。

② 一首著名的俄国民歌。

③ 即俄国社会活动家兼作家阿·斯·霍米亚科夫(1804—1860)的浪漫主义悲剧《叶尔马克》中的主人公；在这出悲剧中叶尔马克被描写成为一个高尚的幻想家，其中有一段词藻华丽、感伤的独白。这出悲剧曾不止一次地受到别林斯基的嘲讽。

一只手支撑在马颈上；他微笑着；齐娜依达默默地听着，神情严肃地埋下了眼睛，紧闭着双唇。我起先只看见他们俩；只是稍过了一会儿，别洛夫佐罗夫从山谷拐弯处出现了，他穿着带短披肩的骠骑兵制服，骑着一匹热汗涔涔的黑马。这匹良种马摇晃着脑袋，喷着鼻息，跳跃着：骑马人把它勒住了，用马刺刺它。我往一边躲开了。父亲勒紧了缰绳，离开了齐娜依达，她慢慢地抬起了眼睛望着他——两人疾驰而去了……别洛夫佐罗夫跟在他们后面也疾驰而去，军刀锵铿作响……“他的脸红得像龙虾，”我心想，“可她……她的脸色为什么那么苍白？她骑了一早晨的马，所以脸色惨白？”

我把步子加快了一倍，在吃饭前正好赶到了家。父亲已经换过衣服，梳洗完毕，精神焕发地坐在母亲的圈椅旁边，他用平稳而洪亮的嗓音正在给她念 Journal des Débats[①] 上的一篇小品文；可是母亲并没有专心地听，一看见我，便问我整天在哪儿，并补充说，她不喜欢我上鬼才知道的地方去，跟一些莫名其妙的人鬼混。“我独个儿在散步，”我本想这样回答，可是瞅了一下父亲之后，不知为什么我一声不吭了。

十五

在以后的五六天中，我几乎没有见到过齐娜依达；她说她病了，但并不妨碍这儿的常客们——照他们的说法——来值班，大家都来了，只

① 法语：《辩论报》。创刊于一七八九年，十九世纪上半叶许多俄国贵族都订阅这份报纸。

有马依达诺夫一人除外，他一旦没有寻欢作乐的机会，就会垂头丧气，感到无聊了。别洛夫佐罗夫愁眉苦脸地坐在角落里，他扣上了全部钮扣，脸涨得通红；马列夫斯基伯爵那俊秀的脸上经常掠过不怀好意的微笑；他当真失宠于齐娜依达了，所以特别卖力地巴结老公爵夫人，曾经跟她一起搭乘一辆出租马车去拜谒一位有将军头衔的省长；可是这次出门似乎一无所获，连马列夫斯基本人都碰上了一件不愉快的事：有人向他提起了一件与某些工程部队的军官们有牵连的事来——他只好为自己辩护说，他当时年轻无知。卢申每天来两次，但并不久留；自从最近我们谈了一次话之后，我就有点儿怕他了，同时又觉得我打心底里喜欢他。有一次他跟我一同在涅斯库奇内公园散步，他非常和善、亲切，还告诉我各种花草的名称和特性，忽然他敲敲自己的脑门，正如常言所说的，牛头不对马嘴地扬声叫道："可我这个傻瓜，还以为她是个爱卖俏的女人呢！ 看来，对某些人来说——牺牲自己也是一件快乐的事。"

"您说这话是什么意思？"我问道。

"我什么都不想告诉您。"卢申断断续续地答道。

齐娜依达一直躲着我：我一出现——我不能不注意到这一点——就会给她带来烦恼。她总是不由自主地转过脸去不理我……不由自主地，这是多么痛苦的事，这使我多么难过，可是没有什么办法——我竭力不让她看见我，只是从远处偷偷地望着她，但这一点我也不是经常能做到的。她一如既往地仍在莫名其妙地变化着：她的脸变样了，她完全变成另一个人了。特别是在某个暖和而平静的傍晚，她身上的变化尤其使我惊讶不置。那天我坐在一大片接骨木树丛下面的一条低矮的长凳上；我很喜欢这个地方，因为从这儿可以看见齐娜依达房间的窗子。我坐着；在我的头顶上，一只小鸟儿在渐渐暗淡的树叶间忙碌地飞来飞去；一只灰猫挺直了背，小心翼翼地溜进了花园；刚出现的甲虫在那虽然有点昏暗、但还明净的天空中发出低沉的嗡嗡声。我坐在那儿望着窗子，等待着，看那窗子会不会打开：窗子果真打开了，齐娜依达站在窗口。她穿了一件洁白的连衫裙——她本人，她的脸，她的两肩和她的双手，也都苍白得似乎像她的衣服一样。她一动不动地站了很久；她紧蹙着双眉，目不转睛地一直眺望着。我从未见过她有这样的目光。接着她紧握双手，握得很紧很紧，并把它们举到嘴边，又举到额上，忽然她伸出指头，把头发掠到耳朵后面，又抖了一下头发——神情那么坚决地点了点头，接着就把窗子砰的一声关上了。

三天后她在花园里碰见了我。我想躲开她，可她把我拦住了。

“请伸出手来，”她对我说，态度和以前一样亲切，“咱们很久没有聊聊了。”

我瞥了她一眼：她的眼睛闪烁着柔和的光辉，脸上微露笑意——看过去仿佛隔着一层烟雾似的。

“您身体还没有复原吗？”我问她。

“不，现在一切都好了，”她答道，摘下了一朵不大的红玫瑰。“我有点累了，不过这也会好的。”

“您又会像从前一样吗？”我问道。

齐娜依达举起那朵红玫瑰，让它靠近脸蛋，我觉得那鲜艳的花瓣的反光似乎投射到她的脸颊上了。

“难道我变了吗？”她问我。

“是呀，您变了，”我悄没声儿地答道。

“我知道，我对您很冷淡，”齐娜依达说了起来，“可您不要介意……我没有别的办法……嗯，谈这干吗！”

“您不愿意我爱您——就是这么回事！”我不由得激动起来，脸色阴沉地扬声叫道。

“不，您要爱我，但不要像以前那样。”

“那么怎样爱您呢？”

“咱们交个朋友吧——就是这样。”齐娜依达让我闻闻玫瑰。“听我说，要知道我的年纪比您大得多，我可以做您的姑姑，真的；嗯，不能做姑姑，至少可以做大姐吧。可是您……”

“我在您的心目中只是个孩子。”我打断了她的话头。

“嗯，是呀，是个孩子，而且是个可爱的好孩子，一个聪慧的、我很喜欢的孩子。现在您知道了吧？从今天起，我委任您做我的少年侍卫；您可别忘记，少年侍卫是不可以离开他的女王的。这就是您新的头衔的标志，”她补了一句，并把那朵玫瑰插在我那短上衣的钮孔里，“这是我宠爱您的标志。”

“我以前还得到过您另一种宠爱。”我嘟哝着说。

“啊！”齐娜依达低声说，并从侧面瞅了我一下。“他的记性多好！好吧！现在我也要……”

她向我俯下身子，在我额上留下了纯洁而平静的亲吻。

我只看了她一眼，可她转过身去，说：“跟我走吧，我的少年侍卫。”她朝厢房走去。我跟在她后面也走了，然而我始终困惑莫解。“难道，”我心里寻思着，“这个温柔的、明白事理的姑娘就是我所认识的齐娜依达吗？”我觉得她的步态更稳重了，她整个人也显得更端庄、更妩媚……

天哪！爱情又以多么强大的力量在我心里重新燃烧起来了！

十六

午饭后，客人们又聚集在厢房里。公爵小姐出来招待他们了。所有的常客都到了，一个也不缺，就像那头一个我难以忘怀的傍晚一样。甚至连尼尔马茨基也居然来了；马依达诺夫这天来得最早，他带来了几首新的诗作。方特游戏又开始了，但再也没有以前那样的怪诞不经的举动了，大家不胡闹，也不吵吵嚷嚷的——茨冈人的气质消失了。齐娜依达使我们的聚会增添了新的情趣。我以少年侍卫的权利坐在她旁边。顺便说说，她曾建议玩游戏受罚的人要讲一个自己的梦。但这个办法不行。梦不是讲得枯燥乏味（别洛夫佐罗夫梦见他用鲫鱼喂养自己的马，那匹马的头是木制的），就是讲得不自然，胡编乱造……马依达诺夫给我们讲一个完整的故事：里面有墓穴、弹七弦琴的天使和会讲话的花朵，还有远远传来的声音……但齐娜依达不让他把故事讲完。

“假如都讲编造的故事，”她说，“那就让每个人讲一件必须虚构的事吧。”

别洛夫佐罗夫又轮到第一个讲。这个年轻的骠骑兵发窘了。

“我什么也编造不出来！”他扬声叫道。

“别婆婆妈妈的！”齐娜依达插嘴说。“嗯，您就想象一下，比方说，您已经结婚了，给我们讲讲您跟尊夫人一起是怎样过日子的。您要把她锁在家里吗？”

“我要把她锁在家里。”

“您要跟她待在一起吗？”

“我一定要跟她待在一起。”

“那就好得很。嗯，要是这种生活她感到厌烦了，对您不忠实了呢？”

“我就杀死她。”

“倘若她逃跑了呢？”

“我会去追赶她，仍然要杀死她。”

“是这样。嗯，假定说我是您的妻子，那您怎么办？”

别洛夫佐罗夫不作声了。

“我会自杀……”

齐娜依达不禁笑了起来。

“我知道，您的故事不会长的。”

第二个轮到齐娜依达。她翘首仰望着天花板，沉思起来了。

“现在请听着，”她终于开腔了，“这个故事是我虚构的。请你们想象一座富丽堂皇的宫殿，在一个夏夜举行着奇妙盛大的舞会。舞会是由一位年轻的女王主持的。到处是黄金、大理石、水晶、丝绸、灯火、钻石、鲜花、熏香，以及一切精心安排的豪华场面……”

“您喜欢豪华吗？”卢申打断了她的话头。

“豪华是美的，”她答道，“凡是美的东西我都喜欢。”

“您喜欢比美更可爱的东西吗？”他问道。

“您问得很妙，不过我不懂您的意思。别打岔。总之，舞会是豪华隆重的。这天嘉宾云集，他们都年轻、漂亮、勇敢，他们都神魂颠倒地爱上了女王。”

“嘉宾中没有女的吗？”马列夫斯基问道。

“没有……或者等一会儿——会有的。”

“都不漂亮吗？”

“也很妩媚动人……不过男人们都爱上了女王，她亭亭玉立，婀娜多姿……她那乌黑的头发上戴了一顶小小的金皇冠。”

我瞥了一下齐娜依达，在这一瞬间我觉得她似乎比我们大家高贵得多，从她那洁白的脑门上，从她那凝然不动的眉宇间显露出多么明达的智慧，无限的权威，我不禁暗暗思量：“你自己就是那位女王！”

“大家都簇拥着她，”齐娜依达继续往下说，“每个人都对她阿谀奉承，大献殷勤。”

“她喜欢阿谀奉承吗？”卢申问道。

“多么叫人讨厌，总是打岔……谁不喜欢阿谀奉承？”

“还有最后一个问题，”马列夫斯基说，“女王有丈夫吗？”

“这我倒没有想过。不，为什么要有丈夫呢？”

“当然罗，”马列夫斯基接着她的话说，“为什么要有丈夫呢？”

“Silence!”[①]马依达诺夫扬声叫道，他的法语说得很蹩脚。

“Merci，”[②]齐娜依达对他说，“总之，女王听着这些奉承的话语，听着音乐，但她对任何一个嘉宾都不瞧上一眼。六扇窗户从上面开到下面——从天花板直到地板，窗外天空一片漆黑，布满了大颗星星，那黑森森的花园里有许多参天大树。女王望着花园。那儿，在树木近旁有个喷水池；它在黑暗中泛着白光，显得长长的，长得像幽灵。女王在说话声和音乐声中听到了泉水的轻微的飞溅声；她一边望着，一边想着：你们这些老爷都很高贵、聪明和富有，你们都围在我的四周，你们

① 法语：“静一些！”
② 法语：“谢谢。”

都重视我的每一句话，你们都愿意死在我的脚下，你们都在我的掌握之中……可是那儿，在喷水池旁，在那飞溅着的喷泉旁边，我那心爱的、能够支配我的人却站在那儿等待着我。他不穿华丽的衣服，不戴珍珠宝石，谁也不认识他，但他等待着我，并且相信我一定会去的——我会去的，没有哪一种力量可以阻止我，当我要去找他，要跟他待在一起，要跟他在那儿，在花园里的幽暗处，在树木的沙沙声和喷泉的飞溅声中一起消失的时候……"

齐娜依达不作声了。

"这……就是编造的故事吗？"马列夫斯基狡黠地问道。

齐娜依达连看都不看他一眼。

"先生们，"卢申忽然说话了，"要是我们也在那些嘉宾中间，而且认识站在喷水池旁的那个幸福的人，那么我们该怎么办？"

"等一等，等一等，"齐娜依达插嘴说，"我将告诉你们，你们每个人该怎么办。您，别洛夫佐罗夫，会向他挑战，要求决斗；您，马依达诺夫，会写一首讽刺短诗嘲讽他……不过，不——您不擅长写讽刺诗，那您就为他写一首类似巴比埃[①]体的长诗，刊登在《电讯》[②]杂志上。您，尼尔马茨基，您会向他借……不，您会以高利贷形式借钱给他；您，医生……"她停住了。"我不知道您想干什么。"

"我会以御医的身份，"卢申答道，"向女王进谏，当她不想招待嘉宾的时候，不要开舞会。"

---

① 巴比埃·奥古斯特(1805—1882)：法国革命诗人，他的诗集《短长格》在十九世纪三十年代享有盛名，这本诗集抨击了法国人民的奴役者。

② 即《莫斯科电讯》，是由尼·阿·波列伏依（1796—1846）在一八二五至一八三四年间发行的一份文学杂志。

“也许您是对的。那么您呢，伯爵？……”

“我吗？”马列夫斯基露出了恶意的微笑重复着。

“您会端给他有毒的糖果。”

马列夫斯基的脸稍微变了样，刹那间流露出一副犹太人的神情，可他马上就哈哈大笑起来。

“至于您，沃尔杰马尔……”齐娜依达继续往下说，“不过，玩够了；让我们做别的游戏吧。”

“Monsieur 沃尔杰马尔，您作为女王的一名少年侍卫，当她跑到花园里去的时候，您该提着她那拖在地上的长后襟。”马列夫斯基恶毒地说。

我勃然大怒了——可是齐娜依达连忙用手按住我的肩膀，她欠起身子，声音有点儿发抖地低声说：

“我决不让您这位伯爵大人放肆无礼，所以我请您离开这儿。”她向他指着门。

“宽恕我吧，公爵小姐。”马列夫斯基嘟哝着说，脸色全白了。

“公爵小姐说得对。”别洛夫佐罗夫扬声叫道，他也站起来了。

“我，说真的，怎么也没有料到，”马列夫斯基继续往下说，“我的话里好像一点也没有这种意思……我脑子里根本没有要侮辱您的想法……请原谅我吧。”

齐娜依达向他投去冷冷的目光，还冷笑了一下。

“那就待着吧，”她低声说，很随便地做了个手势。“我和 monsieur 沃尔杰马尔都不应该生气。您以刺激我们来取乐……好，请便吧。”

“请原谅我。”马列夫斯基又说了一遍。可我回想起齐娜依达当时的举动，又在心里寻思着，即使是一位真正的女王也不会比她更威严地向一个失礼的臣子指着门，叫他出去的。

这场小风波发生后，方特游戏又继续了不多一会儿。大家都觉得有点儿尴尬，与其说是这场风波造成的，倒不如归咎于另一种有点模糊不清、但却十分沉重的心情。这种心情谁也没有谈起过，但是每个人都在自己身上和在其他常客的身上感觉到了这种心情。马依达诺夫给我们朗诵了自己的诗篇——马列夫斯基过分热情地赞赏了这些诗。“现在他多么想显示一下，他是个好人。”卢申对我低声说。我们不久就散了。齐娜依达忽然陷入了沉思；公爵夫人打发人来传话，说她头痛；尼尔马茨基也开始抱怨起自己的风湿症来了。

我久久不能入睡，齐娜依达的故事使我感到惊讶。

“难道这个故事里含有什么暗示吗？”我问自己。“那么她暗指谁呢？又暗指什么呢？如果真的暗示了什么，那可怎么办？不，不，这是不可能的。”我小声说，同时翻了一下身子，把灼热的面颊从一边翻到了另一边……我回忆着齐娜依达讲故事时她那脸上的表情……回忆着卢申在涅斯库奇内公园里脱口而出的感慨，回忆着她对我的态度的突变——可我实在捉摸不透。“他是谁呢？”这几个在昏暗中形成的字体仿佛历历在目。它宛若一片低低的、不祥的云彩挂在我的头顶上，我已感觉到它的压力，我等待着，眼看它马上就要兴妖作怪了。近来我对许多事情都已习惯了，我在扎谢金家里看到了许多事情：他们家里的杂乱无章、荤油烛头、折断了的刀叉、脸色阴沉的沃尼法季、穿得破破烂烂的女仆们、公爵夫人本人的举止态度——这种令人奇怪的生活已经不再使我感到惊讶了……可是对于我现在在齐娜依达身上模糊地感觉到的东西却还不能习惯……我的母亲有一次在谈到她时，称她为“女冒险家”。她——我的偶像，我的神明——是个女冒险家！听到这个称号，我很难过，我把头埋到枕头里，竭力不想这个称号，我很愤慨……同时我又想：只要我能成为喷水池旁的那个幸福的人，那我什么都会答应，什么都能牺牲。

血在我的体内沸腾起来，四处奔流。“花园……喷水池……”我心想。“让我到花园里去吧。”我连忙穿上衣服，从家里溜了出来。夜色很浓；树木轻微地沙沙作响；天上降下一股平和的寒气；从菜园里飘来了一阵茴香的气味儿。我走遍了花园里的所有小径；我那轻轻的脚步声使我感到慌乱，也使我感到兴奋；我不时地停住脚步，等待着，谛听着我的心怎样跳动——它跳得剧烈而又急促。我终于走近了栅栏，把身子靠在一根细木条上。蓦地——或者这是我的幻觉吧？——在离我几步路的地方闪过了一个女人的身影……我竭力往暗处凝神望去——我屏住了呼吸……这是什么？我听见的是脚步声呢，还是我心脏的跳动声？“谁在这儿？”我含糊不清地嘟哝了一句。这又是什么？是一阵压抑着的笑声？……或是树叶的沙沙声……或是耳边的叹息声？我不觉害怕起来了……“谁在这儿？”我声音更轻地又问了一下。

骤然刮起风来了；天空闪过一道火光：一颗星星陨落了。“齐娜依达吗？”我想问，可是声音给我的嘴唇挡住了。忽然间四周一片沉寂，在深更半夜里这种万籁俱寂的现象是屡见不鲜的……甚至连树上的山雀也不叫了，只在某处有一阵关窗的声音。我站了一会儿，又站了一会儿，就返回到自己的屋里去了，我倒在自己那张冰冷的床上。我感到一阵莫名其妙的烦躁不安：好像我是应约去跟情人幽会的——但我孤单单地白等一阵，只好打别人的幸福旁边走过去了。

十七

第二天，我见到了齐娜依达，但只有一刹那工夫，她和公爵夫人同乘一辆出租马车，到某处去。可是我见到了卢申和马列夫斯基，卢申只勉强地向我打了个招呼，年轻的伯爵咧着嘴笑，友好地跟我谈起话来。小厢房的所有客人里面唯独他能想办法走进我家的门，并且博得了我母亲的欢心。父亲瞧不起他，竟以侮辱性的礼貌对待他。

“啊，monsieur le page①，”马列夫斯基开腔了，“见到您很高兴。您那位美丽的女王在干什么？”

他那容光焕发的、俊秀的面孔这时令我十分讨厌，他又以鄙夷的、带戏谑性的目光看着我，所以我压根儿不去理他。

“您还在生我的气吗？”他继续往下说。“这大可不必。要知道不是我叫您少年侍卫的，而需要少年侍卫的主要是女王。请让我向您进一言，您没有很好地尽职。”

“何以见得呢？”

“一个少年侍卫应当寸步不离自己的女王；少年侍卫应当知道女王所做的一切，甚至应当监视她；”他压低嗓音补了一句，“要日夜监视她。”

“您这话是什么意思？”

“我这话是什么意思吗？ 我觉得我已说得很清楚了，日夜监视。白天还不要紧，白天明亮，人也多；可是夜里就要谨防出乱子。我劝您

① 法语：少年侍卫先生。

夜里不要睡觉，要监视，尽力监视着。您要记住，夜里，花园里，喷水池旁……这些都是必须看守的地方。您会向我道谢的。”

马列夫斯基不禁笑起来了，他转过身去背朝着我。他对我所说的话大概并不含有特别的意思。他有大骗子的臭名声，在化装舞会上他是以善于愚弄人而出名的，他那渗透着全身的几乎是下意识的虚假更使他遐迩闻名了……刚才他不过是想戏弄我；可是他的每一句话都像毒药一样流入了我的全身血管。血直往我头上涌去。“啊！原来如此！”我对自己说。“好啊！这样看来，我被引到花园里去可不是无缘无故的！绝不让这种事情发生！”我大声叫道，并用拳头捶打了一下自己的胸膛，说实在的，虽然我并不知道，究竟什么事情绝不让发生。“会不会马列夫斯基自己将到花园里去，”我心想（或许他在闲谈中泄露了秘密：干这种事他的脸皮可厚呢），“会不会是别人（我们花园的栅栏很低，爬进来是不费吹灰之力的），不过谁碰到我，他就会倒霉！我奉劝诸位，谁也不要碰到我！我要向全世界的人和她这个负心女人（我竟然称她为负心女人了）证明，我会报复的！”

我回到自己屋里，从写字台抽屉里拿出一把不久前买的英国制造的小刀，我摸了摸它那锋利的刀刃，皱了一下眉头，冷酷地下定了决心，把它放入了口袋，仿佛干这种事对我来说已不足为奇，更不是第一次了。我义愤填膺，变得冷酷无情了；这天我直到夜里没有舒展过双眉，没有张开过嘴巴，我不时地踱来踱去，一只手紧紧地握住了藏在口袋里的那把已经发热的小刀，准备干一件可怕的事。这些还从来没有过的新的感觉把我紧紧地攫住了，甚至使我感到高兴，居然在我脑子里连齐娜依达都很少出现了。我一直想象着阿列科和一个年轻的茨冈人[1]，“上哪儿去，年轻的美男子？躺下吧……”接着又问：“你浑身血迹斑斑！……啊，你干了什么啦？……”“没有什么！”我露出冷酷的笑容，又说了一遍：没有什么！父亲不在家，而母亲从某个时候起几乎时常在暗中生气，她注意到我那副大祸临头的样子，吃晚饭时就问我：“你为什么绷着脸，像只偷米吃的老鼠？”我只是傲慢地冷笑一声作为回答，并在心里寻思着：“要是他们知道了呢！”时钟已经敲过了十一下，我回到自己的屋里，但没有脱衣服，我等待着午夜到来。时钟终于敲了十二下。“是时候了！”这句话从我牙缝里低声地迸了出来，我把钮扣一直扣到领口，甚至还挽起了袖子，到花园里去了。

我已经预先挑选了一个守候的地点：在花园尽头，就在把我们家的园子跟扎谢金家的园子隔离开来的那道栅栏和两家公墙相接的那个地方，那儿还有一株孤零零的松树。站在它那低垂茂密的树枝下，我能清楚地看到（不超出漆黑的夜色所提供的能见度）周围发生的一切。这里有一条我总觉得很神秘的、弯弯曲曲的小径，它像一条蛇似的在栅栏脚下延伸着，这段栅栏上看得出有人爬过的痕迹；这条小径直通到一座用洋槐枝条紧密地编成的圆亭子。我很不容易地走到那株松树跟前，靠在它的树干上守候起来。

夜还是那么静悄悄的，像上一夜一样，不过天空中的乌云少些了，灌木的轮廓，甚至高处的那些花朵都显得更清楚了。刚开始等候的时候，我觉得烦闷难受，几乎害怕起来。我决心不顾一切了。我只考虑着：我应该怎样行动？要不要大吼一声：“往哪儿走？站住！如实

---

① 阿列科和一个年轻的茨冈人都是普希金长诗《茨冈》(1824 年）里的人物。阿列科因吃醋杀死了他妻子的情人，那个年轻的茨冈人。

招来——否则就要你的命！”或者就一刀刺过去……每一种声音、每一阵沙沙声和簌簌声，我都觉得很重要、不同寻常……我准备着……我向前倾着身子……可是半小时过去了，一小时过去了，我的血液流动得平稳了，热度也降下来了，我开始意识到我干这一切都是徒劳无益的，我甚至觉得自己有点儿滑稽可笑，马列夫斯基是跟我开玩笑的。我离开了我那个埋伏的地方，在整个花园里绕行了一圈。但任何地方都听不到一丝声音，仿佛故意气我似的，四周万籁俱寂，连我家的狗也在便门旁边蜷缩成一团，睡着了。我爬到废弃不用的暖花房上面，看见了前面一大片田野，我想起了跟齐娜依达的一次会面，不觉沉思起来……

我忽然吓了一跳……我仿佛听到吱扭一下的开门声，接着传来了一阵树枝被折断的轻微的喀嚓声……我跳了两下就从暖花房上下来了，我站在地上呆然不动。花园里清晰地响起了一阵急促而轻快的、但却小心翼翼的脚步声……声音离我越来越近了。

“这就是他……他到底来了！”这个念头在我脑海里掠过。我哆哆嗦嗦地把小刀从口袋里掏了出来，又哆哆嗦嗦地把它扳开，红色的火花开始在我眼前旋转，我害怕和愤怒得连头发都直竖起来了……这时一阵脚步声向我直逼过来，我弯下身子，缓慢地迎上前去……一个人出现了……天哪！ 这是我的父亲！

我立刻就认出他了，虽然他全身裹在一件黑色斗篷里，帽子拉到了脸上。他蹑手蹑脚地打我身边走了过去。他没有发觉我，虽然没有东西把我遮住，可我抖得那么厉害，蜷缩成一团，好像快与地面看齐了。一个嫉妒的、准备杀人的奥赛罗这时忽然变成了一个小学生……父亲的突然出现使我万分惊讶，开头我甚至没有发觉他是从哪儿来，往哪儿去的。等到四周又沉静下来，我这才挺直了身子，心想：“父亲为什么深更半夜还在花园里走动？”我在极度恐惧中把小刀掉落在草地上了，我觉得十分羞愧，甚至不想寻找它。我立刻清醒过来了。不过回家的时候，我还是走到接骨木树丛下面的那条长凳跟前，朝齐娜依达卧室的小窗瞥了一眼。小窗上那些不大的、微凸的玻璃在从夜空中投射下来的微光映照下呈现出暗淡的蓝色。突然间，它们的色泽开始变了……在玻璃后面——这我看得很清楚，那白色的窗帘谨慎小心地轻轻放下了，一直垂到窗台上，就这样纹丝不动了。

“这是怎么回事啊？”当我又不知不觉地来到了自己房间的时候，我几乎情不自禁地大声说道。“是梦，是偶然的巧合，或是……”忽然在我的脑海里涌现出了这些猜测和假想，它们是这样新奇，我甚至都不敢再往下想了。

十八

我一早起来，就觉得头痛。昨天的激动情绪消失了。然而取而代之的是令人痛苦的疑惑和一种以前还不曾有过的悲伤——仿佛我体内的某个部分正趋于死亡似的。

“为什么您看起来活像一只割去了半个脑袋的兔子？”卢申遇见我时对我说。

早餐时，我一会儿偷偷地望望父亲，一会儿又偷偷地望望母亲：他跟往常一样镇定自若，而她也跟往常一样在暗暗地生气。我等待着，父亲会不会像有时那样跟我亲切地谈起话来……可他对我连平日那冷冰冰的抚爱也没有表示一下。“把一切都告诉齐娜依达？……”我在心里寻思着。“要知道反正一样，我们之间一切都完了。”我去找她了，可是不但什么也没有告诉她，就连跟她谈话的机会也没有，虽然我多么想跟她谈谈。公爵夫人的一个十二岁的儿子——武备中学的学生——从彼得堡来度假了。齐娜依达立即把她的弟弟托付给了我。

“托付给您了，”她说，“我亲爱的沃罗佳[①]（她还是头一次这样叫我），给您介绍一个朋友。他的名字也叫沃罗佳。我希望您会喜欢他。他还怕陌生，不过他心眼儿挺好，带他去看看涅斯库奇内公园，跟他一块儿散散步，请您好好地照顾他。您会这样做的，对吗？ 您也是个好孩子嘛！”

她亲热地把两手按在我的肩上，可我完全张皇失措了。这个孩子的到来使我也变成一个孩子了。我默默地端详着这个武备中学的学生，他也同样默默地凝视着我。齐娜依达不禁纵声大笑起来，把我们推到一起了。

“孩子们，你们拥抱吧！”

我们拥抱了。

“要不要我带您到花园里去？”我问这个武备中学的学生。

“请吧。”他用沙哑的、十足像个军校学生的声调答道。

齐娜依达又纵声大笑起来……我及时发觉了，以前她脸上还从来没有过这样迷人的红晕。我跟军校的学生一起出去了。我们花园里有一架老式的秋千。我让他坐在一块狭小的薄板上，帮他摇起来。他一动不动地坐着，紧紧地抓住了绳子，他穿了一套镶有宽宽的金银绦带的簇新的厚呢制服。

---

① 沃尔杰马尔的爱称。

“您把领口解开吧。”我对他说。

“不要紧，我们已经习惯了。”他说，还咳嗽了几声。

他活脱儿像他的姐姐，特别是那双眼睛。我很高兴为他效劳。同时上述那无法解脱的悲伤仍然悄悄地撕裂着我的心。“现在我当真是个孩子了，”我心想，“可是昨天……”我记起了昨天夜里小刀掉落的地方，并把它找到了。军校学生向我借去了这把小刀，他摘下一根茎很粗的独活草，把它削成了一支笛子，吹了起来。奥赛罗也吹起了笛子。

可是傍晚，齐娜依达在花园的一个角落里找到了他，当问他为什么这么伤心的时候，他这个奥赛罗在齐娜依达的怀抱里哭起来了。我泪如泉涌，她不觉大吃一惊。

“您怎么啦，您怎么啦，沃罗佳？”她连声问道，看到我没有回答她，也没有停止哭泣，她就想要吻我那给泪水浸湿了的脸颊。

可我扭开脸去，一边号啕大哭，一边低声说：

“我全都知道：您为什么戏弄我？ ……您需要我的爱情做什么？”

“我对不起您，沃罗佳……”齐娜依达低声说。“咳，真对不起您……”她又补了一句，握紧了双手。“我身上有多少坏的、阴暗的和罪恶的东西……可我现在并不戏弄您，我爱您，您也不要猜疑，为什么，怎么样……不过您知道什么呢？”

我能对她说什么呢？ 她站在我面前瞧着我，只要她瞧我一眼，那我从头到脚就全都属于她了……一刻钟以后，我跟那个军校学生，还有齐娜依达一起争先恐后地奔跑起来了；我不哭了，我笑着，虽然笑得那浮肿的眼皮里又掉下泪来；我把齐娜依达的绸带当作领结系在颈脖上，当我能够抱住她的腰部时，我就高兴得叫了起来。现在她能随意地同我玩各种游戏了。

十九

假如有人一定要我详细地讲述在我深夜远征失败后的一星期内我的心情变化，我会感到十分困难的。这是个古怪的暴冷暴热的大波动时期，心里乱得很。一些相互最抵触的情感、思想、猜疑、希望、欢乐和痛苦在这片混乱中旋风般地转动着。我害怕探察自己的内心世界，假如一个才十六岁的孩子能够这样做的话。我害怕弄清楚事情的真相，我只想赶快过完白天，而夜里我就睡觉了……少年不知忧愁的脾性帮了我的忙。我不想知道人家是不是爱我，也不愿承认人家并不爱我。我常避开父亲，可我无法避开齐娜依达……在她面前我像在火中燃烧一样……但我何必要知道我在什么样的火中燃烧和熔化，好在我觉得熔化得很舒服，燃烧得很快乐。我沉浸在各种感受之中，并随之起伏，受其左右，我自己欺骗着自己，我不再回忆往事，对我预感到将要发生的事情……也避而不见……这种苦恼大概不会持续很久……一声霹雳一下子就把一切结束了，也把我扔到了新的轨道上。

有一次我散步了相当长时间才回家吃午饭。当我知道只有我一个人吃饭，父亲出去了，母亲身体不舒服，不想吃饭，待在卧室里，我感到很惊讶。从仆人们的脸色上我就猜到，一定发生了不寻常的事了……我不敢问他们，但侍候我吃饭的年轻仆人菲里普是我的朋友，他是个狂热的诗歌爱好者，又是个弹奏吉他的能手，我就去向他打听。我从他口中得悉，在我父母之间有过一回极其厉害的口角（就在女仆的屋子里每一句话也都听得清清楚楚，他们说的多半是法国话，女仆玛莎在一个巴黎的女裁缝那儿待过五年，她完全可以听懂）。我的母亲责备父亲不忠实，跟邻居的小姐打得火热。父亲开头为自己辩护，后来发火了，也说了些“好像是关于他们年龄”的刻薄话，母亲因此哭了起来。母亲还提到了期票的事，这张期票仿佛给了老公爵夫人。母亲说了些关于她和她的女儿的很难听的话，于是父亲对她进行了威吓。

“这件不幸的事，”菲里普继续往下说，“是由一封匿名信引起的，但没人知道这信是谁写的。要不然，这件事怎么会暴露呢，又没有任何其他原因。”

“难道真有其事吗？”我费力地说出这一句话，同时我的手脚都发冷了，我心底里起了一阵颤栗。

菲里普意味深长地眨巴了一下眼睛。

“真有其事。这些事情是隐瞒不住的。这一次您父亲虽然非常小心，但是，比方说，他必须雇马车或做别的什么事情，没有仆人给他张罗也不行呀。”

我把菲里普打发走了，就倒在床上。我没有号啕大哭，也没有悲观失望；我没有问自己，这一切是什么时候发生的，又是怎样发生的；我不觉得奇怪，怎么我以前，怎么我这么久都没有猜到；我甚至不抱怨父亲……对于我所知道的这件事，我是无能为力的，因为这件事的突然暴露也把我毁了……一切都完了。我心灵里的所有花朵一下子全都被摘了下来，它们散落在我的周围，遭到践踏的厄运。

二十

第二天母亲宣布要搬回到城里去。早上父亲就到母亲的卧室里去了，并且跟她单独在一起坐了很久。谁也没有听见他对她谈了些什么，不过母亲不再哭了。她安静下来，吩咐仆人给她送早点，但她没有走出房间，也没有改变自己的主意。我记得，这天我整日无目的地踱来踱去，但没有到花园里去，也没有朝那间厢房瞥过一眼，可是傍晚时分我却成了一件咄咄怪事的见证人：我的父亲拉着马列夫斯基伯爵的胳膊穿过大厅，来到了前室，他当着一个仆人的面冷冷地对他说："几天前，阁下在某人家里接到过逐客令，不过现在我不打算跟您进行一番解释性的谈话，可是我荣幸地通知您，假如您再上我这儿来，我就要把您从窗口里扔出去。我不喜欢您的笔迹。"伯爵低下了头，咬紧了牙关，缩紧了身子，溜走了。

我们开始收拾行装搬回城里，我们在阿尔巴特街有一所房子。父亲本人大概也已经不想再住在别墅里了；可是看来，他已经劝阻了母亲不再扩大事态。一切都悄悄地、不慌不忙地进行着。母亲甚至吩咐仆人去问候公爵夫人，向她表示歉意，说她由于身体不好，不去向她辞行了。我像狂人般地四处走着，我只有一个希望：让这一切尽快地结束。当时有一个念头一直在我的脑海里萦回着：她这位年轻的小姐怎么能——嗯，还是个公爵小姐呢——下决心这样做，既然她知道我父亲是个有妻室的人，她可以出嫁，比方说，哪怕嫁给别洛夫佐罗夫？ 她指望什么呢？ 怎么不怕毁了自己的前程呢？ 我心想，是啊，这就是爱情嘛，这就是热烈的爱情，这就是无私的爱情……我记起了卢申的一句话：为别人而牺牲自己是快乐的。不知怎么的命运让我看见了一样白色的东西停留在厢房的一扇窗口上……"莫非这就是齐娜依达的脸？"我心想……这的确是她的脸。我实在忍不住了。我不能不跟她告别一下就和她分手。我找了个适当的时机，到厢房里去了。

公爵夫人在客厅里用她平日那种随随便便、不大客气的态度接待了我，向我问好。

“这是怎么回事，少爷，你们这么早就忙着搬回去？”她低声说，一边把鼻烟盒塞到鼻孔里去。

我瞅了她一下，心里觉得轻松了。菲里普说的期票这个词儿我听了很难过。她倒一点也不起疑心，至少我当时有这种感觉。齐娜依达从隔壁房间里出来了，她穿了一件玄色连衫裙，脸色惨白，头发披散着；她默默地抓住了我的手，拉着我走了。

“我听到了您的声音，”她开腔了，“我立刻就走了出来，好狠心的孩子，您就那么轻易地离开我们啦？”

“我是来跟您告别的，公爵小姐，”我答道，“大概我们要永别了。您也许听说了，我们要搬回城里去。”

齐娜依达凝神地望了我一下。

“是啊，我听说了。谢谢您的光临。我已经认为再也见不到您了。我有什么对不起您的地方，请原谅。我有时使您很难堪，可我毕竟不是您所想象的那种人。”

她掉转身去，靠在窗口上。

“真的，我可不是那种人。我知道我给您的印象很坏，您鄙视我。”

“我？”

“是的，您……您。”

“我？”我伤心地又说了一遍，在她那令人神往的、无法形容的魅力的影响下，我的心又像以前那样颤栗起来了。“我？请您相信，齐娜依达·亚历山德罗夫娜，不管您做过什么，也不管您怎样使我难堪，我都会爱您的，崇拜您的，直到我生命的最后一刻。”

她倏地向我转过身来，大大地张开了两臂，抱住了我的头，紧紧地、热烈地吻我。老天知道，这一告别的长吻是针对谁的，可我已经饱尝了它的甜蜜，我知道这样的亲吻再不会有第二次了。

“再见，再见。”我连声说……

她挣脱了身子就走了。我也离开了厢房。我无法表达我离去时的心情。我并不希望将来有一天再会有这样的心情，可是如果我从来没有体验过这种心情，那我就会认为自己是个不幸的人了。

我们搬到城里去了。我没能很快忘却过去，也没能立刻着手复习功课。我的创伤是慢慢地愈合的，不过说真的，我对父亲没有任何恶感。相反地，他在我的心目中似乎更高大了……让心理学家凭着他们的知识来解释这种矛盾心理吧。有一次，我在一条林荫道上走着，遇见了卢申，心里真有无法形容的高兴。我喜欢他那率直真诚的性格，而且就凭他在我心里唤起的回忆这一点，我也觉得他是个可敬可亲的人。我向他奔了过去……

“啊呀！”他低声说，皱了皱眉头。“是您啊，年轻人！ 让我瞧瞧您。您脸色仍然发黄，可是眼睛里毕竟没有以前那种邪气了。您看起来像个大人了，不像一条看家狗。这很好。嗯，您怎么样？ 在埋头用功吗？”

我叹了一口气。我不愿扯谎，可我又不好意思说实话。

“嗯，没有关系，”卢申继续往下说，“别害怕。最重要的是应该过正常的生活，别沉醉在迷恋中。否则，有什么好处呢？ 不管浪头把您卷到哪儿去，还不是一样糟。一个人哪怕站在石头上，也要靠自己的两只脚站得稳。我要咳嗽一下……可是别洛夫佐罗夫的情况您听说过吗？”

“怎么回事？ 没有听说过。”

“他杳无音讯，不知去向了。据说，他到高加索去了。年轻人，这对您倒是个教训。全部问题在于不会及时抽身，冲破罗网。您似乎顺利地脱身了。要当心，可别再自投罗网了。再见。”

“我不会陷进去了……”我心想。“我再也不会见到她了。”但是命中注定，我又一次见到了齐娜依达。

二十一

我父亲每天骑着马出去。他有一匹棕灰色带斑纹的英国良种马，脖子又长又细，腿也很长，它不知疲劳，生性凶猛。大家管它叫爱列克特里克。除了父亲，谁也无法骑它。有一次父亲情绪很好地来到我跟前，他好久没有这样高兴过，他准备骑马出去，已经戴上了马刺。我请求他带我一起去。

“那我们最好去玩跳背游戏，”父亲回答我说，“否则你骑着自己那匹德国马，是跟不上我的。”

“我会跟上的，我也把马刺戴上。”

“嗯，那也好。”

我们出发了。我骑着一匹黑色长毛矮种马，四腿粗壮有力，跑得相当快。诚然，当爱列克特里克快速奔驰的时候，它就不得不拼命地赶了。可我毕竟没有落在后面。我没有见过像我父亲那样的骑手；他骑在马上显得那么英俊，那么潇洒，那么灵活，甚至连他的坐骑似乎也有这种感觉，并且还以他为荣呢。我们跑过了所有的林荫道，来到了一片少女地[1]，还跳过了几道栅栏（开头我不敢跳过去，可是父亲瞧不起胆小的人，于是我不再害怕了），两次涉过莫斯科河，我还以为我们要回家了，何况父亲说我的马累了，可他忽然掉转马头离开了我，折向克里米亚浅滩那边，并且沿着河岸疾驰而去。我在后面拼命地追赶他。当跑到了一个堆得很高的旧木料堆跟前时，他倏地从爱列克特里克的鞍子上跳了下来，叫我也下马，他把马的缰绳交给了我，要我在木料堆旁边等他，而他自己却拐进一条小巷不见了。我牵着两匹马，沿着河岸走来走去，嘴里骂着爱列克特里克。它一边走，一边不时地摇晃着脑袋，抖动着身子，喷着鼻息，尖声嘶叫；等到我站住了，它就用蹄子轮流地刨土，还咬那匹德国马的脖子，刺耳地嘶鸣着，总之，它处处显示自己是一匹被惯坏了的 pursang[2]。父亲还没有回来。河面上冒出一股令人难受的潮气；天空中悄悄地下起了蒙蒙细雨，在那些我感到非常厌恶的、笨重的灰木料上面出现了许多小黑点（我在那些木料旁边来回走了好多次）。我烦躁不安，可是父亲还没有回来。一个芬兰籍岗警，浑身也是灰扑扑的，头上戴着一顶样子像瓦罐似的很大的旧高筒军帽，手持一根长柄戟，（我心想：莫斯科河河岸上为什么要设岗警！）走到我身边来了，他把那张老太婆似的、满是皱纹的脸朝着我，低声说道：

“少爷，您牵着两匹马在这儿干什么？ 让我来替您牵着吧。”

我没有答理他；他向我讨烟抽。为了摆脱他的纠缠（再说，我也等得不耐烦了），我朝父亲行进的方向走了几步，后来我穿过那条小巷，走到尽头，在拐角上转了一个弯，就站住了。我父亲背对着我站在街上

---

① 系莫斯科郊外的一片平坦的田野。
② 法语：纯种马。

一座小木屋的一扇打开着的窗子跟前，离我约莫有四十步远，他把胸部靠在窗台上。在那座小房子里坐着一个穿黑色连衫裙的女人，半个身子给窗帘遮住了，她正在跟父亲谈话，这个女人就是齐娜依达。

我愣住了。说真的，这件事我怎么也没有料到。我第一步就打算逃开。“父亲会回过头来的，”我心想，“那我就糟了……”可是一种古怪的情感，一种比好奇心更强烈，甚至比妒忌、比恐惧更强烈的情感阻止了我。我开始观察着，聚精会神地细听着。父亲好像坚持着什么主张。齐娜依达却不同意。她那张脸现在还历历在目。这是一张忧郁、严肃、俏丽的脸，脸上流露出无法用笔墨形容的忠贞不渝、悲伤、爱恋，以及某种失望的神情，我简直找不出别的字眼来描绘了。她说的都是些单音节的字，她没有抬起眼来，只是莞尔微笑——顺从地、固执地微笑着。单凭这一微笑，我就认出了我那从前的齐娜依达。父亲耸了耸肩，整了整头上的帽子——这些动作一直是他表示极不耐烦的特征……接着我听到了这句话：“Vous devez vous séparer de cette ...①”齐娜依达挺直了身子，伸出了一条胳膊……忽然在我眼前发生了一件令人不可思议的事：父亲忽然举起那条他用来拍掉自己常礼服下摆上灰尘的短皮鞭，接着我听到了他在她那裸露到臂肘的胳膊上猛地一抽的鞭打声。我勉强忍住了，没有喊叫起来。可是齐娜依达全身一震，默默地瞥了一下我的父亲，慢慢地把自己那条胳膊举到了唇边，吻了一下胳膊上那条发红的鞭痕。父亲把那条短皮鞭扔在一边，急忙跑上台阶，冲进木屋里去了……齐娜依达转过身去，张开两臂，把头向后一仰，也从窗口走开了……

① 法语：您应当离开这个……

我惊呆了，连气都喘不过来，心里怀着困惑莫解的恐惧跑回去了。我穿过小巷（差点儿把爱列克特里克放走了）返回到河岸上。我什么都弄不清楚。我知道我那一向冷静沉着的父亲有时也会大发脾气，但是我毕竟怎么也无法理解我所看到的这一情景……可我这时还感觉到，不管我活多久，要我忘记齐娜依达的这一动作、她的目光和微笑是永远也不可能了。她的形象，这个新的、突然呈现在我眼前的形象，永远铭刻在我心上了。我茫然望着河面，眼泪不知不觉地涌了出来。“她挨打啦，”我心想，“挨打啦……挨打啦……”

“喂，你怎么啦，把马给我牵来！”在我身后响起了父亲的声音。

我机械地把缰绳交给了他。他一纵身就骑上了爱列克特里克……这匹冻僵了的马举起了前蹄，向前跳了一俄丈半……可是父亲很快就制服了它；他用马刺刺了一下它的腹部，拿拳头揍了一下它的脖子……“哎哟！短皮鞭没有了，”他嘟哝了一句。

我记起了刚才这条短皮鞭的刺耳的抽打声，不禁哆嗦了一下。

“你把它放到哪儿去了？”过了一会儿，我问父亲。

父亲没有回答我，他策马往前疾驰而去。我赶了上去。我一定要看看他的脸色。

“我不在，你觉得无聊吧？”这句话从他的牙缝里迸了出来。

“有点儿。你把自己的短皮鞭失落在哪儿了？”我又问他。

父亲倏地瞥了我一眼。

“我没有失落，”他低声说，“我把它扔了。”

他沉思起来了，低下了头……这当儿我第一次，几乎也是最后一次看到，他那张严肃的面孔能够流露出多少温柔和怜惜之情。

他又疾驰而去，我再也追不上他了。我比他迟了一刻钟才回到家里。

“这就是爱情吗，”夜里我坐在已经开始摆上笔记本和书籍的写字台前面，又自言自语地说着，“这就是热烈的爱情。一般说来，遭到不管什么人的鞭打……或是最亲爱的人的鞭打，怎么能不气愤，怎么能忍受得了呢！但看来是可能的，假如你产生了爱情……可我呢，我就想象着……”

最近一个月来，我老练得多了。我觉得我那蕴涵着各种激动情绪和痛苦的爱情同另一种我所不知道的，几乎无法想象到的，而且像一张我竭力想在朦胧中看清楚、但却未能如愿以偿的美丽而威严的陌生面孔那样使我害怕的东西比起来，我发现我的爱情竟然如此渺小，如此幼稚，如此可怜！

当天夜里我做了个奇怪而又可怕的恶梦。我梦见自己走进一间低矮而昏暗的屋子……父亲手里拿着一条短皮鞭站在那里，还不时地跺着脚；齐娜依达紧挨着角落——一条发红的鞭痕不是在她的胳膊上，而是在她的额头上……浑身鲜血淋淋的别洛夫佐罗夫在他们俩背后站了起来，他张开着苍白的嘴唇，愤怒地威吓着父亲。

两个月后我上大学了。又过了半年，我的父亲在彼得堡（因中风）去世了，这是在他跟母亲和我刚搬到那儿不久。在他去世前几天，他收到了一封从莫斯科寄来的信，这封信使他异常激动……他向母亲去请求过什么，据说，他——我的父亲——甚至哭了！他在中风那天早晨，还用法语给我写信，只是刚起头：“我的孩子，”他在信上给我写道，“对女人的爱情，对这种幸福，对这种有害的东西你要存有戒心……”他去世以后，母亲寄了一笔数目相当可观的钱到莫斯科去。

二十二

四年过去了。我刚从大学毕业，还不大知道我应该做什么，从何着手，应该从事哪一种工作。眼下我还闲着，无事可干。有一天傍晚，天气很好，我在剧院里遇见了马依达诺夫。他已经结婚，有了差事，可我看不出他身上有什么变化。他还是那样莫名其妙地一会儿显得兴高采烈，一会儿又那么出乎意外地沮丧起来。

“您可知道，”他对我说，“顺便告诉你一下，多尔斯基太太在这儿。”

“哪个多尔斯基太太？”

“难道您忘了吗？ 就是以前那位公爵小姐扎谢金娜，我们都热恋过她，您也不例外。您可记得涅斯库奇内公园附近的那座别墅吗？”

“她嫁给了多尔斯基？”

“对呀。”

“她在这儿吗？ 在剧院里？”

“不，她在彼得堡，几天前她才到这儿，打算出国去。”

“她的丈夫是个什么样的人？”我问道。

“一个非常好的年轻人，很有钱。是我在莫斯科时候的同事。您可知道，自从发生了那场风波以后……这一切您一定知道得很清楚（马依达诺夫意味深长地笑了笑）……她好不容易为自己物色到了一个丈夫；总算有了归宿……不过凭她的聪明才智，一切都是能办到的。您上她那儿去走走吧，她见到您一定会很高兴的。她比以前更漂亮了。”

马依达诺夫给了我齐娜依达的地址。她住在迪米尤思旅馆。旧日的回忆在我心头涌了起来……我决定第二天去拜访我从前的“恋人”。可是碰上一些事情，耽搁了一星期，又耽搁了一星期，后来我终于到迪米尤思旅馆去了，我在打听多尔斯基太太的时候，这才知道她四天前几乎是突然地因难产而去世了。

我心里仿佛有个东西撞击了一下。我本来能够见到她，但没有见到她，往后我永远也见不到她了——这个念头，这个令人痛苦的念头狠狠地、令人无法反驳地责备着我，深深地刺痛了我的心。“她死了！”我呆呆地望着看门人，又说了一遍，就慢腾腾地走出旅馆，来到街上，自己也不知道往哪儿走。一切往事一下子浮现在我的眼前了。原来那年轻的、热情奔放的、光辉灿烂的生命就这样结束了！原来这就是她急切而不安地努力追求的目标吗？我这样想着，我想象着那可爱的面容、那双眼睛、那头鬈发如今都安放在埋葬在黑暗而潮湿的地底下的一具狭窄的棺木里了。——就在这儿，离现在还活着的我不远，也许离我父亲也只有几步路……我想着这一切，我全神贯注地想象着，而同时

从那生疏冷漠的嘴里我得悉了她死亡的噩耗，
我也生疏冷漠地听着这一消息……①

这些诗句在我心灵里响了起来。啊，青春啊！青春！你什么都不关心，仿佛你拥有宇宙间的一切宝藏，甚至忧愁也使你感到安慰，甚至悲伤对你也很适用，你自信而又果断，你说：看哪，只有我才活着！你

① 引自普希金的诗《在她祖国蓝天下》（1826 年）。

的日子一天天流逝着，消失得不留一丝痕迹，数量之多也无法计算。你身上的一切宛如阳光下的蜡和雪一般……慢慢在溶化，或许你的魅力的全部奥秘不在于你能做一切，而在于你能够认为一切你都能做到；——正是在于你白白地浪费了精力，你不善于把精力用在其他方面；——也正是在于我们每个人都认真地以为自己是个浪费者，认真地以为自己有权利说："啊，要是我不白白地浪费了时间，那我什么都能做得到！"

就拿我来说吧……当我仅仅用叹息声和凄凉的心情好不容易地送走我那昙花一现的初恋的幻影时，我指望过什么吗？我期待过什么吗？我预见过什么辉煌的前程吗？

我所希望的一切有多少实现了呢？现在，当黄昏的阴影已经开始笼罩我的生命的时候，对于我来说还有什么比那飞快地消逝的晨雨春雷的回忆更新鲜、更珍贵的呢？

可是我何必诽谤自己呢。当时，在那不知忧虑的青年时代，对那向我呼吁的悲伤的声音，对那从坟墓里传来的庄严的声音，我并不是充耳不闻、无动于衷的。我记得，在我得悉齐娜依达的噩耗那天之后，又过了几天，我在一种不可克制的感情冲动下自愿地去吊唁跟我们同住在一所宅子里的一个贫苦的老妇人。她身上盖着破烂儿，躺在坚硬的木板上，头下枕着一只布袋，死得很困难，也很痛苦。她一辈子为每天的生活而痛苦地挣扎着。她既不知道欢乐，也没有尝过幸福的甜味——由此看来，她怎么会不乐于一死，不乐于解脱和安息呢？然而当这个老妇人的衰老的身体还在硬撑着，她那有一只冰冷的手压在上面的胸脯还在痛苦地起伏着，而她还没有丧失掉最后一丝力气的时候，——她还一直在画十字，还在不断地低声说："上帝啊，宽恕我的罪孽吧……”她眼睛里那害怕死亡的恐惧表情只是随着意识的最后几朵火花的熄灭而消失的……我记得就在这儿，在那贫苦的老妇人的床边，我替齐娜依达担忧起来，我要为她、为父亲、也为我自己而祈祷了。

一八六〇年

春　潮

苍　松译

欢乐的岁月，
幸福的日子——
光阴如春潮般
飞也似的流逝！
——引自古抒情诗

……深夜一点多钟，他回到了自己的书斋。他打发点燃了蜡烛的仆人出去，便急忙在靠近壁炉的一把圈椅里坐下，用双手捂住了脸。

他还从来没有感到过如此疲乏——肉体和精神的疲乏。他跟讨人喜欢的女士们和有学问的先生们一起度过了整个晚上。这些女士里面有几个长得很俊；那些先生们几乎都是才智出众的；他自己也能说善辩，甚至显得才华横溢……虽然如此，罗马人曾经说过的“taedium vitae”，“对生活的厌恶”，还从来没有以如此不可抗拒的力量攫住了他，使他透不过气来。要是他年纪轻些，他就会苦恼、烦闷和愤恨得哭起来；一种像苦艾那么辛辣的、火燎般的苦味，充满了他的整个心灵。一种令人讨厌甚至于厌恶、引起反感和沉痛的东西，犹如秋天的沉沉黑夜从四面八方把他团团地围住了；他不知道怎样摆脱这片黑暗，摆脱这个痛苦。别想睡啦：他知道他是睡不着的了。

他沉思起来……慢条斯理地、没精打采地、愤恨地沉思起来。

他想到了人生的空虚与无益，想到了人情的庸俗虚假。他的一生一幕接一幕地在他脑际浮现出来（前不久他刚满五十二岁），觉得他做的事没有一件是可以宽恕的。总是竹篮打水一场空，总是木槌捣水白费劲，总是半诚心半有意地自欺自慰，——只要孩子不哭，拿什么哄他都行，——突然间，正如雪片飘落在头上一样，暮年来临了。随之而来的是对死亡的恐惧，这种恐惧将会不断地增强、腐蚀、损害……终于扑通一声掉入深渊！要是生命就这样结束，那倒还算侥幸！不然的话，大概在生命结束之前，像铁生锈一般，疾病和痛苦就会袭来……在他看来，生命的海洋不是像诗人所描写的那样波涛汹涌：不；在他的想象中，这个海洋是风平浪静、凝然不动的，清澈透明，连黑魆魆的海底也望得见；他本人坐在一只晃荡着的小舟上，下面，在这黑魆魆的积满淤泥的海底里，影影绰绰地显现出一些形似大鱼、狰狞可怖的怪物，这便是人生所常有的一切苦难、疾病、不幸、狂妄、贫穷、盲目……他瞧着：其中一个怪物从黑暗中出现，它浮游上来，浮游得越来越高，越来越清楚可见，越来越令人厌恶地清晰……再过一会儿，小舟就要被它掀翻！可是，瞧，它好像又变得暗淡了，它游走了，往海底沉下去了——蜷伏在那里，微微甩动着尾鳍……但是那注定的日子必将到来，这个怪物会把小舟掀翻的。

他摇摇头，从圈椅里霍地站了起来，在书斋里来回踱了一阵，坐到书桌前面，把抽屉一只一只打开，在纸堆里——多半是妇女写来的旧信札中翻寻起来。他为什么要这样做，连他自己也不知道。他并不寻找什么东西，只不过想找些事情做做罢了，为的是撇开那些弄得他苦恼不堪的思想。他随手展开了几封信（其中一封信里夹了一朵枯萎了的花，用一条已经褪了色的绸带扎着），——他只耸耸肩膀，向壁炉投了一瞥，就把这些信丢在一旁，大概打算烧毁这些废纸。他的双手慌乱地忽而伸入这只抽屉，忽而伸入另一只抽屉；他忽然睁圆了眼睛，慢条斯理地拿出一只旧式八角小盒来，又慢条斯理地掀开盒盖。在这只盒子里，上面铺了两层已经发黄的棉花，底下放着一个石榴石小十字架。

有一会儿工夫，他流露出困惑的神情，细瞧着这个小十字架，——突然轻轻地叫喊一声……他脸上现出了一种不知是悔恨还是喜悦的表情。只有这样的人脸上才会有这种表情：他无意间与一个人久别重逢，这个人他曾经热烈地爱过，现在忽然出现在他面前，人就是那个人，可是年岁使她完全变了样。

他站了起来，回到壁炉跟前，又坐到圈椅里，又用双手捂住了脸……“为什么今天？ 恰恰是今天？”他心里寻思着，于是想起了许多早已过去的事情。

以下就是他的回忆……

可是首先得介绍一下他的名字、父称和姓。他叫萨宁，德米特里·巴甫洛维奇。

以下就是他的回忆：

一

事情发生在一八四〇年夏天。萨宁刚满二十二岁，他从意大利回俄国途中，路过法兰克福。他有一份并不丰厚的财产，但他几乎孑然一身，靠这份财产就能过闲居生活。一个远亲去世了，他得到了一笔几千卢布的遗产——他拿定了主意，要在进机关之前，也就是趁现在还没有公务羁身的时候，到国外去把这笔遗产花掉。若是不进机关工作，他要过富裕的生活是不可能的。萨宁完全实现了他的心愿，他安排得这么妥帖，在他到达法兰克福那一天，剩余的钱恰好够他用到彼得堡。一八四〇年铁路还很少，旅游者都只好乘坐公共马车。萨宁定了一个beiwagen[①]的座位；可是公共马车要到夜里十点多钟才启程。时间还很充裕。幸而天气非常好。萨宁在一家当时很著名的“白天鹅”饭店里吃了饭后，便在城里漫步闲游。他顺便去看了丹内克尔的阿丽阿德内[②]，他不大喜欢这个雕像。他参观了歌德纪念馆，不过他只读过这位诗人所作的《少年维特的烦恼》——而且还是法译本；他在美因河畔散步，感到寂寞无聊，一个规规矩矩的游客总是如此；到傍晚五点多钟，他终于觉得疲乏了，脚上沾满了灰尘，来到了法兰克福的一条最冷落的小街。后来这条街在他的记忆里经久不忘。街上只有几所房屋，他看见其中的一所房屋上有一块招牌，上面写着“意大利糖果店，乔瓦尼·罗泽利记”字样。萨宁走了进去，想喝一杯柠檬水。店堂里摆着普通的柜台，柜台后面有一个油漆过的柜子，柜子里的隔板上排列着几只贴着金色标签的瓶子和只数相同的装满了面包干、巧克力饼和水果糖的玻璃罐，使人觉得像是一家药房。这间屋子里阒无一人；只有一只灰猫躺在窗旁的一把高背藤椅上，眯缝起眼睛，喉咙里呼噜作响，用爪子搔着藤椅，——一只雕花的木篮倾覆在地板上，旁边有一大团红色的毛线，在那西斜的夕阳余晖里闪耀着红艳艳的光彩。隔壁屋子里传来一阵含

---

① 德语：拖车。

② 封·丹内克尔(1758—1841)：德国雕塑家，《骑在豹上的阿丽阿德内》这座雕像是他的杰作。

混不清的声音。萨宁站了一会儿，让门上的铃声停止后，他就提高了嗓音问："这里有人没有？"这当儿，隔壁屋子里的门开了——萨宁不由得怔住了。

二

突然有一个约莫十九岁的少女跑进店堂里来了，她那深色的鬈发纷披在裸露的两肩上，那光着的两臂向前直伸着。一见到萨宁，她立刻就向他奔了过来，一把抓住了他的手，要把他拉走，一边用气急败坏的声音说："快啊，快啊，到这里来，救救吧！"萨宁没有立刻就跟随这个少女走，不是不肯听她的话，只是由于他过于惊讶而仿佛愣住了：他生平没有见过这样美貌的女子。她向他转过身来，——从她的嗓音里、目光里以及那只握得紧紧的、哆哆嗦嗦地举到了苍白的脸颊前面的手的动作上，都流露出那么悲伤绝望的情绪，——说："您走啊，您走啊！"于是他赶紧跟着她冲进那开着的门里去了。

在他跟着那少女跑进去的一间屋子里，有个约莫十四岁的男孩子躺在一张旧式的马鬃沙发上，他跟那少女的面貌活脱儿一样，显然是她的兄弟。这个男孩子的脸色十分苍白——苍白中略微带黄，像蜡或古老的大理石。他双目紧闭，那乌黑浓密的头发投下的一片阴影，覆盖在化石般的前额上和凝然不动的细长的眉毛上，像一片黑斑；发青的嘴唇下面露出一排咬得紧紧的牙齿。他好像已经没有气息了。一只手垂到了地板上，另一只手垫在脑后。这个男孩子身上穿着外套，扣上了扣子，一条狭窄的领带勒紧了他的脖子。

那少女一边号啕大哭，一边向他扑去。

“他死了，他死了！”她高声叫道。“刚才他还坐在这儿，跟我说话——忽然倒下不动了……天哪！难道不能救了吗？妈妈又不在家！潘塔莱昂纳，潘塔莱昂纳，大夫怎么啦？”她忽然用意大利语补了一句：“你去请过大夫没有？”

“小姐，我没有去，我叫露依莎去请了。”门外响起沙哑的声音。一个小老头儿穿一件黑钮扣的淡紫色燕尾服，系着高高的白领结，穿一条过短的黄色土布裤和一双蓝色羊毛长袜，瘸着两条弯腿走进屋子里来了。他那瘦小的脸盘在一大堆铁灰色的头发覆盖下一点儿也看不见了。这头铁灰色头发笔立直竖，一绺绺乱蓬蓬地倒垂下来，这使小老头儿活像一只凤头母鸡，尤其惊人地相似的是：在一大堆深灰色乱头发的覆盖下，只能看见尖鼻子和一双滴溜圆的黄眼睛。

“露依莎跑得快些，我不能跑啊。”小老头儿用意大利语继续往下说，一边轮流地抬起他那双患痛风的平脚，脚上穿的是一双打着小花结的高帮鞋。“我把水拿来了。”

他那干瘪的、骨节粗大的指头紧紧地握住了细长的瓶颈。

“可是埃米略现在会死的！”少女大声叫道，一边把双手伸向萨宁。“啊，我的先生，o mein Herr！难道您不能救救他吗？”

“得给他放血，这是中风。”这个名叫潘塔莱昂纳的小老头儿说。

虽然萨宁对医学一窍不通，可是有一点他确实知道：一个十四岁模样的男孩子不会中风。

“这是昏厥，不是中风。”他对潘塔莱昂纳说。“你们有刷子吗？”

小老头儿稍微仰起了他的小脸盘。

“什么？”

“刷子，刷子，”萨宁用德语和法语说，“刷子，”他补了一句，做出刷自己衣服的样子。

小老头儿终于明白了他的意思。

“啊，刷子！Spazzette！怎么会没有刷子！”

“都拿到这里来；我们把他身上的常礼服脱下，然后我们替他摩擦。”

“好……benone！头上不用浇水吗？”

“不用……以后再说；现在您快去拿刷子。”

潘塔莱昂纳把瓶放在地板上，就跑出去了；他很快就拿着两个刷子回来了，一个是刷头的，另一个是刷衣服的。一只卷毛狮子狗跟着他跑了进来，一个劲儿摇着尾巴，好奇地打量着小老头儿和那个少女，甚至还打量着萨宁，好像它很想知道这样的惊慌是为了什么。

萨宁利索地把这个躺在沙发上的男孩子身上的常礼服脱下，解开领子的钮扣，把他的衬衫袖子卷起，就拿起刷子开始用足力气给他摩擦胸部和两臂。潘塔莱昂纳用另一个刷头的刷子也那么用力地在他靴上和裤上摩擦。那少女急忙在沙发旁边跪下，用双手抱住了她的兄弟的头，眼睛盯住他的脸，连眼皮也不眨一下。

萨宁一面摩擦，一面打眼梢向她斜溜一眼。天哪！这是个多么漂亮的美人啊！

三

她有一个稍微大些、但却很美的鹰钩鼻，上唇汗毛微黑，像一抹淡淡的阴影；可是脸上肤色匀净，没有光泽，完全和象牙或乳白色的琥珀一样；她的头发那波浪般的光泽像毕蒂宫里阿洛里的《朱迪斯》[①]——特别是那双眼睛，深灰色的，眼珠周围有一条黑边，非常美丽、含有洋洋得意的神情，——甚至现在，恐惧和悲伤使这双眼睛黯然失色的当儿……萨宁的思想不由得飞驰到他刚离开的那个美丽的国家……可他在意大利也没有见过这样的美人儿！ 那少女的呼吸又稀又不匀；好像她每次都等待着：她的兄弟缓过气来没有？

萨宁继续给他摩擦；可他不仅仅瞧着少女一个人。潘塔莱昂纳的奇特模样也引起了他的注意。老头儿没有一丝力气了，气喘吁吁；他用刷子每擦一下，就跳一跳，刺耳地呻吟一下，那一大堆被汗浸湿的乱头发，沉甸甸地摇来晃去，像是用水洗过的粗壮的植物的根。

“至少要把他的靴子脱掉。”萨宁想要对他说……

大概眼前发生的异常景象使那条卷毛狮子狗不安了。它忽然用前脚伏在地上，汪汪地吠叫起来。

“Tartaglia-canaglia！”[②]老头儿低声呵斥它……

可是，这当儿少女的面容起了变化。她扬起双眉，眼睛睁得更大，闪耀着喜悦的光辉……

萨宁回头打量了一下……那个年轻人脸上泛红了；眼皮闪动起来……鼻孔也翕动起来。他从还咬紧着的牙缝里吸入一口气，又吐出来……

“埃米略！ ……”少女大声叫道。“Emilio mio！”[③]

---

① C·阿洛里(1577—1621)：佛罗伦萨画派画家亚历山大·阿洛里的儿子，也是个画家，《朱迪斯》是他的最著名的作品，藏于佛罗伦萨毕蒂宫。
② 意大利语：塔尔塔利阿——坏东西！
③ 意大利语：我的埃米略！

那双乌溜溜的大眼睛慢慢地睁开来了。它们还是呆滞地瞧着，但已经露出了笑意——微弱的笑意，那笑意移到苍白的嘴唇上。接着他把那只垂着的手动了一下，用力地举起，按在胸口上。

“埃米略！”少女又叫喊一声，站了起来。她脸上的表情是那么强烈，那么鲜明，似乎顷刻之间不是眼泪夺眶而出，就是纵声大笑起来。

“埃米略！ 怎么回事啊？ 埃米略！”门外传来了一阵声音。一个服装整洁、银灰色头发、面孔黝黑的妇人急煎煎地走进屋子里来了。在她后面跟随着一个上了年纪的男子；一个女佣人的脑袋在他肩后闪现了一下。

少女迎着他们奔上前去。

“他已经得救了，妈妈，他活着哪！”她高声说，慌忙搂住了进来的那个妇人。

“怎么回事啊？”那妇人又问。“我回家来……忽然碰见大夫先生和露依莎……”

少女开始把事情的经过讲述了一遍。大夫走到病人跟前去了，病人神志越来越清醒，一直在微笑，因为闹得大家虚惊一场，他似乎害臊起来。

“我明白，你们拿刷子给他摩擦过了。”大夫对萨宁和潘塔莱昂纳说。“你们做得非常好。这个办法很好……现在咱们来瞧瞧，还需要什么治疗……”接着便按年轻人的脉搏。“嗯！ 把舌头伸出来！”

那个妇人关切地俯下身去瞧他。他流露出更坦率的微笑，抬起眼看着她，一下子脸红了……

萨宁想到了，他不必再待在这里，就向店堂走去。可是他还没有握住那临街的门的把手，那少女又来到了他跟前，拦住了他。

“您要走啦，”她说，一边亲切地打量着他的脸，“我不留您，可是今晚您一定要来。我们十分感激您，可以说，是您救了我兄弟的命。我们要谢谢您，这是妈妈的意思。您可要告诉我们，您是谁，您一定要来和我们一起欢叙……”

“可是我今天要到柏林去。”萨宁结结巴巴地说。

“您还来得及的，”少女明确地表示了不同的意见，“过一小时，请您来跟我们一起喝杯可可茶。您答应吗？我还得去照顾我兄弟！您来吗？”

萨宁该怎么办呢？

“我会来的。”他回答说。

美人儿倏地握了握他的手，便翩然而去。萨宁不知不觉地来到了街上。

四

一个半小时后，萨宁又到罗泽利的糖果店去了，他在这儿受到了亲人般的款待。埃米略坐在替他摩擦时躺着的那张沙发上；大夫给他开了一张药方，并叮嘱要“多加小心，不让他受刺激”，因为他是个神经质的人，有患心脏病的征象。他以前已经昏厥过几次，可是他的病还从来没有发得那么长久，那么厉害过。不过大夫说，一切危险都已经过去了。埃米略穿着一件宽大的长褂，对一个刚恢复健康的病人，这是很合适的。母亲替他在颈脖上围了一条淡蓝色的羊毛围巾，但他的神色几乎像过节那样愉快；周围的人也有一股过节般的高兴劲儿。在沙发前面那张圆桌上铺着清洁的台布，摆着一把很大的瓷咖啡壶，壶里盛满了香喷喷的可可茶，周围摆着茶杯、盛满糖浆的细颈玻璃瓶，还有饼干和小白面包，甚至还有鲜花。一对古老的大银烛台上点燃了六支细长的蜡烛。在沙发的一边，有一把伏尔泰式的圈椅张开了它那柔软的怀抱，大家让萨宁坐在这把圈椅里。那天他有机会相识的糖果店里的人都聚集在一起了，连那条卷毛狮子狗塔尔塔利阿和那只猫也都在场；所有的人似乎都有说不出的高兴；卷毛狮子狗快活得甚至直打喷嚏；只有那只猫依然扭捏作态，眯缝起眼睛。大家要萨宁说出他是哪里人，从何处来的，叫什么名字；当他说他是俄国人时，两个妇女都有点儿惊奇，甚至惊叫起来；立刻异口同声地称赞他德语讲得很好；假如他讲法语更方便，那么他也可以讲法语，因为她们母女俩都懂法语，也会讲法语。萨宁立刻接受了这个建议。“萨宁！ 萨宁！”这两个妇女怎么也想不到一个俄国人的姓会这么容易念。她们也很喜欢他的“德米特里”这个名字。那个年长的妇人说，她年轻的时候，听过一出优美的歌剧《德梅特里奥与波利比奥》，可是“德米特里”要比“德梅特里奥”好听得多。萨宁这样谈了一个钟头光景。她们也把自己的生活情况讲给他听。那个银灰色头发的妇人，即母亲，更健谈。萨宁从她口中知道，她的名字叫莱昂诺拉·罗泽利；她的丈夫乔瓦尼·巴蒂斯塔·罗泽利去世后，她做了寡妇。二十五年前，她的丈夫在法兰克福定居下来，他是个制造糖果点心的师傅；乔瓦尼·巴蒂斯塔是维琴察人，为人很好，虽然性子有点儿暴躁，而且骄傲自大。此外，他还是一个共和派呢！ 谈到这些时，罗泽利太太指指那张挂在沙发上面的油画像。应当认为，这位画家“也是共和派”！ 罗泽利太太叹口气说。画得不挺像，因为已故的乔瓦尼·巴蒂斯塔被画得像一个阴郁而严峻的、如里纳尔多·里纳尔迪尼[1]一类的强盗！罗泽利太太本人出生于古老而美丽的城市巴马[2]，那里有个由不朽的柯勒乔[3]画上了彩画的多么奇美的圆顶！但是由于久居德国，她差不多完全德国化了。接着她忧伤地摇摇头，补充说：她只有**这个**女儿和**这个**儿子（她逐个指指他们）；女儿叫杰玛，儿子叫埃米略；他们俩都是很听话的好孩子，特别是埃米略（“我不听话吗？”女儿立刻插嘴说；“啊，你也是共和派！”妈妈回答说）……现在生意当然不如她丈夫在世时那么好了，他在糖果和点心制作方面是个高手（“un grand'uomo！”[4]，潘塔莱昂纳带着严肃的神情附和说）；可是谢天谢地，还过得去！

五

杰玛侧耳听着母亲说话，她忽而笑笑，忽而叹气，忽而在她的肩上抚摸，忽而用指头点点威吓她，忽而瞧瞧萨宁；末了，她站起来，搂住了母亲，吻她的脖子——“颈窝”，母亲因而大笑不止，甚至还尖叫起来。潘塔莱昂纳也被介绍给萨宁。原来，他从前是歌剧院里的一名歌手，唱男中音声部，但他脱离剧院生涯已经很久了，在罗泽利家，他又是朋友，又是仆人。虽然他在德国居住了很久，可是他德语学得很差，只会用来骂人，连骂人的话也是滥用的。他几乎管每个德国人都叫

---

① 《里纳尔多·里纳尔迪尼》（1797 年），是德国小说家符尔皮乌斯（1762—1827）所作的一部最著名的强盗小说。
② 意大利的城市。
③ 柯勒乔（约 1489/94—1534）：文艺复兴时期意大利画家。
④ 意大利语：伟人！

ferroflucto spiccebubbio[①]。他的意大利语说得好极了，因为他是西尼加里亚人，那个地方可以听到 lingua toscana in bocca romana[②]！ 埃米略显然悠然自得，心情愉快，刚脱险或正在恢复健康的人才会有这样的心情，而且，除此以外，从各方面都可以看出，全家的人都宠爱他。他腼腆地向萨宁道了谢，可是他喝糖浆，吃糖果更起劲。萨宁不得不喝了两大杯极可口的可可茶，吃了许多饼干：他刚吃下一块，杰玛又递给他一块——他不好意思谢绝！ 不多久他便觉得像在自己家里一样随便了：时间飞快地流逝着，快得难以置信。他大谈特谈俄国的一般情况、俄国的气候、俄国的社会和俄国的农民——特别是关于哥萨克的情况；也谈到了一八一二年的战争[③]、彼得大帝、克里姆林宫以及俄罗斯歌曲和大钟。两个妇女对我们这个幅员辽阔而遥远的祖国只有一个很模糊的概念；罗泽利太太，或者如大家惯常所叫的，frau Lenore[④]，甚至向萨宁提出了一个使他惊讶不置的问题：上世纪在彼得堡修建的一座遐迩闻名的冰屋还存在吗？ 不久以前，她在已故的丈夫遗留下来的一本书里读到过这样一篇饶有趣味的文章：《Bellezze delle arti》[⑤]，文章中论述了这座冰屋。萨宁感叹地说："难道您认为俄国从来没有夏天吗？！"对这个问题，莱诺雷太太表示异议说，直到现在她想象中的俄国还是终年大雪纷飞，人人都穿皮袄，所有男子都是军人，但却异常好客，所有农夫都是唯命是从的！ 萨宁竭力把更确实的情况讲给她和她的女儿

---

① 德语：该死的骗子（这是读音不准确的德语，准确的应为 verfluchte spitzbube）。
② 意大利语：用罗马口音说的托斯卡纳语。
③ 指一八一二年拿破仑侵俄战争。
④ 德语：莱诺雷太太。
⑤ 意大利语：《论艺术美》。

听。当谈到俄罗斯音乐时，她们立即请他唱一支俄罗斯咏叹调，并向他指指房间里的一架小钢琴，这架小钢琴，白键都是黑的，黑键都是白的。他一口答应了，用右手两个指头和左手三个指头（大拇指、中指和小指）弹钢琴来替自己伴奏，一边用带点儿鼻音的尖细的男高音先唱了《萨腊万》，接着又唱了《走在马路上》。这两个妇女都很赞赏他的嗓子和音乐，更赞赏俄语的柔和与响亮动听，并请他翻译歌词。萨宁满足了她们的愿望。可是，因为《萨腊万》，特别是《走在马路上》（sur une rue pavée une jeune fille allait à l'eau[①]——他这样来表达原作的意思）——这两首歌曲的歌词不能使他的听众充分理解俄罗斯的诗歌，所以他先朗诵，然后翻译，再唱了由格林卡[②]谱曲的普希金的诗：《我记得那难忘的美妙时刻》，他稍微搞错了这首歌的小调的经过句。这一回两个妇女都听得非常高兴，莱诺雷太太甚至发现俄语同意大利语非常相似。“时刻”听起来像是“o，vieni”[③]，“同我”听起来像是“siam noi”[④]，等等。甚至普希金（她念成：普谢金）和格林卡这两个名字，她听起来也觉得很亲切。萨宁也请母女俩给他唱些什么，她们也都一口答应了。莱诺雷太太坐到钢琴后面，同杰玛合唱了几首 duettini[⑤] 和一些 stornelli[⑥]。母亲从前是个优秀的女低音；女儿的嗓音稍微弱些，但也悦耳动听。

---

① 法语：一个妙龄少女走过马路去汲水。
② 格林卡（1804—1857）：俄国作曲家。
③ 意大利语：“啊，来吧。”
④ 意大利语：“这是我们。”
⑤ 意大利语：小二重唱。
⑥ 意大利语：乐段。

六

可是萨宁所欣赏的不是杰玛的嗓子，而是她本人。他坐得稍微靠后些，而且稍微偏些。他暗自思忖，不论哪株棕榈树——甚至在当时流行的诗人别涅季克托夫[①]的诗句里——都不能和她那绰约多姿的体态相比。当她唱到感情洋溢的部分举目仰望的时候，他觉得这样的一瞥，老天爷哪会不感动呢。连潘塔莱昂纳老头儿也把肩膀倚在门框上，把下巴颏儿和嘴埋在宽阔的领结里，认真地听着，流露出知音者的神气——连他也欣赏着那美丽的少女的脸而惊讶不置——他似乎应当看惯了！跟女儿一同唱完了小二重唱，莱诺雷太太便说，埃米略有个好嗓子，真正的银嗓子，可是他现在到了变声的年龄（他说话的声音果然是正在变声的男低音），由于这个原因，他不宜唱歌，但为了对客人表示敬意，潘塔莱昂纳倒是可以卖一下老劲，唱一曲的！ 潘塔莱昂纳马上流露出不满的神色，拧紧了眉头，把头发也搔乱了，说他早已把这个玩意儿抛到九霄云外了，虽然他年轻的时候，对人家的挑战当真不会屈服的——而且一般地说，他是属于那个还存在着真正的古典歌手的伟大时代的，——跟现在的那些尖嗓子绝无相似之处！ 那是一个真正的声乐流派；又说，有一次，在摩德纳，人家曾经为他瓦雷泽人潘塔莱昂纳·契帕托拉举行过授予桂冠的典礼，剧院里甚至还放了几只白鸽；顺便说说，有一个叫塔尔布斯基的俄国公爵——il principe Tarbusski，曾经跟他过从甚密，常常在共进晚餐时邀他到俄国去，答应给他成山的黄

① 别涅季克托夫（1807—1873）：俄国诗人。

金，成山的！ ……可他不愿离开意大利，但丁①的祖国——il paese del Dante！后来，不用说，发生了……不幸的事，他自己不小心嘛……说到这里，老头儿顿住了，低下头去，深深地叹了两口气。他随即又谈起了声乐的古典时代，谈起了著名的男高音加西亚，对这位歌手，他是极其崇拜地怀着无限敬意的。

“真是个了不起的人哪！”他扬声说。“伟大的加西亚——il gran Garcia，从来不把自己的身份贬低到用假嗓子唱歌，就像现今的一些男高音——tenolacci，而完全用胸音，胸音，voce di petto， si！②”老头儿用干瘪的小拳头重重地捶了几下自己的衬衫饰边！ “一个怎样的演员啊！ 一座火山，signori miei③，一座火山，un Vesuvio④！ 我曾经荣幸而幸福地同他一起在 dell'illustrissimo maestro⑤ 罗西尼⑥所作的歌剧《奥瑟罗》中演唱过！ 加西亚演奥瑟罗，我演伊阿古，当他唱了这一句……”

说到这里，潘塔莱昂纳摆出架势，用发抖而沙哑的、但仍然是动人的嗓音唱了起来：

L'i ... ra daver ... so davar ... so il fato

Lo più no ... no ... no ... non temero！⑦

“剧场里震动了，signori miei！可我也不落后；紧接他之后也唱了

---

① 但丁（1265—1321）：意大利的伟大诗人。
② 意大利语：对，用胸音！
③ 意大利语：我的先生。
④ 意大利语：维苏威火山（意大利的一座著名火山）。
⑤ 意大利语：最著名的大师。
⑥ 罗西尼(1792—1868)，意大利歌剧作曲家，其代表作《塞维勒的理发师》，取材于博马舍的剧本，音乐幽默，为十九世纪意大利歌剧的代表作。
⑦ 意大利语：愤怒……命运……我再也不怕！

起来：

L'i ... ra daver ... so daver ... so il fato

Temèr più non dovro! [1]

“他忽然像一道闪电，像猛虎那样地唱道：morro! ... mavendicato ... [2]

“或者，当他唱……当他唱《Matrimonio segreto》[3]中一首著名的咏叹调 pria che spunti[4]……时，这时他，il gran Garcia，紧接着 I cavalli di galoppo[5]这一句之后，接着唱：senz a posa cacciera[6]，你们听，这是多么叫人惊叹啊，com'è stupendo![7] 这时他又唱……”老头儿唱起一种特别的花腔来，唱到第十个音，讷讷起来，清了一下喉咙，把手一挥，扭转头去，嘟嘟囔囔说：“你们干吗叫我痛苦？”杰玛立刻从椅子上站起来，一边猛烈地鼓掌，一边嚷道：“好啊！……好啊！”她跑到这个可怜的退役的伊阿古跟前，用双手温柔地拍拍他的两肩。只有埃米略毫不怜悯地笑起来。拉封丹[8]曾经说过：cet âge est sans pitié——这个年龄没有同情心。

萨宁想要安慰这个年迈的歌手，用意大利语跟他攀谈起来（他在这次旅行中稍微掌握了一些这种语言的知识），他说起“paese del

---

① 意大利语：愤怒……命运……我再也不应该害怕！
② 意大利语：我愿死！……可我先要报仇……
③ 意大利歌剧作曲家契玛罗萨（1749—1801）所作的歌剧《秘婚记》，这是他的代表作。
④ 意大利语：在我上马之前。《秘婚记》里的一句歌词。
⑤ 意大利语：飞驰着的马儿。
⑥ 意大利语：将不停息地奔驰。
⑦ 意大利语：多么出色！
⑧ 拉封丹（1621—1695）：法国寓言诗人。

Dante, dove il si suona" ①。这一句话同 lasciate ognisperanza②，是这个年轻旅游者富有诗意的意大利语的全部知识，可是潘塔莱昂纳并不爱听他的安慰话。他把下巴颏儿比任何时候更深地埋在领结里，愁眉不展地瞪着两眼。他又像一只鸟，而且像一只发怒的鸟——乌鸦，或者鸢吧。这时，埃米略脸上刹那间泛上了淡淡的红晕——这是娇生惯养的孩子们所常有的——向姐姐转过脸去，对她说，如果她愿意给客人助兴，除了给他朗诵一出她朗诵得那么精彩的马尔茨的喜剧外，恐怕她再也想不出更好的办法。杰玛笑起来了，拍了一下兄弟的手，扬声说，他“总是出这个主意”！ 可是她马上就走进自己房间里去，手里拿着一本小书回来，在桌子旁边灯前坐下，朝四下望了望，然后举起一个指头叫大家“静！”——这完全是意大利人的手势——便朗诵起来。

七

马尔茨是三十年代法兰克福的一位作家，他的喜剧篇幅短小，内容轻松，用当地方言写成，以饶有趣味、生动活泼而又幽默（虽然并不深刻）的笔调塑造了当地人物的典型。原来杰玛当真朗诵得很精彩，完全像个演员。她运用同意大利血统一起继承下来的她的脸部表情，把每个人物更突出地描绘出来，并出色地表现出他们的性格；当需要表现一个年老糊涂的老婆子，或是一个愚蠢的市长时，她毫不吝惜自己那清脆悦耳的嗓音和漂亮的容貌，扮出最滑稽可笑的鬼脸，把眼睛眯

---

① 意大利语：但丁的祖国，这句话听起来像俄语“да(对）”的发音。
② 意大利语：抛弃一切希望。

成一条缝，皱起了鼻子，把卷舌音念得含糊不清，尖声怪叫……朗诵时，她一点儿也不笑；可是当听众们（真的，除了潘塔莱昂纳以外，只要她一念到 quel ferroflucto Tedesco①，他立刻就忿忿地走开了），当听众们一齐哄然大笑而打断了她的朗诵时，她便把书放在膝上，前仰后合地哈哈大笑不止，——她那乌黑的鬈发就像一个个柔软的圈圈儿在她的颈脖上和抖动着的肩膀上蹦跳。大笑声一停止，她马上又拿起书，脸上又恢复了恰到好处的表情，认真地朗诵起来。萨宁对她钦佩不已；尤其使他惊讶不置的是，如此理想的美貌忽然表现出这么滑稽可笑的、有时几乎是庸俗的表情，这是多么妙啊！ 杰玛朗诵妙龄少女的角色——所谓 jeunes premières②，朗诵得不那么精彩，特别是恋爱场面她朗诵得不好；她自己也感觉到这一点，所以她朗诵这一场面时，总是带点儿嘲讽的口吻，仿佛她不相信这一切动听的山盟海誓和高尚的言辞，不过作者本人对此也是尽可能加以避免的。

萨宁没有发觉，黄昏已经飞也似的消逝了。钟打了十下，他这才想到该动身了。他像被咬了一口似的霍地从椅子上站了起来。

“您怎么啦？”莱诺雷太太问。

“今天我必须到柏林去，我已经预定了公共马车的座位！”

“公共马车什么时候启程？”

“十点半！”

“哎呀，那您已经来不及了，”杰玛说，“不要走啦……我再念下去。”

---

① 意大利语和德语：一个该死的德国人。
② 法语：主角。

“您把车费全付了呢，还是只付了预定费？”莱诺雷太太关切地问。

“全付了！”萨宁脸上做了个懊丧的怪相，嚷道。

杰玛眯缝起眼睛，把他打量了一下，不禁纵声大笑起来，可是母亲责怪她道：

“这个年轻人白花了钱，你还要笑！”

“不要紧，”杰玛回答说，“这几个钱不会使他破产的，我们好好安慰他。您要喝杯柠檬水吗？”

萨宁喝了一玻璃杯柠檬水，杰玛又开始朗诵马尔茨的喜剧——一切又都非常顺利。

钟打了十二下，萨宁这才向大家告辞。

“现在您一定要在法兰克福逗留几天，”杰玛对他说，“您急急忙忙赶到哪儿去啊？在别的城市里不会有更大的乐趣。”她沉默了一下，又补充说：“真的，不会有的，”说完，微微一笑。萨宁没有作答，他心里寻思着，由于囊空如洗，只好逗留在法兰克福，等待他在柏林的一个朋友给他回信，他要向他借一笔钱。

“不要走，不要走，”莱诺雷太太也喃喃说，“我们要给您介绍一下杰玛的未婚夫卡尔·克吕贝尔先生。他今天没有能够来，因为他店里很忙……您在蔡尔大街上大概看见过一家规模最大的呢绒绸缎店吧！他就是那个店里的总管。不过他会很高兴向您自我介绍的。”

萨宁听到这个消息——天晓得为什么——不觉微微一怔。“这个未婚夫是个幸运儿！”这个念头在他的脑海里闪过。他打量了一下杰玛——他似乎觉得，他在她的眼睛里察觉出一种嘲讽的神色。他开始告别。

“明天来吗？ 明天见，对不对？”莱诺雷太太问。

“明天见！”杰玛不是用询问的语气，而是用肯定的语气说的，好像这是无可置疑的。

“明天见！”萨宁回答说。

埃米略、潘塔莱昂纳和狮子狗塔尔塔利阿都送他到了街角上。潘塔莱昂纳禁不住表示了他对杰玛的朗诵很不满意。

“她多么不害臊呀！ 装腔作势，尖声怪叫，una carricatura![1] 她应该演《梅罗佩》或《克里塔埃姆奈斯特勒》[2]——一出伟大的悲剧，她却滑稽地模仿一个下流的德国女人！ 照这样我也会的……梅尔茨[3]、凯尔茨、斯梅尔茨，”他声音沙哑地补了一句，脸朝前一冲，指头张开着。塔尔塔利阿向他狂吠起来，而埃米略却纵声大笑。老头儿急遽地返身走了。

萨宁回到了“白天鹅”饭店（他已经把行李放在大厅里），心绪十分烦乱。所有那些德语、法语和意大利语的谈话声还在耳边回响。

“未婚妻！”他低声说，已经在他所租的普通房间里的床上躺下了。“真是个美人儿！ 可我为什么不走？”

但是第二天，他给柏林的那个朋友寄去了一封信。

八

他还没有穿上衣服，一个茶役进来通报，说有两位先生要见他。其

---

① 意大利语：一副滑稽相！

② 《梅罗佩》(1713)是意大利文学家兼历史学家马菲(1675—1755)所作的一出著名的悲剧；《克里塔埃姆奈斯特勒》是他所作的另一出悲剧。

③ 潘塔莱昂纳对像梅尔茨一类的作家表示鄙视之意。

中一个原来是埃米略；另一个则是仪表堂堂、身材魁梧、品貌端正的年轻男子，这便是卡尔·克吕贝尔先生，容貌美丽的杰玛的未婚夫。

应当认为，那时在整个法兰克福，不论哪家商店里都找不出一个像克吕贝尔先生那么有礼貌、体面、爱摆架子、殷勤周到的店员头儿。他的服装和他的外貌的尊严、举止的优雅一样，是无可指摘的。诚然，他的举止有点儿古板、拘谨，颇有英国人的派头（他在英国住过两年），但是他的优雅风度毕竟是非常可爱的！第一眼就看得清清楚楚：这个漂亮、有点儿严峻、很有教养、十分整洁的年轻人惯于对上司唯命是从，对下属颐指气使，他站在自己店铺的柜台后面必然引起顾客们的尊敬！他那异乎寻常的诚实是无可怀疑的：只要瞥一眼那浆得硬邦邦的领子就够了！他的嗓音是可以想象得到的醇厚、充满自信而又洪亮，但不是太高，音色中甚至带点儿柔和。这样的嗓音特别适宜于他对手下的店员发号施令："把那匹大红的里昂天鹅绒拿出来瞧瞧！"或者："给这位太太端一把椅子来！"

克吕贝尔先生先作自我介绍，同时以那么优美的姿势弯一下腰，那么动人地把两脚靠拢，毕恭毕敬地碰了碰脚跟，每个人一定都会有这样的感觉："这个人衣着高尚，品德也高尚！"没戴手套的右手是修剪过的（他的左手戴着瑞典手套，拿着一顶光滑如镜的帽子，另一只手套放在帽子里），——这只右手修剪得完全出人意外：每个指甲，从某一点看来，都是完美无缺的。他把这只右手谦恭温雅地、毅然决然地向萨宁伸了过去，然后用德语里最客气的辞句说：他很想对外国先生表示自己的敬意和感谢，因为外国先生曾经对他未来的亲戚，他的未婚妻的兄弟，出过这么大的力；同时他用拿着帽子的左手指指埃米略，后者仿佛害臊起来，扭转脸去，把一个指头放在嘴里，望着窗外。克吕贝尔先生还补充说，如果在他这方面能够做些使外国先生高兴的事，他会觉得很荣幸的。萨宁不无困难地也用德语回答说，他很高兴……他的出力算不了什么……一边请客人们坐。克吕贝尔先生道了谢——转眼间，他已经撩开燕尾服的后襟在椅子上坐下了，他那么轻轻地坐下，又坐得不那么稳，使人不难明白："这个人是为了礼貌才坐下的，马上又会站起来！"果真如此，他马上就翩然站了起来，害羞地迈了两步，好像在跳舞，说他很抱歉，不能久坐，因为他要赶到店里去——生意最要紧嘛！但是，因为明天是星期日，他征得了莱诺雷太太和杰玛小姐的同意，打算到索登去游玩，他不胜荣幸地邀请外国先生一起去，——希望他也参加，能给这次郊游增光。萨宁一口答应了。克吕贝尔先生又自我介绍一番，就告辞了。他那最娇嫩的豌豆绿的裤子闪耀着令人舒适的光彩，而他那双最新式的靴子的底也悦耳地吱嘎作响。

九

埃米略甚至在萨宁对他说了"请坐"以后，还是脸朝窗外站着，——他那个未来的亲戚一离去，他就向左转了个圈儿掉转身来，孩子气地扮了个鬼脸，红着脸问萨宁，他可不可以在这里再待一会儿。"今天我好多了，"他补充说，"可是大夫不许我去工作。"

"您在这儿玩吧！您一点也不妨碍我，"萨宁马上扬声说，像每个热心的俄国人一样，只要他本人不费力气，就会毫不犹豫地欣然接受任何要求。

埃米略向他道了谢，不多一会，他就和萨宁搞熟了，也熟悉了他的房间；他仔细地打量萨宁的各种东西，几乎每件东西他都要问：在哪里买的？ 值多少钱？ 他帮萨宁修面，而且还说他应当蓄小胡子。末了，他告诉了萨宁不少关于他母亲、姐姐、潘塔莱昂纳、甚至狮子狗塔尔塔利阿的详细情况以及他们的日常生活。埃米略一点也不觉得拘束了；他忽然异常喜欢萨宁，这绝不是因为萨宁昨天救过他的命，而是因为他是个多么可亲的人啊！ 他毫不犹豫地把自己的一切秘密都告诉了萨宁。他特别激动地强调了这一点：他妈妈一定要他做商人，可他**知道**，知道他无疑是个天生的艺术家、音乐家或歌手；戏剧工作才是他真正的志趣；连潘塔莱昂纳也鼓励他，可是克吕贝尔先生却支持妈妈的意见，他对她的影响颇大；叫他做商人，这本来就是克吕贝尔先生的主意，他认为，世界上再没有什么工作可以和商人这个职业相比！ 推销呢绒和天鹅绒，欺骗顾客，让顾客付出“Narren-oder Russen-Preise”（愚人的或俄国人的价格），这就是他的理想！①

“嗯，好吧！ 现在该到我们那儿去啦！”等萨宁穿上衣服，写好了寄往柏林的信，埃米略就扬声说。

“现在还早哩。”萨宁说。

“那有什么关系。”埃米略说，亲热地偎依着他。“咱们走吧！ 咱们顺便到邮局去寄信，然后到我们那儿去。杰玛见到您，她会很高兴的！ 您在我们那儿用早餐……您可以跟我妈妈谈谈我的事，谈谈我的职业……”

“嗯。 咱们走吧。”萨宁说，他们一同走了。

---

① 从前（如今大概也没有改变），从五月起，就有大批俄国人涌到法兰克福来，各商店趁机抬高价格，因而获得了“Russen”——或者，唉！——“Narre-Preise”的名称。——作者注

十

杰玛见到他果然很高兴，莱诺雷太太也很友好地欢迎他：显然，昨天他给这两个妇女的印象是很好的。埃米略跑去通知开早饭，预先在萨宁的耳边悄声说：“别忘记！”

“我不会忘记。”萨宁回答说。

莱诺雷太太身体不很好：她患偏头痛，斜躺在圈椅里，尽可能不动。杰玛穿了一件宽大的黄色短上衣，腰间束了一条黑皮带；她也倦态可掬，脸色有点儿苍白；眼圈儿也有点发黑，但眼睛的神采依然，而那苍白的脸色反而使她古典式的端正的容貌增添了神秘而又可爱的神情。这一天，她那双纤丽的手特别引起萨宁的惊异。当她用双手整了整、拢了拢她那深色的、光亮的鬈发时，他目不转睛地看着她那柔软、细长、张开着的手指，它们像拉斐尔的福那利那[①]的手指一样。

户外酷热异常；吃过早饭，萨宁本想走，可是大家一致挽留他，说在这样的日子里，最好不要动。他表示同意，就留下了。他同主人们坐在后房里，这里很凉快。窗外是个小花园，满园栽着洋槐。无数的蜜蜂、黄蜂和丸花蜂在盛开着金色花朵的繁枝间齐声而不绝地嘤嘤嗡嗡；这片不绝的嗡嗡声透过半掩着的百叶窗和放下的窗帘传进房间里来了。这说明外面正是盛夏溽暑，那绿荫掩盖的舒适的屋子里的凉快使人更觉神爽。

和昨天一样，萨宁谈锋很健，可他所谈的不是俄国，也不是俄国的

---

① 拉斐尔的一幅名画，藏于佛罗伦萨毕蒂宫。

生活。为了讨好早餐后就要上克吕贝尔先生店里去实习簿记的他那个年轻的朋友，他把话扯到比较艺术与商业的利弊上去了。莱诺雷太太为后一个职业辩解，他觉得这是意料之中的，不足为奇，可是杰玛也和她妈妈的意见一致。

“假如你是个艺术家，特别是一名歌手，”她把手从上到下用力一挥，肯定地说，“那你一定得做第一流的；第二流就完全没有意思了；可是谁知道你能不能达到第一流？”潘塔莱昂纳也参加了这席谈话（他作为一个多年的仆人和老人，甚至可以跟东家同坐；意大利人一般对上下之分并不严格），潘塔莱昂纳自然是尽力替艺术辩护。说实话，他的理由是相当不足的。他一再说，首先要有 d'un certo estro d'inspirazione——灵感的某种冲动！ 莱诺雷太太向他指出，他当然有这种 estro①，“不过……”

“我有了仇人呀。”潘塔莱昂纳脸色阴郁地说。

“可是你怎么知道（如所周知，意大利人常常随便地用‘你’相称），埃米略不会有仇人呢？ 即便他有这种 estro。”

“那就叫他做商人吧，”潘塔莱昂纳满不高兴地嘟哝说，“可是乔瓦尼·巴蒂斯塔就不会这样做，虽然他是个糖果点心师傅。”

“乔瓦尼·巴蒂斯塔，我的丈夫本来就是一个通情达理的人，尽管他年轻时醉心于……”

可是老头儿已经什么话也不愿听了，他走开了，又带责备的意味说了一句：

“啊！ 乔瓦尼·巴蒂斯塔！ ……”

---

① 意大利语：冲动。

杰玛扬声说，假如埃米略认为自己是个爱国者，愿意为解放意大利而献出自己的所有力量，那么，当然罗，可以为这么崇高的神圣事业而牺牲有保障的前途，——但不能为舞台！这时莱诺雷太太激动起来了，央求女儿至少不要把兄弟弄糊涂——她自己是这么个不可救药的共和派，就够啦！……说了这些话后，莱诺雷太太呻吟起来，说是头痛，痛得“快裂开了”。（莱诺雷太太由于尊敬客人，用法语对女儿说。）

杰玛立即来服侍她，先在她额上洒了些香水，然后轻轻地吹气，温柔地吻她的两颊，把她的头放到枕头上，不许她说话，并且又吻她。过后，她向萨宁转过脸来，开始半打趣半感动地告诉他，说她有一个多么好的妈妈，从前她是个怎样的美人儿！“可我说什么啊：从前！她现在也挺动人哪。您瞧，您瞧，她的眼睛有多美！”

杰玛转瞬间从口袋里掏出一条白手帕，把它盖在母亲的脸上，随即把手帕的边慢慢地往下拉，让莱诺雷太太的前额、眉毛和眼睛逐渐露出来；她等待着，请母亲把眼睛睁开来。母亲任她摆布；杰玛突然赞叹地喊叫起来（莱诺雷太太的眼睛当真很美），她让手帕很快地滑到母亲脸上不那么端正的下半部，又急忙吻她。莱诺雷太太格格地笑个不停，把脸稍微扭开，装作用力推开女儿的样子。杰玛也装作不让母亲推开，跟她亲热——不是猫儿般的、法国式的亲热，而是以意大利的娇媚来表示的亲热，这种娇媚常常可以使人感到存在着一股力量。

末了，莱诺雷太太说，她累了……杰玛立即劝她在这里圈椅里睡一会儿。“我和这位俄国先生——avec le monsieur russe——会静悄悄的，不吵不闹，像小老鼠一样……Comme des petitessouris。”莱诺雷太太只是对她微微一笑，然后闭上眼睛，叹了一两口气，就打起盹来了。杰玛赶忙在她身旁一条长凳上坐下来，再也不动了，只是有时用一只手的指头按在嘴上，另一只手去扶一下她妈妈脑袋下面的枕头。当萨宁稍微动一下时，她就轻轻地“嘘”的一声，斜瞅他一眼。结果他似乎也屏息静气地不动了——木然坐着，像着了迷似的，聚精会神地欣赏着他眼前的情景：这间半暗不明的屋子，这儿那儿都是插在古老的翠绿玻璃杯里的鲜艳的玫瑰，闪耀着红艳艳的色彩；这个睡着了的妇人，文雅地交叉着的两手，在雪白的枕头衬托下那和善的困倦的脸；这个妙龄少女，又机灵又警觉，也是和善、聪明、纯洁的，她的美非笔墨所能形容，有一双那么乌黑、深沉而幽暗，但依然炯炯发光的眼睛……这是什么啊？ 是梦？ 是神话故事？ 他怎么会来到了这儿？

十一

外门上的铃响了。一个青年农民戴着一顶皮帽，穿着一件红背心，从街上走进糖果店来了。一早起，还没有顾客光临过……“我们的生意就是这样嘛！”吃早饭时，莱诺雷太太叹息地对萨宁说。她继续打盹；杰玛不敢把手从枕头下面抽出来，低声地对萨宁说：“请您代我去做一下生意吧！”萨宁立刻踮起脚走到店堂里去了。这个青年要买四分之一斤薄荷糖。

“向他收多少钱？”萨宁隔着门低声地问杰玛。

“六个克里泽[①]！”杰玛同样低声地回答。

萨宁称了四分之一斤薄荷糖，找到一张纸，做成一个尖角袋，把糖

① 德国旧辅币。

包起来，漏出了，又包起来，又漏出，终于包好了，交给了顾客，收了钱……这个青年惊奇地瞧着他，一边把他的皮帽按在肚子上揉捏；杰玛在隔壁屋子里捂住嘴笑得要命。这个顾客还没有离去，第二个又进来了，接着第三个进来了……“看来，我的手气倒很好！”萨宁心里寻思着。第二个顾客要一杯清凉杏仁酪，第三个要半斤糖果。萨宁又兴奋又激动地用匙子敲敲，把碟子移来移去，手指灵活地伸到抽屉里或罐里，以满足两位顾客的需要。在结算时才发觉他把清凉杏仁酪卖得太便宜了，糖果却多收了两个克里泽。杰玛还在轻轻地笑，而萨宁本人也觉得异常快乐，觉得有一种特别幸福的心情。看来，他愿意永久地这样站柜台，卖糖果和清凉杏仁酪；与此同时，那个可爱的人儿从门后用友好而带嘲讽的目光瞧着他，夏日从窗前栗树的阔大的叶子的隙缝里透射进来，使屋子里充满了中午时分那略带翠绿的金灿灿的阳光和阴影，心儿沉浸在那懒洋洋的、无忧无虑的和青春——早期青春——的甜蜜的慵倦中！

第四个顾客要一杯咖啡：得通知潘塔莱昂纳（埃米略还没有从克吕贝尔先生的商店里回来）。萨宁又坐到杰玛身边。莱诺雷太太继续打盹，这使她的女儿非常高兴。

“妈妈睡着的时候，头就不痛了。”她说。

不待说，萨宁仍然用低沉的声音谈起他“做生意”来了，他非常认真地询问“糖果店里”各种商品的价格。杰玛也同样认真地把价格告诉他，同时两个人心里都一齐在暗笑，好像他们意识到他们都在演一出最滑稽可笑的喜剧。忽然街上有一架手风琴奏起了《魔弹射手》[①]里的

① 德国作曲家封·韦伯(1786—1826)所作的歌剧。

咏叹调："Durch die Felder, durch die Auen…"①一阵阵如泣如诉的声音在凝然不动的空气中怨叹、战栗、长啸。杰玛不禁哆嗦了一下……"他要把妈妈吵醒了！"萨宁赶紧跑到街上，把几个克里泽塞在那个街头音乐师手里，叫他不要再拉手风琴，立即就离去。他回来时，杰玛微微点了点头表示感谢，并若有所思地微微一笑，用低得几乎听不清的声音唱起韦伯的悦耳的曲调来，那是马克斯用来表达初恋的一切疑虑的。然后她问萨宁，他晓不晓得《魔弹射手》，喜不喜欢韦伯的作品，并补充说，虽然她是意大利人，可她最喜欢**这样**的音乐。从韦伯谈到诗和浪漫主义，又谈到那时还为大家所爱读的霍夫曼②的作品……

莱诺雷太太一直在打盹，甚至还发出轻微的鼾声；阳光像一条条狭长的带子从百叶窗里透射进来，悄悄地、但不停地在地板上、家具上、杰玛的衣服上、叶子上和花瓣上漫步闲游。

十二

原来杰玛不太赏识霍夫曼，甚至觉得他的作品……枯燥乏味！ 他的短篇小说那离奇而阴郁的北方基调跟她南方人的明快性格是格格不入的。"这不过是一些童话故事罢了，这一切都是为孩子们而写的！"她肯定地说，不无轻蔑之意。她也模糊地感觉到霍夫曼的作品缺乏诗意。然而她很喜欢他的一个中篇小说，不过这篇小说的标题她已经忘了；说实话，她只喜欢这个中篇小说的开端，小说的结尾她或者没有看

① 德语：越过田野，穿过山谷……
② 霍夫曼(1776—1882)：德国小说家，他的作品宣扬神秘主义，描写"不可思议的黑暗势力"。

过，或者也已经忘了。这是关于一个年轻人的故事。这个年轻人在某处，几乎也是在糖果店里，遇见了一个美貌惊人的少女，一个希腊女子；伴随着她的是个神秘、古怪而又凶恶的老头儿。这个年轻人对少女一见钟情；那个少女那么伤心地瞧着他，好像在恳求他搭救她似的……他走开了一会儿，等他回到糖果店，他已经再也找不到这个少女和老头儿了；他急忙去寻找她，不断地发现他们最近的行踪，他去追赶他们——他想尽办法，都始终没有能够在任何地方找到他们。对他来说，这个美人儿永远失踪了，可是他忘不了她那恳求的目光；有个念头使他苦恼不堪，觉得他一生的幸福从手里溜走了。

霍夫曼未必是这样结束他的中篇小说的；可是留在杰玛记忆里的这个故事却是这样结束的。

“我觉得，”她说，“在世间，这样的相遇和这样的分离比我们所想的更多。”

萨宁默然不语……过了一会儿，他说话了……谈到了克吕贝尔先生。他还是头一次提到他；在这之前，他一次也没有想起过他。

杰玛也默默无言，神情若有所思，一边轻轻地咬着食指的指甲，眼睛望着一边。接着她称赞了她的未婚夫，谈到他在筹备明天的郊游，她倏地向萨宁投了一瞥后，又不说话了。

萨宁不知道从何谈起。

埃米略闹闹嚷嚷地跑了进来，把莱诺雷太太吵醒了……萨宁很高兴，觉得他来得正好。

莱诺雷太太从圈椅里站了起来。潘塔莱昂纳也出现了，说准备开饭。他是这一家的朋友，前歌手和仆人，还兼做厨师。

十三

午饭后，萨宁仍没有走。大家都不肯让他走，理由还是天气酷热，等到暑气消退，请他到花园里洋槐树荫下去喝咖啡。萨宁一口答应了。他觉得很快乐。在那宁静而平稳的单调的生活里蕴藏着无限美妙的乐趣，他快乐地陶醉于这种乐趣，对今天已毫无所求，但他既没有想到明天，也不回忆昨天。还有什么能抵得上有一个像杰玛那样的少女做伴的幸福呢？ 他很快就要跟她分别了，大概是永久的离别吧，但是，当一只小船，像乌兰德①的抒情诗里所描写的那样的小船，载着他们顺着生活的平静的流水驶去的时候，——游客，你欢乐吧，尽情享乐吧！对一个幸福的游客，一切好像都是愉快可爱的。莱诺雷太太请他和潘塔莱昂纳一同玩 tressette②。她教他怎样玩这并不复杂的意大利纸牌，她赢了他几个克里泽，他觉得很满意；潘塔莱昂纳应埃米略的请求，叫狮子狗塔尔塔利阿做各种玩意——塔尔塔利阿从一根棍子上跳过，“说话”，也就是吠叫，打喷嚏，用鼻子关门，把主人的一只破便鞋衔来；末了，头上戴了一顶古代的高筒军帽，扮演贝尔纳多特元帅③聆听拿破仑皇帝对他背叛的严厉训斥。不用说，拿破仑是由潘塔莱昂纳扮演的，他演得惟妙惟肖：两臂交叉地抱在胸前，一顶三角帽压在眼睛上，粗暴而又严厉地操着法语，可是，天哪！ 他说的是**什么样**的法语呀！ 塔尔塔利阿脸朝着自己主人，浑身打战，颓然坐着，把尾巴夹在两腿中

① 乌兰德(1787—1862)：德国诗人和小说家。
② 意大利语：纸牌。
③ 贝尔纳多特 (1763—1844)：法国元帅，曾参加拿破仑的军队。

间，在歪戴着的古代高筒军帽的遮阳下面惊慌地眨巴着眼睛，把眼睛眯成一条缝；有时拿破仑扯起嗓门，贝尔纳多特就用后脚站起来。末了，拿破仑大叫“Fuori，traditore！①”在极度愤怒中，忘记了他应当始终保持法国人的性格；贝尔纳多特慌忙钻进了沙发底下，但马上又跳出来，快乐地狂吠着，好像要大家都知道演出结束了。观众们都捧腹大笑，萨宁笑得最欢。

杰玛那特别可爱的、不停的、轻轻的笑声，夹杂着最逗人发笑的短短的尖叫声……这笑声蓦地使萨宁心里充满了一种强烈的欲望：为这阵尖叫声，他真想吻她几下！

夜幕终于降临。该回去了！萨宁向大家告辞了几次，向大家说了几次“明天见”（他甚至还跟埃米略亲个吻）。萨宁回去了，心里怀着这个妙龄少女的倩影，她时而笑，时而沉思，时而悠然自得，甚至显得冷淡，但始终是迷人的！她那双眼睛有时睁得很大，明亮而又愉快，像白昼一般；有时被睫毛盖住了一半，深沉而幽暗，像沉沉黑夜；还不断地出现在他眼前，古怪而温柔地观察着所有其他人的外表和内心。

关于克吕贝尔先生，关于使他逗留在法兰克福的种种原因——一句话，昨天晚上使他激动过的一切，他连一次也没有想到过。

十四

但是关于萨宁本人，我们也该说上几句。

---

① 意大利语：滚，叛徒！

首先，他本人也是一表人材。他的身材匀称挺秀，讨人喜欢，只是脸部轮廓不大分明，一双温柔而略带浅蓝色的眼睛，一头金发，肤色白里透红——主要的是：天真、快乐、轻信、直爽，乍一见，有点儿傻气，从前凭这种神态就不难认出，这一定是门第高贵的贵族公子，“世家”子弟，或在我国广阔的半草原地带出生的、养得胖胖的少爷；他步态迟疑，有点儿口齿不清。你只要瞥他一眼，他就会孩子气地报以微笑……总之，他精力充沛，身体健康，性情温柔，温柔，温柔——这就是您所看到的萨宁。其次，他不糊涂，也有些学问，虽然在国外游历，依然精神饱满，当时青年中间最优秀的人所有的那种忧国忧民的心情，他几乎是没有的。

近来我们的文学在对“新人”进行了徒劳无益的探索后，开始塑造青年的形象。这些青年决心无论如何要做新……而又新的人，犹如运到圣彼得堡的弗伦斯堡的牡蛎那样新鲜……萨宁和他们就不一样。如果打个比喻，他倒很像我们黑土地带花园里不久前嫁接过的一株枝叶纷披的小苹果树，或者更恰当些，可以比作一匹在“贵族老爷”的养马场里精心喂养大的、毛色光润、四腿粗壮、刚开始套上调马索的娇嫩的三岁马驹……后来见到萨宁的人都发觉他判若两人，因为生活已经使他受了相当的折磨，青年人的丰满早已消失了。

* * *

第二天，萨宁还躺在床上的时候，埃米略穿得像过节日一般，手里拿着一根手杖，头上发油搽得乌油光亮的，闯进房间里来找他了，说克吕贝尔先生雇了一辆马车马上就要到来；看来天气非常好，他们已经作好了一切准备，可是妈妈不去，因为她又犯头痛。他开始催促萨宁，告诉他不能再耽误一分钟……果然，克吕贝尔先生来到时，萨宁还在穿衣服。他敲敲门走了进来，鞠了个躬，弯着身子表示要他等多久就等多久——他坐下来，把帽子潇洒地搁在膝上。这个仪表堂堂的店员穿得很漂亮，身上洒足了香水，因此他的每个动作都散发出最幽雅的浓郁的香气。他坐了一辆用两匹马拉的敞篷轿式大马车，所谓兰朵车[①]来的，这两匹马虽然说不上漂亮，但却高大而又强壮。一刻钟后，萨宁、克吕贝尔和埃米略一同搭了这辆马车兴高采烈地驶到了糖果店台阶前面。罗泽利太太坚决不参加他们的郊游。杰玛想和妈妈一起留在家里，但她母亲，像一般说的，撵她走。

“我不需要人陪伴，”她坚决地说，“我要睡觉。我本想叫潘塔莱昂纳也同你们一起去，可是店里没有人做生意。”

“可以把塔尔塔利阿带去吗？”埃米略问。

“当然可以。”

塔尔塔利阿马上就快乐而有劲地爬上了马车前部的座位上，它坐下就舔起身子来：显然，这是它的习惯。杰玛戴了一顶饰着褐色绸带的大草帽；草帽的前帽檐稍微垂下，使阳光几乎照不到她的脸。阴影恰好落在嘴唇上：她的嘴唇呈现出处女的柔和的鲜红色，像百叶玫瑰的花瓣；她的牙齿悄悄地——也像孩子的牙齿——无邪地闪耀着光彩。杰玛跟萨宁并肩坐在后座上；克吕贝尔和埃米略坐在对面的座位上。莱诺雷太太那苍白的脸在窗前露了一下。杰玛向她扬扬手帕——马奔跑起来了。

① 一种有四个座位的敞篷马车。

十五

索登是个小城，离法兰克福有半小时路程。这个小城坐落在陶努斯山的支脉中，风景优美。它的泉水在我们俄国很著名，据说，治肺病颇有效。法兰克福人多半是为游玩而去的，因为索登有一个美丽的公园和各种 wirtschaften①，你可以在那里挺拔高大的菩提树、枫树树荫下喝啤酒和咖啡。从法兰克福到索登的大道蜿蜒在美因河的右岸上，果树夹道。当马车在这条优良的大道上平稳地行驶时，萨宁悄悄地观察着杰玛对她未婚夫的态度：他还是第一次看见他们俩在一起。**她**的举止安详而自然，可是比往日稍微拘谨和严肃点儿。**他**有一副宽容的上司的神气，让自己和下属得到谦逊和合乎礼貌的乐趣。萨宁看不出他对杰玛特别殷勤，也就是法国人的所谓 empressement②。大概克吕贝尔先生认为这头婚事已经定局了，因此他不必操心或大献殷勤。可他没有一刻不保持他那宽容的态度！ 甚至饭前他们在索登郊外畅游树木蓊郁的崇山峻岭和山谷，欣赏大自然的美时，他也以那种宽容的态度对待大自然，对待大自然本身；从这种态度中有时也流露出通常的上司的严格。例如，他指出，在谷地里奔流的那条小河太直，毫无曲折之美；他也批评一种鸟儿——碛鹨——的美中不足，认为它的啭鸣中特别悦耳的一段较少变化！ 杰玛不但不觉得无聊，看来，甚至还觉得很高兴呢，但萨宁却认为她与昨天判若两人：不是有一片阴影遮住了她——

① 德语：饭店。
② 法语：热乎劲儿。

她的美从来不是光芒四射的，——可是她把她的心情掩盖起来了。她打着阳伞，没有解开手套的钮扣，步态稳重，不慌不忙地走着，像个有教养的小姐，话也很少。埃米略也觉得不自在，萨宁更不用说了。顺便说说，老是用德语交谈，这种情况也使他有点儿尴尬。只有塔尔塔利阿不觉得扫兴！ 它狂吠着，猛追它遇到的画眉；它跳过坑洼、树桩或连根拔起的树，纵身跳入水里，急急忙忙舔着河水，把身子抖了抖，尖叫一声，又像一支箭似的飞奔而去，鲜红的舌头直甩到肩上！ 克吕贝尔先生，在他这方面，也做了他认为必要的事情来逗游伴们开心；他请他的游伴们坐在一株枝叶纷披的橡树的树荫下，从他的侧袋里取出一本小书，标题是《Knallerbsen—oder du sollst und wirst lachen!》（《爆竹——或你准会发笑！》）他开始念这本书里所精选的笑话。他念了十二则笑话；可是大家都不觉得有趣，只有萨宁出于礼貌，咧着嘴笑了笑。而克吕贝尔先生本人，每念完一则笑话，却发出一阵短促的、一本正经的、还是带宽容意味的笑声。到中午十二点，一行人回到索登，走进了当地一家最好的小饭馆。

要安排午饭了。

克吕贝尔先生建议在四周被遮掩的亭子——花园沙龙（im Gartensalon）里进午餐；但是杰玛立即表示反对，说她只在户外花园里饭馆前面的小桌上进餐；说老是同这几个人在一起，她觉得厌倦了，她想要看看其他的人。有几张桌子已经给一批新来的顾客占去了。

克吕贝尔先生宽容地依顺了“自己未婚妻的任性要求”，去和堂倌头儿商量；这当儿杰玛一动不动地站着，埋下了眼睛，咬住嘴唇；她感觉到萨宁纠缠不休地、仿佛表示问意地瞧着她——这似乎使她很生气。克吕贝尔先生终于回来了，说半小时后就开饭，他建议在开饭之前玩一下地滚球，还补充说这对于胃口是很有裨益的，嗨-嗨-嗨！ 地滚球他打得很好；抛球时，他做出了异常矫健的姿势，肌肉漂亮地颤动着，姿势优美地抬起一条腿摆了摆，从某一点来说，他是个大力士——体格健美！ 他的手是那么白嫩，那么美，他掏出一条那么华丽的、金灿灿的、五彩缤纷的印度绸手帕擦擦手！

午餐时间到了，全体游伴都入席了。

十六

谁不知道德国式午餐是些什么菜？ 肉桂面疙瘩清汤，面疙瘩都有硬块；焖牛肉干得像软木，面上结起一层白色的油脂，周围摆了些发黏的土豆、肥厚的甜菜和好像嚼碎的洋姜；盖些白花菜芽、浇了醋的发青鳗鱼；果酱烤肉以及不可少的 mehlspeise，一种像是浇了红色酸汁的布丁之类的东西。可是葡萄酒和啤酒都非常好！ 这就是索登小饭馆老板供应顾客的午餐。不过，这顿午餐吃得还算满意，诚然，并不特别热闹，甚至当克吕贝尔先生为“我们所爱的人！”（Was wir lieben!）举杯祝酒时也是如此。一切都是彬彬有礼，合乎礼节的。午餐后，端上来的是淡而略带红色的地道的德国咖啡。克吕贝尔先生以一个真正的男朋友的身份，请求杰玛允许他抽一支雪茄……可是这当儿突然发生了一件出乎意外的事，一件真正不愉快的、甚至是不体面的事……

邻近的一张桌上坐着几个美因驻防军的军官。从他们的目光，从他们的窃窃私语不难猜出，杰玛的美貌引起了他们的惊叹；他们中间有一个大概曾在法兰克福待过，他不时瞧着她，好像瞧着一个熟人一样；他显然知道她是什么人。他忽然站起来，手里拿着一只玻璃杯——

军官先生们都已经喝得醉醺醺，他们面前的台布上摆满了酒瓶——走到了杰玛所坐的桌子前面。这是个年纪很轻的人，一头淡黄发，面貌相当讨人喜欢，甚至给人以好感，但是因为喝了些酒，他的脸相变了样：脸颊抽搐着，两眼发红，目光溜来溜去，流露出一副粗野无礼的神气。他的伙伴们起初想阻拦他，可是后来索性不管了：让他去，这会闹出什么乱子来呀？

这个军官有点儿晃晃悠悠的，在杰玛面前站定了，用一种又不自然又尖锐刺耳的、不由得泄露出内心的斗争的声音，说："我为全法兰克福的，也可以说，为全世界的一位最美丽的卖咖啡的小姐的健康干杯！（他把玻璃杯里的酒"一饮而尽"）——我拿这朵她的纤纤玉手摘来的鲜花作为酬谢！"他从桌上拿走了摆在杰玛餐具前面的一朵玫瑰。开头，她吃了一惊，害怕起来，脸色煞白……接着，她的恐惧变为忿怒，她忽然满脸绯红，一直红到了发根，两眼盯住这个侮辱者，同时这双眼睛变暗了，突然闪烁一下，又变得漆黑，接着燃起了不可遏制的怒火。这样的目光一定使那个军官大为惊慌；他嘟嘟囔囔说了几句含糊不清的话，鞠了个躬，就回到他的伙伴们那儿去了。他们用笑声迎接他，还轻轻地鼓掌。

克吕贝尔先生从椅子上霍地站了起来，全身挺得笔直，戴上帽子，俨然地、但声音不太响地说："这是闻所未闻的！这是闻所未闻的横蛮无礼！（Unerhört！Unerhörte frechheit！）"他立刻声音严厉地叫来了堂倌，吩咐他马上开账单来……此外，他还吩咐套马车，并且补充说，正派的人可不能到这个饭店来，因为他们会受到侮辱的！他说这些话时，杰玛还是一动不动地坐在自己的位子上，她的胸脯猛地挺得高高的，她把目光转向克吕贝尔先生……用刚才看那个军官的目光也那么专注地看着他。埃米略简直气得浑身发抖。

“您站起来吧，mein fraülien①，”克吕贝尔先生依旧那么严厉地说，“您不宜再待在这儿。我们到小饭馆里去坐一会儿。”

杰玛默然站了起来；他把胳臂弯成锁形伸给她，她也把自己的手臂伸了过去，于是他步态庄重地向小饭馆走去。这种步态和他的整个姿态一样，离开用午饭的地方越远，越显得庄重和傲慢。可怜的埃米略拖着脚慢吞吞地跟在他们后面。

克吕贝尔先生在跟堂倌结账时，他一个子儿小费也不给，算作罚款。萨宁快步走到军官们坐着的桌子跟前去，对那个侮辱过杰玛的军官（这当儿，那个人正在让自己的伙伴们轮流地嗅她的玫瑰），用法语清楚地说：

“先生，照您刚才的所作所为，您不配称做正直的人！ 不配穿您那身军服！ 我来告诉您，您是个没有教养的无赖！”

那个年轻人霍地站了起来，可是另一个年纪大些的军官做了个手势阻拦他，叫他坐下，一边向萨宁转过身来，也用法语问他：

“这位先生是那个少女的亲戚、兄弟呢，还是未婚夫？”

“我跟她毫无关系，”萨宁大声叫道，“我是俄国人，可我对这么横蛮无礼的行为不能熟视无睹；这是我的名片和地址：这位军官先生可以去找我。”

萨宁说完，就把自己的名片丢在桌上，同时眼明手快地拿回了杰玛的那朵被坐在桌旁的一个军官丢在自己盘子里的玫瑰。那个年轻人又想从椅子上蹦起来，但是一个伙伴又阻止他，低声说：“安静些，登

① 德语：我的小姐。

霍夫！（Dönhof， sei still）”接着他自己也站起来，用一只手举到军帽帽檐边，他的声音和举止不无一些表示尊敬的意味，对萨宁说，明天早上他们团里的一名军官将荣幸地到他寓所去拜访他。萨宁微微点头作答，然后急忙回到自己的朋友们那儿去了。

* * *

克吕贝尔先生故意装作他根本没有注意到萨宁离开座位以及他去跟军官先生们办交涉；他催促着正在套马的车夫，对他的动作缓慢十分恼火。杰玛也没有跟萨宁说话，她甚至连看也不看他一眼：从她那紧蹙的双眉，苍白的抿得严严的嘴唇，凝然不动的姿态，就可以知道她的心情是多么恶劣。只有埃米略显然想跟萨宁说话，想要问问他，因为他刚才看见萨宁怎样走到军官们跟前，看见他怎样交给他们一个白色的东西——一张纸，一张便条或名片什么的……这个可怜的少年心怦怦直跳，两颊热辣辣的，他很想扑过去搂住萨宁的脖子哭一场，或者立刻就同他一起去把所有那些可恶的军官揍个稀巴烂！ 可他都忍住了，只满足于密切地注意他那个高尚的俄国朋友的每个行动。

马车夫终于把马套好了；全体游伴都坐进了马车。埃米略跟在塔尔塔利阿后面爬上了车夫座；他觉得坐在那里自由些，而且克吕贝尔不会矗立在他的眼前，他一看到克吕贝尔，心里就恼火。

一路上，克吕贝尔先生高谈阔论……他独自夸夸其谈；没有一个人反驳他，也没有人赞同他的意见。他特别坚持这一点：他曾经叫大家在四周被遮掩的花园沙龙里进餐，当时不应该不听他的话。要是听从他的话，那么任何不愉快的事情都不会发生了！ 接着他又发表了一些尖锐的、甚至是自由主义的意见，指责政府不可原谅地纵容军官们，不整肃他们的军纪，不够尊重社会上市民阶级(das bürgerliche element in der societät)，总有一天会引起不满，革命会很快爆发的，法国就是一个惨痛的例子（于是他同情而严肃地叹了口气）——一个惨痛的例子！但是他立即又附带说明，他个人是服从现政权的，永远……永远！……不会成为一个革命者；可是看到如此肆无忌惮的行为，他不能不表白他是……不以为然的！接着他对道德和不道德，以及礼貌和自尊心的一般意见又作了几点补充！

当克吕贝尔"高谈阔论"时，杰玛显然为自己的未婚夫而感到害臊了！在午餐前的游玩中，杰玛对克吕贝尔已经不十分满意，因此，她跟萨宁保持着若干距离，好像他的在场使她感到很窘。郊游快结束时，她真是痛苦万分，虽然还是没有跟萨宁交谈，但却忽然用恳求的目光向萨宁投了一瞥……在萨宁方面，他觉得对杰玛的怜悯更甚于对克吕贝尔先生的不满；他甚至半有意地暗自庆幸这一天里面发生了这些事情，虽然明天早晨可能有人来向他挑衅。

这次 partie de plaisir① 终于不欢而散。在糖果店门前扶杰玛下马车时，萨宁一句话也没说，把他夺回的那朵玫瑰放在她手里。她满脸绯红，紧紧地握住他的手，立刻把那朵玫瑰藏了起来。虽然黄昏还刚刚开始，他却不想进屋子里去。她本人也没有邀请他。同时潘塔莱昂纳在台阶上出现了，说莱诺雷太太正在睡觉。埃米略羞怯地向萨宁告别；他好像怕见萨宁，这使萨宁很诧异。克吕贝尔用他的马车送萨宁回到旅馆，古板地点头行礼跟他告别。这个很懂道理的德国人虽然很自负，也感到不自在了。而且每个人都感到不自在。

① 法语：快乐的游玩。

不过，在萨宁心里，这种感觉——不自在的感觉——很快就消失了。一种模糊的但却快乐的、甚至是非常兴奋的心情取而代之。他什么也不愿想，吹着口哨，在房间里踱来踱去。他怡然自得。

十七

“我等候到十点钟，等那个军官先生来申辩。”第二天早晨他盥洗完毕后，在心里寻思，“以后让他来找我吧！”可是德国人都起得很早：九点钟还没打，茶役就来通报萨宁，说陆军少尉(der Herr Seconde Lieutenant)封·里希特要见他。萨宁急忙穿上常礼服，吩咐“请”。出乎萨宁意料之外，里希特先生原来是个年纪很轻的人，差不多像个孩子。他竭力让自己那没有胡子的脸表露出一副傲慢的神气，可他压根儿做不到；他甚至不能掩盖他的窘态：他在椅子上坐下时，被军刀绊住了，差点儿摔跤。他支支吾吾、结结巴巴地操着一口蹩脚的法语对萨宁说，他受他的朋友封·登霍夫男爵的委托而来的，他的使命是要求萨宁先生为他昨天对封·登霍夫男爵出言不逊而表示道歉，如果萨宁先生加以拒绝，那么封，登霍夫男爵愿意决斗。萨宁回答说，他没有道歉的意思，他准备决斗。于是封·里希特先生依旧结结巴巴地问，他将于几点钟，在什么地方跟谁进行必要的谈判。萨宁回答说，他可以过两小时再来，而在这之前，他萨宁将设法寻找一个副手。（“见鬼，我找谁做副手呢？”同时他暗自思忖。）封·里希特先生站起来了，开始行礼告辞……可是他在门限上站定了，好像问心有愧，向萨宁掉转身来，说他的朋友封·登霍夫男爵并不掩盖自己……在昨天所发生的事件中有某种程度……的过错，因此只要稍微表示一下歉意——des exghizes léchères[①]，他就满意了。对这个要求萨宁回答说，他不打算表示任何歉意，不论是深切的还是轻微的歉意，因为他不认为自己有什么过错。

“既然如此，”封·里希特先生反驳道，脸更红了，“那就得友好地用手枪较量一下了——des goups de bisdolet à l'amiaple![②]”

“我完全不明白您的这个意思，”萨宁说，“我们向天空开枪，还是怎的？”

“哦，不，不是这样，”陆军少尉窘态毕露，嘟哝说。“可我认为，因为事情发生在正派人中间……我要和您的副手谈谈，”他把话顿住——拔脚就走了。

那个人一离去，萨宁就坐到椅子上，两眼盯着地板。他似乎在说：“这是怎么回事啊？生活怎么突然旋转起来了？过去的一切以及未来的一切突然消失不见了，无影无踪了，剩下的只是我在法兰克福，同一个什么人为一件什么事而决斗！”他想起了他的一个发疯的老姨母，她常常一面跳舞，一面低吟：

陆军少尉！
我的活泼而健壮的人！
我的爱神[③]！
同我一起跳舞吧，亲爱的！

他不觉哈哈大笑起来，并且像她一样唱起来：“陆军少尉！同我

① 这是一句读音不准确的法语，准确的应为 des excuses légères。
② 这是一句读音不准确的法语，准确的应为 des coupsde pistolet à l'aimable。
③ 指古希腊爱神丘比特（裸体、有双翅、手持弓箭的美男孩）。

一起跳舞吧！ 亲爱的！”

“别浪费时间啦，该行动起来了。”他大声叫道，霍地站了起来，看见潘塔莱昂纳手里拿着一张便条站在他面前。

“我敲了几次门，可您都不应答；我还以为您不在家呢，”老头儿说着，把便条交给了他，“是杰玛小姐叫我送来的。”

萨宁，正如通常所说的，无意识地接过便条，把它拆开便看起来。杰玛在给他的便条上写道：她为他所知道的这件事很担心，她想立刻就跟他见面。

“小姐很不放心，”潘塔莱昂纳说。他显然知道便条的内容，“她叫我来看看您在干什么，并带您到她那儿去。”

萨宁向这个意大利老头儿瞥了一眼，就沉思起来。在他的脑海里突然闪过一个念头。开头一刹那间，他觉得这个念头十分奇怪……

“不过……为什么不可以？”他自问道。

“潘塔莱昂纳先生！”他高声说。

老头儿全身一震，把他的下巴颏儿埋入了领结里，目不转睛地凝视着萨宁。

“您可知道，”萨宁继续往下说，“昨天发生了什么事？”

潘塔莱昂纳咬着嘴唇，摇了摇他那一大绺蓬起的头发。

“我知道。”

(埃米略一回到家，就把全部情况统统讲给他听了。)

“啊！ 您知道啦！ 哦，事情是这样。有个军官刚才到这儿来过，昨天那个无赖要同我决斗。我已经接受了他的挑衅。可我没有副手。您愿意做我的副手吗？”

潘塔莱昂纳不觉一怔，眉毛扬得那么高，在下垂的头发里不见了。

“您一定要决斗吗？”他终于用意大利语问；在这之前他一直操着法语。

“一定。要不然，就会使自己一辈子蒙受耻辱。”

“唔，要是我不肯做您的副手，您会另找一个吗？”

“我要找的……一定要找。”

潘塔莱昂纳低下了头。

“可是请问，signor de Zanini[①]，您的这场决斗是否会给某个人的名誉带来一些不利的影响？”

“我想不会吧；不过，无论如何得决斗，没有别的办法。”

“嗯，”潘塔莱昂纳完全埋入了领结里。“嗯，那个 ferroflucto Cluberio[②]，他怎么样？”他突然扬声说，仰起了脸。

“他吗？一点也没有怎么样。”

“嘀！”潘塔莱昂纳轻蔑地耸耸肩。“无论如何，我应该感谢您，”他终于用发颤的声音说，“虽然我现在地位卑微，可您还承认我是个正直的人——un galant'uomo！您这样做，表示出您也是个真正的 galant'uomo。不过我应该考虑一下您的建议。”

“时间再也不能耽误了，亲爱的契……契帕……先生。”

“托拉[③]，”老头儿提醒说。“我请求您让我考虑一小时。这事牵涉到我的恩人们的女儿……所以我应该，我必须——考虑一下！！一小时后……三刻钟后，您就会知道我的决定。”

“很好，我等着。”

---

① 意大利语：萨尼尼先生，是萨宁的意大利语念法。
② 德语和意大利语：坏蛋克吕贝尔。
③ 潘塔莱昂纳姓契帕托拉。

“可是现在……我怎样去回复杰玛小姐呢？”

萨宁拿了一张纸，便在上面写道：“请放心，我亲爱的女朋友。三小时后，我会到您那儿来的，把一切情况告诉您。我衷心感谢您对我的关怀。”他把这张便条交给了潘塔莱昂纳。

潘塔莱昂纳小心翼翼地把便条放在他的侧袋里，又说了一遍：“过一小时！”就往门外走了；但他急遽地掉转身来，跑到萨宁跟前，抓起他的手，按在他那衬衫的饰边上，举目仰望着天，扬声说：

“高尚的青年！伟大的心！(Nobil giovanotto! Gran cuore!) 请允许一个身体衰弱的老头儿(a un vecchiotto)握一握您那大丈夫的右手吧！(la vostra valorosa destra)”接着倒退几步，扬扬两臂，就走了。

萨宁望着他的背影，接着拿起报纸读起来。可是他的眼睛徒然在字行上溜过，连一个字也没有看懂。

十八

一小时后，茶役又走进萨宁的房间里来了，递给他一张弄脏了的旧名片，上面写着这几个字：潘塔莱昂纳·契帕托拉，瓦雷泽人，摩德纳公爵殿下府邸的歌手(cantante dicamera)；潘塔莱昂纳本人也尾随着茶役进来了。他从头到脚都换过了。他穿了一件褪成红褐色的黑燕尾服，一件凸纹布白背心，一条黄铜链子奇妙地蜿蜒在背心上；一个沉甸甸的光玉石印章低低地悬在他那窄小的紧身黑裤上。右手拿着一顶黑兔毛呢帽，左手拿一副厚厚的麂皮手套。他把领结系得比平日更宽、更高，在他那浆得硬挺的衬衫饰边上扣了一枚嵌着所谓“猫儿眼”(oeil de chat)的宝石别针。他的右手食指上戴着一只耀眼的戒指，它的造型是两手交叉地捧着一颗赤心。这老头儿全身散发出一股发霉的气味，还有一股樟脑和麝香的气味；他的神态忧闷而又庄重，即使是一个最漠不关心的人，看到这种神态也会感到惊讶的！ 萨宁站起来向他迎了上去。

“我是您的副手。”潘塔莱昂纳操着法语低声说，深深地鞠了个躬，同时像舞蹈家一样把脚尖分开。“我来听取您的指示。您愿意毫不宽恕地决斗吗？”

“我亲爱的契帕托拉先生，为什么毫不宽恕！ 我决不收回我昨天所说的话，但我不是一个嗜杀成性的人！ ……您等一等，对方的副手马上就要来了，我会到隔壁房间里去的，您跟他去协商。请相信我，我永远不会忘记您的帮助，并且由衷地感谢您。”

“荣誉高于一切嘛！”潘塔莱昂纳回答道，不等萨宁请他坐，就在一把圈椅里坐下了。“假如这个 ferroflucto spiccebubbio，”他开腔了，把法语和意大利语混合一起，“假如这个生意人克吕贝尔竟不懂得他是义不容辞的，或者他害怕了，那么他会更倒霉！ ……卑鄙的人，算啦！ ……至于决斗的条件，我是您的副手，您的利益对我是神圣的！！ ……当我住在帕多瓦时，那里驻扎着一个龙骑兵团，我跟许多军官过从甚密！ ……我熟悉他们的规矩，我常常和你们的塔尔布斯基公爵谈到这些问题……这个副手该快来了吧？”

“我时刻等着他……那不是他来了。”萨宁向街上望了望，补充说。

潘塔莱昂纳站起来，看了一下表，理了理他那蓬起的额发，急忙把裤子下面甩动着的鞋带塞进了鞋里。一个年轻的陆军少尉走进来了，依旧那么红着脸，怪难为情的。

萨宁介绍两个副手相识。

“Monsieur Richter, souslieutenant! —— Monsieur Zippatola, artiste!”①

陆军少尉看到这个老头儿，便有点儿惊奇……啊，要是这当儿有人对他悄声说，介绍给他的这个“演员”也擅长烹饪艺术，那么他会说什么呢！……可是潘塔莱昂纳现出这么一副神气，仿佛参加对决斗双方的安排在他是一件极平常的事，在这种情况下，大概他的舞台生涯的回忆对他是有帮助的，他扮演过副手的角色，并且演得很精彩。有一忽儿工夫，他和陆军少尉都默然不语。

“怎么样？我们开始吧！”潘塔莱昂纳首先低声说，一边玩弄着他那颗光玉石印章。

“我们开始吧，”陆军少尉回答说，“可是……有一个当事人在场……”

“我立刻就离开你们，先生们。”萨宁扬声说。他鞠了个躬，就走到卧室里去了，并随手关上了门。

他倒在床上，不禁想念起杰玛来了……但两个副手的会谈还是透过关得严严实实的房门传到了他的耳朵里。会谈是用法语进行的；双方都按自己的方式，无情地诋毁对方。潘塔莱昂纳又提到了驻扎在帕多瓦的龙骑兵团和塔尔布斯基公爵，陆军少尉又说 exghizes léchères 以及 goups à l'amiaple。可是老头儿连听都不愿听他说任何 exghizes！萨宁吓了一跳，潘塔莱昂纳忽然向对方谈到了一个无辜的年轻小姐，世界上所有军官都抵不上她的一个小指头！（oune zeune damigella

① 法语：“里希特先生，陆军少尉！——契帕托拉先生，演员！”

innoucenta, qu'a ella sola dans soun Péti doa vale Piu que toutt le zouffissié del mondo)……他几次激动地说:“这可耻! 这可耻! (E ouna onta, ouna onta!)”起先,陆军少尉没有反驳他,可是随后听到这个年轻人的嗓音恼怒地发抖了。他说,他不是为聆听道德的箴言而来的……

“在您的年纪,听一听正义的言辞总是有益的!”潘塔莱昂纳扬声说。

两个副手之间的舌战有几次都非常激烈。争论持续了一个多小时,最后商定了如下的条件:“封·登霍夫男爵和萨宁先生于明晨十点钟在哈瑙附近的一座小树林里,相距二十步互相射击;由副手作手势,每人可以射击两次;使用无加速器和来复线的手枪。”封·里希特先生走了;潘塔莱昂纳激动地打开了卧室的门,把协商的结果告诉了萨宁,又扬声说道:“Bravo, Russo! Bravo, giovanotto![①] 胜利是属于你的!”

几分钟后,他们俩都到罗泽利糖果店去了。萨宁预先要潘塔莱昂纳答应,对决斗之事绝口不提,严守秘密。老头儿只翘起一个指头,眯缝起眼睛,悄声地连说了两遍:“Segredezza! (严守秘密!)”作为回答。他显然变得年轻了。甚至脚步也轻快些了。所有这一切不寻常的事情虽然令人不愉快,却使他历历在目地回想起了他亲自接受过挑衅并进行了决斗的那个时代——诚然,那是在舞台上。众所周知,上低音的男歌手扮演的角色,总是激昂慷慨的。

① 意大利语:勇敢,俄国人! 勇敢,孩子!

十九

埃米略跑出来迎接萨宁——等候他来已经有一个多小时了——急忙凑着他的耳朵悄声说，他母亲一点也不知道昨天的那件不愉快的事，甚至不必向她作暗示；又说他们又叫他到商店里去工作！！……可他不会去的，他将找个什么地方躲起来！他几秒钟就把这些话说完了，接着突然扑到萨宁的肩上，把他狂吻了一阵，就急忙沿着街跑掉了。杰玛在店堂里遇见了萨宁；她想说些什么话，却说不出来。她的嘴唇微微颤动，两眼眯缝，目光溜来溜去，他赶紧安慰她，使她相信事情已经结束了……不过是一件微不足道的小事情。

“今天没有人来找过您吗？”她问。

“有个人来找过我，我已经跟他谈过了，我们……我们取得了最满意的结果。”

杰玛回到了柜台后面。

“她不相信我啊！”他心里想……可是他走到隔壁的房间里去了，在那里刚巧碰见了莱诺雷太太。

莱诺雷太太的偏头痛已经痊愈了，但她心里抑郁不乐。她亲热地对他微微一笑，但同时预先告诉他，今天跟她在一起，他会感到无聊的，因为她不能招待他。他坐到她身边，发觉她的眼皮都红肿了。

“您怎么啦，莱诺雷太太？难道您哭过了吗？”

“嘘……”她头朝女儿正在里面的那个房间点了点，低声说：“别……大声说呀。”

“可您为什么哭啊？”

“唉，monsieur 萨宁，我自己也不知道为什么！”

“没有人使您伤心吧？”

“哦，没有……我忽然觉得很苦闷。我想起了乔瓦尼·巴蒂斯塔……也想起了我的青年时代……这一切过去得多么快啊！我已经老了，我的朋友——我决不认为我老了。我觉得我还是和从前一样……可是老年……来到了，来到了！”莱诺雷太太的眼里含着泪水。“我知道，您瞧着我，觉得奇怪……可您也会老的，我的朋友，您将会知道，这是多么痛苦啊！”

萨宁安慰她，谈到了她的孩子们，说从他们身上她可以看到自己青春的复活。他甚至想对她稍微开一下玩笑，说她要叫人家恭维她……但她正色要求他“别再说了”，他还是头一次真正相信这种哀愁，意识到老年来临所引起的哀愁是无法安慰或排遣的；只好等待这种愁绪自行平复。萨宁请莱诺雷太太同他一起玩纸牌——他想不出更好的办法。她立刻就表示同意，好像高兴起来了。

饭前和饭后萨宁都陪她玩纸牌。潘塔莱昂纳也一同玩纸牌。他那绺蓬起的额发从来没有在额上垂得那么低，他的下颏也从来没有在领结里埋得那么深！他的每个动作都流露出这么聚精会神的严肃神色，瞧着他，不由得使人产生一个想法：这个人以如此坚决的态度要严守什么秘密呢？

但是 segredezza！Segredezza！

这一天中，他千方百计地向萨宁表示了最大的敬意；吃饭时，他不先给女士们上菜，却隆重而恳切地先给他上菜；在玩纸牌时，他把补进的牌让给他，不让他得分不足；他还驴唇不对马嘴地说，俄国人是世界上最慷慨、最勇敢和最果断的民族！

“唉，你啊，老演员！”萨宁暗自思忖道。

使他感到惊讶的与其说是罗泽利太太那出乎意外的情绪，倒不如说是她女儿对待他的态度。她不是避开他……恰恰相反，她常常坐得离他较近，留心地倾听他的话，打量他，可她坚决地不想跟他谈话，他一跟她说话，她就慢慢地站起来，悄悄地走开一会儿。过后，她又走进来，又坐到角落里——她凝然不动地坐着，好像在沉思，并且困惑莫解……首先是困惑莫解。莱诺雷太太本人终于发觉了她那异样的举动，就接连问了两次，她怎么了。

“没有什么，”杰玛回答说，“你知道的，我有时就是这样。”

“这倒是真的。”她母亲同意了她的话。

这漫长的一天就这样消逝了，既不活跃，也不沉闷——既不快乐，也不无聊。如果杰玛的举动不是这样，那么萨宁……怎能知道呢？也许会情不自禁地稍微卖弄一下——或者只是面临可能的离别，也许是永久的离别而忧闷不乐，可是因为他跟杰玛连一次谈话的机会也没有，他只好满足于晚上喝咖啡之前，在钢琴上弹奏一刻钟小调和弦。

埃米略很迟才回家，而且马上就溜走了，免得家里的人向他打听克吕贝尔先生的情况。萨宁也该走了。

他开始跟杰玛告别。他不知为什么想起了《奥涅金》里连斯基和奥尔迦的离别。他紧紧地握住了她的手，想瞧瞧她的脸，可是她稍微扭转了脸，并把自己的指头从他手里抽了回去。

二十

当萨宁走到台阶上时，已经是“满天星星”。天上繁星密布，有大的、小的、黄的、红的、蓝的和白的！ 它们都闪闪放光，簇聚成群，竞相辉映。天上没有月亮，虽然如此，但一切东西在无影的薄暮中还是清楚可见的。萨宁走到街道的尽头了……他不打算立刻就回住处；他觉得需要在清新的空气中溜达一阵子。他折回去了，还没有走到罗泽利糖果店的房子前面，临街的一扇窗忽然格啦一声打开了。在窗子那黑沉沉的四角形中（房间里没有点灯）现出一个女性的身影，他听见有人叫他。

“Monsieur Dimitri！①”

他立刻向窗口急奔过去……这是杰玛！

她把两肘支在窗台上，身子向前倾。

“Monsieur Dimitri，”她用谨慎小心的声音说，“今天我整天想给您一件东西……可我不敢给您；现在想不到又看见了您，我认为，这大概是命中注定的……”

说到这里，杰玛不由得顿住了，她不能再说下去了，因为这当儿发生了一件不寻常的事。

天空万里无云，在深沉的寂静中，突然刮起一阵疾风，脚底下的大地好像突然战栗起来，那微弱的星光抖动起来，闪烁起来，空气一股股地旋转起来。一阵不冷的、但却热乎乎的、几乎灼热的旋风袭击着树木、屋顶、墙和街道；刹那间揭去了萨宁头上的帽子，把杰玛那乌黑的鬈发吹得凌乱飘动。萨宁的脑袋与窗台齐平；他不由得紧贴着窗台，杰玛用双手抓住了他的两肩，胸部贴在他头上。这一阵呼啸和骚动延续了约一分钟光景……那骤然而起的旋风像一群大鹏疾飞而去……又是

① 法语：德米特里先生！

深沉的静寂。

萨宁微微昂起了头，看见头顶上有一张那么俊俏、那么惊慌而又兴奋的脸蛋，一双那么大的、令人畏惧的、非常美丽的眼睛，他看到了这样一个美人儿，他的心停止跳动了：他把嘴唇紧贴在落到他胸上的一绺纤细的秀发上，他只能说：

“啊，杰玛！”

“这是怎么回事啊？闪电？”她问，两眼睁得很大，没有把她那裸露的两臂从萨宁的肩上缩回去。

“杰玛！”他又叫喊了一声。

她叹了口气，回头向背后的房间里瞧了瞧，用敏捷的动作从她那宽腰带里取出一朵枯萎了的玫瑰，把它丢给萨宁。

“我早就想把这朵花给您……”

他认出了这正是他昨天夺回的那朵玫瑰……

可是小窗已经砰的一声关上了，那黑沉沉的玻璃窗里什么也看不见，也没有白色的身影。

萨宁光着脑袋回到住处……甚至没有发觉自己丢了帽子。

二十一

直到早晨他才蒙眬入睡。这也不奇怪！在那阵骤然而起的夏天旋风的袭击下，他几乎也那么骤然感觉到——不仅是杰玛是个美人儿，不仅是他喜欢她，这点他先前也知道……而且是他几乎……爱上了她！——如同昨天的那阵旋风一样，爱情也骤然向他袭来。可是现在要去进行这场愚蠢的决斗！悲伤的预感开始折磨他。嗯，就算他不会被打死……他对这个少女，对别人的未婚妻的爱情会有什么结果呢？就算这个“别人”不会加害于他，杰玛本人会爱上他，或者已经爱上了他……这又会产生怎样的结果呢？ 怎么办呢？ 这样一个美人儿……

他在房间里踱了一阵后，在桌子后面坐下了，取出一张纸，写了几行字，马上又涂去……他想起在那扇黑洞洞的窗子里、在星光下杰玛那被热乎乎的旋风吹拂着的绰约多姿的身影；想起她那如大理石般洁白的两臂，宛如奥林匹斯山上女神的胳臂，他还感觉到那两条胳臂按在自己肩上时富有生命力的重量……接着他拿起她丢给他的那朵玫瑰，觉得它那半枯萎的花瓣还散发着另一种比它平日的香气更幽雅的芳香……

“万一他被打死，或者残废了呢？”

他不睡在床上，而在沙发上和衣睡熟了。

* * *

有人拍拍他的肩膀……

他睁开眼来，看见了潘塔莱昂纳。

“他睡得像在巴比伦战争前夕马其顿的亚历山大[①]一样！”老头儿扬声说。

“几点钟？”萨宁问。

“六点三刻；到哈瑙有两小时路程呢，我们应当先到达那里。俄国人总是赶在他们敌人前头的！ 我租到了法兰克福的一辆最好的

① 亚历山大（公元前 356—前 323）：马其顿国王腓力二世之子，消灭了波斯王国后，成立了亚历山大帝国。

马车！”

萨宁开始洗脸。

“手枪在哪里？”

“那个 ferroflucto Tedesco 会带来手枪的。他还要带一个医生来。”

看来，潘塔莱昂纳像昨天那样精神抖擞；可是当他和萨宁一同坐上马车，马车夫啪的一声扬了扬鞭子，马儿奔跑起来的时候，这个前歌手和帕多瓦龙骑兵朋友的心情蓦地变了。他心慌意乱，甚至害怕起来；他心里仿佛有个什么东西像一堵砌得不牢的墙哗啦一声倒塌了。

“我们这是在干什么啊，天哪，santissima Madonna①！”他忽然一把抓住自己的头发，尖声叫道。“我在干什么啊？ 我这个老傻瓜，疯子，frenetico！”

萨宁不觉一惊，笑起来了，轻轻地搂住潘塔莱昂纳的腰，告诉他，说法国有一句谚语：“Le vin est tiré——il faut le boire.”②（用俄语说：“一不做，二不休。”）

“是呀，是呀，”老头儿回答说，“这杯酒，咱们一起来喝吧；可我毕竟是个疯子！ 我是个疯子！ 本来一切都是那么平静，多么好啊……忽然，嗒——嗒——嗒，嗒啦——嗒——嗒！”

“好像乐队的 tutti③，”萨宁勉强地笑了笑，说。“但这不是您的过错。”

“我知道，这不是我的过错！ 当然啰！ 这到底是……轻举妄动。

---

① 意大利语：神圣的圣母。
② 法语：“酒瓶已经开了，就得喝下去。”
③ 意大利语：总合奏。

Diavolo! Diavolo![1]”潘塔莱昂纳叹着气，晃着他那绺蓬起的头发，反复地说。

马车不停地奔驰着。

这天早晨真美啊。刚开始活跃起来的法兰克福的街道显得干净而又舒适；房子的窗户都像金属薄片般地闪耀着变幻不定的光彩；马车刚一驶出城关，云雀的嘹亮的啭鸣就从上面，从那还没有透亮的蓝天上纷纷撒落下来。忽然，在大道上的一个拐弯处，从一株挺拔高耸的白杨树后边闪出一个熟悉的身影来，走了几步就站定了。萨宁仔细地瞧了瞧这个人……天哪！ 是埃米略！

“难道他知道什么啦？”萨宁问潘塔莱昂纳。

“我不是跟您说过，我是个疯子。”这个可怜的意大利人绝望地、几乎大声地叫喊起来。“这个倒霉的孩子弄得我一夜不得安宁；今天早晨，我终于把一切都告诉了他！”

“这就是你的 segredezza!”萨宁心里想。

马车驶到了埃米略前面；萨宁叫马车夫勒住马，把这个“倒霉的孩子”喊到了跟前。埃米略踉踉跄跄地走到他跟前来了，脸色惨白，白得像他发病那天一样。他几乎站不住了。

“您在这里干什么？”萨宁厉声问他。“为什么您不待在家里？”

“让我……让我和您一起去吧，”埃米略声音发抖地嘟哝说，紧紧地攥着两手。他像发热病般地牙齿咯咯作响。“我不会妨碍您的，不过要带我一起去！”

“如果您对我真有一点儿好感，或者尊重我，”萨宁低声说，“那

---

① 意大利语：魔鬼！ 魔鬼！

么，您立刻就回家去，或者到克吕贝尔先生店里去，对任何人都不要泄漏一句，等我回来！”

“等您回来……”埃米略呻吟般地说，话刚出口，又猝然中断了。“但要是您……”

“埃米略！”萨宁打断了他的话，用眼色指指马车夫，“您可要沉着！埃米略，请您回家吧！听我的话，我的朋友！您说您喜欢我。那我请求您了！”

他伸过去一只手。埃米略向前一晃，呜呜咽咽哭了起来，把这只手吻了吻；他离开大路，穿过田野，朝法兰克福的方向跑回去了。

“也是一颗高尚的心，”潘塔莱昂纳嘟哝说，可是萨宁脸色阴沉地瞥了他一眼……老头儿缩到了马车角落里。他意识到了自己的过错；此外，他越来越感到惊讶：难道**他**当真做了决斗的副手了？马是**他**租来的？一切都是**他**交涉安排的？清晨六点钟就离开了他那静谧的住所？而且他的两腿也酸痛得厉害，使他痛苦难受。

萨宁认为必须鼓励他，并且及时找到了鼓励他的话。

“可敬的契帕托拉先生，您昔日的勇气到哪里去啦？到哪里去啦——il antico valor[①]？”

契帕托拉先生又挺直了腰板，愁眉苦脸的。

“Ilantico valor?”他声音低沉地说。“Non è ancora spento(它还没有完全丧失)——il antico valor!!”

他打起精神，谈起自己的职业、歌剧、伟大的男高音歌手加西亚——他来到了哈瑙——好样的。您觉得怎样：世界上没有比言语更有

① 意大利语：昔日的勇气。

力……也更无力的东西了！

二十二

这个将要作为决斗战场的小树林离哈瑙有四分之一英里的路程。正如潘塔莱昂纳老头事前说过，萨宁与他先到达，他们吩咐把马车停在林边，就往树林深处走去，走进相当浓密的树荫里去了。他们不得不等候了约莫一小时光景。

萨宁觉得，等候倒不十分难受；他在一条小径上来回踱步，一边谛听着鸟儿的啭鸣，注视着穿梭似的飞来飞去的蜻蜓，正如绝大多数处于这样境况的俄国人一样，他竭力不思不想。只有一次引起了他的深思：他偶然发现一株很可能是被昨天的那阵狂风吹断的小菩提树。这株菩提树一定已经死了……叶子全都枯萎了。“这是什么？是预兆吗？”这个念头在他的脑际闪了一下，可是他立刻吹起口哨来，跨过那株菩提树，循着小径走去。潘塔莱昂纳叽里咕噜埋怨着，咒骂着德国人，哼哧着，忽而揉揉背，忽而揉揉两膝。他甚至着急得打起呵欠来了，这使他那布满皱纹的小脸盘上增添了非常滑稽可笑的表情。萨宁瞧着他，几乎纵声大笑起来。

一阵车轮的辘辘声终于在那柔软的道路上响了起来。“啊，他们来了！”潘塔莱昂纳喃喃说，凝神地听起来，挺直了腰板，刹那间全身通过一阵神经质的战栗。但他赶紧“呸”地大叫一声，并说今天早晨倒相当凉快，把这阵战栗掩饰过去。浓重的露水浸湿了青草和树叶，但是炎热已经侵入到树林里来了。

两个军官不久就在树林的穹隆下出现；随他们同来的是一个矮小

而结实的男子，有一张萎靡不振的、几乎昏昏欲睡的脸，他是军医。他一只手里拿着一个装满水的瓦罐，这是他特地带来以防万一的；左肩上挎着一个背包，晃呀晃的，里面装着外科手术用具和绷带之类的东西。一望而知，他是老于作这种旅行的，而且这已成为他收入的一大来源：决斗一次，他就有八个金币的进益——决斗双方各出一半。封·里希特先生带来了一只箱子，里面装着手枪。封·登霍夫先生手里转动着一根短小的皮鞭，大概是为了学“时髦”吧。

“潘塔莱昂纳！”萨宁悄声对老头儿说，“要是……要是我被打死了——这是很可能的，——请您把我侧袋里的一张纸取出来，纸里包着一朵花，把它交给杰玛小姐。您听见吗？ 答应吗？”

老头儿垂头丧气地瞥了他一眼，点点头表示同意……可是天晓得他是否懂得萨宁对他的这个请求的含义。

两个对手和他们的副手照例互相鞠了个躬；只有医生连眉毛也没有扬一下，打着呵欠在草地上坐下来，像是在说：“我可没有兴趣来表示骑士的礼貌。”封·里希特先生向“特什巴陀拉”①先生建议选择决斗场地，“特什巴陀拉”先生转动僵硬的舌头（他心里“那堵墙”又倒塌了），回答说：“先生，请您选择吧；我来检查……”

封·里希特先生开始选择场地。他在树林里立刻就找到了一片星星点点地开满鲜花的、最好的林中草地；他数着脚步；用两根刨得很粗糙的木棍标志出两个顶点，从箱子里取出了两支手枪，蹲在草地上，装上了子弹。总之，他全力以赴地做着准备工作，一边还用洁白的小手帕不停地抹他那热汗涔涔的脸。跟随着他的潘塔莱昂纳更像是个冻僵了

---

① 这个德国军官把“契帕托拉”念成了“特什巴陀拉”。

的人。做着这一切准备工作时，决斗的双方都站得稍微远点儿，活像两个受处罚的小学生，他们都在埋怨自己的家庭教师。

决定性的时刻到来了……

各人拿起自己的手枪……

可是这当儿，封·里希特先生向潘塔莱昂纳指出，按照决斗的惯例，在喊出那不祥的“一！ 二！ 三！”之前，他，副手中年纪较大的，应该向决斗双方作一次最后的劝告，建议他们和解，虽则这种建议从来没有任何结果，向来不过是徒具形式罢了，但是契帕托拉先生履行这个形式上的手续，就可以卸除某种责任；真的，这番声明本是所谓“公正的副手”（unparteiischer zeuge）的真正职责——但是因为他们里面没有这样的人——他，封·里希特先生乐于把这个特权让给他的可敬的同事。潘塔莱昂纳已经躲到一丛灌木后面去了，免得看见那个侮辱人的军官；封·里希特先生的话，起先他一句也没有听懂——何况这些话是带鼻音说的；可是他蓦地一怔，快步往前走去，边走边抖嗦地用拳头捶打自己胸膛，用他那混合的方言声音嘶哑地叫喊：“A la-la-la ... Che bestialitá！ Deux zeun'ommes comme ça qué si battono — perche? Che diavolo? Andate a casa！”①

“我不同意和解。”萨宁急忙说。

“我也不同意。”他的对手紧接着他说。

---

① 意大利语和法语：“啊呀—呀—呀……多么野蛮！ 两个年轻人决斗——为什么？ 真是莫名其妙！ 你们都回家吧！”

“那么您喊一、二、三吧！”封·里希特对不知所措的潘塔莱昂纳说。

潘塔莱昂纳立刻又躲进灌木丛里，浑身打战，眯缝起眼睛，掉转了头，可是扯起嗓门从那里大声喊道：

“Una . . . due . . . e tre!”①

萨宁先放枪，没有命中。他的子弹砰的一声打在一株树上。登霍夫男爵紧接着也放了一枪，他故意朝天开枪。

一阵紧张的沉寂……没有一个人走动。潘塔莱昂纳轻微地啊呀一声。

“您再下命令放枪吗？”登霍夫问。

“您为什么朝天开枪？”萨宁问。

“这不关您的事。”

“您第二次还是朝天放枪吗？”萨宁又问。

“也可能；我不知道。”

“对不起，对不起，先生们……”封·里希特开腔了，“决斗者没有权利彼此交谈。这是完全违反规则的。”

“我放弃开第二枪。”萨宁低声说，一边把手枪扔在地上。

“我也不打算再决斗，”登霍夫扬声说，也丢掉了手枪，“而且我现在愿意承认，前天是我的错。”

他踌躇了一阵，迟疑地向萨宁伸过手去。萨宁马上就抢上前去跟他握手。两个年轻人面露笑容，你看看我，我看看你，他们的脸上都泛红了。

---

① 意大利语：“一……二……三！”

“Bravi! bravi!”[①]潘塔莱昂纳忽然像疯子般地嚷道，鼓着掌，像只筋斗鸽般地从灌木丛里跑出来；可是那个医生呢，他本来坐在一株横躺在一边的、被砍倒的树上，立刻站了起来，倒掉瓦罐里的水，懒洋洋地、摇摇晃晃地向树林边走去。

“荣誉得到了满足，决斗结束了！”封·里希特宣布说。

“Fuori!（让步了！）”潘塔莱昂纳照老习惯又高声叫道。

* * *

跟军官先生们互相鞠躬行礼后，萨宁便坐进了马车，经历了这场战役之后，的确，他整个身心都感觉到，即使不是满足，至少是有点儿轻松了，但另一种感觉，一种像是羞耻的感觉却在他心里活动起来……他觉得，他刚才在其中扮演了一个角色的这场决斗，是驻防军的普通军官或大学生的玩意儿，是一场假戏，老一套的官样文章。萨宁想起了那个精神萎靡的医生，想起了他怎样微微一笑——也就是当他看见萨宁跟登霍夫男爵几乎挽着胳膊走出树林时，他扮了个鬼脸。后来，当潘塔莱昂纳付给这个医生四个金币作为酬劳时……唉！总有点儿不妙！

是啊；萨宁感到有点儿内疚，也感到羞惭……虽然从另一方面来说，他该怎么办呢？他可不能让那个青年军官的无礼行为不受惩罚，这不是让自己同克吕贝尔先生一样了吗？他为杰玛抱不平，他保护了她……事情就是这样；但他还是心乱如麻。他觉得问心有愧，甚至感到羞惭。

① 意大利语：“勇敢！勇敢！”

可是，潘塔莱昂纳简直扬扬得意！ 他心里忽然充满了自豪感。一位凯旋归来的常胜将军也不会那么踌躇满志地左顾右盼的！ 萨宁在决斗时的举动使他非常高兴。他称他做英雄——既不愿意听他的劝说，也不愿意听他的请求。他把萨宁比作一座大理石的或青铜的纪念像，比作《唐璜》[①]里的骑士的雕像！ 他承认自己曾经感到有点儿惊惶失措。“我是演员，”他说，“我是神经过敏的，可您呢，您却是雪和花岗岩的儿子！”

萨宁压根儿不知道怎样抚慰这个情绪激昂的演员。

* * *

埃米略几乎就在两小时前他们在路上遇到他的那个地方，又从一株树后面跳了出来，快乐地大声叫喊着，把他的便帽高举在头顶上挥动，跳跳蹦蹦地、径直地向马车疾奔过来，险些儿摔到车轮底下去；不等马止步，他就爬上马车，隔着关着的车门，向萨宁扑上去，抱住了他。

“您活着，您没有受伤！”他反复地说。“请原谅我没有听您的话，没有回法兰克福去……我不能！ 我在这里等着您……请给我讲讲，这到底是怎么回事？ 您……把他打死了吗？”

萨宁费力地安慰埃米略，让他坐下。

潘塔莱昂纳滔滔不绝、显然满高兴地把决斗的一切情况告诉了他，当然没有忘记，他又提到了青铜纪念像和骑士雕像！ 他甚至从自己座位上站起来，叉开两腿以保持身体平衡，两臂交叉地抱在胸前，偏

---

① 英国诗人拜伦（1788—1824）所作的著名长诗。

着头鄙夷地斜睨着——惟妙惟肖地表演着骑士萨宁的样子！ 埃米略毕恭毕敬地倾听着，有时以赞叹的口吻打断他的话，或者霍地站起来，那么急速地亲吻一下他那英勇的朋友。

马车在法兰克福的马路上辘辘地驶过，终于在萨宁所住的旅馆门前停下了。

在两个同伴跟随下，他登上了二楼，忽然有个女人从暗沉沉的走廊里迈着急促的步子走了出来：她脸上蒙着面纱；她在萨宁面前站定了，微微晃了晃，抖抖嗦嗦地叹了口气，马上就跑下楼去，——不见了。一个茶役不觉大吃一惊，说："这位女士等候外国先生归来，已经有一个多钟头了。"虽然她像昙花一现就不见了，可是萨宁已经认出来，她就是杰玛。他隔着那细密的褐色丝面纱，认出了她的眼睛。

"难道杰玛小姐知道啦……"他操着德语，声音里带着不满的情绪对寸步不离地尾随着他的埃米略和潘塔莱昂纳说。

埃米略满脸通红，发窘了。

"我不得已才原原本本地告诉了她，"他嘟嘟囔囔地说，"她猜到了，我怎么也不能……可是现在这不要紧了，"他兴奋地补了一句，"结局是那么好，她又看到您身体健康，没有受伤！"

萨宁把脸扭开了。

"不过你们俩都挺喜欢多嘴！"他带着满不高兴的神情喃喃地说，走进自己房间里，在一把椅子上坐下来。

"请您别生气。"埃米略恳求说。

"好吧，我不会生气。（萨宁确实没有生气，而且他未必真的希望杰玛**什么也**不知道！）好吧……跟我拥抱一下吧。现在，要请你们走了。我想独个儿待在房间里，我要睡觉，我觉得累了。”

“好主意！”潘塔莱昂纳扬声说。“您需要休息！您应该休息，可敬的先生！咱们走吧，埃米略！踮起脚！踮起脚！嘘——嘘！”

萨宁说他想睡觉，这只不过是想摆脱他的同伴；但是只剩下他一个人的时候，他确实感觉到浑身没有一丝力气了：昨天夜里他几乎没有合过眼，一倒在床上，立即就呼呼地睡熟了。

二十三

他一连睡了几个钟头没有醒过。接着他做起梦来了，梦见他又在决斗，这一回，作为对手站在他面前的是克吕贝尔先生。在一株枞树上停着一只鹦鹉，这只鹦鹉就是潘塔莱昂纳，它用嘴壳子笃笃地啄着，连声叫：一、二、三！一、二、三！

“一……二……三！！”他听得太清楚了；他睁开眼来，微微昂起了头……有人在敲他的房门。

“进来！”萨宁叫道。

进来的是茶役，他向萨宁通报说，有一位女士急于要见他。

“杰玛！”在他脑海里闪了一下……可是这位女士原来是她的母亲——莱诺雷太太。

她一走进房间，马上就坐到椅子上哭起来。

“您怎么啦，我的好太太，可爱的罗泽利太太？”萨宁坐到她身边，轻轻地抚摸着她的手，说。“出了什么事啦？您要镇静，我请求您。”

“唉！ Herr Dimitri[1]，我很……很不幸呐。”

“您不幸？”

“唉！ 很不幸！ 我怎么想得到啊？ 突然，像个晴天霹雳……”

她费力地喘了一口气。

“这是怎么回事啊？ 您讲讲吧！ 要不要喝杯水？”

“不，谢谢。”莱诺雷太太用手帕揩眼睛，哭得更伤心了。“可我全都知道！ 全都知道！”

“怎么说全都知道？”

“今天所发生的事情呀！ 原因……我也知道！ 您的行为是高尚的人的行为；可是情况却是多么不幸的凑合啊！ 我不赞成这次游索登不是没有道理的……不是没有道理的呀！ （莱诺雷太太在去郊游的那一天并没有说过这样的话；可是现在她却似乎觉得那天她已经预感到“一切”了。）我所以来找您，是因为您是个高尚的人，是个朋友，虽然五天前，我才第一次见到您……可我是个寡妇呀，无依无靠的……我的女儿……”

莱诺雷太太泣不成声。萨宁却摸不着头脑。

“您的女儿？”他重问了一遍。

“我的女儿，杰玛，”莱诺雷太太拿一块给泪水湿透了的手帕掩着嘴几乎哽哽咽咽地说，“她今天对我说，她不愿嫁给克吕贝尔先生了，说我应该拒绝他！”

萨宁甚至把身子稍微挪开点儿：这是他意料不到的。

“且不说这是耻辱，”莱诺雷太太继续往下说，“世界上还从来没

---

① 德语：德米特里先生。

有过这样的事：未婚妻不肯跟未婚夫结婚；对我们来说，这等于破产，Herr Dimitri!”莱诺雷太太用劲地把她的手帕卷成一个小小的球，好像她要把自己所有的痛苦一古脑儿放在里面似的。“我们再也不能靠我们店铺的收入生活啦。Herr Dimitri! 而克吕贝尔先生很有钱，将来还会更有钱。究竟为什么要跟他决裂呢？ 因为他没有保护他的未婚妻吗？ 从他的方面来说，就算做得不对，但他是个普通的平民百姓呀，他没有上过大学，作为一个体面的商人，他对一个无名小军官的轻浮的行为应该不放在心上。这算什么侮辱啊，Herr Dimitri?”

“对不起，莱诺雷太太，您好像在责怪我……”

“我一点也不责怪您，一点也不！ 您，您完全是另一回事！ 您像所有俄国人一样，是个军人……”

“对不起，我根本不是军人……”

“您是个外国人，一个路过的人，我很感谢您……”莱诺雷太太不听萨宁的话，继续往下说。她喘不上气来了，把两手一摊，又解开手帕擤起鼻涕来。光从她那痛苦的神情就可以看出，她不是生长在北方天空下的。

“要是克吕贝尔先生去跟他的顾客决斗，往后他在店里怎么做生意呢？ 这太不像话啦！ 现在我应当拒绝他？ 可是我们今后怎样过日子呢？ 从前，只有我们一家做止咳糖和胡榛子果仁牛轧糖，顾客都到我们店里来买，可是现在大家都做止咳糖！！ 您要想想，城里对你们的决斗本来就会议论纷纷的……难道这件事情还隐瞒得了吗？ 忽然婚事又告吹了！ 要知道，这是一件丢脸的事，丢脸的事呀！ 杰玛是个漂亮的姑娘；她很爱我，可她是个固执的共和派，她不肯接受人家的意见。只有您才能说服她！”

萨宁比先前更惊讶。

“莱诺雷太太，我？”

“是啊，只有您……只有您。我上您这儿来，就是为了这件事：我想不出别的办法啦！ 您是个很有学问的人，您为人又那么好！ 您保护过她。她会相信您的话的！ 她应当相信您的话，因为您冒过生命危险！ 您去向她证明，可我再也没有办法了！ 您要向她证明，她会毁了她自己，也会毁了我们！ 您救过我的儿子，再救救我的女儿吧！ 您是上帝派来的……我情愿跪下来恳求您……”

莱诺雷太太从椅子上欠起半个身子，仿佛打算伏倒在萨宁脚下……他拦住了她。

“莱诺雷太太！ 看上帝份上吧！ 您这是于什么呀？”

她哆哆嗦嗦地握住了他的双手。

“您答应吗？”

“莱诺雷太太，您想想看，我用什么理由去……”

“您答应吗？ 您不愿意眼看我立刻死在这里，死在您的面前吧？”

萨宁惊惶失措了。这是他生平第一遭跟一个冒火了的意大利女人打交道。

“凡是您要我做的，我都会去做的！”他扬声说。“我去跟杰玛小姐谈谈……”

莱诺雷太太高兴地叫了起来。

“不过我确实不知道会有什么结果……”

“唉，您别推托啦，别推托啦！”莱诺雷太太用恳求的口吻说。“您已经答应了！ 一定会有很好的结果的。无论如何，我已经一点办法也没有了！ 她不听**我**的话啦！”

“她已经很坚决地对您说过，她不愿意跟克吕贝尔先生结婚吗？”沉默了半晌后，萨宁问。

“她斩钉截铁地说过！她完全像她的父亲乔瓦尼·巴蒂斯塔！她是天不怕地不怕的。”

“天不怕地不怕的？她？”萨宁声音拖长地问。

“是啊……是啊……可她也是天使。她会听您的。您去吗？马上就去吗？哦，我亲爱的俄国朋友！”莱诺雷太太感情冲动地从椅子上站了起来，又那么冲动地抱住了坐在她面前的萨宁的头。“请接受母亲的祝福，再请您给我些水喝。”

萨宁给罗泽利太太端来了一杯水，向她保证说，他马上就去。他送她下楼，一直送到街上。回到自己的房间里后，他甚至双手一拍，眼睛睁得很大。

“嘿，”他心里想，“**现在**生活旋转起来了！它旋转得使我头晕了。他无意省察自己的内心，弄清楚发生了什么变化：心乱如麻——行啦！“日子来到了！”他的嘴不由得嘟哝说。“她是天不怕地不怕的，她母亲说的……我应当去劝劝她，——劝劝她？！怎样劝呢？！”

萨宁当真晕头转向了。杰玛的形象所驾驭的各种各样感觉、印象和难以表达的思想的旋风在不停地飞驰，这个形象是在那热乎乎的、电光闪闪、大地震撼的夜里，在那黑洞洞的窗子里，在繁星的光辉下，如此不可磨灭地铭刻在他的脑际的！

二十四

萨宁挪着迟疑的步子走近了罗泽利太太家。他的心怦怦地直跳；

他清楚地感觉到，甚至听见心脏在肋骨上撞击。他对杰玛说些什么呢？对她从何谈起呢？ 他不是从店铺而是从后门走进屋里去的。他在一个不大的前室里碰见了莱诺雷太太。她见到他很高兴，同时心里又慌乱不安。

“我等着，等着您哪，”她低声说，两手轮流地紧握他的手，“您到花园里去吧；她在那儿。可要当心，我把希望寄托在您身上啦！”

萨宁走到花园里去了。

杰玛坐在小径近旁的一条长凳上，她从一只盛满了樱桃的大篮里拣出熟透了的樱桃，丢在一个盘里。太阳低低地挂在天边，已经是傍晚六点多钟，斜阳广阔地斜照着罗泽利太太的整个小花园，在夕阳的余辉里深红色多于金黄色。有时，树叶轻微地、仿佛慢条斯理地在窃窃私语，迟归的蜜蜂发出断断续续的嗡嗡声，穿梭似的从这朵花飞到那朵花上；不知什么地方，斑鸠单调而不知疲倦地咕咕叫着。

杰玛头上戴的仍是她游索登那天戴的圆帽子。她从帽子那突出的帽檐下面瞧了瞧萨宁，又埋头在篮子上了。

萨宁不由得放慢脚步走到她跟前，可是……可是他搜索枯肠，却找不出别的话儿，只问她为什么要拣樱桃？

杰玛不慌不忙地回答他：

“这些樱桃太熟了些，”她终于说，“用来做果酱，那些做大馅饼的馅。您知道吧，我们店里卖圆糖馅饼。”

说这些话时，杰玛把头俯得更低；她右手的指头拿着两颗樱桃，停在盘和篮之间不动了。

“可以坐在您身边吗？”萨宁问。

“可以。”杰玛在长凳上稍微移动了一下身子。萨宁便在她身边坐下了。“从何说起呢？”他心里寻思着。可是杰玛把他从困境中解救出来了。

“今天您决斗过啦。”她带着热切的期待说，一边把她那漂亮的、羞得绯红的脸向他扭过来，——她眼神里闪烁着多么深切的感激之情啊！“您那么沉着？可见，在您看来，不知道什么叫做危险？”

“别那么说！我可没有遭到一点儿危险。一切都很顺利，一根汗毛也没有受损伤。”

杰玛举起一个指头在眼睛前面忽右忽左地晃了晃……这也是一种意大利式的手势。

“不！不！您别这么说；您别骗我！潘塔莱昂纳已经全都告诉我了。”

“好一个值得信任的人！他把我比作骑士的雕像了吧？”

“他的话可能是可笑的，但是，无论是他的感情，还是您今天所做的事，都不是可笑的。这一切都是由我而起……为了我……这我永远不会忘记的。”

“请您相信我的话……杰玛小姐……”

“这我不会忘记的，”她从容自在地重说了一遍，又凝眸把他打量了一下，就把脸扭开了。

现在他能够看见她那俊秀的侧面，他觉得他从来没有见过如此的美貌，也从来没有过类似此刻的感情。

“我许下的诺言呢！”他脑子里闪了一下。

“杰玛小姐……”他犹豫了一阵后，说。

“什么？”

她没有向他掉转脸来，继续拣樱桃，指尖小心翼翼地掐住樱桃的梗，稍微抬起叶子……可是，“什么？”这句话听起来包含多么信任的深情厚谊啊！

“令堂一点儿也没有对您说过……关于……”

“关于什么？”

“关于叫我来劝您的事。”

杰玛忽然把拿起来的樱桃又丢到篮里了。

“她跟您谈过了？”她也问道。

“是啊。”

“她对您说了些什么？”

“她对我说，您……说您忽然决心改变……您原先的主意。”

杰玛又低下头去。她的脑袋完全给帽子盖住了；只看见她那柔软而娇嫩、像一朵大花的茎一般的颈脖。

“什么主意？”

“您的主意……关于……您的未来生活的安排。”

“也就是……您说的是……关于克吕贝尔先生？”

“对啊。”

“妈妈已经告诉了您；我不愿意做克吕贝尔先生的妻子？”

“是啊。”

杰玛在长凳上把身子稍微移动了一下。篮一倾斜，就掉下去了……几颗樱桃滚到了小径上。一分钟过去了……又一分钟过去了……

“她为什么对您提到这件事？”听到了她的声音。萨宁仍然只看见杰玛的颈脖。她的胸部比先前更快地起伏着。

“为什么吗？ 您妈认为，因为我跟您在短时间里可以说交了朋友，您有点儿信任我，所以我能够给您有益的劝告——您会听我的话。”

杰玛的两手慢慢地滑到了膝上……她揉弄起她的连衫裙的褶裥来了。

“您要给我什么劝告呢，monsieur Dimitri?”过了一会儿后，她问。

萨宁看到杰玛的指头在膝上直哆嗦……她揉弄连衫裙的褶裥，只是为了掩盖这阵哆嗦。他把手轻轻地按在她那白皙的、嗦嗦发抖的指头上。

“杰玛，”他低声说，“您为什么不看我？”

她立刻把帽子推到了肩后，照旧又把她那双闪烁着信任和感谢的目光的眼睛直瞅着他。她等待着他要说些什么……可是她脸上的神情却使萨宁感到惶窘不安，并且仿佛使他眼睛发花了。那暖融融的夕阳余辉照耀着她那少女的头部，整个头部比夕阳的余辉显得更光辉灿烂。

“我听您的话，monsieur Dimitri，”她说，脸上微露笑意，并且微微扬起了眉毛，“可您要给我什么劝告呢？”

“什么劝告吗？”萨宁重说了一遍。“您要知道，您妈认为您拒绝克吕贝尔先生，只是因为前天他竟然不敢……”

“只是因为这个缘故吗？”杰玛说，俯下身去，把篮子拾了起来，搁在长凳上自己身边。

“她认为……一般地说……拒绝他，从你们方面来说，这样做是不明智的；您妈认为应该慎重地考虑这样做的后果；最后她认为，你们的营业情况也使府上的每个人都负有某些义务……”

“这一切都是妈妈的意思，”杰玛插嘴说，“这是她的话。这我知道；可是您的意见怎么样？”

“我的意见吗？”萨宁沉默了。他觉得有个东西涌到了他的喉咙，使他喘不过气来。“我也认为，”他用劲地说……

杰玛挺直了身子。

“也认为？……您也认为？”

“对……也就是说……”萨宁不能，再也不能说出一个字来。

“好吧，”杰玛说。“既然您以一个朋友的身份，劝我改变我的决定……也就是说，不要改变我以前的决定……那我可要考虑考虑了。”她自己也不知道在做什么，开始把盘子里的樱桃又放回到篮子里。“妈妈希望我听从您的劝告……好吧。嗯，我也许会完全听您的话……”

“可是对不起，杰玛小姐，我首先想要知道，是什么原因促使您……”

“我听从您的劝告，”杰玛又说了一遍，双眉紧蹙，脸色惨白；她咬住了下唇。“您为我出了那么多的力，您要我做什么，我应该做什么；我应该满足您的愿望。我会告诉妈妈……我要考虑考虑。瞧，她正好往这儿来了。”

真的，莱诺雷太太已经来到通到花园的屋子门口。她等得不耐烦了，所以她不能坐着不动了。按照她的计算，萨宁向杰玛的劝说早该结束了，虽然他们的谈话才不过一刻钟。

“不，不，不，看在上帝份上！暂且不要跟她说什么，”萨宁慌忙地、几乎惊慌地说，“您等着吧……我会告诉您……我会给您写信……您先别作任何决定……您等着吧！”

他紧紧地握住了杰玛的手，从长凳上霍地站了起来，莱诺雷太太大为惊讶，他打她身边溜过，微微揭起帽子，嘟嘟囔囔说了几句含糊不清的话，就不见了。

莱诺雷太太走到了女儿跟前。

“请告诉我，杰玛……”

杰玛忽然站了起来，把她搂住。

“亲爱的妈妈，您能不能稍微等待一下，稍微等待一下……等到明天？ 可以吗？ 不到明天可别问我……咳！ ……”

她忽然掉下了晶莹发亮的眼泪，连她自己也想不到。这尤其使莱诺雷太太纳闷，因为杰玛脸上的神情远不是悲伤，倒不如说是快乐。

“你怎么啦？”她问。“你是从来不哭的，忽然……”

“没有什么，妈妈，没有什么！ 不过请您等待一下！ 我们俩都得等待一下。不到明天，什么都不要问我，趁太阳还没有落下去，我们拣樱桃吧。”

“那么你会讲道理了吧？”

“哦，我是很讲道理的。”杰玛意味深长地点点头。她开始把樱桃扎成一小束一小束，并把这小小的一束束樱桃高举在她那绯红的脸蛋前面。她没有擦掉眼泪：泪水自干了。

二十五

萨宁几乎奔跑着回自己的住处去了。他感觉到了，意识到了只有在那里，只有他独自一个人的时候，才会搞清楚他怎么了，他发生了什么事。真的，他刚走进自己的房间，刚在他的写字桌前面坐下，就把两臂支在桌上，拿两手掩住了脸——他伤心而低沉地叫道：“我爱她！

我疯狂地爱她！”他内心整个儿燃烧得像炭火一般红了，覆盖在炭上面的那层愈来愈厚的死灰忽然被吹掉了。转眼间……他已经不能理解他怎么会坐到了她身旁……傍着她！跟她谈话，却没有感觉到他已经拜倒在她的裙下，就像年轻人所说的，他已经愿意“死在她的脚边”。刚才花园里的会面才决定了一切。现在，当他想念着她时，他想象中的她已经不是那个在星光下鬈发披散的少女——他所看到的她是坐在一条长凳上，一下子就摘下了头上的帽子，那么信任地瞧着他……战栗和对爱情的渴望流过他全身的血管。他记起了已经在自己口袋里藏了三天的那朵玫瑰；他把那朵玫瑰拿了出来，使出那么狂热的力气把它紧贴在自己的嘴唇上，脸不由得痛苦得皱了起来。现在他不作推断，也不思考；不作打算，也不预料；他和过去的一切完全分离了，他向前一跃：从他那孤独的独身生活的忧郁烦闷的岸上跳到了愉快的、奔腾的、强大的洪流中——他不那么觉得痛苦了，他不想知道这股洪流会把他冲到哪里去，会不会把他在礁石上撞得粉碎！这已经不是乌兰德抒情诗里那平静的流水，前不久，他还陶醉于这些抒情诗……这是一股强有力的、不可阻挡的狂澜！这股狂澜向前汹涌奔腾，而他随波逐流地漂浮而去！

他拿了一张纸，没有涂改一个字，几乎一挥而就，写了如下的一封信：

亲爱的杰玛！

您知道要我向您提出的是什么劝告；您知道令堂的愿望是什么，她要求我的是什么；但是您还不知道，而现在我必须告诉您的——这就是我爱您，我以一颗初恋的、充满炽烈的爱情的心爱着您！这股爱情的火焰突然在我心里燃烧起来了，可是燃烧得这么炽烈，我简直无法用笔墨形容！！当令堂来要求我找您谈话时，这股火还只在我心里阴燃。要不然，作为一个诚实的人，我大概会拒绝她的委托的……现在我向您倾吐的真情，是一个诚实的人对您的自白。您应该知道，您在跟谁交往。我们之间不应有误会存在。您要知道，我不能给您任何劝告……我爱您，爱您，爱您——不论在我的头脑里，或是在我的心坎里，再没有别的什么了！！

德米特里·萨宁

这封信折好并封好后，萨宁本想按铃叫茶役，差他送去……“不，这不妥当！托埃米略转交吧？……但是到他的店里去，在其他店员中间去找他，这也不方便。而且夜已经来临，他或许已经离开店回去了。”萨宁这么考虑着，可他还是戴上帽子，来到了街上；他拐了一个弯，又拐了一个弯，真是喜出望外，他看见埃米略在前面走。埃米略腋下挟了个皮包，手里拿了一卷纸，这个年轻的热心人急匆匆地回家去。

“难怪人家说，每个恋人都有他的运气！”萨宁沉吟了一下，叫住了埃米略。

这孩子掉转身，立刻跑到他跟前来了。

他还来不及高兴，萨宁就把信交给了他，向他说明，把信交给谁，怎样转交……埃米略用心地听着。

“不让人看见这封信吗？”他问，脸上流露出意味深长的神秘的神气，像是在说：“我们俩都明白问题的实质！”

“对了，我亲爱的朋友，”萨宁说，有点儿尴尬的样子，可是抚爱地拍拍埃米略的脸颊。“要是有回信……请您给我送来，好吗？ 我在住处等您。”

“这请您放心！”埃米略愉快地低声说着，跑掉了。他一边奔跑，一边又向萨宁点点头。

萨宁回到了住处，没有点燃蜡烛，就倒在沙发上，把两手垫在脑后，沉浸在刚意识到的爱情中，这种爱情用不着描写：有过体会的人都知道其中的苦乐；没有体会过的——对他们讲也没用。

门开了，埃米略探进头来。

“我把回信带来了，”他低声说，“这就是给您的回信！”

他拿出一张折好的小纸条，把它高举到头顶上。

萨宁从沙发上直跳起来，从埃米略手里夺过信。他的热情太高了：现在他顾不上保密，也顾不上礼貌了，甚至在这个孩子，她那亲兄弟面前，也是如此。在这个孩子面前，他本该有所顾忌，本该克制自己，但是他顾不上了！

他走到了窗前，就着房子前面的街灯的光，念下面几行字：

> 我请求您，我恳求您，明儿整天不要上我们这儿来，不要露面。我需要您这样做，一定要这样做——一切都会迎刃而解的。我知道您不会拒绝的，因为……
>
> 杰玛

萨宁把这张便条接连念了两遍，啊，他觉得她的字迹多么可爱，多么秀丽！ 他稍微沉吟了一下，就向埃米略转过身去，——埃米略想暗示一下，自己是个多么谦虚的年轻人，他面朝墙壁站着，用指甲在墙上抠着玩，——萨宁大声地喊他的名字。

埃米略立刻跑到萨宁跟前去。

"您有什么吩咐吗？"

"喂，我的小朋友——"

"Monsieur 德米特里，"埃米略用嗔怪的口气打断他，说，"您为什么不用'你'称呼我？"

萨宁不觉笑了起来。

"嗯，好吧。喂，我的小朋友（埃米略高兴得轻轻地蹦跳起来），你听着，'**那边**'你懂不懂？ 你对'**那边**'说，一切都会照办的（埃米略抿紧了嘴，俨然地点点头），——你呢……你明天干什么？"

"我！ 我做什么？ 您想叫我做什么？"

"要是你能够，你明天大清早就到我这儿来，我们一同到法兰克福郊外去游玩，到晚上回来……你去不去？"

埃米略又蹦跳起来。

"好啊，哪里还有比这更开心的事呢？ 跟您一块儿去游玩，这简直是个奇迹！ 我一定来。"

"要是他们不让你来呢？"

"他们会让我来的！"

"喂……千万别告诉'**那边**'，说我叫你来玩一天。"

"为什么要说？ 我会溜出来的！ 没什么了不得！"

埃米略搂住萨宁用力地吻了一下，就跑掉了。

萨宁久久地在房间里踱步，很迟才睡觉。他心里又怕又快乐，面临新的生活，他的心愉快地揪紧了。萨宁很满意自己想出了请埃米略明天来玩一天的主意；他的脸酷肖他的姐姐。“埃米略会使我想起杰玛，”他思忖道。

但最使他惊讶的是，他昨天怎么会和今天不一样？他觉得他爱着杰玛，“海枯石烂永不变”——正像今天那样爱她。

二十六

第二天，早晨八点钟，埃米略用一条皮带牵着塔尔塔利阿来到了萨宁的住处。如果他是德国血统，他就不会极准时地践约的。他在家里撒了个谎，说他要跟萨宁去散步到早餐时间，然后到店里去。当萨宁还在穿衣服的时候，埃米略虽然相当迟疑地跟他谈到了杰玛，谈到了她跟克吕贝尔先生的一场小争执，但是萨宁以严肃的缄默作为回答；于是埃米略流露出这么一副神气：他明白，为什么连稍稍触及一下这件重要的事情也不应该，便再也不提它了；只是有时露出全神贯注甚至严肃的神情。

喝过咖啡后，两个朋友便出发——当然是步行——到哈泽去了，那是一个离法兰克福不远、四周都是郁郁葱葱的树林的小村。从那里眺望陶努斯山脉，了如指掌。天气非常好；阳光灿烂，很热，但并不灼人；凉爽的风在绿叶丛中沙沙作响；高空中一片片圆形的云彩投下的阴影，斑斑点点地在大地上平稳而迅速地移动。两个年轻人不久就出了城，精神勃勃、兴高采烈地在那打扫得干干净净的平坦的大路上行走。他们拐进了一座树林，在树林里迷了路，徘徊了很久，然后在一家乡村小饭馆里饱饱地吃了一顿早餐，于是他们去爬山，欣赏风景，从山上丢石头，鼓着掌，望着这些石头像兔子一般奇怪而有趣地蹦跳着滚下山去，直到一个他们看不见的、在山下经过的人用响亮有力的声音骂他们时才停止，然后在一块紫黄色的、短而干燥的苔藓上躺下，舒展着四肢，接着在另一家小饭馆里喝啤酒，继而互相追逐，互相打赌比谁跳得远。他们听到了回声，便和回声对话；他们唱歌，喂喂的呼喊，摔跤，攀折小树枝，用几片羊齿草插在帽上，甚至还跳起舞来。塔尔塔利阿尽它的力气，尽它的能力参加这一切活动。诚然，它不会投石头，可它却连滚带跑地去追逐石头；当这两个年轻人唱歌时，它就随声吠叫；它甚至也喝啤酒，虽然它显然不喜欢喝。这套本领是它从前的主人，一个大学生教它的。但它不大肯听埃米略的话——他到底不是它的主人潘塔莱昂纳；当埃米略叫它“讲话”或“打喷嚏”时，——它只摇摇尾巴，伸出那卷得像根管子的舌头。

两个年轻人也彼此交谈。开始游玩时，萨宁作为一个大哥，因此更是高谈阔论，他开始大谈什么叫宿命，或是说命运，人类的使命是什么，有什么意义，不过他们的谈话很快就转到较为轻松的问题上去了。埃米略向自己的朋友和保护人详细地问起俄国的情况来，他们那里是怎样进行决斗的，俄国女人美不美，能不能很快就学会俄语，当那个军官拿枪瞄准他时，他的心情怎样。萨宁也向埃米略问到他父母的情况，问到他家里的一般情况，但竭力不提杰玛的名字，——心里却只想着她。说实在的，他甚至不是想她——而是想着明天，想着那神秘的明天，将会给他带来空前的、不可思议的幸福的明天！ 在他心里仿佛挂起了一幅帷幕，一幅薄薄的、轻飘飘的帷幕；这幅帷幕微微晃动着，而在帷幕后面他觉得……觉得有一张凝然不动的、年轻而神秘的脸，嘴唇上浮出亲切的笑意，而睫毛却严肃地、故意装得严肃地下垂着。这张脸不是杰玛的脸，这是幸福本身的脸！ 现在，他的时间终于到来了，帷幕升起了，嘴唇张开了，睫毛抬起来，——神灵看见他了，这便是光明，像阳光一样的光明，便是欢乐和无限的喜悦！！ 他想到这个明天，他的心由于不断地重新燃起希望而在发愣的烦恼中又愉快地揪紧了。

这希望、这烦恼却丝毫没有影响他。他的每个行动都带来烦恼——但丝毫没有影响他。这烦恼并不影响他跟埃米略在第三个小饭馆里津津有味地用他们的午餐——只是偶尔有一个念头，像一道短促的闪电，在他的脑际一闪：要是世界上有人能知道？？！！ 这烦恼也不影响他午饭后同埃米略做跳背游戏。这个游戏是在一片空旷的绿草如茵的小草地上做的……当萨宁在塔尔塔利阿的狂吠声中，灵活地叉开两腿，像鸟儿般飞也似的从埃米略弓着的身子上跳过时，他是多么惊奇，多么害羞啊！ ——因为他忽然看见有两个军官站在前面的一片绿草如茵的小草地的边上。他立刻就认出他们是他昨天的敌人及其决斗时的副手，即封·登霍夫先生和封·里希特先生。他们的眼里都嵌着单片眼镜，瞧着他微笑……萨宁两脚一落地，就掉转身去，赶忙穿上脱下的外套，断断续续地对埃米略说了几句话，那个少年也穿上了短上衣——两个人立刻就离去了。

他们回到法兰克福已经很晚了。

“我会挨骂的，”埃米略跟萨宁告别时，说，“可我不在乎！ 我今天玩得多么痛快，多么痛快啊！”

回到自己旅馆后，萨宁看到了杰玛写来的一张便条。她约他明天会面，早晨七点钟在法兰克福近郊的一个公园里。

他的心颤动得多么厉害！ 他多么乐于对她唯命是从！ 天哪，这预示了什么……这不可思议的、唯一的、不可能的、确实无疑的明天，还有什么没有预示呢！

他眼睛盯住了杰玛的便条，签在信尾的她的名字的第一个字母G，拖着一条长长的秀丽的尾巴，这使他想起了杰玛那美丽的手指，她的手……他心里想，他还一次也没有吻过这只手呢……“意大利女人，”他思忖着，“与传说中的她们相反，都是羞怯而严肃的……杰玛更不用说了！ 她是女王……女神……一尊纯洁无瑕的大理石像……”

可是日子总会到来的……这一天已经不远了……

那天夜里，在法兰克福有个幸福的人……他睡了，但他可以用诗人的诗句来描写自己：

我睡了……可我那敏感的心却醒着……

他的心跳得那么轻，宛如一只在夏天阳光下停憩在花儿上的小蝴蝶振动着翅膀。

二十七

早晨五点钟萨宁就醒了；六点钟他已经穿好衣服，六点半就在公园里踱步了，心里留意着杰玛在便条里提到的那个小亭子。

这天早晨是静悄悄的，天气暖和而阴沉。有时好像马上就要下雨，可是伸出手去却没有下雨的感觉，只是瞧瞧衣服的袖子，才发觉许多极小的水珠，像最微小的玻璃珠子一般，不过这些水珠很快就干了。没有风——好像世界上从来没有风似的。各种声音不是在空中飞扬，而是散布在四周；远处微微凝聚着一片白茫茫的雾霭，空气里洋溢着木犀和白洋槐花的芳香。

街上店铺都还没有开门，可是已经有行人了。偶尔有一辆马车辘辘地驶过……公园里一个游人也没有。一个园丁拿把铁铲懒洋洋地刨着小径，一个老态龙钟的老妇人，披了一件黑色呢斗篷，蹒跚地穿过林荫道。萨宁绝不会错把这个病病歪歪的老妇人当作杰玛的，然而他的心却揪紧了，他聚精会神地注视着这个渐渐走远的黑糊糊的身影。

七点钟！ 钟楼上的钟打了七下。

萨宁站定了。难道她不来啦？ 一阵寒颤突然通过他的四肢。过了片刻，又是一阵寒颤，不过这一回打颤是由于别的原因。萨宁听见他身后有轻微的脚步声和女人衣服的窸窣声……他掉转头去，果真是她！

杰玛在他后面循着小径走来。她身上披了一件灰色的短斗篷，戴了一顶深色的小帽子。她打量了一下萨宁，把头扭向一边——赶上了他，很快地走过去了。

“杰玛！”他声音低得几乎听不见地叫道。

她向他微微点点头，继续往前走去。他追上去。

他呼吸急促，两腿不听使唤了。

杰玛经过亭子，向右面走去，又经过有一只麻雀在忙碌地戏水的浅浅的小池，绕到栽植着高高的丁香的花坛后面，就在一条长凳上坐了下来。这个地方很舒适，避开了耳目。萨宁傍着她坐下来。

一分钟过去了，不论是他，或是她都没有说过一句话；她甚至没有看他一眼，他也不看她的脸，只看着她两手攥在一起握着一把小阳伞。谈话有什么意思呢？ 什么话具有相等于他们这么早、彼此挨得这么近在这儿相会这个事实的意义？

“您……不生我的气吧？”萨宁终于说话了。

萨宁难以说出比这更蠢的话来……他自己意识到这点……但至少沉默给打破了。

“我？”她回答说。“为什么？ 不……”

“您相信我吗？”他继续问。

“相信您信上所说的话吗？”

“是的。”

杰玛低下头去，一句话也不说。小阳伞从她手里滑下了。她赶紧抓住，没有让它掉到地上。

“嗳，相信我吧，相信我在信上写给您的话吧。”萨宁扬声说。他的胆怯忽然消失了；他热情洋溢地说起话来。“假如世界上确有神圣的、半点不假的事，——那么这就是我对您的爱情，杰玛，这就是我对您狂热的爱情！”

杰玛向他斜眼投以短促的一瞥，小阳伞差点儿又从手里掉下了。

“相信我吧，相信我吧。”他反复地说。他恳求她，把双手向她伸了过去，但不敢碰她。“您要我做什么……才能使您相信我？”

她又瞧了他一眼。

“您说吧，monsieur Dimitri，”她说，“前天您来劝我时，——可见您还不知道……还没有感觉到……”

“我感觉到了，”萨宁接嘴说，“可我并不知道。我头一次见到您时就爱上您了，不过我没有立刻理会到您会成为我的什么人！ 何况我听说您已经订了婚……至于您母亲的委托，——首先，我怎么能拒绝呢？ 其次，我似乎是**这样**向您转达她的委托的，让您也能够猜到……”

传来了一阵沉重的脚步声。一个身体相当结实的男子，肩上挂了一只旅行包，一望而知是个外国人，从花坛后面走了出来，以过路旅客的毫无礼貌的态度向坐在长凳上的这对男女投了一瞥，大声地咳了一下，走过去了。

“您妈对我说，”等那沉重的脚步声一沉寂，萨宁就说，“您的拒绝会造成丑闻的（杰玛把眉头微微一皱）；我自己也多少给了人家以说不体面的闲话的借口，因而……我在某种程度上有责任劝您不要拒绝您的未婚夫克吕贝尔先生……”

“Monsieur Dimitri，”杰玛喃喃地说，用手掠了一下朝萨宁一边的头发。“请不要把克吕贝尔先生称做我的未婚夫。我决不会做他的妻子。我已经拒绝他了。”

“您拒绝他了？ 什么时候？”

“昨天。”

“向他本人？”

“向他本人。在我们家里。他到我们家里来过。”

“杰玛！ 那么您爱我？”

她向他扭转脸来。

“要不然……难道我会到这儿来吗？”她悄声说。她的两手垂到了长凳上。

萨宁抓住这双无力的手掌朝上的手，把它们贴在自己的眼睛上，接着贴在自己的嘴上……他昨天幻想过的帷幕升起了！ 这就是它，就是幸福；这就是它那光华四射的脸。

他微微抬起头来，瞧着杰玛——目不转睛地大胆地瞧着。她也瞧着他——略微向下瞧着。她那半开半闭的眼睛微微发亮，噙着幸福的泪花。可是脸上没有一丝笑意……不！ 脸上笑了，虽然无声地、但却幸福地笑了。

他想拥抱她，可是她让开了，一边依旧无声地笑着，一边否定地摇摇头。她那幸福的目光像是在说："你等着吧。"

"啊，杰玛！"萨宁大声说，"我哪能想得到，你（当他第一次说出"你"时，他的心像琴弦般地颤动起来），你会爱我！"

"这我自己也想不到啊。"杰玛轻声说。

"我哪能想得到，"萨宁继续往下说，"我哪能想得到，我会在这里找到自己终身的幸福！ 我到法兰克福来时，本来打算只逗留几个钟头。"

"终身？ 真的吗？"杰玛问。

"终身，永远，一辈子！"萨宁又激动地高声说。

从离他们坐着的长凳两步远的地方，突然传来了园丁用铲子刨小径的声音。

"咱们回家吧，"杰玛低声说，"咱们一块儿回去，你去吗？"

此时此刻，假如她对他说："你跳海吧，**你跳吗**？"不等她把话说完，他就会纵身跳人海里的。

他们一同走出公园，不打城里的街道走，而取道城郊回家去了。

二十八

萨宁一会儿跟杰玛并肩而行，一会儿稍微落在她后面，一边目不转睛地瞧着她，脸上一直挂着微笑。而她仿佛在匆匆地赶路……又仿佛想站定似的。说实话，他脸色煞白，她激动得脸上泛红，他们俩都好像迷迷糊糊地往前走着。片刻之前，他们俩所做的一切——这是心灵的交流，——是多么强烈，多么新奇，多么惊心动魄，他们生活中的一切骤然改变了，要重新安排了；他们俩都没能清醒过来，只感觉到他们已被一阵旋风给卷走了，就像那天夜里几乎使他们俩相互投入对方怀抱里的那阵旋风一样。萨宁一边走，一边感觉到他甚至用另外一种目光瞧着杰玛：刹那间，他注意到杰玛的步态和她动作上的几个特点，——天哪！ 这一切对他是无限珍贵和可爱的！ 她也感觉到他在**这样地**瞧着她。

萨宁和她都是第一次坠入情网；他们都尝到了初恋的一切妙趣。初恋——那是一场革命：单调、正规的生活方式刹那间被摧毁和破坏了；青春站在街垒上，它那辉煌的旗帜高高地飘扬——不论前面等待着它的是什么——死亡还是新的生活——它向一切都致以热烈的敬意。

“是什么啊？ 这好像是我们的老头儿？”萨宁低声说，用手指指着一个全身裹紧了衣服的人，他慢慢地打旁边挤过去，好像竭力避免让人看见似的。在极大的幸福中，他觉得需要和杰玛谈谈，不是谈爱情——这已经是决定了的、神圣的事情，——而是谈谈别的话儿。

“对，这是潘塔莱昂纳，”杰玛又快乐又幸福地回答道，“他大概是从家里出来跟踪我的；他昨天一整天已经留意着我的每个行动了……他在猜疑了！”

“他在猜疑啦！”萨宁用赞美的口吻跟着说了一遍。杰玛说的话他哪会不加赞美呢？

接着他请她详细地谈谈昨天所发生的事。

她立刻急切而杂乱地谈起来，脸上挂着微笑，嘴里发出急促的叹息声，跟萨宁互换着亲切而愉快的眼色。她告诉他，说自从前天谈过话后，妈妈满希望她杰玛会有肯定的表示；她怎样满足了莱诺雷太太的要求，而答应了她在二十四小时内把自己的决定告诉她；她怎样恳求到这个期限——这是多么费劲；又说克吕贝尔先生怎样忽然登门，他比往常更古板，领子浆得更硬挺；他怎样流露出对那个陌生的俄国人的不满，因为这个俄国人对他克吕贝尔做出了粗暴的侮辱行为（他正是这样说的），这种行为是幼稚的、不可原谅的。“他指的就是**你**的决斗，他怎样要求我们立即不要让你到我们家来。‘因为，’他补充说（这时杰玛稍微模仿了一下他的声音和举止），‘这败坏我的名誉；如果我认为这是必要的，或是有益的，那么好像是我不能保护我的未婚妻似的，明天全法兰克福都会知道有一个异国人为我的未婚妻而要跟一个军官决斗，这像什么话？这会玷辱我的名誉！’妈妈却跟他的意见一致——真想不到！——可我立刻就对他说，他大可不必为自己的名誉和人格而担忧；大可不必怕人家议论自己的**未婚妻**而感到受辱——因为我已经不再是他的未婚妻了，而且永远不会做他的妻子！说真的，我本想在跟他彻底决裂之前先跟您……跟你谈谈；可是他来了……我也忍不住了。妈妈甚至慌得叫了起来，可我转身就走，到另一个房间里把他的戒指拿来还给了他——你没有注意到吧，两天前我已经把这个戒指脱下了。他非常生气；但是因为他自尊心很强，骄气十足，他没有说几句话就走了。当然罗，我不得不忍受妈妈多少斥责啊；看到她那么伤心，我心里很难过——我也认为我稍微急躁了些；可我已经收到了你的便条，没有这张便条，我也已经知道……”

“知道我爱你。”萨宁接嘴说。

“是啊……我知道你爱上了我。”

杰玛这么说着，话说得有些乱，脸上微露笑意；当有人迎面走来或打旁边经过时，她就放低了声音或默不作声。萨宁兴高采烈地听着，欣赏着她的嗓音，就像昨天欣赏她的手迹一样。

“妈妈异常伤心，”杰玛又说道，她一句接一句地说得很快，“她怎么也想不到克吕贝尔先生会惹我讨厌；想不到我许配给他不是由于爱情，而是由于她的强求……她怀疑……您……你；直截了当地说，也就是她相信我爱上了你，——这尤其使她伤心，因为前天她压根儿没想到会发生这样的事，她甚至还请你来劝我……这是个奇怪的委托，对不对？现在她把你……她把您称做狡猾的人，不老实的人；她说，您骗取了她的信任；她向我预言，说您也会欺骗我……”

“可是，杰玛，”他扬声说，“难道你没有告诉过她……”

“我可什么也没有说过！没有跟您交换过意见，我有什么权利？”

萨宁双手一拍。

“杰玛，我希望你现在至少要向她承认一切，带我到她那儿去……我要向你妈证明，我不是一个骗子！”

由于心里充溢着高尚的、火一样的感情，萨宁高高地挺起了胸膛。

杰玛睁大了眼睛瞧着他。

“您真的愿意现在就同我一块儿去见妈妈？去见我妈妈，她坚决相信……坚决相信……这在我们之间是不可能的——决不可能实现的？”有一句话杰玛不敢说出来……这句话她觉得难以说出口；可是萨宁却更乐于说这句话。

“我要跟你结婚，杰玛，我要做你的丈夫——我不知道还有比这更大的幸福！”

不论是他的爱情、他的高尚精神，还是他的决心都没有任何极限了。

杰玛听到这些话后，不禁站定了一会儿，接着走得更快了……她好像要躲开这过于巨大的、意想不到的幸福！

可是她的两条腿忽然发软了。克吕贝尔先生戴着一顶簇新的帽子，穿着一件新的腰间打裥的长上衣，身子挺得笔直像支箭，头发鬈曲得像条狮子狗，从一条胡同的拐角后面走出来了，离她只有几步路，他看见了杰玛，也看见了萨宁——他好像暗暗地由鼻孔里嗤了一下，把他那柔软的身体朝后一弯，神气活现地迎着他们走来。萨宁心里感到了厌恶，可是瞥了一下克吕贝尔先生的脸后——这个人尽他的能耐，竭力表现出一副轻蔑的惊讶、甚至怜悯的神气，——瞥了一下这张红润、鄙俗的脸后，萨宁突然觉得心头怒火直冒，就向前迈了一步。

杰玛一把抓住了他的胳臂，又沉着而毅然决然地把自己的胳臂伸给他，眼睛直瞅着她从前的未婚夫的脸……后者眯缝起眼睛，缩着身子，让到一边——一面从牙缝里嘟哝说："歌曲总是这样结束的！(Das alte ende vom liede!)"又迈着那么神气活现的、略微有点儿颠呀颠的步子走了。

"他说什么，这个坏蛋？"萨宁问。他本想去追赶克吕贝尔，可是杰玛把他拦住，同他一起往前走了，没有把那条被他挽着的胳臂抽回去。

罗泽利糖果店在前面出现了。杰玛又站住了。

"Dimitri，monsieur Dimitri，"她说，"我们还没有进去，我们还没有见到妈妈……要是您还要考虑，要是……您还是自由的，德米特里。"

萨宁把杰玛的一只手紧贴在自己的胸上作为回答，拉着她往前走了。

“妈妈，”杰玛叫了一声，就和萨宁一块儿走进莱诺雷太太坐着的那个房间里去了，“我把真正的未婚夫带来了！”

二十九

要是杰玛说，她带来了霍乱或死神，应当认为，莱诺雷太太也不会以更大的失望来接受这个消息的。她立刻坐到一个角落里，脸向壁，——泪水扑簌簌地直淌，几乎号啕大哭起来，正如一个俄国农妇伏在她儿子或丈夫的棺材上失声痛哭一样。起初，杰玛窘得甚至不敢走到母亲跟前去！而像一尊雕像似的站在房间中央；萨宁也慌得手足无措——他自己也快哭出来！这场无法安慰的哭泣延续了一个钟头，整整一个钟头！潘塔莱昂纳认为最好的办法是把糖果店的店门关上，免得外人进来——好在时间还早。这个老人也摸不着头脑，他无论如何不赞成萨宁和杰玛操之过急，然而他不忍责备他们。有必要时，他准备替他们说些好话。他很不喜欢克吕贝尔！埃米略自以为是他的朋友和姐姐的中介人，因为一切都非常顺利而几乎引为自豪！他怎样也不能理解妈妈为什么这么伤心。他心里立刻就断定，女人，甚至最好的女人，都没有灵敏的脑筋！萨宁最倒霉！只要他一走近莱诺雷太太，她就大声号啕，挥手叫他走开。他站得远远的，几次想要高声喊叫：“我向您的女儿求婚！”却不敢喊。莱诺雷太太特别自怨自艾：“她怎么糊涂得什么也察觉不出！”“要是我的乔瓦尼·巴蒂斯塔在世，”她一把眼泪一把鼻涕反复地说，“这样的事就不会发生！”“天哪，这是怎么回事啊？”萨宁心里寻思着，“这到底是很愚蠢的！”他不敢向杰玛瞧一眼，她也不敢抬起眼来瞧他。她只是耐心地照料母亲，起初母亲也把她推开……

暴风雨终于渐渐平息了。莱诺雷太太不再哭了，听凭杰玛把她从她躲着的角落里扶出来，让她坐在窗前的圈椅里，给她喝了些香橙花露茶；她让萨宁——不是走近她身边……哦，不是！——但至少让他留在房间里了（起先她总是要他出去），他说话时，她不再打断他了。萨宁立即趁风波平息之际，发挥了一番令人惊叹的能说善辩的才能：即使对杰玛本人，他也未必会这么热情洋溢地、这么令人信服地表白自己的心愿和感情的。这些感情是最真挚的，这些心愿是最纯洁的，就像《塞维勒的理发师》中的阿尔马维瓦的心愿和感情一样。他既不向莱诺雷太太，也不向自己隐瞒这些心愿的不利方面；可是这些不利方面仅仅是表面的！……诚然，他是异国人，他们不久前才跟他相识，无论是他的身份，或是他的财产情况，他们都一无所知；但他准备提出一切必要的证据，证明他是个上流社会的人，不是穷人。他将提供他的同胞们最确凿无疑的证明！他希望杰玛跟他结合将会是幸福的，他能使她高高兴兴地与亲人离别！……一提到离别——仅仅“离别”这个词儿——差点儿坏了事……莱诺雷太太简直浑身发抖，着急起来……萨宁赶忙声明说，往后离别不过是暂时的，或许根本无须离别！

萨宁的能说善辩不是没用的。莱诺雷太太开始打量他起来，虽然还带伤心和责备的神情，但已不像起先那样讨厌和恼怒；接着她允许他走到她身边去，甚至还让他坐在她旁边（杰玛坐在另一边），之后，她责备起他来了——不仅用目光，而且用言语，这表示她已经有点儿回心转意了；她又埋怨起来，她的埋怨越来越温和，越来越婉转；她不再埋怨，但忽而向她女儿，忽而向萨宁轮流地提出各种问题，后来她允许他拉住她的手，没有立即把手缩回去……后来她又哭起来——但已经是完全不同的眼泪了……然后她凄然微笑了，为乔瓦尼·巴蒂斯塔已不在人世而惋惜，但与以前提到亡夫的意义是完全不同了……又过了片刻，两个罪人——萨宁和杰玛——已经跪在她脚边，她用双手轮流地抚摸他们的头；又过了一会儿，他们都拥抱她，吻她了；埃米略高兴得脸上放出光彩，跑进房间里来了，也向这几个紧紧地抱成一团的人扑了过去。

潘塔莱昂纳朝房间里张望了一下，他既得意地微笑，同时又皱紧了眉头，他跑到店堂里，把店门打开了。

三十

莱诺雷太太从绝望到伤心，又从伤心到“平静地听天由命”的转变过程完成得相当快。但这种平静地听天由命很快就转变为暗暗的满意了，不过为了礼貌，这种满意的心情被千方百计地掩藏起来，被抑制着。萨宁从相识的第一天起，就称莱诺雷太太的心；她惯常这样想：他将是她的女婿。她已经不觉得这种想法有什么特别使人不快的地方，虽然她认为有必要在脸上保持几分埋怨的神色……不如说忧虑的神色。何况最近几天所发生的事是多么不寻常啊……一件接着一件！ 作为一个讲究实际的女人，作为一个母亲，莱诺雷太太认为自己有责任向萨宁提出各种问题。而萨宁呢，那天早晨去跟杰玛会面时，他并没有要跟她结婚的意思，——真的，那时他什么也没有考虑过，只凭一股热情，——萨宁心甘情愿地，可以说，满腔热情地进入了自己的角色，未婚夫的角色，对一切问题回答得既认真，又详尽，又乐意。莱诺雷太太确信他无疑是名门的世袭贵族，她甚至有点儿诧异，他竟不是一个公爵。她露出一副严峻的神色，并且“预先向他声明”，她将会对他不客气地直言不讳，因为做母亲的神圣责任使她不得不如此！萨宁回答说，他希望她能够如此，并且恳切地要求她对他不必客气！

于是莱诺雷太太向他指出，克吕贝尔先生（说了这个名字后，她轻轻地叹了口气，咬着嘴唇，踌躇了一阵）——克吕贝尔先生，杰玛的前未婚夫，现在已有八千金币的收入，这笔收入还会逐年很快地增加——可是他，萨宁先生，有多少收入？

“八千金币……”萨宁慢吞吞地重说了一遍……“这合俄币约值一万五千卢布的纸币……我的收入少得多。我在图拉省有个小田庄……如果管理得好，可以获得——甚至一定能获得五千或六千卢布……要是我进国家机关服务，就不难得到两千卢布左右的年俸。”

“在俄国服务？”莱诺雷太太高声叫道。“那么我跟杰玛必须分离了！”

“我可以进外交界，”萨宁接嘴说，“我有某种关系……也可以在国外找到工作。要不然还有个办法——这办法最好：把我的田庄卖掉，拿这笔资金投资于某个能获利的企业，例如，扩充您的糖果店。”萨宁觉得自己说的是荒唐话，可他却充满了不可思议的勇敢精神！他看看杰玛——杰玛自从谈起了这个“实际问题”以后，不时站起来，在房间里踱步，又坐下，——他看看她——觉得不再有阻碍了，他打算立刻就用最好的办法，把一切都安排妥善——只要她放心就好了！

“克吕贝尔先生也有意思要给我一笔小款子来扩充这爿糖果店。”莱诺雷太太稍微犹豫一下后，喃喃说。

“妈妈，看在上帝份上，妈妈！”杰玛用意大利语扬声说。

“一定要把这些事情说在前头，我的女儿。”莱诺雷太太也用意大利语回答她说。

她又向萨宁转过脸来，开始详细地询问他，在俄国婚姻法是怎样的，跟一个信奉天主教的女子结婚——也像在普鲁士一样没有阻力吗？（当时，即在一八四〇年，全德国还记得普鲁士政府和科隆大主教关于宗教信仰不同的男女通婚的争论。）当莱诺雷太太听到女儿要嫁给一个俄国贵族，将成为贵族夫人时，——她流露出有点儿得意的神情。

“那您不是必须先回俄国去吗？”

“为什么？”

“可不是？ ……去征得您的皇上的同意？”

萨宁向她解释说，根本无须这样做……不过他也许当真要在结婚之前回俄国一次，即速归来（他说这些话时，他的心痛苦得揪紧了，杰玛看了他一眼，理会到他心里的痛苦——她脸红了，沉思起来）；他将竭力设法在这次逗留在祖国期间卖掉他的田庄……无论如何，他将携带必需的钱回来。

“我要请您给我带一件阿斯特拉罕的上等羊羔皮来做一件短斗篷，”莱诺雷太太说，“据说，那里皮货好得出奇，而且便宜得惊人！”

“一定带来，我非常高兴给您带一件来，也给杰玛带一件来！”萨宁扬声说。

“给我带一顶用银丝绣的山羊皮帽。”埃米略从隔壁房间里探出头来插嘴说。

“好，我给您带……也给潘塔莱昂纳带一双便鞋。”

“这是为什么？ 说到哪里去了？”莱诺雷太太说。“我们现在是谈正经事。但还有一件，”这个讲究实际的太太补充说，“您说卖掉田庄。您怎么卖呢？ 那么您把您的农民也卖掉吗？”

萨宁仿佛在腰部挨了一下。他想起来了，跟罗泽利太太和她的女儿谈到农奴制度时，他表示过，这个制度曾经引起了他极大的愤慨。他不止一次地使她们确信，他决不会卖掉他的农民，因为他认为这种买卖是不道德的。

“我要设法把我的田庄卖给一个我会知道他的德行的人，”他有点儿支支吾吾地说，“或者农民们自己会来赎身。”

“这最好啰，”莱诺雷太太表示了同感。“要不然，出卖活人……”

“Barbari! ①”潘塔莱昂纳咕噜说。他跟着埃米略出现在门口，抖了抖他那凤头式的头发就不见了。

“可恶！”萨宁暗自想道，一边偷偷地打量一下杰玛。她似乎没有听见他最后的几句话。“嗯，没有关系！”他又想道。

有关实际问题的谈话就这样几乎持续到吃饭的时候。莱诺雷太太终于完全平静下来了，她管萨宁叫德米特里，亲切地拿指头点点威胁他，说要对他的狡猾行为进行报复。她详细地反复询问关于他亲属的情况，因为“这也很重要”；她也要求他给她描述一下，按照俄国教堂的传统仪式，婚礼应该是怎样举行的。想到往后杰玛穿着白色礼服，头戴金冠，她预先就赞美不止。

“我的女儿美丽得像一位王后哪，”她带着母亲的自豪感低声说，“世间可没有那么美丽的王后！”

“世间也没有另一个杰玛！”萨宁接嘴说。

① 意大利语：野蛮！

“对啊，因此她才是杰玛呀！”（大家都知道，意大利语 gemma，是宝石的意思。）

杰玛扑过去吻她的母亲……看来，她现在才自由地舒了口气，使她感到压抑的重负从她心上落地了。

一想到不久以前，就在这些房间里陶醉过的幻想终于实现了，萨宁忽然觉得非常幸福，心里充满了一种孩子气的快乐。他这么兴奋，立刻就跑到糖果店里去了；他无论如何一定要站在柜台后面做些生意，就像几天前一样……他说：“我现在完全有这个权利了！ 因为我现在是他们一家人啦！”

他果真站到柜台后面了，并且果真做起生意来了，也就是卖给过路的两个姑娘一斤糖果，他竟给了她们两斤糖果，却只向她们收了一半价钱。

吃饭时，他正式作为一个未婚夫，坐在杰玛旁边。莱诺雷太太继续考虑着她的实际问题。埃米略不时笑嘻嘻地挨近萨宁，硬要后者带他到俄国去。已经决定了：萨宁两星期后就动身。只有潘塔莱昂纳神色有点儿抑郁不乐，莱诺雷太太甚至责怪他：“他还做过副手呢！”潘塔莱昂纳挤眉弄眼地瞥了她一眼。

杰玛几乎总是沉默不语，可是她的脸从来没有比现在更美丽，更容光焕发。饭后，她叫萨宁到花园里去玩一会儿，她在前天拣樱桃的那条长凳跟前站定了，对他说：

“德米特里，你别生我的气；可我想再提醒你一下，你不应当认为自己受到了约束……”

他不让她把话说完……

杰玛扭开了脸。

“妈妈提到的那点你可记得？ 就是关于我们信仰的不同，就是这一点！ ……”

她抓住那个用一条很细的带子拴着的挂在颈脖上的石榴石十字架，用力扯断了带子，把十字架送给了他。

“既然我是你的，那么你的信仰也就是我的信仰！”

当萨宁和杰玛一同回到房子里去时，他的眼睛还是湿润的。

到晚上，一切还是照老规矩。他们甚至还玩了 tressette。

三十一

第二天萨宁很早就醒了。他处在人间幸福的顶点，但不是这影响了他的睡眠；他感到忧虑不安的是一个重大的决定命运的问题：用什么办法尽快地、尽可能有利地出卖他的田庄。在他头脑里有各种截然不同的计划交织在一起，可是眼下还决定不下该采取哪个计划。他从房子里走出去呼吸一下新鲜空气，振作一下精神。他一定要带一个妥善的方案去见杰玛。

这是个什么人啊？ 身体十分肥胖而又笨重，两腿粗壮，不过衣着很体面，在他前面有点儿摇摇晃晃地、蹒跚地行走着。他在哪里见过这个淡黄头发乱蓬蓬地直竖的后脑勺，这个简直像安在肩上似的脑袋，这个又柔软又肥厚的背，这双肥胖得松弛下垂的手？ 难道这就是波洛佐夫，他在寄宿中学里的老同学吗？ 已经有五年没有见到他了。萨宁赶上了在他前面行走的那个人，掉转头来……一张微微发黄的阔脸盘，细小的猪眼睛，淡色的睫毛和眉毛。鼻子又短又扁，两片肥厚的大嘴唇仿佛粘在一起似的，下巴颏儿圆圆的，没有胡子——整个脸庞的表情是萎靡不振的、懒洋洋的、疑虑重重的——对，一点不错：这就是他，这就是伊波利特·波洛佐夫！

“我是不是又福星高照了？”这个念头在萨宁的头脑里一闪。

“波洛佐夫！伊波利特·波洛佐夫！是你？”

这个人站住了，抬起他那双小眼睛，稍微等待了一下，终于张开了他的嘴，用微微沙哑的假嗓子说：

“是德米特里·萨宁吗？”

“嘿，正是他！”萨宁扬声说，握了握波洛佐夫的一只手；波洛佐夫手上戴了一副绷得很紧的、烟灰色的细软的羊皮手套，这双手如先前一样毫无生气地垂在他那圆鼓鼓的大腿的两边。“你到这儿很久了吗？你从哪儿来的？住在哪儿？”

“我昨天从威斯巴登来的，”波洛佐夫不慌不忙地回答说，“替妻子买些东西，今天就要回威斯巴登去。”

“啊，对了！你已经结婚了——据说，讨了个美人儿！”

波洛佐夫朝一边扫了一眼。

“对，据说。”

萨宁笑起来了。

“我明白，你还是那么一个……萎靡不振的人，像在寄宿中学时一样。”

“我会变成什么样呢？”

“据说，”萨宁补充说，特别强调“据说”这个词儿，“你的妻子很有钱。”

“据说是这样。”

“伊波利特·西陀雷奇，难道你也不知道吗？”

“我，老兄，德米特里……巴甫洛维奇？——对，巴甫洛维奇！我不过问妻子的事。”

“你不过问？什么事都不过问？”

波洛佐夫又朝一边扫了一眼。

“什么事都不过问，老兄。她自管自……我也自管自。”

“现在你到哪里去？”萨宁问。

“现在我不到哪里去；我在街上跟你谈谈；等我们谈完话，我就回旅馆去吃早饭。”

“你要我作陪吗？”

“这是说，你陪我吃早饭？”

“是呀。”

“请吧，两个人一起吃早饭要开心得多。你不是很健谈吗？”

“不见得。”

“那好吧。”

波洛佐夫往前走了，萨宁同他并排走着。萨宁心里寻思着——波洛佐夫的嘴又闭紧了，他呼哧着，摇摇晃晃地、默默地走着，——萨宁心里寻思着：这个笨蛋怎么能够讨得一个又漂亮又有钱的妻子？他本人又没有钱，又不是显贵，又没有学问；在寄宿中学里是个出名的精神萎靡的笨孩子，又贪睡又嘴馋——得了个“脓包”的绰号。真是咄咄怪事！

“既然他的妻子很有钱，——据说，她是个包税商的女儿，——她会不会买我的田庄呢？虽然他说，他不过问妻子的事，但这话是不可信的！那么我开一个便宜的价格，有利可图的价格！为什么不试试呢？这也许是我福星高照……就这样吧！试试看！”

波洛佐夫把萨宁带到了法兰克福的一家最好的旅馆，不用说，他租的是一个最好的房间。桌子和椅子上堆满了纸盒啦、箱子啦和一包包东西……“老兄，这一切东西都是我替玛丽亚·尼古拉耶夫娜买的！”（伊波利特·西陀雷奇这样叫他的妻子。）波洛佐夫在一把圈椅里坐下来，哼哼着说：“好热呀！”他解开了领带。接着，按铃叫来了茶役头儿，详细地吩咐要一份最丰盛的早餐。“一点钟得预备好马车，听见没有？一点正。”

茶役头儿毕恭毕敬地鞠了个躬，就卑躬屈膝地退出去了。

波洛佐夫解开了背心的扣子。只要看看他那稍微抬起了眉毛、咻咻地喘气和皱起鼻子的样子，就可以知道，说话在他是一件很费力的事。他有点儿焦急不安地等待着，萨宁会不会强迫他转动舌头，还是他自己会承担起谈话这件苦事。

萨宁了解他的朋友的心情，因此没有提很多问题去麻烦他，他只提了些最必要的问题。他知道波洛佐夫曾服役过两年，（在枪骑兵部队里！他穿短制服，大概很神气吧！）三年前结了婚——他和妻子一同侨居在国外，已经一年多了，“她现在在威斯巴登治病。”然后从这里往巴黎。萨宁也很少谈及自己过去的生活和自己的计划；他单刀直入地讲了最重要的事，也就是谈起了他要出卖田庄的事。

波洛佐夫默然听着，只有时瞧瞧那扇门，因为早餐得从这扇门里送进来。早餐终于送来了。茶役头儿后面跟随着两个仆人，端来几盘罩着银罩子的菜肴。

“是你在图拉省的田庄吗？”波洛佐夫低声说，一边在桌旁坐下了，把餐巾塞入了他的衬衫领子里。

“在图拉。”

“叶夫列莫夫县……我知道。”

“你知道我的阿列克谢耶夫卡吗？”萨宁问，也在桌旁坐下了。

“我当然知道。”波洛佐夫把一块蘑菇炒蛋塞进了嘴里。“玛丽亚·尼古拉耶夫娜，我的妻子，在邻近也有一个田庄……茶役，开瓶！……土地相当好，——只是你的农民们把树林砍光了。你为什么要卖掉？”

“老兄，我要钱用嘛。我愿意卖得便宜些。你要不要买……顺便问问。”

波洛佐夫喝下了一玻璃杯酒，用餐巾抹了抹嘴，又慢慢地、声音很响地咀嚼起来。

“嗯，对了。”他终于说话了……“我不要买田庄，没有钱。请把奶油移过来点儿。说不定我的妻子要买。你跟她谈谈吧。如果你开价不贵——她不会不要的……唉，这些德国人都是蠢驴！他们连鱼也不会炖！没有比这更简单的事了吧？可他们还高谈什么：‘Vaterland①应当统一。’茶役，快把这难吃的东西拿走！”

“难道你的妻子亲自管理……产业吗？”萨宁问。

“她亲自管理。这排骨倒不错。你尝尝。我已经对你说过了，德米特里·巴甫洛维奇，凡是我妻子的事我一概不过问——现在我再向你说一遍。”

波洛佐夫继续咀嚼着。

“嗯……可我怎样才能跟她谈呢，伊波利特·西陀雷奇？”

---

① 德语：祖国。

“这很简单，德米特里 · 巴甫洛维奇。你到威斯巴登去走一遭。离这里又不远。茶役，你们有没有英国芥末？ 没有？ 畜生！ 只是别错失时机。我们后天就要走。请让我给你斟一杯：这酒味儿又香又美——不很酸。”

波洛佐夫脸上有了生气，发红了；他只是在吃饭……或喝酒的时候，脸上才有生气。

“说真的……我不知道这该怎么办？”萨宁嘟哝说。

“可你忽然这么急煎煎干吗？”

“老兄，我正是在着急啊。”

“你需要一笔很大的款子吗？”

“很大的一笔。我……怎么对你说呢？ 我想要……结婚。”

波洛佐夫把端到嘴边的酒杯又放到桌上。

“结婚！”他声音沙哑地（惊讶得连声音也沙哑了）说，并把自己那双肥胖的手交叉地按在肚子上。“那么急？”

“是呀……很急。”

“你的未婚妻当然在俄国罗？”

“不，不在俄国。”

“那么在哪里？”

“就在这里，在法兰克福。”

“她是什么人？”

“是个德国女子；也可以说，不是——是个意大利女子。她是住在这里的。”

“有陪嫁吗？”

“没有陪嫁。”

“那么，是热恋？”

“你真会说笑话！ 对，是热恋。”

“因此你需要钱？”

“嗯，是啊……是啊，是啊。”

波洛佐夫喝了一口酒，漱漱口，洗洗手，一个劲儿地把两只手在餐巾上抹，取出一支雪茄，点上火抽起来。萨宁默默地瞧着他。

“只有一个办法，”波洛佐夫终于哼哼哈哈说，他把头向后一仰，吐出一缕细细的烟，“你去找我妻子吧。假如她要买，她会解决你的困难的。”

“我怎样去见她，去见你妻子呢？ 你说，你们后天就要走？”

波洛佐夫闭上了眼睛。

“我来告诉你，”他终于说，一边用嘴转着雪茄，喘着气，“你回去，快去整理一下行装，再到这儿来。一点钟我要走；我的马车很宽敞——我带你去。这是最好的办法。可我现在要睡觉了。老兄，我吃了饭一定要睡觉。习惯如此，我只好将就着。你别妨碍我。”

萨宁沉吟了一下，忽然抬起头来：他决定了！

“好吧，我同意这个办法，谢谢你。十二点半我到这里来，咱们一同去威斯巴登。我希望你妻子不会不高兴……”

可是波洛佐夫已经打起呼噜来了。他嘟嘟囔囔说：“别妨碍我！”摆动着两腿，像个婴儿般地睡熟了。

萨宁又向这个身体又胖又笨重的人，向他的脑袋、颈脖，他那抬得高高的、圆得像苹果的下巴颏儿投了一瞥，他走出旅馆，就迈开大步向罗泽利糖果店走去。他得预先通知杰玛。

三十二

他在糖果店店堂里刚巧碰见了杰玛和她的母亲。莱诺雷太太弓着背，正在用一把不大的折尺量窗间的距离。看见萨宁，她便挺直了腰，高兴地迎接他，但神色不无一点儿忸怩不安。

“自从昨天您对我们说了那些话后，”她说，“我的头脑里盘旋着各种想法，怎样改善我们的店铺。我认为这里可以放两个有玻璃隔板的小柜子，您知道吧，现在这是时兴的东西。以后还要……”

“好极了，好极了，”萨宁打断了她的话，“这一切以后都要考虑，不过请到这里来，我有件事要告诉你们。”他挽着莱诺雷太太和杰玛的胳臂，把她们带到另一个房间里去了。莱诺雷太太惊慌莫名，尺从手里掉落了。杰玛本来也很惊慌，但她定睛地看了看萨宁，就放心了。他脸上确实有心事的样子，同时也流露出心情愉快、精神振奋、充满决心的神情。

他请母女俩坐下，他自己却站在她们面前——他挥舞着两手，把头发弄得乱蓬蓬的，告诉她们说：他碰到了波洛佐夫，打算到威斯巴登去走一趟，有可能卖掉田庄。

“请你们想一想，我的运气可好，”末了，他扬声说，“事情发生这样的变化，我甚至或许不必回俄国去！我们可以比我预定的日期提前得多举行婚礼！”

“您什么时候要走？”杰玛问。

“今天，过一小时就走；我的朋友租了一辆马车，他带我去。”

“您给我们写信吗？”

“很快就写！ 跟这位太太一谈过，我马上就写信来。”

“您说，这位太太很有钱？”讲究实际的莱诺雷太太问。

“非常有钱！ 她的父亲是百万富翁，全部财产都遗留给了她。”

“全部财产都遗留给了她一个人？ 嘿，这可是您的运气。不过要当心，别把您的田庄卖得太便宜！ 要多加考虑，也要坚决果断。可别上人家的当！ 我理解您想要尽快地做杰玛丈夫的心情……不过最要紧的是谨慎小心！ 别忘记：您越是把田庄卖得贵，你们夫妻俩和你们的孩子就会越有钱。”

杰玛扭转头去，萨宁又挥起手来。

“您可以放心，我会小心的，莱诺雷太太！ 可我不会做买卖。我实事求是地给她开一个价钱。她肯出，那很好；不肯出，上帝保佑她。”

“您跟她……跟这位太太相识吗？”杰玛问。

“我从来没有见过她的面。”

“您到底什么时候回来？”

“如果不能成交，我后天就回来；如果成交，或许要多耽搁一两天。无论如何我是一分钟也不会多耽搁的。因为我的心是在这里！ 我只顾跟你们讲话了，可是动身前我还得回旅馆去……请把您的手给我，祝我成功。莱诺雷太太，在我们俄国总是这样做的。”

“右手还是左手？”

“左手，更靠近心脏呗。不管成功不成功，我后天准回来！ 有个什么东西向我预示：我一定会凯旋而归的！ 再见，我亲密的，我亲爱的……”

他搂住莱诺雷太太，并吻了一下，他请杰玛带他到她的房间里去一会儿，因为他有一件很重要的事情要告诉她……他只是想单独跟她告别。莱诺雷太太懂得这个意思，她不想知道这件如此重要的事到底是什么事……

萨宁还从来没有进过杰玛的房间。他一跨进那闺房的门限，爱情的全部魅力，它的全部热情，它的狂喜，它的甜蜜的惊恐，一齐在他身上勃发了，涌入了他的心灵……他以激动的目光朝四下投了一瞥，便伏倒在那可爱的少女的脚下，把脸贴在她身上……

“你是我的？”她低声说。“你很快就回来吗？”

“我是你的……我会回来的。”他喘着气，复述了一遍。

“我等你，我亲爱的！”

一会儿后，萨宁已经在街上奔跑着回自己的住处去。他没有发觉，头发蓬乱的潘塔莱昂纳从糖果店门里跑出来跟着他，向他叫喊着什么，一条手臂举得高高的，向他挥动，仿佛在威吓他似的。

* * *

十二点三刻，萨宁来到了波洛佐夫的住处。在他所住的旅馆大门口已经停着一辆套着四匹马的轿式马车。看见萨宁，波洛佐夫只说：“啊！ 你决定了？”他戴上帽子，穿上大衣和高统胶靴，虽然是盛夏季节，还是用棉花塞住了耳朵，走到台阶上来了。茶役们按照他的吩咐，把他买来的很多东西都放到了马车里，在他的座位周围摆满了丝织的小坐垫、小袋、小包裹，在脚下放了一个装满食品的篮子，在车夫座上拴了一只手提箱。波洛佐夫慷慨地给了他们很多小费，一个殷勤周到的看门人虽在后面但却恭敬地扶住他，他终于呼哧呼哧地爬进了马车，坐下来，把周围所有的东西都堆得好好的，然后取出一支雪茄，点上火抽起来。这时，他才用一个指头向萨宁点点，意思是说：“你也上来吧！”萨宁在他身旁坐下来，波洛佐夫通过看门人吩咐马车夫要好好赶车，要是他想得到酒钱的话。踏脚板哗啦一声响，车门訇地关上了，马车滚动起来了。

三十三

现在，从法兰克福搭火车到威斯巴登不消一个钟头；从前特别邮车需要三个钟头。要换五次马。波洛佐夫嘴里叼着一支雪茄，不知是在打盹，还是摇晃着身子，话很少，没有向窗外眺望过一次：对优美的风景，他是毫无兴趣的，甚至还说什么“自然景物——真要他的命！”萨宁也一言不发，也不欣赏风景：他哪有心思。他完全陷入了沉思和回忆之中。每到一站，波洛佐夫就付清车费，看看行驶了几个钟头，赏了车夫小费——给多少，要看他们是否卖力。在半途中，他从食品篮里取出了两个橙子，挑了一个最好的，而把另一个递给了萨宁。萨宁定睛瞧瞧他的旅伴，忽然放声大笑起来。

“你笑什么？”波洛佐夫问，一边用他那又白又短的指甲使劲地剥橙子皮。

“笑什么吗？”萨宁重说了一遍，“笑咱们一起作这次旅行。”

“那又怎样？”波洛佐夫追问道，把三分之一橙子放进嘴里。

“这次旅行倒是很奇怪。老实说，昨天我简直没有想到过你，就像没有想到过中国皇帝一样；可是今天，我和你同车去把我的田庄卖给你妻子；这我也一点儿没想到过。”

“生活里各种事情都会发生的，”波洛佐夫回答说，“随着年龄的增长，你还会见识许多别的事哩。譬如，你能想象我曾经当过传令兵吗？ 可我当过；米哈依尔 · 巴甫洛维奇大公下命令：‘快步跑，这个胖子骑兵少尉快步跑，加快跑！’”

萨宁在耳朵后边搔搔。

“请你告诉我，伊波利特 · 西陀雷奇，你妻子是个什么样的人？她的脾气怎样？ 这我必须知道。”

“他竟对我发命令：‘快步跑！’”波洛佐夫忽然忿怒地插嘴说，“可我……我怎么样呢？ ……我心里想：收起您的官衔和肩章吧——哼，去它们的！ 哦……你问我妻子吗？ 妻子怎么样吗？ 和所有女人一样的人嘛。她这个人可不是好惹的——她不喜欢人家惹她。重要的是，你要多谈谈……好让她嘲笑一番。谈谈你的恋爱经过吧，怎么样……我告诉你，要谈得有趣些。”

“怎么算是有趣些？”

“就这样说吧。你不是告诉过我，你有个心上人，你想要结婚。你就这样说好啦。”

萨宁生气了。

“你发觉这里面有什么可笑的吗？”

波洛佐夫只转动了一下眼珠子，橙子汁从他的下颏上直淌下来。

“是你妻子叫你到法兰克福来买东西的吗？”过了一会儿，萨宁问。

“她自己叫我来买的。”

“这是些什么东西？”

“当然是些小玩意儿！”

“小玩意儿？ 难道你有孩子了吗？”

波洛佐夫甚至把身子从萨宁身边挪开点儿。

“是这样啊！ 我何必要有孩子？ 女人的装饰品嘛……身上的衣服，装束的一部分罢了。”

“对这种事情，难道你内行？”

“内行。”

“你怎么对我说，你不过问你妻子的事。”

“我不过问别的事。可是这……没有什么。因为无聊，可以过问。我的妻子相信我的鉴别力。而且我也会讲价钱。”

波洛佐夫的说话开始断断续续的了；他已经累了。

“你妻子很有钱吗？”

“有钱倒是很有钱。不过多半给她自己花。”

“可你似乎不能抱怨吧？”

“我到底是她的丈夫。我不应该利用这种关系吗？ 我对她是个有用的人！ 她嫁给我，是交上了好运！ 我配得上她！”

波洛佐夫用一块绸手帕擦了一下脸，沉重地唉声叹气，像是在说：“饶恕饶恕吧，别再叫我说话了。要知道，说话对我是多么费劲啊。”

萨宁不再惊动他，又陷入了沉思。

* * *

马车在威斯巴登的一家旅馆门前停下了，这家旅馆很豪华，简直像一座宫殿。旅馆里的铃立刻一齐响了起来，仆役们顿时奔忙起来。几个穿黑色燕尾服、仪表堂堂的人在大门口跳了起来，那个制服上绣了金线的看门人用力一拉，打开了车门。

波洛佐夫像个胜利者走下马车，便慢悠悠地循着那铺着地毯、清香四溢的楼梯上楼去了。一个衣服穿得也很体面、面貌却像俄国人——

他的听差，急忙走上前去。波洛佐夫对他说，今后要常常跟随他，因为在法兰克福昨天夜里没有人给他波洛佐夫端热水！听差脸上现出一副惊惧的神色，赶紧弯下腰给他的老爷脱去高统胶靴。

“玛丽亚·尼古拉耶夫娜在家吗？”波洛佐夫问。

“在家。太太正在换衣服。太太要到拉松斯卡亚伯爵夫人那儿去吃饭。”

“啊！到这个！……等一等！马车里有些东西，你去拿出来，把它们搬到这儿来。你，德米特里·巴甫洛维奇，”波洛佐夫补了一句，“去租个房间，三刻钟后再来……咱们一块儿吃饭。”

波洛佐夫慢腾腾地往前走了；萨宁去租了一个较为普通的房间，盥洗完毕后，稍事休息，便向封·波洛佐夫公爵殿下(durchlaucht)所住的那一套又大又豪华的房间走去。

他看见这位“公爵”坐在富丽堂皇的客厅中间的一把最华丽的天鹅绒圈椅里。萨宁的这个萎靡不振的朋友已经洗过澡，穿上了一件最华丽的绸长褂，头上戴了一顶深红色的土耳其帽。萨宁走到他跟前，把他打量了一会儿。波洛佐夫一动不动地坐着，俨然像一尊神像；连脸也不向他扭过来，连眉毛也不抬一下，默不作声。真是个壮丽的奇观！对这个奇观欣赏了约莫两分钟后，萨宁想要说话来打破这神圣的沉默，可是隔壁房间的门忽然开了，在门限上出现了一个年轻美貌的女子，穿着一件镶着黑花边的白绸连衫裙，手上和颈脖上都戴着钻石——这就是玛丽亚·尼古拉耶夫娜·波洛佐娃。她那浓密的淡褐色头发垂在她脑袋的两边，编成了一条条辫子，但没有挽起来。

三十四

“啊，对不起！”她脸上浮出半含羞半嘲讽的微笑说，同时用一只手捏住了她的一条辫子的末梢，她那晶莹发亮的灰色大眼睛凝视着萨宁。“想不到您已经来了。”

“萨宁，德米特里·巴甫洛维奇，我的童年时代的朋友。”波洛佐夫低声说，仍然没有向萨宁转过脸来，也没有站起来，而用一个指头点点他。

“是的……我知道……你已经告诉过我了。很高兴认识他。我本想请你，伊波利特·西陀雷奇……今天，我的女仆多糊涂啊……”

“给你梳头？”

“是呀，是呀，费心。请原谅。”玛丽亚·尼古拉耶夫娜带着和先前一样的微笑又说道，一边向萨宁点点头，并倏地掉转身去，在门后面消失不见了。她那迷人的颈脖、非常美丽的肩膀和那出奇地轻盈的体态给人以短暂的、但却挺秀匀称的印象。

波洛佐夫站起来了，吃力地迈着摇晃的步子向那扇门走去。

萨宁毫不怀疑，这位女主人完全知道他在“波洛佐夫公爵”的客厅里。她所以露一下脸，目的在于让人家瞧瞧她的头发，她的头发的确很美。萨宁心里甚至很高兴波洛佐娃做出这种狂妄的行为：既然想让我吃一惊，在我面前炫耀一番——说不定她在田庄的价格上肯让步？因为他心里只有杰玛，在他看来，其他女人都不足道：他几乎不把她们放在眼里；这一次他也只是这么想；“对我说的倒是实话：这位太太的确非常漂亮！”

如果他不是在这样特殊的心情中，他的看法大概会不同的：玛丽亚·尼古拉耶夫娜·波洛佐娃娘家姓加雷什金，是个惹人注目的女人，不是说她是个公认的美人儿：她那平民出身的烙印在她身上甚至表现得十分显著。她前额低，鼻子肥大而且有点儿翘起；她也不能夸耀自己皮肤细腻，手足纤丽——可是这有什么关系呢？不是普希金所说的“美的瑰宝”使遇见她的人停步不前，而是正当青春的女人——不知是俄罗斯女人，还是茨冈女人——那健美的肉体的魅力……使他情不自禁地停步不前！

可是杰玛的形象如诗人所吟唱的三重铠甲保护着萨宁。

十分钟后，玛丽亚·尼古拉耶夫娜又在她丈夫陪同下出来了。她走到了萨宁跟前……她那翩翩风度，仅仅是这种风度就使那个时代，——唉！那个距今已经很遥远的时代里的一些怪人，都为之神魂颠倒。“当这个女人向您走来时，仿佛给您送来一生的幸福。”他们当中有一个就会这样说。她走到萨宁跟前来了，一边向他伸过手来，一边声音温柔而仿佛矜持地用俄语说：“您会等我，是不是？我很快就会回来。”

萨宁恭恭敬敬地鞠了个躬，可是玛丽亚·尼古拉耶夫娜已经在她出去的那扇门的门帘后面不见了。走出门外时，她又掉转头来，又微微一笑，又给人以先前的那匀称挺秀的印象。

当她微笑时，每边脸颊上显露出不是一个酒窝，也不是两个酒窝，而是三个酒窝。而且她的眼睛比她的嘴更有笑意，她的嘴唇鲜红、阔大，颇有风韵，左边嘴角上还有两颗微小的美人痣。

波洛佐夫趔趔趄趄地闯进房间里去了，又坐在圈椅里。他仍然默不作声，可是一种奇怪的冷笑不时使他那没有色泽的、已经打皱的脸颊鼓了起来。

他已经现出一副老态龙钟的样子，虽然他比萨宁只大三岁。

他招待客人的晚餐，不用说，连最讲究饮食的人也会感到满意的，可是萨宁却觉得吃这顿饭的时间长得简直令人难受！波洛佐夫吃得很慢，“富于感情地、细细品味地、有节奏地”吃着，聚精会神地埋头在盘子上，几乎每道菜都要嗅一嗅。他先用酒在口里漱了一会儿，然后咽下，嘴巴叭哒一声……吃了烤肉后，他忽然兴致勃勃地谈起来，可他说的是什么啊？他说的是细毛绵羊，这是他打算整群地采购的，——他说得那么详细，那么温柔，使用着一切表示亲热的小名。他喝了一杯烫得像开水的咖啡（他几次用气愤得要哭出来的声音提醒茶役说，昨天端给他的咖啡是冷的，冷得像冰），然后用他那发黄而不整齐的牙齿轻轻地咬住一支哈瓦那雪茄，他就照他的老习惯打起盹来了。这使萨宁十分高兴，他就在那柔软的地毯上轻得几乎听不见地来回踱起步来，同时幻想着他将来同杰玛怎样共同生活，给她带回去怎样的消息。可是波洛佐夫醒来了，照他本人的说法，醒得较平日早了些，——他睡了才一个半钟头呢。他喝了一玻璃杯冰冻碳酸矿泉水，又吞下八匙子果酱，俄罗斯果酱，是听差给他端来的，盛在深绿色的真正的“基辅”玻璃罐里，用他的话说，他没有这东西就活不下去。他那双有点儿浮肿的眼睛盯着萨宁，问他是否愿意同他玩“耍傻瓜”。萨宁欣然同意；他怕波洛佐夫又会谈起小绵羊、未产过羔的母羊和肥尾巴来。主人与客人俩一同到客厅里去了，茶役拿来了一副纸牌，他们开始玩牌，当然不赌钱。

玛丽亚·尼古拉耶夫娜从拉松斯卡亚伯爵夫人家里回来了，看见他们正在作这种无害的消遣。

她一走进房间，看见了纸牌和摆开的呢面牌桌，便高声地大笑起来。萨宁霍地站了起来，可是她扬声说：

“您坐下玩牌吧。我立刻去换衣服，就回来。”她衣服窸窣作响，又消失不见了，边走边脱去手套。

她真的很快就回来了。她那漂亮的连衫裙换成了一件淡紫色的、宽舒的绸短上衣，大袖口下垂着；腰间紧紧地束着一根编成的粗线带。她在丈夫旁边坐了下来，等到他输了，便对他说：“嗯，肉团团，玩得够了！”（萨宁听到“肉团团”这个词儿，不禁诧异地瞥了她一眼，她愉快地微微一笑，回看他一眼，脸颊上所有的酒窝都显露出来了。）“够了；我知道你要睡觉了，吻一下手就去吧；我要跟萨宁先生一块儿谈谈。”

“我不想睡，”波洛佐夫说，沉重地从圈椅里站起来，“叫我走，我吻一下手就走。”她把自己的手掌伸给他，脸上还是笑吟吟的，眼睛瞧着萨宁。

波洛佐夫也瞥了萨宁一眼，没有告别就走了。

“嗯，请说吧，请说吧。”玛丽亚·尼古拉耶夫娜热切地说，一边把裸露着的两肘往桌上一搁，就急不可耐地用一只手的指甲轻轻地敲着另一只手的指甲。“据说，您要结婚，这是真的吗？”

问了这些话后，玛丽亚·尼古拉耶夫娜甚至把头微微一偏，用更专注而锐利的目光朝萨宁的眼睛瞥了一下。

三十五

虽然萨宁不是一个初出茅庐的人，而是在社交界混过一阵子的，但波洛佐夫太太那过分随便的态度，开头会使他发窘的，如果他仍然没有把这种亲昵的态度看作是他的计划能够实现的一个好兆头的话。“迁就迁就这位有钱太太的任性吧。”他暗自拿定了主意，就以波洛佐夫太太问他时同样的随便态度回答她说：

“是呀，我要结婚。”

“跟谁？ 跟一个外国女子吗？”

“是啊。”

“您认识她不多久吗？ 在法兰克福认识的吗？”

“一点不错。”

“她是个什么人？ 可以告诉我吗？”

“可以。她是糖果点心师傅的女儿。”

玛丽亚·尼古拉耶夫娜把眼睛睁得很大，扬起了眉毛。

“这太好啦！”她慢条斯理地说，“这真是个奇迹！ 我认为在世界上再也碰不到像您这样的年轻人！ 糖果点心师傅的女儿！”

“我知道，这会使您感到惊奇的，”萨宁不失尊严地说，“不过，首先我根本没有那些偏见……”

“**首先**，这一点儿也没有使我感到惊奇。”玛丽亚·尼古拉耶夫娜打断了他的话。“我也没有偏见。我自己就是农夫的女儿。啊？ 您对这有什么看法？ 见到一个不怕用情的男子，这才是我觉得又惊奇又高兴的。您爱她，是吗？”

“是的。”

“她长得很俊？”

最后这个问题倒使得萨宁有点儿感到厌恶了……但已经不能回避了。

“您知道，玛丽亚 · 尼古拉耶夫娜，”他谈起来，“在每个人看来，他的恋人的脸蛋总是比别的女人漂亮的，不过我的未婚妻的确是个美人儿。”

“真的吗？ 她是哪种类型的人？ 意大利的？ 古典型的？”

“不错；她的面貌很端正。”

“您有没有她的肖像？”

“没有。”（那时候摄影连提都还没有人提，银板照相[1]刚开始流行。）

“她叫什么名字？”

“她叫杰玛。”

“您呢？”

“德米特里。”

“父称呢？”

“巴甫洛维奇。”

“您听我说，”玛丽亚 · 尼古拉耶夫娜依旧用慢条斯理的语调说，“我很喜欢您，德米特里 · 巴甫洛维奇。您一定是个好人。把您的手给我。我们交朋友吧。”

她那美丽、白皙而又有力的指头紧紧地握住了萨宁的手。她的手比他的手稍微小些，可是温暖、丰满、柔软、灵活得多。

“不过您可知道，我脑子里想的是什么？”

“什么？”

“您不会生气吧？ 不会吧？ 您说，她是您的未婚妻。可是难

---

① 法国人达盖尔（1788—1851）发明的一种照相方法。

道……难道这一定需要吗？”

萨宁拧紧了眉头。

“我不懂您的意思，玛丽亚·尼古拉耶夫娜。”

玛丽亚·尼古拉耶夫娜轻轻地笑了起来，头一摆，那掉落到两边脸颊上的头发都被甩到后面去了。

“他显然是非常可爱的，”她不知是沉思地还是心不在焉地说。“一个骑士！既然如此，那您就相信那些人吧，他们认为理想主义者已经绝迹了！”

玛丽亚·尼古拉耶夫娜总是说一口非常纯正的俄语，真正莫斯科话——民间的语言，而不是贵族式的语言。

“您大概是在一个旧式的敬神的家庭里教养长大的吧？”她问，“您是哪省的人？”

“图拉省的。”

“啊，那么我们是同乡。我的父亲……您可知道，我的父亲是谁？”

“是的，我知道。”

“他是在图拉省出生的……他是图拉人。嗯，好哇……（玛丽亚·尼古拉耶夫娜故意把这个“好”字完全按照小市民的发音念——念成了：赫尔绍［хершо］。）那么现在让我们开始办事吧。”

“就是说……开始办事，这是什么意思？您为什么要这样说？”

玛丽亚·尼古拉耶夫娜微微眯缝起眼睛。

“您为什么到这儿来？（当她眯缝起眼睛的时候，眼神变得很温柔，并且带点儿嘲讽的意味；当她把眼睛睁得很大的时候，在它那明亮的、几乎是寒光闪闪的光芒中却显露出一种像是恶意的、威胁性的神气……她那对浓密的、微蹙的、有真正的貂皮的光泽的眉毛使她的眼睛显得特别美。）您希望我买您的田庄吗？ 您需要钱办婚事？ 是不是这样？”

“是的，需要钱。”

“您需要很大的一笔钱？”

“我首先需要几千法郎。您丈夫知道我的田庄的情况，您可以跟他商量商量；我呢，开个公道的价钱。”

玛丽亚·尼古拉耶夫娜把头摇来摆去。

“**首先**，”她从容自在地说，几个指尖在萨宁的常礼服的翻袖上碰了碰。“我没有跟我丈夫商量的习惯，除非是关于我的服装的事——他在这方面是内行；**其次**，您为什么说，您开的价钱公道？ 我可不愿利用您现在正在热恋中而准备作一切牺牲这个机会……我不会接受您的任何牺牲的。怎么样？ 我不鼓励您……唔，这怎么说好呢？ ……不鼓励您高尚的感情，反而像剥菩提树皮那样来剥削您吗？ 我从来不干这样的事。除非我碰到我不肯饶恕的人——不过我也不采取这样的手段。”

萨宁怎么也猜不透她是在嘲笑他呢，还是在说正经话？ 他只是暗自想：“啊，得小心提防！”

一个仆人走进来，他用大盘子端来了一个俄国式的茶炊、一套茶具、奶油、面包干等等，一齐摆在萨宁与波洛佐夫太太之间的桌上，就走了。

她给他倒了一杯茶。

“您不嫌脏吧？”她问，一边用手指拿一块糖放在他的茶杯里……可是糖夹子就在桌上。

“别那么说！……用这样漂亮的手……”

他没有把话说完，几乎被一口茶给呛住了，而她却用专注而泰然自若的目光瞧着他。

“我所以提到我的田庄卖价公道，”他继续往下说，“是因为现在您在国外，我不能设想您有很多钱闲放着；最后，我自己觉得，出售田庄……或者买进田庄，在类似的情况下也是件不正常的事，我应当考虑到这点。”

萨宁说得颠三倒四，自相矛盾；可是玛丽亚·尼古拉耶夫娜却轻轻地仰靠在圈椅的背上，抄着两手，依旧用专注而泰然的目光瞧着他。他终于不说话了。

“不要紧，您说吧，您说吧，”她说，仿佛在帮助他，“我听着，我很高兴听您说，您说吧。”

萨宁又开始描述自己的田庄，它的面积有多少俄亩，坐落在哪里，有多少亩可耕种的土地，可以获得多少收入……甚至还提到庄园里的风景优美的地势；玛丽亚·尼古拉耶夫娜凝眸瞧着他，她的目光越来越明亮，越来越专注；她的嘴唇微微颤动着，但没有一丝笑意：她咬住了嘴唇。萨宁终于觉得不好意思了；他又沉默不语。

“德米特里·巴甫洛维奇……”玛丽亚·尼古拉耶夫娜开腔了，思索起来……“德米特里·巴甫洛维奇……”她又叫了一声……“您听我说：我确信购买您的田庄对我是一笔很有利的交易，我们会成交的；可是您必须给我……两天……对，两天期限。您能和您的未婚妻分开两天吗？我不会让您耽搁更多时间的，如果您不愿意耽搁的话——我向您保证。但如果现在您需要五、六千法郎，我很高兴借给您——我们以后再算。”

萨宁站起来了。

"玛丽亚·尼古拉耶夫娜，您表示愿意帮助一个对您差不多是陌生的人，我应当感谢您这种亲切而热忱的好意……但是，如果您一定要这样，那我宁愿等待您对购买我的田庄作出决定，我将在这里逗留两天。"

"对，我要您等待两天，德米特里·巴甫洛维奇。您会觉得难受吗？很难受吗？您说吧。"

"我爱我的未婚妻，玛丽亚·尼古拉耶夫娜，跟她分离我心里觉得很不好过。"

"嘿，您真是个好人！"玛丽亚·尼古拉耶夫娜叹了口气说。"我一定不让您太苦恼。您要回去吗？"

"时间已经晚了，"萨宁说。

"路上很辛苦，又跟我丈夫玩了'耍傻瓜'，您该休息一下啦。请您告诉我，您跟我的丈夫伊波利特·西陀雷奇是好朋友吗？"

"我们是一个寄宿中学里的同学。"

"当时他已经是这个样子了吗？"

"'这个样子'是什么样的？"萨宁问。

玛丽亚·尼古拉耶夫娜忽然笑起来，笑得满脸绯红；她把手帕按在嘴上，从圈椅里站了起来，身子摇摇晃晃的，好像很累的样子，走到萨宁跟前，向他伸过手来。

萨宁告别，向门外走去。

"明天请早些来，听见吗？"她在后面向他叫道。从房间里出去时，他掉转头来瞧了一眼，看见她又坐到圈椅里，两手放在脑后。她那件短上衣的宽大袖子几乎滑到了肩头，不能不承认这两条胳臂的姿势，这整个体态，美得迷人。

三十六

半夜已经过了很久，萨宁房间里还点着灯。他坐在桌子旁，在给“他的杰玛”写信。他把一切都告诉了她；给她描写了波洛佐夫一家——丈夫和妻子，不过写得更详细的是他自己的感情，信是这样结尾的：他跟她约定“三天后再见！！！”（加上了三个惊叹号！）第二天大清早，他就到邮局去寄信，并在库尔海察公园溜达了一阵子，那里音乐已经开始演奏。游人还不多；他在乐队的亭子前面站定了，听了歌剧《魔王罗伯达》中的一支集成曲，喝了咖啡，然后向一条幽僻的小径走去，在一条长凳上坐下，沉思起来。

一把伞柄在他肩上急速地敲了几下，敲得相当重。他不觉一怔……玛丽亚·尼古拉耶夫娜站在他面前，她穿了一件轻飘飘的灰底绿花透明薄纱连衫裙，戴了一顶白纱帽，手上戴了一副瑞典手套，脸色鲜艳红润，宛如夏天的早晨，可是在动作上和眼神里却流露出还未消失的昨夜酣睡沉沉的快乐。

“您好，”她说，“今天我差人去找过您了，可您已经出来了。我刚喝了第二玻璃杯……您知道，人家硬叫我喝这里的水，天晓得为什么……我身体不是很好吗？ 现在我应当散步一小时。您愿意做我的游伴吗？ 过一会儿，咱们一块儿去喝咖啡。”

“我已经喝过了，”萨宁边站起来边说，“可我很高兴同您一块儿散步。”

“那么，请把您的胳臂给我……别害怕：您的未婚妻不在这里，她不会瞧见您的。”

萨宁勉强地笑了笑。每逢玛丽亚·尼古拉耶夫娜提到杰玛，他就感到不愉快。可他连忙顺从地鞠了个躬……玛丽亚·尼古拉耶夫娜的胳臂慢慢地、轻轻地放到他的胳臂上一滑，仿佛跟他的胳臂粘在一起了。

“我们打这里走吧，”她对他说，一边把撑开的阳伞往肩上一搁，“这个公园像是我的家，我带您去游玩一下它的几处好景色。您听我说（她常常说这句话）：咱们现在不谈买田庄的事；我们在早餐后好好地谈一谈；您现在应当向我介绍一下您自己……让我知道我在跟一个什么样的人打交道。然后，如果您愿意，我也向您谈谈我自己。您同意吗？”

“可是玛丽亚·尼古拉耶夫娜，什么才是您感兴趣的……”

“等一等，等一等。您还没有十分领会我的意思。我不会向您卖俏的。”玛丽亚·尼古拉耶夫娜耸了耸肩。“他有个未婚妻，像一尊古代的雕像，我会向他卖俏吗？！ 您有商品，而我是买主。我要知道您有的是什么货色。喂，拿来瞧瞧，它是什么货色？ 我不仅仅要知道我要买的货色，而且也要知道是从谁的手里买的。这是我父亲的规矩。嗯，您开始谈吧……不从童年时代谈起也好——就这样谈吧，您在外国逗留很久了吗？ 您在什么地方一直住到现在？ 只是，走得慢点儿，咱们不忙呀。”

“我是从意大利来的，我在那里住了几个月。”

“看来，凡是意大利的东西您都特别爱好吧？ 您**在那里**没有找到爱好的东西，这很奇怪。您爱好艺术吗？ 爱好绘画？ 还是更爱好音乐？”

“我爱好艺术……凡是美的东西我都爱好。”

“那么音乐呢？”

“音乐也爱好。”

“可我一点儿也不爱好音乐。我只爱好俄罗斯歌曲——农村歌曲，春天大家跳舞时唱的歌曲。您要知道……大红布啦，珠串啦，牧场上的嫩草啦，淡淡的烟味儿啦……这真美啊！ 可是不谈我的。您谈吧，您谈谈吧。”

玛丽亚·尼古拉耶夫娜一面走，一面不时瞟萨宁一眼。她身材很高，她的脸几乎跟他的脸齐平。

他开始谈起来，开头谈得勉勉强强，讲得不好，后来却渐渐谈得兴致勃勃，甚至喋喋不休。玛丽亚·尼古拉耶夫娜十分善于听别人说话；何况她自己是那么坦率，不由得也引起别人的坦率。她具有罗马红衣主教雷兹所说的“对人亲密的”伟大的天赋——le terrible don de la familiarité。萨宁谈到了他的旅行，他在彼得堡的生活，他的青年时代……要是玛丽亚·尼古拉耶夫娜是个上流社会的妇女，举止娴雅，那么他就决不会这么随便了，可她不拘任何礼节，自称为“好小子”——她正是这样对萨宁作自我介绍的。同时这个“好小子”以娇媚的步态跟他并肩走着，微微偎倚在他身上，朝他脸上看了又看，这个“好小子”以一个年轻少妇的形象跟萨宁并肩走着，施展着那么令人沉醉而苦恼的、隐约而强烈的魅力，只有斯拉夫性格——不是只有几分的斯拉夫性格，也不是纯粹的斯拉夫性格，而是和适宜的其他血统混合的斯拉夫性格——才能施展这样的魅力来扰乱我们——有罪的、意志薄弱的男子——的心。

萨宁跟玛丽亚·尼古拉耶夫娜的散步，萨宁跟玛丽亚·尼古拉耶夫娜的谈话持续了一个多钟头。他们一次也没有停顿过——一直在那个公园里没有尽头的小径上走啊走啊，有时登山，边走边欣赏风景；有时下山来到一个谷地，躲进浓密的树荫里，一直手挽着手。萨宁有时甚至苦恼地站住了：他跟杰玛，跟他亲爱的杰玛还从来没有这么久地散步过……而这位太太竟然把他独占了，够了！

“您不累吗？”他不止一次地问她。

“我从来不觉得累。”她回答说。

他们有时碰到几个游人；差不多个个都向她点头致意，有的表示尊敬，有的甚至做出一副谄媚的样子。其中有一个长得很漂亮、衣着很讲究的黑发男子，她老远就用最纯正的巴黎口音向他叫喊：“Comte，vous savez，il ne faut pas venir me voir —— ni aujourd' hui， ni demain.”①那个人默然摘下帽子，深深地鞠了个躬。

“这个人是谁？”由于“好奇”这个不良的习惯，萨宁问；俄国人都有这种不良的习惯。

“这个吗？ 一个法国人，这儿有很多这样的人逛来逛去……他也向我献殷勤。是该喝咖啡的时候了。咱们回家吧；您大概已经饿了。我的好人现在大概已经睡醒了。”

“好人！ 睡醒了！！”萨宁暗自重复了一遍……“她说一口那么好的法语……真是个奇女子！”

* * *

玛丽亚·尼古拉耶夫娜没有猜错。当她和萨宁一同回到旅馆时，

① 法语：喂，伯爵，无论今天或明天，都不要上我那儿去。

“好人”或“肉团团”已经坐在摆开的桌子前面，头上老是戴着那顶土耳其帽。

“我已经等你好些时候了！”他扬声说，脸上流露出不满的神色。“你不来，我已经想独个儿喝咖啡了。”

“不要紧，不要紧，”玛丽亚·尼古拉耶夫娜高兴地说，“你生气了吗？这对你的健康是有益的：要不然的话，你会完全僵化的。瞧，我把客人带来了。快些按铃吧！我们喝咖啡吧，咖啡，最好的咖啡，盛在萨克森瓷杯里，摆在洁白的台布上！”

她摘下帽子，脱掉手套，鼓起掌来。波洛佐夫皱起眉头看了她一眼。

“今天您为什么跑得这么起劲，玛丽亚·尼古拉耶夫娜？”他低声说。

“跟您不相干，伊波利特·西陀雷奇！按铃吧！德米特里·巴甫洛维奇，请坐，您再喝杯咖啡！啊，发命令是多么愉快啊！人世间没有比这更快乐的事了！”

“当人家听您的话的时候。”丈夫又嘀咕说。

“正是这样，当人家听您的话的时候！我就是由于这个原故而高兴。尤其是和你在一起，肉团团，对不对？啊，咖啡端来了。”

一个茶役端来了一个大托盘，托盘上还放着一张剧院的海报。玛丽亚·尼古拉耶夫娜立刻拿起海报。

“戏剧！”她不满地说，“德国戏剧。反正比德国喜剧好。去给我定一个包厢——楼下的包厢，或者不……最好定 fremden-loge①！”她

---

① 德语：外国人包厢。

对茶役说。“听见吗：一定要 fremden-loge！”

“如果 fremden-loge 已被本市市长大人（seine excellenz der Herr Stadt-Director）定去了呢？”茶役斗胆问。

“给大人十个三马克银币，但包厢必须让给我，听见没有！”

茶役恭敬而愁闷地点了一下头。

“德米特里 · 巴甫洛维奇，您同我一起去看戏吗？ 德国演员都非常糟糕，您去……吗？ 啊！ 您多么好啊！ 肉团团，你不去吧？”

“听你的吩咐。”波洛佐夫把杯子端到了嘴边，回答说。

“你听我说：你别去啦。你在戏院里老是睡大觉，而且你也不大懂德语。你还是办一下这件事吧：给我的管事写一封回信，你可记得，关于我们的磨坊……关于农民磨粉的事。告诉他，说我不同意，不同意，不同意！ 这就是你整个晚上的事务……”

“知道了。”波洛佐夫说。

“嗯，那很好。你真是我的乖孩子！ 现在，先生们，好在我们已经谈到了管事，那就谈谈我们那件重要的事吧。德米特里 · 巴甫洛维奇，等茶役收拾了桌子，您就给我们谈谈您田庄里的一切——情况怎样，有些什么东西，您要卖什么价钱，您希望预付多少钱，总之，一切都要谈一谈！ （“到底等到了，”萨宁心里寻思着，“谢天谢地！”）您已经向我谈过一些了，好像出色地给我描绘了您的花园，可是‘肉团团’当时没有在座……让他也听听，发表些意见！ 想到我可以成就您的婚事，我就觉得很高兴——我答应过您，早餐后就讨论您的事；我一贯信守诺言，对不对，伊波利特 · 西陀雷奇？”

波洛佐夫用手掌擦了一下脸。

“真的就是真的，你不欺骗人。”

“从来不！ 我从来不欺骗人。嗯，德米特里·巴甫洛维奇，您把情况谈一谈，就像我们在枢密院里发言一样。”

三十七

萨宁开始“介绍情况”，也就是再次，第二次描绘他的田庄，可是这一回，不再谈大自然之美——有时他引波洛佐夫的话来证实所引用的“事实和数字”。可是波洛佐夫只是哼哈着，频频摇头，他表示赞成呢还是不赞成，这似乎连鬼也不知道。不过玛丽亚·尼古拉耶夫娜用不着他参加意见；她显示了那样的商业和管理才能，简直令人惊叹！ 她十分熟悉田庄管理上的一切奥秘；她对一切都问得很详细，无一遗漏；而且她每句话都问到点子上，非凡准确。萨宁想不到会有这样一场考试：他没有准备。这场考试持续了整整一个半钟头。萨宁体会到了一个被告坐在狭长的板凳上面对着严厉的、明察秋毫的法官时的心情。他暗自苦恼地低声说：“这是审问！”玛丽亚·尼古拉耶夫娜一直在笑，好像在开玩笑，可是萨宁因此觉得很尴尬，在“审问”中，他似乎不十分理解“再分配”和“耕作深度”这些名词的意义，他额上甚至冒汗了……

“嗯，好吧！”玛丽亚·尼古拉耶夫娜末了说。“现在我了解您的田庄的情况……不比您差。每个魂灵①您索价多少？”（在那个时代，众所周知，田庄的价格是根据魂灵多少来决定的。）

“对了……我认为……不能少于五百卢布，”萨宁费力地说。（啊，潘塔莱昂纳！ 潘塔莱昂纳！ 你在哪儿啊？ 现在你又会大声叫

---

① 指农奴。

喊：Barbari！）

玛丽亚·尼古拉耶夫娜抬起眼瞧着天花板，好像在考虑。

“好吧，”末了她说，“这个价钱我觉得是公道的。可我约定了两天期限，您必须等到明天。我认为我们会成交的——到那时，您告诉我，您要求预付多少。可是现在 basta cosi！①”她发觉萨宁有异议，她便接下去说：“咱们为阿堵物……忙得够了……á demain les affaires！②您听我说，现在我让您回去（她看了一下塞在腰带里的一只珐琅面的小型表）……在三点钟以前……该让您休息一下。您去玩一下轮盘赌吧。”

“我从来不赌博，”萨宁说。

“真的吗？ 您真是个地地道道的好人。不过我也不赌博。把钱白白丢掉，那确实很傻。不过您可到赌场里去看看那些面孔。在那里会看到许多十分滑稽可笑的事。那儿有一个老妇人，她头上扎了一条额饰，蓄了一撮小胡子……真怪啊！ 那里还有我们的一个公爵……也不错。他身材魁梧，鼻子像鹰嘴，当他下了三马克银币的赌注的时候，他便在背心里偷偷地画十字。您看看杂志啦，散散步啦，总而言之，悉听尊便……到三点钟，我等着您……de pied ferme③。我们得早点吃饭。这些可笑的德国人的戏院六点半就开演了。”她伸过一只手来，“Sans rancune， n'est-ce pas?”④

“别那么想，玛丽亚·尼古拉耶夫娜，我怨您什么？”

“因为我使您苦恼。等着吧，我还会让您有更大的苦恼呢。”她补

---

① 意大利语：够了！
② 法语：交易明天再谈吧！
③ 法语：一定。
④ 法语：我们忘掉旧恨，对不对？

了一句，眯缝起眼睛。她所有的酒窝在那渐渐泛红的脸颊上都一下子显露出来了。“再见！”

萨宁鞠了个躬，便出去了。一阵快乐的笑声在他身后哄然而起。这当儿，他恰好打镜子前面经过，镜子里映出了如下的一幕情景：玛丽亚·尼古拉耶夫娜把丈夫头上那顶土耳其帽拉了下来盖没了他的眼睛，他无力地挥动着双手挣扎起来。

三十八

啊，萨宁一回到自己的房间里，他多么深长而愉快地叹了口气！对啊：玛丽亚·尼古拉耶夫娜说得一点不错——他应该休息一下了，暂时忘掉所有这些新相识的人，忘掉这些争论、这些谈话；忘掉侵入他头脑里和心灵里那令人迷糊的东西——忘掉跟一个与他如此格格不入的女人出乎意外的、偶然的接近！这一切什么时候发生的呢？差不多就在他知道杰玛爱上他，他成为她的未婚夫之后的第二天。要知道这是一种罪过！他心里千百遍向自己那纯洁无瑕的少女恳求饶恕，虽然，说实话，他没有什么可责怪自己；他千百遍亲吻她赠给他的那个十字架。要不是他希望迅速而成功地结束他所以来到威斯巴登的那件事，他就会急忙逃回去，逃到可爱的法兰克福去，逃到现在已经成为他的亲戚的那个可爱的家里去，逃到她那儿去，伏在他心爱的人的脚下……可是没有办法！得喝干这杯苦酒，得穿上衣服去吃晚饭，然后从那儿上戏院去……但愿明天她会早些放他走！

还有一件事也使他很窘，惹他恼火：他心里充满了爱情、感动和感激的喜悦，惦念着杰玛，想到他们俩的生活，等待着他的未来的幸福，然而这个奇怪的女人，这个波洛佐夫太太却纠缠不休地在眼前飘荡……不！不是在飘荡，而是矗立着……正是如此，照萨宁特别幸灾乐祸的说法——**矗立**在他眼前——他无法摆脱她的形象，不能不听她的声音，不能不想起她的话——甚至不能不闻到她衣服上散发出来的一种幽雅的、使人神爽的、沁人心脾的、特别的香气，像黄百合花的香气。这位太太显然在捉弄他，这样那样讨他喜欢……这有什么目的吗？她要达到什么目的呢？难道这是娇纵惯的、有钱的——几乎放荡不羁的女人的一种怪脾气吗？这位丈夫呢？！这是个什么样的人啊？他与她的关系是怎样的呢？他萨宁为什么会想到这些问题上去呢？其实他无论是跟波洛佐夫太太或是跟她丈夫都没有丝毫关系。甚至当他整个心灵倾向着另一个像白天一般光辉灿烂的形象的时候，为什么他也不能把这个令人讨厌的形象驱走呢？**这个女人的面影**怎么敢通过几乎是神的面影显现出来呢？这个面影不仅显现了出来，而且还嘲弄地、得意洋洋地微笑着。这双贪得无厌的灰眼睛，两边脸颊上的这些酒窝，这些像蛇一般的辫子——难道这一切好像都粘在他身上了，他无力并且也不能摆脱这一切，甩掉这一切吗？

胡说！胡说！明天这一切都会消失得无影无踪的……可是她明天会放他走吗？

啊……他向自己提出这一切问题时，快到三点钟了。于是他穿上了一件玄色燕尾服，在公园里散了一会儿步，就到波洛佐夫那儿去了。

* * *

在他们的客厅里，他碰见了一个德国大使馆的秘书，这个人身材颀长，马脸，淡黄头发在脑后对分梳开（这在当时还是新奇的）……

啊，奇怪！ 这另一个人是谁？ 封 · 登霍夫，就是前几天和他决斗过的那个军官！ 他万万想不到会在这里碰见他，不由得露出一副尴尬相，但还是向他点点头，打了个招呼。

“你们是认识的吗？”玛丽亚 · 尼古拉耶夫娜问，萨宁那副窘态逃不过她的眼睛。

“是呀……我已经荣幸地……”登霍夫低声说，身子略微倾向玛丽亚 · 尼古拉耶夫娜，并含笑低声地补了一句：“那个就是……您的同胞……俄国人……”

“不可能！”她也低声说，用指头威胁地点点登霍夫，立刻就跟他，也跟那个身材颀长的秘书告别，从整个神情看来，这个秘书热恋着她，因为他每次瞧她时，甚至把嘴张得很大。登霍夫好像是个知交，他从一言半语中就能领会对他的要求，带着殷勤而俯首听命的样子立即离去了；秘书还赖着不肯走，可是玛丽亚 · 尼古拉耶夫娜却毫不客气地把他撵走了。

“到您的贵人那儿去吧！”她对他说（当时在威斯巴登有个摩纳哥国的公主，活像一个下流的卖笑女人），“您为什么尽呆在像我这样一个平民女子的家里？”

“别那么说，太太，”这个倒霉的秘书坚决地说，“所有世间的公主……”

可是玛丽亚 · 尼古拉耶夫娜不讲情面，梳分头的秘书走了。

玛丽亚 · 尼古拉耶夫娜这一天打扮得正如我们老奶奶们所说的：“称身合体。”她穿了一件玫瑰色的闪光绸连衫裙，袖子上 à la fontanges①，

① 法语：袖子上饰了花结。

两只耳朵上都戴了一颗大钻石。她的眼睛像她的钻石一般晶莹发亮：她显得心情愉快，精神饱满。

她让萨宁坐在身边，跟他谈起巴黎来了，这是她几天后要去的地方；也跟他谈到德国人使她很讨厌，说当他们卖弄聪明的时候，他们都是愚蠢的；当他们糊涂的时候，却又不恰当地聪明起来；忽然，正如常言所说，她开门见山地——à brule pourpoint——问他，他最近为了一位女士而跟刚才坐在这里的那个军官决斗过，这是真的吗？

“这您怎么知道的？”萨宁惊讶不置地嘟哝着。

“大家都在传说，德米特里 · 巴甫洛维奇；不过我知道您是做得对的，做得非常非常对。您的举动像一个骑士。请您告诉我，这位女士就是您的未婚妻吗？”

萨宁微微皱起了眉头……

“好，我再也不说了，我再也不说了，”玛丽亚 · 尼古拉耶夫娜赶忙说，“这使您不愉快，请原谅我，我再也不说了！ 您可别生气！”波洛佐夫手里拿了一张报纸，从隔壁房间里走出来。“你怎么啦？ 饭准备好了吗？”

“马上就开饭，你瞧，我在《北方蜜蜂报》上看到……格罗莫鲍依公爵去世了。”

玛丽亚 · 尼古拉耶夫娜猛地抬起头来。

“啊！ 愿他进天堂！”她对萨宁说，“每年二月里，到我生日那一天，他就在我每个房间里摆上茶花。虽然如此，还是不能留住我在彼得堡过冬。他大概有七十多岁了吧。”她问丈夫。

“有了！ 报上登载了他的葬仪。全宫廷的人都去参加了。这里还有科甫里日金公爵所作的悼念诗。”

“好极了。”

“要不要我念给你听听？公爵称他为贤达。”

“不，我不想听。他是个什么贤达！他不过是塔季雅娜·尤里亚夫娜的丈夫！咱们吃饭吧。活人应该想到活人的事。德米特里·巴甫洛维奇，把您的胳臂给我。”

* * *

和昨天一样，晚餐是极丰盛的，席间很活跃。玛丽亚·尼古拉耶夫娜能说会道……她的天禀是妇女中罕见的，尤其在俄国妇女中！她煞费苦心地找人家的碴儿，她的女同胞尤其遭到她的奚落。那生动而恰到好处的话语不止一次引起萨宁纵声大笑。玛丽亚·尼古拉耶夫娜最讨厌假仁假义、空洞的漂亮话和谎言……她几乎到处都发现假话。她仿佛以自己出身卑贱为荣，还以此自夸；她讲述了她童年时代自己父母的一些很奇怪的故事；自称为穿过树皮鞋的人，不比娜塔利亚·基里洛夫娜·娜雷什金娜①差。萨宁开始明白了，她一生中所遭受的苦难要比许多同龄的妇女深重得多。

可是波洛佐夫从容自在地吃着，聚精会神地喝着，只是有时抬起他那微带淡白的眼珠子，看起来像是瞎子，实际上视力很好，时而瞧瞧妻子，时而瞧瞧萨宁。

“你真是我的乖孩子！”玛丽亚·尼古拉耶夫娜向他转过脸去，扬声说。“你在法兰克福把我委托你的事办得多好啊！我真想亲一亲你的前额——可你却毫不在乎。”

---

① 沙皇阿列克赛·米哈依洛维奇的第二个妻子，彼得大帝之母。

“我不在乎，”波洛佐夫边回答说，边用一把小银刀切菠萝。

玛丽亚·尼古拉耶夫娜边打量他，边用指头在桌上敲打。

“那么我们的打赌算不算数？”她意味深长地说。

“算数。”

“好吧，你会输的。”

波洛佐夫把下颏向前一伸。

“嗯，这一回，不管你怎样相信自己，玛丽亚·尼古拉耶夫娜，我认为你要输的。”

“打什么赌啊？ 可以让我知道吗？”萨宁问。

“不能……现在不能。”玛丽亚·尼古拉耶夫娜回答说，不觉笑起来了。

钟打了七下。茶役来报告，说马车已经准备好了。波洛佐夫送他的妻子出去，立刻就慢悠悠地走回到他的圈椅跟前去了。

“当心！ 别忘记给管事写信！”玛丽亚·尼古拉耶夫娜从前室里向他叫道。

“我会写的，你放心好了。我是个认真负责的人。”

三十九

一八四〇年，威斯巴登的戏院就外观来说是很糟的，而它的剧团，就其废话连篇和演技平庸，以及力求庸俗地墨守成规来说，与迄今可以认为是所有德国戏院的普遍水平相差无几，近来在德弗雷恩特先生“出色”经营下的卡尔斯鲁威剧团，就是这方面的一个最好的例子。为封·波洛佐夫夫人所定的包厢后面（天晓得，茶役竟能弄到这个包厢，他确实没有贿赂过市长！）——在这个包厢后面有个小房间，周围都摆了小沙发；在进去之前，玛丽亚·尼古拉耶夫娜请萨宁把屏风竖起来，使包厢跟剧场隔开。

“我不愿让人看见我，”她说，“不然的话，他们都会立刻跑来的。”

她叫他坐在自己身边，背向着剧场，使包厢看起来像是空的。

乐队奏《费加罗的婚礼》①的序曲……幕升起了：戏开演了。

那是许多不大高明的作品之一，某些博学、但无才华的作家，用无可挑剔的、然而毫无生气的语言在这些作品里拙劣地刻意表达一种“深刻的”或者“极其重要的”思想，表现所谓悲剧性的冲突，引起了苦闷……亚细亚式的苦闷，好像经常流行的亚细亚霍乱。玛丽亚·尼古拉耶夫娜耐着性子听了半幕，可是当第一个男情人知道了他心上人背叛他时（他穿了一件有“鼓起的褶子”的深褐色的常礼服，波里斯绒领子，一件有珠母钮扣的条纹背心，绿色长裤和漆皮套带，一副白麂皮手套），当这个男情人把两个拳头抵住胸部，臂肘朝前作成了锐角时，简直像条狗似的狂吠起来，玛丽亚·尼古拉耶夫娜再也不想听了。

“在外省最蹩脚的小城镇里末流法国演员也演得比德国第一流名演员自然些、精彩些，”她愤怒地扬声说，坐到包厢后间去了，“您到这里来，”她对萨宁说，一只手拍拍她身旁的沙发，“咱们聊聊。”

萨宁唯命是从。

玛丽亚·尼古拉耶夫娜瞥了他一眼。

“我知道，您非常听话！往后您的妻子会跟您相处得很好的。这

---

① 奥国作曲家莫扎特（1756—1791）所作的一出意大利式歌剧。

个小丑，”她继续往下说，用扇柄指指那个在大叫大嚷的演员（他扮演家庭教师），“使我想起了我的青年时代：我也爱过一个教师。这是我的初恋……不，我的第二个情人。第一次，我爱上了一个在顿河修道院里的差役。我已经十二岁了。我只有星期日才看到他。他穿了一件黑天鹅绒内长衣，身上洒了薰衣草香水，当他端着香炉穿过人群时，用法语向女士们说：‘Pardon excusez’[①]，他从不抬起眼来，他的睫毛——有那么长！”玛丽亚·尼古拉耶夫娜用大拇指指甲掐了半截小指比着给萨宁看。“我的教师叫 monsieur Gaston[②]！应该告诉您，这是一个非常博学而又极其严厉的瑞士人——他有一张多么刚毅的脸！连鬓胡子乌黑如漆，希腊人的面型，嘴唇像是铁铸的！我很怕他！我生平唯一害怕过的就是这个人。他是我的兄弟的家庭教师，我兄弟后来死了……淹死的！一个茨冈女人曾对我作过预言，说我会横死的——可是这都是胡说。我才不信这一套。您想想看，伊波利特·西陀雷奇会带匕首吗？！……”

“可能不是死于匕首。”萨宁说。

“这都是胡说，您也迷信？我可一点儿也不迷信。不过劫数难逃。Monsieur Gaston 住在我们家里，我的楼上。有时我夜里醒来，听见他的脚步声——他睡得很迟——由于敬仰……或者由于另一种感情，我的心要停止跳动了。我的父亲只识得几个字，可他让我们受到优良的教育。您可知道我懂拉丁文！”

“您？懂拉丁文？”

---

① 法语：“对不起，请原谅。”
② 法语：加斯通先生。

“是啊——我懂。是 monsieur Gaston 教我的。我跟他一同念过《伊尼特》[1]，一部很沉闷的作品——但其中有许多美丽的片段。您可记得当迪东和伊尼斯[2]一同走进森林的时候……”

“对，对，我记得。”萨宁慌忙说。拉丁文他早已忘得一干二净了，关于《伊尼特》的印象也淡薄了。

玛丽亚·尼古拉耶夫娜瞥了他一眼，按照她的习惯，眼睛微斜地从下面瞟了他一眼。

“不过您别以为我是很有学问的。哎呀，天哪，不，我没有学问，也没有才华。我勉强会写写……真的；我不会朗诵；既不会弹钢琴，又不会画画儿，更不会缝纫——一无所长！ 我就是这么一个人——就是这样！”

她张开了两臂。

“我向您谈到这一切，”她继续往下说，“首先是为了不要听这些傻子的话（她指指舞台，这当儿不是那个男演员，而是一个女演员在嗥叫，也把两个臂肘向前伸着），其次，是为了我跟您有约在先：昨天您已经向我介绍过您自己了。”

“您要问我，就问吧。”萨宁说。

玛丽亚·尼古拉耶夫娜突然转身向他。

“说实在的，您不想知道我是个怎样的女人吧？ 不过，我倒不觉得奇怪，”她补了一句，又靠在沙发的背垫上，“一个人打算结婚，而且是由于爱情，还经过一场决斗……他哪里还会去想别的事呢？”

---

① 罗马诗人维吉尔（公元前 70—前 19）所作的一部著名史诗。

② 伊尼斯是史诗《伊尼特》的主人公，特洛伊被希腊攻陷后，王子伊尼斯曾漂泊到迦太基岛，爱上王后迪东，后为麦寇所迫，离开王后，王后因悲愤而自杀。

玛丽亚·尼古拉耶夫娜沉思起来，用她那阔大而又整齐的乳白色的牙齿咬起扇柄来。

萨宁觉得他的脑海里又有一团烟雾升腾起来，他已经有两天摆脱不开它。

萨宁和玛丽亚·尼古拉耶夫娜之间的谈话是悄声地进行的，几乎像窃窃私语——这更刺激他，使他更焦急不安……

这一切什么时候才会了结？

性格懦弱的人从来不会自己了结的，总是听其自然。

舞台上有个人在打喷嚏；这是作者作为“滑稽的因素”或“成分”安排在戏里的，在戏里其他的滑稽成分不消说是没有的，这种“因素”逗得观众们都乐不可支地笑了起来。

这一阵笑声也引起了萨宁的笑。

有过这样的时刻，他根本不知道他是在发怒还是快乐，苦闷还是开心？ 啊，要是杰玛看见了他！

* * *

“真的，这很奇怪，”玛丽亚·尼古拉耶夫娜忽然说。“有个人那么平心静气地对您说：‘我想要结婚，’可是没有人会对您平心静气地说：‘我想要投河自尽。’这之间有什么区别？ 真的，很奇怪。”

萨宁不耐烦了。

“区别可大哩，玛丽亚·尼古拉耶夫娜！ 有时人根本不怕投河：他会游泳；此外……至于说到婚姻方面的奇怪事情……既然说到那个……”

他忽然不作声了，咬住了舌头。

玛丽亚·尼古拉耶夫娜拿扇柄拍打着自己的手掌。

“请您说下去，德米特里·巴甫洛维奇，请您说下去——我知道您想要说什么。您想说：‘既然说到那个，玛丽亚·尼古拉耶夫娜·波洛佐娃太太，我想象不出还有比您的婚姻更奇怪的事……因为我熟识您的丈夫，从小就知道他！’这就是您想要说的，您啊，这个会游泳的人！”

“对不起。”萨宁开腔了……

“难道这不对吗？ 难道不对吗？”玛丽亚·尼古拉耶夫娜坚持地说。“请看我的脸，告诉我，我说的是不是实话！”

萨宁不知道自己的眼睛往哪里看。

“嗯，好吧，是实话，既然您一定要我说。”他终于说道。

玛丽亚·尼古拉耶夫娜点点头。

“那么……那么……嗯，您这个会游泳的人，您可问过自己：从这个女人方面来说，做出这么奇怪……行为的原因可能是什么？ ……这个女人既不穷……又不傻……也不丑。也许，您对这一切都不感兴趣；可是反正一样。现在我不把原因告诉您，等幕间休息时间结束，我就告诉您。我总是怕有人会闯进来……”

玛丽亚·尼古拉耶夫娜还没有来得及把最后一句话说完，外面的门当真打开了一半，一个脑袋探进包厢里来了。这个人脸红红的，满面淌汗，油光光的，还很年轻，但牙齿已经脱落了，头发长而平直，鼻子搭拉着，两只大耳朵，像是蝙蝠的耳朵，在那双目光好奇而又呆滞的小眼睛上戴着一副金丝边眼镜，眼镜上有个 pince-nez①。这个脑袋朝四下

① 法语：鼻夹。

望了望，看见了玛丽亚·尼古拉耶夫娜，不怀好意地咧着嘴笑，点点头……那青筋毕露的颈脖跟着伸了进来……

玛丽亚·尼古拉耶夫娜用手帕向那个脑袋瓜扬了扬。

“我不是在家里！ Ich bin nicht zu hause， Herr P ...！ Ich bin nicht zu hause ... [①]去吧，去吧！”

那个脑袋觉得很惊讶，勉强地笑起来，模仿李斯特（从前他趴在李斯特脚下乞怜过的），仿佛啜泣似的说：“Sehr gut！Sehr gut！”[②]就消失不见了。

“这是什么人？”萨宁问。

“这个吗？ 他是威斯巴登的批评家。文学家或本地的奴才，随您怎么叫都可以。他受本地的包税商的雇佣，因此，他只好对一切都称赞，都赞美，可他连一肚子腌臜的怨气也不敢出。我怕的是：他是个造谣生非的家伙，马上就会跑去说我在戏院里看戏。哼，我可不在乎。”

乐队奏起了华尔兹舞曲，幕又升起了……舞台上装腔作势和哽咽啜泣又开始了。

“哎，”玛丽亚·尼古拉耶夫娜说，重又坐到沙发上，“因为您被留住，必须陪我坐着而不能享受和您的未婚妻相叙之乐……别把眼睛溜来溜去，也别生气——我了解您的心情，我已经答应过让您回去，恢复您的自由，可是现在您要听听我的自白。要不要告诉您，我最爱的是什么？”

“自由。”萨宁提醒说。

---

① 德语：P先生，我不是在家里……
② 德语：“很好！ 很好！”

玛丽亚·尼古拉耶夫娜把一只手按在他的手上。

“对，德米特里·巴甫洛维奇。”她低声说，她的声音听起来有点儿特别，带有一种不容置疑的真诚和矜持。“自由是最重要的，也是首要的。您别以为我在自夸，这没有什么可吹的——只不过就是要**这样**，对我来说，过去常常是**这样**，将来也还是**这样**，直到我死去。我在童年时代，应当说看够了，也饱尝了受奴役的痛苦。嗯，monsieur Gaston，我的老师，给我擦亮了眼睛。现在您也许明白，我为什么嫁给了伊波利特·西陀雷奇；跟他共同生活，我是自由的，十分自由的，就像空气，就像风一样……结婚前，我就知道这点；我已经知道了，跟他共同生活，我是个自由的哥萨克！”

玛丽亚·尼古拉耶夫娜不作声了，把扇子丢在一边。

“我还要告诉您一件事：我不反对思考……思考是快乐的，正是为了思考才赋予我们以智慧，可是关于我自己所造成的后果，我却从来不想，一定要想的时候，我也不爱惜自己——一点儿也不爱惜。因为不值得。我有一句口头禅：‘Cela ne tire pas à conséquence[①]——我不知道这句话俄语是怎么说的。而且确实：tire á conséquence？要知道，在**这里**——在这个世界上，人家不会要我作解释的，而在那里（她举起一个指头指指上面），嗯，在那里，让他们爱怎样处置，就怎样处置吧。等到以后在**那儿**审判我时，**那么，我**已经不是我了！您听着我的话吗？您不觉得无聊吗？”

萨宁低下了头坐着。他猛地抬起头来。

“我一点儿也不觉得无聊，玛丽亚·尼古拉耶夫娜，我带着好奇心

---

① 法语：这不会造成任何后果。

听着您的话。不过，我……说真的……我在问自己，您为什么对我说这些话？”

玛丽亚·尼古拉耶夫娜把身子在沙发上稍微移动一下。

“您在问自己……难道您那么不机灵？还是您这么谦虚？”

萨宁把头抬得更高了。

“我对您说这些话，”玛丽亚·尼古拉耶夫娜语调平静地继续往下说，不过这种语调跟她脸上的表情是毫不相称的。“因为我很喜欢您；的确，您别觉得奇怪，我不是开玩笑；因为遇见您后，一想到您对我会有不好的印象……或者甚至不是不好，——这我倒无所谓，而是不正确的印象，我心里就不快。这就是为什么我把您带到这儿来，和您单独待在一起，这么坦率地跟您谈话的缘故……对啦，坦率地谈话。我不撒谎。您要记住，德米特里·巴甫洛维奇，我知道您爱着另一个女人，您打算跟她结婚……对我不为私利的心，您可要说句公道话！不过，现在该轮到您说话了：Cela ne tire pas à conséquence!”

她笑了起来，可是她的笑声突然中断了——她木然不动了，仿佛被自己的话语感动了，然而，在她那平时那么快乐、那么放肆的眼睛里，这时却闪现出一种像是胆怯，甚至像是忧伤的神情。

“一条蛇！唉呀，她是一条蛇！”萨宁同时在心里寻思着。“不过是一条多么美丽的蛇啊！”

“请把我的长柄眼镜给我，”玛丽亚·尼古拉耶夫娜忽然说，“我想看戏：难道这个jeune première果真是那么丑吗？不错，可以认为政府挑选她，是出于道德的目的：使青年们不致过于迷恋她。”

萨宁把长柄眼镜递给了她，可她从他手中接过长柄眼镜时，用双手迅速而略微有力地抓住了他的手。

“不要一本正经，”她含笑地悄声说，“我告诉您：可不能用铁链把我锁住，我也不会用铁链去锁住别人。我爱自由，不承认责任只在我这方面。现在请您稍微让开点儿。咱们看戏吧。”

玛丽亚·尼古拉耶夫娜把长柄眼镜对准了舞台——萨宁也朝舞台看起来，在半暗不明的包厢里挨近她坐着，吸着，不由得吸着从她那妖娆的身体上散发出来的暖乎乎的气息和香气，这个女人在这个晚上——特别是在最后几分钟——对他所说的一切话，不由地在他的脑海里翻腾。

四十

戏又演了一个多钟头，可是玛丽亚·尼古拉耶夫娜和萨宁不久就再也不看舞台了。他们又谈起话来，话题还是和先前一样；不过这会儿萨宁不像刚才那样沉默了。他心里很生自己的气，也生玛丽亚·尼古拉耶夫娜的气；他竭力向她证明，她的一套“理论”是没有根据的，仿佛她对理论真感兴趣似的！他开始跟她争论起来，她心里暗暗地觉得很高兴：既然争论了，那就意味着他在让步或将会让步。喂熟了，驯服了，再也不怕生了！她反驳，发笑，同意，思索，进攻……同时他的脸和她的脸挨近了，他的目光再也不离开她的眼睛……波洛佐夫太太的这双眼睛好像在他脸上徘徊，兜圈子，他向她报以微笑——有礼貌地，但是他在微笑。这正合她的心意：他已经进入了抽象的讨论，讨论男女关系的忠实问题，责任问题，爱情与婚姻的神圣问题……那是理所当然的事：讨论这些抽象问题作为开端……作为起点……是非常非常适宜的。

熟悉玛丽亚·尼古拉耶夫娜的人都认为，当她这个精力旺盛、壮健有力的人的性格中忽然出现了一种温柔的谦逊的东西，出现了几乎像是处女般的羞涩时，——虽然，你要想一想，这种东西是怎么产生的？ 于是……是的，于是事情就发生了危险的转变。

对萨宁来说，显然也发生了这个转变……要是他能够哪怕只有片刻工夫集中思想，他就会鄙视自己；可他既没有能够集中思想，也没有鄙视自己。

但她却没有错失时机。这一切的发生全是由于他长得很不难看！只好说："所得安知非所失也。"

戏闭幕了。玛丽亚·尼古拉耶夫娜请萨宁替她围上披巾，当他把那块柔软的织物围在她那真正罕见的、美丽的肩上时，她一动也不动。接着她挽住了他的胳臂走到走廊里去了，几乎叫喊起来：登霍夫却像一个幽灵似的站在包厢门口，有一副卑鄙下流相的威斯巴登的批评家也在他背后出现了。这个"文学家"那油光光的脸上现出一副幸灾乐祸的神情。

"太太，要不要我去给您找到您的马车？"那个年轻的军官对玛丽亚·尼古拉耶夫娜说，声音里带点儿勉强抑制着的狂怒的战栗。

"不，谢谢，"她回答说，"我的听差会去找的，请留步吧！"她用命令的口吻低声补了一句，就拉着萨宁快步走了。

"滚开！ 您干吗跟着我？"登霍夫忽然向这个"文学家"厉声呵斥。他得找个人发泄怒气！

"Sehr gut! Sehr gut!""文学家"嘟哝说，悄悄地溜走了。

在过道里等候着玛丽亚·尼古拉耶夫娜的听差一会儿就把马车找

到了，她倏地坐进马车，萨宁紧随着她，一跃而跳上了马车。车门訇地关上了，玛丽亚·尼古拉耶夫娜不禁放声大笑起来。

“您笑什么呀？”萨宁好奇地问。

“哎，请原谅我……可我想到，假如登霍夫要再次跟您决斗……为了我……这不是很妙吗？”

“您跟他很熟吗？”萨宁问。

“跟他？ 跟这个孩子？ 他是我的跑腿。您不要不放心！”

“我根本没有不放心。”

玛丽亚·尼古拉耶夫娜叹了口气。

“哎哟，我知道，您不是不放心。可是您听着，您听我说：您是那么可爱，您不应当拒绝我的最后一次的请求。您不要忘记：三天后，我就要去巴黎，而您要回到法兰克福去……咱们什么时候再见面？”

“这算什么请求？”

“您当然会骑马？”

“我会。”

“好，就这样。明天早晨我带您去，咱们一同骑马到郊外去。我们有几匹好马。我们回来，就把事情结束——阿门。您不要觉得奇怪，别对我说，这是任性的行为，说我是个疯婆娘——也许是这样，可是请您只说一声：我同意！”

玛丽亚·尼古拉耶夫娜向他转过脸去。马车里暗沉沉的，可是在这片昏暗中，她那双眼睛却炯炯发光。

“好，我同意。”萨宁叹了口气，声音低沉地说。

“哎呀！ 您叹气了！”玛丽亚·尼古拉耶夫娜学着他的腔调，说。“这阵叹气意味着：一不作，二不休。可是不，不……您是非常可爱的，您是个好人，可我是信守诺言的。我把手给您，没有戴手套，是右手，签字的手哪。您握住它，相信它的这一握。我是个什么样的女人，连我自己也不知道；可我是个正直诚实的人，跟我是可以打交道的。”

萨宁，连他自己也不大知道在干什么，拿住这只手吻起来。玛丽亚·尼古拉耶夫娜缓慢地把手缩了回来，忽然不说话了，直到马车停下，没有说过一句话。

她站起来下了马车……这是怎么回事啊！ 萨宁好像觉得呢，还是真的感觉到自己的脸颊上有又快又灼人的一触。

“明天见！”玛丽亚·尼古拉耶夫娜在楼梯上对他悄声说，一个制服上镶金边的看门人持了一个点燃了四支蜡烛的烛台迎候她，把她全身照亮了。她没有抬起眼来，说了一声：“明天见！”

回到自己的住处，萨宁在桌上看见杰玛写来的一封信。他刹那间……心里一怔，但他立刻就高兴起来，为的是快些把这阵惊吓掩饰过去，来哄骗自己。信上只有寥寥几行字。她很高兴“事情一开始”就这么顺利，劝他耐性进行，并补了一句：全家都好，知道他将要回来，大家都很高兴。萨宁觉得这封信写得很枯燥，他拿起笔，取了一张纸……可是丢下了。“写什么呢？！ 明天我就要回去……该回去啦，该回去啦！”

他立刻在床上躺下了，想尽快地睡去。要是他仍然站着不睡，他一定会想到杰玛，而他不知为什么……却羞于想到她。他感到良心不安。可他却这样自慰：明天一切都会永远结束的，他将跟这个任性的太太永别——将把这一切胡说统统忘掉！

意志薄弱的人对自己说话时，爱用坚决的言辞。

"Et puis ... cela ne tire pas à conséquence!"

四十一

这就是萨宁睡觉时所想的，可是第二天，当玛丽亚·尼古拉耶夫娜拿马鞭子的珊瑚柄，急不可耐地敲他的门，他看见她站在自己房间的门限上——胳臂上搭了一件有拽地长后襟的、深蓝色女式骑马服，一顶男式小帽戴在她那编成粗大辫子的鬈发上，肩上披了一块纱，嘴上、眼里和整个脸蛋都流露出挑衅的微笑——这时候，他在想些什么呢？——这里暂且不提。

"啊？准备好啦？"响起一阵快乐的声音。

萨宁扣上了常礼服的钮扣，默默地拿了帽子。玛丽亚·尼古拉耶夫娜目光亮闪闪地向他投了一瞥，点点头，就快步跑下楼去。他尾随着她，也跑下楼去了。

马已经站在街上台阶前面。共有三匹：一匹是金栗色的纯种牝马，马的嘴脸干瘦，龇露着牙，一双黑眼睛突出，鹿腿，身躯稍细而筋肉强壮，可是漂亮而又烈性如火——这一匹是给玛丽亚·尼古拉耶夫娜骑的；第二匹强壮、宽阔，是一匹稍微笨重的马，全身纯黑，无斑点——这匹是给萨宁骑的；第三匹是给跟丁骑的。玛丽亚·尼古拉耶夫娜灵活地跨上了牝马……它在原地跺脚，打转起来，翘起尾巴，缩紧屁股，可是玛丽亚·尼古拉耶夫娜（一个好骑手！）把它在原地勒住了：得跟波洛佐夫告别一下，他老是戴一顶红色土耳其帽，穿着长褂，没扣扣子，在阳台上出现了，挥动着一块麻纱手帕，不过没露一丝笑容，不如说拧紧了眉头。萨宁也跨上了马；玛丽亚·尼古拉耶夫娜扬了扬马鞭，向波洛佐夫先生敬礼，接着便用力地在马儿那扁平的拱起的颈脖上抽了一鞭：马儿用后脚站起来，往前一跃，迈着调驯过的又细又密的步子走起来，浑身的筋抖动着，使劲地拉扯马嚼子，张口吸着空气，不住地打响鼻。萨宁尾随着，一边端详着玛丽亚·尼古拉耶夫娜；她那苗条而柔软的躯体充满自信地、灵活而谐调地摆动着，紧身束得既紧而又自由。她扭转头来，用眼色示意，叫他赶上去。他们并辔驰骋。

"您瞧，多好呀，"她说，"我在分别之前，最后一次对您说：您是非常可爱的，往后您不会后悔的。"

说完这最后几句话，她把头点了几下，好像要强调这些话，让他领会这些话的含义似的。

她显得那么幸福，萨宁简直感到惊奇；她脸上甚至流露出孩子们感到心满意足时才有的那种庄重的神气。

他们骑着马缓步来到了不远的城关口，然后在大路上让马放开又大又快的步子奔跑起来。这天天气晴朗，是个真正的夏天；风缓缓地迎面吹拂，在他们耳边愉快地喧闹，呼呼作响。他们都很快乐：他们俩都意识到年轻而健康的生命力，意识到他们在自由而迅速地前进，这种感觉每时每刻都增长着。

玛丽亚·尼古拉耶夫娜把马一勒，又让它缓步走起来。萨宁也学她的样。

"瞧，"她深长而怡然自得地叹了口气，说，"只有这样，人生才有意义。你想要做的，原来似乎是不可能的，你做到了——亲爱的，那就享受吧！让心灵得到充分的满足吧！"她用手在喉咙上比划了一下。"做人是多么幸福啊！我现在……是多么幸福啊！我似乎想拥抱全世界。就是说，不是整个世界……这个人我就不愿拥抱。"她用马鞭子指指打路边走过的一个衣衫褴褛的老头儿。“可我愿意使他幸福。给您，拿去吧。”她操着德语大声叫道，把一个钱袋丢在他脚边。一个沉甸甸的小袋（那时还不知道用小钱包）“噗”的一声落在路上。那个过路人不觉一怔，站住了。而玛丽亚·尼古拉耶夫娜哈哈大笑，又策马疾驰而去。

“您那么喜欢骑马？”萨宁追上了她，问。

玛丽亚·尼古拉耶夫娜又一下子扣住了马：她没有别的办法扣住马。

“我只不过想避免人家的道谢。谁谢我，就是破坏我的兴致。要知道，我不是为了他，而是为了我自己，才这样做的。他怎么敢来向我道谢呢？我没有听清楚您刚才问我的话。”

“我问您……我想要知道，今天您为什么这么高兴。”

“您听我说，”玛丽亚·尼古拉耶夫娜说：她或是又没听清楚萨宁所提的问题，或是认为不必回答他的问题。“我非常讨厌这个跟丁，他跟随在我们后面，心里大概只想着：太太什么时候回家？怎样打发他走开呢？”她动作麻利地从口袋里掏出一本日记本。“叫他到城里去送信？不……不恰当，啊！对了！前面是什么？是一家小饭馆吗？”

萨宁顺着她所指的方向望去。

“对，好像是一家小饭馆。”

“那好极了。我叫他在这个小饭馆里等，喝喝啤酒，等我们回来。”

“他会怎样想呢？”

“我们才不管！他也不会想的：他会只顾喝啤酒。喂，萨宁（她头一次直呼他的姓），前进，快步跑！”

到了小饭馆前面，玛丽亚·尼古拉耶夫娜就叫来跟丁，向他吩咐了一番，说她要他做什么。这个跟丁是个英国人，有英国人的脾气，他默默地把手举到制帽的硬帽檐上敬了个礼，跳下马来，握住马笼头，把马带走了。

“嘿，现在咱们是自由的鸟儿了！”玛丽亚·尼古拉耶夫娜扬声说。“咱们上哪儿去啊——往北，往南，往东，还是往西？您瞧，我像个行加冕礼的匈牙利国王（她用马鞭子指指四方），一切都是我们的啦！不，您听我说：您看，那边的山多么可爱！一座多好的树林！咱们到那边去，登山！登山！”

In die Berge，wo die Freiheit thront![①]

她从大路上折回来，沿一条狭窄的不平坦的小路策马疾驰而去，这条小路似乎确是通到山上的。萨宁尾随着她，也策马疾驰而去。

四十二

不多一会儿，这条小路变成一条窄径，被一条土沟切断，终于完全消失了。萨宁主张折回去，可是玛丽亚·尼古拉耶夫娜却说：“不！我要登山！咱们笔直地前进，像鸟儿飞翔一般。”她让自己的马跳过土沟。萨宁也跳了过去。沟那边展开了一片草地，开头是干的，随后是潮湿的，再远些完全是一片沼泽：到处渗透了水，成为一片片水洼。玛丽亚·尼古拉耶夫娜故意让马涉过这些水洼，一边哈哈大笑，一边反复地说：“让我们像小学生一样淘气吧！”

---

① 德语！登山，那里是自由的地方！

“您可知道，”她问萨宁，“在飞沫四溅中打猎，多么有意思啊？”

“我知道。”萨宁回答说。

“我有一个叔叔，他是带猎狗的猎人，”她继续往下说。“春天我常常跟随他一起去打猎。有趣极了！ 现在咱们也在飞沫四溅中。不过我知道：您是俄国人，却想跟一个意大利女子结婚。这是您的悲哀。这是什么？ 又是一条沟？ 跳！”

马跳过去了，可是玛丽亚·尼古拉耶夫娜头上的帽子掉下了，她的鬈发纷披在肩上。萨宁要下马去拾帽子，她却向他叫道：“不要拾，我自己来拾。”她从马鞍上低低地弯下腰，用鞭柄钩住了面纱，真的把帽子拾了起来，戴在头上，但没有理一下头发，又催马疾驰而去，甚至还大声吆喝。萨宁跟她并辔驰骋，一同跳过沟啊，篱笆啊，小溪啊，下去了，又爬上来，飞也似的下山，登山；可是他的眼睛始终看着她的脸。这是一张什么样的脸啊！ 像一朵怒放的鲜花：那双贪婪的、发亮的、邪魔的眼睛睁得很大；嘴和鼻孔也张开着，贪婪地吸着气；她直望着前面，似乎想要把所有见到的一切：大地、天空、太阳以至空气都占为己有。她只有一点感到惋惜：她要克服的危险不多——再多她也能克服！ “萨宁！”她叫道，“要知道，这像是比尔格的《列诺拉》[①]里所描写的！ 只不过您没有死，啊？ 没有死？ ……我是活着的！”她简直发狂得不顾一切了。这已经不是一个女骑手在催马飞驰，这是一个年轻的半神半马——半兽半神——的女子在驰骋，连在她纵马疾驰下被践踏着的那庄严而整齐有致的山区，也惊讶不止。

---

① 比尔格（1747—1794）：德国诗人，叙事诗《列诺拉》是他的一部名著。

玛丽亚·尼古拉耶夫娜终于勒住了她那匹浑身热汗涔涔、溅满了泥巴的马：它在她的胯下摇摇晃晃，萨宁的那匹壮实而沉重的壮马却喘不过气来了。

“怎么样？ 快乐吗？”玛丽亚·尼古拉耶夫娜用一种奇妙而低沉的声调问。

“快乐！”萨宁兴高采烈地回答说。他的热血沸腾起来了。

“等一等，还没有完！”她伸过一只手去。手上的手套扯破了。

“我说过，我要带您到树林里去，到山上去……瞧，就是这些山！”真的，离这两个勇敢的骑马人飞驰而至的地方两百来步，重重叠叠的峰峦展现在前面，山上古木参天。“您瞧，这条路是通到那儿的。我们稍微歇一下，再前进。不过要缓步走。该让马歇歇气啦。”

他们又出发了。玛丽亚·尼古拉耶夫娜用力地一挥手，把自己的头发抛到脑后去。然后瞧瞧自己的手套——把它们脱下了。

“我的手会有皮革气味的，”她说，“这您不在乎吧？ 啊？ ……”

玛丽亚·尼古拉耶夫娜脸上笑吟吟的，萨宁也微笑着。这次疯狂地策马飞驰似乎使他们完全接近了，产生了友谊。

“您有多大啦？”她忽然问。

“二十二岁。”

“不可能吧？ 我也是二十二岁。这是很好的年纪。我们两个人的年龄加起来，到老年还远着哩。但是天气酷热。怎么，我满脸通红了吗？”

“红得像罂粟花！”

玛丽亚·尼古拉耶夫娜用手帕擦了一下脸。

“只要一到树林里，就会凉快。一座这么古老的树林——好像是个老朋友。您有朋友吗？”

萨宁稍微沉吟了一下。

“有……不过不多。真正的朋友却没有。”

“可我倒有，我有几个真正的朋友——但都不是老朋友。这匹马也是我的朋友。它多么小心地让您骑坐，哎呀，这里多好！ 难道后天我非去巴黎不成？”

“是呀……难道？”萨宁接嘴说。

“您到法兰克福去？”

“我必须到法兰克福去。”

“嗯，好吧，上帝保佑！ 但今天是属于我们的，……我们的……我们的！”

* * *

两匹马跑到了林边，走进树林里去了。树荫宽广地、轻柔地从四面八方笼罩住他们。

“啊，这里真是天堂！”玛丽亚·尼古拉耶夫娜扬声说。“再往里边走，到这片树荫的深处去，萨宁！”

马儿缓步向“树荫深处”走去，微微摇着头，喷着鼻息。他们在小径上从容自在地走着，这条小径忽然折向一边，进入一个颇窄的狭谷。树林里充满了帚石楠、蕨、松脂和腐烂了的、去年的树叶的气味——浓郁而令人昏昏欲睡。从那些棕色的巨岩的裂罅里散发出一股强烈而凉爽的气息。小径两边这里那里都隆起了一个个长满绿苔的圆形土丘。

“站住！”玛丽亚·尼古拉耶夫娜扬声说。“我要在这块天鹅绒上坐一下，歇歇气。扶我下马吧。”

萨宁跳下马，跑到她跟前去了。她在他两肩上一搭，转眼间就跳到了地上，坐在一个长满绿苔的土丘上。萨宁站在她面前，手里牵着两匹马的缰绳。

她又抬起眼来瞧他……

“萨宁，您会忘记吗？”

萨宁记起来昨天……在马车里的情景。

“这是什么意思——是提问题呢，还是责备？”

“我有生以来没有责备过人，您相信媚术吗？”

“什么？”

“相信媚术——您可知道，在我们歌曲里唱的。在俄罗斯民歌里唱的？”

“啊！原来您说这个……”萨宁声音拖长地说。

“对，是这个。我相信……您也会相信的。”

“媚术……魔法……”萨宁又说了一遍。“在世界上一切都是可能的。从前我不相信，现在我相信了。我会认不出自己的。”

玛丽亚·尼古拉耶夫娜沉吟了一下，朝四下望望。

“我觉得这个地方我好像很熟悉。您瞧瞧，萨宁，在那株阔大的橡树后面可有一个红色的木头十字架竖立着？有没有？”

萨宁往一边走了几步。

“有。”

玛丽亚·尼古拉耶夫娜微微一笑。

“啊，很好！我知道，咱们到了什么地方。咱们还没有迷过路哩。这是什么声音？有人在砍柴？”

萨宁往密林里望了望。

“对……那里有个人在砍枯树枝。”

“我得把头发理一下，”玛丽亚·尼古拉耶夫娜说。“要不然，他看见，会说闲话的。”她摘下帽子，把长辫子重新编起来，一言不发，神态一本正经的。萨宁站在她面前……她那匀称的肢体在那些深色的呢衣的皱褶下面清楚地显现了出来。衣服上不知从哪里粘上了一丝丝苔藓。

其中一匹马忽然在萨宁背后抖动了一下：他自己不由得也从头到脚哆嗦起来。他心绪烦乱——神经紧张得像绷紧的琴弦。无怪乎他说，我连自己也认不出了……他真的被迷住了。他心里充满了一个……一个念头，一个愿望。玛丽亚·尼古拉耶夫娜那锐利的目光向他投了一瞥。

“嗯，现在一切都很好，”她戴上了帽子，低声说，“您不坐一下吗？坐在这里！不，等一等……您别坐下！这是怎么回事啊？”

一阵低沉的震荡声在树梢上，在树林的上空滚过。

“难道这是雷声吗？”

“好像是雷声。”萨宁回答说。

“啊，这是一件喜事！简直是一件喜事！只缺这个！”一阵闷雷又响起来，轰隆声起而复落。“好啊！Bis！您可记得，昨天我跟您谈起过《伊尼特》？要知道，**他们**也在树林里遇到了雷雨。不过得找个地方避雨。”她霍地站了起来。“把我的马带过来……您把手给我。就是这样。我身体不重。”

她像鸟儿般地跨上了马鞍。萨宁也上了马。

“您回家吗？”他用异样的声音问。

“回家！！”她从容不迫地回答，勒紧了缰绳。“随我来。”她几乎粗声粗气地命令说。

她骑着马来到了大路上，打那个红十字架前面经过，往一片谷地走下去，到了十字路口，向右拐弯，又登山……她显然知道这条道路通往何处——这条路直通到一个深处，树林的深处。她一言不发，也不掉转头来；她紧急地前进着——他乖乖地尾随着她，他那揪紧了的心里没有一星意志的火花。天稀稀落落地下起雨来。她催她的马加快步子，他没有掉在她后面。他们终于穿过枞树丛的幽暗的绿荫，在那灰沉沉的悬崖下面立着一间简陋的更房，这间小屋门很低，围了一堵柳条墙。玛丽亚·尼古拉耶夫娜让马穿过了树丛，就跳下马来，在更房门口，忽然向萨宁掉转头来，悄声说："伊尼斯！"

* * *

四小时后，玛丽亚·尼古拉耶夫娜和萨宁回到了威斯巴登旅馆里，他们后面跟随着坐在马鞍上打盹儿的跟丁。波洛佐夫先生手里拿着一封写给管事的信来迎接他的妻子。他更专注地向她投了一瞥，但是脸上现出了有点儿不满的神色，甚至嘟哝着说：

"难道这场打赌我输了？"

玛丽亚·尼古拉耶夫娜只耸了耸肩。

当天，两小时后，萨宁在自己的房间里站在她面前，好像惘然若失，失魂落魄似的……

"你上哪儿去？"她问他。"到巴黎，还是到法兰克福去？"

"我到你要去的地方去，等到你赶我走，我才离开你，"他绝望地回答，亲吻已经把他掌握在手掌之中的那个女人的两手。她把两手抽回去，按在他的头上，用十个指头抓住了他的头发。她缓慢地抚摸和捻弄他那默然顺从的头发，全身挺直，嘴上浮现出洋洋得意的微笑；那双亮得几乎变白了的大眼睛现出冷酷的迟钝和胜利的满足的神色。只有鹞鹰用利爪撕裂一只落在它爪子中的鸟儿时，才会有这样的眼神。

四十三

德米特里·萨宁在寂静的书斋里翻阅着旧信札，在信札堆里发现了一个石榴石十字架，上面就是他的回忆。我们所讲述的那些事件，都清楚地呈现在他眼前了……但是一想到他向波洛佐夫太太这么屈辱地恳求，拜倒在她脚下，开始他的奴隶生活时，他便撇开那些在他心里所唤起的形象，再也不愿回想了。这不是他的记忆力不管用——哦，不，他知道，他知道得太清楚了，在那个不幸的时刻以后，随之而来的是什么；但是那羞惭的心情甚至过了那么多年以后，到现在还使他感到痛苦；他害怕那不可克制地鄙薄自己的情感；他对这点是毫无怀疑的：只要他不压制他的记忆，这种情感准会在心头涌现出来，像浪潮般地淹没一切别的情感，可是不论怎样回避已经开了头的回忆，他还是不能完全不想起那些往事。他想起了他写给杰玛的那封恶劣的、哀哀哭诉的、充满谎言的、使人同情的信，那封尚未得到回答的信……到她那儿去，回到她那儿去——在这样的欺骗，这样的背信弃义之后——不行！不行！ 他到底还有良心，还是正直的。况且他已经对自己丧失了任何信任，任何尊敬：他无论如何再也不敢保证了。萨宁也想起来，后来他怎样——啊，可耻！ ——叫波洛佐夫的听差到法兰克福去取回自己的行李，他多么胆怯啊，他怎样只想着一件事，就是快些到巴黎去，到巴黎去；他怎样照玛丽亚·尼古拉耶夫娜的指点，一心讨好伊波利特·

西陀雷奇，拍他的马屁，跟登霍夫客客气气，他看见登霍夫的指头上也戴着一只铁戒指，跟玛丽亚·尼古拉耶夫娜送给他的一只一模一样！！！接着他想起了更糟糕的和更可耻的事……茶役递进来一张名片，上面写着潘塔莱昂纳·契巴托拉，摩德纳公爵殿下府邸的歌手的名字！他避而不见这个老头儿，可是在走廊上没法躲开他了，在他面前出现了一张怒气冲冲的脸，灰白的额发朝上鬈曲，两眼发红，像燃烧着的煤，他听到威胁性的叫喊和痛恨的咒骂："Maledizione!"①甚至还听到了可怕的话："Codardo! Infame，traditore!"②萨宁眯缝起眼睛，频频摇头，再三避而不想，但还是看见自己坐在一辆在旅途中的轿式马车里那窄狭的前座上……玛丽亚·尼古拉耶夫娜和伊波利特·西陀雷奇都坐在舒适的后座上，四匹马在威斯巴登的马路上飞也似的齐步奔驰——到巴黎去！到巴黎去！伊波利特·西陀雷奇吃着梨子，梨皮是萨宁给他削的，玛丽亚·尼古拉耶夫娜瞧着他——向他，向那个受她役奴的人微笑——这种微笑是已经熟识的微笑，是主人或领主的微笑……

可是天哪！瞧，那边，离城关不远的街角上，潘塔莱昂纳不是又站在那儿吗？谁跟他在一起？难道是埃米略吗？对，就是他，那个热情而又忠实的孩子！他那少年的心崇拜他，很久以来，不是一直把他当作英雄，当作理想吗？现在他那苍白的、那么俊秀的脸——那么俊秀，连玛丽亚·尼古拉耶夫娜也对他注意起来，甚至还从马车的小窗里探出头去——这张气度高贵的脸却现出愤怒和轻蔑的神情；眼睛，

---

① 意大利语："该死的东西！"
② 意大利语："胆小鬼！卑鄙无耻的、背信弃义的家伙！"

跟那双眼睛那么相似的眼睛，盯着萨宁，两片嘴唇闭得严严的……忽然张开来要斥责他……

可是潘塔莱昂纳伸出一只手来指指萨宁，指给谁看啊？指给身旁的塔尔塔利阿看的，塔尔塔利阿向萨宁狂吠起来，这条最忠心的公狗的狂吠听起来像是不可忍受的侮辱……岂有此理！

后来——在巴黎的生活——是一切屈辱，一切奴隶的、可耻的痛苦，这个奴隶连妒忌一下，怨叹一声也不许，最后人家把他弃如敝屣……

再后是回到了祖国，过着悲苦而空虚的生活，微小的麻烦，一些无聊的繁忙，痛苦的和徒劳无益的追悔——同样无益的和痛苦的出神——一种不显明的、但却是经常不断的长期的惩罚，像是一种并不严重、但却不可救药的疾病，像是一戈比一戈比地还债，永远还不清的债……

痛苦之杯已经满溢了——够啦！

* * *

杰玛送给萨宁的十字架是怎样保存下来的？他为什么没有把它退还？这是多么偶然啊，因为在那天以前，他一次也没有看到过这个十字架。他久久地坐着，沉浸在深思中——纵然已经有了那么多年的经验教训，过了那么多年，却还是不能理解：为了一个他根本不爱的女人，他怎么会抛弃了杰玛，他那么温存体贴地热爱着的杰玛？……第二天，他对所有的朋友和熟人说，他要出国去，他们都大吃一惊。

同他有来往的人们都摸不着头脑。在隆冬季节，萨宁刚租下一套带家具的顶好的房间，甚至还订购了意大利歌剧团演出的戏票，这次巴蒂夫人亲自参加演出，巴蒂夫人亲自参加，亲自参加，亲自参加，而他却离开了彼得堡！ 他的朋友和熟人们都莫名其妙；可是人们总是不会长久地关心别人的事情的。当萨宁出国时，只有一个法国裁缝到火车站去给他送行，那个法国裁缝满希望他付清欠账——“pour un saute-en-barque en velours noir， tout a fait chic.” ①

四十四

萨宁告诉他的朋友们，说他要出国，可是没有说他要去的是什么地方。读者不难猜到，他所坐的火车是直达法兰克福的。由于铁路四通八达，他从彼得堡出发后，第四天就到达那儿。自从一八四〇年以来，他没有去过法兰克福。“白天鹅”饭店仍开设在原址，生意兴隆，虽然已经算不上头等饭店。蔡尔大街，法兰克福的一条主要街道很少变化，但不仅罗泽利太太的房子，而且她的糖果店所在的那条街都不留丝毫痕迹了。萨宁失神似的在从前那么熟悉的地方徘徊，可是什么也没有认出来：从前的建筑物都不见了；代替它们的是新的街道，盖起了连绵不绝的高大的房屋和雅致的别墅；甚至在他跟杰玛作最后一次解释的那个公园里，树木已经长得郁郁葱葱，面貌焕然一新，萨宁不禁暗暗自问：这是不是那个公园？ 他该怎么办？ 怎样去打听？ 到哪里去打听？ 迄今已经三十年过去了……这是轻而易举的事吗？！ 不论他向谁打听，连罗泽利的名字都没有人听说过；旅馆老板劝他到公共图书馆去查询，说他在那里会找到旧报纸的，可是从这些旧报纸上能查到什么呢，老板本人也说不上来。萨宁束手无策了，便打听起克吕贝尔先生

① 法语：做一件最时髦的黑天鹅绒海军短上衣的工钱。

的情况来。这个名字老板倒很熟悉，但也没有结果。这个温文尔雅的店员头儿大名鼎鼎，后来做了资本家，因为经商失败而破产，死在狱中……不过这个消息丝毫没有引起萨宁的惋惜。他开始觉得这次旅行未免有点儿轻率……有一次，他翻阅着法兰克福的通讯录，偶然看到了一位退休少校封·登霍夫(Major a. D.)的名字。他立刻雇了一辆轿式马车去拜访他，虽然他自己也不知道，为什么**这个**登霍夫一定就是那个登霍夫，甚至为什么**那个**登霍夫能告诉他关于罗泽利一家的消息。反正一个落水的人会抓住一根稻草不放的。

萨宁恰巧碰到那个退休少校封·登霍夫在家里，他立即认出了接待他的那个头发灰白的先生，就是他以前的对头。这个人也认出了他，甚至很高兴他登门求见。因为这使他回忆起年轻时代——年轻人的狂悖行为。萨宁从他口中知道了，罗泽利一家早已迁居美国纽约，杰玛嫁给了一个批发商人，不过，他登霍夫有一个熟人，也是个批发商人，大概他知道她丈夫的地址，因为他跟美国有很多商业往来。萨宁请求登霍夫去看望这个熟人——啊，很高兴！——登霍夫给他带来了杰玛丈夫杰列明·斯洛克姆先生的地址——Mr. J. Slocum, New-York, Broadway, No501①，——只不过这个地址还是一八六三年的。

“但愿，”登霍夫扬声说，“我们法兰克福的前美人儿还活着，没有离开纽约！顺便问问，”他压低了声音，补了一句，“那个俄国太太，您可记得当时侨居在威斯巴登的封·波……封·波佐洛夫②太太，还活着吗？”

① 英语：杰·斯洛克姆先生，纽约百老汇路501号。
② 登霍夫把波洛佐夫这个姓弄错了。

“不，”萨宁回答说，“她早已死了。”

登霍夫抬起了眼，可是发觉萨宁扭开了脸，皱紧了眉头，再也没说一句话就走了。

* * *

当天，萨宁就给在纽约的杰玛·斯洛克姆太太写了一封信，他在这封信里告诉她，说他是在法兰克福给她写信的，他到这儿来只是为了寻找她的踪迹；他知道得很清楚，他毫无权利期望得到她的回信；他完全不应该得到她的饶恕，他只希望，她在幸福的环境中，早已忘了世界上有他这个人。他还补充说，由于偶然的机会，他决意要使她想到他。这种偶然的机会在他的心中极强烈地唤起了对过去的形象的回忆；向她讲述了自己的孤独生活，没有家室，没有欢乐；恳求她能了解他给她写信的原因，不要让他把对自己的错误——早已受尽了痛苦、但却不可饶恕的错误——的痛苦的认识带到坟墓里去，即使写上几句，告诉他，在她所去的那个新世界里，她生活得怎么样，也会使他感到高兴的。“哪怕只给我写上一句，”萨宁这样结束自己的信，“您就是做了好事，值得您那美丽的灵魂去做的好事，我将会感谢您，直到我咽下最后一口气。我住在这里的白天鹅饭店里（他在这三个字下面加了着重号），我将等待您的回信，直到明春。”

他寄出了这封信，便等候着。他在旅馆里几乎足不出户，整整住了六个星期，也不见任何人。不论从俄国，或是从别的地方都没有人能给他写信；这正合他的心意。有写给他的信送进来时，他就知道，这是他等候着的那封信来了。他从早晨起看书到晚上，不是阅读杂志，而是阅读正经的书籍，一些历史著作。这长时间的阅读，这种沉默寡言，这种蜗牛式的隐居生活——都是和他的精神状态相符合的：单是由于这点，他就应该感谢杰玛了！ 可她还活着吗？ 她会回信吗？

他终于接到了一封信，信封上贴的是美国邮票，这封信是从纽约寄给他的。信封上的姓名和地址都是用英文写的……他认不出这是谁的笔迹，他的心揪紧了。他拆信时迟疑了一阵子。他瞥了一下署名：杰玛！ 泪水就扑簌簌地掉下来了：仅仅签个名，没有写上姓，在他看来，这已经是言归于好和饶恕的保证！ 他展开那张薄薄的蓝色信纸……一张相片从信纸里掉了下来。他赶忙把这张相片拾了起来，不觉愣住了：杰玛，杰玛还活着，还是和他三十年前认识她时一样年轻！还是那双眼睛，还是那两片嘴唇，还是那个脸型！ 在相片的背面写着："我的女儿玛丽安娜。"整封信写得很亲切而又简洁。杰玛感谢萨宁毫不怀疑地写信给她，信任她；她不向他隐瞒：他跑掉后，当时她的确很痛苦，但她马上就补充说，她还是认为——始终认为——她和他的相逢是幸运的事，因为这次相逢才使她没有嫁给克吕贝尔先生，这样一来，虽然是间接的，但促成了她跟现在的丈夫的结婚，她跟这个丈夫已经做了二十八年十分幸福的伴侣，生活富裕美满：他们的商行在全纽约是闻名的。杰玛告诉萨宁，说她有了五个孩子——四个儿子和一个十八岁的女儿，女儿已经订了婚，她寄给他的就是她的相片，因为大家都认为，她活脱儿像她的母亲。杰玛把令人伤心的消息写在信的结尾。莱诺雷太太随女儿、女婿一同来到纽约，后来在那儿去世了，不过她生前能够为她的孩子们的幸福而高兴过，照顾过外孙和外孙女儿；潘塔莱昂纳本来也打算跟他们一起去美国，可是他从法兰克福动身前便去世了。"埃米略，我们亲爱的、无与伦比的埃米略，为了祖国的自由而在西西里光荣牺牲了。他参加了伟大的加里波第所率领的‘千人团’[①]而开赴那儿去的；我们都为我们的好兄弟的牺牲而痛哭；但在挥泪痛哭时，我们也为他而自豪——将永远为他而自豪，并虔诚而尊敬地纪念他！ 他那高尚的、无私的心配得上享有烈士的荣誉！”接着，杰玛对萨宁显然缺乏妥善安排的生活深表惋惜；希望他首先要安心，要心境平静，并且说，如果有机会跟他见面，她会觉得很高兴的——虽然她认为这样的见面机会大概是很少的……

我们不必描写萨宁念这封信时的心情。这种心情是无法表达的：这种感情比任何语言都更深沉，更强烈，非笔墨所能形容。只有音乐才能表达出来。

萨宁立即写了回信，他把那个石榴石小十字架镶上了一串华丽的珍珠项链，刻上“一个不相识的朋友赠给玛丽安娜·斯克洛姆”字样，作为一件礼物送给那订了婚的少女。这件礼物虽很昂贵，但并没有使他倾家荡产：自从他第一次到法兰克福以来，已经过去了三十年，在这三十年中他积蓄了一份相当可观的财产。他五月初回到了彼得堡，但未必会久住的。据说，他将卖掉田庄，打算到美国去。

一八七一年

① 加里波第(1807—1882)：意大利人民英雄，一八六〇年为解放西西里、那不勒斯，率领由意大利爱国志士组成的“千人团”，进行英勇的进军。

木 木*

冯 加 译

* 首次发表于《现代人》杂志1854年第3期。

小说在1852年5月写成，6月作者把它寄给阿克萨科夫，希望他能在《莫斯科文集》上发表。阿克萨科夫非常喜欢这篇故事，认为“格拉西姆的形象是俄国人民的象征，体现了俄国人民惊人的力量和不可思议的温顺，他对故土的眷恋和返真归朴，他对自己在精神上的觉醒和七情六欲的淡漠”。但《木木》使官方大为惊恐，它被书刊检查机关查禁，两年后才得以发表。

《木木》是作者根据母亲家中一名哑巴农奴安德烈的真实故事写成的。小说的结尾是格拉西姆从农奴主家中逃回自己家乡，实际上安德烈始终忠心耿耿地为他的女主人效劳，由于屠格涅夫对结尾的这种处理，格拉西姆的形象获得巨大的完整性和高度的艺术概括。

屠格涅夫在其思想及创作的高峰时期写下的这个短篇小说，一开头就具有一种和谐完美的形式，在创作上自律甚严的屠格涅夫对此深表满意。

在莫斯科的一条偏远的街道上，在一幢有白色圆柱、带阁楼和一个歪斜的阳台的灰色宅子里，住着一位太太。她是个寡妇，身边围着数不清的家奴。她的几个儿子全在彼得堡供职，女儿都已出嫁。她很少出门，在这里孤独地度着她那冷冷清清、枯燥乏味的余生。她的白昼，那种没有欢乐、阴雨连绵的白昼早已过去，而她的黄昏比夜更黑。

在她所有的奴仆中，最出色的要算那个打扫院子的格拉西姆了。他身高二俄尺十二俄寸①，体格魁梧得像古代神话中的壮士，生来又聋又哑。太太把他从乡下弄来，在村里他独自住一间小木屋，已跟兄弟们分开过日子。在所有的赋役农民②中，他几乎是最老实可靠的一个。他生来就力大无比，一人能干四人的活儿——事情到了他手里就干得特别顺利。瞧，他耕地的时候，两只大手掌按在木犁上，好像不用役马的帮忙，一个人轻轻松松就翻出了松软的土层；在圣彼得节③，他挥舞镰刀干得那样势不可挡，简直可以把一片小桦树林统统连根砍掉；在他不间断地用三俄尺长的连枷轻快地打谷子的时候，他肩膀上那椭圆形的结实肌肉就像杠杆那样一起一落——看他干活，真叫人心里痛快。他一

① 折合 1.93 米。
② 向农奴主交纳租金和担负徭役的农民。
③ 东正教会节日，俄历 6 月 29 日。

贯的沉默使他不倦的劳动显得更为庄重。他是一个出色的庄稼人，若不是他有残疾，随便哪个农家姑娘都乐意嫁给他……可是格拉西姆给带到莫斯科来了，还给他买了靴子，缝了夏天穿的长襟外衣和冬天穿的羊皮袄，又给他手里塞了一把扫帚和一把铁铲，派他去管院子。

起初他很不喜欢他的新生活。从小他就干惯了农活，过惯了乡下生活。他由于自己的残疾难以跟人交往，长大后又聋又哑，而且强壮有力，就像长在沃土上的一棵大树……给人带进城后，他不明白自己出了什么事——他感到烦闷，摸不着头脑，就像一头强壮的小公牛正在一块茂密的青草长得跟它肚皮一般高的牧场上吃草，不料突然被人牵走，塞进铁路上的货车里，不禁感到莫名其妙。瞧，它那壮实的身躯时而让煤烟和火星所包围，时而被波浪般起伏的水蒸汽所淹没，火车带着它飞驰，随着火车的隆隆声和风的呼啸声飞驰，它身不由己地奔向何方——那只有天知道了！格拉西姆干惯了繁重的农活，所以在他看来，新职务要他干的活儿简直如同儿戏；每天只花半个钟头他的活儿全干完了，他只好站在院子中间，张着嘴，望着那些过往行人，似乎想从他们那儿探出一个造成他目前这种莫名其妙的处境的答案来。有时他突然跑到某个角落，把扫帚和铁铲扔得远远的，扑倒在地上，像一头困兽那样，一动不动地趴上几个钟头。可是人对什么环境都会习惯，格拉西姆后来也习惯了城里的生活。他的事情不多，他的全部任务是：把院子打扫干净，用水桶车一天运两趟水，运柴，劈柴供厨房和上房使用，再就是白天不让生人进来，夜间小心巡夜。应当说，他是忠于自己的职守的；在他的院子里从未见过一片木屑和垃圾；遇到泥泞的天气，归他使用的那辆快散架的水桶车和老马在什么地方陷住了，他只用肩膀一顶，不仅是车子，就连马也给推着走了。要是他动手劈柴，斧头就像砍玻璃似的咔嚓直响，木片木块便四下里乱飞。至于生人，有一天夜里他捉住了两个窃贼，把他俩的脑门对撞了一下，撞得那么厉害，即使事后没有把他们扭送警察局，从此这附近一带的居民也无不佩服他了。在白天，一些过路人（他们绝不是坏人，只不过是陌生人罢了），一看见他这个威严的看门人，就连忙朝他挥手、叫喊，好像他能听见他们的声音似的。格拉西姆跟其他仆人的关系说不上亲密（他们怕他），但也不疏远：他把他们当自己人看待。他们用手势跟他解释，他都能明白他们的意思，并准确无误地完成各项指示，但他也知道自己的权利，谁也不敢在饭桌上坐他的位子。总之，格拉西姆的性情严厉而又严肃，喜欢什么事都有个规矩。连公鸡也不敢在他跟前打架，否则就遭殃了！他一看见公鸡打架，立即捉住它们的腿，把它们在空中团团转上十来圈，然后一一抛出去。太太的院子里还养着鹅，可是鹅，大家知道，是一种高傲而明理的家禽。格拉西姆喜欢它们，照料它们，经常给它们喂食；他本人就颇像一只稳重的公鹅。管家把厨房顶上的一小间阁楼拨给他住；他按照自己的心思布置了这间小屋：他用橡木造了一张床，床脚用四段原木墩子做成——真是一张壮士睡的床；一百普特①重的东西放上去，床不会塌；床底下放了一口结实的木箱，一个角落里放着一张同样坚固的小桌子，桌子旁边有一把三条腿的椅子，椅子同样非常牢靠低矮，所以格拉西姆常常把它举起来，又放手让它落下去，一边高兴地微笑着。这小屋经常挂着一把类似锁形面包的黑铁锁，锁的钥匙总由格拉西姆随身挂在腰带上。他不喜欢别人进他的小屋。

就这样过了一年，这年年底格拉西姆遇到了一件意外的事。

---

① 1普特合16.38公斤。

格拉西姆在做工的那家老太太，事事沿袭古老的习俗，养了一大群仆人：在她的宅子里不仅有洗衣妇，绣花女，木匠，男裁缝，女裁缝，甚至还有一名马具匠，他兼任兽医，还给仆人看病，而专门给女主人看病的则另有一名家庭医生，最后还有一个鞋匠，他叫卡皮通·克利莫夫，一个积习难改的酒鬼。克利莫夫一直认为自己受了委屈，没有人赏识他的才干，认为自己是京城一个有文化的人，不应当连个正事也没有，住在莫斯科郊外这种偏僻的地方。如果他喝酒，正如他捶着胸脯一字一顿地说的那样，那是为了“借酒浇愁”。有一天，太太同她的总管加夫里拉顺便谈起了他。加夫里拉这个人，单凭他那双黄色的小眼睛和鸭嘴鼻子，就可以断定，似乎命中注定他是一个指挥别人的人物。太太惋惜卡皮通的堕落，他是在昨天夜里刚刚叫人从大街上找回来的。

“哎，怎么样，加夫里拉，”她突然开始说，“要是我们给他娶门亲呢，你怎么想？ 也许他会安分守己的。”

“是啊，为什么不给他娶门亲呢，太太？ 可以的，太太，”加夫里拉回答，“这简直太好啦，太太。”

“不过谁肯嫁给他呢？”

“那当然啦，太太，自然是照您的意思办啦，太太。他这个人呢，这么说吧，反正多少可以派点用场；放在十个人里挑，他是不会给甩了的。”

“好像他喜欢塔季扬娜？”

加夫里拉本想表示点不同意见，但又把嘴唇闭紧了。

“对！ ……把塔季扬娜配给他吧，”太太决定说，一边高兴地闻了闻鼻烟，“你听见了吗？”

“是听见了，太太。”加夫里拉说完就退了出来。

加夫里拉回到自己的房间（这是侧屋中的一间，房间里几乎堆满了包铁皮的箱子），他先把老婆支开，然后坐到窗前琢磨起来。太太的这个出乎意料的安排显然使他犯难了。末了，他站起来，让人去叫卡皮通。卡皮通来了……不过，在把他们的谈话转述给各位读者之前，我认为有必要简单地交代一下，那个许配给卡皮通的塔季扬娜是什么人，以及为什么太太的命令让管家感到不安。

塔季扬娜就是上面讲过的那班洗衣妇中间的一个（不过因为她是一个能干熟练的洗衣妇，所以只让她洗考究的衣服），她二十八岁上下，瘦小的身材，淡褐色的头发，左边脸上有几颗黑痣。在俄国，一般认为左边脸上的痣是凶兆，是命苦的标记……塔季扬娜不能说自己的运气好。她年纪很轻的时候就受虐待；一个人干两个人的活儿，从来没有受到别人怜爱；主人给她穿得很坏，她拿的工钱是最少的。亲戚呢，可以说她一个也没有；有一个掌管粮仓、食品储藏处钥匙的老仆，算是她的远房叔父，但因为年老不中用又给弄回乡下去了，另外她还有几个叔伯和舅父，他们都是庄稼人——就这些亲戚。想当初她还是一个出名的小美人呢，但她的姿色很快就消退了。她的性情极为温顺，或者不如说，她生性懦弱；她对自己的事一点也不关心，对别人则怕得要死；她一心只想一件事：如何按时做完她的活儿；她从来不跟人讲话，一听到太太的名字就发抖，虽说太太见着她也不知道她是谁。当格拉西姆叫人从乡下带来的时候，她看到他那个庞大的身躯吓得差点晕过去。她尽量设法不跟他碰面；当她急匆匆从正房里出来去洗衣房，不得不从他身旁跑过时，她甚至眯起了眼睛。格拉西姆起初对她并不特别留意，后来他碰到她时总要笑一笑，后来他开始出神地望着她，到了最后，他的眼睛就盯住她不放了。他喜欢上她啦：这是因为她脸上温和的表情呢，还是因为她那种怯生生的举动呢——那只有天知道了！ 有一回，她悄悄地打院子里走过，伸开的手指小心地提着太太的一件浆过的外套……忽然有人使劲抓住她的胳膊肘；她回过头来，不觉尖声大叫：在她后面站着格拉西姆。他傻笑着，亲热地哇哇叫着，要送她一只翅膀上和尾巴上贴着金箔的蜜糖做的小公鸡。她本想不要，可是他硬把它塞在她手里，摇摇头走开了，还回过头来，又对她哇哇叫着，想必说了一句十分友好的话。从那天起，他就让她不得安宁了：常常是，不管她走到哪儿，他就会在哪儿出现，他朝她迎面走来，微微笑着，哇哇叫着，挥动双手，有时突然从怀里掏出一根缎带硬塞到她手里，有时拿扫帚扫去她面前的尘土。可怜的姑娘简直不知如何应付，不知怎么办才好。不久，整个宅院里的人都知道了这个打扫院子的哑巴的鬼把戏了，于是嘲笑、打趣、挖苦纷纷落到塔季扬娜的头上。可是对格拉西姆，并不是所有的人都敢拿他寻开心的：他不喜欢别人开玩笑，所以有他在场，大家也就让她安生了。不管愿意不愿意，反正姑娘处在他的保护之下。跟所有的聋哑人一样，格拉西姆非常敏感，每当有人取笑他或她的时候，他心里都很明白。有一次，吃午饭的时候，塔季扬娜的顶头上司，那个专管衣服的女人开始为常言所说那样百般挖苦她，弄得那个可怜的姑娘手足无措，懊丧得差点哭起来。格拉西姆欠起身来，伸出一只大手，把它放在那个女人头上，还那么阴沉凶狠地看着她的脸，吓得她赶紧把头埋到饭桌上。大家都不作声了。格拉西姆又拿起勺子继续喝他的菜汤。“瞧这个聋鬼，这个树妖！”众人这样小声嘟哝着。那个管衣服的女人站起身来，立刻回下房去了。还有一次，格拉西姆看见卡皮通（就是前面提到的那个卡皮通）跟塔季扬娜闲聊得过分亲热了一点，格拉西姆便勾勾食指要他过来，把他带到马车棚里，抓起一根立在墙角的车杆，握住一头，轻轻地但意味深长地用它威胁他。从此以后谁也不跟塔季扬娜多说话了。凡此种种都没给他带来麻烦。诚然，那个管衣服的女人刚跑进下房就晕了过去，后来她干得那么巧妙，以致当天就让老太太知道了格拉西姆的粗鲁举动。但是这位喜怒无常的太太只是哈哈笑了一阵，而且几次逼着她重做一遍，说“哎，他是怎么用他的重手把你的头压下去的？”——这简直是对她的极大侮辱。第二天太太还赏了格拉西姆一个卢布，她这是赏识他，认为他是一个忠心耿耿、力大无比的看门人。格拉西姆虽说相当怕她，但他一直指望着她能开恩，已经打算去向太太求情，请她答应他同塔季扬娜结婚。眼下他只等着总管答应给他的一件新的长襟外衣，想穿得体面一点去见太太，谁知道这位太太忽发奇想，要把塔季扬娜许配给卡皮通。

现在读者就容易明白，为什么总管加夫里拉在和女主人谈话之后感到为难了。“太太嘛，”他坐在窗前想道，“当然是看重格拉西姆的（这一点加夫里拉心里很清楚，所以自己也常常放任他），但他毕竟是个不会说话的哑巴；可不能禀告女主人，说格拉西姆看上塔季扬娜了。再说这也是对的，他算个什么丈夫？ 可是从另一个方面来说，一旦让这个——上帝饶恕我——让这个树妖知道太太把塔季扬娜许配给卡皮通了，他会把宅子里的东西统统捣毁的，肯定会的。因为你又跟他说不清，他这个魔鬼——上帝饶恕我这个罪人——随你用什么办法也说服不了他的……没错！”

卡皮通的到来打断了加夫里拉的思路。轻浮的鞋匠走了进来，两手抄在背后，很随便地靠在门旁一个突出的墙角，右边的细腿架在左腿上，晃一下脑袋，仿佛说：“我来了，您有什么事？”

加夫里拉望着卡皮通，开始用手指敲窗框。卡皮通只是稍稍眯起他那双无神的小眼睛，但没有垂下眼睑，他甚至轻轻冷笑了一声，还伸手去摸摸他那蓬乱的花白头发，仿佛说："没错，是我，是我。有什么好瞧的？"

"好，"加夫里拉说完又停了一会儿，"你倒好，没什么可说的！"

卡皮通只是扭扭他瘦小的肩膀。"那你就显然更好？"他心里暗想。

"嘿，你瞧瞧你自己，你瞧瞧。"加夫里拉责备地继续道，"嘿，瞧你像什么人？"

卡皮通用平静的目光打量一下那件破破烂烂的常礼服和打着补丁的裤子，仔细看了看那双有窟窿的靴子，特别是他的右脚那么优雅地靠着其靴尖的那只靴子，然后又定睛望着总管。

"什么事，先生？"

"什么事，先生？"加夫里拉重复了一遍，"什么事，先生？你还说：什么事，先生呢？你简直像个鬼，上帝饶恕我这个罪人，瞧你像什么啦？"

卡皮通急促地眨起小眼睛。

"你骂吧，你骂吧，加夫里拉·安德烈伊奇。"他又在心里想道。

"瞧你又喝醉了，"加夫里拉开始说，"你又醉了？啊？喂，回答呀！"

"由于身体虚弱，我的确用了一点含酒精的饮料。"卡皮通答道。

"由于身体虚弱！……你鞭子挨得太少了——就这么回事。你还在彼得堡当过学徒……你学到的东西可真多！你只是白吃面包罢了。”

“在这件事上，加夫里拉·安德烈伊奇，只有一个人能审判我，他就是上帝，此外再没有别人了。只有上帝知道我在这个世上是什么样的人，我是不是白吃面包。至于您对我喝醉酒的意见，那么在这件事上，错的不是我，而是我的一个朋友：是他引诱我的，又耍了一个花招，自己溜了，于是我……”

“于是你这个傻瓜就给扔在大街上了。啊，你这个放荡的家伙！不过，现在问题不在这里，”总管继续道，“是这么回事。太太……”说到这里他停了一会儿，“太太要你娶个老婆。听见了吗？ 她老人家认为，你讨了老婆就会安分守己了。明白吗？”

“怎么会不明白呢，先生？”

“嗯，好吧。要我看。最好对你严加管教。嗯，不过那是她老人家的事了。怎么样？ 你同意啦？”

卡皮通咧嘴一笑。

“结婚对男人来说自然是一件好事，加夫里拉·安德烈伊奇；至于我呢，在我这方面，我是十分高兴十分满意的。”

“嗯，好吧，”加夫里拉答道，心里却想：“没说的，这家伙能说会道。”接着他又大声说：“只不过新娘子找得不怎么合适。”

“她是谁，可以打听一下吗？ ……”

“塔季扬娜。”

“塔季扬娜？”

于是卡皮通睁大了眼睛，身子离开了墙壁。

“喂，你干吗这样惊慌？ 莫非她不中你的意？”

“怎么不中意呢，加夫里拉·安德烈伊奇！ 这姑娘没说的，是个干活勤快、性情温和的好姑娘……可是您自己也知道，加夫里拉·安德烈伊奇，那个树妖，那个草原来的丑八怪，他在追她呢……”

“我知道，伙计，我全知道，”总管烦恼地打断了他的话，“可是你知道……”

“啊，您行行好吧，加夫里拉·安德烈伊奇！他会杀死我的，真的，会像打死一只苍蝇那样打死我的。你知道，他那只手，请您自己看看他那只手是啥模样！那简直是米宁[①]和波扎尔斯基[②]的手！要知道，他这个聋子打起人来凶得很，自己却听不见！就像在梦中挥舞他的大拳头一样。完全不可能制服他，为什么？因为您自己也知道，加夫里拉·安德烈伊奇，他是一个聋子，再说，笨得像脚后跟。要知道他还是一头野兽，一个笨蛋，加夫里拉·安德烈伊奇——比笨蛋还不如……一块杨木疙瘩！为什么我现在要去受他的折磨呢？当然，我现在对什么都满不在乎了：我对什么都习惯了，对什么都忍了，我浑身都抹了油，就像科洛姆纳出产的瓦罐——可是我毕竟是人，而不是什么一文不值的瓦罐，真的。”

“我知道，知道，别没完没了地讲下去了……”

“我的上帝啊！”鞋匠激动地继续道，“什么时候才到头呢？什么时候呢？上帝啊！我是个苦命人，一辈子受苦的苦命人！命运啊，我的命运！您倒想想看，小时候我尽挨德国老板的打，长大了又挨同胞兄弟的打，总算成年了，可是您瞧，混到了什么地步……”

---

① 米宁（？ ～1616），俄国下诺夫哥罗德市居民，抵抗波兰军队入侵的民族英雄。

② 波扎尔斯基（1578～1642），公爵，统帅，曾领导反对波兰武装干涉者的军事行动。

“唉，你呀！ 你真是个窝囊废！”加夫里拉·安德烈伊奇说，“你干吗啰嗦地说个没完，真是的！”

“你说‘干吗’，加夫里拉·安德烈伊奇！ 我不是怕挨打，加夫里拉·安德烈伊奇，做主子的可以关起门来打我，可是在别人面前还得跟我打个招呼，我毕竟还是一个人嘛，可是现在我不得不躲着谁呀……”

“好啦，你滚吧。”加夫里拉不耐烦地打断了他的话。卡皮通转过身子，拖着步子慢慢走了。

“喂，假定说，他不在了，”总管在他身后大声说，“你本人同意吗？”

“我表示同意。”卡皮通说完就离去了。

即使在走投无路的情况下，他也不忘施展自己的口才。

总管在房间里来来回回走了好几趟。

“好吧，现在去把塔季扬娜叫来。”他最后说。

过了一会儿，塔季扬娜悄没声地走了进来，站在房门口。

“您有什么吩咐，加夫里拉·安德烈伊奇?”她小声地问。

总管定睛看了她一阵。

“喂，”他低声说，“塔纽莎[1]，你愿意嫁人吗？ 太太给你找了一个新郎。”

“是，知道了，加夫里拉·安德烈伊奇，”她又犹豫不决地加了一句，“她老人家给我定的新郎是谁呢？”

“卡皮通，那个鞋匠。”

“是，知道了，先生。”

---

① 塔季扬娜的小名。

“他这个人很轻浮，这是事实。可是太太在这件事上就指望你了。”

“是，知道了，先生。”

“有一件事很糟糕……要知道那个聋子格拉西卡[①]在竭力讨好你呢。你怎么把这头熊给迷住啦？可是要知道他会杀死你的，恐怕会的，真是一头熊……”

“会杀死的，加夫里拉·安德烈伊奇，一定会杀死我的。”

“他会杀死你……嗯，这个我们等着瞧吧。你怎么说：他会杀死你的！难道他有权杀死你，你自己想想呀。”

“我不知道，加夫里拉·安德烈伊奇，他有没有权。”

“这么个女人！你总没有答应过他什么吧？……”

“您说什么，先生？”

总管沉默片刻，心想：

“真是个百依百顺的女人！”他又说：“嗯，好啦，我以后再找你谈谈，现在你走吧，塔纽莎。我看出来你的确是个老实听话的女人。”

塔季扬娜转过身子，轻轻地擦了一下门框，退下去了。

“也许太太明天就忘了这门亲事，”总管想道，“我干吗这样担心？我们把这个莽撞鬼捆起来，若是他胡来，就报告警察局……”

“乌斯季尼娅·费奥多罗夫娜，”他大声唤他的老婆，“把茶炊呀给生上，我的好女人！……”

这一天，塔季扬娜几乎整天没有离开洗衣房。起先她哭了一阵，后来擦干眼泪，像往常一样干起活来。卡皮通则跟一个脸色阴沉的朋友

---

① 格拉西姆的蔑称。

在一家酒店里一直坐到深夜，详细地对他讲起了他在彼得堡的生活，说他住在一位老爷家里，这位老爷真可说十全十美，而且很守规矩，只有一个小毛病：酒喝得太多了，至于女人嘛，他简直是拈花惹草的高手……那个脸色阴沉的朋友只是点头应付，但后来卡皮通声明他由于某种原因必须在明天自杀，这时那个脸色阴沉的同伴立即指出，该回去睡觉了。于是两人粗鲁地默默地分手了。

然而总管的指望却落空了。太太一心惦记着卡皮通的婚事，甚至夜里跟陪伴她的一个女人谈话时只讲这件事情；这种陪伴女人是她养在家里专门为她夜里失眠时给她解闷的。她们同值夜班的马车夫一样在白天睡觉。加夫里拉在早茶后去向太太报告家务时，她劈头第一句话就问："我们操办的那门婚事怎么样了？ 行吧？"他自然回答说，进行得再好不过了，还说卡皮通今天就要来叩谢太太的。太太有点不舒服，她过问家务的时间不长。总管回到自己屋里后召开了一个会。这件事的确需要特别讨论一下。塔季扬娜自然不会顶撞，但卡皮通却当众大声宣布，他只有一个脑袋，没有两个，三个……格拉西姆则严厉地、迅速地把所有的人都看了一遍，不肯离开下房的台阶，似乎他已猜到他们正在商量对他不利的事。与会者（其中就有那个管餐柜的老仆人，他的绰号叫"尾巴叔叔"，平时大家总是怀着敬意找他出主意，虽然只能听到他这样回答："原来是这样，是的；是的，是的，是的！"）首先决定，为了防备万一，先把卡皮通锁在放净水器的小贮藏室里，然后大家才郑重其事地动起脑子来。用武力解决，当然很容易；可是天哪，这不行！ 真要打闹起来，太太会不安的——那就要倒霉了！ 怎么办呢？ 他们想啊，想啊，终于想出了一个办法。他们不止一次发现，格拉西姆容不得酒鬼……他坐在大门口，每当看见有人喝得醉醺醺的，歪戴着帽子，跌跌撞撞地走过他面前，他总要气愤地扭过头去。他们决定教塔季扬娜假装喝醉了酒，再摇摇晃晃、东歪西倒地从格拉西姆跟前走过。可怜的姑娘好久都不肯答应，但后来终于被说服了；再说她自己也看出来，不这样她就摆脱不掉那个追求她的人。她去了。卡皮通也让人从贮藏室里放了出来：因为事情毕竟跟他有关。这时格拉西姆正坐在大门口的石墩上，拿铁铲在地上戳来戳去……在所有的角落里，在所有的窗帘后面，都有人注视着他……

这个诡计完全成功。格拉西姆一看见塔季扬娜，起先还像往常那样，又是点头，又是亲热地哇哇叫着；后来他盯着她看了一阵，扔下铁铲，跳了起来，走到她跟前，把自己的脸挨近她的脸……塔季扬娜吓得更加摇晃不已，只好闭上了眼睛……他一把拽住她的手，带着她飞一般穿过整个院子，跑进那间开会的屋子，把她径直推到卡皮通身上。塔季扬娜一下子晕了过去。……格拉西姆站了一会儿，望着她，一挥手，冷笑一声，然后迈着沉重的脚步回自己的阁楼去了……整整一天一夜他没有从里面出来。马夫安季普卡后来见人就说，他从门缝里看见格拉西姆坐在床上，一手托着脸颊，只偶尔发出轻轻的有节奏的哞哞声，哼唱着，也就是说，他不停地摇晃着身子，闭上眼睛，晃着脑袋，那副样子就像马车夫或者纤夫慢声慢调唱他们的悲歌一样。安季普卡看着都害怕起来，于是就走开了。第二天，格拉西姆才走出他的阁楼，在他身上看不出有什么特别的变化。只是他的脸色似乎变得更加阴沉，无论对塔季扬娜还是对卡皮通都不加理睬了。这天晚上他们每人挟了一只鹅一道去见太太，一周后两人便结婚了。就在他们举行婚礼的那天，格拉西姆的举止也没有什么异常；只是他从河边回来时没有运来水：他在路上不知怎么把水桶弄散架了；这一夜他在马房里那样热心地给他那匹老马擦洗身子，弄得那匹马在他的铁拳下，像风中小草那样来回摇晃，脚都站不稳了。

这一切都是在春天发生的。又过了一年。这期间，卡皮通完全堕落成一个无可救药的酒鬼，当真毫无用处了，所以他受命带着妻子坐上大车，给遣送到遥远的乡村去了。动身那天，起先卡皮通还强打精神，并且一再担保，不管把他打发到哪里，就是送到乡下婆娘洗衣服时把棒槌放在天上的地方[①]，他也不会没有活路的，但后来他泄了气，开始抱怨，说这是把他发配到无知的粗人中间去了，最后他变得有气无力，连自己的帽子也戴不上了。有个好心人把帽子扣在他的头上，拉正了帽檐，从上面一拍，给戴好了。等到一切准备就绪，乡下人已经手拉缰绳，只等着别人说一声“上帝保佑！”的当儿，格拉西姆从他的小屋里出来，走到塔季扬娜面前，送她一条红布头巾作纪念——这头巾还是他一年前为她买的。塔季扬娜在此以前对自己一生的种种不幸总是非常淡漠，一忍再忍，可是到了这一刻，她再也忍不住了，眼泪夺眶而出，上车之前，还按照东正教的礼节吻了格拉西姆三次。格拉西姆原想送她到城门口，起初还在她的车子旁走了一阵，可是走到克里木浅滩时他突然站住了，他一挥手，就顺着河返回去了。

这时已近黄昏。他缓缓走着，望着河面。忽然他觉得，好像有什么东西在岸边的水草里扑腾。他弯下身子，看到一条带几块黑斑的白毛小狗，这小狗不管怎么用力，总也不能从水里爬出来，它不断挣扎，滑倒，那湿淋淋的瘦小身子一直在打颤。格拉西姆瞧着那条不幸的小狗，一手把它托起，塞进自己怀里，大步流星回家去了。他回到自己的阁

---

① 喻天涯海角。

楼，把救起来的小狗放在床上，给它盖上自己厚实的粗呢外套，先跑到马房里取了一些干草，又去厨房要了一小杯牛奶。他小心掀开外套，铺上干草，又把牛奶放在床上。可怜的小狗诞生才三周，眼睛刚睁开不久，一只眼睛还比另一只略为大些；它还不会喝杯子里的东西，只是不住地打颤，眯起眼睛。格拉西姆用两个指头轻轻捏住它的脑袋，把它的小脸往牛奶上按。小狗立即贪婪地喝起来，一面喷喷鼻子，哆嗦着，而且呛得喘不过气来。格拉西姆瞧着，瞧着，忽然笑起来了……他整夜都忙着照料这条小狗，几次强迫它睡觉，擦它的身子，最后他挨着它愉快地安然入睡了。

恐怕没有一个母亲，能像格拉西姆照料他的“养女”那样（小狗原来是一条母狗）照料自己的孩子。起先小狗很弱，很瘦，很丑，但后来渐渐复元，发育了，多亏它的救命恩人不知疲倦的操劳，过了八个月，竟变成了一条非常漂亮的西班牙良种狗。它有一对长耳朵，一条喇叭状毛茸茸的尾巴和一双表情丰富的大眼睛。小狗多情地依恋着格拉西姆，从不离开他，总是摇着可爱的小尾巴跟在他后面。他还给它取了个名字——哑巴都知道，他们那种含糊不清的哞哞声是为了引起旁人对自己的注意——他就叫它“木木”。宅子里的人都喜欢这条小狗，也都叫它“木木”。小狗异常聪明，跟大家都挺亲热，但只爱格拉西姆一个人。格拉西姆也爱它爱得掉了魂似的……看见别人抚摸它，他就不高兴：是为它担心呢，还是他忌妒了呢，那只有天知道了！小狗每天早上会拉拉他的衣角把他叫醒；它常常衔着缰绳把那匹运水的老马牵到他跟前（它跟那匹老马相处得十分友好），然后一本正经地跟他一道去河边取水；它常常守着他的扫帚和铁铲，也不让任何人走近他的阁楼。他特地为它在门上开了一个洞，于是它似乎感觉到，只有在格拉西姆的小屋里它才是真正的“女主人”，所以，它进了屋后，立即带着满意的神色跳到床上。夜里它根本不睡，但也不像那种愚蠢的看家狗似的不分场合随便乱叫，那种狗收起后腿蹲着，仰起嘴脸，眯起眼睛，只是出于无奈，才冲着星星吠叫，而且通常一连叫三声——不！木木的细小声音从来不会无缘无故地响起来：要么有生人走到栅栏跟前了，要么什么地方有了可疑的响动或沙沙声……总之，它是一条出色的看家狗。是的，除它以外，院子里还有一条老公狗，它一身黄毛，夹带着栗色斑块，名字叫沃尔乔克。可是它一直被链子拴着，甚至夜里也没人放它。至于它自己，因为已太衰老，根本就不想争取自由了——它成天蜷着身子躺在它的狗窝里，只偶尔发出一声嘶哑的、几乎是无声的吠叫，随即又中断了，仿佛它自己也感到这种吠叫是毫无用处的。木木从来不进主人的上房，每当格拉西姆给各个房间运木柴的时候，它总是留在外面，不耐烦地在台阶上等他，只要门里有一点轻微的响声，它就竖起耳朵，立即忽左忽右地转着脑袋……

这样又过了一年。格拉西姆继续打扫院子，而且对自己的命运感到非常满意，但突然发生了一件意外的事……那就是：在一个晴朗的夏日，太太和一群寄食女人正在客厅里悠闲地踱着步。太太兴致很高，又笑又打趣，那些女人也跟着笑，跟着打趣，不过她们并不感到特别高兴：宅子里的人并不很喜欢太太快活，因为首先，她快活的时候总要求大家立刻跟她一样快活，谁要是面无喜色，她就要发脾气；其次，她这种心血来潮似的兴致是长不了的，往往不久便一落千丈，变得闷闷不乐。这一天她起床时就有点喜气洋洋：玩牌时她抽到四张“王子”，这表示万事如意（她每天早晨都用纸牌占卜）；早茶她觉得特别香，为此女仆不仅得到夸奖，还得到一枚十戈比银币的赏钱。太太在客厅里踱来踱去，干瘪的嘴唇上挂着甜蜜的微笑，后来她走到窗前。窗外辟了一个有篱笆圈着的小花园，正中央的花坛上，在一丛玫瑰花底下，木木正躺在那里仔细地啃一根肉骨头。太太看见了它。

“我的天哪！”她突然大声叫道，“这是什么狗啊？”

那个被太太问到的女食客一时慌了手脚，可怜的人一副愁眉苦脸、焦急不安的神色——那些寄人篱下的人每逢弄不清主子的叫喊孰凶孰吉的时候，通常都是这样的。

“我不……不……不知道，太太，”她小声嘟哝，“好像是哑巴的狗。”

“天哪！”太太打断她的话，“这是一条多么可爱的小狗啊！叫人把它弄来。他养了它好久了吗？我怎么以前从来没有见过它？……叫人把它带到这儿来。”

女食客立即飞也似的进了前厅。

“来人哪，来人哪！”她大声喊起来，“快把木木带过来！它在小花园里呢。”

“那么它叫木木了，”太太说，“很好听的名字。”

“是啊，很好听的，太太！”女食客回答，“快点去，斯捷潘！”

斯捷潘，那个身强力壮的年轻听差，立时拼命跑进花园去捉木木，可是小狗很灵巧地从他的手指缝里脱身了，它竖起尾巴，放开四蹄朝格拉西姆奔去，这时格拉西姆正在厨房外拿着那只水桶翻来倒去地拍打、抖落，像玩孩子的小鼓似的。斯捷潘跑着追狗，开始在它的主人脚旁边捉它，可是这条机灵的狗不让生人的手碰它，几次跳开又跑掉了；格拉西姆讪笑着看这场闹剧，最后斯捷潘恼怒地欠起身来，急忙做手势对他解释，说是太太吩咐，要把你的狗弄到她那儿去。格拉西姆有点吃惊，但还是唤过木木，把它从地上拖起来，交给了斯捷潘。斯捷潘把它带到客厅，放在镶木地板上。太太开始柔声唤狗到她身边去。木木生来还没有到过这么富丽堂皇的大厅，它着实吓坏了，就朝门口跑去，但是叫那个好献殷勤的斯捷潘给踹了回来，小狗浑身打颤，紧贴着墙根站在那里。

“木木，木木，到我这儿来，到太太这儿来，”女主人说，“来呀，蠢东西……不用怕……”

“来呀，来呀，木木，快到太太这儿来。”那些女食客纷纷说。

但是木木愁苦地这边瞧瞧，那边瞧瞧，就是站着不动。

“给它拿点什么吃的来，”太太说，“它多蠢啊！ 都不肯到太太这儿来。怕什么呢？”

“这小东西还不习惯哩。”一个女食客怯生生地谄媚地说。

斯捷潘拿来一小碟牛奶，放在木木面前，但木木连闻都不闻一下，还是像原来那样瑟缩发抖，四处张望。

“啊，你是怎么啦？”太太低声说着，走到小狗跟前，弯下身去，正要抚摩它，可是木木猛地掉转头，咧嘴龇起牙来。太太慌忙缩回了手……

接着是短暂的沉默。木木轻轻哀叫一声，仿佛在诉苦，在求饶……太太皱起眉头走开了。小狗突如其来的动作把她吓坏了。

“哎哟！”所有的女食客一下子都叫嚷起来，“它没有咬着您吧？上帝保佑！ （木木一辈子从未咬过人），哎哟，哎哟！”

“把它弄走，”太太说时声音都变了，“可恶的小狗！ 它多凶呀！”

她慢慢转过身子，朝她的内房走去。那些女食客迅速交换着眼色，正要跟随而去，但她却停下来，冷眼望着她们，说：“这是干什么？我可没有叫你们。”说完就走了。

女食客们绝望地朝斯捷潘挥着手，斯捷潘抓起木木，赶紧把它扔出门外——正好扔在格拉西姆的脚下。半小时后，宅子里笼罩着一片死寂，老太太坐在自己的沙发上，脸色比雷雨前的乌云还要黑。

真难于设想，这么一点小事情有时竟会弄得人神经失常！

一直到晚上，太太的心情都不好，既不跟人说话，也不玩牌，整夜都睡不着。她忽然想起，给她的香水跟平常的不一样，又觉得她的枕头有一股肥皂味，于是她逼着那个管衣服的女人把所有的被服都闻了一遍——总之，她心里烦躁，“火气”很大。第二天一早，她比平常早一个钟头差人把加夫里拉叫来了。

“请你说说，”当心里不免嘀咕的加夫里拉刚跨进内房门槛时，太太就开口说，“在我们院子里叫了一整夜的那条狗是怎么回事？它吵得我不能睡觉！”

“一条狗，太太……什么样的狗，太太，也许是哑巴的那条狗，太太。”他支支吾吾地说。

“我不知道这是哑巴的狗，还是别人的狗，只知道它吵得我没法睡觉。我真奇怪，养那么一大群狗干什么？ 我倒要问个明白。我们不是有一条看家狗吗？”

“那还用说，太太，我们有的，太太。它叫沃尔乔克，太太。”

“好啊，那为什么我们还要养狗？干什么用？ 只是添乱罢了。家里没有长者——就这么回事。哑巴养狗干什么？ 谁准许他在我的院子里养狗的？ 昨天我到窗前，那狗在小花园里躺着，拖来了什么脏东西在那里啃——可是那地方栽着我的玫瑰花哪……”

太太沉默了一会儿。

“叫人今天就把它弄走……听见了吗？”

“是，遵命，太太。”

“今天就弄走。现在你去吧。我呆会儿再叫你来报告家务。”

加夫里拉退下去了。

走过客厅时，总管把一张桌上的铃铛放到另一张桌上以示办事井井有条，在大厅里他偷偷擤了擤那根鸭嘴鼻子，然后来到了前厅。前厅的坐柜上躺着斯捷潘，那姿势很像战场上一名战死的军人，两条光腿从权当被子的长外套下显眼地伸出来。总管把他推醒，小声对他吩咐了几句；作为回答，斯捷潘哈欠打了一半随即哈哈大笑起来。总管走了，斯捷潘跳了起来，穿上他的长襟外衣和靴子，走出去后停在台阶上。过了不到五分钟，格拉西姆背了一大捆劈柴来了，身边跟着那条形影不离的木木。（太太吩咐过，她的卧室和内房就是在夏天也得生火。）格拉西姆侧着身子站在门前，用肩膀推开了门，背着那捆劈柴就闯了进去。木木像平常那样留在外面等他。这时斯捷潘抓住有利时机，像老鹰抓小鸡那样突然朝它扑去，用胸脯把狗压在地上，两手一抱，连帽子也来不及戴上，就抱着它出了院子，跳上了碰到的第一辆出租马车，来到了猎品市场。他在那里很快找到一个买主，只要了半个卢布就把狗让给他了，只是要求对方至少把狗拴上一个星期。他立即动身回去，但马车还没有驶抵宅子，他就从车上跳了下来，绕过院子，从后面一条胡同里翻过栅栏跳进了院子，他怕从大门进去会碰见格拉西姆。

不过斯捷潘的担心是多余的：格拉西姆已经不在院子里了。他从上房里出来，立即发现木木不在，便寻找起来，他不记得它什么时候不等他回来的，于是他跑遍了所有的地方，到处找它，用自己的方式叫唤它……他冲进自己的阁楼，跑到干草棚，窜到大街上，这儿那儿都找遍了……狗丢失了！ 他又找那些仆人，打着最绝望的手势向他们打听狗的下落，他比划着离地面半俄尺的高度，用手描画它的模样……有些人真的不知道木木的下落，只好摇摇头；有些人知道却不说，便笑笑算是回答。而总管则摆出一副极其严厉的模样，开始大声训斥马车夫。于是格拉西姆只好又跑出院子去了。

格拉西姆回来的时候，天色已经黑了。从他那疲倦的样子，那不稳的脚步，以及落满尘土的衣服看来，谁都会想到，他一定跑遍了半个莫斯科。他在主人的窗子对面站住，拿眼睛扫了一下台阶，那里正聚着六七个仆人，他转过身来，又唤了一声“木木！”——没有木木的回应。他走开了。大家望着他的背影，谁也没有笑容，谁也不说话……那个好奇心重的马夫安季普卡第二天早上在厨房里告诉大家，说那个哑巴整整一夜都在唉声叹气。

第二天，格拉西姆根本没有露面，结果马车夫波塔普不得不代他去运水，为此波塔普很不满意。太太问加夫里拉，她的命令是不是执行了。加夫里拉回答说已经执行了。第三天早晨格拉西姆才从他的阁楼里出来干活。午饭前他回来了；吃完午饭，也不跟任何人打招呼，他又走了。他的脸，像所有的聋哑人那样本来就没有表情，现在仿佛像石头一样呆板了。午饭后他又跑出院子，但不多久就回来了，立刻又去了干草棚。夜幕降临，月色清朗。格拉西姆躺在那儿，唉声叹气，不停地翻来覆去。突然他觉得有什么东西在拉他的衣角；他猛地一惊，但没有抬起头来，甚至还眯起了眼睛；可是那东西又拉他的衣角，而且比上一次更用力；他跳了起来……木木在他面前转来转去，脖子上还系着一段绳子。一声拖长的快乐的喊叫从他无声的胸膛中迸发出来。他抓起木木，把它紧紧抱在怀里；它则转眼间舔完了他的鼻子、眼睛、唇髭和胡子……他站了一会儿，想了想，小心地从干草堆上爬下来，朝四下里张望着，确信没有人看见他之后，顺利地溜回了他的阁楼。在此之前，格拉西姆已经猜到，狗不是自己跑掉的，一定是太太叫人强行弄走的。因为有的仆人曾做手势告诉他，说他的木木汪汪叫着想咬太太。于是他决定采取自己的办法。他给木木喂饱了面包，把它爱抚了一阵，强迫它睡觉，然后开始琢磨怎样才能把狗藏得更好，为此他花了整整一夜的时间。他终于想出一个办法：白天把它锁在阁楼里，只偶尔进去看看它，夜里才把它带出来。他用一件旧的厚呢外套把门上的洞严严实实地堵住，天刚亮他就来到了院子，像什么事也没有发生那样，甚至脸上还保留着原先那种沮丧的表情。（多么天真的狡计啊！）可怜的聋子不可能想到，木木的叫声会出卖自己的：其实宅子里所有的人很快就知道哑巴的狗又回来了，给锁在他的阁楼里，不过出于对他和对它的同情，或者多少出于对他的畏惧，他们谁也没有让他知道，他们已经发现了他的秘密。只有总管一人挠着他的后脑勺，一挥手说："嗯，上帝保佑他！ 也许传不到太太那里的！"不过哑巴从来没有像这天那样卖力气：他把整个院子打扫干净，把地皮铲平，把小草拔得一根不剩，又亲手把小花园篱笆上的木桩一根根拔出来，查看一下是不是够坚固，随后又一一把它们敲进去——总之，他忙忙碌碌，那么热心地张罗着，连太太也注意到他的勤快了。这一天，格拉西姆两三次偷偷地去探望他的"囚徒"；天黑以后，他就跟它一块儿躺下睡觉，躺在他的阁楼里，而不是干草棚里，直到午夜一点多钟，他才带狗出来在新鲜空气里溜达一阵。他和它在院子里走得相当久了，正打算回去，忽然从巷子那边的栅栏后面传来了一阵沙沙响声。木木警觉地竖起耳朵，咆哮起来，它跑到栅栏跟前，到处嗅着，开始发出一阵响亮刺耳的吠叫。原来有个醉汉正想在那儿躺下来过夜。偏偏这个时候，太太在发作了一阵相当长的“神经紊乱”之后刚要睡着——她的这种毛病每逢晚上饱餐之后总是要犯的。突然响起的狗叫声把她吵醒了，她的心猛地一抽搐，像要停止跳动了。“丫头，丫头！”她呻吟着喊叫，“丫头呢！”那些吓坏了的丫鬟慌忙跑进她的卧室。“哎哟，哎哟，我要死啦！”她说着，痛苦地摊开双手，“又，又是那条狗！……哎哟，快去叫医生来。他们想害死我……狗，又是狗！哎哟哟！”她把头往后一仰——这应当是昏迷的表示了。丫鬟赶紧跑去请医生，也就是去请那个家庭医生哈里顿。这位医生的全部本领在于：向来穿软底靴，摸脉时彬彬有礼，一昼夜睡十四个小时，其余时间里便唉声叹气，另外，不断地让太太喝桂樱叶滴剂。这位医生立即跑来，他点了一阵烘干的羽毛，等太太睁开眼睛，马上用银托盘端给她一杯珍藏的滴剂。太太喝了它，立即又抽抽泣泣地抱怨那条狗，抱怨加夫里拉和自己的命运，诉说她这个可怜的老太婆叫大家抛弃了，现在没有一个人可怜她，大家都希望她早死。这当儿，不幸的木木继续在吠叫，格拉西姆竭力想把它从栅栏边引开，却无济于事。“听……在那边……又叫了……”太太喃喃自语，又把眼珠朝额头上翻。医生对一个丫鬟小声说了几句，她立刻跑到前厅，把斯捷潘推醒，斯捷潘又跑去叫醒了加夫里拉，加夫里拉一气之下，把宅子里的人统统叫了起来。

格拉西姆正转过身来，看到窗里闪动的灯光和人影，心里立即感到祸事就要临头，他一把抓住木木的腋窝，跑进了他的阁楼，锁上了门。不一会儿，来了五个人，想破门而入，但感到有门闩拴住，只好停了下来。这时加夫里拉急急冲冲跑来了，下令他们全留在那里一直守到天亮，随后他亲自跑到下房去，吩咐那个年纪最大的陪伴女人柳博芙·柳比莫夫娜（他跟她在清查食物时合伙偷过茶叶、糖和别的食品杂货）代他向太太禀告，说不幸的是那条狗又不知从什么地方跑回来了，但是它活不到明天的，请太太开恩，不要动气，尽管放心。太太本来不会这么快就安静下来，可是医生在忙乱中不是用了十二滴桂樱叶滴剂，而是用了整整四十滴，结果药性发作了——一刻钟后太太已经沉沉地安寝了；格拉西姆却脸色苍白地躺在自己床上，紧紧地捂住木木的嘴巴。

第二天早上，太太醒得相当迟。加夫里拉等着她醒来，以便下令强攻格拉西姆的藏身之所，自己则准备着经受一顿暴风骤雨般的责难。但风暴没有出现。太太躺在床上叫人把那个年纪最大的女食客找来。

“柳博芙·柳比莫夫娜，”她用轻弱的声音开始说；她有时喜欢装扮成一个受苦受难、胆小怕事又无依无靠的可怜虫；不用说，遇到这种时候宅子里的人个个都会感到异常不安，“柳博芙·柳比莫夫娜，您都看见了吧，我的处境是什么样的；去吧，我的亲人，去找一下加夫里拉·安德烈伊奇，跟他谈谈：难道对他来说随便哪条恶狗都比他女主人的安宁，比他女主人的性命更宝贵吗？ 我可不愿意相信这一点，”她又做出一副深为感动的表情加了一句：“去吧，我的亲人，请行行好，请您去找一下加夫里拉·安德烈伊奇吧。”

柳博芙·柳比莫夫娜立即跑到加夫里拉的房间里。不知他们谈了什么；但是没过多久，就有一大群人穿过院子，朝着格拉西姆的阁楼的方向拥去；为首的是加夫里拉，这时虽然没有风，他却一手按住自己的帽子；在他身旁是几个仆人和厨子；尾巴叔叔从窗里张望着，还在发号施令——无非是不时摊摊双手罢了；最后是一群蹦蹦跳跳、做着鬼脸的小孩，其中半数是外面跑来的野孩子。在通向阁楼的狭窄楼梯上，坐着一名守卫；门旁站着两个手拿木棍的人。他们开始走上楼梯，一下把楼梯全占领了。加夫里拉走到房门口，用拳头捶门，喝道：

“开门！”

可以听到被捂住的狗叫声，但没有回应。

“我叫你开门！”他又说一遍。

“喂，加夫里拉·安德烈伊奇，”斯捷潘在下面指出，“要知道他是聋子——听不见的。”

所有的人都大笑起来。

“那怎么办？”加夫里拉在上面反问道。

“他那房门上有个洞，”斯捷潘回答，“您可以拿棍子捅它几下。”

加夫里拉弯下身去。

“他用什么粗呢外套把洞堵上了。”

“那您把粗呢外套往里面塞。”

这时又响起了沉闷的狗叫声。

“听，听，它自己给暴露出来了。”人群中有人说，大家又哄笑起来。

加夫里拉挠了挠他的耳朵跟。

“不，兄弟，”他终于又说，“要是你愿意，还是你自己来把它塞进去。”

“那有什么，让我来！”

于是斯捷潘费劲地挤了上去，拿起木棍，把那件粗呢外套塞进去了，他又把木棍在洞里捅来捅去，一边说：“出来，出来！”他还在捅那棍子，突然，阁楼的门一下敞开了——这群奴仆立刻跌跌撞撞从楼梯上滚下来，加夫里拉又跑在最前头。尾巴叔叔赶紧关上窗子。

“喂，喂，喂，喂，”加夫里拉在院子里大声叫道，“你给我小心点，小心点！”

格拉西姆一动不动地站在门口。那一群人聚在楼梯脚下。格拉西姆两手轻轻叉着腰，从上面望着这些身穿德国长襟外衣的小人。他穿一件红色的农民衬衫，在他们面前简直就是一个巨人。加夫里拉向前跨了一步。

“你小心点，伙计，”他说，“别在我跟前胡闹！”

于是加夫里拉开始打起手势对他说，是太太一定要你的狗，她说了，叫你马上把狗交出来，否则你就要倒霉。

格拉西姆望着他，指一下狗，又比划着在自己脖子上做了一个勒紧套索的手势，然后带着探问的脸色又看了总管一眼。

“是的，是的，”总管点着头回答，“是的，一定要。”

格拉西姆埋下眼睛，后来忽然抖一下身子，又指了指木木（那狗一直站在他脚旁，天真地摇着尾巴，好奇地耸动着耳朵），又重复了一遍勒脖子的手势，还意味深长地拍拍自己的胸脯，像在表明，他要亲自去处死木本。

“你这是骗人。”加夫里拉摇着手回答他。

格拉西姆望着他，轻蔑地笑了笑，又拍拍自己的胸脯，随即砰的一声关上了门。

大家默默地交换着眼色。

“这是什么意思？”加夫里拉开始说，“他怎么关上门了？”

“由他去吧，加夫里拉·安德烈伊奇，”斯捷潘说，“既然他答应了，他会做到的。他就是那种人……一旦他答应了，那就不成问题了。在这方面他不像我们这一伙人。当真是这样的。是的。”

“是的，”大家摇头晃脑跟着说，“这是真的，是的。”

尾巴叔叔打开了窗子，也说：“是的。”

“好吧，也许是这样，我们等着瞧吧，”加夫里拉说道，“不过，看守还是不能撤。喂，你，叶罗什卡！”他对着那个脸色煞白、穿一件黄色粗棉布立领上衣的人说，这人的职务是园丁。“你该干什么呢？你拿一根棍子，坐在这儿，一旦有什么动静，赶快跑来找我！”

叶罗什卡拿了一根棍子，就坐在楼梯的最下一级。众人散了，只留下几个好奇的小孩子。加夫里拉也回屋去了，又通过柳博芙·柳比莫夫娜向太太禀告，说一切都照办了，说他本人必要时会派多夫去找警察局里的人来。太太在手帕上打了一个结，往上倒了不少香水，闻了一阵，用它擦擦太阳穴，喝足了茶，由于樱桂叶滴剂的药性没有全消，又睡去了。

这场骚乱后又过了一个钟头，阁楼的门打开了，格拉西姆走了出来。他穿着一件过节穿的长襟外衣，用一根细绳牵着木木。叶罗什卡立即闪开，让他过去。格拉西姆朝大门走去。那些孩子和所有在院子里的人都默默地盯着他看。他甚至没有回过头来，连帽子也是到了街上才戴上的。加夫里拉派那个叶罗什卡跟踪他，监视他。叶罗什卡在远处看到，格拉西姆牵着狗进了一家小饭馆，便站在那里等着他出来。

饭馆里的人都认识格拉西姆，也懂他的手势。他要了一份有肉的菜汤后就坐下来，两只胳膊支在桌子上。木木站在他的椅子旁，用那对聪明的眼睛不时静静地看着他。它身上的毛油光锃亮：看得出来，不久前有人给它梳洗过。格拉西姆要的汤端上来了。他把面包弄碎放进汤里，又把肉捣成小块，然后把汤盆放在地板上。木木像平常那样文静地吃着，小嘴只轻轻挨着吃的东西。格拉西姆久久地望着它；两颗沉重的泪水忽然从他的眼睛里落下来：一颗掉在小狗凸起的额头上，另一颗掉进菜汤里。他拿手遮住了脸。木木吃了半盆就走开去舔自己的嘴脸。格拉西姆站起来，付了汤钱，就走出去了；店伙计有点纳闷地目送他离去。叶罗什卡看见格拉西姆后急忙跳到墙角后面，让他走了过去，又继续在后面跟踪他。

格拉西姆走得不慌不忙，也没有松开木木的绳子。他走到街角，站住了，像在琢磨着什么事，忽然他快步径直朝克里木浅滩走去。在路上他拐进一个院子，那里挨着正房正在修建厢房，出来时他在腋下夹了两块砖头。到了克里木浅滩，他转身沿岸走去，他来到一处地方，那里有两只带桨的小船拴在木桩上（他以前已经注意到它们了），他抱着木木跳到一只船上。有个瘸腿的小老头从菜园一角的窝棚里走出来，冲着他大声喊叫。但格拉西姆只是点点头，就使劲划起桨来，虽说是逆流而上，但一转眼船就冲出一百来俄丈了。那老头儿站着，站着，先用左手，后来又用右手不停地挠自己的背，最后一瘸一拐地回窝棚去了。

而格拉西姆一直朝前划呀划呀。莫斯科已经落在他后面了。两岸已经展现出一片片草地，菜园，田地，树林和一幢幢农家小屋。周围已是一片农村风光。他丢开桨朝木木低下头去，木木正蹲在他前面的一块干燥的搭板上（船底积满了水），他把两只大手交叉着放在它的背上，一动不动地坐着。这时水浪轻轻地拍打着船帮，把小船朝后面，朝城市的方向冲去。最后格拉西姆挺起上身，带着一脸痛苦、愤恨的表情，慌忙用绳子把两块带来的砖来回捆紧，又打了一个活结，把它套在木木的脖子上，把狗挪到河面上，看了它最后一次……木木信赖地毫不畏惧地望着他，还轻轻地摇着小尾巴。他扭过脸去，闭上眼睛，松开了双手……格拉西姆什么也听不见，无论是木木落水前那声短促的尖叫，还是那沉重的落水声，他都听不见；对他来说，最喧闹的白天也是寂静的、无声的，诚如在我们听来，即使最安静的夜也不是无声的一样。等他重又睁开眼睛时，微波像在互相追逐，依旧在河面上急急涌去，依旧轻轻地拍击着船帮，只有一圈圈很大的波纹在不断扩散，延伸到远远的后方，直抵河岸。

叶罗什卡再也看不见格拉西姆的身影了，便赶紧回家去报告他见到的一切。

"嗯，不错，"斯捷潘说，"他会淹死它的。这下可以安心了。既然他答应了……"

这一整天谁也没有见到格拉西姆。他没有在家吃午饭。傍晚时分，大家都来吃晚饭，又没有他。

"这个格拉西姆真是古怪！"一个肥胖的洗衣妇尖声尖气说，"为了一条狗难道能这样晃荡！……真是的！"

"对了，格拉西姆回来过一趟。"斯捷潘正拿着勺子刮粥，突然大声说道。

"怎么？什么时候？"

"噢，大约两个钟头以前吧。没错。我是在大门口碰见他的，后来他又走了，从院子里出去的。我原想问问狗的事，可是他显然很不痛快。嘿，他推了我一下，大概只是要我站开些，好像说：别缠着我——可是他那推搡刚好碰着我的一根筋，推得这么厉害——哎哟，哎哟，哎哟！"斯捷潘不由得苦笑着忸怩一阵，还挠挠后脑勺。"是的，"他又加了一句，"他那只手是上天恩赐的，没话可说。"

大家拿斯捷潘取笑了一阵，晚饭后各自回去睡觉了。

可是就在这当儿，T号公路上有一个身背小包、手握长棍的巨人，正急切地不停地大步走去。他就是格拉西姆，他目不旁视地急冲冲走着，他急着赶回家去，赶回自己的村子，赶回他的家乡。淹死了可怜的木木，他又跑回自己的阁楼，匆忙收拾了一点衣物，放在一块旧马皮上，把它打成一个小包，搭在肩头，立即就跑了。那路是他让人带来莫斯科的时候就用心记下的；他原先住的那个村子离公路只有二十五俄里。他怀着一种不折不挠的勇气，一种绝望然而又是喜悦的决心走着，他敞开胸怀，两只眼睛急切地望着正前方。他走得急急忙忙，好像他的老母亲正在家乡等着他，好像她正在召唤他这个长期流落他乡的人回到自己的身边……刚刚降临的夏夜是寂静而温暖的；在太阳落下去的这一侧，天际依然发白，而且让落日余辉染上一抹粉红色；而另一侧，已经升起了青灰色的雾霭。夜色就是从那边来的。无数鹌鹑在四周啼叫，秧鸡争先恐后地互相呼应着……格拉西姆听不见这些声音，同样也听不见他那双结实有力的脚走过时旁边的树木夜里的絮絮低语，但是他闻到了从黑魆魆的田地上飘送过来那正在灌浆的黑麦熟悉的香味；他感觉到了迎面吹来的风，那来自家乡的风正温柔地抚摩着他的脸，玩弄着他的头发和胡须；他看见眼前这条发白的路，那一直通向他家乡的路，直得像一支箭；他看见天上无数的星星在照亮他的路，于是他像一头雄狮一般，迈着强有力的步子精神抖擞地朝前走去，所以当初升的太阳那雾蒙蒙的霞光照着这个走了许久却不感到累的壮汉时，他离莫斯科已有三十五俄里远了。

两天后他已经到家，回到自己的小木屋了，这使得让搬进来住的士兵的老婆大吃一惊。格拉西姆在圣像前祷告了一番，立即找村长去了。村长开始时也很奇怪，但割草期刚刚开始：格拉西姆又是干活的能手，有人立即给他手里塞了一把镰刀，于是他照从前那样割草去了，农民们看着他挥起镰刀，那么朝里一搂，割得那么轻松，简直都惊呆了……

在莫斯科，在格拉西姆出走的第二天，人们才发现他不在而寻找起来。有人到他的阁楼上搜了一遥，便去报告加夫里拉。加夫里拉前来看了一阵，耸耸肩膀，一口断定哑巴不是逃跑，就是同他那条愚蠢的狗一块儿淹死了。他们通知了警察局，也禀告了太太。太太勃然大怒，还哭了起来，吩咐下人无论如何要找到他，并一再声明，她从来没有下令要弄死那条狗，最后，又把加夫里拉狠狠地训斥一通，弄得他整天只是摇着头，喃喃自语："算了吧！"直到尾巴叔叔也对他说一声"算了——吧！"这才把他开导过来。最后从乡下传来了格拉西姆已经回去的消息。太太才稍稍安下心来，起先她还下令叫人立即把格拉西姆带回莫斯科，可是后来她又宣称，这种忘恩负义的东西她根本不需要。而且此后不久她就去世了，她那些继承人根本顾不上格拉西姆的事：他们把母亲留下的其余家奴都遣散回乡，让他们变成了交代役租的农民。

直到现在格拉西姆还是孤身一人住在他那间孤零零的小木屋里；他仍然健康、强壮，仍然能一人干四人的活儿，而且跟从前一样严肃而又稳重。但邻居们发现，他从莫斯科回来以后，就不再跟女人们往来，甚至都不屑看她们一眼，而且再也不养狗了。"不过嘛，"庄稼人这样议论，"他不要女人，这可是他的福气；至于狗——他要狗干什么？哪怕你生拉硬拽，也休想把小偷拖进他的院子！"关于哑巴的大力气，人们就是这样传说的。

屠格涅夫诗选

И.С.Тургенев Стихотворения

屠格涅夫文集

金留春 黄成来 译

上海译文出版社

屠格涅夫像（1838—1839 年）
（画家：К.А.Горбунов）

帕拉佐罗村的水流和石头（十九世纪五十年代初）
（画家：A.A.Иванов）

《基督现身人间》（1837—1858 年）

（画家：А.А.Иванов）

《胜利弥撒》（1877—1878 年）（局部）
（画家：В.В.Верещагин）

屠格涅夫与老妇人（《老妪》插画）
（画家：П.Ф.Строев）

乡村监狱前的姑娘（《门槛》插画）
（画家：П.Ф.Строев）

诗人屠格涅夫
（代前言）

屠格涅夫是一位世界公认的经典小说家。他的篇章中弥漫着悠然的抒情调性，笔端流露出非凡的音乐禀赋，他赋予了俄罗斯语言以极富表现力的节奏感，——就作家的艺术本质而言，他堪称是位诗人，而他也是以诗的形式开始自己的文学创作的。他的诗虽大抵属于早期创作，但仍给后世留下了不少隽永的篇章。而在他去世前四五年写的散文诗，在淳厚、凝练的诗情画意中，透露出老作家对往昔揪心的追忆，对世事的洞识灼见和对生命的执著与无奈。这是诗人从心底流出的动情自白，真可谓散文如诗。

早在一八三四年，彼得堡大学学习时代的屠格涅夫便初露锋芒，写了一部自嘲为幼稚地模仿拜伦的诗剧《斯杰诺》，之后，又写了许多抒情诗、叙事长诗、讽刺诗、浪漫曲以及诗体书信等。其中有不少或被谱成歌曲广为流传，或被选入中小学教材供学生朗读吟赏。同时，屠格涅夫在青年时代也从事过对莎士比亚、拜伦等名家的诗作的翻译。正是诗歌写作使屠格涅夫学会了如何提炼浓缩生活印象，熟谙了如何精选简洁而富有音乐性的语言来抒写思想与感情；而屠格涅夫所特有的那种与大自然融为一体的抒情风格，也可以溯源于他的早期诗作从而一窥其发展的轨迹。

讴歌大自然的美、怀念曾经有过的纯洁爱情、哀悼逝去的幸福等等，是屠格涅夫早期抒情诗的主要内容。诗人在这些诗篇中明快地抒写了对真善美的崇拜赞美，以淡淡的忧郁色调唱出自己的心曲。

屠格涅夫热爱并深深地了解俄罗斯大自然，他用浪漫主义诗人的心灵以及尘世的目光来感受大自然的美妙，再现它的欢愉鲜明的形象。在《黄昏》、《我攀援在绿色的山冈上》、《涅瓦河》、《暴风雨疾驰而过》等一系列诗篇中，诗人传神地表现了自然界的声色氛围，表现了诗中有画的意境；而其间的诗眼画睛，则往往是与大自然灵犀相通的人的感怀。你看，处在如画美景中的诗人，“心儿变得虔诚轻盈起来”，“一如回到了孩童时代”（《春日的黄昏》）。诸如此类的诗行所描写的被大自然净化了的返璞归真的诗魂，具有多大的魅力！

晚年的屠格涅夫也有好些异常清新优美的描绘大自然的篇章。作为一位贵族，作家更为崇拜自然，向往返璞归真的乡村生活；作为一个他乡游子，作家表达了对故土家园的乡恋深情，散文诗《乡村》便是最有代表性的一篇，于其中，作者对和平、宁静的俄罗斯农村寄予美与真的理想。当然，他笔下大自然的色彩也是多种多样的：有时，那蔚蓝色的大海神奇而“永生不灭”，宛如梦中仙境（散文诗《蔚蓝的王国》）；有时，它却是残酷的，足以使我们震颤而意识到人类在面对自然力时的孱弱（散文诗《世界末日·梦》）；有时，大自然也以自己的力度衬托出生命的韧与美（散文诗《鸽子》）；以其诡异的神圣辉映着爱（散文诗《仙女》）。

屠格涅夫珍爱人间真情，在创作散文诗的暮年，虽饱经世事沧桑、孤独而病人膏肓，他的爱情篇章多愁善感，缠绵悱恻，但仍芳香四溢，沁人心脾，如散文诗《当我不在人世时》，它注入读者心中的是融成一体的美和爱；散文诗《一朵玫瑰花》则动人地写下那双闪烁着晶莹泪珠的眼睛是怎样被幸福的爱情照亮、点燃的；而作者在回顾自己的感情历程时，常常发出深长的叹息：是谁的错呢，“你——年轻；我——衰老”（散文诗《谁的错?》）；而即使是在梦中与死神相遇，作者见到的依然是爱与美，并用最亲切柔美的笔调来点染一位特殊的女性——死神（散文诗《相遇·梦》）。这些作品中，作者敞开被爱萦绕的心怀，记下了爱情生活的欢乐与痛苦，赞美了爱情的纯洁、高尚和淳美，无怪乎有人把他誉之为“情圣”。

诵唱爱情当然也是屠格涅夫早期诗作中的一个重要的主题。在描摹一颗忐忑跳动的情人的心时，诗人常采用反衬对比以及探询设问等独特的艺术手法。诸如：“到处是一片宁静——除却我的这颗心”（《黄昏》）；“在我的森冷的灵魂里，只为你啊才虔诚地把温柔与爱情葆藏”（《В. Н. Б.》）。而在一些对比幸福的过去与无欢的今天所作的痛苦自白中，诗人会悲哀地自问：“为什么我要把那行让人沮丧的诗句反复吟诵？”或探问道：“告诉我：我是否该恚怨那早已失落了的爱情？”（《变奏曲》）。这样，读者就被带进了诗人的心灵波澜之中而不能自已。

有一个主题是早年诗作中尚未涉足过的，那就是作者为自己散文诗所作的题名“Senilia①”。请读一读散文诗《老人》、《老妪》、《我会想些什么？》等篇吧：“来到了，黑暗的、沉闷的日子……你所

---

① 拉丁语，意为“老年”，屠格涅夫为一八八二年发表的五十一篇所题。本书译为“暮岁吟”。另三十一篇于作者去世后才发表，人们称它为“新散文诗”。

珍爱的一切，你曾为之付出而不求回报的一切，都将凋敝与澌灭……你得小心……切莫朝前张望，啊，可怜的老人！”（《老人》）。在这些篇章中，浸透了作者所感受的人世辛酸，强烈的精神、肉体的痛苦，无法逃脱的永恒的自然规律的可怕和对生命眷恋的刻骨铭心。

然而，在生命最后时刻挣扎于忧郁失望中低吟着孤独痛苦的屠格涅夫，也依然在心中深深憧憬着人间的美。《鸫鸟（一）》写一颗衰老的心，在聆听到了散发大自然“永恒气息”的鸫鸟的歌声后，老人被感动的眼泪所溶化而绽开了微笑。就是在他受癌症折磨的最后年代里，作家还回顾自己年轻时代因愤世嫉俗而打算自杀的一段感情历程。这位自杀者是被“一个人类的、刚诞生的生命的热烈啼哭声”从迷途唤回并在心中满溢着感激与“祝福”（《呜啊……呜啊……》）。散文诗是作家最后的歌，它们是痛苦的，但又是火热的。

屠格涅夫还善于捕捉生活中的一个瞬间，进行哲理性的思考，如早期抒情诗中：“每一天，几乎都会猝然出现一种令人深深不安的寂静的一瞬”（《你可曾注意到，我不苟言笑的友人》）；又如，在大自然进入睡梦的那一刻，诗人慨叹道：“我的眼睛枉然向自然询求”，“我黯然，只奈那生命的奥秘，竟无人得以悟透”（《黄昏》）。这种对存在的充满激情的探求，在诗人的不少诗作以及他晚年的散文诗中均有所反映。诸如此类的散文诗有《乞丐》、《麻雀》、《我们还要战斗》等等，以及极富讽喻的《祈祷》、《婆罗门》、《敌人与朋友》等。读它们，你会惊叹于它们闪烁的思想火花，你会得到心灵的启示，而当你在细嚼之余，更会感到回味无穷。而在散文诗中，还有一类独特形式的作品，即在三五行即成篇的“微型”框架中，蕴含了隽永的哲理思考，如《空话》、《爱情的道路》、《处世箴言》等，它们如警句般意味深长，其洗练、精巧，已臻于简约的极致。

欣赏屠格涅夫的散文诗，我们当然不会忘记他的两篇脍炙人口的名作《俄罗斯语言》与《门槛》。始终关注着俄罗斯命运的屠格涅夫，是他那个时代中的进步人士，他按自己的理解，用最朴素、最崇高的笔墨勾勒了一位女革命者，写出了革命者的意志和理想（《门槛》）。而他这个他乡游子，“在痛苦地思索着祖国命运的日子里”，只因有着支撑他的俄罗斯语言，才能免于“绝望”而饱蘸着祖国亲人的眼泪，写出了祖国儿子的自尊和自豪！

无论是在散文诗中还是在诗歌中，都有一些具有情节性、故事性的篇章（如散文诗：《玛莎》、《施舍》、《记者》、《“绞死他！”》、《菜汤》等），它们短小精悍，犹如微型小说，而且往往只限于叙事状物，可是，所蕴含的人间真情让人扼腕。而诗歌作品中叙事性的短篇故事诗《巴拉达》则会让你感到意趣盎然，过目难忘。《巴拉达》的主人公是一个古强盗式的人物，他流着血，即将赴刑场，但神情阴郁的他，对长官的回答却是高昂的、挑衅性的：“我们唱着歌儿走出青纱帐”，“咱还高歌——在你家；我纵杯酣唱，痛饮你的琼浆，……我甜滋滋地亲着嘴——跟你的婆娘”，作品中仅有的两个人物的戏剧性冲突，以强盗对长官的排调嘲弄为结尾，痛快淋漓，令人叫绝。

这里，还有必要说一说屠格涅夫的第一部叙事诗《巴拉莎》。叙事诗对当时俄国外省地主的日常生活作了散文式的准确描绘，而这种平庸生活的特征就生动地体现在对女主人公巴拉莎的描写中。这位单纯善良的乡下小姐不乏动人之处，就像花园里的达吉雅娜①一样，她手里也捧着一本书，在花园里徜徉、梦想。诗人十分温情地称她为“我

① 普希金诗体小说《叶甫盖尼·奥涅金》中的女主人公。

的小姐”，但也常常不得不用带有善意的调侃口吻来代替诗意的描述。巴拉莎爱上了一个因烦闷无聊而常去国外游荡的富有的年轻人，一个曾经出现在她少女的梦中的人，于是，像所有的乡下小姐一样，她嫁给了他，一辈子过着所谓“平稳安宁”的婚姻生活。诗人对他的女主人公怀着深深的不安与惋叹之情，而平庸，正是外省地主生活的特征，巴拉莎的命运也不可能有什么例外。

至于对男主人公维克多的描绘，与他的前辈奥涅金、彼乔林[①]等人物有所不同，诗人更多地转向讽刺。上流社会造就了这个风度高贵而内心冷漠的人，即使他忧郁高傲，也不妨碍他带着“和悦而圆到”的微笑“友好地结交显贵们”。而在国外，“他那好揶揄的机敏的头脑，撷取的是佻巧懦怯的观察的果实，摄入了几多怀疑和一大堆空洞的辞藻……他嘲笑一切；然而，他疲倦了——不再对自己加以讥诮”。作者揭示了这种人对社会的无足轻重，因此，五年后诗人见他“如此地发福，直令人吃惊”，也是必然的了。

这部叙事诗中对现实的真实描写与它所表现的喜剧的特征，使它被当代人视为一部谴责地主俄罗斯的生活的作品。而这些形象正是屠格涅夫日后创作他的长篇小说的人物雏型。别林斯基曾在《祖国纪事》上撰文给《巴拉莎》的作者以高度的评价：“准确的观察力，来自俄罗斯生活的深刻思想，优美的精巧的讽刺，极为丰富的感情蕴涵，这说明作者除了具有创作天赋外，他本人就是我们时代的儿子，他的胸中满载着忧伤和时代问题。”这可以说是对诗人屠格涅夫的全面评估，而并非溢美之词。

金留春

① 莱蒙托夫小说《当代英雄》中的男主人公。

目 录

抒情诗 001
黄昏 003
致美第奇的维纳斯 005
给亚·尼·霍夫林娜 009
俄罗斯人 010
我攀援在绿色的山冈上 013
老地主 015
巴拉达 019
绵长的、惨白的阴云 021
私奔 023
秋日的黄昏 027
让我携着你的手——去郊野 028
你可曾注意到，我不苟言笑的友人 030
秋天 032
小花 034
涅瓦河 036
春日的黄昏 040
我与你分手了 041
人，这样的人有的是 043
群氓 045
我的祈祷 047
那个早已忘却了的名字 049
生命的终结 051
费佳 053
致 A. C. 055
B. H. Б. 058
变奏曲 060
一个夏日的夜晚，我心烦意乱 064
为什么我要把那行让人沮丧的诗句反

复吟诵 066
暴风雨疾驰而过 067
致＊＊＊ 069
呼求 071
安谧宁静自何处漾来？ 075
我在湖上悠然游荡 077
一个人，重又是我一个人 078
自白 082
乡村 085
致卡-奥·法尔恩加亨·冯·恩泽 097
（摘自一首烧毁了的长诗） 099
温莎的槌球 101
梦 104
山雀 106
黎明 108
谜底 109
离别 110
（为玛·彼·包特金娜的纪念册题诗） 111
（对阿·费特一首诗的模拟讽刺小诗） 112
（即兴诗） 113
讽刺短诗 114
（德鲁日宁） 114
（凯切尔） 114
（尼基坚科） 115
（库德里亚夫采夫） 115
（致叶·雅·科尔巴辛的信） 116
（致阿·阿·费特的信） 122
（讽刺一个男孩——百知百晓） 134

叙事诗 139
巴拉莎 141

散文诗 191
一、Senilia 193
乡村 193
对话 196
老妪 198
狗 201

对手 202
乞丐 204
“你会听到愚人的评判……” 205
得意的人 207
处世箴言（“假如您想让……伤透脑筋……”） 208
世界末日·梦 209
玛莎 212
傻瓜 214
东方的传说 216
两首四行诗 219
麻雀 223
骷髅 225
干粗活的人和双手白净的人·对话 226
一朵玫瑰花 228
最后的会晤 230
门槛·梦 232
造访 234
NECESSITAS, VIS, LIBERTAS·一个浮雕 236
施舍 237
虫 239
菜汤 241
蔚蓝的王国 243
老人 245
两个富翁 246
记者 247
兄弟俩 248
纪念尤·彼·弗列夫斯卡娅 250
利己主义者 252
天神的宴会 254
斯芬克司 255
仙女 257
敌人与朋友 260
基督 262
岩石 264
鸽子 265
明天，明天！ 267

大自然 268
“绞死他！” 269
我会想些什么？ 272
“玫瑰花曾经多美，多鲜艳……” 273
海上行 276
H. H. 278
停住！ 279
僧侣 281
我们还要战斗！ 282
祈求 283
俄罗斯语言 284
二、新散文诗 285
相遇·梦 285
我怜惜 287
诅咒 288
孪生兄弟 289
鸫鸟（一） 290
鸫鸟（二） 292
无巢 294
酒杯 295
谁的错？ 296
处世箴言（“你想做个心安理得的人吗？”） 297
爬虫 298
作家与评论家 299
“啊，我的青春年华！啊，我的蓬勃朝气！” 301
致＊＊＊ 302
我在高高的山间徜徉 303
当我不在人世时 305
砂漏 306
我在夜间起来 307
当我独自一人……·幻象 308
爱情的道路 310
空话 311
纯朴 312
婆罗门 313
你哭了 314

爱情	315
真理与正义	316
山鹑	317
NESSUN MAGGIOR DOLORE	318
投身于轮下	319
呜啊……呜啊	320
我的树	323

抒情诗

黄 昏

（抒情歌）

河水偎依着陡斜的崖岸进入梦乡；
天空消退了晚霞的余光；
点点轻舟，滑行在迷茫似烟的远方——
　　我默默地伫立在河岸上，
　　心中满溢着幽思与奇异的遐想。

老橡树，这苍老的森林之王，把它那
虬髯纷披的头低垂在沉睡的如镜水面上；
宁静安谧的难以名状的美妙时刻来临了，
　　这是昼、夜与明、晦的会合迭转，
　　而天空，依然如此明朗。

万籁俱寂：阒静如噤！ 万籁俱寂：寥无一丝动静！
天上地下——均已沉入深深的梦境；
唯有河上偶尔漾过些许波影：
　　那是树叶在轻轻坠落；是风儿在太息；
　　到处是一片宁静——除却我的这颗心。

是的，我知道，在这神圣的时刻，
是大自然在神秘地启示着我们——

它的声音沁入我惶怵的灵魂，
　　那是一种预言，它详悉未来的底蕴，
　　那是一个内在的声音，神圣而永恒。

四下里肃穆一片（正合我意），如入坟地；
岑寂压抑着一切活跃的生机；
生命的运动沉睡了；自然的威力在憩息——
　　正是这夜的寂静，勾起我
　　心中美好而奇异的思绪。

如果这种梦境——正是我们所期待的、
与我们息息相关的征兆，那将何如！
这边有光明与黑暗的更迭轮倒——彼方，
　　则唯见欢乐痛苦与混沌澌灭相汇交；
　　若使这边长夜不晓——那边，那边又将若何？

我百感交集而悒忧：
我的眼睛枉然向自然询求，
可它兀自在深梦中勾留——
　　我黯然，只奈那生命的奥秘，
　　竟无人得以悟透。

（1837 年 7 月）

致美第奇的维纳斯[①]

专司美、爱与快乐的女神！
你再现了那早已逝去的日子、那代人的
　　迷人的遗训！
热情似火的埃拉多斯[②]所珍爱的作品，
你何等地甜美，你披裹着的炫目的
　　神话，[③]何等地令人销魂！

你不是我们的教民！ 不，你献上
爱情的苦涩的醇酒，让那些热情的
　　南方之子敞怀酣饮！
在精妙绝伦的艺术丰满之中，
是命运赐给他们与作品间那种
　　灵犀相通的感情！

然而，他们炽烈的激情使我们感到陌生而茫然；
对他们的爱情与狂热的声音，我们更难详谙；

---

① 公元前三世纪罗马的一位无名雕刻家塑成的维纳斯。因属于中世纪佛罗伦萨的富豪美第奇（后为欧洲最大的旅行家）家族所有，故而得名。
② 古希腊人称呼自己的国家为埃拉多斯，一八八三年后曾作为希腊国家的正式名称。
③ 根据古希腊神话之一说，维纳斯生于塞浦路斯岛浪花中。

　　我们的心灵已经萎蔫。
他们乐天知命，但懂得生命之三要端：
热中于**荣誉**，愿为**祖国**赴死，
　　为了**爱情**，一切均可以扔在一边。

在油橄榄的荫覆之下，靡丽的希腊，天空
如此地明亮，唯其如此，你，阿佛洛狄忒[①]
　　才会诞生在这个地方。
那里，清波中憩息着美丽的塞浦路斯岛，
那里，希腊的女子匀称而苗条，东方式的
　　眼眸热焰漾荡！

我非常喜爱那个美妙的奇思异想！
从前有一天；陆地在把什么人盼望；轻风
　　妖媚地伏偎在水的平原上：
就在这个神秘温馨的瞬间，
从雪白的泡沫中诞生了一位美人——
　　玉立于波浪之上！

据说，那时，苍天不堪思慕的苦恼，
将它的穹顶俯垂在你之上，似乎在
　　把你的吻寻找；

---

① 罗马神话中的维纳斯，在希腊神话中称为阿佛洛狄忒。

微风伸展它轻似空气的翼羽抚摸着你；
那深渊似的海水也虔敬而热切地前呼后拥着
　　涌向你的双脚！

奥林匹斯山[1]接受了你！ 让你俘虏的
希腊人把你视为天地的精魂、
　　美的女神！
在一个隐秘的谷地上有你美丽的神庙，
荫庇它的香桃木与白杨枝叶繁盛，
　　披着月亮的光晕，

你的女祭司们在合唱，（白色的
穹顶下，庄严地缭绕着神香的
　　袅袅轻烟的芬芳，
神秘的祭酒开始了）
她们用故乡的甜蜜如吻的语言
　　狂喜地把赞歌高唱！

早已化为尘土了，你的神庙；少女的
合唱再不会响起；风风雨雨中，
　　神香的轻烟荡然散消。
你娇媚的塑像，让那些炎热亚洲的

---

① 希腊神话中诸神所在地。

儿郎野蛮地毁损掉，衰惫的希腊人
　　也没能把你保护好！

雕刀之下，女神，你得到了复生！
那最后的一次，是伯拉克西特列斯①，
　　他手持几可视为圣物的雕刀，
颤栗着，动容地将自己的作品塑造，
就在那无知无觉的雕像身上，苏醒了生命的
　　精魂，大理石化成了神！

我们得以重新在你身边鳞集云汇，
屏气敛息地举着双眼，
　　对你欣赏品味；
你重又成为我们的主宰！ 同样地，你征服了
来自远方的儿孙，用你的典雅娇娆的风姿
　　和你的不朽的美！

（1837 年）

① 伯拉克西特列斯（约前 390—前 330），古希腊有名的雕塑家。诗中所指的是他创作的大理石雕像《尼多斯的阿佛洛狄忒》。

给亚·尼·霍夫林娜[1]

我不爱你——
我日日夜夜地对自己念叨个不停。
你不爱我——
我不无悲哀地看得分明。
你是否爱上了谁?
我忧伤地想要去弄清。
为什么我要整日价在那个
被忘却了的旧梦中沉迷不醒?
我呀，只要一听到这银铃般的声音——
我的心就会燃烧起来跳个不停。
倘或你在我近边——我会
害怕遇上你而心神不宁:
我，又惶恐又被牢牢地吸引……
莫非我确乎动了真情? ……

(1840 年)

① 亚·尼·霍夫林娜为屠格涅夫于四十年代在罗马时认识的一位少女。

俄罗斯人

您对我说“咱俩分手吧，
众人在非难我们，我们能有什么指望；
您会感到苦恼；可我得努力把您遗忘”。
就是那个夜晚；苍白的云层中漂浮着月亮，
薄雾笼罩在沉睡的花园之上；
我大惑不解地听着您这么讲：
这般的春意荡漾，您的眼睛又如此明亮——
　　缘何我感到如斯地颓伤？

您无可指责——您是自由的，我明白；
我听从您，我走开——可是该怎样走开？
在这个无限悲怆的时刻，
是淡淡地致意，默默地离开？
还是向您表白：我爱您，——我感到茫然无奈；
过去了的我无力挽回；
但我万难将爱情与生命分开——
　　我不能没有爱。

莫非是一切都已消泯——就好似
我们之间素未有过蜜意柔情！

兴许是我俩从不曾心心相印——合该
如此轻易地将我俩的盟誓弃之如敝屣!
我爱您——您却不曾有过真情——
不! 不! 请别回答:是! ——
您施予我的是笑容与虚伪的辞令——
　　我交付给您的是我的这颗心。

走吧——在扞格不入的人群中曳足低徊,
你得生活下去,像别人一样去虚掷年岁;
责任、需要、操心事儿会摞成堆——
那全是些日常琐屑,伧俗乏味。
离却了欣悦自在的幻想世界,
便再也无力去领悟神圣与美——
唯有悲凉地祈盼那新的启示,
　　点亮我那几被损毁了的心扉——

我还能葆有些什么呢——不用起誓——
对于爱情我永远惘然;没准会
重又——疯狂地——去爱——用我
这颗得不到回报的心灵的全部渴盼。
也许——会的。然而,纵令那
让人心仪的人儿与充满诱惑的人寰
既迷人又绚烂——那心灵之花盛开的时代
　　与深刻的切肤之感却已一去不再回返。

是时候了！ 我走——不过，在这之前——
请伸过手来——这便是我爱情的指归与了结！
这个时刻——分离，已到来……
现在——接踵而来的将是一连串平庸的日子，
重又是梦，重又是冷漠的悲哀……
啊，我的上帝！ 别让我忘怀：
生命是有力量的，我仍然年轻，
　　我能够去爱！

（1840 年）

我攀援在绿色的山冈上①

我攀援在绿色的山冈上，
每当黄昏时光；
你，可爱的天使，
我总企盼着把你遇上。
曾记否，那苍松的絮语、
青草的窸窣和小溪的丁当……
唉！ 打那时候起，我仿佛掉了魂似地，
总在山那儿踯躅徊徨。

天上的星星和林间草丛中的飞萤
是否已发出亮光——
我奔向熟悉的小丘，
越过田野踩在露水上。
月色皎皎！ 迷人的明月呀，
你慵懒地还不肯露出脸庞……
风儿呀！ 越过峦嶂，
你吹来了层云，从海的那方！

---

① 原诗无题，以第一行诗为题。

我收住脚步……心儿犹在跳荡。
那是什么声响？ ——是酣睡中的
树枝在摇晃……这时，
一只夜行的甲虫正掠过我头上。
打从村子里传来了歌声与犬嗷……
闪亮了，点点灯光……
月亮越走越近……兴许，
她是来把大地的孩子们探望？

我听到，在沙土混杂的小道上——
〔………………………………〕①
有双小脚在飞跑，
这是你的可爱的小脚啊，
于是，我拥住了你把你托在手上，
（像母亲抱起孩子那样……）
唉，打那时候起，我仿佛掉了魂似地，
总在山那儿踯躅徊徨。

（1840 年）

① 六角括号系原文编者所加，表示原文脱漏，下同。

老地主

一

我的寿数已到尽头……
侄儿，你听着，老人有话哽堵在喉。
过去我常把你责怪，
人前背后，数落不休——
有什么办法啊！
我没能学会爱……
你的老叔父要请求宽宥，
我的财产将归你所有——
我闭眼后，你不必哭我；
你可以走，只消向我告个别、挥挥手。

二

想当年，我年轻健壮，吃过喝过，
我爱抚过漂亮的姑娘，
宴飨友朋恣情作乐过，
我曾纵犬把数以百计的狡兔捕获……
有时，我进城去——
商人们便争先恐后地前来迎我……
我有豪勇好斗的盛名，又是个

一流的巨富、好样的棒小伙。
要我抛尽全部的财产——我并不在乎……
只是我从没有爱过!

三

是什么缘由，可真也难说：
那并非因碌碌于世事俗务——
也不怨时光流逝岁月蹉跎——
我就是不曾去爱——也没有
被人爱过；待到老来，
备受悲凉的折磨——
在这个可怕的、最后的时刻，
你看——只落得泗涕滂沱：
泪水把我的面颊烧灼，
我不堪沉重，深自愧怍……

四

唉，瓦尼亚，瓦尼亚!
我积聚财帛，建造屋宇与寺院，
可又有什么结果：
我还是没有爱过，更没有人爱我!
那么，金钱于我又算得了什么?

把我的财产尽数拿去吧——
但求死神等一等我，
好让我尝到些许欢乐……
哦，若能让我懂得什么是激情与生活——
那我将死而无憾，没话可说！

五

我是个罪人，瓦尼亚，
我理该回顾自己的一生，
好向上帝作交代，
你们可把神父去请来……
我感觉到了——有位佳人，
眼看就要向我走来……
我听到了她怯怯的步履声，
听到了她温柔热情的表白，
纵令这种非人间的意念，
不该占据我这白发苍苍的脑袋。

六

我看不清了……死亡已蹑近我身……
啊，别了，不结果实的一生！
啊，瓦尼亚！ 可怕的悔恨……

帮帮我，亲人……

切记，去替我告诉儿辈们，

他们的先人于悔恨中死去，

他老泪纵横，五内如焚，

巴拉达[①]

他站在长官面前不开口；
眼神阴郁——垂着头。

他壮实的肩膀上，天鹅绒的长衫已褪下，
只见大张着的伤口，鲜血潸潸地流。

他的双手被铐，脚上钉着铁镣，
这不，他再不能在黑夜的森林里游荡！

他喘着粗气——心中暗想：
真糟糕！……看来，过去了，我的好时光。

“怎么样，小伙子，给逮住了？逍遥够了吧！
我的网外的狼浪荡得太久啦！

怎么，成了哑巴？我没少听说——
你得意的时候还是个歌唱的行家；
敢情你今儿个不能尽兴唱啦……

① 巴拉达（баллада）即故事诗。

等明天，我们倒要听听你怎么个唱法。”

“你甭想听我唱，甭想！”他阴沉地回答，
“明天，我才不唱呢——明天，我也无须唱；

明天我将豪迈地赴刑场；
你自己唱去吧，想必，你会如愿以偿！……

我们唱着歌儿走出青纱帐；
在把商人和货物带进峡谷时，我们歌唱……

你合该上那儿去听听才好——我们唱得很协调；
不过，商人们听歌解闷儿的时间可长不了……

你瞧，咱还高歌——在你家；
我纵杯酣唱——痛饮你的琼浆；

我干着杯——品尝着主人家的膏粱；
我甜滋滋地亲着嘴——跟你的婆娘。”

（1841年）

绵长的、惨白的阴云[①]

绵长的、惨白的阴云，
低低地在昏暗的大地上空浮荡……
寒气袭人……几匹马儿步调匀整，
攒蹄在夜行的路途上……

我行进着——不知所之，茫无目标。
这，留待我过后去思考。
我行进着——向人们道过别——
也告别了我所挚爱的一切。

车夫默坐着，忧郁地
耷拉着脑袋，信马由缰……
沉思冥想的我——向隅垂首——
与他一样惙惙忧伤。

是秋天……萎黄了一片片莽草，
金风在扬飙，在悲号。
我的心隐隐地颤抖、紧缩，

① 原诗无题，以第一行诗为题。

为一种异样的惆怅所煎熬。

是出于对死的悬心？ 还是在怜惜我这
因命运的砥砺而变得粗陋了的生命？
我的车夫低声哼唱了起来——
寥廓的天空更见晦冥。

(1841 年)

私奔

我的马儿在嘶叫，又蹬又刨……
勾起了我情思袅袅——
我那几曾割舍了的幸福啊，
那双热烈地顾盼的眼眸。
啊，那时光，那过去的时光！ ……
夜深沉……我睡不着……
我感到烦躁……于是我喊叫：
“喂，给我把马鞍备好！
屋里，我待不住啦，
睡去吧，只要你们睡得着。”

乌云遮蔽了月亮，
幽暗的田野沉入梦乡；
我的硕大的影子
在我面前晃荡、晃荡。
森林似乎也已酣睡——
尽管树叶还在微微摇晃……
我把脸颊贴在马鬃上，
画着十字为自己祷告，
我一边轻轻地哼唱，

一边把往事缅想。

瞧，就是这间小屋——叩窗……
“是你，亲爱的？”
“宝贝儿，起床，让我们
谈谈，就像从前一样。
你要愿意，只消给我一句话：
我已为你准备好了新房；
夜色昏冥，烟雾迷茫——
我的马儿强劲精壮；
咱俩尽可以哭呀笑呀——
快上马跑吧，哪怕哭它一场！”

门儿吱嘎响起……“亲爱的，亲爱的，
我终于盼来了你！ 你可知，
拆散了我俩的是流言蜚语？
这并非我的不是……”
“哦，我不清楚！ 我只是
来接你；不管是谁的不是——
没有了你，我的生活失去了意义……
我曾努力想把你忘记，
可是，思来想去——
我终于奔向了你。”

她是那样地姣好！……
我们这就比翼偕老……
她脉脉含情地把她的头
向我胸口偎靠！
我温柔地照顾着她，
为她神魂颠倒……
一切静悄悄，全都进入了神奇的
梦乡——唯有马儿在撒蹄欢跑；
我耳边有她柔美的低语，
宛如微风在轻轻絮叨：

“自君别后，家里
就把我许给了别人。
我呼天抢地——可狠心的
兄弟们铁了心要毁掉我的一生。
我可是怎样地把你苦等！
那个未婚夫也真吓人！
他会冷不丁地挪近身，
抖动着白胡髭，撅起嘴唇，
肥肥的腮帮子一鼓，
凑过来就要亲吻……”

我哈气暖和她的手指，
在她的眼睛上印下我的吻：

“忘掉过去的未婚夫
和过去的怨恨！
要向他算账嘛，自有你的亲人……
我将用弯弯的马刀，
把他的白胡髭砍得不留一根，
还连同他那个愚蠢的脑门！
看门人，看门人！ 快开开！
咱这儿来了女主人！”

（1842 年）

秋日的黄昏[①]

秋日的黄昏……天高气爽，
光秃的小树林显得空荡荡，
我枉然朝树上凝眸，竟没有
留下一片树叶——它们全都
散落在林间小径的沙土上——
它们静静地躺在那儿，
犹如久久地沉睡在惆怅的
胸中那满坑满谷的无言的悲怆。
〔……………………………〕

（1842 年）

① 此诗是献给塔 · 亚 · 巴枯宁娜的一首诗的开头部分，现以第一行诗为题。

让我携着你的手——去郊野[1]

让我携着你的手——去郊野，
沉思的朋友，我的心灵之交……
用自己的意志决定你我一生的那个日子就在
今朝——你是否视自己的生命为至宝？
要不，那就让我们把这个日子抹掉，
举手之间我们便能把它一笔勾销。
一俟这个日子过去后，一切我们所
挚爱的或为之苦恼的，均可全然忘掉……
就让这个日子永不回返地飞越
纷纷扬扬的让人惶惑的生活，
如同无邪的温柔的爱情，
掠过无信仰的人群倏然逝消……
河上，淡白的雾气团团升起，
朝霞庄严地在燃烧。
啊，倘若我们的重逢能像
最初的邂逅那样，那该有多么美妙。
“可是，为什么还要
覆辙重蹈？”你回答。

---

① 原诗无题，以第一行诗为题。

忘掉吧，一切沉重的烦恼，
请把我们的聚散离合给忘掉。
相信我：我感喟愧疚而难平心潮，
我的心如此贪婪地向往着你，
犹如浪花毋需吁请
湖水的允诺而追波逐涛……
你瞧……一览无遗的天空如此
瑰异地在闪耀，你还能极目四眺。
有了这种宁静与爱的天赐，
任何疑惧皆属徒劳……
我敢说，我心灵深处葆有着一片圣地，
即令我是如此的微不足道。
我的心祛除了恐惧与忧虑，
已不复愧赧与骄傲……
啊，我们去吧——不论是
默然相对还是娓娓絮叨，
激情，或喧腾有如波涛，
或似乌云沉睡在月亮的周遭——
那个瞬间将何等瑰丽美好，
我会与你共度这一永恒，我知道。
这个日子兴许是得救之时，
兴许，我们将能神会心照。

（1842 年 6 月 2 日）

你可曾注意到，我不苟言笑的友人[①]

你可曾注意到，我不苟言笑的友人，
啊，我久已疏阔了的青春时代的友人，
每一天，几乎都会猝然出现一种
　　令人深深不安的寂静的一瞬？

在这寂静中，有着某种超乎尘世的东西
难以名状……心灵在肃然悬望：就在这
一瞬间，满腔的热血与沛然生气，
　　似乎因死的意念而变得麻痹颓唐。

啊，如果在这个瞬间，你禁不住
愁肠百结，热泪盈眶……那么，
请你设想，我又复站在你面前，
　　正在把你的心绪揆度思量。

回眸已逝的爱情，会让你粲然展颜；可千万别，
我的友人，因沉湎于过去而愧赧……

① 原诗无题，以第一行诗为题。

生活中，哪怕是瞬间的情谊已弥足珍贵，
　　我亦唯求能与你共葆这瞬间的契缘。

(1842 年)

秋 天

我爱秋天，有如我爱忧郁的眼神一般。
在多雾的宁静的日子里，
我常常走进树林，憩坐其间——
眺望那森森古松的冠盖
和白茫茫的云天。
我爱噙着酸涩的叶片躺下，
浮着微笑，慵懒地把身子舒展；
我聆听着啄木鸟的尖细啾号，
沉浸于瑰异的梦幻。
青草已经萎蔫……
上面洒满了清冷的光焜……
我的整个心灵也蒙上了
一层淡淡的、悠忽的伤感……
哪一件往事我不曾重温？
还有什么幻梦未及将我造访？
此刻的松树伛下身子，仿佛具有
灵性一般，正若有所思地在喁喁交谈……
放眼望去，却又如鸟飞一片，
而猝然吹来的风儿，

也禁不住地闹腾在

这一片黑压压的枝虬间。

(1842 年)

小 花

你可曾——走进幽暗的小树林，
在那春日新绿的青草地上，
找到过一朵质朴无华的小花？
（那时你孤独一人——漂泊在异国他乡。）

她在把你盼望——在沾满露珠的
丛草中孤独地开放……
为了你，她葆藏着自己纯洁的芬芳、
自己的最初的馨香。

从颤悠悠的花茎上你把她摘下，
舒徐地含着笑、爱怜地
把她插在你的纽孔上，
可是花儿，这就让你给毁啦。

于是，你上了路，一路尘土飞扬；
空中蒸腾着巨大的热浪，
四周——田野被烤炙得发黑，
而你的花儿早已萎黄。

她在幽静的荫凉里生长，
由清晨的雨露滋养，
但她却被灼热的尘雾戕害，
在当头的骄阳下殒殇。

奈何？ 怜悯也是徒然！
要知道，上帝创造此君，
是为了给你的心
作伴于短短的一瞬。[①]

(1843 年)

---

① 最后三行诗被陀思妥耶夫斯基(1821—1881)用来作为他的中篇小说《白夜》(1848)的题词。

涅瓦河

不——无论是
黎明前的岑寂，抑或
是日中，是酷暑，
都不及我眼前的
涅瓦河这般雄伟肃穆。
但见大地与天空——均氤氲于
浓艳的似火晚霞中……
我凝神伫立，
抛却纷纭的尘事——
一任我沉思的目光，
随着浩淼的涅瓦游荡。
骋目纵览：飞驰的水流
被覆着一层玫瑰色的光焰，
它悠然地拍击着、亲吻着
船舸的黑漆漆的两舷。
船儿真不少……鳞次栉比地
一条紧挨着另一条。
它们似乎从未同冥茫的
大海与风暴打过交道——
就连那些在微风轻拂下

柔曼地招展着的如林旌旗，
似乎也把已曾有过的
狂放的激情忘掉。
城墙近处，
有一条船来自远方，
正昏昏欲睡地在轻轻摇晃，
它的倒影静静地映在水面上。
船桅旁，一个水手
在篷帆下憩息——卧躺，
黄昏的余辉怯生生地在抚摸
他那张非俄罗斯的脸庞，
不一会儿便悄悄地逐渐退让。
你来自何方？ 多久停靠？ 为什么
远航来到我们这个烟雾迷濛的地方？
又为什么带着异样的微笑，
仰望着我的祖国的穹苍？
你在想什么？ 可能，
是往事在萦绕——
昔日的爱情、离别的时刻
和忧伤的眼神——于是，
那告别的吻，似乎
重又在你唇间燃烧。
也许，这会儿，她正
坐在窗前……不再愁苦；

可是，就好比风吹蜡炬，
炽燃着，消融下去……
也许，她把双手热烈地
紧靠在自己衰惫的胸间，
于奄奄一息中捧读着
你那些忧郁的雁书。
哦，不……我这是在把
自己的思绪加之于他人——
这个人不曾枉然地去挥泪吞声，
不曾尝味过骚动不宁的苦闷，
这个人没有经受过合与分，
也没有体验过死灭与苏生……
没有！ 他无所顾忌地爱，
纵情地吻。而在那里，
在他的幸福的国家里，他的
海水湛蓝、辽阔广大的国家里，——
火焰般的芦荟花儿，在白泛泛的
橄榄树下盛开——这个国家，
充满了明亮的光照与色彩，
这个国家的夜晚慵困难耐，
面对这个国家他激情满怀，
在这个他颤栗着去热烈拥抱的国家里——
那儿，她漫不经心地
坐着纺纱，在把他等待……

早起，她一面编着发辫，
一面唱着歌儿走来，
叹着气，眺望着蓝色的大海。

（1843 年）

春日的黄昏

金色的云团，在
休耕的土地上空飘荡；
闪烁的露珠，洒在
广袤沉寂的田野上；
雾气弥漫的谷地里，小溪
潺潺流淌——远处，春雷涌响，
在白杨树的叶丛间，风儿
懒洋洋地振颤着它那伸展不开的翅膀。

高耸的大树睖瞪着发呆，
幽暗的黛色树林肃穆绝籁，
唯有叶片尚未入梦，
间或在浓荫深处私语窃窃。
但见爱的星辰在
晚霞的余辉中忽闪，
于是，心儿变得虔诚轻盈起来，
轻盈啊，一如回到了孩童时代。

（1843 年）

我与你分手了①

我与你分手了——
我不想隐瞒，
那时，我爱着你，
真心实意地爱着你。
可是，我俩常常相对无欢。

我固执地沉默不言——
对你那忧郁而深沉的眼神
我并不了然。

你常向我讲起
那个美妙的乐园。
然而天啊，这样的福祉
如今于我已隔如天渊！

相信吧：自此以后，
我历尽生活，饱经风霜……

① 原诗无题，以第一行诗为题。这首诗是献给塔·亚·巴枯宁娜的，屠格涅夫与她在一八四二年三月分手。

我已将几多欢乐和
愚蠢的眼泪遗忘。

(1843 年)

人，这样的人有的是[①]

他无灾无难地在老姑妈的
　　家里长大，
十五岁时，他对肺痨与死亡
　　感到可怕。

十七岁上，他长成了一个结实的青年——
　　可是日甚一日地
他沉湎于无由无端的
　　“空想与梦幻”。

他会眼泪直流；悲天悯人地
　　把众生斥诟——
而对自己的命运，他更是
　　无情地诅咒。

之后——他不能驾驭自己那颗
　　多愁善感的心，

① 俄国诗人涅克拉索夫（1821—1878）曾仿用过这首诗的题目，写了相类形象的诗《这样的女人有的是》（1845）。

对所有脸色苍白的姑娘均报以
　　热烈的爱情。

这个不幸的殉难者，热中于
　　当诗人骚客……
可却不敢用自己的指头，
　　去碰一碰**她的**手。

后来——他把爱情转为友谊，
　　突然变得沉默寡言……
他认了命——就去服役，
　　进了步兵团。

以后，他娶了个女邻居，
　　穿起了长袍子，
像只抱窝的母鸡似的——
　　繁育着小鸡。

他吝啬、昏聩又长命——
　　得了个好心人的声名……
…………
　　…………

（1843 年）

群氓

（献给维·格·别林斯基）

我在我亲近的……和陌生的人们中间
　　漂泊彷徨——没有目标，不存希望。
他们消闲的游戏，有时我觉得可笑……
　　而我深感自己的痛苦更为贻笑大方。
群氓不承认这种痛苦，
　　群氓——我们的沙皇——矻矻于酒足饭饱；
对于心性**沉思**的人，
　　他却视之为偏执狂。
你是正确的，群氓！ 你是巨大的，
　　你泱泱汤汤——深不见底，像大海一样……
不论是无病呻吟——还是创巨痛深，
　　统统都淹没于你的狂涛巨浪。
你那么有力量……上帝明鉴——
　　也因此，他在你上面飞翔得这等仓皇……
我可以对你表示崇敬，
　　可是要我爱你——休想。
我不会为你流一滴眼泪……
　　我也不存一丝从你那里求得幸福的希望——
毋需我多余的关顾，你也会自我膨胀，
　　就像暴风雨中的海洋。

自豪吧，群氓！ 欢跃吧，我的衮衮诸公！

　　为了你，天空才辉照得如此明亮……

我庆幸，毕竟，我还是不因人热的我，

　　我不会对你唯唯否否，为了一份口粮……

我对我所爱的保持缄默，

　　也不把我的狠毒明讲，——

因为，我不愿用赞颂来哗众取宠，

　　也不想以嘲笑羞辱群氓……

我只对我自己诉说梦想，

　　跟真诚的友人纵谈抵掌……

而今，我已告别了那种可笑的天真的美梦，

　　如同告别我孩提时代的眼泪一样……

因此……我在数难逃……

　　我面带乖张峭急的冷笑——无言的乖张，

去痛饮哪怕是苦涩的——

　　却能使人一醉方休的琼浆。

（1843 年）

我的祈祷

当令人痛苦的狠毒的
思绪把我攫住……
当自来就深信不疑的
那一切神圣，如同
腐朽的树木那般离析分崩……
当现实生活如此盛气凌人地
冲着你闹腾——
我的心便会惶怵颤栗——
却无力加以抨击质问……
当我意识到，我只能
枉然喊出我热狂的呼声——
哪怕用这种热烈而迂拙的激情
也不能点燃任谁的心魂，
当无人葆有一丝希望，他们
甚至都从未有过迷惘的苦闷，
当人们把苦难视为畏途，
当老人们是那样的正确……
那时候——那时候，我的祈祷
将热烈地上达于他，

上达于我所渴求的

充满活力的斗争之神。

(1843 年)

那个早已忘却了的名字[1]

那个早已忘却了的名字，
忽然，重又把我触抚：
那消逝了的遥远的爱情
和久已平息下来的痛苦，——

我感到愧赧，经过了悠长的时日，
我心中犹封存着这些了无意义的东西，
无论是热吻，抑或是眼泪——
我什么都不曾忘记。

我感到愧赧，是的；我又感到悲戚，
难道我会认为，而今，
生活已不再把我蒙欺，
我能把持吾心直到最后的一息？

那昔时幼稚的梦呓，
那如同春日吐艳的花儿一般
在我心中怯怯地绽开的一切，

① 原诗无题，以第一行诗为题。

我有什么权利可以倨傲地将它们抛弃？

我感到悲戚，那是个我本该
给以蔑视与嗤笑的回忆……
而我重温着熟稔的名字——
再次在往事中沉迷。

（1843 年）

生命的终结

冬夜——（一个过去年代的故事）
有个老人蹚行在
　　黑魆魆的树林里。
　　　　他活在这世上
　　　　已近一个世纪。

马车把雪地碾得吱嘎吱嘎。
松树颤巍巍地晃着枝桠。
　　一颠一摆的马儿
　　　　磨蹭着把车拉，
　　　　活该呀叫人抽打。

四十个年头他离乡背井，
生活到处都那么艰辛——
　　…………………………
　　　　他追悔……
　　　　看来，时辰已定！

经历过来了；够了，到最后……
怎么？ 让人宽慰地活到了头？

眼下他依旧藏身于
自己的洞穴，
如同一头野兽。

这不速之客——并非
为生存而归来……
在这世上老狐狸将不复存在，
就好比是黑夜里扔进昏暗的
池水中的石块。

(1843 年)

费 佳

寒夜——小伙子跨了匹疲惫的马儿
默默地走进村庄。
滚滚浓雾，一片白茫茫，
大大小小的星星，竟没有一颗缀在天上。

他遇到老奶奶在栅栏旁：
“奶奶！ 你好！”“呀，是费佳！ 你打
哪里来？ 去了什么地方？ 连信也不捎！”
“我去过的地方——你这儿哪能望得到！

妈妈还健在？ 兄弟们都好？
我家的木屋可平安，没烧掉？
来莫斯科的村里伙伴说——
斋戒期间巴拉莎成了寡妇，消息是否可靠？”

“你们的家与过去一样——金瓯无缺，
母亲健朗，兄弟们安康，
邻居死后——巴拉莎当了孤孀，
个把月后，她同别人拜了堂。”

狂风骤起……他轻轻地吹了声口哨；
他望了望天空，压低了便帽，
然后，默默地挥挥手，轻捷地
掉转马头——消失了。

（1843 年）

致 A. C. [①]

我认识您……已经很久远，
说真的，我感到抱愧与遗憾，
那会儿，我对您并不在意……
您才十几岁——
刚踏进社交圈……
我与您在一次舞会相见。

有人把我引到您身旁——
我勉强陪伴您穿行着，
心中却充满了焦灼张皇……
那时——那时，我早已堕入了情网；
不过，那次的恋情只不过是
一场春梦，苦涩又虚妄。

我正在渴盼着一位佳人，
该回答您的，我都没顾上应声；
但我注意到您的那双纤手……
注意到您靓妆的动人，

① A. C. 为何人，无从查考。

还有您的处子的声音
与美丽的聪慧的眼神。

然而，年轻的心灵中的一切，
犹在轻柔的浅梦中沉睡，
待我猛然醒来，
惟余一片神秘的幽邃……
至少，我能记清，我离您而去，
隐约地挈带着几许悲悔。

是机缘使我们再次相遇上……
今天，我蓦地见到了您。
您变了，如同达吉雅娜那样；
我还从未倾听过这样的谈吐，
从未见到过这样的肩膀，
这样的雍容华贵、体态端庄……

您的大理石般的面庞
与您冷然的双唇，
镌刻着造物的极富魅力的印痕……
出现在我眼前的您
如此地光彩照人，
宛若一尊高傲的苦难女神。

阒寂之中我向您吁请：
请向我启开您的生命之门……
然而，您的眼神令我怯畏……不，不！
我已不再年少气盛——不，我与您并不相称，
在与激情和困乏的斗争中，我早已
耗尽了我的生命，耗尽了我的心神。

（1843 年）

В. Н. Б. ①

春日里，啊，我温顺的安琪儿，
你散步回来，走到我身旁——
带着无邪的微笑伸过手，
把我喜爱的花儿送上；

我从那只纤手接过花儿，
欣喜地把嘴唇贴到了花儿和手上……
我无忧无虑地憩息着，
周身沁濡着我的花儿的与你的芬芳。

我欣赏着你纤细的身姿、纯洁的肩膀，
看着你明亮的大眼睛的宁馨和安详，
我聆听着你稚嫩的语声，
像是听到了昔日奶娘的故事一样。

我凝视着你的脸庞，新的欢乐重又
在我心中涌涨——我又怎能把你看够……

---

① 本诗是诗人为母亲的养女瓦尔瓦拉·尼古拉耶夫娜·波格丹诺维奇而作。

在我的森冷的灵魂里，只为你啊
才虔诚地把温柔与爱情葆藏。

(1843 年)

变奏曲[①]

一

当你那么快乐、那么温存地
望着我的眼睛的时候，
我安详地吻着
你长长的眼睫；

当你羞答答地在我怀里
憩息的时候，
我怯怯地欣赏着
你沉思的美；

当月亮在葱茏的花园上空
升起时，我与你
并肩坐在窗前，
了无挂虑地共着呼吸；

来到了那时刻，别离的悲愁，
我悲怅地打着楞儿，默默地，

① 这是一首十分流行的抒情诗歌。诗行“多雾的早晨，灰白色的早晨”被俄罗斯诗人勃洛克（1880—1921）用来作为他的诗《灰白色的早晨》（1913）的题目。

颤抖的双手捂住我的口，
又紧握在心头。

告诉我：我曾否预卜到
我俩的分离纯属命中注定？
我是否该恚怨那
早已失落了的爱情？

(1843 年 7 月)

二

啊，不是吗，从前，我曾同你漫步在一起！
多欢快啊，喧闹的树林！
我暗暗地怀着深情，
凝视着你天蓝色的眼睛。

于是，我的心欣喜若狂……
凝固的血液重又沸腾起来，
大地上鲜花盛开，
爱情之花也在怒放。

春日，那使人心醉的时光！
小溪温柔地潺潺作响，

阳光明媚地照射在
林间朦胧的阴影上！

河水沛然地在流淌！
树叶多么轻快地晃摇！
云彩又那样悠然地飘荡！
你呀，喜滋滋地漾着微笑！

于其时，我把其他的一切一切全抛掉！
于其时，我潜心默想，思绪幽眇！
我被神秘地感动，
并不为我的眼泪害臊！——

而今，这样的日子对我们来说有多么可笑，
就连那相思之情在我们看来也如此荒唐，
就好比是一枕黄粱、
一首空洞拙劣的小诗一样。

（1843 年 7 月）

三

（在路上）

多雾的早晨，灰白色的早晨，

冰雪覆盖在凄凉的田亩上，
你会情不自禁地把往事回想，
忆起那些久已忘怀了的面庞。

你回味着那些热情的话语，
那羞怯地渴望的眼睛，
那初次的邂逅与最后的相聚，
以及那可爱的轻柔的声音。

你吟味着强颜为笑的离别，
许多亲近的、遥远的都在你眼前闪回，
车轮不停地辚辚轰响，
你倾听着，眺望着寥廓的云天沉入遐想。

(1843 年 11 月)

一个夏日的夜晚，我心烦意乱[1]

一个夏日的夜晚，我心烦意乱，
从你姣好的脸上，我小心翼翼地撩开那
　　波浪般浓密的发卷——
而你，我的朋友，正慵懒地含笑倚窗，
眺望着岑寂昏暗的
　　大花园……

黑暗挟带着凉意，似缕缕细流
悄无声息地泻入敞着的窗户，
　　在我们头上停憩，
清香扑鼻的僻静浓荫中夜莺在悲啼，
银色的小河上晚风习习……
　　田野正在歇息。

夜的清凉洒满我的双手，沁入我的心魂，
久久地，你任由我涕泗纵横，——
　　只把感伤的眼神
举向满天神秘的星辰，对我说道：

① 原诗无题，以第一行诗为题。

“那种完满的幸福在我俩之间绝无可能，
　　我亲爱的友人！”

我想要回答，却不知怎地愣了神……
变得木讷而驽钝……接着，是令人痛苦的
　　沉默、寂岑……
你的大眼睛里闪着泪花，
一轮冷月正凄清地在你头上
　　印下她的吻。

（1843 年 11 月）

为什么我要把那行让人沮丧的诗句反复吟诵[①]

为什么我要把那行让人沮丧的诗句反复吟诵，
为什么在午夜的静谧中
那个热情的、迷人的声音
要向我飘送——

为什么？ 点燃她心灵
那隐秘而痛苦的火焰的人不是我……
而在她哭泣时，她胸中的
呻吟也不是为了我。

那么，为了什么，心儿
要疯狂地投到她的脚下，
就好像喧腾的海浪，
想要扑上那不可企及的陆地一样？

(1843 年 12 月)

① 原诗无题，以第一行诗为题。

暴风雨疾驰而过

暴风雨低低地在大地上空疾驰而过……
我走进花园，四周一片宁静——
雨后的菩提树显得清新，被染红了的
树梢，洒满了柔曼的暗影。

湿润的风儿向着树叶轻轻嘘气……
浓荫中，厚壳的甲虫翻飞振翅；
黑糊糊的草原，就像一个困睡的人，
咻咻地呼哧着浓郁的气息。

怎样的夜晚啊！ 点亮了，金色的
繁星……空气又新鲜又纯净；
树枝上水珠犹在滴沥，
仿佛每张叶片都在幽幽地啜泣。

骤然间，划起了一道闪光……迟来的
惊雷自远处滚过，挟着隐隐的轰响……
乍明乍暗中，宽展的池塘闪出钢色的粼光……
看，有幢房屋就在我前方。

月光下，一层神秘的阴影静止不动
披盖在它身上……瞧这儿，是大门，
那儿，是熟悉的台阶与门廊……
可是你，你这会儿在做什么？ 你在何方？

变温和了，固执而易怒的天公，
不是吗？ 你是否拥有了一个家，
好让你忘却忧痛，
安详地躺在它温馨的怀中？

你那颗受创的心是否还在灼烧？
会不会连一个可供憩息的港湾也没有找到？
你是否会心力交瘁地在苦挨着岁月，
在你那个早已被人遗忘的空荡荡的小巢？

(1844 年)

致＊＊＊[1]

暴风雨掠过田野倾注在
绿荫如盖的小山上……转眼之间，
云天忽见亮堂……平衍的
绿草地，泛出了饱含水分的炫光。
雷雨过去了……碧空清朗！
空气有多么清新高爽！
片片树叶妖娆地
在各自的枝条上偎靠！
晚祷的钟声在和平的
广袤田野上回荡……
让我们一起去吧，我心灵的姐妹，
一起去青翠的树林里游逛。
去吧，啊你，我唯一的挚友，
我最最钟情的姑娘，
我们将穿过曲曲弯弯的河谷，
漫步在恬静而鲜亮的田野上。
那里，成熟了的金色的
庄稼，恍若层层波浪，

① 此诗是诗人为亚·尼·霍夫林娜写的。

晚霞辉煌地升起在
安谧的大地上——
我默默地坐在
我所爱的人的脚旁……
让你的纤手，怯怯地
按在我羞涩的嘴唇上……

（1844 年）

呼 求

（摘自未出版的长诗）

请不要掐指计算那别后的分分秒秒，
请不要枯坐在窗棂前，
如此地百般无聊……
啊，我的朋友！ 啊，我温柔的朋友！
请别再黯然凝视
那缓缓移动的光照……

请不要戚戚伤怀……那一连串坐卧不宁的
日子即将成为过去……请仍然以你
雍容娴雅的笑容去把宾客接待……
你毋需有意把谈话避开——
也不必倏然垂下你的眼帘——
更不要让自己的花容霎时间转成苍白……

那活生生的幽灵，
将会越过芳菲的山丘，
沿着沾满露水的原野飞驰疾走……
它来自乌拉尔山巅——如同

萨丹纳帕路斯[①]与他的宫殿般
焚烧着靡丽的白昼……

慵懒的月亮，追随着她所宠爱的星星，
悄悄地从昏暗绵长的云层中
露出脸庞，我，预感到这是对我的
一种嘉尚——于是我屏足了气——
追随着你疾奔而去，
朝着那飞瀑奔泻的方向！

那里，历经沧桑的大河
浩渺坦荡，在冲成扁溜溜的
石块上击溅着波浪……
那些诡异的浪花，
正喋喋不休地伛身在
波峰浪尖上……

那里，橡树，犹如一位
须发蓬松的威严的老人，
以它的莽苍的阴影召唤我们……
它庇荫着幸运的人，

① 传说中公元前八世纪亚述国王被叛乱者包围在都城尼尼微的宫中，最后点火自焚。

使他们避开那个酸溜溜的上帝，
避开心怀妒意的众生！

传来了啼鸣的声响……
是河上的天鹅在扇动着翅膀……
水面微波漾起……
啊，来吧！ 星星在眨眼闪光，
树叶轻轻摇晃——
夜雾迷茫。

…………
…………

啊，来吧！ 打自残阳西沉
到晨星寥寥，寥廓天幕的
幽冥夜色即将退消，
其迅疾几如飞鸟……
此刻，水波粼粼，
正迎着星星微笑，

而远处的山峦犹未离开梦境——
黑黝黝的谷地蕴涵着湿润的寂静——
啊，来吧！ 你端庄、轻盈
而纯洁美丽的幻影，

请在这静穆的幽暗中
在我面前显灵！

我魂不守舍地迎着
我的心上人狂奔，
一时间竟至于语塞打愣……
我没有拥吻你——
只让你苍白的樱唇，燃烧着
紧贴于我的双唇！

(1844 年)

安谧宁静自何处漾来？[①]

安谧宁静自何处漾来？
　　声声呼唤又飞自谁边？
是什么朝我嘘呵着春天与
　　草原的气息？
你又缘何，亲爱的，
　　忽而陷入了悲哀，
请你说说：我的眷眷愁思
　　怎的总镌心萦怀？

可不，天啊，往事前影业已
　　变得苍白、暧昧……
这早已被我嘲笑的一切，
　　我还曾为之挥泪。
而那些昏昧无知的人群中的
　　浅陋之辈，
欣然观赏着我的
　　热望的幻灭。

① 原诗无题，以第一行诗为题。

我感触良深，但仍然平静——
　　我已祛除了心头的阴影，
似乎正是为了我，
　　神妙的白昼方得来临，
光秃秃的树木
　　才萌发了春日的叶茎，
是和煦的光照温暖了它，
　　使它显得芳香清新……

我的心似已苏醒，
　　于是我感激涕零，
憋闷难耐时，就在黄昏时分
　　走进幽深的树林……
似乎我正在爱着也正被人爱着，
　　夜晚似已临近……
一株白杨悄没声儿地
　　在窗下向我点头频频……

（1844 年）

我在湖上悠然游荡①

我在湖上悠然游荡……
小山包的峰顶上云雾迷茫，
林丛变暗了，暮色中的
渔夫号子显得分外嘹亮。

透明的云影亭匀地满布在
岑寂的九天之上……
睡意蒙眬的水波
呼哧着慵困和清凉。

夜晚已来到；哦，心儿啊！
经过了白昼的烦扰，——
什么时候你才能睡一个
哪怕是最后的安稳的觉。

（1844 年）

---

① 原诗无题，以第一行诗为题。

一个人，重又是我一个人[①]

一个人，重又是我一个人。
百无聊赖的宾客都已告退。
已是午夜时分。
团团乌云飞驰翻滚，浓雾
笼罩着大地，冥茫而滞沉。
我不能入睡，不能入睡……不能！
那些惶惑虚妄的希望，
那些瞬息即逝的梦想
以及飘忽的幸福的幻象，
飞快地在我眼前交替迭转……
在我骚乱的心底里，惆怅，
仿佛是一条冰凉的蛇，在那里
憩息伏躺。我感到凄惶，
无端端地我想大笑，想遗忘，
至少想要睡上一觉，可是，
忧郁的灵魂毫无困意，它不想……
在我冥思的眼前显现出一些奇异的景象。

---

① 原诗无题，以第一行诗为题。涅克拉索夫曾说过：“我们终于有了一首感人的根据我们自身的回忆而写的珍贵的诗。因此，我们非常喜爱它。”

一张陌生的脸，苍白如死人一般，
它闭着眼，沉默着，
像是在等待答案……
间或，有一个久已被我忘怀了的
少女的形象，在黑暗中隐隐浮现……
她悲哀地低垂双眼，埋着头走过
我身边……她吁息幽微，胸膛的起伏
几难察辨……蓦地，一座花园
映入我眼帘——偌大的花园……
那儿，有棵孤独的菩提树，
我坐在它的秃枝下，正在把谁企盼……
风儿席卷着黄沙与枯叶……
它们怯怯地被驱赶，
纷纷扬扬地向前，向前……
忽而，我看到自己与学友们一起
坐在一条长凳上……有位教师——
一位雄辩的热情的青年——
在向我们把上帝颂讲……我们的心
神秘地颤荡……我们的脸颊泛起红光；
每个年轻人的身上都溢满了傲然的
力量……此后，在五年之后的
一个远远的镇子上，我
再次遇见了那位教师，但是，
我们只拘谨地打了个招呼，随即

两下分张。不过，我能看出
他那种迂迟的步态与畏怯的眼光，
其了无生气一如老苍……
最后，我面前骤然出现了一幢
宏大的废弃了的空房——在我的故乡，
我在那儿生长，在那儿梦想，常常，
我梦想着未来，可我再不曾重返那个地方……
这，勾起了我的回想：有一次，我去过
一个高山峻岭间的狭窄的谷地……
那儿，寸草不长……唯见垒垒岩石，
要不，就是一种地衣，细碎焦黄。
有道溪涧在我脚下流淌，它在
断崖裂罅之间奔跑得如此匆忙，一转眼，
它消失了，挟带着阵阵瓮声瓮气的嘈嚷……
“这就是我的生活！”我如是想。
…………
就拿那些客人来说……
他们有谁可让我羡慕？ 又有谁
敢于毫不矫饰地对我说：“我生活过！”
其中，一个好心人，健壮却愚蠢，
他自己知道这一点，就越发扭捏拙笨。
另一个时来运转：谈起了恋爱，
这就喜气洋洋，自得而神采飞扬，
一派星期日的打扮，活像个儿童一样……

还有一个爱讲俏皮话，要不就做出
一副患上了忧郁症的模样……
再一个呢，是个无事忙，
既无功又徒劳，——兴致勃勃地
为求取“成效”而奔走遑遑……
这一个——多愁善感又猥琐渺小，
那一个——年轻而热狂……
…………
我觉得很妙……然而长夜啊！ 你，
请快过去，别再斯理慢条，
好让我重新得到可爱的生活的关照。

(1844 年)

自 白[①]

对我们来说，愤怒过于累人，
认真地憎恨——让人齿冷，
而缄默算不了负担：
摆一张笑脸就能得到首肯。
我们漠然无动于衷，就像坟茔一样；
我们简直如同墓穴那般冰凉……
而那种摧毁性的力量——
纵使给了我们也是徒然。

对于无聊的折磨，我们早已习以为常……
在阴冷的昏暗中，
那赋予生气的学问之火，
只勉强透出光芒……然而，
对于他人的智慧和学识——
对于幸福的真诚渴望——
以及爱情——痛苦，
我们却都是仿制赝造的内行。

① 此诗是诗人对社会政治问题的探讨的总结，与另一篇揭露反动年代贵族青年知识分子的淡漠与优柔寡断的长诗《谈话》有不少共同之处。

我们满怀亲切友善的
纯真感情——我的上帝！
别人却在掂量、猜忌，
对我们备存戒心……
我们的苦闷打动不了他——
他并不希罕我们的热情……
而那些我们在心底里熟诵着的东西，
只枉然送进他的掌心。

我们互相抵牾就如野兽一般……
又能怎样呢？ 某一个奇人想
鼓捣些什么事儿来干干——看！
八字还没一撇就走漏风声，
简直像个傻蛋。他只把自己的
机密拿来摇唇鼓舌一番……
于是，便志满意得地袖起了手，
干脆什么事也不干。

我们不满于自己的命运——
可我们对**命运**……帖耳恭顺！！
对于狂放高傲的自由，
则报以奴隶的哄堂笑声。
我们甚至甘愿把自己唾骂一顿——
是呀！！ 我们不吝于贬责！！

可同时，我们依然坐享现成，
心宽体胖地度过一生。
我们被无谓的烦恼缠绕，
为虚荣我们碌碌地忙个不了……
若要让我们确信，我们对自己的作为
理应感到害臊——那我们可做不到……
无论你怎样去反抗命运——
它的法则始终神圣而坚牢……
那座游牧的帐篷，
是东方人又岂能将它扔掉。

(1845 年 12 月 31 日)

乡 村

一

我爱在黄昏时分驾车去乡村，
凝望那些嬉戏在古老教堂
　　屋顶上的鸦群；
我爱在开阔的田野、荒凉的
草原和宁静的河湾与岸津，
　　聆听畜群

低沉的哞叫与警惕的犬吠声；
我爱那些被废弃的荒芜的花园
　　和菩提那纹丝不动的绿荫层层；
空气的波流恍似玻璃，不见一丝颤震；
驻足倾听——你会感到有一种优游宁帖的
　　甘美摄人心魂……

瞩视着农人们的脸庞你沉入遐想——你觉得
了解他们；油然生起愿把自己交付给他们那
　　朴实而贫窭生活的热望……
水井上，有个老妪前来汲水，
杠杆在高架上吱嘎作响，拽成弓状，
　　马儿先后来到食槽旁……

瞧，一个赶车人在哼着曲儿……歌声忧伤！
蓦地，他一声慓悍的吆喝——颠簸着的
　　车轮发出了轰响；
有个姑娘走了出来，站在低低的台阶上——
她在眺望朝霞……鲜艳的红晕泛起在
　　她的浑圆的脸蛋上。

村后冈丘下，负重的大车缓缓地鱼贯而行，
摇晃着，满载着蓬松而散发芳香的
　　耕地的贡品；
密密丛丛的大麻地后面，
一汪笼罩着浅蓝色迷雾的汛水，
　　在广阔的草原漫淫。

草原——广袤无际……它躺着，伸展着
身躯，微风在它上面起伏，永无止息……
　　大地在蒸腾，天空已经麻痹……
一抹红紫，给漫长林带的两侧涂上金光，
树林在絮絮囔囔，渐渐地，沉静下来，
　　而后，转为一片青苍……

二

狩猎——夏

炎热，难忍的炎热……绿林已经在望……
　　我们从满是尘土的干燥原野齐步奔向
　　　　　　　　　　　　　　　　那方。
进入林子……芳菲的清凉沁入疲乏的胸膛；
　　劳顿中流下的辛辣汗水凝干在热烘烘的脸上。
绿玉般凉爽温润的树荫亲切地接待我们；
　　周围，恬静绵软的草地悄然现出了欢跃的景象，
轻柔透明的叶片低声向我们问好……
　　兴许是喜迎来客，黄莺叫得分外清亮。
树林里有多么舒畅！太阳也弛缓了它的力量，
　　它不复灼热似火，只闪出明艳的光芒。
由森林女神的巧手铺织成的茸茸地衣，
　　就像丝绒一样……
　　多么诱人呐，我们无力拒抗。
于是，我们伸展四肢在上面卧躺；
　　梦，恍似神秘的罂粟花在招手；
　　渐渐平息了我们的血液的热浪。
不一会，沉沉的眼睫遮蔽了盯着甲虫与苍蝇的
　　忙碌营生的目光，瞧他，睡去了……
旁边那位也进入了梦乡……我轻轻呼吸，眼帘

　　徐徐阖上……而你，大地，永恒的母亲，
正在温柔地爱抚着哄着疲惫的儿子去寻梦……
　　好让他充满新的力量，离开你的胸膛。

三

没有月亮的夜

没有月亮的夜，暖洋洋的静静的夜！
你慵懒失神而倦怠，就像是
一位少妇，疲于情热的抚爱……
也可能，你对此道尚处于朦胧的状态，
只恍恍惚惚地怀着幻想中的热望，——
羞涩地在把神秘的热吻等待？
告诉我，夜，你迷恋上了谁？ 可我知道，
我这个颇为无礼的问题，你未必会理睬……
此刻，裹挟着你的黑暗渐渐浓稠了起来。

我深受你的濡染……啜吸着温润的空气……
只感到一股热潮骤然升腾于我的胸怀……
我倾听着你不绝如缕的怨艾和你的
温情的、含混难解的独白——
周围，浮香扑鼻，阴影摇摆，
一种神异的火焰燃红了我的容颜，
溢满回忆的心儿颤栗起来，

它辗转反侧于希望、幸福与悲哀——
入寐了的夜的气息如此宜人，似乎
它也在颤栗、吹拂，抚爱着我的心怀。

四

祖父

昨天，在树林里，我看到了
一个幻影，我的祖父……
他跨着烈马一匹，
高呼着：胜利！

毛茸茸的帽檐下，
这个怪人顾盼自雄……
一只灰兔在鞍带上悬吊，
痛苦地牵拉着它的脚。

仆从们的号笛吹响，
声音高亢又悲凉……
老爷的爱犬纳哈尔，
仰起鲟鱼般的丑脸庞，

把尾巴轻摇……
严厉的驯犬师挥舞着

长鞭，威吓着制止
狗群的吠叫。

周围，草原的居民——邻人们，
悄没声息地聚拢了过来，
他们穿得很古怪，贫穷的农人！
显然，我的祖父，

草原的萨丹纳帕路斯，
对这种热闹的场面感到高兴……
他宽阔的胸膛不知怎地
竟快活得发出了呼哧呼哧的声音。

他都揪住了狐狸尾巴啦，
让邻居们来瞧瞧吧……
就是昨天，在天亮前的树林里，
我才觉得我的祖父委实令人惊讶。

五

大雷雨

乌云早已在远方麇集，
沉重地越聚越密，天昏地暗……
那边，飘浮着撕裂出来的一大团。

它们在翻腾、涌动，而前边的
云层却被太阳所阻断，
顷刻之间，空中水雾弥漫，
枯叶在打旋……鸟儿已躲闪……
从门口张望的人们，
闩上了门关起窗……
雨大滴大滴地洒落，
路上突然尘柱腾卷，强劲的旋风
猛烈地捣擂着屋顶和外墙，
倾盆大雨自天而降……
带着棱角的雹霰滚着……
树木拧曲着撕搓、扑翻，
乌云交织着闪电！……亟待出击……
隆隆的雷声滚滚。暴雨越下越凶狂……
一股股如注水流，滂沱汍澜——
被劲风撕刮得飞沫四溅……
又是一次大进犯！
村子里跑出了一个没戴帽的庄稼汉，
蓬着头直向田野里的畜群狂奔乱颠，
后面是另一个农人，边挥手边呼唤……
可真有点乱成一团！……然而，雷雨
终于过去了，大自然顿时展颜！
玉宇显得如此地温煦，一派天清日晏！
麻花似的稀疏乌云在飘散；

树叶喋喋絮语；小溪潺潺……
冲实了的土尘不再飞扬；洗刷过的
青草清新焕然；门轧轧响起来了，
传出了欢快的赞叹；湿漉漉的闪光的
道路上，鸽子飞来咕咕闹喧……
柳丛中雀儿尽着嗓门叫嚷；
赤足的孩子们笑得有多欢；
那黄澄澄的禾垛上，谷物的气味在蒸散……
这时，太阳的金色光辉正在年轻的
白杨与白桦树上悠颤……

六

第二个夜晚

夜晚……又累又乏的马儿
打着响鼻求我回家转……
周围是带斜坡的丘冈——好一派
草原的景象！ 山后，透出
烽火的凄凉光芒——那是一座
正在举火的谷物烘干房。
空气中蕴含着水气；
金色的月亮，自天庭
挥洒下明丽的冷光，
在它的宁静的光晕中，

夜雾如烟，袅袅飘漾。
这儿，那儿，到处都有巨大的
阴影，纹丝不动地躺在原野上，
那一片高耸的郁郁葱葱的莽林，
依稀可望。
在大河两岸的一些矮树丛中，
正若明若灭地闪烁着点点幽光；
草地里，唯有鹌鹑的叫声
突兀地回响，
而蓝色的夜雾，似乎只无心地
在把它的温润的气息散放。

七

柔光从天空流泻在烤暖了的大地上；
　　和风轻轻地在上面铺展、拂荡。
而本是肥沃牧场的草丛下，喋喋不休的渠水
　　已经干涸不再流淌；青草都已萎黄。
何处可觅得那茂林清幽的芬芳与恬适的苍郁蔽障？
　　你，晦明相映的碧空又在何方？
已是暮秋，它的临别前的温存，较之
　　春日最初的微笑，常常更令人神往。
菩提伸着棕色的枝条；兀立的桦树
　　一片金黄；唯有白杨依然蓬勃兴旺——

可它们已在飒飒颤抖，闪出静谧的银光；
　　那壮实的橡树的绿叶也早已转为深绛。
取代了温柔绿意的斑斓色彩无处不在：
　　山梨树的串串红果在远处粲粲泛亮，
燃得绯红的朝霞，宛若焰火般奇谲悠长……
　　你亲睹并叹为观止地用你几乎是贪婪的目光。
整个大自然是如此地具有尺度感，又何等
　　忠实于和谐的质朴，恰似艺术家般泰然端庄。
我忧郁地默默环顾凝望……百感交集的心
　　充满凄凉，它发出了惜别的话语：再见了！

八

出猎

清晨！ 就是这个清晨！ 红色的太阳
刚从山后升起，就已光芒辉晟，

秋日杲杲，晨寒袭人，
舒爽的凉意搅了我的清梦。

我来到屋外……天空对着我粲然微笑；
夜之吻逐渐从我心头退消……

太阳的光华在旋转；

寒气涂白了桦树柔弱的枝条……

明朗的晴空，挥斥无羁，气宇轩昂——
你好，广袤原野的自由旷放！

哪来这样的好时光……
准备马鞍！ 给我枪！

就是它——优美轩昂，
猎猎寒风，掠过它身上，

它嘶叫着，俯下了弯成弧形的脖子……
木板在它强有力的腿脚下吱嘎作响；

鹅儿慌张地走过，不住地高叫；
我的狗狂喜地活蹦乱跳；

它的欢乐的叫声多么响亮……
嗨，快把马儿给我牵上！

九

初雪

你们好！ 鹅毛般轻柔的飞星，初雪！

你们转眼间就片片融化在昏暗的大地上。
跟随你们翩跹飞舞的雪花，宛若春天的蜂群，
把凝固了的空气搅得纷纷扬扬。
冬天很快来到了；坚冰在欢快地驰过的
雪橇的铁皮下，被碾得咯嚓直响。
严寒发出清越的拆裂声；丽人们的粉颊
白里透红；长长的睫毛上凝着点点冰霜。
是的！ 是我向你告别的时候了，草原的故乡！
我将再见不到覆盖着你的柔绒般的草地，
见不到森冷蓝天下一缕缕似波轻烟的浮荡，
以及幽深肃穆的森林田野与白色的山冈。
雪花！ 你漫天纷飞吧！ 远方的城市在向我召唤；
它正迎候着它的旧朋与宿敌的回转。

(1846 年)

致卡-奥·法尔恩加亨·冯·恩泽[1]

今天，我们的俄罗斯
走上了自己的道路——
这别一种的前景终于使
我们的祖国心向往之，
今天，在庄严的分别之时，
我们的俄罗斯语言之声
该是对你们的一种默契，
年岁会流去——敌对也将冰释；
那些在摇篮里就对德国人存有抵触的人，
经历了这电光石火的世纪，
将会在同一个目标上
彼此结成兄弟般的情谊；
如果说，现今我们能拥有
申讨诅咒的权利——
那么，我们将以盛名与令闻
来湔洗耻辱、挽回荣誉……
但凡能让你们的胸怀感受到暖意的

① 卡-奥·法尔恩加亨·冯·恩泽（1785—1858），德国历史学家，对俄国及俄国文学很有兴趣。屠格涅夫与他在一八四〇年相识于柏林。此诗强调了俄国进步知识分子与德国进步人士在立宪问题上的一致性。

一切——我们赞同并支持，
因为我们同样热望光明与和平，
不是黑暗——不是毁弃。

(柏林，1847 年 3 月 19 日)

（摘自一首烧毁了的长诗）①

……到乡间去，重游那幽深的庭园，
这个念头，日甚一日地把他拽回已往，
那儿，菩提魁梧，浓荫清凉，
铃兰散发清纯的幽香，
那儿，堰堤上树冠浑圆的爆竹柳，
一棵棵俯身在水面上，
那儿，箕踞于肥沃耕地上的橡树何等茁壮，
那儿，大麻与荨麻的气味在空中浮漾……
到那儿去，去吧，去到辽阔的田野，
那儿，黑色的沃土简直就像丝绒一样，
那儿，目光所及的是成片的黑麦，
宛如静静的河水起伏着轻柔的波浪，
晶莹的白色云团后面，
透射下沉沉的黄色的光芒。
那可是乐土一方，是俄罗斯人的家乡；
他熟稔这个草原，就像了然他的祖国；
他漫步在草原上，如同遨游在海洋——
他生活着，我行我素，呼吸得自由酣畅，

① 此诗是为随笔《森林和草原》的题词而作。

他走着自己的路——无拘无束地歌唱；
走着……可是走向何方？ 不知道！
只把清谈闲篇拿来大讲特讲。
而足迹所到之处，青草已经生长——
您不曾许给他另一种命运——
那种理性的自由，他不敢奢望……

温莎的槌球[①]

女王端坐在温莎的松林里……
宫廷侍女们玩着一种
才刚时兴起来的游戏，
一种叫作槌球的玩意。
她们敏捷而勇敢地追逐着球儿，
把它捶进标定的圈子里……
女王观看着、笑着……蓦地里，
她花容失色，愣如木鸡。

她恍惚看见：那不是一颗溜溜滚动的
小球在被灵敏的小棍捶击，
而是成百上千颗头颅，
涂满污血的头颅……
妇人、少女与孩子的头颅……
它们的脸部——烙着被残酷折磨、
兽性凌辱的创伤与爪子抠剜的痕迹——
呈现出死前的恐怖和痛苦。

① 此诗基于诗人对土耳其人残酷镇压保加利亚革命的印象而作。当时的英国当局所采取的不干涉立场，实际上有利于土耳其。

女王的小女儿——一位
娇憨的姑娘——正在滚动着
一颗头颅——它滚向前面，
恰恰滚到了女王的脚边。
这是一颗孩童的小小的头颅，
有着柔软的发卷……小嘴嗫嚅着吐出
谴责的语言……女王顿时失声叫喊——
惊恐地移开了自己的双眼。

“我的医生！ 帮帮我！ 快！”
她信任地对医生讲述了她的幻觉……
医生劝慰她道：“不要烦躁，您感到惊惶
是出于读报。什么保加利亚人民
充当狂暴的土耳其人的牺牲品……
不就是《泰晤士报》的报道……
这是滴剂……请服用……一切过去了就好！”
之后，女王便起驾回她的城堡。

她到了家——兀立凝思着，
眼睛痛苦地垂下……
啊，女王衣裙的下摆
全都染满了鲜血，真可怕！
“让我忘了它！ 不列颠的河水呀，
我命你快替我来洗刷！”

“不，陛下！ 无辜者的
鲜血，您再也洗不掉啦！”

（圣彼得堡，1876 年 7 月 20 日）

梦

离别故乡已有几多年头……
今番回去，它却什么变化也没有。
仍然是那种毫无生气的停滞与空虚，
惟见颓垣残瓦、泥泞恶臭、满目
凄凉与贫窭！ 还有那些既委靡又放肆的
奴隶的眼神，故我依旧。
我们的人民说是已得到了自由；可是，在
色厉内荏的鞭子下，照样垂拢着他们自由的手。
一切的一切全都一仍其旧……就这点而言，
欧洲、亚洲乃至全球均无出其右……
不！ 可怕的噩梦啊，
我的亲爱的同胞还从未有过如斯感受！

周围的一切都在睡大觉：乡村、城市、大车、雪橇；
无论白天黑夜，不管是站是坐……
商人、官吏在睡觉；数九寒天、炎炎溽暑，
放哨的守卫在睡觉！ 被控者在睡大觉，
法官也在睡大觉；农人睡着了：收割耕耘
睡着了，脱粒也睡着了；父亲睡觉，
母亲睡觉，全家没有一个不睡觉……

一切的一切都在睡大觉!
打手去睡了，挨打者也睡了!
唯独皇帝的酒馆没合眼、没睡着；
你前额顶着极地，脚跟抵住高加索，
张开巴掌将一俄升①的伏特加瓶子紧握，
你烂醉不醒了，神圣的罗斯，祖国!

(1876 年)

① 1 俄升等于 1.2299 升。

山 雀[①]

在泛黄的树枝间，
我听到了山雀的歌声；
你好，小鸟，
秋天的报信人！

尽管秋日以阴冷的天气威慑着我们，
纵令它向我们预告着严冬的来临——
然而，你的快乐的歌声，
却洋溢着天赐的福音。

我的双耳为你
温柔的歌声俘虏，
兴许，这是无言的大自然
冷漠地提供的一场演出？

抑或是，这种忘忧的高歌
以及你那蓬勃的生命力——

① 此诗与以下三首诗是为波里娜·维亚尔多谱曲的抒情歌而作。它们以独特的“纪念册”的形式出版于六十年代。

蕴含着一种有助于人们
去承受生与死的东西？

（1863 年）

黎明

梦，尚未触动我的眼帘，
白昼的第一道曜光
　　便已透进了小窗框……

沉重的思绪使我彻夜难眠，
我的头脑乱成一团，
　　我的心神疲惫不堪……

　　宇宙与你同在，
我心中充满悲怅！ 可曾听到
召唤的声响？ 那是上天的召唤，
星期日的钟声嘹亮！

(1868 年)

谜 底

每当你用明亮的眼睛
注视着我的时候，
我胸中的热血，
全都涌上了心头！

然而，她的舌尖却什么也不透露，
叫我久久地难以捉摸……
我竭力去求索它的真意，
怀着痛苦和惶惑……

忽然，所有的疑虑都云消雾散，
烦乱惶恐已一去不返……
我的天使，我明白了一切！
在那个无比幸福的瞬间。

（1868 年）

离 别

离别啊，离别！
你给予心灵的痛苦有多少！
你让它受尽寂寞的折磨，
苦挨悲戚的煎熬！

往日的力量还能葆有？
过去的我又在哪儿？
哦，你不再爱我……
可我并不想把你诅咒！

(1868 年)

(为玛·彼·包特金娜的纪念册题诗)①

当我翻开您的纪念本，
我琢磨着该为您
写上哪一些嘉言——
才不致把别人贬损。
可是不成！ 我的年华已经流去——
诗韵——这个累赘使我感到太沉；
我这敏感的缪斯，当初，
就曾挫伤了风发的朝气——
而今，生命已经耗损，
就像一匹老马，发出嘶哑的叫声，
它怎么也不能挪动一步——
只会甩着尾巴踢蹬。

(莫斯科，1850 年 6 月 12 日)

① 玛·彼·包特金娜是俄国作家瓦·彼·包特金的妹妹，嫁给诗人费特。

(对阿·费特一首诗的模拟讽刺小诗)①

我一动不动地站了好半晌，
读着一些古怪的话，
那是费特的诗篇，
我觉得他的句子佶屈聱牙。
读呀……我读呀，怎么也
记不住那些高深莫测的胡话，
书从我手中掉下，
从那时起，我再不曾摸过它。

① 此诗模拟费特的诗《我一动不动地站了好半晌》。费特（1820—1892），原姓宪欣，俄国诗人，善于描写自然风光与人的内心感情。

（即兴诗）

所有这些赞语对我未必全都合适，
但您得承认这个事实：
是我让丘特切夫①卸衣敞襟，
也是我替费特把裤子刷干净。

（1856 年）

① 丘特切夫（1803—1873），俄国诗人，他的诗以抒写风景和心理分析见长，他长期下不了决心出版自己的诗，屠格涅夫帮他把他的诗作交给涅克拉索夫编辑的《现代人》杂志出单行本，屠格涅夫为之作序；费特在五十年代想出版自己的诗集，作为发起人与编辑之一的屠格涅夫，替费特把他诗中一些晦涩成分“清除掉”（屠格涅夫语），使费特的诗集能顺利出版。

讽刺短诗

一

(德鲁日宁①)

德鲁日宁硬要把欧洲人充当。
可怜的伙计真是大错特错啦！
他只是个俄罗斯近卫军人中的饭袋酒囊，
套上了一件英国的西装。

二

(凯切尔②)

不愧是世界的英髦！ 凯切尔，
又是个冒泡美酒的忘形之交；
他把莎士比亚的语言，
译成了家乡蹩脚的辞藻。

---

① 德鲁日宁(1824—1864)，俄国作家、评论家，“纯艺术论”拥护者，享有英国文学行家盛名。

② 凯切尔(1809—1886)，医生、文学家、莎士比亚作品的翻译者，曾接近过赫尔岑、别林斯基小组。

三

（尼基坚科①）

擅长于坐而论道，
一派陈词滥调，
他想用雄辩的淡面团，
当作染污整个大地的涂料……

四

（库德里亚夫采夫②）

他是个纨绔子弟，却如此谦谦温柔，
他既高贵又恹恹僝僽，
活像老处女的情书；
待到他步步高升的时候，
则早已成了个在蜜糖里熬过了的
浓稠无比的老学究。

---

① 尼基坚科(1804—1877)，俄国文艺评论家，书报检查官。
② 库德里亚夫采夫(1816—1858)，俄国历史学家、文学家，擅写感伤小说。

(致叶·雅·科尔巴辛的信)[1]

一

维希[2]，1859 年 7 月 11 日

我的年轻的朋友叶利谢伊·科尔巴辛，
不日，我将离开本城，
打算星期三动身。
请从您的皇皇别墅
移驾去一趟举世闻名的巴黎城，
您可以在拉菲特街的
“Hôtel Byron[3]” 找到我，
时间是星期四早晨，我将高兴地
于十一点钟等您并拥抱我的友人。
但是，我若没在那儿，也有可能……
(那准是因事动不了身)——
请别骂我是下流人、
卑鄙的猪猡、不守信的骗子手……
只求您宽宥您的友人——
还劳您于星期六再度
登一下 “Hôtel Byron” 之门。

---

① 叶·雅·科尔巴辛(1831—1885)，文学家。
② 法国中部的一个城市。
③ 法语：比龙旅馆。

要是到那时还不能找到我
那就不必再盘究诘问，
您只消去到神圣的教堂
做弥撒为我安魂。
那时候，我已不复寄迹于凡尘。

二

库尔塔夫涅尔[①]，1859 年 7 月 27 日

倒霉而又幸运的科尔巴辛！
已有三天了，我顺利地来到了乡村，
（库尔塔夫涅尔）；这里几无美景；
它地处“布里耶”区，与罗泽城相近；
为了不食言，寄上一封信。
我，幸而喝了大量的水，才保持了
健康的精神，今后呢——说不清。
眼下有桩恼人的事情：我必须在七月卅日
之后才能取到钱款……那怎么成？——
我知道，我该您的三百元您在急等……
故而我去找到宪欣，真诚地向他恳请：
“容请您把钱交给科尔巴辛，欠账
是我的名分！ 我对您感激涕零。”

---

① 法国的一个乡村。

现在您，高贵的孩子，说说您在干些什么，
并详细地说说威胁你的病情：是在
备受折腾——或在医生的妙手与硝酸银的
作用下有所减轻？ 请告诉我一切。
多多保重并问候所有的人。
还请别陷进厌世的泥坑；别做一个狠毒的
萨莫耶德人，[①]也别去相信阴郁的怀疑论……
最好穿上长内衣[②]防冷！ 祝健康；紧握您的手。

三

库尔塔夫涅尔，1859 年 7 月 20 日

年轻的科尔巴辛！
现在您的朋友心中充满了忧戚，
当他知道
您正在受着病痛的深重折磨之时。
请您不要过于悲哀并相信能得到医治。
我将于星期一去阿尼叶尔[③]看望您——
清偿对您的债务。而您的兄弟凛然地
对我进行了诽谤：可我不仅没有想过要

① 旧时俄罗斯人对罗斯北方的萨阿米各部落的称呼；以后用来称呼涅涅茨人、埃涅茨人。
② 神职人员穿在法衣里面的长衣。
③ 巴黎附近的一个小地方，铁路枢纽。

非难您的
挥霍浪费；还到处宣扬您的财富：
我让安娜 · 谢苗诺夫娜深信不疑，
您拥有的大量金币在周转，您躺在
钻石上面（啊，那张床并不惬意！）……
因此，
您切莫见风便是雨，并请您等我在星期一，
我这封信
用的是费特的风格，他的韵律。
非驴非马的韵律！ 不过，我永远是
真诚地忠实于您的
伊万 · 屠格涅夫，谢尔盖的儿子。

四

库尔塔夫涅尔，1859 年 8 月 15 日

1

亲爱的科尔巴辛！
您空等了我
（我能肯定），
真是抱歉万分，
我这是言而无信！

2

那种可恶的霍乱似的幽灵，

卑鄙的胆怯，
激发了潜伏在
我心中的脾性——
我临阵脱逃了！

3

我只待了一天
在巴黎，
女儿给我出了个主意，
我便溜之大吉
来到了库尔塔夫涅尔这里。

4

我在这儿将逗留
两三个星期；
在离此去到
俄国之前，
我会上您那里去。

5

请您告诉我：
您怎样了？ 身体可健康？
您的一口洁白的牙齿依然
能与厄尔布鲁士山[1]上的
白雪相比况？

---

① 属大高加索山系。

6

见过节日景象吗？
您不会用嘶哑的
嗓子高叫：
“菲弗·拉姆佩列尔”①？
还带着俄罗斯腔调。

7

不！ 我深信：
骄傲高贵的您，
在炎热的阿尼叶尔
会有两天的
羁停。

8

向四号房间的
房客致以
恳切的问候；
让我友好地握您的手。

① 原文为法语的译音，意为“皇帝万岁”。

(致阿·阿·费特的信)

一

库尔塔夫涅尔，1859 年 7 月 28 日

尊贵的费特、诗人、俊贤！
我收到了您寄自“波良纳”[①]的
亲切的手简——在那个
恢宏的宅第里，我与您
有过热烈的争辩，
也是在那里，
我向您服膺拳拳。
那里的一切都没有改变，
只有那个水涧，记否，当初，
它曾在您惶惑的眼前潆洄潺湲——
而今，河槽干涸，野草芊绵；
那里的孩子们长高了……
可孩子们除了长个儿还有什么可干？
我自己也变了，变得糟成了一团。

① 列夫·托尔斯泰的庄园雅斯纳雅·波良纳。

每当我站到镜子跟前，映见那张长着
大鼻子而肥硕的、羼杂银丝的脸面，
我自己都会讨厌……可又能怎么办？
生命在催逼着我们，像是撵赶牲口一般……
死亡有如屠夫，操起快刀伺机将你砍斩……
这不愧是莎士比亚的比喻！
（并非是本人的创新，遗憾！）
前不久，我在维希城给您寄过一束小简，
关于我的个人琐事就不再赘言。
我只说一件：九月初我要去斯帕斯克村[①]，
如果地球不崩裂，——我们定能打下
几只山鹬来，要是你我能结伴。
关于您，我想说的是：应当自珍自爱！
在这一点上，我对您非常之不满。
一个忧闷的人，您的道路很危险，
千万别陷进有毒的泥潭，
那可是个呆滞的忧郁症患者的
哀怨、冷漠而死沉沉的泥潭！
您应当认为这不是一种不经之谈……
它并非来自外界，——它存在于
诗人自身的心间。当然，
在进入不惑之年的今天，

① 屠格涅夫家的庄园。

那些翻飞在浪漫主义天宇中的
缀满闪光金星的蓝翅膀蝴蝶，
已不复在我们头上翩跹，
在年轻的日子里，那些蝴蝶
固然使我们眼花缭乱，
但是，我们还有着别一种渴盼，
一种披着白色祭服、顶着
不灭光环的崇高的梦幻。
诗人，追随它走去，切莫欷歔幽咽！
（多么崇高的音节！ 咳，老天！）
假如在这块土地上有一个安静的角落，
有一些善良的人生活在你周边，
而且没有沉疴顽疾胁逼之险，——那就该
意满心安，——可别“**更多地**”期盼，
休争斗，莫恼怒，勿忧烦，
不要委靡颓丧、心灰意懒，
也不要喋喋抱怨、长吁短叹，
更不要去强求什么或啜泣悲咽……
您要温驯地生活下去，如同母牛那般，
反刍您的回忆，安静地去咀嚼品啖。
这是我的忠言，不过，尽可悉听尊便！
待我们见面后详谈……
我们不是在等着九月的晤面？
请转达我对尊夫人与令妹的祝愿；

代我向鲍里索夫[①]转言，
我爱他并对他十分惦念；
同时，亲吻尼古拉 · 托尔斯泰[②]
并向列夫 · 托尔斯泰和他的妹妹问安。
确实，正如他信尾的附言：**我毫无必要**
给他写信寄言，我知道，
他对我不太喜欢，我也有同感。
只缘那太大的差异，从根本上
存在于我们之间；天下的道路有的是：
我们并不想彼此妨碍绕缠。
亲爱的费特，再见；紧紧拥抱您。
这儿的女主人嘱我向您问安。祝您的
身体与精神皆健，请您在造访缪斯的
同时，也别忘了把我们叨念。

伊万 · 屠格涅夫

二

巴黎，1864 年 4 月 12 日

我离开彼得堡后，立即赶往巴登，[③]
在那里，我愉快地度过了十天时光。

---

① 费特的妹夫。
② 作家列夫 · 托尔斯泰的哥哥。
③ 瑞士城市。

我曾绕道上德累斯顿[1]的哥哥那里探望。
（就像在韦里金娜那里，杰恩闯来问候我们
那样，——想来您没忘记？ ——这，且撇过
　　一旁！）
我的朋友，我在巴登什么也没干，
现在在巴黎也同样，我只是感到，
人与大自然接近异常，你若想知道
吃牡蛎只能送进嘴里而不应放入鼻子，
那无论是康德还是希罗多德[2]
都帮不上我们的忙。
约摸两个星期之后，我重又飞回巴登；
那里的小草更见翠绿，空气异常凉爽，
群山的峰顶在嘟囔："费特在哪里，
那位诗人在哪里？
他的诗比糖果还甜香，比鱼子更新鲜，
惟有他才当得起我们的颂扬……"
可是，他居住在遥远的地方！

① 德国城市。
② 希罗多德（约前484—前430/前420），古希腊历史学家。

三

（谦恭的伊万给斯捷潘诺夫卡[①]的两位居民的信）

1864年6月6日

最亲爱的费特!
您给我的信异常地
动人且带着韵律，
我的回信却不敢
　　擅用诗体；
要不，就用这种格式，
这种发轫于歌德与海涅
　　的格式，
它在我们这里蔚成风气，
且因诗人的生花妙笔而盛极一时，
这位诗人拥有这样一个名字：
　　费特!
这种韵律极为精致，
可也够玄乎：
偏偏齐颈陷进了
散文里，都是些
最最贫乏的散文，——

① 费特的庄园。

处身在那里，好比满载的
雪橇陷进了春天开融了的
　　冰雪水洼里！
那么，面对这个方圆宽阔的
　　大盘子，
上帝他怎样来给您
　　以庇护？
于是就在这只盘子的中央
安置了一柄边沿坚实的蘑菇、
可爱的斯捷潘诺夫卡庄园
来让您安居。
　　但愿——能如人意；
现在，一位极为睿智的
朝圣客、观光者，
名字叫做瓦西里·
彼得罗维奇·包特金①，
已徒步来到您这里。
他像匹烈马一般
热切地奔向您的
　　畛域，
对于我们的一切呼吁，
我们的热烈的信念他全都

① 瓦·彼·包特金(1811/12—1869)，俄国作家。

不屑一顾；他只有一个
　　强烈的愿望：
大啖您养得肥壮的
阉鸡、您的大米饭
以及下香槟酒的
　　地菇，
这局面哟！——还能有什么下酒的东西！
实说吧，我也但愿
能够待在那里：
只是路途太远了些。
我就滞留在巴登-巴登①
这个开满花朵的
　　人间天堂里，
可是在这期间，
那种最最叫人讨厌的
寒冷和厉风
恣睢施虐已
一个月有余；
还没日没夜地下着大雨，
而且常常有各种各样脏兮兮的
　　令人嫌恶的景象
出现在天际。

① 德国南部城市。欧洲著名的旅游胜地。

　　您那儿怎么样？
我呀，即使如此，
　　也还算生命旺盛，
　　精力犹存：
只是双脚水肿，
　　胀痛不已；
右腿骨轴酸痛
　　盖因风湿所致；
痔疮又使我的后脑勺痛得
　　裂开似的，
眼光也感到模糊；
　　可我，并不丧气，
还把一种不知名堂的讨厌的水喝下去。
　　现在，我就与您道再见，
　　您可以去吃草莓，
　　去打黑山鸡，
但，请别把我忘记。

您的伊万·屠格涅夫

四

卡尔斯鲁厄[1], 1869 年 3 月 2 日

呼应着夜莺的歌唱,
(它老了，可声音依然响亮！)
灰白的松雀虽然嗓子嘶哑，但仍发出
亲切的吱喳，在那异国他乡的田野上。
唉！ 两只鸟儿都已疲弱，
哪能再度变得年轻力壮！
然而，在它们各自的胸膈下活动着的
依旧是固有的血液、原本的心脏……
瞧吧：只消春天一回来，
生命，会在林间雀跃飞扬，——
松雀振羽腾起，翅膀扑扇扑扇地
飞到夜莺那里去造访！

五

斯帕斯克村，1870 年旧历 6 月 8 日

喂，费特，怎样了，您的叔本华[2]?

---

① 德国南部城市。
② 费特翻译了叔本华的哲学论文《意志和表象的世界》。

请来看看吧，
俄国 Bauer[①] 多么善于
唱歌跳舞、吃喝嬉闹呀！
下个星期日，我要举行
一个快乐的宴会，它将使
整个斯帕斯克村感到惊讶。
姆岑斯克[②]的世界，欢娱一阵吧！

六[③]

巴黎，1872 年 3 月 9 日

盖棺论定啦！ 万岁！ 乌拉！
我——舍什科夫斯基[④]，费特——马拉[⑤]！
我——可鄙的伏尔泰信徒[⑥]……
费特——一个高尚的斯巴达[⑦]！
我——资产者、空论家……

---

① 德语：农民。
② 俄国城市。
③ 这首诗体书信前面有过如下几句话："读了您的令人惊叹的格言：'我（屠格涅夫）是保守分子，您（费特）是激进分子'之后，激起我强烈的热情，并立即挥笔写下这首诗。"
④ 叶卡特琳娜二世时的官方侦探头子。
⑤ 马拉（1743—1793），法国大革命中雅各宾派的领袖之一。
⑥ 伏尔泰（1694—1778），法国启蒙活动家。伏尔泰信徒指政治上主张绝对君权的人。
⑦ 喻指生活刻苦、自我约束十分严酷的人。

费特——革—命—家！

他有着虚无主义者的愤怒……

他又是个绝妙的幽默家！

(讽刺一个男孩——百知百晓)[①]

从前有一个男孩，
人们都叫他百知百晓，
他以天才自诩，
虽然他并没有高明的头脑。
不论有什么话题，
他总比别人能说会道，
好像他什么都懂得，
哪怕他多半是在胡说八道！

他鼻孔朝天，目中无人，
一年一度的试题答问，
他总要扯大了嗓门，
俨然就像马尔采夫[②]那样出言不逊，
而他的轻率，可说
跟白鹦鹉同出一门，看看吧，
他竟断言一年等于十个月，

① 俄国诗人雅·彼·波隆斯基在自己的回忆录中记述，一八八一年他全家在屠格涅夫家的庄园斯帕斯克村度过夏天，他的大儿子是个凡事都不假思索地叫“我知道！”的孩子，屠格涅夫写此寓有教育意义的故事诗读给孩子们听。
② 可能是С·И·马尔采夫将军，他是当时奥廖尔省制玻璃与铸铁的工厂主。

还把我们的手指数成了十二根。

这儿有一条蛇，他还没看清
就大喊起来："鲫鱼一根！"
有时，百知百晓骑到弱小者身上，
自己扮作骁勇的切尔克斯人[①]，
挥着马刀大声叫喊——
"我是头领：消灭敌军……"
而学习呢——去它的！
嚷嚷说："没门！"

一次，有位受尊敬的老师
有意掇弄这个自以为是的人，
他装出一副犯愁的样子问：
"天上那个圆圆的东西是什么？
你什么都知道，就请你答问，
你可是一个洞悉一切的人。"
"是干酪！"百知百晓叫喊道。
原来，那是月亮一轮。

不知有多少回，百知百晓曾
露丑出乖，这个，基督明白。

---

① 高加索山民。

瞧，有一位教授向他
提出一个历史的问题来：
“参加过波尔塔瓦战役[1]的有谁？
回答我，亲爱的，你来！”
“恺撒在那里光荣地参加过战斗……”
“那么是谁最后给打败？”——“马迈[2]。”

嘿，亲爱的女主人，
瞧，这儿有只跳蚤！
可是百知百晓不但喊叫：“是大象！”
而且还哈-哈-哈地大笑……
人人都敬畏跳蚤——
这种大象有什么好！
到了夜间，大象就来叮咬，
它还会非常在行地蹦跳。

大伙结伴去旅行，
轻装上路步履轻
（这事发生在丹麦），
百知百晓走在河边。
“这里水深，你可要当心，”——

① 一七〇九年发生于俄国城市波尔塔瓦的战役，彼得大帝指挥的俄国军队在此击败了瑞典查理十二的军队。
② 马迈（？—1380），鞑靼军事长官，金帐汗国的实际统治者。

向导对他低声提醒——他却说：
“这是浅滩，我能看得分明！”
扑通一声他掉进河里，就此报销了小命。

唉，脸上没长毛，
军官听任母鸡来嘲笑，[1]
百知百晓实在可算个怪胎，
你可不能拿他们当作榜样来比照。
请你相信这一点：要是你能
一百次地直说：“我，告诉你，
我不知道。”那才是最好最好。
干吗要去当个鬼兄弟，撒谎唱鬼调。

(1881 年)

---

① 俄罗斯谚语，意为极其荒唐可笑。

叙事诗

巴拉莎

"我们倒也在憎，我们倒也偶尔在爱。"

——莱蒙托夫[①]

一

读者——我恭谨地向您致意。
瞧：您面前有一片开阔的草地，
草地尽头有条小溪——小溪后面有幢
房子，是座古老的宅第，它被教区的
画匠涂得斑驳纷纶，暗淡而阴沉……
它稀稀朗朗地有几根圆柱支撑，
屋顶又大又低，叫人看着很不舒顺，……
这里住过两三代地主家族，这幢
房子便是他们慵懒、恣肆的生活的见证。
花园在屋后：那儿，一行行的
苹果树，硕果沉沉……
不言而喻：我们的好心肠的父辈
爱吃苹果——黄瓜也同样喜人。

① 题词摘引自莱蒙托夫的抒情诗《沉思》(1838)。

二

很难分清楚——哪儿是花园，哪儿是菜垄？
花园里有个假山洞（奇思异想的无害产物！），
每天清晨她总要去这个黑黝黝的山洞
（我这就斗胆来描摹一通），
她——让人担忧又为之惋叹的她，
是我这篇不羁的诗体小说的主人公，
她来了——穿着朴素的衣衫，
一本小书捧在她那略显黝黑的、
秀美的手中……她在长凳上坐下……
还记得达吉雅娜不？
对她俩，我无意去比照其异同；
可是读者会不会摆摆手，
不屑把这个故事卒诵——我感到惶恐。

三

那么她是谁？ 她的父亲又是谁？
她的父亲——是个地主，乐天豁达；
长时间地担任着公职；后来
他退职在家——娶了个健壮的妻子，
现在，他在经营上相当得法！

他跟自己的农民和睦相处……
跟商人，则边谈生意边喝茶，
他既善良又圆滑。他的太太——说句
通常的话——一个宝贝；啊！ 十足的
宝贝！ 自作聪明，还真有几下！
总之，她是个普通的女人，
长着一张馅儿饼似的脸蛋瓜；
而她的丈夫则真心实意地爱着她。

四

他们只有一个女儿……对她，前面
已略有介绍。她算不上大美人——是的；
（她的两个兄弟都死于肺痨），
不过，说真的，我还从未见过
哪位姑娘有她这么苗条。
轻盈的她——步态袅袅；
她的脚——堪称秀足，
穿什么鞋都能显出它的纤巧；
她的手略为大了点儿；然而，
修长的手指却像透明似的异常姣好……
见了这双手，哪怕是我这个
十足阴沉的怪人——也会……
哦，先生们，请恕我唠叨。

五

对她的容颜我十分欣赏……
她的眉宇之间有一种沉思的忧伤；
我总觉得：她命中注定了要经受
许多痛苦……那又能怎样？
我为之感到悲怆，然又自感可笑；不是么，
在我们的时代里，要得救就必受苦难……
她欢快如同孩童一样——
虽然她明知自己正走在考验的路上——
可是她依然走去，静静地走去……
有一次，我竟将她比作丝绒与钢，
心中不由怅然凄惶……
哦，一个人只消朝她的双眼瞧上一回——
那他就绝不会把这双媚人的眼睛遗忘。

六

这双眼睛的神韵柔中有刚——
它并不急于闪射出灼灼光芒；
有时，它宛如春晖那般明朗，
有时又布满了傲然冷霜，间或，
它偶一忽闪，则恍若泻自云层的一束月光。

她那沉思安详的眼神，
使我生起了一种异乎寻常的向往，
使我看到了心灵为上帝垂怜的保证：
那便是它所蕴涵的炽烈激情与忧伤。
我得承认，我已说得过于冗长：
可我一想到它就黯然神伤，
而——也许——读者
会感到这有点儿逾常。

七

她生长于乡村……您，
我的读者——您一定听说过
小城镇的小姐们，——咳！
她们往往可笑万分。
我知道飞短流长并不公正；
但我能谦恭地理解，我的草原居民
不定也会博你一哂：
笑她们在星期天——早餐时分，
当嘉宾来临时的激动亢奋，
笑她们的叹气，她们的故作深沉
和她们的羞怯颤栗等等……
然而，有时候她们也相当凶狠，
会像蜜蜂一样螫人。

八

我不喜欢热狂的姑娘……
您去乡间就不难遇上；
我不欣赏她们苍白的胖脸膛，
还有那种女诗人——上帝鉴谅——
她们对什么都要礼赞一番，诸如：鸟儿的
啼啭、初升的太阳、天空和月亮……
她们爱好甜腻腻的小诗，
边流眼泪边吟唱……一到春天，
就悄悄地跑去聆听夜莺的歌唱。
她们对大自然的疯魔可真够呛……
然而，我的这位小姐与她们不一样；
她骄傲——好讥诮，
而骄傲——先生们，是一种操尚。

九

她阅读得很贪心……她一视同仁地
爱读马尔林斯基[①]和普希金

① 俄国十二月党人作家亚·亚·别斯土舍夫（1797—1837）的笔名，普希金的同时代人，著有《战舰希望号》等小说，他的浪漫主义小说在十九世纪初的俄国颇为流行。

（我该指出，这是她的失误）……
但她从不惊呼：“啊，多么扣动人心！”
她只是默默地咀华含英。您觉得不近人情？
其实，对俄国文学大可不必相信——
我对它也不信，哪怕
在我们这儿轻易就能获得声名……
就说俄罗斯的诗歌吧，它与俄罗斯的
克瓦斯共着同一命运：一个正派的
家庭，不读俄罗斯诗歌，连
克瓦斯也不饮……不过，对于
我这位小姐那样的读者，我铭感在心。

一〇

我能为他们写诗……此愿足矣。
您看，每天——她都要去花园散步；
她爱那绿荫森森的高傲的老椴树，
倾听它们的絮语——她就在这一片
静谧中慵懒地怡然神驰。
此刻，洒满了耀眼光斑的桦树，
摆荡得何等欢愉……可是，
她却已经泫然泪下，唏嘘难已——
其中原委，唯上天得以洞悉。
有时候，她朝着那排简陋的栅栏走去，

好半晌地伫立在那儿……那儿，
可以临眺骋目……而她总把她的
视线投注于，投注于那行白茫茫的柳树。

一一

那边——越过坦荡的草地——离他们的
村庄约摸五里[①]地——有条大路行经。
它宛若蛇一般蜿蜒着，
悄然绕过远处的树林，
她的整个心魂当即为它所吸引。
忽然，前方出现了一片陌生的后土，
被瑰异的光华映得通明……
是谁的蛊惑人的声音在呼唤，
在诡谲地向着她诉述、歌吟——
这声音就在她上方飘悠、轰鸣，
充满着隐秘的忧悯……
于是——她的祈求的目光投向了
另一个天地——那岿然蓊郁的冈岭……

① 原文为五俄里。1 俄里等于 1.067 公里。

一二

她瞩望着随风摇曳的橄榄树和白杨……
寻觅那令人神往的遥远的地方；
须臾间，那荡气回肠的俄罗斯歌谣
飘然漾来，勾起她对苍凉故国的怀想；
她低头站在那地方，对自己
感到惊讶——窃笑着嗔怪自己的惝恍；
然后，吁了口气，踽踽走在
回家的路上……她折下柔韧的小枝条，
随手就将它扔掉……她不经心地
把书捧起——翻开又阖上；她低诵着
心爱的诗行……脸色苍白，心痛神伤……
在这个难以名状的时刻，说真的，
我多么愿意守在您的身旁。

一三

我的小姐啊……您默然伫立，
被菩提树的巨大的浓荫所包围：
您在喟然太息；您头上树枝低垂……
寂寞和忧伤填满了您的心扉。
我端详着您：您呼吸的是

草原的气息，它充满了芳菲——
您就是我们罗斯的女儿……
您有如风暴来临前的黄昏那样瑰玮，
又恍若五月之夜那般令人心醉。
可是，唉！——我本已怠于过细的
描绘，只奈我重又为回忆所累，
好吧，让我继续我的
故事，不再词冗句赘。

一四

我的佳人双十年华。
（人们常夸——四月的牡蛎，
十五的姑娘——一朵花……
对此，我不想提出异议——
为不同的口味去干架——犯得着吗。）
人们叫她普拉斯科维亚；
这个名字我不太喜欢……
我——唤她巴拉莎①……
每当秋冬与炎夏，他们离开了莫斯科
住在乡下——这也是由于
年景欠佳，收益每况愈下，

① 普拉斯科维亚的爱称。

而巴拉莎——罪过呀！
总拿莫斯科来笑话。

一五

莫斯科——莫斯科——亲爱的莫斯科啊！
说实话，我可不敢把你夸奖；
我那应有的权利早已沦丧……
在你的脾性暴戾的子弟身上，
即令我言辞温良，也会
招致嫉恨——甚至恐慌。
故而，我恳求年轻的巴拉莎，
小姐！——我请您见谅……
如果——亲爱的读者，
您已经让愉悦的故事可意地
催你入梦乡——那么，醒来吧——
您不妨想象，有那么个日子，一个
非常炎热的日子……（我请您在荫处歇凉。）

一六

一个非常炎热的日子……
与我在遥远的南方所见的全然不一样……
那儿，整个天空喷泄着挡不住的

暗蓝的热浪；土地被炙烤，在干熬，
就像个患有沉疴的病人那样；
悬岩下，默默无言的大海在涌动、喘息，
闪出逼人的波光……
那喷放热焰的无情的太阳，染红了
一切有色的物体……何等壮观的景象！
那边——一个渔夫把身躯埋进
闪烁的沙子里卧躺……吸引了
每个过路人羡艳的目光——我，
禁不住也对他欣赏了好半晌。

一七

而这里则另有一派情景——虽然
我们不喜欢炎夏的热劲……确实——
其酷热儿可铄石流金……远处风暴集结……
久旱的高草丛中蝈蝈疯了似的噪鸣；
刈草的农人躲在禾垛的背阴；
乌鸦翕张着鼻子眼儿；蘑菇的气味
弥漫于整个小树林；犬吠声此伏彼起；
一个提着水罐儿去汲取清冽泉水的
农民，正顺着灌木丛彳亍而行。
此时此刻，我总爱走进橡树林，
坐在那儿，头顶一片肃穆静谧的树荫，

要不，就在简陋的窝棚下，
与聪明的农人们一起聊天谈心。

一八

就在这样的日子里，——巴拉莎信步来到
那个昏暗的山洞（这山洞，前面已曾提到）；
她面前是熟稔的菜园，熟稔的池沼；
再往前，峡谷后面有着她
熟稔的树林和它们所在的小山包……
可是这一次，她感到有点蹊跷：
峡谷里一株灌木下坐着一位猎人：
正用小刀切着面包；
可以看得出——这是一位绅士，
一个地主；他衣着讲究，戴着手套……
瞧，他已经吃饱，倦怠地向他的狗吹着唿哨，
他摘下了帽子，打了个哈欠，
然后，拨开枝条，便躺下——睡觉。

一九

他睡着啦……巴拉莎望着他，
我敢说，是在定睛打量着他；
她从没见过这张陌生的面孔，

可不，邻居们都拜访过她的家……
关于这个，我们且略过不去赘述啦……
他睡在那儿，和风轻轻地抚拂
他浓密的头发，树叶在
他上面低语沙沙；
他睡得多香呀……巴拉莎对他
仔细地端详……是的，他长相不差，
可为什么有一丝动人的谲诈的微笑
忽地浮起在她的脸上？ 我很想作出回答，
但对于女人的笑，我却没有本领猜透它。

二〇

个把小时过去了……黄昏前的热浪
骤然退消……阴影越拉越长……
瞧——我的猎人已醒来，
他懒洋洋地坐起，把头摇了摇，
戴上帽——正想站起身来……
可是他，陡地愣住了……
噢，他看到了巴拉莎——朋友们！
他瞧了瞧——讪讪地一笑；
他一跃而起，慌忙地狼顾了一下自己，
随即矫捷地决然走出谷地……
巴拉莎花容失色，心里发毛，

好在他走到栅栏旁就收住了步子，
彬彬有礼地向她含笑摘帽。

二一

她站在那儿，双颊泛红……
她没敢抬起眼睛，心儿在胸中
猛烈地跳动。“请原谅，”他说，
显得非常从容，“请问，现在几点钟？”
她略一迟疑，回答说：“五点钟。”
边说边瞟了他一眼；
他仍然声色不动：
“这里是谁家的府邸？”
然后，不知为什么他又
十分多礼地向她表示歉意、
再次向她鞠躬，并且，
他依旧站着没动……他说，
他们是比邻，他的先祖父与她父亲

二二

素有交情……对这个意外的邂逅
他十分高兴；同时，还不下二十次地
向她连道“请原谅！ 请……”

（谢天谢地，我们的栅栏筑得很马虎），
他得以跨进花园向她走近。
她开始觉得自己的畏怯有点可笑，
因为，他，笑容可掬，一双褐色的
眼睛，透露着温顺的神情。
他对她说了些什么，使她
忍俊不禁，尔后，她的笑声
逐渐减轻……他莫测高深地一笑，
觑了下她的眼睛——走开了：
“如此而已！”他含糊地压低了声音。

二三

她目送他离去……他呢，突然
耸耸肩膀，回头望了望，冷漠地笑了笑，
似乎他早已习惯于万事顺当。
而她却感到满心懊丧……
这时，屋子里传出了杯盘的丁当声……
茶已准备停当……她回到家里，
随口向父亲说了，父亲只付之一笑，
并不放在心上，转而谈起了
陈年往事与先祖们的生活景象……
然而，一位崇拜巴拉莎的、丧偶的
老陪审官却火冒三丈——

涨红了脸像虾子一样，他声称，
他们的那位邻居——是个怪人。

二四

而我却并不认为他古怪……
反正我们还尽有时间来为他表白；
巴拉莎这时正支着手默坐在窗前，——
我们可一点不敢瞎摆，——她呀，
浮现在她脑海里的那个他，她就是甩不开！
天空布满了胭红的霞霭……疲蔫的
草地上水气蒸蔚……不一会儿，菩提的
树梢不再颤抖；凝滞的空气变得爽快，
青草复苏了，树林昏暗下来。
此刻，晚风习习，飞燕在翩跹，
有多欢快……那教堂上面的十字架，
泛着红殷殷的光彩——
河水沛然，映照出云霞叆叇……

二五

我爱坐在我的窗下，
（孩子们就在屋里嬉笑闹嚷），
天光照射在苍黛的树林上方……

啊，在这样的时刻，我感到自己
善良而又安详——我爱着并为人所爱……
可是，谁能知道，谁能说得上，是什么
不可思议的影响使我的小姐如此意乱心慌……
噫嘻，人人晚境——去回首当年欢愉的
景象——会感到既沉重又悲伤——
在那个时候，爱情，从不会如此累人，
它总是像鸟儿一样张开着翅膀……
而心灵又是那般炽烈，那般透亮……
然而过去了，早已过去了，这等的情状。

二六

是的，你们都一去不复返了，
那时日，就好比一席祷词，神秘又热狂，
那时日，有的是无忧无虑的自由的爱
与稚嫩美好的高扬的思想……
一切、一切均已消亡……
而热血犹执著地隐隐燔烧……记得
那些个夜晚，我常骑着马儿信步由缰；
仰望那满天的云翳，让羽扇般的风儿
轻拂在脸上——我深深地呼吸——
幸福之感在胸中漫漾，苍白的我
默默地踏行着、踏行着……是呀，

谁不曾是个孩子？ 对于那些曾经
奉为神圣的东西，谁又能将它遗忘？

二七

他答应来的——她反复地念叨个不停……
怎么也摆脱不了切盼的心情；
莫非是巴拉莎堕入了情网？
我不愿这么想——可也说不定……
啊，如此良宵：沁透了宛如
尘间万类的长吻般的阒静，令人醉心……
父亲叫唤道："那屋的人呀，还不就寝！"
母亲微笑着，郑重其事地
宣布了明天请他吃饭的决定。
巴拉莎走进花园，那儿，显得又神秘
又昏冥，——渐渐地，她被无名的
惆怅浸淫……而他，他怎样呢？
我要向您挑明——他，毫不动情。

二八

他是怎样一个人，你是否想知道？
他富有，任职于军队，
一生以他人的智慧为养料——

为人和悦而圆到。疲惫的、
烦闷无聊的他，常往国外跑；
他高傲而沉默地到处游荡，
带着忧郁的微笑；而在国外，
他那好揶揄的机敏的头脑，
撷取的是佻巧懦怯的观察的果实，
摄入了几多怀疑和
一大堆空洞的辞藻……
他嘲笑一切；然而，他疲倦了——
不再对自己加以讥诮。

二九

我们去到国外——啊朋友们！
就好比哥萨克在战场驰骋……对于我们，
一切都不足为奇；只匆忙地去
拾人牙慧，急于轻蔑地詈斥别人……
我们还会一再声称，说那些可让我们
拿过来的东西，毫无激情，死气沉沉——
可它，容或诞生于严酷的斗争，
它会苦苦地萦缠着人们，
它牵动的不止是一瓣心魂……
倘若我们没能通过苦难的炼狱，
我们就不懂得认知所给予的欢腾，

最终，只能各走各的阳关路，
还得背荷着那些于事无补的忧懑。

三〇

让我们言归正传吧。他，现已退役。
如前所述，当他在职时，国外
到处有他的足迹，他嬉闹跳舞，
赢钱聚赌——当然，是按友谊的方式——
他——一般地说——很能让人悦服。
他遇事镇定、不亢不卑……
故而备受称誉；然而，
他也曾辜负过不少受过他诱惑的、
被他忘怀了的淑女。
这个快乐的人，却一无乐趣；
他无情地嘲笑怪人——因而，
社交界并不赞赏他的睿智，
也不把他视为“卓越的人物”。

三一

然而，人们倾慕他……
他以他的洒脱自然吸引别人，
再说，他风度翩翩——他那

自重而冷淡的灵魂纯属天生。
他，我说过，并非是
全智全能，但他拥有了
应由上帝所赋予的一切……
外加他藐视芸芸众生……
也因此，他有不少“忠实可信的友朋”。
他与他们一起嘲笑众生，
（并轻蔑地疏远人们），
这些先生们都认为，除了他们自己，
一切都是扯淡、瞎捣腾。

三二

他谴责一切，是出于烦闷，是的！
他从不耽于太过天真的愤懑。
让我来告诉你们，我的这个讽刺家想当魔鬼；
可是俄国的魔鬼与德国魔鬼迥然不同。
德国魔鬼是冥思的怪人，可笑
却满腹经纶；我们纯种的
俄罗斯魔鬼，既肥胖又天真，
他们的相貌十分高贵，
俨然一派贵族作风！
请不必惊讶：我这位朋友
也善于友好地结交显贵们，

而且在大大小小的金牛[①]面前，
有时也会屈膝于那些被他嘲笑的人。

三三

您厌烦不……我的好心的读者，
唉，——我爱看上流社会的
舒闲与辉煌，对他们打招呼时的冷漠骄傲——
所有这种生活的无聊与喧嚷，
我也带着可笑的兴致去欣赏。
对于这个社会，我无意去效仿，
要紧的是我已准备着把我响亮的笑声
扔向那些逞性而惺惺作态的
没尾巴的准“雌狮与雄狮”[②]身上！
再说，整个文学界的同道，用来
诅咒“上流社会与奢靡”的词儿已不少……
他们的作品，尽够我们去品尝；而我，
这会儿——不知怎地我的心反倒变得很安详。

三四

我喜爱那一溜儿排开的整饬而华丽的房间，

① 喻指金钱势力。
② 喻指社交界的风流人物。

它们金碧辉煌而古老，
它们的设计恢奇而精到……
女士们呢……我喜爱她们的眼神——
漫不经心而又意味深长地漾着讥诮；
她们高雅的华妆别致精妙……
她们的眉梢若有所思地微微上挑，
绛唇上漾着骄傲的线条；
她们那变幻无常的爱情的芳馨、那散发
幽香的小册子以及灵俏的笔迹让人倾倒。
还有那种步态——那个肩膀，
那些任性的诱人的声调……
你们可知晓？ 朋友们，请说说，在这
万籁俱寂的时刻，我描摹的是谁个的面貌？

三五

“不是吗，”人们对我说，“除了上流社会，
你休想遇上这样的丽质粉黛。”
然而，我遇上过，——甚至
还曾钟情于其中的两位；
她们就像野地里的花儿那样可爱，——
不过，也就像野花一样
旋即消退了清幽的香味……
天哪——落进了那些俗吏的

掌握之中，她们怎能不凋败？
恕我又在把话题扯开——好吧，
我这就欢欢喜喜地去把
我的巴拉莎找来，赶快、赶快，
这不，客厅里正有她在。

三六

她坐在母亲身边……穿着一袭
朴素的衣衫，一朵花儿佩戴在腰带下面，
她比昨天更加苍白并激动不安。
奶妈正忙着准备茶点；
我的巴拉莎的父亲穿起了
崭新的燕尾服，不时地走到窗前：
没来，客人还没露面！
是说妥了的……怎么了？
这时，少女的恼恨渐渐升起在她的心间……
是呀，她的发式俏丽，她的手套
纤尘不染——看来是让我猜对啦……
“我的朋友，干吗愁眉不展？”——
母亲问，她打了个寒颤，

三七

淡然一笑……缓缓地
走向窗前的刺绣架，
坐在那儿埋头绣花——可是，
好端端的，那绣针总往自己的手指上扎。
她心想："那又怎样？ 他不会来啦……"
她那波俏的发辫，从她
倾垂着的纤弱的脖颈上滑下……
她的眼睛……我尊敬的读者啊，
我的这位心神不宁的女郎的眼睛，
我实难用笔墨描写它：
它们掩藏在长长的睫毛之下……
我呀，我愿一辈子就这么看着她；
可他却还不来，这个傻瓜！

三八

忽然，从门廊传来了橐橐的声音，
进来了——他。"好不容易！ 我们有多高兴！"
他在父亲胖胖的面颊上
吻了三下……很有礼貌地
接过女主人的手亲了亲……

他对她从头巾到小鞋儿扫视了一遍，
脸上掠过一丝微笑，意味轻冷——
他向巴拉莎深深地鞠躬，便在
她身旁坐定——他参加谈话……聆听着
女主人的古老话题，显得十分专心……
间或，面带微笑，殷勤地
插上三四句话——这，
深得老人们的“赞赏与欢心”。

三九

他不曾向巴拉莎说一句话……
也没有去瞧她，然而，
他的全部表情，他的语调与微笑——
都在不意之中向她流露出亲切与款洽……
他是何等地温柔！ 何等地体贴她！
说实话，他已处于秘密期待的折磨下……
她呢，自在些了——
有所思地默默睇视着他，
对自己的心感到茫然……
而他，感觉到了她那纯情女性的
诱人秋波正飘向自己发热的面颊——
于是，他沉浸在甜美的喜悦中，
动情地充分享受着它。

四〇

您可能不喜欢他，我的读者。
然而，他的被爱也不无缘因；
他周身透着真诚与温驯；
整个的他，洋溢着纯正神圣的热情，
他从不愿悖拂别人的心。
他被爱了——来得多么疾迅！
然而，这，对我的巴拉莎可能有失恭谨……
请告诉我——您的回忆将有助于我——
该怎样去称呼那种怆恍的幽情，
那种越来越恼人地攫住您的、
使您难以自已的慌乱不宁……
我们不必假道学——
朋友们啊！——我把这称之为爱情。

四一

是的，它会不可思议地猝然炽焚，
然而，这种火花也常会熄灭无存……
它并不总能叫人称羡。
我这么说庶乎含混……
先生们，您兴许会感到欣幸，

当您瞩望那美好心灵中爱情的燔腾，
悄悄地去聆听那思绪万千的叹息与话语，
凝视那明亮的信赖的眼神，并将
过去的一切当作肩上的重荷一般抛扔……
当您深信机缘的不可重复——
您就会感到生命的充实丰盛，
就会省悟到徒然把才智用来嘲讽一切——
那可笑的正是您自身。

四二

他俩就这样并肩端坐……他在与她闲聊……
巴拉莎觉得很奇妙，他的话
虽然隐约其辞，但她都能明了……
她惧怕他——又觉得这样很好——
对于自己的羞怯，她几乎感到
一种甜滋滋的隐秘的美妙。
他轻松自如地有说有笑，
而当他俩的目光在不意中相遇，
她也没有马上垂下睫毛……
她站起身来，无端端地向父亲的身上偎靠……
她娴静地浅笑着，撒着娇，而且，
总谈起他，“他呀，”她说道——
读者——我承认，我让你们感到可笑。

四三

夜幕降下了……团团乌云
集结在远方……夜空中，烟云茫茫……
菩提在簌簌私语，昏暗的草地上，
苹果树舒展着枝桠沉入梦乡——
惟见白桦丛中，间或
传过一阵轻微的颤荡；
小河那边，夜莺在啼啭——
但闻水声潺潺，不绝如缕；
几已入睡的草原，犹不甘沉寂地在絮嚷。
而怯怯地飞进屋里的风的清香，
恍如不眠的大地的叹息——
沁渗于花园、田野和森林，
在永恒而神圣的天穹下面浮漾……

四四

我忆起那座古老忧郁的花园，——
那儿，一汪平静的池水冷寂坦荡……
在岸边垂柳的阴影下惹着细浪；
我还记得，多少年前
我在青草萋萋的花园里游逛

（小径上莽草蔓长），
燃得彤红的晚霞令人叹绝……
它那浓艳的火焰从天空辉洒到地上……
疲惫的我，百感丛生地踽踽徜徉，
梦想着有一位幻景中的女郎……
与我一起默默地漫步在暮色之下——
而今，我实现了自己的梦想，
啊，上苍！

四五

“您可愿意去花园？”老人问，“哦？
维克托·阿列克谢依奇！ 让我们一起去吧？
我的花园虽属一般，但是很大，
那儿有各种花卉，还有小径与花坛。”
于是，他们全都去了花园……
黄昏的秧鸡啼鸣着表示迎迓；
远处，草地白茫茫一片……
上面满布着凝滞的云团，
星星时明时灭，透过菩提树的
巨大冥蒙的幕帘悄悄地眨着眼——
游客们漫步走在林荫道上：一对在前，
另一对走得慢，距离越拉越远——
不一会，那对可尊敬的夫妇

四六

已落在后面……啊，乡村的这一手！
巴拉莎与他一起徐徐而行……
她的心似乎很平静——可也并非尽然；
而他，肩并肩地走在她身边，
却缄默着，显得困窘。
他担心在无意中透露出心曲，
生怕控制不了自己的感情……
他确信，即或存在例外，
那也准是一种轻薄的行径。
我承认，他很少出错，总能中肯地
对事物作出估评……然而，他对于
另一种境界并不了然——在那儿，
他呀——是个天煞星！
——在那儿，他不谙怜悯。

四七

“得了——你的维克托不早就
动过情，伤过神，诸此等等？”
我忘了告诉您——我的友人——
他仅仅在舞会上作过山誓海盟，而且

只是对那些并非他真正倾心相爱的女人。
而当他承认自己堕入了情网而不能自拔时，
他会因疑虑而备受折磨，五内如焚——
像一个沉湎于收藏奇珍异宝的
艺术家那样，对自己的感情讳莫如深，
嗐，我的这个不信神的人，他就爱
跟自己的感情藏闷儿……可是突然——
与一位县城的小姐——在花园……
他觉得这要比下地狱更为引人入胜。

四八

他越陷越深……
而她还只是个孩子，即令
她的可敬的双亲落在后面也不要紧；
她那恬静的面颊上还不曾
留下过狡黠的烙印；
这会儿——他逗趣似的握住她的手……
逐渐地，恢复了轻松平静……他庆幸：
“谢天谢地，就这么在乡间待到秋天，
也不至于太过乏味扫兴——而以后……
可是，我干吗要心神不定，
我，似乎，爱上了，迷住了心！”
他又一次地恋爱了？ 是什么原因？ ——

我的朋友们，现在，让我向你们作个说明。

四九

首先，这是一个美妙的夜晚，
夏日的夜晚，平安宁静；
月亮升起了，夜色晦冥。
远处流淌的河水，在朦胧中闪着波影……
一条小路向着大河逶迤；
高地上依稀有一片树林，
但闻叶片在簌簌作响，却看不分明；
他俩下到峡谷里，那轻柔的黑暗，
仿佛受他俩的驱赶而让出路径……
此情此景的诱惑，他难以抗拒——
便一任了无挂牵的遐想悠游忘情，
他安详地微笑着，长叹着……
清新的风儿亲吻着他们的眼睛。

五〇

其二，巴拉莎并没有沉默，
更没有甜腻腻地忸怩叹息；
她说着，谈吐自如。
她走着，步态婀娜——

她那修长的身躯洒满了薄雾，
透明的暮色影影绰绰地将她裹住……
他停下休息；觉得与她单独相处
愉快无比。他喁喁着……而她呢，
她心中有一种神异的、压抑不住的火焰
正在熊熊燃起。而昏暗中的矮树丛，
似乎也在受着情焰的煎熬而芳香四溢，
远处，远处——那草原的交界处，
夜莺在啼唱，哀号，哭泣。

五一

也可能，他开始明白了
情窦初开的她有多么美好……
于是乎，他的荒谬的偏见，
这才不再向他刺刺聒噪。
她特有的那种纯真的甜美，
带着几分羞怯而又稚气未消……
是呀！ 爱情，她尚未意识到，
她就像一片闪光的幸福的小叶片，
随着渺渺水波浮漂……此刻，
她周围的一切都在向她微笑，
整个天空就在她上面俯下身腰。
就连那些柔曼地摆悠着的小草，

也温存地对着她细声絮叨……

五二

他俩就这样走着、走着……我的朋友，
他默默地欣赏着巴拉莎的姣好；
她显得生气盎然，宛如春日大地上的花朵，
被沛然温暖的露水所滋润，
热烈地徐徐吐艳放苞。
她的双颊在潮湿的冷雾沾濡下
燃烧……这时，他意识到
他将占有她的心，为自己的
被爱而心荡神摇——
她则变得沉默——大家都知道，
这种沉默，有它独特的称号……
他于是欠下身——她的手
在他的一吻之下隐隐地灼烧。

五三

先生们，读下去、读下去！ 甭担心：
我可是一个品行端正的作家。
我的那位朋友虽说胡闹过，
但仍不失为一个“好样儿的诚实的家伙”，

他绝不会去摘取，去享用尚未成熟的鲜果。
况且，他已有所触动：没错。
他经历过很多——厌倦了生活；
他曾不止一次地告诫自己，决不能盲目地
一味在情海中浑浑噩噩……闲来无事的时候，
他会梦想一种恬适而合理的婚姻生活……
而眼前，他察觉：巴拉莎
正在黑暗中哆嗦……“我们
是否该回家了？”我的主人公对她说。

五四

他俩走在回家的路上；不过——
说实话——这趟路走得特别长……
一路上，他俩谈了不少话：我怎忍心
拿他们清白无邪的谈话来说短道长——
我发誓，他们绝不是在互诉衷肠。
她只是在同他聊天，就像个老朋友一样，
但可怜的姑娘啊，她的手
在微微地颤抖、发烫，
她的声音犹带着些许惶惑的余响……
事情就是这样：她信赖他，
羞赧地沉浸于这种款洽的情状，
好比是一个孩子，怯怯地抓住了

一根小树枝，要把小脚蹚进溪流里一样。

五五

终于他们到家了，晚餐桌上，
我的朋友口若悬河，神采飞扬。
老人似见到奇事异物一般
对着客人仔细端详……
巴拉莎则静静地用手支着身子倾听着。
待到夜半的钟声敲响；马车打点停当；
他便站起身来；父亲温情地
吻他，就像吻别亲人一样；
女主人呢，简直是眼泪汪汪……
最后，他要动身了；告别的时刻来到了，
“再见，”他含笑轻轻地对她讲。
当马车启动时，他与站在门口的她，
久久地交相投注着各自的目光。

五六

一路上，四周阒静无声……夜深沉；
马车的前头颠晃着驾车人。
“我喜欢这邻居……”他思忖，“他家
只有一个女儿；父亲富有……

女儿很动人……”
他挥走了其他的一些于事无补的幻梦，
同时，也驱散了逝去的岁月的回声……
她呢，在自己的屋里来回地走动，
并不去期待什么，也没有慌神；
她的心麻木了；只觉得
此时此境已与过去的一切判若泥云——
她的整个生存，她的梦，
已在转眼之间将她拥住；
而他——就是她梦里出现的那个人。

五七

啊……我心愀怆；
泪水弥漫在我的眼眶……
我见她坐在窗前的沙发上；
她的头依着靠垫，头巾
悄悄地溜下了肩膀……
那一绺柔柔的金色发卷，波浪一般
怯生生地缠卷在苍白的脸颊旁……
而在她唇间，绽开了一丝微笑。
月光倾泻在窗上……一阵忧虑使我
禁不住意乱心慌；侧耳细听：
有一种笑声缭绕在梦中的她的上方，

宛若铃声在颤悠悠地鸣响……
是谁在那儿聒絮……在讽嘲地吟唱：

黄昏暖洋洋，洁净的蜂箱中
清纯的蜂巢已成熟地在酝酿；
黄昏暖洋洋，满树的
菩提花正在吐露芬芳；
只见花儿滴着晶莹的蜜汁，
仿佛她们在把眼泪流淌——
一群蜂儿贪婪地回旋盘桓在
花朵上，竟如此地轻狂……
花儿不会枉然
把娇客等待，
她们娇媚地斜倚在
自己柔弱的细枝上。
你呀，我的孩子，你
那颗充满热焰的心
已妙不可言地成熟起来了，
你羞答答地亟待把花朵儿绽放……
如今，正在吐艳的你
让人心荡神迷，
在夏日的骄阳下你亭亭玉立，
如此地娇艳鲜亮。
就这样，你在苗条的花茎上偎傍，

就这样，我的花儿，你终于盛开怒放；
飞来了你的情郎……良缘天作——
他呀，正向着你这个被遗忘的旮旯里扑撞。

五八

尽管如此，也未必就能结出果实……
他可能不再稽留——
不再把邻人、爱情与散步存在心头，
就好比是一根随手扔了的小树枝，早已
被他置之脑后。然而她不能……
而当他俩漫步在花园的时候——
如果它，那个为我们稔知的它，
在我们的理性尚未成熟的无邪的
意识中——曾使我们感到过恐惧担忧，
如果它，那个森然有力的恶魔，
裹挟着乌云的冥幽，在花园上空
飞掠游走——并在一对情侣上面
猝然俯下它那颗阴郁的头——

五九

那么，它会说些什么呢？ 它目睹过

唐璜们如何不失时机地屡屡地
去蛊惑、驱使那些矫饰成
清白女子的心智……不过，话得说回来，
它也并不满足于去观赏这种始自
巴比伦时代①即已驰名于世的游戏……
有时，它会用行家的杞忧
去谴责唐璜的方式，偶尔，
也给点儿忠告，出几个点子；
可它所奚落的总只有她一个……
然而这一次，让它哂笑的
却是他们俩……朋友们，你们
似乎还不太明了我的意思？

六〇

我的维克托不是唐璜……
她的激动也并不过分。
“这样更好，”人们会说，“炽烈的
激情会使危险丛生”……确实；
更好，毫无疑问，理应结婚、生儿育女，
生活得平平稳稳——切不可，尤其在
一开始，就涨红面孔……低下头……

① 原文为“巴比伦之塔的混乱时代”。

让迷乱的心失却自持——等等。
可不是，若按此等高论——
我就该闭口噤声……而我要祝贺
巴拉莎——我已把她交给了命运……
她将去面对这样的生活；
而恶魔，似乎在哈哈地发出笑声。

六一

我的维克托早已销蚀了他的爱心……打自
儿提时代起，他就十分悭吝他炽烈的感情；
这，实乃上流社会的生活所决定；就说婚姻，
也被视作蠢事一桩——哪怕它基于爱情。
瞧，她要爱谁也是命中注定……
有什么可说的？ 他，无可挑剔，
对她又十分倾心；而今，她那
沉思而热情的心灵所向往的一切
已成现实……一切如愿遂心，
这一切，是她大胆祈求或未敢奢望的，
这一切，她无法为之命名……
天从人愿……他俩已双双在爱河中沉浸……
可是在我耳边响起的仍然是魔鬼狂笑的声音。

六二

朋友们！ 我见到了魔鬼……它正倚在栅栏上；
讥嘲地注视着一对恋人，用它那阴沉的目光。
我听到，远方，在暴烈的狂飙
撕扯下，松林在悲号……
这使我惊恐万状；
我又看到，现在它的视线已不再
滞留在他俩的身上——此时此刻，
整个俄罗斯如同原野一般
在它的眼前铺展舒张……
启明星在黑色云层中闪烁，
而它眼瞳中的凶焰也在灼灼发光，
一丝可怖的笑意正蜿蜒着
蛇行在这个恶的主宰者的嘴唇上。
…………
…………

六三

我与他们睽违积年；久别
重逢，一晃已有五年光景。
他俩在第四个年头成了亲，

他如此地发福，直令人吃惊。
见到了我，两口子显得非常高兴。
我的到来勾起她对往事的回忆——
刺激了她的神经……她哭了一阵，
感伤得难以自禁——而感伤，对一个
已婚的女人来说，就显得有点荒诞不经。
普拉斯科维亚·尼古拉耶夫娜[①]的生活
宛若一条潺潺的小溪，曲折却平稳安宁……
她的夫君，——我没来得及交代，
不但非常爱她，而且对她十分尊敬。

六四

婚前，他起先常拿她来笑话；后来，
登门拜访已习以为常；
最终就与她定亲拜了堂；
看到女儿戴着花冠站在婚坛前，
年迈的父亲快乐得眼泪汪汪，
他馈赠给新人一幢漂亮的新房，
式样古老——布置宜人——轩敞开朗……
啊，相信吧，朋友们，
生活中，什么都可能碰上……

① 尼古拉耶夫娜是她的父名。

你们或许会对我说：那爱情呢，他与她在
爱情上不见得相称吧……这，谁能说得上？
朋友们，就让大家来回答吧；
我这就打住啦；要不，你们会感到腻味，
就连我自己也觉得这闲篇儿已扯得过于冗长。

六五

可是——天哪！ 我当真有过那样的心意，
当初，我景慕她，对她奉之若天神，
我向她的心许诺过的华年
有多么幸福、痛苦而神圣！
而在诀别了希望之后，
我开始习惯于受冷遇的寂岑。
然而，我珍重她最终的意愿，
只能隐藏起我的苦闷，瞩望着她如同
远眺一颗我心爱的星辰……还能怎样呢？
我是如此天真地被欺蒙，
既容易又自然而得体，
以至我都怀疑那些我曾怀有过的
希望，究竟是梦是真，啊，亲爱的朋友们。

六六

就在那个夜晚，那个夏日的夜晚，
在呈献给她一片痴情的那个瞬间，
她内心迅疾地涌起了
叫人动容的波澜……再见了，
巴拉莎！ 是静下心来的时候了；
我也不耐地想要辍笔掩卷……
关于她，我还有什么好说的呢？ 事实上，
谁也说不上她拥有了多少幸福和美满……
她不住地唏嘘喟叹——
在记忆中封存着荒谬的所谓幸福，
并将它视作纯真的完善！
我这就要与她分手了……而且也
未必再能见她一面……我为她抱憾。

六七

我为她而怨天尤人……倘若命运
许诺她的是另一种、另一种世路……
可是命运，照例是那么残忍，
其经纬处事也异常严峻顶真。
回忆巴拉莎的可爱的眼神，

在我们分别之时，我本可向她
吐露我内心的苦闷……可是——
白雪的银光闪着耀目的光晟，
寒天坼地，可闻喀嚓声声；
我早就应该去呼吸这清新的空气
去感受这里自由旷放的气氛……
为此，我谨向读者脱帽致忱——
并作以下的表白，对你们：

六八

再见了，我的读者！ 我的这个故事是否会
使您昏昏欲睡，不值一哂——我说不上；
而我，哪怕与你们才刚相识，
也岂敢奢望有进一步的交往……
这一切均出于我对你们的敬仰。
这里，我差谬不少；但我听讲，
你们仁慈又善良，就请
看在上帝分上，多多包荒！
还请你们，亲爱的朋友，请见谅：
你们的那位俊友自孩提时代起
即已苦于不幸的热烈欲望……
得了！ 在此吟诗作文，不胜汗颜，
只恳请你们别把这些不经之谈放在心上！

六九

而如果有谁读了我这篇
散漫的故事之后——会不自禁地
陷入沉思，并在这一刻向我
致谢点头：那对我，就是最好的犒酬……
记得有一次——我乘船
沿着陌生的城市漂游：
我兀立在船尾甲板上，任凭
水浪把船身托举又抛投……
突然，岸边窗口上有人在向我招手，
是谁，何时何地我曾与他邂逅，
我一点也想不起……船儿很快地
掠过，我只能向他挥挥手——
而城市，已悄然隐没在山后。

散文诗

一、Senilia

乡村

六月的最后一天；方圆千里都是俄罗斯——故乡。

长天一色，染得碧蓝；只有一片小小的白云——不知是在浮游呢，还是在融化。没有风，暖暖的……空气——就像刚挤出来冒着热气的牛奶。

云雀在鸣啭；鼓胸的鸽子在咕咕；燕子静悄悄地在飞掠；马儿咀嚼着抽起响鼻；不吠不咬的狗儿，站在那边温驯地摇着尾巴。

有股烟味儿和青草味儿飘送过来——还有点儿松焦油味儿——一点儿皮革味儿。麻田长势喜人，散发出一股冲鼻却好闻的气味。

峡谷幽深，带着斜坡。两边长着几行顶端硕大、树干下方现出裂纹的爆竹柳。有条小溪沿着深谷汩汩流淌；透过粼粼的水波，溪底的卵石似在微微颤动。远处，在那天地交接的地方，大河勾出了一丝浅蓝色的线条。

沿着峡谷，一边是些整洁的小谷仓和紧闭着大门的小堆房；另一边是五六座薄板屋顶的松木农舍。每家房顶上都高高地竖着一根椋鸟笼竿子；每户台阶上都置有一匹鬃毛耸起的镂花小铁马。窗玻璃凹凸不平，映出虹的色彩。护窗板上涂绘着插满花卉的瓦罐儿。每间屋前都端放着一条完好无缺的长凳；墙根土台上猫儿蜷成一团，警觉地竖起了透明的耳朵；高高的门槛里面，门厅显得幽暗而荫凉。

我铺开马衣，躺在峡谷边上；周围——一堆堆新割的草垛，清香扑鼻，让你懒懒地直发困。机灵的主人们把禾草摊开在屋前：晒得干透些，好收进草棚子去！ 要是能在这上面睡它一觉，那该有多好！

孩子们鬈发蓬松的小脑袋，从一个个草堆里冒出来；带凤头的母鸡在干草里寻觅着蚊蚋和虫豸；蓬乱的草茎中一只白唇的小狗在打滚。

几个长着亚麻色鬈发的小伙子，身穿束着低低腰带的干净衬衫，脚登镶边的厚实长统靴，他们把胸脯靠在卸了马的大车上，正伶牙俐齿地相互抢嘴说笑。

窗口探出一张年轻女人的圆圆的脸来；她在笑着，不知是笑他们的嚼舌，还是在笑乱草堆里孩子们的嬉闹。

另一个年轻女人用一双有劲的手从井里提上一只湿淋淋的大吊桶……吊桶在抖动，在绳端摇荡，晃出了一串串发亮的水滴。

我面前站着一个老农妇，她是女主人，穿着格子呢的新裙子和一双新皮靴。

她那黑瘦的脖子上挂着绕了三圈的大串珠；白发上裹着一块黄底红点子的头巾，低垂在她混浊的眼睛上。

然而这双老眼在温和地微笑；整张皱纹密布的脸都在微笑。想必，老大娘该有七十了……不过，就是现在也还看得出：她当年可是个美人儿呢！

她那晒得黑黑的右手手指张开着，端了一瓦钵刚从地窖里取出来的没撇过奶油的冷牛奶；瓦钵外边还蒙着一层珍珠似的水珠子。老大娘左手托着一大块还有点温热的面包递给我。

“吃吧，”她说，“请随意，过往的客人！”

一只公鸡忽然起劲地扑打着翅膀啼叫起来；围栏里的小牛犊也慢

悠悠地哞叫了一声应和着。

“啊！ 多好的燕麦啊！”我听到我的车夫说。

哦，俄罗斯自由乡村的富足、安宁与丰饶啊！ 哦，恬静与幸福啊！

于是我想：对我们这儿的人来说，那帝都[①]的圣索非亚大教堂圆顶上的十字架，乃至我们这些城里人矻矻追逐的那一切，能算得了什么呢？

（1878 年 2 月）

① 古代俄国对拜占庭帝国的国都君士坦丁堡的称谓。

对 话[1]

不论是少女峰，还是黑鹰峰，

都不曾有过人类的足迹[2]

阿尔卑斯峰巅……险崖峭壁连绵不绝……群山的中心。

群山之上是浅青色的、明亮的、寂静的天空。苦寒凛厉而冷峭；白雪干硬、闪烁；在狂风吹裂了的冰封断崖上，峥嵘巨石从雪的覆盖中崛起。

两个庞然大物，两个巨人，屹立在远天两侧：少女峰与黑鹰峰。

少女峰对邻居说：

“讲讲吧，有什么新鲜事？ 你见多识广。那儿下面有些什么？”

几千年过去了：不过一瞬间。黑鹰峰隆隆回答道：

“有片密不透风的云遮蔽了大地……等会儿吧！”

又是几千年过去了：不过一瞬间。

“嗨，现在呢？”少女峰问。

“现在看得见了。下面那儿仍旧是那样：五光十色，又细又碎。蓝

---

① 这篇散文诗取材于十九世纪初俄国作家、历史学家卡拉姆辛（1766—1826）的《一个俄国旅行家的书信》。

② 出自《一个俄国旅行家的书信》。原句为“任何生灵都未曾涉足它们”。少女峰与黑鹰峰都是瑞士境内阿尔卑斯山的著名高峰。

色的水，黛色的森林，灰色的石堆。石头近边，许多小虫子还在蠕动。你知道，他们就是从未玷污过你我的两脚动物。”

“是人吗？”

“是呀；是人。”

几千年过去了：不过一瞬间。

“嗨——现在呢？”少女峰问。

“一眼望去似乎小虫子少些了，”黑鹰峰隆隆地说，“下面清楚些了；水变窄，森林变稀了。”

又是几千年过去了：不过一瞬间。

“你看见什么了？”少女峰说。

“靠近我们的地方，好像被打扫过了，”黑鹰峰回答：“瞧，那边远处，沿着河谷，还有些小黑点，有什么东西在蠕动。”

“这会儿呢？”少女峰问，又过了几千年——不过一瞬间。

“现在好了，”黑鹰峰回答，“到处都很整洁了，不管你朝哪儿望去，都是一片白茫茫……到处是我们的雪，一色的雪与冰。全冻住了。现在好了，安静了。”

“好哇，”少女峰轻声地说，“不过，我俩也唠嗑够啦，老头儿，是打个盹儿的时候了。”

“是时候了。”

两座大山睡了；在永远沉默的大地之上，青色的、明亮的天空也睡了。

（1878 年 2 月）

老 妪

我独自走在辽阔的田野上。

忽然，我觉得背后似有一种轻轻的、小心翼翼的脚步声……

有人在跟随着我的步子走。

我回头一看——是个矮小、驼背的老妪，全身裹在一件灰色的褴褛衣衫中。只有她的脸从这堆破烂里露出来：一张面色蜡黄、布满皱纹、鼻子尖尖、掉了牙的脸。

我向她走去……她停下脚步。

“你是什么人？你想要什么？你可是乞丐？是否在等待施舍？”

老妪没有回答。我俯近去看她，她的眼睛如同某些鸟类那样，蒙着一层半透明的白翳或薄膜：鸟儿就是用这层薄膜来遮挡强光，保护自己眼睛的。

可是，老妪的薄膜却纹丝不动，也没有露出瞳仁来……由此，我断定她是个瞎子。

“你是想要施舍吗？”我重复问，“你为什么要跟着我？”然而，老妪仍然不回答，只稍稍缩起身子。

我转身避开她，走我的路。

可我又听到了身后那种轻轻的、有节奏的，像是有人在蹑足悄行的声音。

“又是这个女人！”我心想，“为什么她老跟着我？”但我立刻又想：“也许，她由于眼瞎而迷了路，现在是跟着我的脚步声走来，想跟我一起走到有人住的地方去。对了，对了，就是这样。”

然而，一种异样的不安渐渐地控制了我的思虑：我开始觉得，这老妪不光是在我后面跟着，她是在引领着我，把我推向左、推向右，而我则身不由己地顺从着她。

但我继续走着……而在我这条路的前方，有个黑糊糊的、越来越宽的东西……像是个坑穴……“是坟墓！”我脑中一闪。“原来她想把我朝那儿推呀！”

我猝然向后转身……老妪还是出现在我面前……然而她能看得见！她大张着她那凶恶的、不祥的眼睛瞪着我……猛禽的眼睛……我俯近她的脸、她的眼睛时……又见那层晦黯的薄膜，那张瞎子的呆板的脸庞……

“唉！”我心想……“这个老妪——是我的命运吧。人是逃不过命运的呀！”

“逃不过！逃不过！干吗神经过敏？……该去试一试。”我转到一边，朝另一个方向跑。

我快步走去……然而，那轻轻的脚步声还是在我后面沙沙响，靠得近而又近……而前方出现的又是那个黑糊糊的坑穴。

我重又朝另一边走……身后还是同样的沙沙声，身前总有那个同样可怕的黑斑块。

我就像一只被猎人追逐的兔子，无论扑向哪一边……全都一样！一样！

“停下吧！”我寻思，“不妨来骗她一下，我什么地方也不去啦！”便一下子坐在了地上。

老妪站在我后面，离我才两步。我听不见，但感觉得到，她在那儿。

忽然我看到：远处的那个黑斑浮动起来了，向我爬过来了！

天哪！ 我回头一看……老妪正直勾勾地瞅着我——歪扭着没牙的嘴在冷笑……

“你逃不过的！”

(1878 年 2 月)

狗

屋里就我俩：我的狗和我。院子里，可怕的、疯狂的暴风雪在吼叫。

狗蹲在我跟前——直瞪着我的眼睛。

我也望着它的眼睛。

它像是要对我说些什么。但它不会说话，它没有语言，它不了解它自己——但我了解它。

在这个瞬间，我知道，它与我有着同一种感觉，我们之间并没有什么差别。我俩是相同的；我俩心中都燃烧着、闪亮着同样跳动的小火花。

死神，煽动它那宽大、冰冷的翅膀，猛地飞来，扑向它……

于是，结束了！

之后，有谁会去判别，曾经在我们各自心中燃烧的究竟是什么样的火花？

不，这不是兽与人在相互觑视……

这是两双同样的眼睛在彼此凝望。

在这两双眼睛的任何一双里，无论是在兽或是人的身上——一个生命同另一个生命正在怯怯地互相贴近。

（1878 年 2 月）

对 手

我有个同学——一个对手；不是学习上的，也不是工作上或者爱情上的；我俩的意见总碰不到一起，每次见面我们都会争论个没完。

我们争论一切：艺术、宗教、科学、尘世的和冥间的——尤其是对死后的生活争论不休。

他是个狂热的信徒。有一次，他对我说：

“你总嘲笑一切；如果我在你之前死去，我就会从那个世界到你这里来……来看看，那时你还笑得起来不？”

而他，恰恰就先我而去，那时他还很年轻；许多年过去了——我已忘记了他的诺言——他的恫吓。

一天夜里，我躺在床上——可我不能，也不想入睡。

房间里半明半暗；我朝灰蒙蒙的幽暗望去。

忽然，我似乎觉得我的对手站在两扇窗户之间——正默默地、悲哀地上下晃着脑袋。

我没有被吓坏——甚至也不十分惊异……我只是稍稍抬起身，用胳膊肘撑着，更加聚精会神地凝视这个突然显现的形影。

他还在晃着脑袋。

“怎么？”我终于开口说了，“你是得意呢？还是懊悔？你这算什么？是警告还是责备？……也许你想让我知道，你过去错了？让我知道我俩都错了？你感受到什么呢？是地狱的苦难？是天堂的极乐？ 哪怕说一个字也好！”

但是我的对手没有发出任何声音——一只是仍旧悲哀地、温顺地晃着脑袋——自上而下。

我笑起来……他消失了。

（1878 年 2 月）

乞丐

我在街上行走……一个乞丐，一个衰弱的老人挡住了我的去路。

红肿的、泪汪汪的眼睛，发青的嘴唇，褴褛的粗布衣衫，肮脏的伤口……唉，贫穷把这个不幸的人啃噬得如此地不成样子！

他向我伸来一只肿胀、通红的脏手……他呻吟着，咕咕唧唧地乞求着。

我摸遍了身上所有的口袋……没有钱包，没有怀表，甚至连块手帕也没有，我什么也没有带。

而乞丐在期待……他那伸出的手在无力地摇晃着、颤抖着。

我心慌意乱，狼狈不堪，只紧紧地握住了这只肮脏、颤抖的手……

“别见怪，兄弟；我身上什么也没带，兄弟。”

乞丐用他那双红肿的眼睛凝视着我；他发青的嘴唇透出一丝笑意——他也紧紧地握了握我冰冷的手指。

“哪儿话，兄弟，”他嘟哝着说，“这已经该谢您啦。您这同样是施舍呀，兄弟。”

我顿时明白，我也从我的兄弟那儿得到了施舍。

(1878 年 2 月)

“你会听到愚人的评判……”

普希金[1]

你从来都是说真话的，我们伟大的歌手；这一次，你说的也是真话。

“愚人的评判，群俗的冷笑”……这两者，有谁不曾尝味过呢？

这些都是能够——也是应该忍受的；谁有能耐——就让谁蔑视去吧！

然而，有些打击刚好落在你的心坎上，这使你倍感痛苦……一个人竭尽所能地做了一切，努力地、诚实地、热情地干他的工作……然而，那些可敬的人却嫌恶地躲开他，那些可敬的面孔一听到他的名字，就会气得通红。

“闪一边去，滚！”可敬的年轻的声音冲着他喊叫，“我们不需要你，不需要你的劳动；你玷污了我们安身立命的处所——你不知道也不了解我们……你是我们的敌人！”

那么这个人该怎么办呢？继续劳动，不企图去为自己辩解——甚至也不期待更为公正些的评价。

---

① 本篇标题出自十九世纪俄国诗人普希金（1779—1837）的抒情诗《致诗人》一诗第一节中的一句。

从前，庄稼人曾骂过一个过路人，这个过路人给他们带来了土豆，土豆可代替面包，可作为穷人的日常食粮。而他们却从那双伸给他们的手里打落了珍贵的礼物，把它摔到泥地里还用脚去踩。

而今，他们以土豆为食粮——却连自己恩人的名字也不知道。

得了！ 他的名字对他们又算得了什么？ 他尽管无名，但已拯救了他们免于饥饿。

让我们致力于一件事，我们要带来真正有益的食物。

听到不公正的责难出自你所爱的人之口确实令人伤心……但是即使如此也是能够忍受的……

“打我吧！ 但是要听我说！”雅典的统帅对斯巴达人说[①]。

“打我吧——但愿你身体健康，丰衣足食！”这是我们该说的话。

(1878 年 2 月)

① 这是雅典统帅地米斯托克利(约前 528—约前 462)对斯巴达人领袖欧里比亚德斯所说的一句名言。

得意的人

京城的大街上蹦蹦跳跳地跑着个还算年轻的人。他动作敏捷、兴高采烈；他的眼睛炯炯发亮，唇边漾着得意的微笑，激动的面孔快活得泛出红光……整个儿的他——得意扬扬，乐不可支。

他发生了什么事？得遗产了？升官了？赶着去赴情人的约会？或者，他只是美美地吃了顿早餐，感到身强力壮，情不自禁地手舞足蹈？波兰国王斯坦尼斯瓦夫啊！没准是你把你漂亮的八角十字勋章挂在了他的脖子上啦？

都不是。他编造了谎言诋毁一个熟人，煞费苦心地散播它，之后他又从另一个熟人口中听到了这个谎言——而且**他自己也相信了它**。

哦，此时此刻，这位讨人喜欢、前程远大的年轻人，有多么得意，甚至多么善良啊！

(1878 年 2 月)

处世箴言

“假如您想让您的敌人伤透脑筋并让他受到伤害，”一个狡猾的老家伙对我说，“那您就列举您自己的缺点与恶习，用这些去指责他。您可以愤慨地……去谴责他！

“首先——这能使别人认为，您是不会有这些恶习的。

“其次——您当真感到了愤慨……您就可以在对自己良心的谴责中得到享受。

“如果您，譬如说，是个背叛者——那就去斥责您的敌人无信仰！

“如果您，有着奴才的灵魂——那就责备他是个奴才……文明的奴才、欧洲的奴才、社会主义的奴才！”

“甚而至于可以说：没有奴性的奴才！”我给指明道。

“也可以这么说吧，”老奸巨猾的家伙立刻附和了。

(1878 年 2 月)

世界末日

梦

我恍惚觉得我是在俄罗斯的某个荒凉的地方，在一家普通的农舍里。

房间大而低矮，有三扇窗户；墙上涂着白粉；没有家具。屋前是光秃秃的原野；渐渐地倾斜着伸展到远方；灰暗的、色调单一的天空，宛如帐幔一般低垂在原野上。

我不是一个人；屋里还有十来个人和我在一起。那都是些普通人，穿着朴素；他们默默地来回走动着，仿佛是在蹑足而行。他们互相避让——但彼此不住地交换着惊惶的目光。

谁都不知道自己为什么来到这屋里，跟自己在一起的都是些什么人？每个人的脸上都显露出不安和沮丧……大家一个接一个地来到窗前，专注地张望，似乎在等待着窗外的什么东西。

之后，大家又来回踱着步。有一个个头儿不高的男孩在我们中间乱转，不时用单调、尖细的嗓音叫喊着：“爸爸，我怕！”这种尖叫声使我厌恶得直想吐——于是，我也开始害怕了……怕什么呢？自己也搞不清楚。我只感觉到：一个巨大的、巨大的灾难就要来临，它正渐渐迫近。

突然孩子又尖叫起来。啊，要是能离开这里就好了！这么憋气！这么死沉！这么苦闷！……却不可能跑开去。

天空——恰似一幅裹尸布。没有风……莫非空气也死过去了？

那男孩忽地跳到窗前，用同样的声音悲哀地喊叫起来：

“看呀！看呀！地塌了！”

“什么？地塌了！”是呀：屋前原本是平原，而现在，屋子都已处在巍峨骇人的大山之巅了！天塌下来了，往下面坠落了，那几乎陡直的、仿佛被劈开的黑魆魆的绝壁，正好从房子边上沉了下去。

我们全都聚在窗口……恐惧使我们的心变得冰冷。

“这是它……这是它！”我旁边的人嗫嚅着。

有个东西沿着整个遥远的地平线在移动，一些不大的圆圆的山包在不停地起伏。

“这是——大海呀！”刹那间，我们全都同时想到了，“它会很快把我们淹没的……不过，它怎么会涨起来涌过来的呢？涨到这悬崖峭壁上来呢？”

可是海水是上涨了，声势浩大地涌了起来——这已经不是在远方奔突着的几个小山包了……一大片壮阔骇人的狂澜，席卷了周围所有的地平线。

浪涛在掀飞，向着我们掀飞——它刮来寒冷的旋风，卷起漆黑一片。周围，一切在震颤——那边，是那个突然扑来的庞然大物所挟带的坼裂声、轰隆声和千万个嗓子喊出的铁一般的嚎叫……

哦！这是怎样的咆哮与哭号！这是大地因恐怖而发出的哀嗥……

大地的末日来了！万物的末日来了！

小男孩再一次尖声哭叫……我本想拉住个同伴，可是，我们都被墨水样黑糊糊、冰冷的、怒吼着的浪涛压倒了、埋葬了、淹没了、冲走了！

黑暗……无尽期的黑暗！

我几乎透不过气来，于是醒了。

（1878 年 3 月）

玛 莎

多年前——我住在彼得堡，每次雇了街头马车，总要跟车夫闲聊几句。

我特别喜欢跟夜间赶车的车夫聊天儿，他们都是近郊的贫苦农民，驾着涂成赭石色的小雪橇和瘦弱的驽马来到京城——期望能糊个口，能凑些钱回去向老爷交租。

有一回，我雇的一个车夫……一个二十来岁、身材高大匀称的帅小伙；他眼睛碧蓝，面颊红润；一顶打着补丁的小帽低压在眉上，下面露出一卷卷亚麻色的头发。而他身上那件开了裂的粗呢外衣，也只能勉强遮住他魁梧的肩膀！

可是，马车夫那张漂亮的、没长胡子的脸似乎现出了哀愁与忧郁。

我与他攀谈起来。他的声音含着悲伤。

“怎么啦，兄弟？”我问他，“你怎么不快活？莫非有什么伤心事吧？”

小伙子没有立即回答。

“是呀，老爷，是呀，”他终于说了起来。“是这么回事，再没有更不得了的大事了。我的老婆死了。”

“你爱她……你的老婆？”

年轻人没向我转过身；只稍稍垂下头去。

“爱得很啊，老爷，已过去八个月啦……可我忘不了。我的心老是受着折磨……真是这样的呀！她怎么会死的呢？又年轻又健康！……只有一天工夫，霍乱便夺走了她的命。”

“她待你很好吧？”

“唉，老爷！”不幸的人沉重地叹了口气，“我跟她过得有多和美呀！她死时我不在家。等我知道的时候，她呀，就是说，已经给人家埋啦，——我马上赶回村去，赶回了家。到得家时——已经半夜了。我进了我的小屋，站在屋中央，轻轻地叫唤：‘玛莎！啊，玛莎！’可只听见蟋蟀的嚯嚯叫声。这时，我哭了起来，坐到小屋的地上——用手掌啪地打了一下泥巴地！‘贪得无厌的东西啊……’我说，你吞没了她……把我也吞了吧！唉呀，玛莎呀！”

“玛莎！”他突然又轻轻地唤了一声。两只手没有放开缰绳，用一只手套擦了擦眼中的泪水，抖了抖，甩在一边，耸耸肩膀——就不再说话了。

我下雪橇时，多给了他十五戈比的辅币。他两手抓着帽子，向我深深鞠了一躬，——便踏着碎步缓缓踩过铺着雪的冷寂街道，这时，严寒的正月那种白蒙蒙的浓雾，已经弥漫在街上。

(1878 年 4 月)

傻瓜

从前，世上有个傻瓜。

长久以来，他日子过得很快活；但渐渐地有些流言传进他的耳中，说他到处都被看成是个没头脑的卑俗家伙。

傻瓜感到很难堪，开始发愁了，该怎样才能制止那些讨厌的流言呢？

突然，一个闪念，终于使他豁然开朗了……于是他毫不犹豫，立即行动起来。

他在街上遇见一个熟人——那人向他夸奖某一位知名的画家……

“得了吧！”傻瓜大声说道，“这个画家早就让人家束之高阁了……这，您还不知道？——我真没料到您会这样……您呀——落伍的人哪。”

熟人吓了一跳——立刻同意了傻瓜的说法。

“今天我读了一本好书！”另一位熟人对他说。

“得了吧！”傻瓜大声说，“您怎么不害臊呀？这本书一点意思都没有；人家早已不读它啦。——这，您都不知道？您呀——落伍的人哪。”

这位熟人也给吓了一跳——也同意了傻瓜的说法。

“我的朋友某君是个多么奇特的人物呀！”第三个熟人对傻瓜说。“他是个真正的高尚的人哪！”

“得了吧！”傻瓜大叫起来。“某君——出了名的无赖！ 他把他所有的亲戚都洗劫一空啦。这，谁不知道哪？ 您呀——落伍的人哪！”

这第三位熟人同样给吓了一跳，同意了傻瓜的说法，并且跟这个朋友断绝了来往。总之，无论您在傻瓜面前赞扬哪个人有什么长处——他全都同样给予驳斥。

只不过有时候，他还会添上一句责备：

“您还会那么相信权威？”

他的熟人开始议论他了：“凶狠的人！ 刻薄的人！ 不过他的脑袋瓜很是了得！”

“他的口才也了得！”另一些人添补说，“哦，他可真是个天才！”

结果，一家报纸发行人请傻瓜去主持他们的评论专栏。

于是，傻瓜开始评论起一切人和一切事来了，不但风格依旧，而且吆喝惊叹一如既往。

如今，这个不久前还扯着嗓门反对权威的他，——自己成了权威——年轻人崇拜他——又畏忌他。

但他们又能怎样呢，可怜的年轻人？ 一般来说，虽然崇拜是不该的……然而，试试吧，不崇拜——你就会成为落伍者啦！

在孬种中间，傻瓜总是能活得自由自在。

(1878 年 4 月)

东方的传说

在巴格达[1]，有谁不知道伟大的加法尔，宇宙的太阳呢？

许多年以前，——加法尔还是个年轻人，——有一次，他在巴格达郊外散步。

忽然，他听到有个嘶哑的叫喊声传来：有谁在绝望地呼救。

加法尔在同龄人中以自己的智慧、明达与深谋远虑而超群出众，他也颇有恻隐之心——他相信自己的能力。

他朝呼叫的方向奔去，看见两个强盗把一位衰弱的老人逼在城墙边，他们劫掠了老人。

加法尔拔出自己的马刀向恶徒砍去；杀了一个，另一个跑了。

得救的老人跪在恩人面前，吻他的衣角，激动地说：

“勇敢的年轻人，你舍己救人，一定会得到报答。看起来，我是个孱弱的乞丐；这只是外表。我不是个普通的人。明天一早你到大市场去；我在喷水池边等你——那时你就会相信我的话是当真的了。”

加法尔心想：“看起来这个人是个乞丐，没错，但是——什么事都有可能遇上的呀。干吗不去试一试呢？”于是，他便回答道：

“好吧，老大爷；我会去的。”

老人瞅了他一眼——走了。

---

① 现在的伊拉克首都。

第二天清晨，曙光微曦中，加法尔就去市场了。老人已经在等他，一只胳膊靠在喷水池的大理石边沿上。

老人一声不吭，拉起加法尔的手，把他带到一个不大的花园里，它四周有高高的围墙。

花园正中，一小片绿草地上长着一棵样子奇特的树木。

它像柏树，可是叶片是天蓝色的。

在它那向上弯曲的细枝上，挂着三只果子——三只苹果——一只中等个儿，椭圆形，乳白色；另一只大而圆，鲜红色；第三只是只小的，皱皮，淡黄色。

虽然没有风，但整棵树却发出簌簌的声音。尖细而凄婉，宛如玻璃碰撞声；它似乎感觉到了加法尔在走近。

“年轻人！”老人对他说，“在这些果子中，你可以随意摘下一个，不过要知道：摘白的吃了——你会成为最聪明的人；摘红的吃了——你会非常富有，像犹太人洛希尔[①]一样；摘黄的吃了——你会受到老年妇女的喜欢。打定主意吧！……别磨蹭了。过一个小时果子就会凋萎，整棵大树便会深深地陷进缄默的大地里去。”

加法尔低下头——思量着。

“怎么办呢？”他低声说着，就像在跟自己讨论，“变得太聪明了——也许，就不想过日子了；变得比所有的人有钱——大家就都会妒忌你；我最好还是摘第三个，皱皮的那个吃吧！”

于是，他这样做了；老人家咧开没牙的嘴大笑着说：

“哈，聪明绝顶的年轻人！你作出的是最佳的选择呀！白苹果对

① 洛希尔（1743—1812），银行家，其家族为欧洲著名的金融寡头。

你有什么用？ 你已经比所罗门[①]还聪明了。红苹果同样对你没用……没有它你也会富有的。你所拥有的是唯一没人会妒忌的财富呀。”

“老人家，请告诉我，”加法尔振奋地说，“我们的神灵庇佑的哈里发[②]，他尊贵的母亲住在哪里？”

老人躬身到地——给年轻人指了路。

在巴格达，有谁不知道宇宙的太阳，伟大的、著名的加法尔呢？

(1878 年 4 月)

---

① 所罗门（公元前 10 世纪），古代以色列国国王，大卫之子，智慧过人。
② 中世纪政教合一的阿拉伯国家和奥斯曼帝国的国家元首。

两首四行诗

从前，有一座城市，那里的居民喜爱诗歌到了狂热的地步，如果几个星期过去了，还没见到有新的好诗出现，——他们便会把诗的歉收视作社会的灾难。

那时候，他们会穿起自己最破烂的衣裳，用灰土撒在头上——成群结队聚集在每个广场上，涕泪交零地向着抛弃了他们的缪斯悲伤地哭诉。

就在这样一个背运的日子里，青年诗人尤尼来到挤满悲伤人群的广场上。

他快步登上专门搭建起来的高台——用手势表示他要发表一首诗作。

执法官们立即挥动起权杖。

“安静！ 注意了！”他们高声喊话——人们静了下来，等待着。

“朋友们！ 伙伴们！”尤尼以响亮的但并不十分坚定的声音开始了他的朗诵：

朋友们！ 伙伴们！ 爱好诗歌的人们！
一切和谐与美的崇拜者们！
愿瞬间的阴郁、忧伤不会让你们不安！
快要来到，期盼的时辰……光明将驱散黑暗！

尤尼停下了……回答他的，是广场的各个角落响起的喧哗声、唿哨声与哄笑声。

每张朝着他的脸都炽燃着怒火，所有的眼睛都闪着敌意的光芒，每只手都攥紧拳头高举着威胁他。

“你拿什么玩意儿来让大家惊讶呀！”狂怒的声音在咆哮，“平庸拙劣的诗人滚下台去！ 滚！ 蠢才！ 给这个逗哏的小丑吃烂苹果、吃臭鸡蛋！ 拿石头来！ 把石头递这边来！”

尤尼从讲台上倒栽了下来……他还没来得及跑到家里，就传来了轰雷般狂热的掌声和颂赞的欢呼声、喊叫声。

他满腹狐疑，但竭力不被人觉察（因为激怒疯狂的野兽是危险的）——尤尼回到了广场上。

那么，他看到了什么呢？

他的对手，年轻的诗人尤利，高高地站在人群之上，高过了人们的肩头，站在一块扁平的金色盾牌上面，他身披古希腊人绛红色的厚呢斗篷，飘动的鬈发上戴着月桂花冠……四周人声沸腾。

“荣耀！ 荣耀！ 荣耀归于不朽的尤利！ 在我们悲愁的时刻，在我们最痛苦的时刻，他给了我们安慰！ 他送给我们的诗呀，比蜂蜜还甘甜，比铙钹还响亮，比玫瑰更芬芳，比蓝天更清亮！ 把他庄严地抬起来吧，让神香的滚滚轻烟熏绕在他富有灵感的脑袋上，让棕榈枝有节奏地扇动以清凉他的前额，让阿拉伯没药的香料全都洒在他的脚下！ 荣耀啊！”

尤尼走到一个高呼赞颂的人面前。

“请告诉我，哦，我的同胞！ 尤利是用什么样的诗让你们感到如此幸福的呢？ 唉！ 他朗诵的时候，我没在广场上！ 请你，如果记得的话，背诵一遍吧，劳您驾了！”

“这样的诗！——怎会不记得？”被问的人热烈地回答，“你把我当什么人啦？听着——欢呼吧，跟我们一起欢呼吧！

“‘爱好诗歌的人们！’非凡的尤利是这样开头的……

“‘爱好诗歌的人们！伙伴们！朋友们！
一切和谐、响亮与优雅的崇拜者们！
愿瞬间的沉痛、忧伤不会让你们不安！
期盼的时辰快要来到——白昼将把黑夜赶跑！’”

“怎么样？”

“得了吧！”尤尼叫了起来，“这是我的诗呀！我朗诵它时，尤利肯定混在人群里，——他听到了，几乎没怎么改动，只稍稍换了几个词儿，——就重复了一遍——而且，不用说，改得不见得更高超。”

“啊哈！现在我可认出你了……你就是尤尼，”让他拦住的公民皱起眉头驳斥说，“妒忌的家伙，要不就是个傻子！……你只要想一想，可怜虫！尤利说得多么崇高：‘白昼将把黑夜赶跑！……’而你呢——竟如此胡说八道：‘光明将驱散黑暗’？！什么光明？！什么黑暗？！”

“可是，这难道不是一回事……”尤尼才刚刚开口……

“你再啰嗦一句，”这位公民打断他，“我就要喊人了……那他们会把你撕得粉碎！”

尤尼明智地不再吭声了，有个听见他与那公民谈话的白发老人，走到可怜的诗人面前，一只手搭在他肩上说：

“尤尼！ 你念的诗是你自己的——但不是时候；那个人念的不是他自己的——但，正是时候。所以他对了——而留给你的，只是你自己良心的安慰罢了。”

然而，当良心——尽其所能地……却很糟糕地说了真话，——给予被挤在一边的尤尼以安慰时，——远处，在如雷掌声与欢呼声中，在无坚不摧的太阳的金色浮尘中，绛红的斗篷灿灿闪光，桂冠在神香的滚滚烟雾中显得模糊，尤利宛若一位国王走向自己的王国，高傲地挺直着身躯，庄严而从容地缓缓行进……长长的棕榈枝轮番向他低头折腰，轻轻扬起又恭顺垂下，仿佛以此来表示——那种不断更新的崇拜，就洋溢在痴迷他的同胞们心中！

(1878 年 4 月)

麻 雀

我打猎回来，走在花园的林荫小道上。猎犬在我前面奔跑。

突然，它放慢了脚步，蹑足潜行起来，似乎嗅到了前面有什么野兽。

我顺着林荫道望去，看见一只喙边黄色、头披绒毛的小麻雀。它从巢中掉落下来（风儿猛烈地摇着林荫道边的白桦树），伏在地上动弹不得，孤立无援地叉开两只还在长毛的小翅膀。

我的狗在慢慢向它靠近，忽然，一只黑胸脯的老麻雀从近旁的树上猛冲下来，像颗石子般地落在了狗鼻子跟前——它全身羽毛蓬起，完全变了样，绝望、凄厉地叫着，一连两次向着那张牙齿锐利的张开的狗嘴巴扑了过去。

它冲下来是为了搭救自己的孩子，要用自己的身子去保护小宝贝……然而，它整个小小的身躯因惧怕而发抖，它小小的叫声变得狂暴而嘶哑，它屏息僵立着，它在作自我牺牲呢！

在它看来，狗是个何等庞大的怪物呀！ 即便如此，它还是不能安坐在自己高高的、没危险的树枝上……一种力量，远比它的意志强大的力量，把它从上面推了下来。

我的特列佐尔[1]停下脚步，向后退去……看来，它也觉察到了这种

① 狗名。

力量。

我赶忙叫住惶惑的狗——怀着尊崇的心情走开了。

是的，请别见笑。我尊崇那只英勇的小鸟，尊崇它那种爱的冲动。

爱，我以为，它的力量胜过死亡和死亡的恐惧。惟有它，惟有爱，生命才得以维持，生命才得以延续发展。

(1878 年 4 月)

骷髅

富丽堂皇、灯光辉煌的大厅；男男女女，宾客如云。

每张面孔都神采奕奕，谈笑风生……正在唧唧喳喳地谈论着一位有名的女歌唱家。大家都称道她是非凡的、不朽的……哦，她昨晚那个最后的颤音唱得多美妙啊！

突然，仿佛在魔棒挥舞之下——每个人头上，每张脸上薄薄的皮肤全都褪落下来——刹那间露出了惨白色的骷髅，牙床和颧骨裸露了出来，闪出锡的那种荧荧青光。

我恐惧地瞪大眼睛看这些牙床骨和颧骨怎样挪动和颤抖——这些有疙瘩球儿的骨头在灯光和烛光映照下，又是怎样转动，怎样闪光的——还有另一些小一点的球——已经没有了表情的眼珠子是怎样在大骨球里转悠的。

我不敢去摸我自己的面孔，不敢在镜子里照一照自己。

这些骷髅依然与原先一样在转动……与原先一样在唧唧喳喳，从他们龇露着的牙齿后面，闪动着一条条像布片似的红彤彤的伶俐舌头，谈论着：多么美妙、多么无与伦比，那不朽的……是的！不朽的女歌唱家发出的最后的颤音！

(1878 年 4 月)

干粗活的人和双手白净的人

对话

干粗活的人：你干吗来打扰我们？ 你想干吗？ 你不属于我们……走开！

双手白净的人：我是你们的人，弟兄们！

干粗活的人：怎么可能！ 我们的人！ 亏你想得出！ 只要瞧瞧我这双手吧。你看，它们有多么脏啊！ 还有大粪味儿、焦油味儿呢，——而你的那双手多白净。它们散发的是什么味儿？

双手白净的人（伸出双手）：你闻闻。

干粗活的人（闻了闻手）：好奇怪！ 手上好像有一股铁腥味儿。

双手白净的人：是铁腥味儿。整整六个年头，我的手戴着手铐呢。

干粗活的人：那是为什么呀？

双手白净的人：那是因为我关心你们的福利，想解放你们这些平庸无知的人，我起来造反，反对压迫你们的人，瞧，他们就叫我坐了牢。

干粗活的人：坐牢？ 谁让你去造反的呢？

两年以后。

同一个干粗活的人（对另一个）：听着，彼得！ ……你还记得前年夏天跟你谈过话的那个双手白净的人吗？

另一个干粗活的人：记得……怎么啦？

第一个干粗活的人：你听，今天要把他绞死了；告示都贴出来了。

第二个干粗活的人：他还在造反？

第一个干粗活的人：还在造反。

第二个干粗活的人：啊……这样吧，米特里亚伊兄弟；我们是否去把那根绳子弄来，就是要绞死他的那根；听人说，这东西会把大—大的好运带给你家的！

第一个干粗活的人：你说的也是。应该试一试，彼得兄弟。

（1878 年 4 月）

一朵玫瑰花

八月的最后几天……秋日即将来临。

夕阳西下。一场骤雨，没有雷声，也没有闪电，刚刚从我们辽阔的原野上疾驰而过。

屋前的花园染满落日的余辉，一片通红，云烟氤氲，水气蒸蔚。

她在客厅里，坐在桌前深深地沉思着，通过半闭的门，向着花园凝眸。

我清楚，她这会儿心中在发生些什么；我清楚，在经过了一场为时不长但却创巨痛深的苦斗之后，此时此刻，她已经屈从于那种她再也无力抑制的感情了。

突然她站了起来，快步走进花园，就不见了踪影。

过去了一个小时……又过了一个小时；她还是没有回来。

这时，我也站了起来，走出屋子，上了林荫道——我确信——她就是沿着这条道路走去的。

周围，一切都黑了下来；夜幕临近了。而在小径的潮湿砂土上，在蒙蒙夜色中，仍能隐约看到有个圆点儿在艳艳地闪着红光。

我俯下身去……那是一朵才刚绽开的娇嫩的玫瑰。就在两个小时前，我还看到这朵花儿在她的胸前缀着呢。

我小心翼翼地捡起这朵掉在泥地上的花儿，回到客厅后，把它放在她圈椅前的桌子上。

后来，她回来了，——蹑足穿过房间，走到桌前坐下。

她脸色苍白，随即又活跃起来；很快地，她这双低垂的、像是眯细了的眼睛向四周顾盼着，带着欣喜的惶惑。

她看到了玫瑰，她将它拿在手中，瞧着它那皱巴巴的弄脏了的花瓣，又望了望我——一时间，她的目光停住了，闪满泪花。

“您为什么哭？”我问。

“啊，就为了这朵玫瑰花。您瞧，它成了什么样儿啦。”

这时，我忽然感到该说句含义深刻的话。

“你的眼泪会洗去这上面的泥污，”我用一种意在言外的表情说道。

“眼泪是洗不清的，眼泪会燃烧，”她回答道，随后便转向壁炉，把花朵投入即将熄灭的炉火中。

“火的燃烧将胜于眼泪，”她不乏勇气地感慨着，而那双还在闪着泪光的美丽眼睛，大胆而幸福地笑了。

我懂得，她也给点燃了。

(1878 年 4 月)

最后的会晤[①]

过去，我俩曾是亲密的朋友……可是，一个不幸的时刻来临了——我们像敌人一样分道扬镳。

许多年过去了……一天，我来到他住的那个城市[②]，听说他已病入膏肓，想和我见上一面。

我上他那儿去，走进他的卧房……我俩目光相遇了。

我几乎无法认出他。天哪！沉疴把他弄成了什么样子！

蜡黄，枯瘦，头顶全秃，下巴留着一小撮灰白胡子，身上穿着一件故意剪开的衬衫，一个人呆坐在那里……他已经无法承受一件最单薄的衣服的压力了。他痉挛地向我伸出一只瘦得可怕的、好像肉被啃光了的手，使劲地嘟哝着一些听不清的话——是问候还是责备——谁知道呢？他虚弱的胸膛上下起伏——而在他瞳仁缩小了的曾经炽燃过的眼睛里，滚出了两颗悭吝、痛苦的泪珠。

我的心都要碎了……我在他身边的椅子上坐下——面对这种惨不忍睹的可怕样子，我不由垂下了眼帘，同时，也把手伸了过去。

可是，我仿佛感到，不是他的手在握着我。

---

① 本篇写作者与革命民主主义者、诗人涅克拉索夫(1821—1877)的会晤。两人原是好友，后因政治见解的分歧而断绝来往。这是在涅克拉索夫临终前的最后一次会晤。

② 指彼得堡。

我仿佛感到，在我俩中间坐着一位修长、文静、洁白如玉的女人。一件长外衣把她从头裹到脚……她那深邃、灰白的双眼什么也不看；她那苍白、冷峭的双唇什么也不说……

这个女人把我俩的手连在一起……她使我俩永远和好。

是啊……是死神让我们和好如初。

（1878 年 4 月）

门 槛

梦

我看到一座巨大的建筑。

正面墙上有道窄门敞开着；门里边——阴森、昏暗。高高的门槛前站着一位女郎，一位俄罗斯女郎。

伸手不见五指的黑暗寒气袭人；随着冰冷的气流，建筑物的深处传出了一个缓慢沉闷的声音。

“啊，你，想要跨进这道门槛，你可知道等着你的是什么？”

“我知道，”女郎回答。

“寒冷、饥饿、仇恨、耻笑、蔑视、侮辱、监狱、疾病甚至死亡？”

“我知道。”

“与世隔绝，完全孤独？”

“我知道……我准备好了。我愿忍受一切苦难，一切打击。”

“不仅是敌人的打击——而且也有来自亲人，来自朋友？”

“是的，即令是来自他们的。”

“好吧。你准备去牺牲？”

“是的。”

“去作无谓的牺牲？ 你会死去——而没有人……甚至没有人知道他悼念的人是谁！ ……”

“我不需要感谢，不需要怜悯，也不需要名声。”

“你准备去犯罪？”

女郎垂下了头……

“也准备去犯罪。”

那个声音没有立刻再提问题。

“你可知道？”那声音终于又响了起来，“你也许会放弃现在的信仰，你也许会明白你受骗了，白白地毁掉了自己年轻的生命？”

“这些我都知道。不管怎么我都要进去。”

“进来吧！”

女郎跨进了门槛——她身后一幅沉重的帘子随即落下。

“傻瓜！”有人从后面龇牙咧嘴地骂道。

“圣女！”某个地方传来了这样的回答。

(1878 年 5 月)

造 访

我坐在打开着的窗前……清晨，五月一日的清晨。

朝霞尚未露面；却已经感到昏暗、温暖的夜在渐渐变冷，天色在慢慢泛白。

没起雾，也没有微风拂动，万籁皆寂，一切均呈同一个色调……然而你能察觉到苏醒的临近——在变得稀薄的空气里，朝露散发出冷峭的湿润气息。

突然，一只大鸟发出阵阵轻微的簌簌声响，穿过敞开的窗户，飞进我的房间。

我吃了一惊，定睛一看……那不是只鸟，那是个长着翅膀的小妇人，穿着一袭波纹下摆的紧身长衣。

她全身呈珠母般的灰白色；惟有两只小翅膀内侧，显出放苞玫瑰一样的娇嫩红色；她圆圆的小头颅上一只铃兰编成的花环把披散着的鬈发束住，而在她那美丽、突出的小额头上，两根如同蝴蝶触须般的孔雀毛在有趣地颤悠着。

她在天花板下飞了两圈；她的小脸蛋在微笑；一对乌黑明亮的大眼睛也是笑吟吟的。

这快乐奇妙的飞翔游戏，使她的这双眼睛闪出钻石般的光芒。

她手持一枝草原小花的长茎，俄国人把它称为“沙皇的权杖”——它的确同帝王的权杖一模一样。

她飞快地掠过我头顶，用那朵小花在我头上碰了一下。

我向她扑去……可是，她已经翩然飞出了窗外——一溜烟地飞走了。

花园里，丁香丛中，一只斑鸠用它第一声咕咕欢迎她——而那边，她隐没之处，乳白色的天空悄悄地变成了红色。

我认出你啦，幻想女神！ 你只是偶尔来造访我一次——你是飞向那些青年诗人那里去的呀。

哦，诗歌！ 青春！ 女性的纯洁的美！ 您只可能在我面前倏然闪现——在一个早春的清晨。

(1878 年 5 月)

NECESSITAS，VIS，LIBERTAS[①]

一个浮雕

一个个子高高、骨瘦如柴的老妇人，一副铁板的面孔，两眼呆滞毫无神情，正大步向前走着，并用她那枯瘦的棍子一般的手推着她前面的另一个女人。

这个女人身材高大，体魄健壮，肌肉发达，如同赫拉克勒斯[②]，她那牛脖子似的头颈上顶着一个小脑袋——而眼睛是瞎的——她也在推着一个瘦弱矮小的小姑娘。

只有这个小姑娘的眼睛是明亮的；她顶着，背转身子，抬起两只纤细美丽的手撑着；她那充满活力的脸上现出不堪忍受与无所畏惧……她不愿顺从，不愿走向她们把她推去的地方……可是，她还是得服从，得走。

Necessitas，ViS，Libertas.

谁需要——就让谁去译出来吧。

（1878 年 5 月）

---

① 拉丁语，意为“必然，力量，自由”。
② 希腊神话中力大无比的伟大英雄。

施 舍

离大城市不远处，有条宽阔的大路，路上走着一个年迈有病的老人。

他踉跄而行。两条干瘦的、仿佛是别人的腿，拖曳着，磕绊着，无力地移着沉重的步子；他的衣服褴褛不堪，像片片破布挂在身上；没戴帽子的脑袋垂在胸前……他已经筋疲力尽了。

他在路边的一块石头上坐下，向前猫着身子，用两肘支撑着，双手蒙脸——眼泪渗过他那扭曲的手指缝，滴落在干燥的灰色尘土上。

他回想起……

他回想起自己曾经多么健壮和富裕，他怎样把身体弄垮，怎样把财产分送他人，其中有朋友，也有敌人……而现在，他连一片面包也没有了——大家就纷纷离他而去，而且是朋友先于敌人……果真到了要低三下四地去乞求施舍的境地了吗？ 他心里感到痛苦万分，羞愧难当。

眼泪仍在不住地滴落、滴落，斑斑点点滴在灰色的尘土上。

忽然，他听到有人叫他的名字；他抬起疲惫的脑袋，看见面前有个陌生人。

陌生人面容安详、庄重，但不严厉；双眼没有炯炯发光，但很明亮；目光锐利，但不凶恶。

“你分光了自己的财产，”老人听到一个平静的声音……“可是你并不后悔你做过的善行是吗？”

“不后悔，”老人叹了口气回答，“只是现在我快要入土了。”

“如果世上没有那些向你伸手的乞丐，”陌生人接着说，“就没有人可让你去表现善心，你就不能行善了。”

老人什么也没有回答——他在思索。

“那么你现在也不必自视清高，可怜的人，”陌生人重又继续说，“去吧，伸出你的手，去给其他好心人用他们的行动来表现善心的机会吧。”

老人精神一振，抬起眼睛……但陌生人已经消失了；而大路远处走来了一个行人。

老人走向他——并伸出手来。这个行人带着严厉的神色转过身去。

不过，后面又来了另一个人——这人给了老人一点施舍。

老人就用这几个铜板给自己买了面包——他觉得乞求来的这块面包又香又甜——他心里也不感到羞愧了——相反，他脸上浮现出了宁静的快乐。

(1878 年 5 月)

虫

我梦见我们二十来个人坐在一间开着窗子的大房间里。

我们这些人中间有妇女、孩子和老人……都在谈论着人所共知的某个问题——谈得热闹却听不分明。

突然间屋里扑哧一声飞进了一只大虫子，足有两俄寸①

长，……它飞进来绕了个圈子，停留在墙上。

它的模样像只苍蝇或是胡蜂。躯干呈泥污般的褐色；硬硬的扁平翅膀也是同样的颜色；它那些叉开的爪子是毛茸茸的，大大的脑袋有棱有角，很像蜻蜓；而且，头和爪子都呈殷红色，完全是血的颜色。

这只古怪的虫子不断地上下左右转动着它的脑袋，挪动着它的爪子……然后突然飞下墙，扑哧哧地在屋里乱飞——随后又停下来，又可怕、又可憎地在原地抖动。

它引起我们所有人的嫌恶、恐惧甚至惊骇……我们中谁也没见过这种东西，全都喊道："把这只怪物赶出去！"大家都远远地在那儿挥动手帕——因为谁都不敢走近它……当虫子飞起来时——所有的人都身不由己地躲闪起来。

我们这些在一块儿聊天的人中，只有一个年纪尚轻、脸色苍白的人，疑惑地望着大家。他耸耸肩，脸上带着微笑，完全不明白我们是怎

---

① 1俄寸等于4.4厘米。

么回事，为什么这样激动？ 他本人没见到有什么虫子——也没听到它翅膀发出的不祥的扑哧声。

不一会儿，虫子好像在注意他了，飞起来，落到他的脑袋上，在他眼睛上方的额头上刺了一下……年轻人微弱地呻吟了一声——便倒下，一命呜呼。

骇人的带刺的虫子迅即飞走了……至此，我们才想到这是个什么样的客人。

（1878 年 5 月）

菜 汤

一个农家的寡妇，她二十岁的独生子、村里干活的好手死了。

她的女主人，本村的地主，知道了农妇的不幸，就在下葬的那天去看望她。

女主人在农妇的家里见到了她。

农妇正站在小木屋中央的一张桌子前，用右手（左手像绳鞭似的下垂着）不紧不慢地从熏黑了的小钵子底里熟练地舀出稀薄的菜汤，一勺接一勺地大口喝下去。

农妇面孔瘦削，脸色阴沉，两只眼睛又红又肿……但她虔诚地站得笔直，像在教堂里一样。

“天哪！”女主人想，“这种时刻她还吃得下东西……可不是，他们都是些感情粗陋的人！”

这时候女主人想起几年前她失去九个月的女儿时，悲痛得连彼得堡近郊的漂亮别墅也没去租下——宁愿待在城里度过整个夏天！——而这个村妇却还能不停地大口喝下菜汤。

女主人最终忍不住了。

“达吉雅娜呀！”她低声说道，“得了！我真感到惊讶！你难道不爱自己的儿子吗？你居然还有胃口？你还喝得下菜汤！”

“我的瓦夏死了，”农妇说得很轻，悲伤的眼泪重又沿着她深陷的两颊滚了下来，“就是说，我也活到头了：我像给活活地砍下了脑袋一样。可菜汤是不能糟蹋的：您可知道，这是放过盐的呀！”

女主人只耸了耸肩膀——便走开了。对她说来，盐能值几个钱呢。

（1878 年 5 月）

蔚蓝的王国

啊，蔚蓝的王国！ 啊，蔚蓝的、光明的、青春和幸福的王国！ 我见到你了……在梦中。

我们几个乘着一艘披上盛装的小船。白帆像天鹅鼓突的胸脯，帆的上面旗幡在迎风飘扬。

我不知我的同行者为何许人；但我完全能感觉到，他们也像我一样，那样地年轻、快乐和幸福！

我甚至并没理会他们。在我视野中只有四周一片浩瀚无涯的蔚蓝大海，海面满铺着宛若金色鳞片的细波，头顶上方，也是这么茫无边际，也是这么蔚蓝的海——而与大海相谐调，一轮温柔的太阳仿佛在尽情地欢笑着，得意扬扬地翻滚着。

我们中间不时发出阵阵响亮、快乐的笑声，就好像众神在欢笑！

偶尔，从某人的嘴里忽然飞出几句话、几行诗，饱含着妙不可言的美与灵感的力量……天空似乎都发出自己的回响——四周的大海赞许地摇荡着……过后，又是赏心悦目的恬静。

随着轻轻起伏的柔柔波纹，我们的快舟在水中漂游。这不是风儿在推它，而是我们欢腾雀跃的心儿在驾驭着它。我们想往哪儿去，它便驯顺地向那儿急驰，仿佛是有生命的东西。

我们经过一些岛屿，那是些神奇的、半透明的小岛，闪烁着红蓝绿宝玉的熠熠光彩。令人心醉神迷的芳香从四周的岸边飘送过来；一些岛上白玫瑰和铃兰的落英，细雨似的洒在我们身上；在另一些岛上则忽地飞起一群彩虹色的长翼鸟。

鸟儿盘旋在我们头顶上，铃兰和玫瑰在我们船儿滑溜溜的双侧涌过的珍珠般的浪花里隐消了。

伴随着花儿和鸟儿，飘来了阵阵悦耳动听的声音……其中仿佛有女性的声音……此刻，周围的一切：天空、大海、高扬的船帆、船尾的淙淙水声——全都在诉说着爱情，诉说着无比幸福的爱情！

而她，我们每个人都倾慕的她，也在那儿……我们看不见她，但她就在近边。再过一忽儿，瞧吧，她的双眼会闪出光芒，她的脸上会绽开微笑……她的手将拉起你的手——与你一起走向那永生不灭的天国乐土！

啊，蔚蓝的王国！ 我见到你了……在梦中。

(1878 年 6 月)

老 人

来到了，黑暗的、沉闷的日子……

自身的病痛，亲人的沉疴，晚年的凄凉与黑暗……你所珍爱的一切，你曾为之付出而不求回报的一切，都将凋敝与澌灭。走到尽头了。

怎么办？ 伤感？ 凄怆？ 于人于己均无俾益。

就在一棵拱曲、枯萎的树上，叶片更小、更稀了——可翠绿依旧。

你也缩拢起来吧，缩回自我，缩回自己的回忆——那儿，深深地、深深地，在心魂所凝神的最底层，你那往昔的、惟有你独自一人才能吟味的生活，会以它自己馥郁的、依然清新的绿色与春天的娇媚与力量，在你的面前辉耀！

但你得小心……切莫朝前张望，啊，可怜的老人！

(1878 年 6 月)

两个富翁

大富翁洛希尔曾经从自己的巨额收入中拿出很大一笔来从事儿童教育、医治病人、救济老人，当人们在我面前颂赞他时——我赞赏，并深受感动。

可是，在我赞赏与感动的同时，我不由得想起一个贫穷的农民家庭来。这个家庭把孤苦伶仃的侄女收养在自己破敝的小屋里。

“我们要是收下了卡季卡，”农妇说，“那我们的最后几个铜板都要为她花光了，——就没钱买盐了，就没有盐往稀汤里放了……”

“可我们把她……那就不吃咸的吧，”她的丈夫、那个农夫回答说。

比起这个农夫来，洛希尔差远呢！

(1878 年 7 月)

记 者

朋友俩在桌前坐着喝茶。

街上突然喧闹起来。传来了诉怨的哼唧声、激烈的詈骂声和幸灾乐祸的哄笑声。

“有人挨打了，”朋友中的一个向窗口望了望说。

“是罪犯？ 是凶手？”另一个问，“听着，不管是什么人，都不可以未经审判就惩罚。咱们去为他打打抱不平吧。”

“他们打的不是个凶手。”

“不是凶手？ 那是小偷？ 反正一样，我们去把他从人群里拉开吧。”

“也不是小偷？ 那么是出纳员、铁路员工、军需人员、俄国文艺庇护者①、律师、好心的编辑、社会公益的捐助者？ 反正我们要去帮帮他！”

“不……他们打的是个新闻记者。”

“新闻记者？ 好吧，听我说：让我们先喝完这杯茶。”

(1878 年 7 月)

---

① 原文为 меценат，从古罗马一个财主之名而来，意为对学术、文艺的资助(庇护)人。

兄弟俩

那是个幻象……

我面前出现了两个天使……两个精灵。

我之所以称之为：天使……精灵——是因为两个都是赤身裸体不穿衣服，并且，在他们各自的肩上都耸着一对强壮的长长的翅膀。

两个——都是年轻人。一个体型微胖，肌肤光滑，鬈发乌黑。褐色的眼睛温情脉脉，浓密的睫毛楚楚动人，眼神妩媚，充满了快乐与渴望；面孔俊美，富有极大的魅力，带点儿放肆，带点儿邪恶；饱满的红唇微微颤动。这个面带笑容的小伙子俨然就是一个有权有势的人，笑得自信而轻慢。他锃亮的头发上轻巧地戴了顶华丽的花冠，几乎触及他那天鹅绒似的眉毛。一张斑斓的豹皮用支金箭扣住，披在他浑圆的肩膀上，轻轻垂到弯着的腿边。他翅膀上的羽毛，闪着玫瑰红的光泽；红殷殷的翅尖，仿佛渍过猩红的鲜血；它们不时地快速拍打，发出银铃般悦耳的声音，宛若春雨沙沙作响。

另一个身体瘦削、蜡黄。每次呼吸时，他的肋骨就会微微显露出来。浅色的头发稀疏笔直；浅灰色的眼睛又大又圆……眼神惊惶不安，但却异常明亮。瘦削是他整张脸的特点；他半张着的小嘴里长着海象般的长牙；窄窄的鼻子呈鹰钩状，突出的下巴上长着一层白色的茸毛。两片干枯的嘴唇上从未露出过一丝微笑。

这是一张端正而阴森可怕的脸！ （不过，那第一个美男子的脸，虽然可爱迷人，却也没有显出怜悯。）第二个年轻人的头上，环绕着几枝折下后缠在枯草茎上的空麦穗；他腰间绕着一块灰色的粗布；背后的一对翅膀呈深蓝色，暗淡无光，了无生气地威严地扇动着。

两个青年就像是一对形影不离的伴侣。

他们俩相互偎依在彼此的肩膀上。第一个的软绵绵的手像串葡萄搁在第二个的枯硬的锁骨上；第二个的手又瘦又小，蛇一般细长的手指伸到第一个的女人般的胸脯上。

忽然，我听到了一个声音……你听，它在这样说道：

“你的面前是**爱情**与**饥饿**——这是一对亲兄弟，是一切生物之源。

“一切有生命之物——在活动，那是为了果腹；而果腹，是为了繁衍生息。

“**爱情**与**饥饿**——它们的目的是一个：使生命延续不断，——自己的和别人的——都是生命，大家所拥有的生命。”

(1878 年 8 月)

纪念尤·彼·弗列夫斯卡娅[①]

在一个毁圮了的保加利亚村庄里，有所战地医院，这是由一间破敝的茅舍匆忙改建而成的。屋檐下，患着伤寒的她，奄奄一息地躺在潮湿泥地的臭烘烘的稻草上，已经有两个多星期了。

她已人事不省，甚至医生也没一个前去探视；那些在她还起得了床时受过她亲手护理的伤病员，从他们的隔离病房的病榻上支撑起来，挨个儿把瓦罐碎片上的几滴水，送到她干裂的唇边。

她曾年轻、漂亮；上流社会知道她；甚至一些显贵也要打听她。太太们妒忌她，男人们追逐她……有两三个人深深地暗恋着她。生活曾向她微笑；然而有时，笑不见得比眼泪好。

她有一颗温柔慈善的心……浑身充满了力量，满怀着献身的渴望！她帮助那些需要帮助的人……她不懂得还有别的幸福……不懂得——也没尝味过。所有别的幸福，她都失之交臂。而她对之早就毫不在意。整个儿的她，燃烧着不灭的信仰之火，献身于为周围人的服务。

是什么样的神圣的宝藏埋在她心灵深处最隐秘的地方，从来也没有一个人知道——如今，当然也不会再有人知道了。

再说，还有什么必要呢？牺牲已经作出……事业已经完成。

---

① 尤丽亚·彼得罗夫娜·弗列夫斯卡娅(1841—1878)，屠格涅夫的好友。一八七七年夏自愿去俄土战争前线当女护士，次年病死在保加利亚。

然而，一想到甚至面对她的遗体也没人会致一句谢词时，未免令人伤感——虽然她本人一向羞于接受并时时回避任何感谢。

我斗胆把这朵迟献的花儿放在她的坟上，但愿她可爱的亡灵不会感到委屈！

(1878 年 9 月)

利己主义者

在他身上，具备着令自己家人都感到难以忍受的一切。

他生来健康，生来富有——而且在他漫长的一生中，始终富有而健康，还从未有过闪失，从未犯过错误，从未有过失言，也从未有过失算。

他的德行无可非议！……他意识到自己有德行，便以此自傲，用它来压服所有的人：亲人、朋友、熟人。

德行是他的资本……他以此牟取重利。

德行使他有权利做一个冷酷无情的人，有权利不去做任何分外的善事；他的确没有怜悯心——从不行善……因为做分内的善事——算不得行善。

除了他自己——如此模范的人物！——他对谁都从不关心，若是别人也故意同样不关心这个模范人物的话，那他就当真会被激怒的！

与此同时，他并不认为自己是个利己主义者——而且，他对利己主义者和利己主义，反倒比任何人都更严厉地进行抨击，毫不留情！不用说！别人的利己主义正是他自己的利己主义的障碍。

他不感到自己有哪怕是小小的弱点，他不能理解也不能容忍别人有弱点，他根本不了解任何人和任何事，因为他被他自己从四面八方、上下左右、前前后后包围起来了，他自己就是一切。

他甚至不知道：什么是宽恕？他不需要宽恕自己……那他又何必

要宽恕别人呢?

在自己的良心法庭面前，在自己的上帝面前——这个怪物，这个德行的败类，会把眼睛向天高高抬起，坚定而毫不含糊地大声说：“没错，我是个值得尊崇的人，我是个有德行的人！”

他在临终时还会重复这些话——甚至在那个时刻，他的铁一般的心——这颗既无疵瑕又无裂痕的心都不会颤抖一下。

哦，自负、拘泥、毫无意义的德行的丑恶——你未必不比昭然若揭的恶德更令人憎厌!

(1878 年 12 月)

天神的宴会

有一天，天神忽然想起要在自己天蓝色的宫殿里举行一次盛大的宴会。

他把所有的美德请来作客。他只邀请美德……男宾一律不请……请的全是女宾。

嘉宾云集——有大美德，也有小美德。而小的比大的更为亲切可爱；看来，大家都很满意——彼此有礼貌地交谈着，就像至亲好友间应有的那样。

瞧，天神发现了两位漂亮的女士，而她们彼此似乎并不相识。

主人拉着一位女士的手，把她引到另一位面前。

“善行！”他指着第一位说。

“感激！”他接着指第二位说。

两位美德惊讶得说不出话来：自从世界存在以来——它早就存在了，——她俩还是第一次见面呢！

(1878 年 12 月)

斯芬克司[1]

灰黄色、表面松散、内部硬实、踩上去沙沙作响的沙土……茫茫沙洲啊，一望无际！

在这沙的大漠上，在这死灰的海洋上，巍然耸立着古埃及斯芬克司的巨大头颅。

这两片突出的厚嘴唇，这上翘的、安静地张开着的两个鼻孔——还有这双眼睛，这双高高挑起的弯眉下慵懒而漫不经心的细长眼睛，它们想说些什么话呢？

它们确是想说几句话的！它们甚至正在讲着，可是唯有俄狄甫斯[2]一个人能够解谜，懂得它那无声的言语。

哦！我是熟知这张面孔的……它已经没有一点儿埃及人的特征了。白皮肤，低额头，突出的颧骨，短而直的鼻子，有一口皓齿的好看的嘴巴，柔软的短髭和鬈曲的小胡子，还有这两只分得开开的、不大的眼睛……以及从中缝分开的浓密的头发……这可是你呀，卡尔普，西多尔，谢苗[3]，雅罗斯拉夫尔省、梁赞省的庄稼汉，我的同胞，地道的俄罗斯人！你早就变成斯芬克司了吗？

---

① 希腊神话中带翼的狮身女怪。古埃及的一种石雕像。
② 希腊神话中底比斯城王子。唯独他猜出了斯芬克司的谜语，拯救了底比斯人民免于被斯芬克司所杀。
③ 都是普通俄罗斯人常用的名字。

也许你也想说些什么吧？ 是呀，你也是个——斯芬克司。

而你的眼睛——这双平淡的，但却是深邃的眼睛也在说话……它们的话语也同样是无声的、谜一般的。

不过你的俄狄甫斯在哪里呢？

唉！ 想要成为你的俄狄甫斯，只戴一顶穆尔莫尔卡[①]是不够的，哦，全俄罗斯的斯芬克司！

(1878 年 12 月)

---

① 十八世纪以前俄国的一种男式平顶卷檐皮帽。

仙 女

我站在蜿蜒成半圆形的美丽的群山跟前，从山顶至山麓全都覆盖着嫩绿的树林。

群山之上，南方的天空透明湛蓝；太阳在高空光芒闪烁；山下，一条条半隐在青草中的山涧，溪水潺潺，絮絮不休。

这时，我想起了一个古老的传说，还在基督诞生后的第一个世纪，有一艘希腊海船航行在爱琴海①上。

日中……天气晴和。突然，在高处，在舵手的头顶上方，有谁在清晰地说道：

“当你驶过一个海岛时，你要大声喊叫：“**伟大的潘**②死了！”

舵手惊讶……害怕。而那时海船已飞快地驶离海岛，他便听从了，大声地喊叫：

“**伟大的潘**死了！”

霎时间，应着他的呼喊，整个小岛的沿岸（岛上是荒无人烟的）震天价地响起了一片哀嗬、呻吟和拖长的悲号：

“死了，**伟大的潘**死了！”

我想起这个传说……一个奇怪的念头在我脑际产生。“如果我也

① 位于地中海希腊和土耳其之间。希腊神话中雅典王埃勾斯因误信爱子忒修斯战死，投海身亡，爱琴海因此得名。

② 希腊神话中长着羊蹄、羊角的山林、畜牧之神。

大叫一声，会怎样呢？”

但是我周围一派欢跃，我不可能想到死——于是我使劲儿喊起来：

“复活了！ **伟大的潘**复活了！”

霎时间——哦，多奇怪！ ——应着我的呼唤，整个青翠的、广阔的蜿蜒成半圆形的群山，滚滚响起一片齐声的大笑，扬起一阵欢乐的语声与掌声。“他复活了！ 潘复活了！”是年轻人的声音在喧嚷。前面，所有的一切顿时展开了笑颜，笑得比高空的太阳更灿烂，比草丛中喁喁低语的小溪更欢快。但闻一阵急促而轻盈的脚步声，透过翠绿的密林，大理石般洁白的薄纱衣衫和裸露着的充满活力的粉色肢体依稀可见……那是一群仙友，森林仙子，酒神女祭师，她们正从高处向平原奔下……

顷刻间她们就在树林的周边出现了。鬈发盘在她们神圣的头上，匀称的手臂高举着花环和铃鼓——笑声，清脆悦耳的笑声，奥林匹斯众神的笑声，随同她们一起飘送过来……

跑在最前面的一位女神，比众仙女更修长更美丽，——肩上挎着箭袋，双手握着弩弓，高高的鬈发上有一弯银色的新月……

狄安娜[①]，这是你吗？

忽然，女神停下了……随即，所有的仙女也都跟着停了下来。银铃般的笑声停息了。我看到女神那张倏地变得木然的脸，慢慢地蒙上了一层死灰色；她的两只脚渐渐地变得僵硬；难以言喻的恐怖使她一下张开双唇、睁大两眼瞪着远方……她见到了什么？ 她在向何处瞩望？

我转向她凝视的那一边……

---

① 罗马神话中的月亮和狩猎女神。

极目天穹，在原野那低低的地平线上，一个金色的十字架燃着火样的光焰，竖立在教堂的白色钟楼上……女神注视的就是这个十字架。

但闻我身后一声断断续续的长叹，犹如断弦的震颤，——而当我重又转回身去时，仙女们早已无影无踪了……广阔的树林依然青翠，——只不过透过稠密的枝叶，有些地方隐约可见片片白色的东西在消融。那是仙女们的衣裙呢，还是山谷下升起的雾气？——我不知道。

然而我是多么萦念着那群消逝了的女神啊！

(1878 年 12 月)

敌人与朋友

一个被判无期徒刑的囚徒从狱中逃出，拼命地向前奔跑……身后是跟踪追捕他的人。

他奋力地跑着……追捕者开始落在后面了。

可是前面横着一条岸坡陡削的河流，一条狭狭的——但很深的河……而他不会泅水！

河的两岸有条薄薄的烂木板架着。逃亡者一只脚跨了上去……这时，岸边站着两个人：一个是他最要好的朋友，一个是他最残酷的敌人。

敌人袖手观望，什么话也没说；而朋友却扯开嗓子大叫：

“天哪！你在干什么呀？醒醒吧，疯子！难道你没看到木板都烂了吗？你一上去就会压断它的呀——你就死定啦！”

“可是没有别的渡口呀……你听，已经追来了？”不幸的人绝望地叹了口气，踩到了木板上。

“我不让……不，我不让你去死！”热心的朋友一面喊，一面从逃亡者脚下抽走木板。眨眼之间那人扑通一声落入激浪之中——一下就淹死了！

敌人得意地笑着——走开了；而朋友坐在河岸上——开始悲伤地为他可怜的……可怜的朋友哭泣！

责备自己是害死朋友的凶手，当时他可没想到这一点……一刻也没有过。

“他干吗不听我的话！ 他干吗不听呀！”他颓然嘟囔着。

“不过，话得说回来！”末了，他又说，“他本来要在可怕的监牢里受一辈子罪的呀！ 而今，他至少可以不再受罪了！ 而今他可以解脱了！ 这可是他命中注定的呀！”

“可他终究是可怜的，人皆有情嘛！”

于是，这个善良的人痛不欲生地继续恸哭着他那倒霉的朋友。

(1878 年 12 月)

基 督

我把自己看作一个少年，几乎是个孩子，在一座低矮的乡村教堂里。在古老的圣像前面，一支支细长的蜡烛幽幽地燃烧着，发出点点红色的光焰。

每个小小的光焰周围都有着虹一般色彩的光环。教堂里光线暗淡，一片昏黑……而在我前面站着很多人。

清一色的庄稼汉，个个都长着淡褐色头发。这些脑袋不时地晃动，低垂又仰起，就像成熟的麦穗，让夏日的清风在它们上面撩起悠悠的波浪。

忽然，有人从后面走过来站到我身旁。

我没有向他转过头去——但我马上就感觉到此人——正是基督。

感动、好奇、恐惧顿时占据了我的心灵。我使足劲儿……瞥了一眼自己身旁的人。

这张脸，跟所有人的一样——是一张与所有人的脸都相似的脸。眼睛稍稍往上瞧，目光专注而安详。嘴唇合拢但闭得不紧：上唇像是安息在下唇上。稀疏的胡须分成两撇。两手叠起，一动也不动。甚至连他身上的衣服也同所有人的一模一样。

“这算什么基督啊！”我想了想，“不是个普普通通的人嘛！不可能！”

我转过脸去。可是在我还没来得及把视线从这个普通人身上移开时，我似乎重又感到，这的确是基督站在我身边。

我重新使足劲儿……我又看到那同一张与所有人的脸都相似的脸，那同样是一些普通的，然而是陌生的面貌。

我突然觉得害怕了——于是我恍然大悟。只是这时候，我才明白，正是这张脸——这张跟所有人的脸都相似的脸，才恰恰是基督的脸。

(1878 年 12 月)

岩 石

你们可曾在海滨见到过一块古老的、灰色的岩石？ 在阳光明媚的春日里，每当涨潮时分，滚滚浪涛从四面八方朝它拍打过来——拍打、嬉戏、抚爱它——把散珠似的闪亮水沫泼洒到它长着苔藓的头上。

岩石依然是那块岩石——但在它暗淡的表面，显现出了各种鲜艳的色彩。

它们叙说着遥远的年代，在花岗岩熔浆刚刚开始凝固之时，它们周身曾炽燃过火样的色彩。

确实，就在不久以前，一些年轻女性的灵魂从四面八方向我衰老的心涌来——于是，在她们温柔的抚摸下，我那早已褪尽了红色、曾经有过火一般热情的心，又开始漾出了红光。

海浪涌来又退去……但色彩并未暗淡——尽管狂风想要将它们吹干。

（1879 年 5 月）

鸽 子

我站在缓坡的山冈顶上；眼前——铺展着一片成熟的黑麦田，它忽而呈金黄色，忽而呈银白色，宛若大海那般色彩斑斓。

然而这片海面的涟漪一动也不动，闷人的空气凝滞了：一场暴风雨正在迫近。

我周围，太阳依然照耀——炽热而惨淡；在那边，黑麦那头不太遥远的地方，一堆铁青色的乌云像一个笨重的庞然大物，压在一大半地平线上。

一切都躲藏起来了……一切都在不祥的落日余晖下显得颓然沮丧。听不到鸟儿啼啭，见不到鸟的影子；就连麻雀也躲了起来。只有附近的某个地方，一片孤独的大叶牛蒡还一味地在絮聒磨牙和啪啪作响。

多浓烈的苦艾的气味散发在田埂上！ 我眺望着那铁青色的大云团……心中慌乱。“哦，快点来吧，快点吧！”我心想，“你闪现吧，金蛇！ 你震撼吧，轰雷！ 你游动、翻滚吧，滂沱倾泻吧，凶险的乌云，你让这种窒息人的折磨停止吧！”

然而乌云仍静止不动。它依然压抑着沉默的大地……只是它似乎还在膨胀着，而且变得更加黑暗。

看哪，就在这单调的铁青色中间，有个东西在从容地、有节奏地闪动；宛似一块白色的小手帕或是一团小雪球。那是从村子那边飞来的一只白鸽。

它飞着，径直飞呀、径直飞……隐没在树林后面。

过一会儿，依旧是严酷的寂静……可是，瞧！已经有**两块**小手帕在时隐时现，**两团**小雪球飘回来啦：那是**两只**白鸽安稳地飞回家来啦。

现在，暴风雨终于爆发了——这下可热闹啦！

我好容易才跑回了家。狂风呼啸，乱奔乱窜，红褐色的、低压的乌云在空中飞驰，如同被撕成碎块一般，一切都在旋转，混成一片，暴雨恰似根根直立的水柱，哗哗地晃摇着泻下，闪电迸发出令人目眩的绿色火花，断断续续的巨雷如大炮在轰响，散发出硫磺的气味……

然而，在天窗边上那突出的屋檐下，一对白鸽正紧紧偎依在一起——一只是飞去寻找伴侣的，另一只是被它迎回来的，也许，是救回来的它的伴侣。

它俩都耸着羽毛——都把自己的翅膀靠在对方的翅膀上……

它俩多快乐！当我望着它们时，心里也充满了快乐！……虽然我只孤身一人……一个人，始终如此。

(1879 年 5 月)

明天，明天！

过去了的每一天几乎都那样空虚、倦怠、无足轻重！ 它在自己身后留下的痕迹是那么有限！ 光阴一寸又一寸在溜走，多么枯燥，多么无聊！

然而，人总想活下去；人都珍惜生命，把希望寄予生命、寄予自己、寄予未来……啊，他对未来期待着怎样的幸福啊！

可是他究竟凭什么认为，未来的那些日子会跟这个刚刚过去的日子不一样呢？

是呀，这一点他没想过。他根本不爱思考——可他做得很好。

“啊，明天，明天！”他安慰自己，直到这个“明天”把他送进坟墓。

得啦——既然已经待在坟墓里了——你想思考也不行了。

（1879 年 5 月）

大自然

我梦见，我走进一座有着很多高高拱顶的地下殿堂。它充盈着柔和的地下之光。

殿堂正中坐着一位庄严的妇人，她身穿一件绿色的薄纱衣裳，一手支着头，似乎正在沉思默想。

我顿时明白，这个妇人——就是**大自然**，——我当即一阵寒颤，敬畏之情油然而生。

我走近坐着的妇人——并且行了个恭敬的鞠躬礼：

“哦，我们共同的母亲！”我呼唤道，“你在想什么呢？ 你不是在思索人类未来的命运吧？ 你不是在考虑人类怎样才能得到幸福，臻于至善至美吧？”

妇人把她那双乌黑的、目光威严的眼睛缓缓地转向我。她嘴唇微微翕动——发出一种铿锵似铁的洪亮声音。

“我在想的是，怎样使跳蚤腿部的肌肉增添力量，好让它更方便地逃脱自己的敌人。攻与守的均势已经被破坏了……应当恢复它。”

“什么？”我嘟嘟哝哝地回答，“你在想什么呀？ 难道我们，人类，不是你宠爱的孩子吗？”

妇人稍稍皱起眉头。

“凡一切有生命之物均为我的孩子，”她说，“我同等地关怀他们——也同样地毁灭他们。”

"绞死他！"

"这件事发生在一八〇五年，"我的一个老相识说开了头，"在奥斯特利茨战役[①]前没多久。我当军官的那个团驻扎在摩拉维亚。

"我们被严格禁止骚扰和欺凌居民；可他们还是对我们侧目而视，虽说我们还算是同盟军呢。

"我有个勤务兵，从前是我母亲的农奴，名叫叶戈尔，是个老实巴交、温顺随和的人；我从小就了解他，像朋友一样待他。

"有一天，我住的那所房子里响起了叫骂声和哭喊声：女房东的两只鸡被人偷了，她一口咬定偷鸡人是我的勤务兵。勤务兵有口难辩，叫我去作证……'他才不会偷东西，他，叶戈尔·阿夫塔莫诺夫！'我想让女房东相信叶戈尔的诚实，可是她什么都听不进去。

"突然，街上传来了嘚嘚的马蹄声：那是总司令亲自率领参谋部的人员赶来了。

"他骑在马上，身体肥胖、皮肤松弛，脑袋耷拉，肩章垂到胸前。

"女房东看到他——连忙奔上前去，一把拦住他的马，扑通一声跪在地上——她头发蓬乱，衣衫不整，没戴头巾，一开口就大声控告我的勤务兵，还用手指着他。

"'将军老爷啊！'她喊叫，'大人！ 明断是非吧！ 帮帮忙！ 救

① 这里指一八〇五年十一月第三次反法联盟的首次交战。

救我呀！ 这个当兵的抢了我啦！’

“叶戈尔直挺挺地站在屋子门口，一只手拿着帽子，胸膛挺得老高，脚跟并得很拢，活像个站岗的哨兵，——可他哪怕说一句话也好哪！ 是路当中这一大队将官使他惶惑了，还是飞来的横祸把他给吓呆了——我的叶戈尔只是站在那里眏着眼睛——而且面如土色！

“总司令心不在焉，阴沉地扫了他一眼，没好气地哼哼：

“‘唔？ ……’

“叶戈尔像个木头人那样站着，还龇露着牙！ 从侧面望去，他像是在笑着呢。

“这时，总司令断断续续说：

“‘绞死他！’说完便磕了磕胯下的马，朝前走了——起初马还一步步走着，随后便撒腿奔了起来。全体参谋部的人员也紧随他疾驰而去；只有一个副官从马鞍上转过身，朝叶戈尔匆匆地看了一眼。

“违背命令是不行的……叶戈尔立即被抓起来带去处决。

“这时，他已完全面无人色了——只是费力地喊叫了两声：

“‘老天爷呀！ 老天爷！’接着又小声地说：‘老天有眼——不是我呀！’

“他伤心地、痛苦地哭起来，跟我告别。我陷入了绝望之中。

“‘叶戈尔！ 叶戈尔！’我叫喊，‘你怎么一句话也不对将军说呢？’

“‘老天有眼，不是我呀，’不幸的人呜咽着重复说。女房东自己也吓呆了。她怎么也不会料想到竟然有这么可怕的结局，也号啕大哭起来！ 她开始央求所有的人，央求每一个人的宽恕，要大家相信她的鸡已经找到了，她要亲自去把事情讲清楚……

“不用说，这一切都已于事无补了。先生，战时的秩序和军纪就是如此啊！女房东越哭越响了。

“叶戈尔在神父给他行过忏悔礼、授过圣餐之后，对我说：

“‘请您告诉她，老爷，叫她别再悲伤过度了……要知道我已经原谅她了。’”

我这位朋友把他仆人的最后一句话重复了一遍，低声说道：

“叶戈鲁什卡[①]，亲爱的，品行端正的人呀！”说着，眼泪顺着他衰老的面颊流了下来。

（1879 年 8 月）

---

① 叶戈尔的小名。

我会想些什么?

当我面对死神，倘若我还能够思考，我会想些什么?

我是否会想，我没能很好地享受人生，懵懵懂懂、昏昏欲睡地错过了它，对于它的赐予，我没有细细地去品味?

“什么，这就要死了? 这么快? 不可能! 要知道，我什么都还没来得及做呢……我正打算要做呀! ”

我是否会回忆往昔，让思想勾留在我曾度过的有限的欢乐瞬间，停驻在那些亲爱的形象与容颜上?

我做过的那些令人不快的事是否会出现在我的记忆中——迟到的追悔那灼人的苦痛，是否会占据我的心灵?

我是否会想，在坟墓里等待我的将是什么……真有什么东西在那儿等我吗?

不……我觉得，我将尽量不去考虑这些——我将迫使自己去想入非非，只为了把注意力从眼前这可怕的黑暗旁引开。

有个垂死的人，他总在我面前抱怨，说别人不让他吃炒熟的榛果……可是，在他那已经暗淡下去的眼睛深处，有一样东西在挣扎，在颤动，就像一只折断了翅膀、受了致命伤的鸟儿一样。

(1879 年 8 月)

“玫瑰花曾经多美，多鲜艳……”①

不知在什么地方，什么时候，那已是很久很久的事情，我读过一首诗。它很快就被我遗忘……只有它的第一行诗句还留存在我的记忆里：

玫瑰花曾经多美，多鲜艳……

现下是冬天，寒气蒙上了窗玻璃；幽暗的房间点起一支蜡烛。我蜷坐在屋角，脑子里老是萦绕着、回响着：

玫瑰花曾经多美，多鲜艳……

然后，我看见自己站在郊外的一所俄罗斯农舍的矮窗前。夏日的黄昏在静静地消退，融入了夜色中，暖和的空气里，飘荡着木犀草与椴树的清香；窗台上，坐着一位姑娘，她一只手臂支撑着，头侧向肩膀——正默默地凝望着天空，似乎在等待那第一批星星的闪现。她那双深思的眼睛多么天真而灵悟，她那两片表示疑问的张着的嘴唇多么动

① 引自俄国诗人伊·彼·米亚特列夫（1796—1844）的《玫瑰》（1835）中的诗句。

人而无邪，她那尚未完全成熟的、不曾为什么事激动过的胸脯，呼吸得多么均匀，她那年轻的脸庞多么纯洁，多么温柔！ 我不敢去跟她说话——可是对我来说，她有多么亲切，而我的心在怎样地狂跳呀！

玫瑰花曾经多美，多鲜艳……

房间里愈来愈暗、愈来愈暗了……快燃尽的蜡烛噗噗作响，颤悠的影子在低低的天花板上晃动，严寒在屋外肆虐，发出骇人的声响——还听到一种像是寂寞老人的絮语声。

玫瑰花曾经多美，多鲜艳……

我眼前又浮现出另一些形象……我听到一阵充满家庭欢乐的乡居生活的喧闹声。两个长着亚麻色头发的小头颅彼此偎靠，明亮的眼睛毫不怯生地望着我，红扑扑的面颊因强忍住笑而微微颤动；他俩的手亲昵地勾在一起，彼此用年轻、友好的口气打断着对方；稍远一点儿，舒适的房间里端，另一双也是年轻的手在一架旧钢琴上急速滑动，手指搅乱着琴键——然而，朗纳[①]的华尔兹舞曲声也盖不住古老茶炊的咕嘟声。

玫瑰花曾经多美，多鲜艳……

---

① 朗纳（1801—1843），奥地利小提琴家、指挥家、作曲家。维也纳圆舞曲的创始人之一。

蜡烛闪了一下，熄灭了……那边是谁在发出嘶哑憋闷的咳呛？我的老狗蜷成一团，贴在我脚边发抖，它是我唯一的伴侣……我冷……我冷得发抖……而他们全都死了……死了……

玫瑰花曾经多美，多鲜艳……

(1879 年 9 月)

海上行

我乘坐一条不大的轮船从汉堡到伦敦去。乘客总共只有两个：我和一只小猴子，一只长毛小母猴，这是一位汉堡商人送给他英国股东的礼物。

猴子让一根细链子拴在甲板上面的一把小椅子上，它不安地转来转去，像鸟一样吱吱哀叫。

每当我从旁走过，它便向我伸出一只又黑又冷的小手——还抬起它忧郁的、几乎跟人眼一样的小眼睛望着我。我拉起它的手——它便不再吱吱叫，也不再不安地转来转去了。

风平浪静，大海宛如一块铅色的桌布，静止不动地铺展在周边。看起来它似乎并不那么辽阔；海上笼罩着浓雾，遮住了桅杆顶，柔和的朦胧让人目眩神摇。太阳像个惨淡的红斑悬在这一片混沌之中；而当黄昏临近时，这一朦胧混沌整个儿都燃烧起来，发出神秘而诡异的红光。

又长又直的波痕，犹如厚而重的绸缎襞褶，从船头一波逐一波地荡开去，不断变宽，漾起皱纹，又向前拓宽，末了，平伏下来，摇晃几下，然后便消失了。机轮的突突声千篇一律，它激起了翻飞的浪花，浪花雪白，有如牛奶，发出轻微的咝咝声响，并碎散成蜿蜒的水流——一而在那边，它们又汇注在一起，消失了，让黑暗吞没了。

船尾有只不大的钟在不停地、凄凉地叮当响着，声音不比猴子的吱吱叫好听多少。

有时，一只海豹浮出海面——兜底翻了个身，又扎进刚被搅动了的海面下。

而船长，一个沉默寡言、脸膛晒得黑黑、愁眉不展的人，正叼着一支短烟斗，烦躁地向着静止不动的海面吐唾沫。

他对我提出的任何问题，总是不连贯地嘟哝几声作为回答；我不得已只好去找我唯一的旅伴——猴子。

我坐到它身边；它不再吱吱乱叫——并重又把手伸给我。

凝滞的雾湿气袭人，我们两个给熏得昏昏欲睡；我俩同样沉浸在浑浑噩噩的沉思中，就像亲人一样互相伴随。

此刻我在微笑着……可是那时却是另一种感情。

我们都是同一个母亲的孩子——我那时感到欣慰的是，这只可怜的小动物那样信任我地安静了下来，那样放心地偎依着我，就像和亲人挨靠在一起。

(1879 年 11 月)

H. H. [1]

你端庄而平静地走在人生的道路上，无泪无笑，也似乎不因受冷遇而心有不平。

你善良而聪明——一切都与你扞格不入——你也不需要任何人。

你很美——可是谁也说不上：你是否珍惜自己的美？你自己对人漠不关心，也不要求别人的关怀。

你目光深邃——但不是在沉思默想；在这明亮的深邃里是一片空白。

这样，在**极乐**世界[2]里，在格鲁克[3]旋律的庄严乐曲声中——那些端庄的幽灵，无欢也无愁地在行进。

(1879 年 11 月)

① 俄语缩写词，意为某某人。
② 古希腊神话中人死后灵魂永远安息之地。
③ 格鲁克(1714—1784)，德国歌剧作曲家。他的歌剧《奥菲欧》(1762)第二幕描写了人死后的情景。

停 住!

停住！我现在看到怎样的你——就让她这样永远停留在我的记忆中吧！

从你的唇边，吐出最后的激动人心的声音——你的眼睛不发亮也没闪光——因为你欣慰地意识到，你已成功地表达了一种美，一种仿佛是你得意洋洋地伸出了疲惫的手去追求的美，这使你的眼睛因幸福而愣神，而失色！

那又是怎样的一种光辉，从你的肢体、你衣衫的每一个最微细的皱褶里泛出，竟然较之阳光更为明媚，更为纯洁？

是什么样的神祇，用自己爱抚的气息，吹动你飞散的鬈发向脑后飘散？

是他的吻，在你苍白的、大理石般的额头燃烧！

这就是它——公开的秘密，诗歌、人生、爱情的秘密！正是它，正是它，不朽啊！别样的不朽是没有的——也是不需要的。在这个瞬间你是不朽的。

这个瞬间会过去——你将重又成为一撮尘土，一个女人，一个孩子……然而，这对你算不了什么！而在这个瞬间里——你变得更崇高了，变得超越于一切俯仰之间、旋踵即逝的事物。这就是你的永无止境的瞬间。

停住！ 让我成为你的不朽的参与者吧，让你永恒的反光，射进我的灵魂吧！

(1879 年 11 月)

僧侣

我曾经认识一位僧侣，一位隐士、圣者。他活着只是为了祈祷的甜美——并且，他陶醉在这种甜美之中，往往会长久地站在教堂冰冷的地上，直到他的腿自膝盖以下都浮肿得像两根木桩一样，他还不知不觉，还笔挺地站着——虔诚地祈祷。

我了解他——也许，我在羡慕他——但愿他也能了解我而不责备我——我这个体会不到他那种快乐的人。

他已经达到了把自己一笔勾销的地步，勾销了自己可憎的**自我**；可是要知道，我之所以不去做祈祷，也并非出于只爱我自己。

我的**自我**对于我，也许比他的自我对于他，要更加累赘，更为可憎。

他已经找到了可以忘却他自己的地方……诚然，我也在找，虽说不如他那么有恒。

他不说谎……是呀，我也是不说谎的。

（1879 年 11 月）

我们还要战斗！

一件不足挂齿的小事，有时可以使一个人整个儿地改变过来。

有一天，我心事重重地走在一条大路上。

一些沉重的预感堵在我的胸口；我愁绪满怀。

我抬起头……在我前边，在两行高大的杨树中间，道路如箭一般投伸远方。

路对面，离我十步远的地方，有一群沐浴着夏日金色阳光的麻雀，一只跟随一只，跳跃着穿过这条路，跳得那么敏捷、快乐而充满自信！

其中有一只异乎寻常，它一个劲儿地侧着身子、侧着身子朝前挤着，它鼓起胸脯，勇敢地吱吱叫着，一副天不怕地不怕的样子！ 一个战士——十足道地的呢！

这时，天空中高高地盘旋着一只老鹰，也许它认定了要吃掉这位战士。

我望着，笑起来，精神抖擞了——顿时，忧郁的思绪无影无踪：我感到有了胆量、勇气和生活的愿望。

让**我的**鹰在我头上盘旋吧……

“我们还要战斗，见鬼去吧！”

(1879 年 11 月)

祈 求

人无论祈求什么——总离不开祈求奇迹。任何祈求均可归纳为：“伟大的上帝啊，求你使二乘二不等于四吧！”

只有这样的祈求才是一个人对另一个人的真正的祈求。向万物之灵、最高存在、康德的、黑格尔的、圣洁的、无形的上帝祈求——是不行的，也是不可思议的。

然而，即使是一个有个性、有生命、有形的上帝，他真能使二乘二不等于四吗？

任何一个信徒都有义务回答：**能够**——也有义务使自己相信这个。

但若他的理智起而反对这种荒唐话呢？

这里，莎士比亚来给他帮忙了：“霍拉旭朋友啊，天地之间有许多事情……”①等等。

而要是人们开始以真理的名义来反对他呢，——他只消去重复那个著名的问题：“真理是什么呢？”②

所以，还是让我们来酣饮，来作乐——并祈求吧。

(1881 年 7 月)

---

① 引自《哈姆莱特》第一幕第五场，原句为“天地之间有许多事情，是你们的哲学里所无法想象的”。

② 出自《约翰福音》第十八章第三十八节。罗马帝国驻犹太的总监向耶稣提的问题。

俄罗斯语言

在彷徨的日子里，在痛苦地思索着祖国命运的日子里，——惟有你给我支持和依靠，啊，伟大的、威力无比的、纯真的、自由的俄罗斯语言！要是没有你——谁能目睹故土所发生的一切而不陷于绝望？然而，这样的语言，如果不是赐予一个伟大的民族，那是难以置信的！

(1882 年 6 月)

二、新散文诗

相遇

梦

我梦见：我走在寸草不长的辽阔草原上，那儿散布着巨大的、有棱有角的石块，头顶上是黑沉沉、低压压的天空。

在石块中间有条蜿蜒的小路……我沿着这条小路走去，却不知道自己要去哪儿，去干什么……

忽然间，我前面细线似的小路上，出现了一种宛如浮云的东西……我凝神望去：浮云竟变成了一位身材匀称、修长的妇人，她身上穿一袭白色衣衫，腰间系一条细窄闪光的带子……她脚步轻捷，匆匆离我而去。

我没有看到她的玉颜，甚至没看到她的秀发：它们都蒙在一层薄纱底下；但我的心整个儿都被她带走了。我觉得她美丽、高贵而动人……我一定要追上她，想一睹她的芳容……她的明眸……我想看到，我一定要看到这对眸子。

然而，无论我赶得多么急，她总是走得比我快，我怎么也追不上她。

这时，小路上横着一块平整宽大的石板……阻挡了她的去路。妇人在它面前停了下来……我跑过去，由于高兴、期待与畏惧而浑身颤栗。

我什么话也没有说……她却默默地向我转过身来……

然而我还是没有看到她的眸子。它们是紧闭着的。

她面色苍白……白得如同她的衣裳；两条裸露的手臂垂着一动不动。整个儿的她仿佛成了块石头；这个妇人的整个身躯，脸上的每根线条，都与大理石雕像相仿佛。

她的肢体一点儿也没弯曲，缓缓地向后倾去，倒在那块平整的石板上。而我呢，也与她并排着仰卧下去，全身直挺挺地像是坟墓上的雕像，我的双手祈祷般地放在胸前，我感到我也变成了石头。

只一会儿工夫……这妇人忽然欠起身来离去了。

我想奔去追她，但我动弹不得，两只合放着的手也无法松开，只能怀着说不出的懊丧目送她离去。

其时，她蓦地回过头来，我这才看到了她那对闪闪生辉的明亮的眸子，长在一张生气勃勃、富有表情的脸上。她的这对眸子向我注视着，嘴上挂着无声的笑。“起来吧，”她说，“到我这儿来。”

可我还是动弹不了。

她这时又笑了笑并很快地离开了，同时她愉快地摇了摇头，她头上的那只用小玫瑰花编成的花冠，忽然间闪出了灿烂的红光。

可是，我仍然动弹不了，哑然躺在我的墓石上。

(1878 年 2 月)

我怜惜

我怜惜自己和他人，怜惜所有的人、兽、禽……一切有生命的东西。

我怜惜孩子和老人，不幸者和幸运者……我怜惜幸运者甚于不幸者。

我怜惜那些常胜的无敌的统治者，怜惜那些伟大的艺术家、思想家与诗人。

我怜惜杀人者与他的受害者，怜惜丑与美，怜惜被压迫者与压迫者。

我怎样才能从这种怜惜中摆脱出来？ 它让我活不下去……它，以及那种苦闷。

哦，苦闷，苦闷，全都为怜惜所溶化！ 人不能让自己降得更低下了。

我最好还是去羡慕吧，对了！ 我于是便去羡慕——墓石。

(1878 年 2 月)

诅 咒[1]

我读过拜伦的《**曼弗雷德**》[2]……当读到被曼弗雷德毁了的女子的幽灵，在他头上诵念神秘咒语的那一段时，我心灵为之震撼。

记得吧："愿你夜不成眠，愿你邪恶的灵魂永远感觉到我这个不现形迹又萦绕不去的存在，愿你邪恶的灵魂成为你自己的地狱。"

不过，此刻我想起了另一件事来……有一次在俄国，我目睹两个农民——父亲和儿子的激烈吵骂。

最后儿子使父亲受到了难以忍受的侮辱。

"诅咒他，华西里伊奇，诅咒他这个没心肝的东西！"老人的妻子大声叫喊道。

"好吧，彼得罗夫娜，"老人闷声回答，同时画了个大大的十字："让他等到有了儿子的时候，让他的儿子也当着自己母亲的面，往他父亲的白胡子上吐唾沫吧！"

这个诅咒，依我看，要比给曼弗雷德的更为可怕。

儿子当即嘴巴张大，两腿摇晃，面色铁青——走了出去。

(1878 年 2 月)

---

① 本文最初标题为《曼弗雷德》。
② 英国浪漫主义诗人拜伦(1788—1824)的诗剧，剧名与主人公同名。

孪生兄弟

我见过两个孪生兄弟吵架，他俩就像两滴水那样彼此相像：

面容、表情、发色、身材、体型，整个儿都像，可是他俩却不共戴天，相互仇视。

他俩同样因狂怒而抽搐。两张彼此凑近、出奇地相似的脸涨得同样通红；两双相似的眼睛闪着同样威胁的光芒；从同样扭歪的嘴里，冲出同样声音的骂人话。

我忍不住了，抓起其中一个的手，把他领到镜子跟前，对他说：

“你最好就在这里，冲着这面镜子破口大骂吧……这对你反正都一样……可是对我来说，就不会感到那么难以忍受了。”

(1878 年 2 月)

鸫鸟

（一）

我躺在床上难以入眠。忧虑啃噬着我；沉重的、单调难耐的思绪，在我脑海中徐徐浮过，宛如一条连绵云雾的长链，在阴冷的日子里，顺着灰色的山丘之巅不停地缓缓爬动。

啊！那个时候，我无望地、悲伤地爱着，只有饱经风霜而不再被生活伤害的心，变得……不再年轻时，才有可能用这种爱去爱！是呀……年轻的外貌是不必要的、枉然的。

窗户，那微微泛白的一斑，幻影似的出现在我眼前；房间里的一切物体都隐约可见：在初夏清晨的烟色薄明之中，它们显得更为凝重，更为静穆。我看了看表：三点差一刻。屋墙外，也是同样的凝重……还有露水，一片露水的海洋！

在这片露水中，在花园里，一只黑色的鸫鸟，已经在我窗下歌唱、啸鸣、啾啭了——它不停地唱，响亮而自信。那抑扬婉转的声音透进我静谧的房间，把它整个儿灌满了，也灌满了我的听觉，我的被无情的失眠、病态的痛苦思绪所折磨的脑袋。

这鸣叫声散发着永恒的气息——永恒的全部清新、全部淡漠、全部力量。于其中，我仿佛听到了大自然本身的语声，那美妙的、没有意识的语声，它永无开初——也永无终极。

这只黑色的鸫鸟，自信地鸣唱着，歌颂着；它知道，恒定的太阳到时候会很快地如常辉耀；在它的歌声里，没有任何它自己的、属于个人的东西；它还是那只黑鸫鸟，一千年前欢迎过同一轮太阳，并将在另几个千年后也同样欢迎它，到那时，我能留下的，也许只是一些肉眼难辨的尘末，在鸫鸟那生气勃勃、声音响亮的躯体周围，在被它的歌声划破了的气流中回绕。

于是我，一个可怜的、可笑的、钟情着的人对你说：谢谢，小鸟，感谢你在这忧伤的时刻，突然来到我窗前，唱起有力的、自由的歌儿。

这歌儿并未给我以安慰，我也没有去寻求安慰……然而我的眼中泣涕涟涟，胸中心潮翻腾，顿时，那种呆滞的、死沉沉的负荷加重了。啊！还有这个人儿——难道不该像你这个黎明前的歌手，像你的快乐的鸣声那样青春焕发、朝气蓬勃吗！

诚然，当周围冰冷的波涛已从四面八方涌来，过不了多久就会把我带向茫无涯际的大海之时，还值得为自己个人而悲伤，而痛苦，而思虑吗？

泪在流淌……但我可爱的黑鸫鸟却泰然自若地继续唱着自己无忧无虑的、自己幸福的、自己永恒的歌！

啊，在我炽燃着的脸颊上，那终于升起的太阳，是怎样照亮了我的泪水啊！

而我仍然在微笑。

（1877 年 7 月 8 日）

鸫鸟[①]

(二)

我重又躺到床上……还是难以入眠。同样的夏日清晨从四面八方拢抱我;黑鸫鸟又在我窗前歌唱,我心里那同一个创伤还在灼燎。

可是,那鸟儿的歌声未能让我感到轻松,我也没去思虑自己的创伤。折磨我的是另一些数不清的、裂着口子的创伤;这些伤口流淌着亲人们如同红色激流般的宝贵鲜血,它无尽无休、没有意义地流着,宛如雨水从高高的屋顶泻注到街上的泥泞污秽中。

而千百个我的兄弟、同胞都死在那边;远方,在难以攻破的堡垒墙垣前倒下了;千百个兄弟,被无能的首领们抛进了张开大口的死亡深渊里。

他们毫无怨言地去赴死;毁灭他们的人毫无悔意;他们不怜惜自己;那些无能的首领们也不怜惜他们。

这里没有是,也没有非:就好比脱粒机在碾着捆捆麦穗,麦穗是空还是实——让时间去证明。而我的创伤有什么意义? 我的痛苦又算得了什么? 我甚至不敢恸哭一场。可是,我的脑袋在灼烧,心儿在紧缩——于是我,像个罪人一样,把头埋进了讨厌的枕头里。

---

① 本篇写于一八七七至一八七八年的俄土战争结束后不久。当时屠格涅夫曾去过雅斯纳雅·波良纳,这篇散文诗反映的便是他同列夫·托尔斯泰就这场战争所进行的谈话。

一滴滴灼热的、沉重的眼泪在我面颊潸潸流淌……滚过我唇边……这是什么？是眼泪……还是血？

(1878 年 8 月)

无 巢

我到何处去栖身？ 去干些什么？ 我好比一只孤零零的无巢的鸟儿。它蓬起羽毛站在光秃秃的枯树枝上。腻烦地在此逗留……可又能飞往何处？

它于是张开了自己的翅膀，像只被雄鹰惊起的鸽子，迅疾地径直冲向远方。难道就不能在什么地方找到一个绿色的、可以栖身的小角落？ 难道就不能在哪儿营筑一个哪怕是临时的小巢？

鸟儿飞呀飞呀，留神地注视着下面。

它身下是黄色的大漠，一片沉寂，没有动静，毫无生气……

鸟儿急速地飞着，越过荒漠，仍然留神地、忧心忡忡地注视着下面。

它下面是大海，像荒漠似的黄色的、毫无生气的大海。虽说大海在喧嚣，在运动，然而在无尽无休的吼声中，在波浪单调的滚荡中，也同样没有生机，同样没有栖身的地方。

可怜的鸟儿累了……翅膀的拍动渐渐减弱了；它在忽上忽下地飞着。即使它能冲上九霄……也不能在这茫茫无际的空虚之中筑巢的呀！

终于，它收拢了翅膀……发出一声凄厉的长鸣坠进了大海。

海浪吞没了它……又向前翻滚，仍然无意义地喧嚣着。

我能去何处栖身呢？ 是否也到了该我落入大海的时候了？

(1878 年 1 月)

酒 杯[①]

我觉得可笑……而且我觉得自己很古怪。

我的忧郁并非无病呻吟，我确实生活得很沉重，我的心情悲怆凄苦。可是，我力求让它增色添辉，我搜求形象与比喻；我修饰我的言词，我以字、句的音与韵自慰。

我，像个雕塑家，像个金匠，勤勉地塑造着，雕琢着，千方百计地去装饰那只高脚大酒杯，我要用它斟一杯毒液，为我自己。

---

① 本篇和下一篇均没注明写作日期。估计在一八七八至一八七九年之间。

谁的错?

她向我伸出她温柔的、苍白的手……而我冷冷地、粗暴地将它推开。年轻可爱的脸现出了困惑，一对年轻善良的眼睛含着责难注视着我；年轻纯洁的心无法理解我。

“我有什么错呀？”她嗫嚅着。

“你有错吗？宁可说在最光辉的天穹深处的最快乐的天使有错，也不会说你有错。”

然而，在我面前，你的过错还是巨大的。

你想知道这个你所不能理解、而我又无法向你说明白的严重过错吗?

这个过错就是：你——年轻；我——衰老。

处世箴言

你想做个心安理得的人吗？ 去同人们交往吧，但要独自生活，什么都别介入，什么都别怜悯。

你想做个有福之人吗？ 首先得学会吃苦。

（1878 年 4 月）

爬虫

我见到过一条被剁成两截的爬虫。它身上沾满自己渗出的脓水和黏液，抽搐着，痉挛地抬起头吐出芯子……它还在威胁着……无力地威胁着。

我曾读过一个下流作家写的一篇小品。

他被自己的唾沫呛得喘不过气来，滚倒在自己的令人作呕的下流话的脓水中……他也在痉挛、扭捏作态……他提到了什么“界线”①——提出要以决斗来洗清自己的名誉……自己的名誉！

我这就想起了那条亮出丑恶舌芯、被剁成两截的爬虫来了。

(1878 年 5 月)

① 指决斗时为双方划定的分界线。

作家与评论家

作家坐在自己屋里的书桌前。忽然有位评论家来找他。

“怎么！”评论家叫起来，“您怎么还在没完没了地胡编乱造呀，我可是已经写了文章反对过您啦，我的大论文、小评论和书简里，篇篇都论证过您没有——而且从来也没有任何才能，就像二乘二等于四那样明白。我还论证过您甚至已经忘记了祖国语言，指出过您一向不学无术，而今已经才穷智竭，老态龙钟，变成破布一块了！”

作家平静地转向评论家。

“您写了许多反对我的文章、小品，”他回答道，“这毋庸置疑。可是，您知道有篇狐狸与猫的寓言吗？狐狸纵然诡计多端，但最终还是落了网；猫呢，只有一个本领：上树……而狗就够不着它。我也同样：要回答你所有的文章，我只需一本书就能把您驳得体无完肤；我把小丑的尖顶帽戴在您聪明的脑瓜上，——让您戴着它在您子孙后代面前出风头去吧。”

“子孙后代面前！”评论家大笑，“好像您的书会传到子孙后代似的！再过四十年，最多五十年，任何人也不会去读您的书啦！”

“我同意您的说法，”作家回答，“不过，这对我来说已经足够了。荷马使自己的忒耳西忒斯[①]名垂青史；而对你们这种人来说，半个

---

① 希腊神话中的人物，古希腊诗人荷马（约公元前九世纪至八世纪）在史诗《伊利亚特》中描写过他。

世纪足足有余了。你们连小丑的不朽也配不上。再见，先生……您吩咐我称呼您的名字？ 恐怕未必需要了吧……不用我说，大家也会叫得出的。”

(1878 年 6 月)

“啊，我的青春年华！啊，我的蓬勃朝气！”①

果戈理

“啊，我的青春年华！ 啊，我的蓬勃朝气！”我曾经这样感慨过。而当我发出这种感慨之时，我自己还年轻，充满朝气。

那时我不过想纵容一下忧伤的感情，对自己公然地怜惜一番并暗暗得意。

现在，我沉默了，不再为那些失去了的东西大放悲歌……即便如此，它们还是要常常来啃噬我，无声地啃噬着。

“唉！ 不去想它不更好吗！”男子汉们断言道。

(1878 年 6 月)

① 引自果戈理的长篇小说《死魂灵》。

致＊＊＊

那不是啾啾鸣叫的燕子，不是活泼的小燕子，用尖而硬的喙在坚实的峭壁上给自己啄个小巢……

那是你，渐渐地熟悉并习惯了别人的冷酷的家庭；我的有耐心的乖人儿！

(1878 年 7 月)

我在高高的山间徜徉

我在高高的山间徜徉，
沿着清澈的小河走在谷地上……
我目光所及的一切，
都在把一句话儿对我讲：
有个人爱我！ 有个人爱我！
而别的一切我全不放在心上！

我头上天空明亮，
树叶簌簌，鸟儿歌唱……
一串串顽皮的乌云，
快乐地飞向某个地方……
幸福洋溢在我周遭，
而心儿，对这并不需要。

犹如大海宽阔的波涛，
席卷着——席卷着我！
我心中葆有着一片静穆，
它超越了欢乐与苦恼……
整个世界都属于我！

我几乎没有意识到。

为什么我那时没有死去？
为什么那以后我俩还留在世上？
岁月来而复往——
却没给我们什么嘉赏，
好让我们把那些无聊而安逸的日子
变得愉快而欢畅。

(1878 年 11 月)

当我不在人世时……

当我不在人世时，当我曾拥有的一切都化为灰烬时——啊你，我唯一的友人，啊你，我爱得如此深情、如此温柔的人，你，无疑会活得比我更久长，——可你，请别去我的坟前……那儿，你去也枉然。

请别忘记我……但也不必在每天的忧虑、快乐和困窘时想起我……我不愿打扰你的生活，不愿妨碍它平静的流程。不过，在你孤独的时候，在那种怯怯的没来由的惆怅，那种一切善良的心灵都那么熟悉的惆怅涌来的时候，请你拿起一本我俩心爱的书，翻到里面的那几页、那几行、那几句，就是——还记得吗？——为了它们，我俩常在一起流下甜蜜的无言的泪水。

请读完它，闭上眼睛并把手伸给我……向一个已经不在了的朋友伸出你的手。

我将不能用我的手去握住它：我的手将木然地放在地下，但此刻，我欣慰地在想，也许那时，你会在你手上感觉到一种轻轻的触摸。

于是，我的形象会出现在你眼前，你紧闭的眼睑下将流出泪水，而过去，当我们为美感动时，也曾与你一起流过这样的泪，啊你，我唯一的友人，啊你，我爱得如此深情、如此温柔的人！

（1878 年 12 月）

砂 漏[①]

时光流逝，一天又一天，了无痕迹，既单调又迅疾。

生命在可怕地飞驰着，急速而悄无声息，就像瀑布泻落前那河水的急流一般。

它均匀、流畅地淌去，宛若那只砂漏里的细砂，那只由**死神**雕像枯瘦的手握持着的砂漏。

当我躺在床上，黑暗从四面八方裹紧我时，我似乎总是听到这种流逝着的生命所发出的微弱而连续不断的沙沙声。

我并不叹惜生命，也不因兴许我还能干一番事业而抱憾……我感到的是可怕。

我觉得：那座一动不动的雕像就站在我床前……它一手持砂漏，另一只手高举在我的心口上面。

于是我的心在胸膛里颤栗、叩撞，仿佛要急于完成自己最后的搏击。

（1878 年 12 月）

① 原始计时器。以一种容器盛细砂，使之不断均匀地漏下。

我在夜间起来……

夜里，我从床上起来……我觉得好像有人在唤我的名字……在那边，漆黑的窗外。

我把脸靠近窗玻璃，耳朵贴在上面，凝神注视——开始等待。

然而那边，窗外，只有树木在簌簌作响——单调而模糊不清——还有一大片烟色的乌云，虽说在不断移动着，变化着，却始终是那个样、那个样……天上看不到一颗星星，地上见不着一点火光。那边一片岑寂难耐……犹如这边，我的心里。

突然间，不知从哪儿远远传来了凄婉的声音，并渐渐增强、逼近，这响起的是人的声音，而后，减弱了，停顿了，从耳旁掠过去了。

“别了！ 别了！ 别了！”我仿佛从它的起伏顿挫中听到。

啊！ 这就是我的全部过去，我的全部幸福，我珍爱的一切、一切，它在永远地、永不复返地跟我告别了！

我向我飞逝而去的生命致意，躺回床上……有如躺到坟墓里。

唉！ 但愿真的能躺到坟墓里去啊！

(1879 年 6 月)

当我独自一人……

幻象

当我独自一人，长时间地完全一个人独处时，我会突然觉得，似乎有另一个什么人跟我待在同一个房间里，坐在我旁边或是站在我背后。

当我转过身去，或者猝然把目光投向我感觉中的那个人时，当然，我什么人也看不到。那种他在我身边的感觉渐渐消失了……然而，没过多久这种感觉重又出现了。

有时，我双手抱头开始思考起他来。

他是谁？ 他干什么？ 他对我来说并不陌生……他认识我——我也认识他……他与我似乎有亲缘关系……但我俩之间又有道深渊。

别指望能听到他的声音、他的话语……他既无声息也无动静……然而他又在跟我讲话……讲着某些含糊的、难以理解的——却又是熟悉的话。他知道我所有的秘密。

我并不怕他……但和他在一起总觉得不舒服，而且我不想有这么个我内心生活的见证人……尽管如此，我并不感到他是另一个非我的存在。莫非你是我的幻象？ 是我的过去的**我**。要是没错的话：难道那个人，那个使我想起自己的人，跟此刻的我之间——没有隔着一道不可逾越的深渊？

不过，他并非能由我召之即来的，他似乎有自己的意志。

悲哀啊，兄弟，不论是你，还是我，都处在孤单的令人厌恶的寂静之中。

但请等一等……在我死后，我和你——我的过去和我的现在的**我**——会合而为一，并永远向着那一去不返的亡魂所待的地方飞驰而去。

(1879 年 11 月)

爱情的道路

一切感情都可能导致爱情，引发激情，一切：憎恨、怜悯、冷淡、崇拜、友谊、畏惧，——甚至蔑视。确实，一切感情……只除了一种：感激。

感激——是债务；任何人都可能摆出自己的一堆债务……但爱情——不是金钱。

(1881 年 6 月)

空 话

我怕说，我避免说浮泛的空话，不过，怕说空话——也是一种奢望。

于是，在这两个外来语[1]，奢望与空话之间，我们复杂的生活就这样转来转去，摇摆不定。

(1881 年 6 月)

① 俄文“空话”源于希腊语，“奢望”源于拉丁语。

纯 朴

纯朴！ 纯朴！ 人们奉你为神圣。而神圣——并非人类的事儿。

谦逊——这才是人类该有的。它破坏、战胜傲慢。但别忘了：胜利感本身，就已含有你自己的骄傲了。

(1881 年 6 月)

婆罗门[①]

婆罗门口念“罗摩[②]”，眼睛垂向自己的肚脐，他正是这样来接近神的。

可是，在人的全身，还有没有什么比这个肚脐，更少一点关于神的，而更多一点能联想到人情无常的东西呢？

（1881 年 6 月）

① 即婆罗门教的祭司，印度古代的僧侣贵族，居于当时的四个种姓的首位。

② 相传为印度教与婆罗门教的三大神之一的毗湿奴的第七次化身，为“罗摩派”所信奉，“罗摩！”为教徒的赞美词，相当于基督教的“阿门！”

你哭了……

你为我的痛苦而哭泣；我也因感怀于你对我的怜惜而哭泣。

但要知道，你也是在为自己的痛苦而哭：只是因为你在我的身上——看到了自己的痛苦。

（1881 年 6 月）

爱 情

大家都说：爱情——是最崇高、最非凡的感情。一个异己的我，深入你的我之中：你被扩展了——同时你受到了伤害；现时你的肉体已迥异于过去，你的我被毁灭了。然而，即使这种死灭，也能激怒一个有血有肉的人。唯有不灭的神才能复活。

(1881 年 6 月)

真理与正义

“您为何如此看重灵魂的不灭呢？”我问道。

“为什么？因为那时我将掌握永恒不变、千真万确的**真理**……我以为，人世间最大的幸福即在其中！”

“在掌握**真理**中？”

“当然。”

“劳驾了，您是否能想象一下这样的场面？几个年轻人聚在一起闲聊……忽然他们的一个同学跑来：他的眼睛不同寻常地炯炯发光，兴奋得喘不上气，几乎连话也说不出来。‘怎么回事？怎么回事？’‘我的朋友们，听我说，我发现了一个怎么样的真理啊！入射角与反射角相等！还有：两点之间直线最短！’‘真的吗！哦，多么幸福啊！’年轻人全都喊叫着，感动得互相拥抱起来。这样的情景，您无法想象吧？您发笑了……问题就在这里：真理并不能带来幸福……而正义却可以：这是人类的、我们人世间的事……正义和公道！为了正义可以去死。整个生活是建筑在对真理的认识上；然而，“掌握真理”又如何呢？而且还想于其中找到幸福呢？”

(1882 年 6 月)

山鹑

我躺在床上，受着不治之症的长期折磨，我想：为什么该是我遭罪？为什么惩罚我，我，偏偏是我？这不公平，不公平啊！

有一大窝小山鹑——约摸有二十只——群集在茂密的麦茬地里。它们彼此挨在一起，在松软的土里翻刨着，怪幸福的。突然，一只狗吓着了它们：它们一下子一齐飞了起来；一声枪响，一只沙鸡的翅膀给打断了，遍体鳞伤地掉落下来，艰难地曳着两只爪子躲进艾丛里。

就在狗搜寻时，这只不幸的山鹑或许同样会想："我们总共二十个，它们跟我都没什么两样……为什么偏偏是我，我中了枪弹，我该去死呢？为什么我该在众姐妹的面前遭罪呢？这不公平！"

躺着吧，病号，趁死亡还没找上你。

(1882 年 6 月)

NESSUN MAGGIOR DOLORE[①]

这蔚蓝色的天空，绒毛般的浮云，花香，年轻的甜美的嗓音，伟大的艺术创作那光辉绚烂的美，迷人的女性脸上幸福的微笑和这一双销魂的眼睛……有什么用，这一切有什么用呢？

每隔两个小时，来一勺可憎的、无效的药水——这，这才是必需的呢。

(1882 年 6 月)

① 意大利语，意为：没有比这更大的痛苦了。出自意大利诗人但丁（1265—1321）的《神曲·地狱篇》，第五歌，第一二一至一二三行诗。

投身于轮下[1]

“为什么这样呻吟呀？”

“我痛苦，非常痛苦。”

“你听到过溪水冲击石头的汩汩声吗？”

“听到过，可是你干吗问这个呢？”

“因为那汩汩声与你的呻吟声——同样是声音，就是这样。

所不同者只不过是：小溪汩汩让人悦耳，而你的呻吟却不能引起别人的同情。你不用忍住它，但要记住：反正这些都是声音、声音，就像一棵树被折断时的嘎巴声……全都是一种声音。”就这样。

（1882 年 6 月）

① 印度教徒每年在乘车节〔沐浴节（公历六月七月）后的第十五天〕举行用大车载神像的游行。相传崇信者如伏地让大车碾死，即可升天。

呜啊……呜啊……

那时我住在瑞士：我很年轻，很自尊，也很孤独。我生活困苦，不快活。尽管还没见识过什么，但我已经厌烦了，灰心了，愤愤然了。我觉得世上的一切都是渺小的、庸俗的，——而且，正如一些非常年轻的青年人身上常有的那样，我曾暗自幸灾乐祸地有过……自杀的念头。“我要证明……我要报复……”我这样想……但要证明什么？ 为什么要报复？ 我自己也闹不清楚。只是我身上的血液在发酵，犹如密封容器里装着的葡萄酒那样……而我认为应当让酒流到外面来，是砸碎这憋气的容器的时候了……拜伦是我的偶像，曼弗雷德[①]是我的英雄。

有一天傍晚，我跟曼弗雷德一样，决定动身去那边，去那群山之巅，那个高于冰川、远离人迹的山岭；那儿，甚至寸草不长，那儿只有重重叠叠的沉寂的岩石，那里的声音都凝固了，那里甚至都听不到瀑布的喧嚣。

我去那里打算做什么……我不知道……兴许是去结束我自己……

我启程了……

我走了很久，起先走大路，后来走小径，越登越高……越登越高。我早已走过了最后一排小屋，最后几棵树……石头——周围只有石

---

① 拜伦诗剧《曼弗雷德》的同名主人公。这个人物也住在瑞士，因孤傲、厌世而想自杀。

头，——近处，凛凛寒气向我袭来，但还没看到积雪，——夜的阴影，黑糊糊地从四面八方向我移近。

我终于停了下来。

多么可怕的寂静!

这是**死**的王国。

而我是这里唯一的、唯一的活人，怀着自己所有高傲的痛苦、绝望和蔑视……一个活着的、有感觉的、逃离了人世而不想活下去的人。隐约的恐惧使我浑身冰冷，然而，我却把自己想象得很伟大！……

曼弗雷德——简直就是!

“一个人！ 我一个人！”我反复念叨，“一个人面对死亡。难道时辰未到？ 诚然……到时候了。别了，无足轻重的世界。我要用脚把你蹬开！”

但突然，就在这一瞬间，一个奇怪的，我没能马上分辨出来的，然而是活生生的……人的声音飞到我耳边……我颤栗了一下，细细谛听……声音又一次响了起来……啊，这是……这是一个婴儿的哭声，乳儿的哭声！……在这个渺无人烟的荒野高处，一切生命似乎早已永远停息了的地方，有婴儿的哭声！……

我的惊讶顿时转为另一种感情，一种兴奋得透不过气来的感情……我于是不辨道路地拼命飞跑，径直朝着这哭声，这柔弱的、可怜的而又能救人一命的哭声跑去!

少顷，我面前出现了一个时隐时现的火光。我更快地跑去——不一会儿，我看见了一所低矮的小屋。它用石头砌成，有着低低的平屋顶。这种小屋是供阿尔卑斯山的牧人栖息几个星期的地方。

我推开茅屋半掩的门，闯了进去，仿佛死亡在跟踪着追赶我似的。

一个年轻女人坐在一只凳子上给婴儿喂奶……一个牧人，想必是她的丈夫，坐在她身旁。他俩瞪着我看。而我什么话也说不出来……只微笑着点头……

拜伦、曼弗雷德、自杀的妄念、我的傲慢和我的伟大，你们都躲到哪儿去啦？ ……

婴儿还在啼哭——我祝福他、他的母亲和她的丈夫。

啊，一个人类的、刚诞生的生命的热烈啼哭声，你救了我，你治愈了我！

(1882 年 11 月)

我的树

我收到了一个从前的大学同学的来信，他是个富有的地主贵族。他邀我去他的庄园。

我知道他患病已久，双目失明，半身不遂，勉强能走路……我动身去他那儿。

在他那宽敞花园的一条林荫道上，我正好遇上了他。他裹着件皮大衣——那时正值夏天，——面容憔悴，身体蜷缩，一把绿色的阳伞在眼睛上面撑着，他坐在一辆不大的轮椅上，两个穿着华丽制服的仆人在后面推着他……

“欢迎您，”他用像是从坟墓里发出的声音低声说，“在**我的**世袭领地上，在**我的**古树的浓荫下。”

在他头顶上，一棵粗壮的千年橡树撒开了它的如盖绿荫。

于是我心想：“啊，千年巨人，你听见了吗？有条半死不活的软虫子在你树根边蠕动，还把你叫做**他自己的**树呢！”

然而，一阵清风飘来，吹过这位巨人的稠密的叶子，发出轻微的簌簌声……我觉得，老橡树正在以善意的、平静的笑声回答我的沉思——也回答了病人的夸口。

（1882 年 11 月）